DICIONÁRIOS

1. DICIONÁRIO LATINO-PORTUGUÊS - F.R. dos Santos Saraiva
2. VOCABULÁRIO DA LÍNGUA GREGA - Ramiz Galvão
3. DICIONÁRIO ESPANHOL-PORTUGUÊS - A. Tenório de Albuquerque
4. FRASES E CURIOSIDADES LATINAS - Arthur Vieira de Rezende e Silva
5. DICIONÁRIO ITALIANO-PORTUGUÊS - João Amendola

DICIONÁRIO ITALIANO PORTUGUÊS

JOÃO AMENDOLA

DICIONÁRIO ITALIANO PORTUGUÊS

4ª EDIÇÃO REVISTA, AMPLIADA E ATUALIZADA

PREFÁCIO
PROF. MÁRIO MORETTI

Doutor pela Universidade de Roma
Prof. da Universidade Católica de São Paulo

LIVRARIA GARNIER

118, Rua Benjamin Constant, 118
Rio de Janeiro

53, Rua São Geraldo, 53
Belo Horizonte

© Copyright 1994 by Hemus Editora Ltda.
Mediante contrato firmado com
Mercedes Sampaio Amendola
*Todos os direitos adquiridos para a língua portuguesa
e reservada a propriedade literária desta publicação*

EDIÇÃO ESPECIAL
DIREITOS CEDIDOS PARA LIVRARIA GARNIER

2000

Direitos de Propriedade Literária adquiridos pela
LIVRARIA GARNIER
Belo Horizonte - Rio de Janeiro

Impresso no Brasil
Printed in Brazil

PREFÁCIO

O uso correto e adequado de uma língua viva, além de sólidos conhecimentos das regras gramaticais e sintáticas, requer o auxílio de um dicionário prático, que possa orientar na pronúncia dos vocábulos.

Os dicionários escolares geralmente preocupam-se com questões lexicológicas e semânticas, pressupondo nos que os consultam o domínio das leis de pronúncia; por outro lado os dicionários de simples versão de uma língua para outra limitam-se à rigorosa tradução das palavras, transcurando a acentuação e a fonética.

Desta forma o praticante sempre depara com dificuldades, e dúvidas nele surgem toda vez que procura falar correta e correntemente um idioma estrangeiro.

O nosso autor, profundo estudioso e invulgar conhecedor dos dois vernáculos, português e italiano, analisando as dificuldades que costumam apresentar-se na conversação em italiano, recorreu, na compilação de seu trabalho, a um sistema eminentemente útil, que poderia e deveria ser adotado por todos aqueles que pretendem proporcionar ao público um dicionário de versão.

Com efeito aplicou ele nas sílabas, que compõem as palavras italianas, a acentuação tônica e fonética em uso na língua portuguesa, representando os sons abertos com o acento grave, e os sons fechados com o acento circunflexo.

O público interessado encontrará assim, no novo dicionário, um válido auxílio e um guia seguro que dispensarão quaisquer consultas a professores ou entendidos das duas línguas.

É, pois, uma obra preciosa, que será de grande utilidade tanto para os estudiosos como para todos aqueles que desejarem conhecer e falar com exatidão, aqui no Brasil, a língua italiana.

A obra, por estas suas características e peculiaridades, recomenda-se por si mesma, e não poderá deixar de alcançar, nos nossos meios culturais e sociais, o mais lisonjeiro sucesso.

Prof. MÁRIO MORETTI

APRECIAÇÃO

Ho esaminato, con affettuosa attenzione, il Dizionario Italiano Portoghese del Signor Giovanni Amendola.

Una delle grandi difficoltà dell'ortografia italiana é data dall'accento, e spesso gli stranieri rimangono perplessi nel riconoscere la sillaba tonica delle parole. Per facilitare la corretta pronunzia, l'autore ha creduto opportuno accentuare i vocaboli italiani, avvertendo gli studiosi di lingua portoghese che questo é un ripiego che non devono usare nello scrivere detti vocaboli. Infatti l'accento grafico deve essere usato, in italiano, soltanto nelle parole acute che finiscono con vocale e in altre che la grammatica indica.

L'autore ha cercato di includere — nei limiti del possibile — i neologismi, data la grande facilità con cui oggidí si coniano, e cosí necessari per la lettura delle opere odierne, specialmente per quelle d'ambiente popolare.

Molte parole sono state illustrate dall'autore, riportandole in esempi dalla ricchissima letteratura italiana.

Prof. CAV. ITALO BORGIA

INTRODUÇÃO

A falta de um dicionário italiano-português em dia com as mudanças e evoluções das duas línguas continuamente enriquecidas de novas formas expressivas, originadas em boa parte, pelos avanços gigantescos realizados, nestes últimos anos, nos domínios do conhecimento humano, especialmente no campo científico, e o interesse crescente demonstrado depois do término da última guerra, no Brasil, pela língua italiana (interesse motivado, sem dúvida, pela conspícua contribuição seja no campo do trabalho material, seja no do pensamento, que os italianos continuamente nos propiciam), foram as razões que nos moveram, de uns anos para cá, a dar início ao presente trabalho, que ora aparece à luz. *

Nossa intenção foi fazer uma obra a mais completa e útil possível, aproveitável não somente ao literato e ao estudioso, como a quem a consulta por necessidade prática. Se registramos os vocábulos da língua viva, atualmente em uso, e muitos arcaísmos, não mais em uso (apesar de alguns reviverem uma vez ou outra por obra de alguns escritores), mas indispensáveis para a melhor compreensão dos textos antigos ou clássicos, não demos menor importância à terminologia técnica, incluindo também os neologismos literários ou científicos que, por força da transformação provocada pelo progresso, entraram no idioma e se consagraram pelo uso. Os muitos exemplos apresentados no texto, próprios e tomados de escritores de renome (alguns traduzidos), ajudam o consulente a uma mais fácil compreensão e a um emprego mais exato do vocábulo procurado.

Movidos pelo mesmo critério de fazermos um livro eminentemente prático, resolvemos acentuar todos os vocábulos

---

* Durante o tempo decorrido na sua elaboração, outros trabalhos similares apareceram sendo que alguns deles, sem dúvida, bem melhores que os até então existentes.

italianos. Essa acentuação é puramente convencional (especialmente pelo que se refere às vogais *e* e *o*) pois no italiano não se acentua quase nada (como veremos mais adiante). Mas o não possuir o italiano um sistema de acentuação gráfica completo cria dificuldades não só aos estrangeiros como também aos próprios italianos. A utilização da acentuação não escapou aos melhores dicionaristas da própria Itália; já Petrocchi, nos primeiros anos deste século, publicava o seu ótimo dicionário em dois volumes, com um sistema de acentuação que permitia ao leitor a pronúncia exata de todos os vocábulos. E os dicionários de hoje, como o Nuovissimo Melzi, o de Zingarelli, o de Cappuccini - Migliorini, o de Palazzi, que tomamos por norma do nosso trabalho, seguiram alguns deles, num sentido mais radical ainda, a trilha de Petrocchi.

E, como num trabalho deste gênero nunca se pretende ter atingido o máximo ou realizado obra completa e definitiva, aceitaremos com satisfação e acatamento toda idéia, sugestão ou reparo que, a título de contribuição, os entendidos do italiano nos queiram enviar.

DA ACENTUAÇÃO DO ITALIANO

No italiano não se acentuam senão as palavras agudas terminadas em vogal: *felicità, visitò, eredità, virtú, piú*, etc.; e nunca as esdrúxulas, a não ser para distinguir com a pronúncia o diferente significado dos vocábulos: *càpito, capito; àncora, ancora*. Para facilitar ao estudioso dos países onde se fala o português o processo do aprendizado da pronúncia exata do italiano, seguimos a norma de usar o acento circunflexo (como em português) para as vogais de som fechado (*ê, ô*), e o acento grave para as de som aberto (*è, ò*), quando a sílaba tônica requer o seu uso. Com esse critério visamos evitar ainda uma possível confusão ao leitor brasileiro habituado a dar o som aberto à vogal de acento agudo.

EXEMPLO:

SOM FECHADO	SOM ABERTO
elemênto	incèrto
inchiêsta	convèsso
rôsa (roída)	ròsa (flor)
dicitôre	luògo
sopôre	inchiòstro
mônco	bròdo
accêtta	accètta
vôlto (rosto)	vòlto (voltado)

O ALFABETO ITALIANO

O alfabeto italiano consta de vinte e uma letras: cinco vogais e dezesseis consoantes, que abaixo registramos com a pronúncia aproximada de cada uma das letras:

```
    a   b   c   d   e   f    g   h    i   l   m    n    o
    a   bi  ci  di  e   effe gi  acca i   elle emme enne o
p   q   r    s    t   u   v   z
pi  cu  erre esse ti  u   vu  zeta.
```

Faltam ao alfabeto italiano as letras seguintes que se empregam para transcrição de palavras estrangeiras:

```
      j        k      w         y       x
   i lungo  cappa  vu doppio  ipsilon  ics, icchese
```

Todas as palavras italianas acabam em uma das cinco vogais, à exceção de cinco que acabam por consoante: *con, il, in, non, per.*

As vogais *a, u, i* têm o mesmo som que em português; deve porém evitar-se o som nasal no *a,* que deve pronunciar-se sempre aberto. As vogais *e* e *o* têm dois sons: um fechado (*aceto, quello*) e outro aberto (*erba, vento*), não havendo para distingui-los regra especial.

O acento tônico está em geral na penúltima sílaba, freqüentemente na antepenúltima e raras vezes na última.

As consoantes duplas são pronunciadas o mais separadamente possível: *ferro - fer-ro; anno - an-no; torre, tor-re.*

A consoante *h* é muda e se usa como sinal ortográfico em algumas interjeições, como *ah! oh!* etc., e nas formas verbais *ho, hai, ha, hanno.* Emprega-se também para guturalizar as letras *c* e *g* nas sílabas *che, chi, ghe, ghi.*

Gli, equivale em português a lhi: *famiglia, origliare, orgoglio.*

Gn pronuncia-se como nh em português: *maligno, segno, montagna.* A consoante *q* vai sempre seguida pelos ditongos *ua, ue, ui, uo.* Todas as palavras italianas que começam com os sons *cua cuo cue cui,* escrevem-se com *qu,* salvo as três seguintes: *cuore, cuoco, cuocere.*

O *r* pode ser duplo ou simples, como todas as consoantes.

O *s* tem dois sons: um surdo e suave, e outro sonoro e áspero. O *s* no princípio da palavra, sendo seguido de outra consoante, chama-se em italiano *s impura* ex.: *sposo, spazioso, straniero, stile.*

O *v* é lábiodental.

O *z* tem dois sons, um forte e acentuado, como nas palavras *giovinezza, sollazzo, ragazzo;* outro doce, como em *zolfo, mezzo, menzogna, rozzo, zelo, zio,* etc. Este duplo som deve ser aprendido, de preferência, de viva voz.

Advertência Quanto à Grafia do Italiano: A acentuação empregada neste dicionário é puramente convencional, feita para o fim de dar a pronúncia figurada do vocábulo. Não se deve fazer uso indiscriminado dos acentos, pois na escrita corrente, no italiano, como já dissemos, só se acentuam as palavras agudas terminadas em vogal (*perciò,* etc.) e as parônimas (*tòrre,* tirar; *torre,* torre), sendo que essas nem sempre se acentuam.

Grafia das Palavras Portuguesas: A ortografia portuguesa adotada na presente obra é a do acordo luso-brasileiro de 1971, de uso no Brasil.

O AUTOR

A

abiss.	abissínio.
abr.	abreviatura.
abs.	absoluto.
adj.	adjetivo.
adm.	administrativo.
adv.	advérbio.
aer.	aéreo / aeronáutica.
afér.	aférese.
agr.	agrário, agronomia, agricultura.
al. ant.	alemão antigo.
al.	alemão.
alg.	álgebra.
alp.	alpinismo.
alq.	alquimia.
alt.	alteração.
am.	americano.
anat.	anatomia.
ant.	antigo.
ap.	aparelho.
apóc.	apócope.
ár.	árabe.
arc.	arcaico, arcaísmo.
arit.	aritmética.
arqueol.	arqueologia.
arquit.	arquitetura.
art.	artigo / artístico; termo de arte.
astr.	astronomia.
aum.	aumentativo.
aut.	automobilismo.
av.	aviação.

B

bal.	balística.
barb.	barbarismo.
barb. ling.	barbarismo lingüístico.
biol.	biologia.
bot.	botânica.
bras.	brasileirismo.
bur.	termo burocrático; burocracia.
burl.	burlesco.

C

caç.	caça; termo de caça.
calc.	cálculo.
cast.	castelhano.
cid.	cidade.
carp.	carpintaria.
cat.	catalão.
cient.	científico.
cer.	cerâmica.
cin.	cinematografia.
cir.	cirúrgia.
conj.	conjunção.
cont.	contabilidade.
contr.	contrário.
contr.	contração.
corr.	corrente.
cúb.	cúbico.
culin.	culinário.

D

defec.	defectivo (verbo).
dem.	demonstrativo.
depr.	depreciativo.
der.	derivado.
det.	determinativo.
des.	desusado.
dial.	dialeto; dialetal.
dim.	diminutivo.
din.	dinamarquês.
d. C.	depois de Jesus Cristo.
dir.	direito, termo de direito.
dir. can.	direito canônico.
dupl.	duplicado, duplo.

E

ec.	termo de economia.
ecles.	termo eclesiástico.
eletr.	eletricidade.
enf.	enfático.
ent.	entomologia.
epit.	epíteto.
equin.	equino.
esc.	escultura.
esc.	termo escolar.
esgr.	esgrima.
esl.	eslavo.
esp.	espanhol / especialmente / esporte.
est.	estado / estilizador / estatística.
etim.	etimologia.
etn.	etnografia.
ex.	exemplo.
excl.	exclamação.
excom.	excomungado; excomunhão.
expr.	expressão.
ext.	extensão / exterior.

F

f.	feminino.
f.	forma / figura.
fam.	familiar.
farm.	termo farmacêutico.
fem.	feminino.
fil.	filosofia.
filol.	filologia.
fís.	física.
Florent.	Fiorentinismo.
For.	linguagem forense.
Fr.	frenologia.
fr.	francês.
fut.	futuro.
ferr.	ferroviário.
fest.	festivo.
fig.	figura; figurado.
fig. fam.	figura familiar.

G

gal.	galicismo.
gastr.	gastronomia.
gên.	gênero.
geogr.	geografia.
geol.	geologia.
geom.	geometria.
ger.	gerúndio.
germ.	germânica (voz).
gin.	ginástica.
got.	gótico.
gr.	gramática, termo gramatical.
gr.	grego.
grac.	gracejo.
guar.	guarani.

H

hab.	habitante.
hebr.	hebraico.
her.	heráldica.
Hip.	hipismo.
hip.	hipologia.
hisp.	hispânico, hispanismo.
hist.	história; histórico.
hist. nat.	história natural.
hist. rom.	História Romana.
hol.	holandês.
hort.	horticultura.

I

ict.	ictiologia.
imp.	impessoal.
imp.	imperativo (modo de verbo).
imperf.	imperfeito (modo de verbo).
impr.	imprensa.
ind.	indicativo (modo de verbo) / indiano, indiana.
ind.	termo de indústria.
indet.	indeterminado.
inf.	inferior, infantil.
infin.	infinito (modo de verbo).
ingl.	inglês.
interr.	interrogação.
interj.	interjeição.
intr.	intransitivo (verbo).
in.	invariável.

irôn.	irônico.			s. m.	substantivo masculino.
irr.	irregular.			ser.	sericultura, sericícola.
isl.	islandês.	p. p.	particípio passado.		
it. ital.	Italia, italiano italianismo.	pal.	palavra.	sic.	siciliano.
		p. pr.	particípio presente.	sim.	símil, símile, semelhante.
J		pr.	pronome.	sin.	sinônimo.
joc.	jocoso.	pat.	patologia.	sinc.	síncope (gramática).
jur.	termo jurídico.	patr.	patronímico.		
		pej.	pejorativo.	sing.	singular.
L		period.	periodismo.	sit.	situada.
latin.	latinismo.	pesc.	termo de pesca.	subj.	subjuntivo (modo).
loc.	locução.	p. ant.	por antomásia.	suf.	sufixo.
lit.	literatura; literário.	p. ex.	por exemplo.	superl.	superlativo.
líng.	lingüística. língua.	p. ex.	por extensão.		
		ped.	pedantismo.	**T**	
litogr.	litografia.	pint.	pintura, termo de pintura.		
liturg.	liturgia.			t., term.	termo, vocábulo.
loc. adv.	locução adverbial.	pl.	plural.		
		poét.	poético.	teatr.	teatro, termo de teatro.
loc. lat.	locução latina.	pol.	política.		
lóg.	lógica.	ps.	psicologia.	técn.	termo técnico.
lus.	lusitanismo.	port.	português.	teol.	teologia.
		pr.	pronúncia / preposição / próprio.	tint.	tintorial.
M				tip.	tipografia.
		pref.	prefixo.	tit.	título.
m.	masculino; modo, metro.	prep.	preposição.	tosc.	toscano, toscanismo.
		pres.	presente (tempo).		
mar.	marítimo.			topog.	topografia.
mat.	matemática.	pron.	pronome / pronominal.	top.	topônimo, toponomia.
mec.	mecânica.				
med.	medicina. termo médico.	propr.	próprio; propriamente.	tr.	transitivo (verbo), trabalho manual (termo de).
m. us.	menos usado.	prov.	provérbio / província / provincianismo / provençal		
met.	metalurgia.				
meteor.	meteorologia.			trad.	tradução.
métr.	métrica, metrificação.			trad. X. P.	tradução de Xavier Pinheiro.
		p. us.	pouco usado.		
mex.	mexicano.	psic.	psicologia.	trop.	tropical.
mil.	militar; linguagem militar.			trunc.	truncamento.
		Q			
min.	mineralogia.			**U**	
mit.	mitologia.	quím.	química.		
mod.	modismo.			us.	usado.
mús.	música, linguagem musical.				
		R		**V**	
N		ref.	referente	V.	ver.
N.	norte.	rad.	radiotelefonia; radiofonia.	V. r.	verbo.
nap.	napolitano.			v. pr.	verbo pronominal.
nat.	natural.	refl.	verbo reflexivo.		
neol.	neologismo.	reg.	regular.	v.	verbo reflexivo ou pronomi-
n. pr.	nome próprio.	rel.	relativo.		
norueg.	norueguês, norueguesa.	relig.	religioso; religião.	v.	voz.
núm.	número, numeral.	rep.	republicano.	vet.	vêneto, veneziano.
		ret.	retórica.		vulgar, vulgarismo.
O			romano, românico.	vén.	veterinária.
orig.	originário; origem.			voc.	vocábulo.
o. m. q.	o mesmo que.	**S**		vulg.	vulgar, vulgarismo.
orig. dial.	origem dialetal.	s.	substantivo.		
ornam.	ornamental.	séc.	século.	**Z**	
opt.	ótica.	s. f.	substantivo feminino.		
orn.	ornitologia.			zool.	zoologia.

A

Adj.	Adjetivo.
Adv.	Advérbio.
Agr.	Agronomia.
Alp.	Alpinismo.
Anat.	Anatomia.
Ant.	Antigo.
Arqueol.	Arqueologia.
Arquit.	Arquitetura.
Astr.	Astronomia.
Aum.	Aumentativo.
Aut.	Automobilismo.
Av.	Aviação.

B

Biol.	Biologia.
Bot.	Botânica.
Bras.	Brasileirismo.
Burl.	Burlesco.

C

Chul.	Chulo.
Cient.	Científico.
Cin.	Cinema.
Cir.	Cirurgia.
Com.	Comércio.
Conj.	Conjunção.
Constr.	Construção.
Contr.	Contrário.
Cul.	Culinária.

D

Desus.	Desusado.
Dim.	Diminutivo.
Dipl.	Diplomacia.

E

Ecles.	Eclesiástico.
Edit.	Editora.
Eletr.	Eletricidade.
Esp.	Espanhol ou Esporte
Etn.	Etnologia.
Excl.	Exclamação.

F

F.	Feminino.
Fam.	Feminino.
Fam.	Familiar.
Ferr.	Ferrovia.
Fig.	Figurado.
Filol.	Filologia.
Filos.	Filosofia.
Fís.	Física.
Fisiol.	Fisiologia.

For.	Forum.
Fot.	Fotografia.
Fr.	Francês.

G

Geogr.	Geografia.
Geol.	Geologia.
Gír.	Gíria.
Gr.	Grego.
Gram.	Gramática.

H

Heráld.	Heráldica.
Hist.	História.

I

	Indústria.
Inf.	Infantil.
Ingl.	Inglês.
Interj.	Interjeição.
Intr.	Intransitivo.
Instr.	Instrumento.
Irôn.	Irônico.
Ital.	Italiano.

J

Jorn.	Jornalismo.
Jur.	Jurisprudência.

L

Lat.	Latim.
Lit.	Literatura.
Liturg.	Liturgia.
Loc.	Locução.

M

M.	Masculino.
Mar.	Marítimo.
Mat.	Matemática.
Mec.	Mecânica.
Med.	Medicina.
Mil.	Militarismo.
Min.	Mineralogia.
Mit.	Mitologia.
Mús.	Música.

N

Náut.	Náutica.
Neol.	Neologia.
Num.	Numeral.

O

O. m. q.	O mesmo que.
Ópt.	Óptica.
Ornit.	Ornitologia.

P

P.	Presente.
Pej.	Pejorativo.
Pint.	Pintura.
Pl.	Plural.
Poét.	Poética.
Pol.	Política.
Pop.	Popular.
Port.	Português.
P. P.	Particípio passado.
Pr.	Presente.
Pron.	Pronominal.
Prov.	Provérbio.
P. us.	Pouco usado.

Q

Quím.	Química.

R

Refl.	Reflexivo.
Rel.	Religião.
Ret.	Retórica.

S

S.	Substantivo.
S. f.	Substantivo feminino.
S. m.	Substantivo masculino.
Superl.	Superlativo.

T

Teatr.	Teatro.
Técn.	Tecnologia.
Teol.	Teologia.
Tip.	Tipografia.
Tosc.	Toscano.
Tr.	Transitivo.

U

us.	Usado.

V

v.	Verbo ou veja.
Vet.	Veterinária.
V. intr.	Verbo intransitivo.
V. refl.	Verbo reflexivo.
V. tr.	Verbo transitivo.
vulg.	vulgar, vulga-

Z

zool.	Zoologia.

A

(A), a, f. prim. letra do alf. it. e uma das vogais; (fig.) princípio, começo; **siamo ancora all'a**: estamos ainda no início / **dall'a alla zeta**: do começo ao fim.

A, prep. antes de outro a (e muito rar. também antes de outras vogais) toma por eufonia um d: **ad aria, ad arbitro**; com o artigo determinativo forma as preposições articuladas; **al, allo, ai, agli, alla alle,** etc. (ao, à, aos, às) e serve para complemento de lugar, de tempo, de quantidade, de preço, de modo etc., e para loc. adv.: **abito a Milano**: moro em Milão / **a mezzanotte**: à meia-noite / **all'arrivo del treno**: à chegada do trem / **a venti lire il chilo**: a vinte liras o quilo / **alla francese**: à francesa / **a poco a poco**: pouco a pouco / como adv. e outros complementos forma locuções prepositivas; **fino a**: até a / **di fronte a**: à frente de; quando é usada como prefixo para compor palavras faz duplicar a consoante inicial da palavra a que se junta: a-lato, allato, a-domesticare, addomesticare.

A, prep. (alfa privativa) a: **apolítico**: apolítico / **acattolico**: acatólico.

Ab, (v. lat.) prep. ab: **ab aeterno**: desde a eternidade / **ab intestato**: sem testamento / **ab ovo**: desde o mais antigo, etc.

Ábaco (ou **àbbaco**) s. m. ábaco, parte superior do capitel de uma coluna, em que se assenta a arquitrave / ábaco, calculador mecânico para aritmética; (ant.) ciência dos números.

Abacône, s. m. (aum.) grande abade.

Abadía, abbadía, s. f. abadia, mosteiro.

Abadèssa, abbadèssa, s. f. abadessa, superiora de religiosos ou religiosas.

Abáte, s. m. abade, prior, superior de convento / clérigo.

Abatíno, s. m. (dim.) abadinho / abade elegante.

Abatônzolo, abatáccio, abatúcolo, s. m. (depr.) abade de poucos méritos.

Avavo, (ant.) s. m. bisavô, trisavô ou antepassado mais longínquo.

Abazía (ou **abadia** e **badía**) s. f. abadia.

Abbacare, v. fantasiar, imaginar, devanear, divagar.

Abbachiáre, v. golpear, sacudir ou derrubar com vara os frutos de uma árvore e semelhantes; varejar / malbaratar, vender barato; —— **una ragazza**: casar mal uma moça / (pr.) dormitar.

Abbáchio, s. m. cordeiro de leite (em Roma e em alguns lugares da Toscana).

Abbachíno, s. m. pequeno ábaco: tabuada.

Abbachísta, s. f. (p. us.) computador, pessoa hábil nos cálculos aritméticos.

Abbacinamènto, s. m. cegueira, deslumbramento, alucinação, ofuscação / (fig.) engano, logro.

Abbacináre, v. cegar / deslumbrar / ofuscar, obcecar / alucinar, enganar, lograr.

Abbacináto, p. p. e adj. enceguecido, tornado cego, alucinado, atordoado, deslumbrado, obcecado, iludido, enganado, logrado, alucinado.

Abbacinatôre, (fem. trice) adj. e s. deslumbrador / enganador, embusteiro.

Abbáco, (pl. **àbbachi**) s. m. ábaco, tábua dos matemáticos; arte de calcular / manual de aritmética / (dim.) abbachino.

Abbadàre, v. intr. cuidar de, atender a / (ant.) ociar, vagabundear (ver **Badare**).

Abbadèssa, s. f. abadessa (ver **badessa**).

Abbadía, s. f. abadia (ver **badia, abbazia**).

Abbagliamènto, s. m. deslumbramento / ofuscação, obcecação / ilusão, engano, fascinação.

Abbagliànte, p. pr. deslumbrante / (adj.) deslumbrador, fascinador.

Abbagliàre, v. tr. deslumbrar / ofuscar, obcecar / enganar, iludir / alucinar, fascinar, seduzir, enganar / (pr.) ofuscar-se: **mi si abbaglia la mente**.

Abbagliàto, p. p. e adj. deslumbrado, ofuscado, obcecado / iludido, fascinado, seduzido / (med.) debilitado da vista.

Abbagliatôre, (fem. **-trice**) adj. deslumbrante, deslumbrador / enganador, ilusório, fascinador.

Abbàglio, s. m. deslumbramento / (fig.) erro, equívoco: **cadere in abbàglio,** enganar-se.

Abbaglío, s. m. deslumbramento intenso, contínuo ou freqüente.
Abbaiamênto, s. m. latido, ladrido / (fig.) gritaria, ameaças, insolências.
Abbaiáre, v. intr. latir, dar ou soltar latidos; ladrar, (fig.) gritar, ameaçar / **abbaiàre alla luna,** gritar em vão / **cane che abbaia non morde,** cão que late não morde / (fig.) cantar mal.
Abbaiàta, s. f. latido, ladrido continuado ou de vários cães / algazarra, gritaria / **fare l'abbaiata ad uno,** vaiar alguém fazendo algazarra.
Abbaiatôre, adj. e s. m. (f.-trice) ladrador / (fig.) maldizente / gritalhão.
Abbaiatúra, s. f. latido, ladrido / (fig.) repreensão ruidosa.
Abbaíno, s. m. (do genovês) água-furtada, clarabóia / por ext. mansarda / desvão.
Abbàio, s. m. latido, ladrido / modo de latir. **il mio cane lo conosco dall' abbaio.**
Abbaío, s. m. o latido freqüente e continuado de um cão ou de mais cães juntos.
Abbaióne, s. m. ladrador / gritalhão / charlatão.
Abballáre, v. tr. enfardar / (fig.) fanfarronear, gabar-se, contar vantagens: **quante me abballa.**
Abballináre, v. tr. levantar ou remexer os colchões para refazer a cama.
Abballotamênto, s. m. manuseio / sacudimento / (metal.) solidificação do ferro fundido.
Abballottàre, v. tr. virar, revirar, manusear uma coisa como se fosse uma bola / manusear com pouco cuidado / (metal.) solidificar-se o ferro.
Abballottatôre, (fêm. -trice) adj. e s. manuseador.
Abballottatùra, s. f. ação e modo de manusear / (metal.) camada de ferro que esfria na fundição.
Abballottio, s. m. manuseio; sacudidura / (burl.) baile desconexo e desordenado.
Abbambináre, v. tr. (de **bambino,** criança) transportar um peso sem o levantar, fazendo-o mover ora sobre um, ora sobre outro canto.
Abbambolàto, adj. lânguido: **occhi abbambolati.**
Abbancàre, v. tr. estender as peles (de curtir) para untá-las / (mar.) (raro) prover um navio de bancos para os remadores.
Abbandonàre, (pres. **abbandôno**) v. tr. deixar para sempre, abandonar: —— **una città, um vizio, un amico** / renunciar / descuidar: **è un giardino abbandonato** / desamparar: —— **i figli** / dobrar, inclinar, reclinar: **abbandonò il capo sul petto** / (refl.) **abbandonarsi,** desalentar-se, desacoroçoar-se, desanimar-se.
Abbandonatamênte, adv. abandonadamente / desacertadamente.
Abbandonàto, p. p. e adj. abandonado; desamparado; desprezado; largado / **casa abbandonata,** casa desabitada / (s. m.) enjeitado, filho de pais incógnitos.

Abbandôno. s. m. (de ant. loc. francesa, de orig. germânica **a bandon, à mercê**) abandono, ato de abandonar / descuido, negligência: **vivere nell' abbandono.**
Abbarbagliamênto, s. m. deslumbramento.
Abbarbagliàre, v. tr. deslumbrar excessivamente.
Abbarbagliàto, p. p. deslumbrado / (adj.) ofuscado, aturdido, atônito.
Abbarbaglío, (pl. **abbarbaglíi**) s. m. deslumbramento intenso e continuado.
Abbarbicàre, v. intr. (bot.) arraigar, deitar raízes, enraizar / trepar: **l'edera si abbarbica al muro** / radicar-se; arraigar-se; estabelecer-se num lugar, emprego, etc. / contr. **sradicare.**
Abbarcàre, v. tr. (p. us.) amontoar, empilhar.
Abbarcatùra, s. f. (p. us.) amontoamento, empilhamento.
Abbaruffamênto, s. m. briga, altercação, peleja / (Brasil) rolo / enredo, desordem, confusão de várias coisas.
Abbaruffàre, v. tr. misturar, mesclar, enredar, soçobrar / (pr.) altercar, brigar, pegar-se, agarrar-se.
Abbaruffàta, s. f. confusão, tumulto / alvoroço, mixórdia, misturada de coisas ou pessoas.
Abbaruffío, s. m. confusão, desordem de pessoas ou coisas: **in quell' abbaruffio di forsennati,** naquele alvoroço de malucos.
Abbassamênto, s. m. abaixamento, baixa / humilhação, envilecimento.
Abbassáre, v. abaixar, diminuir a altura; rebaixar, decair, declinar / depor, humilhar / (fig.) submeter-se: **far,** —— **il capo:** humilhar / —— **uno:** depreciar alguém.
Abbassársi, v. descer; humilhar-se.
Abbassáta, s. f. diminuição; redução.
Abbassáto, p. p. e adj. abaixado, humilhado, descido.
Abbásso, adv. e prep. por baixo, em posição inferior / (interj.) que indica intimação, indignação: —— **il re!:** abaixo o rei!.
Abbastánza, adv. o bastante, o necessário, o ocorrente.
Abbáttere, v. abater; debilitar; derrubar / prostrar / (refl.) **abbáttersi:** abater-se, atemorizar-se.
Abbattimênto, s. m. abatimento, ato de abater; canseira; prostração; (fig.) espírito deprimido, abatido.
Abbatufoláre, v. envolver, embrulhar.
Abbattúto, p. p. e adj. abatido; derrubado, prostrado.
Abbazía, s. f. abadia; mosteiro governado por abades.
Abbaziále, adj. abacial; **diritti abbaziáli:** direitos abaciais.
Abbecedário, s. m. cartilha, livro para aprender a ler.
Abbellimênto, s. m. embelezamento; adorno, enfeite.
Abbellíre, v. adornar, engalanar, ataviar, embelezar, vestir, enfeitar / (refl.) **abbellirsi:** embelezar-se, enfeitar-se.
Abbeveráre, v. embeber: dar de beber aos animais.
Abbeveratóio, s. m. bebedouro.

Abbiadáre, v. acostumar os animais à ração de aveia ou cevada.
Abbiadáto, p. p. e adj. acostumado à aveia ou à cevada (animal).
Abbicáre, v. reunir, juntar os feixes de espiga.
Abbiccí, s. m. alfabeto, abecedário.
Abbiênte, s. m. proprietário rico, que possui, que tem renda.
Abbigliamênto, s. m. vestido, traje, enfeite, adorno.
Abbigliáre, v. adornar as pessoas com veste ou outras coisas; ataviar, engalanar, vestir, enfeitar / (refl.) **abbigliársi**: enfeitar-se, vestir-se.
Abbigliatúra, s. f. ato e modo de vestir-se.
Abbindolamênto, s. f. engano, lisonja, enredo.
Abbindoláre, v. enredar, enganar com lisonja, seduzir.
Abbisognáre, v. necessitar, precisar.
Abboccamênto, s. m. encontro, conversa.
Abboccáre, v. pegar com a boca, abocanhar.
Abboccársi, v. encontrar-se duas ou mais pessoas para trocarem idéias; confabular.
Abboccáto, adj. que tem boa boca, que come de tudo / bom para beber (falando de vinho).
Abboccatóio, s. m. boca de forno, abertura de fornalha.
Abboccatura, s. f. abocamento; ato e efeito de abocanhar.
Abbonacciáre, v. acalmar, aplacar / (refl.) acalmar-se, tranqüilizar-se, sossegar-se.
Abbonamênto, s. m. assinatura (de jornal, revista, temporada teatral etc.).
Abbonáre, v. abonar, aprovar, descontar, / (refl.) **abbonarsi**: assinar uma revista, jornal etc.
Abbonáto, p. p. adj. e s. m. abonado, descontado / assinante.
Abbondánte, adj. m. abundante; copioso.
Abbondánza, s. f. abundância, quantidade, fartura, riqueza, exuberância.
Abbonire, v. acalmar, apaziguar / (refl.) **abbonirsi**, abrandar-se, acalmar-se.
Abbôno, s. m. abono, desconto, abatimento.
Abbondône, s. m. pedante, sabichão, fanfarrão.
Abbordággio, s. m. abordagem / (mar.) abordagem de dois navios / (fig.) **persona di fácile ———**: pessoa sem muitas cerimônias.
Abbordábile, adj. abordável, acessível.
Abbordáre, v. abordar, aproximar-se, chegar (a bordo, à praia); encostar.
Abbôrdo, s. m. abordagem.
Abborracciamênto, s. m. ato ou efeito de atamancar.
Abborraciáre, v. atamancar, fazer (algo) mal e com precipitação; consertar ou remendar toscamente; fazer sem ordem nem método.
Abborracciáto, p. p. e adj. atamancado: mal feito.
Abborracciatôre, s. m. (f. **abborracciatrice**) aquele que trabalha mal, com precipitação; aquele que atamanca.
Abborracciatúra, s. f. trabalho mal feito; atamancamento.

Abborracciône, s. m. (**abborracciôna**, f.) que trabalha mal por hábito; atamancador.
Abborríre (ou **aborríre**), v. aborrecer, abominar.
Abbottáre, e **Abbottársi**, v. inchar-se, inflar-se; enfunar-se, encher-se (como rã).
Abbottársi, v. empazinar-se, empanturrar-se, encher-se.
Abbottinamênto, s. m. saqueio, saque, ato de saquear.
Abbottináre, v. saquear, despojar, roubar violentamente.
Abbottonáre, v. abotoar / (refl.) **abbotonársi**: abotoar-se, emudecer; não falar nada.
Abbottonáto, p. p. e adj. abotoado / reservado, cauteloso, impenetrável.
Abbottonatúra, s. f. abotoadura; ato de abotoar.
Abbozzacchiamênto, s. m. esboço incorreto, não perfeito.
Abbozzacchiáre, (e **abbozzicchiáre**) v. traçar rudimentarmente um esboço.
Abbozzamênto, s. m. esboço.
Abbozzáre, v. esboçar; desenhar pela primeira vez; traçar; delinear, entremostrar.
Abbozzáta, s. f. esboço ligeiro.
Abbozzatíccio, s. m. e adj. esboçado mais ou menos; diz-se de trabalho imperfeito ou mal acabado.
Abbozzáto, p. p. e adj. esboçado; delineado / (fig.) **cose abbozzáte**: coisas incompletas, defeituosas, imperfeitas.
Abbozzatôre, s. m. (**abbozzatrice**, f.) esboçador, o que esboça.
Abbozzatúra, s. f. esboço; resultado do esboçar.
Abbozzicchiáre, v. esboçar.
Abbòzzo, s. m. esboço, bosquejo, projeto / obra na sua forma imperfeita.
Abbozzolársi, v. fazer o casulo (bicho-da-seda) / aglomerar-se de farinhas.
Abbracciabóschi, s. m. planta trepadeira; madressilva.
Abbracciafústo, s. m. folhas sem o pecíolo, que abraçam o fusto da parte inferior.
Abbracciamênto, s. m. abraço.
Abbracciáre, v. abraçar, cingir, circundar, abranger, compreender, conter, incluir / favorecer / adotar, esposar; **abbracciò il cristianésimo**: abraçou (adotou) o cristianismo / unir, juntar.
Abbracciársi, v. abraçar-se, unir-se.
Abbracciáta, s. f. abraço rápido; abraçadela.
Abbracciáto, m. (**abbracciáta**, f.) p. p. e adj. abraçado.
Abbracciatôre, s. m. abraçador; o que abraça.
Abbracciatúra, s. f. abraço; ação e efeito de abraçar.
Abbracciatútto, s. m. faz-tudo; pessoa que se mete em todos os negócios / que não recusa trabalho algum.
Abbráccio, s. m. abraço.
Abbrancáre, v. agarrar, usurpar, roubar; segurar com força / (refl.) **abbrancársi**: agarrar-se fortemente.
Abbrancáto, p. p. e adj. ferrado, segurado, agarrado.

Abbreviaménto, s. m. abreviamento, encurtamento / diminuição.
Abbreviáre, v. abreviar, encurtar; tornar breve; fazer mais depressa: diminuir, resumir.
Abbreviataménte, adv. abreviadamente.
Abbreviatôre, s. m. abreviador, resumidor.
Abbreviatúra, s. f. abreviatura.
Abbreviaziône, s. f. abreviação.
Abbriváre, v. (mar.) levantar âncora; começar a mover-se (navio).
Abbrividíre, (ou rabbrividíre) v. estremecer, assustar.
Abbrívo, s. m. arranco, arrancada / ímpeto do navio impelido pelos ventos, pelas velas, etc.
Abbronciársi, v. o mesmo que **imbronciársi,** v. refl. amuar-se, zangar-se, agastar-se, enfadar-se.
Abbronzacchiáre, v. bronzear ligeiramente.
Abbronzáre, v. bronzear.
Abbronzatéllo, adj. levemente bronzeado.
Abbronzatíccio, adj. um tanto bronzeado.
Abbronzáto, p. p. e adj. bronzeado.
Abbronzatúra, s. f. bronzagem; ação de bronzear; (agr.) doença dos vegetais.
Abbronzíre, v. bronzear; tornar morena a pele por efeito do sol.
Abbruciábile (e **bruciábile),** adj. queimável, combustivo, combustível.
Abbruciacchiaménto, s. m. crestamento, cresta, chamuscamento.
Abbruciacchiáre, v. chamuscar, queimar, crestar, queimar levemente.
Abbruciacchiáto, p. p. e adj. chamuscado, crestado.
Abbruciaménto, s. m. queimação, queima: queimadura.
Abbruciáre, (e **bruciáre)** v. queimar.
Abbruciáto, p. p. e adj. queimado.
Abbruciatôre, s. m. queimador; o que queima.
Abbrunaménto, s. m. escurecimento / enlutamento.
Abbrunáre, v. escurecer, amorenar / enlutar, por luto.
Abbrunire, v. amorenar: tornar moreno / bronzear.
Abbrustolíre, v. tostar, torrar.
Abbrustolíta, s. f. tostada, tostadela.
Abbrutiménto, s. m. embrutecimento; ação de embrutecer.
Abbrutíre, v. embrutecer.
Abbrutíre, v. afear, tornar feio; enfear / (refl.) **abbrutirsi:** afear-se, enfear-se.
Abbuiaménto, s. m. escurecimento; ação ou efeito de escurecer; ofuscamento; deslustramento.
Abbuiáre, v. escurecer, deslustrar, empanar / ocultar intencionalmente / (refl.) **abbruiársi:** obscurecer-se, escurecer-se; anoitecer.
Abbuiáto, p. p. e adj. escurecido, obscurecido, empanado / carregado; nublado, ofuscado.
Abbuòno, (o mesmo que **abbuòno),** s. m. abono, desconto.
Abburattáio, adj. e s. m. peneirador, que, ou o que peneira.

Abburattaménto, s. m. peneiramento: ato ou trabalho de peneirar / discussão.
Abburattáre, v. separar o joio do trigo; peneirar / sacudir / debater; discutir.
Abburattáta, s. f. peneiração, peneirada: aquilo que se peneira de uma só vez.
Abburattáto, p. p. e adj. peneirado / debatido, questionado, discutido.
Abburattatôre, adj. e s. m. peneirador.
Abburattône, s. m. palrador, charlatão.
Abburattatúra, s. f. peneiramento.
Abbuzíre, v. abarrotar-se, encher o estômago excessivamente; atulhar-se; fartar-se, anuviar-se (tempo).
Abbuzzíto, p. p. adj. abarrotado, cheio, empanturrado / anuviado.
Abdicáre, v. abdicar, renunciar.
Abdicatòrio, adj. abdicatório.
Abdicaziône, s. f. abdicação.
Aberráre, v. aberrar falhar, disparatar.
Aberraziône, s. f. aberração / desvio, erro, anomalia.
Abête, s. m. abeto; árvore resinosa.
Abetélla, s. f. abeto cortado e polido.
Abetíno, adj. diz-se do vinho ou cerveja com infusão, de folhas de abeto.
Abiettézza, s. f. abjeção, baixeza, aviltamento, infâmia.
Abiétto, adj. abjeto, desprezível, vil.
Abieziône, s. f. abjeção; estado de quem se encontra abjeto.
Abigeatário, s. m. (jur.) abigeatário; ladrão de gado.
Abigeáto, s. m. abigeato; roubo de gado.
Ábile, adj. hábil, apto, capaz.
Abilitá, s. f. habilidade, aptidão, capacidade.
Abilitáre, v. habilitar, tornar apto, capaz / (refl.) **abilitársi:** habilitar-se.
Abilitáto, p. p. e adj. habilitado, capacitado.
Abilitaziône, s. f. habilitação.
Abiogênese s. f. abiogênese: geração espontânea.
Abissále, adj. abissal, abismal.
Abísso, s. m. abismo, abisso, voragem, precipício.
Abitábile, adj. habitável.
Abitácolo, s. m. habitáculo: habitação pobre e acanhada.
Abitáccio, (pej. de **àbito)** s. m. vestido velho, roto, ou sujo.
Abitànte, p. pr., adj. e s. m. habitante, residente, morador.
Abitáre, v. habitar, residir em, morar em.
Abitáto, p. p. e adj. povoado, habitado / (s. m.) povoado.
Abitatôre, s. m. (**abitratríce,** f.) habitador, habitante, morador.
Abitaziône, s. f. habitação, morada, casa, domicílio.
Abitíno, s. m. (dim.) vestido pequeno ou gracioso / escapulário.
Abito, s. m. vestido, costume, hábito.
Abitône, (aum.) s. m. vestido; terno grande ou de luxo.
Abituále, adj. habitual, freqüente.
Abitualménte, adv. habitualmente, costumeiramente, comumente.
Abitúccio, (dim.) s. m. roupinha, roupa de criança, roupa apertada e estreita.

Abituáre, v. acostumar, habituar, adestrar, exercitar.
Abituàto, p. p. e adj. acostumado, habituado.
Abitudinário, adj. habitudinário, habitual, consuetudinário, costumado.
Abitùdine, s. f. hábito, costume, uso, vezo.
Abitúro, s. m. casebre, casinhola / abrigo de animais.
Abiúra, s. f. abjuração / retratação, apostasia.
Abiuràre, v. abjurar, renunciar, apostatar / desdizer-se.
Abiurazióne, s. f. abjuração, ato de abjurar; apostasia, renúncia.
Ablatívo, s. m. ablativo: caso de declinação latina e de outras línguas, que indica as circunstâncias de instrumento, matéria, companhia etc. / (adj.) ablativo, que pode tirar, que subtrai
Ablazióne, s. f. ablação.
Abluzióne, s. f. lavagem, ablução, ação de lavar.
Abnegazióne, s. f. abnegação, renúncia, desinteresse, desprendimento.
Abnegáre, v. abnegar, renunciar, desinteressar-se de obter qualquer prêmio, vantagem etc.
Abolíbile, adj. abolível, revogável.
Abolíre, v. abolir, anular, suprimir, extinguir, revogar.
Abolitívo, adj. abolitivo, abolitório.
Abolíto, p. p. e adj. abolido, suprimido, revogado, anulado.
Abolizióne, s. f. abolição, abolimento, extinção.
Abolizionísmo, s. m. abolicionismo.
Abolizionísta, adj. e s. abolicionista.
Abòlla, s. f. veste militar dos romanos antigos.
Abòmaso, s. m. abômaso, estômago dos ruminantes.
Abomínábile, adj. abominável, nefando, execrando, detestável.
Abominándo, v. abominêvole.
Abomináre, v. abominar, execrar, aborrecer, detestar, odiar.
Abominàto, p. p. e adj. abominado, odiado, execrado, detestado.
Abominatòre, s. m. (abominatrice, f.) abominador.
Abominazióne, s. f. abominação, repulsão, abomínio, execração.
Abominêvole, adj. abominável, execrável, detestável, odioso, nefando, abominoso.
Aborígene, s. m. aborígine, nativo, indígena / (s. m. pl.) aborígenes, indígenas.
Aborrêvole, adj. aborrível, aborrecível.
Aborriménto, s. m. aborrecimento, ódio, aversão, repugnância.
Aborríre (o mesmo que **abborríre**), v. aborrecer, aborrir, odiar, abominar, detestar, execrar.
Aborríto, p. p. e adj. aborrido, aborrecido, odiado, detestado.
Aborritòre, s. m. (aborritrice, f.) aborrecedor.
Abortíre, v. abortar.
Abortívo, adj. abortivo.
Abòrto, s. m. aborto; abortamento / (fig.) pessoa mal formada, monstro.

Abracadàbra, s. m. abracadabra, palavra mágica a que se atribui a cura de certas moléstias: crença supersticiosa, jogo de palavras.
Abrasióne, s. f. abrasão, raspagem, rasura / desgastamento.
Abrogáre, v. abrogar, anular, revogar, suprimir, pôr em desuso, derrogar.
Abrogáto, p. p. e adj. abrogado, revogado, anulado, suprimido.
Abrogatòrio, adj. abrogatório, abrogativo, revogatório, extintório.
Abrogazióne, s. f. abrogamento, anulação, extinção, revogação, abrogação.
Abròma, s. f. abroma (planta intertropical da família das esterculiáceas).
Abròstine, s. f. labrusca, vidonho, espécie de uva para dar maior sabor ao vinho.
Abrôtano, s. m. abrôtano, arbusto da família das compostas.
Abside, s. f. ábside.
Abulía, s. f. abulia, ausência de vontade; perda parcial ou total da vontade, por doença.
Abúlico, adj. abúlico; / (s. m.) doente de abulia.
Abúna, s. m. (abiss.) chefe da igreja abissínia.
Abusáre, v. abusar; fazer mau uso de alguma coisa ou uso excessivo; exceder.
Abusatòre, s. m. abusador.
Abusivamênte, adv. abusivamente: impropriamente, falsamente.
Abusívo, adj. abusivo.
Abúso, s. m. abuso; uso errado, excessivo ou injusto / desordem, excesso.
Abusióne, s. f. abusão, erro, engano / superstição.
Acàcia, s. f. (bot.) acácia.
Acagiú, (do fr. "acajou") (o mesmo que anacardo), s. m. caju / cajueiro; acaju.
Acànto, s. m. acanto, planta espinhosa de folhas largas e recortadas / (arquit.) elemento decorativo de capitel coríntio.
Acantocèfali, s. m. pl. acantocéfalos.
Acaro, s. m. ácaro, nome comum a todos os pequenos acarinos.
Acaròide, s. f. acaróide.
Acàrpo, adj. acárpico ou acarpo; que não dá fruto (planta).
Acatafasía, s. f. (med.) acatafasia; perturbação da palavra.
Acatalessía, s. f. acatalepsia; impossibilidade de compreender.
Acatalèttico, adj. e s. m. acataléptico, referente a acatalepsia / acataléptico, verso grego ou latino ao qual não falta nenhuma das sílabas que deve ter.
Acatàposi, s. f. (med.) acatápose, dificuldade de engolir.
Acattòlico, s. m. acatólico.
Acca, agá (h) oitava letra do alfabeto italiano / (fig. fam.) nada: **non sa, non vale un'acca**: não sabe, não vale nada.
Accadèmia, s. f. academia / (fig.) **non facciamo un'accadèmia**: não travemos discussões inúteis.
Accademicamênte, adv. academicamente, segundo o costume das academias / por puro passatempo, sem fim determinado.

Accadèmico, adj. acadêmico, que pertence a uma academia / (s. m.) sócio de uma academia.
Accadère, v. acontecer, ocorrer; sobrevir, suceder; **dovera** —— **a me**: tinha que acontecer a mim.
Accadimênto, s. m. (rar.) sucesso, acontecimento, evento.
Accadúto, p. p. e s. m. acontecido, sucedido, realizado, ocorrido; **si comenta l'accadúto**: comenta-se o acontecido / acontecimento, sucesso, ocorrência.
Accaffáre, v. (ant.) agarrar, tomar, arrebatar da mão; levar à força.
Accagionamênto, s. m. imputação, acusação.
Accagionáre, v. acusar, culpar, incriminar / imputar, atribuir a alguém a culpa de uma coisa.
Accagliamênto, s. m. coagulação.
Accagliáre, v. coagular / condensar, coalhar.
Accagliáto, p. p. e adj. coagulado, coalhado.
Accagliatúra, s. f. coagulação, ação e efeito de coagular.
Accalappiacáni, s. m. pessoa encarregada de laçar os cães vadios.
Accalappiamênto, s. m. enlaçadura, enlaçamento, ação de laçar ou enlaçar / (fig.) sedução, engano, tapeação, logramento, logro.
Accalappiáre, v. laçar, enlaçar, pegar com o laço / lograr, enganar, tapear, seduzir.
Accalappiáto, p. p. e adj. laçado, enlaçado / enganado, logrado.
Accalappiatôre, s. m. (rar.) laçador, enlaçador; quem ou que enlaça.
Accalappiatúra, f. enlaçamento, ação de enlaçar.
Accalcáre, v. aglomerar, amontoar, reunir, apinhar / (refl.) aglomerar-se, apinhar-se (gente, multidão).
Accalcáto, p. p. e adj. aglomerado, apinhado.
Accaldáre, v. acalorar, aquecer / excitar.
Accaldársi, v. acalorar-se, esquentar-se / excitar-se.
Accaldáto, p. p. e adj. acalorado, aquecido / exaltado excitado.
Accaloramênto, s. m. acaloramento / exaltação, entusiasmo.
Accaloráre, v. acalorar, esquentar, aquecer / excitar, entusiasmar, animar.
Accaloríre, v. acalorar, entusiasmar.
Accampamênto, s. m. acampamento.
Accampanáre, v. acampainhar; dispor em forma de sino e diz-se especialmente de certa forma de dispor as hastes da videira.
Accampáre, v. acampar / (refl.) **accampársi**: acampar-se: erguer as tendas, aquarteirar-se / (fig.) **accampar ragioni**: apresentar razões, pretextos etc.
Accampáto, p. p. e adj. acampado.
Accampionamênto, s. m. inscrição ou registro imobiliário.
Accampionáre, v. registrar um imóvel no livro (também chamado comum "**campione**") do censo público.
Accampionáto, p. p. e adj. registrado, inscrito.
Accanaláre, v. acanalar; cavar em forma de canal; canelar, acanelar; estriar.

Accanáre, v. encarniçar o cão atrás da caça / (fig.) perseguir / (refl.) **accanarsi**: enraivecer-se; molestar, obstinar-se.
Accanáto, p. p. e adj. acossado pelos cães / (fig.) perseguido fortemente, molestado.
Accaneggiáre, v. acossar; perseguir encarniçadamente.
Accanimênto, s. m. encarniçamento, ira, raiva, ódio obstinado / obstinação, pertinácia, tenacidade.
Accaníre, v. encarniçar, acossar / enfurecer, enraivecer / (fig.) obstinar-se, entregar-se com ardor a um trabalho.
Accanitamênte, adv. encarniçadamente / obstinadamente, ferozmente; irritadamente.
Accaníto, adj. encarniçado, obstinado, implacável, feroz, cruel.
Accannatôio, s. m. (tec.) dobadoura, aparelho para dobar.
Accannelláre, v. enovelar, dobar, encanelar.
Accannelláto, p. p. e adj. acanelado, enovelado, dobado.
Accantellamênto, s. m. (tec.) enovelamento, dosagem.
Accànto, e **a canto**, prep. e adv. perto, cerca de, ao lado; (adj.) vizinho, pegado, contíguo.
Accantonamênto, s. m. acantonamento, lugar onde se acantonam tropas.
Accantonáre, v. acantonar, alojar a tropa / por à disposição uma coisa ou dinheiro para um determinado fim.
Accantonáto, p. p. e adj. acantonado / (arq.) angular, do feitio de ângulo.
Accapacciamênto, s. m. (tosc.) tontura; ligeira dor de cabeça, cansaço mental.
Accapacciáre, v. estar acometido de dor de cabeça.
Accapacciatúra, s. f. peso, tontura, dor de cabeça.
Accaparramênto, s. m. açambarcamento, monopolização, açambarcagem no mercado de determinada mercadoria / engajamento.
Accaparráre, v. engajar, aliciar, dar sinal para a compra ou uso de determinada mercadoria, açambarcar.
Accaparratôre, adj. e s. m. aliciador, engajador, açambarcador.
Accappelláre, e **accapegliàre**, (ant.) v. brigar, agarrar-se pelos cabelos.
Accappezzáre, v. desbastar, dar forma regular a uma pedra, igualando-a com as outras; (fig.) levar a termo, concluir, terminar / encabrestar, por cabresto no animal.
Accapigliamênto, s. m. rixa; briga, contenda, confusão.
Accapigliàrsi, v. brigar, pegando-se pelos cabelos; vir às mãos, rixar, contender, disputar, discutir violentamente.
Accapigliatúra, s. f. altercação, briga, rixa.
Accapitelláre, v. guarnecer as cabeceiras de um livro.
Accàpo, s. m. começo de verso, alínea.
Accappàre, v. cortar rente o pelo do feltro (de chapéu).
Accappatôio, s. m. roupão de banho.
Accappiàre, v. enlaçar; segurar; apertar com nó corredio.
Accappiatúra, s. f. enlaçadura; nó largo.

Accappiettàre, v. segurar, prender com laço.
Accapponàre, v. capar frangos, castrar / (fig.) far ——— la pelle: sentir arrepios na pele por susto ou nojo.
Accappucciàre, v. (refl.) encapuzar-se, cobrir a cabeça com o capuz.
Accappucciàto, p. p. e adj. encapuzado / (adj.) diz-se de cavalo que tem a testa curva, ou que a tem desviada para trás: cavallo ———.
Accaprettàre, v. enlaçar um animal como se faz com os cabritos.
Accapricciàre, v. espavorir-se, arrepiar-se / encaprichar-se.
Accarreggiàre, (ant.) acariciar, acarinhar.
Accarezzamênto, s. m. carícia, afago.
Accarezzàre, v. acariciar, afagar, acarinhar, acocorar.
Accarnàre e **accarnìre**, (ant.) v. penetrar ou fazer penetrar na carne / entender bem ou fazer entender bem.
Accarpionàre, v. cozinhar os peixes à maneira de carpa.
Accartocciamênto, s. m. encartuchamento; embrulho em forma de cartucho.
Accartocciàre, v. encartuchar, embrulhar, meter em cartucho.
Accatocciatòri, s. m. pl. (zool.) insetos que se enrolam dentro das folhas para por os ovos.
Accartocciatúra, s. f. encartuchamento, ato e efeito de encartuchar.
Accasamênto, s. m. casamento.
Accasàre, v. casar; unir-se em matrimônio; montar casa.
Accasàre, (ant.) v. acontecer, suceder.
Accasciamênto, s. m. esfalfamento, extenuação, fraqueza, prostração.
Accasciàre, v. esfalfar, extenuar, enfraquecer, abater, prostrar: gli anni e le fatiche lo hanno accasciato.
Accasciato, p. p. e adj. prostrado, cansado, deprimido, abatido.
Accasernàre, v. aquartelar; alojar a tropa nas casernas.
Accastellamênto, s. m. (mar.) conjunto dos castelos de proa e de popa de um navio / amontoamento, amontoação.
Accastellàre, v. acastelar, fortificar (o campo); encastelar, empilhar, amontoar.
Accastellàto, p. p. e adj. diz-se de navio que tem castelos de proa e de popa / encastelado, empilhado, amontoado.
Accastellinàre, v. encastelar, empilhar em forma de pirâmide, amontoar.
Accatarramênto, **accatarratúra**, s. f. resfriado com formação de catarro.
Accatarràre, v. acatarrar; ficar catarroso.
Accatarràto, p. p. e adj. acatarrado, acatarroado / defluxado.
Accatastamênto, s. m. empilhamento, amontoamento, amontoação.
Accatastàre, v. encastelar, empilhar em forma de pirâmide, amontoar.
Accatricchiàre, v. agarrar-se com pernas e braços à pessoa de alguém; atarracar-se, engalfinhar-se.
Accattabrìghe, s. m. brigão, rixoso.
Accattafièno, s. m. máquina que recolhe o feno cortado.
Accattamênto, s. m. mendigagem.
Accattapàne e **accattatòzzi**, s. m. mendicante, pedinte.

Accattàre, v. pedir, mendigar, esmolar / implorar, solicitar / esquadrinhar, esmiuçar, procurar.
Accattìno, s. m. pedinte à porta das igrejas ou noutro lugar por fim religioso ou caritativo.
Accàtto, s. m. mendigação, pedintaria / o que se recolhe pedindo / **sapienza d'accatto**: sabedoria de segunda ou terceira mão.
Accattòlica, s. f. jogo de palavras com "La Cattolica", cidade da Romagnia.
Accattonàggio, s. m. mendicância, ofício de mendigagem: **andare all'accattolica**, viver, andar pedinchando, mendigando.
Accattône, s. m. mendicante; mendigo / (fig.) é un ——— di lodi; é um implorador de elogios.
Accattoneria, s. f. mendicância.
Accavalcàre, v. acavalar, passar sobre / galgar.
Accavalciàre, v. estar a cavalo sobre uma coisa e, por extensão, diz-se de pontes, arcos, viadutos, etc. que estão a cavaleiro de um rio, estrada, etc. / sobrepor uma perna à outra.
Accavalciòne, adv. a cavalo / escarranchado, escarrapachado.
Accavallamênto, s. m. encavalamento, acavalamento.
Accavallàre, v. acavalar; encavalar / amontoar, sobrepor / **nervo accavallato**: nervo deslocado.
Accavallàto, p. p. e adj. acavalado, encavalado / soproposto, amontoado.
Accavallatúra, s. f. ação e efeito de acavaleirar / conjunto de fios tecidos, deixados fora da tecedura.
Accavezzàre, v. encabrestar, por cabresto no animal.
Accavigliàre, v. enovelar ou anovelar; dobrar; enrolar.
Accavigliàto, p. p. e adj. enovelado, dobado, enrolado.
Accavigliatôre, (**accavigliatrice**, f.) s. m. dobador, dobadeira.
Accecamênto, s. m. cegamento, cegueira / desvairamento.
Accecàre, v. cegar / deslumbrar, iludir, ofuscar / perturbar a vista / tapar, obstruir / (refl.) cegar-se, enganar-se, iludir-se, alucinar-se.
Accecatôio, s. m. ponta de broca de pua.
Accecatôre, s. m. que cega; cegante; (fig.) deslumbrante, ofuscante.
Accecatúra, s. f. cegueira praticada por tormenta ou em pássaro cantor / (técn.) furo feito com a broca.
Accèdere (pr. **-èdo**), v. aceder, consentir, aderir; ——— a una supplica: aceder a uma súplica / concordar, assentir: ——— a un'opinione: aceitar uma opinião / acercar-se de um lugar, entrar, penetrar em: ——— a un luogo.
Acceffàre (pr. **-èffo**), v. pegar com os dentes, morder (os cães etc.)
Acceleràre, (pr. **-èlero**), acelerar, apressar.
Acceleratamênte, adj. aceleradamente.
Acceleramênto, adv. aceleração.
Accelerativo, adj. acelerativo.

Acceleràto, p. p. acelerado / (adj. e s. m.) (fer.) **treno** ———: trem rápido.
Acceleratôre, adj. acelerador / (s. m.) (ant.) acelerador.
Accelerazióne, s. f. aceleração.
Accèndere (pr. -èndo, -èndiamo, -endête, -endono), v. acender, por fogo, atear, inflamar / (fig.) estimular, instigar, excitar, suscitar / (com.) ——— **una partita, un conto corr., un debito, un'ipoteca**: abrir uma c/c/, assentar uma dívida, inscrever uma hipoteca / (pr.) acender-se, inflamar-se.
Accendíbile, adj. que se pode acender: inflamável.
Accendimênto, s. m. acendimento, ato de acender.
Accendino, s. m. (neol.) denominação popular do isqueiro.
Accendisígari, s. m. isqueiro.
Accenditôio, s. m. acendedor / vara com lume na ponta para acender velas, bicos de gás etc.
Accenditôre, s. m. (f. -tríce -tora) acendedor / ——— **automático**: isqueiro.
Accennàre, (pr. -énno), v. acenar, fazer acenos, chamar a atenção de; aludir, fazer referência a coisa ou pessoa; indicar, mostrar / (pint.) esboçar / (refl.) **accennarsi**, entender-se por meio de sinais.
Accénno, s. m. aceno; sinal com a cabeça, olhos ou mãos; gesto / indício, sinal, traço, sintoma / alusão.
Accensíbile, adj. acendível, inflamável / excitável; **uomo di carattere** ———: homem de gênio excitável.
Accensiône, s. f. acendimento, ato de acender / (med.) inflamação, ardor, calor.
Accènso, (ant.) s. m. aceno, oficial subalterno, entre os romanos.
Accentàre (pr. -ènto) v. (gram.) acentuar.
Accentatúra, s. f. acentuação.
Accentazione, s. f. acentuação.
Accènto, s. m. acento : modo de pronunciar, pronúncia; **si conosce dall'accento forestiero** / (poét.) voz, palavra: **lugubri accenti** / (ant.) **accenti ecclesiastici**: fórmulas melódicas da Igreja.
Accentoríni, s. m. (pl.) clérigos que cantam no coro.
Accentramênto, s. m. concentração / (pol.) centralização.
Accentràre, (pr. -èntro), v. concentrar / centralizar.
Accentratôre, adj. e s. m. (f. -tríce) concentrador / centralizador.
Accentuàle, adj. (p. us.) relativo a acento: **pronunzia** ———
Accentuàre (pr. -èntuo), v. acentuar, dar relevo a: ——— **una frase**: acentuar uma frase / (barb.) usado por **mettere in evidenza, aumentare, aggravarsi.**
Accentuatamênte, adv. acentuadamente.
Accentuazióne, s. f. acentuação.
Acceppàre (pr. -éppo), v. (mar.) amarrar a âncora na borda do navio.
Accerchiamênto, s. m. cerco, ação e efeito de cercar ou rodear.
Accerchiàre (pr. -êrchio), v. cercar; ——— **il castello, il nemico**: cercar o castelo, o inimigo / rodear, circundar / por aros em tonéis, barris etc.
Accerchielláre, v. por aros.
Accercinare (pr. -èrcimo), v. enroscar / enrolar em forma de rosca.
Accerpellàto, adj. (p. us.) picado de bexigas, afeado por manchas e cicatrizes (na cútis).
Accertamênto, s. m. acerto, ajuste, perícia, verificação / afirmação / atribuição de impostos feita pelo fisco.
Accertàre (pr. -èrto), v. afirmar, assegurar, certificar, asseverar a verdade de uma coisa / averiguar, verificar, comprovar / determinar o fisco, a renda do contribuinte / (refl.) **accertarsi**: certificar-se de uma coisa.
Accertatamênte, adv. de modo seguro, com certeza, acertadamente.
Accèrto, (ant.) s. m. acerto, precisão, idéia precisa, bom êxito.
Accèso, adj. aceso, acendido / vivo, brilhante, quente, inflamado / irado, irritado, encolerizado / (com.) **conto** ———: conta aberta, não saldada.
Accessíbile, adj. acessível / afável, tratável / **prezzo** ——— **a tutte le borse**: preço ao alcance de todos.
Accessibilità, s. f. acessibilidade.
Accessióne, s. f. acesso, entrada, caminho / acessão, consentimento, anuência, adesão / (for.) ——— **naturale**, aumento dos bens por causas naturais / (astr.) ——— **della luna**: lua nova / ——— **del sole**: o nascer do sol.
Accèssit (voz lat.) s. m. accessit, distinção inferior ao prêmio (tem quase o valor de uma menção honrosa).
Accèsso, s. m. acesso; entrada; lugar pelo qual se acede a outro; aproximação / (jur.) visita judicial ao lugar do delito / (med.) aparecimento, ataque de algum fenômeno mórbido: ——— **d'ira, di tosse**, etc.
Accessoriamênte, adv. acessoriamente / secundariamente.
Accessòrio, adj. e s. m. acessório: secundário; não necessário / acessório; complementar; adjunto.
Accestàto, adj. em forma de cesto.
Accestíre, v. repolhar, dizer-se das plantas e das ervas quando começam a multiplicar folhas ou ramos sobre o tronco.
Accètta, s. f. machado / (fig.) **fatto con l'accetta**: feito grosseiramente (diz-se também de pessoas).
Accettàbile, adj. aceitável, admissível, tolerável.
Accettabilità, s. f. aceitabilidade, admissibilidade.
Accettabilmênte, adv. aceitavelmente.
Accettànte, p. pr. e adj. aceitante / (s. m.) o que aceita uma letra (de câmbio).
Accettàre, v. aceitar, receber, acolher, consentir / admitir, aprovar / receber com agrado.
Accettàta, s. f. machadada (equin.) depressão do pescoço do cavalo.
Accettatôre, s. m. (raro) aceitador; aceitante / (ant.) sequaz, asseclá, partidário.

Accettazióne, s. f. aceitação, ato ou efeito de aceitar; (com.) aceite.
Accètto, adj. aceito, recebido, querido, benquisto.
Accezióne, s. f. (lat. acceptio) acepção, sentido em que se toma uma palavra ou frase; escolha; interpretação; **un vocabolo puó avere diverse accezioni.**
Acchetàre, o mesmo que **acquietàre**, v. aquietar, pacificar, apaziguar.
Acchiantàre, (ant.) v. enraizar-se, medrar, prosperar.
Acchiappacàni, ver **accalappiacàni**, forma mais correta.
Acchiappàre, v. agarrar, pegar, segurar: **non sapeva quel che ci era voluto per —— tutta quella fortuṇa** / prender, arrebatar, pilhar, surpreender, surripiar.
Acchiapparèllo, s. m. ardil, engano.
Acchiappatóio, s. m. armadilha / cilada.
Acchiocciàre, v. acocorar-se, agachar-se para chocar os pintinhos (a galinha); usado também em sentido figurado.
Acchiocciolaménto, s. m. enrolamento, envolvimento, enroscamento em forma espiralada.
Acchiocciolàre, v. enroscar, enrolar (em espiral).
Acchiocciolàrsi, v. (refl.) encolher-se.
Acchiocciolatúra, s. f. enrolamento, enroscamento / encolhimento. acocoramento.
Acchitàre, (fr. acquitter) v. no jogo de bilhar mandar a bola a um ponto qualquer, iniciando a partida.
Acchíto, s. m. posição da bola do bilhar depois de impulsionada / (fig.) **di primo ——**: logo no princípio.
Acchiúdere, v. inserir, incluir.
Accia, s. f. fio grosseiro de linho ou cânhamo, enrolado em meada / (raro) estopa.
Accia, s. f. (ant.) acha, machadinha, arma de corte.
Acciabattamento, s. m. achavascamento, atamancamento, achamboamento.
Acciabattàre, v. achavascar, tornar achavascado; fazer mal uma coisa; achamboar, atamancar.
Acciabattatôre, s. m. atamancador. achavascador.
Acciabattatúra, s. f. atamancamento, ação de fazer mal uma coisa.
Acciabattóne, s. m. atamancador, achavascador / remendeiro, remendão.
Acciaccaménto, s. m. achatamento, amassamento.
Acciaccàre, v. achatar, amassar, achaparrar, pisar / (fig.) abater, deprimir, rebaixar.
Acciaccatúra, s. f. achatadura, achatamento / achatadela.
Acciaccinàre, v. azafamar-se com escasso proveito.
Acciàcco, (do ár. sciaka) achaque, doença habitual / (pl.) **acciàcchi**.
Acciaccôso, adj. achacoso, achaquento.
Acciaiáre, v. acerar, dar têmpera de aço.
Acciaiáto, p. p. e adj. acerado, reduzido a aço.
Acciaiatúra, s. f. aceramento, ato ou efeito de acerar, aceração.
Acciaiería, s. f. aceraria, oficina onde se trabalha ou prepara o aço.

Acciaíno, s. m. amolador, afiador de aço / bolinha de aço furada para passar o fio, usada nos trabalhos de bordadura.
Acciàio, s. m. aço / (poét.) espada, armadura: (pl.) **acciai**.
Acciaiolíno, s. m. (dim.) lantejoula, pequena chapa circular aplicada como adorno em peças de vestuário.
Acciaiuòla, s. f. tachinha de aço usada pelos sapateiros para reforço das solas / pena de aço, de escrever.
Acciaiuólo, s. m. afiador de aço.
Acciàle (ant.), s. m. aço.
Acciambellàre, v. enroscar, dar forma de rosca.
Acciannàre, v. afanar-se, fatigar-se.
Acciapinàre, v. (tosc.) azafamar-se, atarefar-se / trabalhar raivosamente.
Acciaríno, s. m. fuzil, peça de aço com que se faz lume na pederneira.
Acciàro, s. m. aço / (poét.) espada, armadura; instrumento de aço.
Acciarpaménto, s. m. achavascamento, desmazelo.
Acciarpàre, v. achavascar, atamancar, trabalhar toscamente.
Acciarpataménte, adv. toscamente, desmazeladamente, descuidadamente, desazadamente.
Acciarpatôre, adj. e s. m. atamancador; desmazelado; negligente / remendão.
Acciarpío, s. m. achavascamento, desmazelo continuado.
Acciarpône, s. m. achavascador, remendão, relaxado.
Accidèmpoli, (ecles.) (fam.) eufemística usada para evitar a mais vulgar "accidenti": arre, cáspite, puxa.
Accidentàle, adj. acidental, casual, fortuito / acessório, não essencial.
Accidentalità, s. f. acidentalidade, casualidade, acaso, eventualidade.
Accidentalmente, adv. acidentalmente, casualmente.
Accidentáto, p. p. e adj. acidentado, que sofreu um acidente / (neol.) irregular, ondulado (terreno) / (neol.) paralítico.
Accidènte, s. m. acidente, sucesso repentino ou casual, contingência, peripécia / golpe apoplético / desastre / (fig. fam.) mulher feia, homem ruim / (gram.) propr. característica das partes variáveis do discurso / (mús.) sinal ind. da alteração do tom das notas / (pl.) excl. (vulgar) de maravilha, despeito etc. / **per ——**: por acaso.
Accídia, s. f. preguiça, negligência, acídia, indolência.
Accidiosamènte, adv. preguiçosamente, acidiosamente, negligentemente.
Accidiôso, adj. acidioso, preguiçoso, negligente, indolente.
Accigliaménto, s. m. semblante carregado, severo ou sombrio; carranca, sobrecenho, arrufo, zanga.
Accigliàre, v. franzir as sobrancelhas por ira, severidade ou meditação; encarrancar-se, zangar-se.
Accigliataménte, adv. cenhudamente, carrancudamente, zangadamente, mal-humoradamente.

Accigliàto, p. p. e adj. carrancudo, mal humorado, cenhoso, zangado.
Accigliatúra, s. f. carranca / espaço entre as sobrancelhas / forma das sobrancelhas: che bella ———.
Acciglionàre, v. munir de muros, reparos, diques, parapeitos.
Accileccàre, enganar, lograr, iludir.
Accincignàre, v. amarfanhar, amarrotar, machucar.
Accíngere, v. por-se à obra, preparar-se para fazer uma coisa; começar, estar para fazer (uma coisa).
Accínto, p. p. e adj. cingido / preparado, pronto para.
Accintolàre, v. (tint.) cingir de cinto ou faixa a parte que não se quer tingir.
Àccio, sufixo dos pejorativos; soldatáccio: soldado ruim.
Acciò, conj. (raro) a fim de que.
Acciocchê, conj. a fim de que, para que, para; ——— tutti la veda: a fim de que todos a vejam.
Acciocchíre, v. fazer adormecer ou adormecer: quel vino l'ha acciocchito.
Acciocchíto, p. p. e adj. adormecido, entorpecido.
Acciòcco, adj. usado na loc. "víola acciòcca", violeta que produz flores a cachos.
Acciottolàre, v. empedrar, calçar com pedras, calcetar / embater os pratos e trens de cozinha como faz a cozinheira, ao manuseá-los.
Acciottolàto, p. p. e adj. empedrado, calcetado; calçado com pedras.
Acciottolatùra, s. f. calcetamento, ação de calcetar, empedramento.
Acciottolío, s. m. ruído contínuo ou freqüente de pratos e objetos semelhantes manuseados.
Accipigliàre, v. carregar o cenho, irar-se, enfurecer-se.
Accismàre, v. (ant.) cortar, dividir, separar; un diavolo è qua dentro che ne accisma (Dante).
Acciucchíre, v. (fam.) estupidificar, emburrar, emparvoecer / assombrar, estuporar, pasmar; como lo seppe, restò lì acciucchito, assim que o soube, quedou-se pasmado.
Acciuffàre, v. agarrar pelos cabelos / agarrar, pegar, segurar, prender / (refl.) **acciuffàrsi**, agarrar-se, brigar, pegar-se, debater-se.
Acciùga, s. f. anchova, sardinha / (bot.) nome vulgar do orégão, planta das labiadas.
Acciugaio, s. m. vendedor de anchovas ou sardinhas / (depr.) livro útil somente para embrulhar sardinhas.
Acciugàta, s. f. molho de anchovas; anchovas.
Acciughína, s. f. inseto da ordem dos Tisanuros, que rói o papel e que se encontra especialmente entre os livros velhos / (dim.) enchovinha.
Accivanzàre, v. (ant.) economizar.
Accivettàre, v. engodar, maliciar, tornar-se astuto por experiência / espertar, tornar astuto, finório.
Accivettàto, p. p. e adj. malicioso, acautelado, experimentado: con me ogni insídia é inutile, sono ormai ——— experimentado: con me ogni insídia é inutile, sono ormai ———

Accivíre, (ant.), v. prover, fornecer, munir / conseguir / cumprir, levar a termo.
Acclamàre, v. aclamar, aplaudir, aprovar; eleger com aplausos e aclamações.
Acclamatôre, adj. e s. m. aclamador, aplaudidor.
Acclimàre, v. aclimar, habituar-se a um clima (especialmente plantas e animais).
Acllimatàre, (do fr. acclimater), v. aclimar, aclimatar.
Acclimatazióne, (do fr.) s. f. aclimatação, aclimação.
Acclimazióne, s. f. aclimação, aclimatação.
Acclíne, adj. em declive, em descida, inclinado / (ant.) que tem tendência, propenso: nell'ordine chio dico sono ——— (Dante).
Acclíve, adj. aclive, íngreme.
Acclúdere, v. incluir, fechar dentro de outra coisa, encerrar, inserir, juntar.
Acclúsa, s. f. incluída, anexa (diz-se de carta que se põe dentro de outra).
Acclúso, p. p. e adj. junto, incluído, unido, anexo.
Accoccàre, v. adaptar a flecha à corda do arco / amarrar o fio ao castão do fuso (de tecer) / percutir, bater, vibrar um golpe / burlar, zombar, enganar.
Accoccàto, p. p. adj. e s. m. esticado, teso (do tear) / acocorado, sentado nos calcanhares / (pl.) encaixes nos bastidores do tear.
Accoccolàre, v. acocorar, por de cócoras, agachar / (refl.) acocorar-se, agachar-se.
Accodaménto, s. m. enfileiramento, alinhamento.
Accodàre, (de coda, cauda) v. enfileirar, dispor uns (animais, etc.) atrás dos outros / (fig.) seguir alguém, acompanhar.
Accodatúra, s. f. enfileiramento, ação e efeito de enfileirar, de alinhar um atrás de outro.
Accogliènza, s. f. acolhida, acolhimento, recebimento, recepção.
Accògliere, v. acolher, dar guarida, admitir em sua casa ou companhia / (fig.) aprovar, seguir, aceitar: ——— l'opinione del maestro.
Accogliménto, s. m. acolhimento, acolhida, recepção, hospitalidade / (ant.) reunião, ajuntamento.
Accoglitíccio, adj. juntado às pressas e sem cuidado ou escolha.
Accoglitôre, adj. e s. m. acolhedor, recolhedor, o que recolhe, reúne, compilador; e vidi il buon accoglitor, etc. (Dante).
Accoltàto, s. m. (ecles.) acolitado.
Accólito, s. m. acólito / ajudante, companheiro / sequaz.
Accollacciàto, adj. (de collo, pescoço) sufocado, afogado por vestido muito apertado / vestido fechado até ao pescoço.
Accollaménto, s. m. impingimento, adjudicação, pespegadela.

Accollàre, v. cangar, carregar muito a besta de carga ou a parte anterior do carro ou carroça / acostumar os bois à carga / assumir sobre si ou outros uma responsabilidade, um encargo, uma despesa, etc. / cobrir até o pescoço (vestido) / (ant.) abraçar.

Accollàta (fr. accolade). (ant.) s. f. nas cerimônias de cavalaria, pancada de espada que se dava no pescoço do novo cavaleiro.

Accollatário, s. m. adjudicatário, aquele a quem se adjudica um trabalho, um encargo, uma obrigação / (neol.) empreiteiro.

Accollàtico, s. m. tributo que se pagava pelo uso de bois jungidos à canga.

Accollàto, p. p. e adj. ajustado, apertado, fechado (vestido ou calçado) / (heráld.) sobreposto.

Accollatôre, s. m. aquele que adjudica ou dá em empreitada.

Accollatúra, s. m. gola do vestido / sinal que a canga deixa no pescoço dos bois.

Accòllo, s. m. parte da carga que está na parte dianteira de um carro e que faz peso no pescoço da besta / empreitada / saliência do muro principal de um edifício / parte do muro de um forte, que ressalta.

Accòlta, s. f. reunião, ajuntamento (de gente).

Accoltellàre, v. esfaquear.

Accoltellàto, p. p. e adj. esfaqueado / muro ou pavimento de ladrilhos colocados horizontalmente.

Accoltellatôre, s. m. esfaqueador; homem sanguinário, que esfaqueia os outros.

Accòlto, p. p. e adj. acolhido, recebido / recolhido em si / abrigado.

Accomandànte, s. m. comanditário.

Accomandàre, v. recomendar / confiar, entregar alguma coisa a alguém, para que tome dela conta / segurar, prender com um nó ou laço.

Accomandatário, s. m. comanditário.

Accomandígia (ant.), s. f. fato pelo qual uma Comuna ou um Senhor se punha sob a proteção de outra Comuna, da Igreja ou de outro Senhor / (neol.) tutela, proteção, protetorado.

Accomàndita, s. f. comandita.

Accomandolàre, v. atar os fios rotos da urdidura.

Accomiatàre e accommiatàre, v. despedir, licenciar / (refl.) despedir-se, dizer adeus.

Accomignolàre, v. (ant.) levantar, alçar à guisa de chaminé.

Accommêttere, v. (ant.) entregar, transmitir, confiar / ——— il falcone: lançar o falcão para a caça.

Accòmoda, s. m. (fam.) o que ajusta tudo para comodidade dos outros; era l'accomoda della compagnia.

Accomodábile, adj. acomodável, ajustável / adaptável.

Accomodabilmênte, adv. acomodavelmente, adaptavelmente.

Accomodamênto, s. m. acomodamento, acomodação / acordo, conciliação / reajuste, conserto, ajuste.

Accomodànte, p. pr. e adj. acomodante, que acomoda.

Accomodàre, v. acomodar, arranjar, ajustar, consertar, adaptar, por em ordem, conciliar, harmonizar / (refl.) adaptar-se, ajustar-se / assentar-se, por-se na cadeira: s'accomodi, Signora.

Accomodatamênte, adv. convenientemente, oportunamente.

Accomodatíccio, s. m. remendo, conserto.

Accomodativo, adj. (raro) acomodatício, acomodadiço, que se acomoda, que se adapta.

Accomodàto, p. p. e adj. acomodado, ajustado adaptado / conveniente, oportuno.

Accomodatúra, s. f. arranjo, ajuste, conserto.

Accomodaziòne, s. f. acomodação, acomodamento, adaptação / ——— visuale: faculdade de adaptação do globo à visão de objetos situados a diversas distâncias.

Accòmodo, s. m. acomodação, conciliação entre pessoas desavindas; meglio un tristo ——— che una grassa sentenza (Pascoli).

Accompagnàbile, adj. acompanhável.

Accompagnamênto, s. m. acompanhamento, séquito, cortejo.

Accompagnàre, v. acompanhar, estar ou ir em companhia de alguém; seguir, levar alguém a um determinado lugar / unir uma coisa com outra, emparelhar.

Accompagnatôre, s. m. acompanhador; o que acompanha algum instrumento ou voz.

Accompagnatúra, s. f. acompanhamento, ação ou efeito de acompanhar.

Accomunabile, adj. acomunável, que pode ser posto em comum.

Accomunagiòne (ant.) s. f. ação de acomunar, de pôr em comum.

Accomunàre, v. acomunar, por em comum / por alguém em iguais condições, igualar, po-lo em companhia comum.

Acconcêzza, s. f. comodidade, oportunidade / apuro, jeito, ornamento.

Acconciàbile, adj. acomodável, adaptável, ajustável.

Acconciamênte, adv. oportunamente, convenientemente.

Acconciamênto, s. m. acomodamento, acomodação / atavio, ataviamento, adorno, arrumação / (refl.) acconciàrsi: arranjar-se, adaptar-se, ataviar-se, arrumar-se, preparar-se.

Acconciatamênte, adv. oportunamente, convenientemente / (ant.) comodamente.

Acconciatôre, s. m. ataviador, enfeitador, o que atavia (espec. os cabelos).

Acconciatúra, s. f. acomodação / ataviamento, ato de ataviar, atavio.

Acconcíme, s. m. pequeno conserto de casas ou de sítios (propr. rurais).

Accôncio, p. p. e adj. cômodo, oportuno / apto, idôneo, adequado, conveniente / (ant.) utilidade, conveniência, ocorrida, carência.

Accondiscendènte, p. pr. e adj. condescendente, complacente.

Accondiscèndere, v. condescender, anuir, conceder, exaudir.
Accóne, s. m. (ant.), barco de fundo chato.
Acconigliàre, v. (mar.) retirar os remos da água e dispô-los de forma que não apontem para fora.
Acconsentimênto, s. m. consentimento, aquiescência, anuência.
Acconsentíre, v. consentir, concordar, permitir, conceder, aprovar; tolerar, ceder.
Acconsenziènte, p. pr. e adj. consensciente, que consente.
Accontamênto (ant.), s. m. acompanhamento, reunião, agrupamento / notícia, informação.
Accontàre, v. acompanhar-se, estar em companhia / (ant.) narrar, confrontar, informar, travar conhecimento.
Accontentàre, v. contentar, satisfazer.
Accontêvole, (ant.) adj. afável.
Accônto, s. m. parte, quota que se paga por conta de um débito / (ant.) conhecido, amigo, íntimo.
Accoppàre, v. matar com pancada na nuca ou na cabeça / matar (de qualquer forma).
Accoppiamênto, s. m. emparelhamento, ajuntamento, união, acasalamento.
Accoppiáre, v. emparelhar, unir, acasalar, ajuntar duas coisas ou pessoas / (refl.) juntar-se, casar-se, unir-se.
Accoppiatôio, s. m. ajoujo, coleira para ter unidos os cães de caça.
Accoppiatôre, adj. e s. m. que junge, que emparelha, que une, que acasala / (hist.) (pl.) magistrados da Rep. Florentina no tempo do frade Savonarola.
Accoppiatúra, s. f. ação e efeito de emparelhar, de jungir, de acasalar.
Accoramênto, s. f. aflição, amargura, tristeza.
Accoràre, v. afligir, amargurar, penalizar, entristecer.
Accorataggine, s. f. (ant.) tristeza, dor.
Accoratamênte, adv. amarguradamente, aflitivamente, pesarosamente.
Accoratôio, s. m. faca pontiaguda para ferir no coração os porcos.
Accorazióne (ant.) s. f. aflição, pesar, dor, tristeza.
Accorciàbile, adj. encurtável, abreviável, diminuível.
Accorciamênto, s. m. encurtamento; diminuição: abreviatura.
Accorciàre, v. encurtar, abreviar, diminuir; reduzir.
Accorciatamênte, adv. abreviadamente; diminuidamente.
Accorciativo, adj. abreviativo / (s. m.) diminutivo, nome próprio abreviado; **Beppe é ———— di Giuseppe:** Zé é diminutivo de José.
Accorciatôio, adj. abreviador, que abrevia, que encurta, que serve para abreviar; (s. f.) **accorciatôia:** atalho, vereda que encurta a distância.
Accorciatôre, adj. e s. m. abreviador encurtador.
Accorciatúra, s. f. abreviamento, abreviatura, encurtamento.
Accorcíre (pres. accorcisco, abrevio, encurto), v. encurtar, abreviar, diminuir.

Accordàbile, adj. concordável, conciliável, harmonizável.
Accordabilmênte, adv. concordavelmente, conciliavelmente, ajustavelmente.
Accordamênto, (ant.) s. m. acordo, conciliação / (gram.) concordância.
Accordànza, (ant.) s. f. acordo, harmonização, conciliação / consentimento, anuência.
Accordàre, v. acordar, por em acorde (vozes, instrumentos) / ajustar, combinar / harmonizar, conciliar / concordar, conseguir, anuir.
Accordàta, s. f. acorde, ato de afinar os instrumentos de música.
Accordatamênte, adv. harmoniosamente / concordemente, de comum acordo.
Accordáto, p. p. e adj. afinado, harmonizado / concedido, outorgado.
Accordatôre, s. m. afinador (de instr. mus.).
Accordatúra, s. f. ato de por em acorde instrumentos musicais; afinação, afinamento.
Accordellàre, v torcer qualquer coisa à maneira de corda / bater a lã com o arco / torcer.
Accordellàto, s. m. tecido ordinário listrado, riscado.
Accordêvole, (ant.) adj. conciliável.
Accordevolmênte, adv. concordemente.
Accòrdio, (ant.), s. m. acordo, acorde / acordeão, instrumento musical.
Accòrdo, s. m. acorde, consonância, harmonia, acordo, ajuste, convenção / (hist.) antigo instrumento musical, espécie de violão de muitas cordas.
Accordonare, v. acordar, guarnecer, ornar de cordões.
Accordonàto, p. p. e adj. acordoado, encordoado, ornado de cordões ou de outros filetes dispostos à maneira de cordões.
Accòrgere, v. conhecer, perceber, reparar, notar, advertir, intuir / **senz'accorgersene,** inadvertidamente, e, também, com a maior facilidade.
Accorgimênto, s. m. tino, sagacidade, previsão, percebimento, percepção, astúcia, engenho.
Accorpàto, adj. prenhe (diz-se de animal) / engrossado (muro).
Accòrrere, v. acorrer, acudir / (ant.) ocorrer.
Accorruòmo, excl. (pedant.) socorro!.
Accortamênte, adv. prudentemente, criteriosamente, judiciosamente, sagazmente.
Accortàre, v. (ant.) abreviar, encurtar.
Accortezza, s. f. discernimento, perspicácia, agudeza, sagacidade, tino.
Accortigianàre, (ant.), v. fazer-se cortesão, adquirir modos de cortesão.
Accortinàre, v. acortinar, guarnecer de cortinas.
Accòrto, p. p. e adj. percebido; perspicaz, esperto, inteligente, sagaz; talentoso; vivo; astuto, esperto.
Accosciàre, v. agachar-se, acocorar-se.
Accostábile, adj. acessível, aberto, comunicativo, tratável.
Accostamênto, s. m. aproximação, encostamento, achegamento.

Accostàre, v. aproximar, encostar, achegar, avizinhar / (mar.) atracar, arrimar, chegar à costa / (fig.) accostársi a una opinione: aderir, aceitar uma opinião.
Accostatôre, adj. e s. m. aproximador, que aproxima, que encosta.
Accostatúra, s. f. encostamento, ato e efeito de encostar / comissura, junta.
Accostêvole, adj. acessível, comunicativo, tratável.
Accòsto, prep. e adv. perto, ao lado, junto, ao pé, ao lado de, junto de / (s. m.) encosto, proteção, ajuda; apoio / (adj. raro) próximo, vizinho, contíguo.
Accostolàre, v. (raro) fazer um pano tomar uma prega ou vinco falso; / (mar.) guarnecer de costas as cavernas do navio.
Accostolatúra, s. f. prega falsa de tecido.
Accostumàbile, adj. acostumável, costumável.
Accostumànza (ant.), s. f. costume, hábito.
Accostumàre, (raro) v. acostumar, fazer, habituar, costumar.
Accostumatêzza, s. f. comportamento, compostura, civilidade, urbanidade, seriedade.
Accostumàto, p. p. e adj. acostumado, habituado, consueto, freqüente, sólito.
Accotonàre, v. encrespar o pelo aos panos de lã / embutir, estofar de algodão.
Accotonatôre, s. m. que encrespa os panos / embutidor, estofador.
Accotonatúra, s. f. operação de encrespar, de ratinar os tecidos de lã / estofamento, embutimento.
Accotomàre, v. dar de empreitada / (raro) empreitar.
Accovacciàre, v. acocorar-se, agachar-se, encovilhar-se, recolher-se.
Accovacciolàre, v. encovilhar-se, aninhar-se, recolher-se.
Accovonàre, v. engavelar, enfeixar (trigo, forragem, etc.).
Accozzàglia, s. f. récua, cáfila, cambada; mistifório, reunião desordenada de pessoas ou coisas diversas.
Accozzamênto, s. m. misturada, junção de coisas ou gentes disparatadas.
Accozzàre, v. misturar, juntar, unir, sempre no sentido de união mal feita ou pouco natural; accozzàre una cosa: unir as partes de uma coisa / baralhar as cartas do jogo antes de as distribuir / (refl.) unir-se, coligar-se / (ant.) embater, chocar-se, ordenar-se, em sentido de combate.
Accòzzo, s. m. mistura, misturada, conjunto de coisas misturadas ou amontoadas.
Accreditàbile, adj. acreditável.
Accreditamênto, s. m. (com.) crédito, ato e efeito de creditar, de lançar a crédito.
Accreditàre, v. acreditar, dar crédito, dar reputação; / (com.) registrar, lançar a crédito / credenciar, dar poderes para representar (embaixador, enviado, delegado, etc.).

Accrescêre, v. acrescer, aumentar, tornar maior / (refl.) crescer, aumentar-se.
Accrescimênto, s. m. acrescimento, aumento.
Accrescitívo, s. m. acrescitivo, aumentativo.
Accresciúto, p. p. e adj. acrescido, aumentado.
Accrespàre, v. encrespar, enrugar, frizar.
Accrespatúra, s. f. encrespamento / dobra, ruga no pano que se teceu, proveniente da interrupção do trabalho do tecelão.
Accreziône, s. f. (jur.) acessão, direito do proprietário sobre o que se une ou incorpora à sua propriedade / (med.) acesso, sezão / aumento / (ant.) acréscimo.
Accrostellàre, v. coagular-se do sangue formando uma crosta.
Accúbito, s. m. acúbito, postura dos gregos e dos latinos à mesa / leito de repouso dos antigos romanos, triclínio.
Accucciàre, v. aninhar-se, encolher-se, aconchegar-se / por-se, deitar-se no canil (cão).
Accudíre, v. cuidar, atender, acudir com diligência a algum trabalho.
Acculàre, v. recuar, fazer recuar / rechaçar, recuar.
Acculattàre, v. fazer alguém cair batendo com o assento no chão; fazer uma nova lombada num livro usado /accullattare le pancole: ficar ociosamente sentado, sem ocupar-se em nada.
Accumulàbile, adj. acumulável.
Accumulamênto, s. m. acumulação, acumulamento.
Accumulàre, v. acumular, ajuntar, amontoar / abarcar, aglomerar, juntar, conglobar, armazenar.
Accumulatôre, s. m. (eletr.) acumulador, que acumula / acumulador.
Accumulaziône, s. f. acúmulo, acumulação.
Accupàre, v. escurecer, nublar (céu) / entristecer, ficar triste (pessoa).
Accuratamênte, adv. acuradamente, apuradamente, diligentemente cuidadosamente.
Accuratêzza, s. f. apuro, esmero, diligência, cuidado.
Accuràto, adj. apurado, esmerado / cuidadoso, diligente.
Accúsa, s. f. acusamento, acusação, imputação, denúncia / insinuação, calúnia, maledicência.
Accusàbile, adj. acusável, que pode ser acusado.
Accusabilità, s. f. acusabilidade.
Accusàre, v. acusar, imputar, denunciar; culpar, incriminar / (refl.) acusar-se, confessar-se culpado.
Accusàta, s. f. no jogo de cartas, declaração dos pontos ou das combinações de cartas.
Accusatívo, adj. e s. m. (gram.) acusativo.
Accusàto, p. p. e adj. acusado, que foi acusado, imputado / réu, criminoso, culpado.

Accusatôre, adj. e s. m. acusador, que acusa; **il pubblico** ———: o promotor público, o procurador da República / denunciador, delator, espião.

Accúso, s. m. denúncia, no jogo de cartas, de pontos que devem ser anunciados, para poder ter direito aos pontos.

Acedía, s. f. acédia, depressão melancólica, torpor, negligência do espírito; anomalia da vontade.

Acefalia, s. f. (med.) acefalia.

Acèfalo, adj. acéfalo; sem cabeça, sem princípio, sem sentido / (s. m.) (hist.) heréticos da Idade Média / (zool.) moluscos lamelibrânquios, desprovidos da região cefálica.

Aceràra, s. f. (raro) lugar plantado de aceríneas ou aceráceas.

Acerbamènte, adv. acerbamente, asperamente / imaturamente.

Acerbètto, (ant.) esquivoso, arisco: la quale era anzi acerbetta che no (Boccaccio).

Acerbèzza, s. f. acerbidade, aspereza, acidez, imaturidade.

Acerbità, s. f. acerbidade, aspereza, severidade, rigor.

Acèrbo, adj. acerbo, imaturo, verde áspero, azedo / severo, rigoroso, brusco / pungente, doloroso, aflitivo, cruel / acre, amargo, austero.

Acerêta, s. f. acereto; m. selva, mata de aceráceas.

Acero, s. m. ácer, gênero de plantas da família das sapindáceas acéreas / carvalho silvestre, bordo, roble.

Acèrra, s. f. acerra, acerna, naveta (do lat. acérra).

Acerrimamènte, adv. acerrimamente, asperamente, duramente.

Acèrrimo, adj. sup. acérrimo, muito acre, fortíssimo; veementíssimo.

Acèrvo, s. m. acervo, acervação, pilha, montão.

Acescènte, adj. acescente, que azeda ou tende a azedar.

Acescènza, s. f. acescência, início do azedamento, produto da fermentação.

Acetàbolo, s. m. acetábulo, vaso para o vinagre usado pelos gregos e romanos / antiga medida de capacidade / cavidade articular profunda do osso ilíaco.

Acetàio, s. m. (raro) fabricante ou vendedor de vinagre.

Acetàre, v. acetar, azedar.

Acetàrie, adj. e s. f. pl. acetárias, ervas que se condimentam com o vinagre e que se comem em salada.

Acetàto, s. m. acetato.

Acetèlla, s. f. vinagre misturado com água.

Acètico, adj. (quím.) acético.

Acetificaziône, s. f. acetificação.

Acetilène, s. m. acetileno.

Acetíno, s. m. (raro) espécie de granate ou granada (pedra) vermelho claro / trabalho em vidro que imita granada.

Acetíre, v. azedar, tornar-se azedo.

Acêto, s. m. vinagre.

Acetollèra, s. f. vinagreira, vaso para o vinagre, que se põe à mesa.

Acetòmetro, s. m. acetômetro, acetímetro.

Acetône, s. m. acetona.

Acetôsa, s. f. azeda, erva de gosto ácido, da família das Poligonáceas / água preparada com açúcar e vinagre.

Acetosèlla, s. f. (bot.) azedinha, planta ácida da família das azedas.

Acetosità, s. f. acetosidade.

Acetôso, adj. acetoso.

Acetúme, s. m. substância, matéria acetosa.

Achelàndia, s. f. navio comprido, a vela e a remos, que se usava para a guerra, nos séculos VIII e IX.

Achènio, s. m. aquênio, fruto indeiscente.

Acherónte, s. m. (mit.) Aqueronte, rio do inferno mitológico / (poét.) o inferno.

Acherontèo, acherontico, adj. aqueronteu, aquerôntico.

Achílle, s. m. Aquiles, herói grego.

Achillèa, s. f. aquileas (pl.) / planta herbácea do grupo das corimbíferas.

Achirànto, s. m. aquiranto, planta da família das quenopodiáceas.

Achiro, s. m. aquírio, monstro humano sem mãos e sem braços.

Achirurgía, s. f. operação cruenta: anematurgia.

Acianoblepsía, s. f. (med.) acianoblepsia, alteração da vista; daltonismo.

Acicolàre, adj. aciculado, acicular; em forma de agulha.

Acidèzza, s. f. (raro) acidez.

Acidificàre, v. acidificar.

Acidímetro, s. m. acidímetro.

Acidità, s. f. acidez; acididade.

Àcido, adj. ácido, de sabor acre, azedo, agro / (fig.) áspero / s. m. (quím.) ácido, (med.) ácido.

Acidosi, s. f. acidose, intoxicação ácida.

Acidulàre, v. acidular, tornar acídulo.

Acidúme, s. m. matéria, substância ácida / azedume, acidez, sabor acre / agastamento.

Acínace, s. m. acínace, espada curta; sabre curvo usado pelos orientais.

Acinesía, s. f. acinesia, imobilidade, paralisia.

Acinètico, adj. (med.) acinético.

Acino, s. m. ácino, bago de uva / uva.

Acinôso, adj. acinoso, redondo como o bago da uva / que contém ácinos.

Acirología, s. f. acirologia, impropriedade de expressão, uso de locução imprópria: io venni in luogo d'ogni luce muto (Dante).

Aclide, s. f. flecha curta dos romanos.

Acloridría, s. f. acloridria, falta de secreção de ácido cloridrico no estômago.

Acme, s. f. (med.) acme.

Acne, s. m. (med.) acne.

Acolía, s. f. acolia, interrupção da secreção biliar.

Acòlito e acolìto, v. accòlito.

Aconitina, s. f. aconitina.

Acònito, s. m. acônito.

Acònzie, s. f. acôncias (pl.), gênero de répteis ofídios.

Acore, s. f. ácore, pequena úlcera na cabeça.

Acoro, s. m. (bot.) ácoro, gênero de plantas medicinais da família das aroídeas.

Acotilèdone, adj. e s. m. (bot.) acotiledôneo, acotilédone, plantas que não possuem cotilédones.

Acqua, s. f. água; —— potàbile: água potável; —— piovana: pluvial, de chuva; dolce: doce, dos lagos e rios; distillàta: destilada, quimicamente pura; salmastra: salobra, que tem gosto a sal; sorgiva: de fonte; morta o ferma: estagnada; lustrale o santa: lustral, benta; forte: ácido nítrico: —— rágia: aguarrás; —— vite: pinga, álcool; —— tofana: água-tofana; —— manfa ou lanfa: água com essência de flores de laranjeira / ad acqua: máquina movida a água / —— cheta: que corre silenciosamente / (fig.) quem simula ingenuidade e é sonso; spècchio d'àcqua: trecho de mar; filo dell'àcqua: direção da corrente; pelo dell'àcqua: altura a que chega a água de rio ou lago; a fior d'àcqua: à flor da água, na superfície; lavorar sott'àcqua: às escondidas, sorrateiramente / —— in bocca: silenciar: não abrir o bico; aver l'àcqua alla gola: estar em perigo; un buco nell'àcqua: insucesso, fracasso; metter l'àcqua nel fuoco: por água na fervura; pestar l'àcqua nel mortaio: azafamar-se inutilmente / tirar l'àcqua al suo mulino: trabalhar em proveito próprio; —— pasata non macina piú: água passada não move moinho / —— termale o minerale; água termal ou mineral; / (pej.) acquàccia: água ruim / (dim.) acquerèlla, acquerúgiola, acquettína, acquicèlla / acquolina / aver l'acquolina in bocca: ter desejo de coisa apetitosa.

Acquacchiàre, v. agachar-se, esconder-se / envilecer, abater.

Acquacedràta, s. f. bebida preparada com água e cidra.

Acquafòrte, s. f. água forte, ácido nítrico / água-forte, desenho que se obtém com uma chapa gravada em baixo relevo.

Acquafortísta, s. m. água-fortista.

Acquagiône, s. f. (raro) chuvarada, chuva forte e continuada / afluência de água provocada por chuva.

Acquagliáre (ant.), coagular.

Acquàio, s. m. pia / cano, conduto de despejo / (fig.) gola d'acquaio: pessoa glutona / sulco transversal, para recolher as águas do campo.

Acquaiuòlo, adj. que vive na água, aquático; topo ——: rato aquático (ou aquátil) / aquoso; ciliegia acquaiuòla: cereja aquosa / (s. m.) aguadeiro, homem que leva água às casas ou a vende pela rua.

Acqualànva, v. àcqua.

Acquamaníle, s. m. ampola grande de metal, com bacia, usada pelos prelados nas abluções das mãos.

Acquamàre, s. f. cor semelhante à da água do mar.

Acquamarína, s. f. água-marinha, pedra preciosa.

Acquapendènte, s. m. (raro) pendência, declive de um monte e símil; vertente.

Acquaplàno, s. m. aquaplano, esqui aquático.

Acquàre, v. regar, aguar.

Acquarèllo, v. acquerello.

Acquàrio, s. m. aquário.

Acquaròsa, s. f. água perfumada com essência de rosas.

Aquartieramênto, s. f. aquartelamento.

Acquartieràre, v. aquartelar / (fig.) (burl.) estabelecer-se; si è acquartierato in casa dell'amico com moglie e figli.

Acquarzènte, (do esp. aguardiente) s. f. aguardente; pinga.

Acquasantièra, s. f. pia de água benta.

Acquastríno, adj. aguacento, aquoso / (s. m.) palude, pântano.

Acquàta, s. f. aguaceiro, chuva repentina e abundante / (mar.) provisão de água para abastecimento durante a viagem.

Acquàtico, adj. aquático, aquátil.

Acquàtile, adj. (raro) aquátil, aquoso.

Acquatínta, s. f. água-tinta, gravura incisa em cobre; água-forte, incisão.

Acquattàre, v. agachar, acocorar, esconder / (refl.) agachar-se, esconder-se.

Acquavitàio, s. m. o que vende ou fabrica aguardente; aguardenteiro.

Acquavíte, s. f. aguardente; pinga.

Acquazzône, s. m. chuva forte e passageira: aguaceiro.

Acquèdo, s. m. rede de pescar em forma de saco com malha de fio grosso.

Acquedòtto, s. m. aqueduto.

Àcqueo, adj. áqueo, da qualidade de água aquoso.

Acquerèccia, s. f. (raro) vaso para água, grande e elegante.

Acquerellàre, v. aquarelar, pintar à aquarela.

Acquerellísta, s. m. aquarelista, pintor à aquarela.

Acquerèllo, s. m. aguapé, vinho ordinário / aquarela (pintura).

Acquerúgiola, s. f. chuvisqueiro, chuvisco, chuvinha.

Acquetàre, (poét.) v. aquietar.

Acquètta, s. f. chuvinha, chuvisco / espécie de veneno, água-tofana.

Acquidernatúra, s. f. operação de unir as folhas de papel de maneira a formar cadernos.

Àcquido, adj. aquoso, áqueo.

Acquidòccio, s. m. escoadouro, vala que recebe a água dos campos.

Acquidôso, adj. aquoso / aquátil.

Acquiescènte, adj. aquiescente / dócil.

Acquiescènza, s. f. aquiescência / (jur.) renúncia tácita a um direito.

Acquietàbile, adj. aquietável.

Acquietamênto, s. m. aquietação, pacificação, tranqüilidade.

Acquietàre, v. aquietar, por quieto, sossegar, apaziguar, tranqüilizar.

Acquirènte, adj. e s. m. adquirente, adquiridor.

Acquisíre, v. adquirir (não se usa porém para designar aquisição de material de compra ou venda) ex. —— una certezza, un vizio, un diritto, un documento, etc.: obter, conseguir, granjear, captar.

Acquisíto, p. p. e adj. adquirido, obtido, conquistado.

Acquisitívo, adj. aquisitivo.

Acquisitôre, adj. e s. m. adquirente, adquiridor / comprador, cliente.
Acquistàbile, adj. adquirível, que se pode adquirir.
Acquistàre, v. adquirir, alcançar a posse de, comprar / obter, conquistar / progredir em algum trabalho ou arte / **acquistar tempo**: ganhar tempo, protelar, diferir.
Acquisto, s. m. aquisição, compra; o que se adquiriu: **ho fatto un buon ———** / vantagem, lucro, incremento, posse.
Acquitríno, s. m. infiltração de água na superfície do terreno / aguaçal, paul, lodaçal.
Acquitrinôso, adj. aguacento, impregnado de água, aquoso, pantanoso.
Acquivènto, s. m. água com vento.
Acquolína, s. f. (dim.) chuvinha, chuvisco / **venire, far venire l'acquolina in bocca**: diz-se de coisa que faz vir água à boca.
Acquositá, s. f. aquosidade.
Acquôso, adj. aquoso, aguado.
Acre, adj. acre, azedo, pungente, picante, áspero, mordaz / (sup.) **acèrrimo, acríssimo**.
Acredine, s. f. aspereza, azedume acrimônia, mordacidade.
Acremênte, adv. acremente.
Acrídi (sing. **acrído**), s. m. pl. acrídios, grupo de insetos ortópteros.
Acrimônia, s. f. acrimônia, acridez, aspereza, azedume.
Acrimoniôso, adj. acrimonioso.
Acrisía, s. f. acrisia, falta de discernimento, de juízo / (med.) evolução de uma doença sem crise.
Àcro, s. m. acre, medida agrária antiga usada ainda em alguns países.
Acroamàtico, adj. acroamático / esotérico.
Acròbata, s. m. acrobata, ginasta / funâmbulo.
Acrobàtico, adj. acrobático.
Acrobatísmo, s. m. acrobatismo / (fig.) funambulismo.
Acrobazía, s. f. acrobacia.
Acrobístite, s. f. acrobistite, inflamação da pele do prepúcio, principalmente nos animais domésticos.
Acrocòro, s. m. acrócoro, lugar alto, excelso.
Acromàtico, adj. acromático.
Acromatísmo, s. m. acromatismo.
Acromatopsía, s. f. acromatopsia, incapacidade de distinguir as cores.
Acromegalía, s. f. (med.) acromegalia.
Acrònico, adj. acrônico.
Acrônimo, s. m. acrônimo, sigla / acróstico.
Acròpoli, s. f. acrópole.
Acróstico, adj. e s. m. acróstico.
Acrostòlio, s. m. acrostólio, ornato (antigo) que se colocava na proa dos navios.
Acrotèrio, s. m. acrotério.
Actinomicína, s. f. actinomicina, antibiótico descoberto por Waksman.
Actinomicòsi, s. f. actinomicose, doença infecciosa.
Acuíre, v. aguçar, espertar, avivar, afiar, excitar.
Acuità, s. f. acuidade, finura, penetração, perspicácia.
Acuitívo, adj. (raro) acuitivo.
Aculeàto, adj. aculeado, que tem aguilhão ou ferrão, que tem ponta.
Acúleo, s. m. acúleo, aguilhão, ferrão, pua / (bot.) órgão pontiagudo, à maneira de espinho / (fig.) estímulo, incentivo.
Acúme, s. m. acume, agudeza de engenho, astúcia, argúcia, sagacidade / estímulo.
Acumetría, s. f. acumetria, exame da acuidade auditiva.
Acúmetro, s. m. acúmetro (instrumento).
Acuminàre, v. acuminar, aguçar, fazer agudo, estreitar em ponta, afiar.
Acúsma, s. m. acusma, ruído ou som imaginário.
Acústica, s. f. acústica.
Acústico, adj. acústico.
Acutamênte, adv. agudamente, argutamente.
Acutàngolo, adj. (geom.) acutângulo.
Acutêzza, s. f. agudeza, acuidade / finura, perspicácia, penetração.
Acutizzàre, v. tornar agudo.
Acúto, adj. agudo, pontiagudo, agudo, afilado / pungente (também em sent. figurado): **dolore ———**) / perspicaz, vivo, sagaz, penetrante / vivo, violento, forte / (gram.) **accento ———**: acento agudo, que cai na última sílaba / (s. m.) cheiro forte e desagradável / (mús.) nota alta da escala.
Acúzie, s. f. (raro) acuidade, acrimônia / estado agudo, acme; **il suo isterismo ha raggiunto il sommo dell'acuzie** (D'Ánnunzio).
Ad, prep. a, à qual se juntou um d eufônico: **ad ogni modo**.
Adacquamênto, s. m. aguamento, ato de aguar, de regar; irrigação.
Adacquàre, v. aguar, regar, irrigar.
Adacquatúra, s. f. aguamento, rega.
Adagiàbile, adj. acomodável, recostável, descansável.
Adagiamênto, s. m. acomodação, ato de pousar, de deitar, de reclinar-se, de colocar-se em posição cômoda para ficar à vontade: **s'adagiò sul canapè**, / (ant.) andar devagar: **batte col remo chiunque s'adagia** (Dante).
Adagiàre, v. pousar, descansar, colocar com cuidado, acomodar.
Adagiàto, p. p. e adj. acomodado, distendido, recostado.
Adagíno, adv. (dim.) devagarinho, molemente, mansamente: **parlar adagino**.
Adàgio, adv. devagar, lentamente; **chi ha fretta vada ———**: quem tem pressa que ande devagar, ou: devagar também é pressa / em voz baixa, cautelosamente; **parlate ———**, che nessuno ci senta / adágio, pouco a pouco / (mús.) tempo lento e sustenido.
Adágio, s. m. adágio, provérbio, máxima, sentença.
Adamànte, s. m. (poét.) diamante / (ant.) qualquer metal muito duro.
Adamántino, adj. adamantino, de diamante / muito rijo, duro como diamante.

Àdamas ou adamás (ant.) s. m. diamante, calamita, pedra-imã.
Adamítico, adj. adamítico / dos tempos primitivos.
Adámo, s. m. Adão, nome do primeiro homem / i figli D'Adamo, os homens / pomo di ———: saliência anterior da cartilagem; pomo-de-adão.
Adasperàre, v. (ant.) exacerbar, exasperar.
Adastàre (ant.), v. apressar, incitar, irritar.
Adattábile, adj. adaptável.
Adattabilitá, s. f. adaptabilidade, adapção.
Adattamênte, adv. adaptadamente / dignamente.
Adattamênto, s. m. adaptação / acomodação / disposição.
Adattàre, v. adaptar, ajustar uma coisa à outra; adequar, apropriar / adattarsi: adaptar-se, conformar-se, ajustar-se, consentir.
Adattàto, p. p. e adj. adaptado / conformado, aclimatado / proporcionado.
Adattêvole, adj. (raro) adaptável.
Adàtto, adj. apto, capaz, idôneo, competente / oportuno, próprio, proporcionado.
Addanaiàto (ant.), adj. endinheirado, rico de dinheiro.
Addàrsi, v. perceber, reparar, descobrir, divisar / ——— a qualcuno: dedicar-se, consagrar-se.
Addaziàre, v. sujeitar a imposto aduaneiro.
Addebitàre, v. debitar / acusar, culpar, imputar.
Addêbito, s. m. débito, dívida / imputação, acusação.
Addecimáre, v. (ant.) registrar os bens nos livros da Comuna.
Addêndo, s. m. adendo; adenda.
Addensamênto, s. m. adensamento.
Addensàre, v. adensar, condenar / (refl.) condensársi: condensar-se, acumular-se, adensar-se; le nuvole s'addensano.
Addentàre, v. adentar, dentar, prender, agarrar com os dentes, morder / encaixar, endentar / agarrar, apertar, mastigar, roer / criticar, vituperar, ferir.
Addentatúra, s. f. mordedura / endentação / encaixe, engrenagem.
Addentellàre, v. abrir dentes, guarnecer de dentes, chanfrar.
Addentellàto, adj. e s. m. denteado, recortado em dentes / endentado, encaixado / chanfro, recorte aos lados de um muro, a fim de ligá-lo a outro muro.
Addentràre, v. adentrar, penetrar, introduzir, entranhar.
Addêntro, adv. dentro, adentro, na parte interior, interiormente.
Addestràbile, adj. adestrável, treinável, exercitável.
Addestramênto, s. m. adestramento, treino.
Addestràre, v. adestrar, amestrar, instruir, disciplinar, treinar, preparar, tornar destro / (ant.) estar à direita de quem cavalga, servindo-o.
Addestratôre, s. m. adestrador, treinador.

Addêtto, adj. adicto, dedicado, adjunto, sequaz / (s. m.) adido, agregado: ——— culturale, militare, etc.
Addí, adv. no dia, aos dias; (usa-se somente nas datas).
Addiacciàre, v. apriscar o rebanho ao relento.
Addiàccio, s. m. aprisco descoberto, do rebanho, durante a noite; all'addiáccio: ao relento.
Addiàre, (dial.) v. perceber, dar-se conta.
Addiètro, adv. de lugar: atrás, detrás, por detrás (fig.) essere ——— negli studi: ficar atrás nos estudos; lasciar ——— un lavoro: suspender um trabalho; un anno ———: um ano atrás.
Addietro, interj.: para trás! / per l'addietro: no tempo passado.
Addiettívo, s. m. (raro) adjetivo.
Addimandáre, v. perguntar.
Addimesticáre, v. domesticar.
Addimostráre, v. demonstrar.
Addío, s. m. adeus, despedida; lezione d'addio: lição de despedida; andarsene senza dire ———: sair bruscamente / (interj.) adeus! Boa viagem! Deus te acompanhe!; até à volta!
Addipanàre, v. (dipanáre) desfazer uma meada e enovelar; dobar.
Addíre, v. convir, caber, condizer, ser conveniente, quadrar; la modestia si addice alla donna; / (trans.) dedicar, aplicar, destinar.
Addirittúra, adv. diretamente, sem mais nada, imediatamente, subitamente, absolutamente, definitivamente.
Addirizzábile, adj. que se pode endireitar.
Addirizzàre e addrizzàre, v. endireitar, tornar direito / (fig.) corrigir, tornar honesto; addirizzar le gambe ai cani: trabalhar em vão / (refl.) corrigir-se / dirigir-se a alguém.
Addirizzatôio, s. m. ferro para endireitar os cabelos.
Addirizzatúra, s. f. ação e efeito de endireitar.
Addisciplinàre, v. (raro) disciplinar.
Additamênto, s. m. indicação, aceno, designação / (ant.) aditamento, apêndice, suplemento.
Additàre, v. acenar, mostrar com o dedo acenando / apontar, mostrar, fazer referência: ——— le cagioni di un'avvenimento.
Addiveníre, v. advir, acontecer, suceder / tornar-se, chegar a.
Addizionàle, adj. adicional / adjuntivo, acessório.
Addizionàre, v. adicionar, somar, acrescentar.
Addiziône, s. f. adição, soma, total / acrescentamento.
Addobbamênto, s. m. adorno, enfeite, decoração, guarnecimento.
Addobbàre, v. adornar, enfeitar, aderençar, ataviar / guarnecer, decorar / preparar.
Addobbatôre, adj. e s. m. adornador, enfeitador, decorador / tapeceiro.
Addòbbo, s. m. alfaia, decoração, enfeite, guarnição / paramento, adorno / (culin.) molho, condimento.
Addocciàre, v. acanelar, goivar.

Addocilíre, v. tornar dócil, abrandar, amassar / amaciar (pele).
Addogàre, v. listrar, dispor em listras / (heráld.) dividir em listras verticais.
Addolcàre (ant.), adoçar / amaciar, embrandecer.
Addolcimênto, s. m. adoçamento / mitigação.
Addolcíre, v. adoçar, tornar doce / (fig.) abrandar, mitigar, suavizar / metais, torná-los mais maleáveis de têmpera.
Addolcitívo, adj. adoçante, que adoça, leniente, lenitivo / (s. m.) medicamento que adoça ou abranda.
Addoloràre, v. magoar, atingir, angustiar.
Addoloràto, adj. dolorido, magoado, aflito / l'Addolorata / (s. f.) N. S. das Dores e a Imagem da mesma.
Addolzàre, (ant.) adoçar.
Addomandàre, v. perguntar.
Addòme, s. m. abdome.
Addomesticábile, adj. domesticável.
Addomesticamênto, s. m. domesticação.
Addomesticáre, v. domesticar, tornar doméstico, amansar, domar, docilizar, tornar culto, civilizar / familiarizar.
Addomesticáto, p. p. e adj. domesticado, amansado, civilizado / familiarizado / (iron.) preparado de antemão, para um determinado fim: **plebiscito** ——.
Addomesticatôre, s. m. domesticador, que domestica, amansador / domador.
Addomesticatúra, s. f. domesticação.
Addomestichevôle, adj. domesticável, susceptível de domesticar.
Addomestichíre, v. domesticar.
Addominále, adj. abdominal.
Addoppiamênto, s. m. duplicação, dobro.
Addoppiàre, v. duplicar, dobrar, tornar duplo / emparelhar.
Addoppiatóio, s. m. instrumento para dobrar os fios da seda.
Addoppiatúra, s. f. duplicatura, ato ou efeito de duplicar / coisa duplicada.
Addòppio, s. m. ação e efeito de dobrar a seda e símil.
Addormentàre, v. adormentar, tornar dormente / enfasticar ao excesso / deixar inoperante, enervar / entorpecer, repousar.
Addormentatíccio, adj. (raro) um tanto adormentado, entorpecido.
Addormentàto, p. p. e adj. adormentado, adormecido, entorpecido / (fig.) preguiçoso, pigro, fraco.
Addormentatôre, adj. e s. m. adormecedor, adormentador.
Addormíre, v. (poét.) adormentar-se.
Addossamênto, s. m. amontoação, cumulação, carga.
Addossàre, v. sobrepor, pôr em cima / transmitir; **gli addossò un lavoro**: confiou-lhe um trabalho / atribuir, imputar; **addossare una colpa**, / (refl.) assumir, comprometer-se, aglomerar-se, pôr sobre os ombros / atribuir, acusar, empenhar, obrigar-se.
Addossàta, s. f. ação e efeito de pôr às costas, prova; **ancora un'addossata e il vestido è finito**: mais uma prova e a roupa está pronta / vestir, trajar.
Addòsso, prep. e adv. às costas, em cima, sobre a pessoa; encostado, pegado: **la mia casa è** —— **alla tua** / ter em cima: **quel tizio porta** —— **un mondo di vizi,** / levar consigo: **quell'attrice porta** —— **un patrimonio;** **avere il diavolo** ——: ter o diabo no corpo / **dare** —— **a uno**: perseguir / **mettere la mani** ——: percutir, agredir / **stare** —— **a uno**: solicitar alguém, com insistência.
Addôtto, p. p. e adj. aduzido, alegado.
Addottoramênto, s. m. doutoramento.
Addottoràre, v. doutorar.
Addottrinamênto, s. m. doutrinação.
Addottrinàre, v. doutrinar, instruir.
Addottrinatúra, s. f. (raro) doutrinação, doutrinamento.
Addrizzàre, v. endireitar.
Adducíbile, adj. aduzível, alegável.
Addugliàre, v. (mar.) recolher as cordas em espiral.
Addurìre, v. endurecer, enrijecer.
Addúrre, v. aduzir, trazer, expor, apresentar, alegar.
Adduziône, s. f. adução / (ant.) músculo que efetua o movimento de adução.
Adeguàbile, adj. adequável.
Adeguamênto, s. m. adequação, correspondência, apropriação.
Adeguàre, v. adequar, ajustar, amoldar, apropriar / (refl.) adaptar-se, conformar-se, amoldar-se.
Adeguatamênte, adv. adequadamente, convenientemente.
Adeguàto, p. p. e adj. adequado, proporcionado, conveniente.
Adelfía, s. f. (bot.) adelfia, união dos estames pelos respectivos filetes.
Adèlfi, adj. pl. adelfos, estames reunidos pelos seus filetes.
Adêmpiere ou adempíre, v. cumprir, executar, realizar / satisfazer, manter, atuar.
Adempíbile, adj. executável, exeqüível.
Adempimênto, s. m. cumprimento, execução, observância, desempenho, preenchimento.
Adempíto, p. p. e adj. cumprido, executado, satisfeito, preenchido.
Adempitôre, adj. e s. m. cumpridor, que cumpre, que executa, executor.
Adempiúto, p. p. e adj. cumprido, executado, preenchido.
Adeníte, s. f. (med.) adenite.
Adenòide, adj. e s. f. adenóide.
Adenoidísmo, s. m. (med.) adenoidismo.
Adenoidíte, s. f. adenoidite.
Adenología, s. f. adenologia.
Adenòma, s. m. adenoma.
Adenopatía, s. f. adenopatia.
Adenôso, adj. adenoso, glanduloso.
Adenotomía, s. f. adenotomia.
Adenòtomo, s. m. adenótomo, instrumento cirúrgico para asportar as vegetações das adenóides.
Adenziône, s. f. adenção, revogação de um legado ou doação / (lus.) adempção.
Adèpto, s. m. adepto, sequaz, partidário, sectário / (ant.) indivíduo que conhecia os segredos da alquimia.
Adequàre, v. adequar.
Adequaziône, s. f. adequação / (ant.) cálculo, cômputo.
Aderbàre (ant.), v. pascer de erva.

Aderènte, p. pr. e adj. aderente / (s. m.) fautor, partidário, aderente.
Aderènza, s. f. aderência / assentimento, adesão, apoio / (pl.) conhecimento, amizade: **político che la molte aderenze**.
Adèrgere, v. erguer, elevar, altear.
Aderimènto, s. m. aderência, assentimento, adesão.
Aderíre, v. aderir, estar unido por aderência / (fig.) estar ligado a um partido, a uma opinião, etc. / consentir, favorecer, condescender.
Adescàbile, adj. enganável, engodável, seduzível.
Adescamênto, s. m. embaimento, sedução, engodamento.
Adescàre, v. embair, engodar, seduzir, atrair com astúcia.
Adesiône, s. f. adesão.
Adesívo, adj. adesivo.
Adèspoto, adj. adéspota, sem nome, anônimo.
Adèsso, adv. (de tempo), agora, nesta hora, já, neste instante / **per ———**: por hora / **adesso ———**: neste momento.
Ad hoc, loc. lat. "had hoc", para isso, de propósito, adrede.
Ad hòminem, na loc. argomento ad hòminem, atinente exclusivamente à condição da pessoa a quem se fala e de quem se fala.
Adiacènte, adj. adjacente, contíguo.
Adiacènza, s. f. adjacência, vizinhança.
Adiànto, s. m. (bot.) adianto.
Adibíre, v. destinar, usar, empregar: **la casa é stata adibita a magazzino**.
Adiettívo, v. aggettivo.
Adimàre, v. baixar, descer.
Adinamía, s. f. (med.) adinamia.
Àdipe, s. m. ádipe.
Adipôso, adj. adiposo.
Adiramênto, s. m. agastamento, cólera, ira, zanga.
Adiràre, v. irar, agastar, irritar, zangar / (refl.) irritar-se, encolerizar-se, zangar-se.
Adiratamênte, adv. iradamente, irritadamente, colericamente.
Adiràto, p. p. e adj. irado, irritado, zangado, encolerizado, agastado.
Àdito, s. m. ádito, entrada, ingresso, aceso / passo, passagem.
Adiutatôre, (raro) s. m. adjutor.
Adiutôre, s. m. adjutor, magistrado que assiste outro em certas funções.
Adiutòrio (ant.), s. m. ajuda.
Adiuvànte, adj. adjuvante, que ajuda.
Adiziône, s. f. (jur.) adição, ato de adir.
Ad lítteram, loc. lat. literalmente.
Adnàta, s. f. adnata, membrana externa do olho.
Adocchiamênto, s. m. olhada, mirada, olhadura.
Adocchiàre, v. olhar, mirar atentamente, fitar com desejo ou prazer / advertir, avistar: **l'adocchiai in mezzo alla gente**.
Adolescènte, adj. e s. m. adolescente, que está na adolescência; jovem, novo.
Adolescènza, s. f. adolescência, mocidade, juventude.
Adombràbile, adj. assombradiço, que pode ser sombreado.

Adombráre, v. obumbrar, sombrear, cobrir de sombra / sombrear, escurecer / (fig.) esconder, ocultar, exprimir uma coisa dando uma idéia não completa / (refl.) obumbrar-se, sombrear-se / espantar-se / suspeitar, desconfiar, ressentir-se: **é un'amico che per nulla s'adombra**.
Adombratura, e **Adombraziône**, s. f. adumbração, escurecimento.
Adonài, s. m. Adonai, o Senhor, Deus, entre os hebreus.
Adône, s. m. Adônis, jovem belo, galante.
Adonestàre, (lat. adhonestáre) aparentar honestidade, coonestar, esconder.
Adòide, s. f. (bot.) adônida.
Adònio, s. m. adônio, verso grego ou latino.
Adontáre, v. ofender, melindrar, injuriar / (refl.) **adontársi**: ofender-se, melindrar-se, zangar-se, indignar-se: **è chi per ingiuria par che adonti** (Dante).
Adontôso (ant.), adj. injurioso, ofensivo / que se ofende facilmente.
Adoperàbile, adj. usável, utilizável.
Adoperáre, v. tr. usar, utilizar, empregar, adotar.
Adopráre, v. tr. usar, empregar / **adoperàto**, p. p. e adj. usado, utilizado, empregado / **adoperarsi**, v. engenhar-se, esforçar-se.
Adoràbile, adj. adorável.
Adorabilitá, s. f. adorabilidade.
Adoràre, v. tr. adorar, venerar, idolatrar, orar, prosternar-se.
Adoratôre, adj. e s. m. adorador / (pl.) cortejadores, admiradores, enamorados: **Teresa ha molti adoratori**.
Adoraziône, s. f. adoração / veneração, devoção, êxtase, exaltação.
Adòreo, (lit. do lat. àdor) adj. feito de farro (trigo candal).
Adornàbile, adj. adornável.
Adornamênto, s. m. ato de adornar / adorno, adornamento.
Adornàre, v. tr. adornar, ornar, enfeitar.
Adôrno, p. p. e adj. adornado, enfeitado, ataviado.
Adottàbile, adj. adotável.
Adottamènto, s. m. adoção.
Adottànte, p. pr., adj. e s. m. adotante, adotador.
Adottàre, v. tr. adotar (jur.), tomar por filho / aceitar, fazer próprio: **——— una dottrina**.
Addottàto, p. p., adj. e s. m. adotado; a pessoa adotada.
Adottaziône, s. f. adoção.
Adottívo, adj. adotivo.
Adoziône, s. f. adoção: **pátria d'adozione**: pátria de adoção, de eleição.
Adragànte, adj. e s. m. adraganta, adragante, goma adragante, adraganto, espécie de goma ou resina.
Adrenalína, s. f. (med.) adrenalina.
Adro, adj. (raro) adro, triste, lúgubre.
Aduggiamènto, s. m. sombreamento, aborrecimento / sombra daninha, nociva.
Aduggiàre, v. danificar, prejudicar com demasiada sombra / oprimir, aborrecer, irritar, tornar triste.
Adugnàre, v. tr. agadanhar, agarrar.

Adulàre, v. tr. adular, lisonjear, incensar, bajular, louvaminhar.
Adulàto, p. p. e adj. adulado, incensado, bajulado.
Adulatôre, adj. e s. m. adulador, bajulador, incensador, cortesão.
Adulatoriamênte, adv. adulatoriamente, adulativamente.
Adulatòrio, adj. adulatório, adulativo.
Adulazioncèlla, s. f. (dim.) bajulaçãozinha.
Adulaziône, s. f. adulação, bajulação, incenso, lambedela, lisonja.
Adulteràbile, adj. adulterável, alterável, falsificável.
Adulteramênto, s. m. adulteração, falsificação.
Adulteràre, v. tr. adulterar, alterar, falsificar, sofisticar / praticar adultério.
Adulteratôre, adj. e s. m. adulterador, falsificador.
Adulteraziône, s. f. adulteração, falsificação, contrafração.
Adulterino, adj. adulterino, espúrio, ilegítimo.
Adultèrio, s. m. adultério.
Adúltero, adj. e s. m. adúltero.
Adúlto, s. m. adulto / maior, maduro, crescido.
Adunàbile, adj. reunível, jungível, juntável.
Adunamênto, s. m. ajuntamento, junção, reunião.
Adunànza, s. f. reunião, ajuntamento, sessão, assembléia / conselho, comício, conciliábulo, círculo, camarilha.
Adunàre, v. tr. adunar, agregar, reunir / juntar, acumular: ——— ricchezze.
Adunàta, s. f. reunião, ajuntamento.
Adunàto, p. p. e adj. reunido, congregado / (s. m. pl.) a gente reunida, que compareceu: gli adunati erano in gran numero.
Adunatôre, s. m. e adj. que reúne, que junta, que congrega.
Adùnco, adj. adunco, aduncado, recurvado.
Adunghiàre, v. agarrar com as unhas, unhar, pegar, segurar, aferrar, agadanhar.
Adúnque, (dunque), conj. logo, portanto, então, pois.
Adusàre, v. habitar, acostumar / (refl.) acostumar / adusáto, adj. usado.
Adustiône, s. f. adustão, quentura, esbraseamento.
Adústo, adj. adusto, tostado, ressequido, torrado, esbraseado / seco, enxuto.
Aèdo, s. m. aedo / poeta.
Aeràggio (fr. aérage), s. m. aeração.
Aeràre e aereàre, v. tr. dar ar, arejar, ventilar.
Aeràto e aereàto, adj. arejado, ventilado.
Aeràuto, s. m. aeroplano que pode ser transformado em automóvel.
Aeraziône, s. f. aeração, renovação do ar, ventilação.
Aere, s. m. (poét.) ar, atmosfera.
Aereàto, adj. arejado, ventilado.
Aeromòto, s. m. aeromoto, vento forte, intenso, ciclone.
Aèreo, adj. aéreo.
Aerificaziône, s. f. (fís.) aerificação.
Aerifòrme, adj. aeriforme.

Aerimànte, s. m. aeromante, o que adivinha pela aeromancia.
Aerimanzía, s. f. aeromancia, arte de predizer o futuro pelos fenômenos que se sucedem no ar.
Aèrio, adj. (lit.) aéreo, que está no ar.
Aerobrigàta, s. f. esquadrilha de aviação militar.
Aèrobus, s. m. ônibus aéreo, avião para o transporte de passageiros.
Aerodína, s. f. aeroplano que utiliza o sustentamento dinâmico do ar.
Aerodinámica, s. f. aerodinâmica.
Aerodinámico, adj. aerodinâmico.
Aeròdromo, s. m. aeródromo.
Aerofagía, s. f. aerofagia.
Aerofísica, s. f. aerofísica, a parte da meteorologia que estuda os fenômenos físicos da atmosfera.
Aerofobia, s. f. aerofobia.
Aerofòno, aeròfono, acústico que determina a distância e a direção dos aviões em vôo.
Aerofotogrammometría, s. f. aerofotogrametria.
Aeròigrafo, s. m. aerógrafo.
Aerogràmma, s. m. aerograma, radiotelegrama.
Aerolínea, s. f. aerotransporte, serviço de transporte aéreo.
Aerolíto, s. m. aerólito.
Aerología, s. f. aerologia.
Aerologísta, s. f. aerologista.
Aeromànte, v. aerimante.
Aeromanzía, v. aeromancia.
Aerometría, s. f. aerometria.
Aeròmetro, s. m. aerômetro.
Aeromèzzo, s. m. aerotransporte.
Aeromóbile, s. m. aerotransporte.
Aeromodellísmo, s. m. aeromodelismo.
Aeromodellísta, s. m. aeromodelista.
Aeromodèllo, s. m. aeromodelo.
Aeromòto, s. m. aeromoto, repercussão do ar por efeito de explosões ou trepidações do solo.
Aeronáuta, s. m. aeronauta.
Aeronàutica, s. m. aeronáutica.
Aeronàve, s. f. aeronave.
Aeroplàno, s. m. aeroplano.
Aeropòrto, s. m. aeroporto / campo de aviação.
Aeroscàlo, s. m. aeroporto intermediário para escala de linha aérea.
Aeroscòpio, s. m. aeroscópio.
Aeròso, adj. (raro) aéreo, do ar / (fig.) aberto, largo, desenvolto, cordial.
Aerosiluránte, s. m. avião militar, adaptado ao transporte e lançamento de torpedos aéreos.
Aerosòl, s. m. aerosol.
Aerostática, s. f. aerostática.
Aerostático, adj. aerostático.
Aeròstato, s. m. aeróstato.
Aerostière, s. m. aerosteiro, soldado destinado ao serviço dos aeróstatos.
Aerotassí, s. m. táxi aéreo.
Aerotècnica, s. f. aerotécnica.
Aeroterapía, s. f. aeroterapia.
Aerotèrmico, adj. aerotérmico.
Aerotrainàre, v. tr. rebocar por meio de corda um planador, até que este alcance a quota necessária para o vôo autônomo.

Aerotràino, s. m. reboque aéreo de planador (avião sem motor) / aeroplano que reboca um planador.
Aerotrasportáre, v. tr. transportar por via aérea.
Aerotrasportáto, p. p. e adj. transportado por via aérea.
Aerotropísmo, s. m. aerotropismo, aerotaxia.
Afa, s. f. ar pesado, quente e sufocante, mormaço; (fig.) tédio, aborrecimento / nojo, náusea.
Afanite, s. f. afanito.
Afasía, s. f. (med.) afasia.
Afàto, adj. enfezado (fruto); triste, doente, malsão.
Afèlio, s. m. afélio.
Afèresi, s. f. (gram.) aférese, elisão, sincope, apócope.
Affàbile, adj. afável, cortês, benigno, urbano, cordial, sociável.
Affabilità, s. f. afabilidade, cortesia, urbanidade, cordialidade.
Affabilmènte, adv. afavelmente, cortesmente.
Affacendamènto, s. m. azáfama, trabalheira.
Affaccendàre, v. azafamar-se, afanar-se, trabalhar muito.
Affaccendàto, p. p. e adj. azafamado, atarefado, ocupadíssimo.
Affaccettàre, v. facetar, fazer facetas em, lapidar.
Affacchinamènto, s. m. lida, azáfama, trabalheira pesada.
Affacchinàre, v. azafamar-se, trabalhar muito, tanto quanto um carregador.
Affacciàre, v. tr. assomar, apresentar à janela / pôr à frente, apresentar (um direito, uma dúvida, uma questão); ci si affacciano subito cento problemi, (De Amicis): apresentam-se-nos logo cem problemas / (pr.) vir, debruçar-se à janela ou em outro lugar para olhar / prospectar / pretender.
Affagottàre, v. entrouxar, embrulhar / affagottàrsi, (pr.) entrouxar-se, vestir-se mal.
Affagottàto, adj. entrouxado, embrulhado, mal vestido, como se fora uma trouxa.
Affaldàre, v. tr. dobrar (pano).
Affaldellàre, v. desfiar, desfibrar (seda).
Affamàre, v. tr. esfomear, esfaimar, reduzir à fome.
Affamàto, p.p., adj e s. m. esfaimado, esfomeado, famélico.
Affamatôre, adj. e s. m. esfomeador, que reduz à fome: affamatori del popolo.
Affamíre (ant.), v. intr. sofrer a fome.
Affangàre, v. enlodar, enlamear.
Affannamènto, s. m. afã, exaustão, cansaço.
Affannàre, v. tr. afanar, inquietar, molestar: un pensiero mi affanna; / (refl.) afanar-se, afadigar-se, trabalhar muito, cansar-se.
Affànno, s. m. afã, ânsia, sofreguidão / trabalho grande, azáfama / dor, angústia, aflição; pena.
Affannône, s. m. o que se põe a fazer tudo mesmo sem ser chamado / intruso, metediço, intrigante, trapalhão.
Affannosamènte, adv. afanosamente.

Affannôso, adj. afanoso, trabalhoso, que causa afã.
Affantocciàre, v. amarrar, atar, ligar os ramos das plantas como se fossem fantoches.
Affaràccio, s. m. (pej.) negócio desvantajoso, mau negócio / embrulhada, maçada, rixa, desordem.
Affardellàre, v. tr. enfardar, enfardear / embrulhar, entrouxar.
Affàre, s. m. negócio, assunto, convenção, contrato, empresa, ocupação, questão, coisa, objeto, condição, qualidade da pessoa: uomo di grande ————: uomo d'affari: homem de negócio, / é un affarino (dim.) di nulla: coisa sem importância, / bell'affare: negócio pouco conveniente, coisa aborrecida ou fastienta / (dim.) alfarêtto, affarúccio, affarino, affarúcolo.
Affàre, v. tr. quadrar, condizer, convir: l'abito non gli si affá.
Affarío, s. m. azáfama grande, prolongada, confusa.
Affarísmo, s. m. negocismo, especulação, exploração.
Affarista, s. m. negocista, especulador, explorador.
Affarône, adj. (aum.) "negocião", negócio ótimo.
Affascinàre, v. tr. enfeixar.
Affascinàre, v. fascinar, causar fascinação; encantar, enfeitar, seduzir / seduzir, iludir, alucinar.
Affascinatôre, adj. e s. m. fascinador, que encanta, que seduz, que fascina.
Affascinaziône, s. f. fascinação.
Affastellamènto, s. m. amontoação, montão.
Affastellàre, v. enfeixar, recolher e ligar em feixes, amontoar confusamente o que quer que seja.
Affastellatôre, adj. e s. m. enfeixador, amontoador.
Affastellío, s. m. amontoação prolongada e repetida.
Affatàre, v. (ant.), encantar, seduzir, alucinar.
Affaticamènto, s. m. fadiga.
Affaticáre, v. tr. fadigar, cansar, fatigar / affaticarsi (pr.), cansar-se, fadigar-se, afanar-se.
Affàtto, adv. inteiramente, absolutamente, em tudo e por tudo, completamente; niente ————: negação nítida, inteira; em absoluto.
Affattucchiàre, v. tr. enfeitiçar.
Affatturamènto, s. m. enfeitiçamento.
Affatturáre, v. tr. encantar, enfeitiçar com feitiçarias: ipocrisia, lusinghe e chi affattura (Dante).
Affatturatôre, s. m. enfeitiçador, feiticeiro.
Affatturaziône, s. f. enfeitiçamento.
Affazzonamènto, s. m. adorno, embelezamento, enfeite.
Affazzonàre, v. (ant.) aformosear, embelezar, enfeitar, adornar.
Affè, (excl.) à fé, por minha fé, em verdade.
Afferènte, adj. aferente, que leva, que conduz.
Affermàbile, adj. afirmável.

Affermàre, v. tr. afirmar, dar por certo, corroborar, asseverar, atestar, aprovar / (ant.) parar, fortificar-se, repousar-se em lugar adaptado para defesa / (refl.) afirmar-se, firmar-se, ganhar fama, celebrizar-se.
Affermativa, s. f. afirmativa, afirmação, asserção.
Affermativamênte, adv. afirmativamente.
Affermatívo, adj. afirmativo.
Affermaziône, s. f. afirmação, asserção.
Afferràbile, adj. agarrável, pegável, segurável, aferrável.
Afferramênto, s. m.. aferramento, ato de aferrar, de segurar.
Afferràre, v. tr. aferrar, prender com força, segurar; agarrar, prender / apanhar, entender bem uma coisa, uma idéia, etc. / (refl.) ater-se, agarrar-se fortemente a uma coisa.
Afferratôio, s. m. (raro) utensílio para agarrar / coisa à que a gente se agarra / pretexto, subterfúgio.
Affertilíre, v. fertilizar.
Affettàre, v. tr. cortar em fatias, fazer em pedaços / afetar, ostentar, simular, fazer pose.
Affettatamênte, adv. afetadamente, simuladamente.
Affettàto, p. p. e adj. cortado em fatias / (s. m.) salame, presunto, etc., quando cortados em fatias / afetado, simulado, ostentoso, presumido, estudado, exagerado.
Affettatôre, adj. e s. m. que corta em fatias; máquina de cortar em fatias.
Affettaziône, s. f. afetação, cuidado extremo, amaneiramento, artifício, enfatuação, derretimento, presunção, ostentação.
Affettíbile, adj. alterável, modificável.
Affettivitá, s. f. afetividade.
Affettívo, adj. afetivo, afetuoso.
Affètto, adj. afetado, acometido, atacado, enfermo, doente / acompanhado.
Affètto, s. m. afeto, afeição, amizade, amor, carinho, predileção, ternura.
Affettuosamênte, adv. afetuosamente, carinhosamente.
Affettuositá, s. f. afetuosidade, afetividade.
Affettuôso, adj. afetuoso, carinhoso, meigo, amoroso, cordial.
Affezionábile, adj. afeiçoável.
Affezionamênto, s. m. afeiçoamento, afeto.
Affezionàre, v. afeiçoar, criar afeição, inspirar afeição.
Affezionàto, p. p. e adj. afeiçoado, que tem afeição a, inclinado, propenso; é molto ———— alla música / (sup.) affezionatíssimo; usado às vezes no fecho das cartas.
Affezioncèlla, s. f. (dim.) afeiçãozinha, estimazinha / (med.) ligeira afecção.
Affeziône, s. m. afeição, afeto, amizade, estima, simpatia, inclinação / (med.) afecção, alteração física ou moral, estado afetivo, padecimento.
Affiacchíre, v. enfraquecer, quebrar, debilitar.

Affiancàre, v. tr. ladear, flanquear, proteger o flanco, tornar defensável / (v. tr. e refl.) pôr ou pôr-se de flanco um junto a outro.
Affiancàto, adj. flanqueado, sustentado, apoiado, defendido, ajudado.
Affiatamênto, s. m. acordo, harmonização.
Affiatàre, v. acordar, por em acorde, harmonizar / (refl.) familiarizar-se, concordar, entender-se com alguém: ci siamo subito affiatati.
Affiàto, (ant.) adj. e s. m. dado ou recebido em feudo / empreitado / feudatário.
Affibbiàre, v. tr. afivelar, unir ou prender com fivela, botão e símil / bater, vibrar (tapa, soco) / pespegar, impingir, gli hanno affibbiato una sterlina falsa.
Affibbiatôio (ant.), s. m. fivela com guarnição / fecho de couro ou metal para ter fechado o livro.
Affibbiatúra, s. f. afivelamento, ação de afivelar, de abotoar, etc. / parte da roupa onde se afivela.
Affidamênto, s. m. confiança, fidúcia, segurança, garantia.
Affidànza, s. f. confiança, intimidade grande: scusate l'affidanza che mi prendo.
Affidàre, v. confiar, fiar, consignar, entregar, recomendar / affidársi, (refl.) confiar-se, entregar-se, recomendar-se.
Affienàre, v. tr. pascer de feno, alimentar com feno (bois, cavalos, etc.).
Affienàta, s. f. ação de alimentar com feno, pasto.
Affienatúra, s. f. ato de pascer, de pastar.
Affieníre, v. intr. crescer (cereais) sem formar grão, como ervas, de forma a parecer feno.
Affievolimênto, s. m. enfraquecimento, debilitação.
Affievolíre, v. enfraquecer, debilitar, afracar / atenuar.
Affíggere, v. tr. afixar, pregar (cartazes, reclames, avisos, etc.) fixar, pregar / fixar o olhar.
Affiguramênto (ant.), s. m. reconhecimento, ação de reconhecer, de certificar-se.
Affiguràre, v. tr. reconhecer / confrontar, imitar.
Affilamênto, s. m. afiamento; afiação.
Affilàre, v. tr. afiar, amolar, aguçar / adelgar, afinar, emagrecer / enfileirar, por em fila, alinhar.
Affilàta, s. f. afiadela, amoladura, afiação.
Affilàto, adj. afiado, amolado / fino, sutil, delgado, magro.
Affilatôio, s. m. afiador, amolador, instrumento para afiar.
Affilatríce, s. f. mó, pedra de amolar.
Affilatúra, s. f. amoladura, afiação; corte da lâmina afiada.
Affilettàre, v. tr. armar a rede de pegar pássaros / filetar, traçar filetas.
Affilettatúra, s. f. ação de filetar.
Affiliàre, v. afiliar, filiar, inscrever, associar / (jur.) affiliarsi un bambino: pegar uma criança para filho.

Affiliàto, p. p. adj. e s. m. afiliado, filiado, / adepto, sequaz, iniciado, inscrito.
Affiliaziône, s. f. afiliação.
Affinàggio, s. m. afinação, afinamento, adelgaçamento.
Affinàre, v. tr. afinar, tornar fino, sutil, agudo; adelgaçar, aguçar / purificar (metais).
Affinatôio, s. m. crisol, cadinho em que se purificam metais.
Affinatúra, s. f. afinação, afinamento.
Affinchê, conj. para que, a fim de que.
Affíne, adj. e s. m. afim, parente por afinidade / semelhante, análogo.
Affinitá, s. f. afinidade; vínculo por parentesco / analogia, semelhança / atinência.
Affiocamênto, s. m. atenuação, debilitação.
Affiocáre, v. enrouquecer, atenuar, enfraquecer, diminuir.
Affiochimênto. s. m. rouquice, rouquidão, abrandamento, definhamento.
Affiochire, v. intr. e pr. enrouquecer, abrandar, atenuar, diminuir (voz, som, luz, etc.) / (fig.) debilitar-se, enfraquecer-se.
Affioramènto, s. m. afloramento, afloração (geol.), nivelamento.
Affioràre, v. aflorar, trazer ao mesmo nível, emergir / peneirar a farinha, reduzi-la à flor.
Affioràto, p. p. e adj. aflorado, emergido; aparecido à superfície / feito com flor de farinha (pão) / trabalhado a flor (tecido).
Affisàre, v. (poet.) fixar, olhar, mirar.
Affissàre, v. tr. fixar, olhar, mirar fixamente, fitar / afixar, tornar fixo, pregar.
Affissiône, s. f. afixação, ato de afixar, de colar, de pregar em lugar público.
Affisso, p. p. e s. m. afixado, pregado, imposto / cornija, batente de porta e janela / cartaz, edital; (gram.) afixo, designação genérica dos afixos e sufixos.
Affittàbile, adj. alugável, que pode ser alugado.
Affittacàmere, s. m. e f. que aluga quartos, alugador de quartos.
Affittaiuòlo, s. m. locador, inquilino; caseiro.
Affittànza, s. f. locação, aluguel / ——— colletiva: contrato de arrendamento de terras.
Affittàre, v. tr. alugar, locar.
Affittíre, v. espessar, tornar denso, grosso, espesso / espessar / (refl. e intr.) engrossar-se, espessar-se, adensar-se.
Affítto, s. m. aluguel, locação / arrendamento, renda.
Affittuàrio, s. m. inquilino, locador; arrendatário / rendeiro.
Afflàto, s. m. aflato, sopro, batejo, insuflação / (fig.) inspiração dos poetas.
Affliggere, v. afligir, causar tristeza, angustiar, atormentar; desgostar / (refl.) afligir-se, entristecer-se, mortificar-se.
Afflittívo, adj. aflitivo / (jur.) pena afflittiva: pena corporal, prisão.

Afflizione, s. f. aflição, pena, mágoa, dor, tristeza, tormento, afã, angústia.
Afflosciàre, v. intr. amolecer, afrouxar, abrandar, amainar, arrear / (fig.) debilitar-se, abrandar-se.
Affloscire, v. amainar, afrouxar.
Affluènte, p. pr. e adj. afluente, que aflui / (s. m.) afluente, rio que vai desaguar em outro.
Affluènza, s. f. afluência / abundância.
Affluíre, v. intr. afluir, correr para, desembocar / concorrer, aglomerar, abundar: **le frutta affluiscono sul mercato.**
Afflussionàto, adj. defluxado, resfriado, constipado.
Afflússo, s. m. afluxo; fluxo: ——— di sangue, di umori.
Affocalistíare, v. sombrear com cores carregadas (pintura ou desenho).
Affocàre, v. afoguear, abrasar, inflamar / (ant.) atear o fogo / (refl.) inflamar-se, afoguear-se, enfurecer-se.
Affocàto, p. p. e adj. afogueado, abrasado, inflamado / cor de fogo, resplandecente como o fogo / (fig.) ardente, impetuoso, colérico.
Affocatôre, adj. e s. m. que abrasa, que inflama.
Affogamênto, s. m. afogamento, afogo, sufocação.
Affogàre, v. tr. afogar, sufocar; oprimir; abafar / estrangular / (fig.) (refl.) arruinar-se.
Affogàto, p. p. e adj. afogado, sufocado, estrangulado / opresso, abafado.
Affogatôio, s. m. lugar sufocante, abafadiço: **il teatro pareva un affogatoio.**
Affogliàre, v. (ant.) prover o gado de feno.
Affollamênto, s. m. aglomeração, ato de aglomerar, amontoamento, reunião (de gente).
Affollàre, v. tr. aglomerar, apinhar, juntar / (fig.) importunar, molestar, abafar / (refl.) aglomerar-se, apinhar-se.
Affoltàre, v. apertar, espessar, comprimir.
Affôlto (ant.), adj. sustentado, oprimido pela multidão.
Affondamênto, s. m. afundamento.
Affondàre, v. afundar, submergir, profundar, por a pique, imergir.
Affondatôio, s. m. engenho a alavanca que liberta a âncora das correntes que a prendem e a submergem no mar.
Affondatôre, adj. e s. m. afundador, que ou aquele que afunda, que submerge.
Affondatúra, s. f. afundamento / ato de tornar mais profundo, especialmente poço, fossa e símile / sulco que fica nas peles mal curtidas.
Affôndo, s. m. golpe de fundo, na esgrima.
Afforcàre, v. intr. enforcar / (mar.) lançar ao fundo uma segunda âncora, em forma de forcado como a primeira / (refl.) fundear com duas âncoras.
Afforcatúra, s. f. enforcamento / ancoragem.

Affôrco, s. m. (mar.) a segunda âncora que se lança para fundear / ancoragem com duas âncoras.
Afforestàre, v. tr. florestar.
Afforzamênto, s. m. fortalecimento, fortificação.
Afforzàre, v. tr. e pr. fortalecer, tornar mais forte, fortificar, reforçar.
Affoscàre, v. ofuscar, escurecer.
Affossamento, s. m. escavação, fosso, recinto de fossos.
Affossàre, v. escavar, fazer fossos / (refl.) encovar-se; gli si erano affossate le guance: haviam-se-lhe encovado as faces.
Affossatura, s. f. escavação / fosso, vala, cova.
Affralíre, v. tr. enfraquecer, debilitar / (ant.) affralàre.
Affrancàbile, adj. franqueável, libertável.
Affrancamênto, s. m. franquia, alforria, libertação, isenção / selagem.
Affrancáre, v. tr. alforriar libertar, tornar livre / franquear, selar (carta, etc.) / (refl.) libertar-se / encorajar-se.
Affrancatríce, s. f. máquina para selar correspondência.
Affrancatura, s. f. franquia (de correspondência).
Affrancaziône, s. f. franquia / alforria, libertação / isenção.
Affrànto, p. p. e adj. cansado, abatido, esgotado, alquebrado, prostrado.
Affratellamênto, s. m. fraternização, fraternidade / amizade, convivência, confraternização.
Affratellàre, v. fraternizar. irmanar, confraternizar, harmonizar.
Affrecciàre (ant.), flechar, ferir com flecha.
Affreddamênto, (ant.) s. m. esfriamento, arrefecimento, resfriamento.
Affreddàre, v. (ant.) esfriar, arrefecer.
Affrenamênto, s. m. refreamento, ato de refrear ou de reprimir.
Affrenatôre, adj. e s. m. refreador, aquele ou aquilo que refreia.
Affrenellàre, v. (mar.) amarrar o remo ou o leme.
Affrescàre, v. tr. pintar afresco.
Affreschísta, s. m. pintor de afrescos ou frescos.
Affrêsco, s. m. afresco, pintura a fresco.
Affretamênto, s. m. apressuramento, apressamento, pressa.
Affrettáre, v. tr. e pr. apressar, proceder com pressa, adiantar, acelerar.
Affrettamênte, adv. apressadamente, aceleradamente, às pressas.
Affrettáto, p. p. e adj. apressado, apressurado, acelerado, feito às pressas.
Africanísmo, s. m. africanismo, idiotismo africano, especialmente nos escritos de Santo Agostinho e de Tertuliano.
Affricanísta, s. m. africanista.
Affricáno, adj. africano / (fam.) escurecido de rosto / espécie de doce coberto com chocolate.
Affrico, s. m. áfrico, vento do sudoeste / (adj.) da África.
Affrittellàre, v. frigir, estrelar ovos.

Affrontàbile, adj. enfrentável, defrontável.
Affrontamênto, s. m. defrontação, enfrentação, encontro / investida.
Affrontàre, v. enfrentar, atacar de frente, fazer frente / comparar, confrontar / (refl.) defrontar-se, vir às mãos.
Affrontáto, p. p. e adj. enfrentado, encarado / investido.
Affrontatôre, adj. e s. m. enfrentador, investidor.
Affrontatúra, s. f. (mec.) lugar no qual duas peças de uma máquina ou simile se tocam.
Affrônto, s. m. ofensa, insulto, afronta, injúria, agressão.
Affruttáto, adj. plantado com frutas (terreno).
Affumàre, v. fumigar.
Affumicamento, s. m. fumigação.
Affumicáre, v. fumigar, encher de fumaça, deixar negro de fumaça / desinfetar com vapor de enxofre, fumigar (carne, peixe, etc.).
Affumicáta, s. f. fumigação.
Affumicáto, p. p. e adj. fumigado, escurecido pelo fumo / defumado.
Affumicatôio, s. m. defumador, lugar para defumar.
Affumicatúra, s. f. fumigação.
Affusáre, v. tr. afusar, dar forma de fuso a / adelgaçar, afinar.
Affusellàre, v. tr. afuselar.
Affusolàto, p. p. e adj. afuselado, afusado, adelgaçado nas extremidades / sutil, fino, reto.
Affústo, s. m. carreta de artilharia.
Affutàre (ant.), v. afugentar, por em fuga.
Afidi, s. m. (pl.) afídios, nome científico dos pulgões.
Afillo, adj. afilo / (s. f. pl.) planta de fuste privado de folhas.
Afnio, s. m. áfnio, elemento químico descoberto em 1923.
Afonía, s. f. afonia.
Afono, adj. áfono.
Aforísma ou aforismo, s. m. aforismo.
Aforísticamente, adv. aforísticamente.
Aforístico, adj. aforístico.
Afôso, adj. sufocador, abafadiço, sufocante.
Afràtto, s. m. espécie de navio antigo sem ponte e sem coberta.
Afrêzza, s. f. aspereza, amargor, sabor acre.
Africáno, e der. v. affricáno.
Africôgno, adj. dim. um tanto acerbo, acre, amargo.
Afro, adj. áspero, acre, acerbo, amargo, de sabor acre e cáustico.
Afrodisíaco, adj. afrodisíaco.
Afronítro, s. m. afrônitro, matéria salina que floresce nas paredes de lugares subterrâneos e úmidos.
Afrôre, s. m. exalação forte e acre, especialmente de uva em fermentação ou de carvão aceso.
Afrorôso, adj. azedo, acre.
Afta, s. f. afta.
Aftíte, s. f. aftito, liga empregada na ourivesaria.
Agàlloco, s. m. (bot.) agáloco.
Agape, s. f. ágape, banquete.
Agaricína, s. f. (farm.) agaricina.

Agàrico, s. m. agárico, fungo carnudo.
Agata, s. f. ágata.
Agatología, s. f. (fil.) agatologia.
Agave, s. f. (bot.) ágave.
Agèmina, s. f. tauxia, embutido de fios de ouro ou prata em sulcos abertos no aço.
Ageminàre, v. tr. tauxiar.
Ageminatúra, s. f. ação de tauxiar.
Agènda, s. f. agenda / diário, rubrica, registro.
Agènte, p. p. e adj. agente, que atua / s. m. (gram.), agente, sujeito de um verbo / (quím.) princípio ativo, causa / agente, procurador, funcionário, representante, etc.
Agenzìa, s. f. agência.
Agevolamènto, s. m. facilitação, ação de facilitar.
Agevolàre, v. tr. facilitar, aplanar, alhanar, auxiliar.
Agevolatôre, adj. e s. m. facilitador, auxiliador.
Agevolaziône, s. f. facilitação.
Agèvole, adj. fácil, que não apresenta dificuldade; cômodo, não trabalhoso / obediente (animal) / discreto, não caro (preço).
Agevolêzza, s. f. facilidade, facilitação / flexibilidade, levidade, destreza: l'agevolezza delle sue sillabe (Dante).
Agevolmênte, adv. facilmente, de forma fácil; sem dificuldades.
Aggallàre, v. intr. (mar.) flutuar, vir à tona.
Aggallàto, s. m. terreno mole que às vezes flutua nos pântanos.
Agganciamènto, s. m. ação de enganchar.
Aggancìàre, v. tr. enganchar, prender com gancho, dependurar num gancho / unir um vagão à máquina ou ao trem.
Aggangheràre, v. engonçar, unir com dobradiças / (refl.) enlaçar-se, unir-se.
Aggarbàre, (raro) v. dar garbo, elegância / (intr.) agradar satisfazer.
Aggattigliàre, v. engalfinhar-se como gatos.
Aggattonàre, v. tr. aproximar-se lentamente da caça, como fazem os gatos / arrastar-se.
Aggavignàre, v. (raro) apertar, ajustar / prender, agarrar, aferrar.
Aggecchimènto (ant.). s. m. abaixamento, abatimento, prostração.
Aggecchire, (ant.), v. tr. abater-se, envilecer-se, desanimar.
Aggeggiàre, v. arrumar, consertar de qualquer jeito, atamancar.
Aggèggio, s. m. frioleira, ninharia / bagatela, inépcia.
Aggelàre, v. gelar, congelar.
Aggentilire, v. tornar gentil, educar, civilizar.
Aggettàre, v. intr. avançar, fazer sacada, relevo, proeminência, ressaltar para fora.
Aggettivamènte, adv. adjetivamente.
Aggettivàre, v. adjetivar.
Aggettivaziône, s. f. adjetivação.
Aggettivo, adj. e s. m. adjetivo.
Aggètto, s. m. relevo, saliência, sacada.
Agghermigliàre (ant.), v. aferrar, agarrar com força.

Aggheronàto, adj. feito de gomos, de pedaços / (heráld.) brasão, arma de várias cores, em gomos.
Agghiacciamènto, s. m. congelamento, congelação.
Agghiacciàre, v. tr. e pr. gelar, congelar / causar assombro, espanto.
Agghiàccio, s. m. (mar.) conjunto dos órgãos com que se transmite o movimento à testada do leme.
Agghiadàre, v. (ant.) gelar, esfriar, congelar / (fig.) estar atribulado, angustiado / ferir com gládio, com faca: quando l'un l'altro spessamente agghiada: (Cino da Pistóia), quando um ou outro freqüentemente fere.
Agghiaiàre, v. ensaibrar, cobrir de saibro.
Agghindamènto, s. m. embelezamento, atavio, alindamento.
Agghindàre, v. ataviar, enfeitar, embelezar; vestir com apuro e elegância (esp. mulheres).
Aggiaccàre, v. curvar, dobrar para o chão; il vento ha aggiaccato le piante, / rasgar, esfarrapar um vestido, uma roupa.
Aggiaccàto, p. p. e adj. deitado, estendido.
Aggiardinàre, v. tr. ajardinar.
Aggio, s. m. (banc. e com.) ágio.
Aggiogàbile, adj. jungível, que se pode jungir.
Aggiogamènto, s. m. sujeição / junção, emparelhamento.
Aggiogàre, v. tr. jungir, unir com a canga / subjugar, submeter, sujeitar.
Aggiogatôre, (raro), adj. e s. m. jungidor, subjugador, sujeitador.
Aggiornamènto, s. m. adiamento, procrastinação / atualização.
Aggiornàre, v. tr. aprazar, fixar um dia / adiar, prorrogar, procrastinar / por em dia (livros comerciais, etc.) / atualizar, modernizar / aggiornàrsi (intr.) clarear, alvorecer, surgir o dia.
Aggiotàggio, s. m. agiotagem, especulação ilícita.
Aggiotatôre, s. m. agiotador, agiotista, especulador, agiota.
Aggiramènto, s. m. rodeio, giro, volta / embrulho, engano, logro / (mil.) manobra com que se envolve o adversário.
Aggiràre, v. rodear, circundar, envolver / induzir, enganar, lograr / (rofl.) mover-se, andar à roda, girar, vaguear, caminhar à volta de / versar, tratar; il discorso si aggirò intorno alla virtù: o discurso versou sobre a virtude.
Aggiràta, s. f. rodeio, giro; envolvimento.
Aggiratôre, adj. e s. m. que rodeia, que circunda, / enganador, logrador, intrujão, enredador.
Aggirévole, adj. que se pode rodear, que pode ser rodeado / tortuoso.
Aggiudicànte, p. pr., adj. e s. m. adjudicatório; que adjudica.
Aggiudicatàrio, s. m. adjudicatário.
Aggiudicativo, adj. adjudicativo.
Aggiudicaziône, s. f. adjudicação.
Aggiùngere, v. tr. acrescentar, juntar, ajuntar, unir / misturar; agregar; adicionar / (refl.) juntar-se; unir-se.
Aggiungimènto, s. m. acréscimo, acrescentamento.
Aggiùnta, s. f. acréscimo, junção, aumento; apêndice, complemento.
Aggiuntàre, v. tr. juntar, unir duas ou mais peças de uma só coisa.
Aggiuntatôre, adj. e s. m. ajuntador, juntador.

Aggiuntatúra, s. f. junção, ligação, união.
Aggiuntívo, adj. adjuntivo / adicional.
Aggiúnto, p. p., adj. e s. m. adjunto, junto, pegado, adicto / (gram.) (adj.) epíteto.
Aggiunzióne, s. f. junção, adjunção; acréscimo.
Aggiustábile, adj. acomodável, ajustável, consertável.
Aggiustàggio (ant.), s. m. ajustamento, ato ou efeito de ajustar (mec.) / composição tipográfica.
Aggiustaménto, s. m. ajustamento.
Aggiustàre, v. ajustar, adaptar, regular / tratar, combinar / arrumar, pôr em ordem / acomodar / (refl.) ajustar-se, acomodar-se, adaptar-se, contratar-se.
Aggiustatêzza, s. f. ajustamento, precisão, exatidão, maneira justa.
Aggiustàto, p. p. e adj. ajustado, adaptado, arrumado, consertado / justo, exato, preciso.
Aggiustatôre, adj. e s. m. ajustador.
Aggiustatúra, s. f. ajustamento, o trabalho de ajustar.
Agglobàre, v. reduzir ou reduzir-se em forma de globo; englobar, conglobar amontoar.
Agglomerànte, p. pr. e adj. que aglomera.
Agglomeràre, v. tr. aglomerar, reunir, juntar, acumular, amontoar.
Agglomeràto, p. p. e adj. aglomerado, reunido, acumulado, amontoado / s. m. (geol.) aglomerado, massa rochosa formada de fragmentos / argamassa hidráulica de cimento e pedra britada / conglomerado, lugar habitado.
Agglomerazióne, s. f. aglomeração / amontoamento, reunião.
Agglutinaménto, s. m. aglutinamento, aglutinação.
Agglutinamênto, s. m. aglutinamento.
Agglutinàre, v. tr. e pr. aglutinar / juntar, unir, pegar.
Agglutinazióne, s. f. aglutinação.
Aggobbiàre, v. corcovar, dar forma arqueada.
Aggobbíre, v. tornar corcunda / (refl.) tornar-se corcunda ou arqueado, encurvar-se / ——— sui libri: estudar muito e com fadiga, fadigar-se.
Aggolpacchiàre (ant.), v. enganar com astúcia de raposa.
Aggomitoláre, v. enovelar, dobar.
Aggomitolatôre, adj. e s. m. enovelador, que enovela, que dobra / enoveladeira, aparelho para dobar os fios.
Aggomitolatúra, s. f. enovelamento, ato ou efeito de enovelar.
Aggottaménto, s. m. zonchadura, enxugamento.
Aggottáre, v. tr. zonchar, esgotar, enxugar / tirar a água que penetrou num barco.
Aggottatôio, s. m. vertedouro, recipiente usado nas salinas para extravasar a água.
Aggottatúra, s. f. zonchadura, enxugamento.
Aggradàre, v. intr. (hoje usado somente na 3ª pes. sing. do pres., aggràda) agradar, satisfazer, aprazer, comprazer: questo mi aggrada.
Aggradévole, adj. agradável, aprazível.
Aggradevolmênte, adv. agradavelmente, aprazivelmente.
Aggradimênto, s. m. agrado, contentamento, satisfação.
Aggradíre, v. tr. agradar, gostar, aprazer, aceitar, acolher, receber com prazer.
Aggraffàre, e aggraffiàre, v. agarrar, aferrar, pegar, agadanhar / (refl.) agarrar-se com força a uma coisa qualquer.
Aggraffignàre, v. tr. agadanhar, surrupiar, furtar, roubar.
Aggranchiàre, v. inteiriçar, entorpecer.
Aggranchire, v. tr. e pr. amortecer, entorpecer, inteiriçar.
Aggrancíre, v. agadanhar, agatanhar, aferrar.
Aggrandimênto, s. m. engrandecimento, crescimento, ampliação.
Aggrandire, v. engrandecer, ampliar, aumentar, acrescer, dilatar, estender / (refl.) engrandecer-se: ora che si é aggrandito é diventato superbo.
Aggranfiàre, v. aferrar, agatanhar / pegar, tirar.
Aggrappàre, v. agarrar, segurar.
Aggràppo, s. m. aferro.
Aggrappolàre, v. pr. criar rácimos, reunir-se em cachos, arracimar-se.
Aggrappolàto, p. p. e adj. arracimado, reunido em forma de cacho.
Aggraticciàre, v. tr. entrelaçar, entrançar, enroscar / (pr.) agarrar-se, enroscar-se, enrolar-se.
Aggravamênto, s. m. agravamento, agravação, agravo.
Aggravànte, p. pr., adj. e s. f. agravante.
Aggravàre, v. tr. e pr. agravar, tornar mais grave; molestar, oprimir, aumentar; sobrecarregar.
Aggravàto, p. p., adj. e s. m. agravado, piorado.
Aggràvio, s. m. peso, incômodo, dano, tributo, ônus / injúria, imputação, agravo.
Aggraziàre, v. engraçar, realçar, dar graça e garbo (a pessoa ou coisa) / (refl.) ingraziarse, simpatizar-se, congraçar-se.
Aggraziatamênte, adv. com graça, garbosamente.
Aggraziàto, adj. gracioso, gentil, airoso / (dim.) aggraziatíno.
Aggredíre, v. agredir, assaltar, atacar, provocar, ofender.
Aggregàbile, adj. agregável.
Aggregaménto, s. m. agregação, reunião.
Aggregàre, v. agregar, ajuntar, unir, inscrever, consociar.
Aggregàto, p. p. e adj. agregado, ajuntado, unido, junto / substituto, adjunto, suplente / (s. m.) agregação, ajuntamento, povoação.
Aggregazióne, s. f. agregação, união, aglomeração, ajuntamento.
Aggreggiàre, v. agregar, juntar, unir / (refl.) agrupar-se: l'aggreggiarsi dei popoli (Carducci).
Aggressióne, s. f. agressão, ataque, assalto.
Aggressívo, adj. agressivo, ofensivo, hostil.
Aggressôre, adj. e s. m. agressor.
Aggrevàre, v. agravar, oprimir, pesar.
Aggricciàre, v. arrepiar, causar sensação de frio ou de espanto / (refl.) arrepiar-se, horripilar-se, sentir calafrios / (ant.) aggricchiàre.
Aggrinzàre, v. tr. e pr. enrugar, encarquilhar, encrespar.
Aggrinzíre, v. enrugar, encarquilhar.
Aggrommàre, v. encrostar, formar crosta, borra.
Aggrondàre, v. intr. franzir o sobrecenho.

Aggrondatúra, s. f. encrostamento, ação de formar crosta, borra.
Aggroppamênto, s. m. agrupamento.
Aggroppàre, v. encurvar, arquear, envolver em nós, amontoar / compendiar, compilar.
Aggrottàre, v. franzir (o sobrecenho), encrespar, enrugar.
Aggrotescàre, v. intr. fazer grotescos, pintar, esculpir ou desenhar coisas bizarras ou extravagantes.
Aggrovigliàre, v. emaranhar, envolver. enredar.
Aggrovigliatúra, s. f. emaranhado.
Aggrogvigliolàre, v. enredar, emaranhar.
Aggrumàre, v. agrumar, agrumelar / (refl.) fazer-se em grúmulos.
Aggrumolàre, v. agrumelar, agrumular.
Aggrupamênto, s. m. agrupamento, reunião, grupo, ajuntamento.
Aggruppàre, v. tr. e pr. agrupar, ajuntar, reunir.
Aggruzzolàre, v. tr. amealhar, economizar.
Agguagliàbile, adj. igualável, nivelável.
Agguagliamênto, s. m. igualamento, nivelamento.
Agguagliàre, v. igualar, nivelar / confrontar, comparar / (pr.) igualar-se, nivelar-se.
Agguagliatamênte, adv. igualadamente, igualmente.
Agguagliatôio, s. m. instrumento para nivelar, nivelador, plaina.
Agguagliatôre, adj. e s. m. igualador, que iguala, que nivela.
Agguàglio, s. m. confronto, comparação.
Agguantàre, v. tr. ferrar com violência, prender, segurar, jogar.
Agguatàre (ant.), v. ficar de emboscada, insidiar / olhar fixamente.
Agguato, s. m. emboscada, insídia, cilada.
Agguattàre, v. emboscar, esconder / (refl.) esconder-se, emboscar-se.
Aggueffàre (ant.), v. pr. enovelar, enrolar, juntar.
Agguerrimênto, s. m. aguerrimento.
Agguerrire, v. tr. aguerrir.
Agguerrito, p. p. e adj. aguerrido, adestrado, preparado.
Agguindolàre, v. enovelar, dobar a meada / (fig.) enredar, lograr, enganar.
Aghettàre, v. tr. atar por meio de agulheta.
Aghêtto, s. m. agulheta, cordão para enlaçar faixas, sapatos, etc.
Aghifôrme, adj. aguilhado, com forma de agulha.
Agiatamênto, adv. folgadamente, comodamente, com riqueza de meios.
Agiatézza, s. f. comodidade, riqueza, abundância, prosperidade.
Agiàto, adj. acomodado, rico, abastado.
Agíbile, adj. fazível, exeqüível, factível.
Agile, adj. ágil, ligeiro, leve, destro.
Agilità, s. f. agilidade, ligeireza, desembaraço, leveza.
Agilmênte, adv. agilmente.
Agio, s. m. comodidade; **aver ágio per fare una cosa**: ter tempo disponível / estado de quem goza uma certa comodidade de vida / **a bell'agio**, com todo o tempo necessário ou com toda comodidade.
Agiografia, s. f. hagiografia.
Agiogràfico, adj. hagiográfico.
Agiògrafo, s. m. hagiógrafo.
A Giôrno, loc. usada em div. significados; **illuminato** ———: iluminado, de modo que pareça dia; **mettere** ———; por em dia.

Agire, v. intr. agir, operar, atuar, proceder, funcionar.
Agitàbile, adj. agitável.
Agitamênto, s. m. agitação; movimento.
Agitàre, v. tr. e pr. agitar, imprimir agitação / mover, excitar, abanar, sacudir, comover, turbar.
Agitàto, p. p. e adj. agitado, inquieto, perturbado, convulso.
Agitatôre, s. m. agitador.
Agitazióne, s. f. agitação, alvoroço / perturbação, motim.
Agliàceo, adj. de sabor semelhante ao alho, aliáceo.
Agliàio, s. m. alheiral, lugar plantado de alhos.
Agliàta, s. f. alhada, molho de sal com vinagre.
Aglio, s. m. alho (bot.) / (fig.) **rodersi l'áglio**: roer-se por dentro por ter que suportar coisa que não agrada.
Agnatízio, adj. agnatício, relativo ao agnato.
Agnàto, s. m. agnato, parente por varonia.
Agnazióne, s. f. agnação, parentesco por varonia.
Agnélla, s. f. cordeira.
Agnellàio, s. m. açougueiro que vende carne de cordeiro.
Agnellatúra, s. f. tempo da filiação das ovelhas; a filiada das ovelhas.
Agnellíno, s. m. (dim.) cordeirinho / (fig.) pessoa dócil / peliça de valor.
Agnèllo, s. m. cordeiro / (dim.) **agnellètto**, agnellíno, agnellúccio.
Agnellòtto, s. m. cordeirinho um tanto crescido / (cul.) ravioli; recheio de carne e verdura.
Agnína, s. f. agnelina, pele de cordeiro com a lã.
Agníno, adj. (raro) de cordeiro.
Agnizióne, s. f. agnição, conhecimento (especialmente nas peças teatrais).
Agno (ant.) s. m. anho, cordeiro / bubão, tumor / (fig.) **tagliarsi l'agno**: tomar uma resolução corajosa.
Agnòstico, adj. e s. m. agnóstico.
Agnolo (ant.), s. m. anjo.
Agnosía, s. f. agnosia / ignorância.
Agnosticísmo, s. m. agnosticismo.
Agnòstico, adj. e s. m. agnóstico.
Agnusdèi, s. m. imagem representante do cordeiro de Deus / **Agnus Dei**, uma das orações da missa.
Ago, s. m. agulha.
Agognàre, v. tr. cobiçar, ambicionar, desejar, anelar ansiosamente.
Agognànte, p. p. e adj. cobiçante, que cobiça.
Agognàto, p. p. e adj. cobiçado, desejado, ambicionado.
Agonàle, adj. agonal / torneio de seleção entre atletas.
Agòne, s. m. torneio solene, entre os antigos, de atletas / (poét.) combate, luta / o campo onde se disputam os torneios.
Agône, s. m. nome de um peixe dos lagos lombardos (Alosa Vulgaris, cient.).
Agonía, s. f. agonia / angústia, ânsia.
Agonísta, s. m. lutador, combatente, atleta.
Agonizzànte, p. pr. e adj. agonizante.
Agonizzàre, v. intr. agonizar.
Agopuntúra, s. f. (cir.) acupunctura.
Àgora, s. f. ágora, praça, assembléia pública, mercado.
Agorafobia, s. f. (patol.) agorafobia.

Agoráio, s. m. agulheiro, estojo para agulhas / vendedor ou fabricante de agulhas.
Agorèta, s. f. orador, perorador.
Agostàno, adj. (agron.) agostinho, do mês de agosto.
Agostàro, s. m. antiga moeda de ouro cunhada por Frederico II.
Agostiniàno, adj. e s. m. agostiniano.
Agostíno, adj. agostinho, nascido em agosto.
Agòsto, s. m. agosto.
Agrafía, perda da faculdade de escrever.
Agramènte, adv. asperamente, duramente, severamente; acremente.
Agrammatismo, s. m. agramatismo, afecção de origem cerebral.
Agràrla, s. f. agrária, agronomia.
Agràrio, adj. agrário / s. m. (neol.) proprietário de terras / partido político em certos países.
Agrèsta, s. f. espécie de uva agreste que não amadurece inteiramente.
Agrestàta, s. f. bebida refrigerante.
Agréste, adj. agreste, do campo, não cultivado, rústico, desabrido.
Agrestèzza (ant.), sabor acre das frutas cítricas / rusticidade, grosseria.
Agrestino, adj. um tanto azedo, não amadurecido ainda.
Agrèsto, s. m. não sazonado (uva) / sumo que se extrai dessa qualidade de uva.
Agrestóso, adj. acre, azedo, agro, amargo.
Agrestúme, s. m. sabor acre, amargo / quantidade de coisas de sabor amargo.
Agrètto, adj. um tanto acre, amargo.
Agrèzza, s. f. agrura / (fig.) acerbidade.
Agricola, s. m. (lat.) agrícola, camponês.
Agricola, adj. agrícola.
Agricoltóre, s. m. agricultor.
Agricoltúra, s. f. agricultura.
Agrifòglio, s. m. agrifólio, azevinho.
Agrigno, adj. um tanto amargo, um tanto agro; áspero.
Agrimensóre, s. m. agrimensor.
Agrimensúra, s. f. agrimensura.
Agriotimia, s. f. agriotimia, loucura furiosa.
Agriòtta, s. f. agriota, espécie de cereja de sabor amargo.
Agripnia, s. f. agripnia, insônia.
Agrippina, s. f. agripina, estofo, canapé, sofá.
Agro, s. m. agro, campo, território ao redor de uma cidade; ——— **romano** / massa informe de ferro misturado com as escórias.
Agro, adj. agro, acre, amargo, azedo.
Agrodólce, adj. agridoce, agrodoce.
Agrologia, s. f. agrologia, ciência agrária.
Agronomia, s. f. agronomia.
Agronômico, adj. agronômico.
Agrònomo, s. m. agrônomo.
Agróre, s. m. agrura, sabor agro.
Agrúme, s. m. agrume, agridez / (pl.) **agrúmi**, nome genérico que se dá às plantas cítricas (limão, laranja, etc.).
Agrumèto, s. m. laranjal, limoal, pomar de limões ou de laranjas.
Agúcchia, s. f. agulha para trabalhos de malhas / (zool.) peixe-agulha.
Agucchiàre, v. intr. trabalhar com a agulha de malha.
Agugèlla, s. f. pequena agulha usada pelos pintores para raspar as pinturas.
Agúglia, s. f. agulha de calamita / agulha longa e triangular para costurar velas / varejão / (zool.) peixe-agulha.
Agúglia s. f. (ant.), águia / insígnia romana / pináculo, agulha de edifício.

Aguglìòtto, s. m. macho dos gonzos do leme / aguieta.
Agumènto, s. m. (ant.) aumento.
Agúmina (ant.) (mar.) amarra.
Agunàre, (ant.) v. reunir, juntar.
Agúto, (ant.) adj. agudo / (s. m.) prego comprido, aguçado e fino.
Aguzzamènto, s. m. aguçamento, aguçadura.
Aguzzàre, v. tr. aguçar, tornar agudo / adelgar, afiar, afinar, apontar, amoldar; estimular, incitar / estimular, tornar perspicaz.
Aguzzàta, s. f. aguçadura feita às pressas ou de qualquer jeito.
Aguzzatóre, adj. e s. m. aguçador, o que aguça.
Aguzzatúra, s. f. aguçadura, aguçamento.
Aguzzino, s. m. comitre, aguazil, carcereiro / verdugo, tirano, o que maltrata com excessivo rigor / esbirro.
Agúzzo, adj. aguçado, agudo, picante.
Ah!, interj. ah!
Ahi, excl. ai!, expressão de dor ou de grande desgosto.
Ahimè, excl. ai de mim!
Aia, s. f. eira, terreiro, espaço de terreno preparado para bater o trigo / (fig.) **menare il can per l'aia**: prometer, protelar, fazer perder tempo sem nada concluir.
Aiàta, s. f. quantidade de trigo ou coisa semelhante que se põe na eira para ser debulhada.
Aidúco, s. m. soldado húngaro de infantaria / bandido eslavo / guarda especial do Grã-duque de Toscana.
Aierino, adj. aéreo / (s. m.) espírito do ar.
Àio, s. m. aio; preceptor, / (neol.) pedagogo, mestre, mentor.
Aire, s. m. impulso, movimento, arranco, lance, lanço; **prender l'aire**: tomar impulso.
Airône, (do al. ant. "heigir") s. m. (zool.) airão.
Aita, s. f. (poét.) ajuda, alívio.
Aitànte, p. pr. e adj. que pode ajudar (robusto, grande, potente, valente, galhardo, forte.
Aitàre, (poét.) v. ajudar, auxiliar, aliviar, socorrer.
Aiuòla, s. f. canteiro (de terreno) para o plantio de flores / lareira da chaminé.
Aiuòlo, s. m. rede para passarinhar.
Aiutànte, p. pr. e adj. ajudante / colaborador, assistente, auxiliar. acólito.
Aiutàre, v. tr. e pr. ajudar, auxiliar, sustentar, socorrer, apoiar, secundar.
Aiutatóre, (aiutatrice, f.) s. m. ajudador, auxiliador, sustentador, assistente, ajudante.
Aiúto, s. m. ajuda, auxílio, socorro / apoio, assistência, benefício, colaboração.
Aiutòrio (ant.), s. m. ajutório, auxílio, favor.
Aizzamènto, s. m. açulamento, incitamento / provocação.
Aizzàre, v. tr. açular, atiçar / provocar, incitar.
Aizzatóre, s. m. atiçador, incitador, açulador, provocador.
Al, prep. art. ao; vado ——— cinema; vou ao cinema.
Ala, s. f. asa / expansão lateral de certas pétalas / planos laterais do avião / ala (de edifício, exército, multidão) / (fig.) **abbassare le ali**: fazer cair o

orgulho / sotto le ali; sob a proteção / aver le ali ai piedi: correr, voar / tarpar le ali: cortar as asas, refrear / far ————: dispor-se em filas de um e outro lado para prestar honras.
Alabandìna, s. f. alabandina, pedra preciosa vermelho-escura (de Álabanda).
Alabarda, s. f. alabarda (arma).
Alabardata, s. f. alabardada.
Alabardiére, s. m. alabardeiro.
Alabastraio, s. m. que vende ou trabalha objetos de alabastro.
Alabastrino, adj. alabastrino.
Alabastro, s. m. alabastro.
Alàccia, s. f. sardinha grande.
Alacciàra, s. f. rede para a pesca de sardinhas.
Alacre, adj. alacre, esperto, vivo, vivaz, laborioso, pronto, solerte.
Alacremènte, adv. alacremente.
Alacrità, s. f. alacridade, alegria, entusiasmo, vivacidade.
Alàggio, s. m. surga, ação de puxar ou de levar a reboque um barco ao dique, para reparações.
Alalá, s. m. grito prolongado de guerra, alegria, etc., eia!, ânimo!, sus!.
Alalia, s. f. alalia, impossibilidade de falar, mutismo, afasia.
Alamànna, adj. e s. f. uva branca de bago grande e doce (do nome de Alamanno Salviati, que a introduziu na Itália).
Alamàro, s. m. alamar; cordão, botão, requife.
Alambìcco (e deriv.) v. **Lambìcco**.
Alàno, adj. alano, relativo aos Alanos / (s. m.) alano, antigo povo bárbaro de Alania / (zool.) alão, cão de fila corpulento.
Alàri, s. m. (pl.) cães da chaminé que sustentam os espetos de assar.
Alàre, v. ação de singrar, mover um barco, rebocar.
Alàrio, (lat. "alárius) s. m. soldado romano que combatia nas alas do exército.
Alàta, s. f. golpe, pancada com a asa.
Alàto, adj. alado, com asas / leve, aéreo / (fig.) inspirado, elevado.
Alàuda, s. f. (latin.) alauda (zool.), calhandra, cochicho, cotovia.
Alba, s. f. alba, o romper do dia; dilúculo, aurora, alvorada, amanhecer; madrugada / (fig.) o começo de qualquer coisa; l'alba del secolo / canção provençal.
Albagìa, s. f. vaidade, bazófia, orgulho, soberbia / (ant.) fantastiquice.
Albàgio (ant.), s. m. pano grosseiro, geralmente branco / (neol.) romanholo (da Romagna).
Albagiòso, adj. vaidoso, orgulhoso, jactancioso.
Albàna, s. f. alvilha, casta de uva branca, de sabor doce.
Albanèlla, s. f. ave rapina, gavião de pântano, gipáeto.
Albanèse, s. m. albanês.
Albàno, s. m. albano, vinho feito com uva de Albano.
Albarèllo, s. m. álamo, choupo branco.
Albària, adj. albario, reboco ou estuque fabricado com mármore branco.
Albaro, s. m. álamo, choupo, choupo branco.
Albàsia, s. f. (mar.) calmaria, bonança.
Albaspìna, s. m. espinheiro-alvar.
Albàtico, adj. e s. m. variedade de uva preta da região de Monferrato.

Albatra ou **corbezzolo**, s. m. medronho, fruto do medronheiro.
Albatrèlla e **albatrèllo**, s. f. e m. (dim.) medronho.
Albatro, s. m. medronheiro (planta) (zool.) / albatroz (ave) / tipo de avião alemão de caça, na I Guerra Mundial.
Albèdine, s. f. (lit.) cor esbranquiçada, alvacenta / brancura.
Albeggiamènto, s. m. alvorada, dilúculo matutino; antemanhã, aurora.
Albeggiàre, v. intr. alvorecer, alvorejar / (fig.) de coisa que nasce: la civiltà albeggiava in quelle terre / aparecer, surgir, amanhecer.
Alberàggio, s. m. imposto que em certos portos se cobra aos navios pela mercadoria que transportam.
Alberànte, p. pr. e s. m. (mar.) mestre de manobras.
Alberàre, v. tr. arborizar, plantar árvores num terreno / (mar.) mastrear, guarnecer de mastros / arvorar, içar, hastear (bandeira, etc.).
Alberatúra, s. f. arborização, plantação de árvores / (mar.) mastreação, conjunto dos mastros de uma embarcação / madeira para os mastros de navios.
Alberèlla, s. f. choupo-tremedor.
Alberèllo, s. m. (dim.) arvorezinha / choupo branco / fungo dos choupos / boião, vaso de barro ou de madeira, no qual se conserva o sal.
Alberèse, s. m. pedra de cal, calcário.
Alberèta, s. f. terreno plantado a árvores: arvoredo / choupal, bosque de choupos.
Alberèto, s. m. (raro) arvoredo.
Albergagiòne (ant.) s. f. albergue, estalagem.
Albergàre, v. tr. albergar, recolher em albergue; agasalhar, hospedar, acomodar / acolher em si, alimentar em si mesmo alguma coisa: albergava sentimenti di amicizia / (intr.) alojar-se, acolher-se, hospedar-se.
Albergatòre, s. m. albergueiro, o que alberga; hospedeiro, hoteleiro, albergador.
Albergherìa, s. f. albergaria, hospedaria / nome de um bairro da cidade de Palermo (Sicília).
Alberghièro, adj. que se refere a albergue, à hospedaria, a hotel / indústria alberghiera: ind. hoteleira.
Albèrgo, s. m. albergue, hospedaria, albergaria, pousada, hotel / (pl.) alberghi / (pej.) albergàccio / (dim.) alberghètto, albergúccio.
Albero, s. m. árvore / peça principal de uma máquina / mastro completo de navio / (dim.) alberino, alberètto, alberúccio / (aum.) alberône.
Albicàre, v. intr. branquear, alvejar.
Albìccio, adj. branco, alvacento, brancacento, esbranquiçado.
Albicòcca, s. f. abricó ou abricote (fruto).
Albicòcco, s. m. abricoteiro, abricozeiro, damasqueiro (árvore).
Albigèse, adj. e s. m. albigense (de Albi, cidade da Provença) / membro de uma seita religiosa dos fins do século XII.
Albinàggio, s. m. (jur. ant.) albinágio.
Albinìsmo, s. m. albinismo.
Albino, adj. e s. m. albino.

Àlbo, adj. alvo, branco / fico ————: figo que tem a casca de cor esbranquiçada.
Àlbo, s. m. tábua onde se afixam editais / álbum / carteira ou livro em branco de memórias, pensamentos, etc.
Albogàtto, s. m. choupo que geralmente cresce ao longo dos rios ou em lugares aguacentos.
Albôre, s. m. alvor (de manhã), alva, alvorada / alvura, nitidez, brancura / luz esbranquiçada: ———— della Via Lattea.
Alborêto, s. m. rede de pescar, de malhas bem estreitas.
Alborottàre, v. (ant.) alvoroçar, por em alvoroço, tumultuar, sobressaltar.
Albúgine, s. f. albugem.
Albugíneo, adj. albugíneo.
Albuginôso, adj. albuginoso.
Àlbum (neol.) s. m. o m. que albo, álbum.
Albúme, s. m. albume ou albúmen / clara ou branco de ovo.
Albumína, s. f. albumina.
Albumináre, v. albuminar, por albumina em.
Albumináto, s. m. albuminato.
Albuminatura, s. f. ação de albuminar.
Albuminismo, s. m. albuminismo.
Albuminòide, s. m. albuminóide.
Albúminùria, s. m. albuminúria.
Albúrno, s. m. (bot.) alburno.
Alca, s. f. espécie de pega (pássaro) marinho / ave semelhante ao pingüim, hoje desaparecida.
Alcade, s. m. alcaide; na Espanha, o primeiro magistrado de uma cidade.
Alcàico, adj. alcaico, verso endecassilabo usado pelos gregos e pelos latinos, inventado por Alceu.
Alcalescènte, adj. alcalescente.
Alcalescènza, s. f. alcalescência.
Alcàli, s. m. (pl.) álcali ou alcali.
Alcàlico, adj. (raro) alcálico, alcalino.
Alcalizzàre, v. tr. alcalinizar.
Alcalòide, s. m. (quím.) alcalóide.
Alcalòsi, s. f. (med.) alcalose.
Alcànna, s. f. alcana, planta cujas folhas são utilizadas como tintura.
Alcàzar, (do ár. alqasr) s. m. alcaçar ou alcacer; castelo, palácio régio afortalezado.
Alce, s. m. alce, grande veado de chifres largos.
Alcèdine, s. f. alcião (ave).
Alcàzar, (do ár. alqasr) s. m. alcaçar ou alquequenque.
Alchèrmes, s. m. alquermes.
Alchimìa, s. f. alquimia.
Alchimiàre, v. alquimiar, praticar a alquimia / falsificar.
Alchimìsta, s. m. alquimista.
Alchimìstico, adj. alquímico.
Alchimizzàre, v. alquimizar.
Alciône, s. m. alcião, alcione (ave).
Alciònio, adj. alciôneo, relativo ou pertencente ao alcião.
Alcmànio, adj. alcamânio, alcamânico, metro lírico, grego ou latino.
Àlcole, s. m. álcool.
Àlcool, s. m. álcool.
Alcoòlico, adj. alcoólico.
Alcoolismo, s. m. alcoolismo.
Alcoolizzàre, v. tr. alcoolizar.
Alcoolizzàtto, p. p., adj. e s. m. alcoolizado.
Alcoolòmetro, s. m. alcoômetro (instrumento).

Alcoràno, s. m. alcorão / (arquit.) torre das mesquitas persas.
Alcòva, s. f. alcova.
Alcunchê, pron. (raro) alguma coisa, qualquer coisa; algo; um tanto.
Alcúno, adj. e pr. alguém, algum / acompanhado de non ou senza, significa nenhum, ninguém; non c'é ————: não há ninguém; senza alcuna cautela: sem nenhuma cautela.
Aldàce e aldacemènte, (ant.) adj. e adv. audaz, audazmente.
Aldèide, s. f. aldeído, produto da oxidação de um álcool primário.
Aldíno, adj. aldino (diz-se dos caracteres de impressão usados por Aldo Manuzio e por seus descendentes); itálico, grifo.
Aldìre (ant.), ouvir, escutar.
Àlea, s. f. risco, perigo.
Aleàtico, s. m. uva preta muito saborosa / vinho doce dessa uva, aleático.
Aleatòrio, adj. aleatório; casual; fortuito; incerto; que depende da sorte.
Aleggiàre, v. intr. adejar, mover as asas levemente; adejar, pairar / voar.
Alemànna, s. f. dança viva e alegre, originária da Alemanha antiga.
Alèna (ant.), s. m. sopro, alento.
Alenàre, v. intr. respirar ansiadamente; ansiar.
Aleriône, s. m. (heráld.) alerião.
Alerône, s. m. extremidade móvel da asa no aeroplano, no hidroavião e semelhante.
Alesàggio, s. m. (mec.) alesagem / diâmetro interior de um tubo.
Alesàre, v. (fr. aléser) alesar, alisar a superfície interior de um objeto que foi furado, polir / (ital.) brunire, levigare.
Alesatrice, s. f. (mec.) máquina para praticar a alesagem.
Alessandrinìsmo, s. m. alexandrinismo, maneira da escola poética alexandrina.
Alessandrìno, adj. alexandrino, de Alexandria / (s. m.) alexandrino (verso).
Alessìa, s. f. (med.) alexia.
Alessifàrmaco, s. m. alexifármaco, contraveneno.
Alessitèrio, s. m. alexifármaco (antidoto) de uso externo.
Alètta, (dim. de ala: asa) s. f. asinha, asa pequena / tufo de penas na cauda das asas dos pássaros / barbatana dos peixes.
Alettône, s. m. parte das asas de um aeroplano, que serve para regular a inclinação lateral do aparelho.
Àlfa, s. f. alfa, 1ª letra do alfabeto grego / (bot.) planta gramínea, esparto.
Alfabèta, s. f. que sabe ler, que não é analfabeta.
Alfabeticamènte, adv. alfabeticamente.
Alfabètico, adj. alfabético.
Alfabèto, s. m. alfabeto.
Alfàna, (do ár. al-faras) alfarraz, cavalo árabe, robusto e ligeiro.
Alfière, (do ar. al-fáris), alferes, porta-bandeira / uma das pedras do jogo de xadrez.
Alfìne, adv. finalmente, afinal, enfim.
Alga, s. f. (bot.) alga / (pl.) alghe.
Àlgebra, s. f. álgebra.
Algebricamènte, adv. algebricamente.
Algèbrico, adj. algébrico / (pl.) algèbrici.
Algebrìsta, s. m. algebrista.
Algènte, adj. algente, frio, glacial.
Algesimetría, s. f. algesimetria, algometria.

Algesímetro, s. m. algesímetro.
Algidità, s. f. algidez; esfriamento do corpo e especialmente das extremidades.
Algido, adj. (poét.) álgido, muito frio, gelado, glacial.
Algína, s. f. algina, gelatina vegetal que se encontra nas algas.
Algofilia, s. f. algofilia (prazer por sensações dolorosas).
Algometria, s. f. algometria.
Algòmetro, s. m. algesímetro.
Algonchiàno, adj. (geol.) algonquiano, algônquico.
Algòre, s. m. (poét.) algor, sensação intensa de frio.
Algoritmia, s. f. algoritmia, ciência do cálculo.
Algóso, adj. algoso, que tem algas.
Alia, s. f. asa.
Aliànte, p. pr. e adj. voejante, adejante / (s. m.) aeroplano sem motor; planador.
Aliàre, v. intr. adejar, voejar / pairar, voar.
Alias, adv. (voz lat.) aliás.
Àlibi, s. m. álibi.
Alicànte, s. m. alicante, vinho espanhol da Andaluzia.
Alice, s. f. anchova, sardinha / (dim.) alicètta.
Alicórno, s. m. licorne, animal fabuloso; unicórnio / medicamento feito com o chifre ou com o corno desse animal.
Alidàda, s. f. alidada ou alidade / teodolito.
Alidamènte, adv. secamente, aridamente.
Alidèzza, s. f. aridez, secura.
Alidíre, v. tr., pr. e intr. tornar árido, seco.
Àlido, adj. árido, seco / (s. m.) secura, aridez.
Alienàbile, adj. alienável.
Alienabilità, s. f. alienabilidade.
Alienamènto, s. m. alienamento, alienação, alheamento.
Alienànte, p. pr. e s. m. (jur.) alienante / (s. m.) alienatário.
Alienàre, v. alienar / alhear, afastar, desviar, transferir / (fig.) alucinar / (refl.) afastar-se, indispor-se, inimizar-se.
Alienatàrio, s. m. (jur.) alienatário.
Alienàto, p. p. e adj. alienado, alheado / (s. m.) louco, maníaco.
Alienazióne, s. f. alienação, transferência dos próprios bens, separação / loucura, alucinação.
Alienigena, s. f. alienígena, estranho, estrangeiro, forasteiro.
Alienista, s. m. alienista.
Alièno, adj. alheio /estranho / contrário.
Aliètta, s. f. (dim.) asinha / barbatana dos peixes.
Alifànte (ant.), s. m. elefante.
Alifàtico, adj. (quim.) alifático.
Àliga, s. f. (raro) alga.
Alígero, (poét.) alado, veloz.
Alighièro, s. m. (mar.) gancho de junção.
Aligùsta (ant.), s. f. lagosta.
Alimentàre, v. alimentar, nutrir, sustentar, cevar / (adj.) referente aos alimentos, nutritivo, alimentar.
Alimentàrio, adj. alimenticio, alimentar.
Alimentatôre, adj. e s. m. alimentador.
Alimentazióne, s. f. alimentação.

Alimentízio, adj. alimenticio, alimentar; nutritivo.
Alimènto, s. m. alimento, tudo o que serve para alimentar; substância utilizada na nutrição; sustento, comida; pasto.
Alimònia, s. f. (jur.) alimônia, quantia que deve dar o marido à mulher separada.
Alínea, s. f. alínea; subdivisão, parágrafo.
Aliòsso, s. m. osso do calcanhar de cordeiro, astrágalo.
Alípede, adj. (poét.) alipede; veloz, ligeiro / (s. m.) cavalli dai piedi alati: cavalos dos pés alados.
Alíquota, s. f. alíquota.
Alisèo, adj. e s. m. aliseu ou alísio; alisado (vento).
Alísmo, s. m. alismo; agitação, ansiedade, inquietação.
Alíso (ant.), lirio.
Alitàre, v. tr. respirar, soprar levemente.
Àlito, s. m. hálito, respiração / sopro leve de vento, aragem.
Alívolo, adj. que voa, alípede.
Alla, prep. artic. formada por a e la, à; brevo ——— tua salute: bebo à tua saúde / (pl.) alle: às.
Alla, ant. (do fr "halle"), s. f, sala, mercado, lugar de reunião / (do al. alle) medida antiga linear inglesa ou flamenga.
Allacciamènto, s. m. enlaçamento, enlaçadura, laço / ligação.
Allacciànte, p. pr. e adj. que enlaça, que liga.
Allacciàre, v. enlaçar, unir ou prender com laços, atar, enlear / (fig.) prender, encantar, fascinar / combinar / engatar reunir, ligar.
Allacciatúra, s. f. enlaçadura, ação e efeito de enlaçar; enlaçamento.
Allagamènto, s. m. alagamento, inundação / cheia.
Allagàre, v. tr. alagar, inundar.
Allagatíccio, adj. alagadiço, sujeito a alagar-se / pantanoso.
Allagazióne, (raro) s. f. alagamento.
Allamàre (ant.), v. alagar-se, empantanar-se, tornar-se como palude.
Allampanàre, v. mirrar, emagrecer, definhar.
Allampanàto, p. p e adj. mirrado, emagrado, definhado, seco.
Allampàre (ant.), v. abrasar, arder de sede.
Allappàre, allappolàre, v. tr. irritar; diz-se de coisas amargas, que irritam, que embotam os dentes.
Allardàre, v. tr. passar o toucinho no assado.
Allargamènto, s. m. alargamento / dilatação.
Allargàre, v. tr. e pr. alargar, ampliar, dilatar, prolongar / aumentar / afrouxar / ——— la mano: abrir a mão / ——— le braccia: estender os braços.
Allargàta, s. f. alargamento feito com rapidez / (esp.) movimento de alargar as pernas e os braços na natação.
Allargatése, s. m. máquina para distender as abas dos chapéus, usada pelos chapeleiros.
Allargatóio, s. m. alargador, dilatador; instrumento para alargar.
Allargatúra, s. f. alargamento; ação de alargar / lugar onde foi alargada uma coisa.

Allarmànte, p. pr. e adj. alarmante, que assusta, que causa apreensão.
Allarmàre, v. tr. e pr. alarmar, alvoroçar, assustar, sobressaltar.
Allàrme, s. m. alarme, alarma / rebate, vozearia, tumulto / (fig.) perigo, temor, agitação grave e repentina.
Allarmísta, s. m. alarmista, que espalha boatos alarmantes.
Allascàre, v. (mar.) afrouxar, abrandar a tensão de uma corda; laxar, desentesar (corda).
Allàto, adv. ao lado, junto, perto / vizinho, pegado, contíguo.
Allattaménto, s. m. amamentação, aleitamento.
Allattàre, v. tr. amamentar, aleitar / nutrir, criar; educar.
Allattatríce, s. f. amamentadora.
Allattatúra, s. f. aleitamento, aleitação.
Allèa (fr. allée), s. f. álea, aléia.
Alleànza, s. f. aliança; união, liga, acordo; coligação.
Alleàto, p. p., adj. e s. m. aliado.
Alleccornìre, v. provocar, excitar gulodice / (fig.) engodar.
Allegàbile, adj. alegável.
Allegagiône, s. f. medra, medrança (frutos) / (jur.) alegação, citação.
Allegaménto, s. m. medrança (frutos), embotamento (dentes) / amalgamento.
Allegàre, v. alegar, aduzir em defesa; citar, fazer em juízo alegação, testemunhar, etc.
Allegàre, v. intr. unir, ligar, fazer ligas / anexar / enervar, embotar (os dentes, por efeito de sabor acre) / medrar, vingar, frutificar (frutos).
Allegàto, p. p., adj. e s. m. alegado, citado, argüido / unido, junto / documento.
Allegaziône, s. f. alegação, ato ou efeito de alegar / medra dos frutos / (quím.) liga de metais.
Alleggeriménto, s. m. alívio, atenuação, minoração, abrandamento.
Alleggerìre, v. aliviar, desaliviar, aligeirar / desafogar, descarregar / atenuar, diminuir, suavizar, abrandar, mitigar / (refl.) alleggerirsi, aliviar-se, desempachar-se, desafogar-se.
Alleggiaménto, s. m. aliviamento, alívio / despressão.
Alleggiàre, v. tr. aliviar / (fig.) suavizar, abrandar, mitigar.
Allèggio, s. m. saveiro, barcaça estreita e comprida com a qual os navios descarregam as mercadorias nos portos / orifício ao fundo das embarcações, pelo qual se faz sair a água que penetrou no navio durante a navegação.
Alleghíre, v. intr. medrar, vingar (plantas).
Allegoría, s. f. alegoria / figura, simbolo, emblema / comparação.
Allegoricamènte, adv. alegoricamente.
Allegòrico, adj. alegórico, simbólico.
Allegorísta, s. f. alegorista, o que usa de alegorias.
Allegorizzàre, v. tr. alegorizar, simbolizar.
Allegraménte, adv. alegremente.
Allegrànza (ant.), s. f. alegria.
Allegràre, v. alegrar.
Allegrètto, s. m. alegreto, (mús.) andamento musical menos vivo que o allegro.
Allegrèzza, s. f. alegria, prazer, júbilo, satisfação / festa, divertimento.

Allègro, adj. alegre, que sente ou causa alegria; contente, agradável, jovial, folgazão / (burl.) um tanto embriagado / (mús.) Allegro, andamento de música / (dim.) allegrrúccio, allegróccio / (aum.) allegróne.
Allelúia, s. m. aleluia.
Allenaménto, s. m. treinamento, treino.
Allenàre, v. tr. e pr. treinar, exercitar, adestrar, preparar, revigorar, fortalecer.
Allenàre (ant.), alentecer, diminuir, ceder.
Allenatòre, s. m. treinador.
Allenìre, v. aliviar, atenuar / (mús.) abrandar, amolecer, afrouxar.
Allentagiône, (raro) s. f. hérnia.
Allentaménto, s. m. amolecimento, frouxidão, afrouxamento, diminuição.
Allentàre, v. tr. alentecer, tornar lento, tornar menos teso; diminuir, afrouxar, entibiar / relaxar / tornar menos íngreme (subida, ladeira) / desafogar, desapertar (a roupa) / (mús.) alargar (o tempo da música).
Allentatúra, s. f. hérnia.
Allergía, s. f. alergia.
Allèrgico, adj. alérgico.
Allessàre, v. cozer em água.
Allèsso, adj. cozido em água; chi la voule ———— e chi arrosto: uns querem assim e outros querem assado.
Allestiménto, s. m. apresto, preparativo, apetrechamento, aparelhamento.
Allestíre, v. tr. aprestar, aparelhar, apetrechar, preparar, armar.
Allettaiuòlo, adj. e s. m. negaça, engodo; pássaro que serve de isca para passarinhar.
Allettaménto, s. m. engodo, aliciação, adulação, lisonja.
Allettànte, p. pr. e adj. engodador, aliciador, adulador / atraente, sedutor, fascinador.
Allettàre, v. tr. atrair, aliciar, engodar, seduzir, lisonjear, iscar.
Allettàre, v. tr. e pr. abater, distender por terra (as messes) / acamar-se, por-se à cama por doença / albergar, hospedar, conter, acolher; ond'esta oltracotanza in voi s'alletta? (Dante).
Allettatíva, s. f. adulação, lisonja, atrativo, engodo.
Allettatívo, adj. enganador, sedutor; lisonjeiro, atraente.
Allettatôre, adj. e s. m. enganador, lisonjeador.
Alletteràre, (ant.) v. amestrar, instruir nas letras, na literatura.
Allettevôle, adj. lisonjeador, incensador.
Allevaménto, s. m. criação.
Allevàre, v. tr. criar / amamentar (criança) / educar.
Allevàta, s. f. criação, cria (animais).
Allevatôre, s. m. criador (de animais).
Allevatúra, s. f. criação, ação e efeito de criar.
Alleviaménto, s. m. aliviamento, ação e efeito de aliviar, alívio.
Alleviàre, v. tr. aliviar, mitigar, atenuar, suavizar, consolar.
Allevíme, (raro) s. m. cria (dos animais).
Allezzàre, (ant.) v. exalar fedor.
Allibàre, v. (mar.) adejar.
Allibíre, v. intr. empalidecer; ficar estupefacto, espantar-se.
Allibraménto, s. m. assentamento, inscrição (em livro); registro.
Allibràre, v. inscrever; registrar / averbar.

Allibratôre, s. m. aquele que nas competições esportivas registra as apostas; (ingl.) "bookmaker".
Allicciàre, v. tr. (tecel.) enliçar / limar os dentes (do serrote, da serra).
Allicciatúra, s. f. (técn.) enliçamento, urdidura.
Allídere, (ant.), v. percutir, bater / chocar, esbarrar.
Allietàre, v. tr. alegrar, tornar alegre, contente / (pr.) alegrar-se / alliéto: alegro.
Allièvo, s. m. aluno, discípulo / estudante, escolar.
Alligatôre, s. m. aligator, caimão, animal semelhante ao crocodilo.
Alligazióne, s. f. operação aritmética para encontrar o preço médio ou proporcional de mais coisas misturadas.
Allignàre, v. intr. medrar, vingar, crescer, prosperar / arraigar-se.
Allindàre, v. alindar, aformosear, tornar elegante.
Allindatúra, s. f. alindamento, aformoseamento.
Allindíre, v. alindar, aformosear / (refl.) alindar-se, enfeitar-se.
Allineamênto, s. m. alinhamento, enfileiramento.
Allineàre, v. tr. alinhar / (refl.) alinhar-se, por-se em fila / enfileirar.
Allíneo, s. m. na esgrima, movimento com o braço para levar a ponta da espada na direção exata do alvo.
Alliscàre, v. tr. acanelar os estribos dos carros, veículos, etc., para que, subindo ou descendo, não se escorregue.
Allisióne, (ant.) s. f. colisão, choque / hiato.
Allitàre, (ant.) aproar, arribar, atracar.
Alliterazióne, s. f. aliteração, jogo de palavras: sol chi sa che nulla sa ne sa piú di chi ne sa: só o que sabe que nada sabe, sabe mais do que quem sabe.
Allivellàre, v. tr. aforar, arrendar.
Allivellamênto, s. m. aforamento, contrato de foro.
Allividíre, v. intr. empalidecer, perder a cor (por medo, frio, etc.).
Allo, prep. art. composta de a e lo, ao: —— stórico: ao historiador.
Allòbrogo, adj. e s. m. alóbrogo, povo da Sabóia e, por extensão, também piemontês; il fiero ——, Parini referindo-se a Alfieri).
Allocàre, (ant.) locar, alugar, arrendar.
Allocazióne, s. f. (esp.) prêmio que se dá em corrida de cavalos.
Alloccheria, s. f. tolice; bobagem.
Allòcco, (lat. ulúcus), s. m. mocho, pássaro noturno / (fig.) tolo, tonto, palerma.
Allocróico, adj. alocróico, que está sujeito a mudar de cor.
Allocromasia, s. f. alocromasia, alocromatia.
Allocromàtico, adj. alocromático.
Allocutôre, s. m. locutor, orador.
Allocuzióne, s. f. alocução, discurso solene, exortação.
Allodolétta, (ant.) s. f. pequena calhandra (ave).
Allodiàle, adj. alodial, livro, não vinculado.
Allodialità, s. f. (jur.) alodialidade.
Allòdio, (al. alod), s. m. alódio, livre.
Allòdoia, (lat. aláuda) s. f. calhandra, cotovia, alauda.

Allodosía, s. f. ortodoxia, heterodoxia.
Allogagióne, s. f. allogamênto, s. m. comissionamento, arrendamento, locação.
Allogàre, v. dar emprego; colocar, empregar / alugar, arrendar / casar / (refl.) colocar-se, empregar-se.
Allogatôre, s. m. locador, arrendatário / empreiteiro / (neol.) alojador, albergador.
Allogazióne, s. f. locação / empreitada, ajuste, contrato de trabalho / comissionamento.
Alloggiamento, s. m. alojamento; acampamento / (mil.) obra coberta de fortificação.
Alloggiàre, v. tr. alojar, hospedar, albergar; chi tardi arriva male allòggia, quem por último chega come do que acha/ acolher, agasalhar, recolher.
Alloggiatôre, s. m. alojador, albergador, hoteleiro.
Allóggio, s. m. hospedagem, ato de hospedar; albergue, aposento, acomodação / abrigo, refúgio.
Allogiòtta, adj. alogiota, de outra lingua; alógeno.
Allogliàto, adj. misturado com joio, (ital. lóglio) / (ant.) estulto, tonto.
Allombàto, adj. diz-se de cavalo de lombos fortes, galhardo / robusto.
Allontanamênto, s. m. afastamento, distanciamento.
Allontanàre, v. tr. afastar, distanciar, apartar / licenciar / arredar, remover, segregar, separar / (refl.) ausentar-se, distanciar-se, retirar-se, partir, fugir.
Allopatía, s. f. alopatia.
Allopaticamênte, adv. alopaticamente.
Allopàtico, adj. alopático.
Alloppiamênto, s. m. narcotização (com ópio); adormecimento.
Alloppiàre, v. tr. e pr. preparar bebida com ópio; opiar, narcotizar, adormecer.
Allóppio, (raro) s. m. ópio.
Allòra, adv. naquele tempo, então, naquele momento, naquela ocasião / antigamente / em tal caso / allora —— : pouco tempo antes / allora come —— : naquela conjuntura.
Allorchê, conj. quando, no momento em que, no instante que / —— lo vidi: assim que o vi.
Alloritmía, s. f. (med.) aloritmia.
Allòro, s. m. louro, loureiro / (fig.) triunfo, vitória.
Allorquàndo, conj. quando.
Allotropía, s. f. alotropia.
Allottròpico, adj. alotrópico.
Allòtropo, s. m. alótropo.
Allòtta, (ant.) adv. então, naquele tempo.
Allottàre, v. sortear, rifar por meio do loto ou de loteria.
Allucchettàre, v. tr. fechar, segurar por meio de cadeado ou luquete.
Allucciolàre, v. luziluzir.
Alluce, s. m. o dedo grande do pé; (lit.) hálux.
Alluciàre, v. tr. olhar com avidez; fitar.
Allucidàre, v. tr. polir, lustrar, dar brilho, lustro.
Allucignolàre, v. tr. enrolar em forma de torcida; torcer; embrulhar desajeitadamente, amarrotar.
Allucinàre, v. tr. e pr. alucinar; enfeitiçar; deslumbrar; iludir, enganar / ofuscar.

Allucinàto, p. p. e adj. alucinado; enfeitiçado; ofuscado, deslumbrado / enganado, iludido / (s. m.) alucinado, louco, maluco.
Allucinazióne, s. f. alucinação / miragem, erro, ilusão / ofuscamento.
Allúda, s. f. pele de cabra ou de ovelha curtida sem alúmen.
Allúdere, v. intr. aludir, referir, acenar; referir-se.
Allumacàre, v. listrar de baba, como faz a lesma quando baba.
Allumacatúra, s. f. ação de babar, da lesma; listra que deixa atrás de si a lesma e, por ext., também outros animais / traço, risca que fica sobre um pano comprimido.
Allumàre, v. tr. alumiar, iluminar, aclarar (ant.) acender.
Allumàre, v. (téc.) aluminar, curtir com alúmen (peles).
Allumatúra, s. f. aluminagem, ação de curtir com alúmen as peles.
Allúme, s. m. alume, alúmen.
Allumièra, s. f. cova ou mina de alúmen.
Allumína, s. f. alumina, óxido de alumínio que se usa no fabrico das porcelanas / argila.
Alluminàre, v. tr. (raro), alumiar, iluminar / (ant.) miniaturar.
Alluminatóre, s. m. alumiador, aluminador / (ant.) aquele que faz miniaturas.
Alluminio, s. m. alumínio.
Alluminóso, adj. aluminoso, aluminífero; que contém alúmen.
Allunamênto, s. m. (mar.) aluamento, curva que se dá a certos lados das velas / curva da ponte dos navios de popa a proa.
Allunàto, adj. aluado, curvo, em forma de lua.
Allunazióne, s. f. aluamento.
Allungàbile, adj. alongável, aumentável, estendível, prolongável.
Allungamênto, s. m. alongamento, prolongamento.
Allungàre, v. tr. e pr. alongar, tornar longo; estender, prolongar; espaçar, demorar, diferir, adiar / aumentar acelerar (o passo) / dilatar, espaçar; ——— il discorso: ser prolixo.
Allungatúra, (raro) s. f. alongamento: aumento de comprimento; adição que se faz às vestes.
Allúngo, s. m. toda coisa que serve para alongar outra / adição; apêndice / tira de couro para reforço do calcanhar, nos sapatos.
Allupàre, v. intr. ter fome igual à do lobo / esfomeado.
Allupàto, p. p. e adj. mordido por lobo esfomeado.
Allupatúra, s. f. roedura feita por animais nas peles que foram deixadas fora para secar.
Allusióne, s. f. alusão, referência, aceno.
Allusivo, adj. alusivo, que contém alusão.
Allúso, p. p. e adj. aludido, mencionado.
Alluviàle, adj. (geol.) aluvial.
Alluviàre, (ant.) v. aluviar, inundar.
Alluvionàle, adj. aluvial, formado por aluvião.
Alluvióne, s. f. aluvião / inundação.
Alma, s. f. (lit. e poét.) alma.
Almagèsto, s. m. almajesto, a obra astronômica de Ptolomeu.
Almanaccàre, v. fantasiar, devanear, cismar, parafusar, ruminar.
Almanacchío, s. m. devaneio, cisma freqüente e continuada.
Almanàcco, (pl. **almanácchi**), s. m. almanaque / calendário / lunário, efeméride.
Almanaccône, s. m. fantasiador, sonhador.
Almànco, adv. ao menos, pelo menos.
Alméa, (ár. **alima**), s. f. alméia, dançarina oriental.
Almêno, adv. ao menos, pelo menos; não menos de.
Almirànte, (ant., do ár. al-amir) s. m. almirante.
Almo, adj. (poét.) almo, criador; que dá a vida, que a alimenta / imortal, divino; **l'alme leggi de l'umano consorzio** (Carducci).
Alno, s. m. alno, gênero de árvores da família das betuláceas.
Alo, (ant.) s. m. halo, círculo luminoso.
Aloe, ou **aloè** (pref. a prim. forma), s. m. aloés ou aloé (planta).
Aloètico, adj. e s. m. (quím.) alogenídrico.
Alògeno, s. m. (quím.) alogênio.
Alogenùrio, s. m. (quím.) sal de um ácido alogênico.
Alòidi, s. m. pl. (quím.) halóides.
Alône, s. m. halo (meteoro luminoso).
Alopecía, s. f. (med.) alopecia.
Alpàca, s. m. alpaca, ruminante da família dos camelídeos da América do Sul / lã desse animal / tecido dessa lã.
Alpàcca, s. m. alpaca, liga metálica de zinco e cobre.
Alpe, s. f. (poét.) montanha alta / (pl.) os Alpes, montanhas que fecham a Itália ao norte; **il bel paese ch'Appennin parte, il mar circonda e l'Alpe** (Petrarca).
Alpèggio, s. m. pasto de verão nas montanhas.
Alpèstre, adj. alpino; alpestre, alcantilado, montanhoso.
Alpèstro, (ant.) adj. alpestre.
Alpière, s. m. (mil.) alpino especializado.
Alpière, s. m. soldado alpino especializado para ações em alta montanha.
Alpigiàno, adj. alpino, que habita os Alpes; montanhês, montesino.
Alpinismo, s. m. alpinismo.
Alpinista, adj. e s. m. e f. alpinista.
Alpíno, adj. alpino / (mil.) (pl.) **alpini**, soldados recrutados nas regiões montanhosas da Itália e que prestam serviço nas mesmas.
Alquànto, adj. pron. e adv. um tanto; certa quantidade; uma porção, alguma coisa; algum, certo número, um tanto, um pouco.
Alsèide, s. f. ninfa dos bosques, na mitologia grega; dríade.
Altalèna, s. f. balanço, redouça, redoiça, retouça, gangorra.
Altalenàre, v. intr. e pr. redoiçar, retouçar; brincar no baloiço.
Altalèno, s. m. antiga máquina militar à guisa de guindaste que levantava os soldados até à altura dos muros inimigos / nora, engenho de tirar água dos poços ou símil.
Altamênte, adv. altamente / profundamente, muito.
Altàna, s. f. terraço sobre o teto / mirante, belvedere.
Altàno, s. m. falcão de caça.

Altàre, s. m. (ecles.) altar / (fig.) culto, religião, veneração, sacerdócio / (dim.) **altarino**: altarzinho / (fig.) **scoprir gli altarini**: descobrir os segredos de outros.

Altèa, s. f. altéia (nome vulgar de uma planta herbácea, da fam., das Malváceas); malvaisco.

Alteràbile, adj. alterável, que pode alterar-se.

Alteramènte, adv. altivamente, soberbamente, elevadamente, dignamente.

Alteránte, p. pr. e adj. alterante.

Alteràre, v. tr. alterar, modificar; perturbar, falsificar, corromper / (fig.) amotinar, confundir, excitar / (pr.) modificar-se, excitar-se, zangar-se.

Alteràto, p. p. e adj. alterado, modificado / adulterado, falsificado / excitado, agitado; ———— dal vino: embriagado.

Alterazióne, s. f. alteração / modificação.

Altercàre, v. intr. altercar, discutir, disputar; provocar polêmica, questionar.

Altercazióne, s. f. altercação, discussão veemente, debate, porfia, discórdia.

Altèrco, s. m. alterco, altercação.

Alterégo, (voz lat.) s. m. alter ego, expressão latina que significa: um outro eu, grande amigo, confidente / pessoa que faz as vezes de uma outra: è l' ———— del vescovo.

Alterézza, s. f. altivez, orgulho nobre; soberba, orgulho / presunção.

Alterígia, (pl. **alterígie**) s. f. soberba, arrogância.

Alternamènte alternatamènte, adv. alternadamente.

Alternàre, v. tr. e pr. alternar, revezar, variar.

Alternativa, s. f. alternativa / escolha, opção.

Alternativamènte, adv. alternativamente.

Alternatívo, adj. alternativo.

Alternàto, p. p. e adj. alternado, disposto em alternação / (eletr.) **corrente alternata**: corrente alternada.

Alternatôre, s. m. alternador / gerador de corrente elétrica alterna.

Alternazióne, s. f. alternação; alternativa, revezamento.

Altèrno, adj. alterno, alternado, sucessivo, revezado / (geom.) **angoli altèrni**: ângulos alternos.

Altero, adj. altivo, altaneiro, brioso, sobranceiro, orgulhoso / (ant.) excelente, nobre, excelso, louvável.

Altézza, s. f. altura, elevação / lugar alto / largura; altitude; eminência, profundidade / (fig.) nobreza, grandeza / alteza, título dado aos príncipes e infantes.

Altezzosamènte, adv. soberbamente, orgulhosamente.

Altezzóso, adj. soberbo, orgulhoso, arrogante.

Altíccio, adj. meio embriagado; tocado.

Altièro, v. altero.

Altimetría, s. f. altimetria, hipsometria.

Altímetro, s. m. altímetro.

Altipiàno, s. m. altiplano, planalto.

Altíre, (ant.) v. subir.

Altisonànte, adj. altissonante, retumbante.

Altísono, adj. (lit.) altíssono.

Altíssimo, adj. sup. altíssimo.

Altitonànte, adj. altitonante / ruidoso.

Altitúdine, s. f. altitude.

Altivolànte, adj. altivolante, que voa muito alto; altívolo.

Àlto, adj. alto, elevado, profundo, largo (pano); (fig.) ilustrado, soberbo, caro, grande, nobre, generoso, excelente / árduo, difícil, imperscrutável: **gli alti voleri di Dio** / (s. m.) altura, elevação, pináculo, cume, o céu / (adv.) altamente.

Àlto, (al. halt) s. m. alto, paragem, parada: **fare** ————: parar, pousar; ———— **là**: alto lá, intimação para parar.

Altoatesino, adj. (geogr.) do Alto Adige, região do Vêneto, situada na bacia superior do Rio Adige.

Altòccio, adj. um tanto alto.

Altocínto, adj. (lit.) de cintura alta, abaixo do peito; **le donne altocinte** (Pascoli).

Altocúmulo, s. m. (meteor.) nuvem densa, globiforme, que se forma na atmosfera entre 2.500 a 4.000 metros sobre o nível do mar.

Altofòrno, s. m. alto-forno.

Altolocàto, adj. de importante condição social.

Altomàre, s. m. alto-mar.

Altoparlànte, s. m. alto-falante / megafone.

Altopiàno, v. altipiano.

Altostràto, s. m. (meteor.) tipo de nuvem estratificada.

Altôre, (ant.) s. m. altor, que ou o que nutre ou sustenta / **infaticato altor** (Manzoni) / autor.

Altorilièvo, s. m. alto-relevo.

Altresì e **altressì**, adv. outrossim, ainda, igualmente / além disso, similmente.

Altrettàle, adj. simile, igual, outro, tal / (ant.) adv. semelhantemente.

Altrettànto, adj. e pron. outro tanto, quanto / (adj. pron. e adv.) outro tanto, quanto; o mesmo; igual número ou quantidade: tanto quanto.

Àltri, pron. de 3ª pes. sing. indet., outra pessoa, outrem, alguém, algum; ———— **fa**: alguém faz; **lascia ad** ———— **la fatica di lodarti**: deixa a outrem o trabalho de elogiar-te.

Altrièri, adv. de tempo: anteontem.

Altrimènti, adv. de outro modo, de outra maneira, diversamente, diferentemente; no caso contrário; **obbediscimi,** ———— **ti faccio obbedire io**: obedeça-me, caso contrário será pior.

Àltro, adj. outro, diverso, diferente; mais um / novo, restante, seguinte / antecedente / junta-se às vezes ao pron. **noi**(nós) ou **voi**(vós) quando se quer separar uma classe de pessoas de outras; **noi altri operai, voi altri studenti** / (pron.) outra pessoa, outra coisa; **chi vuole una cosa e chi un'altra**: um quer uma coisa e um quer outra; **gli altri**: as outras pessoas / **tra le altre**: entre as outras coisas / **tutt'altro**: não, absolutamente / **senz'altro**, certamente, sem dúvida.

Altrónde e **d'altronde**, adv. de outro lugar; por outra parte; de resto, aliás.

Altróve, adv. em outro lugar, em outra parte; alhures, algures.

Altrúi, pron. adj. e s. de outros, de outrem, de outros, alheio; **i beni** ————: os bens alheios.

Altruísmo, s. m. altruísmo, generosidade.

Altúra, s. f. altura, elevação, lugar alto, elevado; (fig.) altivez, soberba.

Alturièro, adj. e s. m. marinheiro, capitão e símil, de alto-mar / aviador que sobe à estratosfera.
Alunnàto, s. m. condição de aluno; tempo no qual se é aluno / tirocínio.
Alúnno, s. m. aluno, discípulo, educando / aprendiz.
Alveàre, s. m. colmeia, alvéolo, apiário / v. encanar, canalizar.
Àlveo, s. m. álveo, leito de uma corrente de água / escavação, canal.
Alveolàre, adj. alveolar, relativo a alvéolo.
Alveolíte, s. f. alveolite, inflamação das alvéolas pulmonares ou dos dentes.
Alvèolo, s. m. alvéolo, célula do favo das abelhas / (anat.) cavidade que aloja a raiz de um dente / pequena cavidade no pulmão.
Alvíno, adj. alvino, do baixo ventre; intestinal.
Alvo, s. m. (lit.) ventre, intestino, abdome / (fig.) âmago, o centro, a parte íntima de uma coisa.
Alzàia, s. f. sirga, corda para reboque de barcos / strada ———— : caminho ou atalho ao longo da margem do rio, pelo qual se puxam os barcos com a sirga.
Alzamênto, s. m. levantamento, alteamento, ato de levantar, de altear.
Alzamòlle, s. m. chave para dar corda ao relógio.
Alzàna, s. f. (mar.) sirga.
Alzàre, v. tr. intr. e pr. levantar, altear, alçar, erguer; aprumar, elevar, exaltar; içar, hastear / construir, edificar: ———— un'edificio / aumentar (preços, etc.) / erigir (estátua) / alzar la voce: elevar a voz, gritar / alzar le spalle: desprezar / alzar il tacco: escapulir / si alza di buon mattino: levanta-se cedo.
Alzàta, s. f. ato de levantar, levantamento / levantamento, desenho de uma parte externa de um edifício / ———— di terra: dique, reparo / ———— d'ingegno: artimanha, ardil, estratagema genial / ———— di scudi: revolta espiritual, moral, vasta, improvisa / per ———— e seduta: modo de votação que consiste em permanecer sentado ou ficar de pé para aprovação ou desaprovação.
Alzàto, p. p. e adj. levantado, erguido.
Alzatôre, s. m. levantador, alçador, erguedor.
Alzàvola, s. f. marrequinho, cantadeira, cerceta (ave palmípede).
Àlzo, s. m. alça, pedaço de sola para altear a forma do calçado / peça móvel para graduar o alcance do tiro, nas armas de fogo.
Amàbile, adj. amável / gracioso, atraente, simpático.
Amabilità, s. f. amabilidade.
Amabilmênte, adv. amavelmente.
Amàca, s. f. maca; cama de lona suspensa.
Amadríade, s. f. hamadríade, hamadríada, ninfa dos bosques (mit.) / macaco robusto, cinocéfalo, da Arábia e Abissínia.
Amàggio (ant.) s. m. amor.
Amalgama, s. m. (quim.) amálgama / mistura, conjunto de coisas várias.
Amalgamàre, v. amalgamar, fazer amálgama, misturar.

Amànte, p. pr. adj. e s. (m. e f.) amante, que tem inclinação por uma coisa: ———— dell'arte / o que ama, namorado; ganimede; amoroso, amásio, amante.
Amantíglio, s. m. amantilho, cabo náutico com que se endireitam as vergas horizontalmente.
Amanuènse, s. m. amanuense, escrevente, copista, escriturário.
Amànza, (ant.) s. m. mulher amada, namorada / amor.
Amàraco, s. m. amáraco, manjerona.
Amaramênte, adv. amargamente, acerbamente / asperamente.
Amarantino, adj. amarantino, semelhante ao amaranto; vermelho, purpurino.
Amarànto, s. m. amaranto, (planta ornamental da família das amarantáceas).
Amaràsca ou marásca, s. f. marasca.
Amarascàto, adj. vinho ou rosólio de marascas.
Amaraschínio, adj. que tem sabor de marasca / (s. m.) marasquino, licor de marascas.
Amaràsco, s. m. marasca, espécie de cereja amarga de que se faz o marasquino / (pl.) amaraschi.
Amàre, v. tr. e pr. amar, ter amor a; gostar, desejar, estimar, apreciar / adorar, idolatrar, preferir.
Amareggiàre, v. amargar; amargurar, afligir, magoar, angustiar / (refl.) amareggiàrsi: afligir-se.
Amarèna, s. f. marasca (fruto).
Amarèno, s. m. cereja amarga, marasca.
Amarètto, adj. (dim.) um tanto amargo / (s. m.) doce de amêndoas de sabor amargo.
Amarêzza, s. f. amargura, sabor amargo; azedume, (fig.) angústia, dissabor, aflição / rancor, zanga.
Amaricànte, adj. amargo, de sabor amargoso / (s. m.) bebida medicinal feita do sumo de ervas amargas.
Amaríccio, adj. amargoso, de sabor amargo, desagradável.
Amàrico, s. m. amarico, uma das línguas semíticas da Abissínia.
Amarilli, s. f. amarilis, gênero de plantas ornamentais.
Amarire, (ant.) v. (intr.) amargar, tornar amargo.
Amaritúdine, s. f. (lit.) amaritude, amargura; angústia, mágoa, pesar.
Amàro, adj. amargo, amargoso / desagradável, triste, doloroso, duro / (s. m.) o sabor amargo.
Amarôgnolo, adj. um tanto amargo (sabor).
Amarôre, (raro) s. m. amargor, aspereza.
Amàrra, s. m. (mar.) amarra.
Amàrra, (fr. amarre), s. f. amarra, corda ou corrente que prende o navio à âncora, à bóia, etc.
Amarràre, v. tr. (fr. amarrer) o mesmo que ormeggiare (sendo esta a forma preferível), amarrar, prender, segurar com amarra.
Amarulènto, adj. (raro) amarulento; muito amargo.
Amarúme, s. m. amarume, qualidade de amaro / (fig.) animosidade.
Amàsio, s. m. (f. amàsia) amásio, amante.
Amàta, p. p. e adj. e s. f. amada / a mulher amada.

Amàto, p. p. e adj. amado, estimado, querido / predileto, adorado / (s. m.) o homem que se ama.
Amatôre, s. m. (f. **amatrice**) amador, que ou que ama / o que exerce uma arte por gosto.
Amatòrio, adj. amatório, que se refere ao amor / erótico, amoroso.
Amattaménto, (ant.) s. m. aceno, acenamento; ato de pedir socorro por meio de acenos e sinais.
Amattàre, (ant.) v. acenar por socorro.
Amauròsi, s. f. (med.) amaurose.
Amauròtico, adj. amaurótico.
Amàzzone, s. f. amazona.
Amazzônio, adj. amazônio, amazônico.
Amba, s. f. amba, nome que se dá a certas montanhas isoladas da Etiópia.
Ambàge, (pl. **ambági**) s. f. ambage tortuosidade; cicunlóquio, rodeio de palavras ambíguas; evasiva.
Ambasceria, s. f. mensagem, embaixada / missão diplomática.
Ambàscia, s. f. angústia, pena, dor, aflição.
Ambasciàre, (ant.) v. angustiar, afligir.
Ambasciàta, s. f. mensagem, embaixada, comissão, embaixatura, missão / embaixada, sede, residência do embaixador.
Ambasciàto, p. p. e adj. aflito, angustiado, atormentado.
Ambasciatôre, s. m. (f. **ambasciatrice**), embaixador.
Ambasciatòrio, adj. embaixatório, que se refere a embaixador.
Ambàssi, s. m. asés, no jogo dos dados.
Ambedúe, adj. e pr. ambos, os dois, as duas; mantovani per patria ambedui (Dante).
Ámbèssa, s. m. (do abiss.) leão.
Ambiàre, (raro, do lat. **ambulàre**) v. intr. andar a chouto, choutar (das bestas).
Ambiatúra, s. f. chouto, modo de andar de alguns quadrúpedes que se deslocam levantando ao mesmo tempo as duas pernas do mesmo lado.
Ambidèstro, adj. ambidestro, que se serve das duas mãos / (fig.) astuto, esperto.
Ambientàre, v. tr. ambientar, adaptar.
Ambiènte, s. m. e adj. ambiente, que rodeia, circunda, envolve; o ar que se respira; esfera; ambiência, meio.
Ambiguaménte, adv. ambiguamente.
Ambiguità, s. f. ambigüidade.
Ambíguo, adj. ambíguo, equivoco, duvidoso.
Ambio, v. ambiatura.
Ambire, v. ambicionar, desejar, cobiçar, aspirar.
Ámbito, s. m. âmbito; circuito; recinto; circunferência, contorno, perímetro / (mús.) extensão de uma oitava musical.
Ambito, p. p. e adj. ambicionado; desejado.
Ambivalènza, s. f. ambivalência.
Ambivalènte, adj. ambivalente.
Ambizióne, s. f. ambição; (dim.) **ambizioncèlla**, **ambizioncina**.
Ambiziosàggine, s. f. ambição, cobiça desordenada.
Ambiziosaménte, adv. ambiciosamente.
Ambizióso, adj. ambicioso (fig.) pretensioso, pomposo, afetado; stile ———.
Ámbo, adj. e pr. ambos; os dois / (s. m.) ambo, dois números no jogo do loto ou loteria / (iron.) liga de duas coisas ou pessoas: che bell'ambo formano quei due.
Ambóne, s. m. tribuna; púlpito usado nas primeiras igrejas cristãs.
Ambra, s. f. âmbar (ár. ambar), substância resinosa e inflamável.
Ambracàne, s. m. âmbar cinzento ou âmbar pardo.
Ambràre, v. tr. ambrear, perfumar com âmbar cinzento.
Ambràto, p. p. e adj. ambreado, ambrino, alambreado, perfumado com âmbar.
Ambrètta, s. f. (bot.) ambreta.
Ambrogètta, s. f. ladrilho de mármore colorido ou de terracota, para pavimentos ou paredes.
Ambrogino, s. m. antiga moeda milanesa com a efígie de Santo Ambrósio.
Ambròsia, s. f. ambrósia ou ambrosia, manjar ou bebida dos deuses do Olimpo; (fig.) manjar delicado / essência, matéria divina / (bot.) ambrósia, planta odorífera.
Ambrosiàno, adj. ambrosiano, relativo a Santo Ambrósio / segundo o ritual da Igreja de Milão / (adj. e s. m.) milanês.
Ambròsio, adj. ambrosíaco, que tem o perfume da ambrósia.
Ambulàcro, s. m. (raro) ambulacro, sala ou corredor de teatro ou de outro edifício, onde se passeia.
Ambulànte, adj. e s. m. ambulante, que não está fixo; errante / ——— postale: carruagem do correio, que faz parte de um comboio de estrada de ferro.
Ambulànza, s. f. ambulância.
Ambulàre, (raro) v. intr. ambular, passear, girar, vaguear.
Ambulatòrio, adj. e s. m. ambulatório, ambulativo / ambulatório, lugar público de cura.
Amèba, s. f. ameba, animal dos protozoários.
Amebèo, adj. amebeu, verbo latino com duas sílabas breves e uma longa, que se faz ou se diz alternada e mutuamente: e i loro amebei panegirici (Carducci).
Ameblàsi, s. f. (med.) amebíase.
Amebòide, adj. amebóide, de ameba.
Amèllo, s. m. amela ou amelo, planta ornamental da família das compostas.
Amen, **ámmen**, s. m. amém; seguro, certo: in un ——— : num instante, num átimo.
Amenaménte, adv. amenamente, suavemente, deleitosamente.
Amenità, s. f. amenidade, doçura, suavidade / facécia, chiste, bufonaria, asneira: non dire amenità.
Amèno, adj. ameno, agradável, deleitoso, aprazível; suave; delicado / (ir.) coisa estranha e bizarra.
Amentàceo, adj. (bot.) amentáceo.
Amentàre, (ant.) v. diminuir, reduzir.
Amentàto, adj. (lit.) amentado, provido de correia; scaglió l'asta amenta (D'Annunzio).
Amènte, (ant.) adj. e s. m. demente.
Aménto, s. m. amento, correia ou laço ligado à seta de espigas simples, de flores rentes.
Amenziàle, adj. (med.) falto de entendimento; demente, louco.
Americàna, s. f. (esp.) americana, corrida de bicicletas na pista.

Americanàta, s. f. (neol.) feito ou acontecimento surpreendente, arrojado e, o mais das vezes, pouco crível.
Americanísmo, s. m. americanismo.
Americanizzàre, v. tr. e pr. americanizar, dar feição americana.
Americàno, adj. e s. m. americano.
Ametista, s. f. ametista, pedra preciosa.
Ametistina, s. f. (bot.) ametístea, planta da família das labiadas.
Ametistíno, adj. ametístico, ametistino, da cor da ametista.
Amfíbolo ou **anfíbolo**, s. m. (miner.) anfíbolo.
Amànto, s. m. amianto / asbesto.
Amicàle, (neol. do fr.) adj. amigável.
Amicamènte, adv. amigavelmente.
Amicàre, v. tornar amigo / (refl.) amicàrsi: grangear amizade, tornar-se amigo.
Amichèvole, adj. amigável.
Amichevolmènte, adv. amigavelmente.
Amicízia, s. f. amizade / amor, ternura, carinho; afeto, dedicação, benevolência; familiaridade, simpatia, atração, conhecimento.
Amíco, s. m. amigo, afeiçoado / (adj.) amigo, acolhedor, benévolo, querido / propício, favorável; **l'ignoranza é amica ai tiranni**.
Amicòne, adj. e s. m. (aum.) amigalhão; grande amigo.
Àmido, s. m. âmido ou amido, fécula extraída dos vegetais.
Amígdala, s. f. (anat.) amígdala, amídala; (ant.) amêndoa.
Amigdalite, s. f. amigdalite.
Amigdaloidèo, adj. que tem forma de amêndoa ou de amígdala.
Amilàsi, s. f. amilase, fermento que transforma o amido em maltose.
Amilopsína, s. f. amilopsina, fermento do suco pancretático.
Amina, s. f. amina, composto orgânico do azoto.
Amínico, adj. de amina, amínico.
Aminoacído, adj. e s. m. aminoácido.
Amissibile, adj. admissível, que é suscetível de perder-se.
Amissiòne, s. f. (raro), omissão, privação, perda.
Amistà, s. f. (poét.) amizade.
Amítto e **ammítto**, s. m. amicto, peça da forma de um lenço grande, que é amarrada ao pescoço do sacerdote, por cima da batina, para celebração da missa.
Ammaccàbile, adj. achatável, amolgável, esmagável, contundível.
Ammaccamênto, s. m. achatamento, amolgamento, esmagamento, contusão.
Ammaccàre, v. tr. achatar, esmagar, amolgar; machucar, contundir, pisar, amassar.
Ammaccatúra, s. f. achatamento, esmagamento / lugar onde a superfície de um corpo fica amassada / (pint.) indicação dos planos pelo claro-escuro.
Ammacchiàre, (ant.) v. tornar-se mata (lugar) / refugiar-se na mata, emboscar-se (animal).
Ammaestràbile, adj. amestrável, instruível, ensinável, apto a receber ensinamento.
Ammaestramênto, s. m. amestramento, ensinamento, adestramento.
Ammaestràre, v. amestrar, instruir, ensinar, adestrar / ensinar, treinar animais para certos exercícios.

Ammaestratôre, s. m. amestrador, que amestra, que ensina / mestre.
Ammagliàre, v. tr. embalar, amarrar com corda / enfardar / revestir de rede metálica / bater com o malho / (raro) fascinar; ofuscar a vista.
Ammagliatúra, s. f. enfardamento; embalagem.
Ammainàre, v. amainar, colher ou arriar as velas; abaixar / (fig.) ———— **le vele**: renunciar, desistir de uma empresa.
Ammalàre, v. intr. e pr. enfermar, cair doente.
Ammalatíccio, adj. enfermiço, doentio.
Ammalàto, p. p., adj. e s. m. doente, enfermo / pessoa doente.
Ammalazzàre, v. enfermar, ficar enfermo.
Ammalazzàto, p. p. e adj. adoentado, enfermo, doente; visse ————.
Ammalazzíto, adj. adoentado, enfermo.
Ammaliàre, v. tr. encantar, fascinar / ofuscar, iludir, enganar.
Ammaliatôre, adj. e s. m. encantador, fascinador / feiticeiro.
Ammalinconíre, v. tornar melancólico; melancolizar, entristecer.
Ammalizzàre, **ammalizzíre**, v. tornar malicioso, astuto, finório.
Ammaltàre, v. misturar cal com areia.
Ammammolàre, v. pr. amodorrar, amadorrar, cair em modorra, dormir.
Ammammolàto, p. p. e adj. amodorrado, adormecido.
Ammànco, s. m. falta; deficit.
Ammandorlàto, adj. amendoado, do feitio de amêndoa / trabalhado, executado em forma de amêndoa.
Ammandriàre, v. tr. amalhar, recolher, meter no curral (gado).
Ammanettàre, v. tr. algemar, prender com algemas.
Ammanieramênto, s. m. amaneiramento; afetação, pose.
Ammanieràre, v. tr. amaneirar.
Ammanieràto, p. p. e adj. amaneirado; afetado; artificioso, buscado, estudado; presumido.
Ammanigliàre, v. tr. unir com elo da cadeia a um outro, ou ao anel de suspensão de uma âncora.
Ammannàre, v. (agr.) agavelar, juntar em gavelas; engavelar.
Ammannellàre, v. tr. dobar, enovelar; fazer novelos.
Ammannimênto, s. m. apresto, preparativo, aparelhamento.
Ammannìre, v. tr. preparar, aprestar, aprontar, aparelhar.
Ammannitúra, s. f. preparo, apresto; ação e efeito de preparar.
Ammansàre e **ammansire**, v. tr. amansar, aplacar, apaziguar, mitigar / domesticar.
Ammantàre, v. cobrir com manta, encapotar, amantar / (pr.) **ammantàrsi**, encapotar-se / cobrir-se; **il prato si ammanta di fiori**.
Ammantatúra, s. f. ato de amantar, de encapotar / manta, capote.
Ammantellàre, v. tr. amantar, cobrir com manta; encapotar, abrigar, envolver.
Ammànto, s. m. (lit.) manto; capa.
Ammaràgio, s. m. (aer.) amerissagem.
Ammaràre, v. intr. amarar, pousar na água (o hidroavião, etc.).
Ammarezzatúra, s. f. jaspeadura, veio do tecido ou da madeira.

Ammarinàre, v. tr. amarinhar, tomar posse de um navio apresado ao inimigo enviando uma tripulação própria.
Ammascàre, (ant.) v. entender.
Ammassàre, v. tr. e pr. amontoar, acumular, juntar.
Ammassellàre, v. juntar, amontoar / embarrilhar.
Ammassicciàre, v. tornar maciço, reduzir em massa sólida e compacta, empedrar, calcetar (estrada).
Ammàsso, s. m. montão, acervo, cúmulo, amontoado.
Ammatassàre, v. dobrar, enrolar em meada / (fig.) enredar, embrulhar.
Ammattàre, v. tr. (mar. vulg.) aparelhar, armar um navio / (ant.) fazer sinais de chamada, geralmente para pedir socorro.
Ammattimènto, s. m. maluqueira, maluquice; aborrecimento, afã.
Ammattìre, v. intr. endoidecer, entontecer.
Ammattonamènto, s. m. ladrilhado, revestimento de ladrilhos.
Ammattonàre, v. tr. pavimentar de ladrilhos / calçar, empedrar, calcetar, lagear.
Ammattonàto, p. p. e adj. ladrilhado, pavimentado, calçado, empedrado, calcetado, lageado / pavimento de ladrilhos.
Ammazzagàtti, s. m. espingarda, pistola ou outra arma inservível e fora de uso.
Ammazzamènto, s. m. ato e efeito de matar; matança, morticínio / (fig.) trabalho fatigante, trabalheira.
Ammazzàre, v. tr. e pr. matar com maça ou com outro meio violento; matar, abater, assassinar / (fig.) mortificar, cansar; è un lavoro che ammazza: é um trabalho que esfalfa.
Ammazzàre, (ant.) v. fazer ramalhetes, fazer molhos de flores, reunir em feixe, em maço.
Ammazzasètte, s. m. fanfarrão, valentão, ferrabrás.
Ammazzatóio, s. m. matadouro, lugar onde se abatem as bestas / (fig.) coisa excessivamente trabalhosa ou perigosa.
Ammazzatóre, s. m. matador, aquele que mata as bestas.
Ammazzatùra, s. f. gorjeta que se dá aos serventes do matadouro.
Ammazzolàre, v. tr. reunir em maço ou feixe; fazer molhos de ervas; fazer ramalhetes de flores.
Ammelmàre, v. intr. e pr. atolar-se, afundar na lama: enlodar-se, enlamear-se.
Ammenàre, v. vibrar, golpear com força.
Ammencìre, v. afrouxar, entibiar, amolecer, amolentar.
Ammènda, s. f. ressarcimento, reparação, indenização / (jur.) pena pecuniária por contravenção; multa.
Ammendàbile, adj. ressarcível, reparável / emendável, corrigível.
Ammendamènto, s. m. correção, emenda / (jur.) ressarcimento.
Ammendàre, v. tr. e pr. corrigir, emendar, ressarcir.
Ammennicolàre, v. sustentar uma opinião com adminículos; sofismar, cavilar, maquinar / fantasiar.
Ammennicolo, s. m. adminículo, apoio, subsídio; prova, pretexto / cavilação, sofisma / artifício, frioleira.

Ammennicolòne, s. m. caviloso, esperto; embrulhão, embusteiro.
Ammèsso, p. p., adj. e s. m. admitido; recebido; aceito.
Ammestàre, v. tr. fazer de patrão, patronear / fazer as coisas desordenadamente; misturar.
Ammetàre, v. amontoar (feno e simil).
Ammèttere, v. admitir, aceitar, receber; aprovar, conceder, concordar, permitir; acolher, introduzir.
Ammezzamènto, s. m. meação; divisão ao meio.
Ammezzàto, p. p., adj. e s. m. meado, ameado, dividido ao meio; (s. m.) (lombard.) sobreloja, "mezzanino".
Ammezzìre, v. intr. apodrecer (fruta).
Ammiccàre, v. piscar, acenar com os olhos ou com certos movimentos o rosto.
Ammìcco, s. m. piscadela, piscamento / aceno, sinal, gesto.
Ammìna, s. f. amina, composto orgânico que deriva do amoníaco.
Amministràre, v. tr. administrar, reger, governar, exercer / ministrar.
Amministrativamènte, adv. administrativamente.
Amministratívo, adj. administrativo.
Amministràto, p. p. e adj. e s. m. administrado, sujeito à administração pública / ministrado.
Amministratóre, s. m. administrador; diretor.
Amministrazióne, s. f. administração.
Ammininutàre, (ant.) v. esmiuçar.
Ammiràbile, adj. admirável, digno de admiração / sumo, extraordinário.
Ammirabilmènte, adv. admiravelmente.
Ammiràglio, s. m. almirante.
Ammiràndo, adj. admirando, admirável.
Ammiràre, v. tr. admirar, contemplar com deleite; apreciar / estranhar / (pr.) maravilhar-se.
Ammirativamènte, adv. admirativamente.
Ammirativo, adj. admirativo.
Ammiratóre, s. m. admirador / (fig.) enamorado, apaixonado.
Ammirazióne, s. f. admiração / maravilha, entusiasmo.
Ammirèvole, adj. admirável, digno de admiração.
Ammiseràre, (ant.) v. amesquinhar.
Ammiserìre, v. tr. amesquinhar, empobrecer, infelicitar.
Ammissìbile, adj. admissível, aceitável, crível.
Ammissibilità, s. f. admissibilidade.
Ammissióne, s. f. admissão, ação de admitir ou de ser admitido; entrada, recepção.
Ammistióne, (ant.) s. f. misturamento, mistura.
Ammobiliamènto, s. m. mobilação, ato ou efeito de mobiliar / os móveis de uma casa.
Ammobiliàre, v. tr. mobiliar, guarnecer de mobília.
Ammobiliàto, p. p. e adj. mobiliado, que tem móveis.
Ammodàre, (ant.) v. moderar.
Ammodernamènto, s. m. modernização / atualização.
Ammodernàre, v. tr. modernizar, dar forma moderna; renovar, atualizar.
Ammodernatùra, s. f. modernização, ato de modernizar.

Ammodíno, adv. com modos, com jeito, com prudência, sem pressa / a modino (tosc.) jeitosamente, habilidosamente.
Ammòdo, adv. jeitosamente, habilidosamente, cuidadosamente, prudentemente / (adj.) prudente, sério, assentado, assisado.
Ammogliàre, v. tr. casar, unir por casamento; (pr.) ammogliarsi, casar-se, unir-se à mulher por casamento.
Ammogliàto, p. p. adj. e s. m. casado; que tem mulher (esposa).
Ammoinàre, v. afagar, acariciar com momices.
Ammollàre, v. tr. emolir, amolecer, banhar com água ou outro líquido / amolentar, afrouxar / pespegar, dar, percutir, bater: gli ammollò due pugni / (pr.) molhar-se.
Ammolliènte, p. pr. adj. e s. m. emoliente.
Ammolimènto, s. m. amolecimento, ato ou efeito, de amolecer.
Ammollíre, v. amolecer, tornar mole; abrandar, enternecer / (pr.) comover-se, efeminar-se.
Ammollitívo, adj. emoliente
Ammonestàre, (ant.) admoestar; repreender, persuadir.
Ammoniaca, s. f. (quim.) amoníaco.
Ammoniacàle, adj. amoníacal.
Ammonimènto, s. m. admoestação / reprimenda.
Ammoníre, v. tr. admoestar, advertir, repreender; exortar / (hist.) na Rep. florentina, tolher os direitos ao exercício da coisa pública.
Ammoníte, s. m. (geol.) amonite.
Ammoníto, p. p., adj. e s. m. admoestado, repreendido, advertido.
Ammoniziòne, s. f. admoestação, repreensão / aviso, advertência.
Ammontamènto, s. m. amontoação, amontoamento / montão, acúmulo.
Ammontàre, v. amontoar, acumular, juntar / (intr.) ascender, importar em, somar: a quanto ammonta il mio avere? / (s. m.) soma, importância, total, montante.
Ammonticchiàre, v. amontoar, acumular.
Ammonticellàre, v. reunir em pequenos montes.
Ammontonàre, (ant.) v. amassar, amontoar, somar.
Ammorbamènto, s. m. contaminação, infeccionamento, empestamento.
Ammorbàre, v. contaminar, empestar, infeccionar, infectar / (fig.) corromper.
Ammorbidàre, ou **ammorbidíre**, v. amaciar, amolecer, abrandar / enternecer, amansar.
Ammorchiàto, adj. que tem borra; túrvo, túrbido.
Ammoríre, v. amorenar, bronzear; ficar moreno, ficar escuro, bronzeado, adusto, por efeito do sol.
Ammoríto, p. p. e adj. amorenado, bronzeado, escurecido; adusto.
Ammorsàre, v. apertar com o torno / adentar, ferrar, apertar, engranzar.
Ammorsàto, p. p. e adj. apertado com torno / (arquit.) denteado, chanfrado.
Ammorsellàto, s. m. (cul.) picado de carne com ovos.
Ammortamènto, s. m. amortecimento, enfraquecimento, ação, efeito / reembolso de capital empregado; amortização.
Ammortàre, v. extinguir, apagar, amortecer, enfraquecer / reembolsar, amortizar.
Ammortizzamènto, s. m. amortização amortecimento / extinção (de débito).
Ammortizzáre, v. amortecer, atenuar / amortizar.
Ammortizzatòre, s. m. amortizador.
Ammorzàre, v. amortecer, amolecer, diminuir; abrandar; apagar, extinguir.
Ammosciàre e **ammoscíre**, v. murchar, emurchecer, amolecer, enlanguescer.
Ammostàre, v. pisar a uva para reduzila a mosto.
Ammostatòio, s. m. lagar para espremedura do vinho.
Ammostatúra, s. f. espremedura, pisadura (do vinho).
Ammottamènto, s. m. queda, desmoronamento, derrubamento.
Ammozzàre, v. intr. endurecer-se a terra formando torrões.
Ammucchiamènto, s. m. amontoamento, ação e efeito de amontoar / montão.
Ammuchiàre, v. tr. e pr. amontoar, acostelar, empilhar.
Ammucidíre, v. amolecer-se, estragar-se.
Ammuffàre, e **ammuffíre**, v. mofar, mofar-se, embolorar-se.
Ammulinàre, v. intr. e pr. redemoinhar, remoinhar, revolutear, girar.
Ammusàre, v. encontrar-se face a face, afocinhar-se (animais) / amuar-se, tocar ou acariciar com o focinho.
Ammusíre, v. intr. e pr. emburricar; amuar-se, zangar-se.
Ammutàre, (ant.) v. emudecer.
Ammutinamènto, s. m. amotinação, revolta, sublevação.
Ammutinàre, v. amotinar, sublevar.
Ammutíre, v. emudecer.
Ammutolíre, v. intr. e tr. emudecer, perder a fala, calar, silenciar.
Amnesía, s. f. amnésia, perda da memória.
Amnistía, s. f. anistia, perdão, indulto.
Amnistiàre, v. tr. anistiar, indultar.
Amnistiàto, p. p., adj. e s. m. anistiado, indultado, perdoado.
Amo, s. m. anzol / (fig.) lisonja, ardil, engano.
Amoèrre ou **amèrro**, s. m. tecido de seda ou que imita a seda; tafetá.
Amòmo, s. m. amomo, planta das Amomáceas.
Amoràle, adj. amoral.
Amoràzzo, (pej.) s. m. amor passageiro ou ilícito / capricho, mancebia.
Amòre, s. m. amor, afeto, inclinação; paixão, entusiasmo / —— di Dio, del prossimo, caridade em sentido espiritual / coisa excelente ou muito linda; che —— di bimba / fare all'amòre, ter relação amorosa com alguém.
Amoreggiamènto, s. m. namoração, namoro.
Amoreggiàre, v. intr. namoricar, namorar por passatempo; namoriscar.
Amorètto, s. m. (dim.) namorico, leve afeição.
Amorevòle, adj. amorável, afetuoso, afável, cordial.
Amorevolmènte, adv. amoravelmente, ternamente, afetuosamente, benignamente; suavemente.
Amòrfo, adj. amorfo.

Amorino, s. m. (dim.) amorzinho / figura de menino alado, Cupido, que representa o amor / (bot.) reseda, planta aromática / divã em forma de S, para duas pessoas (em fr., vis-à-vis).
Amorosaménte, adv. amorosamente.
Amorôso, adj. amoroso, carinhoso, apaixonado / (s. m.) namorado / (teatr.) galã.
Amorúccio, s. m. (dim.) amorzinho, amor sem consistência.
Amoscino, adj. e s. m. variedade de ameixa.
Amostànte, s. m. título de governador árabe ou sarraceno.
Amovibile, adj. amovível; transferível, removível.
Amovibilità, s. f. amovibilidade.
Ampelidèe, s. f. (pl.) ampelidáceas, (bot.) vitáceas.
Ampeloterapia, s. f. ampeloterapia, cura da uva.
Ampére, (do fís. Ampère), s. m. ampère, unidade de intensidade de corrente elétrica.
Ameròmetro, s. m. amperômetro.
Ampiaménte, adv. amplamente, largamente, à vontade; difusamente.
Ampio, adj. amplo, largo, vasto, espaçoso, dilatado, desafogado / (s. m.) ampiêzza, amplitude, amplidão / (sup.) amplíssimo.
Amplessicuàle, (do lat. amplèxor) adj. (bot.) amplexicaule.
Amplèsso, s. m. (lit.) amplexo, abraço.
Ampliaménto, s. m. ampliação.
Ampliáre, v. ampliar, dilatar, alargar, estender, aumentar.
Ampliativo, adj. ampliativo, que amplia, ampliador.
Amplificàre, v. amplificar; aumentar, dilatar, desenvolver.
Amplificativo, adj. amplificativo.
Amplificatòre, adj. e s. m. amplificador.
Amplificaziône, s. f. amplificação, ampliação, aumento.
Amplio, adj. amplo / (pl.) ampli.
Amplitúdine, s. f. amplitude, ampliação.
Ampòlla, s. f. âmbula / ampola / bolha que a chuva forma caindo na água / (pl.) ampolle, vaso do azeite e do vinagre, que se servem à mesa / (dim.) ampollina.
Ampollièra, s. f. galheteiro, utensílio de serviço de mesa onde se põem o azeite e o vinagre.
Ampollina, s. f. (dim.) ampolazinha / ampola / âmbula / ampulheta, clepsidra.
Ampollosaménte, adv. empoladamente, afetadamente.
Ampollosità, s. f. enfatuação pomposidade, magniloqüência, extravagância.
Ampollôso, adj. empolado, enfatuado, retórico, pomposo, declamatório.
Amputàre, v. tr. amputar, mutilar, cortar, eliminar, separar.
Amputaziône, s. f. amputação, ablação, mutilação.
Amulêto, s. m. amuleto, talismã.
Ana, adv. ana, palavra usada no receituário, médico que significa "em partes iguais".
Ana, (ant. do ár. ana) esforço, afã, fadiga, moléstia.
Anàbasi, s. f. (hist.) anábase, título que Xenofonte deu à expedição de Ciro / (med.) incremento de doença / (mús.) melodia ascendente, entre os gregos.

Anabattista, s. m. anabatista.
Anabolismo, s. m. anabolismo / metabolismo.
Anabròsi, s. f. anabrose / ulceração.
Anacàmptico, adj. anacâmptico, que reflete o som ou a luz.
Anacàrdo, s. m. anacárdio ou anacardo, o mesmo que caju ou acaju e cajueiro.
Anace, s. m. anis, planta herbácea, da família das Apiáceas; o licor dessa planta.
Anaciàto, adj. anisado, que tem gosto de anis.
Anacino, s. f. confeito de anis.
Anacloridría, s. f. anacloridría, deficiência de ácido clorídrico na secreção do estômago.
Anacolúto, s. m. (gram.) anacoluto.
Anacònda, s. f. anaconda, cobra aquática da América do Sul.
Anacorèta, s. m. anacoreta, eremita.
Anacoreticaménte, adv. anacoreticamente.
Anacorètico, adj. anacorético.
Anacreòntica, s. f. anacreôntica (composição poética).
Anacreòntico, adj. anacreôntico.
Anacronismo, s. m. anacronismo / erro de cronologia.
Anacrusi, s. f. anacrus, notas iniciais de uma melodia que precedem o primeiro compasso / (metr.) sílaba separada de um verso, que se junta à série rítmica seguinte.
Anadiomène, adj. anadiomena; emergido da espuma do mar, atributo de Vênus marinha.
Anadiplòsi, s. f. anadiplose.
Anaelèttrico, adj. anaelétrico, corpo não elétrizável por fricção.
Anafilàssi, s. f. (med.) anafilaxia.
Anafilàttico, adj. anafilático.
Anàfora, s. f. anáfora (fig. de retórica).
Anafòrico, adj. anafórico.
Anagàllide, s. f. anagálide ou anagalis, planta herbácea da família das primuláceas.
Anaglífico, adj. anaglifico, ornado com figuras em relevo, feitas a cinzel.
Anáglifo, s. f. anaglifo, obras ou ornatos em relevo.
Anaglíptica, s. f. anagliptica.
Anagnòste, s. m. anagnoste, escravo que entre os antigos tinha o encargo de ler / leitor.
Anagogia, s. f. anagogia, êxtase místico; arrebatamento da alma.
Anagogicaménte, adv. anagogicamente.
Anagògico, adj. anagógico, místico.
Anàgrafe, s. f. registro, censo da população de uma cidade.
Anagràmma, s. m. anagrama.
Anagrammàre, v. tr. anagramatizar, fazer anagramas.
Anagrammaticaménte, adv. anagramaticamente.
Anagrammàtico, adj. anagramático.
Anagrammatizzàre, v. tr. anagramatizar.
Anagrammista, s. m. anagramatista.
Analàbo, s. m. (ecles.) analabo, espécie de estola usada pelos antigos frades gregos.
Analcòlico, adj. que não contém álcool.
Anàlda, (ant.) adj. à maneira de Hainault.
Anàle, adj. anal, que tem relação com o ânus.
Analèmma, s. m. analema, representação do círculo das esferas sobre uma superfície plana; planisfério.

Analèssi, s. f. analepse.
Analètti, s. m. (pl.) analetos, trechos escolhidos de um ou mais autores.
Analèttico, adj. analético, referente a analetos / (farm.) analéptico, fortificante, higiênico.
Analfabèto, adj. analfabeto / iletrado.
Analfabetismo, s. m. analfabetismo.
Analgesia, s. f. analgesia.
Analgèsico, adj. analgésico.
Anàlisi, s. f. análise, estudo ou exame de um todo, decompondo-o nas suas partes / (mat.) análise matemática que compreende a álgebra superior e o cálculo diferencial e integral **in ultima** ———, expressão não correta que alguns empregam em lugar de **insomma** (em suma), **in conclusione** (por conclusão, afinal de contas).
Analista, s. m. analista.
Analiticamènte, adv. analiticamente.
Analítico, adj. analítico.
Analizzàre, v. tr. analisar, fazer a análise.
Analizzatôre, s. m. analisador.
Analogamènte, adv. analogamente.
Analogia, s. f. analogia, relação, proporção, conformidade, similitude parcial entre coisas diferentes; **ragionare per** ———: argumentar por analogia.
Analogicamènte, adv. analogicamente.
Analògico, adj. analógico.
Analogismo, s. m. analogismo.
Anàlogo, adj. análogo, que tem semelhança ou analogia.
Anamnèsi, s. f. anamnese.
Anamnèstico, adj. anamnéstico ou anamnésico.
Ananás, o mesmo que **ananasso**, s. m. ananás, ananaseiro, abacaxi.
Anapèstico, adj. anapéstico, em que entra o verso anapesto.
Anapèsto, s. m. anapesto, pé de verso grego ou latino, composto de duas sílabas breves e uma longa.
Anaplàstica e **anaplastia**, s. f. (cir.) anaplastia ou anaplasia.
Anàppo, (ant.) s. m. taça; copa; copo.
Anarchía, s. f. anarquia; (pol.) doutrina política que prega a abolição de toda autoridade social para instituir a liberdade individual.
Anarchicamènte, adv. anarquicamente.
Anàrchico, adj. e s. m. anárquico, anarquista.
Anarcòide, s. m. diz-se do indivíduo que, sem professar as idéias anárquicas, mostra-se rebelde a qualquer disciplina, pelo que se torna bastante semelhante aos anarquistas.
Anàre, (ant.) s. f. narina.
Anasàrca, s. m. anasarca; edema proveniente da penetração de serosidades no tecido celular subcutâneo.
Anastàtico, adj. anastático, processo de reproduzir quimicamente textos ou desenhos impressos.
Anastigmático, adj. anastigmático.
Anastomòsi, s. f. (anat.) anastomose.
Anàstrofe, s. f. anástrofe, figura de gramática que consiste na inversão da construção.
Anàtema, s. m. anátema, excomunhão, maldição / reprovação, censura solene.
Anatematizzàre, v. tr. anatematizar, excomungar / amaldiçoar, censurar fortemente.

Anatocismo, s. m. anatocismo, capitalização dos juros, juro dos juros, de uma quantia emprestada.
Anatomía, s. f. anatomia / (fig.) análise minuciosa; exame; investigação.
Anatomicamènte, adv. anatomicamente.
Anatòmico, adj. anatômico.
Anatomista, s. m. anatomista, anatômico, versado em anatomia.
Anatomizzàre, v. anatomizar.
Anatra, ou **ànitra**, s. f. pato, marreco (dim.) **anatrina**, **anatròccolo**, **anatrèlla**.
Anatràia, s. f. lugar onde se criam os patos.
Anatràre, v. imitar o som de voz que emitem os patos.
Anatrèlla, s. f. patinho, patinha.
Anatrèptica, s. f. (fil.) anatréptica, arte de inverter as proposições dialéticas do adversário, para confundi-lo.
Anatríno, s. m. filhote do pato / (fig.) criança magra, grácil.
Anatròccolo, s. m. pato jovem, patinho; filhote do pato.
Anatròccolo, s. m. pato jovem, patinho; filhote de pato.
Anatròtto, s. m. pato, marreco jovem.
Anca, s. f. anca, quadril / flanco / parte lateral.
Ancacciúto, adj. que tem ancas desenvolvidas, cadeirudo / (pop.) ancudo.
Ancàre, v. intr. respirar batendo o flanco (cavalos).
Ancèlia, s. f. (lit.) ancila; escrava; serva, criada.
Ancestràle, (do ingl. **ancestral**) adj. ancestral.
Anche, adv. ainda, também, até: **c'era anche lui**: estava também ele.
Ancheggiàre, v. intr. caminhar meneando as ancas.
Anchilosàto, adj. ancilosado, doente de ancilose.
Anchilòsi, s. f. (med.) ancilose / (pop) anquilose.
Anchilostòma, s. m. (zool.) ancilóstomo.
Anchilostomiàsi, s. f. (med.) ancilostomíase.
Anchilòtico, adj. e s. m. anquilótico, que sofre de anquilose.
Anchína, s. f. tela de algodão, de cor amarelada, proveniente de Nanquim, na China.
Ancia, s. f. lingüeta, lâmina móvel de certos instrumentos de sopro.
Ancídere, (ant.) v. matar, dar morte.
Ancíle, s. m. ancil, escudo de forma oval que se acreditava caído do céu em Roma no tempo de Numa Pompílio.
Ancillàre, adj. ancilar, referente à ancila; servil.
Ancípite, adj. ancipite; incerto, duvidoso; ambiguo, vacilante.
Anciso, (ant.) p. p. adj. e s. m. matado, assassinado.
Anco, (raro e pedant. usado em lugar de **anche**) conj. adv. também, ainda.
Ancòi, (ant.) adv. hoje.
Ancôna, s. f. retábulo, plainel, ícone, imagem da Virgem ou dos Santos; nicho com estátua de santo, no altar.
Ancône, s. m. (anat.) cotovelo ou flexão do braço onde se apóia descansando / anca.
Anconèo, adj. músculo do braço.
Ancora, s. f. âncora (de navio, de relógico) / gancho.

Ancôra, (lat. hanc hòram) adv. ainda, até agora: "c'è ――― tempo: há tempo ainda / è vivo ―――: está vivo ainda.
Ancorachê, conj. ainda que.
Ancoràggio, s. m. ancoragem, trabalho de ancorar / ancoradouro, lugar onde os navios lançam âncora / ancoragem, taxa que se paga por ancorar.
Ancoràio, s. m. fabricante de âncoras.
Ancoràto, p. p. e adj. ancorado / feito em forma de âncora.
Ancoratôre, s. m. aquele que ancora.
Ancorchê, conj. ainda que, posto que; ――― **non fosse conosciuto**: conquanto nao fosse conhecido.
Ancoréssa, s. f. (mar.) âncora de uma só amarra.
Ancorètta, s. f. (dim.) ancorazinha / parte do receptor telegráfico (sistema Morse).
Ancorizzàto, adj. (neol.) diz-se de pneumático antiderrapante.
Ancorôtto, s. m. pequena âncora; ancorote, ancoreta.
Ancròia, (ant.) s. f. mulher velha e feia.
Ancúde, s. f. (poét.) e **ancúdine** (raro) s. f. incude, bigorna.
Ancúsa, s. f. (bot.) ancusa, planta da família das borragináceas.
Andabàta, s. m. andabata, gladiador romano que combatia no circo com os olhos vendados.
Andamênto, s. m. andamento, ação de andar / procedimento, modo de proceder / curso, desenvolvimento; ――― **duna malattia** / seguimento, marcha / (mús.) movimento musical, modulação.
Andàna, s. f. (mar.) andaina, conjunto de navios que estão enfileirados num porto / corredor onde se fia e torce o cânhamo / alameda estreita.
Andànte, p. pr. e adj. ordinário, comum, feito de qualquer jeito / habitual / corrente, fluente; **mese** ―――: mês corrente / **stile** ―――: estilo fluente, sem artifícios / franco, livre, generoso / (mús.) (s. m.) andante, movimento musical entre o "adagio" e o "allegro".
Andantemênte, adv. ininterruptamente, correntemente / comumente.
Andantêzza, s. f. qualidade de fluente, de corrente, de comum / afabilidade.
Andantino, s. m. (dim.) (mús.) andantino.
Andàre, v. intr. ir, andar, caminhar, ir-se, mover-se, caminhar / (fig.) proceder / **gli affari vanno bene**: os negócios vão bem / agradar, aprazer, satisfazer; **non mi vanno a cuore queste lusinghe** / vender; **è un'articolo che va molto**: é um artigo que sai (se vende muito) / **va a finir male**: vai acabar mal; **andar di male in peggio**: ir de mal a pior / **andarsene**: sair de um lugar / se ne andó: foi-se, e, também, morreu / **andare a male**: arruinar-se ou perder a saúde / **andare a fondo**: afundar, submergir / **andare in fondo a una cosa**: persistir, ir até ao fundo de uma coisa / **andare in là con gli anni**: envelhecer / **andar soldato**: prestar serviço militar / **andar in bestia**: encolerizar-se, enraivecer-se / ――― **in visibílio**: alegrar-se, extasiar-se / **lasciar** ―――: não fazer conta, ou não ocupar-se de uma coisa, não ligar / **lasciarsi** ―――: abandonar-se, entregar-se.
Andàre, s. m. andar, ato de andar, andadura; **a lungo** ―――: por muito tempo; **lo riconobbi all'andare**: reconheci-o pelo andar / **a tutto** ―――: continuamente, apressadamente.
Andàta, s. f. andada, ida, partida, modo de caminhar, andadura.
Andàto, p. p. e adj. andado, ido, transcorrido: **il tempo** ――― / **essere bell'andato**: estar arruinado, perdido (na saúde).
Andatùra, s. f. andadura, maneira de andar, de caminhar. movimento, porte, passo.
Andàzzo, s. m. costume adquirido de repente, porém de curta duração: modo, uso, empregado porém sempre em sentido pejorativo.
Andesítico, adj. da cadeia dos Andes; andino.
Andicappàre, (ingl. handcap) v. tr. por ou deixar em situação desvantajosa.
Andirivièni, s. m. vaivem de gente / disposição intricada de quartos ou ruas; (fig.) rodeio de palavras / labirinto, meandro, amoage.
Anditino, s. m. (dim.) ândito estreito / beco, viela, ruazinha.
Andito, s. m. ândito, corredor / ádito, ingresso, vestíbulo.
Andône, s. m. chapinha de metal de mecanismo do relógio.
Andrèna, s. f. andrena, espécie de abelha selvática.
Andriènne, s. f. vestido de mulher amplo e comprido; veste.
Andrismo, s. m. (raro) tendência da mulher a masculinizar-se.
Andriuòlo, adj. e s. m. qualidade de trigo durázio da região Maremana (Toscana).
Andrivèllo, s. m. pequena âncora.
Androcèo, s. m. androceu, conjunto dos estames (órgãos masculinos de uma flor).
Androginía, s. f. androgenia, reunião dos dois órgãos sexuais.
Androgínico, adj. androgínico.
Andrògino, adj. e s. m. andrógino hermafrodita.
Andròmeda s. f. (mit.) Andrômeda / (astr.) constelação boreal próxima do Pégaso / (bot.) gênero de aricáceas.
Andrône, s. m. corredor, passagem, saguão / (hist.) parte da casa grega destinada ao uso dos homens / entre os Romanos, corredor que divide a casa em duas partes / espaço entre duas fileiras / na Igreja grega, a parte reservada aos homens.
Aneddòtica, s. f. coletânea de anedotas; anedotário.
Aneddòtico, adj. anedótico.
Anèddoto, s. m. anedota / chiste; episódio jocoso histórico ou imaginário.
Anelànte, p. p. e adj. anelante, ofegante, ansioso.
Anelantemênte, adv. anelantemente, ansiosamente.
Anelàre, v. respirar com dificuldade, ofegar / anelar; (fig.) desejar ardentemente.
Anelàto, p. p. e adj. anelado, desejado com ânsia / ofegante, afanoso.
Anelèttrico, adj. anelétrico, que não conserva as propriedades elétricas.

Anèlito, s. m. anélito, afã; ânsia, suspiro / desejo veemente.
Anellàto, adj. (raro) anelado, em forma de anel.
Anellatúra, s. f. disposição em anel: aneladura.
Anèllide, s. m. (zool.) anélides, anelideos (de vermes de corpo dividido em anéis).
Anèllo, s. m. anel; aliança que se traz nos dedos / argola, arco, elo / espiral de cabelo encaracolado / orifício de certos objetos ou ferramentas no qual entram os dedos / (fig.) esser l'anello di congiuzione: ser o intermediário / dare, prendere l'anello: casar-se / (dim.) **anellètto, anellíno, anellúzzo, anellúccio** / (aum.) **anellône**.
Anellôso, adj. anelado, formado de anéis.
Anèlo, adj. (poét.) ofegante, anelante.
Anematurgía, s. f. (med.) anemartugia, operação incruenta.
Anemía, s. f. anemia.
Anèmico, adj. e s. m. anêmico.
Anèmio, s. m. fornalha a vento para liquefazer os metais com fogo violento.
Anemòfilo, adj. (bot.) anemófilo, diz-se das flores cuja polinização se faz pela ação do vento.
Anemògrafo, s. m. anemógrafo, instrumento que registra o vento.
Anemologia, s. f. anemologia, estudo dos ventos.
Anemòmetro, s. m. anemômetro.
Anèmone, s. m. (bot.) anêmona, espécie de ranúnculo / (zool.) anêmona-do-mar ou anêmona-marinha, nome vulgar das actínias.
Anemoscòpio, s. m. anemoscópio / cata-vento; grimpa.
Anepígrafo, adj. anepígrafo; sem título, sem inscrição.
Aneritropsia, s. f. aneritroblepsia, defeito da vista que consiste em não distinguir o vermelho, que é confundido com o cinzento.
Aneròbico, adj. anaeróbico, que pode viver fora do ar.
Aneròbio, s. m. anaeróbio ou aneróbio, microrganismo que vive fora do ar.
Aneròide, adj. aneróide, barômetro sem líquido.
Anestesía, s. f. anestesia / cloroformização; letargia / hipnose, analgesia.
Anestesista, s. m. (med.) anestesista.
Anestesiòlogo, s. m. anestesista.
Anestètico, adj. anestético, que produz anestesia ou insensibilidade.
Anestetizzàre, v. anestesiar.
Anèto, s. m. aneto, planta da família das Umbelíferas.
Aneurisma, s. f. (med.) aneurisma.
Aneurismàtico, adj. aneurismático.
Anfanamênto, s. m. afã; sofreguidão / extravagância.
Anfanàre, v. intr. afanar-se, cansar-se / vaguear ao caso, perambular sem direção fixa / fantasiar, desvariar, disparatar; palrar / simular afã ou interesse por uma coisa.
Anfanatôre, s. m. falador, palrador / (s. f.) **anfanatrice**, mulher, palradora, tagarela.
Anfaneggiàre, v. intr.. afainar; fantasiar, tagarelar.
Anfesibèna, s. f. anfisbena, monstro representado com uma cabeça em cada extremidade.

Anfiartròsi, s. f. anfiartrose, articulação semimóvel dos ossos.
Anfíbio, adj. e s. m. anfíbio / (fig.) duvidoso, engano / (s. m.) barco-automóvel.
Anfíbolo, adj. anfíbolo.
Anfibología, s. f. anfibiologia / (fig.) ambigüidade.
Anfibologicamènte, adv. anfibologicamente; ambiguamente.
Anfiôsso, s. m. (zool.)anfioxo.
Anfipodi, s. m. (pl.) anfípodes, diz-se dos animais que têm duas qualidades de patas com que nadam e saltam.
Anfiteatràle, adj. anfiteatral.
Anfiteàtro, s. m. anfiteatro.
Anfitriône, s. m. anfitrião.
Anfizionàto, s. m. (hist.) anfictionado.
Anfiziône, s. m. anfictião, representante de cada um dos Estados gregos confederados.
Anfizionía, s. f. anfictionia.
Anfiziònico, adj. anfictiônico.
Ànfora, s. f. ânfora, vaso grande de duas asas para líquidos.
Anfràtto, s. m. anfracto.
Anfrattuosità, adj. anfractuosidade, sinuosidade, cavidade, saliência.
Anfrattuôso, adj. anfractuoso, tortuoso, desigual.
Angamo, s. m. pequena rede de arrasto para pegar peixinhos e crustáceos, etc.
Angaría, (ant.) v. **angheria**.
Angariàre, v. tr. vexar, oprimir, tiranizar, extorquir, molestar; sobrecarregar de tributos; tirar a pele.
Angariatôre, s. m. opressor; molestador; prepotente.
Angarieggiàre, v. tr. molestar, oprimir, importunar.
Angela, s. f. mulher que por sua beleza pode ser comparada a um anjo / mulher angelical / (adj.) espécie de uva.
Angelicàle, adj. (lit.) angelical, angélico.
Angelicamènte, adv. angelicamente.
Angelicàto, adj. angelicado; angélico.
Angèlico, adj. angélico, encantador, puro; dottore —————, Santo Tomás de Aquino.
Àngelo, s. m. anjo / (fig.) homem ou mulher de rara perfeição / criança inocente ou vestida de anjo / ———— custode: anjo da guarda, e, por burla, agentes da polícia / espírito celeste.
Angelusdòmini, s. m. àngelus dòmini, oração que os católicos rezam de manhã, ao meio-dia e à tarde.
Angere, (ant.) v. tr. angustiar, afligir, atormentar.
Angheria, s. f. taxa exorbitante; vexame, agravo; concussão; violência, prepotência / (hist.) mensageiros, na antiga Pérsia, que podiam requisitar quanto necessitavam para o desempenho da sua missão.
Anghière, s. m. (mar.) gancho.
Angína, s. f. angina.
Anginôso, adj. anginoso.
Angiocolìte, s. f. inflamação dos canais biliares; angiocolite.
Angioíte, s. f. angite, inflamação dos vasos sanguíneos.
Àngiolo, v. angelo.
Angiología, s. f. angiologia, estudo dos vasos sanguíneos.

Angiolôna, adj. pera outonal, de sabor um tanto ácido.
Angiòma, s. m. (med.) angioma.
Angiospàsmo, s. m. angiospasmo, contração espasmódica da túnica muscular das artérias.
Angiospèrme, s. f. e adj. (bot.) angiospermos.
Angiòtribo, s. m. angiótribo (instr. cirúrgico).
Angipòrto, s. m. angiporto; rua estreita; rua sem saída, beco.
Anglicanísmo, s. m. anglicanismo.
Anglicàno, adj. e s. m. anglicano.
Anglicísmo, s. m. anglicismo, inglesismo.
Ànglico, adj. ânglico, anglo, inglês.
Anglomanìa, s. m. anglomania.
Anglosássone, adj. anglo-saxão.
Angolàre, adj. angular, anguloso / (fig.) pietra ———: pedra angular; fundamento, base.
Angolarità, s. f. angularidade.
Angolarmênte, adv. angularmente.
Angolàto, adj. angulado, anguloso.
Angolo, s. m. ângulo, canto, aresta, esquina / recanto; lugar afastado, fora do centro.
Angolôso, adj. anguloso.
Angora, adj. angorá, diz-se de uma variedade de gatos, coelhos e cabras de pelo fino e comprido, originário de Angorá (hoje Ancara).
Angôre, (ant.) s. m. angústia, afã, ansiedade.
Angòscia, s. f. angústia, aflição, ansiedade, tristeza.
Angosciàre, v. tr. e pr. angustiar, afligir, atormentar.
Angosciàto, p. p. e adj. angustiado, magoado, aflito, atormentado.
Angosciosamênte, adv. angustiosamente, aflitivamente.
Angosciôso, adj. angustioso.
Àngue, s. m. (lit.) serpente (lat. ânguis).
Anguicrinìto ou anguichiomàto, adj. (poét.) anguícomo, coroado de serpentes.
Anguìlla, s. f. enguia (peixe), (fig.) pessoa esguia, rápida, flexível, irrequieta.
Anguillàia, s. f. (ou anguillara) lugar pantanoso onde se acham muitas enguias; viveiro de enguias.
Anguillàre, adj. anguilóide, anguiliforme, com forma de enguia.
Anguinàia, s. f. virilha / inflamação da virilha.
Anguistàra, (ant.) s. f. vaso, ânfora, recipiente.
Angúria, s. f. angúria, planta cucurbitácea, melancia.
Angustamênte, adv. angustamente, estreitamente, mesquinhamente.
Angústia, s. f. angústia, estreiteza / (fig.) opressão, aflição, ansiedade, mágoa, tristeza, dor / miséria, pobreza.
Angustiàre, v. tr. e pr. angustiar, causar angústia, afligir, atormentar.
Angústo, adj. angusto, estreito, apertado / (fig.) pequeno, mesquinho.
Ànice, ou anace, s. m. anis.
Anidrìre, s. f. (quím.) anidrido ou anidrido.
Anìle, s. m. anil, planta leguminosa; substância extraída dessa planta, que tinge de azul.

Anilína, s. f. (quím.) anilina.
Ànima, s. f. alma, princípio vital dos seres; a parte imaterial do homem; substância separada do corpo / ——— dannata: indivíduo mau, perverso / ci si à messo ——— e corpo: dedicou-se inteiramente a isso / cavar l'anima a uno: obter de alguém tudo que se quer / dar l'anima: dar tudo / ——— viva: pessoa viva / non c'era u'anima: não havia ninguém / ——— del cannone, del fucile: o vão da espingarda ou do canhão / (fig.) fundamento, entusiasmo, consciência, inteligência, vontade, coragem, sentimento, generosidade, alento, espírito, psique.
Animàbile, adj. animável, que pode ser animado.
Animadversiône, (ant.) s. f. nota, observação, repreensão, crítica.
Animalàccio, s. m. (pej.) animalaço, animalão / (fig.) estupidarrão.
Animàle, s. m. animal, ser vivo / (fig.) animal, estúpido, bruto, besta; homem ignorante; (dim.) animaletto, animalino, animalúccio, animaluncolo / (aum.) animalône.
Animàle, adj. animal, próprio de animal / animal, carnal, não espiritual / regno ———: o reino animal, o conjunto de todos os animais.
Animaleria, s. f. animalidade, animalada, conjunto de todos os animais / ação digna de um animal: ha commesso una brutta ———.
Animalescamênto, adv. animalescamente, brutalmente, bestialmente.
Animalêsco, adj. animalesco / brutal, bestial.
Animalière, s. m. animalista, artista que se dedica à pintura ou escultura de animais.
Animalità, s. f. animalidade.
Animalône, s. m. (aum.) animalaço, animalão, animal muito grande, bichão / pessoa rude e ignorante.
Animàre, v. tr. animar, dar alma, vida a, dar animação a, alentar, encorajar, avivar / (pr.) cobrar alento, coragem; animar-se, resolver-se.
Animatamênte, adv. animadamente.
Animatívo, adj. que dá ânimo: virtù animativa.
Animàto, p. p. e adj. animado; movimentado, entusiasmado, vivaz, expressivo / (mús.) animato, andamento animado na execução de um trecho musical.
Animatôre, adj. e s. m. animador / (fem.) animatríce.
Animavversiône, (raro) s. f. animadversão, repreensão; censura, punição / (obs.) é errado seu uso no sentido de aversão, ódio.
Animaziône, s. f. animação, vivacidade, entusiasmo, viveza.
Animèlla, s. f. moleja, nome vulgar de certas glândulas do corpo animal / válvula que impede a passagem do ar / espécie de botão para roupa branca.
Animêtta, s. f. (dim.) almazinha / lenço de linho, com o qual o sacerdote cobre o cálice durante a missa / o miolo do dente.
Animísmo, s. m. (filos.) animismo.

Animo, s. m. ânimo, forma moral do homem: alma, espírito, coragem, valor, disposição de vontade / desejo, intenção, inclinação: atenção, entendimento, disposição / parecer, opinião: **questo è l'animo mio** / **di buon ——**: sinceramente / **star di buon ——**: estar tranqüilo.

Animosamènte, adv. animosamente, corajosamente, afoitamente.

Animosità, s. m. animosidade, malquerença, rancor, ressentimento / (raro) valor, coragem.

Animôso, adj. animoso, corajoso / fogoso.

Anímula, s. f. (dim.) almazinha, alminha.

Aniône, s. m. aníon (ou anionte), íon carregado de eletricidade negativa.

Anisètta, s. f. aniseta ou anisete, licor feito com anis.

Anisocoría, s. f. (med.) anisocoria.

Anisône, s. m. aniseta, anisete.

Anisotropía, s. f. (fís.) anisotropia.

Anisòtropo, adj. anisótropo.

Ànitra, o mesmo que **ànatra**, s. f. pato (ave).

Annacquamênto, s. m. ação de aguar, aguagem.

Annacquàre, v. tr. aguar, misturar água com outro líquido / moderar, temperar, atenuar, abrandar, suavizar / regar.

Annacquàta, s. f. ação de aguar, aguagem.

Annacquàto, p. p. e adj. aguado, misturado com água / (fig.) débil, lânguido, apagado, fraco / atenuado, moderado, abrandado.

Annaffiamênto, s. m. ação e efeito de aguar, de regar; rega, regadura.

Annaffiàre, v. tr. aguar, regar com água / borrifar, aspergir, rociar, irrigar, irrorar, salpicar.

Annaffiàta, s. f. regadura, ato de regar / (dim.) **annaffiatína**.

Annaffiatôio, (pl. -ôi) s. m. aguador, regador, vaso para regar, para aguar / borrifador.

Annaffiatôre, adj. e s. m. aguador, regador, que agua, que rega.

Annaffiatúra, s. f. rega, regadura.

Annàli, s. m. (pl.) anais, história contada ano por ano.

Annalísta, s. f. analista, aquele que escreve anais.

Annasàre, v. tr. cheirar. farejar.

Annaspàre, v. dobar para fazer a meada / gesticular / afadigar-se, afanar-se, confundir-se, embaraçar-se.

Annaspicàre, v. intr. embasbacar, atrapalhar-se, confundir-se ao falar, por não saber o que se tem que dizer.

Annaspío, s. m. confusão, trapalhada, azáfama desordenada.

Annàspo, (raro) s. m. dobadoura.

Annàspône, s. m. trapalhão, embrulhão, desconexo, atrapalhado.

Annàta, s. f. o curso de um ano inteiro, os frutos, os salários, etc. de um ano; anata, a renda de um ano: anuidade / (deprec.) **annatàccia**, ano mau, ruim.

Annèa, (ant.) s. f. anualidade.

Annebbiamênto, s. m. anuviamento, enevoamento, toldamento, escurecimento.

Annebbiàre, v. tr. e pr. anuviar, enevoar, nublar com nuvens; ofuscar, toldar, escurecer, obscurecer, empanar, desluzir.

Annegamênto, s. m. afogamento, afogadura.

Annegàre, v. anegar, submergir, afogar; matar por meio de afogamento / (intr. e refl.) afogar-se, morrer afogado.

Annegàto, p. p., adj. e s. m. anegado, afogado.

Annegatúra, s. f. afogamento.

Anneghittíre, v. tr. e pr. tornar inerte, preguiçoso; empreguiçar.

Anneràre, v. enegrecer, tornar negro / (refl.) escurecer-se / anoitecer.

Annericàre, (ant.) v. enegrecer, tornar-se um tanto negro.

Annerimênto, s. m. enegrecimento, ação e efeito de enegrecer.

Anneríre, v. enegrecer, tornar negro / escurecer, obscurecer.

Anneritúra, s. f. ação de enegrecer; enegrecimento.

Annessiône, s. f. anexação, ação e efeito de anexar; união.

Annèsso, p. p. e adj. anexo, anexado, preso, unido, junto / (s. m.) coisa que está ligada a outra considerada como principal; dependência.

Annestàre, v. tr. unir, ligar, inserir / enxertar.

Annèttere, v. unir, ligar, juntar / anexar, incorporar, reunir um país a outro.

Annètto, s. m. (dim. de **anno**, ano) ano pequeno; ano (espaço de 12 meses).

Annichilamênto, s. m. aniquilamento, aniquilação.

Annichilàre (ou **annichilíre**), v. tr. e pr. aniquilar, reduzir a nada, nulificar, destruir.

Annichilaziône, s. f. aniquilação, aniquilamento.

Annidàre, v. aninhar, por no ninho / (fig.) acolher, abrigar, ter na mente, no ânimo: **annidava nella mente sinistri propositi**.

Annientamênto, s. m. ação e efeito de aniquilar: aniquilação, aniquilamento.

Annientàre, v. aniquilar, reduzir a nada, no sentido moral.

Annitrío, s. m. nitrido intenso ou prolongado.

Annitríre, (lit.) v. nitrir, relinchar, rinchar.

Anniversàrio, s. m. aniversário / pl. **anniversàri**.

Ànno, s. m. ano (espaço de tempo); **i verd'anni**: os da mocidade / **innanzi àgli anni**: antes do tempo / **portar bene gli anni**: não demonstrar no aspecto a idade que se tem / **capo d'anno**: o primeiro dia do ano, Ano Bom / **in capo all'anno**: no fim do ano; (dim.) **annètto, annùccio**.

Annobilimênto, s. m. enobrecimento.

Annobilíre, v. tr. enobrecer, nobilitar, dignificar, honrar / (fig.) ornar, embelezar.

Annoccàre, v. tr. e pr. dobrar os ramos (das árvores) para pô-los no terreno em forma de ângulo.

Annodàre, v. tr. e pr. enodar, dar nós em; unir, atar por meio de nós / iniciar (uma conversa) concluir (um negócio) / enlaçar, ligar, apertar, unir.
Annodàto, p. p. e adj. enodado, atado, ligado por meio de nós / (fig.) concluído, iniciado.
Annodatúra, s. f. ação de atar, nó / junção, ligação / juntura / articulação (dos ossos).
Annoiamênto, s. m. enfadamento, enfado, aborrecimento, tédio, enjôo.
Annoiàre, v. enfadar, aborrecer, enjoar, cansar, incomodar, molestar.
Annoiatôre, adj. e s. m. que aborrece, que causa tédio ou fastio; importuno, aborrecido, enfadonho, tedioso, fastidioso.
Annomàre, (ant.) v. nomear.
Annòna, s. f. anona (ant.), provisão de mantimentos, quanto basta ao abastecimento de uma cidade durante um ano / mantimentos, vitualha, provisão.
Annonàrio, adj. referente a provisões; Anonário (port. ant.).
Annôso, adj. anoso, que tem muitos anos, idoso / velho, antigo: castagno ———.
Annotàre, v. tr. anotar, fazer notas ou anotações a, por notas a / ilustrar, comentar, apostilar.
Annotariàre, v. dar o grau ou o título de notário.
Annotazione, s. m. anotação, observação, nota, apontamento; comentário, interpretação, apostila.
Annottàre, v. intr. anoitecer.
Annottolàre, v. fechar com tranqueta.
Annoveràre, v. enumerar, incluir, por no número / numerar, computar, contar, ajuntar.
Annuàle, adj. ânuo, anual / (s. m.) aniversário.
Annualità, s. f. anualidade.
Annualmênte, adv. anualmente.
Annuàrio, adj. anual, ânuo / (s. m.) anuário, publicação anual.
Annubilàre, (ant.) v. nublar, ofuscar.
Annuènza, s. f. anuência, consentimento, aprovação.
Annugolàre, v. (pop.) nublar, anuviar.
Annuíre, v. anuir, dar anuência; consentir com acenos.
Annullamênto, s. m. anulação / supressão.
Annullàre, v. tr. anular, tornar nulo; inutilizar, invalidar/ abolir, revogar, suprimir, cassar, declarar sem efeito.
Annullatívo, adj. anulativo.
Annullíre, (ant.) v. anular.
Annumeràre, v. enumerar.
Annunciàre, ou **annunziàre,** v. tr. (forma esta mais comum), anunciar, fazer saber ou conhecer; avisar, comunicar, prevenir, noticiar / profetizar, prognosticar.
Annunziàta, s. f. anunciada, anunciação / **Annunziàta,** N. S. da Anunciação / a Imagem da Virgem / a festividade da Anunciação / Ordem Cavalheiresca da casa Savóia.
Annunziatôre, adj. e s. m. anunciador, o que anuncia / avisador.

Annunziazione, s. f. anunciação, mensagem do anjo Gabriel à Virgem Maria / Festa da Igreja, no dia 25 de março.
Annúnzio, s. m. anúncio; aviso, participação / indício, presságio / notícia, mensagem, notificação.
Ànnuo, adj. ânuo; anual.
Annusàre, v. tr. farejar, cheirar / adivinhar, perceber / ——— tabacco: aspirar tabaco com o nariz.
Annusàta, s. f. ato de cheirar, de farejar.
Annúso, s. m. (raro) farejo.
Annuvolamênto, s. m. enevoamento, nublação.
Annuvolàre, v. tr. e pr. enevoar, nublar, escurecer com nuvens / ofuscar, escurecer, entristecer, sombrear, toldar.
Àno, s. m. ânus.
Anòbio, s. m. anóbio, espécie de coleóptero, cuja larva fura e come os livros e a madeira.
Anodíno e anòdino, adj. anódino, calmante inofensivo / (s. m.) anódino, medicamento que acalma as dores; paliativo.
Anodo, s. m. ânodo, anódio, polo positivo de uma bateria elétrica; anelotródio, eletródio positivo.
Anòfele, s. m. anófele, gênero de mosquitos que transmitem a malária.
Anomalía, s. f. anomalia / irregularidade, exceção, anormalidade.
Anòmalo, adj. anômalo, irregular, desigual, anormal; aberrante, excepcional.
Anònima, s. f. anônima, sociedade anônima / (anat.) nome de uma artéria que nasce da aorta.
Anònimo, adj. anônimo / (s. m.) autor desconhecido.
Anoplotèrio, s. m. anoplotério, gênero de mamíferos fósseis, paquidermes.
Anoressía, s. f. anorexia; falta de apetite, inapetência, fastio.
Anormàle, adj. anormal.
Anormalità, s. f. anormalidade, anomalia.
Ànsa, s. f. ansa, asa; parte curva em arco, por onde se pega um vaso, um cesto / motivo, ensejo, ocasião, pretexto / pequena enseada do mar / dobra do intestino ou de um nervo.
Ansamênto, s. m. ânsia, ansiamento, arquejamento.
Ansànte, p. pr. e adj. ofegante, arquejante.
Ansàre, v. intr. ofegar, arquejar, arfar.
Ansàto, adj. alado, provido de ansa, de asa.
Anseático, adj. hanseático (do al. **hansa,** associação) / (pl.) anseátici.
Ànsia, s. f. ânsia, aflição, angústia, mágoa / desejo intenso, ansiedade / ofego, opressão da respiração.
Ansietà, s. f. ansiedade, ânsia, angústia, aflição / incerteza aflitiva, impaciência, sofrimento.
Ànsima, s. f. ânsia, ofego; afã.
Ànsio, s. m. adj. (poét.) ansioso, inquieto, agitado.
Ansiosamênte, adv. ansiosamente, com ânsia.
Ansiôso, adj. ansioso; ávido, que deseja ardentemente uma coisa; impaciente.

Ànsito, s. m. ânsia, ofego, opressão da respiração.
Ansola, s. f. alça a que se pendura o badalo do sino.
Ànta, s. f. (dial.) batente (de porta ou janela).
Antagonismo, s. m. antagonismo / rivalidade, luta.
Antagonista, s. m. antagonista.
Antanèlla, s. f. rede para a caça de patos selváticos.
Antàrtico, adj. antártico.
Ànte, prep. ante, prefixo equivalente a antes de / **ànte**, s. f. (arq.) pilares postos aos lados das portas nas fachadas dos edifícios.
Antecedènte, p. pr. e adj. antecedente, que antecede, precedente, anterior / (s. m.) antecedente / (gram.) palavra a que se refere o pronome relativo / (filos.) primeira e segunda proposições do silogismo.
Antecedentemènte, adv. antecedentemente, anteriormente.
Antecedènza, s. f. antecedência, precedência.
Antecèdere, v. tr. e intr. anteceder, preceder.
Antecessôre, adj. e s. m. predecessor, antecessor, predecessor; antepassado.
Antedètto, adj. antedito, que foi dito ou referido anteriormente.
Antèfana, (ant.) s. f. antífona.
Antefàtto, s. m. acontecido precedentemente (lat. **antefàctus**).
Antefissa, s. f. (arquit.) antefixa.
Anteguêrra, s. m. (neol.) o tempo de antes da guerra.
Antèla, s. f. (bot.) antela, inflorescência, rácimo das flores.
Antèlice, s. m. antélice (saliência no pavilhão da orelha).
Antèlio, s. m. antélio, claridade brilhante que aparece (por reflexão) do lado oposto ao sol.
Antelmíntico, adj. e s. m. antelmíntico / medicamento vermífugo.
Antelucàno, adj. antelucano, que se faz antes do romper do dia.
Antelunàre, adj. que precede o surgir da lua / criado antes da lua.
Antemuràle, s. m. antemural, muro de defesa / proteção.
Antenàto, s. m. antepassado, ascendente remoto, antecessor, avoengo.
Antenitòrio, (ant.) s. m. vaso que servia para as sublimações.
Antènna, s. f. antena / (fig.) coisa ou pessoa longa / (zool.) apêndice de certos animais / (radiot.) condutor elétrico usado para a irradiação e captação de ondas.
Antennàle, s. m. e adj. (mar.) antenal / a parte da vela que se liga à antena.
Antennàto, adj. provido de antenas, antenado.
Antepôrre, v. antepor, por antes / preferir.
Antepôsto, p. p. e adj. anteposto.
Anteprìma, s. f. representação de uma peça teatral ou projeção de um filme diante de convidados ou de críticos, que antecede a primeira representação pública; pré-estréia (neol.), (fr. "avant-première").

Antèra, s. f. antera, parte terminal, dilatada, do estame.
Anteriôre, adj. anterior, antecedente; precedente em ordem de tempo.
Anterioritá, s. f. anterioridade / prioridade / época anterior.
Anteriormènte, adv. anteriormente, precedentemente.
Anterologia, s. f. anterologia, tratamento das flores.
Anteromania, s. f. (bot.) anteromania.
Anteròtico, adj. antierótico, remédio contra a paixão amorosa.
Anterozòo, s. m. (bot.) anterozóide, órgão reprodutor masculino dos vegetais criptogâmicos.
Antesignàno, s. m. (hist.) antessignano, soldado romano que defendia a bandeira / precursor, pioneiro / guia, chefe, mestre, primeiro propugnador de uma doutrina.
Ànti, pr. anti, prefixo para a formação de palavras que significa precedência ou oposição: **antidiluviano** / **antípodo, anticristo**.
Antiàcido, adj. e s. m. antiácido.
Antiaèreo, adj. antiaéreo.
Antialopicità, s. f. propriedade especial de material sensível usado em fotografia; chapa anti-halo.
Antibàcchio, s. m. antibáquio, pé de verso greco-latino, formado de uma sílaba breve e duas longas.
Antibècco, s. m. (arquit.) prolongamento em corte poligonal de uma ponte, etc. para atenuar o ímpeto das águas; espécie de quebra-mar.
Antibiliôso, adj. antibilioso.
Antibiòsi, s. f. antibiose.
Antibiòtico, adj. antibiótico / (pl.) **antibiòtici**.
Antibràccio, s. m. (anat.) antebraço.
Antica, s. f. nome que os antigos davam à parte anterior de um edifício.
Anticàglia, s. f. antigualha, antiqualha, coisa antiga.
Anticamènte, adv. antigamente, em tempos passados; dantes, outrora.
Anticàmera, s. f. antecâmara, sala de espera; vestíbulo / **fare ———**, esperar para ser recebido.
Anticàrdio, s. m. (anat.) anticárdio.
Anticàrro, adj. meio de defesa contra os tanques ou carros blindados: lança-foguetes.
Anticàto, adj. antiquado, antiguado, envelhecido.
Anticattòlico, adj. anticatólico.
Anticheggiàre, v. intr. arcaizar, afetar, por vezo às formas antigas.
Antichità, s. f. antiguidade, qualidade do que é antigo / tempo antigo; (pl.) coisas antigas / antiqualhas.
Anticiclòne, s. m. anticiclone.
Anticipamènto, s. m. e **anticipazione**; (s. f.) antecipação, ato e efeito de antecipar / dinheiro, ou coisa que foi antecipada.
Anticipàre, v. antecipar, fazer antes do tempo devido, adiantar / (intr.) chegar antes do tempo estabelecido, adiantar-se.
Anticipatamènte, adv. antecipadamente.
Anticipàto, p. p. e adj. antecipado.
Antícipo, s. m. (neol.) antecipação.

Anticlericàle, adj. anticlerical.
Anticlericalísmo, s. m. anticlericalismo.
Anticlinàle, adj. (geol.) anticlinal; sinclinal.
Antíco, adj. antigo / all'antica, segundo os usos antigos / (s. m.)antiguidade; e, no pl., os antepassados, os homens do tempo antigo.
Anticolèrico, adj. anticolérico.
Anticonoscènza, s. f. presciência, pressentimento.
Anticonôscere, v. tr. prever, pressentir, pressagiar.
Anticôrte, s. f. lugar diante do paço; átrio, vestíbulo.
Anticostituzionàle, adj. anticonstitucional.
Anticresí, s. f. (jur.) anticrese.
Anticristiàno, adj. anticristão.
Anticrísto, s. m. anticristo.
Anticrítico, adj. e s. m. anticrítico, crítico do crítico / (pl.) **anticritici**.
Anticrittogàmico, adj. anticriptogâmico.
Antidàta, s. f. antedata.
Antidiarrèico, adj. (farm.) antidiarréico.
Antidiftèrico, adj. antidiftérico.
Antidiluviàno, adj. antediluviano / (fig.) muito antigo, velhíssimo, pré-histórico, fora de uso.
Antidinàstico, adj. antidinástico.
Antidotàrio, s. m. antidotário, índice dos antídotos.
Antídoto, s. m. antídoto, antitóxico, contraveneno.
Antidròico, adj. e s. m. medicamento contra o suor excessivo ou morboso.
Antielmíntico, adj. e s. m. (med.) anti-helmíntico.
Antiemètico, adj. antiemético.
Antiestètico, adj. antiestético.
Antifàto, (ant.) s. m. renda do dote.
Antifebbríle, adj. antifebril, febrífugo.
Antiflogístico, adj. antiflogístico.
Antiflogòsi, s. f. cura das moléstias inflamatórias.
Antífona, s. f. antífona; canto na missa em que os coros se alternam / reprimendas, ditos desagradáveis: **sentirai che ———: / ripetere la stessa ———**, repetir a mesma cantilena.
Antifonàrio, s. m. (ecl.) antifonário, livro coral que contém as antífonas.
Antífrasi, s. f. antífrase.
Antifrasticamênte, adv. antifrasticamente.
Antifràstico, adj. antifrástico.
Antifúrto, adj. e s. m. dispositivo apto a impedir o roubo.
Antigàs, antigàssico, adj. antigás, antigássico.
Antígrafo, adj. e s. m. antígrafo, manuscrito copiado de outro / autógrafo.
Antilogía, s. f. antilogia, contradição.
Antílope, s. m. antílope, gênero de mamíferos ruminantes.
Antimalàrico, adj. antimalárico.
Antimeridiano, adj. antemeridiano, anterior ao meio-dia.
Antimilitarísmo, s. m. antimilitarismo.
Antiministeriàle, adj. e s. m. antiministerial.
Antimoniàle, adj. (quím.) antimonial.
Antimonàrchico, adj. e s. m. antimonárquico.
Antimònio, s. m. antimônio.
Antinazionàle, adj. antinacional.

Antinefrítico, adj. antinefrítico.
Antipenúltimo, adj. antepenúltimo.
Antinomía, s. f. antinomia, contradição da lei; contradição de princípios.
Antiofídico, adj. antiofídico.
Antipàpa, s. m. antipapa.
Antipasto, s. m. antepasto.
Antipatía, s. f. antipatia / incompatibilidade / repugnância.
Antipaticamênte, adv. antipaticamente.
Antipàtico, adj. antipático.
Antipenúltimo, adj. antepenúltimo. (med.) movimento acidental do estômago ou dos intestinos.
Antiperistáltico, adj. antiperistáltico;
Antipirèsi, s. f. antipirese.
Antipirètico, adj. (med.) antipirético, febrífugo.
Antipirina, s. f. antipirina.
Antípode, s. m. antípoda.
Antipoètico, adj. antipoético.
Antipòrta, s. f. anteporta, espaço entre uma porta e outra / fortificação diante das portas de uma cidade / (tip.) folha que precede o frontispício de um livro.
Antipòrto, s. m. anteporto: lugar de abrigo à entrada de certos portos.
Antipurgatòrio, s. m. no poema de Dante, lugar onde permanecem as almas dos pecadores antes de entrarem no Purgatório.
Antiquària, s. f. antiquária, arqueologia / comércio de objetos antigos.
Antiquariàto, s. m. comércio de coisas antigas, especialmente de livros antigos.
Antiquàrio, s. m. antiquário, arqueólogo, pessoa que se dedica ao comércio de coisas antigas.
Antiquàto, adj. antiquado, que não está em uso, antigo.
Antiràbbico, adj. (med.) anti-rábico.
Antireumàtico, adj. anti-reumático.
Antisàla, s. f. ante-sala, antecâmara.
Antiscàlo, s. m. (mar.) a parte imersa do dique de construção.
Antisemíta, adj. e s. m. anti-semita.
Antisemitísmo, s. m. anti-semitismo.
Antisèpsi, s. f. antissepsia.
Antisosiàle, adj. anti-social.
Antisèttico, adj. antisséptico.
Antispàlto, s. m. muro de fortificação anterior a outro; barbacã.
Antipasmòdico, adj. (med.) antiespasmódico.
Antistànte, adj. que está à frente, defronte.
Antistatàle, adj. antiestatal.
Antistèrico, adj. (med.) anti-histérico.
Antístite ou **antíste** s. m. antístite, antiste; pontífice, bispo, prelado.
Antístrofe, s. f. antístrofe, segunda estância da canção grega.
Antítesi, s. f. antítese.
Antiteticamènte, adv. antiteticamente.
Antitètico, adj. antitético.
Antitossina, adj. (med.) antitoxina.
Antitràgo, s. m. (anat.) antítrago.
Antivedère, v. tr. antever, prever.
Antiveggênza, s. f. antevidência; profecia, presciência.
Antiveníre, v. tr. preceder, antecipar.
Antivigília, s. f. antevigilia / antevéspera.

Antología, s. f. antologia, florilégio, crestomatia.
Antològico, adj. antológico.
Antonomàsia, s. f. antonomásia.
Antonomasticamênte, adv. antonomasticamente, por antonomásia.
Antonomàstico, adj. antonomástico.
Antràce, s. m. antraz, reunião de furúnculos; tumor gangrenoso.
Antracite, s. f. antracite, carvão fóssil.
Antro, s. m. antro, caverna, cova, gruta / (fig.) casa ou quarto escuro, triste; espelunca / (anat.) cavidade profunda em certas partes do corpo.
Antròpico, adj. antrópico.
Antropocentrísmo, s. m. (filos.) antropocentrismo.
Antropochímica, s. f. antropoquímica, parte da bioquímica que estuda a composição e as modificações químicas do corpo humano.
Antropofagía, s. f. antropofagia.
Antropòfago, adj. e s. m. antropófago.
Antropòide, adj. antropóide.
Antropología, s. f. antropologia.
Antropològico, adj. antropológico.
Antropòlogo, s. m. antropólogo.
Antropometría, s. f. antropometria.
Antropomètrico, adj. antropométrico.
Antropometrísmo, s. m. antropometrismo.
Antropomorfísmo, s. m. antropomorfismo.
Antropomorfíta, s. f. antropomorfita.
Antropomòrfo, adj. antropomorfo.
Antroposofía, s. f. antroposofia, estudo do homem sob o ponto de vista moral.
Antropotomía, s. f. antropotomia.
Antropozòico, adj. antropozóico, da era antropozóica.
Anulàre, adj. e s. m. anular, em forma de anel / anular, o quarto dedo da mão.
Anurèsi, s. f. (med.) supressão da secreção urinária, anúria.
Anúri, s. m. (pl.) anuros, ordem de batráquios desprovidos de cauda, como os sapos, as rãs e as relas.
Anuría, s. f. anúria.
Anvòglia, s. f. (ant.) invólucro.
Ànzi, conj. e adv. antes, ao contrário, melhor / além de que, ademais.
Ànzi, prep. antes, antes de, primeiro que; tu vieni ——— ora: tu vens antes da hora.
Anzianàtico, (ant.) dignidade de anciania.
Anzianàto, s. m. anciania, ancianidade.
Anzianità, s. f. ancianidade.
Anziàno, adj. (anat.) anciano; ancião, que tem idade avançada / venerável, respeitável / (s. m.) ancião, homem velho e, em geral, respeitável / (hist.) supremo magistrado de algumas repúblicas italianas / decano, veterano, sênior.
Anzianòtto, adj. (dim. de **anziano**), velhusco, velhote.
Anzichê, adv. antes que.
Anzidètto, adj. referido, supracitado, supradito.
Anzipètto, s. m. (raro) parapeito.
Anzitèmpo, adv. antes do tempo / imaturamente.

Anzitútto, adv. antes de tudo, antes de mais nada; primeiro; antes de qualquer outra coisa.
Aoliàto, adj. que tem óleo, oleoso.
Aombràre, v. fazer sombra / cobrir de sombra, sombrear, escurecer.
Aònio, adj. aônio, (de Aônia, na Grécia).
Aontàre (ant.) v. afrontar, ofender.
Aoràre (ant.), v. adornar.
Aorcàre (ant.) v. estrangular, esganar.
Aorísto, s. m. aoristo, tempo passado, indeterminado, do verbo grego.
Aormàre (ant.), v. perseguir a fera detrás do seu rastro.
Aòrta, s. f. (anat.) aorta.
Aortíte, s. f. (med.) aortite.
Apagogia, s. f. (filos.) apagogia.
Apalàto, (ant.) revelado, patenteado, manifesto.
Apartítico, adj. (neol.) apartidário, apolítico.
Apatía, s. f. apatia / indiferença habitual, falta de vontade.
Apàtico, adj. e s. m. apático, insensível, indiferente, indolente, frio, preguiçoso, inerte, irresoluto.
Apatísta, adj. e s. m. apático.
Apatisticamênte, adv. com apatia; apaticamente, insensivelmente.
Apatíte, s. f. (min.) apatito, minério de fosfato de cálcio.
Àpe, (lat. àpis) s. f. abelha.
Apepsía, s. f. (med.) apepsia.
Aperitívo, adj. e s. m. aperitivo / aperiente.
Apèrta, s. f. abertura / all'aperta, abertamente, com lealdade, com franqueza.
Apertamênte, adv. abertamente, francamente, lealmente.
Apèrto, p. p. e adj. aberto / (fig.) claro, manifesto, franco, inteligente / a viso ———: sem medo ou vergonha / a braccia aperte: de braços abertos, prazerosamente / (adv.) abertamente / (s. m.) lugar aberto, livre.
Apertúra, s. f. abertura, ação de abrir / buraco, fenda / distância entre as extremidades laterais de uma coisa.
Apètalo, adj. apétalo, desprovido de corola.
Apiàio, s. m. (raro) apicultor.
Apiària, s. f. apicultura.
Apiàrio, s. m. apiário, conjunto de cortiços de abelhas; colmeia, colmeal.
Àpice, s. m. ápice, cume em ponta, vértice / (fig.) o mais alto grau; requinte, apuro.
Apicíte, s. f. (med.) apicite.
Apicoltôre e **apicultôre**, s. m. apicultor.
Apicoltúra, e **apicultúra**, s. f. apicultura.
Apio, s. m. aipo, planta herbácea, das Umbelíferas, cultivada para fins culinários.
Apiressía, s. f. apirexia, ausência de febre num doente.
Apirètico, adj. apirético, que não tem febre.
Apístico, adj. apícola, relativo à cultura da abelha.
Aplanàtico, adj. (ópt.) aplanético.
Aplústre e **aplústro**, s. m. aplustre, ornato da proa ou da popa dos antigos navios.
Apnèa, s. f. apnéia, suspensão passageira da respiração.

Àpoca, s. f. ápoca, recibo escrito em que o devedor se obrigava a pagar.
Apocalísse, s. f. apocalipse.
Apocalíttico, adj. apocalíptico.
Apocopàre, v. tr. apocopar, fazer apócope em.
Apòcope, s. f. apócope (gram.) / apócope, síntese, elisão.
Apòcrifo, adj. apócrifo, que não é autêntico; falso, suposto, incerto.
Apocrisàrio, s. m. (hist.) apocrisiário; embaixador de autoridade eclesiástica.
Apocromàtico, adj. (ópt.) apocromático.
Apodíttica, s. f. (filos.) apodíctica.
Apodíttico, adj. apodíctico, que não necessita ser demonstrado; evidente.
Apodo, adj. ápode, que não tem pés.
Apòdosi, s. f. (gram.) apódose.
Apòfige, s. f. (arq.) apófige.
Apòfisi, s. f. apófise / parte saliente de um osso / excrescência tuberosa.
Apoftègma, s. m. apotegma; máxima, dito breve e arguto, sentença.
Apogèo, s. f. apogeu, o ponto (da órbita de um astro) mais afastado da Terra.
Apògrafo, adj. apógrafo, cópia.
Apòlide, adj. o s. m. apólida, que não tem cidadania; sem pátria.
Apolicità, s. f. apolicidade, que não tem atinência com a política.
Apolítico, adj. apolítico.
Apollíneo, adj. apolíneo / formoso como Apolo.
Apòllo, s. m. Apolo, deus da luz e da poesia / (poét.) o sol.
Apologètica, s. f. apologética.
Apologètico, adj. apologético.
Apología, s. f. apologia.
Apologizzàre, v. intr. apologizar, fazer a apologia de.
Aponeuròsi, s. f. (med.) aponeurose.
Aponeuròtico, adj. aponeurótico.
Apoplessía, s. f. apoplexia.
Apoplèttico, adj. (med.) apoplético.
Aporèma, s. m. aporema, silogismo dubitativo.
Apostasía, s. f. apostasia, abjuração.
Apòstata, s. m. e f. apóstata.
Apostatàre, v. intr. apostatar, abjurar.
Apostàtico, adj. apostático.
Apostèma, s. m. (raro) apostema, abscesso.
A posteriori, loc. latina; adv. que significa posteriormente à experiência, com apoio nos fatos, pelas razões que vêm depois.
Apostolàto, s. m. apostolado.
Apostolicamènte, adv. apostolicamente.
Apostòlico, adj. apostólico.
Apòstolo, s. m. apóstolo.
Apostrofàre, v. tr. apostrofar, colocar apóstrofo / (intr.) dirigir apóstrofes a; interpelar.
Apostrofatamènte, adv. com apóstrofo.
Apòstrofe, s. f. apóstrofe, interrupção que o orador faz no discurso; invectiva.
Apòstrofo, s. m. apóstrofo, sinal ortográfico.
Apotèca, (raro) s. f. apoteca (ant.); dispensa ou depósito de gêneros e de vinho / armário, escaparate.
Apotègma, (raro) s. m. apotegma.
Apotèma, s. m. (geom.) apótema.

Apoteòsi, s. f. apoteose; homenagem grandiosa, deificação / celebração, glorificação, exaltação.
Appaccàre, appacchettàre, v. tr. reunir em pacotes, empacotar.
Appaciamènto, s. m. apaziguamento, pacificação.
Appaciàre, v. tr. e pr. apaziguar, pacificar.
Appacificàre, v. apaziguar, pacificar, reconciliar.
Appadiglionàre, v. dispor em forma de pavilhão / (refl.) acampar-se em barraca ou pavilhão.
Appagàbile, adv. que se pode, ou também que se deve satisfazer.
Appagamènto, s. m. satisfação, ato e efeito de satisfazer, de contentar.
Appagàre, v. satisfazer, contentar / (refl.) contentar-se satisfazer-se.
Appaiamènto, s. m. emparelhamento, acasalamento; junção.
Appaiàre, v. tr. emparelhar, acasalar, jungir, juntar.
Appaiatúra, s. f. emparelhamento, acasalamento; junção.
Appalesàre, (raro), v. revelar, noticiar.
Appallàre, v. dar a forma de bola, abolar / (refl.) conglomerar-se, agrumar-se.
Appallottàre, appallottolàre, v. reduzir a bolas / (refl.) agrumar-se (da farinha misturada com água) / abolar-se, enrolar-se sobre si mesmo.
Appalmàto, adj. apalmado, diz-se do escudo que tem uma mão mostrando a palma / com feitio de palma.
Appaltàre, v. empreitar, dar de empreitada / alugar / (refl.) tomar uma assinatura: appaltarsi al teatro.
Appaltatôre, s. m. empreiteiro / empresário, concessionário.
Appàlto, s. m. empreitada, contrato / o lugar onde se vendem os gêneros de monopólio / monopólio, assinatura / empreita.
Appaltône, s. m. embrulhão, vigarista, intrujão.
Appanàre, appanettàre, v. tr. reduzir a forma de pães.
Appanciollàre, v. estender-se, acomodar-se de barriga para o ar.
Appanicàre, v. habituar os pássaros a comer o painço (milho miúdo).
Appannàggio, s. m. apanágio / doação.
Appannamènto, s. m. empanamento, ofuscamento, escurecimento.
Appannàre, v. empanar, embaçar, ofuscar, escurecer, embaciar / diminuir, abrandar, abaixar (a voz) / (fig.) ofuscar, turvar a mente.
Appannàto, p. p. e adj. empanado, embaçado, escurecido, ofuscado / velado, fraco, débil (voz, vista) / (fig.) gordo, maciço (homem).
Appannatòio, s. m. venda que se usa para dar a última limpadela nos cavalos.
Appannatúra, s. m. empanamento, ação e efeito de empanar, de embaciar.
Appparàre, (ant.) v. preparar, aparelhar / aprender.

Apparàto, s. m. aparato, preparativo solene; aprestos para um determinado fim / aparelho, maquinismo: ——— **motore, semafòrico; digerente; scenico.**

Apparatôre, s. m. que prepara, que adorna, que enfeita, que aparelha / que dispõe as cenas para um espetáculo teatral.

Apparecchiamênto, s. m. aparato, aparelhamento, ato de aprestar, de aparelhar.

Apparecchiàre, v. tr. aparelhar, aprontar, preparar; dispor, aprestar, por em ordem / (refl.) preparar-se.

Apparecchiàto, p. p. e adj. aparelhado, preparado, disposto, aprestado, pronto.

Apparecchiatôre, s. m. (f. **apparecchiatríce**), aparelhador, o que aparelha / adornador / tapeceiro.

Apparecchiatúra, s. f. preparo, apresto; aparelhagem.

Apparêcchio, s. m. apresto, aparelhamento, ato de aparelhar / aparelhagem, conjunto de apetrechos para um determinado uso / conjunto de instrumentos preparados para um certo uso / máquina, engenho, maquinismo / (neol.) aeroplano.

Apparentamênto, s. m. ação de aparentar, de ligar em parentesco / (neol.) coligação de concorrentes a uma eleição, a fim de evitar dispersão de votos.

Apparentàre, v. pr. e intr. aparentar, tornar parente, ligar em parentesco.

Apparènte, p. pr. e adj. aparente, que parece e não é / aparente, manifesto, visível.

Apparentemênte, adv. aparentemente; fingidamente.

Apparènza, s. f. aparência, verossimilhança, aspecto, semblante, forma, figura / quimera, ilusão / **per** ———: por ostentação, por afetação.

Apparigliàre, v. emparelhar / fazer uma parelha de dois animais / unir, jungir, acasalar.

Apparimênto, s. m. aparecimento, ato de aparecer / aparição.

Apparíre, v. intr. aparecer / mostrar-se, tornar-se visível / comparecer / parecer, ter aparência; **vuole** ——— **giovane**: quer parecer jovem / resultar, tornar-se patente: **dai documenti appare**: dos documentos resulta.

Appariscènte, adj. vistoso, airoso, que dá na vista / majestoso, espetaculoso, pomposo.

Appariscènza, s. f. vistosidade, aparência, ostentação.

Apparíta, s. f. aparição, aparecimento / a primeira apresentação, à vista, de uma coisa: **all'apparita del mare**.

Apparizióne, s. f. aparição; visão de um ser natural ou fantástico / (astr.) momento em que um astro começa a se fazer visível no horizonte / espetro, fantasma, comparsa / manifestação, aparecimento.

Appartamênto, s. m. apartamento, parte de um prédio de habitação coletiva; habitação; (dim.) **appartamentino** / (mar.) ângulo, desvio formado pela rota do navio quando navega.

Appartàre, v. tr. e pr. apartar, por de lado, separar; segregar, isolar, distanciar.

Appartatamênte, adv. apartadamente, separadamente, afastadamente, desviadamente.

Appartàto, p. p. e adj. apartado, afastado; retirado, solitário, remoto, isolado.

Appartenènte, p. pr. e adj. pertencente, que pertence; próprio, concernente.

Appartenènza, s. f. pertença, aquilo que faz parte de; qualidade própria de uma coisa; atribuição, domínio; acessório.

Appartenêre, v. intr. e pr. pertencer, ser propriedade de; formar, ser parte de; dizer respeito, caber, incumbir; **non appartiene a me il consigliarti**: não cabe a mim aconselhar-te / próprio, pertinente; apropositado.

Appassimênto, s. m. emurchecimento, murchidão.

Appassionamênto, s. m. apaixonamento, estado de paixão.

Appassionàre, v. tr. apaixonar, causar ou excitar paixão / entusiasmar / (refl.) tomar paixão, dor, por alguma coisa; afligir-se.

Appassionatamênte, adv. apaixonadamente.

Appassionatêzza, s. f. apaixonamento, estado de paixão.

Appassionàto, p. p. e adj. apaixonado; arrebatado, entusiasmado, exaltado.

Appassíre, v. tr. e pr. expor frutos ao sol para torná-los secos e doces / emurchecer, murchar, secar / (fig.) perder o viço, a frescura, a mocidade; **belezza appassita**: beleza emurchecida, descorada.

Appassíto, p. p. e adj. emurchecido; murchado, murcho / descorado, seco, sem viço, triste.

Appassitúra, s. f. emurchecimento, murchidão, ação e efeito de emurchecer.

Appastàre, v. pr. empastar, converter, ficar como uma pasta.

Appellabilità, s. f. apelabilidade.

Appellànte, p. pr., adj. e s. m. apelante.

Appellàre, v. tr. e pr. (jur.) apelar, recorrer por apelação / nomear, chamar, denominar / invocar, pedir, recorrer, buscar remédio ou auxílio para alguma coisa.

Appellatívo, adj. e s. m. (gram.) apelativo, denominativo, apelido / (jur.) apelável, suscetível de apelo.

Appèllo, s. m. (jur.) apelação, ação ou efeito de apelar / **Corte d'appello**: Magistratura de segunda instância / **senz'appello**: não apelável / **far l'appello**: chamar por nome as pessoas inscritas numa relação e que devem estar presentes / **fare** ———: fazer invocação, invocar, recorrer, pedir.

Appèna, adv. com pena, dificultosamente / apenas, muito pouco, pouquíssimo / (adv. de tempo) para significar ação que se acaba de fazer ou que se vai fazer; ——— **arrivato**: assim que cheguei / ——— **che**: logo que.

Appenàre, v. tr. e pr. causar pena, desgosto / penar, afadigar-se.

Appèndere, v. pendurar, suspender, enganchar / enforcar.
Appendíce, s. f. apêndice, coisa apensa à outra, acessória / parte saliente de um corpo / parte aderente de um corpo / suplemento de jornal; folhetim.
Appendicísta, s. m. escritor de folhetim nos jornais.
Appendízie, s. f. acréscimo, suprimento de produtos que gravam o camponês em relação ao patrão.
Appennecchiàre, v. tr. estrigar, dividir, assedar o linho, a lã, o cânhamo, etc.
Appennellàre, v. (mar.) unir à âncora, já imersa, uma âncorazinha suplementar.
Appensamênto, s. m. recurso, expediente.
Appensàre, (ant.) v. pensar, meditar.
Appercezióne, s. f. (filos.) apercepção, intuição.
Appesantíre, v. tr. e pr. tornar pesado.
Appêso, p. p. e adj. suspenso, pendurado.
Appestàre, v. apestar, empestar, infectar / (fig.) corromper, contaminar.
Appestàto, p. p., adj. e s. m. apestado, empestado, infecto, infectado, contaminado.
Appetènte, p. pr. e adj. apetente, que apetece, que desperta apetite; apetitoso.
Appetènza, s. f. apetência, apetite.
Appetíbile, adj. apetecível, desejável, apetitoso.
Appetibilità, s. f. apetibilidade, faculdade de apetecer.
Appetíre, v. apetecer, ter apetite de; desejar, cobiçar, pretender.
Appetitivo, adj. apetitivo, que provoca o apetite, que se faz desejar; gostoso, provocante.
Appetíto, s. m. apetite, vontade de comer / desejo de satisfazer um gosto / predileção, desejo, vontade, inclinação.
Appetitosamente, adv. apetitosamente.
Appetitôso, adj. apetitoso; gostoso; tentador; provocante.
Appettàre. v. (das bestas de tiro), fazer força com o peito / (de muro) ressair da linha reta / (intr.) por à frente, apresentar coisa ou pessoa pouco estimável / pespegar, impingir.
Appètto, adv. e prep. em frente, defronte, face a face: fu posto ──── al giúdice / em confronto, em face; ──── a lui, era un'ignorante: em comparação a ele, era um ignorante.
Appezzamênto, s. m. lote, pedaço, porção de terreno.
Appezzàre, v. tr. unir, juntar pedaço por pedaço / remendar / (raro) quebrar.
Appezzatúra, s. f. juntura, remendo / o ponto onde uma coisa foi unida a outra.
Appiacentíre, (ant.) v. tornar aprazível.
Appiacère, (ant.) v. tornar agradável, aprazível.
Appiacevolíre, (raro) v. tornar agradável, deleitável.
Appianàbile, adj. aplanável / amenizável.
Appianàre, v. aplanar, alhanar, alisar, nivelar / (fig.) facilitar, amenizar, remover, superar, mitigar, moderar.

Appianatôia, s. f. utensílio de pedreiro (espécie de colher) para nivelar o reboco.
Appianatôio, s. m. plaina mecânica, aplainador.
Appiastràre, v. tr. e pr. emplastrar; colocar em camadas, estender à guisa de emplastro / grudar, colar.
Appiastratúra, s. f. emplastramento.
Appiastricciamênto, s. m. emplastramento / confusão de coisas misturadas, mistifório, imbróglio.
Appiastricciàre, v. tr. emplastrar, colar, pegar, grudar.
Appiattamênto, s. m. achatamento, ação de achatar, de tornar chato / ocultação, ato de ocultar.
Appiattàre, v. achatar, tornar chato; acaçapar / esconder, ocultar / (refl.) eclipsar-se, desaparecer, sumir da vista dos outros.
Appiattimênto, s. m. (neol.) achatamento / ocultação.
Appiattíre, v. (neol.) achatar, tornar chato / nivelar, aplanar / (fig.) humilhar, rebaixar, diminuir.
Appiàtto, s. m. (raro) ocultação / (loc.) di ────: ocultamente, às escondidas.
Appiccàgnolo, s. m. gancho, fateixa / (fig.) pretexto, escusa, evasão, cavilação.
Appiccamênto, s. m. pendura, ato de pendurar ou dependurar, suspender / enforcamento.
Appiccàre, v. tr. pendurar, dependurar, suspender / enforcar, estrangular na forca / ──── il fuoco: atear o fogo / iniciar, começar; ──── battaglia / ──── un colpo: dar uma pancada, bater / (refl.) apegar-se, pegar-se, contagiar, unir, grudar-se, colar-se / arraigar-se (planta).
Appiccatíccio, adj. viscoso, pegajoso, pegadiço / (fig.) aborrecível, molesto.
Appiccatúra, s. f. pendura; pregagem, junção, juntura, ligação.
Appicciàre, v. pegar, juntar, unir (diz-se especialmente dos figos secos) / atear fogo, por fogo, acender / (refl.) acender-se.
Appicciatúra, s. f. ligação, união, pega / acendimento, ato de acender.
Appiccicànte, p. pr. e adj. pegajoso, que pega ou adere facilmente; viscoso.
Appiccicatúra, s. f. ação e efeito de pegar, de grudar, de ligar / coisa unida debilmente à outra.
Appiccichíno, s. m. (fig.) maçador, pegadiço.
Appiccicôso, adj. pegajoso, viscoso / (Bras.) pegajento.
Appiccinire, appicciolire, v. tr. tornar pequeno, apequenar, diminuir / (fig.) apoucar, reduzir.
Appícco, s. m. pegadura, ligação / (fig.) pretexto, lisonja, cavilação; escusa, azo, oportunidade.
Appiccolíre, v. apequenar.
Appiè ou a piè, prep. ao pé, embaixo, na parte inferior: ──── del monte / adv. debaixo, no fundo, no fim.
Appiedàre, v. tr. apear, fazer descer do cavalo; desmontar.
Appiedàto, p. p. e adj. apeado, desmontado.

Appieghettàre, v. (raro), dobrar, fazer dobras em.

Appièno, adv. plenamente, inteiramente.

Appiètto, (voz dial. da "Lucchésia") us. na loc. **fare**: ———: fazer completamente, inteiramente / (neol.) "tabula rasa".

Appigaríre e **appigheráre** (ant.), v. empreguiçar, tornar preguiçoso.

Appigionamênto, s. m. alugamento, alugação, ato e efeito de alugar.

Appigionàre, v. tr. alugar, dar ou tomar de aluguel.

Appigiônasi, s. m. aluga-se, cartaz pregado nas casas que estão para alugar.

Appigliàre, appigliàrsi, v. pr. pegar, agarrar-se a uma coisa para não cair — (fig.) ——— **a un partito, a un consiglio**: escolher um partido, um conselho, a seguir, ater-se aos mesmos.

Appiglio, s. m. pegadura / (fig.) cavilação, pretexto, escusa.

Appinzàre, v. picar, aguilhoar, apicaçar / pungir / (técn.) extirpar com pinça os pelos que não se tingiram, no feltro de chapéu.

Appinzatûra, s. f. picada, aguilhoada; picadela, ferroada.

Appínzo, s. m. ferroada (de inseto) / quando o vinho fica muito forte, diz-se que: **há l'appinzo**".

Appio (raro) s. m. (bot.) aipo / (adj.) **mele appie**, variedade de maçãs.

Appiômbo, adv. a prumo; perpendicularmente.

Appioppàre, v. tr. prender, amarrar as videiras aos choupos (**pioppo**) / dar, pespegar, bater; ——— **una bastonata**: dar uma cacetada / impingir, enganar, ludibriar / plantar um terreno com choupos.

Appiuòla, s. m. variedade de maçã pequena.

Appiuòlo, adj. dim. e s. m. aipozinho, aipo pequeno / variedade de macieira, e o fruto da mesma, que é pequeno e doce.

Applacidíre, v. tr. e pr. tornar plácido, abrandar, acalmar.

Applanàre (ant.), v. subir.

Applaudíre, v. aplaudir, acalmar / louvar altamente, celebrar, aprovar.

Applauditôre, s. m. (raro) aplaudidor, aclamador / o que aplaude por ofício (fr. **claqueur**).

Applàuso, s. m. aplauso, aclamação / louvor, ovação.

Applicàbile, adj. aplicável.

Applicabilità, s. f. aplicabilidade.

Aplicamênto (ant.), s. m. aplicação.

Applicàre, v. tr. aplicar / adaptar / unir / sobrepor / empregar / pespegar, infligir / (refl.) estudar, aplicar-se, dedicar-se, industriar-se, exercitar-se.

Applicaziône, s. f. aplicação, atenção cuidadosa / adaptação.

Appo (ant.), prep. junto, ao pé, perto / antes, depois, frente a, em comparação a.

Appoderamênto, s. m. adaptação de um terreno ao cultivo.

Appoderàre, v. adaptar ao cultivo um terreno inculto; transformar uma terra em pequenas propriedades agrícolas.

Appoderàto, p. p. e adj. adaptado ao cultivo; transformado em fazenda, granja, sítio, etc.

Appoderaziône, s. f. o mesmo que **appoderamênto**.

Appoggiacàpo, s. m. lugar em que se descansa ou apóia a cabeça, nas cadeiras de barbeiro, fotógrafo, dentista, etc.; cabeceira, almofada, encosto (de sofá, poltrona, etc.).

Appoggiamàno, s. m. espécie de bastão de braço curvo sobre o qual os pintores apóiam a mão ou o braço ao pintar.

Appoggiamênto, s. m. apoio, ato de apoiar.

Appoggiàre, v. tr. apoiar, encostar uma coisa a outra; (fig.) apoiar, ajudar, favorecer / (refl.) apoiar-se, encostar-se / (fig.) confiar na proteção de alguém.

Appoggiàta, s. f. ato de apoiar e de apoiar-se.

Appoggiatèsta, s. f. encosto para a cabeça; cabeceira.

Appoggiatôio, s. m. apoio, escora, encosto, qualquer objeto que serve para encosto / corrimão de escada; mainel.

Appoggiatúra, s. f. ação e efeito de apoiar / (mús.) ornamento melódico; apojadura.

Appòggio, s. m. apoio, coisa que serve para apoiar; encosto / (fig.) arrimo, ajuda, proteção; auxílio / (constr.) privilégio, licença para construir um edifício encostado a outro.

Appollaiare, appollaiàrsi, v. pr. empoleirar-se / (fig.) alojar-se.

Appomiciàre, v. pulir com pedra-pomes.

Apponêre, (ant.) v. apor.

Aponìbile, adj. que se pode apor; acrescentável.

Appoppàto, adj. (mar.) diz-se de navio, que por má disposição da carga, fica arqueado do lado da popa.

Apporcàre, v. tr. (agr.) transformar em camalhões um terreno.

Appòrre, v. tr. e pr. apor, justapor, sobrepor / aplicar / imputar, culpar, atribuir a / observar, reparar, objetar / adivinhar, atinar.

Apportàre, v. tr. conduzir, trazer, levar, transportar de um lugar a outro / produzir, causar, anunciar.

Apportatôre, s. m. portador, aquele que porta, que conduz, que traz, que anuncia: ——— **di gioia**.

Appòrto, (neol.) s. m. socorro, contribuição / (com.) quota, prestação de sócio para formar o capital social.

Appositamênte ou **appòsta**, adv. propositadamente, propositalmente, expressamente.

Appositívo, adj. e s. m. apositivo, que tem aposição; adjetivo circunstancial.

Appositízio, adj. fingido, postiço, ficticio.

Appòsito, adj. apósito, aposto, acomodado, ajustado, adequado, adaptado.

Appòsta ou **a pòsta**, adv. propositadamente, determinadamente.

Appostamênto, s. m. emboscada, cilada, armadilha.

Appostàre, v. tr. espreitar, ficar de atalaia; armar emboscada / observar, espiar / (pr.) emboscar-se.
Appôsto, p. p. e adj. aposto.
Appozzàre, v. empoçar, transformar como se fora um poço, enlamear, atolar / (refl.) ―――― **lo stòmaco**: beber muita água até encharcar o estômago.
Appratíre, v. tr. e intr. reduzir a prado um terreno, cultivar à erva um terreno.
Apprèndere, v. aprender, compreender / conhecer / (refl.) ater-se, agarrar-se, prender-se: **amor che a cor gentil ratto s'apprende** (Dante): amor, que os corações súbito prende (tr. X. P.).
Apprendíbile, adj. apreensível, compreensível fàcilmente.
Apprendimênto, s. m. aprendizagem, ação de aprender / (ant.) apreensão, temor.
Apprendissàggio, (do fr.) neol. s. m. aprendizado, tirocínio de quem começa a aprender uma arte ou ofício.
Apprendista, s. f. aprendiz, principalmente novato, noviço.
Apprendistàto, (neol.) s. m. aprendizado, tirocínio de um principiante; o tempo que o mesmo dura.
Apprensiône, s. f. apreensão, receio, temor, preocupação / (raro) ação de aprender, de perceber.
Apprensioníre, v. pr. ficar apreensivo, preocupar-se.
Apprensíva, s. f. apreensão, facilidade em compreender, percepção.
Apprensívo, adj. perceptível, compreensível / apreensivo, receoso, fácil de atemorizar-se.
Appresellàre, (ant.), v. dividir um terreno em lotes / (folhas) afolhar.
Appresentare, v. (ant.) apresentar; oferecer.
Apprêso, p. p. e adj. aprendido.
Appressamênto, s. m. ato de aproximar; aproximação.
Appressàre, v. tr. aproximar, avizinhar / (pr.) aproximar-se.
Apprèsso, prep. cerca de, perto, vizinho, próximo, junto / (adv.) depois, seguinte, pouco depois; (dia) seguinte: **il giorno** ――――.
Apprestamênto, s. m. apresto, preparativo, aparelhamento.
Apprestàre, v. aprestar, preparar, aprontar, aparelhar / (refl.) preparar-se, aprestar-se.
Apprettare, v. tr. aparelhar, engomar; tornar consistente (tecido).
Apprètto, s. m. (técn.) processo industrial para dar, com banhos apropriados, uma especial consistência aos tecidos; engomagem.
Apprezzàbile, adj. apreciável, prezável, estimável.
Apprezzamênto, s. m. apreço, ato e efeito de apreciar; apreciação, estimação, avaliação, juízo.
Apprezzàre, v. tr. apreciar, julgar, reconhecer o preço ou o valor de uma coisa, avaliar / prezar, estimar, reputar / (contr.) **disprezzare**.

Approcciàre, v. aprochar, avizinhar por meio de aproches.
Appròcci, s. m. pl. aproches, trabalho que fazem os que sitiam uma praça para o fim de combatê-la de mais perto / (fig.) atos e modos para aproximar-se de alguém e entrar em conversa ou contato com ele; **tentare gli** ――――.
Approdàre, v. atracar, aportar, arribar / aproar, encostar / (agr.) cingir de bordas os campos / ―――― **le viti**: dispor as videiras ao longo das bordas.
Appròdo, s. m. atracação, arribação / desembarcadouro, cais, porto.
Approfittàre, v. intr. aproveitar, tirar proveito de / (pr.) aproveitar-se, valer-se, abusar.
Approfondàre, v. aprofundar, tornar profundo, profundar.
Approfondimênto, s. m. aprofundamento, aprofundação, ato ou efeito de aprofundar.
Approfondíre, v. tr. e pr. aprofundar, profundar / (fig.) aprofundar uma questão, estudar um assunto minuciosamente.
Approntàre, v. aprontar, aprestar, preparar, aparelhar.
Appropinquàre (ant.), v. apropinquar, apropinquar-se, aproximar-se, encostar-se.
Appropriàbile, adj. apropriável, aplicável, adaptável, acomodável.
Appropriàggio, s. m. (técn.) apropriagem, acabamento dos chapéus.
Appropriagísta, s. m. apropriador, operário chapeleiro que tem a seu cargo a apropriagem; apropiagista (Bras. do Ital.).
Appropriàre, v. tr. apropriar, tornar próprio ou adequado: ―――― **la ricchezza al bene** / (pr.) apropriar-se, apossar-se, tornar próprio o que é de outrem / assimilar / aplicar / adaptar.
Appropriatamênte, adv. apropriadamente, convenientemente.
Appropriàto, p. p. e adj. apropriado, próprio, conveniente, oportuno, apto.
Appropriaziône, s. f. apropriação, ato de apropriar / (jur.) ―――― **indebita**: apropriação indébita.
Approssimàre, v. tr. e pr. aproximar, avizinhar, tornar próximo.
Approssimativamente, adv. aproximativamente, aproximadamente.
Approssimativo, adj. aproximativo, aproximado.
Approvàbile, adj. aprovável.
Approvamênto, s. m. aprovação.
Approvàre, v. aprovar; julgar bom, dar por habilitado (o estudante); confirmar, sancionar, autorizar / consentir, aplaudir, aclamar.
Approvatívo, adj. aprovativo, aprobativo.
Approvaziône, s. f. aprovação.
Approvecciàre (ant.), v. tirar proveito, vantagem.
Approvvigionamênto, **approvvisionamento**, s. m. aprovisionamento, abastecimento de provisões.

Approvvigionàre e approvvisionàre, v. tr. aprovisionar, prover de mantimentos; prover, abastecer.
Appruàto, adj. (mar.) diz-se de navio arqueado na popa, por estar mais carregado nesse lado.
Appulcràre (ant.), enfeitar, embelezar: **parole non ci appulcro** (Dante).
Appúlso, s. m. impulso, encostamento / (astr.) apulso, passagem da lua junto de uma planeta ou de uma estrela.
Appuntàbile, adj. imputável de culpa ou defeito; censurável.
Appuntamênto, s. m. entrevista, encontro marcado / colóquio / (ant.) pacto, acordo, convenção.
Appuntàre, v. tr. apontar, fazer a ponta a / aguçar / indicar, marcar, mencionar, mostrar com o dedo / prender com alfinetes ou agulhas / aplicar atentamente o ouvido, os olhos / censurar, acusar de culpa ou defeito: **lo appuntò di superbia**.
Appuntàta, s. f. na esgrima, o segundo golpe que se vibra ao adversário, na posição de fundo.
Appuntàto, p. p. e adj. apontado, afinado / registrado, anotado / (fig.) **uomo ———**: preciso em todas as suas coisas / (adv.) **parlare ———**: falar com afetação / s. m. (mil.) soldado escolhido; na arma dos carabineiros, o primeiro cabo.
Appuntatôre, s. m. operário assoprador nas fábricas de objetos de vidro.
Appuntatúra, s. f. ação e efeito de apontar; ponta; apontamento / multa / censura.
Appuntellàre, v. tr. escorar, especar, segurar com escora; (fig.) sustentar, manter: **i cannoni appuntellano i governi dei tiranni**.
Appuntellàta, s. f. ato ou efeito de escorar; escoramento.
Appuntellatùra, s. f. escoramento.
Appuntínuo, s. m. (dim. de **appunto**) anotação ligeira / (adv.) pòntualmente, exatamente, com precisão.
Appuntíssimo, adv. exatissimamente, com inteira precisão.
Appúnto, s. m. apontamento, nota, esboço / censura, crítica, acusação / (adv.) exatamente, precisamente, sem dúvida, justamente; è ——— **così che lo volevo**: é justamente assim que o queria.
Appuntonàre, v. tr. (arqueol.) escorar com espeque.
Appuràre, v. apurar, esclarecer, verificar, averiguar / (jur.) ——— **un patrimonio**: liberar um patrimônio das dívidas.
Apputire, (ant.), v. tornar fedorento.
Appuzzàre, v. empestar com mau cheiro; encher de fedor.
Apricàre (ant.), v. ficar em lugar aprico.
Aprìco, adj. (lit.) aprico, exposto ao sol, ao ar, soalheiro / (pl.) **aprichi**.
Aprilànte, adj. (fem.) aprilino, abrilino, relativo ao mês de abril.
Aprìle, s. m. abril / (fig.) **nell'aprile degli anni**: na flor da idade.
A priori, loc. adv. lat. "a priori", segundo um princípio anterior aceito como hipótese.
Apriorísmo, s. m. (filos.) apriorismo.
Apriorístico, adj. apriorístico.
Aprìre, v. abrir / dar passagem, desatar / dilatar, alargar, estender: **aprir le braccia** / começar, dar início a / descobrir, manifestar; **gli apersi il mio cuore** / **aprir la luce**: acender a luz elétrica por meio do interruptor / partir-se, fender-se, rachar-se / **aprirsi con alcuno**: confiar um segredo a alguém.
A prônti, (neol.) loc. da gíria comercial, para indicar que o pagamento deve ser feito no ato da entrega da mercadoria.
Aptero, adj. e s. m. áptero, que não tem asas / s. m. (arq.) aptério, templo desprovido de colunas nos lados.
Apuàno, adj. e s. m. da antiga Ápua, hoje Pontremoli, da região entre as bacias dos rios Magra e Serchio (Toscana).
Àpulo, adj. e s. m. (do lat. **Apúlia**) de Apúlia (ital. **Púglia**) região do Sul da Itália; apuliense.
Aquàrio, s. m. aquário, um dos signos do Zodíaco / aquário: reservatório artificial contendo água, onde vivem animais.
Aquàtico, adj. aquático.
Àquila, s. f. águia (ave) / insígnia da legião romana / nome duma constelação / (fig.) pessoa de grande talento.
Aquilàstro, s. m. falcão pescador ou águia pescadora.
Aquilègia, s. f. aquilégia (planta ornamental).
Aquilífero, s. m. porta-estandarte da legião romana.
Aquilino, adj. aquilino / majestoso / adunco (nariz, perfil) / (s. m.) filhote de águia.
Aquilòtto, s. m. filhote de águia / aguiazinha.
Aquimanàle, s. m. vaso com água, dos antigos, com o qual se jogava água nas mãos antes das refeições.
Àra, s. f. ara, pequeno altar dos pagãos / (lit.) altar (dos cristãos) / halo / (zool.) ará, arara (ave).
Àra, s. f. (lat. **àrea**) are, unidade de medida agrária.
Arabescàre, v. tr. arabescar, enfeitar com arabescos; traçar em forma de arabesco.
Arabêsco, adj. arabesco, que é ao modo dos árabes / (s. m.) arabesco, ornato à moda dos árabes.
Aràbico, adj. arábico / (fig.) estranho, bizarro.
Aràbile, adj. (agr.) arável, que pode ser arado.
Arabista, s. f. arabista.
Àrabo, adj. e s. m. arábico, árabe.
Aràchide, s. f. aráquida, planta do amendoim / amendoim.
Aràcnidi, s. m. (pl.) aracnídeos (classe de invertebrados).
Aracnòide, s. f. (anat.) aracnóide.
Aràgna, (ant.) v. ragno.
Aragnàre (ant.), engalfinhar-se.
Aragôsta, s. f. lagosta, crustáceo marinho.
Aràldica, s. f. heráldica.
Aràldico, adj. heráldico.
Aràldo, s. m. arauto / (fig.) mensageiro, correio.

Aràldico, adj. heràldico.
Aramàico, adj. aramaico; (s. m.) grupo de línguas faladas antigamente na Síria e Mesopotâmia / (pl.) **aramaici.**
Aramatizzàre (ant.), v. excomungar, anatematizar.
Aramênto, (ou **aratúra,** forma esta mais comum) s. m. aradura, ação de arar, de lavrar.
Arancêto, s. m. terreno plantado de laranjas; laranjal.
Arància, s. f. laranja / (pl.) **arànce.**
Aranciàio, s. m. laranjeiro, vendedor de laranjas / (pl.) **aranciài.**
Aranciàta, s. f. laranjada, refresco de laranja.
Aranciàto, adj. e s. m. alaranjado.
Aranciêra, s. f. lugar onde se conservam as plantas de laranja durante o inverno.
Arancíno, s. m. (dim.) laranjinha / árvore de laranja, que dá frutos pequenos / (adj.) de laranja, que tem sabor de laranja.
Aràncio, s. m. laranja; laranjeira.
Aranciône, adj. e s. m. alaranjado, da cor da laranja.
Aràre, v. tr. arar, lavrar a terra / (fig.) **arare diritto:** proceder com juízo / sulcar o mar. navegar.
Arativo, adj. arável, cultivável.
Aratôre, adj. e s. m. arador.
Aratòrio, (adj.) aratório, que serve para arar.
Aratríce, adj. e s. f. aradora / máquina para arar.
Aràtro, s. m. arado.
Aratúra, s. f. ação de arar, aradura.
Araucària, s. f. (bot.) araucária.
Arazzería, s. f. tapeçaria; quantidade de tapetes ou alcatifas / arte da tapeçaria.
Arazzière, s. m. tapeceiro, alcatifeiro, fabricante de tapetes, de alcatifas.
Aràzzo, (da cid. franc. **Arras**), s. m. tapiz, tapete antigo para ornamentar paredes ou salas.
Arbitràggio, s. m. arbitragem / juízo, decisão arbitral; arbitramento.
Arbitràle, adj. arbitral.
Arbitràre, v. arbitrar / julgar.
Arbitrariamênte, adv. arbitrariamente, abusivamente.
Arbitràrio, adj. arbitrário / abusivo, irregular, despótico, caprichoso.
Arbitràto, s. m. arbitragem, arbitramento / (hist.) magistrado que reformava as leis das Comunas.
Arbítrio, s. m. arbítrio; vontade, escolha / decisão arbitrária.
Àrbitro, s. m. árbitro, arbitrador.
Àrbo, (ant.), adj. acerbo; altivo.
Arboràto, adj. arborizado; lugar plantado com árvores.
Àrbore (ant.), s. m. árvore.
Arbòreo, adj. arbóreo.
Arborescènte, adj. arborescente.
Arborescènza, s. f. arborescência.
Arborizzàto, adj. arborizado / (miner.) diz-se de pedra, etc. que tem veias à guisa de ramo de árvore.
Arboscèllo, s. m. árvore pequena: arbusto; arvorezinha.
Arbústo, s. m. arbusto.
Àrca, s. f. arca; caixa grande de tampa plana; cofre / sarcófago.

Arcàccia, s. f. (mar.) esqueleto da popa no navio.
Àrcade, s. m. árcade, sócio da Arcádia.
Àrcades ambo, loc. latina usada freqüentemente para indicar que duas pessoas mais ou menos se equivalem.
Arcàdia, s. f. arcádia; (fig.) lugar onde se tratam coisas frívolas.
Arcadicamênte, adv. arcadicamente.
Arcàdico, adj. arcádico.
Arcadôre (ant.), s. m. atirador de flecha, archeiro, seteiro / (fig.) enganador, embusteiro.
Arcadicamênte, adv. arcadicamente.
Arcaicità, s. f. arcaicidade / antiguidade.
Arcàico, adj. arcaico, antigo, antiquado; velho, rançoso.
Arcaísmo, s. m. arcaísmo.
Arcàle, s. m. sobrearco de porta / (arquit.) abóbada em forma de arco.
Arcalíffo, s. m. califa, grande califa; chefe da religião muçulmana.
Arcàme (ant.), s. m. esqueleto, ossada.
Arcanamênte, adv. ocultamente, misteriosamente, arcanamente.
Arcàngelo, s. m. arcanjo, anjo de ordem superior.
Arcàno, adj. arcano, misterioso, secreto, oculto / (s. m.) arcano, segredo profundo, mistério.
Arcàre (ant.), v. arcar, arquear em forma de arco / dardejar, arremessar dardos / enganar, ludibriar.
Arcarêccio, s. m. (arq.) trave que sustenta parte da cobertura de um edifício.
Arcàrio, s. m. guarda de um tesouro.
Arcàro (ant.), s. m. fabricante de arcas.
Arcàta, s. f. arcada, abertura, abóbada em forma de arco; série de arcos / (mús.) passagem do arco sobre as cordas do instrumento.
Arcatèlle, s. f. (pl.) arcozinhos pênseis, motivo decorativo usado nos estilos medievais.
Arcàvolo, s. m. trisavô / (fig.) antepassado.
Àrce, s. f. roca, torre, de cidade / (fig.) lugar excelso; vértice, sumidade.
Arcèlla, s. f. a caixa do fole, onde entra o ar.
Archeggiamênto, archêggio, s. m. ação de arquear / ação de passar com o arco sobre as cordas do instrumento.
Archeggiàre, v. tr. e intr. curvar em forma de arco; arquear / (mús.) percorrer com o arco as cordas do instrumento.
Archeggiàto, p. p. e adj. arqueado.
Archeología, s. f. arqueologia.
Archeologicamênte, adv. arqueologicamente.
Archeològico, adj. arqueológico.
Archètipo, s. m. arquêtipo; tipo primordial; modelo; exemplar; protótipo.
Archètto, s. m. (dim.) arcozinho, arco pequeno / armadilha para apanhar pássaros / lima arqueada / pequeno arco para tocar instrumentos de corda; arquete.
Archiacúto, adj. (arquit.) que tem os arcos agudos; gótico, ogival.
Archiàtro, s. m. (do greg.) arquiatro, o primeiro médico; o médico do monarca.

Archibugiàta, s. f. arcabuzada, tiro de arcabuz.
Archibugière, s. m. (hist.) (mil.) arcabuzeiro.
Archibúgio, s. m. arcabuz, espingarda antiga de cano curto e largo.
Archibusièra, s. f. fresta, abertura dos merlões, por onde se enfia o arcabuz para poder atirar.
Archiepiscopàle, adj. arquiepiscopal, arcebispal.
Archiginnàsio, s. m. ginásio ou Universidade principal.
Archilòchio, adj. e s. m. arquilóquio, arquiloquiano (de Arquíloco, poeta satírico grego).
Archimagía, s. f. arquimagia, alquimia.
Archimandrita, s. f. arquimandrita.
Archímia (ant.), s. f. alquimia.
Archiorgàno, s. m. órgão grande inventado por Nicola Vicentino.
Archipèndolo, s. m. prumo.
Archipenzolàre, v. tr. prumar, lançar o prumo para nivelar.
Archipènzolo, s. m. prumo, instrumento para determinar a direção vertical.
Architettamènto, s. m. arquitetação, ato de arquitetar; contextura.
Architettàre, v. tr. arquitetar; idear; projetar / (fig.) maquinar, urdir enganos, etc.
Arquitêtto, s. m. arquiteto / (neol.) engenheiro.
Architettonicamènte, adv. arquitetonicamente.
Architettônico, adj. arquitetônico.
Architettôre, adj. e s. m. arquitetor, arquiteto / (fig.) maquinador, enredador, conspirador: ——————— d'intrighe, di congiure.
Architettúra, s. f. arquitetura.
Architravàta, s. f. arquitravada; disposição das arquitraves.
Architravàto, p. p. e adj. arquitravado, que tem arquitraves.
Architravatúra, s. f. arquitravada, disposição das arquitraves sobre colunas dispostas em fila.
Architràve, s. m. arquitrave / cimalha.
Architriclíno, s. m. arquitriclino; mordomo, despenseiro.
Archiviàre, v. tr. arquivar.
Archívio, s. m. arquivo / coleção; repositório / registro.
Archivísta, s. m. arquivista.
Archivòlto, s. m. arquivolta, contorno que acompanha o arco / arcada.
Arci, prefixo, (greg. arkhe) arqui.
Arcibeàto, adj. (sup. de beato) muitíssimo feliz, felicíssimo.
Arcibestiàle, adj. mais que bestial; ultrabestial.
Arciconfratèrnita. s. f. arquiconfraria.
Arciconsolàto, s. m. dignidade e grau de arquicônsul.
Arcicònsolo, s. m. título que recebe o que ocupa o cargo de presidente da Academia Italiana chamada "della Crusca".
Arcicontènto, adj. contentíssimo, alegríssimo.
Arcidiaconàto, s. m. (ecles.) arquidiaconato.
Arcidiàcono, s. m. arquidiácono, arcediago.
Arcidiàvolo, s. m. chefe dos diabos.

Arcidiòcesi, s. m. arquidiocese.
Arcidúca, s. m. arquiduque.
Arciducàle, adj. arquiducal.
Arciducàto, s. m. arquiducado.
Arciduchèssa, s. f. arquiduquesa.
Arcière, s. m. arqueiro, o que atira com arco.
Arciànfano, s. m. fanfarrão, mentiroso, bazofiador.
Arcignamènte, adv. cenhosamente, carrancudamente; severamente, rudemente.
Arcígno, adj. áspero, severo, rude, irado.
Arcíle, s. m. caixa em forma de arca, para se por a farinha.
Arciliùto, s. m. (mús.) cítara grande
Arcilunàtico, adj. ultralunático.
Arcionàto, adj. que tem arções (na sela).
Arcióne, s. m. arção, parte de sela; sela / parte recurva do berço que serve para dar-lhe o movimento ondulatório.
Arcipèlago, s. m. arquipélago / (pl.) arcipèlaghi.
Arciprèsso, (ant.) s. m. cipreste.
Arciprète, s. m. arcipreste.
Arcipretúra, s. f. arciprestado.
Arcispedàle, s. m. hospital maior, principal.
Arcivescovàdo, s. m. habitação do arcebispo, arcebispado.
Arcivescovàto, s. m. arcebispado, arquiepiscopado.
Arcivescovíle, adj. arcebispal, arquiepiscopal.
Arcivêscovo, s. m. arcebispo.
Arco, s. m. arco / (pl.) archi.
Arcobalèno, s. m. arco-íris, arco-da-velha, arco celeste.
Arcolàio, s. m. dobadoura.
Arcônte, s. m. arconte / (hist.) supremo magistrado de república em Atenas.
Àrcora (ant.), s. f. arco.
Arcoreggiàre, v. eructar.
Arcosôlio, s. m. nicho nas catacumbas, para sarcófagos.
Arcuàre, v. arquear, dobrar em forma de arco.
Arcuàto, p. p. e adj. arqueado, dobrado, curvado em forma de arco.
Arçúccio, s. m. (dim.) arco pequeno / arquinho, arquilho.
Ardèa (ant.), s. f. árdea (ave).
Ardeatíno, adj. e s. m. de Árdea, antiquíssima cidade do Lácio.
Ardènte, p. pr. e adj. ardente, afogueado / impetuoso, fogoso, impaciente, desejoso / apaixonado / expressivo, febril / veemente.
Ardentemènte, adv. ardentemente, impetuosamente.
Ardènza, s. f. ardência, ardor, calor excessivo / desejo intenso, entusiasmo, vivacidade / desejo intenso e momentâneo.
Àrdere, v. tr. arder, queimar, abrasar / inflamar, desejar / secar, esturrar.
Ardèsia, s. f. ardósia.
Ardigliône, s. m. cravete, ferro pontiagudo da fivela.
Ardimènto, s. m. ardimento, intrepidez, audácia, temeridade / presunção.
Ardimentosamènte, adj. intrepidamente, corajosamente.
Ardimentóso, adj. denodado, valoroso, ousado, intrépido.

Ardíre, s. m. ardimento, audácia, afoiteza, arrojo, ousadia, valor / **ardire,** v. atrever-se, arrojar-se, ousar, arriscar-se, animar-se.
Arditamênte, adv. bravamente, ousadamente, intrepidamente, afoitamente, com denodo / descaradamente, imprudentemente.
Arditànza (ant.), s. f. ardimento, audácia.
Arditêzza, s. f. ardimento, audácia, ousadia, denodo, arrojo, valor.
Ardôre, s. m. ardor, calor / afeto intenso, vigor / força, ímpeto, veemência, intensidade.
Arduamênte, adv. arduamente; com dificuldade.
Arduità, s. f. (raro) arduidade (des.); qualidade do que é difícil, trabalhoso.
Arduo, adj. árduo, íngreme. alcantilado, escarpado / espinhoso, difícil, trabalhoso, custoso.
Àrea, s. f. área, superfície plana limitada, extensão indefinida, espaço; recinto / região.
Areàto, adj. arejado, ventilado.
Arèca, s. f. areca, árvore da espécie das palmeiras; arequeira.
Areligiôso, adj. não-religioso.
Arèlla, s. f. caniço palustre empregado nas construções rurais mais simples.
Arem, s. m. (turco harem) harém.
Arèmme, s. m. harém.
Arèna, s. f. areia / arena, espaço do anfiteatro romano onde combatiam gladiadores; anfiteatro, teatro de tipo popular.
Arenàceo, adj. arenáceo.
Arenàio, s. m. areal, arenal, terreno de onde se extrai areia.
Arenamênto, s. m. encalhação, encalhe.
Arenàre e arrenàre, v. intr. encalhar (mar.) / encontrar obstáculos, parar.
Arenària, s. f. e adj. pedra composta em grande parte de areia; arenito.
Arenàrio, adj. arenário. relativo a areia / (s. m.) lutador, gladiador das antigas arenas.
Arenazióne, s. f. (med.) areação, ato de cobrir com areia quente e seca uma parte ou a totalidade do corpo de um doente.
Arengàrio, s. m. balaustrada, púlpito de onde se arengava ao povo.
Arèngo, s. m. assembléia popular das Comunas italianas na Idade Média.
Arenile, s. m. areal.
Arenosità, s. f. arenosidade.
Arenôso, adj. arenoso, areento.
Arènte (ant.), adj. árido, seco.
Arèola, s. f. pequena área (raro) / canteiro, área de terreno ajardinado.
Aerolíto, s. m. aerólito.
Areòmetro, o mesmo que **aerometro,** s. m. aerômetro.
Areonàuta ou aeronàuta, s. f. aeronauta.
Areopagíta, s. f. areopagita / (pl.) areopagíti.
Areoplàno, v. aeroplano.
Arcòstato, v. aerostato.
Areòstilo, s. m. (arq.) areóstilo.
Areotectònica, adj. e s. f. areotectônica, arte arquitetônica militar.
Aretína, s. f. espécie de dança; a música dessa dança.

Aretíno, adj. aretino (de Arezzo, cidade da Toscana).
Arfasàtto, s. m. homem mesquinho e trivial; intrujão, impostor.
Arganèlla, s. f. rede de pescar, em forma de malha.
Arganèllo, s. m. bolinete, torniquete.
Àrgano, s. m. argana (ant.); cabrestante, (dim.) arganèllo, arganêtto.
Argànte, s. m. porta-lume móvel para projeções no palco / mesa onde estão os objetos de uso dos atores quando estão representando.
Argentàna, s. f. (neol.) argentão.
Argentàre, v. tr. argentar, dar cor de prata; cobrir com prata.
Argentària, s. f. argentina, gênero de planta da família das rosáceas.
Argentàrio, adj. e s. m. que tem a qualidade da prata / que contém prata / argentário.
Argentàto; p. p. e adj. argentado, guarnecido de prata; da cor da prata.
Argentatôre, s. m. argentador, prateador.
Argentatúra, s. f. prateação.
Argènteo, adj. argênteo, que é de prata ou semelhante à prata.
Argentería, s. f. argentaria, quantidade de objetos de prata, prataria.
Argentièra, s. f. mina de prata.
Argentière, s. m. artista que trabalha a prata; aquele que vende objetos de prata.
Argentífero, adj. argentífero, que contém prata.
Argentína, s. f. argentina, variedade de pedra calcária.
Argentíno, adj. argênteo, argentino / (s. m.) argentino, homem natural da Argentina.
Argènto, s. m. argento, prata.
Argentône, s. m. argentão, liga metálica de cobre, estanho e níquel.
Argílla, s. f. argila; por ext. qualquer terra ou barro / (fig.) o corpo humano.
Argillàceo, adj. argiláceo, da natureza da argila.
Argillôso, adj. argiloso, que contém argila.
Arginàle, (raro) s. m. dique, reparo prolongado / (adj.) que serve de reparo, de barreira.
Arginamênto, s. m. **arginatúra, arginazióne,** s. f. ação de conter as águas por meio de diques; construção de diques; barragem, reparo, aterro / conjunto de diques.
Arginàre, v. tr. construir um dique / conter as águas por meio de diques (fig.) por um freio, conter por meio de obstáculos.
Àrgine, s. m. dique, barragem, reparo, terraplenagem / impedimento, obstáculo / (dim.) **arginèllo, arginêtto, arginíno, arginúccio,** (aum.) **argióne.**
Argíre (ant.), v. retornar, voltar.
Argiropèa, s. f. argiropéia, arte (hipotética) de fazer prata / alquimia.
Argívo, adj. e s. m. argivo, de Argo; grego.
Argo, s. m. (mitol.) Argos.
Argomentàre, v. argumentar / deduzir, explicar.
Argomentatívo, adj. argumentativo.

Argomentatôre, adj. e s. m. argumentador.
Argomentazlône, s. f. argumentação / raciocínio, demonstração, dedução, dissertação.
Argomênto, s. m. argumento / motivo, intenção, assunto, prova, sumário, dilema.
Àrgon, e **árgo**, s. m. (quím.) argônio, argon, gás incolor e inodoro.
Argonàuta, s. f. argonauta.
Arguíre, v. tr. arguir, deduzir, argumentar, inferir.
Argutamênte, adv. argutamente, sagazmente.
Argutêzza, s. f. argúcia, sagacidade.
Argúto, adj. arguto, sutil, sagaz, pronto, vivo.
Argúzia, s. f. argúcia; vivacidade, sutileza, agudeza, perspicácia.
Aria, s. f. ar (líquida atmosférica) / ——— **aperta** / **mandare all'aria**: desarrumar, destruir; **colpo d'aria**: corrente de ar / **campar d'aria**: comer pouco, estar na miséria / aspecto, semblante / (pint.) expressão do rosto / (mús.) ária, canção, estrofe, melodia / (dim.) **ariêtta, ariettína**: (deprec.) **ariáccia**, ——— ar malsão.
Arianêsimo e **arianísmo**, s. m. arianismo.
Ariàno, s. m. e adj. ariano, membro da seita do heresiarca Ário / que se refere aos árias.
Aridamênte, adv. aridamente.
Aridità, s. f. aridez, arideza / secura.
Àrido, adj. árido, seco, estéril / (fig.) que cansa, que não tem substância: **libro** ——— / (dim.) **aridêtto, aridúccio**.
Aridôre (ant.), aridura (des.); aridez.
Arieggiàre, v. tr. arejar, renovar o ar, ventilar / (intr.) semelhar, querer semelhar: **questo scrittore arieggia a D'Annunzio**.
Ariênto (ant.), s. m. argento, prata.
Ariête e **ariete**, s. m. carneiro / (astr.) constelação do zodíaco, áries / (hist.) aríete, máquina de guerra usada antigamente.
Ariêtta, s. f. (dim.) arzinho / (mús.) ária curta, arieta, modinha, canção.
Aríllo, s. m. (bot., lat. "arillus") arilo
Arimànno, s. m. (hist.) entre os antigos povos germânicos, guerreiro acantonado em guarnição estável (do longobardo "hariman").
Arínga, s. f. arenque, peixe de mar.
Àrii, s. m. pl. árias, ários, povos primitivos que iniciaram a civilização indo-européia.
Ariôso, adj. arejado, ventilado / (mús.) arioso.
Ariostêsco, adj. digno de fantasia de Ariosto; fantástico, maravilhoso.
Arista, s. f. lombo de porco.
Arista, s. f. (bot.) aresta, filete seco que nasce nas palhetas florais das gramíneas.
Aristàrco, s. m. aristarco, crítico severo e mordaz / (pl.) **aristárchi**.
Aristòcrate, s. m. aristocrata, nobre.
Aristocraticamênte, adv. aristocraticamente.
Aristocràtico, adj. aristocrático / (pl.) **aristocratici**.
Aristocrazía, s. f. aristocracia.

Aristofanêsco, adj. aristofanesco, aristofânico, aristofaniano.
Aristòlo, s. m. aristol, medicamento iodado.
Àriston, s. m. ariston, instrumento de manivela, semelhante ao realejo.
Aristotèlico, adj. aristotélico / (pl.) **aristotèlici**.
Aritenòide, adj. (ant.) aritenóide.
Aritmètica, s. f. aritmética.
Aritmeticamênte, adv. aritmeticamente.
Aritmètico, adj. aritmético / (pl.) **aritmétici**.
Aritmía, s. f. arritmia.
Aritmíco, adj., arrítmico.
Arlecchinàta, s. f. arlequinada.
Arlecchinêsco, adj. arlequinesco / (pl.) **arlecchinêschi**.
Arlecchíno, s. m. arlequim, máscara do teatro popular italiano; tipo de criado simples, porém arguto e malicioso / (fig.) homem sem dignidade, bufão, fanfarrão.
Arlòtto, s. m. arlotão (ant.), pessoa relaxada no vestir, negligente, vadio / comilão.
Arma, s. f. arma; corpo militar, corpo do exército: **l'arma di cavalleria** / (pl.) **armi**. **Armacollo**, usado na loc. adv. **ad** ———, a tiracolo, em bandoleira (usa-se com os verbos **portare, tenere**).
Armàdio, s. m. armário / (dim.) **armadíno, armadiêtto, armadiuólo** / (pl.) **armàdi**.
Armaiuòlo, s. m. armeiro, aquele que fabrica ou vende armas.
Armamentàrio, s. m. conjunto de armas, arsenal de armamentos / armamentário, intrumental cirúrgico do médico.
Armamênto, s. m. armamento / (mar.) armamento, equipamento dum navio / aparatos, apetrechos.
Armàre, v. tr. e pr. armar, prover ou munir de armas / armar, aparelhar, equipar (um navio, etc.), guarnecer, munir de algum acessório / erguer o cão da arma de fogo para estar pronto a disparar / preparar, apetrechar, fortificar / (hist.) ——— **cavaliere**: dar a investidura de cavaleiro.
Armàrio, s. m. (raro) armário.
Armàta, s. f. armada, esquadra, frota / exército / reunião de dois ou mais corpos de um exército.
Armàto, p. p. e adj. armado, que se muniu de arma / provido, munido, preparado / (s. m. pl.) **gli armati**: a gente armada.
Armatôre, s. m. armador, dono de navios mercantes.
Armatúra, s. m. armadura / ossatura de uma máquina ou de edifício em construção.
Arme, s. f. arma, qualquer instrumento de defesa ou de ataque / (pl.) **àrmi** /**all' armi**: às armas / **fatto d'arme**: combate; **stáre sotto le armi**: prestar serviço militar / **armas**: emblema de uma cidade / **armas**: brasão de família.

Armeggiamênto, s. m. torneio, justa, assalto de armas / manejo, artimanha, maquinação.
Armeggiàre, v. intr. manejar armas, justar, entrar em torneio / (fig.) maquinar, manejar; azafamar-se, atrapalhar-se.
Armeggiatôre, s. m. manejador.
Arméggio, s. m. manejo continuado de armas / (fig.) confusão, manejo / movimento intricado de máquinas, engenhos, etc. / (pl.)**armegii**.
Armeggiône, s. m. (fem. **armeggiôna**) que maneja muito; especialmente no fig. trapalhão, embrulhão, maquinador.
Armellíno (ant.), s. m. armelino, arminho asiático; armelina, pele de arminho.
Armèno, adj. e s. m. armênio, natural ou habitante de Armênia.
Armentàrio, adj. armentário, que pertence ao armento / (s. m.) armentário, pastor.
Armènto, s. m. armento, armentio, rebanho.
Armería, s. f. armaria, depósito de armas / coleção de armas.
Armière, s. m. armeiro, fabricante de armas / (mil.) soldado especializado, encarregado da custódia de armas.
Armièro (ant.), s. m. escudeiro / soldado, militar.
Armígero, adj. armífero que traz armas; armígero / (s. m.) guerreiro, militar, soldado, escudeiro.
Armílla, s. f. armela, bracelete, pulseira.
Armillàre, adj. armilar, em forma de armila / (astr.) esfera armilar, instrumento formado por armilas que representam círculos da esfera celeste.
Armillàto, adj. armilado, cingido, ornado de armilas.
Armistízio, s. m. armistício, (pl.) **armistízi**.
Armonía, s. f. harmonia, consonância, música de vozes, de instrumentos / justa proporção, simetria / harmonia, união, concórdia.
Armònica, s. f. harmônica, instrumento musical / (fís.) o complexo dos sons secundários que um corpo, vibrando, produz além do som principal.
Armonicaménte, adv. harmonicamente, harmoniosamente.
Armònico, adj. harmônico, que tem ou produz harmonia / (pl.) **armónici**.
Armònio, s. m. harmônio, harmonium, instrumento musical.
Armoniosaménte, adv. harmoniosamente.
Armoniôso, adj. harmonioso / (dim.) **Armanosiètto**.
Armònium, (do fr.) s. m. harmônio, harmonium.
Armonizzàre, v. tr. e intr. harmonizar / (fig.) pôr de acordo.
Arnesàrio, s. m. (raro) maquinista teatral / (ant.) aquele que num teatro decorava as cenas.
Arnêse, s. m. nome genérico de objetos diversos, hábitos, utensílios, instrumentos, ferramentas; (fig.) "cattivo ———, sujeito ruim; (dim.) **arnesíno, arnesètto, arnesúccio** / (ant.) **arnês,** antiga armadura completa; instrumento de guerra; forte.

Arnia, s. f. colmeia.
Arniàio, s. m. colmeal.
Arnica, s. f. arnica, planta herbácea, da família das compostas, que tem aplicação em medicina, em farmácia.
Arniône, s. m. cada um dos rins dos animais de corte.
Aro, s. m. arão, jarro (planta).
Aròla e aruòla, s. f. (dim.) canteiro (área pequena de terra).
Aròma, s. m. aroma / (pl. **aromi**).
Aromatàrio, s. m. o que vende perfumes.
Aromático, adj. aromático.
Aromatizzàre, v. tr. aromatizar, perfumar.
Arpa, s. f. harpa.
Arpagône, s. m. (arqueol.) fisga para agarrar as naus inimigas (de Harpagón, protagonista de L'avare, (de Molière), avarento, usurário.
Arpeggimênto, s. m. v. **arpeggio**.
Arpeggiare, v. intr. harpejar; tocar a harpa.
Arpeggiatôre, adj. e s. m. harpista.
Arpêggio, s. m. harpejo.
Arpese, s. m. (arq.) cantoeira.
Arpia, s. f. harpia, ave fabulosa com cara de donzela; pessoa faminta e feia.
Arpiône, s. m. arpéu; gonzo, gancho; (dim.) **arpioncino**.
Arpista, s. m. (mús.) harpista.
Arra, s. f. arras, penhor; sinal antecipado de pagamento.
Arrabattàrsi, v. pr. azafamar-se, atarefar-se.
Arrabbiamênto, s. m. raiva, cólera, ira, enfado.
Arrabbiàre, v. intr. e pr. enraivar, enfadar-se, encolerizar-se.
Arrabbiamênto, s. m. cólera, enfado, ira.
Arrabbiatíccio, adj. diz-se de terreno lavrado fora de tempo e com água insuficiente; grano ———, trigo malogrado.
Arrabbiàto, p. p. e adj. enraivecido; enraivado, enfurecido, encolerizado / (loc. adv.) all' arrabbiata, com muita pressa, de ímpeto, de qualquer jeito, sem ordem ou lógica: studiare all' arrabbiata.
Arrabbiatúra, s. f. enraivecimento, ira.
Arraffàre, v. tr. agarrar, pegar, aferrar com violência; arrancar, extorquir.
Arramacciàre, v. fazer de qualquer jeito, fazer com pressa, atamancar.
Arramaccio, s. m. atamancamento, confusão.
Arrampicàre, v. trepar, grimpar, subir / (fig.) **arrampicarsi sugli specchi,** procurar defender uma razão não justa.
Arrampicàta, s. f. subida / rampa, declive, ladeira (dim.) **arrampicatína**.
Arrampicatôre, s. m. (f. **arrampicatríce**) trepador, aquele que trepa; alpinista de montanhas escarpadas.
Arrancàre, v. intr. coxear, claudicar, o andar apressado dos coxos / afadigar-se para caminhar, azafamar-se / (mar.) remar vigorosamente / na linguagem da manobra naval, ir para a frente.

Arrancàta, s. f. arrancada, golpe galhardo de remos.
Arrandellàre, v. arrojar, arremessar, atirar longe / (fig.) jogar fora, vender por baixo preço / golpear, atirando um cacete / (ant.) arrochar, amarrar-se, apertar, etc.
Arrangiàre, (do fr. s'arranger) v. (neol.) arranjar, acomodar, ajustar, arrumar / (refl.) arranjar-se, etc.
Arrangolàre, v. pr. afanar-se, azafamar-se, cansar-se.
Arrapinàre, v. pr. azafamar-se muito ao fazer uma coisa / atribular-se, apoquentar-se.
Arrapàre, v. aferrar, agarrar; roubar, tolher com violência e avidez.
Arrappatôre, adj. e s. m. que aferra, que agarra, que arrebata; rapinador.
Arrecàre, v. tr. trazer, aportar / causar, produzir, ocasionar: la notizia gli arrecó una grande gioia: a notícia causou-lhe uma grande alegria.
Arredamênto, s. m. aprestamento, mobilação, guarnecimento.
Arredàre, v. equipar, prover, fornecer / mobilar, alfaiar, adornar, aparelhar, aprestar.
Arrèdo, s. m. alfaia, mobília, ornato, paramento.
Arreggidôre, s. m. capataz.
Arrembàggio, s. m. abordagem, abalroamento; ação de assaltar um navio inimigo após ter feito a abordagem / (pl.) **arrembàggi**.
Arrembàre, v. abordar, abalroar / arrastar-se, cambar, cambalear (o cavalo).
Arrembàto, p. p. e adj. abordado, abalroado / cansado, esgotado, exausto / cambaio, (animal); (fig.) que está em precário estado econômico.
Arrembatúra, s. f. coxeadura, manquejo.
Arrémbo, s. m. abordagem.
Arrenamênto, s. m. encalhe, encalhação (navio) / (fig.) estagnação, paralisação.
Arrenàre, v. intr. e pr. encalhar, dar em seco, dar na areia (navio) / (fig.) parar, suspender, encontrar obstáculos; estagnar, paralisar.
Arrèndere, v. entregar-se, render-se / (fig.) ceder, dar-se por derrotado / dobrar-se, ceder aos efeitos de uma causa física.
Arrendêvole, adj. dobrável, maleável, fácil de ser vencido / tratável, condenscendente, elástico, dócil.
Arrendevollêzza, s. f. condescendência, brandura, docilidade, maleabilidade.
Arrêso, p. p. rendido; (fig.) vencido, submisso.
Arrestàre, v. deter, sustar, fazer parar, impedir / capturar, prender, encarcerar.
Arrestàto, p. p. e adj. e s. m. sustado, detido, impedido / preso, detento.
Arrestatôio, s. m. (mar.) engenho movido à alavanca que impede por certo tempo o movimento da âncora.
Arrèsto, s. m. captura, prisão / detenção, punição militar / parada, interrupção, suspensão, cessação, trégua / golpe de esgrima.
Arretàre, v. enredar, prender na rede.

Arretràre, v. recuar, arredar; afastar, desviar, voltar para trás, retroceder.
Arretràto, p. p. e adj. atrasado (espec. no que respeita a grau de civilização); arredado, recuado, retraído, atrasado; não pago, não terminado (pagamento, trabalho, etc.).
Arri, interj. arre! voz onomatopaica para excitar as bestas.
Arricchimênto, s. m. enriquecimento.
Arricchíre, v. intr. e refl. enriquecer.
Arricciabúrro, s. m. utensílio de cozinha para reduzir a manteiga em fios, ou símil.
Arricciamênto, s. m. encrespamento, encrespadura, eriçamento / (técn.) a segunda mão de reboco que se dá a uma parede, para formar uma crosta enrugada.
Arricciàre, v. tr. encrespar, tornar crespo; eriçar, frisar / enrolar, embrulhar em forma de rolo / emboçar (muro) / eriçar, arrepiar / ——— il naso, il muso: torcer o nariz, fazer esgares.
Arricciatúra, s. f. encrespadura, encrespamento / segunda camada de argamassa (emboço) que se dá ao muro.
Arríccio, s. m. emboço.
Arricciocolamênto, s. m. encrespadura, ação de frisar, de anelar.
Arricciolàre, v. tr. e pr. encrespar, encaracolar, anelar.
Arridàre, v. entesar, esticar as cordas que mantêm firmes os mastros de um navio.
Arrídere, v. tr. sorrir, favorecer, ser propício; favorável; la fortuna gli arride: a sorte lhe sorri.
Arriffàre, v. jogar na rifa.
Arrínga, s. f. arenga, aranzel; discurso; alocução, oração / palavrório.
Arringàre, v. tr. arengar, fazer arenga, discursar.
Arríngo, s. m. o lugar onde se arenga / lugar fechado onde se faziam justas e torneios / arena, recinto, liça.
Arripàre, v. intr. e pr. aportar, arribar; encostar-se à beira.
Arrischiàre, v. tr. e pr. arriscar, aventurar; expor; provar, ousar.
Arrischiatamênte, adv. arriscadamente, perigosamente.
Arrischiàto, p. p. e adj. arriscado, perigoso, ousado, temerário / afoito; imprudente.
Arrisicàre, (fam.) v. arriscar.
Arríva, adv. (mar.) no alto, no mastro; andare ———: subir no mastro de um navio / voz de comando aos marinheiros.
Arrivàre, v. aportar a; chegar / acontecer, suceder / conseguir, alcançar / sobrevir; mi è arrivata una cattiva notízia: chegou-me uma má notícia.
Arrivàto, p. p. e adj. chegado, aportado / alcançado, sucedido, acontecido.
Arrivísmo, (neol.) s. m. arrivismo.
Arrivísta, s. m. arrivista.
Arrívo, s. m. chegada.
Arroccamênto, s. m. (técn.) ação de enrolar o fio na roca / (mil.) linha de comunicação em sentido paralelo a um fronte estratégico / (xadrez) movimento de roque no jogo de xadrez.

Arroccàre, v. tr. rocar (xadrez) / (técn.) enrocar, por o linho na roca (mil.) proteger, defender, cobrir.
Arrocchiàre, v. fazer rolos, reduzir a rolos: enrolar, envolver, embrulhar / (fig.) fazer de qualquer jeito, atamancar, achavascar.
Arrocciàre, (neol.) v. diz-se de alpinista que, escalando cumes rochosos, fica agarrado à parede.
Arrochimênto, s. m. enrouquecimento, rouquidão.
Arrochíre, v. enrouquecer, tornar ou tornar-se rouco.
Arrogantàre (ant.), v. arrogantear, tratar com arrogância.
Arrogànte, p. pr. adj. e s. m. arrogante; altivo, soberbo, insolente; presunçoso; desaforado, imprudente / prepotente / (dim.) **arrogantèllo, arrogantúccio;** (aum.) **arrogantône, arrogantáccio.**
Arrogantemênte, adv. arrogantemente.
Arrogànza, s. f. arrogância, soberba, insolência, presunção.
Arrogàre, v. tr. e pr. (jur.) arrogar, adotar legalmente como filho / atribuir a si mesmo, apropriar-se de; pretender, tomar, usurpar.
Arrogaziône, s. f. arrogação, ação de arrogar.
Arrògere, (des.) v. ajuntar, acrescentar.
Arrolamênto, s. m. (mil.) alistamento, recrutamento, conscrição.
Arrolàre, v. tr. alistar, recrutar / assoldar, aliciar.
Arrolàto, p. p. adj. e s. m. alistado, recrutado / conscrito, recruta; novato, galucho.
Arrolatôre, adj. e s. m. alistador, recrutador; aliciador.
Arroncàre, v. tr. cortar com a foice; podar, sachar.
Arroncigliàre, v. pegar, apanhar com foice ou instrumento curvo; enganchar, enrolar, enroscar / (refl.) retorcer-se, enrolar-se, enroscar-se.
Arronzàre, v. pr. afanar-se, azafamar-se, cansar-se.
Arrossamênto, arrossimênto, s. m. rubor, vermelhidão; afogueamento, enrubescimento.
Arrossàre, v. (raro) rociar, orvalhar, borrifar / (pr.) tornar-se cor-de-rosa.
Arrossàre, v. avermelhar, pintar de vermelho / corar, enrubescer.
Arrossíre, v. enrubescer, corar por modéstia ou vergonha / avermelhar.
Arrostàre, v. intr. sacudir, abanar, agitar / (pr.) defender-se agitando-se ou movendo-se ao redor.
Arrostimênto, s. m. ato ou efeito de assar; assadura.
Arrostíre, v. assar, torrar, tostar, queimar / bronzear.
Arrostitúra, s. f. assadura, ação de assar.
Arròsto, s. m. assado, peça de carne assada / (prov.) **molto fumo e poco ———: grande aparência e pouca substância.**
Arròsto, p. p. e adj. assado, que se assou.
Arrotàbile, adj. que se pode amolar, afiar.

Arrotamênto, s. m. ato ou efeito de amolar: amoladura.
Arrotàre, v. tr. e pr. amolar, afiar, tornar cortante, aguçar / polir / gastar, consumir / investir, atropelar com a roda / **arrotar la lingua:** falar mal do próximo / (hist.) matar com o suplício da roda.
Arrotatôre, s. m. amolador.
Arrotatúra, s. m. ação e efeito de amolar; amoladura, amoladela, afiamento.
Arrotino, s. m. aquele que tem o ofício de amolador; amolador, afiador.
Arrotolàre, v. tr. enrolar.
Arrotondàre, v. dar forma redonda, arredondar / (fig.) ——— **un periodo:** tornar mais harmonioso um trecho / ——— **la somma:** arredondar a soma.
Arrovellàre, v. pr. encolerizar, enraivecer / atormentar-se.
Arroventamênto, s. m. afogueamento, abrasamento.
Arroventàre, v. afoguear, abrasar.
Arroventatúra, s. f. afogueamento, abrasamento.
Arroventíre, v. afoguear / (intr.) tornar-se incandescente.
Arrovesciamênto, s. m. viramento, virada / reviravolta, derrubamento.
Arrovesciàre, v. tr. virar, por do avesso / derrubar, lançar por terra / arregaçar.
Arrovesciatúra, s. f. viramento / derrubamento.
Arrovèscio, adv. ao contrário, às avessas.
Arrozzíre, v. enrudecer, tornar ou tornar-se rude, grosseiro.
Arrubinàre, v. tornar da cor do rubi; avermelhar, tornar vermelho / ——— **il flasco:** encher a garrafa de vinho vermelho.
Arruffamatàsse, s. m. e s. f. embrulhão, enredador, intrujão.
Arruffapòpoli, s. m. agitador, demagogo.
Arruffàre, v. tr. e pr. emaranhar / desgrenhar, despentear / desordenar / intrincar, enredar, embrulhar, complicar, embaraçar.
Arruffatamênte, adv. emaranhadamente, intricadamente, embaraçadamente, complicadamente, confusamente.
Arruffàto, p. p. e adj. emaranhado / desgrenhado / intricado / intricado, enredado, complicado, confuso.
Arruffianàre, v. tr. alcovitar / acomodar, ajeitar uma coisa para que não se descubram as mazelas e defeitos.
Arruffío, s. m. confusão, desordem.
Arruffône, s. m. intrujão, embrulhão, emaranhador.
Arrugginíre, v. enferrujar / (fig.) entorpecer / embotar (dentes).
Arrugiadàre, (raro) v. orvalhar, rociar, aspergir com orvalho.
Arruvidimênto, s. m. enrudecimento.
Arruvidíre, v. enrudecer; tornar áspero, rude, grosseiro, rústico.
Arsanà, arzanà (ant.), s. m. arsenal.
Arsèlla, (do genovês "arsela") s. f. (zool.) mexilhão, marisco.
Arsenàle, s. m. arsenal.
Arsenalòtto, s. m. operário que trabalha num arsenal.
Arsenicàle, adj. arsenical.

Arsenicàto, adj. arsenicado / arsênico.
Arsènico, s. m. arsênico.
Arsenobenzòlo, s. m. arsenobenzol.
Arsi, s. f. ársis, elevação da voz ou do tom / (mús.) ársis, parte do compasso em que se levanta a batuta.
Arsicciàre, v. tr. crestar, queimar, tostar, chamuscar.
Arsíccio, adj. queimado, tostado / crestado, seco, árido, enxuto.
Arsiône, s. f. calor excessivo; aridez; calor de febre / afogueamento, abrasamento / incêndio, combustão.
Arsíre, v. intr. crestar, secar / enxugar, definhar.
Arsíto, p. p. e adj. queimado, tostado / seco, definhado, enxuto.
Arso, adj. queimado, seco, árido.
Arsône, s. m. máquina usada nas fábricas de chapéu: (neol.) arsão.
Arsúra, s. f. ardor, sensação de calor intenso, ardência / aridez, sede, secura.
Artaníta (ant.), s. f. (bot.) artanita, pão porcino.
Artàre (ant.), v. constranger, obrigar.
Artatamènte, adv. engenhosamente, astutamente, arteiramente, enganosamente.
Arte, s. f. arte / ofício, profissão / modo, forma / habilidade, ardil, astúcia, artifício / l'arte di Michelaccio: diz-se de quem vive no ócio.
Artefàre, v. adulterar, falsificar; imitar, alterar.
Artefàtto, p. p. e adj. artefactado / feito com artifício; adulterado, falsificado / (neol.) s. m. artefato, objeto produzido pelas artes mecânicas.
Artéfice, s. m. artífice; obreiro, oficial, artista / criador, inventor.
Artemísia, s. f. (bot.) artemísia.
Artèria, s. f. artéria (vaso que conduz o sangue) / (fig.) grande via central de comunicação.
Arteríale, adj. arterial.
Arteriología, s. f. arteriologia.
Arterioscleròsi, s. f. arteriosclerose.
Arteriôso, adj. arterioso.
Arteriotomía, s. f. arteriotomia.
Artesiàno, adj. artesiano qualitativo dos poços abertos por meio de broca, como os de Artosis, na França.
Artico, adj. ártico, setentrional, boreal.
Articolàio, s. m. (pej.) escritor de artiguelhos; mau jornalista.
Articolàre, v. articular / pronunciar distintamente, acentuar bem as palavras / proferir, discursar / (adj.) articular, relativo às articulações.
Articolatamènte, adv. articuladamente, distintamente.
Articolàto, p. p. e adj. articulado; pronunciado / (gram.) diz-se da preposição na qual está incorporado o artigo.
Articolaziône, s. f. articulação.
Articolèssa, s. f. (pej.) artigo de jornal longo e enfadonho.
Articolísta, s. f. articulista, autor de artigos; jornalista.
Artícolo, s. m. artigo (gram.) / cada uma das divisões de uma escritura, de um contrato, de uma lei / l'articolo primo della Constituziône / escrito de jornal. ———— di fondo / ———— di fede: parte doutrinal de qualquer crença ou doutrina / (aum.) articolône / (dim.) articolêtto, articolino, articolúccio / (pej.) articolàccio / não é aconselhável o uso do vocábulo para designar objeto, mercadoria e semelhante.
Articulo, uso na loc. latina in ———— mortis: em ponto de morte.
Artière, s. m. artífice, obreiro, operário, artesão / (neol. milit.) soldado de uma especialidade de Engenharia Militar.
Artificiàle, adj. artificial.
Artificialmènte, adv. artificialmente; artificiosamente.
Artificiato, adj. feito com artifício.
Artificière, s. m. soldado de artilharia ou de aviação encarregado da custódia de armas inflamáveis.
Artifício, s. m. artifício.
Artificiosamènte, adv. artificiosamente.
Artificiosità, s. f. artificialidade, artificialismo.
Artificiôso, adj. artificioso / engenhoso, fingido / falso, afetado, convencional, amaneirado.
Artifiziàre, v. tr. fazer com artifício, artificiar, engendrar, falsificar, alterar.
Artifiziàto, adj. feito com artifício, com o fim de enganar.
Artifízio, s. m. artifício; expediente: combinação sagaz; imitação do natural, habilidade / fogos pirotécnicos / (mil.) nome genérico de dispositivos ou engenhos preparados com matérias inflamáveis / invenção, estratagema, astúcia, arte, malícia / preciosismo, amaneiramento, afetação.
Artifiziosità, s. artificialismo.
Artificiôso, adj. artificioso.
Artigianàto, s. m. artesanato.
Artigianêsco, s. m. relativo a artesão, artesanesco / (pl.) artigianêschi.
Artigiàno, s. m. artesano, artesão, artífice, obreiro.
Artigliàre, v. tr. agarrar violentamente com artelho; ferir com artelho / agarrar, aferrar.
Artiglière, s. m. artilheiro, soldado de artilharia.
Artiglieria, s. f. artilharia.
Artíglio, s. m. (franc. ant. "arteil") garra, unha adunca de animais de rapina / (pl.) artígli.
Artimône, s. m. artemão, vela mestra do navio.
Artiodàttili, s. m. (pl.) artiodáctilos, ordem de mamíferos ungulados.
Artísta, s. m. artista / (pl.) artísti.
Artísticamènte, adv. artisticamente.
Artístico, adj. artístico / (pl.) artistici.
Arto (ant.), s. m. angusto, estreito / setentrião.
Arto, s. m. (lat. àrtus) articulação, membro articulado, juntura / (pl.) os braços e as pernas, no corpo humano.
Artríte, s. f. (med.) artrite.
Artrítico, adj. artrítico / (pl.) artritici.
Artrodía, s. f. (anat.) artrodia.
Artrología, s. f. artrologia, estudos das articulações.
Artrópodo, s. m. (zool.) artrópode.

Arúndine, s. f. (ecles.) arundem, cana (haste) que tem na ponta três círios.
Arúnduco (ant.), s. m. gênero de réptil hoje desconhecido.
Aruspicàre, (raro), v. auspiciar.
Arúspice, s. m. arúspice, sacerdote que prognosticava o futuro pelo exame das entranhas das vítimas.
Aruspicína, s. f. aruspicina, aruspicação.
Arvàlo, s. m. sacerdote de Ceres.
Arvícola, s. m. e s. f. arvícola, mamífero roedor dos campos.
Arzàgola, arzàvola, s. f. cerceta, ave palmípede; marrequinho.
Arzènte, adj. (ant.) ardente / **acqua arzènte**: aguardente.
Arzigogolàre, v. intr. fantasiar, divagar, cavilar, sofismar.
Arzigogolería, s. f. arzigògolo, s. m. fantastiquice, invencionice / cavilação, sofismação, rodeio sutil de palavras.
Arzigogolóne, adj. e s. m. cavilador, sofisticador.
Arzíllo, adj. vivaz, vivo, ágil (diz-se geralmente de velhos quando aparentam ainda vigor) / (burl.) brioso, alegre por efeito da bebida.
Arzínga, s. f. tenaz usada pelos ferreiros e fundidores.
Asbèsto, s. m. asbesto, amianto.
Ascáride, s. m. ascáride, verme intestinal; lombriga.
Àscaro, s. m. (árabe ascar, soldado) áscari, soldado de infantaria recrutado nas antigas colônias africanas da Itália.
Ascèlla, s. f. axila.
Ascellàre, adj. axilar.
Ascendentàle, adj. ascendental, que provém dos ascendentes.
Ascendènte, p. pr. e adj. ascendente, que ascende, sobe ou se eleva, / (s. m.) ascendente, antepassado.
Ascendènza, s. f. ascendência / genealogia, antepassados, avós.
Ascèndere, v. tr. ascender, subir, elevar-se.
Ascènsa (ant.), s. f. ascensão.
Ascensionàle, adj. ascensional.
Ascensióne, s. f. ascensão, ascendimento, subida, elevação / (ecles.) festa com que se comemora a subida de Jesus ao céu.
Ascensionísta, s. m. (alp.) ascencionista, indivíduo que realiza uma ascensão a uma montanha.
Ascensóre, s. m. ascensor; elevador.
Ascensorísta, s. f. ascensorista, aquele que trabalha em ascensor ou elevador.
Ascèsa, s. f. (lit.) ascensão, subida, elevação.
Ascèsi, s. f. ascese; o exercício da devoção ascética.
Ascèsso, s. m. abscesso, tumor.
Ascèta, s. m. asceta / (pl.) ascèti.
Ascètica, s. f. ascética.
Ascètico, adj. ascético / místico, contemplativo / (pl.) ascètici.
Ascetísmo, s. m. ascetismo.
Àscia, s. f. enxó, instrumento de carpinteiro para cortar ou desbastar madeira / machadinha / machado / (fig.) una cosa fatta con l'ascia: coisa mal feita, feita a machado.
Ascialóne, s. m. mísula.

Asciàre, v. tr. desbastar troncos ou madeiras com a enxó.
Asciàta, s. f. golpe de enxó, golpe de machado.
Asciòlvere, v. tomar a primeira refeição da manhã / (s. m.) almoço / refeição.
Ascíso (ant.), adj. privado, desprovido / dilacerado.
Ascíssa, s. f. (mat.) abscissa, uma das coordenadas pela qual se determina a posição de um ponto, de uma reta ou de uma curva.
Ascíte, s. f. ascite, hidropisia do baixo ventre.
Ascítico, s. m. ascítico / (pl.) ascítici.
Ascitízio, adj. não próprio, estranho, extrínseco.
Asciugàggine, (raro) s. f. sequidão; secura; aridez.
Asciugamàno, s. m. toalha para enxugar as mãos e o rosto.
Asciugamènto, s. m. enxugamento, ação e efeito de enxugar.
Asciugàre, v. tr. e pr. enxugar, secar / (fig.) beber o conteúdo de uma garrafa de vinho ou de outra bebida.
Asciugàto, p. p. e adj. enxugado.
Asciugatóio, s. m. pano, toalha para enxugar ou enxugar-se; (pl.) **asciugatói**.
Asciugatúra, s. f. ato ou efeito de enxugar; enxugamento.
Asciuttamènte, adv. secamente, bruscamente / laconicamente.
Asciuttàre, (raro) v. enxugar, secar.
Asciuttèzza, (raro) s. f. qualidade de enxuto, seco.
Asciútto, adj. enxuto, seco, árido / (fig.) privado de coisa desejada; è rimasto a bocca asciutta / (fig.) magro, mirrado; (s. m.) lugar, terreno enxuto.
Asciuttóre, s. m. aridez, estiagem dos campos.
Asclepiadèo, adj. e s. m. asclepiadeu, verso grego ou latino composto de quatro pés / (s. f.) lírica composta em metro asclepiadeu.
Ascòlta, (raro), s. f. escolta, sentinela.
Ascoltàre, v. tr. e intr. escutar, ouvir / ———la messa: assistir à missa / dar ouvido a, acolher o que outros dizem: ascoltò i consigli del padre / (med.) auscultar.
Ascoltatóre, adj. e s. m. ouvinte, escutador / espectador.
Ascoltazióne, s. f. ato de escutar, escuta / (med.) auscultação.
Ascólto, s. m. escuta, ato de escutar; in ascolto: à escuta / dare, porgere ———: dar ouvidos a, prestar atenção, exaudir, atender.
Ascóndere, (raro) v. esconder.
Ascóso, p. p. e adj. (lit. e poét.) escondido, oculto.
Ascrèo, adj. ascreu, de Ascra, cidade da Beócia.
Ascrittízio, adj. (hist.) adscritício.
Ascrítto, p. p. e adj. adscrito.
Ascrìvere, v. tr. adscrever, inscrever, registrar, inserir / atribuir, adjudicar, imputar.
Asèpsi, s. f. (med.) assepsia.
Asèttico, adj. asséptico / antisséptico.
Asfaltàre, v. asfaltar, pavimentar com asfalto.

Asfàltico, adj. asfáltico, de asfalto / (pl.) asfàltici.
Asfàlto, s. m. asfalto, betume para pavimentação de estradas.
Asfissía, s. f. asfixia.
Asfissiàre, v. asfixiar, sufocar / (refl.) asfixiar-se, sufocar-se.
Asfissiàto, p. p. e adj. s. m. asfixiado.
Asfissiàto, p. p., adj. e s. m. asfixiado. morto por asfixia.
Asfodèlo, s. m. asfódelo, gênero de plantas liliáceas.
Asíaco, adj. asiático, da Ásia.
Asiàno, adj. da Ásia.
Asiático, adj. asiático, da Ásia, (pl.) asiàtici.
Asílo, s. m. asilo, estabelecimento de caridade / (fig.) abrigo, refúgio, amparo, proteção.
Asimbolía, s. f. (med.) assimbolia, assemia.
Asimmetría, s. f. assimetria / falta de proporção entre as partes de um objeto ou coisa qualquer.
Asimmètrico, adj. assimétrico.
Asinàggine, v. s. f. asnidade, asneira, burrice, parvoíce, ignorância, rudeza.
Asinàia, s. f. lugar onde se põem os burros, cocheira para burros.
Asinàio, s. m. asneiro, aquele que trata dos asnos; aquele que cria ou negocia com asnos.
Asinàta, s. f. cavalgada feita sobre o asno / asneira, burrada, sandice, asnada, besteira, teima.
Asincronismo, s. m. assincronismo, falta de sincronismo.
Asíndeto, s. m. (gram.) assíndeto (elipse de conjunção copulativa).
Asíncrono, adj. assíncrono.
Asinèllo, s. m. (dim.) burrinho, asninho, burrico / (arquit.) trave de telhado que ssutenta as demais / laje do fundo de fossa sanitária.
Asinería, s. f. asnice, burrada, asnada, parvoíce, sandice.
Asinescamènte, adv. asnaticamente; estupidamente; estolidamente, parvoamente.
Asinêsco, adj. asnático, próprio de asno ou burro; asinino, estúpido, tolo.
Asiníno, adj. asinino, asinário: **carezze asinine:** carícias de asno, feitas sem graça ou garbo / **tosse asinina:** tosse comprida, coqueluche.
Asinità, s. f. asnidade, asneira.
Àsino, s. m. asno, burro, jumento / (fig.) ignorante. tolo, imbecil, cabeçudo; teimoso; (fig.) **ponte dell'** ———: a quinta proposição de Euclides, de difícil entendimento / **qui casca l'asino:** aqui está a dificuldade / **asino risalito:** pobre enriquecido e tornado orgulhoso / **legar l'asino dove vuole il padrone:** amarrar o burro onde quer o patrão / (dim.) **asinèllo, asiníno, asinúccio** / (aum.) **asinône** / (pej.) **asinàccio.**
Asíntote, s. f. (geom.) assíntota, assimptota.
Asintótico, adj. assintótico ou assimptótico.
Asísmico, adj. assísmico, diz-se do edifício construído de modo a poder resistir aos movimentos telúricos.

Asma, s. f. asma.
Asmàtico, adj. asmático / (pl.) **asmátici.**
Àsola, s. f. casa de vestido, abertura da roupa onde prende um botão.
Asolàia, s. f. aquela que faz as casas nos vestidos.
Asolàre, v. intr. e pr. respirar, soprar levemente, arejar / girar freqüentemente ao redor de um lugar.
Àsolo, s. m. sopro leve de vento, brisa, aragem / respiro, hálito.
Asparagàcee, s. f. (pl.) asparagíneas, plantas da família das liliáceas, que têm por tipo o espargo.
Asparagèto, s. m. lugar cultivado de espargos.
Asparagína, s. f. (quím.) asparagina.
Aspàrago, s. f. (bot.) aspárago, espargo / (pl.) **aspàragi.**
Àspe, s. m. (mar.) haste, barra que faz girar a argana ou guindaste.
Asperartèria, s. f. traquéia.
Asperèlla, s. f. cavalinha, planta pteridófita, da família das Equisetáceas / rabos-de-cavalo.
Aspèrgere, v. tr. aspergir, borrifar, rociar, irrorar, orvalhar.
Aspèrges, s. m. asperges, antífona que se canta durante a aspersão; aspersão com água benta / hissope, aspersório.
Aspèrgine, (raro) s. f. ação ou efeito de aspergir, aspersão, aspergimento.
Aspergitôre, adj. e s. m. que ou aquele que asperge.
Asperità, s. f. asperidade, aspereza; rudeza, escabrosidade.
Aspersiône, s. f. aspersão, aspergimento.
Aspèrso, p. p. e adj. aspergido, borrifado.
Aspersòrio, s. m. aspersório, aspergilo, borrifador, hissope.
Aspettànza, s. f. expectação, espera.
Aspettàre, v. tr. esperar, aguardar, atender / suspender, sustar / **me l'aspettavo:** diz-se de acontecimento que se previa de antemão.
Aspettatíva, s. f. expectativa, espera / opinião favorável; aguardamento, curiosidade.
Aspettaziône, s. f. expectação, aguardamento, espera.
Aspètto, s. m. espera, ato de esperar; **stanza o sala d'** ———: sala de espera / (mús.) pausa.
Aspètto, s. m. (lat. **adspèctus**) aspecto, semblante, presença, aparência / fisionomia, imagem, efígie / ponto de vista / **a primo** ———: à primeira vista.
Àspide e **àspido,** s. m. áspide, pequena cobra venenosa, víbora, (fig.) pessoa maligna / (hist.) escudo dos romanos.
Aspirànte, p. pr. e adj. aspirante, que aspira alguma coisa por sucção / (s. m.) aspirante, aquele que aspira a um título, cargo, etc. / (mil. s. m.) aspirante, graduação militar; aluno da escola naval.
Aspirapólvere, s. m. aspirador de pó.
Aspiràre, v. tr. aspirar, sorver o ar; absorver, respirar / aspirar, desejar com veemência, pretender.
Aspiratôre, s. m. aspirador.
Aspiraziône, s. f. aspiração, ato de aspirar / anelo, desejo veemente / (gram.) pronunciação aspirada ou gutural.

Aspirína, s. f. (farm.) aspirina.
Àspo, s. m. (do germ. **haspa**) dobadoura, aparelho giratório para dobar as meadas.
Asportàbile, adj. movível, que se pode mover de um lugar a outro / (cir.) extirpável.
Asportàre, v. tr. extrair; desarraigar / extirpar.
Asportazióne, s. f. arrancamento, extirpação.
Aspramènte, asperamente, rudemente (us. somente em sent. figurado).
Aspràre (ant.) v. asperizar.
Aspreggiàre, v. tr. asperizar / produzir no paladar o efeito das coisas acres / tratar com aspereza; irritar, maltratar.
Asprètto, adj. (dim.) um tanto acre ou ácido.
Asprèzza, s. f. aspereza / rudeza de modos, severidade, asperidade / rigor.
Asprígno, adj. um tanto acerbo ou ácido; azedo.
Aspríno, adj. um tanto ácido ou azedo.
Àspro, adj. acerbo, azedo, acre / escabroso, irregular, áspero / duro, árduo, rude, rigoroso.
Asprône, s. m. tufo do Lácio.
Asprúme, (raro) s. m. aspereza, asperidade.
Asprúra, s. f. aridez, secura de terreno ressequido pelo sol.
Àssa (raro) v. assafétida.
Assaettamènto, s. m. impressão desagradável e molesta, que irrita.
Assaettàre, v. intr. (fam.) irritar, impacientar / molestar, picar, assetear, incomodar.
Assaettàto, p. p. e adj. asseteado, molestado / injuriado.
Assafètida, s. f. assa-fétida, goma resinosa, fétida, extraída de várias plantas da Pérsia.
Assaggiàre, v. tr. provar, saborear, examinar o gosto, sabor / merendar, comer ou beber de uma coisa em pequena quantidade / **non assaggiar nulla**: não comer nada / experimentar, ensaiar; fazer a experiência de.
Assaggiatôre, s. m. experimentador; ensaiador.
Assaggiatúra, s. f. experiência; ensaio, prova / (técn.) operação de examinar o título dos metais.
Assàggio, s. m. ensaio, experiência / (fig.) pequena quantidade, amostra, prova.
Assài, adv. assaz, muito, bastante, suficientemente, quanto é preciso / —— raramente: raras vezes / por antífrase, nada: **m'importa** ——: importa-me muito (isto é, nada) / muito; avere —— **di una cosa**: ter quanto basta de uma coisa, e também estar farto dela.
Assaíssimo, adv. (sup. de assai) muitíssimo.
Assaldíre (ant.), v. exaudir.
Assàle, s. m. eixo das rodas.
Assalimènto (ant.), s. m. assalto, ataque, acometimento.
Assalíre, v. tr. assaltar, investir, atacar, acometer / sobrevir / agredir.
Assalitôre, (f. **assalitrice**), s. m. assaltador, investidor, agressor.
Assaltàre, v. tr. assaltar, atacar, acometer, investir, agredir.
Assaltatôre, adj. e s. m. assaltador.
Assàlto, s. m. assalto, investida, ataque à viva força / (fig.) assalto, embate, acometimento veemente / combate de esgrima, de boxe, etc.
Assaporitúra, s. f. operação que consiste em preparar a pele para receber a ação do curtimento.
Assaporamènto, s. m. ação de saborear.
Assaporàre, v. saborear, tomar o gosto a alguma coisa com atenção, e prazer, degustar / (fig.) ouvir com atenção e prazer.
Assaporíre, v. tr. dar sabor, temperar, condimentar.
Assassína, s. f. assassina / mosca ou sinal artificial que as damas do século XVIII usavam por no canto do olho.
Assassinamènto, s. m. (p. us.) assassínio, assassinato, assassinamento.
Assassinàre, v. tr. assassinar, matar / (fig.) injuriar, ultrajar, infamar / maltratar, arruinar, estragar uma coisa.
Assassinescamènte, adv. a maneira de assassino.
Assassínio, s. m. assassínio, ato de assassinar; homicídio / (fig.) obra péssima do engenho ou da arte / (pl.) assassínii.
Assassíno, s. m. assassino.
Àsse, s. m. eixo / (arqueol.) antiga moeda romana / (jur.) —— **patrimoniale**: o patrimônio total / —— **ereditàrio**: a herança toda.
Àsse, s. f. tábua, prancha.
Asseccàre (ant.), v. secar / empobrecer.
Assecchíre, v. intr. secar, murchar, mirrar, tornar-se seco, magro.
Assêcco, s. m. parte da barca na qual se acha a válvula para saída da água que ali se ajunta.
Assecondàre, v. tr. secundar, favorecer / reforçar, auxiliar / consentir.
Assediànte, p. pr. e adj. assediante, assediador, sitiante.
Assediàre, v. tr. sitiar, assediar, por assédio, cerco ou sítio a.
Assediàto, p. pr., adj. e s. m. assediado, sitiado, cercado.
Assediatôre, s. m. (f. **assediatrice**) assediador, o que assedia, o que põe cerco a.
Assèdio, s. m. assédio, cerco, sítio / importunação, insistência, impertinência.
Asseggiàre (ant.), v. assediar, sitiar.
Assegnàbile, adj. atribuível.
Assegnamènto, s. m. assinação; designação / rendimento, renda, entrada, provento / expectativa, esperança; **fare** —— **sopra checchessia**: contar com alguma coisa.
Assegnàre, v. tr. assinar, determinar, fixar, ajustar / atribuir, estabelecer / constituir, prescrever, abjudicar, aprazar, limitar.
Assegnatamènte, adv. particularmente, determinadamente, expressamente / moderadamente.

Assegnàto, p. p. e adj. determinado, designado, atribuído / falando de pessoas, moderado, modesto, econômico nos gastos / (s. m.) (hist. do fr. assignat) nome das cédulas emitidas pela Assembléia Constituinte Francesa na Revolução.

Assegnazióne, s. f. designação; determinação, atribuição.

Assègno, s. m. designação, ordem, atribuição / (banc.) quantia que se entrega ou se envia a alguém; ordem escrita, ordem de pagamento / quantia que se paga ao retirar uma mercadoria; **spedizióne in:** ———: envio por reembolso.

Asseguíre (ant.), v. conseguir / executar, tornar efetivo.

Assemblèa, s. f. assembléia.

Assembràglia (ant.), s. f. reunião de milícias / peleja, choque, refrega, combate.

Assembramênto, s. m. reunião improvisada de pessoas: aglomeração / multidão, comício, manifestação.

Assembràre, v. reunir, ajuntar / (trans.) confrontar / (intr.) semelhar, parecer.

Assèmpio, assèmplo, assémpro (ant.), s. m. exemplo.

Assennàre (ant.), v. instruir, dar senso a, dar juízo a / advertir, avisar.

Assennatamênte, adv. ajuizadamente, sensatamente, judiciosamente, prudentemente.

Assennatêzza, s. f. sensatez; bom-senso; tino, juízo, prudência.

Assennàto, adj. sensato, ajuizado, prudente, assisado, circunspecto.

Assenníre, (ant.) v. tornar sensato / (refl.) criar juízo.

Assènsa (ant.), s. f. ascensão.

Assènso, s. m. assentimento, consentimento / aprovação, anuência.

Assentàre, v. pr. ausentar-se, afastar-se, retirar-se / partir.

Assentàre (ant.). v. tr. adular demonstrando consentimento.

Assènte, adj. e s. m. ausente; distante, longínquo.

Assenteísmo, s. m. absenteísmo, ausência sistemática, indiferença.

Assentimênto, s. m. assentimento, consentimento.

Assentíre, v. intr. assentir, concordar, aprovar, anuir.

Assentitamênte, adv. sensatamente, ajuizadamente, cautamente.

Assentíto, p. p. e adj. assentido, consentido / ajuizado, sensato, judicioso, cauto.

Assènza, s. f. ausência / distância, afastamento / não é correto usar-se no sentido de falha, defeito, etc.

Assenziènte, p. pr. e adj. anuente, conciente.

Assènzio, s. m. absíntio, planta da família das Compostas / licor preparado com essa planta / (fig.) amargura, desgosto.

Assere e àssero, s. m. (hist.) espécie de aríete naval; máquina de guerra para romper muralhas.

Asserèlla, (dim.) s. f. ripa, tábua pequena / (pl.) as tábuas do leito, sobre as quais se estende o colchão.

Asseríre, v. tr. asseverar, afirmar; assegurar, certificar, confirmar, sustentar.

Asseritóre, s. m. asseverador, afirmante.

Asserpolàre, v. pr. dobrar em forma de serpente / torcer.

Asserragliamênto, s. m. ação de fechar, de barrar, de barricar.

Asserragliàre, v. fechar (portas, etc., com fechaduras ou qualquer coisa que possa impedir a entrada), barrar / (refl.) fechar-se, barricar-se.

Asserràre (ant.), v. apertar, comprimir.

Assertíva, o mesmo que **asserzióne,** asserto, sendo estas formas preferíveis; s. f. asserção, asserto, assertiva.

Assertivamênte, adv. assertivamente, afirmativamente, asseveradamente.

Assertívo, adj. assertivo, afirmativo.

Assèrto, s. m. asserto, asserção, afirmação, assertiva / (adj.) anuído, acertado, confirmado.

Assertóre, adj. e s. m. (f. **assertríce**) assertor, aquele que assevera ou afirma, ou que sustenta ou defende uma asserção / defensor, advogado, sequaz.

Assertòrio, adj. (jur.) assertório, afirmativo.

Asservàre (ant.), v. conservar, custodiar / (refl.) tornar-se servo.

Asservíre, v. tr. e pr. tornar (ou tornar-se) servo; submeter, escravizar, subjugar.

Asserzióne, s. f. asserção, afirmativa; asseveração, asserto, declaração.

Assessoràto, s. m. assessoria.

Assessóre, s. m. assessor; membro de junta administrativa / cidadão adjunto a um conselho de magistrados.

Assestamênto, s. m. assestamento, ajustamento.

Assestàre, v. assestar, ajustar, por em ordem / apontar ou dirigir / ——— **un colpo:** acertar um tiro ou golpe no ponto mirado / dar um golpe: **gli assestó un colpo.**

Assestatamênte, adv. assentadamente, ajuizadamente, ordenadamente.

Assestatêzza, s. f. regularidade, ordem; característica do que é assentado, firme, regulado, ordenado.

Assestàto, p. p. e adj. assestado, apontado, dirigido para / ajuizado, assentado, discreto, prudente, ordenado.

Assetàre, v. tr. provocar, causar sede; tornar sedento, (fig.) excitar o desejo.

Assetàto, p. p., adj. e s. m. sedento, sequioso / sitibundo, ávido, desejoso, sôfrego.

Assettamênto, s. m. arranjo, disposição, ordem, acomodação.

Assettàre, v. tr. por em ordem; dispor, arranjar, acomodar / ataviar / (refl.) arranjar-se, acomodar-se, arrumar-se, pentear-se / assentar-se. firmar-se solidamente (falando especialmente de construção).

Assettatamênte, adv. ordenadamente, compostamente, corretamente.

Assettàto, p. p. e adj. acomodado, ajustado / atilado, ordenado; correto / ajuizado.

Assettatôre (ant.), s. m. (do lat. assectàtor) sequaz, partidário.
Assettatúra, s. f. acomodação, ajustamento / garbo, compostura, alinho.
Assètto, s. m. disposição ordenada das coisas / paramentos, adornos de uma igreja / (téc.) disposição das pedras nas obras murárias / ordem, aparato.
Asseveramênto, s. m. ato de asseverar, asseveração.
Asseverantemênte, asseveratamênte, adv. asseveradamente, assertivamente, asseguradamente.
Asseverànza, s. f. asseveração, afirmação constante e positiva.
Asseveràre, v. tr. asseverar, afirmar com insistência; assegurar, provar, atestar.
Asseverativo, adj. asseverativo, afirmativo.
Asseveratôre, adj. e s. m. asseverador, o que assevera.
Asseverazióne, (raro) s. f. asseveração.
Assiàle, adj. do eixo ou a ele relativo, axial.
Assicína, s. f. (dim.) pequeno eixo / tira fina de madeira, sobre a qual ocorre a lançadeira nos teares movidos a mão.
Assicuràbile, adj. assegurável.
Assicuramênto, s. m. asseguração, ação de assegurar; segurança; garantia.
Assicuràre, v. tr. assegurar, tornar firme, seguro / afirmar, certificar, dar por certo / tranqüilizar / segurar, por no seguro / (refl.) firmar-se, acautelar-se, por-se a salvo.
Assicurata, s. f. carta com valor declarado.
Assicuratamênte, adv. asseguradamente, firmemente, seguramente.
Assicuràto, p. p. e adj. assegurado, posto em seguro.
Assicuratôre, s. m. segurador, agente de seguros / assegurador, que assegura.
Assicurazióne, s. f. asseguração, ação e efeito de assegurar / seguro: contrato, apólice de seguro.
Assidènza (ant.), s. f. assistência, presença num lugar.
Assideramênto, s. m. entorpecimento, adormecimento, imobilização / congelação.
Assideràre, v. entorpecer, congelar pelo frio.
Assiderazióne, s. f. entorpecimento, torpor / congelação.
Assídere (lat. assídere) v. assentar-se, sentar-se com certa solenidade.
Assiduamênte, adv. assiduamente, com freqüência.
Assiduità, s. f. assiduidade, freqüência, constância.
Assíduo, adj. assíduo, contínuo, constante / diligente, aplicado, pontual.
Assième, o mesmo que **insième**, adv. juntamente, simultaneamente, ao mesmo tempo, um com o outro; juntos / **mettere ———**: juntar, reunir, acumular dinheiro.
Assiepamênto, s. m. sebe, cerca / amontoamento, aglomeração.
Assiepàre, v. tr. fechar com sebe, cercar, circundar / (pr.) reunir-se, amontoar-se, apinhar-se ao redor de alguém ou de alguma coisa.
Assíle, (raro) s. m. eixo.
Assilabazióne, s. f. aliteração.
Assillàre, v. tormentar, afligir, sofrer / incitar, instigar com insistência.
Assíllo, s. m. tavão (inseto) / obsessão, preocupação, desejo premente, tormento.
Assimilàbile, adj. assimilável.
Assimilàre, v. tr. assimilar / transformar, digerir / (pr.) tornar próprio, assimilar-se: assimilarsi i pensieri.
Assimilativo, adj. assimilativo.
Assimilazióne, s. f. assimilação.
Assíntoto, s. m. v. asintote.
Assiòlo, s. m. v. assioulo.
Assióma, s. m. axioma.
Assiomaticamênte, adv. axiomaticamente.
Assiomàtico, adj. axiomático / (pl.) assiomátici.
Assiòmetro, s. m. (náut.) axiômetro.
Assísa, s. f. (do fr. ant. assise) uniforme, divisa, libré / (ant.) gabela, imposto.
Assíse, s. f. pl. (do lat. mediev. assísa) tribunal penal, tribunal do júri.
Assíso, p. p. e adj. sentado / (ant.) dinheiro proveniente de gabela.
Assistentàto, s. m. cargo e dignidade de assistente.
Assistènte, p. pr., adj. e s. m. assistente.
Assistènza, s. f. assistência / ajuda, socorro, cura, vigilância / instituição que presta socorro.
Assistenziàle, adj. assistencial.
Assistenziàrio, s. m. instituto de assistência social.
Assístere, v. assistir, presenciar, testemunhar / ajudar, favorecer, socorrer, dar assistência / acompanhar / custodiar.
Assitàre, (ant.) v. colocar-se em lugar adequado / aclimar-se, acostumar-se.
Assitàre, v. tr. (de sito, mau cheiro) farejar, perceber pelo olfato (diz-se especialmente do cão) / (fig.) conhecer bem uma pessoa.
Assíto, s. m. tabuado, assoalho; tabique, reparo de tábuas / pavimento / parquete.
Assiuòlo, s. m. bufo, mocho, corujão (ave noturna) / (fig.) **capo ———**: ignorante.
Asso, s. m. ás; (fig.) o primeiro de todos, espec. nos esportes / **lasciar in ———, rimaner in ———**: deixar ou ficar só, quando menos espera.
Assocciamênto, s. m. contrato de sociedade no negócio de gado.
Assocciàre, v. tr. e pr. dar em sociedade ou parceria o gado.
Associàbile, adj. associável, que pode ser associado.
Associabilità, s. f. associabilidade.
Associamênto, s. m. associação.
Associàre, v. associar / reunir, juntar ou unir / assinar (publicação) / acompanhar, coligar, cooperar, contribuir.
Associativo, adj. associativo.

Associàto, p. p., adj. e s. m. associado / assinante, membro, sócio, agremiado.
Associatôre, s. m. (f. **associatríce**) aquele que procura sócios para uma sociedade.
Associaziône, s. f. associação, ação de associar / sociedade, aliança, companhia, círculo, congregação, liga, corporação.
Associazionísmo, s. m. (filos.) associonismo.
Assodamênto, s. m. fortalecimento, endurecimento, coagulação, densidade.
Assodàre, v. tornar firme, duro, sólido / (fig.) dar firmeza, vigor / endurecer, consolidar / estabelecer, acertar, assentar.
Assoggettàbile, adj. sujeitável, subordinável, subjugável.
Assoggettamênto, s. m. submissão, sujeição.
Assoggettàre, v. sujeitar, submeter / (pr.) submeter-se, adaptar-se.
Assolaiàto, adj. espalhado, estendido (diz-se especialmente de castanhas, olivas e outros frutos caídos em abundância sobre o chão).
Assolàre, v. no jogo de baralho, ter em mão uma só carta de determinada figura / dispor no chão em camadas / assoalhar, expor ao sol.
Assolatío, adj. exposto, estendido ao sol, assoalhado / (pl.) **assolatíi.**
Assolàto, p. p. e adj. batido pelo sol.
Assolcàre, v. sulcar, fazer sulcos.
Assoldamênto, s. m. alistamento, recrutamento.
Assoldàre, v. assoldar, / (mil.) alistar, recrutar.
Assòlo, s. m. (mús.) a solo, solo.
Assòlto, p. p. e adj. absolvido.
Assolutamênte, adv. absolutamente, incondicionalmente, a qualquer custo / sem dúvida, redondamente.
Assolutêzza, s. f. qualidade de absoluto.
Assolutísmo, s. m. absolutismo, sistema de governo absoluto.
Assolutísta, s. m. absolutista / (pl.) **assolutísti.**
Assolúto, adj. absoluto; livre, dominante, independente / perfeito, puro, exclusivo / imperioso / (raro) absolvido libertado / (s. m.) **l'assoluto,** o absoluto, a verdade fundamental.
Assolutôre, s. m. que absolve.
Assolutòrio, adj. absolutório, que contém absolvição / (s. f.) **assolutória,** absolutória.
Assoluziône, s. f. absolvição / indulgência, indulto, remissão.
Assòlvere, v. absolver, perdoar, declarar inocente; dispensar / cumprir uma obrigação, levar a termo um trabalho: ———— **un dovere, un còmpito.**
Assomàre (ant.), v. por a carga no animal.
Assomigliamênto, s. m. semelhança, parecença.
Assomigliànza, s. f. semelhança, parecença.
Assomigliàre, v. tr. e pr. assemelhar, semelhar / confrontar, comparar / igualar.
Assommàre, v. somar / (raro) concluir, terminar.

Assommàre, v. (mar.) assomar, aflorar, vir à tona, à superfície (diz-se dos escafandristas).
Assonànte, adj. assonante, assoante.
Assonànza, s. f. assonância, assoância.
Assonàre, v. intr. assonar, soar simultaneamente; consonar.
Assône, s. m. (aum.) tábua, prancha grande.
Assonnacchiàto, adj. um tanto adormecido.
Assonnàre, v. adormecer, adormentar.
Assonnàto, assonníto, adj. sonorento, sonolento / (fig.) inepto, estúpido, tolo.
Assopimênto, s. m. sonolência, letargo, torpor, entorpecimento.
Assopíre, v. adormecer, amadornar, entorpecer; sopitar, acalmar.
Assorbènte, p. pr., adj. e s. m. absorvente, que absorve / **carta** ————: mata-borrão.
Assòrbere (ant.), v. absorver; engolir, ingurgitar.
Assorbimênto, s. m. ato de sorver; absorção.
Assorbíre, v. absorver, chupar, atrair, sorver, engolir, beber.
Assorbitôre, (raro) adj. e s. m. que ou aquele que absorve; absorvedor, absorvente.
Assordamênto, s. m. ensurdecimento, aturdimento, atordoamento.
Assordàre, v. tr. ensurdecer / atordoar, aturdir com grande barulho.
Assordàto, p. p. e adj. ensurdecido / atordoado, aturdido.
Assordimênto, s. m. ensurdecimento, ação e efeito de ensurdecer.
Assordíre, v. tr. e intr. ensurdecer.
Assòrgere, v. surgir / erguer-se, levantar-se, elevar-se.
Assortimênto, s. m. sortimento, quantidade de coisas diversas juntadas: **un ———— di mercanzie** / provisão de mercadorias / escolha, seleção.
Assortíre, v. tr. sortir, prover, abastecer; combinar, variar / escolher, ordenar.
Assortíto, p. p. e adj. sortido, abastecido; **bottega assortita:** loja bem sortida.
Assòrto, p. p. e adj. absorto, imerso nos seus pensamentos / enlevado, extasiado / elevado, erguido.
Assottigliamênto, s. m. adelgaçamento / (fig.) apuramento.
Assottigliàre, v. tr. e pr. adelgaçar, afinar, desengrossar, emagrecer, diminuir / ———— **la mente:** aguçar a mente; sutilizar.
Assottigliàta, s. f. adelgaçamento.
Assottigliatívo (ant.), adj. que adelgaça, que emagrece, que atenua.
Assottigliatúra, s. f. ação e efeito de adelgaçar, adelgaçamento / aguçamento.
Assuccàre, v. tr. (mar.) apertar bem um atilho.
Assuefàre, v. acostumar, habituar, avezar, afazer.
Assuefaziône, s. f. ação e efeito de acostumar; hábito, costume, uso.
Assuèto (ant.), adj. acostumado, costumado, habituado.

Assùmere, v. tr. assumir; empreender, tomar uma resolução, intraprender / (refl.) obrigar-se, atribuir-se, arrogar-se.
Assùnta, s. f. N. S. da Assunção / a festa da Assunção.
Assuntívo, adj. assuntivo, que se assume / (heráld.) **armi assuntive**: diz-se das armas que são usadas depois de algum ato ou feito notável.
Assùnto, p. p. e adj. assumido / (s. m.) assunto, argumento, tema, matéria de que se trata / encargo, empenho / tese.
Assunziône, s. f. assunção, ação de assumir; elevação a uma dignidade ou honra / elevação de N. S. ao céu / (filos.) termo médio do silogismo.
Assunzionísta, s. m. assuncionista, religioso da ordem da Assunção.
Assurdamênte, adv. absurdamente.
Assurdità, s. f. absurdidade, absurdo; incongruência.
Assúrdo, adj. absurdo, incompatível, falso, contraditório, paradoxal.
Assúrgere, v. intr. assurgir, surgir; elevar-se.
Assúrto, p. p. e adj. elevado.
Àsta, s. f. haste, pau ou ferro direito e comprido em que se fixa ou apóia alguma coisa; pau de bandeira / hasta; lança / vara / ——— **pubblica**: hasta pública, leilão.
Àstaco, s. m. ástaco, lagostim, camarão.
Astàio, s. m. operário que faz hastes, bastões, hastas, armas, etc.
Astànte, adj. que está presente, que assiste, assistente; **médico** ———: médico de plantão; (s. m.) **gli astànti**: os que estão presentes.
Astanteria, s. f. (neol.) local de um instituto hospitalar no qual se abrigam provisoriamente os doentes.
Astàre, (ant.) pôr em haste.
Astàta, s. f. golpe de hasta / lançada.
Astàto, adj. hastado, armado de hasta ou lança / (s. m.) soldado armado de hasta, da legião romana.
Asteggiáre, v. intr. fazer hastes ao escrever.
Asteggiatúra, s. f. exercício caligráfico em forma de hastes.
Astêmio, s. m. e adj. abstêmio.
Astenêre, v. pr. abster-se, privar-se / conter-se, desistir, evitar / desinteressar-se.
Astenía, s. f. astenia, depressão, fraqueza.
Astenopía, s. f. astenopia, canseira do órgão visual.
Astesiône, s. f. abstenção / renúncia, privação.
Astesionísmo, (neol.), s. m. abstencionismo.
Astêrgere, v. tr. absterger, limpar, purificar; purgar (med.).
Astèria, s. f. (zool.) astéria, estrela-do-mar.
Asterísco, s. m. asterisco / (pl.) **asterischi**.
Asterísmo, s. m. asterismo, constelação, reunião de estrelas / qualidade de alguns minerais de apresentarem um ponto luminoso em forma de estrela, expostos a luz intensa.
Asteròide, s. m. asteróide.
Asteròmetro, s. m. asterômetro, instrumento que mede a intensidade dos astros.
Astersiône, s. f. abstersão, ato de absterger; limpeza dos corpos mediante substâncias corrosivas.
Astersívo, adj. abstersivo.
Astèrso, p. p. e adj. absterso, que foi abstergido.
Astiàre, v. tr. causar ódio, aversão.
Asticciuòla, s. f. (dim.) pequena haste; empunhadura da caneta / vareta de guarda-chuva / trave de tecto / corda, tirante, cabo.
Astièra, s. f. hasteria, lugar onde se guardam hastas, lanças, alabardas, etc.
Astigàno, adj. e s. m. de Asti, cidade do Piemonte.
Astigmatísmo, s. m. (med.) astigmatismo.
Astile (ant.), s. m. madeira de haste / arma hasteada / virgulta.
Àstilo, adj. (arq.) astilo, diz-se de edifício não ornado de colunas.
Astinènte, adj. abstinente.
Astinènza, s. f. abstinência.
Àstio, s. m. ódio, inveja, rancor / aversão, repugnância, antipatia, enjôo, fastio; inimizade.
Astiosità, s. f. ódio, repugnância / fastio habitual.
Astiôso, adj. odioso, repugnante, hostil / fastidioso / (dim.) **astiosino**, **astiosètto**, **astiosèllo**, (pej.) **astiosàccio**.
Astôre, s. m. açor, ave de rapina semelhante ao gavião.
Astracàn, (neol.) s. m. astracã / peliça.
Astràere, e **astràggere**, (ant.) v. abstrair; prescindir.
Astràgalo, s. m. astrágalo, osso do tarso / moldura que cerca a parte superior da coluna / (bot.) gênero leguminosas.
Astràle, adj. astral, sideral.
Astràrre, v. tr. abstrair, omitir; separar, apartar; considerar mentalmente apenas uma parte de um todo; não considerar, prescindir / (refl.) distrair-se.
Astrattàggine, s. f. abstração da mente / desatenção, distração, negligência.
Astrattamênte, adv. abstratamente / distraidamente.
Astrattêzza, s. f. abstração; distração.
Astrattísmo, s. m. abstraimento, abstração.
Astràtto, p. p. e adj. abstraído, que sofre abstração; abstrato, distraído, absorto / (gram.) **nome** ———: nome abstrato.
Astraziône, s. f. abstração: **fare** ——— **da una cosa**; não considerar, prescindir de uma coisa.
Astrèa, s. f. astréia, constelação zodiacal.
Astrêtto, p. p. e adj. adstrito, ligado, adjunto, unido / apertado / constrangido, obrigado.
Astringènte, p. p. e adj. adstringente, adistringitivo / (s. m.) remédio adstringente.
Astríngere, v. tr. adstringir, apertar, unir / obrigar, constranger.

Astro, s. m. astro, corpo celeste.
Astrochímica, s. f. astroquímica.
Astrodiàmica, s. f. astrodinâmica.
Astrofísica, s. f. astrofísica.
Astrofotometría, s. f. astrofotometria.
Astrofotòmetro, s. m. astrofotômetro.
Astrografía, s. f. astrografia, fotografia dos astros.
Astrògrafo, s. m. astrógrafo, instrumento para traçar os mapas geográficos celestes.
Astrolàbio, s. m. astrolábio.
Astrolatría, s. f. astrolatria, adoração dos astros.
Astrologàre, v. intr. e tr. exercer a astrologia; predizer por meio dos astros; fantasiar, conjecturar.
Astrologàstro, s. m. (pej.) mau astrólogo.
Astrología, s. f. astrologia.
Astrológico, adj. astrológico, (pl.) astrológici.
Astrológo, s. m. astrólogo, (pl.) astrológi e astrólóghi.
Astrometereología, s. f. astrometereologia.
Astrometria, s. f. astrometria.
Astròmetro, s. m. astrômetro.
Astronàve, s. f. astronave, aparelho para superar os espaços interplanetários.
Astronomia, s. f. astronomia.
Astronomicamènte, adv. astronomicamente.
Astronòmico, adj. astronômico; (pl.) astronòmici.
Astronòmo, s. m. astrônomo.
Astrusàggine, s. f. abstrusidade / baboseira, disparate.
Astrusamènte, adv. abstrusamente; confusamente.
Astrusería, s. f. idéia, discurso abstruso; abstrusão.
Astrusità, s. f. abstrusidade.
Astrúso, adj. abstruso / obscuro, ininteligível / desordenado, confuso, incongruente / complicado, intricado, dificultoso.
Astucciàio, s. m. fabricante ou comerciante de estojos.
Astùccio, s. m. estojo, caixa pequena para guardar certos objetos, em geral de valor / bainha de couro ou madeira; escrínio.
Astutamènte, adv. astutamente, astuciosamente.
Astutèzza, s. f. astúcia, destreza, sagacidade.
Astúto, adj. astuto, astucioso, ardiloso, sagaz, finório.
Astúzia, s. f. astúcia, habilidade para o mal ou para enganar, manha, ardil, esperteza / (dim.) astuziètta, astuziuòla.
Atarassía, s. f. ataraxia, serenidade de espírito, imperturbabilidade.
Atàre (ant.), v. ajudar.
Atassía, s. f. (med.) ataxia.
Atàssico, adj. (med.) atáxico.
Atavísmo, s. m. atavismo.
Àtavo, s. m. trisavê / (pl.) àtavi: antepassados, os maiores, avós, avoengos / (fem.) trisavó.
Ateísmo, s. m. ateísmo.

Ateísta, s. m. ateísta, ateu / (pl.) ateísti.
Ateístico, adj. ateístico.
Atellàna, adj. e s. m. (de Atella, cidade da Campânia) antiga comédia popular romana.
Atenèo, s. m. ateneu / academia, universidade / instituto de estudos superiores.
Àteo, s. m. ateu / ímpio.
Atermàno, adj. (fís.) atêrmano, atérmico.
Atèrmico, adj. atérmico / (fís.) (pl.) atèrmici.
Ateròma, s. m. (med.) ateroma / (pl.) ateròmi.
Atesíno, adj. (do lat. Athèsis, Ádige) da região do Ádige, diz-se das terras banhadas pelo rio Ádige; (s. m.) habitante das terras da região do rio Ádige.
Atipía, s. f. atipia, desvio funcional ou morfológico de uma coisa do tipo normal.
Atípico, adj. atípico, relativo à atipia / (pl.) atípici.
Atlànte, s. m. Atlante (mitol.) / atlas, livro de mapas geográficos / (anat.) primeira vértebra cervical sobre a qual pousa a cabeça / (zool.) espécie de borboleta grande.
Atlàntico, adj. atlântico / (pl.) atlantici.
Atlèta, s. m. atleta / (fig.) campeão, defensor denodado de uma causa; homem de grande força ou capacidade / (pl.) atléti.
Atlética, s. f. atlética.
Atleticamènte, adv. atleticamente.
Atlético, adj. atlético, (pl.) atlétici.
Atmosfèra, s. f. atmosfera.
Atmosfèrico, adj. atmosférico, (pl.) atmosférici.
Atàllo, s. m. (ingl. atoll) atol, ilha de coral que em forma de anel se eleva sobre o nível do mar.
Atòmico, adj. atômico / (pl.) atòmici.
Atomísmo, s. m. atomismo.
Atomísta, s. m. atomista, (pl.) atomistici.
Atomística, s. f. atomística.
Atomístico, adj. atomístico.
Atomo, s. m. átomo.
Atonàle, adj. (mús.) atonal, dodecafônica.
Atonía, s. f. atonia / debilidade geral, frouxidão, fraqueza.
Àtono, adj. átono, que não tem acento tônico / que não soa muito.
Atrabíle, s. f. atrabílis / melancolia, hipocondria, mau-humor.
Atrabiliare, adj. (med.) atrabilioso / atrabiliário, violento, colérico, irritável, neurastênico.
Atrepsía, s. f. (med.) atrepsia.
Atresía, s. f. (med.) atresia, oclusão de um canal, de um vaso ou de um orifício natural do corpo animal.
Atrichía, s. f. atriquia, ausência de pelos, alopecia.
Atricomía, s. f. atricomia, alopecia.
Atriènse, s. m. atriense, porteiro, guarda-portão / intendente / mordomo.
Àtrio, s. m. atrio, pátio, vestíbulo / pórtico romano / (pl.) atri.
Àtro, adj. atro, negro, preto, escuro / (fig.) horrendo, hórrido, tenebroso, lúgubre, medonho.

Atròce, adj. atroz, terrível, cruel, feroz / (ant.) atroce.
Atrocemênte, adv. atrozmente, cruelmente.
Atrocità, s. f. atrocidade, ferocidade.
Atrofía, s. f. atrofia.
Atròfico, adj. atrófico.
Atrofizzàre, v. tr. e pr. atrofiar.
Atrofizzàto, p. p. e adj. atrofiado / emagrecido, definhado.
Atropína, s. m. (med.) atropina.
Atropísmo, s. m. (med.) atropismo.
Àtropo, s. f. átropo; borboleta noturna.
Attaccàbile, adj. atacável.
Attaccabríghe, s. m. rixoso, brigão, briguento.
Attaccàgnolo, s. m. coisa a que se pode pôr ou pendurar qualquer objeto / (fig.) pretexto, desculpa, cavilação.
Attaccalíte, s. m. briguento, rixoso.
Attaccamênto, s. f. união, aderência / (fig.) apego, amizade, inclinação, afeto.
Attaccapànni, s. m. cabide.
Attaccàre, v. tr. pegar, unir uma coisa com outra, por meio de cola, pasta, alfinetes, pregos, etc. / pendurar, fixar, atar, atrelar (os cavalos no carro) / atacar, acometer, assaltar / pegar, aclimar / contagiar ligar (o ferro, o ventilador, o motor etc.) / (contr. staccare: desligar o ferro etc.) / (fig.) attaccàre lite: começar a brigar / (refl.) apegar-se, aderir, agarrar-se.
Attaccatamênte, adv. unidamente, apegadamente, fielmente.
Attaccatíccio, adj. pegadiço, pegajoso, que adere facilmente / importuno, maçador / peganhento, contagioso.
Attaccàto, p. p. e adj. pegado, unido, agarrado; pregado; contíguo / afeiçoado; apegado; uomo ——— al denaro: homem apegado ao dinheiro; avarento, sovina.
Attaccatúra, s. f. encaixe, união, ligação / fixação, atadura, aderência / ponto onde uma coisa se liga ou une a outra.
Attacchíno, s. m. aquele que prega cartazes / briguento, rixento.
Attàcco, s. m. (mil.) ataque, assalto / união, ligação, junção, aferro, apego / (esp.) no futebol, a primeira linha / conexão, relação, afinidade.
Attacconàre, v. (raro) colocar os saltos (no calçado).
Attagliàre, v. adaptar, convir, quadrar.
Attalentàre, v. agradar, aprazer.
Attamênte, adv. aptamente, adequadamente.
Attanagliàre, v. tr. atanazar, apertar.
Attapinamênto, s. m. abatimento, desalento / mortificação.
Attapinàre, v. abater, desalentar / mortificar / (pr.) lamentar-se, estugar-se, azafamar-se.
Attarantàto, adj. picado, mordido por tarântula / atarantado, aturdido.
Attardàre, v. pr. atrasar, demorar, (raro) adaptar.
Attàre, v. (raro) adaptar.
Attastàre, v. tatear, apalpar.

Attecchimênto, s. m. ação e efeito de enraizar; enraizamento / medra, crescimento.
Attecchíre, v. medrar, vingar, enraizar / crescer, desenvolver-se / prosperar, arraigar-se.
Attediàre, v. enfadar, causar tédio.
Atteggiamênto, s. m. atitude, postura; ato, gesto / conduta, comportamento; l' ——— della Russia.
Atteggiàre, v. tr. dar atitude, posição, postura, gesto às figuras / exprimir com gestos ou atos / mover-se, posar, acomodar-se, pavonear-se.
Attelàre (ant.), v. formar em ordem de batalha / estender com ordem.
Attempàre, v. envelhecer.
Attempàto, adj. maduro de anos, embora não velho / idoso / (dim.) attempatíno, attempatèllo, attempatúccio, attempatêtto.
Attendamênto, s. m. acampamento.
Attendàre, v. pr. acampar; atendar, abarracar-se.
Attendàto, p. p. e adj. acampado / (burl.) alojado provisoriamente.
Attendènte, p. pr. e adj. que espera, que atende.
Attèndere, v. tr. e intr. atender, dar ou prestar atenção, esperar, aguardar / (rar.) considerar, levar em consideração / aplicar-se, cuidar de.
Attendíbile, adj. atendível, aceitável, plausível.
Attenênte, p. pr. e adj. atinente, que diz respeito, relativo, peculiar, concernente, pertinente / (s. m.) parente, afim.
Attenènza, s. f. atinência / relação de parentesco.
Attenêre, v. pertencer: ciò non attiene a noi / concernir, ter relação / ser parente / (pr.) ater-se, acostar-se / propender, preferir, manter (promessa).
Attentamênte, adv. atentamente, cuidadosamente.
Attentàre, v. atentar, cometer, empreender atentado / (pr.) arriscar-se, ousar.
Attentàto, p. p. de attentàre / (s. m.) atentado / (fig.) ação molesta; ofensa à lei ou à moral.
Attentatôre, adj. e s. m. que comete atentados.
Attentatòrio, adj. atentatório.
Attènto, adj. atento, aplicado, cuidadoso; solícito, polido, reverente / diligente / attenti: forma de chamar a atenção.
Attenuamênto, s. m. atenuação / diminuição.
Attenuànte, p. pr., adj. e s. (jur.) atenuante.
Attenuàre, v. tr. atenuar, suavizar, diminuir, adelgaçar, moderar.
Attenuatamênte, adv. atenuadamente.
Attenuàto, p. p. e adj. atenuado, diminuído, suavizado.
Attenuazióne, s. f. atenuação, diminuição.
Attenzióne, s. f. atenção, aplicação, cuidado, vigilância / observação, meditação, reflexão, curiosidade.

Attepidíre, v. tr. e pr. amornar, aquecer, tornar tépido.
Attergàre, v. escrever, atrás de um documento, de uma carta, etc. / (refl.) por-se atrás.
Àttero, adj. (zool.) áptero, sem asas.
Atterràggio, s. m. aterragem, aterrisagem, descida.
Atterramênto, s. m. derrubamento, derruimento / prostração / descida, aterro.
Atterràre, v. tr. derrubar, derruir, abater / prostrar, humilhar / (refl.) prostrar-se, ajoelhar-se / aterrar, aterrissar.
Atterrenato, adj. (ant.) posto por terra / (fig.) humilhado.
Atterrimênto, s. m. espanto, susto, terror.
Atterríre, v. espantar, inspirar terror / espavorir, aterrar, amedrontar / (refl.) espantar-se, assustar-se.
Atterzàre, (ant.) reduzir à terça parte / (intr.) chegar à terceira parte.
Attêsa, s. f. espera, ato de esperar.
Attesaménte, (ant.) adv. com atenção, diligentemente.
Attêso, p. p. e adj. esperado, aguçado.
Attesochè, attêso che, conj. visto que, posto, que, considerando que.
Attestàre, (de teste, testemunha), v. atestar, afirmar, certificar, assegurar, testemunhar, asseverar.
Attestàre, v. tr. encostar, unir uma coisa a outra pela ponta ou cabeça / (mil.) dispor as tropas apoiando-as a uma base.
Attestàto, p. p. de **attestáre** / (s. m.) atestado / testemunho escrito, certificado; declaração, diploma / prova, demonstração: in ——— della mia amicizia.
Attestatúra, s. f. ponto onde duas coisas se unem pela testada ou ponta.
Attestaziône, s. f. atestação, ação de atestar; testemunho, certidão / demonstração, sinal.
Attêzza, (s. f.) ant. atitude.
Atticamênte, adv. aticamente.
Atticciàto, adj. (lat. **àptus**) corpulento, membrudo, maciço, grosso.
Atticísmo, s. m. aticismo / (fig.) elegância, estilo.
Atticísta, s. m. aticista / (pl.)**atticísti**.
Atticizzàre, v. intr. aticizar, escrever com aticismo.
Àttico, s. m. ático, da Àtica / relativo ao aticismo / (arquit.) ático.
Attiopidíre, v. **attepidíre**.
Attiguità, s. f. contiguidade, vizinhança.
Attíguo, adj. contíguo, junto, pegado, vizinho, adjacente.
Attillàre e attillàrsi, v. pr. vestir-se com elegância e alinho exagerado.
Attillataménte, adv. atiladamente, esmeradamente, elegantemente.
Attillatêzza, s. f. atilateza, atilamento, esmero, elegância, primor.
Attillàto, p. p. e adj. atilado, elegante, correto, vestido com esmero / ajustado (vestido) / (dim.) **attillatíno**.
Attillatúra, s. f. atilamento, primor, esmero refinado no vestir.
Àttimo, s. m. átimo, porção mínima, instante, momento.

Attinènte, adj. atinente, que diz respeito, relativo, concernente, tocante, peculiar.
Attinènza, s. f. atinência, relação, liame / amizade, parentesco.
Attíngere, v. atingir, alcançar, chegar a / tirar, tomar; tirar água de poço ou de outro lugar.
Attingitôio, s. m. instrumento próprio para tirar água, etc.; balde.
Attínia, s. f. (zool.) actínia, anêmona-do-mar.
Attinicità, s. f. actinismo; (fotogr.); raio radioativo.
Attínio, s. m. (quím.) actínio.
Attinografía, s. f. actinografia / fotografia obtida por meio dos raios Roentgen.
Attinògrafo, s. m. actinógrafo, actinômetro.
Attinometría, s. f. (meteor.) actinometria.
Attinòmetro, s. m. actinômetro, instr. que mede a intensidade das irradiações solares.
Attinoterapía, s. f. actinoterapia, radioterapia.
Attínto, p. p. de **attíngere**, atingir / (adj.) atingido, alcançado, obtido, conseguido / tirado, tomado.
Attiràre, v. tr. atrair, puxar para si, trazer / obter, cativar-se / (fig.) merecer / chamar sobre si: **si attirò l'attenzione di tutti**.
Attitúdine, s. f. atitude / postura, posição do corpo.
Attivamênte, adv. ativamente.
Attivaziône, s. f. (neol.) ativação, ação de ativar.
Attivísmo, s. m. ativismo.
Attivísta, s. m. (filos.) ativista / aquele que, pela propaganda ou outro meio, age a favor do próprio partido político.
Attivístico, adj. ativístico, (pl.) **attivístici**.
Attività, s. f. atividade, potência ativa, operosidade, dinamismo, prontidão.
Attívo, adj. ativo, operoso, expedito, pronto, resoluto, enérgico, solerte, solícito / s. m. (com.) ativo.
Attizzamênto, s. m. atiçamento / incitamento, instigação, provocação.
Attizzàre, v. atiçar, avivar o fogo; (fig.) atiçar, instigar, estimular, provocar.
Attizzatôio, s. m. instrumento para atiçar o fogo; espevitador.
Attizzatôre, adj. e s. m. aquele que atiça; espevitador, (fig.) provocador, instigador.
Attizzíno, s. m. atiçador, aquele que instiga as pessoas umas contra as outras.
Àtto, s. m. ato, ação; exercício de um ofício; função, gesto, movimento da pessoa, do braço, etc. exercício efetivo das coisas: **porre in** ———: efetuar / **nell'atto**: no momento, no instante / uma das partes de uma peça teatral / (dim.) **atterèllo** / (pl.) **gli atti**: os autos de um processo.
Àtto, adj. (lat. **àptus**) apto, capaz, idôneo / conveniente, adequado.
Attòllere, (ant.) v. elevar.

Attonànte, p. p. e adj. tonificante, corroborante / (s. m.) tônico, medicamento para fortalecer.
Attonàre, v. tonificar, vigorizar, corroborar, fortalecer.
Attondàre, v. arredondar.
Attonitaménte, adv. atonitamente; espontaneamente.
Attònito, adj. atônito, espantado, assombrado, perturbado, confuso.
Attòrcere, v .torcer, dobrar / enrolar, fazer girar sobre si.
Attorcigliaménto, s. m. enroscamento, enrolamento; torcedura, dobramento.
Attorcigliàre, v. torcer, enrolar, enroscar.
Attòre, s. m. ator; personagem, (fem.) **attrice**, atriz; (dim.) **attorino**; (depr.) **attorúccio**, **attorúolo**, (pej.) **attoráccio**.
Attoría (ant.), s. f. administração.
Attorniaménto, s. m. cerco, rodeio, ação de cercar, de rodear.
Attorniàre, v. cercar, rodear, cingir, circundar; (refl.) rodear-se, circundar-se.
Attòrno, adv. e prep., em redor, à roda, em torno, ao redor, em volta / perto, próximo de / **tutto** ―――――, por todos os lados.
Attorràre, v. empilhar, amontoar à guisa de torre.
Attortigliaménto, s. m. enroscamento, enrolamento, torcimento.
Attortigliàre, v. enroscar, torcer, enrolar.
Attòrto, p. p. e adj. enrolado, torcido, enroscado; torto.
Attoscàre (ant.), v. intoxicar / (fig.) amargurar, tormentar.
Attòso (ant.), adj. dengoso, melindroso.
Attossicàre, v. intoxicar, envenenar / empestar / (fig.) amargurar.
Attrabaccàre, v. acampar, acampar-se em barracas.
Attraccàggio, s. m. (mar.) atracação, amarração.
Attraccàre, v. atracar, amarrar (um barco ou navio à terra).
Attràcco, s. m. ação ou efeito de atracar; atracação.
Attraènte, p. p. e adj. atraente, que atrai; atrativo, agradável, encantador; fascinante, amável.
Attrappàre (ant.), (do al. ant. **trapp**) v. surpreender.
Attrappíre ou **rattrappíre**, v. tr. e pr. encolher, estreitar, contrair-se.
Attràrre, v. atrair / (fig.) seduzir, embair / cativar, lisonjear.
Attrattíva, s. f. atrativa, atração / sedução, fascinação, lisonja.
Attrattivaménte, adv. atrativamente.
Attrattività, s. f. atratividade.
Attrattívo, adj. atrativo, atraente, simpático; (fis.) que tem a propriedade de atrair.
Attraversaménto, s. m. atravessamento, travessia, cruzamento / obstáculo.
Attraversàre, v. tr e pr. atravessar, passar de um lado a outro; cruzar, percorrer, passar / traspassar, passar de lado a lado / (fig.) impedir, opor por meio de obstáculo / (ant.) por ou por-se de través.

Attravérso, adv. através; obliquamente, contrário; (fig.) não retamente, andare ―――――: ir mal, tudo ao contrário; **guardare** ―――――: olhar de esguelha / (prep.) em direção oblíqua; lado a lado; transversalmente, diagonalmente.
Attraziône, s. f. atração.
Attrazzàre, v. (mar.) apetrechar; aprestar, aparelhar, equipar, enxarciar.
Attràzzo, s. m. apetrecho ou móvel de pouco valor (us. especialmente no plural).
Attremíre, v. (ant.) atordoar-se, espantar-se.
Attrezzaménto, s. m. apetrechamento, aparelhamento / aparelhagem.
Attrezzàre, v. tr. (mar.) apetrechar, munir, equipar / aparelhar, mobilar.
Attrezzatúra, s. f. apetrechamento, aparelhagem, aparelhamento / aprestamento, arte de aparelhar um navio.
Attrezzísta, s. f. pessoa que provê o necessário para o apresto de um palco teatral; aderecista.
Attrèzzo, s. m. apetrecho; instrumento, objeto útil ou necessário; aparelho, imóvel; alfaia, adereço.
Attribuíbile, adj. atribuível.
Attribuíre, v. tr. atribuir, outorgar, conferir, imputar / (pr.) arrogar-se, apropriar-se.
Attribúto, s. m. atributo / qualidade, condição, símbolo, título.
Attribuziône, s. f. atribuição, prerrogativa, direito, autoridade; (pl.) poderes; jurisdição de uma autoridade.
Attríce, s. f. atriz.
Attristaménto, s. m. entristecimento, aflição, melancolia, dor.
Attristàre, v. atristar, entristecer, contristar.
Attristíre, v. entristecer, atristar / (refl.) entristecer-se / emagrecer, definir, definhar.
Attríto, s. m. atrito, fricção / (adj.) gasto pela fricção, consumido / (neol.) atrito, pesaroso, compungido.
Attriziône, s. f. atrição, fricção, / (teol.) atrição, arrependimento, pesar, desgosto.
Attrozzàre, v. tr. por os cabos aos pendões do navio.
Attruppaménto, s. m. tropel; amontoamento, multidão.
Attruppàre, v. pr. reunir-se, amontoar-se, aglomerar-se.
Attuàbile, adj. atuável; exercível, realizável.
Attuàle, adj. atual, imediato, efetivo, real / atual, presente, existente.
Attualísmo, s. m. (filos.) atualismo.
Attualísta, s. m. atualista, sequaz do atualismo.
Attualità, s. f. atualidade, natureza do que é atual; virtude ativa / novidade, moda, voga.
Attualménte, adv. atualmente.
Attuàre, v. tr. e pr. atuar, por em ato / efetuar.
Attuariàle, adj. (mat.) atuarial.
Attuariàto, s. m. cargo de atuário.
Attuàrio, s. m. atuário, notário, tabelião, arquivista / especialista de matemática atuarial.

Attuazióne, s. f. atuação, ação ou efeito de atuar.
Attúccio, s. m. (dim. de atto, ato), ato, ação afetada / (depr.) ato sem valor, de um drama, comédia, etc.
Attuffaménto, s. m. ação e efeito de mergulhar, mergulho, submersão.
Attuffàre, v. tr. e pr. mergulhar, imergir, submergir.
Attuóso, adj. (raro) (filos.) ativo, nas coisas morais.
Attutàre, (ant.), v. abrandar, acalmar.
Attutíre, v. tr. e pr. abrandar, acalmar, mitigar; domar, aquietar, refrear.
Aucúpio, s. m. aucúpio, caça às aves por meio de armadilhas.
Audàce, adj. audaz, corajoso, intrépido, ousado, temerário.
Audaceménte, adv. audazmente, corajosamente, ousadamente.
Audácia, s. f. audácia; valor, denodo, ousadia, arrojo, atrevimento.
Audièndum, us. na loc. latina **ad audièndum verbum**, para indicar alguém que foi chamado para ouvir uma reprimenda.
Àudio, (neol.) s. m. áudio, voz com que se indica tudo o que se refere ao som, na televisão.
Auditoràto, s. m. cargo de auditor.
Auditóre, s. m. auditor, juiz de certos tribunais; magistrado, ouvidor.
Auditòrio, adj. (raro) auditivo, auditório, que serve para ouvir / (s. m.) auditório, recinto onde se agrupam os ouvintes.
Audizióne, s. f. audição.
Auge, s. m. auge, apogeu / (fig.) sumidade, o ponto mais elevado.
Augèllo (poét.), s. m. pássaro, (dim.) augellêto, augellíno; (fem.) augelletta.
Auggiàre, v. (raro) prejudicar / tornar triste, oprimir.
Auggíre, (raro) v. aborrecer, enjoar, entediar, enojar.
Augnàre, v. tr. unhar / cortar madeira ou outra coisa de través, obliquamente.
Augnatúra, s. f. extremidade das tábuas cortadas à feição de unha; ponto onde as tábuas assim cortadas se unem.
Augumentàre, (ant.), v. aumentar.
Auguràle, adj. augural.
Auguràre, v. intr. e pr. augurar, pressagiar, predizer, prever / desejar, fazer votos de felicidade, auspiciar.
Auguràto, p. p. e adj. augurado, profetizado, conjeturado, previsto.
Auguratóre, adj. e s. m. que ou aquele que augura.
Àugure, s. m. áugure / advinho, profeta.
Augúrio, s. m. augúrio, desejo, auspício, voto, felicitação / presságio, prognóstico, predição, vaticínio.
Augurôso, adj. que traz boa ou má fortuna; une-se sempre aos advérbios **bene** ou **male**, bom ou mau.
Augústa, s. f. augusta, título que se dava à imperatriz romana.
Augustàle, adj. augustal, relativo a Augusto; imperial.
Augustéo, adj. augustal, de Augusto; (s. m.) mausoléu do Imperador Augusto.

Augústo, adj. augusto, venerando, respeitável, majestoso; sacro, solene, imponente.
Aula, s. f. aula, sala grande onde se reúnem os magistrados, o parlamento, etc. / corte / átrio / sala de aula.
Aulèdo, Aulèta e Aulète, s. m. aulete, tocador de aulo; flautista.
Aulènte (ant.), p. pr. e adj. adorante, odorífero, cheiroso.
Aulètride, s. f. (hist.) aulétride, tocadora de aulo ou flauta.
Aulicaménte, adv. aulicamente.
Àulico, adj. áulico / nobre, ilustre.
Aulíre (ant.), v. odorar, exalar odor.
Aulorôso (ant.), adj. odorífero, odoroso.
Aumentàbile, adj. aumentável.
Aumentàre, v. aumentar, fazer maior, acrescentar, ampliar, amplificar, dilatar / crescer, redobrar.
Auménto, s. m. aumento, acréscimo, crescimento, ampliação, engrandecimento.
Aumiliàre (ant.), v. humilhar.
Àuna, s. f. auna ou alna, antiga medida de comprimento.
Aunghiàre, v. tr. agarrar, unhar.
Auntàre (ant.), v. envergonhar, humilhar.
Àura, s. f. aura, aragem, brisa, sopro / hálito / (fig.) fama, popularidade.
Auràto, adj. (poét.), dourado, áureo / (fig.) esplendente
Aurèlia, s. f. (ant.) aurélia, crisálida; gênero de zoófitos.
Àureo, adj. áureo / (s. m.) moeda de ouro.
Auréola, s. f. auréola.
Aureomicina, aureomicina (antibiótico).
Àurico, adj. (mar.) vela de forma trapezoidal.
Auricolàre, adj. e s. m. auricular.
Aurífero, adj. aurífero.
Auriga, s. f. auriga, condutor de carros na antiga Roma; cocheiro.
Auríno, adj. (raro) aurino, feito de ouro; áureo.
Aurìto (ant.), adj. aurito, de orelhas grandes; que ouve bem, atento.
Auròra, s. f. aurora.
Auroràle, adj. auroral, da aurora.
Ausàre (ant.), v. acostumar, habituar.
Auscultàre, v. tr. e intr. auscultar.
Auscultazióne, s. f. auscultação.
Ausiliàre, adj. e s. m. auxiliar, auxiliário.
Ausiliàrio, adj. auxiliar, auxiliário / (pl.) ausiliàri.
Ausiliatóre, adj. e s. m. auxiliar, auxiliador.
Ausílio, s. m. (lit.) auxílio, ajuda, socorro, defesa / (pl.) ausíli.
Àuso (ant.), adj. audaz; temerário.
Ausònio, adj. ausônio, itálico.
Auspicàbile, adj. auspicável, augurável.
Auspicàle, adj. auspical, de bom auspício, de bom agouro.
Auspicàre, v. tr. auspicar, predizer, prognosticar, augurar; exprimir esperança de bem futuro.
Auspicàto adj. (lit.) auspicado, augurado, prognosticado.

Àuspice, s. m. áuspice, áugure, arúspice / (fig.) aquele sob cujo patrocínio se inicia um empreendimento.
Auspício, s. m. auspício, augúrio / proteção, favor, patrocínio.
Austeramênte, adv. austeramente.
Austeritá, s. f. austeridade / (raro) de sabor acre.
Austòrio, s. m. vaso para os sacrifícios.
Austràle, adj. austral, meridional / polo ————: polo sul.
Australiàno, adj. e s. australiano.
Àustro, s. m. austro, região meridional; sul / vento sul.
Aut Aut, loc. lat. que significa ou sim ou não / (s. m.) dilema.
Autarchía, s. m. autarquia.
Autárchico, adj. autárquico / (pl.) autàrchici.
Autèntica, s. f. autêntica, autenticação / (hist.) novas constituições de Justiniano.
Autenticamênte, adv. autenticamente.
Autenticàre, v. autenticar, autorizar, certificar, justificar, legalizar.
Autenticaziône, s. f. autenticação.
Autenticità, s. f. autenticidade, validez.
Autèntico, adj. autêntico, verdadeiro, legítimo, genuíno, válido.
Autière, s. m. (neol. mil.) soldado automobilista.
Autísmo, s. m. (med.) autismo.
Autísta, s. f. motorista.
Àuto, prefixo que significa de si mesmo, por si mesmo; (s. f.) automóvel, auto.
Autobiografía, s. f. autobiografia.
Autobiográfico, adj. autobiográfico, (pl.) autobiográfici.
Autoblínda, autoblindàta, s. f. carro, automóvel blindado.
Autobrúco, s. m. (neol.) tanque de guerra, carro blindado.
Àutobus, (neol.), s. m. auto-ônibus.
Autocárro, s. m. autocaminhão para o transporte de mercadoria.
Autocèntro, s. m. centro automobilístico militar.
Autocolònia, s. f. coluna de automóveis.
Autocommutatôre, s. m. (telef.) comutador automático.
Autocorrièra, s. f. auto-ônibus que faz carreira regular entre uma cidade e outras.
Autòcrata e autòcrate, s. m. autocrata.
Autocraticamênte, adv. autocraticamente.
Autocràtico, adj. autocrático, (pl.) autocràtici.
Autocrazía, s. f. autocracia.
Autocromía, s. f. autocromia, fotografia direta das cores, por meio de chapas autocromáticas.
Autòctono, adj. e s. m. autóctone, da região que habita; aborígine.
Autodafê, s. f. auto de fé.
Autodecisiône, s. f. autodecisão, decisão espontânea.
Autodidàtta, s. m. autodidata, (pl.) autodidàtti.
Autòdromo, s. m. autódromo, pista para corrida de automóveis.

Autoferrotramviário, adj. relativo às três categorias de transportes públicos, automobilístico, ferroviário e tranviário.
Autofurgône, s. m. autofurgão, pequeno caminhão fechado.
Autogasògeno, s. m. autogasogênio.
Autogènesi, s. f. autogênese, geração espontânea.
Autogenía, s. f. autogenia.
Autògeno, adj. autógeno.
Autogiro, s. m. (aer.) autogiro.
Autografía, s. f. autografia.
Autográfico, adj. autográfico, (pl.) autográfici.
Autògrafo, adj. e s. m. autográfico, autógrafo, manuscrito.
Autoinduziône, s. f. (eletr.) auto-indução.
Autointossicaziône, s. f. auto-intoxicação.
Autoipnòsi, s. f. auto-hipnose, auto-sugestão.
Autolatría, s. f. autolatria, adoração de si próprio; narcisismo.
Autolesiône, s. f. autolesão, lesão voluntária.
Autolettíga, s. f. auto-ambulância.
Autòma, s. m. autômato / (fig.) homem sem vontade ou consciência; fantoche.
Automaticamente, adv. automaticamente.
Automaticitá, s. f. automaticidade.
Automàtico, adj. automático, (pl.) automàtici.
Automatísmo, s. m. automatismo.
Automedônte, s. m. automedonte; condutor do carro de Aquiles; cocheiro.
Automèzzo, s. m. nome genérico de qualquer veículo movido a motor; veículo-motor.
Automobilàstro, s. m. (depr.) mau automobilista. / (Brasil) barbeiro.
Automóbile, s. m. automóvel.
Automobilísta, s. m. e f. automobilista.
Automobilístico, (pl. automobilístici) adj. automobilístico.
Automotôre, s. m. automotor.
Automotríce, s. m. automotriz.
Autonomía, s. f. autonomia.
Autònomo, adj. autônomo.
Autoparchêggio, s. m. (neol.) lugar de estacionamento para automóveis.
Autopàrco, s. m. parque automobilístico.
Autopiastía, v. autoplàstica.
Autoplàstica, s. f. (cir.) autoplastia.
Autopômpa, s. f. automóvel munido de bomba contra incêndios.
Autoportàto, adj. autotransportado, transportado por meio de veículo a motor.
Autopsía, s. f. autópsia; necroscopia.
Autopúllmann (neol.), s. m. auto-ônibus.
Autôre, s. m. autor / (s. f.) autríce, autora.
Autorêvole, adj. autorizado, respeitado, categorizado, acreditado, prestigioso.
Autorevolêzza, s. f. prestígio; autoridade, respeitabilidade, conceito, estima; influência, reputação, importância.
Autorevolmênte, adv. prestigiosamente, conceituosamente, autorizadamente.

Autorimèssa, s. m. lugar onde se abrigam automóveis, garagem.
Autoritá, s. f. autoridade, poder legítimo de mandar / representante do poder público / crédito, influência / reputação; saber profundo em qualquer matéria / dignidade, direito, supremacia, estima, crédito.
Autoritàrio, adj. autoritário / prepotente, déspota, dominador / (pl.) autoritàri.
Autorizzàre, v. tr. autorizar / aprovar, permitir / validar, justificar / conceder; consentir.
Autorizzazióne, s. f. autorização / permissão.
Autorotazióne, s. f. auto-rotação.
Autoscàfo, s. m. autoscafo, barco automóvel.
Autoscàtto, s. m. (fotogr.) disparador automático para obturador fotográfico.
Autostòp, s. m. (neol.) ação de parar um automóvel que está passando, para obter o transporte gratuito (Bras. carona).
Autostràda, s. f. auto-estrada.
Autosuggestióne, s. f. auto-sugestão.
Autotelàio, s. m. chassis de automóvel.
Autotipía, s. f. (fot.) autotipia.
Autotrêno, s. m. autotransporte com reboque.
Autovaccíno, s. m. autovacina, vacina cujo soro é extraído da própria pessoa a vacinar.
Autoviràte, adj. (fot.) autoviragem, diz-se da propriedade que tem certo papel sensível (us. em fotografia) de assumir diversos tons de cor.
Autríce, s. f. autora.
Autunnàle, adj. outonal.
Autúnno, s. m. outono; (fig.) idade madura.
Auzióne, s. f. venda em leilão.
Auzzàre, (raro) v. aguçar.
Àva, s. f. avó / antepassada.
Avacciàre (ant.), v. apressar.
Avàccio, (ant.) adv. depressa; (s. m.) presteza / (adj.) solícito.
Avallànte, p. pr. e s. m. endossante.
Avallàre, v. tr. endossar / (fig.) apoiar, garantir.
Avallàto, p. p., adj. e s. m. endossado.
Avàllo, s. m. endosso, endosse.
Avambràccio, s. m. antebraço / (pl.) avambrácci.
Avampôsto, s. m. posto avançado de tropas / escolta, guarda.
Avàna, adj. e s. m. da cor de charuto de Havana / havano, havana (charuto).
Avancàrica, s. f. us. na loc. adv. "ad ———": ao se falar de arma de fogo que se carrega pela boca.
Avancòrpo, s. m. sacada, saliência na frontaria de um edifício.
Avanèra, s. f. (de Havana) canção de Havana; "habanera".
Avanguàrdia, s. f. vanguarda.
Avanguardísta, s. m. vanguardeiro, pioneiro, precursor.

Avanía, s. f. (do ár. havan) avania, vexame que os turcos impunham aos cristãos; (por ext.) imposto gravoso / afronta, prepotência, tratamento humilhante.
Avannòtto, s. m. nome genérico de qualquer peixe recém-nascido / (fig.) homem simplório, crédulo, papalvo.
Avanscopèrta, s. f. tropa de vanguarda cuja missão é descobrir as posições e movimentos do inimigo.
Avànti, prep. e adv. (do lat. vulg. "ab ante") antes, adiante, primeiro / perante, diante; ——— l'uscio: diante da porta / em presença / andare ———: prosseguir o caminho / **avanti**: avante! encorajamento / mandare ———: fazer progredir, tocar para a frente.
Avantièri, adv. anteontem.
Avantrèno, s. m. (do fr.) carreta de artilharia / jogo anterior de qualquer veículo.
Avanzamènto, s. m. avançamento, ação e efeito de avançar / ação de progredir de uma arte ou ciência / promoção, elevação de grau.
Avanzàre, v. tr. e pr. avançar, fazer andar para diante / (fig.) por à frente, apresentar, superar / (intr.) proceder / progredir, adiantar-se / sobrar, exceder / por de lado, economizar: **ho avanzato qualcosa per le feste** / progredir, continuar.
Avanzàta, s. f. (mil.) avançada, investida de tropas / progresso, vitória.
Avanzatíccio, s. m. (depr.) resto, sobra, por ex. de alimentos; (pl.) avanzatícci.
Avanzàto, p. p. e adj. avançado, adiantado / que tem muitos anos, idoso / partidário de idéias novas / a tempo ———: nas sobras de tempo.
Avànzo, s. m. sobra, resíduo, resto de qualquer coisa; **è un lavoro ch'io farò se m'avanza tempo** (Papini): é um trabalho que farei se me sobrar tempo / (pl.) ruínas de uma cidade / ganho, lucro / aquisição / idéias de tempos idos: **queste idee sono avanzi del medio evo** / d'avanzo: mais que o necessário / ——— di galera: sobra de galés, ou sujeito ruim / (dim.) avanzúccio; (depr.) avanzúme.
Avaramènte, adv. avaramente, mesquinhamente, avarentamente.
Avareggiàre, v. tr. proceder com avareza.
Avaría, s. f. avaria / (mar.) prejuízo causado a um navio ou à sua carga / indenização que se paga por tal dano / estrago, prejuízo / deterioração.
Avariàre, v. tr. avariar, causar avaria a, prejudicar, danificar, estragar.
Avariàto, p. p. e adj. avariado / estragado, prejudicado, deteriorado.
Avarízia, s. f. avarícia, avareza, mesquinhez, sordidez, sovinice, tacanharia.
Avàro, adj. e s. m. avaro, avarento, mesquinho, tacanho.

Avatàra, s. m. avatara, avatar / (fig.) transformação, metamorfose.
Ave, (palavra lat.) saudação de chegada ou de partida, que significa Saúde! Salve! / Ave-maria (reza) / in men di un'Ave: num momento.
Avellàna, s. f. avelã, fruta da oliveira.
Avellàno, s. m. aveleira, fruto do gênero de castanáceos.
Avèllere, v. extirpar, tirar.
Avèllo, (lat. "labèllum") s. m. sepulcro, tumba.
Avemaría e avemmaría, s. f. Ave-maria, oração consagrada à Virgem Maria / conta de rosário / toque de sinos convidando os fiéis à oração.
Avèna, s. f. aveia, avena / (poét.) flauta pastoril / forragem.
Avènte Causa, (loc. jur.) pessoa que sucede a outra como sujeito de um relatório jurídico, em oposição a "dante causa".
Aventuría, s. f. aventurina, variedade de quartzo colorido de amarelo ou vermelho.
Avère, v. aux. ter, haver, possuir / chi piú ha, piú vuole: quem mais tem mais quer / considerar, reputar; l'hanno per pazzo / conseguir, obter: ha avuto un buon impiego / averla con uno: ter rancor a alguém / aver da fare: ter o que fazer / —————— in animo: ter intenção / chi ha avuto ha avuto: nada mais resta fazer, o que aconteceu, aconteceu.
Avère, s. m. haveres, riquezas, bens, propriedades: gli averi / nos livros de conta corrente: haver, crédito.
Averire (ant.), v. acontecer, suceder.
Avèrla, s. f. avèlrora (pássaro); (dim.) averlêtta.
Avernàle, adj. avernal, infernal.
Avèrno, s. m. Averno, inferno dos pagãos.
Avèrtere (ant.), v. divergir.
Aviário, s. m. aviário, viveiro de aves / (adj.) aviário, relativo às aves.
Aviatôre, s. m. (f. aviatríce) aviador, (pl.) aviatôri.
Aviatòrio, adj. aviatório, (pl.) aviatòri.
Aviaziône, s. f. aviação / aeronáutica.
Avicoltôre, adj. e s. m. avicultor.
Avicoltúra, s. f. avicultura.
Avidamènte, adv. avidamente.
Avidità, s. f. avidez, desejo grande, cobiça, sofreguidão, cupidez.
Àvido, adj. ávido, cobiçoso, ambicioso, voraz, insaciável / (dim.) avidètto, aviduccio.
Avière, (neol.), s. m. aviador militar.
Avifáuna, s. f. avifauna.
Àvio, adj. impérvio, impenetrável, inacessível.
Aviolinea, s. f. "aviolínea", linha regular aérea.
Avionàl, s. m. liga de alumínios com cobre e pequenas quantidades de magnésio e manganês, para construções aeronáuticas.
Avioradúno, (neol.) s. m. reunião, concurso aviatório.
Aviorimèssa, s. f. galpão, hangar para digíveis e aeroplanos.
Avitaminôsi, s. f. (med.) avitaminose.

Avíto, adj. (lat. "avitu") avito, dos avós, dos antepassados / hereditário.
Àvo, s. m. avô, (pl.) gli avi, os antepassados.
Avocàre, v. avocar.
Avocaziône, s. f. avocação.
Avocolàre, (ant.) v. cegar.
Avogadôre e avvogadôre, s. m. (hist.) avogador, magistrado veneziano encarregado de vigiar os interesses da República.
Àvolo, s. m. (f. àvola) avô.
Avolteràre, v. (ant.) adulterar.
Avoltôio, v. avvoltoio.
Avório, s. m. marfim; (pl.) avòri.
Avòrnio, v. avorno.
Avòrno, s. m. espécie de freixo (planta da família das Fraxináceas).
Avortône, avertône, s. m. pele de cordeiro não nascido.
Avúlso, adj. avulso, arrancado ou separado com violência.
Avúta, s. f. ganho no jogo; —————— e riavuta: ação de ganhar e tornar a ganhar no jogo.
Avvalare, v. (raro) (refl.) valer-se.
Avvalamènto, s. m. depressão, vala, abaixamento, escavação, cavidade.
Avvallàre, v. intr. e pr. abaixar (terreno ou outra superfície) / abaixar, descer, volver à terra.
Avvallatúra, s. f. depressão, abaixamento; vala.
Avvaloramênto, s. m. valorização, ação e efeito de valorizar.
Avvaloràre, v. tr. e pr. valorizar / revigorar, apoiar, confirmar, atestar, asseverar.
Avvampamênto, s. m. chamejamento, abrasamento, queima.
Avvampàre, v. arder, inflamar, queimar, chamejar, abrasar.
Avvantaggiàre, v. avantajar, ter vantagem sobre; fazer progredir; acrescer, melhorar / aumentar, ganhar.
Avvantaggiàto, p. p. e adj. avantajado.
Avvantàggio (ant.), s. m. vantagem; d'avvantaggio: além do que se fez ou disse antes.
Avvedêre, v. perceber, notar, reparar, advertir, entender por indícios ou conjecturas; senza avvedersene, sem malícia, sem perceber.
Avvedimênto, s. m. percebimento, entendimento, tino, juízo, sagacidade.
Avvedutamènte, adv. avisadamente, destramente, estudadamente.
Avveduttêza, s. f. perceptibilidade, sagacidade, tino.
Avvedúto, p. p. e adj. avisado, sagaz, cauto.
Avvegnachê, avvègna che, avvengachê (ant.) conj. ainda que, posto que, visto que.
Avvelenamênto, s. m. envenenamento.
Avvelenàre, v. tr. envenenar, intoxicar; (fig.) amargurar: mi avvelena l'anima / (refl.) avvelenàrsi, envenenar-se.
Avvelenatôre, s. m. (f. avvelenatríce) envenenador.
Avvelenìre, v. (raro) envenenar.
Avvenènte, adj. (do provenç. "avinen") formoso, galante, gentil, gracioso, belo, agradável.

Avvenentemênte, adv. gentilmente, formosamente, garbosamente.
Avvenènza, s. f. donaire, beleza, elegância, gentileza, garbo.
Avvenêvole, (raro) adj. gracioso, afável, gentil.
Avvenevolêzza, s. f. formosura, gentileza.
Avvenevolmênte, adv. elegantemente, afavelmente.
Avvenimênto, s. m. acontecimento, sucesso, fato, caso, evento.
Avvenire, v. intr. e pr. acontecer, suceder, sobrevir, realizar-se, verificar-se.
Avvenire, s. m. porvir, futuro; sorte, condição futura; **ho assicurato l'avvenire;** garanti o futuro.
Avvenirista, (neol.) s. m. futurista.
Avvenitíccio, adj. (raro) adventício.
Avventàre, v. arremessar, lançar com violência uma coisa contra alguém / aventar, expor juízos ou palavras desconexamente / lançar-se, arremessar-se, arrojar-se.
Avventatàggine, s. f. ímpeto, inconsiderado; imprudência, precipitação, temeridade.
Avventatamênte, adv. inconsideradamente, imprudentemente, levianamente.
Avventatêzza, s. f. precipitação, leviandade, imprudência, inconsideração.
Avventàto, p. p. e adj. precipitado, arriscado, leviano, imprudente.
Avventízio, adj. adventício / temporário, causal, provisório, passageiro.
Avvènto, s. m. advento; chegada, vinda / tempo do ano eclesiástico consagrado à preparação do Natal / acontecimento, assunção.
Avventôre, s. m. cliente habitual, freqüentador, freguês.
Avventrinàre, v. intr. e pr. enfermar por cólica ventral (animais).
Avventúra, s. f. aventura, ventura; caso; sucesso singular ou extraordinário; **per** ———: por acaso, talvez.
Avventuràre, v. aventurar, arriscar / (refl.) aventurar-se, expor-se.
Avventuratamênte, adv. venturosamente, afortunadamente, ditosamente.
Avventuràto, p. p. e adj. aventurado, aventuroso, afortunado, feliz, ditoso.
Avventurière e avventurièro, s. m. aventureiro, (ant.) soldado de aventura / embrulhão, embusteiro.
Avventurína, s. f. aventurina, vidro amarelo, variedade de quartzo colorido de amarelo.
Avventurosamênte, adv. venturosamente, afortunadamente.
Avventurôso, adj. venturoso, afortunado, feliz, aventurado / fausto; **giorno** ——— / próspero, propício.
Avveramênto, s. m. afirmação, confirmação, efetivação.
Avveràre, v. tr. realizar, confirmar; verificar, averiguar / (refl.) realizar-se, efetuar-se, cumprir-se o que se havia previsto.
Avverbiàle, adj. adverbial.
Avverbialmênte, adv. adverbialmente.
Avvèrbio, s. m. advérbio, (pl.) **avvérbi.**
Avverdíre, v. (intr.) enverdecer, verdejar / tornar-se verde.

Avversamênte, adv. adversamente.
Avversàre, v. tr. adversar, contrariar / perseguir, odiar, hostilizar.
Avversário, s. m. e adj. adversário; inimigo, contrário, antagonista, rival, contendor / (ant.) o diabo.
Avversatívo, adj. (gram.) adversativo.
Avversàto, adj. e p. p. adversado, contrastado.
Avversatôre, adj. e s. m. adversário, contendor, opositor.
Avversazióne, s. f. adversão.
Avversione, s. f. adversão, objeção, oposição; contrariedade, repugnância, antipatia, aborrecimento.
Avversità, s. f. adversidade, contrariedade, contraste, oposição; infortúnio, acidente, desventura, tribulação.
Avvérso, adj. adverso, contrário, antagônico; hostil, inimigo, desfavorável.
Avvertentemênte, adv. (raro) advertidamente.
Avvertènza, s. f. advertência, aviso, admoestação, observação / atenção, diligência / nota, prefácio, introdução que se põe num livro / circunspeção, cautela, reflexão, ponderação.
Avvertíbile, adj. advertível, observável.
Avvertimento, s. m. advertimento, advertência, aviso, observação / lembrete, conselho, instrução.
Avvertíre, v. tr. e intr. advertir, admoestar; notar, aconselhar, ameaçar, censurar, sugerir, exortar / considerar. prestar atenção a certa coisa; **avverti di parlar con prudenza.**
Avvertitamênte, adv. advertidamente, consideradamente.
Avvertíto, p. p. e adj. advertido, acautelado, atento, cauto, aplicado, precavido, sagaz.
Avvezzàre, v. avezar, afazer, habituar, costumar / (refl.) acostumar-se, adaptar-se.
Avvezzàto, avvêzzo, adj. avezado, habituado, acostumado.
Avviamênto, s. m. encaminhamento, ação de encaminhar, de aviar ou aviar-se / preparo, início numa arte ou trabalho: ——— **al disegno,** etc.
Avviàre, v. tr. encaminhar, aviar, dirigir / preparar-se / começar, dar início a / (pr.) aviar-se, encaminhar-se, ir.
Avviàto, p. p. e adj. encaminhado, orientado, dirigido / iniciado, aviado; **bottega avviata;** negócio que realiza boa venda.
Avviatòra, s. f. operária que prepara o trabalho para a tecelagem.
Avviatúra, s. f. encaminhamento / a primeira volta de um trabalho a malha.
Avvicendamênto, s. m. sucessão, alternativa de atos; alternativa, revezamento; (agr.) rotação.
Avvicendàre, v. tr. alternar, revezar / (pr.) suceder-se, alternar-se, revezar-se.
Avvicinamênto, s. m. avizinhação, aproximação.
Avvicinàre, v. avizinhar, aproximar.
Avvignàre, v. reduzir um terreno a vinhedo / tratar das videiras.
Avviliènte, p. pr. e adj. aviltante, desonroso.

Avvilimênto, s. m. aviltamento, envilecimento, desonra, humilhação.
Avvilíre, v. aviltar, envilecer; humilhar, desprezar, desmoralizar, rebaixar / (refl.) aviltar-se, abandonar-se, abater-se, prostrar-se; desanimar.
Avvillitívo, adj. (raro) aviltador, aviltoso, aviltante.
Avvilíto, p. p. e adj. aviltado.
Avviluppamênto, s. m. envolvimento; confusão, embrulhada.
Avviluppáre, v. tr. e pr. amontoar, embrulhar confusamente; envolver, emaranhar, embaraçar / cobrir (com capa e obj. semelhantes) / enredar, confundir, atrapalhar alguém com palavras ou artifício.
Avviluppatamênte, adv. emaranhadamente, confusamente, atrapalhadamente.
Avvináre, v. avinhar, dar o cheiro ou o gosto do vinho aos tonéis novos / enxaguar com o vinho o copo e obj. semelhantes.
Avvináto, p. p. e adj. avinhado / que tem a cor do vinho vermelho / avinhado, um tanto embriagado.
Avvinazzáre, v. embriagar com vinho / (ref.) embriagar-se.
Avvinazzàto, p. p. e adj. avinhado; embriagado, bêbado.
Avvíncere, v. cingir, ligar, prender, apertar, amarrar.
Avvincidíre, v. amolecer, relaxar, afrouxar.
Avvincigliàre, v. amarrar, ligar com vime / ligar, amarrar, apertar.
Avvinghiàre, v. cingir, apertar fortemente; envencilhar, enlear.
Avvínto, p. p. e adj. cingido, ligado, apertado, enleado, amarrado.
Avvío, s. m. encaminhamento, endereçamento / moto inicial de quem se apresta para andar: **prese la borsa e s'avviò all'uffizio** / (pl.) **avvíi**.
Avvisàglia, s. f. combate, encontro entre poucos soldados, escaramuça / (fig.) barulho, rixa, conflito, etc.
Avvisamênto (ant.), s. m. aviso / intenção / observação / percepção.
Avvisàre, v. avisar, participar, informar / advertir / pensar, imaginar / anunciar, informar, prevenir, referir.
Avvisatamênte, adv. avisadamente, acertadamente, prudentemente.
Avvisàto, p. p. e adj. avisado, judicioso, prudente, sensato, sagaz.
Avvisatôre, s. m. (f. avvisatríce) avisador, que avisa / instrumento para dar alarma.
Avvíso, s. m. aviso, notícia, anúncio / advertência, conselho / parecer, opinião: **sono d'avviso** / cautela; discernimento / cartaz, anúncio, circular, comunicação.
Avvistàre, v. avistar, observar com atenção / julgar à simples vista, divisar, reconhecer.
Avvistàto, p. p. e adj. avistado / avisado, prudente, sagaz, esperto.
Avvísto, p. p. e adj. avisado, advertido, prudente.
Avvitamênto, s. m. (aer.) parafuso / manobra acrobática de aeroplano.

Avvitàre, v. parafusar, apertar por meio de parafuso, atarraxar.
Avviticchiamênto, s. m. envencilhamento, enroscadura, envolvimento.
Avviticchiàre, v. envencilhar, enlear, cingir ao redor; envolver, enrodilhar, enroscar.
Avviticciàre, v. enrolar, enroscar como a videira.
Avvitíre, v. plantar videiras.
Avvitolàto, adj. enrolado, torcido como videira.
Avvivamênto, s. m. ação de avivar, avivamento, animação.
Avviváre, v. tornar mais vivo, excitar, animar; infundir vigor, vivacidade.
Avvivatôio, s. m. avivador, instrumento de que se servem os douradores para avivar o ouro.
Avvivatôre, adj. e s. m. avivador, que aviva.
Avviziàre, v. (raro) viciar, corromper.
Avvizzimênto, s. m. emurchecimento, definhamento, estiolamento.
Avvizzíre, v. murchar; definhar, secar desflorar; fanar, mirrar; secar (disse de frutos, flores e (fig.) de pessoas).
Avvocàta, s. f. advogada, patrona, protetora, padroeira; diz-se especialmente de N. S.
Avvocatàre, v. (raro) dar o grau de advogado / (refl.) exercer a advocacia; advogar.
Avvocatescamênte, adv. à maneira de advogado / (depr.) cavilosamente.
Avvocatêsco, adj. de advogado, us. porém o mais das vezes em sentido pejorativo.
Avvocatêssa, s. f. advogada, mulher formada em direito / mulher de advogado / mulher tagarela.
Avvocàto, s. m. advogado / patrono, patrocinador, causídico, defensor / (dim.) **avvocatíno, avvocatúccio avvocatúzzo**; (depr.) **avvocatúcolo**; (aum.) **avvocatône**.
Avvocatúra, s. f. advocacia.
Avvòlgere, v. embrulhar, meter dentro de envoltório; enrolar, envolver, enfaixar / iludir, enredar, confundir, comprometer.
Avvolgimênto, s. m. embrulhamento, envolvimento / intriga, enredo / rodeio / (eletr.) enrolamento, conjunto de condutores de uma máquina elétrica.
Avvolgitôre, s. m. (f. avvolgitrice) envolvedor, que envolve / instrumento ou máquina para enrolamentos.
Avvoltàre, v. envolver, embrulhar, enrolar.
Avvoltàta, s. f. ato de envolver, embrulhar, enrolar.
Avvoltatúra, s. f. embrulhamento, envolvimento, enrolamento.
Avvolticchiàre, v. envolver, enrolar ao redor, emaranhar, torcer (fio, meada) etc. / (refl.) retorcer-se.
Avvôlto, p. p. e adj. envolto, enrolado, torcido / (fig.) enredado, implicado, envolvido.
Avvoltôio, avòltôio, s. m. abutre / (fig.) pessoa rapace, ávida, agiota, etc. (pl.) **avvoltôi**.

Azalèa, s. f. azálea, gênero de plantas das Ericáceas, cultivadas nos jardins.
Aziènda, s. f. (esp. "hacienda") casa comercial, negócio, empresa industrial, agrícola, autárquica, etc. / administração doméstica, de casas comerciais, de cidades, de Estados, etc.
Aziendàle, adj. relativo a negócio e administração.
Azimut, s. m. (ár. "as-sumut") (astr.) azimute.
Azimuttàle, adj. azimutal.
Azionàre, v. acionar, por em ação; mover, dar movimento a (máquinas e instrumentos semelhantes).
Azionário (neol.) adj. acionário, no sentido de título de propriedade industrial ou comercial: **capitale** ———.
Aziône, s. f. ação, movimento, modo de atuar; resultado de uma força / fato / prontidão, assiduidade; **uomo d'** ——— / (jur.) recurso, demanda feita em juízo / (com.) título representativo de capital / (mil.) batalha / argumento de um drama ou comédia / (dim.) **azioncèlla**, (depr.) **azionúccia**, (pej.) **azionàccia**.
Azionísta, s. m. (acionista).
Azòico, (geol.) azóico.
Azotàto, adj. e s. m. azotado, azotato.
Azotemía, s. f. (med.) azotemia.
Azòtico, adj. azótico, ácido nítrico, (pl.) **azòtici**.
Azòto, s. m. (quím.) azoto, nitrogênio.
Azoturía, s. f. (med.) azoturia.
Azza, s. f. acha, arma antiga, semelhante a uma foice.
Azzampàto, adj. que tem patas.
Azzannamênto, s. m. ação de adentar, de apertar com os dentes.
Azzannàre, v. tr. ferrar os dentes; adentar, morder.
Azzannàta, s. f. dentada.
Azzannatúra, s. f. ato e efeito de adentar; dentada, mordedura.
Azzardàre, (fr. "hasarder") v. intr. e pr. arriscar, aventurar, expor ao perigo, deixar ao acaso.
Azzàrdo, (ár. "az-zahr", dado) s. m. risco, perigo / **giuòco d'azzardo**: jogo de azar; **mettersi a un** ———: aventurar-se.

Azzardôso, adj. arriscado, perigoso, imprudente, incauto / arrojado, audaz, temerário.
Azzeccagarbúgli, (do nome do célebre personagem dos **"Proméssi Sposi"**, os Noivos), s. m. advogado embrulhão; chicaneiro.
Azzeccàre, v. tr. pregar; colar; (fig.) morder / dar, vibrar, (golpe, pancada) / adivinhar, acertar.
Azzêcco, s. m. (raro) ato de pregar, de colar, de vibrar / dentada, golpe seco.
Azzeruòlo, s. m. azarolo, azarola, azaroleira, azaroleiro, árvore da família das Rosáceas, que produz uma espécie de maçã pequena, de sabor um tanto acre.
Azzica, s. f. (caça) chamariz, isca.
Azzima, (pl. **àzzime**) s. f. massa sem levedura.
Azzimàre, v. tr. e pr. enfeitar-se, adornar-se, perfumar-se, alindar-se, vestir-se com esmero exagerado.
Azzimàto, p. p. e adj. enfeitado, adornado, alinhado, perfumado.
Azzimèlla, s. f. rosca de massa ázima (sem fermento).
Azzimína, s. f. (raro) trabalho de tauxia.
Azzimo, adj. ázimo, sem fermento; (s. m. pl.) **gli ázzimi**: a páscoa dos judeus.
Azzitàre e **azzittíre**, v. fazer ficar calado, quieto / (refl.) calar-se, por-se quieto.
Azzoppàre e **azzoppíre**, v. aleijar, tornar coxo.
Azzoppimênto, s. m. coxeio, coxeadura.
Azzuffamênto, s. m. briga, rixa corpo a corpo entre certo número de indivíduos.
Azzuffàre, v. pr. brigar, rixar, ir às mãos, pegar-se.
Azzuffíno (ant.), s. m. beleguim, esbirro.
Azzuòlo (ant.), adj. azul escuro, azul ferrete.
Azzurràto, adj. azulado, azulino.
Azzurreggiàre, v. intr. azulejar, tornar azul: azular.
Azzurríccio, (pl. **azzurrícci**) adj. azuláceo, tirante a azul.
Azzurrígno, **azzurríno**; adj. que tem a cor ligeiramente azul, azulado.
Azzurrità, s. f. o que é azul, aquilo que é azul, **immense** ——— **celesti**.
Azzúrro, adj. azul.
Azzurrògnolo, adj. azuláceo, azulado.

B

(B), s. m. e f. **b**, segunda letra do alfabeto italiano, e primeira das consoantes, pronuncia-se **bi** (pron. ant. e dial. **be**).

Bà e **bau**, interj. exprime negação ou desprezo.

Baba ou **babà**, s. m. (polon.) baba, doce feito de farinha, manteiga, leite, ovos, açúcar, cidra, uvas passas e rum.

Babàu, s. m. papão, monstro imaginário com que se amedrontam as crianças.

Babbabígi ou **babagígi**, s. m. planta herbácea, semelhante ao papiro, espécie de junco oriental (cultivada na Sicília), com frutos doces e oleosos, semelhantes à amêndoa.

Babbàccio, adj. pej. de **babbo** (pai), tolo, palerma, parvo.

Babbalèo, babbalòco, babbàno, babbèo babbiône, adj. e s. m. tolo, bobo, simplório, azêmola, chocho, estólido, pacóvio, néscio.

Bàbbo, s. m. (dim. **babbíno**), papá, papai, pai.

Babbòccio, adj. e s. m. tolo, parvo, lorpa.

Babborivêggioli e **babborivêggoli**, s. m. só usado na expressão **andare a ———**: morrer, ir para o outro mundo: tornar a ver o pai e os parentes mortos.

Babbuàggine, s. f. sandice, parvidade, estultícia / asneira, tolice.

Babbuásso, adj. e s. m. lorpa, imbecil, bajoujo, paspalhão, pateta.

Babbúccia, s. f. pantufo, chinelo de agasalho.

Babbuíno, s. m. (fr. **babouin**) babuíno, espécie de macaco da África; (fig.) tolo, imbecil.

Babèle, s. f. babel; confusão, desordem.

Babèlico, (pl. **babèlici**) / adj. babélico, desordenado, confuso.

Babilonêse, s. m. babilonense; babilônio.

Babilònia, s. f. Babilônia, babel, confusão: che ——— in quella scuòla!

Babilònico, adj. babilônico, confuso, desordenado.

Babíno, s. m. lâmina circular de ferro ou cobre, convexa, que serve para unir os pelos que irão formar o feltro dos chapéus.

Babirússa, s. m. (zool.) babirussa, animal dos suínos, característico da Malásia.

Babôrdo, s. m. (mar.) bombordo, o lado esquerdo do navio, olhando este da popa à proa.

Bacàio, bacáccio, s. m. bicho-da-seda morto no casulo.

Bacàio, s. m. (f. (**bacàia**) criador de bichos-da-seda.

Bacàre, v. bichar, apodrecer (frutas, carne, queijo, etc.) / criar bicho.

Bacatíccio, (pl. **bacaticci**), adj. um tanto bichado / (fig.) enfermiço, doentio.

Bacatíno, adj. (dim. de **bacato**) um tanto bichado, (fig.) (menino) doentio.

Bacàto, p. p. e adj. bichoso, bichado / carcomido / (fig.) (homem) arruinado, física ou moralmente, enfermiço / desonesto.

Bàcca, (ant. lat. "bàccha"), s. f. sacerdotisa de Baco, bacante.

Bàcca, (lat. "báca") s. f. baga, bago, qualquer fruto pequeno e redondo.

Baccalà, s. m. bacalhau / (fig.) pessoa seca, magricela; pessoa tola, pateta.

Baccalàre, s. m. bacharel, usa-se porém somente em tom de troça a quem pretende ser muito sabido.

Baccalauréato, s. m. bacharelato.

Baccanàle, s. f. bacanal, orgia, tripúdio.

Baccàno, s. m. barulho, balbúrdia, algazarra, estrépito.

Baccànte, s. f. bacante, mênade / (fig.) mulher dissoluta.

Baccarà, s. f. bacará; jogo de azar / bacará, cristal em obra, da fábrica de Baccarat, cidade francesa.

Baccàre (ant.), v. tripudiar.

Baccellieràto, s. m. bacharelado, bacharelato; bachalaureato.

Baccelliere, s. m. bacharel / (hist.) jovem que havia obtido o primeiro grau na milícia medieval.

Baccèllo, s. m. vagem, fava / (fig.) homem ignorante, parvo, tolo / (arquit.) motivo ornamental em forma de vagem.

Baccellône, s. m. (aum.) bobo, toleirão, pateta.

Bacchêtta, s. f. vara, varinha, bastão de comando, vareta, baqueta / batuta / **comandare a** ———: mandar autoritariamente / ——— mágica: varinha de condão.

Bacchettàre, v. tr. percutir, bater com vara / (fig.) (só na Toscana) vender a preço baixo; torrar, queimar.

Bacchettàta, s. f. varada, golpe, pancada de vara.

Bacchêtto, s. m. vara, varinha, bastão curto / cabo de chicote.

Bacchettône, s. m. (f. **bacchettôna**) beatorro; santarrão / hipócrita.

Bacchettonería, s. f. beataria, beatice, tartufice.

Bacchiàre, v. tr. varejar, fustigar os ramos com vara para que caiam os frutos / bater, percutir.

Bacchiàta, s. f. varada, pancada com vara / (fig.) prejuízo grave na saúde ou nas finanças.

Bacchiatúra, s. f. ação de varejar, de sacudir os ramos das árvores, varejadura.

Bàcchico, (pl. **bácchici**) adj. báquico, orgíaco.

Bàcchio, s. m. vara grossa e comprida, para varejar / bastão, bordão, cajado.

Bàcco, s. m. Baco, deus do vinho, e o próprio vinho / **per** ———: exclamação de assombro ou maravilha.

Bachèca, (pl. **bachèche**), s. f. caixa ou pequeno armário com tampa de vidro, para expor jóias, nas ourivesarias ou museus; vitrina.

Bachelíte, s. f. baquelita.

Bacheròzzo, ou **bacheròzzolo,** s. m. verme gusano, inseto / bicho-da-seda comum / isca / barata / (dim.) **bacherozzolíno.**

Bachicoltôre, s. m. sericicultor.

Bachicoltura, s. f. sericicultura.

Baciabasso, s. m. vênia profunda, reverência, mesura.

Baciamàno, (pl. **baciamani**), s. m. beija-mão.

Baciapíle, s. m. e f. beatorro, carola, santarrão / hipócrita.

Baciapôlviere, s. m. santarrão, hipócrita.

Baciàre, v. beijar / (fig.) lamber, roçar.

Bacíle, s. m. (lit.) bacia.

Bacillàre, adj. bacilar, de bacilos.

Bacíllo, s. m. bacilo, bactéria.

Bacinella, s. f. baciazinha, vasilha de metal, porcelana ou vidro, usada por químicos e fotografos.

Bacinèllo e **bacinêtto,** s. m. (dim.) baciazinha / bacinete / casquete de aço que os guerreiros usavam por debaixo do capacete / (anat.) cavidade no interior do rim.

Bacino, s. m. bacia, vasilha / (anat.) bacia, cavidade óssea que termina inferiormente o esqueleto do tronco / bacia: depressão de terreno cercada de montes, vales / conjunto de vertentes que ladeiam rio ou mar interior.

Bàcio, (pl. **bàci**), s. m. beijo; (dim.) bacino, bacêtto, (aum.) **bacióne,** baciòzzo.

Bacío, (pl. **bacíi**), s. m. e adj. sombrio, sem sol.

Baciòzzo, s. m. (joc.) beijoca, beijo dado de coração e com força / (neol.) tolo.

Baciucchiàre, v. tr. e pr. beijocar.

Bàco, (pl. **báchi**), s. m. bicho-da-seda / bicho, verme, gusano, lagarta, larva; (pl.) parasitas, helmintos.

Bàcolo, s. m. (ecles.) báculo, bastão episcopal, cajado, bordão.

Bacología, s. f. sericicultura.

Bacològico, (pl. **bacològici**), adj. sericícola.

Bacòlogo, (pl. **bacòlogi**), s. m. sericicultor.

Bacteri, battèri, s. m. (pl.) bactérias.

Bacúcco (ant.), s. m. capuz de pano que cobria a cabeça e o rosto, de que originou a voz usada até hoje, **imbacuccare:** embuçar.

Bàda, s. f. adiamento, demora, usado somente na frase **tenere a** ———: deter com manha, temporizar, entreter, vigiar.

Badalône, s. m. homenzarrão simplório, tolo, ocioso, vagabundo / grande estante para leitura, no coro de certas igrejas.

Badalúcco (ant. pl. **badalúcchi**), s. m. escaramuça / passatempo, brinquedo, divertimento.

Badàre, v. intr. e pr. cuidar, olhar, vigiar, reparar, observar, prestar atenção / considerar, atentar, custodiar.

Badèrna, s. f. (mar.) baderna: gancho para fixar os colhedores e outros cabos, quando se aperta a enxárcia.

Badêssa, s. f. abadessa / (dim.) **badessína:** (aum.) **badessôna.**

Badía, s. f. abadia.

Badiàle, adj. abacial / grande, espaçoso, próspero / (dim.) **badiuòla** e **badiuccia.**

Badilànte, s. m. trabalhador de enxada, cavador.

Badíle, s. m. pá de ferro para cavar terra ou areia, enxadão.

Bàffo, s. m. bigode / (dim.) **baffêtto, baffettíno** / (aum.) **baffône** / (pej.) **baffáccio.**

Baffúto, adj. bigodudo.

Bagagliàio, (pl. **bagàgliài**), s. m. bagageiro, carro que transporta bagagem.

Bagàglio, (pl, **bagàgli**), s. m. bagagem, tudo o que um passageiro leva em viagem / o que o soldado leva consigo, além das armas / carga, fardo.

Bagagliúme, s. m. (depr.) conjunto de bagagens ou de coisas confusas.

Bagarinàggio, (pl. **bagarinàggi**): s. m. açambarcamento, monopólio.

Bagaríno, s. m. açambarcador, monopolizador.

Bagattèlla, s. f. bagatela / ninharia, insignificância / (dim.) **bagattellúccia**.
Bagattíno, s. m. antiga moeda veneziana de pequeno valor / (fig.) homem sem importância alguma.
Baggèo, adj. e s. m. tolo, parvo, simplório.
Baggiàna, s. f. fava grande.
Baggianàta, s. f. asneira, tolice grande, disparate.
Baggiàno, adj. parvo, tolo, papalvo.
Bàghero, (al. "Wager") s. m. pequeno carro de quatro rodas, para três pessoas / pequena moeda de cobre; (aum.) **bagherône**.
Bàglio, s. m. trave curva, com a convexidade ao alto, que serve para sustentar os flancos do navio.
Bagliôre, s. m. fulgor, esplendor, brilho, clarão.
Bagnaiuòlo, s. m. homem que acompanha os banhistas no banho de mar, banheiro.
Bagnànte, p. pr. e s. m. banhista, aquele que vai a banhos em uma praia.
Bagnàre, v. tr. e pr. banhar, tomar banho / dar banho, molhar / colorir / inundar / correr junto de (rio, mar, etc.).
Bagnasciúga, s. f. a parte externa do casco do navio, situada acima da linha de flutuação, que às vezes está enxuta e às vezes molhada, de acordo com o carregamento do navio.
Bagnàta, s. f. (dim. **bagnatína**): banho, molhadela, mergulho.
Bagnatúra, s. f. banho, ação de banhar / estação dos banhos.
Bagníno, s. m. aquele que acompanha os banhistas, banheiro.
Bàgno, s. m. banho, imersão, ação de banhar / banheiro, banheira, local onde se toma banho / (pl.) estações balneárias: **i bagni di Montecatini** / **bagno penale**: banho, presídio, galé, ergástulo.
Bagnomaría, adv, banho-maria.
Bagnuòlo, s. m. compressa.
Bagnucchiàre, v. molhar um pouco, umedecer.
Bágola, s. f. (bot.) baga.
Bagolàro, s. m. (bot.) lodão.
Bagordàre, v. tr. tripudiar, orgiar, pandegar.
Bagôrdo, s. m. pagodeira, pândega, farra, divertimento ruidoso.
Bài, na loc. adv. nè ai, nè bai, nada; **usci senza dir né ai ne bai**: saiu sem dizer nada.
Bàia, s. f. frioleira, nonada, brincadeira, troça / (geogr.) baía, enseada, (dim.) **baiêtta**, **baiazinha**.
Baiadèra, s. f. bailadeira, dançarina e cantora indiana.
Baiàta, s. f. barulho, algazarra, vaia, mofa, zombaria.
Baícolo, s. m. (dial.) espécie de biscoito veneziano, em fatias.
Baiettône, s. m. pano leve, que se usa para forrar; baetão.
Bailàmme, s. m. festança, confusão de gentes e de vozes.
Baílo (ant.), s. m. bailio, antigo magistrado provincial.

Bàio, (pl. **bài**), s. m. baio, cavalo de pelagem de cor dourada ou acastanhada; (adj.) baio, da cor de ouro, mate ou amarelo torrado, trigueiro.
Baiòcco, (pl. **baiòcchi**), s. m. moeda de cobre do valor de cinco cêntimos, no antigo Estado Pontifício; (fig.) coisa que tem pouquíssimo valor / moeda.
Baionêtta, s. f. baioneta.
Baionettàta, s. f. baionetada.
Baita, s. f. (neol.) cabana alpina construída de pedras / abrigo para caçadores nos lugares pantanosos; (dim.) **baitèllo**.
Baiuòlo, (ant.) s. m. bailio.
Balalàica, s. f. balalaica, espécie de guitarra usada na Ucrânia.
Balàscio, s. m. balache, pedra preciosa cor de rubi.
Balàusto, s. m. (bot.) balaustio, ou balâustio, flor ou fruto da romãzeira.
Balaustràta, s. f. balaustrada.
Balaustràto, adj. balaustrado.
Balaustríno, s. m. pequeno compasso de precisão.
Balaústro, s. m. balaústre, pequena coluna ou pilar que se usa para ornamento.
Balbettamènto, s. m. balbuciação.
Balbettàre, v. balbuciar, tartamudear, gaguejar / (fig.) exprimir-se com dificuldade.
Balbettío, (pl. **balbettíi**): s. m. balbucio.
Balbettône, s. m. (raro) gago.
Bàlbo, adj. gago, tartamudo, tartamelo.
Balbuttíre, v. balbuciar, gaguejar, tartamudear.
Balbúzie, s. f. balbúcie, gagueira.
Balbuziènte, p. pr. adj. e s. m. balbuciante, balbuciente, gago, tartamudo.
Bálco, s. m. (poét.) sacada, balcão / (fig.) (poét.) céu.
Balconàta, s. f. ordem de balcões ou sacadas / (teatr.) galeria nos teatros.
Balcône, s. m. balcão, terraço, sacada; janela grande que se abre até o pavimento, varanda.
Baldacchino, s. m. baldaquino, baldaquim, pálio / (arquit.) obra de arquitetura em forma de coroa sustentada por colunas.
Baldànza, **baldêzza**, s. f. ânimo, arrojo, audácia, ardimento, arrogância.
Baldanzeggiàre, v. tr. demonstrar ânimo, coragem, confiança em si mesmo.
Baldanzosamènte, adv. animosamente, ousadamente.
Baldanzôso, adj. animoso, corajoso, destemido, afoito, ousado.
Bàldo, adj. (lit.) animoso, seguro, forte / ousado, destemido.
Baldória, s. f. fogueira que se acende nas festas públicas / festança, pândega, farra / divertimento com comes e bebes.
Baldôsa, s. f. antigo instrumento musical de cordas.
Baldràcca, (alt. de Bagdá), s. f. mulher de má vida, rameira, prostituta.
Balêna, s. f. baleia / (fig.) pessoa grande ou de corpo mal feito.
Balenamènto, s. m. relâmpago.
Balenàre, v. intr. relampear, relampejar / fulgurar, faiscar, cintilar, relampar

Balenièra, s. f. baleeira ou baleeiro; navio apetrechado para a pesca de baleia.
Balenière, s. m. baleeiro, marinheiro de baleeiro / pescador de baleias.
Balenío, (pl. balenií), s. m. relâmpago contínuo ou freqüente.
Balenottèra, s. f. baleinóptero.
Balenòtto, s. m. baleote, baleato, baleia nova e pequena.
Balèstra, s. f. balestra, balesta, besta (instr. para atirar setas, etc.) / (mec.) mola de carros e de automóveis.
Balestràio, (pl. balestrái), s. m. fabricante ou vendedor de balestra ou besta; besteiro.
Balestràre, v tr. e intr. atirar com a balestra, besestrar.
Balestràta, s. f. golpe de balestra; espaço que pode percorrer um projétil lançado com a balestra.
Balestrièra, s. f. balestreira (vão na sacada das torres antigas, para se lançarem por ele projéteis).
Balestrière, soldado armado de balestra, besteiro.
Balestrúccio, s. f. andorinha-do-mar / arco pelo qual passa a seda quando se dobra.
Balí, s. m. bailio.
Bàlia, s. f. ama de leite.
Balía, s. f. (do fr. ant. baillie) poder, autoridade, arbítrio pleno e absoluto; (fig.) in ——— della sorte: à mercê da sorte / (ant.) magistratura que tinha a incumbência de reformar o Estado.
Baliàtico, (pl. baliàtici), s. m. aleitamento, amamentação, o tempo que o mesmo dura; o preço do mesmo / criança que tomou ama de leite: questo bambino l'ho preso a bàlia.
Bàlio, s. m. marido da ama.
Baliôso, adj. (raro) que tem força, vigoroso, flórido, robusto, animoso, forte.
Balipèdio, (pl. balipèdi), s. m. polígono, campo de tiro para exercícios militares.
Balísta, s. f. balista, antiga máquina de guerra para arremessar pedras, dardos, etc.; catapulta.
Balística, s. f. balística.
Balístico, (pl. balístici), adj. balístico.
Balistíte, s. f. balistite, balistita, explosivo poderosíssimo, que não produz fumaça.
Balivo, s. m. balio, título que se dava a certos dignitários antigamente; magistrado, juiz.
Bàlla, s. f. fardo, mercadoria enfardada para ser despachada; volume, bala, pacote / essere una ——— di cenci: ser um fardo de trapos, diz-se de mulher que não sabe vestir-se / prender una ———: embriagar-se.
Ballàbile, adj. música adaptada à dança, bailável / s. m. (teatr.) bailado curto introduzido numa ópera ou opereta.
Ballamênto, s. m. ação de dançar.
Ballanzé, s. f. balancê, passo de dança da quadrilha.
Ballàre, v. tr. e intr. bailar, dançar / saltar, oscilar, tremer / far ——— i denti: mastigar, comer.

Ballàta, s. f. bailada, ato de bailar / bailada, bailata, composição musical, especialmente para piano / canto popular narrativo da poesia romântica.
Ballatôio, (pl. ballatòi), s. m. bailéu em edifício ou embarcação, varanda.
Ballerína, s. f. dançarina, bailarina por profissão / mulher que dança bem.
Balleríno, s. m. bailarino, o'que dança em bailados / homem que dança muito, bailador, bailão.
Ballettàre, v. intr. caminhar saltitando e agitando o corpo.
Ballêtto, s. m. (dim.) pequeno baile, bailarico / breve ato pantomímico com música e baile, bailado.
Ballísta, s. f. (neol. pop.) loroteiro, espalhador de lorotas, balelas.
Bàllo s. m. baile, dança, bailado; corpo di ———: conjunto de bailarinos.
Ballonzàre, ballonzolàre, v. dançar de qualquer jeito, em baile popular.
Ballônzolo, s. m. baile popular.
Ballòtta (ár. ballut, castanha) castanha cozida com casca / (de balla) bolinha usada noutros tempos para votar.
Ballottàggio, (pl. ballottàggi), s. m. segunda votação.
Ballottamênto, s. m. (mar.) movimento irregular de um navio.
Ballottàre, v. tr. por aos votos, sortear / agitar, balançar, oscilar.
Ballottàta (ant.), s. f. salto do cavalo com os quatro pés.
Ballòtto, s. m. massa de metal que não derreteu no forno e formou uma bola.
Bàlma, s. f. (dial. piem.) abrigo na rocha que oferece reparo aos alpinistas surpreendidos pelo mau tempo.
Balneàre, (pl. balneàri), adj. balneário.
Balneàrio, adj. balneário, num sentido mais geral: città, civiltà balnearia.
Baloccàre, v. tr. divertir, passar o tempo com brinquedo / baloccàrsi, divertir-se.
Balòcco, (pl. balocchi) s. m. brinquedo, brinco, jogo de crianças (fig.) pigliar una cosa per ———: levar uma coisa em brincadeira / (dim.) baiocchíno, baloccúccio.
Baloccône, s. m. o que tem disposição para brincar, brincalhão; (lus.) brincazão.
Balògio, s. m. (pl. balògi), adj. doentio, enfermiço / incerto (tempo, etc.) / tolo, bobo, basbaque / fraco.
Balordàggine, s. f. asneira, bobagem, tolice.
Balòrdo, (fr. "balourd") adj. e s. m. tonto, bobalhão, parvo, estúpido.
Balsamèlla, s. f. (cul.) molho de farinha, leite e manteiga.
Balsàmico, (pl. balsàmici), s. m. balsâmico / perfumado, aromático / detergente.
Bàlsamo, s. m. bálsamo; (por ext.) óleo ou essência odorífera, dotada de virtude medicinal / (fig.) conforto, alívio, auxílio.
Bàlta, s. f. empurrão de cima para baixo, por falta de equilíbrio, especialmente de veículos / dar ——— dare la ———: soçobrar, derrubar.

Bàlteo, s. m. (lat. "bálteum") bálteo, degrau nos anfiteatros romanos, que separava os assentos dos espectadores, segundo as categorias / (mil.) cinto que os soldados romanos usavam atravessado no pescoço, para pendurar a adaga.

Baluardo, s. f. baluarte, bastião (fig.) defesa, reparo.

Baluginàre, v. intr. vislumbrar, entrever.

Bàlza, s. f. penhasco, barranco / sanefas, babado; tira de pano ou de seda.

Balzána, s. f. listra branca que tem nas patas certos cavalos; **cavallo** ———: (heráld.) arma com o campo cortado de través.

Balzáno, s. m. listra ou malha nas patas de cavalo / (fig.) **cervello** ———: homem extravagante, maluco.

Balzàre, v. saltar, pular, correr velozmente / ——— **dal cavallo**: apear / ——— **fuori**: saltar para fora, fugir, escapar.

Balzeliàre, v. intr. e tr. saltitar, caminhar dando pequenos pulos.

Balzèllo, s. m. pulinho, pequeno pulo / paradeiro, passagem / ocasião / caça que de atalaia se faz aos animais / taxa pesada ou extraordinária; tributo, imposto, taxa.

Barzellône, s. m. salto desconexo, de través / **a balzelloni**, aos pulos.

Balzo, s. m. pulo, salto / **cogliere la palla al** ———, esperar o momento propício / terreno proeminente, um tanto alto e escarpado / (mar.) ponte pênsil, feita de paus e cordas, usada pelos marinheiros para a limpeza externa do navio.

Bambagia, s. f. algodão, algodão em rama (fig.) coisa débil e delicada: **stomaco di** ——— / **tener nella** ———: ter muito cuidado com alguma coisa.

Bambagina, s. f. algodãozinho; tela de algodão.

Bambagino, adj. de algodão / tecido de algodão; algodoim; tecido rústico de algodão.

Bambagióso, adj. que contém algodão; macio, fofo, como algodão.

Bambàra, s. f. jogo de carta semelhante à primeira.

Bamberòttolo, s. m. criança não muito pequena / pessoa que tem algo de criança; criançola.

Bambina, s. f. menina, criança do sexo feminino.

Bambinaggine, s. f. criancice, ação, ditos, modos de criança.

Bambinàia, s. f. mulher que toma conta das crianças; ama, ama-seca; governanta.

Bambinàio, adj. e s. m. que, ou aquele que gosta de crianças e brinca com elas; menineiro.

Bambinàta, bambineria, s. f. ação ou dito de criança, criancice.

Bambineggiàre, v. intr. comportar-se como se comportaria uma criança; fazer criancices.

Bambinêsco, (pl. **bambinêschi**), adj. meninil, infantil / pueril, ingênuo.

Bambino, s. m. criança, menino / (adj.) imaturo, não desenvolvido: **mente, scienza bambina** / (dim.) **bambinèllo, bambinúccio, bambinètto**; (aum.) **bambinône**.

Bàmbo, adj. meninil, pueril / tolo, bobo, cretino / (s. m.) criança, menino

Bambocceria, bambocciàta, s. f. palhaçada, bambochata, palhaçada / criancice.

Bambòccio, (pl.) **bambòcci**, s. m. criança robusta e esperta / homem simplório, tolo / fantoche feito com trapos, boneco / figura grotesca e ridícula feita por artista inábil.

Bàmbola, s. f. (e **bàmbolo**, s. m.), boneca, (dim.) **bambolína**; (aum.) **bambolône**.

Bamboleggiàre, v. intr. dizer ou fazer criancices, brincar, jogar.

Bambú, s. m. bambu.

Banàle (fr. "banal") adj. (neol.) banal, trivial, vulgar, comum.

Banalità, s. f. banalidade, vulgaridade, coisa comum.

Banàna, s. f. banana; **banàno**, s. m. bananeira.

Bananeto, s. m. bananal, terreno plantado de bananas.

Banàto, s. m. banato, cargo ou dignidade de "ban" na Hungria.

Bànca, s. f. banco, instituto de crédito; **biglietti di** ———: papel-moeda.

Bancàbile, adj. descontável, negociável; diz-se de título (letra, etc.) que pode ser descontado em banco.

Bancarèlla, s. f. banco pequeno nas vias públicas, onde se vendem mercadorias (especialmente livros) a preços baratos.

Bancarellísta, (neol.), s. m. vendedor de livros em bancos de rua.

Bancário, (pl. **bancàri**), adj. bancário, de banco / (com. s. m.) bancário: empregado de banco.

Bancarôtta, s. f. bancarrota, falência; quebra.

Bancarottière, s. m. bancarroteiro.

Banchettànte, p. pr. e s. m. banqueteador / comensal, convidado.

Banchettàre, v. intr. banquetear / comer bem, regalar-se, tratar-se à grande.

Banchêtto, s. m. banquete, refeição pomposa; festim, fartadela / pequeno banco.

Banchière, (pl. **banchieri**), s. m. banqueiro.

Banchíglia, s. f. banquisa, banco de gelo.

Banchína, s. f. cais / plataforma de estação ferroviária / trecho de terra entre a ribanceira de um rio, canal, etc. e o dique.

Banchísa, (fr. "banquise"), s. f. banquisa, banco de gelo.

Bànco, (pl. **bànchi**) s. m. banco, móvel de madeira, ferro ou pedra; mocho, escabelo; mesa ampla e longa em que se escreve ou trabalha / extensa elevação do fundo do mar ou de rio / banco do loto (loteria) / estabelecimento de crédito / (dim.) **banchêtto, bancùccio**; (aum.) **bancône**, (depr.) **bancàccio**.

Bancogíro, s. m compensação entre os vários bancos nas respectivas transações; / (neol.) "clearing".

Banconòta, s. f. papel-moeda.

Bànda, s. f. (al. ant. "band") banda, lado, parte lateral de uma coisa / (mar.) cada um dos dois lados do navio / (heráld) listra de cor diferente da do campo, que atravessa uma arma / fita, cinta de pano aplicada em vestido / bando, quadrilha, grupo de pessoas / banda de música; la ―― dei carabinieri.

Bandèlla, s. f. trinco, tranqueta / faixa, fita, cinta.

Banderàio, (pl. **banderài**) s. m. bandeireiro, o que faz bandeiras, estandartes, paramentos de igreja / porta-bandeira, alferes.

Banderêse, s. m. (hist.) senhor feudal que conduzia em campo os seus vassalos e os comandava.

Banderuòla, s. f. bandeirola; (fig.) pessoa volúvel.

Bandièra, s. f. bandeira, pendão, pavilhão, estandarte.

Bandina, s. f. tira de pele formada com retalhos de peles extraídos das patas ou das cabeças dos animais.

Bandinèlla, s. f. toalha de mão, grande, usada nas escolas, hotéis, etc. / cortina com que se cobre a estante do livro no coro das igrejas.

Bandíre, v. tr. apregoar, divulgar, publicar, anunciar, notificar / banir, desterrar, exilar, degredar, expulsar.

Bandísta, (pl. **bandísti**); s. m. aquele que pertence a uma banda musical, músico.

Bandíta, s. f. coutada, couto, terra defesa, privilegiada, reservada.

Bandíto, adj. e p. p. apregoado por meio de bando (pregão público) / banido, desterrado / (s. m.) bandido, salteador.

Banditôre, s. m. pregoeiro, apregoador / anunciador, divulgador / leiloeiro.

Bàndo, s. m. edital, bando, pregão / banimento, degredo, desterro.

Bandolièra, s. f. bandoleira.

Bandolo, s. m. costal de meada, cabeça de fio (fig.) **perdere il** ――: perder o fio da meada, confundir-se.

Bandône, s. m. lâmina grossa de metal ou de ferro.

Bàno, s. m. antigo título de governador na Hungria e em certos países eslavos.

Baobàb, s. m. (bot.) baobá.

Bar, s. m. (ingl. "bar") (neol.) bar.

Bàra, s. f. (al. "bara") féretro, ataúde, caixão, esquife.

Baràbba, s. m. malfeitor, facínora.

Barabuffa (ant.), s. f. barafunda, barulho, trapalhada, confusão.

Baracàne, s. m. (ár. "barrakan") barregana, tecido ou pano de pelo de cabra / espécie de lençol de seda, tela ou lã, que serve de veste aos árabes.

Baracàno, s. m. barregana.

Baràcca, s. f. barraca, choupana; casebre de madeira ou de tela / (fig.) coisa de instituição de pouca estabilidade ou consistência / (dim.) **barracchíno, baraccúccia**.

Baraccamênto, s. m. abarracamento, acampamento.

Baracchíno, s. m. (dim.) barraquinha, pequena barraca / refúgio alpino.

Baraccône, s. m. barracão / barraca de feira ou de circo.

Baràggia, s. f. zona de terra pouco produtiva, formada de argilas esbranquiçadas / estepe.

Baraònda, s. f. barafunda, balbúrdia, tumulto, confusão.

Baràre, v. trapacear no jogo.

Bàratro, s. m. báratro, voragem, abismo, precipício.

Barattamênto, **baràtto**, s. m. permuta, troca.

Barattàre, v. trocar, permutar, substituir uma coisa por outra / ―― le parole: não ser sincero.

Barattàto, adj. e p. p. trocado, permutado.

Barattatôre, adj. e s. m. aquele que troca ou permuta; que negocia; permutador.

Baratteria, s. f. barataria, troca / engano.

Barattière, s. m. traficante / trapaceiro, tratante.

Baràttolo, s. m. boiãozinho, boião, vaso, vidro para remédios, conservas, etc.

Bàrba, s. f. barba / (dim.) **barbino, barbetta, barbettina, barbina**; (aum.) **barbône**.

Barbabiètola, s. f. beterraba.

Barbacàne, s. m. barbacã, fresta na muralha para atirar sobre o inimigo.

Barbagiànni, s. m. mocho, corujão, / (fig.) homem tolo, bobalhão.

Barbàglio, s. m. deslumbramento, ofuscação, fascinação; encanto, maravilha.

Barbàia, s. f. rede para pesca.

Barbalòcco, (pl. **barbalòcchi**), s. m. pessoa que não serve para nada; tolo.

Barbaramênte, adv. barbaramente.

Barbàre, v. intr. arraigar, enraizar / assentar, pegar, pespegar, aplicar.

Barbareggiàre, v. barbarizar / usar barbarismos ao escrever ou falar.

Barbarêsco, (pl. **barbarêschi**), adj. barbaresco, de bárbaro / vinho vermelho do Piemonte / (adj. e s. m.) barbarísco, da Barbária (antigo país dos Berberes).

Barbàrie, s. f. barbária, barbaria, barbárie / crueldade, ferocidade / rusticidade.

Barbarísmo, s. m. (lit.) barbarismo; estrangeirismo na linguagem / (raro) ação ou coisa bárbara e incivil.

Bàrbaro, adj. e s. m. bárbaro / feroz, rude, cruel, desumano / rude, grosseiro, brutal / selvagem, vândalo.

Barbassòro, s. m. pessoa que se dá muita importância; sabichão, sabido.

Barbàta, s. f. mergulhão / conjunto das raízes da planta / (dim.) **barbatèlla**.

Barbàto, adj. barbado, que tem barba, barbudo.

Barbazzàle, s. m. freio / (fig.) (fam.) respeito, sujeição.

Barbèra, s. f. uva preta do Piemonte / (s. m.) vinho "barbera", feito com essa uva.

Barberêsco, s. m. adestrador de cavalos berberes.

Bàrbero, adj. de Berberia / (s. m.) cavalo berbere.
Barbêtta, s. f. (mar.) plataforma dos encouraçados / cabo de reboque / (mil.) elevação de terra na plataforma de fortaleza, trincheira, etc. onde se colocam os canhões / barbinha, barbicha.
Barbicàia, s. f. (bot.) cepo das plantas herbáceas.
Barbicamênto, s. m. enraizamento, radicação.
Barbicàre, v. enraizar, lançar, criar raízes / arraigar.
Barbièra, s. f. barbeira, mulher do barbeiro.
Barbière, s. m. barbeiro / (dim.) **barbierino**, (dim. e depr.) **barbierúccio**.
Barbiería, s. f. barbearia.
Barbificáre, v. intr. barbar, começar a ter barbas; criar raízes.
Barbígio, s. m. suíça; costeleta.
Barbíno, adj. (fam.) diz-se de coisa mal feita, com pouca arte / de parte grotesca, feia ou ridícula: ha fatto una **figura barbina**: fez uma figura pouco linda, mesquinha / (s. m.) pano sobre o qual se limpa a navalha ao fazer a barba.
Bàrbio, s. m. barbo, peixe teleósteo, de água doce.
Barbitonsôre, s. m. (burl.) barbeiro.
Barbitúrico (pl. **barbiturici**), adj. e s. m. barbitúrico.
Bàrbo, s. m. (pop.) barbo.
Barbògio, adj. e s. m. velho caduco; decrépito, bobo, parvo, bajoujo, palerma.
Barbône, s. m. (aum.) barba grande; barbaça / cão de pelo comprido, de focinho alongado, cão de guia / (neol.) menino mendigo, vagabundo.
Babôso, adj. (fam. e vulg.) aborrecido; enfadonho, pesado, prolixo.
Barbòtta, s. f. (hist.) antigo navio veneziano de guerra.
Barbòzza, s. f. barbada do cavalo / (ant.) parte do capacete que defende as faces.
Barbugliamênto, s. m balbúcia, gagueira.
Barbugliàre, v. intr. balbuciar, gaguejar.
Barbuglióne, s. m. gago.
Barbúta, s. f. (ant.) barbuda; espécie de casco ou capacete sem penacho / soldado que usava o mesmo.
Barbúto, adj. barbudo, barbado.
Bàrca, s. f. barca / (fig.) **far andare la** ———: governar a casa / **a barche**: em grande quantidade / (dim.) **barchêtta**, **barchettina**, **barchêtto** / (aum.) **barcône**.
Barcàccia, s. f. (depr.) barca ruim / (teatr.) camarote grande de proscênio.
Barcaiuòlo, s. m. barqueiro.
Barcamenàre, **barcamenàrsi**, v. pr. ajeitar-se, adestrar-se, arrumar-se, arranjar-se com muita habilidade / fazer jogo duplo, ter o pé nos dois estribos.
Barcarêccio, s. m. (mar.) conjunto de pequenas embarcações que numa localidade se destinam a um trabalho comum.
Barcarizzo, s. m. porta nos flancos dos navios, à qual se aplicam as escadas externas, quando o navio está parado.
Barcaruòla, s. f. barcarola; música e canção dos gondoleiros de Veneza.
Barcàta, s. f. barcada: carga de um barco ou barca.
Barcheggiàre, v. intr. e pr. barquejar, passear com a barca / arranjar-se, ajeitar-se.
Barchêggio, (pl. **barchêggi**), s. m. ação de barquejar; barquejo.
Barcherêccio, s. m. barcada, conjunto de pequenos barcos.
Barchêtta, s. f. (dim.) barquinha, barca pequena.
Barchettàta, s. f. barcada.
Barchêtto, s. m. (dim.) barco pequeno, barcozinho.
Barcollamênto, s. m. cambaleio; vacilação.
Barcollàre, v. intr. cambalear; oscilar, tremelicar, vacilar.
Barcollío, s. m. cambaleio, oscilação.
Barcollône, s. m. movimento de quem cambaleia; cambaleio / **barcollône** ou **barcollôni**; (adv.) cambaleando.
Bàrda, s. f. (hist.) barda, armadura de ferro ou de couro para defesa do cavalo.
Bardàglio, s. m. (raro) enxalmo, manta que se põe sobre o cavalo.
Bardamênto, s. m. ação e efeito de arrear; arreação, arreamento / arreio, barda.
Bardàre, v. tr. bardar, arrear.
Bardàssa, s. m. e f. (do ar. "bardag", escrava branca), moleque, garoto.
Bardatúra, s. f. arreamento / (fig.) (burl.) vestido, vestuário, vestimenta.
Bardèlla, s. f. albarda (sela) grosseira e pesada.
Bardellône, s. m.. (aum.) albardão, albarda grande / (arquit.) fieira de tijolos colocados em toda a extensão do arco.
Bardíglio, s. m. mármore com listras brancas e pardacentas, ou escuras e amareladas.
Bàrdo, s. m. bardo, cantor popular entre os antigos celtas e gálicos; poeta, vate, trovador.
Bardolino, s. m. vinho da região de Bardolina, localidade no Lago di Garda (Alta Itália).
Bardòsso, na loc. adv. **cavalcare a** ———: cavalgar sobre o cavalo, em pelo, sem sela / fazer uma coisa mal feita.
Bardòtto, s. m. besta cavalgada pelo tropeiro que acompanha a tropa / mulo / rapaz empregado que está aprendendo.
Barèlla, s. f. padiola (para transporte de material ou de doentes) / andas; liteira.
Barellàre, v. tr. e intr. transportar em padiola.
Barellàta, s. f. o que se pode transportar com a padiola.
Barellône, s. m. (raro) cambaleio.
Barèna, s. f. trecho de terra que emerge na laguna na maré baixa.
Barêse, adj. e s. m. barês, de Bari, cidade das Apúlias.
Barestesiòmetro, s. m. instrumento para medir o sentido de pressão.

Bargèllo, s. m. (hist.) oficial forasteiro que comandava na República Florentina um corpo de guardas em épocas de tumultos e revoltas / chefe dos esbirros / il "Bargello": residência do "bargello".
Bargíglio, (pl. **bargigli**), s. m. barbilhão dos galos e dos perus; papada.
Bargigliúto, adj. que tem barbilhão.
Baricêntro, s. m. centro de gravidade dos corpos; baricentro.
Barilàio (pl. **barilài**), s. m. tanoeiro.
Barile, s. m. barril; barrica.
Barilòtto, v. **barilòzzo**.
Barilòzzo, s. m. (dim.) barrilete, pequeno barril / no tiro ao alvo, o centro do alvo.
Bàrio, s. m. (quím.) bário.
Barisfèra, s. f. esfera do centro, núcleo central da terra / barisfera, zona mais interna da endosfera.
Barísta, s. m. e f. empregado de bar.
Baríte, baritína, s. f. (quím.) barita, baritina, baritita.
Baritonale, adj. baritonal, de barítono.
Barlàccio, (pl. **barlácci**), adj. diz-se de ovo, mais ou menos podre / (fig.) doentio, enfermiço.
Barlètta, s. f. barricazinha, pequena barrica, barrilzinho.
Barlúme, s. m. vislumbre; luz indecisa, pequeno clarão; aparência vaga; ligeiro conhecimento de uma coisa: ———— di scienza.
Barnabita, (pl. **barnabiti**) s. m. barnabita.
Bàro, s. m. trapaceiro, ladrão (no jogo de cartas).
Barocchísmo, s. m. barroquismo (estilo barroco).
Barocciàio, (pl. **barocciài**), s. m. carroceiro / carreteiro.
Barocciàta, s. f. carroçada, o conteúdo duma carroça, ou carro.
Baròccino, s. m. veículo leve de duas rodas, puxado por um só cavalo / carrocinha de mão, tílburi.
Baròccio, (pl. **barócci**), s. m. carroça, carro de transporte puxado por bestas / (fig.) (fam.) grande quantidade; **mi hanno detto un ———— di fandonie**: contaram-me uma porção de balelas.
Baròcco, (pl. **baròcchi**), adj. barroco / (fig.) extravagante, exagerado, empolado, grotesco.
Baroccúme, s. m. (depr.) quantidade de coisas em estilo barroco.
Baroestesía, s. f. o sentido da pressão, dado pelos órgãos do tato.
Barògrafo, s. m. barógrafo.
Baròlo, s. m. vinho "barolo", cultivado em Barolo, localidade do Piemonte.
Barometría, s. f. barometria, medida mediante o barômetro.
Baromètrico, adj. barométrico.
Baròmetro, s. m. barômetro.
Baronàle, adj. baronial, concernente à baronia ou aos barões.
Baronàta, s. f. truanice, patifaria.
Baroncíno, s. m. filho do barão; barãozinho.
Baróne, s. m. barão / (fam.) maroto, truão / (ant.) senhor, nobre, pessoa poderosa, potente.
Baronêsco, (pl. **baronêschi**), adj. baronial.
Baronêssa, s. f. baronesa.
Baronêtto, s. m. baronete; título hereditário de pai a filho na Inglaterra.
Baronía, s. f. baronia.
Baroscòpio, s. m. baroscópio.
Bàrra, s. f. barra; **andare alla ————**: perorar uma causa / tranqueira / estacada / banco de areia na foz dos rios / (mar.) alavanca do leme / pedaço de metal / alavanca de pau para fazer voltar os cabrestantes.
Barricàre, v. barricar, fechar com barricadas / **barricàrsi**: trancar-se, entrincheirar-se.
Barricàta, s. f. barricada; entricheiramento.
Barrièra, s. f. barreira, estacada / obstáculo, embaraço, impedimento / confim, limite / (esp.) corrida de barreiras, com obstáculos.
Barríre, v. intr. barrir (elefante).
Barríto, s. m. barrido, voz do elefante; barrito.
Barròccio, v. **baroccio**.
Barùffa, s. f. briga, contenda, rixa; altercação, algazarra, barulho.
Barúlla, s. f. segmento em alvenaria, da forma do arco que nele se apóia, e que serve para sustê-lo até o término da construção.
Barzellêtta, s. f. piada, mote, chiste; história alegre e curta para divertir.
Barzellettàre, v. intr. contar piadas; falar gracejando.
Basàltico, (pl. **basàltici**) adj. basáltico.
Basaltino, adj. de natureza do basalto, basáltico.
Basàlto, s. m. basalto, rocha ígnea, dura.
Basamênto, s. m. base, pedestal.
Basàre, v. basear, fundar; firmar, estabelecer, dar fundamento a.
Bàsco, (pl. **báschi**), adj. e s. m. basco, vasco, vasconço / (s. m.) espécie de boné de copa redonda, usado por homens e mulheres.
Bascúlla, s. f. báscula; balança decimal; básculo.
Bàse, s. f. base; aquilo que sustenta o peso de um objeto colocado em cima; qualquer coisa sobre a qual se grava outra: **la ———— del cránio** / (fig.) fundamento principal / (mar. e mil.) / base naval, aérea, militar, etc. / raiz, princípio / pedestal / (mús.) nota fundamental, tônica.
Basêtta, s. f. suíça, costeleta, parte da barba que se deixou crescer na parte lateral das faces.
Bàsico, (pl. **bàsici**), adj. básico.
Basilàre, adj. (anat.) basilar / que serve de base fundamental.
Basílica, (pl. **basíliche**) s. f. basílica.
Basilicàle, adj. basilical.
Basílico, (pl. **basilichi**), s. m. basílico, basílica, manjericão.
Basilísco, (pl. **basilischi**), s. m. basilisco, lagarto ou serpente fabulosa / (hist.) grande peça de artilharia, usada antigamente.
Basilíssa, s. f. rainha ou imperatriz bizantina.
Basíre, v. intr. desfalecer, desmaiar, perder as forças, cair / ———— **dalla fame**: desmaiar, morrer de fome.

Basòffia, v. bazzòffia.
Bàssa, s. f. a parte baixa de um lugar: **andar nella** ——— / depressão de terreno / dança antiga / documento que acompanha um militar quando é transferido.
Bassà, s. m. (lit. e ant.) paxá.
Bassamênte, adv. baixamente, trivialmente, vilmente / em voz baixa.
Bassàrico, (pl. **bassàrici**), adj. báquico, de baco.
Bassàride, s. f. (hist.) bacante.
Bassetta, s. f. jogo de cartas.
Bassètto, adj. baixinho / s. m. (mús.) instrumento de cordas, parecido com o violoncelo.
Bassêzza, s. f. baixeza, qualidade do que é baixo / (fig.) inferioridade, pequenez, vileza / ação abjeta / falta de dignidade.
Bàsso, adj. baixo, pouco elevado, de pequena altura / diz-se de lugar que está em posição baixa / pouco profundo / de grau inferior / (fig.) abjeto, vil, desprezível, ignóbil / **far man bassa:** saquear, roubar tudo / (mús.) **note basse:** notas de som mais grave / **scendere, cadere in basso:** perder crédito, reputação, haveres / (s. m.) o "baixo", aquele que canta com a voz mais grave da escala musical / (adv.) **dabasso:** na parte inferior de um lugar / (superl.) **bassíssimo, ínfimo.**
Bassofôndo, (pl. **bassifôndi**), s. m. terreno baixo, que está em nível inferior aos terrenos adjacentes / (fig.) a escória da sociedade.
Bassopiàno, (pl. **bassipiàni**), s. m. região, lugar baixo, especialmente a que está inferior ao nível de água.
Bassorilièvo, (pl. **bassorilièvi**), s. m. baixo-relevo.
Bassòtto, adj. (aum.) baixote, um tanto baixo / (s. m.) baixote, raça de cães que têm as pernas muito curtas: "basset".
Bassúra, s. f. baixura, lugar ou parte baixa.
Bàsta, s. f. basta, prega que se faz nas saias, etc.; alinhavo.
Bastàgio (ant.), s. m. carregador.
Bastàio, s. m. albardeiro.
Bastànte, p. pr. e adj. bastante, que basta, suficiente / apto.
Bastantemênte, adv. bastante; de modo que baste; assaz.
Bastàrda, s. f. bastardão, espécie de lima grossa / bastarda, filha ilegítima.
Bastardèlla, s. f. panela de cobre ou alumínio, de dois cabos / (mar.) barcas compridas munidas de arpão, usadas na manobra das redes em certas pescarias.
Bastardèllo, adj. e s. m. bastardo ou bastarda, tipo de letra inclinada, com ligações inclinadas e hastes simples / (ant.) (s. m.) registro público.
Bastàrdo, adj. e s. m. bastardo, não legítimo / (fig.) tudo o que foi modificado, ou que é falso, não puro / bastardo, tipo de letra / filho natural, ilegítimo / (dim.) **bastardíno, bastardèllo.**
Bastardúme, s. m. bastardice, bastardia.

Bastàre, v. intr. bastar, ser tanto quanto necessário, ser suficiente; satisfazer / durar, conservar-se, resistir: **questo cappotto mi deve ——— per molti anni.**
Bastèrna, s. f. (hist.) espécie de carro antigo, puxado por animais.
Bastévole, adj. suficiente.
Bastevolmênte, adv. suficientemente, bastantemente.
Bàstia, s. f. basta, alinhavo.
Bastía, s. f. bastida, paliçada; ripado, bastião, reparo fortificado.
Bastimênto, s. m. navio.
Bastingàggio, s. m. filerete, espécie de trincheira sobre a borda dos navios para defesa contra as balas do inimigo.
Bastionàre, v. tr. e pr. guarnecer com bastiões, fortificar de bastiões.
Bastionàta, s. f. reparo de bastiões.
Bastiône, s. m. bastião, baluarte.
Bastíre, v. (ant.), edificar, construir.
Bastíta, s. f. (fort.) bastião.
Bàsto, s. m. albarda, selim grosseiro para bestas de carga / ——— **rovescio:** cavidade empedrada, através das estradas do campo, para escoamento de águas.
Bastonàre, v. tr. bater com bastão; surrar, espancar.
Bastonàta, s. f. bastonada, golpe, pancada com o bastão; paulada, cacetada.
Bastonatôre, s. m. espancador, apaleador.
Bastonatúra, s. f. sova, tunda, sovadura, surzidela.
Bastoncèllo, s. m. (dim.) bastãozinho / pauzinho.
Bastoncíno, s. m. (dim.) bastãozinho, pequeno bastão, bengalinha / (anat.) cada um dos corpúsculos cilíndricos que revestem a parte externa da retina.
Bastône, s. m. bastão, vara de pau que se usa trazer na mão, bordão, bengala / (fig.) sustento, apoio / **mettere il ——— tra le ruote:** criar dificuldades.
Batacchiàre, v. tr. percutir com bastão ou objeto semelhante.
Batàcchio, s. m. (raro) bastão, cacete grosso para bater / badalo de sino.
Batassàre, (ant.) v. agitar, abalar
Batimetría, s. f. batimetria, batometria, estudo dos abismos marinhos.
Batiscàfo, s. m. batiscafo, aparelho para descer a grandes profundidades marítimas.
Batisfèra, s. m. batisfera; abismos, profundidades marinhas.
Batisfèrio, s. m. batiscafo.
Batìsta, adj. e s. m. batista, finíssimo tecido de cambraia, inventado por um "Baptiste" de Cambraia, cidade francesa.
Batòcchio, s. m. qualquer objeto em forma de bastão, porém mais especialmente o badalo dos sinos.
Bàtolo, s. m. capelo, parte do hábito de alguns religiosos, que lhes cobre a cabeça e a parte posterior do pescoço.
Batometría, v. batimetria.
Batomètrico, (pl. **batométrici**), adj. batométrico.

Batòmetro, s. m. batômetro, instrumento para a medição das profundidades marítimas.
Batòsta, s. f. surra, tunda / desgraça, desventura, perda ruinosa (em negócios, etc.) / achaque, doença que abate.
Batràce, s. f. batrácio; batráquio.
Batracología, s. f. batracologia, ciência que estuda os batráquios.
Batracomiomachía, s. f. batracomiomaquia, combate de ratos com as rãs, título de um poema burlesco atribuído a Homero.
Battàglia, s. f. batalha, combate, contenda, conflito / (fig.) lutas, esforços empregados para vencer grandes dificuldades: ha vinto la ——— per le elezioni.
Battagliàre, v. intr. batalhar, dar batalha; pelejar, combater / (fig.) controverter, altercar, polemizar, debater, questionar.
Battaglière, (ant.), batalhador, lidador.
Battaglierêsco (ant.) adj. amigo de batalhas, belicoso.
Battaglièro, adj. batalhador, belicoso, valente / lidador.
Battàglio, s. m. badalo de sino.
Battagliôme, s. m. batalhão, corpo de infantaria.
Battaglista, s. m. (raro) pintor de batalhas.
Battàna, s. f. pequeno barco de fundo chato, usado na laguna veneziana.
Battellàta, s. f. o que cabe num batel, batelada.
Battellière, s. m. bateleiro, tripulante ou dono do batel.
Battèllo, s. m. batel, barco pequeno; lancha; pequeno navio de transporte usado em lagos e rios.
Battènte, p. pr. e s. m. que bate / batente, peça em que bate a porta quando se fecha / (ant.) aldrava / caixilho / a parte da moldura de um quadro onde o mesmo se encaixa.
Bàttere, v. tr. bater, golpear; dar pancadas, percutir / tocar com violência uma coisa: la **pioggia batte sul selciato** / bater, vencer, derrotar: é **un nemico difficile di** ——— / cunhar (moedas) / agitar / ——— **il tacco:** fugir / **batter le ali:** voar / içar (bandeira, etc.): **la nave batte bandiera straniera** / ——— **il mare:** navegar / **battere sodo:** insistir com veemência num assunto / **battersi il petto:** arrepender-se / **batter si:** pelejar, lutar / seguir um teor de vida: **batte la via della virtú.**
Batteria, s. f. bateria. unidade de artilharia / bateria elétrica / bateria de cozinha / mecanismo de relógio que bate as horas / bateria de instrumentos de banda ou orquestra.
Battèrico, (pl. **battèrici**), adj. bactérico, de bactéria.
Battèrio, (pl. **battèri**), s. m. bactéria. microrganismo vegetal, micróbio.
Batteriolisina, s. f. bacteriolisina, substância que dissolve as bactérias: encontra-se no sangue dos animais imunizados.
Batteriología, s. f. bacteriologia.
Batteriòlogo, (pl. **batteriòlogi**), s. m. bacteriologista, bacteriólogo.
Batterioterapía, s. f. bacterioterapia.
Batterista, s. f. tocador de bateria, em banda ou orquestra.
Battesimàle, adj. batismal.
Battésimo, s. m. batismo.
Battezzàndo, adj. e s. m. batizando: o que vai ser batizado.
Battezzàre, v. tr. batizar / por um nome, dar uma alcunha, um epíteto / batizar o vinho, o leite, etc. pôr água nos mesmos.
Battezzatôre, s. m. (raro) aquele que batiza / (adj.) batizante.
Battezzatòrio, s. m. pia batismal.
Battezzière, s. m. o padre que batiza.
Battezzône (ant.) s. m. antiga moeda florentina com a efígie de S. João Batista.
Battiàle, s. m. máquina para bastir (dar a forma) chapéus.
Battibalèno, s. m. usado somente na forma adv. **in un** ———: em um momento, num átimo.
Battibêcco, (pl. **battibêcchi**), s. m. bate-boca; discussão, altercação.
Batticôda, s. f. toutinegra.
Batticàrne, s. m. utensílio de cozinha para moer a carne.
Batticòffa, s. m. (mar.) reforço de tela que se põe em certas velas (de navio) para que durem mais.
Batticúlo, s. m. a parte da armadura que defendia as partes posteriores / (fig.) (burl.) cauda de costume masculino de cerimônia, e, por ext., o costume mesmo / espécie de jogo.
Batticuòre, s. m. palpitação do coração, palpitação, agitação, apreensão.
Battifiànco, s. m. estaca divisória nas cocheiras de cavalos.
Battifòlle, s. m. bastião que se construía com paus muito grossos, em forma de torre.
Battifôndo, s. m. jogo de bilhar em que um só parceiro desafia todos os outros.
Battifrêdo, s. m. (hist.) torre de guarda, feita para dar sinais.
Battifuòco, (ant.) s. m. fuzil para acender o fogo.
Battígia, s. f. linha na praia de mar ou na margem do rio onde normalmente chega a água.
Battilàno, s. m. operário que unta e bate a lã.
Battilòro, s. m. operário que reduz em lâminas ou folhas, o ouro e a prata; bate-folha.
Battimàno, s. m. aplauso feito batendo as mãos; aplauso.
Battimàre, s. m. reparo, que se põe no navio para defendê-lo das arremetidas das ondas do mar.
Battimàzza, s. m. ajudante de ferreiro, malhador.
Battimènto, s. m. (raro) ato de bater, batedura / (fis.) som resultante da diferença entre duas notas que têm um número diferente de vibrações.
Battimúro, s. m. jogo de crianças.

Battío, s. m. batedela longa e repetida, especialmente das mãos: un ——— di mani che non finiva mai.
Battipàlle, s. m. calcador de vareta nos fuzis que se carregavam pela boca.
Battipàlo, s. m. bate-estaca, martinete — operário que trabalha com esses instrumentos.
Battipànni, s. m. utensílio de vime para bater nos panos a fim de tirar o pó.
Battipetto, s. m. (raro) ato de bater no peito.
Battipiastra. s. m. ferramenta de ourives, para bater o ouro ou a prata.
Battiscàrpa, s. m. us. na loc. adv. a ———: apressadamente, rapidamente.
Battisóffia, s. f. (raro) susto, temor, apreensão; sobressalto.
Batispòlvero, s. m. pulverisador para desenhistas.
Battista, s. m. batista, aquele que batiza.
Battistèro, s. m. batistério.
Battistrada, s. f. batedor / criado que precedia a cavalo a carruagem do senhor / estafeta; guia / correio.
Bàttito, s. m. pulsação; palpitação / frêmito convulso.
Battitòia, (pl. **battitòie**), s. m. (tip.) espécie de cunha de madeira, quadrada. para assentar os tipos.
Battitóio, (pl. **battitói**), s. m. instrumento para bater qualquer coisa / aldrava.
Battitôre, adj. e s. m. batedor; que bate / batedor de caça / soldado que vai só adiante de um corpo de tropas / operário que nas fábricas de papel sujeita as folhas de papel aos golpes do malho / (agr.) parte da máquina debulhadora.
Battitúra, s. f. batedura, golpe / operação de debulha do trigo.
Bàttola, s. f. matraca; taramela.
Battologia, s. f. ação e efeito de bater; repetição inútil da mesma coisa.
Battúta, s. f. ação e efeito de bater, batida / (caç.) batida, ação de bater o mato para forçar a caça a levantar-se / diligência policial / (mús.) compasso de espera, batuta.
Batúffolo e batúfolo, s. m. pequena porção de lã, algodão, etc. / pequeno embrulho ou pacote / (fig.) criança gorducha.
Battúto, p. p. e adj. batido; espancado; surrado; derrotado / cunhado (dinheiro); a **spron** ———: a toda pressa.
Bàu, s. m. voz de cão; far bau bau, amedrontar as crianças cobrindo o rosto / essere il babau: ser o bicho-papão.
Baúle, s. m. baú; viggiare come un ———: viajar sem saber apreciar, sem tirar proveito algum / (dim.) **baulêtto**, **baulíno**; (aum.) **baulône**.
Baussite, s. f. bauxita.
Baútta, s. f. túnica com capuz, para máscara; dominó.
Bauxite, s. f. bauxita, hidrato de alumínio.
Bàva, s. f. baba; far la ———: enraivecer / borra da seda / rebarba dos objetos fundidos / (fig.) ——— di vento: leve sopro de vento intermitente sobre o mar calmo.

Bavaglíno, s. m. babadouro, babador.
Bavàglio, s. m. mordaça.
Bavalíschio, (ant.), s. m. basilisco.
Bávara, s. f. antiga moeda da Baviera.
Bavarêse, adj. e s. m. bávaro, relativo à Baviera; o natural da Baviera.
Bavèlla, s. f. barbilho, cordão ou cadilho feito de anafaia dos casulos.
Bàvera, s. f. mantelete, capa, capa curta de mulher em forma de gola, que cobre somente as costas e o peito, sem cobrir os braços.
Baverína, s. f. gola bordada.
Bàvero, s. m. gola de vestido.
Bavètta, s. f. rebarba na fundição de metais.
Bavièra (ant.), s. f. parte do elmo que cobria a boca e as faces.
Bavòso, adj. baboso, cheio de baba.
Bazàr, s. m. bazar, empório de mercadorias de todo gênero.
Bázza, s. f. queixo alongado e saliente / vasa, no jogo de cartas / (fig.) sorte, ventura; é una bazza: diz-se de coisa comprada muito barata, em ocasião favorável.
Bazzàna, s. f. pele de carneiro curtida, para encadernar livros, etc.
Bazzàrra (ant.), s. f. barganha, troca.
Bazzècola, s. f. frioleira, ninharia, bagatela.
Bàzzica, s. f. jogo de cartas / jogo de bilhar, no qual os jogadores não podem exceder os trinta pontos.
Bazzicàre, v. intr. e tr. freqüentar amiúde / praticar, usar.
Bazzòffia, s. f. bazófia, guisado feito de restos de comida / (fig.) composição ou perlenga confusa.
Bazzòtto, adj. meio cozido / entre duro e tenro / gorducho (pessoa) / alegre, por bebedeira / doentio.
Be, termo onomatopaico da voz das ovelhas.
Beàre, v. tornar beato, feliz / (refl.) regalar-se, deleitar-se, deliciar-se.
Beatamênte, adv. beatamente; deleitadamente; bem-aventuradamente.
Beatificàbile, adj. que pode ser beatificado.
Beatificàre, v. tr. beatificar / santificar, glorificar.
Beatificaziône, s. f. beatificação; santificação.
Beatífico, (pl. **beatífici**), adj. (teol.) (lit.) beatífico.
Beatíssimo, adj. sup. beatíssimo, tratamento dado aos papas.
Beatitúdine, s. f. beatitude, bem-aventurança / (fig.) tranqüilidade e felicidade na terra / tratamento honorífico que se dá ao Papa.
Beàto, p. p. e adj. beato; beatificado / bem-aventurado, ditoso, feliz / (exclam.) ——— te!: feliz de tia (fem.) beata.
Beatôre, adj. e s. m. (raro) beatífico.
Bêca, s. f. mulher de ínfima condição; tola.
Bêcca, s. f. ponta de lenço, lenço / dobra na página de livro para encontrar o sinal / orelha de livro / fita de seda preta usada a tiracolo pelos professores de Universidades.
Beccàbile, adj. que se pode bicar.

Beccàccia, s. f. narceja (ave).
Beccaccíno, s. m. pássaro de pântano, semelhante à narceja, porém de tamanho menor.
Beccafíco, (pl. **beccafíchi**), s. f. papa-figo, passaro da família Oriolidae.
Beccàio, (pl. **beccài**), s. m. aquele que mata as cobras ou bodes e vende a carne; por ext. carniceiro, açougueiro, magarefe.
Beccalàglio, s. m. brinquedo de crianças, parecido com a cobra-cega.
Beccamòrti, s. m. coveiro.
Beccàre, v. bicar; picar, comer com o bico / (fig.) comer / ferir com o bico / lucrar, ganhar: **mi son beccato un milione di lire in quell'affare** / pegar, apanhar: **ho beccato un bel raffreddore**.
Beccastríno, s. m. picareta para tirar pedras; enxadão.
Beccàta, s. f. bicada, golpe com o bico / bicada, o que o pássaro leva ao bico de uma vez.
Beccatèllo, s. m. mísula para suporte.
Beccatôio, (pl. **beccatòi**) s. m. comedouro para aves, usado nas gaiolas e nos galinheiros.
Beccatúra, s. f. bicada, ação de bicar.
Beccheggiàre, v. intr. oscilar. mover o navio, de popa a proa, por efeito do movimento ondulatório do mar.
Beccheggiàta, beccheggio, (pl. **becchêggi**), movimento oscilatório do navio / (equit.) costume que tem o cavalo de abaixar e levantar a testa com movimento vertical.
Beccheria, s. f. açougue.
Becchettío, s. m. bicadas espessas e contínuas que fazem os pássaros no alimento.
Becchêtto, s. m. (dim.) as orelhas dos sapatos onde se enfiam os cadarços / ponta, biqueira, bico de objeto manufaturado.
Becchíme, s. m. alimento das aves; (burl.) comida, alimento do homem.
Becchíno, s. m. coveiro.
Becco, (pl. **bécchi**), s. m. bico (das aves) / por anal. ou burla, a boca do homem: **non apri** ——— / **mettere il** ———: interromper, meter o bico / de quem não tem vintém, costuma-se dizer: **non ha il** ——— **d'un quattrino** / ponta, extremidade: ——— **del gás**, **della penna** / **a** ———: diz-se de coisas que terminam em forma de bico / (dim.) beccúccio, becchêtto.
Bêcco, s. m. bode / (vulg.) corno, marido a quem a mulher foi infiel; **esser** ——— **e bastonato**: sofrer o prejuízo e a zombaria.
Beccofrusône, s. m. pica-pau (ave).
Beccolàre, v. tr. debicar, comer aos poucos, vagorosamente.
Beccúccio, s. m. biquinho, pequeno bico / canudinho, canudo, bico de vasos, ampolas e de outros objetos semelhantes.
Beccúto, adj. bicudo, que tem bico.
Beceràta, s. f. grosseria, insolência.
Bêcero, s. m. incivil, grosseiro, vilão. vulgar, insolente.
Becerúme, s. m. gentalha, ralé, escória.

Bèchico, adj. béquico, que cura a tosse (medicamento).
Bêco, s. m. bicho, verme, especialmente o que rói oliveiras, trigo, milho, etc.
Bedeguàr (ant. **bedegar**), s. m. (bot.) excrescência ou galha que se desenvolve em várias espécies de roseiras selváticas.
Bedína, s. f. rede em forma de saco.
Beduína, s. f. capa de senhora, com capuz.
Beduíno, s. m. beduíno. árabe que vive no deserto.
Befàna, s. f. (de "epifania") velha fantástica que as crianças acreditam lhes traga brinquedos descendo da chaminé / objeto recebido de presente / (fam.) epifania, o dia de Reis.
Befanía, s. f. (pop.) epifania.
Bèffa, s. f. logro, peça, burla, motejo. zombaria / **farsi** ——— **di uno**: zombar de alguém / **da** ———: por brincadeira.
Beffardamênte, adv. zombeteiramente. escarninhamente.
Beffàrdo, adj. zombeteiro; burlador. escarnecedor.
Beffàre, v. tr. zombar, burlar, motejar. escarnecer.
Beffatôre, s. m. (**beffatrice**, f.) motejador, zombador.
Bèga, (pl. **bèghe**), s. f. rixa, briga / contraste, alteração / litígio; coisa confusa.
Beghina, s. f. (hist.) beguina: religiosa católica dos Países-Baixos, que, sem pronunciar votos, vive em espécie de conventos; (depr.) beguina, falsa devota, beata.
Beghino, s. m. beguino, frade das ordens mendicantes / beato, carola.
Begliuòmini, s. m. (bot.) balsamina, planta de jardim.
Begolàrdo (ant.), palrador, parolador.
Begònia, s. f. begônia (planta).
Bei, (turco **bèi**) s. m. bei, governador de algumas províncias muçulmanas.
Beilicàle, adj. relativo ao bei.
Beilicàto, s. m. grau e dignidade de bei / território de jurisdição do bei.
Belàre, v. intr. balir, dar balidos (ovelhas) / (fig.) chorar, choramingar; lamentar-se (espec. crianças).
Belàto, s. m. balido.
Bélga, (pl. **bèlgi**, f. **bèlghe**), adj. e s. m. belga.
Belgioíno, s. m. benjoim.
Belinògrafo, s. m. belinógrafo.
Belinogràmma, s. m. belinograma, reprodução fotográfica por meio de belinógrafo.
Belío, (pl. **belíi**), s. m. balido repetido; (fig.) choramingar de crianças.
Bèlla, s. f. mulher bela / namorada, noiva, mulher amada: **passeggiava con la sua** ——— / (bot.) **bèlla di nolte**: bonina, margarida, (bras.) boas-noites.
Belladònna, s. f. (bot.) beladona, planta herbácea, das solanáceas.
Bellamênte, adv. belamente; perfeitamente; muito bem.
Bellàre (ant.), combater.

Bellêtta, s. f. lama escorregadiça, formada pela água turva, especialmente a dos rios; lodo, lamaçal.

Bellêtto, s. m. creme, cosmético que as mulheres usam passar na pele / arrebique; pomada / (fig.) ornamento artificial.

Bellêzza, s. f. beleza, formosura / mulher bela / (fig.) alegria, prazer, consolo: recita che è una ——— / la ——— d'un anno: um ano inteiro / encanto, magia, prestígio, maravilha.

Bellezzína, s. f. (dim.) belezinha / beleza delicada de mulher.

Bèllico, (pl. bèllici), adj. bélico.

Bellíco, (pl. bellíchi), s. m. (pop.) umbigo.

Bellicône (ant.), copo grande, bojudo.

Bellicôso, adj. belicoso, inclinado à guerra.

Belligerànte, adj. beligerante.

Beligerànza, s. f. beligerância.

Belligero, adj. (lit.) belígero, belicoso.

Bellimbusto, s. m. janota, almofadinha, casquilho.

Bellíno, adj. (dim.) bonitinho / (iron.) ne ho viste belline!: vi cada uma! con le belle bellime: com lisonjas e carinhos.

Béllo, adj. belo, lindo, bonito / elide-se diante de vogal, sendo seu o final substituído pelo apóstrofo: bell'amico / trunca-se diante de consoante que não seja s impura, z ou gn: bel gatto, bel libro / no pl. masc. emprega-se a forma bei nos casos que requerem o artigo i: bei gatti, bei libri; e a forma begli diante de vogal, s impuro, z gn ps: begli esempi / bom: bei sentimenti / ilustre: è un bel nome nella letteratura odierna / proveitoso: ha trovato un bel posto / abundante, numeroso: ha speso una bella somma: despendeu uma boa quantia / sereno, limpo: è una bella giornata / (fig.) dirne delle belle: fazer inconveniências / me l'ha fatta bella, pregou-se uma boa / questa è bella: coisa singular, estranha / bel mondo: a sociedade rica / bel sesso: as mulheres / a bella posta, a bello studio: propositadamente / (dim.) bellino, bellúccio, bellóccio; (aum.) bellône.

Bèllo, s. m. namorado, especialmente no feminino: la bella / fare il ———: fazer o galante, pavonear-se / aquilo que é belo: beleza: il ——— ideale / (fig.) ora viene il ———: agora vem a parte difícil, ou extravagante, de uma coisa.

Bellòcchio, s. m. olho-de-gato, pedra preciosa do Oriente.

Bellòccio, (pl. bellòci), adj. um tanto bonito, bonitote.

Bellospírito, (pl. begli spiriti) s. m. homem arguto, faceto, galhofeiro, motejador, alegre.

Belluíno, adj. beluíno, feroz, bestial.

Dèllula (ant.), s. f. doninha.

Bellumôre, (pl. begli umori), s. m. jovial, alegre, divertido, gaiato, humorista.

Bellúria, s. f. beleza mais aparente que substancial.

Bèlo, s. m. (lit.) balido.

Belodônte, s. m. réptil fóssil.

Belône, s. m. (f. belôna), chorão, choramingas.

Belpaêse, s. m. nome de um queijo de sabor doce, fabricado na região de Brianza.

Beltà, s. f. beldade, beleza.

Bôlva, s. f. fera.

Belvedère, s. m. belvedere; mirante, bela vista / (ferr.) comboio de luxo com grandes janelas para admirar a paisagem.

Belzebú, s. m. (joc.) belzebu, demônio, diabo.

Belzuàr, s. m. bezoar, preparado de substâncias aromáticas usado na antiga medicina / concreção petrificada que se forma no estômago dos quadrúpedes.

Belzuíno, s. m. benjoim.

Bembè, excl. fam. de ironia ou de brincadeira: desta vez o apanhaste.

Bemòlle, s. m. (mús.) bemol.

Benaccètto, adj. bem aceito / benquisto.

Benaffètto, adj. muito estimado, muito amado; afeiçoado.

Benallevàto, s. m. bem-criado, bem-educado, cortês.

Benamàto, adj. bem-amado; querido, predileto.

Benànche, conj. (fam.) também, ainda.

Benandàta, s. f. gratificação que se dá ao criado de hotel antes de partir / gorjeta, propina.

Benarrivàto, adj. palavra empregada para saudar os que chegam: bem-vindo.

Benauguràto, adj. (lit.) de bom agouro, desejado, alegre, feliz, bem-aventurado: il ——— giorno delle nostre nozze.

Benavveduto, adj. percebido, acautelado.

Benchê, conj. bem que, ainda que, posto que.

Bènda, s. f. venda; (fig.) aver le bende agli ochi: ter os olhos vendados, não enxergar a realidade.

Bendàggio, s. m. conjunto das vendas de garça que cobrem as mãos dos pugilistas nas disputas de pugilato / (med.) vendagem.

Bendàre, v. vender, cobrir com vendas.

Bendàto, p. p. e daj. vendado.

Bendatúra, s. f. ato e maneira de vendar; vendagem, venda.

Bendône, s. m. folho, faixa da mitra do bispo.

Bène, s. m. bem; o que é bom, útil e conveniente / Sommo Bene: Deus / uomo da ———: homem de bem / bem, utilidade, vantagem: il ——— públlico / calma, tranqüilidade, sossego: non ho un'ora di ———, voler ——— a uno: gostar de alguém.

Bène, adv. bem, otimamente, justamente, retamente, eficazmente, perfeitamente, convenientemente / muito, bastante / agradavelmente, seguramente, merecidamente: il premio ti sta ——— / nada menos: gli ho pagato ben mille lire / si veste ———: veste-se com elegância / per ———: com ordem / ——— e meglio: muito

bem, perfeitamente / **sarebbe** ———: seria útil, conveniente; **a andar** ———: na melhor das hipóteses / bem, com saúde: **la mamma sta** ——— **/ star** ——— **a denari**: ter muito dinheiro / (dim.) **benino**; (superl.) **beníssimo**.
Beneditíno, adj. beneditino / (fig.) paciente e laborioso.
Benedêtto, adj. benedito, bento, abençoado / desejado, almejado, louvado, faustoso: **il** ——— **giorno di Natale**.
Benedícite, s. m. benedicite, oração que os católicos rezam antes da comida.
Benedíre, v. tr. abençoar, bendizer / exaltar, louvar / **mandare a farsi** ———: mandar para o inferno.
Benediziône, s. f. bênção / graça, favor, felicidade, fortuna; **questo bambino è la mia** ———.
Beneducàto, adj. bem educado, cortês, delicado.
Beneffatôre, s. m. (f. **benefattrice**) benfeitor.
Beneficiàre, v. tr. fazer benefício, beneficiar, ajudar, favorecer, gratificar; fazer o bem, praticar a caridade.
Beneficènte, adj. (raro) beneficente, benéfico.
Beneficènza, s. f. beneficência, virtude de praticar benefícios, de fazer bem; caridade.
Beneficiàle, adj. beneficial, que diz respeito aos benefícios dos eclesiásticos.
Beneficiàre, v. beneficiar, fazer benefício; dar vantagem, utilidade.
Beneficiário, adj. e s, m. beneficiário.
Beneficiàta, s. f. representação teatral em benefício de um determinado artista; sarau de gala.
Beneficiàto, adj. e s. m. beneficiado, favorecido, auxiliado.
Benefício, (pl. **benefíci**) s. m. benefício, favor, graça, mercê, utilidade, vantagem / usufruto, interesse.
Benèfico, (pl. **benèfici**), adj. benéfico / caridoso, benemérito.
Benefízio, v. **benefício**.
Benemerènte, adj. (lit.) benemerente.
Benemerènza, s. f. benemerência.
Benemèrito, adj. benemérito / (s. f.) **la benemerita**: e arma dos Carabineiros (força de polícia da Itália).
Benenànza, (ant.), s. f. bem, felicidade, prosperidade.
Beneplàcito, s. m. beneplácito, consentimento, aprovação / vontade, capricho, arbítrio.
Benespèsso, adv. freqüentemente.
Benèssere, s. m. bem-estar; estado próspero de saúde, fortuna, vida, etc.
Benestànte, adj. abastado; rico.
Benestàre, s. m. bem-estar, comodidade /aprovação, consentimento, beneplácito.
Beneviso, adj. (neol.) bem visto, estimado.
Benevolènte, adj. benevolente, benévolo.
Benevolènza, s. f. benevolência / afeto, afeição, amizade, bondade de ânimo.
Benevolmènte, adv. benevolamente, benignamente.
Benèvolo, adj. benévolo, bondoso, afável, benigno, indulgente.
Benfàre, s. m. (lit.) bem-fazer, o ato de fazer bem; retidão.
Benfàtto, adj. diz-se de pessoa de corpo bem proporcionado, de bela presença; bem formado de alma e coração.
Bengàla, s. m. fogo-de-bengala (fogo de artifício).
Bengàli, s. m. bengali, língua ou dialeto de Bengala (antiga província da Índia).
Bengalína, s. f. bengalina, planta euforbiácea da Índia.
Bengalíno, s. m. bengali, espécie de tentilhão de Bengala.
Bengòdi, s. m. na loc. "il paese di Bengodi: o país da Cocanha".
Beniamíno, s. m. benjamin; o filho predileto / preferido, favorito.
Benignamènte, adv., benignamente.
Benignànza (ant.), s. f. benignidade.
Benignàre (ant.), v. comprazer-se / dignar-se.
Benignitá, s. f. benignidade.
Benígno, adj. benigno; complacente, afetuoso, bondoso; agradável, amigável / (med.) que não apresenta caráter perigoso.
Beníno, adv. (dim. de **bene**) passavelmente, razoavelmente.
Benintêso, adv. e adj. bem-entendido; fica entendido.
Bènna, s. f. (raro) cesto, balde, para transporte de material diverso; cesto de vime; espécie de guindaste de escafandrista / carro de vimes.
Bennàto, adj. (lit.) bem-nascido / urbano, educado, cortês.
Benône, s. m. e adv. (aum.) muito bem, bastante bem.
Benparlànte, s. m. bem-falante, que fala bem, correta e fluentemente.
Benpensànte, s. m. bem-pensante, que pensa bem, isto é, da maneira que a maioria reputa melhor.
Benportànte, s. m. bem parecido; de bonitas formas, flórido, formoso.
Benservíto, s. m. atestado de ter sido bem servido, que o patrão dá ao empregado.
Bensí, conj. bem, pois bem, certamente / se bem, mas, porém.
Bentornàto, adj. bem-vindo.
Benvedúto, adj. bem-visto, benquisto.
Benvenúto, adj. bem-vindo.
Benvolére (**benevolêre**, v.) bem-querer, querer bem; amar, estimar / (s. m.) (raro) bem-querer, benquerença.
Benvolúto, adj. benquisto, querido, estimado.
Benzína, s. f. benzina.
Benzoè, s. m. benjoim.
Benzòico, adj. benzóico.
Benzoíno, s. m. benjoim.
Benzòlo, s. m. benzol.
Benzonaftòlo, s. m. benzonaftol.
Beône, s. m. beberrão.
Beòta, adj. e s. m. beócio, habitante da Beócia / (fig.) estúpido, simplório, ignorante, tolo.
Bequàdro, s. m. (mús.) bequadro.
Bèrbice (ant.) s. f. ovelha, cordeiro.
Berciàre, v. intr. berrar, gritar.
Bèrcio, s. m. berro, grito, uivo.

Berciône, s. m. aquele que grita, que berra.

Bêre, v. tr. beber, engolir qualquer líquido / absorver, embeber-se (terreno) / —— **come una spuma**: beber como uma esponja, ser beberrão / —— **le parole**: ouvir alguém com atenção: **darla a** ——: dar a entender / (s. m.) o beber, a bebida; **il** —— **in fretta**: o beber às pressas.

Bergamòtta, s. f. bergamota (fruto da bergamota).

Bergamotto, s. m. bergamota, planta que dá frutos semelhantes à laranja, de que se extrai a essência de bergamota.

Bèrgna, s. f. vestido de camponês.

Bergolàre, v. chalrar, palrar, conversar.

Bèrgolo (ant.), tonto / palrador, falador / volúvel, leviano / cesto de vimes.

Beribèri, s. m. beribéri (doença).

Bericuòcolo, s. m. bolo feito com farinha e mel, em forma de abricó.

Berillio, s. m. (quím.) glicínio, elemento metálico.

Berillo, s. m. berilo (variedade de esmeralda).

Beriuòlo, s. m. bebedouro para pássaros, que se usa nas gaiolas.

Berlícche, s. m. (burl.) o diabo / **far** —— **e berlocche**: trocar as palavras, faltar à promessa.

Berlína, s. f. berlinda / (fig.) expor aos motejos / berlinda, espécie de coche de gala, de quatro assentos / forma de carroçaria de automóvel fechado.

Berlinêtta, s. f. (dim.) carroçaria leve de automóveis, de duas portas.

Berlínga, s. f. antiga moeda de prata, milanesa.

Berlingàcco (pl. **berlingàcci**), s. m. quinta-feira gorda (do carnaval).

Berlingàre, v. farrear, divertir-se, comer muito, fartar-se.

Berlingòzza (ant.), s. f. dança campestre antiga, muito barulhenta.

Berlingozzo, s. m. pastel, rosca de farinha, ovos, e açúcar.

Berneggiàre, v. intr. escrever à maneira burlesca de Berni, poeta toscano do século XVI.

Bernêsco, adj. à maneira de Berni / jocoso, burlesco, cômico.

Bèrnia, (ant.), s. f. espécie de capa de mulher.

Bernòccolo, s. m. protuberância, bossa, galo, inchaço / vocação, aptidão, queda, disposição natural para uma coisa.

Bernoccolúto, adj. que tem protuberâncias.

Berrètta, s. f. barrete, gorra, carapuça / (fort.) barrete; obra com três ângulos salientes e dois reentrantes.

Berrettàio, s. m. o que faz barretes, barreteiro.

Berrettería, s. f. loja de barreteiro.

Berretináio, s. m. vendedor ou fabricante de barretes.

Berrêtto, s. m. boné, gorro / boina de estudante —— **frígio**: barrete frígio.

Berriuòla e berriuòlo (ant.) s. m. e f. barrete papal.

Berrovière (ant.), s. m. esbirro, beleguim.

Bersagliàre, v. tr. atirar no alvo; alvejar / molestar, amolar, perseguir.

Bersagliére, s. m. soldado de um corpo especializado de infantaria italiana / **alla bersagliera**, à maneira dos "bersaglieri".

Bersàglio, (pl. **bersàgli**) s. m. alvo / (fig.) —— **della fortuna**: alvo de infortúnios, desgraçado / objetivo, fim, escopo.

Bersgrúndo, s. m. (neol. alp.) fendimento, racha nas geleiras das montanhas.

Bersò, (neol. do fr. "berceau"), s. m. cabana, caramanchão.

Bèrta, s. f. burla, chasco, escárnio / máquina de enfiar paus, bate-estaca / nome vulgar do tentilhão e de vários pássaros marinhos / (fig.) **al tempo che Berta filava**: em outras eras, há muito tempo.

Berteggiàre, v. tr. escarnecer, zombar.

Bertêsca, s. f. torre, reparo de madeira nas fortificações da Idade Média.

Bertòldo, (do nome do protagonista do conto popular de G. C. Croce), s. m. palerma, toleirão.

Bertolòtto, na loc. adv. **a** ——: de graça, sem pagar.

Bertône, s. m. espécie de navio alto / (ant.) libertino; rufião / cavalo de orelhas cortadas.

Bertovèllo e bertuèllo, s. m. nassa, rede para pescar e caçar / (fig.) intriga, enredo, embrulhada.

Bertúccia, (pl. **bertúcce**) s. f. macaca / (fig.) mulher feia / **pigliar la** ——: embriagar-se.

Bertucciône, s. m. (aum.) macaco grande / (fig.) homem feio.

Bèrza (ant.), s. f. calcanhar.

Bèsso (ant.), adj. tolo, bobo.

Bestêmmia, s. f. blasfêmia / imprecação, maldição / palavra ou discurso injurioso.

Bestemmiàre, v. blasfemar, praguejar / insultar, caluniar.

Bestemmiatôre, adj. e s. m. blasfemador / praguejador.

Bestemmiône, s. m. blasfemador habitual.

Bêstia, s. f. besta, animal irracional, bicho, / (fig.) pessoa ignorante, estúpida / pessoa bestial / **é un lavoro da** ——: é um trabalho bastante pesado, ruim / (dim.) **bestiuòla**, **bestiolina**, **bestiùccia**; (aum.) **bestiône**; (pej.) **bestiàccia**.

Bestiàio, (pl. **bestiài**) s. m. o que toma conta das bestas.

Bestiàle, adj. bestial.

Bestialità, s. f. bestialidade, brutalidade, estupidez, dito estúpido, asneira.

Bestialmènte, adv. bestialmente.

Bestiàme, s. m. rês, gado, armento, rebanho / —— **minuto**: cabras, ovelhas, cabritos, etc. / (fig.) gente rude e vil.

Bestiàrio, (pl. **bestiàri**), s. m. bestiário, gladiador que combatia no circo / bestiário; coleção de obras medievais sobre as qualidades dos animais.

Bèta, s. m. e f. beta, a segunda letra do alfabeto grego; **raggi** ———: raios beta / (fís.) radiações de elétrons emitidos espontaneamente por elementos radioativos.

Betatrône, s. m. (fís.) betatron, aparelho semelhante ao cíclotron.

Bètel, s. m. bétel, espécie de pimenteira da Índia.

Bètta, s. f. pequeno navio auxiliar de transporte, na marinha de guerra italiana.

Bèttola, s. f. tasca, taberna, baiúca, bodega; botequim: **discorsi da** ———: palavreado de botequim.

Bettolànte, s. m. freqüentador de tabernas / taberneiro.

Bettolína, s. f. barcaça ou gabarra para o abastecimento de navios.

Bettolíno, s. m. (dim.) pequena taberna / bar. anexo aos albergues, às casernas ou às cadeias.

Bettònica ou **betònica**, (pl. **bettòniche**) s. f. betônica, gên. de plantas da família das labiadas.

Betúlla, s. f. bétula, planta chamada vulgarmente vidoeiro.

Beùta, s. f. garrafa de forma cônica, usada pelos químicos.

Bêva, s. f. bebida, geralmente de ínfima qualidade.

Bevàce, adj. (raro) beberrão.

Bevànda, s. f. bebida; qualquer líquido que se pode beber.

Beveràggio, (pl. **beveràggi**), s. m. beberagem, especialmente para os animais / poção venenosa / gorjeta que se dá a alguém para que possa beber um trago.

Beveràre, v. tr. (raro) embeber; **beverata dal sangue nemico** (Carducci): embebida de sangue inimigo.

Beveratôio, (pl. **beveratôi**), s. m. bebedouro.

Bêvere, v. bere.

Beverêccio, (pl. **beverêcci**), adj. (raro) bebível, que se pode beber; agradável de beber; potável.

Bevería (ant.), s. f. ato de beber muito, embriaguez, pândega, farra.

Beveríno, s. m. bebedouro na gaiola dos pássaros.

Bêvero, (ant.), s. m. castor.

Beverône, s. m. beberagem para animais / bebida abundante e insípida.

Bevíbile, adj. bebível; potável.

Bevicchiáre, v. intr. beber muito, e por muitas vezes.

Bevitôre, adj. e s. m. (**bevitrice**, f.) bebedor, beberrão.

Bevúta, s. f. ato de beber; (dim.) **bevutina**, gole, trago.

Bèy, o mesmo que **bei**, s. m. bei, governador de província muçulmana.

Bezzicáre, v. tr. bicar / espicaçar / ofender.

Bezzicàta, s. f. bicada / (fig.) mote, palavra pungente.

Bezzicatúra, s. f. bicada / picadura / (fig.) ofensa.

Bèzzo, s. m. (do al. Bätz) nome de antiga moeda veneziana / (fig.) dinheiro: **é un uomo che possiede molti bezzi**.

Bi, s. m. e f.; nome da segunda letra do alfabeto italiano: **un bi, una bi**.

Bi ou **bis**, prefixos que indicam repetição, bi: **bisnomo**: bisavô / **biscotto**: biscoito, bípede.

Biàcca, s. f. alvaiade.

Biàcco, (pl. **biàcchi**) s. m. bicha, serpente da família dos Colubrídeos, não peçonhenta.

Biàda, s. f. aveia, ração para o gado / (pl.) seara, cereais, trigo, etc.

Biadiuòlo, s. m. (raro) aquele que vende rações para o gado.

Biadóre, v. tr. dar ração às bestas.

Biadêtto, adj. e s. m. azul claro / matéria corante de cor azul celeste para pintar a óleo ou aquarela.

Biàdo, s. azul claro / azul pálido.

Biàgio, s. m. Brás; n. pr. de pessoa us. na loc.: **Adágio** ———: devagar, cuidado!, à guisa de advertência a quem quer fazer alguma coisa às pressas.

Biànca, s. f. o primeiro sono dos bichos-da-sêda: **dormono la** ———.

Biancàna, s. f. vasto trecho de terreno esbranquiçado e árido.

Biancàstro, adj. esbranquiçado / alvacento.

Biancheggiamênto, s. m. branqueamento.

Biancheggiàre, v. intr. branquejar, alvejar, branquear, ficar branco, encanecer.

Biancheria, s. f. roupa branca; ——— **da letto, da tavola, da cucina, da dosso, da uomo, da donna**.

Bianchêtto, s. m. pomada para branquear a pele / alvaiade / liscívia / preparado químico para branquear a roupa suja.

Bianchêzza, s. f. brancura / alvura, candura, inocência.

Bianchiccio, (pl. **bianchicci**), adj. esbranquiçado; alvacento.

Bianchimênto, s. m. branqueamento.

Bianchire, v. tr. branquear, tornar branco.

Biancicàre (ant.), v. branquear / alvorear, alvorecer.

Biancicôre, s. m. brancor, brancura.

Biànco, (pl. **biànchi**), adj. branco, alvo, cândido claro / **carbone** ———: força motriz hidráulica / ——— **dell'occhio**: a esclerótica ——— **dell'uovo**: a clara do ovo / **di punto in** ———: vestido com todo o apuro / (s. m.) branco, a cor branca.

Biancomangiàre, s. m. manjar-branco (doce).

Biancône, adj. e s. m. (aum.) muito branco / diz-se também de quem tem a pele muito clara / variedade de uva branca e o vinho dessa uva / espécie de gavião / (hist.) **il Biancone**: nome popular da estátua de Netuno, em Florença.

Biancôre, s. m. (lit.) brancura, alvura, candura.

Biancosêgno, s. m. papel assinado em branco.

Biancospino, (pl. **biancospíni**), s. m. (bot.) espinheiro-alvar.

Biancúme, s. m. conjunto de coisas brancas / cor excessivamente branca, desagradável à vista.

Biàscia, (pl. **biàsce**), s. f. baba, saliva.

Biasciamênto, s. m. salivação.
Biasciàre, v. tr. mastigar lentamente.
Biascicapaternòstri, s. m. carola, santarrão.
Biascicáre, v. tr. mastigar longa e lentamente; comer devagar e sem vontade; falar ou rezar tartamudeando, mastigando as palavras; ruminar, murmurar, resmungar.
Biascicône, s. m. mastigador, resmungão.
Biascicòtto ou **biasciòtto**, s. m. bocado de pão, de papel ou de outra coisa, mastigado e cuspido.
Biasimàbile, adj. censurável.
Biasimàre, v. tr. censurar, desaprovar, criticar, repreender, exprobar, estigmatizar.
Biasimatôre, adj. e s. m. censurador, exprobador.
Biasimévole, (pl. **biasimévoli**), adj. censurável, repreensível.
Biasimevolmênte, adv. censuravelmente, repreensivelmente.
Biàsimo, s. m. censura, repreensão, reprovação, exprobação, desaprovação, crítica.
Biasimône, s. m. censurador, inveterado.
Biastèma (ant.), s. f. blasfêmia.
Biàvo, adj. e s. m. azul claro, azul celeste (cor.).
Bibàce, adj. bíbulo, que bebe, que absorve: l'arena ———.
Bibàsico, adj. (quím.) bibásico.
Bíbbia, s. f. bíblia; a escritura sagrada.
Bíbita, s. f. bebida, todo o líquido que se bebe.
Bíblico, (pl. **bíblici**), adj. bíblico.
Bibliofilía, s. f. bibliofilia..
Bibliòfilo, s. m. bibliòfilo..
Bibliográfico, (pl. **bibliogràfici**), adj. bibliográfico.
Bibliògrafo, s. m. bibliógrafo.
Biblioiàtrica, s. f. bibliátrica, arte de restaurar os livros.
Bibliolatría, s. f. bibliolatria, culto, idolatria dos livros.
Bibliolíte, s. f. bibliólito, folha manuscrita petrificada.
Bibliología, s. f. bibliologia.
Bibliòlogo, (pl. **bibliòlogi**), s. m. bibliólogo.
Bibliòmane, s. m. bibliómano.
Bibliomanía, s. f. bibliomania.
Bibliomanzía, s. f. bibliomancia, adivinhação por meio de livro aberto ao acaso.
Bibliotèca, (pl. **bibliotèche**), s. f. biblioteca / (dim.) **bibliotechína, bibliotechètta, bibliotecúccia**.
Bibliotecário, (pl. **bibliotecàri**), s. m. bibliotecário.
Biblioteconomía, s. f. biblioteconomia.
Biblística, s. f. biblística, conhecimento bibliográfico da Bíblia.
Bíbulo, adj. (lit.) bíbulo, absorvente.
Bíca, (pl. **biche**), s. f. meda; montão de gavelas / meda, montão de qualquer coisa.
Bicameràle, adj. diz-se de constituição política que prevê duas Câmaras de Representantes.
Bicarbonàto, s. m. (quím.) bicarbonato.

Bicchèrna, s. f. cada uma das tabuazinhas pintadas com cenas representativas da cobrança de impostos, que serviam de capa aos livros de contabilidade da Comuna Siena.
Bicchieràio, s. f. aquele que faz ou vende copos / vidraceiro.
Bicchieràta, s. f. golpe, pancada com o copo / beberete; copo d'água (Brasil).
Bicchière, (pl. **bicchieri**), s. m. copo / copa, cálice, vaso / (dim.) **bicchièrino, bicchieruccio**; (aum.) **bicchieròtto, bicchierône**.
Bicciacúto, s. m. espécie de machado de dois gumes.
Bicciàre, v. intr. chocar, embater.
Bicciocca, s. f. casinhola, casebre.
Bicèfalo, adj. bicéfalo, de duas cabeças / bifronte.
Biciàncola, s. f. balanço feito com uma tábua ou trave em equilíbrio.
Biciclètta, s. f. bicicleta.
Bicíclo, s. m. biciclo, bicicleta antiga de roda grande na frente e pequena atrás.
Bicimotôre, s. m. bicicleta com motor.
Bicípite, adj. bicípite / (s. m.) bíceps / ——— **femorale**: músculo do fêmur.
Biclorúro, s. m. bicloreto.
Bicòcca, s. f. pequeno castelo ou torre no cume de um monte / casebre, casinhola.
Bicolôre, adj. bicolor.
Bicòncavo, adj. bicôncavo.
Biconvèsso, adj. biconvexo.
Bicòrdo, s. m. (mús.) instrumento musical antigo, de duas cordas / bicorde, som simultâneo de duas notas em duas cordas diferentes de instrumento musical.
Bicòrne, adj. bicorne, de dois cornos / de dois bicos.
Bicornito, adj. bicorne, bicornuto.
Bicornúto, adj. bicorne, bicornuto.
Bicuspidàle, adj. bicuspidal, que tem forma de bicúspide.
Bicúspide, adj. bicúspide.
Bidè, (franc. "bidet"), s. m. bidê.
Bidèllo, s. m. (f. **bidèlla**) bedel; contínuo, servente / porteiro.
Bidentàle, s. m. (arqueol.) lugar atingido pelo raio que se purificava com o sacrifício de uma ovelha ("bidens").
Bidénte, s. m. forcado / (adj.) bidênteo.
Bidètto, (ant.), s. m. pequeno cavalo de campo.
Bidône, s. m. bidão, lata, vasilha metálica, geralmente cilíndrica, para petróleo, gasolina, óleos, etc.
Biecamênte, adv. de través, de esguelha, obliquamente; malvadamente, sinistramente.
Blèco, (pl. **bièchi**), adj. oblíquo, vesgo, torto / mau, sinistro, torvo, irado, ameaçador.
Bièlla, (fr. "bielle") s. f. biela; (mecân.) haste rígida de certos mecanismos.
Biennàle, adj. bienal.
Biènne, adj. (raro) de dois anos.
Biènnio, (pl. **biènni**), s. m. biênio.
Bièscio, adj. (raro) vesgo, torvo.
Biètola, s. f. acelga, espécie de planta do gênero "Beta".
Bietolàggine, s. f. (raro) estolidez, imbecilidade.

Bietolóne, s. m. (bot.) espécie de espinafre / (fig.) tolo, parvo, crédulo.
Biètta, s. f. cunha / calço / alça.
Bifàse, adj. que tem duas fases.
Biffa, s. f. bandeirola para marcar alinhamentos e fazer sinais de longe, com bandeirola, para marcar alinhamentos ou para servir de sinal / baliza / vara para marcações.
Biffàre, v. tr. marcar, assinalar, nivelar, balizar, demarcar / (fig.) furtar, surrupiar, bifar (fam.).
Bífido, adj. (lit.) bífido, fendido em duas partes, bipartido.
Bifòlco, (pl. bifòlchi), s. m. boieiro, condutor de bois para lavrar a terra; o que toma conta dos bois / (fig.) homem rude / camponês.
Bífora, adj. e s. f. bífore, diz-se de um portal que tem dois batentes.
Biforcamênto, s. m. bifurcação.
Biforcàre, v. pr. bifurcar, separar, abrir em dois ramos.
Biforcatúra, biforcazióne, s. f. bifurcação.
Biforcúto, adj. bifurcado.
Bifôrme, adj. biforme, de duas formas.
Bifrônte, adj. bifronte / (fig.) desleal, oportunista.
Bíga, (pl. bíghe), s. f. biga ou bigas (pl.), carro romano puxado por dois cavalos / (mar.) traves postas para reforçar a árvore de um navio.
Bigamía, s. f. bigamia.
Bígamo, adj. e s. m. bígamo.
Bigattièra, s. f. lugar apropriado para a criação do bicho-da-seda.
Bigàtto, s. m. nome que se dá, em certos lugares da Itália, ao bicho-da-seda / gorgulho, inseto que ataca os cereais.
Bigèllo, s. m. burel, estofo grosseiro.
Bigeminàto, adj. (bot.) bigeminado, bigêmeo.
Bigèmino, adj. bigemíneo, bigêmeo.
Bighellàre, bighellonàre, v. intr. perambular / vadiar.
Bighellóne, s. m. (bighellôna, f.) passeador, vagabundo, mandrião, ocioso.
Bigherino, s. m. espécie de renda que se usa para guarnição em vestes femininas; espiguilha.
Bigio, (pl. bigi), adj. pardo, gris, cinzento.
Bigiògnolo, adj. pardusco, pardacento, acinzentado / grisalho.
Bigiotteria, s. f. (fr. "bijouterie") bijuteria; quinquilharias.
Bigiottière, s. m. vendedor de objetos de bijuteria.
Biglia, bigliardo, v. billa, bilardo.
Bigliettàrio (pl. bigliettàri) / s. m. bilheteiro.
Bigliettinàio, s. m. bilheteiro.
Bigliétto, s. m. bilhete, carta muito breve; aviso impresso ou escrito / ——— da visita: cartão de visita / senha, cartão que faculta a entrada em algum lugar (espetáculo, assembléia, etc.); ——— ferroviário: bilhete de estrada de ferro / ——— di banca: papel-moeda / (dim.) bigliettino, bigliettúcio.
Biglióne, s. m. bilhão, prata inferior, com muita liga.

Bignè, s. m. coscorão, filhó de farinha e ovos.
Bigodíno, s. m. pequena haste metálica em que as mulheres enrolam o cabelo para frisá-lo.
Bigóncia, (pl. bigónce), s. f. dorna, recipiente de madeira, sem tampa; **a bi gonce**: em grande quantidade / (ant.) cátedra, púlpito, e, atualmente, por burla; **salire in** ———: doutrinar, pontificar.
Bigóncio, (pl. bigónci), s. m. dorna grande, com pau atravessado, para ser transportado por duas pessoas; (dim.) **bigonciuòlo, bigonciolino**.
Bigordàre (ant.), farrear, festar justando.
Bigórdo (ant.), s. m. lança para justar.
Bigòtta, s. f. (náut.) bigota.
Bigottería, s. f. carolismo, beatice.
Bigottísmo, s. m. bigotismo, carolismo, falsa devoção.
Bigríglia, s. f. válvula eletrônica dos aparelhos radiofônicos.
Bigútta, s. f. marmita para a sopa / (fig.) comida de qualidade inferior.
Bilabiàto, adj. (bot.) bilabiado.
Billancèlla, s. f. pequeno barco a vela, que pesca acompanhado por outro barco.
Bilància, (pl. bilànce), s. m. balança / rede quadrada para pescar / paus da boléia das carroças / balanço de relógio / (com.) ——— **commerciale**: confronto entre a importação e a exportação de um país.
Bilanciàio, s. m. aquele que fabrica balanças.
Bilanciamênto, s. m. balanceamento, balanceadura.
Bilanciàre, v. tr. balançar, balancear / equilibrar, contrapesar, compensar / examinar, comparar, ponderar / (refl.) igualar-se, equilibrar-se: **le forze contràrie si bilanciano**.
Bilanciatamênte, adv. equilibradamente.
Bilanciatóre, adj. e s. m. balanceador.
Bilancière, s. m. balanceiro; balancim.
Bilancino, s. m. boléia (das carruagens) / besta que se atrela à boléia para ajuda / (fig.) socorredor, ajudante.
Bilàncio, (pl. bilànci), s. m. (com.) balanço, orçamento / **fare il** ———: fazer o balanço: verificar a receita e a despesa.
Bilateràle, adj. bilateral.
Bilateralità, s. f. bilateralidade.
Bilbocchêtto, s. m. bilboquê, brinquedo infantil (fr. "bilboquet").
Bile, s. f. bilis, / (fig.) cólera, raiva, desdém, ira, mau humor.
Bilènco, s. f. torto, vesgo, enviezado.
Bília, s. f. cadoz (cova de mesa de bilhar).
Biliardàio, s. m. o que fabrica ou vende bilhares.
Biliardière, s. m. bilhardeiro, aquele que toma conta ou que é proprietário de bilhar.
Biliàrdo, s. m. bilhar (jogo).
Biliàre, adj. (med.) biliar, relativo à bilis.
Bilicàre, v. balançar, equilibrar.

Bílico, (pl. **bilichi**), s. m. equilíbrio / ——— della **biláncia**: o ponto em que a balança oscila, o fiel da balança; **stare in** ———: estar em risco de cair / (fig.) incerteza, dúvida.
Bilíngue, adj. bilíngüe.
Biliône, s. m. bilhão, bilião.
Biliôrsa, s. f. besta imaginária; espantalho; bicho-papão.
Biliôso, adj. bilioso.
Biliottàto, adj. (heráld.) constelado de gotas, de manchas.
Bilirubína, s. f. (med.) pigmento fundamental da bílis.
Biliocchetto, s. m. instrumento de ourives, para aplicar o ouro nos objetos a serem dourados.
Bilobàto, adj. bilobado, dividido em dois lóbulos.
Bilústre, adj. de dois lustros.
Bímano, adj. bímano.
Bimàre, adj. bimare, que tem dois mares, banhado por dois mares.
Bímbo, s. m. criança; (dim.) **bimbêtto**, **bimbíno**.
Bimèmbre, adj. bimembre.
Bimensíle, adj. bimensal.
Bimestrále, adj. bimestral.
Bimèstre, s. m. bimestre.
Bimetallismo, s. m. bimetalismo, sistema monetário de estalão duplo.
Bimetallista, (pl. **bimetallisti**), s. m. bimetalista.
Bimotôre, adj. e s. m. bimotor.
Binàre (ant.), dar à luz dois gêmeos / duplicar.
Binàrio, (pl. **binàri**), adj. binário, composto de duas unidades / (quím.) que se compõe de dois elementos / (s. m.) os trilhos das estradas de ferro, ou dos bondes, por onde correm os trens, etc.
Binàto, p. p. e adj. binado; geminado / duplo / ajuntado.
Bínda, s. f. macaco, para levantamento de pesos / (mar.) pano costurado sobre a vela.
Bindolàre, v. enganar, iludir, ilaquear.
Bíndolo, s. m. (hidr.) mora / dobadura / protexto, escusa, cavilação, evasiva: **quanti bindoli trova per non lavorare!** / (fig.) esperto, maroto, embrulhão.
Binòccolo e **binòcolo**, (pl. **binòccoli**) s. m. binóculo.
Binoculàre, adj. binocular.
Binòmio, (pl. **binòmi**), s. m. binômio.
Biòbba, s. m. beberrão, pau-d'água.
Biòccolo, s. m. floco / grumo, grânulo de qualquer coisa / godilhão.
Biochímica, s. f. bioquímica.
Biòdo, s. m. junco (planta).
Biofília, s. f. (filos.) biofilia.
Biogènesi, s. f. biogênese.
Biogenètico, (pl. **biogenètici**), adj. biogenético.
Biogenía, s. f. biogenia, biogênese.
Biografía, s. f. biografia.
Biogràfico, (pl. **biogràfici**), adj. biográfico.
Biògrafo, s. m. biógrafo.
Biôlco, s. m. (dial. por **bifolco**), condutor de bois / trabalhador da terra.
Biología, s. f. biologia.
Biològico, (pl. **-ògici**), adj. biológico.

Biòlogo (pl. **òlogi**), s. m. biólogo, biologista.
Biometereología, s. f. biometereologia.
Biônda, adj. f. loura / (s. f.) tintura para alourar os cabelos / renda de seda.
Biondeggiàre, v. intr. enlourar; começar a ficar louro, lourecer, lourejar / amarelecer (trigo, etc.).
Biondêzza, s. f. qualidade de louro: **la** ——— **naturale dei suoi capelli**.
Biondíccio, (pl. **ícci**), adj. lourejante, que tende para a cor loura.
Biondíno, adj. e s. m. (dim.) lourinho, loirinho.
Biôndo, adj. louro, loiro / fulvo, flavo, áureo.
Biopísia, s. f. (med.) biopsia.
Biòptico, (pl. **-òptici**), adj. bióptico.
Biòscia, s. f. neve mole, que derrete logo / sopa insípida / caldaça.
Biòssido, s. m. (quím.) bióxido.
Biotipología, s. f. biotipologia.
Biotíte, s. f. biotita, espécie de mica escura.
Biòtto, adj. (dial.) nu, despido / (fig.) paupérrimo.
Bipàla, adj. diz-se de hélice que tem duas pás.
Bipartíbile, adj. bipartível.
Bipartíre, v. bipartir.
Bipartizióne, s. f. bipartição; bisseção.
Bípede, adj. e s. m. bípede.
Bipennàta, adj. (bot.) bipinulado.
Bipènne, (lit.) s. f. bipene / (arqueol.) machadinha com dois gumes.
Biplàno, s. m. biplano.
Biquadráto, adj. e s. m. (mat.) biquadrado.
Biquàdro, v. bequadro.
Biquintíle, adj. (astr.) dois quintílios, diz-se de dois astros distantes 144 graus entre si.
Biràcchio, (pl. **àcchi**), s. m. trapo, farrapo / retalho, pedaço, bocado.
Bírba, s. f. birba, maroto, pândego, vadio / tratante, biltre / carro descoberto de dois assentos e quatro rodas / (dim.) **birbarèllo**, **birbinò**, (pej.) **birbaccióne**.
Birbantàggine, s. f. velhacada, tratantada, tratantice.
Birbànte, s. m. patife, traste, tratante, biltre; (pop.) birbante.
Birbanteggiàre, v. intr. madracear, fazer tratantadas; agir como velhaco.
Birbantería, s. f. patifaria, trapaçaria.
Birbantêsco, adj. próprio de tratante, velhaco.
Birbàta, s. f. traquinada / tratantada.
Birbería, s. f. maroteira / dito ou ato de maroto, velhaco.
Birbêsco, (pl. **-êschi**), adj. de patife, de velhaco.
Birbíno, s. m. pequeno carro descoberto, de dois lugares e quatro rodas.
Bírbo, s. m. birba, tratante, velhaco, esperto.
Birbonàggine, **birbonàta**, s. f. tratantada, maroteira, tantice, artimanha, cavilação.
Birbône, s. m. (f. **-ôna**) traste, patife, tratante, maroto; biltre.
Birboneggiàre, v. intr. proceder como tratante, trapacear.

Birbonería, s. f. marotagem, artimanha, tratantada.
Birbonescamênte, adv. velhacamente, astutamente, manhosamente.
Birbonêsco, (pl. -êschi), adj. próprio de biltre, de velhaco; trapaceiro, trampolineiro.
Bírcio, adj. vesgo, estrábico / míope, zarolho, caolho.
Bireattôre, adj. e s. m. birreator (aeroplano acionado por dois reatores).
Birĕme, adj. e s. f. (mar. ant.) birreme.
Biribàra, (ant.) s. m. espécie de jogo antigo bastante intrincado / (fig.) enredo, embrulhada, trapalhada.
Biribíssi, s. m. biribi, jogo de azar, parecido com a loteria / pequeno pião.
Birichinàta, s. f. travessura; ação própria de criança.
Biríchino, s. m. (f. -ína) garoto maroto; menino astuto e impertinente; esperto, velhaquete.
Birifrangènte, adj. (fís.) birrefringente; que produz dupla refração.
Birifrangènza, s. f. birrefringência, fenômeno óptico de dupla refração.
Birignào, s. m. (teatr.) ação de falar enfaticamente, prolongando as sílabas finais, como se estivesse a miar.
Birillo, s. m. palito: pequeno pau que serve de fito no jogo de bilhar, da malha e outros.
Bíro, s. f. (neol.) canetas com tinta esferográfica (do nome do seu inventor, o húngaro Birò).
Biroccino, s. m. (dim.) carruagem pequena, caleche ou cabriolé.
Biròccio, (pl. -òcci), s. m. caleche, cabriolé; aranha (carruagem).
Bírra, s. f. (do al. "Bier") cerveja, birra.
Birràcchio, (pl. -àcchi) s. m. vitelo (novilho) de um a dois anos.
Birràglia, **sbirràglia**, s. f. malta, caterva de esbirros (beleguins, policiais).
Birràio, s. m. cervejeiro, vendedor de cerveja.
Birrería, s. f. cervejaria.
Birrêsco, (pl. êschi), adj. (depr.) próprio de esbirro, próprio de beleguim: métodi, modi birreschi.
Birro, s. m. esbirro, beleguim; policial, mastim, galfarro.
Birrône, (neol.), s. m. cerveja escura e mais forte que a comum.
Bís, adv., interj. e s. m. bis, repetição; duplicação; exclamação de quem manda ou pede que se repita o que acaba de ser dito ou cantado, etc.
Bisàccia, (pl. -àcce), s. m. alforje, sacola, bolsa, bornal.
Bisànte, s. f. (hist.) besante, antiga moeda de ouro bizantina / (arquit.) medalhões, rosetas que servem para decoração.
Bisarcàvalo, s. m. (f. -àvola) tetravô.
Bisàvo, s. m. (f. -àva) bisavô; antepassado.
Bisàvolo, s. m. (f. -àvola) bisavô.
Bisbeticamênte, adv. rabugentamente, extravagantemente, caprichosamente, birrentamente.
Bisbètico, (pl. -ètici), adj. caprichoso, birrento, esquisito, inconstante, rabugento; extravagante.
Bisbigliaménto, s. m. (raro) sussurro, cicio.
Bisbigliàre, v. intr. bichanar / ciciar, sussurrar, murmurar / cochichar, segredar.
Bisbigliatôre, **bisbiglióne**, adj. e s. m. que sussurra, que cicia; murmurador.
Bisbíglio, (pl. -ígli), s. m. sussurro, cicio, murmúrio.
Bisbòccia, (pl. -òcce), s. f. patuscada, festança, farra.
Bisbocciàre, v. pandegar, patuscar.
Bísca, (pl. bische), s. f. casa de jogo; cassino / jogo.
Biscaglína, s. f. (mar.) escada transportável, feita de duas cordas entre as quais estão intercalados degraus de madeira.
Biscaglíno, adj. biscainho, relativo, à Biscaia; (s. m.) biscainho, natural da Biscaia, vasconço / (hist.) mosquete antigo, de grosso calibre.
Biscaiuòlo, s. m. aquele que freqüenta as casas de jogo; jogador.
Biscànto, s. m. canto de muro que forma um duplo ângulo / esquina / (fig.) lugar ermo, apartado.
Biscazzàre, v. jogar, freqüentar casas onde se joga / dissipar os seus haveres na jogatina.
Biscazzière, s. m. dono de casa de jogo / aquele que marca os pontos no jogo de bilhar.
Bischênco, (pl. -ênchi), brincadeira de mau gosto, grosseira / burla.
Bíschero, (pl. bíscheri) s. m. (mús.) cravelho, caravelha / (pop.) tolo, palerma.
Bischêtto, s. m. banca, mesa de sapateiro.
Bischizzàre, (ant.) v. fantasiar, divagar / usar jogo de palavras / altercar.
Bischízzo, (ant.) s. m. fantasia, capricho, devaneio / contenda.
Bíscia, (pl. bísce), bicha, cobra inócua / a ———: em ziguezague.
Bísciolo, adj. bleso; diz-se especialmente de quem pronuncia mal a palavra esse.
Biscióne, s. m. bicha, cobra grande / o emblema dos Visconti, de Milão.
Biscottàre, v. tr. cozer como biscoito; abiscoitar, biscoitar / reduzir à perfeição.
Biscottería, s. f. biscoitaria, fábrica ou lugar onde se vendem biscoitos; confeitaria.
Biscottifício, (neol.), s. f. biscoitaria, fábrica de biscoitos.
Biscottíno, s. m. (aum.) biscoitinho / golpe leve que se dá a alguém na face, por brincadeira.
Biscòtto, s. m. biscoito / bolacha / (cer.) massa de porcelana já cozida, pronta para ser pintada.
Biscròma, s. f. (mús.) fusa.
Biscugíno, s. m. (f. ína) primo em segundo grau.
Bisdòsso, na loc. adv. a ———: sobre o dorso nu, em pelo; sem sela.
Bisdrúcciolo, adj. (gram.) bisesdrúxulo.
Bisecànte, adj. (geom.) bissetor.
Bisecàre, v. tr. (geom.) bissecar, dividir um ângulo em dois outros iguais.
Bisegoio, s. m. bisegre, instrumento com que os sapateiros brunem os tacões e as bordas das solas dos sapatos.

Bisènso, adj. duplo sentido, jogo de enigmística, no qual uma palavra que tem dois significados deve ser adivinhada em ambos os sentidos.
Bisèlio, s. m. cadeira para duas pessoas, ou espaçosa para grandes personagens / faldistório.
Bisessuàle, adj. (bot.) bissexual.
Bisestàre, v. (raro) ser bissêxtil, bissexto.
Bisestíle, adj. bissêxtil, bissexto.
Bisèsto, s. m. (raro) bissexto.
Bisettimanàle, adj. bissemanal.
Bisettríce, adj. (geom.) bissetriz.
Biseziòne, s. f. (geom.) bisseção.
Bisíllabo, adj. e s. m. bissilabo, dissílabo.
Bislaccheria, s. f. extravagância, excentricidade.
Bislàcco, (pl. -ácchi), adj. estranho, excêntrico, singular, caprichoso.
Bislúngo, adj. mais longo que largo; oblongo.
Bismarck, s. m. (do n. do est. alemão) us. na expressão: **bistecca alla** ———: bife cozido, com um ovo em cima.
Bismúto, s. m. (quím.) bismuto.
Bisnipôte, s. m. bisneto.
Bisnònno, s. m. (f. -ònna) bisavô.
Bisôgna, s. f. (lit.) trabalho, tarefa, ocupação / negócio, ocasião.
Bisognàre, (pr. -ógno), v. intr. precisar de, ser preciso ou ser necessário, obrigatório ou indispensável; ser mister, convir; dever-se: ——— **lavorare / studiare**.
Bisognêvole, adj. que é útil e necessário / (s. m.) o necessário; **manca del** ———: falta-lhe o necessário.
Bisôgno, s. m. necessidade, precisão / falta, carência; míngua, privação / pobreza, indigência, miséria: **la sua famiglia si trova in** ——— / **far** ———, **esser** ———: ser necessário / **fare i suoi bisogni**: fazer a própria necessidade natural / (dim.) **bisognino**, **bisognúccio**.
Bisognosamènte, adv. pobremente: **viveva** ———.
Bisognôso, adj. necessitado, pobre / (s. m.) **i bisognosi**: os necessitados, os pobres.
Bisolfàto, s. m. bissulfato.
Bisolfúro, s. m. (quím.) bissulfito.
Bisônte, s. m. bisão, nome popular do boi selvagem da América do Norte.
Bissàre, v. tr. bisar.
Bísso, s. m. bisso, tela de linho finíssimo usada antigamente / (zool.) tufo de filamentos que saem de certas conchas bivalves.
Bissòna, s. f. gôndola veneziana de oito remos, usada nas festas e regatas.
Bistènto, (ant.) s. m. angústia, aflição.
Bistêcca, (pl. -ècche), s. f. bife.
Bisticciamênto, s. m. contenda, litígio, controvérsia, disputa.
Bisticciàre, v. intr. disputar, discutir, contender, polemizar, altercar.
Bistíccio, (pl. -ícci), s. m. trocadilho, calembur, ou jogo de palavras / litígio, controvérsia, disputa, discussão.
Bisticcío, s. m. disputa, discussão continuada.
Bistondàre (ant.), v. arredondar.
Bistôndo, adj. (raro) arredondado.

Bistòrto, adj. torto, retorcido; tortuoso.
Bistràtro, adj. bistrado, que tem bistre.
Bistrattàre, v. tr. maltratar; insultar.
Bistro, s. m. (pint.) bistre.
Bísturi ou **bisturí**, s. m. bisturi.
Bisúlco, (pl. -úlchi) adj. bissulço / bifendido.
Bisúnto, adj. muito unto, unto; besuntado.
Bitòrzolo, s. m. verruga, protuberância, excrescência / nó, asperidade, cravo, bolinha.
Bitorzolúto, adj. verrugamento, verrugoso.
Bítta, s. f. (mar.) abita, obra de madeira que serve para fixar a amarra da âncora.
Bitumàre, v. tr. betumar.
Bitúme, s. m. betume.
Bituminàre, v. betumar / calafetar.
Bituminôso, adj. betuminoso.
Biúta, s. f. cosmético, pomada / véu lustroso que se passa nos doces com açúcar e clara de ovo.
Bivaccáre, v. intr. bivacar.
Bivácco, (pl. -àcchi), s. m. bivaque.
Bivalènte, adj. (quím.) bivalente.
Bivalènza, s. f. (quím) bivalência.
Bivàlve, adj. bivalve, que tem duas valvas.
Bívio, (pl. **bívi**), s. m. bívio, lugar onde se juntam dois caminhos; bifurcação, encruzilhada / (fig.) dúvida, incerteza.
Bizantineggiàre, v. intr. bizantinizar, tornar bizantino ou fútil.
Bizantinísmo, s. m. bizantinismo, sutileza / (fig.) dúvida, incerteza.
Bizantineggiàre, v. bizantinizar, tornar bizantino ou fútil.
Bizantinísmo, s. m. bizantinismo; sutileza excessiva, pedantismo.
Bizantíno, adj. bizantino / (fig.) minucioso, sutil, pedante; **questioni bizantine**.
Bízza, s. f. birra, teima, ira, zanga, capricho.
Bizzarramènte, adv. bizarramente; singularmente, caprichosamente, exageradamente.
Bizzárro, adj. extravagante, estranho, caprichoso, original / brioso, vivaz (cavalo) / (ant.) teimoso, iroso; **il fiorentino spirito** ——— (Dante).
Bizzèffe, na loc. adv. **a** ———: muito, em grande quantidade; abundantemente.
Bizzòcchero, adj. e s. m. religioso que vivia fora do claustro / beato, carola, hipócrita.
Bizzosamènte, adv. embirradamente, teimosamente.
Bizzôso, adj. birrento, agastadiço, iroso, iracundo.
Blandamènte, adv. brandamente, suavemente.
Blandimênto, s. m. abrandamento / lisonja.
Blandire, (pr. -isco), abrandar, suavizar; acariciar, lisonjear, secundar; amenizar, aplacar.
Blanditívo, adj. suavizador, enternecedor; próprio para abrandecer.
Blandízia, s. f. blandícia, brandura / (pl.) **blandizie**, carícias, afagos, carinhos, mimos.

Blàndo, adj. brando, mole, suave, lento / doce, meigo, delicado / (dim.) blàndulo: débil, frágil, éxil.
Blasfèma, s. f. (lit.) blasfêmia.
Blasfemàre, v. intr. blasfemar.
Blasfèmo, s. m. (lit.) o que diz blasfêmias; blasfemo; adj. blasfemo, ímpio: linguaggio ———.
Blasonàto, adj. brasonado, que tem brasão.
Brasône, s. m. brasão / emblema, escudo.
Blasònico, (pl. -ònici), adj. blasônico.
Blasonísta, (pl. ísti), s. m. brasonista.
Blastèma, s. f. blastema, eixo de desenvolvimento do embrião / (anat.) substâncias amorfas líquidas ou semilíquidas que se derramam nos tecidos.
Blateràre, v. blaterar, tagarelar, deblaterar.
Blaterône, adj. e s. m. falador, palrador, tagarela.
Blàtta, s. f. barata.
Blefaríte, s. f. (med.) blefarite.
Blefarofimòsi, s. f. blefarofimose, estreitamento da fenda palpebral.
Blefaroncòsi, s. f. blefaroncose, engrossamento das pálpebras.
Blefaroplegía, s. f. blefaroplegia, paralisia das pálpebras.
Blefaroptòsi, s. f. (cir.) blefaroptose.
Blefarospàsmo, s. m. blefarospasmo, espasmo do músculo orbicular das pálpebras.
Blefaròstato, s. m. blefaróstato, instr. para fixar as pálpebras.
Blènda, s. f. blenda (mineral).
Blenorragía, s. f. (med.) blenorragia.
Blenostàsi, s. f. blenostase, cessação de corrimento mucoso.
Blèso, adj. bleso / gago.
Blínda, s. f. (pl.) blindas, peças de metal para defender dos projéteis casas, fortalezas, trens, etc.; couraça.
Blindamênto, s. m. ação de blindar, blindagem.
Blindàre, v. blindar, cobrir com blindagem, fortificar.
Blindàto, p. p. e adj. blindado, couraçado.
Blindatúra, s. f. blindagem, ação de blindar / blindas, couraça.
Bloccàre, (pl. blòco), v. tr. bloquear, cercar, investir, pôr bloqueio / fechar, isolar / ——— i freni: frear, brecar bruscamente.
Blòcco, (pl. biòcchi), s. m. bloqueio, ação de bloquear / (ferr.) aparelho hidráulico para parar o trem / bloco, massa, porção de qualquer coisa / (fig.) união, conjunto de partidos, etc. il ——— socialista / il ——— del calendário: o bloco da folhinha.
Blônda, s. f. renda de seda.
Blu, (não leva acento) (neol.) adj. azul / glauco.
Bluástro, adj. azulado.
Blúsa, (fr. "blouse") s. f. blusa / (dim.) blusétta, blusina.
Bòa, s. m. boa, jibóia / pelica / bóia, corpo flutuante para diversos fins.
Boário (pl. -ári) adj. relativo a bois, bovino, mercato ———: feira dos bovinos.
Boàto, s. m. ribombo, estrondo, ribombo / (ant.) boato, som estrondoso.
Boattière (ant.), s. m. mercador de bois / boieiro.
Bòbbia, s. f. matéria entre líquida e densa; beberagem, bebida insípida.
Bobína, s. f. bobina.
Bobinatríce, s. f. máquina para bobinar; bobinador.
Bobísta, s. f. (esp.) esquiador.
Bòcca, s. f. boca; é di ——— scelta: tem gosto / è di buôna ———: é de boca boa, come de tudo / ——— da fuoco, boca de fogo / a ———: verbalmente / aprir ———: começar a falar / tappar la ———: fazer calar / in ——— al lupo: argúrio entre caçadores, ou geralmente a quem se expõe a perigo / (geogr.) passagem estreita de mar entre duas terras / (dim.) bocchíno, boccúccia.
Boccaccêsco, (pl. -êschi), adj. à maneira de Boccáccio / (fig.) licencioso, livre, desbocado.
Boccaccevôle, adj. (depr.) à maneira de Boccaccio.
Boccàccia, (pl. -ácce), (pej.) bocaça; boca amarga por indigestão, (fig.) pessoa maldizente ou desbocada / far la ———: fazer caretas com a boca e os olhos.
Boccadilúpo, (pl. bocchedilúpo) s. f. armadilha para as feras.
Boccadòpera, s. f. (teatr.) boca de cena, abertura de palco.
Boccadòro, ad. e s. m. (fig.) loquaz, sabichão.
Boccalàio, (pl. -ái), s. m. (raro) vendedor ou fabricante de jarros, vasos.
Boccàle, s. m. canjirão, jarro, vaso, coisa muito conhecida: è scritta nel boccali (ou sui boccali) di Montelupo.
Boccalíno, s. m. (dim.) jarrimho / peça de metal que serve para formar o jacto.
Boccalône, s. m. (aum.) jarro grande / (fig.) aquele que tem boca muito larga.
Boccapôrto, (pl. -òrti), (mar.) s. m. escotilha.
Boccascèna, s. f. abertura de palco; boca de cena.
Boccàta, s. f. bocado, a porção de qualquer coisa que se pode meter na boca de uma vez / ——— d'aria: o ar que se absorve respirando.
Boccheggiamênto, s. m. arquejo / agonia.
Boccheggiànte, p. pr. e adj. arquejante; agonizante.
Boccheggiàre, (pr. -êggio) v. intr. boquejar, respirar angustiosamente, próprio de quem está para morrer (diz-se especialmente dos peixes fora da água).
Boccèllo, s. m. pequena boca, boquelho, orifício do qual sai a água.
Bocchêtta, s. f. (dim.) boquinha / embocadura de instrumento de música / espelho de fechadura / orelha do sapato / depressão da crista montanhosa.
Bôcchi, s. m. (pl.) usado somente na loc. far ———: fazer momices, caretas.

Bocchino, s. m. (dim.) boquinha / piteira / (mús.) boquim, embocadura.
Bòccia, (pl. bòcce), s. f. garrafa, vidro, vaso / botão (de rosa e similares) / (esp.) bola de madeira usada no jogo de bochas (bras., Sul) / (burl.), cabeça: ti gira forse la —— / (dim.) boccètta, boccettina.
Bocciáre, v. tr. (pr. bòccio) (esp.) golpear com a própria bocha a do adversário / (fig.) reprovar nos exames.
Boccíno, s. m. (dim.) pequeno botão de flor / (fig.) cabeça / (esp.) a bola pequena no jogo de bochas.
Bòccio (pl. bòcci), s. m. cálice de flor ainda não desabrochado.
Bocciône, s. m. (aum.) garrafa, vaso grande; garrafão.
Bocciuòlo, s. m. (bot.) botão, gêmula, olho, rebento, gomo / agulheiro, arandela de castiçal / gomo da cana entre os dois nós / canudo do cachimbo.
Bòccola, s. f. fivela; (mec.) argola, aro / brinco / (esp.) uma das figuras da patinação.
Boccolàre, s. m. abertura, boca da fornalha.
Bòccolo, s. m. cacho, anel de cabelo.
Bocconàta, s. f. bocado, o que se põe à boca de uma só vez.
Bocconcèllo, s. m. (dim.) pequeno bocado, bocadinho / (fig.) comida, manjar delicado / (fig.) coisa ou pessoa desejável.
Boccône, s. m. bocado, pedaço, pequena porção / —— ghiotto: comida ótima / isca para pesca / (fig.) —— amáro: desgosto / mangiare in un ——: comer às pressas, avidamente / (dim.) bocconcíno, bocconcèllo.
Boccòni, adv. de bruços.
Boccúccia, (pl. -úcce), s. f. (dim.) boquinha; (fig.) pessoa enjoada, melindrosa / far ——: torcer a boca por nojo ou desdém.
Bòdda, s. f. (dial. de Lucca) sapo.
Bodíno, ou budíno, s. m. pudim.
Bodoniàno, adj. diz-se de caracteres tipográficos semelhantes aos usados por Bodoni di Saluzzo, famoso tipógrafo-editor em Parma.
Boèro, s. m. bôer, camponês do sul da África / pequeno doce de chocolate, com uma cereja e licor.
Bòffice, adj. macio, mole / fofo, balofo.
Bofonchiàre, v. intr. (pres. -ônchio) resmungar, fungar.
Bofôncio, s. m. vespão, marimbondo.
Bòga, (pl. bòghe), s. f. boga, espécie de peixe de água doce.
Bogàra, s. f. bogueiro, rede para pescar peixes pequenos nos rios.
Bogliènte, (ant.), p. pr. e adj. fervente.
Bòia, s. m. carrasco, algoz, verdugo / (fig.) mau, cruel.
Boiàrdo, s. m. (russo "boiarin") título de nobreza e dignidade, entre os russos.
Boiàta, s. f. ação de carrasco / (fig.) coisa mal feita: questa statua é una ——
Boicottàggio, s. m. boicote, boicotagem.
Boicottàre, v. tr. boicotar.
Bolàre, adj. bolar, que tem terra bolar, argilosa.

Bolèa, (ant.), s. f. (do esp. "bola") bola de jogar.
Bolèro, s. m. (do esp.) bolero, dança espanhola muito viva / casaco de talhe curto, usado pelas mulheres.
Bolêto, s. m. boleto, gên. de cogumelos comestíveis.
Bolgia, (pl. bòlge) (ant.) s. f. bolso, bolsa / (fig.) vale profundo, le malebolge: os dez fossos do oitavo círculo do inferno dantesco.
Bòlide, s. m. bólide, areólito.
Bolina, s. f. (mar.), cabo destinado a sustentar a vela / andar di ——: bolinar, navegar com ou ir à bolina.
Bôlla, s. f. bolha, pústula / (hist.) bula papal / (pl.) os diplomas dos antigos imperadores / (dim.) bollicína, bollicèlla.
Bollandísti, s. m. (pl.) bolandistas (escritores jesuítas).
Bollàre, (pr. bôllo), v. tr. selar, por selo / —— una lettera, una ricevuta / timbrar, carimbar, estampilhar / (fig.) atingir moralmente / roubar com engano: dopo aver bollato l'amico, fuggi.
Bollàrio, s. m. (ecles.) bulário, recopilação de bulas pontifícias.
Bollàto, p. p. e adj. selado, timbrado, carimbado.
Bollatôre, s. m. (f. -trice) aquele que sela ou carimba.
Bollatúra, s. f. selagem, carimbagem, timbragem.
Bollènte, p. pr. e adj. fervente, ebuliente, quentíssimo / ardente, ardoroso: il —— Achille.
Bolleràre, v. tr. remexer, destemperar a cal na água.
Bòllero, s. m. instrumento de caiador, que serve para destemperar ou remexer a cal.
Bollètta, s. f. recibo / conhecimento, guia de trânsito, canhoto / cédula / pequeno prego / (fig.) essere in ——: não ter dinheiro, estar na pindaíba (Bras. gír.).
Bullettário, (pl. -ári), s. m. bloco ou talão de recibos, guias e similares, com folhas destacáveis.
Bollettíno, s. m. boletim: —— médico, meteorológico, della guerra, dei prezzi / conhecimento, guia, canhoto de recibo, de expedição, etc.
Bollichío, (pl. ii) fervura ligeira.
Bollimênto, s. m. fervura, ebulição.
Bollíre, (pr. bòlio), ferver, entrar em ebulição / fermentar (uva) / (fig.) arder, aquecer-se muito, agitar-se, exaltar-se / cozer em água fervente / —— il sangue nelle vene: estar no vigor dos anos.
Bollíta, s. f. fervura ligeira; fervida.
Bollitíccio, (pl. ícci) s. m. borra de qualquer coisa que se fez ferver.
Bollíto, p. p. e adj. fervido / cozido.
Bollitôre, s. m. instrumento com cilindros para ferver a água nas caldeiras / fervedor elétrico para água; aquecedor.
Bollitúra, s. f. fervura; ebulição.
Bollizióne (ant.), s. f. fervura; fervença.

Bòllo, s. f. selo / carimbo, timbre, sinete, sigilo, marca, estampilha / ———— postale: carimbo do correio / carta da ————: papel selado.
Bollòne, s. m. prego grande / rebite.
Bollòre, s. m. fervor, ato de ferver / (fig.) calor excessivo / agitação, paixão / início de revolta popular.
Bollòso, adj. cheio de bolhas / bolhoso.
Bòlo, s. m. terra argilosa usada pelos douradores / (neol.) pílula / ———— alimentare: bocado mastigado que se engole.
Bolognése, adj. e s. m. bolonhês ou boloniense, relativo a Bolonha (Itália do Norte).
Bolognino, s. m. antiga moeda bolonhesa.
Bolsàggine, s. f. tosse pulmonar, espec. dos cavalos.
Bolscevico, (pl. -ichi), adj. e s. m. bolchevique, bolchevista.
Bolscevismo, s. m. bolchevismo.
Bolscevizzàre, v. bolchevizar.
Bòlso, adj. doente de asma ou similar / (fig.) débil, fraco, minguado; tíbio: scrittore dallo stile ————.
Bolzonàre, v. tr. ferir, percutir com aríete.
Bolzòne, s. m. (hist.) espécie de aríete, para abater muralhas / flecha grande para trabuco.
Bòma, s. f. (mar.) verga, vara de carangueja.
Bòmba, s. f. bomba, globo de ferro oco, projétil; granada / a prova di ————: bastante forte.
Bombànza, (ant.) s. f. entusiasmo, galhardia / pompa, magnificência.
Bombàrda, s. f. bombarda, antiga máquina de guerra / (mar.) bombarda, barcaça com obuses e morteiros / (mús.) o registro do órgão que produz maior ruído.
Bombardàio (ant.) s. m. fabricante de bombardas.
Bombardamènto, s. m. bombardeamento, bombardeio.
Bombardàre, v. tr. bombardear, canhonear.
Bombardàta, s. f. bombarda, tiro de bombarda / ato de bombardear.
Bombardièra, s. f. bombardeira (fort. ant.); abertura para o tiro da bombarda.
Bombardière, s. m. bombardeiro, avião apropriado para bombardeio / bombardeiro (soldado).
Bombardièro, adj. (mar.) canhoneiro.
Bombardino, s. m. bombardino, instr. usado nas bandas militares e filarmônicas.
Bombardòne, s. m. (mús.), bombardão, instr. de metal, de sopro, o mesmo que baixo.
Bombàre (ant.), v. beber (vinho) avidamente.
Bômbero (ant.), s. m. homem estulto, sem préstimo algum.
Bombètta, s. f. chapéu duro, de copa redonda e baixa.
Bombettàre, v. intr. (pr. -étto) beber com freqüência; bebericar.
Bômbice, s. m. bômbice, bômbix, borboleta do bicho-da-seda.

Bômbile, s. m. (zool.) bombilo, bombíno, inseto díptero.
Bombíre, (pr. -isco), v. ribombar / zumbir.
Bômbito, s. m. (ital.) ribombo / zumbido.
Bômbo, s. m. ribombo, retumbo, estrondo / zunido, zumbido / (zool.) gênero de inseto dos Himenópteros, semelhantes às vespas.
Bômbola, s. f. vaso de vidro ou de metal de formato redondo ou cilíndrico para líquido ou gás; boião, bilha; ———— di ossígeno: balão de oxigênio.
Bombolòne, s. m. doce, pastel.
Bombonièra, (franc.) s. f. bomboneira.
Bomprèsso, s. m. (mar.) gurupés, mastro na extremidade da proa do navio.
Bonàccia, (pl. -ácce), s. f. bonança, calmaria / tranqüilidade, boa fortuna, placidez, prosperidade, sossego.
Bonàccio, adj. (pej. de buono) bonachão.
Bonacciòne, adj. e s. m. (f. -òna) bonacheiro, bonacheirão.
Bonaerènse, adj. e s. m. bonaerense, relativo a Buenos Aires.
Bonàlana, (pl. bonelàne), biltre, mau sujeito.
Bonàmano, (pl. bonemani), s. f. propina, gorjeta.
Bonapartísmo, s. m. bonapartismo.
Bonapartista, adj. e s. m. bonapartista.
Bonariamènte, adv. benignamente, afavelmente, bondosamente.
Bonarietá, s. f. bonomia, benignidade, bondade de coração e simplicidade de modos; benevolência, indulgência, afetuosidade, afabilidade.
Bonàrio, (pl. -àri), adj. bonacheirão, bom, afável, simples; bondoso, dócil, benigno.
Bonciarèlla, (ant.), s. f. filhó, bolo de farinha e mel, frito com azeite.
Boncinèllo, s. m. (raro) pequeno ferro das fechaduras por onde passa a lingüeta.
Boncuòre, s. m. (não tem plur.) generosidade de alma, bondade instintiva.
Bondiòla, s. f. carne de porco salgada apresentada em forma de salsichão ou paio.
Bonêtto, (do fr. "bonnet") s. m. boné.
Bongiôrno, s. m. saudação que se faz de manhã: bom dia.
Bongustàio, (pl. -ái), s. m. diz-se de quem tem um gosto bom em matéria de comidas ou de arte / conhecedor, entendido, diletante.
Bongústo, s. m. bom gosto.
Bonifica, s. m. ação de bonificar (beneficiar, melhorar), de sanear terras / vasta extensão de terras melhoradas ou que estão sendo melhoradas: la ———— della Maremma.
Bonificamènto, s. m. ação e efeito de sanear (terras).
Bonificàre, (pr. -ifico), v. tr. sanear, melhorar, tornar fértil (terreno).
Bonificazióne, v. bonificamento.
Bonomía, s. f. bonomia, bondade de coração e simplicidade de maneiras.
Bonsènso, s. m. (não tem pl.) bom senso.

Bontà, s. f. bondade, qualidade do que é bom / doçura, indulgência, benignidade, benevolência.
Bontempône, s. m. (f. -ôna) folgazão; patusco; brincalhão.
Bonuòmo, s. m. bom homem; homem de bem, homem de boa índole.
Bonuscìta, s. f. (pl. -ite) s. f. ressarcimento, indenização que se paga a alguém que renuncia a um direito próprio.
Bônzo, s. f. bonzo, sacerdote budista chinês ou japonês / (fig.) santarrão, hipócrita.
Bòra, s. f. (de or. dial.) vento de norte-leste que sopra no Alto Adriático, especialmente nos golfos de Trieste e de Quarnaro (não conf. com bóreas).
Boràce, s. m. (quím.) bórace, bórax.
Boracico, (pl. -ácici), adj. borácico, bórico.
Boracière, s. m. recipiente com bico, usado pelos ourives quando trabalham com o bórace.
Boracífero, adj. que contém bórace.
Boràto, s. m. (quím.) borato.
Borbogliamênto, s m ruído de um líquido ou de um gás na garganta, no estômago ou no intestino / resmungo, murmúrio, rosnadela.
Borbogliàre, v. intr. fazer ruído, falando do líquido ou gás que se desloca na garganta, no estômago, etc. / murmurar, resmungar, rumorejar.
Borboglìo, s. m. ruído, sussurro continuado.
Borbònico, (pl. -ònici), adj. burbônico (de Bourbon).
Borborigmo e borborìsmo, s. m. (med.) borborigmo, borborismo, ruído de gases nos intestinos.
Borbottamênto, s. m. resmungo, murmúrio.
Borbottàre, (pr. òtto), v. resmungar, murmurar, rosnar, sussurrar; falar surdamente / lastimar-se.
Borbottatôre, s. m. (f. -trìce) resmungão, rezingueiro.
Borbottìo, (pl. ii), resmungo, murmúrio continuado.
Borbottône, s. m. resmungão.
Bòrchia, s. f. roseta, escudo, broche, medalhão de metal, trabalhado para ornamento de poltronas, livros, missais, vestidos, etc.
Bordàglia, s. f. gentalha, ralé.
Bordàme, s. m. (mar.) o lado inferior da vela.
Bordàre, (pres. bôrdo), v. tr. (raro) bater, percutir, espancar / (mar.) construir a bordagem do navio / (náut.) bordejar.
Bordàta, s. f. (mar.) bordejo, ação de navegar aos bordos / descarga dos canhões de um dos flancos do navio.
Bordatìno, s. m. tecido de linho ou de algodão com listras: riscado.
Bordàto, s. m. riscado (tecido) / adj. (galic.) orlado.
Bordatôre, s. m. bordador, acessório da máquina de costura para fazer a orla de um tecido.
Bordatùra, s. f. bordadura, ação de bordar orla / (mar.) tabuado do costado dos navios.

Bordeggiàre. (pres. -èggi), v. intr. bordejar, navegar aos bordos / (fig.) adestrar-se, industriar-se em meio a dificuldades.
Bordéggio (pl. -èggi), s. m. (náut.) bordejo.
Bordèllo, s. m. bordel; algazarra, alvoroço.
Borderò, s. m. (do fr. /bordereau"), rol, lista, nota explicativa e circunstanciada, conta por miúdo, relação de documentos de entrada e saída de dinheiro; registro.
Bordigliône, s. m. engrossamento que se encontra às vezes na seda solta.
Bòrdino, s. m. ressalto dos carros e locomotivas ferroviárias que segura as rodas nos trilhos / cordão de ouro ou de prata nos bonés para indicar o grau dos oficiais e similares.
Bôrdo, s. m. bordo (náut.) o lado do navio, **essere a** ———: estar embarcado / **fuori** ———: a superfície externa do casco e também pequeno motor que se aplica à proa de um barco; o barco guarnecido desse motor / **virar di** ———: mudar de rumo / **nave d'alto** ——— navio de alto bordo, de grande lotação / (galic.) orla, borda.
Bordò, s. m. vinho de Bordéus / (Bras.) cor vermelho escura, semelhante à do vinho de Bordéus, bordô.
Bordolêse, s. m. calda bordolesa para combate à pernóspera das videiras.
Bordonàle, s. m. (arquit.) viga mestra, maior que as outras.
Bordonàro, s. m. rede na qual se encerram os atuns.
Bordône, s. m. bordão de peregrino / bastão / (mus.) bordão: o tom que serve de baixo e acompanhamento em certos instrumentos.
Bordùra, s. f. (heráld.) listão que torneia o escudo.
Bòrea, s. m. bóreas (poét.), o vento norte.
Boreàle, adj. boreal, que vem do norte, setentrional.
Borgàta, s. f. pequena vila, aldeia, povoação, burgo.
Borghêse, s. f. burguês; **andare in** ———: estar vestido em costume civil, não militar / (dim. depr.) **borghesúccio.**
Borghesìa, s. f. burguesia.
Borghigiàno, s. m. habitante de um burgo; aldeão.
Borghino, s. m. rede para pesca.
Bôrgo, (pl. bôrghi) s. m. burgo, vila, aldeia / (neol.) arrabalde, subúrbio, castelo, terra.
Borgognône, s m. (mar.) massa de gelo flutuante: "iceberg", (adj.) borgonhês, de Borgonha (França).
Borgognotta (ant.), s. f. borguinhota, capacete dos séculos XV a XVII.
Borgomàstro, s. m. burgomestre, o primeiro magistrado da cidade, em certos países.
Bòria, s. f. ostentação, bazófia, soberba, vaidade, vanglória.
Boriàre, (pr. -bório), v. pr. bazofiar; vangloriar-se, elogiar-se.
Boriàta, (ant.), s. f. ostentação
Bòrico, (pl. bòrici), bórico

Boriône, s. m. gabola, bazofiador.
Boriosamênte, adv. presunçosamente, ostentadamente.
Boriositá, s. f. bazófia, presunção, ostentação.
Boriôso, adj. vanglorioso, vaidoso, soberbo.
Borlône, s. m. escova cilíndrica usada pelos barbeiros.
Borlòtto, adj. diz-se de uma qualidade de feijão grande e redondo.
Bòrni, s. m. (pl. arquit.) pedras ou tijolos salientes que formam os dentões de um muro.
Bòrnia (ant.), s. f. lorota, patranha.
Bórnio (ant.), adj. vesgo, lusco.
Bòro, s. m. (quím.) boro.
Borotàlco, (pl. àlchi), s. m. talco boratado, borotalco.
Bôrra, s. f. borra, resíduo, sedimento / mescla de pelos e crinas de animais que se usam para enchimento / superfluidade de palavras; coisa inútil.
Borràccia, (pl. àcce), s. f. frasco, garrafa de vidro ou alumínio que os soldados ou excursionistas levam cheia de água.
Borraccína, s. f. musgo, líquem / **rosa** ———: rosa que tem as pétalas aveludadas.
Borràggine, s. f. borragem, planta da família das borragíneas.
Borràna, s. f. (bot.) borragem.
Bôrro, s. m. barranco, cova, fosso escavado pela água das chuvas / pequena torrente.
Bôrsa, s. f. bolsa, carteira para dinheiro / (fig.) dinheiro: **vive della mia** ——— / **tener la** ——— **stretta**: ser avarento / (anat.) parte do corpo animal em forma de saco / bolsa para vários usos / ——— **di stúdio** / (com.) praça do comércio onde se negociam mercadorias ou títulos / bolso (da calça, do paletó, etc.) / (dim.) **borsètta, borsellıno**.
Borsàio, (ant.) (pl. -ài) s. m. bolseiro, o que faz bolsas.
Borsaiuòlo, s. m. batedor de carteiras, ladrão, larápio.
Borsàro, s. m. na loc. ——— **nero**, aquele que exerce o comércio ilegal da bolsa negra.
Borsàta, s. f. o que pode conter uma bolsa.
Borseggiàre, v. tr. (pr. êggio), roubar carteiras, roubar.
Borsèggio, (pl. êggi), s. m. furto de ladrão de carteiras / furto com destreza.
Borsellíno, s. m. (dim.) pequena bolsa para dinheiro, carteirinha.
Borsètta, s. f. (dim.) bolsa pequena de mão, de pele, seda, de prata ou outro metal, para senhoras.
Bórsíglio, (pl. igli), s. m. bolsinha, carteirinha.
Borsísta, (pl. -isti), bolsista, jogador ou especulador da bolsa.
Borsòtto, s. m. (aum.) bolsa um tanto grande.
Borzacchíno, s. m. calçado que cobre a metade da perna: borzeguim.
Boscàglia, s. f. mata, matagal.

Boscaiuòlo, s. m. cortador ou rachador de lenha, lenheiro, lenhador / guarda dos bosques.
Boscàta, s. f. boscagem, mata.
Boscàtico, s. m. direito de colher lenha em mata de outrem.
Boscàto, adj. diz-se de lugar plantado a bosque.
Boscherêccia, s. f. (voz romanhola) canto sumido, baixo, de pássaro: **la** ——— **dell' usignuolo**.
Boscherêccio, (pl. -êcci), adj. de bosque, relativo a bosque; boscarejo.
Boschêtto, s. m. (dim.) bosquete, pequeno bosque.
Boschívo, adj. boscarejo, de bosque / plantado a bosque.
Bôsco, (pl. bòschi), s. m. bosque, mata, floresta / parque com árvore; **esser uccel di** ———: ser livre / (fig.) grande quantidade de coisas.
Boscôso, adj. boscarejo / cheio de bosques.
Bòsforo, s. m. (geogr.) bósforo / estreito de pequena extensão.
Bòsso, s. m. buxo, arbusto perenemente verde, us. espec. para cercas de jardins.
Bòssolo, s. m. (raro) buxo / pequeno copo ou bandejinha, geralmente de madeira, para pó de arroz, ungüentos, para recolher esmolas, etc. / vaso / cartucho de fuzil / tubo cilíndrico para carga de pequenos canhões.
Bossolòtto, s. m. (raro) pratinho, copinho.
Bòta (ant.), s. f. simplória, ingênua.
Botànica, s. f. botânica.
Botànico, (pl. ànici), adj. botânico.
Bôto (ant.), s. m. vazio, vácuo.
Bòtola, s. f. alçapão.
Bòtolo, s. m. pequeno cão de formas toscas e ganidor / (fig.) homem maligno, mas de pouca força.
Botrioterapìa, s. f. ampeloterapia, cura por meio de uvas.
Botrídio, s. m. botrídio.
Botriocêfalo, s. m. botriocéfalo, parasita dos animais vertebrados.
Botríte, s. f. botritis, gênero de fungos ascomicetos, um dos quais causa a doença do bicho-da-seda / matéria que se forma nos fornos, em forma de cachos / (min.) gema de cor negra, do tamanho de um grão de uva.
Bôtro, s. m. (lit.) cavidade alcantilada sobre a qual escorre ou estagna a água.
Bòtta, s. f. golpe, pancada, bote; tiro de arma de fogo; baque (de corpo que cai), / toque / mote mordaz e pungente: ——— **e risposta** / dano grave / **a tutta** ———: a toda prova.
Bòtta, s. f. (zool.) anfíbio semelhante ao sapo comum.
Bottaccíno, s. m. barrilzinho / espécie de tordo comum (pássaro).
Bottàccio, (pl. acci), s. m. barril / tanque de água para dar movimento às rodas dos moinhos.
Bottàglia, s. f. bota de couro para guardar o pé da água.
Bottàio, (pl. ài), s. m. tanoeiro, fabricante ou vendedor de tinas ou barris.

Bottàme, s. m. vasilhame, quantidade de pipas, tonéis, vasilhas, tinas, etc.
Bottàre (ant.), v. dar pancadas.
Bottàrga, (pl. àrghe), s. f. butargas, (pl.) ovas de peixe salgadas e conservadas em vinagre.
Bottàta, s. f. motejo, chacota, palavra ou dito pungente com alusão velada.
Bôtte, s. f. tonel, pipa, barril, barrica, vasilha / (prov.) **la botte dà il vino che ha**: de coisa ruim não se pode esperar coisa boa / (dim.) **botticèlla, botticína, botticíno**.
Bottêga, s. f. loja, negócio (estab. comerc.) / bazar, oficina / **aprire o chiuder** ———: iniciar ou encerrar um negócio / (fig.) **ferro di** ———: espião / (dim.) **botteghêtta, botteghína, botteghíno, bottegúccia**.
Bottegàio, (pl. ài), s. m. lojista, mercador, vendeiro / comerciante.
Bottegànte, s. m. lojista, negociante.
Botteghíno, s. m. (dim.) lojinha / banco, agência do loto (loteria) / banco para a venda de bilhetes de teatro; bilheteria.
Bottèllo, s. m. etiqueta que se cola em livros, vidros, etc. / recipiente do qual a água cai a gotas sobre a mó do amolador.
Botticelliàno, adj. de mulher que tem as formas delicadas e graciosas como as que pintou Botticelli, pintor florentino do século XV.
Botticíno, s. m. (dim.) tonelzinho, barrilzinho / espécie de pedra para construção, do nome do lugar de onde provém, Botticino, na província de Bréscia.
Bottíglia, s. f. garrafa, botelha; frasco / a porção de vinho ou de um líquido que enche uma garrafa: **ha bevuto una** ——— **di Chianti** / (dim.) **bottigliêtta, bottiglíno**.
Bottiglière, s. m. (raro) botelheiro, aquele que tinha a seu cargo a custódia dos vinhos.
Bottigliería, s. f. estabelecimento onde se vendem vinhos e licores em garrafas / garrafeira, frasqueira, lugar nas casas senhoris onde se guardam vinhos em garrafas.
Bottíno, s. m. presa de guerra / far ———: roubar, saquear / fossa, cova onde se despejam imundícies, cloaca.
Bòtto, s. m. golpe, pancada, bote / toque, som; ——— **di campana**: toque do sino / **di** ———: subitamente, repentinamente / **in un** ———: num momento, num átimo; **tutti in un** ———: todos de uma vez.
Bottonàio, (pl. ài), o que faz ou vende botões, botoeiro.
Bottonàta, s. f. (esp.) golpe de florete munido de botão na ponta.
Bottoncíno, s. m. (dim.) botãozinho / pequena excrescência na pele; pequeno botão de flor.
Bottône, s. m. botão / **bottoni gemelli**, brincos de mulher / (bot.) botão / disco de metal na ponta do florete / (fig.) **attaccare un** ———: entreter alguém, palrando de coisas fúteis.
Bottonería, s. f. botoaria, lugar onde se vendem ou fabricam botões.

Bottonièra, s. f. fileira de botões pregados num vestido / botoeira, casa, abertura para meter o botão e abotoar.
Bottonièro, adj. relativo à indústria do botão.
Botulìsmo, s. m. (med.) botulismo, envenenamento por ingestão de carne avariada.
Bovàro, s. m. guardador ou condutor de bois; boiadeiro.
Bòve, s. m. boi.
Bovíle, s. m. (raro) curral de bois ou vacas.
Bovína, s. f. excremento de boi, para adubo.
Bovíno, adj. bovino.
Bòvolo, s. m. mola a espiral cônica.
Bòzza, s. f. pedra retangular, trabalhada de forma rústica, com que se revestem as fachadas de certos edifícios / (tip.) prova tipográfica / esboço, rascunho / inchação, bossa / (mar.) cabo de roldana.
Bozzacchiône, s. m. ameixa que seca antes de amadurecer; ameixa engelhada.
Bozzacchiúto, adj. tosco, desajeitado; mal feito.
Bozzàto, s. m. (arquit.) bossagem de pedra em obra de construção.
Bozzèllo, s. m. (mar.) polé, poleame.
Bozzètto, s. m. esboço, esboceto, maqueta, bosquejo, esquisso, rascunho, ensaio.
Bòzzima, s. f. mistura usada pelos tecelões para amolecer os fios da urdidura / mistura de farelo e de água para as aves.
Bozzína (ant.), s. f. fervedura, cozedura.
Bòzzo, s. m. (arquit.) peça arquitetônica que serve de motivo ornamental; frontão / esboço / pedra que serve de revestimento.
Bozzolàio, (pl. -ài), mercador de casulos.
Bozzolàro (ant.), s. m. vendedor de bolachas e similares.
Bòzzolo, s. m. casulo do bicho-da-seda / grumo, grânulo; godilhão / (dim.) **bozzolêtto, bozzolíno**.
Bozzolôso, adj. cheio de godilhões / granuloso.
Bràca, s. f. calças, bragas / cabo de corda com que se amarra um objeto que deve ser levantado / (fam.) mexerico, bisbilhotice; (fig.) **calarsi le brache**: fazer ato de humilhação.
Bracalône, s. m. desmazelado, desleixado.
Bracàre, v. intr. farejar, cheirar, procurar saber dos negócios dos outros; mexericar, bisbilhotar.
Bracàto, adj. (raro) vestido com calças / **grasso** ———: bastante gordo.
Braccàre, (pr. bràcco), v. farejar, procurar a caça farejando (caça) / (fig.) procurar, buscar avidamente.
Braccàta, s. f. ato de farejar.
Braccatôre, adj. e s. m. farejador, que fareja, que busca, que caça.
Braccètto, s. m. (dim.) bracinho / **andare, camminare, pigliare a** ———: ir de braço dado.
Braccheggiàre, v. tr. farejar, procurar, caçar / inquirir, espionar.

Braccheggiatôre, adj. e s. m. (f. **tríce**) farejador, que busca, que procura, que persegue, que indaga.

Bracchêggio, (pl. **êggi**), s. m. busca, perseguição, procura.

Braccheria, s. f. todos os perdigueiros (cães) que tomam parte numa caça.

Bracchiere, s. m. aquele que toma conta dos cães na caça.

Bracciauòla (ant.), s. f. braçadeira, parte da armadura antiga que defendia o braço.

Bracciàle, s. m. braçadeira, parte da armadura que defende o braço / braçal / anéis de ferro trabalhados artisticamente para decoração de palácios antigos / faixa que se usa no braço para distintivo.

Braccialêtto, s. m. (dim.) bracelete, adorno que as damas usam junto ao pulso.

Bracciantàto, s. m. (neol.) estado social dos trabalhadores braçais.

Bracciànte, s. m. nome genérico das pessoas que fazem trabalho braçal; braceiro, jornaleiro, trabalhador.

Bracciàre, v. tr. (náut.) bracear as velas, orientá-las, alando os braços a barlavento ou sotavento.

Bracciàta, s. f. braçada, a porção que se pode abranger com os braços / (nataç.) movimento de braços do nadador.

Bracciatèlla, s. f. (dim.) braçadinha / espécie de bolacha doce.

Bracciatúra, s. f. medida (de uma coisa qualquer) tomada com o braço.

Bracciére, s. m. o que dá o braço a uma senhora, acompanhando-a; braceiro, cavalheiro / (mar.) marinheiro que tem por incumbência bracear as velas.

Bràccio, s. m. (pl. **bràccia**) braço, braços (do corpo humano) / **brácci** (s. m.) (braços) nos outros significados / —— **di ferro**: vigoroso, forte; **aver sulle braccia**: ter a próprio cargo; **con le braccia in croce**: suplicando; (náut.) os cabos fixos às extremidades das vergas / (arquit.) parte lateral de um edifício / braça, unidade de medida marítima / barra direita ou curva que serve para amarrar ou segurar alguma coisa / —— **di mare**: estreito / (dim.) **braccíno**, **bracètto**, (aum.) **bracciône**, **bracciòtto**.

Bracciuòlo, s. m. braço de cadeira ou poltrona / **bracciuòli della scala**: corrimão da escada.

Bràcco, (pl. **bràcchi**), s. m. braco, cão da raça dos perdigueiros / (fíg.) pesquisador curioso e solícito; agente de polícia.

Bracconière, (fr. "braconnier") s. m. caçador furtivo.

Bràce e bràcia, (pl. **bràci e bràcie**) s. f. brasa / borralha ou borralho / (prov.) **cader dalla padella nella brace**: ir de mal a pior.

Brachêssa, s. f. (burl.) braga (ant.); calça larga.

Brachètta, s. f. braguilha / (dim.) calcinha, calça pequena.

Brachettône, s. m. ornamento da arquivolta.

Brachiàle, adj. que pertence ou é relativo ao braço; braquial.

Brachicefalía, s. f. braquicefalia.

Brachicèfalo, adj. e s. m. braquicéfalo.

Brachiclàdico, adj. (bot.) de árvore de ramos curtos.

Brachidàttilo, adj. braquidáctilo.

Brachière, s. m. bragueiro; funda herniária.

Brachigrafía, s. f. braquigrafia, estenografia.

Brachilogía, s. f. braquilogia; discurso conciso, breviloqüência.

Brachipnèa, s. f. (med.) braquipnéia, respiração curta e lenta.

Bràcia, v. **brace**.

Braciaiuòla, s. f. fossa situada debaixo da fornalha, na qual caem as brasas.

Bracière, s. m. braseiro.

Braciuòla, s. f. costeleta de lombo, cozida na brasa, ou passada pela greiha / (burl.) corte no rosto quando se faz a barba: bife (Bras.).

Bràco, (ant.) s. m. lodo, lama.

Bracòtto, s. m. (mar.) cabo de cânhamo ou de aço, da roldana.

Bradicardía, s. f. (med.) bradicardia.

Bràdipo, s. m. (zool.) bradípode, tardígrado.

Bradisísmo, s. m. bradissismos, oscilações lentas da crosta terrestre.

Bràdo, adj. diz-se do gado jovem, que pasta ao ar livre, quase como os animais bravios.

Bragàgna, s. f. rede de arrastar usada na laguna para certas pescarias / (raro) barca especial para a mesma pesca.

Bràgia, s. f. (raro) brasa.

Bràgo, (pl. **bràghi**), s. m. lodo, lama / tremedal, sujeira.

Bragòzzo, s. m. (voz veneziana) barco de pesca usado no Adriático / rede de arrasto, puxada por uma só barca.

Bràma, s. m. anseio, desejo ardente de uma coisa qualquer; avidez, gana, cobiça.

Bramàbile, adj. cobiçável, desejável.

Bramànico, (pl. **-ànici**), bramânico.

Bramanísmo e bramanêsimo, s. m. bramanismo.

Bramàno, s. m. brâmane, sacerdote, da religião de Brama.

Bramíno, s. m. (lit.) brâmane, brâmene.

Bramíre, (pr. **-ìsco**) v. intr., bramir, rugir.

Bràmito, s. m. bramido, rugido.

Bramosamênte, adv. avidamente, ansiosamente, cobiçosamente.

Bramosía, s. f. desejo intenso; cobiça, avidez, anelo.

Bramosità, s. f. (raro) ânsia, desejo, avidez.

Bramôso, adj. desejoso, ávido.

Brànca, s. f. unha, garra, pata das feras / tentáculo dos moluscos / (fig.) mão que agarra / extremidade de instrumentos que servem para agarrar / ramo, parte, porção de alguma coisa / (mar.) manilha de corda nas bordas da vela.

Brancàle, s. m. cada um dos quatro paus que formam os quatro cantos do tear a mão / tear.

Brancàre (ant.), v. agarrar, aferrar

Brancàta, s. f. punhado, o que cabe numa mão cheia / unhada / (raro) quantidade de pessoas juntas.
Brànchia, (pl. **brànchie**), s. f. brânquia, guelra, aparelho respiratório dos animais que vivem na água.
Branchiàle, adj. branquial, que se refere às brânquias.
Branchiàti, s. m. (zool.) branquiados, que tem brânquias ou guelras.
Brancicamênto, s. m. ação de palpar, tatear.
Brancicàre, (pr. **bràncico**), v. tr. palpar, tatear desajeitadamente (coisas e pessoas) / tocar, manusear.
Brancicatúra, s. f. apalpadela, tateio, tateamento; manuseio.
Brancichío, (pl. **íi**) s. m. apalpação, tateio continuado ou freqüente.
Brancicône, s. m. (f. **ôna**) que costuma palpar, tatear; que anda às apalpadelas.
Brànco (pl. **ànchi**), s. m. bando, grupo de pessoas ou de animais reunidos; manada / malta, rebanho, multidão.
Brancolamênto, s. m. apalpadela, ação de andar às apalpadelas.
Brancolàre, (pr. **bràncolo**) v. intr. apalpar, andar às apalpadelas na escuridão / (fig.) tatear, hesitar, proceder com timidez.
Brancolôni, adv. às apalpadelas, tateando / (fig.) às cegas, sem saber o que se faz.
Brancôso, adj. que tem garras.
Brànda, s. f. maca, catre, cama de vento, leito suspenso (nos navios).
Brandeggiàre, v. brandir.
Brandèllo, s. m. trapo, farrapo; andrajo.
Brandimênto, s. m. (raro) ação de brandir; brandimento.
Brandíre, (pr. **-isco**), v. tr. brandir, agitar (arma e obj. semelh.) vibrar / agarrar, pegar.
Brandistòcco, (pl. **-òcchi**), s. m. arma que tinha três lâminas, à guisa de pique / chuço.
Branditôre, s. m. (raro) aquele que brande, que agarra.
Bràndo, s. m. (poet.) arma de ferro; espada / dança antiga.
Bràno, s. m. trapo, tira, farrapo, pedaço, trecho (de livros e similares) / (fig.) **a brandi**: em partes, em pedaços.
Branzíno, s. m. espécie de robalo (peixe).
Brásca, s. f. (met.) resíduos da fundição; (agr.) grades de madeira que se juntam a um carro para aumentar a capacidade de transporte.
Braschíno, s. m. servente, aprendiz nas oficinas de fundição.
Brasíle, (bot.) s. m. pau-brasil / charuto doce e perfumado.
Brasiliàno, adj. e s. m. brasileiro.
Brasicàcee, s. f. (bot. pl.) brassicáceas, família de plantas que tem por tipo a couve.
Brasmàre (ant.), v. censurar.
Bràttea, s. f. bráctea (folha vegetal modificada / (dim.) **brattéola**.
Brattèàto, adj. (bot.) bracteado.
Bravacciàta, s. f. bravata, fanfarronice.
Bravàccio, (pl. **-àcci**), s. m. (pej.) bravatão, bravateador, jactancioso / prepotente.

Bravamênte, adv. bravamente, valentemente, corajosamente; resolutamente.
Bravàre, v. tr. bravatear; jactar-se de valente / ameaçar, provocar.
Bravàta, s. f. bravata, jactância, fanfarronada.
Bravazzàta, s. f. bravata.
Bravazzône, s. m. bravateiro, jactancioso.
Braveggiàre, v. intr. (pr. **-êggio**) bravejar, esbravejar.
Bravêzza, (ant.), s. f. bravura.
Bravío (ant.), s. m. prêmio da vitória, especialmente na festa do "palio" de Siena.
Bràvo, adj. bravo, hábil, capaz, destro, competente: **un ——— scultore** / excelente, bom / corajoso, intrépido, indômito, valoroso / **alla brava**: com franqueza / **fare il ———**: jactar-se / (s. m.) (hist.) esbirro, capanga dos senhores: **i bravi di Don Rodrigo** / (dim.) **bravíno, bravúccio**.
Bravúra, s. f. bravura, coragem, valentia / perícia, habilidade.
Brêccia, (pl. **brêcce**), s. f. brecha, racha, ruptura; abertura / saibro / rocha formada por fragmentos angulosos / (fig.) **far ———**: causar impressão, persuadir, convencer.
Brecciàme, s. m. saibro, seixo para cobrir estradas.
Brecciôso, adj. saibroso, que tem saibro.
Brefotrófio, (pl. **-ôfi**), s. m. asilo, o asilo onde se recolhem os enjeitados; roda.
Brègma, s. m. (anat.) bregma, moleirinha.
Brènna, s. f. azêmola, cavalicoque; cavalo magro e acabado.
Brènta, s. f. medida de capacidade, de meio hectolitro / dorna, vasilha.
Brèsca, s. f. (voz usada em Pisa e Lucca), favo de abelhas.
Brescianèlla, bressanèlla, s. f. rede fixa para caça, usada esp. na região de Bréscia.
Bresciàno, adj. e s. de Bréscia, habitante de Bréscia (na Lombardia).
Bresciàna, s. f. a província de Bréscia / pá fina de ferro, para amassar cal, areia, etc.
Bretèlle, (fr. "bretelle") s. f. pl. suspensórios.
Brètone ou **brèttone**, adj. e s. bretão: natural da Grã-Bretanha, ou da Bretanha (antiga província da França).
Brettàgna, s. f. variedade de jacinto (flor).
Brètto (ant.), adj. esturrado, estéril / podre, sórdido, miserável.
Brèva, s. f. vento periódico do lago de Como que sopra do Sudoeste.
Brève, adj. breve, que dura pouco: **la fellicità é cosa ———** / curto, pequeno, pouco extenso / conciso, lacônico / (metr.), sílaba breve que é de um só tempo; s. f. (mús.) breve: nota de música que vale duas semibreves / (s. m.) breve (dir. can.) breve: escrito do Papa, contendo uma decisão ou declaração particular / escapulário.
Brevemênte, adv. brevemente, com brevidade; prontamente.
Brevettàre, (pr. **-êtto**), v. tr. conceder patente ou diploma de invenção.

Brevétto, s. m. rescrito do príncipe com o qual se confere um grau / diploma de aviador (fr. brevet) / d'invenzione: patente, privilégio ou concessão.
Breviário, (pl. -àri), s. m. breviário.
Brevilíneo, adj. diz-se de pessoa membruda, de abdome mais desenvolvido que o tórax.
Breviloquènte, adj. breve no falar e no escrever; conciso, lacônico, sucinto, sóbrio.
Breviloquènza, s. f. brevidade, concisão / braquilogia.
Breviloquio, (pl. -òqui), s. m. (raro) oração, fala, discurso curto.
Brèvi mànu, loc. adv. lat. que significa: entregue em mãos, pessoalmente.
Brevità, s. f. brevidade, concisão.
Brèzza, s. f. brisa, aragem, viração / (dim.) **brezzolína**.
Brezzare, brezzeggiàre, v. intr. soprar a aragem, ventar.
Brezzóne, s. m. (raro) brisa, aragem forte.
Briachèzza, s. f. (raro) embriaguez.
Briàco, (pl. briàchi), adj. e s. m. embriagado, bêbado.
Briacóne, s. m. (f. -óna) beberrão, borrachão; o que bebe demais; beberraz, pipa, pau-d'água.
Brícca (ant.), s. f. penhasco, lugar selvagem e íngreme.
Bríccica, s. f. bagatela, ninharia, coisa de nada.
Briccicáre, (pr. bríccico), v. intr. preocupar-se com frioleiras.
Brícco, s. f. vaso, geralmente de metal, que serve para vários usos; escalfador, cafeteira / (ant.) asno, burrico.
Bríccola, s. f. catapulta, máquina antiga, de guerra, para atirar pedras / (pl.) **bríccole**, nome que se dá na laguna veneziana, aos paus plantados no fundo da água e que servem para amarrar as embarcações e para balisar a zona navegável.
Bricconàggine, s. f. qualidade de maroto, de patife.
Bricconàta, s. f. maroteira, patifaria, tratantada.
Briccóne, s. m. maroto, mariola, tratante, velhaco / (dim.) **bricconcèllo**.
Bricconeggiàre, v. velhaquear, fazer ações de velhaco, de patife.
Bricconería, s. f. velhacaria, patifaria.
Bricconêsco, (pl. -èschi), adj. velhaquesco.
Brícia, s. f. (raro) bocadinho, migalha.
Briciàre (ant.), esmigalhar, reduzir a migalhas.
Brícíola, s. f. migalha de pão, e, por ext., também de outras coisas; minúcia, pedacinho, bocadinho, (fig.) **non saperne** ———: não saber nada duma coisa.
Bricíolo, s. m. bocadinho, fragmento, ínfima parte de qualquer coisa, também no fig. un ——— di talento.
Bricòlla, (fr. "bricole") s. f. cesto usado pelos contrabandistas / a carga dos contrabandistas.
Bríga, s. f. trabalho, ocupação molesta ou enfadonha; pena, cuidado, encargo / rixa, questão, litígio, disputa.

Brigadière, s. m. (mil.) brigadeiro, general comandante de uma brigada / segundo oficial na arma dos carabineiros (polícia civil da Itália) e dos guardas aduaneiros.
Brigantàggio, (pl. -àggi) s. m. banditismo, bandoleirismo.
Brigànte, s. m. (f. -èssa), bandido, bandoleiro, salteador / (fig.) mau sujeito.
Brigantêsco, (pl. -êschi), adj. de bandido, próprio de bandido: **azione brigantesca**.
Brigantína, s. f., e **brigantíno**, s. m. (mar) bergatim, embarcação pequena com dois mastros; navio pequeno, ligeiro e aberto.
Brigàre, (pr. -brígo), v. esforçar-se, azafamar-se (às vezes ocultamente) para alcançar alguma coisa / industriar-se engenhar-se / intrincar, embrulhar.
Brigàta, s. f. (mil.) brigada / companhia, reunião de pessoas, geralmente para divertirem-se / comitiva / (dim.) **brigatina, brigatèlla**.
Brigatóre, s. m. raro (f. -tríce) briguento, rixento, intrigante.
Brighèlla, s. m. antiga personagem da comédia Veneziana, que fala em dialeto e representa a parte do criado intrigante e esperto; (fig.) homem volúvel, fanfarrão, bufão.
Brigidíno, s. m. pastel, doce feito com ovos, farinha, açúcar e anis.
Bríglia, s. f. brida, rédea, freio; (mar.) cabo de amarrar / (hidr.) obra de arte para deter as águas.
Brilla, s. f. máquina para beneficiar arroz, debulhador.
Brillaménto, s. m. esplendor, brilho / lampejo.
Brillantàre, v. tr. luzir, dar brilho a alguma coisa, revestindo-a de miçangas, confeitos, etc. / enfeitar, ornar, confeitar / (neol. do fr.) facetar, lapidar cristais e diamantes.
Brillànte, p. pr. e adj. brilhante, reluzente, magnífico, luxuoso / (adj. e s. m.) ator que geralmente representa papéis alegres e vivos / (s. m.) brilhante, diamante facetado ou lapidado.
Brillantína, s. f. brilhantina, pomada, cosmético.
Brillàre, v. brilhar, reluzir, cintilar, esplender / (fig.) mostrar-se, exibir-se / explodir (minas e similares); beneficiar (arroz e outros cereais) / debulhar.
Brillatôio, (pl. -ôi), s. m. estabelecimento onde se beneficia o arroz.
Brillatúra, s. f. debulha, descasca do arroz.
Brillo, adj. um tanto bêbado; alegre, por efeito do vinho.
Brina, s. f. geada.
Bináre, v. intr. gear.
Brinàta, s. f. caída da geada, geada / (fig.) canície.
Brináto, adj. coberto de geada.
Brincèllo, s. m. (raro) migalha, pedacinho de qualquer coisa.
Bríncio (pl. brínci), adj. (raro) contração da boca no ato de chorar.
Brindàre, v. beber à saúde de, brindar.

Brindèllo, s. m. trapo, farrapo; pedacinho, parte de qualquer coisa.
Brindellône, s. m. (f. -ôna) relaxado, maltrapilho.
Brindisàre (ant.), v. intr. entoar um brinde.
Bríndisi, s. m. o ato de brindar ou de beber à saúde de alguém; brinde / composição poética que se profere no ato de saudar algum convidado; augúrio, saudação.
Brío, (pl. brii), s. m. brio, alegria, vivacidade, ardor; bizarria, argúcia, espírito.
Briología, s. f. (bot.) briologia, estudo dos musgos.
Briosamênte, adv. ardorosamente, vivamente, alegremente.
Briosità, s. f. argúcia, vivacidade, entusiasmo.
Briôso, adj. ardoroso, vivaz, arguto, alegre, entusiasta, brilhante.
Bríscola, s. f. bisca, jogo de cartas entre duas ou quatro pessoas / (fig.) (fam.) sova, pancadaria.
Briscolànte, s. f. (burl.) jogador de bisca
Brividío, s. m. arrepio, calafrio intenso, prolongado ou freqüente.
Brívido, s. m. arrepio, calafrio, arrepiamento, estremecimento, tremor.
Brividôre (ant.), s. m. arrepio, calafrio.
Brizzolàto, adj. salpicado, mosqueado; capelli brizzolàti: cabelos encanecidos.
Brizzolatùra, s. f. salpico, salpicadura / matização.
Bròcca, s. f. bilha, quarta, cântaro, moringa para a água / broto, rebento / vara para apanhar frutas.
Broccàio, (pl. -ài), s. m. fabricante ou vendedor de bilhas e moringas / espécie de pua usada pelos celeiros e sapateiros para alargar os furos do couro.
Broccàrdo, s. m. questão legal difícil de resolver-se.
Broccatèllo, s. m. brocatel, tecido de seda ou algodão imitante ao brocado / (min.) brocatelo, espécie de mármore de cores variadas.
Broccàto, s. m. brocado, estofo de seda, com flores e figuras em relevo, e às vezes entretecido de ouro e prata.
Brocchètto, s. m. (dim.) pequena bilha ou moringa de metal ou terracota.
Brocchière, s. m. broquel, escudo redondo e pequeno.
Bròcco, (pl. bròcchi), s. m. graveto / graveto, pedaço de lenha miúda / relevo, nó de certos tecidos / pau, broca, / centro do alvo / cavalo fraco, rocim, rocinante.
Bròccolo, s. m. brocos, brócolos, variedades de couve-flor.
Bròda, s. f. caldaça / água servida; água suja / café ou similares insípidos / (fig.) discurso ou escrito prolixo e tolo / andar in ———— di giuggiole: rejubilar-se grandemente duma coisa / (pej.) **brodaccia**.
Brodàglia, s. f. caldaça.
Brodaiòlo, adj. e s. m. guloso por caldo / (fig.) ignorante.

Brodêtto, (dim.) s. m. (caldinho) / caldo com ovos batidos e sumo de limão / condimento líquido / no litoral adriático, peixe cozido à marinheira / antico come il ————: antiquíssimo.
Brodícchio, (pl. -ícchi), s. m. caldo pouco saboroso / lama das cidades nos dias de chuva.
Brodíglia, s. f. água lamacenta.
Bròdo, s. m. caldo / sopa / (fig.) escrito prolixo.
Brodolône, s. m. (f. -ôna) pessoa que ao comer se emporcalha / pessoa desleixada e suja no vestir / (fig.) aquele que fala ou escreve tediosa e prolixamente.
Brodôso, adj. diz-se de sopa que tem muito caldo / (dim.) **brodosêtto**.
Brogiòtto, adj. beringel, nome de uma casta de figos beijaçote, espécie de figo de polpa vermelha.
Brogliàccio, s. m. (com.) borrador.
Brogliàre, v. intr. embrulhar, intrigar, maquinar, enredar / (ant.) agitar-se, sublevar-se, comover-se.
Brogliàsso ou **brogliàzzo**, s. m. borrador.
Bròglio, (pl. brògli), s. m. manejo, enredo, maquinação, trapalhada, intriga, confusão; ———— elettoràle: imbróglio, mixórdia eleitoral.
Brolêtto, s. m. (hist.) palácio de justiça nas antigas Comunas da Lombardia.
Bròllo (ant.), adj. esturricado; nu.
Bròlo, s. m. vergel; jardim / pomar.
Bromatología, s. f. bromatologia.
Bromatológico, adj. bromatológico.
Bromismo, s. m. (med.) bromismo.
Bròmo, s. m. (quím.) bromo, elem. químico, metalóide; brômio.
Bromògrafo, s. m. brómografo, aparelho para obter rapidamente provas fotográficas.
Bromòlio, s. m. (fot.) bromólio, processo especial para obter cópias fotográficas / cópia obtida por esse método.
Bromùro, s. m. (quím.) brometo ou bromureto.
Bronchiàle, adj. bronquial, dos brônquios
Bronchíte, s. f. bronquite.
Bronchiuòlo, s. m. (dim.), última ramificação dos brônquios.
Bròncio, (pl. brônci), s. m. amuo, agastamento, mau humor, arrufo, ressentimento: fare il ————, avere il ————.
Brònco, (pl. -ônchi), s. m. tronco, ramo nodoso / (anat.) (pl.) brônquios, cada um dos dois ramos da traquéia-artéria que comunicam esta com os pulmões.
Broncoalveolíte, s. f. inflamação dos brônquios e do alvéolo pulmonar.
Broncône, s. m. (aum.) tronco, vara grande / pau, vara que se bifurca / (heráld.) listra, dentelo.
Broncopleuríte, s. f. (med.) broncopleurisia.
Broncopolmoníte, s. f. broncopneumonia.
Broncostenòsi, s. f. broncostenose, restrição de um brônquio.
Brontofobía, s. f. brontofobia, medo mórbido dos temporais.

Brontolamênto, s. m. resmungo, resmoneio, murmúrio.
Brontolàre, (pr. brôntolo), v. intr. resmungar, murmurar, resmonear, lamuriar, rezingar / rumorejar distante do trovão.
Brontolío, s. m. resmoneio, resmungo / (pop.) resmunguice.
Brontolône, s. m. (f. -ôna) resmungão, que resmunga; rezingão, rabugento.
Brontòmetro, s. m. (meteor.) brontômetro.
Brontosàuro, s. m. dinossauro, réptil antediluviano.
Brontotèrio, s. m. gênero de mamíferos ungulados, que viviam na era terciária.
Brónza, s. f. (raro) cor intensa que tem o forno, logo depois de esquentado.
Bronzàre, v. bronzear, dar cor de bronze.
Bronzatúra, s. f. bronzeamento, bronzagem.
Brônzeo, adj. (lit.) brônzeo, feito de bronze; da cor de bronze.
Bronzina, s. f. anel de bronze (ou de outro metal) sobre o qual se apóiam eixos de rodas ou similares / cilindro do pistão ou êmbolo / pó que imita a cor do bronze.
Bronzíno, adj. brônzeo / s. m. (dim.) guizo, campainha que se pendura ao pescoço de certos animais.
Bronzísta, (pl. -ísti), s. m. bronzista, artista que trabalha em bronze.
Brônzo, s. m. bronze / (fig.) **faccia di** ————: caradura.
Bròscia, (tosc.) s. f. caldaça.
Brossúra, s. f. (fr. "brochure") livro ou folheto brochado, não encadernado; **libro in** ————: livro em brochura.
Bròzza (ant.), s. f. verruga, excrescência.
Brozzolôso (ant.), adj. verruguento.
Brucàre, (pr. brúco), v. tr. roer as folhas, comer as folhas (cabras, ovelhas, etc.) / desfolhar, despegar as folhas dos ramos / destruir / (ant.) catar, buscar.
Brucatôre, adj. e s. m. (f. -tríce) roedor, destruidor, que desfolha.
Brucatúra, s. f. ação de corroer, de roer, de atacar, de destruir, que fazem os insetos que atacam as folhas ou que praticam as larvas de certos insetos.
Brucènte, adj. (raro) que queima; ardente.
Bruciacchiàre, (pr. -àcchio), v. tr. queimar superficialmente, chamuscar / crestar / esturricar (as plantas, por meio de geada).
Bruciacchitúra, s. f. queimadela, chamuscadela / escaldadura.
Bruciamênto, s. m. queima, abrasamento, adustão, queimamento.
Bruciànte, p. pr. e adj. queimante, ardente, abrasador, caústico.
Bruciapêlo, na loc. adv. a ————: à queima-roupa / (fig.) repentinamente, ex-abrupto: **mi chiese a** ———— **la mia opinione**.
Bruciàre, (pr. brúcio), v. tr. queimar, abrasear, incendiar, afoguear, crestar; esbrasear, escaldar, incinerar / causticar (ferida) / (gr.) esturricar, secar (fig.) **bruciar la scuola**: não ir à escola / **bruciar le tappe**: apressar-se / (refl.) queimar-se.
Bruciàta, s. f. castanha assada.
Bruciatàio, (pl. ài), s. m. vendedor de castanhas assadas.
Bruciaticcio, (pl. ícci), s. m. resto de coisa queimada / cheiro agudo de coisa que está queimando / (sin.) arsiccio, bruciato.
Bruciàto, p. p. e adj. queimado, combusto, esturrado / esturricado / (s. m.) cheiro que exalam as coisas queimadas: **sento um puzzo di** ————.
Bruciatúra, s. f. ato e efeito de queimar: queima, queimadura.
Brucío, (pl. íi), s. m. queimar; ardor.
Brucióre, s. m. sensação de dor e calor produzida por picada ou escaldadela / ardor, ardência, abrasamento / prurido.
Brúco (pl. bruchi), lagarta; larva dos insetos que atacam as plantas / adj. pobre, mesquinho, mísero.
Brughièra, s. f. landa, charneca arenosa; descampado, estepe.
Brugliólo, s. m. tumorzinho, pústula.
Bruire (ant.), v. rumorejar.
Brulicàme, s. m. multidão de insetos (e, por ext., também de pessoas) que formiguejam, que enxameiam, que fervilham.
Brulicàre, (pr. brúlico), v. intr. formiguejar, formigar, fervilhar, enxamear / abundar: **la città brulicava di gente**.
Brulichío, v. brulicame.
Brúllo, adj. seco, árido nu, adusto; sem vegetação alguma / (fig.) pobre, mísero.
Brulotto, s. m. (fr. "brûlot") brulote flutuante, cheio de inflamáveis, que se lançava sobre um navio inimigo.
Brùma, s. f. (lit.) umidade, tempo frio e úmido, inverno, / bruma, neblina, nevoeiro.
Brumàio, (pl. -ài), brumário, 2º mês do calend. rep. francês.
Brumàle, adj. invernal, frio / brumal.
Brumísta, (neol. milanês), s. m. cocheiro.
Brúna, s. f. mulher que tem os cabelos escuros: **la bionda e la** ————: a loira e a morena.
Brunàstro, adj. que tende ao moreno.
Bruneggiàre, (pr. -êggio), v. intr. tender ao moreno (cor) / enevoar, nublar, escurecer, obscurecer.
Brunêzza, s. f. (raro) cor morena ou trigueira.
Brunire, (pr. -ísco), v. brunir, polir, alisar, tornar brilhante.
Brunitóio, (pl. -ói), s. m. brunidor, instrumento para brunir.
Brunitôre, adj. e s. m. brunidor, que, ou aquele que brune, que tem ofício de brunir.
Brunitúra, s. f. brunidura, polimento, lustro.
Brúno, adj. moreno, trigueiro / escuro, bruno / **cielo, mare** ———— / (s. m.) cor morena, cor escura, fumo, luto que se põe no chapéu, no braço ou nas bandeiras, em sinal de luto ———— (dim.) **brunêtto, brunettino, brunástro**.

Brúsca, s. f. brossa, escova de limpar cavalgaduras / (bot.) brusca (planta).
Bruscamênte, adv. bruscamente, rudemente.
Bruscàre, v. tr. podar, cortar os ramos secos e supérfluos da árvore.
Bruschinàre, (raro) v. escovar as cavalgaduras com a brossa.
Bruschíno, s. m. (dim.) pequena brossa / escova de pelos duros, de lavadeira, curtidor e tratador de cavalos.
Bruscinàre, v. intr. chuviscar, cair lento de chuva fina e miúda (voz us. na região de Lucca).
Brùsco, (pl. brúschi), s. m. (bot.) azevinheiro, picafolha / (adj.) brusco, áspero, rude, sem modos, desajeitado / áspero, picante, azedo (vinho, licor, etc.) / espécie de grosa ou lima para raspar / **tra** ———— **e luscro**: entre o lusco-fusco / **tempi bruschi**: tempos difíceis.
Brùscolo, s. m. miuçalha, corpúsculo, partícula de qualquer coisa, cisco que entra nos olhos.
Brusío (pl. íi), s. m. cicio, sussurro, murmúrio / quantidade de coisas ou pessoas.
Brusire, (pr. ísco), v. intr. ciciar, sussurrar, murmurar.
Brustolàre, (raro) v. assar.
Brutàle, adj. brutal, violento, bestial; ferino, cruel.
Brutalità, s. f. brutalidade, braveza, violência, ferocidade; bestialidade.
Brutalmênte, adv. brutalmente.
Brúto, s. m. bruto, animal irracional / (fig.) pessoa violenta, bestial / (adj.) bruto, irracional, brutal, bárbaro; **forza** ————: força material.
Bruttamênte, adv. com maus modos feiamente.
Bruttàre, v. tr. sujar, manchar, afear, enlamear.
Bruttêza, s. f. fealdade, afeamento / torpeza, indignidade, deformidade.
Brútto, adj. feio, deforme, ignominioso, indecoroso, imoderado, indigno, censurável / mau: ———— **tempo** / desagradável: **brutta notizia mi porti** / grotesco, ridículo.
Bruttúra, s. f. coisa feia, sujeira, imundície, torpeza, torpidade, baixeza, desvergonha.
Bruzzàglia, s. f. mixórdia, confusão de coisas ou de pessoas vis; malta, ralé.
Brùzzico, brúzzolo, s. m. alvorada, o amanhecer; **levarsi a** ————: levantar-se de madrugada.
Búa, s. f. voz infantil para indicar doença, dor física e similares: dói, dor, dói-dói.
Buàccio, (pl. -àcci), s. m. (depr. de **bue**, boi) boi ruim / (fig.) pessoa tola, tonta.
Buàggine, buassàggine, s. f. tolice, asneira, estultícia.
Búbbola, s. f. poupa (pássaro) / mentira, peta, patarata; patranha.
Dubbolàre, v. resmungar / trovejar, rumorejar, sussurrar (diz-se espec. do trovão) / (intr.) surrupiar, gatunar.
Bubbolàta, s. f. pataratice, discurso cheio de asneiras ou bobagens.
Bubbollèra, s. f. coleira com guizos.

Bubbolío, s. m. rumor, murmúrio / rumorejar distante do trovão.
Búbbolo, s. m. guizo.
Bubbône, s. m. bubão, tumor.
Bubbònico, (pl. -ònici), adj. bubônico.
Bùca, s. f. cova, buraco, cavidade; toca, furo, escavação / (agr.) covacho / ———— **del suggeritore**: lugar (no teatro) onde fica o ponto / ———— **delle lettere**: caixa postal / (dim.) **buchèta, bucherèlla**.
Bucacchiàre, (pr. -àcchio), v. tr. furar, esfuracar, esburacar.
Bucafôndi, s. m. instrumento de tanoeiro, para encaixar as aduelas nos fundos.
Bucanêve, s. m. fura-neve, nome vulgar de planta amarilídea, emética.
Bucanière, s. m. (hist.) bucaneiro, pirata que infestava as Antilhas.
Bucàre, (pr. búco), v. tr. furar, buracar, esburacar; perfurar / penetrar, transpassar.
Bucatàio, (pl. ài), s. m. aquele que lava roupa pelo sistema de barrela, barrela, barreleiro, lavadeiro.
Bucàto, p. p. e adj. furado, esburacado, perfurado / (s. m.) barrela, limpeza de roupa por meio de água quente e cinza; lixívia.
Bucatúra, s. f. furagem, ação e efeito de furar / furo, buraco, orifício, abertura.
Buccellàto, s. m. rosca doce, bolacha.
Búcchero, s. m. argila fina, avermelhada, com que os etruscos faziam vasos / vaso feito desse material; púcaro.
Búccia, (pl. búcce), s. f. casca, crosta invólucro de certas frutas / pele de alguns animais, e por ext. (burl.) também do homem: **aver la** ———— **dura** / **riveder le bucce a uno**: criticar alguém com aspereza.
Bucciàta, s. f. golpe dado com a casca.
Buccicàta, s. f. us. nas frases **non intendere, non saper** ————: não entender nada, não saber nada.
Búccina, s. f. espécie de trombeta, semelhante a um corno de caça, usada no exército romano.
Buccinàre, (pr. -búccino), v. tr. anunciar a toque de trombeta / (fig.) propalar, divulgar, trombetear, buzinar, não confundir com **bucinare** (ver nessa voz).
Buccinatôre, adj. e s. m. o que toca trombeta, trombeteiro / trombeteador, vociferador, buzinador.
Buccinatório, adj. bucinatório, relativo ao bucinador, músculo situado nas duas faces, entre as duas maxilas, e que serve para alongar a boca, por ex., quando uma pessoa sopra.
Búccio, s. m. parte direita da pele de curtir.
Búccola, s. f. brinco, ornamento das orelhas da mulher; **buccole di corallo**: brincos de coral / anel de cabelos.
Búccolo, s. m. cacho, anel de cabelos / (dim.) **buccolòtto**, anel de cabelo pendente sobre a fronte.
Bucèfalo, s. m. bucéfalo / nome do cavalo de Alexandre Magno / (burl.) cavalo de pouco valor.

Bucheràme, (ant.), s. m. espécie de tela fina, transparente à luz, para vestido.
Bucheràre e bucherellàre, v. tr. furar, furacar, esfuracar.
Bucherèlla, s. f. (dim. de buca) pequena cova, covinha.
Buchêtta, s. f. (dim.) covinha, buraquinho / fare a ———: brinquedo de meninos.
Bucinamênto, s. m. murmúrio, sussurro; burburinho (de vozes).
Bucinàre, v. sussurrar, murmurar, cochichar, segregar.
Búcine, s. m. rede, de pesca ou de caça.
Bucintòro, s. m. bucentauro, galeão pomposo, em que o Doge de Veneza ia deitar o anel (núpcias simbólicas) ao mar.
Búco, (pl. búchi), s. m. buraco, furo / cavidade brecha, orifício / **non cavare un ragno dal** ———: não arranjar, não conseguir nada; **tappare un** ———: tapar um buraco, (fig.) pagar um débito; (dim.) **buchêtto, buchíno, bucherèllo, bucolíno,** (aum.) **bucône**.
Bucòlica, s. f. bucólica, poesia pastoril, écloga / título de uma obra do poeta mantuano Virgílio.
Bucòlico, (pl. -òlici), adj. bucólico.
Bucrànio, (pl. àni), s. m. (arqueol.) bucrânio.
Buddísmo, s. m. budismo.
Buddísta, (pl. -ísti), s. f. budista.
Budellàme, s. m. tripagem, tripalhada, porção de tripas.
Budèllo, (pl. le budella), intestinos do animal e do homem; e budelli, no figurado / (s. m.) intestino; parte do intestino separada das outras / (fig.) coisa comprida e estreita, em forma de tripa: un ——— di gomma / (dim.) **budellíno, budellêtto**, (aum.) **budellône**; (pej.) **budellácio**.
Budíno, s. m. pudim (doce).
Budrière, s. m. boldrié de cinto; cinturão.
Búe, (pl. buoi), s. m. boi / (fig.) pessoa tola, atrasada, ignorante / (prov.) **mettere il carro innanzi ai buoi**: por o carro à frente dos bois.
Búfalo, s. m. búfalo.
Bufàre, v. intr. nevar e ventar ao mesmo tempo.
Bufèra, s. f. tormenta; turbilhão de chuva, neve, granizo: **la ——— infernal che mai non resta** (Dante): a tormenta infernal que jamais cessa.
Búffa, s. f. capuz das confrarias / boné que cobre as orelhas e parte do rosto / (hist) viseira do elmo, fixa ou móvel / (ant.) rajada improvisada de vento / vaidade.
Buffàre, v. intr. bufar, expelir o ar pela boca; (esp.), soprar, bifar, tirar uma peça ao adversário, no jogo de xadrez.
Buffàta, s. f. sopro forte do vento, rajada / (pleb.) bufo.
Buffetteria, (galic.) s. f. acessórios do armamento do soldado.
Buffêtto, s. m. pancada com a cabeça do dedo; piparote / (adj.) (pão) de qualidade fina, feito com a flor da farinha.

Búffo, adj. bufo, burlesco, faceto, ridículo / estranho, extravagante / **opera buffa**: ópera cômica, jocosa / (s. m.) bufo, personagem de teatro que faz rir com momices; palhaço.
Búffo, (de buffàre), s. m. sopro improviso de vento.
Buffonàggine, buffonàta, s. f. bufonaria, ação, dito de bufo; graças, chistes, motes, facécias, arlequinada, palhaçada.
Buffône, s. m. palhaço, bobo, truão, funâmbolo (fig.) pessoa pouco séria, sem palavra.
Buffoneggiàre, (pr. -êggio), v. intr. bufonear, chocarrear.
Buffonería, s. f. bufonaria.
Buffonescamênte, adv. de maneira burlesca.
Buffonêsco, (pl. -êschi), adj. burlesco, chocarreiro.
Buftalmia, s. f. (med.) buftalmia, doença do olho.
Buftálmo, s. m. (bot.) buftalmo, planta corimbífera.
Bugía, s. f. mentira; peta, patranha, patarata, invencionice, falsidade; **la ——— ha le gambe corte**: a mentira logo se descobre / (dim.) **bugietta, bugiuòla**; (aum.) **bugiôna**.
Bugía, s. f. (de Bugia, cidade da Argélia onde se produz cera) castiçal / vela de cera; bugia (ant.).
Bugiardamênte, adv. mentirosamente.
Bugiardería, s. f. porção de mentiras / mentira.
Bugiàrdo, s. m. e adj. mentiroso; falso, enganoso, mendaz, patrateiro / **pera bugiarda**: pera muito saborosa / (dim.) **bugiardino, bugiardèllo,** bugiardêtto; (aum.) **bugiardône**; (depr.) **bugiardáccio**.
Bugigàttolo, s. m. nicho, pequena habitação / buraco, vão de escada; lugar pequeno e escuro.
Búgio, (ant.), adj. furado, esburacado.
Bugiône, s. m. (aum. fam.) pessoa que mente muito; grande mentiroso.
Búglia (ant.) s. f. escuridão, trevas.
Buglione, s. m. misturada, embrulhada de pessoas ou de coisas.
Bugliuòlo, s. m. balde de madeira / (mar.) tina, vasilha ou balde de madeira, com o cabo de corda, usado a bordo para o transporte de líquidos.
Búgna, s. f. pedra que ressalta da fachada de edifícios: bossagem / (mar.) cada um dos ângulos das velas.
Bugnàto, s. m. a parte de edifício em que há bossagem.
Bugnerêccia, s. f. (agr.) lugar onde há colmeias: colmeal.
Búgno, s. m. colmeia; cortiço de abelhas.
Búgnola, s. f. cabaz, cesto de palha / caixa onde os ferradores guardam suas ferramentas / (fig. burl.) cátedra, púlpito.
Búgnolo, s. m. cesto (de vime) pequeno.
Bugràne, s.f. espécie de entretela usada pelos alfaiates para reforço interno de certas partes da roupa.
Búio, (pl. búi), s. m. escuridão, falta de luz, trevas, escuro; **al** ———: no escuro; **essere al ——— d'una cosa**: não saber nada duma coisa, ignorá-la in-

teiramente / ────── pesto: noite pro_funda, escuridão total / (adj.) escuro, falta de luz, pouco claro, sombrio.
Bulbàre, adj. (med.) bulbar.
Bulbiforme, adj. bulbiforme, com feitio de bolbo.
Bulbillo, s. m. (bot.) bolbilho, pequeno bolbo.
Búlbo, s. m. (bot.) bolba, gema subterrânea, formando escamas carnudas / (anat.) bulbo.
Bulbôso, adj. bulboso; que tem bulbo.
Búlgaro, adj. e s. m. búlgaro, da Bulgaria, / (s. m.) pele de vaca ou bezerro, curtida, com que se fazem sapatos, malas, etc. / ponto de bordado.
Bulicàme, s. m. (raro) fonte de águas termais / multidão de gente / bulício.
Bulicàre, (pr. búlico), v. intr. sair em borbotões / ferver, borbulhar, pulular.
Bulimía, s. f. (med.) bulimia; fome / (fig.) insaciabilidade.
Bulinàre, v. tr. (raro) esculpir, gravar, entalhar, lavrar com o buril.
Bulíno, s. m. buril.
Bulldog, (ingl.), s. m. buldogue (cão).
Bullètta, s. f. conhecimento, senha, recibo, bilhete / tacha, prego, brocha.
Bullettàio, (pl. -ai), s. m. pregueiro, aquele que faz ou vende pregos, tachas e outros objetos semelhantes.
Bullettàme, s. m. porção de pregos, tachas, etc., pregaria.
Bullettíno, s. m. boletim, anúncio, lista.
Bullo, (neol.), s. m. guapo, valentão, etc.; fare il ──────: bancar o valente.
Bullône, s. m. parafuso; parafuso com porca, rebite.
Bulloneria, s. f. fábrica de parafusos, porcas, rebites, etc.
Bum, (neol.), s. m. expressão com que se indica, numa aterrissagem irregular, o choque das rodas no terreno.
Buonalàna, bonolàna, s. f. sujeito ruim / patife, biltre.
Buonamàno, v. bonamano.
Buoncuòre, v. boncore.
Buongustàio, v. bongustaio.
Buongústo, v. Bongusto.
Buòno, adj. bom, que reúne as qualidades da sua espécie / bom, feliz, favorável, hábil, vantajoso, útil, conveniente / salutar, próspero, propício, afável, copioso, abundante: una buòna dose di vino / (fig.) uomo tre volte ──────: tolo, bobo / (fig.) / de aspecto sadio: ha una buona cera / alla buone: com simplicidade / Dio ce la mandi buona: votos para escapar de um perigo / di buon'ora: bem cedo / un uomo ──────: um homem honesto / un buon uomo: bom, inofensivo / (dim.) bonino; (aum.) bonône.
Buòno, s. m. a pessoa boa; fare il ──────: mostrar-se quieto, tranqüilo / (s. m.) o que é bom: il ────── piace a tutti / poco di buono: malandro, patife / plove a ──────: chove muito / sul ──────: no melhor da festa /buon per te: felizmente para ti / vale que se deixa em vez de dinheiro / bônus: buoni del Tesoro, bônus, obrigações do Estado, que rendem juros.

Buonsènso, s. m. bom senso.
Buontempône, v. bontempône.
Buonuscíta, v. bonuscita.
Buranêse, s. f. espécie de uva branca muito doce.
Buràre, v. tr. arder sem chama, consumindo-se pouco a pouco.
Burattàio, (pl. -ài), aquele que peneira a farinha.
Burattàre, v. tr. peneirar, joeirar / (fig.) ventilar, avaliar, discutir.
Burattinàio, (pl. -ài), s. m. aquele que, por ofício, representa com os fantoches ou títeres; titereiro.
Burattinàta, s. f. ação de fantoche ou de títere, fantochada, palhaçada.
Burattíno, s. m. títere, fantoche, marionete, boneco / (fig.) palhaço, histrião, truão; homem sem palavra, bonifrate.
Buratto, s. m. peneiro: peneira grande usada nas padarias para separar a farinha / peneira, joeira, crivo / (ant.) estamenha, tecido grosseiro.
Burbànza, s. f. jactância, bazófia, soberba, presunção.
Burbanzosamènte, adv. jactanciosamente, presunçosamente, arrogantemente.
Burbanzôso, adj. jactancioso, arrogante, presunçoso, soberbo.
Búrbera, s. f. espécie de guindaste; máquina de levantar pesos por meio de cabos.
Búrbero, adj. severo, áspero, austero, cenhudo, esquivo, rude.
Bùrchia (ant.), s. f. pequeno barco.
Burchiellêsco, (pl. -êschi), adj. (lit.) diz-se daquele que imita a maneira de escrever, bizarra e obscura, do poeta florentino Burchiello.
Burchièllo, (pl. búrchièlli), s. m. barcaça de fundo chato.
Búre, adj. rabiça do arado.
Burè, adj. (raro) pera manteiga.
Burèlla (ant.), s. f. lugar estreito e escuro / corredor subterrâneo.
Burètta, s. f. (quím.) tubo de vidro com escala, us. pelos químicos.
Búrga, s. f. (hldr.) caixa em forma de gaiola que se submerge no remoinho dos rios etc.
Burgràvio, (pl. àvi), s. m. burgrave / título de antigos dignatários na Alemanha.
Buriàna, s. f. (pop.) tempo frio, tempestade de neve / (mar.) proceia; temporal passageiro.
Buriàsso (ant.), s. m. aquele que adestrava e introduzia os justadores na justa / arauto.
Burícco, (pl. -ícchi), s. m. (raro) burrico, asno / capote peludo; capote de tecido grosseiro de lã.
Burína, s. f. (mar.) bolinha; andar di ──────: navegar com vento à bolina; (fig.) andar velozmente.
Búrla, s. f. mofa; burla, gracejo, peça, brincadeira, zombaria; da ──────. per ──────: por pura brincadeira / (dim.) burlètta.
Burlàre, v. tr. gracejar, troçar, brincar, motejar, mofar / (refl.) burlarsi di uno: zombar de alguém, não levar (alguém) a sério.

Burlescamênte, adv. burlescamente, caricatamente, ridiculamente.
Burlêsco, (pl. -êscchi), burlesco, caricato, cômico, ridículo / (s. m.) o burlesco, o estilo burlesco.
Burlêtta, (dim. de **burla**) s. f. burleta, breve representação cênica no gênero cômico; farsa.
Burlêvole, adj. motejável, caçoável / burlesco, ridículo.
Burlevolmênte, adv. burlescamente, ridiculamente.
Burlône, s. m. (f. -ôna), zombador, trocista, gracejador, casuísta / jovial, faceto, jocoso, humorista.
Burnús, s. m. burnus, burnu, capote grande de lã, com capuz, usado pelos árabes.
Buròcrate, s. m. burocrata, empregado de repartição pública: **un ———— sonnacchiôso** (D'Annunzio).
Burocraticamente, adv. burocraticamente.
Burocràtico, adj. burocrático.
Burocratísmo, s. m. burocracia, o fenômeno do exagerado desenvolvimento da burocracia nos Estados modernos.
Burocrazía, s. f. burocracia / (depr.) o pedantismo de certos funcionários.
Burràio, (pl. -ài), s. m. aquele que fabrica ou vende manteiga, manteigueiro.
Burràsca, s. f. borrasca, turbilhão de vento impetuoso; procela, temporal / **il buon pilota si prova alle burrasche** (Giovanni Verga).
Burrascôso, adj. borrascoso.
Burràto, adj. (de **burro,** manteiga) lambusado de manteiga; **pane ————:** pão com manteiga / (ant.) (s. m.) barranco, precipício.
Burrifício, s. m. fábrica de manteiga; manteigaria.
Búrro, s. m. (de butirro) manteiga / (fig.) coisa macia e delicada; coisa mole, que tem a consistência da manteiga.
Burrôna, adj. diz-se de certa pera macia que se dissolve na boca: amanteigada.
Burrône, s. m. alcantil, precipício, despenhadeiro / (dim.) **burroncèllo.**
Burrôso, adj. manteigoso, que tem muita manteiga.
Busbaccàre (ant.), v. burlar, enganar, fraudar.
Búsca, s. f. busca, procura / pesquisa.
Buscalfàna, s. f. (burl.) cavalo magro, rocinante.
Buscàre, (pr. búsco), v. tr. buscar, procurar; obter industriando-se, ganhar por meio de trabalho / **buscarle** ou **buscarne:** apanhar uma sova.
Buscheràre, v. enganar, lograr, fraudar / (refl.) zombar, não se importar com uma coisa ou pessoa.
Buscheráta, s. f. ação e efeito de busca, de procura / erro, engano, disparate / lorota, mentira.
Buscherío, (pl. ii), barulho, confusão, gritaria, alvoroço / grande quantidade.
Busêcca, (dial. lombardo) s. f. tripa.

Busêcchia, s. f. tripa para fazer lingüiça; intestino / salsicha.
Busíllis, s. m. busilis; (fig.) (fam.) o ponto principal, a grande dificuldade de alguma coisa; **qui sta il ————:** aqui está o difícil.
Bússa, s. f. sova, golpe, pancada, tunda, bordoada, bastonada.
Bussare, v. bater, bater na porta.
Bussare, v. tr. bater / bater à porta para que abram / trucar, no jogo de baralho.
Bussàta, s. f. pancada, golpe / sova, tunda.
Bussetto. s. m. bisegre, brunidor de sapateiro.
Bússola. s. f. bússola (fig.); **perdere la ———— ————:** confundir-se. desnortear-se / (ecles.) pequeno aposento, de onde o Papa assiste à prédica.
Bussolànte, s. m. familiar do Pontífice.
Bússolo, (ant.), s. m. (bot.) buxo.
Bussolòtto, s. m. copo com que os prestidigitadores exibem as suas mágicas / (fig.) **giocatore di bussolotti:** o que quer apresentar uma coisa por aquilo que ela não é.
Bústa, s. f. envelope / pasta para guardar papéis.
Bustàio, s. m. (f. **àia**), espartilheiro, fabricante de espartilhos.
Bustína, s. f. (dim.) envelope pequeno.
Bustêse, adj. de Busto Arsizio, cidade da Lombardia.
Bustína, s. f. (dim.) envelope pequeno / bustinho, pequeno busto / (mil.) boné de certos soldados, que se abre e fecha como um envelope.
Bùsto, s. m. busto, a parte superior do corpo humano / (fig.) figura humana esculpida da cintura para cima / espartilho, colete / peito (de mulher).
Bustôna, s. f. (-ône, aum.) envelope grande.
Bustrofêdo, s. m. bustrofedo. anagrama que consiste na inversão de uma palavra.
Butáno, s. m. (quím.) butano, variedade de hidrocarboneto.
Butírro, s. m. manteiga.
Butirròmetro, s. m. butirômetro. instr. para avaliar a quantidade de manteiga existente no leite.
Butirrôso, adj. butiroso, manteigoso.
Bútrio, s. m. espécie de rede para caçar pássaros.
Buttafuòri, s. m. (teatr.) contra-regra / (mar.) vara para proteger a abordagem.
Buttalà, s. m. móvel de quarto onde se põem as roupas quando alguém se despe.
Buttàre, v. tr. lançar, atirar, arremessar, arrojar / **buttar via:** deitar fora / lançar, derramar, espargir / **———— a terra:** demolir; **———— in prigione:** encarcerar; **buttar giú:** deitar ao chão, demolir / deitar raízes, botões, ramos / (refl.) lançar-se, atirar-se, pousar / **———— a letto:** deitar-se na cama.
Buttasèlla, s. m. (mil.) bota-sela, ordem ou sinal transmitido pelo clarim para a cavalaria arrear os cavalos.

Buttàta, s. f. ação de arrojar ou de arrojar-se / (bot.) a primeira germinação de uma planta.

Butteràto, adj. bexigoso, que tem sinais de bexiga; bexiguento.

Bùttero, s. m. marca, sinal de bexiga / guarda a cavalo dos rebanhos de búfalos, cavalos, etc., da campanha romana.

Buzzàme, s. m. tripas, interiores, buchos de animais abatidos.

Búzzo, s. m. ventre (espec. dos animais), bucho, bandulho, pança: **empirsi il** ———: comer muito / **di** ——— **buono**: com zelo, com afinco / adj. (raro) escuro, nublado (tempo).

Buzzône, s. m. pançudo, barrigudo / cesto cilíndrico de terra usado nos trabalhos de aterro, etc.

Buzzùrro, s. m. boçal, bronco, rude / suíço que no inverno ia à Itália vender castanhas assadas, doces de farinha, etc.

C

(C) s. f. e m. c, terceira letra do abecedário italiano; pronuncia-se como em português diante das vogais a, o, u: corpo, casa, cugino / diante de e, i, tem pronúncia branda (mais ou menos "tch": cera, città / tem pronúncia gutural quando entre ela e as vogais e e i há um h: chiave, chiesa, cherubino.

Cà, s. f. (raro) apócope de "casa", casa.

Càbala, s. f. cabala (fig.) maquinação; embrulhada, rodeio; intriga.

Cabalàre (pr. -àbalo), v. intr. cabalar / maquinar, intrigar / sonhar, fantasiar, imaginar.

Cabalêtta, s. f. (mús.) cabaleta, trecho de música amena; ária, cançoneta.

Cabalísta, s. m. cabalista.

Cabalístico (pl. -ístici), adj. cabalístico.

Cabalône, s. m. (f. -ôna) cabalista, pessoa dada a cabalas ou intrigas; embrulhão, embusteiro.

Cabanèlla, s. f. pequena barca a remo dos pescadores sicilianos de atum.

Càbbala, s. f. (filos.) cabala, sistema judaico de interpretação alegórica da Bíblia.

Cabèssa, s. f. cabalim, tecido fino de seda proveniente da Índia.

Cabestàno, s. m. cabrestante / bolinete.

Cabìla, s. f. cabilda, tribo ou associação nômade de árabes.

Cabína, s. f. cabina.

Cabinarimòrchio, (neol.) s. f. casinha ambulante, rebocada por um automóvel (ingl. "trailer-coach").

Cabíri, s. m. pl. (mit.) cabiras, divindades mitológicas inferiores, adoradas no Egito, Ásia Menor, Fenícia e na Grécia.

Cabírie, s. f. (pl.) festas dos Cabiras.

Cablogràmma, (pl. -àmmi) s. m. cabograma.

Cabotàggio (pl. -àggi), s. m. cabotagem, navegação costeira.

Cabotière, s. m. aquele que exerce a cabotagem.

Cabotièro, adj. e s. m. navio de cabotagem.

Cabràre (neol. galic.), v. intr. empinar-se, especialmente de aeroplano ao subir.

Cacadùbbi, s. m. e f. (chulo) duvidoso, perplexo, indeciso, meticuloso; pessoa que não se decide nunca.

Cacaiuòla, s. f. (vulg.) diarréia; (pleb.) caganeira.

Cacào, s. m. cacau.

Cacàre, (pr. càco) (chulo) v. defecar, evacuar; (pleb.) cagar.

Cacarèlla, (chulo) s. f. caganeira.

Cacasènno, s. m. (do nome de um personagem da história de Bertoldo), doutorão, sabichão, sabe-tudo.

Cacasòdo, (vulg.) s. m. pessoa que se dá excessiva importância; vaidoso, ostentador.

Cacastècchi (pleb.), s. m. avarento, sovina.

Cacàta (vulg.) s. f. evacuação; (pleb.) cagada.

Cacatôa, e cacatúa, s. f. cacatua, ave da família dos psitacídeos, divisão dos papagaios.

Cacatôio, (pl. -ôi) (vulg.) s. m. privada, latrina.

Cacatúra, s. f. (pop.) evacuação / excrementos de certos insetos, como moscas, etc.

Cacazibêtto, s. m. janota, casquilho, almofadinha.

Càcca, s. f. caca (inf.), excremento; e, por ext., qualquer coisa suja ou ruim.

Caccabàldola, s. m. lisonja, denguice, carícia, afago.

Cacchiatèlla, s. f. pão fino, miudinho.

Cacchiône, s. m. larva de abelha / (pl.) ovos de moscas sobre a carne ou o peixe / as primeiras penas que despontam no pássaro.

Càccia (pl. càcce), s. f. caça / dar la ――― a uno: perseguir alguém.

Càccia, s. f. (mar.) caça-torpedeiro / (aer.) aeroplano de caça.

Cacciabòtte, s. m. espécie de buril usado pelos ourives e gravadores.

Cacciachiòdo, s. m. instrumentos dos ferradores que serve para tirar os pregos do casco.

Cacciagióne, s. f. os animais que se apanham na caça; caça.
Cacciamênto, s. m. ação de mandar embora, expulsão.
Caccianfuòri, s. m. bigorna de pontas compridas, us. pelos ourives e gravadores.
Cacciapàssere, s. m. espantalho para amendrontar os pássaros.
Cacciàre, v. intr. caçar, ir à caça (de animais); mandar embora, expulsar, enxotar / empurrar / por, fazer penetrar dentro; **cacciarsi in testa una cosa**: meter uma idéia na cabeça / (refl.) introduzir-se, meter-se, por-se.
Cacciasommergíbili, s. m. caça-submarinos.
Cacciàta, s. f. caçada, ação de caçar animais / expulsão, ação de expulsar, de enxotar.
Cacciatòia, s. f. punção.
Cacciatòra, s. f. caçadeira, jaquetão próprio para andar à caça; **alla ———**: ao modo dos caçadores.
Cacciatòre, s. m. (f. -tríce) caçador.
Cacciatorpedinière, s. m. caça-torpedeiros.
Cacciavíte, s. f. chave de fendas.
Cacciú, (malásio "kachu") s. m. cauchu, substância aromática adstringente, extraída da acácia-cauchu das Índias.
Cacciúcco, s. m. sopa à marinheira, feita com vários espécies de peixes.
Càccola, s. f. (vulg.) remela (dos olhos), muco; ranho (do nariz) / bonicos, na lã das ovelhas e no pelo das cabras.
Cacherèllo, s. m. bonico, excremento de cabras, ovelhas, etc.
Cacherôso, adj. melindroso, dengoso, choramingas.
Cachessía, s. f. (med.) caquexia.
Cachèttico, (pl. -èttici), caquético.
Càchi, s. m. caqui; caquizeiro / (adj.) cáqui (cor cáqui).
Cachínno, s. m. (lit.) risada imoderada ou zombeteira.
Caciàia, s. f. queijeira, lugar onde se guardam os queijos.
Caciàio (pl. -ài), s. m. queijeiro, fabricante ou vendedor de queijos.
Caciàto, adj. com queijo.
Cacícco (pl. -ícchi), s. m. cacique; chefe indígena.
Cacimpèrio, s. m. bebida feita com queijo, manteiga, ovos e leite.
Càcio (pl. càci), s. m. queijo / (fig.) **alto come un soldo di ———**: de pequena estatura / **esser pane e ———**: estar de pleno acordo.
Caciocavallo, s. m. queijo-cavalo, queijo de forma oblonga.
Caciôso, adj. queijoso.
Caciòtta, caciuòla, s. f. queijinho tenro, redondo.
Caco, elemento prefixal de origem grega que significa mau; caco.
Cacofonía, s. f. cacofonia.
Cacografía, s. f. cacografia.
Cacône, s. m. (f. -ôna) cagão, aquele que defeca muito; (fig.) homem medroso, medricas.
Cactèa, s. f. (bot.) cacto.
Cácto, s. m. (bot.) cacto.
Cacúme (ant.), s. m. cume, cimo de um monte.

Cadaúno, adj. cada um.
Cadàvere, s. m. cadáver.
Cadavérico (pl. -èrici), adj. cadavérico.
Cadènte, p. pr. e adj. cadente, que vai caindo; **età ———**: velhice; **stella ———**: aerólito.
Cadènza, s. f. cadência.
Cadenzàre, (pr. -ènzo), v. tr. cadenciar, dar cadência ou regularidade de pausa.
Cadenzáto, p. pr. e adj. cadenciado, cadencioso.
Cadère (pr. càdo), v. intr. cair, ir de cima para baixo; tombar / perder (cabelo, dente, pena, etc.) / morrer combatendo / cair; incorrer em culpa, cometer uma falha; cair na miséria / **cader dalle nuvole**, cair das nuvens, ficar perplexo / caber / coincidir / acontecer.
Cadêtto, s. m. e adj. cadete.
Cadí, s. m. cádi; juiz, magistrado muçulmano.
Cadimênto, s. m. (raro) caimento, ato de cair / (fig.) ruína.
Caditôia, s. f. seteira das torres de onde se atiravam pedras, projéteis, etc. / alçapão / abertura para passagem de água.
Cadmiàre, v. tr. revestir de cádmio.
Càdmio, s. m. (quím.) cádmio.
Caducèo, s. m. caduceu.
Caducità, s. f. (jur.) caducidade; a perda de um direito / decrepitude, velhice.
Cadúco (pl. -úchi), adj. caduco / fugaz, efêmero; passageiro; transitório; precário.
Cadùta, s. f. caída, queda, ato de cair / demissão, perda do poder: **la ——— del ministero** / falha, erro, culpa, pecado / (mar.) o lado vertical das velas / (pej.) **cadutáccia**.
Cadúto, p. p. e s. m. caído, tombado; decaído, arruinado, abatido, prostrado / quem morreu combatendo: **gloria ai caduti per la patria**.
Caèndo (ant.), v. (defect.) buscando, procurando.
Cafaggiàto (ant.) s. m. guarda dos bosques e dos campos / pessoa intrometida.
Cafàggio (ant.), s. m. bosque, reserva de caça / recinto para bestas.
Cafàrnao, s. m. cafarnaum (do nome da cidade da Palestina / lugar de confusão ou desordem.
Caffè, s. m. café / adj. e s. m. a cor do café torrado.
Caffé-Concèrto, s. m. café-concerto; casa de diversões.
Caffeína, s. f. cafeína.
Caffeísmo, s. m. cafeísmo, intoxicação por abuso do café.
Caffeísta (pl. -ísti), cafezista, pessoa que gosta muito de café.
Caffellàtte, s. m. café com leite, a primeira refeição da manhã.
Caffettàno, s. m. cafetã, vestuário oriental de peles, usado por turcos e judeus.
Caffettièra, s. f. cafeteira.
Caffettière, s. m. dono de café, cafeteiro.

Càffo, s. m. número ímpar / (ant.) **essere il** ———: ser o único, o sem par, o melhor.

Cafìsso (ant.), s. m. antiga medida de capacidade.

Cafóne, s. m. (dial.) camponês do Sul da Itália / (fig.) rude; tabaréu, matuto; caipira (bras.).

Cagionàre (pr. -ôno), v. tr. ocasionar, causar, originar; produzir um determinado efeito.

Cagióne, s. m. causa, razão, motivo, origem; **trovar** ———: achar pretexto.

Cagionêvole, adj. que adoece facilmente; fraco, doentio; débil.

Cagionevolêzza, s. f. debilidade, fraqueza de compleição.

Cagionôso, adj. débil, enfermiço; doentio.

Cagliàre (pr. càglio), intr. coalhar; coagular.

Càglio, (pl. càgli s. m. coalho, coágulo / (bot.) planta das rubiáceas.

Càgna, s. f. cachorra, a fêmea do cão, cadela / (mec.) alavanca com dente móvel / (teatr. iron.) cantora de voz fraca e desafinada.

Cagnàccia, s. f. pej. de cadela / espécie de plaina.

Cagnàccio (pl. -àcci), (pej.) cão grande e feio; canzarrão.

Cagnàra, s. f. latido de muitos cães / rixa barulhenta / barulho de gente que se diverte; vozearia, gritaria.

Cagnàzzo (ant.), adj. feio, semelhante ao cão / (s. m.) a cor violeta.

Cagnêsco (pl. -êschi), adj. canino, referente ao cão ou do cão / **guardare in** ———: olhar de soslaio, com raiva.

Cagnètta, s. f. (dim.) cachorrinha, cadelinha.

Cagnìna, s. f. (dim.) cachorrinha / vinho acre, da Romanha (it. Romagna).

Cagníno, s. m. cãozinho.

Cagnolíno, s. m. (dim.) cãozinho, cão pequeno e mimoso / cria, filhote de cão.

Cagnòtta, s. f. (esp.) prato onde os jogadores depositam uma parte do dinheiro que ganham, em benefício de quem mantém a banca.

Cagnòtto, s. m. capanga, esbirro; satélite, sicário.

Caiàcco (pl. àcchi), s. m. barco de um só lugar, feito com peles de foca.

Caìcco (pl. ícchi), s. m. caíque, caiaque, pequeno barco a serviço de um navio.

Caimàno, s. m. caimão, nome comum a diversos jacarés americanos.

Caíno, s. m. caim; traidor; fratricida; homem mau.

Càla, s. f. cala, pequena enseada para abrigos de navios em uma costa / (mar.) local na parte mais baixa do navio, para depósito de material diverso.

Calabrêse, s. m. e adj. calabrês, da Calábria.

Calabresélla, s. f. (de Calabria) jogo de baralho em que jogam três pessoas.

Calabróne, s. m. zangão; vespão.

Calafatàre (pr. -àto), v. (mar.) calafetar.

Calafatàto, p. p. e adj. calafetado.

Calafàto, s. m. calafate, operário que calafeta embarcações.

Calamaiàta, s. f. golpe com o tinteiro: tinteirada.

Calamàio (pl. -ài), s. m. tinteiro / (zool.) lula, molusco cefalópode / (pl.) olheiras / (dim.) **calamaíno**, **calamaiêtto**, **calamaiúccio**; (depr.) **calamaiàccio**.

Calamàndra (ant.), s. f. calamônia, tecido antigo de lã.

Calamarêtto, s. m. lula pequena, (molusco) saboroso de comer.

Calamàro, s. m. tinteiro / lula / olheira.

Calamína, s. f. (geol.) calamina.

Calamísto, s. m. (lit.) calamistro, ferro de frisar o cabelo.

Calamíta, s. f. ímã / (ant.) calamita, nome ant. do ímã / (fig.) coisa ou pessoa que atrai.

Calamità, s. f. calamidade; desgraça grande.

Calamitàre (pr. -íto), imanar, comunicar as propriedades magnéticas do ímã; magnetizar.

Calamitazióne, s. f. (raro) imanização.

Calamitôso, adj. calamitoso / infausto, funesto, desgraçado.

Càlamo, s. m. cálamo, caule de certas plantas / (zool.) parte da pena dos pássaros / (lit.) haste da flecha / (ant.) pena.

Calànca, s. f. (raro) pequena cala ou enseada.

Calànco (pl. -ànchi), s. m. sulco, rombo profundo e sem vegetação, que a erosão das águas produz nos terrenos argilosos.

Calàndo, (mús.) notação nas partituras, que indica que se deve diminuir o som.

Calàndra, s. f. calandra, ave da família dos conirrostros, de vôo curto e rasteiro / (técn.) calandra, máquina cilíndrica para prensar, lustrar, ondear ou acetinar tecidos, papel, etc.

Calandràre, v. calandrar; passar pela calandra.

Calandràto, p. p. e adj. calandrado.

Calandratúra, s. f. calandragem.

Calandríno, s. m. calandrazinha (ave) / (lit.) nome de um personagem de Bocaccio, crédulo e estúpido / (fig.) tolo, simplório, ingênuo / esquadro móvel de madeira.

Calàndro, s. m. espécie de esquadro móvel, para pedreiro / (zool.) pássaro da família Alaudidae, conhecido por calandra, laverca, cotovia.

Calànte, p. pr. e adj. minguante (nas fases da lua) / moeda de peso menor que o legal / mercadoria que está diminuindo de valor.

Calàppio (pl. -àppi), s. m. laço para pegar pássaros; laçada para pescar / (fig.) engano, insídia, ardil, cilada.

Calapràzi, s. m. elevador para levar comida ao andar superior ao da cozinha.

Calàre, v. calar, abaixar, arriar, descer; cair, vir abaixo / amainar / diminuir, minguar / (refl.) **calàrsi**: descer; profundar.

Calàstra, s. f. banco, assento para pipas.

Calastrèllo, s. m. travessas de madeira que unem as partes das carretas do canhão.
Calastrino, adj. terreno argiloso.
Calàta, s. f. descida; invasão: **la ——— dei barbari** / declive, encosta / (mar.) cais para carga e descarga, nos portos.
Calbígia, s. f. (raro) casta de trigo.
Càlca, s. f. multidão densa de pessoas; aperto; tropel de gente, lufa-lufa, turba.
Calcàbile, adj. calcável.
Calcafògli, s. m. (raro) peso para papéis.
Calcagnàre (ant.), v. escapar, fugir.
Calcagnàta, s. f. golpe, pancada de calcanhar.
Calcàgno, s. m. (pl. -ágna), quando se refere ao c. do corpo humano: **le calcàgni,** nos outros casos, calcanhar / calcanheira, parte do calçado ou da meia que se adapta ao calcanhar / **aver uno alle calcagne:** ter alguém atrás de si / (Bras.) calcanho.
Calcagnuòlo, s. m. (mar.) a parte externa inferior da roda de popa, sobre a qual assenta o leme / escopro para trabalhar o mármore.
Calcalèttere, s. m. peso de papéis; objeto com molas para segurar papéis.
Calcàra, s. f. fornalha onde se coze material para fabricar cal ou vidro.
Calcàre (pr. càlco), v. calcar, pisar com os pés; comprimir / (fig.) oprimir / comprimir sobre papel ou tela (desenho, etc.) / aprovar, concluir.
Calcàre, s. m. calcário, rocha formada de carbonato de cálcio.
Calcàreo, adj. calcário, que contém cal.
Calcàta, s. f. calcada, ato de calcar / pisada.
Calcatôio (pl. -ôi), s. m. calcador, instrumento para calcar / (pint.) utensílio para decalcar desenhos.
Calcatúra, s. f. (raro) ação de calcar, calcadura.
Calce, s. f. cal.
Càlce, s. m. parte baixa de uma coisa; **in ———:** ao pé da página.
Calcedònio (pl. -ôni), s. m. (min.) calcedônio.
Càlceo (ant.), s. m. sapato.
Calcêse, s. m. calcês, a parte do mastro em que encapela a enxárcia real.
Calcestrúzzo, s. m. betão; concreto; cimento.
Calcêtto, s. m. sapato leve, de couro fino ou de seda / a parte do calçado que reveste o pé.
Calciàre (pr. càlcio), coicear, dar coices, escoicear / (esp.) **calciare in porta,** no futebol, atirar (o jogador) a bola na meta com o pé.
Calciatôre, s. m. jogador de futebol.
Calcificazióne, s. f. calcificação.
Calcína, s. f. cal misturada com areia: reboco, argamassa.
Calcinàbile, adj. (raro) calcinável.
Calcinàccio, (pl. -àcci), s. m. pedaço de argamassa destacado ou caído de um muro / (pl.) ruínas / doença dos pássaros.
Calcinàio, (pl. -ài), s. m. poço de cal / servente que prepara a cal para os pedreiros.

Calcinàre, (pr. -íno), tr. (quím.) calcinar.
Calcinatùra, calcinazióne, s. f. calcinação.
Calcinèllo, s. m. espécie de concha / bolha na cal, quando esta não ficou bem preparada.
Calcíno, s. m. doença dos bichos-da-seda que os impede de defecar.
Calcinòsi, s. f. calcinose, depósito de cálcio no organismo.
Calcinôso, adj. calcinado.
Càlcio (pl. càlci), s. m. pontapé; coice; **gluoco del ———:** futebol; **d'angolo:** "corner" / coronha de arma de fogo / pé de uma árvore.
Càlcio, s. m. (quím.) cálcio.
Calcionamíde, s. f. (quím.) adubo químico.
Calcísta, s. f. jogador de futebol, futebolista.
Calcístico, (pl. -ístici) adj. futebolístico.
Calcíte, s. f. calcita, carbonato natural de cálcio.
Calcitràre, v. intr. coicear, dar coices / recalcitrar / (fig.) repugnar.
Càlco, (pl. càlchi) calco, desenho ou gravura por decalque.
Calcografía, s. f. calcografia, arte de gravar em cobre ou em qualquer metal.
Calcogràfico, (pl. -àfici) adj. calcográfico.
Calcògrafo, s. m. calcógrafo.
Càlcola, s. f. (tecel.) premedeira a pedal.
Calcolàbile, adj. calculável.
Calcolaiuòlo, s. m. (raro) tecelão.
Calcolàre, (pr. càlcolo) v. tr. calcular / julgar / prever, avaliar.
Calcolàta, s. f. ato de premer os pedais, tecendo.
Calcolatôre, adj. e s. m. (f. -tríce) calculador / **regolo ———:** régua de cálculo; (s. f.) calculatríce.
Calcolazióne, (ant.) s. f. ato de calcular / cálculo.
Calcolière, s. m. (raro) tecelão.
Calcolitografía, s. f. impressão de desenhos por meio de lâminas de cobre.
Càlcolo, s. m. cálculo, ação de calcular; cômputo, avaliação / (fig.) conjetura / (med.) cálculo, pedra ou concreção dura que se forma em certas partes do corpo.
Calcolòsi, s. f. (med.) calculose.
Calcolôso, adj. (med.) calculoso, que tem cálculos.
Calcomanía, s. f. decalcomania.
Calcopiríte, s. f. (geol.) calcopirita.
Calcotipía, s. f. calcotipia, processo de gravar em relevo sobre cobre.
Calcotípico, adj. calcotípico.
Càlda, s. f. (técn.) calda, operação de tornar incandescente o ferro para trabalhar.
Caldàia, s. f. caldeira.
Caldaiàta, s. f. caldeirada, porção contida numa caldeira.
Caldaíno, s. m. jarro de água benta.
Caldalèssa e **caldallèsso,** s. f. castanha cozida.
Caldaménte, adv. calorosamente / vivamente.

Caldàna, s. f. caloreira, grande calor / afogueamento instantâneo do rosto por indisposição, raiva, etc. / quarto muito quente; estufa / (fig.) **prendere una** ————: apaixonar-se.
Caldàno, s. m. braseiro / estufa.
Caldàro, s. m. caldeira.
Caldarrostàio, s. m. vendedor de castanhas assadas.
Caldarròsto, s. f. (pl. **le caldarrosto, le calde arrosto**) castanha assada.
Caldatúra, s. f. a porção de ferro que se funde numa só vez.
Caldeggiàre, v. tr. recomendar, encarecer, apoiar com calor; favorecer.
Caldeggiàto, p. p. e adj. recomendado; encarecido; favorecido, apoiado.
Caldèo, adj. e s. m. caldeu.
Calderàió, (pl. -ài) s. m. caldeireiro.
Calderône, s. m. (aum.) caldeira grande / quantidade de coisas desordenadas.
Calderòtto, s. m. recipiente de cobre do formato de uma pequena caldeira.
Caldêzza, s. f. calor, ardor, veemência.
Càldo, adj. quente; ardente, cálido; caloroso / terno, afetuoso / vivaz; galhardo; **testa calda**: pessoa exaltada; **caldo** ————: recente, feito na hora.
Càldo, s. m. calor, fervor; ímpeto; ardor; fogo, vivacidade, zelo; veemência / (dim.) **caldúccio, caldìno, caldêtto**.
Caldúra, s. f. calor molesto do verão; caloreira.
Càle, (lit.; 3ª pess., do ind. pres. de "calere") importa; **non me ne** ————: não me importa.
Calefaciènte, adj. (raro) calefaciente, que faz aquecer.
Calefaziône, s. f. calefação.
Caleffàre (ant.), v. troçar, zombar, motejar.
Caleidoscópio, (pl. -òpi), s. m. calidoscópio, caleidoscópio.
Calèmma, s. f. calema, ondulação alta do mar.
Calendàrio, (pl. -àri) s. m. calendário / almanaque.
Calènde, s. f. (pl.) calendas / **le** ———— **greche**: tempo que não chegará nunca.
Calendimàggio, s. m. (hist.) o dia primeiro de maio, antiga festa da primavera, celebrada especialmente em Florença.
Calenzuòlo, s. m. tentilhão, abadavina; pintassilgo; lugre.
Calepíno, s. m. calepino, vocabulário, léxico / volume, livro grande.
Calêre, v. intr. importar, interessar; **mettere in non** ————: não se interessar, não se preocupar.
Calessàbile, adj. (raro) carruajável, estrada onde se pode andar de carruagens.
Calèsse, s. m. caleça; caleche, carro de duas rodas e um só cavalo / (dim.) **calessino**.
Calèstro, s. m. terreno árido, seco.
Calêtta, s. f. encaixe.
Calettàre, v. (pr. -êtto) encaixar, entrosar / combinar.
Calettatùra, s. f. ato ou efeito de encaixar; encaixe, encaixamento.

Calía, s. f. limalha: partícula de ouro ou prata que se desprende do metal ao trabalhá-lo / antigalha, coisa velha sem valor / restos, resíduos.
Càlibe (ant.), s. m. aço.
Calibeàto, adj. (farm.) calibeado, diz-se dos preparados medicinais que contêm ferro.
Calibràre, v. tr. calibrar.
Calibratôio, s. m. calibrador.
Calíbro e càlibro, s. m. calibre / peso ou diâmetro dos projéteis / a capacidade de um vaso / volume, dimensão, tamanho, importância / **una mensogna di grosso** ————: uma mentira de grosso calibre / (tip.) calibrador.
Calicànto, s. m. calicântea, planta ornamental originária da América do Norte.
Càlice, s. m. cálice, vaso para beber / (bot.) o invólucro exterior da flor / (arquit.) uma das formas do capitel.
Caliciône, s. m. (aum.) cálice grande / copo grande, copázio, copaço (pop.).
Calicò, s. m. calicó, tela indiana feita de algodão branco.
Calidàrio, (pl. àri) s. m. calidário, quarto para os banhos de água quente, nas antigas termas / tepidário.
Calidità (ant.), s. f. quentura, calor.
Califfato, s. m. califado.
Califo, s. m. califa.
Californiáno, s. m. e adj. californiano.
Càliga, s. f. cáliga, sapatos com atadores ou borzeguins, usada pelos soldados romanos.
Caligàre (ant.), v. obscurecer, especialmente por caligem.
Caligine, s. f. caligem, nevoeiro denso, vapor negro e espesso / escuridão, trevas profundas / névoa nos olhos.
Caliginôso, adj. caliginoso; denso e escuro; tenebroso.
Calígo (ant.) s. f. caligem.
Calimàla, s. f. (hist.) a arte de aperfeiçoar os tecidos de lã; lugar da cidade de Florença onde existiam as fábricas que os trabalhavam.
Càlla (ant.), s. f. abertura para dar passagem às águas / vereda, caminho, passagem.
Callàia, s. f. abertura, passagem através dos campos; vereda, atalho, passo.
Càlle, s. m. (poét.) vereda, senda campestre, atalho / beco, viela, ruazinha / (s. f.) a característica ruazinha veneziana.
Callidità, s. f. (raro) astúcia.
Callifugo (pl. **-ifughi**), califugo / (neol.) remédio contra os calos.
Calligrafía, s. f. caligrafia.
Calligraficamênte, adv. caligraficamente.
Calligràfico, (pl. àfici) caligráfico.
Callísta (pl. -ísti), s. m. calista.
Càllo, s. m. calo (fig.) **fare il callo a una cosa**: acostumar-se.
Callosità, s. f. calosidade.
Callôso, adj. caloso.
Callòtta, v. calotta.
Callúto, adj. caloso.
Càlma, s. f. calma, calmaria / tranqüilidade, quietude, quietação; bonança, serenidade, pacatez.

Calmànte, p. pr. e s. m. calmante, que acalma e mitiga as dores (no sent. própr. e no fig.) / calmante, medicamento.

Calmàre, v. tr. calmar, acalmar, apaziguar, aquietar / conciliar, suavizar, adormentar.

Calmería (ant.), s. f. (mar.) calmaria, calma absoluta, bonanza.

Calmière, s. m. tabela de preços para gêneros alimentícios.

Càlmo, adj. calmo, calmoso / tranqüilo, sossegado, sereno, pacífico, fleumático.

Calmúcco (pl. -úcchi), s. m. calmuço. povo da Ásia de raça mongólica / língua uralo-altaica.

Càlo, s. m. perda, diminuição de volume ou de peso / baixa de preço; (mar.) designação genérica da perda de peso que se verifica nas mercadorias embarcadas / **prendere a** ―――: receber uma coisa com o compromisso de pagar segundo o consumo feito.

Calòcchia, s. f. pau, madeiro limpo, mundo.

Calomelàno, s. m. calomelano, calomelanos.

Calònaco (ant.), s. m. cônego.

Calòre, s. m. calor / (fig.) veemência, ardor, fogo, vivacidade, zelo / erupção cutânea; inflamação de uma parte do corpo / (dim.) **caloríno, calorúccio, caloretto**.

Caloría, s. f. (fís.) caloria.

Calòrico (pl. -òrici), s. m. calórico.

Calorífero, s. m. calorífero, aparelho para aquecer.

Calorífico, (pl. -ifici), adj. calorífero, que produz calor.

Calorimetría, s. f. calorimetria.

Calorímetro, s. m. calorímetro.

Calòrna, s. f. (mar.) cadernal grande.

Calorosamênte, adv. calorosamente; ardorosamente.

Calorosità, s. f. calorosidade.

Calorôso, adj. caloroso; excitante / veemente, enérgico.

Calscia ou **galòscia**, s. f. galocha.

Calòscio (ant.), adj. tenro; mole.

Calotta e **callotta**, s. f. calota.

Calpàcco (pl. -àcchi), s. m. boné grande sem aba usado no Oriente.

Calpestamênto, s. m. calcadura, pisamento; ação de calcar.

Calpestàre (pr. -ésto), v. tr. pisar com os pés, calcar (fig.) oprimir; vilipendiar; desprezar; maltratar; conculcar.

Calpestàto, e calpêsto, p. p. e adj. pisado, calçado.

Calpestatôre, adj. e s. m. (f. -trice) que pisa, que calca: pisador, calcador / (fig.) opressor.

Calpestatúra, s. f. calcadura; pisadura.

Calpestío (pl. ii), s. m. calcadura, calcadela continuada / tropel, rumor de pés que pisam.

Calúggine e **calúgine**, s. f. penugem / lanugem, buço.

Calumàre (pr. úmo), v. fazer descer uma corrente ou cabo pela parte externa do navio.

Calúmo, s. m. cabo que se deixa correr para fora do navio, para amarra ou reboque.

Calúnnia, s. f. calúnia / difamação, maledicência.

Calunniàre (pr. únnio), v. tr. caluniar, difamar, acusar, culpar, injustar.

Calunniatôre, adj. e s. m. (f. -trice) caluniador, difamador.

Calunniosamênte, adv. caluniosamente.

Calunniôso, adj. calunioso.

Calúra, s. f. caloreira, calor grande.

Calvário (pl. àri), s. m. calvário.

Calvèllo, s. m. porção de trigo gentil.

Calvèzza, s. f. (raro ant.) calvura, calvez, calvície.

Calvinísmo, s. m. calvinismo.

Calvinísta (pl. -isti), adj. e s. m. calvinista.

Calvízie, s. f. calvície / alopecia.

Càlvo, adj. e s. m. calvo, pelado; (bras.) careca.

Càlza, s. f. meia / torcida dos lumes a petróleo / (fig.) **farle calze a uno**: tesourar alguém, falar mal de alguém / (dim.) **calzêtta, calzino;** (aum.) **calzettône**.

Calzaiuòlo e **calzettàio**, s. m. aquele que fabrica ou vende meias.

Calzamênto, s. m. ação de revestir de meias ou sapatos / (ant.) calçado.

Calzàre, v. calçar, revestir de meias, sapatos ou botas / ――― **il coturno**: escrever ou recitar tragédias / ――― **il socco**: escrever ou recitar comédias / ――― **un móbile**: por um calço num móvel / (pr.) calçar-se, por meias ou sapatos (fig.) convir, ficar bem: **questo vestito ti calza bene**.

Calzàre, s. m. (poét.) bota, calçado; (dim.) **calzarêtto, calzaíno**.

Calzatúra, s. f. calçado, nome genérico de qualquer sapato ou bota / tudo o que serve para vestir o pés ou a perna / calçado.

Calzaturière, s. m. (neol.) operário das fábricas de calçados.

Calzaturifico, s. m. (pl. -íci) fábrica de calçados.

Calzeròtto, s. m. meia de fio grosso; peúga.

Calzettáio, s. m. aquele que faz ou vende meias.

Calzettône, s. m. meia grossa e pesada, de lã ou algodão, que chega até os joelhos, usada pelos esportistas.

Calzoláio, (pl. ái), s. m. aquele que faz ou vende calçados, sapateiro.

Calzolería, s. f. arte de sapateiro / loja de calçados, sapataria.

Calzoncíni, s. m. (dim.) calcinhas (cuecas).

Calzône, s. m. calças, calça / (fig.) **farsela nei calzoni**: ter muito medo / **portare i calzoni**: diz-se de mulher, quando manda mais que o marido.

Calzuòlo, s. m. calçadeira / calço / cunha / ponteira de bastão / bainha de couro onde os cavaleiros enfiam o cano do fuzil.

Camàglio (pl. -ágli), s. m. (hist.) camal, (ant.) malha de aço que defendia o pescoço / (por ext.) capuz de lã.

Camaldolêse, s. m. e adj. camáldulo, religioso de uma ordem monástica; camaldulense, da ordem dos camáldulos.

Camaleônte, s. m. camaleonte.

Camaleòntico (pl. -òntici), adj. camaleônico.
Camaleontísmo, s. m. mudança de opinião ou de partido segundo a oportunidade.
Camangiàre (ant.), s. f. verdura crua ou cozida.
Camarílla, s. f. camarilha.
Camarlínga, s. f. freira que administra os bens do convento / (ant.) camareira de mulher de posição.
Camarlingàto, s. m. camerlengado.
Camarlíngo, s. m. camarlengo. camerlengo.
Camàrra, s. f. (equit.) peça do arreio que passa pela barriga do animal: barrigueira (Bras.).
Camàto, s. m. (ecles.) varinha usada para absolver depois da confissão / vara para bater colchões.
Camàuro, s. m. camauro, barrete vermelho usado pelo Papa.
Cambellòtto, s. m. chamalote, fazenda de pelo de camelo, ou de cabra.
Cambiàbile, adj. que se pode cambiar ou mudar; permutável; mutável.
Cambiàle, s. f. letra de câmbio, letra; (dim.) **cambialêtta, cambialína**.
Cambiaménto, s. m. mudança, alteração; evolução, transformação, modificação, inovação / permuta, troca, barganha / reforma, transmutação.
Cambiàre, v. cambiar, trocar moeda, permutar / substituir/ variar, mudar (refl.) mudar-se, transformar-se, trocar (de roupa).
Cambiàrio (pl. -ári), adj. cambiário.
Cambiatôre, s. m. (f. -trice), aquele que troca / (ant.) cambiador; banqueiro.
Cambiavalúte, s. m. cambiador, cambista, o que tem casa de câmbio.
Càmbio, (pl. càmbi), s. m. mudança, troca, permuta; **in** ———: em troca, em lugar de; (com.) câmbio, escâmbio.
Cambìsta (pl. -ísti), s. m. cambista.
Cambràgio (ant.), s. m. cambraia.
Cambràia, s. m. e adj. cambraia (tecido).
Cambrí, s. m. cambraia.
Cambrìáno, adj. (geol.) cambriano, câmbrico.
Cambrigliône, s. m. parte interna e mais consistente do calçado.
Cambusa, s. m. despensa do navio.
Cambusière, s. m. despenseiro de navio.
Camèlia, s. f. camélia.
Camèllo, v. **cammello**.
Camelopàrdo (ant.), s. m. girafa.
Camèna, s. f. camena; musa.
Càmera, s. f. quarto para dormir; **far la** ———: arrumar o quarto e o leito / sala, aposento / **veste da** ———: pijama / câmara (dos deputados, dos senadores, etc.; de comércio, -escura) / (dim.) **camerêtta, camerína, camerìno, cameruccia**; (aum.) **camerône, camerôna**.
Cameràle, adj. camarário no sentido do fisco: **beni camerali**.
Camerata, s. f. camarata, aposento onde dormem alunos de um colégio, os doentes de um hospital, os soldados de uma caserna, etc. / camaradas, grupo ou reunião de pessoas que oonversam ou se divertem / (s. m.) camarada, companheiro de armas, de profissão, de estudo, de viagem, etc.
Cameratêsco (pl. -êschi), adj. camaradesco, no sentido de companheiro, colega e similares; (Bras.) camarada.
Cameratísmo, s. m. camaradagem.
Camerèlla, s. f. folhelho do trigo / cortinado da cama.
Camerière, s. m. (f. -èra) camareiro, criado das casas senhoris, dos hotéis, etc.; doméstico, criado / garçon / ——— **segreto**: título honorífico nas Cortes e espec. na Pontifícia.
Camerino, s. m. pequeno quarto ou sala / camarim (de teatro ou estádio).
Camerísta, s. f. camareira da Corte ou de grandes casas senhorís.
Camerlêngo (pl. --ênghi), s. m. camerlengo / (ecles.) cardeal (ministro da câmara apostólica).
Camerôtto, s. m. (raro) criado de navio mercante que serve os oficiais.
Càmice, s. m. alva, veste talar do sacerdote / avental branco dos médicos, enfermeiros, etc.
Camicería, s. f. camisaria.
Camicêtta, s. f. (dim.) camiseta / blusa de mulher.
Camicia (pl. -ície), s. f. camisa / qualquer matéria que reveste a superfície de um corpo / invólucro / envoltório / revestimento, reboco de muro / tubo externo das chaminés nas máquinas a vapor (dim.) **camicína, camicêtta, camiciuòla**.
Camiciàio, s. m. (pl. -ài) camiseiro, o que faz ou vende camisas.
Camiciàta, s. f. suadouro grande que obriga a mudar de camisa / (fig.) **belle camiciàte che puó costare un dizionário!**
Camicíno, s. m. (raro) corpinho (us. pelas mulheres) / pequena camisa / parte interna da fornalha.
Camiciòtto, s. m. blusas, vestuário us. por operários.
Camiciuòla, s. f. camiseta de malha, geralmente de lã, que se usa no inverno.
Caminêtto, s. m. (dim.) pequena chaminé us. nos aposentos para aquecê-los.
Caminièra, s. f. espelho sobreposto, para efeito de ornamento, na lareira / pára-fogo da lareira.
Camíno, s. m. lareira / fogão / chaminé / (alp.) sulco vertical dentro das paredes rochosas, nas montanhas.
Camion, (neol. do fr.; us. em lugar de auto-carro), s. m. caminhão, auto grande para transporte de mercadorias; camião (em portugal).
Camionàbile, adj. apropriado (estrada de rodagem) para o tráfego de caminhões; carroçável.
Camionàle, adj. de caminhão / (s. f.) estrada carroçável (para caminhões): **la** ——— **Roma-Firenze**.
Camioncíno, s. m. pequeno caminhão, camioneta.
Camionêtta, s. f. camioneta para transporte de passageiros.
Camionísta, (neol.) s. m. motorista de caminhão.

Camítico (pl. -ítici), adj. camítico, relativo aos camitas, descendentes de Cam.
Càmma, s. f. (mec.) dente na árvore de uma máquina; excêntrico.
Cammeísta, s. f. (raro) gravador de camafeus.
Cammellàrio, cammellière, s. m. cameleiro, o que conduz ou guia camelos.
Cammèllo, s. m. (f. èlla) (zool.) camelo.
Cammellòtto, v. cambellotto.
Cammèo, s. m. camafeu.
Camminamênto, s. m. (neol.) estrada escavada dentro do terreno, que permite ao soldado comunicar-se entre uma e outra trincheira, sem ser visto.
Camminàre (pr. -íno), v. intr. caminhar, andar, percorrer caminho a pé: girovagar, passear, prosseguir, ambular; aviar-se, marchar, seguir, rodar / (mar.) navegar, velejar.
Camminarello, s. m. (dial.) carrinho onde as crianças aprendem a andar.
Camminàta, s. f. ato de caminhar, caminhada, passeio longo / maneira de andar, andadura.
Camminatôre, adj. e s. m. (f. -tríce) caminhador, o que caminha muito / andarilho, corredor.
Camminatúra, s. f. modo de caminhar, andadura.
Cammíno, s. m. caminho, estrada, vereda, atalho / ato de caminhar: **dopo un corto** ——— / **far** ———: (fig.) progredir / direção, destino / norma de proceder, tendência / viagem, trajeto, etapa, itinerário, percurso.
Cammucca, (ant.) s. m. espécie de tecido antigo.
Càmo (ant.) s. m. freio, cabresto; **quel fu il duro** ——— (Dante) espécie de pano de que se faziam vestidos.
Càmola, (dial.) s. f. traça, caruncho.
Camolíno, adj. e s. m. arroz refinado e oleado.
Camomíla, s. f. (bot.) camomila, macela.
Camòrra, s. f. camorra, associação secreta de malfeitores; (por ext.) qualquer associação de pessoas desonestas e sem escrúpulos.
Camorrísta (pl. ísti), s. m. camorrista / (fig.) prepotente, briguento.
Camòrro, s. m. (raro) pessoa doente / objeto um tanto estragado.
Camosciàre (pr. -òscio), v. tr. camurçar, acamurçar.
Camosciatúra, s. f. ação e efeito de acamurçar, acamurçadura.
Camòscio, (pl. -ôsci) s. m. camurça, espécie de antílope ou cabra montês.
Camôzza, s. f. camurça fêmea / (ant.) mulher suja.
Campàgna, s. f. campo, campina, extensão de terreno longe de lugar habitado / a terra cultivada: **i prodotti della** ——— / (mil.) campanha: **la** ——— **d'Austria**.
Campagnuòlo, adj. e s. m. que pertence ao campo; campino, homem do campo, camponês.
Campàio e **campàro**, s. m. guarda campestre.
Campàle, adj. campal.

Campamênto, s. m. (raro) manutenção, sustento.
Campàna, s. f. sino / campainha / abajur de lampião / recipiente de vidro das máquinas pneumáticas / vaso de vidro parabólico ou em forma de sino / (fig.) **essere di campane grosse**: ser duro de ouvido / **sentir tutte e due le campane**: ouvir as razões de ambos os contendores / (dim.) **campanína, campanèlla** / (aum.) **campanône, campanôna**; (pej.) **campanàccia**.
Campanàccio, (pl. -àcci), s. m. campainha que se põe ao pescoço das bestas, campanilho, chocalho.
Campanàro, s. m. sineiro, aquele que toca os sinos.
Campanèlla, s. f. (dim. de campana) aldraba, aldrava / campainha, sineta / (arquit.) ornato em forma de pirâmide / (bot.) campânula (flor).
Campanèllo, s. m. campainha / pequena sineta.
Campanifôrme, adj. campaniforme, que tema forma de sino: campanulado.
Campaníle, s. m. campanário, torre de igreja; (fig.) lugar de nascença; **gare questioni di** ———: competições, interesses de campanário / (dim.) **campanilêtto**.
Campanilísmo, s. m. amor excessivo pela sua terra; bairrismo.
Campanilísta, (pl. -ísti), s. m. e adj. bairrista.
Campaníno, s. m. espécie de mármore da localidade de Pietrasanta.
Campàno, adj. e s. m. campano, da Campânia / campanilho.
Campànula, s. f. (bot.) campânula, flor das plantas campanuláceas.
Campanulàto, adj. campanulado.
Campàre, v. tr. livrar, salvar; **lo ha campato da morte** / viver, sustentar-se; **campa del suo lavoro**: vive do seu trabalho, (pint.) distribuir a cor que serve de fundo à pintura.
Camparêccio (pl. -êcci), adj. que vive muito: **piante camparecce**.
Campàro, s. m. guarda campestre.
Campàta, s. f. (arquit.) arcada, extensão dos arcos de uma ponte e sim. / extensão das asas de um aeroplano.
Campàto, p. p. e adj. salvo, incólume; evitado / vivido.
Campeggiànte, s. m. que campeia; pessoa que pratica o campismo.
Campeggiàre (pr. -êggio), v. intr. campear, acampar / ressaltar / sobressair, dominar / (esp.) permanecer temporariamente no campo, em tenda, por esporte.
Campeggiatôre, adj. e s. m. aquele que pratica o campismo, campista.
Campêggio, s. m. (ingl. "camping") campismo, acampamento esportivo.
Campèggio (pl. -êggi), s. m. campeche, campecheiro; a madeira dessa árvore.
Camperêccio (pl. -êcci), adj. campestre
Campèstre adj. campestre.
Campicchiàre (pr. -icchio), v. intr. ir vivendo, viver como Deus é servido.
Campidòglio (pl. -ògli), s. m. uma das sete colinas de Roma: Capitólio; **salire in** ———: triunfar.

Campièllo, s. m. (dial.) pequeno campo / no Vêneto, pequena praça.
Campière, s. m. guarda campestre dos latifundiários na Sicília / guarda campestre.
Campigiàna, s. f. ave aquática, espécie de pato / ladrilho grosso para pavimento.
Campignuòlo, s. m. espécie de cogumelo que cresce nos campos.
Campionàre, v. tr. executar um trabalho que deve servir de mostruário.
Campionàrio (pl. -àri), s. m. coleção de amostras: mostruário / (adj.) **mostra campionària**: exposição de amostras.
Campionàto, s. m. (esp.) campeonato.
Campiône, s. m. campeão / (fig.) defensor / (poét.) herói, guerreiro / / (burocr.) registro principal das taxas / prova; modelo, amostra / (esp.) o vencedor de um certame.
Campionèssa, s. f. campeã.
Campire, v. tr. campir (pint.), fazer a perspectiva do horizonte (em quadro).
Càmpo, s. m. campo, espaço de terreno cultivado / sujeito, assunto, matéria, argumento; il —— **della scienza é vasto** / faculdade, azo, ensejo / acampamento / lugar onde se combate / fundo de uma pintura / (heráld.) a cor ou metal dos escudos ou dos seus quartos / **portar in** ——: trazer a campo alguma coisa, citá-la, discuti-la.
Camposànto (pl. **sànti**), s. m. cemitério, campo-santo, necrópole.
Camuffàre, v. tr. camuflar, dissimular, disfarçar, esconder / (pr.) disfarçar-se, mascarar-se.
Camùso, adj. e s. m. chato, achatado, que tem o nariz achatado.
Can (ár. **kan**), s. m. cão, príncipe, duque ou comandante oriental.
Canadêse, adj. e s. m. canadense.
Canàglia, s. f. matilha de cães / canalha, malvado, abjeto, infame / gente vil / (dim.) **canagliêta**; (aum.) **canagliône**.
Canagliàta, s. f. canalhada, ação de canalha.
Canagliêsco (pl. **-êschi**), adj. de canalha.
Canagliúme, s. m. porção de canalhas, canalhas, gentalha.
Canalatúra, s. f. acanaladura, sulco longitudinal ao longo de moldura, para impedir à água de correr pelo muro.
Canàle, s. m. canal, curso de água artificial / cano ou tubo de condução de água / acanaladura pela qual escorre a água / (anat.) vaso, cavidade para dar passagem aos líquidos e gases ou para alojar certos órgãos.
Canalêtto, s. m. (dim.) canalete, pequeno canal / (arquit.) molduragem côncava.
Canalícolo, s. m. (dim.) canalzinho; (hist. nat.) canalículo.
Canalizzàre, v. canalizar.
Canalône, s. m. (alp.) sulco com maior ou menor pendência, dentro de paredes rochosas divergentes.
Cànapa, s. f. cânhamo, cânave, planta têxtil da fam. das canabídeas / pano, objeto de cânhamo.

Cànapa, s. f. (raro) cânhamo, fio de cânhamo, corda de cânhamo.
Canapàia, s. f. terreno semeado de cânhamo, canhameiral / (fig.) mixórdia.
Canapàio (pl. **-ài**), s. m. aquele que trabalha ou vende cânhamo.
Canapè, (do lat. **canopèum**), s. m. canapé / sofá, divã.
Canapètta, s. f. a parte mais fina do cânhamo; o tecido da mesma.
Canapifício (pl. **-íci**), estabelecimento onde se trabalha o cânhamo.
Canapíno, adj. canhamiço: de cânhamo, (s. m.) operário que trabalha o cânhamo.
Canapíra, s. f. tela de cânhamo.
Cànapo, s. m. corda grossa de cânhamo / cabo, amarra.
Canapule, s. m. fuste lenhosa do cânhamo.
Canaríno, s. m. (f. **-ína**) canário (pássaro).
Canàrio, adj. e s. m. canário (pássaro); amarelo-claro (cor).
Canàstra, s. f. (jogo) canastra, jogo de cartas.
Canàta, s. f. canalhada, ação de cão / reprimenda.
Canattière, s. m. (raro) guarda de cães.
Canavàccio, **canovàccio**, s. m. tecido grosseiro de fio de cânhamo; canhamaço.
Cancàn, s. m. (fr. "cancan"), cancã / tripúdio, barulheira, tagarelice desenfreada.
Cancaneggiàre, v. intr. cancanizar; (fig.) fazer barulho, escândalos, mexericos.
Cancellàbile, adj. cancelável, riscável, suprimível.
Cancellamênto, s. m. ação de cancelar; cancelamento, canceladura.
Cancellàre, v. tr. cancelar, apagar, cortar, suprimir / excluir, eliminar / anular, declarar não-válido.
Cancellàta, s. f. cancela, cercado gradeado, de madeira ou de ferro.
Cancellatôre, adj. e s. m. que ou quem cancela.
Cancellatúra, s. f. canceladura, cancelamento.
Cancellaziône, s. f. cancelação, cancelamento.
Cancellerêsco (pl. **-êschi**), adj. de chanceler / de chancelaria.
Cancellería, s. f. chancelaria.
Cancellierato, s. m. cargo de chanceler / o tempo que dura esse cargo.
Cancellière, s. m. chanceler / funcionário que registra os atos dos magistrados /secretário / ministro do exterior em certos países.
Cancèllo, s. m. cancela / porta gradeada, de madeira ou de ferro / grade.
Cancerôso, adj. e s. m. canceroso.
Cànchero, **càncro**, s. m. câncer, cancro, doença crônica qualquer; **é pieno di cancheri** / pessoa doentia, sujeito maçador e molesto.
Cancrèna, s. f. gangrena.
Cancrenàre, v. gangrenar, cancerar.
Cancrenôso, adj. gangrenoso.
Càncro, s. m. cancro / câncer, constelação do zodíaco / cancro, câncer, tumor maligno.
Candaría, (ant.), s. f. instrumento mágico, para bruxarias.

Candeggína, s. f. lixivia; preparado para lavar e branquear a roupa.
Candêggio (pl. -êggi), s. m. ato de corar a roupa, cora, coradouro.
Candêla, s. f. vela, círio; (ant.) candeia / (eletr.) vela de ignição / medida de potência luminosa; **una lampada di cento candeie** / (fig.) **struggersi come una ———:** emagrecer por doença ou desgosto / (dim.) **candelína, candelêtta, candelúccia.**
Candelàbro, s. m. candelabro, candeeiro, castiçal.
Candelàio (pl. -ài), aquele que fabrica ou vende velas.
Candeliêre, s. m. castiçal / candeeiro.
Candêlo (ant.), s. m. candeia / vela.
Candelòra, s. f. festa das candeias ou da Purificação de N. S.: candelária.
Candelòtto, s. m. vela grossa, círio / espécie de macarrão para sopa.
Candènte, adj. (lit.) candente / rubro / resplendente, afogueado, reluzente.
Candescènte, adj. incandescente.
Càndi, (ant.) adj. cande, diz-se de uma qualidade de açúcar depurado e cristalizado.
Candidamente, adv. candidamente, ingenuamente, sinceramente.
Candidàto, s. m. candidato.
Candidatúra, s. f. candidatura.
Candidezza, s. f. candidez candideza; candura (mais empregado no sentido físico).
Càndido, adj. cândido, alvo, branco / ingênuo, sem malícia, sincero, franco, puro, inocente / claro.
Candíre, (pr. -ísco) v. candilar, encandilar, cristalizar (o açúcar) / cobrir (as frutas) de açúcar cristalizado: ——— **le pere, le mele.**
Candíto, p. p., adj. e s. m. candilado, cristalizado.
Candjàr, s. m. (raro) canjar, alfanje de árabes e orientais.
Candôre, s. m. candor (poét.); alvura, brancura; candura.
Càne, s. m. (zool.) cão / (fig.) ——— **grosso:** pessoa prepotente / **razza di ———:** insulto vulgar / **drizzar le gambe ai cani:** fazer trabalho inútil / **vita da cani:** vida dura e desordenada / **can che abbaia non morde:** cão que late não morde / (astr.) constelação do hemisfério austral / (mil.) peça que nas espingardas antigas segurava a pederneira / (dim.) **cagníno, cagnolíno;** (aum.) **canône, cagnône;** (deprec.) **cagnúzzo;** (pej.) **cagnáccio.**
Canèa, s. f. canzoada, multidão de cães.
Canèfora, s. f. canéfora.
Canèstra, s. f. cesta larga e chata tecida de fasquias ou de verga; canastra.
Canestràio, s. m. canastreiro, cesteiro.
Canestràta, s. f. conjunto de objetos que abarrotam uma canastra; canastrada.
Canestrèllo, s. m. (dim.) canastrinha, canastrel.
Canèstro, s. m. canastro, cesto mais alto que a canastra e com uma só alça.
Canevàccio, v. canovaccio.
Cànfora, s. f. cânfora / canforeiro, canforeira, (planta) / resina extraída de várias plantas.

Canforàto, adj. canforado.
Cànga, s. f. pequeno barco, longo e estreito, a vela e remos, usado no Nilo.
Cangiàbile, adj. mudável, transformável, instável.
Cangiamênto, s. m. mudança; transformação / cambiância.
Cangiànte, p. pr. e adj. que muda, que passa de uma cor à outra; cambiante; (s. m.) **seta ———:** seda furta-cor.
Cangiàre (pr. cángio), trocar, permutar mudar; (refl.) mudar-se, transformar-se.
Cangiàrro, s. m. canjar, alfange de árabes e turcos.
Càngio (ant.), s. m. câmbio / cor cambiante.
Cangrèna, v. cancrena.
Cangúro, s. m. (zool.) canguru.
Canícola, s. f. canícula, calor sufocante / nome antigo da estrela Sírius, da constelação do Cão.
Canicolàre, adj. canicular.
Caníle, s. m. canil / (fig/) cama ruim; quarto sombrio e sujo.
Caníno, s. m. e adj. canino; **rabbia canina** / **denti canini.**
Canipaiuòla, s. f. (zool.) espécie de pássaro.
Canità, s. f. ato de cão; crueldade, malvadeza.
Canizie, s. f. canície / (fig.) velhice.
Canízza, s. f. canzoeira, barulho de cães que ladram atrás da caça.
Cànna, s. f. (bot.) cana, vara / antiga medida de comprimento / cano, tubo / (fig.) **povero in ———:** que está na extrema miséria / **tremare come una ———:** tremer como vara.
Cannabísmo, s. m. canabismo, intoxicação pelo cânhamo índiano.
Cannàio, s. m. gradeado de varas, para secagem das frutas.
Cannaiuòla, s. f. (rar.) canada, pancada com a cana; varada, paulada.
Cannàta, s. f. (rar.) canada, pancada com a cana; varada, paulada.
Canneggiàre, (pr. -êggio), medir com a cana.
Canneggiatôre, s. m. (raro) aquele que mede com a cana / ajudante de agrimensor.
Cannèlla, s. f. torneira / tubo de madeira com torneira na ponta, para extrair líquidos das pipas e sim. / (bot.) canela, caneleira; a casca aromática dessa planta / tubo, cânula.
Cannellàia, s. f. operária que prepara as lançadeiras para a tecelagem.
Cannèllo, s. m. canudo / canudo em que se enrola o fio da lançadeira / gomo de cana / tubo / pedaço de uma coisa, em forma de canudo; **un ——— di cera** / caneta / tubo cilíndrico para acender a carga do canhão / molusco bivalve em forma de canudo.
Cannellône, s. m. (aum.) canudo grande / macarrão em forma de canudos.
Cannêto, s. m. mata de caniços, caniçal, canavial.
Cannètta, s. f. utensílio para fazer pregas no pano.
Cannìbale, s. m. canibal, antropófago.
Cannibalêsco (pl. -êschi), canibalesco.
Cannibalísmo, s. m. canibalismo, antropofagia.

Cannìcchio, s. m. camisa, revestimento dos fornos de fundição.
Cannicciàta, s. f. trançado de caniços, caniçada.
Cannìccio (pl. -ìcci), s. m. trançado de caniços, para secar frutas, para criar bichos-da-seda, etc.
Cannìzza, s. f. caniçozinho / espécie de balsa formada de canas, usada pelos pescadores dos Abruzzos.
Cannocchiàle, s. m. binóculo.
Cannòcchio (pl. -òcchi), s. m. (raro) olho, renovo da cana.
Cannòlo, s. m. canudo, doce com recheio de creme.
Cannonàta, s. f. tiro de canhão, canhonaço / (neol) coisa excepcional, de muito valor: **quel libro é una ———**.
Cannoncìno, s. m. (dim. de **cannone**) dobra, vinco da roupa / doce em forma de tubo, canudo de creme.
Cannône, s. m. canhão / cano, tubo; **il ——— della stufa** / prega, dobra, vinco que se faz na roupa / (fig.) **essere un ———**: ser excelente na própria arte.
Cannoneggiamênto, s. m. canhoneio, bombardeamento.
Cannoneggiàre, (pr. -êggio), v. canhonear, bombardear.
Cannonièra, s. f. canhoneira, navio pequeno armado de artilharia / abertura na muralha ou nos flancos do navio para se poder atirar.
Cannonière, s. m. artilheiro, marinheiro adido ao manejo de canhão.
Cannúccia (pl. -úcce), s. f. cana, caniço fino / canudo do cachimbo / caneta.
Cànnula, s. f. (med.) cânula, tubo aberto nas duas extremidades, adaptável a instrumentos cirúrgicos.
Cannutìglia, v. **canutiglia**.
Canòa, s. f. canoa / embarcação pequena, longa e veloz.
Canòcchia, s. f. pequeno caranguejo de mar.
Canocchiàle, v. **cannocchiale**.
Cànone, s. m. cânon, cânone; regra, princípio geral; preceito, norma, postulado; parte da missa; (mús.) peça instrumental ou vocal, em que as diferentes partes repetem sempre a mesma melodia, começando em tempos diferentes.
Canònica, s. f. residência do pároco.
Canonicàle, adj. canonical.
Canonicamênte, adv. canonicamente.
Canonicàrio, s. m. (hist.) exator de cânones e impostos.
Canonicàto, s. m. canonicado, conezia / (fig.) emprego lucroso, sinecura.
Canonicità, s. f. canonicidade.
Canònico (pl. -ònici), adj. canônico / (s. m.) cônego.
Canonìsta, s. m. canonista, versado em direito canônico.
Canonizzàre (pr. -izzo), v. canonizar.
Canonizzazziône, s. f. canonização.
Canòpo, s. m. Canopo, estrela de primeira grandeza da constelação de Argos / vaso mortuário no antigo Egito.
Canòro, adj. canoro / melodioso, harmonioso.
Canossiàna, s. f. religiosa pertencente à ordem fundada por Madalena de Canossa, em 1808.

Canottàggio (pl. -àggi), s. m. exercício, esporte de remar.
Canottièra, s. f. malha sem mangas, usada pelos remadores / chapéu de palha para homens, palheta / chapéu de palha, redondo, para senhoras.
Canottière, s. m. (f. -èra), remador / regateiro, que toma parte em regatas.
Canòtto, s. m. escaler, bote, lancha.
Cànova, s. f. lugar onde se vende vinho a miúdo / celeiro, despensa, adega, cantina.
Canovàccio (pl. -àcci), tecido grosseiro para enxugar trens de cozinha, etc.; canhamaço / pano tênue para bordar com seda, lã, etc. / desenho, trama de uma obra / esquema de comédia ou de drama.
Canovàio (pl. -ái), s. m. cantineiro, aquele que trabalha na cantina.
Cansàre, v. tr. por de lado, prescrever / evitar, afastar, distanciar.
Cantàbile, ad. cantável, que pode ser cantado / s. m. (mús.) termo musical que indica a maneira expressiva, cantante, de executar uma melodia.
Cantafàvola, s. f. fábula, história / história longa, enfadonha e inverossímil / patranha, fabulação, fingimento.
Cantafèra, s. f. (raro) cantilena, história fastienta.
Cantaiuòlo, adj. (raro) que canta, cantador (pássaro, grilo, etc.) **tordo ———** / (s. m.) pássaro para chamariz.
Cantallúscio (ant.), s. m. cantor ambulante que vai de porta em porta.
Cantambànco, s. m. cantadeiro, cantador de rua / charlatão, saltimbanco.
Cantànte, s. m. e f. cantor, que tem a profissão de cantor / cantador, cançonetista, virtuoso.
Cantàre, v. intr. cantar / (fig.) **far ———**: arrancar um segredo / **——— ai sordi**: falar aos surdos / **cantaria chiara**: dizer algo claramente.
Cantàre, s. m. ato de cantar, canto, cântico, cantar.
Cantarèlla e canterèlla, s. f. cantárida / ave de chamariz / assobio dos caçadores para atrair os pássaros.
Cantarellàre, v. **canterellare**.
Cantàride, s. f. (zool.) cantárida.
Cantàro (ant.), s. m. medida antiga de peso, variável segundo os países.
Càntaro, s. m. copo grande com asas, vaso de beber.
Cantastòrie, s. m. cantador popular ambulante de histórias, fábulas e poemas.
Cantàta, s. f. cantada, ação de cantar, canto/ (mús.) cantata.
Cantatôre, adj. e s. m. (f. -trìce) cantador, que canta / pássaro de chamariz.
Cantautôre, s. m. (neol.) autor e cantor das próprias composições.
Càntera, s. f. gaveta da cômoda.
Canteràle, s. m. cômoda.
Canteràno, s. m. cômoda, móvel de madeira, com gavetas.
Canterellamênto, s. m. (raro) ação de cantarolar.
Canterellàre (pr. -èllo) cantarolar / cantar.

Canterellío, s. m. cantarolar prolongado ou freqüente.
Canterino, adj. cantarino, cantador, que canta muito e que gosta de cantar /pássaro que serve de chamariz / variedade de cevada / (s. m.) cantor de pouco valor, cantadeiro / (ant.) declamador ou pregoeiro nas antigas comunas.
Càntero, s. m. bispote; urinol.
Càntica (pl. **càntiche**), s. f. cântico, composição poética de gênero narrativo ou religioso / cada uma das três partes da Divina Comédia.
Canticchiàre, v. (pr. -ícchio) cantarolar / cantar desafinadamente, sem ritmo.
Càntico (pl. **cantici**), s. m. cântico, poema; hino, canto consagrado a Deus.
Cantière, s. m. estaleiro / lugar onde se preparam ou se guardam os materiais para uma grande construção / (ant.) barco de marceneiro munido de torno.
Cantilèna, s. f. cantilena / (fig.)canto longo e monótono; discurso prolixo e fastidioso.
Cantilenàre, v. fazer cantilena, cantarolar.
Cantimplòra, s. f. cantimplora, vasilha, bilha para esfriar a água, o vinho, etc.
Cantína, s. f. adega, cantina, taberna / (fig.) lugar escuro e úmido; (dim.) **cantinètta, cantinúccia**.
Cantinèlla, s. f. fileira vertical de lâmpadas usada para iluminação do palco por detrás dos bastidores.
Cantinière, s. m. cantineiro, vendedor de vinho e de comestíveis na cantina ou na taberna.
Cantíno, s. m. (mús.) a primeira corda do violino.
Cànto, s. m. canto, modulação da voz humana / canto dos pássaros e, por ext., também de outros animais / (lit.) poesia, hino, canção, parte de um poema, melodia, ária.
Cànto, s. m. canto, ângulo / lado, parte, lugar, sítio / esquina / (fig.) **dal ——— mio**: de minha parte / **porre in un ———**: por num canto / **per ogni ———**: por todo canto, por toda parte / **porre in un ———**: por num canto, esquecer duma coisa.
Cantonàle, adj. cantonal, dos cantões (da Suíça) / (s. m.) ferro em forma de ângulo usado nas construções.
Cantonàta, s. f. ângulo externo de um edifício; lado, esquina / (fig.) erro, disparate; **prendere una ———**: fazer, dizer um despropósito / (tip.) ângulo linear que se põe para ornato nos contornos das capas dos livros.
Cantône, s. m. canto, ângulo de uma sala; (geogr.) cantão (divisão territorial da Suíça).
Cantonièra, s. f. cantoneira; a casa do cantoneiro; a mulher do cantoneiro.
Cantonière, s. m. cantoneiro, empregado que tem a seu cargo a conservação de um lanço ou cantão de estrada / guarda de via férrea.
Cantoría, s. f. cantoria, concerto de vozes; música vocal; coro na igreja de cantores e músicos.

Cantoríno, s. m. (dim. de **cantore**) libreto dos cânticos corais para uso dos que cantam nas igrejas / método para o estudo do cantochão.
Càntra, s. f. parte do tear em que estão dispostos os novelos do fio para tecer.
Cantucchiàre, v. tr. e intr. cantarolar.
Cantúccio (pl. **-úcci**), s. m. cantinho / lugar estreito e afastado / ——— **di pane**: a parte do pão onde há mais casca / biscoito.
Canutèzza, s. f. (raro) canície, as cãs.
Canutíglia, s. f. canutilho, tubo estreito de peça que se usa para bordado e similares.
Canutíre, v. intr. (raro) encanecer; criar cãs.
Canúto, adj. encanecido.
Canzonàre (pr. -ôno), v. caçoar, motejar, zombar, escarnecer / burlar, enganar.
Canzonatôre, adj. e s. m. que caçoa, que zomba, que chasqueia, que moteja; caçoador, caçoante, escarnecedor.
Canzonatòrio (pl. -òri), adj. escarnecedor, zombador, motejador.
Canzonatúra, s. f. ação de caçoar, motejo, gracejo, burla, chasco, ironia, mofa.
Canzône, s. f. canção, canto; versos para serem cantados; poesia lírica / (fig.) **la solita ———**: a cantiga de sempre.
Canzonèlla, s. f. burla, troça, caçoada / **mettere in ———**: caçoar, gracejar.
Canzonètta, s. f. (dim.) cançoneta, pequena canção posta em música.
Canzonettísta, s. m. e f. cançonetista, cantor (cantora) de cançonetas.
Canzonière, s. m. cancioneiro / coleção de canções.
Caolíno, s. m. caulim, caulino, argila branca.
Càos, s. m. caos / (fig.) desordem, confusão.
Caòtico (pl. -òtici), adj. caótico.
Capàccia, (ant.) s. f. preocupação, fastio, aborrecimento.
Capaccína, s. f. cefalalgia, dor de cabeça.
Capàccio, s. m. (pej.) cabeça grande, cabeçorro, cabeçorra (pop.) / homem ruim, cabeçudo.
Capacciùtto, adj. que tem cabeça grande; cabeçudo.
Capàce, adj. capaz, que tem capacidade; grande, amplo; idôneo.
Capannascòndere, s. m. brinquedo infantil de esconde-esconde.
Capannèlla, s. f. (dim.) cabanazinha / montículo de quatro nozes sobre o qual se atira para derrubá-las (jogo de nozes).
Capannèllo, s. m. (dim.) cabanazinha / ajuntamento de poucas pessoas pelas ruas ou praças.
Capànno, s. m. pequena cabana; choça / pérgula.
Capannône, s. m. cabana grande; cômodo, salão grande / barracão; armazém para depósito de mercadorias ou abrigo de autos, aeroplanos, etc. / edifício de construção ordinária.

Caparbiàggine, s. f. (raro) obstinação, teima.
Caparbiamênte, adv. obstinadamente, teimosamente.
Caparbiería, s. f. teimosia, obstinação, teima.
Caparbietà, s. f. temosia.
Capàrbio (pl. -àrbi), adj e s. m. cabeçudo, teimoso, caprichoso, opinoso, tenaz, turrão.
Capàrra, s. f. arras, sinal, penhor.
Caparràre, v. accaparrare.
Capàta, s. f. cabeçada, pancada com a cabeça / dare una ——— in un luogo: fazer uma visita rápida / (dim.) capatína.
Capêcchio (pl. -êcchi), s. m. estopa.
Capegiamênto, s. m. ação de chefiar, de conduzir, de comandar.
Capeggiamênto, s. m. ação de chefiar, conduzir; comandar.
Capeggiatôre, adj. e s. m. quem ou que chefia; chefe, cabeça, cabecilha / ——— della rivolta.
Capellàme, s. m. (raro) qualidade e cor dos cabelos; (pop.) cabeleira; cabelame.
Capellatúra, s. f. (raro) cabeladura, cabelo.
Capellièra, s. f. (raro) cabeleira, cabelo / peruca, cabeleira postiça, chinó.
Capellíno, s. m. (dim.) cabelinho / macarrão fino para sopa.
Capêllo, (pl. capêlli) s. m. cabelo / pelo / rizzarsi i capelli: horripilar-se por frio ou medo / la cosa e entrata a ———: exatamente, perfeitamente / ci corre un ———: diferença ínfima / fare ai capelli: brigar, agarrar-se pelos cabelos / per un ———: por um triz.
Capellútto, adj. cabeludo, que tem muito cabelo.
Capelvènere, s. m. (bot.) avenca, capilária.
Capère (ant.), v. caber, no sentido de poder ser contido, ou poder estar dentro: non capere in triangolo due ottusi.
Caperózzolo (ant.), s. m. cabeça, ponta redonda ou arredondada (de agulhas, alfinetes, etc.).
Capestrería, s. f. travessura, traquinice, diabrura / bizarria, capricho.
Capèstro, s. m. cabresto / corda para enforcar, baraço / gente da ———: malfeitores / cordão, cíngulo de frade franciscano.
Capêtto, s. m. (dim. de capo, cabeça), cabecinha bizarra, caprichosa.
Capezzàle, s. m. travesseiro à cabeceira da cama / al ———: ao leito de quem está doente ou moribundo.
Capezzàta, s. f. (arquit.) a parte superior de um trabalho murário.
Capezzièra, s. f. a parte da poltrona ou cadeira que serve de encosto à cabeça.
Capèzzolo, s. m. teta; bico do peito / mamadeira / chupeta.
Capidòglio e capodòglio (pl. -ògli), s. m. cachalote, mamífero da ordem dos cetáceos.

Capiènza, s. f. capacidade de conter uma coisa / questo vaso ha una ——— per mezzo litro: este recipiente tem capacidade para meio litro.
Capifòsso, s. m. fosso grande onde se canalizam as águas dos sulcos e canais secundários.
Capifuòco, s. m. (raro) instrumento de metal ou madeira onde se pendura a lenha, nas chaminés.
Capigliatúra, s. f. o conjunto dos cabelos da cabeça, cabeleira.
Capilàrgo (pl. -àrghi), adj. (raro) mais largo numa das pontas.
Capillàre, adj. capilar.
Capillarità, s. f. capilaridade.
Capillaroscòpio, s. m. (med.) capilaroscópio.
Capillízio (ant.), s. m. a parte da cabeça coberta pelos cabelos.
Capimênto, s. m. caber, no sentido de conter, entrar / in questa sala c'è ——— per molte persone.
Capinêra, s. f. (capinero, masc.) toutinegra (pássaro).
Capíno, s. m. (dim.) pequena cabeça, cabecinha.
Capíre (pr. -ísco), v. conter, no sentido de poder ser contido / entrar, ter lugar (também no fig.) / non capire in sè dalla giosa: não caber em si de contente / entender, compreender, perceber, conceber, penetrar, intuir.
Capiròsso, s. m. passarinho de peito vermelho, pintarroxo, tentilhão / marreco silvestre.
Capistèo, (ant.) s. m. concha para vários usos, especialmente para mondar o trigo.
Capitàgna, s. f. linha, limite do campo que se deixa sem cultivo.
Capitàle, adj. capital / (s. f.) capital, a cidade principal / (s. m.) capital, o dinheiro ou o valor monetário, etc.
Capitalísmo, s. m. capitalismo.
Capitalísta, s. m. capitalista.
Capitalístico (pl. -ístici), adj. que se refere ao capitalista ou ao capitalismo: capitalista.
Capitalizzàre, v. capitalizar.
Capitàna, s. f. capitânea, navio em que ia o capitão / (por grac.) a mulher do capitão, capitoa.
Capitanare (pr. -àno), v. tr. capitanear / dirigir, governar, conduzir.
Capitanàto, s. m. capitania, dignidade e posto de capitão, no sentido de condutor de exércitos.
Capitaneggiàre, v. tr. capitanear / fazer-se de capitão.
Capitanería, s. f. (mar.) capitania.
Capitàno, s. m. (f. capitanêssa) capitão.
Capitàre (pr. càpito), v. chegar, vir, aparecer (acidentalmente ou por breve tempo) / topar, ir ter, acontecer, suceder / quella disgrazzia doveva ——— proprio a me.
Capitàto, p. p. e adj. chegado, acontecido, sucedido / (raro) que tem cabeça grossa; aglio ———.
Capitazióne (ant.), s. f. capitação, tributo, imposto, taxa; contribuição que se paga por cabeça ou pessoa.

Capitecènso, s. m. alistado, registrado somente como indivíduo, sem haveres; proletário.
Capitèlla, s. f. a extremidade do cordel (usado pelos sapateiros e seleiros), onde se põem as cerdas.
Capitèllo, s. m. (arquit.) capitel.
Capitolàre (pr. -ítolo); v. capitular; render-se, entregar-se mediante uma capitulação / (adj.) capitular, pertencente ao capítulo ou assembléia de religiosos.
Capitolaziòne, s. f. capitulação, rendição.
Capitolino, adv. capitolino, relativo ao Capitólio.
Capitolo, s. m capítulo / tratado, convenção / (dim.) capitolètto, capitolúccio.
Capitombolàre (pr. òmbolo), v. cair de cabeça para baixo; dar cambalhota, rolar, tombar.
Capitòmbolo, s. m. cambalhota, tombo, trambolhão.
Capitombolòni, adv. às cambalhotas.
Capitòne, s. m. fio grosso de seda, bardilho, anafaia / enguia de cabeça grossa.
Capitóso, (ant.) adj. testarudo, obstinado, teimoso.
Capitòzza, s. f. árvore podada no lugar onde o tronco se derrama.
Capitozzàre, v. podar, desmochar.
Capitúdine (ant.), s. f. (hist.) assembléia dos cônsules das artes maiores.
Càpo, s. m cabeça, a parte superior do corpo humano / testa / (fig.) vida / mente, intelecto / a ———— alto: altivamente, com soberba / di mio ————: de minha invenção / in ————: sobre / chinare il ————: resignar-se, humilhar-se / lavare il ———— all'asino: fazer trabalho inútil / venire a ————: concluir / cosa fatta ———— ha: depois de uma coisa feita, tudo se resolve / cimo, cume, parte superior de uma coisa qualquer; os dois pontos extremos de uma coisa / a ———— del letto: à cabeceira da cama / ———— d'anno: o dia 1.º do ano / da un ———— all altro: de um ponto a outro / da ————: novamente, do começo / ———— di spillo, di chiodo, di aglio: cabeça de alfinete, de prego, de alho / (geogr.) cabo / doppiare un ————: ultrapassar, transpor, dobrar um cabo / unidade de um número coletivo, espec. de animais: cabeça / ha mille capi di bestiame: tem mil cabeças de gado / ———— d'entrata: fonte de ganho / capo per ————: objeto por objeto / chefe: il ———— di stato maggiore / cabo de exército / il ———— della famiglia / ponto de questão, parte principal de raciocínio / dividerò la questione in due capi: dividirei a questão em dois capítulos / ———— d'accusa: imputação.
Capobanda, s. f. maestro, regente de uma banda musical / chefe de bandidos.
Capobandíto, (pl. capibandíti) cabecilha dos bandidos.

Capobàrca, s. f. (pl. capibàrca) título e grau de comandante de barcos de tonelagem reduzida, que se destinam à pesca ou à navegação costeira.
Capobúgio, s. m. espécie de uva.
Capòc, s. m. produto filamentoso vegetal, semelhante ao algodão.
Capocàccia, (pl. capicáccia) s. m. aquele que tem a direção duma caçada: monteiro-mor.
Capòcchia, s. f. cabeça, ponta, extremidade grossa e arredondada de algumas coisas, esp. alfinete, prego, fósforo, etc. / (joc.) cabeça, testa, cérebro.
Capocchieria, s. f. testarudez, obstinação, casmurrice.
Capocchiúto, adj. testaçudo, testudo.
Capòccia, (pl. -òcci) s. m. chefe da casa nas famílias dos camponeses / chefe, capataz.
Capòccio, (pl. òcci) s. m. chefe / capataz.
Capocentúria, s. f. o que comandava uma centúria: centurião.
Capocièlo, s. m. (ecl.) baldaquino, dossel suspenso sobre o altar mór.
Capoclàsse, s. m. primeiro aluno de uma classe / na escola primária, aluno escolhido para certas tarefas.
Capocòffa, s. m. (mar.) aquele que dirige o manejo das cordas, na manobra das velas.
Capocòllo, (pl. capicòlli) s. m. parte carnuda ao redor do pescoço (das bestas sacrificadas) / chouriço, paio, salame.
Capomicàto, s. m. (raro) grau e cargo de diretor de companhia teatral.
Capocòmico, (pl. òmici) s. m. chefe, diretor de companhia teatral.
Capoconvòglio, s. m. chefe de comboio ferroviário, chefe de trem.
Capocordàta, (pl. capicordàta) s. m. (alp.) alpinista que está à cabeça da corda durante a ascensão e à cauda durante a descida.
Capocrònaca, (pl. capicrònaca) s. m. o primeiro artigo da crônica de um jornal.
Capocronísta, s. m. chefe dos serviços de crônica de um jornal.
Capocuòco, (pl. capicuòchi) s. m. chefe de cozinha.
Capodànno, (pl. capidànno) s. m. ano-bom, o dia 1º do ano.
Capodepòsito, (pl. capidepòsito) s. m. chefe de depósito.
Capodipartamènto, s. m. chefe de departamento.
Capodivisiòne, s. m. chefe de divisão administrativa.
Capodòglio, v. capidoglio.
Capodòpera, (do fr. "chef-d'oeuvre") s. m. obra-prima / (fig.) pessoa bizarra, extravagante.
Capofábbrica, s. m. chefe / superintendente / mestre de obras.
Capofabbricàto, s. m. pessoa que numa construção dirige determinados trabalhos.
Capofila, (pl. capifíla) s. m. o primeiro da fila, cabeça de fila / cabeça de pelotão.

Capofítto, adj. com a cabeça para cima / (adv.) a ———: de cabeça para baixo, de ponta cabeça / (s. m.) (esport.) mergulho na água dos nadadores.

Capogabbièri, s. m. (mar.) chefe dos marinheiros que trabalham nas manobras das velas.

Capogàtto, s. m. vertigem, tontura, doença dos cavalos e dos homens.

Capogíra, (pl. **capogíri**), s. m. vertigem, tontura.

Capoguàrdia, s. m. chefe dos guardas / carcereiro-mor.

Capolavôro, (pl. **capolavori**) s. m. obra-prima.

Capolètto, (pl. **capolètti**) s. m. encosto da cabeceira da cama.

Capolíno, s. m. (dim.) cabecinha / **far** ———: deitar a cabeça para fora, espreitar, aparecer, mostrar-se apenas / (bot.) inflorescência, botão de flor.

Capolísta, (pl. **capilísta**) s. m. o primeiro de uma lista / aquele que numa votação tem o maior número de votos.

Capoluògo (pl. **capoluòghi e capiluòghi**) s. m. cidade ou localidade principal de uma província, região, distrito, etc.

Capomacchinista, s. m. maquinista-chefe.

Capomanòvra, s. m. (mar.) chefe dos serviços de mastros.

Capomàstro, s. m. mestre de obras.

Capomòrto, s. m. resíduo, borra que fica no fundo dos recipientes depois da destilação.

Capomovimênto s. m. (ferr.) chefe de tráfego.

Caponàggine, s. f. caturrice, teima, obstinação.

Caponàre, v. (mar.) agarrar a, aferrar a âncora com o gancho do cadernal.

Caponàta, s. f. (mar.) comida de marinheiro; bolacha embebida na água salgada e temperada com azeite e vinagre.

Capòne, s. m. (raro) testarudo, teimoso, caturra / cadernal para levantar a âncora.

Caponería, s. f. (raro) testarudez, teima, obstinação.

Capopàgina (pl. **capipàgina**) s. m. (tip.) ornato na testada da página.

Capopàrte, (pl. **capipàrte**) s. m. chefe, cabeça de partido político, facção e similares.

Capopèzzo, (pl. **capipèzzo**) s. m. (milit.) chefe do armamento dum canhão; primeiro artilheiro duma peça de artilharia.

Capopòpolo, s. m. chefe popular de povo em revolta; cabo, caudilho, guia.

Capopòsto, s. m. chefe de um posto de guarda.

Caporàis, s. m. barca auxiliar na pesca do atum.

Caporàle, s. m. (f. -àla) cabo (milit.) / chefe de um turma de trabalhadores, capataz.

Caporalêsco, adj. (depr.) de cabo, próprio de cabo.

Caporíccio, (ant.) s. m. arrepio.

Caporiône, s. m. chefe de um bairro antigamente / cabeça, chefe de pessoas que praticam coisas censuráveis.

Caporipàrto, s. m. chefe de seção.

Caporivèrso ou **caporovèscio**, adv. de cabeça para baixo; de ponta cabeça / **cadde** ———: caiu de ponta-cabeça.

Caposàldo, (pl. **capisàldi**) s. m. baliza, marco / ponto estável de que se parte para a avaliação de qualquer coisa / ponto essencial, base, fundamento.

Caposcàla, s. m. patamar da escada.

Caposcàlo, s. m. (aviação) chefe de um campo de aterrisagem.

Caposcàrico, s. m. estouvado, doidivanas, despreocupado, alegre.

Caposcuòla (pl. **capiscuòla**) s. m. chefe, mestre ou fundador de uma escola artística, literária ou científica.

Caposètta, s. m. chefe de seita, facção, etc.

Caposezióne, s. m. chefe de seção.

Caposquàdra, s. m. chefe de turma / (mil.) chefe, cabo-de-esquadra.

Caposquadrône, s. m. comandante de esquadrão de cavalaria.

Capostazióne, s. m. (ferr.) chefe de estação.

Capostípite, s. m. antepassado de família nobre.

Capostôrno, s. m. tontura dos cavalos (doença).

Capotambúro, s. m. tambor-mor.

Capotàre, (fr. "capoter") v. intr. capotar (aeroplano, automóvel).

Capotàsto, s. m. (mús.) pestana dos instrumentos de corda.

Capotàvola, s. m. pessoa que ocupa a cabeceira da mesa.

Capotècnico, (pl. **capitécnici**) s. m. técnico-chefe.

Capotèsta, s. m. (mar.) anéis das duas extremidades da corrente da âncora.

Capotimonière, s. m. timoneiro-mor.

Capotrêno, s. m. chefe de comboio; chefe de trem.

Capòtta, s. f. (neol.) capota do automóvel.

Capoturno, s. m. chefe de plantão de trabalho.

Capovèrso, (pl. **capovèrsi**) s. m. começo de verso ou de período / parágrafo, alínea.

Capovòga, (pl. **capivòga**) s. m. chefe, instrutor dos remadores.

Capovòlgere, (pr. -òlgo) v. virar de cabeça para baixo; emborcar / (fig.) revirar, revolver, transtornar.

Capovòlta, s. f. ato de virar de cabeça para baixo / (esp.) salto mortal.

Capovòlto, p. p., adj. e adv. virado de cabeça para baixo; emborcado, derramado / de ponta cabeça.

Càppa, s. f. capa, manto, capote, sobretudo / tromba de chaminé / (mar.) marcha à bolina de um navio por causa do mau tempo / encerado / (zool.) gênero de molusco bivalve.

Cappamàgna, s. f. capa-magna, capa de asporges / **essere in** ———: estar vestido com hábitos de cerimônia.

Cappàre, (ant.) v. escolher.

Cappeggiàre, v. intr. (mar.) andar, navegar à capa por causa de vento contrário.
Cappèlla, s. f. (dim. raro) capinha de mulher.
Cappèlla, s. f. capela, lugar consagrado ao culto / (bot.) cabeça grossa dos cogumelos.
Cappellàccia, s. f. calhandra grande, com topete.
Cappellàccio, (pej. de **cappello**: chapéu) s. m. a parte aflorante de uma jazida mineral.
Cappellàio, (pl. -ài) s. m. chapeleiro.
Cappellanàto, s. m. o cargo e o benefício de capelão; capelania.
Cappellanía, s. f. capelania.
Cappellàno, s. m. capelão.
Cappellàta, s. f. chapelada, porção que pode caber num chapéu; chapeirada; pancada com o chapéu / **a cappellate**: em quantidade, a granel.
Cappellería, s. f. chapelaria.
Cappellétto, s. m. chapeuzinho / anel de guarda-chuva / parte da meia que cobre os dedos / macarrão com recheio, para sopa / (hist.) capacete; milícia a cavalo que usava esse capacete / contraforte do calçado / (ant.) capuz que se punha no falcão.
Cappellièra, s. f. chapeleira, caixa para chapéus.
Cappellifício, s. m. fábrica de chapéus.
Cappellinàio, s. m. cabide.
Cappèllo, s. m. chapéu / coisa que cobre: —————— **di nuvole**: (bot.) o agárico / impurezas que se juntam no mosto em fermentação / introdução a artigo de jornal / **cosa da cavarsi il** ——————: coisa excelente / (mar.) parte superior do cabrestante.
Cappellóne, s. m. (aum.) chapelão, chapéu grande / capela grande / (milit. joc.) recruta.
Cappellòtto, s. m. cápsula contendo matéria fulminante / parafuso ou rebite de cabeça grossa.
Cappellúto, adj. topetudo (pássaros, galinhas e similares).
Càppero, s. m. alcaparra, planta hortense / **càpperi**: excl. de maravilha, de admiração; cáspite!, caramba!, puxa! (bras.).
Capperúccia, (ant.) s. f. capuz da capa.
Cappètta, s. f. (dim.) capinha / orla de metal na embocadura da bainha de arma de corte.
Càppio, (pl. **càppi**) s. m. nó corredio; laço.
Capponàia, s. f. galinheiro para capados / (burl.) cadeia.
Cappóne, s. m. capão, frango, galo capado.
Cappòtta, s. f. capa de mulher / chapeuzinho de palha, de mulher / touca de malha de criança / capota de automóvel.
Cappòtto, s. m. casacão grosso / túnica de soldado / (jogo) vencer a partida sem que o parceiro tenha feito ponto algum.
Cappuccina, s. f. religiosa da ordem da Paixão ou de Santa Maria de Jerusalém.

Cappuccíno, s. m. capuchinho, frade / capucho / **far vita da** ——————: viver pobremente / (neol.) café com pouco leite / alface de folhas longas e estreitas.
Cappúccio, (pl. -úcci) s. m. capuz, capelo / alface repolhuda.
Càpra, s. f. cabra / **luoghi da** ——————: lugares inacessíveis / **salvar capra e cavoli**: satisfazer duas condições aparentemente contraditórias / espécie de macaco para levantar peça de artilharia / armação, andaime para o transporte de material numa construção / (dim.) **caprètta, caprètto**.
Capràggine, s. f. (raro) erva das leguminosas, espécie de couve, que se semeia para engorda da terra, para pastagem de cabras e similares.
Capràio e **capràro**, s. m. cabreiro, o pastor que guarda cabras.
Caprarèccia, s. f. estábulo para cabras.
Capràta, s. f. reparo de madeiras e faxina para apoio de dique.
Caprétto, s. m. filhote de cabra.
Capriàta, s. f. armação triangular que sustém um teto, um alpendre, uma ponte, etc.
Capríccio, (pl. -ícci) s. m. capricho, fantasia, bizarria; desejo, vontade, teimosia, birra, excentricidade / inconstância / **fare di suo** ——————: fazer de seu modo.
Capricciosaménte adv. caprichosamente.
Capricciôso, adj. caprichoso, bizarro; imaginoso, excêntrico, extravagante, original; passageiro; volúvel, inconstante.
Capricòrno, s. m. capricórnio.
Caprifíco, (pl. -ichi) s. m. figo selvático.
Caprifòglio, (pl. -ògli) s. m. madressilva.
Caprígno, adj. caprígeno, caprino.
Capríle, s. m. (raro) estábulo para cabras e ovelhas.
Caprimílla (ant.), s. f. camomila.
Caprimúlgo, s. m. (lit.) cabreiro que ordenha as cabras / (zool.) pássaro dos caprimulgídeos, noitibó.
Capríno, adj. caprino, semelhante, relativo a cabra ou bode / **questione di lana caprina**: questão fútil.
Capriolàre, v. intr. cabriolar, saltar, pular com agilidade.
Capriuòla, s. m. cabriola, cambalhota / (zool.) cerva.
Capriuòlo, s. m. cervo de pele avermelhada e pernas finas e agilíssimas.
Càpro, capróne, s. m. cabrão, o bode / (poét.) —————— **espiatório**: bode espiatório.
Caprúggine, s. f. entalhe nas aduelas das pipas, tonéis e similares.
Càpsula, s. f. cápsula.
Captàre, v. tr. captar, atrair a si / apanhar, recolher mensagens radiotelegráficas, etc.
Captatóre, adj. e s. m. (f. -tríce) que capta.
Captazióne, s. f. (raro) captação / (jur.) emprego de meios capciosos.
Captivo, (ant.) s. m. cativo, prisioneiro (também no sentido fig.).

Capzióso, adj. (lit.) capcioso, enganoso, caviloso / sofístico.
Carabàttola, s. f. coisa de pouco valor; bugiganga, bugiaria, bagatela.
Carabina, s. f. carabina.
Carabinière, s. m. soldado armado de carabina, carabineiro / soldado de um corpo especial da polícia italiana chamado carabineiro / **la benemerita**: título que se dá, por elogio, à arma dos Carabineiros.
Càrabo, s. m. cárabo, pequena embarcação grega / (zool.) cárabo, coleóptero da tribo dos carábicos, seção dos gramipolpos.
Carabottino, s. m. gradeado de madeira usado também como tapete nos lugares úmidos no navio.
Caràcca, (pl. -ácche) s. f. caraca, navio de transporte dos séculos XV e XVI / (s. m.) (de Caracas) cacau de ótima qualidade.
Carachíri, s. m. haraquiri, modo de suicídio japonês.
Caracollàre, (pr. -òllo) v. intr. caracolar, (equit.) mover-se o cavalo em galope curto.
Caracòllo, s. m. movimento do cavalo em galope curto / (mil.) contramarcha de um esquadrão de cavalaria.
Caracúl, s. m. pele de cordeiro, de qualidade muito fina, proveniente da Pérsia.
Caràffa, s. f. garrafa; (dim.) **caraffína**, **caraffíno**, **caraffétta**; (aum.) **caraffône**.
Caràmbola, s. f. (bilhar) carambola, ação de carambolar.
Carambolàre, v. intr. (bilhar) carambolar.
Caràmbolo, s. m. carambola, batida com a própria bola em duas outras, no jogo do bilhar.
Caramèlla, s. rebuçado, açúcar fundido, vendido em forma de bala; "drop", caramelo / (neol.) monóculo.
Caramellàio, (pl. -ài) fabricante ou vendedor de caramelos, balas, e similares / doceiro, baleiro.
Caramellàre, v. tr. caramelizar, reduzir (o açúcar) a caramelo.
Caramellàto, p. p. e adj. reduzido a caramelo, cristalizado, candilado (fruto).
Caramèllo, s. m. caramelo, açúcar fundido que forma uma massa escura e porosa.
Caramênte, adv. carinhosamente, afetuosamente.
Carapàce, s. m. carapaça, cobertura córnea das tartarugas e outros animais.
Carapignàre, (ant.) v. agradar com lisonja, para poder tirar proveito; acariciar.
Caratàre, (raro) v. tr. quilatar, avaliar os quilates / pesar, aquilatar, provar, avaliar.
Caratèllo, s. m. pequena pipa, barril / a quantidade de líquido no mesmo.
Caratísta, (pl. -ísti) cotista, quinheiro; pessoa que possui uma cota numa sociedade comercial.
Caràto, s. m. quilate (peso de 199 miligramas); **oro a 24 carati**: ouro puro / (com.) cota, ação / parte, quinhão.

Caràttere, s. m. caráter, impressão, marca, figura traçada ou escrita; o tipo de impressão / a forma da escritura, caligrafia / índole, natureza / **uomo, popolo di** ——— / temperamento, tipo, qualidade, estilo / (dim.) **caratteríno**; (aum.) **caratterône**.
Caratteríno, s. m. (dim.) tipo ou letra miúda / (fig). pessoa intratável.
Caratterísta (pl. -ísti), (teatro) ator (atriz) que nas comédias representa um personagem típico.
Caratterística, s. f. característica, caraterística / (mat.) a parte inteira de um logaritmo.
Caratterístico, (pl. -ístici) adj. característico, que caracteriza; próprio, particular, distinto típico.
Caratterizzàre, v. tr. caracterizar, indicar, por em relevo o caráter de; fazer distinguir.
Caratura, s. f. (neol. com.) cota, ação; parte.
Caravanserràglio, (pl. -àgli) s. m. (ant.) caravançará, caravançarai, estalagem para resguardo das caravanas.
Caravèlla, s. f. (do port.) caravela (embarcação).
Carbinòlo, s. m. (quím.) carbinol (des.); álcool metílico.
Carbolísmo, s. m. intoxicação pelo ácido carbólico (fênico).
Carbonàia, s. f. carvoaria, lugar onde se faz carvão de lenha / carvoeira, onde se guarda o carvão / monte de lenha preparada para ser transformada em carvão / a mulher do carvoeiro.
Carbonàio (pl. -ài), s. m. carvoeiro.
Carbonarismo, s. m. (hist.) carbonerismo.
Carbonàro, s. m. (hist.) carbonário, membro de uma soc. secreta da Itália; (por ext.) membro de sociedade revolucionária.
Carbonàta, (ant.) s. f. carne de porco salgada, assada no carvão.
Carbonàto, s. m. (quím.) carbonato.
Carbònchio (pl. -ònchi), s. m. (med.) carbúnculo, antraz maligno, pústula maligna / (miner.) carbúnculo, rubi grande de bela água e de grande brilho.
Carbonchiôso, adj. (raro) carbunculoso.
Carboncíno, s. m. (dim.) carvãozinho; (pint.) pauzinho de carvão / carvão: obra desenhada a carvão.
Carbone, s. m. carvão; carvão mineral, hulha — **bianco**: força hidraulica.
Carbonèlla, s. f. carvão de lenha miúda; brasa extinta.
Carbonèra, s. f. (mar.) vela.
Carbonería, s. f. (hist.) carbonaria, associação de carbonários, carbonarismo.
Carbonêtto, s. m. coral de cor vermelha escura.
Carboníccio, adj. carvoento, que tem o tom ou a cor do carvão.
Carbònico, (pl. -ònici) adj. (quím.) carbônico.
Carbonièra, s. f. (raro) carvoeira, lugar onde se guarda o carvão / navio de carga para transporte de carvão.

Carbonièro, adj. carvoeiro, que se refere ao carvão / **nave carboniera**, barco carvoeiro.
Carbonífero, adj. e s. m. carbonífero.
Carbònio, (pl. -òni), s. m. carbônio / carbono.
Carbonizzàre, (pr. -ízzo) v. carbonizar / reduzir a carvão, carbonizar-se.
Carbonizzazióne, s. f. carbonização / destilação.
Carborúndo, s. m. carborundum.
Carbúnculo, s. m. (dim.) carbúnculo, rubi grande de bela água e de grande brilho.
Carburànte, s. m. e adj. que, ou aquele que carbura, carburante.
Carburàre, v. tr. carburar.
Carburatóre, s. m. carburador.
Carburazióne, s. f. carburação.
Carbúro, s. m. (quím.) carboneto, carbureto.
Carcàme, s. m. carniça.
Carcàre, (lit.) v. tr. carregar.
Carcàssa, s. f. carcaça; esqueleto / (fig.) navio, máquina, etc. em mau estado / arcabouço de um navio.
Carceraménto, s. m. encarceramento.
Carceràre, (pr. càrcero) v. encarcerar, prender, aprisionar, deter, carcerar.
Carceràrio, (pl. -àri) adj. carcerário.
Carceràto, p. p. e s. m. encarcerado, preso; **visitare i carcerati**.
Carcerazióne, s. f. encarceramento, prisão.
Càrcere, s. m. ou f. cárcere, prisão, cadeia.
Carcerière, s. m. carcereiro, guarda carcerário.
Carcinòma (pl. -òmi), carcinona, tumor, câncer.
Carcinomatóso, adj. carcinomatoso.
Carciofàia, s. f. alcachofral.
Carciofàio, (pl. -ài), s. m. e adj. alcachofreira, pessoa que vende ou cultiva alcachofras.
Carciòfo, s. m. alcachofra / (fig.) homem inútil / **mangiare il ———**: fazer com paciência uma coisa depois da outra / (dim.) **carciofètto**, **carciofíno**.
Carciofolàta, s. f. grande comilança de alcachofras / jantar em que há bastante alcachofra.
Càrco, p. p. e adj. carregado, cheio / (s. m.) (poét.) carga, peso.
Càrda, s. f. carda, (téc.) instrumento de cardar lã, algodão, linho, etc.
Cardaiuòlo, s. m. fabricante de cardas / operário que carda os panos.
Cardànico (pl. -ànici), adj. de Cardano, matemático italiano do século XVI, inventor do cardan.
Cardàno, s. m. (mec.) cardan.
Cardàre, v. tr. cardar, desenredar ou pentear com carda / (fig.) falar mal dos ausentes.
Cardàta, s. f. cardadura, cardagem / cardada, porção de lã que se carda de uma vez.
Cardatóre, s. m. (f. -trice), cardador
Cardatrice, s. f. máquina de cardar, cardadeira.
Cardeggiàre, v. tr. cardar / (fig.) falar mal de alguém.
Cardellíno, s. m. pintassilgo.

Cardènia e gardenia, s. f. gardênia.
Cardéto, s. m. lugar em que há cardos, cardal.
Cardíaco (pl. íaci), adj. cardíaco.
Cardiàlgia, s. f. (med.) cardialgia.
Cardiàs, s. m. (anat.) cárdia, estômago.
Cardinalàto, s. m. cardinalato.
Cardinàle, adj. cardinal, principal, importante, fundamental / **numeri cardinali**: números cardinais / **punti cardinali** / (s. m.) cardeal, prelado do Sacro Colégio.
Cardinalesco (pl. -eschi), adj. deprec. cardinalesco.
Cardinalízio (pl. -ízi) adj. cardinalício.
Càrdine, s. m. gonzo, quício, dobradiça / (fig.) eixo, essência, sustentáculo: **i cardini della virtú, dell'Universo**.
Cardíno, s. m. (dim.) cardinho / cardiço, pequena carda usada pelos chapeleiros.
Cardiocèle, s. m. (med.) cardiocele, hérnia do coração.
Cardiocinètico (pl. -étici), s. m. medicamento para excitar a função cardíaca.
Cardiografía, s. f. cardiografia.
Cardiògrafo, s. m. cardiógrafo.
Cardiogràmma, s. m. cardiograma / taquicardia.
Cardiología, s. f. cardiologia.
Cardiòlogo (pl. òlogi), s. m. cardiólogo, cardiologista.
Cardiopàlmo, s. m. cardiopalmia, taquicardia.
Cardiopatía, s. f. cardiopatia.
Cardiopàtico, (pl. àtici), adj. cardiopático / (s. m.) cardíaco.
Cardioplagia, s. f. (med.) cardioplegia.
Cardioscleròsi, s. f. cardioesclerose.
Cardiostenòsi, s. f. cardioestenose.
Cardiotònico, (pl. -ònici) adj. cardiotônico.
Cardiovascolàre, adj. cardiovascular.
Cardíte, s. f. cardite: inflamação do coração.
Càrdo, s. m. cardo (bot.) / carda (instr. de cardar) / ouriço das castanhas.
Cardúccio (pl. úcci), s. m. rebento das plantas de alcachofra e do cardo / alcachofra brava.
Careggiàre, v. tr. (raro) acariciar.
Carèna, s. f. (náut.) carena, querena, quilha / (zool.) crista óssea do esterno dos pássaros.
Carenàggio, (pl. -àggi), s. m. (náut.) carenagem.
Carenàre, v. tr. carenar, querenar.
Carènatura, s. f. armação metálica que cobre o quadro de um automóvel, aeroplano, etc. para aumentar a sua eficiência aerodinâmica.
Carènza, s. f. carência, falta, necessidade, carestia / (jur.) privação do direito de entrar em juízo.
Carestía, s. f. carestia / penúria, escassez.
Carestóso, adj. carestioso (des.); em que há carestia; caro.
Carêzza, s. f. carícia, afeição, afago, carinho.
Carezzàre, v. tr. cariciar, afagar, acarinhar.
Carezzèvole, adj. cariciável, caricioso, meigo, agradável.

Carezzevolmênte, adv. com meiguice, carinhosamente.
Carezzína, s. f. carícia afetuosa e meiga.
Carezzòccia, (pl. -òcce), s. f. carícia rude e dengosa.
Cariàre (pr. càrio), v. cariar, criar cárie / corromper-se, arruinar-se.
Cariàtide, s. f. cariátide.
Cariàto, p. p. e adj. cariado.
Caribo (ant.), s. m. canção de bailado, dança.
Càrica, s. f. cargo, emprego público de certa importância; encargo / carga de arma de fogo; munição / (mil.) carga, ataque de cavalaria / **in** ———: investido de cargo / carga elétrica / (fig.) **tornare alla** ———: voltar à carga, insistir.
Caricamênto, s. m. ação de carregar, carregamento.
Caricàre, v. (pr. càrico), carregar, por carga em / (fig.) oprimir, agravar, fadigar / exceder, exagerar / ——— **lo stomaco:** comer muito / ——— **l'orologio, la trappola:** dar corda ao relógio, armar a ratoeira / (refl.) **caricarsi di debiti:** encher-se de dívidas.
Caricatamênte, adv. de forma caricata, afetadamente.
Caricàto, p. p. e adj. carregado, acumulado / afetado, dengoso.
Caricatôre, (f. -tríce) adj. e s. m. o que carrega, carregador / (ferr.) construção que chega à altura das portas dos carros ferroviários e que serve para descarga / (mil.) pente de balas de certas armas de fogo / soldado servente que carrega a boca de fogo.
Caricatúra, s. f. ação de carregar, carregamento.
Caricatúra, s. f. caricatura (pint.) / imitação irrisória.
Caricaturísta, s. f. caricaturista.
Càrico, (pl. càrici), p. p. carregado / (s. m.) carregamento, o conjunto de coisas que formam uma carga / (fig.) peso, gravame, responsabilidade, empenho / imposto, taxa / encargo, ônus, despesa, dano.
Càrie, s. f. cárie / caruncho.
Cariglióne, s. m. carrilhão, reunião de sinos afinados em tons diversos.
Caríno, adj. (dim. de **caro**) queridinho / gracioso.
Carioca, (neol.) s. m. carioca, habitante do Rio de Janeiro / (s. f.) dança sul-americana, samba.
Cariocinèsi, s. f. (biol.) cariocinese.
Cariofillàcee, s. f. pl. (bot.) cariofiláceas.
Cariopàsma (pl. -àsmi), s. m. protoplasma do núcleo celular; nucleoplasma.
Cariòsside, s. f. (bot.) cariopse.
Carísma (pl. -ísmi e -ísmati), s. m. (ecles.) carísma.
Carismàtico, adj. carismático.
Carità, s. f. caridade, benevolência, bom coração, amor do próximo, bondade / ——— **pelosa:** caridade falsa, interesseira / (adv.) **per carità:** por caridade, por favor.
Caritatêvole, adj. caritativo, caridoso, compassivo.

Carízia, (ant.) s. f. carência, privação.
Carlína, s. f. (bot.) carlina.
Carlinga, s. f. (pl. -ínghe) (aer.) carlinga.
Carlíno, s. m. (de Carlos de Anjou) antiga moeda cunhada pela primeira vez por Carlos de Anjou / (fig.) **il resto del** ———: o resto de qualquer coisa / que se promete para outra ocasião.
Carlôna (alla) (mod. adv.) sem muito cuidado, sem sutilezas, de qualquer jeito.
Carmagnòla, s. f. carmanhola, canção popular e dança dos revolucionários franceses.
Càrme, s. m. (poét.) composição poética lírica; qualquer obra poética / (pl.) **i carmi;** os versos, a poesia.
Carmelitàno, adj. da ordem dos carmelitas; (s. m.) carmelita.
Carminàre, (ant.) v. cardar a lã / examinar com cuidado.
Carminatívo, adj. (med.) carminativo, medicamento tônico e estimulante para dissipar os gases; (s. m.) medicamento carminativo.
Carmínio (pl. -íni), carmim.
Carnacciúto, adj. carnudo, carnoso, cheio de carnes.
Carnàggio, (ant.) s. m. carnagem, a carne dos animais / comida de carne / morticínio, matança, carnificina.
Carnagióne, s. f. carnadura, carnação; qualidade e cor da pele humana.
Carnàio, (p. -ài) s. m. carneira, ossuário, sepultura comum / lugar onde se põe a carne das reses / carnagem, morticínio, carnificina.
Carnaiuòlo, s. m. (raro) vendedor de carne, açougueiro / (ant.) carrasco.
Carnàle, adj. carnal / sensual, lascivo.
Carnalità, s. f. (raro) carnalidade, sensualidade, concupiscência.
Carnalmênte, adv. carnalmente.
Carnàme, s. m. carnaça, porção de carne / espécie de carne putrefata / porção de cadáveres.
Carnasciàle, (ant.) s. m. carnaval.
Carnascialêsco (pl. -êschi), adj. carnavalesco.
Carnàto, (raro) s. m. carnadura / (adj.) cor de carne / ingênito, inato.
Càrne, s. f. carne / (fig.) a parte comestível dos frutos / consangüinidade, os filhos / (dim.) **carnína,** carnicina.
Carnèade, s. m. do nome de Carnèades, filósofo e orador grego, que Don Abbondio (Personagem dos "Promessi Sposi") ignorava; (fig.) pessoa pouco conhecida: **è un** ——— **qualunque.**
Carnéfice, s. m. verdugo, carrasco, algoz / (ant.) carnífice.
Carneficina, s. f. carnificina.
Càrneo, adj. (raro) cárneo.
Carnevalàta, s. f. divertimento de carnaval; folguedo / (fig.) palhaçada.
Carnevalíno, s. m. (dim.) primeiro domingo da quaresma.
Carnevalóne, s. m. prolongamento do carnaval, segundo o rito ambrosiano (da cid. de Milão).

Carníccio (pl. -ícci), carnaz, parte interna da pele dos animais / frangalho, flapo de carne que fica pendurada na pele dos animais sacrificados.
Carnícino, adj. e s. m. cor de carne, encarnado.
Carnièra, s. f. **carnière**, s. m. caçadeira, bolsa para caçador.
Carnificaziòne, s. f. (med.) carnificação.
Carnificína, v. **carneficína**.
Carnísmo, s. m. carnismo, excessiva alimentação cárnea.
Carnívoro, adj. carnívoro.
Carnositá, s. f. carnosidade.
Carnôso, adj. carnoso, carnudo.
Carnovàle, v. **carnevàle**.
Carnúme, s. m. excrescência carnosa.
Carnúto, adj. carnudo, carnoso.
Càro, adj. caro, estimado, querido / **aver cara una cosa**: apreciar, estimar muito uma coisa / caro, que se vende por preço elevado / (s. m.) exorbitância dos preços dos gêneros de que se tem necessidade; **il ———— dei viveri**, ou **il carovìveri** (neol.).
Caròġna, s. f. cadáver da besta em estado de putrefação, carniça / (fig.) animal vivo de aspecto doentio / (vulg.) poltrão, tratante / (ant.) cadáver humano.
Caròla, s. f. (lit.) carola, dança de roda / baile.
Carolàre, v. intr. dançar.
Carolína, s. f. jogo de bilhar com cinco bolas: carambola.
Caròlo, s. m. carolo, doença que ataca o arroz.
Carosèllo, s. m. carrossel / justa, torneio / movimento circular ou em forma de anel.
Caròsi, s. f. cárus, o último grau do estado comatoso ou letárgico.
Caròta, s. f. cenoura / (fig. fam.) peta, mentira, patranha / (bras.) mazambeta, rodela.
Carotáio (pl. -ài), s. m. (raro) mentiroso / (bras.) potoqueiro, loroteiro, gabola.
Caròtide, s. f. (anat.) carótide.
Carotína, s. f. (bot.) substância orgânica corante que se extrai da cenoura.
Carovàna e **caravàna**, s. f. caravana / (hist.) noviciado, tirocínio: **ha fatto la sua ———— (Manzoni)** / (mar.) corporação de carregadores do porto de Gênova.
Carovíveri, s. m. preço caro das coisas, vida cara / indenização temporária concedida a certos empregados devido ao alto custo dos gêneros.
Càrpa, s. f. carpa, gênero de peixes de água doce.
Carpàre, (ant.) andar de gatinhas / agarrar, pegar, extorquir.
Carpasfòglia, s. f. rede de arrasto, para a pesca no Adriático.
Carpenteria, s. f. carpintaria.
Carpentière, s. m. carpinteiro / (mar.) marinheiro que trabalha nos navios em obras de construção ou reparo.
Carpènto, s. m. carpento, coche romano antigo.
Carpíccio, s. m. (raro) reprimenda / carga de pancadas.

Càrpine, s. m. carpino, gênero de betuláceas.
Carpinêto, s. m. plantação de carpinos, carpinal.
Carpionàre, v. tr. cozinhar e preparar um peixe como se cozinha a carpa.
Carpiône, s. m. carpa, peixe da família dos ciprinóides.
Carpíre (pr. -ísco) v. agarrar, surrupiar, extorquir.
Carpíta, (ant.) s. f. pano grosso e peludo para cobertor / baeta.
Càrpo, s. m. (anat.) carpo; pulso, punho, a parte do antebraço junto à mão.
Carpología, s. f. carpologia.
Carpône, e **carpôni**, adv. de rojo, de gatinhas.
Carradôre, s. m. aquele que faz carros / carpinteiro.
Carràia, s. f. (raro) estrada de rodagem na qual podem passar carros.
Carràio (pl. -ài), s. m. fabricante de carros.
Carrarêccia, s. f. carreiro, carril, estrada, carreira.
Carrarêccio, adj. de carro, relativo a carro / carroçável (estrada) / diz se também de pipa, tina, etc., que podem ser transportadas em carro.
Carràta, s. f. carrada, a carga de um carro.
Carreggiàbile, adj. carroçável / (s. f.) **la ————**: estrada de rodagem.
Carreggiàre, (pr. -êggio) v. carrear, carretar, transportar em carro / passar com o carro / conduzir o carro.
Carreggiàta, s. f. trilho, sulco, carreiro, caminho feito pelas rodas na estrada / estrada onde passam carros / (fig.) **andare per la ————**: seguir o uso comum / largura de um veículo de uma a outra roda: bitola.
Carreggiàto, p. p. e adj. carreado / s. m. (mil.) corpo militar de transporte.
Carrèggio (pl. -êggi), s. m. ação de carrear / carraria, quantidade de carros de transporte.
Carrellàta, s. f. (cin.) movimento que se dá a uma cena cinematográfica, movendo o aparelho fotográfico sobre um carrinho.
Carrèllo, s. m. (ferr.) vagoneta / trem de aterragem ou decolagem dos aeroplanos.
Carrètta, s. f. carreta, carro pequeno de transporte, carroça / carrocinha de mão para transporte / (fig.) **tirare la ————**: fazer trabalho humilde e duro.
Carrettàio, (pl. -ài), s. m. carreteiro / aquele que aluga carretas.
Carrettàta, s. f. carretada, o que cabe numa carreta / **a carrettàte**: em quantidade.
Carrettière, s. m. carreteiro, o que conduz uma carreta ou carro: carroceiro, carreiro, cocheiro.
Carrètto, s. m. carroça pequena, de mão, para transporte / (teatr.) armação que sustenta os bastidores.
Carrettône, s. m. carroça / carroção, carroça grande / carro fúnebre dos pobres / (dim.) carrettino.
Carriàggio, (pl. -àggi) s. m. carro grande de transporte militar / carraria, conjunto de carros de um exército.

Carrièra, s. f. carreira, corrida veloz do cavalo / (fig.) passo rapidíssimo de uma pessoa; **va sempre di** ———: anda sempre de carreira / espaço reservado para a corrida; pista / carreira, profissão, curso: **la** ——— **diplomática** / **far carriera:** fazer carreira, chegar logo a um posto alto.

Carrista, s. m. (mil.) soldado que pertence a uma unidade de carros armados.

Carriuòla, s. f. carriola com uma só roda à frente para o transporte de material.

Càrro, (pl. **Càrri** e **càrra**) s. m. carro, nome genérico de qualquer viatura / vagão de estr. de ferro / carroça / (mil.) ——— armato: carro blindado / (fig.) **essere l'ultima ruota del** ———: ter pouca ou nenhuma importância.

Carròbbio (ant.), s. m. (dial. lombardo) encruzilhada de ruas.

Carròccio, s. m. (hist.), carro de guerra das antigas comunas italianas, que levava as insígnias comunais, um altar e o sino.

Carronàta, s. f. (mar.) canhão curto de ferro-gusa usado até os começos do século XIX em navios, carretas, etc.

Carròzza, s. f. carruagem, sege, coche / carro, vagão ferroviário / **marciare in** ———: levar vida de rico / (dim.) **carrozzina, carrozzino, carrozzèta, carrozzèlla** / (aum.) **carrozzóna, carrozzóne.**

Carrozzàbile, adj. (neol.) carroçável, carruajável (neol.), em que se pode andar de carruagens / (bras.) estrada de rodagem, rodovia.

Carrozzàio, (pl. -ài), s. m. o que fabrica ou conserta carros.

Carrozzàre, v. tr. munir um automóvel de carroçaria.

Carrozzàta, s. f. carrada, o que uma carruagem pode conter (pessoas).

Carrozzería, s. f. carroçaria (de automóvel).

Carrozzière, s. m. (raro) carroceiro / cocheiro.

Carrozzíno, s. m. pequena carruagem elegante / carrocim / carrinho de mão para levar as crianças / (fig.) negócio ou contrato pouco honesto.

Carrozzóne, s. m. carroção; carro grande.

Carrúba, s. f. alfarroba.

Carrúbo (pl. -úbi) s. m. alfarrobeira.

Carrúccio (pl. -úcci), s. m. móvel de madeira com rodelas para as crianças aprenderem a andar.

Carrúcola, s. f. roldana, polé / (fig.) **ungere le carrucole:** presentear para obter vantagem.

Carrucolàre, v. tr. levantar com a roldana.

Carsicísmo, s. m. (geogr.) o complexo dos fenômenos cársicos.

Cársico (pl. cársici), adj. cársico (de Carso.)

Càrta, s. f. papel / ——— **sugante, asciugante, assorbente:** papel chupão, mata-borrão / ——— **bollata:** papel com selo do Estado / ——— **moneta:** papel-moeda / baralho / ——— **d'identità:** documento de identidade / mapa / (fig.) **giocare una** ———: tentar uma prova arriscada; pl. (poét.) livro, escritura: **le sacre carte.**

Cartacarbóne, s. f. papel carbono.

Cartàccia, (pl. **-àcce**) s. f. (pej.) papel ordinário / (jogo) carta sem valor algum no jogo de baralho.

Cartàceo, adj. de papel.

Cartaglòria, (pl. **cartaglòrie** e **carteglòrie**), s. f. cartel, cartaz que se põe sobre o altar e em que está impresso o "Gloria in excelsis Deo".

Cartàio, (pl. -ài) s. m. fabricante de papel / aquele que carteia no jogo de baralho.

Cartapècora (pl. **ècore**), s. f. pergaminho.

Cartapêsta, s. f. papelão reduzido a massa e pisado, para diversos usos / papelão.

Cartastràccia (pl. **cartestràcce**), s. f. papel de embrulho ordinário / papel usado.

Cartàta, s. f. o que se pode embrulhar numa folha de papel / embrulho, pacote, cartucho.

Cartavetràta (pl. **cartavetràte**), s. f. papel com areia aglutinada para polir metais, madeira, etc.: lixa.

Carteggiàre (pr. -êggio), v. intr. cartear, corresponder-se por cartas / escrever, corresponder.

Cartêggio (pl. **êggi**), s. m. carteio, carteamento, correspondência.

Cartèlla, s. f. cartel, aviso, boletim / pasta, de cartão ou de couro para guardar livros ou papéis/ bilhete de loteria, cartão de tômbola / título da dívida pública / inscrição / apólice / (tip.) folha impressa de um só lado / (dim.) **cartellína, cartellètta.**

Cartellàre (ant.), v. publicar manifestos, editais, etc. / desafiar com cartel.

Cartellièra, s. f. móvel com gavetas e divisões para conservar papéis.

Cartellísta (neol.), s. m. aquele que pertence a uma liga, sindicato, etc.

Cartèllo, s. m. cartel / cartaz / inscrição / letreiro, título / **artista di** ———: artista de grande fama / ——— **di sfida:** cartel de desafio / liga, sindicato, truste.

Cartellóne, s. m. cartel, cartaz grande / lista para conferir os números da tômbola / **tenere il** ———: diz-se de trabalho teatral de sucesso, que se representa muitas vezes seguidas.

Cartellonísta, s. m. pintor de cartazes.

Cartesianísmo, s. m. cartesianismo.

Cartesiàno, adj. e s. m. cartesiano.

Carticíno, s. m. (tip.) caderno de duas ou quatro páginas que completa o volume ou substitui páginas erradas.

Cartièra, s. f. fábrica de papel / (mar.) caixa em forma de vitrina, onde fica exposto o mapa náutico.

Cartíglia, s. f. carta de jogo, de pouco valor / friso, ornato para inscrição.

Cartíglio, s. m. tira de papel para a inscrição de poucas palavras numa só linha.

Cartilàgine, s. f. cartilagem.

Cartilaginóso, adj. cartilaginoso.

Cartína, s. f. (dim. de carta: papel) papelzinho / carta de valor ínfimo (jôgo de baralho) / —— di aghi, di spilli: cartão de (com.) agulhas, de alfinetes / mapa geográfico em escala reduzida / (farm.) envelope ou papel dobrado contendo remédio.

Cartocciàta, s. f. conteúdo de embrulho em forma de cartucho: una —— di castagne.

Cartòccio (pl. ócci), s. m. invólucro de papel ou cartão / un —— di mandorle: um cartucho de amêndoas / ornato arquitetônico em forma de folhas, volutas, etc. / carga para uma arma de fogo envolta em papel, cartão, etc.

Cartografía, s. f. cartografia.

Cartogràfico (pl. -àfici), adj. cartográfico.

Cartògrafo, (pl. -ògrafi) s. m. cartógrafo.

Cartolàio, s. m. papeleiro, proprietário de papelaria.

Cartolàre (ant.), v. numerar as páginas de um código, de um manuscrito, etc.

Cartolàre, s. m. pasta para papéis / livro de apontamentos; diário, caderno.

Cartolería, s. f. papelaria (negócio de papéis, tintas, etc.).

Cartolína, s. f. cartão-postal / —— vaglia: vale postal.

Cartomànte, s. f. e m. cartomante.

Cartomanzia, s. f. cartomancia.

Cartonàggio (pl. -àggi), s. m. cartonagem, conjunto de trabalhos que se fazem com o cartão.

Cartoncíno, s. m. (dim.) cartolina.

Cartône, s. m. cartão, papel espesso / papelão / desenho executado em cartão para servir de modelo.

Cartòso, adj. da natureza do papel, semelhante ao papel.

Cartúccia (pl. -úcce), s. f. (depr.) papelucho / (mil.) carga para arma de fogo.

Cartuccièra, s. f. cartucheira / bolsa para cartuchos.

Carúncola, s. f. (anat.) carúncula.

Carúso, s. m. (neol.) trabalhador das minas de enxofre da Sicília.

Càsa, s. f. casa, habitação, prédio, vivenda / —— di cura: casa de saúde / donna di ——: mulher caseira / —— comunale: a sede da prefeitura / (dim.) casína, casêtta, casúccia; (aum.) casône, casôna; (pej.) casáccia.

Casàcca, s. f. casaco, jaqueta, jaquetão / mutar ——: mudar de opinião.

Casacchíno, s. m. (dim.) casaquinho, casaco de mulher.

Casàccio (pl. -àcci), s. m. (pej. de caso) caso estranho, acontecimento ruim ou desagradável / a ——: desleixadamente, desordenadamente.

Casàggio (ant.), s. m. casamento.

Casagliàto (ant.), s. m. albergue.

Casàle, s. m. lugarejo de poucas casas, pequena aldeia ou povoado / (dim.) casalíno.

Casalíngo (pl. -ínghi), adj. caseiro, de casa, doméstico, feito em casa: pane ——.

Casamàtta (pl. casemàtte) s. f. (fort.) casamata.

Casamattàre, v. casamatar, prover de casamata.

Casamênto, s. m. casa grande, para habitação de diversas famílias / o conjunto dos que ali moram / mise in subbuglio tutto il ——: pôs em polvorosa todo o edifício.

Casàro, s. m. queijeiro, aquele que trabalha no fabrico de queijo ou manteiga.

Casàta, s. f. linhagem, família, estirpe / (ant.) di ——: de companhia.

Casàtico, s. m. imposto predial.

Casàto, s. m. sobrenome de família; sobrenome, cognome / nome.

Cascàggine, s. f. moleza, frouxidão, preguiça; sonolência.

Casca-in-pètto, s. m. jóia, enfeite preso a uma fita ou corrente usada pelas senhoras sobre o peito ou pescoço.

Cascàme, s. m. borra, resíduo da seda fiada, do couro, etc., que podem ainda ser utilizados.

Cascamòrto, s. m. namorador, galanteador, derretido, apaixonado / derrengue.

Cascànte, p. pr. e adj. cadente / débil, fraco, frouxo / cansado, enfraquecido.

Càscara sagrada, s. f. cáscara-sagrada, planta ramácea medicinal.

Cascàre (pr. càsco), v. intr. cair / —— dalla fame: estar esfomeado / (fig.) nemmeno se cascasse il mondo: de forma alguma / mi cascarono le braccia: fiquei perplexo, desiludi-me.

Cascàta, s. f. ato de cair, caída: ha fatto una —— / cascata, salto, cachoeira, queda d'água: catarata / (dim.) cascatèlla; (pej.) cascatàccia, queda perigosa.

Cascatíccio (pl. -ícci), adj. diz-se de frutas que caem facilmente das árvores: caideiro, caduco, caidiço.

Cascatôio (pl. -ôi), adj. (raro), caideiro / que se enamora facilmente.

Casciàia, s. f. grade sobre a qual se põem os queijos.

Cascína, s. f. curral onde ficam as vacas, para serem feitos o queijo e a manteiga / forma para queijo: cincho / le Cascine: famoso passeio público em Florença.

Cascinàio (pl. -ái), s. m. o que toma conta do local onde se fabrica o queijo; queijeiro.

Cascíno, s. m. forma de madeira usada para se fazer o queijo.

Càscio, s. m. forma usada no fabrico de papel feito a mão, nas fábricas de papel.

Casciòtto, s. m. tanque para branquear os trapos que servem para o fabrico de papel.

Càsco (pl. -càschi), s. m. casco, espécie de elmo em forma de calota; capacete / cacho, usado quase que exclusivamente para designar o cacho de bananas: un —— di banane.

Càscola, s. f. (do esp. càscara) espécie de trigo, cuja palha serve para fazer chapéus.

Caseggiàto, s. m. casaredo, casaria, lanço de casas postas geralmente ao longo de estrada.

Caseifício (pl. -íci), s. m. estabelecimento para o fabrico das indústrias do leite.
Caseína, s. f. caseína.
Casèlla, s. f. gavetinha / espaço divisório numa caixa, móvel, etc., para ter separados os objetos / cada um dos espaços de uma tábua de registro, de uma folha de papel dividido em quadros / ——— **postale**: caixa postal.
Casellànte, s. m. (ferr.) guarda-linha.
Casellàrio (pl. -àri), s. m. fichário / arquivo.
Casellista (pl. -ísti), s. m. assinante de uma caixa postal.
Casèllo, s. m. casa do guarda-linha das vias férreas.
Casarêccio, (pl. -êcci), adj. caseiro.
Casermàggio, s. m. o conjunto das coisas necessárias ao apetrechamento de um quartel.
Casermière, s. m. (raro) caserneiro, o que toma conta de uma casa quando os donos estão ausentes.
Casèrma, s. f. caserna; (por ext.) quartel.
Casigliàno, s. m. (f. -àna), co-inquilino.
Casile (ant.), s. m. casinhola.
Casimír, ou **casimíro**, s. m. casimira (tecido).
Casíno, s. m. casa de campo, pequena e graciosa / cassino, lugar luxuoso para reunião, jogo, dança, etc. / clube, círculo / (dim.) **casinètto**.
Casípola, s. f. choupana, casa mesquinha; casebre; (pop.) casitéu.
Casísta (pl. -ísti), s. m. (filos.) casuísta.
Casística, s. f. (filos.) casuística.
Cáso, s. m. caso: acontecimento, fato, sucesso, acidente; ocorrência, conjuntura, circunstância, hipótese / modo, maneira; **non c'è ——— di convincerlo**: não há modo de convencê-lo / quesito, questão / (gram.) caso: desinência variável de nomes e pronomes em certas línguas / **per caso**: casualmente.
Casolàre, s. m. casinhola para habitação, isolada e rústica.
Casôso (raro), adj. meticuloso, escrupuloso em demasia, que faz caso de tudo, que de tudo se impressiona.
Casottàio (pl. -ài), (raro), s. m. dono de um camarim (ou cabina) / guarda de cabina nas praias balneárias.
Casòtto, s. m. guarita, abrigo, cabina / quiosque, cabana, barraca.
Càspo, s. f. (raro) árvore podada.
Càspita e **caspiterina**, interj. cáspite!
Caspiterína, v. **càspita**.
Càssa, s. f. caixa . recipiente de madeira de várias formas e capacidade: caixão / ——— **da morto**: caixão de defunto / ——— **forte**: cofre / (por ext.) caixa, repartição de banco ou casa comercial onde se paga ou recebe / **libro di** ———: livro-caixa / **gran cassa**: tambor, bombo / arca, baú; escrínio.
Cassafòrte, s. f. caixa-forte; forte.
Cassàio, s. m. que faz ou vende caixas de carros, etc.
Cassamàdia, s. f. caixa para fazer o pão e na qual se deixa a massa para levedar: masseira.
Cassamênto, s. m. canceladura, cancelamento.
Cassàndra, s. f. cassandra / (fig.) pessoa que prediz acontecimentos funestos.
Cassapànca, s. f. (pl. **cassapànche** e **cassepànche**), caixa de formato de banco, onde se pode sentar.
Cassàre, v. tr. cassar, cancelar, anular, revogar.
Cassàta, s. f. torta siciliana de requeijão e frutas cristalizadas / uma qualidade de sorvete.
Cassatíccio, s. m. canceladura, riscadura feita sem cuidado / muitas canceladuras.
Cassazióne, s. f. (jur.) cassação; anulação, revogação / **Corte di Cassazione**: tribunal supremo e único de justiça, com sede em Roma.
Càssera, s. f. (alp.) bloco de pedra, às vezes estável e às vezes oscilante, sobre os montes.
Casserêtto, s. m. (mar.) pequena ponte nos navios, na popa, mais elevada que a ponte da coberta.
Càssero, s. m. (mar.) parte da ponte (de um navio) descoberta / castelo de popa; convés / a parte mais elevada de um castelo: torreão.
Casseruòla, s. f. panela; caçarola.
Cassètta, s. f. (dim. de **cassa**, caixa) caixinha / gaveta / caixa pública para a coleta de esmolas / vaso de madeira para o cultivo das flores / parte elevada do carro, onde fica o cocheiro.
Cassettàccia, s. f. (pej.) instrumento em forma de caixa que se usava para fazer barulho no carnaval.
Cassettàta, s. f. o conteúdo de uma caixa ou gaveta.
Cassettísta, s. m. (neol. banc.) pessoa que tomou em aluguel uma caixa de segurança em um banco.
Cassètto, s. m. gaveta / (mec.) dispositivo para a distribuição do vapor nas máquinas de êmbolo / (dim.) **cassettíno**.
Cassettône, s. m. cômoda (móvel de madeira) / (arquit.) caixotão, cavidade cheia de ornatos nos tetos decorados / (dim.) **cassetoncíno**.
Càssia, s. f. cássia / (fig.) **dare l'erba** ———: mandar embora, despedir.
Càsside, s. f. elmo sem cimeira.
Cassière (f. -ièra), s. m. caixa, pessoa que em casa comercial, recebe e paga o dinheiro.
Cassinènse e **cassinêse**, adj. e s. m. frade beneditino, que pertence à ordem de S. Benedito, de Montecassino.
Cassíno, s. m. pequeno carro coberto, como por ex. o usado por lixeiros, laçadores de cães, etc. caixa de carro / esponja para limpar o quadro-negro.
Cassiopèa, s. f. (astr.) cassiopéia.
Cassiterìte, s. f. cassiterita, mineral de que se extrai o estanho.
Càsso (ant.), s. m. tórax / (adj.) privado, desprovido / inútil, apagado.
Cassône, s. m. (aum.) caixa grande; caixão / (arquit.) caixa de madeira, cheia de betão, para fundações hidráulicas, etc.
Càssula, v. **cápsula**.
Càsta, s. f. casta; classe.

Castàgna, s. f. castanha (fruta) / (eqüin.) excrescência na face interna da canela do cavalo.
Castagnàccio (pl. -àcci), s. m. bolo de farinha de castanhas, com ovos e nozes.
Castagnàio, s. m. pessoa que colhe ou vende castanhas.
Castagnatúra, s. f. o tempo em que se colhem as castanhas / colheita das castanhas.
Castagnêto, s. m. castanhal, mata de castanheiros, souto, castanhedo.
Castagnétta, s. f. (dim.) castanheta / (pl.) castanholas.
Castagníno, adj. castanho, cor de castanha / (s. m.) jogo feito com as castanhas.
Castàgno, s. m. castanheiro (árvore) / (adj.) castanho (cor.).
Castagnuòla, s. f. foguete: (bras.) rojão.
Castaldìre, (ant.) v. custodiar.
Castàldo, s. m. (hist.) administrador dos bens de casa nobre; mordomo / hoje feitor (de campo).
Castàlio, adj. da fonte Castália.
Castamênte, adv. castamente, puramente.
Castàneo, adj. castanho (cor).
Castàno, adj. castanho.
Castellanìa, s. f. castelania.
Castellàno, s. m. castelão (fem. -àna, castelã, castelona).
Castellàta, s. f. carro com pipa para transporte da uva pisada / medida de vinho.
Castellêtto, s. m. (dim.) castelinho / limite de crédito que um banco concede a um cliente; cadastro dos mesmos / registro do loto (loteria) / instrumento de ourives.
Castellína, s. f. jogo infantil com quatro nozes.
Castèllo (fem. -èlla, e pl. m. -èlli), s. m. castelo / fortaleza, cidadela / (mar.) parte do convés do navio mais elevada que o restante / determinada quantidade de alguma coisa; sortimento (dúzia, grosa, etc.) / conjunto dos mecanismos do relógio / (dim.) **castellêtto**, **castellúccio**; (aum.) **castellòtto**.
Castigàbile, adj. castigável; que merece castigo.
Castigamàtti, s. m. chicote, látego / pessoa ameaçadora e severa.
Castigamênto, (ant.) s. m. castigo.
Castigàre (pr. -ígo), v. castigar, punir / corrigir, emendar / polir / prejudicar, danificar; **la brina ha castigato le piante.**
Castigatamênte, adv. castigadamente, corretamente.
Castigatêzza, s. f. correção, irrepreensibilidade / polidez; moderação.
Castigàto, adj. castigado, punido / correto, irrepreensível.
Castigatôre, adj. e s. m. (f. -tríce) castigador, que ou aquele que castiga.
Castigliône (ant.), s. m. castelinho, pequeno castelo.
Castígo, (pl. -íghi) s. m. castigo; pena, punição / justiça, penitência / repreensão; vingança.
Castimònia, s. f. castidade, vida casta.

Castità, s. f. castidade / abstinência.
Càsto, adj. casto; puro / **caste dive**: as Musas.
Castône, s. m. aro ou guarnição de metal que segura a pedraria na jóia: engaste.
Castòreo, s. m. (farm.) castóreo.
Castoríno, s. m. (dim.) castorina, tecido de lã leve e sedoso / pelica feita de pele de castor.
Castòro, s. m. castor, quadrúpede da ordem dos roedores.
Castracàni, s. m. castrador de cães / (fig.) cirurgião inábil.
Castrametazióne, s. f. (mil.) castrametação.
Castrapòrci, s. m. castrador de porcos / (fig.) mau cirurgião / faca de corte ordinário.
Castràre, v. castrar: capar.
Castràto, p. p., adj. e s. m. castrado / (s. m.) capado: carneiro castrado: carne de capado.
Castratóio (pl. -òi) s. m. faca para castrar animais.
Castratúra, s. f. castração, operação de castrar.
Castrazióne, s. f. castração.
Castrênse, adj. castrense, que se refere a acampamento militar; (por ext.) que se refere ao serviço militar.
Castríno, s. m. faca para descascar castanhas / cabrito capado.
Càstro, (ant.) s. m. castelo; acampamento.
Castronàggine, s. f. estupidez, bestialidade, asneira.
Castrône, s. m. castrado, capado / (fig.) bobo, tolo, estúpido.
Castronería, s. f. asneira, tolice, bobagem; v. **castronàggine**.
Casuàle, adj. casual; ocasional, fortuito, eventual.
Casualísmo, s. m. (filos.) casualismo.
Casualità, s. f. casualidade.
Casualmênte, adv. casualmente; fortuitamente; eventualmente.
Casuàrio (pl. -àri), s. m. casuar, ave da ordem das pernaltas.
Casúccia, s. f. (dim. de casa) casinha; casa pequena e modesta.
Casuísta, v. casista.
Càsula, s. f. (anat.) pericárdio.
Casúpola, s. f. casebre; casa mesquinha.
Càsus, s. m. (lat.) usado na expressão —— **belli**: caso de guerra, etc.
Catàbasi, s. f. catábase.
Catabolísmo, s. m. (fisiol.) catabolismo.
Cataclísma, s. m. cataclismo / desastre, catástrofe.
Catacômba, s. f. catacumba.
Catacrèsi, s. f. (gram.) catacrese.
Catacústica, s. f. (fís.) catacústica.
Catadúpa, s. f. catadupa, queda de água; cachoeira.
Catafàlco, s. m. catafalco, estrado, etc.
Catafàscio, na loc. adv. a ——: confusamente, desordenadamente.
Catafràtta, s. f. (hist.) catafracta, cota de armas de linho, ou de lâminas de ferro.
Catafràtto, adj. e s. m. catafracto; couraçado.
Catàgma, s. m. (cir.) fratura.

Catagmàtico (pl. -àtici), catagmático, apto para favorecer a consolidação de uma fratura.
Catalèssi e catalessìa, s. f. catalepsia.
Catalèttico (pl. -èttici), adj. caléptico.
Catalètto, s. m. padiola para o transporte de doentes / catafalco, esquife, eça.
Catàlisi, s. f. (fís.) catálise.
Catalítico (pl. ítici) adj. (quím.) catalítico.
Catalizzàre, (pres. ízzo), v. catalisar.
Catalizzatôre, s. m. (quím.) catalisador.
Catalogàre, (pr. àlogo) v. catalogar.
Catalògno, s. m. jasmim originário da Catalunha.
Catàlogo (pl. -àloghi), s. m. catálogo / descrição sumária e sistemática.
Catalúffa (ant.), s. f. catalupa, tecido para uso de tapeçaria.
Catapàno, s. m. (hist.) catapã, governador das cidades italianas sob o domínio bizantino.
Catapêcchia, s. f. casebre; casebre arruinado.
Cataplàsma, (pl. àsmi) s. m. cataplasma / (fig.) indivíduo fraco, doentio / (pop.) pessoa inoportuna: emplastro.
Cataplessìa, s. f. cataplexia, apoplexia.
Catapúlta, s. f. catapulta: antiga máquina de guerra para lançar projéteis.
Catapultamênto, (neol.) s. m. ação de arremessar um aeroplano por meio de catapulta.
Catapultàre, v. catapultar, arremessar, lançar com catapulta.
Cataràttio, s. m. calafetador, instrumento com que se calafeta.
Cataràtta, v. cateratta.
Catarifrangènte, adj. cata-refrangente (diz-se de corpo que reflete a luz).
Catarismo, s. m. catarismo, heresia dos cátaros.
Càtaro, s. m. cátaro, herético da Idade Média.
Catarràle, adj. catarral.
Catarrina, s. f. gênero de macacos sem cauda, do antigo continente.
Catàrro, s. m. catarro.
Catarroso, ad. catarroso, catarrento.
Catàrsi, s. f. catarse; (por ext.) purgação das culpas, purificação através da expiação das culpas.
Catàrtico, (pl. -àrtici), adj. catártico / (s. m.) catártico, purgante.
Catartismo, s. m. catartismo, operação cirúrgica de uma fratura ou hérnia.
Catàrzo, s. m. (raro) cadarço, tecido de anafaia.
Catàsta, s. f. pilha, montão de qualquer coisa / unidade de medida para lenha de arder / a cataste: em quantidade.
Catastàbile, adj. cadastrável.
Catastàle, adj. cadastral.
Catastàre, v. tr. cadastrar, fazer o cadastro de.
Catàsto, s. m. cadastro.
Catàstrofe (pl. -àstrofi), s. f. catástrofe.
Catastròfico (pl. -òfici), adj. catastrófico.
Catatonìa, s. f. (med.) catatonia / forma precoce de demência.
Catechèsi, s. f. catequese; doutrinamento.

Catechètica, s. f. catequese, método de catequisar.
Catechismo, s. m. catecismo.
Catechìsta, (pl. ísti), s. m. catequista.
Catechistico, (pl. -ístici), adj. (raro) catequístico.
Catechizzàre (pr. -ízzo), v. catequizar.
Catecú, s. m. catchu, catchueiro, substância vegetal extraída de várias espécies de acácias.
Catecumeno, s. m. catecumeno, neófito.
Categorèma, s. m. (filos.) categorema.
Categorìa, s. f. categoria / classe social; hierarquia.
Categoricamente, adv. categoricamente.
Categòrico (pl. òrici), adj. categórico / (fig.) claro, positivo, explícito.
Categorúmeno, s. m. (filos.) tudo aquilo que pode ser em tal ou qual categoria (na filosofia de Aristóteles).
Catelàno, (ant.) adj. e s. m. variedade de ameixeira.
Catelloni, (ant.) adv. devagar, vagarosamente / a ———: de mansinho, pé ante pé.
Catêna, s. f. cadeia de anéis (de ferro ou outro metal); corrente / série de montanhas / (fig.) vínculo, impedimento / grilhão / roder la ———: consumir-se por ira ou despeito.
Catenàccio, (pl. àcci), s. m. ferrolho, cadeado; loquete / decreto ———: aumento improvisado de impostos.
Catenàre, v. tr. (raro) ligar, amarrar com cadeia ou corrente.
Catenària, s. f. (mec.) catenária.
Catenèlla, s. f. (dim.) pequena corrente ou cadeia, espec. de metal precioso: la ——— dell'orologio / punto ———: ponto de bordado.
Cateràtta, s. f. catarata; queda de água / (med.) catarata.
Caterattàio, s. m. guarda das quedas d'água represada em rios ou canais.
Catèrva, s. f. (deprec.), caterva, multidão de pessoas, de animais.
Catète, s. f. rede para pescar.
Cateterismo, s. m. (med.) cateterismo.
Catèto, s. m. (geom.), cateto.
Catilinària, s. f. catilinária.
Catilinàrio, adj. (raro) catilinário; sinistro, pernicioso.
Catinàio (pl. ài), s. m. vendedor ou fabricante de vasilhas e similares.
Catinèlla, s. f. baciazinha / quantidade de líquido contido numa bacia / a catinelle: em grande quantidade.
Catinellàta, s. f. quantidade de líquido que contém uma bacia.
Catíno, s. m. alguidar, vaso: bacia; lavabo / (arquit.) nicho, vão, em forma de concha.
Catiône, s. m. (eletr.) cátion; (catião); catione.
Càto, (ant.) adj. esperto, astuto; velhaco.
Catoblèpa, s. m. catòblema, animal fantástico, entre os antigos / antílope dos sertões do Congo.
Catòdico (pl. -dici), adj. (fis.) catódico.
Càtodo, s. m. (fís.) cátodo, catódio.
Catòllo, (ant.) s. m. pedaço, um tanto grosso, de qualquer coisa.
Catône, s. m. catão (de Catão, cidadão romano) / (fig.) homem austero.

Catoneggiàre, v. intr. fazer de Catão; afetar austeridade, severidade.
Catoniàno, adj. catoniano, de Catão.
Catòrbia, s. f. (burl.) prisão, cárcere; xadrez, xilindró.
Catòrcio (pl. -òrcii), s. m. ferrolho.
Catòrzolo, s. m. proeminência, nodosidade, espec. na superfície da madeira.
Catorzolúto, adj. cheio de saliências; verruguento; nodoso.
Catòttrica, s. f. (fís.) catóptrica.
Catòttrico, adj. catóptrico.
Catramàre, v. tr. alcatroar.
Catràme, s. m. alcatrão; betume; pez mineral.
Catramína, s. f. pastilha de substância extraída do alcatrão, usada contra a tosse.
Catriòsso, s. m. (raro) carcaça de ave / (fig.) pessoa muito magra.
Cattàno, (ant.), s. m. capitão / castelão.
Cattàre (ant.), v. tr. procurar / obter, arranjar.
Càttedra, s. f. cátedra / púlpito / tribuna.
Cattedrále, s. f. catedral, igreja principal / sé, matriz.
Cattedrànte, s. m. catedràtico / (fig.) pedante.
Catedraticàmente, adv. catedraticamente, sossegadamente.
Cattedràtico (pl. -àtici), adj. catedrático.
Cattivàggio, (ant.) s. m. cativeiro; prisão.
Cattivànza, (ant.) s. f. cativeiro, prisão /ruindade, má vontade.
Cattivàre, v. cativar, atrair, conquistar / (ant.) capturar, tornar cativo.
Cattivèllo, adj. e s. m. (dim.) ruinzinho, mauzinho / mesquinho / s. m. (téc.) anel a que se pendura o badalo do sino e similares.
Cattivèria e cattiveria, s. f. malvadeza, ruindade; perfídia, perversidade.
Cattivèzza, s. f. (raro) malvadeza.
Cattività, s. f. malvadeza, (pouco empr. nesse sentido) / cativeiro, prisão, escravidão.
Cattivo, adj. mau, malvado; perverso; ruim / indócil, travesso, traquinas (falando de menino) / inepto, incapaz / duro, desalmado / daninho; reprovável / corrupto, viciado / (ant.) cativo, prisioneiro / (dim.) **cattivèllo**, **cattivùccio**; (aum.) **cattivône**; (depr.) **cattivàccio**.
Càtto (ant.), adj. preso / (s. m.) máquina de sítio, cauchu.
Cattolicamènte, adv. catolicamente.
Cattolicísmo e cattolicèsimo, s. m. catolicismo.
Cattolicità, s. f. catolicidade.
Cattòlico (pl. -òlici), adj. e s. m. católico.
Cattúra, s. f. captura, prisão; apreensão / tomada, arresto.
Catturàre, (pr. -úro) v. tr. capturar, prender (alguém) / aprender, tomar, arrestar.
Catú, s. m. substância aromática extraída de uma árvore, da Índia.

Catúba, s. f. instrumento musical constituído por dois pratos de metal que se tocam batendo um contra o outro.
Catúno, (ant.) adj. e pr. cada um.
Caucciú, s. m. cauchu; caucho (bras.) borracha de cauchu.
Càuda, (lit.) voc. lat. na loc. "in ——— venènum": na cauda (no fim) está o veneno.
Caudàle, adj. caudal, pertencente à cauda.
Caudatàrio (pl. -àri), s. m. caudatário.
Caudàto, adj. que tem cauda: caudado.
Càudice, s. m. cáudice; tronco perene de árvore, revestido de casca.
Caudíne, adj. f. (pl.) caudinas; us. na loc. **forche** ———: forças caudinas; (fig.) submissão, humilhação.
Càule, s. m. caule, haste dos vegetais.
Caulícola, s. f. (bot.) caulícola.
Caulícolo, s. m. caulícolo / (arquit.) talos que se enrolam em volutas sob o ábaco do capitel coríntio.
Caùsa, s. f. causa / razão, motivo / o que produz, ocasiona; origem: **l'òzio è ——— di tutti i vizi** / (jur.) causa, processo, ação, demanda.
Causàle, adj. causal / (s. f.) razão, motivo, origem, proveniência.
Causalità, s. f. causalidade.
Causàre, (pr. càuso) v. tr. causar, ser causa de; ser motivo de; originar, produzir.
Causídico (pl. -ídici), s. m. causídico; que trata de causas: advogado.
Càustica, s. f. (fís.) cáustica.
Causticità, s. f. causticidade.
Càustico, (pl. càustici), adj. cáustico / (fig.) mordaz, pungente.
Cautamènte, adv. cautamente; com prudência.
Cautèla, s. f. cautela, cuidado, prevenção, prudência; reserva, precaução.
Cautelàre, (pr. -èlo) v. cautelar, acautelar.
Cautelatívo, adj. acautelador.
Cautelôso, adj. cauteloso, cauto, prudente.
Cautério (pl. -èri), s. m. (med.) cautério.
Cauterizzàre, v. tr. cauterizar.
Cauterizzazióne, s. f. cauterização.
Cautèzza, s. f. (raro) cautela, prudência, cuidado.
Càuto, adj. cauto, acautelado, prudente; sagaz; diligente; circunspecto.
Cauzionàle, adj. caucional, caucionário.
Cauzióne, s. f. caução; cautela; contrato, fiança; garantia; penhor / (dim.) **cauzioncèlla**.
Càva, s. f. cava, (raro) fosso; mina; pedreira / gruta, espelunca, covil, antro / (fig.) grande abundância de uma coisa.
Cavadènti, s. m. (deprec.) tira-dentes; dentista.
Cavafàngo (pl. -ànghi), s. m. draga, aparelho, para tirar entulho, etc., do fundo dos rios, do mar, etc.
Cavàgno, s. m. pequena cesta.
Cavalcàbile, adj. cavalgável / diz-se também de estrada, na qual se pode andar a cavalo.
Cavalcamènto, s. m. (raro) ação de cavalgar / cavalgada, porção de pessoas a cavalo.

Cavalcànte, p. pr. adj. e s. m. cavalgante, o que monta a cavalo / cavaleiro / (ant.) soldado a cavalo.

Cavalcàre, (pr. -àlco), v. tr. cavalgar, montar sobre; saltar por cima de; galgar / (intr.) montar, andar a cavalo.

Cavalcàta, s. f. ação de cavalgar / cavalgada, cavalcata, comitiva de pessoas a cavalo.

Cavalcatôre, s. m. (f. -tríce) cavalgante, que ou o que monta a cavalo: cavaleiro.

Cavalcatúra, s. f. cavalgadura; besta cavalar.

Cavalcavía, s. f. arco ou ponte que passa sobre uma rua e que serve de comunicação entre os dois lados de uma rua mais alta.

Cavalchína, s. f. (dial.) baile de máscaras.

Cavalciôni, adv. a cavalo, às cavaleiras / escarranchado.

Cavalieràto, s. m. cavaleirato, cavaleirado.

Cavalière, s. m. cavaleiro, que anda a cavalo; soldado a cavalo / membro de uma ordem de cavalaria ——— d'industria: aventureiro.

Cavalieréssa, s. f. dama de uma ordem de cavalaria / (burl.) esposa de cavaleiro.

Cavaluòla, adj. e s. f. farsa popular na Itália, no século XVI.

Cavàlla, s. f. égua.

Cavallànte, s. m. (dial.) cavalariço, o que toma conta dos cavalos.

Cavallàro, s. m. mercador de cavalos; (bras.) cavalariano.

Cavallàro, s. m. cavalariço / aquele que conduz um cavalo de carga / (ant.) correio, mensageiro: **e di poeta cavallar mi feo** (Ariosto).

Cavallàta, (ant.) s. f. milícia a cavalo / tributo de um cavalo que se impunha a todo cidadão rico.

Cavallegière, s. m. (bras.) soldado de cavalaria; cavalariano.

Cavallerescamênte, adv. cavalheirescamente; nobremente; generosamente.

Cavalleresco, (pl. -êschi) adj. cavalheiresco; cavalheiroso; nobre, brioso; delicado.

Cavallería, s. f. (mil.) cavalaria.

Cavallerízza, s. f. cavalariça; cavalhariça / arte de cavalgar / mulher que nos circos faz exercícios a cavalos; cavaleira; amazona.

Cavallerízzo, s. m. cavalariço; estribeiro / picador.

Cavallétta, s. f. gafanhoto.

Cavallêtto, s. m. cavalete (armação de madeira); (hist.) instrumento de tortura.

Cavallína, s. f. (dim.) cavalinha, pequena cavala; eguazinha.

Cavallíno, adj. cavalar, que pertence à espécie de cavalo; equino / (s. m.) (dim.) cavalinho, de cavalo, potro / (fig.) pessoa amolante.

Cavàllo, s. m. (zool.) cavalo / ——— **vapore**: cavalo-vapor / (dim.) **cavallíno, cavallúccio**.

Cavallòcchio, s. m. causídico / advogado chicaneiro.

Cavallône, s. m. (aum.) cavalo grande, cavalão / onda, vagalhão; vaga.

Cavallúccio, (pl. -úcci) s. m. (dim.) cavalinho, pequeno cavalo / a ———: às cavaleiras; (zool.) ——— **marino**: cavalo-marinho.

Cavamàcchie, s. m. e f. tira-manchas.

Cavamênto, s. m. ato de cavar, cavação, escavação ((ant.) cavamento.

Cavàre, v. tr. cavar, escavar; abrir, revolver (a terra) / extrair, tirar / tornar côncavo / (pr.) **cavarsi**: tirar-se; livrar-se, sair-se.

Cavastivàli, s. m. instrumento para tirar as botas.

Cavàta, s. m. cavação, cavadela, ação de tirar, de extrair; ——— **di sangue**: sangria / som de instrumento ou da voz humana.

Cavatàppi, s. m. saca-rolhas.

Cavatína, s. f. (dim.) (mús.) cavatina.

Cavatôia, s. f. (mar.) fenda nas árvores do navio por onde passam as cordas.

Cavatôre, s. m. (f. -tríce) cavador, o trabalhador que cava.

Cavatríce, s. f. máquina escavadora.

Cavatúra, s. f. cavação, cavadela, ação de cavar / a parte escavada; concavidade.

Cavaturàccioli, s. m. saca-rolhas.

Caveziône, s. m. passagem da espada de um esgrimista sob a espada do adversário, mudando de linha.

Càve, voz lat. us. em várias loc. e que significa cautela, atenção, cuidado.

Càvea, s. m. (arqueol.) cávea, platéia no anfiteatro romano.

Cavedàgna, s. f. vereda, atalho campestre.

Cavèdine, s. f. peixe parecido com o muge ou mugem (de água doce).

Cavèdio, s. m. pátio; alpendre, saguão.

Cavèlle, (ant.) adv. alguma coisa, ninharia, coisa mínima, nonada.

Cavèrna, s. f. caverna; cavidade profunda e extensa; antro; gruta / cova, espelunca / (fisiol.) cavidade anormal dos pulmões.

Cavernícola e **cavernícolo**, s. m. e adj. cavernícola; habitante de caverna.

Cavernôso, adj. cavernoso.

Cavêtto, s. m. (dim.) caveto / (arquit.) moldura que se aplica sobre as cornijas / fio de aço da bicicleta, que aciona os breques.

Cavêzza, s. f. cabresto, freio / **tenere a ———**: ter a freio, submeter à disciplina dura.

Cavezzàlle, s. m. trecho de terreno inculto / (ant) cabeceira da cama.

Càvia, s. f. cávia, porquinho-da-índia / cobaio; cobaia.

Caviàle, s. m. caviar.

Cavicchia, s. f. cavilha.

Cavícchio, (pl. -ícchi), s. m. espécie de cabide / estaca / degrau de escada de mão / (fig.) pretexto, desculpa.

Caviglia, s. f. cavilha / (anat.) tornozelo; canela / (mar.) cada um dos raios de manejo do leme.

Cavigliatòio, s. m. instrumento para torcer a seda.

Caviglièra, s. f. (mar.) cavilha fixada às árvores da ponte de coberta / tornozeleira dos atletas.
Cavillàre, v. intr. cavilar, usar de cavilações; sofismar.
Cavillatôre, adj. e s. m. cavilador; sofista; enganador.
Cavillazióne, s. f. cavilação, sofisma; razão falsa e enganosa / maquinação; astúcia.
Cavíllo, s. m. cavilação; sofisma; cavilagem; capciosidade; pretexto.
Cavillosaménte, adv. cavilosamente; sofisticamente.
Cavillosità, s. f. cavilação; (bras.) cavilagem.
Cavità, s. f. cavidade, parte cavada ou vazia de um corpo; cova; concavidade.
Cavitazióne, s. f. cavitação / (mar.) formação de uma cavidade ou bolsa de ar na água, em torno de uma hélice que gira.
Càvo, adj. cavo, côncavo, covo, oco / (s. m.) cavidade, concavidade / (anat.) veia cava.
Càvo, s. m. (mar.) cabo, corda / ―― sottomarino: cabo submarino.
Cavolàia, s. f. plantio de couves, couval / borboleta das flores.
Cavolàio, s. m. vendedor de couves / hortelão, verdureiro.
Cavolàta, s. f. comida à base de couves.
Cavolfiôre, (pl. -ôri) s. m. couve-flor.
Càvolo, s. m. couve / (fig.) **non me ne importa un** ――: não me interessa um caracol.
Cavorríno, s. m. (de Cavour, n. p.) cédula de duas liras.
Cavriuòlo, (ant.) s. m. cervo.
Cazzàre, v. tr. (mar.) puxar um cabo.
Cazzaruòla e cazzeruòla, s. f. caçarola; panela.
Cazzottàre, v. (pr. -òtto) esmurrar; dar socos; socar / (refl.) cazzottàrsi: esmurrar-se.
Cazzòtto, s. m. (vulg.) murro, soco / **lavoro fatto a** ――: trabalho executado grosseiramente.
Cazzuòla, s. f. colher de pedreiro, trolha.
Ce, part. pron. a nós / ―― **lo dimostra**: no-lo demonstra / **non** ―― **ne importa**: não nos importa / (adv. de lugar) **non** ―― **lo trovai**: não o encontrei aí.
Cèbo, s. m. cebo, gênero de mamíferos da ordem dos símios da América do Sul.
Cèca, s. f. enguia jovem / "ceka", polícia de Estado na Rússia comunista; "Ghepeú".
Cecàggine, s. f. cegueira (no sentido fig. e depr.).
Cecaménte, adv. cegamente, às cegas.
Cecàre, v. cegar.
Cècca, s. f. pega (zool.) / mulher tagarela / **far** ―― **ou cilecca**: não pegar fogo (de arma que falha ao ser usada).
Cecchíno, s. m. (neol.) atirador escolhido do exército austríaco, na guerra de 1914-18.
Cèce, s. m. grão de bico / (por ext.) verruga.
Cechíno, s. f. (dim.) ceguinho.

Cècia, s. f. pequeno braseiro para esquentar a cama / padre, freira.
Cecília, s. f. cecília, réptil anfíbio da América do Sul.
Cecità, s. f. ceguidade, cegueira (no pr. ou no fig.).
Cèco, v. cieco.
Cèco, adj. e s. checo.
Cecoslovàcco, adj. checoslovaco.
Cècubo, s. m. (lit.) famoso vinho que antigamente se produzia no Lácio.
Cedènte, p. pr. e adj. cedente / obediente, remissivo / (s. m.) (jur.) aquele que faz uma cessão.
Cèdere, (pr. -cèdo) v. ceder; desistir; renunciar; transigir; recuar; não resistir / (intr.) dobrar-se, curvar-se, submeter-se; resignar-se.
Cedêvole, adj. que cede facilmente; maleável; flexível; dócil; remissivo.
Cedevolêzza, s. f. flexibilidade; maleabilidade.
Cedíglia, s. f. cedilha, sinal ortográfico.
Cediménto, s. m. (raro) ação e efeito de ceder, de coisa que não se sustém; desmoronação, derrubamento.
Cèdola, s. f. cédula / cupão; bilhete; apólice.
Cedràia, s. f. cidral, pomar de cidreiras.
Cedràre, (pr. -cêdro) v. tr. preparar água ou similar com xarope de cidra.
Cedràta, s. f. xarope de cidras: cidrada.
Cedràto, p. p. e adj. temperado com xarope de cidra / que tem sabor de cidra.
Cedrína, s. f. erva-cidreira.
Cedríno, adj. cedrino, de cedro ou similar ao cedro.
Cedriuòlo, v. cetriuolo.
Cêdro, s. m. cedro, nome comum a div. árvores lauráceas, pináceas e meliáceas / madeira dessa planta / cidreira, planta das rutáceas que produz a cidra.
Cedróne, s. m. cidrão, bebida feita de casca de cidra / (zool.) galo de montanha.
Cedronèlla, s. f. (bot.) citronela; melissa.
Cèduo, adj. que se pode cortar, talhadiço; diz-se de mata ou árvore que se corta periodicamente, para obter lenha.
Cefalalgía, s. f. cefalalgia; dor de cabeça.
Cafalálgico, adj. cefalálgico.
Cefalèa, s. f. cefaléia.
Cefálico, (pl. -àlici), adj. cefálico.
Cèfalo, s. m. céfalo, prefixo / (zool.) mugem (peixe marinho).
Cefaloplegía, s. f. cefaloplegia, paralisia dos músculos do pescoço.
Cefalòpodi, s. m. (pl.) (zool.) cefalópodes.
Cefalorachidiàno, adj. cefalorraquidiano.
Ceffàre, (ant.) v. agarrar, segurar, aferrar, prender.
Ceffàta, s. f. sopapo; tapa, bofetada.
Cêffo, s. m. focinho do cachorro, e por ext., também de outros animais / (deprec.) cara, carranca / fuça.
Ceffonàre, v. sopapear, dar sopapos em.
Ceffône, s. m. tapa; sopapo; bofetão.
Celaménto, s. m. ato de ocultar; ocultação.

Celanêse, s. m. tecido de algodão, sucedâneo da seda natural.
Celàre, (pr. cèlo) v. ocultar; esconder; encobrir; guardar / (refl.) **celàrsi**: esconder-se, ocultar-se.
Celàta, s. f. celada, armadura antiga de ferro, defensiva da cabeça.
Celatamênte, adv. ocultamente.
Celebèrrimo, adj. sup. celebérrimo.
Celebràbile, adj. celebrável.
Celebrànte, p. pr., adj. e s. m. celebrante, que celebra / o sacerdote que celebra a missa.
Celebràre, (pr. -cèlebro) v. celebrar, efetuar, realizar, praticar (algum ato solene) / exaltar, glorificar; louvar; magnificar.
Celebratôre, adj. e s. m. celebrador, que ou que celebra.
Celebraziône, s. f. celebração.
Cèlebre, adj. célebre; famoso; nomeado; celebrado.
Celebrità, s. f. celebridade; grande fama.
Celenteràti, s. m. (pl.) (zool.) celenterados.
Cèlere, adj. célere, ligeiro, veloz; (neol.) (s. m.) trem rápido / (s. f.) seção da polícia motorizada italiana: **la** ———.
Celerímetro, s. m. celerímetro / taxímetro.
Celerità, s. f. celeridade.
Celermênte, adv. celeremente, velozmente.
Celèsta, s. f. celesta, instrumento musical semelhante a um pequeno piano, em que as cordas são substituídas por lâminas metálicas.
Celestiàle, adj. celestial, celeste.
Celestialmênte, adv. celestialmente.
Celestíno, adj. celestino, de cor azul celeste / (s. m.) frade beneditino da ordem dos celestinos.
Celèusma e **celèuma**, s. m. celeuma, vozearia que fazem os marinheiros quando trabalham juntos.
Celèuste, s. m. cantor que marcava aos marinheiros o tempo da voga.
Cèlia, s. f. gracejo, brincadeira, mofa / **per** ———: por bricadeira.
Celíaco, adj. celíaco, relativo à cavidade abdominal.
Celiàre, (pr. -èlio) v. intr. gracejar, brincar; caçoar.
Celibatário, (galic.) s. m. celibatário, solteiro.
Celibàto, s. m. celibato.
Cèlibe, adj. e s. m. solteiro; celibatário.
Celícola (pl. -ícoli), adj. e s. m. (lit.) celícola, habitante do céu.
Celidònia, s. f. (bot.) celidônia.
Cèlla, s. f. cela; quarto pequeno; câmara ou aposento; cubículo / alvéolo.
Celleràrio, s. m. celeireiro, o que toma conta da adega ou da despensa, espec. nos conventos.
Cellière, s. m. celeiro; despensa, adega.
Cellofàne, s. f. celofone (papel transparente).
Cellòria, (ant.) cérebro, inteligência, as células da memória.
Cèllula, s. f. célula / pequena cavidade alveolar / núcleo político.
Cellulàre, adj. celular, formado de células / prisão celular.

Cellulíte, s. f. (med.) inflamação de um tecido celular.
Cellulòide, s. f. celulóide.
Cellulòsa, s. f. celulose.
Cellulòsio, (pl. -òsi), s. m. celulose.
Cellulôso, adj. que contém células: celuloso.
Celòma, s. m. (anat.) celoma.
Celòstata, s. m. celóstato, instr. astron. que imobiliza a imagem do céu.
Celsitúdine, (ant.) s. f. celestitude (poét.); alto, elevado.
Cèlta, (pl. cèlti) s. m. celta, habitante da antiga Gália e lugares limítrofes.
Cèltico, adj. céltico.
Cèltide, s. f. (bot.) celtídea, espécie de olmo.
Cembalàre, v. intr. (ant.) tocar o címbalo.
Cêmbalo, s. m. címbalo / clavicórdio; cravo.
Cembanèlla, s. f. pequeno címbalo.
Cèmbra ou **cèmbro**, s. f. pinheiro dos Alpes, cujas sementes são comestíveis / (arquit.) nacela na base de uma coluna.
Cementàre, v. tr. ligar com cimento, cimentar; (fig.) unir, estreitar, tornar firme uma amizade, uma aliança, etc.: **questo fatto ha cementato la nostra amicizia**.
Cementatòrio, adj. que serve para cimentar.
Cementísta, s. m. operário que trabalha o cimento.
Cementíte, s. f. preparado utilizado para o revestimento de paredes.
Cemênto, s. m. cimento.
Cempênna (tosc. pop.), s. m. e f. pessoa inepta, preguiçosa, que nunca chega a realizar nada.
Cempennàre, v. intr. vagabundear, vadiar / não concluir coisa alguma / tropeçar, esbarrar.
Cèn, apócope de **cento-cem**; **cenquaranta**, **censessanta** / pron. **ce ne**, a nós.
Cêna, s. f. ceia; o pasto da tarde / (dim.) **cênetta**, **cenettina** / (aum.) **cenôna**, **cenóne**; (pej.) **cenàccia**.
Cenàcolo, s. m. cenáculo.
Cenàre, (pr. -cêno) v. intr. cear.
Cenàta, s. f. ato de cear / ceia abundante.
Cenciàio, **cenciaiuòlo**, s. m. (f. -uòla) comprador e vendedor de roupa velha: trapeiro.
Cêncio, (pl. cênci), s. m. trapo, andrajo, farrapo / veste pobre: **è coperto di cenci** / **un** ——— **di checchessia**: parte ínfima de qualquer coisa / **cappello a** ———: chapéu de feltro dobrável / (fig.) **essere un** ———: não ser mais que um farrapo; (dim.) **cencètto**, **cencerèllo**, **cencino**, **cenciolíno**.
Cenciôso, adj. coberto de farrapos: andrajoso.
Ceneràccio (pl. -àcci), s. m. barrela, decoada.
Ceneracciuòlo, s. m. barreleiro, pano grosso que se põe sobre a roupa que deve ser lavada e em que se derrama a decoada de cinza e água quente.
Ceneràio, (pl. -ài) s. m. parte da estufa ou fogão onde cai e se recolhe a cinza.

Ceneràta, s. f. mistura de cinza e água fervida, para ser usada na limpeza de objetos e similares.
Cènere, s. f. cinza / terra úmida dos vulcões / (s. m.) (somente no sing.) restos mortais: il —— del De Amicis.
Cenerèntola, s. f. cinderela; (fig.) coisa ou pessoa desprezada ou maltratada; gata borralheira.
Ceneríccio, adj. acinzentado; cínzeo.
Cenerίno, adj. cor de cinza; cinzento; acinzentado.
Cenerôgnolo, adj. acinzentado.
Cenerône, s. m. barrela, decoada de cinza e água fervida.
Cenerôso, adj. (raro) sujo de cinza.
Cenerúme, s. m. montão de cinza.
Cenestèsi, s. f. (filos.) cenestesia; sensibilidade.
Cèngia, s. f. (alp.) passagem estreita natural ao longo de uma parede de rocha.
Cennamèlla, s. f. flauta pastoril, pífaro.
Cennàre, (ant.) v. acenar.
Cènno, s. m. aceno, sinal, acenamento, gesto / chamamento, convite / indício: il tempo accena a cambiare / notícia breve / far ——: acenar, chamar.
Cenobiàrca (pl. -àrchi), s. m. cenobiarca, prelado de um convento de cenobitas.
Cenòbio, (pl. -òbi) s. m. cenóbio, convento de religiosos.
Cenobítico, adj. cenobítico.
Cenône, s. m. (aum. de cena: ceia) a ceia solene da véspera do Natal ou da última noite do ano.
Cenotàfio (pl. -àfi) s. m. cenotáfio, monumento sepulcral, vazio, em memória de alguém.
Cenozòico, adj. (geol.) cenozóico.
Censimênto, s. m. (ant.) recenseamento; censo.
Censire (pr. -ίsco), v. tr. recensear, fazer o recenseamento.
Censίto, p. p. e adj. recenseado / submetido a recenseamento.
Cènso, s. m. censo / (hist.) recenseamento geral que se fazia em Roma diante do Censor / o rendimento coletável dos cidadãos / renda / patrimônio / imposto / entradas do erário / a ——: mediante contribuição anual.
Censoràto, s. m. cargo e dignidade de censor.
Censôre, s. m. censor.
Censòrio (pl. -òri), adj. censório.
Censuàrio (pl. -àri), (raro) censuário, censual.
Censúra, s. f. censura; magistratura, dignidade, funções de censor.
Censuràre, (pr. -úro) v. tr. censurar, repreender, criticar, notar.
Censuratôre, adj. e s. m. censurador, o que censura.
Centàurea ou **centaurèa**, s. f. (bot.) centáurea, planta da família das compostas.
Centàuro, s. m. centauro / constelação do hemisfério austral / hoje, por ênfase, um motociclista.
Centellàre, (pr. -èllo) v. (raro) beber aos pequenos goles; bebericar.

Centellinàre, (pr. -ίno) v. bebericar.
Centellίno, s. m. gole, trago, golada.
Centèna, s. f. (hist.) grupo de cem famílias, entre os antigos germanos / na época feudal, subdivisão de um comando.
Centenàrio (pl. -àri), adj. centenário.
Centennàle, adj. que tem cem anos; centenário, secular.
Centènne, adj. (lit.) de cem anos, centenário: vecchio, poeta, lutto ——.
Centèrbe, s. m. licor que se fabrica nos Abruzzos, com a destilação de várias ervas aromáticas.
Centèsima, s. f. centésima parte.
Centesimàle, adj. centesimal.
Centèsimo, adj. num. ord. centésimo; a centésima parte / (s. m.) um centavo da lira italiana.
Centiàra, s. f. centiare, a centésima parte do are, um metro quadrado.
Centifòglia, adj. centifólio, que tem cem folhas.
Centìgrado, adj. centígrado.
Centigràmma e **centigràmmo**, s. m. centigrama.
Centίlitro, s. m. centilitro.
Centίmano, adj. (poét.) centímano, que tem cem mãos.
Centímetro, s. m. centímetro.
Cèntina, s. f. cambota / chuleio: pesponto.
Centinàio, (pl. -àia, f.) s. m. centena, unidade numeral de cem unidades; a centinaia: em grande quantidade.
Centinàre, (pr. cèntino) v. tr. armar o cimbre ou cambota / far la centina: bordar a pesponto.
Cènto, adj. num. cem; cento; (fig.) grande quantidade; numerosos, muitos: ci sono —— maniere di vincere nella vita.
Centofòglie, s. m. (bot.) cem-folhas.
Centogàmbe, s. m. centopeia, inseto miriápode.
Centomίla, adj. num. cem mil.
Centomillèsimo, adj. num. e s. m. cem mil.
Centôncio, s. m. murugem, planta herbácea.
Centône, s. m. centão, poesia ou composição literária ou musical feita de fragmentos de um ou mais autores.
Centonovèlle, s. m. livro que contém cem novelas.
Centopèlle, s. m. folhoso, terceiro estômago dos ruminantes, também conhecido por folho, tantas-folhas e saltério.
Centopièdi, s. m. centopéia, animal articulado da classe dos miriápodes.
Centràle, adj. central / (s. f.) escritório central; monumento central; estação central (telef., fer., etc.).
Centralίno, s. m. rede telefônica interna em estabelecimentos particulares.
Centralità, s. f. centralidade.
Centralizzàre, v. tr. centralizar.
Centralizzaziône, s. f. centralização.
Centràre, v. centrar; fixar no centro; equilibrar / (esp.) atirar para o centro; —— il pallone: centrar a bola.
Cèntrico (pl. cèntrici), adj. (raro) central.

Centrífuga, s. f. centrífuga (aparelho para centrifugar).
Centrifugàre, v. tr. (pr. -ífugo) (téc.) centrifugar.
Centrifugaziône, s. f. ação de centrifugar.
Centrífugo, adj. (fís.) centrífugo.
Centrína, s. f. centrina ou centrino / (s. m.) nome científico do peixe-porco.
Centrípeto, adj. (fís.) centrípeto.
Centrísta, adj. e s. m. do centro, que pertence a um partido político do centro.
Cèntro, s. m. centro / ponto central, epicentro; meio.
Centrosôma, s. m. centrossomo, corpúsculo celular.
Centumviràle, adj. centunviral.
Centumviro, s. m. centúnviro.
Centuplicàre, (pr. -úplico) v. tr. centuplicar; (fig.) aumentar muito, avolumar.
Cèntuplo, adj. cêntuplo.
Centúria, s. f. centúria.
Centuriàto, adj. ordenado, dividido por centenas / (s. m.) centuriato, centuriado.
Centuriône, s. m. centurião, o que comandava uma centúria.
Ceppa, (raro) e **ceppàia**, s. f. cepa, a parte inferior do tronco das árvores; cepeira.
Ceppàta, s. f. grupo de árvores ou de cepos; cepeira / reparo feito com cepos plantados no fundo das águas.
Ceppatèllo, s. m. nome vulgar de várias espécies de cogumelos do gênero boleto.
Cêppo, s. m. cepo, tronco de árvore cortado transversalmente / a parte inferior do tronco com as raízes grossas / cepo de cortador, nos açougues / tronco da árvore, cortado para fazer lenha / cepo dos condenados / (ecles.), a caixa das esmolas, nas igrejas / (fig.) origem, estirpe, linhagem / vela / (fig.) estirpe.
Cêra, s. f. cera / vela / (fig.) si strugge come la ———: coisa que acaba rapidamente.
Cêra, s. f. semblante, aspecto do rosto; cara, fisionomia; far buona ———: acolher com cortesia.
Ceraia, adj. abelha que faz a cera: cerífera.
Ceraiuòlo, s. m. pessoa que trabalha ou vende cera: ceroplasta.
Ceralàcca, s. f. lacre.
Ceràmbice, s. f. inseto coleóptero tetrâmero da família dos cerambicídeos.
Ceramèlla, v. **cennamella**.
Ceràmica (pl. -àmiche), s. f. cerâmica.
Ceràre, v. (ou **ineràre**) encerar, passar a cera.
Ceràsa, s. f. ceráso, (s. m.) cereja.
Ceràsta e **ceràste**, s. f. cerasta (gênero de víboras).
Ceràto, p. p. e adj. encerado / (s. m.) ungüento feito com cera de óleo: ceroto.
Ceratosàuro, s. m. réptil gigantesco da ordem dos Dinossauros.
Ceratoscopía, s. f. ceratoscopia; retinoscopia.

Ceráunio, (ant.) s. m. ceráunio, dente fóssil, dos peixes marinhos; (paleogr.) / sigla em forma de uma flecha voltada, para indicar os versos defeituosos / ceráunia, pedra preciosa que se julga cair do céu.
Cèrbero, s. m. (mitol.) cérbero.
Cerbiàtto, s. m. cervato, cervo que ainda não tem esgalhos.
Cerbonèca, s. f. vinho ruim.
Cerbottàna, s. f. zarabatana / uma das primeiras armas de fogo portáteis.
Cèrca, s. f. busca, procura, ação de buscar / cata; investigação.
Cercàre, (pr. cêrco) v. tr. buscar, procurar, catar / investigar / apalpar / percorrer / indagar; examinar; perquirir; espiar / (intr.) esforçar-se: cercava di vincere ad ogni costo.
Cercàta, s. f. ação de procurar; procura, busca, indagação.
Cercatôre, adj. e s. m. aquele que busca, que procura; indagador.
Cêrchia, s. f. cerca, giro, circuito, volta; recinto; os muros que rodeiam uma cidade / âmbito, círculo; roda; ——— di amici: roda de amigos.
Cerchiàia, s. f. rede para pescar nos fossos.
Cerchiàio, s. m. operário que faz os arcos das tinas; tanoeiro.
Cerchiamênto, s. m. (raro) ação de por arcos em tinas e similares.
Cerchiàre, v. tr. guarnecer de arcos: cintar / cingir, rodear, circundar.
Cerchiàta, s. f. grade de jardim ou terraço para segurar as plantas.
Cerchiatôre, s. m. operário que faz arcos das tinas e similares.
Cerchiatúra, s. f. ação de cintar: cintagem.
Cerchiettàre, v. tr. munir de arcos ou cintas.
Cèrchio (pl. cêrchi), s. m. arco, aro, argola / círculo, circunferência / cerca / circuito / tudo aquilo que cinge qualquer coisa: ——— della botte, della carrozza, dei muri / alo / far ———: por-se ao redor de coisa ou pessoa / in ———: formando círculo / (fig.) dare un colpo al ——— e uno alla botte: dar razão a ambos os contendores / (dim.) cerchiètto, cerchièllo, cerchiolíno, (aum.) cerchiône.
Cerchiône, s. m. (aum.) arco grande para carros e similares / aro de metal sobre o qual pousam os pneus das bicicletas e automóveis.
Cèrcine, s. m. rodilha, rosca de pano em que se assenta a carga na cabeça / faixa ou travesseirinho que se põe na cabeça das crianças / (mar.) orla das cordas das velas / anel de vidro no pescoço das garrafas.
Cercône, s. m. (raro) vinho estragado.
Cercopitèco (pl. -èchi), s. m. cercopiteco, macaco da África tropical.
Cercosàuro, s. m. lagartixa grande, de rabo comprido.
Cereàle adj. cereal / (pl. i cereali), as plantas cereais; searas, messes.
Cerebellàre, adj. cerebelar, relativo ao cerebelo.
Cerebràle, adj. cerebral.
Cerebralísmo, s. m. (neol.) cerebralismo.

Cerebraziône, s. f. cerebração, atividade cerebral ou intelectual.
Cèrebro, (ant.) s. m. cérebro.
Cerebrospinàle, adj. cérebro-espinal.
Cèreo, adj. céreo, (poét.) de cera; semelhante à cera; da cor da cera.
Cerería, s. f. lugar onde se vende ou fabrica a cera.
Cerêtta, s. f. pomada para cabelos / pasta, graxa para sapatos.
Cerfòglio (pl. -ògli), s. m. cerefólio, planta hortense semelhante à salsa; cerefolho (pop.).
Cerimònia, s. f. cerimônia / solenidade, pompa / demonstração de honra; cumprimentos exagerados: **quante cerimonie!** / aparência, formalidade / rito; função.
Cerimoniàle, adj. cerimonial / (s. m.) livro que contém as regras das cerimônias.
Cerimonière, s. m. o que dirige as cerimônias: mestre de cerimônias.
Cerimoniosamênte, adv. cerimoniosamente.
Cerína, s. f. cerina, um dos princípios que constituem a cera.
Cerinàrio, s. m. vendedor ambulante de fósforos.
Cèrino, s. m. (dim.) vela pequena / torcida / pequeno fósforo de cera.
Cèrio, s. m. (quim.) cério, elemento químico, metal.
Cèrna, s. f. escolha, separação.
Cernècchio (pl. -ècchi), s. m. melena de cabelos / guedelha; topete.
Cèrnere, v. tr. (ant.) discernir, distinguir, separar, escolher; cernir.
Cèrnida, s. f. (hist.) soldado do condado.
Cernièra, s. f. charneira, bisagra / dobradiça; fecho.
Cerníre, (ant.) v. tr. (ant.) joeirar; cernir.
Cèrnita, s. f. escolha, seleção.
Cernitôre, s. m. joeirador.
Cernitúra, s. f. (raro) ação e efeito de escolher; escolha.
Cêro, s. m. círio / vela.
Ceroferàrio, s. m. ceroferário, acólito que leva o círio nas procissões.
Ceróne, s. m. preparado de várias substâncias para disfarce do rosto dos atores.
Ceroplàsta, s. m. ceroplasta, artista que faz figuras de cera.
Ceroplàstica, s. f. ceroplástica, arte de modelar figuras de cera.
Ceroso, adj. ceroso, céreo, de cera; que contém cera.
Ceròtto, s. m. ceroto (farm.); emplastro; esparadrapo / (fig.) pessoa molesta / trabalho de pintura mal feito: borrão.
Cerpellíno, adj. diz-se de olho que tem as pálpebras reviradas.
Cerracciuòlo, s. m. (dim.) pequena azinheira (árvore).
Cerretàno, s. m. charlatão
cerrêto, s. m. azinheiral.
Cèrro, s. m. azinheiro (árvore).
Certàme, s. m. (poét.) certame, competição, luta, pugna, combate; contraste.
Certamênte, adv. certamente, de certo, na verdade.
Certàre, (ant.) v. combater, disputar.

Certêzza, s. f. certeza; conhecimento certo; coisa certa / segurança; evidência.
Certificàre, v. tr. certificar, asseverar, dar por certo; afirmar, atestar; testemunhar / (refl.) assegurar-se, convencer-se.
Certificato, p. p. e adj. certificado / (s. m.) documento escrito, atestado; certificado; declaração; certidão.
Certitúdine, (ant.) s. f. certeza.
Cèrto, adj. certo, claro, indubitável; verdadeiro; exato; infalível / (s. m.) coisa certa / **di** ———, **per** ———: certamente.
Certôsa, s. f. cartuxa, convento de frades cartuxos.
Certosíno, s. m. cartuxo (monge) / (fig.) homem solitário / **pazienza da** ———: paciência grandíssima.
Certúno (pl. -úni), pron. alguém, algum.
Cerúleo, adj. cerúleo, cor do céu; azul pálido.
Cèrulo, s. m. cerume, a cera dos ouvidos.
Cerúme, adj. (poéti.) cérulo, cerúleo.
Ceruminôso, adj. ceruminoso.
Cerusía, (ant.) s. f. cirurgia.
Cerúsico, (ant.) s. m. cirurgião.
Cerússa, s. f. cerusa, o mesmo que alvaiade.
Cerussíte, s. f. cerusita, sulfureto natural.
Cervellàggine, s. f. (raro) capricho, bizarria, veleidade.
Cervellàta, s. f. salsicha, chouriço à milanesa, com carne e miolo de porco.
Cervellàtto, s. m. (anat.) cerebelo.
Cervellièra, s. f. cervilheira; morrião; capacete.
Cervellinàggine, s. f. (raro) palavra ou ação de quem tem pouco juízo: estroinice, maluqueira.
Cervellíno, s. m. (dim.) cerebrozinho / (adj. e s. m.) pessoa de pouco juízo: teimoso, cabeçudo; maluco, tonto.
Cervèllo (pl. f. cervèlla), s. m. cérebro; encéfalo / (fig.) cabeça, espírito, razão, inteligência.
Cervellôso, (ant.) adj. teimoso.
Cervelloticamênte, adv. excentricamente, teimosamente.
Cervellòtico, (pl. òtici), adj. caprichoso, extravagante, maluco, excêntrico.
Cervellúto, adj. (raro) que tem bom cérebro, ajuizado, avisado.
Cervicàle, adj. (anat.) cervical.
Cervíce, s. f. (lit.) cerviz, parte posterior do pescoço: nuca, cachaço.
Cervière, adj. lobo cerval, nome vulgar do lince.
Cervíno, adj. cervino, referente ao cervo ou veado.
Cèrvo, s. m. cervo; veado.
Cervògia, s. f. uma espécie de cerveja / cerveja.
Cervona, adj. e s. f. cola grossa e consistente.
Cerzioràre, v. tornar certo, acertar; certificar; esclarecer.
Cèsare, s. m. césar, título que se dava aos imperadores romanos / **un cuore di Cesare**: coração generoso.
Cesàreo, adj. cesáreo, imperial / **parto** ———: parto cesariano.
Cesariàno, adj. (hist.) cesariano, de Júlio César.

Cesàrie, s. f. cabeleira grande e espessa.
Cesarísmo, s. m. cesarismo.
Cesatūra, s. f. trabalho de erradicação e soterramento de ervas para adubar o terreno.
Cesellamênto, s. f. cinzelamento.
Cesellàre, (pr. -èllo) v. tr. cinzelar; burilar; gravar / entalhar.
Cesellàto, p. p. e adj. cinzelado; burilado; (fig.) apurado, esmerado.
Cesellatôre, s. m. cinzelador; gravador.
Cesellatúra, s. f. cinzeladura.
Cesèllo, s. m. cinzel, buril / arte de cinzelar / (fig.) trabalho (geralmente de escritor e similares) esmerado.
Cèsio, adj. garço, esverdeado / (s. m.) césio, elemento químico, metal de aspecto prateado.
Cesòia, s. f. (us. geralm. no pl. cesoie) tesouras grandes.
Cesoiàta s. f. tesourada, golpe ou corte de tesoura.
Cespicàre (ant.), v. tropeçar, entropicar, encepar.
Cèspite, s. m. céspede, torrão de terra guarnecido de relva curta e basta / não aconselhado o uso no sentido figurado por princípio, fonte de renda, etc.
Cêspo, s. m. cesto / cèspede, leira de relvas, etc.
Cespúglio, (pl. -úgli) s. m. moita, céspede / leira de relvas etc. (dim.) cespugliètto.
Cespugliôso, adj. (raro) cespitoso.
Cessamênto, s. m. (raro) cessação; cessamento.
Cessànte, p. pr. e adj. cessante, que cessa / (lit.) lerdo, inerte.
Cessàre, (pr. cèsso) v. cessar, não continuar; interromper-se, parar, desistir, suspender, interromper.
Cessazióne, s. f. cessação, ação de cessar / fim.
Cessino, s. m. (de cesso: mitório, privada, latrina) matéria adubável proveniente do expurgo das fossas e privadas.
Cessionàrio (pl. -àri), s. m. cessionário.
Cessiône, s. f. cessão, ação de ceder; transferência de direitos ou ações, etc.
Cèsso, s. m. privada, latrina; mitório.
Cèsta, s. f. cesta; cabaz; (fig.) a ceste: em grande quantidade; (dim.) cestino; cestèllo.
Cestàio (pl. -ài), s. m. cesteiro.
Cestinàre, (pr. -íno) (neol.) atirar ao cesto / (fig.) não publicar um escrito enviado a jornal ou revista.
Cestíno, (dim.) s. m. cesto pequeno, cesto de escritório; (neol.) ——— da viaggio: cestinho com alimento e bebida para serem usados durante a viagem.
Cestíre, v. afolhar, criar folhas.
Cèsto, s. m. cesta, cesto / (ant.) cesto / manopla de couro, guarnecida de ferro / (ant. greg. e rom.) cinto, e, particularmente o cinto de Vênus.
Cèstola, s. f. cestinho para passarinhar; armadilha, alçapão para pegar pássaros.
Cestône, s. m. cesto, cesta grande.

Cèstro, s. m. utensílio usado pelos que pintam à encaústica / (bot.) cestro, betônica.
Cesúra, s. f. cesura / pausa, truncamento do verso exigido pelo ritmo.
Cetàceo, adj. (zool.) cetáceo.
Cètera, (ant.) s. f. cítara.
Ceteràre, (ant.) v. intr. tocar a cítara.
Cèto, s. m. classe, condição, categoria / ordem, casta.
Cetologia, s. f. estudo dos cetáceos.
Cetònia, s. f. cetônia, inseto coleóptero da fam. dos cetônidas, de cores metálicas.
Cètra, s. f. cítara / lira.
Cetràngolo, s. m. laranja de sabor forte e acre.
Cetriuòlo, s. m. (bot.) pepino / (fig.) homem tolo, parvo / (dim.) cetriolíno.
Che (sem acento: pronuncia-se com o "e" fechado) pron. rel. que o qual, a qual, os quais, as quais, / (adj.) qual, quanto / (conj.) que / (s.) o que.
Ché, (pronuncia-se com o "e" fechado) conj. porque, pois que, a fim de que.
Chè, interj. de maravilha, negat. qual!, não é possível!
Checchè, pron. qualquer coisa (de uso pedantesco).
Checchessía, pron. qualquer coisa, o que quer que seja.
Chècchia e chèccia, s. f. navio de duas árvores, usado um tempo pelos ingleses e holandeses.
Cheddíte, s. f. espécie de explosivo.
Cheilofagia, s. f. quilofagia, hábito de morder os lábios.
Cheiropàsmo, s. m. câimbra dos escritores.
Chèla, s. f. quela, segmentos dos apêndices dos artrópodes, formando uma pinça.
Cheletomía, s. f. operação da hérnia estrangulada; celotomia.
Chellerína, s. f. (neol.) moça que serve nos cafés, bares e similares; (bras.) garçonete.
Chelòni, s. m. (pl.) (zool.) quelômios.
Chelonìte, s. f. (miner.) quelonite.
Chemioterapía, s. f. (med.) quimioterapia.
Chemiotropísmo, s. m. quimitropismo, orientação em animais ou plantas pelos regentes químicos.
Chenopèdio, s. m. quenopódio (bot.); anserina.
Chenopodiàcee, s. f. (pl.) quenopodiáceas.
Chènte (ant.) adj. que, qual, qualquer; ——— la cagion sia, seja qual for o motivo.
Chepí, s. m. quepe ou quépi, boné usado por militares.
Chêppia, s. m. saboga, savelha (peixe).
Cherargírio (pl. -íri) s. m. (quím.) cloreto de prata.
Cheratína, s. f. ceratina, substância córnea das unhas, dos chifres, etc.
Cheratíte, s. f. ceratite, inflamação da córnea.
Chêrco (ant.) s. m. clérigo: e se tutti fur cherci questi chercuti (Dante).
Chèrmes, s. m. quermes.
Chèrmisi, s. m. carmesim (cor.).

Chermisíno, adj. carmíneo, carminado, carmesim, da cor do carmesim.
Chernêtide, s. m. espécie de aracnídeo.
Chersídrii, s. m. (pl.) quersídeos, família de reptéis, da ordem dos quelônios.
Cherúbico, adj. querúbico ou querubínico.
Cherubíno, s. m. querubim, anjo.
Chetamênte, adv. quietamente, silenciosamente / (fig.) ocultamente.
Chetàre (pr. chêto) v. fazer calar / aquietar / (refl.) calar-se, aquietar-se.
Chetichèlla, na loc. adv. alla ———, às ocultas: de mansinho, sorrateiramente.
Chêto, adj. quieto, calmo, tranqüilo / (fig.) **acqua cheta**, pessoa sonsa, dissimulada.
Chetône, s. m. (quím.) produto da oxidação de um álcool sècundário.
Chi, pr. quem, aquele ou aquela que, qualquer / às vezes refere-se a condição, qualidade: **non so ——— tu sia**.
Chiàcchiera, s. f. conversa fútil, palavrório para passar o tempo / notícia falsa / maledicência / (fig.) é **buono sole a chiacchiere**, tem valor só no palavrório.
Chiacchieràre, v. intr. parolar, tagarelar, palrar, cavaquear.
Chiacchieràta, s. f. conversação, tagarelada; conversa fiada.
Chiacchiericcio (pl. -ícci), s. m. conversa, tagarelice de muitas pessoas juntas.
Chiacchierìno, s. m. palrador, tagarela / trabalho de renda / (fr. "frivolité").
Chiacchierío (pl. -íi), palração, tagarelagem.
Chiacchierône, s. m. (f. -ôna), palrador, tagarela, linguareiro, linguarudo.
Chiàma, s. f. ação de chamar pelo nome e por ordem as pessoas presentes a uma reunião; chamada.
Chiamàre, (pr. àmo) v. tr. e intr. chamar, mandar vir, convidar / citar / invocar / convocar / nomear / (refl.) chamar-se; **come ti chiami?**: como te chamas?
Chiamàta, s. f. ação e efeito de chamar, chamada / chamado / convite / citação, convocação / inspiração, evocação / mobilização.
Chiamatôre, s. m. pessoa que chama, chamador.
Chiàna, (ant.) s. f. lugar pantanoso; paul.
Chianàre, v. tr. ação de esfregar os corais com uma pedra, até que fiquem livres da casca.
Chiànti, s. m. vinho da região do Chianti, na Toscana.
Chiàppa, s. f. (vulg.) nádega / (ant.) saliência.
Chiappacàni, s. m. laçador de cães.
Chiappamôsche, s. m. apanha-moscas / tolo, parvo / pássaro que se alimenta de moscas / (bot.) dionéia.
Chiappanùvoli, s. m. vaidoso, enfatuado, inútil.
Chiappàre, v. tr. pegar, agarrar, segurar / colher, surpreender.
Chiapparèllo, s. m. armadilha, ardil, engano, rodeio.
Chiappíno, s. m. beleguim, esbirro.

Chiàppola (ant.), s. f. bagatela, ninharia.
Chiappolàre (ant.), v. pilhar, apossar-se.
Chiàra, s. f. clara de ovo.
Chiaramênte, adv. claramente, francamente, abertamente.
Chiaranzàna e chiarentàna, s. f. baile originário da Caríntia / (fig.) barulho.
Chiaràta, s. f. emplastro para aplicar nas feridas, (remédio caseiro).
Chiarèlla, s. f. salva dos prados / (téc.) defeito em tecidos que não foram acabados de maneira uniforme.
Chiarètto, adj. dim. um tanto claro / vinho vermelho-claro, clarete.
Chiarêzza, s. f. clareza / limpidez, lucidez, nitidez, esplendor / evidência.
Chiaría, s. f. claridade, limpidez, pureza de céu sereno.
Chiarificàre, v. tr. clarificar, aclarar / apurar, esclarecer, elucidar, purificar.
Chiarificazióne, s. f. clarificação / esclarecimento.
Chiarimênto, s. m. aclaramento / esclarecimento, explicação.
Chiarína, s. f. clarim, clarinete, trombeta.
Chiarìre, (pr. ísco) v. tr. clarificar, aclarar / esclarecer, explicar, purificar, limpar / (pr.) certificar-se / esclarecer-se; tornar-se límpido.
Chiaríssimo, adj. claríssimo, ilustre.
Chiaríta, s. f. claridade (do céu) / lugar raso em mata ou bosque.
Chiaritá, s. f. clareza, claridade.
Chiaritóio, s. m. filtro para clarear os líquidos / lugar onde se faz a clarificação dos líquidos.
Chiaritúra, s. f. clarificação / ação de filtrar líquidos.
Chiàro, adj. claro, límpido / luminoso, brilhante / puro / ilustre, preclaro / (s. m.) claridade, luz.
Chiarôre, s. m. claridade, luz, esplendor, limpidez.
Chiaroscuràre, v. dar o claro-escuro a um desenho.
chiaroscúro, s. m. claro-escuro.
Chiàroveggènte, adj. clarividente / adivinho, profeta, vidente.
Chiaroveggènza, s. f. clarividência / perspicácia, intuição, pressentimento.
Chiàsma ou chiàsmo, s. m. quiasma (anat.), cruzamento de nervos óticos sobre o esfenóide / (gram.) construção anômala resultante do cruzamento de construções normais.
Chiassàta, s. f. barulho, algazarra / pândega, brincadeira / repreenda, ensaboadela.
Chiassotto, s. m. (dim.) barulhinho / vieia, angiporto.
Chiàsso, s. m. barulho, ruído, rumor, algazarra / **far ———**: provocar interesse ou discussão / **è un libro che ha fatto ———**.
Chiàsso, s. m. ruela, rua estreita, beco.
Chiassône, s. m. (f. -ôna) barulhento / folgazão, alegre.
Chiassosamênte, adv. rumorosamente, de forma barulhenta.
Chiassôso, adj. barulhento, rumoroso / berrante (de cor muito viva).

Chiàtta, s. f. barco de fundo chato, pontão.
Chiàtto, adj. chato, plano, baixo, achatado.
Chiavàccio, s. m. ferrolho, cadeado.
Chiàvaio, s. f. fabricante de chaves, chaveiro.
Chiavàrda, s. f. tarraxa, cavilha.
Chiàve, s. f. chave / registro / clave / (dim.) chiavètta, chiavina, chiavicina, (aum.) chiavôna, chiavône.
Chiavèllo, (ant.) s. m. prego.
Chiaverína, s. f. (hist.) chuço, alabarda.
Chiavètta, s. f. (dim.) chavezinha / chave de torneira.
Chiavica, s. f. cloaca / cano de despejo.
Chiavistèllo, s. m. ferrolho / cadeado, loquete.
Chiàzza, s. f. mancha na pele / mancha, nódoa.
Chiazzàre, v. manchar, enodoar.
Chiazzàto, adj. manchado, cheio de nódoas.
Chiazzatúra, s. f. ação de manchar / mancha, nódoa.
Chicca, s. f. doce, confeito, bombom e em geral qualquer coisa doce.
Chícchera, s. f. xícara, chávena pequena para servir café, chá, etc.
Chicqessía, pron. quem quer que seja, qualquer pessoa, qualquer que seja.
Chicchiriàta, s. m. quiquiriqui, canto prolongado do galo.
Chicchirichí, s. m. quiquiriqui, voz onomatopaica imitativa do canto do galo; o mesmo que cocoricó, cocorocó
Chícco, (pl. chícchi) s. m. grão, bago.
Chiedènte, p. pr. e adj. pedinte / requerente / demandista, demandante.
Chièdere, (pr. chièdo e chièggo), v. pedir, rogar, solicitar / perguntar / requerer.
Chiedíbile, adj. pedível / perguntável.
Chiercúto, adj. (poét.) tonsurado, tosquiado.
Chierere, (ant.) v. pedir.
Chieresía, (ant.) s. f. clerezia, o clero.
Chierica, s. f. tonsura, coroa; (fig.) a condição de clérigo.
Chiericàto, s. m. clericato.
Chièrico, (pl. -èrici), s. m. clérigo / por ext. toda pessoa que exerce o sacerdócio / (ant.) douto / (dim.) chierichino, chierichètto; (deprec.) chiericónzolo.
Chièsa, s. f. igreja.
Chiesètta, s. f. (dim.) pequena igreja, igrejinha.
Chiesuóla, s. f. (dim.) igrejinha, igrejola; (fig.) conjunto de pessoas que se reúnem por um fim literário, artístico, político (usado em sentido depreciativo).
Chietineria, s. f. (raro) bigotismo.
Chietino, s. m. monge da ordem dos Teatinos. (da cidade de Chieti, nos Abruzzos); usado também no significado depreciativo de carola, hipócrita.
Chifel, s. m. (al. "Kipfel) pão em forma de meia lua, feito com flor de farinha e manteiga.
Chíglia, (pl. "chiglie") s. f. quilha, costado do navio; querena.

Chiliàrca, (pl. àrchi) s. m. (hist.) quiliaro, chefe de quiliarquia.
chilifero, adj. quilífero (vasos linfáticos do intestino).
Chilificàre, v. intr. quilificar, converter o alimento em quilo.
Chílo, s. m. quilo (líquido esbranquiçado a que ficam reduzidos os alimentos).
Chílo, s. m. quilo, abrev. comercial de quilograma.
Chilociclo, s. m. quilociclo.
Chilogràmma e chilogràmmo, (pl. -àmmi) s. m. quilograma.
Chilomètro, s. m. quilômetro.
Chilòlitro, s. m. quilolitro.
Chilometràggio (pl. -àggi). s. m. quilometragem.
Chilomètrico (pl. -ètrici) adj. quilométrico.
Chilomètro, s. m. quilômetro.
Chilowàtt, s. m. quilowatt.
Chiméra, s. f. quimera, monstro fabuloso da mitologia grega / (fig.) absurdo, fantasia, produto da imaginação, utopia.
Chimericamènte, adv. quimericamente.
Chimêrico, (pl. -èrici) adj. quimérico, estranho, utópico, ilusório, fantástico.
Chímica, s. f. química.
Chìmicamente, adv. quimicamente.
Chímico (pl. chimici), adj. e s. m. químico.
Chimificàre, v. tr. quimificar.
Chimificaziône, s. f. quimificação.
Chimísmo, s. m. quimismo.
Chímo, s. m. quimo.
Chimòno, s. m. quimono; roupão.
Chimòsi, s. f. quimose; quimificação.
Chimosína, s. f. quimosina, diástase do suco gástrico.
China, s. f. declive, terreno em descida / no jogo de dados, o cinco duplo.
China, s. f. quina (planta).
Chinamènto, s. m. ação de abaixar, inclinar, curvar.
Chinàre, v. tr. abaixar, inclinar, curvar, dobrar para baixo / (refl.) inchinàrsi: inclinar-se, curvar-se; dobrar-se.
Chinàto, p. p. e adj. inclinado, curvado / (s. m.) inclinação.
Chincàglie, s. f. (pl.) quinquilharias; objetos de pouco valor.
Chincaglière, s. f. (f. -èra) vendedor de quinquilharias; quinquilheiro.
Chincaglieria, s. f. (fr. quincaillerie) quinquilharias.
Chinchílla, s. f. (zool.) chinchila.
Chinèa, s. f. cavalgadura; hacanéia.
Chinèse, adj. e s. m. chinês.
Chinesería, s. f. chinesaria, chinesice; bugiganga; (fig.) sutilezas burocráticas.
Chinesiterapía, s. f. cinesoterapia.
Chinesiterápico (pl. -àpici), adj. cinesoterápico.
Chinína, s. f. quinina.
Chiníno, s. m. quinino, sulfato de quinina.
Chíno, adj. abaixado, inclinado, curvado, prostrado.
Chinône, s. m. (quim.) quinona.
Chinòtto, s. m. espécie de laranja de sabor acre, originária da China.

Chio, s. m. abertura lateral de argila, nos fornos de fundição.
Chiòcca, (ant.) s. f. golpe, pancada que produz barulho / **in** ———: em quantidade.
Chioccàre (pr. -òcco) v. cacarejar, chocalhar dos ferros dos cavalos, quando se chocam.
Chioccàta, s. f. pancada, estalido, golpe.
Chiòccia, s. f. (pl. -òcce) galinha choca.
Chiocciàre, v. intr. cacarejar.
Chiocciàta, s. f. ninhada de pintos.
Chiòccio, (pl. -òcci) adj. (raro) diz-se de voz estrídula e áspera.
Chiòcciola, s. f. (zool.) caracol / (anat.) parte interna do ouvido.
Chiocciolàio (pl. -ái), s. m. pessoa que vende caracóis.
Chioccolàre, v. intr. assobiar (do melro e similares) / gorgolejo (da água).
Chiòccolo, s. m. assobio, gorgeio de muitos pássaros / gorgolejo (da água).
Chioccolo, s. m. assobio para chamar pássaros.
Chiodàia, s. f. craveira, instrumento com que se fazem cabeças de pregos e cravos.
Chiodaiuòlo, s. m. pregueiro, o que faz pregos / (fig.) (burl.) pessoa cheia de dívidas.
Chiodàme, s. m. porção de pregos; pregaria.
Chiodàre, v. tr. pregar.
Chioderìa, s. f. pregaria / fabrica de pregos.
Chiòdo, s. m. prego / cravo (fig.) **fare un** ———: contrair uma dívida / **roba da** ———: coisa estranha ou péssima / **battere il** ——— **mentre é caldo:** colher a oportunidade.
Chióma, s. f. cabeleira, coma (poét.); cabelo comprido / juba / ramagem, fronde, copa (de árvore) / (astr.) ——— **di Berenice:** constelação do hemisfério boreal.
Chiomànte, adj. (lit.) que tem muito cabelo: cabeludo / frondoso, ramoso, copado.
Chiomàto, adj. cabeludo / frondoso.
Chiomôso, adj. que tem cabeleira longa.
Chiônzo (ant.), adj. robusto, taludo.
Chiòsa, s. f. glosa, anotação, comentário, explicação ligeira de uma palavra ou texto.
Chiosàre, (pr.-òso), v. tr. glosar, anotar, comentar; explicar.
Chiosatôre, s. m. glosador; comentador.
Chiostra, s. f. recinto, cerco, pátio.
Chiòsco (pl. -oschi), s. m. quiosque.
Chiostrière, (ant.) s. m. frade.
Chiòstro, s. m. claustro, convento; (fig.) vida monástica.
Chiòtto, adj. calado, tácito, silencioso, quieto / anichado.
Chiovàre, (ant.) v. pregar; cravar / ferrar as cavalgaduras.
Chiovèllo, (ant.) s. m. prego.
Chiòvo (ant.) s. m. prego.
Chiozzòtta, s. f. (pessoa) barco usado pelos pescadores de Chioggia (Vêneto).
Chiràgra, s. f. quiragra, doença de gota nas mãos.
Chiràto, (ant.) s. m. quilate.

Chiragrico, adj. quirágrico.
Chiragròso, adj. quiragroso.
Chiràto, (ant.) s. m. quilate.
Chirie, s. m. quírie ou kirie, invocação que se faz no começo da missa / música que a acompanha.
Chirografàrio, adj. quirografário.
Chirògrafo, s. m. (jur.) quirógrafo.
Chiromànte, s. m. e f. quiromante.
Chiromanzìa, s. f. quiromancia.
Chirônia, s. f. (bot.) quirônia.
Chironomìa, (anat.) quironomia, arte de regular os gestos.
Chiròta, s. m. réptil parecido com a lagartixa.
Chirotèca, s. f. quirotecas / (pl.) luvas que os bispos usavam em certas funções.
Chiròtteri, s. m. (pl.) (zool.) quirópteros.
Chirurgìa, s. f. cirurgia.
Chirurgicamênte, adv. cirurgicamente.
Chirùrgico, (pl. -úrgici) adj. cirúrgico.
Chirùrgo, (pl. -úrgi, úrghi) s. m. cirurgião.
Chisciottêsco e donchisciottesco (pl. -êschi), adj., quixotesco.
Chissà, chi sa, int. quem sabe?!, voz que denota dúvida.
Chissisìa, ou chi sia, pron. quem quer, qualquer pessoa, quem quer que seja.
Chitàre, (ant.) v. deixar, abandonar.
Chitàrra, s. f. viola, violão / guitarra / (dim.) (adj.) chitarrino.
Chitarrìsta (pl. ísti), s. m. tocador de viola, violão ou guitarra / guitarrista.
Chitarronàta, s. f. guitarrada, tocada de guitarra.
Chitarrône, adj. (aum. depr.) guitarra grande.
Chitìna, s. f. quitina, substância córnea que reveste alguns animais artrópodes.
Chitône, s. m. quiton, túnica iônica e dórica / gênero de moluscos gasterópodes.
Chiú, s. m. (tosc.) mocho (ave) / voz onomatopaica imitativa do mocho.
Chiuccurlàia, s. f. (raro) barulho, vozeria de muitas pessoas juntas.
Chiudènda, s. f. tapume, sebe, cerca; reparo, recinto / tampa na boca do forno.
Chiúdere (pr. -údo), v. tr. fechar, tapar, cerrar / encerrar; terminar, concluir / cercar / conter em si / (refl.) recolher-se, encerrar-se.
Chiudimênto, s. m. (raro) ação de fechar, de encerrar.
Chiúnque, pron. pess. qualquer pessoa; quem quer que seja.
Chiùrla, s. f. tola, boba.
Chiurlàre, v. intr. piar, cantar do mocho ou bufo.
Chiúrib, s. f. patinho-d'água, galinha d'água / caça aos pássaros que se faz com a coruja por chamariz.
Chiúsa, s. f. fecho, fim, remate / recinto, cerca / reparo, barragem / eclusa.
Chiusamênte, adv. às escondidas, ocultamente.
Chiusìno, s. m. tampa, geralmente de pedra ou metal, que fecha um buraco ou abertura.

Chiúso, p. p. e adj. fechado, encerrado. / terminado, acabado, concluído / cercado / (s. m.) cerca, cercado, estacada; lugar cercado.

Chiusúra, s. f. encerramento, ação e efeito de fechar, encerrar, etc. / fecho, qualquer objeto com que se fecha ou cerra uma coisa, fechadura.

Ci, adv. aqui, aí.

Ci, pron. nós; **il babbo — há dato questa casa**: papai deu-nos esta casa.

Cià, s. f. (do port.) chá.

Ciàba, s. m. (tosc.) sapateiro que conserta calçado / palrador, charlatão / sabichão.

Ciabare, v. intr. (tosc.) tagarelar, charlar.

Ciabàtta (turc. "cabata") s. f. chinelo; chinela / sapato velho que se usa como chinelo / (fig.) pessoa ou coisa velha ou inútil.

Ciabattàre, v. intr. caminhar arrastando os chinelos.

Ciabattàta, s. f. chinelada.

Ciabattíno, s. m. chineleiro / sapateiro que conserta sapatos / (fig.) pessoa que trabalha mal em sua arte; atamancador, remendão.

Ciabattóne, s. m. (f. -óna) pessoa que arrasta os pés ao caminhar / borra--botas, atamancador /embrulhão.

Ciàc (neol.; am. "cik") s. m. cartaz no qual estão anotadas as indicações úteis, e que se fotografam antes da filmagem da cena.

Ciàcche, s. m. som de coisa que se esmaga ou semelhante.

Ciàcco, (ant.) s. m. porco / parasita ávido / (adj.) sujo, repelente.

Ciaccòna, s. f. chacona, bailado dos séculos XVI e XVII.

Ciàlda, s. f. pasta de flor de farinha / torta fina e delicada; bolacha / óstia.

Cialdonàio (pl. -ài), s. m. fabricante ou vendedor de bolachas, etc.

Cialtronàglia, s. f. porção de embusteiros ou trapalhões.

Cialtronàta, s. f. impostura, trapaça / chalreada.

Cialtróne, s. m. f. -óna) chalreador, palrador, charlatão / trapaceiro, tratante.

Cialtronería, s. f. canalhice, maroteira, pirataria.

Ciambèlla, s. f. rosca; torta; bolacha, bolo; doce em forma de roda / qualquer objeto que tem forma de uma bolacha grande.

Ciambelàio, s. m. aquele que vende ou faz bolachas, roscas e similares.

Ciambellàno, s. m. gentil-homem da corte; camarista.

Ciambelióne, s. m. gentil-homem da Corte, camarista.

Ciambellóne, s. m. (aum.) bolacha ou rosca grande.

Ciambellòtto, s. m. (raro) chamalote, fazenda de pelo ou de lã.

Ciamberlàno, s. m. camarista.

Ciambolàre, v. (tosc.) palrar, tagarelar.

Ciàmbra, (ant.) s. f. aposento.

Ciampanèlle, s. f. usado na loc. adv. **dare in** ——: asneirar, dizer bobagens.

Ciampicàre, v. intr. caminhar lentamente, arrastando os pés tropeçando; tropeçar, topar / (fig.) lerdear, demorar.

Ciampicóne, s. m. que tropeça com freqüência; tropeçudo / tropeçamento: **fare un** ——:

Ciàna, s. f. (tosc. vulg.) mulher vulgar, suja e tagarela.

Cianáio, s. m. multidão de gente do povo / barulheira, gritaria.

Cianamíde, s. m. adubo químico e azotado.

Ciànca, s. f. (fam.) perna.

Ciància, (pl. -ànce), s. f. chalreio, conversa.

Ciància, (pl. -ànce), s. f. chalreio, conversa fiada.

Cianciafrùscola, s. f. (fam.) bagatela, ninharia, coisa sem importância.

Cianciàre, (pr. -àncio), v. intr. chalrear, palrar / brincar, motejar / chilrear.

Cianciatôre, adj. e s. m. (f. tríce) palrador, motejador; brincalhão.

Ciancicàre, (pr. -àncio) v. balbuciar, tartamudear, gaguejar / comer lentamente; demorar.

Cianciòne, s. m. (f. -òna) palrador, gracejador, galhofeiro, brincalhão.

Cianêsco (pl. -êschi), adj. vulgar, reles / plebeu.

Cianfrôgna, (ant.) s. f. chalreio.

Cianfrugliòne, s. m. (f. -óna) falador, loquaz, palrador; charlatão.

Cianfrusàglia, s. f. bagatela, ninharia; nonada.

Ciàngola (ant.) s. f. conversa, palavrório.

Ciangolàre, v. intr. charlar, tagarelar.

Ciangottàre, v. falar com dificuldade; balbuciar, gaguejar / falar mal uma língua.

Ciangottío (pl. -íi), s. m. balbuciação continuada ou freqüente.

Ciangottône, s. m. balbuciante habitual.

Cianídrico, adj. cianídrico.

Cíano, s. m. homem da ínfima plebe florentina / (bot.) centáurea.

Cíano, s. m. ciano, elemento prefixal que significa azul.

Cianògeno, s. m. (quím.) cianogênio.

Cianogràfico (pl. -àfici), adj. cianográfico, diz-se de um papel sensível que, com a imersão na água, dá cópias de cor azul.

Cianòsi, s. f. cianose; doença azul.

Cianòtico, adj. cianótico.

Cianotipía, s. f. processo de impressão fotográfica para a reprodução de desenhos, etc.

Ciànta, s. f. sapato velho usado como chinela; (dim.) **ciantèlla**.

Cianúme, s. m. povaréu, ralé.

Cianúro, s. m. (quím.) cianeto, cianureto.

Ciào, expressão de saudação íntima, usada na Itália e agora também no Brasil e em outros países; (bras.) até logo.

Ciàpola, s. f. cinzel (escult.) / (dim.) **ciappolêtta, ciappolína**.

Ciappolàre, v. cinzelar; lavrar a cinzel.

Ciarafuglione, s. m. (tosc. vulg.) achavascador, atamancador.

Ciaramella, s. f. charamela (instr. de música pastoril).

Ciaramellare, (ant.) v. intr. chalrar, tagarelar.

Ciàrla, s. f. charla, conversa fiada.

Ciarlare, v. charlar, tagarelar.
Ciarlàta, s. f. charla, conversa à toa.
Ciarlatanàta, s. f. charlatanice, charlatanaria.
Ciarlataneria, s. f. charlatanaria.
Ciarlatanêsco, (pl. -êschi) charlatanesco.
Ciarlatàno, s. m. charlatão / pantomimeiro.
Ciarlièro, adj. falador, verboso, loquaz.
Ciarlône, s. m. (f. -ona) palavreiro, falador, tagarela.
Ciarlòtta, s. f. (fr. "charlotte") torta de frutas.
Ciàrpa, s. f. charpa de pano, fita; cachecol / coisa ordinária; coisa velha.
Ciarpàme, s. m. trastes, velharias.
Ciascheduno, pr. cada um, cada qual; cada; qualquer / todo.
Ciascúno, adj. e pron. cada; cada um; cada qual.
Cibáccola, (ant.) s. f. bagatela, ninharia.
Cibamênto, s. m. (raro) nutrição, alimentação.
Cibare, v. tr. cevar / nutrir, alimentar / (refl.) **cibarsi:** nutrir-se, alimentar-se / saciar-se.
Cibária, s. f. tudo aquilo que serve de alimento; provisão, mantimento, comestíveis.
Cibário, adj. que serve para cevar, nutrir; nutritivo.
Cibernética, s. f. cibernética.
Cíbo, s. m. alimento, comida; (ant.) cibo.
Cibòrio, s. m. cibório.
Cibrèo, s. m. fricassê, guisado (fig.) mistura de coisas diversas; mixórdia.
Cica, s. m. ninharia, nada, nonada / (s. f.) película das sementes das frutas.
Cíca, s. f. (neol.) chicle, goma de mascar.
Cicadèe, s. f. (bot.) cicádeas.
Cicàla, s. f. cigarra / (fig) pessoa amolante; palradora, tagarela / (mar.) anel de ferro da âncora.
Cicalamênto, s. m. taramelice, falatório.
Cicalàre, v. intr. (pr. -àlo) palrar, tagarelar, parolar.
Cicalàta, s. f. falação longa e maçante.
Cicalecciò (pl. -ècci), s. m. charla, bisbilhotice de muitas pessoas juntas.
Cicalino, s. m. dispositivo de companhia que produz som parecido com o canto da cigarra / (dim.) (fam.) falador, tagarela.
Cicàlio (pl. -ii), s. m. tagarelice, palratório continuado ou freqüente.
Cicalône, s. m. (f. -ôna) falador, tagarela, lambareiro.
Cicatríce, s. f. cicatriz / (fig.) sinal ou vestígio.
Cicatrícola, s. f. cicatrícola.
Cicatrizzàre, v. cicatrizar.
Cicatrizzaziône, s. f. cicatrização
Cicca, s. f. (fam.) toco (ponta de cigarro ou charuto fumado, que se joga fora) / (fig. vulgar) coisa ou pessoa sem valor: **non vale una** ——— / (Bras.), chica (ponta de cigarro).
Ciccaiuòlo, s. m. pessoa que apanha os tocos de cigarro / pessoa que masca tocos de cigarros ou charutos.
Ciccàre, (pr. -cícco) v. mascar tocos / mascar tabaco / (fig.) enraivecer, consumir-se por despeito.

Cicchêtto, (fr. "chiquet") s. m. (fam.) cálice de pinga ou similar.
Cíccia, s. f. (vulg.) chicha (voz infantil e fam.) carne, gordura.
Cicciàccia, s. f. (depr.) carne gordurenta.
Cicciole, s. f. (pl.) fungos em forma de xícaras ou de funil, que se encontram nas florestas úmidas.
Cícciolo, s. m. excrescência carnosa que nasce nas feridas / torresmo de toucinho ou carne de porco.
Cicciône, s. m. gorducho, gordo, gordalhão.
Cicciôso, adj. gordo.
Cicciúto, adj. gordo, carnudo.
Cíccolo (ant.), s. m. pequeno.
Cicèrbita, s. f. (bot.) serralha.
Cicèrchia, s. f. ervilhaca, planta leguminosa e forraginosa.
Cícero, s. m. cícero (ant.), tipo de imprensa de corpo 12, empregado em Roma, em 1458.
Cicerône, s. m. cicerone; guia.
Ciceroniàno, adj. ciceroniano.
Cicígna, (ant.) s. f. espécie de lagartixa / (fig.) mulher tagarela, linguaruda.
Ciciliàno, (ant.) adj. siciliano.
Cicisbeàre, v. intr. damejar, cortejar, galantear.
Cicisbèo, s. m. chichisbéu, galanteador um tanto ridículo / cavalheiro servente do século XVIII.
Ciclamíno, s. m. (bot.) ciclame, ciclâmen.
Cíclico (pl. -cíclici), adj. cíclico.
Ciclísmo, s. m. ciclismo.
Ciclísta (pl. -ísti) s. m. ciclista.
Ciclístico, adj. ciclístico.
Ciclo, s. m. ciclo; círculo / período / (neol.) bicicleta / (radiotéc.) unidade de freqüência equivalente ao período por segundo.
Iclòide, s. f. (geom.) ciclóide.
Ciclòmetro, s. m. ciclômetro, instr. para medir círculos ou ciclos.
Ciclône, s. m. ciclone.
Ciclonòsi, s. f. (med.) ciclonose.
Ciclòpe, s. m. cíclope.
Ciclòpico (pl. -òpici), adj. ciclópico.
Ciclopàno, s. m. ciclopano, espécie de máquina voadora.
Ciclostíle, s. m. ciclostilo, aparelho ou instrumento para tirar cópias sucessivas, por gravação.
Ciclostômi, s. m. (pl.) ciclóstomos, classe de vertebrados inferiores.
Ciclotomo, s. m. ciclótomo, instr. empregado em ciclotomia e outras operações no olho.
Ciclotrône, s. m. ciclotron, aparelho para produção de elétrons.
Cicògna, s. f. cegonha / (mar.) espécie de manivela.
Cigognino, s. m. filhote de cegonha.
Cicòria, s. f. (bot.) chicória.
Cicoriàco, adj. chicoriáceo.
Cicoriàro, s. m. vendedor de chicória.
Cicuta, s. f. (bot.) cicuta.
Cicutína, s. f. cicutina, princípio ativo de cicuta.
Cid, (pron. **sid**) s. m. cid / chefe ou comandante árabe.
Cídolo, s. m. (dial. do Cadore) trave de árvore que na cheia da primavera é carregada pelo rio Piave.

Cièca, s. f. pequena enguia.
Ciecaménte, adv. cegamente.
Ciéco, (pl. -èchi) adj. e s. m. cego / (fig.) escuro, tenebroso / (dim.) cecolino; (aum.) cecône.
Cièlo, s. m. céu / a parte superior de alguma coisa / abóbada / ar, atmosfera / **il regno dei cieli**: o paraíso; **toccare il ——— con un dito**: ser muito feliz nalguma coisa.
Cièra, v. cêra.
Cifòsi, s. f. cifose, curvatura anormal da espinha dorsal para trás.
Cifra, s. f. cifra, zero, algarismo / soma; quantia; (por ext.) caracteres, sinais ou palavras.
Cifràre, v. tr. cifrar, escrever em cifra / sintetizar, resumir / traduzir em cifra.
Cifrário (pl. -àri), s. m. cifrário, chave de uma palavra em cifra; livro que contém os sinais de uma escritura; cifrante.
Cifràto, p. p. e adj. cifrado.
Cigliàre, adj. ciliar, relativo aos cílios.
Cíglio (pl. fem. cíglia, e, m. cígli, nos outros significados) s. m. cílio, celha / (por ext.) sobrancelha, supercílio / (fig.) orla, beira, ponto extremo / (poét.) olho, olhar / (zool. e bot.) cílios vibráteis.
Cigliône, s. m. terreno levantado que margeia uma estrada ou fosso; orla, margem, reparo.
Cigliúto, adj. que tem cílios compridos; pestanudo.
Cígna, v. cínghia.
Cignàle, (f. **cignále**) s. m. javali.
Cigno, s. m. cisne.
Cignône, s. m. cilha mestra, cilhão / (neol. do fr. "chignon") parte do penteado das mulheres, formado pelos cabelos de parte posterior da cabeça apanhada sobre a nuca: cuia.
Cignuòlo, s. m. pequena cilha.
Cigolaménto, s. m. chiado, chio, chiadeira.
Cigolàre, (pr. cígolo) v. intr. chiar, fazer chiadeira ou chio.
Cigolío (pl. íi), s. m. chio, chiadeira.
Cilècca, s. f. burla, engano, ludibrio; zombaria / **far ———**: diz-se de arma que não pega fogo, e por ext. de qualquer ação que não alcança o seu fim.
Cilestríno, adj. (lit. dim.) celeste, celestino / (poét.) de cor azul celeste.
Ciliàre, adj. ciliar (de cílios).
Ciliàto, adj. ciliado.
Cilicio e cilízio, (pl. -ici e ízi) s. m. cilício.
Ciliègia, (pl. -ège) s. f. cereja.
Ciliegiàio, s. m. vendedor de cerejas.
ciliègio, s. m. cerejeira (árvore) / (pl.) ciliègi.
Ciliegnuòlo, adj. da cor da cereja.
Cilindràre, v. tr. submeter à pressão de cilindro, cilindrar.
Cilindràta, s. f. (mec.) cilindrada.
Cilindratúra, s. f. cilindragem, cilindramento.
Cilindricaménte, adv. cilindricamente.
Cilíndrico (pl. -índrici), cilíndrico.

Cilíndro, s. m. cilindro / rolo / nome de muitas peças cilíndricas; **capello a ———**: cartola (chapéu alto).
Cilindròide, s. m. (geom.) cilindróide.
Cilízio, v. cilício.
Címa, s. f. cima, cume, cimo, extremidade superior de um objeto elevado / (fig.) o grau mais alto de uma coisa qualquer; eminência / ponta, vértice / **da ——— a fondo**: a uma extremidade a outra / (mar.) corda de cânhamo ou de outra fibra.
Cimàre, v. tr. tirar a ponta; podar, aparar / tosquiar; tosar.
Cimàsa, s. f. (arquit.) cimalha; cimácio.
Cimàta, s. f. poda / tosquia; tosa.
Cimatôre, adj. e s. m. podador / tosador, tosquiador.
Cimatúra, s. f. poda / tosquia; tosadura.
Cimba, s. f. (poét.) cimba, embarcação pequena; canoa.
Címbalo, cêmbalo, (mús.) s. m. címbalo.
Cimbellàre, (ant.) v. cair, tombar.
Címbrico, adj. címbrico, relativo aos cimbros.
Címbro, s. m. cimbro, nome do antigo povo germânico.
Cimeliàrca, s. m. cimeliarca, guarda de objetos preciosos, particularmente alfaia de igreja.
Cimèlio (pl. -èli), s. m. cimélio; coisa preciosa; relíquia.
Cimentàre, (pr. -ènto) v. tr. por à prova, provocar; aventurar; expor; arriscar / experimentar; ensaiar, provocar / (refl.) **cimentàrsi**: arriscar-se, expor-se, aventurar-se.
Cimentatôre, adj. e s. m. (f. -trice) provocador.
Cimènto, s. m. risco, perigo, prova / (ant.) ensaio, análise, experiência.
Cimentôso, adj. perigoso / provocador.
Címice, s. f. (zool.) percevejo / (neol.) pequeno prego de cabeça chata, com que se fixa o papel, etc. / (dim.) cimicíno.
Cimiciàio, (pl. -ài), s. m. lugar cheio de percevejos; (fig.) lugar sujo.
Cimiciôso, adj. cheio de percevejos.
Cimièro, s. m. cimeira, ornamento que enfeita o cimo de um capacete; (poét.) elmo / (herál.) figura que se coloca por cima do timbre.
Ciminièra, s. f. chaminé dos navios e das fábricas.
Cimíno, (ant.) s. m. cominho, planta umbelífera.
Cimitèro, s. m. cimitério.
Cimmèrio, adj. cimério.
Cimmèri, adj. e s. m. cimérios; antigo povo da Citia.
Címero, s. m. broto tenro das plantas; olhos, grelo.
Cimòmetro, s. m. cimômetro, aparelho para medir o comprimento das ondas eletromagnéticas.
Cimòsa, s. f. orla, extremidade lateral dos tecidos em peça / apagador de pano, para quadro-negro.
Cimurro, s. m. mormo, doença infecciosa dos animais domésticos / resfriado forte.
Cinabrése, s. m. cinabre, cor rubra muito viva.

Cinàbro, s. m. (quím.) cinabre, sulfureto vermelho de mercúrio / cor rubro vivo.
Cincallègra (v. cincia e der.) s. f. toutinegra.
Cíncia, (pl. cince), cinciallègra, cincallègra, s. f. (zool.) toutinegra.
Cincigila, cincilla, s. f. chinchila, mamífero roedor do tamanho do coelho / a pele deste animal.
Cincigilo, s. m. froco, franja.
Cincinnàre, (pr. ínno) v. tr. e pr. (raro) pentear com esmero a cabeça.
Cincínno, s. m. (raro, poét.) anel de cabelo; caracol.
Cincischiàre, (pr. -íschio) v. tr. retalhar, cortar mal / estragar, rasgar / (fig.) falar mal, com dificuldade; gaguejar.
Cincischiàto, p. p. e adj. retalhado, cortado mal, estragado.
Cincôna, s. f. (bot.) cinchona.
Cinconína, s. f. (quím.) cinchonina.
Cinconísmo, s. m. envenenamento produzido pelos sais de quinino.
Cíne e cinema (abrev. de cinematografo) s. m. cine, cinema.
Cineàsta, s. m. (neol.) cineasta.
Cinecittà, s. f. (neol.) cidade do cinema, lugar onde se encontram as instalações para filmagem / cinelândia.
Cinedilettànte, s. m. cine-amador.
Cinèdo, s. m. jovem viciado; pederasta / bailarino.
Cinedràmma, s. m. filme dramático.
Cinefobía, s. f. medo mórbido dos cães; cinefobia.
Cinegètica, s. f. cinegética.
Cinegiòrnale, s. m. cine-jornal.
Cinelàndia, s. f. cinelândia.
Cinemateca, s. m. cine-teatro.
Cinemática, s. f. cinemática.
Cinematografáre, v. tr. cinematografar.
Cinematografía, s. f. cinematografia.
Cinematogràfico (pl. -àfici), adj. cinematográfico.
Cinematògrafo, s. m. cinematógrafo.
Cineràma, s. m. cinerama.
Cinerária, s. f. (bot.) cinerária, gênero de plantas de ornamentação.
Cineràrio (pl. -àri), adj. cinerário, pertencente a cinzas.
Cinèreo, adj. (lit. poét.) cinéreo; cinzento.
Cinerízio, adj. ceneríceo, cinzento.
Cineromànzo, s. m. (neol.) cine-romance.
Cinescòpio, s. m. cinescópio, tubo de televisão.
Cinèse, adj. e s. m. chinês.
Cinesía, s. f. cinesia / terapêutica pelo movimento.
Cinesería, s. f. chinesice.
Cinesiterapía, s. f. cinesiterapia.
Cinestètico, adj. cinestético.
Cinetèca, s. f. filmoteca, coleção de filmes.
Cinètica, s. f. cinética, teoria do movimento.
Cinètico (pl. ètici), adj. cinético.
Cinetoscòpio, s. m. cinetoscópio.
Cíngere, v. tr. cingir, rodear, circundar; envolver; ligar, unir; contornar / coroar.
Cínghia, s. f. correão, correia; cinto, cinta; cinturão; (dim.) cinghiètta, (aum.) cinghiône.

Cinghiàle e cignàle, s. m. javali / (dim.) cinghialêtto.
Cinghiàre, v. apertar, cingir com cinto / circundar, contornar, rodear / (falando de animal), cinchar (bras.)
Cinghiàta, s. f. cintada (golpe com a cinta e similar).
Cínghio, (ant.) s. m. círculo, aro.
Cingimênto, s. m. ação de cingir.
Cíngolo, s. m. (ecl.) cíngulo / cinto; (mec.) correia de transmissão / faixa.
Cinguettàre, (pr. -êtto) v. intr. chilrear, gorjear (dos pássaros) / palrar, tagarelar / balbuciar, articular palavras como fazem as crianças.
Cinguettatôre, adj. e s. m. (f. -trice) gorjeador, chilreador / falador.
Cinguettière, adj. e s. m. gorjeador / palrador, falador.
Cinguettío (pl. -íi), s. m. chilreio / conversa fiada, falatório, murmuração.
Cinicamênte, adv. cinicamente.
Cínico, (pl. cínici) adj. cínico.
Cinígia, s. f. cinza ainda quente; borralha.
Ciníglia, s. f. cordãozinho de seda aveludado, que se usa como ornamento.
Cinípe, s. m. (zool.) cinipe.
Cinísmo, s. m. cinismo.
Cinnamàto, s. m. (quím.) cinamato.
Cinnamèno, s. m. (quím.) cinamênio.
Cinnamo, cinnamòno, s. m. (bot.) cinamono.
Cíno, s. m. espécie de abrunheiro selvático.
Cinocèfalo, s. m. cinocéfalo.
Cinòdromo, s. m. cinódromo, campo de corrida para cães.
Cinofagía, s. f. cinofagia, costume de comer carne de cão.
Cinofilía, s. f. cinofilia.
Cinòfilo, adj. e s. m. cinófilo.
Cinofobía, s. f. cinofobia, receio dos cães.
Cinoglòssa, s. f. cinoglossa, cinoglosso, planta também chamada língua-de-cão.
Cinolissa, s. f. hidrofobia.
Cinoressía, s. f. cinorexia (doença), fome canina.
Cinosúra, s. f. (astr.) cinosura, uma constelação do Polo Norte / (fig.) guia.
Cinquàle, s. m. (burl.) a mão.
Cinquànta, adj. num. cinqüenta / (s. m.) o número cinqüenta.
Cinquantamíla, adj. num. cinqüenta mil.
Cinquantenàrio, (pl. -àri) adj. e s. m. cinqüentenário.
Cinquantènne, adj. e s. m. cinqüentão.
Cinquantèsimo, adj. num. qüinquagésimo.
Cinquantína, s. f. cinqüenta; essere sulla ——————: ter mais ou menos cinqüenta anos.
Cínque, adj. e s. m. cinco.
Cinquecentêsco, (pl. -êschi) adj. do quinhentos, do século XVI.
Cinquecentísta, (pl. -ísti) s. m. quinhentista / escritor ou artista do século XVI.
Cinquedèa ou cinquadèa, (ant.) s. f. (burl.) espada que se empunha com os cinco dedos da mão.
Cinquènne, adj. que tem cinco anos.
Cinquènnio, s. m. qüinqüênio.

Cinquerème, s. f. qüinqüerreme, embarcação com cinco ordens de remos.
Cinquína, s. f. cinco; cinqüena; reunião de cínco coisas ou seres; pagamento que se faz cada cinco dias.
Cinquíno, s. m. (pop.) moeda de cinco cêntimos ou de cinco liras / no jogo de dados, quando cada um dos dados descobre o número cinco.
Cínta, s. f. cinta de muros ao redor de cidade, castelo e similar, / (mar.) paus que cingem o navio de popa à proa / recinto; reparo, círculo.
Cinto, p. p. e adj. cingido / (s. m.) cinto, cinta, cintura; faixa.
Cíntola, s. f. cintura, a parte do corpo sobre a qual se aperta a cinta.
Cíntolo, s. m. (raro) cinta, faixa.
Cintūra, s. f. cinta, cinto, faixa que cinge o meio do corpo; —— **di salvataggio**: cinturão salva-vidas / golpe de luta / (dim.) **cinturètta, cinturíno**.
Cinturíno, s. m. (dim.) cinturinha / pequeno cinto / a parte da camisa que cinge o pescoço e os punhos.
Ciò, pr. isto, aquilo, isso, o que: —— **nondimeno**, todavia.
Ciòcca s. f. cacho (flores, frutas, etc.); madeixa (de cabelos) / feixe, ramo; (dim.) **ciocchêtta, ciocchettína, cioccatèlla**.
Ciòcco, (pl. -òcchi) s. m. cepo; toro de árvore cortado para lenha / (fig.) pessoa tola, insensível.
Cioccolàta, s. f. chocolate / (dim.) **cioccolatína**.
Cioccolatàio, cioccolatière, s. m. vendedor ou fabricante de chocolate; chocolateiro.
Cioccolatièra, s. f. chocolateira.
Cioccolatíno, s. m. doce de chocolate; bombom.
Cioccolàto, s. m. chocolate.
Ciocería ou **ciociaría**, s. f. região ou campanha romana habitada pelos **ciociari** (camponeses).
Ciocìa (pl. -òcie), s. f. calçado rústico usado pelos "ciociari".
Ciociàro, s. m. camponês da campanha romana.
Cioè, adv. isto é, quer dizer, ou seja.
Ciompería, s. f. parvoíce, asneira.
Ciômpo, s. m. (hist.) cardador de lã, em Florença, no século XIV / plebeu.
Cioncàre (pr. -ônco), v. tr. beber avidamente / (ant.) truncar, quebrar.
Ciônco (pl. -ônchi), p. p. e adj. mutilado, truncado, moído, alquebrado, quebrado.
Cioncône, s. m. barra de ferro que por ter sido trabalhada diversas vezes, tomou forma mais delgada.
Ciondolamênto, s. m. balanço, bamboleadura, oscilação.
Ciondolàre (pr. -ôndolo), v. balançar, balouçar, oscilar, balancear / pender, ondular / passear, saracotear.
Ciôndolo, s. m. berloque; brinco, pingente / (burl.) cruz, insígnia de cavalheiro.
Ciondolône e **ciondolôni**, adv. bamboleando, oscilando, pendendo.
Ciondolóne, s. m. bambalhão, bambo; indolente, moleirão.
Ciòppa, s. f. veste comprida, de homem ou mulher, que se usava antigamente.

Ciortône, s. m. pequeno peixe semelhante ao atum.
Ciòtola, s. f. taça, vaso, copo, chávena (sem cabo e geralmente de madeira); pires para guardar troco (de dinheiro) e similar, (dim.) **ciotolètta, ciotolína**.
Ciotolàta, s. f. conteúdo de taça, vaso, etc. / golpe dado com a taça ou chávena.
Ciòtto (ant.), adj. e s. m. coxo.
Ciottolàre, v. empedrar, calçar (com pedras).
Ciottolàto, s. m. calçado, empedrado / caminho, rua calçada ou calcetada.
Ciòttolo, s. m. seixo / calhau, pedra / (dim.) **ciottolêtto, ciottolíno**; (aum.) **ciottolône**.
Ciottolôso, adj. pedrento, pedregulhento.
Cípai, s. m. sipaio, soldado hindu a serviço de europeus, especialmente o que serve no exército indo-inglês.
Ciparísso, s. m. (bot.) ciparismo, cipreste.
Cípero ou **cíppero**, s. m. cípero, gênero de plantas ciperáceas, cujo nome vulgar é junça.
Cipigliàccio s. m. (pej.), carranca, carantonha.
Cipìglio (pl. -ígli), s. m. cenho, aspecto carrancudo; carranca; rosto de sobrancelhas carregadas.
Cipigliôso, adj. cenhoso; carrancudo.
Cipòlla, s. f. cebola / bulbo / bulbo da cebola / estômago das aves / (burl.) relógio grande de bolso; (dim.) **cipollína, cipolúzza**; (aum.) **cipollône**.
Cipollàio (pl. -ài), s. m. vendedor de cebolas / cebolal, terra cultivada com cebolas.
Cipollàta, s. f. cebolada, molho de cebolas / (fig.) extravagância tola.
Cipollàto, adj. diz-se de qualquer coisa que tem veias ou manchas finas e tortuosas como as da cebola: alabastro, legno ——.
Cipollíno, adj. e s. m. cipolino; (min.) variedade de mármore de ondas verdes e brancas.
Cipollôso, adj. fácil de esfoliar ou descamar.
Cíppo, s. m. cipo, pequena coluna cilíndrica ou quadrangular.
Ciprèssa, s. f. cipreste baixo.
Cipressàia s. f.; e **cipressêto** s. m. ciprestes, ciprestal.
Cipressо, (bot.) cipreste.
Cipria, s. f. pó de arroz.
Cípride, s. m. pequeno crustáceo de água doce, bivalve.
Ciprígna, s. f. Cípris (Vênus).
Ciprìno, s. m. (zool.), gênero de peixes ciprinóides (como a carpa, o barbo, a dourada, etc.).
Cipriòtto e **cipriòta**, adj. e s. m. cipriota, natural de Chipre.
Cipripèdio, s. m. cipripédio, gên. de orquídeas.
Cípro, s. m. alcana, planta medicinal / vinho da ilha de Cipre ou Chipre.
Ciràcchio s. m. (tosc.), trapo, farrapo.
Círca, prep. e adv. quase, mais ou menos / cerca, perto / relativamente, acerca, quanto a / aproximadamente.
Circàsse, s. m. tecido de lã.
Circàsso, adj. circassiano / (s. m.) soldado circassiano do exército russo.

Circènse, adj. circense.
Circinàle ou **circinàto**, adj. circinal, circinado, enrolado em espiral sobre si a modo de báculo.
Círcio ou **círceo**, s. m. círcio, vento norte.
Circo (pl. **circhi**), s. m. circo, anfiteatro romano / ——— **equestre**: circo eqüestre.
Circo, circon, prefixo, do lat. "circum", que significa "em roda" e similar; **circonvallazióne, circoscrivere**.
Circolaménto, s. m. circulação.
Circolànte, p. pr. e adj. circulante / (s. m.) moeda, dinheiro que circula.
Circolàre, adj. circular, relativo à círculo / (s. f.) carta ou ofício que se dirige a muitas pessoas ao mesmo tempo / (v.) circular, percorrer à roda, rodear, rodar, mover-se circularmente.
Circolarménte, adv. circularmente, em círculo, à roda.
Circolatôio, s. m. recipiente que faz circular o líquido; circulador.
Circolatòrio (pl. -òri), adj. circulatório.
Circolazióne, s. f. circulação / circuito, curso, movimento, giro.
Círcolo, s. m. círculo / arco, anel, cinto / circunferência, giro, rodeio / globo / reunião, ajuntamento / sociedade, grupo, clube.
Circoncídere (pr. -ido), v. tr. circuncidar, operar a circuncisão.
Circoncisióne, s. f. circuncisão.
Circoncíso, p. p. e adj. circunciso, circuncidado; (s. m.) israelita, hebreu.
Circondàbile, adj. circundável.
Circondaménto, s. m. circundação, circundamento.
Circondàre (pr. -ôndo), v. circundar, cercar, cingir, rodear, envolver.
Circondàrio (pl. -àri), s. m. circunscrição administrativa e judiciária da província (na Itália).
Circondàrsi, v. pr. rodear-se, circundar-se.
Circondúrre v. tr. (pr. **circondúco**), conduzir ao redor, envolver; (fig.) enganar, ludibriar, engambelar, embair.
Circonduzióne, s. f. circondução, movimento ginástico das extremidades.
Circonferènza, s. f. circunferência.
Circonflessióne, s. f. circunflexão.
Circonflèsso, p. p. e adj. circunflexo, curvado circularmente / (gram.) sinal ortográfico.
Circonflèttere (pr. -ètto), v. tr. ação ou efeito de praticar a circunflexão ou dobrar em arco / (gram.) colocar o acento circunflexo.
Circonfóndere (pr. **fôndo**) v. tr. circunfundir, espalhar em volta, derramar em volta.
Circonfúso, p. p. e adj. circunfuso, derramado, espalhado em roda.
Circonlocuzióne, s. f. circunlocução, circunlóquio, perífrase.
Circonvallàre, v. tr. circunvalar, cingir com fossos, valados ou barreiras.
Circonvallazióne, s. f. circunvalação.
Circonveníre (pr. -èngo), v. enredar, enganar, insidiar.
Circonvicíno, adj. circunvizinho, adjacente, confinante.
Circonvòlgere, v. circunvolver, volver em roda.
Circoscrítto, p. p. e adj. circunscrito.
Circoscrívere, v. tr. circunscrever, limitar / abranger, conter.
Circoscrizióne, s. f. circunscrição / distrito, província, território.
Circospettaménte, adv. circunspectamente.
Circospètto, adj. circunspecto / prudente, avisado, ajuizado, cauteloso.
Circospezióne, s. f. circunspecção / prudência, atenção, cautela, precaução.
Circostànte, adj. circunstante, circunjacente / (s. m.) pessoa que está perto; i **circostanti**, as pessoas presentes num lugar.
Circostànza, s. f. circunstância / fato, causa, motivo.
Circostanziàre, v. tr. circunstanciar, particularizar, esmiuçar.
Circuíre (pr. -isco), circuitar, girar, andar à roda, circundar, envolver, insidiar, enganar.
Circuitàre, v. intr. (neol.) executar num aeroplano evoluções sobre um aeroporto, à espera da ordem de aterrisar.
Circuíto, s. m. circuito, giro, circunferência / perímetro, recinto / (eletr.) caminho que uma corrente elétrica percorre em um condutor.
Circuíto, p. p. e adj. rodeado, circundado, circuitado / (fig.) enredado, enganado.
Circuizióne, s. f. circuição.
Circumnavigazióne, s. f. circunavegação.
Circumpolàre, adj. ao redor do polo; circumpolar.
Cirenèo, s. m. cireneu (do nom. de Simão Cireneu que auxiliou Jesus); vítima, bode expiatório.
Cirilliàno, cirillico, adj. cirílico (referente ao alfabeto estabelecido por S. Cirilo).
Cirio, s. m. variedade de pássaro.
Ciriòla, s. f. enguia delgada.
Cìrmolo, s. m. madeira de pinho doce, de fibra tenra, usada para trabalhos de entalhe e de marcenaria.
Ciropèdia, s. f. ciropedia.
Ciropedía, s. f. ciropedia; título da obra de Xenofonte, que relata a vida de Ciro.
Cirro, s. m. cirro, madeira, cacho de cabelo (pouc. us. hoje em tal sentido) / cirro, grupo de nuvens brancas e muito altas / (bot.) apêndice filiforme simples ou resinoso de certas plantas.
Cirrocúmulo, s. m. (meteor.) cirrocúmulo.
Cirròsi, s. f. (med.) cirrose.
Cirrostràto, s. m. nuvem esbranquiçada, que dá ao céu uma cor láctea.
Cirsocèle, s. f. (med.) cirsocele.
Cirsotomía, s. f. cirsotomia, extirpação de varizes.
Cirtometría, s. m. cirtometria, medição do peito com o cirtômetro.
Cirtòmetro, s. m. (med.) cirtômetro.
Cis, pref. que indica situação aquém, que está da banda de cá.
Cisalpíno, adj. cisalpino.

Ciscrànna, s. f. cadeira de braços / cadeira quebrada, móvel velho / (fig.) mulher afeada pela idade.
Cismontàno, adj. (raro) cismontano, aquém dos montes.
Cisòia, v. cesoia.
Cispa, s. f. muco das pálpebras.
Cispadàno, adj. cispadano, aquém do rio Pó.
Cispàrdo, (ant.) s. f. remelento.
Cisposità, s. f. remela, ramela.
Cispóso, adj. remelento, remeloso.
Cissòide, s. f. (geom.) cissóide.
Císta, s. f. cista, espécie de cesta, usada pelos antigos em certos sacrifícios e festas.
Ciste, v. cisti.
Cistercènse e **cisterciènse**, adj. cisterciense.
Cistèrna, s. f. cisterna / poço; (mar.) nave ———: navio para o transporte de água potável, óleo, petróleo, etc.; (dim.) **cisternètta**, **cisternúccia**.
Cisticèrco, (pl. -èrchi) s. m. cisticerco, forma larval da tênia.
Cisticercòsi, s. f. (med.) cisticercose, inflamação pelo cisterco.
Cístico, (pl. cístici) adj. cístico, que pertence à bexiga ou vesícula biliar.
Cistifèllea, s. f. pequena vesicula do fígado, onde se junta a bílis.
Cistiflogìa, s. f. inflamação da bexiga urinária.
Cistina, s. f. cistina.
Cistite, s. f. cistite.
Cistoplegìa, s. f. cistoplegia, inflamação da bexiga.
Cistoscopìa, s. f. cistoscopia.
Cistotomìa, s. f. cistotomia.
Citabile, adj. citável.
Citànte, p. p., adj. e s. m. citante.
Citáre, v. citar / (jur.) chamar para comparecer em juízo.
Citarèdica, s. f. arte de tocar a cítara: citarística.
Citarèdo ou **citarísta**, s. m. citaredo; citarista.
Citareggiàre, v. intr. citarizar, tocar a cítara.
Citàto, p. p., adj. e s. m. citado; que se citou, mencionado; dito / o que recebeu citação para comparecer em juízo.
Citatôre, s. m. (f. -tríce) citador / citante.
Citazióne, s. f. citação.
Citerèa, s. f. (poét.) citeréia, cognome dado a Vênus, adorada em Cítera.
Citeriôre, adj. (lit.) citerior, que está de cá, do nosso lado.
Citíllo, s. m. citila, mamífero do norte da Europa.
Citíso s. m. cítiso, gênero de plantas leguminosas cujo tipo é o laburno.
Citofagìa, s. f. (med.) citofagia.
Citogenètica, adj. citogenética.
Citologìa, s. f. citologia.
Citoplàsma (pl. làsmi), s. m. citoplasma.
Citostòma (pl. -òmi), s. m. citóstoma, orifício dos ciliados que lhes serve de boca.
Citràcee, s. f. (pl.) (bot.) citráceas.
Citracònico, adj. de ácido produzido pela ação do calor sobre o ácido cítrico.
Citràggine, s. f. (bot.) citronela.
Citramontàno, adj. aquém dos montes.

Citràto, s. m. citrato.
Citríco (pl. citrici), adj. cítrico.
Citriuòlo, s. m. (bot.) pepino
Citronièra, s. f. reparo para defender do frio, durante o inverno, as plantas cítricas.
Citrullággine, s. f. tolice, estultícia, necedade.
Citrúllo, s. m. tolo, bobo, imbecil, cretino / (dim.) **citrullíno**; (aum.) **citrullone**; (pej.) **citrulláccio**.
Città, s. f. cidade; ——— eterna: Roma.
Cittadèlla, s. f. cidadela.
Cittadína, s. f. (dim.) cidadezinha; cidadela / carro de aluguel.
Cittadinàme, s. m. (pej.) conjunto de cidadãos.
Cittadinànza, s. f. cidadania / o total dos cidadãos de uma cidade.
Cittadinescamènte, adv. à maneira de cidadão / civilmente, urbanamente.
Cittadinèsco (pl. -eschi), adj. cidadesco; relativo à cidade ou cidadão.
Cittadíno, s. m. cidadão, habitante de cidade / (adj) cidadesco; civil, urbano.
Citto, s. m. (tosc.) menino / centésimo.
Ciúca, s. f. burra, a fêmea do burro; asna; (fig.) mulher ignorante.
Ciucággine, s. f. burrice, asneira, ignorância / teima, caturrice.
Ciucàio, s. m. guia de burros; burriqueiro.
Ciucarèllo, **ciucherèllo**, **ciuchètto**, **ciuchíno**, s. m. (dim.) burrinho, burrico.
Ciucciàre, v. (pop.) chupar, (fig.) beber muito.
Ciuciàre, v. assobiar, vaiar.
Ciúco (pl. -úchi), s. m. burro, asno / (fig.) ignorante.
Ciuffàre, v. acciuffare.
Ciúffo, s. m. topete; cabelo crespo / tufo / poupa / (dim.) **ciuffètto**, **ciuffettíno**, **ciuffolètt)** (aum.) **ciuffône**.
Ciuffolòtto, s. m. abadavina, pássaro da família dos fringilídeos.
Ciurlàre, v. intr. (raro) cambalear; titubear: vacilar / ——— nel manico: faltar à promessa, roer a corda.
Ciúrlo, s. m. volta que os bailarinos executam sobre um pé só; pirueta.
Ciurlône, **ciurlòtto**, s. m. bofetão.
Ciúrma (port. "churma"), s. f. chusma / (fig.) multidão de gente vil; gentalha.
Ciurmàglia, s. f. populacho, ralé; gente inútil.
Ciurmàre, v. tr. ludibriar, enganar, embrulhar.
Ciurmàto, (ant.) p. p. e adj. invulnerável, inatacável.
Ciurmatôre, s. m. (f. -tríce) charlatão, impostor, embrulhão.
Ciurmerìa, s. f. logro, engano; furto.
Civàda, s. f. (mar.) cevadeira, vela quadrada.
Civàia, s. f. nome dos legumes em geral.
Civànzo, s. m. (raro) sobra, excedente / (ant.) ganho, lucro, vantagem.
Cive, (ant.) s. m. cidadão.
Civètta, s. f. coruja / (fig.) mulher namoradeira / far ——— abaixar rapidamente a cabeça para esquivar um golpe.

Civettàre (pr. -ètto) v. intr. caçar com a coruja / (fig.) namorar, coquetear, seduzir.
Civetteria, s. f. coquetice, garridice, coquetismo.
Civettío, s. m. coquetice.
Civettône, s. m. (f. -ôna) (aum.) casquilho, janota; corujão; namorador.
Civettuòlo adj. gracioso, bonito, donairoso.
Cívico (pl. cívici), adj. cívico; da cidade, de cidadão; **banda cívica, doveri civici**.
Civíle, adj. civil / urbano, culto, cortês, gentil, educado.
Civilísta (pl. -ísti), s. m. civilista.
Civilizzàre, v. civilizar.
Civilizzàto, p. p. e adj. civilizado.
Civilizzatôre, adj. e s. m. civilizador.
Civilizzazióne, s. f. civilização.
Civilmènte, adv. civilmente.
Civiltà, s. f. civilização / urbanidade; cortezia, gentileza / cultura, conduta; progresso.
Civíre, (ant.) v. procurar, prover, fornir.
Civísmo, s. m. civismo.
Cívolo, s. m. plataforma de arremesso para hidroaviões.
Clamàre, (ant.) v. chamar.
Clakson, s. m. (neol.) busina de automóvel.
Clàmide, s. f. (hist.) clâmide, manto rico dos antigos.
Clamôre, s. m. clamor / estrépito, barulho, rumor.
Clamorosamênte, adv. clamorosamente.
Clamorôso, adj. clamoroso.
Clan, s. m. (do gaélico "clan"-descendente) clã.
Clandestinamènte, adv. clandestinamente; ocultamente.
Clandestíno, adj. clandestino.
Clàngere (ant.), v. intr. chamar, gritar / (poét.) soar de trompas: **alto clangean le tube** (Pascoli).
Clangôre, s. m. (lit.) clangor; o som estridente da trombeta.
Cláque, (pron. "clac") s. f. (do fr.) claque.
Clarêtto, s. m. clarete, vinho vermelho-claro, palhete.
Clarinettísta, s. m. (pl. -ísti), clarinetista.
Clarinêtto, s. m. clarineta; clarinete.
Clarino, s. m. clarim (trombeta de som claro e agudo).
Claríssa, s. f. e adj. clarista, pessoa que pertence à ordem de Santa Clara.
Clarône, s. m. instrumento musical semelhante ao clarinete, mas de tom mais baixo.
Classàre, v. (raro) classificar.
Classàrio ou **classiàrio,** s. m. (hist.) soldado de marinha, e também soldado romano.
Clàsse, s. f. classe / categoria, grupo; ordem, espécie; conjunto / divisão escolar; **la quarta ——— elementare**: o quarto ano primário / **di ——— :** de boa qualidade / **fuori ——— :** excelente, superior a toda classificação.
Classicamênte, adv. classicamente.
Classicísmo, s. m. classicismo.
Classicísta (pl. -ísti), classicista.
Classicizzàre, v. exprimir-se consoante o modelo clássico.

Clàssico, (pl. clàssici) adj. clássico / **scuola clássica**: ginásio e liceu onde se ensinam o latim e o grego.
Classifica, s. f. classificação; (neol.) termo usado especialmente na linguagem esportiva e burocrática.
Classificàbile, adj. classificável.
Classificàre (pr. -fico), v. classificar.
Classificatôre, adj. e s. m. (f. -tríce), classificador / pasta de cartolina para papéis e documentos.
Classificazióne, s. f. classificação.
Classísta, (neol.) adj. relativo à classe social.
Clástico, adj. (geol.) clástico.
Clàtro, s. m. cancela, grade; **nell'uscir dal ———** (Pascoli) / (bot.) clatro, gênero de cogumelos que é o tipo das clatráceas.
Clàudere (ant.) v. fechar, cerrar.
Claudicànte, adj. (lit.) claudicante; que claudica, coxeia.
Claudicàre, (pr. clàudico) v. intr. claudicar, coxear / cometer erro.
Claudicazióne, s. f. claudicação, vacilação, incerteza / deslize, falta.
Clàusola, s. f. cláusula; artigo, condição, preceito / (ret.) fecho de um período.
Claustràle, adj. claustral / (s. m.) monge de clausura.
Clàustro, (ant.) s. m. claustro; mosteiro.
Claustrofilía, s. f. claustrofilia.
Claustrofobía, s. f. (med.) claustrofobia.
Clausúra, s. f. clausura / recolhimento; convento.
Clàva, s. f. clava; maça / utensílio para ginástica / bastão, bordão.
Clavària, s. f. (bot.) clavária, gênero de cogumelos basidiomicetes.
Clavicèmbalo, s. m. (mús.) clavicímbalo / clavicórdio.
Clavícola, s. f. clavícula.
Clavicórdio, s. m. clavicórdio; clavicímbalo.
Clavígero, adj. clavígero / (poét.) armado de clava / portador de chaves; chaveiro, claviculário.
Clávo, s. m. cravo, tumor em forma de prego / (agr.) fungo das oliveiras.
Clemàtide, s. f. (bot.) clemátide, gênero de plantas trepadeiras.
Clematite, s. f. ramo de videira cortado para enxerto / planta trepadeira da família das ranunculáceas.
Clemènte, adj. clemente / indulgente, generoso / (clima) temperado, suave, brando.
Clemènza, s. f. clemência; indulgência, bondade; doçura.
Clepsídra, v. clessidra.
Cleptògrafo, s. m. cleptógrafo, aparelho que por meio de luz instantânea fotografa quem penetra furtivamente em algum lugar.
Cleptòmane, adj. cleptômano.
Cleptomanía, s. f. cleptomania.
Cleptoscòpio, s. m. cleptoscópio; periscópio.
Clericàle, adj. clerical.
Clericaleggiàre, v. clericalizar, espalhar o espírito clerical.
Clericalísmo, s. m. clericalismo.
Clericàto, s. m. clericato / sacerdócio.
Clèro, s. m. clero.
Clerodèndro, s. m. (bot.) clerodendro.

Cleromanzía, s. f. cleromancia, suposta arte de adivinhar por meio de dados, etc.
Clessídra, s. f. clepsidra.
Clibanário, s. m. (ant.) clibanário, soldado que usava couraça.
Cliènte, s. m. cliente.
Clientéla, s. f. clientela.
Clíma, s. m. clima / temperatura.
Climatèrico, adj. climatérico.
Climàtico, (pl. àtici) adj. climático.
Climatología, s. f. climatologia.
Clímax, s. m. e f. (ret.) clímax; gradação.
Climènio, s. m. espécie de planta forraginosa.
Clínica, s. f. clínica.
Clinico, (pl. clínici) adj. clínico / (s. m.) médico que clinica.
Clinòmetro, s. m. (mar. e geol.) clinômetro.
Clipeàto, adj. clipeado, armado de clípeo (escudo).
Clípeo, s. m. clípeo, escudo usado pelos antigos.
Clipper, s. m. (ingl.) clíper, navio a vela de marcha rápida.
Cliroreggiàre, v. (onomat.) ciciar, rumorejar, da água quando cai em gotas (usado por D'Annunzio).
Clistère, s. m. clister.
Clitòride, s. f. clitóride, clitóris.
Clivàggio, (pl. àggi) s. m. (geol.) clivagem; lascagem.
Clivo, s. m. (poét.) clivo, encosta de monte; outeiro, ladeira.
Cloàca, s. f. cloaca / (fig.) lugar imundo.
Clònico, (pl. clònici) adj. (med.) clônico.
Cloràlio, (pl. -àli) s. m. cloral, mistura de cloro e álcool.
Clorammônio, s. m. cloreto de amônio.
Cloràto, s. m. (quím.) clorato.
Clòrico, (pl. clòrici) adj. (quím.) clórico.
Cloridràto, s. m. (quím.) cloridrato.
Cloridrico, (pl. -ídrici) adj. (quím.) cloridríco.
Clòro, s. m. cloro.
Clorofílla, s. f. (bot.) clorofila.
Clorofilliàno, adj. clorofiliano.
Clorofòrmio, (pl. -òrmi) s. m. clorofórmio.
Cloroformizzàre, v. tr. cloroformizar.
Cloroformizzatôre, adj. e s. m. (f. -tríce) cloroformizador.
Cloroformizzaziône, s. f. cloroformização.
Cloromicetína, s. f. cloromicetina, antibiótico extraído de um fungo.
Cloròsi, s. f. (med.) clorose.
Cloròtico (pl. -òtici) adj. clorótico.
Clorúro, s. m. (quím.) cloreto.
Clown s. m. (ingl.) palhaço de circo equestre.
Club, s. m. (ingl.) clube; sociedade de pessoas que se juntam regularmente.
Clúne, (pl. clúni) s. m. e f. nádega.
Cluniacènse, adj. cluniacense, relativo aos frades da ordem de S. Bento ou ao mosteiro de Clúnia.
Co, con, com, prefixos; port. com; que compõem muitas palavras com o significado de companhia, concomitância.
Coabitàre, v. intr. coabitar, viver conjuntamente.
Coabitaziône, s. f. coabitação.
Coaccusàto, s. m. (jur.) co-acusado.
Coacervàre, v. tr. coacervar (pouco usado), amontoar.
Coacèrvo, s. m. cúmulo, montão.
Coadiutoràto, s. m. coadjutoria.
Coadiutôre, s. m. coadjutor / colaborador, cooperador, sócio / (s. f.) **coadiutrice**.
Coadiuvànte, p. pr. e adj. coadjuvante, coadjuvador.
Coadiuvàre, v. tr. coadjuvar; ajudar; prestar auxílio a.
Coagulàbile, adj. coagulável.
Coagulamênto, s. m. (raro) coagulação.
Coagulànte, p. pr. e adj. coagulante.
Coagulàre, v. coagular / coalhar.
Coagulativo, adj. coagulativo.
Coagulaziône, s. f. coagulação.
Coàgulo, s. m. coágulo; coalho.
Coalescènza, s. f. coalescência, aderência de partes que se acham separadas.
Coalíre, v. fazer coalizão, unir-se.
Coaliziône, s. f. coalizão, colisão.
Coalizzáre, v. intr. coalizar; (refl.) coalizar-se, unir-se.
Coàna, s. f. (anat.) cóano, orifício posterior afunilado das fossas nasais.
Coartàre, v. coarctar; forçar, obrigar, constranger.
Coartaziône, s. f. coarctação.
Coassiàle, adj. (rad.) coaxial, cabo elétrico de dois condutores concêntricos, usados para a transmissão de alta freqüência, na telefônica múltipla e na televisão.
Coattívo, adj. coativo; coercitivo.
Coautôre, s. m. co-autor.
Coaziône, s. f. coação; coarctação.
Cobàlto, s. m. cobalto.
Còbbola, (prov. "cobla") s. f. copla, estrofe ou estância de canção.
Cobelligerànte, s. m. cobeligerante.
Cobòldo, s. m. espírito primário das lendas alemãs, que se idealiza anão e deforme; gnomo.
Còbra, s. m. cobra; serpente.
Còca, s. f. coca, planta narcótica.
Cocaína, s. f. cocaína, alcalóide natural.
Cocainísmo, s. m. cocainismo.
Cocainòmane, s. m. cocainômano.
Cocainomanía, s. f. cocainomania.
Còcca, s. f. entalhe, chanfro de frecha / ponta de lenço, fita, lençol, etc. / castão do fuso / (fem.) galinha / pessoa querida; / (dim.) **cocchetta, cocchina**.
Coccàrda, s. f. cocarda, cocar; laço, roseta; distintivo.
Cocchière, s. m. cocheiro; boleiro.
Còcchia, s. f. rede para pesca, de arrasto.
Cocchina, s. f. (mar.) pequena vala quadrada / baile campestre.
Còcchio, (pl. còcchi) s. m. carruagem, coche de passeio de quatro rodas.
Cocchiumàre, (ant.) v. abatocar, tapar com batoque.
Cocchiúme, s. m. batoque de pipa / rolha da pipa.
Còccia, (p. còcce) s. f. concha (dos moluscos) / guarda da espada / parte da coronha da pistola / (pop. e burl.) cabeça.
Coccíaio, (pl. -ài) s. m. vendedor ou fabricante de vasos de barro; louceiro

Cocciàre, v. (tosc. fam.) aquecer-se ao fogo.
Còccige, s. m. (anat.) cóccix; cóccige.
Còccigeo, adj. coccígeo.
Coccinèlla, s. f. (zool.) coccinela.
Coccinèllo, s. m. (mar.) espécie de cavinha para segurar cabos e velas.
Coccíneo, adj. coccíneo (poét.), de cor escarlate.
Cocciníglia, s. f. (zool.) cochonilha.
Coccíno (ant. tosc. fam.) adj. friorento / doentio.
Còccio, (pl. còcci) s. m. caco de vaso de terracota / objeto de terracota, espec. para uso na cozinha / concha de molusco / (fig.) **pipliare i cocci**: obstinar-se, zangar-se.
Cocciutàggine, s. f. teimosia, birra, obstinação.
Cocciúto, adj. obstinado, teimoso, cabeçudo.
Còcco, s. m. coco, o fruto do coqueiro / coqueiro / cochonilha / (fam.) ovo / nome carinhoso de criança; è il suo ——— : é o seu benjamim.
Coccodè, s. m. cocorocó, voz imitativa do canto da galinha, depois de por o ovo.
Coccodrillo, s. m. crocodilo.
Còccola, s. f. bolota; frutinha de certas plantas selváticas; baga.
Coccolàre, v. afagar, mimar (pr.) gozar; ficar à vontade; folgar, divertir-se.
Coccolíno, s. m. menino gorducho e gracioso.
Còccolo, s. m. (tosc. fam.) criança gorducha e graciosa.
Còccolo, s. m. folgança, deleite.
Coccolòni, adv. de cócoras.
Coccovêggia, (ant.) s. f. coruja.
Coccoveggiàre (ant.) v. namorar, coquetear.
Cocènte, p. p. e adj. ardente, quente / veemente, intenso, agudo.
Cocimênto, (ant.) s. m. cozimento; cocção.
Cocitôre, s. m. aquele que coze / forneiro (de padaria, etc.) / aquele que nas salinas toma conta das caldeiras onde se cozé o sal.
Cocitúra, v. cottura.
Còclea, s. f. (anat.) canalículo do ouvido interno / (mec.) parafuso de Arquimedes / escada a caracol / (hist.) porta do circo pela qual entravam as feras.
Cocleària, s. f. (bot.) cocleária.
Cocleàto, adj. cocleado, que tem a forma de caracol ou de espiral.
Cocòlla, s. f. cogula, túnica de mangas largas e capuz que usavam os membros de algumas ordens monásticas.
Cocomeràio, (pl. -ài) s. m. terreno onde crescem melancias; melancial / vendedor ou plantador de melancias.
Cocômero, s. m. melancia / (dim.) comerúzzo, cocomeríno / (aum.) comerône.
Cocoríta, (pl. íte) s. f. pequeno papagaio.
Cocúzza, s. f. abóbora / (fig. fam.) cabeça.
Cocúzzolo, s. m. cocoruto, a parte superior da cabeça, toutiço / cume, cimo (espec. de monte).

Côda, s. f. cauda / rabo / rabicho / (fig.) **non avere né capo né** ——— : coisa desordenada, sem pé nem cabeça **far** ——— : fazer fila, esperar / **aver la** ——— **di paglia**: ter o rabo de palha / **saper dove il diavolo ha la** ——— ser pessoa esperta, que sabe o que faz / **mettere la** ——— **dove non va il capo**: meter a cauda onde não passa a cabeça; (fig.) mudar de tática segundo as circunstâncias / (dim.) codíno, codínzolo; (aum.) codône.
Codardamênte, adv. covardemente.
Codardía, s. f. covardia.
Codàrdo, adj. covarde / vil, pusilânime, poltrão.
Codàto, adj. caudato, que tem cauda.
Codàzzo, s. m. séquito, acompanhamento; comitiva, cortejo.
Codeína, s. f. codeína, alcalóide existente no ópio.
Codesto, o mesmo que cotesto, adj. esse; isso / (fem.) codesta.
Codètta, s. f. (dim. de coda: cauda) prolongamento do fuste do canhão.
Codiàre, v. tr. seguir, acompanhar, andar atrás de alguém.
Còdice, s. m. (hist.) códice, pergaminho manustrito de autor clássico / código (compilação de leis, de constituições, etc.).
Codicíllo, s. m. (jur.) codicilo.
Codificàbile, adj. codificável.
Codificàre, (pr. -ífico), v. tr. codificar; reunir em código.
Codificazíône, s. f. codificação.
Codíno, s. m. trança, rabicho de cabelos, que se usava antigamente atrás da nuca / (fig.) retrógrado, reacionário.
Codiône, s. m. rabadela ou rabadinha, parte posterior do corpo das aves; uropígio.
Codirôsso, s. m. papa-figo, pássaro dentirrostro.
Côdolo, s. m. (raro) parte da lima, da faca, etc. que entra no cabo / parte inferior do violino violoncelo, etc.
Codône, s. m. (aum.) cauda grande / (zool.) espécie de marreco / cauda comprida / rabicho dos arreios do cavalo.
Codrône, v. codione.
Coeditôre, s. m. co-editor.
Coedizíône, s. f. co-edição, obra publicada por mais de um editor.
Coefficiènte, s. m. coeficiente.
Coefficiènza, s. f. coeficiência.
Coèfora, s. f. coéfora; entre os gregos antigos, mulher que levava libações fúnebres.
Coeguále, adj. igual / (teol.) coigual.
Coercíbile, adj. coercível; reprimível.
Coercitivo, adj. coercitivo.
Coercizíône, s. f. coerção; coação.
Coerènte, adj. coerente / lógico, constante; conforme.
Coerentemênte, adv. coerentemente / logicamente.
Coerènza, s. f. coerência, harmonia, acordo, concórdia.
Coesíône, s. f. (fís.) coesão / (fig.) ligação; associação íntima.
Coesistènza, s. f. coexistência.
Coesístere (pr. -ísto), v. intr. coexistir,

Coesòre, s. m. (fís.) tubo que contém partículas metálicas que se tornam condutoras num campo eletromagnético.
Coessenziàle, adj. coessencial, que tem essência comum.
Coestèndere, v. coestender, estender junto com outro.
Coetàneo, adj. coetâneo, contemporâneo; coevo.
Coetèrno, adj. coeterno.
Coèvo, adj. coevo.
Cofanàio, s. m. fabricante de estojos, caixas, cofrezinhos, etc.
Còfano, s. m. estojo, caixinha elegante: caixa; cofre / (aut.) cofre onde está encerrado o motor do automóvel; (dim.) **cofanêtto**.
Còffa, s. f. gávea, tabuleiro ou plataforma de navio a vela.
Còfto ou **còpto**, adj. e s. m. copta.
Cogènte, adj. (jur.) coagente, que coage, que obriga.
Cogitabóndo, adj. cogitabundo; pensativo; cogitativo.
Cogitàre, (ant.) v. intr. cogitar, pensar, refletir.
Cogitatíva, s. f. poder da alma pela qual o homem pensa, reflete.
Cogitatívo, adj. cogitativo.
Cogitazióne, (ant.) s. f. cogitação.
Cògli, o mesmo que "con gli" sendo esta a forma preferível: com os.
Còglia, s. f. (tosc. fam.) moça elegante e presumida.
Cògliere, (pr. còlgo) v. tr. colher / apanhar, tomar, surpreender / aproveitar / entender / adivinhar, deduzir.
Coglietòre, s. m. (f. -tríce) colhedor, o que colhe.
Coglionàre, (chulo) v. enganar, burlar, chasquear.
Coglionatùra s. f. (chulo), engano, zombaria.
Cogliòne, s. m. testículo; (chul.) colhão.
Coglitóre, s. m. (f. -tríce) colhedor, o que colhe.
Coglitùra, s. f. ação de colher, colheita.
Cognác, s. m. conhaque, aguardente proveniente da região francesa de Cognac.
Cognàta, s. f. cunhada, irmã de um dos cônjuges em relação ao outro, e vice-versa / (masc.) **cognàto**.
Cognazióne, s. f. cognação, parentesco pelo lado das mulheres.
Cògnito, adj. (ant.) cógnito, conhecido, sabido.
Cognizióne, s. f. (filos.) cognição conhecimento; noção; revelação; notícia / exame, estudo.
Cògno, (s. f. **cògna**) s. m. (tosc.) medida de capacidade / quantidade de azeite que o camponês cede ao patrão pela moagem das azeitonas.
Cognóme, s. m. cognome, sobrenome de família.
Cognomináre, (pr. -òmino) v. cognominar; apelidar; alcunhar.
Cognominazióne, s. f. cognominação.
Cogolària, s. f. (ant.) nassa, espécie de rede de pescar.
Cògolo, s. m. (min.) seixo.
Coguáro, s. m. puma, mamífero carnívoro das florestas da América.

Cohérer, (ingl.) s. m. coesor: dispositivo antigo de sinais radiotelegráficos; detetor.
Coi, prep. art. pl. com os.
Coiàio, (pl. -ài) s. m. curtidor ou vendedor de couro.
Coiàme e **cuoiàme**, s. m. grande quantidade de couros; courama.
Coiàttolo, s. m. retalho de couro.
Coibènte, adj. e s. m. que coíbe; coibidor.
Coibènza, s. f. coibição.
Coincidènza, s. f. coincidência.
Coincídere, (pr. -ído) v. coincidir.
Coincíso, p. pr. e adj. coincidido; acontecido simultâneamente.
Cointeressàre, (pr. -èsso) v. tr. co-interessar.
Cointeressàto, adj. e s. m. co-interessado; compartilhador.
Cointeressènza, s. f. participação, co--participação.
Coinvòlgere, (pr. òlgo) v. tr. envolver: implicar, comprometer, arrastar.
Coiôso, adj. que parece couro.
Còito, s. m. coito.
Còk, cok carbon cok, s. m. coque, carvão, resíduo da destilação da ulha.
Còl, prep. art. masculino com o.
Còla, s. f. coador para coar o vinho / coador para coar a cal.
Còla, s. f. cola, árvore da família das Esturculiáceas.
Colà, adv. ali, naquele lugar: **vuolsi cosi dove si puote** (Dante).
Colabròdo, s. m. coador de cozinha.
Collagiú, adv. de lugar, acolá; ali abaixo.
Colagògo, adj. e s. m. (pl. -òghi) (farm.) colagogo.
Colàre, (pr. -còlo) v. coar; filtrar / gotejar / fundir / ——— **a picco**: meter a pique, afundar.
Colascionàta, s. f. (depr.) música ou poesia medíocres.
Colascióne, s. m. antigo instrumento musical de duas ou três cordas.
Colassú, adv. de lugar, ali em cima.
Colàta, s. f. coadura, ação de coar / (técn.) período inicial da refinação dos metais no forno; a massa de metal incandescente que se derrama na forma / derrame da lava que transborda do vulcão.
Colatíccio, s. m. matéria coada / restos de coisa coada / ——— **di stalla**: adubo natural de esterco.
Colatío, (ant.) adj. que cai por si; caideiro, caidiço.
Colàto, p. p. e adj. coado, filtrado / encanado.
Colatôio, (pl. -ôi) s. m. coador / qualquer instrumento que serve para coar líquidos ou metais em fusão.
Colatúra, s. f. ação de coar; coadura / matéria coada / cera liquefeita que pinga das velas acesas / resíduos no recipiente.
Colazióne, s. f. colação, a primeira refeição da manhã / o pasto (comida) do meio-dia, quando se janta à tarde / (dim.) **colazioncína, colazioncèlla**.
Colbàc e **colbàcco**, s. m. colbaque, barretina de pelo.
Colcàre (ant.), v. deitar-se.

Còlchicína, s. f. colquicina, alcalóide que se extrai das sementes do cólquico.
Còlchico, (pl. còlchici) s. m. cólquico, planta da família das colquicáceas.
Colchicône, s. m. planta bulbosa e venenosa, do gênero das liliáceas.
Colecistíte, s. f. (med.) colecistite.
Colèdoco, s. m. (anat.) colédoco.
Colèi, pron. fem. aquela; masc. colui; aquele.
Colèlito, s. m. colélito, cálculo biliário.
Colendíssimo, adj. sup. (ant.) colendo, colendíssimo, acatável, respeitável.
Coleòttero, s. m. coleóptero.
Colèra, s. m. cólera; cólera-morbo; cólera asiática.
Còlere, (ant.) v. tr. honrar, venerar.
Colerètico, (pl. -ètici) adj. colerético, substância medicamentosa que excita as secreções biliares.
Colèrico, (pl. -èrici) adj. colérico; s. m. atacado de cólera.
Colerína, s. f. colerina, cólera benigna.
Coleròso, adj. e s. m. coleroso; atacado, doente de cólera.
Colesterína, s. f. (des.) colesterina; colesterol.
Còlia, s. f. cólia, borboleta diurna.
Coliàmbo, s. m. coliambo, verso trímetro jâmbico que acaba por espondeu ou troqueu.
Colibrí, s. m. colibri, pássaro de cores brilhantes.
Còlica, s. f. cólica, doença dos intestinos.
Còlico, adj. (pl. còlici) adj. cólico, que se refere a cólica.
Colímbo, s. m. (zool.) colimbo, mergulhão, ave.
Colína, s. f. substância que se encontra nos tecidos animais.
Colíno, s. m. (tosc.) coador para coar leite, caldo, etc.
Colíte, s. f. (med.) colite.
Côlla, prep. art. fem. com a.
Còlla, s. m. cola, grude / ——— forte: gelatina extraída de ossos / a ———: diz-se de cor temperada com cola / (ant.) corda com a qual se torturavam os réus.
Còllabo, s. m. estaca da lira e de outros instrumentos de corda, para atar e entesar as cordas.
Collaboràre, (pr. -àboro) v. intr. colaborar.
Collaboratôre, adj. e s. m. (f. -trice), colaborador.
Collaborazióne, s. f. colaboração, cooperação.
Collaborazionísmo, s. m. (neol.) colaboracionismo.
Collaborazionísta, s. m. colaboracionista.
Collàna, s. f. colar (ornato de pescoço) / coleção, série de trabalhos da mesma natureza: ——— stórica, d'arte, clássica.
Collàre, s. m. coleira (com que se cinge o pescoço dos animais) / cabeção / volta, gola, ornamento que as mulheres usam no pescoço / distintivo em forma de colar; il ——— dell'Annunziata: a pessoa que tem tal insígnia; insignito del gran ———.
Collàre, (ant.) v. tr. torturar com a corda.

Collarêssa, s. f. mulher de pessoa condecorada com o colar da "Annunziata" (Anunciação) / cabeção que se aplica aos animais atrelados em carroças.
Collarêto, s. m. (dim.) pequeno colar / gola / colarinho (de camisa).
Collàrgolo, s. m. colargol, prata coloidal, usada na terapêutica.
Collaríno, s. m. (dim.) pequeno colar / colarinho / gola da veste talar / friso de capitel dórico.
Collàsso, s. m. colapso.
Collàta, s. f. pancada no pescoço / (hist.) golpe que se dava com a parte plana da espada, sobre o pescoço do que ia ser criado cavalheiro.
Collateràle, adj. colateral.
Collateralmênte, adv. colateralmente / paralelamente.
Collàto, p. p. e adj. (ecl.) colado; que goza de benefício eclesiástico.
Collatôre, adj. e s. m. colator, quem ou que confere um benefício eclesiástico.
Collaudàre, (pr. -àudo) v. tr. experimentar, provar, verificar, ensaiar.
Collaudatôre, s. m. pessoa que verifica, que prova, que experimenta.
Collàudo, s. m. prova, experimento, verificação, ensaio.
Collazionàre, (pr. -ôno) v. tr. colacionar, cotejar, conferir; comparar, confrontar.
Collazióne, s. f. (ant.) colação, comparação, conferência / (jur.) ação de conferir um título, um direito / (ecles.) ação de nomear para benefício eclesiástico.
Còlle, s. m. colina / encosta; outeiro; morro / passo estreito entre montes; garganta.
Collèga (pl. -èghi) s. m. colega.
Collegamênto, s. m. união, conexão, ligação; liame.
Collegànza, s. f. conexão / companheirismo, coleguismo.
Collegàre, (pr. èego) v. tr. ligar, unir, coligar / (refl.) coligar-se, unir-se.
Collegatàrio (pl. -àri) s. m. (jur.) colegatário, aquele que é legatário com outrem.
Collegatôre, adj. e s. m. que ou que coliga, une, junta.
Collegatúra, s. f. ação de coligar, juntar, unir / o ponto em que duas coisas são coligadas.
Collegiàle, adj. colegial, de colégio / (s. m.) aluno de colégio.
Collegialità, s. f. colegiatura / gesto de colega.
Collegialmênte, adv. colegialmente.
Collegiàta, s. f. (ecl.) colegiada / reunião de alunos que freqüentam um colégio.
Collègio, (pl. -ègi) s. m. colégio, corporação de pessoas que têm todas as mesmas dignidades (dei professori, dei cardinali, dei probiviri) / estabelecimento de ensino / circunscrição eleitoral.
Collènchima, s. m. (bot.) colênquima, tecido utricular, vegetal.
Colleppolàre (ant.) v. agitar, sacudir.
Còllera, s. f. cólera; ira.
Collèrico, (pl. -èrici) adj. colérico; irascível, iracundo.

Collètta, s. f. coleta / (liturg.) oração que o sacerdote diz na missa em nome do povo.
Collettàme, s. m. volumes diversos despachados (por ferrovia) por diferentes pessoas e a destinatários diversos.
Collettàre, v. coletar, no significado de pedir a um certo número de pessoas uma contribuição para um fim comum.
Collettivamènte, adv. coletivamente.
Collettivísmo, s. m. coletivismo.
Collettivísta, (pl. -ísti) s. m. coletivista.
Collettività, s. f. coletividade.
Collettívo, adj. coletivo / comum, complexivo.
Collettízio (pl. -ízi) adj. coletício.
Collètto, s. m. colarinho / gola de vestidos de mulher / (bot.) linha divisória entre a raiz e o fuste da planta / (alp.) depressão estreita entre dois cumes / pequeno fardo ou volume.
Collettôre, adj. e s. m. coletor, quem ou que recolhe; **canale** ———: cano coletor; (mec.) cilindro nas caldeiras a vapor, pelo qual se imite a água de alimentação.
Collettoría, s. f. coletoria (repart. pública).
Collezionàre, v. tr. (pr. -ôno) / colecionar.
Collezióne, s. f. coleção; (dim.) **collezioncèlla**.
Collezionísta, (pl. -ísti) s. m. colecionista, colecionador.
Collídere, (pr. ído) v. colidir, bater, fazer ir de encontro.
Colligiàno, adj. e s. m. morador dos montes; montanhês.
Collimàre (pr. -ímo) v. intr. colimar; estar de acordo, coincidir.
Collimatôre, s. m. colimador, instrumento para determinar o ponto horizontal.
Collimazióne, s. f. colimação / coincidência.
Collína, s. f. colina; (dim.) **collinêtta**.
Collinôso, adj. colinoso, cheio de colinas.
Colliquàre, (ant.) v. liquefazer, dissolver, derreter, fundir.
Collírio (pl. íri) s. m. colírio.
Collisióne, s. f. (lit.) colisão, embate entre dois corpos; chòque (esp. entre dois navios) / (fig.) contraste, antagonismo.
Còllo, s. m. pescoço, colo; garganta / gargalo, colo de garrafa ou de outro recipiente / parte estreita e arrendondada de qualquer coisa / (fig.) ——— torto: carolão / **dare tra capo e** ———: golpear, atingir inesperadamente / **prendere per il** ———: enforcar, explorar, fazer pagar caro demais / **spendere l'** ——— **del collo**: gastar tudo o que se tem.
Còllo, s. m. volume, fardo de mercadoria.
Collocamènto, s. m. colocação / cargo, emprego.
Collocàre (pr. còlloco) v. colocar; dispor, coordenar / empregar; estabelecer / (refl.) colocar-se; estabelecer-se; por-se, situar-se.
Collocazióne, s. f. colocação.
Còllo, prep. com o (desus.).

Collocutôre, s. m. (f. -trice) colocutor, interlocutor.
Collòdio, (pl. òdi) s. m. colódio.
Colloidále, adj. coloidal.
Collòide, s. m. colóide.
Colloquiàre, v. ter colóquio, conversar junto.
Colloquíntida, s . f. coloquíntida ou colocíntide, planta medicinal.
Collòquio (pl. -òqui) s. m. colóquio; conversação.
Collosità, s. f. viscosidade.
Collôso, adj. viscoso, pegadiço, glutinoso; gelatinoso.
Collotipía, s. f. colotipia, processo de reprodução de gelatina bicromatada.
Collòttola, s. f. cachaço; cogote; cangote; nuca.
Collotòrto, (pl. **collitòrti**) s. m. carolão, santarrão, hipócrita / nome vulgar de uma espécie de pássaro.
Collúdere, (pr. -údo) v. coludir, entender-se fraudulentamente: fazer colusão.
Collusióne, s. f. (jur.) colusão, acordo fraudulento; conluio, conivência.
Collusívo, adj. colusivo, em que há colusão.
Collutório, (pl. -òri) s. m. colutório, remédio líquido para as mucosas da boca.
Colluttàre (pr. -útto) v. lutar, rixar junto.
Colluttazióne, s. f. luta corpo a corpo / rixa, bulha, pugilato.
Collúvie, s. f. coluvião, enxurrada, quantidade de sujeiras, especialmente líquidas / usado também em sentido figurado.
Colmàre, (pr. côlmo) v. colmar, encher, acumular; preencher / (agr.) ——— **un terreno**: colmatar um terreno.
Colmàta, s. f. colmata, ato de colmatar (um terreno e similares).
Colmatúra, s. f. colmatagem, ação ou efeito de levantar um terreno por meio de terra, entulho, etc. / depósito ou amontoamento de terras, por meio de escavações / cúmulo, excesso.
Colmeggiàre (pr. -êggio) v. encher, completar, cumular, exceder, estar cheio.
Colmígno, s. m. cumeeira ou sumidade do teto, a parte mais alta da casa.
Côlmo, adj. cheio, repleto, transbordante; ——— **di grano, di disgrazie** / (s. m.) a parte mais alta de coisa que sobressai; cume, pico, ponta, elevação; sumidade / (fig.) ápice, auge: il ——— **della fama** / teto, proeminência.
Côlo, s. m. crivo; coador.
Colòbo, s. m. colobo, gênero de mamíferos primatas.
Colòbio, s. m. colóbio, túnica sem mangas.
Colocàsia, s. f. colocásia, gênero de plantas aráceas de rizoma tuberoso.
Colocintína, s. f. colocintina, substância amarga que existe nos frutos das coloncíntidas; purgante.
Colofône, s. m. colofão, o nome do impressor, a justificação das diferentes tiragens, e outras indicações tipográficas usadas antigamente e que até hoje alguns ainda usam.

Colofònia, s. f. colofônia, breu ou pez louro.
Colômba, s. f. pomba / (fig.) pureza / mulher casta e pudica.
Colombàccio, (pl. -àcci) s. m. pombo torcaz, selvático / espécie de peixe.
Colombàcei, s. m. (pl.) columbídeos, ordem de aves de diversas espécies, cujo protótipo é o pombo.
Colombàia, s. f. columbário, pombal.
Colombàna, s. f. espécie de uva branca, doce, produzida em S. Colombano, na província de Pavia / colombáno, (s. m.) o vinho feito com essa uva.
Colombàrio, (pl. -àri) s. m. columbário, câmara sepulcral entre os antigos romanos; sepulcrário para urnas cinerárias e ataúdes.
Colombèlla, s. f. pequena pomba selvática.
Colombiàno, adj. colombiano.
Colombicídio, s. m. matança ilícita de pombos.
Colômbico, adj. (quím.) colômbico.
Colombicoltúra, s. f. columbicultura, criação de pombos.
Colombína, s. f. (dim.) pombinha / (fig.) moça pura e inocente / bolo de Páscoa, com um ovo no meio / espécies várias de cogumelos / Colombina, personagem da "Commedia dell'Arte" e da comédia goldoniana.
Colombíno, adj. columbino, relativo a pombo / (s. m.) excrementos de pombos / sasso ———: pedra para fazer cal / (fig.) namorado.
Colômbo, s. m. (f. -ômba) pombo / (dim.) colombíno, colombína, colombèlla; no plural colombi: casal de namorados.
Còlon, s. m. (anat.) cólon.
Colonário, adj. de colono ou da colônia.
Colònia, s. f. colônia.
Colonía, s. f. contrato agrícola com participação nos lucros do colono; meação.
Coloniàle, adj. colonial; generi coloniali: produtos que vinham das ex-colônias italianas da África.
Colonialísta, s. m. colonialista.
Colônico, adj. (pl. colònici), colônico.
Colonizzàre, (pr. ízzo) v. colonizar.
Colonizzazióne, s. f. colonização.
Colonna, s. f. coluna.
Colonnàle, colonnáre, adj. colunar, que tem forma de coluna.
Colonnàto, s. m. (arquit.) colunata.
Colonnèlla, s. f. (mil.) insígnia do regimento / coronela, mulher do coronel.
Colonnèllo, s. m. coronel, comandante de regimento.
Colonníno, s. m. (dim.) coluna pequena; colunelo / pilar; balaústre.
Colòno, s. m. colono.
Coloràbile, adj. que se pode colorir.
Coloramênto, s. m. coloração, ação de dar ou de adquirir uma cor.
Coloránte, p. pr. e adj. colorante, corante.
Coloràre (pr. -ôro), v. colorar, colorir / corar / tingir.
Colorazióne, s. f. coloração.

Colôre, s. m. cor / tinta / aparência / expressão: dar ——— al discorso / farne di tutti i colori: praticar toda sorte de más ações / colorido, verniz, tintura.
Coloríre (pr. -ísco) v. colorir, cobrir ou matizar de cores; pintar / (fig.) ornar.
Colorísta, (pl. -ísti) s. m. colorista, artista que prima pelo colorido.
Colorito, p. p. e adj. colorido / (s. m.) modo de colorir: eccellente nel ——— / cor da face, colorido.
Coloritôre, adj. e s. m. colorista.
Colôro, pron. (pl.) aqueles.
Colossàle, adj. colossal / enorme, grandíssimo.
Colossèo, s. m. coliseu, o maior anfiteatro de Roma.
Colòsso, s. m. colosso.
Colòstro, s. m. colostro, o leite da mulher depois do parto.
Côlpa, s. f. culpa; erro; falta / pecado / causa / crime / dolo.
Colpàbile (ant.), adj. culpável.
Colpabilità, s. f. culpabilidade.
Colpeggiàre, v. intr. (têxtil) golpear o pente após a passagem da lançadeira.
Colpévole, adj. culpável; culpado.
Colpevolézza, s. f. culpabilidade.
Colpevolmênte, adv. culposamente.
Colpíre, (pr. -ísco) v. tr. golpear, percutir, ferir / investir; alcançar / (fig.) adivinhar, acertar, conseguir.
Côlpo, s. m. golpe; pancada / tiro / ferimento / baque / impulso / impressão: la morte del padre fui per lui un gran ——— / ——— di scena: efeito dramático, improviso e inesperado / senza ——— ferire: sem luta / di ———: de improviso.
Colposamênte, adv. culposamente.
Colpôso, adj. (jur.) culposo.
Còlta, s. f. (raro) colheita / o tempo da colheita / a água juntada para a moagem.
Coltàre, (ant.) v. cultivar.
Coltèlla, s. f. (pl. coltèlla) faca de cozinha / cutelo.
Coltellàccio, (pcj. dc coltello) s. m. facão; faca grosseira / ferro para cortar a terra e a erva do campo, arando / vela tropezoidal de navio.
Coltellàta, s. f. ferida causada por faca / facada / (fig.) dor grave e improvisa.
Coltellière, s. f. estojo para facas: faqueiro.
Coltellinàio, (pl. -ài) s. m. cuteleiro, fabricante ou vendedor de instrumentos de corte.
Coltèllo, s. m. faca / cutelo / ——— anatômico: instrumento cirúrgico / nebbia da tagliarsi col ———: névoa muito espessa / (dim.) coltellêtto, coltellíno, coltellúccio / (aum.) coltellône.
Coltivàbile, adj. cultivável.
Coltivabilità, s. f. cultivabilidade.
Coltivamênto, s. m. (raro) cultivo, cultivação.
Coltivàre, v. tr. cultivar, amanhar, desenvolver, conservar; entregar-se à cultura de; educar, desenvolver pelo estudo; adquirir conhecimentos, cultura.

Coltivatóre, s. m. (f. -trice) cultor / agricultor, cultivador.
Coltivazióne, s. f. cultivação / lugar cultivado.
Coltívo, adj. de terras cultivadas ou susceptíveis de serem cultivadas.
Còlto, p. p. e adj. colhido; apanhado / agarrado / surpreendido.
Côlto, adj. culto, cultivado; instruído, educado: è una persona colta; douto / (s. m.) (pl.) lugares cultivados: in mezzo ai nitidi colti (Carducci).
Cóltre s. f. colcha, cobertor / pano preto que cobre o caixão fúnebre.
Côltrice, s. f. colchão de lã ou de plumas.
Coltrína, s. f. (dim.) pequena colcha / (ant.) tenda.
Coltríno, s. m. espécie de rede com manilhas aos lados para carregar os doentes de uma cama à outra ou os mortos da cama ao ataúde.
Cóltro, s. m. segão do arado.
Coltróne, s. m. acolchoado (de cama) / cortina grossa para reparo do frio.
Coltùra ou **cultúra**, s. f. cultivo; cultura; instrução.
Colubrína, s. f. colubrina, espécie de canhão antigo; (dim.) **colubrètta**.
Colubrinière, s. m. (ant.) colubrineiro, soldado cuja arma era a colubrina.
Colúbro, s. m. (lit.) cobra d'água / cobra sem peçonha.
Colúi, (pl. **coloro**) pron. aquele.
Columèlla, s. f. columela, eixo ideal ou real da concha univalve.
Colúro, s. m. (geogr.) coluro.
Colutéa, s. f. colútea, arbusto da família das leguminosas, chamadas vulgarmente espanta-lobos.
Còlza, s. f. (bot.) colza.
Còma, s. m. coma, estado mórbido de sonolência ou modorra.
Comandaménto, s. m. comando, comandamento (p. us.), mando / preceito.
Comandànte, p. pr. de **comandáre**, s. m. comandante.
Comandàre, v. comandar, mandar; dirigir; governar; dispor / intimidar, ordenar, dominar.
Comandàta, s. f. grupo de homens destinados a trabalhos externos do navio ou em terra.
Comandàto, p. p. e adj. mandado, ordenado; comandado / (s. m.) empregado encarregado de serviços extras.
Comandìgia, (ant.) s. f. sociedade em comandita.
Comàndo, s. m. mando, ordem; (mil.) comando / autoridade / lugar onde tem sede o comando / ordem, preceito / (mec.) mecanismo propulsor.
Comàndalo, s. m. costal, fios que atam a meada quando esta se rompe.
Comàre, s. f. comadre; madrinha / (ant.) parteira / (dim.) **comarína**, **marúccia**: madrinha jovem.
Comatóso, adj. (med.) comatoso.
Combaciaménto, s. m. encaixe, junção, ajustamento.
Combaciàre, (pr. -àcio) v. intr. combinar, ajuntar, encaixar, unir, ajustar; unir-se; ajustar-se; encaixar-se.
Combattènte, p. pr., adj. e s. m. combatente.

Combattentístico, (pl. -ístici) (neol.) adj. relativo a combatentes ou a ex--combatentes.
Combàttere, (pr. -àtto) v. combater, bater-se com; impugnar, contender com; lutar / confutar, refutar, contestar.
Combattíbile, (ant.) adj. combatível.
Combattiménto, s. m. combate, embate, choque, luta; (ant.) combatimento.
Combattitóre, s. m. (f. -trice) aquele que combate / combatente.
Combattivitá, s. f. (neol.) combatividade.
Combattívo, adj. (neol.) combativo; belicoso.
Combelligerànte, adj. e s. m. co-beligerante.
Combelligerànza, s. f. co-beligerância.
Combinàbile, adj. combinável.
Combinabilità, s. f. combinabilidade.
Combinàre, (pr. -íno) v. combinar, juntar em certa ordem; dispor, ordenar / ajustar, pactuar; concordar / (refl.) **combinársi**: concordar; encontrar-se, ajustar-se.
Combinatóre, s. m. (f. -trice) adj. e s. m. combinador; que faz combinações.
Combinazióne, s. f. combinação / (neol.) combinação, peça de roupa que as mulheres usam por baixo do vestido.
Combríccola, s. f. ajuntamento, grupo de pessoas; corja, quadrilha, bando, cáfila, gentalha.
Comburènte, p. pr. adj. e s. m. comburente.
Comburere (ant.) v. queimar.
Combustíbile, adj. combustível; (s. m.) qualquer substância que serve para queimar: carvão, lenha, gás, óleo, etc.
Combustibilitá, s. f. combustibilidade.
Combustióne, s. f. combustão.
Combústo, p. p. e adj. queimado, incendiado; (ant.) combusto.
Combútta, s. f. ajuntamento de pessoas / acordo facinoroso / in ———: conjuntamente; confusamente.
Côme, adv. como; à guisa; do mesmo modo; de que modo, por que maneira; segundo, conforme.
Comechè, adv. e conj. ainda que, posto que; embora.
Comechessía, conj. e adv. (de uso pedante) de qualquer forma, como quer que seja.
Comènto, v. **commento**.
Còmere (ant.) v. ornar.
Comèta, s. f. cometa / (pop. inf.) papagaio de papel com que as crianças brincam.
Comiàto, v. **commiato**.
Còmica, s. f. arte cômica / o gesticular que se faz quando se fala.
Còmico, (pl. **còmici**) adj. côm ico / (s. m.) comicidade / ator.
Comígnolo, s. m. cumeeira / a parte mais alta de uma coisa.
Cominciaménto, s. m. ato de começar, princípio, começo, início; introdução, exórdio.
Cominciáre, (pr. -íncio) v. tr. começar, principiar, iniciar; aviar; inaugurar.
Comíno, s. m. cominho, planta umbelífera, que serve de condimento.

Comissàre (ant.), v. intr. farrear, pandegar.
Comitàgi, s. m. comitadji, bando de homens armados irregulares, típico dos países balcânicos.
Comitàle, adj. de conde, relativo a conde: Condal.
Comitàto, s. m. comitê; comissão; junta / (ant.) comitado, condado.
Còmite, (ant.) s. m. companheiro.
Comitiva, s. m. comitiva, companhia, acompanhamento, séquito; cortejo.
Còmito, s. m. (mar.) chefe dos marinheiros.
Comiziàle, adj. de comício, comicial / **morbo** ———: a epilepsia.
Comiziànte, adj. e s. m. comicieiro; o que anda em comícios.
Comízio, (pl. ízi) s. m. comício; reunião pública, reunião, assembléia, congresso.
Còmma, (pl. còmmi) s. m. coma, inciso ou membro de período dividido por uma vírgula / parágrafo, alínea / (mús.) intervalo entre uma nota e outra.
Commàndo, s. m. (mar.) cordão de cânhamo alcatroado para ligar cordas.
Commèdia, s. f. comédia / (dim.) **commediêtta, commediuòla**.
Commediànte, s. m. e f. comediante, ator ou atriz de comédia / (fig.) farsante, fingido.
Commediàre (ant.) / v. comediar, converter em comédia.
Commediògrafo, s. m. comediógrafo.
Commemoràbile, adj. comemorável.
Commemoràre, (pr. -èmoro) v. tr. comemorar; lembrar; mencionar; celebrar, solenizar.
Comemorativo, adj. comerorativo.
Commemorazióne, s. f. comemoração.
Commènda, s. f. comenda, distinção honorífica / (ecles.) benefício rendoso concedido a eclesiásticos ou a cavaleiros / (hist.) contrato marítimo entre partes.
Commendàbile, adj. (lit.) recomendável, (ant.) comendável.
Commendàre, (pr. -èndo) v. tr. recomendar; aprovar; louvar.
Commendatàrio, s. m. comendatário, aquele que goza os benefícios de uma comenda eclesiástica.
Commendatízia, adj. e s. m. comendatícia; carta de recomendação.
Commendatízio (pl. -ízi) adj. comendatício, que contém recomendação.
Commendatôre, s. m. comendador.
Commendazióne, s. f. (raro) elogio.
Commendêvole, adj. recomendável; (ant.) comendável.
Commensàle, s. m. comensal.
Commensuràbile, adj. comensurável, que se pode medir.
Commensurabilità, s. f. comensurabilidade.
Commensuràre, v. tr. comensurar, medir / comparar, proporcionar, igualar.
Commentàre (pr. -ênto) v. comentar, explicar / criticar, analisar, interpretar; anotar, apostilar.
Commentàrio (pl. -àri) s. m. comentário.

Commentatôre, s. m. (f. -trice) comentador; comentarista / crítico, intérprete.
Commênto, s. m. comento, nota, comentário; exegese, crítica.
Commerciàbile, adj. em que se pode comerciar: comerciável.
Commerciabilità, s. f. comerciabilidade.
Commerciàle, adj. comercial.
Commercialísta, adj. e s. m. comercialista / versado em direito comercial.
Commercialmènte, adv. comercialmente.
Commerciànte, p. pr., adj. e s. m. comerciante; comercial; negociante.
Commerciàre, (pr. -èrcio) v. comerciar, fazer comércio; negociar.
Commèrcio, (pl. -èrci) s. m. comércio; troca, permutação de produtos / relação.
Commèssa, s. f. encomenda, ordem, pedido; **le commesse di cotone**: as encomendas (os pedidos) de algodão.
Commèsso, p. p. e adj. juntado, unido / praticado, cometido, perpetrado / (s. m.) empregado de grau inferior; caixeiro / ——— **viaggiatorre**: viajante de casa comercial.
Commessúra, s. f. (raro) comissura, o ponto onde se juntam duas partes; junção.
Commestíbile, adj. e s. m. comestível.
Commestióne, s. f. (raro) pasto, refeição / (ant.) mistura.
Commèttere, (pr. -êtto) v. tr. cometer, fazer, operar, perpetrar / encarregar, ordenar, confiar a, autorizar / investir de um poder.
Committitôre, s. m. (raro) cometedor, empreendedor.
Committitúra, s. f. comissura; encaixe; juntura.
Commiàto, s. m. despedida, partida, adeus / licença / (lit.) a última parte de uma canção.
Commilitône, s. m. camarada, companheiro de armas.
Comminàre, (pr. -íno) v. tr. cominar, ameaçar; prescrever, decretar (pena ou castigo).
Comminatòria, s. f. (jur.) cominatória.
Comminúto, adj. esmigalhado, reduzido a fragmentos.
Commiseràbile, adj. comiserativo.
Commiseràndo, adj. lastimoso, miserando, que merece comiseração.
Commiseràre (pr. -ísero) v. comiserar-se, compadecer-se.
Commiserazióne, s. f. comiseração, compaixão.
Commiserevôle, adj. comiserante, que sente comiseração / comiserativo, digno de comiseração.
Commissariàto, s. m. comissariado / repartição do exército.
Commissàrio, (pl. -àri) s. m. comissário, membro de uma comissão.
Commissionàre, (pr. -óno) v. tr. comissionar; encarregar, ordenar.
Commissionàrio, s. m. indivíduo encarregado de comissão comercial: comissionista (Bras.).

Commissiône, s. f. comissão, incumbência ou encargo / cargo temporário; comissão, conjunto de pessoas encarregadas de funções especiais / encomenda, pedido de mercadoria.
Commistiône, s. f. (raro) mistura.
Commisto, (raro) misturado / mixto.
Commisurâre (pr. -úro) v. tr. comensurar; medir; comparar; proporcionar.
Commisuraziône, s. f. (raro) comesuração.
Committènte, adj. e s. m. (com.) comitente, o que dá ordens de compra a outrem / o que dá encargo ou encomenda.
Commodòro, s. m. (mar.) comodoro.
Commòsso, p. p. e adj. comovido, abalado, estremecido; agitado; impressionado; enternecido; movido à compaixão.
Commovènte, p. pr. e adj. comovente; comovedor / emocionante, impressionante.
Commoviménto, s. m. (raro) comoção / abalo material: il ——— del suolo.
Commoziône, s. m. comoção, abalo (moral ou físico); perturbação, emoção; (med.) estremecimento / agitação popular, motim.
Commuòvere (pr. -uòvo) v. comover, agitar, abalar; impressionar; enternecer; turvar; excitar; abalar.
Commutàbile, adj. comutável.
Commutàre, (pr. úto), v. tr. (jur.) comutar / trocar, permutar.
Commutativo, adj. comutativo.
Commutatôre, adj. e s. m. (f. -tríce) comutador, o que faz comutação / (eletr.) peça que tem por fim mudar a direção de uma corrente elétrica.
Commutatrîce, s. f. comutatriz (máquina elétrica também chamada conversor).
Commutaziône, s. f. comutação.
Comò, s. m. (neol.) cômoda (móvel); (dim.) **comodíno**.
Comodaménte, adv. comodamente; à vontade.
Comodânte, s. m. (jur.) comodante, o que empresta gratuitamente para receber na mesma espécie.
Comodàre, (ant.) v. tr. ser cômodo, apropriado / (jur.) emprestar por comodato.
Comodatàrio (pl. -àri) s. m. (jur.) comodatário.
Comodàto, s. m. (jur.) comodato.
Comodatôre, s. m. (f. -tríce) (jur.) comodatário, comodante.
Comodíno, s. m. (dim.) pequena cômoda / criado-mudo (móvel) / pano de boca de teatro que se abaixa entre um ato e outro da representação.
Comoditá, s. f. comodidade / ocasião, oportunidade.
Còmodo, adj. cômodo; próprio, favorável; conveniente / folgado, amplo / (s. m.) o que é cômodo; oportuno; comodidade / conveniência.
Compadrône, s. m. co-proprietário.
Compaesàno, adj. e s. m. (f. -àna) compatrício, conterrâneo; compatriota.
Compàge (ant.), s. f. conjunto, grupo.
Compaginàre (pr. -àgino) v. tr. (tip.) compaginar, ligar / meter em páginas.
Compaginatôre, adj. e s. m. (f. -tríce) compaginador; paginador.
Compàgine, s. f. conexão; complexo das partes unidas com perfeição / união, concatenação.
Compàgna (ant.), s. f. companhia / guia, companheiro / (ant.) companhia.
Compagnêsco, (pl. -êschi) (raro) adj. de companheiro.
Compagnêvole, adj. que gosta de companhia; afável, sociável.
Compagnía, s. f. companhia; convivência, trato íntimo / sociedade comercial / o pessoal artístico de um teatro / subdivisão de um batalhão ou de um regimento.
Compàgno, s. m. companheiro; camarada; colega; condiscípulo; sócio, compadre; amigo; cúmplice / (adj.) igual, semelhante: **questo pane é ——— a quell'altro** / (dim.) **compagnino**; (aum.) **compagnône**; (pej.) **compagnáccio**.
Compagnône, s. m. companheirão, ótimo companheiro, especialmente para pândegas.
Còmpago, s. m. espécie de calçado usado antigamente na Rússia pelos nobres e senadores.
Companàtico, (pl. -àtici) nome comum a todo alimento que se come junto com o pão: conduto. (fig. pop.)
Comparàbile, adj. comparável.
Comparabilità, s. f. comparabilidade.
Comparàggio, s. m. compadrio.
Comparàre (pr. còmparo), v. tr. comparar, confrontar, cotejar.
Comparàtico, (pl. -àtici) s. m. compadrio.
Comparativaménte, adv. comparativamente / relativamente; proporcionalmente.
Comparativo, adj. comparativo.
Comparàto, p. p. e adj. comparado.
Comparaziône, s. f. comparação; confronto.
Compàre, s. m. compadre; padrinho / (fam.) amigo íntimo / colaborador, cúmplice.
Comparíre, (pr. -arísco) v. comparecer, apresentar-se / vir à luz / mostrar-se, exibir-se / fazer figura, sucesso.
Compariscènte, adj. vistoso, ostentoso; de boa aparência.
Compariscènza, s. f. belo aspecto, aparência.
Comparíta, s. f. efeito, aparência; **far** ———: diz-se de coisas que embora custem pouco fazem uma boa figura.
Compariziône, s. f. comparecimento.
Compàrsa, s. f. comparecimento, comparecência, ato de comparecer / (teatr.) comparsa.
Compàrso, p. p. e adj. comparecido, aparecido, surgido, chegado.
Compartecipàre, v. intr. co-participar.
Compartecipaziône, s. f. co-participação.
Compartêcipe, adj. comparte, compartilhante, compartilhador.
Compartiménto, s. m. compartimento, separação divisória; repartimento, escaninho / circunscrição administrativa das diferentes zonas do litoral italiano / província francesa.

Compartíre, (pr. -àrto ou -artísco) v. tr. compartir / quinhoar, dividir, distribuir / outorgar.
Compartitôre, adj. e s. m. que reparte, que distribui, que divide.
Compartitúra, s. f. compartição, repartição.
Compartizióne, s. f. compartição; distribuição; repartição.
Compassàre, v. tr. compassar, medir com o compasso / medir pelo cálculo, calcular; dispor com exatidão simétrica / regular, moderar.
Compassàto, p. p. e adj. compassado; medido; pausado; regular; uniforme, cadenciado.
Compassionàre, v. tr. compadecer, ter compaixão.
Compassionévole, adj. compadecido / compadecedor / comovedor / infeliz; lamentável.
Compàsso, s. m. compasso / **fare una cosa col** ———: fazer uma coisa com extrema exatidão.
Compatíbile, adj. (raro) compatível / conciliável; que pode existir conjuntamente.
Compatibilità, s. f. compatibilidade.
Compatiménto, s. m. compadecimento; compaixão, perdão, indulgência.
Compatíre, (pr. -ísco) v. tr. compadecer; perdoar, desculpar / suportar, tolerar.
Compatriòtta, (pl. -òtti) s. m. compatriota; patrício.
Compatròno, s. m. (ecl.) santo protetor de uma igreja, paróquia ou diocese, padroeiro / patrono juntamente com outros de um benefício eclesiástico.
Compattézza, s. f. qualidade do que é compacto; compacidade.
Compàtto, adj. compacto; denso; espesso; tochado; cheio.
Compaziènte, (ant.) adj. que pode existir conjuntamente; compatível.
Compedíto, (ant.) adj. ligado, seguro com ferros ou cordas, acorrentado.
Compendiàre, (pr. -èndio) v. tr. compendiar; abreviar; resumir; recopilar.
Compendiatôre, adj. e s. m. compendiador.
Compèndio, (pl. -èndi) s. m. compêndio; resumo; sumário; breviário; extrato; epítome; prontuário; manual / (jur.) ——— **del furto:** a coisa roubada / (ant.) **morire in** ———: morrer improvisadamente.
Compendiosità, s. f. curteza, brevidade, concisão.
Compendiôso, adj. compendioso; resumido, sucinto, abreviado; sumário.
Compenetràbile, adj. compenetrável.
Compenetrabilità, s. f. compenetrabilidade.
Compenetràre, (pr. -ènetro) v. compenetrar: arraigar / misturar-se, fundir-se, mesclar-se.
Compenetrazióne, s. f. compenetração.
Compensàbile, adj. compensável.
Compensabilità, s. f. compensabilidade.
Compensaménto, s. m. (raro) compensação.
Compensàre (pr. -ènso) v. tr. compensar, contrabalançar, equilibrar; indenizar / suprir a falta de; substituir; ressarcir; retribuir / equivaler.

Compensàto, p. p. e adj. recompensado, retribuído, remunerado / **legno** ———: contraplacado, folha, lâmina ou placa de madeira que se aplica aos móveis; (Bras.) madeira compensada.
Compensatôre, adj. e s. m. que compensa; compensador / (técn.) compensador, maquinismo destinado a corrigir as variações de temperatura no comprimento do pêndulo / (mar.) compensador magnético.
Compensazióne, s. f. compensação / equilíbrio, igualdade, proporção / (jur.) liquidação recíproca entre duas pessoas devedoras uma à outra.
Compènso, s. m. compensação; indenização; remuneração por trabalhos prestados / ressarcimento, indenização / retribuição, gratificação.
Comperàre, v. **comprare.**
Competènte, p. pr. e adj. competente, conveniente, oportuno; hábil, capaz, apto / suficiente, idôneo, admitido por lei, regra ou costume / profundo, versado.
Competènza, s. f. competência; capacidade para apreciar, decidir ou fazer alguma coisa / o que a alguém compete, cabe; **gli furono pagate le competenze d'avvocato:** foram-lhe pagas as retribuições de advogado.
Compètere, (pr. -èto) v. competir, contender, disputar, altercar; rivalizar / pertencer, caber, tocar.
Competitôre, s. m. (f. -trice) competidor / concorrente, êmulo; rival.
Competizióne, (neol.) s. f. competição, disputa / contraste, embate.
Compiacènte, p. pr. e adj. complacente, obsequioso, condescendente.
Campiacenteménte, adv. complacentemente, benevolamente, cortesmente.
Compiacènza, s. f. complacência; condescendência, benignidade, benevolência / prazer, satisfação, alegria: **provai una gran** ——— **per il tuo sucesso.**
Compiacère (pr. -àccio), v. comprazer, fazer o gosto, a vontade; ser agradável, condescendente.
Compiacèrsi, v. pr. deleitar-se, regozijar-se, dignar-se.
Compiaciménto, s. m. (lit.) comprazimento; condescendência, agrado.
Compiaciúto, p. p. e adj. comprazido; regozijado, satisfeito.
Compiàngere (pr. -àngo), v. ter compaixão de, compadecer / (refl.) condoer-se, lamentar-se.
Compiànto, p. p. e adj. pranteado, chorado, compadecido / (s. m.) lamento, compaixão, dor, pesar, saudade.
Compicciàre (pr. íccio) v. tr. juntar, conseguir, concluir alguma coisa, mas indolentemente e fadigadamente; **non riesce a** ——— **nulla.**
Compiegàre, (pr. -égo) v. tr. dobrar, pregar juntamente com outro (papel, documento ou similar); incluir, anexar.
Compiegàto, p. p. e adj. incluído, anexado.
Cómpiere (pr. cómpio) v. cumprir, terminar, acabar / executar, satisfazer / terminar, acabar / executar, satisfa-

zer / terminar, acabar / executar, satisfazer / terminar, alcançar / preencher.
Compièta, s. f. (lit.) completas, última parte das horas canônicas; completório / (fig.) termo do dia e da vida.
Compíglio (ant.) s. m. colmeia.
Compilàre, v. tr. compilar; coligir; reunir; colecionar / redigir; coordenar.
Compilatôre, adj. e s. m. (f. -trice) compilador.
Compilazióne, s. f. compilação / redação / (dim.) compilazioncèlla.
Compimênto, s. m. ato ou efeito de cumprir; cumprimento, execução / fim, termo, conclusão / acabamento.
Compíre (pr. -ísco) cumprir, executar, terminar / satisfazer / acabar, completar; ——— l.vent'anni.
Compitamênte, adv. urbanamente, atenciosamente, cortesmente.
Compitàre, (pr. côompito) v. tr. soletrar, articular, silabar.
Compitêzza, s. f. educação, cortesia, gentileza, urbanidade.
Compito, p. p. e adj. cumprido, terminado, acabado / gentil, cortês, urbano; educado.
Cômpito, s. m. tarefa, encargo, trabalho; dever; atribuição.
Compiutamênte, adv. inteiramente, perfeitamente.
Compiúto, p. p. e adj. cumprido, executado / consumado / perfeito.
Compleànno, (neol.), s. m. natalício, aniversário.
Complementàre, adj. complementar.
Complemênto, s. m. complemento.
Complessionàle, adj. relativo a compleição; complexional.
Complessionàto, adj. compleiçoado; compleiçonado; acompleiçoado.
Complessióne, s. f. compleição; temperamento; organização, constituição do corpo / natureza, aspecto, estrutura.
Complessità, s. f. complexidade; complexidão.
Complessivamênte, adv. conjuntamente, unidamente.
Complessívo, adj. que compreende o conjunto de uma ou de mais coisas conexas.
Complèsso, adj. e s. m. complexo / completo, conjunto; massa, totalidade; síntese, universalidade.
Completamênte, adv. completamente.
Completàre, (neol.) v. tr. (pr. -èto) completar, cumprir, terminar, rematar, acabar, preencher, perfazer / ajuntar, aperfeiçoar, aumentar.
Completêzza, s. f. qualidade de completo.
Completívo, adj. (raro) completivo, que serve de complemento / completivo, que completa, que preenche.
Complèto, adj. completo, inteiro, acabado, preenchido / cheio / (s. m.) vestuário masculino cujas peças são todas da mesma fazenda.
Completòrio, adj. que completa; complementar.
Complèttere (ant.), v. abraçar.
Complicànza, (neol.) s. f. complicação.

Complicàre (pr. -ico) v. tr. complicar; dificultar; embrulhar, atrapalha; embaraçar / tornar confuso, intrincado.
Complicàrsi, v. pr. complicar-se, intrincar-se / agravar-se.
Complicazióne, s. f. complicação; dificuldade; embaraço, estorvo / agravamento.
Còmplice, s. m. cúmplice / conivente, co-réu, participante.
Complicità, s. f. cumplicidade.
Complimentàre, (pr. -ênto) v. tr. cumprimentar, saudar, felicitar, obsequiar.
Complimentàrio (pr. -àri) s. m. pessoa encarregada de receber os convidados de uma festa / mestre de cerimônia.
Complimênto, s. m. cumprimento, reverência, saudação, homenagem / senza complimenti: sem-cerimonias; francamente; far complimenti: fazer cerimônias, não aceitar o que se é oferecido, por cortesia.
Complimentôso, adj. cumprimenteiro; cerimonioso, obsequioso.
Complottàre, (pr. -òtto) v. tr. e intr. conspirar, maquinar, tramar; conjurar, intrigar.
Complòtto (neol.) s. m. conspiração, maquinação, trama, conluio; "complot" (fr.).
Complúvio, s. m. (arquit.) complúvio.
Componènte, p. pr., adj. e s. componente; que compõe; que põe de acordo; que concilia / (s. m.) componente, membro, ingrediente, elemento.
Componimênto, s. m. ação de compor; composição / trabalho literário ou musical / prova escolar / tema, tese / transação: conciliação.
Componitôre, adj. e s. m. (f. -trice) o que compõe, arranja; emprega-se, porém, especialmente em relação a quem forma rixas, etc.
Compòrre, (pr. -ôngo) v. compor, formar um todo de diferentes partes; compor, fazer (falando-se de obra literária ou artística), arranjar, arrumar, ajustar / por em ordem / fazer a composição tipográfica / dispor, fabricar, construir / reconciliar, pacificar, harmonizar, unir / (refl.) comporsi: compor-se, harmonizar-se, conciliar-se; ajustar-se / comportar-se, mostrar compostura.
Comportàbile, adj. comportável; suportável, tolerável; compatível / discreto; cónveniente.
Comportabilmênte, adv. compativelmente; toravelmente.
Comportàre (pr. -òrto) v. comportar, admitir; suportar; permitir / la mia salute non comporta simile fatica / (refl.) proceder, portar-se; comportar-se (bem ou mal).
Compòrto, s. m. transigência, tolerância, em particular a do credor com respeito ao devedor / (ferr.) prazo máximo de tolerância que um trem em coincidência pode esperar outro.
Còmpos, voz lat. na expressão / ——— sui: dono absoluto de si, são de mente, lúcido.
Compòsite, s. f. (bot.) compostas, família de vegetais herbáceos.

Compositívo, adj. compositivo.
Compòsito, adj. compósito, diz-se da quinta ordem de arquitetura / (mec.) **macchine composite**; máquinas de vários cilindros, que trabalham com pressão e volumes diferentes / (lit.) composto, misturado.
Compositóio, (pl. -òi) s. m. (tip.) compositor, componedor, utensílio tipográfico para o ajuntamento de caracteres móveis.
Compositôre, s. m. (f. -trice) compositor tipográfico.
Composiziône, s. f. composição, ação de compor; arte de compor; resultado do trabalho de composição; maneira de compor / objeto, obra composta; **mi lesse una sua** —— / composição, tema, trabalho, estudo, tese / acordo, conciliação, ajuste / (dim.) **composizioncèlla, composizioncína**.
Compossessiône, s. f. posse em comum; co-propriedade.
Compossessôre, s. m. co-possessor, aquele que, com outrem, possui alguma coisa em comum.
Compòsta, s. f. compota, conserva de frutas em calda de açúcar.
Compostaménte, adv. urbanamente, educadamente, convenientemente; ordenadamente; modestamente.
Compostêzza, s. f. compostura, educação, modéstia, comedimento / ordem, decoro, correção.
Compostièra, (neol.) s. f. compoteira, vaso de vidro ou de louça para guardar a compota.
Compòsto, p. p. e adj. composto, formado; composto, feito, executado / formado de muitas partes / composto, recatado, grave, circunspecto, sério, modesto, decoroso.
Côpra e **cômpera**, s. f. compra, aquisição, ação de comprar / a coisa comprada; **ho fatto una bella** ——: fiz uma boa compra.
Compràre (pr. -cômpro) v. tr. comprar, adquirir.
Compratôre, s. m. (f. -trice) comprador.
Comprèndere (pr. -èndo) v. tr. compreender, abranger, conter em si / compreender, incluir, englobar / compreender, estender, perceber, penetrar, alcançar / saber distinguir, reconhecer, apreciar.
Comprendíbile, adj. compreensível, inteligível.
Comprendiménto, s. m. compreensão; percepção.
Comprendônio, (pl. -òni) s. m. (fam.) inteligência, siso, intelecto; faculdade de compreender com a mente: **é duro di** ——.
Comprensíbile, adj. compreensível.
Comprensibilità, s. f. compreensibilidade.
Comprensibilménte, adv. compreensivelmente.
Comprensiône, s. f. compreensão; percepção.
Comprensiva, s. f. compreensiva / (filos.) compreensão, percepção.
Comprensivo, adj. compreensivo.
Comprensòrio, adj. e s. m. diz-se de lugar que constitui um território de bonificação agrícola ou de defesa hidráulica.
Comprêso, p. p. e adj. compreendido, percebido, entendido / **ha parlato a molti, ma nessuno lo ha** ——: falou a muitos, mas ninguém o entendeu / compreendido, contido, encerrado, englobado / ocupado, investido, penetrado; **tutto** —— **della sua importanza**: todo compenetrado da própria importância.
Comprèssa, s. f. compressa, chumaço, pedaço de pano que se aplica sobre uma parte do doente.
Compressíbile, adj. compressível.
Compressibilità, s. f. compressibilidade / elasticidade.
Compressiône, s. f. compressão.
Compressivo, adj. compressivo / (fig.) repressivo.
Comprèsso, p. p. e adj. compresso; que se comprime, comprimido / apertado.
Compressôre, adj. e s. m. compressor, que comprime / instrumento que serve para comprimir.
Comprimàrio (pl. -àri) s. m. comprimário / (teat.) diz-se dos artistas não principais, acessórios, no teatro.
Comprímere, v. tr. (pr. -ímo) comprimir, apertar / encolher, diminuir / conter, refrear / (fig.) reprimir, oprimir.
Comprimíbile, adj. comprimível.
Cômpro, p. p. e adj. comprado, adquirido; que foi comprado: **i compri onori** (Parini).
Comprômesso, p. p. e adj. comprometido; (s. m.) (com.) compromisso, ajuste, contrato.
Compromettènte, p. pr. e adj. comprometedor; que compromete, que expõe a algum perigo.
Compromettêre (pr. êtto) v. comprometer, obrigar por compromisso / empenhar / expor a algum perigo; arriscar / **compromèttersi**: comprometer-se; envolver-se.
Compromissàrio (pl. -àri) s. m. compromissário / (jur.) árbitro.
Compromissòrio, adj. (jur.) compromissório.
Comproprietà, s. f. co-propriedade / (neol.) condomínio.
Comproprietàrio (pl. -àri) s. m. co-proprietário / condômino.
Comprovàbile, adv. comprovável.
Comprovàre (pr. -òvo) v. tr. comprovar, corroborar confirmar, evidenciar.
Comprovàto, p. p. e adj. comprovado, corroborado, confirmado.
Comprovinciàle, adj. comprovincial, que é da mesma província que outro / que pertence a diversas províncias.
Compto (ant.) ornato, adorno.
Compulsàre (pr. úlso) (v. tr. compulsar, manusear, procurar, examinar (papéis, documentos, arquivos, etc.) / (ant.) obrigar a comparecer em juízo, citar em juízo.
Compulsàto, p. p. e adj. compulsado, estudado.
Compulsòria, s. f. (jur.) compulsória; citatória.

Compúngere, (pr. úngo) v. compungir; pungir moralmente / enternecer, magoar.
Compúnto, p. p. e adj. compungido, pesaroso / arrependido.
Compunziône, s. f. compunção, pungimento; contrição, arrependimento.
Computàbile, adj. computável.
Computamênto, s. m. cômputo.
Computare (pr. còmputo), v. tr. computar, fazer o cômputo de; orçar, calcular.
Computaziône, s. f. computação; cômputo.
Computistería, s. f. parte da contabilidade que concerne à aplicação da aritmética aos fatos administraitvos / contabilidade.
Còmputo, s. m. cômputo, cálculo, contagem, conta / ——— ecclesiástico: cômputo eclesiástico.
Comúna (ant.) s. f. comuna.
Comunàle, adj. comunal, concernente à comuna municipal.
Comunànza, s. f. comunidade, comunhão, participação em comum / identidade, paridade, conformidade; sociedade, associação.
Comunàrdo, s. m. (hist. do fr. "comunard") partidário da comuna de Paris de 1871.
Comúne, adj. comum, que pertence a todos, a que todos têm direito / geral, público, universal / comum, freqüente, numeroso, abundante, que se encontra facilmente / comum; de qualidade medíocre ou inferior / comum, de pouca importância / (gram.) **nome** ———: nome comum, nome que convém a todos os seres da mesma espécie.
Comúne, s. m. e f. o comum, a generalidade, a maior parte, a maioria / comuna, divisão territorial administrada por um Magistrado chamado síndaco; (correspondente ao prefeito da cidade brasileira) **la sede del** ———: a casa da câmara municipal.
Comunèlla, s. f. liga, conluio de pessoas pouco honestas; cambada, súcia.
Comunemênte, adv. comumente.
Comunicàbile, adv. comunicável.
Camunicabilità, s. f. comunicabilidade; afabilidade, cordialidade.
Comunicando, adj. comungante.
Comunicànte, p. pr. e adj. comunicante, que estabelece comunicação / (teol.) sacerdote que administra o sacramento da Eucaristia.
Comunicàre (pr. -único), v. comunicar, tornar comum; participar, fazer saber / administrar o sacramento da Eucaristia / transmitir, pegar por contágio / por em contato, em relação; ligar, unir **comunicarsi**: comungar.
Comunicativa, s. f. faculdade de expor com clareza as próprias idéias.
Comunicativo, adj. comunicativo; afável, cordial.
Comunicàto, p. p. e adj. comunicado, participado, transmitido / aviso, informação, comunicação, notícia, boletim.

Comunicaziône, s. f. comunicação; transmissão de uma ordem ou aviso; participação, informação; correspondência / passagem, corredor, abertura; **vie di** ———: vias de comunicação (estradas, ruas, canais, pontes, etc.).
Comuniône, s. f. (ecles.) / comunhão, relações comuns, comunidade ou participação, de idéias, sentimento, etc.).
Comunísmo, s. m. comunismo.
Comunísta (pl. -isti), adj. e s. m. comunista.
Comunità, s. f. comunidade.
Comúnque, adv. de qualquer maneira, todavia, não obstante, como quer que seja.
Cón, prep. com. prep. que denota conjunção ou companhia: **leri ho fatto una gita** ——— **gli amici**: ontem dei um passeio com os amigos; tempo: **levarsi** ——— **l'alba**: levantar-se de madrugada; causa: **si uniscono** ——— **la calce**: juntam-se com a cal; instrumento ou meio: **legge** ——— **gli occhiali**: lê com os óculos; modo: **mi rispose con rabbia**, respondeu-me com raiva; circunstância; ——— **questo tempo da cani**: com 'este péssimo tempo / **andava col cappello in testa**: caminhava com o chapéu na cabeça / contra: **combatteva con il nemico**: combatia o inimigo / com os pronomes **me, te, se** forma **meco** (comigo), **teco** (contigo), **seco** (consigo) que, porém é forma pedantesca.
Conàto, s. m. conato, esforço, tentativa.
Cônca, s. f. tigela, vaso de terracota / bacia / (ant.) concha / (fig.) lugar baixo entre alturas; vale / (anat.) a concha da orelha / (zool.) concha.
Concàio (pl. -ài), s. m. fabricante ou vendedor de tigelas, etc.
Concàmbio, s. m. (raro) câmbio, permuta, troca.
Concameràre, v. tr. (arqueol.) arquear, abobadar.
Concameraziône, s. f. (fís.) concameração, parte da coluna de ar compreendida entre duas ondas sonoras / cameração, arqueamento de abóbada; arcada, abóbada.
Concatenamênto, s. m. concatenamento, concatenação.
Concatenàre, v. tr. (pr. -êno), concatenar, encadear, ligar / unir, associar.
Concatenaziône, s. f. concatenação, encadeação, ligação.
Concàusa, s. f. concausa / (jur.) causa preexistente; causa concomitante.
Concausàle, adj. (jur.) concausal.
Concavità, s. f. concavidade.
Còncavo, adj. côncavo.
Concedênte, p. pr. e adj. concedente, o que concede; concessor.
Concèdere (pr. -èdo), v. tr. conceder; permitir, outorgar; facultar, dar, ceder / conceder, satisfazer.
Concedíbile, adj. concedível.
Conceditôre, adj. e s. m. concedente, que concede; concessor / f. **conceditríce**.
Concènto, s. m. (lit. e poét.) concento, consonância.
Concentramênto, s. m. concentração.

Concentrare (pr. -èntro), v. concentrar, reunir num centro / aplicar, dirigir, empregar, condensar.
Concentràto, p. p. e adj. concentrado / oculto, latente / condensado / (s. m.) ——— **di pomodoro**: extrato de tomate.
Concentrazióne, s. f. concentração.
Concèntrico (pl. -èntrici), adj. (geom.) concêntrico.
Concèpere (ant.) v. conceber.
Concepíbile, adj. concebível.
Concepimênto, s. m. concebimento, concepção / fecundação, geração; conceito.
Concepíre (pr. -ísco) v. tr. conceber, gerar, receber, representar no espírito; imaginar / criar, formar na alma, no coração / idear, compreender.
Conceria, s. f. alcaçaria, curtume.
Concèrnere (pr. -èrno) v. tr. concernir, dizer respeito, tocar, pertencer (não tem part. pass.).
Concertàre (pr. -èrto) v. concertar, acordar a harmonia das vozes e dos instrumentos / (mús.) dirigir uma prova / combinar, preparar, projetar de combinação com alguém / estabelecer, concordar tramar, urdir.
Concertàto, p. p. e adj. concertado, disposto, combinado, ajustado / **musica concertata**: música acompanhada de orquestra / (s. m.) peça de música para concerto.
Concertatôre, adj. e s. m. maestro concertador, que dirige as provas e a execução de uma música.
Concertazióne, s. f. (mus.) ato de concertar.
Concertísta (pl. m. -ísti), concertista, concertante, músico que entra em um concerto ou que dá concertos.
Concèrto, s. m. concerto, sessão músical; harmonia de som ou de vozes / trecho musical para um só instrumento / combinação; pacto, ajuste, acordo.
Concessionário (pl. -àri), s. m. concessionário.
Concessióne, s. f. concessão, permissão, licença / privilégio.
Concessívo, adj. concessivo, que envolve concessão.
Concèsso, p. p. e adj. concedido, permitido, consentido; deferido / lícito, legítimo / (fig.) **dato e non** ———: diz-se para demonstrar que o antagonista não está com a razão, mesmo admitindo-se por verdadeiro (embora não o seja) o que ele afirma.
Concessôre, s. m. (f. **conceditríce**) concessor, aquele que concede ou faz concessões.
Concettàre, v. intr. exprimir conceitos; conceituar; conceitar.
Concettísmo, (neol.) s. m. (lit.) conceptismo, tendência literária que consiste em procurar conceitos originais e sutis, e concepções exageradas e afetadas.
Concètto, s. m. conceito, pensamento, idéia, expressão sintética; síntese, símbolo / parecer, opinião; reputação / dito, máxima; (dim.) **concettíno**, concettúccio.

Concettôso, adj. conceituoso; conciso.
Concettuàle, adj. conceptual.
Concettualísmo, s. m. (filos.) conceptualismo.
Concettuàlista, s. f. conceptualista.
Concezionàle, adj. concepcional, relativo à concepção.
Concezióne, s. f. concepção; geração / faculdade de compreender as coisas; percepção / pensamento / fantasia, imaginação / **la** ——— **di Maria**: a concepção da Virgem Maria.
Concezionísmo, s. m. (filos.) doutrina que considera o mundo exterior como concebido pelo nosso espírito mediante processos particulares.
Conchèrere, (ant.) conquistar, obter.
Conchífero, adj. conquífero, conchoso, que tem conchas.
Conchiglia, s. f. concha, invólucro calcário de certos animais / (arquit.) motivo ornamental de feitio análogo ao da concha / (dim.) conchiglétta, **conchiglína**.
Conchiúdere, v. **concludere**.
Cóncia (pl. cônce) s. f. ato e efeito de curtir (o couro); curtimento, curtidura / lugar onde se curtem as peles: curtume / preparo que se dá a certas substâncias vegetais para que se conservem.
Cóncia, prefixo que juntado a outra palavra indica a pessoa que conserta ou ajusta objetos ou utensílios: ——— **di tetti**, consertador de telhados.
Conciaiuòlo, s. m. curtidor.
Conciapèlle, s. m. curtidor de peles.
Conciàre (pr. cóncio) v. tr. consertar, ajustar / compor, arrumar / curtir, preparar (couro, tabaco, azeitona, vinho, etc.) / (fig.) maltratar, percurtir / estragar, sujar; ——— **uno per le feste**: reduzir alguém a mau estado, por efeito de pancadas.
Conciatôre, adj. e s. m. curtidor.
Conciatúra, s. f. curtidura, curtimento.
Conciliàbile, adj. conciliável.
Conciliabilità, s. f. conciabilidade.
Conciliàbolo, s. m. conciliábulo / concílio eclesiástico não regular, realizado por padres cismáticos / reunião furtiva para fins ilícitos: conluio.
Conciliànte, p. pr. e adj. conciliante; condescendente, tratável, dócil, maleável.
Conciliàre, (pr. ílio) v. conciliar; por em boa harmonia; por de acordo; congraçar; harmonizar, combinar / **conciliarsi** (refl.), conciliar-se, cativar a estima de todos.
Conciliàre, adj. (raro) conciliar, relativo ou pertencente a concílio.
Conciliatívo, adj. conciliativo, conciliante.
Conciliatôre, adj. e s. m. (f. -tríce) conciliador / (jur.) **giudice** ———: juiz de paz.
Conciliazóne, s. f. conciliação / (jur.) acordo das partes desavindas.
Concílio (pl. -íli), s. m. concílio.
Concimàia, s. f. estrumeira.
Concimàre (pr. ímo), v. estrumar, estercar; adubar.
Concimatôre, adj. e s. m. que, ou aquele que estruma, aduba.

Concimatúra, s. f. ação e efeito de estrumar; adubação.
Concíme, s. m. adubo / esterco, estrume.
Concinnàre, v. tr. dar forma bela e justa a uma coisa / ornar.
Concinnità, s. f. (lit.) concinidade; elegância, harmonia, concisão (diz-se especialmente do estilo).
Concíno, s. m. substância extraída da casca do carvalho, empregada na curtidura de peles.
Côncio (pl. **côncei**), adj. curtido / (s. m.) estrume, adubo / (arquit.) pedra trabalhada para ser usada em forma definitiva na obra.
Conciofossecosachê, conciossiachê, conj. visto que, posto que, dado que (de uso pedantesco).
Concionàre (pr. -**ôno**) v. intr. concionar, falar em assembléias públicas; arengar, discursar.
Concionatôre, adj. e s. m. o que arenga, o que fala em assembléias públicas.
Conciône, s. f. assembléia, arenga, discurso.
Concisamênte, adv. concisamente; resumidamente: sucintamente.
Concisiône, s. f. concisão, brevidade, laconismo.
Concíso, adj. conciso, sucinto, lacônico, breve / taciturno, nu, incisivo, seco.
Concistoriàle, adj. consistorial, relativo ao consistório.
Concistòro, s. m. consistório.
Concitamênto, s. m. concitação, instigação.
Concitàre, (pr. **còncito**) v. tr. concitar, instigar à desordem, ao tumulto; agitar, turvar, provocar, excitar.
Concitatamênte, adv. concitadamente; agitadamente; com instigação.
Concitàto, p. p. e adj. concitado; instigado, excitado.
Concitaziône, s. f. concitação; instigação; excitação.
Concittadinànza, s. f. concidadania.
Concittadíno, adj. e s. m. concidadão; compatriota; conterrâneo.
Conclamàre (pr. -**àmo**) v. tr. conclamar, clamar, bradar simultâneamente / clamar tumultuadamente.
Conclamàto, p. p. e adj. conclamado / (med.) diz-se de doença, declarada, explicada, que não deixa dúvida sobre o seu diagnóstico.
Conclàve, s. m. (teol.) conclave.
Conclavísta, (pl. -**ísti**), s. m. conclavista, eclesiástico fâmulo de um cardeal durante o conclave.
Concludènte, p. pr. e adj. concludente, exauriente, eficaz, prático, conclusivo, terminante.
Concludènza, s. f. (raro) concludência.
Conclúdere (pr. -**údo**), v. tr. concluir, por fim a; terminar, acabar / provar, demonstrar, deduzir, inferir / ajustar, assentar, firmar.
Concludimênto, s. m. concludência / conclusão.
Conclusionàle, adj. diz-se de escritura legal, que contém as conclusões de direito e de fato.
Conclusiône, s. f. conclusão, ato de concluir / conseqüência de um argumento; ilação, dedução; decisão final; ajuste definitivo / epílogo / tese / fim, termo.
Conclusivo, adj. conclusivo.
Conclúso, p. p. e adj. concluso, acabado, findo, ultimado.
Concoidàle, adj. concoidal; que tem a forma de concha / relativo a concóide.
Concóide, s. f. (geom.) concóide, curva que tem a forma de côncavo de uma concha.
Concolôre, adj. (lit.) concolor, que tem a mesma cor; de cor uniforme.
Concomitànte, adj. concomitante; que acompanha outro; acessório; simultâneo / contemporâneo.
Concomitànza, s. f. concomitância; simultaneidade.
Concordàbile, adj. concordável.
Concordànza, s. f. concordância; acordo; conformidade / identidade / (gram.) concordância das palavras entre si / (mús.) harmonia, consonância.
Concordàre (pr. -**òrdo**), v. tr. concordar, por de acordo, conciliar, concertar / (intr.) estar de acordo, ajustar-se, harmonizar-se, combinar-se.
Concordatário. (com.) que propôs ou aceitou concordata.
Concordatívo, adj. apto a concordar.
Concordàto, p. p. e adj. concordato; que entrou em acordo / (s. m.) convenção entre duas partes; acordo / (jur.) ────── **preventivo**: concordata preventiva.
Concòrde, adj. concorde; concordante, que está de acordo; que é da mesma opinião.
Concordemênte, adv. concordemente; de comum acordo.
Concordèvole, adj. sobre que pode haver acordo, concordável.
Concòrdia, s. f. concórdia; concordância, uniformidade, conformidade, harmonia / amizade; paz / união, carência.
Concorrènte, p. pr. e adj. concorrente, que concorre / (geom.) **linee concorrenti**: linhas concorrentes / (s. m.) concorrente, aquele que concorre, candidato / negociante ou produtor que apresenta no mercado produtos iguais ou semelhantes aos que outros oferecem.
Concorrènza, s. f. concorrência, ato de concorrer / rivalidade, porfia entre produtores e negociantes, etc. / emulação.
Concôrrere (pr. -**òrro**), v. intr. concorrer, afluir; acorrer / cooperar, contribuir / aspirar, pretender / competir / (geom.) convergir (as linhas).
Concôrso, p. p. e adj. concorrido / (s. m.) concorrência, afluência (de pessoas ou coisas) / concurso, disputa de um prêmio, um emprego etc. / prova, certame, exame.
Concoziône, s. f. concocção / (cient.) digestão estomacal.
Concreàre, v. tr. (raro) concriar, criar simultaneamente.
Concreàto, p. p. e adj. concriado / (rar.) congênito, inato: **la concreata e perpetua sete** (Dante).

Concretàre (pr. -èto), v. tr. tornar concreto, concretizar.
Concretàto, p. p. e adj. concretizado.
Concretèzza, s. f. concretação, concretização.
Concretizzàre (neol.), v. tr. o mesmo que concretare: concretizar.
Concrèto, adj. concreto, espesso, condensado / efetivo, real, positivo; material; prático, substancial.
Concrezionàle, adj. concrecional; concrecionado, em que há concreção ou relativo à concreção.
Concreziône, s. f. concreção; solidificação, condensação / (med.) cálculo; ossificação anormal.
Concubìna, s. f. concubina.
Concubinàto, s. m. concubinato.
Concúbito, s. m. concúbito, ajuntamento carnal.
Conculcàbile, adj. conculcável.
Conculcàre, v. tr. (pr. -úlco) conculcar, sujeitar, pisar, desprezar, aviltar, vilipendiar.
Conculcatôre, adj. e s. m. conculcador; desprezador, vilipendiador.
Conculcaziône, s. f. conculcação.
Concuòcere (pr. -uòcio), v. tr. fazer a concocção ou digestão estomacal / cozer bem e inteiramente / queimar / digerir / dissolver, pulverizar as moléculas da terra por efeito do sol, calor, etc.
Concupìre, (pr. -isco), v. desejar apaixonadamente; anelar, apetecer, cobiçar.
Concupiscènte, adj. concupiscente.
Concupiscènza, s. f. concupiscência / sensualidade, desejo, luxúria.
Concupiscere, v. concupire.
Concuspiscíbile, adj. concupiscível.
Concupiscibilmênte, adv. concupiscentemente.
Concussionário (pl. -àri), s. m. concussionário.
Concussiône, s. f. concussão / (jur.) malversação no exercício de um emprego público e principalmente da administração dos dinheiros públicos: peculato / (ant.) concussão, abalo, choque, comoção violenta (hoje, nesta última acepção, completamente desusada).
Condànna, s. f. condenação, pena, sentença condenatória / reprovação, desaprovação, censura.
Condannàbile, adj. condenável / censurável.
Condannàre, v. condenar, declarar incurso em pena / julgar, sentenciar, punir, castigar / censurar, desaprovar, reprovar, refutar / (refl.) condenar-se, dar provas contra si. culpar-se.
Condannàto, p. p., adj. e s. m. condenado / reprovado, refutado / sentenciado; supliciado; réu; ergastulano.
Condannatôre, adj. e s. m. (f. -tríce) condenador, que condena; condenatório.
Condannaziône, s. f. (raro) condenação / (pop. Port.) condena.
Condebitôre, s. m. (f. -tríce) co-devedor.

Condecènte, adj. condizente, que condiz (che si addice); que está de acordo.
Condegnamènte, adv. condignamente.
Condegnità, s. f. condignidade.
Condêgno, adj. condigno, merecido, devido, adequado, proporcionado, justo.
Condèndo, voz lat. na loc. "de jure condendo", segundo uma lei que ainda está por se estabelecer.
Condensàbile, adj. condensável.
Condensabilità, s. f. condensabilidade.
Condensamênto, s. m. condensação.
Condensàre, (pr. -ênso) v. tr. condensar, tornar denso ou mais espesso / engrossar, tornar consistente / liquefazer / juntar, conglobar / reduzir em poucas palavras: reduzir, compendiar.
Condensativo, adj. condensativo.
Condensàto, p. p. e adj. condensado; espessado / conglobado, apertado / resumido, compendiado.
Condensatôre, s. m. (f. -tríce) condensador.
Condensaziône, s. f. condensação.
Condetenúto, s. m. detido (preso) juntamente com outro.
Condicèvole, adj. (lit.) condizente, que condiz; ajustado; harmônico.
Condilartròsi, s. f. condilatrose, articulação por meio de côndilo.
Còndilo, s. m. (anat.) côndilo, saliência articular de um osso.
Condilòma, s. m. condiloma.
Condilúra, s. f. espécie de toupeira de cauda comprida.
Condimento, s. m. condimento, tempero; qualquer coisa que torna uma outra mais agradável.
Condìre (pr. -isco) v. tr. condimentar, temperar (comida, etc.) / (fig.) tornar mais agradável: ——— la lezione con l'eleganza.
Condirettôre, s. m. (f. -tríce) co-diretor.
Condireziône, s. f. ação de dirigir juntamente com outros.
Condirígere (pr. -ígo) v. tr. dirigir juntamente com outros.
Condiscendènte, p. pr. e adj. condescendente.
Condiscendènza, s. f. condescendência / docilidade, maleabilidade, transigência.
Condiscêndere (pr. -êndo) v. tr. condescender voluntariamente, transigir; anuir; consentir; conceder, secundar.
Condiscêpolo, s. m. (f. -èpola) condiscípulo, companheiro.
Condìto, p. p. e adj. condimentado, temperado / (s. m.) tempero, condimento.
Condivídere (pr. -ído) v. dividir com outro; compartilhar: **condivido la tua opinione**.
Condizionàle, adj. condicional; (gram.) o que exprime condição / (jur.) **condanna** ———: pena condicional.
Condizionalmènte, adv. condicionalmente.
Condizionamênto, s. m. acondicionação, acondicionamento / (neol.) condicionar o ar num local, dando a temperatura desejada.
Condizionàre, v. condicionar, por condições a; regular / acondicionar, guar-

dar, empacotar; embalar / (neol.)
—— l'aria: dar ao ar de um lugar fechado a temperatura desejada, mediante aparelho apropriado.
Condizionataménte, adv. condicionalmente, sob condição.
Condizionàto, p. p. e adj. condicionado; submetido à condição / acondicionado; preparado; guardado, preservado: aringhe ben condizionate / aria condizionata: ar condicionado.
Condizionatôre, s. m. (neol.) aparelho para produzir ar condicionado.
Condizionatúra, s. f. acondicionamento / (técn. neol.) operação com que se determina, por meio de aparelhos, o exato estado higrométrico das fibras têxteis.
Condiziône, s. f. condição, estado, posição social / condição, situação, modo de ser (falando das coisas) / condições, circunstâncias: è in buone condizioni finanziarie / condição, cláusula restritiva, obrigação, encargo / a ——: com a condição.
Condogliànza, s. f. condolência; compaixão / (pl.) condolências; (bras.) pêsames.
Condolére (pr. -ôlgo) v. pr. condoer, mover à dor, excitar à compaixão.
Condomínio, (pl. -íni) s. m. condomínio; co-propriedade.
Condòmino, s. m. (jur.) condômino; co--proprietário.
Condonàbile, adj. indultável, remissível, perdoável.
Condonàre (pr. -ôno) v. tr. remitir, desobrigar, renunciar.
Condonaziône, s. f. (raro) remissão, indulto, perdão.
Condôno (neol.) s. m. remissão, indulgência, mercê, perdão; indulto, anistia.
Còndor ou **condôre**, s. m. (zool.) condor.
Condótta, s. f. conduta, condução, transporte de coisas ou pessoas (em tal sentido é acepção antiquada) / conduta, comportamento; método, atitude, costume, hábito, teor de vida / (técn.) —— delle acque: condução das águas por meio de aqueduto / medico di ——: médico que trata doentes de uma determinada região, por contrato com os poderes municipais.
Condottièro e **condottière**, s. m. aquele que conduz um exército; capitão, chefe, comandante / (hist.) chefe de soldados ou guerrilheiros conductícios na Itália.
Condôtto, p. p. e adj. conduzido, levado / cumprido, executado / governado, guiado / medico ——: médico pago pela municipalidade para curar os doentes da região / (s. m.) tubo, canal, aqueduto, passagem / (anat.) canal: condotti lacrimali, —— auditivo.
Condrología, s. f. (anat.) condrologia, estudo sobre as cartilagens.
Conducènte, p. pr. e adj. condutor, que conduz / (s. m.) pessoa que conduz ou guia: condutor; o que conduz um automóvel, um ônibus, um trem, etc. / (neol.) (jur.) aquele que toma em locação.
Conducíbile, adj. condutível.

Conducibilità, s. f. condutibilidade.
Condùrre (pr. -ùco) conduzir, levar consigo, dirigindo / guiar, dirigindo; acompanhar, levar / transportar / governar, tratar / terminar, executar —— a buon fine: terminar bem / (fis.) transmitir um corpo que conduz bem o calor.
Conduttività, s. f. condutibilidade.
Conduttôre, adj. e s. m. (f. tríce), condutor, que ou aquele que conduz / que, ou aquele que guia um veículo / (s. m.) (jur.) o que aluga, arrenda ou empreita (de outrem): —— di una azienda / (fís.) corpo que faz passar o calor ou a eletricidade: condutor.
Conduttúra (neol.) s. f. conduto, instalação de tubos ou de fios, para levar água, gás, eletricidade, etc. a um determinado lugar.
Conduziône, s. f. condução, ação e efeito de conduzir / —— termica: propagação do calor entre dois corpos / (jur.) locação.
Conestàbile, s. m. condestável / dignitário da corte, em certos países.
Confabulàre (pr. -àbulo) v. intr. confabular, falar, conversar / discorrer.
Confabulaziône, s. f. confabulação.
Confacènte, p. pr. e adj. condizente / adaptado, apropriado, ajustado, conveniente, útil.
Confacévole, adj. (raro) condizente, que condiz.
Confàre, (pr. -fáccio) v. pr. convir, ser útil ou adequado.
Confarreaziône, s. f. confarreação, forma antiga e solene de matrimônio entre os romanos.
Confederàle, adj. relativo à confederação.
Confederàre, (pr. -èdero) v. pr. confederar; unir-se, associar-se em confederação.
Confederaziône, s. f. confederação.
Conferènte, adj. (raro) condizente, útil / atinente, concernente.
Conferènza, s. f. conferência, discurso em público sobre qualquer argumento / reunião de convidados especiais: —— atlántica.
Conferenzière, s. m. conferencista; conferenciador.
Conferimênto, s. m. concessão, cessão, outorga; transmissão, atribuição.
Conferíre, (pr. -ísco) v. tr. outorgar, conferir, dar, conceder: —— una carica / discorrer, transmitir / contribuir; (ant.) confrontar, comparar.
Confèrma, s. f. confirmação; prova, ratificação, aprovação.
Confermàre (pr. -èrmo) v. confirmar, afirmar de um modo absoluto; ratificar, corroborar; mostrar a verdade de, demonstrar, comprovar / manter, sancionar, aprovar; (ecles. raro) crismar.
Confermatívo, adj. confirmativo.
Confermaziône, s. f. confirmação / (teol.) sacramento da crisma.
Confessàre, (pr. -èsso) v. confessar, declarar, revelar / ouvir em confissão / manifestar, admitir / (refl.) confessar-se, declarar-se, reconhecer-se.
Confessionàle, adj. confessional / (s. m.) confessionário.

Confessionàrio, s. m. confessionário / (jur.) ———— **di pegno**: depositário de um penhor.
Confessiòne, s. f. confissão / **in** ————: secretamente / (teol.) sacramento da confissão.
Confèsso, adj. confesso, que confessou.
Confessoràto, s. m. ministério do confessor.
Confessòre, s. m. confessor: o padre que ouve a declaração do pecador / o que confessa a fé de Cristo: os Mártires e Confessores.
Confettàre, (pr. **ètto**) v. tr. candilar, cobrir de açúcar (fruta, etc.), confeitar / (ant.) manipular, preparar (alimento, etc.) / (fig.) usar cortesia / tornar agradável / carregar de preciosismos um discurso.
Confettièra, s. f. confeiteira, prato ou vaso em que se serve o doce.
Confettière, s. m. confeiteiro.
Confètto, s. m. confeito, (fig.) **mangiare i confetti**: celebrar as núpcias / (farm.) medicamentos preparados em forma de confeitos.
Confettúra, s. f. confeito, doce de várias qualidades; confeitura.
Confetturière, s. m. (raro) confeiteiro.
Confezionàre (pr. **-ôno**) v. tr. confeccionar; manipular / fazer, fabricar, preparar, executar.
Confeziòne, s. f. composição farmacêutica de ingredientes vários / qualquer composição, para outros usos / (neol.) confecção, acabamento, conclusão de uma obra (neste último sentido, os puristas condenam o uso do vocábulo).
Conficcamênto, s. m. encravamento, cravação, ação ou modo de cravar, fincar, pregar.
Conficcàre (pr. **-ícco**) v. tr. cravar, pregar, encravar, fincar com força (diz-se espec. de pregos e similares).
Conficere, (pr. **-ício**) (ant.) v. consagrar; arrumar; fabricar / confeitar.
Confidamênto, s. m. (raro) ação de confiar; confiança.
Confidànza, s. f. confiança plena; confidência, fé; esperança.
Confidàre, (pr. **-ído**) v. confiar, entregar com confiança ao cuidado, à fidelidade de alguém; / confiar, descobrir ou dizer confidencialmente / (refl.) confiar-se, abrir a própria alma.
Confidènte, p. pr. e adj. confidente / confiante / (s. m.) pessoa a quem se confia um segredo: confidente / espião da polícia.
Confidentemênte, adv. confiadamente.
Confidènza, s. f. confidência, comunicação de um segredo / **in** ————: secretamente / familiaridade: **prendersi delle confidenze** / confiança.
Confidenziàle, adj. confidencial.
Confidenzialmênte, adv. confidencialmente.
Configgere, (pr. **-íggo**) v. tr. pregar, cravar, fincar
Configuràre (pr. **-úro**) v. tr. configurar, dar a figura ou a forma de; representar; simbolizar.
Configurazióne, s. f. configuração, figura, forma exterior.

Confinànte, p. pr. e adj. confinante, que confina, fronteiro, limítrofe.
Confinàre (pr. **-íno**) v. tr. confinar, tocar nos confins, nos limites; defrontar / ser muito vizinho / limitar, circunscrever / confinar, desterrar, encerrar / (refl.) **confinarsi**: não sair nunca de um lugar.
Confinàrio, adj. relativo a confins: confinal; **polizia confinària**.
Confinàto, p. p. e adj. confinado, que confina / desterrado.
Confinaziòne, s. f. (raro) confinidade / descrição dos confins ou limites.
Confíne, s. m. confim, limite, fronteira, demarcação, extremo, raia.
Confíno, s. m. (jur.) desterro, degredo; lugar onde vive o desterrado; pena de degredo / exílio, relegação.
Confísca, s. f. confisco, confiscação / seqüestro.
Confiscàbile, adj. confiscável.
Confiscàre (pr. **-ísco**) v. tr. confiscar / seqüestrar.
Confiscatòre, adj. e s. m. (f. **-trice**) confiscador.
Confiscaziòne, s. f. confisco, confiscação.
Confitèmine, voz lat. na expr. **essere al** ————: estar à morte.
Confíteor, s. m. confíteor / (liturg.) oração que começa com essa palavra / confissão.
Confítto, p. p. e adj. fincado, pregado, cravado / (fig.) firme, imóvel, parado.
Conflagràre (pr. **-àgro**), v. intr. conflagrar, incendiar totalmente / abrasar, excitar; (fig.) por em completa agitação.
Conflagraziòne, s. f. conflagração, incêndio geral / grande agitação; guerra, revolução.
Conflàre (ant.) v. tr. liquefazer, fundir, unir-se (falando de metais).
Conflàtile, adj. (raro) que se obtém por fusão, soprando no fogo fundível.
Conflàto, adj. (raro) conjunto, unido com outra coisa, por meio de fusão.
Conflítto, s. m. conflito, combate, batalha, luta / contraste, choque, embate.
Conflüènte, p. pr. e adj. confluente / (s. m.) rio confluente / confluência.
Conflüènza, s. f. confluência.
Conflüíre (pr. **-ísco**) v. confluir, afluir, correr para o mesmo ponto; convergir.
Confòndere (pr. **-òndo**) v. confundir / turvar / convencer (com argumentos) / humilhar, desmascarar / (refl.) confundir-se.
Confondíbile, adj. confundível.
Confondimênto, s. m. (raro) ação de confundir: confusão.
Conformàbile, adj. conformável / adaptável.
Conformàre, (pr. **-òrmo**) v. conformar; formar, dispor, configurar / tornar conforme, conciliar, harmonizar; adaptar, concordar / **conformarsi**: amoldar-se, acomodar-se, condescender, resignar-se.
Conformatòre, s. m. (f. **-trice**) conformador, aquele que conforma / (técn.) aparelho de chapeleiro que serve para

determinar ou acusar a conformação exata de uma cabeça.
Conformazióne, s. f. conformação, configuração, forma / estrutura.
Confórme, adj. conforme, similar.
Conformemènte, adv. conforme, conformemente, em conformidade.
Conformísmo (neol.) s. m. conformismo (bras.), sistema de conformar-se com todas as situações.
Conformísta (pl. -ísti) s. m. conformista (bras.), o que tem o hábito de se conformar / partidário da doutrina e dos ritos da igreja anglicana.
Conformità, s. f. conformidade / semelhança, analogia, identidade / acordo, concerto.
Confortàbile, adj. confortável.
Confortabilmènte, adv. confortavelmente.
Confortànte, p. pr. e adj. confortante; confortativo.
Confortàre (pr. -òrto) v. confortar, animar, consolar / recrear / alentar, encorajar.
Confortatívo, adj. confortativo, confortante.
Confortatôre, adj. e s. m. confortador.
Confortatòrio, adj. confortativo.
Conforteria, s. f. capela dos condenados à morte.
Confortêvole, adj. confortável / (s. m.) (neol.) comodidade.
Confortíno, s. m. licor corroborante que dá força / bolo feito com farinha, açúcar e ovos.
Confôrto, s. m. conforto, ação e efeito de confortar; consolo, alívio, auxílio nas aflições / (no sentido de comodidade, bem-estar material é galicismo que os puristas condenam).
Confòsso (ant.), s. m. (mil.) fosso de fortificação militar.
Confratèllo, s. m. confrade, irmão em confraria ou irmandade / colega, companheiro, camarada.
Confratèrnita, s. f. confraria / congregação; comunidade.
Confrattòrio, adj. (ecl.) diz-se de oração que o celebrante reza segundo o rito ambrosiano, depois da fratura da hóstia.
Confredíglia (ant.), s. f. súcia, bando, cambada.
Confricamènto, s. m. ação de esfregar, esfregação, esfregadela.
Confricàre (pr. -íco) v. tr. esfregar, friccionar.
Confricazióne, s. f. esfregadela, esfregação / atrito.
Confrontàre, (pr. -ónto) v. confrontar, comparar, cotejar.
Confrônto, s. m. confronto, comparação, confrontação.
Confucianísmo, s. m. religião de Confúcio: confucionismo.
Confuciàno, adj. confuciano, confucionista.
Confuggíre, v. intr. confugir, refugiar-se, solicitar auxílio ou refúgio; recorrer.
Confusamènte, adv. confusamente / desordenadamente.
Confusionàrio, adj. (fam.) atabalhoado, trapalhão, desordenado, confuso.

Confusióne, s. f. confusão / desordem, misturança, babel.
Confusionísmo, (neol.) s. m. (neol.) confusionismo.
Confúso, p. p. e adj. confuso, confundido / desordenado; revolto / embaraçado, perplexo. desconcertado / humilhado, enleado, obscuro, incerto.
Confutàbile, adj. confutável.
Confutàre (pr. cònfuto), v. tr. confutar, relutar. contrariar / confundir / reprovar / impugnar.
Confutatívo, adj. rebatível, refutável, apto a confutar, a refutar.
Confutatôre, adj. e s. m. confutador; refutador.
Confutatòrio adj. (pl. -òri) apto a confutar.
Confutazióne, s. f. confutação; refutação.
Cònga (neol.) s. f. conga, dança de negros da América Central.
Congedàre (pr. -èdo) v. tr. dispensar, despedir, licenciar / exonerar (dar baixa) do serviço militar / (refl.) despedir-se, fazer despedida, ir-se.
Congèdo, s. m. permissão, licença, autorização, consentimento / despedida, ação de se despedir / **prendere** ———: despedir-se / (mil.) licenciamento, baixa do serviço.
Congegnàre (pr. -êgno) v. tr. combinar, armar, juntar, unir, ligar as várias partes de uma máquina etc. / compor, adaptar, ligar, entrelaçar: **ha congegnato assai bene il discorso**.
Congegnatúra, s. f. (raro) modo de unir, combinar, juntar, etc.
Congègno, s. m. ação de combinar, juntar, ligar, etc. (no sentido real e no figurado) / engenho, máquina, maquinismo, aparelho, dispositivo, utensílio / artifício, estrutura.
Congelamènto, s. m. congelação.
Congelàre (pr. -èlo) v. congelar, gelar / solidificar, coagular.
Congelàto, p. p. e adj. congelado / **debito** ———: débito não-exigível.
Congelazióne, s. f. congelação.
Congènere, adj. congênere, idêntico, igual, semelhante.
Congeniàle (neol.), adj. congenial, conforme ao gênio ou à índole.
Congènito, adj. congênito / inato.
Congèrie, s. f. congérie, massa informe, confusa / (fig.) acervo, acumulação.
Congestionàre, (pr. -óno) v. tr. congestionar, produzir congestão ou congestionamento.
Congestióne, s. f. (med.) congestão / (neol.) movimento excessivo de pessoas ou coisas: **stazióne, via congestionata**.
Congèsto, adj. congesto, congestionado, acumulado.
Congettúra, s. f. conjetura; hipótese; suposição; opinião.
Congetturàle, adj. conjetural, fundado em conjeturas.
Congetturàre (pr. -úro) v. tr. conjeturar / imaginar, presumir, opinar, supor.
Conghiettúra e **conghietturàre**, v. (ant.) conjetura e conjeturar.

Còngio, (pl. còngi) s. m. côngio, medida para líquidos entre os antigos romanos.

Congioíre (pr. -ísco) v. pr. alegrar-se, rejubilar-se juntamente com outros.

Congiúngere e **congiúgnere** v. jungir, juntar, unir, ligar; agregar; ajuntar; anexar, coligir / unir em matrimônio.

Congiungimênto, s. m. união, junção, ligação, conjunção.

Congiuntamênte, adv. conjuntamente; unidamente.

Congiuntíva, s. f. (anat.) conjuntiva.

Congiuntivíte, s. f. (med.) conjuntivite.

Congiuntívo, adj. conjuntivo, que junta ou une / (gram.) modo (do verbo) conjuntivo; modo subjuntivo.

Congiúnto, adj. conjunto, junto com; unido, jungido; pegado, próximo / (s. m.) parente.

Congiuntúra, s. f. o ponto onde uma coisa se une com outra: **la** ——— **delle ossa**: articulação, juntura, ligação / conjuntura, ocasião, acontecimento, circunstância, oportunidade.

Congiunzióne, s. f. união, ajuntamento; conjunção / (pouco us.) junção / (astr.) encontro aparente de dois astros / (gram.) conjunção.

Congiúra, s. f. conjura, conjuração; conspiração.

Congiuràre (pr. -úro) v. intr. conjurar, conspirar, tramar, maquinar.

Congiuràto, adj. conjurado / (s. m.) conjurado, conspirador.

Congiuratôre, adj. e s. m. (f. -tríce) conjurante, que conjura / conjurador.

Congiurazióne, s. f. conjuração.

Conglobàre (pr. cònglobo), v. conglobar, juntar formando globo ou bola; amontoar; acumular.

Conglomeràre (pr. -òmero) v. conglomerar, amontoar, aglomerar, juntar, conglobar.

Conglomeràto, adj. conglomerado; conglobado / (s. m.) conglomerado, massa, aglomerado.

Conglomerazióne, s. f. conglomeração.

Conglutinàre (pr. -útino) v. tr. conglutinar; juntar, unir, colar.

Congratulàre (pr. -àtulo) v. congratular, felicitar; (ant.) mostrar alegria.

Congratulatòrio (pl. -òri) adj. congratulatório.

Congratulazióne, s. f. congratulação; felicitação, parabéns.

Congrèga, s. f. reunião de pessoas congregadas para um determinado fim, geralmente pouco honesto / congregação, confraria / quadrilha, bando, súcia.

Congregamênto, s. m. ação de congregar: congregação.

Congregàre, (pr. -ègo) v. congregar, agregar, juntar, reunir (pessoas).

Congregazióne, s. f. congregação; ação de congregar / assembléia; reunião / confraria; corporação; associação.

Congregazionísta, (neol.) (pl. -ísti) membro de uma congregação, congregado.

Congressísta, (pl. -ísti) s. m. congressista, que toma parte em congresso.

Congrèsso, s. m. congresso; reunião, ligação, ajuntamento, encontro / conferência, conselho, sessão / (polit.) parlamento.

Còngrua, s. f. (ecles.) côngrua / prebenda.

Congruamênte, adv. congruamente, por porções côngruas: convenientemente.

Congruènza, s. f. congruência; conveniência, propriedade, relação, proporção.

Congruità, s. f. congruidade.

Còngruo, adj. côngruo, conveniente; proporcionado, apto, oportuno, suficiente.

Conguagliamênto, s. m. (raro) igualamento, nivelamento.

Conguagliàre, (pr. -àglio) v. tr. igualar, nivelar, equiparar.

Conguàglio, (pl. -àgli) s. m. equiparação, igualação, nivelamento; paridade / confronto, paralelo.

Coniàre (pr. -cònio) v. tr. cunhar; imprimir (com o cunho) moedas e medalhas / inventar / usar pela primeira vez (vocábulos etc.).

Coniatôre, adj. e s. m (f. -tríce), que ou aquele que cunha: cunhador.

Coniatúra, s. f. ação de cunhar: cunhagem (no sentido real e no figurado).

Conicità, s. f. conicidade, forma cônica.

Cònico (pl. cònici), adj. cônico.

Conífero, adj. conífero, que tem fruto de forma cônica / (s. f. pl.) **conífere**, coníferas, plantas dicotiledôneas.

Coníglia, s. f. (mar.) o último banco da proa / (zool.) (s. f.) fêmea do coelho.

Cogniiicoltùra, s. f. cunicultura.

Coniglièra, s. f. coelheira.

Coníglio (pl. -ígli) s. m. coelho.

Cònio (pl. -cònii), s. m. cunha, instr. de ferro ou madeira, que serve para rachar lenhas, pedras, etc. / cunho, peça que serve para marcar moedas e medalhas / cunho, marca, sinal, selo / (fig.) espécie, qualidade, marca, feição, caráter: **son tutti dello stesso** ——— : são todos da mesma marca.

Coniròstri, adj. e s. m (pl.) conirrostros, família de pássaros caracterizados por terem o bico duro, como os canários, pardais, pintassilgos, etc.

Coniugàbile, adj. conjugável.

Coniugàle, adj. conjugal, matrimonial.

Coniugalmênte, adv. conjugalmente.

Coniugàre (pr. -òniugo) v. tr. (gram.) conjugar / (refl.) unir-se em matrimônio; casar.

Coniugàto, p. p. e adj. conjugado / unido por matrimônio, casado.

Coniugazióne, s. f. (gram.) conjugação / flexão.

Còniuge, s. m. cônjuge; consorte; marido, mulher; esposo.

Coniúgio (pl. -úgi) s. m. conjúgio, união conjugal: casamento.

Conlegatàrio, s. m. co-legatário.

Connaturàle, adj. conatural, conforme a natureza de outro; apropriado, congênito.

Connaturàre, v. tornar natural uma qualidade em outrem.

Connazionàle, adj. e s. m. compatriota, compatrício.

Connessiône, s. f. conexão, ligação de uma coisa com outra / nexo, relação, dependência / analogia.
Connèsso, p. p. e adj. conexo.
Connèttere, (pr. -ètto) v. fazer conexão, ligar, unir, concatenar; (neol.) conexionar.
Connettívo, adj. conetivo, que une / (anat.) **tessuto** ———: tecido conetivo.
Connivènte, adj. conivente; conluiado; cúmplice.
Connivènza, s. f. conivência.
Connotàti, s. m. sinais exteriores pelos quais se reconhece uma pessoa / fisionomia, aspecto.
Connùbio, (pl. -úbi) s. m. conúbio: união em matrimônio / (fig.) ligação, união.
Connumeràre, v. tr. (pr. -úmero) (raro) v. conumerar; enumerar; por no número, na série; contar; computar.
Còno, s. m. (geom.) cone / (bot.) fruto formado de sementes nuas em massas cônicas / gênero de moluscos.
Conòcchia, s. f. estriga para fiar; roca.
Conòide, s. m. (geom.) conóide, que tem a forma de um cone.
Conopèo, s. m. conopeu, mosquiteiro, entre os antigos / espécie de dossel no interior do tabernáculo / (ecles.) véu que se punha entre o sacerdote e a pia batismal.
Conoscènte, adj. e s. m. conhecedor, que conhece; conhecido, amigo, companheiro; conhecente (des.).
Conoscènza, s. f. ato de conhecer; conhecimento; faculdade de conhecer / a pessoa conhecida; conhecença (des.) / conhecimento, relações pessoais.
Conòscere, v. tr. (pr. **conòsco, conòsci, conòsce, conosciàmo, conoscête, conòscono**), v. conhecer, ter conhecimento, saber, ter instrução / conhecer alguém, estar em relações com alguém / saber, ter conhecimento de / conhecer, distinguir / discernir: ——— **il buono e il cattivo** / ser versado em, saber: **conosce il francese** / conhecer, admitir, reconhecer / discernir / **non conoscer ragione**: não ouvir a razão dos outros, não dar o braço a torcer / **farsi** ———: dar-se a conhecer.
Conoscíbile, adj. conhecível / (s. m.) o que se pode conhecer: **il** ——— **e l"inconoscíbile**.
Conoscimênto, s. m. conhecimento; faculdade de conhecer; discernimento / cognição.
Conoscitívo, adj. que tem a faculdade de conhecer: cognoscitivo.
Conoscitôre, s. m. conhecedor; entendedor; perito; competente.
Conosciúto, p. p. e adj. conhecido, que muitos conhecem; célebre, notório, famoso, manifesto.
Conquassàre, v. tr. abalar, sacudir, agitar.
Conquàsso, s. m. sacududura, sacudidela, tremor; abalo, agitação / balanço das carruagens / ruína, fracasso.
Conquèsto, s. m. (jur.) lamentação, queixa.

Conquíbus, s. m. (burl.) cumquibus, meios de comprar; dinheiro, cobre.
Conquídere, v. tr. (pr. -ído) afligir, abater, reduzir a mau estado; (ant.) derrotar, conquistar; conquerer, conquerir.
Conquíso, p. p. e adj. (poét.) conquistado / adquirido.
Conquísta, s. f. conquista, ato e efeito de conquistar.
Conquistàbile, adj. conquistável.
Conquistáre (pr. -ísto) v. tr. conquistar; vencer, subjugar; vencer pela força das armas / adquirir à força de trabalho ou com arte: ——— **le ricchezze, l'amicizia, l'amore** / alcançar, conseguir.
Conquistatôre, s. m. (f. -tríce) conquistador; vencedor, triunfador / (fig.) o que faz conquistas amorosas.
Conquísto, (ant.) s. m. conquista.
Consacràbile, adj. consagrável.
Consacramênto, s. m. consagramento; consagração.
Consacrànte, p. pr., adj. e s. m. consagrante.
Consacràre, (pr. -àcro) v. tr. consagrar; dedicar, oferecer a Deus / oferecer por culto e homenagem / prestar, dedicar / destinar / tornar legítimo, válido; sancionar / (refl.) dedicar-se, consagrar-se.
Consacratôre, adj. e s. m. (f. -tríce) consagrador; consagrante.
Consacrazióne, s. f. consagração / honra ou elogio extraordinário.
Consagràre, v. consacrare.
Consaguineità, s. f. consangüinidade.
Consanguíneo, adj. consangüíneo.
Consapèvole, adj. ciente, sabedor, que está a par de um fato.
Consapevolèzza, s. f. consciência, conhecimento, ciência a respeito de um fato.
Consapevolmènte, adv. conscientemente, cientemente, inteiramente.
Consapúto, adj. notório; conhecido, sabido de todos: **fatto** ———.
Consciènza (ant.), s. f. consciência.
Cònscio, adj. (pl. **cònsci**) cônscio, ciente, consciente, sabedor.
Consecutívo, adj. consecutivo, sucessivo; conseguinte, imediato.
Consecuzióne, s. f. (raro) consecução, conseguimento / (gram.) ——— **dei tempi**: relação sintática entre os tempos e os modos, na língua latina.
Consêgna, s. f. ação de consignar, de entregar: **ho fatto la consegna dei libri**: fiz a entrega dos livros / entrega, consignação, depósito; **dare in** ———: dar em consignação, entregar / (mil.) ordem dada a uma sentinela; punição leve que se aplica a militar.
Consegnàre (pr. -êgno) v. tr. consignar, dar ou confiar para um determinado fim: **vi consegno questa merce** / entregar / depositar / (mil.) ——— **la truppa**: dar ordem à tropa para que fique aquartelada.
Consegnatàrio, (pl. -àri) consignatário / depositário.

Consegnàto, p. p., adj. e s. m. consignado; entregado, depositado / (mil.) punido com ordem de detenção no quartel.
Conseguènte, p. pr. e adj. conseguinte, que se segue, conseqüente.
Conseguènza, s. f. conseqüência: efeito, resultado / dedução / importância, alcance: **causa di grave** ———.
Conseguenziàrio, adj. e s. m. diz-se de pessoa que de tudo tira conseqüências exageradas.
Conseguíbile, adj. conseguível.
Conseguimênto, s. m. ação de conseguir: conseguimento / resultado; êxito.
Conseguíre (pr. -ègo) v. conseguir, alcançar, obter / chegar a, dar em resultado, ter como conseqüência.
Conseguitàre (pr. -èguito) v. intr. suceder como conseqüência.
Consênso, s. m. consenso, consentimento, anuência.
Consensuàle (neol.) adj. consensual, que se faz mediante consentimento da outra parte.
Consentaneità, s. f. consentaneidade
Consentâneo, adj. consentâneo, conforme, de acordo, adequado, conveniente.
Consentimênto, s. m. (raro) consentimento, anuência.
Consentíre (pr. -ènto) v. consentir, dar consenso ou aprovação; permitir; concordar; tolerar; anuir; aprovar / ceder, obedecer.
Consenziènte, p. pr. e adj. que consente: consenciente / consentâneo.
Consertàre, v. tr. entrelaçar.
Consèrto, p. p. e adj. junto, enlaçado, entrelaçado / (adv.) **di** ———: juntamente.
Consèrva, s. f. ação e efeito de conservar / reservatório de água / **tenere in** ———: conservar com meios apropriados / ——— **di pomodoro**: extrato de tomate / conserva, calda ou molho em que se mete alguma substância para preservar da corrupção / **andar di** ———: ir de conserva, diz-se dos navios que navegam juntos; e também de pessoas que estão de acordo.
Conservàbile, adj. conservável.
Conservàre, (pr. -èrvo) v. conservar, impedir que se acabe ou deteriore / guardar, custodiar / não perder, manter, continuar a possuir / manter-se em bom estado.
Conservatívo, adj. conservativo.
Conservàto, p. p. e adj. conservado; mantido.
Conservatôre, adj. e s. m. (f. -tríce) conservador.
Conservatoría, s. f. (hist.) conservadoria / (ant.) privilégio administrado por conservadores; conservatoria.
Conservatòrio, (pl. òri) s. m. conservatório, estabelecimento de instrução musical / nome de certos recolhimentos ou asilos onde se educam donzelas pobres.
Conservazióne, s. f. conservação.
Consèrvo, s. m. pessoa que serve, juntamente com outra, um só patrão.

Consèsso, s. m. congresso, concílio, reunião, assembléia de pessoas notáveis; concesso (des.).
Consideràbile, adj. considerável, notável; importante.
Consideràndo, s. m. considerando: razão, argumento, motivo.
Consideràre (pr. -ídero), v. tr. considerar; examinar atentamente; observar, ponderar, notar, medir, refletir, meditar.
Consideratêzza, s. f. consideração, no significado de circunspecção, prudência, ponderação.
Consideràto, p. p. e adj. considerado; meditado, examinado / cauto, prudente.
Consideravôle, adj. considerável, notável, digno de consideração / importante / grande: **un'affluenza** ——— **di popolo**.
Considerazióne, s. f. consideração; ação de considerar, de examinar, refletir / importância, valia / raciocínio, reflexão.
Consigliàbile, adj. aconselhável.
Consigliàre, (pr íglio) v. aconselhar / induzir, sugerir, avisar, guiar, inculcar, propor, persuadir / (refl.) **consigliar-se**: aconselhar-se / (ant.) conselhar.
Consigliatamènte, adv. aconselhadamente; ponderadamente.
Consigliatôre, adj. e s. m. (f. -tríce) que, ou aquele que aconselha: aconselhador; conselheiro.
Consigliôre, s. m. (f. -èra) conselheiro, que aconselha: membro de um conselho / consulente, consultor, inspirador.
Consíglio, (pl. -ígli) s. m. conselho; opinião, juízo, parecer; **prender** ———: aconselhar-se / nome de vários corpos consultivos: ——— **comunale, dei Ministri, di Stato, di Guerra**, etc. / reunião de pessoas para tratar determinado assunto; assembléia, comitê, comissão, junta.
Consiliàre, adj. relativo a Conselho; (fam.) conselheiral.
Consímile, adj. semelhante.
Consistènte, p. pr. e adj. consistente / sólido, resistente, denso, duro.
Consistènza, s. f. consistência; firmeza / solidez, fortaleza, espessura, dureza.
Consístere (pr. -ísto) v. consistir; depender de; ser constituído por / fundar-se, estribar-se / constar, comportar-se de.
Consistòrio e consistòio, s. m. consistório / assembléia, reunião.
Consobríno, (ant.) s. m. (f. -ína) co-sobrinho, sobrinho da mulher do tio ou do marido da tia.
Consociàre (pr. -òcio) v. tr. consociar, unir em sociedade: associar.
Consociazióne, s. f. consociação: sociedade; união.
Consòcio (pl. -òci) s. m. consócio.
Consolàbile, adj. consolável.
Consolànte, p. pr. e adj. consolante, que consola: consolador, consolativo.

Consolàre, (pr. -ólo) v. tr. consolar, suavizar, aliviar / confortar / (refl.) **consolarsi**: consolar-se.
Consolàre, adj. consular, que se refere ao cônsul ou consulado.
Consolàto, s. m. consulado / (adj) consolado, aliviado de dor ou pena: confortado.
Consolatóre, adj. e s. m. consolador: confortador.
Consolatòria, s. f. carta escrita para consolar.
Consolatòrio (pl. -òri) adj. que tem por fim consolar: consolatório.
Consolazióne, s. f. consolação; ato de consolar: alívio, lenitivo, conforto.
Cònsole, s. m. cônsul.
Consolidaménto, s. m. consolidação.
Consolidàre, (pr. -òlido) v. tr. consolidar, tornar sólido / (refl.) **consolidarsi**: consolidar-se.
Consolidàto, p. p. e adj. consolidado; consistente / (s. m.) dívida pública perpétua.
Cònsolo (ant.) s. m. cônsul.
Consòlo, s. m. consolo, consolação, conforto / costume de certos lugares da Itália meridional de levar alimentos nas casas onde há algum defunto, para alimentar os parentes deste.
Consonànte, p. pr. e adj. consoante, que produz ou tem consonância / conforme, consoante, correspondente, segundo / (s. f.) (gram.) consoante.
Consonànza, s. f. consonância; harmonia; concordância; acordo.
Consonàre, v. intr. (pr. uòno), v. consonar, formar consonância / concordar, concertar.
Cònsono, ajd. cônsono, concorde, consoante, conforme.
Consorèlla, s. f. irmã que pertence à mesma congregação feminina.
Consòrte, s. m. e f. consorte, companheiro nos destinos / consorte, cônjuge.
Consortería, s. f. (depr.) conventilho, conciliábulo, facção, camarilha / (ant.) grupo de famílias ligadas por parentesco.
Consòrto, (ant.) s. m. consorte.
Consorziàle, adj. relativo a consórcio: consorcial.
Consorziàto, (neol.) adj. consorciado, que faz parte de um consórcio: **le industrie consorziate**.
Consòrzio (pl. -òrzi) s. m. consórcio, associação; ―― **umano**: sociedade humana.
Consostanziàle, adj. consubstancial, que tem a mesma substância.
Constàre (pr. -cònsto) v. intr. constar, passar por certo, por evidente / ser composto ou formado por: consistir; **il poema consta di venti canti**: o poema consta de vinte cantos.
Constatàre, constatazióne, v. costatare, e costatazione.
Constellàre, v. costellare.
Consuèto, adj. consueto; acostumado: usual.
Consuetudinàrio, (pl. -àri) consuetudinário, costumado; habitual.
Consuetúdine, s. f. costume, uso constante: hábito, regra.

Consulente, adj. e s. m. consulente, o que consulta.
Consulta, s. f. consulta, ação de consultar / corpo consultivo / **Sacra consulta**: conselho do Estado Pontifício.
Consultàre, (pr. -últo) v. tr. consultar; pedir conselho, opinião, parecer ou instruções / examinar, compulsar; pedir conselho, opinião, parecer ou instruções / examinar, compulsar (livro, arquivo, etc.); sondar, examinar / (refl.) consultar-se, pedir a opinião de alguém.
Consultazióne, s. f. consultação, ato de consultar; consulta.
Consultívo, adj. consultivo.
Consulto, s. m. consulta, consultação / (med.) exame realizado por uma junta de médicos sobre o estado de um doente.
Consultóre, s. m. (f. -tríce) consultor, aquele que dá conselho.
Consultòrio, adj. e s. m. consultório, relativo à consulta / (s. m.) consultório, lugar onde se dão consultas.
Consumàbile, adj. consumível.
Consumàre (pr. -ùmo) v. tr. consumir; gastar, devorar, destruir / cometer (crime, etc.) / despender, absorver / desperdiçar / (refl.) **consumarsi**: consumir-se, enfraquecer, debilitar-se.
Consumàto, p. p. e adj. consumido, empregado / consumado, enfraquecido / prático, perfeito, competente, abalizado, profundo.
Consumatóre, s. m. (f. -tríce) consumidor.
Consumazióne, s. f. ação de consumar e de consumir: consumição / consumação.
Consumè (neol. do fr. "consommé") s. m. caldo de substância, caldo suculento.
Consumo, s. m. consumo; ação de consumir e de consumir-se.
Consuntívo, adj. e s. m. consuntivo / **bilancio** ――: balanço das despesas e entradas já verificadas.
Consúnto, adj. consunto, consumido / extenuado, acabado / (pop.) tísico: **è morto** ――.
Consunzióne, s. f. consunção: consumpção / (med.) definhamento progressivo que precede a morte.
Consustanziàle, adj. consubstancial.
Consustanzialità, s. f. (teol.) consubstancialidade.
Consustanziazióne, s. f. (teol.) consubstanciação.
Contàbile, (neol.) s. m. contador, contabilista, perito-contador.
Contabilità, s. f. contabilidade.
Contachilòmetri, (neol.) s. m. conta-quilômetros, aparelho que registra o número de quilômetros percorridos por um veículo.
Contadiname, s. m. conjunto de camponeses.
Contadinàta, s. f. ato ou dito próprio de camponês.
Contadinèsco, (pl. -èschi) adj. campesino, campestre / rústico, agreste; vilanesco.

Contadino, s. m. (f. **ína**) camponês, campônio; colono, aldeão; (dim.) **contadinèllo**; (aum.) **contadinòtto**.

Contàdo, s. m. bairros ou campos ao redor de uma cidade / (hist.) território fora da cidade que permanecia sob o domínio do conde.

Contafíli, s. m. conta-fios, lupa usada para a contagem dos fios de um tecido.

Contagiàre, v. tr. contagiar, contaminar.

Contàgio, (pl. -àgi) s. m. contágio, contaminação.

Contagiôso, adj. contagioso / epidêmico.

Contagióne (ant.), s. f. contagião (p. us.), contaminação, contágio.

Contagíri, s. m. conta-voltas, instrumento para contar as voltas ou rotações de uma máquina.

Contagôcce, s. m. conta-gotas.

Contamináre, (pr. -àmino) v. tr. contaminar, contagiar / infeccionar, corromper, infectar, manchar, depravar / (lit.) fundir numa só, duas (ou mais) obras de arte, especialmente comédias.

Contaminatôre, adj. e s. m. contaminador.

Contaminazióne, s. f. contaminação.

Contànte, adj. relativo a dinheiro efetivo, de contado / (s. m.) dinheiro de contado, dinheiro à vista.

Contàre, (pr. cônto) v. tr. contar, enumerar, calcular, computar / reputar, julgar, considerar / propor-se, ter intenção de: **domani conto di partire por Napoli** / referir, narrar: **há contate storie incredibili** / ter crédito, autoridade: **in quella scuola il direttore non conta niente**.

Contàta, s. f. ação de contar celeremente uma coisa: **dò una contata** (ou **contatina**, dim.) **a questi denari**.

Contàto, p. p. e adj. contado, calculado, computado / **avere le ore contate**: ter as horas contadas; estar para morrer.

Contatôre, s. m. (f. -trice) que ou aquele que conta; contador; aparelho próprio para contagem da água, do gás, da eletricidade, etc.

Contàtto, s. m. contacto; contato; toque; relação entre dois ou mais corpos que se tocam / relações de freqüência, de proximidade, de amizade, de influência / continuidade, aderência, união.

Cônte, s. m. (f. **contèssa**) conde; (dim.) **contíno**.

Contèa, s. f. condado.

Conteggiamènto, s. m. (raro) ação ou efeito de contar: contagem.

Contèggio, (pl. -èggi) s. m. contagem, ação e efeito de contar.

Contègno, s. m. contenho, comportamento, conduta, procedimento; compostura, atitude; linha; maneira, modo / (ant.) conteúdo: **per veder della bolgia ogni** —— (Dante).

Contegnôso, adj. que tem uma atitude digna e não afetada: discreto, grave, ponderado, distinto.

Contemperamènto, s. m. temperamento; comedimento; moderação, mitigação; adaptação; acomodação.

Contemperàre (pr. -èmpero) v. tr. temperar, comedir, moderar; mitigar; adaptar; acomodar.

Contemplamènto, s. m. contemplação.

Contemplàre, (pr. -èmplo) v. tr. contemplar; olhar atentamente; observar; admirar, apreciar; fixar o pensamento; meditar, considerar.

Contemplatívo, adj. contemplativo.

Contemplatôre, adj. e s. m. (f. **trice**) contemplador.

Contemplazióne, s. f. contemplação.

Contèmpo, (neol.) s. m. na loc. **nel** ——: no mesmo tempo, entretanto, simultaneamente.

Contemporaneamente, adv. contemporaneamente, simultaneamente.

Contemporaneità, s. f. contemporaneidade.

Contemporâneo, adj. contemporâneo / simultâneo; coevo.

Contendènte, p. pr. e adj. contendente, contendor / (s. m.) adversário numa contenda.

Contèndere (pr. -èndo) v. contender, disputar, altercar; litigar / recusar, negar / impedir, proibir.

Contenère, p. pr. e adj. que contém alguma coisa: continente / (s. m.) aquilo que contém alguma coisa: continente.

Contenènza, s. f. atitude, comportamento / ação de conter alguma coisa, continência, capacidade / conteúdo, aquilo que se contém em alguma coisa.

Contenère, (pr. -èngo) v. tr. conter, ter em si, encerrar, compreender; reprimir; refrear / moderar / (pr.) refrear-se, reprimir-se, moderar-se.

Contennèndo (ant.), adj. desprezível: **ti fa contennendo** (Machiavelli).

Contentàbile, adj. contentável.

Contentamènto, s. m. (raro) contentamento, alegria.

Contentàre (pr. -ènto) v. contentar, satisfazer, agradar.

Contentatúra, s. f. contentamento, satisfação, prazer.

Contentazióne, (ant.) s. f. contenda.

Contentèzza, s. f. contentamento, alegria; satifação, prazer.

Contentíno, s. m. o que se dá a mais, como brinde, para satisfazer; (fig. irônico) mais um punhado de coisas desagradáveis: **gli diede due pugni e il** ——.

Contèntivo, adj. apto a conter / (s. m.) (bras.) contentivo, aparelho para reduzir fraturas.

Contènto, adj. contente, satisfeito, alegre / feliz, jocundo, radiante.

Contènto (ant.), s. m. desprezo.

Contenúto, adj. e s. m. contido, encerrado / conteúdo, o que se contém ou encerra em alguma coisa: **il** —— **di un libro**.

Contenzióso, adj. contencioso, litigioso / (s. m.) jurisdição contenciosa; juízo contencioso.

Contería, s. f. contas variegadas de vidro de várias formas: miçangas, vidrilhos e similares.

Conterminàle, adj. contérmino.

Contérmine, adj. contérmino, que confina, adjacente; (s. m.) (raro), limite, confins, raia.
Conterráneo, adj. e s. m. conterrâneo.
Conterrazzàno, adj. conterrâneo, da mesma terra.
Contêsa, s. f. contenda, debate, altercação, disputa; luta, rixa, polêmica, questão, controvérsia.
Contêso, p. p. e adj. contendido / negado, contrastado, impedido.
Contêssa, s. f. condessa.
Contèssere, (pr. -èsso) v. tr. entretecer, entrelaçar, tecer; reunir, compor, jungir.
Contestàbile, adj. contestável.
Contestàre, (pr. -èsto) v. tr. contestar, contrariar, contradizer; impugnar, contender / intimar, declarar, notificar.
Contestaziône, s. f. contestação, ato de contestar, de debater.
Contèste, contestimòne, contestimònio, (s. m.) (for.) que depõe ou afirma juntamente com outro, conteste.
Contèsto, p. p. e adj. entretecido; composto, entrelaçado, jungido / (s. m.) contexto, entrecho: il ——— della conferenza.
Contestuàle, adj. relativo ao contexto: que faz parte deste.
Contestúra, s. f. contexto, contextura, tecido / trama, argumento.
Contêzza, s. f. (lit.) notícia, conhecimento exato, preciso.
Contígia, (ant.) s. f. calçado elegante / enfeite, ornamento.
Contiguità, s. f. contiguidade.
Contíguo, adj. contíguo, imediato, próximo, vizinho, junto.
Continentàle, adj. continental.
Continènte, s. m. continente, grande extensão de terra firme.
Continênte, adj. continente, que tem a virtude da continência; virtuoso, sóbrio; moderado / casto.
Contingentamênto, (neol.) s. m. consignação, entrega de parte de mercadorias ou alimentos / o que cabe a cada um de certa coisa / limite à importação ou exportação de mercadoria.
Contingentàre, v. tr. fixar o limite de mercadoria que deve ser consignada, importada ou exportada.
Contingènte, adj. contingente, que pode ou não suceder ou existir; casual, acidental / (s. m.) a quota de uma contribuição, de uma verba a receber, etc. / o número de recrutas que uma localidade deve fornecer / contingente de tropa destinado a uma expedição, etc.
Contingentísmo, s. m. contingentismo, doutrina das contingências; indeterminismo.
Contingènza, s. f. contingência; eventualidade; incerteza de que uma coisa aconteça ou não.
Contíngere, v. intr. suceder, acontecer / tocar, tanger.
Contínovo (ant.) adj. contínuo.
Continuàbile, adj. continuável.
Continuamênte, adv. continuamente: incessantemente.
Continuàre, (pr. -ínuo) v. tr. continuar, prosseguir, não interromper; levar por diante, prolongar / prorrogar; permanecer; (refl.) estender-se, prolongar-se.
Continuatívo, adj. continuativo.
Continuatôre, adj. e s. m. (f. -trice) continuador.
Continuaziône, s. f. continuação: prolongamento; séquito / sucessão; duração; prolongação.
Continuità, s. f. continuidade.
Contínuo, adj. contínuo; sucessivo, seguido; ininterrupto / fixo, constante, incessante.
Cônto, s. m. (ant.) conta, cômputo, cálculo, conto; ——— aperto: conta não liquidada / far di ———: calcular segundo as regras aritméticas / estima, reputação: è persona di gran ——— / imaginar, supor: fate ——— di aver ragione / proporse: fo ——— di fare un viaggio / sapere il ——— suo: saber o que deve fazer, ser perito na sua profissão / Corte dei Conti: magistratura estatal / non se ne può far ———: não se pode levar em conta.
Cônto (ant.), s. m. conto, estória.
Cônto (ant.) notório, claro, conhecido.
Contòrcere, (pr. -òrco) v. tr. contorcer, torcer, dobrar sobre si; (refl.) contorcer, torcer, dobrar-se, contrair-se.
Contorcimênto, s. m. contorcimento, contorção.
Contornamênto, s. m. contornamento, ato de contornar.
Contornàre (pr. -ôrno) v. tr. contornar, traçar o contorno de; cercar, caminhar ou estender-se em roda de; circundar, cingir.
Contòrno, s. f. contorno linha que limita exteriormente um corpo, uma figura, um objeto / perímetro, circuito; limite / adição, complemento (geralmente de vegetais) que se junta a um prato / (raro) arredores, imediações, subúrbios.
Contorsiône, s. f. contorção, ação de contorcer.
Contòrto, p. p. e adj. retorcido, retorto, torto.
Contra, prep. e adv. contra.
Contra, contra, pref. que indica oposição, contrariedade e às vezes também reciprocidade, simetria; **contraddire, contraffare, contrassegno**.
Contrabbandière, s. m. (f. -èra) contrabandista.
Contrabbàndo, s. m. contrabando, ação contra um bando / contrabando, introdução clandestina de mercadorias sujeitas a direitos.
Contrabassísta, (pl. -ísti) s. m. contrabaixista, tocador de contrabaixo.
Contrabbàsso, s. m. (mús.) contrabaixo.
Contraccambiàre (pr. àmbio) v. trocar, contracambiar.
Contraccàmbio, (pl. -àmbi) s. m. troca, contracâmbio.
Contraccàrico, s. m. contrapeso.
Contracàssa, s. f. caixa com fundo duplo.

Contracchíave, s. f. chave sobressalente / chave falsa / segunda volta de chave.
Contraccífra, s. f. contracifra, chave para decifrar alguma cifra.
Contraccôlpo, s. m. contragolpe / recuo de arma de fogo.
Contraccúsa, s. f. contra-acusação.
Contràda, s. f. parte ou bairro duma cidade / rua comprida e ampla duma cidade / região, lugar, país.
Contraddànza, s. f. contradança.
Contraddètto, p. p. e adj. contradito:. contraditado / negado, contrariado.
Contraddíre (pr. -íco) v. contradizer; impugnar, contrariar / fazer oposição; **contraddirsi**: cair em contradição.
Contraddistínguere, (pr. -ínguo) v. tr. contradistinguir.
Contraddittòrio, (pl. -òri) adj. contraditório / (s. m.) contradita, contestação, refutação.
Contraddizióne, s. f. contradição; oposição, contraste / incoerência, incongruência, dissonância.
Contraddote, s. f. bens parafrenais.
Contraènte, p. pr., adj. e s. m. contraente, que contrai ou celebra algum contrato.
Contraèrea, s. f. (neol.) artilharia ou milícia anti-aérea.
Contraèreo, adj. (mil.) anti-aéreo.
Contraffacimênto, s. m. (raro) contrafação, imitação fraudulenta: falsificação / fingimento, disfarce, falsidade.
Contraffàre, (pr. -àffo ou affàccio) v. tr. contrafazer; imitar, arremedar / imitar por zombaria ou por falsificação / disfarçar / (refl.) **contrafarsi**: disfarçar-se.
Contraffàtto, p. p. e adj. contrafeito, imitado por contrafação, falsificado.
Contraffattóre, s. m. (f. -tríce) contrafator.
Contraffazióne, s. f. contrafação.
Contraffillàre, v. tr. aparar a orla do sapato / alternar os fios grossos e finos ao dobrar a seda.
Contraffòrte, s. m. contraforte; reforço de muralha, reparo e terrapleno / pilar de alvenaria no exterior de uma parede / ornato característico do estilo gótico.
Contraggènio, (pl. -èni) s. m. antipatia, aversão para uma coisa.
Contragguàrdia, s. f. (fort.) contraguarda, obra construída na frente da cortina do baluarte para o defender.
Contràgo, (pl. -àghi) s. m. (ferr.) a parte do trilho, para tal fim demarcada, a que se apóia, nos desvios, a agulha para possibilitar o encaixe das rodas dos trens.
Contraindicare, v. **controindicare**.
Contràlbero, s. m. (mec.) eixo que recebe o movimento de um outro eixo.
Contraltàre, s. m. altar que fica de fronte a outro / coisa feita de propósito para opô-la a outra.
Contràlto, s. m. contralto, a mais grave das vozes de mulher.
Contromàrcia, s. f. contra-marcha.

Contrammarèa, s. f. corrente oposta à marè ordinária: contramaré.
Contrammàstro, s. m. (mar.) contramestre, oficial marinheiro imediato ao mestre.
Contrammezzàna, s. f. (náut.) mastro, oposto ao de mezena: contramezena.
Contrammína, s. f. (mil.) contramina.
Contrammiràglio, s. m. contra-almirante.
Contrammúro, s. m. muro que se constrói defronte de outro para o fortificar: contramuro.
Contrannaturàle, adj. contranatural, oposto à natureza.
Contrappàsso, s. m. contrapasso / pena de talião, pena igual ao do crime cometido: cosí s'osserva in me lo ——— (Dante).
Contrappèllo, s. m. segunda chamada ou apelo, feita para verificar a primeira.
Contrappèlo, s. m. contrapelo / (fig.) **prèndere qualcuno di** ———: contrariar, tratar desabridamente.
Contrappesàre, (pr. -éso) v. contrapesar, equilibrar com peso adicional / contrabalançar equilibrar.
Contrapêso, s. m. contrapeso / maromba de funâmbulo / (fig.) o que serve para compensar ou contrabalançar outra coisa.
Contrappórre, (pr. -ôngo) v. contrapor: opor / por em paralelo, confrontar.
Contrapposizióne, s. f. contraposição / antítese, oposição.
Contrappósto, p. p. e adj. contraposto: oposto, contrário / (s. m.) o que é oposto: contrário.
Contrappròccio, s. m. trincheira ou outro reparo contra os assaltos; contra-aproche.
Contrappunteggiàre, v. (mús.) contrapontear, por em contraponto; instrumentar.
Contrappuntísta, s. f. (mús.) contrapontista.
Contrappúnto, s. m. (mús.) contraponto.
Contrappunzóne, s. m. peça de aço que traz em relevo as figuras esculpidas no molde e que se opõe a este.
Contraquairàta, (náut.) s. f. peça que forra a quilha pela parte inferior do navio: contraquilha.
Contràrgine, s. m. contradique, reparo que se encosta a outro para reforço.
Contrariamènte, adv. contrariamente.
Contrariamènto, s. m. contrariedade.
Contrariàre, (pr. -àrio) v. tr. contrariar, opor-se a, estorvar / contrapor, combater, resistir, desaprovar, objetar.
Contrariàto, p. p. e adj. contrariado; contrastado.
Contrarietà, s. f. contrariedade / estorvo, obstáculo / dificuldade, embaraço / recusa, oposição.
Contràrio, (pl. -àri) adj. contrário, que é contra, oposto; **opinioni contrarie** / desfavorável / nocivo, prejudicial: è una bevanda contraria alla salute

/ (s. m.) o que é oposto; contrário; inimigo, adversário / rebelde, inverso, antagonístico.

Contràrre (pr. -àggo) v. tr. contrair, realizar, celebrar, fazer: ――――― **un prestito** (empréstimo), **un'amicizia, matrimonio** / assumir, tomar sobre si, adquirir / contrair, apertar, estreitar, encolher / (refl.) **contrarsi:** contrair-se; encolher-se, estreitar-se.

Contrasalúto, s. m. salva de um navio de guerra em resposta à salva de outro.

Contraspalto, s. m. anteparo de fortificação.

Contrassalto, s. m. (mil.) contra-ataque.

Contrásse, s. f. eixo do reforço.

Contrassegnàre, (pr. -ègno) v. tr. marcar, assinalar.

Contrassègno, s. m. marca, sinal para reconhecer uma coisa ou pessoa, ou para distingui-la de outra / indício, prova.

Contrastàbile, adj. contrastável.

Contrastabilmênte, adv. contrastavelmente.

Contrastámpa e **controstámpo**, s. f. e m. impressão ao reverso.

Contrastànte, p. pr. e adj. contrastante.

Contrastàre, (pr. -àsto) v. contrastar, lutar contra, resistir, opor-se a; impugnar, contender, contestar.

Contràsto, s. m. contraste; litígio, altercação, embate / obstáculo, impedimento / antagonismo, antinomia, discórdia, disputa / (liter.) oposição artística das situações de estilo.

Contrattàbile, adj. contratável.

Contrattaccàre, (pr. -àcco) v. contra--atacar.

Contrattàcco, (pl. -àcchi) s. m. contra-ataque.

Contrattamênto, s. m. (raro) contrato / contratação (des.).

Contrattàre, v. contratar, tratar para vender, comprar, etc. / negociar.

Contrattazióne, s. f. ação de contratar: contrato, contratação (des.).

Contrattèmpo, s. m. contratempo, espaço de tempo que intercede entre duas ações / circunstância imprevista, acidente inopinado; contrariedade: dificuldade, embaraço / (mús.) contratempo / loc. a ―――――, **di** ―――――: inoportunamente, fora de propósito.

Contràttile, adj. contrátil (contráctil), susceptível de contrair-se.

Contrattilità, s. f. contratilidade.

Contràtto, p. p. e adj. contraído, que se contrai, encolhido, apertado, estreitado / celebrado. adquirido, granjeado / (s. m.) contrato; acordo, convenção; ajuste, pacto, combinação / (dim.) **contrattíno**; (aum.) **contrattône**.

Contrattuàle, adj. contratual.

Contrattualísmo, s. m. contratualismo, (doutrina da filosofia do direito).

Contrattúra, s. f. (neol.) contratura; (med.) contração involuntária; espasmo muscular.

Contravvenêno, s. m. contraveneno / antídoto.

Contravveníre, (pr. -èngo), v. contravir, transgredir, infringir / desobedecer, violar.

Contravvènto ou **controvènto**, adv. (mar.) contravento; vento contrário.

Contravventôre, adj. e s. m. (f. -tríce) contraventor; infrator.

Contravvenzióne, s. f. contravenção; infração.

Contravvíso, s. m. contra-ordem.

Contravvíte, s. f. porca do parafuso.

Contrazióne, s. f. contração / (med.) ――――― **muscolare**: retraimento dos músculos.

Contribuènte, p. pr. e adj. contribuinte, que contribui / (s. m.) indivíduo que paga contribuições.

Contribuíre (pr. -ísco), v. intr. contribuir / concorrer, cooperar, colaborar.

Contribúto, s. m. contribuição, o ato de contribuir; cooperação, ajuda, colaboração; cota, subsídio.

Contributôre, s. m. (raro) contribuidor, que contribui.

Contribuzióne, s. f. contribuição; tributo; (dim.) **contribuzioncèlla**.

Contrimboscàta, s. f. (mil) contra-emboscada.

Contrimpannàta, s. f. empanada ou caixilho contrário.

Contrína, s. f. corda das redes de passarinhar.

Contríre (ant.), contristar, consumir, de dor e de remorso.

Contristamênto, s. m. (raro) contristamento; contristação.

Contristàre, (pr. -ísto) v. contristar, causar tristeza: entristecer, penalizar, afligir, mortificar.

Contríto, (p. p. do verbo arcaico **contrire**) adj. contrito; arrependido, triste, mortificado / (ant.) triturado.

Contrizióne, s. f. (teol.) contrição / arrependimento, remorso.

Contro, prep. contra, (exprime em geral a relação de oposição); em direção oposta à de; defronte à / contra, em desfavor, em oposição / (s. m.) o que é contrário.

Contro, contra, prefixo que indica oposição, proximidade; **controsenso** (contrasenso), **controscena** (contracena).

Controalisêo, s. m. contra-alíseo, vento que sopra do lado contrário aos alíseos.

Controanèllo, s. m. pequeno anel destinado a manter firme no dedo um anel maior.

Controavvíso, s. m. contra-aviso, contra--ordem.

Controbàttere, v. tr. contrabater; rebater golpe por golpe / refutar.

Controbattúta, s. f. confutação.

Controbècco, s. m. uma das figuras da patinação.

Controbelvedêre, s. m. manobra de navio a vela.

Controbilanciàre, v. tr. contrabalançar; equilibrar / contrapesar.

Controbollàre, v. contra-selar.

Controcàmpo, s. m. (cin.) enquadramento de uma cena de um ponto de vista inteiramente oposto àquele do campo precedente.

Controcàssa, s. f. segunda caixa, caixa que encerra uma outra para custodiar melhor o que esta contém.
Controcatêna, s. f. cadeia (corrente) de reforço.
Controchiàma, s. f. segunda chamada.
Controchíglia, s. f. contraquilha, peça que forra a quilha pela parte inferior do navio.
Controcòrno, s. m. uma das figuras da patinação.
Controcorrènte, s. f. contracorrente.
Controdàta, s. f. segunda data, posterior à primeira: antedata.
Controdatàre, v. tr. datar novamente com data posterior: antedatar.
Controdichiaraziône, s. f. contradeclaração, declaração em sentido oposto ao da outra.
Controdritto, s. m. cada um dos reforços da roda de popa.
Controfagòtto, s. m. contrafagote (instr. de música).
Controfàscia, s. f. segunda faixa para reforço da primeira / (heráld.) contrafaixa, faixa dividida em duas, de esmaltes diferentes.
Controfasciàme, s. m. revestimento de tábuas para conserto dos defeitos de um navio.
Controffensíva, s. f. (mil.) contra-ofensiva.
Controfigùra, s. f. (cin.) pessoa que substitui um ator nalguma cena que demanda habilidade especial.
Controfinèstra, s. f. janela que se põe na parte externa de outra para melhor defesa do frio.
Controfiòcco, s. m. (náut.) espécie de vela.
Controfirma, s. f. segunda firma num documento, para abonar a firma precedente.
Controfòdera, s. f. forro posto entre um pano e outro para reforço: entreforro / entretela.
Controfôndo, s. m. segundo fundo ou fundo falso (em mala, baú, etc.)
Controfòsso, s f fosso, mais profundo que o primeiro, que circunda uma fortificação: contrafosso.
Controfúga, s. f. (mús.) contrafuga.
Controgovêrno, s. m. governo formado contra o governo que está no poder.
Controindicàre, v. tr. contra-indicar / desaprovar.
Controindicáto, p. p. e adj. contra-indicado.
Controindicaziône, s. f. contra-indicação.
Controlèttera, s. f. carta que anula os dizeres de outra precedente.
Controllàre, (pr. -òllo) v. tr. controlar, exercer o controle de / verificar, inspecionar.
Contròllo (neol.) s. m. controle / vigilância, verificação, revisão; (técn.) nome dado a diversos dispositivos de aparelhos reguladores.
Controllôre (neol.) s. m. (f. -ôra) aquele que controla, controlador; verificador, fiscal; inspetor.
Controlúce, s. f. contraluz.

Controlúme, s. m. contraluz, especialmente quando se refere à luz artificial.
Contromàrca (neol.) (pl. -àrche) s. f. contramarca / senha que se dá às pessoas que saem dos teatros, para poderem entrar novamente.
Contromàrcia, (pl. -àrce) s. f. (mil.) contramarcha / inversão da ordem de marcha.
Contromezzàna, s. f. (náut.) mastro, oposto ao de mezena: contramezena.
Contromína, s. f. (mil.) contramina.
Controminàre, v. tr. contraminar, inutilizar, desfazer por contramina.
Contromòlla, s. f. mola que serve de reforço ou que age em sentido oposto a outra.
Contronòta, s. f. nota com que se modifica o conteúdo da precedente.
Contropàrte, s. f. (jur.) a parte adversária em juízo / contraparte que um ator desempenha em oposição à parte de outro ator.
Contropartita, (neol.) s. f. contrapartida / contraposição.
Contropòrta, s. f. segunda porta para reforçar ou reparar a primeira.
Contropotènza, s. f. (reloj.) cubo, peça que sustenta o eixo da roda de encontro.
Controproducènte, (neol.) adj. contraproducente.
Controprogètto, s. m. contraprojeto.
Contropropòsta, contraproposta.
Contropròva, s. f. contraprova.
Controquerèla, s. f. (jur.) querela contra o querelante.
Controrànda, s. f. pequena vela trapezoidal.
Contrordinàre, v. tr. (pr. -ôrdino) v. contra-ordenar.
Contrórdine, s. m. contra-ordem.
Controrelaziône, s. f. relatório apresentado pela minoria em oposição ao da maioria.
Controreplicàre (pr. -èplico), v. ação de contra-replicar ou de treplicar.
Controrifôrma, s. f. (hist.) contra-reforma.
Controrivoluziône, s. f. contra-revolução.
Controrotàia, s. f. (ferr.) trilho de reforço que se aplica nos trechos em curva, aos trilhos simples.
Controruòta, s. f. (náut.), contra-roda, roda de proa ou popa interna ou falsa.
Controscàrpa, s. f. contra-escarpa, declive do muro exterior do fosso, que fica fronteiro à escarpa.
Controscèna, s. f. (teatr.) contracena.
Controspallièra, s. f. espaldar que fica defronte a outro.
Controspionàggio, s. m. contra-espionagem.
Controstampàto, adj. (tip.) folhas impressas que deixam o sinal da tinta (fresca) nas páginas que estão em contato.
Controstímolo, s. m. estado oposto ao do estímulo: contra-estímulo / (med.) contra-estimulante.

Controstomàco, (pl. -òmaci) s. m. repugnância de estômago para certos alimentos / (fig.) repugnância, náusea; loc. a ———: de má vontade, com repugnância.

Controtàglio, s. m. contra-atalho, talho ou corte cruzado com outro ou outros.

Controtèmpo, s. m. (esgr.) contratempo, movimento dos dois adversários quando atiram ao mesmo tempo uma estocada / v. **contrattempo**.

Controtorpedinièra, s. f. contratorpedeiro.

Controvapôre, s. m. contravapor / (s. f.) voltar atrás, em alguma ação ou conversa; arrepender-se; (fig.) vento contrário.

Controvelàccio, s. m. (mar.) velas de grandes navios.

Controvèrsia, s. f. controvérsia, debate / contestação, impugnação.

Controversísta, (pl. -ísti) s. m. controversista; polemista.

Controvèrso, adj. controverso; contestado; sujeito à dúvida.

Controvèrtere (pr. -èrto) v. tr. controverter; disputar, debater, discutir.

Controvertíbile, adj. controvertível, questionável, contestável, duvidoso.

Controvertibilità, s. f. qualidade de controvertível.

Controvetràta, s. f. contravidraça; contra-caixilho.

Controvísita, s. f. (med.) segunda visita destinada a verificar a primeira.

Controvolontà, adv. de má vontade.

Controvôto, s. m. contravoto, voto contrário a um anterior.

Contrùrto, s. m. contrachoque, choque em sentido contrário a outro.

Contubernále, s. f. contubernal / companheiro / que faz camaradagem.

Contubèrnio, s. m. (hist.) contubérnio / companhia, convivência.

Contumàce, adj. contumaz; teimoso, indócil; soberbo / (jur.) rebelde, que se recusa a comparecer em juízo.

Contumàcia, (pl. -àcie) s. f. contumácia, recusa de comparecer em juízo; revelia / quarentena.

Contumaciàle, adj. que se faz por contumácia.

Contumèlia, s. f. (lit.) contumélia: afronta, injúria, vilania.

Contumelióso, adj. (lit. raro) contumelioso; injurioso; insultante / (s. m.) o que injuria.

Contundènte, p. pr. e adj. contundente, que pisa ou tritura: que faz contusão.

Contúndere, (pr. -úndo) v. tr. contundir, fazer contusão em; pisar; moer.

Conturbamênto, s. m. conturbação; perturbação.

Conturbàre, (pr. -úrbo) v. conturbar; perturbar, confundir, alterar.

Conturbaziône, s. f. conturbação, perturbação / alteração.

Contusiône, s. f. contusão; lesão / pisadura.

Contúso, p. p. e adj. contundido; contuso; pisado.

Contuttochè, conj. conquanto, ainda que, embora.

Contuttociò, adv. todavia, porém, entretanto, ainda assim.

Convalescènte, s. m. e f. convalescente.

Convalescènza, s. f. convalescença.

Convalescenziário, s. m. (neol.) casa de cura para convalescentes.

Convàlida (neol.) s. f. validação.

Convalidamênto, s. m. validação: validez.

Convalidàre, (pr. -àlido) v. tr. validar, dar validade a; tornar válido; tornar legítimo ou legal / corroborar, sancionar, confirmar, ratificar.

Convalidaziône, s. f. ato ou efeito de validar: validação, validez.

Convallária, s. f. (bot.) convalária, gênero de plantas liliáceas.

Convàlle, s. f. (poét.) (geogr.) convale, planície entre colinas / (bot.) convale, diz-se de um lírio branco, de aroma suave.

Convêgno, s. m. convênio; convenção; reunião; encontro, colóquio.

Convèllere, (ant.) v. remover, torcer.

Convenêvole, adj. conveniente, adequado, apropriado / (s. m. pl.) cumprimentos, cerimônias.

Convenevolèzza, s. f. (raro) conveniência.

Convenevolmènte, adv. convenientemente; adequadamente.

Conveniènte, p. pr. e adj. conveniente, que convém, adequado, oportuno, próprio.

Convenientemènte, adv. convenientemente.

Conveniènza, s. f. conveniência, conformidade, acordo / conveniência, decência, decoro.

Convenire, v. (pr. -èngo) convergir, reunir-se, dirigir-se (diversas pessoas) para um mesmo lugar: **convenuti dal monte e dal piano** (Manzoni) / (geom. e fís.) convergir, dirigir-se para um ponto comum / convir, estar de acordo, concordar / aceitar, conceder, admitir: **convengo che hai ragione** / convir, importar, ser útil, necessário / (jur.) citar em juízo: ——— **uno in giudizio**.

Conventàre, (ant.) v. fazer convenção, pacto / doutorar-se: diplomar-se.

Conventícola, s. f. conventículo; reunião secreta.

Conventígia, s. f. (ant.), convenção.

Convènto, s. m. convento / claustro / mosteiro.

Conventuàle, adj. conventual / (s. m.) (pl.) **minori conventuali**: frades franciscanos.

Convenúto, p. p. e adj. convencionado, admitido, confessado; concordado, ajustado / (s. m.) (jur.) pessoa chamada em juízo / aquilo que foi combinado: **secondo il** ———.

Convenzionàle, adj. convencional, que resulta de uma convenção / (s. m.) (hist.) deputado da Convenção, na França, durante a Revolução.

Convenzionalísmo, (neol.) s. m. convencionalismo: conjunto de convenções.

Convenziône, s. f. convenção / (pol.) assembléia extraordinária de representantes do povo / pacto, tratado, acordo.
Convergènte, p. pr. e adj. convergente, que converge; que se dirige a um ponto comum.
Convergènza, s. f. convergência, direção comum para o mesmo ponto.
Convèrgere, (pr. -èrgo) v. convergir, dirigir-se para um ponto comum / convergir, concentrar-se, dirigir-se para o mesmo lugar / convergir, ter o mesmo fim, a mesma tendência.
Conversàre, (pr. -èrso) v. intr. conversar, ter uma conversação ou discorrer com alguém / falar, discorrer, confabular, dialogar; palrar.
Conversazióne, s. f. conversação, ação de conversar, conversa, colóquio.
Conversêvole, adj. conversável, com quem se pode conversar agradavelmente.
Conversióne, s. f. (ecles.) conversão, ação de se converter / conversão, emenda, arrependimento / conversão, ação de voltar: <u>movimento que faz</u> voltar / (mil.) conversão, mudança de frente.
Convèrso, p. p. e adj. convergido / per ———: ao contrário / (s. m.) converso, serviçal de um convento: leigo.
Convèrtere, (ant.) v. converter, transmudar, transformar.
Convertíbile, adj. convertível, que se pode converter.
Convertibilità, s. f. convertibilidade.
Convertíre, (pr. -èrto) v. tr. converter, mudar, transmudar, transformar uma coisa noutra / (fig.) metamorfosear, mudar o caráter de / converter, mudar de religião, trazer à verdadeira religião ou à que se julga como tal / (refl.) converter-se; voltar à graça de Deus.
Convertíto, p. p. e s. m. convertido, aquele que se converteu.
Convertitôre, s. m. convertedor, o que converte / (mec.) máquina ou aparelho que converte (metais, correntes elétricas).
Convessità, s. f. convexidade.
Convèsso, adj. convexo, que é arredondado ou forma o bojo para a parte de fora.
Conveziône, s. f. (fís.) convecção, transporte de calor pela circulação ou movimento das partes aquecidas de um líquido ou de um gás.
Conviàre, (pr. **convio**) v. tr. acompanhar alguém pela rua.
Convicíno, (ant.) adj. convizinho / contíguo; adjacente.
Convincènte, p. pr. e adj. convincente, persuasivo.
Convíncere, (pr. **-inco**) convencer; persuadir / provar, concluir, demonstrar, inferir; (refl.) ficar persuadido, convencer-se (**convincersi**).
Convincimênto, s. m. convencimento; convicção.
Convínto, p. p. e adj. convencido, persuadido, certificado, certo / reo ——— ———: réu convicto.
Convinziône, s. f. convicção, persuasão, convencimento / crença, fé, princípio, opinião.
Convissúto, p. p. e adj. convivido, que fez vida comum na mesma casa.
Convitàre (pr. **-íto**) v. tr. convidar; convidar para tomar parte em almoço, banquete.
Convíto, s. m. jantar solene, com muitos convidados; banquete / ágape, simpósio, cenáculo.
Convitto, s. m. colégio, internato / os alunos do colégio.
Convittôre, s. m. (f. -tríce) aluno interno de colégio.
Convíva (ant.), (pl. -ívi) s. m. (lit.) conviva, pessoa que toma parte em um banquete ou festim; comensal.
Conviviàle, adj. convival, próprio de banquete; festim; comensal.
Conviváre, (ant.) v. tomar parte com outros em banquete.
Convivènza, s. f. convivência / familiaridade, intimidade / l'umana ——— ———: o gênero humano.
Convívere, v. intr. conviver, viver com outrem em intimidade; ter convivência / viver, coabitar.
Conviviàle, adj. convivial, convival.
Conviziàre, (ant.) v. injuriar, insultar.
Convocamênto, s. m. ação de convocar: convocação.
Convocàre (pr. **còvoco, còvochi**), v. convocar, chamar, convidar para reunião; mandar reunir / fazer reunir, constituir.
Convocàto, p. p. e adj. convocado.
Convocaziône, s. f. convocação.
Convogliàre, (pr. **-òglio**) v. comboiar, escoltar um comboio; acompanhar; guiar.
Convòglio, s. m. acompanhamento, cortejo.
Convoitígia, (ant.) s. f. cupidez, avidez.
Convolàre, v. intr. voar junto / acorrer rapidamente.
Convòlvolo, s. m. convólvulo, planta trepadeira de flores semelhantes ao lírio; corriola.
Convulsamênte, adv. convulsamente.
Convulsionàrio, (pl. -àri) adj. convulsionário, que sofre convulsões.
Convulsiône, s. f. convulsão / agitação violenta e desordenada.
Convulsívo, adj. convulsivo.
Convúlso, adj. convulso; trêmulo, agitado / desordenado, violento / (s. m.) convulsão.
Coobàre, v. tr. (quím.) coabar, destilar mais vezes um líquido.
Coobaziône, s. f. (farm.) coobação, destilação repetida.
Coonestàre, (pr. **-èsto**) v. coonestar, fazer que pareça honesto; desculpar, justificar.
Cooperàre, (pr. **-òpero**) v. intr. cooperar, colaborar / contribuir, coadjuvar, concorrer.
Cooperatíva, s. f. cooperativa.
Cooperatívo, adj. cooperativo.

Cooperatôre, s. m. (f. -tríce) cooperador; colaborador / assistente.
Cooperazióne, s. f. cooperação.
Coordinaménto, s. m. coordenação.
Coordinàre, (pr. -órdino) v. tr. coordenar; dispor em certa ordem; organizar, arranjar.
Coordinàto, p. p. e adj. coordenado / (geom.) (s. f. pl.) **cordinate**: coordenadas.
Coordinatôre, adj. e s. m. (f. -trice) coordenador.
Coordinazióne, s. f. coordenação / composição, arranjo.
Coorte, s. f. (hist.) coorte, tropa de infantaria entre os romanos / tropa, gente armada / (fig.) multidão de pessoas, magote.
Copàive, s. f. (bot.) copaíba.
Copale, s. f. copal, nome genérico de resinas extraídas de várias Leguminosas / couro lustroso para calçados.
Copèco, (pl. -èchi) s. m. copeque, moeda russa, equivalente a uma centésima parte do rublo-prata.
Coperchiàre, (ant.) v. fechar com tampa.
Copérchio, (pl. -èrchi) s. m. qualquer objeto que serve para tampar panelas, vasos, caixas e similares / tampa, tampo, testo, tampadouro / (prov.) **il soverchio rompe il** ———: todo excesso é prejudicial.
Copernicàno, adj. copernicano, de Copérnico.
Copèrta, s. f. coberta, cobertor; colcha / envelope; frontispício de livro / (fig.) cobertura do navio; cada um dos diferentes andares ou pavimentos interiores do navio: coberta / (fig.) desculpa, pretexto, aparência / (dim.) **copertèlla, copertuccia**; (aum.) **copertóne**.
Copertaménte, adv. encobertamente; secretamente.
Copertèlla, s. f. (dim. de **coperta**: cobertor) pano para cobrir móveis e outros objetos / (fig.), mistério, subterfúgio, pretexto.
Copertína, s. f. (dim. de **coperta**: cobertor) capa de livro.
Copèrto, p. p. e adj. coberto, tapado / fechado; revestido; agasalhado; nublado, obscuro / (s. m.) lugar coberto: **stare al** ——— / (neol.) lugar de convidado à mesa: **un pranzo di dieci coperti**.
Copertôio, (pl. -ôi) s. m. cobertor grosso / tampa grossa de ferro ou madeira, para poços, fossas sanitárias. etc.
Copertóne, s. m. (aum.) cobertor grande / pano encerado para carros de transporte / pneumático de bicicleta, automóvel, etc.
Copertura, s. f. cobertura, ação e efeito de cobrir / teto / invólucro / (banc.) quantia depositada para garantir o pagamento de mercadoria adquirida.
Còpia, s. f. cópia, no significado de grande quantidade, grande número, abundância: **in gran** ———.
Còpia, s. f. cópia, escrito feito segundo outro, translado; transcrição / reprodução de uma obra de arte: **una** ——— **della cena di Leonardo** / exemplar (de livro, jornal, retrato. etc.): **ho due copie del "Cuore"**.
Copiafattúre, s. m. (com.) copiador de faturas; copiador.
Copialèttere, s. m. copiador (de cartas comerciais) / prensa usada para extrair cópias de cartas.
Copiàre, (pr. còpio) v. tr. copiar, fazer a cópia escrita de / reproduzir: ——— **un quadro** / imitar, decalcar. repetir / plagiar / transcrever.
Copiatívo, adj. copiativo / **carta copiativa**: papel carbono.
Copiatôre, adj. e s. m. (f. -trice) copiador, o que copia; copista / imitador, plagiário.
Copiatúra, s. f. ação e modo de copiar; cópia.
Copiètta, s. f. (dim.) copiazinha / **coplúccia**, s. f. (pej.) cópia medíocre.
copíglia, s. f. (técn.) lingüeta, cavilha.
Copíglio, (ant.) s. m. colmeia (de abelhas).
Copióne, s. m. manuscrito duma peça que deve ser representada, e do qual os atores copiam as respectivas partes.
Copiosaménte, adv. copiosamente, abundantemente; com fartura.
Copióso, adj. copioso; abundante; rico, numeroso.
Copísta, (pl. -ísti) s. m. copista, o que copia; amanuense, escrevente.
copistería, s. f. lugar onde trabalham escreventes que copiam; copistaria (ant.).
Còppa, s. f. taça / copo / os dois naipes encarnados das cartas de jogar / cada um dos dois pratos duma balança.
Còppa, s. f. a parte posterior da cabeça, toutiço, nuca / cachaço de porco salgado e curado em fumeiro.
Coppàia, s. f. acessório do torno de relojoeiro para praticar as estrias / lugar onde se guardam os vasos do azeite.
Coppàle, v. **copale**.
Copparòsa, (ant.) s. f. caparrosa, nome comum de diversos sulfatos metálicos.
Coppèlla, s. f. (metal.) copela, vaso em forma de taça, para separar por meio do fogo o ouro ou a prata dos outros metais; **oro di** ——— ouro puro, e (fig.) pessoa íntegra.
Coppellàre, v. tr. copelar, acrisolar, afinar na copela.
Coppellazióne, s. f. copelação, purificação do ouro e prata pela ação do fogo na copela.
Coppêtta, s. f. vaso de vidro, usado como ventosa.
Còppia, s. f. par; casal; **essere una coppia e un paio**: diz-se de duas pessoas de igual natureza e qualidade (quase sempre em sentido pejorativo) / parelha: **una** ——— **di cavalli** / (dim.) **coppiètta**.
Coppière, s. m. o que dá a beber aos convidados: escanção.
Coppiòla, s. f. dois tiros sucessivos da espingarda / as duas redes de armadilha para passarinhar.

Côppo, s. m. bilha, vaso de terracota, geralmente para pôr azeite / pote, talha / telha em forma de canal / (pesc.) rede de pescar, em forma de bolsa aberta, pendurada a uma vara.
Coppolúto, adj. que tem grande copa: copudo (bras.).
Côpra, s. f. copra, amêndoa de coco, seca e preparada para se lhe extrair o copraol.
Copribústo, (neol.) s. m. peça de vestuário feminino que se ajusta ao peito: corpete.
Copricápo, (neol.) s. m. chapéu.
Copricatêna, s. m. a parte da bicicleta que cobre a corrente; "cárter".
Coprifàccia, s. m. massa de terra que se encosta aos bastiões duma fortaleza, para melhor defesa.
Coprifuòco, s. m. toque de recolher / em tempo de guerra ou de estado de sítio, ordem das autoridades militares aos cidadãos para se recolherem em hora determinada.
Coprimênto, s. m. (raro) ação de cobrir; cobrimento, cobertura.
Coprimisèrie, s. m. (depr. ou burl.) capa ou símil para cobrir os vestidos gastos.
Copripièdi, s. m. pequeno cobertor para os pés.
Copripúnto, s. m. orladura, filete para cobrir as costuras.
Coprire, (pr. -còpro) v. tr. cobrir; encobrir; tapar; tampar; resguardar / cobrir, envolver, vestir / cobrir, abafar, não deixar ouvir: un baccano indiavolato coprì la voce dell' oratore / ocultar, furtar à vista / esconder, dissimular, disfarçar / cobrir, encher de; ———— d'infamia, di gloria / (refl.) cobrir-se, vestir-se.
Copritúra, s. f. cobertura, cobrimento.
Coprivivànde, s. m. objeto de rede metálica em forma de cúpula, para defender os alimentos das moscas.
Coprofagía, s. f. coprofagia.
Coprolalía, s. f. coprolalia.
Coprostàsi, s. f. copróstase, coprostasia.
Còpto, adj. e s. m. copto, copta.
Còpula, s. f. (gram.) cópula, verbo que une o predicado ao nome / cópula, ligação, junção / união ou ajuntamento sexual.
Copulativo, adj. copulativo; que liga uma coisa com outra / particella ————: conjunção copulativa.
Coquallíno, s. m. (zool.) espécie de esquilo de cor alaranjada, das regiões do México.
Coràbile, (ant.) adj. cordial.
Corácia, s. f. gralha dos Alpes.
Coràggio, (pl. -àggi) s. m. coragem, força ou energia moral; ânimo, intrepidez, bravura; denodo / audácia, heroísmo / (ir.) atrevimento, desfaçatez / far ————: animar, confortar.
Coraggiosamênte, adv. corajosamente.
Coraggiôso, adj. corajoso; destemido, bravo, animoso.
Coràgo, m. còrego, aquele que, entre os gregos, custeava a despesa dos espetáculos / mestre de coro, entre os gregos.

Coràle, adj. pertencente ou relativo ao coro: coral / (s. m.) canto em coro, canto coral; composição coral / livro com os salmos que os padres cantam em coro.
Corallàio, (pl. -ài) s. m. aquele que vende ou que trabalha em corais.
Corallêssa, s. f. coral de qualidade inferior, coral de refugo.
Corallífero, adj. coralífero, em que há coral.
Corallina, s. f. coralina, gênero de alga marinha / barca para a pesca do coral / cornalina. variedade de ágata meio transparente / (teatr.) corallina: um dos personagens da "Commedia dell'Arte" e que, em seguida, passou para a comédia goldoniana.
Coràllo, s. m. coral; substância calcária, que entra na constituição do polipeiro de uns celenterados marinhos.
Coràme, s. m. porção de couros: courama.
Coramèlla, (neol.) s. m. tira de couro para afiar navalhas / pequena cauda.
Corampòpulo, adv. publicamente, na presença de todos.
Coràno, s. m. alcorão; o livro de Maomé.
Coràta, s. f. conjunto das vísceras dos animais que se aproveitam para comer: fressura.
Coratèlla, s. f. fressura de animais quadrúpedes de pasto e especialmente do cordeiro e do cabrito.
Còrax, s. m. (hist.) máquina antiga de guerra que se usava para atacar as fortalezas.
Coràzza, s. f. couraça: armadura para proteger o peito / blindagem / revestimento resistente que protege o corpo de certos animais / tudo que se serve de defesa contra qualquer coisa.
Corazzàre, (pr. -àzzo) v. tr. couraçar, por couraça; blindar / (fig.) (refl.) premunir-se, proteger-se.
Corazzàta, s. f. couraçado (navio de guerra).
Corazzàto, p. p. e adj. couraçado, revestido de couraça; protegido; blindado.
Corazzatúra, s. f. ação e efeito de blindar; couraça; blindagem.
Corazzière, s. m. couraceiro, soldado armado de couraça / carabineiro a cavalo, ao serviço do chefe de Estado, na Itália.
Còrba, s. f. cesto grande; cabaz, geralmente de vime: canastra.
Corbacchiône, s. m. corvalhão, corvo grande / (fig.) pessoa astuta.
Corbàme, s. m. (mar.) cavername, conjunto das cavernas do navio; esqueleto.
Corbellàggine, s. f. estultícia, besteira, bobagem.
Corbellàre, (pr. -èllo) v. tr. burlar, caçoar, zombar / enganar.
Corbellatôre, s. m. (f. -trice) burlador, zombador, capco, por hábito.
Corbellatúra, s. f. zombaria, chacota, caçoada.
Corbellería, s. f. (fam.) sandice, parvoíce; dislate, disparate.

Corbèllo, s. m. cesto, cabaz de fundo chato / (fig. fam.) tolo, bobalhão.
Corbèzzola, s. f. fruto do medronheiro.
Corbèzzolo, s. m. medronheiro, planta da família das Ericáceas / (interj.) **corbezzoli!** exclamação de maravilha: puxa! (Bras.).
Còrbola, s. f. martelo de ourives usado nos trabalhos de baixela.
Corbolíno, adj. e s. m. espécie de figo, de cor negra.
Còrbona, (ant.) s. f. caixa onde se recolhiam as ofertas religiosas / (raro) caixa, tesouro social.
Corcàre (ant.), e (poét.) v. deitar; deitar-se.
Corcontènto, s. m. pessoa gorda e satisfeita, amante das comodidades.
Còrcoro, s. m. (bot.) córcoro, planta da família das tiliáceas.
Còrculo, s. m. córculo, o m. q. embrião.
Còrda, s. f. corda / cabo / baraço / (hist.) o suplício da forca / **mettere a uno la** —— **al collo:** obrigar a aceitar por força / **dar la** —— **a un orologio:** dar a corda a um relógio.
Cordàio, cordaiòlo, s. m. cordeiro, aquele que fabrica ou vende cordas.
Cordàme, s. m. cordame, conjunto de cordas / reunião dos cabos do aparelho de um navio.
Cordàta, s. f. grupo de alpinistas ligados a uma só corda ao realizar uma ascensão perigosa.
Cordàti, s. m. (pl.) (zool.) cordados, grupo de animais que possuem pelo menos uma corda.
Cordàto, (ant.) adj. cordato, sensato, prudente.
Cordèlla, cordellína, s. f. (dim.) cordinha / cordãozinho de lã, seda, etc. para cingir as vestes / cordel para ornamento de divisas militares.
Cordellône, s. m. pano de seda ou de lã tecido a cordas salientes.
Cordería, s. f. cordoaria, fábrica de cordas.
Cordèsco, (ant.) adj. e s. m. diz-se de cordeiro nascido da segunda ninhada.
Cordiàle, adj. cordial, do coração / afetuoso, íntimo / (s. m.) cordial, bebida que restaura as forças.
Cordialità, s. f. cordialidade.
Cordialmènte, adv. cordialmente, afetuosamente / (ir.) **mi è** ——: antipático.
Cordialône, s. m. (f. -ôna) pessoa muito cordial e benévola.
Cordiglièro, (ant.) s. m. frade franciscano, assim chamado por causa do cordão a que se cinge: **io fui uom d'arme e poi fui** —— (Dante).
Cordíglio, (pl. -ígli) s. m. cíngulo, cinto ou cordão de frade.
Cordíno, s. m. cordinha / cordel / barbante / corda de enforcar.
Cordíte, s. f. (med.) cordite, inflamação das cordas vocais / cordite, explosivo de grande potência.
Cordòglio, (pl. -ògli) s. m. (lit.) dor (moral), amargura, pesar, grande tristeza.
Cordonàta, s. f. caminho, plano inclinado com cordões de pedra atravessados, que servem de degraus / fileira de paus ou de pedras para impedir a corrosão causada pelas águas.
Cordoncíno, s. m. cordãozinho; cordel / **punto a** ——: ponto de bordado cerrado.
Cordonètto, (neol.) s. m. fio de algodão, linho ou seda, para coser ou fazer renda.
Cordône, s. m. cordão / corda delgada para vários usos e especialmente para ornamento / cordão ou colar riquíssimo a que se põem as insígnias de certas ordens de cavalaria / (geogr.) **cordoni litoranei:** detritos rochosos transportados pelos rios / (mil.) fileira de soldados que barra uma passagem / —— **sanitario,** cordão sanitário.
Cordovanière, (ant.) s. m. cordovaneiro, o fabricante ou vendedor de cordovão.
Cordovàno, s. m. cordovão, couro de cabra curtido e preparado de modo especial para calçado / (adj.) cordovês, que diz respeito a Córdova / (s. m.) natural ou habitante de Córdova.
Corèa, s. f. (med.) coréia, dança-de-são-vito, doença do sistema nervoso.
Corèggia, v. **correggia.**
Coreografía, s. f. coreografia.
Coreográfico, (pl. -àfici) adj. coreográfico / (fig.) espetacular.
Coreògrafo, s. m. coreógrafo.
Corètto, s. m. pequeno camarote ou compartimento na igreja, de onde se pode assistir às funções religiosas / (ant.) espécie de cilício sobre o coração / objeto de couro ou de ferro para proteger o coração.
Corèutica, s. f. coréutica, arte da dança; coreografia.
Coriàceo, adj. coriáceo, duro como couro; semelhante a couro.
Coriàmbo, s. m. coriambo, pé de verso grego ou latino.
Coriàndolo, s. m. gênero de plantas apiáceas a que pertence o coentro / confeito com o aroma do coentro / confete de gesso ou mais comumente de papel que se atira no carnaval.
Coribànte, s. m. (hist.) coribante, sacerdote da deusa Cibele.
Coricàre, (pr. còrico) v. tr. deitar, estender ao comprido; (refl.) deitar-se, por-se na cama.
Coricíno, s. m. (dim. de **cuore:** coração) coraçãozinho, (fig.) coração terno, fraco / figurinha em forma de coração / pedaço de pano que se cose, para reforço, no peitilho da camisa.
Corifèo, s. m. corifeu / (fig.) chefe de um partido, de uma empresa, etc.
Còrilo, (ant.) s. m. (bot.) aveleira.
Corímbo, s. m. (bot.) corimbo.
Corína, (ant.) s. f. vento entre poente e ocidente.
Corindòne, s. m. coríndon, mineral constituído por sesquióxido de alumínio.
Corínzio, (pl. -ínzi) adj. coríntio, de Corinto.

Còrio, s. m. córion ou cório, membrana que envolve o feto; a camada profunda da pele ou derma.
Corista, (pl. -ísti) s. m. corista, pessoa que canta nos coros / (mús.) diapasão.
Còriza, s. f. coriza, inflamação catarral da mucosa das fossas nasais.
Còrmo, s. m. (bot.) cormo, tronco dos vegetais; eixo vegetal com tecidos diferenciados / agregado ou colônia de vários indivíduos.
Cormoràno, s. m. (zool.) cormorão, gênero de aves palmípedes adestradas pelos chineses na pesca.
Cornàcchia, s. f. (zool.) gralha / (fig.) pessoa que fala demais.
Cornacchiaménto, s. m. palração, tagarelice, tagarelada.
Cornacchiàre, v. gralhar, crocitar, grasnar / tagarelar.
Cornacchióne, s. m. grande tagarela.
Cornàggine, s. f. (vulg.) teima, perrice, obstinação.
Cornalína, s. f. cornalina, variedade de ágata meio transparente e de cor avermelhada.
Cornamúsa, s. f. cornamusa, instrumento de sopro composto dum fole e de dois, três ou quatro tubos.
Cornàre, v. intr. zumbir dos ouvidos / (ant.) cornar, bater ou chocar com os cornos / tocar o corno.
Cornàta, s. f. cornada, golpe dado com os chifres.
Cornatúra, s. f. (raro) cornadura, a armação dos animais corníderos.
Còrnea, s. f. (anat.) córnea.
Còrneo, adj. córneo, relativo a corno.
Cornétta, s. f. corneta, instrumento de sopro; trombeta; cornetim / (hist.) bandeirola de duas pontas, usada pela cavalaria.
Cornettíno, s. m. (dim.) corninho, chifrezinho / instrumento de sapateiro para polir a sola.
Cornètto, s. m. (dim.) corninho, cornicho / forma de pão / amuleto em forma de pequeno chifre / (mús.) corneta, trombeta / (anat.) —— acustico: corneta acústica.
Còrnia, s. f. (poét.) cornisolo, (bot.) fruto do corniso.
Corníce, s. f. (arquit.) cornija / moldura; vale più la —— che il quadro / terraço comprido e estreito nos flancos de um monte / (dim.) cornicétta, cornicína / (aum.) cornicióne.
Corniciàme, s. m. (arquit.) conjunto de cornijas / quantidade de molduras.
Corniciàre, v. tr. (constr.) ornar de cornija / moldurar, amoldurar.
Corniciatúra, s. f. ato de prover de cornija / moldurager.
Cornicióne, s. m. cornija no sentido arquitetônico; cornija saliente que coroa um edifício; ornato.
Cornicolare ou cornicoláto, adj. corniculado.
Corniculàrio, s. m. corniculário; entre os Romanos, oficial inferior adjunto a um centurião.
Corníspero ou cornígero, adj. corníspero, corníspero.

Còrniola, s. f. (bot.) cornisolo, fruto do corniso.
Còrniolo, s. m. corniso, gênero de planta da família das corniáceas que compreende arbustos e árvores de madeira dura.
Corníspede, adj. corníspede, cujas patas são de matéria córnea.
Cornísta, s. m. e f. tocador de corno ou trombeta.
Corniuòla, s. f. cornalina, variedade de ágata.
Còrno, (pl. f. le corna; fig. m. i corni) s. m. corno, chifre; chavelho; (mús.) corne, corno, trombeta, corneta / (hist.) barrete do Dodge de Veneza / saliência de bastião fortificado / cume de monte, em forma de chifre / (mús.) oboé inglês / a parte saliente de qualquer coisa em forma de corno ou chifre / dell'abbondanza: cornucópia; di —— di uno: falar mal de alguém / non valere un ——: não valer um caracol / un ——!: exclamação vulgar para negar abruptamente uma coisa.
Cornucòpia, s. f. cornucópia; corno mitológico da abundância.
Cornúta, s. f. recipiente usado para levar alimento aos cardeais quando reunidos em Conclave.
Cornúto, adj. cornudo, cornuto; que tem cornos / (s. m.) animal que tem cornos ou chifres; (vulgar) marido a quem a mulher é infiel.
Còro, s. m. coro; música para cantar em coro / balcão na igreja destinado ao canto / conjunto, reunião: il —— delle Muse / in ——: juntos, concordemente.
Còro, s. m. (ant.): coro / (ant. náut.), vento de NO.
Corodidàscalo, s. m. corodidàscalo, diretor dos coros no teatro grego antigo.
Corografia, s. f. corografia.
Corogràfico, (pl. -àfici) adj. corográfico.
Coròrafo, s. m. corógrafo / autor de corografias.
Coròide, s. f. coróide, membrana da parte posterior do olho.
Coroidèo, adj. coróideo / que pertence à coróide.
Coroidíte, s. f. (med.) coroidite.
Coròlla, s. f. (bot.) corola.
Corollàrio, (pl. -àri) s. m. corolário / teorema / conseqüência.
Corollàto, corollífero, adj. que tem corola: corolado, coro.
Corollíflora, s. f. coroliflora, planta cuja flor é provida de corola.
Corología, s. f. corologia, corografia, estudo da distribuição geográfica dos seres vivos.
Corôna, s. f. coroa, ornamento para cingir a cabeça / grinalda / —— funebre: coroa fúnebre / halo / monarca, rei / —— del rosário: rosário, terço / parte do dente que sobressai da gengiva / série de coisas unidas entre si: una —— di sonetti / moeda austríaca antiga / a parte mais alta de um edifício, de uma árvore, etc. / (dim.) coroncína.

Coronàio, (pl. -ài) s. m. aquele que faz ou vende coroas; aquele que faz ou vende rosários e terços.
Coronàle, adj. coronal, relativo a coroa / (s. m.) (anat.) osso que forma a testa: frontal.
Coronamênto, s. m. coroamento, coroação (ato de coroar) / remate, acabamento, conclusão / orla superior da popa, num navio.
Coronàre, (pr. -ôno) v. tr. coroar, por coroa; proceder à coroação / premiar / rematar / encimar / cingir; consagrar.
Coronàrio, (pl. -àri) adj. coronário, de coroa / de artéria e veia do coração.
Coronazióne, s. f. coroação.
Corònide, s. f. corônide; em grego, espécie de apóstrofo indicativo de crase / (ant.) cornija de edifício.
Corônio, s. m. corônio, gás que se supõe existir na coroa solar.
Coronòide, adj. coronóide / que tem a forma de bico de gralha.
Corpacciàta, s. f. (raro) fartadela, fartação.
Corpacciúto, adj. corpanzudo; corpulento / barrigudo.
Corpètto, s. m. corpete, corpinho / colete / —— **da notte:** camisola.
Còrpo, s. m. corpo / **darsi a una cosa** —— **e anima:** dedicar-se inteiramente / ventre, barriga: **dolor di** —— / busto do corpo humano / (tip.) altura das letras / —— **di reato:** corpo de delito / (dim.) **corpicino, corpiciuòlo** / (aum.) **corpóne** / (pej.) **corpiciàttolo, corpàccio.**
Còrpo-franco, s. m. corpo de exército constituído de voluntários irregulares.
Corporàle, adj. corporal, do corpo / (s. m.) corporal, pano sobre o qual o sacerdote coloca o cálice e a hóstia no altar, durante a missa.
Corporalmènte, adv. corporalmente.
Corporativísmo, s. m. corporativismo.
Corporatívo, adj. corporativo.
Corporatúra, s. f. corporatura, configuração externa de um corpo; estatura.
Corporazióne, s. f. corporação / companhia, corpo, complexo.
Corpòreo, adj. corpóreo / material / sensível.
Corpôso, adj. que forma corpo, que tem relevo e volume; diz-se especialmente de pintura que dá a sensação do relevo dos corpos.
Corpulênto, adj. corpanzudo, corpulento, robusto; gordo.
Corpulènza, s. f. corpulência / obesidade, grandeza.
Còrpus, s. m. (voz lat.) coleção, conjunto: **tutti i suoi scritti furono raccolti in un sol** ——.
Corpuscolàre, adj. corpuscolar.
Corpúscolo, s. m. corpúsculo / átomo.
Corpusdòmini, s. m. festa do Corpo de Cristo, que se celebra para comemorar a instituição da Eucaristia.
Còrre, (poét.) v. tr. colher, apanhar.
Corredàre, v. tr. (pr. -èdo) alfaiar, mobiliar, guarnecer, prover; fazer o enxoval da noiva / —— **una scrittura:** juntar a uma escritura os documentos necessários / munir, fornecer, adotar.
Corrèdo, s. m. enxoval / alfaias, material; utensílios; bagagem; provisão / (fig.) cabedal: —— **di cognizioni.**
Corrèggere, (pr. -èggo) v. tr. corrigir, fazer a correção; emendar, melhorar / castigar, censurar / temperar, modificar / advertir, admoestar / (refl.) **emendarsi,** emendar-se.
Correggèsco, adj. de Correggio, pintor famoso, natural da cidade de Correggio.
Corrèggia e corèggia, (pl. -egge) s. f. correia; tira de couro para atar ou cingir / cordão de sapato / (dim.) **correggiuòla.**
Correggiàto e coreggiàto, s. m. instrumento rústico para bater cereais.
Correggíbile, adj. corrigível.
Corregionàle, adj. que é da mesma região de um outro / compatrício, conterrâneo.
Correggitôre, s. m. (f. -tríce) pessoa que corrige.
Correità, s. f. cumplicidade; condição de co-réu.
Correlatívo, adj. correlativo: que tem dependência mútua.
Correlazióne, s. f. correlação / analogia.
Correligionário, (pl. -àri) adj. correligionário.
Correntaiòlo, s. m. carpinteiro.
Correntàme, s. m. conjunto de vigas ou vigotas.
Corrènte, p. pr. e adj. corrente, que corre, que flui / predominante; atual / vulgar, habitual / fácil, expedito, fluente / (s. m.) vigota que se põe nos telhados / (s. f.) curso de água / —— **d'aria,** —— **èlettrica,** —— **marina,** etc.
Correntemènte, adv. correntemente / expeditamente.
Correntêzza, s. f. correnteza, presteza, desembaraço.
Correntía, s. f. corrente de água: correnteza.
Correntína, s. f. instrumento de pesca, composto de muitos anzóis presos a diversos fios.
Correntísta, s. m. correntista, pessoa que tem conta aberta num banco.
Correntône, s. m. viga.
Corrèo e còrreo, s. m. co-réu, réu com outro no mesmo crime.
Còrrere, (pr. -côrro) v. correr, ir com rapidez / correr, andar por um lado e outro / correr, ser levado ou transportado: —— **a cavallo** / estender-se, prolongar-se ao longo de / correr, fluir: **acqua che corre** / acorrer, apressar-se, despachar-se / passar rapidamente: **gli anni corrono** / circular, difundir-se: **corrono cattive notizie** / estar em voga, em uso: **oggi corre l'uso** / **lasciar** ——: não importar-se: passar por cima / percorrer; viajar: —— **un paese** / —— **pericolo:** estar em perigo.
Correspettività, s. f. correlação, analogia; interdependência.

Correspettívo, adj. correlativo, correspondente / (s. m.) compensação, vantagem correspondente a uma desvantagem.
Corresponsàbile, adj. co-responsável.
Corresponsabilità, s. f. co-responsabilidade.
Corresponsiône, s. f. (raro) correlação.
Correttamênte, adv. corretamente.
Correttêza, s. f. correção, qualidade de quem é correto: exatidão, pureza.
Correttívo, adj. corretivo, que corrige / (s. m.) corretivo, correção, repreensão; castigo.
Corrètto, p. p. e adj. corrigido, emendado, melhorado / correto, justo, irrepreensível; educado / limpo, esmerado, perfeito.
Correttôre, s. m. (f. -tríce) o que corrige: corretor / (tip.) revisor.
Correzionàle, adj. (jur.) correcional / (s. m.) reformatório.
Correziône, s. f. correção, ação de corrigir; retificação, emenda, revisão / advertência, repreensão, pena, castigo / **casa di** ——: casa de correção, estab. onde se corrigem menores delinquentes / (dim.) **correzioncèlla**.
Corrída, s. f. corrida, tourada; tauromaquia.
Corridôio, (pl. -ôi) s. m. corredor, passagem estreita no interior de uma casa / galeria, caminho estreito / (mar.) espaço compreendido entre duas pontes / (dim.) **corridoíno**.
Corridôre, adj. corredor, que corre: **cavallo** —— / (s. m.) pessoa veloz na corrida; indivíduo que toma parte em corridas / (ant.) soldado que pratica correrias em país estranho: **corridor vidi per la terra vostra** (Dante).
Corrièra, s. f. carro, automóvel ou navio que transporta o correio (e, antigamente, também passageiros).
Corrière, s. m. carteiro, correio; correspondência diária / título de muitos jornais da Itália: **il** —— **della Sera**.
Còrrige, s. "errata-corrige".
Corrigèndo, adj. e s. m. que deve ser corrigido / menor recolhido em instituto correcional.
Corrigènte, adj. e s. m. diz-se de substância que tem a propriedade de corrigir ou atenuar o sabor ou o cheiro de algum medicamento.
Corrimàno, s. m. corrimão.
Corrispettívo, adj. correlativo, correspondente.
Corrispondènte, p. pr. e adj. correspondente, que corresponde; adequado, oportuno; simétrico, relativo; semelhante / sócio correspondente (de uma academia, instituto, etc.) / (s. m.) correspondente: pessoa que se corresponde com alguém / jornalista correspondente.
Corrispondènza, s. f. correspondência, ato de corresponder e de corresponder-se / o conjunto de cartas, etc. que se recebem / relação mútua, simetria, consonância; correlação.
Corrispòndere, (pr. -òndo) v. intr. corresponder, estar em correspondência; ser próprio, adequado ou simétrico; quadrar uma coisa com outra; equivaler; retribuir / comunicar com; **questa porta corrisponde col giardino** / (refl.) estar em correlação: corresponder-se, cartear-se.
Corrispòsta, s. m. quantia paga ou recebida / quantia retribuída / quota.
Corrispòsto, p. p. e adj. correspondido / retribuído, satisfeito, pago.
Corrivamênte, adv. irrefletidamente, levianamente.
Corrività, s. f. (raro) ingenuidade, simplicidade, credulidade, volubilidade.
Corrívo, adj. ingênuo, crédulo, simplório / volúvel, precipitado, irrefletido / apressado, impetuoso.
Corroboramênto, s. m. (raro) corroboração.
Corroborànte, p. p. e adj. corroborante, que corrobora; confirmativo / (s. m.) corroborante; (remédio) fortificante, reconstituinte, tônico.
Corroboràre, (pr. -òboro) v. tr. corroborar, dar força, confirmar; fortificar, revigorar, confortar.
Corroborativo, adj. e s. m. corroborativo; corroborante.
Corroboratôre, adj. e s. m. (f. -tríce) corroborante, que corrobora.
Corroboraziône, s. f. corroboração, ação de corroborar / confirmação; prova / ajuda, reforço.
Corrodènte, p. p. e adj. que corrói; corrosivo.
Corrôdere, (pr. -ôdo) v. tr. corroer; consumir pouco a pouco; carcomer, roer, destruir: danificar / (fig.) perverter, viciar.
Corrodimênto, s. m. (raro) corrosão.
Corrômpere, (pr. -ômpo) v. tr. corromper, estragar; infectar, contaminar; desnaturar / perverter, subornar, seduzir / (refl.) **corrompersi**: corromper-se, apodrecer, viciar-se.
Corrompitôre, adj. e s. m. corrompedor; que ou aquele que corrompe, corruptor.
Corrosiône, s. f. corrosão, ato ou efeito de corroer.
Corrosívo, adj. corrosivo.
Corrôso, p. p. e adj. corroído / gasto, consumido.
Corrôtto, p. p. e adj. corrompido; corrupto / depravado, viciado, pervertido / apodrecido, contaminado, gasto.
Corrôtto, (ant.) s. m. pranto que se faz aos mortos; queixa, lamento: **grandíssimo** —— **si faceva** (Boccaccio).
Corrucciamênto, s. m. zanga, ira, agastamento, encolerizamento, arrufo.
Corrucciàre, (pr. -úccio) v. tr. zangar-se, irritar-se, agastar-se, amuar-se, embespinhar-se.
Corrúccio, (pl. -úcci) s. m. arrufo, zanga, amuo, agastamento / ira, desdém.
Corrugamênto, s. m. corrugação.
Corrugàre, (pr. -úgo, úghi) v. tr. e intr. corrugar; enrugar / franzir, crispar, encrespar.
Corruscàre e coruscàre, v. coruscar, relampejar, reluzir, cintilar, flamejar.
Corrúsco e corúsco, (pl. -úschi) adj. coruscante, cintilante, reluzente, brilhante.

Corruttèla, s. f. corrutela, corrupção dos costumes.
Corruttíbile, adj. corrutível; sujeito a corrupção: venal.
Corruttibilità, s. f. corrutibilidade.
Corruttívo, adj. corrutivo; capaz de corromper.
Corruttôre, adj. e s. m. (f. -tríce) corrutor; corrutivo.
Corruzióne, s. f. corrupção / putrefação, perversão, desmoralização / prevaricação; adulteração; suborno; sedução.
Còrsa, s. f. corrida, ato de correr: feci una ———— rapida / correria; percurso, marcha, trajeto / carreira / viagem: **domani fò una** ———— **a Milano** / di ————: às pressas.
Corsàle, (ant.) s. m. (mar.) navio de corrida / corsário: **Ruffolo, impoverito, divien corsale** (Boccaccio).
Corsalètto, s. m. corselete, antiga armadura para proteger o peito; corpete / (zool.) parte do corpo dos insetos e de certos crustáceos que corresponde ao tórax.
Corsàro, adj. e s. m. corsário; pirata; bucaneiro.
Corseggiàre, (pr. -èggio, èggi) v. corsear, andar a corso.
Corsèllo, s. m. passagem estreita entre duas fileiras de bancos, de camas ou de outros objetos: coxia.
Corsèsca, s. f. arma antiga em forma de lança.
Corsètto, s. m. corpete; justilho / (ant.) corselete.
Corsía, s. f. coxia, passagem entre duas fileiras de camas ou de outros objetos / salão de hospital ou de colégio com uma ou mais fileiras de camas / corredor na ponte de uma galera entre a fileira dos bancos da direita e a da esquerda / suporte de ferro sobre o qual corre o carro de uma máquina / (ant.) correnteza de rio.
Corsière e corsièro, s. m. (poét.) corcel, cavalo que corre muito.
Corsívo, adj. e s. (caligr.) cursivo / (tip.) tipo cursivo.
Côrso, p. p. e adj. transcorrido, decorrido; passado; findado, volvido / saqueado, depredado: **battuta, spogliata corsa, lacera** (Machiavelli).
Côrso, s. m. curso / corrida; ação de correr: **cavallo veloce nel** ———— / rua principal de uma cidade, rua larga, avenida / corso, desfile de carruagens, pessoas, etc. / curso das águas de um rio e o espaço sobre o qual corre: **il** ———— **del Tevere** / (por ext.) **parole fuori** ————: fora de uso / espaço de tempo: **nel** ———— **della settimana** / **il** ———— **della malattia**: o curso da doença / **lavori in** ————: trabalhos em andamento / ———— **di anatomia**: curso (série de lições) de anatomia.
Còrso, adj. e s. m. corso, natural ou habitante da Córsega.
Corsôio, adj. corredio, corrediço.
Cortàna, (ant.) s. f. espada sem ponta / espécie de canhão de cano curto.
Côrte, s. f. corte; conjunto de pessoas que residem na corte / (por ext.) **la** ———— **celeste**: a corte celeste / **far la** ————: rodear de cuidados, namorar / tribunal, magistratura; ———— **marziale**: tribunal militar / **dei miracoli**: pátio dos milagres / pátio, átrio.
Cortéccia, (pl. -ècce) s. f. córtice, córtex, invólucro externo das árvores, casca / crosta / (anat.) ———— **cerebrale**: camada superficial do cérebro / (fig.) aparência externa das coisas: verniz.
Corteggiaménto, s. m. galanteio, cortejo, namoro.
Corteggiàre, (pr. -èggio) v. tr. cortejar, mesurar, lisonjear, obsequiar; namorar, damejar, galantear, fazer a corte.
Corteggiatôre, s. m. (f. -tríce) cortejador, cumprimenteiro, mesureiro, galanteador.
Cortêggio, (pl. -èggi) s. m. cortejo; acompanhamento; comitiva, séquito, companhia.
Cortêo, s. m. cortejo, acompanhamento, séquito / comitiva.
Cortêse, s. m. cortês; afável, atencioso, delicado lhano; polido, urbano / (ant.) aquele que possui as qualidades de intelecto, de ânimo, de modo, necessários para viver dignamente numa corte.
Cortesêmente, adv. cortesmente; delicadamente; atenciosamente.
Cortesía, s. m. cortesia, delicadeza, educação; polidez, respeito, civilidade, urbanidade.
Cortézza, s. f. (raro) curteza, qualidade daquilo que é curto / brevidade, insuficiência; escassez / (fig.) ———— **di mente**: curteza de inteligência.
Corticàle, adj. cortical, que se refere à casca.
Còrtice, s. m. (anat.) córtex, córtice / (lit. e poét.) casca.
Cortigianería, s. f. cortesania, modos de cortesão.
Cortigianêsco, (pl. -êschi) próprio de cortesão; cortesanesco.
Cortigiàno, s. m. cortesão; pertencente ou relativo à corte / palaciano / (fig.) (depr.) adulador.
Cortile, s. m. pátio / corte, malhada, quintal / (dim.) **cortilêtto**.
Cortína, s. f. cortina / (mil.) muro que liga dois baluartes; renque, fileira / (fig.) ———— **di nebbia, di fumo** / (mil.) ———— **di fuoco**.
Cortinàggio, (pl. -àggi) s. m. cortinado; armação de cortinas.
Cortisône, s. m. (med.) cortisona, hormônio segregado pelo córtice das glândulas supra-renais.
Côrto, adj. curto, que tem pouco comprimento: **capelli corti** / breve, rápido: **vita corta** / ———— **di mente**: de inteligência acanhada, limitada / **vista** ————: vista curta, miopia / **per farla corta**: em poucas palavras / **alle corte**: pouca falação, vamos aos fatos / (adv.) concisamente, brevemente.
Cortometràggio, (neol.) s. m. curta metragem, filme cinematográfico de metragem mais curta que a comum.
Corvè, (neol.) s. f. (mil.) faxina, serviço de limpeza de caserna e outros serviços a que são obrigados alternadamen-

te os soldados / (por ext.) trabalho penoso, dever enfadonho, obrigação fastidiosa.

Corvètta, s. f. curveta, movimento do cavalo, quando levanta e curva as mãos, baixando, ao mesmo tempo, a garupa; corcovo / (mar.) corveta, navio de guerra entre brigue e fragata / capitano di ——: grau na marinha militar correspondente ao de major do exército.

Corvettàre, v. intr. curvetear, curvetar, fazer curvetas (o cavalo).

Corvíno, adj. corvino, relativo a corvo.

Còrvo, s. m. (zool.) corvo / (astr.) constelação meridional / (fig.) pessoa que se acredita de mau agouro; (pej.) corváccio.

Còsa, s. f. coisa, ser, objeto, qualquer que seja a sua natureza / bens, haveres, o que se possui / coisa, fato, realidade / negócios, ações, acontecimento / empresa; trabalho / alimento: mangia qualche —— / (jur.) tudo o que é distinto das pessoas e das ações / (fig.) diventar qualche ——: subir, ficar importante / alcuna ——: um pouco / gran ——: muito / per prima ——: antes de tudo / per la qual ——: porque / fatta capo ha: o que está feito está feito, ou o que não tem remédio remediado está / di cosa nasce ——: uma coisa puxa outra.

Cosà, adv. de modo / (fam.) cosi o cosà: de uma forma ou de outra.

Cosàcco, (pl. -àcchi) s. m. cossaco.

Cosàre, (pr. còso) v. tr. (fam.) coisar, verbo que substitui qualquer outro que não ocorre à pessoa que fala.

Coscètto, s. m. pernil.

Còscia (pl. còsce), s. f. coxa / (fig.) pilares laterais de trabalhos murários: Cosce del ponte, della volta / (dim.) coscína, coscètta.

Cosciàle, adj. de coxa / (s. m.) coxote, coxete, (ant.) parte da armadura que revestia a coxa.

Cosciènte, adj. consciente / cônscio.

Cosciènza, s. f. consciência; sinceridade, conhecimento, retidão, justiça / honestidade, discernimento, escrúpulo: prendere una cosa sopra la propria ——: assumir a responsabilidade.

Cosciènzia, conscienzia e consciènza (ant.) s. f. consciência.

Coscienziosaménte, adv. conscienciosamente.

Coscienziosità, s. f. qualidade de consciencioso, escrupuloso.

Coscienziòso, adj. consciencioso / conforme à consciência.

Còscio, (pl. còsci) coxa de animal de corte / pernil, (dim.) coscètto; (aum.) cosciòtto.

Coscrìtto, adj. conscrito; chamado às fileiras; recrutado / (hist.) padre ——: qualificativo dos senadores da antiga Roma / (s. m.) recruta.

Coscrizióne, s. f. conscrição; alistamento de recrutas.

Cosecànte, s. f. (geom.) co-secante.

Cosèno, s. m. (geom.) co-seno.

Cosentíno, adj. e s. m. morador ou natural de Cosenza, cidade da Calábria.

Coserêlla, coserellína, cosêtta, cosettína, cosína, s. f. (dim.) coisinha, coisicazinha; ninharia, bagatela, bugiaria; nonada.

Cosettíno, (ant.) s. f. homem ou mulher de pequena estatura; homenzinho, mulherzinha / menininho.

Così, adv. assim; deste modo, desta maneira / tão, tanto; por isso / cosi cosi: assim assim, mediocremente / pois.

Cosicchê, conj. de modo que, pois; tanto que.

Cosiddêtto, adj. assim dito, citado ou chamado (tem sentido quase sempre depreciativo).

Cosiffàtto, adj. assim, tal, igual, semelhante: da un —— indivíduo non si poteva sperare altro.

Còsimo, adj. de uma espécie de pera que amadurece em outubro.

Cosmatêsco, (pl. -êschi) adj. de arte, estilo, da família dos Cosmati, artistas canteiros romanos do século XIII.

Cosmèsi, cosmètica, s. f. cosmética, arte de conservar a beleza por meio de cosméticos.

Cosmético, (pl. -ètici) adj. e s. m. cosmético.

Còsmico, (pl. còsmici) adj. cósmico.

Còsmo, s. m. cosmos: o universo.

Cosmogonía, s. f. cosmogonia.

Cosmogònico, (pl. -ònici) adj. cosmogônico.

Cosmografía, s. f. cosmografia.

Cosmogràfico, (pl. àfici) adj. cosmográfico.

Cosmògrafo, s. m. cosmógrafo.

Cosmolàbio, s. m. cosmolábio, instrumento com que se media a altura dos astros.

Cosmología, s. f. cosmologia.

Cosmològico, (pl. -ògici) adj. cosmológico.

Cosmòlogo (pl. -òloghi) s. m. cosmólogo.

Cosmopolíta, (pl. íti) s. m. cosmopolita.

Cosmopolítico, (pl. ítici) adj. cosmopolítico; de todo o mundo.

Cosmopolitísmo, s. m. cosmopolitismo.

Cosmoràma, s. m. cosmorama.

Cosmoscòpio, s. m. aparelho para a projeção de imagens de objetos transparentes ou opacos / cosmorama.

Cosmotètico (pl. -ètici), adj. na loc. idealismo ——: doutrina que recusa admitir uma consciência imediata de alguma coisa fora do espírito.

Còso, s. m. (fam.) qualquer objeto ou pessoa de que não se lembra o nome ou que não se queira nomear; coisa, caso, negócio / coiso, fulano, aquele, indivíduo / il signor Coso (tipo de um escrito de De Amicis).

Cospàrgere, (pr. -àrgo) v. aspergir / salpicar, regar / aspergir, espalhar.

Cospèrgere, (pr. èrgo) v. aspergir; espargir.

Cospètto, s. m. conspecto, aspecto, presença; al —— del pùbblico: em presença do público / cospetto!: exclamação de maravilha; càspite! puxa! (Bras.); (aum. interj.) cospettône, cospettàccio!

Cospicuaménte, adv. conspicuamente.

Cospicuità, s. f. conspicuidade; distinção, ilustração; nobreza, fama.

Cospícuo, adj. conspícuo; notável, distinto; respeitável; profundo.
Cospiràre, (pr. íro) v. intr. conspirar; conjurar; tramar / concorrer para; cooperar.
Cospirazióne, s. f. conspiração; trama secreta; conjuração, conluio.
Cossalgia, e coxalgia, s. f. coxalgia, dor na articulação superior da coxa.
Còsta, s. f. costa, linha que separa a terra do mar / encosta, declive / costela / lado, banda / flanco / **costa costa**: beirando a costa.
Costà, adv. aí; nesse lugar.
Costaggiù, adv. aí embaixo.
Costale, adj. costal, relativo a costas: **vertebre costali**.
Costalgía, s. f. (med.) costalgia, dor violenta nas costelas.
Costante, adj. constante, firme, perseverante, persistente; incessante; invariável; coerente / (s. f.) fator invariável numa fórmula ou expressão algébrica.
Costantemênte, adv. constantemente.
Costànza, s. f. constância, firmeza de ânimo; perseverança; insistência; duração; paciência.
Costàre, (pr. cósto) v. intr. custar, ser adquirido, pelo preço de; valer, importar / **costar salata una cosa**: ter preço caríssimo.
Costassú, adv. aí em cima.
Costàta, s. f. bife (de carne).
Costatàre, (pr. -àto) v. tr. constatar, verificar, averiguar, comprovar, certificar-se de; dar tento de; ficar ciente de; apurar, notar, reconhecer, ver.
Costatazióne, s. f. averiguação, comprovação, verificação.
Costàto, s. m. (mar.) costado, costas, pranchas que guarnecem exteriormente as cavernas de um navio / lado, flanco / peito, tórax.
Costeggiante, p. pr. e adj. que navega próximo da costa; que costeia.
Costeggiàre, (pr. -èggio, -èggi) v. costear, navegar ao longo das costas / flanquear, rodear / (fig.) **la strada costeggiava il monte**.
Costeggiatúra, s. f. ato de costear: costeagem.
Costêggio, s. m. exercício de trote (de cavalo).
Costèi (pron.) (f.) essa mulher.
Costellàre e constellàre, (pr. èllo) v. tr. constelar, ornar, encher de estrelas / colorir, adornar, dispor em constelação.
Costellazióne, s. f. constelação.
Costerèccia, s. f. carcaça
Costerèccio, s. m. costela de porco salgada.
Costella, s. f. (dim.) pequena costa de praia / outeiro, colinazinha.
Costernàre, (pr. -èrno) consternar; desalentar; afligir; abater o ânimo / (refl.) sentir consternação; (s. f.) consternação; ficar prostrado pela dor.
Costernazióne, s. f. consternação; grande desalento; angústia, tristeza.
Costì, (ant. **costà**) adv. nesse lugar.
Costièra, s. f. trecho longo de costa marítima ou lacustre; costa, praia, litoral.

Costière, s. m. (mar.) piloto prático das costas de um mar.
Costièro, adj. costeiro, relativo à costa / navio que navega junto à costa.
Costínci, adv. (raro e pedantismo de **costi**) aí: **ditel costinci** (Dante).
Costipamênto, s. m. constipação / prisão de ventre / amontoação de material de construção nas fundações.
Costipàre, (pr. -ípo) v. tr. (constr.) amontoar, condensar / constipar, produzir constipação / (agr.) comprimir um terreno para diminuir-lhe a permeabilidade.
Costipatôre, s. m. (agr.) máquina para comprimir o terreno.
Costipazióne, s. f. constipação, defluxo, resfriado / prisão de ventre.
Costituènte, p. pr. e adj. constituinte / (s. f.) **assemblea** ———: assembléia constituinte.
Costituíre, (pr. ísco, -ísci) v. tr. constituir, formar a essência de; estabelecer, organizar; fazer consistir / dar procuração a; eleger, nomear / conceder, outorgar: **le costituì una dote**: outorgou-lhe um dote / (jur.) entregar-se, apresentar-se à justiça.
Costituíto, p. p. e adj. constituído, organizado; formado / estabelecido por lei.
Costitutàrio, s. m. o que elabora a constituição de uma sociedade e tem prerrogativas para modificá-la.
Costitutívo, adj. constitutivo, que tem poder de constituir.
Costitúto, s. m. (for.) interrogatório / ——— **possessório**, reconhecimento de posse a favor de comprador; auto possessório / (mar.) declaração do capitão para conseguir entrada livre num porto / constituição.
Costitutôre, adj. e s. m. (f. -**trice**) que ou aquele que constitui: constituidor.
Costituzionàle, adj. constitucional / (s. m.) partidário da constituição ou do governo constitucional.
Costituzióne, s. f. constituição, lei fundamental de um país / ação e modo de constituir, de formar; estabelecimento; organização / conjunto de elementos que compõem alguma coisa / compleição física / estrutura, conformação / estatuto por que se regula uma corporação.
Còsto, s. m. custo, preço por que se compra uma coisa; valor em dinheiro / **a tutti i costi**: a qualquer custo, custe o que custar.
Còstola, s. f. (anat.) costela / **mangiar le costole a uno**: viver às custas de alguém / (fig.) dorso, parte posterior de um objeto / ——— **di un libro**: dorso de um livro.
Costolàto, s. m. a região das costelas do vacum, costilhar (brasil.) / (mar.) costado do navio / (adj.) formado de costelas; guarnecido de costelas.
Costolatúra, s. f. costelame, o conjunto das costelas / (bras.) costilhar / (mar.) costado (de navio).
Costolètta, s. f. (dim.) costela, costela de rês com carne aderente.
Costolière, s. m. espécie de espada que tem corte de um só lado.

Costolône, s. m. (aum.) saliência, ornato de cobertura em forma de arco / (fig.) homem rude e robusto.
Costône, s. m. saliência, arco da ogiva / (alp.) protuberância de um monte.
Costôro, pr. (pl.) esses (homens), essas (mulheres).
Costôso, adj. custoso, que demanda muito dinheiro: caro; dispendioso, precioso / (dim.) **costosêto, costosúccio.**
Costotomía, s. f. costotomia, corte cirúrgico de costelas.
Costrettivamênte, adv. constrangidamente, coercitivamente.
Costrettívo, (ant.) (adj.) constrangedor / coercitivo / constritivo.
Costrêtto, p. p. e adj. constrangido, forçado, obrigado; coacto.
Costríngere, (pr. íngo, -íngi) v. tr. constranger, obrigar à força; coagir, compelir, violentar.
Costringimênto, s. m. ato ou efeito de constranger: constrangimento.
Costrittívo, adj. constritivo, coercitivo, coativo.
Costritôre, adj. e s. m. (anat.) constritor, diz-se do músculo que aperta circularmente; esfíncter.
Costrizióne, s. f. constrição; pressão; aperto / coerção, coacção.
Costruíbile, adj. construível.
Costruíre, (pr. -ísco, -ísci) v. tr. construir, reunir e dispor metodicamente as partes de um todo; edificar; organizar, formar; arquitetar; compor; coordenar; dispor as palavras segundo as regras de sintaxe.
Costruttívo, adj. construtivo; que serve para construir.
Costrútto, p. p. e adj. construído, edificado, formado / (s. m.) composição das partes de um discurso; frase, expressão, proposição: **guardarsi dai construtti troppo complessi** / sentido, significado, proveito, utilidade: **lavoro senza** ———.
Costruttôre, adj. e s. m. (f. -trice) construtor, que ou aquele que constrói, ou organiza / edificador, empreiteiro, pedreiro, engenheiro.
Costruzióne, s. f. ação e efeito de construir; construção; obra construída ou em vias de construção, estrutura / disposição das partes que formam um período gramatical.
Costúi, (pl. costôro) pron. m. este homem; empregado geralmente em sentido pejorativo: **Carneade? chi é costui?** (Manzoni).
Costumànza, s. f. costume, uso; costumagem; (pop.) costumança, costumeira.
Costumàre, v. (pr. -úmo) costumar, ter por costume ou hábito; usar / estar em uso, em moda / (ant.) educar, instruir.
Costumatêzza, s. f. compostura, urbanidade / decência, educação, modéstia, pureza.
Costumáto, p. p. e adj. acostumado, costumado / educado, gentil, decente, morigerado / **mal** ———: falto de educação, malcriado.

Costúme, s. m. costume, prática antiga e geral; modo de proceder habitual; uso, hábito, moda; regra; usança / maneira de vestir-se segundo as diferentes classes sociais ou segundo certos tempos e países: **costumi storici.**
Costúra, s. f. costura / (dim.) **costurina.**
Cotàle, adj. e pr. tal: **una** ——— **schiocchezza:** uma tamanha asneira.
Cotangènte, s. f. (geom.) co-tangente.
Cotànto, adj. e adv. (raro) tanto assim; totalmente / **sì ch'io fui sesto, tra** ——— **senno** (Dante): entre eles me cabendo o sexto lugar (tr. X. P.).
Còte, s. f. cote, pedra de amolar facas, navalhas e similares.
Cotechíno, s. m. salame de carne de porco.
Cotènna, s. f. pele grossa e dura; pele de porco / coágulo sangüíneo / (fam.) pele da cabeça do homem / (dim.) **cotennína.**
Cotennôso, adj. (raro) de pele grossa.
Cotêsto, e codêsto, adj. m. (f. -êsta) pl. **cotêsti,** f. **cotêste:** esse; serve para designar coisa ou pessoa vizinha a quem escuta: **dammi** ——— **piatto.**
Còtica, (pl. côtiche) s. f. pele de porco; pele de toucinho de porco /. (burl.) pele humana / (agr.) superfície herbácea que cobre a terra de um prado.
Cotidiàle, adj. (mar.) diz-se de linha que une os lugares onde a maré alta se verifica na mesma hora.
Cotidiàno e quotidiàno, adj. cotidiano, quotidiano.
Cotídio, (ant.) adv. todo dia, quotidianamente, continuamente.
Còtile, s. m. cótilo ou cótila, cavidade de um osso onde se articula a extremidade de outro.
Cotilèdone, s. m. (bot.) cotilédone.
Cotiledôneo, adj. cotiledôneo.
Cotilòide, s. f. (anat.) cotilóide.
Cotíno, s. f. arbusto comum na Itália do norte e central, do qual se extraem substâncias usadas em farmácia.
Cotíssa, s. f. cótica, banda estreita que atravessa o escudo nos brasões.
Cotôgna, s. f. (bot.) marmelo.
Cotognàta, s. f. **cotognàto,** s. m. marmelada.
Cotôgno, s. m. marmeleiro.
Cotolètta, (neol.) (do fr. **côtelette**) s. f. costeleta (de rês).
Cotonáceo, adj. cotonáceo, semelhante a algodão.
Cotonària, s. f. cotonária ou cotoneira, planta herbácea lanoso-tomentosa.
Cotonàto, adj. feito de algodão, tecido com algodão / (s. m. pl.) **i cotonati:** tecidos de seda com algodão.
Cotône, s. m. (bot.) algodão, algodoeiro, planta das malváceas / algodão, filamentos sedosos que revestem as sementes do algodoeiro e que têm grande aplicação na indústria / fio, tecido de algodão / **un gomitolo di** ———: um modelo de algodão / **mezzo** ———: tecido de linho e algodão.
Cotonerie, s. f. (pl.) panos fabricados tecendo o algodão.
Cotonifício, (pl. **íci**) s. m. cotonifício (do it.): algodoaria.

Cotonína, s. f. tecido de algodão; (des.) cotônia.
Cotonizzàre, (neol.) v. dar a outras matérias têxteis algumas das qualidades que são peculiares ao algodão.
Cotonôso, adj. cotonoso, que contém algodão; cotonígero.
Cotoríce, s. f. (raro) codorniz.
Còtta, s. f. cocção, cozedura, ação de cozinhar: **bisogna dargli più cotte**: é preciso cozê-lo mais vezes / quantidade de coisa que se coze duma só vez / (fig.) **furbo di tre cotte**: pessoa astuciosa, esperta / paixonite aguda: ha preso una —— **per quella regazza** / bebedeira; pifão, porre.
Còtta, s. f. cota, sobreveste branca que usam os sacerdotes durante a função religiosa / vestimenta que usavam sobre a armadura os cavaleiros antigos / gibão.
Còttabo, s. m. jogo grego e romano, que consistia em derramar com destreza o vinho em taças de bronze.
Cotardíta, (ant. herald.) s. f. espécie de cota de armas ou heráldica.
Cotticchiàre, v. cozer ligeiramente.
Cottíccio, (pl. ícci) adj. cozido mais ou menos / (fig.) um tanto apaixonado; um tanto embriagado / (s. m.) pequena porção de coisas cozidas / (metal.) resíduos de ferro que ficam no forno de fusão.
Còttile, adj. (raro) de terracota, de ladrilho, de tijolo.
Cottimísta, (pl. -ísti), s. m. o que ajusta obra de empreitada: empreiteiro.
Còttimo, s. m. empreitada; contrato de um trabalho a preço estipulado.
Còtto, p. p. e adj. cozido (preparado pela cozedura) / (fig.) enamorado, apaixonado / bêbado / (s. m.) (raro) terracota, ladrilho, tijolo.
Cottôto, adj. (pl. -ôi) fácil de se cozinhar; cozinhável / (fig.) que se apaixona facilmente.
Cottúra, s. f. cozimento, cocção, cozedura; ato ou efeito de cozer.
Coturnàto, adj. coturnado, calçado de coturno: **i coturnati Achei**.
Coturníce, s. f. codorniz / (pop.) perdiz.
Cotúrno, s. m. (hist.) coturno, espécie de borzeguim de solas muito altas.
Coulomb, s. m. (eletr.) coulomb, unidade prática de quantidade de eletricidade / quantidade de eletricidade que fornece por segundo uma corrente de intensidade igual a um ampère.
Coúso, s. m. (jur.) ação de usar de um direito juntamente com outrem.
Coutènte, s. m. (jurid.) co-utente, que usa ou frui justamente com outrem.
Côva, s. f. ato de chocar dos pássaros, incubação, choco / ninho.
Covacciolo, s. m. cova, covil, ninho; toca; lugar onde dormem os animais.
Covàia, s. f. conjunto das abelhas que estão na colmeia.
Covàre, (pr. côvo) v. tr. e intr. chocar, incubar (de animais que botam ovo) / (fig.) chocar, trazer em si em estado latente: **covare una malattia** / alimentar, preparar, desenvolver secretamente: —— **odio, un disegno** / chocar,

estar no choco / —— **il letto**, chocar na cama, ficar na cama por preguiça.
Covàta, s. f. os ovos que uma ave choca ao mesmo tempo; os filhos que deles se tiram; ninhada / (fam. ou poét.) ninhada, família: **la signora Luisa ha una bella** —— **di figliuoli** / (dim.) covatína, covatèlla; (aum.) covatôna.
Covatíccio, adj. que está no tempo de chocar: **rondini covaticce** (D'Annunzio).
Covatôre, adj. e s. m. (f. -tríce) que ou aquele que choca / chocadeira, incubadora.
Covatúra, s. f. o ato e o tempo de chocar: **la prima** ——.
Covèlle, (ant.) adv. nada, quase nada.
Covidàre e covidiàre (ant.), v. desejar com cupidez.
Covíle, s. m. covil, choca, cova; lugar onde descansa qualquer animal; (fig.) antro, ninho, abrigo, refúgio, espelunca.
Côvo, s. m. covil; toca / cestinho usado para choco dos pássaros / (burl.) cama / (fig.) covil, abrigo: **quel paese è un** —— **di malandrini**.
Covône, s. f. molho, feixe de espigas cortadas; gavela; paveia / (dim.) covoncèllo, covoncíno.
Covríre, (poét.) v. cobrir.
Coxalgía, v. cossalgia.
Coxíte, s. f. (med.) coxalgia.
Cozíone, s. f. (ant.) cocção, cozimento / (med.) digestão.
Còzza, s. f. mítilo, mexilhão, molusco bivalve comestível.
Cozzàre, v. tr. e intr. marrar, chifrar; por ext. chocar, bater, especialmente com a cabeça; (fig.) contradizer, contrastar; opor-se: **sono opinioni che cozzano tra loro**.
Cozzàta, s. f. marrada / embate, choque, topada.
Còzzo, s. m. marrada; choque, embate abalroamento, encontrão / **dar di** ——: chocar-se, bater um contra outro; (fig.) contrastar, contradizer, contrariar.
Cozzône, s. m. intermediário de negócios; corretor, especialmente de animais / mediador em casamentos.
Crac, (neol.) s. m. (voz onom.) craque, crac, rumor imitativo de coisa que desmorona / ruína, derrocada / craque, quebra: **il** —— **bancario** / (esport.) craque, o melhor cavalo de uma coudelaria / campeão.
Cràf (ant.), adv. amanhã / **comprare a** ——: a crédito.
Cràmpo, s. m. cãimbra, cãibra, contração involuntária e dolorosa do tecido muscular.
Crán, s. m. moeda persa do valor de cinqüenta cêntimos de lira.
Crangône, s. m. crangão, gênero de crustáceos que compreende numerosas espécies espalhadas por todos os mares.
Craniàto e craniòto, adj. e s. m. craniota, diz-se dos animais que têm crânio.
Crànico, (pl. crànici) adj. cranial, craniano, relativo ao crânio.

Crânio, (pl. cràni) crânio; caixa óssea que encerra e protege o cérebro.
Cranioclàste, s. m. (cir.) cranioclasto.
Craniologia, s. f. craniologia.
Craniològico, (pl. -ògici) adj. craniológico.
Craniòlogo, (pl. -òlogi) s. m. craniólogo, craniologista.
Craniometrìa, s. f. craniometria.
Craniotomìa, s. f. (cir.) craniotomia.
Craniòtomo, s. m. craniótomo, instrumento cirúrgico com que se faz a perfuração de um crânio.
Crantèri, s. m. (pl.) cranteres, designação dada aos últimos dentes molares, vulgarmente chamados dentes do siso.
Cràpula, s. f. crápula, desregramento.
Crapulòne, s. m. (f. -òna) indivíduo desregrado, sem caráter, sem moral.
Cràsi, s. f. (gram.) crase, contração de duas ou mais vogais numa só / (med.) mistura normal das partes que constituem os líquidos da economia animal.
Cràsso, adj. crasso, espesso, denso: ignoranza crassa / cerrado; grosso / intestino ———: intestino grosso.
Cràssula, s. f. crássula, planta de folha carnuda, da família das crassuláceas.
Crassulàcee, s. f. (pl.) crassuláceas, família de plantas dicotiledôneas.
Cratêgo, s. m. cratego, gênero de plantas da família das rosáceas.
Cratère, s. m. cratera, boca do vulcão / (ant.) cratera, vaso antigo onde os gregos e os romanos serviam o vinho e a água durante as refeições.
Cratèrico, (pl. -èrici) de cratera; relativo à cratera.
Cravàtta, s. f. gravata / (esp.) golpe, na luta greco-romana / (fig.) fare le cravatte: agiotar, especular com usura.
Cravattàio, (pl. -ài) s. m. gravateiro, aquele que fabrica ou vende gravatas.
Crawl, s. m. (ingl.) crawl, modo de natação rápido; crau. (Bras.)
Cràzia, s. f. antiga moeda do Grão-Ducado de Toscana, do valor de sete cêntimos.
Creàbile, adj. (raro) criável, que se pode criar.
Creànza, s. f. educação, urbanidade, cortesia, compostura; uomo senza ———: sem educação / mala ———: má educação.
Creanzàto, adj. educado, urbano, civilizado.
Creàre, v. tr. (pr. crèo, crèi, crèa) criar, tirar do nada, dar existência / gerar; Dio creò il cielo e la terra / dar origem a; formar, gerar / dar princípio a; inventar, imaginar, suscitar: produzir / alimentar, criar, educar / favorecer / instituir, fundar / (teatr.) creare una parte: criar um papel, desempenhar (um ator) com brilhantismo e originalidade um papel importante.
Creatìna, s. f. creatina, alcalóide animal, inodoro, cristalizável.
Creatìvo, adj. criativo, que cria; criador; potenza ———: poder criador.

Creàto, p. p. e adj. criado, que se criou; tirado do nada: il mondo ——— / produzido, originado / ben ———: educado; mal ———: malcriado / (s. m.) a criação, o universo criado por Deus: l'armonia del ———.
Creatòre, adj. e s. m. (f. -trìce) criador, que ou aquele que cria / Deus / andare al ———: morrer / autor; inventor, primeiro autor de uma coisa.
Creatùra, s. f. criatura, todo ser criado / criança / filho / favorito ou protegido: è una ——— del presidente.
Creaziòne, s. f. ação de criar, de tirar do nada; criação; totalidade dos seres criados / formação, geração, produção; invenção, descoberta; instituição / (dim.) creazioncèlla.
Creazionìsmo, s. m. (fil.) criacionismo, teoria dos que sustentam a criação de um fato, de uma idéia, ou dos que consideram a Divindade como criadora da matéria.
Crèbro (ant.) adj. crebro, freqüente, amiudado, repetido.
Crècchi, (ant.) s. m. (pl.) afagos, meiguices, denguices.
Credènte, p. pr. e adj. crente, que tem fé religiosa / (s. m.) crente, sectário de uma religião.
Credènza, s. f. crença, ato ou efeito de crer; fé; religião / crédito, confiança: comprare a ———: comprar a crédito / opinião, teoria, pensamento: è ——— generale: é crença, opinião geral.
Credènza, s. f. credência (p. us.), aparato em sala de jantar, onde são colocados os objetos que devem servir durante a refeição / nas casas de pessoas de posse, quarto destinado a esse fim / (dim.) credenzìna, credenzètta; (aum.) credenzòne.
Credenziàle, adj. credencial, que dá crédito ou poderes para representar o país perante o governo de outro.
Credenzière, s. m. credenciário, aquele que toma conta da credência, despenseiro.
Credenzìno, s. m. (dim.) (ecles.) pequena mesa ao pé do altar onde se colocam os aprestos com que se celebra a missa.
Credenzòne, s. m. (f. -òna) crédulo, que crê facilmente; simples, ingênuo.
Crèdere, (pr. crèdo, crèdi, crède) v. tr. crer; considerar como verdadeiro, acreditar; ter fé, ter crença: credo in Dio / reputar, pensar: faccia come crede / creder bene di fare una cosa: julgá-la útil / ——— sulla parola: ter confiança em, aceitar como verdadeiras as palavras de / (refl.) julgar-se, considerar-se, ter-se por: si crede un gran personaggio / (s. m.) opinião, juízo: secondo il mio credere, segundo o meu juízo.
Credìbile, adj. crível, que se pode crer: acreditável, verossímil.
Credibilità, s. f. credibilidade.
Credibilmènte, adv. crivelmente, verossimilmente.
Crèdito, s. m. crédito, confiança que nos inspira alguém ou alguma coisa / fé;

boa reputação: é **un mercante che gode di un gran** ——— / autoridade profissional / aquilo que alguém tem a haver de outrem / **ho un** ——— **di mille lire**: tenho um crédito (haver) de mil liras / (dim.) **creditúccio**: creditozinho.
Creditôre, s. m. (f. -**trice**) credor, pessoa a quem se deve dinheiro (em relação ao devedor).
Creditòrio, adj. (jur.) creditório, relativo a crédito.
Crèdo, s. m. credo, oração dos católicos que começa em latim com essa palavra; **cantare il** ——— / profissão de fé: **il mio** ———, político, religioso, etc.
Credulità, s. f. credulidade; ingenuidade; simplicidade.
Crèdulo, adj. crédulo: ingênuo; simples.
Credulône, s. m. (f. -**ôna**) muito crédulo; crendeiro, simplório.
Crèma, s. f. creme; nata de leite / graxa para calçado; pomada para diversos fins.
Cremaglièra, s. f. cremalheira; caminho de ferro em rampa muito íngreme.
Cremáre, v. tr. cremar, incinerar (cadáveres).
Crematística ou **crematología**, s. f. crematística, arte de produzir riquezas / tratado das riquezas.
Crematizionísta, s. m. e f. adepto da cremação dos cadáveres.
Cremáto, p. p. e adj. cremado, incinerado (cadáver).
Crematòio, s. m. forno para cremação.
Crematòrio, adj. crematório.
Crematúra, s. f. ação de separar a nata do leite: desnatação.
Cremazióne, s. f. cremação, incineração (de cadáveres).
Cremazionísta, s. adepto da cremação dos cadáveres.
Crèmisi, cremisíno, s. m. carmesim, cor vermelha carregada.
Cremòmetro, s. m. cremômetro, aparelho para determinar a proporção da substância gorda contida no leite.
Cremonêse, adj. e s. m. cremonês, de Cremona; habitante de Cremona.
Cremôre, s. m. cremor / ——— **di tártaro**: cremor de tártaro.
Crèn, s. f. (bot.) planta crucífera cuja raiz tem gosto forte e aromático e se usa para molho; armorácia, mostarda dos capuchinhos.
Creolína, s. f. creolina.
Crèolo, s. m. crioulo, indivíduo nascido na América e procedente de europeus.
Creosòto, s. m. creosoto.
Crèpa, s. f. fenda, racha, greta / (fig.) indício de ruína, de estrago, de mal.
Crepàccio, s. m. fenda, racha grande, em terrenos, geleiras e similares / moléstia que dá nos pés dos cavalos e, nos homens, em outras partes do corpo.
Crepacuòre, ou **crepacòre**, s. m. atribulação, mágoa profunda; angústia; dor, pesar grande.
Crepància, crepapèlle, loc. adv. imoderadamente, demasiadamente; **mangiare a** ———: comer demais.
Crepàre, v. intr. rebentar, estourar; rachar, fender-se; lascar-se / morrer de repente.
Crepàta, s. f. operação para reforçar o colorido do vinho.
Crepàto, p. p. e adj. rebentado; fendido; rachado; estourado / (burl.) morto.
Crepatúra, s. f. fenda, racha, gretadura.
Crepavesciche (ant.), s. m. aparelho que, usado com a máquina pneumática, demonstra coexistência da pressão atmosférica.
Crepitácolo, s. m. crepitáculo (ant.), sistro, matraca.
Crepitànte, p. p. e adj. crepitante; que crepita; crepitoso.
Crepitáre, v. intr. crepitar.
Crepitío, s. m. crepitação prolongada.
Crèpito, s. m. crepitação.
Crepuscolàre, adj. crepuscular.
Crepúscolo, s. m. crepúsculo / ocaso.
Crescèndo, s. m. crescendo; progressão / gradação / (mús.) aumento progressivo dos sons / (fig.) rumor que cresce.
Crescènte, p. pr. e adj. crescente, que cresce ou vai crescendo.
Crescènza, s. f. crescença, ato ou efeito de crescer: crescimento / aumento / queijo lombardo, tenro e fresco / bolo redondo, achatado, feito com farinha, ovos, açúcar e manteiga / **febbre di** ———: manifestação febril que coincide com o crescimento rápido das crianças.
Crêscere, v. crescer; aumentar em volume, extensão ou grandeza.
Crescimènto, s. m. crescimento / aumento.
Crescióne, s. m. planta das crucíferas cujas folhas se comem em salada; agrião, mastruço.
Crèscita, (ant.) s. f. crescimento; aumento / missa.
Cresciúta, s. f. crescimento, diz-se especialmente das plantas: **quest'albero ha fatto una bella** ———.
Cresciúto, p. p. e adj. crescido / (s. m.) voltas da meia feita com as agulhas.
Cresentína, (ant.) s. f. fatia de pão torrada e condimentada.
Crèsima, s. f. crisma; o sacramento da confirmação.
Cresimàndo, adj. e s. m. crismando; que está para receber o sacramento da crisma.
Cresimàre, (pr. **crésimo**) v. crismar.
Cresimatóre, adj. e s. m. crismador, que ou aquele que crisma.
Crèso, s. m. creso; ricaço; homem riquíssimo.
Cresòlo, s. m. cresol, substância semelhante ao fenol.
Crêspa, s. f. ruga, aspereza da pele / prega, dobra em vestido, camisa, etc. / cacho de cabelos / (fig.) pequena onda.
Crespèllo, s. m. pequena prega ou dobra / pastel frio.
Crespíno, s. m. bérberis, arbusto lenhoso e espinhoso de frutas comestíveis.
Crêspo, adj. crespo, ondulado: **capelli crespi** / rugoso / (s. m.) tecido de linho ou de seda, ondulado / véu preto, de luto / (aum.) **crespône**.

Crespôso, adj. encrespado, encaracolado / engorovinhado, enrugado, rugoso.
Crespúto, adj. engorovinhado, enrugado.
Crêsta, s. f. crista, excrescência carnosa que têm na cabeça alguns voláteis, especialmente galináceos; (fig.) soberba, altivez, arrogância; **alzar la** ——: levantar a crista / touca de mulher com guarnição / espinhaço de monte / cimo, cume, sumidade / (anat.) saliência óssea fina e alongada / (bot.) crista de galo.
Crestàia, s. f. (raro) modista de chapéu e toucas (de mulher) / (dim.) **crestaína**.
Crestàto, adj. que tem crista; feito em forma de crista; cristado.
Crestèlla, s. f. pequena crista / cana que cobre a solda do pente do tear.
Crestomazía, s. f. crestomatia / antologia para uso escolar.
Crêta, s. f. argila / (poét.) vaso de argila; o corpo humano.
Cretàceo, adj. cretáceo, que contém greda; (geol.) (adj. e s. m.) cretáceo, o mais moderno sistema da era mesozóica.
Cretinería, s. f. cretinice / estupidez.
Cretinísmo, s. m. cretinismo; imbecilidade; idiotice.
Cretíno, s. m. cretino / lorpa. idiota; imbecil, estúpido.
Cretinòide, s. m. cretinóide, estúpido, cretino.
Cretôso, adj. (raro) gredoso, cretáceo, que contém greda.
Crettàre, (raro) v. intr. gretar, fender, rachar.
Crètto, s. m. (raro) fenda, racha, greta (em um muro, pedra, metal).
Cría, s. m. o último nascido dos pássaros de ninho / a geração miúda e recém-nascida dos animais.
Cribràre, (lit.) v. tr. crivar, peneirar; joeirar.
Crí cri, voz onamatopaica do canto do grilo; cricri: brinquedo que imita o canto do grilo.
Críc ou crícche, craque ou crac; vozes onomatopaicas de vidro, gelo, etc. que se fendem ou partem.
Crícca (pl. **crícche**), s. f. (jogo) o às, o dois e o três no jogo de naipe / trinca / malta, camarilha, corja, cambada.
Cricchêtto, s. m. (mec.) broca mecânica.
Cricchiàre, v. intr. crepitar, estalar, estalidar (diz-se do pão ou de outra coisa dura e consistente que, ao fender-se ou triturar-se, ou sofrer pressão, dão o som particular de coisa que se rompe, quebra ou desfaz: **udí** —— **la ghiaia sotto il passo che si allontanava**.
Crícchio, s. m. estalido.
Crícco, (pl. **crícchi**) s. m. máquina para levantar pesos a pouca altura / (mec.) macaco / **coltelio a** ——: faca de mola fixa.
Cricrí, s. m. cricri, canto do grilo.
Cricèto, s. m. criceto, mamífero roedor do norte da Europa.
Cricòide, s. f. (anat.) cricóide, cartilagem anular, na parte inferior da laringe.

Crimenlèse, s. m. delito de lesa-majestade.
Criminàle, adj. criminal, de crime / (s. m.) pessoa que tem tendência para o crime, delinqüente.
Criminalísta, (pl. -ísti) s. m. criminalista, advogado ou estudioso de criminologia; penalista.
Criminalòide, adj. e s. m. criminalóide.
Crímine, s. m. crime, delito grave (denominação hoje desaparecida dos novos códigos penais).
Criminología, s. f. criminologia.
Criminosamènte, adv. criminosamente; culposamente.
Criminosità, (raro) s. f. criminalidade.
Criminôso, adj. e s. m. criminoso; delituoso; delinqüente, réu.
Crína (ant.), s. f. crista, cume de montanha.
Crinàle, s. m. sumidade do monte quando se prolonga em linha continuada / pente para segurar os cabelos / (adj.) (raro) criminal, de crina ou crineira.
Críne, s. m. crina; juba / (poét.) cabelos, cabeleira (de pessoa) / —— **vegetale**: crina vegetal (de fibras).
Crinièra, s. f. crineira, crina, pelos compridos, no pescoço e cauda do cavalo e de outros animais / ornato de elmo, feito de crina.
Crinìto, adj. crinito, que tem crina ou coma.
Críno, s. m. crina (de animais) / —— **vegetale**: crina vegetal (de fibras).
Crinòidi, s. m. (pl.) crinóides, família de animais radiários.
Crinolína, s. f. crinolina, espécie de saia entufada que se usava antigamente para dar maior roda ao vestido; merinaque.
Crinolíno, s. m. tecido fino de algodão ou de linho / antigamente, crinolina, tecido grosso para saias, sacos, etc. ou para entufar saias.
Criocèra, s. f. criócero, inseto herbívoro, prejudicial às searas.
Criòforo, s. m. crióforo (ant.) aparelho para congelar a água, por efeito da evaporação.
Criolíte, s. f. criolito, variedade de mineral branco e transparente.
Crioscopía, s. f. crioscopia.
Crioterapía, s. f. crioterapia, crimoterapia.
Crípta, s. f. cripta.
Crípto e crípton, s. m. cripto, criptônio, elemento existente em pequena dose no ar atmosférico.
Criptògama, v. **crittogama**.
Criptografía, v. **crittografia**.
Criptopòrtico, s. m. criptopórtico; pórtico subterrâneo.
Criptoscòpio, (pl. -òpi) s. m. criptoscópio.
Criptosiderìti, s. f. (pl.) aerólitos em que a presença do ferro dificilmente se discerne.
Crisálide, s. f. crisálida.
Crisantèmo, s. m. (bot.) crisântemo.
Criselefantíno, adj. criselefantino, dizia-se da escultura em que entravam ouro e marfim.

Crísi, s. f. crise; alteração no curso de uma doença / crise, situação anormal; situação grave / conjuntura perigosa / momento grave, decisivo / —— **política, di lavoro; bancaria; sociale /** —— **nervosa**: ataque de nervos.

Crísma, (pl. crísmi), s. f. crisma, santo óleo: (fig.) consagração, aprovação, etc.

Crisobálane, s. f. (pl.) crisobalâneas, subfamília de plantas rosáceas tropicais.

Crisoberíllo, s. m. crisoberilo, topázio oriental, pedra preciosa de reflexos dourados.

Crisòcolla, s. m. crisocola, silicato natural de hidratado de cobre.

Crisografía, s. f. crisografia; arte de escrever com letras de ouro.

Crisòlito, s. m. crisólito, nome comum de várias pedras preciosas de cor do ouro.

Crisòmela, s. f. crisomela, gênero de insetos coleópteros.

Crisomèlidi, s. m. (pl. zool.) crisomélidas, família de coleópteros cujo tipo é o gênero crisomela.

Crisopàzio e crisopràsio, s. m. crisópraso, variedade de ágata verde-clara, com veios amarelos.

Crisopèa, s. f. crisopéia, suposta arte (dos alquimistas) de fazer ouro.

Crisopicrína, s. f. substância corante amarela extraída de certas espécies de líquens.

Crispazióne, s. f. crispação / contração espasmódica.

Cristallàio, (pl. -ài) s. m. cristaleiro, indivíduo que fabrica ou vende cristais.

Cristallàme, s. m. o conjunto dos objetos de cristal de uma casa ou de uma loja.

Cristallería, (neol.), s. f. cristaleira, fábrica de cristais; loja que vende objetos de cristal.

Cristallíno, adj. cristalino, de cristal / (s. m.) (anat.) cristalino.

Cristallizzàbile, adj. cristalizável.

Cristallizzàre, (pr. -ízzo, -ízzi) v. cristalizar, reduzir a cristal / transformar-se ou condensar-se em cristal / fossilizar-se.

Cristallizzazióne, s. f. cristalização; ação ou efeito de cristalizar / fusão.

Cristàllo, s. m. cristal / vidro branco transparente / objetos feitos com cristal / (fig.) líquido ——: água.

Cristallogènesi, s. f. cristalogenia.

Cristallògrafo, s. m. cristalógrafo, perito em cristais.

Cristallòide, s. f. cristalóide / membrana que envolve o cristalino.

Cristallonomía, s. f. cristalonomia.

Cristàto, (ant.) adj. cristado, que tem crista.

Cristère, v. clistere.

Cristianamênte, adv. cristãmente; de modo cristão.

Cristianeggiàre, (pr. -èggio, -èggi) v. ser semelhante a cristão / ostentar idéias ou costumes de cristão.

Cristianêsimo, s. m. cristianismo; doutrina, religião de Cristo.

Cristiània, (neol.) s. m. (esp.) parada no esquiar, que se executa virando o corpo num impulso e firmando os esquis paralelos.

Cristianità, s. f. cristandade, qualidade do que é cristão, conjunto dos povos cristãos.

Cristiáno, adj. e s. m. cristão.

Crísto, s. m. Cristo; Jesus Cristo / **segnato da** ——: pessoa que tem algum defeito físico / **un povero** ——: homem infeliz / **chi vuol** —— **se lo preghi**: quem quer vai, quem não quer manda.

Cristología, s. f. cristologia.

Cristòlogo, (pl. -òlogi) s. m. cristólogo, douto em cristologia.

Critèrio, (pl. -èri) s. m. critério / (fam.) juízo, razão, bom-senso / norma, regra, princípio.

Critica, s. f. crítica / juízo, fundamento / exame, discussão / discernimento / censura; maledicência.

Criticàbile, adj. criticável.

Criticàre, (pr. crítico, crítichi) v. criticar / dizer mal de; censurar.

Criticísmo, s. m. (filos.) criticismo.

Crítico, (pl. critici) s. m. crítico / (fam.) censurador; o que acha defeitos em quase tudo / (dim.) **critichêtto**; (aum.) **criticône**; (pej.) **criticónzolo, criticàstro, criticàccio**.

Criticône, s. m. (aum.) critiqueiro, que tem mania de criticar.

Crittògame, s. f. (pl.) (bot.) criptógamas.

Crittografía, s. f. criptografia.

Crittográfico, (pl. -àfici) adj. criptográfico.

Crittògrafo, s. m. criptógrafo.

Crittogràma, s. m. criptograma / representação que tem sentido oculto / figura simbólica.

Crivellàre, (pr. -èllo) v. tr. crivar, furar em muitos pontos; encher de furos / crivar, passar por crivo.

Crivèllo, s. m. crivo; joeira.

Crivellografía, (neol.) s. f. (tip.) processo tipográfico que consiste em fazer passar, sobre papel ou papelão, algumas massas, diversamente coloridas através de um crivo, para o fim de imprimir incisões coloridas.

Crivellóne, s. m. crivo grande / tecido grosseiro, serapilheira.

Croàto, adj. e s. m. croata; da Croácia / bordado feito com fios coloridos misturados a fios de ouro e de prata; ornamento usado entre as camponesas da Croácia.

Croccànte, adj. que estala, que estraleja; ruído que faz o pão quando range ou estraleja sob os dentes / **pane** ——: doce feito de amêndoas torradas e açúcar cozido.

Croccàre, (pr. -òcco, -òcchi) v. intr. estalar, dar estalidos, estrelejar, crepitar; ranger, chiar: **un picciol uscio intanto stride e crocca** (Ariosto).

Crocchétta, s. f. bolinho feito de picado de carne, arroz, batata e similares, envolvendo em pão ralado e frito; croquete / (dim.) **crocchettína**.

Cròcchia, s. f. penteado de cabelo no alto da cabeça em forma de trança; birote, coque.
Crocchiàre (pr. cròcchio, cròcchi) v. intr. estralejar, estalejar, crepitar; chiar / cacarejar chocho da galinha quando tem pintinhos.
Cròcchio (pl. cròcchi), s. m. ajuntamento de pessoas que conversam; círculo, grupo / rodinha / ruído, estalido de vasos que se quebram / **stare a** ———: palestrar, conversar.
Crocchiolàre, (pr. -òcchiolo) v. intr. cacarejar leve e prolongado das galinhas quando chamam os pintos / gorgolejar (do vinho e similares).
Cròcco, (pl. cròcchi) s. m. (raro) pequeno gancho de ferro.
Croccolône, s. m. (zool.) narceja, ave pernalta.
Crôce, (pl. crôci) s. f. cruz / **segno di** ———: sinal da cruz; **tirare una** ——— **sopra un debito**: cancelar uma dívida / **a occhio e** ———: a olho, sem muito cuidado / (fig.) aflição, tormento, trabalhos; **ciascuno ha la sua** ———: cada qual tem a sua cruz / (dim.) **crocína, crocètta**: cruzinha.
Crocè, e croscè, (neol.) s. m. croché (renda feita com agulha).
Cròceo, adj. crôceo, da cor do açafrão; amarelo.
Crocerossína, s. f. enfermeira da Cruz Vermelha.
Crocètto, s. m. lima que os serralheiros usam para fazer chaves.
Crocevía, s. f. encruzilhada.
Crociàle, adj. crucial.
Crociàre, (pr. cròcio, crôci) v. cruzar, assinalar com uma cruz / (refl.) participar da cruzada; fazer-se cruzado (ant.).
Crociàta, s. f. (hist.) cruzada (expedições que se fizeram à Palestina para libertar Jerusalém dos Muçulmanos) / (fig.) empresa para a propagação de uma idéia etc.: ——— **contro l'ignoranza.**
Crociatèt, (neol.) s. m. voz de comando militar que ordena ao soldado que se coloque o fuzil em posição de atirar.
Crociàto, p. p. e adj. cruzado; colocado, disposto em cruz / (s. m.) cruzado, expedicionário que fazia parte das Cruzadas.
Crocícchio, (pl. -ícchi) s. m. encruzilhada; bifurcação.
Crocidàre, (pr. Cròcido) v. intr. crocitar; grasnar; soltar (o corvo) o seu grito.
Crocièra, s. f. disposição em forma de cruz, cruz / cruzeiro; itinerário de navio, por motivo de perlustração; por ext. diz-se de viagem marítima ou aérea por simples passatempo.
Crocière, s. m. pássaro alpestre da família dos fringilídeos.
Crocífere, s. f. pl. (bot.) cruciferas.
Crocífero, s. m. crucífero; o que leva a cruz em procissões: crucifcrário.
Crocifiggere, (pr. -íggo) v. tr. crucificar, pregar na cruz / (burl.) condecorar com a cruz de cavalheiro.
Crocifissàio, s. m. pessoa que vende ou fabrica crucifixos.

Crocifissôre, s. m. (f. **crocifiggitríce**) crucificador.
Crocifôrme, adj. em forma de cruz; cruciforme.
Crocíle, s. m. espécie de cavalete de estacas, usado pelos cordoeiros.
Cròco, (pl. cròchi) s. m. croco, nome genérico de plantas da família das Iridáceas, a que pertence o açafrão.
Crocòta, s. f. veste crócea, da cor do açafrão.
Cròda, s. f. (alp.) rocha nua, escarpada, quase a pique.
Crodaiòlo, (neol. alp.) s. m. alpinista que escala rochas.
Crogiolàre, (pr. crògiolo) v. tr. cozer a fogo lento / acrisolar / (refl.) (fig.) descansar ao calor do sol, do fogo, etc.
Crògiolo, s. m. cozimento ao fogo lento / têmpera que se dá ao vidro, pondo-o na câmara da fornalha.
Crogiuòlo, s. m. vaso de terra refratária para fundir metal: crisol; cadinho.
Cròio, (ant.) adj. duro, rude, disforme; **l'epa croia** (Dante).
Crollamênto, s. m. desmoronamento; desabamento; derrocamento.
Crollàre, (pr. cròllo) v. sacudir, abanar, mover dum lado a outro; ——— **il capo**: abanar a cabeça em sinal de desaprovação ou dúvida / sacudir, agitar fortemente / (intr.) derrocar, desmoronar, desabar, ruinar.
Crollàta, s. f. sacudida; moto, movimento.
Cròllo, s. m. abalo, derrocada, desabamento; (fig.) dano, ruína, prejuízo total.
Cròma, s. f. (mús) croma, nota musical.
Cromàre, v. tr. cromar, revestir de uma camada de crómio.
Cromàtico, (pl. -átici) adj. cromático.
Cromatína, s. f. cromatina, substância que entra na composição do núcleo celular / (ind.) pomada para calçados de cor.
Cromatísmo, s. m. cromatismo.
Cromàto, p. p. e adj. cromado, que tem cromo / (s. m.) cromato, sal do ácido crômico.
Cromatòforo, s. m. cromatóforo / corpos em que se localizam os pigmentos.
Cromatúra, s. f. ação e efeito de cromar: cromagem.
Cròmo, s. m. (quím) crômio / **al** ———: diz-se de couro curtido com cromato de ferro.
Cromolitografía, s. f. (tip.) cromolitografia.
Cromolitogràfico, (pl. -àfici) adj. cromolitográfico.
Cromoplàsti, s. m. (pl.) cromoplatídios; cromoleucitos.
Cromosfèra, s. f. cromosfera, uma das camadas que envolvem o sol.
Cromosòma, s. m. cromossoma (corpúsculo).
Cromostesiòmetro, s. m. aparelho que mede a sensibilidade das cores.
Cromotelevisône, s. m. televisão a cores.
Cromotipía, s. f. (tip.) cromotipia.
Cromotipografía s. f. cromotipografia.

Crònaca, s. f. crônica, narração histórica dos fatos pela ordem do tempo em que os mesmos se deram / (neol.) crônica, seção de jornal destinada a determinadas notícias; ———— **nera**: o noticiário dos crimes; ———— **bianca**: os acontecimentos mundanos.

Cronachísta, (pl. -ísti) s. m. (raro) cronista, escritor de crônicas; noticiarista.

Cronicità, s. f. cronicidade, qualidade ou estado do que é crônico.

Crònico, (pl. crònici) adj. crônico, que dura há muito tempo; inveterado; permanente / (s. m.) pessoa que sofre de mal crônico: **ospizio dei cronici**.

Cronísta, (pl. ísti) s. m. cronista, escritor de crônicas / noticiarista.

Cronistòria, (neol) s. f. crônica histórica narrada segundo a nua e fria sucessão dos fatos.

Cronografía, s. f. cronografia.

Cronogràfico, (pl. -àfici) adj. cronográfico, referente à cronografia.

Cronògrafo, s. m. cronógrafo, cronologista.

Cronología, s. f. cronologia.

Cronologicamênte, adv. cronologicamente.

Cronològico, (pl. -ògici) adj. cronológico.

Cronologísta, s. m. cronologista.

Cronòlogo, (pl. -òlogi) s. m. cronólogo, cronologista.

Cronometràre, v. tr. cronometrar, medir o tempo com o cronômetro.

Cronometrísta, (pl. -ísti) s. m. cronometrista.

Cronòmetro, s. m. cronômetro.

Cronoscòpio, s. m. cronoscópio, cronógrafo (instrumento para medir a duração de fenômenos de curta duração).

Crosciàre (pr. cròscio) v. intr. chiar, crepitar; diz-se de rumor semelhante ao da chuva, quando cai violentamente: **sentiva** ———— **le foglie secche** (Páscoli).

Cròscio, (pl. cròsci) s. m. rangido, chiado, crepitação; ruído.

Crossòpo, s. m. rato aquático.

Cròsta, s. f. crosta, camada externa de um corpo mais ou menos consistente; crosta; invólucro; casca; côdea / (burl.) quadro sem valor artístico.

Crostàceo, adj. e s. m. crustáceo.

Crostàre, (pr. -òsto) v. tr. cozer até formar crosta; torrar.

Crostàta, s. f. torta, pastel; doce.

Crostíno, s. m. fatia de pão tostada, com manteiga, queijo, etc.; torrada.

Crostôso, adj. crostoso, que tem crosta, em que há crosta.

Cròtalo, s. m. crótalo, antigo instrumento semelhante a castanholas; (zool.) crótalo, réptil venenoso; cascavel.

Crotalossína, s. f. crotaloxina, substância tóxica existente no veneno da cascavel.

Crotòfaga, s. f. crotófaga, ave trepadora da América.

Crotône, s. m. cróton, planta euforbiácea / tumor fungoso que se desenvolve nos ossos.

Crotoniàti, s. m. (pl.) crotonienses, naturais ou habitantes de Crotona (antiga cidade da Calábria).

Crucciàre (pr. crúccio, crúcci) v. tr. tormentar, afligir / (refl.) tormentar-se, afligir-se, enraivecer-se, irritar-se: **Caron, non ti crucciar** (Dante).

Crúccio, (pl. crúcci) s. m. dor, desgosto / humor; amuo, despeito, arrufo.

Crucciosamênte, adv. zangadamente, despeitosamente, arrufadamente.

Crucciôso, adj. zangado, irritado / despeitado, amuado, abespinhado.

Cruciàle, adj. crucial, da cruz, que tem forma de cruz / **punto** ————: ponto crucial.

Cruciàre, v. tr. cruciar, afligir muito; torturar.

Crucifíge, imperativo do verbo latino "**crucifigere**": grito dos que queriam a morte de Jesus; usa-se na loc.: **gridare il** ———— **contro uno**: mortificar, maltratar alguém, cobri-lo de culpas e insultos.

Crucifôrme, adj. cruciforme; que tem forma de cruz.

Crucivèrba, (neol.) s. f. jogo das palavras cruzadas.

Crudamênte, adv. cruelmente, desapiedosamente; duramente.

Crudèle, adj. cruel; bárbaro; bruto, desapiedado; cru; atroz.

Crudelmênte, adv. cruelmente, barbaramente, brutalmente, desapiedadamente, selvagemente.

Crudeltà, s. f. crueldade, aspereza, atrocidade, barbaridade, ferocidade, tirania.

Crudêzza, s. f. crueza, crueldade / crueza, qualidade, estado de cru.

Crudígno, adj. um tanto cru, meio cozido.

Crudívoro, adj. crudívoro, que se nutre de alimentos crus.

Crúdo, adj. cru, ainda não cozido; (por ext.) pouco cozido / áspero, frio, rijo: **inverno** ———— / severo, rude / inclemente, cruel / (fig.) **farne delle cotte e delle crude**: fazer toda sorte de más ações / **parlare muto e** ————: falar francamente e sem rodeios.

Cruènto, adj. cruento; sanguinolento / cruel.

Crumíro, s. m. trabalhador que não respeita a ordem de greve e se apresenta ao trabalho: fura-greve; o termo crumiro foi um tempo muito usado nos meios trabalhistas do Brasil e Portugal embora nenhum dicionário dos dois países o registre até hoje.

Crúna, s. f. furo da agulha pelo qual passa a linha.

Cruóre, s. m. (raro) cruor, sangue que se esgota; (poét.) sangue.

Cruppále, adj. (med.) crupal, de crupe.

Crúppe, (ingl. "croup") s. m. crupe, angina diftérica.

Cruràle, adj. (anat) crural, relativo ou pertencente à coxa.

Crúsca, s. f. farelo (do trigo) (fig.) **vendere** ———— **per farina**: enganar / título da famosa Academia florentina cuja finalidade é discernir a flor da língua.

Cruscàio, s. m. comprador ou vendedor de farelo.

Cruscaiuòlo, s. m. vendedor de farelo / (deprec.) acadêmico da Academia "**della Crusca**" / (adj.) da Academia "della Crusca".

Cruscànte, s. m. acadêmico da "Crusca" / (burl.) pessoa que escreve ou fala com afetação / (adj.) da Academia "della Crusca".

Cruscheggiàre, (pr. -èggio, -èggi) v. intr. afetar grande pureza de língua: **egli cruscheggiava**.

Cruschèllo, s. m. farelo miúdo da segunda peneiração.

Cruscherèlla, s. m. jogo de criança que se faz escondendo moedas em montículos de farelo ganhando aqueles que as encontram.

Cruschêvole, adj. que afeta pureza de língua.

Crúscolo, (ant.) adj. vivaz.

Cruscône, s. f. farelo grosso / (burl.) acadêmico da "Crusca".

Cruscôso, adj. farelento, cheio de farelo / cheio de sardas (o rosto).

Cruscòtto, s. m. (mec.) cobertura de couro, de certos veículos, como automóveis, aeroplanos, etc., sobre o qual estão os instrumentos indicadores: taquímetro, amperômetro, manômetro, etc.

Cubàre, v. (raro) cubar, avaliar em unidades cúbicas, cubicar.

Cubatúra, s. f. (geom.) cubatura; cubagem.

Cubèbe, s. m. cubeba, gênero de arbustos da família das piperáceas, semelhantes às pimenteiras.

Cubètto, s. m. pequeno cubo de madeira: cubinho.

Cubia, s. f. (náut.) escovém, orifício por onde passa a amarra, no costado do navio.

Cúbico, (pl. **cúbici**) adj. cúbico.

Cubicolário, (pl. -àri) s. m. (hist.) cubiculário, escravo, criado de quarto, entre os antigos Romanos

Cubícolo, s. m. cubículo, quarto, compartimento pequeno.

Cubilòtto, s. m. tipo de alto forno para fusão do ferro-gusa.

Cubísmo, (neol.) s. m. cubismo, escola moderna de pintura em que predomina o emprego de linhas retas.

Cubitàle, adj. cubital, da medida de um covado; (por ext.) muito grande: **lettere cubitali**.

Cúbito, s. m. (anat.) cúbito, osso comprido e grosso, um dos ossos do antebraço / côvado, medida linear antiga.

Cúbo, s. m. cubo, sólido que tem seis faces / (mat.) terceira potência de uma quantidade.

Cubòide, adj. cubóide, que tem forma de cubo / (anat.) osso curto situado na parte anterior e superior do tarso.

Cuccàgna, s. f. cocanha; (fig.) país imaginário onde há de tudo; **albero di ———: mastro, pau de cocanha**.

Cuccàre, v. (fam.) enganar / (refl.) desfrutar (alguma coisa).

Cuccètta, s. f. pequeno canil ou covil / (mar.) beliche, cada uma das camas sobrepostas a bordo dos navios.

Cucchiàia, s. f. colherão, colher destinada a vários usos / trolha, colher de pedreiro / ferro cilíndrico para passar renda / rede de cânhamo grosso, para pesca.

Cucchiaiàta s. f. colherada, porção que se contém ou pode conter uma colher: **una ——— di miele**.

Cucchiaièra, s. f. estojo para colheres.

Cucchiaíno, s. m. (dim.) colherinha.

Cucchiàio, (pl. **-ài**) s. m. colher.

Cucchiàra, s. f. colherão: colher grande / máquina de dragar: draga.

Cúccia, (pl. **cúcce**) s. f. canil, lugar onde se alojam cães / (depr.) cama / (raro) cadelinha.

Cucciàre, v. intr. ir ao canil, deitar-se no canil.

Cuccíbalo, s. m. cucúbalo, gênero de plantas carofiláceas.

Cúcciolo, s. m. cão pequeno, ainda não crescido: cãozinho / (fig.) simples, inexperiente.

Cúcco, (pl. **cúcchi**) s. m. o filho predileto, criança mimada; benjamim; queridinho / **vecchio ———**: velho infantilizado, abobado.

Cúccuma, s. f. bule / chaleira, cafeteira.

Cucicchiàre (pr. -**icchio**, **icchi**), v. cozer aos bocados e morosamente.

Cucína, s. f. cozinha / (dim.) **cucinètta**, **cucinina**: cozinhazinha.

Cucinàre, (pr. -íno, -íni) v. tr. cozinhar; cozer / (fam.) ——— **una persona o una cosa**: manipular, manobrar, ordenar.

Cucinàrio, adj. culinário.

Cucinàto, p. p. e adj. cozinhado, cozido.

Cucinatôre, adj. e s. m. (f. -**tríce**) aquele que cozinha: cozinheiro.

Cucinatúra, s. f. cozimento; ato de cozer; cocção; cozedura.

Cucinière, s. m. (f. -**èra**) cozinheiro.

Cuciníno, s. m. (dim.) cozinha pequena de casa moderna ou apartamento: **kitchinete**.

Cucíre, (pr. **cúcio**, **cúci**) v. tr. coser: costurar / **cucirsi la bocca**: manter-se calado / **cucir le frasi**: unir as frases.

Cuciríno, adj. e s. m. que serve para coser: **filati cucirini**.

Cucíto, p. p. e adj. cosido, que se coseu; costurado (fig.) **bocca cúcita**: boca fechada (que não fala).

Cucíto, s. m. cosido, costura; **maestra di ———**: professora de costura; **il ———**: roupa costurada.

Cucitôio, s. m. cosedor, bastidor em que os encadernadores cosem os livros.

Cucitôre, s. m. (f. -**tôra** e -**tríce**) costureiro; homem que faz trabalhos de costura por profissão / costureiro.

Cucitríce, s. f. máquina de costurar, especialmente a que se usa na encadernação de livros.

Cucitúra, s. f. ação e efeito de coser: costura; união de duas peças cosidas pelas bordas / **juntura** / sutura.

Cucú, s. m. (zool.) cuco / **orologio a ———**: relógio de cuco / **far ———**: agachar-se, no jogo de esconde-esconde, das crianças.

Cuculiàre, v. (raro) caçoar, zombar / imitar a voz do cuco: cucular.
Cúculo e cucúlo, s. m. (zool.) cuco, nome vulgar de ave trepadora da família "Cuculidae" /**fior di** ———: planta perene das cariofiláceas.
Cucúllo, s. m. cuculo; capuz; capelo; capa com capuz.
Cucúrbita, s. f. cucúrbita, parte do alambique onde se deita a substância que se quer destilar; abóbora.
Cucurbitàceo, adj. cucurbitáceo, relativo à abóbora / **cucurbitácee**, s. f. (pl.) cucurbitáceas (plantas).
Cudú, s. f. (zool.) mamífero ruminante dos antílopes, das regiões africanas.
Cúffia, s. f. touca, cobertura leve da cabeça das crianças, antigamente usada também pelas mulheres. / coifa / véu que as mulheres levam ao chapéu e com que cobrem o rosto / (bot.) revestimento de células que protegem as extremidades das raízes novas / reparo, cobertura / (fig.) **uscire pel rotto della** ———: escapar livremente e por um triz de um perigo ou embrulhada.
Cúfico (pl. **cúfici**) adj. cúfico, diz-se dos caracteres arábicos empregados em certas inscrições.
Cugína, s. f. prima (fem. de primo).
Cuginànza, s. f. (raro) grau de parentesco que intercorre entre primos.
Cugíno, s. m. (f. -ína) primo, filho do tio ou da tia; (dim.) **cuginêtto**: priminho / (zool.) mosquito da família dos culícidas, cujas larvas vivem nas águas estragadas.
Cúi, pron. rel. indecl. que substitui o pron. "che" nos casos em que este não pode ser usado; do qual, à qual; de que; de quem; a que, por que; com que / à qual / cujo, cuja; cujos, cujas / **i dati di** ——— **dispongo non bastano**: os dados de que disponho não são suficientes /**il libro a** ——— **ti referisci**: o livro a que te referes; **la persona** ——— **alludevo**: a pessoa à qual eu me referia / **il ragazzo con** ——— **parlavo**: o menino com quem eu estava a falar / **la** ——— **anima é immortale**: cuja alma é imortal / **il signore il** ——— **figlio hai consciuto**: o senhor, cujo filho conheceste / / **é uno scrittore, le** ——— **idee**: é um escritor cujas idéias...
Culaccíno, s. m. resíduo de salsicha ou salame / escorralha, sedimento ou borra do vinho e similares / sinal que um copo molhado deixa no lugar onde estava pousado.
Culàccio, (pl. -àcci) parte traseira da rês.
Culàtta, s. f. culatra; parte inferior de muitas coisas; e especialmente a parte posterior de uma boca de fogo: **la** ——— **del cannone**.
Culbiànco, s. m. narceja (pássaro).
Culinàrio, (pl. -àri) culinário.
Cúlla, s. f. berço; (ant.) cuna / origem (de coisa ou pessoa): **l'Italia é la** ——— **della latinitá**.
Cullàre, v. embalar, balouçar (o berço das crianças); acalentar para adormecer; (fig.) iludir, entreter com falsas promessas / (refl.) **culiarsi**: iludir-se.
Cullàta, s. f. ato de ninar, embalo, balouço.
Culmífero, adj. (bot.) cumífero, que tem caule em forma de colmo.
Culminànte, p. pr. e adj. culminante; que é o mais elevado.
Culminàre, (pr. **cúlmino**) v. intr. culminar, diz-se de um astro quando passa sobre o meridiano / culminar, chegar ao ponto mais elevado ou culminante.
Culminazióne, s. f. (astr.) culminação / culminância, apogeu, auge.
Cúlmine, s. m. (lit.) cimo, cume, ápice; apogeu; culminância.
Cúlmo, s. m. colmo, caule das plantas gramíneas.
Cúlo, s. m. cu, ânus; traseiro / o fundo dos copos, frascos, garrafas, etc.
Cultellazióne, s. f. (agr.) aplanamento de um terreno e conseqüente medição.
Cúlto, adj. culto; ilustrado; instruído; sabedor; civilizado; esmerado / (s. m.) culto, homenagem religiosa tributada a Deus ou a entes sobrenaturais / veneração: **li** ——— **per la madre** / religião, atos rituais de uma religião: **il** ——— **cattólico, protestante**.
Cultôre, s. m. (f. -tríce) cultor, aquele que se aplica a determinado estudo: cultivador.
Cúltro, s. m. cultro, cutelo usado nos sacrifícios religiosos, para matar a vítima.
Cultura, s. f. cultura.
Culturale, adj. cultural.
Cúmulo, v. cûmulo.
Cumulàre, (pr. **cúmulo**) v. tr. acumular, cumular; amontoar.
Cumulatívo, adj. cumulativo / global.
Cumulatôre, adj. e s. m. (f. -tríce) que ou aquele que acumula: acumulador.
Cumulazióne, s. f. cumulação.
Cúmulo, s. m. cúmulo; amontoamento; montão; grande quantidade / (jur.) ——— **delle pene**: reunião de todas as penas que recaem sobre um condenado, para o fim de dar uma sentença que determine a pena complexiva.
Cúna, s. f. berço; (ant.) cuna / (dim.) **cunêtta, cunêlla**: bercinho.
Cuneàre, v. tr. (raro) dar forma de cunha.
Cuneifôrme, adj. cuneiforme.
Cúneo, s. m. cunha; figura prismática que da sua base quadrada vai diminuindo gradualmente até terminar em ponta / cunha, instrumento cortado em ângulo sólido / (mil.) formação de batalha em forma de cunha.
Cunêtta, s. f. espécie de canal onde se recolhem as águas / valeta para as águas ao longo das margens das estradas.
Cunícolo, s. m. cunícolo; cova subterrânea de certos animais / caminho subterrâneo nas minas de petróleo / (fort.) corredor subterrâneo.

Cùnta (ant.) s. f. incerteza, hesitação.
Cunzièra (ant.), s. f. frasco elegante para perfume.
Cuòcere, (pr. **cuòcio, cuòci, cuòce**), v. cozinhar, cozer / (fig.) **lasciar ——— uno nel suo brodo**: deixar fazer como bem entende / afligir, ofender: **quest'ingiuria mi cuoce**.
Cuòco, (pl. **cuòchi**) s. m. cozinheiro.
Cuoiàio, coiàio (forma esta preferida) (s. m.) aquele que prepara ou vende couros: coureiro.
Cuoiàme, s. m. courama.
Cuòio, (pl. m. **cuòi**; f. **cuòia**, somente no sentido de pele humana) s. m. couro; pele curtida de certos animais / **——— capelluto**: a pele da cabeça humana / (fam.) pele humana; **aver le cuola dure**: ter bastante resistência para agüentar qualquer coisa.
Cuòra, s. f. conjunto de vegetais flutuantes sobre os pântanos, nos lagos, no mar: **travolge la ———** (D'Annunzio).
Cuòre, s. m. coração / (fig.) sensibilidade moral; consciência; generosidade; coragem; ânimo; valor; amor, piedade / parte mais central: **Roma é il ——— d'Italia / di ———**: cordialmente, sinceramente / **di tutto ———**: com todo prazer / **spendere il ———**: despender muito / **strappare il ———**: comover, impressionar muitíssimo; (dim.) **coricíno**: coraçãozinho.
Cuoriforme, adj. em forma de coração.
Cupamènte, adv. cavernosamente, roucamente / surdamente, escuramente, tenebrosamente.
Cupè, (neol.) s. m. cupê, carruagem fechada de quatro rodas.
Cupêzza, s. f. escureza; melancolia; tenebrosidade; tristeza.
Cupidamènte, adv. avidamente, cobiçosamente.
Cupidígia, s. f. cupidez; avidez; ambição.
Cupiditá, s. f. cupidez; avidez; ganância.
Cúpido, adj. cúpido, ávido, muito ambicioso.
Cupído, s. m. Cupido; (fig.) personificação do amor.
Cúpo, adj. cavo, cavernoso / profundo / escuro, tenebroso / triste, melancólico; macambúzio; **silenzio ———**: silêncio profundo.
Cúpola, s. f. cúpula / abóbada / a ———: em forma de abóbada / (dim.) **cupolína, cupolíno, cupolètta**: cupulazinha; (aum.) **cupolône**.
Cupône, (neol.) s. m. cupão, bilhete, cédula.
Cùpreo, adj. (lit.) cúprico, que é de cobre; em que há cobre.
Cupressínee, s. f. (pl. bot.) cupressíneas, família de plantas da ordem das coníferas.
Cúprico, (pl. **cúprici**) adj. cúprico, que se refere ao cobre e aos seus compostos.
Cuprísmo, s. m. (med.) cuprismo, envenenamento crônico pelo cobre.
Cuprìte, s. f. (miner.) cuprito.

Cúra, s. f. cura, atenção, cuidado, diligência, solicitude, desvelo / vigilância, educação: **la ——— dei bambini** / inquietação, cuidado / (med.) cura, tratamento, ato ou efeito de curar / **casa di ———**: hospital particular.
Curàbile, adj. curável.
Curabilità, s. f. curabilidade.
Curaçao, s. m. (hol.) curaçao (bebida).
Curadènti, s. m. (p us.) palitos de palitar os dentes.
Curandàio, s. m. pessoa que dá alvura às roupas: lavadeiro, lavador.
Curànte, p. pr. e adj. que trata, que assiste: **medico ———**: médico que está tratando de um doente.
Curaorêcchi, s. m. objeto para limpar os ouvidos.
Curapòrto, s. m. pontão com draga para limpar os portos.
Curàre, v. tr. cuidar, ter cuidado de; velar, vigiar; zelar; cogitar, meditar / **——— il testo**: examinar um texto, corrigindo-o, emendando-o dos erros ou defeitos / (med.) curar: tratar ou livrar de doença / (refl.) ocupar-se, encarregar-se, incumbir-se.
Curarína, s. f. curarina, princípio ativo do curare.
Curàro, s. m. curare, tóxico vegetal extraído da casca de um cipó.
Curasnêtta, s. f. puxavante, instrumento de ferrador para aparar o casco dos animais.
Curatèla, s. f. curatela, curadoria, cargo ou administração de curador.
Curativo, p. p. e adj. que serve para curar: **rimédio ———**.
Curàto, adj. curado, cuidado; s. m. cura, paroco, prior.
Curatôre, s. m. (f. **-trice**) (jur.) curador.
Curatúra, s. f. operação de branquear os panos nas fábricas de tecidos.
Curbasciàta, s. f. chicotada, lambada, lapada.
Curbàscio, s. m. chicote de pele de hipopótamo.
Curculiône, s. m. gorgulho, inseto dos curculiônidas, que rói as plantas.
Cúrcuma, s. f. (bot.) cúrcuma, gênero de gengiberáceas.
Curcumína, s. f. curcumina, substância amarela do cúrcuma.
Cúria, s. f. cúria, a décima parte das tribos romanas / lugar onde se reunia o senado romano / (jur.) tribunal; lugar onde se tratam as causas; foro de uma cidade / (ecles.) **——— vescovile**: sede do Bispado; **——— Romana**; a Corte Papal.
Curiàle, adj. curial; áulico, solene: **mi metto panni reali e curiali** (Macchiavelli) / que se refere à lei / (s. m.) o que trata de causas, leguléio, rábula, advogado.
Curialità, (ant.) s. f. curialidade / urbanidade.
Curialmènte, adv. curialmente, de modo curial; à maneira de advogado.
Curiàto, adj. (hist.) das antigas cúrias romanas.
Curiosamènte, adv. curiosamente.
Curiosàre, v. intr. curiosar; espiar, observar curiosamente.

Curioseggiàre, v. curiosar.
Curiosètto, adj. (dim.) um tanto curioso / um tanto estranho ou singular.
Curiosità, s. f. curiosidade / coisa rara, original, bizara, peregrina.
Curiôso, adj. curioso / singular, estranho, bizarro; raro.
Curiosône, s. m. (aum.) curioso, indiscreto em demasia.
Curite, s. f. curite, vanadato natural de chumbo, que contém urânio.
Currênti càlamo, loc. lat., que significa literalmente, "a pena corrente", que escreve rapidamente, sem muita reflexão.
Currícolo, s. m. currículo, carreira, parte de um curso literário.
Cúrro, s. m. rolo, cilindro de ferro ou de madeira que se põe debaixo de certos objetos pesados a fim de os transportar mais facilmente.
Cursôre, s. m. cursor, que corre ao longo de alguma coisa / (hist.) entre os romanos, oficial de justiça / (ecles.) mensageiro do Papa / parte corrediça de uma régua de cálculo, de um compasso, etc.
Curtàto, adj. (raro) encurtado; abreviado.
Curúle, adj. curul; designativo das cadeiras em que só podiam sentar-se os primeiros magistrados de Roma / cadeira de personagem importante.
Cúrva, s. f. (geom.) curva / trajetória dos projéteis; parábola; (geogr.) **curve altimetriche**: curvas altimétricas.
Curvàbile, adj. curvável.
Curvamènte, adv. em forma de curva, sinuosamente.
Curvamènto, s. m. encurvamento / curvatura.
Curvàre, v. tr. curvar, tornar curvo; arquear; dobrar em arco; (refl.) dobrar-se, arquear-se; curvar-se.
Curvatrìce, s. f. (mec.) máquina de encurvar, arquear, dobrar lâminas de ferro, etc.
Curvatúra, s. f. ação e efeito de encurvar: curvatura; dobramento.
Curvêzza, s. f. (raro) qualidade de curvo: curvidade.
Curvilíneo, adj. curvilíneo.
Curvímetro, s. m. curvímetro (instrumento).
Curvità, s. f. curvidade.
Cúrvo, adj. e s. m. curvo; curvado; inclinado; adunco, arqueado; curvilíneo; sinuoso.
Curvògrafo, s. m. instrumento de desenhista, para traçar curvas.
Cuscinêtto, s. m. (dim. de **cuscino**) (mec.) coxim, pequena almofada de máquina / ——— **a sfere**: coxim formado de dois anéis concêntricos / **stato** ———: Estado tampão que, achando-se entre dois Estados inimigos, impede que os dois se choquem entre si.
Cuscíno, s. m. travesseiro; almofada, coxim / (dim.) **cuscinúccio**: pequena almofada ou travesseiro; (aum.) **cuscinône**: travesseiro grande.
Cusco, s. m. (zool.) marsupial da Nova Guiné e da Nova Irlanda, do tamanho de um gato, de pelo mosqueado.

Cuscussú, s. m. cuscuz, manjar ou comida especial dos árabes / (Bras.) cuscuz, prato feito de farinha de milho ou de arroz, cozido no vapor.
Cúscuta, s. f. cuscuta, planta da família das convolvuláceas, parasita dos vegetais cultivados.
Cuspidàle, adj. cuspidal, que termina em cúspide.
Cuspidáto, adj. cuspidato / **denti cuspidati**: dentes caninos.
Cúspide, s. f. cúspide / extremidade aguda.
Cussina, s. f. medicamento anti-helmíntico, que se extrai do cusso.
Cusso, s. m. cusso ou cosso, planta rosácea medicinal.
Custòde, s. m. e f. que guarda, que protege; custódio / ——— **delle carceri**: carcereiro / **angelo** ———: anjo da guarda / guarda; vigilante; porteiro.
Custòdia, s. f. custódia, ato de custodiar, de proteger, de guardar: **è solto la** / ——— **della legge** / caixa, estojo em que se guarda qualquer objeto de valor ou de estimação.
Custodimènto, s. m. custódia / proteção.
Custodíre, (pr. -ísco, -ísci) v. tr. custodiar; ter em custódia; guardar, assistir; proteger / defender, vigilar / tutelar; conservar; salvaguardar.
Custoditamènte, (ant.) adv. cuidadosamente, diligentemente.
Custodíto, p. p. e adj. custodiado; guardado; protegido.
Cutàneo, adj. cutâneo.
Cúte, s. f. cute, cútis, epiderme, pele, tez.
Cutèrzola, s. f. espécie de formiga que caminha levantando o abdome.
Cuticágna, s. f. cultra, cangote, cagote; pele da nuca; e, por ext. pele da cabeça, (couro cabeludo) / cabelos que cobrem o cogote.
Cutícola, s. f. cutícola; película; epidérmide; a flor da pele.
Cuticoláre, adj. cuticular.
Cutígno, adj. (raro) da cútis; cutâneo.
Cutignòlo, s. m. variedade de figo.
Cutina, s. f. cutina, substância química proveniente de uma modificação da celulose das partes exteriores dos corpos das plantas.
Cutireaziône, s. f. cutirreação, inflamação da pele pela inoculação de toxinas.
Cutrêttola, s. f. alvéola, gênero de pássaros dentirrostros / pastorinha, lavandisca, boietra, lavandeira.
Cutta, s. f. abadavina (pássaro).
Cutter, s. m. (ingl.) cúter, embarcação de um só mastro e mastaréu, leve e veloz.
Cutti, s. f. alvéola, pássaro de penas amarelas.
Czàr, tzar, zar, s. m. czar, tzar, título de antigos imperadores da Rússia.
Czàrda, s. f. xarda, czarda, a planície húngara / dança popular húngara.
Czaría, s. f. czarina, título da antiga imperatriz da Rússia.
Czarísmo, s. m. czarismo; poder absoluto do czar.

D

(D), s. m. e f. d, quarta letra do alfabeto ital.; consoante dental; costuma-se juntar à letra d (eufônica) para dar um som mais pronunciado; ad alcuno, ad esempio, ed ora; ed egli / como número romano vale 500.

Da, prep. de; por; une-se também aos artigos il, lo, la, i, gli, le, e forma del, dallo, dalla, dai (e apostr. da) dagli, dalle; como complemento indica princípio, origem, causa; é una notizia che viene ——— lontano: é uma notícia que vem de longe / saltare dalla gioia: pular de alegria; non dipende ——— me: não depende de mim / causa eficiente e agente da passiva: l'America fu scoperta ——— Colombo / Giovanna è stata rimproverata dalla mamma: Joana foi admoestada pela mãe / lugar onde: da noi si sta bene: entre nós vive-se (ou está-se) bem / per ritratti mi servo da Parodi: para retratos procuro o Parodi / lugar para onde: vado dai miei padri: vou aos meus pais / lugar donde: sono giunto ——— Napoli: cheguei de Nápoles / tempo desde que: sono in Brasile dal 1950: estou no Brasil desde 1950 / causa: arrossire dalla vergogna: corar de vergonha / fim: macchina ——— cucire: máquina de costura; mudança de estado: da povero diventò ricco: de pobre tornou-se rico / conveniência: è da scioco quel che lui vuole: é de tolo o que ele quer fazer.

Dabbàsso, adv. abaixo, embaixo, debaixo.

Dabbenàggine, s. f. bonomia, bondade, candura, sobretudo no sentido de ingenuidade e simplicidade extremas: con la tua ——— ti ridurrai alla miseria.

Dabbène, adj. bom, honesto, probo / simples, ingênuo; (burl.) e gli uomini dabbèn son tutti morti.

Dabbudà, s. m. saltério, antigo instrumento musical de cordas.

Da Cànto, daccànto, d'accanto, prep. e adv. ao lado, junto, perto.

Daccàpo, adv. do princípio, de novo, outra vez, novamente; cominciamo ———: comecemos outra vez / parágrafo, alínea / t. mús. abr. D.C. para indicar que um trecho musical deve ser repetido.

Dacchê, conj. desde que; pois que; já que; depois que; ——— se ne fu andato: desde que ele se foi.

Dacèlide, s. f. pássaro australiano.

Dacnomanía, s. f. (med.) dacnomania, impulso, dos degenerados, de morder tudo.

Dacriocistíte, s. f. (med.) dacriocistite, inflamação do saco lacrimal.

Dadaísmo, (neol.) s. m. dadaísmo, escola artística que renega os valores tradicionais / futurismo, cubismo.

Dadaísta, (pl. -ísti) s. m. dadaísta, adepto do dadaísmo.

Dadeggiàre, (pr. -êggio, -êggi) v. (raro) jogar dados.

Dàddoli, s. m. (pl.) carícias afetadas, denguices, faceirices exageradas dos grandes às crianças ou destas aos grandes.

Daddolígno e daddolóne, s. m. delambido, dengue, melindroso; roquebrado.

Daddovêro, (ant.) adv. deveras, realmente.

Dado, s. m. dado, pequeno cubo com que se joga / plinto, cubo que serve de base a qualquer objeto / base, pedestal / (fig.) il ——— è tratto: diz-se quando uma ação arriscada foi iniciada e não há possibilidade de voltar atrás / (dim.) dadolíno, dadètto: dadinho.

Daffàre, s. m. serviço, trabalho em geral; il ——— non gli manca: trabalho não lhe falta.

Dàfila, s. f. espécie de pato de rabo comprido e acuminado.

Dàfne, s. f. (bot.) dafne, gênero de dafnáceas, de fruto e casca medicinais.

Dàga, s. f. adaga; (dim.) daghètta: adagazinha.

Dagherrotipía, s. f. daguerreotipia.

Dagherròtipo, s. m. daguerreótipo.

Daghinàzzo, (ant.) s. m. punhal grande.

Dàgli, prep. form. do ablativo da e do art. pl. masc. gli; dos; pelos; aos; ——— uomini: dos homens: às vezes

usa-se como exclamação para excitar contra alguém; ——— al ladro! ——— al cane!
Dài, prep. dos; pelos; aos; ——— libri s'impara: dos livros se aprende.
Daidài, (neol.) s. m. espécie de patim.
Dàimio, s. m. dáimo, antigos príncipes ou senhores feudais japoneses.
Dàino, s. m. (f. dàina) (zool.) gamo.
Dajak, s. m. daiaque, homem que habita as ilhas do arquipélago índico.
Dàlaia-Làma, s. m. dalai-lama: chefe supremo do lamaísmo, grão-lama.
Dàlia, s. f. (bot.) dália.
Dallàto, da lato, adv. de lado, ao lado; perto; de flanco.
Dalmàtica, s. f. dalmática, túnica branca, que antigamente se fabricava na Dalmácia / (ecles.) paramento / antiga vestimenta de bispos.
Daltònico, (pl. -ònici) adj. e s. m. daltônico.
Daltonísmo, s. m. daltonismo / (fig.) incapacidade para compreender certas idéias: ——— intellettuale.
D'àltrônde, o m. q. altrônde, adv. por outra parte, aliás.
Dàma, s. f. dama / senhora / peça no jogo de xadrez / jogo de damas / ——— amata: noiva, esposa / (dim.) damina, damidèlla, damuzza.
Damàggio e dammàggio, (ant.) s. m. dano, prejuízo.
Damàre, v. tr. sobrepor, no jogo de damas, uma peça à do adversário, para que possa servir de dama.
Damascàre, (pr. -àsco, -àschi) v. tr. adamascar; tecer um estofo de damasco.
Damascàto, p. p. e adj. adamascado.
Damascatúra, s. f. ação de adamascar, de tecer em forma de damasco.
Damascèno, adj. damasceno, de Damasco; damasquino.
Damaschêtto, s. m. damasquino, espada que se fabricava em Damasco / arma de têmpera excelente.
Damaschinàre, v. tr. damasquinar; fazer embutidos em; tauxiar.
Damaschinàto, p. p. e adj. damasquinado.
Damaschinatúra, s. f. ação e efeito de damasquinar; damasquinagem / tauxia.
Damaschíno, adj. damasquino.
Damàsco, (pl. -àschi) s. m. damasco, estofo de seda com flores e desenhos em relevo; estofo adamascado ou imitante a damasco.
Dameggiàre, v. damejar, galantear, cortejar damas: quando uscite a ——— (Carducci).
Damería, s. f. qualidade, atitude, modos de dama: damaísmo.
Dameríno, s. m. janota, galanteador, namorador, chichisbéu.
Damêsco, adj. (raro) de dama.
Damigèlla, s. f. donzela nobre que servia as princesas / donzela de família nobre / menina; senhorita; donzela.
Damigèllo, s. m. donzel, moço ainda não armado, cavalheiro; pajem, criado de honra de príncipes ou de nobres.
Damigiàna, s. f. garrafão revestido de vime, para vinhos ou licores.

Damísta, s. f. jogador de damas.
Dàmma, s. f. gamo / fêmea do gamo.
Dàmmara, s. f. dâmara, gênero de plantas resinosas, da família das abietíneas.
Dammêno, adj. inferior, pior; egli non è ——— di te: ele não é menos que tu.
Dàmo, s. m. namorado; noivo; cortejador; homem amado / amante.
Dàmocle, s. m. Dâmocles, nome do favorito de Dionísio, tirano de Siracusa / (fig.) la spada di ———: ameaça ou perigo incessante.
Danàio, (ant.) s. m. dinheiro / mancha sobre a pele.
Danàro, v. denaro.
Danarôso, adj. dinheiroso, facultoso, endinheirado: rico, abastado.
Dànda, s. f. (pop.) tira de couro ou de pano, tecido com que se segura a criança que está ensinando a andar ou a dandar.
Dannàggio, (ant.) s. m. dano.
Dannàre, v. tr. condenar (refere-se somente à pena do inferno); (pr.) dannarsi: perder a alma / trabalhar muito e penosamente; angustiar-se; atribular-se.
Dannàto, p. p. e adj. condenado, danado, maldito; desesperado; ruim, malvado / vita dannata: vida atribulada, cheia de dificuldades e trabalhos penoso / excessivo, desmedido / (s. m.) aquele que está no inferno: i dannati di Dante.
Dannazióne, s. f. danação / condenação às penas eternas / (fig.) a causa porque outros se enfurecem: quel bambino è la mia ——— /(excl.) maldição.
Danneggiamênto, s. m. danificação; danificamento; ato ou efeito de danificar.
Danneggiàre, (pr. -êggio, -êggi) v. danificar; causar dano a; estragar, prejudicar; molestar; ofender; destruir.
Danneggiàto, p. p. e adj. danificado, prejudicado, deteriorado / (s. m.) pessoa que sofreu dano: bisogna indennizare i danneggiati.
Danneggiatôre, adj. e s. m. (f. -tríce) daninhador, que causa danos; danificador.
Dannêvole, (ant.) adj. daninho; nocivo; repreensível.
Dànno, s. m. dano; prejuízo, perda, rifare i danni: compensar o prejuízo mediante indenização.
Dannosamênte, adv. danosamente.
Dannosità, s. f. qualidade de danoso.
Dannôso, adj. danoso, que causa dano; nocivo; prejudical / perigoso, pernicioso, nefasto, maléfico.
Dannunziàno, adj. danunziano; que imita, que segue o estilo de D'Annunzio; (s. m.) adepto, admirador de D'Annunzio.
Dannunzeggiàre, (pr. -éggio) v. imitar a maneira de D'Annunzio.
Dànte, s. m. (do ár.) na loc. pelle di ———: pele de gamo ou de cervo / livro que contém o poema de Dante: ho prestato il ——— al maestro: emprestei a Divina Comédia ao professor.

Dànte Causa, loc. jur. causante, aquele a quem se sucede, a qualquer título.
Danteggiàre, v. intr. imitar Dante Alighieri: **danteggia**.
Dantescamènte, (pl. -èschi) adj. dantesco; que imita o caráter sublime e profundo que Dante imprimiu ao seu poema.
Dantísta, s. m. dantista, estudioso da obra de Dante.
Danubiàno, adj. danubiano, do Danúbio.
Dànza, s. f. dança / baile / lugar onde se dança / **menare la** ———: dirigir a dança, o baile; e, em sent. fig. dirigir uma intriga; enredar.
Danzànte, p. pr. e adj. dançante, que dança, em que se dança.
Danzàre, v. intr. dançar, pular, saltar.
Danzatôre, s. m. (f. -tríce) dançador, aquele que dança; que gosta de dançar.
Dàpe, (ant.) s. f. comida, alimento (em sent. figurado).
Dapífero, adj. e s. m. dapífero, (ant.) aquele que servia à mesa.
Dappertútto, adv. em toda a parte; em todos os lugares.
Dappiè e **dappièdi**, adv. do pé; de baixo; da parte inferior / embaixo.
Dappiú, adj. maior, melhor, de grau mais alto: **quanto dappiú é un uomo di una pecora!**
Dappocàggine, s. f. pequenez, exigüidade, parvidade; inaptidão, besteira, burrada.
Dappòco, adj. e s. m. de pouco ou nenhum valor: acanhado, mesquinho; tolo, inepto; parvo.
Dappòi, adv. depois, em seguida.
Dappoichè, adv. depois que / pois que / visto que.
Dapprèsso, adv. de perto, vizinho.
Dapprìma, adv. antes; primeiramente.
Dapprincípio, adv. do princípio / na origem.
Dardàno, s. m. (zool.) abelhudo (pássaro).
Dardeggiàre, (pr. -èggio, -èggi) v. dardejar / atirar dardos / lançar / cintilar.
Dàrdo, s. m. dardo / (fig.) o que punge; o que magoa.
Dàre, v. tr. (pr. **do**, **dài**, **dà**), dar, fazer um donativo, ceder gratuitamente; fazer presente de: ——— **un patrimonio all'ospedale** / transferir / dar, conceder: **gli diedi il permesso per viaggiare** / participar: **gli diedi la notizia del tuo arrivo** / vender: **gli diedi la casa per una miseria** / dar, conferir: **gli diedero la commenda dell'Annunziata** / dar, manifestar, produzir / render, frutificar: **la fabbrica mi dà una buona rendita** / dar, assentar, aplicar (falando de socos, tapas, etc.) / conceder em casamento: **ha dato la figlia a un buon giovine** / (refl.) entregar-se à prisão: **si diede prigioniero** / dedicar-se a uma coisa ou profissão: **s'è dato al commercio / darsi il caso**: acontecer; **può darsi**: ser provável / **darsi dafare**: trabalhar, azafamar-se / (fig.) **dar nel segno**: acertar / **dare allo stomaco**: produzir náuseas, estomagar / **dar nell'occhio**: dar na vista, chamar atenção / **dar nel naso**: provocar dúvida / **dare in pianto**: prorromper em choro / de portas, janelas, etc. dar, corresponder a: **la finestra dà sul giardino** / **darsela a gambe**: fugir, sumir.
Dàre, s. m. aquilo que alguém deve a outrem; débito (ger. em dinheiro); (com.) partida de débito na contabilidade comercial.
Dàrsena, s. f. a parte mais interna de um porto, onde ficam os navios desarmados / dique, doca / arsenal / ——— **naturale**: enseada natural, onde se abrigam navios e barcos.
Dàrsi, v. dedicar-se; abandonar-se.
Darsonvalizzaziône, (neol.) s. f. cura de revigoração orgânica por meio de corrente elétrica.
Dàrto, s. m. (med.) dartro.
Dartrôso, adj. dartroso.
Darvinísmo, adj. darvinismo.
Dasichíra, s. f. gênero de borboleta cuja lagarta é prejudicial ao carvalho e à faia.
Dasímetro, s. m. dasímetro, instr. para medir a intensidade do ar atmosférico.
Dasípodi, s. m. (pl.) dasípolas, fam. de mamíferos desdentados, que tem por tipo o dásipo.
Dasite, s. f. (med.) dasite, desenvolvimento exagerado do sistema pilífero.
Dasiúro, s. m. dasiúro, gênero de marsupiais da Austrália.
Dassàai e **d'assài**, adj. (raro) assaz; capaz, valoroso; valente.
Dassèzzo e **da sèzzo** (ant.), adv. por último, no último lugar.
Dàta, s. f. data; época precisa em que uma coisa se fez, tempo em geral; **da lunga** ———: de longa data / qualidade, condição, teor; **parole pronunzió di questa data** (Lippi).
Datàre v. tr. (pr. **-àto**), datar, por data, indicar a data.
Dataría e **datería**, s. f. dataria, repartição da Cúria Romana por onde se expedem as graças concedidas.
Datàrio (pl. **-àri**), s. m. datário, presidente da dataria / (neol.) carimbo datador.
Dativo, adj. e s. m. (gram.) dativo / (jur.) dativo; dado e nomeado pelo juiz.
Dàto, p. p. e adj. dado, propenso, inclinado: ——— **allo studio**: inclinado ao estudo / posto, determinado: **in dati casi** / concedido, admitido: **dato ciò**: em vista do que / **dato che**: admitido que / **dato e non concesso**: supondo verdadeira tal coisa que porém é falsa.
Dàto, s. m. dado, noção, fato, base para a formação de um juízo ou cálculo: **i dati di un problema** / indício, informação, precedente / (jur.) **dato di fatto**: elemento de um fato / elementos: **mi mancano i dati** (neste último sentido não aconselhado pelos puristas).
Datolite, s. f. datolita, sílico-borato hidratado de cal; botriólito.

Datôre, adj. e s. m. (f. -tríce) dador, quem ou que dá: **Dio é il ——— di orgni bene** / **——— di lavoro:** o que emprega ou contrata trabalhadores.

Dàttero, s. m. dáctil, fruto da tamareira; tâmara.

Dattílico, (pl. -ílici) adj. dactílico, relativo a dáctilo (verso).

Dattilífero, adj. que produz tâmaras.

Dàttilo, s. m. dáctilo; pé de verso grego ou latino / (raro) dáctil, tâmara.

Dattilografàre, (pr. -ògrafo) v. tr. datilografar.

Dattilog.fía, f. datilografia.

Dattilogràfico, (pl. -àfici) (adj.) datilográfico.

Dattilògrafo, (f. -ògrafa) / s. m. datilógrafo.

Dattilología, s. f. dactilologia, arte de conversar por meio de sinais feitos com os dedos.

Dattiloscopía, s. f. datiloscopia.

Dattiloscritto, s. m. escrito datilografado.

Dattilòttero, s. m. dactilóptero, gênero de peixe acantopterígio.

Dattòrno e da tôrno, prep. e adv. em volta; ao redor; vizinho; perto; acerca, circunstante.

Datúra, s. f. datura, gênero de solanáceas.

Davànti, prep. à frente, em frente, na frente; adiante: **davanti alla casa c'è l'albergo:** defronte à casa está o hotel / **mettere ———:** apresentar / **levarsi ———:** ir-se embora / **dianteira**, na parte anterior; **vestido aperto ———:** vestido aberto na frente / (s. m.) parte dianteira; **il ——— della Chiesa:** a frente da Igreja.

Davantíno, s. m. peitilho; justilho.

Davanzàle, s. m. peitoril, parapeito, sacada da janela.

Davànzo, adv. de sobra; de sobejo.

Davvantàggio e d'avvantàggio, adv. (raro) de sobra; de mais, de sobejo; maiormente, sobejamente.

Davvêro, adv. verdadeiramente; realmente, deveras / **dire ———:** falar seriamente.

Daziàre, (pr. -àzio) v. tr. cobrar alfândega de uma coisa: alfandegar.

Daziàrio, (pl. -àri) adj. alfandegário, alfandegueiro; aduaneiro.

Dazière, s. m. guarda aduaneiro ou alfandegário.

Dàzio, s. m. taxa alfandegária ou aduaneira / **——— consumo:** imposto sobre gêneros de consumo / tributo, taxa, impôsto / repartição da alfândega.

Dazióne, (ant.) s. f. ato de dar.

De e di, prefixos que indicam proveniência, afastamento, separação; **decapitare** (decapitar); **decollare** (decolar); **dimagrare**.

De, de, prep. usada arcaicamente por **di**, cujo uso foi renovado recentemente, especialmente em poesia, somente acompanhado pelo artigo: **de la civile stória** (de sabor enfático).

Dèa, s. f. déia; deusa; divindade feminina.

Dealbàre, (ant.) v. branquear.

Dealbazióne, (ant.) s. f. branqueação.

Deambulàre, (pr. -àmbulo) v. deambular; vaguear; passear.

Deambulazióne, s. f. (raro) deambulação: passeio.

Debbiàre, v. (raro) queimar mato, restos do campo para adubar o terreno.

Dêbbio, (pl. dêbbi) s. m. ação de adubar um terreno com restos de coisas queimadas.

Debellàre, (pr. -èllo) v. tr. debelar; vencer, sujeitar; dominar, subjugar / destruir; extirpar.

Debellatôre, adj. e s. m. (f. -tríce) debelador; vencedor; dominador.

Debellazióne, s. f. debelação.

Débile, adj. (poét.) débil, que tem pouca força ou energia; fraco.

Debilità, s. f. debilidade; prostração.

Debilitamênto, s. m. debilitamento; debilitação.

Debilitànte, p. pr. e adj. debilitante.

Debilitàre, (pr. -ílito) v. debilitar; enfraquecer, prostrar.

Debilitazióne, s. f. debilitação.

Debitaménte, adv. devidamente, conforme ao dever; convenientemente; segundo as leis, as regras, os usos.

Débito, adj. devido, justo; conveniente, oportuno; lícito.

Dèbito, s. m. débito, aquilo que se deve; dívida, empenho, obrigação moral; **débito d'onore:** dívida de honra; (dim.) **debitúccio, debitarèllo:** debitozinho, dividazinha.

Debitôre, s. m. (f. -tôra, -tríce) devedor.

Debitòrio, adj. (jur.) debitório, que se refere a devedor ou devedores.

Dêbole, adj. débil, fraco; frouxo; frágil / ineficaz; diminuto / (s. m.) homem débil: **i deboli** / (dim.) **debolíno, debolúccio, debolíno, debolêtto, debilzinho, fraquinho.**

Debolêzza, s. f. debilidade; fraqueza; frouxidão / defeito habitual; **le umane debolezze:** as fraquezas humanas.

Debolmênte, adv. debilmente; fracamente; frouxadamente.

Debòscia, (neol.; do fr.) s. f. deboche; libertinagem; estroinice; devassidão.

Debosciàto, (neol., galic., como o preced.) s. m. debochado, libertino, devasso, desregrado.

Debuttànte, (neol. galic.) s. debutante; principiante; estreante.

Debuttàre, v. intr. debutar; estrear; exordir; principiar.

Debútto, (do fr. début), s. m. debute, estréia (esp. de artista); exórdio; começo, início.

Dèca, s. f. deca; dezena; usado somente para indicar cada uma das partes em que se divide a história de Tito Lívio, ou, como prefixo, na composição de palavras para exprimir a idéia de dez.

Decacòrdo, s. m. decacordo, antigo instrumento de música hebraico de dez cordas.

Dècade, s. f. década; espaço de dez dias ou de dez anos; série de dez / dezena.

Decadènte, p. pr. e adj. decadente.

Decadentísmo, (neol.) s. m. decadentismo; a escola, o estilo dos autores decadentistas.

Decadènza, s. f. decadência; estado do que decai; ato de decair; enfraquecimento; declinação; abatimento; humilhação.
Decadêre (pr. -àdo), v. intr. decair, estar em decadência; declinar; degenerar, perecer; (fig.) perder o vigor, enfraquecer.
Decadimênto, s. m. decaimento; decadência.
Decàdico, adj. de década.
Decaèdrico, adj. decaédrico.
Decàgono, s. m. decágono.
Decagràmmo, s. m. decagrama.
Decalcàre, v. tr. (do fr.) decalcar.
Decalcificàre, v. descalcificar.
Decalcificaziône, s. f. (med.) descalcificação.
Decàlco, (neol.; pl. -àlchi) s. m. decalco, ato de decalcar; decalque.
Decalcomanía, s. f. decalcomania.
Decàlitro, s. m. decalitro.
Decàlogo, s. m. decálogo / os dez mandamentos da lei de Deus.
Decamerône, s. m. Decamerão, coleção de contos publicados em 1352, por Boccáccio, dividida em dez jornadas.
Decamerônico, (pl. -ònici) adj. decamerônico, relativo ao Decamerão de Boccáccio ou à sua feição literária.
Decàmetro, s. m. decâmetro.
Decampàre, v. intr. decampar, mudar de campo ou de acampamento; (fig.) retirar-se precipitadamente; fugir.
Decanàto, s. m. decania; decanato.
Decàno, s. m. decano, o membro mais velho ou antigo / (ecl.) deão.
Decantàre, (pr. -ànto) v. decantar; celebrar; exaltar; louvar.
Decantàre, (pr. -ànto) v. tr. (quím.) decantar, transvasar um líquido, para separá-lo das suas fezes.
Decantaziône, s. f. (quím.) decantação, ato de decantar (líquidos).
Decapitamênto, s. m. decapitação.
Decapitàre, (pr. -àpito) v. tr. decapitar; degolar / (por ext.) tirar a parte superior de alguma coisa.
Decàpodi, s. m. (pl.) decápodas, que têm dez pés (crustáceos).
Decappottàbile, (neol.) adj. conversível, diz-se de automóvel cuja capota se pode abaixar ou tirar.
Decappottàre, (neol.) v. tr. tirar a capota de um automóvel.
Decarburàre, (neol.) v. (quím.) tolher, por meio de processo químico, o excesso de carbono; descarbonizar.
Decasíllabo, adj. e s. m. decassílabo.
Decastèro, s. m. decastério, decastere.
Decàstilo, adj. decastilo; fachada com dez colunas.
Decatissàggio, (neol.) s. m. (téc.) operação que consiste em submeter o pano (ou o chapéu), à ação do vapor a fim de lhe tirar o lustro.
Decation, (neol.) s. m. decatlo, conjunto de dez modalidades, nos jogos olímpicos.
Decèdere (neol. pr. -èdo), v. morrer.
Deceduto, p. p., adj. e s. m. morto; extinto; falecido.

Decèmbre, (ant.) s. m. dezembro.
Decemviràle, adj. decenviral.
Decemviràto, s. m. decenvirato, dignidade ou governo dos decênviros.
Decèmviro, s. m. decênviro, cada um dos dez magistrados da primeira república romana.
Decennàle, adj. decenal, que dura dez anos.
Decènne, adj. (lit.) de dez anos / decenal.
Decènnio, (pl. -ènni) s. m. decênio, espaço de dez anos.
Decènte, adj. decente; conveniente, asseado, limpo; honesto; decoroso; casa, discorso, vestito, libro decente.
Decentemênte, adv. decentemente, com decência.
Decentramênto, (neol.) s. m. descentralização.
Decentràre, v. tr. descentralizar.
Decènza, s. f. decência; decoro / compostura; brio; dignidade.
Dècere, (ant.) v. ser decente; convir, quadrar.
Decèrnere, (ant.) v. discernir, escolher / decretar.
Decesso, s. m. decesso, óbito.
Decètto, (ant.) adj. enganado, iludido, fraudado.
Decèvole, (ant.) adj. conveniente, próprio, condizente.
Deceziône, (ant.) s. f. engano, fraude, cavilação.
Decibèl, (neol.) s. m. decibel (décima parte do bel), unidade acústica que serve para classificação da intensidade dos sons.
Decidènte, p. pr. e adj. (jur.) que decide, que tem o poder de decidir; decisório.
Decídere, (pr. -ído) v. tr. decidir, resolver; definir / concluir, decretar; deliberar.
Decíduo, adj. (bot.) decíduo, diz-se do cálice que cai depois de murcho / stèlla decídua: estrela cadente.
Decifràbile, adj. decifrável.
Decifràre, (pr. -ífro) v. decifrar / interpretar, compreender / adivinhar; desvendar; esclarecer.
Decifratôre, adj. e s. m. (f. -tríce) que, ou aquele que decifra; decifrador.
Decigràmmo, s. m. decigrama.
Decíle, adj. (astr.) diz-se da posição recíproca de dois planetas, distantes a décima parte do zodíaco.
Decílitro, s. m. decílitro.
Dècima, s. f. décima; dezena; imposto que abrangia a décima parte de um rendimento / tributo, contribuição direta / (mús.) intervalo que compreende dez sons.
Decimàle, adj. decimal.
Decimàre, (pr. dècimo) v. tr. dizimar; decimar (des.) / (fig.) diminuir, desfalcar, rarear.
Decimaziône, s. f. dizimação / diminuição notável.
Decímetro, s. m. decímetro, a décima parte do metro.
Decimillionèsimo, adj. de dez milhões; (s. m.) a décima milionésima parte.

Decimillímetro, s. m. decimilímetro.
Dècimo, adj. num. décimo.
Decimoprimo, adj. num. décimo primeiro.
Decína, s. f. dezena.
Decisaménte, adv. (galic.) decididamente; certamente; resolutamente.
Decisiône, s. f. decisão; determinação; deliberação; resolução.
Decisivaménte, adv. decisivamente; terminantemente; resolutamente.
Decisivo, adj. decisivo; definitivo; resolutivo; terminante.
Deciso, p. p. e adj. decidido / resoluto, firme, pronto, deliberado.
Decisôre, (raro) adj. e s. m. decisor, que, ou o que decide.
Decisòrio, (pl. -òri) adj. (jur.) decisório.
Declamàre, (pr. -àmo) v. declamar, recitar em voz alta / falar, discursar afetadamente / gritar, protestar.
Declamàto, p. p. e adj. declamado, recitado.
Declamatôre, s. m. (f. -tríce) declamador; declamante / orador enfático.
Declamatoriaménte, adv. declamatoriamente.
Declamatòrio, adj. e s. m. declamatório / enfático, pomposo, retórico.
Declamazióne, s. f. declamação / discurso cheio de afetação / (dim.) **declamazioncèlla,** declamaçãozinha.
Declaràre, (ant.) v. declarar.
Declaratòria, s. f. (jur.) declaratória.
Declaratòrio, adj. declaratório, que encerra declaração; declarativo.
Declassàre, (neol.; gal.) v. tr. desfazer de uma classificação; deslocar de uma classe superior a outra inferior.
Declinàbile, adj. declinável.
Declinànte, p. pr. e adj. declinante.
Declinàre, (pr. -íno) v. declinar, flexionar uma palavra em todos os seus casos / declinar, inclinar-se; desviar-se / decair, diminuir; ir-se perdendo / recusar, rejeitar.
Declinatôre, s. m. declinador / instrumento que determina a declinação do plano de um quadrante.
Declinatòria, s. f. (jur.) declinatória, ato pelo qual se declina o foro ou a jurisdição.
Declinazióne, s. f. declinação, ato de declinar / pendência, inclinação, declive / decadência.
Declíno, s. m. declínio, declinação; decadência, ocaso: il sole in ——.
Declinògrafo, s. m. declinógrafo.
Declinòmetro, s. m. declinômetro, instrumento para medir a declinação magnética.
Declive e declívo, adj. declive, que vai progressivamente inclinando-se: l'arco declivo (Dante).
Declívio, (pl. -ívi) s. m. declívio, declividade.
Declività, s. f. declividade; declive.
Decollàggio, (aer.) s. m. decolagem.
Decollàre, (pr. -òllo) v. tr. degolar, decapitar.
Decollàre, (neol., aer.) v. intr. decolar, despegar-se da terra ou do mar (aeroplano, hidroplano).

Decollazióne, s. f. ato de degolar; decapitação.
Decòllo (e também **decollággio**) (neol.) s. m. (aer.) ação de decolar: decolagem.
Decoloránte, p. pr. e adj. decolorante, que descora; descolorante.
Decoloràre, (pr. -òro) v. descolorar, tirar ou atenuar a cor; descolorir.
Decolorazióne, s. f. descoloração; descoramento.
Decombènte, adj. decumbente, inclinado, deitado, caído (diz-se especialmente de ramos de árvores inclinados em direção à terra).
Decomponíbile, adj. decomponível, que pode ser decomposto.
Decomponibilità, s. f. decomponibilidade.
Decompôrre, (pr. -ôngo) v. tr. decompor; dissolver; desagregar / alterar, analisar; dividir / (refl.) decompor-se, estragar-se, putrefazer-se.
Decomposizióne, s. f. decomposição.
Decompôsto, p. p. e adj. decomposto, dissolvido, separado / putrefato.
Decoramentàle, adj. decorativo; ornamental.
Decoràre, (pr. -òro) v. tr. decorar; ornar, enfeitar; embelezar; adornar, atapetar, ornamentar / condecorar.
Decorativo, adj. decorativo / que enfeita, que embeleza.
Decoràto, p. p. e adj. decorado, enfeitado, embelezado / condecorado / (s. m.) condecorado.
Decoratôre, s. m. (f. -tríce) decorador.
Decorazióne, s. f. decoração; ornato / condecoração; insígnia honorífica.
Decôro, s. m. decoro, dignidade; honra, decência; è il —— della sua città: é a honra da sua cidade.
Decorosaménte, adv. decorosamente; dignamente.
Decorôso, adj. decoroso, conveniente, decente, digno, impecável / honesto, honrado, apto, oportuno / un abito ——: uma roupa decente; condotta decorosa: comportamento digno.
Decorrènza, s. f. transcorrência, decurso de tempo; con —— dal 23 giugno: a partir de 23 de junho.
Decôrrere, (pr. -ôrro) v. intr. decorrer, correr para baixo; l'acqua decorre a valle: a água corre para baixo / começar a transcorrer o tempo; a —— da oggi: a contar, a partir de hoje / gli interessi decorrono dal 1º ottobre: os juros começam a ser contados a partir do dia 1º de outubro.
Decôrso, p. p. e adj. decorrido, passado, transcorrido / (s. m.) transcurso, decurso, sucessão de termo, espaço, desenvolvimento, processo; il —— d'una malattia: o processo duma doença.
Decòtto, s. m. (med.) decocto, produto de decocção / tisana, infusão, emulsão / (jur. e com.) falido, quebrado; partita decotta: crédito incobrável.
Decozióne, s. f. decocção, cozimento; tisana; emulsão; / falência, quebra.
Decreménto, s. m. (raro) decremento; decrescimento; decrescência.

Decrepitàre, v. decrepitar, fragmentar--se por ação do fogo / calcinar um sal até que acabe de crepitar.
Decrepitaziône, s. f. decrepitação, crepitação dos sais, etc., expostos ao calor.
Decrepitézza, s. f. decrepidez; decrepitude; estado de caducidade; **una società in** ———: uma sociedade em decrepitude.
Decrèpito, adj. decrépito, caduco / arruinado / velhíssimo; gasto, falho de vitalidade.
Decrescènte, p. pr. e adj. decrescente, que decresce; **proporzione** ———:
Decrescènte, s. f. decrescência, decrescimento, diminuição, míngua.
Decréscere, (pr. -èsco) v. intr. decrescer, diminuir, minguar de altura ou de volume / ——— **la febbre:** diminuir a febre / ——— **la piena:** baixar a enchente de um rio.
Decrescimênto, s. m. decrescimento, diminuição, míngua, baixa (min.) teoria cristalográfica de Haüy.
Decretàle, adj. e s. m. decretal; **una ou un** (masc.) **decretale:** carta, decreto papal / **le decretali:** o corpo das leis canônicas.
Decretalista, (pl. -ísti) decretalista, douto em decretais ou direito canônico.
Decretàre, (pr. -èto) v. tr. decretar, ordenar por decreto.
Decrèto, s. m. decreto / edital, ordem, mandato; sentença; ——— **legge:** decreto-lei / **bandire un** ———: expedir, promulgar ou publicar um decreto / **trasgredire un** ———: transgredir um decreto.
Decúbito, s. m. (med.) decúbito, a posição do doente na cama.
De Cúius, loc. lat. (for.) o testador, o causante, o falecido.
Decumàno, adj. (hist.) e s. m. decúmano, da X região romana / **onda decumana, flutto decumano:** onda mais alta e violenta que as nove anteriores.
Decùmbere, (ant.) v. intr. cair / cair para baixo.
Decuplicàre, v. decuplicar.
Dècuplo, adj. e s. m. décuplo; quantidade décupla.
Decúria, (hist.) s. f. decúria / classe de dez; a décima parte de uma cúria militar ou civil.
Decúrio, (ant.) s. m. decurião.
Decurionàto, s. m. (hist.) decuriato, decuriado, título e grau de decurião.
Decuriône, s. m. decurião, chefe de uma decúria.
Decursiône, s. f. (hist.) honra fúnebre dos soldados romanos ao seu capitão / corrida no circo.
Decurtàre, v. tr. encurtar, abreviar / reduzir, diminuir, rebaixar / **un debito:** diminuir uma dívida.
Decurtaziône, s. f. diminuição, redução.
Decussàre, (ant.) v. cruzar, intersectar--se, dispor em X.
Decússe, s. f. decússis, cifra romana em forma de X, que significa dez / moeda romana de dez asses marcada com X.

Dedàleo, adj. (poét.) dedáleo, relativo a dédalo; intrincado, artificioso / de obra digna de Dédalo.
Dèdalo, s. m. dédalo (de Dédalo, da mit.); coisa intrincada; labirinto; **un** ——— **di viuzze:** um labirinto de ruazinhas.
Dèdica, s. f. dedicatória, dedicação; oferta; **offrire un libro con un'affetuosa** ———: oferecer um livro com uma dedicatória afetuosa.
Dedicàre, (pr. -dèdico, dèdichi) v. tr. dedicar / consagrar um templo / empregar, destinar; **dedico il mio tempo allo studio:** emprego o meu tempo no estudo; (refl.) **dedicarsi agli affari:** entregar-se aos negócios.
Dedicatôre, s. m. (f. -trice) dedicador, que ou aquele que dedica.
Dedicatòria, s. f. dedicatória, carta dedicatória.
Dedicatòrio, adj. dedicatório, escrito dedicatório.
Dedicaziône, s. f. dedicação / consagração.
Deditízio, adj. que se rende, que se submete; **submisso** / (s. m.) (hist.) escravo libertado parcialmente.
Dèdito, adj. dedicado, inclinado / ——— **allo studio:** entregue ao estudo / propenso, disposto, afeiçoado, habituado, devotado.
Dediziône, s. f. dedicação, consagração inteira a uma coisa / (hist.) rendição incondicional a Roma.
Dedôtto, p. p. e adj. deduzido / descontado; **dedotte le spese, poco resta:** descontados os gastos, pouco sobra.
Deducíbile, adj. deduzível.
Dedúrre, v. tr. deduzir; tirar uma conseqüência, concluir / subtrair, reduzir, diminuir, tirar / argumentar; relevar.
Deduttivaménte, adv. dedutivamente.
Deduttivo, adj. dedutivo.
Deduttôre, adj. e s. m. (f. -tríce) dedutor.
Deduziône, s. f. dedução / subtração, desconto.
Defalcamênto, s. m. (raro) desfalque, desfalcamento.
Defalcàre, (pr. -àlco -àlchi) v. tr. desfalcar; subtrair; diminuir; descontar.
Defalcaziône, s. f. (raro) desfalque, subtração, desconto.
Defàlco, (pl. -àlchi) s. m. desfalque, desconto, subtração.
Defatigàre, v. (raro) cansar / fatigar, molestar o adversário nas questões, etc.
Defatigatòrio, adj. que fatiga, que cansa, que molesta / (jur.) dilatório de uma causa: **incidente** ———.
Defatigaziône, s. f. (raro) fadiga, canseira; moléstia.
Defecàre, (pr. -èco, -èchi) v. tr. defecar; evacuar / (quím.) defecar, filtrar um líquido.
Defecaziône, s. f. defecação; defecamento.
Defenestràre, (neol.) v. tr. defenestrar, lançar pela janela / (fig.) expulsar de mau modo; privar, destituir violentamente de um cargo, etc.

Defenestrazióne, s. f. defenestração / destituição, privação, despedida violenta / (hist.) ——— **di Praga**.
Defènsa, (ant.) s. f. vingança; veto; proibição.
Defensionàle, adj. (for.) da defesa, que é relativo à defesa: defensório.
Deferènte, p. pr. e adj. deferente; respeitoso, cortês, submisso; atencioso / condescendente; (anat.) **canale** ———: conduto deferente / (fís.) condutor de eletricidade.
Deferènza, s. f. deferência, atenção, respeito, condescendência, consideração, atenção; submissão, acatamento.
Deferíre, (pr. -ísco, -ísci) v. aderir à vontade, à opinião de outrem, por respeito / (jur.) ——— **una causa al tribunale**: deixar ao juízo da justiça.
Defervescènza, s. f. defervescência, cessação repentina da febre.
Defèsso, (ant.), adj. cansado.
Defettíbile, adj. defectível.
Defezionàre, (neol.) v. intr. cometer defecção; desertar; abandonar a causa ou o partido.
Defezióne, s. f. defecção; deserção; abandono; apostasia.
Deficiènte, adj. deficiente; insuficiente; incompleto / (s. m.) (med.) idiota.
Deficiènza, s. m. deficiência, falta; lacuna; imperfeição; insuficiência.
Dèficit, s. m. déficit; saldo negativo (numa conta ou orçamento).
Deficitàrio, adj. deficitário.
Defilàto, (neol.) (mil.) fora do tiro direto do inimigo.
Definíbile, adj. definível.
Definíre, v. (pr. ísco,) definir, explicar; determinar; fixar as relações entre pessoas ou coisas / resolver, decidir, concluir ——— **una questione**: resolver uma questão.
Definitamènte, adv. com exatidão, e precisão.
Definitivamènte, adv. definitivamente.
Definitívo, adj. definitivo, decisivo.
Definito, p. p. definido; (s. m.) o que é limitado.
Definitôre, s. m. (f. -tríce) definidor, que ou aquele que define / (ecles.) assistente do General ou Provincial de uma Ordem.
Deflagràre, v. intr. deflagrar; inflamar-se com explosão.
Deflagratôre, s. m. deflagrador / instrumento para incendiar à distância.
Deflagrazióne, s. f. (quím.) deflagração; combustão ativa com chama / explosão.
Deflazióne, s. f. deflação; redução do papel-moeda em circulação.
Deflemmàre, v. tr. (farm.) deflegmar.
Deflemmatôre, s. m. (quím.) deflegmador.
Deflemmazióne, s. f. deflegmação.
Deflettere, (pr. ètto) v. deflectir, mudar a posição natural; inclinar; desviar / desviar-se de sua rota um barco, um veículo, etc. / (fig.) mudar de opinião, ceder; humilhar-se; submeter-se.
Deflettôre, s. m. (mec.) deflector.
Defloràre, v. deflorar, desflorar.
Deflorazióne, s. f. (lit.) defloração; desfloração.
Defluènte, p. pr. e adj. defluente; que deflui; fluente.
Defluíre, (pr. -ísco, -ísci) v. defluir, manar, ir correndo; derivar.
Deflússo, s. m. (lit.) defluxo / (mar.) retrocesso das ondas que embatem na praia.
Deformànte, p. pr. e adj. que deforma; deformador; deformatório.
Deformàre, (pr. -ôrmo) v. tr. deformar; alterar / afear.
Deformazióne, s. f. deformação; alteração.
Defôrme, adj. deforme; disforme; alterado; feio / repelente; desfigurado.
Deformemènte, adv. deformemente.
Deformità, s. f. deformidade / vício, depravação.
Defosforazióne, s. f. (met.) desfosforação, eliminação do fósforo dos metais.
Defraudamènto, s. m. defraudação.
Defraudàre, (pr. -àudo) v. tr. defraudar; espoliar por meio de fraude; privar com dolo.
Defraudazióne, s. f. defraudação; usurpação fraudulenta; espoliação; dolo.
Defúnto, adj. e s. m. defunto; morto.
Degàgna, s. f. (pesc.) rede de arrasto para pescar em pântanos.
Degeneràre, (pr. -ènero) v. intr. degenerar, perder as qualidades primitivas; adulterar-se; depravar-se; passar para pior.
Degeneràto, p. p. e adj. degenerado; estragado; alterado; corrompido / depravado.
Degenerazióne, s. f. degeneração / (fig.) corrupção, depravação, abastardamento.
Degènere, adj. degènere, degenerado; corrompido; pervertido.
Degènte, (neol.) s. m. acamado, doente; que está hospitalizado por doença.
Degènza, s. f. período em que um doente permanece acamado ou no hospital.
Deglutíre, (pr. ísco, -ísci) v. tr. deglutir; engolir; tragar.
Deglutizióne, s. f. deglutição.
Degnamènte, adv. dignamente; meritoriamente.
Degnàre, (pr. -dêgno) v. intr. e pr. dignar, julgar digno / ——— **uno d'un saluto**: conceder uma saudação a alguém / (refl.) **degnarsi di parlare a uno**: dignar-se de falar a alguém.
Degnazióne, s. f. dignação; mercê; complacência; condescendência, benignidade / cortesia, favor, honra / bondade.
Degnità, (ant.) s. f. dignidade, decoro.
Dêgno, adj. digno, merecedor, credor; honrado; capaz; conforme; adequado, proporcionado / nobre, excelente / justo.
Degradamènto, s. m. degradação, degradamento / aviltamento.
Degradàre, (pr. -àdo) v. degradar, exautorar / rebaixar, aviltar, danificar / diminuir gradualmente a luz, cores ou sombras; (refl.) rebaixar-se, humilhar-se, envilecer-se.
Degradazióne, s. f. ato e efeito de degradar: degradação / envilecimento.

Degustàre, v. degustar, tomar o gosto; provar, saborear.
Degustazióne, s. f. degustação, prova; (sin.) (prefer. pelos puristas) assaggio.
Dèhl interj. de dor, de rogo, de compaixão, etc.: oh! ai de mim! meu Deus!
Dèi, s. m. (pl.) deuses.
Dèi, prep. dos; usa-se em lugar de di e i.
Deicída, (pl. -ídi) adj. (lit.) deicida.
Deicídio, (pl. -ídi) s. m. (lit.) deicídio.
Deícola, s. m. deícola, adorador do verdadeiro Deus.
Deiettôre, s. m. (mec.) dejector, instrum. que remove a água de um recipiente para evitar incrustações.
Deiezióne, s. f. (med.) dejecção / (geol.) depósito de detritos / (ant.) abjeção.
Defficàre, (pr. -ífico, -ífichi) v. deificar; endeusar; divinizar / glorificar; santificar; beatificar.
Deificazióne, s. f. deificação / glorificação / apoteose.
Deifórme, adj. deiforme; feito à semelhança de Deus, conforme a Divindade.
Deípara, s. f. deípara; a mãe de Deus.
Deiscènte, adj. (bot.) deiscente; diz-se dos órgãos que se abrem a si próprios quando atingem a maturação.
Deiscènza, s. f. (bot.) deiscência.
Deísmo, s. m. deísmo; crença na existência de uma Divindade pessoal; teísmo.
Deísta, (pl. -ísti) s. m. deísta.
Deità e deitàde, (ant.) s. f. deidade; divindade / Deus.
De íure, (lat.) adv. (jur.) de direito e razão.
Delarvizzazióne, (neol.) s. f. destruição das larvas ou vermes daninhos.
Delatôre, s. m. (f. -trice) delator / espião.
Delazióne, s. f. delação, denúncia, (adj. delèbile) delével, que se pode delir ou apagar; expungível.
Dèlega, (neol.) s. f. mandato, encargo, delegação, poder que se dá a alguém para uma missão qualquer.
Delegànte, p. pr. e adj. delegante; mandante.
Delegàre, (pr. dèlego; dèleghi) v. tr. delegar, dar encargo ou mandato / encarregar, mandar; transferir a outros um direito; comissionar; deputar.
Delegàto, p. p. delegado, facultado / (s. m.) delegado, encarregado, comissário / (com.) conselheiro.
Delegatòrio, adj. (ecl.) delegatório.
Delegazióne, s. f. delegação / deputação, junta.
Deletèrio, (pl. -èri) adj. deletério; nocivo; prejudicial; pernicioso; venenoso.
Delettàre, (ant.) v. deleitar.
Delfína, s. f. princesa, mulher do Delfim de França.
Delfinièra, s. f. (pesc.) arpão para fisgar o defim.
Delfíno, s. m. delfim, golfinho (cetáceo) / (hist.) delfim, título do herdeiro da antiga monarquia francesa / ad usum Delphini: dizia-se dos livros expurgados para educação do Delfim de França.

Delibàre, (pr. -íbo) v. tr. delibar, libar, provar, degustar; saborear / tocar, tratar de leve um argumento: ——— un giudizio, una questione.
Delibazióne, s. f. delibação, ato de delibar; prova / (for.) giudizio di ———: exame de sentenças estrangeiras para conceder ou não a sua execução na Itália.
Delíbera, s. f. deliberação / adjudicação em leilão.
Deliberàre, (pr. -íbero) v. deliberar, determinar, resolver, decidir / estabelecer, tomar partido, dispor, ponderar; designar / adjudicar, conceder / (intr.) consultar, discutir / (pr.) resolver-se, decidir-se.
Deliberatamènte, adv. deliberadamente; resolutamente.
Deliberatàrio, s. m. (for.) adjudicatário / (sin. pref. pelos puristas) aggiudicatario.
Deliberativo, adj. deliberativo.
Deliberàto, p. p. deliberado / (adj.) decidido, resolvido, deliberado, firme / con animo ———: intencionalmente.
Deliberazióne, s. f. deliberação; consulta; discussão / decisão, determinação / adjudicação.
Delicatamènte, adv. delicadamente; suavemente; brandamente.
Delicatèzza, s. f. delicadeza, suavidade; ductilidade, brandura / graça, esmero, primor / debilidade: di salute un pò delicata / tacto, prudência: argomenti che vanno trattati con ——— / escrupulosidade ——— di conscienza / finura / delgadeza, fragilidade.
Delicàto, adj. delicado, macio, mole, dúctil, brando; frágil, fraco / leve / doce, meigo, terno, suave / sensível, escrupuloso / cortês, elegante, afável, obsequioso / sutil, difícil, complicado: é un problema troppo ———.
Delicatúra, s. f. moleza, delicadeza extremada; elegância refinada; requinte.
Delimàre, v. (raro) consumir, corroer.
Delimitàre, (pr. -ímito) v. delimitar, fixar os limites de; demarcar, estremar / restringir, circunscrever.
Delimitazióne, s. f. delimitação; determinação dos limites.
Delineamènto, s. m. delineamento, delineação; demarcação; limitação.
Delineàre, (pr. -íneo, ínei) v. tr. delinear, traçar desenhar, debuxar / esboçar / descrever / demarcar, delimitar / projetar.
Delineazióne, s. f. delineação; delineamento / esboço.
Delinqüènte, p. pr. e s. m. delinqüente; criminoso.
Delinqüènza, s. f. delinqüência; criminalidade.
Delinquere, (pr. -ínquero) v. intr. delinqüir.
Delinquescènte, adj. (quím.) delinqüescente.
Delinquescènza, s. f. (quím.) delinqüescência.
Delíquio, (pl. -iqui) s. m. delíquio / (med.) desmaio, desfalecimento, síncope.
Deliramènto, s. m. (raro) deliramento, delírio; desvario mental.

Deliránte, p. pr. e adj. delirante; atacado de delírio; insensato, extravagante.
Deliràre, (pr. -íro) v. intr. delirar, desvariar; tresvariar; disparatar.
Delírio (pl. íri), s. m. delírio, desvario; exaltação de espírito; alucinação, excesso de paixão ou sentimento / ensusiasmo; un ——— d'applausi.
Delirium Trèmens, loc. lat. (med.) delirium tremens, enfermidade dos alcoolizados.
Delíro, adj. (poét.) delirante / (s. m.) delírio.
Delítto, s. m. delito, crime; culpa; falta.
Delittuôso, adj. delituoso, criminoso.
Delízia, s. f. delícia, prazer intenso; sensação agradável; encanto; deleite, gozo; prazer / **luogo di** ———: lugar de coisas deliciosas / **suona che é una** ———: toca que é um gosto / **piove che è una** ——— / (sin.) **voluttà, placere, agio, diletto**.
Deliziàre (pr. -ízio), v. tr. deliciar, causar delícia, sentir prazer; (pr.) deliciar-se, regozijar-se, gozar.
Deliziosamênte, adv. deliciosamente.
Deliziôso, adj. delicioso; deleitoso; encantador; excelente, suave.
Dèlla, dêlle, prep. da, das.
Dèlta, s. f. delta, quarta letra do alf. grego / (geogr.) delta: **il delta del Po** / metal delta, empregado nas hélices.
Deltazióne, s. m. (geogr.) formação deltaica.
Deltòide, s. m. (ant.) deltóide, músculo do ombro, de forma triangular.
Deltoídeo, adj. deltoídeo; deltóide.
Delúbro, s. m. (poet.) templo / (ant.) delubro.
Delucidàre, v. tr. deslustrar os tecidos; (sin.) **decatizzare**.
Delucidazióne, s. f. (téc.) deslustre, deslustro / v. **dilucidazióne**: explicação.
Delúdere, (pr. -údo, iúdi) v. tr. deludir, enganar, defraudar / burlar, frustrar as esperanças / escapar, evitar / (sin.) **frustare, evitare, illudere**.
Delusióne, s. f. desilusão, engano, ilusão, decepção / (ant.) delusão.
Delúso, p. p. e adj. deluso, iludido, enganado.
Delusoriamênte, adv. delusoriamente, ilusoriamente.
Delusòrio, (pl. -òri) adj. delusório, enganador, falaz, ilusório.
Demagogía, s. f. demagogia.
Demagogicamênte, adv. demagogicamente.
Demagògico, (pl. -ògici) adj. demagógico.
Demagògo, (pl. -óghi) s. m. demagogo.
Demandàre, v. tr. (jur.) delegar, deputar, cometer, confiar.
Demaniàle, adj. dominial, da Fazenda Pública, do Estado.
Demànio, (pl. -àni) s. m. o complexo dos bens do Estado; Fazenda Pública.
Demarcàre, v. (gal.) demarcar; limitar: separar os limites / (sin.) **delimitare**: sendo esta a forma preferível.
Demarcazióne, s. f. (gal.) demarcação; **linea di** ———: linha de demarcação.
Dementàre, (ant.) v. dementar, tornar demente, fazer perder o juízo.

Demènte, adj. e s. m. demente; desasisado; insensato / louco, alienado.
Demeritàre, (pr. -èrito) v. desmerecer.
Demèrito, s. m. demérito, desmerecimento; falta de mérito.
Demètria, (mit. gr.) Deméter, deusa da agricultura: Ceres dos Romanos.
Demilitarizzàre, v. tr. desmilitarizar, tirar o caráter militar de uma coisa.
Demilitarizzazióne, s. f. desmilitarização.
Deminutio Capitis, (loc. lat.) perda dos direitos civis / (fig.) diminuição ou perda de autoridade, cargo, grau, etc.
Demiúrgo, (pl. -úrgi) s. m. demiúrgo / (fil.) nome que os platônicos davam ao criador dos homens.
Dèmo, s. m. povo / (hist.) demo, distrito administrativo da antiga Ática.
Democraticamênte, adv. democraticamente.
Democràtico, (pl. -àtici) adj. democrático / (fam.) franco, simples, familiar, bom, acessível.
Democratizzàre, v. tr. democratizar.
Democrazía, s. f. democracia.
Democristiàno, adj. e s. m. contração de "democratico-cristiano"; democrata-cristão, católico com tendência democrática.
Demodossología, s. f. estudo da opinião pública, considerada como um fenômeno de psicologia coletiva.
Demodulatôre, s. m. (rar.) demodulador ou detetor, revelador que separa as oscilações dos sons.
Demodulazióne, s. f. (rad.) demodulação.
Demogòrgone, s. m. (mit.) entidade simbólica criadora de tudo.
Demografía, s. f. demografia.
Demogràfico, (pl. -áfici) adj. demográfico.
Demolíre, (pr. -ísco, -ísci) v. tr. demolir, deitar por terra; derrubar; destruir; arrasar; aniquilar.
Demolitôre, s. m. (f. -tríce) demolidor / destruidor.
Demolizióne, s. f. demolição / destruição.
Demología, s. f. tratado sobre a constituição das sociedades humanas.
Dèmone, s. m. demônio, gênio bom ou mau / gênio, inspiração; **il** ——— **di Socrate**: o demônio de Sócrates / demônio, diabo.
Demoníaco, (pl. -íaci) adj. demoníaco; endemoninhado.
Demònico, adj. demoníaco / (s. m.) (p. us.) demônio, a personificação do estro, do gênio inspirador: **e il demonico mi ripetè con chiara voce: non temere!** (D'Annunzio).
Demoniêtto, s. m. (dim. de demonio) diabinho, diabrete; menino vivo e travesso.
Demònio, (pl. -òni) s. m. demônio; o diabo; o espírito maligno: satanás; belzebu; anjo mau / pessoa má, inquieta ou turbulenta / pessoa terrível, iracunda / pessoa feia: **é brutto come un** ———! / pessoa destra nalguma coisa / **è un vero** ——— **negli affári**.
Demonísmo, s. m. demonismo, crença em demônios.

Demonolatrìa, s. f. demonolatria, adoração dos demônios.
Demonologìa, s. f. demonologia; demonografia.
Demonomanìa, s. f. demonomania.
Demopsicologìa, s. f. demopsicologia, estudo psíquico de um povo.
Demoralizzàre, v. desmoralizar, corromper, depravar / desalentar, desanimar, humilhar, desacoroçoar / (sin.) **scoraggiàre**.
Demoralizzaziône, s. f. desmoralização, depravação, corrupção / desalento, desânimo.
Demorfinizzàre, v. tr. desacostumar os morfinômanos do uso da morfina.
Dèmos, s. m. (v. grego) povo.
Demòtico, (pl. -òtici) adj. (hist.) demótico, dizia-se da escritura ou dos caracteres correntes entre os egípcios.
Demulcènte, adj. (farm.) demulcente; emoliente.
Demúlcere, v. abrandar, amolecer / desdemulcir.
Demuscaziône, s. f. destruição das moscas.
Denàro, (ant.) s. m. dinheiro, moeda de cobre.
Denàro, s. m. denário, antiga moeda romana que valia dez asses / dinheiro, moeda em geral, numerário / (pl.) ouros, da carta de jogar / (prov.) **il è fratello del** ——: dinheiro chama dinheiro / (sin.) **quattrini, soldi, contanti, capitale**.
Denaróso, adj. endinheirado, dinheirento, dinheiroso: rico.
Denatalità, s. f. diminuição dos nascimentos.
Denaturànte, p. pr. e adj. desnaturante, que desnatura / diz-se das substâncias precisas para desnaturar outra.
Denaturàre, v. tr. desnaturar / (quím.) alterar a natureza adicionando outras substâncias.
Dendrite (pl. dentriti), s. f. dendrite, árvore fóssil / (anat.) ramificações terminais da célula nervosa.
Dendròbio, s. m. dendróbio, gênero de orquídeas epifitas, muito odoríferas.
Dendróide, adj. dendróide, dentróideo, de forma semelhante à das árvores.
Denegàre, (pr. **dènego, dènegni**) v. tr. denegar; negar; recusar; indeferir; impedir; vetar.
Denegatôre, s. m. (f. -trice) denegador, que nega / céptico.
Denegaziône, s. f. (p. us.) denegação, negação.
Dènga, s. f. (med.) dengue, diz-se de uma febre epidêmica.
Denicotinizzàre, v. desnicotinar, tirar a nicotina ao tabaco.
Denicotizzàto, p. p. e adj. desnicotinado; sem nicotina.
Denigrare (pr. **-ígro**), v. tr. denegrir; (fig.) manchar, macular, desacreditar, difamar; vituperar, desprezar uma pessoa ou obra.
Denigratôre, adj. e s. m. (f. -trice) denegridor; difamador; maledizente.
Denigraziône, s. f. denigração, ato de denegrir; difamação; maledicência.
Denominànte, adj. e s. m. denominador.
Denominàre, (pr. -òmino) v. denominar; nomear / (sin) **nominare, chiamare**.
Denominatívo, adj. denominativo.
Denominatôre, adj. e s. m. (f. -trice) denominador.
Denominaziône, s. f. denominação / nome; título.
Denotàre, (pr. **dènoto** e **denòto**) v. tr. denotar, significar, indicar, designar.
Densamènte, adv. densamente.
Densímetro, s. m. densímetro.
Densità, s. f. densidade / espessura de um líquido.
Dènso, adj. denso, espesso / (sin.) **spesso, compatto**.
Dentàle, s. m. dental; **carie** ——: cárie dental; (gram.) dental.
Dentàme, (ant.) s. m. dentadura.
Dentàre, v. dentear, começar a ter dentes, pôr os dentes (as crianças, etc.) / dentear, formar dente em, chanfrar em forma de dente / —— **una ruota**: dentear uma roda.
Dentàrio, (pl. -àri) adj. dentário.
Dentaruòlo, s. m. chupadouro, chupeta de material duro que se dá às crianças, quando começam a sair os dentes.
Dentàta, s. f. dentada; mordedura.
Dentàto, adj. dentado, que tem dentes / **ruota, foglia dentata**, roda, folha com dentes radiantes.
Dentatúra, s. f. dentadura / **essere di buona** ——: ser comilão.
Dènte, s. m. dente / **mostrare i denti**: ameaçar / **non esser pane per i suoi denti**: não estar ao alcance de alguém / **restare a** —— **asciutti**: ficar sem comer nada, ficar a ver navios / **la lingua batte dove il dente duole**: o homem discute com vontade assuntos em que tem interesse.
Denteliàre, (pr. -èllo) v. tr. dentar, formar dentes em; chanfrar; adornar com dentes: —— **una stoffa**.
Dentellàto, adj. denteado, dentificado.
Dentellatúra, s. f. (arquit.) denteação.
Dentèllo, s. m. dentel; pequeno dente nos instrumentos / (arquit.) dentículo, entalhe em forma de dentes nas cornijas iônicas e coríntias.
Dêntice, s. m. (ict.) dentão.
Dentièra, s. f. dentadura artificial / peça dentada para abaixar ou levantar o pavio nos lumes a petróleo / **ferrovia a** ——: ferrovia a cremalheira.
Dentifrício, (pl. -ìci) s. m. dentifrício.
Dentína, s. f. dentina, marfim dos dentes.
Dentísta, (pl. -ísti) s. m. dentista.
Dentiziône, s. f. dentição.
Dèntro, adv. dentro, interiormente / —— **di sè**: dentro de si; em seu pensamento / (pleon.) **entrar** ——: entrar / (fam.) **andar** ——: ir para a prisão / **darci** ——: acertar, adivinhar / **o** —— **o fuori**: ou sim ou não / (prep.) em, entre; **dentro alla** (ou **la**, ou **della**) **casa**: dentro da casa / **dentro di me, di te, di sè**:, dentro de mim, de ti, de si / **esser** —— **a una faccenda**: estar inteirado de um assunto / (s. m.) **il di dentro**: a parte de dentro, o interior.
Dêntrovi, (ant.) adv. ali dentro.

Denudàre, (pr. -údo), v. tr. desnudar, despir, / (fig.) atirar na miséria / descobrir, revelar.
Denudazióne, s. f. denudação, desnudação dos altares na sexta-feira santa.
Denúncia e denúnzia, s. f. denúncia; declaração, notificação / (jur.) denúncia, acusação / **denúncia** (ou **disdetta**) **di un contratto**: declaração da nulidade de um contrato / (sin.) **notificazione, dichiarazione, accusa, delazione.**
Denunciaménto e denunziamênto, s. m. denunciação; denúncia.
Denunciânte e denunziànte, p. pr. adj. e s. m. denunciante; denunciador.
Denunciàre, e denunziàre, v. tr. (pr.-úncio, -unci, -únzi) v. denunciar; declarar, notificar / delatar / acusar.
Denunciatôre e denunziatôre, adj. e s. m. (f. -tríce) denunciador, denunciante / delator.
Denunciazióne e denunziazióne, s. f. (raro) denunciação, denúncia.
Denutrito, adj. desnutrido; debilitado; débil, magro.
Denutrizióne, s. f. desnutrição.
Dèo, (ant.) (pl. dèi) s. m. deus: e del mondo è di Deo (Dante).
Deodorànte, adj. desodorante, desodorizante.
Deogràtias, loc. lat. graças a Deus / **essere al** ———: estar no fim de alguma coisa.
Deontología, s. f. (fil.) deontologia, doutrina dos deveres.
Deostruènte, adj. e s. m. (med.) desobstruinte, que desobstrui.
Deostruíre, (pr. -ísco, -ísci) v. tr. desobstruir: desimpedir; desentulhar, desentupir.
Depauperàre, (pr. -aùpero) v. depauperar; empobrecer.
Depennare, v. tr. riscar com um traço de pena: cancelar / (sin.) **espungere, cancellare, cassare.**
Deperíbile, adj. deteriorável, corruptível.
Deperimênto, s. m. deperecimento / decadência; decaimento / debilitação / empobrecimento.
Deperíre, (pr. -ísco, -ísci) v. intr. deperecer; deteriorar-se; decair, debilitar-se / definhar.
Deperizióne, s. f. (raro) deperecimento.
Depersonalizzazióne, s. f. despersonalização; duplicidade da personalidade em certas doenças mentais.
Depilàre, v. depilar, pelar.
Depilatòrio, (pl. -òri) adj. e s. m. depilatório.
Depilazióne, s. f. depilação; caída dos pelos.
Deploràbile, adj. deplorável; lamentável; censurável.
Deplorabilmênte, adv. deploravelmente.
Deploràre, (pr. -òro) v. deplorar, lamentar, lastimar; condoer-se de / reprovar; censurar.
Deploràto, p. p. e adj. deplorado; reprovado; censurado.
Deploratôre, adj. e s. m. (f -tríce) deplorador, o que deplora.
Deplorazióne, s. f. deploração; lamentação (censura, reprovação / (sin.) **biasimo.**

Deplorevóle, adj. deplorável; lamentável; penoso censurável, reprovável.
Depolarizzànte, adj. e s. m. depolorizante, despolarizante.
Depolarizzazióne, s. f. despolarização, depolarização.
Deponènte, p. pr. e adj. depoente / (gram.) verbo depoente.
Depôrre, (pr. -ôngo) v. depor; pôr abaixo; pôr no chão, deixar: ——— **un peso** /——— **un idea**: abandonar uma idéia /——— **le armi**: depor as armas / (jur.) afirmar, declarar, atestar, depor como testemunha.
Deportàre, v. deportar; desterrar; relegar; exilar; banir.
Deportàto, p. p. adj. e s. m. deportado, desterrado; banido, exilado.
Deportazióne, s. f. deportação; desterro, exílio; degredo; expatriação.
Depòrto, s. m. operação que faz o baixista (na bolsa) e prêmio que paga.
Depositànte, p. pr. adj. e s. depositante; o que deposita; o que põe em depósito.
Depositàre, (pr. -òsito) v. depositar, colocar em depósito / entregar algo para guardar ou pôr em segurança / deixar no fundo, assentar; formar depósito.
Depositàrio, (pl. -ári) s. m. depositário / tesoureiro / ——— **dei segreti**: confidente.
Depòsito, s. m. depósito, ação de depositar, de confiar ou de dar a guardar / coisa depositada; **ritirare il** ———: retirar o dep. / lugar onde se depositam coisas em grande quantidade: armazém (sin. **magazzino**) : **i depositi della dogana**: os armazéns da Alfândega / (med.) depósito de humores / rendimentos.
Deposizióne, s. f. deposição: **la** ——— **del re**: a deposição do rei / depoimento; declaração perante o juíz.
Depòsto, p. p. deposto / s. m. (for.) **il** ———: depoimento dos testemunhos.
Depravàre, (pr. -àvo) v. tr. depravar, perverter, viciar, corromper, contaminar / (sin.) **corrompere, guastare, pervertire, viziare.**
Depravàto, p. p. adj. e s. m. depravado; corrompido, pervertido.
Depravatôre, adj. e s. m. (f. -tríce) depravador / corruptor.
Depravazióne, s. f. depravação; perversão, degeneração, corrupção.
Deprecàbile, adj. (p. us.) deprecável, suplicável.
Deprecàre, (pr. -èco, -èchi) v. tr. deprecar, pedir, suplicar (para que não aconteça mal), implorar / (sin.) **scongiurare.**
Deprecativamênte, adv. deprecativamente.
Deprecatívo, adj. deprecatório; suplicatório.
Deprecazióne, s. f. deprecação, ato de deprecar; súplica, rogo, rogativa.
Depredaménto, s. m. depredação, saque, pilhagem.
Depredàre, (pr. -èdo) depredar, saquear, pilhar; espoliar / devastar, rapinar, assolar; talar / (sin.) **saccheggiare, malversare.**

Depredatôre, adj. e s. m. (f. -trice) depredador, o que depreda; o que pratica depredações.
Depredaziône, s. f. depredação, pilhagem, saque, roubo, espoliação; malversações (pl.).
Deprèmere, (ant.) v. deprimir.
Depressiône, s. f. depressão; enfraquecimento, abatimento; desalento / diminuição / —— **negli affari**: paralisação nos negócios / (geogr.) depressão, abaixamento de nível; baixa de terreno / (med.) diminuição da pressão do sangue.
Depressívo, adj. (lit.) depressivo, que causa, que revela depressão / deprimente.
Deprèsso, p. p. e adj. depresso, em que há depressão: comprimido; achatado / (fig.) desalentado, desacordado, deprimido (med.) **polso** ——: pulso débil.
Depressôre, adj. (anat.) músculo depressor.
Deprezzamênto, s. m. depreciação, baixa de preço ou valor; **il** —— **della moneta**: a desvalorização da moeda.
Deprezzàre, (pr. -èzzo) v. tr. depreciar; desvalorizar, rebaixar de preço ou valor / (fig.) desmerecer, diminuir estima, honra, etc. / (sin.) **invilire**.
Deprimènte, p. pr. e adj. deprimente, humilhante, aviltante / (med.) **medicina** ——: remédio calmante.
Deprimere, (pr. -ímo) v. tr. deprimir, desalentar, humilhar / rebaixar; envilecer.
De Profúndis, loc. lat. com que começa uma oração para os defuntos; **recitare un** ——: rezar um "de profundis".
Depuramênto, s. m. depuração.
Depuràre, (pr. -úro) v. depurar; purificar; limpar / (fig.) —— **una società**: eliminar os maus elementos.
Depurativo, adj. e s. m. depurativo / —— **del sangue**: remédio depurativo.
Depuratôre, adj. e s. m. depurador, que ou aquele que depura / depurativo.
Depuratòrio, (pl. -òri) adj. depuratório, depurativo / (s. m.) reservatório onde se depura a água.
Depuraziône, s. f. depuração.
Deputare, (pr. -dèputo) v. tr. deputar, delegar / encarregar, incumbir, enviar; eleger / nomear, designar.
Deputàto, p. p. e s. m. deputado, delegado, enviado / —— **al Parlamento**: deputado, representante do povo no parlamento.
Deputaziône, s. f. deputação, delegação, mandato / comissão, comité.
Deradenite, s. f. (med.) deradenite, inflamação dos gânglios do pescoço.
Deragliamênto, s. m. (ferr.) descarrilhamento.
Deragliàre, (pr. -aglio, agli), v. intr. descarrilhar, descarrilar / (fig.) desviar, sair do bom caminho; perder o tino.
Derapàre, (neol. do fr. **déraper**) v. derrapar, desviar (aeroplano) lateralmente para fora da trajetória curvilinea, por efeito de manobra errada / (sin.) **slittare**.

Deratizzàre, v. (gal.) desratizar, livrar dos ratos por exterminação.
Deratizzaziône, s. f. (gal.) desratização, destruição dos ratos.
Derelitto, adj. e s. m. derrelicto; abandonado; desamparado; desvalido.
Deretàno, adj. (p. us.) posterior / s. m. a parte traseira do corpo humano; traseira.
Derídere, (pr. -ído) v. tr. ridicularizar, escarnecer, zombar, troçar.
Derisíbile, adj. ridículo, risível, digno de troça ou zombaria.
Derisiône, s. f. escárnio, mofa, zombaria; derisão.
Derisívo, p. p. e adj. escarnecido, chasqueado; burlado: **noi siamo da secoli calpesti e derisi** (Inno di Mameli).
Deriso, adj. escarnecido, ludibriado.
Derisôre, s. m. (f. -ôra) escarnecedor, mofador, derrisor.
Derisòrio, (pl. -òri) adj. irrisório, feito por zombaria; **sorriso, lode** ——: sorriso, elogio zombeteiro.
Derìva, s. f. (mar.) derivação, desvio de um navio de seu rumo, por ação do vento / **andare alla** ——: deixar-se transportar pela corrente; (fig.) abandonar-se ao curso dos acontecimentos.
Derivàbile, adj. derivável.
Derivamênto, s. m. derivação
Derivàre, (pr. -ívo) v. derivar, desviar do curso normal; —— **le acque del fiume**: desviar as águas do rio / derivar, proceder, ter origem: **il portoghese deriva dal latino** / (sin.) **procedere, provenire, discendere**.
Derivàta, s. f. (mat.) derivada.
Derivativo, adj. (raro) derivativo.
Derivaziône, s. f. derivação, origem / (eletr.) derivação de um condutor elétrico / (gr.) etimologia de uma palavra.
Derivòmetro, s. m. (aer.) instrumento que mede o desvio do avião.
Dèrma, s. f. (anat.) derme, parte da pele subjacente à epiderme: couro, derma, pele.
Dermalgia, s. f. dermalgia, nevralgia cutânea.
Dermaschèletro, s. m. (ent.) dérmato-esqueleto / concha de tartaruga.
Dermatite, s. f. (med.) dermatite, inflamação da pele.
Dermatología, s. f. (med.) dermatologia.
Dermatòlogo, (pl. -òlogi) s. m. dermatologista.
Dermatòsi, s. f. (med.) dermatose; doenças da pele.
Dermatozòi, s. m. (pl.) dermatozoários, animais parasitos da pele.
Dèrmico, (pl. dèrmici) adj. dérmico, dermático.
Dermografia, s. f. dermografia, dermatografia.
Dermòide, s. f. couro artificial para bolsas, estofamentos, etc. que se parece com o couro / (adj.) dermóide, que diz respeito à pele; que tem aspecto de pele: **tumore** ——.
Dèrno, adv. (mar.) na loc. adv. **in derno** (ou **in derna**), de bandeira enrolada e içada no mastro em sinal de pedido de socorro.
Dèroga, s. f. derroga, derrogação / revogação, anulação.

Derogàbile, adj. derrogável.
Derogàre, (pr. dèrogo, dèroghi) v. intr. derrogar; anular; abolir; substituir preceitos / ——— **a un princípio:** faltar a um princípio.
Derogativo, adj. derrogatório.
Derogazióne, s. f. derrogação; derrogamento.
Derràta, s. f. mercadoria, produto vegetal, comestível, posto à venda; víveres, vitualha / (fig.) **è piú la giunta che la** ———: o acessório é mais que o principal / (sin.) **merce, viveri.**
Derubàre, (pr. -úbo) v. tr. roubar a alguém; **fu derubato del portafòglio:** roubaram-lhe a carteira / furtar.
Derubàto, p. p., adj. e s. m. roubado; furtado.
Deruralizzazióne, s. f. (neol.) para designar a despovoação dos centros rurais, ou seja o "urbanismo".
Dèrvis, (pl. dervísci) s. m. dervis ou dervize; religioso maometano; daroês (des.) / (pl.) seqüazes do Mahdi na rebelião contra ingleses e egípcios no Sudão.
Descènso, (ant.) s. m. descenso, descida / (ecl.) a descida de Jesus no inferno.
Deschêtto, s. m. (dim.) mesinha / banco de sapateiro.
Dêsco, (pl. dêschi) s. m. mesa para comer (sin. **mensa);** stare a ———: comer / ——— **molle:** sobremesa, frutas, ou refeição sem toalha na mesa / cepo de açougueiro / (dim.) **deschetto;** (pej.) **descàccio.**
Descrittívo, adj. descritivo.
Descrítto, p. p. e adj. descrito.
Descrittôre, s. m. (f. -trice) descritor.
Descrívere, (pr. -ívo) v. descrever, fazer a descrição de; contar pormenorizadamente; narrar; percorrer / delinear, traçar.
Descrivíbile, adj. descritível, que se pode descrever.
Descrizióne, s. f. descrição / narração, enumeração, relação.
Desdècere, (ant.) v. desconvir, desdizer.
Desensibilizzatôre, s. m. (fot.) substância que atenua a sensibilidade do brometo; desensibilizador.
Desèrtico, (pl. èrtici) adj. desértico, árido, despovoado.
Desèrto, adj. deserto, desértico, despovoado, solitário, longínquo, abandonado / (jur.) **asta deserta:** hasta (leilão) sem ofertantes / (s. m.) deserto, região desabitada / **predicare al** ———: falar no deserto, falar em vão.
Desiànza e disiànza (ant.) s. f. desejo: **sua disianza vuol volar senz'ali** (Dante).
Desiàre e disiàre, (pr. -ío, -ii) v. (poét.) desejar.
Desiàto, p. p. e adj. (poét.) desejado, almejado.
Desideràbile, adj. desejável, almejável, apetecível; invejável.
Desideràre, (pr. -ídero) v. desejar, ter desejo de; aspirar; ambicionar / ——— **felicità a uno:** fazer votos de felicidades / **lasciar molto a** ———: deixar muito a desejar / **farsi** ———: fazer-se esperar.
Desideràta, s. m. (pl.) as coisas desejadas.
Desiderativo, adj. desiderativo, que exprime desejo.
Desideràto, p. p. e adj. desejado, esperado, apetecido, cobiçado / (s. m.) o que se deseja: **i desiderati della scienza.**
Desidèrio, (pl. -èri) s. m. desejo, vontade, apetite, aspiração, anseio; intenção / **lasciare** ——— **di sé:** deixar saudades.
Desiderôso, adj. desejador, desejoso; que deseja; cobiçoso.
Designàbile, adj. designável, digno de ser designado.
Designàre, (pr. -ígno) v. designar, assinalar, propor, destinar, fixar, marcar.
Designàto, p. p. e adj. designado, proposto, assinalado / (hist.) **console** ———: cônsul romano recém-eleito, que ainda não tomou posse.
Designazióne, s. f. designação; assinalação, indicação, proposta.
Desinàre, (pr. dêsino) v. comer; almoçar; jantar; fazer o pasto principal do dia / (dim.) **desinarêtto, desinaruccio, desinaríno** / (pej.) **desinaráccio.**
Desinènte, adj. (raro) que termina; **voci desinenti in are:** palavras que terminam em are.
Desinènza, s. f. (gram.) desinência, terminação das palavras / flexão.
Desìo, s. m. (poét.) desejo / coisa desejada, coisa deleitosa.
Desiosamènte, adv. (poét.) desejosamente.
Desiôso, adj. (poét.) desejoso.
Desipiènte, (ant.) insípido; fátuo, vão, estulto.
Desipiènza, (ant.) s. f. insípidez / estultícia.
Desíre, (ant.) s. m. desejo: **gli ardenti miei desiri** (Petrarca).
Desistènza, s. f. (for.) desistência.
Desístere, (pr. -ísto) v. desistir; renunciar / (for.) ——— **da un'azione:** desistir de uma ação ou demanda.
Desmologìa, s. f. desmologia / (anat.) estudo dos ligamentos.
Desmopatìa, s. f. desmopatia / (anat.) doença dos ligamentos.
Desolànte, p. pr. e adj. desolante; desolador, aflitivo, desconsolador.
Desolàre, (pr. dèsolo) v. desolar, assolar, despovoar; devastar / afligir, angustiar.
Desolatamènte, adv. desoladamente; desconsoladamente.
Desolàto, p. p. e adj. desolado, assolado, afligido; triste, desconsolado, consternado.
Desolazióne, s. f. desolação / abandono, miséria, esqualidez / dor, aflição, consternação.
Desortazióne, (ant.) s. f. exortação a não fazer; contr. de **esortazione.**
Desperàre, (ant.) v. desesperar.
Despezióne, (ant.) s. f. desprezo.
Dèspota, (pl. -ti) / déspota, tirano / (hist.) governador bizantino.
Dèspoto, (ant.) s. m. déspota.

Desquamazióne, s. f. descamação; queda dos elementos do epitélio da pele, em forma de escamas.
Dessert, (v. fr.) s. m. "dessert", sobremesa; **al** ———: à sobremesa.
Dessiografía, s. f. dexiografia, direção normal da escrita, da esquerda à direita.
Dêsso, pron. (p. us.) ele, ele mesmo; aquele mesmo; **io son quel** ———: eu sou aquele tal / idêntico, igual mesmo.
Destàre, (pr. -dêsto) v. despertar, acordar / excitar, estimular, suscitar, provocar.
Desterità, (ant.) s. f. destreza.
Destinàre, (pr. -íno) v. tr. destinar, determinar, designar; resolver, decidir / estabelecer, ordenar, fixar; **Dio l'ha destinato a ciò:** Deus destinou-o para isso / dirigir (cartas), etc.
Destinatàrio, (pl. -àri) s. m. destinatário / (contr.) **mittente:** remetente.
Destinazióne, s. f. destinação, destino; fim; aplicação / residência: **il direttore ha avuto un nuova** ———: meta de viagem; **porto di** ———: porto de destino.
Destino, s. f. destino; fatalidade; fado; sorte / destino, fim, evento, acontecimento / destino, lugar a que se dirige alguém ou alguma coisa; **senza** ———: ao acaso / (sin.) **fato, sorte, fortuna, vicenda.**
Destituíre, (pr. -isco) v. tr. destituir, depor; dispensar, exonerar; despedir / privar de emprego ou cargo.
Destituíto, p. p. e adj. destituído / desprovido, falto, carecido; **accusa destituita di fondamento:** acusação sem fundamento.
Destituzióne, s. f. destituição; remoção de um cargo ou emprego; despedida, exoneração.
Dêsto, p. p. e adj. acordado, desperto; **l'Italia s'è desta** (Mameli): a Itália despertou / (fig.) pronto, **vivaz, sagaz.**
Dèstra, s. f. direita, dextra, destra; mão direita / **stringer la** ———: apertar a mão; **tenere la** ———: conservar a direita (nas estradas) / **partito di** ———: partido da direita / **cedere la** ———: ceder lugar à direita em sinal de honra ou respeito.
Destramênte, adv. destramente; habilmente; sagazmente.
Destreggiamênto, s. m. desteridade; destreza.
Destreggiàre, (pr. -êggio, -êggi) v. intr. agir com destreza; manejar com habilidade e sagacidade.
Destrêzza, s. f. destreza, habilidade, sagacidade; agilidade; astúcia.
Destrière e **destrièro,** s. m. (poét.) ginete; corcel / cavalo de combate.
Destrína, s. f. (quím.) dextrina, substância gomosa obtida por hidólise parcial do amido.
Dèstro, adj. destro, direito; **braccio** ———: braço direito / dextro, hábil, ágil, avisado, esperto, sagaz / (s. m.) ocasião, oportunidade, comodidade, ensejo; **cogliere il** ———: aproveitar a oportunidade.

Destrogíro, adj. dextrógiro, que gira para a direita / (fís.) que desvia para a direita o plano de polarização da luz.
Destròrso, adj. dextrorso, que vai da esquerda para a direita, no sentido dos ponteiros do relógio; falando das plantas volúveis, bobinas, estrias, etc.
Destròsio, s. m. (quím.) dextrose; glicose; açúcar de uva.
Desuèto, adj. insólito, fora do comum.
Desuetúdine, s. f. (p. us.) desuso / (sin.) **dissuetudine.**
Desultòrio, adj. desultório, que salta.
Desúmere, (pr. -úmo, -úmi) v. deduzir, coligir, inferir, conjecturar; intuir.
Desumíbile, adj. deduzível, conjecturável.
Desúnto, p. p. e adj. deduzido, conjecturado, inferido, coligido: **notizie desunte dai giornali:** notícias deduzidas dos jornais.
Detenêre, (pr. -èngo) v. tr. deter, reter, conservar, guardar, sustar / reter abusivamente alguma coisa: ——— **armi, droghe proibite** / deter, aprisionar, encarcerar.
Detentôre, s. m. (f. -tríce) detentor; aquele que detém abusivamente alguma coisa.
Detenzióne, s. f. detenção, ação de deter coisa proibida / (for.) detenção, prisão preventiva ou correcional.
Detergènte, p. p. e adj. detergente / (s. m.) detergente, detersivo.
Detèrgere, (pr. -èrgo) v. tr. detergir, limpar; purificar / purgar.
Deterioramênto, s. m. deterioramento, deterioração estrago, ruína.
Deterioràre, (pr. -òro, -òri) v. deteriorar, danificar; alterar, estragar / piorar, declinar.
Deteriorazióne, s. f. deterioração.
Deteriôre, adj. pior, inferior.
Determinàbile, adj. determinável.
Determinànte, p. pr. e adj. determinante / (s.) determinante; **la** ——— **del misfatto:** a determinante do crime.
Determinàre, (pr. -èrmino) v. determinar, marcar termo a; demarcar, delimitar / resolver / decidir / distinguir, discernir / estabelecer, fixar; ——— **la data:** fixar a data / decidir, deliberar.
Determinatamênte, adv. determinadamente.
Determinatêzza, s. f. determinação / exatidão; precisão / resolução.
Determinativo, adj. determinativo / (gram.) **articolo** ———: artigo definido.
Determinatôre, adj. e s. m. determinador.
Determinazióne, s. f. determinação / resolução, deliberação, decisão.
Determinísmo, s. m. (fil.) determinismo.
Determinísta, s. m. determinista.
Detersióne, s. f. (p. us.) detersão.
Detersívo, adj. detersivo; detergente.
Detèrso, p. p. e adj. detergido, limpo, purificado.
Detersòrio, adj. detersório, detergente.

Detestàbile, adj. detestável, abominável; odioso, vituperável, aborrecível, execrável.
Detestabilmènte, adv. detestavelmente; odiosamente; abominavelmente.
Detestàre, (pr. -èsto) v. tr. detestar, odiar, abominar; execrar; vituperar, aborrecer / (sin.) **esecrare, aborrire**.
Detestazióne, s. f. (lit.) detestação (p. us.), aversão, ódio.
Detettóre, s. m. (rad.) detector, detetor.
Detonànte, p. p. e adj. detonante / (s. m.) detonador.
Detonàre, (pr. detòno) v. intr. detonar, fazer estrondo, por efeito de explosão; explodir; ribombar; estrondear.
Detonatóre, adj. e s. m. (f. -trice) detonador.
Detonazióne, s. f. detonação, explosão / estalido, estampido.
Detràrre, (pr. àggo) v. tr. tirar, detrair uma quantidade de outra maior / (p. us.) detrair, dizer mal de, difamar, depreciar.
Detrattóre, s. m. (f. -trice) detrator; difamador; maldizente.
Detrazióne, s. f. detração, ato ou efeito de tirar, de diminuir / (raro) difamação, maledicência.
Detrimènto, s. m. detrimento, prejuízo, dano.
Detríto, s. m. detrito / resíduo, fragmento, sobra.
Detronizzàre, (pr. -ízzo) v. destronar, tirar do trono / destituir depor.
Detrúdere, (ant.) (pr. **detrúdo**) v. expulsar para baixo.
Detrusòrio, s. m. (cir.) instrumento cirúrgico para desentupir o esôfago.
Dètta, s. f. a ——— **di lui, di tutti**: segundo o que ele diz, o que todo mundo diz. / (ant.) débito; **essere in** ———: estar em dívida.
Dettàfono, s. m. ditafone, aparelho que permite registrar por magnetização dum fio de aço ou gravação em disco, um discurso, um ditado, etc.
Dettagliànte, s. m. (gal.) varejista, comerciante que vende no varejo.
Dettagliàre, v. (gal.) detalhar, pormenorizar, expor minuciosamente / vender a varejo.
Dettagliatamente, adv. pormenorizadamente.
Dettàglio, s. m. (gal.) detalhe, pormenor, particularidade, minúcia / **vendere al** ———: vender a varejo.
Dettàme, s. m. (lit.) ditame; opinião, juízo / ditado, preceito.
Dettànte, adj. (p. us.) que dita.
Dettàre, (pr. **dètto**) v. tr. ditar / inspirar, sugerir, aconselhar, indicar; **parla como detta il cuore**: fala como dita o coração / impor; ———: **le condizioni**: ditar as condições / **dettare legge**: mandar, impor a própria vontade / (lit.) compor, escrever.
Dettàto, p. p. e adj. ditado / (s. m.) ditado, aquilo que se dita: **ha fatto un** ——— **senza errori** / ditado, provérbio, adágio, anexim, máxima, aforismo, mote, dito.

Dettatóre, s. m. (f. -trice) que dita / (teatro, hist. e lit.) autor das "artes **dictaminum**": tratados sobre a arte de compor / (ant.) secretário, escrevente.
Dettatúra, s. f. ditado; **scrivera a** ———: escrever por ditado.
Dètto, p. p. dito / (adj.) apelidado, chamado, nomeado: **Leonardo Bruni, detto L'Aretino** / **detto fatto**: imediatamente / (s. m.) dito, ato de dizer / palavra / modo de dizer, frase idiomática / mote, sentença: **i detti di Socrate** / aforismo, sentença.
Detumescènza, s. f. (med.) detumescência, resolução de um tumor; desinchação.
Deturpamènto, s. m. deturpação; desfiguração.
Deturpatóre, adj. e s. m. (f. -trice) deturpador.
Deturpazióne, s. f. deturpação; desfiguração; alteração; modificação.
Dèus, s. m. (lat.) Deus, na loc. Deus **ex machina**; que era o númen que aparecia nos antigos teatros para o desenlace de um drama / (fig.) intervenção quase milagrosa no momento oportuno para resolver uma questão ou dificuldade.
Deutério, s. m. (quím.) deutério, hidrogênio pesado; substância cujos átomos têm um só neutrão.
Deuterenòmio, s. m. deuterenômio, último livro do Pentateuco.
Devadàssi, s. f. devadassi, na Índia, bailadeira que serve em algum pagode.
Devàllo, s. m. transcrição nos livros da alfândega do transpasse de uma mercadoria.
Devalutazióne, s. f. (banc.) desvalorização.
Devastamènto, s. m. devastação; assolação.
Devastàre, (pr. -àsto) v. devastar, destruir, talar, assolar, desolar / destruir, saquear.
Devastàto, p. p. e adj. devastado, assolado; destruído.
Devastazióne, s. f. devastação, desolação, assolação.
Devenire (pr. -èngo) v. (for.) chegar; ——— **a una sentenza, a una conclusione**: chegar a uma sentença, a uma conclusão.
Deverbàle, adj. deverbal, derivado de verbo.
Devessità, (ant.) s. f. pendência, encosta.
Devèsso, (ant.) adj. inclinado / (sin.) declive.
Deviamènto, s. m. desvio; descaminho / (ferr.) descarrilhamento.
Deviàre, (pr. -ío, ii) v. desviar, sair ou afastar-se do caminho / (ferr.) descarrilhar; (fig.) extraviar-se, desencaminhar-se, abandonar a regra, os bons usos / desviar, fazer mudar de idéia.
Deviatòio, s. m. (ferr.) desvio de estrada férrea.
Deviatóre. s. m. ferroviário que trabalha na manobra de desvio.
Deviazióne, s. f. desvio; descaminho / afastamento / (mar.) desvio da agulha da bússola.

Deviazionísmo, s. m. desvio, no campo ideológico, das diretrizes de um partido político.
Dèvio, (ant.) adj. dévio, desviado.
De visu, (loc. lat.) de vista, visto com os próprios olhos.
Devolutívo, adj. devolutivo.
Devolúto, p. p. e adj. devoluto / devolvido.
Devoluzióne, s. f. devolução, restituição / (for.) transferência.
Devòlvere, (pr. òlvo) v. devolver, restituir / (for.) transmitir, transferir um direito de uma a outra pessoa.
Devoniàno, adj. (geol.) devoniano ou devônico.
Devotaménte, adv. devotamente.
Devòto, adj. devoto, pio, piedoso, religioso / devoto, afeiçoado, atento, submisso; **amico** ———: amigo dedicado / consagrado, devotado, dedicado / (s. m.) devoto, pessoa devota; beato.
Devozióne, s. f. devoção; piedade, dedicado ao culto divino / afeição, respeito, submissão, reverência, acatamento; obséquio; fidelidade, obediência.
Di, prefixo di: serve às vezes para reforçar o sentido do vocábulo: **rompere, -dirompere; lacerare, -dilacerare** / outras vezes indica dois ou dobro; **diedro, diodo, dittero.**
Di, prep. de; indica: propriedade; **la casa** ——— **mio nonno**: a casa de meu avô / autor: **il Decamerone** ——— **Boccaccio** / filiação: **Pietro Mancini** ——— **Saverio**; Pedro Mancini, filho de Savério / matéria; **statua** ——— **avorio**: estátua de marfim / conteúdo: **bottiglia** ——— **vino**: garrafa de vinho / instrumento; **lavoro** ——— **cesello**: trabalho de cinzel / origem: **essere** ——— **Milano**: ser de Milão / pertencer; **è uno del Governo**: é um do governo / parte de um conjunto: **alcuni** ——— **noi**: alguns de nós / denominação; **la città** ——— **Torino**: a cidade de Turim / qualidade pessoal; **uomo** ——— **scienza**: homem de ciência / medida ou preço; **capretto** ——— **cinque chili**: cabrito de cinco quilos; **formaggio** ——— **trecento lire**: queijo de trezentas liras / objeto de um sentimento: **amor** ——— **madre** / causa; **morire** ——— **paura**: morrer de medo; tempo: **la guerra del 1914**: a guerra de 1914 / **viaggio** ——— **un anno**: viagem de um ano / **vegliare** — **notte**: velar de noite / meio; **circondare** ——— **muro**: rodear de muro / modo; **lavorare** ——— **lena**: trabalhar com vontade / procedência; **giungere** ——— **Venezia**: chegar de Veneza / reforço de expressão; **lo stupido** ——— **tuo fratello**: o idiota do teu irmão / mudança de condição; ——— **povero divenne ricco**: de pobre tornou-se rico / comparativo, **più duro dei ferro**: mais duro que o ferro; usa-se após um nome ou adj. com sentido de ironia, de desprezo, de admiração, etc.: **che diavolo** ——— **ragazzo!, razza** ——— **cretino!, che pazzo** ——— **giovine!** / em certas expressões superlativas: **Il cantico dei canci** / pedindo, rogando: **di grazia**: por favor / com outras prep.; **di rimpetto, di contro**: em frente, contra / com um verbo em modo indefinido: **ho voglia** ——— **studiare**: tenho vontade de estudar / **penso** ——— **partire all'alba**: tenciono partir de madrugada / adv. ——— **corsa**: de carreira; ——— **passaggio**: de passagem / ——— **male in peggio**: de mal a pior / forma contratação com os artigos definidos: **del, dello, della, dei, degli, delle; gli offerse del vino**: ofereceu-lhe vinho.
Dí, s. m. (poét.) dia (sin. **giorno**).
Día, (ant.) s. f. deusa (adj. fem.) divina / (s. m.) dia.
Diabète, s. m. (med.) diabete, diabetes.
Diabètico, (pl. -ètici) adj. diabético / (s. m.) doente de diabetes.
Diabolicaménte, adv. diabolicamente.
Diabólico, (pl. -òlici) adj. diabólico, infernal / mau, maligno, perverso.
Diàbolo, s. m. diabolô (jogo, brinquedo).
Diacciàia, s. f. us. na Toscana por **ghiacciaia**, refrigerador, frigorífero.
Diacciàre, (pr. -àccio) v. (tosc.) gelar.
Diacciatúra, s. f. (técn.) ação de imprimir ornatos sobre o couro ou percalina de um livro.
Diàccio (pl. -àcci) (tosc.) s. m. gelo / mancha esbranquiçada e transparente peculiar a certa qualidade de mármore.
Diàchilon, s. m. (raro) diaquilão, espécie de emplastro formado por cêra, terebintina e pez, hoje quase inteiramente desusado.
Diàcine, int. (raro) diacho!
Diàclasi, s. f. (geol.) diáclase.
Diaconàle, adj. diaconal, de diácono.
Diaconàto, s. m. diaconato, diaconado.
Diaconèssa, s. f. (hist.) diaconisa.
Diaconía, s. f. (ecles.) diaconia.
Diàcono, s. m. (ecles.) diácono.
Diacrítico, (pl. -ítici) adj. (med.) diacrítico; (filol.) diacrítico: sinal ortográfico destinado a distinguir a modulação das vogais e a pronúncia de certas palavras.
Díade, s. f. díada, díade, díado (s. m.); um par ou grupo de dois.
Diadèlfia, s. f. deadelfia, união dos estames na flor formando dois feixes.
Diadèma, (pl. -èmi) s. m. diadema / coroa.
Diàdoco, (pl. àdochi) s. m. diádoco, príncipe herdeiro do trono grego.
Diafanàre, (ant.) v. intr. diafanizar; executar a diafanização.
Diafaneità e diafanità, s. f. diafaneidade; limpidez; transparência.
Diàfano, adj. diáfano; límpido; transparente.
Diafanògrafo, s. m. diafanógrafo, instrumento do desenhista para reproduzir uma imagem através de um vidro.
Diafanoscopía, s. f. (med.) diafanoscopia.
Diafanoscòpio, s. m. (med.) diafanoscópio.

Diàfisi, s. f. (anat.) diáfise.
Diafônico, adj. (mús.) diafônico.
Diaforèsi, s. f. (med.) diaforese, transpiração anormal excessiva.
Diaforètico, (pl. -ètici) adj. diaforético.
Diafràgma, v. diaframma.
Diaframma, (pl. -àmmi) s. m. (anat.) diafragma.
Diaframmàre, v. intr. (fot.) diafragmar; regular a abertura de um diafragma, em especial no sentido de diminuir o seu diâmetro.
Diaframmàtico, (pl. -àtici) adj. diafragmático.
Diageotropísmo, s. m. (bot.) disposição dos órgãos de certas plantas em tomar posição transversal ao raio terrestre.
Diagliptica, s. f. arte de gravar em côncavo.
Diaglipto, s. m. diaglipto ou diaglito, obra gravada em côncavo.
Diàgnosi, s. f. (med.) diagnose.
Diagnòstica, s. f. (med.) diagnose.
Diagnosticàre, tr. (pr. -òstico, -òstici) v. diagnosticar.
Diagnòstico, (pl. -òstici) adj. e s. m. diagnòstico.
Diagonàle, adj. e s. f. diagonal / espécie de tecido com linhas traçadas diagonalmente.
Diagonalmènte, adv. diagonalmente / obliqüamente.
Diagràmma, (pl. -àmmi) s. f. diagrama.
Diàle, adj. dial, consagrado a Júpiter ou ao seu culto: "flâmine dial".
Dialettàle, adj. dialetal, relativo a dialeto: **voci, modi dialettali.**
Dialèttica, s. f. (filos.) dialética / lógica / argumentação engenhosa.
Dialetticamènte, adv. dialeticamente.
Dialèttico, (pl. -èttici) adj. dialético / (s. m.) aquele que argumenta bem.
Dialètto, s. m. dialeto / modo de falar peculiar a uma dada região ou lugar.
Dialettologia, s. f. dialetologia.
Dialettòlogo, (pl. -òlogi) s. m. dialetólogo.
Dialipètalo, adj. (bot.) dialipétalo, que tem as pétalas livres entre si.
Dialisèpale, adj. (bot.) dialissépale, cálice cujas sépalas não estão ligadas umas às outras.
Diàlisi, s. f. (fís.) diálise / (gram.) interrupção do período por meio de um inciso entre parêntesis.
Diàlizzatôre, s. m. (quím.) dialisador, instrumento para dialisar.
Diàllage, s. f. figura retórica pela qual os argumentos se resumem numa só conclusão.
Diallàgio, s. m. (miner.) dialage, dialágio, espécie de piroxênio.
Diallèlo, s. m. (filos.) dialelo, sofisma que consiste em provar uma coisa por si mesma.
Dialogàre, (pr. -àlogo, -òloghi) v. dialogar; pôr em diálogo / dizer ou escrever em forma de diálogo / conversar.
Dialògico, (pl. -ògici) adj. dialógico.
Dialogísmo, s. m. dialogismo.
Dialogísta, s. m. dialogista, aquele que escreve diálogos.
Dialogístico, (pl. -ístici) adj. (raro) dialogístico; dialogal.

Dialogizzàre, v. dialogar, dar forma de diálogo; fazer diálogos entre pessoas, especialmente disputando: **se ne stanno lí a ———, invece di andar a lavorare.**
Diàlogo (pl. -àloghi) s. m. diálogo; conversação entre duas ou mais pessoas / obra literária em forma de conversação.
Dialtèa, s. f. dialtéia, espécie de ungüento preparado com uma parte da raiz de altéia.
Diamagnètico, (pl. -ètici) adj. (eletr.) diamagnético.
Diamagnetísmo, s. m. diamagnetismo.
Diamantàio, s. m. diamantista; lapidário; joalheiro.
Diamànte, s. m. diamante / (dim.) diamantino / **formato** ———: o menor formato de um livro.
Diamantíno, adj. adamantino, diamantino; (fig.) puro, nobre.
Diametràle, adj. diametral.
Diametralmènte, adv. diametralmente; (fig.) absolutamente, completamente.
Diàmetro, s. m. diâmetro.
Diàmine!, excl. de maravilha, de impaciência ou símile: diacho!
Diàna, s. f. diana, designação poética da lua / a estrela-d'alva, sinal, toque de alvorada dos soldados / (fig.) **batter la** ———: tremer de frio.
Diandría, s. f. diandria, caráter dos vegetais diandros.
Diànto, s. m. (flor.) dianto, espécie de cravo.
Diànzi, adv. há pouco (tempo), pouco antes.
Diàpason, s. m. (mús.) diapasão.
Diapèdesi, s. f. diapédese, fenômeno da emigração de glóbulos brancos do sangue.
Diapènte, s. m. (mús.) diapente, intervalo de cinco notas.
Diapositíva, s. f. (fot.) diapositivo.
Diarchia, s. f. diarquia, governo simultâneo de dois reis.
Diària, s. f. indenização diária a empregado que executa serviço extraordinário.
Diàrio, (pl. -àri) adj. diário, de todos os dias; quotidiano / (s. m.) diário, livro diário; jornal.
Diarísta, s. m. diarista, escritor de diários e similares.
Diarrèa, s. f. diarréia.
Diartròsi, s. f. diartrose, articulação móvel.
Diàscolo, s. m. (eufemismo de **diavolo**: diabo) diacho.
Diascòrdio, s. m. diascórdio, antigo remédio estomacal.
Diaspicída, s. m. preparado que combate a diáspide.
Diàspis, s. f. (lat.) diáspide, inseto que ataca as árvores, especialmente a amoreira.
Diàspora, s. f. diáspora, dispersão dos Judeus através do mundo, no século II da nossa era.
Diàsprino, adj. de diásporo.
Diàspro, s. m. diásporo, mineral raro, espécie de jaspe.
Diàstasi, s. f. diástase, desvio ou deslocação de dois ossos, que têm articulação contígua / (quím.) diástase.

Diastèma, s. m. diastema, intervalo normal entre os dentes de vários animais.

Diàstilo, s. m (arquit.) diástilo.

Diàstole, s. f. (med.) diástole.

Diastrofia, s. f. (med.) diastrofia: luxação de ossos / deslocamento de músculos, etc.

Diatermanietà, s. f. diatermanismo, propriedade de que gozam os corpos diatérmanos.

Diatermàno, adj. (fís.) diatérmano; que deixa passar o calor.

Diatermasía, s. f. (fís.) diatermanismo.

Diatermía, s. f. diatermia.

Diatèrmico, (pl. -èrmici) adj. diatérmico.

Diàtesi, s. f. (med.) diátese, conjunto de manifestações mórbidas que aparecem no mesmo indivíduo.

Diatèsico, (pl. èticí) adj. diatésico, relativo a diátese.

Diatomèe, s. f. pl. (bot.) diatomáceas, família de algas microscópicas, que vivem em águas doces ou salgadas, e também na terra úmida.

Diatonia, s. f. diatonia, dissonância de sons / contraponto.

Diatònico, (pl. -ònici) adj. (mús.) diatônico, que procede por tons e semitons.

Diatríba, s. f. diatribe; crítica severa; escrito violento e injurioso.

Diàvola, s. f. diaba, diabo feminino, diaboa / (fig.) mulher má, insuportável / **una buona** ——: mulher bondosa.

Diavolàccio, (pl. -àcci) s. m. (pej.) diabão / **buon** ——: bonacheirão, bom homem.

Diavolería, s. f. coisa própria do diabo; diabrura; artifício sutil; manha; sortilégio, malefício / feitiçaria.

Diavolèsco, (pl.-èschi) adj. diabrino, diabólico, demoníaco.

Diavolèssa, s. f. diaba, bruxa / (fig.) mulher endiabrada, ruim.

Diavolèto, diavolío, s. m. inferneira, barafunda, barulheira, confusão, desordem.

Diavolètto, s. m. (dim.) diabinho / (fig.) criança travessa, traquinas / (ferr.) macaco para levantar carros, vagões, etc.

Diàvolo, s. m. (f. **diàvola** e **diavolessa**) diabo; demônio; satanás / espírito do mal; (fig.) pessoa má, feia, astuta: **furbo come il** —— / criança turbulenta, travessa / **buon** ——: bonacheirão / **povero** ——: pobre diabo, pobre homem / **fame del** ——: grande fome / **essere il** —— **e l'acqua santa**: diz-se de duas pessoas que se odeiam / **un pezzo di** ——: pessoa forte, robusta / às vezes usa-se pleon.; **dove** —— **è andato?**: onde diabo foi-se meter? / **il** —— **non é brutto come si dipinge**: o diabo não é tão feio como o pintam / (dim.) diavolëtto, diavolino, diavolúccio.

Diavolône, s. m. (f. -ôna) homenzarrão, homem de compleição robusta.

Dibarbàre, (ant.) v. desbarbar.

Dibassàre, (pr. -àsso) v. tr. abaixar; rebaixar.

Dibàttere, (pr. -àtto) v. tr. debater; agitar / discutir, contestar / (pr.) debater-se, agitar-se.

Dibattimênto, s. m. debate, discussão, contenda / debatimento.

Dibàttito, s. m. debate, disputa, controvérsia, discussão.

Diboscamênto, s. m. desarborização, desflorestação, desflorestamento; ação de destruir os bosques ou as florestas.

Diboscàre, (pr. -òsco, -òschi) v. tr. desarborizar, desflorestar, destruir os bosques ou as florestas.

Dibotriocèfalo, s. m. dibotriocéfalo, tênia parasita do homem.

Dìbraco, s. m. díbraco, pé de verso formado por duas sílabas breves.

Dibranchiàti, s. m. pl. dibranquiados, moluscos cefalópodes.

Dibrucàre ou **dibruscàre**, v. mondar, alimpar, desramar, roçar os campos e os bosques / podar as árvores.

Dibrucatúra, s. f. mondadura; capinação, monda / poda, desbaste das árvores.

Dibucciàre, (pr. -úccio, úcci) v. tr (p. us.) descascar, tirar a casca.

Dibucciàto, p. p. e adj. descascado; limpo da casca.

Diburràre, v. desnatar.

Diburràto, p. p. e adj. desnatado.

Dicàce, adj. (lit.) dicaz, severo na crítica; mordaz.

Dicacità, s. f. dicacidade; mordacidade; má língua.

Dicanapulàre, (pr. -àpulo) v. tr. gramar o cânhamo, o linho e similares.

Dicanapulatríce, s. f. máquina para gramar o cânhamo, etc.

Dicastèrico, (pl. -èrici) adj. de departamento administrativo do Estado; ministerial, estatal; (sin.) burocrático.

Dicastèro, s. m. departamento superior da administração pública / departamento especial de um ministério.

Dicàstro, (ant.) s. m. castelo, fortaleza: né terra, né castel, né alcun dicastro (Sacchetti).

Dícco, s. m. massa de matéria eruptiva que enche uma fenda da rocha / filão / (ant.) reparo, dique.

Dicèfalo, adj. dicéfalo, que tem duas cabeças.

Dicèmbre, s. m. dezembro.

Dicènte, p. pr., e s. m. dizente, dizedor, que diz; falante.

Dicentramênto, dicentràre, v. decentramento, decentrare.

Dícere, (ant.) v. dizer.

Dicería, s. f. diz-que-diz-que, falatório, mexerico, boato, murmúrio / (ant.) prédica, arenga.

Dicèrnere, (ant.) v. discernir.

Dicervellàre, (pr. -èllo) v. desajuizar, perder o juízo, amalucar, endoidecer.

Dicévole, adj. (p. us.) conveniente, próprio, adequado; condizente.

Dichiaràre, v. tr. declarar; manifestar de modo claro e terminante / afirmar; notificar solenemente; anunciar / denunciar / eleger, nomear / julgar / (refl.) manifestar-se.

Dichiaratamente, adv. declaradamente, abertamente.

Dichiarativo, adj. declarativo / explicativo.
Dichiaràto, p. p. e adj. declarado / aberto, franco, resoluto.
Dicharatôre, adj. e s. m. (f. -trice) declarador; declarante.
Dichiarazióne, s. f. declaração; afirmação / depoimento, manifesto / asserção, denúncia.
Dichinàre, (ant.) v. intr. declinar, abaixar-se: **che da Vercelli a Marcabò dichina** (Dante).
Diciannòve, adj. num. dezenove.
Diciannovènne, adj. de dezenove anos.
Diciannovèsimo, adj. num. décimo nono.
Diciassètte, adj. num. dezessete.
Diciassettènne, adj. de dezessete anos.
Diciassettèsimo, adj. num. décimo sétimo.
Dicíbile, adj. dizível / (contr.) **indicíbile**.
Dicimàre, v. tr. desmochar; cortar ou quebrar as pontas; desarmar, podar.
Dicioccàre, (pr.-òcco, -òcci) v. cortar os cachos; tirar as folhas; desbastar; mondar.
Diciottènne, adj. de dezoito anos.
Diciottèsimo, adj. num. décimo oitavo.
Diciòtto, adj. num. dezoito.
Dicitôre, s. m. (f. -trice) dizedor; declamador, recitador / (hist.) **decitore in rima**: poeta.
Dicitúra, s. f. forma em que uma coisa é dita ou escrita; escolha e colocação das palavras; escrito, dicção, expressão; locução.
Diclamidèo, adj. (bot.) diclamídeo, com dois verticilos.
Dicòrdo, s. m. (mús.) dicórdio, instrumento de arco, que se usou na Idade Média.
Dicotilèdone, adj. dicotilédone, que tem dois cotilédones.
Dicotomía, s. f. dicotomia.
Dicròico, (pl. -òici) adj. (min.) dicróico, diz-se dos minerais em que há dicroísmo.
Dicroísmo, s. m. dicroísmo.
Dicromàtico, (pl. -àtici) adj. dicromático, que apresenta duas côres.
Dicrotísmo, s. m. (med.) dicrotismo, pulsação dupla, em certos estados patológicos.
Dictàfono, v. **dettafono**.
Didascalía, s. f. (lit.) didascália; notas intercaladas no diálogo de uma peça, que servem de explicação ao autor / dizeres de um filme, para melhor compreensão do mesmo.
Didascàlica, s. f. didascálica; o gênero didático.
Didascalicamènte, adv. em modo didascálico; didaticamente.
Didascàlico, (pl. -àlici) adj. didascálico; didático.
Didàttica, s. f. didática; arte e técnica de ensinar.
Didatticamènte, adj. didaticamente.
Didàttico, (pl. -àttici) adj. didático.
Didèntro, adv. dentro, na parte interior / (s. m.) parte interna de uma coisa: **il** ——— **del vaso**.
Didímio, s. m. (quím.) didímio, substância descoberta na cerita, mistura de dois elementos metálicos; neodímio e praseodímio.

Dídimo, adj. (raro) (bot.) dídimo, duplo, gêmeo.
Die, (ant.) s. m. dia: **non s'appon die in die** (Dante) / Deus, empregado especialmente em composição com outras palavras; **Dielsà**: Deus o sabe: **Dielvoglia**: Deus o queira, etc.
Dièci, adj. num. dez.
Diecimíla, adj. num. dez mil.
Diecina, decina, s. f. dezena.
Dièdro, adj. (geom.) diedro, diz-se do ângulo formado pelo encontro de dois planos.
Dielettricità, s. f. (fís.) dieletricidade.
Dielèttrico, adj. e s. m. dielétrico.
Diencèfalo, s. m. (anat.) diencéfalo, zona do cérebro situada na base deste.
Dièresi, s. f. diérese, divisão de duas vogais consecutivas em duas sílabas: trema / (cir.) separação dos tecidos orgânicos.
Diesíre ou "**díes írae**", s. m. dies irae, primeiras palavras do hino do ofício dos mortos; dia da cólera; **li giorno del** ———: o dia do ajuste final.
Dièsis, s. m. (mús.) diese, sinal de elevação da nota de um semitom; sustenido.
Dièta, s. f. dieta, assembléia política ou legislativa, em certos países / (ant.) viagem que se fazia num dia.
Dièta, s. f. dieta, abstenção de certos alimentos por motivo de doença / regime de alimentação.
Dietamènte, (ant.) adv. prontamente, rapidamente.
Dietàrio, adj. dietário, referente à Dieta política.
Dietètica, s. f. (med.) dietética.
Dietético, (pl. -ètici) adj. dietético.
Dièttim, (lat.) (jur. e com.) interesse, juros diários.
Dietro, prep. e adv. atrás, detrás; na parte posterior / ——— **la casa**: atrás da casa / ——— **di lui**: atrás dele / **andare** ——— **a uno**: ir atrás de alguém, ou seguir o seu exemplo / **correre** ——— **a una cosa**: desejar ardentemente uma coisa / **portarsi** ——— **una cosa**: trazer (uma coisa) consigo / **tener** ———: seguir, acompanhar / **didietro**: (adj. e s. m.) a parte posterior.
Dietrofrònt, s. m. (mil.) meia-volta / (fig.) reviravolta, mudança brusca.
Difàtto, conj., de fato; efetivamente; realmente; com efeito.
Difèndere, (pr. -èndo) v. defender; prestar socorro ou auxílio; proteger / patrocinar ou advogar a causa de / resguardar, abrigar, preservar / defender-se, livrar-se, resguardar-se.
Difendíbile, adj. defendível; defensável.
Difènsa, (ant.) s. f. defesa / proteção.
Difensíbile, adj. defendível.
Difensióne, (ant.) defesa.
Difensiva, s. f. defensiva / defesa.
Difensívo, adj. defensivo.
Difensôre, adj. e s. m. (f. **difenditrice**) defensor, o que defende ou protege / **avvocato** ———: advogado da defesa.
Difèsa, s. f. defesa, ato de ou de se defender; tudo o que serve para defender; sustentação de uma tese ou proposição / abrigo, anteparo: **le Alpi**

sono la ——— naturale d'Italia / baluarte, proteção / avvocato di ———: advogado de defesa / (zool.) (pl.) **le difese**: dentes caninos de alguns animais.
Difêso, p. p. e adj. defendido; reparado; abrigado / protegido, fortificado, munido.
Difettànte, p. pr. e adj. defectivo, defeituoso.
Difettàre, (pr. -ètto) v. intr. carecer, ter falta de alguma coisa, faltar: ——— **di viveri, difettar nella pronunzia**.
Difettivamênte, adv. defeituosamente.
Difettivo, adj. defectivo, defeituoso, imperfeito / (gram.) verbo que não se conjuga em todas as suas formas.
Difètto, s. m. defeito, imperfeição (física ou moral), falha; vício; falta de alguma coisa / mancha, tara, erro / inconveniente / deficiência, escassez, penúria (dim.) **difettúccio**; (pej.) **difettáccio**.
Difettosamênte, adv. defeituosamente.
Difettôso, adj. defeituoso; imperfeito / (anton.) perfetto.
Diffalcàre, v. tr. desfalcar.
Diffàlta, (ant.) s. f. falta, culpa.
Diffamàre, (pr. -àmo) v. tr. difamar, tirar a boa fama a; publicar a desonra ou o descrédito de alguém; caluniar; vituperar.
Diffamatôre, adj. e s. m. (f. -trice) difamador, que ou aquele que difama.
Diffamatòrio, adj. difamatório, difamante.
Diffamaziône, s. f. difamação; calúnia; detração.
Differènte, p. pr. de **differire** (diferir); (adj.) diferente; desigual, distinto, variado, dessemelhante.
Differentemênte, adv. diferentemente, diversamente.
Differènza, s. f. diferença, falta de igualdade: **tra quei due c'e una bella differenza**; discrepança / transformação / resto, excesso, troco.
Differenziàle, adj. e s. m. diferencial, que procede por diferenças infinitamente pequenas / (mat. e mec.) diferencial.
Differenziamênto, s. m. ação e efeito de diferenciar; diferenciação.
Differenziàmetro, s. m. (mar.) diferenciômetro, instrumento de medir inclinações.
Differenziàre, (pr. -ènzio, -ènzi) v. tr. diferenciar, estabelecer diferença, discriminar / (refl.) não ser semelhante.
Differíbile, adj. diferível, adiável.
Differimênto, s. m. ato de diferir; adiamento, prorrogação.
Differíre, v. intr. (pr. -ìsco, -ìsci) diferir, adiar, prorrogar, procrastinar / diferir, ser diferente.
Diffícile, adj. difícil, que não é fácil; custoso, trabalhoso, árduo; arriscado; pouco provável / intransitável; escabroso, crítico, duro.
Difficilmênte, adv. dificilmente; a custo.
Difficoltà, s. f. dificuldade / situação crítica; obstáculo / objeção; complicação, contraste, transtorno; impedimento / perigo, embaraço

Difficoltàre, (pr. -ôlto) v. tr. dificultar, tornar difícil; embaraçar; complicar.
Difficoltôso, adj. dificultoso; difícil; custoso.
Diffida, s. f. (for.) ato ou documento com que se adverte alguém para não fazer determinada coisa / advertência pública contra determinada coisa ou pessoa.
Diffidàre, (pr. -ído) v. desconfiar, duvidar, suspeitar / (for.) intimar, notificar para fazer ou não determinada coisa.
Diffidènte, p. pr. e adj. difidente, receoso, desconfiado.
Diffidènza, s. f. difidência, dúvida, suspeita, desconfiança, receio.
Diffluènte, adj. difluente, que diflui / que se derrama ou se liquefaz.
Diffóndere, (pr. -ôndo) v. tr. difundir, divulgar, propagar; irradiar / (pr.) espalhar-se, derramar-se, expandir-se, dilatar-se.
Diffonditôre, adj. e s. m. (f. -trice) que difunde, que propaga, que divulga; difusor, disseminador, divulgador.
Diffórme, adj desconforme diverso, não igual / deforme, disforme.
Difformità, s. f. desformidade; diferença / disformidade, deformidade.
Diffràngere (pr. -àngo, -àngi), v. (fís.) difractar, operar a difração de; sofrer difracção.
Diffraziône, s. f. (fís.) difracção.
Diffusamênte, adv. difusamente, amplamente; profixamente.
Diffusíbile, adj. difusível, que se pode difundir.
Diffusibilità, s. f. difusibilidade.
Diffusiône, s. f. difusão, ato ou efeito de difundir / (fig.) divulgação, propagação, publicidade; propaganda / dilatação, prolixidade.
Diffusivo, adj. difusivo.
Diffúso, p. p. e adj. difuso, difundido, espalhado / dilatado, longo; prolixo / **luce diffusa**: luz que não provém diretamente do foco luminoso.
Diffusôre, adj. e s. m. (f. diffonditrice) difusor, que difunde.
Difício, (ant.) s. m. edifício / máquina, engenho / malefício.
Difilàre, v. (raro) desfilar / (ant.) (refl.) mover-se, aviar-se com velocidade.
Difilàto, p. p. de **difilare** (desfilar), desfilado, que desfilou / (modo adv.) **andare o venire difilato**: rapidamente, prestemente: diretamente.
Diforàno, (ant.) adj. externo.
Diftera, s. f. díftera, veste de pele de ovelha como as que usam os pastores dos Abruzzos / (hist.) díftera, nome que os antigos davam às peles preparadas para depois escreverem nelas.
Diftèrico, (pl. -èrici) adj. diftérico.
Difterite, s. f. (med.) difteria, doença contagiosa / crupe.
Dìga, s. f. dique, barragem.
Digamía, s. f. digamia; bigamia.
Digàmma, s. m. digama, sexta letra do antigo alfabeto grego.
Digàstrico, (pl. -àstrici) adj. (anat.) diz-se dum músculo do pescoço.

Digelàre, v. tr. degelar; derreter o gelo.
Digerènte, p. pr. e adj. digerente, digestório, digestivo / **apparato** ——: aparelho digestivo.
Digeribile, adj. digerível.
Digeribilità, s. f. qualidade do que é digestível; digestibilidade.
Digerire, (pr. -ísco, -ísci) v. tr. digerir, transformar pela digestão / (fig.) assimilar, estudar com proveito; suportar, tolerar um insulto, um vexame, etc.
Digestiône, s. f. digestão.
Digestíre, (ant.) v. digerir.
Digestívo, adj. digestivo / (s. m.) medicamento digestivo.
Digèsto, s. m. (jur.) digesto, compilação de leis romanas, organizada por ordem do imperador Justiniano; (por ext.) compilação de regras jurídicas / (ant.) adj. digerido.
Digestôre, s. m. digestor, espécie de caldeira ou vaso hermeticamente fechado, nos quais se podem elevar a altas temperaturas os líquidos em que se põem as substâncias a digerir.
Dighiacciàre, (pr. -àccio, -àcci) v. intr. degelar, derreter ou derreter-se.
Digiogàre, v. dejungir, desprender do jugo.
Digitàle, adj. digital, referente aos dedos / (bot.) s. f. digital, dedaleira, planta de que se extrai a digitalina.
Digitalína, s. f. digitalina, medicamento extraído da dedaleira, usado como tônico cardíaco.
Digitàre, (pr. dígito) v. tr. (mús.) dedilhar, usar os dedos ao tocar um instrumento / assinalar nas notas musicais os números que indicam os dedos.
Digitàto, p. p. e adj. dedilhado / (bot.) digitiforme, de folhas compostas, que têm forma de dedos.
Digitaziône, s. f. (raro) dedilhação, dedilhamento.
Digitígrado, adj. (zool.) digitígrado, que anda sobre as pontas dos dedos.
Dígito, (ant.) s. m. dedo; medida.
Digiunàre, (pr. -úno) v. intr. jejuar / fazer abstinência.
Digiúno, adj. jejuno, que está em jejum / (s. m.) jejum, privação de alimentos; (fig.) ignorância de uma coisa ou assunto.
Díglifo, s. m. (arquit.) díglifo, modilhão com duas estrias.
Dignità, s. f. dignidade, função, título ou cargo de graduação elevada / nobreza, gravidade nas maneiras / respeitabilidade, pundonor / (contr.) **indegnità**.
Dignitàrio, (pl. -àri) s. m. dignitário; personagem revestido duma dignidade.
Dignitosamênte, adv. dignamente, honrosamente, decorosamente.
Dignitôso, adj. digno, honrado, exemplar, nobre, sério, decoroso, reputado, correto.
Digradamênto, s. m. (p. us.) degradação, gradação (de tons, luz ou sombras).

Digradàre, v. intr. (pr. -àdo) degradar; diminuir gradualmente (a luz, etc.); diminuir, graduar / degradar, rebaixar; danificar, aviltar.
Digradaziône, s. f. degradação, ação e efeito de degradar de luz, cores, etc.
Digràmma, s. m. (gram.) digrama.
Digrassàre, (pr. -àsso) v. tirar a gordura da carne de animais abatidos / desengordurar, tirar as nódoas de gordura / desengordar; emagrecer.
Digredíre, (pr. -ísco, -ísci) v. intr. digressoar, digressionar; desviar, afastar-se do argumento, do tema.
Digressiône, s. f. digressão, desvio aparente de um planeta em relação ao sol / digressão do discurso para um assunto diferente / divagação.
Digressivo, adj. digressivo, em que há digressão.
Digrignamênto, s. m. rangido de dentes.
Digrignàre, v. tr. (pr. -ígno) ranger, mostrar os dentes, roçando-os por raiva, roçando-os uns contra os outros.
Digrossamênto, s. m. desengrossamento, adelgaçamento / desbaste, aparamento.
Digrossàre, v. tr. (pr. -òsso) desengrossar, adelgaçar; aparar; esboçar uma obra de arte / dar a uma pessoa os primeiros rudimentos de uma arte ou ofício / (s. m.) (raro) desbastador.
Digrossatôre, s. m. (raro) desbastador.
Digrúma, s. f. voracidade devido a fácil digestão.
Digrumàle, s. m. estômago dos ruminantes.
Digrumàre, (pr. -úmo) v. tr. ruminar / (farm.) comer vorazmente / (fig.) meditar.
Diguazzamênto, s. m. ação de remexer ou vascolejar um líquido; vascolejamento.
Diguazzàre, (pr. -àzzo) v. vascolejar, agitar, remexer (um líquido contido num vaso) / agitar, bater, remexer / (intr.) debater-se, agitar-se, chapinhar.
Dilaccàre, (ant.) v. despedaçar.
Dilacciàre, (ant.) v. deslaçar, desliar.
Dilaceràre, (pr. -àcero) v. dilacerar, despedaçar, rasgar com violência; (fig.) pungir, afligir, mortificar.
Dilagàre, (pr. -àgo, -àghi) v. intr. estender-se, espalhar-se (como um lago) / (fig.) difundir-se, sem obstáculo, de vícios, costumes, etc.
Dilaniàre, (pr. -ànio, -àni) v. tr. despedaçar, rasgar, estraçalhar / (fig.) afligir, torturar, mortificar, pisar, caluniar.
Dilapidàre, (pr. -àpido) v. dilapidar, delapidar; esbanjar, malbaratar, dissipar.
Dilapidatôre, adj. e s. m. (f. -trice) delapidador; esbanjador, dissipador.
Dilapidaziône, s. f. delapidação; esbanjamento.
Dilàta, (ant.) s. f. dilação, prorrogação.
Dilatàbile, adj. dilatável.
Dilatamênto, s. m. dilatamento, dilatação.
Dilatàre, (pr. -àto) v. dilatar, aumentar o volume; prolongar, estender; ampliar, desafogar / difundir, prorrogar, espalhar.

Dilatàto, p. p. e adj. dilatado; amplo, extenso.
Dilatatôre, s. m. (f. -tríce) dilatador, que dilata / instrumento cirúrgico para fazer dilatações / (anat.) músculo dilatador.
Dilatatòrio, (pl. -òri) adj. dilatante, de músculos que servem para dilatar.
Dilatazióne, s. f. dilatação, dilatamento; ampliação, prolongamento.
Dilatòmetro, s. m. (fís.) dilatômetro, instrumento para medir a dilatação dos corpos.
Dilatòrio, (pl. -òri) adj. dilatório, que retarda ou demora; que faz adiar: **eccezione dilatoria** (for.).
Dilavamênto, s. m. ação de consumir, desfazer, por feito de muita água que escorre por cima, como lavando / enxurreira.
Dilavàre, v. tr. consumir, desbotar, desfazer por efeito da água / enxurrar, alagar de enxurro.
Dilavatamênte, adv. deslavadamente, fracamente, insipidamente.
Dilavàto, p. p. e adj. enxurrado; deslavado; desbotado; desenxabido, insípido.
Dilazionàre, v. prorrogar, adiar.
Dilazióne, s. m. dilação, adiamento, prorrogação / demora / (dim.) **dilazioncèlla**.
Dileggiamênto, s. m. (p. us.) chacota, derisão, zombaria, escárnio.
Dileggiàre, (pr. -èggio, -èggi) v. zombar, mangar, mofar, motejar, escarnecer.
Dileggiatôre, adj. e s. m. (f. -tríce) mofador, zombador, escarnecedor.
Dilèggio, (pl. -èggi) s. m. mofa, zombaria, chacota, irrisão.
Dileguàre, (pr. -èguo) v. tr. dispersar, esvaecer, fundir, fazer desaparecer; **il sole dilegua la nebbia**: o sol dissolve a névoa / (fig.) dissipar, desfazer, desvanecer; —— **i dubbi**: dissipar as dúvidas.
Dilèmma (pl. -èmmi), s. m. dilema / (fig.) situação embaraçosa.
Dilêtico, (ant.) s. m. cócega.
Dilettànte, p. pr. e adj. deleitante / (s. m.) diletante; amador / (contr.) **professionista**.
Dilettantêsco, (pl. -èschi) adj. (depr.) de diletante.
Dilettantísmo, s. m. diletantismo: amadorismo.
Dilettàre, (pr. -èt to) v. tr. deleitar, causar deleite, prazer; deliciar, dar gosto / (refl.) deleitar-se, experimentar prazer; **mi diletto a leggere**: delicio-me na leitura.
Dilettazióne, s. f. (p. us.) deleite, deleitação, prazer.
Dilettévole, adj. deleitável, deleitante, deleitoso.
Dilettevolmênte, adv. deleitavelmente, deleitosamente.
Dilètto, s. m. deleite, prazer suave; gaúdio, alegria; delícia, gosto.
Dilètto, adj. dileto, muito querido, amado, estimado / (s.) a pessoa querida: **la mia diletta**.
Dilettossamênte, adv. deleitavelmente.
Dilettôso, adj. (p. us.) deleitável.
Dilezióne, s. f. dileção, afeição especial, afeto, predileção, estima.

Diligènte, adj. diligente, cuidadoso, ativo, aplicado; atento, pronto.
Diligentemênte, adv. diligentemente, cuidadosamente; apressadamente.
Diligènza, s. f. diligência, cuidado, zelo, atividade; prontidão / diligência, antiga carruagem para transportes coletivos.
Diliscàre, v. tr. (raro) tirar as espinhas (de peixe); tirar as saliências, as arestas (de um tecido).
Diloggiàre, v. (p. us.) expulsar, desalojar, despejar.
Dilogía, s. f. dilogia, diáfora, repetição; ambigüidade.
Dilollàre, v. (raro) debulhar.
Dilombàre, (pr. -ômbro) v. pr. deslombar, derrear, alquebrar, descadeirar; fadigar-se.
Dilombàto, p. p. e adj. derreado, cansado, ajoujado; rengo.
Dilombatúra, s. f. (raro) derreamento; canseira.
Dilucidàre, (pr. -úcido) dilucidar, elucidar; explicar, deslustrar, tirar o lustre.
Dilucidazióne, s. f. dilucidação, explicação, esclarecimento; elucidação.
Dilúcolo, dilúculo, s. m. dilúculo; crepúsculo da manhã; alvorada, aurora.
Diluènte, p. pr., adj. e s. m. diluente, que dilue.
Diluíre, (pr. -ísco, ísci) v. tr. diluir / dissolver.
Diluíto, adj. diluído.
Dilungàre, v. tr. delongar, retardar, demorar / (refl.) **dilungarsi**: delongar-se, afastar-se.
Dilúngi, (ant.) adv. longe, distante.
Dilúngo, adv. de contínuo; seguidamente, apressadamente / (tip.) **comporre a** ——: compor sempre do mesmo modo, sem interrupção de caracteres de outro corpo.
Diluviàle, adj. diluvial / diluviano.
Diluviàno, adj. diluviano, do tempo do dilúvio.
Diluviàre, (pr. -úvio) diluviar, chover copiosamente / afluir grande de qualquer coisa; **diluviano le leggi**: chovem, afluem as leis.
Diluviatôre, s. m. (f. -tríce) comilão ávido, voraz.
Dilúvio, (pl. -úvi) dilúvio, chuva copiosa / (fig.) afluência inumerável, abundância; **un** —— **di asinerie**: um mundo de asneiras.
Diluvióne, s. m. (f. -ôna) glutão, comilão, limpa-pratos.
Diluzióne, s. f. diluição, ato ou efeito de diluir / substância diluída.
Dimacchiàre, v. (raro) tr. desbastar, desbravar, destruir os matos.
Dimagramênto, s. m. emagrecimento / adelgaçamento.
Dimagràre, (pr. -àgro) v. emagrecer; emagrar / empobrecer, esterilizar-se (falando esp. de terreno) / (ant.) diminuir, reduzir-se.
Dimagrire, (pr. -isco, -ísci) emagrecer.
Dimàndita, s. f. pergunta.
Dimàndo, (ant.) s. m. pergunta, interrogação: **se fosse tutto pieno mio dimando** (Dante) / oração.

Dimàne, (ant.) s. f. alvorada, o despontar do dia, a manhã, a manhã seguinte; amanhã.
Dimàni, v. domani.
Dimembràre, (p. us) v. tr. desmembrar.
Dimenamênto, s. m. meneio. requebro, saracoteamento, agitação.
Dimenàre, (pr. -ēno) v. tr. mover de um e de outro lado; agitar; mexer; menear.
Dimenío, (pl. -íni) s. m. meneio prolongação ou freqüente.
Dimensiône, s. f. dimensão, tamanho.
Dimentàre, (ant.) v. dementar, abobar.
Dimenticàggine, s. f. (p. us.) descuido habitual, olvido / (asin.) **smemoratàggine**.
Dimenticànza, s. f. olvido, esquecimento, descuido, negligência / (poét.) oblío.
Dimenticàre, (pr. -êntico, êntichi) v. esquecer, olvidar, descuidar, (pr.) esquecer-se.
Dimenticatôio, (pl. ôi) s. m. lugar do olvido, do esquecimento.
Dimêntico, (pl. êntichi) adj. descuidado, esquecido.
Dimenticône, s. m. (f. -ôna) desmemoriado, que tem o costume de esquecer tudo.
Dimergolàre, (ant.) v. forcejar, esforçar-se para remover alguma coisa / vacilar, cambalear.
Dimessamênte, adv. modestamente, humilhantemente.
Dimêsso, p. p. demitido / (adj.) modesto, humilde / **atteggiamento** ———: atitude humilde.
Dimesticàre, v. domesticar.
Dimestichêzza, s. f. domesticidade, familiaridade.
Dimètrico, adj. dimétrico.
Dìmetro, adj. (métr.) dímetro / composição poética em dois metros.
Dimèttere, (pr. -ètto) v. demitir, destituir; despedir. exonerar / perdoar, (injúria, etc.) anular uma dívida / (refl.) demitir-se, renunciar / (sin.) rinúnziare.
Dimezzamênto, s. m. ato e efeito de dividir pelo meio; dimidiação.
Dimezzàre, (pr. -èzzo) v. dividir uma coisa em metades; dimidiar.
Dimezzàto, p. p. dimidiado / (adj.) partido; falho, falto.
Dimíno, (ant.) s. m. domínio.
Diminuèndo, s. m. (mús.) diminuendo / (aritm.) diminuendo.
Diminuíbile, (adj.) diminuível, que se pode diminuir.
Diminuíre, (pr. -ísco, ísci) v. diminuir, minguar, reduzir. abaixar, rebaixar / atenuar / humilhar / (aritm.) subtrair.
Diminuíto, p. p. e adj. diminuído, reduzido.
Diminutívo, adj. e s. diminutivo / (gram.) diminutivo, que se forma (em ital.) com os sufixos -íno, èllo, êtto, icciuòlo, icíno, úzzo.
Diminúto, (ant.) adj. diminuto, diminuído; falho, mutilado.
Diminuziône, s. f. diminuição; baixa redução / (sin.) **ribasso, riduzione, calo**.
Dimissionàre, v. tr. (neol.) demitir, exonerar de um cargo ou emprego.

Dimissionário, (pl. -àri) adj. demissionário.
Dimissiône, s. f. demissão; renúncia / (sin.) **rinunzia**.
Dimissòria, s. f. (ecl.) dimissórias (pl.).
Dimissoriàle, adj. e s. f. (ecl.) dimissorial, das dimissórias.
Di modo che, adj. de modo que.
Dimoiàre, (pr. -òio) v. intr. derreter-se da neve, ou da terra endurecida pelo gelo / ensaboar a roupa.
Dimòio, s. m. (raro) derretimento do gelo ou da neve / amolecimento.
Dimòra, s. f. permanência em um lugar; estada / morada, habitação, vivenda, domicílio, casa / demora, atraso / **senza fissa** ———: sem domicílio certo.
Dimoràre, (pr. -òro) v. habitar, viver, residir, morar, ter domicílio.
Dimorfísmo, s. m. (cient.) dimorfismo.
Dimòrfo, adj. dimorfo.
Dimostràbile, adj. demonstrável.
Dimostrabilità, s. f. demonstrabilidade.
Dimostramênto, s. m. (p. us.) demonstração.
Dimostrànte, p. p. adj. demonstrante, demonstrador, que ou aquele que demonstra / (s. m.) manifestante.
Dimostràre, (pr. -òstro) v. tr. demonstrar, provar / manifestar / mostrar, aparentar; ——— **più anni del vero**: demonstrar mais idade que a verdadeira / (pr.) dar-se a conhecer, manifestar-se.
Dimostrativamênte, adv. demonstrativamente.
Dimostratívo, adj. demonstrativo / (gram.) **aggettivo e pronome** ———: adj. e pron. demonstrativos.
Dimostratôre, adj. e s. m. (f. -tríce) (p. us.) demonstrador, demonstrante, que ou aquele que demonstra.
Dimostraziône, s. f. ação e efeito de demonstrar; demonstração, prova, comprovação, argumentação, explicação, raciocínio / manifestação: ——— **d'amicizia, patriottica, militare, navale, ostile, di plauso**, etc.
Dimozzàre, v. tr. desmochar / podar.
Dína, s. f. (fís.) dina, unidade de força.
Dinàmica, s. f. (mec.) dinâmica.
Dinamicamènte, adv. dinamicamente / com atividade enérgica.
Dinàmico, (pl. -àmici) adj. dinâmico / (contr.) statico.
Dinamísmo, s. m. dinamismo / (filos.) dinamismo.
Dinamitàrdo, adj. e s. m. dinamiteiro / anarquista, revolucionário.
Dinamíte, s. f. dinamite.
Dinamitifício, s. m. fábrica de dinamite.
Dinamítico, adj. de dinamite.
Dìnamo, (pl. dínamo) s. f. dínamo.
Dinamogènesi, s. f. dinamogenia.
Dinamòmetro, s. m. dinamômetro.
Dinànte e dinànti, (ant.) adv. diante, perante.
Dinànzi, prep. diante, perante, ante; ——— **al maestro**: perante o professor / (adv.) **essere** ———**, a uno**: estar antes de alguém / (s. m.) il ——— **della casa**: a frente da casa.
Dínaro, s. m. dinar, unidade monetária da Iugoslávia.

Dinasta, (pl. -àsti) s. m. dinasta, príncipe.
Dinastía, s. f. dinastia.
Dinàstico, adj. dinástico.
Dindi e **díndo**, s. m. voz infantil para indicar o dinheiro: **innanzi che lasciassi il pappo e il dindi** (Dante).
Dindín, s. m. (voz onom.) som da campainha.
Díndo e **díndio**, s. m. peru (voz us. espec. na Itália do Norte).
Dindòn, s. m. (onom.) voz imitativa do som dos sinos.
Dine, s. f. dina, unidade de força.
Dinegàre, v. tr. (p. us.) denegar.
Dinervàre, v. tr. (p. us.) enervar.
Díngo, (pl. **dínghi**) s. m. dingo, cão selvagem da Austrália.
Diniègo, (pl. -**èghi**), s. m. denegação; recusa.
Dinoccolamênto, s. m. desconjuntamento, desconjunção.
Dinoccolàre, (pr. -òccolo) v. tr. desconjuntar, especialmente o pescoço; deslocar.
Dinoccolato, p. p. e adj. desconjuntado / relaxado, mole, lerdo, desmazelado, preguiçoso.
Dinorníti, s. m. (pl.) dinornis, gênero extinto de aves semelhantes ao avestruz.
Dinosàuro, s. m. dinossauro.
Dinotàre, v. denotare.
Dinotèrio, s. m. dinotèrio, mamíferos proboscídeos, fósseis no mioceno.
Dinovàre, (ant.) v. renovar.
Dintornàre, (ant.) v. contornar.
Dintòrno, prep. e adv. ao redor, em redor; **avere ———**: ter gente ao redor / (s. m. pl.) **i dintorni**: os arredores, as cercanias, os arrabaldes: **i ——— di Milano** / contorno, delineamentos de uma figura.
Dío, (pl. **dèi**) s. m. (f. **dèa**) Deus, o Ser Supremo / cada um dos deuses das religiões politeístas: **al tempo degli dei falsi e bugiardi** (Dante) / indivíduo eminente numa arte: **Paganini fu un dio del violino** / **Dio ce la mandi buona**: valha-nos Deus / **grazia di Dio**: comida, abundância de tudo / **servo di Dio**: sacerdote / **addio**: adeus / **la Dio mercè**: com a ajuda de Deus / **Dio lo voglia**: queira-o Deus / **chi s'aiuta Dio l'aiuta**: quem madruga Deus ajuda / (sin.) Iddio.
Dío, adj. (lit.) divino: **le die pupille** (Carducci).
Diocesàno, adj. e s. m. diocesano.
Diòcesi, s. f. diocese / (hist.) circunscrição do Império Romano.
Diòdo, s. m. díodo, válvula termoiônica.
Diodônte, s. m. diodão, gênero de peixes dos mares quentes.
Diòico, (pl. -òici) adj. (bot.) dióico, diz-se da planta ou espécie vegetal, que tem flores unissexuadas.
Diôlco, s. m. a parte mais estreita do istmo de Corinto, através do qual se arrastavam, com máquinas, os navios de um mar a outro.
Dionèa, s. f. (bot.) dionéia, gênero de plantas carnívoras, da família das droseráccas.

Dionísia, s. f. dionísia, pedra a que se atribuía a virtude de curar a embriaguez.
Dionisíaco, (pl. -íaci) adj. dionisíaco.
Dioràma, (pl. -àmi) s. m. diorama.
Dioríte, s. f. (min.) diorito, rocha maciça, granulosa, de cor semelhante à da diábase.
Diosmòsi, s. f. (fís.) osmose / (sin.) osmosi.
Diòttra, s. f. alidada, régua móvel que faz parte de um instrumento com que se determina a direção dos objetos em topografia.
Diottría, s. f. dioptria, força refringente de uma lente ou sistema convergente.
Diòttrica, s. f. dióptrica.
Diòttrico, (pl. -òttrici) adj. dióptrico.
Dipanamênto, s. m. e **dipanatúra**, s. f. ação de dobrar, de enovelar.
Dipanàre, (pr. -àno) v. tr. dobar, enovelar / (fig.) desenredar, desenlear, desemaranhar, resolver um negócio atrapalhado.
Dipanatôio, (pl. -ôi) s. m. dobadura, aparelho giratório para dobar as meadas.
Dipartènza, s. f. (lit.) partida, ato de partir, saída / **fare le dipartenze**: despedir-se.
Dipartimênto, s. m. departamento, circunscrição de uma adm. francesa / divisão, admin. da marinha militar italiana / compartimento / (ant.) partida / morte.
Dipartíre, (pr. -ísco, ísci) v. (p. us.) partir, ir-se / sair de um lugar, afastar-se da opinião de outros / morrer.
Dipartíta, s. f. (lit.) partida, separação, saída / falecimento.
Dipelàre, v. tr. depilar, tirar o pelo / pelar, escaldar de forma a tirar o pelo e a pele: **tuttocné nudo e dipelato vada** (Dante).
Dipendènte, p. pr. dependente / (s. m.) subordinado, subalterno.
Dipendentemênte, adv. dependentemente.
Dipendènza, s. f. dependência, subordinação; sujeição; **stare alle dipendenze dun padrone**: estar sob as ordens de um patrão / (pl.) dependência, edificação anexa a uma casa.
Dipèndere, (pr. -èndo) v. intr. depender, estar na dependência; estar sujeito, subordinado a / proceder, derivar, provir; **la felicità dei popoli dipende dalla retta amministrazione**: a felicidade dos povos depende da boa administração.
Dipennàre, v. tr. riscar, cancelar, abolir.
Dipêso, adj. dependente, subordinado.
Dipètalo, adj. (bot.) dipétalo, que tem duas pétalas.
Dipígnere, (ant.) v. pintar.
Dipíngere, (pr. -íngo, íngi) v. pintar; pincelar / (fig.) representar com a imaginação / **descrever** / ——— **col fiato**: pintar com grande delicadeza / colorir / (pr.) pintar-se.
Dipínto, p. p. pintado / (adj) pintado, enfeitado; **un viso tutto ———**: um rosto todo pintado / **un abito che**

sta a ———: uma roupa (vestido) que assenta perfeitamente / (s. m.) pintura, quadro: **un** ——— **di Tiziano**.
Dipintôre, s. m. (f. **dipintôra, dipintorêssa, dipintríce**) pintor.
Dipintúra, s. f. (p. us.) pintura.
Diplegía, s. f. (med.) diplegia, paralisia dupla.
Diplocòcco, s. m. (biol.) diplococo, cocos que se apresentam reunidos dois a dois.
Diplòma, (pl. -òmi) s. m. diploma.
Diplomàtica, s. f. diplomática, arte de ler e conhecer os documentos antigos; paleografia.
Diplomaticamênte, adv. diplomaticamente.
Diplomàtico, (pl. -ci) adj. diplomático / (s. m.) diplomata, embaixador, ministro plenipotenciário / (fig.) astuto, dissimulado, hábil / discreto, reservado.
Diplomàto, adj. e s. m. diplomado, que tem diploma.
Diplomazía, s. f. diplomacia / corpo diplomático / habilidade, astúcia; experiência; circunspecção / cerimônia.
Diplopía, s. f. diplopia, anomalia da vista, visão dupla dos objetos.
Dipnòi, adj. (pl.) dipneus ou dipneutas, animais que têm dois pulmões / subclasse dos peixes que têm brânquias e pulmões.
Dipodía, s. f. dois pés do verso grego ou latino.
Dipòi, e **di poi**, (ver tamb. **poi**) adv. depois, após.
Diportamênto, s. m. (p. us.) comportamento.
Diportàre, v. pr. comportar-se, proceder, obrar, portar-se / (raro) divertir-se.
Dipòrto, s. m. recreio, diversão, entretenimento, desporte, passatempo; **darsi** ———: passear, divertir-se.
Diprèsso, adj. e prep. cerca, perto / perto de; de perto, vizinho / (loc. adv.) **a un** ———: mais ou menos, cerca de / **il vestito mi costerà a un** ——— **cinque milla lire**: o terno me custará aproximadamente cinco mil liras.
Dipsòmane, s. m. e adj. dipsomaníaco.
Dipsomanía, s. f. (med.) dipsomania.
Díptero, díttero, s. m. díptero.
Díra, (ant.) s. f. maldição, imprecação.
Diradamênto, s. m. desbastação, aplanamento; rarefação.
Diradàre, (pr. -àdo) v. desbastar, tornar menos denso: tornar menos freqüente; rarear; ——— **le visite**: diminuir as visitas / ——— **il tempo**: serenar (o tempo, o céu).
Diradàto, p. p. e adj. desbastado, aclarado; rarefato; diminuído.
Diradicàre, v. (raro) desarraigar, arrancar as raízes.
Diragnàre, v. (p. us.) limpar as teias de aranhas; desaranhar / (ant.) esclarecer.
Diramàre, (pr. -àmo) v. desramar, podar os ramos / separar-se, dividir-se, ramificar-se / distribuir, repartir, espalhar, enviar.

Diramaziône, s. f. ramificação (de árvore, rio, artérias, ferrovias, etc.); bifurcação / propagação, difusão.
Dirazzàre, v. intr. perder as qualidades da raça; degenerar, decair.
Díre, (pr. **dico, dici, diciàmo, dite, dícono**) v. dizer, falar, enunciar; **dico ciò che penso**: digo o que penso / nomear, chamar; **dicono viltà la prudenza**: chamam de covardia à prudência / recitar, expor; ——— **la lezione, le preghiere**: dar a lição, rezar / ——— **ciò che si è veduto**: narrar aquilo que se viu; **si dice che**: diz-se que / **dire d'improvviso**: falar de improviso / **un si dice**: diz-que-diz-que, boato, voz que corre / **aver a che dire con uno**: altercar, disputar com alguém / **non c'è che dire**: não há o que dizer / **ciò vuol** ———: isso quer dizer / **non** ——— **nè ai nè bai**: não dar um pio / ——— **la Messa**: rezar Missa / **dirsela con uno**: entender-se com alguém / **voler** ——— **la sua**: querer dar a própria opinião / **vi dico io**: afirmo-o eu / ——— **a memória**: dizer de cor / ——— **fra i denti**: dizer entre os dentes, murmurar / **dire schietta**: falar francamente / ——— **corna di uno**: vituperar alguém / **che ne dite?**: o que vos parece? / **dirsi**: intitular-se / **modo di** ———: locução, modismo / (prov.) **dimmi con chi vai e ti dirò chi sei**: dizes-me com quem andas e dir-te-ei quem és.
Díre, s. m. dito, expressão; estilo; dizer; **stando al** ——— **del maestro**: segundo o parecer do professor / **l'arte del** ———: arte de falar ou de escrever / **tra il** ——— **e il fare c'è di mezzo il mare**: entre o dizer e o fazer há uma boa diferença.
Diredàre, (ant.) v. deserdar.
Direnamênto, s. m. derreamento.
Direnàre, v. tr. derrear, derrengar, alquebrar, descadeirar, deslombar; cansar.
Direpziône e **direptione**, (ant.) s. f. saque, rapina.
Dirètro, e **dirìetro**, (ant.) adv. de trás / (s. m.) traseiro.
Direttamênte, adv. direitamente; diretamente, imediatamente.
Direttàrio, (pl. -àri) s. m. (form.) proprietário direto de bens de raiz.
Direttíssimo, adj. sup. diretíssimo / (for.) **citazione direttissima**: citação urgente / (ferr.) (s. m.) trem rápido ou expresso.
Direttíva, s. f. diretriz, norma, regra, guia, governo; **fornire le direttive**: dar as diretrizes para fazer alguma coisa.
Direttivìtà, s. f. (rad.) possibilidade de dirigir as ondas eletromagnéticas.
Direttívo, adj. diretivo, que dirige.
Dirètto, p. p. e adj. dirigido; direto; direito; imediato: **conseguenza diretta** / **imposta diretta**: tributo direto / **dialogo** ———: diálogo dramático / (ferr.) trem rápido / **vapore** ——— **a Genova**: vapor com destino a Gênova / (adv.) **vado** ——— **all'ufficio**: vou direto ao escritório.
Direttôre, s. m. (f. **-tríce**) diretor / diretor, administrador, gerente, chefe.

Direttoriàle, adj. diretorial.
Direttòrio, s. m. diretório / diretoria / junta diretiva / (hist.) diretório da 1ª República francesa.
Direttrìce, adj. diretora, que dir. / (s. f.) diretora, mulher proposta a direção de alguma coisa / (mat.) diretriz.
Direziòne, s. f. direção; ação e efeito de dirigir / direção, rumo / governo, administração / conjunto dos diretores de um estabelecimento / orientação, critério; conduta.
Diricciàre, v. tirar as castanhas do ouriço.
Dirigènte, p. pr., adj. e s. m. dirigente / diretor.
Dirigere, (pr. -ígo, -ígi) v. tr. dirigir, ter a direção de; governar, administrar; guiar; indicar os meios de conseguir uma coisa; enviar, endereçar / volver; regular.
Dirigíbile, adj. dirigível / (s. m.) dirigível, aparelho de aviação.
Dirigibilísta, s. m. piloto, manobrador de dirigível.
Dirigísmo, s. m. dirigismo / intervenção estatal nas atividades econômicas / planificação.
Dirigísta, adj. atinente ao dirigismo / (s.) partidário do dirigismo.
Dirimènte, p. pr. e adj. dirimente / impedimento ———: que impede ou anula o matrimônio.
Dirimire, (pr. -ímo, ími) v. tr. dirimir, anular irremediavelmente / dissolver, extinguir.
Dirimpettàio, (pl. -ài) s. m. (tosc. fam. e joc.) que mora defronte, que está defronte.
Dirimpètto, prep. e adv. à frente de, em frente, de fronte, em frente de; sta ——— a me: está na minha frente.
Diripàta, (ant.) s. f. barranco, precipício.
Diritta, s. f. destra, direita, mão direita; dare la ———: dar a direita.
Dirittamènte, adv. direitamente, diretamente, retamente.
Diritto, s. m. direito; **i diritti e i doveri**: os direitos e os deveres / faculdade / imposto, tributo, contribuição; **diritti consolari, doganali**: direitos consulares, aduaneiros / ——— **naturale, positivo, penale, civile**, etc. / ——— **acquisito**: direito adquirido / **governo di** ———: governo legítimo; **rinunziare a un** ———: renunciar a um direito / **a torto o a** ———: com ou sem razão.
Diritto e dritto, adj. direito, reto; **strada diritta**: caminho direito / (fig.) sagaz, honesto, justo, reto, íntegro; **azioni diritte**: ações honestas; **a mano** ———: à direita / (s. m.) **il** ——— **di una moneta**: o lado direito da moeda / (adv.) **agire** ———: proceder retamente, honradamente.
Dirittùra, s. f. direitura, direção retilínea / retidão, inteireza.
Dirizzàre, (pr. -ízzo) v. tr. endireitar, por direito / ——— **le gambe al cam**: fazer o impossível.
Dirizzatòio, (pl. -òi) s. m. partidor para cabelos / pente para repartir o cabelo.

Dirizzatùra, s. f. ação de repartir ou de fazer risca (no cabelo).
Dirizzòne, s. m. ação inconsiderada, impulsiva, estouvada / **pigliare un** ——— ———: tomar uma resolução desatinada; adquirir hábitos pouco recomendáveis.
Dirlindàna, s. f. (pesc.) linha comprida com anzol que se usa para pescar estando no bote.
Díro, (ant.) ímpio, cruel, atroz, feroz: "prigion dira" (Petrarca).
Diroccamênto, s. m. derrocamento, derrocada; desmoronamento, demolição.
Diroccàre, (pr. -òcco, -òcchi) v. tr. derrocar, deitar abaixo; demolir, abater; destruir, desmoronar, arrasar / (refl.) despenhar-se.
Dirocciare, (ant.) v. precipitar, despenhar-se.
Dirômpere, (pr. -ômpo) v. tr. amolecer, desenrijar, afrouxar, desentezar; ——— **la canapa, il lino**, etc.: bater, amolecer o cânhamo, o linho / romper, alquebrar, destroçar / (refl.) tornar flexíveis e ágeis os membros por meio do exercício / agitar-se, revolver-se.
Dirompimênto, s. m. amolecimento, abrandamento, afrouxamento / destroço, rompimento.
Dirottamènte, adv. desmedidamente, abundantemente, excessivamente.
Dirottàre, (pr. -òtto) v. tr. (mar.) desviar um navio da rota que havia sido estabelecida / (por ext) desviar a rota de qualquer veículo.
Diròtto, p. p. roto, partido; afrouxado, desenrijado / (adj) **pianto** ——— ———: pranto incontido, desconsolado / copioso, abundante, excessivo.
Dirozzamênto, s. m. desbastadura, desbastamento.
Dirozzàre, (pr. -òzzo) v. tr. desbastar, afinar, alimpar: ——— **un tronco, un legno, un marmo** / (fig.) ——— **un ragazzo**: educar, instruir um menino / (refl.) educar-se, civilizar-se.
Dirozzatôre, adj. e s. m. (f. -trice) desbastador / civilizador.
Dirugginàre, v. (p. us.) desenferrujar.
Dirugginío, (pl. -íi) s. m. rechino, rangido (espec. de ferros ou dentes quando se esfregam).
Dirugginíre, (pr. -ísco, -ísci) v. desenferrujar rechinar, ranger os dentes.
Dirupamênto, (ant.) s. m. ato de derronchar, de precipitar / barranco, despenhadeiro.
Dirupàre, (pr. -úpo) v. intr. precipitar, despenhar-se / desmoronar-se, aluir, desabar (falando de terreno) / derrubar, precipitar abaixo.
Dirupàto, p. p. derruído, desabado, desmoronado / (adj.) escarpado, íngreme, rochoso, abrupto.
Dirúpo, s. m. precipício, despenhadeiro, lugar escarpado.
Dìruto, (lit.) adj. derrocado, abatido.
Dis- pref. (lat. dis), (disgusto): desgosto; (disfare) desfazer; (disapprovare) desaprovar.
Disabbellíre, (pr. -ísco, -ísci) v. fazer perder a beleza, afear / desataviar, desadornar / (ant.) deturpar.

Disabbigliàre, v. (gal.) desvestir, desnudar, despir, desadornar.
Disàbile, adj. inábil.
Disabitàre, v. (raro) despovoar / (sin.) **spopolare**.
Disabitàto, p. p. e adj. desabitado; despovoado, ermo.
Disabituàre, (pr. -ítuo, -ítui) v. desabituar, desacostumar, desavezar.
Disaccàrido, s. m. (quím.) dissacárido, açúcar que resulta da fusão de duas moléculas duma ose, monose ou monossacárido, com perda duma molécula de água.
Disaccentàre, v. (p. us.) privar do acento, desacentuar.
Disaccètto, adj. desaceito, não grato.
Disacciaiàre, v. destemperar o aço.
Disaccordàre, (pr. -òrdo) v. desconcertar, desacordar, discordar, desaver-se.
Disaccòrdo, s. m. desacordo, discordância, desavença / (mús.) desafinação.
Disacerbàre, (pr. -èrbo) desacerbar, adoçar, temperar, suavizar / mitigar, aliviar; —— **il dolore**: aliviar a dor.
Disacidàre e disacidíre, (pr. **disàcido e disacidísco**) v. desacidificar, tirar a acidez.
Disacúsi, s. f. (med.) diminuição da faculdade auditiva.
Disaccôncio, adj. inadequado, impróprio; não apto / insuficiente, incômodo, incapaz, inoportuno.
Disadornàre, (pr. -òrno) v. desadornar, desataviar, desenfeitar; tirar os ornamentos.
Disadòrno, adj. desadornado; sem ornamentos / simples / rude, inculto.
Disafflezionàre (pr. -ôno) v. desafeiçoar, desapegar, desgostar / (pr.) desafeiçoar-se, indispor-se.
Disaffeziône, s. f. desafeição, desafeto, desamor / indiferença, frieza.
Disagèvole, adj. incômodo, difícil, penoso, trabalhoso, árduo.
Disagevolêzza, s. f. incomodidade, dificuldade.
Disàggio, s. m. (banc.) perda no câmbio, diferença para menos no valor do papel-moeda sobre a moeda áurea.
Disaggradàre, (ant.) v. desagradar.
Disaggradevôle, adj. desagradável.
Disaggradíre, (pr. -ísco, -ísci) v. desagradar, desgostar, não apetecer uma coisa.
Disaggregàre, (pr. -ègo) v. tr. desagregar, separar o que estava agregado; desunir, desligar, separar.
Disagguagliàre, v. desigualar.
Disagiàre, (pr. -àgio, àgi) v. molestar, incomodar / (sin.) **incomodare**.
Disagiatamènte, adv. incomodamente, descomodamente, desconfortavelmente.
Disagiàto, p. p. e adj. desacomodado / pobre, necessitado.
Disàgio, (pl. -àgi) s. m. incômodo, moléstia, mal-estar / inquietação / penúria, dificuldade, sofrimento, privação; **vivere a** ——: viver com dificuldade.
Disagiosamènte, adv. desconfortavelmente, incomodamente.
Disagiôso, adj. molesto, incômodo, penoso, trabalhoso; duro, árduo.
Disalberàre, (pr. -àlbero) v. tr. (mar.) desarvorar.

Disalcalizzàre, v. (quím.) desalcalinizar.
Disalmàre, (ant.) v. matar.
Disalveàre, (pr. -àlveo) desviar um rio de seu curso.
Disamàbile, adj. desamável / aborrecível.
Disamare, v. desamar, deixar de amar / odiar, aborrecer.
Disamèno, adj. desagradável, desprezível, insuave; injucundo.
Disàmina, s. f. exame, crítica, investigação / (sin.) **esame**.
Disaminàre, (pr. -ànimo) tr. examinar atentamente / investigar, analisar, criticar.
Disamoràre, (pr. -ôro) v. desafeiçoar, desapegar / (pr.) cessar de amar.
Disamoratamènte, adv. desamorosamente; indiferentemente, esquivamente.
Disamoràto, p. p. e adj. desamorado; indiferente; desafeto, apático.
Disamòre, s. m. desamor, desafeição / indiferença; frieza / aversão, ódio.
Disamorêvole, adj. desamorável; desamoroso; desagradável, ríspido; descortês.
Disamorevolêzza, s. f. desafeição, desamor, desestima, desapego; indiferença, frieza / descortesia.
Disancoràre, (pr. -àncoro) v. desancorar, levantar âncoras, zarpar.
Disanellàre, v. tr. privar dos anéis; desanelar.
Disanimàre, (pr. -ànimo) v. desanimar, desalentar, desacoroçoar, acobardar / (sin.) **scoraggiare, scorare, avvilirsi**.
Disapparàre, (ant.) v. desaprender / (ecles.) despojar-se dos paramentos (o sacerdote).
Disappetènza, s. f. inapetência.
Disapplicàre, v. desaplicar / (refl.) desaplicar-se.
Disapplicàto, p. p. desaplicado / (adj.) negligente.
Disapplicazziône, s. f. desaplicação, distração, indolência, negligência.
Disapprèndere, v. tr. desaprender; (sin.) **disimparare**.
Disapprovàre, (pr. -òvo) v. tr. desaprovar; reprovar; censurar / —— **agli esami**: reprovar os exames.
Disapprovàto, p. p. desaprovado / (adj.) censurado / reprovado.
Disapprovaziône, s. f. desaprovação; reprovação, censura.
Disappúnto, s. m. desapontamento, contrariedade, contratempo / (sin.) **contrarietà, contrattempo**.
Disargentàre, (pr. -ènto) v. tr. despratear, tirar a prata ou a camada de prata de um objeto prateado.
Disarginàre, (pr. -àrgino) v. tirar, demolir o dique.
Disarmàre, (pr. àrmo) v. tr. desarmar.
Disarmamènto, s. m. desarmamento.
Disarmàre, (pr. -àrmo) v. desarmar / desmontar; —— **un orologio, una màcchina, un letto** / (fig.) galic. us. por **calmare, placare, rabbonire**: acalmar quem está encolerizado.
Disarmàto, p. p. desarmado / (adj.) inerme; (sin.) **inerme**.
Disarmísta (pl. -ísti) (pol.) partidário do desarmamento.
Disàrmo, s. m. desarmamento; desarmação.

Disarmonía, s. f. desarmonia; desconcerto; desacordo / dissonância. desafinação / (sin.) **disaccordo, discondanza, stonatura**.
Disarmonicamênte, adv. desarmonicamente / desafinadamente.
Disarmónico, (pl. **-ònici**) adj. desarmônico / desafinado / dissonante; desproporcionado.
Disarmonizzàre, v. desarmonizar.
Disarmonizzàto, adj. desarmonizado; desconcertado; desafinado.
Disarticolàre, (pr. **-ícolo**) v. desarticular, desconjuntar, deslocar as articulações / (sin.) **snodare, slogare**.
Disarticolazióne, s. f. desarticulação / desconjuntamento.
Disartría, s. f. (med.) disartria, desordem na articulação de palavras.
Disascôndere, (ant.) v. manifestar, manifestar-se: **perchè la sua bontà si disasconda** (Dante).
Disascôso, adj. (p. us.) descoberto, manifesto.
Disasinàre, v. desasnar, tirar a ignorância, tirar a rusticidade.
Disasprire, (pr. **-isco**) v. tr. suavizar, mitigar, desacerbar: aplacar.
Disassimilazióne, s. f. (quím.) desassimilação.
Disassociàre, (p. us.) v. tr. desassociar / desagregar; desunir.
Disassuefàre, v. (p. us.) desacostumar, desabituar.
Disàstro, s. m. desastre, calamidade, ruína, desventura grande: sinistro, desgraça, infortúnio / descalabro / (sin.) **disgrazia calamità, flagello, rovina**.
Disastrôso, adj. desastroso; funesto, calamitoso; desastrado; ruinoso, desgraçado; **esito** ———: êxito infeliz.
Disattènto, adj. desatento, distraído, negligente, descuidado.
Disattenzióne, s. f. desatenção, distração, descuido, negligência.
Disattivàre, v. (mil.) inutilizar as minas submarinas.
Disattrezzàre, v. desaparelhar um navio, desarmá-lo.
Disautoràre, disautorizzàre, v. tr. desautorizar.
Disavànzo, s. m. (com.) deficit, passivo, diferença passiva, saldo negativo; perda.
Disavvanttaggiàre, v. tr. e pr. perder vantagem / aparecer de menos.
Disavvantàggio, (pl. **-àggi**) s. m. (p. us.) perda, desvantagem.
Disavvedutamênte, adv. inadvertidamente.
Disavvedutêzza, s. f. inadvertência, descuido.
Disavvedúto, adj. incauto, imprudente, imprevidente / (ant.) imprevisto, inesperado.
Disavvenènte, adj. desgracioso, feio, desagradável, desengraçado, desasado.
Disavvenènza, s. f. fealdade, falta de atrativos.
Disavventúra, s. f. contrariedade, contratempo, acidente infeliz, desventura, desdita / (sin.) **sfortuna**.
Disavventuràto, adj. desventurado, infortunado, desgraçado.

Disavvertènza, s. f. inadvertência, descuido.
Disavvertíto, adj. (p. us.) inadvertido, incauto, imprudente, distraído.
Disavvezzàre, (pr. **-ézzo**) v. desacostumar, desabituar.
Disavvêzzo, adj. desacostumado, desabituado / insólito.
Disazotàre, v. (quím.) privar do azoto; desazotar.
Disbarazzàre, v. tr. desembaraçar.
Disbôrso, s. m. desembolso / pagamento feito antecipando dinheiro.
Disboscàre, v. roçar matas.
Disbramàre, v. satisfazer, contentar, saciar.
Disbrancàre, v. podar os ramos, desramar / sair ou desviar-se do rebanho (uma rês).
Disbrigàre, (pr. **-ígo, íghi**) v. despachar, aviar, expedir / (refl.) desembaraçar-se, apressar-se, terminar uma tarefa, etc.
Disbrígo, s. m. despacho; desempenho / (sin.) **spedizione, spaccio**.
Disbrogliàre, v. tr. desembrulhar, desvencilhar, livrar, tirar de embrulho.
Discacciamênto, s. m. (p. us.) despedida violenta; expulsão.
Discacciàre, v. despedir, mandar embora, desalojar, expulsar.
Discalzàre, v. descalçar.
Discanso (da esp.) (ant.) s. m. descanso.
Discapitàre, v. (p. us.) perder; ——— **in un affare**: sofrer prejuízo num negócio / perda de estima; ——— **nella reputazione**: desacreditar, desabonar, causar detrimento na reputação.
Discàpito, s. m. perda, prejuízo, dano / descrédito, perda de estima, etc.
Discàrica, s. f. descargo, apólice do pagamento mensal de uma pensão.
Discaricàre, v. tr. descarregar.
Discàrico, s. m. descargo, descarga (de um navio, carro, trem, etc.) / **a** ——— **di coscienza**: em desobrigação ou alívio de consciência / (for.) **testimoni a** ———: testemunhas de defesa.
Discàro, adj. não querido, não agradável, molesto; **non mi sarà** ——— **un colloquio con te**: agradar-me-ia ter uma conversação contigo.
Discendènte, p. pr. e adj. descendente, que desce, que descende: **treno** ——— (s. m.) pessoa que descende de outra.
Discendènza, s. f. descendência; filiação, posteridade, progênie, progenitura; prole.
Discêndere, (pr. **-êndo**) v. descender, provir por geração, derivar / correr, fluir.
Discendimênto, s. m. (p. us.) discendimento, descida.
Discensióne, s. f. (p. us.) ato de descer, descida, descimento.
Discensivo, adj. que desce, que descende.
Discensôre, s. m. (p. us.) quem desce.
Discènte, adj. e s. m. discente; discípulo, aluno, escolar, estudante, educando.
Discentramênto, s. m. descentralização.

Discentràre (pr. -èntro), v. descentrar, desviar do centro geométrico / descentralizar, desviar do centro, proceder à descentralização.

Discentràto, p. p. e adj. descentrado / descentralizado / (sin.) **decentrato, eccentrico, lontano**.

Discepolàto, s. m. discipulado, discipulato, estado de discípulo; aprendizado; tirocínio.

Discèpolo, s. m. (lit.) discípulo; aluno / seqüaz.

Discèrnere, (pr. -èrno) v. tr. discernir, distinguir / ver, perceber, divisar / discriminar.

Discerníbile, adj. discernível, visível, perceptível.

Discernimènto, s. m. discernimento / critério, juízo; **agire com** ———: agir com discernimento.

Discernitôre, adj. e s. m. (f. -tríce) que discerne, que distingue.

Discèrpere, (ant.) v. destroçar, lacerar.

Discervellàre, (pr. -èllo) v. desatinar, desajuizar.

Discèsa, s. f. descida, ato de descer, descimento / descida, chão inclinado, declive / decaimento, abaixamento, decadência.

Discettàre, (ant.) v. disputar, contender, discutir.

Discettazióne, s. f. (ant.) discussão, disputa.

Disceveràre, (pr. -àvero) v. tr. separar, dividir, apartar.

Dischiavàre, (ant.) v. abrir / despregar.

Dischiodàre, v. (p. us.) despregar, desencravar.

Dischiúdere, v. abrir / descobrir, patentear.

Dischiúso, p. p. aberto.

Discíndire, (pr. -índo) v. tr. e intr. descingir, tirar ou desapertar aquilo que cinge; alargar, desoprimir.

Discínto, p. p. e adj. descingido / pouco ou mal vestido; mal trajado.

Disciògliere, (pr. -òlgo) v. soltar, desatar, desunir, desenlaçar / dissolver, liqüefazer; fundir, derreter.

Disciòlto, p. p. e adj. soltado, desatado, desunido / dissolvido, soluto / fundido, liqüefeito, derretido.

Disciplina, s. f. disciplina, ordem, obediência, submissão / doutrina, matéria de ensino e de estudo: **le discipline giuridiche** / ensino, instrução / (ecles.) disciplina, açoite.

Disciplinàbile, adj. disciplinável / dócil, obediente, submisso.

Disciplinàre, (pr. -ino, -ini) v. disciplinar, acostumar à disciplina, educar.

Disciplinare, adj. disciplinar, que concerne à disciplina: **provvedimento** ———.

Disciplinarmènte, adv. disciplinarmente, de modo disciplinar.

Disciplinatamènte, adv. disciplinadamente.

Disciplinatêzza, s. f. disciplina, obediência, subordinação.

Disciplinàto, p. p. e adj. disciplinado; obediente, dócil, submisso, diligente / (hist.) (s. m.) disciplinante, que pertencia à confraria dos disciplinadores (séc. XIII).

Disciplinatôre, adj. e s. m. (f. -tríce) disciplinador, que ou aquele que mantém a disciplina.

Disco, (pl. **-díschi**) s. m. disco; (dim.) **dischêtto**.

Discòbolo, s. m. discóbolo, atleta que lança o disco.

Discòide, adj. e s. m. discóide, em forma de disco; disciforme.

Discolàto, s. m. (mar.) parapeito dos navios.

Discoleggiàre, (pr. -èggio, -èggi) v. intr. levar a vida de vadio, mandriar, vadiar.

Díscolo, adj. díscolo, traquinas; malandro, vadio, desordeiro / (ant.) homem de poucas letras: iletrado / (dim.) **discolètto**; (pej.) **discolàccio**.

Discoloràre, (pr. -óro) v. (p. us.) descorar, descolorir / (sin.) **scolorire, scolorare**.

Discôlpa, s. f. desculpa, excusa, justificação; defesa.

Discolpàre, (pr. -ôlpo) v. desculpar, excusar, justificar, defender.

Discommèttere, (pr. -mêtto) v. tr. desunir, desmontar / separar.

Discompagnàre, v. tr. desacompanhar.

Discompòrre, v. (p. us.) desunir, separar.

Disconciàre, v. gastar, afear / prejudicar, arruinar.

Discôncio, adj. inconveniente.

Disconfessàre, v. (p. us.) desconfessar, desmentir.

Disconfortàre, v. tr. desconfortar, desconsolar.

Disconoscènza, s. f. desagradecimento; ingratidão.

Disconóscere, (pr. -ôsco) v. desconhecer, não reconhecer, desconhecer, denegar / mostrar-se ingrato e não reconhecido: ——— **un benefizio** / (contr.) **riconoscere**.

Disconsentimènto, s. m. desconsentimento; recusa.

Disconsentire, v. desconsentir, não consentir.

Disconsenziènte, adj. que não consente; discorde.

Discontentàre, v. descontentar, desagradar.

Discontinuàre, (pr. -ínuo) v. tr. descontinuar, não continuar, interromper; cessar.

Discontinuità, s. f. descontinuidade; interrupção.

Discontínuo, adj. descontínuo; interrompido.

Disconveniènte, pr. e adj. desconveniente, desconvinhável, inconveniente.

Discopèrto, p. p. e adj. descoberto / aberto, manifesto, patente / **campagna discoperta**: campo raso.

Discoprimènto, s. m. descobrimento.

Discoprire, (pr. -scòpro) v. tr. descobrir.

Discordànza, s. f. discordância, desacordo, discrepância, discórdia, desavença, dissensão, / (mús.) dissonância, desafinação.

Discordàre, (pr. -òrdo) v. intr. discordar, dissentir, divergir / (mús.) desafinar.

Discòrde, adj. discorde, discrepante, destoante, diferente, incompatível, incoerente.
Discordemènte, adv. discordemente.
Discòrdia, s. f. discórdia, falta de concórdia, desinteligência, desarmonia, desavença, desordem, luta, oposição.
Discòrdo, (ant.) s. m. desacordo, discórdia / (hist.) (lit.) trova provençal de metro irregular.
Discòrrere (pr. -òrro) v. discorrer, falar, divagar, raciocinar, discursar, pensar, confabular, discutir, tagarelar / (ant.) correr por diferentes partes, vagar.
Discorritóre, s. m. (f. -tríce) falador, palrador; palestreiro.
Discòrsa, s. f. (p. us.) discursata, discurseira, palraria vã.
Discorsióne, (ant.) discorrência, decurso, correria.
Discorsivamènte, adv. discursivamente, com discurso.
Discorsivo, adj. discursivo, que concerne o discurso.
Discòrso, p. p. discorrido, falado, conversado / (adj.) **le cose discorse tra noi sono vere: as coisas ditas entre nós são verdadeiras** / (s. m.) discurso, conferência, conversação, oração, fala, oratória, / (gram.) **le parti del ———:** as partes da oração / (dim.) **discorsétto, discorsino.**
Discortèse, adj. (lit.) descortês.
Discortesía, s. f. descortesia.
Discoscéso, adj. escarpado, íngreme, alcantilado.
Discostàre, v. tr. (raro) separar, afastar, distanciar.
Discòsto, adj. afastado, apartado, separado, distante, longínqüo: **la sua casa è poco discosta dalla nostra** / (adv.) e prep.) ——— **dai rumori:** longe dos rumores.
Discotèca, s. f. discoteca.
Discovríre, (ant.) v. descobrir.
Discrasía, s. f. (med.) discrasia, má constituição física, alteração dos humores.
Discrèdere (pr. -êdo) v. descrer, deixar de crer / (sin.) **ricredersi.**
Discreditàre, (pr. -édito) v. desacreditar, desestimar; depreciar / (pr.) desacreditar-se, perder o crédito.
Discrèdito, s. m. descrédito, perda de crédito ou de estima; desonra, desautorização.
Discrepànte, p. pr. e adj. discrepante diferente / diverso, contrário, oposto.
Discrepànza, s. f. discrepância; divergência, desacordo, disparidade.
Discrepàre, v. intr. (raro) discrepar, divergir, discordar, diferir.
Discretamènte, adv. discretamente / prudentemente / moderadamente / medianamente, regular.
Discretézza, s. f. discrição; prudência / moderação / cautela, reserva.
Discretíva, s. f. (filos.) discernimento, faculdade de distinguir o bem do mal, etc. / critério, juízo.
Discretívo, adj. discretivo, próprio para discernir; discernente / (for.) discricional; **potere ———:** poder discricional.

Discrêto, adj. discreto, circunspecto, modesto; reservado; prudente / suficiente, justo, bastante, regular / razoável, moderado / (s. m. pl.) (ecles.) discretos, conselheiros de uma comunidade / (ant.) sábio, acertado.
Discrezionàle, adj. (jur.) discricionário; discricional.
Discrezióne, s. f. discrição; circunspecção, reserva; modéstia, juízo, discernimento; segredo, prudência, tino; moderação / arbítrio; **arrendersi a ———: render-se, entregar-se à discrição / trovarsi a ——— di uno:** depender do arbítrio de alguém.
Discriminànte, p. pr. e adj. descriminante; que livra da responsabilidade criminal: **circostanze discriminanti** / (for.) descriminante, que livra de responsabilidade criminal.
Discriminàre, (pr. -ímino) v. tr. discriminar, separar, distinguir, diferenciar, eleger, selecionar; (for.) descriminar, absolver do crime imputado; tirar a culpa a; justificar.
Discriminatúra, s. f. (p. us.) sulco, risca no meio do cabelo.
Discriminazióne, s. f. discriminação, separação, distinção / (for.) exoneração de responsabilidade criminal; ato de descriminar.
Discroísmo, s. m. (min.) dicroísmo.
Discromasía, s. f. (med.) discromasia discromatopsia.
Discromatopsía, s. f. (med.) discromatopsia; daltonismo.
Discromatòsi, s. f. (med.) discromia, dermatose caracterizada por uma desigual repartição do pigmento.
Discussióne, s. f. discussão, debate; disputa, controvérsia, polêmica.
Discússo, p. p. discutido, debatido, examinado.
Discussóre, adj. e s. m. (f. **discutríce**) (p. us.) discutidor.
Discútere, (pr. -úto) v. tr. discutir, debater, ventilar, examinar: ——— **una proposta** / (for.) ——— **una causa:** discutir um pleito judicial; / discutir, disputar, contender, altercar; ——— **con l'avversario:** discutir com o adversário.
Discutíbile, adj. discutível / incerto, duvidoso, inseguro.
Disdegnàre, v. (raro) desdenhar, desprezar.
Disdégno, s. m. (p. us.) desdém, desprezo, indiferença / **avere a ———:** ter desprezo, desdém, por uma coisa.
Disdegnosamènte, adv. desdenhosamente.
Disdegnóso, adj. (p. us.) desdenhoso; desprezador.
Disdètta, s. f. desdita, falta de sorte; infortúnio, infelicidade; **portare ———:** trazer desgraça, má sorte / (for.) dissolução, rescisão de um contrato: **dare la ———:** desalojar, rescindir um contrato de locação.
Disdètto, p. p. e adj. desdito; rescindido; revogado / impugnado, vedado, proibido, negado / desmentido.
Disdicènte, disdicévole, adj. desconveniente, inconveniente.

Disdire, (pr. -íco) v. desdizer, dar o dito por não dito, **dice e disdice con la maggior disinvoltura** / desmentir, dizer contrário ou negar o que tinha afirmado / rescindir, revogar; ——— **un contratto**: rescindir um contrato.
Disdòro, s. m. desdouro; desonra, mancha, vergonha.
Disdòtto, (ant.) s. m. passeio, diversão.
Disebbriàre e **disebriàre**, v. (raro) desembriagar-se.
Diseccùre, (ant.) v. tr. secar, tornar seco, enxugar.
Diseducàre, v. tr. (p. us.) deseducar, educar mal.
Disegnàre, (pr. -êgno) v. desenhar, traçar o desenho de; delinear / descrever, idear, deixar entrever / determinar, estabelecer, resolver.
Disegnatôre, adj. e s. m. (f. -trice) desenhador; desenhista.
Disêgno, s. m. desenho; objeto desenhado / perfil; traçado / projeto, plano: **un ——— di legge** / intento, desígnio: **ho fatto ——— di scrivere un libro**.
Disiguàle, v. **desiguale**.
Disellàre, (pr. -èllo) v. tr. desarrear, tirar a sela.
Disembriciàre, v. destelhar, tirar as telhas do teto.
Disenfiàre, (pr. -ênfio) v. desinchar / (sin.) **sgonfiare**.
Disennàre, (v. **dissennàre**), v. enlouquecer.
Dissenàto, adj. insensato.
Diseparàre, (e **disseparare**) v. tr. dividir, separar uma coisa da outra.
Disequilibràre, v. desequilibrar.
Disequilíbrio, s. m. desequilíbrio.
Diserbàre, v. tirar as ervas.
Diserdàre, (pr. -èdo) v. deserdar.
Diserdàto, p. p. e adj. deserdado / (s. m.) pobre, sem bens de fortuna.
Diseredazióne, s. f. ato ou efeito de deserdar; deserdação.
Diserràre, (e **disserrare**) v. abrir; descerrar.
Disertamênto, s. m. (p. us.) deserção.
Disertàre, (pr. -èrto) v. tr. desertar, despovoar, destruir, sendo porém, nesse sentido, pouco usado / desertar, abandonar o serviço militar sem licença / fugir / passar ao inimigo / (for.) desistir de um recurso.
Disèrto, p. p. e adj. devastado, assolado / arruinado: **quando l'Italia diserta fu dal Vandalo** (Pascoli).
Disèrto, adj. (lit.) facundo, eloqüente.
Disertôre, s. m. desertor.
Diserzióne, s. f. deserção.
Disfacimênto, s. m. desfazimento; destruição, desmantelamento; decomposição.
Disfacitúra, s. f. (p. us.) desfazimento; decomposição, ruína.
Disfagía, s. f. (med.) disfagia, impossibilidade ou dificuldade de engolir.
Disfaldàre, v. (raro) descamar, esfoliar.
Disfamàre, v. tr. tirar a fome / (ant.) difamar, caluniar.
Disfàre, (pr. **disfo, disfò** ou **disfàccio**) v. tr. desfazer; demonstrar, desmanchar, desorganizar; dissolver; destruir, arruinar; demolir / (pr.)

disfarsi di una cosa: vender, dar uma coisa, desfazer-se dela / **disfarsi in lagrime**: chorar copiosamente.
Disfasía, s. f. (med.) disfasia, anomalia da linguagem.
Disfàtta, s. f. derrota; fuga desordenada de um exército; desbarato / perda, desastre, insucesso, perda.
Disfattíble, adj. (p. us.) desfazível, que se pode desfazer.
Disfattício, (pl. -ícci) adj. e s. m. / (agr.) diz-se de terreno que está em estado de alqueive (pousio, repouso) há vários anos.
Disfattísmo, s. m. derrotismo.
Disfattísta, (pl. -ísti) / (pol.) derrotista.
Disfàtto, p. p. e adj. desfeito / derrotado, destruído, arruinado / maltratado; **salute disfatta**: saúde arruinada / derretido, liquefeito.
Disfattôre, s. m. (f. -trice) desfazedor.
Disfavillàre, v. intr. (p. us.) cintilar; faiscar, lançar faíscas.
Disfavôre, s. m. desfavor / desgraça, dano, prejuízo, detrimento, menosprezo, desvantagem / **a ——— ou in ———**: contra.
Disfavorêvole, adj. (raro) desfavorável, contrário.
Disfavoríre, v. (raro) desfavorecer.
Disfída, s. f. (lit.) desafio / certame, duelo.
Disfidàre, v. (lit.) desafiar.
Disfiguràre, v. tr. (raro) desfigurar, afear / v. **sfigurare**.
Disfioràre, v. (raro) desflorar, gastar, maltratar / (ant.) vituperar, desonrar, macular: **mori fuggendo e disfiorando il giglio** (Dante).
Disfogàre (ou **sfogare**) v. tr. (p. us.) desafogar.
Disforía, s. f. disforia, indisposição, mórbida, mal-estar / (contr.) **euforia**.
Disformàre, v. (p. us.) desformar; deformar.
Disformità, s. f. (p. us.) disformidade; desconformidade.
Disfrasía, s. f. (med.) disfrasia, disfasia, dificuldade ou perturbação no falar.
Disfrenàre, v. tr. desenfrear.
Disfrondàre, v. (p. us.) desramar.
Disfunzióne, s. f. desarranjo, irregularidade nas funções biológicas ou sociais / (med.) — **delle glandole endocrine**.
Disgarbàre, v. intr. (raro) desgostar, desagradar.
Disgelàre, (pr. -èlo) v. desgelar, dissolver o gelo; degelar.
Disgèlo, s. m. degelo, desgelo.
Disgiungere, (pr. -úngo) v. tr. disjungir; separar; desunir; desconexar, dividir.
Disgiungimênto, s. m. disjunção; separação; divisão, desunião; desagregação.
Disgiuntamênte, adv. separadamente; disjuntivamente.
Disgiuntívo, adj. que desune ou separa; disjuntivo / (gram.) conjunção disjuntiva: **particella disgiuntiva**.
Disgiúnto, p. p. e adj. disjunto, separado; desunido, desagregado / desjungido.

Disgiuntòre, s. m. (eletr.) disjuntor, interruptor automático quando a corrente ultrapassa um certo valor.
Disgiunzióne, s. f. disjunção, desunião, separação, divisão, desagregação.
Disgradàre, v. (p. us.) degradar, privar de cargo ou dignidade; exautorar / desafiar, superar, levar vantagem / (ant.) desagradar, desgostar: **tutto ciò ch'altrui grada, a me disgrada** (Cino da Pistóia).
Disgradêvole, adj. (p. us.) desagradável.
Disgradíre, v. (p. us.) desagradecer.
Disgràdo, s. m. desagrado / **a** ———: mau grado, apesar de.
Disgrafía, s. f. (med.) disgrafia, perturbação na faculdade de exprimir idéias por escrito.
Disgravamênto, s. m. alívio.
Disgravàre, v. desagravar; aliviar.
Disgrazía, s. f. desgraça, perda do favor / desgraça, desventura, infortúnio, desdita / adversidade / desfavor, antipatia / **per** ———: infelizmente, por acaso.
Disgraziatamênte, adv. lastimavelmente; infelizmente.
Disgraziàto, adj. e s. m. desgraçado; infeliz; desventurado / mau, malvado, ruím.
Disgregàbile, adj. desagregável
Disgregamênto, s. m. desagregação.
Disgregàre, (pr. -ègo, -èghi) v. desagregar, disgregar, separar: desunir.
Disgregazióne, s. f. desagregação / separação.
Disgroppàre, (ant.) v. deslaçar, desatar, desfazer o nó ou laço.
Disgrossàre, v. tr. desbastar.
Disguído, s. m. extravio de expedição ou de transporte; ——— **postale**: extravio postal.
Disgustàre, v. (pr. -ústo) desgostar, desagradar / inquietar, molestar, aborrecer / enjoar, nausear.
Disgutàto, p. p. desgostado, desagradado / (adj.) desgostoso, aborrecido, enojado.
Disgustêvole, adj. desgostoso, desagradável.
Disgústo, s. m. desgosto, desprazer, desagrado, moléstia: **quel ragazzo mi ha dato molti disgusti** / aversão, antipatia, repugnância / enfado, aborrecimento / enjôo; fastio.
Disgustosamênte, adv. desgostosamente; desagradavelmente.
Disgustôso, adj. desgostoso, desagradável / enfadonho, antipático, aborrecido, repugnante, molesto.
Disiànza, (ant.) s. f. desejo.
Disiàre, (ant.) v. desejar.
Disidratàre, v. (quím.) desidratar.
Disidratazióne, s. f. desidratação.
Disíllabo, adj. dissílabo.
Disillùdere, (gal.) v. tr. desiludir, desenganar; decepcionar.
Disillusióne, s. f. desilusão, desengano, decepção.
Disillúso, adj. desiludido, decepcionado, desenganado.
Disimballàggio, s. m. desembalagem.
Disimballàre, v. desembalar, desenfardar, desencaixotar.

Disimbarazzàre, v. desembaraçar, desimpedir.
Disimpacciàre, v. tr. desempecilhar, livrar do empecilho; desembaraçar; desatravancar; desobstruir.
Disimpacciàto, p. p. e adj. desempachado; aliviado; desembaraçado; desenvolto, franco; **libero e** ———.
Disimparàre, (pr. -àro) v. tr. desaprender, esquecer o que se aprendeu.
Disimpegnàre, (pr. -égno) v. desempenhar, resgatar o que estava empenhado; livrar de um compromisso; livrar de dívida / (técn.) desembaraçar um objeto de coisa que o estorva (mal. us. por desempenhar um papel, uma parte, etc.).
Disimpègno, s. m. desempenho; ato de desempenhar um objeto ou cumprir uma obrigação; **lavoro di** ———: trabalho por compromisso / **abito di** ———: traje que substitui o de cerimônia.
Disimpiegàre, v. desempregar, despedir, suspender, exonerar.
Disincagliàre, (pr. -àglio) v. tr. desencalhar / (fig.) livrar de apuros, desimpedir; resolver, vencer uma dificuldade.
Disincantàre, v. tr. desencantar, quebrar o encanto.
Disincantàto, (gal.) adj. desencantado / (sin.) **deluso** (desiludido).
Disincànto, s. m. desencanto, desencantamento / (galic.) desilusão, desengano.
Disincarnàre, v. tr. desencarnar, deixar a carne, passar para o mundo espiritual.
Disincarnàto, p. p. e adj. desencarnado / incorpóreo.
Disinfestànte, p. pr., adj. e s. m. desinfetante; que desinfeta, que serve para desinfetar.
Disinfettàre, (pr. -ètto), v. desinfetar; desinfestar.
Disinfestatôre, adj. e s. m. desinfetador, que ou aquele que desinfeta.
Disinfestazióne, s. f. desinfecção, desinfestação.
Disinfettànte, p. pr. adj. e s. m. desinfetante / substância que desinfeta.
Disinfettàre, (pr. -ètto), v. desinfetar; desinfecionar.
Disinfezióne, s. f. desinfecção ou desinfeção, ação de desinfetar.
Disinfiammàre, v. (med.) desinflamar.
Disinnestàre, v. debrear / (eletr.) desligar a corrente, desconetar.
Disingànno, s. m. desengano, desilusão.
Disinnamoràre, v. desenamorar; desafeiçoar / (refl.) deixar de amar.
Disinnamoràto, p. p. e adj. desenamorado; que não está mais enamorado.
Disinnestàre, v. debrear / (eletr.) desligar a corrente, desconetar.
Disinseríre, v. (eletr.) desligar a corrente.
Disintegràre, v. desintegrar uma molécula.
Disintegrazióne, s. f. desintegração.
Disinteressàre, (pr. -èsso) v. desinteressar, desapegar / (pron.) desinteressar-se.
Disinteressatamênte, adv. desinteressadamente.

Disinteressatèzza, s. f. (p. us.) desinteresse.
Disinteressàto, p. p. e adj. desapegado / desinteressado, desprendido / imparcial: è un critico ——.
Disinterèsse, s. m. desinteresse, pouco caso, incúria, descuido / desinteresse, desprendimento, abnegação / imparcialidade.
Disintonacàre, v. tirar o rebôco.
Disintossicàre, v. desintoxicar.
Disintrecciàre, v. desentrançar.
Disinvitàre, v. desconvidar.
Disinvòlgere, (pr. -òlgo) v. tr. desenvolver.
Disinvòlto, p. p. e adj. desenvolto, franco, desembaraçado, expedito, vivo, lesto.
Disinvoltúra, s. f. desenvoltura, desembaraço, franqueza, agilidade, garbo / desplante, desfaçatez.
Disío, (ant.) s. m. desejo.
Disistíma, s. f. desestima, desestimação.
Disistimàre, v. tr. desestimar / desprezar; depreciar.
Dislacciàre, v. (p. us.) desatar, soltar, desenlaçar.
Dislalia, s. f. dislalia, pronúncia defeituosa.
Disleàle (v. sleale) adj. (p. us.) desleal.
Dislealtà, s. f. (p. us.) deslealdade.
Dislegàre, v. (p. us.) desatar.
Dislivello, s. m. desnível.
Dislocamènto, s. m. (náut.) calado de um navio / (mil.) distribuição, deslocação de tropas, navios, etc.
Dislocàre, (pr. òco, -òchi) v. tr. (náut.) deslocar certa quantidade de água; e diz-se do casco submergido de um navio / deslocar, colocar em lugar determinado (espec. tropas).
Dislocazióne, s. f. deslocação, mudança de lugar; afastamento, desvio.
Dislogamènto, s. m. deslocação de um osso, luxação, desarticulação.
Dislogàre, v. (p. us.) deslocar um osso, luxar, desarticular.
Disloggiàre, v. tr. (téc.) deslustrar, tirar o lustro ao tecido.
Dismagàre, (ant.) v. turbar, amedrontar, enfraquecer, diminuir / extraviar / (refl.) turbar-se, perder-se.
Dismagliàre, (p. us.) desmalhar, desfazer as malhas.
Dismalare, (ant.) v. curar.
Dismaltàre, v. tirar o esmalte.
Dismantàre, v. tr. despojar do manto; desnudar / (refl.) livrar-se.
Dismembràre, v. desmembrar; destroçar / separar, partir / olvidar.
Dismemoràto, adj. desmemoriado.
Dismentàre, (ant.) v. esquecer, olvidar.
Dismèsso, p. p. e adj. desusado / velho, consumido / abito ——: vestido fora do uso.
Dismèttere, v. deixar de usar: —— un vestito / deixar de usar uma roupa / desmobiliar a casa.
Dismisúra, s. f. desmedida, excesso, demasia, intemperança; loc. a ——: desmedidamente, excessivamente.
Dismnesía, s. f. (med.) dismnésia, enfraquecimento da memória.
Dismontàre, v. (p. us.) desmontar, desarmar.

Disnaturàre, v. tr. desnaturar / desfigurar.
Disnodàre, v. (p. us.) desatar, soltar / (refl.) soltar-se, livrar-se.
Disnudàre, (v. **denudare**) v. (p. us.) desnudar.
Disobbedire, (v. **disubbidire**) v. desobedecer.
Disobbligànte, adj. descortês, descomedido, grosseiro, desatento.
Disobbligàre, v. (pr. òbbligo, -òbblighi) v. desobrigar, isentar da obrigação.
Disoccupàre, (pr. -òccupo) v. desocupar; deixar livre.
Disoccupàto, p. p. adj. e s. m. desocupado; **posto** ——: lugar desocupado, livre / **operai disoccupati;** operários desempregados.
Disoccupazióne, s. f. desocupação; falta de ocupação / impossibilidade de encontrar trabalho / ociosidade.
Disonestà, s. f. desonestidade; falta de honradez / imoralidade; fraude.
Disonestamènte, adv. desonestamente.
Disonestàre (ant.) v. (pr. -onèsto) desonrar / tornar desonesto; corromper.
Disonèsto, adj. e s. m. desonesto, imoral / embrulhão, fraudulento; **un affare** ——: um negócio sujo, imoral.
Disonorànte, adj. desonroso.
Disonoràre, (pr. -ôro) v. desonrar; infamar; vituperar / (refl.) desonrar-se.
Disonoratamènte, adv. desonradamente.
Disonoràto, p. p. e adj. desonrado.
Disonôre, s. m. desonra / opróbio, vergonha, vitupério, ignomínia.
Disonorévole, adj. desonroso, ignominioso, vergonhoso.
Disonorevolmènte, adv. desonrosamente.
Disopía, s. f. disopia, enfraquecimento da vista.
Di soppiàtto, loc. adv. às escondidas.
Disoppilàre (pr. -òppilo) v. tr. (med.) desopilar, desobstruir.
Disoppilatívo, adj. (med.) desopilativo, que desopila, que desobstrui; desopilante.
Disôpra, di sôpra, adv. sobre, em cima, no alto / (s. m.) **avere il** —— (ou **il sopravvento**): avantajar-se, levar a melhor, superar.
Disorbitànte, adj. exorbitante.
Disorbitànza, s. f. exorbitância.
Disorbitàre, v. (p. us.) exorbitar.
Disordinamènto, s. m. desordenamento, desordem, confusão.
Disordinàre, (pr. -ôrdino) v. desordenar, pôr em desordem; confundir desarranjar; baralhar; sair da ordem; (intr.) abusar, exceder, sair da regra.
Disordinatamènte, adv. desordenadamente.
Disordinàto, p. p. e adj. desordenado; desarranjado, confuso, desregrado, desvairado; excessivo, desmedido.
Disòrdine, s. m. desordem; desarranjo; confusão; irregularidade; desalinho; desconserto; desvario / tumulto, motim, briga, barulho.
Disoressia, s. f. (med.) disorexia, falta de apetite.
Disorgànico, (pl. -ànici) ad. inorgânico.
Disorganizzàre, v. desorganizar; alterar; perturbar; dissolver; desconcertar; desagregar.

Disorganizazziône, s. f. desorganização; desconserto; desordem; desarranjo / alteração.
Disorientàre, (pr. -ènto) v. tr. desorientar / confundir, transformar / (pr.) desorientar-se, confundir-se.
Disorlàre, (pr. -ôrio) v. tirar a orla, a borda do tecido.
Disormeggiàre, (pr. -êggio) v. (mar.) desamarrar.
Disorràre, (ant.) v. (pr. -òrro) desprezar, não honrar, desonrar.
Disossàre, (pr. òsso) v. desossar, tirar os ossos.
Disossidàre, (pr. -òssido) v. (quím.) desoxidar; desoxigenar.
Disossidaziône, s. f. desoxidação; desoxigenação.
Disossigenaziône, s. f. desoxigenação.
Disostruènte, adj. e s. m. (med.) aperitivo, desopilativo.
Disôtto, adv. ——— **di sotto, sotto**: em baixo / **abita** ———: mora em baixo (s. m.) **a parte inferior; essere al** ———: estar debaixo de alguém.
Dispacciàre, v. (p. us.) livrar de empecilho, desempecilhar.
Dispàccio, (pl. -àcci) s. m. (dipl.) despacho, carta ou ofício sobre negócios de Estado / (por ext.) carta, telegrama, ofício de qualquer pessoa: **ho inviato un** ——— **telegràfico**.
Dispaiàre, v. (p. us.) desemparelhar, desemparceirar.
Disparatêzza, s. f. (p. us.) disparidade, diversidade, desigualdade.
Disparàto, adj. diverso, desigual, diferente.
Disparêre, s. m. dissensão, divergência de opinião.
Dispari, adj. díspar, ímpar / desigual.
Disparíre, v. desaparecer.
Disparità, s. f. disparidade; desigualdade; diferença; dessemelhança.
Dispàrte, adv. à parte, de parte; **in** ——— **da tutti**: em lugar separado dos outros.
Dispartíre v. (p. us.) repartir.
Dispèndio, (pl. -èndi) s. m. dispêndio; despesa, gasto excessivo; consumo: **un** ——— **di forze**.
Dispendiosamênte, adv. dispendiosamente.
Dispendiôso, adj. dispendioso, custoso.
Dispènsa, s. f. dispensa, exoneração / distribuição, repartição: **la** ——— **dei pani ai poveri** / despensa, lugar onde se guardam provisões / (edit.) fascículo de obra que se publica periodicamente, por entrega: **romanzo, storia, dizionario in dispense**.
Dispensàbile, adj. dispensável.
Dispensàre, (pr. ènso) v. tr. dispensar, distribuir, repartir / dispensar, eximir, exonerar / dar, conceder / (pr.) eximir-se, negar-se, esquivar-se.
Dispensàrio, (pl. -àri) s. m. dispensário, ambulatório, consultório: ——— **malárico**.
Dispensativo, adj. apto para dispensar; dispensativo.
Dispensatôre, adj. e s. m. (f. -trice) dispensador.
Dispensière, s. m. (f. -ièra) dispenseiro, distribuidor / dispenseiro, encarregado da despensa.
Dispepsìa, s. f. (med.) dispepsia.

Dispèptico, (pl. -èptici) adj. dispéptico.
Disperàre, (pr. -èro) v. intr. desesperar, não ter esperança ou perdê-la; **disperare della riuscita**: não ter esperança de êxito / **far** ———: fazer perder a paciência / (refl.) desesperar-se.
Disperàta, s. f. (lit.) composição poética antiga que exprimia lamento e desespero de amor / **alla** ———: a mais não poder.
Disperatamênte, adv. desesperadamente.
Disperàto, p. p. e adj. desesperado / miserável, pobre / irremediável.
Disperaziône, s. f. desespero, desesperança / exasperação.
Dispèrdere, (pr. èrdo) v. dispersar, espalhar, disseminar, desparramar / derrotar, desbaratar, aniquilar / ——— **un patrimonio**: dissipar, gastar um patrimônio / consumir, destruir, malbaratar.
Disperdimênto, s. m. dispersão / (sin.) dispersione.
Disperditôre, adj. e s. m. dispersador; desperdiçador; dissipador.
Dispèrgere, (pr. -èrgo) v. tr. espargir, disseminar, espalhar, esparramar / dispersar, desbaratar.
Dispersiône, s. f. dispersão.
Dispersivo, adj. dispersivo.
Dispèrso, p. p. e adj. dispersado, debandado / extraviado, dispersado; espalhado; dividido; esparramado / dissipado, dilapidado.
Dispettàre, (ant.) v. desprezar.
Dispètto, s. m. despeito, desprezo; desgosto; desagrado, contrariedade; **avere in** ——— **una cosa**: ter aversão por alguma coisa.
Dispètto, adj. desprezível, abjeto.
Dispettosamênte, adv. despeitadamente.
Dispettôso, adj. despeitoso / ofensivo.
Dispiacènte, p. p. e adj. descontente, desgostoso; desagradável.
Dispiacêre, (pr. -iàccio) v. desgostar, desagradar, desprazer, descontentar, não gostar de uma coisa ou pessoa / (s. m.) coisa que traz desgosto; **i dispiaceri non vengono mai soli** / desprazer, desgosto, dissabor.
Dispiacévole, adj. (raro) desagradável.
Dispiacevolêzza, s. f. desagrado, descontentamento, desprazer, desgosto.
Dispiacimênto, s. m. (p. us.) desprazimento, desagrado.
Dispianàre, (ant.) explanar / (fig.) explicar, declarar o sentido de uma coisa.
Dispiccàre, v. (p. us.) destacar.
Dispiegàre (pr. -êgo, -êghi), v. estender, distender / explicar.
Dispietàto, adj. (p. us.) desapiedado.
Dispìtto, (ant.) despeito, desdém: **come essere l'inferno in gran** ——— (Dante).
Displicènza, (ant.) s. f. displicência, desprazer, desgosto, aborrecimento.
Displúvio, (pl. -úvi) s. m. vertente, declive de um monte, de um planalto, etc. / (arquit.) declive de um telhado por onde derivam as águas pluviais.
Dispnèa, s. f. (med.) dispnéia; dificuldade de respiração.
Dispnòico (pl. -òici), dispnéico.
Dispodestàre, v. (p. us.) desapoderar; desapossar, tirar a posse.

Dispogliàre, v. (p. us.) despojar; desnudar.
Dispolpàre, v. (p. us.) despolpar.
Disponênte, p. pr. e (p. us.) adj. disponente / (s. m.) causante, testador.
Disponíbile, adj. disponível / (for.) parte dos bens que o testador pode deixar a quem bem lhe parece.
Disponibilità, s. f. disponibilidade.
Dispôrre, (pr. -pôngo) v. tr. dispor, pôr em ordem; arrumar; planear; preparar, coordenar; resolver; estabelecer; traçar / declarar em testamento, testar.
Disposàre, v. (p. us.) desposar.
Dispositivo, adj. dispositivo / (s. m.) (for.) pronúncia definitiva de uma sentença / (mec.) dispositivo.
Dispositôre, adj. e s. m. que, ou aquele que dispõe.
Disposizióne, s. f. disposição, colocação, ordem, vocação; temperamento / preceito; prescrição legal / decisão, deliberação / **essere a** ———: empregado em disponibilidade.
Dispostamênte, adv. ordenadamente.
Dispostêzza, s. f. disposição bem ordenada das partes; compostura.
Dispòsto, p. p. disposto / (adj.) disposto, pronto, preparado; **essere** ——— **a tutto**: estar disposto a tudo / inclinado, propenso, intencionado / (s. m.) (for.) determinação, regra, preceito, prescrição, norma, mandato.
Dispoticamênte, adv. desposticamente.
Dispòtico, (pl. -òtici) adj. despótico.
Dispotísmo, s. m. despotismo.
Dispregêvole, adj. desprezível, ignóbil, menosprezível.
Dispregiàre, v. tr. (lit.) desprezar; desdenhar; menosprezar; desestimar.
Dispregiativamênte, adv. desprezivelmente.
Dispregiativo, adj. depreciativo, desprezativo, desprezivo.
Dispregiatôre, adj. e s. m. (f. -tríce) desprezador, desdenhoso; irreverente.
Disprégio, (pl. ègi) s. m. desprezo, desestima, menosprezo / desdém, escárnio.
Disprezzàbile, adj. desprezível, desprezável, vergonhoso, vil.
Disprezzànte, adj. desprezador; ímpio, irreverente, desdenhoso.
Disprezzàre, (pr. -èzzo) v. tr. depreciar, menosprezar, desestimar, dar pouco valor; desprezar, escarnecer, vilipendiar, desdenhar / desconhecer, desobedecer: ——— **i consigli, la legge,** etc.
Disprezzatôre, adj. e s. m. desprezador, que ou aquele que despreza.
Disprèzzo, s. m. desprezo; desestima, menosprezo, desdém; escárnio.
Disproporzióne, s. f. (p. us.) desproporção.
Dispròsio, s. m. (quím.) disprósio, elemento metálico do grupo das terras raras.
Dispùta, s. f. disputa, debate, discussão / controvérsia, contenda, altercação / polêmica / (ecles.) diálogo instrutivo sobre doutrina cristã.
Disputàbile, adj. disputável, discutível.
Disputàre, (pr. dísputo) v. intr. disputar, discutir, debater, altercar / defender, sustentar uma opinião / pleitear, porfiar.
Disputatívo, adj. (p. us.) disputativo.
Disputatôre, adj. e s. m. (f. -tríce) disputador / disputante.
Disputazióne, s. f. (p. us.) disputação; disputa.
Disquilíbrio, s. m. (neol.) v. **desiquilíbrio**: desequilíbrio.
Disquisizióne, s. f. disquisição, investigação.
Disradicàre, v. tr. (raro) desraigar, desarraigar; erradicar.
Dissacràre, v. (raro) desconsagrar; profanar.
Dissalàre, v. dessalgar, tirar o sal: ——— **le aringhe**.
Dissaldàre, v. dessoldar, tirar a solda.
Dissanguamênto, s. m. dessangramento.
Dissanguàre, v. dessangrar, sangrar / esgotar, empobrecer, debilitar / escorchar: ——— **il popolo coi tributi**.
Dissanguàto, p. p. e adj. dessangrado / esgotado, exangue; debilitado, empobrecido.
Dissanguatôre, adj. e s. m. (f. -tríce) que ou aquele que sangra ou dessangra; sangrador.
Dissapôre, s. m. desacordo, desgosto, dissenção, discórdia; desarmonia entre duas pessoas.
Dissecàre, (pr. -êcco, êchi) v. (anat.) dissecar, cortar o cadáver.
Disseccànte, p. pr. e adj. dessecante / (s. m.) (farm.) dessecativo, substância para dessecar.
Disseccàre, (pr. -êco, -echi) v. tr. dessecar, enxugar.
Disseccatívo, adj. dessecativo, dessecante; que faz dessecar.
Dissecazióne, s. f. dessecação, dessecamento.
Disselciàre, (pr. -êlcio, -êlci) v. tr. desempedrar, tirar o calçamento de uma rua.
Dissellàre, (pr. -èllo) v. tr. desarrear; tirar os arreios / (intr.) cair da sela.
Disseminàre, (pr. -êmino) v. disseminar, semear / (fig.) difundir, propagar, divulgar.
Disseminatôre, adj. e s. m. (f. -tríce) disseminador / (fig.) divulgador.
Disseminazióne, s. f. disseminação.
Dissennàre, (pr. -ênno) v. tr. dementar, enlouquecer, endoidecer.
Dissennàto, p. p. e adj. desassisado, enlouquecido, maluco, demente, insensato.
Dissensióne, s. f. dissenção, discórdia, divergência, discrepância de sentimentos ou idéias.
Dissènso, s. m. dissenção; desavença; discrepância.
Dissentâneo, adj. (lit.) dissentâneo, que dissente; que está em divergência.
Dissentería, s. f. (med.) disenteria.
Dissentèrico, (pl. -èrici) adj. disentérico.
Dissentimênto, s. m. (lit.) dissentimento, dissenção.
Dissentíre, (pr. -ènto) v. intr. dissentir, sentir de modo diferente; divergir, discordar; desavir-se.
Dissenziènte, p. pr. e adj. discorde, discordante; dissidente.
Disseparàre, v. (p. us.) separar.
Dissepólto, p. p. desenterrado.

Disseppellíre e (raro) **diseppelíre**, v. desenterrar; exumar / evocar, descobrir, trazer novamente à luz.
Disseppellitôre, adj. e s. m. (f. -tríce) desenterrador; exumador.
Disserràre, (pr. -èrro) v. abrir, descerrar o que estava encerrado / (ant.) derrotar / (pr.) abrir-se: **la porta si disserra**.
Dissertàre, (pr. -èrto) v. dissertar, discorrer sobre um tema / raciocinar, discutir.
Dissertatóre, s. m. (f. -tríce) dissertador, que disserta, que gosta de fazer dissertações; discursista.
Dissertatòrio, (pl. -òri) adj. (p. us.) discursivo.
Dissertazióne, s. f. dissertação.
Dissersire, (pr. dissèrvo) v. tr. desservir, servir mal / prejudicar, danificar.
Disservízio, (pl. -ízi) desserviço; deficiência, desordem no serviço.
Dissestàre, (pr. -èsto) v. desequilibrar; desconcertar, desarranjar, desordenar; prejudicar, arruinar.
Dissestàto, p. p. e adj. desconcertado; desordenado / falido, arruinado; **negozio** ———: negócio endividado, quase ou prestes a falir.
Dissèsto, s. m. desordem, desequilíbrio, desconcerto, desarranjo; ——— **economico**: crise econômica / **il ——— della ditta é grande**: o dificit do negócio é grande.
Dissetàre, (pr. -èto) v. tr. dessedentar, dar de beber; satisfazer a sede / saciar um desejo.
Dissetôre, s. m. (anat.) dissector.
Dissezióne, s. f. (med.) dissecção; dissecação.
Dissidènte, adj. e s. m. dissidente; discorde.
Dissidènza, s. f. dissidência, dissensão, discórdia.
Dissídio, (pl. -ídi) s. m. dissídio: dissensão, discórdia, disputa.
Dissigillàre, (pr. -íllo, -ílli) v. desselar, tirar o selo a, tirar o sigilo (de cartas, volumes, fardos, etc.) / (ant.) perder seu aspecto, sua marca, sinal, uma coisa: **cosi la neve al sol si dissigilla** (Dante).
Dissíllabo, (v. disilabo) adj. e s. m. dissílabo.
Dissimiglianza, s. f. dissemelhança; dessemelhança (bras.).
Dissimilàre, adj. (p. us.) dissimilar; heterogêneo.
Dissimilazióne, s. f. dissimilação; dessemelhança.
Dissímile, adj. dissímil, dessemelhante, diferente.
Dissimilitúdine, s. f. (p. us.) dissimilitude, dessemelhança; diversidade.
Dissimulàre, (pr. -ímulo) v. dissimular; encobrir, esconder, ocultar um sentimento / fingir, cobrir, contrafazer, mascarar.
Dissimulataménte, adv. dissimuladamente.
Dissimulatôre, adj. e s. m. (f. -tríce) dissimulador / fingidor.
Dissimulazióne, s. f. dissimulação; simulação.
Dissipaménto, s. m. dissipação.
Dissipàre, (pr. díssipo) v. tr. dissipar; dispersar; ——— **le nubi**: dispersar as nuvens / gastar demais, esbanjar / **dissipò un patrimonio in poco tempo**: desperdiçou um patrimônio em pouco tempo / dissolver, gastar, consumir.
Dissipataménte, adv. (p. us.) dissipadamente.
Dissipatêzza, s. f. (p. us.) dissipação.
Dissipàto, p. p. e adj. dissipado / pródigo, esbanjador, desajuizado.
Dissipatôre, adj. e s. m. (f. -tríce) dissipador.
Dissipazióne, s. f. dissipação / dissolução.
Dissípido, adj. insípido.
Dissociàbile, adj. dissociável; desunível, separável.
Dissociàre (pr. -òcio) dissociar; desunir, separar coisas que devem estar unidas: **dissociar la patria dalla religione** / desligar, desmembrar, desjungir.
Dissociatívo, adj. dissociativo.
Dissociazióne, s. f. dissociação; separação / (quím.) análise / (fís.) desagregação das moléculas / (med.) dissolução de elementos psicológicos normalmente associados.
Dissodaménto, s. m. (agr.) alqueive, ato de lavrar uma terra e deixá-la em descanso.
Dissodàre (pr. -ódo) v. tr. alqueivar, lavrar uma terra e deixá-la em descanso / (fig.) desbastar, alhanar, dispor as inteligências para novos estudos ou novas idéias.
Dissolúbile, adj. dissolúvel, solúvel.
Dissolubilità, s. f. dissolubilidade; solubilidade.
Dissolutaménte, adv. dissolutamente; licenciosamente.
Dissolutêzza, s. f. dissolução, perversão de costumes; devassidão; libertinagem; desonestidade.
Dissolutívo, adj. dissolutivo.
Dissolúto, p. p. e adj. dissoluto; libertino; devasso; corrupto.
Dissolutôre, adj. e s. m. (f. -tríce) dissolvente, que ou o que dissolve / (fig.) corruptor, desorganizador.
Dissoluzióne, s. f. dissolução, ação ou efeito de dissolver; licenciosidade / ruína.
Dissolvènte, p. pr., adj. e s. m. dissolvente.
Dissolvènza, s. f. dissolução / (cin.) desaparecimento ou dissipação das imagens.
Dissòlvere (pr. òlvo), v. dissolver, desagregar, desfazer; desligar / dispender, dissipar / diluir.
Dissolviménto, s. m. dissolução; decomposição; desagregação / destruição; ruína / ruptura, anulação.
Dissomigliànte, p. pr. e adj. dessemelhante (ou dissemelhante, sendo a prim. a forma pref. no Brasil), diferente, desigual, dissímil.
Dissomigliànza, s. f. dessemelhança (ou dissemelhança), desigualdade, diferença.
Dissomigliàre, (pr. -íglio, -ígli), v. dessemelhar, ser dissímil ou diferente.
Dissonànte, p. pr. e adj. dissonante; discordante; desarmonioso; que não fica ou não condiz bem; que destoa.

Dissonànza, s. f. dissonância, desarmonia; desproporção; incoerência; desconcerto / que não soa bem.
Dissonàre, (pr. **dissuòno**), v. intr. dissonar; desentoar; não condizer.
Dissonnàre, v. (p. us.) despertar, acordar / (sin.) **svegliare**.
Dissono, adj. (mús.) dissono, dissonoro; dissonante.
Dissoterramênto, s. m. (p. us.) desenterramento / exumação.
Dissotterràre, (pr. -èrro), v. desenterrar; exumar.
Dissuadênte, p. pr. e adj. dissuasivo; dissuasório.
Dissuadêre, (pr. -àdo) v. dissuadir, fazer mudar de opinião, desaconselhar, despersuadir.
Dissuasiône, s. f. dissuasão; despersuasão / (contr.) **persuasione**.
Dissuasivo, adj. dissuasivo, dissuasório.
Dissuèto, adj. (lit.) desusado, desacostumado.
Dissugàre, (ant.) v. enxugar, sanear; —— **paludi**.
Dissuggellàre (pr. -èllo), v. disselar, tirar o selo a; tirar o sigilo; abrir.
Dissuria, s. f. (med.) disúria.
Distaccamênto, s. m. ato de desligar, de destacar, de separar; destaque / (mil.) destacamento de soldados.
Distaccàre, (pr. -àcco, àcchi), v. destacar, por fora, separar / remover com força / (fig.) desafeiçoar / ressaltar, destacar, sobressair, (mil.) enviar um grupo de soldados para fazer um serviço fora do corpo a que pertence.
Distaccàto, p. p. e adj. destacado, solto / (mil.) destacado, que saiu em destacamento.
Distàcco (pl. -àcchi), s. m. separação; destaque / desprendimento, desinteresse, desapego, indiferença por alguma coisa / despedida dolorosa: il —— **dalla pátria, dalla famiglia, dalla vita**, etc.
Distàle, adj. (anat.) entre duas partes do corpo, a mais afastada do centro, sendo **prossimale** a outra.
Distànte, adj. distante, longínquo, remoto / (fig.) separado, discorde: **siamo distanti d'opinioni**.
Distànza, s. f. distância; espaço / separação, diferença ou desigualdade social, moral, etc.
Distanziàre, v. distanciar, por distante, afastar.
Distanziòmetro, s. m. distanciômetro, instrumento para medir as distâncias.
Distàre, (pr. **dísto**) v. intr. distar, estar distante; (fig.) diferençar-se muito / divergir.
Distasàre, v. desobstruir (canos, tubos, recipientes, etc.).
Distègnere (ant.), v. extinguir.
Disteleologia, s. f. disteleologia.
Distemperàre, (pr. -êmpero) v. destemperar; diluir.
Distèndere, (pr. -èndo) v. distender, estender para vários lados; retesar; desenvolver; dilatar / (refl.) distender-se, **distendersi sul letto**: deitar-se na cama.
Distendíbile, adj. distensível, que se pode distender.
Distendimênto, s. m. ato ou efeito de distender; distenção; distendimento.
Distendíno, s. m. (mec.) oficina onde se reduzem os lingotes em formas mais finas / laminador.
Distenebràre, v. tr. (p. us.) aclarar, luminar.
Distensiône, s. f. distensão; afrouxamento; abrandamento de uma tensão / repouso, calma, sossego; la —— **degli animi**.
Distêsa, s. f. extensão, amplidão; la —— **del mare**: a amplidão do mar / (aer.) —— **dell'areoplano**: abertura ou largura das azas do avião / a ——: amplamente ininterruptamente / **sonare a** ——: tocar os sinos seguidamente.
Distesamênte, adv. amplamente, extensamente; difusamente.
Distêso, p. p. e adj. distendido, estendido / alargado, aberto; **a braccia distese**: com os braços abertos / **cader lungo** ——: cair estendido / **luogo** ——: lugar amplo, extenso / **riferire per** ——: referir, relatar pormenorizadamente.
Dístico (pl. **distici**), s. m. (lit.) dístico.
Distillamênto, s. m. destilação, destilamento; ato de destilar.
Distillàre (pr. -íllo), v. distilar, destilar / ressumar, exsudar, gotejar; filtrar / infundir pouco a pouco; insinuar.
Distillato, p. p. e adj. destilado / ponderado, estudado, meditado.
Distillatôio, (pl. -ôi), s. m. destilador, aparelho para destilação; alambique.
Distillatôre, adj. e s. m. (f. -tríce) destilador / (mar.) vaporizador para água potável.
Distillaziône, s. f. destilação.
Distilleria, s. f. destilaria.
Dístilo, adj. (arquit.) dístilo: que tem duas colunas / (bot.) diz-se das flores ou geníveus que têm dois estiletes.
Distínguere (pr. -ínguo, ínguí) v. distinguir, separar: **il bene, il male** / divisar, discernir / perceber, sentir / marcar, assinalar / caracterizar / dividir, separar: —— **un libro in diversi capitoli** / (pr.) **distinguersi**: distinguir-se; sobressair-se; diferençar-se.
Distinguíbile, adj. distinguível / visível, perceptível.
Distínta, s. f. nota, lista, relação; —— **dei prezzi**: lista de preços.
Distintamênte, adv. distintamente, atentamente / diversamente.
Distintivo, adj. distintivo / (s. m.) distintivo, marca, sinal, insígnia, emblema.
Distínto, p. p. distinguido / (adj.) distinto, diferente, diverso, separado / distinto, ilustre, gentil, nobre / (teatr.) **posti distinti**: lugares especiais, reservados.
Distinziône, s. f. distinção, ato ou efeito de distinguir / diferença; prerrogativa; exceção: honra, mercê; nobreza de porte; elegância; ordem, clareza; cortesia, delicadeza; distinção de modos.
Distògliere (pr. -òlgo), v. tr. desaconselhar, dissuadir / desviar, distrair; —— **dallo studio**: afastar do estudo.

Distòlto, p. p. e adj. arreado; afastado, distraído, dissuadido.
Distòma (pl. -òmi), s. m. (zool.) distoma (entozoário).
Distomatòsi, s. f. (med.) distomatose.
Distomíasi, s. f. distomíase.
Distoppàre, v. destampar.
Distòrcere, v. (v. **storcere**) (p. us.) torcer, distorcer.
Distornàre, (pr. -òrno) v. desviar, demover, afastar, extraviar, deslocar.
Distòrre, v. desviar, extraviar, dissuadir, afastar.
Distorsiòne, s. f. distorção / torcedura, torcimento / (ópt.) desvio das imagens projetadas pelas lentes.
Distòrto, p. p. e adj. distorcido / (fig.) desordenado, ilícito, injusto.
Distràrre (pr. -àggo), v. distrair, desviar, demover; ——— **un nervo**: deslocar um nervo / destinar a uso diverso; ——— **una somma**: desviar uma quantia / distrair, divertir, entreter, recrear (refl.) **distrársi**: distrair-se, divertir-se.
Distrattaménte, adv. distraidamente.
Distràtto, p. p. distraído, absorto, alheado, coqucoido.
Distraziòne, s. f. distração / descuido, negligência / diversão, divertimento, recreio, passatempo.
Distrètta, s. f. (p. us.) necessidade; aperto / angústia; perigo.
Distrètto (ant.), adj. ocupado, entretenido: **per cupidigia di costà distretti** (Dante) / angustiado / fiel, devoto.
Distrètto, s. m. distrito; circunscrição, administração militar, judicial, etc.
Distrettuàle, adj. distrital.
Distribuíre (pr. -ísco, -ísci), v. distribuir, repartir: ——— **le ricompense** / regular, dispor, colocar, ordenar / dar, dispensar.
Distribuziòne, s. f. distribuição, ato de distribuir; repartição / disposição, arranjo, classificação / (dim.) **distribuzioncèlla, distribuzioncína**.
Distributivaménte, adv. distributivamente.
Distributívo, adj. distributivo / (gram.) **congiunzione distributiva**: conjunção distributiva.
Distributòre, adj. e s. m. (f. -tríce) distribuidor / (técn.) dispositivo para distribuir a energia elétrica, etc.
Districàre, (pr. -íco, íchi), v. tr. desenredar, desenlear, desemaranhar / dissipar, esclarecer, solucionar.
Distrigàre, desenredar, desenrascar.
Distríngcre (pr. íngo, íngi), v. constringir, apertar fortemente; cercear, constranger.
Distrofía, s. f. (med.) distrofia.
Distrúggere, (pr. -úggo), v. destruir, exterminar, aniquilar, desfazer, arruinar / extirpar; pulverizar; devastar.
Distruggíbile, adj. destrutível.
Distruggiménto, s. m. (p. us.) destruição.
Distruggitôre, adj. e s. m. (f. -tríce) destruidor que ou aquele que destrói, demolidor, assolador.
Distruttívo, adj. destrutivo.
Distrútto, p. p. destruído / (adj.) arruinado, exterminado, assolado, aniquilado, exterminado / derretido, dissolvido, liquefeito.

Distruttôre, adj. e s. m. (f. -tríce) destrutor, destruidor.
Distruziône, s. f. destruição, extermínio, ruína, aniquilação, exterminação; estrago, eliminação; grande perda.
Disturbaménto, s. m. (p. us.) estorvo, estorvamento, incômodo, contrariedade, embaraço, distúrbio.
Disturbànza, (ant.) s. f. distúrbio; estorvo.
Distúrbo, s. m. distúrbio, perturbação, desordem / estorvo, obstáculo / incômodo / transtorno, desarranjo; **dare** ———: molestar, estorvar.
Distúrna, s. f. (tosc.) certame satírico entre poetas populares.
Disubbidiènte, p. pr. e adj. desobediente / indócil / rebelde.
Disubbidiènza, s. f. desobediência.
Disubbidíre, (pr. -ísco) v. desobedecer, transgredir, infringir, violar; ——— **alla legge**: desobedecer a lei.
Disuguagliànza, s. f. desigualdade; diferença, diversidade, disparidade, desemelhança.
Disuguagliàre, (pr. -àggio) v. tr. desigualar.
Disuguàle, adj. desigual, diferente, variável, irregular, diverso; desproporcionado.
Disugualità, s. f. (p. us.) desigualdade.
Disugualménte, adv. desigualmente.
Disumanàre, v. tr. desumanizar, embrutecer / (pr.) desumanizar-se.
Disumàno, adj. desumano; cruel; feroz; bruto, bárbaro.
Disumàre, v. desenterrar, exumar.
Disumaziòne, s. f. (p. us.) exumação.
Disumidire, v. secar, tirar a umidade.
Disúngere, v. (p. us.) tirar o unto ou a graxa; desengraxar; limpar as manchas.
Disuníbile, adj. desunível; separável, desmontável.
Disuniòne, s. f. desunião, separação / desacordo, discórdia.
Disuníre, (pr. -ísco) v. tr. desunir, separar, desmontar / dividir, desagregar, desintegrar, desmembrar / (sin.) **dividire, separare, disgregare**,
Disunitaménte, adv. desunidamente; separadamente.
Disunitèzza, s. f. (p. us.) desunião.
Disuníto, p. p. e adj. desunido; (fig.) desigual, irregular; **stile** ———: estilo heterogêneo.
Disúnto, p. p. e adj. desengraxado.
Disuría, s. f. (med.) disúria, dificuldade de urinar.
Disuànza, s. f. (p. us.) desuso.
Disusàre, (pr. -úso) v. tr. desusar; desacostumar.
Disusàto, p. p. e adj. desusado / fora de moda, antiquado / insólito.
Disúso, s. m. desuso.
Disútile, adj. inútil; desútil (p. us.) / supérfluo, desnecessário.
Disutilità, s. f. inutilidade.
Disutilménte, adv. inultimente.
Disvantàggio, (pl. -àggi) s. m. (p. us.) desvantagem.
Disvariàre, v. intr. (p. us.) variar.
Disvelàre, v. (p. us.) revelar, descobrir; desvelar.
Disvèllere, v. (p. us.) desarraigar, arrancar.

Disvezzàre, v. desacostumar ao uso da chupeta (as crianças).
Disviàre, v. (p. us.) desviar, deslocar.
Disvigorìre, v. (lit.) desvigorizar.
Disviluppàre, v. desenvolver / desembrulhar, desenredar, desfazer; —— **dai lacci d'amore**: desvencilhar-se dos laços de amor.
Disvìo, s. m. desvio / extravio.
Disvolère, (pr. -óglio) v. não querer mais, desquerer.
Disvòlgere, (pr. -òlgo, -òlgi) v. tr. desenvolver, abrir, estender coisa que estava enrolada ou embrulhada / desfazer, distender.
Ditàle, s. m. dedal / dedeira.
Ditàta, s. f. dedada; golpe dado com os dedos / sinal dos dedos, impressão digital.
Diteísmo, s. m. (filos.) diteísmo, sistema que admite duas divindades.
Ditèllo, (ant.) (pl. f. **le ditèlla**) s. m. axila; sovaco.
Ditirambicamènte, adv. à maneira de ditirambo.
Ditiràmbico, (pl. -àmbici) adj. ditirâmbico.
Ditiràmbo, s. m. ditirambo / (ant.) hino ou canto em honra de Baco.
Díto, (pl. **díti** e f. **díta**) s. m. dedo, de mão e de pé do homem / dedo da luva / **mostrare a** ——: indicar com o dedo / **mòrdersi le dita**: arrepender-se por ter (ou não) feito alguma coisa / **non alzare un** ——: não fazer o menor esforço / **di Dio**: castigo de Deus / (dim.) **ditìno**, **ditúccio**; (aum.) **ditòne**; (pej.) **ditáccio**.
Dítola, s. f. (bot.) clavária, espécie de cogumelo comestível.
Dítta, s. f. casa de comércio, firma, razão social, companhia, sociedade; **una** —— **accreditata**: uma casa que goza de ótima reputação.
Dittafono, v. dettafono.
Dittàggio, (ant.) s. m. falatório, palra.
Díttamo, s. m. (bot.) dictamno, planta rutácea, muito aromática.
Dittàre, (ant.) v. ditar / (ant.) aquele que dita ao escrevente; escritor, redator.
Dittatoriamènte, adv. ditatorialmente.
Dittatòrio, (pl. -òri) adj. ditatório / ditatorial.
Dittatúria, s. f. ditadura.
Dittèrio, (ant.) s. m. púlpito, cátedra.
Díttero, s. m. (entom.) s. m. díptero / (arquit.) díptero, monumento antigo, com duas ordens de colunas.
Díttico, (pl. **dittìci**) s. m. díptico / quadro dividido em duas tábuas, que se abrem e fecham como livro.
Dittongàre, (pr. -òngo, -ònghi) v. tr. ditongar, formar ditongo.
Dittòngo, mòbile, (gram.) ditongo móvel; os ditongos radicais **ie** e **uo** chamam-se ditongos móveis quando sobre eles não cai mais o acento, porque na flexão verbal, nas palavras derivadas e nas alterações morfológicas, se transformam freqüentemente nas vogais simples **e** -**o**; ex. **giuóco, giocàva** / **muòvo, mòsso, piède, pedèstre, sìede, sedèva, buòno, bonàrio**, etc. / fazem exceção os verbos: **vuotare, nuotare, mietere, presiedere**; constitui erro comum escrever **giuocava, suonare, buonuomo**, em vez de **giocava, sonare, bonuomo**, etc.
Diurèsi, s. f. (med.) diurese.
Diurètico, (pl. -ètici) adj. e s. m. diurético.
Diurnàle, (ant.) adj. diurnal, diário; diurno.
Diurnísta, s. m. empregado contratado, que recebe por dia.
Diúrno, adj. diurno / s. m. (ecles.) espécie de breviário.
Diuturnamènte, adv. diuturnamente; por longo tempo.
Diuturnità, s. f. diuturnidade.
Diutúrno, adj. diuturno; que vive muito; que dura muito.
Díva, s. f. (poét.) diva, deusa / (teatr.) cantora notável / (cin.) atriz de cinema.
Divagamènto, s. m. divagação; devaneio espiritual; distração, diversão, alívio.
Divagàre, (pr. -àgo, -àghi) v. divagar, andar errante, vaguear / desviar-se do assunto / fantasiar, devanear / **divagarsi**: distrair-se / vaguear, divertir-se.
Divagazióne, s. f. divagação / devaneio; distração.
Divallàre, v. (p. us.) rolar, cair para baixo, descer.
Divampàre, v. arder, acender com muita chama; chamejar; flamejar; expelir. emitir como chamas; (fig.) —— **la guerra**: estalar a guerra.
Divàno, s. m. divã, o conselho de Estado na Turquia / cancioneiro árabe / o governo turco / sofá ou canapé turcos.
Divanzàre, v. (p. us.) preceder.
Divariàre, (ant.) v. variar, desvariar.
Divaricamènto, s. m. divaricação.
Divaricàre, (pr. -àrico) v. tr. divaricar; atender, abrir, separar, divergir.
Divaricàto, p. p. e adj. divaricado; aberto, estendido, separado, divergente.
Divaricatóre, s. m. (cir.) instrumento para manter abertos os lábios das feridas.
Divàrio, (pl. -àri) s. m. diferença, divergência não substancial; **tra le nostre opinioni c'è qualche** ——: entre as nossas opiniões há alguma divergência.
Dive (ant.) adj. (lat.) (superl.) **ditíssimo**: riquíssimo.
Divedère, v. intr. usa-se somente na loc. **dare a** ——: dar a ver, fazer crer, simular.
Divèllere, (pr. -èllo) v. desarraigar, extirpar / arrancar com força.
Divèlto, p. p. e adj. desarraigado, extirpado, arrancado / (s. m. agr.) trabalho de aradura.
Divenìre, (pr. -èngo) v. intr. tornar-se, vir a ser, ficar gradualmente; **con lo studio è divenuto sapiente**: com o estudo tornou-se sábio / (s. m. filos.) transformação, mudança.
Diventàre, v. intr. tornar-se, transformar-se, ficar (tem mais intensidade e rapidez que **divenire**); **diventò rosso dalla vergogna**: ficou vermelho de vergonha.
Divèrbio, (pl. -èrbi) s. m. divérbio, disputa, altercação, contenda.
Divergènte, p. pr. e adj. divergente.

Divergènza, s. f. divergência / dissensão, desavença, discrepância.
Divèrgere, (pr. -èrgo) divergir, desviar-se, afastar-se / (sin.) **deviare, allontanarsi, scostarsi.**
Diversaménte, adv. diversamente.
Diversificàre, (pr. -ífico, -ífichi) diversificar, mudar, variar, ser diferente / **differenziarzi**: tornar-se diferente.
Diversiflòra, s. f. (bot.) inflorescência mista, planta diversiflora.
Diversióne, s. f. diversão, desvio / divagação, digressão.
Diversità, s. f. diversidade; diferença, dessemelhança.
Diversívo, adj. e s. m. diversivo, revulsivo / distração, afastamento, alheamento: **cercare un ——— ai grattacapi**: procurar um diversivo às preocupações.
Divèrso, adj. diverso, que oferece vários aspectos; diferente, distinto / mudado, alterado, outro, vário / (adv.) diversamente / (ant.) alheio, estranho.
Diversòrio, (ant.) s. m. albergue, estalagem, hospedaria.
Divertènte, p. pr. e adj. divertido, alegre, recreativo, que diverte; agradável / **uno spettacolo: ——— um espetáculo divertido.
Divertícolo, s. m. atalho, vereda / (fig.) subterfúgio / (anat.) apêndice em forma de bolsa.
Divertiménto, s. m. divertimento, diversão, distração, recreação, entretenimento, passatempo, recreio.
Divertíre, (pr. -èrto) v. tr. divertir; distrair, entreter, recrear; alegrar / distrair / desviar, fazer divergir / (pr.) **divertirsi**: divertir-se.
Divètta, s. f. (dim. de **diva**: diva) (teatr.) diveta, cantora de opereta, revista ou café-concerto.
Divezzaménto, s. m. ato e efeito de desmamar; desmama, desmame.
Divezzàre, (pr. -èzzo) v. tr. desacostumar, desabituar, desafeiçoar, desmamar.
Divìare, (v. **deviare**) v. desviar.
Diviàto, adj. e adv. direito; **se ne andò ——— a casa**: foi direito para casa.
Dividèndo, ger. de **dividere**, dividir / s. m. (arit.) dividendo / (com.) dividendo, parte que cabe a cada ação nos lucros de uma empresa.
Divídere, (pr. -íd̀o) v. dividir / repartir, distribuir / separar, apartar / limitar, demarcar / cortar, sulcar / estabelecer a discórdia entre; desunir, desassociar / classificar, analisar.
Dividúcolo, s. m. torre de aqueduto.
Diviéto, s. m. proibição, vedação / impedimento.
Divinaménte, adv. divinamente / (fam.) perfeitamente, admiravelmente.
Divinàre, v. tr. adivinhar, prever, profetizar, pressagiar com intuição quase divina: **Colombo divinò il nuovo mondo** / predizer o futuro.
Divinatóre, adj. e s. m. (f. -tríce) divinador, advinhador / profeta adivinho.
Divinatòrio, (pl. -òri) adj. divinatório.
Divinazióne, s. f. divinação, adivinhação / pressentimento, presságio, vaticínio, profecia.
Divincolaménto, s. m. contorção, forcejo, torção, desvencilhamento.

Divincolàre, (pr. -íncolo) v. remover, forcejar, torcer / (pr.) debater-se, contorcer-se, desvencilhar-se, desembaraçar-se.
Divincolio, s. m. forcejo, contorção.
Divinis, loc. lat. usada na frase: **sospendere a ———**: interditar a um sacerdote o exercício do seu sagrado ministério.
Divinità, s. f. divindade.
Divinizzàre, v. tr. divinizar, endeusar, deificar / santificar, purificar.
Divinizzazióne, s. f. divinização; deificação, apoteose / endeusamento.
Divíno, adj. divino / excelente, perfeito / **scienza divina**: a Teologia.
Divísa, s. f. divisa, uniforme (militar), farda / insígnia, mote, lema, divisa, escudo, armas / risca do cabelo / (com.) ——— **estera**: divisa, moeda estrangeira, letras, valores, cheques sobre o estrangeiro / (ant.) divisão, separação, discórdia.
Divisaménto, s. m. intenção, projeto, decisão, resolução; ——— **di ammogliarsi**: resolução de casar-se.
Divisàre, (pr. -íso, -ísi) v. divisar, imaginar, forjar; pensar, estabelecer, projetar / (heráld.) repartir as cores num escudo de armas.
Divisíble, adj. divisível.
Divisibilità, s. f. divisibilidade.
Divisibilménte, adv. divisivelmente.
Divisionàle, adj. divisional.
Divisionàrio, adj. divisionário / (s. m.) (mil.) general de divisão.
Divisióne, s. f. divisão; separação / repartição, distribuição / (mil.) divisão / compartimento / (for.) parcela hereditária.
Divisionísmo, s. m. (pint.) divisionismo.
Divisionísta, (pl. -ísti) s. m. divisionista, pintor adepto do divisionismo.
Divísmo, s. m. (cin.) exaltação das divas do cinema.
Divíso, p. p. dividido / (adj.) separado, partido; repartido, distribuído / discorde / diviso.
Divisóre, adj. e s. m. divisor.
Divisòrio, (pl. -òri) adj. divisório / (s. m.) muro, parede, tabique, grade que separam duas casas ou salas contíguas.
Divízia, (ant.) s. f. abundância, riqueza.
Dívo, adj. (lit.) divino / (s. m.) (neol.) divo, cantor famoso.
Divoraménto, s. m. ato de devorar, devoração.
Divoràre, (pr. -óro) v. tr. devorar, comer com sofreguidão; consumir depressa; destruir, roer, corroer; tragar, engolir; ler com avidez: ——— **i libri** / (pron.) consumir-se.
Divoratóre, adj. e s. m. (f. -tríce) devorador; devorante; insaciável.
Divorziàre, v. divorciar / (fig.) separar-se, desunir-se.
Divorziàto, p. p. adj. e s. m. divorciado.
Divòrzio, (pl. òrzi) s. m. divórcio / separação; desunião.
Divotaménte, adv. devotamente, com devoção religiosa.
Divòto, adj. e s. m. devoto; ——— **della Madonna**: devoto da Virgem / beato, beatorro, religioso, carola.
Divozióne, s. f. devoção religiosa / **fare le divozióni**: rezar, comungar, etc. / **libro delle divozioni**: devocionário.

Divulgamênto, s. m. divulgação, difusão.
Divulgàre, (pr. -úlgo, úlghi), v. tr. divulgar, difundir, propagar, propalar, apregoar / (pron.) divulgar-se. propalar-se.
Divulgativo, adj. apto para divulgar.
Divulgatôre, s. m. (f. -trice) adj. e s. m. divulgador, que ou aquele que divulga.
Divulgaziône, s. f. divulgação; propagação, difusão.
Divulsiône, s. f. (cir.) divulsão.
Divúlso, adj. desarraigado, arrancado, extirpado.
Divulsôre, s. m. (cir.) aparelho cirúrgico para praticar a divulsão.
Dizionàrio, (pl. -àri) s. m. dicionário, léxico.
Dizionarísta, s. dicionarista.
Diziône, s. f. dicção, palavra, locução, modismo; pronúncia, pronunciação; ——— **corretta**: dicção correta.
Do, s. m. (mús.) dó.
Doàgio, doàsio, duàgio, (ant.) s. m. tecido de Douais, na Flandres.
Doário, (pl. -àri) s. m. doário, doação feita pelo marido à mulher em caso de viuvez.
Dòbla, s. f. dobla, dobra, antiga moeda de ouro ou prata.
Doblêtto, (do esp.) s. m. tecido de linho e de algodão: **dobletti alla napolitana** (D'Annunzio); (esp. **doblete**).
Doblône, s. m. dobrão, antiga moeda de ouro espanhola.
Dòccia, (pl. dôcce) s. f. cano, conduto para escoamento de água / ducha, jorro de água que se arremessa sobre o corpo / (fig.) ——— **fredda**: notícia que esfria o entusiasmo.
Docciàre, (pr. dôccio) v. duchar, usar a ducha.
Dociatúra, s. f. ato de duchar, duchamento.
Dóccinàta, s. f. (tosc.) encanamento, conduto do telhado.
Docciône, s. m. cano de ferro ou de terracota para condutos / tubo para escoamento da água dos telhados.
Docènte, adj. e s. m. docente; professor, lente, mestre / **libero** ———: livre docente.
Docènza, s. f. docência; ensino.
Docèti, s. m. pl. (ecles.) docetas, partidários do docetismo.
Docíbile, (ant.) adj. disposto a aprender.
Dòcile, adj. dócil, obediente, submisso / manso; tratável condescendente.
Docilità, s. f. docilidade, obediência, submissão.
Docilmênte, adv. docilmente.
Docimasía, s. f. (min. e med.) docimasia.
Docimàstico, (pl. -àstici) ad. docimástico.
Dock, (v. ingl.) s. m. doca, dique.
Documentàle, adj. documental.
Documentàre, (pr. -ênto) v. tr. documentar, provar com documentos.
Documentàrio, (pl. -ri) s. m. documentário.
Documentarísta, s. m. (cin.) autor de um documentário cinematográfico.
Documènto, s. m. documento; prova, certificado, testemunho escrito, título; certidão / **vidimare i documenti**: visar os documentos.

Dodda, s. m. (tosc.) bazófio, presumido a mandão, mas sem autoridade alguma.
Dodecaèdro, s. m. (geom.) dodecaedro.
Dodecafonía, s. f. (mús.) dodecafonia.
Dodecafònico, (pl. -ònici) adj. dodecafônico.
Dodecàgono, s. m. (geom.) dodecágono.
Dodecasíllabo, adj. e s. dodecassílabo.
Dodicènne, adj. de doze anos.
Dodicèsimo, adj. num. ord. décimo segundo; duodécimo / (s. m.) a duodécima parte.
Dódici, adj. num. card. doze.
Dodicimila, adj. num. doze mil.
Dòga, s. f. aduela (de pipa, dorna, tonel) etc., / (heráld.) listra do escudo.
Dogàle, adj. dogal, relativo a Doge.
Dogàme, s. m. porção de aduelas.
Dogàna, (do ár.) s. f. aduana, alfândega; **dazi o diritti di** ———: direitos alfandegários.
Doganàle, adj. aduaneiro, alfandegário.
Doganière, s. m. empregado da alfândega / guarda aduaneiro.
Dogàre, (pr. dôgo, dôghi) v. tr. por as aduelas nos tonéis, pipas, etc.
Dogarêssa, s. f. mulher do Doge: dogessa, dogaressa.
Dòge, (pl. dògi) s. m. doge, magistrado supremo das Repúblicas de Veneza e Gênova.
Dòglia, s. f. dor aguda, especialmente física.
Dogliànza, s. f. (lit.) dor, lamento, queixa; angústia, ansiedade.
Dogliènza, (ant.) s. f. dor, angústia, lamento.
Dòglio, s. m. vaso em forma de barril / (ant.) vaso terracota, comprido e estreito.
Dogliôso, adj. (lit.) angustiado, amargurado, doloroso, aflito.
Dògma, s. m. (v. tamb. **domma**: forma preferível e derivados) dogma.
Dôgo, s. m. (do ingl. **dog**.) dogue, cão de focinho chato e índole bravia.
Dogre (v. hol.) s. m. dogre, barco de pesca.
Dolàre, (ant.) v. tr., polir, desbastar.
Dôlce, adj. doce; **acqua** ———: água de rio ou de lago / suave, aprazível; agradável / moderado / amado, querido, desejado / bom, afável, meigo, benigno / (s. m.) o que é doce; qualquer confeito ou preparado doce: **doce**.
Dolcemèle, s. m. instrumento semelhante à flauta.
Dolcemènte, adv. docemente; suavemente; meigamente.
Dolcètto, adj. (dim.) um tanto doce / (s. m.) variedade de uva do Piemonte e o vinho da mesma (cujo sabor porém não é doce).
Dolcèzza, s. f. doçura, qualidade do que é doce / brandura, suavidade, meiguice, / amenidade / prazer /deleite; benevolência, benignidade, afabilidade.
Dolciàna, s. f. (mús.) oboé alemão do século XV / registro do órgão, de som mais suave que o da flauta.
Dolciàrio, adj. de doce, que se refere a doces: **industria dolciaria**.

Dolciàstro, adj. um tanto doce, adocicado / (fig.) melífluo, meloso.
Dolciàto, (ant.) adj. cheio de doçura: doce, meigo.
Dolcichíno, s. m. (bot.) tubérculo comestível.
Dolcificànte, p. pr. e adj. dulcificante, adocante.
Dolcificàre, (pr. -ífico, ífichi) v. tr. dulcificar (adoçar) / (fig.) aliviar, mitigar.
Dolcificazióne, s. f. dulcificação, adoçamento.
Dolcígno, adj. um tanto doce, adocicado / melífluo.
Dolcióre, s. m. (raro) doçura.
Dolcitúdine, s. f. (poét.) doçura.
Dolciúme, s. m. quantidade de coisas de sabor doce: doçaria / (fig.) modos exageradamente carinhosos.
Dolciúra, s. f. doçura, suavidade de alma: **anche cotesta ——— dell'animo passò** (Pascoli).
Dòlco, (pl. **dôlchi**) adj. de tempo quente e úmido.
Dolènte, p. pr. e adj. dolente; magoado, lastimoso; aflito, contrariado; triste; lastimoso.
Dolenteménte, adv. magoadamente, lastimosamente, dolorosamente.
Dolère, (pr. **dòlgo, duòli, duòle**) v. intr. doer; sofrer, padecer; **mi duole la testa**: dói-me a cabeça / compadecer-se; **mi duole della tua svetura**: lastimo a tua desgraça / (refl.) queixar-se. lamentar-se, afligir-se.
Dolicchiàre, (pr. -icchio, -icchi) e **dolicicàre**, v. doer um pouco.
Dolicocefalía, s. f. (antr.) dolicocefalia.
Dolicocéfalo, adj. e s. m. dolicocéfalo.
Dolina, s. f. cratera pequena, característica das regiões calcárias, especialmente do Carso; voz de origem eslava, divulgada e fixada na Itália durante a guerra de 1914-18.
Dòllaro, s. m. dólar, moeda norte-americana.
Dòlman, s. m. dólmã, (em Portugal dólman), casaco curto de oficial ou de senhora.
Dòlmen, s. m. dólmen, monumento sepulcral.
Dòlo, s. m. (for.) dolo, fim, intenção ou voluntariedade de um fato criminoso; infração; artifício fraudulento; embuste; engano.
Dolomía, s. f. (geol.) dolomia, rocha sedimentária (do nom. do geól. Gratet de Dolomien).
Dolòmita, s. f. (geol.) dolomita.
Dolomite, s. f. (min.) dolomita.
Dolomítico, (pl. -ítici) adj. dolomítico, que encerra dolomita.
Doloránte, p. pr. e adj. (lit.) doloroso, dolorido / dolente.
Doloránza, s. f. (raro) dor.
Doloràre, (pr. -òro) v. intr. sofrer, sentir dor; **——— per una disgrazia**: padecer por causa de uma desgraça / (p. us.) causar dor / (refl.) queixar-se, lastimar-se.
Dolóre, s. m. dor; sofrimento, padecimento; pesar; condolência; mágoa; pena, desgosto; amargura; dó / (dim.) **dolorino, doloretto, dolorúccio**; (pej.) **doloráccio**.

Dolorífico, adj. (p. us.) dolorífico, que produz dor.
Dolorosamênte, adj. dolorosamente.
Dolorôso, adj. doloroso, penoso.
Dolôso, adj. (for.) doloso, que usa de dolo; que é de má fé; enganoso, fraudulento.
Dolzaína, s. f. doçaina, espécie de flauta antiga.
Dolzôre, (ant.) s. m. doçura.
Domàbile, adj. domável.
Domànda, s. f. pergunta, interrogação / petição, pedido, súplica escrita; solicitação / pedido / o preço pedido por uma mercadoria (contr. **a offerta**, que é o preço oferecido) / (dim.) **domandina**.
Domandàre, v. tr. perguntar, fazer uma pergunta, interrogar; inquirir; pedir; perguntar por; pedir informações; solicitar; exigir / **domandarsi**: perguntar alguma coisa a si mesmo.
Domàni, adv. amanhã; **oggi o ———**: um dia ou outro / nunca: **quando mi pagherai? domani,** / **rimandare d'oggi in ———**: protelar continuamente / **——— mattina**: amanhã cedo / (s. m.) o dia seguinte, o amanhã; **il ——— è in mano di Dio**: o amanhã está nas mãos de Deus.
Domàre, (pr. **dòmo**) v. domar, domesticar, amansar / submeter, subjugar, sujeitar; dominar / refrear.
Domàto, p. p. domado / (adj.) domesticado, amansado.
Domatôre, adj. e s. m. (f. **-trice**) domador / (s. f.) carruagem de duas rodas para domar cavalos.
Domattína, s. f. amanhã de manhã.
Domatúra, s. f. ato e efeito de domar; domação, doma.
Domeneddío, e domineddío, s. m. (fam.) Deus Nosso Senhor.
Domênica, s. f. domingo.
Domenicàle, adj. dominical / domingueiro; **vestito ———**: roupa domingueira.
Domenicàno, adj. e s. m. dominicano, religioso da ordem de S. Domingos De Gusmán; dominicano, da República Dominicana.
Domesticaménte, adv. domesticamente, familiarmente.
Domesticàre, (pr. -èstico, -èstichi) v. tr. domesticar; domar, amansar.
Domesticazióne, s. f. domesticação; sujeição; dominação.
Domestichêzza, domesticidàde, s. f. domesticidade; familiaridade; intimidade; confiança.
Domèstico, (pl. -èstici) adj. doméstico, caseiro, familiar; **utensili domestici**: objetos domésticos; **affetti domestici**: afetos familiares / manso, dócil / (s. m.) (f. **doméstica**) criado, criada.
Domiciliàre, v. (pr. -ílio, -íli) dar domicílio / (refl.) estabelecer o seu domicílio; habitar.
Domiciliàre, adj. domiciliário, do domicílio ou a ele relativo.
Domicílio, (pl. -íli) s. m. domicílio; residência permanente; casa de residência; habitação; morada, casa, vivenda / (for.) **——— civile**: domicílio usual.

Domificazióne, s. f. domificação, divisão do céu em doze partes chamadas casas para se tirar um horoscópo.
Dominàbile, adj. dominável.
Dominànte, p. pr. e adj. dominante; que domina, principal; predominante; **religione** ———: religião predominante / **luogo** ———: lugar mais alto que os outros / dominador / (s. f.) **la** ———: título que se dava às Repúblicas de Veneza e de Gênova.
Dominàre, (pr. -dòmino) v. dominar, exercer domínio sobre; ser senhor de; ter influência sobre; estar sobranceiro a; ter a primazia; preponderar / subjugar. refrear.
Dominatôre, adj. e s. m. (f. -tríce) dominador, que ou aquele que domina.
Dominazióne, s. f. dominação; mando, império; soberania; predomínio / (teol.) (pl.) anjos de quarta ordem.
Dòmine, dòmino, (voz lat.) usada em certas locuções por eufemismo: **cosa domine dici?**: que diabo estás dizendo? / (ant. s. m.) senhor, príncipe: **insieme col Domine** (Boccaccio).
Domínio, (pl. -íni) s. m. domínio, dominação / possessão; **i domini inglesi**: os domínios (possessões) ingleses / propriedade / **cosa di pubblico** ———: que pertence a todos / condomínio: direito de propriedade juntamente com outros.
Dòmino, s. m. dominó, disfarce carnavalesco; pessoa mascarada com dominó / **dòmino e dominò**, dominó, jogo de 28 peças retangulares com diversos pontos marcados.
Domitàre, (ant.) v. tr. domar.
Dòmito, (ant.) s. m. domador; vencedor.
Dòmma, (pl. dòmmi), s. m. dogma.
Dommàggio, (ant.) s. m. dano.
Dommàtica, s. f. (teol.) dogmática.
Dommaticaménte, adv. dogmaticamente.
Dommàtico, (pl. -àtici) adj. e s. m. dogmático / (fig.) que pretende impor-se / magistral; imperativo; sentencioso, autoritário.
Dommatísmo, s. f. (filos.) dogmatismo / (fig.) afirmação autoritária.
Dommatísta, (pl. -ísti) s. m. dogmatista.
Dommatizzàre, v. intr. dogmatizar.
Dômo, p. p. e adj. domado, amansado; subjugado; sujeitado; vencido, abatido.
Dòmo, voz lat. na loc. **in domo Petri**, prisão / **Cícero pro domo sua**: advogado de si mesmo / (poét.) cúpula, abóbada / catedral.
Don, s. m. dom, título de sacerdote e de nobres.
Donànte, p. pr. adj. e s. m. que ou aquele que faz doação; doador.
Donàre, (pr. dôno) v. doar, dar, obsequiar; presentear / de veste, etc., embelezar; dar graça a: **è un cappèllo che le dona molto** / (sin.) **regalare, dar gratis, presentare, elargire, offrire**.
Donàrio, s. m. (hist.) donário; tesouro do templo.
Donatàrio (pl. -àri) s. m. donatário, aquele que recebeu alguma doação.
Donativo, s. m. donativo; dádiva, presente.
Donatôre, adj. e s. m. (f. -tríce) doador, que ou aquele que faz doação.
Donazióne, s. f. doação; coisa doada; documento de doação.
Donchisciottêsco, adj. quixotesco.
Dônde, adv. (lit.) donde, de onde; ——— **vieni?**: de onde vens? / do qual, pelo qual / **aver** ———: ter motivo; **piangi che n'hai ben donde**, (Leopardi).
Dôndola, s. f. poltrona, cadeira de balanço.
Dondolaménto, s. m. ato de balouçar, balouçamento.
Dondolàre, (pr. dôndolo) v. intr. balouçar, dar balanço a, balançar / (pr.) mover-se, oscilar, ondular.
Dondolío, s. m. balanceio. bamboleio, oscilação, vaivém.
Dôndolo, s. m. balouço / pêndulo / **sedia a** ———: cadeira de balanço / **orologio a** ———: pêndulo.
Dondolône, s. m. (f. -ôna) folgazão, boa-vida.
Dondolôni, adv. bamboleando, balouçando, oscilando / **starsene** ———: folgar, madracear.
Dongiovannêsco, adv. donjuanesco.
Dònna, s. f. mulher / dama / fêmea / esposa, senhora / ama, dona, senhora / serva, criada / título de nobreza; ——— **Margherita**: dona Margarida / **prima** ———; primeira atriz / **di casa**: dona de casa, mulher caseira / **prender** ———: casar / **Nostra Donna**: Nossa Senhora / (dim.) **donnína, donnétta, donníno, donnúccia**: mulherzinha / (aum.) **donnôna, donnône**, mulherona / (depr.) **donnàccia, donnàcchera**.
Donnaiuòlo, s. m. mulherengo; femeeiro; Don João.
Donneàre (ant.) v. galantear, cortejar, donear (mulheres).
Donnescaménte, adv. mulherilmente, feminilmente.
Donnêsco, (pl. -êschi) adj. mulheril, feminino; próprio das mulheres.
Donnétta, s. f. (dim.) mulherzinha.
Donnicciuòla, s. f. (depr.) mulherzinha / (fam.) homem afeminado.
Donníno, s. m. (fam.) mulherzinha, mulher pequena e graciosa; moça ajuizada / homem entregue a trabalhos domésticos.
Dònno, (ant.) s. m. amo, dono, patrão, mestre, senhor: **questi pareva a me maestro e donno** (Dante).
Dònnola, s. f. (zool.) doninha, pequeno mamífero de focinho pontiagudo.
Dôno, s. m. dom, presente, dádiva, donativo, obséquio / dotes, qualidades, prendas, habilidade: bens naturais: **il** ——— **dell'intelligenza**: o dom da inteligência.
Dònora, (ant.) s. f. (pl.) presentes de núpcias.
Donzèlla, s. f. donzela; moça, senhorita, jovem / criada.
Donzellàre, (ant.) v. brincar como moça.
Donzèllo, s. m. donzel; pajem / em certas cidades, porteiro ou servente da Municipalidade.

Dòpo, prep. e adv. depois, após; **prima tu,** —— **io:** primeiro você, depois eu / em seguida, posteriormente / depois de, seguidamente; —— **pranzo:** depois do jantar.

Dopolavorísta, adj. e s. "do dopolavoro".

Dopolavôro, s. m. instituto de cultura e de diversão para os operários e empregados em geral, depois das horas de trabalho; hoje ENAL (Ente Nazionale Assistenza Lavoratori) / (der.) **dopolavorista, dopolavorístico.**

Dopoquèrra, s. m. o após-guerra.

Doposcuòla, s. m. assistência infantil, depois das aulas.

Dòppia (do esp.) s. f. dobbla, dobra, moeda de ouro de diferente valor.

Doppiàggio, s. m. (cin.) operação de dublagem na cinematografia; (bras.) **dublagem** / (sin.) **doppiatura.**

Doppiaménte, adv. duplamente, dobradamente.

Doppiaménto, s. m. (met.) ação de fazer aplicação ou sobreposição de um metal sobre outro.

Doppiàre, (pr. **dòppio, dôppi)** v. tr. dublar, duplicar / (mar.) dobrar um cabo, uma ponta de terra, etc. / (cin.) traduzir em outra língua a parte falada de um filme.

Doppiàto, p. p. e adj. dobrado, duplicado / chapeado (metal) / (cin.) (adj. e s. m.) filme traduzido (a parte falada) em outra língua.

Doppiatôre, adj. e s. m. (f -tríce) (cin.) ator (ou atriz) que trabalha na dublagem de um filme.

Doppiatúra, s. f. dobragem; dobradura; dobramento / (cin.) dobragem; dublagem (bras.).

Doppieggiatúra, s. f. (tip.) impressão dupla e defeituosa.

Doppière, s. m. candelabro; castiçal.

Doppiètta, s. f. espingarda de cano duplo.

Doppièzza, s. f. dobrez, fingimento, falsidade; duplicidade, hipocrisia.

Doppíno, s. m. (mar.) cabo dobrado.

Dòppio, adj. dobre; duplicado; —— **fondo:** fundo duplo / (com.) **partita doppia:** partida dobrada / (fig.) dissimulado, falso, fingido / **parole a** —— **senso:** palavras de sentido duplo / (s. m.) duplo, dobrado; **questo vale il** ——: isto vale o dobro / **veder** ——: ver dobrado, estar bêbado.

Doppióne, s. m. duplicado, dois exemplares de coisa perfeitamente igual / (gram.) alótropo / (tip.) erro de composição.

Doràre, v. dourar / (pr.) dourar-se, adornar, aformosear.

Doràto, p. p. e adj. dourado / **libro coi labbro** ——: livro com cantos dourados.

Doratôre, s. m. (f. -tríce) dourador.

Doratúra, s. f. douradura, ato e efeito de dourar.

Dorè, adj. dourado, de cor semelhante à do ouro, louro carregado.

Doreria, (ant.) s. f. ouros, quantidade de objetos de ouro.

Doricísmo, s. m. modismo do dialeto dórico.

Doricizzàre, v. intr. à maneira dos dórios.

Dòrico, (pl. **dòrici**) adj. dórico; **stile** ——: estilo dórico ou dório.

Doríforo, s. m. (poét.) alabardeiro, lanceiro.

Dormènte, (v. **dormiente**) s. m. dormente.

Dormentòrio, (pl. **-òri**) s. m. dormitório / aborrecimento, coisa soporífera, discurso que dá sono.

Dormicchiàre, (pr. **-ícchio, -ícchi**) v. intr. dormitar, dormir levemente: cochilar.

Dormiènte, p. pr. adj. e s. m. dormente, que dorme / (mar.) **manovre dormienti:** manobras fixas, enxárcia / pau, trave fixos.

Dormigliône, (f. **-ôna**) s. m. dormìnhoco.

Dormigliôso, adj. (p. us.) sonolento, que tem muito sono / sonolento, que causa sono.

Dormíre, (pr. **dòrmo**) v. intr. dormir; —— **fra due guanciali:** dormir tranqüilamente; não ter preocupações / **mettere a** —— **un'affare:** esquecer-se completamente de uma coisa / **lasciar** ——: esquecer / **far** —— **il bimbo:** adormecer a criança / (prov.) **chi dorme non piglia pesci:** quem dorme não apanha peixe / (s. m.) sono; **un** —— **tranquillo:** um dormir, um sono sossegado / **cama: gli dava il dormire.**

Dormíta, s. f. dormida, ato de dormir / letargo dos bichos-da-seda / (dim.) **dormitina;** (aum.) **dormitôna.**

Dormitòrio, (pl. **-òri**) s. m. dormitório.

Dormitúra, s. f. ato de dormir / dormição dos bichos-da-seda.

Dormivêglia, s. m. sonolência, transição entre o sono e a vigília / (sin.) **insonnia.**

Dorsàle, adj. (anat.) dorsal / (geog.) linha divisória das vertentes; crista das montanhas.

Dorsísta, s. m. (esp.) nadador que nada de costas.

Dòrso, s. m. dorso, espádua, costas; lombo / dorso, reverso; —— **di libro:** lombada de livro / (fig.) **piegare il** ——: dobrar-se servilmente.

Dosàggio, s. m. (pl. **-gi**) dosagem.

Dosaménto, s. m. doseamento, dosagem, ato de dosar.

Dosàre, (pr. **dòso**) v. tr. dosear / proporcionar; dividir com parcimônia.

Dosatôre, s. m. (f. -tríce) dosador, doseador, aquele que dosifica.

Dosatúra, s. f. dosagem; doseamento.

Dòse, (pl. **dòsi**) s. f. dose / porção, quantidade / **rincarar la** ——: aumentar a medida ou a capacidade de uma coisa.

Dosología, s. f. dosologia.

Dossàle, s. m. (ecles.) dossel, frontal do altar.

Dossèllo, (ant.) s. m. sobrecéu; baldaquim.

Dossière, s. m. cabeceira da cama.

Dòsso, s. m. dorso, lombo, espádua / reverso / (fig.) **togliersi un peso di** ——: livrar-se de uma carga, libertar-se de uma preocupação; **levarsi di** —— **qualcuno ou qualcosa:** desfa-

zer-se de alguém ou de alguma coisa / **la lingua non ha osso ma fa rompere il ———**: em boca fechada não entram moscas.
Dossología, s. f. (ecles.) doxologia, manifestação gloriosa de Cristo na liturgia católica.
Dòta, (ant.) s. f. dote.
Dotàle, adj. dotal.
Dotàre, (pr. dòto) v. tr. dotar, constituir dote / prover, abastecer, sorrir; ——— **di mobili**: mobiliar / adornar.
Dotàto, p. p. e adj. dotado / abastecido, provido / adornado, enriquecido, favorecido: **sei dotato di un bel talento.**
Dotatôre, adj. e s. m. (f. -tríce) dotador, o que dota.
Dotazióne, s. f. dotação / provisão, material necessário para uma fábrica, escritório, etc. / (mar.) o necessário a um navio para viajar / **la ——— di un Istituto**: a dotação, a renda de um Instituto / (teatr.) conjunto de maquinismos, cenários, vestuários, etc.
Dòte, s. f. dote / prenda, virtude, dom, merecimento ((fig.) **sposar la ———:** casar por interesse.
Dòtta, (ant.) s. f. medo, pavor / atraso / oportunidade.
Dottamênte, adv. doutamente.
Dottàre, (ant.) v. duvidar, titubear, temer / (pr.) animar-se, arriscar-se.
Dòtto, adj. e s. m. douto, sábio, erudito / experimentado, perito, mestre.
Dôtto, s. m. (med.) conduto, canal: **il ——— linfático.**
Dottôra, s. f. doutora / sabichona.
Dottoràggine, s. f. (pej.) doutorice, modos, ares de doutor, pedantismo, presunção.
Dottoràle, adj. doutoral.
Dottoralmênte, adv. doutoralmente; magistralmente.
Dottoràme, s. m. (pej.) conjunto de doutores.
Dottoràre, (v. addottorare) v. doutorar.
Dottoràto, s. m. doutorado.
Dottôre, s. m. (f. -ora e -orèssa) doutor: **——— in legge, in lettere,** etc. / médico, cirurgião / bacharel, charlatão / **i dottori della Chiesa,** os Santos Padres / **il ——— angelico**: Santo Tomás de Aquino / (dim.) **dottoríno, dottorèllo, dottorêto, dottorúccio, dottorúcolo**; (aum.) **dottorône.**
Dottoreggiàre, (pr. -èggio, -èggi) v. ostentar doutrina, fazer-se de sábio.
Dottorescamênte, adv. doutoralmente / pedantescamente.
Dottorêsco, (pl. -êschi) adj. (pej.) doutoral / bacharelesco.
Dottorêssa, s. f. doutora.
Dottorevôle, adj. doutoral (empregado mais em sentido jocoso) **aria ———:** ar, pose doutoral.
Dottorícchio (pl. -ícchi), s. m. (pej.) doutorzinho.
Dottorúcolo, s. m. (depr.) doutoresco.
Dottôso, (ant.) adj. duvidoso.
Dottrína, s. f. doutrina / sabedoria.
Dottrinàle, adj. doutrinal.
Dottrinalmênte, adv. doutrinamente; doutamente.

Dottrinàre, v. tr. doutrinar / falar doutoralmente.
Dottrinàrio, (pl. -àri) s. m. doutrinário / dogmatismo.
Dottrineggiàre, v. intr. doutrinar / falar doutoralmente.
Dottrinêsco. (pl. -êschi) adj. (pej.) doutrinal.
Do Ut Des, loc. lat. que significa: dou para que tu também dês.
Dovàrio, (v. **doario**) s. m. doário.
Dôve, adv. onde, aonde ——— **sei?:** onde estás? / ——— **che sia:** em qualquer lugar / no qual, na qual; **la seggiola ——— io siedo:** a cadeira onde eu sento / (s. m.) lugar: **in ogni ———:** em todo lugar.
Doventàre, (tosc.) (v. **diventare**) v. ficar, tornar-se.
Dovêre (pres. **dèvo** ou **dèbbo, dèvi, dève**) v. dever, estar obrigado a; ter que dar ou prestar; ser necessário; necessitar, precisar / **devo studiare:** preciso estudar / (intr.) ter dívidas ou compromissos; **ti devo mille lire, ti devo molti favori:** devo-te mil liras, devo-te muitos obséquios.
Dovêre, s. m. dever; obrigação / **fare le cose a ———:** fazer bem as coisas / **come di ———:** como de justiça.
Doverosamênte, adv. devidamente; convenientemente; conforme o dever.
Doverôso, adj. devido, obrigatório, necessário.
Dovízia, s. f. abundância, profusão, riqueza / **a ———:** com abundância.
Doviziosamênte, adv. copiosamente, abundantemente.
Doviziôso, adj. rico, abundante, copioso.
Dovúnque, adv. em toda a parte, em qualquer lugar, etc. / **——— io vada:** onde quer que eu vá.
Dovutamênte, adv. devidamente.
Dovúto, p. p. devido / (adj.) conveniente / (s. m.) devido, o que se deve; débito, dívida.
Dozzína, s. f. dúzia / **roba di ———:** coisa comum, vulgar, corrente / pensão; **pagare la ———:** pagar a pensão.
Dozzinàle, adj. ordinário, comum, vulgar, grosseiro.
Dozzinalmênte, adv. comumente, vulgarmente.
Dozzinànte, s. m. pessoa que mora em pensão: pensionista; hóspede.
Dracèna, s. f. (bot.) dragoeiro, gênero de planta liliácea, de que se extrai uma resina, conhecida por sangue de drago.
Dràcma, s. f. dracma.
Draconiàno, adj. draconiano; excessivamente severo; duro, implacável.
Dracònico, adj. dracônico, relativo à revolução da lua na sua órbita.
Draconína, s. f. draconina, dracina, dracena, substância que se extrai do sangue-de-drago.
Dracônzio, s. m. (bot.) dragontéia, dracontéia, serpentário, gênero de aráceas.
Dràga, s. f. draga / **——— aspirante:** draga de bombar.
Dragàggio, s. m. dragagem, ato ou trabalho de dragar.
Dragamíne, s. m. draga-minas, barco que apanha minas submarinas.

Dragànte, s. m. adragamento, alcativa (planta) / (mar.) jogo posto transversalmente na roda de popa.
Dragàre, v. tr. dragar, limpar, desobstruir com draga; rocegar.
Draghinàssa, s. f. (loc.) espadagão.
Dràglia, s. f. (mar.) corda metálica em que se amarram os toldos.
Dràgma, (v. dracma) dracma.
Dràgo, (pl. **dràghi**) dragão; animal fabuloso; réptil da Oceânia / —— volante: papagaio de papel, brinquedo de meninos / (mil.) **pallone** —— ——: balão sonda.
Dragomànno, s. m. dragomano, intérprete levantino; turgimão.
Dragôna, s. f. (mil.) do (fr. "dragonne" ornamento da espada.
Dragonàrio, (pl. -ri) s. m. soldado romano que levava a insígnia do dragão.
Dragonàto, adj. (heráld.) dragonado, qualificativo de animais cuja cauda é a do dragão.
Dragône, s. m. dragão, monstro fabuloso / insígnia de corte romana / (mil.) soldado de cavalaria ligeira.
Dragonêssa, s. f. fêmea do dragão / (fig.) mulher furiosa e terrível.
Dragonêtto, s. m. (dim.) pequeno dragão / arma antiga de artilharia.
Dragontèa, s. f. (bot.) dragontéia.
Dràia, s. f. rede munida de um rastelo de ferro para pescar conchas, caranquejos, etc.
Dralàton, s. m. disco fonográfico capaz de impressão direta.
Dràma, v. dramma.
Dràmma, (pl. -àmmi) s. f. drama, peça de teatro / acontecimento impressionante, comovente, terrível / (dim.) **drammêtto drammùccio**; (aum.) **drammône**; (pej.) **drammàccio**: dramalhão.
Dràmma, s. f. dracma, peso grego / moeda antiga grega / (ant.) oitava parte de uma onça / moeda grega moderna / (fig.) parte mínima, partícula: **sens'essa non fermai peso di** —— (Dante).
Drammàtica, s. f. dramática, arte dramática, dramaturgia.
Drammaticamènte, adv. dramaticamente.
Drammàtico, (pl. -àtici) adj. dramático (comovente/ perigoso, trágico.
Drammatizzàre, v. tr. dramatizar, dar forma de drama / exagerar a gravidade de um fato.
Drammaturgía, s. f. dramaturgia; dramatologia.
Dramatùrgo, (pl. -ùrghi) s. m. dramaturgo.
Drappàre, v. (pint.) vestir uma figura, drapejar.
Drappeggiàre, (pr. -êggio, -êggi) v. tr. drapejar, dispor uma veste ao redor do corpo, com esmêro e arte, espec. nos desenhos.
Drappêggio, (pl. -êggi) s. m. drapejamento / festão, estofo.
Drappèlla, s. f. bandeirola da lança ou da alabarda / bandeirinha das trombetas / insígnia do escudo.
Drappèllo, s. m. pelotão, esquadrão de soldados / (p. us.) bandeirola, insígnia.
Drappellonàre, ornamentar com festões; paramentar.

Drappellône, s. m. colgadura do dossel; festão, paramento.
Drappería, s. f. panos, roupas, loja de tecidos / conjunto de panos, roupas, etc.
Drappiere, (ant.) s. m. fabricante e vendedor de panos.
Dràppo, s. m. estofo de seda, brocado; —— **a oro**: brocado de ouro; —— **inglese**: tafetá inglês / pano, roupa, vestimenta em geral / (ant.) "pálio", estofo de seda que se dava como recompensa aos vencedores de um páreo.
Dràstico, (pl. **dràstici**) adj. e s. m. (farm.) drástico, purgante / (fig.) enérgico.
Dràvidi, s. m. pl. drávidas, povo do Decão (Índia).
Drawback, (v. ingl.) s. m. drawback, reembolso dos direitos de exportação.
Drenàggio, (pl. -àggi) s. m. drenagem / (med.) drenagem, drenos.
Drenàre, (pr. **drèno**) v. drenar / (cir.) por dreno num foco purulento.
Dríade, s. f. dríade ou dríada, ninfa dos bosques / (bot.) dríade, arbusto da família das rosáceas.
Dribblàre, v. intr. (neol. do ingl.) driblar, conduzir a bola no jogo com os pés e enganar (andando) os adversários.
Dringolàre, (ant.) v. bambolear.
Drítta, s. f. direita, mão direita, lado direito.
Drittamènte, adv. direitamente.
Drittêzza, s. f. direiteza, direitura; retidão.
Dritto, adj. direito; erecto; reto; justo, honesto, lícito; leal, íntegro / (adv.) retamente, em linha reta.
Drítto, s. m. direito, o contrário de avesso / (for.) direito.
Drittofílo, s. m. sinal feito com a ponta da agulha no pano, antes de cosê-lo ou dobrá-lo.
Drittúra, s. f. (p. us.) direitura.
Drízza, s. f. (náut.) driça ou adriça, corda com que se içam bandeiras, vergas, etc.
Drizzamènto, s. m. ação de levantar, de endireitar.
Drizzànte, s. m. (náut.) marinheiro encarregado das driças.
Drizzàre, v. endireitar, erguer, pôr direito / dirigir / erigir, edificar, levantar / (náut.) içar as vergas.
Dròga, (pl. **dròghe**) s. f. droga; especiaria em geral / substância que se emprega na tinturaria, na química e na farmácia.
Drogàre, (pr. -**ògo, -òghi**) v. temperar com especiarias / (med.) ministrar a alguém uma droga.
Drogàto, p. p. e adj. temperado, condimentado com drogas.
Droghería, s. f. drogaria.
Droghière, s. f. droguista, pessoa que vende drogas.
Droghísta, s. m. (p. us.) droguista.
Dròma, s. f. peças de reposição nos veleiros.
Dromedàrio, s. m. (zool.) dromedário.
Dròmo, s. m. dromo (p. us.), recinto, circo, palanque: us. em composição (**ippodromo**) / (náut.) guia, sinal de

paus nos lugares baixos / sinal natural ou artificial para reconhecer as costas.
Dromòmetro, s. m. dromômetro, apar. para medir a velocidade de um navio, avião, etc.
Dromône, s. m. (náut.) navio de três árvores, a vela ou a remo, usado na marinha bizantina.
Dromoscòpio, s. m. dromoscòpio, sinal óptico colocado numa linha férrea.
Dròpace, (ant.) s. m. dropaz, depilatório de azeite e pez.
Drosòmetro, s. m. drosômetro, aparelho para medir o orvalho.
Drúdo, s. m. (f. -úda) amante (hoje tem sentido pej.) / (adj.) libertino, luxurioso: **togli su, pantera druda** (Carducci).
Druídico, (pl. -ídici) adj. druídico, dos druidas.
Druidísmo, s. m. druidismo, religião dos druidas ou celtas.
Drúido, s. m. (f. úida ou uidêsa) druida, nome dos antigos sacerdotes gauleses e bretões.
Drúngo, s. m. (hist.) corpo de cavalaria do exército bizantino.
Drúpa, s. f. (bot.) drupa, fruto carnudo com parte interna do pericarpo endurecida.
Drupàceo, adj. (bot.) drupáceo.
Drupífero, adj. drupífero, que tem drupas.
Drúsa, s. f. (min.) drusa.
Drúscia, (ant.) s. f. carinho afetado, lisonja, denguice.
Drusciàre, v. tr. (p. us.) acarinhar, lisonjear, afagar.
Dúa, (ant.) adj. num. dois.
Duàle, adj. dual.
Dualísmo, s. m. (filos.) dualismo.
Dualísta, (pl. -ísti) s. m. dualista.
Dualístico, (pl. -ístici) adj. dualístico.
Dualità, s. f. dualidade / dualismo.
Dubàt, s. m. pl. soldados irregulares da Somália.
Dubbiamênte, adv. dubiamente, duvidosamente.
Dubbiàre, (ant.) duvidar.
Dubbièzza, s. f. dubiez; dubiedade.
Dúbbio, (pl. dúbbi) adj. dúbio, duvidoso, incerto, ambíguo; hesitante: indefinível, vago.
Dúbbio, s. m. dúvida; incerteza; temor, suspeita; ceticismo; equívoco / senza ———: certamente.
Dubbiosamênte, adv. duvidosamente.
Dubbiosità, s. f. dubiedade, incerteza, vacilação.
Dubbiôso, adj. duvidoso, incerto, inseguro, problemático; indeciso, irresoluto, perplexo / suspeitoso.
Dubitàle, adj. dubitável.
Dubitànte, p. pr. e adj. hesitante, receoso, temeroso / vacilante.
Dubitàre, (pr. dúbito) v. intr. duvidar, ter dúvida, não saber; temer, recear, suspeitar, desconfiar / hesitar.
Dubitativamênte, adv. dubitativamente.
Dubitatívo, adj. dubitativo.
Dubitatôre, adj. e s. m. (f. -trice) duvidador.
Dubitazióne, s. f. dúvida / (filos.) dubitação.

Dúbito (ant.), s. m. dúvida.
Dubitôso, adj. (p. us.) duvidoso.
Dublé, (fr.) s. m. metal chapeado em ouro.
Dúca, (pl. dúchi, f. duchêssa) s. m. duque; (ant.) condutor, guia: **mi volsi al ——— mio** (Dante) / (dim.) duchíno; (f.) duchessína.
Ducàle, adj. ducal.
Ducàto, s. m. ducado / ducado, moeda de ouro de diferentes valores (cunhados pela primeira vez em Veneza).
Ducatône, s. m. ducatão, antiga moeda, de valor maior que o ducado.
Dúce, s. m. (lit.) condutor, guia / capitão, chefe, caudilho.
Ducentènne, adj. de duzentos anos.
Ducentèsimo, adj. num. ducentésimo.
Ducentísta (pl. -ísti), escritor do século XIII.
Ducènto, adj. duzentos.
Duchèa, s. f. ducado.
Duchêsco, adj. (pej.) ducal.
Duchíno, s. m. filho do duque: duquinho.
Dúda, s. f. instrumento de sopro, us. na Rússia e na Polônia / dança siberiana.
Dúe, adj. num. dois / quantidade pequena; **andiamo a far due passi:** vamos dar uma volta; **ho mangiato ——— bocconi:** comi um pouco / (s. m.) dois, a cifra 2; **mangiare per ———:** comer por dois / **star fra ———:** estar em dúvida.
Duecènto, adj. num. duzentos / (s. m.) il ———: o século XIII.
Duellànte, p. pr. e s. duelista.
Duellàre, (pr. -èllo) v. intr. duelar bater-se em duelo.
Duellatôre, s. m. (p. us.) duelista.
Duellísta, (pl. -ísti) s. m. duelista; espadachim.
Duèllo, s. m. duelo / desafio, recto, combate / certame, contenda, disputa; ——— oratório: duelo oratório.
Duemíla, adj. num. dois mil.
Duennàle, adj. (p. us.) bienal.
Duèrno, s. m. (p. us.) (tip.) duerno, duas folhas de papel de impressão, contidas uma na outra.
Duètto, s. m. (mús.) dueto, duo.
Dugènto, v. duecento.
Dúglia, s. f. (náut.) voltas dos cabos enrolados: aduchas.
Duíno, s. m. parelha no jogo de dados / (tosc.) moeda de dois cêntimos.
Dulcamàra, s. f. (bot.) dulcamara (planta) / charlatão, curandeiro.
Dulciàna, s. f. dulciana; antigo nome do fagote / registro de órgão de palheta.
Dulcína, s. f. (quím.) composto químico, espécie de sacarina.
Dulcinèa, s. f. Dulcinéia, amada imaginária de Don Quixote / (fam.) namorada.
Dulcis in Fundo, loc. lat. o doce está no fundo; notícia agradável que se dá por último.
Dulía, s. f. dulia, culto que se presta aos anjos e santos.
Dum, s. f. (bot.) duma, palmeira do Egito e da Arábia.

Dum-Dum, adj. de projétil deformante; **palle** ———: balas dum-dum ou explosivas.
Dúma, s. f. duma, parlamento da Rússia na última época do regime de czar / (hist.) conselho dos czares, na antiga Rússia.
Dumêto, s. m. (lit.) espinhal.
Dúmo, s. m. (lit.) tojo, erica, urze, espinho.
Dumóso, adj. de terreno coberto de tojos de urzes, de espinhos.
Dúna, s. f. duna, monte de areia que os ventos acumulam no interior dos desertos e por vezes deslocam à beira do mar.
Dúnque, conj. pois; logo; portanto; pois bem; então; **sarà** ——— **vero?**: será então verdade?
Duo, s. m. (mús.) dueto, duo / (ant.) dois.
Duodècima, s. m. (mús.) duodécima, intervalo de décima segunda; dozena.
Duodècimo, adj. num. duodécimo, décimo segundo.
Duodenàle, adj. duodenal.
Duodenàrio, adj. duodenário; (p. us.) composto de doze.
Duodenìte, s. f. duodenite, inflamação do duodeno.
Duodèno, s. m. duodeno (anat.) / (ecl.) **il coro** ———: os doze apóstolos.
Duòlo, s. m. (poét.) dor / dó, tristeza, lamento, queixa; pranto / luto; **abito di** ———: vestido de luto.
Duòmo, s. m. catedral, igreja episcopal / (mec.) cúpula da máquina a vapor.
Dúplex, (neol.) s. m. sistema de ligação de dois aparelhos telefônicos postos em lugares diversos, de forma que cada assinante pode usar o telefone independentemente do outro.
Duplicàre, (pr. **dúplico, dúplichi**) v. tr. duplicar, dobrar.
Duplicatamènte, adv. duplicadamente.
Duplicàto, p. p. e s. m. duplicação / reprodução, cópia, traslado / (sin.) cópia, doppione.
Duplicatôre, adj. e s. m. (f. -trice) duplicador, que ou aquele que duplica / máquina que produz as duas espécies de eletricidade / aparelho para fazer duplicados.
Duplicatúra, s. f. ato de duplicar: duplicação / (anat.) dobragem de uma membrana sobre si mesma.
Duplicaziòne, s. f. (p. us.) duplicação.
Dúplice, adj. dúplice, duplo, duplicado.
Duplicità, s. f. duplicidade / falsidade, má fé, velhacaria.
Dúplo, adj. duplo; dobrado / (s. m.) o dobro.
Dúra, s. f. (bot.) durra, poácea asiática, vulg. conhecida por milho-das-vassouras ou sorgo-do-açúcar.
Duràbile, adj. duradouro, estável.
Durabilità, s. f. durabilidade.
Durabilmènte, adv. duradouramente, estavelmente.
Duràcine e **duràcino**, adj. duràzio, designativo de alguns frutos que têm a casca dura.
Duralumínio, s. m. duralumínio.
Duramàdre, s. f. (anat.) dura-máter.
Duràmen, duràme, s. m. (bot.) durame ou durámen; cerne.

Duramènte, adv. duramente; asperamente, acerbamente; amargamente.
Duràntе, p. pr. e adj. que dura / **vita natural** ———: toda a vida, enquanto tiver vida / (prep.) durante; no tempo de, no decurso de; ——— **la guerra**: durante a guerra.
Duràre, (pr. **-dúro**) v. intr. durar, permanecer; continuar a existir, prolongar-se / persistir, perseverar / existir, viver / resistir, conservar-se / **basta che la duri**: contanto que dure / **durar fatiche**: suportar fadigas.
Duràstro, adj. (p. us.) um tanto duro.
Duràta, s. f. duração / o tempo que uma coisa dura: **la** ——— **della guerra** / **cosa di breve** ———: que dura muito pouco.
Duratúro, adj. duradouro; estável.
Durèllo, s. m. (bot.) variedade de pera.
Durètto, adj. (dim.) um tanto duro / difícil, desajeitado.
Durèvole, adj. durável, duradouro; estável, persistente; firme, vital, constante.
Durevolèzza, s. f. durabilidade.
Durevolmènte, adv. duravelmente; estavelmente.
Durèzza, s. f. dureza; solidez; rijeza; resistência / dureza, aspereza, rigor, crueldade; ——— **di cuore**: insensibilidade.
Duriccio, (pl. -ícci) adj. um tanto duro: durinho.
Dúrium, s. m. substância plástica com que se fazem discos fonográficos.
Durlindàna, s. f. durlindana, nome da espada de Rolando / espada, espadagão, etc.
Dúro, adj. duro, sólido, rijo, difícil de penetrar / consistente, coagulado / árduo / áspero, desagradável ao ouvido: **parole dure** / rigoroso, cruel, insensível; inflexível / obstinado, firme, enérgico / trabalhoso, pesado, duro: **lavoro** ———. **fatica dura** / **tempi duri**: tempos difíceis / **a muso** ———: descaradamente / (s. m.) dureza; **qui stà il** ———: aqui está o difícil / **tener** ———: não ceder.
Duròne, s. m. (aum.) nó muito duro num bloco de mármore / calosidade no pé ou na mão / (adj.) estulto, tolo, estúpido.
Duttíbile, (ant.) adj. dúctil.
Dúttile, adj. dúctil, maleável / (fig.) dócil, condescendente, tratável, flexível.
Duttilímetro, s. m. ductilímetro, instr. para medir a ductibilidade dos metais.
Duttilità, s. f. ductibilidade.
Dútto, s. m. (anat.) ducto, canal, meato, conduto: ——— **linfatico**.
Duttòre, adj. e s. m. (f. -trice) (p. us.) que ou aquele que conduz: condutor, guia.
Duumvirale, adj. duunviral.
Duumvirato, s. m. duunvirato, duunvirado, governo de dois homens; cargo de duúnviro.
Duúmviro, s. m. (hist.) duúnviro.
Dy (abr.) (quím.) símbolo químico do disprósio, corpo simples, número atômico 66.

E

(E) s. e, quinta letra do alfabeto italiano; tem às vezes som aberto (è), outras fechado (é).

E, conj. e; antes de vogal pode tomar um "d" eufônico: ed egli, ed ora / usa-se por invece, al contrario (mas, porém, todavia) / (pleon.) tutti e due: ambos / junta-se a certos advérbios, bene, pure, perciò. come, formando as conj. compostas ebbene, eppure, epperciò, eccome.

E', apoc, de ei, egli, ele.

È, voz do verbo essere (ser), é; egli è; ele é.

Ebanista, (pl. -ísti) s. m. ebanista, marceneiro que trabalha em ébano ou em móveis finos / (sin.) stipettáio.

Ebanistería, s. f. arte e oficina de ebanista.

Ebaníte, s. f. ebonite, material plástico isolante que tem diversas aplicações.

Èbano, s. m. ébano (madeira).

Ebbène, conj. pois bem. ainda bem, pois então / (interr.) ebbene?: então?

Èbbio, s. m. (bot.) engos, sabugueirinho, ébulo, planta herbácea, da fam. das Loniceráceas.

Ebbrèzza, s. f. (lit.) ebridade, ebriez; embriaguez / (fig.) êxtase; arrebatamento.

Ebbrietà, v. ebbrezza.

Èbbro, adj. ébrio, embriagado, bêbado; (fig.) arrebatado, extasiado, alucinado: —— di passione, di piacere, etc.

Ebdòmada, s. f. (pouc. us.) hebdômada; semana.

Ebdomadàrio, (pl. -àri) adj. hebdomadário, semanal.

Ebefrenía, s. f. (med.) hebefrenia.

Ebefrènico (pl. -ènici) adj. (med.) hebefrênico; psicopata.

Èbere, v. desfalecer, enfraquecer / (fig.) estar inativo.

Ebetàggine, s. f. (pouc. us.) imbecilidade; parvoíce.

Èbete, adj. imbecil, néscio, tolo, mentecapto, cretino, idiota, estúpido.

Ebetismo, s. m. hebetismo, imbecilidade, idiotice.

Ebetúdine, s. f. hebetude, estupidez, estupor.

Ebollíre, (pr. ebôllo, pouc. us.) v. intr. ferver; (tr.) derramar fora por ebulição.

Eboràrio, s. m. eborário, escultor em marfim.

Ebraicaménte, adv. hebraicamente.

Ebraicísta, (pl. -ísti), s. m. e f. hebraísta.

Ebràico (pl. -àici), adj. hebraico; (s. m.) a língua hebraica.

Ebraísmo, s. m. hebraísmo.

Ebraizzàre, v. hebraizar / judaizar.

Ebrèo, adj. e s. m. hebreu: indivíduo da raça hebraica; israelita; a língua hebraica.

Ebrietà, s. f. ebriedade, ebriez.

Èbrio, v. ebbro.

Ebulioscopía, s. f. ebuliometria.

Ebullioscòpio, s. m. ebuliômetro.

Èbure, (ant.) s. m. marfim.

Eburíte, s. f. eburina, produto industrial que substitui o marfim e similares.

Eburneazióne, s. f. (med.) eburnação.

Ebúrneo, adj. (lit.) ebúrneo, de marfim ou a ele semelhante.

Ebúrno, adj. ebúrneo.

Ecatòmbe, s. f. hecatombe / sacrifício de muitas vítimas; carnificina.

Ecatombeône, s. m. (arqueol.) hecatombeu, primeiro mês do ano ático (15 de julho — 15 de agosto) celebrado com hecatombes.

Ecatòntoro, s. m. (naut.) nau de cem remos.

Ecatòstilo, adj. hecatóstilo, pórtico ou edifício de cem colunas.

Ecbòlico, adj. (med.) ecbólico, que provoca a expulsão do feto / evacuante.

Eccedènte, p. pr. e adj. excedente, que sobra, que ultrapassa / excessivo, supérfluo.

Eccedènza, s. f. excesso, sobra, sobejo.

Eccèdere, (pr. -èdo) v. tr. exceder, sobrar; superar, ultrapassar / levar vantagem a / ultrapassar os limites; exceder-se, exaltar-se.

Eccehòmo, s. m. ecce homo, imagem de Cristo coroado de espinhos / (fig.) homem desastrado, infeliz.

Eccellènte, p. pr. e adj. excelente; muito bom / bondoso, afável, caridoso / perfeito, bem acabado / distinto, notável / agradável, primoroso.
Eccellentemênte, adv. excelentemente.
Eccellentíssimo, adj. sup. excelentíssimo / título de grande distinção.
Eccellènza, s. f. excelência, qualidade do que é excelente; superioridade de qualidade: sumo grau de bondade ou perfeição / título que se dá a Bispos, a grandes personagens do Governo, do Exército e da Magistratura / **per** ——: por antonomásia, por excelência.
Eccéllere, (pr. -èllo) v. intr. exceder, excelir; superar, sobressair / sobrepujar.
Eccelsamênte, adv. excelsamente.
Eccèlso, p. p. e adj. excelso; alto, elevado; sublime, egrégio; grandioso em extremo / maravilhoso, portentoso.
Eccentricamênte, adv. excentricamente.
Eccentricità, s. f. (geom.) excentricidade (de uso incorreto, por extravagância, bizarria, rareza, ou por distância do centro).
Eccèntrico, (pl. -èntrici) adj. (geom. e mec.) excêntrico.
Eccepibile, adj. irregular; repreensível / (jur.) que se pode excetuar, objetar, opor.
Eccepíre, (pr. -ísco, -ísci) v. tr. (jur.) objetar, dar exceção em juízo / opor, aduzir contra.
Eccessivamênte, adv. excessivamente; desmedidamente; demasiadamente.
Eccessività, s. f. excessividade; exorbitância.
Eccessívo, adj. excessivo, extraordinário; exagerado.
Eccèsso, s. m. excesso / o que excede, o que passa além do limite / sobra, sobejo / demasia / falta de moderação / desregramento, descomedimento.
Eccètera, s. m. abrev. de etcetera.
Eccètto, prep. exceto, fora, salvo, menos, com exclusão de, à exceção de / **c'èrano tutti** —— **lui**: estavam todos, menos ele.
Eccettuàbile, adj. executável.
Eccettuàre, (pr. -èttuo, -èttui) v. tr. excetuar, fazer exceção de; excluir, isentar, eximir / prescindir, limitar, dispensar.
Eccettuatívo, adj. que excetua.
Eccettuàto, p. p. e adj. excetuado, excluído.
Eccettuazióne, s. f. exceção, exclusão.
Eccezionàle, adj. excepcional / extraordinário / insólito.
Eccezionalmênte, adv. excepcionalmente.
Eccezióne, s. f. exceção; exclusão / (jur.) circunstância que encerra exceção / observação, censura; **terrò conto delle sue eccezióni**: levarei em conta as suas observações / **essere superiore a ogni** ——: ser irrepreensível.
Ecchiclèma, s. m. (teatr.) máquina empregada no teatro grego.
Ecchimosi, s. f. equimose / (sin.) lividura.

Eccídio, (pl. -ídi) s. m. excídio; matança, extermínio, hecatombe; estrago, destruição / (sin.) **strage**.
Eccipiènte, adj. e s. m. (farm.) excipiente.
Eccitàbile, adj. excitável / (sin) **irritabile**.
Eccitabilità, s. f. excitabilidade; irritabilidade.
Eccitamênto, s. m. excitação, excitamento; incitamento, estímulo / irritação / (sin.) **stímolo, eccitazione**.
Eccitànte, p. p. adj. e s. m. excitante; excitador; excitativo; estimulante.
Eccitàre, (pr. èccito) v. excitar, estimular: **eccita la fantasia** / incitar, animar / despertar, incitar, provocar; —— **la nàusea**: provocar a náusea / instigar, irritar, fomentar.
Eccitativo, adj. excitante, excitativo.
Eccitatôre, adj. e s. m. (f. -tríce) excitador; excitante / agitador, provocador, instigador / (eletr.) excitador.
Eccitazióne, s. f. excitação / irritação, cólera; instigação, provocação; estímulo.
Ecclèsia, s. f. assembléia popular em Atenas.
Ecclesiàste, s. m. Eclesiaste, um dos livros do Antigo Testamento.
Ecclesiasticamênte, adv. eclesiasticamente.
Ecclesiasticità, s. f. condição, qualidade de eclesiástico.
Ecclesiàstico, (pl. -àstici) adj. eclesiástico / (s. m.) eclesiástico, religioso, sacerdote, cura, etc.
Ecclèttico, v. eclético.
Ecclissàre, v. eclissare.
Ècco, adv. eis / **èccomi**: eis-me, aqui estou / **eccoci**: aqui estamos; **eccolo**: ei-lo, aqui ou ali / **ecco tutto**: eis tudo / —— **fatto**: está feito, está pronto, já acabei / **quand'ècco**: eis que, para anunciar a chegada improvisa de alguém.
Eccôme, e come, adv. como, de que maneira; serve para afirmar e confirmar com mais vigor; **mangia? eccome?**: come? e como.
Ecdèmico, (pl. -ci) (med.) ecdêmico, não-endêmico.
Ècfora, s. f. (arquit.) écfora, saliência de cimalha ou de outro membro arquitetônico.
Echeggiànte, p. pr. e adj. ecoante; ressoante, retumbante.
Echeggiàre, (pr. -êggio, -èggi) v. intr. ecoar, fazer eco; repercutir, repetir / retumbar, ressoar por eco ou como eco; **la sala echeggiò di applausi**: a sala ressoou de aplausos.
Echêggio, s. m. (p. us.) eco, repetição de som; ressonância.
Echèo, s. m. equéia, vaso de bronze que os gregos e romanos colocavam nos teatros, para torná-los mais sonoros.
Echídna, s. f. equidna, gênero de mamíferos monotremos da Austrália.
Echíno, s. m. equino, ouriço marinho ou de terra / (arquit.) equino, moldura em quarto de círculo.
Echinocòcco, (pl. -òcchi) s. m. (zool.) equinococo.

Echinodèrmi, s. m. (pl.) equinodermes, animais que têm a pele coberta de tubérculos ou espinhos.
Echinòidi, s. m. (pl.) equinóides, classe de equinodermes, de corpo hemisférico ou achatado, a que pertence o ouriço-do-mar.
Eclampsía, s. f. eclampsia (med.).
Eclèttico, (pl. -èttici) adj. e s. m. eclético.
Eclettísmo, ecletticísmo, s. m. ecletismo; ecleticismo.
Eclímetro, s. m. (astr. e top.) eclímetro (instrumento).
Eclissamênto, s. m. eclipse; ausência, desaparecimento / obscurecimento.
Eclissàre, v. tr. eclipsar / obscurecer / encobrir, esconder; desaparecer / (refl.) ocultar-se, eclipsar-se.
Eclísse, v. eclissi.
Eclíssi, s. m. e f. eclipse / (fam.) desaparecimento, ausência.
Eclíttica, s. f. (astr.) eclíptica.
Écloga, ègloga, s. f. (lit.) égloga, écloga.
Eco, (pl. èchi) s. m. e lit. f. (no pl. é sempre m.) eco / som repetido / **fare** ——: repetir o que outrem diz / (jorn.) **echi di cronaca**: comentários de crônica jornalística / (mit.) Eco, ninfa condenada por Juno a repetir somente a última palavra das perguntas que recebia.
Ecochinesía, ecocinèsia, s. f. (med.) ecocinesia; imitação dos gestos.
Ecolalía, s. f. (med.) ecolalia; repetição de palavras ouvidas.
Ecología, s. f. (biol.) ecologia.
Ecològico, (pl. -ci) adj. ecológico.
Ecometría, s. f. ecometria, arte de calcular a reflexão dos sons.
Ecòmetro, s. m. ecômetro, instrumento para medir os intervalos e as relações dos sons.
Economàto, s. m. economato.
Economía, s. f. economia / parcimônia.
Economicamênte, adv. economicamente.
Econòmico, (pl. -òmici) adj. econômico.
Economísta, (pl. -ísti) s. m. economista.
Economizzàre, (pl. -ízzo), v. intr. economizar administrar economicamente / poupar.
Ecònomo, s. m. (f. -ònoma) ecônomo; administrador / eclesiástico que administra as rendas de uma abadia, de um benefício, etc.
Ecoprassía, s. f. (med.) reprodução de movimentos feitos por outrem.
Ectasía, s. f. (med.) ectasia, doença caracterizada por inchação ou inflação.
Ectomía, s. f. (circ.) ectomia, amputação.
Ectopía, s. f. (med.) ectopia; luxação, deslocação anômala de um órgão.
Ectoplàsma, s. m. (zool.) ectoplasma, a parte periférica do protoplasma de uma célula.
Ectròma, s. m. (pl. -mi) ectrômelo, monstro privado de membros.
Ectromelía, s. f. (med.) ectromelia.
Ecúleo, s. m. ecúleo, potro, instrumento de tortura.
Ecumenicamênte, adv. ecumenicamente.
Ecumenicità, s. f. ecumenicidade; universalidade.
Ecumènico, (pl. -ènici) adj. ecumênico / universal / geral.
Eczèma, (pl. -èmi) (med.) eczema.

Ed, conj. e; us. somente (e muito raramente) diante de vogal.
Edàce, adj. (lit.) edaz, ávido.
Eddomadàrio, ebdomadàrio, adj. hebdomadário.
"Edelweis", (do al.) s. m. edelweis, flor alpina.
Èdema, s. m. (pl. èdemi) (med.) edema.
Edemàtico, (pl. -àtici) adj. edemático, edematoso.
Èden, s. m. èden; o paraíso terreal de que fala a Bíblia; (fig.) lugar de delícias e felicidades / (sin.) **paradiso**.
Èdera, s. f. (bot.) hera, hedra; hédera / (sin.) **ellera**.
Ederàceo, adj. (bot.) hederáceo, semelhante à hera ou hédera.
Ederèlla, s. f. (bot.) verônica, planta trepadeira.
Ederífero, adj. hederígero, revestido de hera.
Edícola, s. f. quiosque / tabernáculo / nicho / edícula / —— **di giornali**: quiosque onde se vendem jornais.
Edicolísta, s. m. dono de um quiosque para a venda de jornais.
Edificamênto, s. m. (p. us.) edificação, edificamento.
Edificànte, p. pr. e ad. edificante, que edifica / edificante, que serve de exemplo.
Edificàre, (pr. -ífico, ífichi) v. edificar, construir / —— **alcuno**: dar exemplo a alguém.
Edificativo, adj. edificativo / edificante.
Edificatôre, adj. e s. m. (f. -trice) relativo à edificação.
Edificaziône, s. f. edificação, construção; (fig.) edificação, exemplo, educação espiritual / (sin) **ammaestramento, esemplarità**.
Edifício, (pl. -ici) s. m. (lit.) edifício / ——, **sociale**: ordem social.
Edifízio, (pl. -ízi) s. m. edifício, construção / (fig.) construção lógica, coisas feitas e combinadas com arte; conjunto de argumentos, razões, etc.
Edile, s. m. edil, magistrado romano; conselheiro / operário que trabalha na arte de edificar / (adj.) da arte de edificar, de construir; **capo mastro** ——: mestre de obras.
Edilità, s. f. corporação municipal que cuida dos edifícios, das estradas, obras públicas, etc. / conjunto de pessoas que participam dessa corporação.
Edilízia, s. f. arte de edificar, de construir edifícios, pontes, estradas, etc.
Edilízio, (pl. -ízi) adj. de edil, edifício / de edifício, que concerne à arte de construir.
Èdito, adj. e s. m. editado, impresso, publicado / (contr.) **inédito**.
Editôre, adj. e s. m. (f. -trice) editor.
Editoría, s. f. atividade editorial.
Editoriàle, adj. editorial, de editor / (s. m.) artigo de fundo de um jornal.
Editríce, adj. f. editora: **società, casa** ——.
Editto, s. m. édito, ordem judicial, edital; ordem, decreto, mandato.
Ediziône, s. f. edição; publicação de livros e outros impressos.
Edonísmo, s. m. (fil.) hedonismo.

Edonístico, (pl. -ístici) adj. hedonístico.
Edòtto, adj. (p. us.) informado, inteirado, ciente / intruído, advertido, avisado / (sin.) **ammaestrato, informato, avvertito.**
Edredône, s. m. éider, ave do norte, espécie de pato, de cujas penas se fazem os edredões / edredão, penugem do éider.
Educamênto, s. m. (raro) educação.
Educànda, s. f. educanda; aluna de colégio, conservatório ou convento.
Educandàto, s. m. educandário; instituto de educação para meninas / colégio.
Educàre, (pr. èduco, èduchi) v. educar / instruir / adestrar / acostumar, habituar / cultivar, criar / (sin.) **allevare, ammaestrare, raffinare, accostumare, coltivare, nutrire.**
Educatamênte, adv. educadamente.
Educatívo, adj. educativo.
Educàto, p. p. e adj. educado / educado, cortês, urbano, amável, comedido.
Educatôre, adj. e s. m. (f. -tríce) educador / mestre, professor, preceptor, mentor, pedagogo.
Educatòrio, (pl. -òri) educandário; instituto de educação, espec. para meninas.
Educaziône, s. f. educação / urbanidade, cortesia, gentileza, polidez, civilidade.
Edulcoràre, (p. us.) v. edulcorar, tornar doce / (sin.) **addolcire.**
Edúle, adj. édule, comestível / (sin.) **eculento, mangiabile, cibario.**
Efèbo, s. m. (lit.) efebo, homem moço, adolescente.
Èfedra, s. f. (bot.) éfedra, árvore conífera, de fruto azedo.
Efèlide, s. f. efélide, mancha na pele, sarda.
Effàbile, (ant.) adj. dizível, que se pode dizer.
Èffe, s. m. (mais us. f.) (efe) sexta letra do alfabeto italiano.
Effemèride, e efemèride, s. f. (lit.), efemérides (pl.) / publicação periódica, esp. científica / (sin.) **diario, crônica.**
Effemerotèca, s. f. hemeroteca, seção das bibliotecas em que se colecionam jornais e revistas.
Effeminàre, effemminàre, v. efeminar / enfraquecer, enervar, amolecer / (pres.) **effêmino.**
Effeminatamênte, adv. efeminadamente.
Effeminatêzza, s. f. efeminação.
Effeminàto, p. p. e adj. efeminado / débil, melindroso; mole, brando, fraco; delicado.
Effèndi, (turco) s. m. efendi, senhor; pospõe-se ao nome pessoal: "Rechild effendi".
Efferatamênte, adv. ferozmente; cruelmente, encarniçadamente.
Efferatêzza, s. f. ferocidade, crueldade.
Efferàto, adj. (lit.) cruel, feroz / (sin.) **crudele, feroce.**
Efferènte, adj. (med.) eferente; que conduz sangue, secreção ou impulso; vaso ———: conduto eferente.
Effervescènte, adj. efervescente.
Effervescènza, s. f. efervescência (quim.) / ebulição, fervura.
Effettivamênte, adv. efetivamente.

Effettività, s. f. (pouc. us.) efetividade / realidade.
Effettívo, adj. efetivo, real, concreto / **moneta effetiva**: moeda metálica / **impiego** ———: emprego efetivo, permanente / (mil.) (s. m.) número real de soldados presentes no exército, regimento, etc.
Effètto, s. m. efeito / resultado / destino, fim / conseqüência / execução, cumprimento, realização / (neol.) **effetti cambiari**, letra de câmbio, ordem de pagamento, cheque, etc. / (dim.) **effettúccio**; (aum.) **effettône**; (pej.) **effettáccio**; / (sin.) **risultato, impressione.**
Effettôre, adj. e s. m. (f. -trice) que ou aquele que efetua / (fisiol.) **organo** ———: órgão efetor, que efetua reação ao ser excitado.
Effettuàbile, adj. efetuável; realizável.
Effettuabilità, s. f. (pouc. us.) efetuabilidade, que pode ser efetuado.
Effettuàle, adj. (pouc. us.) efetivo; real.
Effettualità, s. f. (pouc. us.) efetividade.
Effettuàre, (pr. -èttuo, -èttui) v. efetuar, fazer, realizar, executar / (sin.) **eseguire, realizzare, compire, compiere, attuare, concretare.**
Effettuaziône, s. f. efetuação; execução, realização / (sin.) **esecuzione, compimento.**
Efficàce, adj. eficaz; ativo, poderoso, eficiente / enérgico; **rimédio** ——— / (sin.) **efficiente, energico, attivo, vigoroso.**
Efficacemênte, adv. eficazmente.
Efficàcia, s. f. eficácia; virtude, valor, eficiência, energia; **l'efficacia della preghiera**: a eficácia da oração.
Efficiènte, adj. eficiente, eficaz.
Efficiènza, s. f. (pouc. us.) eficiência, eficácia.
Effigiàre, (pr. -ígio, -ígi) v. tr. efigiar, representar, pintar em efígie, fazer o retrato / (rar.) esculpir, modelar.
Effígie ou effíge, (pl. -íge) s. f. efígie, imagem, figura, retrato / aspecto, semblante: **che brutta** ———! / (sin.) **immagine, ritratto, aspetto, fattezza.**
Effímera, s. f. (ent.) efêmeras, insetos neurópteros, que nascem e morrem no mesmo dia / (med.) acesso febril de breve duração.
Effímero, adj. efêmero, que tem curta duração; passageiro, fugaz, transitório.
Efflorescènte, adj. (lit.) eflorescente.
Efflorescènza, s. f. (med.) eflorescência, erupção cutânea / (quím.) eflorescência salina; (bot.) eflorescência, aparecimento da flor.
Effluènte, (pou. us.) adj. efluente, que irradia ou emana.
Efflússo, s. m. efluxo, corrimento de um líquido para fora de uma cavidade / (med.) fluxo de sangue.
Efflùvio, (pl. -úvi) s. m. eflúvio; emanação; exalação / evaporação / (sin.) **esalazione, emanazione.**
Effóndere, (pr. -ôndo) v. tr. efundir, expandir, transmitir, difundir, propagar / (refl.) derramar-se um líquido / expandir-se, extremar-se; ——— **in complimenti**: desfazer-se em cumprimentos.

Effossòrio, adj. (raro) que serve para escavar, para dragar um porto; (sin.) draga.
Effrattôre, s. m. (raro) (mil.) máquina que rompe, derruba muros.
Effraziône, s. f. derruba muros.
Effraziône, s. f. efração, efratura / (jur.) arrombamento, ruptura.
Effrenàto, adj. (lit.) desenfreado / (sin.) sfrenato.
Effumazine, s. f. (p. us.) exalação, evaporação natural de fumos ou vapores, de uma superfície.
Effusiône, s. f. efusão, expansão / efusão, derrame: ——— di sangue; / (fig.) demonstração de afeto: mi salutò con ——— / (dim.) effusioncèlla.
Effusivo, adj. (geol.) efusivo / rocce effusive: rochas que nas erupções vulcânicas são atiradas para fora.
Effúso, p. p. (irr.) efuso / (adj.) solto, espalhado; difuso, derramado, dilatado.
Efímero, v. effimero.
Efipparchía, s. f. (arqueol., mil.) corpo de 1.024 ginetes / (s. m.) **efipparco**, comandante desse corpo.
Efíppio (pl. -pi), s. m. efipia, sela primitiva feita com um pano dobrado.
Èfod, s. m. (v. hebr.) efod, vestimenta de linho fino, curta e sem manga, que usavam os sacerdotes israelitas.
Eforàto, s. m. (hist.) eforato, eforado, dignidade de éforo.
Èforo, s. m. éforo. cada um dos cinco magistrados de Esparta.
Egèmone, adj. (raro) que exerce hegemonia, condutor, guia, **Stato** ———: Estado que tem, que exerce a hegemonia.
Egemonía, s. f. hegemonia; supremacia: preponderância.
Egemonicamênte, adv. (p. us.) hegemonicamente.
Egemònico, (pl. -ònici) adj. hegemônico.
Egemònio, adj. (mit.) de Mercúrio, que conduzia as almas dos defuntos.
Egènte, (ant.) necessitado, pobre, indigente.
Egèria, s. f. (hist. rom.) Ninfa Egéria, conselheira de Numa Pompílio; (fig.) inspirador, conselheiro secreto e ouvido: **quello è la Ninfa Egeria del Direttore**.
Egestà, (ant.) s. f. pobreza, indigência.
Egestiône, (ant.) s. f. (med.) defecação.
Egida, s. f. (lit.) égide, proteção, defesa, escudo, auxílio, amparo / (mit.) escudo de Júpiter e de Palas / (sin.) usbergo, protezione, riparo, difesa.
Egidarmàto, adj. (raro) armado de égide.
Egílope, s. f. (med.) egílope (úlcera no olho).
Egíoco, adj. armado de égida / atributo que os antigos davam a Júpiter.
Egípane, s. m. (mit.) egipa, divindade das florestas, sátiro.
Ègira, s. f. hégira, era maometana, que tem por ponto de partida a fuga de Maomé em 622 da nossa era.
Egíttico, (ant.) adj. egípcio.
Egittòlogo, (pl. -òlogi) adj. e s. m. egiptólogo.

Egiziàco, adj. egipcíaco, egípcio.
Egiziàno, adj. egípcio, egipcíaco / (s. m.) lingua egípcia.
Egízio, adj. egípcio antigo: dinastia, lingua, architettura egízia.
Ègli, pron. de pessoa, us. somente como sujeito: ele / (fem.) **ella**: ela / referindo-se a animais ou coisas devem usar-se as formas esso, essa, que na linguagem familiar usam-se também para pessoa; no pl. dever-se-ia dizer eglino, elleno, mas sendo formas antiquadas, já não se usam, dizendo-se essi, esse / como complemento tem as formas lui, lei, loro / usa-se às vezes como pleonasmo; è egli possibile che voi partiate?
Ègloga (pl. ègloghe) s. f. égloga.
Ègo, pr. lat. na frase **alter ego** (outro eu), substituto, vice.
Egoàrca, s. m. (lit.) ególatra. egoísta, super-homem.
Egocentrísmo, s. m. egocentrismo.
Egocèntrico, (pl. -èntrici) adj. egocêntrico. concentrado, que tudo refere a si mesmo.
Egofonía, s. f. (med.) egofonia, voz da cabra (na auscultação).
Egoísmo, s. m. egoísmo.
Egoísta, (pl. -ísti) s. m. egoísta / (pej.) egoistàccio.
Egoisticamênte, adv. egoisticamente.
Egoístico, (pl. -ístici) adj. egoístico.
Egolàtra, (pl. àtri) s. m. ególatra.
Egolatría, s. f. egolatria, autolatria.
Egotísmo, s. m. egotismo / subjetivismo.
Egotísta, (pl. -ísti) egotista / egocêntrico.
Egregiamênte, adv. egregiamente; nobremente / perfeitamente.
Egrègio, (pl. -ègi) adj. egrégio; distinto, nobre, ilustre, insigne, admirável; exímio.
Egrèsso, s. m. (p. us.) egresso. saída, retirada / (sin.) uscita.
Egrètta, s. f. (gal.) airão, garça branca de poupa / penacho de penas de airão / (sin.) **airone, pennàcchio**.
Ègro, adj. (poét.) enfermo. doente, fraco, débil, triste; (des.) egro / (sin.) malato, afflitto.
Eguàle, v. **uguale**.
Egualíre, v. (técn.) igualar os dentes das rodas.
Egualità, s. f. igualdade.
Egualitàrio, (neol.) adj. igualitário. que se refere à igualdade.
Egualizzàre, v. tr. igualar, tornar igual / (técn.) nivelar, alisar, aplanar.
Egualmênte, adv. igualmente. de modo igual.
Eh! excl. eh! / **eh via!** excl. vamos, homem!
Ehi! int. olá, oh! (us. espec. para chamar alguém com certa aspereza).
Èhm, interj. de reticência, de chamada, de dúvida, de ameaças, etc.; eh!, ola!, hum!
Èi, pron. (poét.) de pessoa, o mesmo que egli: ele; usa-se somente diante de consoante: **ei fu, ei si nomò**.
Eia! interj. de maravilha, eh! / **eia, eia, eia; alalà!**: eia! ânimo!, grito de incitação e entusiasmo.
Eiaculàre, v. ejacular um líquido.
Eiaculatôre, eiaculatòrio, adj. ejaculador.
Eiaculaziône, s. f. ejaculação.

Eiettôre, s. m. (mec.) ejetor, ejector.
Eieziône, s. f. ejeção, ejecção, expulsão.
Eira, (zool.) s. f. eira, felino, espécie de gato bravo.
Eiullàre, (ant.) v. gemer, chorar, lamentar-se.
Eiulaziône, (ant.) s. f. lamentação, queixa dorida.
Elaboràre, (pr. -àboro) v. elaborar.
Elaboratêzza, s. f. (raro) primor, esmero, capricho na elaboração de uma coisa.
Elaboràto, p. p. e adj. elaborado; executado; composto; ideado / (s. m.) escrito; relação; tarefa, dever, prova de um exame escrito.
Elaboraziône, s. f. elaboração / trabalho cuidadoso e esmerado.
Elargíre, (pr. -ísco) v. tr. doar, dar generosamente, prodigar.
Elargitôre, s. m. quem dá donativos generosos.
Elargiziône, s. f. doação valiosa, oferta generosa, dádiva. especialmente aos necessitados / outorga: l'elargizione dello Statuto.
Elasticamênte, adv. elasticamente.
Elasticità, s. f. elasticidade; flexibilidade / (fig.) ——— di mente: elasticidade de inteligência / ductilidade, tolerância.
Elàstico, (pl. -àstici) adj. elástico, flexível / (s. m.) cordão, fita ou tecido elástico.
Elatério, (pl. -èri) (fís., bot. e zool.) elatério.
Elateròmetro, s. m. elaterômetro, aparerelho para medir a elasticidade dos gases.
Elatína, s. f. (farm.) elatina, elaterina (substância).
Elatívo, adj. (gram.) aumentativo / (sin.) accrescitivo, migliorativo.
Elàto, (ant.) altivo, soberbo, elevado.
Elce, s. f. e m. (bot.) azinho, azinheiro; azinheira.
Elcêto, s. m. (raro) azinheiral.
Eldorado, s. m. Eldorado / éden, paraíso, lugar rico e delicioso / (sin.) eden, paese di cuccagna, Bengodi, paradiso.
Eleàtico, adj. e s. eleático, relativo às doutrinas de Zenão de Eléia / filósoro eleático.
Eleatísmo, s. m. (fil.) eleatismo, doutrina dos eleáticos.
Èlectron, s. m. eléctron, liga de magnésio, manganês, alumínio e zinco.
Elefànte, s. m. elefante; (fem.) elefantesca, elefanta / ——— di mare: elefante-marinho.
Elefantêsco, (pl. -êschi) adj. elefântico, elefantino.
Elefantíaco, (pl. -íaci) adj. (med.) elefantíaco, atacado de elefantíase.
Elefantíasi, s. f. (med.) elefantíase (moléstia).
Elefantíno, s. m. (dim.) pequeno elefante / (adj.) elefantino, de elefante / avorio ———: marfim elefântico.
Elegànte, adj. e s. m. elegante; esbelto; aprimorado; distinto; clevado, nobre / (adv.) scrive ———, veste ———: escreve, veste elegantemente / (pl.) le eleganze dello stile, della lingua.
Elèggere, (pr. -èggo) v. tr. eleger; nomear / escolher, preferir / aclamar.

Eleggíbile, adj. elegível.
Eleggibilità, s. f. elegibilidade.
Elegía, s. f. elegia, composição lírica de caráter triste / lamentação / elogio fúnebre.
Elegíaco, (pl. -íaci) elegíaco.
Elegiògrafo, s. m. elogiógrafo, poeta elegíaco.
Elegiopèo, s. m. (raro) elegiógrafo.
Elementàre, adj. elementar / fundamental / rudimentar, simples / scuola ———: escola primária / (sin.) primitivo, semplice, facile, rudimentale, fondamentale.
Elementarmênte, adv. elementarmente.
Elemênto, s. m. elemento / i 4 elementi: ar, fogo, terra, água / (quím. ant.) os corpos antigos / elemento, princípio, componente, coeficiente: gli elementi della felicità / ingrediente, meio ambiente / meteoro / scomporre un corpo nei suoi elementi: decompor um corpo nos seus elementos / (sin.) princípio, coefficiente, componente, rudimento.
Elemòsina, s. f. esmola; caridade, óbulo, benefício / socorro, subvenção / (ecles.) oblação.
Elemosinàre, (pr. -òsino) v. tr. e intr. esmolar, pedir como esmolas; mendigar.
Elemosinière, s. m. esmoleiro, que pede esmolas; frade esmoler / (adj.) esmoler, que dá muitas esmolas; caritativo.
Elencàre, (pr. -ènco, -ènchi) v. tr. fazer um elenco, uma relação, uma lista, um índice; compilar, catalogar.
Elènco, (pl. -ènchi) s. m. elenco, lista, catálogo, índice de coisas diversas registradas com ordem: registro, rubrica.
Elenína, s. f. (quím.) helenina, cânfora extraída do hedênio.
Elènio, s. m. (bot.) helênio, gênero de plantas americanas, da fam. das compostas.
Elenòmetro ou eleniòmetro, s. m. eleômetro, espécie de areômetro com que se avalia a densidade dos óleos.
Eleomèle, s. m. (bot.) bálsamo que se destila de uma árvore da Síria.
Elètta, s. f. (lit.) escolha; grupo escolhido, eleito; a parte melhor / a nata, a flor, escol.
Elettamênte, adv. escolhidamente, selecionadamente.
Elettêzza, s. f. (raro) qualidade de distinção, elegância, apuro, valor.
Elettivamênte, adv. eletivamente, por eleição.
Elettívo, adj. eletivo, nomeado por eleição: monarchia elettiva / affinità elettiva: atração recíproca.
Elètto, p. p. e adj. eleito: designado / eleito, distinto, elegante: vestir semplice, eletto, Foscolo / escolhido, preferido / (pl. s. m.) gli elletti, os eleitos, aqueles que Deus escolheu.
Elettoràle, adj. eleitoral.
Elettoràto, s. m. eleitorado.
Elettôre, s. m. (f. -tríce) eleitor / (hist.) príncipe ou bispo, na Alemanha antiga, que tomava parte na eleição do Imperador.
Elettricamênte, adv. eletricamente.
Elettricísmo, s. m. eletricidade.
Elettricísta, s. m. eletricista.

Elettricità, s. f. eletricidade.
Elèttrico, (pl. -èttrici) adj. elétrico.
Elettrificàre, v. tr. eletrificar, electrificar.
Elettrificazióne, s. f. eletrificação.
Elettrizzàre, (pr. -ízzo) v. electrizar, eletrizar / os puristas reprovam o uso do vocábulo em sentido figurado (inflamar, excitar, etc.).
Elettrizzazióne, s. f. eletrização, ato de eletrizar.
Elèttro, s. m. eletro (ou electro), liga de ouro e prata / (ant.) âmbar amarelo / prefixo de palavras técnicas, extraído de eletricidade.
Elettrobísturi, s. m. (cir.) aparelho cirúrgico por meio do qual se executa a eletrocoagulação.
Elettrocalamíta, s. f. eletroimã.
Elettrocardiògrafo, s. m. electrocardiógrafo.
Elettrocardiogramma, s. m. eletrocardiograma.
Elettrochímica, s. f. eletroquímica.
Elettrochímico, (pl. -ímici) s. m. e adj. eletroquímico.
Elettrocoagulazióne, s. f. (med.) eletrocoagulação.
Elettrocromía, s. f. arte de colorir os metais mediante a eletricidade.
Elettrocuzióne, s. f. eletrocussão, execução capital por meio de eletricidade.
Elettrodinàmica, s. f. eletrodinâmica.
Elèttrodo, s. m. eletródio ou elétrodo, cada um dos extremos de um circuito elétrico.
Elettrodomèstico, (pl. -èstici) adj. e s. m. aparelho de uso doméstico, que funciona por meio de eletricidade.
Elettrodôtto, s. m. conduto elétrico.
Elettrofisiología, s. f. eletrofisiologia.
Elettròforo, s. m. eletróforo, tipo de máquina eletrostática elementar inventada pelo físico Volta.
Elettrògeno, s. m. eletrógeno, aparelho que gera ou produz eletricidade.
Elettrografía, s. f. eletrografia.
Elettrogràfico, (pl. -àfici) eletrográfico.
Elettròlisi, s. f. eletrólise.
Elettrolítico, (pl. -ítici) adj. eletrolítico.
Elettròlitro, s. m. eletrólitro.
Elettrología, s. f. eletrologia.
Elettromagnètico, adj. eletromagnético.
Elettromagnetísmo, s. m. eletromagnetismo.
Elettrometallurgía, s. f. eletrometalurgia.
Elettròmetro, s. m. eletrômetro.
Elettromotôre, s. m. eletromotor.
Elettromotríce, s. f. eletromóvel, carro ferroviário ou transviário, munido de motor elétrico.
Eletrône, s. m. elétron, eletrônico.
Eletronegativo, adj. e s. m. eletronegativo.
Elettrònica, s. f. eletrônica.
Elettrònico, (pl. -ònici) eletrônico.
Elettroplàstica, s. f. eletroplástica.
Elettropositívo, adj. e s. m. eletropositivo.
Elettrosquàsso, s. m. (med.) eletrochoque / (neol.) método terapêutico para a cura de certas doenças mentais.
Elettrostàtica, s. f. eletrostática.
Elettrotècnica, s. f. eletrotécnica.
Elettroterapía, s. f. eletroterapia.

Elettrotipía, s. f. eletrotipia.
Elettrotrèno, s. m. trem elétrico.
Elettuàrio, (pl. -àri) s. m. electuário, medicamento composto de pós e extratos, vegetais misturados com mel ou açúcar.
Eleusíno, adj. (lit.) eleusino, relativo a Elèusis; (s. m.) natural ou habitante de Elèusis.
Elevaménto, s. m. elevação, ato de elevar.
Elevàre (pr. èlevo e elèvo), v. tr. elevar, por mais alto, fazer subir; levantar / aumentar, engrandecer; encarecer / (pr.) elevar-se; subir, crescer; alcançar uma posição elevada.
Elevattêzza, s. f. elevação, nobreza, dignidade, distinção: ――――― di mente, di pensieri, di stile, d'ingegno.
Elevàto, p. p. e adj. elevado, alto, subido / elevado, nobre, sublime, digno.
Elevatôre, adj. e s. m. elevador, que, aquilo ou quem eleva / ascensor / (anat.) músculo que eleva.
Elevazióne, s. f. elevação, ato ou efeito de elevar / (liturg.) a parte da missa em que o sacerdote eleva a Hóstia e o cálice depois da consagração / altura / nobreza, distinção, dignidade / (astr.) altura dum astro no horizonte (mat.) ――――― a potenza: multiplicação de um número por si mesmo.
Elezióne, s. f. eleição, ato de eleger; escolha ou nomeação por votos; preferência.
Èlfo, s. m. elfo, na mitologia escandinava, gênio que simboliza o ar, o fogo, a terra, etc.
Elíaco, (pl. -íaci) adj. (astr.) helíaco.
Eliànto, s. m. helianto, gênero de plantas das compostas, a que pertence o girassol.
Èlica, (pl. -èliche) s. f. hélice.
Èlice, s. f. (anat.) hélix, hélice, rebordo exterior do pavilhão auricular.
Elícere, (ant.) (pr. elíci, elíce) v. extrair, expremer.
Elicogíro, s. m. (aer.) autogiro, espécie de helicóptero.
Elicoidàle, adj. helicoidal, de helicòide.
Elicòide, s. f. (geom.) helicóide.
Elicònio, adj. helicônio, heliconiano; do monte Helicão ou a ele relativo.
Elicòttero, s. m. helicóptero.
Elicríso, s. m. (bot.) helicriso, perpétua amarela.
Elídere, (pr. -ído) v. elidir, fazer elisão de, suprimir, eliminar / (refl.) destruir reciprocamente: due forze uguali e opposte si elidono.
Elìgere, (ant.) v. eleger.
Eligibile, v. eleggibile.
Eliminàre, (gal.) (pr. -ímino) v. eliminar, excluir; tirar, suprimir, expulsar; anular.
Eliminatòrio, (pl. -òri) adj. eliminatório.
Eliminazióne, s. f. eliminação; exclusão.
Èlio, s. m. hélio, corpo simples, elemento gasoso.
Eliocèntrico, (pl. -èntrici) adj. (astr.) heliocêntrico.
Eliocentrísmo, s. m. heliocentrismo, sistema astronômico de Copérnico.
Eliocromía, s. f. heliocromia.

Eliofanògrafo, s. m. aparelho que mede e registra as horas de permanência efetiva do sol.
Eliofobía, s. f. (med.) heliofobia, aversão ao sol.
Eliòfobo, s. m. heliófobo.
Eliografía, s. m. heliografia.
Eliògrafo, s. m. heliógrafo.
Eliogràmma, (pl. -àmmi) s. m. heliografia.
Eliòmetro, s. m. heliômetro.
Elioscòpio, (pl. -òpi) s. m. helioscópio.
Elioteísmo, s. m. (hist.) helioteísmo, culto do sol.
Elioterapía, s. f. (med.) helioterapia.
Eliotipía, s. f. fototipia.
Eliotípico, adj. (raro) fototípico, de fototipia.
Eliotròpio, (pl. -òpi) s. m. (bot.) heliotrópio.
Eliotropísmo, s. m. (bot.) heliotropismo.
Eliozòi, s. m. pl. (zool.) heliozoários, animais protozoários, rizópodes.
Elísio, (pl. ísi) adj. elísio, relativo a elísio.
Elisiòne, s. f. elisão / supressão; eliminação.
Elísir e elisíre, s. m. elixir / (fig.) o que há de melhor, de mais precioso em qualquer coisa; quintessência.
Elíso, p. p. do v. elídere, elidido, suprimido, eliminado.
Elíso, s. m. (raro) elísio, o paraíso dos pagãos / (fig.) lugar de delícias, bem-aventurança.
Elísse, (v. elisse) s. f. (geom.) elipse.
Elitra, s. f. élitro, asa superior, que cobre a inferior nos coleópteros.
Elitròpia, (ant.) s. f. heliotrópio.
Èlla, pron. f. de pess. ela; é forma requintada e literária de tratamento, com o verbo na 3.ª pessoa do sing.; usa-se (assim como lei) também para homens, porém os partícipios e adjetivos vão no gênero masculino: Ella, signor maestro, è stato buono com me / (pleon.) ———— è pur bella quesa canzone: é bem bonita esta canção.
Èlle, s. m. e f. l, décima letra do alfabeto italiano.
Elleborína, s. f. (quím.) heleborina, substância cristalizável contida no heléboro.
Ellèboro, s. m. heléboro, antigo nome de várias plantas que se proponha curassem a loucura.
Ellènico, (pl. -ènici) adj. helênico.
Ellenísmo. s. m. helenismo.
Ellenista, (pl. ísti) s. m. helenista.
Ellenístico, (pl. ístici) adj. helenístico; período que vai da conquista de Alexandre à conquista romana.
Èllera, s. f. (pop. e poét.) (bot.) hera.
Ellísse, s. f. (geom.) elipse.
Ellíssi, s. f. (gram.) elipse, omissão de uma ou mais palavras que se subentendem.
Ellissògrafo, s. m. clipsiógrafo, instrumento para traçar elipses.
Ellissoidàle, adj. elipsoidal.
Ellisòide, s. f. (geom.) elipsóide.
Ellitticcamènte, adv. (gram.) elipticamente.

Ellíttico, (pl. íttici) adj. elíptico, que tem forma de elipse / (gram.) que contém elipse.
Elmêtto, s. m. (dim. de elmo) capacete de aço / (ant.) elmete, armadura para a cabeça, mais leve que o elmo.
Elmínti, s. m. (pl.) helmintos, entozoários.
Elmintíasi, s. f. helmintíase, doença produzida pelos entozoários.
Elmintología, s. f. helmintologia.
Elmintòlogo, (pl. -òlogi) s. m. helmintólogo, helmintologista.
Èlmo, s. m. elmo / (hist.) armadura antiga da cabeça.
Elocubràre, (pr. -úcubro) v. lucubrar / pensar, meditar.
Elocubraziòne, s. f. lucubração, elocubração.
Elocuziòne, s. f. elocução, forma de se exprimir, falando ou escrevendo; parte da retórica, locução.
Elogiàre, (pr. -ògio, -ògi) v. tr. elogiar; louvar, enaltecer, gabar.
Elogiatòre, s. m. (f. -tríce) elogiador.
Elògio, (pl. -ògi) s. m. elogio, louvor, encômio, gabo / discurso em louvor de alguém.
Elogísta, s. m. (raro) elogista (p. us.) aquele que escreve elogios.
Elongaziòne, s. f. (astr.) elongação.
Eloquènte, adj. eloqüente, facundo; (fig.) convincente, expressivo.
Eloquentemènte, adv. eloqüentemente.
Eloquènza, s. f. eloqüência / facúndia.
Elòquio, s. m. elóquio, fala, discurso.
Èlsa, s. f. punho, empunhadura da espada / star con la mano sull'elsa: estar vigilante, em guarda.
Elucidàre, v. elucidar, explicar.
Elúdere, (pr. -údo) v. tr. eludir, evitar com destreza: ———— la legge, la vigilanza etc.
Elusiòne, s. f. ação de eludir, de evitar com destreza.
Elusívo, adj. que tende a eludir / evasivo, ambíguo.
Elúso, p. p. de eludere, eludido.
Elvèlla, s. f. (bot.) gênero de cogumelos em geral comestíveis.
Elvètico, (pl. -étici) adj. helvética, da Helvécia ou Suíça.
Elzeviriàno, adj. ezeviriano.
Elzevíro, adj. elzevir / (s. m.) livro impresso em caracteres elzevirianos.
Emaciamènto, s. m. (p. us.) emaciação, emagrecimento.
Emaciàre, (pr. -àcio) v. emaciar, tornar magro / extenuar, emagrecer.
Emaciàto, p. p. e adj. emaciado, magro, macilento.
Emaziòne, s. f. (p. us.) emaciação.
Emalogía, s. f. hemologia, hemorragia no globo ocular.
Emanàre, (pr. -àno) v. emanar, provir, proceder, sair; originar-se; manar, desprender-se, exalar-se.
Emanatísmo, s. m. (filos.) emanacionismo, doutrina gnóstica que ensina a criação de todos os seres que constituem o Universo, por emanações de Deus.
Emanatísta, (pl. -ísti) s. m. (filos.) partidário do emanacionismo.
Emanatístico, adj. de emanacionismo.

Emanazióne, s. f. ação e efeito de emanar, emanação; proveniência, origem.
Emancipàre, (pr. -àncipo) v. tr. emancipar; tornar independente; libertar / (pr.) libertar-se, livrar-se, emancipar-se.
Emancipàto, p. p. e adj. emancipado.
Emancipatôre, adj. e s. m. (f. -trice) emancipador, quem o que emancipa.
Emancipazióne, s. f. emancipação; alforria; libertação.
Emànto, s. m. (bot.) hemanto, gênero de plantas amarilídeas.
Emarginàre, (neol.) (pr. -àrgino) v. marginar, anotar à margem, assinalar (num documento e sim.) / tirar a margem.
Emartròsi, s. f. (med.) hemartrose, hemorragia infra-articular.
Emateína, s. f. hemateína.
Ematèmesi, s. f. (med.) hematêmese, vômito sanguíneo da membrana mucosa do estômago.
Emàtico, (pl. -àtici) adj. hemático, relativo ao sangue.
Ematína, s. f. hematina, pigmento ferruginoso proveniente do sangue: hematosina.
Ematíte, s. f. hematito, peróxido de ferro.
Ematología, s. f. hematologia, tratado acerca do sangue.
Ematòma, (pl. òmi) s. m. (med.) hematoma, tumor sanguíneo.
Ematopoièsi, s. f. hematômose, formação dos glóbulos vermelhos do sangue.
Ematopoiètico, (pl. -étici) hematopoético, que forma sangue.
Ematòsi, s. f. hematose.
Ematuría, s. f. hematúria, fluxo de sangue pela uretra.
Emazía, s. f. (anat.) hematia, glóbulo vermelho do sangue.
Embatèrio, adj. e s. m. fanfarra ou canto de guerra dos antigos espartanos.
Emblèma (pl. -èmi) s. m. emblema; figura simbólica, símbolo: **nello scudo c'è un'emblema**.
Emblematicamènte, adv. emblematicamente.
Emblemàtico, (pl. -àtici) adj. emblemático.
Embolía, s. f. (med.) embolia.
Embolísmo, s. m. ano solar em que concorrem treze luas.
Èmbolo, s. m. (med.) coágulo sanguíneo que produz a embolia; êmbolo / (hist.) saliência de madeira com ponta de cobre que se usava na proa para atacar os navios inimigos.
Èmbrice, s. m. telha plana, em forma de trapézio, para cobrir os tetos das casas / (fig.) **scopire un** ———: revelar um segredo.
Embriciàta, s. f. conjunto de telhas que cobrem um edifício; telhado / pancada, golpe de telha.
Embriogenía, s. f. (biol.) embriogenia.
Embriografía, s. f. embriografia, descrição do embrião.
Embriòlogo, (pl. -òlogi) embriólogo.
Embrionàle, adj. embrionário.
Embrióne, s. m. embrião (zool.) / (bot.) germe da planta contido na semente / (fig.) germe, princípio, origem, começo.
Embriònico, (pl. -ònici) adj. embrionário.
Embriotomía, s. f. embriotomia, / (cir.) dissecção do feto.
Embriulcía, s. f. embriulcia, extração do feto por meio de instrumentos.
Embriúlco, s. m. embriulco, instr. cirúrgico.
Embrocazióne, s. f. embrocação, medicamento líquido para uso externo.
Emênda, s. f. (raro) emenda, reparação / correção.
Emendabile, adj. emendável.
Emendamênto, s. m. emendamento, emendação / correção, modificação, reforma, reparação, retificação; emenda.
Emendàre, (pr. -èndo) v. tr. emendar, tirar defeitos a; corrigir, melhorar, reformar / reparar / repreender, castigar / (refl.) **emendarsi**: corrigir-se.
Emendatívo, adj. emendador; **giutizia emendativa**.
Emendatôre, adj. e s. m. (f. -trice) (p. us.) emendador, quem ou que emenda.
Emendazióne, s. f. emenda, emendação, emendamento.
Emeralopía, s. f. (med.) hemeralopia, condição anormal em que o paciente só enxerga de dia.
Emergènte, p. pr. e adj. emergente, que emerge / que resulta ou procede; que se deriva / (for.) **danno** ———: dano emergente / **anno** ———: ano em que começa uma era.
Emergènza, s. f. emergência / sucesso fortuito, conjuntura, circunstância.
Emèrgere, (pr. -èrgo, -èrgi) v. intr. emergir, sair de onde estava mergulhado / sair fora, elevar-se: **il sole emerse dall'orizzonte** / sobressair, tornar-se célebre, distinguir-se / aparecer.
Emérito, adj. emérito, que está aposentado gozando as honras e rendimentos do emprego; jubilado: **professore** ———.
Èmero, s. m. (bot.) êmero, planta leguminosa.
Emerocàlle ou **emerocàllide**, s. m. e f. hemerocale, planta liliácea ornamental.
Emerotèca, s. f. hemeroteca, biblioteca de jornais e revistas.
Emersióne, s. f. emersão / (contr.) immersione: imersão.
Emèrso, p. p. e adj. emerso, que emergiu.
Emèsso, p. p. e adj. emitido / emanado.
Emètico, (pl. -ètici) adj. e s. m. emético / emético, vomitório, vomitivo.
Emetina, s. f. emetina, álcali vegetal, extraído da ipecacuanha, planta brasileira.
Emèttere, (pr. ètto) v. tr. emitir; lançar fora de si; por em circulação / emanar, difundir, expedir, lançar / os puristas condenam o voc. no sentido de exprimir, expor uma opinião, um conceito, etc. portanto a frase: **emettere un'opinione**.
Emi, hemi, prefixo designativo de metade: **emisfero** (hemisfério).
Emicíclo, s. m. hemiciclo, espaço semicircular.
Emicilíndro, s. m. (geom.) hemicilíndro.

Emicrània, s. f. hemicrania; hemialgia; enxaqueca.
Emièdrico, (pl. -èdrici) adj. hemiédrico.
Emifonía, s. f. hemifonia, incapacidade de falar de outro modo, senão a meia voz.
Emigrànte, p. pr. adj. e s. emigrante.
Emigràre (pr. **-igro, -ígri**), v. intr. emigrar / expatriar, sair da pátria.
Emigràto, p. p. emigrado / (s. m.) emigrado, que emigrou especialmente por questões políticas.
Emigraziòne, s. f. emigração / (contr.) **immigraziòne** (imigração).
Eminènte, adj. eminente, que sobreleva aos outros; alto; excelente; elevado; nobre.
Eminentemênte, adv. eminentemente; muito; sobremaneira.
Eminentíssimo, adj. (superl.) eminentíssimo; título dado aos cardeais.
Eminènza, s. f. eminência, ponto, lugar elevado; altura, outeiro / superioridade, excelência / título dos cardeais.
Emiòne, (ant.) s. m. hemiono, espécie de burro selvagem.
Emiopía, s. f. (med.) hemiopia, enfermidade que só deixa ver uma parte dos objetos.
Emiplegía, s. f. (med.) hemiplegia, paralisia de um dos lados do corpo.
Emiplègico, (pl. -ègici) (med.) hemiplégico.
Emíro, s. m. emir, título dos descendentes de Mafoma / governador de província ou chefe de tribo entre árabes.
Emisfèrico, (pl. -èrici) adj. hemisférico.
Emisfèro, e **emisfério**, s. m. hemisfério.
Emisferòide, s. m. (geom.) hemisferóide.
Emissàrio, (pl. **-àri**) s. m. emissário; mensageiro; enviado; agente / canal, abertura natural ou artificial para escoar as águas de um rio ou lago / (geogr.) rio que sai de um lago.
Emissiòne, s. f. emissão, ação e efeito de emitir / ato de lançar em circulação (papel moeda, ações, etc.).
Emissívo, adj. emissivo.
Emistíchio, s. m. hemistíquio, metade de um verso.
Emitràgo, s. m. (zool.) espécie de cabra da região do Himalaia.
Emitritèo, s. m. (med.) hemitritéia, espécie de febre intermitente.
Emittènte, p. pr. e adj. emitente, que emite; emissor: **banca** ———: banco que faz a emissão.
Emíttero, s. m. (zool.) hemíptero.
Èmme, s. m. e f., m., eme a letra m.
Emmenagògo, adj. (med.) emenagogo, diz-se do que provoca ou favorece a menstruação.
Èmmental, s. m. (de Emmenthal, região da Suíça) nome de um queijo suíço.
Emmetropía, s. f. (med.) emetropia, vista considerada normal.
Emmetròpico, (pl. **-òpici**), adj. emetrópico, de olho normal, que tem vista normal.
Emoclasía, s. f. hemoclasia, perturbação no equilíbrio dos glóbulos sanguíneos.
Emodía, s. f. hemódia, embotamento dos dentes.

Emodinàmica, s. f. (med.) hemodinâmica.
Emodinamòmetro, s. m. hemodinamômetro, instr. para medir a pressão do sangue / cardiômetro.
Emofilía, s. f. (med.) hemofilia.
Emofobía, s. f. (med.) hemofobia, hematofobia, horror ao sangue.
Emoftalmía, s. f. hemoftalmia; hemoftalmo.
Emoglobína, s. f. hemoglobina, substância corante vermelha.
Emoglobinuría, s. f. (med.) hemoglubinuria.
Emoinnèsto, s. m. (med.) enxerto de sangue fresco e são em organismos velhos e cansados.
Emolísi, s. f. hemólise, hematólise.
Emolliènte, adj. e s. m. emoliente.
Emolumènto, s. m. emolumento; lucro; retribuição; ganho / salário.
Emometría, s. f. (med.) hemoglobinometria, dosagem da hemoglobina contida no sangue; hematometria.
Emòmetro, s. m. hemômetro, apar. para determinar a quantidade de hemoglobina contida no sangue.
Emopoièsi, s. f. hematopoiese, formação de sangue.
Emopoiètico, adj. hematopoiético, que forma sangue.
Emorragía, s. f. (med.) hemorragia.
Emorràgico, (pl. -àgici) adj. hemorrágico.
Emorroidàle, adj. (med.) hemorroidal.
Emorròide, s. f. hemorróides, hemorróides.
Emoscopía, s. f. hemoscopia, exame do sangue.
Emoscòpico, (pl. -òpici) adj. hemoscópico.
Emostàsi, s. f. hemóstase, estagnação do sangue / operação para sustar um derramamento sanguíneo; hemostasia.
Emostàtico, (pl. -àtici) hemostático.
Emotèca, s. f. hemoteca, (neol.) lugar onde se custodiam (em certos hospitais) os depósitos de sangue humano.
Emotività, s. f. (med.) emotividade.
Emotívo, adj. e s. m. emotivo; comovente; impressionável, sensível.
Emottísi, s. f. (med.) hemoptise, passagem do sangue através da glótide.
Emottòico, (pl. -òici) adj. e s. m. hemóptico; que está atacado de hemoptise.
Emozionànte, adj. (gal.) emocionante / (sin.) **commovente, appassionante**.
Emoziòne, s. f. emoção, comoção / (sin.) **commozione, passione, turbamento, tenerezza**.
Empetíggine, s. f. impetigem, impetigo; impigem.
Empiamènte, adv. impiamente.
Empiàstro, (ou **impiàstro**) s. m. emplastro; emplasto.
Èmpide (ant.) s. f. mosquito que se alimenta de insetos.
Empièma, s. m. (med.) empiema, aglomeração de pus numa cavidade do corpo.
Empiere, v. **empire**.
Empietà, s. f. impiedade, qualidade de ímpio; sacrilégio, malvadez, iniqüidade, crueldade; blasfêmia.

Empièzza, s. f. (p. us.) impiedade.
Empifôndo, s. m. fluxo ou enchente da água do mar.
Empimênto, s. m. ato ou efeito de encher; enchimento.
Èmpio, (pl. êmpi) adj. ímpio, que não tem religião ou fé / cruel, desumano, sacrílego, mau, desapiedado.
Empíre, v. tr. (pr. êmpio, êmpi, êmpie; empiámo, empíte, empíono) v. encher, tornar cheio, colmar, completar; povoar / (pr.) comer muito, fartar-se, locupletar-se / encher-se: **la piazza s'empi di gente** / (fig.) falar com solenidade.
Empíreo, s. m. (poét.) empíreo, habitação de deuses; lugar de delícias.
Empiricamênte, adv. empiricamente; praticamente.
Empírico, (pl. -írici) adj. empírico; baseado na prática ou na experiência / (s. m.) **médico empírico**: curandeiro.
Empirismo, s. m. empirismo / (fig.) rotina.
Èmpito, s. m. (lit.) ímpeto, impulso, arrebatamento / veemência, fúria.
Empitúra, s. f. enchimento.
Emporètico, (pl. -ètici) adj. emporético, que serve para filtrar (papel).
Empòrio, (pl. -òri) s. m. empório; praça ou centro comercial importante; mercado; lugar onde há abundância de todas as coisas / quantidade de coisas diversas.
Emú, s. m. (zool.) ema, ave corredora, espécie de avestruz.
Emulàre, (pr. èmulo) v. tr. emular; rivalizar; competir.
Emulatòre, adj. e s. m. (f. -tríce) emulador, êmulo, rival; concorrente.
Emulazióne, s. f. emulação, estímulo, rivalidade, brio, competência.
Emulgènte, adj. (med.) emulgente, diz-se do líquido em que se faz emulsão.
Èmulo, s. m. êmulo, rival; concorrente, adversário, competidor.
Emulsina, s. f. (quím.) emulsina, princípio que atua como fermento hidrolisante.
Emulsionàbile, adj. emulsionável.
Emulsióne, s. f. emulsão.
Emulsivo, adj. (farm.) emulsivo.
Emungere, (ant.) v. mungir, espremer.
Emúnto, p. p. e adj. mungido, espremido; mirrado, seco, magro, descarnado.
Emuntòrio, (pl. -òri) adj. (med.) emunctório, designativo do órgão destinado a evacuar os humores supérfluos do organismo.
Enàliage, s. f. (gram.) enálage (emprego antisintático de um modo, etc.).
Enarmonía, s. f. (mús.) enarmonia.
Enarmonicamênte, adv. enarmonicamente.
Enarmònico (pl. -ònici) adj. enarmônico.
Enarràre, (ant.) v. tr. narrar, expor; referir.
Enartròsi, s. f. (anat.) enartrose, tipo de articulação óssea, móvel.
Encàustica, s. f. encáustica, pintura em cera.
Encàustico, (pl. -àustici) adj. encáustico, relativo à encáustica.
Encàusto, s. m. encausto, esmalte ou pintura a fogo, que se faz com cera misturada com as cores / tinta purpúrea, de que se serviam os imperadores romanos.
Encefàlico, (pl. -àlici) adj. encefálico.
Encefalíte, s. f. (med.) encefalite.
Encèfalo, s. m. encéfalo.
Encíclica, s. f. encíclica.
Enciclopedía, s. f. enciclopédia.
Enciclopedicamênte, adv. enciclopedimente.
Enciclopèdico, (pl. -èdici) adj. enciclopédico.
Enciclopedísta, (pl. -ísti) s. m. enciclopedista.
Ènclisi, s. f. (gram.) ênclise, posição ou emprego de enclítica.
Enclítica, s. f. (gram.) enclítica.
Enclítico, (pl. -ítici) adj. (gram.) enclítico / (contr.) **proclítico**.
Encomiàbile, adj. encomiável, louvável, elogiável.
Encomiàre, (pr. -òmio, òmi) v. tr. encomiar, elogiar, louvar.
Encomiàste e encomiàsta, (pl. àsti) s. m. encomiasta; encomiador.
Encomiasticamênte, adv. encomiasticamente.
Encomiàstico, (pl. -àstici) adj. encomiástico; laudatório.
Encomiàto, p. p. e adj. encomiado, louvado, gabado, elogiado.
Encomiatôre, adj. e s. m. (f. **trice**) encomiador, o que encomia.
Encòmio, (pl. -òmi), s. m. encômio, garbo, aplauso, louvor, elogio / (sin.) **panegírico**.
Endecacòrdo, s. m. hendecacórdio, instrumento musical de onze cordas.
Endecaèdro, s. m. (geom.) hendecaedro, poliedro que tem onze faces.
Endecàgono, s. m. (geom.) hendecágono, polígono de onze lados.
Endecasíllabo, adj. e s. m. hendecassílabo, que tem onze sílabas.
Endemía, s. f. (med.) endemia.
Endèmico, (pl. -èmici) adj. endêmico, particular a um povo ou região.
Endemísmo, s. m. endemismo.
Endèrmico, adj. (med.) endérmico, com ação sobre a derme.
Endíadi, s. f. (ret.) hendíadis, figura pela qual se expressa sem necessidade uma só coisa com duas palavras.
Èndica, (ant.) s. f. negócio de objetos para revender.
Èndice, s. m. (p. us.) coisa conservada para lembrança ou para prova / na Toscana, endes, índez, ou endez, ovo que se coloca no lugar em que se deseja que a galinha ponha outros.
Endocàrdio, s. m. (anat.) endocárdio.
Endocardíte, s. f. (med.) endocardite.
Endocàrpo, s. m. (bot.) endocarpo ou endocárpio; membrana inferior do fruto, em contato com a semente.
Endocrànio, s. m. (anat.) endocrânio, parte interior do crânio.
Endòcrino, ad. endócrino.
Endocrinología, s. f. endocrinologia.
Endogamía, s. f. endogamia, estado de endógamo / (bot.) endogamia.
Endògamo, adj. e s. m. endógamo; indivíduo que, pela organização de sua tribo, se liga com mulher da mesma tribo.

Endogastrite, s. f. (med.) endogastrite, inflamação da membrana mucosa do estômago.
Endogenía, s. f. endogenia.
Endogenêsi, s. f. endogênese, geração interna, infracelular.
Endògeno, adj. endógeno endogênico.
Endogètto, s. m. (aer.) reator munido de um sistema de combustão do qual saem os gases com jato violento.
Endografía, s. f. endografia, estudo das forças endógenas terrestres.
Endolínfa, s. f. (anat.) endolinfa, líquido que enche o labirinto membranoso do ouvido interno.
Endometríte, s. f. (med.) endometrite, inflamação da mucosa uterina.
Endomísio, s. m. (anat.) endomísio / perimísio interno.
Endoplàsma, s. m. endoplasma, porção interna do citoplasma.
Endoplèura, s. f. (bot.) endopleura, película impermeável à umidade.
Endoscòpio, s. m. (med.) endoscópio, instrumento médico para a observação ocular de certas cavidades do corpo.
Endosmòmetro, s. m. endosmômetro, aparelho para apreciar os fenômenos da endosmose.
Endosmòsi, s. f. (fís.) endosmose.
Endòstio, s. m. (anat.) endóstio, tecido que rodeia a cavidade interna dos ossos.
Endotèlio, s. m. (anat.) endotélio, epitélio do aparelho circulatório, das serosas e das sinoviais.
Endotèrmico, (pl. -èrmici) endotérmico / relativo ao calor interno.
Endovenôso, adj. (med.) endovenoso.
Èneo, (ant.) adj. (poét.) êneo, relativo ao bronze / semelhante ao bronze / feito de bronze.
Energètica, s. f. (filos.) energética, dinamismo puro; espiritualismo.
Energètico, (pl. -ci) adj. energético.
Energía, s. f. energia / eficácia / vigor, força ou potência moral / atividade nervosa / firmeza / vitalidade / galhardia.
Energicamènte, adv. energicamente.
Enèrgico, (pl. -èrgici) adj. enérgico.
Energísmo, s. m. (filos.) energismo, doutrina que estabelece como fim da vontade a atividade da vida.
Energúmeno, s. m. energúmeno / (sin.) **indemoniato, indiavolato, ossesso, spiritato.**
Enervàre, v. (ant.) enervar, cansar.
Ènfasi, s. f. ênfase / maneira empolada / ostentação / (sin.) **esagerazione, veemenza, pompa.**
Enfaticamènte, adv. enfaticamente.
Enfàtico, (pl. -àtici) adj. enfático.
Enfiagiône, s. f. inchação; intumescimento.
Enfiamènto, s. m. (p. us.) inchaço, tumefação.
Enfiàre, (pr. ènfio, ènfi) v. inchar, intumescer; inflar, dilatar: **il vento salso gli enfia le marici** (Pascoli).
Enfiàto, p. p. e adj. inchado, tumefacto, cheio; volumoso, grosso / (fig.) envaidecido, presunçoso, enfatuado / (s. m.) inchação, tumor, anasarca.
Enfiatúra, s. f. (p. us.) ato ou efeito de inchar: inchação, intumescimento.

Ènfio, (pl. ènfi) adj. (raro) inchado.
Enfisèma, s. m. (med.) enfisema.
Enfisematôso, adj. enfisemático / enfisematoso.
Enfitèuco, (pl. -èutici) adj. enfitêutico.
Enfitèusi, s. f. (for.) enfiteuse.
Enfitènta, (pl. -èuti) s. m. (for.) enfiteuta.
Enígma, (v. também **enimma,** f. pref.) s. m. enigma.
Enímma, (pl. -ímmi) s. m. enigma.
Enimmaticamènte, adv. enigmaticamente.
Enimmàtico, (pl. -àtici) enigmático / obscuro, incompreensível, misterioso.
Enimmatizzàre, (pr. -ízzo) v. intr. enigmar; falar por enigmas.
Enimmísta, (pl. -ísti) s. m. enigmista.
Enimmística, s. f. arte de compor e resolver enigmas.
Enimmístico, (pl. -ístici) adj. de enigma.
E.N.I.T., abrev. Ente Nazionale Industrie Turistiche.
Ennàgono, s. m. (geom.) eneágono.
Ènne, s. m. e f. ene, nome da letra n.
Eneacòrdo, s. m. (mús.) eneacórdio, cítara de nove cordas.
Ennèade, s. f. conjunto de nove pessoas ou coisas.
Ennèo, adj. (lit.) do Etna, monte da Sicília.
Ennèsimo, adj. (mat.) que se refere à letra n, símbolo matemático de um número indeterminado; infinito, indeterminado / (fig.) número muito grande.
Enocianína, s. f. enocianina, matéria corante do vinho.
Enòfilo, adj. enófilo; que se dedica a assuntos vinícolas.
Enolàto, s. m. (farm.) enolato.
Enòlico, (pl. -ci) adj. (form.) enólico.
Enolína, s. f. enolina, ácido enólico, princípio corante do vinho.
Enòlito, s. m. (farm.) enolato.
Enología, s. f. enologia.
Enològico, (pl. -òlogi) adj. enológico.
Enòlogo, (pl. -logi) adj. enólogo.
Enòmetro, s. m. enômetro.
Enopòlio, s. m. negócio para a venda de vinhos no atacado.
Enòrme, adj. enorme; desmedido, desproporcionado, descompassado; grandíssimo; excessivo; imenso, extraordinário / gigantesco, imponente, colossal.
Enormemènte, adv. enormemente.
Enormêzza, s. f. (p. us.) enormidade.
Enormità, s. f. enormidade / desacerto, desatino, despropósito, excesso.
Enosigèo, adj. (lit.) sacudidor, revolvedor da terra: Neptuno.
Enotècnico, adj. enotécnico; s. m. técnico da fabricação de vinhos.
Ensífero, adj. ensífero, que traz espada.
Ensifôrme, adj. (bot.) ensiforme, em forma de espada.
Èntasi, s. f. (arquit.) êntase, engrossamento do primeiro terço das colunas.
Ènte, s. m. ente, ser; **l'Ente supremo:** Deus / entidade, sociedade, corporação; instituição com personalidade jurídica.
Entelechía, s. f. (filos.) enteléquia.

Entèrico, (pl. -èrici) adj. entérico, intestinal.
Enterìte, s. f. (med.) enterite.
Enterocèle, s. m. enterocele, hérnia intestinal.
Enteroclìsi, s. f. (med.) enteróclise.
Enteroclìsma, (pl. -ìsmi) enteroclisma, lavagem dos intestinos; clister.
Enterocolìte, s. f. (med.) enterocolite / enterite.
Enterotomìa, s. f. (cir.) enterotomia.
Enteròtomo, s. m. enterótomo, instr. cirúrgico.
Enterozòi, s. m. (pl.) enterozoários.
Entimèma, (pl. -èmi) (lóg.) entimema, silogismo.
Entimemàtico, (pl. -àtici) adj. entimemático.
Entità, s. f. (filos.) entidade, essência do ente ou do ser / mal us. por importanza, valore: importância, valor.
Entòmo, (ant.) s. m. inseto.
Entomologìa, s. f. entomologia.
Entomològico, (pl. -ògici) adj. entomológico.
Entomòlogo, (pl. -òlogi) s. m. entomólogo, entomologista.
Entozòo, s. m. (pl.) entozoários.
Entràgna, (ant.) s. f. (pl.) entranhas.
Entràmbi, pron. pl. m. (f. **entràmbe**) ambos; os dois.
Entrànte, p. pr. entrante; adj. próximo: il mese, l'anno ———.
Entràre, (pr. -èntro) v. entrar / penetrar, passar; **questo chiodo non entra nel muro**; este prego não entra na parede / ——— **in carica**: assumir o cargo / ter relação; **che c'entri tu in questa faccenda?**: o que tens tu com este negócio? / ——— **in gioco, in ballo**: entrar no jogo, na dança; intervir / ingressar / incorporar-se / **questo non c'entra**: isto não tem o que ver / caber; **in questa bottiglia entrano due litri**: neste frasco cabem dois litros / compreender, convencer; **ciò non mi entra**: isto não entendo / ——— **in grazia a uno**: simpatizar com alguém / ——— **in possesso**: tomar posse / ——— **in vigore**: entrar em vigor, tornar efetivo (decreto, lei, etc.): (sin.) **passare, penetrare, intervenire, introdurre.**
Entràta, s. f. entrada, ato de entrar / lugar pelo qual se entra; ingresso / pórtico, portão, porta / bilhete de ingresso; **l'entrata costa mille lire**: a entrada custa mil liras / renda, ganho, lucro: **ha centomila lire di** ——— / ——— **e uscita**: entrada e saída / (depr.) **entratùccia, entrataccia** / (contr.) **uscita.**
Entratùra, s. f. entrada, ato do entrar / admissão numa sociedade; **tassa d'** ——— ———: taxa de matrícula / (esp.) quantia que paga uma coudelaria para ter o direito de fazer correr os seus cavalos / **avere** ——— **con alcuno**: ter familiaridade com alguém / (sin.) **ammissione.**
Èntro, prep. e adv. (lit.) dentro de; ——— **l'anno corrente**: dentro do ano corrente.
Entropìa, s. f. entropia, medida do grau de homogeneidade de um sistema, nas ciências físicas.
Entròpio, s. m. entrópio, reviramento do bordo livre da pálpebra para dentro do olho.
Entrotèrra, s. m. (geogr.) interior de um país, distante do mar / hinterlandia.
Entusiasmàre, v. entusiasmar, exaltar, inspirar, emocionar, admirar / (sin.) **esaltare, appassionare, estasiare.**
Entusiàsmo, s. m. entusiasmo, exaltação, inspiração do profeta, do poeta, do artista, etc. / emoção / admiração.
Entusiàsta, (pl. -àsti) s. m. entusiasta / (sin.) **appassionato, esaltato, fanatico.**
Entusiasticamènte, adv. entusiasticamente.
Entusiàstico, (pl. -àstici) adj. entusiástico.
Enucleàre, v. tr. (med.) enuclear, extirpar (um tumor) por enucleação.
Enucleazióne, s. f. (cir.) enucleação.
Ènula, s. f. (bot.) campana, ênula, erva medicinal da família das compostas.
Enumeràre, (pr. -úmero) v. enumerar, enunciar, expor em ordem / (sin.) **enunciare, esporre, noverare.**
Enumerazióne, s. f. enumeração.
Enunciàre, (pr. -úncio, -únci) v. tr. enunciar, expor, exprimir; propor, manifestar.
Enunciatìvo, adj. enunciativo.
Enunciàto, p. p. enunciado / (s. m.) proposição, fórmula.
Enunciazióne, s. f. enunciação.
Enunziàre, v. **enunciare.**
Enurèsi, s. f. (med.) enurese, incontinência de urina.
Enzìma, (pl. -mi) s. m. (quím.) enzima, fermento solúvel.
Eocène, s. m. (geol.) eoceno, o primeiro período da era terciária.
Eocènico, (pl. -ènici) adj. (geol.) eocênico.
Eòlico, (pl. -ci) adj. eólico, relat. à Eólia / **dialetto** ———: dialeto eólico / **depositi eolici**: montículo de areia acumulado pelos ventos; dunas.
Eòlio, (pl. -òli) adj. eólio, da Eólia / **arpa eolia**: harpa eólica / (mús.) **modo** ———: o mais grave dos cinco tons da música grega.
Eòo, adj. (lit.) eoo (des.); oriental, do Oriente: **dagli esperti aidi eoi** (Ariosto).
Èpa, s. f. (poét.) ventre, pança, barriga.
Epagòge, s. f. (filos.) epagoge, indução.
Epagògico, (pl. -ògici) adj. epagógico.
Epanalèpsi, s. f. (ret.) epanelepse, repetição da mesma palavra no meio de duas ou mais frases seguidas.
Epanàstrofe, s. f. (ret.) epanástrofe.
Epànodo, s. m. epánodo, figura de gramática.
Eparchìa, s. f. (hist.) eparquia, província do Império Bizantino.
Epàrco, (pl. -àrchi) adj. eparco, chefe de província no Império Bizantino.
Epàtico, (pl. -àtici) adj. (med.) hepático.
Epatìsmo, s. m. hepatismo; hepatopatia.
Epatìte, s. f. (med.) hepatita, hepatite.
Epatizzazióne, s. f. (med.) hepatização.
Epàtta, s. f. (astr.) epacta, número de dias que se juntam ao ano lunar para igualar o ano solar.

Epèntesi, s. f. (gram.) epêntese.
Epi, epi (port.) pref. que exprime a idéia de sobre, depois: epi-centro, epi-grafe, epi-cardio, epi-gramma.
Èpica, s. f. (lit.) épica, poesia épica, epopéia.
Epicamênte, adv. epicamente.
Epicàrdio, (pl. -di) ant.) epicárdio.
Epicàrpo, s. m. (bot.) epicarpo, folícula externa dos frutos.
Epicèdico, (pl. -èdici) adj. epicédico, de epicédio.
Epicèdio, (pl. -èdi) s. m. (lit.) epicédio, canto fúnebre / elegia.
Epicèno, adj. epiceno, comum, promíscuo / (gram.) palavra que com uma só desinência, designa o gênero masculino e feminino.
Epicèntro, s. m. epicentro.
Epichèia, s. f. epiquéia, discrição, eqüidade, moderação / (for.) razoável interpretação de uma lei ou preceito.
Epicherèma, (pl. -èmi) s. m. (filos.) epiquirema; silogismo.
Epicíclo, s. m. (astr.) epiciclo.
Èpico, (pl. èpici) épico: poema —— / heróico.
Epicràsi, s. f. (med.) epicrase, cura lenta.
Epicràtico, (pl. -ci) adj. de epicrase; paulatino.
Epicrisi, s. f. (med.) epicrise.
Epicureísmo, s. m. (filos.) epicurismo.
Epicurèo, adj. epicureu, epicúreo.
Epidemía, s. f. epidemia.
Epidemicamênte, adv. epidemicamente.
Epidêmico, (pl. -èmici) adj. epidêmico.
Epidèrmico, (pl. -èrmici) adj. epidérmico, relat. a epiderme.
Epidèrmide, s. f. (anat.) epiderme / a pele.
Epidiascòpio, s. m. epidiascópio, aparelho de projeção de imagens de corpos opacos na luz refletida ou transmitida.
Epidíttico, (pl. -íttici) adj. epidítico, demonstrativo, expositivo (falando-se do estilo de um discurso).
Epifanía, s. f. epifania, dia de Reis (6 de janeiro) / entrada, aparição: l'Epifania del fuoco (D'Annunzio).
Epifenòmeno, s. m. (med.) epifenômeno.
Epifisàrio, adj. epifisário.
Epifisi, s. f. (anat.) epífise, saliência óssea.
Epifonèma, (pl. -èmi) s. m. epifonema.
Epifora, s. f. (fisiol.) epífora.
Epifràmma, (pl. -àmmi) s. m. (zool.) epifragma.
Epigamía, s. f. epigamia, direito de matrimônio entre súditos de estados diferentes / segundas núpcias.
Epigàstrio, epigàstro, (pl. -àstri) (anat.) s. m. epigástrio, região do abdome; boca do estômago.
Epigènesi, s. f. (biol.) epigênese, epigenia, teoria da formação dos seres orgânicos por gerações graduais.
Epigenía, s. f. epigenia.
Epigino, adj. (bot.) epígino.
Epiglòttide, s. f. (anat.) epiglote.
Epigono, s. m. (lit.) epígono; o que pertence à geração seguinte / descendente, sequaz, imitador.
Epìgrafe, s. f. epígrafe / inscrição, título; rótulo.
Epigrafía, s. f. epigrafia.

Epigraficamênte, adv. epigraficamente.
Epigràfico (pl. -àfici) adj. epigráfico.
Epigrafísta, s. f. epigrafista.
Epigràmma, (pl. -àmmi) s. f. epigrama; breve composição poética / palavra mordaz; zombaria; sátira / (ant.) inscrição na face de um monumento.
Epigrammaticamênte, adv. epigramaticamente.
Epigrammàtico, (pl. -àtici) adj. epigramático.
Epigrammatizzàre, v. intr. (pr. -ízzo, -ízzi) epigramatizar, compor epigramas / dirigir epigramas a.
Epigrammísta, (pl. -ísti) s. m. epigramista, epigramatista.
Epilatòrio, (pl. -òi) adj. epilatório, depilatório.
Epilaziône, s. f. epilação / depilação.
Epillèmma, (pl. -mi) s. m. (ret.) epilema, objeção que o orador faz a si mesmo.
Epilessía, s. f. epilepsia.
Epilèttico, (pl. -ètici) epiléptico.
Epilettifòrme, adj. epileptiforme.
Epilogàre, (pr. -ílogo, -íloghi) v, tr. epilogar; resumir, condensar / (sin.) riepilogare, riassumere.
Epilogo, (pl. -íloghi) s. m. epílogo, conclusão / resumo / remate, fecho.
Epímone, s. f. (ret.) epímone, repetição enfática de uma palavra.
Epinício, (pl. -íci) s. m. epinício, canto de vitória.
Epiníttade, s. f. (med.) epinicto, exantema de origem desconhecida, que aparece à noite e desaparece quando surge o dia.
Epiròta, adj. e s. epirota; epirótico, natural do Épiro.
Episcopàle, adj. episcopal; relativo a bispo.
Episcopàto, s. m. episcopado; bispado; diocese.
Episcòpio, (pl. -òpi) s. m. palácio episcopal; cúria.
Episcopo, s. m. (raro) bispo / (sin.) vescovo.
Episodicamênte, adv. episodicamente.
Episòdico, (pl. -ci) adj. episódico.
Episòdio, (pl. -òdi) s. m. episódio; digressão; ação acessória de um poema, drama, romance, etc. / acontecimento destacado ou fato isolado / (mil.) ação secundária.
Epispàstico (pl. -àstici), adj. (med.) epispástico.
Epistàssi, s. f. (med.) epistaxe, hemorragia nasal.
Epistaziône, s. f. (farm.) epistação, ação de reduzir a massa, depois de pisar em almofariz.
Epistemología, s. f. epistemologia; filosofia da ciência: teoria e história da metodologia científica.
Epistílio, (pl. -íli) s. m. (arquit.) epistílio; arquitrave.
Epístola, s. f. epístola, missiva entre personagens célebres / composição poética em forma de carta / (ecles.) a epístola da missa / (fam.) carta, missiva epistolar.
Epistolàre, adj. epistolar.
Epistolàrio, (pl. -ari) epistolário.
Epistològrafo, s. m. epistológrafo.

Epístrofe, s. f. (ret.) epístrofe, figura que fecha várias frases com a mesma palavra.
Epistrofèo, s. m. (anat.) epistrofeu, a segunda vértebra cervical.
Epitàffio, (pl. -àffi) s. m. epitáfio, inscrição sepulcral.
Epitalàmio, (pl. -àmi) s. m. epitalâmio, canto nupcial.
Epitàsi, s. f. epitase, parte central do drama.
Epiteliàle, adj. epitelial.
Epitèlio, s. m. (anat.) epitélio.
Epiteliòma, s. m. (med.) epitelioma, tumor maligno derivado do tecido epitelial.
Epítema, (pl. -mi) (med.) epítema, qualquer medicamento externo que não seja emplastro ou ungüento.
Epitetàre, v. tr. epitetar, dar epíteto a.
Epíteto, s. m. epíteto; qualificação elogiosa ou injuriosa; cognome.
Epitomàre, v. tr. (p. us.) epitomar, reduzir a epítome; resumir, epilogar, compendiar.
Epítome, s. m. epítome; resumo; compêndio.
Epítrito, s. m. epítrito, pé de verso grego ou latino.
Epizoòtico, (pl. -òtici) adj. epizoótico.
Epizoozía, s. f. epizoozia, doença contagiosa de animais domésticos.
Època, s. f. época; ponto assinalado na história; data desde a qual começa um período; período entre duas datas memoráveis / un fatto che farà ———: um acontecimento que marcará época / (sin.) era, età, periodo.
Epòdo, s. m. épodo / a última parte de um canto ou de um hino.
Epònimo, adj. epônimo, que dá ou empresta o seu nome a alguma coisa.
Epopèa, s. f. epopéia / poema épico.
Èpos, s. m. (raro) epos, epopéia; poema épico.
Epòtide, s. f. saliência pontuda em cada lado das naves romanas.
Eppúre, conj. e adv. contudo, apesar de, não obstante, todavia.
Èpsilon, s. f. epsilão, épsilo, nome da quinta letra do alfabeto grego, que corresponde ao e breve.
Epsomíte, s. f. epsomita, sulfato purgativo de magnésio hidratado.
Eptacòrdo, s. m. heptacórdio. antigo instrumento musical de sete cordas
Eptaèdro, s. m. (geom.) heptaedro.
Eptameròne, s. m. tertúlia de sete dias; reunião amigável (palavra formada por D'Annunzio para indicar reuniões e conversações de sete dias).
Eptarchía, s. f. heptarquia.
Eptasílabo, adj. e s. m. heptassílabo; septenário.
Èpula, (ant.) s. f. comida, banquete / épulas (pl.).
Epulône, s. m. epulão / (hist.) sacerdote da antiga Roma, que presidia aos festins dos sacrifícios.
Epulonêsco, (pl. êschi) adj. epulonesco / opíparo.
Epulòtico, adj. epulótico, que favorece a cicatrização.
Epuràre, (pr. -úro) v. tr. depurar, purificar; mondar, / (sin.) expurgar / purificare.

Epuratôre, adj. e s. m. (f. -tríce) que ou aquele qüe depura (máquina usada nas fábricas de papel para a purificação da massa).
Epuraziône, s. f. depuração / (sin.) purificazione.
Equàbile, adj. equável (ant.) igual, justo, uniforme / equitativo.
Equabilità, s. f. equabilidade, uniformidade, igualdade, regularidade.
Equabilmènte, adv. equavelmente, uniformemente, regularmente.
Equamènte, adv. com eqüidade, igualmente.
Equànime, adj. equânime, imparcial, justo: giudizio ———.
Equanimità, s. f. equanimidade; igualdade; imparcialidade.
Equàre, (ant.) v. igualar, tornar igual / (sin.) eguagliare.
Equatôre, s. m. equador.
Equatoriàle, adj. equatorial / (s. m.) equatorial, telescópio móvel.
Equaziône, s. f. (alg.) equação.
Equèstre, adj. eqüestre; relativo a cavalaria ou a cavaleiros.
Equi, s. m. (pl.) equos, antigo povo da Itália, no Lácio, nas margens do Ánio.
Equitàngolo, adj. (geom.) equitângulo.
Èquidi, s. m. (pl.) eqüídeos, eqüidas.
Equidifferènza, s. f. eqüidiferença.
Equidína, s. f. equidinina, veneno da víbora.
Equidistànte, p. pr. e adj. eqüidistante.
Equidistàre, (p. us.) v. eqüidistar.
Equilàtero, adj. (geom.) equilátero.
Equilibràre, (pr. -íbro), v. equilibrar; manter em equilíbrio; balancear / harmonizar / compensar / (refl.) equilibrar-se.
Equilibràto, p. p. equilibrado / (adj.) equilibrado, moderado, ajuizado, temperado, justo.
Equilibratôre, adj. e s. m. (f. -tríce) equilibrador, que ou aquele que equilibra.
Equilibratúra, equilibraziône, s. f. (técn.) equilibração.
Equilíbrio, (pl. -íbri) equilíbrio; contrapeso / harmonia, proporção / equanimidade, moderação, prudência / (contr.) squilíbrio.
Equilibrísmo, s. m. equilibrismo / ——— politico: malabarismo político.
Equilibrísta, (pl. ísti) s. m. equilibrista; funâmbulo, malabarista.
Equíno, adj. eqüino.
Equinoziàle, adj. equinocial.
Equinòzio, (pl. -òzi) s. m. equinócio.
Equipaggiamènto, s. m. equipamento, ato de equipar.
Equipaggiàre, (pr. -àggio, -àggi) v. tr. equipar, armar, fornecer, avitualhar, prover do necessário um exército, um navio, uma expedição / (mar.) tripular um navio.
Equipàggio, (pl. -àggi) s. m. / (mar.) equipagem, conjunto de coisas que se levam nas jornadas e viagens, etc. / conjunto de coisas necessárias para uma operação militar, etc. / bagagem / aprestos.
Equiparàbile, adj. equiparável, comparável.
Equiparàre, (pr. -àro) v. tr. equiparar, comparar, igualar, confrontar.

Equipollènte, adj. eqüipolente, equivalente.
Equipollènza, s. f. eqüipolência, equivalência.
Equisêto, s. m. (bot.) equisseto, cavalinha, espécie de feto.
Equísono, adj. eqüissono; uníssono.
Equità, s. f. eqüidade, justiça natural / moderação, temperança, indulgência / (sin.) **giustizia, indulgenza, moderazione, discretezza**.
Equitàre, (ant.) v. intr. cavalgar.
Equitativo, adj. equitativo, justo.
Equitaziône, s. f. equitação; arte de cavalgar.
Èquite, s. m. (hist.) équite, cidadão da classe dos cavalheiros.
Equivalènte, p. pr. e adj. equivalente.
Equivalentemênte, adv. equivalentemente.
Equivalènza, s. f. equivalência.
Equivalêre, (pr. -àlgo) v. equivaler, ser equivalente, ser igual a outro (em valor, preço, estimulação, eficácia, etc.).
Equivocamênte, adv. equivocamente, ambiguamente.
Equivocàre, (pr. -ìvoco, ìvochi) v. intr. equivocar, equivocar-se.
Equivocità, s. f. qualidade de equívoco.
Equìvoco, (pl. -ìvoci) adj. equívoco; ambiguo, suspeito; duvidoso, confuso, contestável / (s. m.) equívoco, interpretação ambigua; equivocação / **a scanso di equivoci**: para evitar falsas interpretações.
Èquo, adj. équo (des.); justo, bom; equânime, reto; imparcial; proporcionado; **equa distribuizione**: repartição justa.
Equòreo, adj. (poét.) equóreo, marinho.
Èra, s. f. era; cristiana, volgare, etc.; tempo, época, período, idade: **un'era di pace** / (sin.) **epoca**.
Eradicàre, v. erradicar; extirpar.
Eradicativo, adj. erradicativo; erradicante.
Erariàle, adj. do erário.
Eràrio, (pl. -àri) erário, tesouro público; fisco.
Érba, s. f. erva / relva / pasto / (pl.) **erbe** (ou **erbeggi**), hortaliças; **piatto d'erbe**: prato de verduras / **in ———**: que está no começo / **mangiare il grano in ———**: gastar as rendas antes de recebê-las / **non è ——— del suo orto**: não é farinha do seu saco / **mala ———**: pessoa má / **la mala ——— non muore mai**: gente ruim custa morrer / **campa caval, che l'erba cresce**: de promessas que não chegam a cumprir-se nunca / **punto ———**: ponto de bordado.
Erbàceo, adj. herbáceo.
Erbàggio, (pl. -àggi) s. f. hortaliça, verdura, legume; **pietanza di erbaggi**: comida de legumes / (sin.) **verdura, orteggie**.
Erbàio, (pl. -ài) s. m. ervaçal, hervaçal.
Erbaiuola, s. m. verdureiro.
Erbàle, adj. (raro) erveiro, que tem natureza de erva; **un erbal fiume** (D'Annunzio): um rio erveiro.
Erbàrio, (pl. -àri), s. m. erbário; coleção de ervas classificadas.
Erbàtico, (pl. -àtici) s. m. direito de colher erva em terrenos públicos.

Erbàto, adj. ervado, coberto de erva; relvado.
Erbatúra, s. f. tempo em que cresce a erva, entre uma ceifa e outra.
Erbeggiàre, (pr. -êggio, -êggi) v. intr. ervecer, crescer e verdecer como erva.
Erbètta, erbicina, s. f. (dim.) ervinha, relvazinha.
Erbífero, adj. herbífero, que produz erva.
Erbína, s. f. (quím.) erbina, óxido ferroso de érbio.
Èrbio, s. m. érbio, corpo mineral raro, o m. q. ítrio.
Erbíre, (pr. -ísco, -ísci) v. intr. ervecer, cobrir-se de erva.
Erbíto, p. p. e adj. ervecido, coberto de erva: **strada, campo, terreno ———**.
Erbivêndolo, s. m. verdureiro; **bottega d' ———**: quitanda, negócio onde se vendem frutas e verduras.
Erbívoro, adj. herbívoro; animal que se alimenta de vegetais.
Erbolàto, s. m. emplastro de ervas medicinais / torta de hortaliças.
Erboràre, (raro) v. intr. herborizar; colher plantas para herbário ou para aplicações medicinais.
Erborísta, (pl. -ísto) s. m. herborista, o que colhe plantas para coleção ou estudo.
Erboriziône, s. f. herborização.
Erborizzàre, v. herborizar.
Erborizzatôre, s. m. (fl. -tríce) herborizador, herborista.
Erborizzaziône, s. f. herborização, colheita de plantas para herbário.
Erbôso, adj. ervoso, herboso; coberto de erva.
Erbúcce, s. f. (pl.) ervas aromáticas que se misturam com a comida.
Èrcole, s. m. Hércules, (fig.) indivíduo extremamente forte e robusto: **è un ——— / le colonne d'Ercole**: ponto extremo onde pode chegar qualquer coisa.
Ercolíno, adj. arqueado; **gambe ercoline**: pernas arqueadas do joelho para baixo, o que se considera sinal de robustez.
Ercùleo, adj. hercúleo / fortíssimo; robusto; valente.
Èrebo, s. m. (lit.) érebo), inferno / lugar tenebroso, debaixo do inferno.
Erède, s. m. herdeiro; sucessor / (sin.) sucessore.
Eredità, s. f. herança, sucessão; **herdade / ——— giacente**: patrimônio de pessoa morta sem herdeiros e sem testamento / (biol.) hereditariedade, transmissão de caracteres físicos ou morais.
Ereditàre, (pr. -èdito) v. tr. herdar; suceder.
Ereditariamênte, adv. hereditariamente.
Ereditarietà, s. f. hereditariedade.
Ereditàrio, (pl. -àri) adj. hereditário.
Ereditière, (gal.) s. f. herdeira.
Eredolúe, eredosifílide, s. f. (med.) heredossífilis.
Eremita, (pl. -ti), s. m. eremita, ermita, eremitão; anacoreta, cenobita.
Eremitàggio, (pl. -àggi) s. m. eremitério, lugar ermo.
Eremitàno, adj. e s. m. ermitão, frade agostiniano.

Eremítico, (pl. -ítici) adj. eremítico.
Èremo, s. m. ermo, ermitério, lugar solitário e deserto; eremitério.
Èreo, adj. éreo, feito de bronze ou cobre.
Eresía, s. f. heresia / blasfêmia / juízo contrário à opinião corrente; disparate: **non dire eresie**.
Eresiàrca, (pl. -àrchi) s. m. heresiarca.
Eresiàre, (ant.) v. heresiar, proferir heresias.
Ereticàle, adj. heretical, herético.
Ereticamênte, adv. hereticamente.
Erètico, (pl. -ètici) s. m. herético / herege / (fam.) incrédulo, irreligioso / (sin.) **miscredènte**.
Eretísmo, s. m. (med.) eretismo; excitação, orgasmo.
Erètto, p. p. erigido / (adj.) ereto, erguido, direito; erigido, levantado; fundado, construído / **ospedale ——— per il poveri:** hospital erigido para os pobres.
Erezióne, s. f. ereção, edificação, construção, fundação, instituição, constituição / (fisiol.) estado de tensão dos tecidos.
Ergastolàno, s. m. presidiário, forçado, condenado ao ergástulo.
Ergàstolo, s. m. ergástulo / **pena dell'ergastolo:** prisão perpétua.
Èrgere, (pr. -èrgo, -èrgi) v. tr. (poét.) erguer, erigir, levantar.
Èrgo, (voz lat.) adv. us. às vezes em lugar de **dunque**; logo, portanto, pois.
Ergògrafo, s. m. (med.) ergógrafo, aparelho inventado por Angelo Mosso para medir o esforço muscular.
Ergòmetro, s. m. (mec.) ergômetro; dinamômetro.
Èrgon, s. m. ergo, unidade de medida de trabalho (sistema C.G.S.: centímetro, grama, segundo).
Ergotína, s. f. ergotina ou ergotino, substância alcalóide, obtida da cravagem do centeio.
Ergotísmo, s. m. (med.) ergotismo, envenenamento pela ergotina.
Èrica, s. f. (bot.) erica, urze, planta da família das ericáceas / (sin.) **scopa, scopeto.**
Ericàcee, s. f. (pl.) (bot.) ericáceas.
Erídano, s. m. erídano, nome de uma constelação austral / (geogr.) Erídano, nome antigo do rio Pó (na Itália).
Erigèndo, adj. erigendo, que vai ser erigido ou constituído: **l'erigendo ospedale**.
Erígere, (pr. -ígo) v. tr. erigir, erguer, levantar, edificar, construir / fundar, instituir: ——— **una scuola** / nobilitar, elevar em grau: **la villa fu eretta a città:** a vila foi elevada à cidade.
Erigíbile, adj. erigível, que se pode erirír.
Eríle, adj. senhorial.
Eríngio (pl. -gi) s. m. (bot.) eríngeo, cardo, corredor.
Erínni, s. f. pl. (mit.) Erínias, Euménides, deidades infernais, Fúrias.
Erisípela, s. f. (med.) erisipela.
Erística, s. f. erística, arte de controvérsia; ergotismo, costume de silogizar.

Eritèma, (pl. -èmi) s. m. (med.) eritema.
Eritrèo, adj. eritreu, eritréio / colônia Eritréia, antiga colônia italiana no Mar Vermelho, hoje agregada à Etiópia.
Eritrofílla, s. f. (bot.) eritrofila, substância corante vermelha, das folhas dos vegetais.
Eritromicína, s. f. (med.) estreptomicina.
Eritròsi, s. f. eritrose.
Eritrosína, s. f. eritrosina, eritrina, substância colorante.
Èrma, s. f. herma; estátua de Mercúrio em geral; hermes; escabelo.
Ermafrodísmo, e ermafrotidístimo, s. m. hermafroditismo.
Ermafrodíto, adj. e s. m. hermafrodito / hermafrodita.
Ermellinàto, adj. (heráld.) arminhado.
Ermellíno, s. m. arminho, animal / (fig.) cândido, inocente; puro, sem mancha.
Ermenèutica, s. f. hermenêutica.
Ermenèutico, (pl. -èutici) adj. hermenêutico.
Ermeticamênte, adv. hermeticamente.
Ermètico, (pl. -ètici) adj. hermético / (fig.) **volto ———:** rosto frio, impenetrável, impassível.
Ermetísmo, s. m. (filos.) hermetismo.
Ermisíno, s. m. tecido finíssimo de seda, originário de Ormuz, na Pérsia.
Èrmo, (ant.) s. m. ermo, lugar deserto, descampado.
Èrmo, adj. (poét.) ermo, solitário.
Èrnia, s. f. (cir.) hérnia.
Erniàrio, (pl. -àri) adj. hernial.
Erniôso, adj. e s. m. hernioso.
Erniotomía, s. f. (cir.) herniotomia.
Erodènte, p. pr. e adj. erodente, que corrói, corrosivo.
Erôdere, (pr. -ôdo) v. tr. eroder, corroer.
Eròe, s. m. (f. **eroína**) herói / campeão, guerreiro ilustre / (lit.) protagonista de um poema, drama ou romance / principal personagem de um feito: **l'eroe della spedizione al Polo.**
Erogàbile, adj. erogável, distribuível.
Erogàre, (pr. **èrogo, èroghi**) v. tr. erogar, repartir, distribuir / dar, dispensar.
Erogazióne, s. f. erogação, distribuição, repartição / despesa.
Eroicamente, adv. heroicamente.
Eroicizzàre, v. (p. us.) heroicizar, heroificar, reputar herói; tratar de heróico um fato.
Eròico, (pl. -òici) adj. heróico / épico / poderoso, eficaz, enérgico / grande, extraordinário / (sin.) **valoroso, inclito, glorioso.**
Eroicòmico, (pl. -òmici) herói-oômico / (sin.) **giocoso**.
Eroína, s. f. heroína / (farm.) heroína, éter da morfina, usado como calmante.
Eroísmo, s. m. heroísmo, heroicidade / ato de heroísmo.
Erompènte, p. pr. e adj. irrompente, que irrompe.
Erômpere, (pr. **-ômpo**) v. intr. irromper, manar impetuosamente; entrar, invadir; surgir de repente; brotar.

Erosióne, s. f. erosão; corrosão.
Erosívo, adj. (lit.) erosivo, corrosivo / cáustico.
Erôso, p. p. e adj. roído, corroído.
Eròtico, (pl. -òtici) erótico, amoroso, amatório.
Èrpete, s. m. (med.) herpes.
Erpètico, (pl. -ètici) adj. e s. m. herpético.
Erpetología, s. f. herpetologia, estudo dos répteis.
Erpicamênto, s. m. (agr.) esterroamento, ação de esterroar.
Erpicàre, (pr. -èrpico, èrpichi) v. tr. esterroar, desterroar (o terreno).
Erpicatúra, s. f. esterroamento, esterroada.
Èrpice, s. m. (agr.) esterroador, instr. agrícola para esterroar o terreno.
Errabôndo, adj. (lit.) errabundo, errante, vagabundo, erradio, vagabundo; nômade.
Erránte, p. pr. e adj. errante; que erra, que vagueia; cavaliere ———: cavalheiro andante / sguardo ———: olhar incerto, vago.
Erràre, (pr. èrro) v. intr. errar, vaguear, andar sem direção certa / cometer erros ou faltas, errar, equivocar-se, desacertar; ——— il bersaglio: errar o alvo / (sin.) vagare, vagabondare; fallare, sbagliare.
Erràta-Còrrige, (v. lat.) s. m. errata, emendas de erros num livro, num impresso, etc.; corrigenda.
Erratamênte, adv. erroneamente, equivocadamente.
Erràtico, (pl. -àtici) adj. errático, errante, vagabundo / (geol.) massi erratíci: rochas que mudam de lugar.
Erràto, p. p. errado / (adj.) equivocado, errôneo, falaz; conti errati: contas erradas.
Èrre, s. m. e f. erre, r (a letra erre).
Erroneamênte, adv. erroneamente, erradamente, equivocadamente.
Erroneità, s. f. erroneidade.
Erròneo, adj. errôneo, equivocado / falso, falaz: ——— giudizio ———.
Errôre, s. m. ato de errar, erro; inexatidão, culpa, engano; pecado, ilusão; doutrina falsa; ——— madornale: erro grande / scontare un ———: pagar caro um erro / por descuido / salvo ———: salvo erro / (com.) sàlvo ——— o omissione: salvo erro ou omissão / (sin.) sbaglio, fallo.
Èrta, s. f. escarpa, subida, ladeira / (contr.) china, discesa: declive, baixada / all'erta!: alerta!
Ertêzza, s. f. qualidade de íngreme, escarpado; declividade.
Èrto, p. p. erguido / (adj.) íngreme, escarpado, alcantilado / áspero, duro, difícil de subir.
Erubescènte, adj. (p. us.) erubescente.
Erubescènza, s. f. erubescência, rubor, vergonha.
Erúca, s. f. (bot.) oruca / (zool.) lagarta das plantas, bicho-cabeludo, taturana.
Erudíbile, adj. que se pode instruir.
Eruditísmo, s. m. (ir.) eruditismo, erudição desordenada e confusa.

Erudíto, p. p., adj. e s. m. erudito; culto, instruído; douto, sábio, enciclopédico.
Erudizióne, s. f. erudição; sabedoria, cultura, instrução, doutrina, ciência, conhecimento.
Erúmna e erunna, (ant.) s. f. tristeza / calamidade.
Erumnôso, (ant.) adj. triste.
Eruttàre, (pr. -útto) v. tr. cructar, lançar lava, etc. (o vulcão) / arrotar e, em sentido vulgar, ruttare.
Eruttazióne, s. f. eructação; erupção / arroto.
Eruttívo, adj. eruptivo; que provoca erupção.
Eruzióne, s. f. erupção / (med.) erupção, exantema.
Ervalènta, s. f. farinha de lentilhas.
Ervo, s. m. (bot.) chícharo, planta das leguminosas: ervilha.
Es, pref. ex. es-patriare: expatriar, es-portare: exportar, etc.
Esacerbamênto, s. m. exacerbação, irritação.
Esacerbàre, (pr. -èrbo) v. tr. exacerbar, irritar, agravar / (fig.) desgostar, enojar, aborrecer.
Esacerbazióne, s. f. exacerbação.
Esacisottaèdro, s. m. (geom.) poliedro de 48 faces.
Esacòrdo, s. m. (mús.) hexacórdio, instrumento de seis cordas / sistema harmônico de seis sons.
Esaèdro, s. m. (geom.) hexaedro.
Esageràre, (pr. -àgero) v. tr. exagerar; avultar, aumentar, encarecer; ——— i propri meriti: exaltar os próprios méritos / (sin.) ampliare, ingrandire, gonfiare.
Esagerativo, adj. exagerativo.
Esageràto, p. p. adj. e s. m. exagerado; excessivo / avultado, encarecido, aumentado / exaltado: non credegli, è un ———.
Esageratôre, adj. e s. m. (f. -trice) exagerador.
Esagerazióne, s. f. exageração, exagero.
Esageróne, s. m. (f. -óna) muito exagerado.
Esagitàre, (pr. -àgito) v. tr. exagitar, agitar; comover, estimular.
Esagitàto, p. p. e adj. exagitado / exaltado, comovido fortemente.
Esagonàle, adj. (geom.) hexagonal.
Esàgono, s. m. (geom.) hexágono, polígono de seis lados.
Esalàbile, adj. exalável, que pode exalar, evaporar.
Esalamênto, s. m. exalação de vapores, etc.
Esalàre, (pr. -àlo) v. tr. exalar, emanar vapores, perfumes, etc. / l"anima: morrer / (refl.) evaporar-se, exalar-se, dissipar-se.
Esalazióne, s. f. exalação, emanação.
Esaltamênto, s. m. exaltação, exaltamento, enaltecimento.
Esaltàre, v. tr. exaltar, levantar, elevar muito; celebrar, sublimar, elogiar / irritar / (pr.) exacerbar-se, irritar-se, elogiar-se, gabar-se.
Esaltàto, p. p. exaltado / (adj.) elogiado, sublimado, louvado / excitado, exagerado / (sin.) eccitato, fanatico.
Esaltatôre, adj. e s. m. exaltador.

Esaltaziône, s. f. exaltação, elevação, engrandecimento / excitação / sublimação.
Esàme, s. m. exame, investigação, indagação: —— di coscienza / reconhecimento, revista, revisão: —— dei documenti / (for.) interrogatório, instrução de processo / exame, prova de habilitação; **approvato agli esami:** aprovado nos exames / **libero** ——: livre exame, exploração, reconhecimento.
Esàmetro, s. m. hexâmetro, verso heróico da poesia clássica.
Esàmina, s. f. (p. us.) exame.
Esaminàbile, adj. examinável.
Esàminando, adj. e s. m. examinando / (sin.) **candidato**.
Examinànte, adj. e s. m. examinador.
Esaminàre, (pr. -àmino) v. tr. examinar, indagar, investigar, esquadrinhar, inquirir, interrogar / revisar, rever, verificar, comprovar as contas, os livros / (sin.) **interrogare, indagare, scrutare, rivedere, verificare**.
Esaminatôre, adj. e s. m. (f. -trice) examinador / revisor.
Esamotôre, s. m. (aer.) aeroplano de seis motores.
Esàngue, adj. exangue, que perdeu o sangue; esvaido / débil.
Esanimàre, (pr. -ànimo) v. desanimar, desalentar, acobardar, abater.
Esànime, adj. (lit.) exânime, sem alento, desfalecido; desmaiado; morto.
Esanòfele, s. m. (med.) remédio contra o impaludismo.
Esantèma, (pr. -èmi) s. m. (med.) exantema.
Esantemàtico, (pl. -àtici) adj. exantemático.
Esàrca, (pl. -àrchi) s. m. exarca, governador das províncias italianas sujeitas ao Império Romano do Oriente.
Esarcàto, s. m. (hist.) exarcado.
Esasperamênto, s. m. exasperação, exaspero.
Esasperàre, (pr. -àspero) v. tr. exasperar, irritar, encolerizar, exacerbar, provocar a ira / (refl.) **esasperarsi un dolore, una malattia:** agravar-se, exacerbar-se uma dor ou doença / enfurecer-se, irritar-se.
Esasperàto, p. p. e adj. exasperado, irritado, encolerizado.
Esasperatôre, adj. e s. m. (f- trice) que ou o que exaspera: exasperador.
Esasperaziône, s. f. exasperação, irritação, exacerbação.
Esàstico, (pl. -àstici), adj. (metr.) hexástico, de seis versos / (s. m.) epigrama em seis versos.
Esàstilo, adj. (arquit.) hexástilo; de seis colunas.
Esattamênte, adv. exatamente.
Esattêzza, s. f. exatidão, cuidado, escrúpulo; pontualidade, perfeição.
Esàtto, p. p. (de esígere: cobrar) cobrado, percebido, recebido; **la somma csatta:** a quantia recebida.
Esàtto, adj. exato, preciso, justo; certo, rigoroso, verdadeiro; pontual, perfeito.
Esattôre, s. m. exator; cobrador, arrecadador de impostos ou contribuições / recebedor.

Esattoría, s. f. exatoria; cargo de exator / repartição arrecadadora, recebedoria de impostos, de rendas; etc.
Esaudimênto, s. m. (raro) consentimento, concessão, cumprimento de um pedido.
Esaudíre, (pr. -ísco, -ísci, -ísce, iàmo, -íte, -íscono) v. tr. atender, ouvir favoravelmente, consentir, anuir a uma solicitação; deferir, outorgar.
Esauríbile, adj. exaurível; esgotável.
Esauriènte, p. pr. que exaure, que esgota / (adj.) exauriente, cabal, satisfatório, conclusivo, decisivo; pleno, completo, perfeito / extenuativo.
Esaurimênto, s. m. exaustão, esgotamento.
Esauríre, (pr. -ísco, ísci, -iàmo, -íte, -íscono) v. tr. exaurir, esgotar completamente / esvaziar; —— **un pozzo:** esvaziar um poço / dissipar, depauperar / (fig.) —— **una prática:** despachar um expediente, etc. / —— **la paziencia:** perder a paciência / (pr.) exaurir-se, esgotar-se.
Esauríto, p. p. e adj. exaurido, exausto, esgotado / acabado, concluído, terminado / vendido; **edizione esaurita, libro** ——: adição esgotada, livro esgotado / **uomo** ——: homem exausto.
Esàusto, adj. e p. p. exausto, esgotado, cansado, fatigado / extenuado, débil / acabado.
Esautoràre, (pr. -àutoro) v. exautorar, tirar a autoridade a; desautorizar, depreciar / (refl.) perder a autoridade ou a reputação.
Esautoràto, p. p. e adj. exautorado; privado de cargo ou dignidade; desautorizado.
Esautoraziône, s. f. exautoração; desautorização.
Esaziône, s. f. exação, cobrança, arrecadação; —— **delle imposte:** arrecadação dos impostos / (sin.) **riscossione**.
Esborsàre, v. tr. desembolsar.
Esbôrso, s. m. desembolso.
Èsca, s. f. isca / (fig.) atrativo, chamariz, lisonja, sedução / **dar** —— **all'odio:** fomentar o ódio.
Escandescènte, adj. escandescente, colérico, inflamado, irritado.
Escandescênza, s. f. escandescência, arrebato de cólera, excitação, excesso, ira: **dare in escandescenze**.
Èscara, s. f. (med.) escara, crosta escura que resulta de mortificação de partes de um tecido.
Escarificaziône, s. f. (med.) escarificação, ato e efeito de escarificar.
Escaròtico, (pl. -òtici) adj. escarótico, que concerne ou produz escara.
Escatología, s. f. (filos.) escatologia.
Escavàre, v. (p. us.) escavar, cavar.
Escavatôre, adj. e s. m. (f. -tríce) escavador, que ou aquele que escava ou cava / aparelho para escavar.
Escavaziône, s. f. escavação, ação de escavar ou cavar.
Escèrti, s. m. (pl.) (p. us.) excertos, fragmentos, extratos, trechos (em it. não se usa no sing.).
Escettàre, (ant.) v. excetuar.

Èschio, s. m. (raro) espécie de carvalho.
Escíndere, (pr. **-escíndo**) v. tr. excindir, cortar, amputar.
Escíre, v. uscire.
Escisiône, s. f. (cir.) excisão, corte, amputação; separação.
Esclamàre, (pr. **-àmo**) v. intr. exclamar.
Esclamativamênte, adv. exclamativamente.
Esclamativo, adj. exclamativo / **punto** ————: ponto de admiração.
Esclamaziône, s. f. exclamação.
Esclerodermía, s. f. (med.) esclerodermia (esclerose difusa).
Esclúdere, (pr. **-údo**) v. excluir, não admitir em / eliminar, excetuar, não aceitar; receitar; (contr.) **ammettere.**
Esclusiône, exclusão, eliminação.
Esclusíva, s. f. exclusiva / (com.) privilégio, monopólio; **concedere l'** ———— **di vendita:** conceder exclusividade de venda.
Esclusivamênte, adv. exclusivamente.
Esclusivísmo, s. m. exclusivismo / intransigência.
Esclusivísta, (pl. **-ísti**) s. m. exclusivista
Esclusività, s. f. exclusividade.
Esclusívo, adj. exclusivo / (s. m.) exclusivista, intransigente, intolerante.
Esclúso, p. p. e adj. excluído; excluso, rejeitado; excetuado / (com.) **imballaggio** ————: embalagem excluída.
Esclusôre, s. m. quem exclui; que exclui.
Esclusòrio, (pl. **-òri**) (for.) exclusório, que implica exclusão: **clausola esclusoria.**
Escogitàbile, adj. excogitável.
Escogitàre, (pr **-ògito**) v. excogitar, discorrer, meditar / imaginar, inventar, buscar; ———— **i mezzi per:** descobrir os meios para.
Escogitativo, adj. excogitativo.
Escogitatôre, adj. e s. m. (f. **-tríce**) excogitador.
Escomiàre, v. despedir, desalojar o arrendatário (t. agr. da Alta Itália).
Escòmio, (pl. **-òmi**) s. m. ação e efeito de despedir o colono ou arrendatário por terminação de contrato ou outra razão.
Escoriàre, (pr. **-òrio, -òri**) (med.) v. escoriar, arrancar leve e superficialmente a pele.
Escoriativo, adj. escoriativo.
Escoriaziône, s. f. escoriação / (med.) abrasão, lesão.
Escreàto, s. m. (med.) escarro, expectoração; ———— **mucoso, sanguigno, catarroso.**
Escrementàle, adj. excrementoso, excrementício.
Escrementízio, (pl. **-ízi**) adj. escrementício.
Escremènto, s. m. (lit.) excremento, matérias fecais; fezes.
Escrescènza, s. f. (med.) excrescência; tumor; pólipo.
Escretôre, adj. excretório.
Escreziône, s. f. (med.) excreção; matéria excretada.
Escúrbia, (ant.) s. f. cada um dos furos laterais na proa dos navios pelos quais passam as corrente das âncoras.
Esculènto, adj. esculento, comestível: **pianta, animale esculenta.**

Escúlto, (ant.) adj. esculpido.
Escursionàre, v. excursionar, fazer excursões.
Escursiône, s. f. excursão; passeio.
Escursionísmo, s. m. excursionismo.
Escursionísta, s. f. e m. excursionista.
Escussiône, s. f. excursão; exame das testemunhas.
Escússo, p. p. e adj. (for.) interrogado, examinado (testemunha).
Escútere, (pr. **-escúto**), (for.) examinar, interrogar as testemunhas / ———— **un debitore:** executar, demandar um devedor.
Esecràbile, adj. execrável, detestável.
Esecrabilità, s. f. execrabilidade.
Esecràndo, adj. execrando / péssimo.
Esecràre, (pr. **-ècro**) v. tr. execrar / detestar, abominar, amaldiçoar; odiar, vituperar, reprovar.
Esecratôre, adj. e s. m. (f. **-tríce**) execrador.
Esecraziône, s. f. execração, maldição, imprecação / abominação, ódio / vitupério.
Esecutivamênte, adv. executivamente.
Esecutívo, adj. executivo (s. m.) o executivo.
Esecutôre, adj. e s. m. (f. **-tríce**) executor / (mús.) executante / ———— **di giustizia:** executor da justiça; carrasco / (jur.) testamenteiro.
Esecutòria, s. f. (for.) executória.
Esecutòrio, (pl. **-òri**) adj. executório.
Esecuziône, s. f. execução; cumprimento de uma ordem ou sentença; ação de executar, efetuar, por em execução, realizar uma projeto ou uma idéia / (for.) execução, embargo ou penhora de bens / (mús.) execução de uma ópera ou peça musical.
Esèdra, s. f. exedra, pórtico circular onde se reuniam pessoas para discutir.
Esegèsi, s. f. exegese; explicação, interpretação / comentário.
Esegèta e esegète, (pl. **-ti**) s. m. exegeta, intérprete de textos e obras de arte.
Esegètico, (pl. **-ètici**) adj. exegético.
Eseguíbile, adj. exeqüível, executável.
Eseguibilità, s. f. eseqüibilidade.
Eseguíre, (pr. **-ísco, -ísci**) executar, por em execução, levar a cabo ou a efeito; efetuar, realizar, cumprir / (com.) ———— **un'ordinazione:** aviar, atender, despachar uma ordem ou pedido.
Esempigràzia, adv. por exemplo, à maneira de exemplo (de us. pedantesco).
Esèmpio, (pl. **-êmpi**) s. m. exemplo / modelo / espelho, lição: **quest'esempio ti serva di lezione / dare un** ————: escarmentar, castigar.
Esemplàre, adj. exemplar, modelar, que serve de exemplo / (s. m.) exemplar, modelo, cópia / **tiratura di mille esemplari:** tiragem de mil exemplares.
Esemplàre, (ant.) v. copiar, transcrever / trazer por modelo.
Esemplarità, s. f. exemplaridade.
Esemplarmênte, adv. exemplarmente.
Esemplificàre, (pr. **-ífico, -ífichi**) v. tr. exemplificar.
Esemplificativo, adj. exemplificativo.
Esemplificaziône, s. f. exemplificação.

Esentàre, (pr. -ènto, -ènti) v. tr. e pr. executar, eximir, dispensar, isentar, exonerar; excluir; —— **dalle tasse**: isentar dos impostos.
Esentàto, p. p. e adj. isentado, isento; dispensado.
Esènte, adj. isento, livre, desobrigado, independente / privilegiado, não obrigado ao pagamento de taxas, etc.
Esenziône, s. f. isenção, ato de eximir.
Esequiàle, adj. exequial, relativo à exéquias.
Esequie, s. f. (pl,) exéquias; cerimônias ou honras fúnebres.
Esercènte, p. p. e adj. quem ou aquele que exerce uma arte, atividade, etc.; negociações; gerente / fabricante.
Esercìre, v. administrar / conduzir.
Esercitàbile, adj. executável, praticável.
Esercitàre, v. tr. exercitar; instruir, disciplinar / exercer, professar, praticar / gerir, dirigir, administrar / (pr.) exercitar-se.
Esercitatìvo, adj. apto para exercitar.
Esercitàto, p. p. e adj. exercitado, adestrado, ensinado; habituado.
Esercitatôre, s. m. (f. -trice) exercitador.
Esercitaziône, s. f. exercitação; exercitamento / prática, uso; adestramento / (mil.) manobra militar.
Esèrcito, s. m. exército / (fig.) grande quantidade de pessoas ou animais; multidão.
Esercitòria, s. f. (mar.) ação que compete ao exercitor, que é o que preside à administração do navio durante uma determinada viagem.
Esercízio, s. f. exercício / uso; prática adquirida / negócio, loja, venda / cultivo / (com.) —— **finanziario**: balanço anual, ano fiscal, etc.
Eserèsi, s. f. (cir.) exérese, operação cirúrgica.
Esèrgo, s. m. exergo, espaço numa moeda ou medalha, para uma inscrição ou data / essa data ou inscrição.
Esfogliaziône, s. f. (cir.) esfoliação.
Esibìre, v. exibir; mostrar, apresentar, manifestar / expor, tornar patente / (for.) apresentar as escrituras em juízo.
Esibìta, s. f. (for.) apresentação das escrituras em juízo.
Esibìto, p. p. e adj. exibido; mostrado; apresentado.
Esibitôre, s. m. (f. -trice) exibidor, quem ou que exibe / apresentador.
Esibiziône, s. f. exibição, apresentação / oferecimento, especialmente dos próprios trabalhos.
Esibizionísmo, s. m. exibicionismo; exibismo; ostentação.
Esigente, p. pr. e adj. exigente, que exige / que pretende muito; que dificilmente se satisfaz.
Esigènza, s. f. exigência / necessidade imperiosa; urgência / pretensão.
Esígere, v. tr. exigir, pretender, reclamar imperiosamente; obrigar, querer / receber, arrecadar / (sin.) **riscuotere, richiedere, pretendere**.
Esigìbile, adj. exigível.
Esigibilità, s. f. exigibilidade.
Esiguaménte, s. f. escassamente, limitadamente; exiguamente.
Esiguità, s. f. exigüidade, escassez / (sin.) **pochezza, scarsità**.

Esíguo, adj. exíguo, pequeno, escasso, limitado / tênue, delicado, fino / (sin.) **piccolo, tenue, esile**.
Esilaraménto, s. m. (p. us.) alegria, regozijo, hilaridade.
Esilarànte, adj. que alegra, hilariante. divertido: **lettura, notízia** —— / **gás** ——: gás incolor.
Esilaràre, v. tr. hilarizar, alegrar, regozijar / (sin.) **rallegrare**.
Èsile, adj. exil (poét.) / fraco, débil; tênue, sutil, delicado; magro.
Esilène, s. m. (quím.) hexileno.
Esiliàre, v. exilar, exiliar, desterrar, expatriar / (refl.) expatriar-se / (sin.) **esulare, spatriare**.
Esiliàto, p. p. adj. e s. m. exilado; desterrado; expatriado / éxul.
Esílio, (pl. -li) s. m. exílio; desterro; expatriação forçada ou voluntária / (mistic.) a vida mortal (por oposição ao céu).
Esilità, s. f. delgadeza, tenuidade / fraqueza, debilidade.
Esímere, v. eximir, desobrigar, dispensar / (refl.) **esímersi**: eximir-se, esquivar-se, recusar-se.
Esímio, (pl. -mi) adj. exímio, excelente, insigne, muito ilustre.
Esinanìre, v. (ant.) exinanir; aniquilar, debilitar, extenuar.
Esinanìto, p. p. e adj. extenuado, debilitado, exausto.
Esinaninaziône, s. f. (p. us.) exinanição; esgotamento; prostração.
Esistènte, p. pr. e adj. existente; que existe; que vive.
Esistènza, s. f. existência; fato de existir / realidade / vida: **un'** —— **felice**: uma vida feliz / (com.) —— **in cassa**: fundos líquidos ou disponíveis.
Esistenziàle, adj. (neol.) existencial, relativo à existência.
Esistenzialísmo, s. m. (filos.) existencialismo.
Esístere, v. intr. existir, ser; subsistir, permanecer, durar; ter vigência / estar, encontrar-se.
Esitàbile, adj. (com.) vendível, vendável; **merce** ——: mercadoria vendável.
Esitabôndo, adj. (p. us.) perplexo, irresoluto, hesitante.
Esitànza, s. f. hesitação, indecisão, perplexidade.
Esitàre, v. intr. hesitar, vacilar, duvidar, titubear, estar perplexo / p. us. vender, liquidar; —— **tutta la merce**: vender a mercadoria toda.
Esitaziône, s. f. hesitação, vacilação, perplexidade, dúvida, irresolução, indecisão; incerteza.
Èsito, s. m. êxito; saída, fim; resultado feliz ou auspicioso; **affare di dubbio** ——: negócio de êxito duvidoso.
Esiziàle, adj. exicial, prejudicial, daninho, ruinoso; pernicioso; nocivo, funesto.
Esízio, (ant.) s. m. ruína, extermínio.
Eslège, adj. (lat. **ex lège**) fora da lei / (sin.) **fuorilegge**.
Esocàrpo, s. m. (bot.) esocarpo; epicarpo.
Esòcrino, adj. (med.) exócrino; **glandule esocrine**: glândulas exócrinas.

Esòdio, s. m. êxodo, canto de desenlace na tragédia grega / desenlace, catástrofe, fim.
Èsodo, s. m. êxodo, saída, partida, emigração / 2º livro da Bíblia, onde se narra a saída dos hebreus do Egito.
Esofagèo, adj. esofágico.
Esofagíte, s. f. (med.) esofagite, inflamação do esôfago.
Esofagotomía, s. f. (cir.) corte do esôfago; esofagotomia.
Esoftàlmo, s. m. (med.) esoftalmo.
Esògeno, adj. exógeno, que cresce exteriormente, ou para fora / (contr.) endogeno.
Esolèto, (ant.) adj. obsoleto, desusado, antiquado.
Esondàre, v. (p. us.) desbordar, transbordar.
Esoneràre, (pr. -ònero) v. tr. exonerar, tirar ônus a; desobrigar, aliviar, dispensar / despedir, desempregar, destituir, demitir do cargo.
Esònero, s. m. exoneração, destituição, demissão.
Esònfalo, s. m. (med.) exonfálio, hérnia umbilical.
Esòpico, adj. esópico, de Esopo (fabulista grego).
Esoràbile, (ant.) exorável; compassivo / (contr.) inesorabile.
Esorbitànte, p. pr. e adj. exorbitante; excessivo.
Esorbitànza, s. f. exorbitância, excesso, enormidade.
Esorbitàre, (p. -òbito) v. exorbitar; exceder-se; sair dos limites, do justo.
Esorbitaziône, s. f. exorbitância; exorbitação.
Esorcísmo, s. m. exorcismo, esconjuro.
Esorcísta, (pl. -ísti) s. m. exorcista, pessoa que exorcisma / (ecl.) clérigo que recebeu a terceira ordem menor.
Esorcistàto, s. m. exorcistado, em teologia, uma das quatro ordens menores.
Esorcístico, (pl. -ístici) exorcístico.
Esorcizzàre, v. tr. exorcizar, exorcismar, esconjurar.
Esorcizzatôre, s. m. exorcizador, exorcista.
Esordiàle, adj. exordial, que diz respeito ao exórdio.
Esordiàre, (ant.) v. exordiar, começar a falar.
Esordiènte, p. pr., adj. e s. m. principiante, novel.
Esòrdio, (pl. -òrdi) s. m. exórdio, princípio de um discurso: preâmbulo; (fig.) princípio, prefácio, origem.
Esordíre, (pr. -ísco) v. intr. exordiar; começar, principiar / (teatr.) estrear, debutar (galic.).
Esornàre, v. exornar, aformosear, adornar, enfeitar, engalanar.
Esornatívo, adj. exornativo, que serve para enfeitar.
Esortamênto, s. m. exortação.
Fsortàre, (pr. -òrto) v. exortar, aconselhar / persuadir, induzir / incitar, instigar, estimular / avisar, admoestar.
Esortatívo, adj. exortativo.
Esortatôre, adj. e s. m. (f. -tríce) exortador.

Esortatório, (pl. -òri) adj. exortatório, que envolve exortação.
Esortaziône, s. f. exortação / (ecles.) oração exortatória.
Esòrto, (ant.) s. m. (astr.) o surgir de um astro, de uma estrela: l'esorto di Espero.
Esosfèra, s. f. (meteor.) estratosfera.
Esosmòsi, s. f. exosmose (fís.) / (contr.) endosmose.
Esòso, adj. antipático, odioso / (dial.) avaro.
Esostòsi, s. f. (anat.) exostose, tumor ósseo.
Esotèrico, (pl. -èrici) adj. esotérico, secreto, reservado, oculto; dottrine esoteriche: doutrinas esotéricas.
Esoterísmo, s. m. (filos.) esoterismo.
Esotèrmico, (pl. -èrmici) adj. exotérmico / (contr.) endotérmico.
Esoticísmo, s. m. exotismo.
Esoticità, s. f. exoticidade.
Esòtico, (pl. -òtici) adj. exótico, que não é indígena; estrangeiro; forasteiro; extravagante, esquisito.
Esotísmo, (neol.) s. m. exotismo, maneira exótica.
Espansíbile, adj. expansível; dilatável.
Espansiône, s. f. expansão, dilatação, difusão / efusão; ——— d'allegria: efusão de alegria.
Espansionísmo, s. m. expansionismo, tendência para conquistas de mercados ou territórios.
Espansivo, adj. expansivo, expansível / franco, comunicativo, entusiasta.
Espànso, p. p. e adj. estendido, dilatado.
Espatriàre, (pr. -àtrio, -àtri) v. expatriar-se, ir para o exílio; ir residir em país estrangeiro.
Espàtrio, s. m. expatriação, desterro.
Espatriaziône, s. f. expatriação.
Espediènte, s. m. expediente, recurso, meios que se põem em prática para remover dificuldades; vivere di expedienti ———: viver de expedientes.
Espedíre (ant.) v. expedir, despachar.
Espedíto, (ant.) p. p. expedido, despachado / (adj.) expedido, ativo, despachado, diligente, lesto.
Espèllere, (pr. -èllo) v. tr. expelir, lançar fora com violência; expulsar; arremessar à distância.
Esperantísta, (pl. ísti) s. m. esperantista.
Esperànto, s. m. esperanto, língua universal inventada pelo Dr. Zamenhoff, de Varsóvia.
Espèria, (hist.) Hespéria, nome que os gregos deram à Itália, e que os romanos deram à Espanha.
Esperíbile, adj. (for.) que se pode experimentar, experimentável.
Esperídio, s. m. (bot.) esperídio (laranja, limão, etc.).
Esperiènza, s. f. experiência; prática; conhecimento adquirido por experiência / experimento, prova, ensaio.
Esperimentàle, adj. experimental.
Esperimentàre, v. tr. experimentar.
Esperimênto, s. m. experimento; experimentação; ensaio; experiência; tentativa, prova, exame.
Espèrio, adj. espério, ocidental / da Itália ou Espanha.
Esperíre, (pr. -ísco, ísci) v. experimentar, provar; tentar.

Èspero, s. (lit.) héspero, o planeta Vênus / vento do poente.
Espertamènte, adv. com experiência e prática, competentemente.
Espèrto, adj. esperto, perito, experimentado; hábil, destro.
Espettazióne, s. f. (p. us.) expectação, expectativa.
Espettorànte, s. m. (farm.) expectorante.
Espettoràre (pr. -èttoro), v. tr. expectorar, escarrar, expelir do peito.
Espettoràto, p. p. expetorado / (s. m.) expectoração, escarro, esputo.
Espettorazióne, s. f. expectoração / cacatarro, esputo, escarro.
Espiàre, (pr. -ío, íi) v. tr. expiar; **la pena:** expiar, sofrer a pena.
Espiatòrio, (pl. -òri) adj. expiatório; **capro** ———: bode expiatório.
Espiazióne, s. f. expiação; penitência, castigo, pena / (sin.) **penitenza.**
Espirare, (pr. -íro) v. intr. expirar, expelir o ar dos pulmões.
Espirazióne, s. f. expiração, expulsão do ar dos pulmões; respiração.
Espletàre, (pr. -éto) v. (burl.) despachar, concluir, terminar; ——— **una pràtica:** despachar um expediente.
Espletívo, adj. (gram.) expletivo / (sin.) **pleonástico.**
Esplicàbile, adj. (p. us.) explicável / (contr.) **inesplicabile.**
Esplicàre, (pr. èsplico, èsplichi) v. tr. explicar, declarar, explanar, expor / (neol.) exercer; ——— **un'attivitá:** exercer um trabalho qualquer.
Esplicatívo, adj. explicativo.
Esplicazióne, s. f. (raro) explicação.
Esplícere, (ant.) v. explicar.
Esplicitamènte, adv. explicitamente; claramente.
Esplícito, adj. explícito, claro.
Esplodènte, adj. e s. m. explosivo.
Esplòdere, (pr. -òdo) v. explodir / disparar uma arma; **gli esplose contro il fucile:** disparou-lhe o fuzil contra.
Esploràbile, adj. explorável.
Esploràre, (pr. -òro) v. tr. explorar, ir à descoberta de; percorrer, estudando, procurando; estudar; observar; pesquisar; inquirir; especular, indagar, esquadrinhar, analisar.
Esploratívo, adj. exploratório.
Esploràto, p. p. e adj. explorado, conhecido; **paese da molto tempo** ———: país de há muito conhecido.
Esploratôre, s. m. (f. -tríce) explorador / (mar.) navio de guerra leve e veloz.
Esploratòrio, adj. exploratório / (cir.) instrumento para sondar.
Esplorazióne, s. f. exploração, pesquisa, investigação / exploração, exame de um doente.
Esplosióne, s. f. explosão / estouro.
Esplosívo, adj. explosivo / (s. m.) explosivo; substância inflamável.
Esponènte, p. pr. adj. e s. m. expoente.
Espòrre, (pr. -ôngo) v. tr. expor, por à vista; apresentar / referir, explicar, desenvolver, fazer conhecer; interpretar, revelar / arriscar, colocar em perigo / (pron.) expor-se, comprometer--se, arriscar-se; exibir-se, oferecer-se.
Esportàre, (pr. -òrto) v. exportar.
Esportatôre, adj. e s. m. (f. -tríce) exportador.

Esportazióne, s. f. exportação.
Esposímetro, s. m. fotômetro.
Espositívo, adj. expositivo; elucidativo.
Espositôre, adj. e s. m. (f. -tríce) expositor.
Esposizióne, s. f. exposição; declaração, narração: **l'esposizione dei fatti** / interpretação (de autores ou textos); orientação; ——— **della casa:** posição em que está exposta a casa / ——— **industriale:** exposição industrial / representação, petição, reclamação escrita à autoridade.
Espôsto, p. p. e adj. exposto; exibido / (s. m.) representação, petição, memorial / menino abandonado: enjeitado.
Espressamènte, adv. expressamente, claramente / propositadamente.
Espressióne, s. f. expressão, manifestação / palavra, frase, locução / (mat.) expressão.
Espressionísmo, s. m. (arte e lit.) expressionismo.
Espressionísta, s. m. expressionista, partidário do expressionismo.
Espressíva, s. f. alocução, faculdade de expressar idéias e sentimentos; **un'espressiva facile:** uma elocução fácil.
Espressivamènte, adv. expressivamente.
Espressívo, adj. expressivo / eloqüente, eficaz, significativo / afetuoso.
Esprèsso, p. p. e adj. expresso, enunciado; claro, explícito, terminante, concludente / (ferr.) trem expresso / **caffè** ———: café expresso ou especial / (s. m.) mensageiro próprio, correio especial ou particular.
Esprímere, (pr. -ímo) v. tr. expressar, manifestar com palavras ou sinais; **pensa bene, ma si esprime male:** pensa bem, mas exprime-se mal / falar, exprimir, dizer, explicar, expor, enunciar, demonstrar; especificar, representar.
Esprimíbile, adj. exprimível, que se pode expressar, exprimir.
Esprofèsso, adv. ex-professo, de propósito / (sin.) **apposta.**
Espromissôre, s. m. (for.) fiador, endossante.
Espropriàre, (pr. -òprio, òpri) expropriar; desapossar alguém de sua propriedade.
Espropriazióne, s. f. expropriação; desapropriação.
Espròprio, (pl. òpri) s. m. desapropriação do vendedor por sentença executiva; venda judicial.
Espugnàbile, adj. expugnável.
Espugnàre, v. tr. expugnar, tomar por assalto / (fig.) vencer uma resistência; debelar; abater.
Espugnatôre, adj. e s. m. expugnador.
Espugnazióne, s. f. expugnação.
Espulsióne, s. f. expulsão, saída forçada / (med.) secreção, evacuação.
Espulsívo, adj. e s. m. expulsivo; próprio para expulsar; que facilita a expulsão.
Espúlso, p. p. e adj. expulso; mandado sair; posto fora; despedido.
Espulsôre, s. m. expulsor.
Espúngere, (pr. -úngo) v. expungir, suprimir, cancelar, apagar, delir, eliminar; fazer desaparecer (um escrito).
Espúnto, p. p. e adj. expungido; cancelado; suprimido, apagado.

Espunziône, s. f. expunção, supressão.
Espurgàre, (pr. -úrgo, -úrghi) v. expurgar, purgar; limpar, corrigir.
Espurgàto, p. p. e adj. expurgado, purgado, purificado: **un Boccaccio** ———.
Èssa, pron. ela, essa, aquela.
Èsse, s. m. e f. / s. a letra esse / **fatto ad** ———: feito em forma de esse.
Essendochê, conj. posto que, sendo que, dado que, visto que.
Essêni, s. f. pl. essênios, judeus de vida austera e simples.
Essènza, s. f. essência, ser, natureza, substância, existência; idéia principal / óleo que se extrai de certos vegetais / **la quint'essenza:** o melhor de uma coisa.
Essenziàle, adj. essencial, substancial, principal, necessário, vital, indispensável, importante.
Essenzialità, s. f. essencialidade.
Essenzialmênte, adv. essencialmente, substancialmente.
Éssere, (pr. sono, sèi, è, siamo, siète, sôno), v. ser, existir; **Dio è, sia la luce:** Deus existe, seja a luz / ——— **un dappoco:** ser curto de inteligência ou de importância / ——— **di razza fina:** ser de raça fina / **per** ——— **chi è, poteva fare di piu:** por ser quem é, podia ter feito mais / ——— **in casa:** estar em casa / **siamo a primavera:** estamos na primavera / ——— **in cattivo stato:** estar em mau estado / ——— **ben vestido:** estar bem trajado / ——— **in miseria, al verde:** estar na miséria, não ter dinheiro / **esser fuori di sê:** estar fora de si / ——— **al corrente:** estar em dia, estar inteirado / ——— **a cavallo:** estar em boa situação / ——— **d'accordo:** estar de acordo, conforme / ——— **disposto:** estar propenso a / (mil.) ——— **di guardia:** estar de guarda / ——— **in grado di:** estar em condição de / ——— **in lite:** estar em contenda, em lide / **èsserci** (ou **èsservi) qualche cosa:** haver algo / **ci dev'essere: sere:** há de haver.
Èssere, s. m. ser; **l'Ente Supremo:** o Ser Supremo / criatura; **gli esseri viventi:** os seres vivos / existência; **Dio mi diede l'esistenza:** Deus deu-me a vida / natureza / estado, condição; **la casa si trova ancora in buona condizione:** a casa acha-se ainda em boas condições / indivíduo; **un** ——— **insignificante:** um sujeito insignificante / (sin.) **esistenza, essenza, ente, creatura.**
Essicànte, p. pr. adj. e s. m. excicante; exsicativo.
Essicàre, v. exsicar, secar, enxugar.
Essiccatívo, adj. exsicativo, secativo.
Essiccatôio, (pl. -ôi) s. m. secador; máquina para secar; onde se faz a secagem.
Essiccatôre, adj. e s. m. exsicador; secador; máquina ou dispositivo que serve para secar.
Essiccazióne, s. f. exsicação, ato de excicar.
Èsso, (f. èssa) pron. pess. ele, esse; aquele; ela, essa, aquela; us. para animais e coisas, e no plural também para pessoas em vez de **eglino, elleno,** já caídos em desuso / servem de sujeito e de complemento / (for.) **o chi per esso:** ou quem o representa.
Essotèrico, (pl. -èrici) (filos.) adj. exotérico, claro, fácil, acessível; público.
Essudàto, s. m. (med.) exsudato.
Essudazióne, s. f. (med.) exsudação.
Est, s. m. este, leste; levante, oriente.
Està, s. f. (poét. raro) verão.
Estànte, (ant.) existente / **in** ———: em seguida, imediatamente.
Èstasi, s. f. êxtase, arrebatamento, enlevo / pasmo, admiração.
Estasiàre, v. extasiar, cair em êxtase; enlevar; encantar; arrebatar, admirar.
Estatàre, v. intr. veranear, passar o verão em lugar saudável.
Estàte, s. f. verão, estio / **estate di San Martino:** o verânico de S. Martinho e de S. Miguel.
Estaticamênte, adv. estaticamente, enlevadamente.
Estàtico, (pl. -àtici) adj. estático, absorto, admirado; pasmado.
Estatíno, adj. de verão, relativo ao verão; **uccelli estatini:** pássaros de verão.
Estemporaneamênte, adv. extemporaneamente; improvisadamente, repentinamente.
Estemporàneo, adj. extemporâneo; improvisado / **poeta** ———: poeta repentista ou improvisador.
Estèndere, (pr. -èndo) v. tr. estender, ampliar / acrescer, aumentar; alongar / propagar, difundir / (refl.) estender-se, delongar-se, difundir-se.
Estendíbile, adj. estendível / extensível.
Estendibilità, s. f. extensibilidade.
Estendimênto, s. m. (p. us.) efeito de estender; extensão.
Estènse, adj. da casa D'Este, ilustre família principesca da Itália, que governou Ferrara, Módena e Réggio.
Estensíbile, adj. extensível, que se pode estender.
Estensióne, s. f. extensão; dimensão / ampliação / **in tutta la sua** ———: em toda a sua extensão ou valor / ——— **della scadenza.**
Estensivamênte, adv. extensivamente.
Estensívo, adj. extensivo.
Estènso, adj. extenso / (adv.) **per** ———: por extenso / **raccontare per** ———: narrar por extenso, detalhadamente.
Estensôre, adj. e s. m. extensor, que faz estender: que serve para estender; o que estende; músculo extensor (ap. de ginástica) / (for.) redator de escrito, sentença etc.
Estensòrio, adj. extensor.
Estenuànte, p. pr. e adj. extenuante; deprimente; enervante, debilitante.
Estenuàre, (pr. -ènuo, -ènui) v. extenuar; debilitar, esgotar.
Estenuatívo, adj. extenuativo; extenuador; extenuante.
Estenuazióne, s. f. extenuação, debilidade, enfraquecimento, prostração.
Estère, s. m. (quím.) éster, produto da combinação de um álcool com um ácido.
Esteriorare, v. exteriorizar: manifestar.

Esteriôre, adj. exterior, que está da parte de fora; externo; superfície / (s. m.) a parte externa; aparência; aspecto.
Esteriorità, s. f. exterioridade; aparência; superficialidade.
Esteriorizzazióne, s. f. (espir.) exteriorização, manifestação.
Esteriormènte, adv. exteriormente, externamente.
Esterminàre, v. (p. us.) exterminar.
Esterminatôre, adj. e s. m. (f. -trice) exterminador.
Esterminazióne, s. f. exterminação, extermínio; destruição, desolação.
Estermínio, (pl. -íni) s. m. extermínio, destruição ou dispersão violenta.
Esternamènte, adv. externamente, exteriormente.
Esternàre, (pr. -èrno) v. tr. expressar, exteriorizar, manifestar os sentimentos / expor, demonstrar.
Estèrno, adj. externo; exterior / uso ———: uso externo / (s. m.) externo / exterior.
Èstero, adj. e s. m. exterior / estrangeiro.
Esterofilia, s. f. (neol.) tendência de louvar e enaltecer coisas e costumes forasteiros.
Esterrefàtto, adj. aterrado, aterrorizado / (sin.) **atterrito**.
Estersivo, adj. (ant.) detersivo.
Estesamènte, adv. extensamente; estendidamente; dilatadamente.
Estesiologia, s. f. (anat.) estesiologia.
Estesiòmetro, s. m. (med.) estesiômetro, instr. para medir a sensibilidade do tato.
Estêso, p. p. estendido / (adj.) extenso, amplo, dilatado.
Estèta, (pl. -èti) s. m. esteta.
Estètica, s. f. (filos.) estética.
Esteticamènte, adv. esteticamente.
Estètico, (pl. -ètici) adj. estético / (s. m.) estético, belo, harmonioso, artístico.
Estetismo, s. m. estetismo.
Estimàre, v. (p. us.) estimar, apreciar, avaliar.
Estimativa, s. f. estimativa, faculdade de julgar retamente.
Estimativo, adj. estimativo.
Estimatôre, s. m. (f. -trice) estimador / avaliador.
Estimazióne, s. f. (lit.) estima, estimação, apreço / (sin.) **stima**.
Èstimo, s. m. avaliação dos bens imóveis para fins fiscais; **estimo cadastrale**: perícia cadastral.
Estinguere, (pr. -ínguo) v. tr. extinguir, apagar, matar: ——— **un incendio**, ——— **la fame** / anular, cancelar / pagar: ——— **un debito** / (pr.) extinguir-se, apagar-se; acabar, concluir, terminar.
Estinguíbile, adj. extinguível, apagável.
Estintivo, adj. extintivo.
Estínto, p. p. e adj. extinguido, apagado, extinto, acabado, suprimido, morto / (s. m.) extinto, morto, defunto, falecido.
Estintôre, adj. extintor, que extingue / (s. m.) aparelho para extinguir incêndios.

Estinzióne, s. f. extinção; apagamento / **d'un ipoteca**: liquidação de uma hipoteca / cessação, destruição.
Estirpamènto, s. m. extirpação, ato ou efeito de extirpar.
Estirpàre, v. tr. extirpar, desarraigar: ——— **le erbe** / arrancar: ——— **un dente** / extrair / exterminar.
Estirpatôre, adj. e s. m. (f. -trice) extirpador, que extirpa / instrumento para arrancar ervas e raízes.
Estirpazióne, s. f. extirpação.
Estivàle, adj. (ant.) estival, concernente ao estilo.
Estivamènte, adv. estivamente.
Estívo, adj. estival; **stazione** ———: estação de veraneio.
Èsto, (ant. e poét.) pron. este.
Estòllere, (pr. -òllo) v. tr. (poét.) levantar, erguer, elevar / (fig.) exaltar, louvar, celebrar / (pr.) surgir, elevar-se.
Estòrcere, v. extorquir / tirar, arrebatar, rapinar.
Estorsióne, s. f. extorsão / rapina.
Estòrto, p. p. e adj. extorquido; tirado, rapinado, arrebatado.
Estra, prefixo: extra; ——— **giudiziale**: extrajudicial.
Estradàre, v. tr. extraditar, entregar por extradição.
Estradizióne, s. f. extradição.
Estradòsso, s. m. (arquit.) extradorso, superfície externa de uma abóbada ou arcada.
Estradotàle, adj. extradotal, que não pertence ao dote; parafernal.
Estragalàttico, adj. de sistema de astros (nebulosas) que estão fora da Galáxia (via-láctea).
Estragiudiziàle, adj. extrajudicial.
Estralegàle, adj. extralegal; ilegal.
Estraneamènte, adv. estranhamente, extrinsecamente.
Estràneo, adj. estranho; estrangeiro, que é de fora, alheio; forasteiro / (s. m.) indivíduo estrangeiro.
Estrànio, **estràno**, (ant.) adj. estranho.
Estraparlamentàre, adj. extraparlamentar.
Estràrre, (pr. -àggo) v. tr. extrair, tirar para fora; arrancar; praticar a extração de; sugar, copiar; colher; sacar; separar / ——— **a sorte**: sortear.
Estraterritorialità, s. f. extraterritorialidade.
Estrattívo, adj. extrativo.
Estràtto, p. p. e adj. extraído, tirado, arrancado; sorteado / (s. m.) extrato; ——— **di pomodoro**: extrato de tomate / trecho, compêndio / fragmento; resumo; cópia.
Estrattôre, adj. e s. m. (f. -trice) extrator, que extrai; aquele que extrai / peça que lança fora os cartuchos explodidos.
Estravagànte, adj. extravagante / (s. f.) (pl.) (hist.) decretos agregados ao corpo do direito canônico / (lit.) as rimas de Petrarca que não figuram no Canzoniere.
Estrazióne, s. f. extração, ato ou efeito de extrair ou arrancar / ato do sorteio de loterias ou de tômbolas.
Estremamènte, adv. extremamente; sumamente; extremadamente.

Estremísmo, s. m. extremismo.
Estremísta, (pl. -ísti) s. m. extremista.
Estremità, s. f. extremidade; fim, limite; ponta; orla; margem / (pl.) le ———: os pés e as mãos / excesso: l'estremità del male.
Estrèmo, adj. extremo, excessivo, sumo: estrema sventura / último, derradeiro: gli estremi momenti: os últimos momentos / longínquo, distante.
Estrinsecamênte, adv. estrinsecamente.
Estrinsecamênto, s. m. manifestação, expressão, demonstração de idéias e de afetos.
Estrinsecàre, (pl. -ínseco -ínsechi) v. expressar, exteriorizar, demonstrar o que se sente ou pensa / (sin.) esprimere, manifestare.
Estrinsecazióne, s. f. expressão, manifestação, exteriorização, demonstração.
Estrínseco, (pl. -ínsechi e -ínseci) adj. extrínseco; exterior.
Èstro, s. m. estro, ardor, estímulo, inspiração: ——— poetico / capricho, extravagância / (entom.) moscardo, moscão.
Estromèttere, (pr. -ètto) v. excluir, eliminar.
Estromissiône, s. f. exclusão.
Estrosamènte, adv. caprichosamente.
Estrôso, adj. caprichoso, bizarro, esquisito.
Estrúdere, (ant.) expulsar, arrojar para fora.
Estrúere e estrúrre, (ant.) v. construir.
Estrusiône, (ant.) s. f. extrusão, expulsão.
Estrúso, adj. expulso.
Estuàre, (ant.) estuar, ferver; agitar-se, afervorar-se, excitar-se.
Estuàrio, (pl. -àri) s. m. (geogr.) estuário.
Estuaziône, s. f. (med.) estuação, fervor, grande calor, ardor.
Estumescènza, s. f. intumescência do mar por efeito do fluxo.
Estuôso, adj. (lit.) estuoso, estuante, ardente, tempestuoso.
Esturbàre, (ant.) v. expulsar.
Esuberànte, adj. exuberante, abundante, copioso, superabundante / (fig.) expressivo, animado.
Esuberànza, s. f. exuberância; abundância.
Esulàre, (pr. èsulo) v. emigrar, expatríar-se, abandonar a pátria; exular.
Esulceramênto, s. m. (p. us.) exulceração.
Esulceràre, (pr. -úlcero) v. exulcerar, ulcerar / (fig.) desgostar, magoar; exacerbar uma dor.
Esulcerativo, adj. exulcerativo / (fig.) exasperante.
Esulcerazióne, s. f. exulceração; úlcera superficial.
Èsule, adj. e s. m. èxul (ou èxule), exilado, expatriado; emigrado / desterrado, proscrito.
Esultànte, p. pr. e adj. exultante; alegre; jubiloso, contente.
Esultànza, s. f. exultação, regozijo, alegria.
Esultàre, (pr. -últo) v. exultar; alegrar--se muito; regozijar-se.
Esultaziône, s. f. exultação, alegria, regozijo.

Esumàre, (pr. -úmo) v. exumar, desenterrar / (fig.) tirar do esquecimento.
Esumaziône, s. f. exumação.
Esuríre, (ant.) v. ter fome / cobiçar.
Età, s. f. idade / avere una bella ———: ser muito jovem ou muito velho / era, época; ——— del ferro: era do ferro.
Etacísmo, s. m. etacismo, pronúncia erasmiana do grego antigo.
Etelônte, s. m. (hist.) voluntário.
Etèra, s. f. hetera, hetaíra.
Ètere, s. m. éter, líquido incolor / os espaços celestes.
Etèreo, adj. etéreo; fluido, impalpável / celeste, celestial.
Etèrico, (pl. èrici) adj. etérico.
Eterificàre, (pr. -ífico, ífichi) v. eterificar, converter em éter.
Eterificaziône, s. f. eterificação.
Eterísmo, s. m. (med.) eterismo, intoxicação pelo éter.
Eterizzàre, v. eterizar.
Eterizzaziône, s. f. (med.) eterização.
Eternàle, adj. (poét.) eternal, eterno.
Eternamènte, adv. eternamente / sempre.
Eternàre, (pr. -èrno) v. eternar, eternizar; perpetuar, imortalizar.
Eternít, s. m. espécie de ladrilho fino de amianto e cimento, especial para telhados, etc.
Eternità, s. f. eternidade, perpetuidade / (fig.) muito tempo, grande demora.
Etèrno, adj. eterno; sempiterno; imortal / constante, incessante, inalterável; de duração indefinida / (s. m.) o eterno, a eternidade, Deus; in ———: para a eternidade.
Eteroclisía, s. f. heteroclisía, irregularidade.
Eteòclito, adj. heteróclito / irregular, estranho, contrafeito.
Eteròcrono, adj. (med.) heterócrono, que bate com intervalos desiguais (pulso).
Eterodína, s. f. (rad.) heteródino; (m.) gerador auxiliar de ondas contínuas; (pop.) heteródino.
Eterodossía, s. f. heterodoxia / desconformidade com uma doutrina ou sistema.
Eterodòsso, adj. heterodoxo; herético.
Eterogeneità, s. f. heterogeneidade.
Eterogèneo, adj. heterogêneo; de diferente natureza.
Eterogènesi, s. f. (biol.) heterogenesia.
Eterogenía, s. f. heterogenia.
Eterogènico, (pl. -ènici) adj. heterogênico.
Eterolalía, s. f. (med.) heterolalia; heterofasia.
Eteròmane, s. m. eterômano.
Eteromanía, s. f. eteromania.
Eteromorfísmo, s. m. heteromorfísmo; heteromorfia.
Eteromôrfo, adj. heteromorfo.
Eterònomo, adj. heterônomo.
Eteropatía, s. f. heteropatia; alopatia.
Eteropètalo, adj. heteropétalo, que tem pétalas diferentes entre si.
Eteroplàstica, s. f. (cir.) heteroplastia.
Eteròsci, s. m. (pl. geogr.) heteróscios, habitantes das zonas temperadas.
Eterosfèra, s. f. a parte mais alta da atmosfera terrestre.

Eterotassía, s. f. heterotaxia, anomalia teratológica.
Eterotèrmi, s. m. (pl.) heterotermos, que têm a temperatura variável.
Eterotrofía, s. f. heterotrofia.
Eteròtrofo, adj. e s. m. (bot.) heterótrofo.
Etèsio, (pl. -èsi) adj. e s. m. etésios; (pl.) ventos do solstício do verão.
Ètica, s. f. (filos.) ética, moral.
Eticamênte, adv. eticamente, moralmente.
Etichêtta, s. f. etiqueta, conjunto de cerimônias / (neol.) letreiro ou rótulo que se põe sobre alguma coisa.
Ètico, (pl. -ètici) adj. ético, moral / (med., adj. e s. m.) hético tísico.
Etìle, s. m. (quím.) etilo.
Etilène, s. m. (quím.) etileno.
Etílico, (pl. -ilici) adj. (quím.) etílico; **etere** ———: éter etílico ou sulfúrico.
Etilísmo, s. m. (med.) etilismo, intoxicação crônica pelo álcool.
Ètimo, s. m. (gram.) étimo; origem filológica; vocábulo de origem imediata de outro.
Etimología, s. f. etimologia.
Etimologicamênte, adv. etimologicamente.
Etimològico, (pl. -ògici) adj. etimológico.
Etimologísta, (pl. -ísti) s. m. etimologista; etimológico.
Etimologizzàre, v. (p. us.) etimologizar.
Etimòlogo, (pl. -òlogi) s. m. etimólogo; etimologista.
Etiología, eziologia, s. f. etiologia.
Etiològico, (pl. -ògici) adj. etiológico.
Etíope, adj. e s. m. etíope / habitante da Etiópia / (farm.) preparado de cor negra.
Etiòpico, (pl. -òpici) adj. etiópico.
Etisía, s. f. (med.) héctica, consunção progressiva do organismo; tísica.
Etíte, s. f. etite, pedra que se encontra no ninho das águas; pedra da águia.
Etmàno, s. m. chefe de cossacos.
Etmocèfali, s. m. (pl.) etmocéfalos.
Etmoidàle, adj. etmoidal, etmóideo.
Etmòide, s. m. (anat.) etmóide.
Etnéo e etnèse, adj. etneu, do Etna; e, por ext., siciliano.
Ètnico, (pl. ètnici) adj. étnico; relativo à raça.
Etnografía, s. f. etnografia.
Etnogràfico, (pl. -àfici) adj. etnográfico.
Etnògrafo, s. m. etnógrafo.
Etnología, s. f. etnologia.
Etnòlogo (pl. ògi) s. m. etnólogo.
Etografía, s. f. etografia, descrição dos costumes.
Etología, s. f. etologia, estudo dos costumes dos animais.
Etòlogo, (pl. -òlogi) s. m. etólogo, aquele que trata de etologia.
Etopéa, s. f. (retor.) etopéia.
Ètra, s. m. (poét.) ar, éter, céu.
Etrúsco, adj. e s. m. etrusco.
Etruscología, s. f. estudo da língua e das antigüidades etruscas.
Etruscòlogo, (pl. -òlogi) s. m. etruscólogo.
Ettacòrdo, s. m. (mús.) heptacórdio, instr. mus. de sete cordas.
Ettaèdro, s. m. (geom.) heptaedro.
Ettàgono, s. m. (geom.) heptágono.
Ettàmetro, s. m. heptâmetro, verso, grego ou latino, que tem sete pés.
Èttare, s. m. hectare.
Ettasíllabo, adj. (metr.) hectassílabo.
Ètte, s. m. pequenez, nonada, ninharia; **non capisco un** ———: não entendo o mínimo.
Ètto, s. m. (neol.) fam. abr. de **ettogrammo**) hectograma.
Ettòlitro, s. m. hectolitro.
Ettogràmmo, s. m. hectograma.
Ettòmetro, s. m. hectômetro.
Ettowàtts, s. m. (eletr.) hectowatt.
Etúsa, s. f. (bot.) etusa.
Eubiòsi, s. f. (filos.) eubiótica, doutrina do bem viver.
Eucalípto, eucalítto, s. m. (bot.) eucalipto.
Eucaliptòlo, s. m. eusaliptol.
Eucaristía, s. f. eucaristia.
Eucarístico, (pl. -ístici) adj. eucarístico.
Eucèra, s. f. (zool.) eucero, inseto himenòptero; espécie de abelha.
Euchinína, s. f. (farm.) euquinina, remédio antimalárico.
Euclàsia, s. f. (min.) êuclase, esmeralda prosmática, pedra dura preciosa.
Eucològico, s. m. (ecles.) eucológico, livro de orações dos padres gregos.
Eucràtico, adj. eucrásico; normal.
Eudemonía, s. f. (filos.) felicidade como objeto da vida, segundo Epicuro.
Eudemonísmo, s. m. (filos.) doutrina que identifica a virtude com a felicidade.
Eudemología, s. f. (filos.) doutrina da felicidade.
Eudermía, s. f. condição normal de função e estrutura da pele.
Eudiòmetro, s. m. (quím.) eudiômetro.
Eufemía, s. f. eufemia, eufemismo.
Eufèmico, (pl. -èmici) adj. eufêmico.
Eufemísmo, s. m. eufemismo.
Eufonía, s. f. eufonia.
Eufonicamênte, adv. eufonicamente.
Eufònico, (pl. -ònici) adj. eufônico.
Eufònio, (pl. -òni) s. m. eufônico ou eufono, espécie de harmônica, para acompanhamento.
Eufòrbia, s. f. (bot.) eufórbio, planta de suco acre e cáustico.
Euforbiàcee, s. f. pl. (bot.) euforbiáceas.
Eufòrbio, (pl. -òrbi) s. m. suco destilado de eufórbio / eufórbio (planta).
Euforía, s. f. euforia.
Eufórico, (pl. -òrici) adj. eufórico.
Eufràsia, s. f. (bot.) eufrásia, planta medicinal.
Eufuísmo, s. m. (hist.) eufuísmo, estilo afetado que se usou na Inglaterra.
Eugenètica, s. f. eugenia.
Eugenètico, (pl. -ètici) adj. eugenético.
Eugenía, s. f. eugenia.
Eugenòlo, s. m. (quím.) eugenol, fenol comum nos óleos essenciais.
Eugubíno, adj. da cidade de Gubbio (na úmbria) / (hist.) **tavole eugubine**: as sete famosas tábuas de bronze do 4º séc. a C., algumas das quais com inscrições em etrusco, que foram encontradas entre as ruínas de um templo de Gubbio.
Eulogía, s. f. eulogia, (ant.), pão bento.
Eumènidi, s. f. (pl.) (mitol.) Eumênides; fúrias infernais.

Eumicèti, s. m. pl. (bot.) cogumelos pluricelulares.
Eunúco, (pl. -úchi) s. m. eunuco.
Eupatòrio, s. m. (bot.) eupatório, gênero de plantas da família das compostas.
Eupepsía, s. f. (med.) eupepsia.
Eupèptico (pl. -èptici), adj. e s. m. (med.) eupéptico.
Eupètalo, s. m. (bot.) eupétalo, planta das lauráceas.
Eupitècia, s. f. (zool.) borboleta de cor láctea.
Eurípo, s. m. (lit.) estreito de mar; (ant.) euripo.
Eurística, s. f. heurística; investigação filosófica.
Eurístico, (pl. -ístici) adj. heurístico.
Euritmía, s. f. euritmia; harmonia, proporção das partes de uma obra.
Èuro, s. m. euro, vento do nascente.
Euritmicamênte, adv. euritmicamente.
Eurítmico, (pl. -ítmici) adj. eurítmico.
Euroalinità, s. f. indiferença de certos animais marinhos às variações da salsugem.
Europeísmo, s. m. europeísmo, admiração das coisas européias.
Europeísta, s. m. e f. europeísta.
Europeizzàre, v. tr. europeizar.
Europeizzazióne, s. f. europeização.
Europèo, adj. e s. m. europeu.
Euròpico, (ant.) adj. europeu.
Euròpio, s. m. (quím.) elemento metálico do grupo dos lantânios ou terras raras.
Eurotermía, s. f. (zool.) propriedade de certos animais de serem indiferentes às variações da temperatura.
Eutanàsia, s. f. eutanásia; prática que consiste em provocar a morte de um ser, sem dor nem sofrimento.
Eutichiàni, s. m. pl. (ecles.) eutiquianos, sectários do heresiarca Eutiques.
Eutímia, s. f. eutimia, tranqüilidade de espírito.
Èva, n. pr. f. Eva, a nossa progenitora, cujo nome deu origem a várias expressões; **i figli d'———**: o gênero humano, **le figlie d'———**: as mulheres.
Evacuamênto, s. m. evacuação.
Evacuànte, p. pr. adj. e s. m. evacuante.
Evacuàre, (pr. -àcuo) v. evacuar / desocupar, desalojar; sair; despejar, esvaziar.
Evacuatívo, adj. evacuativo, evacuatório.
Evacuazióne, s. f. evacuação, saída.
Evàdere, (pr. -àdo) v. intr. evadir, fugir, escapar.
Evagazióne, (ant.) s. f. evagação, distração.
Evanescènte, adj. evanescente / tênue, leve, diáfano.
Evanescènza, s. f. esvaecimento, desvanecimento / (rad.) desaparecimento ou atenuação da recepção (ing. "fading").
Evangèlia, (ant.) s. m. pl. os Evangelhos.
Evangeliàrio (pl. -àri), s. m. evangeliário, livro que contém fragmentos dos evangelhos para a missa de cada dia.
Evangelicamênte, adv. evangelicamente.
Evangèlico, (pl. -èlici) adj. evangélico.
Evangelísta (pl. -ísti) s. m. evangelista.
Evangelistàrio, (pl. -àri) s. m. evangeliário.

Evangelizzàre, (pr. -ízzo) v. tr. evangelizar, pregar o Evangelho, converter ao Cristianismo.
Evangelizzatôre, adj. e s. m. (f. -tríce) evangelizador.
Evangèlo, s. m. Evangelho: livro que contém a doutrina de Cristo.
Evaníre, (ant.), v. esvair, desaparecer.
Evaporàbile, adj. evaporável.
Evaporamênto, s. m. evaporação.
Evaporàre, (pr. -ôro) v. evaporar, evaporar-se / esvaecer, exaurir-se, esvair; evolar-se.
Evaporatívo, adj. e s. m. evaporatório / evaporativo.
Evaporàto, p. p. e adj. evaporado / desaparecido, dissipado evolado.
Evaporatôre, s. m. vaporizador.
Evaporatòrio, adj. e s. m. evaporatório, evaporativo / aparelho para facilitar a evaporação; orifício que serve para dar saída ao vapor.
Evaporazióne, s. f. evaporação.
Evaporizzàre, v. intr. evaporar, evaporizar.
Evaporizzazióne, (neol. inútil) v. Evaporazione.
Evasióne, s. f. evasão, ato de evadir-se; fuga: (fig.) subterfúgio, evasiva.
Evasivamênte, adv. evasivamente.
Evasívo, adj. evasivo, ambíguo; **risposta evasiva**: resposta evasiva.
Evàso, p. p. adj. e s. m. evadido / fugido da cadeia.
Evèllere, (pr. -èllo) v. tr. (p. us.) arrancar, extirpar, desarraigar.
Evemerísmo, s. m. (filos.) evemerismo, explicação da mitologia com a história.
Eveniènte, (ant.) p. pr. e adj. que sobrevém, que vem depois; superveniente / que sucede, que acontece.
Eveniènza, (neol.) s. f. ocorrência, ocasião, acontecimento, eventualidade, casualidade.
Evenimênto, (ant.) s. m. evento.
Evènto, s. m. evento, acontecimento, sucesso / êxito, resultado / **lieto ———**: nascimento / **in ogni ———**: em todo caso.
Eventuàle, adj. eventual, casual, provável, possível.
Eventualità, s. f. eventualidade, casualidade.
Eversióne, s. f. (p. us.) eversão; destruição, ruína.
Evèrso, adj. (lit. e poét.) destruído, arruinado.
Eversôre, s. m. (lit.) eversor, destruidor.
Evèrtere, (ant.) v. everter, abater, aterrar, destruir.
Evezióne, s. f. (astr.) evecção, desigualdade do movimento da Lua, por causa da atração do Sol.
Èvia, s. f. (lit. e poét.; p. us.) bacante.
Evidènte, adj. evidente, patente, claro / **fare ———**: evidenciar.
Evidentemênte, adv. evidentemente.
Evidènza, s. f. evidência, certeza manifesta / **mettersi in ———**: mostrar-se, patentear-se.
Evíncere (pr. -ínco, -ínci), v. tr. (for.) evencer, reivindicar o que é seu, praticar a evicção.

Eviràre, v. tr. evirar, tirar a virilidade a; emascular / (fig.) debilitar, desvigorar.
Eviraziône, s. f. (p. us.) eviração, castração.
Evitàbile, adj. evitável / (contr.) **inevitabile, fatale**.
Evitàndo, gerúnd. de **evitare** e adj. evitando / evitável, que se deve evitar.
Evitàre, (pr. èvito) v. evitar; desviar-se de: preacaver-se de, esquivar-se, livrar-se, subtrair-se a; afastar-se de; impedir.
Evitatôre, adj. e s. m. (f. -trice) (p. us.) que ou aquele que evita.
Eviziône, s. f. (for.) evicção, reivindicação do que é seu; desapropriação de um bem adquirido em boa fé.
Èvo, s. m. idade, período histórico —— **antico, medio, moderno**: idades antiga, média, moderna / época, século, tempo, período.
Evocàre, (pr. èvoco, èvochi) v. tr. evocar, chamar / (sin.) **ricordare, richiamare**.
Evocàto, p. p. e adj. evocado.
Evocatôre, s. m. (f. -trice) evocador.
Evocaziône, s. f. evocação / esconjuro, invocação, exorcismo.
Evoè, excl. evoé, grito de alegria das bacantes.
Evoluíre, (ant.) v. intr. executar evoluções / (mar.) navio ou navios que executam evoluções.
Evolúto, p. p. e adj. evoluído, desenvolvido; (fig.) consciente, claro, adiantado, instruído, culto, educado, moderno.
Evoluziône, s. f. evolução; movimento de tropas, de esquadras, de aves, de aeroplanos, etc. / evolução, desenvolvimento dos seres física e espiritualmente / progresso, adiantamento, aperfeiçoamento / (contr.) **involuzione**.
Evoluzionísmo, s. m. (filos.) evolucionismo.
Evoluzionísta, (pl. -ísti) (filos.) s. m. evolucionista.
Evòlvere, (pr. -òlvo) v. evolver, evoluir, evolucionar: desenvolver-se, progredir, mudar, melhorar.

Evúlso, p. p. e adj. arrancado, desarraigado, extirpado.
Evviva! excl. viva! s. m. **fare un** ——: dar um viva.
Ex, prep. lat. ex; —— **professore**, —— **sòcio**: ex-professor, ex-sócio / (com.) **tre balle di cotone ex "Oceania"**: três fardos de lã transportados pelo navio Oceânia.
Ex Abrúpto, loc. lat. de repente, de improviso, ex-abrupto.
Ex Càttedra, loc. com autoridade de mestre, ex-cathedra / (irôn.) em tom doutoral.
Excursus, s. m. lat. divagação à margem de um ponto discutível de história, literatura, etc.
Exèmpli Gràtia, loc. lat. por exemplo.
Exequàtur, s. m. (jur.) exequatur, execute-se.
Exlíbris, s. m. ex-libris; dos livros de.
Ex Nòvo, (loc. lat.) adv. de novo, novamente.
Exocèto, s. m. exoceto, peixe voador, andorinha-do-mar.
Expedit, (loc. lat.) ser conveniente, útil, a propósito.
Experto, (ab) loc. lat. por experiência.
Ex Professo, loc. lat. ex-professo, de propósito / fundadamente, autorizadamente.
Extra, pref. lat. extra / (adj.) superior, excelente / **guadagni** ——: lucros extraordinários.
Extraeuropèo, adj. extra-europeu.
Extrafino, adj. extrafino, de qualidade superior; extra.
Extraràpido, adj. extra-rápido, rapidíssimo.
Extraterritorialità, (v. estraterritorialità) s. f. extraterritorialidade.
Extrèmis, (in.) loc. lat. em ponto de morte.
Ex Vôto, loc. lat. empregada também como substantivo ex-voto, oferta votiva a Deus, à Virgem, a um Santo.
Eziandío, adv. (p. us.) ainda também.
Eziología, s. f. (med.) etiologia.
Ezoognosía, s. f. estudo de um animal para fins agrícolas.

F

(F) s. m. e f. sexta letra do alfabeto ital.: f. (èfe: efe); consoante lábio--dental.

Fa, s. m. (mús.) fa, quarta nota musical / 3ª pessoa singular do indic. pres. do v. fare: faz.

Fabbisógno, s. m. o preciso, o necessário, o ocorrente para um determinado fim.

Fábbrica, s. f. fábrica, estab. onde se fabricam máquinas ou outros utensílios / edifício em construção / edifício; construção, casa / oficina / la ——— dell'appetito: a necessidade de comer / **prezzo di** ———: preço de fábrica / (ecl.) administração ou superintendência de igrejas, santuários etc. / (dim.) **fabbrichétta, fabbrichína, fabbricúccia**.

Fabbricàbile, adj. fabricável / **area** ———: terreno sobre o qual se pode edificar.

Fabbricànte, p. pr. e s. fabricante / industrial.

Fabbricàre, (pr. fàbbrico, fàbbrichi) v. tr. edificar, construir; fabricar, produzir, manufaturar, fazer, construir: ——— **una macchina, un'orologio, un cappello**, etc. / (fig.) inventar, imaginar; ——— **fandonie**: inventar mentiras, lorotas (bras.).

Fabbricatívo, adj. fabricável.

Fabbricàto, p. p. fabricado / (s. m.) edifício, construção / casa.

Fabbricatôre, s. m. (f. -trice) fabricante; que fabrica, us. esp. no sent. fig.: ——— **di notizie, di scandali**: pessoa que forja notícias, escândalos.

Fabbricazióne, s. f. fabrico, fabricação, elaboração, confecção, produção.

Fabbricería, s. f. (ecles.) administração de um templo, mosteiro, etc. pelo que respeita à construção e aos cuidados dos mesmos (forma dialetal).

Fabbricière, s. m. fabriqueiro, fabricário, o encarregado da administração de uma igreja.

Fabbríle, adj. fabril.

Fàbbro, s. m. fabro (poét.), artífice; **il** ——— **dell'Universo**: Deus / ferreiro, obreiro que faz trabalhos em ferro; serralheiro.

Facanappa, s. f. máscara veneziana do teatro de títeres.

Faccènda, s. f. trabalho, que fazer, tarefa, faina / ocupação, labor / assunto, negócio / ——— **di casa**: trabalhos domésticos; coisa qualquer; **è una brutta** ———: é um mau negócio, ou uma coisa séria / **aver sempre molte faccende**: estar sempre atarefado.

Faccendière, s. m. (f. -èra) pessoa continuamente atarefada, metediça / factótum / intrigante, entremetido, mexeriqueiro.

Faccendóne, s. m. quem se azafama muito e conclui pouco; factótum, mequetrefe, buliçoso.

Faccètta, s. f. (dim. de fáccia: cara) carinha, rostinho / facêta; **le faccette di un diamante**: as facetas de um dimante.

Faccettàre, (v. sfaccettare) v. facetear, facetar; lapidar.

Facchiàro, s. m. (met.) ferro fino e comprido para remexer no forno (de fundição).

Facchinàggio, (pl. -aggi) s. m. serviço do carregador e o que se paga pelo mesmo; (fig.) trabalho duro e cansativo.

Facchinàta, s. f. trabalho duro, áspero, pesado / grosseria, trivialidade.

Facchinescamênte, adv. trivialmente, grosseiramente.

Facchinêsco, (pl. -schi) adj. de carregador / grosseiro, trivial.

Facchíno, s. m. carregador / (fig.) pessoa que trabalha muito e em serviços pesados: **è un lavoro da** ——— / **da** ———: trivial, incivil, grosseiro.

Fàccia, (pl. fàcce) s. f. cara, rosto; face / semblante, fisionomia / aspecto / lado, superfície / ——— **tosta**: desfaçatez, descaro / **di** ———: em frente / **a** ——— **aperta**: lealmente / (dim.) **faccètta, faccettina** / (aum.) **faccióne, faccióna**; (pej.) **facciàccia**.

Facciàle, ou **faciàle**, adj. facial; **angolo** ———: ângulo facial.

Facciàta, s. f. (arquit.) fachada / página escrita ou impressa.

Facciuòla, s. f. cada uma das duas tiras engomadas que pendem da gola da toga (insígnia de doutor em lei, magistrado, etc.).
Fàce, s. f. (poét.) facho, archote / lume, luz / (dim.) **facèlla, facellina.**
Facetamènte, adv. facetamente, chistosamente, engraçadamente.
Facèto, adj. faceto, agudo, jocoso, alegre, gracioso; **uomo** ———: homem alegre.
Facèzia, s. f. facécia, agudeza; dito engraçado / motejo, burla, zombaria.
Fachíro, s. m. faquir.
Faciàle, adj. e s. (p. us.) benfeitor.
Facicchiàre, v. trabalhar pouco e mal.
Facidàmo, s. m. malfeitor campestre, ladrão dos campos; danificador dos cultivos.
Fàcies, s. f. (voz lat.) fácies, aspecto.
Fàcile, adj. fácil; cômodo, leve / acessível / tratável, amável, dócil / vulgar, natural, claro / provável, possível; è ——— **che venga domani:** é provável que venha amanhã.
Facilità, s. f. facilidade, comodidade / condescendência, complacência / disposição.
Facilitàre, (pr. **facílito**) v. tr. facilitar, tornar fácil, aplanar, ajudar, remover obstáculos.
Facilitaziòne, s. f. facilitação / facilidade / (com.) diminuição de preço ou facilitação dos pagamentos.
Facilmènte, adv. facilmente.
Facilône, adj. pessoa que trabalha às pressas e mal / pessoa que acha tudo fácil, por leviandade de caráter.
Facilonería, s. f. leviandade em considerar tudo fácil; presunção / costume de fazer tudo às pressas e portanto mal.
Facimàle, adj. e s. m. maléfico, danoso; daninho.
Facinorôso, adj. facinoroso, perverso; malfeitor.
Facitôre, s. m. (f. -tríce) fazedor / artífice.
Faciucchiàre, v. (p. us.) fazer alguma coisa, porém mal e preguiçosamente.
Facocèro, s. m. (zool.) facóquero, javali próprio da África e de Madagáscar.
Fàcola, s. f. (astr.) fácula, parte do disco do sol ou da lua, mais luminosa que as outras.
Facoltà, s. f. faculdade; capacidade, aptidão, virtude / poder, autoridade / (escol.) ——— **di lettere, di medicina:** faculdade de letras, de medicina, etc. / (pl.) propriedades, bens.
Facoltatívo, adj. facultativo, livre; (contr.) **obbligatorio.**
Facoltôso, adj. rico, abastado, endinheirado.
Facondamènte, adv. facundamente, eloqüentemente.
Facôndia, s. f. facúndia, verbosidade; eloqüência.
Facôndo, adj. facundo, falador, verboso; loquaz / eloqüente.
Facsímile, s. m. facsímile; reprodução, cópia perfeita.
Factôtum, s. m. factótum, que faz ou gostaria de fazer tudo / entremetido, maquetrefe, buliçoso.

Faentíno, adj. faentino, da cidade de Faenza (na província de Ravena); f.) cerâmica de faenza.
Faetòn, s. f. faéton ou faetonte, pequena carruagem de quatro rodas, descoberta.
Faggêta, s. f. **faggêto**, s. m. (bot.) faial.
Faggína ou **faggiuòla**, s. f. fruto da faia.
Fàggio, (pl. **faggi**) s. m. (bot.) faia (planta).
Fagianàia, fagianièra, s. f. lugar onde se criam faisões.
Fagiano, s. m. faisão; (fem.) **fagiàna.**
Fagianòtto, s. m. faisão jovem.
Fagiolàta, s. f. feijoada / (fig.) bobagem, insulsaria, chateza: **scrive certe fagiolate.**
Fagiolíno, s. m. (dim.) vagem, feijão verde, que se come como verdura.
Fagiuòlo, s. m. feijão / (fig.) pessoa tola / **andare a** ——— **una cosa:** gostar de uma coisa / (dim.) **fagiolíno, fagiolètto.**
Fàglia, s. f. (geol.) estratificação irregular ou fendimento de uma rocha / (ant.) falha, erro.
Fàglia, s. f. (do fr. **faille**) faile, espécie de tecido de seda.
Fagliàre, (pr. **fàglio, fàgli**) v. faltar cartas do naipe, no jogo / descartar.
Fàglio, (pl. **fàgli**) s. m. descarte, no jogo.
Fagocíta, (pl. **-íti**), s. m. (biol.) fagócito.
Fagocitòsi, s. f. fagocitose.
Fagottísta, s. m. fagotista, tocador de fagote.
Fagòtto, embrulho, pacote, fardo, envoltório / (mús.) fagote, instrumento de sopro.
Fàida, s. f. faida / (ant.) direito de revindicta ou vingança pessoal, admitido pelas leis medievais.
Faína, s. f. (zool.) fuinha / (fig.) pessoa intrigante, maliciosa.
Falangarchía, s. f. falangarquia; comando de uma falange, no sent. militar.
Falànge, s. f. falange, ordem de batalha dos gregos / número grande de coisas e pessoas; (anat.) falange dos dedos.
Falangêtta, s. f. (anat.) falangeta.
Falangièro, s. m. soldado da falange.
Falangína, s. f. (anat.) falanginha.
Falanstèro, (pl. **-èri**) s. m. falanstério, no sistema de Fourier, habitação da comuna societária.
Falàrica, s. f. falárica, lança incendiária (ant.).
Falàsco, (pl. **-àschi**) planta ciperácea; carriço.
Falbalà, s. m. falvalá, folho de saia.
Fàlbo, adj. fulvo, ruivo, aleonado (diz-se do cavalo, etc.).
Falcàre, v. tr. dobrar em modo de foice / caminhar aos saltos (o cavalo) / (mil. ant.) armar os carros de foice.
Falcàto, adj. falcado; foiciforme / (ant.) carro ———: carro de guerra com foices nas rodas.
Falcatùra, s. f. (geogr.) concavidade, mais ou menos profunda, da costa marítima.
Fàlce, s. f. foice (agr.) / (ant.) arma em forma de foice / (astr.) a lua em quarto crescente / (fig.) **la** ——— **della morte:** a foice da morte.

Falcêtto, s. m. (dim.) pequena foice para podar; podadeira / facão.
Falchêtta, s. f. (mar.) borda superior dos flancos, nas embarcações.
Falciàre, (pr. fàlcio, fàlci) v. tr. segar com a foice: ceifar, foiçar / (fig.) matar, fazer vítimas (a guerra, a peste, etc.).
Falciàta, s. f. foiçada, golpe de foice / ação de segar; ceifa; sega: **dare una —— al prato**.
Falciatóre, adj. e s. m. (agr.) ceifador / (s. f.) **falciatríce**: máquina segadora.
Falciatúra, s. f. (agr.) segada, segadura; ato de ceifar: ceifa, sega.
Falcídia, adj. (jur.) falcídia, lei romana sobre sucessores, devida ao tribuno P. Falcídio / (com.) rebaixa, desfalque.
Falcidiàre, v. tr. desfalcar, rebaixar, diminuir; —— **le entrate**: diminuir as rendas.
Falcífero, adj. falcífero, armado ou provido de foice.
Falcinèlla, s. f. faca do pasteleiro.
Falcinèllo, s. m. falcineiro, gênero de aves da família dos paradiseidas.
Falciône, s. m. (aum.) foice grande / (hist.) arma antiga em forma de foice / (agr.) máquina para secar a forragem.
Fàlco, (pl. **fàlchi**) s. m. falcão, ave de rapina / (fig.) pessoa rapace / homem sagaz e astuto.
Fàlcola, (ant.) s. f. archote.
Falconàra, s. f. falcoaria, lugar em que se criam falcões / seteira das antigas fortalezas / (mar.) trave fortificada da popa.
Falconàre, v. intr. falcoar, perseguir (caça) por meio de falcões.
Falcône, s. m. falcão adestrado para a caça / (hist.) máquina medieval de cerco; peça de artilharia / viga saliente do teto, na qual se adapta uma roldana.
Falconería, s. f. falcoaria, arte de adestrar falcões para a caça.
Falconéto, s. m. (ant.) falconete, pequena peça de artilharia.
Falconière, s. m. falcoeiro, aquele que adestra falcões.
Fàlda, s. f. falda, fralda; parte, pedaço sutil de qualquer coisa; floco: —— **di neve** / camada, estrato / aba; —— —— **del cappello**: aba do chapéu; extremidade / filão / carne de rês, da parte do lombo / (burl.) fatia abundante: **una —— di prosciutto**.
Faldàto, adj. faldado; fraldado / feito em lâminas, em camadas.
Faldèlla, s. f. (dim.) faldinha / pequena quantidade de lã ou de seda para enovelar.
Faldíglia, s. f. crinolina (tecido).
Faldistòrio, (pl. **-òri**) s. m. faldistório, cadeira episcopal.
Faldolína, s. f. (dim.) faldinha.
Faldôso, adj. feito de lâminas, em faldas, em camadas, em lascas.
Falegnàme, s. m. carpinteiro / marceneiro.
Falèna, s. f. falena, borboleta noturna, terrivelmente destruidora / camada de cinza sobre uma brasa / papel carbono / (fig.) pessoa leviana.

Fàlera, s. f. fálera, placa redonda que os soldados romanos recebiam a título de condecoração / chapa de adorno nos arreios.
Faleràto, adj. condecorado com fálera.
Falèrno, s. m. falerno, célebre vinho da Campânia.
Falèucio, (pl. **-èuci**) s. m. faléucio, verso latino e grego.
Fàlla, s. f. (mar.) falha, fenda na querena do navio pela qual entra água / abertura, rachadura, fenda.
Fallàce, adj. falaz, enganoso, falso.
Fallàcia, (pl. **-àcie**), s. f. falácia / fraude, engano.
Fallànza, (ant.) s. f. falta, erro / engano, mentira.
Fallàre, v. intr. (p. us.) falhar, errar, não acertar, cometer erro: **posso aver fallato** (Manzoni).
Fallènte, adj. falaz.
Fallíbile, adj. falível, sujeito a errar, a falhar.
Fallibilità, s. f. falibilidade.
Fallimentàre, adj. (jur.) relativo à falência.
Falliménto, s. m. falência, quebra / (fig.) desilusão, desastre, malogro.
Fallíre, (pr. **-ísco, -ísci -ísce**) v. falir, quebrar / falhar, errar, equivocar-se; malograr; faltar / (rar.) desfalecer.
Fallíto, p. p. e adj. falido; quebrado; frustrado, malogrado; errado, equivocado / (s. m.) comerciante falido.
Fàllo, s. m. (lit.) erro, equívoco / falta, culpa, pecado leve / erro no jogo / **mettere un piede in ——:** tropeçar; (fig.) cair em erro / **senza ——:** sem falta / falo, antigo símbolo da fecundidade.
Falò, s. m. fogueira, fogaréu, labareda / (sin.) fogo, pira.
Falòppa, s. f. casulo malogrado / (fig.) charlatão, fanfarrão.
Falotichería, (ant.) s. f. extravagância.
Falòtico, (ant.) adj. extravagante, raro, estranho.
Falpàla, s. f. falbalá ou falvalá, tira de fazenda em pregas com que se adornam os vestidos, etc.
Fàlsa, s. f. tira de renda ou de bordado, num vestido / (mús.) falsa, consonância diminuta dum semitom.
Falsabràca, s. f. falsa-braga, barbacã, parte inferior de muralha para defesa de fosso.
Falsamènte, adv. falsamente.
Falsaménto, s. m. falsificação, falsamento.
Falsamonête, s. m. (p. us.) moedeiro falso, falsário.
Falsàre, v. tr. falsar, falsear; falsificar; enganar; tornar falso.
Falsarìga, (pl. **falsarighe**) s. f. papel pautado que se põe por baixo de outro para escrever direito / (fig.) exemplo, modelo, imitação servil.
Falsàrio, (pl. **-àri**) s. m. falsário; falsificador.
Falsatôre, adj. e s. m. (f. **-tríce**) falsador; —— **di verità**: falsificador de verdades.
Falsatúra, s. f. entremeio, tira de renda ou bordado / parte do vestido que cobre os botões.

Falseggiàre, v. intr. (ant.) falsificar; falsear; dizer o falso / (mús.) cantar em falsete.
Falsêtto, s. m. (mús.) falsete / (fig.) ʟlinha voz esganiçada.
Falsificamênto, s. m. falseamento; falsificação.
Falsificàre, (pr. -ífico, -íchi) v. tr. falsificar; imitar ou alterar ardilosamente, fraudulentamente; adulterar; contrafazer / simular, fingir.
Falsificatôre, adj. e s. m. (f. -tríce) falsificador / falsário / imitador; plagiário.
Falsificaziône, s. f. falsificação / adulteração / imitação.
Falsità, s. f. falsidade; dobrez, hipocrisia; embuste; engano, mentira.
Fàlso, adj. falso, não verdadeiro / falsificado, adulterado / falso, hipócrita, enganoso, dissimulado, desleal / infiel, traidor, mentiroso / falaz / (fig.) argumento inoportuno / apócrifo / (s. m.) falsidade, engano, calúnia.
Falsobordône, s. m. (mús.) fabordão, modulação continuada de mais vozes.
Fàlta, (ant.) s. f. falta, falha, erro.
Fàma, (ant.) s. f. fama, renome, reputação, nomeada / glória, celebridade / **conoscere di** ———: conhecer de nomeada / **corre** ———: corre voz, diz-se / **acquista** ——— **e mettiti a dormire**: ganha fama e deita na cama.
Fàme, s. m. fome / apetite grande / / desejo veemente / ambição, avidez / carestia, miséria, escassez / **brutto come la** ———: feio como o pecado / **uno morto di** ———: um pobre infeliz / **la** ——— **è la miglior salsa**: a fome faz parecer apetitosa qualquer comida.
Famèdio, s. m. (p̀. us.) panteão, recinto dos homens ilustres no cemitério.
Famèlico, (pl. -èlici) adj. famélico; esfomeado.
Famigeràto, adj. famigerado; notável.
Famíglia, s. f. família / raça, estirpe, linhagem / **in** ———: em família, na intimidade, em segredo / **l'umana** ———: o gênero humano / (dim.) **famigliòla**; (aum.) **famigliôna**.
Famíglio, (pl. -ígli) s. m. fâmulo, criado, servidor; funcionário subalterno.
Familiàre, adj. familiar, caseiro / simples, franco, confidencial, íntimo / costumeiro, habitual / (s. m. pl.) **i familiari**: as pessoas da família, os parentes, os que têm trato freqüente, íntimo / os criados.
Familiarità, s. f. familiaridade / intimidade, confiança; franqueza.
Familiarizzàre, v. familiarizar / (pr.) familiarizar-se com uma pessoa ou coisa.
Familiarmênte, adv. familiarmente; caseiramente.
Famôso, adj. famoso, afamado, célebre, ilustre / excelente, grande; extraordinário, singular.
Famulàto, s. m. (lit.) famulato, qualidade ou funções de fâmulo.
Fàmulo, (ant.) s. m. fâmulo, servidor, criado (espec. de religiosos).
Fanàle, s. m. lanterna, farol; fanal; (dim.) **fanalêtto, fanalino**.
Fanalísta, (pl. -ísto) s m. faroleiro.

Fanàtico, (pl. -àtici) adj. e s. m. fanático / entusiasta, exaltado, arrebatado.
Fanatísmo, s. m. fanatismo / paixão excessiva por alguma coisa; exaltação, entusiasmo, idolatria.
Fanatizzàre, v. tr. e intr. fanatizar; entusiasmar ao extremo; exaltar.
Fancèllo, (ant.) s. m. moço, criado, servidor, aprendiz de um ofício; esp. no fem. **fancèlla**.
Fanciúlla, s. f. criança, menina / por ext. mocinha, jovem; moça solteira; **rimanere** ———: ficar solteira.
Fanciullàggine, s. f. modo ou ato de criança; criancice.
Fanciullàta, s. f. (p. us.) criancice.
Fanciulleggiàre, (pr. -èggio) v. cometer atos de criança.
Franciullêsco, (pl. -êschi) adj. pueril, infantil / bobo, ingênuo, simples.
Fanciullêzza, s. f. infância, meninice, puerícia.
Fanciùllo, s. m. (f. -úlla) criança, menino (entre os sete e doze anos) / (fig.) homem simples e leviano / (adj.) que está na idade de menino, jovem, moço, ainda não chegado à perfeição; **pianta, nazione fanciulla**: planta, nação jovem / (dim.) **fanciullêtto, fanciullíno**; (aum.) **fanciullône**; (pej.) **fanciullàccio**.
Fandàngo, (pl. -ánghi) s. m. fandango, espécie de dança espanhola / música que acompanha essa dança.
Fandònia, s. f. mentira, embuste, patranha, peta / (sin.) **bugia, panzana**.
Fanèllo, s. m. pintarroxo, pássaro conirrostro, de canto suave.
Fanerògama, adj. (bot.) fanerôgamo.
Fanfalêcco, (ant.) s. m. micagem, careta.
Fanfalúca, s. f. falena / patranha, mentira, peta / bagatela.
Fànfano, s. m. charlatão, fanfarrão / mequetrefe, embrulhão.
Fanfàra, s. f. fanfarra / charanga.
Fanfaronàta, s. f. fanfarronada, bravata, jactância.
Fanfarône, s. m. fanfarrão; alardeador / impostor.
Fànga, fangàia, s. f. lama, lodo, lodaçal, pântano; lamaçal, atoleiro.
Fangatúra, s. f. imersão em barro ou lodo medicinal para fins curativos.
Fanghíccio, s. m. (dim.) lodo pegajoso.
Fanghíglia, s. f. lodo solto.
Fàngo, (pl. fànghi) s. m. lodo, lama, barro / (fig.) vileza, abjeção, miséria; **l'ho raccolto dal** ———: tirei-o da lama / **avvoltolarsi nel** ———: arrastar-se na lama, decair, precipitar-se nos vícios.
Fangosità, s. f. lameira.
Fangôso, adj. lamacento, pantanoso, lameirento, barrento, lodoso.
Fannullàggine, s. f. vadiagem, ociosidade, mandriíce.
Fannullône, s. m. (f. -ôna) vadio, mandrião, indolente, preguiçoso, ocioso.
Fàno, s. m. fano, pequeno templo antigo; santuário.
Fanone, s. m. (pl.) lâminas situadas no maxilar da baleia, no lugar dos dentes / (ecles.) ornamento e veste do Papa.

Fantaccíno, s. m. soldado de infantaria; infante.
Fantasciènza, s. f. conto fantástico, baseado em princípios exatamente científicos.
Fantàscopo, s. f. (fís.) disco óptico.
Fantasía, s. f. fantasia, imaginação; coisas imaginadas; espírito; idéia; ficção; imagem fantástica; concepção / desejo, capricho; extravagância.
Fantàsima, s. f. (pop.) fantasma.
Fantasiôso, adj. fantasioso, fantástico, caprichoso, bizarro.
Fantasma, (pl. -smi) s. m. fantasma, espectro, alma do outro mundo / imagem, aparência, ilusão, quimera / espantalho / pessoa magricela.
Fantasmagoría, s. f. fantasmagoria.
Fantasmagòrico, (pl. -òrici) adj. fantasmagórico.
Fantasticàggine, s. f. fantasia, extravagância, capricho, fantastiquice.
Fantasticàre, (pr. -àstico, -àstichi) v. intr. fantasiar, pôr na fantasia, idear; imaginar; planear; sonhar, forjar quimeras.
Fantastichería, s. f. fantasia, imaginação, quimera; fantastiquice.
Fantàstico, adj. (pl. -àstici) fantástico, quimérico, ilusório / caprichoso, raro, extravagante / incrível, inventado / aparente, fingido.
Fantasticône, s. m. (f. -ôna) fantasiador, devaneador, sonhador, visionário.
Fànte, s. m. soldado de infantaria / valete do jogo de cartas / (ant.) moço, criado / (s. f.) criada: **la fante**.
Fantería, s. f. (mil.) infantaria.
Fantêsca, s. f. (lit.) criada; doméstica.
Fantíno, s. m. jóquei / (ant.) criança, menino.
Fantocciàio, s. m. (p. us.) escultor ou pintor de títeres.
Fantocciàta, s. f. fantochada, criancice, puerilidade / comédia para fantoches.
Fantòccio, (pl. -òcci) s. m. fantoche, boneco, títere / espantalho / manequim, modelo / (fig.) tolo, parvo / (dim.) **fantoccíno**.
Fantolíno, s. m. (dim.) criancinha; criança, menininho.
Fantomàtico, (pl. -àtici) adj. fantasmal, espectral.
Fàra, s. f. (ant.) campo, herdade / (hist.) nome da família longobarda: **giunto era qui con la selvaggia** ——— (Pascoli).
Farabolône, adj. charlatão, palrador, tagarela, embusteiro.
Farabútto, s. m. patife, meliante, tratante, velhaco; miserável, embrulhão, canalha.
Faràd, s. f. (eletr.) farádio, unidade de capacidade eletrostática.
Faràdico, (pl. -àdici) adj. farádico.
Faradizzazióne, s. f. (med.) faradização.
Faragliône, s. m. escolho volumoso e alto: **i Faraglioni di Capri**.
Faràndola, s. f. farândola, baile da Provença / (ant.) composição cômica espanhola.
Faraôna, s. f. galinha-d'angola.
Faraône, s. m. faraó / jogo de azar, com baralho.
Faraônico, (pl. -ònici) adj. faraônico.

Farcíno, s. m. farcino, forma cutânea do mormo no cavalo.
Farcíre, (pr. -ísco) v. encher, rechear (diz-se espec. do ato de rechear um frango ou outra comida com recheio).
Fàrda, s. f. (p. us.) roupa suja / cuspo, catarroso.
Fardàre, (ant.) v. adornar, embelezar com adereços, arrebiques; enfeitar.
Fardellàre, v. (p. us.) enfardar.
Fàrdo, (ant.) s. m. embrulho, pacote; fardo / estojo de couro para guardar comestíveis / cosmético, arrebique.
Fàre, (pr. fo e fàccio, fài, fa) v. fazer; criar, formar; construir, produzir; inventar; realizar, arranjar; representar / ter; concluir, alcançar; causar; servir de; aparentar / **aver da** ———: ter o que fazer / ——— **il bene**: fazer o bem / **la vite fa l'uva**: a videira produz a uva / ——— **denaro col commercio**: ganhar dinheiro comerciando / ——— **gente**: juntar gente / (pr.) tornar-se, vir a ser, fingir-se; habilitar-se / transformar-se / **farsi alto**: tornar-se alto / **farsi una posizione**: alcançar uma posição / **farsi avanti**: aproximar-se; **farsi in là**: afastar-se / (pr.) **chi la fa l'aspetti**: quem faz o mal não espere o bem.
Fàre, s. m. porte, expressão, atitude, gesto: **ha un certo fare, che non mi piace** / maneira, comportamento, estilo / **il da** ———: as ocupações / **sul far del giorno**: ao amanhecer / **sul far della sera**: ao anoitecer.
Farèa, (ant.) s. f. serpente.
Farètra, s. f. faretra, aljava; carcàs / (sin.) turcasso.
Faretràto, adj. faretrado, provido de fáretra.
Farfàlla, s. f. borboleta / (fig.) pessoa volúvel, leviana, caprichosa, versátil / **l'angelica** ———: a alma.
Farfallètta, s. m. (dim.) borboletinha / (fig.) capricho, extravagância: **ha certe farfallette nel capo!** / (burl.) letra de câmbio; papagaio (Bras.).
Farfallíno, s. m. (dim.) borboletinha / (fig.) leviano, volúvel, casquilho, janota.
Farfallône, s. m. (aum.) borboleta grande / (fig.) janota, galanteador / despropósito, erro garrafal, disparate, desatino.
Farfanícchio, (pl. -ícchi) s. m. diabo / fanfarrão, vaidoso, faroleiro / menino impertinente que se dá ares de homem / (teatr.) nome de criado, ou semelhante, em certas comédias ou farsas.
Farfarèllo, s. m. diabo, diabinho; diabrete / menino irrequieto / traquinas / um dos diabos do inferno de Dante.
Farfêcchie, (ant.) s. f. (pl.) bigodes.
Farfugliàre, v. intr. balbuciar; gaguejar; tartamudear.
Farína, s. f. farinha / **non esser** ——— **del suo sacco**: não ser coisa de sua lavra ou competência.
Farinàccio, s. m. sobra do farinha / dado numerado numa só face.
Farinàceo, adj. farináceo, da nat. da farinha / pl. (s. m.) **i farinacei**: os legumes, os grãos que produzem farinha.

Farinàio, (pl. -ài) recipiente para farinha / celeiro.
Farinaiuòla, s. f. recipiente para a farinha.
Farinaiuòlo, s. m. farinheiro; vendedor de farinha.
Farinàta, s. f. farinha de trigo ou de milho cozida na água / polenta, angu.
Faringe, s. f. (anat.) faringe.
Faringeo, adj. faríngeo.
Faringísmo, s. m. (med.) faringismo, contração dos músculos da faringe.
Faringíte, s. f. (med.) faringite.
Faringoiatría, s. f. faringografia.
Farinôso, adj. farinhoso, farinhento.
Farisaicamênte, adv. farisaicamente / hipocritamente.
Farisàico, (pi. -àici) adj. farisaico.
Fariseísmo, s. m. farisaísmo, hipocrisia.
Farisèo, s. m. fariseu / hipócrita.
Farlòtto, s. m. (v. romanhola) alibe, ave da família dos Pásseres.
Farmacèutica, s. f. farmacêutica, farmacologia.
Farmacèutico, (pl. -èutici) adj. farmacêutico.
Farmacía, s. f. farmácia; botica / arte farmacêutica.
Farmacísta, (pl. -ísti) s. m. farmacêutico, boticário.
Fàrmaco, (pl. fàrmachi) s. m. medicamento, remédio, substância medicinal.
Farmacodinàmica, s. f. farmacodinâmica, força ativa dos medicamentos.
Farmacognosía, s. f. farmacognosia.
Farmacografía, s. f. farmacografia.
Farmacología, s. f. farmacologia.
Farmacopèa, s. f. farmacopéia.
Farmacopòla, (ant.) s. m. farmacopola, boticário, vendedor de drogas.
Farmacoposología, s. f. posologia.
Farneticamênto, s. m. desvario, delírio, devaneio.
Farneticàre, (pr. -ètico, -ètichi) v. intr. delirar, desvairar, devanear, frenesiar; disparatar, desatinar.
Farnètico, (pl. -ètici) adj. frenético, delirante, desvairado / (s. m.) bizarria, capricho; delírio, loucura.
Fàrnia, s. f. espécie de carvalho.
Fàro, s. m. farol / lanterna de farol / (fig.) guia.
Farraginàre, v. intr. criar farragem, confusão.
Farràgine, s. f. farragem, mistura de coisas mal ordenadas; balbúrdia, confusão, miscelânea.
Farraginôso, adj. farraginoso, confuso, desordenado, enredado.
Fàrro, s. m. farro, trigo candeal.
Fàrsa, s. f. farsa, comédia bufa, pantomima / (fig.) ato ou acontecimento ridículo; impostura.
Farsêsco, (pl. -êschi) adj. de farsa, burlesco, bufonesco.
Farsettàio, s. m. alfaiate de jalecos, de coletes.
Farsêtto, s. m. jaleco; espécie de colete; jaqueta curta.
Fàs, voz lat. na loc. "per fas o per nefas" com razão ou sem ela, a qualquer custo, "por fas ou por nefas".
Fascètta, s. f. pequena faixa / justilho, corpete / braçadeira do fuzil ou da bainha do sabre / fita de condecoração.

Fascettàia, s. f. (p. us.) costureira de corpete, justilhos, etc.
Fàscia, (pl. fàsce) s. f. faixa, cinta, banda, tira, correia, cinto / venda, atadura / fita / (med.) ——— elastica: faixa elástica / **bimbo in fasce**: criança de cueiros / **spedire libri sotto** ———: enviar livros em pacotes, pelo correio / (pl.) cueiros de crianças e (fig.) infância; **dalle fasce**: desde o berço.
Fasciacôda, s. f. faixa com que se amarra a cauda do cavalo.
Fasciàme, s. m. (mar.) conjunto das tábuas (nos navios de madeira) e de chapas (nos navios metálicos) que revestem o esqueleto e que formam a superfície interna e externa do casco.
Fasciapiède, s. m. tira de couro que une os pés anteriores aos pés posteriores do cavalo.
Fasciàre, (pr. fàscio, fàsci) v. tr. enfaixar, envolver, cingir com faixas; faixar, atar, vendar, envolver, circundar.
Fasciatúra, s. f. ato e efeito de enfaixar.
Fascícolo, s. m. fascículo, opúsculo, folheto / expediente: ——— **personale degli impiegati** / cada caderno de uma publicação periódica.
Fascína, s. f. fexina, no sent. de feixe ou molho de paus curtos ou lenha miúda para queimar; (dim.) **fascinòtto, fascinêtta, fascinottíno**.
Fascinàio, s. m. aquele que vende feixes de lenha miúda.
Fascinàme, s. m. lenha miúda para fazer feixes ou molhos.
Fascinàre, (pr. -àscino) v. fascinar, causar fascinação, seduzir / (fort.) prover de fexinas (lenha) para uso de fortificação.
Fascinàta, s. m. (fort.) obra de defesa construída com terra sustentada com paus.
Fascinatôre, adj. e s. m. (f. -tríce) fascinador, sedutor, feiticeiro, fascinante.
Fascinazióne, s. f. (lit.) fascinação, ato de fascinar; encantamento / feitiço.
Fàscino, s. m. fascínio, fascinação, feitiço; encanto, sedução; atrativo, atração / feitiço; quebranto, mau olhado / li ——— **della bellezza**: o fascínio da beleza.
Fàscio, (pl. fàsci) s. m. feixe; un ——— d'erba, di legna: um feixe de erva, de lenha / molho, gavela, braçada / (hist. rom.). il ——— littòrio: os feixes lictórios / "fascio" emblema do partido fascista e o próprio partido / andare a ———: soçobrar, afundar, acabar / mettere in un ———: juntar, amontoar, pôr tudo no mesmo feixe / far d'ogni erba un ———: não distinguir o bom do mau, viver desregradamente.
Fascismo, s. m. fascismo.
Fascísta, adj. e s. fascista.
Fasciuòla, s. m. (dim.) faixinha / vira dos sapatos.
Fascolàrto, s. m. (zool.) fascolarcto, gênero de mamíferos marsupiais.
Fascolòmidi, s. m. (pl.) fascolomidas, fam. de mamíferos marsupiais da Austrália.

Fàse, s. f. fase ou aspecto de um fenômeno, doutrina, assunto, negócio, etc. / condição, época, período.
Fasèlo, s. m. (lit. ant.) barco ligeiro / bote veloz.
Fasianèlla, s. f. fasianela, gênero de moluscos gastrópodes.
Fasímetro ou fasòmetro, s. m. fasímetro, apar. para medir a diferença de fase entre duas correntes alternadas da mesma freqüência.
Fàsmate, s. f. (pl.) efeitos da luz nas nuvens.
Fasolàcee, s. f. pl. faseoláceas (plantas).
Fasòmetro, s. m. fasímetro, aparelho para medir as fases elétricas.
Fasservizi, s. m. moço ou menino que faz os serviços mais ordinários de uma casa; criado.
Fastèllo, (pl. -èlli e f.-èlla) s. m. feixe, molho de lenha ou de coisa semelhante; (dim.) fastellino.
Fàsti, s. m. (pl. rom.) fastos, calendário das festas, jogos e coisas memoráveis / registro dos magistrados; fasti consolari: anais das empresas gloriosas.
Fastidièvole, adj. (p. us.) fastidioso.
Fastídio, (pl. -ídi) s. m. fastídio, fastio, aborrecimento, tédio; enfado, desgosto, repugnância; náusea; estorvo.
Fastidiosàggine, s. f. (p. us.) fastio, enfado, aborrecimento.
Fastidiosamènte, adv. fastidiosamente, aborrecidamente.
Fastidiòso, adj. fastidioso, molesto, aborrecido, enfadonho, fastiento, maçador, impertinente, importuno.
Fastidíre, (pr. -ísco, -ísci) v. tr. enfadar, enfastiar; molestar, aborrecer.
Fastigiàto, adj. fastigiado.
Fastígio, (pl. -ígi) s. m. fastígio, a sumidade dum edifício / o ponto mais elevado; posição eminente; cume, vértice. apogeu: i fastigi della fama.
Fàsto, s. m. fasto, fausto. ostentação, pompa, luxo / (adj.) fasto, propício, feliz, venturoso, fausto.
Fastosamènte, adv. faustosamente, luxuosamente, ostentativamente.
Fastosità, s. f. fastosidade, fausto, ostentação, luxo, pompa.
Fastôso, adj. fastoso, pomposo, ostentoso.
Fasúllo, adj. dial. nap. falso, fictício, contrafeito.
Fàta, s. f. fada / mani di ——: mãos habilidosas de mulher trabalhadeira / —— morgana: fenômeno de refração luminosa; (fig.) ilusões, ilusões, esperanças falazes.
Fatagiône, s. m. (p. us.) encantamento.
Fatàle, adj. fatal, irrevogável / necessário, imutável, predestinado / aziago, funesto / mortal: colpo ——.
Fatalísmo, s. m. fatalismo / resignação, conformidade. estoiscismo.
Fatalísta, (pl. -ísti) s. m. fatalista / imperturbável / muçulmano; estóico.
Fatalità, s. f. fatalidade; necessidade fatal; sucesso fatal / destino, fado.
Fatalmènte, adv. fatalmente.
Fatalône, (neol.) s. m. (f. -ôna) irresistível, conquistador (ou conquistadora).
Fatàre, v. fadar, encantar / tornar invulnerável.

Fatàto, p. p. e adj. fadado, encantado / predestinado / invulnerável; armi fatate: armas encantadas.
Fatatúra, s. f. (p. us.) encantamento, feitiço.
Fatebenefratèlli, s. m. (hist.) ordem da Caridade fundada em Granada, em 1540, por São João de Deus (português).
Fatebenesorèlle, s. f. irmãs de Caridade.
Fatíca, s. f. fadiga, cansaço, esforço / faina, lida, trabalho / a ——: com dificuldade / reggere alla ——: / agüentar ou resistir ao trabalho / façanha: le fatiche d'Ercole: os trabalhos de Hércules / —— ímpobra: trabalho duro / (aum. e pej.) faticàccia.
Faticànte, p. pr. e adj. fatigante; fadigoso, molesto / (s. m.) operário, trabalhador.
Faticàre, (pr. -íco, -íchi) v. fatigar, causar fadiga a, cansar-se; —— per guadagnarsi il pane: fatigar-se para ganhar o pão / trabalhar; penar; cansar; importunar, molestar.
Faticatôre, adj. e s. m. (f. -tríce) que ou aquele que resiste ao trabalho; trabalhador.
Faticosamènte, adv. fadigosamente, trabalhosamente.
Faticôso, adj. fadigoso, trabalhoso, fatigante; penoso; ímprobo.
Fatídico, (pl. -ídici) adj. fatídico, adivinhador; fatal.
Fatiscènte, (neol.) adj. cadente, que se desagrega, que se desfaz; diz-se especialmente de muros e semelhantes.
Fàto, s. m. fado, destino, sina / disposição da Previdência / sorte, ventura / (pl. ant.) fadas.
Fàtta, s. f. classe, casta, espécie, qualidade, gênero, linhagem; gente dógni: —— gente de toda espécie / ação; le male fatte di questo monello: as travessuras desse garoto / excremento de animais de caça menor.
Fattèvole, adj. (p. us.) factível.
Fattêzza, s. f. feição, semblante; forma, figura; cara, fisionomia.
Fattía, (ant.) s. f. feitiçaria, encanto.
Fattibèllo, (ant.) s. m. arrebique, cosmético.
Fattíbile, adj. e s. m. factível; provável, praticável; possível; si farà il ——: far-se-á o possível.
Fattíccio, (pl. -ícci) adj. membrudo, forte, fornido, robusto.
Fattispècie, s. f. (jur.) caso ou questão de que se trata.
Fattívo, adj. ativo, laborioso, operoso; dinâmico.
Fattízio, (pl. -ízi) adj. (p. us.) factício, artificial; não-natural; que é só aparente.
Fàtto, p. p. feito / (adj.) sucedido, acontecido, ocorrido / feito, construído, executado; ecco ——: já está feito; acostumado, habituado; essere —— a tutto: estar acostumado a tudo / apto, conveniente; non è —— per te; não é feito para ti / material —— di ferro: feito de ferro / è bello e ——: já está pronto / cosi ——: de tal qualidade.

Fàtto, s. m. fato, coisa ou ação feita; acontecimento, sucesso, caso; assunto de que se trata; argumento / **in ——— di moda:** em matéria de moda / **sapere il ——— suo:** conhecer a coisa de que se trata / (dim.) **fatterèllo:** (depr.) **fattàccio;** ação criminosa, feito abominável.

Fattôre, s. m. (f. -tôra e toressa) fator, fazedor, autor, criador; **il sommo ———:** Deus / **i fattori dell'indipendenza italiana:** os pró-homens da independência italiana / causa, origem, motivo, coeficiente; **——— di civiltà, di benessere:** fator de civilização, de bem-estar / (ant.) termo da multiplicação aritmética / (agr.) administrador de bens; agente rural.

Fattoría, s. f. propriedade rural, herdade; fazenda; estância; feitoria, quinta.

Fattoríno, s. m. servente, contínuo de negócio, banco, escritório, etc. / mensageiro da repartição dos Correios e Telégrafos / (técn.) qualquer instrumento das artes e ofícios que facilita um trabalho.

Fattríce, s. f. fazedora, criadora, produtora / (veter.) égua, vaca, etc., destinadas à reprodução.

Fattucchière, s. m. (f. -èra) feiticeiro, bruxo, mágico.

Fattucchieria, s. f. bruxaria, encantamento, feitiçaria.

Fattúra, s. f. ato de fazer; feitura, trabalho, obra; feitio / conta, nota de trabalhos executados ou de mercadoria vendida; fatura comercial / feitiço, malefício / (dim.) **fatturina** / (sin.) **mano d'opera;** conto; nota.

Fatturàre, v. tr. alterar, adulterar, falsificar, viciar, sofisticar; **——— il vino:** adulterar o vinho / (com.) faturar a mercadoria.

Fatuamènte, adv. fatuamente.

Fatuità, s. f. fatuidade; vacuidade; leviandade; presunção.

Fàtuo, adj. fátuo, vão, vazio, néscio; presunçoso / **fuoco ———:** fogo-fátuo.

Fàuci, s. f. (pl.) fauces, garganta / (fig.) abertura.

Fàuna, s. f. fauna.

Faunêsco, (pl. -êschi) adj. fauniano, relativo ao fauno.

Fàuno, s. m. (mit.) fauno, divindade campestre entre os Romanos.

Faustamènte, adv. faustamente; felizmente.

Fàusto, adj. fausto, feliz, afortunado / propício, ditoso, augural; próspero.

Fautôre, s. m. (f. -trice) fautor; favorecedor, partidário / em sent. pej.: instigador.

Fàva, s. f. (bot.) fava (planta) / **non valere una ———:** não valer um caracol / (ant.) voto, sufrágio (quando se empregavam favas brancas e pretas na votação).

Favàta, s. f. favada, comida de favas / (fig.) fanfarronada, jactância.

Favèlla, s. f. (poét.) fala, faculdade de falar / língua, idioma, linguagem: **diverse lingue, orribili favelle** (Dante).

Favellare, (pr. -èllo) v. tr. e intr. (poét.) falar: **che hai ai che non giochi e favelli?** (Giacosa).

Favellatôre, adj. e s. m. (f. -trice) que ou aquele que fala; falador; palrador; loquaz, facundo.

Favellío, s. m. murmúrio, sussurro; charla, tagarelice.

Favêto, s. m. faval, campo de favas.

Favílla, s. f. chispa, fagulha, centelha / (fig.) motivo insignificante que pode ser causa de graves sucessos: **la ——— dell'odio.**

Favíssa, s. f. (arqueol.) cela subterrânea nos templos.

Fàvo, s. m. favo (de abelhas), antraz (doença).

Fàvola, s. f. fábula, conto de animais; **le ——— di Trilussa** / apólogo, parábola, mito / mentira, invenção, embuste, patranha / argumento, enredo de um poema, drama, etc.: **la ——— di Eva** / (poét.) o sonho da vida: **la ——— breve è finita** (Carducci) / objeto de ludíbrio, menosprezo; **era la ——— del paese:** era o escárnio da cidade.

Favolatóre, (ant.) s. m. (f. -trice) fabulador; contador de histórias.

Favoleggiàre, (pr. -êggio, -êggi) v. intr. fabular; contar, narrar fábulas, lendas, etc.

Favoleggiatôre, s. m. (f. -trice) fabulador, fabulista, autor de fábulas.

Favolèllo, s. m. conto breve da literatura medieval.

Favolôso, adj. fabuloso, alegórico, inventado, mitológico / admirável, extraordinário, muito grande; excessivo, incrível.

Favònio, (pl. -òni) s. m. (lit.) favônio, vento do poente; zéfiro.

Favôre, s. m. favor, benevolência, valimento, proteção / graça, benefício, obséquio / fineza, cortesia, bondade / **prezzo di ———:** preço especial, vantajoso; **a ———, in ———:** em favor, em pró, em benefício / ajuda, socorro / (dim.) **favorètto, favorino,** ..**favorúccio;** (aum.) **favorône.**

Favoreggiamènto, s. m. favor, proteção, ajuda, apoio, assistência; favorecimento.

Favoreggiàre, (pr. -êggio, -êggi) v. tr. favorecer, facilitar, ajudar, apoiar, assistir / (jur.) encobrir.

Favoreggiatôre, s. m. (f. -trice) favorecedor, auxiliador / fautor / encubridor.

Favorêvole, adj. favorável; **risposta ———:** resposta favorável, afirmativa / fausto, feliz, próspero, útil, apto, conveniente, oportuno.

Favorevolmènte, adv. favoravelmente.

Favoríre, (pr. -ísco, -ísci) v. favorecer, auxiliar, proteger; facilitar; fomentar, secundar, promover / oferecer cortesmente: **vuoi favorire?**

Favoritísmo, s. m. favoritismo / (sin.) nepotismo.

Favoríto, p. p. favorecido / (adj.) favorito, predileto, estimado, preferido, apreciado / (s. m.) favorito.

Favúle, s. m. (bot.) favaí / talo seco das favas.

Fazionàrio, s. m. e adj. (ant.) faccionário, faccioso.

Fazionàto, (ant.) adj. formado, feito, disposto.

Fazióne, s. f. facção (ou fação); seita, partido sectário / (mil.) feito de armas de escassa importância / serviço de guarda: **esser di** ——.
Faziosità, s. f. facciosidade; faciosismo.
Fazióso, adj. e s. m. facioso; sectário; parcial; sedicioso; rebelde.
Fazzolêtto, s. m. lenço / (dim.) **fazzolettíno**, **fazzolettúcio**: lencinho.
Fazzuòlo, (ant.) s. m. lenço.
Fè, apoc, poét. de **fede**: fé.
Fè, ap. poét. de **fece**: fez.
Febbràio, (pl. -ài) s. m. fevereiro.
Fébbre, s. f. **febre** / (fig.) exaltação, desejo ardente: la —— **dell'oro** / (dim.) **febbrêtta**, **febbrúccia**, **febbriciàttola**; (aum.) **febbróne**, **febbrôna**: febrão.
Febbricitànte, adj. e s. m. febricitante; que tem febre.
Febbrícola, s. m. (dim.) febrinha; febre ligeira.
Febbricôso, adj. febricante, febril / que dá febre.
Febbrífugo, (pl. -ifughi) adj. febrífugo.
Febbríle, adj. febril / exaltado, violento, ardente; ativo.
Febbrilmênte, adv. febrilmente.
Febbrôso, adj. febril, de febre; febricitante.
Febèo, adj. (lit.) febeu, de Febo.
Fecàle, adj. fecal, referente às fezes.
Fèccia, (pl. **fècce**) s. f. sedimento, borra, escória, lia / (fig.) a parte pior de uma coisa; la —— **del popolo**, **della società**: a escória do povo, etc.
Feccióso, adj. feculento, sedimentoso / desprezível, vil.
Fecciúme, s. m. feculência / (fig.) gentalha.
Fèci, s. f. (pl.) fezes, excrementos humanos.
Feciàle, s. m. (hist.) fecial, sacerdote que, entre os romanos, intervinha nas declarações de guerra e nos tratados de paz.
Fècola, s. f. fécula, parte farinhenta de certas sementes, tubérculos e raízes.
Fecondàbile, adj. fecundável.
Fecondamênte, adv. fecundamente.
Fecondàre, (pr. -óndo) v. tr. fecundar / fertilizar.
Fecondatôre, adj. e s. m. (f. -trice) fecundador.
Fecondazióne, s. f. fecundação.
Fecondità, s. f. fecundidade.
Fecóndo, adj. fecundo / produtivo, fértil / **prole feconde**: prole numerosa.
Feculènto, adj. feculento.
Fedàre, (ant.) v. tr. sujar, manchar / corromper, contaminar.
Fêde, s. f. fé, religião, crença firme / confiança / lealdade; **serbare** —— **alla parola data**: manter, sustentar a palavra / crédito, confiança, prova / **far** ——: testemunhar, atestar / **mala** ——: deslealdade, má intenção, fraude / aliança (anel) matrimonial / certificado, documento; —— **di nascita**: certidão de nascimento.
Fedecommêsso, (v. **fidecommesso**) s. m. fideicomisso.
Fededêgno, adj. (p. us.) fidedigno, crível, digno de fé.

Fedéle, adj. fiel; verdadeiro, leal, genuíno; honesto, sincero, devoto / verídico, exato, conforme; **relazione** ——: relato fiel / honrado / (s. m.) **i fedeli**: os fiéis; os católicos.
Fedelitàte, (ant.) s. f. fidelidade.
Fedelmênte, adv. fielmente.
Fedeltà, s. f. fidelidade, lealdade, sinceridade.
Fèdera, s. f. fronha.
Federàle, adj. federal.
Federalísmo, s. m. federalismo.
Federalísta, (pl. -ísti) s. m. federalista.
Federàre, (pr. **fèdero**) v. tr. federar, reunir em federação, confederar.
Federatívo, adj. federativo.
Federàto, p. p. e adj. federado; confederado.
Federazióne, s. f. federação / confederação; liga de Estados debaixo de um só governo.
Federtèrra, s. f. confederação agrícola.
Fedífrago, (pl. **ifraghi**) adj. fedígrafo; desleal, perjuro, infiel; traidor.
Fedína, s. f. certificado, certidão penal, folha corrida / (pl.) barba à inglesa.
Fedíre, (ant.), v. tr. ferir.
Feditôre, (ant.) s. m. feridor, aquele que fere / (hist.) cavaleiro escolhido encarregado de dar início ao combate, no período das Comunas Italianas.
Fêdo, (ant.) adj. sujo.
Fegatàccio, s. m. (depr. de **fegato**; fígado) homem ousado, destemido, temerário; **è un** ——: é um sujeito destemido.
Fegatèllo, s. m. guisado de fígado.
Fegatíno, s. m. (dim.) figadinho, fritura de miúdos de frango.
Fègato, s. m. (anat.) fígado / **pasticcio di** ——: pastel de fígado / (fig.) coragem, arrojo, valentia: **è un uomo di** —— / **rodersi il** ——: roer-se de raiva.
Fegatôso, adj. hepático / (fig.) bilioso, raivoso, irado.
Fêlce, s. f. (bot.) polipódio; —— **arborea**: planta das polipodiáceas, das regiões tropicais.
Feldmaresciàllo, s. m. marechal de campo.
Feldspàtico, adj. (geol.) feldspático.
Feldspàto, s. m. (geol.) feldspato.
Feldspatòidi, s. m. feldspatóides.
Felibrísmo, s. m. felibrige, escola literária provençal.
Felíbro, s. m. f. félibre, poeta ou prosador francês em linguadoque.
Felíce, adj. feliz, venturoso; fausto, próspero / oportuno, acertado, eficaz / alegre, beato, contente / augúrio; —— **viaggio**: boa viagem! / favorável; **un momento** ——: uma ocasião feliz / **sono** —— **di conoscèrvi**: tenho muito prazer em conhecer-vos.
Felicemênte, adv. felizmente, venturosamente.
Felicità, s. f. felicidade, ventura; prosperidade, sorte feliz; **augurare ogni** ——: desejar toda felicidade.
Felicitàre, (pr. -ícito) v. felicitar, fazer feliz / **felicitarsi con alcuno**: felicitar alguém, dar os parabéns.
Felíno, adj. felino; (fig.) ágil, astuto / (s. m.) felino, felídeo.

Fellèma, (pl. -èmi) s. m. (bot.) parte felógena da casca.
Fèllo, (ant.) adj. ímpio, rebelde, traidor: **nessun di noi sia** ——— (Dante).
Fellône, (ant.) adj. (aum.) desleal, traidor.
Fellonêsco, (ant.) (pl. -êschi) adj. traiçoeiro, velhaquesco.
Fellonía, s. f. (p. us.) traição, deslealdade, felonia.
Felloplàstica, s. f. feloplástica, arte de esculpir em cortiça.
Fèlpa, s. f. felpa.
Felpàto, adj. felpado, que tem felpa; felpudo.
Felsíneo, adj. (lit.) bolonhês, felsíneo (de Félsina, antigo nome de Bolonha).
Feltràre, (pr. fêltro) v. tr. feltrar / estofar com feltro.
Feltratúra, s. f. ato ou operação de feltrar; feltragem.
Fêltro, s. m. feltro; **capello di** ———: chapéu de feltro.
Felúca, (ár. "faluk") s. f. falusa, faluca, embarcação pequena e veloz / chapéu de três bicos dos almirantes, ministros, etc.
Felzata, s. f. cobertor (de cama) de lã fina.
Fèlze, e **félse**, s. m. espécie de cabina no centro da gôndola.
Fèmmina, s. f. fêmea; **la** ——— **del cavallo**; a fêmea do cavalo / mulher / (dim.) **femminèlla: femminúccia, femminêtta**.
Femminèlla, s. f. (dim. de **femmina**) colchete fêmea / lingüeta do gonzo ou da dobradiça / rebento das plantas.
Femmíneo e **femíneo**, adj. (lit.) feminil, femíneo, feminino.
Femminêsco, (pl. -êschi) adj. (p. us.) feminil / femíneo / mulherengo.
Femminêzza, s. f. feminilidade.
Femminilmênte, adv. feminilmente.
Femminíno, e **feminíno**, adj. feminino; femíneo; feminil.
Feminísmo, s. m. feminismo.
Femminísta, s. m. e f. feminista.
Femoràle, adj. (anat.) femoral, rel. ao fêmur.
Fèmore, s. m. (anat.) fêmur.
Fenacetína, s. f. (farm.) fenacetina.
Fenàto, s. m. fenato, sal do ácido fênico.
Fendènte, s. m. fendente, golpe ou cutilada dado com o corte da espada. etc.
Fèndere (pr. fèndo, fèndi, fende), v. tr. fender / dividir, abrir, cortar, partir; ——— **le onde**: cortar as ondas / (pr.) **fendersi**: quebrar-se, rachar-se, fender-se, abrir-se.
Fendíbile, adj. fendível.
Fenditôre, adj. e s. m. (f. -tríce) fendedor, que ou aquele que fende.
Fenditríce, s. f. utensílio usado pelos chapeleiros no preparo dos chapéus de feltro.
Fenditúra, s. f. frincha, rachadela, fenda, abertura, racha.
Feneratízio, (pl. -ízi) adj. (p. us.) feneratício; emprestado com usura; relativo à usura.
Fengofobía, s. f. fengofobía, medo da claridade ou luz viva.

Fenicàto, adj. fenicado, que contém ácido fênico.
Feníce, s. f. fênix, ave fabulosa / (fig.) pessoa ou coisa rara ou única / (bot.) fênix, gênero de palmeira.
Fenício, adj. fenício.
Fènico, (pl. fènici) adj. fênico / fenol.
Fenicòttero, s. m. fenicóptero, nome científico dos flamingos (pássaros).
Fenòlo, s. m. (quím.) fenol.
Fenología, s. f. fenologia, fitologia referente ao clima.
Fenomenàle, adj. fenomenal.
Fenomènico, (pl. -ènici) adj. fenomênico, rel. a fenômeno.
Fenomenísmo, s. m. (filos.) fenomenismo.
Fenòmeno, s. m. fenômeno, aparência, manifestação natural; ——— **di suggestione**: fen. de sugestão / de uso pouco correto por coisa admirável, homem extraordinário, etc.
Fenomenología, s. f. fenomenologia.
Fènore, (ant.) s. m. usura, lucro ilícito.
Feràce, adj. feraz, fértil / fecundo.
Feracità, s. f. feracidade, fertilidade; fecundidade.
Feràle, adj. feral, funesto; de mau agouro / (ant.) cruel, feroz.
Feralmènte, adv. funestamente, de modo fúnebre.
Fèrcolo, s. m. (hist.) férculo, bandeja para levar a comida à mesa / palanquim, andor em certas solenidades pagãs.
Ferecràzio, (pl. -àzi) s. m. ferecrácio, verso logaédico.
Ferentàrio, (pl. -àri) s. m. ferentário, antigo soldado romano, armado à ligeira.
Fèretro, s. m. féretro, caixão mortuário; ataúde.
Fèria, s. f. dia feriado, dia de descanso; **le ferie**: as férias / (ecles.) todos os dias da semana menos sábado e domingo.
Feriàle, adj. ferial, relativo aos dias da semana, aos dias não festivos; **giorno** ———:/dia de trabalho.
Feriàto, adj. (p. us.) feriado; **giorno** ———: dia de feriado, dia de repouso.
Ferígno, adj. (lit.) ferino, feroz.
Ferimênto, s. m. ato e efeito de ferir; ferimento; ferida.
Feríno, adj. ferino, feroz; bestial / **tosse ferina**: coqueluche.
Feríre, (pr. -ísco, ísci, ísce), v. tr. ferir; / chocar, impressionar: ——— **la vista, il cuore** / ofender, pungir / (pr.) ferir-se.
Feríta, s. f. ferida; lesão, contusão / ofensa, afronta / mágoa, pesar, sofrimento; dor.
Ferità, s. f. (p. us.) ferocidade.
Ferito, p. p. e adj. ferido, contundido; ofendido, maltratado / (s. m.) ferido, aquele que está ferido.
Feritôia, s. f. seteira, fresta / (por ext.) abertura, fenda para dar luz a subterrâneos, etc.
Feritôre, adj. e s. m. (f. -tríce) feridor, que fere, aquele que fere.
Fèrma, s. f. (mil.) alistamento voluntário e sua duração / parada do perdigueiro.

Fermacàrte, s. m. peso para papéis / clips para segurar papéis.
Fermàglio, (pl. -àgli) s. m. broche / fecho / alfinete / (dim.) **fermaglíno**.
Fermamênte, adv. firmemente / com certeza.
Fermapièdi, s. m. peça semelhante a um estribo, que se usa no pedal da bicicleta para segurar o pé.
Fermàre, (pr. **fêrmo**) v. tr. parar, deter; —— **una màcchina**: parar uma máquina / firmar, estabilizar; —— **un bottone**: pregar um botão / deliberar, estabelecer, resolver, decidir / **fermar l'attenzione**: considerar atentamente uma coisa / chamuscar ligeiramente a carne para que se conserve / (refl.) **fermarsi**: deter-se, parar.
Fermàta, s. f. parada, ato de parar / lugar de parada: **la prima** —— **sarà a Napoli** / (dim.) **fermatina**.
Fermatúra, s. f. ajuste, fixação, ponto em que se segura ou fixa alguma coisa.
Fermentàbile, adj. fermentável.
Fermentàre, (pr. -ênto) v. fermentar / estar em fermentação.
Fermentativo, adj. fermentativo.
Fermentazióne, s. f. fermentação / (fig.) agitação, comoção.
Fermentío, (pl. -íi) s. m. fermentação continuada ou freqüente.
Fermênto, s. m. fermento; levedura / (fig.) agitação, excitação que precede um motim (sendo, nesse sentido, de uso não aconselhado pelos puristas).
Fermèzza, s. f. firmeza, constância, perseverança, vontade firme / estabilidade, firmeza / fecho de mola para bracelete, pulseira, etc.
Fêrmo, p. p. e adj. (lit.) firme, parado, fixo, estável, estabelecido; **ho** —— **il propósito**: fiz o propósito / seguro, certo, constante; —— **nelle sue opinioni**: seguro nas suas idéias / **mal** ——: instável, vacilante / **canto** ——: canto gregoriano / **terra ferma**: terra firme / **ferma in posta**: carta que deve ser procurada na posta-restante / **per** ——: por certo / **compra ferma**: compra firme, definitiva / (s. m.) estabilidade, firmeza.
Fernambúcco, (pl. -úcchi) s. m. (p. us.) pau-brasil, planta cujas flores são usadas em tinturaria.
Fernèt, s. m. fernete, nome de um licor aperitivo italiano.
Fernètta, s. f. lingüeta da fechadura; guarda ou dente da chave.
Fèro, (ant.) adj. fero, feroz, áspero, cruel.
Feróce, adj. feroz, cruel, perverso, violento; **animali feroci**: animais ferozes.
Ferocemênte, adv. ferozmente, cruelmente.
Feròcia, s. f. ferócia; ferocidade.
Feròdo, s. m. ferodo, material fibroso para revestimento de fricção, de freios nos automóveis, etc.
Ferràccia, (pl. -àcce) s. f. espécie de arraia (peixe) / crisol dos douradores.
Ferràccio, s. (pej. de **ferro**) sucata, ferro velho / ferro coado / (sin.) **ghisa**.

Ferragôsto, s. m. o dia 1º de agosto entre os antigos romanos / dias de férias desde 15 de agosto.
Ferraiêtto e ferraiuzzo, s. m. (dim. e pop.) fevereiro / (prov.) —— **corto e maledetto**: que faz alusão ao ruim, que costuma ser o mês de fevereiro pelo clima.
Ferràio, (pl. -ài) s. m. ferreiro, o que trabalha em ferro.
Ferraiuòlo, (do esp.) s. m. capa ampla, curta / (dim.) **ferraiolíno, ferraiolêtto**.
Ferràme, s. m. porção de ferro: ferraria.
Ferramênto, (pl. -ênti, e f. **ferramênta**) s. m. ferragem, peça ou objeto de ferro empregada num determinado trabalho / ferramenta, instrumento ou utensílio usado numa arte ou ofício.
Ferràre, (pr. **fèrro**) v. tr. ferrar, guarnecer, munir de ferro / pôr ferraduras em.
Ferrarêccia, (pl. **ècce**) s. f. ferramentas, objetos de ferro (pl.) / ferraria; oficina de ferreiro.
Ferràta, s. f. ato de ferrar / grade, cancela, gradeamento / **a estrada férrea**.
Ferràto, p. p. e adj. ferrado, que se ferrou / **strada ferrata**: estrada de ferro / (fig.) douto, seguro em um assunto: **è** —— **in matematica**.
Ferratúra, s. f. ato e efeito de ferrar; o modo de ferrar / ferradura (das bestas).
Ferravècchio, (pl. -ècchi) s. m. ferro velho, comerciante em sucata.
Ferrazzuòlo, s. m. ferreiro / operário de forja.
Fèrreo, adj. férreo / (fig.) robusto, forte; tenaz; duro / rigoroso.
Ferrería, s. f. ferraria, objetos de ferro / ferramentas, utensílios de um ofício.
Ferrêtto, s. m. ferro pequeno, ferramenta pequena / agulhas para trabalhos de bordado, tricô, etc.
Ferrièra, s. f. ferraria; forja; fundição / mina de ferro.
Ferrígno, adj. férreo, ferrenho / inflexível; galhardo, duro, robusto, rigoroso, impenetrável.
Fèrro, s. m. ferro / —— **crudo**: ferro fundido / —— **battuto o sagomato**: ferro batido ou forjado / —— **ghisa**: ferro-gusa / —— **acciaio**: aço / **ferri del mestiere**: ferramentas do ofício / —— **da cavallo**: ferradura / —— **da stiro**: ferro de passar roupa / **fil di** ——: arame / **lamiera di** ——: chapa de ferro / —— **di bottega**: tira da polícia / **memoria di** ——: memória tenaz / (prov.) **battere il** —— **fin che è caldo**: não deixar escapar a ocasião / **mettere a** —— **e fuoco**: destruir / **età del** ——: época pré-histórica / (pl.) grilhetas.
Ferrovía, s. f. ferrovia; estrada de ferro.
Ferroviàrio, (pl. -àri) adj. ferroviário; **orario** ——: horário ferroviário.
Ferrovière, s. m. ferroviário, empregado de estrada de ferro.
Ferrugíneo, adj. (lit.) ferrugento, ferrugíneo.
Ferruginôso, adj. ferrugento, ferruginoso.

Ferruminàre, (ant.) v. soldar a fogo.
Ferruminatòrio, (pl. **òri**) adj. assoprador para soldar a fogo os metais.
Fèrsa, (ant.) s. f. látego, açoite: **sotto la gran ――― del dí canicular** (Dante).
Fèrtile, adj. fértil, feraz, fecundo.
Fertilità, s. f. fertilidade, feracidade, fecundidade / riqueza, abundância.
Fertilizzànte, p. pr., adj. e s. m. fertilizante; fecundante.
Fertilizzàre, (pr. **-ízzo**) v. fertilizar, fecundar.
Fèrula, s. f. (bot.) férula, planta da fam. das Umbelíferas / férula, palmatória / (ecles.) báculo forrado de veludo vermelho / (cir.) espécie de instrumento ortopédico.
Ferúta, (ant.) s. f. ferida.
Fervènte, p. pr. e adj. fervente; fervoroso; ardente / férvido, veemente.
Fervènza, s. f. (p. us.) fervor, ardor.
Fèrvere, (pr. **fèrvo**) v. ferver, entrar ou estar em ebulição; escaldar / (fig.) **ferve il lavoro:** ferve o trabalho.
Fèrvido, adv. férvido, fervoroso, fervente.
Fervôre, s. m. fervor, calor, fervura, ardência / veemência, ardor; zelo, grande dedicação; atividade; intensidade, eficácia.
Fervoríno, s. m. (ecl.) jaculatória, alocução; discursinho propiciatório / repreensão paternal, exortação.
Fervorosaménte, adv. fervorosamente, ferventemente; com fervor, com zelo.
Fervorôso, adj. fervoroso, impetuoso, ardoroso; veemente, dedicado.
Fèrza, (ant.) s. f. látego, azorrague.
Fèrzo, s. m. (náut.) festo do pano das velas.
Fescennino, adj. fescenino (nom. der. da cidade de Fescênia, na ant. Etrúria); **versi fescennini:** versos fesceninos, satíricos e obscenos.
Fèsso, p. p. e adj. fendido, rachado, gretado, trincado; **un vaso ―――:** um vaso rachado / **voce fessa:** voz esganiçada e estridente / (s. m.) fenda, gretadura, racha / (vulg. dial. nap.) tonto, bobo, simplório; **fare ――― alcuno:** enganar, tapear alguém.
Fèsta, s. f. festa, solenidade religiosa ou civil; banquete, festim; dia de regozijo, comemoração, alegria / **esser la ――― di uno:** ser o aniversário de alguém / **far ―――:** cessar de trabalhar, descansar / **far ――― a un patrimônio:** dissipar um patrimônio / **conciare per le feste:** maltratar, bater / **parare a ―――:** ornamentar para uma festa / **bisogna far la ――― quando é il santo:** cada coisa em seu tempo / **vestito di ――― roupa domingueira / passata la ――― gabbato lo santo:** rogar ao santo até passar o perigo / (dim.) **festiciuòla;** (aum.) **festôna;** (pej.) **festáccia.**
Festaiuòlo, adj. e s. m. festeiro / amigo de festas; **popolo ―――:** povo festeiro.
Festànte, adj. alegre, jubiloso.
Festeggiaménto, s. m. ato de festejar; festejo; festa.

Festeggiànte, p. pr. adj. e s. m. festejador; que ou aquele que festeja.
Festeggiàre, (pr. **-êggio, -êggi**) v. tr. festejar; solenizar; celebrar, saudar, aplaudir / acariciar.
Festeggiatôre, adj. e s. m. (f. **-trice**) festejador.
Festerèccio, adj. festivo, empr. porém quase sempre em sentido depreciativo.
Festêvole, adj. alegre, jovial, divertido, festivo; **umore ―――:** gênio alegre.
Festevolèzza, s. f. alegria, jovialidade.
Festevolménte, adv. festivamente, alegremente; com regozijo.
Festinàre, (ant.) v. intr. ativar, apressar.
Festíno, (ant.) adj. solícito: **non fui a rimembrar festino** (Dante) / (s. m.) festim, festejo, banquete.
Fèstival ou **festivàl,** (do ingl.) s. m. festival; festa pública; diversão; grande festa musical; espetáculo.
Festività, s. f. festividade, festa, solenidade: **la ――― dell'Assunzione** / agudeza, donaire, brio / alegria, jovialidade.
Festívo, adj. festivo, alegre, jubiloso.
Festòccia, s. f. acolhida alegre e festiva / (fam. pl.) festinhas, carícias.
Festonàto, adj. festoado, adornado com festões.
Festône, s. m. festão, ornamento com ramos e flores entremeadas; grinalda / ramalhete / (arquit.) ornato em forma de festão.
Festosaménte, adv. festivamente.
Festosità, s. f. alegria, regoziio, júbilo.
Festôso, adj. festivo, alegre, jubiloso.
Festúca, s. f. (do lat. **féstuca:** fio de erva) aresta de palha, ou símile.
Fetènte, adj. fétido, fedorento / em dial. napol. tem sentido injurioso.
Feticcio, (pl. **-icci**) s. m. fetiche, ídolo dos povos primitivos.
Feticísmo, s. m. feticismo / (fig.) adoração cega, fanatismo, idolatria por uma pessoa ou coisa.
Feticísta, (pl. **-ísti**) s. m. fetichista; idólatra.
Fètido, adj. fétido, que fede ou exala cheiro desagradável.
Fetidúme, s. m. fetidez, fedentina, quantidade de coisas fedorentas.
Fèto, s. m. feto / embrião / germe.
Fetôre, s. m. fedor, fetidez, fedentina / (sin.) **puzza, lezzo.**
Fètta, s. f. fatia, talhada, pedaço; naco: **――― di pane, di prosciutto, di lardo** / **fare a fette:** cortar em fatias / (hiperb.) **fare a fette:** matar alguém / (dim.) **fettína, fettolína, fettúccia;** (aum.) **fettôna, fettône.**
Fettúccia, (pl. **-úcce**) s. f. (dim.) fita, faixa estreita de pano / (pl.) macarrão fino e comprido; talharim.
Feudale, s. f. feudal
Feudalèsimo e **feudalísmo,** s. m. feudalismo, regime feudal.
Feudalità, s. f. feudalidade.
Feudatàrio, adj. feudatário.
Fèudo, s. m. feudo, domínio feudal.
Fèz, s. m. fez, gorro turco.
Fì, s. m. apoc. de "figlio" filho.
Fía, fiano, vozes antigas do verbo "essere": ser / **non fia mai:** não seja (ou será) nunca.

Fiàba, s. f. fábula, conto de fadas; comédia que tem por sujeito uma fábula / patranha, mentira, lorota.
Fiabèsco, (pl. -èschi) adj. de fábula ou a ela relativo: fabuloso, maravilhoso; incrível.
Fiàcca, s. f. cansaço, fraqueza, debilidade, abatimento / preguiça, indolência, pachorra, fleuma; **battere la** —— —— : trabalhar preguiçosamente.
Fiaccàbile, adj. quebrantável.
Fiaccaménte, adv. fracamente, debilmente, frouxamente, desmazeladamente.
Fiaccaménto, s. m. quebrantamento, prostração abatimento.
Fiaccàre, (pr. -àcco, -àcchi) v. quebrar, quebrantar, romper / —— **le ossa a uno**: surrar, bastonar alguém / **rompersi il collo**: quebrar-se o pescoço / cansar, enfraquecer, debilitar, afrouxar.
Fiaccato, p. p. e adj. enfraquecido, debilitado, quebrantado; esgotado; extenuado.
Fiaccheràio, (pl. ài) cocheiro de praça.
Fiàcchere, s. m. (do fr.) fiacre, carruagem de praça.
Fiacchézza, s. f. fraqueza, prostração, quebranto / cansaço / frouxidão, preguiça.
Fiàcco, (pl. -àcchi) adj. fraco, frouxo, débil; cansado / lerdo, preguiçoso / (s. m.) (fam.) **un** —— **di bastonate**: uma tunda, surra ou sova / (ant.) ruína, destruição.
Fiàccola, s. f. facho, archote; luzeiro, tocha.
Fiaccolàta, s. f. cortejo, desfile de pessoas com archotes ou lanternas.
Fiaccòna, s. f. (aum.) preguiça, indolência; pachorra / **aver la** —— **addosso**: não ter vontade de trabalhar.
Fiaccône, s. m. preguiçoso, indolente.
Fiàla, s. f. ampola, empola; frasco; garrafa / (dim.) **fialètta**.
Fiàle, fiàre, fiàrio, (ant.) s. m. favo.
Fiàmma, s. f. chama; luz; **la** —— **di gas**: a chama do gás / (fig.) ardor, paixão, chama; pessoa amada: **fu la mia prima** —— / viveza do olhar: **occhi che mandano fiamme**: olhos que lançam chispas / cor vermelho vivo / **salire le fiamme al viso**: ruborizar-se / bandeira, flâmula / (mil.) distintivo que os militares usam na gola da blusa / **essere in fiamme**: arder, queimar-se / (dim.) **fiammèlla, fiammètta, fiammettína, fiammicèlla, fiammolina**.
Fiammànte, adj. flamejante, chamejante; brilhante, resplandescente; flamante / vistoso; **nuovo** —— : novíssimo / (s. m.) (I.H.S.) monograma eucarístico inventado por S. Bernardino de Siena.
Fiammàre, v. flamejar, arder / brilhar, resplandecer.
Fiammàta, s. f. fogueira, lumaréu, labareda.
Fiammeggiànte, p. pr. e adj. flamejante / brilhante, resplandecente.
Fiammeggiàre, (pr. -èggio, èggi) flamejar, arder / brilhar, resplandecer.
Fiàmmeo, adj. (raro) flamejante, chamejante.

Fiammiferàio (pl. ài) s. m. fabricante ou vendedor de fósforos.
Fiammífero, s. m. fósforo / cerilha; **fiammiferi svedesi o di sicurezza**: fósforos de segurança / (sin.) **solfanèllo, zolfanèllo, cerino, fulminànte**.
Fiammínga, s. f. prato oval para servir à mesa.
Fiammingo, (pl. -ínghi) adj. e s. m. flamengo, relativo a Flandres; natural de Flandres / (ornit.) flamingo, pernicóptero.
Fiancàre, (pr. -ànco, -ànchi) v. (arquit.) flanquear, reforçar os pilares dos arcos, abóbadas, etc.
Fiancàta, s. f. golpe dado com o flanco / golpe no flanco / flanco, costado, lado de casa, navio, etc.
Fiancheggiaménto, s. m. franqueamento / reforço.
Fiancheggiàre, (pr. -èggio, èggi) v. flanquear, ladear: **bei palazzi fiancheggia no la via**, lindos edifícios ladeiam a rua / (fig.) ajudar, secundar, proteger / (mil.) proteger os flancos de um corpo em marcha ou em combate.
Fiancheggiatôre, adj. e s. m. (f. -tríce) flanqueador / sustentador, secundador, coadjuvador.
Fianchètta, s. f. cinto da calça / cintura dos vestidos, especialmente das mulheres.
Fiànco, (pl. -ànchi) s. m. flanco, lado, costado; ilharga / —— **destro, sinistro**: flanco direito, esquerdo / (pl.) cintura / **i fianchi della nave**: costados do navio / —— **del cavallo**: ilhargas do cavalo / **al** —— : ao lado / **tenersi i fianchi dal ridere**: arrebentar de rir.
Fianconàta, s. f. golpe no flanco (na esgrima) / flanco de um baluarte.
Fiàsca, s. f. garrafa para vinho; borracha para líquidos; (dim.) **fiaschètta, fiaschettína**.
Fiascàio, (pl. -ài) s. m. quem faz ou vende ou reveste (de palha) as garrafas.
Fiascheggiàre, (pr. -èggio, èggi) v. tr. comprar vinho a miúdo para garrafas ou frascos / (fig.) fazer fiasco.
Fiaschettería, s. f. casa de bebidas; botequim; bar; bar-restaurante.
Fiàsco, (pl. -àschi) s. m. garrafa revestida de palha, usada para o vinho Chianti e hoje em dia também para outros / **asciugare il** —— : beber toda a bebida / (fig.) êxito desfavorável, má figura, fiasco, fracasso: **la commedia ha fatto** —— / (dim.) **fiaschêtto, fiaschíno, fiaschettíno**; (aum.) **fiascône**.
Fiat, voz lat. us. na locução **in un fiat**: num momento, num abrir e fechar de olhos.
Fiàta, (ant.) s. f. vez: **lunga** —— : longo tempo, longamente / **tal** —— : tal decisão.
Fiatàre, v. intr. respirar; alentar / **non** —— : não falar; **senza** —— : sem dizer a mínima palavra.
Fiatàta, s. f. respiro, alento / baforada.
Fiàto, s. m. alento, sopro; hálito; respiração; —— **grosso**: respiração afanosa / vapor, bafo, exalação / **strumenti a** —— : instr. de sopro / **bere d'un** —— : beber num trago / (fig.)

força: **non ho più** ———: não tenho mais alento / **in un** ———: num instante / **cosa fatta col** ———: coisa fina, delicada, vaporosa, primorosa / **sprecare il** ———: falar inutilmente / **ripligliar** ———: cobrar alento, descansar / **puzzare il** ———: ter mau hálito.

Fíbbia, s. f. fivela / **stringere la** ———: apertar a cinta / (dim.) **fibbiètta**, **fibbièttina** (pequena fivela); (aum.) **fibbiôna** (fivelão).

Fibbiàio, (pl. **ài**) s. m. fabricante ou vendedor de cintas.

Fíbra, s. f. fibra; célula, fevra; filamento / ——— **animale, vegetale**: fibra animal, vegetal / **fibre muscolari**: fibras musculares / **fibre tessili**: fibras têxteis / (fig.) fibra, valor, energia, vigor, robustez / sentimento: **le fibre dell'animo**.

Fibrílla, s. f. fibrila.

Fibrillaziône, s. f. (med.) fibrilação, anomalia na contração do coração.

Fibrína, s. f. fibrina.

Fibrinôso, adj. fibrinoso.

Fibròide, adj. fibróide, semelhante a fibras.

Fibroína, s. f. fibroína, substância albuminóide extraída da seda crua, isto é, tal como está no casulo.

Fibròma, s. m. (med.) fibroma, tumor constituído por tecidos fibrosos.

Fibrosità, s. f. fibrosidade.

Fibrôso, adj. fibroso.

Fíbula, s. f. fíbula, espécie de fivela antiga; (anat.) perôneo, osso da perna que fica ao lado da tíbia.

Ficàia, s. f. (antig.) figueira / figueiral, plantio de figueiras.

Ficcanàso, s. m. intrometido, curioso, metediço, petulante, mequetrefe.

Ficcàre, (pr. **ficco, fichi**), v. tr. fincar, cravar, pregar; fixar, fincar / **gli occhi addosso a uno**: olhar alguém com insistência / encaixar, introduzir / (pr.) intrometer-se, meter o nariz onde não se é chamado / **ficcarsi in capo**: obstinar-se numa idéia.

Ficchíno, s. m. intrometido.

Fichêto, s. m. figueiral, bosque de figueiras.

Fíco, (pl. **fíchi**) s. m. figo (a planta e o fruto) / (fig.) **un** ——— **secco**: nada / **non vale un fico secco**: não vale nada / **far le nozze coi fichi secchi**: querer fazer com misérias coisas que se deveriam fazer com largueza / **non m'importa un** ———: não me importa um caracol / **serbar la pancia ai fichi**: não querer expor-se a perigos / **fichi d'India**: figueira das índias: nopal, nopálea.

Ficocianína, ficoeritrína, ficofeína, s. f. (bot.) ficocianina, pigmento cortante das algas azuis.

Ficomicêto, s. m. (bot.) ficomiceto; cogumelo.

Fída, s. f. terreno de pastagem arrendado.

Fidànza, s. f. (lit.) confiança / **fare a** ——— **con uno**: contar com alguém, confiar nele.

Fidanzamênto, s. m. noivado.

Findanzàre, (pr. **-ànzo**) v. noivar, prometer em matrimônio.

Fidanzàto, p. p. e adj. prometido em matrimônio; (s. m.) noivo.

Fidàre, v. tr. fiar, entregar sob confiança; confiar; ——— **un segreto**: confiar um segredo / fiar, vender a crédito / ——— **in Dio**: confiar em Deus / (pr.) fiar-se, dar crédito / acreditar, confiar.

Fidatêzza, s. f. fidelidade, honradez, probidade, lealdade.

Fidàto, adj. (p. us.) de **fidare, fiar**, (confiar), fiado; confiado / leal, fiel, digno de confiança.

Fidecommêsso, s. m. (for.) fideicomisso (disposição testamentária) / "tu, o, tu, santissimo-fidecommesso-da questi vandali-bandito adesso-nel primogenito-serbasti unito, l'onor blasonico-il censo avito; -e in retta linea-di età in età- ereditaria-l'asinità" (Giusti).

Fidecomissário, (pl. **-àri**) adj. e s. m. fideicomissário.

Fideiussiône, s. f. (for.) fidejussória; caução, fiança, garantia.

Fideiussôre, s. m. fidejussor.

Fideiussòrio, adj. fidejussório, relativo à fiança.

Fidelità, (ant.) s. f. fidelidade.

Fidènte, adj. confiante; confiado, seguro / (contr.) **diffidente**.

Fidíaco, (pl. **-íaci**) adj. fidesco, de Fídias, escultor grego; (fig.) digno de Fídias.

Fído, adj. fido (poét.) / fiel leal, probo / (s. m.) (com.) crédito; **far** ———, **vendere a** ———: vender fiado, vender a crédito / pessoa de confiança.

Fidúcia, s. f. confiança, fidúcia (p. us.); segurança íntima ou convicção do próprio valor; bom conceito de pessoa estranha; crédito; **uomo di** ———: homem de confiança / (pol.) **voto di** ———: voto de confiança.

Fiduciàrio, (pl. **-àri**) adj. fiduciário, fiducial / **credito** ———: crédito fiduciário, sem garantia real / (s. m.) representante com plenos poderes.

Fiduciosamênte, adv. confiadamente, confiantemente.

Fiduciôso, adj. confiado, confiante, esperançado.

Fièdere (ant. e poét.) v. ferir, percutir, golpear, ofender.

Fièle, s. m. fel, bílis / amargura / (fig.) ódio, rancor, raiva.

Fienagiône, s. f. fenação, colheita do feno.

Fienàio, adj. de pasto ou feno.

Fienaiuòlo, s. m. aquele que vende ou transporta feno.

Fienàle, adj. referente ao feno.

Fiengrèco, s. m. (bot.) feno-grego; forva, trigonela.

Fieníle, s. m. feneiro, abrigo em que se recolhe feno / (fig.) aposento, quarto desarrumado e pouco limpo.

Fièno, s. m. feno, pasto seco / pasto, feno, erva para o gado / forragem.

Fienôso, adj. que contém feno; que se parece com o feno.

Fièra, s. f. feira; mercado público / exposição; ——— **campionaria**: feira de amostras / (zool.) fera, animal selvagem e feroz.

Fieraiuòlo, s. m. feirante, aquele que vende na feira.

Fieramênte, adv. feramente / altivamente; orgulhosamente.
Fierêzza, s. f. fereza, braveza, crueldade / orgulho, altivez.
Fíeri, voz lat. na loc. **essere in** ———: estar por fazer.
Fièro, adj. fero, feroz, bravio; violento, cruel / furioso / altivo, desdenhoso, galhardo, denodado, valoroso.
Fiêvole, adj. (lit.) débil, fraco, frágil, débil: **voce** ———, **suono** ———.
Fievolêzza, s. f. (p. us.) debilidade, fraqueza.
Fievolmênte, adv. debilmente, fracamente, flebilmente.
Fífa, s. f. (neol.) medo, covardia / (ornit.) fradinho (ave palmípede).
Fifône, adj. e s. m. medroso, poltrão.
Fígaro, n. pr. (teatr. do catal. Figaró) tipo criado por Beaumarchais, imortalizado por Rossini e Mozart / (s. m.) (fam.) fígaro, barbeiro / casaquinha de senhora; bolero.
Fíggere, (pr. **fíggo, fíggi**) v. fincar, cravar, assentar, fixar (fig.) ——— **gli occhi**: fixar o olhar / (pr.) **fíggersi in capo una cosa**: crer com obstinação numa coisa, meter-se uma idéia na cabeça.
Fíglia, s. f. filha.
Figliàre, v. filiale.
Figliàstro, s. m. (f. **-àstra**) enteado, nome dado ao indivíduo em relação ao seu padrasto ou madrasta; filhastro.
Figliàta, s. f. ninhada, todos os animais que nascem de uma vez à fêmea do animal.
Figliatúra, s. f. parto.
Figliaziône, v. **filiaziône**.
Fígliemo, (ant. e dial.) s. m. meu filho.
Figlierêccio, adj. filheiro, que gera muitos filhos (animal), fecundo.
Fíglieto, (ant.) s. m. teu filho.
Fíglio, (pl. **fígli**, f. **fíglia**) s. m. filho / descendente / **i figli di Adamo**: os filhos de Adão, a humanidade / **figli della Chiesa**: os crentes / (com.) **registro a madre e figlia**: talão, guia, recibo.
Figliòccio, (pl. **-òcci**) s. m. afilhado.
Figliolàme, s. m. filharada, conjunto de muitos filhos.
Figliuòlo, s. m. filho (forma afetuosa) / **un buon** ———: um bom moço / (dim.) **figliolino, figliolêtto**: filhinho.
Fignolo, s. m. pústula, furúnculo, tumorzinho.
Fignolôso, adj. pustuloso.
Figulína, s. f. cerâmica; (ant.) fígulina / terracota.
Figulinàio, s. m. ceramista.
Figúra, s. f. figura, forma dos corpos / cara, rosto, semblante / imagem pintada ou esculpida / alegoria, símbolo, emblema / **una cosa che fa** ———: uma coisa que figura muito / **fare una brutta** ———: fazer um papelão / **fare la** ——— **del citrullo**: fazer o papel do bobo / (dim.) **figurêtta, figurína, figurettína**; (aum.) **figurône, figurône**; (pej.) **figuraccia**.
Figuràbile, adj. figurável.
Figurànte, s. m. e f. figurante; comparsa; (fem. port.) figuranta.
Figuràre, (pr. **-úro**) v. tr. figurar, representar por pintura, desenho, escultura, etc. / representar mentalmente, imaginar / simbolizar; **la lupa figura l'avarizia**: a loba simboliza a avareza / fazer figura: **pensa solo a** ——— / fingir, simular; ——— **di non capire**: fingir de não compreender / interj. de maravilha, para confirmar (ou negar) uma coisa; **figurati!**: imagina!
Figuratamênte, adv. figuradamente.
Figurativo, adj. figurativo.
Figuràto, p. p. e adj. figurado, imaginado, simulado / **libro** ———: livro ilustrado / **linguaggio** ———: linguagem figurada, alegórica.
Figuratôre, adj. e s. m. (f. **-tríce**) figurador, que ou aquele que dá figura ou forma.
Figuraziône, s. f. figuração; ato de figurar / figura.
Figurína, s. m. (dim.) figurinha (figuretta) / estatueta de gesso / figura graciosa; **bella** ———: mulherzinha elegante.
Figurinàio, (pl. **-ài**) s. m. vendedor ambulante de figuras de gesso.
Figurinísta, s. m. criador ou desenhador de figurinos da moda.
Figurino, s. m. figurino (jornal de modas); figurino, homem ou mulher que apresenta os modelos do vestuário em moda / **parere un** ———: diz-se de pessoa que traja exagerando a moda.
Figurísmo, s. m. (teol.) figurismo (interpr. alegórica dos fatos referidos na Bíblia).
Figurísta, (pl. **-ísti**) s. m. figurista, sectário do figurismo / pintor ou escultor de figuras.
Figúro, s. m. figuro, sujeito torpe, abjecto.
Figurône, s. m. (aum.) figurão / papel muito importante: **ha fatto un** ———.
Fíla, s. f. fila / fileira / **mettersi in** ———: por-se em fila / ——— **di case**: fileira de casas / ——— **di maglie**: fileira de pontos / **disertare le file**: desertar e (fig.) abandonar um partido ou opinião / **di** ———: seguidamente, ininterruptamente / **tre giorni di** ———: três dias seguidos.
Filàbile, adj. fiável, que pode ser fiado (técn.).
Filàccia, s. f. filaca.
Filaccicôso, filacciôso, adj. filamentoso.
Filàgna, s. f. (p. us.) fileira de paus / travessa de madeira entre dois paus.
Filalòro, s. m. operário que reduz o ouro em fios muito delgados.
Filamênto, (pl. m. **-ênti**, e f. **-ênta**) s. m. filamento, fibra.
Filamentôso, adj. filamentoso, fibroso.
Filànda, s. f. fiação, lugar em que se fia a lã e especialmente a seda.
Filandàia, s. f. fiadeira, operária que se emprega em fiar.
Filandière, s. m. proprietário ou diretor de uma fiação.
Filandína, s. f. fiadeira, fiandeira.
Filàndra, s. f. filandra, parasita filiforme das aves / verme da água corrompida / (mar.) ervas do mar que se pregam à quilha do navio / desperdícios da tecelagem ou fiação.

Filànte, adj. m. e f. que fia (téc.) / **stella** ——: estrela cadente e (fig.) serpentina (tira estreita de papel) que se lança no carnaval.

Filantropía, s. f. filantropia / amor do próximo / humanidade, altruísmo, caridade, beneficência.

Filantropicaménte, adv. filantropicamente.

Filantròpico, (pl. -òpici) adj. filantrópico.

Filàntropo, s. m. filantropo / (filos.) os filósofos do século XVIII, sequazes de Rousseau.

Filàre, v. fiar, reduzir a fios (as fibras ou filamentos das matérias têxteis); torcer os filamentos (de matéria têxtil) / tirar ou puxar à fieira (os metais) / escorrer, pingar; —— **sangue una ferita**: gotejar sangue de uma ferida / —— **il bozzolo**: fiar o casulo / (mar.) —— **i remi**: parar os remos na água / percorrer; **la nave fila dodici miglia l'ora**: o navio faz doze milhas por hora / percorrer apressadamente: **l'automobile filava** / —— **un idillio**: tecer um idílio, namorar, cortejar / —— **via**: ir embora / —— **sottile**: ser mesquinho, tacanho, avarento / **far** —— **uno**: sujeitar alguém a portar-se bem / **non è più il tempo che Berta filava**: não é mais o tempo de antanho.

Filàre, s. m. fila, fileira; **un** —— **di alberi**; uma fileira de árvores / (dim.) **filarétto, filaríno**.

Filària, s. f. (zool.) filária (gênero de vermes nematóides).

Filariòsi, s. f. (med.) filariose, doença produzida pelas filárias.

Filarmònico, (pl. -ònici) adj. e s. m. filarmônico; amador de música.

Filastròcca, s. f. lengalenga, palavreado oco / poesia sem valor algum e sem nexo lógico.

Filatelìa, filatélica, s. f. filatelia; filatélica.

Filatèlico, (pl. -ètici) adj. filatélico.

Filatelísta, s. m. e f. filatelista.

Filatèssa, (ant.) s. f. lengalenga.

Filatíccio, (pl. -ícci) s. m. fio que se obtém dos resíduos da seda / tecido feito com esses fios.

Filàto, p. p. fiado, reduzido a fio / (adj.) ordenado; **argomentazioni filate**: argumentações lógicas / (s. m.) fio, fibra têxtil fiada.

Filatôio, (pl. -ôi) s. m. filatório, aparelho para fiação.

Filatore, s. m. (f. **-tríce -tôra**) fiadeiro, fiandeiro; (f.) fiandeira.

Filattèrio, (pl. -èri) s. m. filactério, (ant.); amuleto, talismã / fita com legendas nas pinturas e esculturas.

Filatúra, s. f. fiação, lugar onde se fia.

Filautía, s. f. egolatria; autolatria; filáucia, bazófia.

Fileggiàre, v. tr. (mar.) sacudir o vento as velas contra as cordas, etc.

Filellèno, adj. e s. m. fileleno; amigo dos gregos.

Filello, s. m. (p. us.) frênulo, freio da língua.

Filettàre, v. tr. filetar, ornar com filetes; dar traços filiformes em.

Filettatôre, adj. e s. m. (f. **-tríce**) quem c.. que traça filetes.

Filettatúra, s. f. ação de filetar; filetagem / rosca ou espiral do parafuso.

Filêtto, s. m. (dim. de **filo**, fio) fiozinho; filamento / filete / frênulo (da língua) / guarnição que assinala o grau dos militares / espiral de parafuso / linha de ornato, em tipografia / (cul.) lombo, pedaço longitudinal da carne.

Filiàle, ad. filial; amor ——: amor filial / (com.) sucursal, filial / (s. f.) filial, sucursal.

Filialménte, adv. filialmente.

Filiaziône, s. f. filiação, relação de ascendência / conexão, dependência, encadeamento; —— **di idee**: filiação de idéias.

Filibustière, (v. hol). s. m. flibusteiro, pirata dos mares americanos, nos séculos XVII e XVIII / (fig.) aventureiro, ladrão.

Filièra, s. f. fileira, peça de aço com furos de vários tamanhos, para reduzir a fio os metais / órgão das aranhas que destila o suco com que tecem as teias / instrumento com furos pelos quais passam os fios da seda.

Filifôrme, adj. filiforme.

Filigràna, s. f. filigrana, obra de ourivesaria / filigrana, marca de água feita no papel / (fig.) coisa fina e delicada.

Filigranàto, adj. filigranado.

Filíppi, s. f. na loc. **ci rivedremo a** ——: ver-nos-emos no dia da desgraça; palavras que o espectro, segundo a tradição, teria dito a Bruto, o matador de Júlio Cesar.

Filíppica, s. f. filípica, nome das orações de Demóstenes contra Filipe da Macedônia / (fig.) discurso violento e injurioso; sátira acerba.

Filippíno, s. m. filipino, clérigo do oratório de São Filipe Néri.

Filíppo, s. m. moeda antiga de ouro cunhada por Felipe II de Espanha / antiga moeda milanesa de prata.

Filisteísmo, s. m. misoneísmo, aversão às inovações / mau gosto em arte e literatura.

Filistèo, s. m. filisteu; nação inimiga dos hebreus / (t. lit.) profano, grosseiro, mesquinho; ruim.

Filíte, s. f. variedade de pólvora sem fumo.

Filloclàdo, adj. e s. m. filoclado.

Fillòssera, s. f. filoxera, inseto originário da Am. do Norte.

Fillotòssi, s. f. (bot.) filotaxia; botanometria.

Film, (ingl.) s. m. (fot. e cin.) filme; película.

Filmàre, v. filmar.

Filmàto, p. p. e adj. filmado.

Filmología, s. f. filmologia.

Filmotèca, s. f. filmoteca, coleção de fitas cinematográficas.

Filo, prefixo que forma diversas palavras, com o significado de amigo, de amador, etc.; **filobrasiliano**: amigo dos brasileiros; **filodrammatico**: amador de arte dramática.

Filo, (pl. m. **fili** e f. **fila**) s. m. fio / filamento / linha / —— **di ferro**: arame / —— **elettrico** / —— **di**

perle / (fig.) sucessão, nexo; **filo del discorso**: fio do discurso / **non avere un —— di speranza**: não ter um fio de esperança / **raccontare per —— e per segno**: contar pormenorizadamente / **dare il —— al coltello**: afiar a faca / **di ——**: diretamente / **camicia di ——**: camisa de linho / **dar del —— da torcere**: por em dificuldades, em apuro / (dim.) **filêtto, filíno, filolíno**.

Fílobus, s. m. ônibus elétrico, sem trilhos, de cabo aéreo (troleibus).

Filodrammàtico, (pl. -àtici) adj. e s. m. filodramático.

Filogênesi, s. f. filogênese, filogenia.

Filología, s. f. filologia.

Filologicamênte, adv. filologicamente.

Filològico, (pl. -ògici) adj. filológico.

Filoncíno, s. m. (dim.) filãozinho / forma oblonga de pão; bastãozinho de pão.

Filondènte, s. m. (p. us.) canhamaço.

Filône, s. m. (min.) filão, veio / pão oblongo.

Filoneísmo, s. m. filoneísmo, inclinação para as coisas novas.

Filosèlla, s. f. filosela, filaça de seda.

Filôso, adj. que tem muitos fios, que se assemelha ao fio: filamentoso.

Filòsofa, filosofèssa, s. f. filósofa; mulher formada em filosofia / (fig. e iron.) mulher sabichona.

Filosofàglia, s. f. (depr.) ajuntamento de filosofastros.

Filosofàle, adj. filosofal.

Filosofànte, p. pr., adj. e s. m. (depr.) filosofante.

Filosofàre, v. intr. filosofar.

Filosofàstro, s. m. (depr.) filosofastro / filosofete.

Filosofeggiàre, (pr. -èggio, -èggi) v. filosofar / assumir ares de filósofo.

Filosofèma, s. m. fórmula filosófica; silogismo.

Filosofèsco, (pl. -èschi) adj. (burl.) de filosofete, de filosofastro.

Filosofía, s. f. filosofia / serenidade, conformação, estoicismo; resignação.

Filosoficamênte, adv. filosoficamente.

Filosòfico, (pl. -òfici) adj. filosófico.

Filosofísmo, s. m. filosofismo; falsa filosofia / filosofice.

Filòsofo, s. m. (f. -òsofa) filósofo / sábio estóico, resignado.

Filosofúme, s. m. conjunto de filosofastros / idéias filosóficas confusas e errôneas.

Filòssera, v. fillossera.

Filotèa, s. f. filotéia, devocionário escrito por S. Francisco de Sales / qualquer devocionário.

Filotècnico, (pl. -ècnici) adj. filotécnico.

Filotimía, s. f. filotimia, amor das honras.

Filòtimo, adj. ambicioso, cobiçoso de honras.

Filòtto, s. m. fio de corais grossos / fileira central de paus, no jogo de bilhar.

Filovía, s. f. ônibus elétrico sem trilhos; troleibus / bonde aéreo / teleférico / instalação de cabos aéreos para a tração elétrica de veículos, sem trilhos.

Filtràre, v. filtrar: —— **l'acqua, il vino**, etc. / escoar, gotejar; **l'umidità filtra dai muri** / perpassar através de: **il sole filtra tra le foglie**.

Filtraziône, s. f. filtração, ato de filtrar; filtramento.

Filtro, s. m. filtro / filtrador / beberagem, amavio que se suponha fazer nascer o amor.

Filugèllo, s. m. bicho-da-seda / (sin.) baco da seta.

Filza, s. f. enfiada; fileira; ordem; série; **una —— di coralli**: uma fileira de corais / **una —— di fandônie**: uma porção de mentiras / **—— di nomi**: lista de nomes / **—— di carte**: feixe de papéis para serem arquivados / ponto de bordado.

Filzuòlo, s. m. meada de seda ou organdi.

Fíma, s. f. fima, tumor, pústula.

Fimatòsi, s. f. (med.) fimatose.

Fímbria, s. f. fímbria, orla de vestido; franja.

Fímo, s. m. (lit.) esterco, estrume.

Finàle, adj. final, último; derradeiro / definitivo, conclusivo / (s. f.) letra ou sílaba final / (s. m.) final, parte última, lance último de um jogo, etc.

Finalísta, (pl. -sti) s. m. finalista.

Finalità, s. f. finalidade, fim, intenção.

Finalmênte, adv. finalmente.

Finamênte, adv. finamente, delicadamente.

Finànche e finànco, adv. até, também.

Finànza, s. f. finança; fazenda pública; **le Finanze dello Stato**: a Fazenda do Estado / rendas públicas / **guardia di ——**: guarda aduaneiro / **ministero delle finanze**: Ministro da Fazenda.

Finanziamênto, s. m. financiamento.

Finanziàre, (pr. -ànzio, -ànzi) v. tr. financiar, proporcionar capitais para uma empresa.

Finanziariamênte, adv. financeiramente.

Finanziàrio, (pl. -àri) adj. financeiro; financial.

Finanziatôre, s. m. financiador, pessoa que fornece os capitais para um negócio.

Finanzièra, s. f. guisado de fígado e miúdos de frango / sobrecasaca; redingote.

Finanzière, s. m. financeiro, versado em assuntos de finança / (pop.) guarda aduaneiro; empregado da alfândega.

Fínca, (neol. do esp.) s. f. coluna de registro ou livro mercantil / (sin.) colonna, colonnina.

Finchê, conj. até que; aspetta —— **io torni** (ou **torno**): espera até que eu volte.

Fine, s. m. e f. dim.; final; termo; conclusão; **dal principio alla ——**: do começo ao fim / remate: **la d'una storia**: o fim de uma história / **condurre a ——**: terminar, acabar um trabalho / **senza ——**: contínuo / fim, destruição, aniquilamento / **alla ——**: até que enfim, finalmente / causa, motivo, propósito, designio, alvo, objeto; **il —— giustifica i mezzi**: o fim justifica os meios / **avere un secondo ——**: ter segundas intenções / **dramma a lieto**

————: drama com feliz desenlace / êxito; **l'affare ha avuto buon** ————: o negócio terminou bem.

Fine, adj. fino, delicado, primoroso / agudo, perspicaz, sutil; **um cervèllo** ————: um cérebro fino / excelente, ótimo, perfeito.

Finèstra, s. f. janela; ———— **inginocchiàta:** janela com grade de ferro do lado de fora / **entrare dalla** ————: obter alguma coisa com meios ilícitos / **o mangia questa minestra o salta questa** ————: diz-se a quem se encontra diante de um dilema e tem que se decidir por uma ou outra coisa / (dim.) **finestríno** / (aum.) **finestróne.**

Finestràta, s. f. fechamento violento da janela.

Finestríno, s. m. (dim.) janelinha / janela de trem, ônibus, barco, etc. / postigo.

Finèzza, s. f. qualidade de fino, delgado / fineza, delicadeza, suavidade, doçura, graça, gentileza, urbanidade / cortesia / primor, excelência de trabalho, etc. / favor, obséquio: **vuol farmi una** ————?: quer fazer-me uma fineza?

Fíngere, (pr. **fíngo, fíngi, finge**) v. fingir; simular, dissimular / representar, figurar, imaginar, compor ficções artísticas / aparentar / supor; ———— **che sia vero:** admitir que seja verdade / falsificar, mentir / ocultar, mimetizar.

Fingimènto, s. m. fingimento; ficção, simulação, engano / (sin.) **finzione.**

Fingitôre, s. m. (f. **-trice**) fingidor / fingido, enganoso, falso / hipócrita, simulador.

Finíbile, adj. acabável, terminável.

Finimènto, s. m. acabamento; conclusão, terminação, ato e efeito de acabar um trabalho / **dar finimento:** dar a última demão, aperfeiçoar / adereço: **un** ———— **di perle** / **un** ———— **di bottoni:** um jogo de botões / ———— **da tavola:** jogo de mesa / guarnição, guarnecimentos / arreios.

Finimôndo, s. m. fim do mundo / catástrofe / grande barulho, confusão: **è sucesso un** ————.

Finíre, (pr. **-isco, -isci, -isce**) v. concluir, acabar, terminar, finalizar, rematar, ultimar / esgotar: ———— **i viveri** / cortar, truncar, desistir de: ———— **una discussione** / morrer; ———— **i propri giorni:** terminar seus dias / ———— **con l'accettare:** acabar por aceitar / ———— **con uno:** romper com alguém / ———— **bene:** terminar bem / **chi sa dove va a** ———— **il suo ragionamento:** quem sabe onde vai parar o seu arrazoado.

Fínis, (v. lat.) s. m. fim: **dare il** ————: dar o sinal de que se deve terminar a lição.

Finitamènte, adv. esmeradamente, primorosamente / determinadamente.

Finitèzza, s. f. perfeição de um trabalho, finura, esmero, primor, perfeição.

Finítimo, adj. finítimo, limítrofe, confinante: **paesi finitimi.**

Finito, p. p. acabado, terminado, concluído, rematado, ultimado, finalizado / (adj.) consumado, perfeito, excelente; **ladro** ————: ladrão perfeito / **lavoro ben** ————: trabalho esmerado / acabado, esgotado: **è un uomo** ———— / **farla finita:** acabar, desistir de uma vez / (s. m.) (filos.) o finito, contrário de infinito.

Finitúra, s. f. aperfeiçoamento de uma obra.

Fíno, adj. fino, sutil, delgado, delicado, grácil, miúdo / puro: **oro** ———— / precioso / excelente; **vini fini:** vinhos de primeira qualidade / perspicaz, hábil, engenhoso, penetrante / **è un cervello** ————/ cortês, gentil, urbano, educado, correto / **fino fino** (ou **finissimo**): muito fino / (prep.) fino, sino, persino, perfino: até; **fin da:** desde; **fino che, fintanto che:** até que / **fin della nascita:** desde o nascimento.

Finòcchio, (pl. **-òcchi**) s. m. (bot.) funcho / (dim.) **finocchiètto, finocchíno;** (aum.) **finocchióne.**

Finòra, adv. até agora, até este momento, até hoje, até aqui.

Finta, s. f. ficção, fingimento, simulação / **far** ————: simular, aparentar / (esgr.) golpe simulado / parte do vestido que esconde os botões e os bolsos.

Fintàggine, s. f. fingimento, simulação, hipocrisia.

Fintamènte, adv. fingidamente, enganosamente.

Fintantochê, conj. até que.

Fintería, s. f. fingimento, hipocrisia / contorno de um ramo de flores.

Fintíno, s. m. cabeleira postiça; chinó.

Fínto, p. p. e adj. fingido, falso, fementido, hipócrita; simulado; fictício, mascarado, mentiroso / postiço.

Finzióne, s. f. fingimento, simulação, hipocrisia / aparência, imaginação, invenção / artifício, impostura, engano, embuste.

Fío, (não tem pl.) s. m. castigo, pena; **pagare il** ————: sofrer o castigo de uma culpa ou erro / (ant.) feudo, tributo.

Fiòcca, s. f. (anat.) grande quantidade / (tosc.) parte superior do sapato, onde se costuma amarrar o cordão / (dial.) neve.

Fioccàre, (pr. **-òcco, -òcchi**) v. cair em flocos a neve, nevar: **lenta la neve fiocca, fiocca, fiocca** (Pascoli) / (fig.) coisas que caem ou chegam em grande número; **le domande, le busse fioccavano d'ogni parte:** as perguntas, as pancadas choviam de todos os lados.

Fioccàto, p. p. e adj. (p. us.) nevado, caído / espargido de flocos de neve.

Fiocchettàre, (pr. **ètto**), v. guarnecer ou adornar com flocos, orlas, franjas.

Fiòcco, (pl. **-òcchi**), s. m. froco, floco (de lã) / (fig.) **in fiocchi:** de gala; **coi fiocchi:** excelente, esplêndido, magnífico; forte, grande / **un pranzo coi fiocchi:** um jantar opíparo / (neol.) matéria têxtil artificial de fibra curta / (dim.) **fiocchètto, fiocchettíno:** flóculo.

Fioccóso, adj. feito a flocos, frocado.

Fioccúto, adj. que tem muitos flocos: **il levriere dalla coda fioccuta** (D'Annunzio).

Fiochèzza, s. f. frouxidão, debilidade / rouquidão.

Fiòcina, s. f. fisga / arpão.
Fiocinàre, v. tr. (pesc.) fisgar.
Fiocinàta, s. f. golpe de fisga.
Fiòcine, s. m. bagulho da uva / borra do vinho.
Fiocinière, e **fiocinìno**, s. m. pescador com a fisga; fisgador.
Fiòco, (pl. -òchi) adj. frouxo, débil, fraco; apagado, sumido, rouco / **voce o luce fioca**; voz ou luz fraca / rouco, afônico: **chi per lungo silenzio parea fioco** (Dante).
Fiònda, s. f. funda / **la ——— di Dávide**.
Fioràia, s. f. florista, mulher que vende flores; (dim.) **fioraína**.
Fioràio, (pl. -ài) s. m. floreiro, pessoa que vende flores.
Fioràme, s. m. conjunto de flores / ramagem; **tessuto a fiorami**: tecido adamascado ou floreado.
Fioràta, s. f. espuma flutuante na tinta do tintureiro.
Fioràto, adj. floreado, pintado ou tecido com desenhos que representam flores.
Fiordalíso, ou **fiordilígi**, s. m. (bot.) flor-de-lis.
Fiòrdo, s. m. (geogr.) fiord (norueg. "ford").
Fiôre, s. m. (bot.) flor. / (fig.) a parte mais nobre, mais fina de um conjunto ou classe; nata, escol / estado do que é fresco e viçoso, **nel della gioventù**: na flor da mocidade / **fior di farina**: flor da farinha / **——— di latte**: nata / **il fior della società**: a flor ou a nata da sociedade / **un fior di galantuomo**: um homem de perfeita integridade moral / **un fior di ragazza**: uma lindeza de moça / (iron.) **un fior di furtante**: um patife rematado / **guadagnare fior di quattrini**: ganhar dinheiro a granel / **fiori rettorici**: flores de retórica, figuras estilísticas / floreios em escritos ou peças musicais / seleção, trechos escolhidos de uma obra / **fiori d'arancio**: (fig.) bodas / **fiori del vino**: nata do vinho / **fiori**: paus do jogo de baralho / **a fior di pelle**: à flor da pele / **essere in ———**: estar no auge, prosperar / **mazzo di fiori**: ramo de flores / **un ——— non fa primavera**: uma andorinha não faz verão / (dim.) **fiorellíno**, **fiorìcìno**, **fiorèllo**, **fiorètto**, **fiorino**; (aum.) **fiorône**; (pej.) **fioràccio**.
Fioreggiàre, v. intr. florescer, florear, florir.
Fiorènte, p. pr. e adj. florescente, florente; próspero, florido: **campi-fiorenti** / pujante; **gioventù ———**: mocidade brilhante, pujante / fértil, fecundo, abundante, rico / (superl.) **fiorentìssimo**.
Fiorentína, s. f. antiga lanterninha, alimentada a óleo.
Fiorentineggiàre, (pr. -êggio, -êggi) v. usar modismos do vernáculo florentino.
Fiorentinería, s. f. afetação da fala florentina.
Fiorentinismo, s. m. florentinismo, modismo florentino.
Fiorentinità, s. f. florentinidade, qualidade de florentino.

Fiorentíno, adj. e s. m. florentino / **vernacolo ———**: vernáculo florentino.
Fiorettàre, v. tr. (pr. -êtto) florear, ornar com floreios musicais ou retóricos.
Fiorettatúra, s. f. floreio.
Fiorettísta, s. m. e f. pessoa que joga esgrima com o florete.
Fiorètto, s. m. (dim. de **fiore**: flor) florzinha / florilégio de episódios, sentenças, apólogos, etc. / **a parte melhor de uma coisa; li ——— della lana**: a flor da lã / (esgr.) florete / (ecl.) pequeno sacrifício ou privação que se faz como oferta votiva (lit.) **i fioretti di San Francesco**: livro que narra a vida e os milagres de S. Francisco / (técn.) varinha de aço para fazer flores / seda de qualidade inferior / papel de boa qualidade fabricado com trapos escolhidos.
Floricoltôre, e **floricultôre**, s. m. floricultor.
Floricoltúra, s. f. floricultura.
Fiorífero, adj. florífero, (poét.) florígero.
Fioríle, adj. floral / (s. m.) floreal, oitavo mês do calendário da revol. francesa (20 abril-19 maio).
Fiorìno, s. m. florim, moeda florentina do século XIII (imitada logo depois por outros Estados), num lado trazia impressa uma flor-de-lis.
Fiorire, (-ìsco, -ìsci, -ìsce) florir, florescer, produzir flores / prosperar, medrar, frutificar: **——— la salute, le arti, la scienza** / existir, viver / desenvolver-se, subir, distinguir-se: **Roma fiorì per l'austerità dei cittadini** / adornar com flores **——— l'altare della Vergine**.
Fiorísta, (pl. -ìsti) s. m. florista; fabricante de flores artificiais / pessoa que gosta ou que cultiva flores / pintor de flores.
Fiorìta, s. f. florada, florescência / derrame de flores e folhas nas igrejas e nas ruas para festejar uma solenidade / (fig.) coleção, seleção de cantos, poesias, etc.: **——— di canti popolari**.
Fiorito, p. p. e adj. florido, floreado / **carità fiorita**, caridade fina, generosa; **stile ———**: estilo floreado, adornado / **vino ———**: vinho mofento.
Fioritúra, s. f. floração, florescência.
Fiorône, s. m. (aum.) espécie de figo temporão, que amadurece na Primavera / (arquit.) florão, ornato circular, do feitio de flor.
Fiorrancíno, s. m. pequeno pássaro de poupa amarelada.
Fiorráncio, s. m. (bot.) calêndula, planta ornamental da família das compostas / (pop.) malmequer.
Fiorúme, s. m. (agr.) desperdícios, restos do pasto.
Fiòsso, s. m. enfranque do sapato e parto do pé que corresponde ao mesmo.
Fiottàre, (pr. -òtto) v. intr. flutuar, ondular / choramingar, lamentar-se.
Fiòtto, s. m. ondeio, ato de ondear; onda, ondada; jorro; **uscire a fiotti**: sair aos borbotões.

Fiottóne, s. m. (f. -óna) resmungão / resmelengo.
Fírma, s. f. firma / assinatura; **apporre la** ———: firmar, assinar, subscritar, por a própria firma em baixo; rubrica / **una** ——— **accreditata**: uma casa (comercial) conceituada.
Firmaménto, s. m. firmamento / céu, abóbada celeste.
Firmàno, (v. persa), s. m. firmã, decreto do sultão.
Firmàre, v. tr. firmar, assinar, subscritar / **firmare p.p. (per procura)**: assinar por procuração.
Firmatàrio, (pl. -àri) s. m. signatário, aquele que assina ou subscreve um documento.
Fisàre, (poét.) v. fixar.
Fisarmònica, s. f. harmônica, acordeão.
Fiscàle, adj. fiscal, do fisco / (fig.) severo, rigoroso, duro, inquisitório, vexatório.
Fiscaleggiàre, (pr. -êggio, -êggi) v. fiscalizar; averiguar, intervir, controlar, criticar, censurar.
Fiscalísmo, s. m. fiscalismo, fiscalização rigorosa.
Fiscalità, s. f. fiscalização.
Fiscalménte, adv. fiscalmente.
Fiscèlla, s. f. cesto de vime usado pelos pastores para guardar queijos, requeijões, etc.
Fischiàbile, adj. assobiável, que merece ser assobiado ou vaiado; **una commedia** ———.
Fischiaménto, s. m. assobio; sibilo, silvo.
Fischiànte, p. p. e adj. assobiante.
Fischiàre, (pr. físchio, físchi) v. assobiar, soltar assobios; sibilar / apupar a assobios; vaiar.
Fischiàta, s. f. assobiada, assobiadela; assuada, vaia.
Fischiatóre, adj. e s. m. (f. -tríce) assobiador; sibilador.
Fischierellàre, **fischiettàre**, v. assobiar ligeiramente.
Fischiettío, s. m. assobio freqüente ou contínuo.
Fischiêtto, s. m. assobio, instrumento para assobiar, apito.
Físchio, (pl. físchi) s. m. assobio, apito / assobio, ato de assobiar; silvo, sibilo / (dim.) **fischiêtto, fischiettíno**.
Fischiône, s. m. ganso do mato.
Fisciú, s. m. (neol. do fr.) fichu, cobertura triangular para pescoço e ombro de senhora.
Físco, (pl. físchi) s. m. fisco, tesouro público; erário / (ant.) magistrado penal.
Fisèma, s. f. (med.) fisema.
Fisiatría, s. f. método de cura natural, sem o uso de medicamentos.
Física, s. f. física.
Fisicaménte, adv. fisicamente.
Físico, (pl. físici) adj. físico / (s. m.) a compleição, a saúde do corpo humano, aspecto: **ha un** ——— **robusto**.
Fisicochímica, s. f. físico-química.
Físima, s. f. imaginação, quimera; capricho, extravagância; ilusão, singularidade; veleidade.
Fisiòcrate ou **fisiocràtico**, (pl. -àtici) s. m. fisiocrata, fisiocrático.

Fisiocrazía, s. f. fisiocracia, doutrina econômica de Quesnay.
Fisiognomía, **fisiognòmica**, s. f. (psic.) fisiognomia.
Fisiognòmico, (pl. -òmici) adj. fisiognomônico.
Fisiògnomo, s. m. fisiognomonista; fisionomista.
Fisiografía, s. f. fisiografia.
Fisiología, s. f. fisiologia.
Fisiològico, (pl. -ògici) adj. fisiológico.
Fisiòlogo, (pl. òlogi) s. m. fisiólogo.
Fisionomía, **fisonomía**, s. m. fisionomia; cara, rosto, semblante / aspecto / é errado o us. (fig.) como por ex. **la** ——— **di un secolo**, etc.
Fisionòmico, (pl. -òmici) adj. fisionômico.
Fisionomísta, (pl. -ísti) s. m fisionomista.
Fisiònomo, s. m. fisiônomo.
Fisioterapía, s. f. fisioterapia.
Físo, adj. (poét.) fixo, atento / (adv.) fixamente; **guardar** ———: olhar fixamente, fitar.
Fisocàrpo, adj. (bot.) fisocarpo, que tem frutos vesiculosos.
Fisofòra, s. f. fisóforos (pl. s. m.) celenterados marinhos.
Fissàggio, (pl. -àggi) (fot.) s. m. fixagem, operação por meio da qual se torna inalterável à luz uma imagem fotográfica.
Fissaménte, adv. fixamente / estavelmente.
Fissàre, v. tr. fixar; ——— **l'attenzione, lo sguardo**: fixar o olhar, a atenção / fitar, olhar fixamente / determinar, estabelecer; ——— **un'ora**: marcar uma hora / ——— **i confini**: marcar os limites / ——— **il prezzo**: marcar o preço / fincar, cravar, pôr com força, colocar; ——— **un chiodô, un palo**, etc.: cravar um prego, um pau / ——— **un posto in treno, in teatro**: reservar um lugar no trem, etc. / (pr.) **fissarsi in un capriccio**: obstinar-se num capricho.
Fissatívo, s. m. e adj. (pint. e fot.) fixativo, fixador, que tem a propriedade de fixar.
Fissàto-Bollàto, s. m. (banc.) documento de compra-venda de títulos.
Fissatôre, s. m. fixador para os preparados anatômicos.
Fissazióne, s. f. fixação, ato de fixar / idéia fixa, mania.
Fissêzza, s. f. fixidez.
Físsile, adj. físsil, que se pode fender.
Fissióne, s. f. (fís.) fissão, ruptura de um núcleo de um átomo pesado em dois ou mais fragmentos maiores.
Fissípede, adj. fissípede (zool.), que tem unhas ou pés fendidos ou os dedos unidos por membranas.
Fissità, s. f. fixidade; fixidez / imobilidade, firmeza / invariabilidade, estabilidade.
Físso, adj. fixo, firme, estável; **regole fisse**: regras fixas / **impiego** ———: emprego ou destino estável / **stelle fisse**: estrelas fixas / **a tempo** ———: em tempo determinado / **essere** ——— **in un'idea**: permanecer firme numa opinião / **idea fissa**: idéia fixa / (adv.) fixamente; **guardar** ———:

olhar fixamente / (s. m.) salário fixo; godere un ―― mensile: usufruir um ordenado mensal.

Fístola, s. f. (lit.) fístula, flauta pastoril / (med.) fístula / (ant.) tubo.

Fístolo s. m. fístula, mal grave / diabo: **quel ragazzo ha il** ―― **addosso.**

Fistoloso, adj. fistuloso.

Fitàurari, s. m. ajudante de campo do imperador da Abissínia.

Fitobiología, s. f. (bot.) fitobiologia.

Fitochímica, s. f. fitoquímica.

Fitòfago, (pl. -òfagi) s. m. fitófago.

Fitofisiología, s. f. fitofisiologia, fisiologia vegetal.

Fitogènico, (pl. -nici) adj. fitogênico.

Fitogeografía, s. f. fitogeografia.

Fitografía, s. f. fitografia.

Fitolàcca, s. f. fitolaca, gênero de plantas tintórias das regiões quentes / laca vegetal.

Fitolíto, s. m. fitólito / concreção pedregosa.

Fitología, s. f. fitologia.

Fitochímica, s. f. fitoquímica.

Fitòfago, (pl. -òfaghi) s. m. fitófago.

Fitofisiología, s. f. fitofisiologia.

Fitogènico, (pl. -énici) adj. fitogênico.

Fitogeografía, s. f. fitogeografia, geografia das plantas.

Fitografía, s. f. fitografia, descrição das plantas.

Fitolàcca, s. f. fitolaca / laca vegetal.

Fitolaccàceo, adj. (bot.) fitolacáceo.

Fitolíti, s. f. (pl.) fitolitos, fitólitos, resíduos vegetais fósseis.

Fitología, s. f. fitologia, botánica.

Fitòlogo, (pl. -òlogi) s. m. fitólogo, botânico.

Fitonomía, s. f. fitonomia.

Fitopaleontología, s. f. fitopaleontologia, estudo dos vegetais fósseis.

Fitopatología, s. f. fitopatologia.

Fitotomía, s. f. fitotomia, anatomia vegetal.

Fitozòi, s. m. (pl.) fitozoários.

Fítta, s. f. pontada de dor física ou moral: **ebbe una** ―― **al cuore;** sento una ―― **a un piede** / porção, quantidade; una ―― **di corbellerie:** um montão de asneiras / (p. us.) terreno alagadiço.

Fittàbile, fittàvolo e melhor **fittaiòlo, fittaiuòlo,** s. m. arrendatário de propriedades agrícolas / inquilino.

fittaménte, adv. densamente.

Fittànza, s. f. (dial.) arrendamento; contrato de arrendamento.

Fittêzza, s. f. (p. us.) espessura; densidade.

Fittíle, adj. de barro, de argila cozida, de terracota; **una figurina di** ――: uma estatueta de terracota.

Fittívo, adj. fictício / imaginário, simulado.

Fittízio, (pl. -ízi) adj. fictício, artificioso, simulado, fingido, suposto / mais aparente que real.

Fítto, p. p. e adj. fincado, fixo, cravado / espesso, denso, compacto; **notte fitta:** noite escura, sombria / **tenebre fitte:** trevas espessas / **a capofitto:** de cabeça para baixo / **cosa si è** ―― **in capo?** o que se meteu na cabeça? / (s. m.) aluguel, arrendamento, locação; **pagare il** ――: pagar o aluguel.

Fittòne, s. m. (bot.) raiz nabiforme / raiz primária.

Fiumàle, adj. (lit.) fluvial.

Fiumàna e **fiumàra,** s. f. corrente de um rio em cheia; cheia, enchente / (fig.) multidão em marcha; una ―― **di gente:** uma aluvião de gente.

Fiumàno, adj. fluvial / (adj. e s. m.) fiumano, de Fiume (na Iugoslávia).

Fiumàtico, (pl. -ci) adj. fluvial.

Fiúme, s. m. rio / **risalire il** ――: subir o rio / **attraversare il** ――: cruzar ou passar o rio / (fig.) abundância; un ―― **di gente, di parole, d'inchiostro, di sangue:** uma enxurrada de gente, de palavras, etc. (dim.) **fiumicèllo, fiumicino, fiumiciàttolo.**

Fiutàre, v. tr. farejar, cheirar: ―― **un fiore** / (fig.) adivinhar, suspeitar, intuir; ―― **un buon affare:** perceber um bom negócio.

Fiutasepôlcri, (que cheira os túmulos) (s. m.) afeiçoado às coisas antigas.

Fiutàta, s. f. ato de cheirar; farejo: **fare una** ――: fazer uma busca; (dim.) **fiutatina.**

Fiutatôre, s. m. (f. -trice) farejador.

Fiúto, s. m. faro, olfato (esp. dos cães) / ato de farejar / cheiro / (fig.) intuição, acerto; **avere buon** ――: ter bom faro.

Flabellífero, s. m. flabelífero.

Flabèllo, s. m. flabelo, alfaia eclesiástica / leque ou ventarola grande.

Flaccidèzza, s. f. flacidez / doença epidêmica do bicho-da-seda.

Flàccido, adj. flácido, lânguido, mole; adiposo; frouxo; sem elasticidade.

Flacône, (do fr.) s. m. frasco / (dim.) **flaconcino:** pequeno frasco, garrafinha, vidrinho.

Flagellaménto, s. m. flagelação; açoitamento.

Flagellànte, p. p. flagelante / (s. m.) (relig.) religioso que pertencia a uma seita que apareceu na Úmbria no século XIII.

Flagellàre, (pr. -èllo) v. flagelar, açoitar, fustigar; disciplinar / (fig.) ―― **i vizi:** vituperar os vícios.

Flagellàto, p. p. e adj. flagelado; açoitado; fustigado, atormentado / (s. m.) (zool.) flagelado, mastigóforo.

Flagellazióne, s. f. flagelação; fustigação.

Flagellazióne, s. f. flagelação; fustigação.

Flagèllo, s. m. flagelo, azorrague para açoitar; chicote / a pena do flagelo / (fig.) ruína, calamidade, castigo grande, praga / (fam.) abundância; un ―― **di mosche:** uma aluvião de moscas.

Flagízio, (ant.) s. m. crime, delito, barbaridade.

Flagiziôso, (ant.) adj. infame.

Flagrànte, adj. (for.) flagrante, manifesto, evidente: ―― **contraddizione** / **in** ――: em flagrante, no ato.

Flagrànza, s. f. flagrância (for.).

Flagràre, v. intr. (lit.) arder, queimar, flamejar, resplandecer; (poét.) flagrar, inflamar-se.

Flambèrga, s. f. (antiga) espada suíça ondulada.
Flaminàle, adj. (p. us.) flâmine.
Flàmine, s. m. (hist.) flâmine, antigo sacerdote romano.
Flamínica, s. f. flamínica, a mulher do flâmine.
Flàmmeo, adj. (lit.) flâmeo, flamejante / (s. m.) flâmeu, véu nupcial na antiga Roma.
Flàmula, (ant.) s. f. pequena chama; flâmula.
Flan, (v. fr.) (gastr.) pudim.
Flanèlla, (do ingl.) s. f. flanela.
Flàngia, s. f. (do ingl.) (mec.) flange, arandela de um tubo, cilindro, etc.
Flàto, s. m. flato; gás que se forma no estômago e se emite pela boca.
Flatulènto, adj. flatulento.
Flatulènza, s. f. flatulência / ventosidade.
Flatuôso, adj. flatuloso, flatuoso.
Flautàto, adj. (mús.) flautado; **voce flautata:** voz flautada (ou aflautada).
Flautísta, (pl. -ísti) s. m. e f. flautista, tocador de flauta.
Flàuto, s. m. flauta / (fig.) som semelhante ao da flauta; canto harmonioso; **i flauti delle capinere** (Pascoli).
Flavênte e flavescênte, adj. (lit. e raro) flavescente; que amarelece ou enlourece, que se torna flavo.
Flavíne, s. f. (pl.) pigmentos amarelos difundidos no reino animal e vegetal.
Flavízie, (ant.) s. f. o flavo, qualidade de amarelo, de ruivo.
Flàvo, adj. (lit.) flavo, louro, cor de ouro.
Flavonòidi, s. m. (pl.) grupo de substâncias pigmentadas, muito difundidas no reino vegetal e animal, afins às vitaminas.
Flebile, adj. flébil, lacrimoso, plangente.
Flebilmènte, adv. flebilmente, debilmente.
Flebite, s. f. (med.) flebite.
Fleboclísi, s. f. (med.) flebóclise, injeção venenosa.
Fleborragía, s. f. (med.) fleborragia, hemorragia das veias.
Fleboscheròsi, s. f. (med.) flebosclerose, endurecimento das veias.
Flebotomía, s. f. flebotomia; sangria.
Flebòtomo, s. m. flebótomo.
Flèmma, s. f. flegma, um dos quatro humores, segundo a medicina antiga; fleuma / fleugma, lentidão, morosidade, calma, impassibilidade, frieza de ânimo.
Flemmàtico, (pl. -àtici) adj. fleumático; lento, tardo, pausado, calmo, pachorrento.
Flèmmone, s. m. flegmão, fleumão, tumor, abcesso.
Flemmonôso, adj. (med.) fleimonoso.
Flessíbile, adj. flexível, maleável / (fig.) condescendente, dócil, brando.
Flessibilità, s. f. flexibilidade, maleabilidade.
Flèssile, adj. (p. us.) flexível.
Flessímetro, s. m. fleximetro.
Flessióne, s. f. flexão.
Flessivo, adj. flexivo.
Flessôre, adj. flexor: músculo ——— / (s. m.) flexor, que faz dobrar.

Flessòrio, adj. flexor.
Flessuosità, s. f. flexuosidade.
Flessuôso, adj. flexuoso; torto, sinuoso; flexível, elástico, dobrável, ágil.
Flèttere, (pr. flètto) v. tr. flectir, dobrar.
Flibòtto, s. m. (mar.) barco holandês de fundo chato.
Flicòrno, filiscòrno, s. m. (mús.) instrumento de sopro, semelhante à trompa.
Flictène, flittène, s. f. (med.) flictema; pústula de natureza linfática.
Flirt, (v. ingl.) s. m. "flirt", galanteio, conversação semi-amorosa.
Flirtàre, v. filtrar, cortejar, galantear, namorar.
Flòccido, adj. (p. us.) flácido.
Flòcco, s. m. (mar.) vela triangular anterior dos navios.
Floèma, (pl. -èmi) s. m. (bot.) floema, o principal tecido do caule das plantas; líber.
Flogístico, (pl. -ístici) adj. flogístico; inflamatório.
Flògosi, s. f. flogose, flegmasia; inflamação ligeira.
Flòmide, s. f. (bot.) flômide, gênero de plantas labiadas.
Flòra, s. f. flora, as plantas.
Floràle, adj. floral.
Floreàle, adj. floreal; **stile** ———: estilo floreado / (s. m.) floreal, 8.º mês do calendário rep. francês.
Flòreo, adj. (lit.) flóreo; florescente, ornado de flores.
Floricoltúra, v. **floricultura.**
Floridamènte, adv. floridamente.
Floridêzza, s. f. prosperidade, vigor.
Flòrido, adj. florido, florescente; (fig.) flórido, próspero, vigoroso, viçoso, vivaz.
Florilègio, (pl. -ègi) s. m. florilégio, antologia, crestomatia, seleção de flores literárias.
Floscèzza, s. f. frouxidão, fraqueza, moleza.
Flosciamènte, adv. frouxamente, fracamente, languidamente.
Flòscio, (pl. flosci) adj. frouxo, débil, fraco, enervado; mole, murcho.
Flosciúme, s. m. conjunto de coisas frouxas, molengas.
Flòtta, s. f. frota; ——— **mercantile:** frota mercante / ——— **da guerra:** frota de guerra, esquadra.
Flottazióne, s. f. (mar.) flutuação; **linea di** ———: linha de flutuação.
Flottíglia, s. f. (mar.) flotilha, frota de navios menores.
Fluènte, p. pr. e adj. fluente; **acque fluenti:** águas fluentes ou correntes / (fig.) **parlata** ———: fala fluente, fácil / (s. m.) rio.
Fluidàle, adj. de fluido.
Fluidamènte, adv. fluidamente.
Fluidêzza, fluidità, s. f. fluidez.
Flúido, adj. fluido; que corre como qualquer líquido; fluente / natural, espontâneo, fácil.
Fluire, (pr. -ísco, -ísci), v. intr. fluir, correr, manar.
Fluitàre, (pr. flúito) v. flutuar, transportar algo (espec. madeira) por meio da corrente do rio.
Fluitazióne, v. **fluttuazióne.**

Fluôre, s. m. (p. us.) flúor.
Fluorescènte, adj. fluorescente.
Fluorescènza, s. f. fluorescência.
Fluorídrico, (pl. -ídrici) adj. (quím.) fluorídrico.
Fluoríte, s. f. (min.) fluorito, fluorina.
Fluòro, s. m. (quím.) flúor.
Fluorùro, s. m. fluoreto, fluorureto.
Flussiône, s. m. (med.) fluxão, fluxo; (dim.) **flussioncèlla**.
Flússo, s. m. fluxo; ——— **di sangue**: fluxo de sangue / ——— **di ventre**: diarréia / ——— **di parole**: abundância de palavras, verbosidade / fluxo, movimento regular do mar para a praia / (fig.) alternativa.
Flussòmetro, s. m. fluxômetro, espécie de galvanômetro.
Flútto, s. m. (lit.) onda, vaga, vagalhão.
Fluttuànte, p. pr. e adj. flutuante, ondulante / (fig.) duvidoso, irresoluto / **debito** ———: dívida flutuante, não consolidada / **popolazione** ———: população flutuante, em trânsito.
Fluttuàre, (pr. flúttuo) v. intr. flutuar; boiar, ondular; vacilar, oscilar, sobre as ondas ou ao vento; (fig.) duvidar, hesitar, vacilar entre duas opiniões.
Fluttuaziône, s. f. flutuação, oscilação, vacilação / volubilidade, inconstância; incerteza.
Fluviàle, e **fluviàtile**, adj. fluvial, de rio.
Fobía, s. f. fobia, aversão, medo mórbido.
Fòca, s. f. foca, mamífero pinípide.
Focàce, (ant.) adj. fogoso, ardente.
Focàccia, s. f. fogaça, bolo, torta; **rendere pane per** ———: pagar com a mesma moeda / (dim.) **focaccína**.
Focàia, adj. **pietra** ———: perderneira, pedernal, pedra-de-fogo, pedra que produz lume, quando ferida com o fuzil.
Focàle, adj. (fís. e geom.) focal.
Focàra, s. f. (p. us.) braseiro.
Focàtico, (pl. -ci) s. m. fogal, imposto que se paga por cada fogo ou casa.
Focàto, adj. cor do fogo / **baio** ———: cavalo baio, do cor amarelo torrado.
Fôce, s. f. foz, embocadura de rio / **mettere** ———: desaguar, desembarcar.
Fochísta, (pl. -ísti) s. m. foguista, o que tem a seu cargo as fornalhas nas máquinas de vapor / fogueteiro, aquele que faz ou vende fogos de artifício.
Focíle, s. m. fuzil, peça de aço para ferir lume na pederneira / (ant.) fuzil, espingarda / (sin.) **acciarino**.
Fôco, s. m. (geom. e fís.) foco: ——— **della lente, dell'elisse**, etc.
Focolàio, (pl. -ài) s. m. (med.) foco, ponto de infecção.
Focolàre, s. m. lareira, fogão / (fig.) lar, casa, família: **il** ——— **domestico** / (técn.) parte da caldeira onde se processa a combustão / (med.) foco.
Focòmetro, s. m. focômetro, instr. com que se medem as distâncias focais das lentes.
Focône, s. m. (aum.) fogueira / orifício nas antigas armas de fogo, pelo qual o fogo se comunicava à carga, provocando a explosão da mesma.

Focosamènte, adv. fogosamente; impetuosamente, ardentemente, calorosamente.
Focôso, adj. fogoso, ardente; caloroso, animado, veemente; impetuoso, iracundo.
Fòdera, s. f. forro; **la fodera del vestito**: o forro do vestido.
Foderàre, (pr. fòdero) v. tr. forrar, revestir de forro.
Foderàto, p. p. e adj. forrado / **avere gli occhi foderati di prosciutto**: não perceber, não discernir / (fig.) **ben** ———: bem provido, abastecido.
Fòdero, s. m. bainha (da espada, da baioneta, etc.).
Fòga, s. f. ímpeto, arrebatamento, fogosidade / ardor, fogo, veemência / ——— **oratoria**: veemência oratória.
Fogàta, s. f. (p. us.) perseguição da caça.
Fòggia, (pl. **fògge**) s. f. forma, modo, maneira, moda / ——— **di vestire**: modo de vestir / **a** ——— **di**: à guisa de.
Foggiare, (pr. **foggio**, **foggi**) v. formar, construir, forjar / (refl.) imaginar, forjar-se: **foggiarsi una vita facile**.
Fòglia, s. f. (bot.) folha / pétala / ——— **d'oro**, **di stagno**: folha de ouro, de estanho / **tabacco in** ———: fumo em folha / folha da amoreira / **dello specchio**: capa de estanho do espelho de cristal / (fig.) **mangiar la** ———: compreender logo, entender uma intenção oculta / **non muover** ———: não mexer uma palha, não fazer nada / **tremare come una** ———: tremer como vara verde / (dim.) **foglina, fogliolína, foglièttta, fogliúccia, foglierèlla**; (aum.) **foglióne, fogliôna**.
Fogliàceo, adj. foliáceo.
Fogliàme, s. m. folhame; folhagem.
Fogliànte, s. m. monje cistercense reformado, cuja sede era em Feuillans, em França / sócio de um círculo político moderado durante a Rev. Francesa.
Fogliànte, foliànte, s. m. livro "in folio".
Fogliàre, v. (bot.) folhar, deitar folhas, produzir folhas; folheatura.
Fogliatúra, s. f. folhagem, adorno de folhas ou frondes; ornato que imita flores ou folhas.
Fogliaziône, s. f. (bot.) folheação, época do aparecimento das folhas; folheatura.
Foglièttta, s. f. (dim. de **foglia**) / antiga medida romana de capacidade.
Foglièttto, s. m. (dim.) folha pequena de papel, etc. / (anat.) membrana da pleura.
Foglífero, adj (bot.) folhoso, folhado, cheio de folhas; **ramo** ———: ramo folhudo.
Fòglio, (pl. **-ògli**) s. m. folha (de papel) / diário, jornal periódico / **libro in** ——— (ou **in folio**): livro "in folio" / folha, página de livro ou registro / ——— **di via**: documento fornecido pelas autoridades, folha corrida / **un** ——— **da mille**: uma cédula de mil liras / ——— **bollato**: papel selado / ——— **volante**: folha avulsa de papel impresso / (dim.) **foglièttto**,

fogliettíno, fogliolíno / (aum.) **fogliône;** (pej.) **fogliáccio**.
Foglióso, adj. (bot.) folhoso, folhudo.
Fôgna, s. f. cloaca, esgoto / (fig.) lugar ou pessoa imunda / (dim.) **fognuòlo;** (aum.) **fognone**.
Fognaiuòlo, s. m. limpador de cloacas, esgotos.
Fognàre, (pr. fôgno) v. tr. construir cloacas, fossas, esgotos / (fig.) —— —— **le noci, le castagne**, etc.: escatimar na medida, não comprimindo o conteúdo.
Fognaruòla, s. f. (agr.) canal em forma de esgoto que se usa no vinhal para escoamento.
Fognatúra, s. f. cloaca, coletor de esgoto; **la** —— **d'una città**: o conjunto dos esgotos duma cidade.
Fôgno, s. m. (alp.) tormenta de neve; borrasca alpina.
Fòia, s. f. (p. us.) líbido, lascívia, desejo libidinoso.
Fòiba, s. f. voragem, caverna da região do Carso.
Fòla, s. f. fábula, lorota, patranha.
Fòlade, s. f. fólada, molusco acéfalo.
Fòlaga, s. f. (zool.) pequeno pato.
Folàta, s. f. rajada impetuosa de vento; ventania / **una** —— **d'uccelli**: um bando de pássaros.
Fòlcere, e **folcíre**, v. tr. poét. sustentar, apoiar, suster.
Folclòre, (do ingl.) s. m. folclore.
Folclorísta, (pl. -ísti) s. m. folclorista.
Folclorístico, adj. folclorístico.
Folgorànte, p. pr. e adj. fulgurante.
Folgoràre, (pr. fólgoro) v. intr. fulgurar, brilhar, resplandecer / faiscar, relampejar / fulminar.
Folgorazióne, s. f. fulguração / (med.) lesão produzida por descarga elétrica.
Fòlgore, s. f. raio, centelha, faísca.
Folgoreggiàre, v. intr. tr. (pr. -èggio, -èggi) fulgurar, resplandecer.
Folgorite, s. f. (meteor.) fulgurite.
Fólgoro, s. m. (vern. tosc.) fisga, arpão.
Fòlio, (in) loc. "in folio".
Fòlla, (do fr.) s. f. gentio, multidão / quantidade, tropel; —— **di idee**: tropel de idéias / (técn.) fula, preparação de feltro para chapéus.
Follàre, (pr. fòllo) v. tr. bater os feltros com sabão ou ingrediente especial para desengraxá-los ou polir dos fios da urdidura / bater as peles antes de curti-las / pisar o vinho.
Follatôio, s. m. prensa para uvas, lagar / pisão, máquina para bater o pano.
Follatôre, adj. e s. m. batedor de pano ou feltro / prensa para bater panos, pisar uvas, etc.
Follatríce, s. f. fula, aparelho para calandrar panos ou feltros.
Follatúra, s. f. operação de bater ou calandrar os panos / pisa da uva e fermentação do mosto / fula, ação de preparar o feltro para chapéus.
Fòlle, adj. demente, louco, maluco, insensato / (mec.) "in folle" ação de acionar em vazio, sem produzir trabalho útil.
Folleggiaménto, s. m. diabrura, travessura, maluquice, diabrura; algazarra, folia.

Folleggiàre, (pr. -èggio, -èggi) v. intr. loquejar, fazer diabruras, travessuras / foliar, divertir-se a valer.
Follemênte, adv. loucamente.
Follètto, adj. e s. m. duende; diabinho / menino vivo e travesso.
Follía, s. f. loucura, demência, insânia / desatino, disparate, imprudência, temeridade / **amare alla** ——: amar com delírio.
Follicolàre, adj. folicular.
Follicolíte, s. f. (med.) foliculite, inflamação dos folículos.
Follícolo, s. m. folículo.
Follône, s. m. fulão, espécie de caldeira para enfurtir a fula dos chapeleiros / máquina usada para a feltragem dos tecidos.
Fôlta, s. f. (p. us.) multidão.
Foltaménte, adv. densamente.
Foltêzza, s. f. densidade.
Fôlto, adj. espesso, denso / compacto, cheio, repleto / **tenebre folte**: escuridão profunda / (s. m.) o lugar mais denso de alguma coisa; **il** —— **del bosco**: a espessidão do bosque.
Fomènta, (pl. -ènte) (med.) s. f. fomento, medicamento que se aplica na pele, friccionando-a; compressa, cataplasma.
Fomentàre, (pr. -ènto) v. fomentar, estimular, excitar; instigar, promover.
Fomentatôre, (f. -tríce) adj. e s. m. fomentador.
Fomentazióne, s. f. fomentação; fomento, estímulo.
Fomênto, s. m. fomento / (med.) medicamento que se aplica na pele por meio de fricção.
Fòmite, s. m. combustível seco / fomes (ant.), estímulo, incentivo; —— **delle passioni, dei vizi**.
Fonastenía, s. f. fonastenia, debilidade da voz.
Fonazióne, s. f. fonação, a produção fisiológica da voz.
Fônda, s. f. bolsa para pistolas, carabinas, etc. / aparelho de tela ou de cordas para sujeitar cavalos que estão sendo operados / (mar.) **alla** ——: ancorado, amarrado (barco): **posto di** ——: ancoradouro, fundeadouro.
Fondàccio, s. m. borra, sedimento de líquido impuro / restos de mercadorias não vendidas; —— **di magazzino**: fundo de negócio.
Fôndaco, (pl. fòndachi) s. m. loja, empório de tecidos / (Marrocos) fondac.
Fondàle, s. m. fundo, profundidade da água do mar ou de um rio navegável / (teatr.) cena de fundo nos teatros.
Fondamènta, s. f. (pl. f. de fondamento) rua de Veneza, às margens de um canal ou da laguna: **le Fondamenta Nuove**.
Fondamentàle, adj. fundamental; básico.
Fondamentàre, (pr. -ènto) v. tr. fundamentar / estribar.
Fondamênto, (pl. m. -ènti, no fig. e f. -ènta, os f. de edifício) s. m. fundamento; base; alicerce / (fig.) elemento, rudimento: **i fondamenti della scienza** / razão, motivo, origem; **privo di** ——: sem fundamento, sem base.

Fondàre, (pr. -fôndo) v. tr. fundar, assentar os fundamentos de uma doutrina, etc. / construir, edificar, erigir / estabelecer, instituir, criar / arraigar, firmar, estribar; —— **una pretesa su**: fundar uma pretensão sobre.., (pr.) **fondarsi**: basear-se, estribar-se; —— **sulle promesse altrui**; basear-se nas promessas de outrem.

Fondàta, s. f. resíduo; borra, sedimento do vinho, etc.

Fondatamènte, adv. fundamentalmente.

Fondatêzza, s. f. fundamento; seriedade, formalidade: **la —— dun'opinione**.

Fondàto, p. p. fundado, estabelecido, edificado, erigido, instituído / (adj.) baseado, estribado; **opinione fondata**: opinião assente em base sólida.

Fondatóre, (f. -trice) s. m. fundador / iniciador.

Fondazióne, s. f. fundação: **la —— di Roma** / estabelecimento, instituição / fundação, obra de assistência ou beneficência.

Fondèllo, s. m. alma do botão / fundo, parte inferior de qualquer coisa; (pl.) fundilhos das calças.

Fondènte, p. pr. e adj. fundente / (s. m.) fundente, substância que auxilia a fusão dos metais / doce perfumado, de açúcar, que se liquefaz na boca (fr. fondant).

Fóndere, (pr. fôndo) v. fundir, tornar líquido; derreter, liquefazer / executar em metal derretido; —— **una statua**: fundir uma estátua / destruir, dissipar, consumir; —— **le próprie sostanze**: fundir a própria fortuna / conciliar, consertar, unir.

Fondería, s. f. fundição.

Fondiàrio, (pl. -àri) adj. fundiário, imobiliário, territorial; **tassa fondiaria**: contribuição imobiliária ou sobre bens de raiz.

Fondìbile, adj. fundível, fusível.

Fondìglio, (pl. -ígli) s. m. borra, sedimento de vinho ou de outro líquido.

Fondìna, s. f. (dim.) bolsa; bainha para pistola, etc.

Fondísta, s. m. fundista, atleta que corre em provas de resistência.

Fonditóre, s. m. (f. -trice) fundidor.

Fonditrìce, s. f. fundidora, máquina para fundir tipos de imprensa.

Fonditúra, s. f. ato ou efeito de fundir; fundição, fusão.

Fôndo, s. m. fundo, a parte inferior de alguma coisa oca, a parte mais baixa de qualquer coisa; a parte mais recôndita, profunda, interior: —— **del mare, del fiume, della valle, etc.** / resíduo: **il —— della tazza** (chícara), **della pentola** (panela) / **vedere il —— a una bottiglia**: beber o conteúdo de uma garrafa / borra, sedimento: **i fondi del vino** / o profundo, íntimo, secreto; **il —— della coscienza**: o âmago da consciência / o essencial, o principal, a substância de uma coisa / —— **rústico**: herdade, propriedade, granja, fazenda / **dar ——**: esgotar, consumir / **artícolo di ——**: artigo de fundo (de jornal), editorial / (com.) fundos, capital / **fondi pubblici**: títulos da dívida pública, das sociedades, etc. / **da cima a ——**: de cabo a rabo.

Fôndo, adj. fundo, profundo; **acque profonde**: águas profundas; **piatto ——**: prato fundo, de sopa.

Fondúta, s. f. (dial. piem.) prato de queijo, ovos e trufas.

Fonêma, s. m. (líng.) fonema.

Fonendoscòpio, s. m. (med.) fonendoscópio (ap. médico).

Fonètica, s. f. (gr.) fonética.

Foneticamênte, adv. foneticamente.

Fonètico, (pl. -ètici) adj. fonético.

Fonetísmo, s. m. fonetismo.

Fonetísta, s. m. fonetista, foneticista.

Fonfòne, (ant.) s. m. guloseima.

Fònico, (pl. -ci) adj. fônico.

Fonocàmptica, s. f. (fís.) fonocâmptica, acústica referente à reflexão do som.

Fonofobìa, s. f. fonofobia, fobia dos ruídos.

Fonogènico, (pl. -ènici) fonogênico, de voz ou som; apto para ser gravado em disco fonográfico.

Fonogràfico, (pl. àfici) adj. fonográfico.

Fonògrafo, s. f. fonógrafo.

Fonogràmma, (pl. -àmmi) s. m. fonograma.

Fonolíte, s. f. (min.) fonolito, rocha vulcânica.

Fonología, s. f. fonologia.

Fonològico, (pl. -ògici) adj. fonológico.

Fonòmetro, s. m. fonômetro, instr. para medir a intensidade dos sons.

Fonotipía, s. f. fonotipia.

Fontàle, adj. fontal, relativo à fonte que dá origem; gerador.

Fontàna, s. f. fonte; chafariz; bica por onde corre a água / (ant.) fontana / (dim.) **fontanína, fontanélla**, (aum.) **fontanóne**.

Fontanàccio, s. m. terra baixa onde abundam mananciais de água salobra (como as que ficam na planície de Pisa).

Fontanèlla, s. f. (dim.) pequena fonte, fontainha, fontícula / (anat.) fontanela.

Fontanière, s. m. pessoa encarregada das fontes, aquedutos, etc.

Fontaníle, s. m. manancial, / em certos lugares da Itália, bebedouro para animais.

Fontaníno, adj. fontal, de fonte; fontanal, fontanário, fontenário.

Fontàno, (ant.) adj. fontal, fontano, relativo à fonte.

Fónte, s. f. (p. us. m.) fonte, manancial, nascente; jorro de água artificial / —— **battesimale**: pia batismal / (fig.) origem, causa: princípio; **le fonti della ricchezza**: as fontes da riqueza / **fonti di bene**: fontes de bem / documentos originais de uma obra; **le fonti dell'Eneide**: as fontes de Eneida.

Fontícolo, s. m. (cir.) fontículo, exutório, cautério.

Fontìna, s. f. queijo doce, gordo e mole, da região de Aosta (Piemonte).

"Foot-Ball", (v. ingl.) s. m. futebol (it. **gioco del calcio**).

Foràbile, adj. furável.

Forabòsco, s. m. (ornit.) pica-pau.

Foracchiàre (pr. -àcchio, -àcchi) v. tr. esburacar, esfuracar, furar, fazer uma porção de pequenos furos; esburacar.
Foracchiatúra, s. f. ação de esburacar, esburacamento.
Foraggiaménto, s. m. ação de forragear; abastecimento de forragem.
Foraggiàre, (pr. -àggio, -àggi) v. intr. forragear, prover de forragem e vitualhas / (ant.) saquear.
Foraggièra, adj. forrageira; **pianta** ———: planta forrageira.
Foraggière, s. m. forrageador, soldado encarregado de arranjar forragem para o exército.
Foràggio, (pl. -àggi) s. m. forragem, erva para alimentar gado; pasto, feno, cevada para cavalos, etc. / forragem e vitualhas para um exército.
Foràme, s. m. furo, buraco, abertura, orifício / forame (des.).
Foraminífero, s. m. (zool.) foraminífero.
Foràneo, adj. forâneo, forasteiro, que é de fora, que é de terra estranha.
Foràre, (pr. fôro) v. furar, esburacar, perfurar.
Forasièpe, s. m. pequeno pássaro de sebe.
Foràstico, (pl. -ci) selvático, rústico, insociável.
Forastière, v. **forestiere**.
Foràta, s. f. ato de furar uma vez; furagem.
Foratèrra, s. f. utensílio para fazer buracos no terreno.
Foratíno, s. m. macarrão fino.
Foràto, p. p. e adj. furado.
Foratôio, (pl. -ôi) s. m. furador, utensílio para furar / (técn.) punção.
Foratúra, s. f. furagem, ato de furar; furo.
Fòrbici, s. f. (pl.) tesoura / (agr.) podadeira, tesoura de podar / pinças / (fig.) **le** ——— **della censura**: os rigores da censura / maledicência, pessoa faladeira, maldizente / tenaz das forjas / (dim.) **forbicine, forbicètte**.
Forbiciàta, s. f. tesourada, corte de tesoura; / golpe com tesoura.
Forbicína, s. f. (dim.) tesourinha / (zool.) forbícula, gênero de inseto ortóptero.
Forbíre, (pr. -ísco, -ísci) v. limpar / polir / **forbirsi la bocca**: renunciar de mau grado a uma coisa cobiçada.
Forbitaménte, adv. pulcramente, nitidamente, elegantemente.
Forbitèzza, s. f. polidez, limpidez; pulcritude, primor, pureza, elegância.
Forbíto, p. p. e adj. polido, limpo, brunido / **stile** ———: estilo limpo, puro, correto, elegante.
Forbottàre, (ant.) golpear, bater, percutir / (fig.) ultrajar, insultar.
Fôrca, s. f. (agr.) forcado, utensílio agrário / qualquer objeto ou pau bifurcado / forca, patíbulo / **far** ———: gazear a aula / **gente da forca**: malfeitores, meliantes, gente ruim / (dim.) **forchína, forchètta**; (aum.) **forcône**.
Forcàccio, s. m. (náut.) forqueta, peça de ferro ou latão, em forma de forquilha.
Forcaiolísmo, s. m. (pol.) sistema de governo reacionário.

Forcaiuòlo, s. m. e adj. partidário dos sistemas reacionários de governo.
Forcàta, s. f. forcada (porção de feno e golpe de forcado) / (dim.) **forcatèlla**.
Fòrce, (ant.) s. f. pl. tesoura: **lo tempo va d'intorno con le force** (Dante).
Forcèlla, s. f. forquilha; nome de vários objetos em forma de forcado / grampo de cabelo / aro da bicicleta / (anat.) boca do estômago / (alp.) passagem alpina.
Forchètta, s. f. garfo / **essere una buona** ———: ser um bom garfo, comer muito / (dim.) **forchettína**; (aum.) **forchettône**.
Forchettàta, s. f. garfada.
Forchettièra, s. f. estojo para talheres; faqueiro.
Forchètto, s. m. gancho em forma de forquilha que se usa nos negócios para pendurar objetos em lugares altos.
Forchettône, s. m. (aum.) garfo grande.
Forchíno, s. m. forcado de três dentes; forquilho, tridente.
Forcína, s. f. grampo para cabelo / (ant.) haste dos arcabuzeiros.
Forcípe, s. m. (cir.) fórceps.
Fòrcola, s. f. escalmo, espigão a que se prende o remo; tolete.
Forconàta, s. f. forcada / (esgr.) estocada irregular.
Forcône, s. m. (aum.) (agr.) forcado / (ant.) haste com a ponta munida de dente à guisa de forcado.
Forcúto, adj. que tem forma de forcado.
Forènse, adj. (for.) forense: **eloquenza**.
Forêse, adj. e s. m. camponês; aldeão do campo.
Forèsta, s. f. floresta.
Forestàle, adj. florestal.
Forestería, s. f. hospedaria, lugar nos castelos, mosteiros, etc. reservado aos hóspedes.
Forestieràio, (pl. -ài) s. m. monje encarregado de receber os hóspedes.
Forestièro, adj. e s. m. forasteiro, **costumi forastieri**: costumes estranhos / forasteiro, estrangeiro.
Forestierúme, s. m. (depr.) quantidade de coisas ou pessoas forasteiras, estrangeiras.
Forèsto, (ant.) adj. antigo, remoto, silvestre; solitário, simples.
Forfait (a) loc. fr. por empreitada.
Forfàre, (ant.) v. enganar, fraudar.
Forfêcchia, s. f. forfícula, gênero de insetos ortópteros.
Fôrfora, s. f. caspa.
Forforôso, adj. casposo, caspento.
Fòrgia, s. f. (do fr.) forja; ferraria.
Forgiàre, v. tr. forjar, formar; modelar.
Forgiatúra, s. f. ato de forjar, forjadura, forjamento / (sin.) fucinatura.
Forièro, adj. precursor: **segni forieri di tempesta**.
Fòrma, s. f. forma, figura, aspecto de uma coisa / disposição do corpo; **forme snelle**: formas esbeltas / estilo; **discorso perfetto per il contenuto e la** ———: discurso perfeito pelo fundo e pela forma / ——— **di governo** / modo, maneira, proceder, modalidade, formalidade; **rispettare le forme**: obedecer as normas / (técn.) forma,

molde / **essere in** ———: estar em forma, em condição / **nelle debite forme**: com as formalidades de estilo.
Formàbile, adj. formável; amoldável.
Formaggètta, s. f. (náut.) pomo que remata as extremidades das árvores dos navios.
Formaggiàio, (pl. -ài) queijeiro, vendedor ou fabricante de queijos.
Formàggio, (pl. -àggi) s. m. queijo; **una forma di** ———: um queijo / ——— **da grattugiare**: queijo de ralar / (sin.) cacio.
Formàio, (pl. -ài) s. m. formeiro, aquele que faz ou vende formas de calçado.
Formaldèide, s. f. (quím.) formaldeído, subs. antisséptica; formol.
Formàle, adj. formal, concernente à forma / formal, manifesto, claro, efetivo, evidente, positivo, decidido, peremptório / textual, genuíno, próprio, preciso.
Formalína, s. f. (quím.) formalina.
Formalísmo, s. m. formalismo.
Formalísta, (pl. ísti) s. m. formalista / amigo de formalidades.
Formalità, s. f. formalidade, exterioridade, cerimônia, regra, etiqueta / praxe, maneira de proceder da justiça: le ——— giudiziarie.
Formalizzàre, v. pasmar, assombrar / (refl.) escandalizar-se, maravilhar-se, formalizar-se; zangar-se.
Formalmènte, adv. formalmente, espressamente.
Formànze, s. f. (pl.) reforços laterais internos dos sapatos.
Formàre, (pr. fôrmo) v. tr. formar, dar forma a; fazer, construir, forjar, compor / amoldar, modelar / educar, instruir, adestrar: ——— il carattere, la mente / fundar: ——— una società / (refl.) formar-se, crescer, desenvolver-se.
Formatèllo, adj. e s. m. (tip.) um tipo de impressão arredondado; itálico.
Formatívo, adj. formativo; educativo.
Formàto, p. p. e adj. formado, que adquiriu forma; ——— **in quadrato**: formado em quadrado / formado, desenvolvido, feito; **un giovane** ——— / proporcionado; **un naso bene** ———: um nariz bem formado / criado, educado / (s. m.) forma, tamanho de livro, de retrato, etc.
Formatôre, s. m. (f. -trice) formador.
Formatúra, s. f. preparação dos moldes para uma fundição.
Formazióne, s. f. formatura, alinhamento de tropas.
Formèlla, s. f. (dim.) forminha / ladrilho para pavimentos / cova para o plantio de árvores / tumor no casco do cavalo / compartimento da água-furtada.
Formentône, s. m. (p. us.) milho.
Fórmica, s. f. formiga (sin.) tèrmite / **passi di** ———: andadura lenta / (dim.) **formichètta, formícola, formicolína**; (aum.) **formicône**.
Formicàio, (pl. -ài) s. m. formigueiro / multidão de gente.
Formicaleône, s. m. (ent.) formiga-leão.

Formicàre, v. intr. (p. us.) formigar, estar inçado de alguma coisa, abundar / sentir comichão no corpo.
Formichíno, adj. (p. us.) de formiga.
Fòrmico, (pl. fòrmici) (quím.) fórmico.
Formicolàio, s. f. formigueiro / (fig.) grande quantidade de coisas ou pessoas.
Formicolàre, (pr. -ícolo) v. formiguejar; **la via formicolava di gente**: a rua formigava (ou fervilhava) de gente.
Formicolazióne, s. f. formicação, formigueiro.
Formidàbile, adj. formidável, espantoso; pavoroso; repr. o uso por **enorme, meraviglioso**, etc.
Formidabilità, s. f. (p. us.) valor formidável.
Formidabilmènte, adv. formidavelmente.
Formidàto, (ant.) adj. temido.
Fòrmola, v. **formula**.
Formosità, s. f. formosura, beleza, lindeza de formas.
Formôso, adj. (lit.) formoso, belo, lindo, bonito.
Fòrmula, s. f. fórmula.
Formulàre, (pr. fòrmulo) v. tr. formular, por em fórmula; redigir segundo as fórmulas.
Formulàrio, (pl. -àri) s. m. formulário: ——— farmaceutico.
Formulazióne, s. f. formulação.
Fornàce, s. f. forno de cal; forno de fundição; forno, fornalha / (fig.) lugar muito quente: **questa stanza é una** ——— / (dim.) **fornacina, fornacèlla fornacètta**; (aum.) **fornacióne**.
Fornaciàio, (pl. -ài) s. m. fogueiro, fornalheiro / oleiro / fundidor.
Fornaciàta, s. f. fornada, quantidade de qualquer coisa que se coze de uma vez no forno / (dim.) **fornaciatina**.
Fornàio, (pl. -ài) s. m. forneiro de padaria, padeiro; aquele que faz ou vende pão / (dim.) **fornarino, fornarètto** / (sin.) **panettiere**.
Fornàta, s. f. (p. us.) fornada.
Fornèllo, s. m. fornilho; pequeno forno; fogareiro; pequeno lampião / pequeno forno para destilação / (dim.) **fornellètto, fornellíno, fornellúccio**.
Fornicàre, (pr. fòrnico, fòrnichi) v. (p. us.) fornicar.
Fornicatôre, adj. e s. m. (f. -trice) fornicador.
Fornicazióne, s. f. fornicação.
Fòrnice, (arquit.) s. f. fórnice, arco de porta; abóbada.
Fornimènto, s. m. fornimento, ato de fornir; fornecimento; provisão; alfaias / (pl.) arreios.
Fornire, (pr. -isco, -isci, -isce) v. tr. fornir, fornecer, prover, abastecer, surtir / equipar / (ant.) concluir, terminar.
Fornito, p. p. e adj. fornecido, abastecido, provido.
Fornitúra, s. f. fornitura, fornecimento / provisão, abastecimento / remessa, entrega / mercadoria.
Fòrno, s. m. forno / padaria; **un** ——— **di pane**: fornada de pão / **cielo o volta del** ———; abóbada do forno / (teatr.) **far** ———: recitar em teatro vazio / lugar muito quente / boca muito grande.

Fôro, s. m. furo, buraco, abertura; orifício; (dim.) **forellino** / (hist.) foro, forum, tribunal; ——— **interiore**: consciência / jurisdição.

Foronomía, s. f. foronomia, cinemática; mecânica.

Foronòmico, (pl. -ci) adj. foronômico.

Forosèlla, forosètta, s. f. camponezinha, aldeãzinha.

Fôrra, (do al.) s. f. barranco, precipício, despenhadeiro.

Fôrse, adv. de dúvida; talvez, quiçá, possivelmente; ——— **viaggerò**: talvez viajarei / cerca, mais ou menos: **un uomo di** ——— **quarant'anni** / (s. m.) dúvida; **essere in** ———: estar em dúvida / certeza: **senza** ———.

Forsennatamènte, adv. doidamente, desvairadamente.

Forsennatêzza, s. f. (p. us.) tresvario, insânia, loucura.

Forsennàto, adj. e s. m. desatinado, alucinado, insensato, louco.

Fòrte, adj. forte, robusto, vigoroso, forçudo; sólido, rijo, consistente / resistente / enérgico, varonil / firme, eficaz, tenaz, duro / valente, esforçado, arrojado / poderoso / acendrado, profundo / **vino** ———: vinho avinagrado, / duradouro, resistente: **un** ——— **affetto li univa** / constante, fiel, leal / **dare man** ———: ajudar valiosamente / perito, competente: **è** ——— **in matematica** / **pan** ———: espécie de bolo / **farsi** ——— **di un pretesto**: agarrar-se a um pretexto / violento: **vento, pioggia** ——— / (adv.) fortemente; **parlare** ———: falar em voz alta / (s. m.) forte, poderoso, valente / **il** ——— **dell'esercito**: o grosso do exército / habilidade; capacidade, aquilo que mais se sabe: **il suo** ——— **è il latino**.

Fortemènte, adv. fortemente / valorosamente / profundamente.

Fortêto, s. m. matagal.

Fortêzza, s. f. fortaleza, força, vigor, robustez / (mil.) forte, fortaleza, cidadela / reforço das velas (de navio), ——— **volante**: fortaleza voadora.

Fortíccio, (pl. -ícci) adj. acre, agro, amargo; azedo.

Fortièra, s. f. fundo marinho duro e penhascoso.

Fortificàbile, adj. fortificável.

Fortificamènto, s. m. fortificação / fortalecimento.

Fortificànte, p. pr. e adj. fortificante, que fortifica / (s. m.) o que fortifica; preparado farm. para dar vigor ao organismo.

Fortificàre, (pr. -ífico, -ífichi) v. tr. fortificar, fortalecer; corroborar, vigorizar / (pron.) fortificar-se, entrincheirar-se.

Fortificatôre, s. m. (f. -tríce), adj. e s. m. fortificador, fortificante.

Fortificativo, adj. fortificante.

Fortificaziône, s. f. ação de fortificar; fortificação, fortaleza, forte, baluarte, reduto.

Fortigno, adj. um tanto acre, de sabor forte, acre, penetrante: **odore** ———.

Fortilízio, (pl. -ízi) s. m. fortim, reduto.

Fortíno, s. m. (mil.) fortim.

Fortiòri, (a) loc. lat. **a fortiori**: com maior razão ou motivo.

Fortíssimo, adj. sup. (mús.) fortíssimo.

Fortitúdine, s. f. (lit.) fortaleza, força, valor, valentia.

Fortôre, s. m. sabor ou cheiro acre, picante, ácido, azedo.

Fortuitamènte, adv. fortuitamente, casualmente.

Fortúito, adj. fortuito, casual.

Fortúme, s. m. acidez, agrura.

Fortúna, s. f. fortuna / sorte, destino, fado; acontecimento, sucesso, aventura; **colpo di** ———: lance feliz / riqueza, haveres; **beni di** ——— / **sperare una** ———: gastar uma fortuna / **far** ———: enriquecer-se.

Fortunàle, s. m. (mar.) tempestade, tormenta.

Fortunatamènte, adv. afortunadamente, felizmente, ditosamente.

Fortunàto, adj. afortunado, feliz, ditoso, fausto, venturoso / **occasione fortunata**: ocasião feliz.

Forúncolo, s. m. furúnculo / (dim.) **furuncolêtto**.

Foruncolòsi, s. f. (med.) furunculose.

Forviàre, (pr. **forvío, forvíi**) v. desviar, afastar do caminho, apartar, desencaminhar, extraviar.

Fòrza, s. f. força, vigor / potência ativa: **il vento è una gran** ——— / **violência: cedere alla** ——— / **poder: la** ——— **duno Stato** / solidez: **la** ——— **d'un muro** / energia, atividade: **la** ——— **d'animo** / (pl.) **le forze armate**: as forças armadas / ——— **d'attrazione**: força de atração / **per amore o per** ———: de bom ou mau grado / ——— **pubblica**: polícia / valor, autoridade; **aver** ——— **di legge**: ter valor de lei (decreto, etc.) / (mec.) ——— **motrice**: força motriz.

Forzamènto, s. m. forçamento, ato de forçar.

Forzàre, (pr. **fòrzo**) v. forçar, coagir, constranger, violentar; obrigar; ——— **la voce**: forçar a voz; ——— **la porta**: arrombar a porta.

Forzatamènte, adv. forçadamente; de modo forçado, violentamente.

Forzàto, p. p. e adj. forçado, obrigado, constrangido, compelido / (s. m.) forçado, condenado a trabalhos forçados, presidiário.

Forzatôre, s. m. (f. -tríce) forçador, aquele que força.

Forzière, s. m. cofre, caixa forte ou de ferro; escrínio.

Forzôso, adj. forçoso; obrigatório por efeito de lei; **corso** ——— **dei biglietti di banca**: papel-moeda de curso forçoso.

Forzúto, adj. forçudo, forte, robusto.

Foscamènte, adv. escuramente.

Foschía, s. f. neblina, embaçamento / caligem, tempo caliginoso.

Fôsco, (pl. **fôschi**) adj. escuro, fosco, embaçado; nebuloso, caliginoso; **notte fosca**: noite tenebrosa / **aspetto** ———: semblante sombrio / sombrio, triste, tétrico: **pensieri foschi**.

Fosfàto, s. m. fosfato.

Fosfaturía, s. f. (med.) fosfaturia, perda de fosfato pela urina.

Fosfène, (pl. -èni) s. m. fosfeno.

Fosfína, s. f. (quím.) fosfina.
Fosfíto, s. m. (quím.) fosfito.
Fosforeggiàre, (pr. -èggio, -èggi) v. intr. fosforear, brilhar como o fósforo; fosforescer.
Fosforescènte, adj. fosforescente.
Fosforescènza, s. f. fosforescência.
Fosfòrico, (pl. -òrici) adj. fosfórico.
Fosforísmo, s. m. (med.) fosforismo, intoxicação causada pelo fósforo.
Fòsforo, s. m. fósforo / (fig.) cérebro, talento, inteligência.
Fosforôso, adj. (quím.) fosforoso.
Fosfúro, s. m. (quím.) fosfureto.
Fosgène, s. m. (quím.) fosgênio / gás lacrimogêneo e asfixiante.
Fòssa, s. f. fossa, cova, cavidade / cova, sepultura / (anat.) **fosse nasali**: fossas nasais / (dim.) **fossètta, fossettína, fossicèlla, fosserèlla, fossicína**; (aum.) **fossòna**.
Fossàto, s. m. fossado, fosso; vala, valeta, rego.
Fossètta, s. f. (dim.) fossinha, fossinho / ———— **del mento**: fossa no queixo ou na face, covinha.
Fòssile, adj. fóssil / **carbon** ————: hulha, carvão-de-pedra / (s. m. pl) **i fossili**: os fósseis.
Fossilizzàre, v. tr. fossilizar / (pr.) fossilizar-se, deter-se em idéias atrasadas.
Fossilizzaziòne, s. f. fossilização.
Fòsso, s. m. fosso / cavidade na terra rodeando fortificações / **saltare il** ————: decidir-se a fazer algo difícil ou desagradável / (aum.) **fossòna, fossòne**.
Fossòre, s. m. (hist.) coveiro, enterrador das catacumbas.
Fòto, s. f. (neol.) foto, fotografia; **una** ————: uma fotografia.
Fotocalcografía, s. f. fotocalcografia.
Fotocèllula, s. f. fotocélula, célula fotoelétrica.
Fotoceràmica, s. f. (téc.) fotocerâmica.
Fotochímica, s. f. fotoquímica.
Fotochímico, (pl. -imici) adj. fotoquimico.
Fotocollografía, s. f. fotocolografia, processo de reprodução fotomecânica.
Fotocromía, s. f. fotocromia.
Fotocromolitografía, s. f. fotocromolitografia.
Fotocrònaca, s. f. crônica dos jornais por meio de fotografias.
Fotoelettricità, s. f. fotoeletricidade.
Fotoelètrico, adj. fotoelétrico.
Fotolísmo, s. m. atração de certas plantas e animais para as fontes luminosas.
Fotofobía, s. f. (med.) fotofobia, horror à luz.
Fotogènesi, s. f. fotogênese.
Fotogenètico, (pl. -ètici) adj. fotogenético.
Fotogenía, s. f. fotogenia.
Fotografàre, (pr. -ògrafo), v. tr. fotografar, reproduzir pela fotografia, retratar.
Fotografía, s. f. fotografia.
Fotograficaménte, adv. fotograficamente.
Fotogràfico, (pl. -àfici) adj. fotográfico.
Fotògrafo, s. m. (f. -ògrafa) fotógrafo.
Fotogràmma, (pl. -àmmi) fotograma.
Fotogrammetría, s. f. fotogrametria.
Fotoincisiòne, s. f. fotogravura.
Fotoincisòre, s. m. fotogravador.
Fotolitografía, s. f. fotolitografia.
Fotomeccànico, (pl. -ànici) adj. fotomecânico.
Fotometría, s. f. fotometria.
Fotomètrico, (pl. -ètrici), adj. fotométrico.
Fotòmetro, s. m. fotômetro.
Fotomontàggio, s. m. vinheta a mosaico feita juntando várias peças fotográficas.
Fotòne, s. m. fóton, cada corpúsculo que forma a energia de um raio luminoso.
Fotoritôcco, (pl. -ôcchi) s. m. retoque fotográfico.
Fotoscultúra, s. f. fotoescultura.
Fotosfèra, s. f. fotosfera, superfície luminosa do sol.
Fotosíntesi, s. f. (bot.) fotossíntese, ação bioquímica da luz nas plantas.
Fototattísmo, s. m. fotoctatismo, reação dos órgãos vegetais sob a influência da luz.
Fototerapía, s. f. fototerapia.
Fototipía, s. f. fototipia.
Fototropísmo, s. m. (bot.) fototropismo; fototaxia.
Fotozincotipía, s. f. fotozincotipia.
Fôtta, s. f. (vulgar e chulo) raiva, ira, irritação.
Fôttere, v. (vulgar e chulo, no pr. e no fig.) embrulhar, enganar, embair, engabelar.
Fottúto, adj. (vulg. chulo) embaído, embrulhado, enganado.
Fovílla, s. f. (bot.) fovila, essência volátil do pólen.
Fra, prefixo, duplica a consoante inicial da palavra a que se junta: **fra porre, frapporre** / fra, prepos.: entre, dentro de / **fra me e te**; entre mim e você / **stringere** ———— **le braccia**: apertar entre os braços / ———— **i fiori**: entre as flores / ———— **un anno**: dentro de um ano / ———— **l'altro**: entre outras coisas.
Fra, apóc. de **frate**, frei; **f Galdino**: Frei Galdino.
Fracassaménto, s. m. quebramento, ruptura, destruição, despedaçamento.
Fracassàre, (pr. -àsso) v. tr. fracassar, despedaçar com estrépito; romper, quebrar; reduzir a cacos alguma coisa, golpeando-a violentamente / **le ossa a uno**: sovar a paulada alguém.
Fracassatôre, adj. e s. m. rompedor, quebrador, despedaçador.
Fracassío, s. m. estrondo, ruído continuado.
Fracàsso, s. m. fracasso, estrondo de coisa que se parte ou cai; rumor intenso / grande quantidade de coisa: **c'èra un** ———— **di gente** / **a** ————: com fúria.
Fracassòne, s. m. (f. -òna) quebrador / pessoa ruidosa, barulhenta.
Fracche, s. m. (tosc.) fraque.
Fràcco, (pl. -chi) s. m. porção de pauladas, etc. **un** ———— **di legnate**: uma sova.
Fracidiccio, (pl. -icci) adj. um tanto passado / um tanto podre.

Fracurràdo, (ant.) s. m. fantoche de madeira ou de trapos, sem pés.
Fràdico, (pop. p. us.) e **fràdício** (pl. m. **fràdici** e f. **fràdicie**) adj. molhado: **bagnato** ————: bastante molhado / ensopado em água, em chuva / **briaco** ————: inteiramente embriagado / podre; **frutta fradicie**: frutas podres.
Fradiciúme, s. m. podridão / lugar muito úmido.
Fràgile, adj. frágil, quebradiço; pouco resistente; delgado, débil, delicado / caduco, efêmero: **speranze fragili** / que está sujeito a erros ou a culpas.
Fragilità, s. f. fragilidade / instabilidade.
Fragilmènte, adv. fragilmente, debilmente.
Fràglia, (ant.) s. f. confraria.
Fragmênto, v. frammento.
Fràgola, s. f. morango; (dim.) **fragolètta, fragolína**.
Fragolàia, s. f. morangal.
Fragolàio, (pl. -ài) s. m. vendedor de morangos.
Fragolàta, s. f. refeição abundante de morangos.
Fragolêto, s. m. (p. us.) morangal.
Fragôre, s. m. fragor, ruído, estrondo.
Fragorosamênte, adv. fragorosamente, ruidosamente.
Fragoròso, adj. fragoroso, ruidoso, estrondoso.
Fragrànte, adj. fragrante, perfumado, odorífero.
Fragrànza, s. f. fragrância, perfume, aroma.
Fragràre, v. tr. (p. us.) exalar perfume agradável.
Fràina, s. f. (bot.) trigo sarraceno, fagópiro.
Fraintèndere, (pr. -èndo) v. entender mal ou ao contrário: **fraintendi ogni mia parola**.
Fràle, adj. (poét.) frágil, delicado / (s. m. lit.) o corpo humano.
Fralêzza, s. f. (poét.) fragilidade, debilidade.
Fràmea, s. f. frâmea, espécie de lança entre os antigos germanos.
Framezzàre, (v. **frammezzare**) v. tr. intrometer.
Frammassône, s. m. mação.
Frammassonería, s. f. maçonaria, franco-maçonaria.
Frammentàrio, (pl. -àri) adj. fragmentário.
Frammentàto, adj. fragmentado.
Frammentìsta, (pl. -ísti) s. m. fragmentista; pessoa que escreve fragmentos.
Frammênto, s. m. fragmento, pedaço de coisa que se partiu ou rompeu / fração / trecho extraído dum livro, dum discurso, etc.
Frammescolàre, (pr. -êscolo) v. misturar com uma ou mais coisas.
Frammêsso, p. p. e adj. interposto; intrometido / (s. m. pl.) (gastr.) pratos do meio, guisados (fr. **entremets**).
Frammettènte, adj. (p. us.) intrometido.
Frammèttere, (pr. -ètto) v. intrometer, interpor / (pr.) intrometer-se.
Frammezzàre, (pr. -èzzo) v. tr. interpor; por entre, meter de permeio; intrometer; introduzir, insinuar.
Frammèzzo, prep. (p. us.) entre, dentro.
Frammischiàre, (pr. -íschio, -íschi) v. tr. misturar, juntar coisas diferentes; entremear.
Fràna, s. f. desmoronamento.
Franàre, (pr. **fràno**) v. desmoronar, ruir; demolir, derrubar.
Francàbile, adj. franqueável.
Francamênte, adv. francamente.
Francàre, (pr. **frànco, frànchi**) v. franquear, tornar franco ou livre, libertar / selar a correspondência / **non franca la spesa**: não vale a pena.
Francatúra, s. f. franquia da correspondência; selagem.
Francazióne, s. f. ato ou efeito de franquear; franquia / (sin.) **affraneazióne**.
Francescanamênte, adv. franciscanamente, humildemente.
Francescàno, adj. e s. m. franciscano.
Francêsco, (pl. -êschi) adj. uma espécie de maça saborosa, de casca esverdeada / (ant.) francês.
Francescône, s. m. antiga moeda toscana do valor de cinco liras ouro.
Francêse, adj. e s. m. francês.
Franceseggiàre, (pr. -êggio, -êggi) v. intr. afrancesar-se imitando afetadamente os franceses.
Francesísmo, s. m. francesismo, galicismo / (des.) francismo.
Francesúme, s. m. (depr.) francesada, francesia, imitação servil do francês.
Francheggiàre, (pr. -êggio, -êggi) v. intr. tornar franco, tranqüilo, seguro; assegurar, animar.
Franchêzza, s. f. franqueza, sinceridade, lealdade / (ant.) franquia.
Franchía, s. f. (náut.) franquia.
Franchígia, (pl. -ígie) s. f. franquia; isenção de direitos / liberdade, concessões / navio que está desembaraçado para viagem.
Franciôso, (ant.) adj. e s. m. francês.
Frànco, (pl. -chi) adj. franco, livre, isento / (mar.) **pôrto** ————: porto livre / firme, estável ———— **di dazio**: isento de alfândega / em compos.: ———— **italiano**: franco-italiano / ———— **muratore**: mação / franco, leal, sincero, nobre; correto, seguro / (adv.) francamente / (s. m.) franco, unidade monetária da França, Suíça e Bélgica / **farla franca**, lograr ou fazer alguma coisa furtivamente.
Francobòllo, s. m. selo de correio.
Francòfilo, adj. e s. m. francófilo, amigo da França.
Francòfobo, adj. e s. m. francófobo, inimigo da França.
Francolíno, s. m. francolim, espécie de perdiz.
Francóne, adj. e s. m. francônio, relativo ou pertencente à Francônia / natural da Francônia.
Francotiratôre, s. m. (do fr.) franco-atirador, guerrilheiro.
Frangènte, s. m. (mar.) onda, vaga impetuosa / escolho, baixio, recife, quebra-mar / (pl.) (fig.) situação perigosa, apuro, aperto, transe.
Fràngere, (pr. -fràngo, fràngi) v. romper, quebrar, despedaçar, destroçar, fracionar; moer, triturar / (refl.) quebrar-se.

Frangètta, s. f. (dim.) franjinha / penteado em que o cabelo descai sobre a testa.
Frángia, (pl. **frànge**) s. f. franja, galão com fios torcidos e pendentes com que se guarnece alguma coisa / (fam.) aquilo que de falso ou exagerado se junta a uma narrativa.
Frangiàio, (pl. -ài) s. m. (f. -àia) franjeiro (f. franjeira) aquele que faz ou vende franjas.
Frangiàre, (pr. **fràngio, fràngi**) v. tr. franjar, enfeitar ou guarnecer de franjas.
Frangiatúra, s. f. ato de franjar, franjamento.
Frangibiàde, s. m. máquina trituradora de grãos e sementes.
Frangíbile, adj. frangível / frágil.
Frangibilità, s. f. frangibilidade; fragilidade.
Frangicàpo, s. m. clava, maça, usada como arma.
Frangiflútti, s. m. quebra-mar, dique.
Frangitúra, s. f. moagem (espec. das azeitonas).
Frangizòlle, s. m. (agr.) máquina para cortar o torrono; escarificador.
Frangola, s. f. (bot.) frángula, árvore da família das ramnáceas.
Fràngolo, adj. (dial.) frangível, quebradiço.
Franôso, adj. desmoronadiço: **terreno** ——.
Frantôio, (pl. -òi) s. m. lagar para a moagem das azeitonas.
Frantumàre, (pr. -úmo) v. tr. triturar, franger, despedaçar em pedaços muito pequenos; romper, fragmentar.
Frantúme, s. m. fragmento, migalha, caco, naco, estilhaço.
Fràppa, s. f. folhagem pintada ou entalhada / (ant.) franja.
Frappàre, v. tr. (p. us.) pintar, entalhar ou bordar folhagem.
Frappeggiàre, v. desenhar folhagem ou ramaria.
Frappôrre, (pr. -ôngo) v. interpor pôr entre, entremeter / (refl.) entremeter-se, interpor-se.
Frapposiziône, s. f. ato e efeito de interpor-se; interposição.
Frappôsto, p. p. entremetido, interposto.
Frasàio, (pl. -ài), s. m. aquele que forja frases sem muito nexo: frasista verboso.
Frasaiuòlo, s. m. (depr.) fraseador, frasista oco.
Frasàrio, (pl. -àri) s. m. coleção ou dicionário de modismos; frases ou palavras habitualmente empregadas por uma pessoa ou classe; linguagem, fraseologia, gíria: il —— **degli artisti**.
Fràsca, s. f. ramo, folhagem, fronde / ramo que se colocava como emblema de taberna ou albergue / maço de folhas preparado para os bichos-da-seda depositarem nele o casulo / (fig.) homem (e especialmente mulher) leviano / (pl.) vaidades, frioleiras / **saltar di palo in** ——: mudar de conversa, divagar.
Frascàta, s. f. (mil.) ramagem para camuflar estradas, baterias, posições, etc.
Frascàti, s.m. "frascati", vinho branco de Frascati, cidade do Lácio.

Frascàto, s. m. caramanchao feito d. ramaria, para reparo do sol.
Frascheggiànte, p. pr. e adj. murmurante, sussurrante.
Frascheggiàre, (pr. -êggio, -êggi) v. intr. o sussurrar, o murmurar da folhagem ou da água corrente / (fig.) coquetear, namoricar: **Mimi è una civetta che frascheggia con tutti** (da Bohéme).
Frascheggío, (pl. -íi) s. m. murmúrio, sussurro continuado de folhagem, vento ou água.
Frascheria, s. f. ornamento vão, frioleira / vaidade, capricho / bagatela, ninharia.
Fraschêtta, s. f. (dim.) ramilho / (fig.) mulher leviana, coquete / (tip.) frasqueta de prensa manual.
Fraschiêre, s. m. (mar.) esquentador dos calafates / (ant.) homem leviano.
Frasconàia, s. f. ramagem, ramaria / matagal / choça de ramos para caçadores / ornatos excessivos, frioleira.
Frascúme, s. m. ramagem, ramaria / (fig.) coisa muito enfeitada.
Fràse, s. f. frase, locução / modismo / **frasi fatte: frases feitas, lugares comuns / sono solo frasi: são tão-somente palavras ocas, palavrórios**.
Fraseggiaménto, s. m. fraseado, modo de frasear.
Fraseggiàre, (pr. -êggio, -êggi) v. intr. frascar / (mús.) dar expressão a uma frase / (s. m.) o fraseado.
Fraseggiatôre, adj. e s. m. (f. trice) fraseador / palrador, gralhador.
Frasêggio, s. m. (mús.) fraseado, modo de frasear.
Fraseologia, e frasologia, s. f. fraseologia.
Frassinèlla, s. f. (bot.) fraxinela, ditamno / (min.) arenato fino us. para limpar metais, esmaltes, etc.
Frassinêto, s. m. (bot.) freixal, bosque de freixos.
Fràssino, s. m. (bot.) freixo, árvore florestal, de madeira branca e dura.
Frastagliaménto, s. m. retalhamento, recorte / rachadura, fragosidade (de terreno).
Frastagliàto, p. p. e adj. recortado, retalhado (vestido) / desigual, rachado, fragoso, acidentado (terreno).
Frastàglio, (pl. -àgli) s. m. recorte (de vestido) / entalhe artificioso e caprichoso.
Frastornaménto, s. m. transtorno, estorvo.
Frastornàre, (pr. -ôrno) v. tr. transtornar, estorvar, perturbar, molestar / desviar de uma ocupação.
Frastornatôre, s. m. (f. -tríce) estorvador, transtornador.
Frastorníu, s. m. estorvo, transtorno continuado.
Frastôrno, s. m. transtorno, estorvo, perturbação.
Frastuòno, s. m. ruído, estrondo, estrépito, estampido / alvoroço.
Fratacchiône, s. m. (aum. e burl.) fradalhão, frade corpulento e alegre.
Fratàglia, s. f. (depr.) fradaria, fradalhada.
Fratàio, (pl. -ài) adj. fradeiro, afeiçoado aos frades.

Frataiuòlo, adj. (depr.) fradeiro, fradesco.
Fratàta, s. f. ato ou discurso de frade.
Fràte, s. m. frade, monje / (técn.) (tip.) parte de impresso que ficou em branco ou ilegível / mola do timbre dos relógios / (ant.) irmão; ———— **lupo**: irmão lobo, na linguagem humana de S. Francisco / (dim.) **fraticèllo, fratíno, fratúcolo**; (aum.) **fratône, fratacchiône, fratacchiòtto**.
Fratellàme, adj. (pej.) conjunto de irmãos, todos os irmãos.
Fratellànza, s. f. fraternidade, irmandade; liga, confraria.
Fratellàstro, s. m. irmão por parte de pai ou por parte de mãe.
Fratellêsco, (pl. -êschi) adj. (iron.) fraternal.
Fratèllo, s. m. (f. sorèlla) irmão; ———— **di latte**: irmão de leite: (fig.) companheiros inseparáveis / (dim.) **fratellíno, fratellúccio** / (aum.) **fratellône** / (pej.) **fratellàccio**.
Fratèlmo, (ant.) s. m. irmão meu.
Fratería, s. m. fradaria / convento; comunidade de frades.
Fraternàle, adj. fraterno, fraternal.
Fraternamènte, adv. fraternalmente, carinhosamente.
Fraternàre, v. intr. fraternizar.
Fraternità, s. f. fraternidade; amor ao próximo; harmonia entre os homens.
Fraternizzàre, (pr. -ízzo) v. intr. fraternizar; harmonizar-se; simpatizar; fazer causa comum.
Fratèrno, adj. fraterno, fraternal.
Fratêsco, (pl. -êschi) adj. fradeiro / fradesco (pej.).
Fratína, s. f. franja de cabelo sobre a testa / (ornit.) fradinho, rabilongo, maçarico (pássaro).
Fratísmo, s. m. fradaria.
Fratòccio, s. m. frade alegre e jovial.
Fràtria, s. f. fratria, terceira parte da tribo em Atenas.
Fratricída, (pl. -ídi) s. m. e f. fratricida.
Fratricídio, (pl. -ídi), s. m. fratricídio.
Fràtta, s. f. matagal, sarça; brenha / sebe.
Frattàglie, s. f. (pl. gastr.) miúdos de animais, fressuras: ———— **di pollo**.
Frattànto, adv. entrementes, entretanto, neste ou naquele meio tempo ou intervalo.
Frattèmpo, s. m. intervalo, tempo intermédio; **in quel** ————: naquele ínterim.
Fràtto, p. p. e adj. roto, quebrado / (mús.) modulado: **canto** ————; canto modulado.
Frattúra, s. f. fratura.
Fratturàre, (pr. -úro), v. tr. fraturar, quebrar, romper.
Fràude, (ant.), s. f. fraude.
Fraudolentemènte, adv. enganosamente, fraudulosamente, fraudulentamente.
Fraudolênto, adj. fraudulento.
Fraudolênza, s. f. fraudulência, fraude, engano, astúcia dolosa.
Fràvola (v. **fragola**), s. f. morango.
Frazionamènto, s. m. fracionamento, ato e modo de fracionar.
Frazionàre, v. fracionar; dividir; partir em frações ou fragmentos.
Frazionàrio, (pl. -àri), adj. fracionário.
Fraziône, s. f. fração, divisão, ruptura / fração, porção, fragmento / (mat.) fração, expressão numérica, quebrado / (geogr.) bairro, arrabalde, parte de uma vila ou cidade.
Freàtico, (pl. -àtici), adj. freático; **acqua freatica**: manancial, fonte ou poço natural.
Frebeliàno, adj. frebeliano, segundo o sistema educativo de Froebel.
Frêccia, (pl. -frêcce) s. f. frecha, flecha: / agulha de torre, relógio, etc. / (aut.) flecha de direção.
Frecciàre, (pr. frêccio, frêcci), v. frechar, atirar flechas / (fig.) satirizar; motejar, chasquear / pedir dinheiro emprestado.
Frecciàta, s. f. flechada / (fig.) mote pungente / **dare una** ———— **a uno**: pedir dinheiro emprestado com intenção de não o devolver.
Frecciatòre, s. m. (f. -tríce), frecheiro, atirador de frechas.
Frecciatúra, s. f. frechada.
Freddamènte, adv. friamente; sem entusiasmo.
Freddàre, (pr. frêddo), v. tr. esfriar, tornar frio, tirar o calor a / matar; ———— **uno dun colpo**: matar alguém com um tiro / (fig.) desanimar, arrefecer / (refl.) **freddarsi**: esfriar-se.
Freddêzza, s. f. frieza; frialdade / indiferença, desinteresse, descuido / desdém; falta de cordialidade ou entusiasmo.
Freddíccio, adj. friozinho; um tanto frio.
Frêddo, adj. frio; frígido / (fig.) tímido, indiferente, lento, descuidado, sem entusiasmo, apático / **Stile** ————: estilo frouxo, frio, débil, sem vida / insípido, inexpressivo / **sangue** ————: sangue frio, valor / (s. m.) frio; frigidez / **essere intirizzito dal freddo**: estar iriçado pelo frio / **non fare una cosa né caldo né** ————: encarar com indiferença uma coisa.
Freddolína, s. f. (bot.), cólquico, planta da família das liliáceas.
Freddolôso, adj. e s. m. friorento.
Freddôso, adj. (p. us.) friorento.
Freddúra, s. f. frio, frialdade, frio invernal / chiste, piada, gracejo, pilhéria, argúcia.
Freddurísta, (pl. -ísti), s. m. dizedor de chistes, motes, graças, pilhérias.
Frêga, s. f. (v. **fregola**), apetite caprichoso, antojo; desejo.
Fregàccio, s. m. (pej.) traço, risco mal feito; **far due fregacci**: riscar ou esboçar um desenho.
Fregagiône, s. f. esfregação, esfregadura; fricção.
Fregamènto, s. m. esfregação, esfrega; fricção / atrito, resistência.
Fregàre, (pr. frêgo, frêghi) v. esfregar, friccionar: **le stovigle, le casseruole**, etc. / riscar, cancelar / **fregarsi gli occhi**: esfregar-se os olhos / (vulgar) enganar, prejudicar, embair; engazopar. (brasil.); **fregarsene** (vulg.): não importar-se nada de uma coisa.
Fregàta, s. f. esfregadela, esfregão / (mar.) fragata, barco de guerra / (ornit.) fragata (ave) / (vulg.) surra / engano, prejuízo, dano; pren-

dere una ———: ser enganado, ser prejudicado.

Fregatúra, s. f. (vulg.) engano, logro; engazopamento (bras.).

Fregiamênto, s. m. (p. us.) ornato, adorno.

Fregiàre, (pr. frègio) v. tr. ornar, adornar, guarnecer, enfeitar; embelezar, aformosear, ataviar / condecorar: ——— **di medaglia.**

Frègio, (pl. -gi) s. m. adorno, enfeite, guarnição / (arquit.) friso; listra que serve de remate a uma decoração / (fig.) adorno do espírito, virtude, prenda; fama: **Achille, che di fama avea gran fregi** (Petrarca) / condecoração.

Frègo, (pl. frêghi) s. m. traço, risco de pena ou de lápis feito para cancelar, etc. / **dar di** ———: cancelar, anular e (fig.) perdoar dívidas, erros, insultos etc. / corte / (dim.) **freghêtto, freghettino.**

Frègola, s. f. desova dos peixes / (fig.) desejo veemente, cobiça, capricho, desejo, mania: **gli è venuta la ——— di darsi al teatro.**

Frèisa, s. f. vinho tinto do Piemonte.

Fremebôndo, ad. fremebundo; furibundo.

Fremènte, adj. fremente; agitado, comovido; ——— **di sdegno:** vibrando de cólera.

Frèmere, (pr. frèmo) v. intr. fremir; rugir, fremer, bramir; enfurecer-se, agitar-se (o mar, o povo, a selva, etc.).

Fremíre, (ant.) v. fremir.

Frèmito, s. m. frêmito, estremecimento, tremor; bramido / murmúrio, sussurro.

Fremàbile, adj. refreável; coercível; domável.

Frenàre, v. tr. (pr. frêno) frear, refrear; reprimir, conter, moderar, coibir / (pr.) **frenarsi:** conter-se, dominar-se.

Frenastenía, s. f. (med.) frenastenia / idiotice, imbecilidade; transtorno mental.

Frenastènico, (pl. -ènici) adj. frenastênico.

Frenàto, p. p. e adj. refreado, contido, reprimido, dominado, coibido.

Frenatôre, s. m. (f. -trìce) refreador / moderador / (ferr.) operário que trabalha nos freios das estr. de ferro.

Frenèllo, s. m. (anat.) frênulo.

Frenesía, s. f. frenesi: delírio, loucura; furor / mania, desejo veemente, capricho louco.

Frenético, (pl. -ètici) adj. frenético, delirante, arrebatado, furioso; apaixonado, entusiasta.

Freniatría, s. f. freniatria, psiquiatria.

Freniàtrico, (pl. -àtrici) adj. freniátrico.

Frènico (pl. frènici), adj. (anat.) frênico.

Frèno, s. m. freio / (fig.) governo, coibição, moderação; **scuotere il** ———: libertar-se / **stringere il** ———: apertar o freio.

Frenocòmio, (pl. -òmi) s. m. frenocômio, hospital para doenças mentais; manicômio.

Frenología, s. f. frenologia.

Frenològico, (pl. -ògici) adj. frenológico.

Frenologísta, s. m. frenologista.

Frenòlogo, (pl. -òlogi) s. m. frenólogo, frenologista.

Frènulo, s. m. (anat.) frênulo.

Frequentàbile, adj. freqüentável; que se pode freqüentar: **luogo** ———.

Frequentàre, (pr. -ènto) v. freqüentar: ——— **il teatro** / visitar / tratar com freqüência, alternar / assistir / cursar, seguir.

Frequentativo, adj. freqüentativo.

Frequentàto, p. p. e adj. freqüentado, concorrido.

Frequentatôre, s. m. (f. -trìce) freqüentador: assíduo / cliente.

Frequentazióne, s. f. (p. us.) freqüentação, freqüência.

Frequènte, adj. freqüente, continuado, repetido / **di** ———: amiúde, com freqüência; (ant.) populoso.

Frequentemènte, adv. freqüentemente; amiúde.

Frequènza, s. f. freqüência, assiduidade / concordância; concurso, multidão de gente / (rad.) freqüência de rádio-ondas.

Frequenziòmetro s. m. (eletr.) freqüencímetro.

Frèsa s. m. (mec.) engrenagem motora; fresa (bras. do it.).

Fresàre (pr. frèso) v. tr. trabalhar metais com a fresa.

Fresatrice, s. f. máquina de fresar; fresadora.

Fresatúra, s. f. ato de trabalhar com a fresa.

Frescànte, s. m. fresquista, pintor de afrescos.

Frescheggiàre, (pr. -èggio) v. intr. estar tomando o fresco.

Freschêzza, s. f. frescura, frescor / (fig.) vivacidade, viveza, agudeza, brilho, graça, ——— **di pensiero, di parole.**

Frêsco, (pl. frêschi) adj. fresco, entre frio e morno; **acqua fresca; pane** ——— / recente: **pesce** ——— / sadio vigoroso / jovem, florido, tenro / descansado: **cavallo** ——— / **giunto fresco** ———: recém-chegado / **far faccia fresca:** ser caradura, não ter vergonha / **star** ———: ficar mal, estar em maus lençóis / (iron.) **ora stiamo freschi:** agora estamos bem arranjados! (isto é, em má situação) / (s. m.) fresco, frio, suave / (fam.) **stare al** ———: estar na cadeia / **pigliare il** ———: tomar o fresco / (pint.) afresco, fresco; **dipingere a** ———: pintar no gênero afresco.

Frescòccio, adj. (aum.) bastante fresco.

Frescúra, s. f. frescura, frescor, ar fresco.

Frèsia, s. f. (bot.) frésia, planta ornamental da família das iridáceas.

Frèto, ant. (pl. -èta) s. m. mar.

Frètta, s. f. pressa, velocidade, ligeireza, rapidez; urgência, precipitação: **aver** ———: ter pressa; **in fretta e furia:** precipitadamente / **in gran** ———: a toda pressa / **chi ha** ——— **vada adagio:** devagar se vai longe.

Frettàre, v. tr. (mar.) esfregar, lavar as pontes (do navio), etc.

Frettàzza, s. f. escovão de raízes duras que se usa nos navios para esfregar.

Frettolosamènte, adv. pressurosamente, apressadamente.

Freudiàno, adj. freudiano, de Freud.
Freudísmo, s. m. freudismo; psicoanálise.
Friàbile, adj. friável; que se parte ou esboroa com facilidade.
Friabilità, s. f. friabilidade.
Fricandò, s. m. (do fr.) fricandó, variedade de assado culinário.
Fricassèa, s. f. (do fr.) fricassé, guisado de carne ou peixe / (fig.) **fare una ——— di una cosa**: reduzir a fragmentos uma coisa.
Friggere, (pr. **friggo, friggi**) v. fritar, frigir: ——— **il pesce, le uova**, etc. / **andare a farsi ———**: arruinar-se, quebrar; fracassar um negócio / **mandare alcuno a farsi ———**: mandar para o diabo / (fig.) roer-se, consumir-se de raiva, de impaciência, etc.
Friggibùco, (pl. -úchi) s. m. queixume, lamentação, jeremiada.
Friggimènto, s. m. ato de frigir.
Friggío, s. m. frigir continuado.
Friggitòre, s. m. (f. -tòra) frigidor; frigideiro / aquele que vende coisas fritas.
Friggitoría, s. f. taberna, onde se vendem frituras.
Frigidàrio, (pl. -àri) s. m. frigidário, sala para banhos frios nas termas romanas.
Frigidézza, s. f. frigidez / apatia, insensibilidade, frieza, indiferença.
Frígido, adj. frígido, frio, álgido; insensível, apático.
Frígio, adj. e s. m. frígio, relativo à Frígia / **berretto ———**, barrete frígio / idioma frígio; indivíduo natural da Frígia.
Frignàre, v. intr. choramingar; chorar intermitente e aborrecido das crianças.
Frignône, adj. e s. m. choramingueiro.
Frigo, s. m. abreviação, comumente usada, do subst. "frigorifero": frigorífero.
Frigorífero, adj. e s. m. frigorífero.
Frimàio, (pl. -ài) s. m. frimário, terceiro mês do ano, segundo o calendário da primeira república francesa.
Frinfèllo, frinfíno, s. m. vaidoso, afetado.
Fringíllidi, s. m. (pl.) ornit.) fringílidas.
Finguèllo, s. m. (ornit.) fringilo, pássaro conirrostro; **val più ——— in man che tordo in frasca**: vale mais um pássaro na mão que dois voando.
Frinire, v. fremir, sibilar, ciciar da cigarra quando canta.
Frino, s. m. (zool.) frino; espécie de aranha noturna venenosa.
Frinzèllo, s. m. costura ou remendo grosseiro / (fig.) cicatriz na cara.
Frisàre, (do fr.) v. roçar uma bola de bilhar com outra.
Friscèllo, s. m. pó da farinha que voa do moínho durante a moagem.
Frísia, (**cavallo di**) s. m. (mil.) armação de arame farpado para fortificações campais.
Friso, s. m. roçadura da bola / (loc. adv.) **di friso**: levemente de um lado.
Frisòne, adj. frisão, da Frísia.
Fritillària, s. f. (bot.) fritilária, planta das liliáceas.
Frítillo, s. m. (hist.) fritilo, copo de jogar os dados, dos antigos Romanos.
Frítta, s. f. (técn.) frita, cozimento de ingredientes com que se forma o vidro.
Frittàta, s. f. fritada, massa de ovos batidos, cozida na frigideira; fritura / **far la ———**: quebrar ovos inadvertidamente; (fig.) cometer erro irreparável, estragar alguma coisa, fazer confusão / (dim.) **frittatina**.
Frittèlla, s. f. comida ou doce semilíquidos / nódoa de unto na roupa.
Frittellêtta, frittellína, s. f. (dim.) fritadinha.
Frittellône, s. m. (f. -ôna) (aum.) grande de fritada / mancha grande de unto / pessoa que anda com a roupa suja e cheia de manchas.
Frittellôso, adj. (p. us.) besuntado de manchas ou de unto.
Frítto, p. p. e adj. frito: **pesce ———**; **patate fritte** / (fig.) **siamo fritti!** estamos fritos! / **cose fritte e rifritte**: coisas ditas e repetidas / (s. m.) fritada, fritura; frito.
Frittúme, s. m. (depr.) fritangada, fritada mal feita; fritalha (lus.).
Friulàno, adj. e s. m. friulano, do Friul (it. **Friuli**).
Frivolamènte, adv. frivolamente.
Frivoleggiàre, (pr. -èggio, -èggi) v. ocupar-se em frivolidade: perder tempo em frioleiras.
Frivolêzza, s. f. frivoleza, frivolidade, frioleira.
Frívolo, adj. frívolo / vão / fútil, leviano, volúvel / (sin.) **leggero, vano, futile**.
Frizióne, s. f. fricção, esfrega; mensagem / (mec.) mecanismo de fricção.
Frizzànte, p. p. e adj. picante, que pica, que excita o paladar: **acqua minerale, vino ———** / **vento ———**: vento pungente / mordaz: **motto ———**: dito mordaz, malicioso / agudo, chistoso, espirituoso.
Frizzàre, v. picar, pungir, arder, prurir: **il sapone fa ——— gli occhi** / **vino che frizza**: vinho picante.
Frizzo, s. m. sabor picante / (fig.) chiste, piada, dito mordaz, picante, satírico.
Frobeliàno, adj. froebeliano.
Fròda, (ant.) s. f. fraude, engano.
Frodàbile, adj. fraudável.
Frodàre, (pr. **-fròdo**) v. fraudar, burlar, enganar; defraudar; contrabandear.
Frodatòre, s. m. (f. -**trice**) fraudador; defraudador / contrabandista.
Fròde, s. f. fraude, dolo, engano, burla, trapaça.
Fròdo, s. m. contrabando, fraude para escapar à alfândega; **cacciatore di ———**: caçador furtivo.
Frodolènto, (v. **fraudolento**) adj. fraudulento.
Frògia, (pl. **fròge**) s. f. narina do cavalo.
Frollamènto, s. m. amolecimento da carne; maceração.
Frollàre, v. intr. amolecer, amaciar, abrandar carnes, pescado, aves, etc.; **frollare molto**: macerar; mortificar.
Frollatúra, s. f. amolecimento, amaciamento, maceração.
Fròllo, adj. mole, macio, brando; **pasta frolla**: massa doce e tenra, que se

desfaz na boca / (fig.) fraco, esgotado, cansado, indeciso; moleirão, gasto.

Frômba, frômbola, s. f. funda (ap. de lançar pedras ou balas).

Frombolàre, (pr. frômbolo), v. arremessar pedras com a funda.

Frombolière, s. m. fundibulário, fundeiro, soldado armado de funda.

Frônda, s. f. fronde; ramo, folha / (hist.) fronda, partido político; francês contra o governo de Mazzarino; "un venticel di fronda, spirò questo mattin, -pare che rumoreggi, -contro del Mazzarin / "un vent de Fronde s'est levé ce matin- je crois qu'il gronde- contre le Mazzarin" (Dumas) / vento di ——: ar de rebelião, de oposição.

Frondàio, s. m. montão de folhas secas acumuladas pelo vento.

Frondeggiànte, p. pr. e adj. frondejante, frondoso.

Frondeggiàre, (pr. -êggio, -êggi) v. frondejar, encher-se de ramos ou folhas; enramar-se, frondescer.

Frondènte, adj. (lit.) frondente, frondoso; copado.

Frondìre, (pr. -ísco, -ísci) v. frondejar, frondear.

Frondista, s. m. frondista, partidário da Fronda / pessoa que faz oposição ao governo; rebelde.

Frondosità, s. f. frondosidade / (fig.) abundância exagerada de ornamentos em uma obra de arte.

Frondôso, adj. frondoso, copado, espesso / (fig.) cheio de enfeites e pobre de essência.

Frondùto, adj. frondoso.

Frontàle, adj. frontal: **osso** —— / (mil.) **attaco** ——: ataque frontal / (s. m.) ornamento que se usa sobre a fronte / rédea que passa pela testa do cavalo / (arquit.) ornato da fachada de um edifício.

Frontalìno, s. m. (arquit.) a parte da escada que sustenta os degraus.

Frònte, s. f. e m. (p. us.) (anat.) fronte; a testa; **corrugare la** ——: franzir a fronte / cabeça; **chimare la** ——: abaixar a cabeça / frontaria, frente, fachada da casa / —— **della casa** ——: frente, fachada da casa / —— **di battaglia**: frente de batalha / união de partidos; —— **popolare**: frente popular / **far** ——: fazer frente, opor-se / **di fronte**: de frente, em frente / **fronte a** ——: fronte a fronte, face a face.

Fronteggiàre, (pr. -êggio, -êggi) v. tr. frontear, estar defronte; defrontar; estar em frente; **la mia casa fronteggia la stazione**: minha casa está em frente à estação.

Frontespízio, (pl. -ízi) s. m. frontispício; rosto de um livro; fachada, frontaria (de edifício).

Frontièra, s. f. fronteira, linha divisória entre dois países; limite, confim / baliza, fim.

Frontìno, s. m. cabelo postiço para cobrir a fronte / testeira, parte da cabeçada que circunda a cabeça da cavalgadura.

Frontista, (pl. -ísti) s. m. (for.) proprietário de terras situadas defronte a rios ou estradas.

Frontône, s. m. (arquit.) ——, ornato arquitetônico, da frente de um edifício, da porta, da janela, etc.

Frônza, (ant.) s. f. as primeiras folhas verdejantes do trigo.

Frônzolo, s. m. fita, tira para ornato; enfeite / (fig.) ornamento inútil de estilo, etc.; **un discorso tutto fronzoli**: um discurso cheio de frioleiras.

Fronzúto, adj. frondoso, cheio de folhas, de ramos.

Fròtta, s. f. tropel, multidão, bando, grupo de gente / **in** ——: em tropel / bando de animais / porção de coisas.

Fròttola. s. f. patranha, peta, embuste, historieta; enredo, mentira / composição popular ital. do séc. XV / (lit.) canção popular jocosa.

Frucàre, (v. frugare) v. buscar.

Fruciàndolo, s. m. vassoura de forno de pão.

Frucône, s. m. objeto que serve para rebuscar; ferro comprido e fino com que os guardas da alfândega rebuscam nos carros para descobrir contrabando.

Fruènte, p. pr. e adj. que frui, rumor de vestidos, espec. de seda / (fig.) confusão.

Frugacchiàre, (pr. -àcchio, -àcchi) v. tr. e intr. buscar, revistar, rebuscar, escarafunchar, investigar, procurar.

Frugàle, adj. frugal, moderado na alimentação; parco, modesto.

Frugalità, s. f. frugalidade, sobriedade.

Frugalmènte, adv. frugalmente, sobriamente.

Frugàre, (pr. frúgo, frúghi, frúga) v. buscar, catar, rebuscar, procurar com toda a minúcia / revistar / sondar, esquadrinhar, perquerir, examinar, indagar, investir / —— **nel passato**: respigar no passado de alguém.

Frugàta, s. f. rebusca, ato de rebuscar; rebusco.

Frugatôio, (pl. -ôi) s. m. utensílio para rebuscar; sonda / pírtiga dos pescadores para escarafunchar o fundo da água.

Frugatôre, s. m. (f. -trice) buscador, rebuscador, esquadrinhador.

Frugífero, adj. (lit.) frugífero / frutífero.

Frugívoro, adj. frugívoro, que se alimenta de frutos.

Frugnolàre, (pr. frúgnolo, frúgnoli) v. intr. caçar ou pescar com candeio / procurar com a lanterna coisas ou pessoas.

Frugnuòlo, s. m. (p. us.) candeio, archote para a pesca ou caça noturna / **andare a** ——: rondar à noite / **entrare nel** ——: apaixonar-se; cair na ratoeira.

Frugolàre, v. buscar, rebuscar, procurar, escarafunchar.

Frúgolo, s. m. rapazinho vivo e irrequieto, traquinas / homem destro e ativo / (dim.) **frugolino, frugolètto**.

Fruíbile, adj. fruitivo; aproveitável.

Fruíre, (pr. -ísco, -ísci) v. tr. (lit.) fruir, desfrutar, aproveitar, utilizar, gozar, deleitar-se.

Fruizióne, s. f. (p. us.) fruição.

Frullana, s. f. (agr.) foice para o feno / dança campestre friulana / (sin.) furlana.

Frullàre, v. esvoaçar um bando de pássaros / girar com rapidez ao redor do próprio eixo: **ruota che frulla** / bater, agitar um líquido: —— **le nuova** / ter extravagâncias, caprichos; —— **che ti frulla per il capo?**: que idéia te passa pela mente? / forçar alguém a mover-se, a agir: **ma, s'io giungo, vedi come frulli** (D'Annunzio).

Frullàto, s. m. bebida resfriada no recipiente: "frappé".

Frullíno, s. m. utensílio de cozinha para bater ovos, chocolates, etc. narceja, pequena ave pernalta.

Frullío, s. m. adejo, zumbido persistente.

Frúllo, s. m. ruído de asas; etc.

Frullône, s. m. crivo classificador, separador nos moinhos de farinha / (sin.) buratto / insígnia da Academia "della Crusca" / roda motriz do aparelho do amolador.

Frumentàceo, adj. frumentáceo.

Frumentàrio, (pl. -àri) adj. frumentário / **foro** ——: antigo mercado de cereais.

Frumentàta, (ant.) s. f. mistura de grãos.

Frumentífero, frumentífico, adj. frumentício.

Frumènto, s. m. trigo; frumento; —— **gentile**: trigo candial / (pl.) **i frumenti**: qualquer cereal.

Frumentône, s. m. maís, milho.

Frummía, (ant.) s. f. agitação, excitação, alvoroço.

Frusciàre, v. intr. farfalhar, sussurrar, murmurejar.

Fruscío, (s. m.) ruge-ruge, farfalhada, sussurro, murmúrio, cicio.

Frúscolo, s. m. fragmento, aresta de pau ou de palha; palhinha / ornato feminino para a cabeça.

Frusône, s. m. pintalhão, tentilhão (pássaro).

Frússi, (ant.) s. m. primeira (jogo de naipes).

Frústa, s. f. látego, chicote, azorrague, açoite / —— **da cucina**: batedor de cozinha, de fios de arame dobrados em forma de arco, para bater ovos, manteiga, etc. / (fig.) crítica severa; (dim.) frustino; (aum.) frustône.

Frustàgno, s. m. (v. **fustagno**) fustão, tecido grosso de algodão.

Frustàio, s. m. fabricante ou vendedor de chicotes.

Frustàre, v. tr. chicotear, açoitar, fustigar / consumir, gastar roupas, sapatos, etc. / (fig.) criticar, censurar asperamente: —— **i vizi**: fustigar os vícios.

Frustàta, s. f. lategação, chicotada / (fig.) crítica, censura, repreensão severa.

Frustato, adj. açoitado, surrado.

Frustatôre, adj. e s. m. (f. -trice) chicoteador, açoitador / fustigador.

Frustatúra, s. f. fustigadura, fustigação; surra, sova, tunda.

Frustino, s. m. chicote; látego de jóquei.

Frústo, s. m. pedaço, bocado de qualquer coisa, migalha (diz-se esp. de pão, queijo, etc.).

Frústo, adj. gasto, consumido, coçado, roto / (fig.) **è un uomo** ——: é um homem gasto.

Frustraneità, s. f. frustraneidade, vaidade, inutilidade de uma coisa.

Frustàneo, adj. (p. us.), frustâneo, frustrado, vão, inútil.

Frustràre, v. (lit.) frustrar, malograr; baldar, tornar inútil, fazer falhar.

Frútice, s. m. (bot.) frútice, arbusto, arvoreta.

Fruticôso, adj. fruticoso; frutescente.

Frútta, s. f. (pl. **frutta** e p. us. **frutte**) fruta; —— **cotta**: compota; —— **in conserva**: conserva de frutas, marmelada / —— **acerba**: fruta verde / (fig.) (pl.) surra, sova.

Fruttàio, s. m. dispensa onde se guarda a fruta.

Fruttaiuòlo, s. m. fruteiro, vendedor de frutas.

Fruttàme, s. m. frutas de várias qualidades.

Fruttàre, v. frutear, dar frutos, frutificar / frutar, produzir, render, dar utilidade, fruto ou benefício / **far** —— **il denaro**: fazer render o dinheiro.

Fruttàto, p. p. e adj. frutado, frutificado, produzido / (s. m.) produto, benefício, renda.

Fruttêto, s. m. lugar plantado a frutos; frutal, pomar.

Frutticoltôre, s. m. fruticultor.

Frutticoltúra e **frutticultúra**, s. f. fruticultura.

Fruttidòro, s. m. frutidor, duodécimo mês do calendário da primeira república francesa.

Fruttièra, s. f. fruteira, vaso para frutas.

Fruttífero, adj. frutífero, que dá frutos / proveitoso, útil: **capitale** ——.

Fruttificàre, (pr. -ífico, ífichi) v. frutificar.

Fruttificaziône, s. f. frutificação.

Fruttífico, adj. (p. us.) frutífero; frutificador.

Fruttivêndolo, s. m. fruteiro, vendedor de fruta.

Fruttívoro, adj. frutívoro, frugívoro.

Frútto, (pl. m. **frútti**, no sent. geral em fig. e f. **frutta**, somente as das plantas e comestíveis) s. m. fruto / fruta; **i frutti comestibili**: as frutas comestíveis / **frutti di mare**: mariscos / (fig.) utilidade, proveito, ganho, produto; **i frutti del lavoro**: os frutos do trabalho / resultado, conseqüência: **i frutti di una buona educazione**: os resultados duma boa educação / remuneração, prêmio, recompensa, vantagem / **mettere a** —— **un capitale**: pôr a render um capital / **ogni** —— **alla sua stagione**: cada coisa em seu tempo.

Fruttuosamènte, adv. frutuosamente; proveitosamente.

Fruttuôso, adj. frutuoso, frutífero; proveitoso, profícuo.

F.S., abr. **Ferrovia dello Stato**: ferrovia do Estado.

Ftaleína, s. f. (quím.) ftaleína.

Ftàlico, (pl. -ci) adj. (quím.) ftálico.

Ftiríasi, s. f. (med.) ftiríase.

Ftisuría, s. f. ftisúria.
Fu, voz do v. **essere** (ser) foi / adj. finado; **Michele Mancini del fu Pasquale**: M. Manc. filho do finado Pascoal.
Fucàcee, s. f. pl. (bot.) fucáceas, algas.
Fucàto, adj. (lit.) adornado com pomadas, etc. (ant.) fingido, artificioso, adulterado.
Fucilàre, (pr. -ílo) v. fuzilar; —— **un traditore**: fuzilar um traidor.
Fucilàta, s. f. tiro de fuzil ou espingarda / fuzilada, descarga de muitas espingardas.
Fucilatôre, s. m. fuzilador.
Fucilaziône, s. f. fuzilação, ato de fuzilar, fuzilamento.
Fucíle, s. m. fuzil, carabina, espingarda.
Fucilería, s. f. fuzilaria, tiroteio de espingardas.
Fucilièra, s. f. seteira, abertura nas muralhas para atirar com o fuzil.
Fucilière, s. m. fuzileiro, soldado armado de espingarda.
Fucina, s. f. frágua, forja, fornalha; oficina do ferreiro; (fig.) lugar onde se maquina alguma coisa: —— **di menzogne**: forja de mentiras / (dim.) **fucinètta**.
Fucinàre, v. tr. forjar, compor, formar, preparar, fabricar / maquinar, planear, forjicar.
Fucinatôre, s. m. (f. -tríce) forjador.
Fucinatúra, s. f. forjadura, forjamento.
Fúco, (pl. **fúchi**) s. m. (ent.), zangão, macho da abelha / (bot.) fuco, alga marinha.
Fúcsia, s. f. (quím.) fucsina.
Fúga, s. f. fuga, ato de fugir / escape: —— **di gás, di vapore** etc. / (mús.) fuga: —— **di Bach** / fenda por onde escapa um gás ou líquido / fileira, série continuada de arcos, de salas, etc. / **una** —— **di stanze**: uma sucessão de salas / **di fuga**: apressadamente.
Fugàce, adj. fugaz, que foge, que passa com rapidez; transitório, passageiro, efêmero; precário.
Fugacemênte, adv. fugazmente.
Fugacità, s. f. fugacidade / caducidade.
Fugàre, v. tr. por em fuga, afugentar, desbaratar; (des.) fugar.
Fugàto, p. p. afugentado / (s. m.) (mús.) fugato, movimento musical que tem as características da fuga, mas sem a sua estrutura rígida.
Fugatôre, adj. e s. m. (f. -tríce) que põe em fuga; afugentador.
Fuggènte, p. p. e adj. fugente, fuginte; fugido, fugitivo; **attimo** ——: instante fugaz.
Fuggévole, adj. fugidio, fugidiço, efêmero, fugaz, passageiro.
Fuggevolêzza, s. f. fugacidade, fuga, rapidez.
Fuggevolmênte, adv. fugazmente.
Fuggiàsco, (pl. -àschi) adj. fugitivo / prófugo, exilado.
Fuggíbile, adj. (p. us.) evitável.
Fuggifatíca, s. m. folgaz, mandrião, ocioso, preguiçoso.
Fuggifúggi, s. m. fugição, fuga, fugida desordenada; **fu un** —— **generale**: pernas, para que vos quero!
Fuggimênto, s. m. fugimento, fuga, ato de fugir.

Fuggíre, (pr. **fúggo, fúggi, fúgge**) v. fugir, escapar, correr; —— **come il vento**: fugir, correr como o vento / —— **in disordine**: escapar desordenadamente / transcorrer, passar; **il tempo fugge**: o tempo voa.
Fuggíta, s. f. fuga, fugida; partida repentina; evasão.
Fuggitívo, adj. fugitivo, prófugo, foragido / fugaz, transitório.
Fúio, (ant.) adj. e s. m. ladronesco; ladrão / negro, escuro, oculto: **avarazia fuia**.
Fúlcro, s. m. (mec.) fulcro, ponto de apoio da alavanca; sustentáculo, amparo.
Fulgènte, p. pr. e adj. fulgente, brilhante, resplandecente, fúlgido.
Fúlgere, (pr. **fúlgo, fúlgi**) v. intr. fulgir, fulgurar, brilhar, resplandecer.
Fulgidêzza, s. f. fulgor, brilho, resplendor.
Fulgidità, s. f. (p. us.) fulgência, fulgor.
Fúlgido, adj. fúlgido, fulgente, brilhante.
Fulgôre, s. m. fulgor, resplendor; brilho; clarão, lume, luzeiro.
Fúlgure, (ant.) s. m. raio.
Fuliggine, s. f. fuligem / (agr.) enfermidade dos cereais.
Fuligginôso, adj. fuliginoso, que tem fuligem; denegrido pela fuligem.
Fulmicotône, s. m. fulmi-algodão, explosivo; algodão-pólvora.
Fulminànte, p. pr. e adj. fulminante / **un colpo** ——: um golpe fulminante, inesperado / **cotone** ——, algodão-pólvora / mortal: **polmonite** —— / (s. m.) fósforo de madeira / cápsula de fuzil antigo.
Fulminàre, (pr. **fúlmino**) v. fulminar, ferir com o raio / lançar raios, fazer explosão, detonar, explodir / fulminar, romper em impropérios contra, invectivar, apostrofar.
Fulminatôre, adj. e s. m. (f. -tríce) fulminador.
Fulminaziône, s. f. (p. us.) fulminação.
Fúlmine, s. m. raio, chispa, centelha, descarga elétrica / (fig.) **i fulmini della Chiesa**: a excomunhão da Igreja / ímpeto; **fulmini oratori**: raios oratórios / **passare come un** ——: passar como um raio; **un** —— **a ciel sereno**: uma desgraça ou um acontecimento inesperado.
Fulmíneo, adj. fulmíneo, instantâneo; rapidíssimo.
Fulminío, s. m. (p. us.) chuva de raios.
Fulminoso, adj. (lit.) fulmínio, fulminante, fulminoso.
Fúlvido, adj. (p. us.) fúlgido, fulgente.
Fúlvo, adj. fulvo; tirante a ruivo; louro dourado.
Fumàbile, adj. fumável: **questo sigaro è** ——.
Fumàcchio, (pl. -àcchi) s. m. tição / fumarola, emanação vulcânica / formigação.
Fumaiuòlo, s. m. torrezinha das chaminés das casas / chaminé de forno, navio, etc.
Fumànte, p. pr. e adj. fumante, que lança fumo; fumante, fumador, que fuma.

Fumàre, v. fumar, lançar fumo, fumegar; exalar vapor / fumar; **lei fuma?**: o sr. fuma?
Fumària, s. f. fumária, planta da família das papaveráceas.
Fumaruòla, s. f. (geol.) fumarola, emanação vulcânica.
Fumàta, s. f. fumada; fumarada / fumo que se faz para sinal de rebate / (ecl.) **le fumate**: fumaradas feitas durante o conclave queimando as cédulas das votações.
Fumatôre, s. m. (f. -trice) fumador, fumante, pessoa que fuma por hábito.
Fumèa, s. f. (p. us.) fumo, fumaça, caligem; exalação de fumo, vapores, etc.
Fumeggiàre, v. intr. (pint.) fumear, fumegar / ———: encarar com indiferença uma coisa.
Fúmeo, adj. (lit.) fúmido, fumoso, fumeante.
Fumètto, s. m. licor de anis / nuvenzinha formada pelas gotas do anis derramado na água / polvilho do arroz / certo desenho de periódicos humorísticos, donde as palavras saem da boca, como nuvem de fumaça / **racconto a fumetti**: contos, histórias, etc. narrados por meio de desenhos em quadrinhos.
Fumicàre, v. intr. fumear, fumegar, fumigar.
Fúmido, adj. fúmido, fumoso, fumegante: **corrusco e ——— come i vulcani** (Carducci).
Fumigàre, (pr. **fúmigo**) v. intr. fumegar, lançar fumo; exalar vapor / defumar.
Fumigazióne, s. f. fumigação / sufumígio / defumação.
Fumista, s. f. (pl. -isti) operário que trabalha na construção ou limpeza de estufas, chaminés, etc.
Fumívoro, adj. fumívoro, que aspira fumo; **camino ———**: chaminé fumívora.
Fúmmo, (ant.), s. m. fumo.
Fúmo, s. m. fumo, fumaça / **tabacco da ———**: tabaco preparado para se fumar / (fig.) vaidade, presunção, orgulho / aparência mais que substância: **molto ——— e poco arrosto / andar in ———**: esvair, evaporar-se.
Fumògeno, adj. que deita fumo: fumígeno.
Fumosità, s. f. fumosidade.
Fumôso, adj. fumoso, cheio de fumo / vaidoso, jactancioso.
Funàio, (pl. **-ài**) **funaiuòlo**, s. m. cordeiro, fabricante ou vendedor de cordas.
Funambolêsco, (pl. -êschi) adj. funambulesco.
Funambulismo, s. m. funambulismo / (fig.) volubilidade em política.
Funàmbolo, s. m. (f. -àmbola) funâmbulo, acrobata, equilibrista / (fig.) aquele que muda facilmente de opinião ou partido.
Funàme, s. m. conjunto de cordas; cordame, cordoalha
Funàta, s. f. cordoada, golpe de corda / corda ou cadeia de presidiários / conjunto de coisas ou pessoas amarradas a uma corda.

Fúne, s. f. corda / (mar.) cabo, amarra / (dim.) **funicína**, cordinha, cordel.
Fúnebre, adj. fúnebre; **corteo ———**: cortejo fúnebre / triste, doloroso, lutuoso, lúgubre.
Funeràle, s. m. funeral, enterro.
Funeràrio, (pl. **-àri**) adj. funerário.
Funèreo, adj. funéreo, fúnebre.
Funestamènte, adv. funestamente.
Funestàre, (pr. **-èsto**) v. tr. funestar, tornar funesto, afligir, entristecer, enlutar / deslustrar, profanar, infamar, desonrar.
Funèsto, adj. funesto, mortal, fatal, sinistro / infausto, cruel, doloroso / desventurado, infeliz / danoso, nocivo, fatal, prejudicial / desastroso, ruinoso.
Fúnga, s. f. bolor de muros úmidos.
Fungàia, s. f. lugar plantado de fungos ou cogumelos / lugar úmido e cheio de bolor / conjunto de coisas crescidas rapidamente juntas: **una ——— di poetastro**.
Fúngere, (pr. **fungo**, **fúngi**, **fúnge**) v. (defec.) suprir, substituir alguém num cargo ou função; ——— **da presidente**: exercer as funções, fazer às vezes do presidente.
Funghíre, (pr. **funghísco, funghísci**) v. intr. embolar, criar mofo, bolor.
Fungíbile, adj. (for.) substituível; consumível, fungível.
Fungifôrme, adj. fungiforme.
Fungína, s. f. fungina, celulosa dos cogumelos.
Fúngo, (pl. **fúnghi**) s. m. fungo; cogumelo; tortulho, seta / ——— **mangereccio**: cogumelo comestível / **in una notte nasce un ———**: de um momento para outro pode acontecer algo inesperado / (med.) fungo, excrescência na pele em forma de cogumelo / **crescere come un ———**: diz-se de coisas feitas às pressas.
Fungosità, s. f. fungosidade / (med.) excrescência vascular na superfície das feridas.
Fungôso, adj. fungoso / mofento.
Funicolàre, s. f. funicular, sistema ferroviário nas rampas ou serras, posto em movimento por meio de um cabo.
Funícolo, s. m. (bot.) funícolo / cordão umbilical.
Funivía, s. f. funicular, tração aérea.
Funzionàle, adj. funcional.
Funzionamênto, s. m. funcionamento.
Funzionàre, (pr. **-ôno**) v. funcionar / trabalhar (uma máquina); obrar, atuar, trabalhar.
Funzionàrio, (neol.) (pl. **-àri**) s. m. funcionário, empregado público.
Funzióne, s. f. função, ação de um órgão: **funzioni mentali** / atividade de um cargo; **le funzioni di segretario** / (ecl.) cerimônia religiosa / (mat.) função / **esercitare le funzioni di**: exercer as funções de...
Fuochísta, (v. **fochista**) s. m. foguista.
Fuòco, (pl. **fuòchi**) s. m. fogo / lume: **accanto al ——— / chama, brasa / a ——— lento**: a fogo lento / incêndio: **al ———, al ———** / explosão; **far ———**: disparar, fazer fogo / (mil.)

fuoco!: fogo! armi da ———: armas de fogo / lar, casa, família; un villaggio di duecenti fuochi: uma vila de duzentos fogos ou casas / lareira / calor intenso: questo liquore mi ha messo il ——— addosso / ardor de índole ou idade; il ——— della gioventù: o fogo da mocidade / ——— di paglia: entusiasmo passageiro / a ———: por meio do fogo / fare ——— e fiamma: fazer o impossível para alcançar um fim / pigliar ———: começar a arder, e (fig.) enraivecer-se / soffiar nel ———: avivar o fogo, avivar as paixões; bollare a ———: marcar a fogo, inflamar / gettar acqua nel ———: acalmar as paixões, o entusiasmo / vigili del ———: bombeiros / farsi di ———: ruborizar-se / (dim.) fochêtto, fochettíno, focherello, focolíno; (aum.) focône.
Fuór, For, prefixos que indicam exclusão de algum lugar, cargo, etc. fuoruscíto: foragido.
Fuorchê, conj. salvo, exceto, com exceção de, menos / (prep.) tutti ——— lui: todos, menos ele.
Fuòri, prep. fora / ——— di tempo: fora de tempo / essere ——— di strada: estar fora do caminho, estar extraviado / fuor di misura: excessivo, desmedido / un luogo ——— di mano: um lugar afastado, fora de mão / ——— d'uso: desusado / essere ——— di se: estar fora de si, delirar / (esp.) fuori classe: superior; campeão absoluto; supercampeão / venire di ———: chegar de fora / da questo in fuori: exceto este / metter ——— denari: desembolsar dinheiro / il di fuori: o exterior / lasciar ———: emitir, olvidar / tagliar fuori: separar, apartar / andar fuori del seminato: sair do argumento.
Fuoribôrdo, s. m. (mar.) motor aplicado exteriormente a um barco, a um bote ou lancha, e o próprio bote / o exterior do barco sobre o nível da água.
Fuorilêgge, s. m. (neol.) foragido da justiça, fora da lei / bandido.
Fuoruscíto, s. m. desterrado, expatriado, prófugo, proscrito; foragido, refugiado político.
Fuorisàcco, s. m. pacote postal fora de mala; correio de última hora.
Fuorviàre, (v. forviare) v. desviar, desencaminhar.
Furàce, (ant.) ladrão.
Furàre, (ant.) v. roubar, furtar, saquear, rapinar.
Furbacchiône, adj. (aum.) velhaco, astuto, esperto, sabido.
Furbacchiòtto, adj. (aum. e pej.) velhacão, astuto, espertalhão, bilontra, ratão.
Furbamènte, adv. astutamente, espertamente.
Furberìa, s. f. astúcia, picardia, esperteza, manha, malícia, velhacaria, ladinice.
Furberiuòla, s. f. (dim.) astuciazinha, maliciazinha.
Furbamênte, furbescamênte, adv. astutamente, velhacamente, manhosamente.

Furbêsco, (pl. -êschi) adj. velhaguesco; finório, manhoso; gergo ———: gíria dos malfeitores.
Furbízia, s. f. malícia, ladinice, esperteza, sagacidade, prudência.
Fúrbo, adj. astuto, esperto, ladino, atilado, hábil; finório, sagaz, velhaco, ladino, sabido / (dim.) furbêtto, fubettuôlo; (aum.) furbône.
Furènte, adj. furibundo, enfurecido, furente, furioso.
Fureria, s. f. (mil.) departamento do comandante de uma companhia de soldados.
Fúretto, s. m. (zool.) furão, pequeno mamífero da família dos mustelídeos.
Furfantàggine, s. f. velhacaria, tratantice, esperteza, patifaria.
Furfantàglia, s. f. súcia, bando, malta de velhacos, de patifes.
Furfantàre, (ant.), v. entregar-se à pilhagem.
Furfànte, s. m. malfeitor, biltre, tratante, birbante.
Furfanteggiàre, (pr. -êggio, -êggi) v. intr. roubar, velhaquear.
Furfanteria, s. f. velhacaria, patifaria, ladroíce.
Furfantêsco, (pl. -êschi) adj. velhaquesco, truanesco.
Furfantíno, adj. truanesco, picaresco; lingua furfantina: gíria, calão dos malandros.
Furgône, s. m. (do fr.) furgão, carro fechado para transporte de bagagens, móveis, mercadorias, etc. / (dim.) furgoncíno.
Fúria, s. f. fúria, ira, cólera / violência, furor, ímpeto, veemência / pessoa colérica; montare su tutte le furie: enfurecer-se / mulher má, feia e desgrenhada / pressa, velocidade, diligência; ho molta ———: tenho muita pressa / in fretta e ———: arrebatadamente, apressadamente / di ———: depressa / a ——— di pregare, riusci: à força de rogar, alcançou o que queria / a ——— di popolo: por violência popular / (dim.) furiètta, furiettína; (pej.) furiàccia.
Furiàle, adj. (p. us.) de fúria, das Fúrias.
Furiàre, v. enfurecer.
Furiàta, s. f. (p. us.) ímpeto: una ——— di vento: uma rajada de vento.
Furibôndo, adj. furibundo, raivoso, furioso; iracundo, violento.
Furière, s. m. (mil.) furriel.
Furigèllo, s. m. (tosc.) casulo.
Furiosamènte, adv. furiosamente.
Furiôso, adj. furioso, violento; furibundo, enraivecido / louco / tempetuoso.
Furlàna, s. f. furlana, dança popular originária do Friúl.
Fúro, (ant.) s. m. ladrão oculto.
Furôre, s. m. furor, violência / ira extremada / ímpeto, veemência / delírio, frenesi / inspiração, excitação; ——— poético, profético / far furore una commedia; alcançar grande sucesso uma peça teatral; ——— teutonico: ímpeto bélico dos antigos teutões.
Furoreggiàre, (pr. -êggio, -êggi) v. intr. fazer furor, conseguir ótimo êxito,

despertar entusiasmo uma obra, um autor, ou um ator.

Furtivamènte, adv. furtivamente; secretamente; às escondidas.

Furtívo, adj. furtivo / oculto, secreto, feito furtivamente: **uno sguardo** ———.

Fúrto, s. m. furto, roubo; **il** ——— **violento è rapina**: o furto violento é roubo / ——— **qualificato**: roubo com agravante / **di** ———: furtivamente / (dim.) **furterèllo**.

Fusàio, (pl. -ài) s. m. aquele que faz ou vende fusos: fuseiro.

Fusaiòla, s. f. (s. m. **fusaiòlo, fusaruòlo**) fusaiolo, discozinho, com orifício central, destinado a receber a extremidade do fuso, que serve para fiar.

Fusaruòla, s. f. (arquit.) espécie de entalhes em forma de fusos.

Fusàta, s. f. fusada, porção de fio enrolado no fuso / golpe ou pancada com o fuso / cada volta do fuso, ao fiar.

Fusàto, adj. fusiforme, fuselado.

Fuscèllo, s. m. aresta, pedacinho seco de ramo, de palha, etc.: palhinha / (fig.) pessoa muito magra; (dim.) **fuscellíno, fuscellètto**.

Fusciàcca, s. f. faixa, atada à cintura, com as pontas pendentes / faixa que certos funcionários cingem quando no exercício de seu cargo.

Fusciàcco, (pl. -àcchi) s. m. pano de seda ou veludo lavrado ou bordado.

Fusèlla, s. f. instrumento de rodas para torcer cordas.

Fusellàto, adj. fuselado, afuselado.

Fusèllo, s. m. (dim.) pequeno fuso / espigão de eixo / perna sobre o qual gira uma roda / fuselo, cada um dos paus que sustêm as rodas paralelas do carrete.

Fuseragnòlo, (ant.) s. m. homem magro e comprido como um fuso.

Fusétto, s. m. estilete, punhal de lâmina fina.

Fusíbile, adj. fusível, que se pode fundir.

Fusibilità, s. f. fusibilidade.

Fusièra, s. f. (téc.) guarda-fusos, porta-fusos.

Fusifôrme, adj. fusiforme, fuselado.

Fusione, s. f. fusão, fundição / ——— **dei metalli** / (fig.) fusão, união, agregação, associação: ——— **di società, di industrie**, etc.

Fúso, p. p. e adj. fundido, derretido, liquefeito: **ferro fuso, neve fusa**.

Fúso, (pl. m. **fúsi** e f. **fúsa**) s. m. fuso / nome de vários objetos fusiformes / fuste da coluna / (geogr.) **fusi orari**: fusos horários / (mar.) a parte central da âncora / (fig.) **diritto come un** ———: pessoa de porte aprumado, ereto.

Fusolièra, s. f. barco afuselado, leve e veloz / (aer.) fuselagem dos aviões.

Fúsolo, s. m. (anat.) tíbia, canela da perna / eixo das rodas de moinho.

Fusore, s. m. (p. us.) fundidor.

Fusòrio, (pl. -òri) adj. fusório, relativo à fundição.

Fúsita, s. f. fusta, embarcação de vela, longa e chata, usada um tempo pelos piratas.

Fustàgno, s. m. fustão, pano grosso de algodão.

Fustèlla, s. f. (técn.) molde de aço que, mediante pressão, recorta peças de metal, papelão, madeira, etc.

Fusticíno, s. m. (dim.) pequeno fuste / (bot.) talo do embrião.

Fustigàre, (pr. fústigo, fústighi) v. tr. fustigar, açoitar / (fig.) censurar: ——— **i vizi**.

Fústo, s. m. (bot.) fuste, talo, tronco (das plantas) tronco ou busto humano / tronco da coluna entre a base e o capitel / armação de um objeto: **il** ——— **dei letto, del canapè**, etc. / vasilha de madeira para líquido; tonel, pipa, barril / braço de balança romana / **alberi di alto** ———: árvore de grande altura / (dim.) **fustèllo, fusticíno, fusticèllo**.

Fúta, (ant.) s. f. fuga, fugida: **la donna mia la volse in tanta futa** (Dante).

Fúta, s. m. (neol.) espécie de bata etíope, muito larga e solta.

Fútile, adj. fútil, frívolo / inútil, vão.

Futilità, s. f. futilidade, frivolidade / coisa fútil, bagatela, ninharia.

Futilmènte, adv. futilmente.

Futuramènte, adv. futuramente, no porvir.

Futurísmo, s. m. futurismo, tendência literária e artística cujo idealizador foi F. T. Marinetti, com o manifesto de 1909.

Futurísta, (pl. -ísti) s. m. futurista.

Futurístico, adj. do futurismo.

Futurizzazióne, s. f. neol. forjado pelos futuristas: adaptação ao futurismo.

Futúro, adj. futuro, que está por vir; que será num tempo que há de vir: **la vita futura** / (s. m.) futuro, o tempo que está por vir; **il** ——— **è in mano di Dio**: o futuro está nas mãos de Deus / (gram.) futuro, tempo dos verbos.

Fuzzicàre, (pr. fúzzico) v. (tr.) remexer, esgaravatar, esgravatar, remover uma coisa.

G

G (g), (pron. gi) s. m. (e f.) g, sétima letra do alf. ital., tem som palatal diante de **e, i**, e gutural diante de **a, o, u, h**.

Gabardína, (do fr.) s. f. gabardina, certo pano de lã (e também de algodão) próprio para roupas.

Gabàrra, s. f. (mar.) gabarra, barcaça.

Gabarriere, s. m. (mar.) gabarra, barcaça.

Gabarriêre, s. m. (mar.) gabarreiro, arrais de gabarra.

Gabarrôtto, s. m. gabarrote, gabarra pequena.

Gabbacristiàni, gabbadèo, gabbamôndo, s. m. trapaceiro, embrulhão, embusteiro, vigarista.

Gabbàna, v. gabbano.

Gabbanèlla, s. f. bata de médicos e enfermeiros no hospital / roupão, chambre caseiro.

Gabbàno, s. m. gabão, garnacho, sobretudo ordinário / roupão.

Gappapensièri, s. m. qualquer coisa que serve para distrair e afugentar os pensamentos molestos.

Gabbàre, v. tr. enganar, burlar, zombar, embaucar; **avuta la grazia, gabbato lo santo**: conseguido o benefício, esquecido o benfeitor / **passata la festa, gabbato lo santo**: passada a ocasião, prescinde-se dos presentes.

Gabbasànti, s. m. beato, santarrão, hipócrita.

Gabbatôre, adj. e s. m. (f. -trice) burlador, enganador, embusteiro, vigarista.

Gàbbia, s. f. jaula; ——— **delle fiere, degli accusati**: jaula das feras, dos réus / **mettere in** ———: encarcerar / ——— **di matti**: casa de gente amalucada / ——— **da imballaggio**: jaula, engradado de embalagem / (mar.) gávea; vela, plataforma / (fig.) prisão; **lo hanno messo in** ———: puseram-no na cadeia.

Gabbiàio, (pl. -ài) s. m. fabricante ou vendedor de gaiolas; gaioleiro.

Gabbianèllo, s. m. (orn.) gaivotão.

Gabbiàno, s. m. (ornit.) gaivota aquática marinha.

Gabbiàta, s. f. gaiolada, quantidade de aves contidas numa gaiola.

Gabbière, s. m. (mar.) gaveador.

Gabbionàta, s. f. gaiolada de pássaros / (fort.) gabião de pedras ou terra para defesa de um baluarte.

Gabbiône, s. m. (aum.) gaiola grande para muitos pássaros / jaula grande: **il** ——— **dei leoni** / jaula dos réus no Tribunal / gabião, cesto cheio de terra empregado na construção de parapeitos, diques e outros trabalhos de engenharia.

Gabbiòtto, s. m. (aum.) gaiola, jaula grande.

Gàbbo, (do germ.) s. m. burla, motejo, zombaria / **pigliare una cosa a** ———: burlar-se de uma coisa.

Gàbbro, s. m. gabro, rocha de cor esverdeada, divisível em lâminas brilhantes, e o terreno onde existe a mesma.

Gabèlla, s. f. (ár. "kabala") imposto, contribuição, tributo, gabela / **pensiero non paga** ———: idéia não paga tributo.

Gabellàbile, adj. que se pode ou deve taxar; tributável.

Gabellàre, (pr. -èllo) v. tr. taxar, lançar um imposto ou tributo sobre / (fig.) admitir, aceitar, acreditar; **gli gabella le sue fandonie**: admite as suas lorotas / julgar, tachar, fazer passar por: **e mi gabella per antitedesco**- perchè metto le birbe alla berlina (Giusti).

Gabellière, s. m. guarda aduaneiro às portas da cidade para cobrar o tributo; guarda-barreira.

Gabellino, s. m. guarita para abrigo do guarda-barreira / (depr.) guarda-barreira.

Gabellòtto s. m. (depr.) guarda aduaneiro; cobrador de impostos.

Gabinettísta, (pl. -ísti) s. m. funcionário do gabinete de um Ministro.

Gabinêtto, (do fr.) s. m. gabinete, sala, escritório, camarim: ——— **di toletta, di física, di lettura**, etc. / retrete, privada, reservado / (pol.) gabinete, ministério; **questione di** ———: questão de gabinete ou de confiança / **capo di** ———, chefe da secretaria particular de um ministro, etc. / ——— **da bagno**, quarto de banho.

Gadolínio, s. m. (quím.) gadolinito, silicato de cério.

Gaèlico, (pl. -èlici) adj. gaélico / **língua gaelica**: língua da Irlanda e da Escócia.

Gaetàno, adj. da cidade de Gaeta (na It. Merid.).

Gaettône, s. m. (mar.) os dois turnos de guarda, nos navios de guerra, q̇ ·e se revezam de duas em duas horas, das 16 às 20.

Gàffa, (fr. "gaffe") s. f. (mar.) gancho; (ant.) gafa / (fam.) erro, disparate, asneira; gafe.

Gaffinàre, v. tr. (técn.) purificar a prata.

Gagà, (do fr.) s. m. janota, petimetre, peralvilho.

Gagàte, (pl. -àti) gagata, azeviche.

Gaggía, s. f. (bot.) esponjeira, árvore ornamental das Mimosáceas; cachia, a flor dessa planta; mimosa, acácia perfumada.

Gàggio, (ant.) s. m. penhor / refém (mil.) soldo, vencimento dos militares.

Gagliàrda, s. f. galharda, antiga dança saltada, rápida e animada / **alla** ———: galhardamente.

Gagliardamènte, adv. galhardamente.

Gagliardêtto, s. m. galhardete; bandeirinha farpada no alto dos mastros como adorno ou sinal / bandeirinha usada como insignia de associações civis, políticas, etc.

Gagliardêzza, s. f. (p. us.) galhardia.

Gagliardía, s. f. galhardia, robustez, vigor, força / valor, brio.

Gagliàrdo, adj. galhardo, forte, robusto, vigoroso.

Gaglioffàggine, **gaglioffería**, s. f. estupidez, patifaria, poltronaria.

Gaglioffamènte, adv. bestamente, estupidamente.

Gagliòffo, adj. e s. m. poltrão, folgazão, vadio / tolo, pateta, truão / patife, velhaco.

Gàgno, (ant.) s. m. covil: **e però, bestia, ritorna nel gagno** (Pulci).

Gagnolàre, (pr. gàgnolo) v. tr. ganir (do cão, da raposa, etc.) / (fig.) gemer, queixar-se, lamentar-se.

Gagnolamênto, s. m. ganido.

Gagnolío, s. m. ganido prolongado e insistente.

Gaiamènte, adv. alegremente, festivamente, jovialmente.

Gaiêtto, (ant.) adj. pintado, manchado, salpicado: **"di quella fiera la gaietta pelle"** (Dante).

Gaiêzza, s. f. alegria, regozijo, jovialidade, jocosidade.

Gàio, (pl. -gài) adj. gaio (p. us.) jovial, alegre, divertido / claro, vistoso, prazenteiro / **la gaia scienza**: a gaia ciência / (s. m.) alegria, jovialidade.

Gaiserite, s. f. (do irlandês "geyser") geiserita, silex hidratada.

Gàla, s. f. (do fr. ant.) faixa, franja de seda, galão, etc. / gala, luxo, pompa, elegância / **mettersi in** ———: vestir-se de gala ou de cerimônia / **uniforme, carrozza, pranzo, serata di** ——— / ornamentação de bandeiras e flâmulas: ——— **di bandiere** / **parlare in** ———: falar com elegância.

Galalíte, s. f. galalite.

Galàna, s. f. (p. us.) tartaruga-marinha.

Galàno, s. m. laço ou nó elegante de fita ou faixa.

Galànte, adj. galante, atento, gentil, garboso, obsequioso: è ——— **con le signore** / **una signora** ———: uma dama elegante / **conversazione** ———: conversação distinta / elegante, gracioso, empertigado, adornado / (s. m.) galã, galanteador, namorado; janota, petimetre, amolfadinha.

Galanteggiàre, v. intr. (pr. -êggio, -èggi) galantear, cortejar, namorar.

Galantemènte, adv. gentilmente; galantemente.

Galantería, s. f. galanteria; obséquio, fineza, urbanidade, cortesia, cavalheirismo / palavras de amor, madrigal: **le disse una** ——— / galanteio, requebro, fineza amorosa / (fig.) coïsa boa e fina: **quest'uva è una** ———.

Galantína, s. f. galantina, prato de carne picada de ave, vitela, etc., coberta de gelatina.

Galantonísmo, s. m. probidade, retidão, honradez.

Galantuòmo, (pl. -uòmini) s. m. e adj. homem de bem, honrado, probo, íntegro, leal / **fra galantuomini**: entre gente de bem / modo de chamar alguém de quem não se sabe o nome: **ohí** ———!: olá, amigo! / (aum.) galantomone.

Galàssia, s. f. (astr.) galáxia, via-láctea.

Galatèo, s. m. título de um livro de mons. Giovanni Della Casa, que ensina a boa educação social, dedicado ao bispo Galeazzo de Nola / regras de boa educação / **imparare il** ———: aprender as boas maneiras / (sin.) **buona creanza, urbanità, etichetta**.

Galatíte, (o m. que galalite) s. f. galactita.

Galattagògo, (pl. -òghi) adj. e s. m. (med.) galactagogo, que aumenta a secreção do leite.

Galàttico, (pl. -àttici) adj. (astr.) galáctico, que pertence à Galáxia.

Galattíte, s. f. (miner.) galactite, pedra da cor do leite.

Galattòfago, adj. galactófago, que se alimenta de leite.

Galattòforo, adj. galactófaro, que produz o leite.

Galattògeno, adj. galactagogo, que estimula a secreção do leite.

Galattòmetro, s. m. galactômetro, instr. para medir a densidade do leite.

Galattopoièsi, s. f. galactopoese, secreção do leite.

Galattopoiètico, adj. galactopoiético.

Galattòsio, s. m. galactose, açúcar derivado da lactose.

Galattúria, s. f. galacturia, secreção de urina da cor do leite.

Galavèrna, s. f. estalactite de gelo que pende das árvores.
Galbàno, s. m. gálbano, planta da família das Umbelíferas / resina dessa planta / veste amarela e transparente dos antigos petimetres romanos.
Gálbeo, s. m. (hist.) bracelete dos triunfadores.
Gàldere, (ant.) v. gozar.
Gàlea, s. f. gálea, capacete, elmo dos antigos romanos.
Galèa, s. f. galé, embarcação de baixo bordo, de vela e remos.
Galeàre, (ant.) v. enganar.
Galeàto, s. m. e adj. galeado, que tem gálea; coberto com gálea.
Galeazza, s. f. (ant.) galeaça do século XVIII, com 3 mastros.
Galefàre, (ant.) v. burlar, zombar.
Galèna, s. f. galena, metal que é o minério de chumbo mais comum / (rád.) rudimentar ap. de rádio onde se emprega o cristal de galena.
Galènico, (pl. -ènici) adj. (med.) galênico, de Galeno; **arte galenica**: a medicina.
Galenísmo, s. m. galenismo.
Galenista, s. m. galenista.
Galeône, s. m. galeão, navio de alto bordo mercante ou de guerra.
Galeòtta, s. f. (mar.) galeota, galé de guerra dos séculos XVII e XVIII de uma só arvore, com vela latina e remo.
Galeòtto, s. m. (hist.) galé, indivíduo condenado a remar numa galé / condenado às galés, aos trabalhos forçados / homem ruim, digno das galés / **da ——— a marinaro**: para ruim, ruim e meio / (adj. e s. m.) medianeiro de amores: **galeotto fu il libro e chi lo serisse** (Dante).
Galèra, s. f. (mar.) galé, embarcação / galés (pl.), cadeia, cárcere, ergástulo / (fig.) **pezzo, avanzo di ———**: sujeito ruim, malfeitor, bandido / **questa è una ———**: vida ou trabalho moral ou materialmente insuportável.
Galèro, s. m. (hist.) casco alado de Mercúrio / gorro de pelos ou de lã grossa.
Galestrìno, adj. de terreno argiloso.
Galèstro, s. m. terreno de argila com carbonato de sal, ótimo para vinhedos.
Galigàio, (pl. -ài) (ant.) s. m. curtidor de peles.
Galilèo, adj. e s. m. galileu, da Galiléia; (hist.) Jesus Cristo; depois também os cristãos.
Galimatias, (v. fr.) s. m. galimatías, babel de palavras, discurso arrevesado e confuso; (ital.) **gergo incomprensibile**.
Gàlla, s. f. galha, excrescência do vegetal produzida pelos ataques de insetos / bolota / **essere una ———**: ser leve; (fig.) ser inconstante / (adv.) **a galla**: à superfície / **stare a ———**: flutuar, sobrenadar; (fig.) salvar-se / **rimettere a ———**: fazer flutuar novamente, desencalhar.
Gallàre, v. (p. us.) flutuar; (fig.) envaidecer-se / fecundar os ovos.
Gallastrône, s. m. galo mal castrado.
Gallàto, p. p. e adj. galado, fecundado (ovo); ensoberbecido, enfatuado.

Galleggiabilità, s. f. flutuabilidade.
Galleggiamênto, s. m. flutuação.
Galleggiànte, p. pr., ad. e s. m. flutuante: **ospedale ———**: hospital flutuante / flutuador dos hidroplanos / bóia / barco.
Galleggiàre, (pr. -èggio, -èggi) v. intr. flutuar, sobrenadar.
Gallègo, (pl. -èghi) adj. e s. m. galego, da Galiza.
Gallería, s. f. galeria; corredor com vitrinas onde estão expostos objetos de arte; coleção de quadro e estatuas: **la ——— degli Uffizi** / galeria de minas e de fortalezas / túnel / (teatr.) **ultima galleria**: galeria, o lugar mais alto e de preços mais baixos de um teatro; galinheiro (bras.).
Gallerône, s. m. (p. us.) frango velho / galo mal castrado.
Gallêse, adj. e s. m. galês, do país de Gales / a língua céltica dessa região; gaélico.
Gallêtta, adj. de uva de bagos compridos e curvos na ponta / (s. f.) biscoito redondo e achatado.
Gallettàme, s. m. produto inferior obtido dos casulos defeituosos.
Gallètto, s. m. (dim.) galo pequeno, galarote / **fare il ———**: empoar-se, levantar a crista / (mec.) porca com duas asas, para se girar à mão.
Gallïàmbo e gallogïàmbo, s. m. e adj. metro grego e latino, usado nos hinos religiosos pelos Galos.
Gàllica, s. f. (técn.) pua para furar a madeira, usada pelos carpinteiros.
Gallicanísmo, s. m. (rel.) galicanismo.
Gallicàno, adj. galicano, diz-se da antiga Igreja Francesa e de tudo que lhe concerne.
Gallicínio, s. m. galicínio; canto do galo; hora matutina em que o galo canta.
Gallicísmo, s. m. galicismo; francesismo.
Gallicizzare, v. empregar galicismos; imitar ou remedar os costumes franceses.
Gàllico (pl. gàllici), adj. gálico / (quim.) **àcido ———**: ácido gálico.
Gallína, s. f. galinha / **——— faraona**: galinha-d'angola / (fig.) **raspatura di ———**: escrito pouco legível / **venire la pelle di ———**: sentir arrepios por medo ou frio / **——— che canta ha fatto l'uovo**: quem mais grita, geralmente é o maior culpado.
Gallinàccio, (pl. -àcci) peru / cogumelo comestível dos Agáricos.
Gallinàceo, adj. e s. m. galináceo.
Gallinàio, (pl. -ài) galinheiro, poleiro / vendedor de galinhas.
Gallinèlla, s. f. (dim.) pequena galinha / galinhola; galinha-d'água / (astr.) **gallinelle**: nome que o povo dá à constelação das Plêiades.
Gàllio, s. m. (quim.) gálio.
Gàllo, s. m. (ornit.) galo / **——— d'India**: peru comum / **——— cedrone**: galo silvestre, alpino / **fare il ———**: levantar a crista, bancar o orgulhoso / bandeirinha nas torres / (dim.) **gallètto, gallettíno**.

Gàllo, adj e s. m. galo, da Gália (ant. nome da França); gaulês / sacerdote de Cibele.
Gallòccia, s. f. (mar.) galocha, peça metálica de bordo de navio.
Gallofobía, s. f. (lit.) galofobia, francofobia.
Gallòfobo, adj. e s. m. galófobo, francófobo.
Gallomanía, s. f. (lit.) galomania.
Gallonàio, (pl. -ài) s. m. fabricante ou vendedor de galões e passamanes; passamaneiro.
Gallonàre, (pr. -ôno) v. tr. adornar, guarnecer com galões; galonar, agaloar.
Gallonàto, p. p. e adj. galonado, agaloado / dourado; **ignoranza, viltà gallanata**: ignorância, vileza honrada com títulos e riqueza.
Gallône, s. m. galão, tira para debruar ou enfeitar: **galloni di sergente, d'ufficiale** / galão, medida de capacidade.
Gallonèa ou **vallonèa**, s. f. espécie de carvalho cuja bolota se emprega na curtidura de peles.
Gallòria, s. f. alegria, alvoroço, júbilo, regozijo.
Galloriàre, v. intr. alegrar-se, regozijar-se; farrear (bras.).
Gallòzza, s. f. galha, cecidia / bolha na pele por efeito de queimadura / bolha na superfície de um líquido.
Gallúto, adj. (mar.) barco de popa muito alta.
Galluzzàre, v. alegrar-se, divertir-se.
Galoppànte, p. pr. e adj. galopante.
Galoppàre, (pr. -òppo), v. galopar / (fig.) correr, andar muito depressa.
Galoppàta, s. f. galopada; corrida a galope.
Galoppatôio, (pl. -ôi) s. m. picadeiro / passeio reservado aos ginetes.
Galoppatôre, s. m. (f. -tríce) galopeador.
Galoppíno, s. m. recadeiro, correio ao serviço de alguém / ——— **elettorale**: galopim.
Galòppo, s. m. galope, a carreira mais rápida de alguns animais, esp. do cavalo / **a gran** ———: correndo com velocidade.
Galòscia, (v. **caloscia**) s. f. galocha.
Galúppo, (ant.) s. m. indivíduo ao séquito de soldados para tomar conta das bagagens e fazer outros serviços.
Galvànico, (pl. -ànici) adj. galvânico.
Galvanísmo, s. m. galvanismo.
Galvanizzaménto, s. m. galvanização.
Galvanizzàre, (pr. -ízzo) v. tr. (eletr.) galvanizar, eletrizar / (fig.) sacudir, despertar, reanimar excitar / **voler ——— un cadavere**: fazer coisa inútil.
Galvanizzazióne, s. f. galvanização.
Galvàno, s. m. clichê galvanoplástico; estereótipo.
Galvanocaustica, s. f. (med.) galvanocáustica.
Galvanocautèrio, (pl. -èri) s. m. galvanocautério.
Galvanocromía, s. f. galvanocromia.
Galvonolísi, s. f. (med.) galvanólise.
Galvanòmetro, s. m. galvanômetro.

Galvanoplàstica, s. f. galvanoplástica ou galvanoplastia.
Galvanoplàstico, (pl. -àstici) adj. galvanoplástico.
Galvanoscòpio, (pl. -òpi) s. m. galvanoscópio.
Galvanostegía, s. f. galvanoplastia.
Galvanotècnica, s. f. galvanotecnia.
Galvanotipía, s. f. galvanotipia.
Galvanotropísmo, s. m. galvanotropismo.
Gàmba, s. f. perna / pé de mesa, cadeira, etc. / haste de letra / cauda das notas musicais / aptidão para caminhar; **ha buone gambe**: tem boas pernas / **darsela a gambe**: fugir, escapar / **non reggersi in gambe**: estar muito fraco / **non aver più gambe**: estar cansadíssimo / **essere in** ———: estar forte, vigoroso / **raccomandarsi alle gambe**: fugir / **fare il passo secondo la** ———: gastar conforme as próprias possibilidades / **raddrizzar le gambe ai cani**: meter-se a fazer coisas impossíveis / **stendere le gambe**: estender as pernas; (fig.) morrer, esticar os cambitos / (dim.) **gambina, gambêtta, gambúccia** / (aum.) **gambôna, gambône**.
Gambacorta, s. m. (fam.) coxo; manco, manquitola / **l'ultimo a comparire fu** ———: dito irônico referente a quem chega por último numa reunião.
Gambàle, s. m. cano das botas; polaina / forma para o cano da bota / armação de ferro da perna.
Gambàta, s. f. pernada, golpe com a perna / (fig.) **dare la** ———: levar vantagem.
Gamberàna, s. f. rede quadrada para a pesca de crustáceos.
Gamberêssa, s. f. fêmea do caranguejo, caranqueja.
Gâmbero, s. m. caranguejo / ——— **di mare**: camarão / lagosta / (iron.) **progredire come i gamberi**: atrazar-se, recuar, retrogradar / (sin.) **granchio**.
Gamberône, s. m. caranguejo grande.
Gambêtta, s. f. (dim.) perninha, pequena perna / (ornit.) espécie de garça.
Gambettàre, v. intr. (pr. -êtto) pernear, espernear.
Gambêtto, s. m. pé ou sustentáculo de um objeto / cambapé; (pop.) rasteira; **dare il** ———: dar uma rasteira; (fig.) enganar, lograr, levar vantagem sobre alguém por meio de astúcia.
Gambièra, s. f. armadura de ferro ou couro para defesa da perna / polaina.
Gambítto, (ou **gambetto**) s. m. gambito, no jogo de xadrez.
Gàmbo, s. m. (bot.) caule, pecíolo, talo, pedúnculo.
Gambúgio, (ant.) s. m. repolho.
Gambúto, adj. que tem talo, taludo (bot.) que tem muito talo, taludo / que tem pernas altas, pernalta.
Gamèlla, s. f. (mil.) gamela, marmita em que os soldados comem o rancho.
Gamellíno, s. m. gamela metálica para o rancho dos marinheiros.
Gamète, s. m. gameta, célula reprodutora.

Gàmma, s. f. gama, 3ª letra do alf. grego / (mús.) escala, sucessão de sons de uma escala musical / (pint.) ——— **cromática**: gradação de matizes de uma cor / séries de idéias, teorias; etc.

Gammàto, adj. gamado, em forma de gama / **croce gammata**: cruz gamada.

Gamopètalo, adj. (bot.) gamopétalo, monopétalo, simpétalo.

Gamúrra, (ant.) s. f. veste antiga de mulher.

Gàna, (ant. do esp.) s. f. gana, vontade / **di** ———: com vontade.

Ganàscia, (pl. -àsce) s. f. queixo, maxila; face; **dimenar le ganasce**: comer / **mangiare a quattro ganasce**: comer muito; (fig.) ganhar bastante / (mec.) tenazes do torno ou de outro instrumento de apertar.

Ganascíno, s. m. dim. de ganascia; **prendere per il** ———: acariciar pegando com dois dedos o queixo.

Ganasciòne, s. m. bofetão, bofetada / (sin.) **ceffone**.

Gancètto, s. m. (dim.) pequeno gancho.

Ganciàta, s. f. ganchada, ato de agarrar com o gancho.

Ganciére, s. m. gancheiro, aquele que por meio de um gancho ajuda o gondoleiro (em Veneza) a desprender a gôndola da margem.

Gàncio, (pl. -ànci) s. m. gancho / anzol / arame em forma de U / ——— **automatico**: gancho automático / arpão / (mar.) ——— **d'accosto**: gancho de encosto / (fig.) pretexto, motivo / coisa mal escrita, gatafunhos / colchete grande de vestido.

Gànda, s. f. (alp.) acúmulo de pedras instáveis acasteladas aos pés das paredes rochosas.

Gànga, (pl. **gànghe**) s. f. ganga, parte terrosa que envolve um minério.

Gàngamo, s. m. rede de arrasto, para pescar.

Gangàva, s. f. rede para a pesca de esponjas.

Gangheràre, v. tr. (pr. **gànghero**) engonçar / enganchar; ——— **un corpetto**: enganchar o corpete.

Gangheratúra, s. f. ponto onde se engonça ou engancha uma coisa.

Gangherèlla, s. f. gonzo / gancho / colchete.

Gànghero, s. m. gonzo / dobradiça / bisagra / colchete / (fig.) **uscir dai gangheri**: perder a paciência, irritar-se.

Gànglio, s. m. (pl. **gàngli**) (anat.) gânglio / (med.) tumor / (fig.) centro de atividade: **i gangli del commercio**, etc.

Ganglióma, s. m. (med.) ganglioma; tumor dos vasos linfáticos.

Ganglionare, adj. (med.) ganglionar, rel. a gânglios.

Gangliopègico, adj. ganglioplégico, medicamento que paralisa os gânglios do sistema neuro-vegetativo.

Gàngola, s. f. (vulg.) glândula do pescoço; escrófula.

Gangolòso, adj. escrofuloso.

Gangrèna, (v. **cancrena**) s. f. gangrena.

Ganimède, s. m. (do Ganimedes da mitol.) galanteador, casquilho, janota, dândi, gamenho.

Gannire, (pr. -ísco) v. ganir, dar ganidos (o cão e a raposa).

Ganòidi, s. m. pl. ganóides, ordem de peixes de esqueleto cartilaginoso.

Gànza, s. f. (pej.) amásia, amante, concubina.

Ganzeríno, s. m. (pej.) almofadinha, casquilho, petimetre.

Ganzo, s. m. (pej.) amásio, amante.

Gàra, s. f. competição, certame, concurso / ——— **sportiva, letteraria**, etc. / competição, emulação, rivalidade / a **gara**: em competição / **andare** ou **fare a** ———: competir, emular, rivalizar / **essere in** ———: estar disputando.

Garabullàre, (ant.) v. vagar, perder tempo.

Garagísta, s. m. garagista, pessoa que tem ou que trabalha numa garagem (ou garage).

Garamoncíno, s. m. (tip.) tipo de corpo nove.

Garamône, s. m. (tip.) de corpo dez (do n. do seu inventor, o fr. Garamond).

Garànte, (do ant. fr.) garante, fiador, abonador, afiançador.

Garantía, s. f. (jur.) garantia.

Garantíre, (pr. -ísco, -ísci) v. garantir, afiançar, tornar-se garante por; afirmar, certificar, dar por certo / ——— **per un anno**: garantir (máquina, relógio, etc.) por um ano / **prestito garantito**: empréstimo garantido.

Garànza, (ant.) s. f. (bot.) garança, granza, ruiva.

Garanzía, s. f. garantia, fiança, caução: abonação, segurança.

Garbàccio, s. m. (pej.) inurbanidade, mau modo, descortesia.

Garbàre, v. agradar, aprazer: **a te queste cose non garbano**: a ti estas coisas não agradam.

Garbataménte, adv. garbosamente, cortesmente.

Garbatèzza, s. f. graça, cortezia, amabilidade, urbanidade, gentileza / favor, fineza.

Garbàto, p. p. agradado, aprazido / (adj.) garboso, amável, cortês, gentil; bizarro, elegante; **scrittore** ———: escritor elegante.

Garbíno, s. m. dim. garbozinho.

Garbíno, s. m. (do ár.) ábrego, o vento do sudoeste.

Gàrbo, s. m. garbo, amabilidade, cortezia / elegância, donaire, galhardia, graça; **vestire con** ———: vestir-se com elegância / **persona di** ———: pessoa educada, séria, correta / esmero, primor, graça: **lavorare con** ——— / **lavoro con** ——— / **dare il** ——— **a una cosa**: modelar, dar forma a uma coisa; **a garbo**: com modos, como se deve / costume, hábito / (mar.) perfil do casco e das suas portas; (ant.) mercante dos levantinos / (dim.) **garbíno**; (pej.) **garbàccio**.

Gàrbo, (ant.) adj acre, acerbo.

Garbúglio, s. m. (pl. **-úgli**) intriga, confusão, embrulhada; garabulha, trapalhada.

Garbugliòne, s. m. (f. **-ôna**) trapaceiro, intrigante, embrulhão.

Gardênia, s. f. gardênia, jasmim do Cabo ou da Índia.
Gareggiamênto, s. m. emulação, rivalidade: competição, disputa, porfia.
Gareggiàre, (pr. -èggio, -èggi) v. intr. contender, disputar, competir, emular, rivalizar, concorrer / lutar, porfiar.
Gareggiatôre, adj. e s. m. (f. -trice) competidor, concorrente, êmulo, rival.
Garênna, (do fr.) s. f. coelheira, recinto onde se criam coelhos.
Garentía, s. f. (p. us.) garantia.
Garêtta, (v. garitta) s. f. guarita.
Garêtto e garrêtto, s. m. (anat.) jarrete, curvejão (ou curvilhão) dos quadrúpedes.
Garganèlla, s. f. (tosc.) loc. adv. **bere a** ———: beber aos goles, aos tragos; beber sem encostar o recipiente à boca.
Garganèllo, s. m. galinha-d'água, mergulhão (ave).
Gargantúa, s. m. (do pers. de Rabelais) comilão, gargantão.
Gargarísmo, s. m. gargarejo, gargarejamento / (mús.) gorjeio de mau gosto.
Gargarizzàre, (pr. -ízzo) v. gargarejar / (depr.) gorjear.
Gargaròzzo, s. m. (vulg.) garganta, goela; (pop.) tragadeiro.
Gargiuòlo, s. m. cânhamo da melhor qualidade.
Gàrgo (ant.), adj. malicioso, astuto.
Gargòtta, s. f. (depr.) taberna, tasca, botequim.
Gargúglia, s. f. jorro de água em forma de dragão ou serpente que sobressai dos flancos de uma construção gótica.
Garibaldíno, adj. garibaldino.
Garíglio, (v. gheriglio) s. m. polpa da noz.
Garítta, s. f. guarita.
Garòfana, adj. de uma pera que tem cheiro de cravo.
Garofanàre, (pr. -òfano) v. tr. perfumar com cravo.
Garofanàta, s. f. (bot.) vulnerária, planta cariofilá, da fam. das cariofiláceas.
Garofanàto, p. p. e adj. perfumado com cravo / que tem perfume de cravo.
Garòfano, s. m. (bot.) cravo, flor do craveiro / craveiro, planta da fam. das cariofiláceas.
Garòntolo, s. m. (vulg.) murro, soco debaixo da axila.
Garòpera, s. f. garoupeira / (bras.) embarcação que se emprega na pesca de garoupa.
Garôso, (ant.) adj. brigão, rixoso.
Garrêse, s. m. cruz, altura dos quadrúpedes; a parte da cavalgadura onde se unem as espáduas / **un mulo di m. 1,40 di garrese**: um mulo de 1,40 m de cruz.
Garríre (pr. -ísco), v. chilrear, garrir dos pássaros; gritar estrídulo de pessoas / repreender / ——— **le bandiere al vento**: fremir ou agitar-se das bandeiras pelo vento.
Garríto, s. m. chirlo, gorjeio.
Garròtta, (do esp.) s. f. garrote; **pena della** ———: suplício do garrote.
Garrulità, s. f. garrulice, loquacidade.
Gàrrulo, adj. gárrulo, loquaz, tagarela.
Garza, s. f. garça, airão (zool.) / gaze, atadura.
Garzare, v. tr. cardar.
Garzatòre (f. trice) s. m. cardador.
Garzatúra, s. f. cardagem, cardação.
Garzo, s. m. cardagem, cardação.
Garzône, s. m. aprendiz, auxiliar, rapaz, empregado / jovem.
Gas, s. m. gás.
Gaschètte, s. f. pl. (náut.) gaxeta.
Gasista, s. m. gasista, encanador.
Gassaiuòlo, s. m. gasista, encanador.
Gassista, v. gasista.
Gassògeno, s. m. gasogênio.
Gassòmetro, s. m. gasômetro.
Gassòsa, s. f. (bebida) gasosa.
Gassòso, adj. gasoso.
Gasteròpodi, s. m. pl. (zool.) gastrópodes.
Gastralgía, s. f. gastralgia, dor de estômago.
Gástrico, adj. gástrico, estomacal.
Gastríte, s. f. gastrite.
Gastrocele, s. f. gastrocele, hérnia do estômago.
Gastroenteríte, s. f. gastroenterite.
Gastronomía, s. f. gastronomia / (cul.) arte de comer bem.
Gastrònomo, s. m. gastrônomo.
Gastroptòsi, s. f. gastroptose, queda do estômago.
Gastròsi, s. f. gastrose, gastropatia.
Gatta, s. f. gata / **far la gatta morta**: fingir-se de bobo / **gatta ci cova**: há ou tem coisa por baixo, existe malícia ou engano / **quando non c'é la gatta i sorci ballano**: quando o gato não está os ratos dançam / **tanto va la gatta al lardo che ci lascia lo zampino**: chega a ocasião em que tudo se paga.
Gattabúia, s. f. xadrez, prisão.
Gattàia, s. f. recanto de gatos; lugar sujo.
Gattaiuòla, s. f. gateira.
Gattamòrta, s. f. hipócrita, santo do pau oco.
Gatteggiàre, v. tr. cambiar, ser furta-cor.
Gattêsco, adj. felino, de gato.
Gatticida, s. m. e f. gaticida.
Gattigliàre, v. tr. altercar, brigar, rixar.
Gatto, s. m. gato, bichano, bate-estacas.
Gattomammòne, s. m. bicho-papão.
Gattône, s. m. (aum.) gatão, gato grande / (fig.) esperto, astuto, velhaco / (pl.) **parotidite**.
Gattopàrdo, s. m. (zool.) leopardo.
Gattotígre, s. m. gato-tigre, gato selvagem.
Gattozibètto, s. m. (zool.) gato de algália (ant.) / almiscareiro.
Gattúccio, s. m. (dim.) gatinho / peixe da família dos tubarões / serrote fino, para serrar nas curvas.
Gaúcio, (pl. -ci) s. m. (do esp.) gaúcho.
Gaudènte, adj. e s. m. gozador, epicureo.
Gàudio (pl. gàudi), s. m. gáudio, júbilo, regozijo, gozo, prazer espiritual / **mal comune mezzo** ———: mal comum, consolo de todos.
Gaudiosamênte, adv. gaudiosamente, jubilosamente.
Gaudiôso, adj. gaudioso, jubiloso, alegre.
Gàulo, s. m. (mar.) gaulo, antigo navio de carga fenício.

Gavaína, s. f. (técn.) tenaz grossa, usada nas ferrarias.
Gavàzza, gavazzamênto, s. m. algazzara, tripúdio, folia.
Gavazzàre, (pr. -àzzo) v. intr. banquetear, foliar, tripudiar, farrear.
Gavazzatôre, s. m. gozador, tripudiador, farrista.
Gavàzzo, s. m. farra, folia, algazarra.
Gaveggíno, (ant.) adj. janota, peralta, garrido.
Gavèllo, s. m. (técn.) peça do arco da roda.
Gavêtta, s. f. (mil.) gamela; venire dalla ———: subir a oficial desde soldado raso / meada de canhamo / fio de ouro que sai da primeira fieira.
Gaviàle, s. m. (zool.) gavial, crocodilo da Ásia e da Oceânia.
Gavignàre, (ant.) v. tr. agarrar pelas axilas.
Gavigne, (ant.), s. f. pl. pescoço, e mais prop. as partes que ficam debaixo das orelhas / axilas.
Gavína, s. f. (p. us.) escrófula / adenite do pescoço.
Gavinôso, adj. escrofuloso.
Gavitello, s. m. (mar.) bóia, corpo flutuante para indicar o caminho / (sin.) boa.
Gavòcciolo, s. m. (p. us.) bubão, tumor.
Gavônchio, (ant.) congro, enguia marinha.
Gavône, s. m. (mar.) espaço livre nas extremidades da popa e da proa.
Gavòtta, s. f. (mús.) gavota, dança antiga de origem provençal.
Gavòzza, s. f. (met.) balde para despejar no forno o mineral.
Gàs, s. m. v. gàs.
Gazolína, (v. gassolína) s. f. gasolina.
Gazôsa, v. gassosa.
Gàzza, s. f. (zool.) pega, ave dos Corvídeos / (fig.) mulher faladeira, gritona / (técn.) crisol de ferro para fundir metais.
Gazzàrra, s. f. algazarra, tumulto, barulheira, gritaria, clamor.
Gazzèlla, s. f. (do àr.) (zool.) gazela, antílope.
Gàzzera, s. f. v. gazza.
Gazzeríno, adj. celestino, da cor azul-celeste (como os olhos da pega) / (bot.) de uma espécie de abrunheiro; pruno ———.
Gazzètta, s. f. (do n. da moeda veneziana que representa o preço de um jornal), gazeta, diário, jornal, periódico: ——— ufficiale: jornal oficial / ——— dei Tribunali, etc. / (fam.) de pessoa que sabe todas as notícias / (dim.) gazzettína, gazzettíno; (depr.) gazzettáccia, gazzettúccia.
Gazzettànte, s. m. (p. us.) periodista / (fig.) pessoa que gôsta de ler jornais e espalhar notícias.
Gazzettière, s. m. (depr.) gazeteiro, jornalista.
Gazzettino, s. m. (dim.) gazetinha; diário noticioso / novidadeiro, mexeriqueiro.
Gè, s. m. (do fr. jais) azeviche, variedade de lignite muito negra e brilhante.

Gecchíre, (ant.) v. humilhar.
Gèco, (pl. gèchi) s. m. geco, réptil crassilíngüe.
Gedanite, s. f. variedade de âmbar.
Geènna, s. f. geena, lugar de suplício, de tormento eterno; inferno.
Gègia, (forma fam. de Teresa) nome próprio. Teresa.
Gcisha, (do jap.) s. f. bailarina ou cantora japonesa, gueixa.
Gelamênto, s. m. (p. us.) ato de gelar, congelação.
Gelàre, v. gear; gelar, converter-se em gelo; congelar-se; esfriar-se muito, resfriar / espantar-se; ——— di paura: esfriar de medo / un freddo che gela le mani: um frio que congela as mãos.
Gelàta, s. f. frio excessivo; geada.
Gelatería, s. f. sorveteria.
Gelatièra, s. f. geladeira, sorveteira.
Gelatificazióne, s. f. (quím.) gelatinização, formação de gelatina.
Gelatína, s. f. gelatina; geléia / ——— esplosiva: gelatina detonante.
Gelatinôso, adj. gelatinoso.
Gelàto, p. p. e adj. gelado, congelado, enregelado, muito frio / (s. m.) gelado, bebida gelada; sorvete.
Gèldra, (ant.) s. f. gentalha, chusma, canalha.
Gelicídio, s. m. (p. us.) frio intenso; nevasca, geada.
Gelidamênte, adv. gelidamente, friamente.
Gelidêzza, s. f. gelidez / (fig.) frialdade.
Gèlido, adj. (lit.) gélido, frio como o gelo / (fig.) frio, indiferente.
Gèlo, s. m. frio intenso / gelo / cuore di ———: coração de gelo, insensível / correre un ——— per le ossa: sentir calafrios.
Gelône, s. m. inflamação produzida pelo frio; friagem, frieira.
Gelosamênte, adv. com ciúme; ciumentamente; zelosamente / receosamente.
Gelosía, s. f. ciúme, zelos amorosos / emulação, rivalidade, inveja; ——— di mestiere: ciúme do ofício / zelo, esmero, cuidado; custodire gelosamente: guardar zelosamente.
Gelôso, adj. ciumento: marito ——— / invejoso / solícito, zeloso, cuidadoso / delicado: un segreto ——— / difícil de tratar: un carattere ———.
Gelsêto, s. m. plantio de amoreiras; amoreiral.
Gèlso, s. m. (bot.) amoreira.
Gelsolíno, (neol.) s. m. matéria têxtil extraída das fibras da amoreira.
Gelsomíno, s. m. (bot.) jasmineiro / a flor dessa planta; jasmim.
Gemebôndo, adj. (p. us.) gemebundo; queixumeiro (bras.).
Gemellàre, adj. gemelar, que se refere a gêmeos / gêmeos / gêmino.
Gemèllo, adj. e s. m. gêmeo; fratelli gemelli: irmãos gêmeos / (fig.) anime gemelle: almas irmãs / igual, duplo; muscoli gemelli: músculos gemelos, ou gêmeos.
Gêmere, (pr. gèmo) v. intr. gemer, dar gemidos; queixar-se, lamentar-se, lastimar-se / prantear / (fig.) sofrer:

────── nella schiavitù / imprimir; **far i torchi**: fazer ranger o prelo / cair, sair em gotas, gotejar: **la botte geme, il vino geme dalla botte** / (sin.) lamentarsi, stillare.
Gemicare, v. intr. gotear, gotejar.
Geminàle, adj. (min.) diz-se de cristal unido a outro por geminação.
Geminàre, (pr. gèmino) v. tr. geminar, duplicar, dobrar / lavrar com tauxia, tauxiar.
Geminàto, p. p. e adj. geminado, dobrado, duplicado, repetido / tauxiado / (min.) cristallo ──── : cristal gêmeo.
Geminatúra, s. f. geminação, duplicação, repetição / tauxia.
Geminazióne, s. f. geminação, duplicação / (min.) junção, união de cristais.
Gèmino, adj. (poét.) gêmino, geminado.
Gemitío, s. m. gemido baixo e prolongado / gotejamento de muro, etc. que ressuma.
Gèmma, s. f. (min.) gema, pedra preciosa, jóia / (fig.) coisa muito linda, bela, preciosa / **sal** ──── : sal-gema / (bot.) gema, rebento, broto, botão.
Gemmànte, adj. brilhante, reluzente; gemante.
Gemmàre, (pr. gèmmo), (bot.) v. intr brotar, desabrochar, pôr rebentos / (pr.) adornar-se com jóias.
Gemmàrio, (pl. -àri) adj. de gema, de jóia; **arte gemmaria**: lapidaria.
Gemmàto, p. pr. e adj. brotado / gemado, enfeitado com gemas ou jóias: **il biondo crin gemmato** (Manzoni).
Gemmazióne, s. f. (bot.) gemação, brotamento.
Gèmmeo, adj. gemante, brilhante como pedras preciosas: **splendore** ────.
Gemmífero, adj. gemífero, que produz ou tem pedras preciosas / (bot.) que tem ou produz rebentos.
Gemmiparità, s. f. (hist. nat.) gemiparidade.
Gemmôso, adj. (lit.) rico de gemas ou rebentos.
Gèmmula, s. f. (lit. bot.) gêmula, pequena gema.
Gemònie, s. f. (pl.) gemônias, escadas que davam para o Tibre e pelas quais eram lançados os corpos dos supliciados; (fig.) opróbrio público, pena infamante.
Gemucchiàre, v. gemicar, gemelhicar, gemer baixo, mas de contínuo.
Gèna, (ant.) s. f. maçã do rosto; face.
Gendàrme, s. m. (do fr.) gendarme, policial francês; policial armado da força pública / guarda civil.
Gendarmería, s. f. gendarmaria, corpo e quartel de gendarmes.
Gendarmêsco, (pl. -êschi) (depr.) adj. relativo à polícia, próprio da polícia; policial; (fig.) rude, violento, prepotente.
Gène, s. m. (biol.) gene, partícula material do cromossomo, a qual encerra os caracteres hereditários.
Genealogía, s. f. genealogia.
Genealògico, (pl. -ògici) adj. genealógico.
Genealogísta, (pl. -ísti) s. m. genealogista.

Geneàrca, (pl. -àrchi) s. m. (p. us.) genearca, progenitor de uma família, de uma linhagem, de uma estirpe.
Genepí, s. m. genepi, planta que se encontra nos Alpes; licor dessa planta.
Generàbile, adj. gerável.
Generalàto, s. m. generalato, generalado.
Generàle, adj. geral, comum à maior parte; genérico; universal; **consenso** ──── : consentimento geral / comum, usual, indeterminado, vago / (s. m.) a maior parte, o comum: **distinguere il generale dal particolare** / (mil.) general, comandante do exército / (ecl.) geral, chefe de ordem religiosa / **in** ──── : em geral.
Generalèssa, s. f. generala, mulher de general / (fam.) mulher que chefia ou guia uma reunião.
Generalíssimo, s. m. generalíssimo, chefe superior de um exército.
Generalità, s. f. generalidade; **la** ──── **dei maestri**: a maioria dos mestres / vagueza, imprecisão; **parlare con** ──── : falar em sentido genérico / (pl.) dados para ficha pessoal: **declinare le proprie** ──── (o uso neste sentido é reprimido pelos puristas).
Generalízio, (pl. -ízi) adj. generalício, do general.
Generalizzàre, (pr. ízzo) v. tr. generalizar.
Generalizzazióne, s. f. generalização.
Generalmènte, adv. geralmente.
Generamènto, s. m. geração, formação, produção, desenvolvimento.
Generànte, adj. gerante, que gera.
Generàre, (pr. gènero) v. tr. gerar, dar o ser, criar, dar existência a, procriar, produzir, desenvolver / formar / causar / ocasionar, motivar, despertar; ──── **un dúbbio**: motivar uma dúvida / (refl.) nascer, engendrar-se, formar-se, produzir-se.
Generativo, adj. gerativo, que pode gerar.
Generatôre, adj. e s. m. (f. -trice) gerador, que, ou quem gera; aquele que cria ou produz (mec.) gerador de energia.
Generatríce, s. f. geradora / (geom.) geratriz: **la** ──── **di un cono** / (mec.) gerador.
Generazióne, s. f. geração, procriação: **la** ──── **degli animali, delle piante** / raça, estirpe, linhagem: **la** ──── **di Adamo** / os nascidos na mesma época: **la** ──── **del 1914**.
Gènere, s. m. gênero, ordem que compreende várias espécies: **il** ──── **umano** / linhagem, classe, qualidade, ordem, casta, espécie: **mercanzie d'ogni** ──── / artigo, mercadoria: **generi alimentari, generi di lusso** / (gram.) gênero (masc. feminino, neutro) / maneira, modo: ──── **grottesco, lírico, drammático** / **cosa di nuovo** ──── : coisa rara, esquisita, excepcional / **in** ──── : em geral / **in** ──── **di...**: em matéria de... / **un bel** ──── : um tipo raro, esquisito.
Genericamènte, adv. genericamente.
Genericità, s. f. qualidade de genérico.

Genérico, (pl. -èrici) adj. genérico, que diz respeito a gênero; geral / (s. m.) (teatr.) ator que representa vários papéis.
Generis (sui) (loc. lat.) sui ———: de seu gênero, de um gênero todo especial.
Gènero, s. m. genro / (fem.) **nuora**: nora.
Generosamênte, adv. generosamente.
Generosità, s. f. generosidade, liberalidade, prodigalidade, magnanimidade; desinteresse; abnegação.
Generôso, adj. generoso, liberal, magnânimo, munificente, pródigo, esplêndido; nobre, abnegado / forte, galhardo, robusto: **cavallo** ———, **vino** ——— / abundante: **generosa elemosina** / ardente, esforçado, valente, arrojado: **il** ——— **cor che nulla langue** (Ariosto).
Gènesi, s. f. gênese, origem, formação: **la** ——— **del linguaggio** /geração, nascimento / (rel.) Gênesis, 1º livro da Bíblia.
Genesiología, s. f. genética.
Genètica, s. f. genética.
Genètico, (pl. ètici) adj. genético, genesíaco.
Genetísta, s. m. douto em genética.
Genetlíaco, (pl. -íaci) genetlíaco, rel. ao nascimento / (s. m.) dia natalício; dia de anos / (astrol.) aquele que prevê o futuro pela observação dos astros.
Gènga, adj. e s. m. mulher desalinhada e suja / tufo do Apenino toscano.
Gèngero, (ant.) s. m. gengibre.
Gengiòvo, gengêvo, (ant.) s. m. gengibre, aroma picante.
Gengíva, s. f. gengiva.
Gengivàle, adj. gengival.
Gengivàrio, s. m. (med.) medicamento para curar a gengivite.
Gengivíte, s. f. gengivite.
Genia, s. f. (depr.) progênie, linhagem, raça / multidão, ajuntamento, ralé; **una** ——— **di farabutti**: uma súcia de patifes.
Geniàccio, s. m. (aum. e pej. de gènio), gênio, no sentido de talento, aptidão.
Geniàle, adj. relativo a boda e à geração; **letto** ———: leito matrimonial / nupcial / prazenteiro, genial, deleitoso, simpático, alegre: **un banchetto** ——— / **aspetto** ———: semblante jovial / agradável, divertido / próprio do gênio: **poeta, scrittore** ———.
Genialità, s. f. genialidade.
Genialmente, adv. genialmente.
Genialòide, adj. e s. m. talentoso.
Genière, s. m. soldado do corpo de engenheiros; engenheiro militar.
Gènio, (pl. gèni) s. m. gênio, deidade pagã / ——— **tutelare**: gênio tutelar, anjo da guarda, protetor / inclinação, aptidão; **avere** ——— **per il teatro**: ter inclinação para o teatro / ânimo, alma, intelecto / índole, caráter; **sono due persone di** ——— **diverso**: são duas pessoas de temperamento diverso / gênio, talento sumo, extraordinário: **Dante è un** ——— / (mil.) corpo de engenheiros; ——— **militare** / ——— **civile**: corpo de engenheiros civis do Estado / **andare a** ——— **una cosa**: agradar, gostar / **un artista di** ———: um artista genial / (dim.) **geniêtto**.
Genioidèo, s. m. (anat.) músculo da mandíbula.
Genitàle, adj. genital.
Genitívo, s. m. e adj. (gram.) genitivo.
Gènito, adj. (p. us.) gênito, gerado, procriado; nascido.
Genitôre, s. m. (f. -tríce) pai, progenitor; genitor (p. us.).
Genitura, s. f. genitura, procriação, geração; progenitura; raça, origem.
Genius Loci, loc. lat. gênio do lugar.
Gennàio, (pl. -ài) s. m. janeiro.
Genocídio, s. m. genocídio, extermínio em massa de todo um grupo étnico, nacional ou religioso.
Genovesàto, s. m. território da antiga república de Gênova (Ligúria).
Genovêse, adj. e s. m. genovês; de Gênova.
Gentàglia, s. f. gentalha, gente ordinária, ralé.
Gentàme, s. m. (depr.) gentaça, gente de baixa ralé.
Gènte, s. f. gente, multidão de pessoas; pessoas em geral; o gênero humano; a humanidade: **o genti umane affaticate** (Carducci) / a família, os parentes / povo, nação, gente: ——— **etrusca; poeta di nostra** ——— / **gente allegra, ricca, buona** / tropa, milícia: **il generale partí con la sua** ——— / tripulação; ——— **di mare**: gente do mar / ——— **della malavita**: gente perdida, malfeitores (dim. e derpr.) **genterèlla, gentúccia**: gentinha.
Gentildònna, s. f. senhora nobre, dama.
Gentíle, adj. gentil, gracioso, amável, cortês, atento, urbano, fino / nobre, delicado, lindo, bonito, gracioso, elegante: **biondo era e bello e di** ——— **aspetto** (Dante) / **il sesso** ———: o sexo gentil, ——— **grano gentile**: trigo candial / **legno** ———, **marmo** ———: madeira doce, mármore brando, macio, suave, fácil de trabalhar / (s. m.) pagão, idólatra.
Gentilescamênte, adv. gentilicamente; à maneira dos gentios.
Gentilêsco, (pl. -êschi) adj. gentílico.
Gentilêsimo, s. m. gentilismo, gentilidade; paganismo.
Gentilêzza, s. f. gentileza, amabilidade, cortesia, urbanidade, fidalguia / graça, donaire, garbo / **usare o fare una** ———: fazer um favor, uma fineza, um obséquio / **per** ———: por favor, por fineza, por gentileza / **mi faccia la** ——— **di ...**: tenha a bondade, a amabilidade de...
Gentilità, s. f. gentilidade, gentilismo.
Gentilízio (pl. -ízi), adj. gentílico, referente à linhagem e à nação; **stemma** ———: brasão, escudo de armas.
Gentilmênte, adv. gentilmente, amavelmente.
Gentiluòmo, (pl. -uòmini) s. m. gentil-homem, nobre / cavalheiro, fidalgo.
Gentúca, (ant.) s. f. gentinha.
Gentúcola, s. f. (depr.) gentalha; vulgo.
Genuflessiône, s. f. genuflexão.
Genuflèsso, p. p. e adj. genuflexo, ajoelhado.

Genuflessòrio. s. m. genuflexório, estrado em que se ajoelha para orar.
Genuflèttere, (pr. -etto) v. pr. genuflectir, dobrar o joelho, ajoelhar.
Genuinamênte, adv. genuinamente, puramente, sinceramente.
Genuinità, s. f. genuinidade / pureza / castidade, sinceridade.
Genuíno, adj. genuíno, puro, próprio, natural, legítimo; castiço.
Genziàna, s. f. (bot.) genciana, planta da fam. das gencianáceas.
Genzianèlla, s. f. gencianela, genciana amarela.
Geocèntrico, (pl. èntrici) adj. (astr.) geocêntrico.
Geocentrísmo, s. m. geocentrismo.
Geochímica, s. f. geoquímica.
Geocíclica, s. f. (astr.) geocíclico, aparato que serve para marcar os movimentos circulares da Terra.
Geòde, s. m. geode, parte oca das rochas que encerra cristais / (med.) caverna pulmonar.
Geodesía, s. f. geodesia.
Geodesímetro, s. m. geodesígrafo, instrumento geodésico.
Geodético, (pl. ètici) adj. geodésico.
Geodinàmica, s. f. geodinâmica, dinâmica, dinâmica terrestre.
Geodinàmico, (pl. -àmici) adj. geodinâmico.
Geofagía, s. f. (med.) geofagia, hábito de comer terra.
Geofísica, s. f. geofísica.
Geofísico, (pl. -isici) adj. e s. m. geofísico.
Geogenía, s. f. geogenia.
Geognosía, s. f. geognosia.
Geogonía, s. f. geogonia.
Geogònico, (pl. -ònici) adj. geogônico, geogênico.
Geografía, s. f. geografia.
Geograficamênte, adv. geograficamente.
Geogràfico, (pl. -àfici) adj. geográfico.
Geògrafo, s. m. geógrafo.
Geòide, s. m. geóide, forma teórica da Terra.
Geología, s. f. geologia.
Geologicamente, adv. geologicamente.
Geològico, (pl. -ògici) adj. geológico.
Geòlogo, (pl. -òlogi) s. m. geólogo.
Geomànte, s. m. geomante.
Geomanzía, s. f. geomancia.
Geòmetra, (pl. -òmetri) s. m. geômetra.
Geometría, s. f. geometria.
Geometricamênte, adv. geometricamente.
Geomètrico, (pl. -ètrici) adj. geométrico.
Geomorfología, s. f. geomorfologia.
Geoplàstica, s. f. geoplàstica.
Geopolítica, s. f. geopolítica.
Geoponía, s. f. geoponia, geopônia, agricultura.
Georàma, s. f. georama, panorama da Terra.
Geòrgica, s. f. geórgica; obra sobre trabalhos agrícolas.
Geòrgico, (pl. -òrgici) adj. geórgico.
Georgòfilo, adj. amante da agricultura.
Geosfèrico, (pl. -èrici) adj. geoesférico, que representa o globo terrestre.

Geostàtica, s. f. (fís.) geostática, equilíbrio do globo terrestre.
Geotèrmica, s. f. geotermia.
Geotèrmico, (pl. -èrmici) adj. geotérmico.
Geotropísmo, s. m. (bot.) geotropismo.
Gèova, s. m. Jeová, deus dos hebreus.
Gerànio, (pl. -àni) s. m. gerânio, planta ornamental.
Gèrano, s. m. gerano, antiga dança popular acompanhada de canto.
Geràrca, (pl. -àrchi) s. m. jerarca; hierarca; il sommo ———: Papa / jerarca, chefe superior / principal.
Gerarcàto, s. m. jerarcado, cargo de jerarca e sua duração.
Gerarchía, s. f. jerarquia; hierarquia; classe.
Gerarchicamênte, adv. jerarquicamente.
Geràrchico, (pl. -àrchici) adj. jeràrquico.
Gèrba, s. f. (bot.) variedade de junco.
Geremía, s. m. jeremias, pessoa que se queixa continuamente.
Geremíade, s. f. jeremiada, lamentação, longa e importuna.
Gerènte, s. m. gerente, administrador, gestor.
Gerènza, s. f. gerência, administração, gestão.
Gerfàlco, s. f. (p. us.) gerifalte, ave da fam. dos falconídeos.
Gèrgo, (pl. gèrghi) s. m. jargão, gíria, linguagem convencional: ——— sportivo, burocràtico / calão, "argot".
Gèrla, s. f. cesto de vime em forma de cone que se carrega às costas.
Gèrlo, s. m. (náut.) cabo para amarrar as velas depois de arriadas.
Germanèsimo, s. m. germanismo.
Germànico, (pl. -ànici) adj. germânico.
Germànio s. m. (quím.) germânio, metal branco, raro.
Germanísmo, s. m. germanismo, voz ou expressão tirada de uma língua germânica.
Germanísta, (pl. -ísti) s. m. germanista.
Germanística, s. f. germanística; filologia germânica.
Germanizzàre, v. tr. germanizar.
Germàno, s. m. lavanco, adem ou pato-real (ave palmípede).
Germàno, adj. e s. m. germano, alemão / germano, nascido dos mesmos pais: fratello ———, sorella germana.
Germanòfilo, s. m. germanófilo.
Germanòfobo, s. m. germanófobo.
Germanòtto, s. m. (zool.) lavanco, pato silvestre.
Gèrme, s. m. germe; embrião; o princípio, a causa, a origem de qualquer coisa / in ———: que está nascendo, que se encontra em estado embrionário.
Germile, adj. e s. m. germinal.
Germinàla, s. m. vinho de uma localidade da província de Pistóia.
Germinàle, adj. germinal, relativo ao germe / (s. m.) sétimo mês do ano, no calendário da primeira Rep. francesa.
Germinàre, (pr. gèrmino) v. germinar, brotar; abrolhar, rebentar, grelar / nascer, tomar incremento ou vulto.
Germinatívo, adj. germinativo.

Germinazióne, s. f. germinação; brotamento.
Gèrmine, s. m. (lit.) germe.
Germogliàbile, adj. germinável, capaz de brotar.
Germogliamênto, s. m. (p. us.) germinação, brotamento.
Germogliàre, (pr. -ôglio, -ôgli) v. germinar, brotar / (fig.) nascer, originar-se; crescer, ter origem: la libertà germogliò dal sangue dei martiri.
Germòglio, (pl. -ôgli) s. m. broto, rebento, gomo, botão / (fig.) origem: i germogli della virtú.
Gerocòmio, (pl. -mi) s. m. gerocômio, asilo para velhos: gerentocômio.
Gerodèrma, s. m. gerodermia; geromorfismo cutâneo.
Gerofànte, s. m. (p. us.) hierofante.
Geroglificàre, v. tr. representar por hieróglifos: (fig.) falar ou escrever com pouca clareza.
Geroglífico (pl. -ífici) s. m. jeroglífico hieroglífico / (fig.) escrito difícil de se ler ou entender.
Gerolimiàno, e gerominiàno, adj. e s. m. antiga escritura litúrgica eslava / que se refere à ordem dos Jerônimos.
Geronimita, (pl. -íti) s. m. jeronimita, religioso da ordem de S. Jerônimo.
Gerontismo, s. m. (med.) opacidade da córnea nos velhos.
Gerontocòmio, s. m. gerontocômio, hospício para velhos.
Gerontoerazía, s. f. gerontocracia, governo confiado aos velhos.
Gerontolatría, s. f. (med.) gerontolatria.
Gerosolimitàno, adj. e s. m. hierosolimitano, de Jerusalém; natural de Jerusalém.
Gerotròfio, s. m. gerotrófio.
Gèrsa, (ant.) s. f. arrebique, cosmético; (sin.) bellètto.
Gerúndio, (pl. -úndi) s. m. (gram.) gerúndio.
Gerundívo, adj. e s. m. gerundivo.
Gerusía, s. f. gerúsia, senado espartano.
Gessaia, s. f. (p. us.) gesseira, lugar donde se extrai o gesso.
Gessàio, (pl. -ài) s. m. vendedor de gesso, aquele que faz figuras de gesso.
Gessaiuòlo, s. m. gesseiro.
Gessàre, v. tr. (p. us.) gessar; revestir com gesso; estucar / adubar com gesso.
Gessàto, p. p. e adj. engessado / riso ———: arroz pouco maduro.
Gessatúra, s. f. engessadura / tratamento do vinho com o gesso.
Gessètto, s. m. giz para escrever no quadro-negro.
Gèsso, s. m. gesso / trabalho modelado em gesso / statuetta di ———: estatueta de gesso / ——— per la lavagna: giz para quadro-negro.
Gessóso, adj. gessoso.
Gèsta, (pl. gèste e gèsta) s. f. façanha, proeza, emprêsa heróica; le ——— dei Romani: os feitos, as gestas dos Romanos.
Gestànte, adj. e s. f. gestante; que está em gestação / grávida (mulher).

Gestàpo, s. f. gestapo, seção da polícia de Hitler.
Gestatòria, adj. (ecles.) sedia ———: cadeira gestatória, espécie de trono portátil, em que o Papa é levado, em certas cerimônias.
Gestazióne, s. f. gestação / gravidez / (fig.) elaboração; ——— di um dramma: gestação de um drama.
Gesteggiàre, (pr. -èggio, -èggi), v. intr. gesticular, fazer muitos gestos quando fala.
Gesticolamento, s. m. gesticulação.
Gesticolatôre, adj. e s. m. (f. -tríce) gesticulador.
Gesticulazióne, s. f. gesticulação.
Gestióne, s. f. gestão, ato de gerir / administração, gerência.
Gestíre, (pr. -ísco, -ísci, -ísce) v. intr. gesticular, fazer gestos.
Gestíre, v. tr. gerir, dirigir, administrar.
Gèsto, s. m. gesto, expressão do rosto; movimento para exprimir idéias; sinal, acento: ——— impulsivo / ação; bel ———: ação audaz e feliz.
Gestôre, s. m. gestor, gerente, diretor, administrador.
Gèstro, s. m. afetação, denguice, melindre, requebro; quanti gestri! (pl.).
Gestrôso, adj. dengoso, melindroso, afetado.
Gesú, s. m. Jesus / ——— Bambino: Menino Jesus / essere tutto ——— e Maria: ser muito beato, muito devoto.
Gesuàto, s. m. jesuato, frade de uma ordem instituída pelo beato Colombini, já suprimida.
Gesuíta, (pl. íti) s. m. jesuíta.
Gesuítêsse, s. f. pl. ordem religiosa feminina segundo a regra de Santo Inácio, suprimida em 1631.
Gesuítico, (pl. -ítici) adj. jesuítico.
Gesuitismo, s. m. jesuitismo.
Gèti, s. m. pl. getas, povo cita, da ant. Europa do Sudoeste.
Gèto, s. m. correia que se ata aos pés dos animais de rapina.
Gettaióne, s. m. (bot.) espécie de erva que cresce no meio do trigal.
Gettàme, s. m. coisa para jogar fora, lixo.
Gettàre, v. tr. (pr. gètto) jogar, lançar, atirar, arremessar / ——— acqua nella secchia: deitar água no balde / gettar via: jogar fora / ——— i denari: malbaratar o dinheiro / manar: ——— acqua una fonte / (bot.) brotar, germinar / (téc.) fundir: ——— in bronzo una estatua / (mar.) ——— l'ancora: fundear / construir: ——— un ponte / espargir (cheiro, perfume): la rosa getta um grato odore / ——— a terra: abater; (fig.) desacreditar / ——— il guanto: atirar a luva, desafiar / produzir, render; una tassa che getta molti milioni / ——— polvere negli occhi: embaucar, alucinar / desembocar: il Po si getta nell'Adriatico / (refl.) gettarsi in acqua: atirar-se à água / gettarsi bocconi: dei-

tar-se, jogar-se de bruços / **gettarsi alla macchia**: fugir, esconder-se / **gettarsi nelle braccia di uno**: arrojar-se aos braços de alguém; (fig.) amparar-se em alguém.

Gettàta, s. f. ato de jogar, de arremessar / (bot.) germinação, brotamento / (mil.) alcançe de fuzil, canhão, etc. / (técn.) fusão, fundição / dique, reparo de pedras ou escolhas / broto, gomo, rebento.

Gettàto, p. p. e adj. arrojado, arremessado, atirado / brotado / fundido / **fatica gettata**: trabalho perdido.

Gettatôre, adj. e s. m. (f. -tríce) pessoa que atira ou arremessa alguma coisa / fundidor de metais.

Gèttito, s. m. lance, jato, arremesso / **far ―― delle proprie forze**: malbaratar as próprias energias / coisa arrojada freqüentemente: **il ―― del mare** / renda dos impostos.

Gètto, s. m. arremesso, lançamento, ato de arrojar / jorro: **―― d'acqua, di vapore** / (bot.) broto, gomo, rebento / (técn.) fundição / (med.) fluxo, vômito / **a ―― contínuo**: sem interrupção / **far ――**: atirar fora / **di ――**: todo de uma vez, de golpe, sem intervalos ou hesitações.

Gettône, s. m. (do fr.) jeton, ficha, tento, senha / (hist.) reproduções de certas medalhas.

Ghèbbio, s. m. (vulg.) papo, bócio.

Ghèmme, s. m. vinho tinto de pasto, de Ghemme (Piemonte).

Ghepardo, s. m. (zool.) felino asiático e africano, semelhante ao leopardo.

Ghepeú, s. f. (do russo) polícia secreta da Rússia Soviética.

Gheríglio, s. m. (pl. -ígli) s. m. polpa da noz.

Gherlíno, s. m. (náut.) calabrete, cabo delgado.

Gherminèlla, s. f. artimanha, engano, treta: **ordire una ――**.

Ghermíre, (pr. -ísco, ísci) v. tr. agarrar, pegar com garra; (fig.) pegar com força; arrebatar, arrancar, rapinar.

Ghermitôre, adj. e s. m. (f. -tríce) agarrador / arrebatador.

Gherofàno, (ant.) s. m. (bot.) cravo.

Gherône, s. m. (do alem.) nesga, tira, retalho / (náut.) reforço que se costura na parte mais gastável das velas.

Ghestapò, s. f. gestapo, polícia secreta da Alemanha nazista.

Ghètta, s. f. (do fr.) espécie de polaina, de couro ou de pano, que serve de abrigo de parte da perna e do sapato.

Ghètto, (do hebr.) s. m. gueto, outrora, na Itália, bairro onde os judeus moravam / bairro dos judeus em qualquer cidade; judiaria.

Ghêzzo, adj. (p. us.) pardo, tez dos Berberes / (s. m.) cogumelo comestível.

Ghía, s. f. (do esp.) (náut.) roldana.

Ghiaccêsco, (pl. êschi) adj. de gelo.

Ghiàccia, (ant.) s. f. gelo / inverno.

Ghiacciàia, s. f. neveira, geleira, lugar onde se conserva gelo e neve / frigorífico / (fig.) lugar muito frio.

Ghiacciàio, (pl. -ài) s. m. geleira, massa de gelo nas montanhas.

Ghiacciàre, (pr. -àccio, -àcci) v. gelar-se, congelar-se (a água, etc.) / tornar gélido: **il freddo ghiaccia le mani**.

Ghiacciàta, s. f. bebida com gelo triturado; carapinhada; refresco; sorvete.

Ghiacciàto, p. p. e adj. gelado, congelado, (fig.) muito frio, frio como o gelo; **piedi ghiacciati**: pés gelados.

Ghiàccio, (pl. -àcci) s. m. gelo, água congelada / (fig.) frio extremo; indiferença; desamor; **escere di ――**: ser indiferente, insensível / **rompere il ――**: resolver-se a fazer uma coisa, quebrar o silêncio / (adj.) frio, gelado, frígido, glacial, gélido.

Ghiacciôso, adj. (p. us.) cheio de gelo.

Ghiacciuòlo, s. m. carambina, cristais de gelo, estalactita de gelo; greta nas pedreiras / (adj.) quebradiço, que se rompe como o gelo.

Ghiàdo, (ant.) s. m. frio, gelo / **morire a ――** morrer esfaqueado.

Ghiàia, s. f. cascalho, saibro / **ghiauzza**: areia grossa.

Ghiaiàta, s. f. (p. us.) saibro espalhado para assentar os terrenos pantanosos.

Ghiaiône, s. m. (aum.) saibro grosso.

Ghiaiôso, adj. saibroso: **strada ghiaiosa**.

Ghiànda, s. f. bolota, glande de carvalho / glande / qualquer objeto que tem essa forma, us. para adorno, etc.

Ghiandàia, s. f. (ornit.) tentilhão, pardal dos castanheiros.

Ghiandífero, adj. glandífero, que tem ou produz bolotas.

Ghiandína, s. f. (dim.) bolotinha / pequeno vaso de marfim ou prata em forma de bolota, para perfumes, etc.

Ghitàndola, (v. glandola), s. f. glândula.

Ghiàra, (ant.) s. f. saibro, cascalho.

Ghiarêto, s. m. saibreira, lugar donde se extrai saibro; terreno saibroso.

Ghibellinísmo, s. m. partido, idéias dos gibelinos.

Ghibellíno, s. m. (hist.) gibelino; (contr.) **guelfo**.

Ghiblí, s. m. vento do Sul na Tripolitânia.

Ghièra, s. f. virola, argola; ponteira (de bengala, guarda-chuva, etc.) / (arquit.) corpo de arco.

Ghieràto, adj. provido de ponteira, de virola, de argola, etc.

Ghiètta, s. f. espécie de polaina, de couro ou de pano, que serve para reparo de parte da perna e do sapato.

Ghiglie, s. m. (pl.) (mil.) cordões, divisa do ombro e do peito.

Ghigliottina, s. f. guilhotina.

Ghigliottinàre, v. tr. guilhotinar.

Ghigna, s. f. carranca, semblante cenhoso; cara sinistra, de poucos amigos.

Ghignàre, (pr. ghígno) v. rir sarcasticamente, escarnecer.

Ghignàta, s. f. risada sarcástica, mofa, zombaria.

Ghígno, s. m. riso escarnecedor ou maligno / riso malicioso: **il di cadente con un ——— pio, fra i verdi cupi rosso brilló** (Carducci).
Ghignôso, adj. cenhoso, carrancudo / pesado, aborrecido.
Ghimbàrda, s. f. plaina, instr. de carpinteiro.
Ghimbèrga, s. f. (arquit.) fachada gótica flanqueada por agulhas / (s. f.) (náut.) guinda, corda para guindar.
Ghínda, s. f. (náut.) guinda, corda para guindar.
Ghindàggio, s. m. guindamento, ato de guindar; guindagem.
Ghindàre, v. (náut.) guindar, levar ao alto, elevar, içar.
Ghindàzzo, s. m. (náut.) cadernal para guindar um mastaréu.
Ghinèa, s. f. guinéu, antiga moeda inglesa de ouro / tecido grosso de algodão.
Ghíngueri, s. m. (pl.) adornos, alfaias, atavios; **mettersi in ———**: ataviar-se; vestir-se com elegância exagerada.
Ghiômo, (ant.) s. m. novelo.
Ghiòtta, s. f. vasilhame que se põe debaixo do assado para recolher a gordura.
Ghiottamènte, adv. gulosamente.
Ghiottería, s. f. (p. us.) gula, glutonaria.
Ghiòtto, adj. e s. m. guloso, glutão, comilão; (fig.) ávido, cobiçoso, ambicioso; **——— dell'oro** / apetitoso, atraente, curioso: **una lettura ghiotta** / **un libro ———**: um livro divertido.
Ghiottône, s. m. (aum.) glutão, / (zool.) glutão, mamífero carnívoro.
Ghiottonería, s. f. glutonaria, gulosidade / (fig.) coisa apetitosa.
Ghiottornía, s. f. (lit.) guloseima, gulodice.
Ghiottúme, s. m. (p. us.) guloseima.
Ghiòzzo, s. m. cadoz, peixe de água doce ou salgada / (fig.) tolo, pateta.
Ghírba, s. f. (do ár.) odre de couro ou de tela para o transporte de água / barril / (mil. fest.) barriga, pança / **salvare la ———**: salvar a vida, salvar a pele.
Ghiribizzàre, (pr. -ízzo) v. intr. fantasiar, devanear, divagar, imaginar.
Ghiribízzo, s. m. capricho, extravagância, fantasia, idéia bizarra.
Ghiribizzôso, adj. caprichoso, extravagante.
Ghirigòro, s. m. rabisco, traço ou risco mal feito; gatafunho, garatuja / **ghirigori di fumo**: volutas de fumo.
Ghirlànda, s. f. guirlanda, grinalda, cordão ornamental de flores, folhagem, etc. / coroa, diadema; (fig.) coisas ou pessoas dispostas em redor; **una ——— di colli**: uma coroa de colinas / (lit.) **——— di sonetti**: coleção de sonetos / (dim.) **ghirlandetta** / (sin.) **corona**.
Ghirlandàio, (pl. -ài) s. m. aquele que faz ou vende grinaldas.
Ghirlandàre, v. tr. engrinaldar.
Ghíro, s. m. (zool.) arganaça ou arganaz, pequeno mamífero roedor, que passa o inverno em letargo / **dormire come un ———**: dormir muito e profundamente.
Ghirônda e girônda, s. f. instrumento musical de quatro cordas, que se toca mediante uma roda girada em sentido vertical, por meio de uma manivela.
Ghísa, s. f. ferro-coado, ferro-gusa; gusa.
Già, adv. já, antes; **il Quirinale ——— palazzo pontificio**: o Quirinal, antes palácio pontifício / ex.: **il signor Orlandi, ——— ministro della Marina**: o Sr. O. ex-min. da mar. / **era morto**: já estava morto / **ti ho ——— risposto**: já te respondi / **tempo iminente**; **è ——— ora**: já é hora / **era già l'ora che volge il disio** (Dante).
Giàcca, (do fr.) s. f. paletó; jaqueta, casaco.
Giacchê, conj. já que, pois que, desde que, uma vez que, como; **——— non lo vuoi, me lo tengo**: como não o queres, fico com ele.
Giacchería, s. f. (hist.) jacquerie, insurreição de camponeses contra a nobreza em França / (por ext.) levantamento das classes pobres contra os ricos.
Giacchetta, s. f. jaleca, paletó.
Giacchêtto, s. m. jaqueta, casaco curto para mulher / (dim.) **giacchettíno**.
Giacchiàre, v. pescar com a varredoura.
Giàcchio, (pl. -àcchi) s. m. varredoura, rede de pescar.
Giàccio, s. m. covil de cervo / aprisco dos caçadores / (mar.) barra do leme.
Giacènte, p. pr. e adj. jacente; **eredità ———**: herança jacente / jazente / posto, situação; **paese ——— in montagna**: vila situada na montanha / **lettera ———**: carta não-reclamada / **merce ———**: mercadoria em depósito / **capitale ———**: capital improdutivo.
Giacènza, s. f. estada, parada, permanência de coisas num lugar / demora ou permanência de um enfermo na cama / (com.) **merci in ———**: mercadoria em depósito / **diritti di ———**: direitos de estada / **affari in ———**: negócios em atraso.
Giacère, (pr. -accio, -àci, -àce) v. intr. estar deitado, estendido no chão ou na cama; estar morto ou sepultado; **qui giace**: aqui jaz / estar colocado, situado / (fig.) estar, achar-se, encontrar-se; **——— nell'indigenza**: estar na miséria / tombar, cair para não mais levantar-se: **cadde, risorse e giacque** (Manzoni).
Giaciglio, (pl. -ígli) s. m. enxerga, leito, cama humilde.
Giacimênto, s. m. permanência na cama, no solo, etc. / (geol.) mina, filão, jazida: **——— aurífero**.
Giacintíno, adj. jacintino, que tem a cor do jacinto.
Giacitúra, s. f. posição; **——— incomoda**: posição incômoda / situação, colocação (gram.) / **——— delle parole**.
Giàco, (pl. -àchi) s. m. (do fr.) gibão, espécie de colete ou casaco que os antigos vestiam sobre a armadura / cota de malha.
Giacobinísmo, s. m. jacobinismo, demagogia.

Giacobíno, s. m. e adj. jacobino, demagogo exaltado na Rev. Francesa (do convento de Saint Jacques); (por ext.) demagogo, violento, exaltado.
Giacobita, s. f. (hist.) jacobita; partidário de Jaime II e da casa dos Stuarts (na Inglaterra) / membro de uma seita religiosa que teve por chefe o Bispo de Edessa, Jacob.
Giacochimíti, s. m. pl. joaquimitas, sequazes do monje calabrês Gioachino di Fiora (séc. XII).
Giaconètta, s. f. (do fr.) espécie de musselina.
Giaculatòria, s. f. (ecles.) jaculatória.
Giàda, s. f. (min.) jade.
Giadeíte, s. f. (min.) jadeíta.
Giaggiuòlo, s. m. (bot.) gladíolo, lírio.
Giaguàro, (v. guar.) s. m. jaguar, onça da Am. do Sul.
Giaiêtto, s. m. azeviche.
Gialàppa, (v. mex.) s. f. (bot.) jalapa.
Giàlda, (ant.) s. f. lança.
Gialdonière, (ant.) s. m. soldado armado de lança.
Giallamína, s. f. (min.) calamina.
Giallàstro, adj. amarelento.
Gialleggiànte, p. pr. e adj. amarelejante, que tende ao amarelo.
Gialleggiàre, (pr. -êggio, -êggi) v. intr. amarelar, amarelecer / soltar centelhas amarelas.
Giallêtto, adj. dim. amarelado / (s. m.) pãozinho de fubá com passa de uva.
Giallêzza, s. f. (p. us.) amarelidez.
Gialliccio, (pl. -ícci) adj. amarelento, amarelado / (s. m.) a cor amarela.
Giàlligno, adj. (p. us.) amarelento.
Giàllo, adj. amarelo (da cor do ouro, do enxofre, da gema de ovo, do açafrão) / pálido, descolorido: ——— **come um morto** / **farina gialla**: farinha de milho, fubá / **febbre** ———: febre amarela / **stampa gialla**: imprensa amarela / **libri gialli**: livros de genero policial / (s. m.) a cor amarela.
Giallôgnolo, adj. amarelento.
Giallône, s. m. (f. ôna) pessoa muito pálida, amarela / (adj.) amarelo espesso.
Giallôre, s. m. amarelidez.
Gialôso, adj. (p. us.) amarelado.
Giallúme, s. m. amarelo sujo / coisas amarelentas / palidez excessiva.
Giallúria, s. f. amarelo das rosas.
Giambàre, (ant.) v. burlar, zombar.
Giambèlego, (pl. -elèghi) s. m. e adj. jambélego (verso latino).
Giamberlúcco, s. m. (ant.) bata, chambre comprido.
Giambêvole, (ant.) adj. burlador, chasqueador, brincalhão, zombador.
Giàmbo, s. m. (metr.) iambo ou jambo.
Giammài, adv. jamais, nunca, em tempo nenhum / como valor negativo, vai acompanhado com **non, no né, nulla, niente** etc; **nulla** ——— **gli chiesi**: nunca lhe pedi nada / ——— **ti scorderò**: nunca te esquecerei.
Giandúia, n. pr. m. máscara popular piemontesa / (s. m.) **gianduia** ou **gianduiotto**: bombom de chocolate fabricado em Turim.

Gianícolo, (geog.) Janículo, colina de Roma, onde estão colocados os monumentos de G. Garibaldi e Anita Garibaldi.
Giannèllo, s. m. gusano das frutas.
Giannêtta, s. f. (do esp.) lança curta / bengala de passeio.
Giannettàta, s. f. lançada / bengalada.
Giannêtto, s. m. ginete: cavalo corredor espanhol.
Giannízzero, s. m. (do turco) janízaro / (por ext.) satélite de um caudilho, etc.
Gianseniano, giansenístico, adj. jansenístico.
Giansenísta, (pl. ísti) s. m. e f. jansenista.
Giapponêse, adj. e s. m. japonês, / **lotta** ———: jiu-jitsu.
Giappônico, adj. (p. us.) japonês, nipônico.
Giàra, (do ár.) s. f. jarra, jarro / cântaro, pote, vaso.
Giàrda (ant.), s. f. burla, zombaria / (vet.) tumor na tíbia do cavalo, etc.
Giardinàggio, (pl. àggi) s. m. jardinagem.
Giardinàio, (pl. -ài) s. m. jardineiro / (adj.) rico de flores, florido / **maggio** ——— **non empie il granaio**.
Giardinería, s. f. jardinagem.
Giardinètta, s. f. carroçaria especial para automóveis, que serve para o transporte de pessoas e de coisas; perua (bras.).
Giardinêtto, s. m. (dim.) jardinzinho / frutas para sobremesa / sorvete de duas ou mais cores / (mar.) espaço arredondado na popa.
Giardinièra, s. f. jardineira, mulher do jardineiro / móvel para flores ou vasos de flores / sopa de verduras / forma especial de automóveis: perua (bras.).
Giardinière, s. m. jardineiro.
Giardíno, s. m. jardim / (fig.) lugar ameno, lindo: **l'Italia è il** ——— **d'Europa** / **giardini pubblici**: jardim, parque público.
Giargône, s. m. (min.) zircão.
Giàrra, s. f. jarra.
Giarrettièra, s. f. (do fr.) jarreteira / (ant.) liga para suster a meia; ordem de cavalaria na Inglaterra.
Giàspide, s. m. (miner.) jaspe.
Giaúrro, (do turco) s. m. infiel, nome que os turcos davam aos de outra fé.
Giavàzzo, s. m. linhite de cor preta, para o fabrico de botões e outros ornamentos de luto.
Giavellòtto, s. m. (do fr.) dardo curto, azagaia, virote.
Gíbbo, (ant.) s. m. giba, corcova, gibosidade, proeminência, protuberância.
Gibbône, s. m. (gibão, mono asiático).
Gibbosità, s. f. gibosidade; corcova, corcunda.
Gibbúto, adj. giboso, corcunda, corcovado.
Gibèrna, s. f. (mil.) cartucheira, patrona.
Gibêtto (ant.) s. m. patíbulo, forca; enforcamento.
Gibigiàna, s. f. (dial. lombardo) espelhinho movediço para caçar calhandras.

Gíbus, s. m. chapéu alto que pode achatar-se.
Gíchero, s. m. (bot.) jarro, planta da família das Aráceas; talo, tarrontaioba; planta herbácea com rizoma tuberoso.
Gíga, s. f. jiga, antiga dança italiana; a música dessa dança / antigo instrumento de cordas, semelhante ao violino.
Gigànte, s. m. (f. **gigantèssa**) gigante / (fig.) ———— **della pittura / passi da** ————: passos compridos; (fig.) progressos rápidos / homenzarrão.
Giganteggiàre, (pr. **êggio, -êggi**) v. gigantear, sobressair, dominar; superar: **Dante giganteggia tra i poeti.**
Gigantescamènte, adv. gigantescamente.
Gigantêsco, (pl. **-êschi**) adj. gigantesco; gigânteo.
Gigantèssa, s. f. giganta.
Gigantísmo, s. m. gigantismo / elefantíase.
Gigantomachía, s. f. (mit.) gigantomaquia.
Gígaro, s. m. (bot.) jarro, planta da fam. das Aráceas.
Gigiône, s. m. (voz da gíria teatral) cantor de escasso valor, porém presunçoso.
Gigionísmo, s. m. presunção, convencimento.
Gigliàceo, s. f. (bot.) liliáceo / (s. f. pl.) liliáceas, família de plantas.
Gigliàstro, s. m. (bot.) matargão, lírio silvestre.
Gigliàto, adj. espargido ou semeado de lírios / que tem a marca do lírio / (s. m.) moeda antiga de Florença, de Nápoles e da França real.
Gigliêto, s. m. lirial, terreno onde crescem lírios.
Gíglio (pl. **gígli**), s. m. (bot.) lírio / (fig.) **essere un** ————: ser puro, inocente / ———— **delle convalli**: lírio convale, lírio-do-vale.
Gigliône, s. m. (mar.) cabo dos remos nas galeras.
Gilbo, (ant.) adj. cinzento.
Gílda, s. f. (hist.) corporação medieval de comerciantes.
Gilè, s. m. (do fr.) colete, peça de vestuário de homem / (sin.) **sottoveste, panciotto.**
Gilia, (p. us.) adj. argiláceo, argiloso.
Gillètte, (v. ingl.) s. f. gilete, navalha inventada por Gillete; (ital.) **rasoio di sicurezza.**
Gimnospèrma, s. f. (bot.) gimnosperma.
Gimnòto, (v. **ginnoto**) s. m. gimnoto (peixe) / antiga mina submarina.
Gin, s. m. (do ingl.) gin, licor inglês.
Ginandría, s. f. (bot.) ginandria (classe de vegetais).
Ginecèo, s. m. gineceu, parte da casa grega reservada às mulheres / (bot.) conjunto dos órgãos femininos da flor.
Ginecofobía, s. m. ginecofobia, ginofobia.
Ginecología, s. f. ginecologia.
Ginecòlogo, (pl. **-òlogi**) s. m. ginecólogo, ginecologista.
Ginecòlogo, (pl. **-òlogi**) s. m. ginecólogo, ginecologista.
Ginêpra, s. f. (bot.) baga do junípero ou zimbro.
Ginepràio, (pl. **-ài**) s. m. zimbral, terreno onde crescem zimbros / (fig.) trapalhada, labirinto, enredo; **cacciarsi in un** ————: meter-se numa embrulhada, em camisa de onze varas, etc.
Gineprêto, s. m. (bot.) zimbral.
Ginêpro, s. m. (bot.) junípero, zimbro, planta da família das Pináceas.
Ginèstra, s. f. retama, giesta, planta da fam. das leguminosas.
Ginestrèlla, s. f. (bot.) retama, giesta tintorial.
Ginestrêto, s. f. giestal, lugar onde crescem giestas.
Ginestrône, s. m. (bot.) giesta grande e espinhosa.
Ginevríno, adj. genebrino, habitante de Genebra; da cidade de Genebra.
Ginfiòcco, (pl. **-òcchi**) s. m. fibra têxtil da giesta.
Gingillàre, v. entreter-se, perder tempo em brincadeiras, folgar / demorar, atrasar: **per la strada si gingilla a guardar di quà e di là**.
Gingillíno, s. m. folgador, vadio, boa-vida (bras.); nome do personagem de uma sátira de Giusti, tipo de vivedor e arrivista.
Gingíllo, s. m. brinquedo / coisa que faz perder o tempo, bugiganga, ninharia, passatempo / berloque, alfaia.
Gingillône, s. m. (f. **-ôna**) vadio; boa-vida.
Gínglimo, s. m. (anat.) gínglimo, articulação que só dá movimento em dois sentidos opostos.
Gingoísmo, s. m. (do ingl.) jingoísmo, patriotismo exaltado e belicoso.
Ginnasiàle, adj. ginasial; **corsi ginnasiali**: cursos clássicos.
Ginnasiàrca, (pl. **-àrchi**) s. m. (lit.) ginasiarca, diretor de exercícios (entre os antigos).
Ginnàsio, (pl. **-àsi**) s. m. ginásio / **archiginnàsio**: universidade.
Ginnàsta (pl. **-àsti**) s. m. ginasta.
Ginnàstica, s. f. ginástica; ———— **svedese**: gin. sueca / educação física.
Ginnàstico, (pl. **-àstici**) adj. ginástico.
Ginnêtto, s. m. (do esp.) ginete; cavalo de raça espanhola.
Gínnica, s. f. (lit.) gímnica, ginástica.
Gínnico, (pl. **gínnici**) adj. gímnico, ginástico.
Ginnosofísta, (pl. **-ísti**) s. m. gimnosofista; filósofo indiano asceta.
Ginnòto, s. m. gimnoto, peixe fisótomo / (mil.) antigo torpedo submarino.
Ginocchiàia, s. f. chaga produzida nos cavalos pelas esporas.
Ginocchiàta, s. f. joelhada, golpe com o joelho.
Ginocchiàto, adj. dobrado em dois como um joelho, ajoelhado.
Ginocchièllo, ginocchièttto, s. m. joelheira / parte da armadura antiga que defendia o joelho / sinal que o joelho deixa nas calças pelo muito uso / pernil de porco.

Ginòcchio, (pl. -òcchi e f. -òcchia) s. m. (anat.) joelho / **in** ———: de joelhos / **gettarsi alle ginochia di uno:** ajoelhar-se diante de alguém, implorar / **sentirsi piegar le ginocchia:** cair de cansado.

Ginocchiòni, adv. de joelhos.

Giòbbe, (do hebr.) n. pr. Jó / **la pazienza di** ———: a paciência de Jó.

Giocàre (pr. **giuòco, giuòchi, giochiàmo, giocàte**) v. jogar / ——— **alle carte** (j. baralho), **agli scacchi** (j. xadrez); ——— **alla borsa:** jogar na Bolsa / entreter-se, recrear-se, divertir-se, brincar / ——— **d'astuzia, di destrezza:** jogar de astúcia, de habilidade / ——— **sporco:** trapacear no jogo / **a che giòco giochiàmo?:** onde vamos parar? / ——— **un brutto tiro:** pregar uma peça / **giocarsi il posto:** arriscar ou perder o emprego / **giocarsi una persona:** manejar alguém com esperteza.

Giocàta, s. f. partida de jogo / jogada, lance de jogo / jogata; **una bella o brutta** ———: um bom ou mau golpe / (dim.) **giocatína;** (aum.) **giocatôna.**

Giocatôre, s. m. (f. **-trice**) jogador, pessoa que joga / ——— **di pallone;** jogador de bola / jogador, pessoa que joga por vício.

Giocàttolo, s. m. brinquedo, brinco, objeto que serve para as crianças brincarem.

Giocherellàre, v. intr. brincar, fazer alguma coisa por brincadeira, entreter-se com.

Giocherèllo, s. m. dim. joguinho, jogo simples / brinquedinho, pequeno brinquedo / engano.

Giochètto, s. m. dim. joguinho, brinquedo / brincadeira, burla, zombaria / ——— **di parole:** jogo de palavras.

Giòco, (v. **giuoco**) s. m. jogo.

Giocofòrza, (essere) loc. ser necessário, ser mister, preciso ou forçoso.

Giocolàre, v. intr. (p. us.) brincar, passar o tempo, divertir-se.

Giocolière, s. m. prestidigitador, ilusionista, malabarista; escamoteador.

Giocondamênte, adv. alegremente, jovialmente, jucundamente.

Giocondàre, (pr. **-ôndo**) v. alegrar, divertir, recrear; regozijar-se, gozar.

Giocondità, s. f. jucundidade, alegria, jovialidade, regozijo, júbilo.

Giocôndo, adj. jucundo, jovial, alegre, festivo, jubiloso.

Giocosamênte, adv. jocosamente, festivamente.

Giocosità, s. f. (p. us.) jocosidade, alegria.

Giocôso, adj. jocoso, festivo, chistoso / burlesco / **poesia giocosa:** poesia jocosa.

Giocucchiàre, v. brincalhar.

Giogàia, s. f. barbela dos bovinos / (geogr.) cordilheira.

Giogàtico, (pl. **-àtici**) s. m. salário dos camponeses que com os próprios bois lavram a terra de outros; jeira, jugada.

Giòglio, (ant.) s. m. jugo, canga dos bois; (hist.) espécie de forca composta de três lanças, sob a qual os Romanos faziam passar os vencidos / (geogr.) cume, cimo dos montes / (fig.) escravidão, opressão, domínio.

Giòia, s. f. alegria, júbilo, viva satisfação da alma; alegria, viva demonstração de satisfação interior / pessoa ou coisa querida ou de muito valor; **quel bimbo è la** ——— **della casa** / jóia, gema, pedra preciosa / **darsi alla pazza** ———: entregar-se à alegria, divertir-se a valer / (sin.) **gaiezza, allegria, giubilo, letizia / gemma.**

Gioiàre, (ant.) v. tr. alegrar-se.

Gioiellàre, v. tr. (p. us.) enjoiar, adornar com jóias / engastar pedras preciosas.

Gioeileria, s. f. joalheria; joalharia (loja e arte de joalheiro).

Gioièllo, s. m. jóia / (fig.) coisa ou pessoa de grande estimação: **quella regazza è un** ———; **questa lirica è un** ———.

Gioiètta, s. f. dim. júbilo.

Gioiosamente, adv. alegremente, jovialmente, prazenteiramente.

Gioiôso, adv. alegre, jovial, festivo, prazenteiro / (s. f.) **Gioiosa,** nome que se deu a uma espada do Cid. (port. joiosa).

Gioíre, (pr. **-ísco, -ísci, -ísce**) v. intr. alegrar-se, regozijar-se, gozar.

Giòlito, s. m. (lit.) repouso, tranquilidade, sossego / gozo, prazer, alegria, regozijo / (náut.) **nave in** ———: navio ancorado que balançeia.

Gioppíno, (de **Giuseppino**) s. m. personagem do teatro vernáculo bergamasco, representado por um camponês com três papeiras.

Giorgína, s. f. (bot.) dália / tecido de lã leve.

Giòrgio, s. m. fantoche que se queima na festa de S. Jorge / (fig.) tonto, bobo / fanfarrão: **fare il** ———.

Giornalàio (pl. **ài**), s. m. vendedor de jornais, jornaleiro.

Giornàle, s. m. jornal, diário, periódico / (por ext.) revista / (com.) livro diário /diário, crônica, efeméride / (rad.) **radio** ———: rádio jornal / (mar.) ——— **diário di bordo,** diário de navegação; (dim.) **giornalètto, giornalíno, giornalúccio** / (aum.) **giornalône** / (depr.) **giornalàccio.**

Giornalière, v. **giornaliero.**

Giornalièro, adj. diário, de todos os dias; quotidiano; **paga giornaliera;** soldo diário; (s. m.) jornaleiro, trabalhador a quem se paga jornal.

Giornalísmo, s. m. jornalismo, periodismo / imprensa, conjunto de periódicos de um mesmo lugar ou carácter: **il** ——— **cattolico: il** ——— **milanese.**

Giornalísta, (pl. **-ísti**) s. m. jornalista; periodista.

Giornalístico, (pl. **-ístici**) adj. jornalístico.

Giornalmênte, adv. diariamente, cotidianamente.

Giornalúme, s. m. (depr.) jornalismo desprezível.

Giornànte, s. f. jornaleira, criada que trabalha por dia.

Giornàta, s. f. dia, jornada / **una ——— tranquilla**: um dia sereno / jornal, dia do trabalhador; salário, soldo ou jornal do operário; **la ——— di otto ore**: o dia de 8 horas de trabalho / jornada, feito de armas: **una ——— gloriosa / ——— campale**: uma batalha campai / viagem, jornada, a vida humana: **e compiei mia giornata innanzi sera** (Petrarca) / **vivere alla ———**: viver dia por dia, ou ganhar o sustento dia por dia / **——— magra**: dia de escassez / **la ——— della madre**: o dia da mãe / (dim.) **giornatína**; (aum.) **giornatôna**: (depr.) **giornatàccia** (sin.) **giorno**.

Giornatàre, (ant.) v. passar o dia em conversa, em coisas vãs.

Giornèa, s. f. sobreveste que se usava sobre a armadura / espécie de toga para cerimônias / (mar.) vestuário de trabalho.

Giornèllo, s. m. espécie de vaso sobre o qual o servente prepara a argamassa para o pedreiro.

Giôrno, s. m. dia, espaço de tempo desde o nascer até o por do Sol; espaço de 24 horas / **——— e notte**: dia e noite / **di ———**: durante o dia / **——— utile**: dia de trabalho / **un ——— / un bel ———**: um dia, qualquer dia, algum dia / **a vida**: **ha finito i suoi giorni**: terminou seus dias / **a giorni**: dentro de pouco tempo / **fare di ——— notte**: dormir o dia todo / **farsi ———**: amanhecer, raiar o dia / dia, época atual, momento atual: **gli uomini del ———, le novità del ——— / fra 8 giorni**: dentro de 8 dias / (prov. venez.) **ghe xe più di che lugànega**: há mais dias que lingüiça (aconselhando parcimônia).

Giòstra, s. f. justa, torneio / carossel, festa, divertimento.

Giostrànte, adj. e s. m. justador, que, ou aquele que entra em justa.

Giostràre, (pr. -òstro) v. intr. justar, entrar em justa / combater, competir.

Giottêsco, (pl. -èschi) adj. à maneira de Giotto (cél. pintor florentino): **con un fare giottesco**.

Giòtto, s. m. Giotto, pintor florentino / **esser tondo come l'O di Giotto**: diz-se de pessoa muito tola.

Giovàme, (ant.) s. m. proveito.

Giovamênto, s. m. proveito, utilidade, benefício, vantagem.

Giovanàglia, (ant.) s. f. (depr.) bando de moços, rapazio.

Giôvàne, adj. m. e f. jovem de idade: **uomo o donna ——— / albero ———**: árvore jovem, louça / **d'aspetto, di mente, di cuore**: jovem de semblante, de mente, de coração / (s. m. e f.) jovem, pessoa moça / rapaz; **——— di studio**: moço de escritório; **——— di negozio**: empregado de comércio, caixeiro, etc. / **——— d'officina**: aprendiz / (s. f.) moça, senhorita, donzela / (sin.) **ragazza, signorina** / (dim.) **giovanêtto, giovanettino**; (aum.) **giovanòtto**.

Giovaneggiàre, (pr. -êggio, êggi) v. intr. comportar-se como jovem um velho.

Giovanêsco, adj. (p. us.) juvenil.

Giovaníle, adj. juvenil.

Giovanilmênte, adj. juvenilmente.

Giovànni, n. p. João (f. Giovanna); (dim. e abr.) **Giovannino, Giannino, Gianni, Vanni, Nanni, Giannetto, Giannettino**.

Giovanníti, s. m. pl. os companheiros de S. João Crisóstomo.

Giovanottàta, s. f. ação, proeza de moço, estroinice, rapaziada, travessura.

Giovanòtto, s. m. (aum.) moço, mocetão, rapagão / (mar.) grumete / (dim.) **giovanottino** (rapazinho, mocinho); (aum.) **giovanottône**: rapagão.

Giovàre, (pr. -ôvo) v. servir, ser útil, benéfico ou proveitoso; favorecer; **la ginnastica giova alla salute**: a ginástica beneficia a saúde / beneficiar, ajudar, favorecer: **giovò la famiglia** / (impess.) convir, importar; **giova sapere, ricordare, notare**, etc.: convém saber, lembrar, notar, etc. / (refl.) servir-se, utilizar, beneficiar: **servirsi dell'esperienza, dell'abilità**, etc.

Giovedì, s. m. quinta-feira / **——— grasso**: quinta-feira gorda, última quinta-feira de carnaval / **il ——— santo**: quinta-feira santa.

Giovenalêsco, adj. juvenalesco, satírico, no estilo de Juvenal.

Giovènca, s. f. novilha, vaca nova, bezerra.

Giovènco, (pl. -ènchi) s. m. novilho, boi ainda novo; almalho.

Gioventú, s. f. juventude, mocidade; **prima ———**: adolescência / **la ——— studiosa**: os estudantes / **peccati di ———**: leviandades.

Gioverèccio, (pl. -ci) adj. útil, proveitoso / fresco, viçoso.

Giovèvole, adj. útil, proveitoso, vantajoso, benéfico, favorável.

Giovevolmênte; adv. proveitosamente, beneficamente.

Goviàle, adj. jovial, alegre, de bom humor, sociável; afável, cordial; **accoglienza ———**: acolhida amistosa.

Giovialône, adj. e s. m. (f.-ôna) muito jovial e alegre.

Giovialità, s. f. jovialidade, alegria, bom humor / amabilidade, cordialidade.

Giovinàstro, s. m. (depr.) moço estroina, travesso, vicioso, desajuizado.

Giovincèllo, s. m. dim. jovenzinho, rapazelho, rapazete, rapazinho.

Giôvine, s. m. (lit.) jovem; forma us. somente no singular; **un ———**: um jovem, um moço; no pl. **i giovani**: os jovens, os moços.

Giovinêtto, adj. e s. m. (dim.) jovenzinho.

Giovinêzza, s. f. juventude, mocidade / (sin.) **gioventù**.

Gipsotèca, (pl. -èche) s. f. gipsoteca, coleção de gessos artísticos.

Giràbile, adj. girável, que se pode girar ou contornar / (com.) endossável; **un assegno ———**: cheque, letra endossável / giratório.

Giracàpo, s. m. estonteamento, tontura / vertigem, desmaio.

Giradíto, s. m. (med.) unheiro, panarício / (sin.) **panereccio**.
Giràffa, s. f. girafa / (fig.) pessoa alta e esguia.
Giramàschio, s. m. instrumento de ourives que serve para fazer girar o parafuso no metal, a fim de executar um furo; drilho.
Giramênto, s. m. giro, volta, rotação / ——— **di testa**: tontura, vertigem.
Giramôndo, s. m. vagamundo, vagabundo, aventureiro.
Giràndola, s. f. girândola, roda de fogos artificiais. ((fig.) fantasia, cavilação / intriga / **dare nelle girandole**: perder o juízo, fazer bobagens / pessoa volúvel.
Girandolàre, (pr. -àndolo) v. intr. vaguear, vagabundar, vadiar.
Girandolíno, s. m. pessoa que passeia muito / pessoa frívola, distraída.
Girandolône, s. m. vagamundo, errante.
Girandolôni, adv. andare a ———: vaguear, errar, vagabundar.
Giràntө, p. pr. e adj. girante, que gira; rodante / (s. m. com.) endossante de uma letra.
Giràre, v. girar, rodar, voltear, dar voltas a uma coisa: ——— **una ruota** / circular, vaguear; andar de um lado para outro; andar, viajar: **ho girato il mondo** / andar à roda ou em giro, **girammo lo scoglio** / volver, virar; ——— **il capo**, **la chiave**: volver a cabeça, virar a cabeça, virar a chave / dobrar; ——— **la cantonata**: dobrar a esquina / (mil.) ——— **il nemico**: rodear, cercar o inimigo / (cin.) ——— **una pellicola**: rodar uma fita / (com.) endossar; ——— **una cambiale**: endossar uma letra / ——— **il discorso**: dar outro rumo à conversação / **mi ha fatto girare il capo**: quase me tornou louco / **far** ——— **la boccia**: amolar, importunar / estrada, rio, etc., mudar de direção: **la viottola gira la manca**.
Girarròsto, s. m. assador automático, elétrico, etc.
Girasôle, s. m. (bot.) girassol.
Giràta, s. f. giro, volta; **diedi una** ——— **alla chiave**: dei uma volta na chave / passeio; **fare una** ———: dar uma volta ou passeio / (com.) endosso de uma letra / no jogo de baralho, repartição de cartas aos jogadores / (dim.) **giratina**.
Giratàrio, (pl. -àri) s. m. tomador, portador de uma letra, etc.
Giratòrio, (pl. -ri) (ant.) adj. giratório.
Giravòlta, s. f. viravolta, reviravolta, pirueta / **fare una** ———: fazer uma reviravolta, dar volta atrás / volta, curva de caminho ou estrada, espec. de montanha.
Giravoltolàre, v. intr. (p. us.) dar reviravoltas, piruetas, cabriolar / (fig.) endoidecer.
Gíre, (ind. imperf. **giva**, **gívano**) poét. e p. us.) v. ir, andar / **girsene**: ir-se.
Girèlla, s. f. roldana / peão no jogo de damas / roda motriz da máquina de fiar / veleta, cata-vento; (fig.) pessoa volúvel, espec. em política / **il brin-**

disi dil Girella: poesia satírica de G. Giusti.
Girellàre, (pr. -èllo) v. intr. vagar, vaguear, vagabundar, errar sem destino certo.
Girelliètto, s. m. dim. cilindro de madeira no aparelho do amolador.
Girellíno, s. m. rodela dentada com a qual o sapateiro marca os sinais da costura na sola.
Girèllo, s. m. disco, rodela, aro, anel, / parte posterior da coxa do boi ou vaca / fundo da alcachofra / (dim.) **girellínio**, **girellètto**.
Girellône, s. m. (f. -ôna) vagabundo, passeador.
Girêtto, s. m. dim. voltazinha / **fare un** ———: dar um pequeno passeio / cacho ou canudo postiço de penteado feminino.
Girêvole, adj. rodável / (fig.) mudável, volúvel.
Girifàlco, (pl. -àlchi) s. m. gerifalte, ave de rapina, diurna / (ant.) peça de artilharia antiga.
Girigògolo, s. m. rabisco, garatuja, gatafunho / (fig.) discurso confuso.
Giríno, s. m. girino, forma larvar, pisciforme, dos anfíbios anuros.
"**Girl**" (v. inglês)" "girl", moça americana emancipada / corista e bailarina nos teatros de variedades.
Gíro, s. m. giro, volta; contorno, circuito; circulação; passeio, viagem, excursão / circunlóquio; ——— **di parole**: rodeio de palavras / **un** ——— **di corda**: uma volta de corda / ——— **d'Italia in bicicletta**: volta da Itália em bicicleta / **fare un** ———: dar um pequeno passeio, dar uma volta / **mettere in** ———: propalar, divulgar / ——— **di affari**: movimento comercial / **nel** ——— **di pochi mesi**: no decurso de poucos meses / trâmite; **quelle carte stanno facendo il loro** ———: aqueles papéis estão sendo despachados pelos trâmites usuais / ——— **di capitali**: movimento de fundos / **fare il** ——— **dei mondo**, dar a volta ao mundo / **giri dell'elica**: os giros da hélice / **prendere in giro**, zombar, motejar, caçoar, enganar alguém / **in giro**: ao redor / **giro tondo**, brinquedo de crianças / (dim.) **giretto**, **girettino**.
Girò, s. m. vidonho da Sardenha e o vinho feito do mesmo.
Girobússola, s. f. (náut.) bússola giroscópica.
Girómetro, s. m. girômetro, aparelho para medir a velocidade da rotação.
Giromêtta, s. f. antiga canção em elogio ao traje feminino : **la bella Girometta**: mulher afetada no falar e no vestir.
Girondíno, adj. e s. m. girondino / partido moderado na revol. francesa.
Girondolàre, (v. **girandolare**) v. passear, vagabundar.
Girône, s. m. (aum. de **giro**) giro, volta, círculo grande; círculo / (lit.) círculo do inferno dantesco / **andar gironi**: vaguear, errar, passear.
Gironzàre, v. intr. (pr. -ônzo) vaguear, errar / andar à procura de alguém.

Gironzolàre, v. intr. (pr. -ônzolo) vaguear, errar, vagabundar.
Giropilòta, s. m. aparelho eletromecânico para manobrar automat. o leme de navios e aviões.
Giroscòpico, (pl. -ci) adj. giroscópico.
Giroscòpio, (pl. -pi) s. m. giroscópio.
Girostático, (pl. -ci) adj. giroscópico.
Girostato, (pl. -òstati) s. m. estabilizador giroscópico para navios, torpedos, aeroplanos, ferrovias de um só trilho, etc.
Girotôndo, (pl. giritondi) s. m. dança de roda, especialmente de crianças.
Girovagàre, (pr. òvago) v. intr. girar, passear, errar, andar ao léu.
Giròvago, intr. (pr. -òvaghi) adj. errante, vagamundo, vagabundo / **mercante** ———: vendedor ambulante.
Gíta, s. f. ida, ação de ir num lugar por divertimento ou por outro fim; passeio, volta, excursão, viagem curta; ——— **di piacere**: viagem de recreio; ——— **campestre**: passeio campestre / ——— **a cavallo**: passeio a cavalo / (dim.) **giterèlla**.
Gitàna, s. f. gitana, cigana / música de antiga dança espanhola.
Gitàno, s. m. e adj. gitano; cigano.
Gittare, (v. gettare) v. arrojar, arremessar.
Gittàta, s. f. fileira da trama do tecido.
Giù, adv. abaixo, em baixo, para baixo / **buttare** ———: derrubar, abater; **venir** ———: baixar, descer; (fig.) **decair** / **buttar** ——— **uno scritto**: escrever ao correr da pena / **buttarsi** ———: atirar-se para baixo; (fig.) rebaixar-se, acobardar-se, / ¡**mandar** ———: tragar, engolir / tolerar: **quest'offesa non la mando** ———: esta ofensa não a tolero / **avrà 30 anni o** ——— **di lì**: terá 30 anos ou pouco mais ou menos / **su per** ———: mais ou menos / ——— **la máschera!**: fora a máscara / ——— **per il pendío**: ladeira abaixo.
Giúba, e **giùbba**, s. f. juba, crina de leão.
Giúbba, s. f. casaco, fraque, véstia / (mil.) casaco dos soldados e marinheiros / (fig.) **rivoltar la** ———: virar casaca, mudar de opinião, de partido; (dim.) **giubbètta, giubbettína**; (aum.) **giubbône**.
Giubbètto, s. m. jaqueta de mulher ou de menino.
Giubbilàre, ou **giubiliàre**, v. tr. jubilar, aposentar / (sin.) **collocare a riposo**.
Giubbilàto, p. p., adj. e s. m. jubilado, aposentado / (sin.) **pensionato**.
Giubbilazlône, s. f. jubilação, aposentação.
Giubbône, s. m. casaco grosseiro para abrigo / **scuotere il** ———: bater, surrar.
Giubêtto, (ant.) s. m. força, patíbulo / angústia.
Giubilèo, s. m. jubileu, indulgência plenária concedida pelo Papa / jubileo da igreja Católica; ano Santo / qüinqüagésimo aniversário de casamento, de exercício de uma função, etc.
Giubilío, s. m. júbilo continuado.

Giúbilo, s. m. júbilo, grande alegria; contentamento, regozijo.
Giuccàta, (tosc.) **giucchería**, s. f. necedade, bobagem, tontice.
Giúcco, adj. e s. m. néscio, bobo, tonto / simplório / (dim.) **giucchíno**; (aum.) **giuccône**.
Giúda, s. m. (do hebr.) judas; (fig.) traidor, amigo falso.
Giudaicamênte, adv. judaicamente.
Giudáico, (pl. -àici) adj. judaico, judio.
Giudaísmo, s. m. judaísmo; religião dos judeus.
Giudaizzàre, v. judaizar, observar os ritos dos judeus.
Giudèo, s. m. judeu, hebreu, semita, israelita.
Giudicàbile, adj. judicável; julgável.
Giudicànte, p. pr. e adj. judicante / (s. m.) juiz.
Giudicàre, (pr. -údico, -údichi) v. tr. julgar: ——— **un reo** / sentenciar / supor, crer, reputar / **lo giudico onesto**: julgo-o honesto / ——— **a occhio e croce**: julgar ou avaliar sumariamente / estimar, avaliar, calcular: ——— **il peso d'un corpo** / resolver, decidir, examinar / entender, considerar, ser de parecer; ——— **utile un'operazione**: julgar útil uma operação / **giudica e manda secondo che avvinghia** (Dante).
Giudicàto, p. p. julgado / s. m. (for.) sentença, juízo / **passare in** ———: ser julgado definitivamente, sem possibilidade de apelação / (hist.) cada uma das 4 províncias em que se dividia antigamente a Sardenha.
Giudicatôre, adj. e s. m. (f. -trice) julgador, que julga / **commissione giudicatrice**: mesa examinadora / (s. m.) juiz.
Giudicatòrio, (pl. -òri) adj. judicatório, relativo a julgamento.
Giudicatúra, s. f. judicatura; magistratura.
Giúdice, s. m. juiz; magistrado / árbitro, arbitrador / ——— **conciliatore**: juiz de paz / ——— **istruttore**: juiz de instrução, sumariante / ——— **di una gara**: árbitro num concurso, certame, etc. il ——— **supremo**: o juiz supremo, Deus / (sin.) **magistrato, arbitro**.
Giudichêssa, s. f. (joc.) mulher do juiz / juíza, mulher que julga.
Giudízio, (ant.) s. m. juízo / sentença, vingança.
Giudizïàle, adj. judicial.
Giudizialmênte, adv. judicialmente.
Giudiziàrio, (pl. -àri) adj. judiciário, judicial; forense.
Giudízio, (pl. -ízi) s. m. juízo; uomo **di** ———: homem de juízo / juízo, ato de julgar; conceito, parecer, prognóstico / tino, circunspecção, seriedade, prudência, sensatez / razão **l'età del** ———: a idade do juízo, da razão / **perdere il** ———: perder o juízo / (for.) juízo, processo, sentença; **citare in** ———: demandar / ——— **di Dio**: juízo de Deus / (prov.) **rimandare una cosa al giorno del** ———: deixar uma coisa para o dia de São Nunca.

Giudoziosamente, adv. judiciosamente, acertadamente, ajuizadamente.
Giudizióso, adj. judicioso, acertado, sensato, sentencioso; prudente.
Giúggiola, s. f. (bot.) jujuba (bras.), madeira-de-anáfega / (interj.) **giuggiole!**: caramba!, bagatela! / **andare in brodo di giuggiole**: extasiar-se, alegrar-se, não caber em si de contente.
Giuggiolíno, adj. (p. us.) da cor da jujuba, amarelo forte.
Giuggíolo, s. m. (bot.) jujubeira, açofeifa-maior ou jujuba.
Giuggiolône, s. m. simplório; bonachão.
Giúgnere, (ant.) v. chegar.
Giugnimênto, (ant.) s. m. chegada, ato de chegar.
Giúgno, s. m. junto, sexto mês do ano.
Giugnolíno, adj. de junho.
Giúgnolo, adj. de pera que amadurece no mês de junho; **pera giugnola**: pera junhal.
Giugulàre, adj. jugular, da garganta / (s. f.) nome de três veias da garganta.
Giugulàre, v. degolar, decapitar / (fig.) coactar, oprimir; obrigar a sofrer prejuízo.
Giugulatòrio, adj. jugulatório, jugulador / que oprime, coactivo.
Giulè, (ant.) s. m. antigo jogo de cartas hoje desaparecido.
Giulebbàre, (pr. -êbbo) v. cozinhar no açúcar, confeitar / **giulebbarsi una persona**: suportar alguém a contragosto.
Giulèbbe, s. m. julepo; xarope de açúcar condimentado com aromas / (fig.) **essere nel ————**: acarinhar esperanças ilusórias.
Giuliàno, adj. juliano; **calendario ————**: calendário juliano / (adj. e s. m.) juliano, da Veneza Júlia / (s. f.) juliana, sopa de legumes.
Giúlio, (pl. úli) s. m. júlio, moeda do tempo do Papa Júlio II / (adj.) de uma gente romana; **gente giulia** (de Júlio César).
Giulío, adj. lit. alegre: **giulía ride l'alba** (Carducci).
Giulivamênte, adv. alegremente, festivamente, jovialmente.
Giulività, s. f. alegria, regozijo, festividade.
Giulívo, adj. alegre, festivo, contente, jucundo, prazenteiro.
Giullàre, s. m. jogral, cantor de romances na Idade Média / truão, bobo / **giullari di Dio**: os primeiros sequazes de São Francisco de Assis.
Giullarêsco, (pl. -êschi) adj. (p. us.) jogralesco.
Giumèdra, (ant.) s. f. coisa rara, raridade.
Giumèlla, s. f. punhado, porção de qualquer coisa que cabe no côncavo das duas mãos juntas / **bere a ————**: beber com as mãos juntas.
Giumênta, s. f. jumenta, a fêmea do jumento.
Giumênto, (pl. giumenti e f. giumenta) s. m. jumento; burro.
Giúnca, s. f. (mar.) junco, pequena embarcação chata, us. na China, Índia, etc.

Giuncàceo, adj. (p. us.) juncáceo, pertenc. à fam. das juncáceas.
Giuncàia, s. f. juncal, terreno em que crescem juncos.
Giuncàre, v. tr. juncar, cobrir ou espalhar com juncos.
Giuncàta, s. f. requeijão fresco.
Giunchêto, s. m. juncal.
Giunchiglia, s. f. (bot.) junquilho, planta da fam. das amarilidáceas.
Giúnco, (pl. -únchi) s. m. (bot.) junco; cana de vassoura; cálamo bravo / **stuoia di ————**: esteira de junco de cangalha / **sedia di ————**: cadeira de vime ou de junco delgado / **piegarsi come il ————**: dobrar-se como o junco / **flessibile come il ————**: ser dócil, dúctil, flexível.
Giúngere, (pr. -úngo, -úngi, únge) v. chegar; **alla meta**: chegar, alcançar a meta / arribar, aportar: **———— alla riva, ———— al porto / ———— ai più alti gradi**: chegar aos mais altos postos / **———— in ritardo**: chegar com atraso / **———— a proposito**: chegar oportunamente / **———— le mani**: juntar as mãos / juntar; **———— legna al fuoco**: pôr lenha no fogo / golpear, atingir: **il sasso lo giunse al capo.**
Giungimênto, s. m. chegada, ato e efeito de chegar / junção, reunião.
Giúngla, s. f. jungla, formação vegetal característica da Índia.
Giuniôre, (v. **junior**) adj. júnior, o mais moço.
Giunònico, (pl. -ònici) adj. junônico, de formas femininas abundantes mas harmônicas.
Giúnta, s. f. chegada, ato de vir, de chegar; usa-se quase exclusivamente na loc. **a prima ————, di prima ————**: no primeiro momento, à primeira impressão / o que o comerciante dá de choro para contentar o freguês / propina, gorgeta / **carne senza ————**: carne sem osso / junção, união, juntura, costura / vantagem que um jogador dá a outro mais fraco / (adv.) **per giunta**: além disso / junta, administração, conselho, assembléia, corporação administrativa ou consultiva; comissão / (dim.) **giunterèlla**.
Giuntàre, v. tr. (p. us.) furtar, enganar.
Giuntàto, adj. de cavalo de patas compridas ou curtas: **———— lungo, ———— corto.**
Giuntatôre, s. m. (p. us.) enganador, tratante, larápio.
Giuntería, s. f. (p. us.) embuste, engano, fraude.
Giuntíno, adj. das edições dos Giunta, tipógrafos florentinos.
Giúnto, p. p. chegado, aportado, arribado, vindo / (adj.) junto, unido; **a mani giunte**: de mãos juntas, em ato de oração / (ant.) enganado, burlado / (s. m. mec.) juntura, ligação, articulação.
Giuntòia, s. f. corda para segurar a canga (dos bois).
Giuntúra, s. f. juntura, junta / (ant.) juntura, articulação / união, conexão, encaixe, ligação.

Giunziône, s. f. junção, união, ponto onde duas ou mais coisas se reúnem; confluência.
Giúòco, (pl. -òchi) s. m. jogo, ato e modo de jogar; **fu mio compagno di** ———; **ho perduto al gioco**: foi meu companheiro de jogo; perdi no jogo / objetos que servem para formar um jogo / ——— **di pegni**: jogo de prendas / ——— **del pallone**: futebol / diversão, passatempo / divertimento / (pint.) ——— **di luce**: jogo de luz / engano, artimanha / **scoprire il** ——— **di uno**: descobrir, penetrar a intenção de alguém / **prendersi** ——— **di uno**: zombar, caçoar de alguém / **casa di** ———: casa de jogo, bisca / **aver buon** ———: ter boas probabilidades / **fare il proprio** ———: (fingindo ter outras intenções) fazer somente o interesse próprio.
Giurabbàcco, interj. por Baco!
Giuracchiamênto, s. m. juramento sem propósito ou necessidade, com imprecações, etc.
Giuracchiàre, (p. us.) v. tr. jurar amiúde e sem a devida seriedade.
Giuramênto, s. m. juramento, jura; fórmula com que se jura; promessa solene / ——— **(o voto) di marinaio**: juramento falaz / (sin.) voto, promessa, sacramento, fede.
Giuràre, v. jurar, prestar juramento / declarar ou prometer solenemente / afiançar, afirmar sob juramento / **giuraria a uno**: jurar pela pele de, prometer vingar-se.
Giuràssico, (pl. -àssici) adj. (geol.) jurássico: **periodo** ———.
Giurativo, adj. (p. us.) juratório, relativo a juramento.
Giuràto, p. p. e adj. jurado; que prestou juramento; declarado solenemente; **l'han giurato** (Manzoni) / **nemico** ———, inimigo irreconciliável / tradutor juramentado / (s. m.) membro de um júri.
Giuratôre, adj. e s. m. (f. -tríce) jurador / que jura amiúde.
Giuratòrio, (pl. -òri) adj. juratório.
Giúre, s. m. (não tem pl.) direito, jurisprudência, ciência legal; **il** ——— **Romano**: o dir. Romano / (sin.) **diritto**.
Giureconsúlto, s. m. jurisconsulto, jurista / (sin.) **giurista, giurisperito**.
Giurêse, adj. (geol.) jurássico, juraico.
Giurí, s. m. (for.) júri, corpo de jurados / ——— **d'onore**: júri ou tribunal de honra.
Giuría, s. f. junta, corpo de juízes populares / júri, conjunto dos jurados / comissão de juízes, junta examinadora (de exposição, concurso, etc.).
Giuridicamênte, adv. juridicamente.
Giuridicità, s. f. juridicidade.
Giurídico, (pl. -ídici) adj. jurídico / **capacità giuridica**: capacidade legal ou jurídica / **ente** ———: entidade legal / **stato** ———: condição legal / (sin.) **legale**.
Giurisdizionàle, adj. jurisdicional.
Giurisdizióne, s. f. jurisdição, poder, autoridade / território dependente de um juiz / (fig.) potestade, razão, direito, poder / **cadere sotto la** ——— **di uno**: cai debaixo da jurisdição ou poder de alguém.
Giurisperíto, s. m. jurisperito.
Giurisprudènte, s. m. jurisprudente.
Giurisprudènza, s. f. jurisprudência / conjunto de leis e princípios básicos legais.
Giurísta, (pl. -ísti) jurista, jurisperito, jurisconsulto.
Giúro, s. m. (poét.) juramento; jura.
Gius, s. m. (for.) jus, direito.
Giusdicènte, s. m. (lit.) juiz.
Giúso, (ant.) adv. abaixo, debaixo; **suso e** ——— acima e abaixo / (port. ant.) juso.
Giuspatronàto, s. m. (ecles.) direito de conferir benefícios eclesiásticos; direito de protetor; padroado.
Giusquiamína, s. f. alcalóide que se extrai do meimendro ou velenho.
Giusquíamo, s. m. (bot.) meimendro, velenho (planta das Solanáceas).
Giústa, prep. conforme, de conformidade com, segundo; ——— **i vostri meriti**: segundo os vossos méritos.
Giustacuòre, s. m. (lit.) veste masculina bem justa no corpo, que chegava quase à altura do joelho.
Giustamênte, adv. justamente; cabalmente, precisamente.
Giustêzza, s. f. justeza, exatidão, precisão / harmonia ou concerto de proporções / (tip.) comprimento da linha tipográfica.
Giustificàbile, adj. justificável.
Giustificànte, p. pr. e adj. justificante.
Giustificàre, (pr. -ífico, ífichi) v. tr. justificar, dar a razão de, explicar; ——— **la condotta**: just. a conduta / fundamentar, desculpar, demonstrar a retidão: ——— **una persona** / dar provas, legitimar; ——— **l'assenza**: justificar a ausência / (pr.) reabilitar-se, provar a sua inocência.
Giustificativo, adj. justificativo.
Giustificàto, p. p. e adj. justificado, retificado, comprovado, desculpado, perdoado.
Giustificatôre, adj. e s. m. (f. -tríce) justificador; justificativo.
Giustificatòrio, (pl. -òri) adj. justificatório.
Giustificazióne, s. f. justificação, ato e efeito de justificar; razão; desculpa; aquilo que justifica; prova; reabilitação.
Giustíssimo, adj. sup. muito justo, justíssimo.
Giustízia, s. f. justiça: **agire con** ———: proceder com justiça / eqüanimidade, imparcialidade, retidão; razão fundada nas leis; direito / castigo: **la** ——— **di Dio, la** ——— **degli uomini** / lei, juiz, tribunal, justiça; **ricorrere alla** ———: recorrer à justiça / **con** ———: com justiça, justamente / **per** ———: conforme a justiça / **render** ———, **al merito, premiar** / **gran** ———, **grande offesa**, justiça extrema, extrema injustiça (**summus ius, summa iniuria**, (Cícero) / (sin.) **diritto, ragione, onestà, equità**.

Giustiziàre, (pr. -ízio, -ízi) v. justiçar, executar um condenado à morte / degolar, decapitar, fuzilar, enforcar.
Giustiziàto, p. p. adj. e s. m. justiçado; executado.
Giustizière, s. m. executor da justiça; verdugo, carrasco.
Giústo, adj. justo, justiceiro, imparcial, equitativo: **giudice** ———, **legge giusta** / reto, equânime, íntegro / lícito, legítimo, justo: **aspirazione giusta** / justo, merecido: **castigo, premio** ——— / justo, verdadeiro, fundado: **critiche giuste** / **di giusta misura**: de exata medida / exato, preciso, cabal; **peso** ———: peso certo / **ora giusta**: hora exata / **a dirla giusta**: para dizer a verdade / (s. m.) homem justo: **far la morte del** ———: morrer como um santo / (adv.) justamente, exatamente; **colpire** ———: atingir o alvo / ——— **adesso**: justamente agora / ——— **qui ti volevo**: precisamente nisto eu te queria.
Glaba, (ant. agr.) s. f. tanchão, mergulhão.
Glabèlla, s. f. (anat.) glabela.
Giàbro, adj. (lit.) giabro, destituído de pelos.
Glaciàle, adj. glacial; gelado, frio como gelo.
Gladiatôre, s. m. gladiador; homem que combatia na arena.
Gladiatòrio, (pl. -òri) adj. gladiatório, relativo a gladiador ou a combate de gladiadores.
Glàdio, s. m. (lit.) gládio, espada curta, punhal.
Gladiuòlo, s. m. (bot.) gladíolo, espadana.
Glagolítico, (pl. -ítici) adj. glagólico, glagolítico, quarta letra do alfabeto eslavo e russo; diz-se duma escrita usada nos primeiros monumentos da literatura eslava.
Glàndola, s. f. (anat.) glândula.
Glandulàre, adj. glandular.
Glandulôso, adj. glanduloso.
Glarèola, s. f. glaréola, ave pernalta, chamada também andorinha-dos-pântanos.
Glasíne, s. f. pl. frutas do mirto.
Glassàre, v. cobrir com camadas de gelatina uma comida.
Glàuco, (pl. glàuchi) adj. (lit.) glauco, que tem a cor verde-azulada; verde-mar.
Glaucòma, s. m. (med.) glaucoma.
Glaucòpide, adj. (lit.) de olhos celestes ou glaucos.
Glèba, s. f. (lit.) gleba; torrão; porção de terra cultivável / (hist.) **servo della** ———: servo da gleba.
Glebôso, adj. (p. us.) cheio de terrões.
Glène, s. f. (med.) glena, cavidade dum osso, na qual se articula outro.
Glenoidàle, adj. glenoidal.
Glenòide, s. f. (med.) glena da omoplata.
Gleinoidèo, adj. gleinóideo.
Gli, art. m. pl. de **lo, os**; emprega-se antes de vogal, s impuro, z, x, gn; elide-se com apóstrofe diante de palavras que começam por i; usa-se também (por exceção) diante do sub. **Dei** (deuses) / **gli dei, gli strepiti, gli zii, gl'ingegni, gli giochi (gli psicologi)** / no linguajar familiar é aférese de **egli**, espec. quando esse pron. é us. pleonasticamente: **gli è vero** / pron. masc. sing. no dativo; **gli parlai**: falei-lhe, falei a ele / **gli diedi un regalo**: dei-lhe um presente / com **lo, la, li, le, ne**, forma uma única voz; **glielo, gliela, glieli, gliele, gliene** / une-se como sufixo aos verbos **dargli** (dar-lhe), **scrivergli**, (escrever-lhe), **parlargli** (falar-lhe), etc.
Glìa, s. f. (med.) conjunto de células ramificadas, sem função nervosa.
Glicemía, s. f. (med.) glicemia, presença de açúcar no sangue.
Gliceràto, s. m. glicerato / medicamento que tem por base a glicerina.
Glicèrico, (pl. -èrici) adj. glicérico, diz-se de um ácido que se obtém pela oxidação da glicerina.
Glicèride, s. m. glicérido, éter da glicerina.
Glicerofosfàto, s. m. glicerofosfato.
Glicerólo, s. m. gliceróleo, medic. que tem a glicerina como excipiente.
Glicine, s. m. (bot.) glicínia, planta das leguminosas.
Glicogènesi, s. f. (med.) glicogênese, glicogenia.
Glicògeno, (pl. -ògeni) s. m. glicógeno, matéria orgânica que tem a composição do amido; encontra-se no fígado e em grande núm. de matérias celulares dos animais.
Gliconio, (pl. -òni) adj. e s. m. glicônico; diz-se do, ou do verso grego ou latino, composto de uma base, de um dáctilo, de um troqueu, e de uma sílaba indiferente, inventado por Glícon.
Glicosuría, s. f. (med.) glicosúria, emissão de açúcar pelas urinas.
Gliéla, gliéle, gliélo, gliéne, v. **gli**.
Glifo, s. m. (arquit.) grifo, cavidade em ornatos arquitetônicos.
Gliòma, s. m. (med.) glioma, tumor do tecido nervoso.
Gliòmmero, s. m. (lit. voz napol.) composição poética hendecassílaba, de caráter popular, para cantar ou recitar.
Glissoniàna, s. f. membrana fibrosa que envolve o fígado, descoberta por Glisson (1596-1677); cápsula de Glísson.
Glíttica, s. f. glíptica, arte de gravar as pedras.
Glíttico, (pl. -íttici) adj. e s. m. glíptico / camafeu.
Glittografía, s. f. gliptografia.
Glittotèca, s. f. gliptoteca, coleção ou museu de pedras gravadas.
Globàle, adj. global, total, geral.
Glòbo, s. m. globo, esfera; ——— **terrestre**: a terra / mapa-múndi / ——— **areostático**: aeróstato / ——— **dirigibile**: balão dirigível / ——— **dell'occhio**: globo ocular / (pl.) **globi di fumo, di polvere**: pó, poeira, fumaça que, subindo, toma forma arredondada.
Globòide, s. m. globóide, que tem a forma de globo.
Globosità, s. f. globosidade.

Globôso, adj. globoso, que tem forma de globo.
Globulare, adj. globular.
Globulina, s. f. globulina, matéria albuminóide.
Glòbulo, s. m. glóbulo, pequeníssimo corpo esférico: **globuli di cristallo** / corpúsculo em suspensão no sangue dos vertebrados; **globuli rossi:** glóbulos vermelhos.
Gloglò, s. m. gluglu, ruído da água que sai de uma garrafa / voz do peru, etc.
Gloglottàre, v. intr. fazer gluglu, imitar a voz do peru.
Glomérulo, s. m. (lit.) glomérulo; corpúsculo.
Glòmo, s. m. (ant.), novelo, floco.
Glória, s. f. glória, honra, fama, reputação, louvor, virtude; brilho, explendor, magnificência / ornamento: **è la ────── del paese** / homenagem: **────── ai campioni** / merecimento: **────── artistica, letteraria** / feito glorioso / **gli allori della ──────**: os louros da glória, bem-aventurança, paraíso: **la ────── del cielo** / lavorare per la **──────**: trabalhar para a própria fama; (iron.) trabalhar debalde / parte da Missa: **è sonato il Gloria** / **alla maggior ────── di Dio:** (à maior glória de Deus), lema dos jesuítas / (adj.) **seta gloria:** tecido misto de seda e algodão / (dim.) **gloriètta, gloriuòla, gloriúccia.**
Gloriàre, (pr. **glório, glòri**) v. pr. gloriar; fazer gala de; envaidecer-se, ufanar-se, jactar-se, comprazer-se, rejubilar-se.
Gloriàto, adj. (lit.) glorificado, exaltado, gabado, honrado.
Glorificamênto, s. m. glorificação.
Glorificàre, (pr. -ífico, -ífichi) v. tr. glorificar, honrar, exaltar, celebrar / (ecl.) chamar à beatitude celeste, beatificar, canonizar.
Glorificatívo, adj. (p. us.) glorificativo.
Glorificatôre, adj. e s. m. (f. -tríce) glorificador.
Glorificazióne, s. f. glorificação / exaltação, celebração, apoteose.
Gloriosamênte, adv. gloriosamente.
Gloriôso, adj. glorioso; famoso, afamado; ilustre notável / **────── e trionfante:** glorioso e ufano / **andare ────── di un sucesso:** ufanar-se por um êxito / **pazzo ──────:** megalômano.
Glòssa, s. f. glosa, interpretação de um texto; comentário, explicação, anotação, nota / **────── intrusa:** glosa intercalada.
Glossàgra, s. f. (med.) glossagra, dor reumática da língua.
Glossalgía, s. f. (med.) glossalgia, nevralgia lingual.
Glossantràce, s. f. (med.) glossantraz, carbúnculo da língua.
Glossàre, (pr. **glòsso**) v. tr. glosar, explicar, anotar, comentar um texto / (fig.) criticar, glosar, censurar.
Glossário, (pl. **-àri**) s. m. glossário, dicionário de coisas antiquadas ou vernáculas, novas ou difíceis de uma obra.
Glossatôre, s. m. glosador / (hist.) comentadores do Direito Romano (Irnério e seus discípulos).

Glossèma, s. m. passo ou palavra obscura, que necessita uma glosa / glosa intercalada no texto / repetição supérflua.
Glòssico, (pl. **glòssici**) adj. glòssico, glossiano, que se refere à língua.
Glossíte, s. f. (med.) glossite, inflamação da língua.
Glossocatòco, (pl. **-òchi**) s. m. glossocatoco, abaixa-língua.
Glossofaríngeo, adj. (anat.) glossofaringeo.
Glossografía, s. f. glossografia, lexicografia / (anat.) descrição anatômica da língua.
Glossògrafo, s. m. glossógrafo.
Glossología, s. f. glossologia.
Glossoplegía, s. f. glossoplegia, paralisia da língua.
Glossògrafo, s. m. glossógrafo.
Glossología, s. f. glossologia.
Glossoplegía, s. f. glossoplegia, paralisia da língua.
Glòttide, s. f. (anat.) glote, abertura triangular da laringe.
Glottología, s. f. glotologia.
Glottològico, (pl. **-ògici**) adj. glotológico.
Glottòlogo (pl. **-ologi**) s. m. glotólogo.
Glucídi, s. m. pl. (quím.) glicídios, produtos da oxidação parcial dos álcoois polivalentes.
Glucínio, s. m. (quím.) glicínio.
Glucòmetro, s. m. (quím.) glicínio.
Glucòmetro, s. m. (quím.) glicómetro; pesa-mostos.
Glucòsio, s. m. glicósio.
Glucusuría, s. f. glicosuria.
Giúma, s. f. gluma, invólucro da flor das poáceas.
Glúteo, s. m. (anat.) glúteo, rel. às nádegas.
Glutinàre, v. (p. us.) glutinar, conglutinar.
Glutinàto, adj. que contém glúten; glutinoso.
Glútine, s. m. glúten.
Glutinosità, s. f. glutinosidade.
Glutinôso, adj. glutinoso / viscoso, pegajoso.
Gnàffe, (ant.) interj. por minha fé, à minha fé.
Gnàgnera, (ant.) s. f. prurido, comichão / desejo, frenesi, capricho.
Gnao, s. m. miau, onomat. da voz do gato.
Gnauiàre, (pr. **gnàulo**) v. intr. miar / (fig.) choramingar.
Gnaulàta, s. f. ato de miar, miado.
Gnaulío, gnàulo, s. m. miadela, miado.
Gnègnero, s. m. fam. juízo, senso, perspicácia.
Gneis, s. m. (v. al.) (min.) **gnaisse,** rocha primitiva.
Gnemône, gnèto, s. m. (bot.) gneto, planta da fam. das gnetáceas.
Gnetàcee, s. f. pl. (bot.) gnetáceas, família de gimnospérmicas.
Gnòcco, (pl. **-òcchi**) s. m. nhoque (bras.) a massa alimentícia italiana cortada em fragmentos arredondados, feita de farinha de trigo (ou batatas), ovos e queijo / (fig.) homem grosseiro, tolo, simplório / (dim.) **gnocchêtto, gnocchettíno.**

Gnòme, s. f. (p us.) gnoma, máxima, adágio; sentença moral.
Gnòmica, s. f. (filos.) gnomismo, arte de expressar por sentenças verdades morais.
Gnòmico, (pl. -òmici) adj. gnômico, sentencioso / (s. f.) poeta que compõe poemas sentenciosos.
Gnòmo, s. m. (f. **gnòmide**) gnomo (mitol.).
Gnomône, s. m. instrumento primitivo para indicar as horas e medir a altura do sol.
Gnomònica, s. f. gnomônica, arte de construir gnômones.
Gnomònico, (pl. -ònici) adj. gnomônico.
Gnòre, aférese de **signore**, us. nas locuç. **gnor si, gnor no**: sim senhor, não senhor.
Gnòrri, (far lo) loc. fazer-se de desentendido, fingir não saber uma coisa.
Gnoseologia, s. f. (filos.) teoria do conhecimento, gnoscologia.
Gnòsi, s. f. gnose, doutrina dos gnósticos.
Gnosticísmo, s. m. gnosticismo.
Gnòstico, (pl. -òstici) adj. e s. m. gnóstico.
Gnu, s. m. (zool.) gnu, gênero de antílope da África.
Gnúcca, s. f. (fam. vulg.) nuca.
Go, s. m. jogo japonês parecido ao de dama.
Goal, (v. ingl.) s. m. gol, arco, cidadela, meta, vala; (ital.) **porta, rete**.
Gòbba, s. f. corcunda; gibosidade; corcova, giba; ――― **del terreno**: gibosidade do terreno.
Gòbbo, s. m. corcunda, protuberância: **ha un** ――― **sulla schiena / spianare il** ―――: bater, surrar / pessoa corcunda / (adj.) curvo, arqueado; **andare** ―――: andar encurvado.
Gòbbola, s. f. copla, estrofe, cantilena.
Gobbóni, adv. à maneira de corcunda.
Gôccia, (pl. gôcce) s. f. gota / ――― **di pioggia, di sudore, di òlio**, etc. / pingo, pequena quantidade de um líquido / (fig.) **la** ――― **che fa traboccare il vaso**: a gota que faz transbordar o recipiente / **goccia a** ―――: gota a gota / (dim.) **goccína, goccêtta**.
Gocciàre, (pr. gôccio, gòcci) v. gotejar.
Gocciola, s. f. gota / (pl. arquit.) gotas no friso dórico / pingente, brinco das orelhas / (dim.) **gocciolína, gocciolêtta**.
Gocciolamênto, s. m. ato de gotejar, gotejamento.
Gocciolàre, (pr. gôcciolo, gôccioli) v. gotejar; verter ou deixar cair, gota a gota; pingar.
Gocciolàto, p. p. e adj. gotejado / salpicado de gotas.
Gocciolatôio, (pl. -ôi) s. m. (arquit.) goteira /cano que recebe dos telhados a água da chuva.
Gocciolatúra, s. f. gotejamento.
Gocciolío, s. m. gotejamento continuado.
Gôcciolo, s. m. pequena porção de líquido: **dammi un** ――― **di cafè**: dá-me um pingo de café.
Gocciolône, s. m. gota grande / pessoa a quem goteja o nariz / (fig.) bobo, néscio / (pl.) **goccioloni**: chumbo para a caça.

Goccolôso, adj. que goteja, gotejante.
Gocciolòtto, s. m. gotejo, pingente das velas / carambina, floco de neve pendente.
Godè, s. m. (do fr. "godet") recorte de pano em viés, aplicado num vestido, numa saia, numa blusa, etc.
Godendàrdo, (ant.) s. m. bastão ferrado, à flamenga.
Godère, (pr. gòdo, gòdi) v. gozar, desfrutar; **una rendita, una buona salute, la stima, il campo**, etc. / aproveitar; ――― **la vita**: apreciar a vida, regalar-se, divertir-se / alegrar-se, regozijar-se, / (refl.) **godersi le ricchezze**: regalar-se, divertir-se, levar boa vida.
Goderêccio, (pl. -êcci) adj. agradável, deleitoso; **vita godereccia**: vida regalada / afeiçoado aos divertimentos: **uomo** ―――.
Godíbile, adj. gozável, fruível, aproveitável.
Godimênto, s. m. gozo, ato de gozar; satisfação; prazer; aproveitamento, usufruto / gosto, prazer, deleite; **ascoltare con** ―――: escutar com prazer / (sin.) **usufrutto, piacere, diletto, gioia**.
Goditôre, adj. e s. m. (f. -trice) gozador, que, ou aquele que goza / beneficiário, usuário, desfrutador.
Godúta, s. f. gozo.
Goffàggine, s. f. torpeza, inabilidade / tontice / grosseria.
Goffamênte, adv. torpemente, desmazeladamente, desajeitadamente.
Goffeggiàre, v. intr. fazer ou dizer torpezas.
Gofferìa, goffêzza, s. f. torpeza, inaptidão, grosseria.
Gòffo, adj. inábil, torpe, acanhado, desmazelado, desajeitado; tímido / grosseiro / mal feito, sem graça; **un abito** ―――: uma roupa desajeitada / néscio, tolo, ignorante / (s. m.) jogo de primeira com cinco cartas / (adv.) **vestire** ―――: vestir-se com desalinho.
Goffratura, s. f. (do fr.) impressão em relevo sobre couro, cartão, goma, etc.
Goga e magoga (de Gog. e Magog, nome de um príncipe e um povo contra quem o profeta Ezequiel lançava profecias de mau agouro) / país fabuloso e remoto.
Gôgna, s. f. argola ou colar dos réus, picota, pelourinho / (fig.) **mettere alla** ―――: expor à vergonha pública, pôr no pelourinho.
Gôla, s. f. (anat.) garganta / gorja, goela / gasnete / fauces / (fig.) gula, glutonaria; gulodice; **il vizio della** ―――: o vício da gula / ――― **canora: garganta canora / far** ――― **una cosa**: cobiçar, desejar, apetecer uma coisa / **mentire per la** ―――: mentir descaradamente / **ricacciare in un'ingiuria**: fazer engolir uma ofensa / **tornare a** ――― **il cibo**: subir à garganta a comida, digerir mal / **voce di** ―――: voz estridente / (geogr.) desfiladeiro, passo estreito, garganta / (mec.) garganta de polia / cano de boca de fogo / cano de chaminé / (arquit.) gola, moldura / (pej.) **golàccia**: glutão, comilão.

Golàggine, s. f. gula, glutonaria.
Golàre, v. (p. us.) cobiçar.
Golèna, s. f. terreno entre o dique e o rio / terreno de aluvião no leito de um rio.
Goleria, s. f. (p. us.) gula / guloseima.
Golètta, s. f. (dim. de gola) gorjeira ou gola de armadura antiga / (mar.) goleta, pequena escuna.
Golètto, s. m. colarinho de camisa ou blusa.
Golfàre, s. m. (mar.) argola para firmar cabos, polias, etc.
Golfètto, s. m. (dim.) pequeno golfo / malha de lã ou de seda; **indossava un ——— a vivaci colori**.
Gôlfo, s. m. golfo; baía, enseada.
Goliàrdico, (pl. -àrdici) adj. goliardesco.
Goliàrdo, s. m. (lit.) goliardo, estudante errante da Idade Média / (por ext.) estudante universitário.
Golìno, s. m. pescoçada.
Goloseria, s. f. gula, guloseima.
Golosità, s. f. gulosidade, gula, glutonaria / guloseima, gulodice.
Golôso, adj. guloso, glutão / (s. m.) pessoa gulosa; (dim.) **golosino**; (pej.) **golosàccio**.
Golpàto, adj. alforrado (trigo, etc.), atacado pela ferrugem ou alforra.
Gôlpe, s. f. (bot.) alforra, ferrugem das searas.
Gombìna, s. f. (agr.) correia do mangual (instr. de malhar cereais).
Gômena, s. m. (náut.) cabo, amarra; maroma / medida linear de 120 braças.
Gomìre, (ant.) v. tr. vomitar.
Gomitàta, s. f. cotovelada / **andar avanti a gomitate**: abrir caminho a cotoveladas.
Gomitièra, s. f. cotoveleira.
Gômito, (pl. gômiti e f. gômita) s. m. cotovelo / **alzare il ———**: beber muito / (fig.) volta, curva de estrada, rio, etc. / braço de mar.
Gomitolàre, v. tr. enovelar.
Gomìtolo, s. m. novelo / cacho de abelhas / grumo, coágulo de sangue; (dim.) / **gomitolètto, gomitolìno** / (aum.) **gomitolône**.
Gômma, s. f. goma, caucho / ——— arábica / ——— di bicicletta, d'auto, etc.: pneumático / ——— adragante: tragacanta / ——— líquida: cola / ——— da matita: borracha para lápis / ——— vulcanizzata: caucho vulcanizado / (med.) tumor viscoso.
Gommagùtta, s. f. goma-guta, resina extraída da guteira.
Gommapiùma, s. f. goma-pluma, ou vulcaspluma, novo tipo de goma elástica macia e leve, usada para almofadas, colchões, etc.
Gommàto, adj. engomado; gomado; **carta gommata**: papel gomado / **ruota gommata**: roda (de auto, bicicleta, etc.) guarnecida de pneumático.
Gommìfero, adj. gomífero, que produz goma.
Gommoresìna, s. f. nome genérico de qualquer produto vegetal que contém elementos gomosos, resinosos ou óleos essenciais.
Gommòsi, s. f. (bot.) gomose, doença dos vegetais, caracterizada por secreção de líquido gomoso.
Gommosità, s. f. gomosidade.
Gommôso, adj. gomoso, que dá goma; viscoso, da consistência da goma.
Gonagra, s. f. (med.) gonagra, gota do joelho.
Gonalgìa, s. f. (med.) gonalgia, dor no joelho.
Gonartrìte, s. f. (med.) artrite do joelho.
Gôndola, s. f. gôndola, barco de passeio usado em Veneza.
Gondolière, s. m. gondoleiro, tripulante de gôndola.
Gonfalône, s. m. gonfalão, bandeira de guerra com pontas pendentes.
Gonfalonieràto, s. m. título e dignidade de gonfaloneiro.
Gonfalonière, s. m. gonfaloneiro de certas repúblicas italianas na Idade Média / Príncipe defensor da Igreja.
Gonfiàggine, s. f. inchação; inchaço; tumefação.
Gonfiagiône, s. f. (p. us.) inchação.
Gonfiamènte, adv. inchadamente.
Gonfiamènto, s. m. ato de inchar, inchação, intumescimento.
Gonfianùvoli, s. m. fanfarrão, jactancioso; (pop.) garganta.
Gonfiàre, (pr. gônfio, gônfi) v. tr. inchar, tornar túmido, intumescer; enfunar, engrossar / louvar, gabar exageradamente alguém: **quel ragazzo lo avete gonfiato troppo** / exagerar a importância / (pr. e intr.) dilatar-se alterar-se, inchar-se, intumescer-se, aumentar de volume / ensoberbecer-se, encher-se de vaidade e orgulho.
Gonfiàto, p. p. e adj. inchado; inflado, dilatado / (fig.) enfatuado, cheio de si, empolado.
Gonfiatôio, (pl. -ôi) s. m. soprador, utensílio para insuflar ar / bomba pneumática.
Gonfiatôre, s. m. (f. -trice) soprador.
Gonfiatùra, s. f. inchação, inchamento.
Gonfièzza, s. f. inchação / (ret.) afetação, maneirismo de linguagem ou estilo.
Gônfio, (pl. gônfi) adj. inchado, que tem inchação / cheio / túrgido, tumefacto, grosso / (fig.) enfatuado, empolado, cheio de si; vaidoso / (dim.) **gonfiètto, gonfiettìno**.
Gonfiône, s. m. (f. -ôna), gorduchão / (fig.) vaidoso, enfatuado, orgulhoso.
Gonfiôre, s. m. inchação, inchaço; tumefação.
Gònfosi, (anat.) s. f. gonfose, articulação imóvel pela qual os ossos são encaixados um no outro.
Gong, s. m. gongo, disco de metal de que se tiram vibrações retumbantes, em uso no extremo oriente.
Gongolamènto, s. m. exultação, ato de exultar.
Gongolànte, p. pr. e adj. jubilante, exultante; jubiloso, alegre.
Gongolàre, (pr. gôngolo) v. intr. exultar, alegrar-se, regozijar-se.
Gongône, (ant.) s. m. inchação ou inflamação da garganta ou das faces / **soco na cara** / golpe nas faces inchadas para desinchá-las.
Gongorìsmo, s. m. (lit.) gongorismo, estilo pretensioso.
Goniometrìa, s. f. goniometria.
Goniòmetro, s. m. goniômetro.

Gônna, s. f. saia feminina.
Gônna, s. f. saia, vestuário de mulher; **vestire** ——— **lunga**: vestir saia comprida, sair da infância.
Gonnèlla, s. f. (dim. de gonna) / **stare attaccato alle gonne della mamma**: ter apego à mãe; ficar muito em casa; não conhecer o mundo; estar sempre agarrado às saias da mãe / (fig. pl.) **qui comandano le gonne**: aqui mandam as mulheres.
Gonnellíno, s. m. saia curta; saia de crianças e bailarinas.
Gonnellône, s. m. (depr.) saia grande / sobretudo grosseiro.
Gonocòcco, (pl. -chi) (med.) s. m. gonococo.
Gonorrèa, s. f. (med.) gonorréia.
Gônzo, ad. e s. m. simplório, bobo, tolo, imbecil, papalvo, trouxa.
Gòra, s. f. canal que conduz a água ao moinho / represa de água para o moinho / canal de irrigação / pântano, paul, charco / sinal de lágrimas ou de suor na cara / mancha amarelenta produzida pela água nas páginas de um livro.
Goràta, s. f. água represada para o moinho.
Gôrbia, s. f. ponteiro de bastão ou de haste / ponta de flecha / buril de entalhador / escalpelo de cirurgião.
Gordiano, adj. gordiano, do Rei Górdio; **nodo** ———: nó górdio, cortado por Al. Magno / (fig.) questão emaranhada.
Gòrdo, (ant.) adj. gordo, grosso.
Gorèllo, s. m. rego, canalzinho.
Gôrga, (ant) s. f. gasganete, garganta.
Gorgàta, s. f. sorvo, trago; **bere a gorgate**: beber aos goles: beber avidamente.
Gorgheggiamênto, s. m. gorjeio.
Gorgheggiàre, (pr. -èggio, -èggi) v. gorjear, trinar, trilar; cantar.
Gorgheggiatôre, adj. e s. m. (f. -tríce) gorjeador.
Gorghèggio, (pl. -èggi) s. m. gorjeio; garganteio, volada, canto melodioso; **gorgheggi dell'usignuolo** (rouxinol), **del soprano**.
Ghorgheggio, s. m. gorjeio, freqüente ou continuado.
Gòrgia, s. f. gorja, goela, garganta / pronunciação aspirada e gutural: **parlar con la** ———.
Gorgièra, s. f. gorjeira, renda ou pano fino de adorno, para pescoço / gorjeta, parte de antiga armadura que defendia o pescoço / (ant.) garganta.
Gôrgo, (pl. gôrghi) s. m. redemoinho, torvelinho de água; sorvedouro.
Gorgogliamênto, s. m. gorgolejo.
Gorgogliàre, (pr. -òglio, -ôgi) v. intr. gorgolhar, golgolejar / borbulhar, borbotar / fazer borborismos (o ventre).
Gorgôglio, (pl. ògli) s. m. gorgolejo, ato de gorgolejar; borbulho; borborismo.
Gorgoglío, (pl. íi) s. m. gorgolejo ou borborismo, continuado ou freqüente.
Gorgogliône, s. m. gorgulho, inseto coleóptero que devora os trigos, as ervilhas, as lentilhas, etc.
Gorgòneo, adj. gorgôneo, das Gorgonas, monstros da Fábula.

Gorgonzòla, s. m. gorgonzola, queijo de Gorgonzola (Lombardia).
Gorgòzza, (ant.) v. **gorgozzúle**.
Gorgozzúle, s. m. gorgomilo, golelha; esôfago; garganta.
Goríla, s. m. gorila, macaco da África Equatorial.
Gôta, s. f. (anat.) face, maçã do rosto; (dim.) **gotína**, **gotíno**.
Gotàta, s. f. bofetada, bofetão / (sin.) schiaffo.
Gòtico, (pl. -òtici) adj. gótico.
Gôtta, s. f. (med.) gota, afecção diatésica.
Gottàzza, s. f. (náut.) gamote, vasilha de madeira para esgotar a água das cavernas nas embarcações.
Gòtto, s. m. copo grande, com cabo / trago; **bere un** ———: beber um gole.
Gottôso, adj. (med.) gostoso / (s. m.) doente de gota.
Governàbile, adj. governável.
Governàle, (ant. mar.) s. m. leme, timão, governo do navio / governante, guia.
Governamênto, s. m. governo, governamento (des.).
Governante, adj. governante / (s. m.) governador, dirigente, guia, caudilho / (s. f.) governanta, mulher que administra casa alheia.
Governàre, (pr. **-èrno**) v. governar: ——— **uno Stato, un pópoto**, etc. / reger, dirigir, guiar, administrar: ——— **la famiglia, la Chiesa, la Diocesi, l'Università** / moderar, conter, dominar: ——— **le passioni, i vizi** / cuidar: ——— **la stalla, le bestie** / cultivar: ——— **il giardino, l'orto** / compor, melhorar: ——— **il vino** / cuidar, assistir: ——— **i malati** / (mar.) ——— **la nave**: dirigir o navio.
Governativo, adj. governativo.
Governàto, p. p. e adj. e s. m. governado, cuidado, assistido / súbdito.
Governatôra, s. f. governadora.
Governatôre, s. m. (f. **-trice**) governador / preceptor de um príncipe, etc.
Governatúra, s. f. ação e efeito de tratar os animais.
Governíme, s. m. pastos, forragem, comida para os animais domésticos; pábulo.
Govèrno, s. m. governo (do Estado, do povo, etc. / governo, poder executivo / direção, administração / norma, regra, guia; **per suo** ———: para seu governo / ——— **della casa**: gov. da casa, ou da família / cuidado: ——— **degli infermi** (dos doentes) / ——— **dei campi**: cultivo dos campos / **donna di** ———: mulher que toma conta dos serviços duma casa.
Gozzàia, s. f. (p. us.) conteúdo do papo / papo grande.
Gozzàta, s. f. (p. us.) gole, trago.
Gòzzo, s. m. papo, bucho, estômago dos animais / papo, bócio / (fam.) estômago / (mar.) barco de pesca / rede grande usada nos lagos / (fig.) **non può tener nulla nel gozzo**: não é capaz de guardar um segredo.
Gozzovíglia, s. f. pândega, baderna, comezaina, farra, patuscada.

Gozzovigliàre, intr. (pres. -iglio, -igli), v. pandegar, estroinar, patuscar, foliar, farrear.
Gozzúto, adj. papudo.
Grabàto, (ant.) s. m. enxerga.
Gràcchia, (ant.) s. f. gralha (ave).
Gracchiamênto, s. m. ato de gralhar, grasnar; gralhada.
Gracchiàre, (pr. gràcchio, gràcchi) v. intr. gralhar, grasnar (a gralha, o corvo e algumas outras aves) / (fig.) tagarelar; murmurar, falar sem propósito ou fundamento.
Gracchiàta, s. f. gralhada / descarga de vitupérios.
Gracchiatôre, adj. e s. m. (f. -tríce) grasnador, que grasna; gralheador / gritador, gritalhão.
Gràcchio, (pl. gràcchi) s. m. gralhão, ave falconídea.
Gracchiône, s. m. resmungão; gritalhão.
Gracidamênto, s. m. grasnada; grasnido de rãs.
Gracidàre, (pr. gràcido) v. intr. grasnar, soltar a voz (o pato o corvo a rã, etc.) coaxar, crocitar / falar em voz alta e desagradável; dizer, proferir grasnando.
Gracidatôre, adj. e s. m. (f. -tríce) grasnador, grasnante, grasneiro; o que grasna.
Gracidío, (pl. -ii) s. m. grasnido freqüente e continuado.
Graciàre, v. intr. grasnar, coaxar quase queixosamente.
Gràcile, adj. grácil, delicado, débil, fino, sutil; delgado, enxuto; **bimbo** ———: criança débil / **colonne gracili**: colunas delgadas.
Gracilènto, adj. grácil, débil, macilento.
Gracilità, s. f. gracilidade, fraqueza, delgadez, magreza, fragilidade.
Gracímolo, s. m. escádea de um cacho de uvas.
Gràda, (ant.) s. f. grelha.
Gradàre, v. (p. us.) graduar; baixar.
Gradassàta, s. f. fanfarronada.
Gradasso, s. m. (n. p. Gradasso, guerreiro mouro dos poemas de cavalaria) fanfarrão, valentão, ferrabrás.
Gradatamênte, adv. gradualmente.
Gradaziône, s. f. gradação, graduação / ——— **alcoolica**: graduação alcoólica / ——— **di colori**: matiz / ——— **sociale**, graduação social / gama / (dim.) gradazioncella.
Gradèlla, s. f. recinto fechado com varas num pesqueiro.
Gradétto, s. m. (arquit.) listel do capitel dórico.
Gradévole, adj. agradável, prazenteiro; aprazível.
Gradevolêzza, s. f. (p. us.) agrado, aprazimento.
Gradevolmênte, adv. agradavelmente, prazenteiramente.
Gradiènte, s. m. (met.) gradiente: ——— **termico, geotermico**.
Gradimênto, s. m. agrado, aprazimento, prazer; **non è cosa di mio** ———.
Gradìna, s. f. (técn.) gradim, instr. de escultor.
Gradinàre, v. tr. gradinar, retocar ou desbastar com gradim / (desp.) escavar degraus na rocha ou no gelo.
Gradinàta, s. f. escadaria.

Gradinatúra, s. f. gradinada, trabalho ou retoque feito com o gradim / ato de trabalhar com o gradim.
Gradíno, s. m. degrau, grau, escalão: ——— **dell'altare, del trono, del monumento** / (fig.) **salire un** ———: subir um grau na hierarquia, adiantar-se, etc.
Gradíre, (pr. -ísco, ísci) v. agradar, gostar, aceitar, receber, acolher com satisfação / ——— **un regalo**: aceitar com prazer um presente / estimar, apreciar; ——— **gli auguri, una visita**: receber com prazer os votos, uma visita / querer, desejar; **gradirei una risposta**: agradar-me-ia uma resposta.
Gradíto, p. p. e adj. aceito, recebido com agrado / grato, agradável; **ho ricevuto la sua gradita lettera**: recebi sua grata carta.
Gràdo, s. m. grau; ordem, classe, hierarquia; título obtido de medida de ângulo / grau de longitude ou latitude / **cugino in primo** ———: primo irmão / (gr.) grau de adjetivos e advérbios / (for.) ——— **della pena**: grau da pena / **a grado a** ———: de grau em grau, por graus / agrado, gosto, prazer; **di buon** ———: de bom grado, com muito gosto / **andare a** ———: agradar.
Graduàbile, adj. graduável.
Graduabilità, s. f. graduabilidade.
Graduàle, adj. gradual, graduado, dividido em graus / (s. m.) **salmi graduali**: versículos da missa, entre a Epístola e o Evangelho.
Gradualísmo, s. m. (neol.) tendência a proceder gradualmente.
Gradualità, s. f. gradualidade.
Gradualmênte, adv. gradualmente.
Graduàre, (pr. gràduo) v. tr. graduar, classificar por graus; dividir em graus / outorgar graus.
Graduàto, p. p. e adj. graduado, gradual, div. em graus / (s. m. mil.) **i graduati**: os cabos e sargentos.
Graduatòria, s. f. lista de pessoas graduadas por ordem de mérito / **la** ——— **del concorso**: a graduação do concurso / (for.) **la** ——— **dei creditori**: graduação dos credores.
Graduatòrio, (pl. -òri) adj. que se refere à gradação; gradual.
Graduaziône, s. f. graduação.
Gràffa, s. f. unha, garra.
Graffiamênto, s. m. arranhão; arranhadura.
Graffiàre, (pr. gràffio, gràffi) v. tr. arranhar, unhar / (fig.) pungir com palavras ásperas / surrupiar, roubar.
Graffiàta, s. f. arranhão, unhada, arranhadura.
Graffiatôre, adj. e s. m. (f. -tríce) arranhador, surrupiador.
Graffiatúra, s. f. unhada, arranhadura; ferida leve, na superfície da pele.
Graffiètto, s. m. dim. arranhãozinho / (técn.) graminho, instrumento de carpinteiro.
Gràffio, (pl. -àffi) s. m. arranhadela, arranhadura / **fare a** ———: arranhar-se um ao outro / garavato / (pint.) estilete para esgrafiar.
Graffiône, s. m. cereja branca e dura.

Graffíto, s. f. grafito; inscrição, desenho, pintura a esgrafito.
Graffiuòlo, s. m. cinzel, buril.
Grafía, s. f. grafia, escritura: ——— antiquata, falsa, erronea.
Graficaménte, adv. graficamente.
Gràfico, (pl. **gràfici**) adj. gráfico / (s. m.) gráfico, desenho esquemático / diagrama / (med.) il ——— clínico: quadro clínico.
Grafíte, s. f. (min.) grafite.
Grafòfono, s. m. grafofone, fonógrafo.
Grafología, s. f. grafologia.
Grafològico, (pl. -ògici) adj. grafológico.
Grafòlogo, (pl. -òlogi) s. m. grafólogo.
Grafòmane, s. m. grafômano.
Grafomanía, s. f. grafomania.
Grafômetro, s. m. grafômetro, gomiômetro graduado.
Grafomotôre, adj. grafomotor, que se refere aos movimentos necessários à escritura.
Grafospàsmo, s. m. (med.) grafospasmo. cãibra dos escreventes.
Gragnolàre (pr. -gnuòlo) v. intr. granizar, cair granizo.
Gragnuòla, s. f. (pop.) granizo, chuva de pedra.
Gràlla, s. f. grou, ave pernalta / (sin.) **trampolieri**: aves pernaltas.
Gramàglie, s. f. pl. (lit.) luto, pesar; **portare le** ———: vestir de luto, andar enlutado / adornos negros empregados no funeral.
Gramàre, (ant.) v. tr. afligir, emagrecer, empobrecer.
Gramàtica, (v. **grammàtica**) s. f. gramática.
Gramígna, s. f. (bot.) grama / gramínea, forrageira / **attaccarsi come la** ———: agarrar-se à gente, ser molesto, importuno / **crescere come la** ———: crescer rapidamente.
Gramignàre, v. (p. us.) (técn.) remolhar as peles de curtir.
Gramináceo, adj. gramíneo / (s. f. pl.) (bot.) **graminácee, gramíneas; i cereali sono** ———:
Gràmma, (v. **grammo**) s. m. grama.
Grammaestràto, s. m. grão-mestrado, título e dignidade de grão-mestre.
Grammaèstro, s. m. grão-mestre.
Grammàtica, s. f. gramática / (dim.) **grammatichêtta** / **vai più la pratica che la grammàtica**, mais vale prática que gramática / (pej.) **grammaticàccia**; (aum.) **grammaticône**.
Grammatichería, s. f. gramatiquice.
Grammàtico, (pl. -àtici) adj. e s. m. gramático.
Grammatura, s. f. (técn.) gramatura, peso específico do papel.
Gràmmo, s. m. grama, unidade de peso do sistema métrico decimal / pequena porção / **non avere un** ——— **di vergogna**: não ter um pingo de vergonha.
Grammòfono, s. m. gramofone, fonógrafo.
Gràmo, adj. triste, dorido, mísero; grácil, mesquinho.
Gràmola, s. f. gramadeira; espadela / masseira, amassadeira.
Gramolàre, v. tr. gramar, espadelar, trilhar o linho, o cânhamo / amassar (a pasta de farinha).
Gramolàta, s. f. refresco de gelo; sorvete em flocos.

Gramolatríce, s. f. gramadeira, espadela / amassadeira, máquina de amassar.
Gramolatúra, s. f. ato de trilhar (linho, cânhamo, etc.) com a gramadeira / espadelagem (bras.) / amassadura (da farinha).
Gramúffa, (ant.) s. f. (iron. ou depr.) gramática, pedantismo: **parlavano in** ———.
Gran, adj. apoc. de **grande**; us. antes de consoante com exceção de s impuro, x, z, gn: **gran iDo**; **gran cavaliere** / us. também por **grande** antes do adjetivo: **un gran bell'uomo**: um muito lindo homem.
Gràna, s. f. cochinilha; substância corante da mesma; carmim, carmesim; pano vermelho; **vestito di** ———: vestido de carmesim / granulosidade do mármore ou metal mostrado por uma fratura: **è un marmo di** ——— **fina** / relevo do tecido / grãos do couro / **formaggio di** ———: queijo de ralar / na gíria militar (e familiar) aborrecimento, trabalho enjoativo, repreensão, escarmento, escândalo; **scoppiar la** ———: vir à tona o escândalo.
Granadíglia, s. f. (do esp.) passiflora.
Granàglia, s. f. granalha, grãos miúdos de ouro e prata / (bot. pl.) grãos. cereais.
Granagliàre, v. tr. granular, reduzir à granalha: **piglisi l'oro e l'argento che si vuol granulare** (Cellini).
Granàio, (pl. -ài) s. m. celeiro.
Granaiuòlo, s. m. vendedor a retalho (bras. no varejo) de trigo e de outros cereais.
Granàre, v. tr. (p. us.) (agr.) granar, formar grãos, desenvolver-se em grãos.
Granàta, s. f. vassoura / **dipingere con la** ———: pintar mal, borrar / **pigliar la granata**: tomar da vassoura / (fig.) mandar embora todos / **benedire col manico della** ———: bater, surrar, dar uma surra / ——— **nuova scopa bene tre giorni**: as criadas trabalham bem nos primeiros dias / (mil.) granada, bomba, projétil.
Granatàio, s. m. vassoureiro.
Granatière, s. m. (mil.) granadeiro / (fig.) pessoa alta.
Granatíglia, s. f. fruto do granadilho.
Granatíglio, (pl. -ígli) s. m. granadilho, madeira dura e pesada, da macaúba.
Granatína, s. f. xarope com sumo de romã.
Granatíno, adj. e s. m. granadino, de Granada / pequena vassoura / vassoura dos lixeiros / (ant.) negociante de trigo / colar de granate.
Granàto, p. p. e adj. granado / formado de grãos; que formou grãos / de cor vermelho vivo; carmesim / (min.) granate, granada, pedra fina.
Granbèstia, (ant.) s. f. alce, veado grande da região do Norte; (pop.) grã--besta.
Grancancielleràto, s. m. cargo e dignidade de grão-chanceler.
Grancancellière, s. m. grão-chanceler, grande chanceler.
Grancàne, s. m. grande Cã, título do soberano dos Tártaros.

Grancàssa, s. f. (mús.) bombo, tambor grande, zabumba / (fig.) **battere la** ———: chamar a atenção, fazer propaganda, reclame.
Grancèlla, s. f. (zool.) camarão.
Grancèvola, s. f. caranguejo marinho.
Granchiàio, (pl. -ài) s. m. pescador e vendedor de caranguejos.
Granchiêsco, (pl. -êschi) adj. igual a caranguejo: **progresso** ———.
Granchiêssa, s. f. carangueja.
Grànchio, (pl. grànchi) s. m. caranguejo / (fig.) erro, engano, equívoco: **pescare un** ———, **pigliare un** ——— / (pop.) câibra / unha do martelo / **avere il** ——— **alla scarsella**: ser avarento / (dim.) **granchiolíno, granchiêtto**.
Grància, e gràngia, s. f. chácara, herdade, granja, fazenda.
Grancipòrro, s. m. grande, caranguejo marinho / (fig.) erro garrafal, despropósito.
Grancíre, (ant.) v. tr. agarrar, arrebatar; surrupiar.
Grancollàre, s. m. (f. -collarèssa) grande colar, alto grau de ordem cavalheiresca / pessoa que tem essa condecoração.
Grancordône, s. m. grande cordão, alto grau de ordem cavalheiresca / pessoa que tem essa condecoração.
Grancroce, s. f. grã-cruz, cavalheiro de grau-cruz de uma ordem cavalheiresca.
Grandagolàre, adj. (fot.) de objetiva fotográfica de foco curto e de ângulo grande, adaptada para fotografar grandes extensões.
Grandàto, s. m. grandeza, dignidade de Grande de Espanha e conjunto de Grandes.
Grànde, adj. grande, de dimensões extensas; vasto; acrescido, alto, adulto / grave, poderoso; desmedido; heróico / copioso; numeroso / ilustre, insigne, famoso, excelente: **un** ——— **poeta, un** ——— **capitano** / muito (falando de tempo, qualidade, etc.); **è un gran tempo che non ci vediamo**: faz muito tempo que não nos vemos / **non c'èra gran gente**: não havia muita gente / **grandi lodi**: muitos louvores / **animo** ———: magnânimo, bom / (s. m.) adulto, maior de idade; **i piccoli devono rispettare i grandi**: as crianças devem respeitar as pessoas maiores / **magno, nobre; Frederico il Grande**: Frederico o Grande / pró-homem, herói: **vita dei grandi uomini** / **in** ——— : fazer as coisas sem economia / (dim.) **grandêtto, grandino, grandicèllo**: grandinho, grandote / (aum.) **grandone, grandôtto**: grandalhão, grandão / (superl.) **grandíssimo**: grandíssimo.
Grandeggiàre, (pr. -eggio, êggi) v. intr. fazer as coisas em ponto grande, com largueza: viver faustosamente, luxuosamente, folgadamente / (fig.) sobressair, exceder, dominar: **Cicerone grandeggia su tutti gli oratori latini**.
Grandemênte, adv. grandemente.
Grandêzza, s. f. tamanho: **la** ——— **d'una sala, d'un monte**, etc. / amplidão, extensão: **la** ——— **dell'Oceano** / grandeza, dimensão / liberalidade, magnitude, generosidade, grandeza de ânimo / excesso, enormidade, exorbitância: **la** ——— **del delitto** / **stella di prima** ———: estrela de primeira grandeza / fausto, luxo, ostentação; **far vedere grandezze**: aparentar luxo, riquezas.
Grandezzàta, s. f. fanfarronada.
Grandezzoso, adj. jactancioso, ostentador.
Grandiflòra, adj. (bot.) grandiflora.
Grandígia, s. f. fanforronada, ostentação de riqueza ou poderio / fausto, pompa, grandeza.
Grandigliône, s. m. (f. -ôna) grandalhão, menino muito crescido, mas com espírito ainda infantil.
Grandiloquènza, s. f. (p. us.) grandiloqüência / (sin.) **magniloquenza**.
Grandinàre, (pr. gràndino) v. granizar, cair granizo / (fig.) cair em quantidade, cair como granizo, saraivar: **le palle grandinavano**.
Grandinàta, s. f. granizada, saraivada, bátega de granizo / (fig.) aquilo que cai em abundância, à semelhança do granizo.
Gràndine, s. f. granizo, saraiva, chuva de pedra / **chicchi di** ———: bolinhas de granizo.
Grandinífugo, (pl. -ífughi) adj. / **cannone** ———: canhão contra o granizo, cujos disparos dissipam a formação do granizo.
Grandinío, s. m. granizada densa, insistente.
Grandiosamênte, s. f. grandiosamente.
Grandiosità, s. f. grandiosidade.
Grandiôso, adj. grandioso, imponente, magnífico, esplêndido / espetaculoso / ostentoso, pomposo, luxuoso.
Grandòtto, adj. (aum.) grandão.
Grandúca, (pl. -úchi) s. m. grão-duque.
Granducàle, adj. grão-ducal.
Granducàto, s. m. grão-ducado.
Granduchêssa, s. f. grã-duquesa.
Granduchessína, s. f. grã-duquesinha.
Granduchíno, s. m. filho do grão-duque.
Grandufficiàle, s. m. grande-oficial, grau de ordem cavalheiresca / alto dignitário da hierarquia estatal.
Granellíno, s. m. (dim. de **granello**) grãozinho; (fig.) pequena porção de uma coisa, migalha, pitada: **un** ——— **di sale, di senno**, etc.
Granèllo, (pl. m. -èlli e f. èlla) s. m. grânulo, pequeno grão; ——— **di pepe**: grão de pimenta / semente de certas frutas, como pera, maçã, etc. / grãozinho / (fig.) pequena porção de uma coisa, migalha; fragmento de pão, etc.
Granellosità, s. f. granulosidade.
Granellôso, adj. granuloso: **marmo, ferro** ——— / que tem a superfície áspera.
Grànfia, (ant.), s. f. garra / (fig.) mão de avarento, de violento, etc.
Granfiàre, (pr. -ànfio, -ànfi) v. tr. agarrar, arrebatar com as garras.
Granfiàta, s. f. ato e efeito de pegar com as garras / punhado; **una** ——— **di monete**: um punhado de moedas.
Gràngia, (v. **grancia**) s. f. granja.

Granguàrdia, s. f. (mil.) grande guarda; núcleo de soldados nos postos avançados; lugar onde esses soldados prestam tal serviço.
Granífero, adj. trigueiro, granífero, que produz trigo.
Granigiône, s. f. (p. us.) (bot.) ação de granar, de desenvolver-se em grãos (cereais).
Graníglia, s. f. pedra triturada misturada com cimento com que se fabricam ladrilhos para pisos à veneziana; granilita.
Graníre, v. (pr. -ísco, -isci), (bot.) granar, desenvolver-se em grãos (espigas, etc.); despontar os dentes das crianças / granular / (músc.) destacar as notas.
Granita, s. f. sorvete granuloso; carapinhada.
Granítico, (pl. -ci), adj. granítico / (fig.) forte, duro, firme; **carattere** ———: caráter íntegro.
Granitifôrme, adj. granitiforme, granitóide.
Granito, p. p. e adj. granado; granulado; bem formado, desenvolvido / **polvere granita**: (s. m.) granito, rocha granular.
Granitôio, (pl. -ôi) crivo, peneiro para a pólvora / instrumento de ourives para granir.
Granitône, s. m. granito de grãos grossos, eufótide.
Granitôre, adj. e s. m. granidor, instrumento para granir (metal) / cinzelador, gravador.
Granitúra, s. f. ação de granar, de desenvolver-se em grãos (espigas, etc.) / grânulo, saliência, orla das moedas.
Granívoro, adj. e s. m. granívoro, que se alimenta de grãos.
Gràno, s. m. grão; semente; ——— **di frumento**, **d'uva** (de trigo, de uva) / partícula: **un** ——— **di sabbia**: um grão de areia / (port. ant.) trigo, frumento, pão / ——— **saraceno**: trigo-moiro ou mouro / **cercare miglior pane che di grano**: não estar nunca contente / **quando non c'è più le galline si beccano**: casa onde não há pão todos gritam e ninguém tem razão / grão, peso do valor de 50 miligramas / (fig.) um pouco de alguma coisa; **un** ——— **di cortesia**: uma pitada de cortesia / (pl.) **le grana**: moeda de cobre das Duas Sicílias.
Granòcchia, (v. **ranocchia** e der.) s. f. rã.
Granocchiàia, s. f. alcaravão, ave pernalta de arribação.
Granocciella, s. f. (zool.) rã de sarçal.
Granône, s. m. milho / ouro para bordar.
Granôso, adj. (p. us.) granoso, que tem grãos; abundante de trigo.
Grantúrco, (pl. -túrchi) s. m. milho / **pannocchia di** ———: espiga de milho / **campo di** ———: milharal.
Granulàre, (pr. grànulo) v. tr. granular; reduzir a grãos / (adj.) granular / (med.) **eruzione** ———, conjuntivite.
Grànulo, s. m. grânulo, pequeno grão / (farm.) pílula com doses mínimas: **un** ——— **di stricnina** / (ant.) superfície interior do córtex cerebral.
Granulòma, s. m. (med.) granuloma.
Granulôso, adj. granuloso, formado de grânulos / em que há granulações.
Granvisíre, s. m. grão-vizir (da Turquia).
Gràppa, s. f. (do al. ant.) gancho, arpão, graveta, gato / (tip.) chave, colchete / aguardente do folhelho da uva; graspa.
Grappàre, v. pegar, agarrar / (refl.) agarrar-se.
Grappíno, s. m. gancho ou tenaz que servia para pôr as bombas nos morteiros / (mar.) gancho, arpão, fateixa / (fam.) copinho, cálice de aguardente.
Gràppo, (ant.) s. m. agarramento, ato de agarrar / rácimo, cacho.
Gràppolo, s. m. cacho, rácimo: **un** ——— ——— **d'uva** / **carico di grappoli**: carregado de cachos / (fig.) ——— **umano**, grupo de gente.
Grascêta, s. f. hervaçal; pastagem para os porcos.
Gràscia, s. f. gordura de porco, vaca, etc. / (pl.) víveres, mantimentos / (ant.) magistrado anonário, que cuidava dos mantimentos.
Grascière, s. m. (ant.) agente de polícia anonária.
Gràspo, s. m. (dial.) cacho de uva sem os bagos.
Gràssa, s. f. abundância.
Grassamênte, adv. abundantemente, gordamente, opiparamente, lautamente.
Grassatôre, s. m. salteador de estradas, bandoleiro; rapinador, bandido.
Grassaziône, s. f. assalto, roubo, rapina, extorsão.
Grassèllo, s. m. pedacinho de carne gorda de porco, cru ou cozida / cal extinta, ainda não misturada com areia / **fico** ———: figo mole.
Grassètto, adj. dim. gordote, gorducho / (adj. e s. m.) negrito, tipo de letra de imprensa.
Grassèzza, s. f. gordura, qualidade do que é gordo / adiposidade / ——— **del terreno**: fertilidade do terreno / (p. us.) abundância.
Grassíme, s. m. (agr.) estrume, adubo.
Gràsso, s. m. gordura, sebo, unto; ——— ——— **vegetale**: banha vegetal / gordura, adiposidade / **mangiare di** ———: comer carne / **giorno di** ———: dia de carne / homem gordo: **uomo** ——— / (quím.) mescla para sabão / (adj.) gordo, gorduroso, untoso; **cucina grassa**: cozinha abundante / abundante, proveitoso, lucrativo / **affare** ———: negócio gordo / **formaggio** ———: queijo gordo / **aria grassa**: ar prenhe de vapores / **terreno** ———: terreno fértil / **parole grasse**: palavrões, palavras impudicas / (fig.) **è grassa**: é muito / **diventare** ———: engordar.
Grassòccio, adj. e s. m. gorducho / **discorso** ———: discurso lascivo.
Grassône, adj. e s. m. (f. -ôna) gorducho, muito gordo.
Grassòtto. adj. (aum.) gordote, gordo, rechonchudo / (dim.) **grassottèllo**.
Grassúme, s. m. gordura, unto / sujidade.
Gràta, s. f. grade; locutório / grelha.
Gratamênte, adv. gratamente, prazenteiramente.

Gratèlla, s. f. grelha; **carne in** ———: carne assada na grelha.
Gratellína, s. f. dim. pequena grade de pia, banheiro, esgoto, etc. / ralo.
Graticciàre, v. tr. gradear, prover de caniçada.
Graticciàta, s. f. reparo de caniços, caniçada.
Graticciàto, p. p. e s. m. caniçado, cercado com caniço / gelosia, grade de caniços para secar frutas, criar bicho--da-seda, etc.
Gratíccio, (pl. -ci) s. m. caniço; rede, esteira de canas / armação de vime para revestir trincheiras, terrenos em declive. etc.
Graticola, s. f. grelha; grade; grade para fornos / (pint.) quadrícula para copiar desenhos.
Graticolàre, (pr. -ícolo) v. quadricular um desenho / (p. us.) fechar com caniçado.
Graticolàto, s. m. grade metálica reticulada (em forma de rede) / (agr.) paus cruzados para sustento de caramanchão, de plantas, etc. / (arquit.) gradil de tijolos / grelha de forno.
Gratífica, (neol.) s. f. gratificação.
Gratificàre, (pr. -ífico, -ífichi) v. tr. gratificar; dar propinas; remunerar / (irôn.) ——— **a legnate**: gratificar com pauladas / (refl.) entrar nas boas graças de alguém.
Gratificazióne, s. f. gratificação, remuneração / gorjeta, propina.
Gratíle, s. m. (náut.) relinga, corda para atar a vela das embarcações.
Gràtis, adv. (v. lat.) gratis; gratuitamente; gratuito.
Gratitúdine, s. f. gratidão; agradecimento, reconhecimento.
Gràto, adj. grato; agradecido, reconhecido, obrigado; **vi sono** ——— **per il favore**: agradeço-vos pelo favor / **un cuore** ———: um coração agradecido / grato, agradável, aprazível; **un** ——— **soggiorno**: uma morada agradável / **un** ——— **odore**: um perfume suave / afetuoso, amável, benigno, cordial; **grata accoglienza**: acolhida cordial / (superl.) **gratíssimo**.
Grattabúgia, s. f. (p. us.) pincel para metais.
Grattacàcio, s. m. (dial. ven.) ralador de queijo.
Grattacàpo, s. m. preocupação, inquietação, aborrecimento, aflição.
Grattacièlo, s. m. (arquit.) arranha-céu.
Grattacúlo, s. m. (bot.) roseira brava, roseira canina, silva-macha.
Grattamênto, s. m. ato de coçar, coçadura.
Grattapúgia, s. f. pincel de arame para limpar metais antes de fundí-los.
Grattapugiàre, v. tr. limpar com o pincel metálico.
Grattàre, (do alem.) v. tr. coçar, esfregar com as unhas; (fig.) **grattar dove prude** (coçar onde há comichão); (fig.) falar do que interessa a quem ouve, tocar uma tecla delicada / raspar; ——— **un muro, uno scritto**: raspar um muro, um escrito / arranhar; ——— **il violino**: tocar mal o violino / ——— **gli orecchi**: adular / (prov.) **mentre il cane si gratta, la lepre scappa** / ——— **il cacio, il pane**: ralar o queijo, o pão / (pr.) **grattarsi il capo**: coçar a cabeça / (fig.) ter preocupações: rebuscar na memória algo que escapa / (vulg.) surripiar, roubar.
Grattàta, s. f. coçadura / (dim.) **grattatína**.
Grattatíccio, (pl. -ícci) s. m. raspadela, raspagem, raspadura / sinal de raspadura no papel.
Grattàto, p. p. e adj. coçado; raspado; ralado; **pan** ———: pão ralado.
Grattatôre, adj. e s. m. (f. **-tríce**) coçador, raspador, que, ou aquele que coça ou raspa.
Grattatúra, s. f. coçadura; raspadura / ralação, ato de ralar; raladura, a coisa ralada; **una** ——— **di formaggio**.
Grattíno, s. m. raspador, raspadeira, instr. para raspar.
Grattúgia, (pl. **-úge**) s. f. ralo, ralador, instr. de cozinha para ralar / (burl.) locutório do confessionário / (fig.) coisa cheia de buracos / (dim.) **grattugètta, grattugína**.
Grattugiàre, (pr. **-úgio**) v. tr. ralar; ——— **il cácio**: ralar o queijo.
Gratuità, s. f. gratuidade.
Gratuitamènte, adv. gratuitamente, gratis / sem base, sem fundamentos ou provas: **affermare una cosa** ———.
Gratúito, adj. gratuíto / **impiegato** ——— ———: empregado sem soldo / arbitrário; **accusa gratuita**: acusação gratuíta / **prestito** ———: empréstimo gracioso, sem juros / **patrocínio** ———: defesa gratuíta.
Gratulatòrio, (pl. **-òri**) adj. gratulatório: **lettera gratulatoria**: carta de felicitação.
Gràva, s. f. areal, terreno baixo ao longo das margens de mar ou de rio, coberto de areia grossa ou de saibro.
Gravàbile, adj. onerável; **reddito** ———: renda onerável.
Gravàccio, (pl. -ci) adj. pesado; (dim.) **gravacciòlo**: um tanto pesado.
Gravàme, s. m. (lit.) gravame, carga, peso / imposto, contribuição, tributo / queixa contra alguém / (for.) **esporre gravami**: apresentar queixas.
Gravamênto, s. m. cargo, peso, gravame / (p. us.) embargo, seqüestro, penhora.
Gravàre, v. intr. premir, fazer pressão ou carga com o próprio peso; **l'edifício grava su deboli fondamenta**: o edifício descansa sobre frágeis alicerces / **il peso della casa grava tutto su di me**: os ônus da casa recaem todos sobre mim / oprimir, vexar, molestar; ——— **la coscienza di colpe**: oprimir a consciência de culpas / gravar, onerar, sobrecarregar; ——— **i cittadini di tasse**: sobrecarregar os cidadãos de tributos.
Gravàto, p. p. e adj. oprimido, carregado, sobrecarregado, onerado: **popolo** ——— **di tasse**.
Gràve, adj. grave, pesado; **un peso** ———: uma carga pesada / **un cibo** ———: uma comida pesada / **aria** ——— (ou **greve**): ar pesado / grave, oneroso, custoso, dispendioso: **una spesa** ——— / (fig.) grande: **una** ——— **disgrazia** / **un'offesa** ———: uma ofensa grave / **un affare, un motivo** ———: un negócio, um assun-

to, um motivo grave / árduo, difícil, pesado / severo, áspero: **castigo** ——— / perigoso: **malattia** ——— / grave, decoroso, nobre: **stile** ——— / grave, austero, circunspecto, sério, formal: **uomo** ———, **carattere** ——— / ponderoso, pousado, pausado; **un andar** ———, **un contegno** ———: um andar, um porte grave / **età** ———: idade avançada / **suono** ———, **voce** ———: som, voz, baixo, grave / (gram.) acento grave, paroxítono / (s. m.) (fís.) corpo pesado, sujeito à lei física da gravidade terrestre / (adv.) gravemente: **parlare** —.
Graveggiàre, v. pesar.
Gravemènte, adv. gravemente.
Graveolènte, adj. graveolente, graveolento, que cheira mal.
Graveolènza, graveolência, mau cheiro.
Gravèzza, s. f. graveza, gravidade, gravame / imposição, imposto, contribuição, tributo; **caricare di gravezza**: sobrecarregar de obrigações / ——— **di stomaco**: peso de estômago / moléstia, tristeza.
Gravicèmbalo, (ant.) s. m. clavicímbalo, clavicórdio.
Gravidànza, s. f. gravidez, prenhez, gestação, gravidação / (sin.) **gestazione**.
Gràvido, adj. grávido, que se encontra em estado de prenhez / (fig.) prenhe, cheio, repleto, carregado, pesado; **il mondo è** ——— **di pericoli** / **panino** ———: sanduíche.
Gravímetro, s. m. gravímetro, instr. para medir o pêso específico dos corpos.
Gravína, s. f. picareta, alvião para mineiros e pedreiros.
Gravità, s. f. gravidade, peso / (fís.) **centro di** ———: centro de gravidade / (fig.) seriedade, formalidade; sisudez, ponderação, circunspecção / **parlare con** ———: falar sisudamente ou com autoridade / circunstância perigosa: ——— **del male**.
Gravitàre, (pr. gràvito) v. intr. (fís.) gravitar / pesar, descansar um corpo sobre outro / (fig.) seguir (uma coisa ou pessoa) o destino de outra, como seu satélite.
Gravitazionàle, (neol.) adj. (fís.) que se refere à gravitação.
Gravitazióne, s. f. (fís.) gravitação, ato de gravitar; atração.
Gravosamènte, adv. gravosamente.
Gravosità, s. f. peso, ônus, moléstia.
Gravóso, adj. gravoso, pesado, molesto, custoso, oneroso, incômodo, opressivo, vexatório; **carica gravosa**, cargo, encargo pesado / **spese gravose**: despesas onerosas.
Grazia, s. f. graça, donaire, elegância, encanto, delicadeza: ——— **della persona, del portamento, dell'espressione** / fineza, afabilidade, agrado, atrativo, amabilidade, cortesia / ——— **del parlare, dello stile**: elegância no falar, no estilo / **entrare nelle grazie di uno**: gozar da simpatia ou da benevolência de alguém / **buona** ———: gorjeta, propina / **buone grazie**: simpatia / concessão divina; **chiedere a Dio una** ———: pedir a Deus uma graça / **la** ——— **di Dio**: a comida, o pão, a graça de Deus / bem-aventurança, graça, céu, paraíso / **avuta la grazia, gabbato lo santo**: obtido o benefício, esquecido o benfeitor / **troppa grazia, Sant'Antonio**: diz-se quando um benefício pode resultar prejudicial por seu excesso / **chiedere** ———: pedir graça, indulto, perdão, misericórdia / **colpo di** ———: golpe de misericórdia, aquele com que se abatia o inimigo vencido / **mi faccia la** ——— **di**: faça-me o favor de... / ——— **sovrana**: graça soberana / **ricorso in** ———: recurso ou pedido de graça / **grazie mille, tante grazie**: mil agradecimentos! muito obrigado! / **grazie a Dio, sto bene**: graças a Deus, vou bem / **essere in stato di** ———: estar em estado de graça; ter (um artista) inspiração feliz / (dim.) **grazietta**.
Graziàbile, adj. agraciável, merecedor da graça.
Graziàre, (pr. gràzio, gràzi) v. tr. agraciar, indultar um condenado / anistiar / conceder uma solicitação de graça / favorecer, presentear, obsequiar: ——— **di una parola amorevole alcuno**.
Graziàto, p. p. e s. m. agraciado: **sono stato** ——— / indultado.
Gràzie, (mit.) Graças, designação de três deusas pagãs.
Gràzie, interj. obrigado!
Graziòla, s. f. (bot.) graciola, planta medicinal.
Graziosamènte, adv. graciosamente, garbosamente.
Graziosità, s. f. graciosidade, graça, garbo.
Graziòso, adj. gracioso: que tem graça: **non è bella, ma graziosa** / garboso; amável, gentil / delicado, fino: **un regalo** (presente) ——— / agradável / **fare il** ———: afetar gentilezas / gratuíto, dono ——— / **préstito** ———
Grèbani, (do esl.) s. m. pl. (dial. venez.) praia pedregosa.
Grèca, s. f. grega, cercadura arquitetônica / (ant.) túnica de mulher / (mil.) ornato do boné dos generais.
Grecalàta, s. f. gregalada, rajada de vento gregal.
Grecàle, adj. gregal, dos gregos; que sopra da Grécia ou do Nordeste (vento do Mediterrâneo).
Grecànico, (pl. -ci) adj. e s. m. grecânico, greciano, grego / **toga grecànica**: toga grega.
Grècchia, s. f. (bot.) érice, urze.
Grecheggiànte, p. pr. e adj. grecizante, helenizante.
Grecheggiàre, (pr. êggio, -êggi) v. intr. grecizar, helenizar, dar forma, caráter ou costumes gregos a.
Grechêsco, (pl. -sci) adj. (p. us.) greciano, grego.
Grechétto, s. m. espécie de uva dourada e o seu vinho.
Grecísmo, s. m. grecismo, helenismo.
Grecísta, (pl. ísti) grecista, helenista.
Grecità, s. f. (p. us.) grecidade, condição de grego.
Grecizzàre, (pr. -ízzo) v. grecizar, helenizar, dar formas ou costumes gregos.
Grèco, (pl. -ci) adj. e s. m. grego, da

Grécia / **fede greca**: má fé, deslealdade / **rimandare alle callende greche**: deixar uma coisa para as calendas gregas / heleno (p. us.), natural da Grécia / **li Greco**: el Greco, pintor grego que viveu na Espanha.

Grecolatíno, adj. greco-latino.

Grecoromàno, adj. greco-romano.

Grèculo, adj. e s. m. grego de pouco valor.

Gregàle, (ant.) adj. gregal, de grege ou grei, do mesmo rebanho.

Gregàrio, (pl. -ri) adj. e s. m. gregário, soldado raso; sequaz de um chefe, de um caudilho, etc. / (zool.) gado gregal, que vive em bando / (bot.) planta que cresce em grupos numerosos.

Gregarísmo, s. m. (biol.) gregarismo, aglomeração de indivíduos vegetais de uma mesma espécie / tendência de certas pessoas de adaptar-se às conveniências sociais.

Grêgge, (pl. f. **le greggi**) s. m. grei, rebanho de gado menor / (fig.) rebanho dos fiéis; paroquianos: **il ——— cattólico** / (depr.) **un ——— di schiavi**: um povo servil; um rebanho de carneiros / imitadores ou sequazes servis ou sem talento: **il ——— degli imitatori**.

Grèggia, (pl. **grêgge**) s. f. grei, rebanho / redil, aprisco, curral.

Grèggio, (pl. **grêggi**) adj. bruto, tosco; **pietra greggia**: pedra não trabalhada; crú: **seta greggia; tessuto ——— / cotone ———**: algodão em rama / **pellami greggi**: couros crus, sem curtir / **materia greggia**: materia bruta / **in ———**: em bruto / (fig.) **cervello ———**: cérebro tosco, rude.

Greggiuòla, s. f. dim. pequena grei, pequeno rebanho / apriscozinho.

Gregoriàno, adj. gregoriano / **canto ———**: canto greg. ou litúrgico.

Grembialata, s. f. conteúdo de um avental.

Grembiàle, s. m. avental / (dim.) **grembialêtto, grembialíno**.

Grembialíno, s. m. dim. aventalzinho, peq. avental / resguardo dos carros para as pernas.

Grembiàta, s. f. o que cabe no regaço: **una ——— di noci**.

Grèmbio, s. m. (pop.) regaço, seio.

Grembiúle, s. m. avental / 2º grau da Irmandade da Misericórdia, em Florença.

Grèmbo, s. m. regaço, colo, seio / **raccogliersi in ——— alla famiglia**: recolher-se ao seio da família / grêmio; **ritornare in ——— alla Chiesa**: voltar ao grêmio da Igreja, ao seio dos fiéis / entranhas: **avere una creatura in ——— / in ——— alla terra**: no seio da terra / **far ——— il muro**: arquear, ceder a parede.

Gremíre, (pr. **-ísco, -ísci**) v. tr. encher, apinhar, abarrotar: **il pubblico gremiva il teatro**: o público abarrotava o teatro / **di lana un materasso**: encher de lã um colchão / (pr.) **gremirsi di gente**: apinhar-se de gente.

Gremíto, p. p. e adj. cheio, atestado, repleto, atopetado: **libro ——— di errori**.

Grêppia, s. f. manjedoura / (fig.) mesa e comida dos homens: **ha trovato una buona ———**.

Grêppo, s. m. penhasco, barranco, precipício, escarpa.

Grêppola, (ant.) s. f. tártaro dos tonéis.

Grés, (v. fr.) s. m. grés, rocha formada por areias consolidadas por um cimento; arenito / pasta para tubos de aquedutos, etc.

Grespígno, s. m. (bot.) serralha, planta da fam. das Compostas.

Grêto, s. m. parte do álveo de um rio coberta de areia e de saibro.

Grêtola, s. f. lasca de madeira ou de osso; **fare in gretole**: desmanchar, fragmentar / fio de arame ou de vime para gaiolas / fio de arame frouxo ou partido que deixa escapar o pássaro; **trovare la ———**: escapar; (fig.) achar a escapatória, a evasiva, o recurso, o expediente para sair de um aperto.

Grettamênte, adv. mesquinhamente, sordidamente.

Gretteria, grettêzza, s. f. tacanhice, ação mesquinha; sordidez, mesquinhez, sovinaria, avareza / **——— di mente**: estreiteza de mente / parcimônia excessiva.

Grêtto, (do al.) adj. mesquinho, tacanho, sórdido, miserável / parcimonioso em excesso, quase avarento.

Grève, (adj.) grave, no sign. de pesado: **panno, aria ———**.

Grêzzo, adj. cru, bruto, não trabalhado, não preparado.

Gribàna, s. f. barca flamenga de fundo chato, sem quilha, de duas árvores.

Gríccio, adj. (ant.) crespo, eriçado, enrolado.

Griccíolo, s. m. capricho, vontade, fantasia.

Grída, s. f. pregão, bando, proclamação pública / lei sem valor nem autoridade / grita, gritaria.

Gridacchiàre, v. intr. vozear, gritar amiúde.

Gridàre, v. gritar, soltar gritos; falar muito alto; berrar / ralhar: **il babbo gridò i bambini** / queixar-se, reclamar, protestar / **——— aiuto**: pedir socorro; pedir em brados, clamar / divulgar, apregoar; **——— ai quattro venti la sua infamia**: gritar aos quatro ventos a sua infâmia / **——— la croce addoso a uno**: culpar alguém, persegui-lo com censuras e reproches.

Gridàrio, s. m. coleção de pregões.

Gridàta, s. f. gritada, gritaria.

Gridatôre, adj. e s. m. (f. **-tríce**) gritador / pregoeiro.

Gridellíno, (do fr.) adj. que tem cor semelhante à da flor do linho; gredelém (des.).

Gridío, (pl. **-íi**), s. m. vozearia, gritaria, gritada, barulho.

Grído, (pl. **i gridi** e **le grida**) s. m. grito / clamor / brado / **——— di gioia, di collera** / voz; **il ——— dell'aquila**: o grito da águia / fama, renome; **ed ora ha Giotto il grido** (Dante) / **di ———**: afamado, famoso, ilustre, célebre / **a ——— di popolo**: por aclamação popular / **grida di scherno**: grito de escárnio.

Grifàgno, adj. rapace, grifenho / **aquila grifagna**: águia grifenha, que tem grifas.
Grifàre, griffàre, (ant.) v. esfregar com o focinho.
Grifàta, s. f. focinhada, golpe de focinho.
Griffa, s. f. gancho (de várias formas, e para empregos diversos) / fivela de correia, etc.
Griffône, s. m. nome de certo cão de caça.
Grifo, s. m. focinho do porco e do queixada / (burl. ou depr.) cara do homem; **rompere il ——— a uno**: quebrar a alguém a cara / **torcere il ———**: comer lautamente / grifo / animal fabuloso / (sin.) **ceffo, muso, grugno**.
Grifône, s. m. grifo, animal fabuloso / (rel.) símbolo de Jesus Cristo / (heráld.) grifo / (zool.) ave de rapina, cão de luxo, fraldeiro.
Grigiàstro, adj. um tanto cinzento ou pardo; aruçado, grisalho.
Grígio, (pl. **grigi**) adj. gris. cinzento; pardo / grisalho; **capelli grigi**: cabelos grisalhos / (fig.) triste, melancólico; **umore, pensieri grigi**: humor, pensamentos tristes / **tempo ———**: tempo gris, cinzento.
Grigiolàto, adj. matizado de branco e preto, variegado; salpicado de várias cores sobre fundo gris.
Grigiovêrde, s. m. cor gris-verde / (mil.) uniforme do exército italiano desde 1915; **vestire il ———**: alistar-se.
Gríglia, s. f. grade, gradil, balaustrada / persiana / grelha / (rád.) eletródio da válvula eletrônica.
Grignolíno, s. m. grinholino, vinho tinto de mesa piemontês.
Grillàia, s. f. lugar onde habitam os grilos / terreno inculto, baldio.
Grillànda, s. f. (pop.) grinalda / (técn.) prensa nas fábricas de papel.
Grillàre, v. borbulhar do que começa a ferver / borbulhar do vinho nas pipas / estridular o grilo / fermentar o mosto borbulhando / brilhar os olhos por alegria.
Grilleggiàre, v. voar cantando de alegria.
Grillettare, v. borbulhar do que começa a ferver; fervilhar, ferver.
Grillêtto, s. m. gatilho, disparador do fuzil, etc.
Grillo, s. m. grilo; gafanhoto; (fig.) capricho: **avere dei grilli per il capo / mangiar quanto un ———**: comer pouco / **cervello di ———** cabeça oca / andaime pênsil dos pedreiros / bola do jogo de bilhar / (dim.) **grillúccio, grillíno, grillolíno**; (aum.) **grillône**.
Grillône, s. m. buço, penugem que precede a barba.
Grillotálpa, (pl. **-pe**) s. f. e m. grilo-toupeira; paquinha.
Grillòtti, s. m. pl. (p. us.) fios entrançados de ouro, prata, ou seda, para divisa de oficial, ornamento; etc.
Grimaldèllo, s. m. gazua.
Gaimo, (ant.) adj. enrugado / pobre, mísero.
Grinfa, s. f. garra, unha; **cascò nelle sue grinfe**: caiu nas suas garras.

Grínta, s. f. cenho, cara cenhuda, carranca / ——— **dura**: caradura, pessoa cínica, sem-vergonha / (pej.) **grintàccia**.
Grínza, s. f. ruga, prega; **le grinze della pelle**: as rugas da pele / **grinze del tessuto**: pregas do tecido / **far le grinze**: envelhecer / **abito che non fa una ———**: roupa bem ajustada, de corte impecável / **ragionamento che non fa una ———**: discurso rigorosamente lógico / (dim.) **grinzètta, grinzettína**.
Grinzàto, adj. enrugado, encarquilhado; encrespado, rugoso.
Grinzosità, s. f. rugosidade.
Grinzôso, adj. rugoso, enrugado, encarquilhado; que tem rugas ou pregas / (dim.) **grinzosêtto, grinzosíno**.
Grinzúme, s. m. depr. rugas.
Grinzúto, adj. (p. us.) enrugado; rugoso.
Grippàggio, s. m. (mec.) parada do êmbolo.
Gripparsi, (do fr.) v. pr. (mec.) parar o êmbolo por dilatação.
Gríppe, s. m. (med.) gripe, influenza, resfriado, resfriamento.
Gríppia, s. f. (mar.) arinque, cabo com um chicote prêso à boia e outro à âncora.
Grippiàle, s. m. arinque.
Gríppo, s. m. (mar.) bergantim usado antigamente pelos corsários.
Gris, (v. fr.) adj. e s. m. gris / **gris-perle**: gris de pérola / (ital.) **grigio, grigio perla**.
Grisatôio, (pl. **-ôi**) s. m. instrumento de vidraceiro para aparar as margens do vidro.
Grisèlle, s. f. pl. (náut.) enfrechaduras, enfrechates, cabos paralelos nos ovéns das enxárcias.
Grisètta, s. f. pano ordinário, de cor cinzenta ou parda, para vestido de mulher / "grisette" (v. fr.), costureira nova e amiga dos galanteios; (ital.) **sartina**.
Grisolàmpo, s. m. variedade de crisólito.
Grisòlito, (ant.) s. m. crisólito.
Grisopàzio, (pl. **-àzi**) s. m. crisópraso, variedade de calcedônia verde clara.
Grispôllo, s. m. (tosc.) pequeno rácimo, parte de rácimo.
Grissíno, s. m. pão estralejante, em forma de bastõezinhos delgados e compridos.
Grisú, s. m. grisu, gás das minas.
Gròfo, s. m. (p. us.) incrustação saliná nas caldeiras.
Grògo, s. m. açafrão.
Gròma, s. f. groma, instrumento geodésico us. pelos Romanos para medição do terreno.
Grômma, s. f. tártaro dos tonéis / sarro.
Grommàre, (ant.) v. intr. formar tártaro.
Grommàto, adj. sarrento.
Grômmo, s. m. coágulo; coalho.
Grônchio, adj. encolhido, contraído: **le mani gronchie per il freddo**.
Grônda, s. f. telha do beiral, donde escorre a água pluvial para o chão / goteira, cano que recebe dos telhados a água pluvial / **far ———**: proteger da chuva.

Grondàia, s. f. goteira; extremidade da telha do beiral.

Grondànte, p. pr. e adj. gotejante, que goteja: ——— **di sudore**.

Grondàre, (pr. grôndo) v. gotear, gotejar muito, escorrer: **la pioggia gronda; il tetto gronda** / verter, derramar: ——— **lagrime, sangue, sudore**, etc.

Grondatôio, (pl. -ôi) s. m. (arquit.) cimácio sobre as molduras de estilo dórico.

Grondatúra, s. f. gotejamento; ato de gotejar, de pingar, de verter.

Grondonê, s. m. conduto de cimento ou de lata que leva a água pluvial ao solo.

Grondóni, e **grondon-grondoni**, adv. **andare** ———: andar lentamente e bamboleando.

Grôngo, (pl. **grônghi**) s. m. congro ou moréia, peixe anguiliforme.

Gròppa, s. f. garupa, ancas do cavalo, mula etc.; / **portare in** ———: levar na garupa / (por ext.) costas, dorso; **avere molti anni sulia** ———: estar carregado de anos.

Groppàta, s. f. salto do cavalo, garupada.

Groppièra, s. f. garupeira, relhos fixados ao traseiro da sela; manta para cavalos.

Gropponàta, s. f. choque, com a garupa.

Groppône, s. m. lombo, costas, dorso; **avere tanti anni sul** ———: ser velho / **piegare il** ———: trabalhar; (fig.) humilhar-se.

Groppôso, adj. nodoso, noduloso; **legname** ———: madeira nodosa.

Gròssa, s. f. grosa, 12 dúzias / (agr.) quarta dormida dos bichos-da-seda / **dormire della** ———: dormir muito e profundamente.

Grossàggine, s. f. (p. us.) grosseria, indelicadeza.

Grossagràna, s. f. tecido de seda e pelo de cabra.

Grossamênte, adv. em grosso, avultadamente, grosseiramente.

Grosseria, s. f. prataria e ourivesaria grossa (constituída de objetos de tamanho grande) / (ant.) sandice, parvoíce.

Grossêzza, s. f. grossura, espessura: ——— **del muro, dell'albero**, etc. / densidade: ——— **del vino, dell'olio** / dimensão, diâmetro / ——— **di inteligenza**: obtusidade de inteligência.

Grossière, s. m. ourives de trabalhos de ourivesaria grossa / pessoa que vende em grosso / v. fr. "grossier" / (adj.) grosseiro, ruim.

Grossísta, (pl. -ísti) s. m. atacadista, negociante em grosso; grossista (bras.).

Gròsso, adj. grosso / **un** ——— **albero** / espesso: **un muro, un vino, um olio** ——— / gordo: **il collo** ——— / **il premio** ———, **guadagni grossi**: prêmio gordo, lucros gordos / crescido, agitado: **fiume, mare** ——— / afanoso; **fiato**, ———: alento afanoso, penoso / **caccia grossa**: caça de animais selvagens / **bestiame** ———: gado maior / **comune o paese** ———: vila ou aldeia importante / **pezzo**

———: personagem, homem importante / **tempi grossi**: tempos agitados / **esser grande e** ———: ser (um rapaz) muito crescido, avantajado, em idade de trabalhar / ignorante, rude, incível, grosseiro / **uomo di grossa pasta, di** ——— **ingegno**: homem curto de inteligência / **sballarle grosse**: cometer erros garrafais, dizer disparates / **berla grossa**: engolir tudo, acreditar qualquer mentira / **farla grossa**: cometer erro muito grave / **sbagliare di** ———: equivocar-se de par em par / corpulento, avultado, volumoso / (s. m.) a maior parte: **il** ——— **dell'esercito, della flotta** / (ant.) moeda de prata / **grosso modo**: sumariamente, mais ou menos, "grosso modo".

Grossolanamênte, adv. grosseiramente, incivilmente.

Grossolàno, adj. grosseiro, ordinário, grosso ou de má qualidade; mal feito / (fig.) áspero, incível, mal educado, inculto, grosseiro.

Grossonalità, s. f. grosseria, falta de urbanidade / expressão grosseira, indelicada, impolida.

Grossulària, s. f. (min.) grossulária, mineral do grupo das granadas.

Gròtta, s. f. gruta, cova, antro, caverna / (dim.) **grotticèlla, grotticina, grotterèlla**; (aum.) **grottône**.

Grottêsca, s. f. gênero de pintura decorativa, com figuras bizarras e monstruosas; decoração de grutas.

Grottescamênte, adv. grotescamente.

Grottêsco, (pl. -êschi) adj. grotesco, ridículo, extravagante / (art.) grutesco, de gruta / (s. m.) **grottesco**: composição artística ou literária grotesca, caprichosa, rara, excêntrica.

Gròtto, s. m. gruta, lugar alcantilado / margem, orla, encosta.

Grottôso, adj. de lugar cheio de grutas ou cavernas; cavernoso.

Grovièra, s. m. queijo de Gruyère (Suíça).

Grovíglio, (ant.) s. f. sinuosidade.

Grovíglio, (pl. -igli) s. m. fios enredados, maranha / (fig.) enredo; intriga; assunto intricado.

Grovigliola, s. f. (p. us.) nó de fio muito emaranhado.

Grovígliolo, s. m. ervilha selvática / nó de tecido.

Gru, s. f. grou, ave pern. da fam. dos Cultrirrostros / (mec.) guindaste / (pop.) **grúa**: guindaste.

Grúccia, (pl. **grúcce**), s. f. muleta / (fig.) **reggersi sulle grucce**: manter-se em equilíbrio com dificuldades; manquejar um raciocínio / instr. de chapeleiro para tomar a medida e o formato exato da cabeça / parte do sino na qual se pendura o badalo.

Grucciàre, v. tr. (técn.) pendurar os couros para que enxuguem.

Grucciàta, s. f. golpe com a muleta.

Grucciône, s. m. abelhuco, pássaro sindáctilo.

Grúe, s. f. (p. us.) grou.

Gruèra, s. m. queijo de Gruyère ou semelhante.

Grufàre, (ant.) v. **grufolare**.

Grufolàre, (pr. grúfolo) v. intr. focar, revolver com o focinho (os porcos quando comem) / (fig.) focar, procurar com avidez, rebuscar.

Grugàre, (pr. grúgo, grúghi) v. arrulhar (as pombas).

Grugníre, (pr. -ísco, -ísci) v. grunhir / (fig.) (depr.) resmungar, grunhir, rezingar.

Grugníto, s. m. grunhido.

Grugnitôre, adj. e s. m. (f. -tríce) grunhidor / resmungador, rezingador (us. som. no fig.).

Grúgno, s. m. focinho / (depr.) cara, rosto: **rompere il grugno a uno**: quebrar a alguém o foc. / **fare il** ———: fazer carranca.

Grugnône, s. m. (f. -ôna) carrancudo, focinhudo, macambúzio, casmurro / tapa, soco na cara.

Grullàggine, s. f. necedade, idiotice, besteira.

Grullàre, (ant.) v. intr. derrocar.

Grullería, s. f. bobice, sandice / desatino, disparate.

Grúllo, adj. tolo, bobo, tonto, néscio / simples, inocente / confuso, abobado, atolambado: **e mi lasciò lí mezzo grullo** / (dim.) **grullíno, grullerèllo** / (aum.) **grullône**.

Grúma, s. f. tártaro dos tonéis / sedimento, borra / incrustação / crosta dos cachimbos de fumar.

Grumàta, s. f. (técn.) mescla para branquear a prata.

Grumàto, adj. incrustado de tártaro, etc. / (s. m.) espécie de cogumelo.

Grumerêccio, (pl. -êcci) s. m. feno de segundo corte.

Grúmo, (s. m.) grumo, coágulo / grúmulo / sarro.

Grúmolo, s. m. grúmolo; a parte mais tenra da alface, do funcho, etc. / parte interna da melancia.

Grumôso, adj. grumoso; granuloso / coagulado / incrustado / sarrento.

Gruògo, s. m. (bot. lat. **cròcus**) croco, planta da f. das Iridáceas; açafrão, pé-de-burro, etc.

Grúppe, s. m. (do ingl.) (med.) crupe, garrotilho, difteria / (sin.) **difterite**.

Gruppêtto, s. f. (dim.) grupelho, pequeno grupo / (mús.) **gruppetto**, conjunto de três ou quatro notas musicais que se dão com muita rapidez.

Gruppière, s. m. pessoa que tem banca em certo gênero de jogo.

Gruppo, s. m. grupo: ——— **d'alberi, di persone, di animali** / reunião de coisas formando um todo / grupo, agrupamento; pequena associação / espécie, gênero, família, etc. / nó, emaranhado do fio: **sfacendo i gruppi a or a or coi denti** (Pascoli).

Grúzzolo, s. m. quantidade de dinheiro juntado pouco a pouco; **non voglio spendere il mio** ———: não quero gastar minhas economias / **ha riscósso un bei** ———: cobrou (recebeu) uma parcela regular.

Gua', exc. tosc. (apóc. de guarda, olha) que exprime maravilha; ——— **chi vedo!**: olha só quem está aí!; ou resignação: ——— **ormai con costui a vuol pazienza!**

Guàco, (pl. -àchi) s. m. (bot.) guaco, planta ornam. e medicinal.

Guàda, s. f. rede quadrada de pescar.

Guadàbile, adj. vadeável, que se pode vadear; **fiume** ———: rio vadeável.

Guadagnàbile, adj. (p. us.) ganhável, que se pode ganhar.

Guadagnàre, v. tr. ganhar, obter por meio de qualquer combinação, esforço ou trabalho: ——— **il pane, la vita** / conseguir, conquistar, captar, atingir: ——— **fama, stima** / progredir, levar vantagem: ——— **terreno** / antecipar; ——— **tempo**: ganhar tempo / levar vantagem, sair ganhando: **col calore i rinfreschi ci guadagnamo**.

Guadagnàto, p. p. ganho, que se ganhou / (s. m.) ganho.

Gudagnatôre, adj. e s. m. (f. -tríce) ganhador; que ou aquele que ganha muito.

Guadàgno, s. m. ganho, ato ou efeito de ganhar; **molte spese e pochi guadagni**: muitos gastos e poucos ganhos / lucro; proveito, interesse; benefício, utilidade / (ir.) **bel** ——— **ho fatto!**: lindo lucro tive! **fare pingui guadagni**: obter muito lucro.

Guadagnucchiàre, (pr. -úcchio) v. tr. ganhar pouco e com dificuldade.

Guadàre, (pr. -àdo) v. tr. vadear, passar a vau.

Guàdo, s. m. vau, sítio de um rio por onde se pode passar a pé / **tentare il** ———: tatear, explorar o vau; (fig.) sondar, explorar / (bot.) glasto, planta da fam. das Crucíferas.

Guadôso, adj. vadeoso, vadeável; que tem muitos vaus.

Guàffo, (ant.) adj. rude, indelicado.

Guaglióne, s. m. (dial. nap.) moço, rapaz guapo, airoso, valente.

Guagnèle, ant. na loc. **alle guagnele**: pelos Evangelhos.

Guài!, interj. ai!; guai! (ant.) / **guai ai vinti!** (ai dos vencidos!), frase atribuída a Breno quando quis impor condições aos Romanos.

Guaiàco, (pl. -àchi) s. m. (v. amer.) guáiaco, planta da fam. das zigofiláceas.

Guaicòlo, s. m. (med.) guaicol / tintura de guáiaco.

Guaíme, s. m. (p. us.) (agr.) pasto da segunda relva.

Guaína, s. f. bainha: ——— **della spada, del pugnale**, etc. / (por ext.) qualquer outro objeto ou estojo onde se conserva alguma coisa: ——— **della bandiera, dell'ombrello** / (anat.) invólucro: ——— **dentale** / costura dobrada na extremidade do tecido / (bot.) vagem das gramíneas.

Guainàto, adj. (bot.) provido de bainha, provido de vagem: **fusto, seme** ———.

Guàio, (pl. guài) s. m. adversidade, desdita, desgraça: **sono in un mare di guai** / dano, prejuízo / apuro, dificuldade / inconveniente contratempo / enredo, embrulhada / queixa, lamento: **sospiri, pianti ed alti guai** (Dante).

Guaiolàre, (pr. guàiolo) v. intr. ganir, soltar ganidos (o cachorro) / queixar-se, emitir queixumes.

Guaíre, (pr. -ísco, -ísci) v. ganir, uivar (o cachorro quando lhe batem) / (por ext.) queixar-se de dor física, de medo, etc.
Guàita, (ant.) s. f. emboscada; atalaia / sentinela, guarda.
Guaitàre, (ant.) v. espiar / insidiar, armar insídias ou ciladas.
Guaíto, s. m. ganido, latido; aulido; grito, berro.
Gualcamênto, s. m. ato ou operação de pisoar; pisoagem; pisoamento.
Gualcàre, (pr. -àlco, -àlchi) v. tr. pisoar, bater (o pano) com o pisão, para lhe dar maior corpo e resistência .
Gualchièra, s. f. pisão, máquina para pisoar os panos.
Gualchieràio, (pl. -ài) s. m. (p. us.) pisoador, aquele ou aquilo que pisoa.
Gualcíre, (pr. -ísco, -ísci) v. tr. amarrotar, amassar (pano, vestido, etc.) / enrugar amarfalhar, amarrotar.
Gualcíto, p. p. e adj. amarrotado, amassado, amarfalhado.
Gualdàna, (ant.) s. f. incursão, correria, assalto, razia / mesnada de gente armada.
Guàldo, (ant.) s. m. bosque.
Gualdràppa, s. f. gualdrapa, xariel, manta que se estende por baixo da sela.
Gualèrcio, (ant.) adj. zarolho, caolho / sujo.
Gualívo, (ant.) adj. igual.
Guàlma, (ant.) s. f. sujidade, imundície.
Guàlmo, (ant.) adj. sujo.
Guanàco, (pl. -àchi) s. m. guanaco, mamífero ruminante, que vive nos Andes (é domesticável).
Guància, (pl. guànce) s. f. face, maçã do rosto / parte superior da culatra do fuzil / papada das reses / (por ext.) lado de certas coisas: le guance dell'aratro / (técn.) partes laterais da lançadeira.
Guancialàio, (pl. -ài) s. m. quem vende ou aluga travesseiros e almofadas (cspcc. nas ferrovias).
Guancialàta, s. f. pancada com o travesseiro.
Guanciàle, s. m. travesseiro; almofada / dormire tra due guanciali: descansar tranqüilamente, estar sossegado quanto ao êxito de uma coisa; (dim.) guancialêtto, guancialíno, guancialúccio; (aum.) guancialône.
Guancialêtto, s. m. dim. pequeno travesseiro / acolchoado, enchimento para vestido.
Guancialíno, s. m. dim. pequeno travesseiro, peq. almofada / almofada para alfinetes e agulhas / jogo de crianças.
Guanciata, s. f. bofetada, bofetão.
Guàno, s. m. guano, adubo formado de substâncias orgânicas.
Guantàio, (pl. -ài) s. m. luveiro, aquele que faz ou vende luvas; (fem.) guantàia.
Guantería, s. f. (p. us.) luvaria, fábrica ou estabelecimento de luvas.
Guantièra, s. f. estojo ou caixa para guardar luvas / (desus.) bandeja.

Guànto, s. m. luva / (ant.) sinal de desafio; **gettare il ———**: atirar a luva, desafiar; reptar / **trattare coi guanti**: tratar com delicadeza / **ladro in guanti gialli**: cavalheiro de indústria / (hist.) guante, luva de ferro de armadura antiga.
Guantône, s. m. luva de esgrima; luva de pugilista; (boxador, bras.).
Guàppo, (v. esp.) adj. e s. m. (dial.) guapo, brioso, bizarro.
Guaràna, s. m. guaraná (bras.), planta arbustiva, trepadeira.
Guaraní, s. m. guarani, um dos idiomas dos indígenas da Am. do Sul / (etn.) divisão etnográfica da família Tupi--Guarani.
Guardabarrière, s. m. guarda-cancelas nas passagens de nível; guarda barreira.
Guardabòschi, s. m. guarda-bosque, guarda-campestre.
Guardacàccia, s. m. couteiro, guardador de coutadas (terra defesa, reservada à caça); guarda florestal.
Guardacànapo, s. m. (náut.) guarda--cabo, anel de metal.
Guardacatêna, s. m. (técn.) dispositivo do tear mecânico, que pára automaticamente o movimento quando se rompe um fio da corrente.
Guardacòrda, s. m. peça do relógio de bolso que indica quando a mola está carregada.
Guardacòrpo, s. m. (náut.) cabo tenso em ocasião de borrasca.
Guardacòste, s. m. guarda-costas, soldado da milícia costeira / (adj.) navio de guerra que vigia as costas: nave ———.
Guardafili, s. m. guarda-fios, pessoa que vigia uma linha telefônica ou telegráfica.
Guardafrêni, s. m. (ferr.) guarda-freios.
Guardalàto, s. m. (náut.) anteparo cilíndrico, de madeira ou de feixe de cabos, para defender o navio nos choques ou acostamento com outros barcos.
Guardalínee, s. m. juiz-de-linha, no jogo de futebol.
Guardamalàti, s. m. (neol.) enfermeiro.
Guardamàno, s. m. guarda-mão, arco que resguarda a mão entre os copos e a maçã da espada / (mar.) corrimão de cordas, ao lado da escada externa do navio.
Guardamênto, s. m. (p. us.) guardamento, ato de guardar.
Guardanídio, s. m. (p. us.) endez.
Guardapàlma, s. m. manopla, espécie de luva metálica, para defesa da mão durante trabalhos perigosos.
Guardapètto, (pl. -ètti) s. m. guarda--peito de madeira ou de metal, para defesa do peito, quando se trabalha no trado.
Guardapòrto, s. m. navio vigia do porto.
Guardaportône, s. m. guarda-portão, porteiro de libré nos palácios.
Guardàre, v. tr. olhar, fitar os olhos em; mirar; encarar. ——— **il sole, il cielo** / estar voltado para: **casa che guarda il mare** / **finestra che guarda alla via**: janela que dá para a rua / velar, cuidar de, proteger / defender / investigar / considerar / examinar,

revisar: ——— i conti / cuidar, prestar atenção: guarda di non cadere / preservar: ——— uno da un pericolo / a vista alcuno: vigiar alguém rigorosamente, com sentinela à vista / non ——— in faccia nessuno: não ter preferências por ninguém / non ——— a spese: não olhar para os gastos / ——— sempre in alto: olhar sempre para cima, para o ideal / ——— fisso: olhar fixamente / ——— d'alto in basso: fitar orgulhosamente / ——— con la coda dell'occhio: olhar com o rabo dos olhos / ——— senza batter ciglio: olhar sem pestanejar / ——— in cagnesco: olhar de esguelha, com rancor / (pr.) olhar-se; cuidar-se, resguardar-se, preservar-se; guardarsi dai borsaioli: cuidado com os ladrões / (é mal us, na frase guardare il letto, por stare a letto: estar acamado.

Guadaròba, s. f. guarda-roupa, guarda-vestidos.

Guardarobièra, s. f. guarda-roupa, pessoa encarregada de guardar roupas num teatro, comunidade, etc.

Guardasàla, s. m. (ferr.) empregado que custodia a entrada das salas de espera, nas estações.

Guardasigílli, s. m. guarda-selos; em alguns Estados, Chanceler / hoje, na Itália, Ministro da Justiça.

Guardastínco, s. m. almofada interior nos canos das botas de montar.

Guardàta, s. f. olhada, mirada, olhadela; ho dato una ——— al libro: dei uma olhadela no livro / (dim.) guardatina: (pej.) guardatàccia.

Guardàto, p. p. e adj olhado, mirado; defendido: un passaggio ben ———.

Guardatôre, s. m. (f. -trìce) guardador, aquele que guarda ou defende alguém de alguma coisa; guarda, vigia; custódia.

Guardatràma, s. m. (técn.) dispositivo do tear mecânico, que pára automaticamente o movimento, quando se rompe um fio da trama.

Guardatúra, s. f. mirada, olhar, modo de mirar.

Guàrdia, s. f. guarda, ato ou efeito de guardar: fu messo a ——— del castello / far la ———: fazer a guarda, cuidar / cane da ———: cão de guarda / corpo di ———: corpo de guarda / montare la ———: montar guarda / guarda, sentinela, vigia, vigilante / ——— di pubblica sicurezza: polícia, guarda da segur. pública (no Br. polícia militar) / ——— doganale: guarda aduaneiro / anteparo / (fig.) stare in ———: estar em guarda, precaver-se / folha que resguarda o princípio ou o fim de um livro.

Guardiacàccia, v. guardacaccia.

Guardiamarìna, s. m. (mar.) guarda-marinha, oficial da marinha.

Guardianàto, s. m. guardiania, cargo ou emprego de guardião.

Guardiàno, s. m. (f. -àna) guarda; guardião / funcionário superior de algumas comunidades religiosas: prior, superior / (ferr.) guarda-barreira / (mar.) terceira âncora que se usa em caso de borrasca.

Guardína, s. f. cárcere temporário da polícia: xadrez.

Guardinfànte, s. m. merinaque, crinolina; guardinfante (des.).

Guardingamênte, adv. (p. us.) cautamente, prudentemente.

Guardingo, (pl. -ínghi) adj. cauto, acautelado, prevenido, prudente, circunspecto.

Guardiuòla, s. f. guardiuòlo, s. m. posto de guarda; guarita de sentinela.

Guàrdo, s. m. (poét.) olhar, mirada.

Guardône, s. m. (técn.) contraforte, forro que reforça a parte do calçado que cobre o calcanhar.

Guarentígia, (pl. -ígie) s. f. garantia, fiança / (hist.) legge delle guarentigie: lei de garantias concedidas à Santa Sé, em 1929, pelo tratado de Latrão.

Guarentíre, v. tr. (p. us.) garantir.

Guàri, adj. (p. us.) algo, muito, um tanto; non mi piace ———: não me agrada muito / non è ———: não faz muito tempo.

Guaríblie, adj. curável.

Guarigiône, s. f. cura; restabelecimento da saúde.

Guaríre, (pr. -ísco, -ísci, -ísce) v. curar, sarar; recobrar a saúde / un male che guarisce: uma enfermidade que tem cura / (refl.) emendar-se, curar-se, salvar-se.

Guaritôre, s. m. (f. -trìce) pessoa que trata ou cura sem diploma legal; curandeiro.

Guarnàcca, s. f. (p. us.) garnacha, túnica talar; saia.

Guarnèllo, (ant.) s. m. tecido de algodão / anágua, saia feita com esse tecido.

Guarnigiône, s. f. (mil.) guarnição; força militar que defende uma praça; tropas residentes numa cidade; essere di ——— a Roma: prestar serviço militar na guarnição de Roma.

Guarnimênto, s. m. guarnição, adorno de um vestido, etc. / (mil.) guarda de um posto / (mar.) guarnecimento de árvores, cabos, anéis, ganchos e outros acessórios.

Guarníre, (pr. -ísco, -ísci) v. tr. guarnir, guarnecer, apetrechar: ——— una città, una nave, etc. / prover do necessário; fortalecer / pôr guarnição em, adornar / compor: ——— un abito / (cul.) guarnir, condimentar um prato.

Guarnitôre, adj. e s. m. (f. -trìce) guarnecedor, que ou aquele que guarnece.

Guarnitúra, s. f. (p. us.) guarnecimento, ato ou efeito de guarnecer; guarnição; adorno, enfeite: la ——— dun vestito / aquilo que acompanha qualquer prato numa refeição / (técn.) disco ou anel que se põe na junção de tubos, etc.

Guascherino, (ant.) s. m. pássaro de ninho.

Guasconàta, s. f. gasconada, quixotice, fanfarronada, bravata.

Guascône, adj. gascão, da Gasconha ou a ela referente; (fig.) fanfarrão.

Guascòtto, (ant.) adj. mal cozido, um tanto cozido.

Guastàda, (ant.) s. f. garrafa.

Guastafèste, s. m. desmancha-festas, desmancha-prazeres; importuno, molesto, insuportável.

Guastamênto, s. m. (p. us.) dano, destruição, ruína, estrago.

Guastamestièri, s. m. pessoa que exerce um ofício ou profissão e que deita a perder os outros pela concorrência prejudicial; cigano, daninho, embusteiro.

Guastàre, v. romper, gastar, destruir, deteriorar, arruinar; destroçar, decompor; maltratar, avariar / —— **un progetto**: malograr, frustrar um projeto / —— **l'appetito**: comer fora de hora / depravar, corromper: —— **i costumi, il cuore** / (mil.) assolar, desvastar, saquear, destruir / interromper, estorvar: —— **il sonno**, —— **l'allegria, la festa** / viciar: —— **l'aria** / **questo non guasta**: isto não importa, não prejudica em nada / avariar-se, apodrecer: **guastarsi la carne, la frutta** / **guastarsi con uno**: romper relações com alguém.

Guastàto, p. p. e adj. estragado, deteriorado, roto, destroçado, avariado: **giovane** —— **dai vizi**: jovem corrompido pelos vícios.

Guastatôre, adj. e s. m. (f. -trice) destruidor; demolidor, assolador / (mil.) sapador.

Guàsto, s. m. estrago, dano, desarranjo; **c'è un** —— **alla macchina**: há um estrago na máquina / podridão; **qui c'è del** ——: aqui há algo podre / (fig.) desavença, discórdia: **fra quei due c'è del** ——.

Guàsto, p. p. e adj. gasto, estragado, deteriorado, avelhentado, safado, coçado; **dente** ——: dente cariado / viciado, depravado, corrompido.

Guatàre, v. (lit.) mirar fixamente, com suspeita e receio: **si volge all'onda perigliosa e guata** (Dante).

Guatemalêse, adj. e s. m. guatemalteco, guatemalense.

Guàttero, s. m. (f. **guattera**) ajudante de cozinheiro.

Guattíre, v. ganir.

Guàzza, s. f. orvalho abundante que molha como chuva.

Guazzabugliàre, v. confundir, baralhar, misturar desordenadamente.

Guazzabúglio, (pl. -úgli) mistura, mescla / mistifório, mixórdia, trapalhada, confusão; desordem, embrulhada.

Guazzabuglióne, s. m. (f. -ôna) pessoa que faz habitualmente confusão, desordem, etc.; trapalhão.

Guazzamênto, s. m. ato de chapinhar, de revolver, de agitar.

Guazzàre, v. agitar, revolver (um líquido) chapinhar (na água) / de ovos não frescos, mover-se na casca / (raro) vadear.

Guazzatôio, (pl. -ôi) s. m. aguada, lugar onde se levam animais para beber ou chapinhar / lugar onde se lavam lãs.

Guazzêtto, s. m. molho / guisado / **pesce in** ——: pescado em molho.

Guazzingôngolo, (ant.) s. m. petisco em molho.

Guàzzo, s. m. vau: **passare a** —— **un fiume**: vadear um rio / pequena poça de água ou de outro líquido derramado: **un** —— **d'acqua, di sangue** / charco, pântano, lodaçal / **frutta in** ——: fruta em compota / (pint.) **dipingere a** ——: pintar a guache / guache (pint.).

Guazzôso, adj. orvalhado, rociado, molhado de orvalho / molhado, encharcado: **terreno** ——.

Guazzúme, s. m. poça de água suja no chão, etc; charco; lama; lodaçal.

Guéffa, (ant.) s. f. jaula / prisão.

Guelfeggiàre, (pr. -êggio, êggi) v. intr. professar idéias guelfas.

Guelfísmo, s. m. (hist.) guelfismo, partido guelfo, partidários do papa contra os gibelinos, partidários do Imp. da Alemanha / neoguelfismo, partido ital. favorável a uma confederação encabeçada pelo papa (prim. metade do séc. XIX).

Guèlfo, s. m. guelfo, partidário do Papa, na Itália / (fort.) **merlatura guelfa**: ameia lisa, sem pontas.

Guenciàre, (ant.) v. escapar-se, fugir sorrateiramente.

Guercêzza, s. f. (p. us.) estrabismo, vesguice.

Guèrcio, (pl. -èrci; f. -èrce) adj. e s. m. estrábico, vesgo; torto, oblíquo; (dim.) **guercino**; **il guercino**: apelido do célebre pintor ital. Giovanni F. Barbieri, 1591-1666 / (pej.) **guerciàccio**.

Guerníre, v. (p. us.) guarnecer.

Guèrra, s. f. guerra / (fig.) questões, contendas, dissídio, disputa, contraste, luta, conflito / —— **guerreggiata**: guerra efetiva / **far la** ——: fazer a guerra / (neol.) —— **fredda**: guerra fria.

Guerrafondàio, (pl. -ài) s. m. depr. pessoa que quer a guerra a qualquer custo e em qualquer ocasião; belicista.

Guerraiuòlo, s. m. depr. fanático da guerra / **partito** ——: partido belicista.

Guerreggiamênto, s. m. (p. us.) ato de guerrear; combate.

Guerreggiàre, (pr. êggio, -êggi) v. guerrear, fazer a guerra / combater, lutar, pelejar, batalhar / hostilizar.

Guerreggiàto, p. p. e adj. guerreado; perseguido, hostilizado, combatido.

Guerreggiatôre, s. m. (f. -trice) guerreador, o que guerreia; batalhador.

Guerrescamênte, adv. (p. us.) guerreiramente; belicosamente.

Guerrêsco, (pl. -êschi) adj. guerreiro, bélico, marcial, belicoso / **apparecchio** ——: aparato bélico.

Guerrière, adj. e s. m. guerreiro / **canto** ——: canto marcial ou guerreiro / **un re** ——: um rei que gosta da guerra.

Guerríglia, s. f. guerrilha.

Guerriglière, s. m. guerrilheiro.

Guerrísta, s. m. entendido em coisas de guerra / partidário da guerra, belicista, militarista.

Gufàggine, s. f. retraimento, afeição à vida solitária; misantropia.

Gufàre, v. intr. (p. us.) piar, emitir a sua voz o mocho / (fig.) burlar, motejar.

Gufeggiàre, v. intr. fazer os atos que faz o mocho / viver como misantropo.

Gúfo, s. m. (zool.) mocho / (fig.) pessoa retraída; misantropo / (ecles.) peliça que usam certos clérigos.

Gúglia, s. f. (arquit.) agulha; extremidade de torres ou campanários / obelisco / pináculo.

Gugliàta, s. f. uma enfiadura de linha para coser; agulhada.

Guida, s. f. guia, direção; *sotto la guida del maestro*: sob a direção do mestre / *la —— di un veicolo*: a direção de um veículo / (autom.) mando, comando, volante, guia / condução / pauta, norma, regra / —— *della città, del telefono*: guia da cidade, telefônica / guia, condutor / preceptor, conselheiro, mentor / *andare senza —— alcuna*: ir sem rumo, sem direção alguma / (ferr.) carril móvel que serve para a mudança de trilho.

Guidàbile, adj. guiável, que se pode ou deve guiar.

Guidafíli, s. m. régua munida de ganchos que guiam os fios do tear mecânico.

Guidagiuòco, s. m. guiador ou diretor de jogos de sociedade.

Guidaiuòlo, s. m. animal que serve de pastor e guia de um rebanho: guieiro / animal que serve de guia à tropa; madrinha (bras.).

Guidalêsco, (pl. -êschi) s. m. (vet.) mata, matadura, ferida no couro das cavalgaduras, produzidas pelo roçar dos arreios.

Guidamênto, s. m. (p. us.) guia, ato de guiar.

Guidàna, s. f. prova do título da seda / registência de 80 fios de seda.

Guidardône, (ant.) s. m. recompensa; galardão (ant.).

Guidàre, v. tr. guiar, dirigir, aconselhar, instruir / governar / mandar: —— *un esercito* / levar, transportar; **non farti** —— *dall'odio* / reger / *saper* ——: saber guiar cavalos ou carros / (refl.) guiar-se, conduzir-se, portar-se; **saper condursi da sé**: saber guiar-se por si mesmo.

Guidasilúri, s. m. (mar.) guia de torpedos.

Guidatôre, adj. e s. m. (f. -trice) que ou aquele que guia; guia, guiador, condutor.

Guiderdonàre, (pr. -ôno) galardoar, recompensar, premiar, remunerar.

Guiderdonàto, p. p. e adj. galardoado; recompensado, remunerado, premiado.

Guiderdonatôre, adj. e s. m. (f. -trice) galardoador, remunerador.

Guiderdône, s. m. (lit.) galardão (ant.); recompensa, remuneração; prêmio.

Guidône, s. m. (mil. e mar.) estandarte, bandeira para sinalização; guião (ant.).

Guidoslitta, s. f. trenó (para deslizar sobre neve ou gelo) para várias pessoas.

Guidrigíldo, s. m. indenização às vítimas de um delito segundo as leis longobardas.

Guíggia, (pl. -ígge) s. f. (p. us.) correia das sandálias e, antigamente, do escudo / cordão, correia dos tamancos e chinelos.

Guigne, (v. fr.) s. f. macaca, infelicidade, azar, infortúnio, má sorte / (ital.) disdetta, iettatura, scalogna.

Guíndolo, s. m. dobadoura.

Guinzagliàre, v. (p. us.) prender, amarrar à trela.

Guinzàglio, (pl. -àgli) s. m. trela, tira de couro com que se prende o cão / (fig.) freio, sujeição.

Guísa, s. f. maneira, feição, modo, guisa (ant.) / *a —— di*: à guisa de, à forma de, à maneira de / *in —— che*: de sorte que / moda, uso, costume: *le guise del vestire*.

Guittería, s. f. mesquinhez, tacanharia, sordidez / farândola, artista de ínfima categoria.

Guítto, adj. pobre, miserável / sujo, sórdido / mesquinho, tacanho / (s. m.) farandoleiro, artista das dúzias.

Guizzamênto, s. m. (p. us.) ato de deslizar, saltar, pular, esguichar.

Guizzànte, p. pr. e adj. saltitante, esguichante, deslizante, resvalante.

Guizzàre, v. deslizar, resvalar, escorrer, pular, esguichar, chispar, mover-se de golpe / fugir, escapar / *guizzano i lampi*: brilham os relâmpagos / saltar: —— *in piedi* / *guizzar via*: escapulir ou escapulir-se.

Guizzàta, s. f. deslizamento, escapulida.

Guízzo, s. m. deslizamento, escorregadela, pulo, salto; **dare un** ——: dar um pulo / brilho: *la fiamma diede un ——* *e si spénse*: a chama cintilou e apagou-se / relâmpago, resplendor rápido: *il —— dei lampi*.

"Gulasch" (voz húngara) s. m. guisado de carne com muita droga; (ital.) *spezzatino drogato*.

Gurge, (ant.) e s. m. (lit.) torvelinho, sorvedouro, redemoinho.

Gurgugliàre, v. intr. grasnar, soltar a voz (peru).

Gúrgule, s. m. (arquit.) canal que se aplica ao fundo de um conduto, por meio do qual a água pluvial é atirada longe do muro.

Gúscio, (pl. gúsci) s. m. casca; invólucro de certas plantas, frutos ou sementes; concha dos crustáceos / vagem / casca do ovo / (fig.) *uscire dal gúscio il pulcino*: sair da casca o pintinho; / bote, canoa, us. espec. para a pesca nos rios e paludes / cômodo, quarto, lugar pequeno: *abitare in un —— / casco de bote, carro, etc. / (arquit.) moldura acanalada.

Gusciône, s. m. aum. casca grande / castanha oca.

Gúsla, s. f. gusla, espécie de rabeca, de uma só corda, usada no Oriente, de som suavíssimo.

Gustàbile, adj. saboreável.

Gustàccio, s. m. (pej.) sabor desagradável; mau gosto.

Gustamênto, s. m. (p. us.) gustação, ato de provar o sabor de uma coisa.

Gustànte, adj. gostoso, agradável.

Gustàre, v. tr. degustar, saborear; provar: —— *i vini*, etc. / apreciar: —— *le bellezze dei quadri* / gozar, deleitar-se com, fruir de: —— *i piaceri della vita* / agradar; **non mi gusta la sua compagnia**: não me agrada a sua companhia.

Gustatívo, adj. gustativo, relativo ao sentido do gosto.
Gustàto, p. p. e adj. degustado, saboreado, provado, agradado.
Gustatôre, adj. e s. m. (f. -trice) saboreador, que saboreia ou degusta; entendedor.
Gustaziōne, (ant.) s. f. degustação.
Gustêvole, adj. saboroso, gostoso.
Gustevolmênte, adv. gostosamente, saborosamente, aprazivelmente.
Gústo, s. m. gosto, sentido do gosto; paladar, sabor; **cibo senza** ———: comida sem gosto / prazer, deleite, afeição, simpatia; **ci prendè** ——— **a farmi ammattire**: goza em tornar-me louco / **un** ——— **matto**: um prazer louco / **piove che é un** ———: chove a mais não poder / **ridere di** ———: rir com vontade / inclinação, disposição; **ognumo ha i suoi gusti**: cada qual tem seus gostos / **sul** ———: pelo estilo / **buon** ———: bom gosto / ——— **fine**: gosto apurado / graça, elegância; **cattivo** ———: mau gosto / **tutti i gusti son gusti**: todos os gostos são gostos / **entrare nel gusto del pubblico**: ganhar a simpatia, entrar nas graças do público / **il** ——— **attuale**: a moda atual, presente / **il gusto deve andare innanzi a tutto** (De Amicis): a gosto (subentende-se o bom gosto) deve ser a condição primeira.
Gustosamênte, adv. gostosamente, agradavelmente, aprazivelmente.
Gustosità, s. f. gosto, sabor, deleite.
Gustôso, adj. gostoso, saboroso, apetitoso: **cibo** ——— / deleitoso, divertido, grato, agradável: **una gustosa conversazione** / **un** ——— **aneddoto**: uma anedota chistosa, engraçada.
Gútta, (ant.) s. f. gota, pingo / (sin.) goccia.
Guttalína, s. f. caucho artificial, sucedâneo, substituto do caucho.
Guttapèrca, (pl. -èrche) s. f. gutapercha, caucho da Sumatra.
Guttichiàre, (ant.) (pl. -ícchio) v. intr. gotejar.
Guttífere, adj. e s. f. pl. (bot.) gutíferas, gutiferáceas.
Gutturàle, adj. gutural; **consonante** ———.
Gutturalísmo, s. m. guturalismo, defeito de pronúncia gutural.
Gutturalmênte, adv. guturalmente.
Gúzla, (v. **gusla**) s. m. (múse.) gusla, rabeca de uma só corda.
Gymkhana, (v. anglo-ind.) s. f. gincana; campo de jogos ao ar livre.

H

(H) h, s. f. (agá) 8ª letra do alf. italiano; não tem som; us. nas vozes **ho, hai, ha, hanno**, do verbo **avere**: ter; e nas interj. 'ah, ahi, ahimè, eh, ehi, oh, ohihò / serve para dar som gutural às letras e e g nas sílabas che, chi, ghe, ghi (que, qui, gue, gui) / seu nome é acca (agá) / **non vale un'acca**: não vale nada / **non capisco un'acca**: não entendo patavina.
Ha, terc. pess. do sing. do pr. ind. do v. avere; egli ha: ele tem.
Habeas Corpus, loc. lat., habeas-corpus, lei que garante a liberdade pessoal.
Habemus Pontificem, loc. lat., temos o pontífice, com que o cardeal decano anuncia a eleição do Papa / (fam. e fest.) usado analogamente para qualquer cargo.
Habitus, voz. lat. usada como termo científico com os caracteres que distinguem uma espécie vegetal ou animal.
Hai, seg. pess. sing. do pr. ind. do v. avere; tu hai: tu tens.
Hallalí, s. m. (do fr.) antigo grito de caça, hoje em uso nas caças nobres italianas.
Hallesísmo, (do fr.) s. m. sistema econ. internacional, baseado na separação da economia da política, ideado pelo genovês A. M. Trucco.
Hàmster, (v. hol.) s. m. (zool.) hámster, roedor que proporciona excelentes couros para forros.
Hàngar, (do fr.) hangar / (sin.) **autorimessa, capannone**.
Hanseàtico, adj. (ver t. anseático) hanseático.
Hàrem, s. m. (v. t. arem) harém, lugar onde estão encerradas as odaliscas; serralho.
Harmattàn, s. m. harmatão, vento muito quente que sopra no Senegal nos meses de inverno.
Harmònium, (v. t. **armonio**) s. m. harmônio; pequeno órgão portátil.
Harveizzàre, v. (met.) aplicar o processo de Harvey ao aço.
Hascísc, s. m. haxixe, compos. que possui propriedades excitantes e narcóticas.
Havaiàno, adj. havaiano.
Hegheliàno, ou **hegeliano**, adj. (filos.) hegeliano.
Hennè, s. m. (ár. hinnà) (bot.) hena, (planta); alcana, matéria corante que dessa planta se extrai (ital. **alcanna**).
Henry, s. m. (eletr.) unidade de medida de indução elétrica.
Hertziano, adj. hertziano.
Hic, voz. lat. (aqui) us. na locução **avere l'hic e l'hoc**: saber bastante, saber mais que uma raposa velha
Hidàlgo, (esp.) s. m. fidalgo; **agire da** ———: agir com fidalguia.
Hinterlànd, (v. ingl.) "hinterland", interlândia, interior; região situada atrás de uma costa marítima.
Ho, 1ª pess. sing. do pr. ind. do v. avere; io ho: eu tenho.
Hòc, voz lat. us. na loc. **uomo ad hoc, cosa ad hoc**: pessoa ou coisa que parece feita de propósito para tal uso ou efeito / **ad hoc**: para isto.
Hodie, v. lat. hoje; **hodie mihi, cras tibi**: hoje a mim, amanhã a ti.
Hominem, v. lat. homem / **argomento ad** ———: argumento aplicado diretamente à pessoa com quem se discute.
Homo, v. lat. homem; **ecce homo**: ecce-homo.
Honorem, v. lat. honra / **ad** ———: a título de honra.
Humus, s. m. (lat.) húmus, humo.
Huroniàno, adj. (geol.) huroniano, um dos períodos da era arcàica
Hurrà, excl. hurra!
Hussíta, (pl. -íti) hussita, pessoa sectária das doutrinas de João Huss.

(I), i, s. m. e f. 9ª letra do alf. italiano, terceira vogal; tem som quase de consoante em **iattanza, iena, aiuola,** etc. e geralmente toda vez que toma o lugar de **j (i lunga)** hoje desaparecida do alf. italiano / **i eufônica, i protética;** por eufonia se antepõe, quando se quer, um i, nas palavras que começam por s impura: **per isbaglio** (em lugar de **per sbaglio), con ischerzi** (em lugar de **con scherzi),** sendo porém hoje esse uso muito restrito / **metteri i punti sugli i:** pôr os pontos nos i, esclarecer, relatar com exatidão / art. determ. **i:** os; usa-se diante de consoante que não seja s impuro, z, x ou gn: **i cani, i bruti, i ladri** (porém **gli scolari, gli anni, gli gnomi, gli zaini** / (ant.) pron. pess. por gli (lhe, a ele) / **cortese i fu** (Dante): foi-lhe cortês.

Iaborándi, s. m. (bot.) jaborandi (bras.), nome dado a duas plantas brasileiras.

Iacchêtto, (ant.) s. m. iate (do ingl. yacht) / (sin. neol.) panfílio.

Iacintèo, iacintino, adj. jacintino; da cor do jacinto / (p. us.) hiacintino / (sin.) giacintino.

Iáco, (ant.), s. m. (bot.) guaiaco.

Iadi, s. f. pl. híades; constelação de sete estrelas.

Iago, n. pr. Iago, pers. do Otelo, tipo do desleal.

Ialéa, s. f. (zool.) hiala, molusco da fam. dos Pterópodos.

Ialíno, adj. hialino, relativo ao vidro; que tem a aparência ou a transparência do vidro.

Ialíte, s. f. (min.) hiálito; opala transparente da Boêmia.

Ialografia, s. f. hialografia, pintura sobre vidro.

Ialògrafo, s. m. hialógrafo.

Ialòide, s. m. (anat.) hialóide, membrana que reveste o corpo vítreo do olho.

Ialoplàsma, (pl. -mi) s. m. (bot.) hialoplasma, plasma transparente das células.

Ialurgía, s. f. hialurgia, arte de fabricar o vidro.

Iàto, s. m. (gram.) hiato / (geol.) idade da pedra, entre a bruta e a lavrada.

Iattànza, s. f. jactância, arrogância, ostentação; fanfarrice.

Iattúra, s. f. (lit.) perda, dano, ruína, desventura, desgraça; jactura.

Ibèrico, adj. (pl. -èrici) ibérico.

Ibernànte, adj. hibernante, que hiberna.

Ibernazióne, s. f. hibernação; letargo hibernal (zool.).

Ibice, (ant.) (v. **stambecco)** s. m. cabrito montês.

Ibidem, adv. lat. ibidem, no mesmo lugar.

Ibis ou **ibi,** s. m. íbis, ave pernalta.

Ibis Redibis (loc. lat.), s. m. discurso ambíguo (primeiras palavras de um oráculo antigo).

Ibísco, (pl. -íschi) s. m. hibisco, planta das Malváceas.

Iblèo, adj. hibleu, do monte Hibla, na Sicília.

Ibridazióne, s. f. hibridação, cruzamento de animais ou plantas.

Ibridísmo, s. m. hibridismo.

Ibrido, adj. híbrido / (fig.) mistura de elementos heterogêneos.

Ibseniàno, adj. ibseniano, de Ibsen: dramma ———.

Icaría, s. f. utopia do comunista francês Cabet (1788-1856).

Icàstica, s. f. icástica, arte de representar o real.

Icàstico, (pl. -ci) adj. (lit.) icástico, natural, fiel à realidade.

Icchese, iccase, ics, s. m. e f. xis, nome da consoante x.

Iceberg (ingl.) s. m. iceberg, massa de gelo errante desprendida da banquisa polar.

Icneumène, s. m. (zool.) icnêumon, espécie de mangusto, do tamanho de um gato.

Icnografia, s. f. icnografia; planta de um edifício; estereografia.

Icnogràfico, (pl. -àfici) adj. icnográfico.

Icòna, icòne, s. f. (lit.) ícone, imagem sagrada / figura de santo na Rússia.

Iconísmo, s. m. iconografia, representação por imagens.

Iconoclàsta, (pl. -àsti) s. m. iconoclasta / (hist. pl.) hereges do século VII.

Iconoclàstico, (pl. -àstici) adj. iconoclástico.
Iconografía, s. f. iconografia.
Iconògrafo, s. m. iconógrafo.
Iconolàtra, s. m. iconólatra.
Iconolatría, s. f. iconolatria.
Iconologista, s. m. iconologista, iconólogo.
Iconòmaco, (pl. -chi) s. m. iconômaco, iconoclasta.
Iconomanía, s. f. iconomania, paixão por quadros.
Iconomètrico, (pl. -ètrici) adj. (fot.) iconométrico, diz-se de um visor para máquina fotográfica.
Iconoscòpio, s. m. iconoscópio, aparelho para explorar as imagens em televisão.
Iconostàsi, s. f. iconostase, espécie de biombo ou anteparo, por detrás do qual o padre grego faz a consagração.
Icôre e ícore, s. m. icor ou ícore; humor purulento que escorre de certas úlceras.
Icorèa, s. f. derrame de líquido.
Icoremía, s. f. icoremia, intoxicação do sangue por matéria icorosa.
Icorôso, adj. icoroso, que tem icore ou que é da sua natureza.
Icosaèdro, s. m. (geom.) icosaedro, poliedro de 20 faces.
Ics, s. m. x. i (mat.) usa-se para indicar uma incógnita / (por ext.) indica pessoa ou coisa desconhecida ou misteriosa; un ——— qualunque: um sujeito qualquer.
Ictus, (v. lat.) ictus: acento predominante; tempo forte ou agudo (mús.) / ictus, insulto apoplético, ataque.
Idàlgo, (do esp.) s. m. fidalgo, nobre.
Idàlio, (pl. -li) adj. idálio, relativo ao Monte Idálio, consagrado a Vênus.
Idàtide, s. f. hidátide.
Iddío, (pl. -dii), s. m. Deus / f. **iddía**: deusa.
Idèa, s. f. idéia, representação na mente; **l'idèa del bene**: a idéia do bem / modo de ver, opinião; **idee politiche** / intenção / **cambiar d'idee**: mudar de idéias / concepção literária ou artística / **libro denso di idee**: livro cheio de idéias / imagem, lembrança; **ho la sua ——— scolpita in mente**: tenho a sua imagem gravada na mente / engenho, habilidade: **uomo di belle idee** / mania, capricho, raridade, fantasia / **essere schiavo di un'idea**: estar dominado por uma idéia / abstração, pensamento: **il mondo delle idee** / **neppure per ———**: nem mesmo por idéia / ——— **fissa**: idéia fixa / projeto de uma coisa / **farsi un idea d'una cosa**: formar-se idéia ou conceito de uma coisa / química, desvario / (dim.) **ideina, ideuccia**.
Ideàbile, adj. ideável, imaginável.
Ideàccia, s. f. pej. idéia má: má intenção / idéia apenas esboçada.
Ideàle, adj. ideal: **mondo ———**: mundo ideal, perfeito / ideal, espiritual, abstrato / fantástico, imaginário; **personaggio ———**: personagem ideal / (s. m.) perfeição suprema; **l'ideale d'un artista**: o ideal de um artista / ——— **di giustizia**: ideal de justiça / desejo vivo, aspiração, sonho / **uomo senza ideali**: homem sem ideal, homem material.
Idealeggiàre, v. intr. afetar idealismo em arte.
Idealismo, s. m. idealismo.
Idealista, (pl. -isti) s. m. idealista / sonhador, poeta.
Idealità, s. f. idealidade.
Idealizzàre, v. tr. idealizar.
Idealmènte, adv. idealmente.
Ideàre, (pr. -èo) v. tr. idear; imaginar, conceber, pensar / projetar, planejar.
Ideatôre, s. m. (f. -trice) ideador; inventor.
Ideazióne, s. f. ideação / invenção, concepção, plano.
ídem, (lat.) pr. idem, o mesmo; **non bis in idem**: não repetir, não cair no mesmo erro.
Identicamènte, adv. identicamente.
Idèntico, (pl. -ci) adj. idêntico, perfeitamente igual.
Identificàre, (pr. -ífico, -ifichi) v. tr. identificar, igualar duas coisas / (for.) reconhecer coisas ou pessoas, averiguar sua identidade.
Identificàto, p. p. e adj. identificado.
Identificazióne, s. f. identificação.
Identità, s. f. identidade.
Ideografía, s. f. ideografia.
Ideogràfico, (pl. -àfici) adj. ideográfico.
Ideogràmma, s. m. ideograma, figura que representa graficamente uma idéia.
Ideología, s. f. ideologia.
Ideològico, (pl. -ògici) adj. ideológico
Ideologismo, s. m. ideologismo, sistema ideológico; ideologia.
Ideòlogo, (pl. -òlogi) s. m. (p. us.) ideólogo / o que passa o tempo com abstrações e vive alheado da realidade.
Idest, (v. lat.) adv. a saber, isto é: **fú a'sette d'Agosto, idest d'Estate** (Berni) / (sin.) **cioè**.
ídi, s. m. pl. idos, os dias 13 ou 15 de cada mês do calendário Romano.
Idilliaco, (pl. -íaci) adj. idílico.
Idillico, (pl. íllici) adj. idílico.
Idillio, (pl. -illi) s. m. idílio, poema ou drama de assunto bucólico ou amoroso / (pint.) cena amorosa / amor tenro; **tessere un'idillio**: tecer um idílio.
Idioblàsto, s. m. (bot.) idioblasto.
Idioelèttrico, adj. idioelétrico.
Idiòma, (pl. -mi) s. m. idioma, língua, dialeto.
Idiomàtico, (pl. -àtici) adj. idiomático.
Idiomòrfo, adj. (min.) idiomorfo, de estrutura própria.
Idiopatía, s. f. idiopatia.
Idiopàtico, (pl. -àtici) adj. idiopático.
Idiosincrasía, s. f. idiossincrasia.
Idiòta, (pl. -ti) s. m. idiota / estúpido, imbecil, cretino / grosseiro / beócio, boçal.
Idiotàggine, s. f. idiotismo, idiotez.
Idiotismo, s. m. idiotismo, idiotice / estupidez, imbecilidade / modismo, locução, idiotismo de linguagem.
Idiotizzàre, v. idiotizar, tornar idiota / usar idiotismos.
Idiozía, s. f. (med.) idiotia.
Idolàtra, (pl. -àtri) s. m. idólatra.

Idolatràre, (pr. -àtro) v. tr. idolatrar, adorar com idolatria / amar excessivamente, cegamente.
Idolatría, s. f. idolatria, adoração dos ídolos / amor excessivo, apaixonado / fanatismo.
Idolàtrico, adj. idolátrico.
Idoleggiàre, v. tr. idolatrar / divinizar, endeusar / —— un speranza: alimentar uma esperança.
Ídolo, s m. ídolo / ídolo, pessoa intensamente amada, a quem se rende culto.
Idoneamênte, adv. idoneamente, com idoneidade.
Idoneità, s. f. idoneidade; aptidão, capacidade, competência.
Idòneo, adj. idôneo; apropriado, conveniente / capaz, hábil, suficiente, apto.
Idra, s. f. (mit.) Hidra, serpente morta por Hércules / (zool.) hidra, pólipo de água doce / (fig.) coisa ou fato que envolve perigo público, etc.: l'idra della rivoluzione.
Idràcido, s. m. (quím.) hidrácido (ácido).
Idrànte, s. m. hidrante / bomba de incêndio.
Idragíria, s. f. (med.) hidrargíria, erupção cutânea.
Idrargírio (pl. -íri) s. m. (quím.) hidrargírio, mercúrio, azougue.
Idrargirísmo, s. m. (med.) hidrargirismo.
Idràrto, s. m. (med.) hidrarto, hidrartrose.
Idratàre, v. tr. (quím.) hidratar.
Idratazîône, s. f. hidratação.
Idràto, adj. hidrato.
Idráulica, s. f. hidráulica.
Idràulico, (pl. -ci) adj. hidráulico.
Ídria, s. f. hidrião, vaso de água lustral, entre os gregos do Egito.
Ídrico, (pl. -drici) adj. hídrico.
Idroareoplàno, s. m. hidroavião.
Idrocarbonàto, s. m. (quím.) hidrocarbonato.
Idrocarbúro, s. m. (quím.) hidrocarburo.
Idrocefalía, s. f. (med.) hidrocefalia.
Idrocefàlico, adj. hidrocefálico.
Idrocefalo, s. m. hidrocefalo.
Idrochinône, s. m. (quím.) hidroquinone.
Idrodinàmetro, s. m. hidrodinâmetro.
Idrodinàmica, s. f. hidrodinâmica.
Idroelèttrico, (pl. -èttrici) adj. hidrelétrico.
Idroemía, s. f. hidremia, doença em que o sangue contém excesso de plasma.
Idroestrattôre, s. m. aparelho para extrair areia ou água; hidroextrator.
Idròfano, s. m. (min.) hidrófano, translúcido na água.
Idròfilo, adj. hidrófilo.
Idrofobía, s. f. (med.) hidrofobia.
Idròfobo, adj. hidrófobo.
Idròfono, s. m. hidrófone, instrum. para ouvir os ruídos subáqüeos.
Idròforo, adj. hidróforo.
Idròfugo, (pl. -òfughi) adj. hidrófugo, impermeável.
Idrogenàre, v. tr. (-ògeno) hidrogenar, combinar com o hidrogênio.
Idrogenàto, adj. (quím.) hidrogenado.
Hidrogenazîône, s. f. hidrogenação.
Idrògeno, s. m. (quím.) hidrogênio.

Idrografía, s. f. hidrografia.
Idrogràfico, (pl. -àfici) hidrográfico.
Idrògrafo, s. m. hidrógrafo.
Idròlisi, s. f. hidrólise.
Idrolítico, (pl. -ítici) adj. hidrolítico, relat. à hidrólise.
Idrología, s. f. hidrologia.
Idrològico, (pl. -ògici) adj. hidrológico.
Idròlogo, (pl. -òlogi) s. m. hidrólogo.
Idromànte, s. m. hidromante; adivinho.
Idromanzía, s. f. hidromancia, arte de adivinhar por meio de água.
Idromedúsa, s. f. hidromedusa (animal).
Idromèle, s. m. hidromel, mistura de água e mel.
Idrómetra, s. m. hidrômetra, perito em hidrometria / (zool.) inseto hemíctero que habita as águas da Europa.
Idromètria, s. f. hidrometria.
Idromètrico, (pl. -ètrici) adj. hidrométrico.
Idròmetro, s. m. hidrômetro.
Idromotôre, s. m. hidromotor.
Ídrope, s. m. (med.) hidropisia.
Idròpico, (pl. -òpici) adj. hidrópico.
Idropínico, (pl. -ínici) adj. de água potável c curativa: fonte idropínica.
Idropísia, s. f. (med.) hidropisia.
Idroplanamênto, s. m. (aer.) deslizamento do hidroavião na água.
Idroplàno, s. m. hidroplano; hidroavião.
Hidropònica, s. f. cultivo artificial dos vegetais, mediante a imersão das raízes numa solução química adequada.
Idropòrto, s. m. porto para hidroaviões.
Idrorològio, s. m. relógio de água que se assemelha à clepsidra.
Idroscàlo, s. m. hidroporto.
Idroscivolànte, s. (esp.) bote levíssimo e muito rápido, movido por uma hélice aérea.
Idroscòpio, (pl. -òpi) s. m. hidroscópio, binóculo para explorar o fundo do mar.
Idrosfera, s. f. hidrosfera, conj. das águas que ocupam a superfície terrestre.
Idrostàtica, s. f. hidrostática.
Idrostàtico, (pl. -àtici) adj. hidrostático.
Idroterapèutico, adj. hidroterapêutico.
Idrotòrace, s. m. (med.) hidrotórax.
Idrotropísmo, s. m. hidrotropismo.
Idrovía, s. f. canal navegável.
Idroviàrio, adj. de canal navegável.
Idrovolànte, s. m. hidroavião, hidroplano.
Idròvora, s. f. máquina extratora de água dos pântanos.
Idròvoro, adj. de bombas que secam rapidamente os pântanos
Iemàle, adj. (lit.) hibernal; invernal, hiemal.
Iena, s. f. (zool.) hiena.
Iéova, s. m. (lit.) Jeová, nome por excelência de Deus, na língua hebraica.
Ieràtico, (pl. -àtici) adj. hierático; sacerdotal.
Ièri, adv. ontem / ier l'altro ou l'altro ieri: anteontem; iermattina; ontem pela manhã / iersera ou iernotte, ontem à noite.
Ierofànte, s. m. hierofante, hierofanta, sacerdote de Elêusis / (fig.) mestre, chefe, superior.

Ieroglífico, s. m. hieróglifo.
Iettàre, (pr. -étto, -étti) v. tr. lançar mau olhado, exercer influxo maléfico.
Iettàto, p. p. e adj. enfeitiçado, embruxado / sujeito ao mau olhado.
Iettatôre, s. m. (f. -tríoe) azarento, aquele que dá azar; azarento, caipora.
Iettatúra, s. f. influxo maléfico, mau--olhado caiporismo, ietatura.
Igiène, s. f. higiene.
Igienicaménte, adv. higienicamente.
Igiènico, (pl. -ènici) adj. higiênico.
Igienísta, s. m. higienista.
Ignàro, adj. ignaro, ignorante; não tem o significado pej. de ignorante.
Ignàvia, s. f. ignávia, indolência, negligência, apatia / covardia; fraqueza.
Ignàvo, adj. ignavo; indolente; apático; preguiçoso / covarde.
Ígneo, adj. ígneo, de fogo; ardente / (geol.) rocce ignee: rochas ígneas.
Ignícolo, adj. ignícola, que adora o fogo.
Ignífero, adj. ignífero.
Ignifugàre, (pr. -ífugo, -ífughi) v. tr. tornar incombustível uma substância: ignifugar.
Ignifugazióne, s. f. ato de tornar incombustível uma substância: ignifugação; ignifugagem.
Ignífugo, adj. ignífugo, que foge do fogo / preparado que se torna incombustível.
Ignipuntúra, s. f. (med.) ignipuntura.
Ignispício, (pl. -íci) s. m. ignispício, arte de adivinhar por meio do fogo; piromancia.
Ignito, adj. (lit.) ignito; ígneo.
Ignívomo, adj. (lit.) ignívomo, que vomita fogo, que expele chamas.
Ignizióne, s. f. (quím.) ignição.
Ignòbile, adj. ignóbil, vergonhoso, desprezível, torpe; baixo, infame.
Ignobilitàre, v. tr. tornar ignóbil; desprezível.
Ignobilménte, adv. ignobilmente.
Ignobilità, s. f. ignobilidade.
Ignomínia, s. f. ignominia; desonra; opróbio, infâmia.
Ignominióso, adj. ignominioso.
Ignoràbile, adj. ignorável.
Ignorantàggine, s. f. ignorância; ação de ignorante.
Ignorànte, adj. ignorante / incapaz, inepto / (dim.) ignorantello; (aum.) ignorantone; (depr.) ignorantaccio.
Ignorantèlli, s. m. (pl.) nome vulgar dos Irmãos da Doutrina Cristã, ordem fundada por São J. B. de la Salle.
Ignorànza, s. f. ignorância / imperícia; incompetência.
Ignoràre, (pr. -òro) v. tr. ignorar, não saber, desconhecer; não conhecer por experiência.
Ignotaménte, adv. incognitamente.
Ignòto, adj. e s. m. ignoto; desconhecido, ignorado / obscuro, humilde.
Ignudaménte, adv. nuamente.
Ignudàre, v. tr. desnudar, despir.
Ignúdo, adj. (lit.) nu, desnudo, despido.
Igromètrico, (pl. -ètrici) adj. higrométrico.
Igròmetro, s. m. higrômetro.
Igrometría, s. f. higrometria.
Igroscopía, s. f. higroscopia.
Igroscopicità, s. f. higroscopicidade / l' ——— del sale, del cloruro, etc.
Igroscòpico, (pl. -òpici) adj. higroscópico.
Igrotropísmo, s. m. higrotropismo, atração da umidade para com certos organismos.
Iguàna, s. f. iguana, iguano, réptil saúrio de grandes dimensões.
Iguanodônte, s. m. iguanodonte, réptil fóssil gigantesco.
Ih! interj. ih!, exclamação de surpresa, de espanto ou de asco.
Il (pl. i, gli), art. det. sing. masc. (f. le) o; usa-se antes de consoante menos s impura, z, x, gn / forma contração com as preposições a, di, da, con, in, su, al, del, dal, col, nel, sul / em ling. poética substitui o pronome lo: il vidi (lo vidi) il ritrovai (lo ritrovai).
Ílare, adj. hílare, alegre, jovial, festivo.
Ilarità, s. f. hilaridade, alegria; destare ———: provocar o riso.
Ile, s. f. (poét.) caos.
Íleo, adj. (anat.) íleo, última parte do intestino delgado; vólvulo.
Ileocecàle, adj. íleo-cecal, relativo ao íleo e ao ceco.
Ileología, s. f. ileologia / tratado acerca dos intestinos.
Ileotifo, s. m. ileotifo; tifo abdominal.
Ilíaco, (pl. -íaci), adj. (anat.) ilíaco / (de Ilion, Tróia), troiano: le iliache donne: as mulheres de Ilion.
Ilíade, s. f. ilíada (do nome do poema de Homero); (fig.) série de desventuras ou peripécias.
Ílice, s. f. e m. (lit.) (bot.) planta das ilíceas; azevinho / ——— del Paraguai: erva-mate.
Ílio, s. m. (anat.) ílio, ilion, osso ilíaco.
Illacrimàbile, adj. (poét.) ilacrimável, indigno de ser chorado.
Illacrimàto, adj. (poét.) não chorado; illacrimata sepoltura: túmulo ou enterro sem lágrimas.
Illaidíre, (pr. -ísco, -ísci) v. tr. afear.
Illanguidiménto, s. m. languidez, extenuação, elanguescimento, debilitação.
Illanguidíre, (pr. -ísco, -ísci) v. abater, debilitar; enlanguescer; afrouxar.
Illaqueàre, (ant.) v. tr. prender no laço; ilaquear, enganar, lograr; enredar.
Illatívo, adj. (lit.) (p. us.) ilativo, em que há ilação; conclusivo.
Illaudàbile, adj. (p. us.) indigno de louvor.
Illaudàto, adj. (lit.) não louvado.
Illazióne, s. f. (filos.) ilação, conclusão, dedução.
Illècebra, (ant.) s. f. blandícia, sedução ilecebra (des.).
Illecitaménte, adv. ilicitamente.
Illècito, adj. ilícito; ilegal.
Illegàle, adv. ilegal.
Illegabilità, s. f. ilegabilidade; ato ilegal.
Illegalménte, adv. ilegalmente.
Illeggiadríre, (pr. -ísco) v. tr. aformosear, alindar, embelezar.
Illeggíbile, adj. ilegível: firma ———.
Illegittimità, s. f. ilegitimidade.
Illegíttimo, adj. ilegítimo, falso, espúrio.
Illêso, adj. ileso, incólume / salvo.

Illetteràto, adj. iletrado / analfabeto.
Illibatézza, s. f. ilibidez; ilibação / pureza, castidade; integridade de costumes.
Illibàto, adj. ilibado; puro, imaculado; casto.
Illiberàle, adj. iliberal; amigo do despotismo; adversário da liberdade.
Illiberalità, s. f. iliberalidade / tirania.
Illiberalménte, adv. iliberalmente.
Illico et immediate, loc. adv. lat. imediatamente.
Illimitataménte, adv. ilimitadamente.
Illimitàto, adj. ilimitado, sem limite.
Illiquidíre (pr. -ísco, -ísci) v. liquefazer-se, fundir-se, dissolver / desmaiar.
Illividíre, (pr. -ísco, -ísci) v. tornar-se lívido; tornar lívido.
Illogicaménte, adv. ilogicamente; incoerentemente.
Illògico, (pl. -ògici) adj. ilógico, irracional, incoerente.
Illúdere, (pr. -údo) v. iludir, causar ilusão a; enganar, lograr; alucinar, embair, embaucar, tapear.
Illuditôre, adj. e s. m. (f. -trice) ilusor, o que ilude; embaucador, tapeador.
Illuminàbile, adj. (lit.) iluminável, alumiável.
Illuminànte, p. pr. e adj. iluminante, que ilumina.
Illuminàre, (pr. -úmino) v. iluminar, alumiar; esclarecer, ilustrar; informar, instruir / mostrar a verdade: **Dio l'ha illuminato**.
Illuminatôre, s. m. (f. -trice) iluminador.
Illuminazióne, s. f. iluminação.
Illuminèllo, s. m. revérbero do sol que, refletido por espelho, vidro, água parada, etc. projeta-se no rosto, na parede, etc.
Illuminísmo, s. m. (hist. filos.) iluminismo.
Illúno, adj. (lit.) sem lua: **notte ———**.
Illusióne, s. f. ilusão: **——— òttica** / esperança quimérica; **farsi illusioni**: forjar ilusões.
Illusionísta, (pl. -ísti) s. m. ilusionista; prestidigitador.
Illusívo, adj. ilusivo, ilusório, falaz, vão, enganoso.
Illúso, p. p. e adj. e s. m. iluso, iludido, enganado.
Illusôre, s. m. (f. illuditríce) ilusor, quem ilude ou engana.
Illusòrio, (pl. -òri) adj. ilusório; enganador, falso, falaz; aparente, efêmero.
Illutazióne, s. f. (med.) ilutação, banho de lama medicinal.
Illustràre, (pr. -ústro) v. tr. iluminar, dar luz: **il sole illustra le cime**, (Carducci) / ilustrar, dar glória, tornar ilustre: **——— la patria** / esclarecer, explicar, comentar / ilustrar, ornar com gravuras; **——— un romanzo**: ilustrar um romance.
Illustrativo, adj. ilustrativo, que ilustra.
Illustratôre, s. m. (f. trice) ilustrador; desenhista de ilustrações.
Illustrazióne, s. f. ilustração / gravura, vinheta, lâmina, desenho.
Illústre, adj. ilustre, insigne, famoso, preclaro, célebre, glorioso, esclarecido,
eminente, egrégio / nobre; **di illustri natali**: de descendência ilustre / resplandescente, luminoso: **le altezze illustri dominavano** (D'Annunzio).
Illúvie, s. f. (p. us.) sujeira, imundicie.
Illuvióne, s. f. (p. us.) aluvião, inundação.
Ilo, s. m. (bot.) hilo, umbigo das sementes / (anat.) hilo, ponto em que uma víscera parenquimatosa recebe os seus vasos.
Ilòta, (pl. -òti) s. m. hilota, escravo em Esparta / servo.
Imàgine, (v. **immagine**) s. f. imagem.
Imaginifico, (pl. -ífici) adj. criador de imagens: **D'Annunzio l'imaginifico**.
Imàgo, s. f. (poét.) imagem, forma.
Imàno, s. f. imã, guia, chefe entre os muçulmanos / oficiante das orações na mesquita / príncipe da Arábia.
Imàtio, s. m. toga, manto.
Imbacàre, (pr. -àco, -àchi) v. encher de vermes; criar bichos, bichar.
Imbacchettoníre, v. tornar beato, santarrão.
Imbachíre, (pr. -ísco, -ísci) v. encher de vermes; bichar.
Imbalconàto, adj. (p. us.) encarnado (cor.).
Imbaldanzíre, (pr. -ísco, -ísci) v. alentar, animar, infundir valentia / cobrar ânimo ou valor, tornar-se ousado, valente.
Imballàggio, (pl. -àggi) s. m. embalagem; de embrulho / **carta da ———**: papel de embrulho.
Imballàre, (pr. -àllo) v. embalar, enfardar, encaixotar / empacotar / (neol. refl.) (do fr. **emballer**) embalar, fazer girar com uma velocidade exagerada.
Imballatôre, s. m. (f. -trice) embalador, empacotador.
Imballatúra, s. f. embalagem, ato e efeito de embalar, de enfardar, de empacotar.
Imbàllo, s. m. embalo (do motor, etc.) / p. us. embalagem.
Imbalordíre, (pr. -ísco, -ísci) v. estontear; aturdir; abobar / (refl.) abobar-se, tornar-se néscio.
Imbalsamàre, (pr. -àlsamo) v. embalsamar: **——— un cadavere** / dissecar: **——— un cane**.
Imbalsamatôre, adj. e s. m. (f. -trice) embalsamador / dissecador.
Imbalsamatúra, s. f. embalsamação, embalsamamento.
Imbalsamazióne, s. f. embalsamação / dissecação.
Imbambagiàre, v. tr. acolchoar, cobrir ou embutir de algodão.
Imbambolàre, v. intr. umedecer-se (os olhos, como para chorar) / encher-se de lágrimas por qualquer mínima coisa, como acontece às crianças.
Imbambolàto, p. p. e adj. atônito, pasmado, espantado, aturdido; **avere gli occhi imbambolati**: ter os olhos pasmados ou extraviados / **viso ———**: rosto infantil.
Imbambolíre, (pr. -ísco, -ísci) v. tornar-se infantil, praticar atos próprios da infância: imbecilizar-se.
Imbandieràre, (pr. èro) v. tr. embandeirar, engalanar com bandeiras.

Imbandigióne, s. f. disposição de iguarias que se servem ao mesmo tempo; coberta; comida; una ricca ——: uma mesa opípara.

Imbandíre, (pr. -ísco, -ísci) v. dispor uma comida, preparar a mesa / (fig. e burl.) —— una discorsa: propinar um discurso enfadonho.

Imbandíto, adj. preparado, disposto, arrumado; tavola imbandita: mesa posta.

Imbanditôre, adj. e s. m. (f. -tríce) quem prepara a mesa ou oferece a comida.

Imbarazzànte, adj. embaraçoso, que causa embaraço; que estorva / molesto, empachoso.

Imbarazzàre, v. tr. embaraçar, pôr embaraço a, estorvar, enlear, obstruir / empachar; molestar, incomodar / paralisar, impedir / imbarazzare lo stomaco: embrulhar o estômago / (bras.) complicar-se, intrometer-se.

Imbarazzàto, p. p. e adj. embaraçado; estorvado, atrapalhado, confuso.

Imbaràzzo, s. m. embaraço, impedimento, estorvo, obstáculo, empacho / confusão; entaladura / dificuldade, apertura / —— della scelta: dificuldade da escolha / —— finanziari: apertura financeira.

Imbarbarimênto, s. m. barbarização, ato de barbarizar.

Imbarbaríre, (pr. -ísco, -ísci) v. barbarizar; fazer bárbaro, tornar bárbaro; embrutecer.

Imbarbogíre, v. intr. (pr. -ísco, -ísci) voltar à infância por decrepitude.

Imbarcadero, s. m. (do esp.) embarcadouro.

Imbarcàre, (pr. -àrco, -àrchi) v. embarcar; carregar a bordo passageiros ou mercadoria / embarcar, subir a bordo.

Imbarcàta, s. f. (aer.) posição emborcada de um avião, em que a ação dos lemes não tem eficácia.

Imbarcatôio, (pl. -òi) s. m. embarcadouro.

Imbarcazióne, s. f. ato de embarcar, embarcação, embarque / navio, nau, barco, embarcação.

Imbàrco, (pl. -àrchi) s. m. embarque, embarcamento, ato de embarcar.

Imbardàre, v. tr. albardar, pôr albarda nas bestas / (pr.) gozar, alegrar-se, enamorar-se / (aer.) dar voltas (o avião) durante a aterrisagem.

Imbardàta, s. f. giro do avião no terreno ou na água.

Imbarilàre, (pr. -ílo) v. embarrilar, meter em barril, em tonéis.

Imbarràre, v. fechar, trancar, cerrar, fortificar / estorvar, embaraçar, impedir.

Imbasàre, v. assentar sobre base.

Imbasatúra, s. f. (arquit.) embasamento.

Imbasciàta, s. f. recado, comunicação, embaixada, participação que se dá a uma pessoa para ser referida a uma outra.

Imbasciatôre, adj. e s. m. (f. -tríce) recadista, mensageiro, recadeiro.

Imbastardimênto, s. m. abastardamento; degeneração.

Imbastardíre, (pr. -ísco, -ísci) v. tr. abastardar; degenerar / alterar, gastar / adulterar.

Imbastimênto, s. m. alinhavo, ato de alinhavar com bastas de pelo ou lã.

Imbastíre, v. (pr. -ísco, -ísci) v. alinhavar, preparar, montar, unir / (fig.) esboçar, traçar a grandes rasgos uma obra, um projeto, etc. / (técn.) ato de bastir, de formar um chapéu / bastissagem.

Imbastitríce, s. f. mulher que alinhava, costureira / (técn.) máquina de bastissagem que prepara o pelo para formar o chapéu.

Imbastitúra, s. f. alinhavo, montagem / traço, esquema, esboço.

Imbàttersi, v. refl. (pr. -àtto) encontrar-se casualmente; topar com alguém / —— in un ostacolo: tropeçar com um obstáculo.

Imbattíbile, adj. insuperável, invencível.

Imbàtto, s. m. encontro casual / (mar.) vento d'impatto: vento de mar em direção à terra.

Imbauccàre, (pr. -úcco, -úcchi) v. embuçar, tapar, enroupar, cobrir, agasalhar; imbacuccarsi nel cappuccio: encapuçar-se.

Imbaulàre, (pr. -aúlo) v. embaular, meter em baú.

Imbavagliàre, (pr. -àglio, -àgli) v. tr. amordaçar, pôr mordaça em / (fig.) impedir (ou limitar) de falar.

Imbavàre, v. babar, sujar de baba.

Imbeccàre, (pr. -êcco, -êcchi) v. cevar, pôr (pássaro) o alimento no bico dos filhotes / sugerir a alguém o que deve dizer: soprar, insuflar / subornar.

Imbeccàta, s. f. alimento que a mãe põe no bico dos pássaros / instrução dada a outrem às escondidas sobre aquilo que deve dizer ou fazer: gli diedero l'imbecatta.

Imbecheràre, (pr. -êchero, -êcheri) v. (vulg. flor.) iludir, subornar, embaucar.

Imbecillàggine, s. f. imbecilidade.

Imbecílle, adj. imbecil; tonto, estúpido, idiota.

Imbecillíre, (pr. -ísco, -ísci) v. intr. imbecilizar-se.

Imbecillità, s. f. imbecilidade; estupidez; cretinice.

Imbèlle, adj. (lit.) imbele, inepto para as armas; vil, covarde, poltrão / tímido, medroso.

Imbellettàre, (pr. -êtto) v. tr. arrebicar, compor o rosto com arrebiques / ornar-se, ataviar-se, embrincar-se.

Imbellettatúra, s. f. arrebique; cosmético, enfeite / ato de arrebicar, de embrincar.

Imbellíre, (pr. -ísco) v. tr. embelezar, aformosear / adornar, arrebicar / (pr.) imbellirsi: embelezar-se, aformosear-se.

Imbèrbe, (adj. lit.) imberbe.

Imberciàre, (pr. -èrcio, -èrci) v. tr. (p. us..) dar no alvo, acertar / (fig.) atinar, advinhar.

Imbèrcio, s. m. alvo / ato de atirar no alvo.

Imberrettàre, (pr. -êtto) v. abarretar; cobrir ou oobrir-se com barrete

Imbertescáre, v. (hist.) fortificar com albarrãs / (fig.) enlear, envolver.
Imbertoníre, v. apaixonar-se perdidamente.
Inbestialíre, (pr. -ísco, -ísci) v. pr. embrutecer-se / enfurecer-se, encolerizar-se.
Imbestiàre, (pr. -êstio, -êsti) v. embrutecer.
Imbêvere, (pr. -êvo) v. embeber, absorver um líquido; ensopar / (fig.) **imbeversi di pregiudizi**: embuir-se de prejuízos, de idéias erradas.
Imbiaccàre, v. pintar com alvaiade / arrebicar.
Imbiadàre, v. (agr.) semear de cereais.
Imbiadàto, p. p. e adj. semeado de cereais.
Imbiancamênto, s. m. branqueadura, branqueamento, branqueação, ato e efeito de branquear.
Imbiancàre, (pr. -ànco, -ànchi) v. branquear, tornar branco; clarear / corar (a roupa) / (fig.) não aprovar, não admitir, rechaçar, desaprovar: ——— **uma legge, una proposta** / ——— **il cielo**: amanhecer, raiar o dia / ——— **i capelli**: encanecer.
Imbiancatôre, s. m. (f. -tríce) branqueador, quem branqueia; (f.) lavadeira.
Imbiancatúra, s. f. branqueadura, ato de branquear a roupa / ato de pintar (muros, etc.) de branco.
Imbianchimênto, s. m. branqueamento.
Imbianchíno, s. m. pintor de parede; caiador / (irôn.) pintor medíocre.
Imbianchíre, v. tr. (pr. -ísco, -ísci) branquear; tornar-se branco / encanecer.
Imbíbere, v. imbuir, embeber, absolver, impregnar.
Imbibiziône, s. f. embebeção, propriedade dos liquidos de penetrar nas moléculas dos corpos.
Imbietolíre, v. (pr. ísco, -ísci) abobar-se, toleimar-se, aparvalhar-se / comover-se, enternecer-se.
Imbiettàre, (pr. -êtto) v. por cunhas, cunhar, acunhar / (refl.) assentar-se / fincar-se, cravar-se, firmar-se.
Imbigottàre, v. (náut.) por bigotas na enxárcia morta.
Imbiondíre, v. enlourecer, enlourar / alourar-se / encanecer.
Imbirboníre, (pr. -ísco, -ísci) v. tornar-se velhaco, maroto, tratante.
Imbisacciàre, (pr. -àccio, -àcci) v. por no alforje / ensacar: —— **la farina**.
Imbitumàre, (pr. úno) v. tr., abetumar, colorir com betume / calafetar.
Imbizzarríre, (pr. -ísco, -ísci) v. encabritar-se, empinar-se, levantar-se sobre as patas (o cavalo) / (fig.) encolerizar-se / (p. us.) encapricharse.
Imbizzíre, (pr. -ísco, -ísci) v. encolerizar-se, irritar-se; enfadar-se.
Imbizzocchíre, (pr. -ísco) v. tornar-se beato, santarrão.
Imboccamênto, s. m. embocadura, ato ou efeito de embocar.
Imboccàre, (pr. -ôcco, -ôcchi) v. embocar, meter na boca; pôr à comida na boca / (fig.) sugerir, soprar o que alguém tem que dizer ou fazer / entrar, embocar, meter-se, por: ——— **una porta, una strada** / desaguar (rio, canal, etc.) / desembocar (rua, estrada, etc.).
Imboccatúra, s. f. embocadura, ato de embocar / parte de certos instr. de música que se introduz na boca / **prendere l'** ———: tomar a embocadura / **non avere** ———: não ter aptidão para uma coisa / boca, entrada, foz, etc. / a parte do freio que entra na boca da besta.
Imbocciàre, (pr. -òccio, -òcci) v. (bot.) germinar, abrolhar, desabrochar; brotar: **marzo imboccia**.
Imbôcco, s. m. entrada, foz, embocadura.
Imbolàre, (ant.) v. roubar.
Imbolsimênto, s. m. moleza, debilidade / (veter.) asma do cavalo.
Imbolsíre, v. tornar-se asmático (o animal) / (fig.) debilitar-se, enfraquecer-se.
Imbonàre, v. (náut.) substituir uma peça gasta no corpo do navio.
Imbonimênto, s. m. charla para louvar um artigo ou para atrair público.
Imboníre, v. acalmar, amansar, sossegar, apaziguar / cativar, grangear a simpatia de alguém / (com.) apregoar a virtude, a qualidade de um artigo, como fazem os vendedores ambulantes.
Imbonitôre, s. m. (f. -tríce) apregoador, pregoeiro.
Imborghesíre, (pr. -ísco, -ísci) v. aburguesar-se, adotar costumes burgueses.
Imborsàre, (pr. -ôrso) embolsar, por no bolso, guardar no bolso / ——— **denari**: cobrar, receber dinheiro.
Imboscamênto, s. m. ato de emboscar; ato de por de emboscadura / época em que o bicho-da-seda sobe nos ramos para tecer o casulo.
Imboscàre, v. emboscar, esconder, entrar na selva / pôr de emboscada / subtrair-se ao serviço de guerra.
Imboscàta, s. f. emboscada; cilada, traição, espera.
Imboscàto, p. p. e adj. emboscado; escondido; oculto / que se subtraiu ao serviço militar.
Imboschimênto, s. m. reflorestamento, formação de florestas.
Imboschíre, v. reflorestar; encher de árvores um terreno.
Imbottàre, (pr. -ôtto) v. embarrilhar, meter em tonéis, em pipas; envasilhar / (fig.) ——— **fumo e nebbia**: dar-se ares de fazer muita coisa, mas não dar conta de nada.
Imbottatòio, s. m. funil.
Imbottatúra, s. f. envasilhamento, embarrilagem.
Imbottavíno, s. m. funil grande.
Imbôtte, s. f. (arquit.) intradorso de arco ou abóbada.
Imbottigliamênto, s. m. engarrafamento / (mar.) bloqueio de navios num porto.
Imbottigliàre, (pr. -íglio, -ígli) v. engarrafar; meter, acondicionar em garrafa.
Imbottigliàto, p. p. e adj. engarrafado.
Imbottigliatríce, s. f. máquina de engarrafar líquidos; engarrafadeira.

Imbottíre, (pr. -ísco, -ísci) v. acolchoar / ———— una coperta, un vestito, una seggiola: estofar.
Imbottíta, s. f. acolchoado, cobertor forrado ou cheio.
Imbottíto, p. p. e adj. acolchoado; estofado.
Imbottitúra, s. f. estofo; acolchoado / ato de acolchoar, de estofar.
Imbozzacchíre, (pr. -ísco, -ísci) v. intr. murchar, secar, estiolar (plantas ou frutas) / desmedrar (os animais).
Imbozzimàre, (pr. -òzzimo) v. (técn.) engomar, aprestar a urdidura do tecido / (por ext.) emplastar com matéria grudenta.
Imbozzimatôre, s. m. (f. -tríce) engomador / aprestador.
Imbràca, s. f. retranca / (fig.) buttarsi sull'imbraca: descuidar do trabalho, vadiar / (técn.) cinto, faixa que sustém quem trabalha suspenso no vácuo.
Imbracàre, (pr. -àco, -àchi) v. tr. por a retranca no animal / (mar.) embragar, cingir com correias ou cordas para mover ou levantar / enfaixar, envolver em faixas (crianças).
Imbracatôia, s. f. (técn.) torquês grande de forja.
Imbracatúra, s. f. embrague / corda, correia com que se move ou leva um objeto.
Imbracciàre, (pr. -àccio, -àcci) v. embraçar, suspender ou suster, metendo na braçadeira: ———— lo scudo.
Imbracciatúra, s. m. embraçadura, ato de embraçar / embraçadura, embraçadeira, parte do escudo do fuzil, etc. que serve para embraçar.
Imbrachettàre, (pr. -étto) v. tr. por braguilhas / (técn.) remendar com tiras de papel as folhas rasgadas de um livro, etc.
Imbrancàre, (pr. -ànco, -ànchi) v. formar rebanhos ou manadas: arrebanhar / (pr.) entrar no rebanho: juntar-se, agregar-se: imbrancarsi coi vili.
Imbrandíre, (pr. -ísco, -ísci) v. brandir, empunhar, segurar.
Imbrattacàrte, s. m. (depr.) escrevinhador, escritorzinho.
Imbrattaménto, s. m. borrão, borradela, ato de sujar, de manchar.
Imbrattamúri, s. m. (depr.) borra-paredes; pinta-monos, pintor medíocre.
Imbrattàre, v. borrar, manchar, rabiscar, sujar / imbrattarsi: sujar-se.
Imbrattatêle, s. m. (depr.) mau pintor; borra-paredes.
Imbrattatôre, s. m. e adj. (f. -tríce) que ou aquele que mancha, que borra, que suja; borrador; pintor grosseiro; mau escritor.
Imbràtto, s. m. borrão, borradela; nódoa / mixórdia / comida mal feita que causa repugnância / pintura ou escrito mal feito.
Imbrecciàre, v. tr. saibrar, cobrir de saibro uma estrada.
Imbrecciàta, s. f. saibramento, saibro que se espalha na estrada, etc.
Imbrentína, s. f. (bot.) esteva, planta vulgar da família das cistáceas.
Imbreviatúra, s. f. minuta dos antigos notários; protocolo, memorial.
Imbriacàre, (pr. -àco, -àchi) v. tr. embriagar, embebedar / prendere un' imbriacatura: tomar um pileque, e (fig.) ter estima exagerada por alguém ou por si mesmo.
Imbriacatúra, s. f. bebedeira, borracheira; pileque; (bras.).
Imbricàto, adj. imbricado, disposto à maneira de escamas ou de telhas que se sobrepõem a outras.
Imbricconíre, (pr. -ísco, -ísci) v. tr. e pr. tornar patife, mau canalha.
Imbrífero, adj. imbrífero; bacia que recolhe as águas pluviais.
Imbrigliaménto, s. m. freio, brida.
Imbrigliàre, (pr. -íglio, -ígli) v. tr. embridar, pôr brida a / (fig.) refrear, reprimir, moderar / ———— un terreno: defender um terreno contra as águas e o vento / (pr.) embridar-se (o cavalo).
Imbrigliàto, p. p. e adj. embriado; refreado, sujeitado.
Imbrigliatúra, s. f. freio; brida.
Imbroccàre, (pr. -òcco, -òcchi) v. acertar no alvo, atingir o alvo / (fig.) acertar, adivinhar / (técn.) esticar o couro do sapato, na forma, antes de o costurar.
Imbroccàta, s. f. estocada (na esgrima) de cima para baixo.
Imbrodàre, (pr. -òdo) v. sujar, manchar enodoar com caldo, caldaça, etc. / chi si loda s'imbroda: quem se louva se desdoura.
Imbrodolaménto, s. m. sujeira com líquidos.
Imbrodolàre, (pr. -òdolo) v. sujar, manchar, enodoar, borrar, besuntar.
Imbrodolatúra, s. f. sujeira, enodoamento, besuntadela.
Imbròglia, s. m. embrulhão, embusteiro, trapaceiro: la mania di ser imbroglia (Giusti).
Imbrogliàre, (pr. -òglio, -ògli) v. embrulhar, envolver, enrolar / (fig.) enganar, embrulhar alguém, trapacear, enredar, lograr / (náut.) enrolar as velas / (pr.) confundir-se, atrapalhar-se; empachar-se, embaraçar-se.
Imbròglio, (pl. -ògli) s. m. embrulho, pacote, coisa embrulhada / intriga, trapalhada, dificuldade; confusão, estorvo; enredo; empacho, embaraço / (mús.) "imbroglio" / (mar.) cabo amarrado à vela.
Imbrogliône, s. m. (f. ôna) embrulhão, trapalhão, embusteiro, impostor, trapaceiro; enredador, intrigante.
Imbroncíre, (pr. -ísco, -ísci) v. intr. enfadar-se, amuar-se.
Imbrunàre, (poét.) imbruníre, v. escurecer, obscurecer / tornar-se moreno, escuro: il sole l'ha imbrunita / (s. m.) l'imbrunire: o anoitecer / sull'imbrunire: ao cair a noite / crepúsculo da tarde.
Imbruschíre, v. azedar-se.
Imbruschíto, p. p. e adj. azedado / enojado, enfadado, amuado, desgostoso.
Imbrutíre, imbrutírsi, v. embrutecer; embrutecer-se.
Imbruttíre, (pr. -ísco, -ísci) v. afear, enfear, afear-se, tornar-se feio.

Imbubbolàre, (pr. -úbbolo) v. embaucar, enganar, iludir / (refl.) não se importar com uma coisa ou pessoa, não ligar.

Imbucàre, (pr. -úco, -úchi) v. por em um buraco / —— **un lettera**: por uma carta na caixa do correio / (refl.) esconder-se, ocultar-se.

Imbucatàre, v. por a roupa em barrela para branquear.

Imbudellàre, (pr. -èllo) v. tr. ensacar carne picada nas tripas para fazer lingüiça, salame, chouriço, etc.

Imbuíre, (pr. -ísco, -ísci) v. abobar-se, tornar-se bobo, tonto.

Imbullettàre, (pr. -étto) v. tachonar, pregar com tachas; munir de tachas.

Imburràre, (pr. -úrro) v. untar com manteiga; amanteigar / (fig.) adular.

Imbuscheràrsi, v. burlar-se, rir-se, não fazer caso de alguém ou de uma coisa.

Imbusecchiàre, (pr. -êcchio, -êcchi) v. ensacar carne nas tripas / (fig.) empanturrar, fartar, entulhar, encher demais: **imbusecchiati di filosofia** (Carducci).

Imbussolàre, (pr. -ússolo) v. por na urna cédulas para votação ou sorteio.

Imbutifórme, adj. afunilado.

Imbúto, s. m. funil.

Imbuzzàre, v. encher o bucho; fartar, empanturrar.

Imenèo, s. m. (mit.) Himeneu, deus do casamento / (fig.) núpcias, festa nupcial.

Imenòttero, s. m. himenóptero (zool.).

Imitàbile, adj. imitável.

Imitàre, (pr. imíto) v. tr. imitar; copiar; decalcar; retratar / contrafazer: —— **il canto del gallo** / plagiar / seguir o exemplo.

Imitatìvo, adj. imitativo.

Imitatôre, s. m. (f. -trìce) imitador.

Imitatòrio, adj. imitativo.

Imitazióne, s. f. imitação / cópia / coisa imitada / (mús.) repetição de frase ou peça em outro tom / plágio / falsificação.

Immacchiàre, (pr. -àcchio, -àcchi) v. pr. emboscar-se, esconder-se na mata.

Immacolataménte, adv. imaculadamente, sem mancha.

Immacolàto, adj. imaculado, puro, sem mancha / (s. f.) **l'immacolata**: a Imaculada, a Virgem Santíssima.

Immagazzinàre, (pr. -íno) v. tr. armazenar, guardar em armazém / (técn.) concentrar energias / (fig.) acumular, ajuntar.

Immaginàbile, adj. imaginável / evidente, claro.

Immaginaménto, s. m. (lit. e raro) imaginação.

Immaginàre, (pr. -àgino) v. tr. imaginar, pensar, figurar, conceber, inventar, criar, idear: —— **un romanzo** / suspeitar, recear, presumir, supor.

Immaginariaménte, adv. imaginariamente.

Immaginàrio, (pl. -àri) adv. imaginário; fictício; ideal, irreal, suposto; falso, quimérico, inexistente, aparente.

Immaginatíva, s. f. imaginativa, imaginação, fantasia: **un poeta di molta ——.**

Immaginatìvo, adj. imaginativo.

Immaginatôre, adj. e s. m. (f. -trìce) imaginador, que ou aquele que imagina.

Immaginazióne, s. f. imaginação, fantasia, imaginativa / imagem, ficção ou imaginação poética / invenção; **lavoro d'** ——: obra de imaginação ou fantasia / opinião vã, quimera, idéia.

Immàgine, s. f. imagem, figura / semelhança: **siamo fatti a** —— **di Dio** / retrato, efígie / símbolo / representação na mente: **la sua** —— **m'è fitta nella mente** / visão, fantasma, espectro, sombra dos defuntos / (ret.) imagem, metáfora.

Immaginífico, (pl. -ífici) adj. abundante, rico de imagens.

Immaginosaménte, adv. imaginosamente, fantasticamente.

Immaginóso, adj. imaginoso; rico de imaginação.

Immalinconíre, (pr. -ísco, -ísci) v. intr. entristecer, penalizar, afligir / **immalinconirsi**: entristecer-se, afligir-se.

Immalizzíre, (pr. -ísco, -ísci) v. tornar receoso / maliciar, suspeitar, recear / (refl.) tornar-se finório, astuto, malicioso.

Immancàbile, adj. que não pode falhar; infalível, certo, seguro, indefectível.

Immanènza, s. f. imanência / permanência.

Immancabilménte, adv. sem falta, certamente, seguramente, sem dúvida, infalivelmente.

Immanchévole, (adj. p. us.) infalível, indefectível.

Immàne, adj. (lit.) imane, grande, desmedido, enorme / espantoso, pavoroso, terrível.

Immanènte, adj. imanente, inerente, inseparável / constante, permanente.

Immanentísmo, s. m. (filos.) imanentismo, doutrina do imanente.

Immanentísta, (pl. -ísti) s. m. sequaz do imanentismo.

Immanicàre, (pr. -ànico, -ànichi) v. encabar, por cabo a / por mangas num vestido.

Immanità, s. f. imanidade; grandeza extraordinária.

Immantinènte, adv. incontinenti, em seguida, sem demora, no instante.

Immansuèto, adj. indócil.

Immarcescíbile, adj. lit. (p. us.) imarcescível, sempre viçoso, que não murcha; imperecível, incorruptível.

Immarcíre, (ant.) v. apodrecer.

Immascheràre, v. mascarar, disfarçar / solapar, cobrir, ocultar.

Immascheratúra, s. f. (p. us.) ação e efeito de mascarar / (fig.) fingimento, disfarce.

Immastellàre, (pr. -èllo) v. (p. us.) por alguma coisa no alguidar.

Immasticàre, v. tapar, cobrir ou soldar com mástique.

Immateriàle, adj. imaterial, espiritual, ideal.

Immaterialità, s. f. imaterialidade.

Immatricolàre, (pr. -ícolo) v. matricular, inscrever, registrar.

Immaturaménte, adv. imaturamente.

Immaturità, s. f. imaturidade.

Immatúro, adj. imaturo / prematuro, precoce.
Immedesimàre, (pr. -ésimo) v. unir, juntar, fundir, identificar duas ou mais idéias ou coisas / (refl.) **immedesimarsi con un personaggio**: identificar-se com um personagem (teatr.).
Immediatamênte, adv. imediatamente, de imediato, instantaneamente.
Immediatêzza, s. f. imediação, o fato de ser imediato.
Immediàto, adj. imediato, instantâneo; direto, contíguo, próximo.
Immedicàbile, adj. imedicável, que não se pode medicar; incurável.
Immedicàto, adj. não curado / não consolado ou aliviado: **gli immedicati affanni**.
Immeditàto, adj. (p. us.) não meditado; impensado, improvisado.
Immelensíre, (pr. -ísco, -ísci) v. abobar-se, ensandecer, endoidecer, toleimar.
Immelmàre, (pr. -èlmo) v. afundar no lodo; enlamear-se, atolar-se.
Immemoràbile, adj. imemorável; imemorial; antiquíssimo.
Immèmore, adj. imémore, que se não recorda; esquecido.
Immensamênte, adv. imensamente.
Immensità, s. f. imensidade; grandeza ilimitada; quantidade imensa; vastidão; infinito.
Immenso, adj. imenso; enorme; ilimitado; infinito; indefinível; numerosíssimo.
Immensuràbile, adj. imensurável; imenso; infinito.
Immèrgere, (pr. -èrgo, etc.) v. imergir, mergulhar; penetrar; afundar-se; engolfar-se.
Immeritamênte, adv. imerecidamente; imeritamente.
Immeritàto, adj. imérito, não merecido; imerecido; injusto.
Immeritévole, adj. indigno, imerecido.
Immersiône, s. f. imersão, ato de imergir; mergulho / (mar.) ——— **di una nave**: calado de um navio / **di un astro**: imersão de um astro, por eclipse.
Immèrso, p. p. e adj. imerso, imergido, mergulhado / (fig.) abismado, concentrado.
Imméttere, (pr. -êtto) v. introduzir, fazer entrar / (jur.) imitir, investir num cargo.
Immezzíre, (pr. -ísco, -ísci) v. apodrecer a fruta por estar demasiado madura.
Immigràre, v. imigrar.
Immigraziône, s. f. imigração.
Immillàre, v. (p. us.) crescer, multiplicar-se aos milhares.
Imminènte, adj. iminente, próximo / iminente, que está quase por cima; que ameaça cair sobre alguém, sobranceiro.
Imminènza, s. f. iminência, proximidade.
Immischiàre, (pr. -íschio, -íschi) v. tornar alguém participe de uma coisa; misturar, mesclar, confundir / (refl.) imiscuir-se, intrometer-se.
Immiserimênto, s. m. empobrecimento.

Immiseríre, (pr. -ísco, -ísci) v. tr. empobrecer, depauperar, cair na miséria / (pr.) empobrecer-se; (fig.) perder o vigor. extenuar-se, debilitar-se
Immisàrio, s. m. (geogr.) afluente.
Immissione, s. f. introdução / (mar.) ——— **d'una nave in bacino**: entrada de um navio no dique.
Immistiône, s. f. (p. us.) mistura, mescla, intromissão.
Immísto, (ant.) adj. não-misto.
Immisuràbile, adj. (p. us.) imensurável; imenso.
Immíte, adj. (lit.) áspero, duro, severo, desapiedado, ímpio, cruel.
Immòbile, adj. imóvel; parado; imutável; inalterável; estável; fixo / **beni immobili** (ou s. m. **immobili**): bens imóveis, (prédios, terrenos, etc.).
Immobiliàre, adj. imobiliário: **espropriazione, credito** ———.
Immobilità, s. f. imobilidade.
Immobilitàre, (pr. -ílito) v. tr. e pr. imobilizar; imobilizar-se.
Immobilizzàre, v. tr. e refl. imobilizar.
Immobilizzaziône, s. f. imobilização / (for.) ato de tornar inalienáveis e impenhoráveis bens móveis, transformando-os em imóveis.
Immoderatamênte, adv. imoderadamente, excessivamente.
Immoderatêzza, s. f. imoderação, excesso; descomedimento.
Immoderàto, adj. imoderado; descomedido / excessivo, exagerado.
Immodèstia, s. f. imodéstia; vaidade; presunção; fatuidade / impudor / desenvoltura.
Immodèsto, adj. imodesto, vaidoso, presumido, enfatuado.
Immolàre, (pr. -òlo) v. imolar, sacrificar / (refl.) submeter-se ao sacrifício; sacrificar-se, imolar-se.
Immolatôre, adj. e s. m. (f. -tríce) imolador; sacrificador.
Immolaziône, s. f. (p. us.) imolação, ato ou efeito de imolar; holocausto; sacrifício.
Immollamênto, s. m. molhadura, molhadela, ato e efeito de molhar e de molhar-se.
Immollàre, (pr. -òllo) v. molhar, empapar, ensopar, meter em um líquido / (refl.) banhar-se.
Immondêzza, s. f. imundície, sujeira / lixo / (fig.) desonestidade, obscenidade.
Immondezzàio, (pl. -ài) s. m. montão de inundície.
Immondízia, s. f. imundície; impureza / lixo: **cassetta delle immondizie**.
Immôndo, adj. imundo; sujo; impuro.
Immoràle, adj. imoral; desonesto, obsceno.
Immoralità, s. f. imoralidade.
Immorbidíre, (pr. -ísco, -ísci) v. amaciar, amolecer; suavizar, abrandar.
Immorsàre, (pr. -òrso) v. enfrear, por freio a / (técn.) enganchar, unir, juntar, entrosar.
Immortalàre, v. imortalizar, eternizar, perpetuar, tornar ou tornar-se imortal pela glória.
Immortàle, adj. imortal, eterno; imorredouro, perpétuo, duradouro / (s. m. pl.) **gli immortali**: os imortais (40 membros da academia francesa).

Immortalità, s. f. imortalidade, perpetuidade.
Immòto, adj. (lit.) imoto; imóvel; fixo.
Immucidíre, (pr. -ísco, -ísci) v. criar mofo, mofar.
Immúne, adj. (lit.) imune, isento, indene, livre.
Immunità, s. f. imunidade, privilégio /isenção, franquia.
Immunología, s. f. imunologia.
Immusíre, (pr. -ísco, -ísci) v. enfadar-se, amuar-se.
Immutabile, adj. imutável.
Immutabilità, s. f. imutabilidade.
Immutàre, (pr. -úto) v. imutar, mudar completamente, converter, transformar / (rel.) beatificar, admitir na glória.
Immutàto, p. p. e adj. imutado; inalterado; constante.
Immutazióne, s. f. imutação, mudança, transformação.
ímo, adj. (lit.) imo, que está no lugar mais fundo; baixo, íntimo / (s. m.) o âmago, o íntimo / a parte mais baixa, a pessoa mais humilde: gl'imi che comandano ai potenti (Pascoli).
Imoscapo, s. m. (arquit.) imoscapo, diâmetro inferior da coluna.
Impaccàre, (pr. -àcco, -àcchi) v. tr empacotar; pôr num pacote ou embrulho; enfadar.
Impacchettàre, (pr. -étto) v. tr. empacotar, embrulhar em pacotes pequenos; fazer pacotes.
Impacciàre, (pr. -àccio, -àcci) v. embaraçar, estorvar, empachar, molestar, impedir / (pr.) intrometer-se, imiscuir-se.
Impacciàto, p. p. e adj. estorvado, embaraçado, empachado, coibido; tímido, acanhado, envergonhado; (contr.) desenvolto (disinvolto).
Impàccio, (pl. -àcci) s. m. empacho, impedimento, embaraço, estorvo, obstáculo, transtorno / trarsi d'impaccio: livrar-se, desembaraçar-se.
Impacciôso, adj. (p. us.) empachoso, que causa embaraço; molesto, pesado / intrometido acanhado.
Impàcco, (pl. -àcchi) s. m. (med.) banho com pano molhado enrolado no corpo; compressa.
Impadronírsi, v. apoderar-se, apropriar-se, assenhorar-se, apossar-se.
Impagàbile, adj. impagável, inestimável, precioso: un amicizia ———.
Impaginàre, (pr. -àgino) v. paginar, distribuir a paginação tipográfica.
Impaginatôre, s. m. (f. -tríce) paginador.
Impaginatúra, s. f. paginação.
Impaginazióne, s. f. paginação.
Impagliàre, (pr. -àglio, -àgli) v. empalhar; cobrir ou encher de palha / ——— un gallo: encher com palha o cadáver de um galo.
Impagliatíno, adj. de cor amarelo delicado, cor de palha / (s. m.) o assento das cadeiras empalhadas.
Impagliatôre, adj. e s. m. (f. -tríce), empalhador, aquele que empalha.
Impalagiatúra, s. f. empalhação, empalhamento.
Impalamênto, s. m. empalação, antigo suplício.

Impalancàto, s. m. estacada.
Impalàre, v. empalhar, aplicar a empalação / impalare le viti: empar as videiras / (refl.) impalarsi: pôr-se duro e firme como um pau.
Impalàto, p. p. e adj. que sofreu suplício do pau / duro, firme, teso.
Impalatúra, s. f. empalação, (suplício).
Impalcamênto, s. m. assoalhamento, ato de assoalhar.
Impalcàre, (pr. -àlco, -àlchi) v. assoalhar, cobrir de soalho.
Impalcatura, s. f. soalho, ato de assoalhar, cobrir de soalho.
Impalcatúra, s. f. soalho; ato de assoalhar ou pavimentar / tablado / andaime dos pedreiros / ponto onde se desarmam as árvores.
Impallàre, v. cobrir a bola no jogo de bilhar, escondendo-a, amparando-a por detrás do mingo.
Impallidíre, (pr. -ísco, -ísci) v. intr. empalidecer / ofuscar-se, obscurecer-se / diminuir o brilho; descorar.
Impallinàre, (pr. -íno) v. ferir com chumbo de caça; chumbar.
Impalmàre, v. (lit.) desposar, casar-se / (ant.) prometer (duas pessoas), juntando palma com palma.
Impalmatúra, s. f. (mar.) atadura nas extremidades dos cabos.
Impalpàbile, adj. impalpável, tênue, sutil.
Impalpabilità, s. f. impalpabilidade; tenuidade, sutileza.
Impaludàre, (pr. -údo) v. empantanar, inundar um terreno, transformá-lo em pântano.
Impanàre, v. (pr. -àno) (técn.) fazer as roscas num parafuso / panar, envolver em pão ralado antes de frigir.
Impanatúra, s. f. ato de panar, de envolver em pão / ato de roscar o parafuso.
Impancàrsi, (pr. -ànco, -ànchi) v. dar-se autoridade ou ares de mestre, de sábio, de juiz: s'impanca a filosofo.
Impaniàre, (pr. -ànio, -àni) v. enviscar, untar com visco; prender com visco / (fig.) engodar / (refl.) enviscar-se, ficar preso no visco; deixar-se prender, seduzir.
Impaniàto, p. p. e adj. enviscado; preso, cativado; enredado, atraído; embaucado.
Impaniciatúra, s. f. enviscada.
Impanicciàre, v. empastar / embaraçar.
Impannàre, v. empanar, cobrir com panos ou papel as janelas nas quais não há vidros / encher a urdidura para tecer o pano / (pint.) colar a tela sobre um caixilho de madeira.
Impannàta, s f. empanada, caixilho de janela tapado com pano ou papel em vez de vidro.
Impantanàre, v. empantanar, tornar pantanoso / (refl.) atolar-se, empantanar-se.
Impaperàrsi, v. atrapalhar-se, confundir-se, equivocar-se, trocar uma palavra por outra.
Impappinàrsi, v. (refl.) atrapalhar-se, confundir-se, equivocar, gaguejar, perder o fio da conversa.
Imparacchiàre, v. aprender a muito custo; aprender pouco e mal.

Imparadisàre, (pr. íso) v. endeusar, extasiar, embelezar, elevar ao céu, ao paraíso, tornar beato: quella che imparadisa la mia mente (Dante).
Imparagonàbile, adj. imcomparável, insuperável.
Imparàre, v. aprender / vir a saber: ho imparato solo oggi che sei partito.
Imparatíccio, (pl. -ci) s. m. coisa mal aprendida / trabalho feito por principiante.
Impareggiàbile, adj. incomparável, sem par, sem igual.
Imparentàre, (pr. -ènto) v. estabelecer parentesco, tornar parente, aparentar / (refl.) aparentar-se, tornar-se parente.
ímpari, adj. ímpar, inferior: **forze** ——— /**numero** ———: número ímpar, dispar / desigual, dispar, diferente.
Imparidigitàto, adj. (zool.) imparidigitado.
Imparionnàto, adj. (bot.) folha composta de número ímpar de folhazinhas.
Imparisíllabo, adj. e s. m. (gram.) imparissílabo.
Imparità, s. f. imparidade, desigualdade, disparidade.
Imparruccàre, (pr. -úcco, -úcchi) v. por a peruca.
Impartíbile, adj. indivisível; impartível.
Impartíre (pr. -ísco, -ísci) v. repartir, distribuir, designar, conceder, dar, outorgar / conceder por graças: ——— **la benedizione** / ——— **ordini**: dar ordens, ordenar, mandar.
Imparzìàle, adj. imparcial; reto, justo, eqüitativo.
Imparzialità, s. f. imparcialidade; retidão, justiça.
Imparzialmènte, adv. imparcialmente, justamente, retamente.
Impassíbile, adj. impassível, insensível, imperturbável, indiferente / apático.
Impassibilità, s. f. impassibilidade / insensibilidade, imperturbabilidade / apatia, frieza.
Impastàre, (pr. -àsto) v. empastar, reduzir à pasta (farinha e também outros ingredientes) / amassar: ——— **il pane**.
Impastàto, p. p. e adj. empastado / amassado.
Impastatôre, s. m. (f. -trice, -tôra) amassador / (s. f.) amassadora, máquina de amassar.
Impastatrice, s. f. amassadora, máquina de amassar.
Impastatúra, s. f. amassadura: ——— **del pane**.
Impasticciàre, (pr. -íccio, -ícci) v. empastelar; fazer uma coisa mal e desordenadamente; achavascar.
Impàsto, (ant.) adj. amassadura / massa, matéria empastada / (pint.) empaste, união de cores / (fig.) mescla, mistura: **un** ——— **di malizie, di vizi e di virtú** / (ant.) jejuno, que está em jejum: **come impasto leon** (Ariosto).
Impastocchiàre, (pr. -òcchio, -òcchi) v. enganar, embair, engazopar.
Impastoiàre, (pr. -òio, ôi) v. pear, prender com peias os animais / (fig.) embaraçar, estorvar, impedir, por obstáculo.
Impastranàre, (pr. -àno) v. pr. enrolar-se na capa, encapotar-se.
Impataccàre, (pr. -àcco, -àcchi) v. tr. enodoar, manchar, sujar com manchas grandes a roupa.
Impattàre, v. empatar / (fig.) **non riuscire a impattarla con uno**: não lograr convencer.
Impaurìre, (pr. -ísco, -ísci) v. amedrontar; assustar, meter medo, espantar, atemorizar / atemorizar-se, acobardar-se, assustar-se.
Impavesàta, s. f. (mar.) pavesada, pavesadura, resguardo feito com paveses / caixa onde se guardam os catres dos tripulantes.
Impavidamènte, adv. impavidamente, com impavidez.
Impàvido, adj. impávido, intrépido, sem medo.
Impazientàre, (pr. -ènto) v. impacientar; perder a paciência.
Impaziènte, adj. impaciente / furioso, precipitado, iracundo, irrequieto.
Impaziènza, s. f. impaciência, fúria, pressa, desespero.
Impazzàre, v. intr. enlouquecer, endoidecer / desejar, cobiçar ardentemente: **impazza dietro quella fanciulla** / coalhar-se a gema de ovo batida com leite / (mar.) perder sua firmeza a agulha da bússola.
Impazzàta, s. f. desatino, loucura, ação de louco / **all'impazzata**: com fúria de louco.
Impazzimènto, s. m. loucura, enlouquecimento.
Impazzìre, (pr. -ísco, -ísci) v. intr. enlouquecer, enlouçar, desvairar.
Impeccàbile, adj. impecável, infalível, incensurável; irrepreensível, perfeito, correto.
Impeccabilità, s. f. impecabilidade; infalibilidade.
Impecettàre, (pr. -êtto) v. untar, manchar / emplastar, encerar o fio, o bigode, etc.
Impeciàre, (pr. -ècio, -èci) v. tr. embrear, cobrir de breu; brear, alcatroar; tapar com pez, piche, etc. / (pr.) **impeciarsi le orecchie**: tapar-se os ouvidos, fingir que não escuta.
Impeciatúra, s. f. embreadura.
Impecorìre, (pr. -ísco, -ísci) v. acobardar-se, envilecer-se; tornar-se tímido e servil como ovelha: **d'impecorirci i cuori ed i cervelli** (Caducci).
Impedantìre, (pr. -ísco, -ísci) v. tornar-se pedante, pedantear.
Impedènza, s. f. resistência aparente de um circuito elétrico de corrente alternada.
Impedíbile, adj. que se pode impedir.
Impedimènta, s. f. pl. impedimenta, bagagens que retardam a marcha de um exército.
Impedimênto, s. m. impedimento, obstáculo, estorvo, embargo; proibição, impossibilidade / (ecles.) **impedimenti canonici**: impedimentos dirimentes ou impedientes.
Impedíre, (pr. -ísco, -ísci) v. tr. impedir, impossibilitar / estorvar, embaraçar, obstruir / coibir, proibir, vedar; obstar / paralisar, imobilizar; empachar.

Impeditívo, adj. impeditivo, que impede: impediente.
Impedíto, p. p. e adj. impedido: interrompido; obstruído; impossibilitado / ocupado.
Impegnàre, (pr. -êgno) v. empenhar, dar em penhor, penhorar: ——— la catena, il quadro / vincular / empenhar a palavra / (refl.) prometer, obrigar-se, comprometer-se, empenhar-se.
Impegnatívo, adj. que empenha, compromete, vincula: una parola impegnativa.
Impegnàto, p. p. e adj. empenhado, penhorado; comprometido, obrigado, vinculado / ocupado.
Impêgno, s. m. empenho, obrigação, compromisso, vínculo / cuidado, diligência, esmero, vontade / **lavorare con** ———: trabalhar com vontade / lavoro di molto ———.
Impegnôso, adj. que requer cuidado e atenção.
Impegolàre, (pr. -êgolo) v. tr. embrear, untar com pez ou cera / (pr.) untar-se com pez, etc.; (fig.) enviscar-se, enredar-se.
Impelegàrsi, (pr. -èlago, -èlaghi) emaranhar-se, engolfar-se, meter-se em camisa de onze varas, atrapalhar-se.
Impelàre, (pr. -èlo) v. encher ou encher-se de pelos.
Impellènte, p. pr. e adj. impelente; urgente, imperioso.
Impèllere, (pr. -èllo) v. impelir, empurrar / (fig.) incitar, estimular.
Impellicciàre, (pr. -íccio, -ícci) v. revestir, cobrir com pele ou couro (móveis, etc.).
Impellicciatúra, s. f. revestimento; de couro / adorno de peles.
Impèndere, (pr. -èndo) v. (lit. e raro) dependurar, enforcar.
Impenetràbile, adj. impenetrável / (fig.) incompreensível, hermético, indecifrável, inexplicável, reservado.
Impenetrabilità, s. f. impenetrabilidade.
Impenitènte, adj. impenitente / empedernido, obstinado.
Impenitènza, s. f. impenitência: mori nell'impenitenza finale.
Impennacchiàre, (pr. -àcchio, -àcchi) v. empenachar.
Impennàggi, s. m. (aer.) asas de guia, lemes, estabilizadores, planos que permitem ao avião subir ou baixar.
Impennàre, (pr. -ênno) v. empenar, cobrir de penas / (refl.) por penas (os pássaros) / empinar-se o avião / empinar-se, erguer-se o cavalo sobre as patas traseiras / (fig.) ressentir-se, irritar-se, insurgir-se contra uma injustiça, etc.
Impennàta, s. f. empino (do cavalo ou avião) / penada de tinta.
Impensàbile, adj. impensável, inimaginável; incrível.
Impensatamente, adv. impensadamente; inesperadamente.
Impensàto, adj. impensado, inesperado, imprevisto, casual, fortuito.
Impensierire, (pr. -ísco, -ísci) v. preocupar-se, inquietar, dar que pensar, turbar.

Impensieríto, p. p. e adj. preocupado; inquieto, desassossegado.
Impepàre, (pr. -êpo) v. condimentar com pimenta, apimentar.
Imperànte, p. pr. e adj. imperante, dominante / (s. m.) imperador.
Imperàre, (pr. -èro) v. imperar, mandar, dominar / ser imperador / **imperando Tito**: reinando Tito.
Imperatívo, adj. imperativo / perentório.
Imperatôre, s. m. (f. -trice) imperador.
Imperatòria, s. f. (bot.) imperatòria, planta apiácea.
Imperatòrio, (pl. -òri) adj. imperatório / imperativo, terminante.
Imperatríce, adj. e s. f. imperatriz.
Impercettíbile, adj. imperceptível; invisível, impalpável, impercebível.
Impercettibilità, s. f. imperceptibilidade.
Impercettibilmènte, adv. imperceptivelmente.
Imperchê, (ant.) conj. porque / (s. m.) motivo, o porquê.
Imperciocchê, conj. (pedant.) porque, pois que.
Imperdíbile, adj. imperdível.
Imperdonàbile, adj. imperdoável / **una svista** ———: um descuido imperdoável.
Imperfettamènte, adv. imperfeitamente.
Imperfètto, adj. imperfeito, incompleto, inacabado, defeituoso, falho de alguma coisa.
Imperfeziône, s. f. imperfeição, defeito físico ou moral.
Imperiàle, adj. m. e f. imperial, imperatório; aquila, corona, città ———/ carta ———: tipo de papel grande para cartas / (s. m.) imperial, antiga moeda de ouro russa.
Imperialêsco, (pl. -êschi) adj. depr. de imperador; imperial, arrogante, autoritário.
Imperialísmo, s. m. imperialismo.
Imperialísta, s. e adj. imperialista.
Imperialístico, (pl. -ístici) adj. imperialista.
Imperialità, s. f. (p. us.) qualidade, dignidade imperial.
Imperialmènte, adv. imperialmente.
Imperiàre, (ant.) v. imperar.
Impèrio, (pl. -èri) s. m. (lit.) império, autoridade, mando / con ———: imperiosamente.
Imperiosamènte, adv. imperiosamente.
Imperiosità, s. f. imperiosidade, altanaria, arrogância, império.
Imperiôso, adj. imperioso, altaneiro, orgulhoso, arrogante / inevitável, indeclinável; **necessità imperiosa**: necessidade imperiosa.
Imperíto, adj. imperito, incapaz, inábil, inexperiente.
Imperitúro, adj. (lit.) imortal, eterno, imperecível, imorredouro.
Imperízia, s. f. impericia, incompetência, inexperiência.
Imperlàre, (pr. -èrlo) v. emperlar. pôr pérolas em, adornar com pérolas / (refl.) adornar-se com pérolas.
Imperlàto, p. p. e adj. emperlado, adornado com pérolas / rociado, orvalhado.

Impermalimênto, s. m. (p. us.) enfado, melindre, suscetibilidade.
Impermalíre, (pr. -ísco, -ísci) v. enfadar, irritar / impermalírsi: melindrar-se, zangar-se.
Impermeàbile, adj. impermeável / (s. m.) capa para os dias de chuva.
Impermeabilità, s. f. impermeabilidade.
Impermutàbile, adj. impermutável.
Impermeabilità, s. f. impermeàbilidade.
Impernàre, imperniàre, (pr. -èrnio, -èrni) por no perno, munir de perno, fixar no perno.
Impernatúra, imperniatúra, s. f. ato, efeito e modo de colocar o perno ou eixo.
Impèro, s. m. império / domínio, autoridade plena.
Imperocchê, conj. (pedant.) porque, pois que.
Imperscrutàbile, adj. imperscrutável; inescrutável, impenetrável.
Imperscrutabilità, s. f. imperscrutabilidade.
Impersonàle, adj. impessoal.
Impersonalísmo, s. m. (filos.) impersonalismo, doutrina que nega a personalidade.
Impersonalità, s. f. impersonalidade.
Impersonalmènte, adv. impessoalmente, sem personalidade.
Impersonàre, v. (pr. -òno) personificar, representar um tipo / (refl.) identificar-se com uma pessoa / encarnar-se.
Impersuadíbile, e impersuasíbile, adj. que não se consegue persuadir ou convencer.
Impertèrrito, adj. impertérrito, impassível, imperturbável.
Impertinènte, adj. (p. us.) impertinente; insolente, arrogante, irreverente. descarado; importuno, molesto / (for.) fora de propósito, que não vem ao caso.
Impertinènza, s. f. impertinência; insolência.
Imperturbàbile, adj. imperturbável, impassível.
Imperturbalità, s. f. imperturbabilidade, impassibilidade.
Imperturbàto, adj. imperturbado; impassível.
Imperversamênto, s. m. (p. us.) enfurecimento.
Imperversàre, (pr. -èrso) v. enfurecer, embravecer, enfuriar: la tempesta imperversa / fazer estragos, assolar / assanhar-se, encarniçar-se.
Impèrvio, (pl. -èrvi) adj. (lit.) impérvio; intransitável, impenetrável, ínvio, inacessível.
Impestàre (v. appestàre) v. empestar, infetar.
Impetígine, s. f. (med.) impetigem, afecção da pele.
Ímpeto, s. m. ímpeto, arrebatamento; assalto repentino; impulso, precipitação; vivacidade, ardor.
Impetràbile, adj. impetrável; que pode ser obtido; que pode impetrar.
Impetràre, (pr. -ètro) v. impetrar, rogar, suplicar, obter por meio de rogos; requerer / (lit. e raro) petrificar--se; (fig.) pasmar-se.

Impetratívo, adj. impetrativo, impetratório.
Impetratòrio, adj. impetratório.
Impetraziône, s. f. impetração / obtenção.
Impettíto, adj. erguido, empertigado, teso; galhardo, airoso; arrogante.
Impetuosamênte, adv. impetuosamente.
Impetuosità, s. f. impetuosidade, ímpeto, violência.
Impetuôso, adj. impetuoso, violento, precipitado, furioso, fogoso, arrebatado.
Impiagàre, (pr. -àgo, -àghi) v. ulcerar, chegar.
Impiagàto, adj. chagado.
Impiallacciàre, v. (técn.) marchetar, imbutir; chapear madeiras ordinárias com chapas de madeiras finas.
Impiallacciatôre, s. m. operário que trabalha em móveis chapeados.
Impiallacciatúra, s. f. marchetaria; obra de embutidos de madeira / folhas de madeira de embutir.
Impianellàre, v. ladrilhar.
Impiantàre, v. instalar, implantar, fundar, criar; inaugurar um negócio; instituir; ordenar, encaminhar; abrir, inserir; fixar, estabelecer: ———— una fabbrica, un'azienda, una scuola, un'uffizio, etc.
Impiantíto, s. m. pavimento, soalho.
Impiànto, s. m. implante, implantação, fundação dum negócio; instalação / abertura / ———— di telefono: instalação de telefone.
Impiastracàrte, e impiastrafògli, s. m. escrevinhador; rabiscador; mau escritor.
Impiastramênto, s. m. emplastamento.
Impiastràre, v. emplastar, cobrir com emplastro, etc. / sujar, manchar, borrar, emplastar.
Impiastratôre, s. m. (f. -tríce) emplastador.
Impiastricciàre, (pr. -íccio, -ícci) v. manchar, borrar, sujar / (pint.) pintar mal.
Impiàstro, s. m. emplastro, medicamento sólido que adere ao corpo / trabalho achavascado, mal feito / (fig.) importuno, cacete, parasita / enredo, embaraço.
Impiccagiône, impiccamênto, s. m. enforcamento.
Impiccàre, (pr. -ícco, -ícchi) v. enforcar / dependurar / (burl.) Mastro Impicca: o carrasco.
Impiccàto, p. p. e adj. enforcado; pendurado / (s. m.) enforcado; andare come un ————: levar traje muito apertado no pescoço.
Impiccatôre, adj. e s. m. (f. -tríce) que ou aquele que enforca; algoz; carrasco; verdugo.
Impiccatúra, s. f. enforcamento.
Impicciàre, (pr. -íccio) v. tr. empachar, estorvar, embaraçar, molestar, incomodar / (refl.) impicciarsi: imiscuir-se, intrometer-se em negócios alheios.
Impiccinìre, (pr. -ísco, -ísci) v. tr. empequenecer, tornar pequeno.
Impíccio, (pl. -ci) estorvo, empacho, impedimento, obstáculo / embrulhada, trapalhada, embrulho.

Impicciône, s. m. (f. -ôna) estorvador, maçador, intrometido.
Impiccolíre, v. tr. empequenecer.
Impidocchiàre, v. encher de piolhos.
Impidocchiàto, p. p. cheio de piolhos.
Impidocchíre, v. criar piolhos, piolhar.
Impiegàbile, adj. que se pode empregar; empregável, utilizável, aplicável; aproveitável.
Impiegàre, (pr. -ègo, -èghi) v. empregar, usar / utilizar; aproveitar: —— bene il tempo / colocar, gastar / —— tempo in um percorso: gastar tempo num percurso / (refl.) empregar-se, colocar-se / aplicar-se num trabalho.
Impiegatízio, (pl. -zi) adj. próprio de emprego e de empregado (de uso reprovado).
Impiegàto, p. p. adj. e s. m. empregado, usado, ocupado, colocado / empregado, aquele que exerce um emprego / (dim.) impiegatúccio, impiegatúcolo.
Impiègo, (pl. -èghi) s. m. emprego; ofício; função, cargo, lugar; ocupação; encargo / uso, aplicação / (dim.) impiegúccio: empregozinho.
Impiegomanía, s. f. empregomania.
Impietosíre, v. apiedar, compadecer, comover / (refl.) compadecer-se, apiedar-se, apenar-se, comover-se.
Impietríre, (pr. -ètro) v. petrificar; empedrar / tornar duro como pedra; empedernir.
Impigliàre, (pr. -íglio, -ígli) v. enredar, agarrar, envolver, enganchar; intricar, emaranhar-se, enredar-se.
Impigríre, (pr. -ísco, -ísci) v. empreguiçar, tornar preguiçoso.
Impígro, adj. não-preguiçoso, solerte, solícito, ativo.
Impillaccheràre, (pr. -àcchero) v. enlamear, sujar, salpicar de lodo; enodoar.
Impinguamênto, s. m. ato ou efeito de engordar; engorda.
Impinguàre, v. impinguar, tornar-se pingue, engordar / (fig.) enriquecer, aumentar.
Impinzàre, v. tr. encher, fartar; empanturrar; atulhar; empachar.
Impiolàre, v. (agr.) germinar, brotar.
Impiombàre, (pr. -ômbo) v. chumbar, fechar ou soldar com chumbo / obturar um dente / (mar.) ajustar dois cabos.
Impiombàto, p. p. e adj. chumbado; obturado.
Impiombatúra, s. f. chumbagem; soldadura; obturação.
Impipàrsi, (pr. vulg.) não importar-se, não ligar a nada; **me ne impipo:** estou-me a rir, pouco se me dá.
Impippiàre, v. nutrir os pássaros, alimentando-os pelo bico / encher, empanturrar, empachar de comida / fartar-se.
Impiumàre, v. emplumar, adornar ou cobrir com plumas / (tóon.) matizar (colorir) no banho couros ou panos.
Impiumatúra, s. f. ação e efeito de emplumar.
Impiúmo, s. m. (técn.) colorido ou matiz que se dá aos panos.

Implacàbile, adj. implacável; inexorável.
Implacabilità, s. f. implacabilidade.
Implacabilmênte, adv. implacavelmente.
Implacàto, adj. inexorável.
Implicàre, (pr. -ímplico, -ímplichi) v. implicar, envolver, enredar, fazer supor; comprometer / encerrar, compreender em si, trazer consigo: **ciò implica contraddizióne** / (refl.) intrometer-se.
Implicàto, p. p. e adj. implicado; comprometido, envolvido.
Implicaziône, s. f. implicação.
Implicitamênte, adv. implicitamente.
Implícito, adj. implícito, subentendido.
Imploràbile, adj. (lit.) implorável.
Imploràre, (pr. -òro) v. implorar, suplicar, pedir, rogar.
Imploratôre, adj. e s. m. (f. -tríce) implorador.
Imploraziône, s. f. imploração, rogo, súplica.
Implúme, adj. (lit.) implume / (fest.) **bípede ——:** o homem.
Implúvio, (pl. -úvi) s. m. implúvio, pátio descoberto das casas romanas.
Impoètico, (pl. -ètici) adj. impoético, antipoético.
Impolítico, (pl. -ítici) adj. impolítico, contrário à boa política / imprudente, inábil, importuno, intempestivo.
Impollinàre, v. (bot.) fecundar a flor com o pólen.
Impollinaziône, s. f. (bot.) polinização, fecundação com o pólen.
Impollúto, adj. impoluto.
Impolpàre, (pr. -ôlpo) v. cobrir de polpa, por polpa / engordar, impinguar.
Impoltroníre, impoltrinírsi, v. (pr. -ísco, -ísci) empreguiçar, empreguiçar-se, tornar-se preguiçoso, mandrião.
Impolveràre, (pr. -ólvero) v. empoeirar; polvilhar.
Impolveràto, p. p. e adj. empoeirado, polvilhado.
Impomatàre, v. untar com pomada.
Impomiciàre, (pr. -ômicio, -ômici) v. alisar, polir com pedra pomes.
Imponderàbile, adj. imponderável.
Imponderabilità, s. f. imponderabilidade.
Imponderàto, adj. imponderado.
Imponènte, p. pr. e adj. imponente, que impõe; altivo, magnificente, grandioso, majestoso: considerável / solene, grave.
Imponènza, s. f. imponência; graciosidade, solenidade.
Imponíbile, adj. colectável, tributável: **reddito ——.**
Imponibilità, s. f. condição de tributável.
Impopolàre, adj. impopular, malquisto.
Impopolarità, s. f. impopularidade.
Impoppàre, (mar.) v. tr. empopar, ter mais calado de popa do que proa a embarcação, por achar-se a maior parte da carga à ré / (refl.) **impoppàrsi:** recuar o barco por vento contrário.
Impoppàta, s. f. (mar.) vento em popa.
Imporcare, v. sujar, emporcalhar / (agr.) arar formando lombos.

Imporporàre, (pr. -ôrporo) v. purpurar, tingir de púrpura, avermelhar: **il sole imporporava le nubi** / (refl.) purpurear-se; ruborizar-se, corar.

Imporràre, imporrìre, (pr. -òrro, -òrri) v. apodrecer-se as árvores ou a madeira, e, por ext. panos, etc.

Impôrre, (pr. -ôngo, etc.) v. impor: **un tributo, un obbligo** / dar, conferir: —— **il nome a un neonato** / mandar, ordenar: —— **di ritirarsi** / —— **la propria volontà:** impor a própria vontade.

Importàbile, adj. importável, que se pode importar, merce ——.

Importànte, p. pr. e adj. importante / grande, considerável / (s. m.) importante: **l'importante è che si faccia vedere.**

Importànza, s. f. importância, valor; autoridade, influência: **persona d'importanza:** pessoa de importância / **darsi** ——: dar-se importância.

Importàre, (pr. -òrto) v. importar, introduzir: —— **automobili dall'Italia** / ocasionar, implicar, causar, motivar: **questo importa molte fatiche** / importar, valer, custar, ter valor: **questa merce importa due milioni** / ser importante: **ciò che importa è che tu guarisca** / **non me ne importa:** não me importa nada.

Importatôre, adj. e s. m. (f. -trice) importador: **casa importatrice.**

Importazióne, s. f. (com.) importação.

Importo, s. m. importe, custo, preço, importância total.

Importunamênte, adv. importunamente.

Importunàre, (pr. -úno) v. tr. importunar, molestar, incomodar; estorvar.

Importunità, s. f. importunidade.

Importúno, adj. importuno / molesto, aborrecido, fastidioso, maçador, intrometido.

Importuôso, adj. sem portos: **costa importuosa.**

Imposizióne, s. f. imposição / ordem, mando, violência; **non accetto imposizioni:** não admito imposições / imposto, tributo.

Impossessarsi, v. pr. apoderar-se / assenhorar-se / (fig.) —— **dun argomento:** adquirir pleno conhecimento de uma coisa.

Impossìbile, adj. impossível / dificílimo / (s. m.) aquilo que é impossível: **far l'impossibile** / (superl.) **impossibilissimo.**

Impossibilità, s. f. impossibilidade.

Impossibilitàre, (pr. -ílito) v. tr. impossibilitar; paralisar, impedir, tornar impossível uma ação.

Impòsta, s. f. batente de porta; folha de janela imposta, cornija assente sobre a umbreira.

Impòsta, s. f. imposto, tributo, contribuição.

Impostàmi, s. m. pl. as portas e janelas duma casa.

Impostàre, (pr. -òsto) v. assentar, iniciar um trabalho; abrir, encaminhar uma conta, etc.; —— **un problema:** colocar um problema / (arquit.) apoiar um arco sobre uma parede ou coluna / —— **lettere:** pôr cartas na caixa do correio, postar.

Impostatúra, s. f. assentamento; colocação / (mús.) impostação, modo de entoar.

Impostazióne, s. f. assentamento / entrega de correspondência ou encomendas ao correio.

Impostemìre, (med.) v. apostemar, produzir apostema.

Impostíme, s. m. sedimento, depósito de águas no terreno.

Impòsto, p. p. imposto / (s. m.) primeira camada de cera na vela.

Impostôre, s. m. (f. -ôra) impostor, enganador, embusteiro, embaucador, embrulhão; charlatão.

Impostúra, s. f. impostura, hipocrisia; engano, mentira, embuste.

Imposturàre, (pr. -úro) v. tr. (p. us.) imposturar, ter impostura, proceder com impostura, enganar, embaucar.

Impotènte, adj. impotente, débil, frouxo; inábil, inadaptado / insuficiente, ineficaz / **leggi impotenti.**

Impotènza, s. f. impotência / inabilidade / ineficácia.

Impoverimênto, s. m. empobrecimento.

Impoverìre, (pr. -ísco, -ísci) v. tr. empobrecer / (pr. e também intr.) **impoverirsi:** cair na pobreza.

Impoverìto, p. p. e adj. empobrecido; **terreno** ——: terreno esgotado, pobre.

Impraticàbile, adj. impraticável: **un progetto** —— / intransitável, impraticável, insociável, intratável, grosseiro: **persona** ——.

Impraticabilità, s. f. impraticabilidade.

Impratichìre, (pr. -ísco, -ísci) v. exercitar, adestrar, tornar prático, hábil, perito, experimentado.

Impratichìto, p. p. e adj. adestrado, exercitado; prático, experimentado, perito.

Imprecàre, (pr. -èco, -èchi) v. intr. imprecar contra; maldizer, execrar.

Imprecatívo, adj. imprecativo.

Imprecatôre, adj. e s. m. (f. -trice) que ou aquele que impreca, que pragueja.

Imprecatòrio, (pl. -òri) adj. imprecatório.

Imprecazióne, s. f. imprecação, ato de imprecar / praga, maldição.

Imprecisàto, adj. não identificado.

Imprecíso, adj. impreciso; indeterminado; vago; indefinido.

Impregiudicàbile, adj. que não se pode prejulgar; que não se pode prejudicar.

Impregiudicàto, adj. não prejulgado / (for.) incensurável / **causa impregiudicata:** causa indecisa, pendente de juízo.

Impregnamênto, s. m. embebeção / impregnação.

Impregnàre, (pr. -êgno) v. tr. emprenhar / impregnar, embeber.

Impremeditàto, adj. impremeditado.

Impremeditazióne, s. f. impremeditação.

Imprendènza, (ant.) s. f. empreendimento.

Imprèndere, (pr. -èndo) v. empreender, começar, iniciar / (ant.) aprender, compreender.

Imprendíbile, adj. que não se pode tomar ou agarrar / inexpugnável: **una fortezza** ——.

Imprenditôre, adj. e s. m. (f. -trice) empreendedor / empresário.

Imprènta, (ant.) s. f. impressão, selo, marca.
Imprentàre, (ant.) v. tr. e pr. deixar marca, impressão.
Impreparàto, adj. não-preparado; desprevenido.
Impreparazióne, s. f. falta de preparação; desprevenção.
Imprêsa, s. f. empreendimento; cometimento / empresa, construção, obra de vulto: —— ferroviaria, tranviaria / —— di trasporti: cia. de transportes / negócio / ação de guerra, façanha / —— fallita: negócio malogrado / divisa, símbolo, lema / è più la spesa che l'impresa: diz-se de coisa que vem a custar mais do que vale.
Impresàrio, (pl. -àri) s. m. empresário, empreiteiro.
Imprescindíbile, adj. imprescindível / indispensável.
Imprescrittíbile, adj. imprescritível.
Imprescrittibilità, s. f. imprescritibilidade.
Impressionàbile, adj. impressionável.
Impressionabilità, s. f. impressionabilidade.
Impressionàre, (pr. -ôno) v. impressionar, causar impressão ou sensação / comover / (fot.) —— una lastra: impr. chapa fotográfica / (refl.) impressionar-se, comover-se, sentir-se abalado.
Impressionàto, p. p. e adj. impressionado.
Impressióne, s. f. impressão, estampa, marca; selo / **impressioni digitali**: impressões digitais / impressão de livros / impressão, efeito, abalo, sentimento despertado por ato estranho.
Impressionismo, s. m. impressionismo (arte e lit.).
Impressionísta, (pl. -ísti) s. m. impressionista.
Imprèsso, p. p. e adj. impresso: un libro bene —— / gravado; —— in mente: impresso, gravado na mente.
Impressóre, s. m. impressor / tipógrafo / dono de tipografia.
Imprestàre, (pr. -èsto) v. tr. emprestar / ceder por certo tempo.
Impreteríbile, adj. impreterível; que não se pode omitir.
Imprevedíbile, adj. imprevisível.
Imprevedúto, adj. imprevisto; improviso, impensado.
Imprevidènte, adj. imprevidente / imprudente, incauto.
Imprevidènza, s. f. imprevidência, inadvertência; irreflexão.
Imprevísto, adv. imprevisto; súbito; inopinado.
Impreziosíre, v. tornar preciosa ou valorizar uma coisa / **impreziosirsi**: tornar-se precioso.
Imprigionamênto, s. m. encarceramento.
Imprigionàre, (pr. -ôno) v. tr. aprisionar, encarcerar, capturar / (fig.) impedir que alguém saia de um lugar: la neve mi ha imprigionato in casa.
Imprimatur, s. m. (v. lat.) imprimatur, licença eclesiástica para imprimir uma obra.
Imprìmere, (pr. -ímo) v. tr. imprimir, fixar marca, sinal: —— le orme sulla neve / deixar representado / estampar por meio de impressão do prelo / dar, comunicar, transmitir / incutir, gravar: —— nella memoria / (pron.) fixar-se, gravar-se, infundir-se.
Imprimitúra, s. f. (pint.) imprimição, imprimidura.
Improbàbile, adj. improvável, duvidoso.
Improbabilità, s. f. improbabilidade.
Improbità, s. f. improbidade.
ímprobo, adj. ímprobo, desonesto / duro, rude, árduo, pesado, excessivo: —— lavoro.
Improcedíbile, adj. (jur.) de ação judiciária improcedente.
Improcedibilità, s. f. (jur.) qualidade de improcedente.
Improduttívo, adj. improdutivo.
Imprónta, s. f. marca, sinal, cunho, impressão; selo / rasto, pista / **impronte digitali**: impressões digitais / **le impronte del vizio**: as marcas do vício.
Improntamênte, adv. descaradamente, importunamente, desavergonhadamente.
Improntàre, (pr. -ônto) v. marcar, selar, deixar o sinal, a marca, o sigilo / (fig.) caracterizar: —— il volto di dolore / (refl.) gravar-se uma coisa; ficar a impressão / (ant.) emprestar / aprontar.
Improntitúdine, s. f. indiscrição; descaso, ousadia, desfaçatez, impudência, petulância.
Imprónto, adj. atrevido, importuno, descarado, ousado, indiscreto.
Impronunziàbile, adj. impronunciável.
Impropèrio, s. m. impropério, vitupério, doesto, injúria, insulto / (ecles.) (pl.) impropérios, versículos de sexta-feira santa e sua música: **gli improperi del Palestrina**.
Impropriamênte, adv. impropriamente.
Improprietà, s. f. impropriedade / (gram.) locução imprópria.
Impròprio, (pl. -òpri) adj. impróprio; inexato; inadequado; inconveniente; indecoroso; malvisto; importuno.
Improrogàbile, adj. improrrogável.
Imprósciuttíre, (pl. -ísco, -ísci) v. intr. enfraquecer, emagrecer; tornar-se seco como um presunto.
Improvvidamênte, adv. improvidamente, desprevenidamente.
Improvvidènza, s. f. improvidência; imprevisão.
Impròvvido, adj. impróvido, desprevenido: incauto; inadvertido, imprudente, improvidente.
Improvvisamênte, adv. improvisadamente, improvisamente, repentinamente.
Improvvisàre, (pr. -iso) v. tr. improvisar; compor de improviso: —— un discorso, una poesia / (pr.) arvorar-se em; fingir-se.
Improvvisàta, s. f. improvisação; surpresa agradável: **fare un'un** ——.
Improvvisatôre, adj. e s. m. (f. -trice) improvisador / pessoa que improvisa: repentista.
Improvvisazióne, s. f. improvisação / improviso.
Improvvíso, adj. improviso, imprevisto, inesperado, inadvertido; repentino, subitâneo / **all'improvviso**: inesperadamente.

Improvvísto, adj. desprovido, desprevenido / **all'** ———: de improviso, inopinadamente.
Imprudènte, adj. imprudente, impróvido, incauto, irreflexivo, temerário.
Imprudènza, s. f. imprudência / inconveniência.
Imprunàre, v. cercar, tapar, fechar com sarças, etc.
Impúbe e **impúbere**, adj. impúbere.
Impudènza, s. f. impudência.
Impudicízia, s. f. impudicícia, impudor; desonestidade.
Impudíco, (pl. -ichi) adj. impudico / imoral, indecente, desonesto, lascivo. obsceno.
Impugnàbile, adj. impugnável, discutível, contrastável, refutável.
Impugnànte, p. pr. e adj. impugnante.
Impugnàre, (pr. -úgno) v. impugnar, refutar, resistir, confutar, contrariar, opor / empunhar, segurar pelo punho, suster, pegar; segurar em.
Impugnatíva, s. f. (for.) impugnação.
Impugnatívo, adj. impugnativo.
Impugnatôre, adj. e s. m. (f. -trice) que, ou aquele que impugna, adversário, contraditor.
Impugnatúra, s. f. empunhadura, punho de espada, bastão, etc.
Impugnazióne, s. f. impugnação, contestação, ato ou efeito de impugnar.
Impulitèzza, s. f. impolidez, rudeza.
Impulíto, adj. (p. us.) impolido, rude, tosco; rústico, grosseiro.
Impulsióne, s. f. (p. us.) impulsão, impulso.
Impulsità, s. f. impulsividade.
Impulsívo, adj. impulsivo, impulsor / (fig.) impulsivo, irreflexo, violento, fogoso.
Impúlso, p. p. impulsado, estimulado, incitado, impelido / (s. m.) impulso; estímulo, ímpeto / estímulo, incitação.
Impúne, adj. lit. impune; impunido: não-castigado.
Impunemènte, adv. impunemente.
Impuníbile, adj. impunível.
Impunità, s. f. impunidade.
Impuníto, adj. impune, impunido.
Impuntàre, (pr. -únto) v. bater, chocar com a ponta, tropeçar / gaguejar / (refl.) obstinar-se; emperrar-se.
Impuntatúra, s. f. capricho, teimosia, obstinação; birra.
Impuntigliàrsi, v. obstinar-se, teimar; aferrar-se a uma opinião.
Impuntíre, (pr. -ísco, -ísci) v. pespontear, pespontar.
Impuntíto, p. p. e adj. pesponteado.
Impuntitúra, s. f. ato de pespontar; pesponto.
Impúntura, s. f. pesponto / (mar.) ponta da vela que se ata à extremidade da antena.
Impuramènte, adv. impuramente.
Impurità, s. f. impuridade; impureza / ——— della lingua: barbarismo da língua.
Impúro, adj. impuro / (fig.) impudico, desonesto, imoral.
Imputàbile, adj. imputável.
Imputabilità, s. f. imputabilidade.

Imputàre, (pr. -impúto) v. imputar / (for.) acusar / (com.) ——— a conto: abonar ou debitar em c. c.; assentar / culpar: se siete povero, imputatelo ai vostri vizi.
Imputàto, p. p. e adj. imputado; (s. m.) acusado, culpado.
Imputazióne, s. f. imputação.
Imputrescíbile, adj. (p. us.) imputrescível / incorruptível.
Imputrescibilità, s. f. imputrescibilidade.
Imputridíre, (pr. -ísco, ísci) v. intr. apodrecer; decompor.
Impuzzàre, (pr. -úzzo, -úzzi) v. intr. feder.
Impuzzíre, (pr. -ísco, -ísci) v. apestar, difundir fedor / exalar fedor: la roba chiusa impuzzisce.
In, prep. em; essere o stare ——— casa: estar em casa / andare ——— Francia, venire ——— Italia: ir à França, vir à Itália / com estes e outros verbos de movimento, se se trata de cidade ou localidade, em lugar de in usa-se a: andare a Napoli: ir a Nápoles / gettarsi ——— acqua: atirar-se à água / la fiducia ——— Dio: a confiança em Deus / vivere ——— povertà: viver na pobreza / segnare ——— rosso: marcar em vermelho / dentro de; ——— quest'anno: dentro deste ano / ——— una busta: num envelope / dotto ——— matematica: douto em matemática / spaccato ——— due: partido em dois / ——— quest'anno: neste ano / lavorare ——— marmo: trabalhar em mármore / ricamato ——— oro: bordado a ouro / di dieci ——— dieci: de dez em dez / parlare ——— difesa: falar em defesa / cambiare ——— meglio: mudar para melhor / ——— tre salti: em três pulos / foderato ——— seta: forrado de seda / cadere ——— terra: cair por terra / scritto ——— matita: escrito em (ou com) lápis / scrivere ——— lode di uno: escrever em louvor de alguém / ——— una volta: de uma vez / ——— piedi: de pé / com os art. determ. forma contrações: in il, in lo, nel, nello, no / nella, in la, na / nei, in, i, negli, li, nos / nelle, in le, nas.
In, prefixo (antes de m, b, p, muda em im) capace, incapace, umano, inumano, indurre (induzir), irrompere (irromper); imbevere (embeber), importare (importar), (antes de r m e l assimila-se às mesmas: in-razionale, irrazionale; in-móbile, immobile; inlecito, illecito.
Inàbile, adj. inábil; inútil, inapto, insuficiente, incapaz.
Inabilità, s. f. inabilidade, imperícia.
Inabilitàre, (pr. -ílito) v. inabilitar / (for.) tirar a alguém a pessoa jurídica.
Inabilitazióne, s. f. inabilitação.
Inabissamènto, s. m. afundamento, abismamento.
Inabissàre (pr. -ísso) v. abismar, lançar, precipitar no abismo; submergir, desaparecer, afundar / (pr.) precipitar-se, abismar-se.
Inabitàbile, adj. inabitável.

Inabitabilità, s. f. inabitalidade (de um lugar).
Inabitàto, adj. inabitado; ermo, desabitado.
Inaccessìbile, adj. inacessível.
Inaccessibilità, s. f. inacessibilidade.
Inaccèsso, adj. (lit.) inacessível; inacesso (poét.).
Inaccettàbile, adj. inaceitável.
Inacciaiàre, (ou **acciaiare**) v. acerar, dar têmpera de aço a.
Inaccusàbile, adj. não acusável, não imputável.
Inacerbìre, (pr. -ísco) v. azedar / exasperar, exacerbar, excitar.
Inacetíre, (pr. -ísco, -ísci) v. intr. azedar, avinagrar (o vinho, etc.).
Inacidimênto, s. m. azedamento.
Inacidíre, (pr. -ísco, -ísci) v. azedar.
Inacquamênto, s. m. ato de aguar, regar, etc.
Inacquàre, v. tr. (p. us.) aguar; molhar com água.
Inacutíre, (pr. -ísco, -ísci) v. aguçar, tornar agudo.
Inadattàbile, adj. inadaptável.
Inadeguatamênte, adv. inadequadamente; impropriamente.
Inadeguatezza, s. f. desproporção.
Inadeguàto, adj. inadequado.
Inadempíbile, adj. inexeqüível.
Inadempiènte, adj. inadimplente; que não observa, que não cumpre com sua palavra ou deveres.
Inadempiènza, s. f. e **inadempimênto**, s. m. inadimplemento.
Inadempíto, adj. não cumprido, não observado.
Inadempiùto, adj. não cumprido, etc.
Inadombràbile, adj. que não pode sombrear, escurecer, encobrir, etc.
Inadopràbile, adj. que não pode ser aproveitado ou usado; inservível.
Inafferràbile, adj. que não se pode agarrar ou prender.
Inaffiàre, (v. **innaffiare**) v. regar.
Inagrìre, (pr. -ísco, ísci) v. azedar / irritar.
Inalàre, (pr. inàlo) v. (agr.) estender na eira.
Inalàre, (pr. -àlo) v. tr. inalar aspirar.
Inalatôre, s. m. (med.) inalador, pulverizador.
Inalatòrio, s. m. inalatório, sala onde se aspiram águas medicinais pulverizadas.
Inalaziône, s. f. (med.) inalação.
Inalbare, v. (lit.) aclarar, branquear / (refl. e tr.) branquear-se.
Inalberàre, (pr. àlbero) v. arvorar, içar, hastear, alçar: ——— **le insegne, la bandiera**, etc. / levantar (os remos, etc.) / (refl.) **inalberarsi il cavallo**, empinar-se (o cavalo) / (fig.) irritar-se, encolerizar-se, protestar, revoltar-se / ensoberbecer, enfatuar-se.
Inalidíre, (pr. -ísco, -ísci) v. intr. secar-se a terra, a madeira, a carne, etc.
Inalienàbile, adj. inalienável: **beni inalienabili**.
Inalienabilità, s. f. inalienabilidade.
Inalteràbile, adj. inalterável, imutável / (fig.) imperturbável, sereno.
Inalterabilità, s. f. inalterabilidade.
Inalterabilmênte, adv. inalteravelmente.

Inalteràto, adj. inalterado / (fig.) constante.
Inalveàre, (pr. -àlveo) v. canalizar: ——— **un torrente, un fiume**.
Inalveaziône, s. f. canalização.
Inalzamênto, e **innalzamênto**, s. m. alçamento, levantamento, elevação, erguimento, empino.
Inalzàre, innalzàre, (pr. -àlzo) v. tr. levantar, erguer: ——— **le braccia** / ——— **li pensiero a Dio** / erigir: ——— **una statua, un palazzo, una chiesa** / (fig.) louvar, glorificar / (refl.) elevar-se, subir de grau, de posição, em valor moral, etc.
Inamàbile, adj. descortês, inamável.
Inamabilità, s. f. descortesia, indelicadeza: inamabilidade.
Inamàre, (ant.) armar o anzol, pegar com o anzol / (fig.) enviscar, enamorar.
Inamèno, adj. inameno, desagradável.
Inamidàre, (pr. -àmido) v. engomar.
Inamidatúra, s. f. engomadura.
Inammendàbile, adj. melhorável, incorrigível.
Inammissíbile, adj. inadmissível, inaceitável.
Inammissibilità, s. f. inadmissibilidade.
Inamovíbile, adj. inamovível: **giudice** ———.
Inamovibilità, s. f. inamovibilidade.
Inàne, adj. (lit.) inane; vão, inútil, vazio, oco.
Inanellàre, (pr. -èllo) v. tr. anelar, dar forma de anel: ——— **i capelli**, encaracolar os cabelos / pôr os anéis / dar à mulher o anel de esposa, desposar: **che inanellata pria, disposando m'avea con la sua gemma** (Dante).
Inanimare, (pr. -ànimo) v. tr. encorajar, animar, alentar, dar valor.
Inanimàto, adj. inanimado / sem ânimo / sem vivacidade.
Inànime, adj. (lit.) inânime, inanimado, exânime.
Inanimíre, (pr. -ísco, -ísci) v. animar, encorajar.
Inanità, s. f. inanidade; inutilidade.
Inaniziône, s. f. (med.) inanição; extenuação, esgotamento.
Inanònimi, s. m. (neol.) não-anônimos.
Inappagàbile, adj. impossível de satisfazer, incontentável.
Inappellàbile, adj. inapelável.
Inappellabilità, s. f. inapelabilidade.
Inappellabilmênte, adv. inapelavelmente.
Inappetènte, adj. inapetente.
Inappetènza, s. f. inapetência.
Inapplicàbile, adj. inaplicável.
Inapplicabilità, s. f. inaplicabilidade.
Inapprendíbile, adj. (p. us.) inapreensível, que não se pode apreender.
Inapprezzàbile, adj. inapreciável / inestimável, precioso / insignificante, de valor mínimo: **una differenza** ———.
Inappuntàbile, adj. incensurável, irrepreensível: **contegno** ———: comportamento correto.
Inappuràbile, adj. inapurável; não averiguável.
Inarato, adj. (lit.) não lavrado, não arado (de terreno).
Inarcamênto, s. m. encurvamento; arqueamento / curvatura.

Inarcàre, (pr. -àrco, -àrchi) v. tr. arquear; —— le ciglia: arquear os cílios / dobrar em arco, curvar, encurvar.
Inargentàre, (pr. -ènto) v. tr. pratear, argentar.
Inargentatúra, s. f. prateação.
Inaridíre, (pr. -ísco, -ísci) v. secar, tornar seco e árido / (fig.) —— il cuore: insensibilizar o coração.
Inarídito, p. p. e adj. árido, seco; rude, insensível, endurecido.
Inarmàto, adj. (p. us.) inerme.
Inarmònico, (pl. -ònici) adj. inarmônico, desarmônico.
Inarrendêvole, adj. inflexível, duro, inapelável.
Inarrendevolêzza, s. f. inflexibilidade, dureza, rigidez.
Inarrestàbile, adj. que não se pode parar ou deter.
Inarrivàbile, adj. inacessível, inalcançável / incomparável, insuperável / inabordável.
Inarticolàto, adj. inarticulado.
Inascoltàto, adj. não ouvido / desobedecido, desatendido.
Inasinire, (pr. -ísco, -ísci) v. burrificar, tornar burro / (pr. e intr.) tornar-se asno.
Inaspettatamènte, adv. inesperadamente; inopinadamente.
Inaspettàto, adj. inesperado, improviso, inopinado.
Inasprimènto, s. m. irritação exasperação, exacerbação, agravamento; l' —— di una malattia / l' —— delle tasse: aumento dos impostos.
Inasprire, (pr. -ísco, -ísci) v. exasperar, exacerbar, agravar uma enfermidade, uma dor, etc. / irritar, encolerizar, exasperar / encarecer, aumentar, agravar: —— le tasse.
Inastàre, v. tr. hastear; —— la bandiera / —— la baionetta: colocar a baioneta na extremidade do fuzil.
Inattacàbile, adj. inatacável, inexpugnável / (fig.) incensurável, irrepreensível.
Inattendíbile, adj. inatendível, inadmissível.
Inattendibilità, s. f. inatendibilidade.
Inattènto, adj. (p. us.) inatento, desatento.
Inattenziône, s. f. inatenção, falta de atenção; desatenção.
Inattêso, adj. inesperado, improviso, inopinado.
Inattínico, (pl. -íci) adj. fot. de cor: incapaz de efeitos químicos.
Inattività, s. f. inatividade, inércia, inação; indolência.
Inattívo, adj. inativo, preguiçoso, inerte.
Inattuàbile, adj. irrealizável; inexeqüível.
Inattuàle, adj. que não é atual.
Inaudíbile, adj. inaudível.
Inaudíto, adj. inaudito, incrível / raro, estranho, singular, surpreendente.
Inauguràbile, adj. inaugural.
Inauguràre, (pr. -àuguro) v. inaugurar; estrear / iniciar, começar, abrir: —— l'anno scolastico.
Inaugurativo, adj. inaugurativo.

Inauguràto, p. p. e adj. inaugurado / (raro) mal augurado.
Inauguratôre, adj. e s. m. (f. -tríce) inaugurador.
Inauguraziône, s. f. inauguração.
Inauràre, v. dourar; dourar-se / luzir, resplandecer.
Inauspicàto, adj. infausto, mal augurado.
Inavvedutamènte, adv. inadvertidamente, descuidadamente, impensadamente.
Inavvedutêzza, s. f. inadvertência, descuido, irreflexão, distração, imprevidência.
Inavvedúto, adj. descuidado, incauto.
Inavvertènza, s. f. inadvertência, descuido.
Inavvertitamènte, adv. inadvertidamente, descuidadamente.
Inavvertíto, adj. inadvertido / descuidado, distraído.
Inaziône, s. f. inação; preguiça, inércia; inatividade.
Inazzurràre, v. tr. azular, dar cor azul a; tingir de azul / (pr.) tornar-se azul: il cielo s'inazzurró.
In Bocca Al Lupo!, loc. de bom augúrio. us. por caçadores, estudantes, artistas, etc. ao empreender uma coisa difícil ou arriscada.
Inca, s. m. inca; povo do antigo Peru.
Incaciàre, (pr. -àcio, -àci) v. condimentar com queijo ralado.
Incadaverire, (pr. -ísco, -ísci), v. tomar aspecto cadavérico.
Incagliamènto, s. m. encalhe, encalhamento.
Incagliàre, (pr. -àglio, -àgli) v. encalhar, dar em seco, na areia ou entre penedos à flor da água: la nave incaglió / parar, encontrar obstáculos ou impedimentos / impedir, obstacular, prejudicar; estorvar.
Incalappiàre, v. tr. laçar, prender com laços.
Incalcàre, (pr. -àlco, -àlchi) v. tr. calcar, agravar / de ruas: atravessar, cruzar: di molte vie che l'altra incalca (Berni).
Incalciatúra, s. f. forma da culatra do fuzil.
Incalcinàre, (pr. -ino) v. caiar; pintar com cal / misturar com cal / manchar de cal, banhar em água de cal / rebocar paredes.
Incàlco, (pl. -àlchi) s. m. impulso que se dá à forma, depois de despejar o metal, para que este chegue até o fundo e a fusão fique perfeita.
Incalcolàbile, adj. incalculável, inapreciável.
Incalescènza, s. f. calor débil.
Incallimènto, s. m. formação de calos / calosidade / endurecimento.
Incallíre, (pr. -ísco, -ísci) v. intr. encalecer, criar calos; calejar / (fig.) habituar-se, acostumar-se: —— nel vizio.
Incalorimènto, s. m. aquecimento.
Incalorire, (pr. -ísco, -ísci) aquecer, esquentar, produzir calor / (refl.) acalorar-se, excitar-se, afervorar-se, inflamar-se.
Incalvíre, (pr. -ísco, -ísci) v. tornar calvo, calvejar / tornar-se calvo / (p. p.) incalvito: calvejado.

Incalzamênto, s. m. acossamento, perseguição, encalço.
Incalzànte, p. pr. e adj. premente; urgente, insistente: sollecitazioni incalzanti.
Incalzàre, (pr. -àlzo) v. acossar, encalçar, perseguir alguém que corre / seguir de perto / impelir, estimular, instar / (fig.) premer, apertar, ser urgente: il tempo incalza.
Incalzàto, p. p. e adj. acossado; perseguido.
Incàlzo, s. m. acossamento, encalço / reforço.
Incameràbile, adj. confiscável: beni non incamerabili.
Incameramênto, s. m. confisco.
Incameràre, (pr. -àmero) v. tr. confiscar bens a favor do erário.
Incamerazióne, s. f. confisco; confiscação.
Incamiciàre, (pr. -ício, -íci) v. encamisar / vestir, forrar de uma camada de qualquer coisa / rebocar / (fort.) defender com escarpa.
Incamiciàta, s. f. encamisada, assalto noturno em que os soldados vestiam por disfarce camisas.
Incamiciatúra, s. f. ato de encamisar / reboco; forro; reforço.
Incamminàre, (pr. -íno) v. encaminhar / encarreirar, guiar, dirigir, pôr no reto caminho, ajudar, orientar / (refl.) encaminhar-se, pôr-se a caminho.
Incanagliàrsi, v. acanalhar-se.
Incanalamênto, s. m. canalização.
Incanalàre, (pr. -àlo) v. encanar as águas / canalizar / (fig.) encaminhar: ——— un'affare / dirigir, guiar, orientar: ——— l'opininone pubblica.
Incalanatúra, s. f. canalização / encanamento / sulco: álveo.
Incanceliàbile, adj. não cancelável, indelével / (sin.) indelebile.
Incancheràre, e incancherire, (pr. -ísco, ísci) v. cancerar-se / (fig.) irritar-se, exacerbar-se: ——— gli odi.
Incancrenire, (med.) v. grangrenar / gangrenar-se.
Incandescènte, adj. incandescente, candente: un ferro ———.
Incandescènza, s. f. incandescência.
Incanire, v. encanecer / enfurecer-se, irritar-se: i mietitori incanivano (D'Annunzio).
Incannàggio, s. m. (tecel.) dobagem.
Incannàre, (pr. -ànno) v. dobar, enovelar em fuso, carretel, etc.
Incannàta, s. f. porção de fio que cabe no fuso, etc.; meada / apetrecho de pesca.
Incannàto, p. p. e adj. dobado.
Incannatóio, (pl. -ói) s. m. (tecel.) dobadoura.
Incannatóre, s. m. (f. -tríce) dobador; (fem.) dobadeira.
Incannatúra, s. f. dobagem.
Incannellàre, v. (tecel.) encanelar.
Incannucciàre, (pr. -úccio, -úcci) v. encaniçar, cercar com caniçados ou canas.
Incannucciatúra, s. f. ato de encaniçar: caniçado.

Incantagióne, e incantazióne, s. f. encantamento, fascinação, feitiço; encanto.
Incantamênto, s. m. encantamento.
Incantàre, (pr. -ànto) v. encantar, enfeitiçar / fascinar, embelezar, arrebatar: quella musica ci ha incantato / (refl.) maravilhar-se, extasiar-se, encantar-se, etc. / parar, imobilizar-se / (com.) vender em leilão, leiloar, apregoar em leilão.
Incantàto, p. p. e adj. encantado; enfeitiçado / arrebatado, embebido, fascinado / mágico: i giardini incantati di Armida.
Incantatóre, adj. e s. m. (f. -tríce) encantador / feiticeiro: uno sguardo ———: um olhar encantador / bruxo, mágico.
Incantazióne, s. f. (p. us.) encantamento / fascinação, sedução / magia, bruxaria.
Incantévole, adj. encantador / maravilhoso, delicioso, admirável; una bimba ———: uma menina encantadora.
Incànto, s. m. encanto, encantamento; atrativo, sedução, fascinação, enlevo / cosa fatta d'incanto: coisa feita num momento / d'incanto: otimamente, sem dificuldade / hasta pública, leilão; vendere all'incanto: vender em leilão.
Incantucciàre, (pr. -úccio, -úcci) v. acantoar-se / pôr de lado, olvidar.
Incanutimênto, s. m. encanecimento.
Incanutíre, v. (pr. -ísco, ísci) encanecer; criar cãs.
Incapàce, adj. incapaz.
Incapacità, s. f. incapacidade; inabilidade, imperícia.
Incaparbíre (pr. -ísco, -ísci) v. obstinar-se, emperrar-se.
Incapàre, v. teimar, obstinar-se.
Incapatúra, s. f. exata medida e conformação da cabeça.
Incapestràre, v. encabrestar: ——— un mulo, un cavallo.
Incaponírsi, v. obstinar-se, emperrar, teimar.
Incaprestatúra, s. f. encabrestadura, chaga nas quartelas das bestas.
Incappàre, v. encontrar casualmente, topar, dar com alguém; ——— in un tranello: cair numa cilada / encapotar-se, pôr a capa.
Incappellàre, (pr. -èllo) v. pôr o chapéu a / (náut.) encapelar, introduzir no calcês a enxárcia, a alça, etc.
Incappiàre, v. atar com nó corrediço.
Incappottàre, (pr. -òtto) v. encapotar; encapotar-se.
Incappucciàre, (pr. -úccio, -úcci) v. encapuçar; cobrir, cobrir-se com capuz.
Incapricciàre, (pr. -íccio, -ícci) v. encaprichar-se / enamorar-se, apaixonar-se / empenhar-se / obstruir-se.
Incarbonchiàre, v. (med.) enfermar-se de carbúnculo.
Incarbonírsi, v. carbonizar-se / (p. p.) incarbonito: carbonizado.
Incarceramênto, s. m. encarceramento, prisão.
Incarceràre, (pr. -àrcero) v. encarcerar, aprisionar, prender / encerrar.
Incarceràto, p. p. e adj. encarcerado, aprisionado / (adj. e s. m.) preso.

Incàrco, (ant.) s. m. carga, encargo, gravame.
Incardinàre, v. engonçar / (fig.) basear, fundar, estribar sobre um princípio ou doutrina.
Incardinazióne, s. f. colocação de engonços ou gonzos / fundamento, base / (ecles.) designação de um clérigo para a diocese.
Incardíre, v. (bot.) criar ouriço a castanha, etc.
Incaricàre, (pr. -àrico, -àrichi) v. encarregar, dar um encargo / comissionar, encomendar / (refl.) tomar a seu cargo um negócio, um assunto, etc. encarregar-se.
Incaricàto, p. p., adj. e s. m. encarregado / habilitado / funcionário encarregado de uma missão / ——— d'affari: encarregado de negócios.
Incàrico, (pl. -àrichi) s. m. encargo, missão, incumbência, mandato; **adempiere un** ———: cumprir um encargo / **per** ——— **di**: por encargo, por ordem de.
Incarnàre, v. encarnar / fincar, fazer penetrar na carne: ——— **le zanne** / (fig.) realizar: ——— **un progetto** / representar: ——— **un concetto** / personificar: ——— **un ideale** / (med.) criar carne uma ferida / (refl.) encarnar-se, tomar forma e vida humanas.
Incarnatívo, adj. encarnado, vermelho; que tem a cor da carne; encarnado: róseo.
Incarnato, p. p. adj. e s. m. encarnado: **il verbo** ——— / encarnado, a cor encarnada / caçador de falcão adestrado para agarrar / (med.) **unghia incarnata**: unha encravada.
Incarnazióne, s. f. encarnação; l' **del Verbo** / reaparecimento de um tipo legendário / personificação.
Incarníre, (pr. -ísco, -ísci) v. entrar, encravar na carne / ——— **un'unghia**: encravar-se uma unha.
Incarníto, p. p. e adj. encravado / (fig.) penetrado, arraigado: **un vizio** ———.
Incarogníre, (pr. -ísco, -ísci) v. ficar carniça, apodrecer / (fig.) tornar-se vadio, preguiçoso.
Incarrare, v. pôr no carro.
Incarrucolàre, v. ajustar a corda na polé / (refl.) sair a corda do canal da polé e ficar entre a bola e a caixa.
Incartaménto, s. m. conjunto de papéis que se referem a um negócio, papelada; fascículo.
Incartapecoríre, (pr. -ísco, -ísci) v. apergaminhar-se, tornar-se mirrado, seco, enxuto como pergaminho / (p. p.) **incartapecoríto**: apergaminhado; seco, mirrado, enxuto.
Incartàre, v. envolver, embrulhar em papel, empacotar, embrulhar; (p. p.) **incartàto**: empacotado, embrulhado; empapelado.
Incartocciàre, (pr. -òccio, -òcci) v. encartuchar, envolver em forma de cartucho / (refl.) enrolar-se, enroscar-se.
Incartonàre, (pr. -ôno) v. pôr entre cartões / (tip.) cartonar / (p. p. e adj.) **incartonàto**: posto entre cartões / (tip.) cartonado.

Incaschíto, adj. (tosc.) achacado, enfermiço.
Incaselàre, (pr. -èllo) v. pôr no fichário: ——— **le lettere**.
Incassaménto, s. m. encaixotamento.
Incassàre, (pr. -àsso) v. encaixotar; pôr na caixa ou caixão / encerrar no ataúde / cobrar, arrecadar, receber dinheiro / engastar (pedras preciosas, etc.) / ajustar na caixa (relógio, máquina, etc.) / (esp.) receber golpes o boxeador.
Incassatúra, s. f. encaixotamento; embalagem / ajuste, encaixe, engaste.
Incàsso, s. m. (neol.) cobrança, entrada de dinheiro; arrecadação.
Incastellaménto, s. m. encastelamento, conjunto das torres de madeira que servem à defesa militar.
Incastellàre, (pr. -èllo) v. encastelar, formar a armação, o esqueleto de uma máquina, etc. / encastelar, fortificar.
Incastellàto, p. p. e adj. encastelado; sobreposto, acastelado / rico de castelos, de fortificações.
Incastellatúra, s. f. encastelamento, ato de encastelar / (vet.) encasteladura, dor aguda nas patas dos cavalos.
Incastonàre, (pr. -ôno) v. tr. encastoar, engastar.
Incastonatúra, s. f. engaste.
Incastraménto, s. m. encastramento; encaixe; encaixo.
Incastràre, v. encastrar, encaixar, engranzar; embutir, ensamblar; introduzir: ——— **una parola nel discorso, una lapide nel muro**, etc. / (p. p.) **incastràto**, encastrado, encaixado, embutido.
Incàstro, s. m. encaixe; encastramento; ponto onde uma coisa se encaixa / espécie de charada / instrumento para aparar os cascos do cavalo.
Incatarràre, **incatarríre**, v. intr. e pr. encatarrar-se.
Incatenacciàre, v. aferrolhar; trancar a porta.
Incatenaménto, s. m. acorrentamento: ação de travar os tijolos nos muros, etc.
Incatenàre, (pr. -éno) v. acorrentar, encadear; agrilhoar / ligar, juntar, unir, encadeamento; concatenação / sistema de entrelaçar; travar; prender; manietar / (refl.) encadear-se, enlaçar-se, prender-se.
Incatozolíre, (pr. -ísco, -ísci) v. intr. mirrar, secar, estiolar, enfezar.
Incatramàre, (pr. -àmo) alcatroar; brear.
Incatricchiàre, (pr. -íccio, -ícchi) v. emaranhar-se, desgrenhar-se.
Incattivíre, (pr. -ísco, -ísci) v. tornar mau / (p. p.) **incattivíto**, mau, pervertido.
Incautaménte, adv. incautamente.
Incauto, adj. incauto, imprudente, inconsiderado.
Incavalcàre, (pr. -àlco, -àlchi) v. acavalar, sobrepor-se.
Incavalcatúra, s. f. sobreposição de um ponto na malha / (med.) luxação.
Incavàre, (pr. -àvo) v. cavar, escavar; encavar.
Incavàto, p. p. e adj. encavado; cavado; escavado / cavo, fundo; **occhi incavati**.

Incavatúra, s. f. escavação; cavidade, oco.
Incavernàre, (pr. -èrno) v. encavernar, entrar na caverna / esconder-se, ocultar-se; encovar-se.
Incavicchiàre, (pr. -ícchio, -ícchi) v. cavilhar, encavilhar, ligar com cavilhas.
Incavicchiatúra, s. f. defeito do cavalo de ter as pernas muito próximas, parecendo que se tocam.
Incàvo, s. m. oco, cavidade / escavação / canal, sulco.
Incèdere, (pr. -èdo) v. andar com passo grave e solene; (s. m.) proceder majestoso.
Incelàre, (pr. incièlo) v. (lit.) pôr no céu, no paraíso / endeusar, embelezar.
Incelebràto, adj. não celebrado.
Incèndere, (ant.) v. acender, queimar / atormentar / induzir.
Incendiàre, (pr. -èndio, -èndi) v. incendiar, queimar / conflagrar.
Incendiàrio, (pl. -àri) adj. incendiário / (fig.) subversivo: discorso ——.
Incèndio, (pl. -èndi) s. m. incêndio; abrasamento / conflagração / ardor, fervor, paixão ardente.
Inceneràre, (pr. -ènero) v. encinzar, cobrir de cinza / queimar, abrasar.
Incenerire, (pr. -ísco, -ísci) v. incinerar, reduzir à cinza, queimar: il fulmine l'inceneri / (fig.) destruir, aniquilar.
Incensamênto, s. m. incensamento / (fig.) adulação: società di mútuo incensamento: sociedade dos que se elogiam mutuamente.
Incensàre, (pr. -ènso) v. tr. incensar / (fig.) adular, lisonjear.
Incensata, s. f. ato de incensar, incensamento; (fig.) lisonja, adulação aberta / (dim.) incensatína.
Incensatôre, adj. e s. m. (f. -trice) incensador / (fig.) adulador, bajulador.
Incensatúra, s. f. incensamento; bajulação.
Incensière, s. m. incensório; turíbulo; incensário.
Incènso, s. m. incenso / (fig.) louvor, adulação.
Incensuràbile, adj. incensurável, irrepreensível.
Incensuràto, adj. incensurado / (for.) com ficha penal limpa.
Incentivo, s. m. incentivo, estímulo; incitamento; tentação.
Inceppamênto, s. m. entrave / impedimento; obstáculo, embaraço, estorvo.
Inceppàre, (pr. -èppo) v. tr. encepar, pôr em cepo / (náut.) pôr o cepo de uma âncora perpendicularmente à haste / entravar, travar, embaraçar, estorvar a marcha de alguma coisa / (refl.) travar-se, deixar de funcionar.
Inceppatúra, s. f. entrave; impedimento.
Inceralaccàre, v. lacrar; fechar, selar com lacre.
Ineeràre, (pr. -èro) v. encerar; untar ou manchar de cera / engraxar.
Ineeràta, s. f. encerado; tela encerada; pano impermeabilizado.

Inceratíno, s. m. (dim.) carneira, tira de couro que guarnece os chapéus de homem por dentro, ao redor da aba.
Inceràto, s. m. encerado / (dim.) inceratíno.
Inceratôio, (pl. -ôi) s. m. bastão encerado para passar cera no tecido.
Inceratúra, s. f. enceradura, ato de encerar.
Incerchiàre, (pr. -êrchio, -êrchi) v. cercar, guarnecer de arcos tonéis, pipas, etc. / curvar em forma de arco.
Incerconire, (pr. -ísco) v. intr. acidificar-se, azedar-se o vinho.
Incerettàre, (pr. -ètto) v. passar pomada: —— i capelli.
Incertamênte, adv. incertamente, inseguramente.
Incertêzza, s. f. incerteza, dúvida, insegurança; hesitação, vacilação, irresolução.
Incèrto, adj. incerto, duvidoso, inseguro / inconstante: variável: **tempo** —— / irresoluto, vacilante, hesitante / **gli incerti del mestieri:** os azares do ofício.
Incespicàre, (pr. -èspico, -èspichi) v. intr. tropeçar / embasbacar-se: incespicàre nella lettura.
Incessàbile, adj. incessante, incessável.
Incessabilmênte, adv. incessantemente.
Incessànte, adj. incessante; contínuo, infinito, perpétuo.
Incessantemênte, adv. incessantemente, continuamente.
Incèsso, s. m. andadura, passo, proceder majestoso: incesso (des.).
Incestàre, v. tr. pôr no cesto, na canastra.
Incèsto, s. m. incesto.
Incestuôso, adj. incestuoso.
Incètta, s. f. açambarcamento / monopólio.
Incettàre, (pr. -ètto) v. tr. açambarcar, monopolizar.
Incettatôre, adj. e s. m. (f. -trice) açambarcador.
Inchiavardàre, (pr. -àrdo) v. cavilhar; encavilhar; fechar com cavilha.
Inchiavàre, v. fechar com chave.
Inchiêdere, (ant.) v. perguntar, inquirir.
Inchièsta, s. f. inquérito, investigação; indagação, devassa.
Inchinamênto, s. f. (p. us.) inclinação abaixamento / reverência.
Inchinàre, (pr. -íno) v. inclinar, reclinar, dobrar; abaixar: —— gli occhi / (refl.) inclinar-se, saudar, fazer reverência, reverenciar / (fig.) submeter-se; resignar-se; humilhar-se.
Inchinêvole, adj. inclinável; condescendente, dócil, propenso a tudo, disposto a ceder / servil.
Inchíno, s. m. inclinação; reverência, mesura, cortesia.
Inchiodàre, (pr. -òdo) v. pregar, encravar / parar, imobilizar; deter / (pron.) fixar; inchiodarsi in mente: fixar na memória; (fam.) endividar-se.
Inchiodatúra, s. f. pregadeira, encravadura.
Inchiostràre, (pr. -òstro) v. manchar de tinta / (tip.) passar tinta no cilindro da máquina de imprimir.

Inchiòstro, s. m. tinta (de escrever e de imprimir); ———— **di China**: tinta nanquim / **scrivare di buon** ————: escrever francamente.
Inciampàre, v. tropeçar / ———— **in uno**: topar, encontrar alguém casualmente.
Inciampàta, s. f. tropeço, tropeção / topada.
Inciampicare, v. tropicar, tropeçar amiúde.
Inciàmpo, s. m. tropeço, obstáculo, estorvo, dificuldade, embaraço.
Inciampône, s. m. (aum.) tropeção / erro, deslize.
Incidentàle, adj. incidental, incidente fortuito / acessório, secundário.
Incidentalmènte, adv. incidentalmente.
Incidènte, adj. incidente / (s. m.) caso, episódio secundário / (for.) incidente, questão, incidente; **sollevare un** ————: promover um incidente / disputa, questão, contenda, altercação.
Incidentemènte, adv. incidentemente.
Incidènza, s. m. incidência: **ângola d'** ———— / inclinação / digressão, incidente, coisa acessória; **per** ————: por casualidade, incidentalmente.
Incidíre, (pr. -ído) v. incidir, fazer uma incisão ou corte / cortar / gravar: ———— **metali** / entalhar / ———— **in legno** / ———— **dischi**: gravar discos / (fig.) ———— **in mente un ricordo**: gravar na mente uma lembrança.
Incielàre, (v. incelare).
Incignàre, v. (p. us.) começar, iniciar; usar pela primeira vez, estrear.
Incíle, s. m. sulco, sangradouro por onde se desvia a água de um lago, rio, etc.
Incimicíre, v. encher de percevejos.
Incimurríre, (pr. -ísco, -ísci) v. enfermar de mormo.
Incincignàre, (pr. -ígno) v. tr. enrugar, amarrotar, esfarrapar (pano, etc.).
Incinerazióne, s. f. incineração / cremação.
Incíngere, (pr. -íngo, -íngi) v. ficar grávida: *benedetta colei che in te s'incinse* (Dante) / (ant.) cingir, cercar.
Incínta, adj. grávida.
Incipiènte, adj. (lit.) incipiente.
Incipollatúra, s. f. esfoliação, rachadura da madeira.
Incipollíre, (pr. ísco, ísci) v. esfoliar-se, desfazer-se, desagregar-se a madeira.
Incipriàre, (pr. -íprio, -ípri) v. empoar, polvilhar de pó de arroz; (p. p.) **incipriàto**.
Inciprignire, (pr. -ísco, -ísci) v. exacerbar-se, irritar-se, piorar uma ferida, chaga, etc. / irritar, azedar / (p. p.) **inciprignito**: irritado.
Incírca, adv. cerca de / **all'incirca**: mais ou menos, pouco mais ou menos, ao redor de, quase.
Incirconciso, adj. incircunciso.
Incisióne, s. f. incisão, corte; incisura; **fare un'** ———— **col bisturi** / gravura; **arte dell'** ————: arte de gravar / lâmina, vinheta, estampa: **libro con molte incisioni** / ———— **su pietra**: litografia.

Incíso, p. p. inciso, cortado, **gravado** / (s. m.) (gram.) inciso, frase encravada noutra.
Incisôre, s. m. incisor, gravador.
Incisòrio, (pl. -òri) adj. incisório, cortante.
Incistàrsi, v. pr. fechar-se num invólucro (animais no período do desenvolvimento).
Incitamènto, s. m. incitamento; estímulo, instigação, incentivo, sugestão.
Incitàre, (pr. íncito e incíto) v. incitar; instigar; excitar; abalar; provocar; açular, desafiar.
Incitrullíre, (pr. -ísco, ísci) v. abobar-se, apatetar-se.
Inciuchíre, (pr. -ísco, -ísci) v. tornar-se ignorante, burrificar-se.
Inciuscheràre, (ant.) v. embriagar.
Incivettíre, (pr. -ísco, -ísci) v. tornar-se namoradeira, coquete.
Incivíle, adj. incivil, descortês, grosseiro, impolido / selvagem, bárbaro.
Incivillimènto, s. m. civilização.
Incivilíre, (pr. -ísco, ísci) v. civilizar / (refl.) **incivilírsi**, civilizar-se, afinar-se, educar-se.
Incivilmènte, adv. incivilmente, grosseiramente, descortesmente.
Inciviltà, s. f. incivilidade, descortesia, grosseria; barbárie.
Inclemènte, adj. inclemente, rigoroso, duro, inexorável / áspero, rigoroso.
Inclemènza, s. f. inclemência, inexorabilidade, rigidez / rigor, aspereza.
Inclinàre, v. inclinar, baixar: ———— **la testa** / ladear / dispor, propender, persuadir.
Inclinàto, p. p. e adj. inclinado / disposto, propenso / (fig.) **piano** ————: plano inclinado.
Inclinazióne, s. f. inclinação / (fig.) tendência, propensão natural para alguma coisa: **ha** ———— **per il bene**.
Inclíne, adj. (lit.) inclinado, propenso, disposto.
Inclinòmetro, s. m. inclinômetro.
Inclito, adj. (lit.) ínclito; egrégio, celebrado, ilustre.
Inclúdere, (pr. -úso) v. tr. incluir; fechar, encerrar, compreender, abranger / (cont.) escludere, excluir.
Inclusióne, s. f. inclusão, ato ou efeito de incluir / (min.) corpo estranho microscópico, existente em cristais bem definidos.
Inclusivamènte, adv. inclusivamente, inclusive.
Inclusivo, adj. inclusivo; que inclui, que abrange.
Inclúso, p. p. e adj. incluso; abrangido; encerrado; dentro, juntamente; anexo.
Incoàre, v. tr. (p. us.) incoar, começar, iniciar.
Incoativo, adj. (p. us.) incoativo; que começa, inicial / (gram.) diz-se de um verbo que exprime um princípio de ação ou ação progressiva.
Incoàto, p. p. e adj. (p. us.) incoado, principiado, começado, encaminhado.
Incoazióne, s. f. incoação, começo, início.

Incoccàre, (pr. -òcco, -òcchi) v. armar o arco, pôr a flecha / atar o fio na ponta do fuso / (pron.) gaguejar no falar.
Incocciàre, (pr. -òccio, -òcci) (mar.) enganchar, unir um gancho a um anel metálico / teimar, emperrar.
Incocciatura, s. f. enganchamento / (fig.) teima, obstinação.
Incodardíre, (pr. -ísco, ísci) v. intr. acovardar-se.
Incoercíbile, adj. incoercível / irreductível, irrefreável.
Incoercibilità, s. f. incoercibilidade; irredutibilidade.
Incoerènte, adj. incoerente; incongruente, contraditório, discorde.
Incoerenteménte, adv. incoerentemente.
Incoerènza, s. f. incoerência, incongruência.
Incògliare, (pr. -òlgo) v. advir, sobrevir, acontecer, suceder; **disobbedi, e mal gliene incolse**: desobedeceu, muito mal lhe resultou.
Incógnita, s. f. (mat.) incógnita / (fig. lit.) o desconhecido, o imprevisto.
Incògnito, adj. incógnito, desconhecido, ignoto.
Incoiàre, (pr. **incuòio**) v. encourar / endurecer-se, apergaminhar-se: **la tela s'è incoiata**.
ìncola, (ant.) adj. e s. m. habitante, morador; íncola (poét.).
Incolàto, s. m. (jur.) direito de morar em país estrangeiro.
Incollamênto, s. m. encolamento, ato ou efeito de encolar.
Incollàre, (pr. -òllo) v. colar, grudar com cola / passar uma camada de cola no papel ou no feltro / carregar algo no pescoço ou no ombro; trazer ao colo.
Incollatore, adj. e s. m. que ou quem cola.
Incollatúra, s. f. encolamento, ato de encolar / juntura do pescoço com os ombros / (esp.) a diferença da cabeça e do pescoço entre um cavalo e outro, no momento final da corrida.
Incollerìre, (pr. -ísco, -ísci) v. intr. e pr. encolerizar-se, enfurecer-se, irritar-se, zangar-se.
Incollerìto, p. p. e adj. encolerizado, irritado, zangado.
Incolonnamênto, s. m. formação em coluna: ——— **di truppe, numeri**, etc.
Incolonnàre, (pr. ônno) v. dispor ou formar em colunas as tropas, a composição tipográfica, os números, etc.
Incolonnatôre, adj. e s. m. (f. -trìce) que ou quem dispõe em coluna / tabulador, dispositivo da máquina de escrever para pôr em coluna os números.
Incolôre, e **incolôro**, adj. incolor / (fig.) sem brilho ou caráter: **stile** ———.
Incolpàbile, adj. inculpável, que se não pode culpar / (pop.) que não pode ser culpado.
Incolpabilità, s. f. inculpabilidade.
Incolpamênto, s. m. inculpação, ato ou efeito de inculpar.

Incolpàre, (pr. -ôlpo) v. tr. inculpar; incriminar, acusar / **incorpàrsi**: inculpar-se, culpar-se.
Incolpàto, p. p. e adj. inculpado, isento de culpa, inocente / (jur.) **incolpata tutela**: legítima (não culpável) defesa.
Incolpatôre, adj. e s. m. (f. -trìce) que ou quem inculpa; acusador.
Incolpazióne, s. f. inculpação, estado de uma pessoa inculpada.
Incolpèvole, adj. (p. us.) inculpável; inculpado.
Incoltêzza, s. f. (p. us.) incultura, ignorância, incivilidade, grosseria, rudeza.
Incôlto, adj. inculto, não cultivado: **terreno** ——— / descuidado, desadornado / ignorante, leigo / grosseiro, incível / (p. p.) sucedido, acontecido.
Incòlume, adj. incólume, ileso, são e salvo.
Incolumità, s. f. incolumidade.
Incombènte, adj. incumbente / impendente; ameaçador, iminente: **il pericolo** ——— / (jur.) requisito.
Incombènza, s. f. incumbência, obrigação, encargo.
Incombenzàre, v. (neol.) incumbir, encarregar.
Incômbere, v. intr. impender, estar impendente, prestes a cair ou a acontecer / **nube che incombe** / corresponder, caber, incumbir.
Incombustíbile, adj. incombustível.
Incombustibilità, s. f. incombustibilidade.
Incombústo, adj. (p. us.) incombusto, não-queimado.
Incominciamênto, s. m. princípio, começo.
Incominciàre, (pr. -íncio, -ínci) v. tr. começar, principiar, iniciar.
Incominciàta, s. f. princípio, estréia.
Incommensuràbile, adj. incomensurável / imenso.
Incommensurabilità, adj. incomensurabilidade.
Incommensurabilmênte, adv. incomensuravelmente.
Incommerciàbile, adj. (p. us.) inegociável, que se não pode negociar.
Incòmmodo, (v. **incomodo**) s. m. incômodo.
Incommutàbile, adj. incomutável.
Incommutabilità, s. f. incomutabilidade.
Incomodàre, (pr. -òmodo) v. incomodar, molestar, importunar, estorvar, embaraçar / inquietar.
Incomodàto, p. p. e adj. incomodado, importunado, molestado / indisposto.
Incomodità, s. f. incomodidade; estorvo, embaraço / moléstia, indisposição.
Incòmodo, adj. incômodo, molesto; embaraçoso, importuno / (s. m.) moléstia, incômodo; estorvo; **scusi l'incomodo**: desculpe a amolação.
Incomparàbile, adj. incomparável, sem par; único.
Incompatíbile, adj. incompatível, insuportável, antipático, repugnante, discorde, contrário, contraditório.
Incompatibilità, s. f. incompatibilidade.
Incompàtto, adj. (p. us.) não-compacto.

Incompenetràbile, adj. impenetrável (fís.).
Incompenetrabilità, s. f. (fís.) impenetrabilidade.
Imcompensàbile, adj. (p. us.) imcompensável, que se não pode compensar; impagável.
Incompetènte, adj. incompetente.
Incompetentemènte, adv. incompetentemente.
Incompetènza, s. f. incompetência / (fig.) incapacidade.
Incompiànto, adj. (lit.) não chorado, sem lágrimas.
Incompiutêzza, s. f. imperfeição de coisa não acabada.
Incompiúto, adj. inacabado; incompleto, imperfeito.
Incomplèto, adj. incompleto, inacabado, imperfeito.
Incomportàbile, adj. incomportável, insuportável, insofrível intolerável.
Incomportabilità, s. f. incomportabilidade, insuportabilidade.
Incompostêzza, s. f. descompostura, falta de compostura, desalinho, desarranjo.
Incompòsto, adj. desarranjado, descomposto, desordenado; sem resguardo no vestir.
Incomprensíbile, adj. incompreensível: que se não pode compreender, decifrar ou explicar.
Incomprensibilità, s. f. incompreensibilidade.
Incomprêso, adj. incompreendido.
Incomputàbile, adj. (p. us.) incomputável, incalculável.
Incomunicàbile, adj. incomunicável / (for.) beni incomunicabili.
Incomunicabilità, s. f. incomunicabilidade.
Inconcàre, (pr. -ônco, -ônchi) v. tr. pôr (líquidos) num recipiente.
Inconcatúra, s. f. ato de pôr (líquidos) num recipiente.
Inconcepíbile, adj. inconcebível; incrível.
Inconcepibilità, s. f. o que é inconcebível, incompreensível.
Inconcèsso, adj. inconcesso, que não é concedido: que é proibido.
Inconciliàbile, adj. inconciliável, incompatível.
Inconciliabilità, s. f. inconciliabilidade.
Inconcludènte, adj. inconcludente; ilógico.
Inconcludènza, s. f. ilogicidade; vacuidade, inconsistência, inutilidade de uma discussão, etc.
Inconclúso, adj. não concluído; inacabado.
Inconcússo, adj. (lit.) inconcusso, inabalável, firme / incontestável.
Incondizionatamènte, adv. incondicionadamente.
Incondizionàto, adj. incondicionado.
Inconfessàbile, adj. inconfessável; repreensível; condenável.
Inconfessàto, inconfèsso, adj. inconfessado, inconfesso, que se não confessou.
Inconfutàbile, adj. inconfutável, irrefutável.
Inconfutabilmènte, adv. inconfutavelmente.
Inconfutàto, adj. inconfutado, não refutado.
Incongiungíbile, adj. inconjungível, impossível de juntar; incompatível.
Incongruènte, adj. incongruente; incoerente; inoportuno.
Incongruènza, s. f. incongruência, incoerência.
Incongruità, s. f. incongruidade, incongruência.
Incòngruo, adj. incôngruo, incongruente.
Inconocchiàre, (pr. -òcchio, -òcchi) v. tr. pôr a estriba na roca para fiar.
Inconoscíbile, adj. incognoscível / (s. m.) (filos.) inconoscível.
Inconoscibilità, s. f. qualidade de incognoscível.
Inconsapêvole, adj. ignaro, insciente, ignorante de alguma coisa.
Inconsapevolêzza, s. f. insciência, ignorância / inocência.
Inconsapevolmènte, adv. incientemente; inconscientemente.
Inconsciamènte, adv. inconsciamente, inconscientemente.
Incònscio, (pl. -ònsci) adj. incônscio, inconsciente.
Inconseguènte, adj. inconseqüente; contraditório.
Inconseguenza, s. f. inconseqüência; contradição, ilogicidade, absurdo, incoerência.
Inconsideràbile, adj. que não merece consideração.
Inconsideratamènte, adv. inconsideradamente, irrefletidamente, imprudentemente.
Inconsideratêzza, s. f. inconsideração, irreflexão.
Inconsideràto, adj. inconsiderado, irrefletido, imprudente.
Inconsiderazióne, s. f. inconsideração, irreflexão, leviandade, precipitação.
Inconsistènte, adj. inconsistente; que carece de firmeza.
Inconsistènza, s. f. inconsistência.
Inconsolàbile, adj. inconsolável.
Inconsolabilmènte, adv. inconsolavelmente.
Inconsolàto, adj. inconsolado; desconsolado; triste.
Inconsuèto, adj. insueto, insólito, inusitado; incomum, extraordinário.
Inconsultamènte, adv. inconsideradamente.
Inconsúlto, adj. inconsulto; imprudente, temerário.
Inconsumàbile, adj. inconsumável; duradouro, eterno; inexgotável.
Inconsumàto, adj. não consumido nem exgotado.
Inconsúnto, adj. inconsumpto, que não foi consumido; que não foi destruído: i'inconsulta fiaccola.
Inconsútile, adj. inconsútil, que não tem costuras; inteiriço, de uma só peça.
Incontaminàbile, adj. incorruptível.
Incontaminatêzza, s. f. incorruptilidade; pureza; castidade.
Incontaminàto, adj. incontaminado puro.
Incontanènte, adv. incontinenti, imediatamente, logo; no mesmo instante.

Incontentàbile, adj. incontentável, insaciável, exigente, nunca satisfeito.
Incontentabilità, s. f. insaciabilidade.
Incontentabilmênte, adv. insaciavelmente, indiscretamente.
Incontestàbile, adj. incontestável, certo, seguro.
Incontestabilità, s. f. incontestabilidade.
Incontestàto, adj. incontestado, inconteste.
Incontinènte, adj. incontinente, que não é casto: imoderado, licenciado, dissoluto.
Incontinènza, s. f. incontinência; lascívia / (med.) incontinência: ―――― **di orina.**
Incôntra (ant.) adv. contra.
Incontràre, (pr. -ôntro) v. tr. encontrar; topar com; ir de encontro a; deparar, descobrir; achar / agradar, satisfazer, encontrar aceitação ou favor: **quella commedia non ha incontrato** / (pr.) encontrar-se na rua, etc.; chocar-se; embater.
Incontrastàbile, adj. incontrastável; irrefutável, irrespondível, irresistível.
Incontrastàto, adj. incontrastado / unânime: **un trionfo** ――――.
Incôntro, prep. contra: **veniva a noi** / **andare** ―――― : ir ao encontro de / em frente; ―――― **alla nostra casa:** defronte à nossa casa / **all'** ―――― : ao contrário / (s. m.) encontro; ato de encontrar; ocasião, conjuntura; choque; reencontro; briga, disputa / favor, boa acolhida, boa aceitação: **quel romanzo ha avuto molto** ――――.
Incontrovèrso, adj. incontroverso; incontestável; inconcusso.
Incontrovertíbile, adj. incontrovertível, indiscutível.
Inconvenèvole, adj. inconveniente; que não convém; impróprio.
Inconveniènte, adj. inconveniente / (s. m.) desvantagem, obstáculo, impedimento; contratempo.
Inconveniènza, s. f. inconveniência; incongruência.
Inconversàbile, adj. inconversável; intratável.
Inconvertíbile, adj. inconvertível: **titolo** ――――.
Inconvertibilità, s. f. inconversibilidade.
Inconvincíbile, adj. inconvencível, que não se pode convencer.
Incoraggiamênto, s. m. encorajamento, incentivo, estímulo.
Incoraggiàre, (pr. -àggio, -àggi) v. encorajar, alentar, animar, estimular, incitar, infundir valor.
Incoraggiatôre, adj. e s. m. (f. -trice) encorajador.
Incoraggíre, (pr. -ísco, -ísci) v. intr. encorajar.
Incoràre, (pr. -uòro) v. alentar, animar, encorajar.
Incordamênto, s. m. encordoação, encordoamento.
Incordàre, (pr. -òrdo) v. tr. encordoar, pôr cordas num instr. musical / amarrar, ligar com cordas / (refl.) intumescer os músculos.

Incordatúra, s. f. encordoação, ato ou efeito de encordoar / contração e intumescimento dos músculos por reumatismos, etc.
Incordaziône, s. f. encordoação.
Incornàre, (p. us.) v. tr. escornar, marrar, dar marradas com os cornos; ferir com os cornos / agarrar pelos cornos.
Incorniciàre, (pr. -ício, -íci) v. tr. emoldurar, pôr em moldura (uma pintura, um retrato, etc.) / orlar, contornar, rodear: **viso incorniciato da riccioli** / (tip.) contornar o frontispício ou as páginas de um livro com uma cornija.
Incorniciatúra, s. f. orla, orladura, moldura, cornija / ato de emoldurar, emolduramento.
Incoronamênto, s. m. coroação, coroamento.
Incoronàre, (pr. -ôno) v. tr. coroar, pôr coroa em; cingir com coroa / encimar / rematar / premiar / (pr.) coroar-se.
Incoronàto, p. p. e adj. coroado.
Incoronaziône, s. f. coroação, coroamento.
Incorporàbile, adj. incorporável.
Incorporale, adj. incorporal, incorpóreo, imaterial; espiritual.
Incorporalmênte, adv. incorporalmente.
Incorporamênto, s. m. incorporação.
Incorporàre, (pr. -òrporo) v. incorporar; misturar duas ou mais substâncias / anexar: ―――― **due paesi** / (refl.) incorporar-se.
Incorporaziône, s. f. incorporação; união; mistura / anexação.
Incorporeità, s. f. incorporeidade.
Incorpòreo, adj. incorpóreo, imaterial / espiritual.
Incòrre, v. intr. (sin. de **incogliere**) sobrevir, suceder.
Incorreggíbile, adj. incorrigível.
Incorreggibilità, s. f. incorrigibilidade.
Incorreggibilmênte, adv. incorrigivelmente.
Incorrentàre, v. barrotear, barrotar, colocar barrotes nos vigamentos dos telhados, etc.
Incòrrere, (pr. -òrro) v. intr. incorrer em, cometer, incidir em, cair em: ―――― **in colpa, in errore.**
Incorrôtto, adj. imaculado.
Incorruttíbile, adj. incorruptível, incorrutível; íntegro, justiceiro.
Incorruttibilità, s. f. incorruptibilidade; integridade; austeridade.
Incorruziône, s. f. (p. us.) incorrupção / pureza; integridade.
Incorsatôio, (pl. -ôi) s. m. junteira, plaina pequena para abrir juntas à beira das tábuas.
Incôrso, p. p. e adj. incurso.
Incortinàre, (pr. -íno) v. tr. cortinar, armar com cortinas.
Incosciènte, adj. inconsciente / (s. m.) **l'inconsciente:** o inconsciente.
Incosciènza, s. f. inconsciência.
Incostànte, adj. inconstante, mudável, variável; volúvel.
Incostantemênte, adv. inconstantemente / esporadicamente.

Incostànza, s. f. inconstância; instabilidade; mudança, variabilidade, volubilidade.
Incostituzionàle, adj. inconstitucional.
Incostituzionalità, s. f. inconstitucionalidade.
Inconstituzionalmènte, adv. inconstitucionalmente.
Incòtto, p. p. e adj. não cozido, cru; cozido ligeiramente / (s. m.) mancha na pele.
Increànza, s. f. grosseria, descortesia.
Increàto, adj. (lit.) incriado, que não foi criado: sapienza increata, sabedoria incriada: Deus.
Incredíbile, adj. incrível / absurdo, fantástico; inverossímil.
Incredibilità, s. f. incredibilidade.
Incredibilmènte, adv. incrivelmente.
Incredulità, s. f. incredulidade / ceticismo.
Incrèdulo, adj. incrédulo / ateu; hereje / céptico.
Incrementàre, (pr. -ènto) v. tr. incrementar, aumentar, dar incremento, fomentar.
Incremènto, s. m. incremento / aumento; fomento; desenvolvimento.
Incrèscere, (pr. -èsco, -èsci) v. intr. sentir, desagradar, doer-se, afligir-se / ter dó, compadecer-se de.
Increscévole, increscióso, adj. desagradável, molesto, desgostoso, aborrecido: un incarico ——— / lamentável: un succèsso ———.
Increspamènto, s. m. encrespamento, enrugamento.
Increspàre, v. encrespar, tornar crespo; enrugar; dobrar; frisar / franzir / agitar, encarneirar (o mar).
Increspatóre, s. m. encrespador da máquina de cozer.
Increspatúra, s. f. encrespação.
Incretinire, (pr. -isco, -isci) v. cretinizar; idiotizar / (intr. e refl.) cretinizar-se.
Incriminàbile, adj. incriminável; imputável.
Incriminàre, (pr. -imino) v. incriminar, acusar, imputar, culpar.
Incriminazióne, s. f. incriminação.
Incrinàre, (pr. -íno) v. gretar, rachar ligeiramente; romper, fender.
Incrinatúra, s. f. greta, fenda, rachadura.
Incrisalidàre, (pr. -àlido) converter-se o inseto em crisálida.
Incriticàbile, adj. incriticável; incensurável.
Incrociamènto, s. m. cruzamento.
Incrociàre, (pr. -òcio, -òci) v. cruzar / ——— le braccia: cruzar os braços; (fig.) ficar sem fazer nada / in fuochi: cruzar os tiros / ——— le spade: bater-se em duelo / ——— le razze: cruzar as raças / atravessar, cortar; ——— una via altra via: cruzar, uma rua, outra rua / (refl.) cruzar-se.
Incrociàto, p. p. e adj. cruzado, encruzado; atravessado; cortado / punto ———: ponto cruzado / parole incrociate: palavras cruzadas.
Incrociatóre, s. m. (mar.) cruzador.
Incrociatúra, s. f. cruzamento.
Incrocicchiàre, (pr. -icchio, -icchi) v. cruzar coisas pequenas; encruzilhar; entrelaçar.

Incrócio, (pl. -óci) s. m. cruzamento / acasalamento de animais diferentes.
Incrodàre, (alp.) v. ficar imobilizado na rocha.
Incrollàbile, adj. firme, imóvel, inabalável / (fig.) inquebrantável; fede ———: fé inabalável.
Incrostamènto, s. m. incrostatúra (s. f.) incrustação / depósito calcário nas caldeiras de vapor / embutido metálico para adorno: un mobile con incrostamenti di bronzo.
Incrudelimènto, s. m. crueldade, sanha.
Incrudelire, (pr. -isco, -isci) v. encrudelecer, tornar-se cruel; irritar-se, assanhar-se; enfurecer-se.
Incrudire, (pr. -isco, -isci) v. encruar, tornar cru; fazer endurecer; ——— i legumi: encruar, endurecer os legumes / ——— il tempo: esfriar o tempo / ——— le ferite: irritarem-se as feridas / ——— i metalli: enrijar-se os metais.
Incruènto, adj. incruento.
Incrunàre, v. enfiar a agulha.
Incrunatúra, s. f. marca da agulha no pano.
Incruscàre, (pr. -úsco, -úschi) v. enfarelar, cobrir ou encher de farelo / (refl. lit.) escrever com pedantismo, como é do agrado dos puristas e dos Acadêmicos da "Crusca".
Incubatríce, adj. incubadora / estufa de incubação.
Incubazióne, s. f. incubação.
Íncubo, s. m. íncubo, pesadelo / (fig.) inquietação, apreensão.
Incúdine, s. f. bigorna / essere tra l'incudine e il martello: estar entre a espada e a parede.
Inculcàre, (pr. -úlco, -úlchi) v. inculcar; infundir, repisar; fazer penetrar (no espírito) à força de repetir, aconselhar, recomendar.
Incúlto, adj. inculto: campo ———: campo descuidado / ignorante, rude, incivel: uomo ——— / (ant.) sem culto religioso.
Incunàbolo, e incunàbulo, s. m. incunábulo, impresso do século XV.
Incuneàre, (pr. úneo) v. acunhar, pôr cunhas; penetrar: incunearsi un terreno in un altro.
Incuòcere, (pr. -uòcio) v. cozer ligeiramente / queimar (por geada, frio, etc.) as árvores / azedar-se a salada condimentada.
Incuoiàre, (v. incoiare) v. encourar.
Incuoràre, (v. incorare) v. encorajar.
Incupíre, v. escurecer, obscurecer, tornar escuro; sombrear / (intr. e refl.) escurecer-se, sombrear-se o tempo; nubrar-se (o céu) / ficar triste, sombrio, mal-humorado.
Incuràbile, adj. incurável / incorrigível: vizio ———.
Incurabilità, s. f. incurabilidade.
Incurànte, adj. descuidado, negligente, indiferente, apático.
Incúria, s. f. incúria, descuido, negligência, desleixo, abandono.
Incurióso, adj. (p. us.) incurioso, falto de curiosidade / indolente, negligente; indiferente.
Incursióne, s. f. incursão, invasão militar; correria hostil; invasão.

Incurvàbile, adj. que não se pode ou não se deve curvar.
Incurvaménto, s. m. encurvamento; arqueamento.
Incurvàre, v. curvar, encurvar; arquear.
Incurvatúra, s. f. curvatura.
Incurvazióne, s. f. curvatura / arqueação.
Incurvíre, (pr. -ísco, -ísci) v. ficar curvo, tornar-se curvo (a pessoa, por velhice ou doença).
Incúrvo, adj. (lit.) curvo.
Incúsa, adj. incuso, cunhado numa só face (moeda, medalha, etc.).
Incússo, p. p. imposto, infundido, causado: mi ha —— paura.
Incustodíto, adj. não custodiado; sem guarda, indefeso.
Incútere, (pr. -úto) v. tr. incutir, insinuar; infundir no ânimo de; suprir, inspirar.
Indaco, (pl. índachi) s. m. índigo, anil.
Indaffaràto, indaffaríto, adj. atarefado, azafamado, cheio de trabalhos, de afazeres, etc.
Indagaménto, s. m. indagação, investigação, pesquisa.
Indagàre, (pr. -àgo, -àghi) v. indagar, procurar saber: fazer por descobrir; investigar; esquadrinhar; pesquisar: averiguar, buscar.
Indagatóre, adj. e s. m. (f. -tríce) indagador.
Indàgine, s. f. indagação, investigação, devassa, pesquisa.
Indanaiàre, v. salpicar de manchas / (p. p.) **indanaiàto**, manchado, maculado, salpicado.
Indàrno, adv. em vão; sem proveito.
Indebitaménte, adv. indevidamente, injustamente.
Indebitaménto, s. m. constituição de dívidas.
Indebitàre, (pr. -èbito) v. endividar / (refl.) endividar-se, contrair dívidas.
Indèbito, adj. indevido; injusto, imerecido / ilícito.
Indeboliménto, s. m. enfraquecimento, debilitação / esgotamento.
Indebolíre, (pr. -ísco, -ísci) v. debilitar, enfraquecer / (p. p.) **indebolíto**: debilitado.
Indecènte, adj. indecente / vergonhoso, impudico, indecoroso, obsceno; despudorado.
Indecènza, s. f. indecência; impudor.
Indecifràbile, adj. indecifrável, ilegível.
Indecisióne, s. f. indecisão; hesitação; perplexidade; vacilação.
Indecíso, adj. indeciso; pendente, incerto, duvidoso; irresoluto, indeterminado.
Indeclinàbile, adj. (gram.) indeclinável / imutável, irrevogável, imprescindível.
Indeclinabilità, s. f. indeclinabilidade.
Indeclinabilménte, adv. indeclinavelmente; invariavelmente.
Indecomponíbile, adj. indecomponível / indivisível, inseparável.
Indecompósto, adj. indecomposto; não corrupto.
Indecoróso, adj. indecoroso, indecente, inconveniente; indigno.
Indefatigàbile, adj. (p. us.) incansável, infatigável.

Indefessaménte, adv. indefesamente, assiduamente, infatigavelmente, incansavelmente.
Indefèsso, adj. indefesso, incansável, assíduo; pontual, infatigável.
Indefettíbile, adj. indefectível.
Indefettibilità, s. f. indefectibilidade.
Indeficiènte, adj. indeficiente, contínuo, perene, inesgotável.
Indeficiènza, s. f. continuidade; perenidade, perpetuidade.
Indefiníbile, adj. indefinível; indizível, inefável.
Indefinibilità, s. f. indefinibilidade.
Indefinitaménte, adv. indefinidamente; indeterminadamente.
Indefinitézza, s. f. (p. us.) indefinição, indeterminação.
Indefiníto, adj. indefinido, ilimitado, indeterminado; genérico.
Indegnaménte, adv. indignamente / imerecidamente; iniquamente.
Indegnità, s. f. indignidade / ação indigna; iniqüidade.
Indégno, adj. indigno; imeritório, incapaz / desprezível; infame, ruim, vil.
Indeiscènte, adj. indeiscente.
Indeiscènza, s. f. (bot.) indeiscência.
Indelèbile, adj. indelével / (fig.) durável.
Indelebilménte, adv. indelevelmente.
Indeliberàto, adj. indeliberado; impensado, involuntário.
Indelicataménte, adv. indelicadamente.
Indelicatézza, s. f. indelicadeza, descortesia.
Indelicàto, adj. indelicado, descortês, grosseiro; inconveniente.
Indemaniàre, (pr. -ànio, -àni) v. tr. incorporar bens ao erário; confiscar.
Indemoniàrsi, v. endiabrar-se, enfurecer-se.
Indemoniàto, p. p. e adj. endemoninhado, endiabrado; possesso; furioso, louco.
Indènne, adj. (for.) indene, isento de danos e prejuízos.
Indennità, s. f. indenização, ressarcimento de gastos e prejuízos.
Indennizzàre, v. indenizar, ressarcir gastos ou prejuízos.
Indennizzazióne, s. f. indenização.
Indennízzo, s. m. indenização.
Indentàre, v. endentecer, começar a ter dentes, pôr os dentes (as crianças); endentar, travar os dentes (de uma roda) com os de outra; engranzar, encaixar.
Indentatúra, s. f. endentação / endentação de engrenagem, etc.
Indentràrsi, v. endentar-se; penetrar.
Indeprecàbile, adj. inexorável, fatal, inevitável, inelutável.
Inderogàbile, adj. que não se pode derrogar.
Indescrivíbile, adj. indescritível; indizível, inexpressável.
Indeterminàbile, adj. indeterminável.
Indeterminataménte, adv. indeterminadamente.
Indeterminatézza, s. f. indeterminação.
Indettàre, (pr. -étto) v. sugerir, soprar a alguém o que deve dizer ou fazer / adestrar, amestrar, ensinar / (refl.) acordar-se, combinar entre si.

Indettatúra, s. f. sugestão, sugerimento, sopro, insinuação, combinação.
Indètto, p. p. e adj. convocado; notificado, intimado: **fu indetta una riunione per domani**.
Indevòto, adj. indevoto; irreligioso.
Indevozióne, s. f. indevoção, falta de devoção, impiedade.
índi, adv. lit. de lá, daquele lugar, daí / depois, em seguida, logo: **indi s'ascose** (Dante).
índia, s. f. (geogr.) índia; **fico d'India**: figueira-da-índia, nopal; **canna d'índia**: bambu, junco, etc.; **noce d'índia**: coco / **porcellino d'índia**: porquinho-da-índia, cobaia.
Indiademàre, (pr. -èmo) v. cingir de diadema; coroar.
Indiamantàre, v. adornar com diamantes.
Indiàna, s. f. indiana (tela).
Indianismo, s. m. indianismo.
Indianísta, s. m. (pl. -ísti) indianista.
Indiàno, adj. e s. m. indiano, da índia; índio, indiano, natural ou habitante da índia.
Indiàre, (pr. -ío) v. endeusar, deificar, divinizar / exaltar.
Indiazióne, s. f. (p. us.) apoteose.
Indiavolàre, (pr. -àvolo) v. fazer grande algazarra, alvoroçar / (refl.) endiabrar-se, irritar-se, enfurecer-se.
Indiavolàto, adj. endiabrado / (fig.) impetuoso, difícil, terrível, grande, horrível: **fa un caldo ——— / ha un carattere ———**.
Indicàre, (pr. índico, índichi) v. indicar, apontar com o dedo; dar a conhecer, demonstrar; enunciar; mencionar, aconselhar; mostrar a conveniência de, aplicar; designar: aconselhar.
Indicativo, adj. indicativo / (gram.) **modo ———**.
Indicàto, p. p. e adj. indicado, assinalado, apontado; designado / apto: **cibo ——— por i bambini**.
Indicatóre, adj. e s. m. (f. -tríce) indicador.
Indicazióne, s. f. indicação; sinal.
índice, s. m. índice, index; indicador / (dedo) / catálogo; lista, tabela; relação alfabética / agulha, objeto móvel que fornece indicações / (ecles.) lista de livros condenados pela Igreja.
Indícere, v. tr. (ant.) convocar.
Indicíbile, adj. indizível, indescritível; inefável.
Indicibilmènte, adv. indizivelmente, inefavelmente.
índico, (pl. **indichi**) adj. índico, indiano, índio.
In Diebus Illis, loc. lat. em tempos distantes.
Indietreggiàre, (pr. -èggio, -èggi) v. retroceder, recuar.
Indiètro, adv. atrás / **all'indietro**: para trás / **dare all'indietro**: recuar / **rimanere ———**: atrasar-se / **cadere all'indietro**: cair de costas / lasciare **——— una cosa**: descuidar de uma coisa / **non andare nè avanti nè ———**: não sair do lugar; **tornare ———**: voltar, regressar / **dare ———**: recuar, retirar-se; restituir, devolver; rechaçar.

Indifendíbile, adj. indefensível, indefensável.
Indifferènte, adj. indiferente; despreocupado; apático, impassível; desapaixonado.
Indiferíbile, adj. indeferível, impreterível, improrrogável.
Indiféso, adj. indefeso; inerme, desarmado.
Indígeno, adj. e s. m. indígeno / os naturais de um país / autoctóne, aborígine / nativo, indígena.
Indigènte, adj. indigente, pobre, miserável.
Indigènza, s. f. indigência, pobreza, miséria.
Indigeríbile, adj. indigerível, indigestível / aborrecido, insuportável: **persona, discorso ———**.
Indigestamênte, adv. indigestamente.
Indigestióne, s. f. indigestão.
Indigèsto, adj. indigesto / (fig.) enfadonho, aborrecido, pesado / confuso, desordenado.
Indígete, adj. e s. m. indígete, homem divinizado; herói.
Indignàre, v. indignar, excitar por indignação, irritar / (refl.) indignar-se.
Indignàto, p. p. e adj. indignado.
Indignazióne, s. f. indignação, ira.
Indigotína, s. f. indigotina, princípio corante do anil.
Indiligènte, adj. (p. us.) indiligente, que não é diligente; desleixado.
Indimenticàbile, adj. inesquecível, inolvidável.
Indimenticabilmênte, adv. inesquecivelmente.
Indimostrábile, adj. indemonstrável.
Indimostrabilità, s. f. indemonstrabilidade.
Indio, s. m. (quím.) índio, indium.
Indipendènte, adj. independente / livre, autônomo.
Indipendentemênte, adv. independentemente.
Indipendènza, s. f. independência.
Indíre, (pr. -íco) v. convocar; informar; publicar: **indire un concorso** / intimar, notificar.
Indirettamênte, adv. indiretamente.
Indirètto, adj. indireto / sinuoso, simulado, oblíquo.
Indirizzamênto, s. m. encaminhamento.
Indirizzàre, v. endereçar, encaminhar, dirigir alguém por um caminho; encaminhar, guiar / mandar, enviar / dirigir, dedicar / **——— una lettera**: enviar uma carta / adestrar, educar / (refl.) dirigir-se / acudir, recorrer; **indirizzarsi a uno per auito**.
Indirizzario, s. m. fichário de endereços.
Indirízzo, s. m. endereço; direção, norma, guia, regra, encaminhamento: **dare nuovo ——— alla scuola**: encaminhar o ensino com novos critérios ou com diferente rumo / **l'indirizzo d'una lettera**: o endereço de uma carta / **presentare un ——— di felicitazion**: enviar uma mensagem de felicitação.
Indiscernibile, adj. indiscernível, que não se pode discernir.
Indisciplina, s. f. indisciplina.
Indisciplinábile, adj. indisciplinável; rebelde, incorrigível.

Indisciplinatamênte, adv. indisciplinadamente.
Indisciplinatêzza, s. f. indisciplina habitual.
Indisciplinàto, adj. indisciplinado; indócil; insubordinado; rebelde.
Indiscretamênte, adv. indiscretamente, importunamente.
Indiscretêzza, s. f. indiscrição, importunidade.
Indiscrêto, adj. indiscreto, importuno.
Indiscreziône, s. f. indiscrição / importunidade; curiosidade.
Indiscrimìnàto, adj. indiscriminado / misturado.
Indiscússo, adj. indiscutido; incontestável, certo.
Indiscutíbile, adj. indiscutível; que não merece discussão; incontestável.
Indispensàbile, adj. indispensável; necessário, imprescindível.
Indispensabilità, s. f. indispensabilidade; necessidade.
Indispensabilmênte, adv. indispensavelmente.
Indispettíre, (pr. -ísco, -ísci) v. enfadar, despeitar, irritar, aborrecer.
Indispòrre, (pr. -òngo, -òni, -ônc) v. tr. indispor, desgostar, enfadar, aborrecer, enfastiar, incomodar.
Indisposiziône, s. f. indisposição / enfermidade leve.
Indispôsto, p. p. e adj. indisposto.
Indisputàbile, adj. indisputável; indiscutível, certo.
Indissolúbile, adj. indissolúvel.
Indissolubilità, s. f. indissolubilidade.
Indissolubilmênte, adv. indissoluvelmente.
Indistinguíbile, adj. indistinguível.
Indistintamênte, adv. indistintamente.
Indistínto, adj. indistinto; confuso; indeterminado, vago / **indistinziône** (s. f.) indistinção, confusão.
Indistruttíbile, adj. indestrutível.
Indistruttibilità, s. f. indestrutibilidade.
Indívia, s. f. endívia, chicória.
Individuàle, adj. individual; pessoal, particular.
Individualismo, s. m. individualismo.
Individualísta, adj. individualista.
Individualístico, (pl. -ístici) adj. individualista.
Individualità, s. f. individualidade; personalidade.
Individualizzàre, v. tr. individualizar; caracterizar; particularizar; distinguir.
Individualmênte, adv. individualmente; singularmente.
Individuàre, (pr. -íduo) v. tr. individuar, individualizar; distinguir, especificar.
Individuaziône, s. f. individuação, caracterização.
Indivíduo, adj. indivíduo, indiviso; (s. m.) exemplar; pessoa, indivíduo; sujeito (fam.).
Indivisíbile, adj. indivisível; inseparável.
Indivisibilità, s. f. indivisibilidade.
Indivisibilmênte, adv. indivisivelmente.
Indiviso, adj. indiviso, não dividido.
Indiziàre, (pr. -ízio, -ízi) v. tr. indicar, apresentar indícios ou suspeitas / (p. p.) **indiziàto**, indiciado.

Indiziàrio, (pl. -àri) adj. (for.) indiciário.
Indízio, (pl. -ízi) s. m. indício; sinal, vestígio; indicação; sintoma; desígnio, prognóstico.
Indiziône, s. f. (hist.) indicção; convocação de assembléia eclesiástica para dia certo; preceito, prescrição.
Indòcile, adj. indócil; indomável; incorrigível, rebelde, indisciplinado.
Indocilíre, v. tr. docilizar, tornar dócil / (refl.) indocilirsi, fazer-se dócil.
Indocilità, s. f. indocilidade.
Indoeuropèo, adj. indo-europeu.
Indogermànico, adj. indo-germânico.
Ìndole, s. f. índole / disposição natural / caráter, natureza, gênio; temperamento; inclinação.
Indolcíre, (pr. -ísco, -ísci) v. tr. dulcificar, tornar doce / mitigar, suavizar; —— il carattere: abrandar o gênio.
Indolente, adj. indolente, preguiçoso, vadio; apático.
Indolentemênte, adv. indolentemente.
Indolènza, s. f. indolência, preguiça, desídia, inércia.
Indolenzimênto, s. m. dor causada por entorpecimento ou outra causa.
Indolenzíre, (pr. -ísco, -ísci) v. intr. entorpecer ou intumescer os músculos.
Indolenzíto, p. p. e adj. entorpecido, intumescido; dorido.
Indolimênto, s. m. dor leve.
Indomàbile, adj. indomável, indócil.
Indomàni, s. m. amanhã, o dia seguinte.
Indomàto, adj. indomado; insubmisso; indômito.
Indomenicàto, adj. vestido com o melhor fato; endomingado (bras. e port.).
Indòmito, adj. indômito, indomado; audaz.
Indòmo, adj. poét. indomado.
Indonnàrsi, (ant.) v. pr. senhorear-se, tornar-se senhor / tornar-se feminino um nome, etc.
Indoramênto, s. m. douramento, douradura, ato de dourar.
Indoràre, (pr. -òro) v. dourar / molhar no ovo batido alguma coisa que se quer frigir / —— la pillola: dourar a pípula / (fig.) paliar, atenuar uma má notícia.
Indoràto, p. p. e adj. dourado.
Indoratôre, adj. e s. m. (f. -tríce) dourador.
Indoratúra, s. f. douradura, douramento, ato e efeito de dourar.
Indossàre, (pr. -òsso) v. tr. vestir, enfiar, pôr sobre si o traje.
Indossàta, s. f. prova do traje.
Indossatríce, s. f. modelo (manequim) nas casas de moda.
Indòsso, adv. em cima, sobre si: **portare —— molti gioielli**.
Indostànico, adj. e s. m. industânico.
Indotàre, (ant.) v. dotar.
Indotàto, (ant.) p. p. e adj. dotado, beneficiado / sem dote.
Indòtto, adj. (p. us.) indouto, inculto.
Indótto, p. p. induzido, instigado / (adj.) **corrente indotta**: corrente (elétrica) induzida.
Indovàre, v. (ant.) encontrar-se, achar-se ou acomodar-se num lugar: **come vi s'indova** (Dante).

Indovina, s. f. adivinha, adivinhadeira, feiticeira.
Indovinàbile, adj. adivinhável.
Indovinàre, (pr. -íno) v. adivinhar / acertar / **indovinarla**, adivinhar, ter sorte, sair-se bem, lograr um intento, fazer bom negócio / prognosticar, pressagiar / **non indovinarne una**: não acertar nunca, equivocar-se sempre.
Indovinàto, p. p. e adj. adivinhado, acertado / bem sucedido: **un affare** —— / bem feito, feliz: **un ritratto** ——: um retrato primoroso.
Indovinatôre, s. m. (f. -trice) adivinhador, adivinho.
Indovinazióne, s. f. adivinhação, sortilégio.
Indovinèllo, s. m. coisa para adivinhar, adivinha; adivinhação.
Indovíno, adj. adivinhador, pressagiagiador / (s. m.) adivinho, feiticeiro, bruxo.
Indovuto, adj. indevido.
Indracàre, indragàre, v. transformar-se num endriago / tornar-se cruel, feroz; enfurecer-se: **l'oltracotata schiatta che s'indraca dietro a chi fugge** (Dante).
Indrappellàre, (pr. -èllo) (mil.) formar esquadrões ou pelotões.
Indubbiamènte, adv. indubitavelmente; certamente.
Indúbbio, (neol.) adj. indubitável, certo.
Indubitatamènte, adv. indubitavelmente; certamente.
Indubitàto, adj. indubitado; certo, seguro.
Indugiàre, (pr. -úgio, -úgi) v. retardar, tardar, demorar / protelar, temporizar, adiar / diferir, dilatar / (pr.) deter-se, entregar-se.
Indugiatôre, adj. e s. m. (f. -trice) que adia, que demora, que temporiza, que hesita.
Indúgio, (pl. -úgi) s. m. demora, atraso, delonga; dilação, protelação, prorrogação; **senza** —— : sem demora.
Induísmo, s. m. hinduísmo, religião popular da Índia.
Indulgènte, adj. indulgente, tolerante, humano, benévolo.
Indulgènza, s. f. indulgência, tolerância, clemência, humanidade / (ecles.) indulgência, remissão da pena.
Indúlgere, (pr. -úlgo, -úlgi, -úlge) v. perdoar, ter indulgência, tolerância, benevolência: —— **all'età, alle circostanze**, etc., considerar a idade, as circunstâncias, etc.
Indúlto, p. p. indultado, perdoado; (s. m.) pessoa a quem foi concedido indulto.
Indumênto, s. m. (lit.) indumento, vestuário; **gli indumenti**: a indumentária.
Induramênto, s. m. endurecimento.
Induràre, (pr. -úro) v. endurecer, tornar duro (esp. no figurado) / enrijar, robustecer / (fig.) resistir, obstinar-se.
Indúrre, (pr. -úco, -úci) v. induzir, levar, persuadir, instigar, aconselhar; mover, compelir, arrastar, obrigar, forçar / conjecturar, inferir / (refl.) resolver-se, determinar-se, decidir-se: **indursi a resistere**, etc.
Indúsio, (pl. -si) s. m. (arqueol.) túnica aderente à pele / (bot.) indúsia, invólucro que protege certos órgãos.
Indústre, adj. (lit.) industrioso: **uomo** ——, **città** ——.
Indústria, s. f. indústria: —— **della lana, della seta** / aptidão, destreza; astúcia, engenhosidade / **cavaliere d'** ——: cavalheiro de indústria, aventureiro, escamoteador.
Industriàle, adj. industrial / (s. m.) industrial, fabricante.
Industrialismo, s. m. industrialismo, predomínio industrial.
Industrializzàre, v. industrializar.
Industrializzazióne, s. f. (neol.) industrialização.
Industriànte, s. m. industrial / que ganha dinheiro facilmente; vivedor (bras.).
Industriàrsi, v. pr. industriar-se, engenhar-se: —— **per vivere**.
Industriôso, adj. industrioso; laborioso, hábil / astuto.
Induttànza, s. f. (eletr.) indução.
Induttívo, s. f. (filos.) indutivo, que procede por indução.
Induttôre, s. m. (eletr.) indutor, circuito que produz a indução elétrica.
Induzióne, s. f. indução, raciocínio, conjectura, suposição / (fís.) indução: —— **elettromagnético**: ind. eletromagnética.
Inebetíto, adj. atolambado, aparvalhado, imbecilizado.
Inebriamênto, s. m. (p. us.) ebriedade; embriaguez / arroubamento, enlevo, êxtase.
Inebriàre, (pr. -èbrio, -èbri) v. inebriar, embriagar / arrebatar, enlevar, transportar, extasiar.
Inebriàto, p. p. e adj. inebriado / embriagado, ébrio.
Ineccepíbile, adj. (for.) incensurável, irrepreensível, indiscutível.
Inèdia, s. f. inédia; abstinência completa de alimento / (fig.) aborrecimento, enfado.
Inèdito, adj. inédito, não editado, não publicado.
Ineducàbile, adj. indócil, não educável.
Ineducàto, adj. inurbano, grosseiro, descortês.
Ineffàbile, adj. inefável, indizível.
Ineffabilità, s. f. inefabilidade.
Ineffabilmènte, adv. inefavelmente.
Ineffettuàbile, adj. inexecutável, irrealizável.
Inefficàce, adj. ineficaz, inútil, vão, insuficiente.
Inefficàcia, s. f. ineficácia.
Ineguagliànza, s. f. desigualdade / desequilíbrio: **le ineguaglianze sociali**.
Ineguàle, adj. desigual.
Inegualità, s. f. (p. us.) desigualdade.
Inelegànte, adj. deselegante, inelegante.
Inelegànza, s. f. inelegâncIa, deselegância.
Ineleggíbile, adj. inelegível.
Ineleggibilità, s. f. inelegibilidade.
Ineludíbile, adj. iniludível, que não admite dúvidas.

Ineluttàbile, adj. inelutável.
Ineluttabilmênte, adv. inelutavelmente; inevitavelmente.
Inemendàbile, adj. incorrigível, incapaz de emenda.
Inemendabilmênte, adv. incorrigivelmente.
Inemendàto, adj. (p. us.) incorreto, falho de emenda ou correção.
Inenarràbile, adj. inenarrável, inarrável; inefável; indizível.
Inequàbile, adj. irregular, injusto, desigual, parcial, não équo.
Inequivalènte, adj. desigual, ímpar.
Inequivocàbile, adj. inequívoco.
Inerbàre, v. pr. cobrir de erva / (pr.) ervecer.
Inerbíre, v. cobrir de erva.
Inerènte, adj. inerente / junto, anexo, pertencente, correspondente.
Inerènza, s. f. inerência; relação entre qualidade e sujeito, entre fenômeno e substância / pertinência.
Inèrme, adj. inerme, desarmado, indefeso.
Inerpicàre, (pr. -êrpico, -êrpichi) v. trepar, subir sobre alguma coisa, segurando-se com as mãos e com os pés.
Inèrte, adj. inerte / (fig.) preguiçoso, ocioso.
Inerudíto, adj. lit. não erudito.
Inèrzia, s. f. inércia / (fís.) **forza d'inerzia** / (fig.) resistência passiva / imobilidade / inação, inatividade / preguiça, indolência, apatia.
Inesattamênte, adv. inexatamente.
Inesattêzza, s. f. inexatidão, imprecisão; erro, equívoco.
Inesàtto, adj. inexato; errado / (com.) **conto ———**: conta não cobrada, não recebida.
Ineusadíbile, adj. não atendível.
Inesaudíto, adj. não atendido, não satisfeito; desatendido.
Ineusaríbile, adj. inexaurível; inesgotável / perene, contínuo.
Ineusaribilmênte, adv. inexaurivelmente; inesgotavelmente.
Inesàusto, adj. inexausto; inexaurível, inesgotável.
Inescamênto, s. m. ato de iscar / (fig.) engodo.
Inescàre, (pr. -êsco, -êschi) v. tr. iscar, cevar, por isca em / engodar, atrair, embair.
Inescàto, p. p. e adj. iscado; cevado embaído, atraído.
Inescogitàbile, incogitável, inimaginável.
Inescogitàto, adj. incogitado, inimaginado.
Inescusàbile, adj. inescusável, imperdoável.
Inescusabilmênte, adv. inescusavelmente.
Inescusàto, adj. indesculpado, imperdoado.
Ineseguíbile, adj. inexeqüível, infactível, irrealizável.
Ineseguíto, adj. não executado.
Inesercitàbile, adj. que não se pode exercer.
Inesercitàto, adj. não exercido.
Inesigíbile, adj. inexigível; incobrável.
Inesigibilità, s. f. inexigibilidade; impossibilidade de exigir ou cobrar.

Inesistènte, adj. inexistente / ilusório, fantástico, quimérico.
Inesistènza, s. f. inexistência / (jur.) ——— **di reato**: inexistência de crime.
Inesoràbile, adj. inexorável / implacável, inflexível, irremovível.
Inesorabilità, s. f. inexorabilidade.
Inesorabilmênte, adv. inexoravelmente.
Inesoràto, adj. lit. inexorável, implacável: **inesorata è l'ira mia** (Monti).
Inesperiènza, s. f. inexperiência; imperícia.
Inespertamênte, adv. imperitamente, inexperientemente.
Inespèrto, adj. inexperto, imperito, inexperiente.
Inespiàbile, adj. inexpiável.
Inespiàto, adj. inexpiado, impune.
Inesplicàbile, adj. inexplicável / impenetrável, incompreensível, abstruso.
Inesplicabilmênte, adv. inexplicavelmente.
Inesplicàto, adj. inexplicado.
Inesploràbile, adj. inexplorável; impérvio, impenetrável.
Inesploràto, adj. inexplorado.
Inesprimíbile, adj. inexprimível / inefável, indizível.
Inespugnàbile, adj. inexpugnável; inatacável, invencível.
Inespugnabilità, s. f. inexpugnabilidade.
Inespugnàto, adj. inexpugnado.
Inessiccàbile, adj. insecável / inexgotável: **fonte ———**.
Inestêso, adj. inextenso.
Inestimàbile, adj. inestimável; inapreciável, incalculável, preciocíssimo.
Inestimàto, adj. não estimado, não apreciado.
Inestinguíbile, adj. inextinguível; inapagável / perene, eterno: **affetto ———**
Inestinguibilmênte, adv. inextinguivelmente.
Inestínto, adj. inextinto, inapagado.
Inestirpàbile, adj. inextirpável.
Inestricàbile, adj. inextricável; emaranhado, enredado.
Inestricabilmênte, adv. inextricavelmente.
Inestricàto, adj. inextricado; emaranhado, enredado.
Inettamênte, adv. ineptamente; nesciamente.
Inettêzza, s. f. inépcia, inaptidão, inabilidade, imperícia, incapacidade.
Inettitudine, s. f. inaptidão.
Inètto, adj. inepto, inábil, incapaz; néscio.
Inevàso, (neol. bur.) adj. não despachado, não diligenciado ou deferido; **pratica inevasa**: expediente não deferido.
Inevitàbile, adj. inevitável, inelutável; fatal.
Inevitabilmênte, adv. inevitavelmente; necessariamente, fatalmente.
In extenso, loc. lat. por extenso.
Inèzia, s. f. nonada, bagatela, ninharia, frivolidade, insignificância.
Infacòndia, s. f. falta de facúndia, falta de eloqüência.
Infacôndo, adj. infacundo, pouco eloqüente.

Infagottàre, (pr. -òtto) v. tr. envolver, empacotar, embrulhar / (pr.) **infagottàrsi**: enroupar-se, embrulhar-se na roupa, agasalhar-se.
Infallantemênte, adv. lit. infalivelmente, sem falta, sem dúvida.
Infallíbile, adj. infalível.
Infallibilità, s. f. infalibilidade.
Infallibilmênte, adv. infalivelmente, sem falta.
Infamànte, p. pr. e adj. infamante; infamatório.
Infamàre, (pr. -àmo) v. tr. infamar; desacreditar, difamar, desonrar, poluir.
Infamàto, p. p. e adj. infamado / que tem má fama; infame.
Infamatôre, s. m. (f. -trice) infamador; difamador.
Infamatòrio, (pl. -òri) adj. infamatório.
Infàme, adj. infame, que tem má fama; vil, torpe, abjeto; que pratica infâmias; ruim, maléfico; (pej.) **infamàccio**.
Infamemênte, adv. infamemente.
Infàmia, s. f. infâmia, má fama; desonra; ignomínia: dito infame.
Infamôso, (ant.) adj. infamante.
Infanatichíre, (pr. -ísco, -ísci) v. tr. fanatizar, entusiasmar / proceder como fanático / (refl.) tornar-se fanático.
Infangàre, (pr. -àngo, -ànghi) enlamear, enlodar / (fig.) manchar, vituperar: ——— la fama altrui.
Infànta, s. f. infanta, princesa de Espanha e Portugal / esposa do infante.
Infantàre, (ant.) v. gerar, produzir, criar.
Infànte, s. m. lit. criança, infante / infante, filho dos reis de Espanha, ou Portugal.
Infanticìda, (pl. -ídi) s. f. e m. infanticida.
Infanticìdio, (pl. -ídi) s. m. infanticídio.
Infantìle, adj. infantil; inocente / pueril.
Infantilìsmo, s. m. (med.) infantilismo.
Infantilmênte, adv. infantilmente.
Infànzia, s. f. infância; meninice / (fig.) idade primordial: l' ——— dell'arte.
Infarcíre, (pr. -ísco, -ísci) v. tr. enfartar, fartar, ingurgitar, encher, atulhar: ——— la mente di dottrine.
Infardàre, v. enlodar, sujar / enfeitar-se, arrebicar-se.
Infarinàre, v. enfarinhar, polvilhar com farinha / cobrir-se de farinha, empoar-se.
Infarinatúra, s. f. ato de enfarinhar, enfarinhadela / (fig.) tintura, noção superficial de uma arte ou ciência.
Infàrto, s. m. (med.) enfarte, infarto.
Infasciàre, (pr. -àscio, -àsci) v. enfaixar, envolver ou ligar com faixas.
Infastidíre, (pr. -ísco, -ísci) v. enfastiar, aborrecer, molestar / (refl.) aborrecer-se, enfastiar-se.
Infaticàbile, adj. infatigável, incansável.
Infaticabilmênte, adv. infatigavelmente, incansavelmente.
Infaticato, adj. lit. infatigável, incansável.
Infàtti, conj. de fato, com efeito / (sin.) **difatti**.

Infatuàre (pr. -àtuo) v. enfatuar / (pr.) envaidecer-se, orgulhar-se, enfatuar-se.
Infatuàto, p. p. e adj. enfatuado; presumido; cheio de si; vaidoso; arrogante / fanático, apaixonado.
Infatuaziône, s. f. enfatuação, enfatuamento.
Infaustamênte, adv. infaustamente.
Infaústo, adj. infausto, desgraçado: un successo ——— / adverso, calamitoso, nefasto, funesto; giorno ——— / infeliz, desventurado.
Infecondità, s. f. infecundidade, esterilidade.
Infecôndo, adj. infecundo; estéril / (fig.) inútil, vão: sforzi infecondi.
Infedèle, adj. infiel, desleal / falso, inexato; relazione, traduziziône, ——— / desonesto: cassiere ——— / pérfido, perjuro, traidor / (s. m.) gli infedeli: os infiéis; pagãos, gentios.
Infedelmênte, adv. infielmente, deslealmente.
Infedeltà, s. f. infidelidade, deslealdade.
Infederàre, v. tr. meter em fronha uma almofada, travesseiro, etc.; enfronhar.
Infelíce, adj. infeliz; desgraçado, desventurado; desafortunado; desditoso, infortunado / aziago: giorno ——— / malogrado: esito ——— / parlatore ——— / falador, orador inábil / (s. m.) pessoa infeliz.
Infelicemênte, adv. infelizmente.
Infelicità, s. f. infelicidade, desgraça, desventura: calamidade.
Infelloníre, (pr. -ísco, -ísci) v. tornar-se cruel, cometer crueldades / assanhar-se, encarniçar-se.
Infeltríre, (pr. -ísco, -ísci) v. enfortir, pisoar, dar fortaleza ao pano, tornando-o como feltro; endurecer.
Infeltríto, p. p. e adj. enfortido, pisoado; fortalecido, endurecido.
Infemminíre, (pr. -ísco, -ísci) v. tr. afeminar; amolecer / (refl.) afeminar-se, amaricar-se.
Infènso, (ant.) adj. infenso, inimigo; contrário; irado; hostil.
Inferènza, s. f. (filos.) inferência, indução, conclusão, conseqüência, ilação.
Infèrie, s. f. pl. inférias, sacrifícios que os antigos faziam aos mortos.
Inferígno, adj. escuro / pane ———: pão escuro.
Inferiôre, adj. e s. m. inferior.
Inferiorità, s. f. inferioridade / subordinação.
Inferiormênte, adv. inferiormente.
Inferíre, v. inferir, tirar por conclusão, deduzir pelo raciocínio / (mar.) enrolar as velas / causar, motivar, produzir dano ou prejuízo / assentar, dar golpes ou feridas: ——— una pugnalata: dar uma punhalada.
Inferitôi, s. m. pl. (mar.) laços da relinga.
Inferitúra, s. f. (mar.) envergamento das velas / lado da bandeira junto à haste.
Infermamênte, adv. debilmente, fracamente.
Infermàre, (pr. -êrmo) v. tr. enfermar / (pr.) enfermar-se.
Infermería, s. f. enfermaria.

Infermíccio (pl. -icci) adj. enfermiço, doentio.
Infermière, adj. e s. m. (f. -èra) enfermeiro / (f.) enfermeira.
Infermità, s. f. enfermidade; doença.
Inférmo, adj. e s. m. enfermo; doente / (sin.) **malato, ammalato**.
Infernàle, adj. infernal / mau, perverso / **pietra** ———: nitrato de prata.
Infèrno, s. m. inferno / (fig.) lugar de confusão e dor; quella casa è un'inferno / aver l' ——— nel cuore: ter o inferno no coração.
ínfero, adj. ínfero, inferior / inferno / (bot.) **ovario** ———: ovário inferior.
Inferocíre, (pr. -ísco, -ísci) v. enfurecer; tornar-se feroz.
Inferraiolàrsi, v. pr. encapotar-se, enrolar-se na capa.
Inferràrsi, v. pr. (esgr.) enfiar-se na arma do adversário.
Inferriàta, s. f. grade de janela, etc.
Infertilíre, v. fertilizar; (p. p.) **infertilito**, fertilizado.
Infervoramênto, s. m. afervoramento, animação, fervor, entusiasmo.
Infervoràre, (pr. -èrvoro) v afervorar, afervorizar, estimular, entusiasmar; incitar; excitar.
Infervoràto, p. p. e adj. afervorado; entusiasmado.
Infestamênto, s. m. infestação / danificação.
Infestàre, (pr. -èsto) v. tr. infestar / danificar, devastar, assolar.
Infestatôre, s. m. (f. -tríce) infestador; devastador; danificador.
Infestiône, s. f. (med.) infestação.
Infèsto, adj. infesto, molesto, nocivo, prejudicial: insetti infesti alle frutta.
Infettàre, (pr. -ètto) v. tr. infectar, infeccionar / corromper, contagiar, contaminar / envenenar, viciar: ——— l'aria.
Infettivo, adj. infectivo, infeccioso (ou infecioso).
Infètto, adj. infecto, infeto / contaminado, corrompido.
Infeudamênto, s. m. enfeudação / obrigação, sujeição, avassalmento.
Infeudàre, (pr. -èudo) v. tr. enfeudar; avassalar; obrigar, sujeitar, submeter / (pr.) sujeitar-se, submeter-se.
Infeudaziône, s. f. enfeudação.
Infesiône, s. f. infecção, (infeção); enfermidade infecciosa; contágio, corrução.
Infiacchimênto, s. m. enfraquecimento, debilitação, debilidade / (sin.) **debolezza**.
Infiacchíre, (pr. -ísco, -ísci) v. enfraquecer, debilitar; (p. p.) **infiacchito**: enfraquecido, debilitado; abatido.
Infiammàbile, adj. inflamável.
Infiammabilità, s. f. inflamabilidade.
Infiammàre, (pr. -àmmo) v. inflamar, converter em chamas; fazer arder / excitar, estimular, causar inflamação a; esbrasear, afoguear / avivar, incitar.
Infiammativo, adj. inflamativo, inflamatório.
Infiammatòrio, (pl. -òri) adj. inflamatório.

Infiammaziône, s. f. inflamação; incendimento / (med.) inflamação, calor, tumefação.
Infiascàre, (pr. -àsco, -àschi) v. tr. enfrascar, meter em frasco: ——— il Chianti: engarrafar.
Infiascatúra, s. f. engarrafamento, engarrafagem; ato de engarrafar ou de enfrascar.
Inficiàre, v. (jur.) invalidar, inutilizar, anular; negar.
Infidamênte, adv. infielmente, falsamente.
Infído, adj. infiel; pérfido, desleal, falso; infido (poét.).
In Fieri, loc. lat. em formação, por fazer.
Infierire, (pr. -ísco, -ísci) v. intr. encruar, tornar-se insensível, cruel; encarniçar / fazer estragos: infieriva la peste.
Infievolire, (pr. -ísco, -ísci) v. debilitar; minguar.
Infíggire, (pr. -íggo, -íggi) v. cravar, fincar; (p. p.) **infisso** e **infitto**: cravado, fincado.
Infilacàppi, infilaguaíne, s. m. agulheta para enfiar fitas, cordões, etc.
Infilàre, v. enfiar, introduzir um fio no orifício de: ——— l'ago; meter em fio: ——— perle / meter em orifício: ——— la chiave / espetar: ——— il pollo con lo spiedo / atravessar: ——— con la spada / ——— una via: meter-se por uma rua / ——— l'uscio: sair às pressas / **infilarsi un abito**: vestir, por um traje; **infilarsi nel letto**: meter-se na cama.
Infilàta, s. f. enfiada, fileira / (mil.) tirare d' ———: bater de flanco.
Infilàto, p. p. e adj. enfiado, introduzido, espetado.
Infilatúra, s. f. enfiação, enfiamento, ato de enfiar.
Infiltramênto, s. m. infiltração, penetração de um líquido.
Infiltràre, v. pr. infiltrar, penetrar / (fig.) insinuar-se: **infiltrarsi certe idee nel capo**.
Infiltraziône, s. f. infiltração / (med.) penetração de substâncias líquidas nos tecidos.
Infilza, s. f. alinhavo.
Infilzamênto, s. m. enfiação, enfiamento.
Infilzàre, v. tr. espetar; transpassar / enfiar: ——— perle / ensartar, engrazar / (refl.) espetar-se / ferir-se ao mesmo tempo dois duelistas.
Infilzàta, s. f. enfiada; série de coisas ditas ou escritas.
Infilzatúra, s. f. enfiadura.
Infimamênte, adv. infimamente, de modo ínfimo, baixo.
ínfimo, adj. ínfimo, muito baixo.
Infine, adv. finalmente, afinal; em suma, enfim.
Infinestràre, (pr. -èstro) v. tr. enquadradar uma página ou gravura gasta nas margens.
Infinestratura, s. f. orla, margem, beira, cercadura em volta de uma folha, de um quadro, etc. para reforço.
Infingardàggine, s. f. mandriice, ignávia, inação, preguiça.

Infingardia, s. f. (p. us.) ignávia, preguiça, indolência, desídia.
Infingardíre, (pr. -isco, -isci) v. tornar mandrião, vadio, preguiçoso.
Infingardito, adj. preguiçoso, mandrião, poltrão.
Infingárdo, adj. preguiçoso, mandrião, indolente, mole.
Infingere, v. (pr. íngo, -íngi) v. fingir, simular.
Infingersi, v. refl. fingir, simular.
Infingimênto, s. m. (p. us.) fingimento, simulação; hipocrisia.
Infingitôre, adj. e s. m. (f. -trice) fingidor, simulador.
Infinità, s. f. infinidade / multidão, grande quantidade: un' ——— di guai.
Infinitamênte, adv. infinitamente; extremamente.
Infinitesimale, adj. infinitesimal / (mat.) cálc. infinitesimal.
Infinitèsimo, adj. e s. m. infinitésimo.
Infiníto, adj. infinito, sem fim, sem limite: imenso, ilimitado; imensurável / (gram.) infinitivo / (s. m.) infinito / all' ———: infinitamente.
Infino, adv. até; ——— a che: até que; ——— a quando: até quando.
Infinocchiàre, (pr. -òcchio, -òcchi) v. tr. embair, enganar, lograr, tapear / condimentar com funcho.
Infinta, s. f. simulação.
Infintamênte, adv. fingidamente, simuladamente.
Infinto, adj. fingido, simulado, falso.
Infioccàre, v. adornar com tufos, borlas, etc.
Infiochire, (v. affiochire) v. tornar rouco, enrouquecer, debilitar.
Infioràre, (pr. -ôro) v. florear, ornar ou cobrir com flores.
Infioràta, s. f. ornamento de flores nas janelas, igrejas ou rua por ocasião de certas festas.
Infiorazióne, s. f. (bot.) floração; inflorescência.
Infiorentiníre, v. florentinizar: ——— la pronuncia: pronunciar à maneira dos florentinos.
Infirmàre, v. tr. infirmar, confutar, invalidar, anular: ——— una legge, un atto.
Infiscalíre, v. tr. fiscalizar; criticar, censurar / tornar-se rigoroso, intransigente.
Infischiàrsi, v. pr. não importar-se, não ligar, não fazer caso; me ne infischio delle critiche: rio-me das críticas.
Infísso, p. p. fincado, cravado / murado, embutido na parede.
Infistolíre, (pr. -isco, -isci) v. (med.) enfistular, tornar fistulosa uma chaga, etc.
Infittíre, v. intr. espessar-se; engrossar, condensar, tornar-se espesso, denso.
Inflazióne, s. f. inflação / (med.) tumefação, inchação.
Inflazionísta, s. f. inflacionista.
Inflessíbile, adj. inflexível, rígido / severo, inexorável, irremovível.
Inflessibilità, s. f. inflexibilidade; rigidez.
Inflessibilmênte, adv. inflexivelmente.

Inflessióne, s. f. inflexão / modulação: ——— di voce / (fís.) desvio: ——— di un raggio, dell'onda sonora / (gram.) flexão.
Inflèsso, p. p. inflexo; dobrado; modulado.
Inflèttere, (pr. -ètto) v. infletir; dobrar, curvar, inclinar / modular (a voz).
Infliggere, (pr. -iggo, -iggi) v. infligir, impor, aplicar (penas, castigos, humilhações, etc.) / (p. p.) **inflitto**: imposto, aplicado, inflingido.
Inflizióne, (muito raro) s. f. inflição, imposição, aplicação de pena.
Influènte, p. pr. influente; (adj.) influente, prestigioso / (s. m.) afluente.
Influènza, s. f. influência: ——— della luna sulla terra / influxo / indução: eletrizzare per ——— / (med.) influenza, gripe / (fig.) influência, importância, crédito, prestígio, poder, valimento.
Influenzàre, (neol.) v. tr. influir, exercer predomínio, influenciar / valer, ter eficácia: **l'esempio influisce nell'educazione**.
Influsso, s. m. influxo / (fig.) influência, ação, poder, valimento, prestígio.
Infocàre, (pr. -uòco, uòchi) v. enfocar, acender: abrasar, queimar, pegar fogo / (pr.) acender-se, inflamar-se: infocato d'ira.
Infocàto, p. p. e adj. afogueado, abrasador: sole ——— / candente: ferro ——— / ardente.
Infoderàre, (pr. -òdero) v. embainhar: ——— la spada.
Infognàrsi, v. (pr. -ôgno) meter-se numa cloaca, fossa, etc. / empantanar-se; afundar, atolar-se: ——— nei vizi, nei debiti, etc.
In-Fòlio, adj. e s. m. in-fólio: libro ———
Infoltíre, (pr. -isco, -isci) v. espessar-se: ——— il bosco; (p. p.) **infoltito**: espesso, denso.
Infondatamênte, adv. infundadamente.
Infondatêzza, s. f. falta de fundamento: (verbete).
Infondato, adj. infundado, falta de base.
Infòndere, (pr. -ôndo) v. infundir: ——— coraggio / inculcar / inspirar, animar / comunicar, despertar / ——— terrore: incutir terror.
Infondíbile, adj. que se pode insuflar, incutir.
Inforcàre, (pr.-ôrco, -ôrchi) v. agarrar, colher com a forquilha / pôr-se a cavalo; ——— la sella, la bicicletta: montar a cavalo, na bicicleta: ——— gli occhiali: pôr-se os óculos / espetar: ——— con uno estecco una rapa.
Inforcàta, s. f. (p. us.) o que se colhe com a forquilha.
Inforcatúra, s. f. ato de enforquilhar / ponto do tronco donde partem os ramos / parte do corpo onde termina o tronco ou começam as coxas.
Inforiesteràre, **inforiesteríre**, v. estrangeirar, barbarizar, adulterar: ——— la lingua, i costumi.
Informàre, (pr. -ôrmo) v. tr. conformar, amoldar (no real e no fig.) / informar, inteirar, dar informações ou notícias: **ti informo del risultato degli**

esami / (pr.) inteirar-se, dar-se conta, tomar informações, averiguar.
Informatíva, s. f. informe, relato, informação.
Informatívo, adj. informativo.
Informàto, p. p. conformado, amoldado, informado, inteirado / (adj.) inspirado, educado: **essere informato di sani principi** / noticioso, bem inteirado / **male** ———: mal informado.
Informatôre, adj. e s. m. (f. **-trice**) informador, informante / relator / (for.) juiz sumariante.
Informazióne, s. f. informação / informe, relato, relação / parecer, notícia, juízo sobre pessoas ou assuntos / averiguação.
Infôrme, adj. informe, irregular, tosco, monstruoso; confuso, amorfo.
Informemènte, adv. de um modo informe, confuso, irregular.
Infomicolaménto, s. m. formigamento nos membros.
Informicolàre, informicolíre, v. tr. formigar, entorpecer-se os membros / (p. p. e adj.) **informicolíto**: formigado; formigante.
Informità, s. f. (p. us.) informidade.
Infornaciàre, (pr. -àcio, -àci) v. tr. enfornar, meter no forno de ladrilhos, tijolos, etc.
Infornaciàta, s. f. ato de enfornar.
Infornàre, (pr. -ôrno) v. tr. enfornar (pão, bolos, etc.).
Infornàta, s. f. fornada (de pão, biscoitos, etc.) / conjunto de pessoas nomeadas ao mesmo tempo para determinados cargos.
Infornatôre, s. m. forneiro.
Infortíre, (pr. -ísco, -ísci) v. reforçar (sin. **rinforzare**) / azedar-se (o vinho, etc.) / (p. p.) reforçado; tornado azedo.
Infortunàto, adj. infortunado, desafortunado, desditoso, mal-afortunado; desgraçado.
Infortúnio, (pl. -úni) s. m. infortúnio, desgraça.
Infortunística, s. f. infortunística.
Infortunístico, (pl. -ístici) adj. de legislação que se refere aos infortúnios dos operários no trabalho.
Inforzàre, (ant.) v. reforçar, fortalecer; fortificar / espessar-se, solidificar-se.
Infossaménto, s. m. soterramento, soterração.
Infossàre, (pr. -ôsso) v. soterrar, meter numa fossa; afundar / (pr.) encavar-se: **infossarsi gli occhi, le gote**.
ínfra, prep. (poét.) entre; em, dentro de.
Infracidíre, infradiciàre, v. molhar, banhar, embeber em água / (refl.) **infradiciar-si**: apodrecer.
Infradiciatúra, s. f. molhadura, molhamento, molhadela.
Infralíre, (pr. -ísco, -ísci) v. intr. debilitar, enfraquecer; decair.
Inframmèsso, p. p. e adj. intrometido, entremetido; enxertado.
Inframmettènte, adj. intrometido; importuno, intrigante.
Inframmettènza, s. f. entremetimento; intromissão / (sin.) **ingerenza, intromissióne**.

Inframmèttere, (pr. -ètto) v. tr. intrometer / (refl.) intrometer-se, imiscuir-se.
Infrancesàre, (pr. -èso) v. tr. afrancesar / contaminar a língua com galicismo; (depr.) **infranciosàre**.
Infràngere, (pr. -àngo, -àngi) v. romper, quebrar, quebrantar / transgredir, infringir, violar: ——— **i patti, il giuramento** / (sin.) **rompere, violare**.
Infrangíbile, adj. infrangível, irrompível; inquebrantável, inviolável.
Infrangiménto, s. m. infração, transgressão, violação.
Infrangitôre, adj. e s. m. (f. -trice) violador, infrator / (p. us.) transgressor.
Infrànto, p. p. e adj. roto, quebrado, partido; quebrantado, violado, infringido / **ídolo** ———: ídolo caído.
Infrarôsso e infrarrôsso, adj. infravermelho.
Infrascaménto, s. m. enramada, ramada, cobertura feita de ramos de árvores.
Infrascàre, (pr. -ásco, -áschi) v. enramar, cobrir ou adornar com ramos; enramear / (pr.) enramar-se; enredar-se; (fig.) encher de ornamentos inúteis.
Infrascàta, s. f. cobertura ou cabana de ramos.
Infrasconàre, (pr. -ôno) v. enramar, cobrir com ramos / (fig.) ornar ridícula e exageradamente.
Infrascrítto, adj. infra-escrito / abaixo-assinado: **il notaio** ———.
Infrasuòno, s. m. ultra-som.
Infratíre, (pr. -ísco, -ísci) v. intr. tornar-se frade / gorar os bichos-da-seda.
Infrazióne, s. f. infração, transgressão; violação.
Infreddàre, (pr. -èddo) v. enfriar, esfriar / (refl.) resfriar-se; constipar-se.
Infreddatúra, s. f. resfriado; resfriamento; gripe, constipação.
Infreddolíre, (pr. -ísco, -ísci) v. esfriar-se; tiritar.
Infrenàbile, adj. irrefreável, irreprimível.
Infrenàre, (pr. -èno) v. enfrear, pôr freio a; refrear; conter.
Infrenàto, p. p. e adj. enfreado, refreado / contido, domado, dominado.
Infrenesíre, (pr. -ísco, -ísci) v. enfrenesiar, tornar frenético; impacientar.
Infreqüènte, adj. (p. us.) infreqüente, raro.
Infrequentemènte, adv. infreqüentemente, raramente.
Infrequènza, s. f. infreqüência, raridade.
Infrigidiménto, s. m. esfriamento, resfriado, arrefecimento.
Infrigidíre, (pr. -ísco, -ísci) v. esfriar-se, arrefecer-se; refrigerar-se; tornar-se frígido.
Infrígno, (ant.) adj. enrugado.
Infrollíre, (pr. -ísco, -ísci) v. tornar mole, flácido, frouxo / (refl.) enfraquecer, amolecer, afrouxar; desvigorizar-se.
Infrondíre, (pr. -ísco, -ísci) v. enfolhar, criar folhas, revestir-se de folhas as plantas.
Infronzolàre, (pr. -ônzolo) v. tr. e pr. enfeitar, adornar, engalanar a pessoa.
Infruscàre, v. confundir-se, misturar, emaranhar.

Infruttescènza, s. f. (bot.) infrutescência.
Infruttífero, adj. infrutífero / estéril, infecundo / improdutivo: **capitale** ———.
Infruttuosamènte, adv. infrutuosamente, sem resultado.
Infruttuosità, s. f. infrutuosidade / inutilidade, ineficácia.
Infruttuôso, adj. infrutífero, infrutuoso / inútil, ineficaz: **sforzo** ———.
Infula, s. f. ínfula / (ecles.) faixa que pende de trás da mitra.
Infunàre, v. atar, amarrar com corda / adaptar a corda à roldana, etc.
Infunàta, s. f. (p. us.) corda ou cadeira de alpinistas em marcha.
Infundíbolo, s. m. (anat.) fundíbulo / objeto semelhante a funil.
Infunghíre, (pr. -ísco, -ísci) v. criar mofo, mofar / viver retirado: **stare in casa a** ———.
Infuòri, in fuòri, adv. fora de / **all'** ——— ———: com exceção de.
Infurbíre, (pr. -ísco, -ísci) v. tornar-se vivo, astuto, finório, ladino.
Infuriàre, (pr. -úrio, -úri) v. intr. e pr. enfurecer-se, encolerizar-se; enraivecer-se; alterar-se, exasperar-se.
Infusíbile, adj. infusível.
Infusibilità, s. f. infusibilidade.
Infusiône, s. f. infusão; transfusão.
Infusíto, adj. esticado, empertigado, teso; direito como um fuso.
Infúso, p. p. infundido / (adj.) infuso: **scienza infusa** / (s. m.) infusão.
Infusòrio, (pl. -òri) (zool.) adj. e s. m. infusório.
Infuturàre, (pr. -utúro) v. imortalizar, eternizar, perpetuar.
Ingabbiàre, (pr. -àbbio, -àbbi) v. engaiolar / enjaular; encerrar num lugar / encarcerar.
Ingabbiàta, s. f. conjunto de gaiolas ou de aves engaioladas.
Ingaggiàre, (pr. -àggio, -àggi) v. engajar / (mil.) alistar; recrutar / travar, empenhar: ——— **la battaglia** / (refl.) alistar-se; **ingaggiatôre** (s. m.) (p. us.) engajador; enrolador; aliciador; recrutador.
Ingaggiatôre, s. m. (p. us.) engajador.
Ingàggio, (pl. -àggi) s. m. engajamento; arrolação, alistamento; recrutamento / prenda empenhada.
Ingagliardíre, (pr. -ísco, -ísci) v. reforçar, fortalecer, vigorizar, robustecer / recrudescer, intensificar-se: ——— **il male** / (fig.) alentar: ——— **lo spirito**.
Ingaglioffàre, (pr. -òffo) v. tornar biltre, velhaco; acanalhar-se / alternar com a canalha: **con questi io m'ingaglioffo per tutto il dì** (Machiavelli).
Ingalantoníre, v. tornar-se honrado.
Ingallàre, v. (técn.) tingir (tecidos) com noz-de-galha.
Ingallatúra, s. f. tintura dos tecidos com noz-de-galha.
Ingalluzzírsi, v. envaidecer-se, ensoberbecer-se.
Ingambalàre, (pr. -àlo) v. pôr o cano nas botas.
Ingangheràre, (pr. -ànghero) v. (p. us.) engonçar, segurar, prender nos engonços.

Ingannàbile, adj. enganável / enganoso.
Ingannamênto, s. m. (p. us.) engano.
Ingannàre, (pr. -ànno) v. enganar, empregar enganos; induzir em erro; lograr, embrulhar, enredar; burlar; iludir / (refl.) cair em erro, enganar-se, não acertar.
Ingannatôre, adj. e s. m. (f. -tríce) enganador, embaucador, embaidor.
Ingannêvole, adj. enganoso, enganador, ilusório / falso, falaz, mentiroso, fraudulento.
Ingànno, s. m. engano, artimanha para iludir; logro, burla, erro; ilusão; fraude; dolo / **cadere in** ———: equivocar-se.
Ingannôso, adj. (p. us.) enganoso.
Ingarbugliamênto, s. m. embrulhada, trapalhada, complicação, confusão.
Ingarbugliàre, (pr. -úglio, -úgli) v. atrapalhar, confundir, enredar, embaraçar, complicar, desordenar.
Ingarbugliône, s. m. (f. -ôna) embrulhador, enredador, garabulha, intrigante.
Ingarzullíre, (pr. -ísco, -ísci) v. cobrar brios, adquirir vigor e audácia.
Ingavonàrsi, v. inclinar-se o navio (por vendaval, etc.) até que a água alcance a amurada.
Ingegnàccio, s. m. talento leigo, tosco, inculto.
Ingegnàrsi, v. engenhar-se, industriar-se para viver; esforçar-se.
Ingegnère, s. m. engenheiro.
Ingegnería, s. f. engenharia.
Ingêgno, s. m. engenho, gênio, talento, inteligência, intelecto / indústria, artifício, manha / **aguzzare l'** ———: aguçar a inteligência / **le opere dell'** ——— **umano** / perspicácia, agudeza / engenho, aparato, mecanismo.
Ingegnosamênte, adv. engenhosamente; habilmente.
Ingegnosità, s. f. engenhosidade.
Ingegnôso, adj. engenhoso, hábil; destro, sagaz, genial, perspicaz: **l'** ——— **idalgo** (D. Quixote).
Ingelosíre, (pr. -ísco, -ísci) v. provocar ciúmes, enciumar / (p. p. e adj.) **ingelosito**: enciumado; ciumento.
Ingemmàre, (pr. -èmmo) v. enjoiar, ornar com gemas; (fig.) adornar, embelezar, aformosear / **ingemmarsi il cielo**: encher-se o céu de estrelas.
Ingeneràbile, adj. que não se pode engendrar.
Ingeneràre, (pr. -ènero) v. gerar, produzir, causar (sempre no fig.): **la verità ingenera odio**.
Ingenerosamênte, adv. duramente, vilmente, egoisticamente.
Ingenerosità, s. f. egoísmo, ruindade, falta de generosidade.
Ingenerôso, adj. não generoso; egoísta, duro, avarento, ruim: **animo** ———.
Ingènito, adj. ingênito, não gerado; que nasceu com o indivíduo; inato; congênito.
Ingènte, adj. (lit.) ingente, muito grande; enorme; desmedido; retumbante.
Ingentilimênto, s. m. enobrecimento / apuramento do espírito, dos costumes, dos modos.

Ingentilíre, (pr. -ísco, -ísci) v. enobrecer; desbastar, polir a alma, eliminar a grosseria, civilizar; **ingentilirsi**: civilizar-se; tornar-se gentil, fino, amável.
Ingenuamênte, adv. ingenuamente.
Ingenuità, s. f. ingenuidade; simplicidade, inocência; candura.
Ingênuo, adj. ingênuo; simples, cândido; inocente, puro / sincero / (hist.) entre os Latinos, nascido livre.
Ingerènza, s. f. ingerência; intromissão.
Ingerire, (pr. -ísco, -ísci) v. tr. ingerir, engolir, tragar / despertar, engendrar: —— un sospetto / (refl.) **ingerirsi**: imiscuir-se, intrometer-se em assuntos alheios, etc / (p. p.) **ingerito**: ingerido, intrometido, imiscuído.
Ingessàre, (pr. -èsso) v. engessar, gessar / (med.) —— una gamba rotta: engessar uma perna quebrada / —— il muro: engessar a parede.
Ingessatúra, s. f. engessadura.
Ingessíre, (pr. -ísco, -ísci) v. ficar como gesso os bichos-da-seda, por enfermidade.
Ingestiône, s. f. ingestão.
Inghebbiàre, (pr. -èbbio, -èbbi) v. cevar, fartar demais as aves; (por ext.) empanturrar-se de comida.
Inghiaiàre, (pr. -àio, ài) v. ensaibrar, cobrir com saibro ou areia.
Inghiaiatúra, s. f. ensaibramento, ato de ensaibrar.
Inghiottimênto, s. m. ingerimento, ingestão, ato de ingerir; deglutição.
Inghiottíre, (pr. -ísco, -ísci) v. tr. engolir, tragar, absorver, ingerir / —— amaro: tragar saliva; —— fandonie: acreditar em balelas.
Inghiottitôre, adj. e s. m. (f. -tríce) (p. us.) engolidor; tragador, devorador.
Inghiottoníre, v. enguloseimar, tornar guloso.
Inghirlandamênto, s. m. ornamento de grinaldas.
Inghirlandàre, (pr. àndo) v. engrinaldar / cingir, coroar, circundar, aureolar.
Ingiallàre, v. amarelecer.
Ingiallimênto, s. m. amarelidão.
Ingiallíre, (pr. -ísco, -ísci) v. tr. amarelecer / tornar-se amarelo.
Ingiardinàre, v. ajardinar: —— una città.
Ingigantíre, (pr. -ísco, -ísci) v. agigantar, dar proporções gigantescas / avultar, exagerar.
Ingigliàre, (pr. -íglio, -ígli) v. adornar com lírios / (refl.) tomar forma de lírio.
Inginocchiamênto, s. m. ajoelhamento, genuflexão, ajoelhação.
Inginocchiàre, (pr. -òcchio, -òcchi) v. ajoelhar; genuflectir / (refl.) ajoelhar-se / (p. p. e adj.) **inginocchiàto**: ajoelhado; genuflexo.
Inginocchiatôio, (pl. -ôi) s. m. genuflexório.
Inginocchiatúra, s. f. ajoelhamento, jenuflexão.
Inginocchiôni, adv. de joelhos; mettersi ——: ajoelhar-se.
Ingioiàre, (pr. -òio, -òi) v. enjoiar, ornar com jóias.
Ingioiellàre, (pr. -èllo) v. enjoiar (des.), adornar com jóias.

Ingiornalàre, v. (com.) assentar no diário.
Ingiú, adv. embaixo; para baixo.
Ingiovaníre, (v. **ringiovanire**) v. rejuvenescer.
Ingiudicàto, adj. não julgado / incensurado.
Ingiuncàre, (pr. -únco, -únchi) v. juncar, amarrar com juncos.
Ingiúngere, (pr. -úngo, -úngi) v. injungir, obrigar; ordenar, mandar.
Ingiunziône, s. f. injunção; ordem, imposição.
Ingiúria, s. f. injúria; ofensa moral; insulto, ultraje / **le ingiurie della sorte**: as injustiças da sorte.
Ingiuriàre, (pr. -úrio, -úri) v. tr. injuriar, insultar, difamar; ofender.
Ingiuriatôre, s. m. (f. -tríce) injuriador; insultador, ultrajador.
Ingiuriôso, adj. injurioso, insultante, ultrajante, infamante, ofensivo.
Ingiuriosamênte, adv. injuriosamente.
Ingiustamênte, adv. injustamente.
Ingiustificàbile, adj. injustificável.
Ingiustízia, s. f. injustiça / iniquidade, ação injusta / violência, prepotência, parcialidade.
Ingiústo, adj. injusto / parcial; ilegal; indevido; irracional; sem motivo.
Inglêse, adj. e s. m. inglês / **andarsene all'** ——: sair sem saudar, à inglesa / **carattere** ——: letra inglesa.
Ingloriosamênte, adv. ingloriosamente, sem glória; ingloriamente.
Inglorioso, adj. inglorioso, inglório; obscuro / vergonhoso, ruim, ignominioso.
Ingluaviatôre, s. m. (p. us.) comilão, glutão.
Inglúvie, s. f. goela, bucho, papo das aves: **inglúvias** / (ant.) voracidade.
Ingobbíre, (pr. -ísco, -ísci) v. intr. ficar corcunda, tornar-se corcunda.
Ingoffíre, (pr. -ísco, -ísci) v. tornar-se inábil, desajeitado, lorpa, achamboirado.
Ingòffo, (ant.) s. m. propina para fazer calar, para corromper.
Ingoiamênto, s. m. ingestão, deglutição.
Ingoiàre, (pr. ôio, -ôi) v. tr. engolir, tragar / (fig.) devorar, absorver: **il mare ingoia le navi**; (p. p.) **ingoiàto**: engolido.
Ingoiatôre, adj. e s. m. (f. -tríce) engolidor; tragador; devorador.
Ingolfamênto, s. m. arroubamento, enlevo, êxtase.
Ingolfàre, (pr. -ôlfo) v. formar golfo o mar / (fig.) engolfar-se, arrebatar-se, enlevar-se; —— **in meditazioni**, **nella lettura** / —— **in un'impresa**: meter-se num negócio.
Ingolfàto, p. p. e adj. engolfado; mergulhado, extasiado / emaranhado.
Ingòlla, s. f. cambo para recolher frutas, etc.
Ingollàre, (pr. -òllo) v. tr. engolir, tragar; devorar.
Ingolosíre, (pr. -ísco, -ísci) v. engulosinar / (refl.) **ingolosírsi**: tornar-se guloso.
Ingolpàre, v. (agr.) alforrar-se (enferrujar-se) os cereais.
Ingombrànte, p. p. e adj. obstruído, embaraçado; embaraçoso.

Ingombràre, v. tr. embaraçar, obstruir, impedir a passagem / ocupar; encher, abarrotar, atulhar / (fig.) estorvar: —— la vista.

Ingombrime, s. m. (p. us.) quantidade de coisas que obstruem.

Ingômbro, s. m. coisa que estorva, que atulha / (p. p.) (sincop. de **ingombràto**) ocupado, obstruído, atulhado, estorvado, embaraçado.

Ingommàre, (pr. -ômmo) v. colar; engomar: —— una tela, una busta: colar um pano, um envelope / grudar, colar.

Ingommatúra, s. f. engomadura, ato de engomar; engomagem.

Ingordàggine, s. f. voracidade, avidez; gula.

Ingordaménte, adv. avidamente, cobiçosamente, vorazmente, gulosamente.

Ingordigia, s. f. glutoneria, avidez, voracidade, gula, cobiça.

Ingordína, s. f. (técn.) grosa, lima de carpinteiro.

Ingôrdo, adj. glutão, voraz, guloso / ávido, cobiçoso; insaciável.

Ingorgaménto, s. m. obstrução, entupimento / (med.) enfarte, enfartação.

Ingorgàre, (pr. -ôrgo, ôrghi) v. entupir, obstruir / (med.) enfartar.

Ingôrgo, (pl. -ingôrghi) v. obstrução, entupimento / (med.) enfarte.

Ingovernàbile, adj. ingovernável: **popolo** ——.

Ingozzàre, (pr. -ôzzo) v. embrulhar, embocar; engolir, tragar com avidez; (fig.) —— molte amarezze: engolir, suportar muitas amarguras.

Ingozzatúra, s. f. palmada no chapéu de forma que ele desça até os olhos da pessoa que o trás.

Ingracilíre, (pr. -ísco, -ísci) v. adelgaçar, tornar grácil; (p. p.) **ingracilito**: adelgaçado.

Ingranàggio, (pl. -àggi) s. m. engrenagem.

Ingranàre, v. engranzar, endentar; entrosar / granular: —— la polvere / sumagar, tingir com sumagrê (peles) / (fig.) enxertar, encaixar, inserir.

Ingranàto, p. p. e adj. engrenado, entrosado / (s. m.) da cor do granate.

Ingranchiménto, s. m. (med.) entorpecimento; ato de entorpecer, de engrunhir.

Ingranchíre, (v. aggranchire) v. entorpecer, intumescer, engrunhir os músculos.

Ingrandiménto, s. m. engrandecimento, aumento, amplificação / (fot.) ampliação fotográfica.

Ingrandíre, (pr. -ísco, -ísci) v. engrandecer, aumentar, ampliar, dilatar, estender / enaltecer, exaltar; exagerar: —— i pericoli / —— la patria / crescer, melhorar, medrar, desenvolver; estender, dilatar.

Ingranditôre, adj. e s. m. (f. -trice) ampliador; que ou aquele que engrandece.

Ingrassaménto, s. m. engorda, engordamento / lubrificação.

Ingrassàre, v. engordar, tornar gordo; dar gordura a; cevar; nutrir / (fig.) enriquecer, prosperar / fertilizar, adubar, estrumar: andar a —— i cavoli: morrer / l'occhio del padrone ingrassa i cavalli / engraxar, untar; lubrificar: —— le ruote, gli stivali, etc.

Ingrassatôre, adj. e s. m. (f. -trice) engordador, cevador / lubrificador.

Ingràsso, s. m. engorda, ato de engordar animais; engorda / (bras.) esterco, adubo / —— chimico: adubo químico.

Ingrassucchiàre, (pr. -úcchio, -úcchi) v. intr. engordar lenta e moderadamente.

Ingraticcàre, (pr. -íccio, -ícci) v. encaniçar, cercar com caniçado ou canas.

Ingraticciàta, s. f. caniçada, grade feita com caniçado.

Ingraticolaménto, s. m. caniçada, gradeamento.

Ingraticolàre, (pr. -ícolo) v. fechar com caniçado; gradear.

Ingraticolàto, s. m. reparo feito com canas.

Ingratitúdine, s. f. ingratidão; desagradecimento.

Ingràto, adj. ingrato, desagradecido; **figlio** —— / infecundo, infrutífero, estéril: **terreno** —— / árduo, difícil, trabalhoso, duro, áspero.

Ingraziàrzi, ingrazionírsi, v. pr. ganhar, cativar a simpatia, a estima, a benevolência de alguém / (p. p.) **ingrazièto**: cativado, seduzido, atraído.

Ingrediènte, s. m. ingrediente, elemento de uma substância composta.

Ingrèsso, s. m. ingresso, entrada, ingressão; l' —— della casa / biglietto d' ——: entrada.

Ingrinzíre, (pr. -ísco) v. enrugar, arrugar / (refl.) enrugar-se / (p. p.) **ingrinzíto**: enrugado, encarquilhado.

Ingrognàre, v. amuar, emburrar: **chi vuol ingrognare, ingrogni** (Machiavelli).

Ingrognàto, p. p. e adj. amuado; zangado; emburrado.

Ingrommàre, (pr. -ômmo) v. tr. e intr. criar tártaro, sarro (tonéis, tubos da água, etc.).

Ingroppàre, v. tr. enodar / levar na garupa.

Ingrossaménto, s. m. engrossamento, ato de engrossar: aumento.

Ingrossàre, (pr. -òsso) v. engrossar, tornar grosso, espesso; aumentar em massa, volume ou quantidade; engrandecer / crescer, subir: —— il fiume / agravar-se, recrudecer: —— la guerra.

Ingrossatúra, s. f. engrossamento, aumento.

Ingròsso, (all') adv. em grosso, em quantidade; **negoziante all'** ——: negociante por atacado / aproximado, pouco mais ou menos: **dare d'una cosa un'idea all'** ——: dar de uma coisa uma idéia sumária.

Ingrottàre, (pr. -òtto) v. tr. encovar, meter em cova, meter em gruta.

Ingrugnàre, ingrugníre, v. agastar-se, amuar-se, emburrar-se / (p. p.) **ingrugnàto**: zangado, emburrado.

Ingrugnatúra, s. f. amuo, enfado.

Ingrullíre, (pr. -ísco, -ísci) v. aparvalhar-se, atoleimar, apatetar / (p. p.) **ingrullíto**: abobado, tonto.

Inguainaménto, s. m. ação de embainhar.

Ingruppàre, v. agrupar, reunir em grupo.
Inguadàbile, adj. invadeável: fiume ———.
Inguainàre, (pr. -aíno) v. embainhar: ——— la spada.
Ingualcíbile, adj. não enrugável (tecido).
Ingualdrappàre, v. (p. us.) prover de gualdrape: ——— il cavallo.
Inguantàre, v. enluvar-se, calçar as luvas.
Inguaríbile, adj. incurável; crônico.
Inguinàglia, (ant.) s. f. virilha.
Inguinàle, adj. inguinal: ernia ———.
Inguine, s. m. (anat.) virilha.
Inguistàra, (ant.) s. f. garrafa.
Ingurgitàre, (pr. -úrgito) v. ingurgitar; engolir, tragar.
Inibire, (pr. -ísco, -ísci) v. inibir, proibir, vedar / coibir / refrear.
Inibitòrio, (pl. -òri) adj. inibitório / (s. f.) (for.) inibitoria: inibitório, suspensão duma sentença.
Inibizióne, s. f. inibição, proibição; veto.
Inidòneo, adj. inidôneo; incapaz, inábil, imperito.
Iniettàre, (pr. -ètto) v. injetar: ——— veleno.
Iniettàto, p. p. e adj. injetado: occhi iniettati di sangue: olhos injetados.
Iniettòre, s. m. injetor.
Iniezióne, s. f. injeção / injeção, líquido injetado.
Inimicàre, (pr. -íco, -íchi) v. inimizar, tornar inimigo.
Inimicízia, s. f. inimizade / aversão, ódio.
Inimíco, (pl. -ící) adj. inimigo.
Inimitàbile, adj. inimitável; incomparável.
Inimitabilmènte, adv. inimitavelmente.
Inimmaginàbile, adj. (p. us.) inimaginável; incrível.
Ininfiammàbile, adj. (p. us.) não inflamável.
Inintelligíbile, adj. ininteligível; obscuro, misterioso; confuso / superior à razão humana.
Inintelligibilità, s. f. incompreensibilidade.
Inintelligibilmènte, adv. ininteligivelmente.
Ininterrottamènte, adv. ininterruptamente, seguidamente.
Ininterròtto, adj. ininterrupto, constante, contínuo.
Iniquamènte, adv. iniquamente.
Iniquità, s. f. iniqüidade; perversidade.
Iníquo, adj. iníquo, perverso; injusto / adverso: sorte iníqua.
Iniúria, voz lat. na loc. absit iniuria verbo: seja dito sem injúria.
Iniziàbile, adj. iniciável, que se pode iniciar.
Iniziàle, adj. inicial: velocità ——— / (s. m.) inicial, letra.
Iniziamènto, s. m. início, começo, princípio, iniciação.
Iniziàre, (pr. -ízio, -ízi) v. tr. iniciar, começar, principiar / encaminhar, dirigir: ——— in uno studio / admitir nos mistérios de um culto, etc.
Iniziàrio, (pl. -ri) adj. inicial, iniciativo.

Iniziàtico, adj. (neol.) iniciatório, iniciação no sentido religioso.
Iniziativa, s. f. iniciativa.
Iniziativo, adj. (p. us.) iniciativo, inicial.
Iniziàto, adj. e s. m. iniciado / neófito, iniciado.
Iniziatòre, adj. e s. m. (f. -trice) iniciador; promotor; fautor.
Iniziazióne, s. f. iniciação.
Inizio, (pl. -ízi) s. m. início, princípio, começo.
Innacquàre, v. aguar.
Innafiamènto, s. m. ,rega, regadura.
Innaffiàre, (pr. -àffio, -àffi) v. regar, aguar, borrifar, irrigar.
Innaffiatóio, s. m. regador, objeto para regar.
Innaffiatríce, s. f. aparelho para irrigação.
Innàffio, s. m. (p. us.) rega, regadura.
Innalzàre, (v. inalzare) v. elevar, levantar.
Innamoramènto, s. m. enamoramento, ato de enamorar.
Innamoràre, (pr. -òro) v. enamorar, inspirar amor; cativar a simpatia; conquistar, encantar, enfeitiçar, apaixonar / (refl.) enamorar-se / apaixonar-se: innamorarsi perdutamente.
Innamoràto, p. p. e adj. enamorado / (s. m.) namorado.
Innanzàre, (ant.) v. avançar.
Innànzi, prep. e adv. antes / ante, diante de, em frente de / ——— a me: diante de mim / da ora ———: de agora em diante, a partir de hoje / andare ———: ir adiante, seguir para a frente / ——— tutto: antes de tudo / ——— tempo: prematuramente / farsi ———: adiantar-se, vir, aparecer à frente de alguém / mettere ——— delle ragioni: apresentar motivos, razões / cosi non si va più ———: assim não se pode continuar.
Innàrio, (pl. -àri) s. m. hinário, livro dos hinos.
Innatísmo, s. m. (filos.) inatismo.
Innàto, adj. inato, ingênito, congênito.
Innaturàle, adj. não natural, sobrenatural; diferente.
Innavigàbile, adj. inavegável: canale ———.
Innebbiàre, v. enevoar-se, cobrir-se de névoa.
Innegàbile, adj. inegável; incontestável, evidente; claro, indiscutível, verídico.
Innegabilmènte, adv. inegavelmente, incontestavelmente.
Inneggiamènto, s. m. celebração, aplauso / enaltecimento.
Inneggiàre, (pr. -èggio, -èggi) v. celebrar, aplaudir, enaltecer, exaltar, louvar; / aclamar, glorificar.
Inneggiatòre, adj. e s. m. (f. -trice) aplaudidor, enaltecedor, celebrador, aclamador.
Innervàre (pr. -èrvo) v. intr. tomar, pegar nervura; formar nervura as folhas dos vegetais.
Innervazióne, s. f. (fisiol.) nervação.
Innescàre, (pr. -èsco, -èschi) v. escorvar (armas de fogo).

Innèsco, (pl. -èschi) s. m. cápsula explosiva para minas, canhões, torpedos, etc.
Innestamênto, s. m. (agr.) enxerto; enxertadura; enxertia.
Innestàre, (pr. -èsto) v. tr. enxertar, fazer enxertos em / juntar, inserir, introduzir; articular, ligar / inocular / vacinar: ——— il vaiuolo.
Innestatôio, (pl. -ôi) s. m. enxertadeira, faca própria para fazer enxertos.
Innestatôre, adj. e s. m. (f. -tríce) enxertador.
Innestatúra, s. f. (agr.) enxertia, enxerto / a parte enxertada.
Innèsto, s. m. (agr.) enxerto, operação de enxertar / (mec.) junção / (med.) inoculação, vacinação.
Inno, s. m. hino; canto / (fig.) discurso ou escrito de louvor.
Innocènte, adj. e s. m. inocente, sem culpa ou malícia / inócuo; puro, limpo; cândido, ingênuo.
Innocentemênte, adv. inocentemente.
Innocènza, s. f. inocência / infância, puerícia / candor, candidez, pureza, integridade / as crianças: **proteggere l' ———.**
Innocívo, adj. (p. us.) inócuo.
Innocuità, s. f. inocuidade.
Innòcuo, adj. inócuo, inofensivo.
Innografía, s. f. hinografia.
Innògrafo, s. m. hinógrafo, escritor de hinos.
Innominàbile, adj. inominável.
Innominàto, adj. e s. m. inominado; anônimo / **l'innominato:** personagem manzoniano.
Innovamênto, s. m. inovação.
Innovàre, (pr. -òvo) v. inovar, introduzir novidades numa coisa / reformar, rejuvenescer uma moda, um hábito, etc.
Innovatôre, adj. e s. m. (f. -tríce) inovador / reformador.
Innovazióne, s. f. inovação / novidade /reforma.
Innovellàre, (pr. -èllo) (v. **rinnovellare**) v. renovar.
Innumeràbile, adj. inumerável / (lit.) inúmero / considerável.
Innumerabilità, s. f. inumerabilidade.
Innumerabilmênte, adv. inumeravelmente.
Innumerêvole, adj. inumerável / **una quantià ———— di cose:** um sem-número de coisas.
Innúmero, adj. inúmero.
Ino, ina, sufixo diminutivo: **uomo, omino, gatta, gattina.**
Inobbediènte, adj. desobediente / indócil / desobediente (ant.).
Inobbediènza, s. f. inobediência, desobediência / v. **disubidiènza.**
Inobliàbile, adj. (lit.) inesquecível.
Inocchiàre, v. tr. enxertar em forma de olho.
Inoccultàbile, adj. inocultável, que não se pode esconder.
Inoccupato, adj. inocupado, desocupado, vago.
Inoculare, v. tr. inocular, introduzir, injetar, enxertar.
Inoculazióne, s. f. inoculação, introdução, injeção, enxerto.
Inodòro, adj. inodoro, sem cheiro.

Inoffensíbile, adj. invulnerável, inatingível, inatacável.
Inoffensivo, adj. inofensivo, inócuo, manso.
Inoffèso, adj. não ofendido, incólume, ileso.
Inofficiòso, adj. inoficioso, não-válido, prejudicado.
Inoliàre, v. tr. (raro) azeitar, ungir, olear.
Inoltrare, v. tr. apresentar, encaminhar / (jur.) entregar / (v. intr.) penetrar, avançar, adentrar-se, enfronhar-se.
Inòltre, adv. além disso, além do mais, ainda por cima.
Inombràre, v. tr. ensombrecer, assombrear, obscurecer.
Inondamênto, s. m. v. **inondazióne.**
Inondànte, adj. inundante, alagador.
Inondàre, v. tr. inundar, alagar, transbordar, extravasar.
Inondàto, adj. inundado, alagado, transbordado.
Inondatòre, (f. -tríce) s. m. inundador, alagador.
Inondazióne, s. f. inundação, alagamento, aluvião, transbordamento.
Inonèsto, v. **disonèsto.**
Inonorato, adj. desonrado / **disonorato.**
Inope, adj. (raro) pobre, mísero, carecedor, indigente.
Inoperosità, s. f. ociosidade, inoperosidade.
Inoperoso, adj. ocioso, desocupado, parado, inerte, infrutuoso.
Inòpia, s. f. inópia, penúria, miséria, pobreza.
Inopinàbile, adj. inopinável, imprevisto.
Inopinatamênte, adv. inopinadamente, imprevistamente, inesperadamente.
Inopinato, adj. inopinado, imprevisto, inesperado.
Inopportunità, s. f. inoportunidade, inconveniência.
Inopportuno, adj. inoportuno, inconveniente.
Inoppugnàbile, adj. inegável, incontestável, incontrastável.
Inordinàto, adj. desordenado, emaranhado.
Inoràre, v. **dorare.**
Inorecchíto, adj. de ouvidos atentos.
Inorgànico, adj. inorgânico, sem órgãos, desorganizado, desconjuntado.
Inorgoglire, v. tr. orgulhar, ensoberbecer, tornar altivo.
Inornato, v. **disadornato.**
Inorpellare, v. tr. enfeitar, adornar, dissimular, desmascarar.
Inorpellatôre, s. m. (f. -tríce) adornador; disfarçador.
Inorpellàre, v. adornar ou disfarçar com ouropéis.
Inorpellatúra, s. f. adorno, disfarce, aparência vistosa que encobre o que não é lindo ou o que é ruim.
Inorridíre, (pr. -ísco, -ísci) v. horrorizar-se, aterrorizar-se, horripilar-se / (p. p.) **inorridito,** horrorizado, aterrorizado, espantado.
Inosabile, adj. (lit.) que não se pode ou não se deve ousar.
Inospitàle, adj. inóspito.
Inospitalità, s. f. inospitalidade.
Inòspite, inòspito, adj. inóspito.

Inossàre, (pr. -òsso) v. ossificar-se / formar ossos um animal.
Inosservàbile, adj. inobservável.
Inosservànte, adj. inobservante.
Inosservànza, s. f. inobservância.
Inosservàto, adj. inobservado; inadvertido: passare ——— / desobedecido, descuidado, não cumprido: regolamento ———.
Inostràre, (ant.) v. purpurar, tingir de púrpura.
Inottusíre, v. embotar / (fig.) entorpecer: ——— l'ingegno / (p. p.) inottusito: embotado, entorpecido, adormecido.
Inpartibus, (infidelium) loc. lat. no país dos infiéis; vescovo ———.
Inpuadràre, v. enquadrar, meter no quadro, encaixilhar / emoldurar / (mil.) por em ordem os soldados / (tip.) enquadrar, contornar as páginas / colocar, ajustar / (refl.) quadrar-se, ajustar-se, combinar-se; unir-se harmonicamente.
Inquadratúra, s. f. ato ou efeito de enquadrar; enquadramento.
Inqualificàbile, adj. inqualificável; reprovável; censurável, indigno, desprezível / condotta ———.
Inquartàre, v. (heráld.) insertar feitos entre os quartéis do escudo / (esgr.) esquivar a estocada / (técn.) purificar o ouro com o ácido nítrico.
Inquartazióne, s. f. purificação do ouro pelo ácido nítrico.
Inquietaménte, adv. inquietamente.
Inquietànte, p. p. e adj. inquietante, inquietador.
Inquietàre, (pr. -èto) v. inquietar; apoquentar; excitar, amofinar, perturbar: desassossegar; amotinar / (refl.) apoquentar-se.
Inquietèzza, s. f. inquietude, inquietação.
Inquièto, adj. inquieto: desassossegado; turbulento; agitado, apreensivo, aflito.
Inquietúdine, s. f. inquietude; inquietação, preocupação; apreensão.
Inquilinàto, s. m. inquilinato, condição de inquilino.
Inquilíno, s. m. inquilino.
Inquinaménto, s. m. inquinamento, inquinação, contaminação, infecção.
Inquirènte, p. pr. e adj. inquiridor, que inquire / (s. m.) aquele que inquire, inquiridor, investigador.
Inquirere, (ant.) v. inquirir.
Inquisíre, (pr. -ísco, -ísci) v. inquirir, procurar informações sobre; indagar; investigar / (for.) sumariar, instruir um processo.
Inquisitívo, adj. inquisitivo, investigativo; interrogativo.
Inquisitóre, adj. e s. m. inquiridor; investigador; averiguador / (s. m.) inquisidor, antigo magistrado da Rep. de Veneza e da Santa Inquisição.
Inquisitòrio, (pl. -òri) adj. inquisitorial, inquisitório.
Inquisizióne, s. f. inquisição, inquirimento / (hist.) inquisição, santo-ofício.
Insabbiaménto, s. m. obstrução por acúmulo de areia / ato de espalhar ou cobrir com areia.

Insabbiàre, (pr. -àbbio, -àbbi) v. tr. arear, cobrir ou espalhar de areia / ensaibrar / (pr.) arear-se; obstruir-se um porto ou canal pela areia transportada pela corrente / (fig.) insabbiarsi una pratica negli uffici: encalhar, dormir um processo nos canais burocráticos.
Insaccaménto, s. m. ensacamento, ato ou efeito de ensacar.
Insaccàre, (pr. -àcco, -àcchi) v. ensacar, meter em saco, guardar (farinha, arroz, etc.) / fazer chouriços ou paios (da carne) / engolir, tragar avidamente / vestir ou vestir-se sem garbo, com desalinho / (fig.) amontoar, amontoar-se coisas ou pessoas num lugar.
Insaccàta, s. f. ato de ensacar, ensaque / (mar.) sacudidela das velas por efeito do vento.
Insaccàto, p. p. e adj. ensacado; grano ———.
Insaccatúra, s. f. ensaca, ensacamento.
In Sacris, loc. lat. (ecles.) essere o non essere in sacris: ter ou não recebido as ordens sagradas.
Insalàre, v. salgar; condimentar com sal / (refl. e tr.) tornar-se salgado.
Insalata, s. f. salada / (fig.) misturada, confusão: fare un'insalata di una cosa / (dim.) insalatina.
Insalatàio, (pl. -ài) verdureiro, hortelão; quitandeiro.
Insalatièra, s. f. saladeira.
Insalatúra, s. f. salgadura, salga, ato de salgar.
Insaldàbile, adj. insoldável, que se não pode soldar.
Insaldàre, v. tr. engomar: ——— la camicia.
Insaldatúra, s. f. engomadura, ato de engomar.
Insalivàre, (pr. -ívo) v. insalivar, impregnar de saliva (os alimentos).
Insalivazióne, s. f. insalivação.
insalúbre, adj. insalubre; doentio.
Insalubrità, s. f. insalubridade.
Insalutàto, adj. não saudado, não cumprimentado / partire ——— ospite: sair sem despedir-se.
Insalvatichíre, (pr. -ísco, -íschi) v. tornar ou tornar-se rude, rústico; embrutecer-se / tornar-se agreste, bravio (um lugar).
Insanàbile, adj. que não se pode sanar; insanável, incurável.
Insanabilménte, adv. insanavelmente.
Insanguinaménto, s. m. ensangüentamento.
Insanguinàre, (pr. -ànguino) v. ensangüentar.
Insània, s. f. insânia; demência; loucura.
Insaníre, (pr. -ísco, -ísci) v. intr. enlouquecer, enloucar, desvairar.
Insàno, adj. insano; demente, tolo; insensato.
Insaponaménto, s. m. ensaboamento; ato de ensaboar; ensaboadela.
Insaponàre, (pr. -óno) v. ensaboar / (fig.) adular.
Insaponatúra, s. f. ensaboamento, ensaboadela.
Insaporàre, v. dar gosto, sabor, tornar saboroso / (refl.) tomar sabor.
Insaporo, adj. insípido.

Insaporíre, v. dar sabor: —— di sale: salgar / (p. p.) **insaporito**: saboreado, saboroso.
Insapúta, s. f. **all'insaputa**: sem dar a conhecer / a mia ——: sem o meu conhecimento.
Insatanassàre, v. endemoninhar, endiabrar.
Insatanassàto, p. p. e adj. endemoninhado, endiabrado; enfurecido; possesso.
Insatollàbile, adj. insaciável / (sin.) **insaziabile**.
Insaturàbile, adj. insaturável / insaciável.
Insaziàbile, adj. insaciável / incontentável, ávido.
Insaziabilità, s. f. insaciabilidade.
Insaziabilmènte, adv. insaciavelmente.
Inscenàre, (pr. -èno) v. tr. encenar, preparar o cenário para uma representação teatral; por em cena / preparar, dispor as coisas com o fim de iludir.
Insciènte, adj. (lit.) insciente, ignaro, ignorante.
Inscientemènte, adv. inscientemente.
Insciènza, s. f. insciência, ignorância.
Inscindíbile, adj. incindível, inseparável, indivisível.
Inscrívere, (v. **iscrívere**) v. inscrever.
Inscrutàbile, adj. inescrutável; imperscrutável.
Inscrutabilità, s. f. inescrutabilidade.
Inscúlto, (ant.) adj. esculpido.
Inscuríre, (pr. -ísco, -ísci) v. escurecer / (p. p.) **inscurito**: escurecido.
Inscusàbile, adj. inescusável, imperdoável.
Insecchíre, (pr. -ísco, -ísci) v. secar; tornar, tornar-se seco, enxuto; emagrecer.
Insecutôre, adj. e s. m. (p. us.) perseguidor.
Insediamênto, s. m. ato de assumir um cargo ou emprego; —— **del presidente**: posse do presidente.
Insediàre, (pr. -èdio, -èdi) v. dar posse, empossar / assumir um cargo, uma função, um emprego.
Insegàre, (pr. -ègo, -èghi) v. ensebar, untar com sebo.
Insègna, s. f. insígnia, emblema: **insegne della repubblica, papali**, etc. / pendão, estandarte, bandeira / divisa / decoração, brasão / escudo, mote / letreiro, rótulo, cartaz / distintivo.
Insegnàbile, adj. ensinável; que se pode, que se deve ensinar.
Insegnamênto, s. m. ensino; ensinança, ensinamento, instrução.
Insegnànte, p. pr., adj. e s. m. ensinante; docente, mestre, professor, preceptor.
Insegnàre, (pr. -ègno) v. tr. ensinar, dar lições, instruir sobre; educar; demonstrar; indicar; adestrar; doutrinar.
Insegnatívo, adj. instrutivo, educativo, didático.
Insegnatôre, (ant.) s. m. ensinador, mestre, professor, educador.
Insegnucchiàre, (pr. -úcchio) v. ensinar pouco, ensinar mais ou menos.
Inseguimênto, s. m. perseguição, perseguimento.
Inseguíre, (pr. -èguo) v. tr. perseguir, correr atrás, ir no encalço / seguir ou procurar alguém com insistência.
Inseguíto, p. p. e adj. perseguido.
Inseguitôre, s. m. (f. **-trice**) perseguidor.
Insellamênto, s. m. arreamento, ato ou efeito de arrear.
Insellàre, (pr. -èllo) v. arrear, pôr os arreios / (p. p.) **insellàto**: arreado.
Insellatúra, s. f. parte do lombo das bestas onde se põem os arreios.
Inselvàrsi, v. pr. embrenhar-se na selva, emboscar-se.
Inselvatichíre, (pr. -ísco, -ísci) v. enrudecer; tornar-se rude, rústico, selvagem.
Inseminàto, adj. não semeado, inculto (campo) / deserto, abandonado, ermo.
Insenatúra, s. f. enseada, golfo / sinuosidade.
Insensatàggine, insensatêzza, s. f. insensatez, imbecilidade, estupidez; estultícia, tolice, sandice.
Insensatamènte, adv. tolamente, lampantamente, estupidamente.
Insensàto, adj. insensato, estúpido, tonto.
Insensíbile, adj. insensível / imperceptível / imperturbável, indiferente, apático, frio, impassível.
Insensibilità, s. f. insensibilidade / frieza, indiferença, apatia, impassibilidade.
Insensibilmènte, adv. insensivelmente / imperceptivelmente.
Inseparàbile, adj. inseparável / indivisível / inerente.
Inseparabilità, s. f. inseparabilidade; indivisibilidade.
Inseparabilmènte, adv. inseparavelmente.
Inseparàto, adj. indiviso, unido, junto; concatenado.
Insepôlto, adj. insepulto.
Insequestràbile, adj. não seqüestrável, não embargável.
Insequestrabilità, s. f. condição do que não é seqüestrável.
Inseríre, (pr. -ísco, -ísci) v. inserir; cravar, intercalar; registrar, inscrever, incluir.
Insertàre, v. insertar; juntar, unir, entrelaçar, enxertar.
Insèrto, adj. inserto, incluído, inserido, intercalado.
Inservíbile, adj. inservível, inútil.
Inserviènte, s. m. servente, ajudante; contínuo / criado.
Inserziône, s. f. inserção / anúncio nos jornais: —— **a pagamento**.
Insettàrio, s. m. insetário, viveiro ou coleção de insetos para fins de estudo.
Insetticída, s. f. (pl. **-idi**) inseticida.
Insettívoro, adj. e s. m. insetívoro.
Insètto, s. m. inseto / (dim.) **insettíno, insettúccio**.
Insettologia, s. f. insetologia, entomologia.
Insettòlogo, (pl. -ólogi) s. m. insetólogo, entomófilo, insetófilo.
Insídia, s. f. engano, insídia; emboscada; traição, maquinação, aleivosia.

Insidiàre, (pr. -ídio, -ídi) v. insidiar, armar insídias ou ciladas; atraiçoar / (fig.) procurar seduzir.
Insidiatôre, adj. e s. m. (f. -trice) insidiador; pérfido.
Insidièvole, (ant.) adj. insidioso.
Insidiôso, adj. insidioso, pérfido, capcioso, fraudulento / **arma insidiosa:** arma oculta ou disfarçada / **morbo** ——: enfermidade encoberta.
Insième, adv. e prep. juntamente: **stare** ——: estar juntos, unidos; **giungere** ——: chegar em companhia ou ao mesmo tempo / junto, com: **lavorare** —— **con uno:** trabalhar junto com alguém / **mettere** ——: juntar / **stare bene** ——: estar bem, harmonizar (duas ou mais pessoas) / (s. m.) conjunto, totalidade:**l' insieme della compagnia.**
Insígne, adj, insigne, ilustre, famoso, célebre, grande, excelente / (iron.) **un'insigne corbelleria:** uma grande asneira.
Insignificàbile, adj. indizível, inefável, inexplicável.
Insignificànte, adj. insignificante / **viso** ——: rosto que não diz nada, inexpressivo.
Insignire, (pr. -ísco, -ísci) v. condecorar, honrar com um título / (p. p) **insignito:** condecorado.
Insignorire, (pr. -ísco, -ísci) v. senhorear, tornar senhor de, empossar / (refl.) assenhorear-se, apoderar-se, empossar-se / dominar / usurpar / enriquecer / (p. p.) **insignorito:** assenhoreado; empossado / enriquecido.
Insilamènto, s. m. ensilagem.
Insilàre, v. ensilar, armazenar (cereais).
Insincerità, s. f. insinceridade, deslealdade, falsidade.
Insincèro, adj. insincero, falso, fingido, desleal, simulado.
Insindacàbile, adj. insindicável, não sujeito à sindicância; incensurável.
Insindacabilità, s. f. insindicabilidade, isenção de crítica ou censura.
Insíno, prep. até / (sin.) **infino, fino.**
Insinuàbile, adj. insinuável.
Insinuànte, p. pr. e adj. insinuante; persuasivo, sugestivo, lisongeiro / **un fare** ——: maneiras insinuantes.
Insinuàre, (pr. -ínsinuo) v. tr. insinuar, introduzir lentamente; fazer habilmente, penetrar no ânimo; sugerir, fazer compreender e aceitar qualquer coisa sem a referir expresamente; aconselhar; registrar / (refl.) meter-se no coração, granjear simpatia.
Insinuatôre, adj. e s. m. (f. -trice) insinuador.
Insinuaziône, s. f. insinuação; indicação, sugestão / (fig.) acusação encoberta e maligna.
Insipidamènte, adv. insipidamente.
Insipidèzza, s. f. insipidez.
Insipidità, s. f. insipidez.
Insípido, adj. insípido, insulso, sem sabor; insôsso; desengraçado; monótono.
Insipiènte, adj. insipiente, que não sabe nada; ignorante, insensato.
Insipientemènte, adv. insipidamente.
Insipiènza, s. f. insipiência; ignorância.

Insistènte, p. pr. e adj. insistente; teimoso; obstinado / contumaz, enfadonho.
Insistentemènte, adv. insistentemente, continuamente.
Insistènza, s. f. insistência, teimosia, obstinação.
Insistere, (pr. -ísto) v. intr. insistir, manter-se firme; persistir na afirmativa; perseverar; teimar.
ínsito, adj. (lit.) ínsito; inato, congênito / inserido, implantado, inerente.
Insociàbile, adj. insociável; não social: misantropo.
Insociabilità, s. f. insociabilidade.
Insociàle, insociévole, adj. insociável; intratável; esquivo.
Insociavolèzza, s. f. insociabilidade.
Insodisfàtto, adj. insatisfeito; descontente / **debito** ——: dívida não liquidada.
Insofferènte, adj. insofrido, intolerante, impaciente: —— **d'ogni freno:** que não sofre ou suporta freio.
Insofferènza, s. f. insofrimento; intolerância; impaciência.
Insoffríbile, adj. insofrível, insuportável; **caldo** ——: calor intolerável.
Insoffribilità, s. f. intolerabilidade.
Insoffribilmènte, s. f. intoleravelmente, de modo intolerável.
Insolàre, v. insolar, expor ao sol / (sin.) **soleggiare.**
Insolaziône, s. f. insolação, exposição ao sol / (med.) banho de sol / insolação, golpe de sol.
Insolcàre, (pr. -ôlco, -ôlchi) v. tr. fazer sulcos em, arar, sulcar; delimitar com um sulco.
Insolènte, adj. insolente, atrevido / desavergonhado, descarado / impudente / petulante, impertinente; arrogante.
Insolentemènte, adv. insolentemente.
Insolentíre, (pr. -ísco, -ísci) v. mostrar-se insolente / proceder com insolência contra alguém, maltratar, provocar / insultar: —— **i compagni.**
Insolènza, s. f. insolência; imprudência: atrevimento: arrogância, impertinência: petulância; cinismo.
Insolfàre, (v. **insolfare**) v. enxofrar.
Insolitamènte, adv. insolitamente, de maneira não costumada.
Insòlito, adj. insólito, não costumado: desusado; extraordinário.
Insolíre, (ant.) v. intr. tornar fofo, mole, esponjoso.
Insolúbile, adj. insolúvel: **problema** —— / indissolúvel: **vìncolo** ——: vínculo indissolúvel.
Insolubilità s. f. insolubilidade; indissolubilidade.
Insolubilmènte, adv. insoluvelmente, indissoluvemente.
Insolúto, adj. não resolvido; não dissolvido / insolvido / **debito** ——: dívida não paga.
Insolvènte, adj. insolvente, que não pode pagar o que deve.
Insolvenza, s. f. (com.) insolvência; impossibilidade de pagar uma dívida.
Insolvíbile, adj. insolvível; que se não pode pagar.
Insolvibilità, s. f. insolvabilidade; insolvência.

Insòmma, adv. em suma, enfim, afinal, em conclusão, numa palavra.
Insommergíbile, adj. insubmergível, insubmersível.
Insònne, adj. lit. insone.
Insònnia, s. f. insônia, falta de sono; dificuldade em dormir; vigília.
Insonnolíto, adj. adormentado, sonolento.
Insopportàbile, adj. insuportável, insofrível, intolerável.
Insopportabilità, s. f. qualidade do que é insuportável; intolerabilidade.
Insordíre, (pr. -ísco, ísci) v. intr. ensurdecer; ficar surdo.
Insòrgere, (pr. -òrgo, òrgi) v. insurgir, sublevar, revoltar / (pr.) sublevar-se, revoltar-se, reagir.
Insorgiménto, s. m. (p. us.) insurreição, sublevação.
Insormontàbile, adj. insuperável, invencível: **difficoltà** ———.
Insòrto, p. p. adj. e s. m. insurreccionado, insurrecto.
Insospettàbile, adj. insuspeito; fidedigno; imparcial.
Insospettíre, (pr. -ísco, -ísci) v. tr. despertar receio ou suspeita / (refl. e intr.) desconfiar, suspeitar, conceber suspeita.
Insostenìbile, adj. insustentável: **argomento** ——— / insuportável: **situazione** ——— / indefensível: **causa** ———.
Insostituíbile, adj. insubstituível.
Insostenibilità, s. f. insustentabilidade.
Insozzàre, (pr. -òzzo) v. tr. sujar, conspurcar, emporcalhar / (fig.) manchar, macular, desmoralizar: ——— **la fama**.
Insperàbile, adj. inesperável.
Insperatamènte, adv. inesperadamente.
Insperàto, adj. inesperado / improviso.
Inspessiménto, s. m. espessidão, espessura; condensação.
Inspessíre, (pr. -ísco, -ísci) v. (p. us.) espessar, condensar: ——— **una salsa**.
Inspiràre, v. tr. inspirar, absorver ou aspirar o ar.
Inspiratòre, adj. e s. m. (f. -tríce) inspirador; aspirador.
Inspirazióne, s. f. inspiração, aspiração.
Instàbile, adj. instável: **equilibrio** ——— / inconstante, mudável, volúvel; **fortuna** ———.
Instabilità, s. f. instabilidade / volubilidade.
Instabilmènte, adv. instavelmente; inconstantemente.
Installàre, v. tr. e pr. instalar, estabelecer / acomodar-se, instalar-se: **mi sono installato in questo appartamento**.
Installatòre, adj. e s. m. (f. -tríce) instalador, que ou aquele que instala (espec. operário que faz instalações elétricas, etc.).
Installazióne, s. f. instalação / colocação.
Instancàbile, adj. incansável, infatigável.
Instancabilità, s. f. incansabilidade.
Instancabilménte, adv. incansavelmente, infatigavelmente.

Instànte, p. pr. e adj. instante / urgente, insistente, premente: **pericolo** ——— / (s. m.) solicitante.
Instantemènte, adv. instantemente, com instância.
Instàre, (pr. **ìnsto**, **ìnsti**) v. intr. instar, estar instante ou iminente; pedir com insistência; ser necessário / persisitír.
Instauràre, (pr. -àuro) v. instaurar, estabelecer: ——— **un nuovo regime** / inaugurar, instituir, inovar.
Instauratòre, adj. e s. m. (f. -tríce) instaurador / fundador.
Instaurazióne, s. f. instauração.
Instellàre, v. adornar com estrelas.
Insterilíre, (v. **isterilire**) v. esterilizar.
Instillàre, (v. **istillare**) v. instilar; inspirar; insinuar, infundir.
Institòre, s. m. executor; administrador.
Institòrio, adj. (jur.) referente ao institor: **azione institoria**.
Instituèndo, adj. instituendo, que está se instituindo ou fundando.
Instituíre, (v. **istituire**) v. instituir.
Instradàre, v. encaminhar, guiar, dirigir alguém, ensinar-lhe o caminho ou a profissão, etc.
Instrútto, adj. (lit.) instruído, douto.
Insù, adv. para cima, em cima / **all'insù**: para cima.
Insubordinatamènte, adv. insubordinadamente.
Insubordinatézza, s. f. insubordinação; indocilidade, indisciplina.
Insubordinàto, adj. e s. m. insubordinado, indócil, rebelde, indisciplinado.
Insubordinazióne, s. f. insubordinação / ato de rebeldia.
Ínsubre, adj. (lit.) ínsubre, lombardo (de Insúbria, antigo nome da Lombardia).
Insuccèsso, s. m. insucesso, fracasso, êxito negativo: **quel romanzo fu un** ———.
Insudiciàre, (pr. -údicio, -údici) v. sujar; manchar, contaminar / (p. p.) **insudiciàto**: sujo.
Insuèto, adj. (lit.) insueto, insólito, desusado.
Insufficènte, adj. insuficiente; inábil, incapaz, inepto / escasso: **dose** ———.
Insufficienza, s. f. insuficiência / inabilidade, inaptidão, incapacidade / escassez.
Insuflàre, v. tr. (med.) insulflar / (fig.) inspirar, insinuar.
Insuflazióne, s. f. insuflação, inalação.
Insulàre, adj. insular, da ilha ou das ilhas / insulano.
Insulína, s. f. (quím.) insulina.
Insulsàggine, s. f. insulsez, sandice, parvoíce.
Insulsamènte, adv. insulsamente.
Insulsiva, s. f. insulsez.
Insúlso, adj. insulso, sem sal, insosso; que não tem graça, desenxabido.
Insultànte, p. pr. e adj. insultante, que insulta; injurioso.
Insultàre, (pr. -últo) v. tr. insultar; injuriar; ofender; ultrajar.
Insultatóre, adj. e s. m. (f. -tríce) insultador.
Insúlto, s. m. insulto, injúria, ofensa, ultraje / (med.) insulto, ataque de paralisia, etc.

Insuperàbile, adj. insuperável; invencível.
Insuperabilità, s. f. perfeição / invencibilidade.
Insuperabilmènte, adv. insuperavelmente; otimamente.
Insuperàto, adj. nunca superado ou alcançado; sumo, superior: ――― maestro.
Insuperbíre, (pr. -ísco, -ísci) v. ensoberbecer.
Insurrezionàle, adj. insurrecional; revolucionário.
Insurreziône, s. f. insurreição, motim, sublevação, rebelião.
Insussistènte, adj. insubsistente; inexistente; fantástico.
Insussistènza, s. f. insubsistência; inexistência.
Intabaccàre, (pr. -àcco, àcchi) v. empoeirar, sujar com tabaco / (pop.) (refl.) apaixonar-se.
Intabarràre, v. encapotar, envolver em capote / (refl.) encapotar-se.
Intaccàbile, adj. que não se pode atacar, fender / que não se pode cortar, talhar, fender.
Intaccamènto, s. m. fenda, corte, ato e efeito de cortar, fender, atacar, etc.
Intaccàre, (pr. -àcco, -àcchi) v. fazer fendas ou cortes para sinal, etc. / rachar, fender, cortar / atacar: la ruggine intacca il ferro / ofender: l'onore di una donna / fazer cortes, diminuir: ――― il patrimonio, il capitale.
Intaccatúra, s. f. corte, fenda, incisão / entalhe / chanfradura feita para encaixe / (arquit.) moldura de pouco relevo.
Intàcco, (pl. -àcchi) s. m. fenda, corte / dano, prejuízo.
Intagliàre, (pr. -àglio, -àgli) v. entalhar, cinzelar, gravar, esculpir.
Intagliatôre, adj. e s. m. (f. -tríce) entalhador / gravador, cinzelador.
Intagliatúra, s. f. entalhadura, entalhamento.
Intàglio, (pl. -àgli) s. m. entalho, entalhe; obra de entalho.
Intanàrsi, v. encovar-se, refugiar-se, esconder-se.
Intanfíre, (pr. -ísco, -ísci) v. mofar, criar mofo / (p. p.) **infantíto**: mofento, bolorento.
Intangíbile, adj intangível, inviolável.
Intangibilità, s. f. intangibilidade, inviolabilidade.
Intànto, adv. entanto, entretanto, neste meio tempo.
Intarlàre, v. caruncher, ganhar caruncho; bichar, apodrecer.
Intarlatúra, s. f. caruncho / ato e efeito de carunchar.
Intarmàre, (pr. -àrmo) v. i. carunchar-se, bichar.
Intarmolàre, intarmolíre, v. (tosc.) carunchar-se os navios, etc.
Intarsiàre, (pr. -àrsio, -àrsi) v. marchetar, embutir, tauxiar.
Intarsiàto, p. p. e adj marchetado, embutido, tauxiado: **cornice intarsita**.
Intarsiatôre, s. m. (f. -tríce) embutidor, aquele que faz embutidos.
Intarsiatúra, s. f. embutidura, ato de embutir; trabalho de embutidor.

Intàrsio, (pl. -àrsi) s. m. embutido, obra de marchetaria ou de entalhador; obra de mosaico; tauxia, mosaico.
Intartaríto, adj. incrustado de tártaro; incrustado de borra.
Intasamènto, s. m. incrustação dos tonéis / obstrução dos condutos / (med.) enfarte.
Intasàre, v. encrustar-se de tártaros os tonéis, etc. / obstruir-se os canos, condutos, etc. / avere il naso intasato: ter o nariz tapado / (med.) enfarte, oclusão.
Intasatúra, s. f. (v. **intasamento**).
Intascàre, (pr. -àsco, -àschi) v. embolsar, pôr no bolso / cobrar, receber dinheiro / (fig.) ganhar.
Intàso, s. m. (p. us.) incrustação.
Intàtto, adj. intato, intacto, inteiro, completo, íntegro / incólume, ileso, / puro, imaculado, inviolado.
Intavolàre, (pr. -àvolo) v. entaubar, revestir de tábuas / ――― **il pane**: dispor o pão na pá, para meter no forno / ――― **gli scacchi**: entabular as pedras do xadrez / entabular, começar, iniciar: **intavolò una discussione**.
Intavolàto, s. m. (p. us.) tabuado / reparo de tábuas / pavimento de tábuas.
Intavolatúra, s. f. tabuado, entabuamento / (mús.) antiga notação para música instrumental.
Intedescare, (pr. -èsco, -èschi) v. tr. e pr. germanizar, adotar costumes alemães.
Integèrrimo, adj. integérrimo, íntegro, incorruptível.
Integràbile, adj. integrável.
Integrabilità, s. f. integrabilidade.
Integràle, adj. integral: **parte ――― di un tutto** / inteiro, completo, íntegro.
Integralmènte, adv. integralmente.
Integrànte, p. pr. e adj. integrante; integral.
Integràre, (pr. íntegro) v. integrar, completar.
Integraziône, s. f. integração.
Integrità, s. f. integridade, inteireza / probidade, incorruptibilidade.
Íntegro, adj. íntegro, intacto, intacto / honrado, probo, incorruptível.
Integumentàle, adj. referente ao tegumento.
Integumènto, s. m. (anat.) integumento, invólucro, epiderme, revestimento.
Intelaiàre, (pr. -àio, -ài) v. tr. urdir, dispor no tear / montar as peças de uma máquina.
Intelettívo, adj. intelectivo: **facoltà intellettiva**.
Intellètto, s. m. intelecto, inteligência / pessoa muito inteligente: **uno dei migliori intelletti della scuola** / conhecimento, razão, sentimento / perspicácia, imaginação.
Intellettuàle, adj. e s. m. intelectual, / cerebral; culto, instruído: **persona ―――**.
Intelletuallísmo, s. m. (filos.) intelectualismo.
Intellettualità, s. f. intelectualidade.
Intellettualmènte, adv. intelectualmente.

Intellettualòide, adj e s. m. intelectualóide / depr. de pessoa que se dá ares de intelectual.
Intelligènte, adj. inteligente / entendedor, conhecedor / sagaz, perspicaz, destro, engenhoso / vivo, avisado.
Intelligènza, s. f. inteligência, entendimento, intelecto / conhecimento de uma disciplina / **a maggiore** ———: para melhor inteligência / acordo, trato, concerto, entendimento, conluio: **corre buona** ——— **fra loro** / compreensão, habilidade, destreza.
Intelligíbile, adj. inteligível / compreensível, perceptível, claro.
Intelligibilità, s. f. inteligibilidade, compreensibilidade.
Intelligibilmènte, adv. inteligivelmente.
Intelucciàre, v. tr. entretelar: ——— **un vestito**.
Intemeràta, s. f. discurso longo e enfadonho / repreminda, repreensão, ensaboadela.
Intemeràto, adj. intemerato; puro, imaculado, incorrupto.
Intemperànte, adj. intemperante, imoderado; guloso; desregrado, descomedido.
Intemperànza, s. f. intemperança; gula / excesso, exorbitância, exagero; desordem, abuso.
Intemperàto, adj. (p. us.) intemperado / guloso, imoderado.
Intempèrie, s. f. intempérie / chuva, frio, vento repentino.
Intempestivamènte, adv. intempestivamente; inoportunamente.
Intempestívo, adj. intempestivo, que vem fora do tempo próprio; importuno, inopinado; prematuro.
Intendènte, p. pr. e adj. entendedor, conhecedor, competente, perito; ——— **di musica** / (s. m.) intendente, diretor, administrador, superintendente.
Intendènza, s. f. intendência / ——— **di finanza**: administração das rendas.
Intèndere, (pr. -èndo) v. tr. entender, compreender: ——— (Dante) / interpretar / ouvir: **non una voce al telefono**: não ouvir ou não entender uma voz pelo telefone / **ho inteso che...**: ouvi que... / tender, dirigir / ——— **lo sguardo**: dirigir o olhar / **io m'intendo**: eu me compreendo, eu sei o que faço / **intendo dire**: quero dizer / **intendiamoci**: entendamos-nos! / ——— **Roma per Toma**: entender ao contrário / **a la mente**: aplicar a mente / pensar / **non la intendo cosi**: não sou de tal parecer / **darsi a** ——— **di essere**: crer-se, supor-se, estimar-se por... / (refl.) **intendersi di**: saber, entender-se de / **l'ffare s'intende conchiuso**: o negócio está combinado.
Intendimènto, s. m. entendimento / razão, inteligência / intenção / intuição / pressentimento.
Intenditôre, s. m. (f. -trice) entendedor; conhecedor / competente.
Intenebramènto, s. m. entenebrecimento, escurecimento.
Intenebràre, (pr. -ènebro) v. tr. e intr. entenebrecer, obscurecer, ofuscar / **intenebràrsi il tempo, la mente**: ofuscar-se o céu, a inteligência.

Intenerimènto, s. m. enternecimento / ternura, emoção.
Inteneríre, (pr. -ísco, -ísci) v. abrandar, amolecer, tornar mole: ——— **i ceci** / enternecer, comover / (refl.) comover-se, enternecer-se.
Intensamènte, adv. intensamente.
Intensificàre, (pr. -ífico, -íflchi) v. intensificar; intensar, avivar, reforçar: ——— **il lavoro**.
Intensità, s. f. intensidade / veemência, violência.
Intensivo, adj. intensivo: **alimentazione, coltivazione intensiva**.
Intenso, adj. intenso, muito forte, excessivo: **calore** ———.
Intentàbile, adj. que não se pode tentar ou procurar: **impresa** ——— / (for.) que se pode intentar / **processo** ———: pleito possível.
Intentàre, (pr. -ènto) v. tr. intentar, promover.
Intentàto, p. p. intentado / (adj.) sem tentativa, não experimentado, não ensaiado / **non lasciar nulla** ———: fazer todo o possível, não medir esforços (para conseguir algo) / inexplorado: **una paese** ———.
Intènto, adj. vigilante, fixo, atento: **gli orecchi intenti**: os ouvidos atentos; **gli occhi intenti**: os olhos fixos numa coisa / absorto em, ocupado em, absorvido por: **tutto** ——— **allo studio** / (ant.) intenso, denso.
Intènto, s. m. intento, intenção, propósito; **raggiungere l'** ———: alcançar o intento / fim, objeto da ação; tentativa.
Intenzionàle, adj. intencional; feito de propósito.
Intenzionalmènte, adv. intencionalmente.
Intenzionàto, adj. intencionado: **bene o male** ———.
Intenzióne, s. f. intenção; intento, propósito, idéia; vontade / fim, objeto, meta.
Intepidire, (pr. -ísco, -ísci) v. entibiar, tornar tíbio, afrouxar; resfriar; diminuir o calor; atenuar / (pr.) perder o calor, a energia, o entusiasmo / (p. p.) **intiepidito**: entibiado.
ìnter, intra, intro, prefixos: dentro, entre (**interlinea, intralasciare, intromettere**).
Interamènte, adv. inteiramente, totalmente, cabalmente, integralmente.
Interàre, (ant.) v. tornar inteiro, integrar.
Interbinàrio, s. m. (neol.) (ferr.) entrevia, espaço entre um e outro trilho da estrada de ferro.
Intercalàre, (pr. -àlo) v. intercalar, entrepor, inserir: ——— **vignette nel testo**; **testo** ——— / (p. p. e adj.) **intercalàto**: intercalado, inserido / (s. m.) estribilho, glosa (sin. **ritornello**).
Intercalazióne, s. f. (p. us.) intercalação.
Intercapèdine, s. f. interstício, espaço estreito entre duas paredes ou edifícios / (mar.) espaço estanque entre o casco exterior e o interior do submarino.

Intercèdere, (pr. -èdo) v. interceder, intervir, interpor-se; solicitar perdão, graça, etc. / mediar, correr tempo ou espaço: **fra Campinas e S. Paulo intercedono 90 chilometri ossia un'ora e venti di treno**.

Interciditrice, adj. e s. f. intercessora, medianeira.

Intercedúto, p. p. intercedido.

Intercessióne, s. f. intercessão, ato de interceder; intervenção favorável.

Intercèsso, p. p. (p. us.) intercedido.

Intercessóre, adj. e s. m. intercessor, que ou aquele que intercede.

Intercettaménto, s. m. intercepção, interceptação.

Intercettàre, (pr. -ètto) v. tr. interceptar; interromper o curso de; fazer parar; impedir; deter.

Intercettatóre, intercettóre, adj. e s. m. interceptor, aquele ou aquilo que intercepta.

Intercètto, adj. (p. us.) intercepto, interceptado.

Intercezióne, s. f. intercepção, ato de interceptar.

Interchiúdere, (v. intercludere) v. incluir / impedir.

Intercídere (pr. -ído) v. dividir, partir, separar ao meio / cortar, interromper, truncar.

Intercisióne, s. f. intercisão, divisão, interrupção.

Interclúdere, v. (p. us.) fechar, impedir: —— **il passaggio**.

Intercolònnio, intercolúnnio, s. m. (arquit.) intercolúnio.

Intercomunàle, adj. intermunicipal: referente a vários municípios ("comuni" na Itália): **consorzio intercomunàle**.

Intercomunicànte, adj. de coisas que intercomunicam entre si.

Intercòrrere, (pr. -órro) v. intr. intercorrer, correr pelo meio; suceder, sobrevir.

Intercostàle, adj. (anat.) intercostal: **músculo** ——.

Intercutàneo, adj. intercutâneo.

Interdentàle, adj. interdental.

Interdètto, p. p. e adj. interditado / interdito, proibido, impedido / (s. m.) interdito, proibição legal.

Interdipendènza, s. f. interdependência, dependência recíproca.

Interdíre, (pr. -íco, -íci) v. tr. interdizer, proibir, vedar / impedir, estorvar.

Interdittòrio, (pl. -òri) adj. interditivo.

Interdizióne, s. f. interdição, proibição; impedimento.

Interessaménto, s. m. interesse; atenção, importância, simpatia.

Interessànte, p. pr. e adj. interessante, que interessa ou afeta / interessante, importante: **notizia** —— / divertido, atraente / impressionante / **stato** ——: gravidez.

Interessàre, (pr. -èsso) v. tr. interessar, dar interesse a; associar; despertar interesse, curiosidade ou simpatia / atrair, comover, deleitar / (med.) atacar, afetar: **affezione che interessa i polmoni** / (refl.) interessar-se por, ocupar-se de.

Interessataménte, adv. interessadamente.

Interessàto, p. p. e adj. interessado / interesseiro, egoísta, calculador / (s. m.) interessado, que tem interesse nos lucros de uma empresa.

Interèsse, s. m. interesse, proveito, lucro, vantagem; empenho / parte nos lucros de sociedade ou empresa / juro de capital / atenção, importância, simpatia / **prendere** ——: interessar-se.

Interessènza, s. f. (com.) participação nos lucros de uma sociedade ou empresa.

Interessóso, adj. (p. us.) interesseiro, que atende só ao próprio interesse.

Interèzza, s. f. (p. us.) inteireza, integridade.

Interferènza, s. f. (fís.) interferência / (fig.) contraste de interesses, de ações ou idéias.

Interferíre, (pr. -ísco, -ísci) v. intr. interferir, intervir; produzir interferência.

Interferòmetro, s. m. (fís.) interferômetro, apar. baseado na interferência das ondas.

Interfogliàre, (pr. -òglio, -ògli) v. tr. interfoliar, colocar folhas não impressas entre as folhas de um livro.

Interfogliàto, p. p. e adj. interfoliado: **registro** ——.

Interfogliatúra, s. f. interfoliação; ato e efeito de interfoliar.

Interfòglio, (pl. -ògli) s. m. folha intercalada.

Interiezióne, s. f. interjeição / (sin.) **esclamazione**.

Ínterim, s. m. (v. lat.) ínterim, interinidade, interinato; cargo de interinato.

Interinàle, adj. interino, provisório, que não é efetivo: passageiro.

Interinalménte, adv. interinamente.

Interinato, s. m. interinato, interinado.

Interino, adj. e s. m. interino.

Interióre, adj. interior, que está dentro; interno; situado entre a terra; (s. m.) a parte interna / coração, âmago / (pl. m.) **interiori** e f. **interiora**, as entranhas ou vísceras.

Interiorità, s. f. interioridade.

Interiormènte, adv. interiormente.

Interíto, adj. duro, teso, rijo, erguido, hirto, empertigado.

Interlínea, s. f. entrelinha, espaço entre duas linhas / peça para espaçar a composição tipográfica.

Interlineàre, adj. interlinear, que está entre duas linhas.

Interlineàre, v. tr. entrelinhar, espacejar, intervalar / traduzir ou comentar nas entrelinhas.

Interlineatúra, s. f. entrelinhamento.

Interlinazióne, s. f. entrelinhamento.

Interlíngua, s. f. língua internacional.

Interlocutóre, s. m. (f. -trice) interlocutor.

Interlocutòrio, (pl. -òri) adj. interlocutório.

Interlocuzióne, s. f. interlocução.

Interloquíre, (pr. -ísco, -ísci) v. intr. (for.) pronunciar auto-interlocutório / intervir, intrometer-se numa conversa ou discussão.

Interlúdio, s. m. (mús.) interlúdio.

Interlúnio, (pl. -ni) (astr.) interlúnio.

Intermediàrio, (neol.) adj. intermediário, intermédio / (s. m.) intermediário, medianeiro.
Intermèdio, (pl. -èdi) adj. intermédio; que está de permeio; interposto.
Intermèsso, p. p. e adj. intrometido / interrompido, suspenso.
Intermèttere, (pr. -ètto, etc.) v. tr. intermitir, interromper, parar por intervalos, descontinuar, cessar / (refl.) (p. us.) intrometer-se.
Intermèzzo, s. m. intermédio, intervalo / entreato / interlúdio.
Interminàbile, adj. interminável, inacabável; sem fim, que dura sempre; contínuo, demorado; infinito.
Interminabilmènte, adv. interminavelmente.
Interminàto, adj. (p. us.) intérmino, infinito.
Interministeriàle, adj. que respeita vários ministérios.
Intermissióne, s. f. intermissão, ato de intermitir; interrupção.
Intermittènte, p. pr. e adj. intermitente, que não é contínuo.
Intermittènza, s. f. intermitência; interrupção.
Intermuscolàre, adj. (anat.) intermuscular.
Internamènte, adv. internamente, interiormente, dentro.
Internàre, (pr. -èrno) v. tr. internar, meter ou enviar para o interior / pôr dentro de colégio, hospital, asilo, etc. / colocar dentro, introduzir / (pr.) penetrar, entranhar-se; engolfar-se.
Internazionàle, adj. internacional / (s. f.) l' ——— socialista: associação internacional de trabalhadores.
Internazionalísmo, s. m. internacionalismo.
Internazionalísta, s. m. internacionalista.
Internazionalità, s. f. internacionalidade.
Intèrno, adj. interno / interior: stanza, sala-interna / voce interna: voz interior, voz da consciência / commercio ———: comércio interno / mare ———: mar interior / (s. m.) interior; l'interno del corpo, dell'anima / nell'interno: no íntimo, no âmago.
Internòdio, e **internòdo** (pl. -òdi) s. m. (bot.) internódio, espaço entre os nós de uma planta; entrenó.
Inter Nos, loc. entre nós.
Internunziatúra, s. f. internunciatura.
Internúnzio, (pl. -únzi) s. m. internúncio, núncio de segunda classe.
Intèro, intièro, adj. inteiro, completo; cabal / pleno, absoluto; ho intera fiducia: tenho inteira confiança / íntegro, reto; un giudice ——— / (mat.) número ———.
Interoceànico, (pl. -ci) adj. interoceânico.
Interòsseo, adj. (anat.) interósseo.
Interparietàle, adj. (anat.) interparietal.
Interparlamentàre, adj. interparlamentar.
Interpellànte, p. pr. e s. m. interpelante.
Interpellànza, s. f. interpelação.
Interpellàre, (pr. -èllo) v. tr. interpelar.
Interpetràre, e interpetràre, (pr. -èrpetro, -èpreto) v. interpretar; explicar, esclarecer; traduzir; representar; desempenhar; tomar em determinado sentido; comentar, expor.
Interpetratívo e interpretatívo, adj. interpretativo.
Interpetratóre, interpretatóre, adj e s. m. que ou aquele que interpreta; interpretador.
Interpetazióne, interpretazióne, s. f. interpretação.
Intèrpete, intèrprete, s. m. e f. intérprete / tradutor.
Interplanetàrio, (pl. -àri) adj. interplanetário.
Interpolamènto, s. m. interpolamento, interpolação; intercalação de palavras ou frases num texto.
Interpolàre, (pr. -èrpolo) v. tr. interpolar; intercalar; descontinuar, alternar.
Interpolatamènte, adv. interpoladamente.
Interpolatóre, adj. e s. m. interpolador.
Interpolazióne, s. f. interpolação.
Interpònte, s. m. (mar.) entreponte, espaço (nos navios) entre duas pontes.
Interpórre, (pr. -ôngo, -òni) v. interpor, pôr entre; meter de permeio; fazer intervir; recorrer / (refl.) **interporsi:** interpor-se, meter-se de permeio.
Interpositóre, s. m. (f. -trice) intermediário, mediador; medianeiro.
Interposizióne, s. f. interposição; intervenção.
Interpòsto, p. p. e adj. interposto; que interveio; que serve de intermediário.
Interprovinciàle, adj. interprovincial: strada ———.
Interpúngere, (pr. -úngo, -úngi) v. (gram.) pontuar, separar com pontos, vírgulas, etc.
Interpunzióne, s. f. pontuação.
Interramènto, s. m. enterramento, enterro / aterro.
Interràre, (pr. -èrro) v. enterrar, sepultar / aterrar.
Interré, s. m. inter-rei, regente do reino durante o interregno.
Interregionàle, adj. inter-regional.
Interrègno, s. m. interregno / (por ext.) intervalo entre duas administrações, etc.
Interrogàre, (pr. -èrrogo, -èrroghi) v. interrogar; perguntar, inquirir / (fig.) consultar, compensar: ——— la storia, i documenti / sondar, indagar: ——— la coscienza.
Interrogatívo, adj. interrogativo.
Interrogatóre, adj. e s. m. (f. -trice) interrogador, que ou aquele que interroga.
Interrogatòrio, (pl. -òri) adj. interrogatório.
Interrogazióne, s. f. interrogação, pergunta.
Interrômpere, (pr. -ômpo) v. interromper: ——— il lavoro: la conversazione / impedir, estorvar uma ação / desistir, cortar, truncar, romper / (refl.) cortar-se, interromper-se.
Interròtto, p. p. e adj. interrompido; interrupto / entrecortado; voce interrotta dai singhiozzo: voz entrecortada por soluços / truncado, impedido: **comunicazione interrotta.**

Interrúttore, s. m. (f. -tríce) interruptor / aparelho que interrompe uma corrente elétrica.
Interruziône, s. f. interrupção; suspensão.
Intersecamênto, s. m. intersecção / cruzamento / corte.
Intersecànte, p. pr. e adj. que intersecta.
Intersecàre, v. intersectar (se), cortar ou cortarem-se (duas linhas ou superfícies).
Intersecaziône, s. f. intersecção; corte; cruzamento.
Interseziône, s. f. intersecção, cruzamento / coincidência, interferência.
Interstazionàle, adj. relativo a várias estações ferroviárias.
Interstiziàle, adj. (anat.) intersticial.
Interstízio, (pl. -ízi) s. m. interstício.
Intertrígine, s. f. (med.) intertrigem, eritema provocado pela fricção repetida da pele.
Intertropicàle, adj. intertropical.
Interurbàno, adj. interurbano.
Intervàllo, s. m. intervalo de espaço e de tempo / espaço, distância.
Intervenìre, (pr. -èngo) v. intervir; tomar parte; ingerir-se, interferir; intrometer-se; acudir / participar de, presenciar, assistir: ——— in una riunione.
Interventísta, (pl. -ísti) s. m. intervencionista.
Intervènto, s. m. intervenção / (med.) intervenção, operação.
Intervenúto, p. p. intervindo / (adj. e s. m.) assistente, presente: **gli intervenuti alla cerimonia.**
Intervenziône, s. f. intervenção.
"Interview" (ingl.) s. f. entrevista, colóquio, conversação, conferência com algum personagem para fins periodísticos.
Intervísta, s. f. entrevista; colóquio, conversação com algum personagem para fins periodísticos.
Intervistare, (pr. -ísto) v. entrevistar,
Intervistatôre, s. m. (f. -tríce) repórter que entrevista.
Interzàre, (pr. -èrzo) v. terçar, pôr ou entrar como terço.
Interzàto, p. p. e adj. terçado / reforçado com triplo reforço / (heráld.) **scudo** ———: escudo dividido em três partes.
Intêsa, s. f. entendimento, acordo, pacto, ajuste / **giungere a un'** ———: chegar a um acordo, ajustar um pacto.
Intesista, adj. e s. m. aliadófilo, partidário dos franco-italianos na guerra de 1914-18.
Intêso, p. p. e adj. entendido, ouvido, compreendido / **non darsene per** ——— ———: não fazer caso, fingir não ter entendido / **darsi per** ———: compreender / **economia mal intesa**: economia contraproducente.
Intèssere, (pr. -èsso) v. tr. entretecer, entrelaçar, tramar: ——— **ceste di vimini** / forjar, tramar: ——— **frodi, inganni, menzogne** / ——— **lodi**: louvar / tecer / enlaçar.

Intessúto, p. p. e adj. entretecido; entrelaçado; entremeado / **corona intessuta di rose**: coroa entrelaçada de rosas / **discorso** ——— **di finzioni**: discurso falso.
Intestàre, (pr. -èsto) v. tr. encabeçar, unir / ——— **due travi**: unir duas vigas / registrar, matricular, inscrever no registro de contribuições, etc. / intitular / (pr.) obstinar-se.
Intestàto, p. p. e adj. encabeçado, encaixado, assentado / intitulado, registrado / obstinado / (for.) **morire** ——— ———: morrer sem outorgar testamento; **ab** ———: sem testamento.
Intestatúra, s. f. encabeçamento, etc.
Intestaziône, s. f. encabeçamento de contas, quotas, etc. / título, intitulação / inscrição, assento num registro.
Intestinàle, adj. intestinal.
Intestíno, adj. intestino, interno: **guerre intestine** / (s. m.) (anat.) intestino.
Intèsto, adj. (poét.) entretecido.
Intiepidíre, (v. intepidire) v. entibiar.
Intignàre, v. traçar, ser roído pela traça.
Intimamênte, adv. intimamente.
Intimàre, (pr. -ímo) v. intimar, ordenar, impôr: ——— **il pagamento**: ordenar o pagamento / mandar terminantemente / pedir perentoriamente; ——— **la resa**: intimar à rendição / ——— **la guerra**: declarar a guerra / (for.) notificar, fazer ato intimatório.
Intimatôre, adj. e s. m. intimador.
Intimaziône, s. f. intimação; ordem; mando / (for.) notificação / ——— **di sfratto**: notificação de despejo.
Intimidaziône, s. f. intimidação / temor / ameaça.
Intimidimênto, s. m. susto, temor; intimidação, medo.
Intimidíre, (pr. -ísco, -ísci) v. intimidar, tornar tímido; inspirar receio, medo ou pavor a; apavorar, assustar.
Intimità, s. f. intimidade, amizade íntima; familiaridade, confiança.
Íntimo, adj. íntimo, interior, profundo / particular, doméstico / familiar / cordial, entranhado, afetuoso: **amico** ——— / interior, secreto, espiritual: **vita intima** / (s. m.) o interior, o íntimo: **nell' ——— del cuore**.
Intimoríre, (pr. -ísco, -ísci) v. temorizar, assustar, intimidar, amedrontar.
Intíngere, (pr. -íngo, -íngi) v. molhar, embeber ligeiramente num líquido; ——— **la penna**: embeber a pena / ——— **un biscotto nel latte**: molhar um biscoito no leite; empapar; ensopar.
Intíngolo, s. m. salsa, molho, iguaria; guisado, fricassé.
Intínto, p. p. molhado, embebido, ensopado / (s. m.) salsa, molho.
Intiranníre, v. intr. (pr. -ísco, -ísci) tiranizar, tratar tiranicamente: **intiranniva contro i figli**.
Intirizzimênto, s. m. rigidez; entorpecimento, adormecimento pelo frio.
Intirizzíre, (pr. -ísco, ísci) v. inteiriçar; tornar hirto pelo frio; entorpecer / (pr.) inteiriçar-se, entesar-se / (p. p.) **intirizzito**: inteiriçado, entorpecido; hirto, teso.

Intisichire, (pr. -ísco, -ísci) v. intr. entisicar, tornar tísico / emagrecer, definhar / (p. p.) **intisichíto:** entisicado, consumido, consumpto.

Intitolaménto, s. m. intitulamento, intitulação.

Intitolàre, (pr. -ítolo) v. tr. intitular: —— **un libro, un giornale** / denominar, dar o nome: —— **una via** / dedicar, consagrar: —— **una chiesa.**

Intitolazióne, s. f. intitulação; título / inscrição, rótulo / dedicatória.

Intolleràbile, adj. intolerável, insofrível, insuportável.

Intollerabilménte, adv. intoleravelmente, insofrivelmente.

Intolleránte, adj. intolerante / intransigente.

Intolleránza, s. f. intolerância.

Intombàre, (pr. -ómbo) v. tr. sepultar.

Intonàbile, adj. entoável, que se pode entoar.

Intonacaménto, s. m. rebocadura, reboque.

Intonacàre, (pr. -ònaco, -ònachi) v. tr. rebocar, cobrir com reboco.

Intonacatúra, s. f. rebocadura; reboco.

Intònaco, (pl. -ònachi) s. m. reboco.

Intonàre, (pr. -uòno) v. entoar, começar um canto / acordar, afinar instrumentos musicais / harmonizar as cores / falar em tom ressentido: **m'intonò una certa antifona!**

Intonàto, p. p. e adj. entoado; afinado.

Intonazióne, s. f. entoação, afinação, tom / (pint.) harmonia, consonância: —— **del colori** / entoamento.

Intonchiàre, (pr. -ónchio, -ónchi) v. intr. criar gorgulho os legumes.

Intònso, adj. intonso, não tosquiado, hirsuto / **libro** ——: livro encadernado sem cortar as margens, ou com as folhas por cortar.

Intontiménto, s. m. entontecimento.

Intontíre, (pr. -ísco, -ísci) v. entontecer, tornar tonto / desvairar / aturdir.

Intoppàre, (pr. -òppo) v. topar com, tropeçar com, encontrar, dar com uma pessoa de improviso: chocar / (fig.) **intoppare in una grave difficoltà:** chocar com um obstáculo.

Intòppo, s. m. embaraço, obstáculo, estorvo, tropeço.

Intorbàre, (v. **intorbidare**) v. enturbar, turvar.

Intorbidaménto, s. m. enturvação.

Intorbidàre, (pr. -órbido) v. enturvar, tornar turvo: —— **l'acqua** / embaçar, empanar, ofuscar / turbar, perturbar: —— **la gioa.**

Intorbidíre, v. tr. enturvar.

Intormentiménto, s. m. entorpecimento, adormecimento, formigamento.

Intormentíre, (pr. -ísco, -ísci) v. insensibilizar, entorpecer um membro; formigar / (refl.) entorpecer-se, adormecer-se.

Intorniàre, v. tr. (p. us.) contornar, orlar, rodear, circundar.

Intórno, prep. e adv. ao redor, em torno; **stringare** —— **con fune:** rodear, apertar com corda / ——: cerca de, ao redor de / **andare** ——: ir ao redor, vagar, dar voltas / **d'ogni** ——: de todos os lados / **quanti**dade indeterminada: **c'èrano** —— **a venti persone.**

Intorpidiménto, s. m. entorpecimento; formigamento.

Intorpidíre, (pr. -ísco, -ísci) v. entorpecer, insensibilizar / (fig.) causar torpor a; embotar a energia: **l'ingegno intorpidisce nell'ozio.**

Intortigliàre, v. tr. enrolar, enroscar, dobrar fazendo rolo, torcer.

Intòrto, (ant.) adj. torcido, retorcido.

Intoscaníre, (pr. -ísco, -ísci) v. tornar toscano / —— **la pronuncia:** pronunciar à moda toscana.

Intossicàre, (pr. -òssico, -òssichi) v. tr. intoxicar; envenenar.

Intossicazióne, s. f. intoxicação, envenenamento.

Intostíto, adj. endurecido.

Intozzàre, (pr. -òzzo) v. engrossar, tornar grosso / (refl.) tornar-se grosso, engordar.

Intozzíre, v. (p. us.) engrossar.

Intra, prep. poét. e pref. intra; entre; dentro de.

Intradòsso, s. m. (arquit.) intradorso, superfície côncava interior de arco ou abóbada.

Intradúcibile, adj. intraduzível: **armonia** ——.

Intraducibilità, s. f. intradutibilidade.

Intrafinefàtta, (ant. e dial. tosc.) adv. sem demora, imediatamente / cabalmente, inteiramente.

Intralasciàre, (v. **tralasciare**) v. deixar.

Intralaciaménto, s. m. impedimento, embaraço, obstáculo.

Intralciàre, (pr. -àlcio, -àlci) v. tr. embaraçar, impedir, estorvar, obstaculizar, empachar, obstruir.

Intralciàto, p. p. e adj. impedido, estorvado: enredado, emaranhado / **un affare** ——: um negócio embaraçado, embrulhado.

Intràlcio, (pl. -àlci) s. m. estorvo, obstáculo, embaraço.

Intralicciatúra, s. f. (aer.) estrutura interna da asa de avião.

Intrallàzzo, s. m. (dial. sicil.) mercado negro, contrabando.

Intraméssa, s. f. coisa enxertada, intercalada.

Intramésso, p. p. e adj. entremetido, introduzido / (cul.) pratos do meio, guisados.

Intraméttere, v. entremeter, intrometer.

Intramezzàre, (pr. -èzzo) v. tr. entrepor, interpor, pôr entre.

Intrampalàto, adj. teso, duro, rijo no andar.

Intransigènte, adj. e s. m. intransigente / intolerante; fanático.

Intransitivaménte, adv. (gram.) intransitivamente.

Intransitívo, adj. (gram.) intransitivo, neutro: **verbo** ——.

Intrappolàre, v. tr. (p. us.) trampear, enganar; apanhar em ratoeira, em armadilha.

Intraprendènte, p. pr. e adj. empreendedor / atrevido, ousado, arrojado / manhoso, hábil, destro, vivo.

Intraprendènza, s. f. arrojo, atrevimento, ousadia; atividade, afoiteza, iniciativa, habilidade, solércia, manha.

Intraprèndere, (pr. -èndo) v. tr. empreender, iniciar, começar: ──── un lavoro, un viaggio.
Intraprenditôre, s. m. (p. us.) empreendedor.
Intraprêsa, s. f. empreendimento / empresa.
Intrasgredíbile, adj. intransgredível, que não se pode transgredir ou infringir.
Intrattàbile, adj. intratável / insociável, impróprio para a convivência / duro, rude, áspero, difícil, indócil.
Intrattabilità, s. f. intratabilidade; insociabilidade.
Intrattenêre, (pr. -èngo) v. tr. entreter, deter, retardar, demorar, diferir, dilatar / (refl.) entreter-se, perder tempo; deter-se sobre um argumento.
Intravàto, adj. cruzado com vigas.
Intravedêre, (pr. -vêdo) v. entrever, ver indistintamente; distinguir mal: divisar / pressentir, prever; intuir, adivinhar.
Intraversàre, (pr. -èrso) v. atravessar, por ao través; cruzar.
Intravvenire, (pr. -èngo) (p. us.) v. intervir, sobrevir; acontecer.
Intrecciamênto, s. m. entrelaçamento, entrançamento.
Intrecciàre, v. entrançar; entrelaçar; enlaçar; entretecer, tecer / (refl.) entrançar-se, cruzar-se.
Intrecciàto, p. p. e adj. entrançado, entrelaçado.
Intrecciatúra, s. f. entrançamento, entrançadura.
Intrèccio, (pl. -ècci) s. m. entrelaçamento, entrançamento / enredo, entrecho, trama: ──── di romanzo / confusão, enredo, embrulhada, mexerico.
Intrepidamênte, adv. intrepidamente; corajosamente.
Intrepidêzza, s. f. intrepidez, intrepideza, valor, coragem.
Intrèpido, adj. intrépido, valente, ousado, arrojado, corajoso.
Intricàre, (pr. -íco, -íchi) v. tr. intrincar; embaraçar, enredar, complicar; estorvar, complicar.
Intríco, (pl. -íchi) s. m. enredo, confusão, coisa intrincada, complicada: intrico.
Intrídere, (pr. -ído) v. empapar, mergulhar num líquido; embeber, ensopar, molhar / ──── la farina: amassar a farinha / intridersi: molhar-se, manchar-se, enodoar-se, sujar-se.
Intrigànte, adj. intrigante; intrometido, enredador.
Intrigàre, (pr. -ígo, -íghi) v. tr. intrigar, urdir intrigas, enredos / (pr.) intrometer-se, ingerir-se em assuntos alheios / emaranhar-se.
Intrígo, (pl. -íghi) s. m. intriga / enredo, embrulhada / coisa intrincada, mecanismo.
Intrigône, s. m. (f. -ôna) intrigante, intriguista.
Intrinsecamênte, adv. intrinsecamente.
Intrinsecàre, intrinsicàre, v. tornar intrínseco; familiarizar-se; penetrar, aprofundar-se: ──── in una scienza.
Intrínseco, (pl. -insechi) adj. intrínseco, íntimo / essencial, real: valore ──── della moneta / (s. m.) o interior, o íntimo.
Intrinsichêzza, s. f. familiaridade, intimidade.
Intrippàre, v. (vulg.) empanturrar, empaturrar-se de comida.
Intríso, p. p. e adj. molhado, empapado, embebido: le mani intrise di sangue: as mãos banhadas em sangue / (s. m.) massa, mistura de farinha com água, etc.
Intristíre, (pr. -ísco, -ísci) v. intr. tornar-se mau, perverso / estiolar, definhar, murchar (planta).
Intròcque, (ant.) adv. entretanto.
Introdôtto, p. p. e adj. introduzido / importado / destro, hábil numa arte ou profissão / (com.) articolo bene ────: mercadoria que tem boa aceitação.
Introducíbile, adj. que se pode introduzir, que se pode importar.
Introducimênto, s. m. (p. us.) introdução.
Introdúrre, (pr. -úco, -úci) v. tr. introduzir; fazer entrar; levar para dentro / (com.) importar / dar a conhecer: ──── un articolo sul mercato / apresentar: ──── il nuovo console / (fig.) instruir, encaminhar, aviar: ──── uno in un'arte / (refl.) introduzir-se.
Introuttivo, adj. introutivo.
Introuttôre, adj. e s. m. (f. -trice) introdutor / divulgador de inventos, novidades, reformas, etc.
Introuttòrio, (pl. -òri) adj. (p. us.) introutório.
Introuzîone, s. f. introução / proêmio, prólogo, prefácio / início / (mús.) prelúdio, abertura, sinfonia / importasão / divulgação / preparação, encaminhamento.
Introflèsso, p. p. e adj. introflexo, introrso, voltado para dentro.
Introflèttere, (pr. -èlto) v. tr. e pr. curvar e curvar-se para dentro.
Introgollàre, (pr. -uògolo) v. sujar, manchar com matéria líquida; emporcalhar.
Introíbo, s. m. (liturg.) introíbo; introito.
Introitàre (neol.) v. receber, cobrar, embolsar dinheiro.
Intròito, s. m. introito; princípio, começo / entrada, arrecadação.
Intromèsso, adj. e p. p. interposto, posto entre / (s. m.) prato do meio, guisados.
Intromèttere, (pr. -èlto) v. intrometer, meter para dentro; intercalar, introduzir / (refl.) meter-se de permeio, ingerir-se.
Intromissiône, s. f. intromissão; introdução.
Intronamênto, s. m. atordoamento, atroamento.
Intronàre, (pr. -òno) v. tr. atroar, atordoar / aturdir, ensurdecer com ruídos fortes.
Intronfiàre, (pr. -ònfio, -ònfi) v. intr. ensoberbecer-se, envaidecer-se.

Intronizzàre, v. entronizar, colocar no trono; coroar um soberano; entronar / elevar, exaltar / instalar num cargo.
Intronizzazióne, s. f. entronização; coroação.
Introspettívo, adj. introspectivo.
Introspezióne, s. f. introspecção.
Introvàbile, adj. impossível de achar.
Introversióne, s. f. (filos.) introversão / recolhimento do espírito.
Intrúdere, (pr. -údo) v. intrometer, intrometer-se indevidamente ou à socapa.
Intrufolàrsi, v. pr. introduzir-se, misturar-se, por-se em companhia de outros sem ser chamado e indevidamente: s'intrufolò nella comitiva.
Intrugliàre, (pr. -úglio, -úgli) v. misturar, baralhar, confundir / meter-se em negócios pouco limpos; sujar-se / ― lo stomaco: empanturrar o estômago de remédios.
Intrúglio, (pl. -úgli) s. m. mistura, misturada insossa de líquidos / (fig.) mixórdia, mistifório, obra desordenada e confusa / negócio sujo.
Intruppamênto, s. m. agrupamento, ajuntamento, reunião.
Intruppàrsi, v. pr. agrupar-se, ajuntar-se, reunir-se.
Intrusióne, s. f. intrusão; intromissão.
Intrusivo, adj. (geol.) intrusivo.
Intrúso, p. p., adj. e s. m. intruso; ingerido, metido, intrometido; metediço; intruso, intrigante.
Intubàre, (pr. -úbo) v. executar a intubação ou intubagem (operação cirúrgica).
Intubazióne, s. f. (med.) intubagem, intubação, introdução de um tubo numa cavidade.
Intufàre, v. rançar, rancescer, cheirar a ranço.
Intuffàre, v. mergulhar / embeber, ensopar.
Intugliàre, (mar.) v. unir, juntar dois cabos por meio de nós.
Intuíre, (pr. -ísco, -ísci) v. tr. intuir, perceber claramente, compreender instantaneamente uma verdade / penetrar, vislumbrar.
Intuitívo, adj. intuitivo; evidente.
Intuíto, s. m. intuito, intuição, percepção.
Intuíto, p. p. e adj. intuído, percebido, compreendido.
Intuizióne, s. f. intuição, conhecimento rápido / percepção / criação genial; genialidade.
Intuizionísmo, s. m. intuicionismo (filos.).
Intumescènza, s. f. intumescência; tumefação.
Intumidíre, (pr. -ísco, -ísci) v. intr. intumescer, inchar.
Inturgidíre, (pr. -ísco, -ísci) v. inturgescer, tornar ou tornar-se túrgido; turgescer.
Intus Et in Cute, (loc. lat.) no mais íntimo, no mais profundo.
Inuguàle, (v. ineguale) adj. desigual.
Inulína, (quím.) s. f. inulina.
Inúlto, adj. (lit.) inulto, impune.
Inumanamênte, adv. inumanamente.
Inumanità, s. f. inumanidade.

Inumàno, adj. inumano; desumano; feroz; cruel; malvado.
Inumàre, (pr. -úmo) v. tr. inumar, sepultar; enterrar.
Inumazióne, s. f. inumação.
Inumidíre, (pr. -ísco, -ísci) v. umedecer, molhar; rociar, orvalhar.
Inurbanità, s. f. inurbanidade; desatenção, descortesia.
Inurbàno, adj. inurbano; desatento, incívil, descortês, grosseiro.
Inurbàre, (ant.) v. pr. entrar ou estabelecer-se na cidade; tornar-se cidadão.
Inusàto, adj. inusitado, insólito.
Inusitatamênte, adv. inusitadamente, de maneira insólita.
Inusitàto, adj. inusitado; insólito.
Inútile, adj. e s. m. inútil; inservível; vão; infrutuoso, estéril.
Inutilità, s. f. inutilidade.
Inutilmênte, adv. inutilmente.
Inuzzolíre, (pr. -ísco, -ísci) v. tr. excitar, despertar o desejo ou o capricho / (p. p.) inuzzolíto: excitado, estimulado.
Invacchíre, v. adoecer, tumefazer-se os bichos-da-seda.
Invadènte, p. pr. e adj. que invade: invasor / intrometido.
Invadènza, s. f. invasão; intromissão; usurpação.
Invàdere, (pr. -àdo) v. invadir; entrar hostilmente; entrar com ímpeto ou violência; ocupar por meio de força; usurpar / alastrar por, irromper: le acque invasero la città.
Invaditôre, s. m. (f. -tríce) invasor.
Invaghimênto, s. m. desejo, capricho por uma coisa ou pessoa / afeição, apaixonamento, enamoramento.
Invaghíre, (pr. -ísco, -ísci) v. afeiçoar-se à coisa ou pessoa, enamorar-se, enfeitiçar-se, apaixonar-se / desejar, cobiçar / entusiasmar-se por: invaghirsi dell'arte moderna.
Invaiàre, v. (p. us.) enegrecer (as uvas, as azeitonas, ao amadurecer).
Invaiolàre, (pr. -uòlo) v. enegrecer, amadurecer (uva, azeitona).
Invalêre, (pr. -àlgo) v. prevalecer, tomar pé, difundirem-se usos, modas, idéias, etc.: è invalsa l'usanza.
Invalicàbile, adj. que não se pode atravessar, que não se pode atingir; invadeável; inatingível.
Invalidàbile, adj. invalidável, que se pode invalidar.
Invalidamênto, s. m. invalidação, anulação.
Invalidàre, (pr. -àlido) v. invalidar; anular; inutilizar.
Invalidazióne, s. f. invalidação, ato de invalidar; anulação.
Invalidità, s. f. invalidade; invalidez, incapacidade para o trabalho.
Invàlido, adj. e s. m. inválido, nulo / inválido, incapaz.
Invaligiàre, (pr. -ígio, -ígi) v. emalar, colocar em mala.
Invàlso, p. p. e adj. prevalecido, difundido, espalhado / adaptado, arraigado.
Invaníre, (pr. -ísco, ísci) v. envaidecer, orgulhar, envaidar, entufar.
Invàno, adv. em vão, inutilmente.

Invariàbile, adj. invariável, imutável, inalterável / constante.
Invariabilità, s. f. invariabilidade; imutabilidade.
Invariabilmènte, adv. invariavelmente.
Invariàto, adj. invariado, inalterado / constante, firme, igual.
Invasamênto, s. m. obsessão, turbamento.
Invasàre, v. tr. turbar, endemoninhar / (refl.) exaltar-se, turbar-se / envasar, por em vasos, engarrafar.
Invasàto, p. p., adj. e s. m. possesso, endemoninhado; turbado.
Invasatúra, s. f. envasadúra, envasilhamento de líquidos / (mar.) trenó de madeira para ser lançado ao mar.
Invasiône, s. f. invasão; irrupção; incursão.
Invàso, p. p. e adj. invadido, infestado; ocupado pelo inimigo.
Invasôre, adj. e s. m. invasor.
Invecchiamênto, s. m. envelhecimento.
Invecchiàre, (pr. -ècchio, -ècchi) v. envelhecer, tornar ou tornar-se velho.
Invece, adv. em vez de, em lugar de / ao contrário / ao invés.
Inveíre, (pr. -ísco, -ísci) v. intr. e pr. injuriar, insultar, admoestar, invectivar; apostrofar.
Invelenìre, (pr. -ísco, -ísci) v. irritar, excitar contra alguém / (pr.) exacerbar-se, irritar-se, excitar-se, tornar-se venenoso, irascível.
Invendìbile, adj. invendável, invendível.
Invendicàto, adj. invingado, impune.
Invendúto, adj. não vendido: **merce invenduta.**
Invènia, s. f. melindre, molície / (ant.) ato de humilhação.
Inventàre, (pr. -ènto) v. tr. inventar / idear, criar, imaginar / forjar, tramar; urdir.
Inventariàre, (pr. -àrio, -àri) v. inventariar, fazer o inventário; registrar.
Inventàrio, (pl. -àri) s. m. inventário / elenco, repertório, catálogo; relação de bens, etc.
Inventàto, p. p. e adj. inventado / escogitado.
Inventìva, s. f. inventiva, faculdade de inventar; imaginativa; invento.
Inventívo, adj. inventivo / engenhoso / criador.
Inventôre, adj. e s. m. (f. -tríce) inventor / autor / promotor / instigador / forjador ──── **di menzogne.**
Inventràre, (ant.) entranhar-se, internar-se, fechar-se: **penetrando per questa via in ch'io m'inventro** (Dante).
Invenústo, adj. não venusto; insosso, sem graça, sem beleza.
Invenziône, s. f. invenção, invento / criação, imaginação / embuste; ficção.
Inveràrsi, (poét.) v. penetrar na verdade eterna, na luz de Deus.
Inverdíre, (pr. -ísco, -ísci) v. enverdecer, reverdecer / (fig.) rejuvenescer, remoçar.
Inverecôndia, s. f. impudência, impudor / desfaçatez, desvergonhamento, descaro.
Inverecôndo, adj. impudente, impúdico, descarado, desavergonhado.

Invergàre, v. (mar.) envergar,, atar as velas às vergas ou aos estais.
Invergatúra, s. f. (mar.) envergadura, parte mais larga das velas do navio; envergamento.
Invermigliàre, (pr. -íglio, -ígli) v. envermelhar, avermelhar.
Inverminìre, (pr. -ísco, -ísci) v. intr. e pr. bichar, criar bichos, apodrecer o queijo, as carnes, as frutas; (p. p.) **inverminito:** bichado.
Invernàle, adj. invernal, do inverno.
Invernàre, v. intr. invernar, passar o inverno em um lugar próprio para escapar aos seus rigores; hibernar / (refl.) **invernarsi il tempo:** fazer mau tempo.
Invernàta, s. f. invernada, invernia.
Inverniciàre, (pr. -ício, -íci) v. envernizar / (refl.) pintar-se o rosto.
Inverniciatôre, s. m. (f. -tríce) envernizador.
Inverniciatúra, s. f. envernizamento / (fig.) conhecimento superficial de qualquer coisa: **ha un'inverniciatura di molte cose.**
Invèrno, s. m. inverno.
Invêro, adv. lit. na verdade, verdadeiramente.
Inverosimigliànza, s. f. inverossimilhança: improbabilidade.
Inverosímile, adj. e s. m. inverossímil, improvável, estranho, raro, inacreditável.
Inversamênte, adv. inversamente, de modo inverso, ao contrário.
Inversiône, s. f. inversão, mudança em sentido contrário / (fot.) transformação da prova negativa em positiva.
Invèrso, adj. inverso, disposto em sentido contrário; invertido / (adv. e prep.) em direção a; para; para com.
Inversôre, adj. e s. m. inversor, aquele ou aquilo que inverte / (eletr.) comutador.
Invertebràto, adj. e s. m. invertebrado.
Invèrtere, (pr. -èrto) v. tr. inverter (v. **invertire).**
Invertìbile, adj. invertível, que se pode inverter.
Invertibilità, s. f. invertibilidade.
Invertimênto, s. m. (p. us.) inversão.
Invertína, s. f. (quím.) invertina (fermento), o m. q. **invèrtase.**
Invertíre, (pr. -èrto e -èrtisco) v. tr. inverter, mudar a ordem; alterar; por às avessas.
Invertíto, p. p. e adj. invertido; posto às avessas; virado.
Invertitôre, adj. e s. m. (f. -tríce) que, aquele ou aquilo que inverte; inversor.
Invertudiàrsi (ant.) v. pr. animar-se, mostrar-se valente, corajoso.
Invescamênto, s. m. enviscação, ato de enviscar.
Invescàre, (pr. -ésco, -éschi) v. enviscar, / (fig.) engodar, iludir, atrair / **invescarsi:** envisgar-se, enredar-se.
Invescatôre, adj. e s. m. (f. -tríce) que envisca; enredador, engodador.
Investìbile, adj. investível, que se pode ou se deve investir, empregar (capital).
Investigàbile, adj. investigável, averiguável.

Investigaménto, s. m. investigação, indagação, averiguação.
Investigàre, (pr. -èstigo, -èstighi) v. tr. investigar, seguir os vestígios de; indagar; pesquisar; esquadrinhar, inquirir.
Investigatívo, adj. investigativo, indagador, pesquisador.
Investigatôre, adj. e s. m. (f.-tríce) investigador.
Investigaziône, s. f. investigação; indagação, averiguação; inquérito; busca, diligência / exame, procura, análise.
Investiménto, s. m. investimento, ataque, assalto, choque, arremetida, colisão; abordagem / inversão, emprego de dinheiro.
Investíre, (pr. -ésto, -èsti) v. tr. investir, empossar num cargo / assaltar, acometer; arremeter contra o inimigo; abordar (navio) / atropelar / inverter dinheiro em negócios, terras, etc. / (pr.) assumir a autoridade correspondente ao seu grau / (teatr.) compenetrar-se de um papel, representá-lo com realismo.
Investitúra, s. f. investidura, ato de investir ou dar posse; provimento.
Inveteràto, adj. inveterado, arraigado.
Invetriàre, (pr. -êtrio, êtri) v. vidrar, dar aos objetos de terra (cozida) um verniz vítreo para torná-los mais luzidios e impermeáveis.
Invetriàta, s. f. vidraça; porta ou janela envidraçada, caixilho com vidros.
Invetriàto, p. p. e adj. vidrado / (fig.) impudente, descarado; **faccia invetriata**: caradura, deslavado.
Invetriatúra, s. f. vidragem, vidramento, ato ou operação de vidrar.
Invettíva, s. f. invectiva, expressão injuriosa e violenta; diatribe; objugatória.
Inviàre, (pr. -ío, i) v. tr. enviar, mandar, remeter, dirigir, endereçar, expedir.
Inviàto, p. p. enviado, remetido; s. m. mensageiro / embaixador, agente diplomático, enviado extraordinário etc.
Invídia, s. f. inveja / emulação / ciúme, rivalidade.
Invidiàbile, adj. invejável; desejável, apetecível / ótimo, excelente.
Invidiàre, (pr. -ídio, -di) v. tr. invejar, ter inveja; olhar com inveja; desejar, cobiçar.
Invidiôso, adj. invejoso.
Invido, adj. (lit.) ínvido, invejoso.
Invietíre, (ant.) v. murchar.
Invigilàre, v. intr. (pr. -ígio) vigilar, vigiar, cuidar, velar.
Invigliacchíre, (pr. -ísco, -ísci) acovardar-se, tornar-se poltrão, medroso.
Invigoriménto, s. f. fortalecimento, avigoramento, robustecimento.
Invigoríre, (pr. -ísco, -ísci) v. vigorizar, avigorar, fortalecer, reforçar, dar força e vigor / **invigorírsi** (refl.): avigorar-se, fortalecer-se; animar-se.
Invilíre, (pr. -ísco, ísci) v. envilecer, acobardar, aviltar / (com.) —— **i prezzi**: rebaixar muito os preços / **invilírsi**: (refl.) envilecer-se / desalentar-se.
Invillaníre, (pr. -ísco, ísci) v. tornar-se vilão, avilanar-se.
Inviluppaménto, s. m. envolvimento / enredo, embrulhada.
Inviluppàre, (pr. -úppo) envolver, embrulhar, enrolar / enredar, complicar, emaranhar-se.
Inviluppàto, p. p. e adj. envolto, embruhado / confuso, enredado, intrincado.
Invilúppo, s. m. envolvimento; embrulho; envoltório / embrulhada, enredo, meada.
Invincíbile, adj. invencível / insuperável, inexpugnável, invicto, vitorioso.
Invincibilità, s. f. invencibilidade.
Invincibilménte, adv. invencivelmente, invictamente.
Invincidíre, (pr. ísco, ísci) v. tr. e intr. amolentar, molificar, amolecer (diz-se especialmente do pão).
Invio, s. m. envio, remessa, expedição / (lit.) despedida; última estrofe da canção petrarquesca.
Inviolàbile, adj. inviolável: **un segreto** —— / sagrado, sacro.
Inviolabilità, s. f. inviolabilidade / imunidade.
Inviolàto, adj. inviolado; puro, íntegro, intato; incomunicado; imaculado.
Inviperíre, (pr. -ísco, -ísci) v. enraivecer-se, enfurecer-se, tomar-se de ira tal qual víbora ou fera.
Invischiàre, v. enviscar, envisgar / (fig.) atrair, seduzir, engodar.
Inviscidíre, (p. -ísco, -ísci) v. tr. e pr. tornar-se pegajoso, viscido, viscoso.
Invisíbile, adj. invisível.
Invisibilità, s. f. invisibilidade.
Invisibilménte, adv. invisivelmente.
Inviso, adj. (lit.) inviso, odiado; aborrecido, malquisto; —— **a tutti**: malquisto por todos.
Invíspire, v. avivar-se, animar-se, excitar-se.
Invitàre, (pr. -íto) v. invitar (p. us.), convidar / animar, solicitar, estimular, induzir / —— **uno alle confidenze**: induzir alguém a fazer confidências / (técn.) parafusar, aparafusar, tarraxar.
Invitativo, adj. convidativo.
Invitàto, p. p. e adj. convidado / hóspede.
Invitatôre, adj. e s. m. (f -tríce) convidador / anfitrião.
Invitatòrio, (pl. -òri) adj. (p. us.) invitatório, que serve para convidar / (s. m.) antífona que se diz no princípio das matinas; invocação.
Invitatúra, s. f. ato ou efeito de parafusar, parafusação.
Invitêvole, adj. (lit.) convidativo, acolhedor, lisonjeiro.
Invitíre, (p. us.) v. tr. plantar videiras; —— **un campo**.
Invíto, s. m. convite, ato de convidar / cartão ou carta por meio dos quais se convida / exortação, estímulo / (arquit.) 1º degrau de escada saliente de um edifício.
Invítto, adj. (lit.) invicto, não vencido, invencível.
Inviziàre, (pr. -ízio, -ízi) v. viciar.
Invizzíre, (pr. -ísco, ísci) v. tr. e intr. murchar; mirrar, secar.
Invocàbile, adj. invocável, que se pode invocar.
Invocante, adj. que invoca, que pede socorro.

Invocàre, (pr. -òco, -òchi) v. invocar, chamar o auxílio ou a proteção de; suplicar; evocar; recorrer ao testemunho de; rogar, implorar.
Invocatívo, adj. invocativo.
Invocatôre, adj. e s. m. invocador.
Invocaziône, s. f. invocação, rogo, súplica, chamamento / (lit.) invocação de um poema / (ecles.) alegação.
Invogliàre, (pr. -òglio, -ògli) v. animar, excitar a vontade de uma coisa / (refl.) **invogliarsi di fare una cosa:** desejar, cobiçar algo.
Invogliàto, p. p. e adj. animado, excitado / desejoso / induzido.
Invòglio, (pl. -ògli) s. m. (p. us.) embrulho, envoltório, invólucro.
Involàre, (p. -òlo) v. tr. (lit.) roubar, furtar; raptar (pessoas) / (refl.) escapar-se, esquivar-se, fugir, desaparecer, furtar-se / (neol.) decolar (aeroplano).
Involatôre, adj. e s. m. (f. -trice) roubador, ladrão / raptor.
Invòlgere, (pr. -òlgo, -òlgi) v. envolver, embrulhar, enrolar / abranger; —— **più persone in un danno** / conter: **la tua demanda invòlge parecchie questioni** / enredar, complicar, comprometer.
Involgimênto, s. m. envolvimento.
Involgitôio, s. m. bastão que serve para mover o cilindro do tear.
Invòlo, s. m. (aer.) decolagem, ato de decolar, levantar vôo o avião ou idroplano.
Involontariamênte, adv. involuntariamente.
Involontàrio, (pl. -àri) involuntário / casual, imprevisto, fortuito.
Involpàre, v. criar alforra, alforrar (as searas).
Involpíre, (pr. -ísco, -ísci) v. intr. tornar-se astuto, esperto, malicioso como raposa.
Involtàre, (pr. -òlto) v. tr. envolver, enrolar.
Involtàta, s. f. envolvimento, enrolamento ligeiro.
Invòlto, p. p. e adj. envolto, envolvido / torcido / (s. m.) embrulho, pacote, envoltório, fardo.
Invòlucro, s. m. invólucro, coisa que envolve / (bot.) bráteas basilares de uma inflorescência.
Involúto, adj. (bot.) involuto / intrincado, obscuro, complexo, complicado: **stile** ——, **questione involuta.**
Involuziône, s. f. involução; retrocesso, regresso, decadência / encolhimento, contração.
Invòlvere, (pr. òlvo) v. (poét.) envolver, arrastar envolvendo.
Involvimênto, s. m. envolvimento.
Invulneràbile, adj. invulnerável / incorruptível.
Invulnerabilità, s. f. invulnerabilidade.
Invulneràto, adj. invulnerado; ileso.
Inzaccheràre, (pr. -àcchero) v. tr. enlamear, sujar, salpicar de barro, etc.
Inzafardàre, v. sujar, lambuzar, untar, engordurar, ensebar.
Inzavorràre, (pr. òrro) v. lastrar, carregar lastro.
Inzeppamênto, s. m. enchimento, atulhamento, abarrotamento.
Inzeppàre, v. encher, atulhar, abarrotar / meter calço, cunha, acunhar, cunhar.
Inzeppatura, s. f. enchimento, atulhamento / ato de apertar com cunhas.
Inzipillàre, v. instigar contra alguém / soprar, sugerir / lisonjear.
Inzolfamênto, s. m. enxoframento, enxofração, enxofra.
Inzolfàre, v. tr. enxofrar; polvilhar com enxofre.
Inzolfatôio, (pl. -òi) s. m. enxofrador; enxofradeira.
Inzolfatúra, s. f. enxofração.
Inzotichíre, (pr. -ísco, -ísci) v. avilanar, tornar vilão, grosseiro, rústico / (p. p.) **inzotichíto:** avilanado.
Inzozzàre, v. embebedar / (refl.) embriagar-se com zozza (mistura alcoólica).
Inzuccàre, v. intr. embebedar / (pr.) embebedar-se; (fig.) obstinar-se, enamorar-se.
Inzuccheramênto, s. m. adoçamento / ato e efeito de açucarar.
Inzuccheràre, v. açúcarar; adoçar; polvilhar com açúcar.
Inzuccheràta, s. f. ato de açucarar.
Inzufolàre, (pr. -úfolo) (p. us.) v. instigar-se, excitar.
Inzuppamênto, s. m. molhadura, embebimento, ato de embeber, de empapar, de ensopar.
Inzuppàre, v. empapar, mergulhar num líquido qualquer coisa para que fique como papas; embeber, ensopar; —— **il pane nel latte / la pioggia ha inzuppato il terreno.**
Io, pron. nominativo 1ª pess. m. e f. eu; (nos demais casos me, mi / (pl.) noi, ce, ci / (s. m.) **l'io:** o eu; a pessoa humana, o nosso ser.
Iodàto, s. m. (quím.) iodato, sal derivado do ácido iódico.
Iòdico, adj. iódico (ácido).
Iòdio, (pl. -òdi) (quím.) s. m. iodo.
Iodísmo, s. m. (med.) iodismo, intoxicação resultante do abuso do iodo.
Iodofòrmio, s. m. (quím.) iodofórmio.
Iodúro, s. m. (quím.) iodureto.
Ioga, (pl. -iòghi) s. m. ioga, união com Deus por contemplação ascética.
Iòide, s. m. (ant.) hióide.
Ioglòsso, s. m. (anat.) hioglosso.
Iòle, (do ingl.) s. f. iole, pequena canoa para esportes náuticos.
Iolíto, s. m. pedra preciosa (silicato de magnésio).
Ionadàttico, (ant.) adj. dizia-se de um linguajar festivo, formado por vocábulos estropiados.
Iône, (pl. -iôni) s. m. ion, elemento radioativo.
Iònico, (pl. -ònici) adj. iônico, jônico.
Ionizzànte, p. pr. e adj. ionizante / de irradiação que ioniza.
Ionizzàre, v. ionizar; formar iões.
Ionizzaziône, s. f. ionização.
Ionosfèra, s. f. ionosfera.
Iòsa, (a) loc. adv. em abundância, em grande quantidade.
Iòta, s. m. jota, letra grega correspondente ao i: **non sapere una** —— não saber nada.
Iotacísmo, s. m. iotacismo.
Ipàllage, s. f. (gram.) hipálage.

Ipecauàna, s. f. (bot.) ipecacuanha.
Iper, hiper. prefixo com o significado de além, muito; exagero, excesso, etc.
Iperacusía, s. f. (med.) hiperacusia.
Iperalgesía, s. f. hiperalgesia, hiperalgia, demasiada sensibilidade à dor.
Iperalgèsico, (pl. -èsici) adj. hiperalgésico.
Ipèrbato, s. m. (gram.) hipérbato, hipérbaton, figura de sintaxe que inverte a ordem das palavras.
Ipèrbole, s. f. (ret.) hipérbole.
Iperboleggiàre, (pr. -èggio, -èggi) v. intr. hiperbolizar / exagerar.
Iperbolicamènte, adv. hiperbolicamente, exageradamente.
Iperbòlico, adj. hiperbólico / exagerado.
Iperbòreo, adj. hiperbóreo, que está situado ao norte; setentrional.
Iperbulía, s. f. hiperbulia, exagero da vontade.
Ipercatalèttico, (pl. -èttici) adj. hipercatalético.
Ipercloridría, s. f. (med.) hipercloridria.
Ipercriticismo, s. m. hipercriticismo.
Ipercrítico, (pl. -ítici) adj. hipercrítico.
Iperdulía, s. f. (ecles.) hiperdulia, culto da Virgem.
Iperemia, s. f. (med.) hiperemia, congestão.
Iperèmico, (pl. -èmici) adj. hiperêmico.
Iperestesía, s. f. hiperestesia.
Iperglicemía, s. f. (med.) hiperglicemia, aumento patológico de glicose no sangue.
Iperglobulía, s. f. (med.) hiperglobulia, aumento dos glóbulos vermelhos no sangue.
Iperidròsi, s. f. (med.) hiperidrose, secreção excessiva de suor.
Ipèrmetro, adj. (lit.) hipérmetro, verso com uma sílaba a mais, que se elide no verso seguinte.
Ipermètrope, adj. s. m. e f. (med.) hipermetropia.
Ipermetropía, s. f. hipermetropia, defeito do olho.
Ipermnesía, s. f. (med.) hipermnésia, excitação anormal da memória.
Ipernutrizióne, s. f. hipernutrição, supernutrição. superalimentação.
Iperplasía, s. f. hiperplasia; hipertrofia numérica.
Ipersensíbile, adj. e s. m. hipersensível.
Ipersensibilità, s. f. hipersensibilidade.
Ipersònico, (pl. -ònici) adj. supersônico, ultra-sónico.
Ipersostentatôre, s. m. (aer.) hipersustentador.
Iperspàzio, s. m. (fís.) hiperespaço, abstração que designa um espaço fictício e quatro dimensões.
Ipertensióne, s. f. (med.) hipertensão.
Ipertonía, s. f. (med.) hipertonia, aumento da tensão no olho ou em qualquer outro órgão.
Ipertricosi, s. f. hipertricose, desenvolvimento exagerado dos pelos e dos cabelos.
Ipertrofía, s. f. hipertrofia.
Ipertròfico, adj. hipertrófico.
Ipnotismo, s. m. hipnotismo.
Ipnotizzàre, (pr. -ízzo) v. tr. hipnotizar.
Ipnotizzatôre, s. m. (f. -trice) hipnotizador.

Ipo, prefixo, hipo: entra na formação de certo número de palavras, com a significação de debaixo, em grau inferior, diminuição, subordinação.
Ipoacusía, s. f. (med.) hipoacusia, diminuição da acuidade do ouvido.
Ipoalgesía, s. f. hipalgesia, diminuição da sensibilidade à dor.
Ipocáusto, s. m. (arquit.) hipocausto, forno subterrâneo, nas antigas termas.
Ipocèntro, s. m. hipocentro, região situada a uma certa profundidade, onde se origina um tremor de terra.
Ipocloridría, s. f. (med.) hipocloridria.
Ipoclorito, s. f. (med.) hipoclorito.
Ipoclorôso, adj. (quím.) hipocloroso.
Ipocondría, s. f. hipocrondria, misantropia.
Ipocondríaco, (pl. íaci) hipocondríaco.
Ipocòndrico, (pl. òndri) s. m. (anat.) hipocôndrio, cada uma das partes laterais e superiores do abdome.
Ipocrisía, s. f. hipocrisia: falsa virtude: falsa devoção; impostura; fingimento.
Ipocristallíno, adj. (min.) hipocristalino, diz-se das rochas em que apenas parte dos elementos se apresenta cristalizada.
Ipòcrita, (pl. -òcriti) s. m. hipócrita; fingido, falso, simulado; fariseu.
Ipocritamènte, adv. hipocritamente.
Ipòcrito, adj. hipócrita.
Ipodèrma, s. m. hipoderme.
Ipodèrmico, adj. hipodérmico.
Ipodermoclísi, s. f. hipodermóclise, injeção hipodérmica.
Ipodermoclísma, (pl. -ismi) s. m. instrumento cirúrgico para executar a hipodermóclise.
Ipòfisi, s. f. (med.) hipófise.
Ipofisína, s. f. (quím.) hipofisina, princípio ativo da glândula hipofisária.
Ipofosfíto, s. m. (quím.) hipofosfito.
Ipofosforoso, adj. hipofosforoso, diz-se do composto ácido menos oxigenado do fósforo.
Ipogàstrico, (pl. -àstrici) adj. hipogástrico.
Ipogèo, s. m. hipogeu.
Ipoglicemia, s. m. (med.) hipoglicemia, quantidade de glicose no sangue, inferior ao normal.
Ipoglobulía, s. f. (med.) hipoglobulia, diminuição do número de glóbulos vermelhos do sangue.
Ipoglòsso, s. m. (anat.) hipoglosso.
Ipomètrope, s. m. e f. (med.) hipermetrope; míope.
Ipometropía, s. m. (med.) hipermetropia; presbiopia.
Iporchèma, s. m. hiporquema, canto coral que era consagrado a Apolo ou a Artemis; canto com dança.
Iposolfíto, s. m. (quím.) hipossulfito.
Iposònico, (pl. -ònici) adj. de velocidade, que é inferior à do som.
Ipòstasi, s. f. (teol. e med.) hipóstase.
Ipostàtico, (pl. àtici) adj. hipostático.
Iposteria, s. f. hipostenia, diminuição de forças.
Ipostènico, (pl. -ènici) adj. hiposténico.
Ipòstilo, adj. hipostilo, sala ou compartimento cujo teto é sustentado por colunas.

Ipotalàssica, s. f. hipotalássica, arte de navegar debaixo d'água.
Ipotèca, s. f. hipoteca.
Ipotecàbile, adj. hipotecável.
Ipotecàre, (pr. -èco, -èchi) v. tr. hipotecar, dar por hipoteca, onerar com hipotecas.
Ipotecàrio, (pl. -àri) adj. hipotecário.
Ipotensiòne, s. f. (med.) hipotensão / hipotonia.
Ipotenùsa, s. f. (geom.) hipotenusa.
Ipòtesi, s. f. hipótese, suposição; ——— conjectura.
Ipoteticamènte, adv. hipoteticamente.
Ipotètico, (pl. -ètici) adj. hipotético.
Ipotipòsi, s. f. hipotipose, figura de retórica.
Ipotonìa, s. f. (med.) hipotonia: diminuição da tonicidade muscular.
Ipotrofìa, s. f. hipotrofia, nutrição insuficiente ou diminuída.
Ipàrion, s. m. (geol.) hipário, mamífero fóssil, antepassado do atual cavalo.
Ippico, (pl. -ippici) adj. hípico.
Ippocàmpo, s. m. hipocampo, cavalo-marinho.
Ippocastàno, s. m. (bot.) castanheiro-da-índia, árvore da família das hipocastanáceas.
Ippocràtico, (pl. -àtici) adj. hipocrático.
Ippòdromo, s. m. hipódromo.
Ippogrìfo, s. m. hipogrifo, animal fabuloso, metade grifo.
Ippologìa, s. f. hipologia, estudo científico do cavalo.
Ippòlogo, s. m. hipólogo.
Ippopòtamo, s. m. hipopótamo.
Ippotèrio, s. m. hipário, fóssil antepassado do cavalo.
Iprìte, s. f. (quím.) iperite (de Ipres), sulfureto de etilo biclorado, utilizado como gás de combate na Primeira Guerra Mundial.
Ipse Dixit, loc. lat. ele o disse, us. por filósofos escolásticos invocando a autoridade de Aristóteles; hoje se usa em sentido irônico.
ìpsilon, ipsilònne, s. f. ípsilon, nome da letra grega y.
Ipso Facto, loc. lat. de imediato, em seguida, imediatamente; ipso facto.
Ipsometrìa, s. f. hipsometria, altimetria.
Ipsomètrico, (pl. -ètrici) adj. hipsométrico.
Ipsòmetro, s. m. hipsômetro, altímetro.
Ira, s. f. ira; cólera, raiva, desejo de vingança; furor, indignação; essere un' ——— di Dio: ser (uma pessoa) muito má.
Iràce, s. m. marmota da Ásia e da África.
Iracòndia, s. f. iracúndia, disposição para se irar; ira excessiva.
Iracondiòso, (ant.) adj. iracundo.
Iracòndo, adj. iracundo, irascível, colérico; irado; que tende para a ira.
Iradè, s. m. irade, escrito do antigo Sultão da Turquia.
Irànico, (pl. -ànici) adj. irânico, iraniano, relativo ao Irã.
Irascìbile, adj. irascível, que se irrita facilmente.
Irascibilità, s. f. irascibilidade.
Iràto, adj. irado, enraivecido, colérico; assanhado.

Ircàno, adj. hircânico, relativo ou pertencente à Hircânica (região da Ásia).
Ircìno, adj. hircino, relativo ao bode.
Irco, (pl. **irchi**) s. m. (poét.) hirco; bode.
ìre, v. (poét.) ir; se n'e ito: já se foi.
ìreos, s. m. (bot.) íris, nome cient. do gênero lírio; gladíolo / pó perfumado do rizoma do lírio.
ìri, (ant.) s. f. íris, arco-íris.
Iridàcee, s. f. pl. (bot.) iridáceas.
Iridàre, (pr. **ìrido**) v. tr. frisar, fazer aparecer a irisação; dar as cores do arco-íris / (p. p.) **iridàto**: irisado.
ìride, s. f. íris, arco-íris / (anat.) íris, membrana situada entre a córnea e a face anterior do cristalino / (bot.) íris, gladíolo.
Iridescènte, adj. iridescente; que reflete as cores do arco-íris.
Iridescènza, s. f. iridescência.
Irìdico, (pl. -ìdici) adj. irídico, relativo ao irídio.
Irìdio, (pl. -ìdi) (quím.) irído, metal branco, duro e friável, que se encontra em certos minérios de platina.
ìris, s. f. (bot.) íris, lírio, gladíolo.
Ironìa, s. f. ironia / (fig.) contraste fortuito que parece uma zombaria irritante: l'ironia della sorte.
Ironicamènte, adv. ironicamente.
Irònico, (pl. **ònici**) adj. irônico, zombeteiro, sarcástico, mordaz; mefistofélico.
Ironìsta, (pl. -ìsti) s. m. ironista.
Iròso, adj. iroso, iracundo, irascível, irado / tempestuoso.
Irracontàbile, adj. (p. us.) inarrável, inenarrável.
Irradiamènto, s. m. irradiação.
Irradiàre, (pl. -àdio, -àdi) v. tr. (lit.) irradiar, lançar de si raios luminosos ou caloríficos / propagar, espalhar / espargir raios de luz / (pr.) irradiar-se, espalhar-se, desenvolver-se.
Irradiatòre, adj. e s. m. (f. -trice) irradiador, que ou aquele que irradia: virtù irradiatrice.
Irradiaziòne, s. f. irradiação / (med.) dispersão de impulso nervoso / (anat.) disposição radiada de certos vasos.
Irraggiamènto, s. m. irradiação / (fís.) transmissão de calor sem contato.
Irraggiàre, (pr. -àggio, -àggi) v. irradiar, espargir raios de luz, etc.
Irraggiungìbile, adj. inalcançável; inexeqüível; irrealizável.
Irragionèvole, adj. irracional; irracionável: animale ——— / absurdo, ilógico, desatinado, incoerente, infundado.
Irragionevolèzza, s. f. irracionalidade; falta de raciocínio.
Irrancidìre, (pr. -ìsco, -ìsci) v. rançar, ranescer, criar ranço.
Irrappresentàbile, adj. (p. us.) irrepresentável, que não pode ser representado.
Irrazionàle, adj. irracional.
Irrazionalìsmo, s. m. (filos.) irracionalismo / (contr.) **razionalismo**.
Irrazionalità, s. f. irracionalidade; falta de raciocínio.
Irreàle, adj. irreal / aparente, imaginário, falso.

Irrealtà, s. f. irrealidade / coisa irreal.
Irreconciliàbile, adj. irreconciliável: nemico ———.
Irreconciliabilità, s. f. irreconciabilidade.
Irreconciliabilmènte, adv. irreconciliavelmente.
Irrecuperàbile, adj. irrecuperável.
Irrecusàbile, adj. irrecusável / irrefutável: verità ———.
Irredentismo, s. m. (pol. ital.) irredentismo.
Irredentista, s. m. irredentista.
Irredènto, adj. irredento / **paesi irredenti**: cidades da Itália ainda sob domínio estrangeiro.
Irredimíbile, adj. irredimível / debito ———.
Irreducíbile, adj. (v. **irriducibile**) irredutível.
Irrefragàbile, adj. irrefragável, que se não pode recusar ou contestar; irrefutável, inegável; infalível.
Irrefragabilità, s. f. irrefragabilidade.
Irrefragabilmènte, adv. irrefragavelmente.
Irrefrangíbile, adj. irrefrangível; que não é refrangível.
Irrefrenàbile, adj. irrefreável; irreprimível, indomável / irresistível.
Irrefrenabilmènte, adv. irrefreavelmente.
Irrefutabile, adj. irrefutável, incontestável; evidente: irrecusável.
Irrefutabilmènte, adv. irrefutavelmente.
Irregimentàre, (pr. -ènto) v. tr. arregimentar; alistar num regimento / ordenar, disciplinar forças dispersas; regulamentar.
Irregolàre, adj. irregular; **poligono** ——— / caprichoso, desigual; anômalo, vário / **milizie irregolari**: tropas irregulares.
Irregolarità, s. f. irregularidade / falta; erro.
Irregolarmènte, adv. irregularmente.
Irreligiône, s. f. irreligião, falta de religião; ateísmo; impiedade.
Irreligiôso, adj. irreligioso; contrário à religião / ateu; ímpio.
Irremeàbile, adj. lit. irremeável, por onde se pode passar de novo: **l'irremeabile carcere arborea** (D'Annunzio) / irregressível.
Irremissíbile, adj. irremissível; imperdoável / inevitável.
Irremissibilmènte, adv. irremissivelmente.
Irremovíbile, adj. irremovível; firme, impassível; tenaz.
Irremovibilità, s. f. irremovibilidade.
Irremovibilmènte, adv. irremovivelmente.
Irremuneràbile, adj. irremunerável; que é superior a toda remuneração; impagável.
Irreparàbile, adj. irreparável: **danno** ——— / que não se pode reparar, recuperar, suprir / irremediável.
Irreparabilità, s. f. irreparabilidade, qualidade do que é irreparável.
Irreparabilmènte, adv. irreparavelmente; irremediavelmente.
Irreperíbile, adj. impossível de encontrar.

Irreperibilità, s. f. impossibilidade de ser encontrado.
Irreprensíbile, adj. irrepreensível; incensurável; correto, delicado, perfeito.
Irreprensibilità, s. f. irrepreensibilidade.
Irreprensibilmènte, adv. irrepreensivelmente.
Irreprimíbile, adj. irreprimível, que se não pode reprimir, recalcar ou conter; slancio ———: impulso irreprimível.
Irrepugnàbile, adj. inegável, irrefutável, incontrastável, incontestável.
Irrepugnabilità, s. f. incontestabilidade.
Irrepugnabilmènte, adv. irrefutavelmente.
Irrequietamènte, adv. irrequietamente; inquietamente.
Irrequietèzza, s. f. irrequietação; inquietação.
Irrequièto, adj. irrequieto; agitado, inquieto; buliçoso.
Irrequietúdine, s. f irrequietude, irrequietismo.
Irresistíbile, adj. irresistível, invencível; irrefreável / fatal.
Irresistibilmènte, adv. irresistivelmente.
Irresolutamènte, adv. irresolutamente; duvidosamente.
Irresolutèzza, s. f. irresolução; indecisão; vacilação; hesitação.
Irresolúto, adj. irresoluto; indeciso; hesitante.
Irresoluziône, s. f. irresolução.
Irrespiràbile, adj. irrespirável: **aria** ———
Irrespirabilità, s. f. irrespirabilidade.
Irresponsàbile, adj. irresponsável / desautorizado / (neol.) inconsciente, imbecil.
Irresponsabilità, s. f. irresponsabilidade.
Irretíre, v. tr. enredar, prender na rede, envolver na rede / (fig.) lisonjear, iludir, seduzir, enganar / (p. p.) **irretíto**: enredado; iludido, enganado.
Irretroattività, s. f. (for.) irretroatividade.
Irretroattívo, adj. (for.) irretroativo.
Irreverènte, (v. **irriverente**) adj. irreverente.
Irreversíbile, adj. irreversível.
Irreversibilità, s. f. irreversibilidade.
Irrevocàbile, adj. irrevocável; irrevogável: irremissível.
Irrevocabilità, s. f. irrevocabilidade, irrevogabilidade.
Irrevocabilmènte, adv. irrevogavelmente.
Irrevocàto, adj. (lit.) não revogado / (fig.) inolvidável: **gl'irrevocati di** (Manzoni).
Irrecevíbile, adj. não recebível.
Irrecevibilità, s. f. impossibilidade de ser recebido.
Irriconciliàbile, adj. irreconciliável.
Irriconoscíbile, adj. irreconhecível; desfigurado, mudado, alterado.
Irriconoscibilità, s. f. irreconhecibilidade.
Irriconoscibilmènte, adv. irreconhecivelmente.
Irricordèvole, adj. (p. us.) imémore (poét.) / que não se recorda; esquecido.
Irricusàbile, (v. **irrecusabile**) adj. irrecusável, incontestável.

Irrídere (pr. -ído) v. tr. mofar, escarnecer: **pace che il mondo irride** (Manzoni) / ironizar.
Irriducíbile, adj. irredutível, irreduzível.
Irriducibilità, s. f. irredutibilidade.
Irriducibilmênte, adv. irredutivelmente.
Irriflessiône, s. f. irreflexão; precipitação, imprudência; estouvamento.
Irriflessivamênte, adv. irrefletidamente, irreflexivamente.
Irriflessivo, adj. irreflexivo, irrefletido, inconsiderado.
Irrigàbile, adj. irrigável: **terreno** ———.
Irrigamênto, s. m. irrigação, rega.
Irrigàre, (pr. -ígo, -íghi) v. tr. irrigar, regar (campos, prados, etc.); banhar um rio um lugar: **li Po irriga la Lombardia** / (med.) irrigar.
Irrigatôre, adj. e s. m. (f. -tríce) irrigador / regador.
Irrigatòrio, (pl. -òri) adj. irrigatório, que serve para irrigar.
Irrigaziône, s. f. rega; irrigação.
Irrigidimento, s. m. enrijamento; entorpecimento.
Irrigidíre, (pr. -ísco, -ísci) v. intr. e pr. enrijar, tornar-se rijo, teso / (fig.) endurecer-se, insensibilizar-se, tornar-se duro de coração, de sentimento, etc. obstinar-se / enrijar-se / (p. p.) **irrigidito**: enrijado; endurecido; obstinado.
Irríguo, adj. (lit.) irríguo, que é banhado por águas ou atravessado por correntes; **acque irrigatorie**: águas irrigatórias.
Irrilevante, adj. irrelevante; mínimo, insignificante, de pouca importância.
Irrilevànza, s. f. insignificância, futilidade.
Irrimediàbile, adj. irremediável; irreparável; inevitável; fatal.
Irrimediabilità, s. f. irremediabilidade.
Irrimediabilmênte, adv. irremediavelmente.
Irrisarcíbile, adj. irresarcível, não ressarcível, não reparável: **danno** ———.
Irrisiône, s. f. irrisão; escárnio; zombaria; mofa; desprezo.
Irríso, p. p. e adj. escarnecido; ironizado.
Irrisolutêzza, (v. irresolutezza) s. f. irresolução.
Irrisôre, s. m. irrisor, escarnecedor.
Irrisòrio, (pl. -òri) adj. irrisório / ridículo, mesquinho: **retribuzione irrisoria**.
Irritàbile, adj. irritável, irascível.
Irritabilità, s. f. irritabilidade.
Irritamênto, s. m. irritação; irritamento (p. us.).
Irritànte, p. pr. e adj. irritante / provocante / excitante / irritador, provocador: **uomo** ——— / (s. m.) irritante, substância estimulante.
Irritàre, (pr. irrito) v. irritar, excitar, estimular, provocar; encolerizar, exacerbar / incitar; açular: ——— **i cani**.
Irritativo, adj. irritativo, irritante.
Irritaziône, s. f. irritação, cólera, agastamento / (fisiol.) ação daquilo que irrita os órgãos, os nervos, etc.
Írrito, adj. (jur.) írrito; que não teve efeito; que foi anulado; inútil; vão.

Irritrattàbile, adj. irretratável, irrevogável.
Irritrattabilità, s. f. irrevocabilidade.
Irritrosíre, (pr. -ísco, -ísci) v. intimidar-se, tornar-se esquivo, tímido, retraído.
Irriuscíbile, adj. (p. us.) que não se pode lograr, irrealizável.
Irrivelàbile, adj. secreto, irrevelável.
Irriverènte, adj. irreverente; incível; insolente.
Irriverentemênte, adv. irreverentemente.
Irriverènza, s. f. irreverência / insolência; desacato.
Irrobustíre, (pr. -ísco, -ísci) v. robustecer, fortalecer: reforçar, vigorizar, enrijar.
Irrogàre, (pr. -ògo, -òghi) v. tr. irrogar, infligir, estigmatizar; atribuir, impor, causar.
Irrogaziône, s. f. irrogação, imposição de pena.
Irrompènte, p. pr. e adj. que entra com ímpeto, que invade subitamente.
Irrômpere, (pr. -ômpo) v. intr. irromper, entrar com ímpeto, invadir subitamente; irruir / penetrar.
Irroràre, (pr. -òro) v. tr. irrorar, orvalhar, borrifar, umedecer.
Irroratôre, adj. e s. m. (f. -tríce) irrorador.
Irroratríce, s. f. (agr.) enxofradeira, máquina para pulverizar flor-de-enxofre nas videiras, etc.
Irroraziône, s. f. irroração.
Irruènte, adj. impetuoso, violento.
Irruènza, s. f. ímpeto, impetuosidade, violência.
Irrugginíre, (v. arrugginire) v. intr. enferrujar.
Irruvidíre, (pr. -ísco, -ísci) v. tornar áspero, duro; enrudecer.
Irruziône, s. f. irrupção, invasão; incursão, correria; entrada impetuosa.
Irsuto, adj. hirto; eriçado; ereto, híspido, aguçado / **mare** ——— **di scogli**.
Irudina, s. f. hirudina, substância extraída das cabeças das senguessugas.
Isabèlla, adj. isabel, que tem a cor entre branco e amarelo.
Isadèlfo, s. m. e adj. isadelfo, monstro de dois corpos juntos / (bot.) que tem os estames reunidos em dois feixes iguais.
Isagôge, s. f. (lit.) isagoge (p. us.); proêmio, introdução: preliminares; noções rudimentares.
Isagògico, (pl. -ògici) adj. isagógico; preliminar, elementar.
Isàgono, adj. (geom.) isógono, isogônico, que tem ângulos iguais.
Isatide, s. f. (bot.) ísatis, planta, povo da Isáuria.
Ísba, e isbà, s. f. isbá, habitação construída de troncos de pinheiros, características dos camponeses da Rússia do Norte, da Sibéria.
Ischeletrirsi, v. pr. emagrecer, definhar como esqueleto.
Ischemia, s. f. (med.) isquemia.
Ischialgía, s. f. isquialgia, dor na anca; ciática.

Ischiàtico, (pl. -àtici) adj. (anat.) isquiático, relativo ao ísquion.
Ischio, (pl. íschi) s. m. (anat.) ísquion, parte inferior e posterior do osso ilíaco / (bot. raro) escudo, carvalho branco.
Iscòrto, (ant.) p. p. escoltado / (adj.) (pint.) esboçado, tracejado, representado em esboço.
Iscrívere, (pr. -ívo) v. inscrever, matricular; registrar / (geom.) descrever um polígono num círculo / (ant.) escrever / (pr.) inscrever-se, matricular-se / (p. p.) inscritto: inscrito, matriculado / associado.
Iscriziône, s. f. inscrição / epígrafe, lápide / alistamento, matrícula.
Iscuría, s. f. (med.) iscúria, retenção da urina; impossibilidade de urinar.
Iseo, s. m. templo de Isis.
Íside, Isi, s. f. (mitol.) Ísis, mulher de Osíris.
Islamico, (pl. -àmici) adj. islâmico.
Islamísmo, s. m. islamismo; maometismo.
Islamíta, (pl. íti) s. m. islamita.
Islamítico, adj. islamítico; muçulmano.
Ismaelíta, s. f. ismaelita, árabe descendente de Ismael, filho de Abrão.
Iso, prefixo grego que indica igualdade: iso.
Isòbaro, isobàrico, (pl. -ci) adj. isóbaro, isobárico, de igual pressão atmosférica.
Isobaromètrico, adj. isobarométrico; isóbaro.
Isòbato, adj. (geogr.) isobático, de igual profundidade.
Isochímeno, adj. isoquimênico, isoquímeno, que no inverno tem a mesma temperatura média.
Isoclinàle, adj. (geol.) isoclinal, de igual inclinação: strati isoclinali.
Isocronísmo, s. m. isocronismo.
Isòcrono, adj. isócrono, que se realiza em tempos iguais.
Isodínamo, isodinàmico, adj. (fís.) isodinâmico, que tem a mesma força.
Isòdomo, s. m. (arquit.) isódomo, diz-se do edifício em que todas as pedras foram cortadas em esquadria, e com a mesma altura.
Isògono, adj. isógono, isogônico, que tem ângulos iguais.
Isòieto, adj. (geogr.) de igual quantidade de chuva.
Isoípsa, adj. isoaltimétrica, de igual altura.
Ísola, s. f. ilha / (dim.) isolètta, isolína, Isolòtto.
Isolamênto, s. m. isolamento; isolação: retiro, segregação.
Isolàno, s. m. insulano, insular; habitante de ilha; ilhéu.
Isolànte, p. pr. e s. m. isolante, que isola; isolador.
Isolàre, (pr. ísolo) v. tr. isolar: —— un malato: —— un cavo elettrico / separar, apartar, segregar.
Isolàto, p. p. isolado, apartado, segregado / (adj.) só, solitário / (s. m.) edifício ou conjunto de edifícios rodeados de ruas; ilha.
Isolatôre, s. m. (eletr.) isolador.
Isolazionísmo, s. m. (polit.) isolacionismo.

Isolazionísta, s. m. isolacionista.
Isoleggiàre, (pr. -êggio) v. ressair, avultar como ilha.
Isomería, s. f. isomeria / (adj.) isomèrico: isomérico.
Isòmero, adj. (quím.) isómero; que é composto de partes semelhantes.
Isòmetro, adj. isométrico, cujas dimensões são iguais.
Isomorfísmo, s. m. (min.) isomorfismo.
Isomòrfo, adj. isomorfo.
Isònne (a), loc. adv. em abundância, em quantidade.
Isonomía, s. f. (hist.) isonomia; estado dos que não são governados pelas mesmas leis.
Isòpo, (v. issopo) s. m. hissopo.
Isòscele, adj. (geom.) isóscele, isósceles, que tem dois lados iguais.
Isosísmica, s. f. isossista, linha curva que liga todos os pontos em que se manifesta um movimento sísmico com igual intensidade.
Isotèrma, s. f. cada uma das linhas isotérmicas.
Isotèrmico, (pl. -èrmici) adj. isotérmico.
Isotero, adj. isótero, isotérico; do verão.
Isotònico (pl. -ònici) adj. isotônico, que tem o mesmo poder cosmótico.
Isotopía, s. f. (quím.) isotopia.
Isòtopo, adj. (quím.) isótopo.
Isotropía, s. f. isotropia.
Isòtropo, adj. (fís.) isótropo, que tem as mesmas propriedades físicas em todas as direções.
Isòtteri, s. m. pl. isópteros, gênero de insetos coleópteros heterómeros.
Ispànico, (pl. -ànici) e ispàno, (adj.) hispânico, hispaniense.
Ispanísmo, s. m. hispanismo, espanholismo.
Ispanità, s. m. hispanismo, espanholismo.
Ispanoamericanísmo, s. m. hispano-americanismo.
Ispanofilía, s. f. hispanofilia.
Ispettívo, adj. inspectório, que diz respeito à inspecção.
Ispettoràto, s. m. inspectorado, cargo e dignidade de inspetor / inspetorado.
Ispettôre, s. m. (f. -tríce) inspetor.
Ispettoría, s. f. (p. us.) inspetoria, inspectoria.
Ispettríce, adj. e s. f. inspetora: la commissione ——.
Ispezionàre, (pr. -ôno) v. tr. inspecionar; inspectar; observar com atenção; examinar, visitar, controlar.
Ispeziône, s. f. inspeção, ato de inspecionar / lance de olhos; vistoria, exame.
Ispidamênte, adj. asperamente, rudemente.
Ispidêzza, s. f. hispidez, aspereza, rudeza.
Íspido, adj. híspido, hirsuto / eriçado, peludo / (fig.) rude, intratável, indelicado.
Ispiràbile, adj. inspirável.
Ispirabilità, s. f. inspirabilidade.
Ispiraménto, s. m. (p. us.) inspiração.
Ispiràre, (pr. -iro) v. tr. inspirar, introduzir o ar em (os pulmões) / (fig.) causar inspiração a; sugerir; fazer sentir, incutir; aconselhar; incitar; animar / (refl.) receber inspiração, sentir em si.

Ispiràto, p. p., adj. e s. m. inspirado / genial: **un** ———— **poeta** / inspirado, iluminado por Deus.

Ispiratôre, adj. e s. m. inspirador / (s. f.) **ispiratríce**: inspiradora.

Ispiraziône, s. f. inspiração; entusiasmo criador, estro poético / conselho, sugestão.

Israèle, s. m. Israel / **Stato d'** ————: Estado de Israel.

Israeliàno, adj. israeliano, relativo ou pertencente ao Estado de Israel / (s. m.) natural ou habitante do Estado de Israel.

Israelita, (pl. -íti) s. m. israelita.

Israelítico, (pl. -íti) adj. israelítico; hebraico, hebreu.

Israello, s. m. (poét.) Israel.

Íssa, (ant.) adv. agora, já, em seguida.

Issa, s. f. (náut.) cabo para içar / **issa!**, (interj.) iça!

Issare, v. tr. (náut.) içar, erguer, elevar.

Issofàtto, adv. ípso facto, no instante, imediatamente.

Issopo, s. m. (bot.) hissopo.

Istallàre, (v. **installare**) v. instalar.

Istamínia, s. f. (farm.) histamina, hormônio que se encontra normalmente nos tecidos.

Istantànea, s. f. (fot.) instantâneo, imagem obtida por uma exposição muito curta.

Istantaneamênte, adv. instantaneamente, imediatamente.

Istantaneità, s. f. instantaneidade.

Istantàneo, adj. instantâneo, que dura apenas um instante; que se produz repentinamente.

Istante, p. pr. e adj. instante; iminente (s. m.) instante, momento / solicitante, demandante, requerente.

Istantemênte, adv. instantemente, com insistência.

Istànza, s. f. instância, ato de instar; solicitação calorosa e reiterada, insistência / urgência / (for.) demanda.

Isterèsi s. f. (fís.) histerese.

Istèrico, (pl. -èrici) adj. e s. m. histérico.

Isterilíre, (pr. -ísco, -ísci) v. tornar-se estéril: ———— **la terra**: esgotar / esterilizar, tornar estéril; (fig.) tornar inútil.

Isterilito, p. p. e adj. esterilizado.

Isterísmo, s. m. (med.) histerismo, histeria.

Istêsso, adj. fam. e pr. mesmo: **ripete sempre l'istesse cose**.

Istidína, s. f. (biol.) histidina, base orgânica azotada do grupo das hexonas.

Istigamênto, s. m. instigação.

Istigàre, (pr. -ígo, -íghi) v. instigar, incitar / estimular, excitar, animar; impelir.

Istigatôre, adj. e s. m. (f. **tríce**) instigador; fomentador; animador; provocador.

Istigaziône, s. f. instigação.

Istillamênto, s. m. instilação, ato ou efeito de instilar.

Istillàre, (pr. -íllo) v. tr. instilar; introduzir, verter gota a gota; insuflar; induzir; persuadir; (fig.) fazer penetrar lentamente no ânimo de alguém: ———— **l'odio**.

Istintivamênte, adv. instintivamente.

Istintívo, adj. instintivo; involuntário, natural: **moto** ————: movimento instintivo.

Istínto, s. m. instinto / impulso ou inclinação natural.

Istiocíti, s. m. pl. células que possuem a faculdade de fagocitar e neutralizar as substâncias estranhas ao organismo.

Istituendo, (v. **instituendo**) adj. instituendo.

Istiuíre, (pr. -ísco, -ísci) v. tr. instituir, estabelecer, fundar, criar (alguma coisa que não existia) / formar, organizar, constituir, estabelecer / (ant.) instruir, educar.

Istituíto, p. p. e adj. instituído, fundado.

Istitutívo, adj. instituidor.

Istitúto, s. m. instituto: ———— **di educazione** / estabelecimento, escola / ———— **di credito**: banco, casa bancária / congregação, colégio; asílo, hospício.

Istitutôre, s. m. (f. -**tríce**) instituidor, fundador; promotor, iniciador / preceptor, educador.

Istituzionàle, adj. institucional.

Istituziône, s. f. instituição, ato ou efeito de instituir / coisa instituída ou estabelecida / instituição, organização, fundação.

Ístmico, (pl. ístmici) adj. ístmico.

Ístmo, s. m. (geogr.) istmo; (anat.) istmo.

Istogènesi, s. f. histogênese.

Istología, s. f. histologia.

Istològico, (pl. -ògici) adj. histológico.

Istòlogo, (pl. òlogi) s. m. histologista, histólogo.

Istòria, (ant.) s. f. história.

Istoriàre, (pr. -òrio, - òri) v. tr. historiar, ornar, enfeitar com imagens históricas ou lendárias.

Istoriògrafo, s. m. historiógrafo; cronista de história; historiador.

Istotassía, s. f. (bot.) histotaxia, classificação das plantas segundo os seus tecidos.

Istradamênto, s. m. encaminhamento.

Istradàre, v. tr. encaminhar, mostrar o caminho a, guiar, dirigir, conduzir, orientar.

Ístrice, s. m. e f. porco-espinho / (fig.) homem rude, intratável.

Istriône, s. m. (lit.) histrião; bobo, palhaço; charlatão.

Istriònico, (pl. -ònici) adj. histriônico.

Istrionísmo, s. m. histrionismo.

Istruíre, (pr. -ísco, -ísci) v. instruir, ensinar; amestrar; adestrar / informar; aconselhar, esclarecer.

Istruíto, p. p. e adj. instruído / culto, erudito, sábio, douto.

Istrumentàle, adj. instrumental / (s. m.) instrumentação.

Istrumentàre, (pr. -ènto) v. (músc.) instrumentar, orquestrar / (for.) lavrar um instrumento ou escritura pública.

Istrumentàrio, s. m. instrumentária, conjunto de instrumentos, utensílios, ferramentas, máquinas, aparelhos que servem para produzir um certo trabalho.

Istrumentàto, p. p. e adj. (mús.) instrumentado.
Istrumentatôre, s. m. (f. -trice) instrumentador.
Istrumentatúra, s. f. (mús.) instrumentação de uma partitura.
Istrumentazióne, s. f. (mús.) instrumentação.
Istruménto, s. m. instrumento / utensílio, ferramenta, máquina, aparelho / instr. de música / (for.) título, ato, documento escrito / (fig.) meio: **voi siete l'istrumento della sua ambizione.**
Istruttivaménte, adv. instrutivamente.
Istruttívo, adj. instrutivo: **libro** ———.
Istrútto, p. p. e adj. (lit.) instruído / (ant.) de exército ou esquadra: formado, ordenado, alinhado.
Istruttôre, adj. e s. m. (f. -trice) instrutor.
Istruttòria, s. f. (for.) instrução de um processo.
Istruttòrio, (pl. -òri) adj. (for.) referente à instrução de um processo.
Istruzióne, s. f. instrução; ensino; ilustração / regra, norma, ordem: **dare istruzioni**: dar instruções / (for.) ——— **di un processo**: instrução de um processo / cultura; sabedoria, erudição, doutrina.
Istupidire, (pr. -ísco, -ísci) v. atoleimar, entontecer.
Isvivàre, (ant.) v. separar o mercúrio dos metais a que está unido.
íta, (ant.) adv. assim, deste modo.
Itacísmo, s. m. itacismo, sistema filológico segundo o qual a letra grega "eta" se pronuncia como um "i" (iota).
Itacolumite, s. f. (min.) itacolomito, quartzito mimicáceo flexível.
Italianaménte, adv. italianamente.
Italianàre, v. italianizar: ——— **un vocabolo**.
Italianàto, p. p. e adj. italianizado, tornado italiano.
Italianísmo, s. m. italianismo.
Italianíssimo, adj. sup. de italiano: italianíssimo.
Italianísta, s. m. lit. italianista, estudioso da língua e da literatura italianas.
Italianità, s. f. italianidade.
Italianizzàre, (pr. -ízzo) v. italianizar, dar feição italiana a.
Italianizzàto, p. p. e adj. italianizado.
Italiàno, adj. e s. m. italiano.
Itàlico, (pl. -àlici) adj. (lit.) itálico / (tip.) itálico, grifo, tipo um pouco inclinado para a direita e com a forma de letra manuscrita.
Italiòta, (pl. -òti) s. m. italiota, antigo habitante das colônias gregas da Itália.
Itàlma, s. m. liga de alumínio e manganês, com que se cunharam as moedas metálicas italianas (1947).
ítalo, adj. poeť. ítalo, italiano, itálico; **ítala gente dalle molte vive** (Carducci) / em compos. italo-greco, italo-ispano, etc.
Item, adv. (lat.) item, outrossim, da mesma maneira, também.

Iteràre, (pr. -ítero) v. tr. iterar, repetir, reiterar.
Iterataménte, adv. repetidamente.
Iterativo, adj. iterativo; freqüentativo, feito ou repetido muitas vezes.
Iteràto, p. p. e adj. iterado, repetido; reiterado.
Iteratôre, adj. e s. m. (f. trice) repetidor.
Iterazióne, s. f. iteração, repetição.
Itineràrio, (pl. -ài) s. m. itinerário; caminho a seguir numa viagem; roteiro.
íto, p. p. (do v. ire) ido.
Ittèrbio, s. m. (quím.) itérbio; metal do grupo das terras raras.
Ittèrico, (pl. -èrici) adj. e s. m. ictérico, itérico.
Itterízia, s. f. icterícia.
íttero, s. f. icterícia / (ornit.) ictéria, gênero de pássaros dentirrostros que compreende duas espécies da América tropical.
Ittiocòlla, s. f. ictiocola, cola de peixe fabricada com a bexiga natatória do esturjão.
Ittiòfago, (pl. -òfagi) adj. (zool.) ictiófago; que se alimenta de peixes.
Ittiòlo, s. m. ictiol, líquido xaroposo, obtido pela destilação de uma rocha betuminosa construída de peixes fósseis.
Ittiología, s. f. ictiologia.
Ittiològico, (pl. -ògici) adj. ictiológico.
Ittiòlogo, s. m. (pl. -òlogi) ictiólogo, naturalista que trata de ictiologia.
Ittiosàuro, s. m. ictiosauro, réptil fóssil da época secundária.
Ittiòsi, s. f. (med.) ictiose, doença congênita da pele.
íttrio, s. m. (quím.) ítrio.
Iúcca, s. f. (bot.) iúca, genêro da liliácea originária da América Central.
Iúgero, s. m. (agr.) jugada; jeira / antiga medida romana de superfície, igual a 2.518 m2.
Iugerale, adj. (anat.) jugular: **vena** ———: veia jugular (uma das grossas veias do pescoço).
Iugulatòrio, adj. jugulador / estrangulador / (fig.) usurário: **contratto** ———.
Iúgulo, s. m. (anat.) júgulo, base da garganta.
Iúngla, (v. **giungla**) s. f. jungla.
Iunior, iuniore, adj. lat. júnior: mais novo, mais moço / (esp.) categoria dos mais novos num determinado esporte.
Iunípero, s. m. (bot.) junípero, gênero de plantas cupressáceas.
Iúta, s. f. juta, fibra têxtil fornecida pela juta (planta tiliácea).
Iutifício, (pl. -íci) s. m. fábrica de tecidos de juta.
Iva, s. f. (bot.) búgula, planta da família das labiadas.
ívi, adv. (lit.) ali, lá, naquele lugar, no mesmo lugar / (p. us.) então, naquele tempo.
Ivirítta, (ant.) adv. ali.
Izbà, s. f. (v. **isba**) isba, habitação dos camponeses da Rússia do Norte.
ízza, (ant.) s. f. ira, azedume, irritação.

J

(J), s. m. e f. (**i lungo** ou **i lunga**) j (jota); letra de diversos alfabetos estrangeiros, antigamente usada também no alfabeto italiano; soa como i consoante; hoje, no alfabeto italiano, substituída pela letra i e (na maioria das vezes) pela letra g. Damos aqui o nome de algumas palavras, quase todas arcaicas, que aparecem em textos antigos.
Jacêre, (v. **giacere**) jazer.
Jacínto, s. m. (bot.) jacinto.
Jaculatòria, s. f. jaculatória.
Jàculo, (ant.) s. m. jáculo, mamífero roedor.
Jalíno, adj. hialino; que tem a aparência do vidro.
Jalografía, s. f. (v. **ialografia**): hialografia, pintura em vidro.
Jamài, adv. jamais.
Jàmbo, s. m. iambo ou jambo, pé de verso (nas poesias grega e latina).
Jànda, (ant.) s. f. glande (bot.).
Jannízzero, s. m. (hist.) janízaro.
Januàrio, (ant.) s. m. janeiro.
Jaspide, (ant.) diàsparo, mineral raro, espécie de jaspe.
Jattàre, (ant.) v. bater com força, agitar / (fig.) jactar-se.
Jejunàre, (ant.) v. jejuar.
Jerarchía, (ant.) hierarquia.
Jeràtico, (ant.) adj. hierático.
Jerofànte, (ant.) s. m. hierofante.
Jòco, s. m. jogo.
Jòrno, s. m. dia.
Jòvane, s. m. e adj. jovem.
Joventúde, s. f. juventude.
Júba, s. f. juba
Júbere, v. tr. (ant.) mandar, comandar.
Jubilàre, v. intr. jubilar.
Jubilèo, s. m. jubileu.
Judàico, adj. judaico.
Judèo, adj. e s. m. judeu.
Judicàre, v. julgar.
Júngere, (ant.) v. jungir, unir.
Juràmento, s. m. juramento.
Juràto, (ant.) conjurado, conspirador.
Jureconsúlto, s. m. jurisconsulto.
Jusquiàmo, s. m. (bot.) hioscíamo, meimendro.
Justízia, s. f. justiça.

K

(K), s. m. e f. **cappa**, K, letra do alf. grego e latino; antig. us. em ital.; hoje em desuso, menos em certas abreviações (kg: **chilogrammo**; km: **chilòmetro**, etc.) e em vozes estrangeiras, com tendência a mudar-se em c ou ch (ex. **kimono**: chimono, **kedivè**: chedivè, **kaki**: cachi, **kan-can**, etc.

Kainite, s. f. (min.) gesso granular de cor amarelada, us. na fabricação de sais potássicos.

Kàiser, s. m. (alem.) kaiser, imperador.

Kamàla, s. f. (bot.) camala, planta euforbiácea da Índia.

Kala-Azàr, s. f. (med.) cala-azar, doença dos países quentes, devido a um protozoàrio introduzido no organismo por picada de insetos.

Kallikreína, s. f. substância extraída do pâncreas, usada para abaixar a pressão arterial.

Kantiàno, adj. kantiano.

Kantismo, s. m. kantismo, doutrina filosófica de Kant.

Kàpoc ou kàpok, s. m. capoque, algodão originário da Índia, de filamentos curtos.

Kara-Kiri, s. m. Kara-kiri, suicídio entre os japoneses.

Kepí, s. m. quepe.

Kepleriàno, adj. kepleriano.

Kèrmes, s. m. quermes.

Kermèsse, s. f. (hol.) quermesse, festa religiosa, festival, feira.

Kibbutz, s. m. fazenda com organização coletivista, no Estado de Israel.

Kiloton, s. m. unidade de medida de força explosiva igual à explosão de mil toneladas de dinamite.

Kilowàtt, s. m. kilowatt; (port.) quilovátio.

Kimôno, s. m. (jap.) quimono.

Kinesiterapía, (cinesiterapia) s. f. cinesioterapia, cineterapia, cura das doenças do ap. locomotor pelos movimentos artificiais.

Kiòsco, (v. turco) s. m. quiosque.

Kircheriàno, adj. diz-se do Museu Romano fundado pelo filólogo jesuíta Kircher.

Kirsch, s. m. kirsch, aguardente que se extrai das cerejas.

Kívi, s. m. pássaro insetívoro noturno, da Nova Zelândia.

Krumíro, s. m. furador de greve.

Kuomitàng, s. m. kuomitang, partido nacionalista e rep. chinês.

Kyrie Elèison, loc. greg. Senhor, tende piedade de nós: quirieléisão.

L

(L), s. m. (ele); décima letra do alfabeto italiano e sexta das consoantes; nas somas vale liras (moeda italiana).

La, art. f. a / la glòria, la bontà: a glória, a bondade / la, pronome usado em lugar de "lei": la riverisco: saúdo-o; saúdo-a.

Là, adv. lá, ali, naquele lugar / **il mondo di** ———: o outro mundo / **di là**: do outro lado.

La, s. m. lá, nome da sexta nota musical.

Làbaro, s. m. (t. hist.) lábaro; bandeira; estandarte.

Làbbia, (ant.) s. f. cara, rosto, semblante.

Labbrata, f. tapa, bofetada nos lábios.

Labbreggiàre, v. tr. pronunciar como em segredo, mussitar, cochichar.

Làbbro, (plur. **labbri e labbra**), s. m. lábio, beiço / orla, borda / margem.

Labbróne, s. m. lábio grosso, beiço / (dim.) **labbrúccio**.

Làbe, s. f. (poét.) mancha.

Labèllo, s. m. (bot.) labelo, pétala de orquídea.

Laberínto, e **Labirínto**, s. m. labirinto / (anat.) uma das partes internas da orelha.

Labiale, adj. labial, relativo aos lábios / (gram.) que se pronuncia com os lábios.

Labiàte, s. f. pl. (bot.) labiadas, família de plantas dicotiledôneas.

Làbile, adj. lábil, fraco, transitório, que se perde facilmente.

Labilità, s. f. labilidade, fugacidade.

Labiodentàle, adj. e s. m. labiodental.

Labirintèo, adj. (lit.) labiríntico; intrincado.

Labirintite, s. f. (med.) labirintite.

Labirintodonte, s. m. labirintodonte.

Laboratòrio, s. m. laboratório / oficina; manufatura, fábrica.

Laboriosamênte, adv. laboriosamente.

Laboriosità, s. f. laboriosidade, atividade, esforço; diligência.

Laborióso, adj. laborioso, trabalhador / difícil, trabalhoso, árduo.

Labràce, s. m. robalo (peixe).

Labrodoríte, s. f. (min.) labradorite, feldspato.

Labrônico, adj. e s. m. livornês, de Livorno, porto da Toscana.

Labrúsca, s. f. labrusca, casta de videira.

Laburismo, s. m. laburismo / partido laborista.

Làcca, s. f. laca, goma-laca / (ant.) barranco, barroca.

Laccamúffa, s. f. tornassol.

Laccàre, v. tr. envernizar com laca.

Laccatúra, s. f. laqueação, cobertura, envernização com laca.

Laccêtto, s. m. (dim. de **làccio**) lacete, laço, pequeno. cordel, fitinha.

Lacchè, s. m. lacaio, criado de librè; (fig.) pessoa servil.

Lacchêzzo, s. f. petisco, gulodice / (fig.) lisonja, adulação.

Lacciàla, s. f. laçada de nó corrediço usada para laçar o animal.

Laccièro, (ant.) lisonjeiro / enganador, ardiloso.

Làccio, s. m. laço; nó; laçada / armadilha; (fig.) estratagema, traição, engano; cilada / prisão / (dim.) **lacciuòlo**.

Lacciòlo, e **lacciuòlo**, s. m. engano, ardil (no sentido fig.).

Lacedemônico, adj. lacedemônico; espartano.

Laceràbile, adj. lacerável, dilacerável

Laceramênto, s. m. laceração.

Laceràre, v. lacerar; rasgar, dilacerar, esfarrapar, estraçalhar.

Laceratúra, s. f. (p. us.) laceração; dilaceração.

Lacerazióne, s. f. laceração.

Lacèrna, s. f. lacerna, capa dos antigos romanos.

Làcero, adj. làcero, roto, rasgado; andrajoso.

Lacèrto, s. m. (anat.) músculo (lacertus fibrosus) que vai do tendão do bicípite ao antebraço.

Lacínia, s. f. (bot.) lacínia.

Laciniàto, adj. (bot.) lacinado, recortado em tiras, formando filamentos.

Laconicamênte, adv. laconicamente, concisamente, resumidamente.

Lacònico, adj. lacônico, conciso, breve.
Laconismo, s. m. laconismo, concisão.
Laconità, s. f. laconismo.
Laconizzàre, v. intr. laconizar, sintetizar.
Làcrima, e làgrima, s. f. lágrima / gota, pingo / choro, pranto.
Lacrimàle, adj. lacrimal.
Lacrimàre, v. intr. lagrimejar, lacrimejar.
Lacrimàto, p. p. e adj. pranteado, chorado.
Lacrimatòrio, adj. (anat.) lacrimatório.
Lacrimaziône, s. f. lacrimação.
Lacrimevòle, adj. lacrimável, lastimável, lamentável.
Lacrimògeno, adj. lacrimógeno.
Lacrimône, s. m. lágrima grande.
Lacrimòso, adj. lacrimoso, aflito, lagrimoso.
Lacúna, s. f. lacuna, vazio, vão / interrupção / omissão.
Lacunàle, adj. lacunar.
Lacunàre, s. m. lacunário, espaço entre vigas.
Lacústre, adj. lacustre.
Làdano, s. m. ládano, lábdamo, produto resinoso.
Laddôve, adv. ali aonde: onde, enquanto.
Ladíno, adj. ladino, dialeto da encosta meridional dos Alpes, do Cantão dos "Grigioni" ao "Carnaro" / (s. m.) uma das línguas romanas ou neolatinas / pronto, esperto, ladino.
Làdo, (ant.) adj. abjeto, feio.
Làdra, s. f. ladra, ladrona bolso interno do vestido.
Ladracchiòlo, s. m. ladrãozinho.
Ladrería, s. f. ladroeira, roubo.
Làdro, adj. e s. m. ladrão, gatuno, que furta, que rouba.
Ladrocínio, s. m. latrocínio.
Ladroncèllo, s. m. ladrãozinho.
Ladronêggio, s. m. ladroeira, ladroagem.
Ladrúncolo, s. m. menino ladrão.
Lagèna, s. f. lagena, vaso antigo de colo estreito, semelhante a uma garrafa.
Laggiù, e là giù, adv. lá embaixo, ali embaixo (indicando lugar distante).
Laghètto, s. m. pequen lago.
Làgna, (ant.) s. f. queixa, lamento.
Lagnànza, s. f. queixa, lamentação, descontentamento.
Lagnàrsi, v. pr. queixar-se, lamentar-se, lastimar-se.
Làgno, s. m. queixa, lamento.
Làgo, s. m. (geogr.) lago.
Lagoftàlmo, s. m. (med.) lagoftalmia.
Lagône, s. m. (aum. de lago); lagamar, lugar onde se extraem sais.
Lágrima, s. f. lágrima.
Lagúna, s. f. laguna, braço de mar pouco profundo entre ilhas e bancos de areia.
Lagunàre, adj. lagunar, de laguna.
Lài, s. m. pl. (do fr. lai; cantos) lamentos / cantos populares épicos ou narrativos da Idade Média.
Laicàle, adj. laical, leigo
Laicalmênte, adv. laicalmente.
Laicità, s. f. laicidade.
Laicizzàre, v. tr. laicizar.
Làico, adj. laico, leigo, laical, secular (por oposição a eclesiástico).

Laidamênte, adv. indecorosamente, indecentemente.
Laidêzza, s. f. indecência, indecorosidade.
Làido, adj. laido, feio, sujo, repugnante.
Laidúme, s. m. indecência, costumes indecorosos.
Làma, s. f. lama, lamaçal, lodaçal / lâmina de instrumento de corte (faca, espada, etc.) / o chefe supremo da religião dos tártaros / (zool.) ruminante do Peru.
Lamaísmo, s. m. lamaísmo, budismo professado pelos lamas.
Lambdacísmo, s. m. lambdacismo, pronúncia viciosa da letra l.
Lambèllo, s. m. (p. us.) lambel, pano listrado.
Lambènte, p. pr. e adj. que lambe, lambedor.
Làmbere, v. tr. (poét.) lamber.
Lambiccàre, v. alambicar, destilar.
Lambiccamênto, s. m. destilação no alambique.
Lambiccàrsi, v. tr. atormentar o cérebro por preocupações.
Lambiccàto, p. p. e adj. alambicado, afetado, artificioso (de escrito ou estilo).
Lambicco, s. m. alambique.
Lambíre, v. tr. lamber, tocar de leve, atingir.
Lambrecchini, s. m. pl. lambrequins, ornatos que pendem do elmo sobre o escudo de armas.
Lambrúsca, s. f. lambrusca ou labrusca, variedade de uva selvática.
Lambrúsco, s. m. lambrusco, vinho das regiões de Bolonha e Módena.
Lamèlla, s. f. pequena lâmina; lamela / (min.) camada esfoliada de certos minerais.
Lamellàre, adj. lamelar, lameloso.
Lamellàto, (técn.) adj. lamelado, dividido em lâminas.
Lamellibrànchi, s. m. pl. lamelibrânquios, animais cujas brânquias são lamelares.
Lamellirostri, s. m. pl. lamelirrostros (aves palmípedes).
Lamentàbile, adj. lamentável, lastimoso.
Lamentànza, s. f. lamentação; (jur.) querela.
Lamentàre, v. lamentar, prantear, deplorar.
Lamentaziône, s. f. lamentação, queixa, queixume.
Lamentêvole, adj. lamentável, lastimoso.
Lamentío, s. m. lamúria, queixa, choradeira.
Lamênto, s. m. lamento.
Lamentôso, adj. lamentoso, lamuriento.
Lametta, s. f. dim. lâmina de navalha de segurança.
Làmia, s. f. lâmia, monstro fabuloso.
Lamicàre, v. (p. us.) chuviscar / (fig.) lamentar-se.
Laminària, s. f. (bot.) laminária (alga).
Lamièra, s. f. chapa, folha de ferro trabalhada para usos diversos.
Làmina, s. f. lâmina, chapa delgada de metal.
Laminàre, v. laminar, reduzir a lâminas / (adj.) que tem lâminas.

Laminatóio, s. m. laminador, máquina para laminar.
Laminatúra, s. f. laminação.
Laminôso, adj. laminoso, laminado.
Làmpa, s. f. (poét.) lâmpada.
Làmpada, s. f. lâmpada; vaso em que se acende a luz; (dim.) **lampadina**.
Lampadàrio, s. m. lampadário, lustre com várias lâmpadas.
Làmpana, s. f. lâmpada de igreja.
Lampadíno, s. m. lamparina, pequeno disco com um pavio que se põe a arder no meio do azeite.
Lampante, adj. luminoso, claro, manifesto, evidente, límpido.
Lampassàto, adj. (herád.) lampassado, animal representado no escuro com a língua de fora.
Lampeggiamênto, s. m. relampejo.
Lampeggiàre, v. intr. relampaguear.
Lampeggío, (pl. -íi) s. m. lampejo continuado.
Lampionàio, (pl. -ài) s. m. lampianista, aquele que acende, apaga, cuida, ou vende lampiões.
Lampioncíno, s. m. lampião pequeno.
Lampiône, s. m. lampião; grande lanterna portátil ou fixa.
Lampiridi, s. f. pl. lampirídeos, insectos de abdome fosforescente.
Lampísta, s. m. aquele que faz ou vende lâmpadas, lampadeiro / (ferr.) faroleiro.
Lampistería, s. f. depósito de lâmpadas nas estações ferroviárias.
Làmpo, s. m. relâmpago / (fig.) luz intensa e rápida.
Làmpône, s. m. framboeseiro / framboesa.
Lamprèda, s. f. lampreia (peixe de rio ou lago).
Lampredòtto, s. m. pequena lampreia.
Làna, s. f. lã, lanugem.
Lanàggio, s. m. quantidade de lã.
Lanaiòlo, s. m. operário que trabalha em lã.
Lanceolàto, adj. (bot.) lanceolado, que tem a ponta em figura de lança.
Lancêtta, s. m. lanceta (instr. cirúrgico), ponteiro de relógio.
Lancettàta, s. f. lancetada.
Lància, s. f. lança, arma de guerra.
Lanciàbile, adj. lançável, que se pode lançar.
Lanciabômbe, s. m. lança-bombas.
Lanciàta, s. f. lançada, golpe com lança.
Lanciatòia, s. f. rede para caçar pássaros.
Lanciatôre, s. m. lançador, lanceador / arremessador.
Làncio, s. m. lançamento / lanço, arremesso, pulo impetuoso / "Di un Làncio", "D'un làncio": num pulo, num momento; **di primo lancio**: repentinamente.
Lanciône, s. f. lancha (embarcação) de mar.
Lanciòtto, s. m. dardo; pequena lança.
Iànda, s. f. charneca, vasto terreno inculto e estéril.
Landgràvio, s. m. landegrafe, título de alguns príncipes da Alemanha.
Landò, s. m. landau, carruagem elegante de quatro rodas, puxada por cavalos.

Lanerie, s. f. pl. quantidade de lã, ou de objetos de lã.
Lanêtta, s. f. lãnzinha.
Langraviato, s. m. (hist.) landgraviato.
Langràvio, s. m. landgrave, título ou dignidade, na Germânia antiga.
Languènte, p. pr. e adj. languente.
Languidamênte, adv. languidamente.
Languidêzza, s. f. languidez; enfraquecimento, prostração.
Lànguido, adj. lânguido; debilitado; extenuado.
Languíre, v. intr. languescer, enfraquecer, definhar / diminuir de zelo e atividade.
Languôre, s. m. langor, languidez.
Laniàre, (ant.) v. dilaniar.
Lanífero, adj. lanígero, lanífero.
Lanifício, s. m. lanifício.
Lanína, s. f. lãzinha, lanilha.
Laníno, s. m. cardador, operário que carda.
Làno, adj. de lã, unido a certas palavras: **Panno lano**; pano, tecido de lã.
Lanosità, s. f. lanosidade.
Lanôso, adj. lanoso, que tem ou traz lã.
Lantànio, s. m. (quím.) lantânio.
Lantèrna, s. f. lanterna, utensílio para alumiar; lanterna; farol.
Lanternàio, s. m. lanterneiro.
Lanterníno, s. m. (dim.) lanterninha, lanterna pequena.
Lanternône, s. m. grande lanterna / farol nas procissões e nos barcos.
Lanúggine, e lanúgine, s. f. lanugem, o pelo que nasce na barba / (bot.) camada aveludada que cobre certas plantas ou frutas, como nos pêssegos.
Lanuginôso, adj. lanuginoso.
Lanúto, adj. lanudo: lanoso.
Lanzichenêcco, ou **lànzo**, s. m. (hist.) lansquenete, nome dado aos mercenários alemães de infantaria nos séculos XV a XVII / antigo jogo de cartas.
Laônde, adv. (de uso pedante) por essa razão, por isso, pelo que.
Laparoscopía, s. f. (med.) laparoscopia.
Laparotomía, s. f. (med.) laparotomia.
Lapàzio, s. m. (bot.) labaça (planta); (lat. lapathum).
Lapazzàre, v. tr. (náut.) reforçar a árvore do navio.
Làpida, s. f. (tosc.) pedra que cobre a abertura das cisternas, fossas, etc.
Lapidàbile, adj. lapidável, digno de ser posto em lápide (mais no sentido burlesco).
Lapidàre, v. lapidar, apedrejar, matar a pedradas / (fig.) perseguir atrozmente.
Lapidària, s. f. lapidária, arte de fazer inscrições ou de interpretar as antigas.
Lapidàrio, adj. lapidário, que se refere à ciência lapidária (estilo, inscrição, etc.).
Lapidazióne, s. f. lapidação.
Làpide, s. f. lápide, pedra sepucral ou honorária que contém uma inscrição.
Lapídeo, adj. (lit.) lapídeo, da natureza da lápide.
Lapidescènte, adj. (téc.) lapidescente, que se petrifica.
Lapidificàre, v. tr. lapidificar.
Lapidificazióne, s. f. lapidificação.

Lapidiforme, adj. lapidiforme; de forma ou aspecto de pedra.
Lapíllo, s. m. (min.) rapilho, produto polido lançado nas erupções vulcânicas.
Làpis, s. m. lápis; grafite.
Lapisl... **i,** ou **lapislàzzoli,** s. m. lápis-lazúli; lazulita.
Làppola, s. f. bardana (bot.); (lat. lappa) / (fig.) pessoa importuna.
Lappàre, v. beber como gambá.
Lardellàre, v. lardear, pôr fatias de toucinho ou presunto em.
Lardèllo, s. m. fatia de toucinho ou presunto; (fig.) citação pobre, escolar.
Làrdo, s. m. toucinho em tiras; gordura.
Lardône, s. m. carne de porco salgada.
Làre, s. m. (poét.) lar.
Largamênte, adv. largamente, prodigamente, generosamente.
Largheggiàre, v. larguear, despender largamente, tirar com extraordinária liberalidade.
Largheggiatôre, s. m. e adj. largueador, que ou aquele que largueia.
Larghètto, adj. um tanto largo / (mús.) **Largheto.**
Larghèzza, s. f. largura. uma das dimensões do corpo sólido ou duma superfície / (fig.) largueza, liberalidade nos gastos; abundância em geral; profusão.
Largíre, v. tr. larguear, dar com largueza, prodigalizar.
Largitôre, s. m. doador; largueador, que gasta com largueza.
Largizióne, s. f. auxílio; largição; dádiva; benefício.
Làrgo, adj. largo, que tem largura; amplo, extenso; dilatado, duradouro / (fig.) generoso, liberal, importante.
Largúra, s. f. largura, espaço, lugar largo.
Làri, s. m. (pl. lares: " i patri lari") os pátrios lares.
Làrice, s. m. (bot.) lariço, gênero de coníferas.
Larínge, s. f. (med.) laringe.
Laríngeo, adj. laríngeo, laringiano.
Laringíte, s. f. laringite.
Laringoscopía, s. f. laringoscopia.
Laringotomía, s. f. laringotomia.
Làrva, s. f. (zool.) larva / fantasma. espectro / (fig.) aparência vã, sombra.
Larvàre, v. (lit.) mascarar, disfarçar.
Larvatamênte, adv. larvadamente, disfarçadamente.
Larvàto, adj. larvado, disfarçado, insidioso.
Lasàgna, s. f. lasanha, tipo de massa de farinha de trigo.
Lasagníno, adj. couve crespa.
Lasagnône, s. m. (burl.) homem insulso e de pouco valor.
Làsca, s. f. cadoz, peixe de água doce.
Laschità, (ant.) s. f. vileza, poltronaria.
Lasciapassàre, s. m. salvo-conduto para transitar livremente.
Lasciàre, v. deixar, largar, soltar, abandonar, omitir, pôr de parte, deixar ficar, desabituar-se, não continuar.
Lasciàto, p. p. e adj. deixado, abandonado; que deixou ou perdeu um hábito.
Làscito, s. m. legado; dom feito por testamento.
Lascivamênte, adv. lascivamente.

Lascivía, s. f. lascívia, inclinação à luxúria.
Lascívo, adj. lascivo, sensual, libidinoso.
Làsco, adj. (mar.) frouxo, bambo (cabo ou corda).
Làssa, s. f. (lit.): estrofe nos poemas épicos carolíngios.
Lassàre, v. (ant.) cansar, afadigar / suavizar / soltar: ――― **il cane.**
Lassatívo, adj. laxativo, laxante.
Lassèzza, s. f. lassidão, fadiga, cansaço.
Lassísmo, s. m. lassitude; laxidão; devassidão dos costumes.
Làsso, adj. lasso, cansado / (fig.) infeliz, desventurado.
Lassú, adv. ali em cima / ali / no céu.
Làstra, s. f. laje; lájea, chapa, lâmina de latão; ――― **fotográfica:** chapa fotográfica.
Lastricàre, v. lajear, cobrir de lajes, assentar lajes, calçar, calcetar.
Lastricàto, p. p. e adj. lajeado, coberto de lajes, coberto de gelo (na ocasião em que cai neve).
Lastricatôre, e **lastraiòlo,** s. m. lajeador, calceteiro.
Lastricatúra, lajeamento, lajeado.
Làstrico, s. m. leajado das ruas / (fig.) rua, estrada; **rimanêre sul** ―――: ficar reduzido à miséria.
Lastrône, s. m. laje (pedra) grande.
Latèbra, s. f. (lit.) esconderijo; escuridão / (fig. poét.): **le** ――― **del cuore:** no fundo, no imo do coração.
Latebrôso, adj. latebroso, obscuro oculto.
Laténte, adj. latente, oculto, subentendido; (fig.) disfarçado, dissimulado.
Lateràle, adj. lateral; que está ao lado; transversal.
Lateralmênte, adv. lateralmente.
Làtere, (a), loc. adv. **a latere** (latim) ao lado; título eclesiástico de dignidade; adjunto de conselheiro.
Laterite, s. f. laterita.
Laterízio, s. m. material de terra cozida em forno; tijolos, telhas, etc.
Latíbolo, (ant.) s. m. esconderijo.
Laticlàvio, s. m. (hist.) lacticlavo, vestuário dos antigos senadores romanos.
Latifondísta, s. m. latifundiário.
Latifôndo, s. m. latifúndio.
Latinamênte, adv. latinamente.
Latineggiàre, v. latinizar, alatinizar.
Latinísmo, s. m. latinismo.
Latinità, s. f. latinidade, língua e literatura latinas / ciência do latim.
Latinizzàre, v. latinizar, dar a civilização latina; dar a forma latina.
Latíno, adj. latino; natural do Lácio (Lázio), romano antigo.
Latinòrum, s. m. (deprec.) latinório, mau latim.
Latinúccio, s. m. latim incipiente, de principiante.
Latirísmo, s. m. (med.) intoxicação produzida pela latirina.
Làtiro, s. m. látiro, cizirão.
Latitànte, adj. e s. m. (jur.) foragido, homiziado para escapar à ação da justiça.
Latitúdine, s. f. latitude.
Làto, s. m. lado; face; flanco; ilharga; superfície de um corpo; aspecto; feição; sítio.
Làto, adj. lato, amplo, dilatado, largo, extenso.

LATOMIA — 453 — LAVORATIVO

Latomía, e latòmia, s. f. minas antigas de pedras.
Latôre, s. m. portador, encarregado de levar alguma coisa, especialmente uma carta / (f. **latríce**) portadora.
Latramênto, e latráto, s. m. latido, a voz do cão.
Latràre, v. intr. latir, ladrar.
Latràto, s. m. ladrido, latido.
Ladratòre, adj. e s. m. ladrador.
Latría, s. f. latria, culto devido a Deus, adoração.
Latrína, s. f. latrina, privada.
Latrocínio, s. m. latrocínio, roubo, extorsão.
Làtta, s. f. lata / folha de ferro estanhado / recipiente de lata.
Lattàia, s. f. leiteira, vendedora de leite.
Lattàio, s. m. leiteiro.
Lattànte, p. pr. e adj. lactente / o que mama.
Lattàto, adj. lactato.
Làtte, s. m. leite.
Lattemièle, s. m. creme batido.
Làtteo, adj. lácteo, relativo ou semelhante ao leite.
Lattería, s. f. leiteria.
Latticínio, s. m. lacticínio, preparado feito com leite.
Lattífero, adj. lactífero, que produz leite.
Lattiginôso, adj. laticinoso, lactescente.
Lattíme, s. m. (med.) lactume, crosta láctea, eczema crostoso de crianças de mama.
Lattivêndolo, s. m. leiteiro, vendedor de leite.
Lattòne, s. m. golpe dado com a mão.
Lattonière, s. m. funileiro, latoeiro, aquele que trabalha em latas ou latão.
Lattônzolo, s. m. vitelo, bezerro que mama; (fig.) rapaz inexperiente.
Lattoscòpio, s. m. lactoscópio.
Lattòsio, s. m. lactose, lactina.
Lattovàro, s. m. electuário.
Lattúga, s. f. (bot.) alface (lat. lactuca).
Lattugàccio, s. m. (bot.) espécie de serralha (erva) para salada.
Làuda e láude, s. f. lauda, composição em verso em louvor de Deus, dos santos, dos heróis, etc. / (ecles.) laudes, horas canônicas que seguem as Matinas.
Laudàbile, adj. laudável, louvável, digno de louvor.
Làudano, s. m. (farm.) láudano.
Laudàre, (ant.) v. tr. louvar, elogiar, exaltar.
Laudatívo, e laudatòrio, adj. laudativo, laudatório.
Làude, s. f. (poét.) louvor.
Laudèmio, s. m. laudêmio (pensão ou prêmio por renovação de contrato enfitêutico).
Laudêse, s. m. (hist.) pertencente à congregação leiga umbra (séc. XIII), que cantava as laudes nas igrejas / escritor de laudes sacras.
Làurea, s. f. láurea, conclusão de curso acadêmico, grau doutoral conferido por universidade.
Laureàndo, adj. e sub. laureando, doutorando.
Laureàre, v. laurear, doutorar, conferir diploma.

Laureàto, p. p. e s. m. diplomado, que tem diploma ou título de ciência ou arte que estudou.
Lauretàno, adj. da cidade de Loreto.
Laurêto, s. m. loureiral, bosque de loureiros.
Laurína, s. f. laurina, substância que se extrai das bagas do loureiro.
Laúro, s. m. (bot.) louro / (fig.) triunfo, glória, laurel, fama, prêmio.
Lausdèo, voz lat. lausdeo, glória a Deus.
Lautamênte, adv. lautamente.
Lautêzza, s. f. fartura, abundância, riqueza.
Laúto, adj. lauto, magnífico, suntuoso, abundante.
Làva, s. f. lava, torrente, enxurrada / matéria em fusão que sai dos vulcões.
Lavàbile, adj. lavável, que se pode lavar.
Lavàbo, s. m. (ecles.) lavabo / depósito de água com torneira para lavagens parciais.
Lavacàpo, s. m. raspança, repreensão.
Lavàcro, s. m. banho / (ecles.) batismo.
Lavàggio, s. f. lavação, lavagem de carros, de pontes; lavagem de minerais.
Lavàgna, s. f. ardósia, xisto argiloso separável em lâminas / lousa enquadrada em madeira, usada nas escolas, quadro-negro.
Lavamàno, s. m. lavatório, utensílio para lavar as mãos e o rosto.
Lavànda, s. f. lavagem, lavadura.
Lavandàia, s. f. lavadeira.
Lavandería, s. f. lavandaria.
Lavàre, v. lavar, limpar com água; polir; purificar; tornar puro; expurgar.
Lavascodèlle, s. m. lava-pratos; (fig.) leviana que não serve para nada.
Lavata, s. f. lavadura, lavagem.
Lavatína, s. f. dim. lavadela, lavagem ligeira.
Lavatívo, s. m. clister, injeção de líquido nos intestinos / (fig.) coisa inferior; uma compra em que se saiu prejudicado.
Lavatòio, s. m. lavadouro, tanque onde se lava roupa.
Lavatríce, s. f. máquina para lavar roupa.
Lavatúra, s. f. lavadura.
Lavêggio, s. m. espécie de caldeirão de cobre, usado pelos camponeses para fazer polenta.
Lavèllo, s. m. pia, bacia para lavar; lavadouro.
Lavería, s. f. lugar onde se lavam os metais, nas minas.
Làvico, adj. de lava.
Lavína, s. f. avalanche, alude de pedras que rolam dos montes.
Lavoràbile, adj. que se pode trabalhar.
Lavoracchiàre, e lavoricchiàre, v. trabalhar pouco, o menos possível.
Lavoràccio, s. m. trabalho mal executado.
Lavorante, p. p. e adj. trabalhador, operário jornaleiro.
Lavoràre, v. trabalhar / aplicar-se a um trabalho / fadigar com trabalhos / executar um mister / exercer o próprio ofício.
Lavoràta, s. f. trabalho feito de uma vez.
Lavoratívo, adj. cultivável (de terreno), bom para a cultura / adaptado ao trabalho / **giorno** ———: dia de trabalho.

Lavoràto, p. p. e adj. trabalhado, arado, cultivado / (s. m.) trabalho, terra lavrada.
Lavoratóre, s. m. trabalhador / laborioso / ativo.
Lavoraziône, s. m. manufatura, trabalho manufaturado.
Lavorière, s. m. labirinto de canas para pescar.
Lavorío, s. m. trabalheira, trabalho intenso, continuado.
Lavôro, s. m. trabalho; aplicação da atividade mental ou física; serviço; esforço; fadiga / **tavolino da** ———: mesa de trabalho / **bastire un** ———: planear, dispor um trabalho.
Lavorucchiàre, v. trabalhar pouco.
Laziàle, adj. lacial, do Lácio.
Làzza, s. f. desmoronamento de terras; alude.
Lazzàre, v. fazer trejeitos, momices.
Lazzarêtto, s. m. lazareto; edifício para quarentenas.
Lazzarísta, s. m. lazarista, membro da congregação fundada por S. Vicente de Paulo.
Làzzaro, n. próp. Lázaro, homem pobre descrito no Evangelho; (fig.) pessoa muito doente, extenuada.
Lazzeròla, s. f. azarola (fruto carnoso, acídulo e refrigerante).
Lazzeròlo, s. m. (bot.) azaroleiro.
Làzzo, s. m. chiste, pilheria, facéia.
Le, pl. do artigo **la**: as; **le ròse**: as rosas.
Le, pl. do pron. fem. **la**: elas, essas, lhe; vale também como aa **lèi**: ao sr., à sra.: **le scrivo queste poche righe**: escrevo-lhe estas poucas linhas.
Leàle, adj. leal, fiel, franco, honesto.
Lealmênte, adv. lealmente, fielmente, dignamente.
Lealtà, s. f. lealdade, sinceridade, fidelidade.
Leàrdo, adj. baio, diz-se do cavalo baio ou amarelo torrado.
Lèbbra, s. f. lepra.
Lebbróso, adj. e s. m. leproso; (sin.) lázaro, lazarento, hanseniano.
Lèbe, lebète, s. m. (lit.) bacia, bebedouro, vaso.
Leccamênto, s. m. lambedura, lambidela.
Leccapiatti, s. m. lambe-pratos; guloso, glutão.
Leccapièdi, s. m. lambedor, bajulador.
Leccàrda, s. f. utensílio para recolher a gordura que pinga do assado.
Leccàre, v. lamber, passar a língua sobre; tocar de leve / adular, acariciar, bajular.
Leccàta, s. f. lambedura.
Leccatamênte, adv. afetadamente, delambidamente.
Leccascodèlle, s. m. lambe-pratos.
Leccàta, s. f. lambida.
Leccàto, p. p. lambido; (adj.) delambido afetado, amaneirado, exagerado nas minúcias (de escrito, estilo, pintura, etc.).
Leccatúra, s. f. lambidela; (fig.) trato exagerado / bajulação.
Leccazàmpe, s. m. lambedor, adulador.
Leccèse, adj. de Lecce, cidade das Apúlias.
Leccêto, s. m. (bot.) azinheiral.

Lecchêtto, s. m. engodo / guloseima.
Lèccia, s. f. glande, fruto de azinheiro.
Lèccio, s. m. (bot.) azinheiro.
Lêcco, (pl. **lêcchi**) s. m. seixo, bolinha, etc.; guloseira.
Leccône, s. m. glutão, guloso.
Leccornía, s. f. guloseima / presente para corromper / engodo.
Leccúme, s. m. petisco, guloseima.
Lecitamênte, adv. licitamente.
Lècito, adj. lícito, conforme a lei, permitido por lei, justo.
Lectura Dantis, loc lat. curso de conferências dantescas.
Ledènte, p. pr. e adj. lesante, que lesa, que prejudica.
Lèdere, v. lesar, ofender, prejudicar, causar dano.
Leèna, (ant.) s. f. leoa.
Lêga, s. f. liga, ligação, aliança, união, pacto / composto de metais fundidos e misturados / sociedade; associação; confederação.
Legàccio, s. m. ligadura, liga, cordão; atadura.
Legàcciolo, s. m. cordão, fita de pano ou couro; cordão de sapato.
Legàle, adj. legal, conforme a lei; lícito; legítimo.
Legalità, s. f. legalidade.
Legalizzàre, v. legalizar.
Legalmênte, adv. legalmente.
Legàme, s. m. liame, vínculo, ligação; laço.
Legamênto, s. m. ligação, ligamento, junção, ligadura.
Legàre, v. ligar, unir, atar, prender / legar por testamento, transmitir, deixar.
Legàta, s. f. ligação.
Legatàrio, s. m. (dir.) legatário, aquele em cujo favor o legador dispõe.
Legàto, s. m. (hist. rom.) legado; embaixador, enviado, núncio; (jur.) disposição testamentária.
Legatôre, s. m. aquele que liga / encadernador.
Legatoría, s. f. oficina de encadernação.
Legatúra, s. f. ligadura, laçada, laço / encadernação / (mús.) legato, ligação, síncope.
Legaziône, s. f. legação, representação diplomática; a sede de uma legação.
Lêgge, s. f. lei: obrigação imposta; norma, regra; lei natural; lei civil.
Leggènda, s. f. lenda, tradição, narrativa maravilhosa / legenda, inscrição, dístico.
Leggendàrio, adj. e s. m. legendário, lendário / místico, fabuloso, heróico / **il** ——— **dei santi**: vida dos santos.
Lêggere, v. tr. ler; decifrar, interpretar, perceber.
Leggerêzza, s. f. ligeireza, agilidade; leveza, de pouco peso / leviandade, volubilidade, inconstância; irreflexão.
Leggermènte, adv. ligeiramente, levemente.
Leggèro, adj. leve, ligeiro, tênue / fútil, superficial.
Leggiadramênte, adv. gentilmente, graciosamente, agradavelmente.
Leggiadría, s. f. graça, gentileza, simpatia.
Leggiàadro, adj. gentil, gracioso, agradável de ver-se.
Leggíbile, adj. legível; que se pode ler.

Leggicchiàre, e **leggiucchiàre**, v. tr. ler mal, ler superficialmente; ler sem atenção / começar a aprender.
Leggibilità, s. f. legibilidade.
Leggibilmênte, adv. legivelmente.
Leggièra, s. f. (dial.) súcia de malandros.
Leggièro, adj. o mesmo que **leggèro**.
Leggio, s. m. estante que tem a parte superior inclinada para servir de encosto a um livro ou papel de música.
Leggitôre, s. m. ledor, leitor.
Leggiucchiàre, v. ler pouco, ler aos poucos.
Leghista, s. m. aquele que pertence a uma liga, especialmente operária.
Legionàrio, adj. (hist.) legionário, soldado de legião; que pertence à legião.
Legiône, s. f. legião, corpo do antigo exército romano; corpo de voluntários; etc. / (fig.) multidão, quantidade.
Legislativo, adj. legislativo; que legisla.
Legislatôre, s. m. legislador, o que legisla.
Legislatúra, s. f. legislatura, o tempo que dura um parlamento desde a eleição até a sua dissolução / faculdade de formar as leis.
Legislaziône, s. f. legislação, conjunto de leis; formação das leis.
Legisperito, s. m. legisperito, perito em leis.
Legísta, s. m. legista, jurisconsulto.
Legíttima, s. f. legítima, parte da herança que cabe a certos herdeiros.
Legittimamênte, adv. legitimamente, de forma legítima.
Legittimaziône, s. f. legitimação, ato de legitimar.
Legittimità, s. f. legitimidade.
Legíttimo, adj. legítimo, conforme a lei; fundado no direito, na razão; autêntico / justo, verdadeiro.
Lêgna, s. f. lenha, pedaços de madeira ou troncos para queimar.
Legnàceo, adj. lenhoso, lígneo.
Legnàia, s. f. lenheiro, lugar onde se guarda a lenha.
Legnaiòlo e **legnaiuòlo** s. m. carpinteiro; operário que faz móveis caseiros comuns.
Legnàmc, s. m. madeira, tábuas, pranchas, troncos; madeira em geral.
Legnàre, v. tr. (pop.) sovar, espancar, bater / lenhar, cortar lenha.
Legnàta, s. f. paulada, cacetada, porretada.
Legnàtico, s. m. (jur.) direito de lenhar.
Legnatúra, s. f. sova, surra, ação de surrar, de espancar.
Legnêto, s. m. pequeno carro para certos passeios.
Légno, s. m. lenho; tronco; madeira, a substância dura, compacta e sólida das árvores / navio de guerra ou mercantil / carruagem de passeio.
Legnosità, s. f. lenhosidade.
Legnôso, adj. lenhoso, que tem a consistência e a natureza da madeira; duro como o lenho.
Legnuòlo, s. m. corda de cânhamo, cabo.
Legulèio, s. m. (depreс.) leguléio; rábula; advogado pouco instruído e chicaneiro.
Legúme, s. legume, hortaliça.
Legumína, s. f. legumina, albumina vegetal.

Lèi, pronome de 3ª pessoa, usado como complemento e, familiarmente, também como sujeito: **lei lo sa; lo disse lei** / o senhor, a senhora; ele, ela; **dare del lei**: tratar por Sr.
Lêmbo, s. m. borda, extremidade, limite, orla, fímbria.
Lêmma, s. m. lema, proposição preliminar; preceito escrito; sentença; argumento; emblema.
Lèmme, adv. fam. lentamente, vagarosamente, fleumaticamente.
Lemnisco, s. m. lemnisco, fita que pendia das coroas de louro destinadas aos vencedores / (arquit.) cinta dos festões.
Lemosina, s. f. (p. us.) escola.
Lèmure, s. m. (zool.) lêmure.
Lèna, s. f. fôlego, alento, ânimo; galhardia de espírito e de vontade; **lavorare di ———**: trabalhar com vontade.
Lèndine, s. m. lendea, ovo de piolho de cabeça.
Lendinôso, adj. lendeoso, que tem lêndeas.
Lène, adj. (poét.) suave, doce, leve, humano.
Lenemênte, adv. (poét.) docemente, suavemente, mansamente.
Lenimênto, s. m. lenimento, alívio, abrandamento.
Lenìre, v. tr. lenir, aliviar, abrandar.
Lenitivo, adj. e s. m. lenitivo; refrigério, conforto, consolação.
Lenìto, p. p. e adj. lenido; suavisado.
Lèno, (ant.) adj. débil, tíbio.
Lenocínio, s. m. lenocínio, alcovitice.
Lenône, s. m. (**lenona**, s. f.) cafetão; rufião / (s. f.) medianeira, alcoviteira.
Lentàggine, s. f. erva verde de sebe / (p. us.) lentidão.
Lentamênte, adv. lentamente, vagarosamente.
Lentàre, v. (p. us.) afrouxar.
Lènte, s. f. (bot.) o mesmo que **lentícchia**: lentilha.
Lènte, s. f. lente, disco de vidro transparente que refrange os raios luminosos.
Lentêzza, s. f. lenteza, lentidão.
Lentícchia, s. f. lentilha, planta leguminosa.
Lenticolàre, adj. lenticular, que tem a forma de lente; (med.) **núcleo**.
Lentíggine, s. f. lentigem, sarda.
Lentigginôso, adj. lentiginoso, cheio de lentigens.
Lentíschio, s. m. (bot.) lentisco; aroeira.
Lènto, adj. lento, vagaroso; demorado, tardio / **fuòco lento**: fogo tênue, fraco.
Lènza, s. f. linha da vara de pescar.
Lèo, s. m. moeda da Romênia.
Leofànte, (ant.) s. m. elefante.
Lenzuòlo, s. m. lençol, peça de linho ou algodão que se põe na cama.
Leonàto, adj. leonado, aleonado (cor).
Leoncèllo, s. m. leãozinho, pequeno leão.
Leône, s. m. leão, quadrúpede carnívoro; (fig.) valente, forte, corajoso.
Leonêsco, adj. leônico.
Leonêssa, s. f. leoa, fêmea do leão.
Leonino, adj. leonino, relativo ao leão; (lit.) **versi leonini**, versos latinos us. no século XII por Leonius.
Leopàrdo, s. m. (zool.) leopardo, mam. carnívoro; **leopardo americano**, jaguar.

Lepidamênte, adv. lepidamente; alegremente; ligeiramente.
Lèpido, adj. lépido, jovial, contente, alegre, espirituoso, engraçado.
Lepidodèndro, s. m. (geol.) lepidodendro.
Lepidòtteri, s. m. lepidópteros, ordem de insetos que passam por completa metamorfose.
Lepôre, s. m. (lit.) argúcia, graça, jocosidade.
Lepòreo, adj. de lebre, leporino.
Leporíno, adj. leporino / **labbro** ———: diz-se de deformidade de um lábio que lembra o lábio da lebre.
Lepracchiòtto, lepràtto, s. m. lebracho, lebre jovem.
Lèpre, s. m. lebre, mamífero roedor.
Leprino, adj. leporino; de lebre.
Leprosàrio, s. m. leprosário.
Lepròtto, s. m. lebracho, lebrão novo.
Leptoclàsi, s. f. leptóclase, fratura de rocha.
Lèra, s. m. (bot.) órobo ou ervilha-de-pomba.
Lèrcio, adj. sujo, repugnante, nojento.
Lerciúme, s. m. sujeira, imundície.
Lerciôso, adj. sujo, sòrdido.
Leridàno, adj. leridano, de Lérida (Espanha).
Lèrnia, adj. melindrosa.
Lesèna, s. f. (arquit.) pilar saliente de parede.
Lèsina, s. f. sovela de sapateiro; (fig.) sovina, avarento.
Lesinàre, v. economizar até à mesquinharia.
Lesinería, s. f. sovinice, avareza, miséria.
Lesionàre, v. causar lesão, ferir / danificar, prejudicar.
Lesionàto, p. p. e adj. lesado, ferido / maltratado; danificado: **muro** ———.
Lesiône, s. f. lesão, ferida, pancada; dano; prejuízo.
Lêso, p. p. e adj. leso, lesado; ferido, prejudicado, ofendido.
Lessàre, v. cozer, cozinhar na água fervida.
Lessàto, p. p. e adj. cozido.
Lessatúra, s. f. cozedura, cozimento: infusão.
Lèssico, s. m. léxico, dicionário; vocábulo.
Lessicografía, s. f. lexicografia.
Lessicògrafo, s. m. lexicógrafo, dicionarista.
Lessigrafia, s. f. lexicologia, lexiologia.
Lêsso, adj. cozido na água; s. m. cozido.
Lestamènte, adv. prontamente, expeditamente, prestamente.
Lestêzza, s. f. ligeireza, agilidade, vivacidade.
Lèsto, adj. lesto, ágil, vivo, pronto, ligeiro, decidido.
Lestofànte, s. m. tratante, embrulhão; cavalheiro de indústria.
Lèstra, s. f. no agro romano, terreno para pasto entre os bosques.
Letamàio, s. m. esterqueira, montura, esterquilínio.
Letàle, adj. letal, mortal, mortífero.
Letàme, s. m. estrume, esterco, adubo.
Letanía, s. f. (o mesmo que **litania**): litania.
Letargía, s. f. letargia, sono patológico, apatia.
Letargico, adj. letárgico.

Letàrgo, s. m. letargo, sono profundo, morboso; torpor.
Leticàre, v. litigar, questionar; contender.
Letichío, s. m. litígio contínuo.
Letichíno, s. m. (dim.) e **leticóne** s. m. (aum.) rixento, que litiga por qualquer coisa.
Letificàre, v. tr. alegrar, tornar jubiloso.
Letízia, s. f. letícia, júbilo, alegria.
Letiziàre, e **letiziàrsi,** v. letificar, alegrar, rejubilar-se, alegrar-se.
Lètta, s. f. ato de ler uma vez; leitura rápida / **dare un'alta letta alla lezióne:** dar mais uma lida à lição.
Lèttera, s. f. letra, cada um dos caracteres do alfabeto; tipo de impressão; monograma; algarismo / carta, missiva, epístola / diploma.
Letteràle, adj. literal.
Letteralmènte, adv. literalmente; formalmente, inteiramente.
Letterariamènte, adv. literariamente.
Letteràrio, adj. literário.
Letteràto, adj. e s. m. literato; letrado, escritor, homem de letras.
Letteratúra, s. f. literatura.
Letticciòlo e **letticciuòlo,** s. m. leitozinho, pequena cama.
Lèttico, adj. e s. m. lético; grupo de línguas afins ao eslavo, no norte da Europa.
Lettièra, s. f. cabeceira da cama / cama de palha para animais.
Lettíga, s. f. liteira, espécie de cadeirinha coberta, sustentada por varais e conduzida por duas bestas.
Lettighièro, s. m. (hist.) liteireiro, o que guia a liteira.
Lettíme, s. m. paina para fazer a cama dos animais na cocheira.
Lettíno, s. m. (dim.) caminha, pequena cama, pequeno leito.
Lettistèrnio, s. m. (arquit. rom.) lectistérnio.
Lètto, p. p. de **lèggere:** lido.
Lètto, s. m. cama, leito; álveo / sedimento.
Lettoràto, s. m. leitorado, cargo ou grau de leitor / (ecles.) o segundo grau das ordens menores.
Lettôre, s. m. leitor, aquele que lê.
Lettríce, s. f. leitora.
Lettúccio, s. m. cama pequena; cama mesquinha.
Lettúra, s. f. leitura, ato, hábito de ler.
Leucemía, s. f. (med.) leucemia.
Leucociti, s. m. pl. leucócitos.
Leucocitòsi, s. f. leucocitose.
Leucoma, s. m. (med.) leucoma.
Leuconichía, s. f. (med.) leuconiquia.
Leucoplasía, s. f. (med.) leucoplasia.
Leucoplàsto, s. m. (bot.) leucoplasto.
Lèva, s. f. alavanca / recrutamento militar.
Levàbile, adj. removível, que se pode tirar, extrair.
Levàme, s. m. (p. us.) levedura, levadura.
Levànte, s. m. levante, nascente, a parte da qual se vê o sol nascer / os países da parte oriental.
Levantína, s. f. levantina, estofo de seda.
Levantíno, s. m. levantino, dos países do Levante.

Levàre, v. tr. tirar, tolher, remover, extrair, subtrair; arrebatar, abolir, privar duma coisa, arrancar / (refl.) levarsi: levantar-se / levàrsi a volo: subir, voar / levàrsi il Sole: surgir o sol.
Levàto, p. p. e adj. tirado, retirado, removido / excluído, salvo, excetuado / levantado.
Levatóio, adj. levadiço; ponte levadiça, que se levanta e abaixa.
Levatríce, s. f. parteira diplomada; obstetriz.
Levatúra, s. f. ato de tirar, tolhimento / importância, envergadura: **lavoro di poca** ———: trabalho de pouca importância / **uomo di scarsa** ———: homem de pouca inteligência.
Lève, (v. lieve) adj. leve / ligeiro.
Leviere, s. m. órgão de transmissão do tear mecânico.
Levigàre, v. tr. levigar, polir, brunir, alisar.
Levigàto, p. p. e adj. levigado, polido alisado.
Levigazióne, s. f. levigação; polimento, alisadura.
Levigatrice, s. f. máquina para polir.
Levirato, s. m. levirato, obrigação que a lei mosaica impunha de casar com a viúva do irmão falecido sem descendência.
Leviròstri, s. m. pl. levirrostros, ordem de pássaros trepadores.
Levíta, s. m. (hist.) levita, os israelistas destinados ao sacedócio; sacerdote eclesiástico.
Levità, s. f. levidade, leveza, ligeireza.
Levitàre, v. intr. levedar, tornar lêvedo.
Levítico, adj. levítico, relativo aos levitas.
Levogíro, adj. levogiro, movimento rotatório de direita à esquerda.
Lèvore, (ant.) s. m. lebre.
Levrièro, adj. e s. m. lebrel ou lebréu; cão amestrado na caça da lebre; galgo.
Levulòsio, s. m. (quím.) levulose; frutose.
Lèzio, s. m. denguice, requebro, afetação.
Lezióne, s. f. lição, preleção, ensino / censura, repreensão, castigo, punição.
Lezioncína, s. f. liçãozinha.
Leziosàggine, s. f. afetação, melindre, requebro, pretensão.
Leziosamènte, adv. melindrosamente.
Leziôso, adj. afetado, amaneirado, delambido.
Lèzzo, s. m. fedor, mau cheiro, odor nauseabundo.
Lezzóne, s. m. sujo, imundo.
Lezzúme, s. m. sujidade, imundície, sujeira.
Lí, adv. ali, nesse lugar, lá, naquele lugar; **lí per lí**: já, agora, no ato, neste instante.
Li, pron. m. pl. os.
Liàna, s. f. cipó, plantas trepadeiras das florestas tropicais, que se trançam nas árvores.
Liànos, s. m. (do espanhol) lhano, grande planície de vegetação herbácea na América do Sul.
Lías, s. m. (geol.) lias, série do período jurássico.
Liàssico, adj. (geol.) liássico.
Libagióne, s. f. (lit.) libação (cerimônia pagã).

Libàno, s. m. (náut.) corda de esparto, usada pelos marinheiros.
Libàre, v. tr. libar; beber; experimentar; gozar / (mar.) aliviar o navio de parte da carga, em caso de perigo.
Libazióne, s. f. libação, ato de libar, de beber.
Líbbra, s. f. libra, antiga medida de peso.
Libecciàta, s. f. vento de sudoeste: áfrico.
Libèccio, s. m. sudoeste, vento de sudoeste.
Libellísta, s. m. libelista.
Libèllo, s. m. libelo, panfleto; escrito acusatório.
Libèllula, s. f. libélula, inseto da ordem dos odonatos.
Libènte, (ant.) adj. serviçal, disposto, prestadio, obsequioso.
Liberalísmo, s. m. liberalismo.
Liberalità, s. f. liberalidade, generosidade, munificência.
Liberalmènte, adv. liberalmente, generosamente.
Liberamènte, adv. livremente, francamente, espontaneamente; com familiaridade.
Liberamènto, s. m. libertação, ato de libertar.
Liberàre, v. libertar, livrar, soltar, desprender; aliviar; desobrigar; desobstruir, desembaraçar.
Liberatóre, s. m. libertador.
Liberazióne, s. f. libertação, ato de libertar.
Líbero, adj. livre, libertado, independente; isento, desembaraçado / licencioso; **discorsi liberi** / disponível; aberto, franqueado, descoberto.
Libèrcolo, s. m. (deprec.) livreco, livro sem valor.
Liberísmo, s. m. livre-cambismo.
Libertà, s. f. liberdade, independência, prerrogativa; imunidade, direito de pensamento e de palavra; franquia, privilégio, regalia.
Liberticída, adj. e s. m. liberticida; que destrói e mata a liberdade.
Libertinàggio, s. m. libertinagem, devassidão.
Libertíno, adj. e s. m. libertino, dissoluto, devasso.
Libèrto, s. m. (**liberta**, s. f.) (hist.) liberto; escravo (dos romanos) que foi libertado.
Líbico, adj. líbico, da Líbia (na África).
Libídine, s. f. libido, desejo sexual.
Libidinôso, adj. e s. m. libidinoso.
Libitinário, s. m. (hist.) libitinário, funcionário romano que presidia às cerimônias fúnebres.
Líbito, s. m. (poét.) caprichos, cobiça: **libito fe'licito in sua legge** (Dante).
Líbra, s. f. libra, signo do Zodíaco: balança.
Libràio, s. m. livreiro.
Liberàle, adj. liberal, livre, independente, franco, generoso; (hist.) as disciplinas ensinadas nas escolas antigas: **le arti liberali**.
Libralêsco, adj. (deprec.) liberalesco.
Libràre, v. librar, pesar, equilibrar; suspender; (fig.) julgar, arbitrar.
Libràrio, adj. livresco, relativo a livro.
Librazióne, s. f. libração, ato de equilibrar; oscilação / oscilação aparente da lua.

Librería, s. f. livraria.
Librettísta, s. m. libretista, o que escreve libreto de ópera.
Librêtto, s. m. libreto de ópera; livrete, livro pequeno; fascículo, folheto; caderneta para apontamento; caderneta de instituto de crédito.
Líbro, s. m. livro; (aum.) **librône:** livro grande, volumoso.
Libúrna, s. f. liburna, pequena embarcação usada pelos dálmatas e romanos.
Licantropía, s. f. (med.) licantropia, doença em que o enfermo se supõe transformado em lobo.
Licàntropo, s. m. licantropo, aquele que sofre de licantropia / lobisomem.
Licciàio, (fem. -àia) s. m. fabricante de lissas.
Licciaiuòla, s. f. travadeira, utensílio para travar serras, serrotes.
Líccio, s. m. liço, cada um dos fios entre as travessas do tear.
Licciuòla, s. f. lisseira do tear.
Liceàle, adj. liceal, relativo a liceu / licenza ———.
Licènza, s. f. licença, permissão / férias, despedida de emprego / licensiosidade, dissolução, desregramento moral / licença poética / (escol.) grau de licenciatura.
Licenziàndo, adj. e s. m. licenciando.
Licenziàre, v. licenciar, conceder licença; dispensar, despedir, mandar embora.
Licenziàto, p. p. e adj. licenciado, despedido / que tomou o grau de licenciatura.
Licenziosamênte, adv. licenciosamente, dissolutamente.
Licenziosità, s. f. licenciosidade, libertinagem.
Licenziôso, adj. licencioso, desregrado, dissoluto.
Licèo, s. m. liceu, instituto de instrução secundária; colégio.
Lícere, v. intr. (poét.) lícito.
Lichène, s. m. líquen, plantas criptogâmicas.
Lichenína, f. liquenina, fécula liquenácea.
Lichenología, s. f. (bot.) liquenologia.
Licitàre, v. licitar, oferecer um lanço ou quantia para se obter o que se vende em leilão.
Licitatôre, s. m. licitador, o que oferece qualquer coisa em leilão.
Licitazione, s. f. licitação, venda em hasta pública.
Licopòdio, s. m. licopódio, planta criptogâmica, cujas sementes produzem um pó amarelo pálido.
Licôre, s. m. poét. (v. **liquore**) licor.
Liddíte, s. f. lidite, substância explosiva.
Lìdio, adj. lídio, da Lídia, na Ásia menor.
Lído, s. m. lido, (ital.) nesga de terra contígua ao mar, batida pelas ondas; praia, costa, margem, litoral, orla / **i patri lidi:** a pátria.
Lientería, s. f. disenteria, diarréia.
Lièo, adj. (lit. e poét.) Baco; (fig.) vinho.
Lietamênte, adv. ledamente, alegremente.
Lietêzza, s. f. alegria, jovialidade.
Lièto, adj. ledo, alegre, jubiloso, contente.

Lière, adj. leve, simples, ligeiro, superficial: **un lière male:** um mal ligeiro, leve.
Lievemênte, adv. levemente, ligeiramente.
Lievitàre, v. levedar, afogar, fermentar (a massa do pão, etc.).
Lièvito, s. m. levedura, fermento; pasta levedada e reservada para servir de fermento.
Lìgio, adj. (hist.), lígio, submisso sem restrições ao seu senhor.
Lignàggio, s. m. linhagem, geração, família, descendência, origem.
Lígneo, adj. lenhoso, de lenho (latim: ligneus).
Ligústa, s. f. (ant.) lagosta (crustáceo).
Lignite, s. f. lignito, lignite, carvão fóssil, de formação mais recente.
Ligure, adj. lígure, da Ligúria.
Ligústico, adj. (poét.) lígure, ligúrico.
Ligústro, s. m. (bot.) ligustro, alfena (planta).
Liliàcee, s. f. (bot.) liliáceas, plantas que têm por tipo o lírio.
Lilla, s. f. (bot.) lilás, lilá, planta arbustiva, da fam. das oleáceas.
Lilipuziàno, adj. e s. m. liliputiano; muito pequeno.
Lillo, s. m. (p. us.) adorno, ornato, brinquedo.
Lima, s. f. lima, ferramenta de aço para polir ou desbastar; (fig.) pensamentos graves que preocupam o espírito / cuidado diligente para tornar perfeito um escrito.
Limàbile, adj. que se pode limar.
Limàccio, s. m. lodo.
Limacciôso, adj. lodoso, lodacento.
Limamênto, e **limatúra,** s. f. limação, limadura.
Limàre, v. tr. limar, raspar, polir com lima / corroer, gastar / corrigir, aperfeiçoar.
Limbèllo, s. m. pedaço, tira, retalho de couro.
Limbo, s. m. (teol.) limbo, lugar de pena, antes da vinda de Cristo.
Limícola, s. m. (zool.) animal que vive no lodo.
Limière, s. m. cão veadeiro.
Limitàbile, adj. limitável.
Limitàre, s. m. limiar, portal, entrada / (v.) limitar, demarcar, esticar, marcar, designar, fixar, reduzir a determinadas proporções.
Limitatamênte, adv. limitadamente, com restrição.
Limitativo, adj. limitativo, que limita.
Limitàto, p. p. e adj. limitado, demarcado; restrito, reduzido, fixado, estipulado, marcado.
Limitazióne, s. f. limitação.
Limite, s. m. limite, linha de demarcação; têrmo, meta; confins.
Limítrofo, adj. limitrofe, confinante.
Limnología, s. f. limnologia.
Limo, s. m. limo, barro, lama, lodo.
Limonàio, s. m. vendedor de limões.
Limonàta, s. f. limonada, bebida preparada com sumo de limão; limonada purgativa, gasosa.
Limoncèllo, limoncíno, s. m. limãozinho, pequeno limão.
Limóne, s. m. limão, fruto do limoeiro; limoeiro (planta).

Limonèa, s. f. limonada.
Limoníte, s. f. (min.) limonite, mineral amorfo.
Limosità, s. f. limosidade, qualidade de limoso.
Limóso, adj. limoso, que tem limos.
Limpidaménte, adv. limpidamente, nitidamente, claramente, serenamente.
Limpidézza, e limpidità, s. f. limpidez, brilho, clareza, nitidez, pureza.
Límpido, adj. límpido, claro, nítido, puro, limpo, sereno; brilhante.
Linàio, s. m. rede de saco, para pescar.
Linaiòlo, s. m. linheiro, aquele que prepara o linho para fiar; aquele que vende linho ou linhas.
Lince, s. f. (zool.) lince, quadrúpede carnívoro, lobo cerval.
Linceo, adj. de lince.
Lincèo, (p. lincèi), s. m. membro da academia romana dei lincèi.
Linciàggio, s. m. linchamento, assassínio praticado pela multidão; linchagem.
Linciàre, v. linchar, justiçar, executar sumariamente.
Lindaménte, adv. primorosamente, esmeradamente, elegantemente.
Lindézza, lindúra, s. f. esmero, perfeição, graça.
Líndo, adj. limpo, esmerado, apurado, nítido; elegante.
Línea, s. f. linha, elemento geométrico de uma só dimensão: o comprimento; traço; limite, termo, confim, extremidade; posição, situação, lugar; itinerário; linha de parentesco; linha de frente (na guerra).
Lineaménto, s. m. lineamento / linha do rosto; traços.
Lineàre, adj. linear, relativo a linhas, feito com linhas geométricas.
Lineàre, v. tr. delinear, traçar, representar com linhas.
Lineétta, s. f. dim. linhazinha, pequena linha, traçozinho.
Línfa, s. f. linfa; líquido contido em certos vasos do organismo.
Linfaticísmo, s. m. linfatismo.
Linfàtico, adj. linfático, que contém linfa, que respeita à linfa.
Linfoadeníte, s. f. (med.) inflamação das glândulas linfáticas.
Linfocíto, s. m. (med.) linfócito, leucócito dos giânglios linfáticos.
Linfogranulòma, s. m. nome que se dava antigamente ao granuloma maligno.
Linfòma, s. m. (med.) linfoma, tumor das glândulas linfáticas.
Lingòtto, s. m. lingote, barra de metal fundido.
Língua, s. f. língua, órgão muscular situado na boca / idioma, dialeto, vernáculo, linguagem, fala, estilo.
Linguàccia, s. f. (pej.) língua comprida, língua do maledicente.
Linguacciúto, adj. linguarudo, linguareiro, linguaraz.
Linguàggio, s. m. linguagem, língua, idioma, expressão, fala; maneira de se exprimir.
Linguàio, linguaiòlo, s. m. linguagista.
Linguale, adj. (anat.) lingual, artéria, nervo lingual.
Linguètta, s. f. (dim.) lingüeta, objeto semelhante a uma pequena língua; peça móvel das fechaduras; peça movediça, fina e delgada, que faz parte de certos instrumentos e máquinas; (fig.) pessoa faladora, linguaruda.
Linguíno, s. m. lingüeta, pequena língua.
Lingüísta, s. m. lingüista, pessoa versada em lingüística.
Lingüística, s. f. lingüística, estudo das línguas.
Lingüístico, adj. lingüístico.
Linifício, s. m. linifício; fábrica de tecidos de linho.
Linimênto, s. m. lenimento, medicamento aplicado em fricções.
Linizzazióne, s. f. operação química mediante a qual o algodão toma aspecto de linho.
Líno, s. m. linho, planta da família das lináceas / tecido fabricado com o fio da planta do linho.
Linòleum, s. m. linóleo, tecido especial para cobrir pavimentos.
Linóne, s. m. tecido leve de algodão.
Linòsa, s. f. linhaça, semente do linho.
Linotipía, s. f. linotipia, composição tipográfica mecânica.
Linotípo, s. f. linotipo / (Port.) linótipo (s. m.).
Lìnteo, adj. (lit.) (p. us.) de linho / (s. m.) tecido de linho.
Liòcorno. s. m. licórnio, animal fantástico que é representado com um chifre no meio da testa; licorne, unicórnio.
Lipemanía, s. f. lipemania, tristeza proveniente de afecção cerebral.
Lipemaníaco, adj. lipemaníaco.
Lipemía, s. f. lipemia.
Lipòma, s. m. lipoma, tumor carnoso.
Lipotimía, s. f. (med.) variedade de aveia / brinquedo de crianças.
Líppo, (ant.) (lit.) liposo, curto de vista.
Lipsanotèca, s. f. (ecles.) / armário para a custódia das santas relíquias.
Liquàme, s. m. líquido que coa da decomposição de matéria orgânica.
Liquazióne, s f (técn.) liquação.
Liquefàre, v. liquefazer, fundir, derreter.
Liquefazióne, s. f. liquefação, passagem de gás ou sólido ao estado líquido.
Liquidaménte, adv. liquidamente, de modo líquido.
Liquidàre, v. liquidar; ajustar, pagar contas; vender; fazer terminar; consumir.
Liquidàto, p. p. e adj. liquidado, pago; esclarecido; dissolvido.
Liquidatôre, s. m. liquidador, liquidatário.
Liquidazióne, s. f. liquidação, ato de liquidar.
Liquidézza, s. f. liquidez, estado daquilo que é líquido.
Liquidità, s. f. liquidez.
Líquido, adj. e s. m. líquido; xaroposo, viscoso / (gram.) **consonanti liquide** as consoantes l. m. n. r. / límpido claro
Liquigás, s. m. termo comercial para indicar um gás combustível líquido. que se vende em recipientes fechados. para uso doméstico; liquigás (bras.).
Liquirízia, s. f. (bot.) alcaçuz; regoliz.

Liquòre, s. m. licor, bebida alcoólica.
Liquorísta, s. m. licorista, fabricante de licores.
Liquorôso, adj. licoroso: **vini liquorosi**.
Lira, s. f. lira, unidade monetária da Itália / antigo instrumento musical de cordas / estro poético: a faculdade de poetar / (astron.) constelação do hemisfério setentrional.
Lírica, s. f. lírica, gênero lírico da poesia.
Lìricamente, adv. liricamente, em forma lírica.
Lírico, adj. lírico, relativo à poesia que que se cantava ao som da lira (instrumento musical); designativo do gênero lírico (da poesia, ópera, drama, estilo, etc.).
Lirísmo, s. m. lirismo / entusiasmo, ardor, estro lírico.
Lisca, s. f. lasca, fragmento, tira / espinha de peixe / migalha; fatia; lascas lenhosas que caem do linho ou do cânhamo.
Liscètto, s. m. enfeite, cosmético, arrebique / (técn.) brunidor, instrumento de brunir.
Liscezza, s. f. (p. us.) lisura, maciez; polidez, singeleza.
Líscia, (pl. **lísce**) s. f. (técn.) brunidor, instr. para brunir, polir, alisar / máquina para passar a roupa / carril sobre o qual correm as partes móveis do canhão.
Lisciaiuòlo, s. m. tecelão, que tece telas lisas.
Lisciamènte, adv. lisamente, facilmente, simplesmente.
Lisciamênto, s. m. alisamento, alisadura; (fig.) adulação, bajulação.
Lisciàre, v. alisar, polir, listrar, brunir / pentear, alisar os cabelos, acariciar; (fig.) adular.
Lisciàta, s. f. alisadura.
Lisciàto, p. p. e adj. alisado, brunido, amaciado; (fig.) acariciado, mimado demais / adulado.
Lisciatôre, s. m. alisador / adulador.
Lisciatúra, s. f. alisadura / toalete.
Líscio, adj. liso, macio; lhano / que tem a superfície plana e sem asperezas.
Liscíva, e **liscívia**, s. f. lixívia, água em que se ferve cinza para lavagem de roupa; barrela.
Lisciviàre, v. tr. lixiviar.
Lisciviatríce, s. f. aparelho para lixiviar; lixiviador.
Lisciviaziône, s. f. lixiviação.
Liscôso, adj. lasquento, que tem lascas; tosco, grosseiro (pano).
Lísi, s. f. (med.) lise, terminação lenta de uma doença.
Líso, adj. gasto, consumido, corroído, estragado; Un vestito tutto ——: um vestido todo gasto.
Lisofòrmio, (pl. -òrmi) s. m. lisofórmio, preparação antisséptica.
Lisòlo, s. m. (quím.) lisol, líquido empregado como antisséptico.
Líssa, s. f. (med.) lissa; raiva; hidrofobia.
Lissofobía, s. f. lisofobia, medo mórbido da raiva.
Lísta, s. f. lista, tira de pano ou papel; relação / relação de pessoas ou coisas; risca; rol; elenco, catálogo; índice.
Listàre, v. tr. listrar, riscar, listar; ornar de listras.
Listàto, p. p. e adj. listado, listrado; que tem listras.
Listèllo, s. m. listel, moldura estreita e lisa em arquitetura; filete.
Listíno, s. m. lista, boletim diário de preços; boletim de cotações; elenco, nota de mercadorias.
Litanía, s. f. litania, ladainha.
Litantràce, s. m. carvão de pedra, litantrax.
Litargírio, s. m. litargírio, protóxido de chumbo.
Líte, s. f. lide, litígio, luta, contenda, disputa; questão; controvérsia / (ant.) lite.
Litíasi, s. f. litíase, formação de pedras ou cálculos no organismo.
Litigànte, adj. e s. m. litigante, que litiga.
Litígio, s. m. litígio.
Litigiône, s. m. rixento, brigão.
Litigioso, adj. litigioso.
Litina, s. f. litina, óxido de lítio.
Lítio, s. m. (quím.) lítio, metal alcalino.
Litispendènza, s. f. (for.) litispendência, estado dum processo que está pendente.
Líto, s. m. (lit.) praia; e por ext.: mar.: **il lito rubro** (Dante).
Litoclàsi, s. f. (geol.) litóclase, fratura da crosta terrestre.
Litòfito, s. m. (geol.) litófite, polipeiro fóssil.
Litofotografía, s. f. litofotografia.
Litogènia, s. f. (geol.) litogenesia, estudo da formação de pedras.
Litografàre, v. litografar: estereotipar.
Litografía, s. f. litografia.
Litogràfico, adj. litográfico.
Litòide, adj. litoide, que tem a aparência de pedra.
Litología, s. f. (geol.) litologia, estudo das rochas.
Litòlogo, s. m. litólogo / geólogo.
Litoràle, adj. litoral, litorâneo; que fica à beira-mar (v. **littorale**).
Litosfèra, s. f. litosfera, parte sólida da esfera terrestre.
Litòte, s. f. (retor.) litotes, modo de afirmação por meio da negação do conceito contrário.
Litotomía, s. f. litotomia, operação cirúrgica.
Litotomísta, s. m. litotomista (cirurgião).
Litòtomo, s. m. litótomo (instr. cir.).
Litotrízia, s. f. (med.) litotrícia, operação para triturar (reduzir a fragmentos) cálculos na bexiga ou na uretra.
Lítro, s. m. litro, unidade de capacidade do sistema métrico decimal.
Litotritôre, s. m. litotritor (instr. cir.).
Littoràle, adj. litoral; litorâneo; à beira-mar, ao longo do mar.
Littôre, s. m. (hist.) lictor (ou litor): oficial romano que acompanhava os magistrados.
Littòreo, adj. lictório, relativo ao lictor.
Littorína, s. f. (ferr.) automotriz, carro rápido com motor de explosão; litorina (bras.) / (bot.) **littorina, litorina**: litorina, molusco gastrópode.

Lituàno, adj. lituano, da Lituânia.
Lítuo, s. m. lítuo, espécie de clarim usado nos combates pelos romanos / bastão recurvado na extremidade superior e usado pelos Augures.
Liturgía, s. f. liturgia, cerimônias eclesiásticas.
Litúrgico, adj. litúrgico.
Liutísta, s. m. tocador de alaúde.
Liúto, s. m. (hist.) alaúde, antigo instrumento de corda, semelhante à guitarra.
Livèlla, s. f. nível, instrumento que serve para verificar se um plano está horizontal.
Livellamênto, s. m. nivelamento.
Livellàre, v. nivelar, pôr num mesmo plano horizontal; graduar.
Livellàrio, (pl. -àri) adj. de nível / (jur.) enfitêutico.
Livellatôio, s. m. instrumento de relojoeiro para nivelar os eixos do relógio.
Livellatôre, adj. e s. m. nivelador; quem ou que nivela / que não admite superioridade.
Livellatúra s. f. nivelamento.
Livellazióne, s. f. nivelação.
Livèllo, s. m. nível; horizontalidade; igualdade: estar no mesmo plano, no mesmo grau; norma; estado, posição social.
Livèllo, s. m. (de libellus) domínio cedido a outrem por meio dum cânone (pensão) anual; contrato de enfiteuse.
Lividamênte, adv. lividamente.
Lividàstro, adj. um tanto lívido (de cor), pálido.
Lividèzza, s. f. lividez.
Lívido, adj. lívido, de cor cadavérica, extremamente pálido.
Lividôre, s. m. e **lividúra**, s. f. lividez.
Livôre, s. m. ódio, inveja, rancor.
Livoróso, (ant.) adj. invejoso.
Livrèa, s. f. libré; uniforme de servo de casas nobres; (fig.) aparência, exterioridade; hábito (vestuário); servil, que dá idéia de servilismo.
Lízza, s. f. liça; arena, circo em cujo recinto se disputavam justas, torneios, etc.
Lo, art. sing. o; artigo usado diante de s impuro ou de z: Lo zio (o tio), lo studente (o estudante); usa-se também nas formas adverbiais per lo piú, per lo meno: pelo mais, pelo menos; (obs.) S impuro no italiano é à letra S quando acompanhada por outra consoante.
Lobàto, adj. lobado, dividido em lóbulos; lobulado.
Lòbbia, s. f. chapéu flexível, de feltro.
Lobelia, s. f. (bot.) lobélia, planta da fam. das lobeliáceas.
Lobelína, s. f. lobelina, alcalóide de lobélia.
Lòbo, s. m. (anat.) lobo; parte arredondada e saliente de um órgão qualquer / (bot.) órgão das folhas, das pétalas, em geral, arredondado.
Lòbulo, s. m. lóbulo ou lobo / parte inferior carnuda externa da orelha.
Locale adj. local, relativo ou pertencente a determinado lugar; próprio do lugar.
Locàle, s. m. local, sítio, edifício, ambiente, lugar público, privado.

Località, s. f. localidade, lugar determinado.
Localizzàre, v. localizar; limitar; restringir; circunscrever num determinado lugar.
Localmènte, adv. localmente.
Locànda, s. f. locanda, hospedaria modesta, taberna.
Locandière, s. m. locandeiro, taberneiro; hoteleiro; hospedeiro.
Locandína, s. f. anúncio teatral para afixar ou distribuir ao público.
Locare, v. tr. locar, alugar.
Locatívo, adj. (jur.) locativo.
Locazióne, s. f. locação.
Locomotívo, adj. locomotivo, próprio para mover.
Lòcco, adj. fátuo, tolo; estúpido, parvo, pateta.
Lòco, s. m. poét. lugar, sítio, local.
Locomòbile, s. m. locomóvel, máquina de vapor sobre rodas e móvel.
Locomotíva, s. f. locomotiva, máquina que puxa os trens.
Locomotívo, adj. locomotivo, próprio para mover.
Locomotôre, adj. locomotor, que opera o movimento que serve a locomoção.
Locomozióne, s. f. locomoção, ato de se transportar de um lugar para outro.
Lòculo, s. m. lóculo, nicho nos cemitérios, catacumbas, etc.
Locupletàre, e **locupletàrsi**, v. tr. locupletar, enriquecer; tornar-se rico, locupletar-se.
Locústa, s. f. locusta, gafanhoto / (fig.) pessoa daninha, prejudicial.
Locuzióne, s. f. locução, expressão, maneira de falar; frase, dicção.
Lòda, (ant.) s. f. louvor, elogio, encômio.
Lodàbile, adj. louvável, digno de louvor.
Lodabilità, s. f. louvabilidade.
Lodàre, v. louvar, elogiar, dirigir louvores; aprovar, aplaudir, exultar; glorificar; exprimir admiração.
Lodàre, (v. jur.) sentenciar, definir por meio de laudo.
Lodatamênte, e **lodovelmènte**, adv. louvavelmente.
Lodàto, p. p. e adj. louvado, celebrado, enaltecido / reputado, renomado.
Lòde, s. f. louvor, elogio; panegírico, aplauso.
Lodèvole, adj. louvável, digno de louvor.
Lodevolmènte, adv. laudavelmente.
Lodigiàno, adj. de Lódi, cidade da Lombardia / queijo fresco duro para ralar, chamado também parmezão.
Lòdo, s. m. (jur.) laudo, parecer de arbitro / (ant.) louvor.
Lòdola, s. f. cotovia, pequena ave campestre.
Lodolètta, **lodolína**, s. f. dim. cotoviazinha.
Lòffa, s. f. ventosidade, saída não rumorosa de gases.
Lofobrànchi, s. m. pl. lofobrânquios.
Logaèdi, adj. e s. pl. logaedos.
Logaèdico, adj. logaèdico, verso antigo latino ou grego em que o pé dáctilo se transforma em troqueu.
Logarítmico, adj. logarítmico.
Logaritmo, s. m. logaritmo.
Loggètta, s. f. pequena galeria ou arcada aberta.

Lòggia, s. f. lójia, arcada aberta, galeria, pórtico abobadado suportado por pilares ou colunas / **lòggia massònica**: loja maçonica / **Loggiato** (s. m.) galeria; conjunto de pórticos ou galerias (lògge).

Loggióne, s. f. lójia, pórtico grande / galeria (brasil. galinheiro), as localidades mais baratas e situadas na parte mais alta do teatro.

Lògica, s. f. (filos.) lógica; raciocínio, método, coerência; maneira particular de raciocinar.

Lògico, adj. lógico, relativo à lógica, conforme as regras da lógica / (s. m.) pessoa versada em lógica, estudioso de lógica.

Logística, s. f. (mat.) logística, antigo nome da álgebra / (mil.) ciência que ajuda os fins da estratégia.

Logístico, adj. (mat.) logístico.

Lòglio, s. m. joio, gênero de gramíneas, de que uma espécie cresce entre os cereais, prejudicando-os.

Logliòso, adj. joeiroso ou joeirento, que tem muito joio.

Lògo, s. m. (o mesmo que **luògo**) lugar; local, sítio.

Logoclonia, s. f. (med.), afasia.

Logògrafo, s. m. logógrafo, antigo historiador ou prosador grego.

Logògrifo, s. m. logógrifo, espécie de enigma.

Logomachía, s. f. logomaquia, discussão sobre a origem ou o sentido das palavras / disputa, polêmica, sofisma.

Logoramênto, s. m. estrago (ou estragamento), ruína, deterioração.

Logoràre, v. estragar, deteriorar, consumir.

Logoràto, p. p. e adj. estragado, deteriorado.

Logorío, s. m. estrago ininterrupto, contínuo.

Lògoro, adj. gasto, coçado, deteriorado / esgotado: exausto.

Lògoro, s. m. (hist.) instrumento com penas, em forma de asas abertas que o falcoeiro usava como chamariz na caça ao falcão.

Logorrèa, s. f. logorréia, fluência de palavras.

Lògos, s. m. (filos.) logos, discurso; entendimento, razão.

Lòia, s. f. nódoa, sujeira de unto na roupa.

Lòico (ant.) adj. lógico / (s. m.) raciocinador.

Loiolêsco, adj. loiolista, de Loiola / jesuítico.

Lòlla, s. f. cascabulho.

Lombàggine, s. f. lumbagem, dor na região lombar; lumbago.

Lombàle, e lombàre, adj. lumbágico, lombar.

Lombardèsimo e lombardísmo, s. m. lombardismo, maneira de falar dos lombardos.

Lombàrdo, adj. lombardo, relativo à Lombardia.

Lombàre, adj. (anat.) lombar.

Lombàta, s. f. lombada, a parte do animal sacrificado que contém o lombo.

Lômbo, s. m. lombo, região situada por detrás do abdome; costas.

Lombricàle, adj. lombrical; semelhante à lombriga.

Lombríco, s. m. lombriga, minhoca: verme.

Lombricôide, s. m. lombricóide, semelhante a uma lombriga.

Longànime, adj. longânime, paciente, generoso.

Longanimità, s. f. longanimidade, paciência, generosidade.

Longàre, (ant.) v. alongar.

Longarina, s. f. (arquit.) longarina ou longarino / (s. m.) cada uma das vigas em que assenta o tabuleiro das pontes / peça longitudinal de um vigamento / cada uma das vigas longitudinais sobre que assenta o mecanismo de uma locomotiva, o estrado de um automóvel, etc. / viga de madeira ou tubo metálico que sustenta a fuselagem do avião.

Langarône, s. m. (aer. e aut.) longarina, longarino.

Longevità, s. f. longevidade; duração longa de vida.

Longèvo, adj. longevo, que dura muito; avançado em idade.

Longimetría, s. f. (geom.) longimetria: arte de medir as distâncias entre pontos a que não se chegar.

Longínquo (ant.) adj. longínquo; remoto, distante.

Longitudinàle, adj. longitudinal.

Longobàrdo, adj. longobardo.

Loniceràcee, s. f. (pl.) (bot.) loniceráceas, caprifoliáceas (família de plantas).

Lontanamênte, adv. longinquamente; de longe.

Lontanànza, s. f. longinqüidade: distância grande; afastamento.

Lontàno, adj. longínquo: que está muito distante; afastado, remoto: apartado, alheio, desviado.

Lôntra, s. f. lontra, pequeno quadrúpede carnívoro.

Lônza, s. f. lombada, lombo, aresta de carne de animal sacrificado / nome que na Idade Média se dava ao leopardo, à lince e à pantera: **una lonza leggera** (Dante).

Lônzo, adj. (p. us.) mole, frouxo, tíbio.

Lòppa, s. f. cápsula, invólucro do grão de trigo / escória do ferro fundido.

Loquàce, adj. loquaz, que fala muito, palrador / (fig.) que se exprime claramente.

Loquacemênte, adv. loquazmente, eloqüentemente.

Loquacità, s. f. loquacidade.

Loquèla, s. f. loqüla, fala, linguagem.

Lordàggine, s. f. sujidade.

Lordamênte, adv. sujamente, nojentamente, sordidamente.

Lordàre, v. sujar, emporcalhar, manchar, conspurcar.

Lordèzza, s. f. sujidade.

Lôrdo, adj. sujo, que não é limpo.

Lordòsi, s. f. lordose, encurvamento anormal da coluna vertebral.

Lordùme, s. m. sujeira, imundície.

Lordùra, s. f. sujidade, coisa suja.

Lòri, s. m. (zool.) lóris, gênero de mamíferos símios da Índia e do Ceilão.

Lorica, s. f. (hist.) loriga, saia de malha com lâminas de metal, dos guerreiros antigos.

Loricàto, adj. lorigado, armado de loriga.

Lôro, adj. e pron. masc. e f. 3ª pessoa pl.: eles, elas, seus, suas, deles, delas / lhes / **tocca a loro la colpa**, cabe-lhes a culpa / **fanno tutto loro**, eles fazem tudo / **i loro zii**, os seus tios / **con loro**, com eles ou (ou elas); **ho dato loro**, dei a eles, (ou dei-lhes) / **ringrazio loro**, agradeço-lhes / **non sono piu loro**, não são mais os mesmos / **la loro roba**, os seus haveres (ou propriedades) / **lor signori** (forma de cortesia): os senhores / (fam.) **loro sanno, loro vogliono**, eles sabem, eles querem.

Losànga, s. f. losango, paralelogramo eqüilátero / **losangàto**, adj. losangado.

Lôsca, s. m. (mar.) abertura circular praticada na popa, pela qual passa a cabeça do leme.

Loschêzza, s. f. (p. us.) estrabismo / (fig.) indecência, sordidez.

Lôsco, adj. lusco: vesgo; que não enxerga bem, míope; (fig.) mesquinho, miserável, tacanho.

Lossodromía, s. f. (náut.) loxodromia / (adj.) **lossodròmico**, loxodrímico: curva lossodrímica.

Lòto, s. m. lodo, lama / (bot.) loto, lodão, planta do gênero das fasoláceas.

Lotòfago, adj. e s. m. lotófago; que se alimenta de lodão / s. m. (pl.) lotófagos, povo da Antiga África, mencionado por Homero.

Lotôso, adj. (p. us.) lodoso, lamacento, brejoso.

Lòtta, s. f. luta, pugna, combate corpo a corpo entre dois indivíduos; debate; controvérsia: (fig.) conflito, disputa, guerra; empenho, lida; ação.

Lottàre, v. intr. lutar, sustentar, travar luta; lidar, combater, altercar; esforçar-se.

Lottatôre, adj. e s. m. lutador, que, ou que luta.

Lottería, s. f. loteria, administração do loto; sorteio.

Lòtto, s. m. loto; jogo de azar; / lote, parte de um todo que está à venda, especialmente em hasta pública / parcela, parte, quinhão: **dividire in lotti**, repartir em lotes.

Loziòne, s. f. loção; ablução: lavagem.

Lubbiòne, s. m. lugar modesto em teatro; galeria; galinheiro (bras.)

Lubêcchio, s. m. roda dentada da azenha.

Lubricàre, (ant.) v. lubrificar.

Lubricità, s. f. lubricidade.

Lúbrico, adj. lúbrico: escorregador, resvaladiço, úmido / lascivo, sensual.

Lubrificànte, p. p. e s. m. lubrificante.

Lubrificàre, v. lubrificar; engraxar.

Lubrificazinôe, s. f. lubrificação.

Lucànidi, s. m. (pl.) lucanos (insetos coleópteros).

Lucaríno, s. m. cincalhão, tentilhão (pássaro).

Lucchêse, adj. e s. m. de Lucca, cidade da Toscana.

Lucchêtto, s. m. cadeado, loquete, ferrolho.

Luccicamênto, s. m. brilho, cintilação.

Luccicànte, p. pr. e adj. luzente, luminoso, brilhante; refulgente.

Luccicàre, v. intr. luzir, fulgir, brilhar, resplandecer.

Lucceichío, luccicôre, s. m. brilho, fulgor, clarão.

Luccicône, s. m. lágrima grossa.

Lúccio, s. m. lúcio, peixe de água doce muito voraz.

Lúcciola, s. f. pirilampo, vagalume: inseto que emite luz fosforecente; **far vedere lucciole per lanterne**, vender gato por lebre; fazer trapaça.

Lucciolètta, s. f. (dim.) pequeno vagalume.

Lucciolío, s. m. faiscação; cintilação de pirilampo, etc.

Lucciolône, s. m. (aum.) pirilampo grande; (fam.) lágrima grossa.

Lúcco, s. m. garnacha (franc. "garnache"), vestimenta talar, larga e com cabeção, usada por magistrados e, antigamente, pelos florentinos.

Lúce, s. f. luz; claridade, fulgor, brilho / (fig.) evidência, saber, civilização: **dàre alla luce**: dar à luz, nascer: **odiàre la luce**: odiar, repelir a verdade.

Lucènte, adj. luzente, luminoso; que luz ou brilha.

Lucentemênte, adv. luminosamente.

Lucentêzza, s. f. esplendor, brilho.

Lúcere, v. intr. (pr. **luce, lucono**) (poét.) luzir, reluzir, brilhar.

Lucèrna, s. f. e **lucernière**, s. m. lanterna (ant. lucerna); utensílio alimentado geralmente a óleo ou petróleo; (fam.) chapéu de dois bicos, dos carabineiros.

Lucernína, s. f. (dim.) pequena lanterna.

Lucernàrio, s. m. luzerna; luzeiro; clarabóia.

Lucernière, s. m. pé de candeeiro.

Lucèrtola, s. f. lagartixa, pequeno lagarto que vive pelos muros e nas sebes.

Lucèrtolo, s. m. (do lat. **lacertus**) lagarto; corte de carne de vaca vendida nos açougues.

Lucheríno, s. m. tentilhão, pássaro do tipo dos fringílidas.

Lucía, s. f. barboleta da Ásia, da Austrália e da África tropical, do tipo da "L. bibulus" africana.

Lucidamênte, adv. lucidamente, de modo lúcido; com clareza.

Lucidamênto, s. m. lucidação, lustração, polimento.

Lucidàre, v. lucidar, copiar com exatidão um fac-símile, um desenho ou símile com um papel ou tela transparente / polir, lustrar, dar brilho: **le scarpe**.

Lucidatôre, adj. s. m. lucidez, brilho.

Lucidità, s. f. lucidez, clareza, perceptibilidade.

Lúcido, adj. lúcido, luzido / lúcido, inteligente, perspicaz / (s. m.) brilho.

Lucífero, s. m. lucífer, nome que os antigos davam à estrela Vênus, de manhã; diabo, satanás; adj. (lit.) lucífero, que dá ou traz luz.

Lucífugo, adj. lucífugo, que foge da luz.

Lucignolo, s. m. mecha (de lampião); pavio, torcida.

Lucilína, s. f. lucilina, petróleo destilado empregado na iluminação.

Lùco, (ant.) s. m. luco, bosque.

Lucôre, s. m. esplendor, fulgência, luminosidade.

Lucràre, v. tr. lucrar, ganhar, tirar lucros; auferir proveitos.

Lucratívo, adj. lucrativo, que dá vantagens; proveitoso, útil.

Lúcro, s. m. lucro, ganho, benefício, proveito.

Lucrosamênte, adv. lucrativamente.
Lucrôso, adj. lucroso, lucrativo.
Luculliàno, adj. luculiano, próprio de lúculo: / suntuoso, magnificente, opíparo (banquete).
Lucumône, s. m. lucumão, chefe hereditário de uma tribo da antiga Etrúria.
Lúcus, s. m. (lat.) na loc. **lucus a non lucendo**, luzente porque não luz; diz-se das etimologias a **contrariis**, de **lucus** (bosque) que assim é chamado (luzente) porque não luz.
Ludi, s. m. (pl.) (hist. rom.) (lat. **ludus**) jogos, espetáculo público.
Ludíbrio, s. m. ludíbrio, escárnio, zombaria; desprezo.
Lúdo, s. m. ludo, jogo, torneio; disputa; espetáculo público; competição.
Lúe, s. f. lues, sífilis.
Luètico, adj. luético, sifilítico.
Lugànica, s. f. (dial.) espécie de lingüiça.
Lúglio, s. m. julho, o sétimo mês do ano, assim chamado em honra a Júlio César.
Lúgliolo, lugliàtico, adj. de coisa que amadurece em julho.
Lùgubre, adj. lúgubre, triste, funéreo, escuro, soturno.
Lugubremênte, adv. lugubremente, soturnamente.
Lúi, pron. masc. sing. ele, usado como complemento; porém, quando segue o verbo, e em linguagem famil., é us. como sujeito: **vado con ———**, vou com ele; **——— non rispose**, ele não respondeu; **lo dica ———**, diga-o ele; **a ——— non parlo**, a ele não falo; (pl.) loro / reprov. o uso na forma: **il di lui amico**, por **l'amico di lui**.
Luí, s. m. carriço, pequeno pássaro dentirrostro.
Luígi, s. m. luís, moeda de ouro de 20 francos corrente na França, desde o reinado de Luís XIII.
Luísa, adj. de erva.
Lúlla, (ant.) s. f. fundo do tonel.
Lumàca, s. m. caracol, molusco com a concha em espiral; lesma; (fig.) lerdo: **a passo di ———, a passo de tartaruga**.
Lumacatúra, s. f. babadura; baba.
Lumachíno, s. m. lesma, verme da alface.
Lumacône, s. m. caracol, lesma grande; (fig.) pessoa mole, indolente; que anda, que se move lentamente.
Lumàio, s. m. acendedor de lume; acendedor de lampiões; lampionista.
Lúme, s. m. lume; (lat. **lumen**) luz, clarão, fogo, fulgor, claridade, esplendor / ilustração, sabedoria, inteligência.
Lumeggiamênto, s. m. (pint.) claro-escuro / relevo, realce / esclarecimento.
Lumeggiàre, v. tr. iluminar; pôr em relevo, em evidência.
Lùmen, s. m. (cient.) lúmen, unidade de fluxo luminoso.
Lumencrísta, s. m. (ecles.) vela benzida no sábado santo.
Lumía, s. m. (sicil.) lima, limão doce.
Lumicíno, s. m. (dim.) lume; luz tênue.
Lumièra, s. f. lumieira, lampadário.
Luminàre, v. (p. us.) iluminar, resplandecer / (s. m.) pessoa douta, ilustrada; erudito, cientista.
Luminària, s. f. luminária; iluminação pública para festas.

Luminèllo, s. m. mecha, torcida.
Luminosamênte, adv. luminosamente, brilhantemente.
Luminosità, s. f. luminosidade; intensidade de luz.
Luminôso, adj. luminoso, que espalha luz / claro, evidente / ilustre.
Luna, s. f. Lua; satélite da Terra.
Lunànte, adj. lunado / curvo.
Lunàre, adj. lunar, relativo à Lua.
Lunariétto ou **lunaríno**, s. m. (dim.) lunário de bolso.
Lunàrio, s. m. lunário, espécie de almanaque popular em que se computa o tempo; qualquer outra obra desse gênero.
Lunarísta, s. m. lunarista, compilador de lunários; o que prognostica o tempo.
Lunàta, s. f. corrosão nas margens dos rios, geralmente em sentido curvilíneo / curvatura, dobra em forma de meia-lua; (náut.) curva das velas.
Lunatichería, s. f. lunatismo, mania de lunático.
Lunàtico, adj. lunático; maníaco, extravagante, de cérebro pouco firme.
Lunàto, adj. lit. lunado, relativo à Lua; em forma de Lua.
Lunaziône, s. f. lunação, o curso da Lua, nas suas fases.
Lunedí, s. m. segunda-feira, o 1.º dia útil da semana.
Lunediàre, v. feriar (dos sapateiros), não trabalhar na segunda-feira.
Lunètta, s. f. luazinha, pequena lua.
Lunètta, s. f. luneta, peça de custódia onde se fixa a hóstia / (mil.) reduto com flancos / fresta em forma de meia-lua aberta nas paredes das casas para dar luz e ar; aro de óculos, de relógios de bolso, etc. / meia-lua de Forte.
Lúnga, s. f. longa, figura musical equivalente a duas breves: toque prolongado de sinos.
Lungàggine, s. f. delonga, demora, tardança.
Lungagnàta, s. f. palavrório longo e aborrecido; discurseira, léria, arenga.
Lungàgnola, s. f. rede de pescar, comprida e estreita.
Lungamênte, adv. longamente, por longo tempo / difusamente, extensamente.
Lungàrno, s. m. rua (passeio) da cidade de Florença que fica ao longo do rio Arno.
Lúnge, adv. (poét.) longe, distante.
Lunghería, s. f. delongamento.
Lunghêsso, (ant.), adv. ao longo de / rente, junto a.
Lunghètto, adj. (dim.) um tanto comprido: **un pò ———**.
Lunghêzza, s. f. comprimento, extensão: tamanho, proporção, distância.
Lùngi, adv. longe, distância grande de um dado ponto ou lugar.
Lungilucènte, adj. (lit.) luzente de longe.
Lungimirànte, adj. que enxerga longe, que olha ao porvir.
Lungiveggènte, adj. que enxerga o futuro.
Lúngo, adj. longo, comprido, dilatado, extenso; alto; (fig.) lento, tardio / (loc. adv.) **alla lunga**: por longo tempo, demoradamente / **saperla lunga**:

de pessoa sabida, difícil de ser enganada / **per il lungo**: pela direção do comprimento / **mani lunghe**: pessoa gatuna; (prep.) ao longo de; em toda a extensão ou comprimento de / **lungo il corso c'èra di quà e di la i soldati**: ao longo da avenida, de um e de outro lado, havia soldados.

Lungofiúme, s. m. rua, alameda ou avenida à margem de um rio.

Lungolàgo, s. m. rua, etc. à beira do mar ou de lago.

Lungometràggio, s. m. filme cinematográfico de longa metragem.

Lungône, s. m. (f. **-ôna**) pessoa lerda nos movimentos / pessoa alta.

Lungotêvere, s. m. rua que margeia o Tibre (rio na cid. de Roma).

Lúnula, s. f. (dim. de **luna**) lúnula, Lua pequena / figura geométrica com a forma de um crescente / mancha esbranquecida na base da unha.

Luògo, s. m. lugar, espaço limitado; localidade; terra, sítio, local; / ordem; país, região / posição, classe; cargo, emprego / ocasião, motivo / **aver luògo**: acontecer, suceder, ocorrer.

Luogotenènte, s. m. lugar-tenente, o que desempenha provisoriamente as funções de outrem.

Luogotenènza, s. f. lugar-tenência, categoria de lugar-tenente.

Lúpa, s. f. (lat. **lupa**) loba, a fêmea do lobo; símbolo da cidade de Roma / (med.) tumor maligno.

Lupacchiòtto, lupacchino, s. m. dim. lobacho, lobo pequeno; filhote de lobo.

Lupàccio, s. m. (deprec.); lobo mau; (iron.) comilão.

Lupàia, s. f. cova, covil de lobos.

Lupanàre, s. m. lupanar; casa de tolerância.

Lupercàli, s. m. pl., **lupercais** antigas festas romanas em honra do deus Pã e da loba que amamentou Rômulo e Remo.

Lupêsco, adj. lupino, lobal, referente ao lobo.

Lùpia, s. f. (med.) lupa (fr. **loupe**), tumor; lipoma.

Lupicànte, s. m. (zool.) peixe-aranha, aranhão, aranhuço.

Lupicíno, s. m. dim. lobinho, lobito, lobo pequeno.

Lupígno, adj. lupino, lobal, de lobo.

Lupinàio, s. m. tremoceiro, vendedor de tremoços / tremoçal, campo de tremoços.

Lupinamênte, adv. lupinamente; vorazmente; malignamente.

Lupinèlla, s. f. (bot.) sanfeno, planta leguminosa, própria para pasto; o mesmo que esparceta.

Lupíno, ou lupêsco, adj. lupino, próprio de lobo, lobal / (s. m.) tremoceiro, planta leguminosa cujas vagens têm grãos comestíveis / **èrba lupina**, erva para gado / **fièno lupino**: feno.

Lupinòsi, s. m. (vet.) lupinose, doença do gado e do rebanho.

Lupo, s. m. lobo, animal selvagem carnívoro; **lupo di mare**: lobo do mar, marinheiro velho, intrépido e valente no perigo / **il lupo perde il pelo, ma il vizio mai**: os patifes (ou tratantes, biltres, velhacos, etc.) não mudam nunca, embora fiquem velhos / **in bocca al lupo**: augúrio, voto para que se alcance bom resultado num empreendimento / **lupo-mannáro**: bicho-papão; papa-gente, fantasma.

Luppolièra, s. f. campo plantado de lúpulo.

Luppolino, s. m. lupolina: substância amarga contida no lúpulo; pó resiniforme amarelado.

Lúppolo, s. m. (bot.) lúpulo (do lat. **lupus**) planta trepadeira, da fam. das urticáceas, cujo fruto é empregado no fabrico da cerveja.

Lupus, s. m. lúpus; úlcera corrosiva de natureza tuberculosa.

Lúrco, adj. (lit.) ávido, glutão.

Lurcône, s. m. (aum.) grande glutão.

Luridamênte, adv. sujamente, sordidamente.

Luridêzza, s. f. sordidez, espurcícia, sujidade.

Lúrido, adj. sujo, sórdido, nojoso.

Luridúme, s. m. imundície, porcaria, sujidade.

Lúsco, adj. (ant.) lusco; vesgo / **tra il lúsco e il brusco**: à luz incerta do crepúsculo.

Lusíade, adj. e s. m. lusíade, lusitano; luso, português.

Lusínga, s. f. lisonja, adulação, afago / promessa, esperança.

Lusingamênto, s. m. afago, adulação, lisonjaria.

Lusingàre, v. tr. lisonjear, adular, incensar; (sin.) acariciar, amimar, afagar.

Lusingàto, p. p. e adj. lisonjeado, incensado, acariciado / iludido, iluso.

Lusingatôre, s. m. lisonjeador.

Lusingatríce, s. f. lisonjeadora.

Lusinghêvole, adj. lisonjeador, que lisonjeia.

Lusinghièro, adj. lisonjeiro / que adula, que afaga / animador, agradável, prometedor, suave, doce.

Lusòrio, adj. lusório, respeitante a folguedos ou a jogos.

Lussamênto, s. m. (med.) luxação.

Lussàre, v. tr. luxar, desconjuntar, deslocar.

Lussàrsi, v. intr. luxar-se, deslocar-se os ossos.

Lussàto, p. p. e adj. luxado, deslocado, desconjuntado.

Lussatúra, lussazióne, s. m. luxação, deslocação dos ossos.

Lússo, s. m. luxo, ostentação; magnificência, ornamento; decoração faustosa.

Lussuôso, adj. (neol. do Fr.) luxuoso, luxento.

Lussureggiànte, p. pr. e adj. luxuriante, viçoso, exuberante.

Lussúria, s. f. luxúria; viço nas plantas / sensualidade, lascívia.

Lussuriosamênte, adv. luxuriosamente, sensualmente, lascivamente.

Lussuriôso, adj. luxurioso, lascivo.

Lústra, s. f. simulação, fingimento / demonstração falsa de estima.

Lustraiùlo, s. m. lustrador: operário que lustra.

Lustràle, adj. lustral, que serve para purificar.

Lustramênto, s. m. lustração, ato ou efeito de lustrar.

Lustrapiànte, s. m. lustrador de solas, objeto de sapateiro para alisar a sola dos sapatos.

Lustràre, v. tr. lustrar, dar o lustro; purificar / (fig. fam.) adular, alisar / (intr.): reluzir, ser luzido, luzidio.
Lustrascàrpe, s. m. engraxate (fig.) pessoa servil, bajuladora.
Lustrastivali, s. m. engraxate / (fig.) adulador.
Lustràta, s. f. lustradela, ato de dar lustre.
Lustratína, s. f. (dim.) lustradela.
Lustràto, p. p. e adj. lustrado, polido, tornado luzido; (fig.) adulado, cortejado.
Lustratòre, s. m. lustrador, o que lustra.
Lustratúra, s. f. lustração, ato ou efeito de lustrar.
Lustraziône, s. f. purificação, sacrifício de expiação e purificação pública ou privada; lavagem, ablução, fumigação entre os antigos romanos; lustração, purificação com água lustral.
Lustrêzza, s. f. (pouco usado) lustre, brilho.
Lustri, s. m. (pl.) pontos brilhantes no mármore, no sal, etc.
Lustrina, s. f. lustrina, tecido muito lustroso.
Lustríno, s. m. tecido, pano ou fita de seda brilhante / engraxate / ferramenta de sapateiro para polir a sola dos sapatos; moléstia do bicho-da-seda.
Lustríssimo, adj. ilustríssimo.
Lùstro, adj. lustroso, polido, brilhante, reluzente. lúcido / (s. m.) graxa, óleo, ingrediente para dar lustro / (fig.) decoro, glória, esplendor / (s. m.) lustro, espaço de cinco anos.
Lutàre, v. tr. lutar, indutar, emplastrar, tapar com a massa que se denomina "luto".
Lutàto, p. p. e adj. emplastrado de luto.

Lûteo, adj. luteolado, amarelado, pálido.
Luteolína, s. m. (quím.) luteolina, substância corante da reseda amarela.
Luteraneggiàre, v. luteranejar,, favorecer o luteranismo.
Luteranêsimo, ou luteranísmo, s. m. luteranismo, doutrina de Lutero.
Luteràno, s. m. e adj. luterano.
Lutèzio, s. m. (quím.) lutécio, metal do grupo das terras raras, isolado em 1907 por G. Urbain.
Lúto, s. m. luto, massa de diversas composições com a qual se vedam hermeticamente as frinchas dos objetos que devem ser expostos ao fogo / lodo, lama.
Lutoterapía, s. f. cura pelo lodo (ou lama) das nascentes das águas minerais.
Lutrèola, s. f. (dim.) (lat. **lutra**) pequena lontra cuja pele é bastante apreciada; marta (fr. vison).
Lútta, s. f. (ant.) luta.
Lútto, s. m. luto; dor causada pela perda de pessoa querida; tristeza, mágoa, pesar, dor / crepe, pano negro que se usa como sinal de luto.
Luttuôsa, s. f. lutuosa, noticiário de falecimento; nome vulgar da borboleta "Acontia luctuosa".
Luttuosamênte, adv. lutuosamente, em modo lutuoso.
Luttuôso, adj. lutuoso, coberto de luto, doloroso / lúgubre, fúnebre, triste.
Lutulènto, adj. (lit.) (do lat. **lutulentus**), lutulento, que tem lodo, lamacento.
Luvètto, s. m. (vet.) flegmão; espécie de carbúnculo inflamatório; tumor.
Lùzula, s. f. lúzula, planta juncácea do hemisfério boreal.

M

(M), s. m. e f. m. (emme) 11ª letra do alf. ital.; labial; substitui a letra n diante de b, p e m. (imbelle, impero, immortale).

Ma, conj. mas; porém: **tu ti diverti, —— io no**: tu te divertes, mas eu não / **pare —— non è**, parece, mas não é / **lui è bello, —— lei è più bella**: ele é lindo, ela por"ém é mais linda / encarecendo, hiperbolizando: **è buono —— buono**, é bom mas muito bom / (s. m.) dificuldade, objeção / **il romanzo è bello senza ma** / o romance é lindo sem mas.

Ma', adj. elisão da palavra mali: males adagio a ... passi.

Màcabro, e **macábro** (menos usado), adj. macabro, fúnebre / **Danza macabra**: dança macabra, nome dado na Idade Média a uma ronda infernal dançada pelos mortos de todas as condições e idades.

Macàco, s. m. (zool.) macaco; (fig.) homem pequeno, feio e estúpido.

Macadàm, s. m. macadame, sistema de empedramento de ruas ou estradas de rodagem; do nome do seu inventor Mac Adam.

Macào, s. m. macau, ou arara-canga; jogo de azar, semelhante ao bacará.

Macaóne, s. m. borboleta diurna.

Macarísmo, s. m. macarismo, hinos religiosos segundo o ritual grego.

Màcca, s. f. abundância, porém somente na locução **mangiare a ——**: comer à custa de outros, comer grátis.

Maccalúba, s. f. (geol.) pequena colina vulcânica, freqüente nos apeninos emilianos e no planalto siciliano.

Maccàre, v. achatar; amassar; amolgar.

Maccarònico, adj. macarrônico, escrito em linguagem que é uma paródia do latim clássico, e consiste numa mistura de vozes latinas e de palavras da língua vulgar e de dialeto: (fig.) de estilo e de linguagem grosseiros ou vulgares.

Macchería, s. f. calmaria do mar, quando o céu está nublado.

Maccheronàta, s. f. macarronada.

Maccheróne, s. m. macarrão, massa de farinha de trigo; / (fig.) homem tolo, ignorante.

Maccheronèa, s. f. macarrônea, composição burlesca em latim macarrônico.

Mácchia, s. f. mancha, nódoa, mácula, laivo, defeito, imperfeição; / termo de pintura: toque, pincelada, esboço para estudo do claro-escuro; forma de sombrear e de colorir, / mata, matagal, moita, brenha, matorral.

Macchiàre, v. manchar, sujar, enodoar; macular, infamar, denegrir (a honra, a reputação, a consciência, etc.).

Macchiarèlla, e **macchiêtta**, s. f. manchazinha.

Macchiàto, p. p. e adj. manchado, enodoado; sujo.

Macchiettàre, v. tr. salpicar, encher de manchazinhas.

Macchiettísta, s. m. artista de teatro ou de circo que representa um tipo original que provoca o riso; cômico; pintor ou desenhista de caricaturas.

Màcchina, s. f. máquina.

Macchinàle, adj. maquinal, de máquina / de coisa executada sem o concurso da vontade ou da consciência.

Macchinalménte, adv. maquinalmente.

Macchinàre, v. tr. maquinar; tramar; projetar; intentar; conjurar; urdir.

Macchinàto, p. p. e adj. maquinado; urdido, tramado.

Macchinazióne, s. f. maquinação, trama, conluio.

Macchinêtta, e **macchinína**, s. f. pequena máquina.

Macchinísmo, e **meccanísmo**, s. m. mecanismo; maquinaria; aparelho; instrumento.

Macchinísta, s. m. maquinista.

Macchinòna, e **macchinóne**, s. m. máquina grande.

Macchinóso, adj. complicado, pesado.

Macchinúccia, s. f. maquinazinha; máquina de pouco valor.

Macchiolína, **macchiúccia**, **macchiúzza**, s. f. manchazinha.

Macchióne, s. m. mancha grande / mata, selva, matagal.

Màcco, s. m. comida feita com favas,

Macellàre, v. matar, sacrificar as reses no matadouro.
Macellàio, s m. açougueiro, carniceiro (que mata reses)
Macellàto, p. p. e adj. sacrificado, abatido (animal).
Macellazióne, s. f. matança, carnificina.
Macellería, s. f. açougue.
Macèllo, s. m. matadouro, lugar onde se matam os animais / (fig.) massacre, carnificina.
Maceramênto, s. m. e **macerazióne**, (s. f.) maceramento, maceração.
Maceràre, v. macerar; amolecer ou machucar; torturar, mortificar.
Maceràto, p. p. e adj. macerado; macilento; aflito, desgostoso; consumido.
Maceratôio, s. m. fossa cheia de água onde se submete à maceração a lã ou o linho.
Macerêto, s. m. montão, acervo de escombros.
Macèria, s. f. (agr.) muro de pedras para sustentar terraplenagem.
Macérie, s. f. pl. montão de ruínas, escombros.
Màcero, adj. macerado, esgotado; acabado.
Maceróne, s. m. aipo, planta herbácea usada como condimento.
Machèra, s. f. espécie de machete ou sabre usado antigamente.
Machia, s. f. manha, malícia, dissimulação.
Machiavellicamênte, adv. maquiavelicamente.
Machiavéllico, e **machiavellêsco**, adj. maquiavélico; astuto; ardiloso, hábil.
Machiavellísmo, s. m. maquiavelismo, o complexo das doutrinas do escritor florentino Machiavelli / simulação ou dissimulação em benefício próprio.
Machiavellístico, adj. maquiavelista.
Machióne, adj. e s. (fam.) manhoso, astuto; dissimulador.
Macía, s. f. (tosc.) monte de escombrios.
Màcie, s. f. maceração / (med.) magreza excessiva.
Macígno, s. m. pedra (em geral); penhasco; massa compacta de pedra; rochedo; rocha.
Macilênto, adj. macilento; muito magro.
Macilènza, s. f. macilência, magreza, palidez.
Màcina, s. f. mó, pedra para triturar os grãos nos moinhos / (fig.) coisa pesada, perlenga, indigesta.
Macinàbile, adj. que se pode moer.
Macinàre, v. moer, reduzir a pó por meio do moinho; triturar / (iron.) comer avidamente; (fig.) consumir, gastar.
Macinazióne, s. f. moagem, moedura.
Macinèlla, s. f. moedeira; vaso cilíndrico de pedra para preparar verniz.
Macinèllo, s. m. pequeno moinho para café.
Macinìno, s. m. pequeno moinho.
Macinìo, s. m. moagem continuada.
Macinóne, s. m. moenda, moinho grande.
Màcis, s. m. macis, arilo da noz moscada.
Maciúlla, s. f. gramadeira, peça de madeira com que se trilha o linho.
Maciullàre, v. gramar, trilhar o linho com gramadeira.
Maciullàto, p. p. e adj. gramado, trilhado com gramadeira / mastigado com rapidez, triturado.
Macolàre, v. tr. macular, manchar, contaminar / premer calcar, de modo que fique o sinal.
Macolàto, adj. premido; manchado; batido, calcado.
Màcolo, adj. batido, magoado / fatigado, extenuado.
Macramé, s. m. macramé; franja; trabalho feito com linha enodada.
Màcro, (ant.) adj. magro.
Macrobiología, s. f. macrobiologia.
Macrobiòtica, s. f. macrobiótica, arte de prolongar a vida.
Macrocefalía, s. f. macrocefalia.
Macrodàttilo, adj. macrodáctilo.
Macroglossía, s. f. macroglossia, aumento exagerado da língua.
Macròstoma, s. m. macrostoma, boca desenvolvida exageradamente.
Macrotèrio, s. m. (zool.) gênero de mamíferos fósseis, no terciário europeu.
Macrúna, s. f. (do ar.) chamcharamela de duas canas.
Macúba, s. m. macuba, ou macouba, variedade de tabaco aromático.
Màcula, s. f. mácula; mancha / defeito, desdouro.
Maculàre, v. tr. macular, manchar.
Maculàto, p. p. e adj. maculado, manchado, sujo.
Madàma, s. f. madama; senhora / título que se dá a senhora de alto grau.
Madamigèlla, s. f. senhorinha; senhorita; moça.
Madapolam, s. f. madapolão, tecido branco.
Madarósi, s. f. madarose, queda dos cílios.
Maddalèna, n. pr. Madalena / (fig.) pecadora arrependida.
Madefazióne, s. f. (med.) madefação, ato de banhar, umedecer uma substância na preparação de um medicamento.
Madèra, s. m. madeira, vinho da ilha da Madeira.
Màdia, s. f. móvel de cosinha (de uso quase exclusivo da gente de campo) para guardar pão, pastas e outros artigos comestíveis / amassadeira para amassar o pão.
Màdido, adj. (lit.) mádido, úmido / molhado de suor.
Madière, madièro, s. m. (mar.) barrote transversal do esqueleto do navio.
Madònna, s. f. madona, a Santa Virgem / a imagem de Nossa Senhora / título que um tempo se dava às senhoras de grande distinção.
Madonnína, s. f. (dim.) pequena imagem da Virgem.
Madóre, s. m. madidez, umidade ligeira; suor incipiente.
Madornàle, adj. despropositado; grande demais; descomunal.
Madràga, s. f. almadra ou almadrava, armação para a pesca do atum.
Màdre, s. f. mãe; mulher que teve um ou mais filhos; genitriz / madre, título respeitoso que se dá às religiosas professas / (com.) casa ———: casa matriz.
Madreggiàre, (pr. -èggio -èggi) v. intr. semelhar-se à mãe (no aspecto e nos hábitos).

Madrepàtria, s. f. mãe-pátria.
Madrepèrla, s. f. madrepérola.
Madreperlàceo, adj. madreperolado.
Madrèpora, s. f. (zool.) madrépora.
Madrepòrico, adj. madrepórico.
Madresèlva, s. f. (bot.) madressilva.
Madrevíte, s. f. porca, parafuso fêmea; instrumento para fazer parafusos.
Madrigàle, s. m. madrigal, breve poesia lírica.
Madrigaleggiàre, v. intr. madrigalizar, fazer madrigais.
Madrigalesco, adj. madrigalesco.
Madrigalíno, e madrigalúccio, s. m. madrigalete, pequeno madrigal.
Madrilèno, adj. madrileno ou madrilense, da cidade de Madri.
Madrína, s. f. madrinha.
Màdro, s. m. (teatr. iron.) mãe de atriz jovem.
Madrôso, adj. esponjoso, poroso.
Maestà, s. f. majestade, título que se dá ao rei e à rainha / sublimidade, magnificência; aparência nobre, grandiosa; solene.
Maestosamênte, adv. majestosamente, magnificamente.
Maestôso, adj. majestoso, solene, augusto; grave; grandioso.
Maèstra, s. f. mestra, mulher que ensina; professora nas escolas primárias / mulher perita numa arte.
Maestràle, adj. e s. m. noroeste, vento que sopra do lado noroeste; mistral.
Maestrànza, s. f. mestrança, o conjunto dos operários hábeis qualificados duma corporação, arte ou indústria.
Maestràto, s. m. mestrado, dignidade, ofício de mestre.
Maestrèvole, adj. magistral, feito por mestre; excelente.
Maestrevolmênte, adv. magistralmente, com mestria.
Maestría, s. f. mestria, grande perícia.
Maestrína, s. f. (dim.) professorinha; mestra jovem.
Maestrino, s. m. professorzinho.
Maèstro, s. m. e adj. mestre; douto; magistral; professor / professor das escolas primárias / homem de grande autoridade por doutrina em qualquer arte ou ciência / patrão, chefe, mestre duma fábrica ou dum negócio / instrutor / (mús.) compositor de ópera; quem dirige uma ópera ou uma orquestra / (depr.) **maestrúcolo:** mestre medíocre.
Màfia, s. f. máfia, associação secreta de delinqüentes.
Mafiôso, adj. que pertence à máfia; (fig.) prepotente; indivíduo de má índole, capaz de qualquer velhacaria.
Màga, s. f. maga, que encanta; feiticeira; (fig.) mulher habilidosa, que sabe fazer tudo.
Magàgna, s. f. defeito (físico ou moral, especialmente defeito oculto); (fig.) vício, praga; tormento.
Magagnàre, v. tr. viciar, arruinar, estragar, falsificar.
Magagnàto, p. p. e adj. viciado, corrompido, estragado.
Magagnatúra, s. f. (p. us.) estrago, vício, corrupção; ato de viciar, de corromper, de estragar.
Maganzèse, (adj.) de Maganza, estirpe de traidores, nas canções e poemas de cavalaria; (fig.) traidor.

Magàre, (ant.) v. enfeitiçar, encantar.
Magàri, (interj.) oxalá! exclamação que exprime um vivo desejo / (adv.) talvez, quiçá.
Magatuffo, (ant.) s. m. gorjeta que se dava ao pregoeiro nos leilões.
Magazzinàggio, s. m. armazenagem; o que se paga pela mercadoria depositada.
Magazzini, generali, s. m. (pl.) armazéns gerais, situados comumente nos portos e nas vizinhanças das estações ferroviárias.
Magazzíno, s. m. armazém com mercadorias; loja, depósito.
Magenía, s. f. magenta (de **Magenta,** cidade da Lombardia), matéria corante vermelha.
Maggèngo, adj. (agr.) do feno que se corta em maio.
Maggesàre, v. tr. alqueivar, pôr de alqueive uma terra.
Maggêse, adj. de maio, de produtos do mês de maio.
Màggio, s. m. maio.
Maggiordòme, s. m. mordomo.
Maggiolàta, s. f. canção de maio.
Maggiolíno, s. m. (zool.) melolonta (besouro).
Maggioràna, s. f. (bot.) manjerona.
Maggioranza, s. f. maioria; superioridade; a maior parte; o maior número.
Maggioràre, (neol. galic.) v. tr. majorar, aumentar.
Maggiorascàto, s. m. instituto e condição de morgadio.
Maggiorasco, (pl. -aschi), s. m. morgado; transmissão do patrimônio ao filho primogênito.
Maggioràto, p. p. e adj. aumentado.
Maggiorazióne, s. f. (do fr.) aumento; majoração.
Maggióre, adj. maior / (s. m.), mais velho; o maior por idade ou autoridade / (mil.) major do exército; **i maggiori:** os maiores, os antepassados.
Maggiorènne, adj. e s.; maior, que atingiu a maioridade.
Maggiorènte, s. m. maioral, chefe; personagem principal duma cidade.
Maggiorità, s. f. maioria, o maior número, superioridade / (mil.) seção militar de regimento, batalhão, etc.
Maggioritàrio, adj. e s. m. pertencente à maioria.
Maggiormènte, adv. maiormente; muito mais.
Maggiostrína, s. f. chapéu de palha, palheta.
Magía, s. f. magia; arte oculta; religião dos magos; (fig.) fascinação, encanto.
Magiàrico, adj. magiar, relativo à Hungria ou aos húngaros.
Magicamènte, adv. magicamente.
Màgico, adj. mágico; sobrenatural / encantador, atraente, fascinante.
Màgio, s. m. mago, cada um dos três reis que foram a Belém adorar o menino Jesus.
Magióne, s. f. mansão, morada, casa senhoril.
Magírico (ant.) adj. de cozinheiro; arte magírica; culinária.
Magiscòro, s. m. (ecles.) mestre de cantos dos clérigos.
Magismo, s. m. **magismo, prática, culto da magia.**

Magistèro, s. m. magistério; trabalho, mister de professor / trabalho; arte, habilidade; disciplina; ensino / (quím.) precipitado com dissoluções salinas.
Magistràle, adj. magistral; principal; perfeito; grande.
Magistralmènte, adv. magistralmente.
Magistràto, s. m. magistrado, funcionário da justiça, juiz.
Magistratúra, s. f. magistratura, cargo, função ou dignidade de magistrado.
Màglia, s. f. malha, nós ou voltas de fios de fibra têxtil / argola de ferro ou outro metal com que se formam correntes, armaduras, etc. / (mar.) nó dado em cabo ou amarra.
Maglieria, s. f trabalho de malha; oficina de malhas; negócio onde se vendem malhas, malharia.
Magliètta, s. f. malha pequena.
Magliettina, s. f. malhazinha.
Magliètto, s. m. pequeno malho / malhete (náut.).
Maglifício, s. m. fábrica de tecidos de malha.
Màglio, s. m. malho; martinete, espécie de martelo de ferro ou de pau.
Magliòlo, s. m. (bot.), mergulho ou mergulhão; haste, vara das videiras que se mergulha, para reprodução.
Magliòna, s. f. malha grande.
Màgma, s. m. magma. matéria pastosa e viscosa / licor reduzido à consistência gelatinosa / complexo originário de matérias das rochas vulcânicas.
Magnàlio, s. m. (quím.) magnálio, liga de alumínio e magnésio.
Magnânimemente, adv. magnanimamente.
Magnànimo, adj. e s. magnânimo, nobre, elevado, que tem grandeza de alma.
Magnanina, s. f. (zool.) pássaro semelhante ao rouxinol.
Magnàno, s. m. serralheiro.
Magnàte, s. m. magnata; grande personagem; homem notável, importante; rico.
Magnèsia, s. f. (quím.) magnésia.
Magnesco, adj. magnésico, magnesiano.
Magnésio, s. m. magnésio, metal branco.
Magnesíte, s. f. magnesite (min.).
Magnète, s. m. (fís.) magnete, imã.
Magneticamênte, adv. magneticamente, com força magnética.
Magnético, adj. magnético.
Magnetismo, s. m. (fís.); magnetismo, propriedade que tem o magnete de atrair os metais magnéticos / magnetismo animal, influência ou hipotética dum indivíduo sobre outro.
Magnetite, s. f. (min.) magnetite.
Magnetizzàbile, adj. magnetizável.
Magnetizzàre, v. tr. magnetizar.
Magnetizzatôre. s. m. magnetizador.
Magnetòfono, s. m. magnetofone.
Magnetogenía, s. f. magnetogenia, estudo dos fen. magnéticos.
Magnetogènico, (adj.) magnetogênico.
Magnetòmetro, s. m. magnetômetro.
Magnetoteràpico, adj. magnetoterápico.
Magnificamènte, adv. magnificamente.
Magnificàto, adj. magnificado, glorificado, elogiado, exalçado.
Magnificat, s. m. magnificat, cântico de alegria da Virgem Maria.

Magnificaziône, s. f. magnificação.
Magnificènte, adj. magnificente; generoso.
Magnífico, adj. grandioso, esplêndido / excelente; bom; liberal; suntuoso; pomposo.
Magniloquènte, adj. magniloqüente, que tem grande eloqüência; de estilo pomposo.
Magniloquènza, s. f. magniloqüência.
Magniròstri, s. m. (pl.) pássaros de bico bastante robusto.
Màgno, adj. magno; importante / qualificativo de certas personagens históricas; Alexandre Magno; Carlos Magno; Gregório Magno / na geografia clássica: Magna Grécia / **mare magnum**, multidão confusa de pessoas ou coisas.
Magnòlia, s. f. (bot.) magnólia, gên. de árvores de flores aromáticas.
Màgo, s. m. mago; antigo sacerdote dos persas; feiticeiro / (adj.) encantador, delicioso.
Magòga, s. f. **og magog**: muito longe.
Magôna, s. m. ferraria, depósito de ferro / (fig.) lugar de muita abundância.
Màgra, s. f. período da seca dos rios e outros cursos de água.
Magramènte, adv. mesquinhamente,
Magrettíno e **magrètto**, adj. magrinho.
Magrèzza, s. f. magreza / secura; esterilidade.
Magríno, adj. (dim.) um tanto magro.
Màgro, adj. magro; (fig.) pouco fértil; árido; escasso. **Giorno màgro**: dia magro, no qual a igreja proibe que se coma carne.
Magrôgnolo, adj. (depr.) magro e seco.
Magrône, adj. e s. que não completou a engorda (de suíno); (fig.) avarento, unha de fome.
Magrúccio, adj. depr. magrinho / (fig.) de pouca utilidade ou proveito: **ho avuto un guadagno ———; tive um lucro insignificante.
Mahdi, s. m. mádi, chefe religioso de algumas tribos árabes; o messias islâmico.
Mài, adv. nunca, em nenhum tempo; jamais / **il giorno del mai**: o dia de são nunca.
Maiàla, s. f. (vulgar) porca, a fêmea do porco.
Maialàccio, s. m. (pej.) porcaço.
Maialàta, s. f. porcaria, ação materialmente ou moralmente suja.
Maiàle, s. m. porco; (fig.) pessoa imunda.
Maialèsco, adj. suinesco, muito porco; imundo.
Maialètto, e **maialúccio**, s. m. porcalho, porco pequeno.
Maialône, s. m. porcaço, porco grande.
Maídico, adj. de maís-milho graúdo, "malattie maidiche" doença originada de consumo exagerado de mais.
Maiestàtico, (pl. -àtici), adj. majestático / (gram.) 1ª pessoa plural usada em lugar da 1ª pessoa do singular por uma autoridade: **Noi Governatore ordiniamo**, etc.
Maièutica, s. f. (filos.) maiêutica; na filos. socrática, arte de provocar as idéias, isto é, de fazer com que o interlocutor descubra as verdades que nele já existiam.
Mainàre, v. (p. us.) mainar.

Màio, (ant. pl. **mài**), s. m. maio, planta campestre / árvore.
Maiòlica, s. f. maiólica / (ital.) faiança italiana; arte introduzida na Itália por obreiros das ilhas Maiorca; daí o seu nome.
Maiolicàto, adj. esmaltado, envernizado à guisa de maiólica.
Maionêse, s. f. (do franc.) maionese, espécie de molho frio no qual entram diversos ingredientes.
Màis, ou màiz, s. m. (bot.); maís, milho graúdo; a planta do milho / a farinha, o grão do milho.
Maiúscola, s. f. maiúscula (letra grande).
Maiuscolètto, s. m. caracteres ou letras tipográficas maiúsculas de tamanho menor que as maiúsculas usuais.
Maiúscolo, adj. maiúsculo, caracteres ou letras maiores que as outras; (fig.) grande / **sbáglio maiúscolo**: erro grande.
Màki, s. m. (zool.) maque (ou maqui), gênero de mamífero lêmure do Madagáscar.
Malabbiàto, (ant.) adj. mau, malvado.
Malabestia, s. f. (náut.) vara de calafate; (fig.) malvado.
Malacàrne, s. f. carne de animal morto de repente; (fig.) gentalha; pessoa ruim.
Malaccètto, ou mal accètto, adj. malquisto; não desejado.
Malàccia, s. f. calmaria (de mar), bonança.
Maláccio, s. m. (pej.) mal; doença ruim, asquerosa / (loc. tosc.) **Non c'é maláccio**: vamos indo discretamente, assim assim.
Malaccòlto, ou mal accòlto, adj. acolhido com antipatia, recebido com indiferença.
Malaccôncio, adj. desajustado, desconcertado.
Malaccortamènte, adv. atrapalhadamente, disparatadamente; incautamente.
Malachíte, s. f. (min.) malaquito, carbonato hidratado; pedra preciosa.
Malacía, s. f. malácia, desejo de um só alimento.
Malacodèrmi, s. f. pl. (zool.) malacodermes, inseto coleóptero.
Malacofile, s. f. (bot.) malacófila (planta polinizada por interm. dos caramujos).
Malacología, s. f. tratado acerca dos moluscos.
Malacreànza, s. f. incivilidade, descortesia; inurbanidade.
Maladòrno, adj. desataviado, desadornado.
Malafàtta, ou malefàtta, s. f. erro de tecedura; (fig.) engano, negligência em alguma coisa que se executou.
Malafêde, s. f. má fé; dolo, fraude.
Malaffàre, s. m. torpidade, torpeza: **"gente di malaffàre"**: gente de vida torpe; gente desonesta.
Malaffètto, adj. desafeto, adverso.
Malafitta, s. f. (agr.) brejo, palude; atoleiro.
Màlaga, s. f. málaga, vinho e uva provenientes de Málaga.
Malagèvole, adj. dificultoso, penoso.
Malagevolmènte, adv. dificultosamente.
Malagiàto, adj. pobre; de escassos recursos; **desacomodado**.
Malàgna, (ant.) s. f. emplastro.
Malagràzia, s. f. descortesia; indelicadeza.
Malalingua, s. f. má-língua, maledicente.
Malamente, adv malmente; de mau modo / penosamente / malignamente.
Malàmida, s. f. (quím.) malâmida.
Malandàre, v. desafortunar, reduzir-se em mau estado (de fortuna, saúde, etc.).
Malandàto, p. p. e adj. arruínado; decaído; gasto, consumido; arruinado; **patrimonio** ———: patrimônio dissipado.
Malandrinàggio, s. m. malandrice, malandragem.
Malandrino, s. m. malandrim, gatuno, vagabundo / (adj.) **òcchi malandrim**: olhos bandidos, ladrões.
Malànimo, s. m. animosidade; acrimônia.
Malannàggio, ou malannàggia, interj. maldito, maldição!
Malànno, s. m. desgraça, dano grave / (fig.) homem ruim, antipático; doença; desdita.
Malannúccio, s. m. pequeno mal.
Malaparata, s. f. perigo, mau transe.
Malapêna, loc. adv. a muito custo, com muita fadiga.
Malapproposito, adv. descabidamente; fora de propósito.
Malària, s. f. malária, febre paludosa.
Malàrico, adj. malárico.
Malarnêse, ou mal arnêse, s. m. birbante, patife; biltre.
Malatíccio, adj. doentio.
Malàto, adj. e s. m. enfermo; doente / indisposto.
Malattia, s. f. enfermidade, doença; (fig.) defeito, mal-estar; mania.
Malattiàccia, s. f. (pej.) doença má.
Malattiúccia, e malattiúzza, s. f. (dim.) doençazinha.
Malatúccio, s. m. (dim.) doentinho; um tanto doente.
Malauguratamènte, adv. malfadadamente, infortunadamente.
Malaugúrio, s. m. mau agouro.
Malaventúra, s. f. mal-aventura; desventura.
Malavíta, s. m. má vida; vida de vagabundo, de larápio /"bas-fond" de uma cidade; escória; associação de delinquentes.
Malavòglia, s. f. má vontade, pouca vontade de trabalhar; indolência.
Malavvedutamènte, adv. desavisadamente, incautamente.
Malavvedúto, p. p. e adj. desavisado, incauto.
Malavventúra, s. f. desventura, desgraça.
Malavventuràto, adj. desventurado, desgraçado.
Malavventurôso, adj. desventuroso, infeliz.
Malavvêzzo, adj. mal acostumado; viciado; ineducado.
Malavviàto, adj. e s. m. mal-encaminhado, desviado.
Malavvisàto, adj. incauto, imprudente; não avisado.
Malazzàto, adj. doentio, que não vai bem de saúde.
Malcadúco, s. m. (med.) epilepsia.
Malcapitàto, adj. infortunado, desgraçado / que chegou em má hora.

Malcautamênte, adv. incautamente.
Malcáuto; adj. incauto; imprudente.
Malcompostamênte, adv. descompostamente, desordenadamente.
Malcompòsto, adj. descomposto, desordenado, desarranjado.
Malcôncio, adj. maltratado; machucado; reduzido a mau estado.
Malconsigliàto, adj. mal-aconselhado; incauto.
Malcontênto, adj. malcontente, descontente.
Malcopèrto, adj. coberto mal.
Malcorrispòsto, adj. não correspondido, não retribuído; mal correspondido; mal retribuído.
Malcostumàto, adj. mal acostumado, deseducado.
Malcostúme, s. m. mau hábito, mau vezo.
Malcreàto, ou **malcreanzàto**, adj. e s. m., malcriado, descortês, indelicado.
Malcuránte, adj. descuidoso, desleixado.
Malcuràto, p. p. e adj. não cuidado ou mal cuidado.
Maldentàti, s. m. (pl.) (zool.) desdentados, animais mamíferos sem dentes ou sem monodelfos, de dentição deficiente ou limitada aos molares.
Maldestinàto, adj. que tem mau destino.
Maldèstro, adj. inábil, incapaz, sem destreza.
Maldètto, p. p. e adj. expresso erradamente, dito erradamente.
Maldicènza, s. f. maledicência.
Maldispòsto, adj. mal disposto; indisposto.
Màle, s. m. mal; o que prejudica, o que é contrário ao bem; erro; pena; tormento; dor; ruína; dano; prejuízo, desgraça / delito; calamidade; perversão; doença.
Màle, adv. mal, a custo; apenas, pouco, escassamente; de modo diferente do que devia ser.
Malebòlge, s. m. malebolge, lugar no inferno de Dante; (fig.) lugar pestífero.
Malebrànche, s. f. pl os diabos, no inferno de Dante.
Maledètta, s. f. desdita, desgraça, má sorte / alla maledetta: com fúria, com desespero.
Maledettamènte, adv. amaldiçoadamente, perversamente.
Maledètto, p. p. e adj. amaldiçoado; funesto, malvado; perverso; molesto; horrível; insuportável.
Maledicamènte, adv. amaldiçoadamente.
Malèdico, adj. maldizente, caluniador, difamador.
Maledíre, v. tr. amaldiçoar, imprecar; detestar.
Maledizióne, s. f. maldição / blasfêmia; impropério; grande desventura (ecles.) excomunhão.
Maleducato, adj. e s. m. mal educado.
Malefàtta, s. f. descuido, erro por negligência / falta, culpa.
Maleficamènte, adv. maleficamente.
Malèfico, adj. maléfico; nocivo; malévolo.
Malefízio, s. m. malefício / bruxaria; sortilégio para maleficiar.
Malèico, adj. (quím.) maléico, ácido prov. da destil. do ácido málico.
Maleolènte, adj. fétido.

Malèrba, s. f. (agr.) erva má: erva daninha / (fig.) pessoa enfadonha e funesta.
Malèscio, adj. maldoente, doentio (de pessoa) / diz-se também duma espécie de nozes cujo fruto não se pode extrair da casca.
Malêse, adj. malês, da Malásia; habitante da Malásia.
Malespèrto, adj. inexperto, inexperiente.
Malèssere, s. m. mal-estar; inquietação / (fig.) aperto econômico.
Malèstro, s. m. prejuízo, estrago; desgraça causada por falta de cuidado; travessura.
Malestrôso, adj. desastroso / descuidado.
Malevolènza, s. f. malevolência.
Malevolmènte, adv. malevolamente, maléfico.
Malèvolo, adj. malévolo, de má índole; maléfico.
Malfàre, v. intr. malfazer, causar dano; fazer mal.
Malfàtto, p. p. e adj. malfeito, feito imperfeitamente; sem proporção, deforme.
Malfattôre, s. m. malfeitor, que comete crimes com malvadez.
Malfêrmo, adj. instável; inseguro; pouco firme / (fig.) fraco, doente, enfermo.
Malfidàto, adj. desconfiado, que não se fia nos outros.
Malfidènte, adj. difidente.
Malfído. adj. ínfido infiel.
Malfondàto, adj. infundado; sem fundamento.
Malfússo, (ant.) adj. e s. m. biltre, sujeito ruim, ímpio.
Màlga, s. f. casa rústica / cabana nos Alpes.
Malgàrbo, s. m. grosseria; incivilidade.
Malgàro, s. m. pastor alpino.
Malgiudicàto, p. p. e adj. julgado mal; julgado contra a justiça.
Malgovèrno, s. m. mau governo; desgoverno / má administração / dissipação; esbanjamento.
Malgradíto, adj. mal aceito com desagrado.
Malgràdo, adv. malgrado, mau grado.
Malgraziôso, adj. desgracioso, sem graça.
Malguardàto, adj. invigilado, não custodiado.
Malgústo, s. m. mau gosto; falta de gosto.
Malía, s. f. encantamento, feitiçaria; magia; sedução.
Maliàrda, s. f. feiticeira, bruxa; (fig.) mulher que encanta, que fascina.
Maliàrdo, adj. e s. m. encantador, feiticeiro.
Màlico, adj. málico, ácido que se encontra em algumas frutas.
Maligia, s. f. (bot.) cebola de maio, vermelha e ardida.
Malignamènte, adv. malignamente.
Malignàre, v. intr. malignar, interpretar malignamente.
Malignètto, adj. um tanto maligno.
Malignità, s. f. malignidade; maldade; de índole nociva.
Maligno, adj. e s. m. maligno; nocivo; funesto; mau; pernicioso.
Malignône, adj. muito maligno.
Malinconía, e **melanconía**, s. f. melancolia, tristeza, desgosto.

Malanconicaménte, adv. melancolicamente.
Malancònico, adj. melancólico, triste.
Malanconiôso, adj. melancônico; enfadonho.
Malincuòre, (a) loc. adv. pesarosamente; de má vontade, com pesar.
Malintenzionàto, adj. mal-intencionado, que tem más intenções.
Malintêso, adj. mal-entendido; mal-interpretado; (s. m.) equívoco, erro, quiproquó.
Maliôso, adj. (poét.) que tem magia, que encanta.
Maliscàlco, s. m. (hist.) dignitário da corte; ajudante de campo do príncipe.
Malízia, s. f. malícia, velhacaria, dissimulação; interpretação maliciosa; astúcia.
Maliziàccia, s. f. (pej.) malícia extrema.
Maliziètta e **maliziôla**, s. f. (dim.) maliciazinha.
Maliziôso, adj. e s. m. malicioso; finório; sagaz; astuto / vicioso.
Malleàbile, adj. maleável, flexível / (fig.) dócil.
Malleabilità, s. f. maleabilidade.
Malleàcee, s. f. pl. (zool.) maleáceos, fam. de moluscos que têm forma de martelo.
Màlleo, s. m. (poét.) martelo / molusco dos maleáceos.
Malleolàre, adj. maleolar, relativo aos maléolos.
Mallèolo, s. m. (anat.) maléolo, saliência óssea do tornozelo.
Mallevadôre, adj. e s. m. abonador; o que garante por outro.
Mallevadoría, ou **malleveria**, s. f. fiança, garantia.
Màllo, s. m. (bot.) casca de noz e de amêndoa.
Mallúvia, s. f. (ant.) espécie de pequena bacia para lavar as mãos à mesa durante o jantar.
Mallòppo, s. m. (dial.) embrulho.
Malmaritata, adj. mal-casada; que fez mau casamento.
Malmatúro, (adj.) imaturo.
Malmenàre, v. tr. maltratar; causar estrago.
Malmenato, p. p. e adj. reduzido a mau estado.
Malmenío, s. f. fadiga; trabalho improfícuo; mau trato.
Malmeritàre, v. desmerecer.
Malmésso, p. p. e adj. mal colocado; mal arranjado / vestido sem esmero, mal-entrouxado.
Malmignàtto, s. m. ou **malmignàtta** (s. f.) (zool.) aranha negra, venenosa, comum na Córsega e na Sardenha.
Malnàto, adj. e s. m. mal-nascido; malcriado; mau; ineducado / malfadado.
Malnòto, adj. ignorado, pouco conhecido.
Màlo, adj. mau, malvado, torpe / fraco; feio.
Malòcchio, s. m. mau-olhado.
Malònico, adj. (quím.) malônico (ácido).
Malôra, s. f. ruína, perdição / **andar alla malora**: arruinar-se.
Malôre, s. m. mal súbito, doença.
Malparlànte, adj. que fala incorretamente.

Malpensànte, adj. e s. m. que tem opinião oposta à da maioria.
Malpràtico, adj. inexperiente, sem prática.
Malpròprio, adj. impróprio.
Malprovvedúto, adj. desprovido, falto.
Malsàno, adj. malsão, adoentado; que trás doença.
Malsicúro, adj. inseguro; incerto.
Malsoddisfàtto, adj. descontente, insatisfeito.
Malsofferênte, adj. malsofrido, impaciente, insofrido.
Malsonànte, adj. malsonante, que soa mal.
Màlta, s. f. malta, pez mineral; betume negro.
Maltalènto, s. m. (lit.) animadversão / intenção de ofender.
Maltèmpo, s. m. mau tempo, intempérie.
Maltenúto, adj. mal cuidado; mal custodiado.
Maltêse, adj. e s. m. maltês; da ilha de Malta.
Màlto, s. m. malte, cevada para a fabricação de cerveja.
Maltollerànte, adj. intolerante.
Mal Tòrto, p. p. e adj. tolhido indevidamente.
Maltrattamênto, s. m. mau trato.
Maltrattàre, v. tr. maltratar.
Maltrattàto, p. p. e adj. maltratado.
Maltusianísmo, s. m. maltusianismo.
Malúccio, adv. (dim.) um tanto mal.
Malumôre, s. m. mau humor.
Malusànza, s. f. mau vezo.
Malusàto, p. p. e adj. mal empregado.
Màlva, s. f. (bot.): malva, planta da fam. das malváceas.
Malvàgio, adj. malvado; mau; ruim; pérfido.
Malvagità, s. f. malvadeza, perversidade.
Malvasía, s. f. malvasia, variedade de uva; vinho doce e delicado.
Malvàto, adj. malváceo; feito de malva.
Malvavíschio, s. m. (bot.) malvaísco.
Malvedêre, v. ver com maus olhos.
Malvedúto, p. p. e adj. mal visto, mal conceituado; malquisto.
Malversatôre, s. m. malversador; prevaricador.
Malversàto, adj. malversado.
Malversazióne, s. f. malversação, má administração; culpa, prevaricação.
Malvissúto, p. p. e adj. que viveu mal e fazendo o mal.
Malvivènte, adj. e s. m. delinquente; que leva má vida; que vive no mal.
Malvolentièri, adv. de má vontade, contrariadamente.
Malvolêre, s. m. malquerer, querer mal.
Malvolúto, adj. malquisto; odiado.
Malvône, s. m. malva arbórea.
Màmbo, s. m. mambo, baile, espécie de samba.
Màmma, s. f. (fam.) mãe; mamã, mamãe.
Mammàccia, s. f. (deprec.) mãe ruim.
Mammalogía, s. f. mamalogia, estudo dos mamíferos.
Mammalúcco, s. m. mamaluco / soldado antigo do Egito / (fig.) estúpido; tolo.
Mammamía, s. m. hipócrita, fingido; **fare il ———**: fingir sonsice.
Mammàna, s. f. (pop.) parteira.
Mammàrio, adj. mamário.

Mammèlla, s. f. mama; teta.
Mammellàre, adj. mamilar, relativo à mamila.
Mammellône, s. m. (geogr.) mamelão, monte ou colina isolados, de forma mais ou menos arredondados.
Mammètta, s. f. mãezinha; (fig.) mãe boa, carinhosa.
Mammífero, adj. e s. m. mamífero.
Mammillàre, adj. mamilar.
Mammillària, s. f. mamilária.
Mammína, mammuccia, mammúzza, s. f. (dim.) mamãezinha, mamãe queridinha, etc.
Màmmola, s. f. violeta / **uva mammola**: uva vermelha; uva de cor violeta.
Mámmolino e **mammòlo**, adj. e s. m. criança.
Mammôna, s. f. e **mammóne**, s. m. mamona, deus da riqueza divinizada e adorado.
Mammône (do árabe) s. m. macaco; mico / espantalho; bicho-papão.
Mammút, s. m. mamute, esp. de elefante fóssil.
Manàide, s. f. rede de pescar sardinhas.
Manàccia, s. f. mão grossa, feia.
Manaiòla, s. f. pequena foice; pequeno machado.
Manàle, s. m. manícula, em forma de meia luva, usada pelos sapateiros e marinheiros.
Manàta, s. f. tapa, golpe dado com a mão; o que cabe em uma mão.
Mànca, adj. e s. canhota; a mão esquerda, ou canhota; a esquerda; o lado esquerdo.
Mancamênto, s. m. defeito; falta; erro; mal improviso.
Mancànza, s. f. falta, culpa; imperfeição; delito; desmaio.
Mancàre, v. intr. faltar, falhar; estar em falta; não comparecer; desistir, desmaiar / morrer.
Mancàto, p. p. e adj. faltado; falhado; frustrado; malogrado / falecido.
Manchevôle, adj. falho, que carece de algo; fraco; defeituoso.
Manchevolmênte, adv. faltosamente.
Mància, s. f. gorjeta; o que se dá como prêmio por algum serviço recebido.
Manciàta, s. f. o que cabe numa mão.
Mancinata, s. f. ação, palavra feita ou dita tortamente; velhacada.
Mancinísmo, s. m. costume de usar a mão esquerda.
Mancino, adj. canhoto, esquerdo; (fig.) larápio.
Mancípio, s. m. (hist.) servo, escravo / prisioneiro de guerra dos romanos.
Mànco, adj. esquerdo, canhoto / sinistro; (adv.) menos; exceto / (s. m.) falta; prejuízo.
Mandamênto, s. m. circunscrição administrativa e territorial; distrito.
Mandàre, v. tr. enviar, remeter, expedir / **mandàre giú**: engolir, e, figuradamente, suportar pacientemente.
Mandarinàto, s. m. mandarinato.
Mandarinísmo, s. m. mandarinismo; burocracia da antiga China.
Mandarino, s. m. mandarim / (bot.) espécie de laranja pequena.
Mandatário, s. m. mandatário; delegado, representante; comissário, embaixador.

Mandàto, p. p. e adj. enviado, expedido, remetido / (s. m.) mandato, ordem; procuração.
Mandatôre, adj. e s. m. mandador; mandante.
Mandíbola, s. f. mandíbula.
Mandibolàre, adj. mandibular.
Mandirítto, ou **mandritto**, s. m. direto (golpe) dado com a espada ou florete; (loc. ad.) **a mandritta**: à direita.
Mandòla, s. f. mandora ou mandola, antigo instr. de cordas, semelhante ao alaúde.
Mandolinàta, s. f. mandolinata.
Mandolinísta, s. m. mandolinista.
Mandolíno, s. m. mandolim; mandolina; bandolim.
Màndorla, s. f. (bot.) amêndoa / (arquit.): ornato de ordem gótica.
Mandorlaio, s. m. e adj. torrão (doce) amendoado, da cor, de gosto, da forma da amêndoa.
Mandorlêto, s. m. amendoal.
Mandorlètta, mandorlína, s. f. amendoazinha.
Màndorlo, s. m. amendoeira, árvore da amêndoa.
Màndra, e **màndria**, s. f. manada, rebanho / cocheira, curral / (fig.) magote de birbantes, de velhacos.
Mandràgola, ou **mandràgora**, s. f. (bot.) mandrágora, planta solanácea histórica.
Mandriàno, s. m. pastor.
Mandríllo, s. m. (zool.) mandril, mamífero da costa de Nova Guiné.
Mandríno, s. m. (mec.) mandril, peça para alargar os furos.
Mandritta, s. f. a mão direita; a direita.
Manducàre, v. tr. manducar, comer.
Màne, s. f. (lit.) manhã: **da mane a sera**: o dia todo.
Manecchia, s. f. (agr.) aiveca, peça curva que ladeia a relha do arado.
Maneggêvole, adj. maneável, que se pode manear; (fig.) dócil, tratável.
Manêggia, s. f. (agr.) camalhão, camada de terra entre dois sulcos, para sementeira.
Maneggiàbile, adj. manejável.
Maneggiàre, v. tr. manejar; executar com as mãos; usar, dirigir, amestrar.
Maneggiàrsi, v. pr. exercitar-se; agitar-se.
Manêggio, s. m. manejo; exercício manual; uso; ciência; habilidade; gerência; administração.
Manènte (ant.) adj. e s. m. que permanece, que fica / rico, abundante de bens / servo da gleba.
Manêsco, adj. manipresto, briguento, expedito de mãos.
Manètta, s. f. quantidade diminuta de qualquer coisa / chavezinha.
Manètte, s. f. pl. algemas.
Manêvole, adj. maneiro, que se maneja facilmente; maneável.
Manfaníle, ou **manfano**, s. m. bastão, vara do mangual.
Manfòrte, s. f. ajuda.
Manfrína, s. f. dança dos camponeses do Monferrato.
Manganàre, v. (técn.) lustrar, cilindrar a tela com a calandra / arremessar, atirar com o trabuco.
Manganatúra, s. f. calandragem, ato de calandrar a tela.

Manganèlla, s. f. banco para assento, nos coros das igrejas / máquina para lançar pedras.
Manganèllo, s. m. cajado; cacete.
Manganèse, s. m. manganês.
Manganesíco, adj. manganésico.
Manganesite, s. f. manganosite.
Mangànico, adj. mangânico, manganoso.
Màngano, s. m. (mec.) calandra / máquina para levantar pesos; / (hist.) catapulta.
Mangerêccio, adj. comestível, bom para comer.
Mangería, s. f. comedeira, lucro ilícito; comilagem; ladroagem.
Mangiabambini, s. m. bicho-papão, bicho imaginário com que se amedrontam as crianças.
Mangiàbile, adj. comível.
Mangiacàrte, s. m. rábula negocista.
Mangiacristiàni, s. m. mata-mouros, homem furioso.
Mangiamènto, s. m. grande comedeira.
Mangiamòccoli, s. m. carola, santanário.
Mangiapagnòtte, e **mangiapane**, s. m. pessoa inútil, porém boa para comer; empregado público que ganha mas não trabalha.
Mangiapòpolo, s. m. déspota; devorador dos bens do povo.
Mangiaprèti, s. m. anticlerical; que investe (com palavras) contra os padres.
Mangiàre, v. tr. comer, mastigar, engolir; alimentar-se; despender; gastar; tragar; destruir / ganhar, lucrar; roubar.
Mangiatívo, adj. comível, comestível.
Mangiàto, p. p. e adj. comido, engolido, ingerido.
Mangiatôre, s. m. comedor; comilão.
Mangiatòria, s. f. comilança.
Mangiatútti, s. m. prepotente, briguento.
Mangiatútto, s. m. que come tudo; (fig.) gastador, dissipador.
Mangíme, s. m. comida para animais.
Mangiône, s. m. comilão.
Mangiucchiàre, v. petiscar, comer pouco; comer com pouco apetite.
Màngo, (bot.) s. m. mangueira (árvore): manga (fruto).
Mangòsta, mangústa, s. f. (zool.) mangusto.
Màni, s. m. manes, almas dos mortos; sombra dos mortos, na linguagem dos antigos romanos.
Manía, s. f. mania, espécie de alienação mental; grande desejo.
Maníaco, adj. maníaco.
Mànica, s. f. manga, parte do vestido que cobre o braço do ombro à mão / tubo, em navios, que serve para fazer passar líquidos duma parte à outra / alto-forno para fundição / (fig.) matula, súcia (fig.) **essere di** ——— **larga**: ser liberal, generoso.
Manicàio, s. m. molusco de mar.
Manicàre, (ant.) v. tr. comer.
Manicaretto, s. m. iguaria; comida apetitosa.
Manicàto, adj. encabado, guarnecido de cabo (objeto).
Maníece, s. f. pl. (mar.) manivelas da roda do leme.
Manichèo, adj. maniqueu.
Manicheísmo, s. m. (filos.) maniqueísmo, doutrina herética dos sequazes de Mani.

Manichètto, s. m. cabinho, pequeno cabo (objeto); punho (de pano) avulso ou pregado no fundo da manga da camisa.
Manichino, s. m. manequim, modelo de madeira, para alfaiates e modistas; (fig.) fantoche, boneco.
Mànico, s. m. cabo; alça / ponta / **uscir dal** ———: perder a paciência.
Manicòmio, s. m. manicômio; hospital para loucos ou psiquiátricos.
Manicòrdo, s. m. (mús.) manicórdio, instr. de música.
Manicòtto, s. m. regalo, agasalho para as mãos / (mec.) tubo parafusado entre hastes metálicas.
Manicúre, s. m. e f. manicure, manicura.
Manièra, s. f. maneira; modo; forma de ser ou fazer uma coisa; feição, modo, uso; jeito, arte, habilidade; estilo; afetação, artifício.
Manieratamènte, adv. maneirosamente; com artifício.
Manieràto, adj. amaneirado, afetado.
Manierísmo, s. m. maneirismo, afetação.
Manièro, s. m. castelo antigo; mansão senhoril fora da cidade.
Manierosamènte, adv. maneirosamente.
Manifattôre, s. m. manufator; operário de certas indústrias.
Manifattúra, s. f. manufatura.
Manifatturière, ou **manifatturiéro**, adj. e s. m. manufatureiro.
Manifestamènte, adv. manifestamente: claramente; evidentemente.
Manifestàre, v. manifestar; divulgar, patentear; descobrir.
Manifestazióne, s. f. manifestação; revelação; expressão pública; a coisa manifestada / (med.) aparecimento de sintomas.
Manifestíno, s. m. (dim.) pequeno anúncio ou aviso, feito em jornal ou distribuído em volantes impressos.
Manifèsto, adj. manifesto, patente, claro; conhecido; notório; evidente / (s. m.) aviso, anúncio / declaração pública.
Maníglia, s. f. manilha; argola de metal ou de madeira; alça; puxadeira; manivela, maçaneta.
Manigliètta e **maniglína**, s. f. pequena manilha.
Maniglióne, s. m. grande manilha / asas (ou orelhas) do canhão / grilheta da âncora.
Manigòldo, s. m. birbante, biltre; patife; bigorrilha / (ant.) carrasco.
Manílla, s. f. manilha, fibra têxtil.
Manilúvio, s. m. manilúvio, banho de mãos na água quente.
Manimèttere (tosc.) (v. manomettere) v. começar a usar uma coisa.
Manína, s. m. mãozinha.
Manióca, s. f. (bot.) mandioca, euforbiácea do Brasil.
Manípede, s. m. manípede, velocípede flutuante, de hélice movida com os pés.
Manipolàre, v. manipular; preparar manuseando.
Manipolàrio, s. m. (hist.) manipular, soldado romano, percente pertencente a um manípulo.
Manipolàto, p. p. e adj. manipulado, preparado com as mãos.

Manipolazióne, s. f. manipulação.
Manípolo, s. m. manípolo; mão cheia, punhado; feixe de feno entre os Romanos, emblema duma tropa de infantaria / (ecles.) ornamento do feitio de uma estola.
Maniscàlco, s. m. ferrador de animais; (fig.) veterinário inábil.
Mànna, s. f. (bot.) maná, alim. milagroso / suco que corre espontaneamente, ou por incisão, de algumas árvores; alimento delicioso; (fig.) coisa útil, providencial.
Mannàia, s. f. machado maior que o comum; cutelo; o cutelo usado pelos carrascos; a lâmina cortante da guilhotina.
Mannàro, ou **lupo mannàro,** adj. espécie de bicho-papão imaginário com que se amedrontam as crianças; licantropo.
Mannerino, s. m. carneirinho castrado.
Mannite, s. f. manite (açúcar).
Màno, s. f. (anat.) mão, membro do corpo na extremidade do braço.
Mano D'òpera, s. f. mão-de-obra, trabalho manual.
Manogràfo, s. m. (mec.) manógrafo.
Manomêsso, p. p. e adj. manumisso, que teve alforria, / encetado, começado / estragado, arruinado.
Manomètrico, adj. manométrico.
Manòmetro, s. m. manômetro.
Manomèttere, v. tr. manumitir, dar alforria a; começar a fazer uso; ofender, violar, estragar; arruinar.
Manomòrta, s. f. (jur.) bens inalienáveis; condição de inalienabilidade de certos bens imóveis (de conventos, igrejas, etc.).
Manòna, s. f. e **manòne,** s. m. mão grande.
Manonêra, s. f. mão negra (seita).
Manòpola, s. f. manopla; parte anterior da manga (do vestido); parte do paramento sacerdotal / luva de ferro; luva de couro / punho de manúbrio.
Manorègia, s. f. autoridade civil em matéria eclesiástica.
Manoscritto, adj. manuscrito.
Manòtta, s. f. mão de ferro que se atirava no barco inimigo para agarrá-lo.
Manovàle, s. m. ajudante de pedreiro / servente.
Manovèlla, s. f. manivela; pequena alavanca.
Manòvra, s. f. manobra; exercício / ardil; artifício; trama / trabalho; movimento de máquinas / astúcia.
Manovràre, v. tr. manobrar; mover; fazer executar movimentos.
Manovràto, p. p. e adj. manobrado; conduzido por meio de manobra.
Manovratôre, s. m. manobrador.
Manrítta, s. f. mão direita.
Manrovèscio, s. m. tapa dado com o dorso da mão.
Mansàlva, na loc. a mansálva: sem perigos ou impedimentos.
Mansàrda, s. f. a mansarda; água-furtada; morada miserável.
Mansionário, s. m. (ecles.) mansionário.
Mansióne, s. f. obrigação; encargo; incumbência / faculdade, dever / (hist.) estação de etapa ao longo das estradas romanas / abrigo para enfermos e peregrinos.
Mànso, adj. (raro) manso, brando, pacífico / (ant.) s. m. propriedade agrícola.
Mansuefàre, v. tr. amansar, abrandar.
Mansuefàtto, p. p. e adj. abrandado, amansado; aplacado.
Mansuetamênte, adv. mansamente, tranqüilamente, benignamente.
Mantèca, s. f. pomada, composição de materiais gordurosos com substâncias odoríferas.
Mantecàre, v. tr. bater uma substância para torná-la consistente.
Mantèlla, s. f. capote pequeno; capa curta, mantelete.
Mantellàre, v. tr. cobrir com capa; (fig.) enfeitar.
Mantellàte, s. f. ordem religiosa terciária dos Pregadores de S. Domingos.
Mantellètta, s. f. mantelete; vestidura de prelados.
Mantellína, s. f. capinha.
Mantellíno, s. m. pequena capa.
Mantèllo, s. m. capa, vestimenta de inverno, sem gola e sem mangas.
Mantellóne, s. m. capa comprida até os pés.
Mantellúccio, s. m. capa pequena.
Mantenêre, v. manter, sustentar, prover alguém do necessário / observar a promessa; sustentar; conservar.
Mantenimênto, s. m. mantença, manutenção.
Mantenúta, s. f. mulher manteúda; amásia.
Mantenúto, p. p. e adj. mantido; próspero, conservado / alimentado / cumprido.
Màntica, s. f. adivinhação; arte de vaticinar, entre os antigos.
Màntice, s. m. fole de assoprar / teto, capota de carro.
Manticêtto, s. m. pequeno fole.
Manticióne, s. m. fole grande.
Màntide, (ou **mántide religiosa**), s. f. louva-a-deus, inseto ortóptero da fam. dos mantídeos.
Mantíglia, s. f. mantilha, manto de pano ou seda / véu de seda ou de renda, comprido, usado especialmente pelas espanholas.
Mantigliètta, s. f. (dim.) mantilhazinha.
Mantíle, s. m. toalha.
Mantilíno, s. m. guardanapo.
Mantissa, s. f. (mat.) mantissa, parte decimal de um logaritmo.
Mànto, s. m. manto, vestidura larga e sem mangas / véu, capa, cobertura.
Mantô, s. m. (fr. manteau) mantô, agasalho feminino.
Mantovàna, s. f. (arquit.) ornamento em forma de franja.
Mantovàno, adj. mantuano, natural de Mántua (em ital. Màntova).
Mantrugiàre, v. tatear, apalpar com as mãos; manusear; amarrotar.
Manuàle, adj. manual, feito com a mão / (s. m.) compêndio, livro que contém o resumo de alguma arte ou ciência.
Manualêtto, manualíno, s. m. manualzinho, pequeno manual.
Manualità, s. f. manualidade.
Manúbrio, s. m. manúbrio, manivela, cabo / halteres para exerc. ginástico.
Manúccia, manúzza, s. f. mãozinha.
Manufàtto, adj. manufacto.

Manutèngolo, s. m. cúmplice, colaborador, favorecedor de ladrões, assassinos, etc.
Manutenzióne, s. f. manutenção, conservação / (por ext.) manutenção de estradas, casas, etc.
Manutèrgio, s. m. (ecles.) manutérgio, toalhinha em que o sacedote enxuga as mãos na missa.
Mànza, s. f. novilha; vaca de trabalho.
Manzanillo, s. m. (bot.) mancenilheira, árvore euforbiácea.
Manzina, s. f. (agron.) terra em repouso durante o ano de rodada agrária; alqueive.
Mànzo, s. m. boi jovem, bezerro / **carne di mànzo**: carne de boi.
Manzonianismo, ou **manzionismo**, s. m. manzonianismo, da escola, do estilo do escritor Manzoni.
Manzoniàno, adj. manzoniano, discípulo de Manzoni, adepto de Manzoni.
Maomettàno, adj. e s. m. maometano, sectário de Maomé.
Maomettísmo, s. m. maometismo, maometanismo.
Maôna, s. f. (mar.) maona, embarcação antiga.
Màppa, s. m. mapa; mapa geográfico ou cartográfico; mapa topográfico ou duma propriedade.
Mappamôndo, s. m. mapa-múndi.
Mappatôre, s. m. desenhista de mapas.
Màppula, s. f. (ecles.) baldaquino, pálio / toalha de mesa do altar.
Mara, s. f. (zool.) mará, mamífero roedor; lebre dos pampas.
Maràbia, s. f. (mús.) tambor árabe.
Marabottíno, s. m. marabotino ou maravedi, moeda antiga.
Marabú, s. m. (zool.) marabu, gênero de aves pernaltas.
Marabútto, s. m. marabuto (ou marabu), religioso muçulmano; pequena mesquita / (mar.) espécie de vela que se usa quando há vento bem forte / túmulo de marabuto.
Marachèlla, s. f. mariolagem, fraude; falta; trapaceira; manha, astúcia.
Maràgia, ou **maragià**, s. m. marajá, príncipe da Índia.
Maramàldo, s. m. sicário vil, traidor, cobarde / do nome Maramaldo, que depois da batalha de Gavinana (na região de Florença) em 1530, matou Fr. Ferrucci, já prisioneiro e inerme.
Maramào, ou **maraméo**, interj. exclamação familiar que significa: como não! pode esperar! dito em tom de recusar alguma coisa.
Maràme, s. m. refugo, sobras de qualquer coisa; (fig.) pessoas desprezíveis.
Marangône, s. m. (zool.) mergulhão (peixe) / mergulhador, pescador de esponjas, pérolas, etc. / carpinteiro (dial.).
Maràsca, s. f. (bot.) marasca, variedade de cereja.
Maraschíno, s. m. marasquino, licor preparado com a marasca; o mais célebre é o de Zara.
Maràsco, s. m. árvore que produz a marasca; gingeira.
Marásma, **marásmo**, s. m. marasmo; extenuação, apatia; (fig.) decadência.
Maràsso, s. m. (zool.) víbora de pântano, comum na Itália.
Maratòna, s. f. maratona, corrida.
Maratonèta, s. m. corredor de maratona.
Maravèdi, s. m. maravedi, moeda espanhola que teve diferentes valores.
Maravíglia, ou **maravíglia**, s. f. maravilha; comoção da alma; admiração; milagre; prodígio.
Maravigliàre, v. meravilhar, encher de admiração, de espanto.
Maravigliosamênte, adv. maravilhosamente, estupendamente.
Maraviglióso, adj. maravilhoso, admirável, surpreendente.
Maràzzo, s. m. pântano, charco.
Marazzôso, adj. pantanoso, paludoso.
Màrca, s. f. marca, etiqueta do fabricante ou do artista na própria obra ou mercadoria; carimbo; grau, categoria.
Marcantònia, s. f. (fam.) moça alta, vistosa.
Marcàre, v. tr. marcar; pôr sinal ou marca; acentuar, designar.
Marcassíte, ou **marcassita**, s. f. (min.) marcassite, sulfureto de ferro cristalizado.
Marcatôre, s. m. marcador; o que marca.
Marcatúra, s. f. marcação.
Marcèlla, s. f. marcelo, antiga moeda de Veneza, do doge Nicoló Marcello.
Marcelline, s. f. ordem das irmãs Marcelinas.
Marcescènte, p. pr. e adj. marcescente, que murcha.
Marcescíbile, adj. marcescível, que murcha ou pode murchar.
Marchêsa, s. f. marquesa, mulher do marquês.
Marchesàto, s. m. marquesado, Estado, domínio de marquês.
Marchêse, s. m. marquês.
Marchesína, s. f. (dim.) marquesinha, filha do marquês.
Marchiàno, adj. (fam.) grandalhão; fora do comum (sempre no sentido pejorativo).
Marchiàre, v. tr. marcar, assinalar com timbre ou carimbo; timbrar.
Marchiàto, p. p. e adj. timbrado, marcado, carimbado.
Marchigiàno, adj. marquejano, natural ou habitante das Marcas, região da Itália Central.
Màrchio, s. m. marco, cunho, sinal; ferrete; labéu; carimbo.
Marchionàle, adj. (lit.) de marquês.
Màrcia, s. f. marcha; andadura; cortejo / peça, marcha de música.
Marciàia, s. f. (veter.) caquexia das ovelhas.
Marciàna, adj. famosa biblioteca governativa de Veneza.
Marciapiède, s. m. calçada, passeio, espaço alto ao lado das ruas, onde passam os pedestres.
Marciàre, v. intr. marchar, andar, caminhar / proceder; marchar em cadência militar.
Marciàta, s. f. ato de marchar, marcha; o som das bandas militares.
Màrcido, adj. deteriorado; podre.
Marcímo, s. m. estrume.
Màrcio, adj. podre, pútrido; deteriorado / (fig.) tísico, corrompido, estragado; corrupto.
Marcíre, v. apodrecer, corromper, entrar em putrefação.
Marciúme, s. m. podridão.

Màrco, s. m. marco, moeda da Alemanha / marco, contrapêso de balança romana.
Marcolfo, s. m. marcolfo, pessoa grotesca (da personagem da história de Bertoldo e Bertoldinho).
Marconigrafia, s. f. marconigrafia, telegrafia sem fio; radiotelegrafia.
Marconigràmma, s. m. marconigrama; radiograma.
Màre, s. m. (mar.) grande massa de água salgada / (fig.) quantidade, abundância.
Marèa, s. f. maré; fluxo e refluxo do mar.
Mareggiàre, v. intr. marulhar, ondular.
Mareggiàta, s. f. marejada.
Marêggio, s. m. marulho.
Marèmma, s. f. marema, campo baixo e pantanoso situado perto do mar.
Maremmàno, adj. maremano, da maremã, hab. da marema; cavalo da região maremana (na Itália Central).
Maremòto, s. m. maremoto, tremor do mar.
Marènga, s. m. marengue (bolo).
Marèngo, s. m. moeda de ouro de vinte francos, cunhada por ordem de Napoleão para lembrar a batalha de Marengo.
Marèografo, s. m. mareógrafo ou marégrafo (instr. para registrar a altura das águas das marés).
Maresciàlla, s. f. marechala; mulher do marechal.
Maresciallàto, s. m. marechalato, cargo ou dignidade de marechal.
Maresciàllo, s. m. (mil.) marechal; em certos países, o mais alto grau de hierarquia militar.
Marêse, s. m. charco, paludo das maremas.
Marêtta, s. f. marulhada, pequena agitação das ondas do mar.
Marezzàre, v. tr. jaspear (tecidos, etc.).
Marezzàto, p. p. e adj. jaspeado, venado.
Marèzzo, s. m. veio, faixa estreita, mancha ou fio de mármore, pedra ou madeira; venadura, jaspeadura, ondulação (em madeira, mármore, tecido, etc.).
Màrga, s. f. (agron.) marga, terra gorda com mistura de cal e argila para adubar a terra.
Margàrico, adj. margárico, ácido preparado artificialmente.
Margarína, s. f. margarina, substância que se extrai de certos óleos animais.
Margarinàto, p. p. e adj. misturado com margarina.
Margherìta, s. f. (bot.) margarida, flor da família das compostas / pedra preciosa; (fig.) pérola.
Margheritína, s. f. (dim.) margaridinha (flor.).
Margheròtta, s. f. (mar.) barco comprido e estreito, de oito remos.
Marginàle, adj. marginal.
Marginàlia, s. f. marginàlia, notas à margem.
Marginàre, v. tr. (tip.) marginar, pôr em forma as páginas de um papel a ser impresso, a fim de ajustar as margens.
Marginàto, p. p. e adj. marginado, que tem margem.

Màrgine, s. m. margem, extremidade duma superfície; orla, fímbria, beira. cercadura / riba, lado; espaço em branco das páginas dum livro.
Marginôso, adj. marginado, que tem bastante margem.
Margône, s. m. magra, rego.
Margòtta, s. f. (agron.) mergulhia, vara ou rebento de planta enterrada para ser depois replantada.
Margottàre, v. tr. (agr.) mergulhar, meter na terra o mergulhão.
Margraviàto, s. m. cargo de dignidade de margrave.
Margràvio, s. m. margrave, título e dignidade de certos príncipes na Alemanha.
Marialíte, s. f. (min.) mineral de silicatos, em pequenos cristais.
Mariàno, adj. mariano; de Maria Santíssima; do mês de maio.
Maricèllo, s. m. (ant.) amargor.
Maricíno, s. m. marulho, agitação da água do mar produzida pelo vento.
Marína, s. f. marinha; mar; a costa do mar; praia; trecho de mar; mar que banha um país, numa região / navegação marítima / marinha de guerra; marinha mercante.
Marinàio e marinàro, (pop.) s. m. marinheiro.
Marinàra, s. f. capa com capuz igual à que usam os marinheiros.
Marinàre, v. tr. preparar os peixes já fritos, com sal e vinagre / (fig.) conservar (carnes, caça, etc.) / faltar (gazear) às aulas por vadiação.
Marinaresco, adj. marinharesco.
Marinàto, p. p. e adj. temperado, condimentado com sal e azeite; (s. m.) comida à marinheira.
Marinèlla, s. f. (dim.) pequena marinha.
Marinería, s. f. marinharia.
Marinísmo, s. m. marinismo, estilo artificioso e extravagante que teve por chefe o poeta Marino (1565-1627).
Marinísti, s. m. marinistas, sectários do marinismo.
Maríno, adj. marinho, do mar; que procede do mar.
Marioleria, s. f. maroteira, mariolagem.
Maríolo, s. m. mariola, patife, tratante, velhaco; gatuno.
Marionêtta, s. f. marioneta, fantoche, títere; bonifrate.
Marionettísta, s. m. titereiro, o que faz mover bonecos.
Maritàbile, adj. casadoura, em idade de casar.
Maritàccio, s. m. (deprec.) marido feio, ruim.
Maritàggio, s. m. maridagem; matrimônio / dote de noiva.
Maritàle, adj. marital.
Maritalmènte, adv. maritalmente.
Maritàre, v. tr. maridar, dar marido; unir em casamento.
Maritàrsi, v. casar-se; unir-se em matrimônio, (de homem ou mulher).
Maritàto, p. p. e adj. casado; que tem marido / misturado com outra coisa / (s. f.) maritata, mulher que tem marido.
Mariticída, s. f. mariticida; mulher que mata o marido.
Maritíno, maritúccio, s. m. (dim.) maridinho, pequeno marido / marido insignificante.

Marìto, s. m. marido; esposo.
Maritòzzo, s. m. bolo feito com açúcar, passa, azeite, que se usa em Roma na Páscoa.
Maríttimo, adj. marítimo, relativo ao mar.
Marmàglia, s. f. gentalha, gentinha, ralé.
Marmagliúme, s. m. reunião de gentalha.
Marmàre, v. tr. esfriar, tornar frio e gélido como mármore.
Marmàto, p. p. e adj. gélido, congelado.
Marmêggia, s. f. (zool.) parasita ortóptero de carne seca, peles, etc.
Marmellàta, s. f. marmelada, conserva de frutas.
Marmètta, s. f. ladrilho de mármore; pequeno quadro de mármore / pastilha de fragmentos de mármore e cimento.
Marmêtto, s. m. pequeno mármore; azulejo.
Marmífero, adj. marmífero, que abunda de mármore.
Marmísta, s. m. marmorista, que trabalha em mármore.
Marmìtta, s. f. marmita, panela para cozinhar / (geol.) cavidade cilíndrica com um furo de mina, na rocha, perto de cascatas e cachoeiras.
Marmittína, s. f. (dim.) marmitinha, marmita pequena.
Marmittôna (s. f.) e **marmittóne**, s. m. marmitão, grande marmita.
Màrmo, s. m. mármore, pedra calcária dura / escultura.
Marmocchíno, (dim.) e **marmòcchio**, s. m. criança, menininho; pequeno menino; meninão.
Marmolite, s. f. (min.) rocha à base de marga.
Marmoràio, s. m. marmorista, que trabalha em mármore.
Marmoràre, v. marmorizar; dar aspecto do mármore, dar a aparência do mármore.
Marmoràrio, adj. marmorário.
Marmoreggiàre, v. marmorizar.
Marmòreo, adj. marmóreo, de mármore: semelhante ao mármore.
Marmorizzàre, v. marmorizar; dar a cor do mármore.
Marmòtta, s. f. (zool.) marmota, quadrúpede roedor que dorme no inverno; (fig.) preguiçoso; ignorante.
Marmòtto, s. m. cepo sobre o qual os sapateiros batem os sapatos.
Marmottône, s. m. estupidão, ignorantão.
Màrna, s. f. (min.) marna, terra calcária com mixto de argila.
Marnàre, v. tr. margar, adubar o terreno com a marga.
Marnièra, s. f. mina de marna; margal.
Màro, s. m. (bot.) maro, planta aromática.
Maròcca, s. f. acúmulo de pedras.
Maroníta, adj. e s. m. maronita, cristão do Líbano e da Síria.
Maróso, s. m. onda, vaga, vagalhão.
Màrra, s. f. (agr.) marra, espécie de enxada / pá curva usada pelos pedreiros.
Marranàccio, s. m. (pej.) marrano feio; vilão.
Marràno, s. m. marrano, título injurioso, que se dava aos mouros e judeus na Espanha / (fig.) homem rústico, vilão; imundo.

Marràta, s. f. marrada, golpe dado com a marra.
Marreggiàre, v. afobar, sachar, mondar o trigo e outros cereais quando se semeiam.
Marrêtta, s. m. (dim.) pequena marra ou sacho.
Marròbbio, ou **marrúbio**, s. m. (bot.) marroio, planta da família das labiadas.
Marrocchinàio, s. m. marroquineiro, que trabalha em marroquim.
Marrocchinàre, v. marroquinar, preparar a pele para convertê-la em marroquim.
Marrocchíno, s. m. marroquim, pele de cabra ou bode colorida do lado da flor e preparada.
Marrône, s. m. marreta, instrumento semelhante à marra, porém mais estreito e comprido.
Marrône, s. m. (bot.) castanha maior e de melhor qualidade que as comuns / castanho (cor) / (fig.) equívoco, engano; erro.
Marronéto, s. m. castanhal, mata de castanhas.
Marronsêcco, s. m. castanha secada no forno.
Marrúbio, s. m. marroio, planta das Labiadas.
Marrúca, s. f. (bot.) anáfega, planta ramnácea e respectivo fruto / madeira dura que serve para fazer bengalas e porretes.
Marruchêto, s. m. espinheiral.
Marsàla, s. m. marsala, vinho de Marsala, cidade da Sicília.
Marsigliàcee, s. f. (bot.) marsiliáceas, família de plantas criptogâmicas.
Marsigliêse, adj. marselhês, natural de Marselha.
Marsína, s. f. fraque, casaca.
Marsupiàli, s. m. pl. (zool.) marsupiais, mamíferos que carregam os filhotes numa espécie de bolsa que têm na pele abdominal.
Marsúpio, s. m. marsúpio, bolsa dos marsupiais.
Martagône, s. m. (bot.) martagão, variedade de lírio de montanha.
Màrte, s. m. (mit.) Marte; o deus da guerra / planeta do sistema solar; (fig.) guerreiro.
Martedí, s. m. terça-feira; o 3º dia da semana, a contar de domingo.
Martellamênto, s. m. martelamento.
Martellàre, v. martelar, bater com martelo; trabalhar com martelo / (fig.) tormentar; importunar; teimar a fim de persuadir; bater do coração.
Martellàto p. p. e adj. martelado; batido e trabalhado com o martelo.
Martellatúra, s. m. martelagem.
Martellêtto, s. m. (dim.) martelete, pequeno martelo / alavancas minúsculas que batem sobre as cordas do piano.
Martelliàno, adj. de verso setenário duplo (ou tetradecassílabo) chamado de "martelliano" por ter sido renovado pelo poeta Pier Iácopo Martelli (1655--1727), de Bologna.
Martellíno, s. m. (dim.) martelinho, pequeno martelo; martelo de relojoeiro; martelo de piano.

Martèllo, s. m. martelo, instrumento de percussão / (anat.) um dos ossos do ouvido / (mús.) instrumento para afinar o piano / (hist.) arma antiga ofensiva.

Martelògio, s. m. regra de navegação dos antigos venezianos.

Martinàccio, s. m. (zool.) caracol de tamanho maior que o comum, que se come frito / alcione; gaivota.

Martinèlla, s. f. sino do tempo das Comunas italianas, que se levava no "Carròccio" para dar sinais durante a batalha.

Martinèllo, s. m. (mec.) macaco, utensílio para levantar pesos; guindaste, guincho para levantar carros, vagões, etc. / martinete (martelo grande) movido a vapor ou força elétrica para trabalhar o ferro.

Martingàla, s. f. arreio da parte inferior do cavalo / espécie de braguilha para calças, que se usava um tempo / cinto de vestido.

Martinìcca, s. f. freio para carruagens.

Martin Pescatôre, s. m. (zool.) martim-pescador, ave ribeirinha, que agarra os peixes com o bico; pica-peixe.

Màrtire, s. m. e f. mártir, o que sofreu para sustentar a sua fé / o que sofre muito / o que sofre por causa de outrem.

Martírio, s. m. martírio; sofrimento grande; tormento.

Martirizzàre, v. martirizar.

Martirizzàto, p. p. e adj. martirizado.

Martirològio, s. m. martirológio, vida dos mártires e dos santos, compilada pela Igreja.

Martíte, s. f. (min.) martita.

Màrtora, s. f. (zool.) marta, animal carnívoro / a pele desse animal.

Martoriàre, v. torturar.

Martoriàto, p. p. e adj. atormentado, aflito; martirizado.

Martòrio, martòro s. m. martírio, tormento, pena.

Marxísmo, s. m. marxismo, a doutrina de Carlos Marx.

Màrza, s. f. (agr.) enxerto a garfo de plantas.

Marzamina, s. f. (agr.) uva preta doce.

Marzamíno, s. m. vinho de uva **marzamina**.

Marzapàne. s. m. massapão, bolo feito com amêndoas, farinha, açúcar e ovos.

Marzeggiàre, v. intr. variar, mudar, modificar do tempo, que no mês de março (marzo-: marzeggiàre) é inconstante na Itália; marcejar.

Marzellína, s. f. queijo da Campânia.

Marziàle, adj. marcial; (fig.) guerreiro, belicoso, militarista / **legge** ———: lei de exceção.

Marzialità, s. f. marcialidade.

Marziàno, adj. marciano, de Marte.

Màrzio, adj. márcio, de Marte; campo ou prado em Roma, onde os jovens se adestravam nos exercícios atléticos.

Màrzo, s. m. março. 3.º mês do ano.

Marzòcco, s. m. (hist.) marzoco, leão esculpido ou pintado que servia de emblema à Rep. Florentina / homem estúpido, grotesco.

Marzolíno, marzòlo, marzuòlo, adj. de março; que nasce, que se semeia em março; marçalino.

Mas, s. m. (neol. mar.) pequeno bàrco rápido da marinha de guerra italiana para dar caça aos submarinos.

Mascalcía, s. f. alveitaria; arte de ferrar animais; arte de tratar (curar) animais.

Mascalzonàta, s. f. maroteira, patifaria.

Mascalzône, s. m. tratante, velhaco, patife; homem abjeto, desprezível.

Mascarpône, s. m. requeijão especial da Lombardia.

Mascèlla, s. f. (anat.) maxila / queixada.

Mascellàre, adj. maxilar.

Màschera, s. f. máscara / pessoa mascarada / personagem da "commedia dell'Arte" ou popular, representando um tipo característico.

Mascheràre, v. mascarar, disfarçar por meio de máscara / ocultar, esconder, tapar.

Mascheràta, s. f. mascarada, gente mascarada / (fig.) pompa fútil, bufonaria fanfarronice.

Mascherína, s. f. (dim.) mascarazinha, pequena máscara; pessoa mascarada.

Mascherôna, s. f. **mascheróne**, s. m. máscara grande; cabeça contrafeita e bufa esculpida em bronze ou pedra / retrato mal executado / rosto grande deformado por doença.

Mascherôni, s. m. (mitol.) gênero de troféus que se levava na bandoleira.

Maschiàccio, adj. (pej.) macho feio; ruim; machão (mulher masculinizada) / menino muito vivo.

Maschiamènte, adv. varonilmente, virilmente.

Maschiètto, maschiettíno, s. m. (dim.) varãozinho, filho do sexo masculino.

Maschiêzza, s. f. masculinidade; virilidade.

Maschíle, adj. masculino.

Mascolinizzazióne, s. f. masculinização.

Mascolíno, adj. masculino.

Màscula, adj. máscula, mulher que tem, no aspecto físico, algo de masculino.

Masnadière, s. m. salteador, bandido / (fig.) pessoa vil e prepotente.

Masoníte, s. f. (arquit.) material acústico isolante.

Masochísmo, s. m. masoquismo.

Masoquísta, s. m. masoquista; pervertido.

Màssa, s. f. massa / massa de farinha ou de outra substância; quantidade, porção duma só coisa / povo, turba, multidão; força / corpo coral ou instrumental / (com.) massa, acervo, (casa, firma, sociedade).

Massacràre, v. tr. massacrar, trucidar.

Massacràto, p. p. e adj. massacrado, trucidado / mal executado (trabalho).

Massàcro, s. m. massacre. matança, chacina.

Massàggio, s. m. massagem; prática terapêutica por meio de massagens.

Massàia, s. f. mulher que toma conta dos serviços da casa; caseira / (fig.) excelente dona de casa.

Massàio, màssaro, s. m. feitor; ecônomo de certas instituições; o que tem contrato de meação em trabalhos agrícolas.

Massellàre, v. tr. malhar; bater o ferro para afiná-lo.

Massèllo, s. m. massa de ferro incandescente que se bate no malho agregado de materiais aglutinados para cementação / oro di ——: ouro massiço, puro.
Massería, s. f. propriedade agrícola com casas para moradia dos trabalhadores e feitores; herdade, sítio, quinta, fazenda.
Masserízia, s. f. utensílios, móveis que guarnecem a casa.
Massetère, s. m. (anat.) masseter, músculo da maxila.
Massicciàta, (s. f. e massicciàto, s. m. empedrado, chão calcetado / a parte das estradas de ferro que tem pedra britada.
Massiccio, adj. maciço, compacto; robusto; cheio, sólido; grosso / massa considerável / (geogr.) parte mais elevada e agrupada duma cadeia de montanhas.
Massicòtto, s. m. (quím.) óxido amarelo de chumbo, massicote.
Màssima, s. f. máxima; sentença; provérbio; aforismo; princípio; axioma; conceito; doutrina que serve de regra.
Massimàle, s. m. e adj. máximo, "maximum"; o que é maior; o que tem maior número.
Massimalísta, s. m. maximalista, partidário do programa máximo dos antigos socialistas na Rússia, na época da revolução bolchevique.
Massimizzàre, v. maximizar.
Màssimo, adj. máximo; o maior; o que está acima de todos.
Màsso, s. m. penedo, grande pedra; rocha.
Màsso Erratico, (geol.) penedos erráticos, fragmentos de rochas isolados e distanciados do lugar de origem.
Massone, ou frammassône, s. m. mação (ou maçom), membro da maçonaria.
Massonería, s. f. maçonaria.
Massorèti, s. m. massoretas, doutores hebreus que colaboraram no Velho Testamento.
Massôso, adj. cheio de pedras; rochoso, pedregoso.
Massoterapía, s. f. (med.) massoterapia, tratamento por meio de massagens.
Mastaccône, adj. e s. m. robusto, massiço.
Mastalgía, s. f. dor da mama.
Mastatrofía, s. f. mastatrofia, atrofia da mama.
Mastelcòsi, s. f. marteleose, ulceração da mama.
Mastellèta, mastellína, mastellêto, mastellíno, s. f. e s. m. balde, vasilha de madeira.
Mastèllo, s. m. balde, vasilha de madeira.
Màstica, s. f. aguardente.
Masticàbile, adj. mastigável, que se pode mastigar.
Masticàre, v. mastigar.
Masticàto, p. p. e adj. mastigado; triturado.
Masticatúra, s. f. mastigação.
Màstice, s. m. mastique, resina / cola preparada pelos carpinteiros com diversas substâncias / massa para colar.
Mastiètto, s. m. dobradiça, charmeira; gonzo, engonço.

Mas ìgòforo, s. m. (hist.) antigo agente policial que abria espaço no meio do povo a golpes de açoite.
Mastíno, s. m. mastim, cachorro de guarda, grande e agressivo / (fig.) tirano odioso.
Màstio, s. m. fortaleza em forma de torre maciça; torreão / carneira / chavezinha.
Mastíte, s. f. mastite, inflamação das mamas.
Mastodônte, s. m. (paleont.) mastodonte, animal fóssil / (fig.) pessoa de grande corpulência.
Mastòide, s. m. (anat.) mastóide.
Mastoidíte, s. f. mastoidite, inflamação da mastóide.
Màstra, s. f. masseira onde os forneiros fazem o pão / abertura elíptica nas pontes dos navios para passagem do mastro.
Mastro, adj. mestre, artezão / (com.) o livro razão, / Màstro di cerimònie: mestre de cerimônias.
Màstruca, s. f. veste feita com pele de carneiro.
Masturbazióne, s. f. masturbação.
Matafiône, s. m. adriça; nos navios, cordas para içar velas, etc.
Mata-mòros, s. m. (esp.): mata-mouros, personagem de comédia espanhola; (fig.) fanfarrão; valentão.
Matàssa, s. f. meada, porção de fios dobrados; (fig.) confusão, intriga, complicação.
Matassàta, s. f. quantidade de meadas.
Matassína, s. f. pequena meada.
Mátch, s. m. (ingl.) match; jogo, desafio, competição esportiva.
Matè, ou màte, s. m. (bot.) mate, erva-mate.
Matèllo, s. m. linha feita com 4 fios de seda.
Matemática, s. f. matemática.
Matemático, adj. matemático; (fig.) evidente; exato; rigoroso; preciso.
Materàssa, s. f. e materàsso, s. m. colchão de cama.
Materassàio, s. m. colchoeiro.
Materassína, s. f. e materassíno, s. m. colchãozinho.
Matèria, s. f. matéria; substância; tudo que é inerte, sólido / assunto em torno do qual se fala ou escreve / (fig.) motivo, ocasião, pretexto.
Materialàccio, adj. (pej.) materialão; grosseiro.
Materialísmo, s. m. materialismo.
Materialístico, adj. materialístico.
Materializzàre, v. tr. materializar, tornar material, materialista.
Maternamênte, adv. maternalmente, à semelhança das mães.
Maternità, s. f. maternidade.
Matêrno, adj. materno.
Màtero, s. m. (agr.) ramo novo de certas árvores que se emprega para fazer cestos, etc.
Materòzza, s. f. excesso do metal coado, na fusão.
Materòzzolo, s. m. porta-chaves de madeira.
Màtico, s. m. (bot.) mático, planta medicinal da família das piperáceas.
Matíta, s. f. lápis.
Matitatòio, s. m. lapiseira.

Matràccio, s. m. matrás, retorta ou vaso de vidro usado em operações químicas.
Màtria, s. f. mátria, o lugar onde se nasce; país da mãe; / pátria.
Matriarcato, s. m. matriarcado, organ. social em que a mulher é a base da família.
Matricàle, adj. da matriz, que pertence à matriz / (s. f. bot.) variedade de matricária.
Matricária, s. f. (bot.) matricária; camomila.
Matríce, s. f. matriz; útero / fonte; manancial / o molde de fundir os tipos de imprensa; lugar onde alguma coisa nasce ou se cria.
Matricída, s. m. e f. matricida.
Matricína, s. f. (agr.) renovo, rebento de planta.
Matricíno, adj. reprodutor, animal destinado à reprodução.
Matrícola, s. m. matrícula; registro de inscrição; diploma, certificado de matrícula.
Matricolàre, v. matricular, registrar, inscrever.
Matricolàto, adj. matriculado; (fig.) hábil, experiente, esperto.
Matricolíno, s. m. recém-matriculado.
Matrigna, s. f. madrasta; (fig.) mãe ruim, desnaturada.
Matrigneggiàre, v. intr. agir como madrasta.
Matrignescamènte, adv. madrastamente; ingratamente, avaramente.
Matrimoniaccio, s. m. (deprec.) matrimônio ruim, mal sucedido.
Matrimoniàle, adj. matrimonial.
Matrimònio, s. m. matrimônio, união legítima do homem e da mulher.
Matrimoniône, s. m. casamentão, matrimônio rico, pomposo.
Matrína, s. f. (de uso raro); madrinha.
Matrizzàre, v. intr. semelhar à mãe; ter as feições, a índole da mãe.
Matrôna, s. f. matrona; dama, entre os romanos antigos / senhora respeitável por idade ou condição.
Matronàle, adj. matronal; de matrona.
Matronímico, adj. matronímico, nome derivado da mãe.
Màtta, s. f. cabeça de cordeirinho, sem os miolos / em certos jogos de baralho, naipe / (ant.) esteira.
Màtta, s. f. louca, maluca; mulher doida.
Mattacchiône, s. m. pândego, amalucado, divertido, extravagante, bizarro.
Mattàccio, adj. alegre, maluco, cabeça de vento; folião.
Mattadôre, s. m. (do esp.) matador.
Mattaiône, s. m. (agr.) terreno argiloso, estéril.
Mattamènte, adv. doidamente, amalucadamente.
Mattàna, s. f. irascibilidade, desabafo colérico, zanga, provocados por tristeza ou nervosismo.
Mattànza, s. f. (do esp.) matança do atum, na pesca.
Mattàre, v. tr. "matar", dar cheque-mate no jogo de xadrez; (fig.) vencer, superar.
Mattàta, s. f. maluquice, ação de maluco.
Mattàto, p. p. e adj. vencido, superado.

Mattaziône, s. f. matança, abate de animais.
Matteggiàre, v. intr. amalucar-se, destinar-se, fazer de doido.
Matterèllo, s. m. rolo de pau para adelgaçar a massa / bastão para amassar a polenta / (dim.) malucozinho, maluquinho.
Matterìa, s. f. loucura.
Mattêsco, adj. adoidado, maluco.
Mattêzza, s. f. malucagem, maluquice.
Mattía, s. f. maluquice, coisa de maluco / bufonada.
Matticcio, adj. desajuizado; doidivanas.
Mattina, s. f. manhã, o tempo entre o nascer do sol e o meio-dia.
Mattinàccia, s. f. manhã feia, de tempo ruim.
Mattinàle, adj. matinal; matutino.
Mattinàta, s. f. matinada, festa ou espetáculo matinal; o espaço duma manhã, o que canta as matinas.
Mattinatôre, s. m. matinador, o que canta as matinas.
Mattinièro, adj. madrugador / matutino, matinal.
Mattíno, s. m. manhã; princípio do dia; alvorada.
Màtto, adj. louco, doido, demente / estólido, extravagante / **gusto màtto**: gosto grande e esquisito / **andar matto di**: amar, desejar ardentemente, loucamente / **testa matta**: estroina, homem sem critério.
Mattòide, adj. matóide, amalucado; extravagante.
Mattonàia, s. f. olaria, fábrica de tijolos e telhas.
Mattonàio, s. m. oleiro, operário de olaria.
Mattoncèllo, s. m. (dim.) tijolo pequeno; pastilha (pequeno ladrilho) quadrada.
Mattône, s. m. tijolo, ladrilho.
Mattonèlla, s. f. ladrilho para pavimento / sorvete duro, de forma quadrada / turfa em forma de tijolos para estufas, cozinhas econômicas, etc.
Mattúgio, adj. muito pequeno (especialmente em relação a certos pássaros, denotando uma espécie menor que as outras).
Mattutíno, adj. matutino; madrugador; matinal.
Maturamènte, adv. maduramente, refletidamente, ponderadamente.
Maturamènto, s. m. e **maturaziône**, s. f. maduração, maturação, amadurecimento, sazonamento.
Maturêzza, s. f. madureza.
Maturità, s. f. maturidade, maduridade.
Matúro, adj. maduro, sazonado, amadurecido; ajuizado.
Maturòtto, adj. já maduro, de idade.
Matusalèmme, s. m. Matusalém, o avô de Noé, que morreu com 969 anos; (fig.) homem muito velho.
Maurìno, adj. maurino, da ordem religiosa de S. Mauro.
Mauriziàno, adj. mauriciano, da ordem dos S. S. Maurício e Lázaro.
Màuro, adj. e s. m. mauritano; natural de Mauritânia.
Màuser, s. m. arma de fogo inventada pelos irmãos Mauser, da Prússia / mauser.

Mausolèo, s. m. mausoléu; monumento sepulcral.
Maxim, s. f. maxim; metralhadora automática inventada por Maxim.
Maximite, s. f. poderoso explosivo inventado por Maxim.
Màximum, s. m. (lat.) maximum, máximo; o ponto mais alto; o máximo grau ou preço.
Mazdeismo, s. m. mazdeísmo, antiga religião persa.
Mazopatia, s. f. (med.) mazopatia, doença da placenta.
Mazúrca, s. f. mazurca, dança de origem polonesa.
Màzza, s. f. bastão grosso; maca; clava; martelo de ferro para malhar; manúbrio do êmbolo / bastão pesado que usavam antigamente os guerreiros.
Mazzacastèllo, s. m. bate-estaca.
Mazzacavallo, s. m. nora, aparelho para tirar água de poço, cisternas, rios etc.
Mazzàcchera, s. f. instrumento para a pesca de rãs e enguias.
Mazzacorto, s. m. novelo de corda fina; cordinha para rodar o pião.
Mazzafrùsto, s. m. (ant.) látego, açoite, azorrague.
Mazzagàtti, s. m. (ant.) pistola curta, de uso proibido.
Mazzapicchio, s. m. martelo de madeira.
Mazzàta, s. f. paulada; golpe de maça; pancada.
Màzzera, s. f. rêde de pesca com pedras amarradas para distendê-la e firmá-la no fundo.
Mazzeràre, v. jogar alguém ao mar, dentro dum saco com pedra.
Mazzettina, s. f. (dim.) bengala elegante.
Mazzettino, s. m. ramalhete; pequeno ramo.
Mazzètto, s. m. (dim.) macinho / espécie de jogo de cartas.
Mazzière, s. m. oficial que em certos tribunais precede, com o bordão, os magistrados, em sinal de autoridade / o que carrega o bordão dirigindo uma procissão / maceiro.
Mazzinìano, adj. mazziniano, partidário das idéias de Mazzini.
Màzzo, s. m. maço; feixe; molho; porção; ramalhete; ramo (de flores); maça / quantidade, união de coisas ligada juntas.
Mazzòcchio, s. m. (bot.) endívia (espécie de chicória); (ant.) gorro dos porta-bandeiras de Florença.
Mazzòla, ou **muzzuòla**, s. f. maceta.
Mazzolàre, v. tr. (ant.) matar, supliciar com a maça / (agr.) bater o trigo.
Mazzòlo, s. m. maceta do formato de pilão cilindrico usada pelos calceteiros.
Mè, pron. me mim; pronome de 1ª pessoa, variação do pronome i; senza di me: sem mim; a me: a mim; a me tu lo dici?: a mim tu o dizes? Mè, (apócope de "méglio" / (ant.) melhor.
Meàndrico, adj. meândrico.
Meàndro, s. m. meandro, sinuosidade, tortuosidade; enredo, intriga; labirinto / ornato arquitetônico.
Meàto, s. m. meato, canal, orifício; intervalo que dá passagem.

Mècca, s. f. Meca, a cidade santa dos muçulmanos / verniz que se aplica sobre o ouro.
Meccànica, s. f. mecânica.
Meccanicamènte, adv. mecanicamente; maquinalmente.
Meccànico, adj. mecânico, que pertence ou respeita à mecânica.
Meccanismo, s. m. mecanismo.
Meccanologìa, s. f. mecanologia.
Mecenàte, s. m. mecenas, protetor das letras e das artes.
Mecenatismo, s. m. mecenatismo.
Mechitarìsta, s. m. monje armênio da congregação fundada na ilha de S. Lázaro, em Veneza.
Mêco, pron. compl.: comigo; vieni meco: vêm comigo.
Mecòmetro, s. m. mecômetro, instr. cirúrgico.
Meconàto, s. m. (quím.) meconato.
Meconìna, s. m. meconina, substância de que se extrai o ópio.
Mecònio, s. m. (med.) mecônio.
Mèda, s. f. (mar.) baliza, bóia.
Medàglia, s. f. medalha / moeda antiga.
Medagliàio, s. m. medalhário, vendedor ou fabricante de medalhas.
Medaglière, ou **medaglière**, s. m. medalheiro, lugar onde se conservam medalhas; coleção de medalhas.
Medaglista, s. medalhista.
Medagliúccia, **medagliuòla**, s. f. (dim.) medalhinha; pequena medalha.
Medagliòne, s. m. (aum.) medalhão / (lit.) retrato literário.
Medesimamènte, adv. mesmamente; do mesmo modo; identicamente.
Medesimèzza, **medesimità**, s. f. mesmeidade, qualidade do que é idêntico.
Medêsimo, adj. mesmo, exatamente igual, idêntico.
Mèdia, s. f. média, coisa ou quantidade que representa o meio entre muitas coisas; termo médio.
Mediàna, s. f. (geom.) mediana, reta que num triângulo une um vértice do mesmo ao meio do lado oposto.
Medianicamènte, adv. mediunicamente, por meio de médium.
Mediànico, adj. mediúnico.
Medianità, s. f. mediunidade.
Mediàno, adj. mediano, que está no meio; que está entre dois extremos.
Mediànte, prep. e adj. mediante; interposto; intermédio.
Mediastinite, s. f. (med.) mediastinite.
Mediastino, s. m. mediástino.
Mediatamènte, adv. mediatamente, de modo mediato; com interposição de alguém.
Mediàto, adj. mediato, indireto, interposto.
Mediatôre, s. m. mediador, que se interpõe, que intervém; árbitro.
Mediazióne, s. f. mediação, intervenção, intercessão.
Mèdica, adj. (bot.) médica, espécie de trevo (herva médica).
Medicàbile, adj. medicável, que se pode medicar.
Medicùccio, s. m. medicastro, mau médico.
Medicamentàre, v. medicamentar, medicar.
Medicatúra, **medicazióne**, s. f. medicação, aplicação dos remédios.

Mediceo, adj. (hist.) mediceo, dos Medici, família ilustre de Florença.
Medichería, s. f. espécie de ambulatório nos hospitais.
Medichêssa, s. f. médica, mulher médica.
Medichétto, medichíno, s. m. (dim.) médico jovem; médico de pouco valor.
Medicína, s. f. medicina, a ciência médica; medicamento, remédio.
Medicinàccia, s. f. remédio ruim de se tomar.
Medicinàle, adj. medicinal, relativo à medicina; (s. m. pl.) i medicinàli: os medicamentos.
Mèdico, adj. e s. m. médico.
Medicône, s. m. médico de fama.
Mediconzòlo, s. m. médico pouco hábil.
Medicúccio, medicúzzo, s. m. (dim.) médico medíocre.
Medievàle, adj. medieval.
Medievalísmo, s. m. medievalismo.
Mèdio, adj. médio, do meio; que está no meio; mediocre, nem bom nem mau / o dedo médio, que está entre o indicador e o anular / ceto mèdio: burguesia.
Mediòcre, adj. e s. mediocre; médio; mediano.
Mediocremênte, adv. mediocremente.
Mediocrità, s. f. mediocridade; vulgaridade.
Medioevàle, adj. medieval.
Medioèvo, s. m. (hist.) Idade Média, época histórica que vai da caída do Império Rom. do Ocidente até a descoberta da América.
Meditàbile, adj. meditável, que deve ser meditado.
Meditabôndo, adj. meditabundo; pensativo.
Meditàre, v. tr. meditar, pensar, ponderar / estudar, refletir.
Meditàto, p. p. e adj. meditado, ponderado, estudado.
Meditaziône, s. f. meditação; reflexão; oração mental / contemplação.
Mediterràneo, adj. mediterrâneo, situado entre terras / (s. m.) o mar Mediterrâneo, situado entre a Europa, a Ásia e a África.
Mèdium, s. m. médium, homem que segundo o espiritismo serve de intermediário entre os vivos e os espíritos.
Medullína, s. f. (quím.) medulina, substância celulosa.
Medúsa, s. f. (zool.) medusa, design. científica da alforreca / (mit.) Medusa.
Medusèo, adj. (lit.) meduseo, medúsico, relativo à Medusa.
Méeting, s. m. (ingl.) meeting, assembléia, reunião popular, comício.
Mefistòfele, s. m. (hist.) mefistófeles, espírito diabólico.
Mefistofèlico, adj. mefistofélico; diabólico; sarcástico.
Mefíte, s. f. exalação pestilencial irrespirável.
Mefítico, adj. mefítico, pestilencial; fétido; podre.
Megàcero, s. m. megácero, grande cervo fóssil.
Megacíclo, s. m. megaciclo, unidade de freqüência, em T.S.F.
Megadèrma, s. m. megaderma, morcego das regiões quentes.
Megadína, s. f. (fís.) megadínio, força de um milhão de dínios.

Megàfono, s. m. megafone, tromba acústica de metal ou cartão.
Megalíte, s. m. megalito, pedra monumental.
Megalocèfalo, adj. megalocéfalo, de cabeça exageradamente grande.
Megalogràfico, adj. megalográfico, que engrandece, que aumenta as figuras.
Megalòmane, adj. e s. m. megalômano.
Megàmetro, s. m. megâmetro.
Megatèrio, s. m. (geol.) megatério, mamífero fóssil.
Mègaton, s. m. megaton, medida de força explosiva igual a um milhão de toneladas de dinamite.
Megèra, s. f. (mitol.) megera, uma das três fúrias / mulher má, cruel / faladeira.
Meggiône, s. m. (tosc.) sossegado, descansado; lerdo; gorduchão.
Mèglio, adj. melhor; mais bom; superior a outro / s. f. la ———: o melhor / avere la ———: ter a sorte melhor / adv. melhor / é ——— non badarci, é melhor não fazer caso.
Meharista, s. m. mearista, soldado montado em meari (dromedário africano adestrado para jornadas rápidas).
Meionite, s. f. (min.) mionite, silicato de alumínio e cálcio.
Mèla, s. f. maçã, o fruto da macieira.
Melàccia, s. f. maçã de ruim qualidade.
Melacotògna, s. f. marmelo.
Melàfiro, s. m. (min.) meláfiro, pórfiro negro; encontra-se, na Itália, nas regiões do Vêneto e da Lombardia.
Melàggine, s. f. orvalho grosso.
Melagràna, ou melagranàta, s. f. (bot.) romã, fruto da romãzeira.
Melagràno, s. m. romãzeira.
Melaína, s. f. (quím.) melaína, matéria negra, empregada na composição da "tinta da china".
Melampíro, s. m. (bot.) melâmpiro, planta escrofularínea.
Melanconía, s. f. melancolia, tristeza.
Melàngola, s. f. (bot.) laranja azeda.
Melanína, s. f. (med.) melanina.
Melanísmo, s. m. melanismo, anomalia caracterizada pela cor escura em certos organismos animais.
Melanòsi, s. f. melanose, pigmentação escura.
Melantèria, ou melanterite, s. f. (min.) melantéria, sulfato de ferro hidrato.
Melanuría, s. f. (med.) melanúria, emissão de urina preta.
Melanzàna, s. f. (bot.) beringela.
Melàppio, s. m. licor, xarope de maçã.
Melarància, s. f. (bot.) laranja.
Melaràncio, s. m. laranjeira (árvore).
Melàre, v. melar, adoçar com mel; / (fig.) enganar, iludir, embrulhar.
Melaròsa, s. f. espécie de maçã.
Melàssa, s. f. melaço; resíduo do suco da cana ou da beterraba.
Melèa, (ant.) s. f. rixa, briga.
Meleagrína, s. f. (zool.) meleagrina, gênero de molusco dos mares quentes.
Melèna, s. f. melena, morbo negro de Hipócrates; vômito negro.
Melensàggine, s. f. asneira, tolice, burrada, disparate.
Melènso, adj. tolo, parvo, estúpido, bobo.
Melêto, s. m. pomar de macieiras.
Meliàca, s. f. (bot.) abricó ou abricote, fruto parecido com pêssego.

Mèlica, s. f. (bot.) zaburro, variedade de milho.
Melicèride, s. f. (cir.) melicéris, espécie de tumor cistoso.
Mèlico, adj. mélico, melodioso, suave.
Melífero, adj. melífero, que produz mel.
Melilite, s. f. melilito, minério de silicato de cálcio.
Melilòto, s. m. meliloto, planta da família das leguminosas.
Melípona, s. f. melipona, pequena abelha da América tropical.
Melissa, s. f. (bot.) melissa, erva-cidreira.
Mellètta, s. f. lodo, lama.
Mellífero, adj. melífero, que produz mel.
Mellificaziòne, s. f. melificação.
Mellífico, adj. melífico, melífero, da natureza do mel.
Mellifluamènte, adv. melifluamente, harmoniosamente.
Mellifluità, s. f. melifluidade.
Mellifluo, adj. melífluo, exageradamente doce; suave; (fig.) afetado.
Mellítico, adj. (quím.) melítico, ácido que se extrai do melito.
Mellívoro, adj. melívoro, que devora, que se alimenta de mel.
Mellonàggine, s. f. bobagem, tolice.
Mellonàio, s. m. (bot.) meloal, terreno plantado de melões.
Mellòne, s. m. melão, planta das cocurbitáceas; (fig.) palerma, bobo.
Mèlma, s. f. lodo, lama, limo / (fig.) baixeza, degradação.
Melmòso, adj. lodoso, lamacento.
Mèlo, s. m. (bot.) macieira, árvore da maçã.
Melocotògno, s. m. (bot.) marmeleiro.
Melòde, s. f. (poét.) melodia.
Melodía, s. f. melodia, composição musical.
Melòdico, adj. melódico, que tem melodia.
Melodiosamènte, adv. melodiosamente.
Melodísta, s. melodista, compositor de melodias.
Melodràmma, s. m. melodrama, peça dramática musicada.
Melodrammatísta, s. m. autor de melodramas.
Melòfono, s. m. (mús.) melófono, instrumento de sopro.
Melòforo, s. m. melóforo, espécie de lampião.
Melòlogo, s. m. melólogo, música intercalada, de declamação.
Melòmane, ou melomaníaco, adj. e s. m. melomaníaco, maníaco por música.
Melòne, s. m. (bot.) melão / (fam.) chapéu duro.
Melopèa, s. f. melopéia, peça musical; arte e regras do canto; contraponto.
Melopopòne, s. m. (bot.) espécie de melão do formato duma maçã.
Melotragèdia, s. f. melodrama.
Melpòmene, s. f. melpómene, musa da tragédia.
Melúccia, melúzza, meluzzina, s. f. maçãzinha, pequena maçã.
Melúme, s. m. orvalho de estio, prejudicial à videira.
Membràna, s. f. membrana, tecido orgânico tênue e flexível.
Membranàceo, adj. membranáceo.
Membranèlla, (membranètta, membranína, membranúccia, s. f. (dim.) membranazinha.
Membranòso, adj. membranoso.
Membrètto, s. m. (dim.) membro secundário.
Membro, s. m. (pl. f. mèmbra, do corpo humano somente) e masc., membri; (em todos os outros casos); membro, parte externa do corpo / (arquit.) cada uma das partes dum edifício / pessoa que faz parte de uma associação, família, partido, parlamento, etc. / parte, período de frase ou sentença.
Membrùto, adj. membrudo, vigoroso.
Memènto, s. m. (lat.) memento, nome de duas preces do cânon das missas / (fig.) advertência.
Memoràbile, adj. memorável; digno de se lembrar; célebre; notável.
Memorando, adj. (lit.) memorando, memorável; que deve ser lembrado.
Memoràndum, s. m. memorando, documento diplomático; participação, aviso escrito.
Memoratívo, adj. memorativo, comemorativo.
Memoràto, p. p. e adj. lembrado; recordado.
Mèmore, adj. lembrado, que lembra, que recorda; que não esquece.
Memòria, s. f. memória, faculdade de conservar idéias ou noções adquiridas; lembrança, reminiscência; reputação.
Memoriàle, s. m. memorial; petição escrita; súplica; livro de memórias.
Memoriôna, s. f. memorião, boa memória.
Memoriúccia, s. f. memória fraca / pequeno escrito ou descrição para lembrança.
Mèna, s. f. ardil, trama, enredo.
Menaccanìte, s. f. (min.) areia de ilmenito que se encontra no litoral adriático.
Menadìto, loc. adv. muito bem, exatamente: la storia la conosce a ———: a história conhece-a perfeitamente.
Menageria, s. f. lugar onde ficam as feras, no jardim zoológico.
Menànte, p. pr. e adj. condutor, que conduz, que leva (s. m.) amanuense.
Menàre, v. conduzir, levar dum lugar a outro / induzir / arremessar, dar, vibrar (um golpe) / agitar; administrar; tratar; gastar, consumir.
Menàto, p. p. e adj. conduzido; impelido; empuxado, levado / espancado.
Menatúra, s. f. (anat.) juntura, articulação dos ossos/ condução; manobra, artimanha.
Mènchero, adj. (pop.) pateta, pacóvio, toleirão.
Mèncio, adj. frouxo, mole, sem consistência.
Mènda, s. f. defeito; senão; falha / mácula; culpa.
Mendàce, adj. mendaz, falso, mentiroso.
Mendacemènte, adv. mentirosamente.
Mendicànte, p. pr. adj. e s. m. mendicante; mendigo.
Mendicàre, v. mendigar, esmolar, solicitar.
Mendicità, s. f. mendicidade, mendicância, miséria.
Mendíco, adj. mendigo, pedinte, pobre.
Mendicúme, s. m. mendigagem.
Mendòso, adj. incorreto, imperfeito.
Meneghíno, s. m. mascara milanesa; (fig.) milanês; (adj.) dialeto milanês.

Menestrèllo, s. m. (hist.) menestrel, poeta medieval; trovalor; músico, cantor músico; cantor ambulante.
Meninpipo, s. m. (pop.) não me importa nada de nada.
Meninge, s. f. (fisiol.) meninge.
Meningèo, adj. meníngeo.
Meningismo, s. m. meningismo.
Meningocèle, s. f. meningocele, hérnia da meninge.
Menisco, s. m. (anat.) menisco.
Menippèo, adj. lit. menipeu, relativo a Menipo.
Mènno, adj. glabro, imberbe / eunuco, castrado.
Mèno, adj. menor; è ———: vergonha; / di ——— prezzo / dite meno spropositi / aver ——— piacere: ter menos prazer / **minor prezzo**: preço menor; (s. m.) a menor parte, o que é menor, a coisa menor / **parlare del piú e del meno**: falar de coisas sem importância / (adv.) menos / ——— **brutto**, ——— **ricco**: menos feio, menos rico / il ——— **intelligente**: o menos inteligente / **il leone è** ——— **feroce della tigre**: o leão é menos feroz que o tigre / **mangia** ——— **e vivrai di piú**: come menos e viverás mais / **né piú ne meno**: nem mais nem menos / **essere di** ———: ser inferior / **venir** ———: desmaiar / **niente** ———: nada menos / **venir** ——— **alle promesse**: faltar ao prometido.
Menològio, s. m. menológio, calendário e martirológio da igreja grega.
Menomàbile, adj. menosprezível, que se pode diminuir, depreciar.
Menomamente, adv. infimamente.
Menomamènto, s. m. menosprezamento, diminuição, apoucamento.
Menomazióne, s. f. diminuição, menoscaso / menosprezo, depreciação.
Mènomo, adj. mínimo, íntimo.
Menopàusa, s. f. (med.) menopausa, cessação do catamênio (mênstruo).
Mènsa, s. f. mesa, móvel de refeições / (ecles.) ara do altar / (fig.) mesa de jantar, comida, iguarias / **la Sacra** ———: a comunhão / renda e patrimônio do bispado, do capítulo.
Menscevico, s. m. (rússo), mencheviquè, socialista russo partidário do programa mínimo; minimalista.
Menserèlla, menserètta, s. f. (dim.) pequena mesa, mesa pobre.
Mensile, adj. mensal, de cada mês; provento mensal.
Mensilmènte, adv. mensalmente.
Mènsola, s. f. mísula, tábua, pequena armação ou ornato arquitetônico que ressai de uma superfície e sustenta um vaso, um busto, um arco, etc.
Mensolàccia, s. f. (deprec.) mesa feia, grosseira.
Mensolètta, mensolína, mensolúccia, s. f. (dim.) mesa pequena; mesinha.
Mensolíni, s. m. pl. pequenas traves que sustentam a saliência do teto.
Mensuàle, adj. pop. mensal.
Mensualità, s. f. mensalidade; mesada.
Mènta, s. f. (bot.) menta; hortelã.
Mentàle, adj. mental; intelectual; espiritual.
Mentalità s. f. mentalidade, grau intelectual; inteligência.
Mentàstro, s. m. (bot.) mentastro, hortelã silvestre.

Mènte, s. f. mente; a alma, o espírito, o entendimento / inteligência, intelecto, pensamento / memória.
Mentecattàggine, s. f. demência, idiotice, estado de mentecapto.
Mentecàtto, adj. e s. m. mentecapto, insensato, demente; néscio, idiota.
Mentína, s. f. pastilha de menta.
Mentíno, s. m. mento (queixo pequeno).
Mentíre, v. intr. mentir.
Mentitamènte, adv. mentirosamente, enganosamente.
Mentíto, adj. mentido, simulado, fingido.
Mentitòre, adj. e s. m. mentiroso, mentireiro; enganador.
Mènto, s. m. mento, a porção anterior e inferior da face; queixo.
Mentòlo, s. m. mentol.
Mentóne, s. m. menta selvática.
Mentore, s. m. mentor, guia; preceptor; conselheiro fiel (nome do amigo de Ulisses, da Odisséia).
Mentovàre, v. tr. mencionar, lembrar, memorar citando.
Mentovàto, p. p. e adj. nomeado, lembrado, citado, mencionado.
Mèntre, adv. enquanto; durante, no tempo em que; ao passo que; até que; em quanto; por todo o tempo; ao mesmo tempo.
Mentúccia, s. f. (bot.) poejo.
Menu (v. fr.) s. m. cardápio, menu.
Menzionàre, v. mencionar, lembrar, citar.
Menzionàto, p. p. e adj. mencionado, referido.
Menzióne, s. f. menção, referência, alusão, citação.
Menzògna, s. f. mentira, falsidade, afirmação mentirosa.
Menzognère, ou **menzognèro**, adj. mentiroso fingido, simulado, falso.
Meônio, adj. meônida, da Meônia, na Ásia Menor.
Meramente, adv. meramente, simplesmente, unicamente.
Meravíglia, s. m. (bot.) maravilha, a flor desse nome (v. **maraviglia**).
Mercadànte, ou **mercatànte**, s. m. (ant.) comerciante; mercador.
Mercànte, s. m. mercador; comerciante.
Mercanteggiàre, v. mercadejar; comerciar, contratar; traficar.
Mercantésco, e **mercantíle**, adj. mercante, mercantil.
Mercantilismo, s. m. mercantilismo.
Mercantóne, s. m. negociante rico.
Mercantúcio, mercantúcolo, mercantúzzo, s. m. dim. mercantezinho; comerciante de importância restrita.
Mercanzia, s. f. mercância, mercadoria. merce.
Mercàre, v. tr. e intr. mercar, comprar para tornar a vender.
Mercatèllo, mercatino, s. m. mercadozinho, pequeno mercado.
Mercàto, s. m. mercado, lugar onde se vende e compra; preço da coisa mercadejada / (fig.) **fare un** ———: fazer barulho.
Mercatòre, s. m. mercador.
Mercatúra, s. f. mercatura, arte de comerciar; tráfico; negócio.
Mèrce, s. f. merce, mercadoria; gêneros mercância.
Mèrce, s. f. merce, mercadoria; gêneros; paga; graça, favor / **la Dio mercè**, com a ajuda de Deus.

Mercearía, s. f. mercearia; retrosaria (port.); armarinho (bras.).
Mercêde, s. f. mercê, paga, recompensa por trabalho feito; benefício.
Mercenariamênte, adv. mercenariamente.
Mercenàrio, adj. mercenário; que trabalha só por dinheiro; interesseiro; que se vende.
Merceología, s. f. merceologia.
Mercerizzàre, v. tr. mercerizar, dar aspecto de seda ao algodão.
Merciàia, s. f. merceeira.
Merciàio, s. m. merceeiro, que vende mercadoria; tendeiro.
Merciaiòlo, s. m. merceeiro ambulante.
Mercimònio, s. m. tráfico, comércio espúrio, ilícito; mércia.
Mercivèndola, s. f. merceeira.
Mercoledí, ou **mercoldíi**, s. m. quarta-feira.
Mercuriàle, adj. mercurial; de mercúrio.
Mèrda, s. f. (vulg.) merda, matérias fecais.
Merdàio, s. m. (vulg.) merdeiro.
Merdètta, merdina, s. f. dim. merdinha.
Merdòcco, s. m. depilatório, usado especialmente pelos hebreus.
Merènda, s. f. merenda, refeição que se toma entre o almoço e o jantar.
Merendàccia, s. f. merenda ordinária.
Merendàre, v. merendar, comer à hora da merenda.
Merendèlla, merendíno, merendína, merendòla s. f. ou m. (dim.) merendola, merenda pequena.
Merendòna, s. f. e **merendône**, s. m. merendão, merenda grande; (fig.) homem de nenhum valor; mandrião.
Meretríce, s. f. meretriz, prostituta.
Meretrício, adj. meretrício, prostituição.
Mèrco s. m. (bot.) mergulhia / (zool.) mergulhão, espécie de ganso.
Mergogliàre, v. mergulhar; nadar debaixo da água.
Mericísmo, s. m. mericismo, regurgitação (por doença) dos alimentos.
Meridiàna, s. f. meridiana, relógio de sol.
Meridiàno, adj. meridiano / do meio-dia; "luce meridiana": luz muito clara.
Meridionàle, adj. meridional; do lado do sul; habitante ou natural das regiões meridionais.
Mèrie, s. f. pl. (pop.) ares (de ar); stáre alle ———: ficar ao ar livre.
Meriggiàre, v. intr. repousar à sombra nas horas quentes do meio-dia.
Meríggio, s. m. meio-dia; lugar exposto ao sol; a hora, o tempo do meio-dia; (fig.) sombra, aragem.
Meriggiône, s. m. preguiçoso, amigo do repouso contínuo.
Meringa, s. f. (fr.) merengue, bolo de claras de ovos com açúcar.
Meríno, s. f. (esp.) (zool.) merino, carneiro de raça afro-espanhola.
Meristema, s. m. (bot.) meristema; tecido vivo; tecido embrionário.
Meritàllo, s. m. (bot.) meritalo, intervalo entre os nós das plantas.
Meritamênte, adv. meritamente, merecidamente.
Meritàre, v. tr. merecer.
Meritêvole, adj. meritório, merecedor.
Meritevolmênte, adj. meritoriamente; merecidamente.

Mèrito, s. m. mérito, merecimento; valor, capacidade / prêmio, recompensa / (jur.) substância duma causa.
Meritoriamênte, adv. meritoriamente, merecidamente.
Meritòrio, adj. meritório, louvável, digno.
Mèrla, s. f. melra, mélroa, fêmea do melro.
Merlàno, s. m. melro, de água ou melro peixeiro.
Merlàre, v. amear, prover (um muro ou uma torre) de ameias.
Merlàto, adj. provido, guarnecido de ameias.
Merlettàre, v. tr. bordar, ornar com rendas ou bordados.
Merlètto, s. m. rendilha, renda; rendilhado.
Merlètto, merlino, s. m. (zool.) melrinho, pequeno melro / (mar.) merlin, corda de cânhamo.
Mèrlo, s. m. (arquit.) ameia, pequeno parapeito denteado que guarnece o alto dos castelos ou fortificações / (zool.) melro, pássaro dentirrostro / (fig. raro) finório / comumente: pateta, trouxa, toleirão, bocó.
Merlône, s. m. (mil.) merlão, intervalo dentado, nas ameias duma fortaleza.
Merlòtto, s. m. melro novo / (fig.) parvo tolo; coió.
Merlúzzo, s. m. (zool.) bacalhau fresco, não em conserva.
Mèro, adj. mero; simples, genuíno, sem mistura.
Merocèle, s. f. (med.) merocele, hérnia crural.
Merogía, s. f. (med.) merogia, ofuscamento parcial da vista.
Mèrope, s. f. (zool.) pássaro da família dos meropídeos.
Merôre, (ant.) s. m. aflição, tristeza, dor.
Mertàre, v. tr. (poét.) merecer.
Mèrto, s. m. (poét.) mérito.
Mesàccio, s. m. (depr.) mês ruim.
Mesàta, s. f. mesada; um mês inteiro.
Mêscere, v. tr. pôr vinho ou outra bebida no copo para beber / misturar, dar abundantemente.
Meschiàre, v. tr. mesclar e misturar.
Meschiàto, p. p. e adj. misturado.
Meschinàccio, adj. (pej.) mesquinho; pobre diabo.
Meschinamênte, adv. mesquinhamente, miseramente.
Meschinèllo, meschinêtto, adj. (dim.) pobrezinho; pobre infeliz.
Meschinitá, s. f. mesquinhez, mesquinharia.
Meschíno, adj. mesquinho, mísero, pobre.
Meschíta, s. f. mesquita, templo maometano; (sin.) moschea.
Mescíàcqua, s. f. jarro para água.
Mescíno, s. m. tina para o estrume líquido; dornacho.
Mèscita, s. f. (tosc.) botequim, lugar onde se servem bebidas, tomadas à mesa ou ao balcão.
Mescolàbile, adj. mesclável, misturável.
Mescolànza, s. m. mescla; mistura; miscelânea; bebida com mistura de vários licores.
Mescolàre, v. misturar, confundir, juntar, reunir coisas diversas.
Mescolàto, p. p. e adj. misturado; confundido.

Mescolatúra, s. f. misturada, mistifório; moxinifada.
Mescugliàre, v. misturar coisas diferentes.
Mêse, s. m. mês, cada uma das doze divisões do ano / (fig.) mesada.
Mesentérico, adj. (anat.) mesentérico.
Mèsere, ou **mèsero**, s. m. véu que usam na cabeça as mulheres de algumas localidades da Toscana.
Mesmèrico, adj. mesmérico, de Mesmer.
Mesmerísmo, s. m. (filos.) mesmerismo, doutrina de Mesmer.
Mesocàrpo, s. m. (bot.) mesocárpio, ou mesocarpo, substância carnuda, contida entre a epiderme e a película de certos frutos.
Mesocèfalo, s. m. mesocéfalo, que está situado no meio do cérebro.
Mesocòlon, s. m. (anat.) mesocólon ou mesocolo.
Mesolàbio, s. m. mesolábio, antigo instr. geométrico.
Mesolite, s. f. mesólito.
Mesologaritmo, s. m. mesologaritmo, designação antiquada do logaritmo.
Mesozòico, adj. mesozóico, terreno do período secundário.
Mesología, s. f. mesologia.
Mesòni, s. m. pl. (fís.) mesão ou mesotrão, corpúsculo eletrizado que se encontra nas radiações cósmicas.
Mesosfèra, s. f. mesosfera, a parte média da atmosfera.
Mesotòrio, s. m. (quím.) mesotório, elemento da família do rádio.
Mesozòico (pl. -òici) (geol.) mesozóico.
Mêssa, s. f. (ecles.) missa / **libro da ——**: devocionário / **—— nera**: missa negra, sacrílega / (agr.) rebento, renovo / (autom.) **—— in moto**: posto em marcha, arranque / (técn.) **—— in opera, —— in azione**: posta a trabalhar; colocada (máquina, artefato, etc.).
Messaggería, s. f. veículo postal / serviço regular de transporte.
Messaggèro, messaggièro, adj. e s. m. mensageiro, o que leva uma mensagem; o que anuncia ou prenuncia.
Messàggio, s. m. mensagem, notícia comunicada verbalmente; recado / discurso do chefe do Estado no Parlamento.
Messàle, s. m. (ecles.) missal, livro de missa.
Mèsse, s. f. messe, seara; ceifa, seara em estado de ceifar / colheita; quantidade: **buona —— di notizie, di grano**, etc.
Messère, s. m. senhor, meu senhor; título que antigamente se dava aos Grandes, aos senhores, aos prelados e doutores até o século XVI; hoje usa-se somente em sentido burlesco.
Messía, s. m. Messias, o salvador prometido por Deus aos hebreus / (fig.) libertador.
Messiànico, adj. messiânico.
Messianísmo, s. m. messianismo, crença na vinda do Messias.
Messidòro, s. m. (hist.) messidor, décimo mês do calendário republicano francês.
Messinêse adj. e s. m. de Messina (Sicília).
Messitíccio, s. m. (bot.) rebento das plantas.

Mèsso, p. p. e adj. posto, situado; colocado / (s. m.) mensageiro; enviado. embaixador, legado / contínuo de tribunal; servente, empregado municipal.
Messòre (ant.), s. m. ceifeiro.
Messòrio, adj. ceifeiro, relativo a ceifa; **falce messoria**: foice para ceifar ou ceifeira / (p. us.) messório.
Mestamênte, adv. melancolicamente, dolorosamente; tristemente.
Mestàre, v. tr. mexer, agitar com a colher; (fig.) azafamar-se com muitas coisas para satisfazer a mania de fazer intrigas.
Mestàto, p. p. e adj. mexido, agitado, revolvido.
Mestatôio, s. m. colher (em geral de madeira) ou qualquer outro objeto que serve para misturar ou revolver.
Mèstica, s. f. mistura; mescla / composto de cores.
Mesticàre, v. misturar; mesclar.
Mesticciàre, v. fazer pasticho, intrigar; embrulhar.
Mesticciône, s. m. embrulhão.
Mesticherìa, s. f. casa que vende artigos para pintura.
Mestichíno, s. m. espátula de aço para pintores.
Mestieràccio, s. m. (pej.) mister, profissão ruim.
Mestieránte, s. m. artífice, operário; o que exerce um ofício qualquer; (fig.) que exerce a sua própria arte sem esmero, mas só com o fim de lucro.
Mestière, s. m. mister, profissão, arte, ofício; **far mestieri di**: fazer-se mister, haver necessidade de.
Mestierúccio, s. m. (dim.) oficiozinho; profissão de pouca monta.
Mestízia, s. f. tristeza, mágoa, melancolia.
Mèsto, adj. triste, aflito, pesaroso.
Mèstola, s. f. escumadeira, colher de uso na cozinha / utensílio de lavadeira para bater roupa; colher de pedreiro.
Mêstolo, s. m. escumadeira.
Mestolône, s. m. escumadeira grande.
Mestône, s. m. pau redondo e liso para mexer a polenta / (fig.) embrulhão.
Mestruàle, adj. menstrual.
Mestruaziône, s. f. menstruação.
Mèstruo, s. m. mênstruo.
Méta, s. f. esterco que o animal faz de uma só vez.
Mèta, s. f. meta, limite, marco, baliza; termo alvo, mira, fim / (s. m.) combustível sólido.
Meta prefixo (grego) junto a, depois, entre, com, além de; meta.
Metà, s. f. metade / (fam.) a esposa.
Metàbasi, s. f. metábole, figura de retórica.
Metabolísmo, s. m. (quím.) metabolismo.
Metacàrpo, ou **Metacárpio**, s. m. (anat.) metacarpo.
Metacèntro, s. m. metacentro, centro de grav. de corpo flutuante.
Metacísmo, s. m. metacismo, defeito de fala; repetição freqüente da letra M.
Metacronísmo, s. m. metacronismo.
Metafísica, s. f. metafísica.
Metafisicàre, v. intr. metafisicar.
Metafito, s. m. (biol.) metafito, planta pluricelular.
Metàfora, s. f. metáfora.

Metaforeggiàre, v. intr. metaforizar.
Metaforètta, s. f. dim. metaforazinha.
Metàfrasi, s. f. metáfrase.
Metafràste, s. m. metafrasta, comentador, interprete, tradutor.
Metagènesi, s. f. metagênese, alternância de gerações.
Metalèssi, ou metalèpsi, s. f. metalepse.
Metàlico, adj. metálico.
Metallífero, adj. metalífero.
Metallizzàre, v. tr. metalizar, dar brilho metálico; dar aspecto ou consistência de metal.
Metallizzazióne, s. f. metalização.
Metallocromía, s. f. metalocromia.
Metàllo, s. m. metal.
Mettallofagía, s. f. metalofagia, desejo de engolir pedaços de metal.
Metallogenía, s. f. (geol.) metalogia; mineralogia.
Metallòide, s. m. (quím.) metalóide.
Metallotèca, s. f. museu de metais.
Metallurgía, s. f. metalurgia.
Metallúrgico, adj. metalúrgico.
Metamòrfico, adj. metamórfico.
Metamorfosàre, v. metamorfosear, transformar, mudar a forma.
Metamòrfosi, s. f. metamorfose.
Metàno, s. m. metano, hidrocarburo grosso incolor.
Metanodòtto, s. m. conduto para o transporte de metano.
Metaplàsma, s. m. (pl. -àsmi) metaplasma / célula.
Metaplàsma, s. m. (gram.) metaplasmo, alteração na estrutura das palavras.
Metapsíchico, adj. metapsíquico.
Metàstasi, s. f. metástase.
Metastasiàno, adj. metastasiano, relativo ao poeta Metastásio.
Metatàrso, s. m. (anat.) metatarso.
Metàtesi, s. f. (gram.) metátese.
Metàto, s. m. secador de castanhas.
Metempsícosi, s. f. metempsicose.
Metèora, s. f. meteoro, fenômeno atmosférico.
Meteorite, s. f. meteorito, meteorite.
Meteorògrafo, s. m. meteorógrafo.
Meteorología, s. f. meteorologia.
Meteoropatía, s. f. (med.) meteoropatía, doença causada por variação meteorológica.
Meteoroscòpio, s. m. (fís.) meteoroscópio.
Metíccio, adj. e s. m. mestiço; proveniente do cruzamento de diferentes raças.
Meticolosaggíne, e meticolosità, s. f. meticulosidade.
Meticulosamènte, adv. meticulosamente.
Meticolóso, adj. e s. m. meticuloso.
Metile, s. m. (quím.) metilo.
Metílico, adj. metílico.
Metodicamènte, adv. metodicamente; com método.
Metodísmo, s. m. metodismo, doutrina dos metodistas.
Metodizzàre, v. metodizar.
Mètodo, s. m. método; norma, ordem; disposição; modo de proceder, processo, maneira.
Metodología, s. f. metodologia.
Metonicamènte, adv. metonicamente.
Metonimía, e metonimia, s. f. metonimia.
Metonomàsia, s. f. metonomásia.
Metopa, s. f. (arquit.) metópio.
Metoposcopía, s. f. metoposcopia.

Metòscopo, s. m. adivinho; que advinha traços fisionômicos.
Metràggio, s. m. metragem, medição em metros.
Metralgía, s. f. (med.) metralgia.
Mètrica, s. f. métrica, arte de medir versos.
Metricamènte, adv. metricamente.
Mètrico, adj. métrico, relativo ao metro.
Metríte, s. f. metrite, inflamação do útero.
Mètro, s. m. metro, unidade de medida linear / medida do verso antigo e moderno.
Metrônico, s. m. metrônomo.
Metronòtte, s. m. (neol.) guarda-noturno.
Metròpoli, s. f. metrópole, cidade principal ou capital de um reino.
Metropolíta, s. m. metropolita; prelado.
Metropolitàna, s. f. metropolitano, metrô, estrada de ferro subterrânea e urbana / (ecles.) sede de bispado.
Metrorragia, s. f. metrorragia, hermorragia do útero.
Mêttere, v. meter, colocar pessoa ou coisa em lugar determinado; introduzir; pôr, fazer entrar / empregar; gastar; vestir; (fig.) metter conto: ser conveniente / méttersi: pôr-se; meter-se, colocar-se / empreender.
Mettibòcca, s. m. metediço, intrometido.
Mettilòro, s. m. dourador, operário dourador.
Mettimàle, e mettiscàndali, s. m. intrigante, enredador, mexeriqueiro.
Mettitòre, s. m. jogador, que joga no loto, na loteria.
Mèzza, s. f. meia-porção; meia hora depois de meio-dia; meia hora depois de meia-noite: ha sonato la mezza.
Mezzadría, s. f. contrato de meação (entre o patrão e o colono).
Mezzaiòlo, e mezzàdro, s. m. meeiro, que planta a meias com o dono.
Mezzalàna, s. f. tecido feito de lã e algodão.
Mezzalúna, s. f. meia-lua; instrumento cortante; objeto em feitio de semicírculo / emblema da Turquia.
Mezzamàcchia, s. m. (pint.) desenho com sombreado homogênico de uma só tonalidade; meia-tinta.
Mezzàna, s. f. medianeira; alcoviteira / (mar.) mezena (vela).
Mezzanamènte, adv. medianamente, mediocremente.
Mezzanèlla, s. f. pastilha de cerâmica para pavimento / (mar.) pequena vela (de barco).
Mezzanèllo, s. m. tecido de meia lã.
Mezzanino, adj. (dim.) sobre-loja, andar de pouca altura, construído geralmente no andar térreo de prédio comercial; mezzanino, (ital. do sul do Brasil).
Mezzanità, s. f. mediania, mediocridade.
Mezzàno, adj. mediano; médio; que está no meio; mediócre; / (s. m.) medianeiro, rufião.
Mezzanòtte, s. f. meia-noite; metade da noite.
Mezzatàcca, (persona di) loc. e s. f. mediocridade; mediania; meio termo.
Mezzatèla, s. f. meia tela, pano de linho e algodão.
Mezzaterzàna, s. f. febre terçã.

Mezzatinta, s. f. meia-tinta, graduação de cores entre luz e sombra.
Mezzería, s. f. meação; parceria.
Mezzêtta, s. f. recipiente de medida para líquidos e sólidos.
Mezzina, s. f. vaso de cobre para água / moringa.
Mèzzo, adj. mole, molhado, encharcado; quase podre (fruta).
Mèzzo, adj. meio; que vale a metade; médio / medíocre / in mezzo alla piazza: no meio da praça; (s. m.) parte do meio, central; o centro / ação, diligência, recurso, arbítrio; expediente; modo; maneira / (pl.) recursos, haveres: **ricco di mezzi**: abundante; rico de meios (de fortuna).
Mezzobústo, s. m. meio-busto; retrato ou efígie.
Mezzocérculo, s. m. circulo, meio círculo.
Mezzodí, s. m. meio-dia.
Mezzogiôrno, s. m. meio-dia / países meridionais, que ficam ao sul; um dos pontos cardeais; vento sul.
Mezzofondísta, s. m. (esp.) corredor de meio fundo (prova de velocidade e resistência).
Mezzômbra, s. f. meia-sombra, espaço entre a sombra e a luz; penumbra.
Mezzône, s. f. vinhaça, vinho feito de vinhaça e água; vinho fraco / (arquit.) viga do teto.
Mezzorilièvo, s. m. meio-relevo.
Mezzosoprano, s. m. meio-soprano.
Mezzotèrmine, s. m. meio termo / ambigüidade: paliativo; expediente.
Mezzúccio, s. m. expediente mesquinho, baixo.
Mezzúle, s. m. fundo externo da barrica ou tonel.
Mi, forma átona do pron. pessoal que vale me, a me: me, a mim / dissemi, mi disse: disse-me / **egli mi risponde**: ele me responde / junta-se com ecco, eccomi; eis-me aqui / dirmi: diz-me / **mi si aspetta**: esperam-me / (mús.) 3ª nota da escala musical.
Mia, adj. e pr. fem. sing.; (masc.) **mio**.
Miagolamênto, s. m. miado.
Miagolàre, v. intr. miar.
Miagolàta, s. f. miadela continuada.
Miàgolo, s. m. miado, grito de gato.
Mialgía, s. f. mialgia, dor nos músculos.
Miàsma, s. m. miasma, emanação mórbífica.
Miasmàstico, adj. miasmático.
Mica, s. f. (min.) mica, pedra composta de lâminas finas, com brilho metálico dourado, argentado ou bronzeado / pequena porção: bocado; migalha.
Mica, adv. palavra que se usa para reforçar uma asserção negativa, significando: por nada, de nenhuma maneira, absolutamente / ex: **non lo sapêvo** ———: não o sabia, de modo nenhum / **non ho** ——— **voglia di scherzàre**: não tenho nenhuma vontade de brincar / **non è** ——— **vero**: não é verdade, absolutamente!
Micàceo, adj. (min.) micáceo, que contém mica ou é de natureza dela.
Micàdo, s. m. micado; título do antigo imperador do Japão e da suprema autoridade religiosa.
Micascisto e **micaschisto**, s. m. (min.) micaxisto.
Miccerèllo, miccétto, s. m. (tosc.) burrico, pequeno burro.

Míccia, s. f. estopim; morrão.
Míccio, s. m. asno, burro / (fig.) tolo, burrego.
Micco, s. m. (zool.) mico, pequeno macaco / (fig.) janota impertinente e vaidoso.
Micèlio, s. m. (bot.) micélio, parte filamentosa do talo do fungo.
Micènico, adj. micênico, de Micenas, antiga cidade da Grécia.
Micetología, s. f. (bot.) micetologia, estudo sôbre os fungos.
Michelàccio, s. m. (pej.) deprec. do nome de **Michele** (Miguel); **Far la vita, l'arte di** ———: viver ociando, sem outra preocupação senão a de comer, beber e passear; ocioso, vadio; mandrião.
Michelangiolêsco, adj. miguelangesco, relativo a Miguel Angelo; (fig.) estilo grandioso, forte, impressionante.
Mícia, s. f. gata.
Micidiàle, adj. mortífero, mortal; que produz morte.
Micíno, s. m. gatinho.
Micio, s. m. gato.
Micolino, s. m. (dim.) migalha.
Micología, s. f. micologia.
Micòsi, s. f. (med.) micose.
Micrànico, adj. cefalàlgico.
Micro, prefixo; pequeno; micro.
Micròbio, s. m. micróbio.
Microbiología, s. f. microbiologia, bacteriologia.
Microcàmera, s. f. (fot.) máquina fotográfica microscópica.
Microcefalía, s. f. microcefalia, idiotismo.
Microcèfalo, s. m. microcéfalo.
Microchímica, s. f. microquímica.
Microcòsmo, s. m. microcosmo.
Microfílm, s. m. microfilme.
Microfaràd, s. m. microfarádio.
Micròfito, s. m. (bot.) micrófito.
Micròfono, s. m. microfone.
Microfotoscòpio, s. m. microfotoscópio.
Microglòsso, s. m. (zool.) microglosso, papagaio da Nova Guiné / (adj.) que tem língua curta.
Micrografía, s. f. micrografia, estudo por meio de microscópio.
Microgràmma ou **microgràmmo**, s. m. micrograma.
Microlettôre, s. m. aparelho com que se projetam aumentadas as microfotografias e os microfilmes.
Micrología, s. f. micrologia, tratado dos objetos microscópicos.
Micromanía, s. f. micromania, mania das coisas pequenas.
Micrometría, s. f. micrometria.
Mícron, s. m. mícron, unid. elétrica de resistência que equivale a um milionésimo de ohm.
Microrganísmo, s. m. microrganismo; micróbio.
Microscòpico, adj. microscópico; pequeníssimo.
Microscòpio, s. m. microscópio.
Microscopísta, s. m. microscopista, pessoa perita em microscopia.
Microsismogràfo, s. m. microssismógrafo, instr. que registra os mínimos mov. telúricos.
Microsolco, adj. de um sistema especial de gravação de discos fonográficos.

Microtasímetro, s. m. microtaxímetro, barômetro inventado por Edson.
Micròtomo, s. m. micrótomo, instr. para cortar tiras delgadas.
Mída, s. f. (zool.) tartaruga grande, do Atlântico.
Midolla, s. f. miolo, medula do pão; a parte tenra do queijo; polpa de uma coisa.
Midollàre, adj. medular.
Midòllo, s. m. (anat.) medula, miolo, tutano / a parte melhor de qualquer coisa; a parte interior.
Midollóne, adj. e s. m. pessoa lerda.
Midollòso, adj. mioloso, que abunda em miolo; mioludo; meduloso.
Midríasi, s. f. midríase, dilatação anormal da pupila.
Mie, adj. e pr. pl. minhas.
Miéi, adj. e pr. pl. meus.
Miéle, s. m. mel.
Mielína, s. f. mielina, substância medular, contida nos tubos nervosos.
Mielíte, s. f. (med.) mielite, inflamação da medula espinal.
Mielòma, s. m. mieloma, tumor medular.
Miètere, v. tr. colher, ceifar; cortar / (fig.) matar.
Mietitóre, s. m. ceifeiro, camponês que trabalha na ceifa.
Mietitríce, s. f. ceifadora, máquina de ceifar.
Mietitúra, s. f. ceifa; época de ceifar.
Mietúto, p. p. e adj. ceifado, segado; cortado.
Migàle, s. f. (zool.) mígala, grande aranha, cuja mordedura é venenosa.
Migliàccio, s. m. chouriço feito de sangue de porco / (técn.) metal que na fusão se esfria.
Migliacciòla, s. f. fritura de farinha.
Migliàio, (pl. f. **le migliaia**) s. m milheiro; milhar; número coletivo de mil.
Migliarino, s. m. (zool.) milharós, pássaro sindáctilo; melharuco / chumbo miúdo para caça.
Migliaruòla, s. f. chumbo bem miúdo para a caça.
Míglio, s. m. milha / medida itinerária dos romanos que correspondia a 1.472 metros (a medida da milha varia, até hoje, de um país a outro).
Míglio, s. m. (bot.) milho, planta da família das gramíneas.
Miglioraménto, s. m. melhoramento; melhora; adiantamento; aumento; progresso.
Miglioranza, s. f. melhorança, melhora, melhoria.
Migliorato, p. p. e adj. melhorado, que se tornou melhor; aperfeiçoado.
Migliòre, adj. melhor; mais bom; superior a outro em qualidade; menos mal do que estava / (s. m.) o melhor; a melhor coisa.
Miglioría, s. f. melhoria; melhoramento; benfeitoria / **contributo di** ——: contribuição de melhoria.
Mignatta, s. f. sanguessuga; (fig.) usuário, explorador; avarento; importuno.
Mignattàio, s. m. pescador de sanguessugas.
Mignèlla; s. f. (ant.) avarento, tacanho.
Mignola, s. f. botão da flor de oliveira.
Mignolatúra, s. f. florescência da oliveira.

Mígnolo, adj. e s. m. mínimo, o dedo mínimo; / (bot.) botão da flor de oliveira.
Mignon, adj. favorito, benjamim, preferido, pequeno.
Mignóne, s. m. caráter (tipo) tipográfico pequeno.
Migràre, e **emigràre**, v. emigrar, sair do próprio país para ir residir em outro.
Migratòrio, adj. migratório.
Migratríce, s. f. migradoira, que emigra (pássaros).
Migrazióne, s. f. emigração; ação e efeito de emigrar.
Míla, adj. pl. numeral de **mille**: mil, usado com os numerais **duemila**: dois mil ou duas mil; **cènto mila uòmini**: cem mil homens; **cènto mila persone**: cem mil pessoas.
Milanêse, adj. milanês, da cidade de Milão.
Miliardàrio, s. m. milhardário; homem muito rico.
Miliàrdo, s. m. bilhão, mil milhões.
Miliàre, adj. (arqueol.) miliário; marco, pedra, coluna que marca distância em estrada / (med. s. f.) miliária, erupção da vesícula miliária.
Milionàrio, adj. e s. m. milionário; indivíduo rico.
Milioncíno, adj. (num.) milhãozinho.
Milióne, s. m. milhão.
Milionèsimo, adj. num. milionésimo.
Militànte, adj. militante, que milita; que combate.
Militàre, s. m. militar, soldado, miliciano / (v. intr.) militar, servir no exército / (adj.) **arte** ——: arte militar / (v. intr.) pertencer a um partido.
Militarêsco, adj. depr. militaresco.
Militarista, adj. e s. militarista, partidário do militarismo.
Militarizzàre, v. tr. militarizar.
Militarizzàto, p. p. e adj. militarizado.
Militarizzazióne, s. f. militarização.
Mílite, s. m. milite, soldado; militar; voluntário da Cruz Vermelha.
Milízia, s. f. milícia; arte da guerra; exército dum país; força armada.
Millànta, adj. (pop.) mil.; grande quantidade (emprega-se sempre em tom jocoso).
Millantamìla, adj. num. um milhão; (fig.) número, quantidade muito grande.
Millantàrsi, v. pr. vangloriar-se, orgulhar-se, envaidecer-se.
Millantatóre, s. m. vanglorioso, jactâncioso; gabarola.
Millantería, s. f. jactância, bazófia, presunção.
Mille, adj. num. mil / grande quantidade / (s. m.) o número mil.
Millècuplo, adj. (lit.) mil vezes mais.
Millefiòri, s. m. mil-flôres, essência de várias flores.
Millefòglie, s. m. (bot.) milefólio, planta da família das compostas.
Millefórme, adj. de mil e uma formas ou maneiras; multiforme.
Millenàrio, adj. milenário, espaço de mil anos.
Millenarismo, s. m. milenarismo.
Millènne, adj. de mil anos.
Millepièdi, s. m. centopeia, nome comum dos quilópedes.
Millèsimo, adj. e s. m. num. ord. milésimo / a milésima parte.

Millibàr, s. m. milibar, unidade de medida da pressão barométrica.
Milligramma e **miligràmmo**, s. m. miligrama, a milésima parte do grama.
Mililitro, s. m. mililitro, a milésima parte do litro.
Millimetro, s. m. milímetro.
Milodônte, s. m. (geol.) mamífero fóssil, afim ao megatério; milodonte.
Milòrde, **milòrd**, s. m. (ingl.) milorde; homem rico, opulento; título dos lordes ou pares da Inglaterra.
Milordíno, s. m. (dim.) filho de milorde / (fig.) janota, pelintra.
Milòrdo, s. m. (zool.) serpente passarinheira.
Mílvulo, s. m. mílvio, pássaro dentirrostro.
Milza, s. f. (anat.) braço.
Milzadèla, s. f. planta herbácea.
Míma, s. f. mima, bailarina, atriz que não recita, tomando parte nas representações com gestos ou atitudes coreográficas.
Mimêsco, adj. mímico.
Mimèsi, s. f. (ret.) mimese, figura de retórica em que o orador imita a voz ou o gesto de outrem.
Mimètico, adj. mimético.
Mimetísmo, s. m. mimetismo, fenômeno de adaptação ao ambiente.
Mímica, s. f. mímica.
Mímico, adj. mímico, relativo à mímica; relativo à mímica ou à gesticulação.
Mímmo, s. m. mima / (s. f.) criança graciosa, delicada, mimosa.
Mimo, s. m. (latim. mimu), ator de pantomima, que representa por meio de gestos / (hist.) antiga representação cênica latina / (deprec.) bufão, fanfarrão.
Mimògrafo, s. m. mimógrafo, autor de mimos.
Mimòlogo, s. m. aquele que imita a voz ou a pronúncia de outro.
Mimôsa, s. f. (bot.) mimosa, planta faseolácea, a que pertence a sensitiva.
Mína, s. f. mina, galeria ou buraco que se faz no solo para provocar explosão / mina subterrânea / mina submarina / antiga moeda grega / antiga medida romana de capacidade.
Minàbile, adj. minável, que se pode minar.
Minaccêvole, adj. ameaçador.
Minaccevolmênte, adv. ameaçadoramente, assustadoramente.
Minàccia, s. f. ameaça.
Minacciamênto, s. m. ameaça, advertência, intimação.
Minacciànte, adj. ameaçador.
Minacciàre, v. tr. ameaçar, intimidar, amedrontar.
Minacciàto, p. p. e adj. ameaçado, que recebeu ameaça.
Minacciatôre, s. m. ameaçador.
Minacciosamênte, adv. ameaçadoramente, ameaçadamente.
Minacciôso, adj. ameaçador.
Minàre, v. minar, fazer uma mina num lugar / fazer saltar com mina / (fig.) consumir, corroer pouco a pouco; aluir, abalar; solapar, desarraigar.
Minarèto, s. m. minarete ou minar, pequena torre, junto à mesquita, onde o mezzuin anuncia ao povo a hora da oração.

Minàto, p. p. e adj. minado, cheio de minas.
Minatôre, s. m. minador, o que mina; quem trabalha nas minas (mineiro).
Minatòrio, adj. minaz; ameaçador.
Minchiàte, s. f. (ant.) jogo de baralho.
Minchionàre, v. tr. (vulg.) burlar, escarnecer, enganar, iludir; zombar.
Minchiône, adj. e s. m. (vulg.) toleirão, bobo, simplório; trouxa.
Minchionería, s. f. parvoíce, tolice, asneira.
Mineràle, adj. e s. m. mineral.
Mineralísta, s. m. mineralogista.
Mineralizzàre, v. pr. mineralizar, transformar em mineral ou minério.
Mineralizzaziône, s. f. mineralização.
Mineralogísta, s. mineralogista.
Minervàle, adj. minerval, relativo à Minerva.
Minèstra, s. f. sopa (alimento); comida em geral; (fig.) negócio, transação, quase sempre em sentido pejorativo.
Minestràccia, s. f. (deprec.) sopa ordinária, comida ruim.
Minestrína, s. f. (dim.) sopa leve e delicada para doentes e crianças.
Minestrôna, s. f. sopão, sopa substanciosa.
Minestrône, s. m. sopa da cozinha lombarda, composta de arroz e de diversas qualidades de verduras e legumes, temperada com fatias de pele de porco.
Minestrúccia, s. f. (depr.) sopinha, sopa fraca.
Míngere, v. intr. urinar.
Mingherlíno, adj. magricela, mirrado, esguio.
Minghêtti, s. m. charuto doce, italiano (do nome de Minghetti, estadista e economista italiano).
Miniàre, v. tr. miniaturar, pintar em miniaturas.
Miniàto, p. p. e adj. ilustrado com miniaturas.
Miniatôre, e **miniaturísta**, s. m. miniaturista, o que faz miniaturas.
Minièra, s. f. mina, lugar subterrâneo donde se extraem minerais; cavidade, galeria subterrânea; (fig.) fonte de riqueza, lugar abundante.
Mínima, s. f. mínima, nota musical / (meteor.) a mínima temperatura registada no termômetro.
Minimalísta, s. m. minimalista, partidário do programa socialista mínimo.
Minimamênte, adv. minimamente / em quantidade mínima.
Mínimi, s. m. pl. mínimos, ordem de religiosos instituída em 1435 por S. Francisco de Paula.
Mínimo, adj. mínimo; o mais pequeno; o que está no grau mais baixo; a menor porção duma coisa.
Minimum, s. m. (latim: **minimum**), grau mínimo; o preço mínimo.
Mínio, s. m. (quím.) mínio, óxido salino de chumbo.
Ministeriàle, adj. ministerial.
Ministèro, s. m. ministério; função, cargo, ofício; cargo de ministro; tempo durante o qual este cargo é exercido; conjunto do gabinete; gabinete ministerial.
Ministèro Púbblico: promotor público nos tribunais.

Ministràre, v. tr. e intr. ministrar; prestar, fornecer; administrar, conferir; sugerir, inspirar.
Ministro, s. m. ministro de Estado; ministro plenipotenciário; aquele que tem um cargo, ou uma função; executor, aquele que dirige uma casa, uma instituição, etc. / aquele que executa os desígnios de outrem.
Minorànza, s. f. minoria; a parte menos numerosa.
Minoràre, v. minorar, tornar menor; abrandar, aliviar, atenuar.
Minorativo, adj. minorativo / (med.) laxante leve.
Minorazióne, s. f. diminuição.
Minóre, adj. e s. m. menor, mais pequeno em quantidade, em dimensões, em intensidade; mínimo / pessoa inferior, subalterna / que ainda não atingiu a maioridade / il —— di tutti: o menor de todos.
Minorènte, adj. e s. menor, aquele que juridicamente é de menor idade.
Minorita, s. m. (ecles.) menorita, religioso franciscano.
Minorità, s. f. menoridade, estado de uma pessoa menor; período durante o qual se é menor.
Minòsse, s. m. (fig.) minos, juiz terrível, examinador sombrio (de Minos, rei de Creta) (mitol.).
Minòssico (adj.) minóico; diz-se dos povos cretenses, da época arcaica.
Minotàuro, s. m. (mitol.) minotauro, monstro metade homem e metade touro.
Minuèndo, s. m. (arit.) minuendo, que vai ser diminuído.
Minuêtto, s. m. (mús.) minueto ou minuente, antiga dança elegante e simples a três tempos executada por pares; música que acompanha essa dança.
Minúgia, s. f. (med.) cateter, sonda bem delgada; / corda de instrumentos de música, feita de tripa de carneiro.
Minúscolo, adj. minúsculo, muito pequeno / mesquinho; letra menor que as outras; tipo, carácter tipográfico minúsculo.
Minúta, s. f. minuta, rascunho, primeira redação dum documento ou de qualquer escrito; / lista do jantar ou almoço; menu; cardápio.
Minutàglia, s. f. miuçalha, porção de coisas miúdas; fragmento / povoléu, / arraia-miúda.
Minutànte, p. pr. e s. minutador, aquele que faz ou copia minutas.
Minutàre, v. tr. minutar, fazer ou ditar a minuta.
Minutèllo, adj. miudinho, muito pequeno / magrela, mirrado.
Minuteria, s. f. miuçalha, pequena porção de coisas miúdas / (pl.) trabalhos delicados de ourivesaria.
Minutézza, s. f. miudeza, qualidade do que é miúdo / delicado; pequeno / minúcia, minudência / mesquinharia.
Minutière, s. m. ourives que executa trabalhos delicados.
Minutíno, adj. miúdo, muito pequeno; exíguo, sutil; de pouca importância / precioso, minucioso nos mínimos detalhes / **bestiàme minúto**: as ovelhas, as cabras, os suínos / (s. m. mat.) a 60ª parte de uma hora.
Minúzia, s. f. minúcia; coisa miúda; insignificância; bagatela; particularidade; minudência.
Minuziosàggine, s. f. minuciosidade: minúcia, pormenor.
Minuziosamènte, adv. minuciosamente.
Minuziosità, s. f. minuciosidade, qualidade de minucioso.
Minuzióso, adj. minucioso, que se preocupa com as minúcias; escrupuloso; meticuloso / narrado detalhadamente.
Minuzzàglia, s. f. e **minuzzàme**, s. m. miuçalha, pequena porção; complexo de coisas miúdas.
Minuzzàre, v. tr. esmiuçar; esmigalhar; dividir em pequeníssimas partes.
Minuzzàto, p. p. e adj. esmiuçado, dividido em bocadinhos.
Minuzzatóre, s. m. esmiuçador.
Minúzzolo, s. m. migalha, parte miudíssima de alguma coisa que se dividiu ou que se partiu; (fig.) minúcia.
Minzióne, s. f. micção, ato de urinar.
Mío, m. e **mía**, f. adj. meu; minha; (pl.) **miei** (meus); (s. m.) bens / **il mìo e il tuo**: o meu e o teu / parentes, **i miei**: os meus.
Miocàrdio, s. m. (anat.) miocárdio.
Miocardíte, s. f. miocardite, inflamação do miocárdio.
Miocèle, s. m. miocele, tumor muscular.
Miocelíte, s. f. miocelite.
Miocène, s. m. (geol.) mioceno, período médio da era terciária.
Miocènico, adj. miocênico.
Mioglobína, s. f. (anat.) mioglobina, substância análoga à hemoglobina.
Miografía, s. f. (anat.) miografia, estudo dos músculos.
Miògrafo, s. m. miógrafo.
Miología, s. f. (anat.) miologia, o mesmo que miografia.
Miòlogo, s. m. miólogo.
Miòma, s. m. mioma, tumor do tecido muscular.
Míope, adj. míope, aquele que tem a vista muito curta; (fig.) pessoa pouco perspicaz.
Miopía, s. f. miopia.
Mioplàstico, adj. mioplástico, que serve para o desenvolvimento muscular.
Mioressía, s. f. miorrexe, ruptura dos músculos.
Miòsi, s. f. (med.) miose, contração da pupila.
Miòsico, adj. miósico, produzido por miose.
Miosína, s. f. (quím.) miosina, matéria muscular albuminóide.
Miosíte, s. f. (med.) miosite, inflam. dos músculos.
Miosòtide, s. f. (bot.) miosota, miosótis, planta das borragináceas.
Miosòttero, s. m. (zool.) morcego.
Mira, s. f. mira; ato de mirar um alvo; o ponto a qual se dirige a mira; (fig.) fim, intuito, intenção, interesse, desejo / **prender di mira**: perseguir, atacar.
Mirabíle, adj. mirífico, admirável, extraordinário.
Mirabília, s. f. maravilha, coisas miríficas, grandes, maravilhosas.
Mirabilmènte, adv. mirificamente, maravilhosamente; admiravelmente.

Miracolàio, s. m. milagreiro, que crê facilmente em milagres; que se espanta, que se maravilha com qualquer coisa.
Mirabolàno, s. m. mirabolano, fruto medicinal; (adj.) mirabolante; espalhafatoso.
Miracolàto, adj. miraculado, aquele em que se operou um milagre.
Miràcolo, s. m. milagre, prodígio; (fig.) coisa inesperada; coisa maravilhosa.
Miracolosaménte, adv. miraculosamente, por milagre.
Miraculôso, adj. milagroso, extraordinário; sobrenatural, prodigioso.
Miràggio, s. m. miragem, fenômeno de ilusão ótica; (fig.) sonho, ilusão, engano.
Mirallègro, s. m. congratulação; felicitação / parabéns (pl.).
Miràndo, adj. admirável.
Miràre, v. mirar, fixar a vista, contemplar / apontar / (fig.) aspirar, desejar, cobiçar.
Miratôre, s. m. pessoa que mira.
Míria, s. m. (aritm.) míria, prefixo para os nomes das medidas 10 mil vezes maiores que a unidade de medida.
Miríade, s. f. miríade, número equivalente a dez mil; número infinito de coisas ou pessoas.
Miriagràmma, ou **miriagràmmo**, s. m. miriagrama, dez mil gramas.
Miriàlitro, s. m. mirialitro.
Miriàmetro, s. m. miriâmetro.
Miriàpodi, s. m. pl. (zool.) miriápodes, que têm muitos pés.
Miriàrca, s. m. (hist.) miriarca, comandante de 10 mil soldados.
Mírica, s. f. (bot.) mírica, planta aromática.
Mirífico, adj. mirífico, maravilhoso, admirável.
Miríno, s. m. mira das armas de fogo; peça da máquina fotográfica para se poder estabelecer a posição da imagem na negativa.
Miristicàcee, adj. miristicáceas, gênero de plantas a que pertence a moscadeira (noz-moscada).
Mirmecòbio, s. m. (zool.) mirmecóbio, gênero de mamíf. marsupiais.
Mírmica, s. f. (zool.) mírmeco, mirmecóbio, formiga.
Mirmicòfago, s. m. e adj. mirmecófago; que se alimenta de formigas / formigueiro.
Mirmillóne, s. m. mirmilão / gladiador romano.
Miro, adj. (poét.) maravilhoso; admirável: la mira madre (Manzoni).
Mírra, s. f. mirra, planta que produz uma goma resinosa.
Mirràre, (ant.) v. tr. condimentar com mirra / (fig.) tornar incorruptível.
Mirràto, p. p. e adj. mírreo, perfumado com mirra; preparado com mirra.
Mirro, s. m. antiga medida veneziana para o azeite, do valor aproximado de 10 kg.
Mirròlo, s. m. mirrol, óleo extraído da mirra.
Mirtàcee, s. f. mirtácea, fam. de plantas que tem por tipo a murta.
Mírteo, adj. mírteo, relativo a mirto.
Mirtéto, s. m. mirtedo, lugar onde crescem mirtos.
Mirtifórme, adj. mirtiforme, semelhante ao mirto.

Mirtíllo, s. m. (bot.) mirtilo.
Mirtino, adj. mirtíneo, relativo à família das mirtíneas.
Mirto, s. m. (bot.) mirto, ou murta.
Misantropía, s. f. misantropia.
Misantròpico, adj. misantrópico.
Misàntropo, s. m. misantropo, que tem aversão ao gênero humano; pessoa solitária.
Miscèa, s. f. (vulg. tosc.) insignificância, bagatela / coisa mixe.
Miscèla, s. f. mescla, mistura, combinação (espec. de líquidos).
Miscellànea, s. f. miscelânea, mistura de coisas diversas; livro ou fascículos de argumentos literários ou científicos.
Miscellàneo, adj. miscelâneo, que se compõe de várias coisas / **Códice miscelláneo**, manuscrito com escritos de vários autores.
Míschia, s. f. pugna, peleja, luta; (fig.) multidão de pessoas em conflito.
Mischiaménto, s. m. contenda, luta de grande proporção; misturada.
Mischiànza, s. f. mistura, mescla.
Mischiàre, v. tr. misturar.
Mischiataménte, adv. misturadamente, desordenadamente.
Mischiàto, p. p. e adj. misturado, junto; misto.
Míschio, adj. (pop.) mesclado / marcado, pontilhado de várias cores (por ex. de mármore, pano, etc.).
Miscíbile, adj. misturável, mesclável.
Misconoscènte, adj. e s. desconhecedor; desagradecido; desprezador.
Misconôscere, v. desconhecer; desprezar; renegar.
Miscredènza, s. f. descrença, incredulidade; irreligião.
Miscrédere, v. descrer, não crer nas coisas da religião; não ter fé.
Miscúglio, s. f. misturada, confusão, mistifório / (fig.) pastiche, (ital.) **pasticcio**.
Misdíre, (ant.) v. tr. falar mal; contradizer; blasfemar.
Miseràbile, adj. miserável, pobre, indigente / (s. m.) desprezível, abjeto / desgraçado.
Miserabilità, s. f. miserabilidade, indigência.
Miserabilménte, adv. miseravelmente, tristemente, lastimosamente.
Miseraménte, adv. miseravelmente, dolorosamente.
Miseràndo, adj. miserando, desditoso; digno de compaixão.
Miserèllo, **miseríno**, adj. (dim.) pobrezinho, infeliz, mesquinho.
Miserère, s. m. (latim) miserere (salmo) / (fig.) faccia da ———: cara de moribundo.
Miserèvole, adj. miserando.
Miserevolménte, adv. miseravelmente.
Misèria, s. f. miséria, grande pobreza, indigência, penúria; avareza, mesquinharia; ninharia.
Misericòrdia, s. f. misericórdia, compaixão, dó, piedade; graça, perdão.
Miserióne, s. m. (deprec.) sovino, avarento, aquele que ostenta uma falsa miséria.
Mísero, adj. mísero, deventurado, infeliz, pobre; pequeno; escasso; mesquinho.
Misèrrimo, adj. sup. misérrimo, muito mísero.

Misfatto, s. m. crime perverso, delito horrível.
Misirìzzi, s. m. brinquedo de criança, espécie de joão-teimoso / (fig.) pessoa de atitude ridiculamente soberba.
Misleàle, adj. desleal.
Mislealtà, adj. (lit.) deslealdade.
Misogamía, s. f. misogamia, aversão ao casamento.
Misògamo, adj. misógamo, que tem aversão pelo casamento.
Misògino, s. m. misógino, que tem aversão às mulheres.
Misoneísmo, s. m. misoneísmo, aversão a tudo que é novo.
Misoponía, s. f. misoponia.
Missàggio, s. m. operação, no cinema sonoro, pela qual se cortam, juntam ou misturam as várias películas sonoras.
Missile, adj. de projétil, etc. próprio para ser arremessado / (s. m.) (hist.) presentes que os imperadores romanos atiravam à multidão.
Missionàrio, s. m. missionário, sacerdote que pertence às missões.
Missiône, s. f. missão, mandato solene, sagrado; o corpo dos missionários.
Missíva, s. f. missiva, carta, epístola.
Mistagogía, s. f. mistagogia, iniciação nos mistérios.
Mistagògico, adj. mistagógico.
Mistamènte, adv. mistamente, misturadamente.
Misteriosamènte, adv. misteriosamente.
Misteriosità, s. f. misteriosidade.
Mistèro, s. m. mistério, segredo, enigma / reserva, cautela / o sacramento da igreja.
Mística, s. f. mística; teologia mística.
Mistichería, s. f. misticidade.
Misticísmo, s. m. misticismo.
Místico, adj. místico, misterioso, simbólico, figurado, alegórico.
Mistificàre, v. mistificar, lograr, enganar, iludir.
Mistificàto, p. p. e adj. mistificado, burlado, iludido.
Mistificaziône, s. f. mistificação, burla, engano, logro.
Mistilíneo, adj. (geom.) mistilíneo, que tem linhas retas e curvas.
Mistilingue, adj. mistilingüe; relativo a várias línguas.
Mistiône, s. f. misturada; mistura, misturança.
Místo, adj. misto; misturado; formado de elementos diversos.
Mistrà, s. m. (dial.) licor feito com anis.
Mistràl, s. m. mistral; vento do sul da França e Mediterrâneo.
Mistúra, s. f. mistura, mescla.
Misturàre, v. misturar, juntar, agregar; confundir.
Misturàto, p. p. e adj. misturado, adicionado; feito com mistura.
Misúra, s. f. medida; objeto para medir / (geom.) quantidade que se toma por unidade / bitola, padrão; norma; regularidade; providência, disposição.
Misùrabile, adj. medível, que se pode medir.
Misuramento, s. m. medição, ato de medir.
Misurapiòggia, s. m. pluviômetro.

Misuràre, v. medir, determinar, calcular, avaliar uma quantidade por meio duma medida; considerar; ponderar; avaliar.
Misuratamènte, adv. medidamente; moderadamente.
Misuratèzza, s. f. comedimento, moderação.
Misuràto, p. p. e adj. medido, calculado / moderado, prudente; equilibrado.
Misuratôre, s. m. medidor, o que mede.
Misuraziône, s. f. medida, medição; avaliação (de terrenos, etc.).
Misurètta, s. f. e **misuríno**, s. m. (dim.) medida pequena, pequeno recipiente para medida mínima de capacidade.
Míte, adj. suave, manso, moderado / módico (preço).
Mitemènte, adv. suavemente, brandamente, mansamente.
Mítera, s. f. (hist.) mitra, carapuça de papel que se punha na cabeça dos condenados a penas infamantes.
Mitèzza, s. f. meiguice, brandura, suavidade.
Mítico, adj. mítico, relativo aos mitos.
Mitigàbile, adj. mitigável.
Mitigamènto, s. m. e **mitigaziône**, s. f. mitigação, abrandamento; amansamento.
Mitigàre, v. mitigar, abrandar, amansar, aliviar, suavizar.
Mítilo, s. m. (zool.) mítilo, molusco.
Mitingàio, adj. (deprec.) metingueiro, orador e freqüentador de comícios (meeting).
Míto, s. m. mito, tradição; fábula, alegoria; conto fabuloso.
Mitografía, s. f. mitografia, ciência dos mitos.
Mitología, s. f. mitologia, hist. dos deuses e heróis da antigüidade.
Mitòlogo, s. m. mitólogo, mitologia.
Mitòmane, s. m. mitômano / mentiroso.
Mítra, s. f. mitra, ornamento da cabeça dos antigos persas e árabes.
Mitràglia, s. f. metralha.
Mitragliàto, p. p. e adj. metralhado.
Mitragliatôre, s. m. metralhador, o que metralha.
Mitragliatríce, s. f. metralhadora.
Mitriàre ou **mitràre**, v. mitrar, coroar com mitra.
Mitràto, adj. mitrado, que tem mitra; prelado.
Mitridàtico, adj. mitridático.
Mittènte, s. m. remetente, expedidor; o que envia (mercadoria, carta, etc.).
Mixedèma, s. m. (med.) mixedema, edema cutâneo; prostração nervosa.
Mixôma, s. f. mixoma, tumor do tecido mucoso.
Mizzonite, s. f. (min.) mizonite, mineral constituído de silicato de alumínio e cálcio.
Mnemònica, s. f. mnemônica, arte da memória.
Mnemotécnica, s. f. mnemotécnica, arte de educar a memória.
Mo (ant.) adv. já, agora.
Mo' apoc. de **modo**; a mo' di, à maneira de; a mo' d'esempio, à maneira de exemplo.
Moa, s. m. (zool.) moa, ave gigante da Austrália.
Moàtra, moatría, s. f. moatra, mofatra, contrato usuário.

Mòbile, adj. móvel, que pode mover-se; (fig.) volúvel, inconstante / **beni mobili**: (s. m. pl.) bens, haveres, móveis que se podem transportar / peça de mobília.
Mobilêtto, mobilíno, mobilúccio, s. m. (dim.) movelzinho, móvel pequeno e elegante.
Mobília, s. f. mobília, conjunto dos móveis que guarnecem uma casa.
Mobiliàre, v. mobiliar, guarnecer com mobília / (adj.) mobiliário, relativo a mobiliário, relativo à mobília ou a bens móveis.
Mobiliàto, p. p. e adj. mobiliado, guarnecido de móveis.
Mobiliatúra, s. f. mobiliamento, mobilação.
Mobilismo, s. m. (filos.) mobilismo, antigo princípio filosófico.
Mobilità, s. f. mobilidade, propriedade dos corpos / (fig.) inconstância; leviandade, ligeireza, volubilidade.
Mobilitàre, v. mobilizar, dar movimento; pôr o exército ou a esquadra em pé de guerra.
Mobilitàto, p. p. e adj. movimentado; mobilizado.
Mobilitazióne, e **mobilizzazióne** (neol.) s. f. mobilização.
Mobilmênte, adv. de modo móvel.
Mobilòne, s. m. móvel grande.
Mòca, s. m. moca (ou moka), variedade de café muito apreciada.
Mocassíno, s. m. calçado leve e cômodo; mocassim (bras.).
Mocchètta, s. f. e **mocchètto**, s. m. tecido de pelo de cabra.
Moccichíno, s. m. lenço de assoar.
Moccicòso, adj. ranhoso.
Mòccio, s. m. ranho, humor mucoso das fossas nassais.
Moccióne, e **moccicóne**, s. m. ranhoso; sujo de ranho / tolo; insignificante.
Moccolàia, s. f. morrão, extremidade carbonizada de mecha ou de torcida.
Moccolêtto, moccolíno, s. m. (dim.) vela de cera pequena / toco de vela.
Mòccolo, s. m. vela (de cera) curta.
Moccolóne, s. m. vela grande, círio / (fig.) imbecil; pessoa reles, sem valor.
Mòco, s. m. (bot.) órobo, espécie de ervilhaca.
Mocòco, s. m. (zool.) mococo, mamífero africano, espécie de lêmure.
Mòda, s. f. moda; uso passageiro de vestuários e ornamentos, variável segundo o gosto e o capricho.
Modàle, adj. modal, relativo à modalidade.
Modalità, s. f. modalidade.
Modanatúra, s. f. (arquit.) modinatura, perfil dado pelo conjunto dos elementos retilíneos e curvilíneos que constituem as molduras de uma construção.
Mòdano, s. m. modelo de um determinado trabalho; modelo, medida com o qual se guiam os artífices na execução de seus trabalhos; padrão.
Modèlla, s. f. modelo, mulher que serve de estudo a pintores e escultores e que se costuma designar em forma masculina "modelo" (modelo).
Modellàbile, adj. que se pode modelar.
Modellamênto, s. m. modelagem.
Modellàre, v. modelar, fazer o modelo; representar por meio de modelo.
Modellatôre, s. m. modelador.
Modellazióne, s. f. modelação.
Modèllo, s. m. modelo, relevo reduzido da obra que se pretende reproduzir / aquele que posa para pintores ou escultores como modelo / molde de papel que serve para o corte de vestidos / exemplar; exemplo; tipo; norma.
Modenêse, adj. e s. m. natural de Módena, cidade da Região Emiliana (alta Itália); modenense, modenês.
Moderàre, v. moderar.
Moderamênto, s. m. (fora de uso) e **moderazióne**, s. f. moderação, temperança.
Moderàto, p. p. e adj. moderado, refletido, prudente; correto / módico; meio-termo.
Modernamênte, adv. modernamente, à moderna.
Modernista, adj. e s. modernista.
Modernizzàre, v. modernizar, tornar moderno; atualizar.
Modèrno, adj. moderno, novo, atual, hodierno, presente.
Modestamênte, adv. modestamente; singelamente.
Modèstia, s. f. modéstia, comedimento; compostura.
Modèsto, adj. modesto, moderado, despretensioso, singelo; sóbrio / simples; mediocre (de posição ou de haveres de fortuna).
Modicità, s. f. modicidade, parcimônia.
Mòdico, adj. módico; pouco; tênue, limitado, parco.
Modifica, (neol.) s. f. modificação, retificação.
Modificàbile, adj. modificável, transformável.
Modificativo, adj. modificativo, que modifica.
Modificazióne, s. f. modificação; mudança, alteração.
Modiglióne, s. m. (arquit.) modilhão, ínsula decorativa, que serve para sustentar uma cornija.
Modinatúra, s. f. (arquit.) moldura, modinatura.
Modíno, adv. devagarinho; cuidadosamente, atenciosamente.
Mòdio, s. m. módio, antiga medida romana de capacidade.
Modísta, s. f. modista, costureira de chapéu de senhoras.
Modisteria, s. f. casa, ateliê de modas.
Mòdo, s. m. modo, forma, método; maneira de ser; aparência, sistema; aspecto; ocasião; expediente / meio / forma da conjugação do verbo.
Modulàre, v. modular, variar harmonicamente a voz, o canto, o som; passar de um a outro tom.
Modulàbile, adj. modulável, que se pode modular.
Modulazióne, s. f. modulação variada, inflexão da voz, do canto, etc.
Mòdulo, s. m. módulo; modelo, exemplar / módulo, medida proporcional; módulo de medalha; diâmetro / fórmula, modelo para documentos.
Mòdus-vivendi, s. m. **modus vivendi** (lat.) modo de viver, acordo entre partes contendoras, para viverem mutuamente em paz.
Moèlla, s. f. tecido de seda.

Moèrro, s. m. tecido ondulado, chamalotado, geralmente de seda, de lindo efeito cambiante.
Mofèta, s. f. (geol.) mofeta, gás mefítico.
Mofètico, adj. mefítico, pestilencial.
Moffètta, s. f. (zool.) fuinha, pequeno mamífero.
Mògano, s. m. mógono ou mogno, árvore de madeira muito apreciada.
Mòggio, s. m. módio, antiga medida romana de capacidade para o trigo; antiga medida agrária.
Mogliàzzo, (pl.) (ant.) s. m. casório, esponsais.
Mogigrafia, s. f. mogigrafia, cãibra dos dedos, que ataca principalmente os que escrevem a mão.
Mògio, adj. melancólico, deprimido, abatido, triste.
Mògio, adj. acanhado, humilhado, desanimado.
Mogliàccia, s. f. mulher (esposa) má, feia, ruim.
Mogliàio, adj. que é todo dedicado à mulher.
Mòglie, s. m. mulher, esposa.
Mogliema, (ant.) s f minha mulher.
Mogliêsco, adj. mulheril, relativo à mulher.
Mòglietta, s. f. tua mulher.
Mogliètta, mogliettína, s. m. dim. mulherzinha (esposa) pequena e afetuosa.
Mogòl, ou gran mogòl, s. m. grão-mogol, antigo título do imperador do Industão; nome de um célebre diamante.
Mòia, s. f. salina; água que contém sal; substância terrosa de certos vulcões.
Moiètta, s. f. tira estreita de ferro, que se envolve para reforço nas caixas de embalagem.
Moíne, s. f. faceirice para granjear a simpatia das pessoas; denguices, mimos.
Mòla, s. f. mó, pedra com que se trituram os grãos nos moinhos; pedra de amolar facas, etc. / massa carnosa que se forma no útero por falso concebimento.
Molàre, adj. molar, de mó, dente ———: dente molar.
Molàssa, s. f. (geol.) (min.) arenária.
Molàto, p. p. e adj. amolado, afiado na mó.
Molàzza, s. f. engenho de moer; moinho.
Môlcere, v. abrandar, mitigar.
Molcíre, v. (raro) mitigar, abrandar.
Mòle, s. f. mole, construção de grandes dimensões / (fig.) pessoa grande e gorda; quantidade de coisas ajuntadas / fadiga; grandeza; dificuldade.
Molècola, s. f. molécula, partícula infinitamente pequena.
Molènda, s. f. moenda, a retribuição que recebe o moleiro pela moagem do trigo.
Molestamênte, adv. molestamente, incomodamente.
Molestamênto, s. m. molestamento, ato de molestar.
Molestàto, p. p. e adj. molestado, enojado, importunado.
Molèstia, s. f. moléstia, mal-estar, inquietação.
Molèsto, adj. molesto, enfadonho, importuno, aborrecível.
Môlgere, (ant.) v. ordenhar.

Mòli, s. m. erva usada pelos antigos contra as feitiçarias.
Molibdàto, s. m. (quím.) molibdato, design. genérica de sais neutros que se extraíram dos ácidos molíbdicos.
Molibdèno, s. m. (quím.) molibdênio.
Molinísmo, s. m. (teol.) molinismo, doutrina de Molina a respeito da Graça em relação à preciência Divina.
Molitúra, s. f. moagem, moedura.
Mòlla, s. f. mola, lâmina de metal flexível, de aço, em espiral / (mar.) molla! (interj.) solta! / todo objeto que serve para imprimir movimento, amortecer choque, etc. / (fig.) incentivo, estímulo às ações humanas.
Mollàme, s. m. (deprec.) tecido ordinário, de pouca duração; conjunto de coisas moles.
Mollàre, v. afrouxar; largar (de corda estirada); (fig.) amolecer, abrandar, enfraquecer, relaxar; ceder, (mar.) largar, soltar.
Mòlle, adj. mole, débil, fraco / molhado / doce, delicado; efeminado; lascivo / (s. m.) qualquer líquido que amolece alguma coisa / (s. f.) mola / (pl.) peças de ferro para avivar o fogo.
Molleggiamênto, s. m. molejo, vibração por meio de molas; o jogo das molas; elasticidade de pressão ocasionada por molas.
Mollemênte, adv. molemente, com moleza; lentamente / lascivamente; efeminadamente.
Mollêzza, s. f. moleza; (fig.) morbidez, languidez.
Mollica, s. f. miolo (do pão).
Mollíccio, adj. úmido, molhado; brando, mole / lugar úmido.
Mollificàre, v. molificar, tornar mole, amolecer.
Mollificatívo, adj. molificativo / (med.) emoliente.
Mollízia, s. f. molícia, moleza.
Mòllo, adj. mole; molhado.
Mollúme, s. m. umidade causada pela chuva; (depr.) coisa mole, frouxa.
Mollúsco, s. m. molusco.
Mòlo, s. m. molhe, paredão para abrigo de navios ou para defender do ímpeto das vagas.
Molòc, s. m. moloque, sáurio da Austrália.
Molône, s. m. merlão, intervalo dentado nas ameias de fortaleza.
Molòsso, s. m. molosso, cão de fila.
Moltêplice, adj. multíplice, que se manifesta de vários modos; numeroso; que consta de muitas partes.
Molteplicità, s. f. multiplicidade.
Moltíplica, s. f. multiplicação / (mec.) roda que multiplica as voltas de outra.
Moltiplicàbile, adj. multiplicável.
Moltiplicabilità, s. f. multiplicabilidade.
Moltiplicamênto, s. m. multiplicação.
Moltiplicatamênto, adv. multiplicadamente; repetidamente.
Moltiplicàto, p. p. e adj. multiplicado; aumentado.
Moltiplicazióne, s. f. multiplicação.
Moltiplicità, s. f. multiplicidade, grande número / número não determinado de muitas coisas.
Moltisènso, adj. multissenso, que tem vários significados.

Moltisonànte, adj. multissono, que produz muitos ou variados sons.
Moltitúdine, s. f. multidão, grande ajuntamento de pessoas; povo; cópia, profusão.
Môlto, adj. e adv. muito, em grande número, quantidade ou abundância / profundamente,' excessivamente; em grande quantidade.
Momentàccio, s. m. momento (período de tempo) mau, azarado; um mau quarto de hora.
Momentaneamênte, adv. momentaneamente, rapidamente.
Momentàneo, adj. momentâneo; que dura um momento só; transitório.
Momentíno, s. m. (dim.) momentozinho, breve momento.
Momênto, s. m. momento.
Mòmo, s. m. momo (mitol.), deus, filho da noite; (fig.) crítica maledicente.
Mònaca, s. f. monja, freira, freira de mosteiro.
Monacàle, adj. monacal, relativo a monge ou a freira; monástico.
Monacànda, s. f. noviça, moça que está preparando-se para ser freira.
Monacàto, s. m. monacato, estado ou vida de monge ou de freira.
Monacèlla, e **monachèlla, monachína**, s. f. freirinha, pequena freira, freira de pouca projeção.
Monachíno, (ant.) adj. de cor escura, tirante a vermelho / (ornit.) (s. m.) morinelo, pássaro silvestre.
Monàco, s. m. frade, monja, irmão, padre, religioso / **l'abito non fa il ——**: o hábito não faz o monje / (sin.) **fraque**.
Monacúccia, s. f. freirinha, pequena freira / (bot.) lírio.
Monacúccio, s. m. frade pequeno.
Monacúme, s. m. (deprec.) fradaria, fradalhada.
Mònade, s. f. mônada / (filos.) unidade perfeita, substância ativa, elemento simples e indivisível, infusório.
Monadélfia, s. f. (bot.), monadelfia.
Monadísta, s. m. monadista, partidário do monadísmo de Leibnitz.
Monammína, s. f. (quim.) monamina, composto derivado de uma molécula do amoníaco.
Monarca, s. m. monarca, chefe de um estado monárquico.
Monarchía, s. f. monarquia.
Monarmònio, s. m. monarmônio, instrumento de uma só harmonia.
Monàsta, s. f. (zool.) cuco, ave trepadora.
Monastèro, s. m. mosteiro; convento.
Monàstico, adj. monástico, relativo a monges ou a freiras.
Monàtto, s. m. (hist.) coveiro ou enfermeiro dos doentes de peste, na epidemia que assolou a Lombardia no século VII.
Monàulo, s. m. monaulo, espécie de flauta antiga.
Moncheríno, s. m. coto de braço; braço sem mão.
Monchíno, s. m. coto / luva ordinária para o dedo polegar.
Monda, s. f. monda; ato de mondar.
Mondamênto, s. m. (e **mondatúra**); mondadura.

Mondàna, s. f. mundana; mulher que aprecia os prazeres mundanos; mundana, mulher de fáceis costumes.
Mondanità, s. f. mundanidade, as coisas, a vida do mundo.
Mondàno, adj. mundano; do mundo.
Mondàre, v. mondar, limpar de ervas, tirar a casca / corrigir, expurgar, limpar.
Mondézza, s. f. limpesa, expurgo.
Mondezzàio, s. m. monturo, esterqueira.
Mondiàle, adj. mundial, do mundo inteiro.
Mondíglia, s. f. liga de metal / a parte não-aproveitável das coisas mondadas (limpas).
Mondígias, e **mondizías**, s. f. mundícia, limpeza, asseio.
Mondína, s. f. mondina, mulher que trabalha na monda do arroz.
Mòndo, adj. mondo, limpo, asseado, puro / (s. m.) orbe, universo, planeta, globo, mundo; a terra; o povo, a sociedade; a humanidade; a gente.
Monduàldo, s. m. (jur.) tutor que se dá à mulher para que possa entrar em causa; decreto pelo qual a mulher pode dispor do próprio dote.
Monédula, s. f. gralha, pássaro da família dos corvídeos.
Monèlla, s. f. garota (mocinha ou menina) travessa, levada.
Monellàccio, s. m. (depr.) moleque malcriado, atrevido.
Monellería, s. f. travesura; molecagem (bras.).
Monellíno, s. m. (dim.) garotinho, menino vivo.
Monèllo, s. m. pirralho, garoto, menino travesso.
Monellúccio, s. m. (dim.) pirralhinho.
Monèta, s. f. moeda, peça de metal de valor determinado; papel-moeda.
Monetàggio, (pl. -aggi) s. m. moedagem; fabricação de moeda.
Monetàre, v. amoedar, cunhar moedas.
Monetàrio Falso; falsário.
Monetína, monetúzza, s. f. moedinha, moeda de pouco valor.
Monferrína, s. f. região do Piemonte.
Mongàna, s. f. vitela (novilha) de leite.
Mongolfièra, s. f. aeróstato.
Móngoli, s. m. pl. mongóis, povo da Mongólia.
Mongòlico, s. e adj., mongólico, da Mongólia; que pertence a raça amarela.
Mònica, s. f. (agr.) mônica, uva branca da região de Cagliari, na Sardenha.
Moníle, s. m. colar, adereço; corrente de ouro que as mulheres usam para adorno.
Monísmo, s. m. (filos.) monismo.
Monísta, s. m. e f. monista.
Mònito, s. m. advertência, censura, admoestação; reprimenda.
Monitôre, s. m. monitor, aquele que dá conselhos / título de certos jornais: **il —— dei Comuni** / (mar.) couraçado de tonelagem média.
Monitòrio, (pl. -òri) adj. monitório, que serve de aviso; que serve de admoestação / (s. m.) aviso judicial / carta ou citação da autoridade eclesiástica.
Mònna, s. f. (ant.) abrev. de **madonna**: dona, dama, senhora / mono, bugio (macaco) / pileque: **pigliar la ——**: tomar uma bebedeira.

Monoatòmico, adj. (quím) monoatômico, elem. cuja molécula é constituída por um só átomo.
Monobàsico (quím.) adj. monobásico.
Monoblessía, s. f. (med.) monoblepsia, estado mórbido em que o doente só vê fechando um dos olhos.
Monocàrpico, adj. (bot.) monocárpico, que dá fruto uma só vez.
Monoclamidèo, adj. (bot.) monoclamídeo.
Monoclíno, adj. (min.) monoclínico / (bot.) monóclinos, vegetais que têm androceu e gineceu na mesma flor.
Monòcolo, adj. e s. monóculo; que tem um só olho; óculo ou luneta de um só vidro.
Monocultúra, a f. monocultura.
Monocòrdo, s. m. monocórdio, instrumento de uma só corda.
Monocotilèdone, adj. e s. monocotiledôneo.
Monocromàtico, adj. monocromático, que tem uma cor só.
Monocromàto, s. m. monocromado, pintura, estampa de uma só cor.
Monoculàre, adj. monocular, binóculo ou lente de um só vidro.
Monocuspidàle, adj. (arquit.) de uma só cúspide.
Monodàttilo, adj. monodáctilo, que tem um só dedo.
Monodía, s. f. monodia, canto a uma só voz / na tragédia grega, canto fúnebre a uma só voz.
Monodràmma, s. m. monodrama, drama com um só personagem.
Monòfago, adj. monófago.
Monofobía, s. f. monofobia, medo da solidão.
Monogamía, s. f. monogamia.
Monògamo, adj. e s. monógamo.
Monogènesi, s. f. monogênese.
Monogènico, adj. monogênico.
Monoginía, s. f. (bot.) monoginia.
Monografía, s. f. monografia, tratado acerca de um ponto particular de ciência, literatura, etc.
Monogràmma, s. m. monograma.
Monòico, adj. monóico, ou monéico.
Monolítico, adj. monolítico.
Monòlito, adj. e s. m. monólito; que é formado de um bloco só (de pedra ou de mármore).
Monòlogo, s. m. monólogo; solilóquio.
Monolúcido, adj. de papel alisado somente de um lado / monolúcido.
Monòmane, s. monomaníaco.
Monomanía, s. f. monomania, delírio parcial limitado a uma só idéia.
Monometalísmo, s. m. monometalismo, emprego de um só metal como moeda de um país.
Monòmetro, adj. monômetro, de um só metro (poesia).
Monòmio, s. m. (mat.) monômio, (expr. algébrica).
Monopètalo, adj. (bot.) monopétalo, que tem uma só pétala.
Monoplàno, s. m. monoplano, avião de um só plano.
Monoplegia, s. f. monoplegia, paralisia de um só membro.
Monopòlio, s. m. monopólio.
Monopolísta, s. m. monopolista.
Monopolizzatôre, s. m. monopolizador.
Monoptèro, adj. (arquit.) monóptero, que tem uma só ordem de colunas.

Monoradicolàre, adj. monorradicular, que só tem uma raiz.
Monòrchide, s. m. (anat.) monórquido; que tem um só testículo.
Monoreattôre, adj. de aeroplano a reação, acionado por um único reator.
Monoregalèse, adj. natural de mondovi; habitante de Mondovi, cidade do Piemonte (alta Itália).
Monorifrangènte, adj. monorrefringente, que só produz refração simples.
Monorímo, adj. monórrimo, que tem uma só rima (de versos).
Monorítimico e Monorítmo, adj. e s. m. monorrítmico, que tem ritmo uniforme.
Monosaccàrdi, s. m. (pl.) (quím.) produtos de oxidação parcial dos álcoois polivalentes.
Monosilàbico, adj. monossilábico, formado de uma só sílaba.
Monospèrmo, adj. monospermo, que contém uma só semente.
Monòstico, s. m. monóstico, que consta de um só verso.
Monostròfico, adj. monostrófico, de uma só estrofe.
Monoteísmo, s. m. monoteísmo, adoração de um só Deus.
Monotelíti, s. m. pl. monotelistas, hereges orientais do século VII.
Monotipía, s. f. (tip.) monotipia.
Monotipísta, s. m. monotipista.
Monotípo, s. f. monótipo (e monotipo no Brasil), máquina de compor, que funde os caracteres da letra.
Monotonía, s. f. monotonia; falta de variação.
Monòtono, adj. monótono; que não tem variação; enfadonho.
Monotrèmo, s. m. (zool.) monotremo, que tem uma só abertura para as excreções.
Monotriglífo, s. m. (arquit.) monotríglifo, espaço de tríglifo e duas métopas, entre duas colunas.
Monòttero, s. m. monóptero.
Monovalènte, adj. (quím.) monovalente, univalente.
Monovèrbo, s. m. rébus, logogrifo, enigma, relativo a uma só palavra.
Monsignoràto, s. m. monsenhorado, dignidade de monsenhor.
Monsignôre, s. m. monsenhor, título que se dá a prelados.
Monsignorètto, s. m. (dim.) jovem prelado.
Monsône, s. m. (geogr.) monção, vento periódico que sopra seis meses numa direção e seis meses em direção oposta.
Mônta, s. f. montada, ato de montar / ajuntamento; acasalamento de animais para a geração / (arquit.) raio do arco.
Montàbile, adj. montável, que se pode montar.
Montacàrichi, s. m. monta-cargas, ap. de elevação para transportar cargas ou mercadorias.
Montàggio, s. m. (mec.) montagem, disposição das partes de um conjunto para fazer a montagem de máquinas, mecanismos, etc.
Montàgna, s. m. montanha, monte muito alto.
Montagnàccia, s. f. montanha perigosa, de difícil escalada.

Montagnàrdo, s. m. (hist.) durante a revol. francesa, deputado jacobino pertencente ao grupo da Montanha.
Montagnòlo, adj. montanhês, serrano, montanhês.
Montagnôso, adj. montanhoso.
Montanàro, adj. montanhês, relativo a montanhas; (s. m.) que vive nas montanhas.
Montaníno, adj. montanhês.
Montanísta, s. m. montanista; empregado das minas.
Montàno, (adj) montano; de monte; de montanha.
Montànte, p. pr. e adj. montante, que monta / crescente; que sobe.
Montàre, v. montar; subir / montar um cavalo; fornecer do necessário (uma casa, um escritório, etc.),; subir de preço; dar corda em relógio / (fig.) exagerar.
Montàta, s. f. subida; ladeira; ação de montar (uma vez).
Montàto, p. p. e adj. montado, posto em cima, posto sobre / irritado.
Montatúra, s. f. montada, ato de montar; (fig.) exagero, enfatuação, vanglória.
Montavivànde, s. m. pequeno elevador para tranportar a comida da cozinha a um andar superior.
Mònte, s. m. monte, elevação natural de terreno / montanha; montão.
Montiàno, adj. montiano, imitador do poeta Vincenzo Monti.
Monticellètto, **monticellíno**, **monticètto**, (dim.) (s. m.) montículo, pequeno monte.
Montigiàno, adj. e s. m. montanheiro, montanhês; habitante dos montes.
Montonàta, s. f. corcovo, salto do cavalo arqueando o dorso.
Montoncíno, s. m. carneirinho, pequeno carneiro.
Montône, s. m. carneiro.
Montonína, s. f. carneira, pele de carneiro preparada para diferentes usos.
Montuôso, adj. montanhoso, montuoso.
Montúra, s. f. farda; divisa militar.
Monumentàle, adj. monumental.
Monumentíno, s. m. monumentozinho, pequeno monumento.
Monumentomanía, s. m. monumentomania; mania de elevar monumentos por qualquer fato ou para qualquer homem.
Monzìcchio (ant.) s. m. montão, montículo.
Mòra, s. f. amora, fruto da amoreira; demora, atraso na realização de um pagamento / jogo popular, entre duas pessoas, que se faz levantando os dedos de uma das mãos.
Moràcee, (pl. bot.) moráceas, família das plantas à qual pertence a amoreira.
Moraiuòla, s. f. amoreira (planta).
Moràle, adj. moral, que diz respeito aos bons costumes / (s. f.) norma; procedimento; que é do espírito, da inteligência; filosofia prática que estuda as leis dos atos humanos.
Moraleggiàre, e **moralizzàre**, v. moralizar.
Moralísta, s. m. moralista.
Moralizzazióne, s. f. moralização.
Moralmènte, adv. moralmente, de modo moral; espiritualmente.
Moràto, adj. da cor da amora; escuro.

Moratòria, s. f. moratória, dilação concedida ao devedor.
Morbidamènte, adv. docemente, delicadamente.
Morbidèzza, s. f. macieza, suavidade, delicadeza.
Mòrbido, adj. macio, suave, delicado, mole; lânguido.
Morbidúme, s. m. (depr.) conjunto de coisas brandas, moles.
Morbífero, e **morbífico**, adj. morbífico, insalubre, morbígero.
Morbilità, s. f. morbilidade: morbidade.
Morbíllo, s. m. (lat. **morbillus**) sarampo.
Morbillôso, adj. morbiloso, relativo ao sarampo.
Mòrbo, s. m. morbo, doença; estado patológico.
Morbosamènte, adv. morbosamente.
Morbosità, s. f. morbosidade.
Mòrchia, s. f. borra, resíduo do óleo.
Mordàcchia, s. f. mordaça; açamo; focinheira para cavalos.
Mordàce, adj. mordaz, pungente, satírico; crítico, áspero; mordente, corrosivo.
Mordacità, s. f. mordacidade; maledicência acre e pungente.
Mordènte, adj. mordente, que morde; que ataca corroendo; que fere; que provoca, que corrói / (técn.) composição química para fixar as cores / (músc.) mordente.
Mòrdere (pr. **mòrdo**) v. morder / picar ou ferir com órgãos especiais / (fig.) criticar, repreender / afligir, torturar / (burl.) comer: **non c'e nulla da ——— il freno**: suportar com raiva / **far ——— la polvere**: vencer, abater o inimigo / atacar, corroer.
Mordicamènto, s. m. ou **mordicazióne**, s. f. mordicação, mordicadela; ato de mordicar.
Mordicàre, v. mordicar; corroer.
Mordicatívo, adj. mordicativo; mordicante.
Mordigallína, s. f. (bot.) anagálide, planta herbácea, conhecida por morrião.
Morditôre, s. m. mordedor; o que morde.
Morditúra, s. f. mordedura; mordida.
Mordorè (neol.) adj. de couro, tingido de cor violeta-claro.
Morèlla, s. f. papel de cor azulado, us. geralmente para envolver açúcar.
Morèllo, adj. pardo, moreno / (s. m.) cavalo negro.
Morèna, s. f. (geol.) morena, acervo de pedras ou detritos rochosos transportados pelas geleiras.
Morènte, p. pr. e adj. e s. m. morrente, morrediço; moribundo.
Morèsca, s. f. dança mourisca, com saltos e mímicas.
Morèsco, adj. mourisco.
Mòre Sòlito, loc. lat. como de costume.
Morèto, s. m. (agr.) amoreiral, lugar plantado de amoreiras.
Morètta, adj. e s. f. pequena amora / morena; escura / (zool.) pato-marinho / máscara de Arlequim.
Morettíno, s. m. **morettína**, s. f. moreninho; moreninha (moço ou moça).
Morfèa, s. f. morféia; lepra.
Morfína, s. f. morfina.
Morfinizzàre, v. morfinizar, intoxicar com morfina.
Morfinòmane, s. m. e f. morfinômano, dado ao vício da morfina.

Morfologia, s. f. morfologia, doutrina das formas orgânicas / (gram.) ciência que trata da formação das palavras.
Morfologista, s. m. e f. morfologista.
Morgàna, s. f. morgana, fada; miragem.
Morganàtico, adj. morganático, matrimônio de um príncipe com mulher de diferente condição social em que a mulher não tem direito ao título do marido.
Moría, s. f. mortandade epidêmica; peste.
Moribôndo, adj. e s. m. moribundo; aquele que está quase a morrer.
Moriccia, ou **muriccia**, s. f. muro construído com pedras amontoadas.
Morigeràre, v. morigerar, dar bons costumes.
Morigeràto, p. p. e adj. morigerado, que tem bons costumes ou vida exemplar.
Morindína, s. f. (quím.) morindinha, substância extraída da raíz da morinda.
Moriône, s. m. (hist.) morrião, antigo capacete sem viseira; antigo chapéu de ferro.
Morire, v. morrer; cessar de viver.
Moritúro, adj. e s. morrediço, morredouro; que vai morrer.
Morlàcchi, s. m. (pl.) morlaques, habitantes do norte da Dalmácia.
Mormône, s. m. mórmon, sectário do mormonismo.
Mormonismo, s. m. mormonismo, doutrina religiosa, outrora poligâmica.
Mormoràre, v. murmurar, sussurrar, produzir murmúrio.
Mormoràto, p. p. e adj. murmurado, sussurrado.
Mormorazióne, s. f. murmuração, ato de murmurar / maledicência.
Mormoreggiaménto, s. m. murmuramento; murmuração.
Mormorío, s. m. murmúrio, sussurro / som confuso de muitas pessoas que falam.
Mòro, adj. e s. m. mouro / preto; escuro / moreno escuro.
Moróne, s. m. (agr.) amoreira preta / variedade de videira.
Morosità, s. f. (for.) morosidade; atraso.
Moróso, adj. moroso, tardio; que demora para pagar uma dívida.
Mòrra, s. f. jogo em que o parceiro procura adivinhar a soma dos dedos abertos do adversário.
Mòrsa, s. f. torno, pequeno aparelho de ferro ou de madeira no qual se apertam as peças que devem ser limadas, cortadas, polidas, ajustadas, etc. / (arquit.) dente, espigão.
Morsecchiàre, e **morsicchiàre**, v. mordiscar, morder repetidas vezes.
Morsecchiatúra, s. f. mordicadela, mordicação.
Morsellètto, **morsellíno**, s. m. (dim.) e **morsèllo**, s. m. pedacinho; bocadinho.
Morsètta, s. f. (dim.) pequeno torno.
Morsicàre, v. morder.
Morsicàto, p. p. e adj. mordido; ferido com os dentes.
Morsicatúra, s. f. mordedura; mordidela.
Mòrso, p. p. mordido; picado / (s. m.) mordida, mordedura, mordedela / bocado, **un** ——— **di pane**; um bocado de pão / freio / **mettere il** ———: sujeitar, dominar; pôr o freio.
Morsúra, s. f. (tip.) corrosão, ação do mordente na lâmina de gravar.
Mortadèlla, s. f. mortadela, salame de forma ovóide.
Mortàio, s. m. pilão, instrumento para pilar no gral / (mil.) morteiro para lançar bombas e granadas.
Mortàle, adj. mortal, que está sujeito a morrer; que causa morte / cruel; encarniçado, profundo.
Mortalètto, s. m. pequeno morteiro, usado antigamente; fogo de artifício; foguete; rojão (bras.).
Mortalità, s. f. mortalidade.
Mortalménte, adv. mortalmente, de modo mortal.
Mortaménte, adv. de modo morto, como morto; debilmente, fracamente.
Mortarètto, s. m. rojão; foguete que se faz explodir no ar em ocasião de festas.
Mòrte, s. f. morte, ato de morrer; o fim da vida.
Mortèlla, s. f. (bot.) murta, planta da família das mirtáceas.
Mortesatrice, s. f. (técn.) fresadora vertical.
Morticcio, adj. mortiço; morrediço: que tem aspecto de coisa morta.
Morticíno, s. m. (dim.) defuntozinho, criança morta / (adj.) **carne morticina**: carne, lã do animal morto naturalmente / **legnàme** ———: madeira morta.
Mortiferaménte, adv. mortiferamente.
Mortífero, adj. mortífero, mortal.
Mortificaménto, s. m. mortificação.
Mortificànte, p. pr. e adj. mortificante, que mortifica.
Mortificare, v. mortificar, entorpecer, suprimir a vitalidade / tornar insensível / (fig.) humilhar; causar desgosto.
Mortificàrsi, v. refl. mortificar-se; infligir a si próprio castigos corporais.
Mortificativo, adj. mortificativo.
Mortificàto, p. p. e adj. mortificado, humilhado; apoquentado, atormentado.
Mortificazióne, s. f. mortificação; aflição, tormento; humilhação / (patol.) extinção do sentido em algum membro; estado das carnes mortas.
Mortígno, adj. pálido, descorado, desbotado (cor); mortiço, apagado.
Mòrto, p. p. e adj. morto; defunto; que deixou de viver / **àcqua mòrta**: água estagnada, parada; (fig.) pessoa sonsa, que dissimula.
Mortòrio, s. m. mortório; funeral / (fig.) lugar, espetáculo sem alegria.
Mortuàrio, adj. mortuário, relativo aos mortos.
Mòrva, s. f. (vet.) mormo, doença do gado cavalar e asinino.
Mosaicista, s. m. mosaicista, que trabalha em obras de mosaico.
Mosàico, s. m. mosaico; obra ou artefato composto de partes visivelmente distintas / (adj.) lei mosaica, de Moisés.
Mosaismo, s. m. mosaísmo, doutrina de Moisés.
Mòsca, s. f. (zool.) mosca, inseto díptero / **mòsca cieca**: cabra-cega, (brinquedo de crianças).

Moscàccia, s. f. (pej.) gênero de mamífero insetívoro, do tamanho de um rato: mussaranho / (ant.) pequeno gavião macho / (fig.) janota, almofadinha.
Moscatèlla, adj. diz-se de um gênero de videira e de uva da mesma.
Moscatèllo, moscàto, s. m. vinho moscatel / (adj.) de videira que produz o vinho moscatel.
Moscàio, s. m. mosqueiro; mosquedo; lugar onde há muitas moscas.
Moscaiòla, s. f. mosqueira, cobertura de malha de arame para resguardar os alimentos das moscas.
Moscerino, s. m. nome genérico de muitos dípteros minúsculos; mosquito, mosquitinho.
Moschèa, s. f. (do árabe **mesgid**) mesquita; templo dos maometanos; la —— della mecca é quella di medina.
Moschoerèccio, adj. de mosca, relativo a moscas.
Moschettàre, v. mosquetar, atirar com mosquete.
Mosquettàta, s. f. mosquetada; mosquetaço.
Moschettière, s. m. (hist.) mosqueteiro.
Moschettína, s. f. moscazinha, pequena mosca.
Moschètto, s. m. (mil.) mosquete, espingarda curta.
Moschettòne, s. m. mosquetão, gancho de mola para prender o relógio à corrente; gancho para prender a espada ao cinturão.
Moschicída, adj. mosquicida; que mata as moscas.
Moschína, s. f. moscazinha.
Mosciàme, s. m. tira seca do lombo do atum, moxama.
Mosciàra, musciàra, s. f. almadra, armação ou barco para a pesca do atum.
Moscicône, adj. frouxo, fraco, mole.
Mosciòne, adj. moleirão / (s. m.) beberrão, borrachão / nuvem de mosquitos.
Mòsco, s. m. (zool.) mósco, ruminante das regiões da Ásia central.
Mosconcèllo, mosconcíno, s. m. mosca.
Moscòne, s. m. (zool.) moscão; mosca grande / (fig.) cortejador amolante; galanteador importuno.
Moscovita, adj. e s. moscovita / (neol.) russo.
Mòssa, s. f. movimento, ato de mover; impulso / movimento de tropas / manobra / lance de xadrez (jogo) / —— **di corpo**: diarréia.
Mossàccia, s. f. (pej.) ato, gesto descortês.
Mossètta, s. f. pequeno gesto ou movimento.
Mòsso, p. p. e adj. movido; impelido; levado; deslocado, acelerado; instigado; induzido / **mare mòsso**: mar agitado.
Mostàccio, s. m. (depr.) cara, focinho; rosto.
Mostacciòne, s. m. mostarda, molho cozido / conserva de uva cozida; molho.
Mostardièra, s. f. recipiente para a mostarda.
Mostímetro, s. m. mostímetro, ou gleucômetro (instr. para medir o açúcar no mosto).
Mòsto, s. m. mosto, sumo espremido da uva.

Mòstra, s. f. mostra; ato de mostrar; exibição / manifestação; sinal, ensaio, prova; amostra (de mercadorias, etc.) / exposição / vitrina / parada militar / fingimento, aparência.
Mostràre, v. mostrar, expôr, exibir, apresentar / ensinar, provar; assinalar; manifestar.
Mostràto, p. p. e adj. mostrado, apresentado, exposto; patente.
Mostravènto, s. m. (mar.) veleta: catavento.
Mostreggiatúra, s. f. prega, dobra, virola (em roupa ou vestido).
Mostricciàttolo, s. m. (depr.) mostrengo.
Mostricíno, s. m. pequeno monstro / (fig.) criança feia e magra.
Mostríno, s. m. (dim.) monstrozinho / amostra; objeto exposto em vitrina; pequeno mostrador dos segundos, nos relógios de bolso / (fig.) pessoa má, perversa, cruel.
Mostruosamènte, adv. monstruosamente; absurdamente.
Mostruosità, s. f. monstruosidade, coisa abominável, monstruosa.
Mòta, s. f. lodo; lama; barro.
Motàccia, motàccio, s. m. lodeira, lameiro; lodaçal.
Motacílla, s. f. (zool.) pequeno pássaro conirrostro, motacila.
Motivàre, v. motivar, explicar, mencionar os motivos / dar motivo / (jur.) dar as razões de uma sentença.
Motivàto, p. p. e adj. motivado, causado; determinado.
Motivazióne, s. f. motivação; exposição de motivos; exposição de causas.
Motivètto, s. m. (mús.) pequeno motivo; (melodia) musical.
Motivo, adj. e s. motivo; movente; que tem força para mover / causa, razão / (mús.) melodia, expressão de uma idéia ou pensamento.
Mòto, s. m. moto, movimento, giro; impulso / motim, movimento subversivo / atividade / (abrev.) motocicleta.
Motoaratríce, s. f. arado mecânico.
Motocàrro, s. m. camioneta de três rodas, para transporte de mercadorias.
Motocarrozzètta, s. f. motocicleta com "side-car".
Motociclètta, s. f. motocicleta.
Motociclísmo, s. m. motocicleta.
Motociclísta, s. m. motociclista.
Motocíclo, s. m. motocicleta; motociclo.
Motoleggièra, s. f. motocicleta leve, de passeio.
Motonàuta, s. m. motonáutica, navegação com motor mecânico.
Motonàve, s. f. navio mercante movido a motor de explosão.
Motopròprio, adj. motu-proprio (latim) espontaneamente / determinação dimanada diretamente do soberano do soberano ou do pontífice.
Motopropulsòre, s. m. moto-propulsor (do motor de avião).
Motòre, adj. e s. m. / motor; que faz mover ou que imprime movimento.
Motòrio, adj. motório, que tem movimento.
Motorísta, s. m. motorista, mecânico que trabalha em motores.
Motoscàfo, s. m. lancha, barco pequeno com motor de explosão.
Motôso, adj. lodacento, lodoso.

Motrice, s. f. motriz, veículo tranviário que reboca outro; (adj.) **fòrza motrice:** força que dá movimento; força motriz.
Mòtta, s. f. desmoronamento de terreno.
Motteggèvole, adj. motejador.
Motteggiamènto, s. m. motejo, gracejo, zombaria.
Motteggiàre, v. motejar, zombar, escarnecer; caçoar.
Mottèggia, s. m. motejo, gracejo, argúcia.
Mottètto, s. m. (dim.) motete, espécie de composição musical; cantiga; composição poética.
Mòtto, s. m. mote, sentença breve, arguta; palavra; epígrafe.
Movènte, p. pr. e adj. movente; que move ou que se move; que impulsiona; (s. m.) motivo; causa.
Movènza, s. f. gesto, movimento; porte.
Movíbile, adj. movível, que se pode mover; móbil.
Movietône, adj. (cin.) de sonorizador especial de filmes; movietone.
Movimènto, s. m. movimento, ação de mover; ação; animação; agitação política ou social / (fig.) mudança; tumulto; incentivo / movimento (de trens, navios, etc.).
Moviòla, s. f. banco de montagem de filmes de cinema.
Moziòne, s. f. moção, ação ou efeito de mover; movimento: força / proposta apresentada em uma assembléia deliberativa.
Mozzamènte, adv. mutiladamente, truncadamente.
Mozzàre, v. mutilar, cortar, decepar; truncar / abreviar / —— **il respiro:** cortar, impedir a respiração.
Mozzarèlla, s. f. espécie de queijo napolitano; moçarela (bras.).
Mozzàto, p. p. e adj. decepado, truncado; cortado.
Mozzètta, s. f. murça, manto de cor, em forma de cabeção, usada por eclesiásticos.
Mozzètto, s. m. coto de cera, pedaço de metal; etc. / bota de cano curto.
Mozzicône, s. m. toco, pedaço, resto de alguma coisa / ponta de cigarro.
Mozzino, s. m. pagina com algumas linhas impressas e o resto em branco.
Mozzíno, adj. mutilado, decepado; truncado / (s. m.) grumete de navio.
Mozzorècchi, s. m. (do que tem as orelhas decepadas) / (fig.) embrulhão; / curial, rábula; advogado desonesto e ignorante.
Múcca, s. f. vaca leiteira.
Muccería, s. f. vilania; burla.
Mucchierèllo, mucchiètto, mucchiettíno, s. m. (dim.) montãozinho de qualquer coisa.
Múcchio, s. m. montão, quantidade de qualquer coisa ou de pessoas acumuladas ou agrupadas em pequeno espaço.
Múcchio, s. m. muco, umidade das mucosas.
Muccôsa, ou Mucôsa, s. f. (fisiol.) mucosa.
Muccòsita, e mucosità, s. f. mucosidade.
Múcido, adj. mofento. embolorado.
Mucillàggine, e mucillàgine, s. f. mucilagem, substância vegetal afim à goma; líquido espesso e gomoso.
Mucillagginôso, adj. mucilaginoso.

Mucronàto, adj. mucronado.
Mucrône, s. m. múcron, ponta: extremidade aguda (da espada, etc.) / (anat.) extremidade inferior do coração.
Mudàre (ant.) v. mudar, renovar as penas, a pele (p. ex. das cobras, das lagartixas, do bicho-da-seda, etc.).
Muezzíno, s. m. muezim ou muezzim, sacerdote muçulmano que chama os fiéis à oração.
Múffa, s. f. mofo, bolor, báfio.
Muffàre, v. mofar, encher de mofo; criar mofo.
Múffigno, adj. (p. us.) mofento, coberto de mofo; bolorento.
Muffíre, v. mofar, criar mofo; embolorar.
Múffola ou múfola, s. f. mufla, cobertura de barro com alguns furos, para certas forjas / forno onde se coze a porcelana, etc.
Muffosità, s. f. mofo, bolor / (fig.) soberba, jactância.
Muflône, s. m. muflão, cabra selvagem.
Muftí, s. m. mufti, chefe da religião maometana; dignitário de Estado; ministro dos cultos.
Mugghiàre, v. mugir, dar mugidos; / (fig.) soltar gritos semelhantes a mugidos; / o rumorejar violento do mar.
Mugghinamènto, s. m. mugido.
Múgghio, s. m. mugido, o grito dos animais bovídeos e dos leões / uivo doloroso; rumor do vento ou do mar.
Múggine, s. f. mugem, peixe da família dos mugílidas, de carne muito apreciada.
Muggíre, v. mugir, dar mugidos / (fig.) o rumorejar do vento, do mar, do trovão.
Muggíto, s. m. mugido; / boato, rugido.
Mugheríno, s. m. (bot.) jasmineiro / (fig.) mocinho elegante.
Mughètto, s. m. (bot.) lírio-convale / (med.) erupção que se forma na boca das crianças linfáticas e das pessoas afetadas por doenças graves.
Mugic, ou mugik, s. m. (russo) mujique, camponês russo; servo da gleba no tempo do Czar.
Mugliàre, v. mugir; rugir.
Mugnàia, s f moleira, a mulher do moleiro.
Mugnaíno, s. m. (dim.) moleirinho, pequeno moleiro.
Mugnaio, s. m. moleiro, dono ou trabalhador de moinho / (zool.) espécie de gaivota.
Múgo, s. m. (bot.) mugo; pinheiro dos Alpes e dos Apeninos; dá uma resina muito perfumada.
Mugolàre, v. ganir; gemer com voz inarticulada e lamentosa.
Mugolío, e mugolamènto, s. m. ganido, ganideira.
Mugolône, s. m. que vive a ganir; (fig.) queixoso, gemedor, chorão, choramingador.
Mùla, s. f. mula, fêmea do mulo.
Mulàcchia, s. f. (zool.) gralha, pássaro da família dos corvídeos, que imita facilmente a voz humana.
Mulàccia, s. f. (depr.) mula feia, ruim; (fig.) moça orgulhosa, cabeçuda.
Mulàggine, s. f. teimosia, obstinação.
Mullattièra, s. f. atalho, caminho, estrada de montanha onde só passam animais de carga.

Mulattière, adj. de atalho montanhoso e estreito, onde passam as bestas de carga.
Mulatto, s. m. mulato, indivíduo mestiço das raças branca e negra.
Mulésco, adj. de mulo; relativo a mulo; mulesco.
Mulètta, s. f. (dim.) mulinha; pequena mula.
Mulièbre, (e muliebre), adj. (lit.) muliebre, feminino.
Mulièbrità, s. f. muliebridade, feminilidade / caráter de homem efeminado.
Mulinàio, s. m. moleiro (de moinho).
Mulinàre, v. sonhar, fantasiar; arquitetar; maquinar (ou redemoinhar), revolutear; fazer girar ao redor.
Mulinèllo, s. m. molinete / remoinho dos ventos, das águas, etc. rodízio (brinquedo de crianças), instrumento com rodas para fiar / ferramenta para cobrir fechaduras, etc. / voragem; sorvedouro.
Mulino, s. m. moinho, lugar onde se mói o trigo ou outros cereais.
Mullàghera, s. f. (bot.) trifólio (planta herbácea).
Múlo, s. m. mulo, filho de burro e égua ou de cavalo e burra / (fig.) bastardo / homem teimoso, obstinado.
Mulône, s. m. (aum.) mulo grande / (fig.) teimoso; cabeçudo.
Múlsa, s. f. mulsa, (hidromel) mistura de água e mel.
Múlso, s. m. vinho cozido com mel, usado pelos romanos antigos nos antipastos.
Múlta, s. f. (jur.) multa; pena pecuniária.
Multànime, adj. (lit.) de muitas almas; de muita gente: la folla ———.
Multàre, v. multar, impor, aplicar multa a.
Multicapsulàre, adj. (bot.): multicapsular, fruto que tem muitas cápsulas.
Multicàule, adj. multicaule, de cuja raiz saem muitos caules.
Multicellulàre, adj. multicelular (bot.), que tem muitas células.
Multicolôre, adj. multicolor.
Multifôrme, adj. multiforme; que se manifesta de diversas maneiras.
Multilàtero, adj. multilátero, que tem mais de quatro lados.
Multilíngue, adj. multilíngue; que fala muitos idiomas; poliglota.
Multilobàta, adj. (fem.) multilobado, dividido em muitos lóbulos.
Multiloquacità, s. f. loquacidade; abundância de palavras.
Multiloguènza, s. f. eloqüência, facúndia.
Multilòquio, s. m. multilóquio; discurseira.
Multíloquo, adj. que fala muito; falador, verboso, loquaz.
Multilustre, adj. de muitos lustros, idoso.
Multimilionàrio, adj. e s. m. multimilionário.
Multípara, adj. multípara.
Multiplàno, s. m. multiplano, avião de diversos planos, hoje desusado.
Múltiplo, adj. múltiplo.
Multisênso, adj. que tem diversos sentidos.
Multisillàbo, adj. polissílabo, de muitas sílabas.

Multisonànte, adj. multissonante; fragoso, estrepitoso.
Multivàgo, adj. (lit.) desejoso de muitas coisas.
Múmmia, s. f. múmia; cadáver embalsamado / (fig.) pessoa feia e seca ou taciturna e retraída.
Mummificàre, v. mumificar, converter em múmia.
Mummificàto, p. p. e adj. mumificado, reduzido ao estado de múmia.
Mummificazióne, s. f. mumificação.
Múndio, s. m. (hist.) múndio, direito ou tutela, na antiga legislação feudal.
Múngere, v. mungir, extrair das tetas; ordenhar (o leite) / (fig.) ——— la borsa o danarsi: tirar, arrancar dinheiro de alguém.
Mungitóio, s. m. mungideira, recipiente para recolher o leite ordenhado.
Mungitríce, s. f. ordenhadeira, que ordenha (mulher ou máquina de ordenha).
Mungitúra, s. f. ordenha.
Municipàle, adj. municipal.
Municipalità, s. f. municipalidade.
Municipalizzàre, v. municipalizar; dar ao município a administração de certas indústrias.
Municipalizzàto, p. p. e adj. municipalizado, passado ao município.
Municipalizzazióne, s. f. municipalização.
Município, s. m. município; o governo do município / (hist.) cidade que no antigo Estado Romano se governava com leis próprias e gozava da cidadania romana / (sin.) Comune.
Munificamênte, adv. munificamente.
Munificènte, adj. munificente, generoso, magnânimo.
Munificènza, s. f. munificência; generosidade.
Munífico, adj. munífico; liberal; generoso; esplêndido.
Muníre, v. tr. munir, prover, fornecer, abastecer / (pr.) munisco.
Munírsi, v. munir-se, armar-se, prover-se; abastecer-se.
Munizionamênto, s. m. municionamento, ato de municionar.
Munizionàre, v. municionar.
Munizionàrio, s. m. municionário, o encarregado de municionar uma tropa.
Munizióne, s. f. munição; provisão do necessário a um exército ou a uma praça de guerra.
Múno, (ant.) s. m. presente.
Múnto, p. p. e adj. mungido; espremido.
Muòvere, v. mover; pôr em movimento; tirar de um lugar e por em outro; deslocar; remover, transportar; dar impulso; pôr em ação; / instigar, induzir, suscitar / comover; dar origem; causar.
Muòversi, v. refl. mover-se, pôr-se em movimento; partir; agitar-se / apressar-se, dar-se pressa.
Múra, s. f. (mar.) amura (cabo de cordas) com que se mareia a vela; / (pl. s. f.) muros fortes e altos que circundam uma cidade; muralhas.
Muracchiàre, v. trabalhar mediocremente, em serviços de pedreiro.
Muraccia, s. m. (mar.) amura mal colocada, mal governada.

Muràccio, s. m. (pejor.) muro velho, em ruínas.
Muràglia, s. f. muralha / muro grande, paredão / (fig.) obstáculo moral, barreira.
Muragliône, s. m. parede grossa para reparo ou suporte.
Muraiòla, s. f. (bot.) erva trepadeira.
Muraiòlo, adj. mural, que cresce nos muros, que trepa pelos muros; trepador.
Muràle, adj. mural, de muro: pintura, afresco. carta (mapa), mural.
Muramênto, s. m. muro, parede; ato de murar.
Muràre, v. murar, construir muros; fechar com muro; edificar / colocar na fachada de uma casa uma lápide.
Muràrio, adj. murário, relativo à arte murária ou da construção de edifícios.
Muràrsi, v. refl. murar-se; fechar-se; emparedar-se / fechar-se num lugar; arraigar-se solidamente.
Muràta, s. f. cidadela; bastião / (pl.) le murate, cárcere de Florença / (ant.) claustro de rigor.
Muràto, adj. murado, cercado de muros; defendido por muros / (fig.) arraigado fortemente; difícil de mover-se.
Muratôre, s. m. pedreiro; operário que trabalha em construções.
Muratôre-Franco, s. m. maçon, pedreiro livre.
Muratorino, s. m. (dim.) pedreirinho; pequeno pedreiro.
Muratòrio, (pl. -ri) adj. do pedreiro, relativo à arte de construir edifícios.
Muratúra, s. f. alvenaria / obra de construção.
Muràzzo, s. m. dique que defende a laguna de Veneza da parte do mar.
Murèna, s. f. (zool.) moréia, gênero de peixe anguiliforme.
Murettino, murétto, s. m. dim. pequeno muro, geralmente de pedra, que fica defronte de uma casa.
Murêtto, s. m. (dim.) murozinho; pequeno muro.
Múria, s. f. múria, água saturada de sal do mar; salmoura.
Muriàtico, s. m. (quím.) muriático, ácido formado de hidrogênio e cloro.
Muriàto, s. m. (quím.) muriato.
Muríccio, s. m. e muricciuòlo, s. m. (dim.) murozinho; pequeno muro; saliência ao pé de algumas casas, ou ao longo de uma estrada / (hist.) lugar onde os livreiros, em Roma, expunham os livros à venda.
Mùrice, s. m. múrice, molusco gasterópode.
Muricèllo, muricino, s. m. dim. pequeno muro.
Murièlla, s. f. pastilha de pedra com que brincam as crianças.
Múrmure, s. m. (poét.) múrmure; murmúrio.
Múro, s. m. muro; parede de pedra, tijolo, taipa, alvenaria, etc. / (pl.) i murí della casa; le mura della città.
Múrra, s. f. (min.) murra, substância mineral.
Murrino, adj. de murra; relativo à murra; murrino.
Músa, s. f. musa, cada uma das nove musas que, segundo os antigos, inspiravam o canto dos poétas; estro; engenho poético; a poesia, a literatura poética / (bot.) musa, bananeira da Ásia; banana.
Musàccio, s. f. (pej.) focinho, cara feia.
Musàcce, s. f. (pl.) (bot.) musáceas.
Muschiàto, adj. musgoso, musguento.
Mùschio, s. m. musgo; substância odorífera que se extrai do musgo; espécie de cervo sem chifres, das montanhas asiáticas; o cheiro do musgo.
Muscicapa, s. f. moscareta, pássaro que se alimenta de moscas e outros insetos.
Músco, s. m. (bot.) musgo, nome genérico de plantas criptogâmicas, que crescem nos lugares úmidos.
Muscolàre, adj. muscular, relativo aos músculos.
Muscolatúra, s. f. musculatura.
Muscolaziône, s. f. (anat.) musculação, o sistema dos músculos.
Muscoleggiàre, v. intr. dar realce aos músculos de uma figura.
Múscolo, s. m. (anat.) músculo: il —— bicipite, o bíceps / (mil.) antiga máquina de cerco / (zool.) mexilhão / (fig.) força, vigor do estilo / (dim.) muscoletto, muscolino.
Muscolône, s. m. músculo grande.
Muscolúto, (muscolôso) adj. musculoso, que tem músculos bem desenvolvidos.
Muscôso, adj. muscoso (de musgo).
Muscovità, s. f. (min.) muscovita, minério da família das micas.
Musèllo, s. m. (dim.) focinho / lábio inferior do cavalo.
Musèo, s. m. museu.
Museruòla, s. f. focinheira, objeto de couro para tapar o focinho do cachorro; correia da cabeçada que fica por cima das ventas do animal / (fam.): Mètter la —— a qualcuno: sujeitar alguém ao silêncio.
Musètta, s. f. instrumento de som rústico, espécie de gaita / segunda parte da gavota.
Música, s. f. música, arte do canto e dos sons; peça, composição musical; os músicos de uma banda ou orquestra / (fig.) suavidade de som / vozes ou rumores enfadonhos / (depr.) coisa maçante.
Musicàbile, adj. musicàvel, que pode ser musicado.
Musicàccia, s. f. (deprec.) música reles, inferior: música de jazz.
Musicàccio, s. f. (pejor.) musiquim; músico ordinário, de pouca competência; musicastro.
Musicànte, s. m. e f. musicante, que toca música; que tem a profissão de músico, que entende de música.
Musicàre, v. musicar; pôr em música.
Musicàto, p. p. e adj. musicado; posto em musica.
Musichessa, s. f. mulher música; professora de música.
Musichêtta, s. f. (dim.) musiqueta; música ligeira; música de pouco valor.
Musichêtto, s. m. (dim.) musiquim, músico medíocre.
Musichiêre, s. m. compositor de músicas populares.
Musicísta, s. m. musicista; compositor; maestro.
Músico, adj. e s. m. músico; que pertence ou respeita à música; musical; compositor de música.

Musicògrafo, s. m. musicógrafo / instrumento (inventado por G. Teti) que sobre o piano, transcreve a música que foi tocada.
Musicomania, s. f. musicomania.
Musicòmane, s. m. musicômano.
Musicòna, s. f. grande música.
Musicoterapia, s. f. musicoterapia, tratamento por meio de audições musicais.
Musicùccio, s. m. (depr.) musicozinho.
Músinàta, s. f. focinhada; golpe dado com o focinho.
Musíno, s. m. (dim.) focinho / (fig.) rostinho.
Musívo, adj. de mosaico.
Musmè, (v. jap.) s. f. moça, donzela.
Múso, s. m. focinho, proeminência formada pelas ventas, boca e queixo de certos animais / (fig.) (deprec.) cara, rosto de pessoa / amuo, zanga / (sin.) **grugno, ceffo**.
Musòfaga, s. f. (zool.) musófago (s. m.) gênero de pássaros da África Ocidental.
Musogonía, s. f. descendência das Musas.
Musolièra, s. f. focinheira.
Musône, s. m. (aum.) focinho, cara grande / (fig.) **fare il ———**: ficar amuado, fechar a cara.
Musonería, s. f. amuo; cenho; semblante severo, carrancudo / enfado; atitude despeitosa.
Musôrno, adj. (p. us.) amuado / estúpido, insensato; (fig.) fosco; turvo; escuro.
Mussàre, v. espumar, espumejar.
Mussitaziône, s. f. (med.) mussitação, franqueza da voz; dificuldade de articular.
Mùssola, ou **mussolina**, s. f. musselina, tecido leve de algodão.
Mustàcchio, s. m. (pl. **mustácchi**): bigodes longos e espessos / (mar.) cabos e amarras do navio.
Mustacchiôni, s. m. bigodões; grandes bigodes.
Mustàngo, s. m. (zool.) mustango, cavalo selvagem dos pampas.
Mustèla, s. f. doninha, animal da família dos mustelídeos.
Mustèlidi, s. m. pl. mustelídeos.
Musúlmano, ou **musulmáno**, adj. muçulmano; que professa a religião do Islã.
Múta, s. f. muda, ato de mudar; troca; câmbio; mudança; determinada quantidade de qualquer coisa necessária a uma obra, a um ornamento, etc. / letargo dos bichos-da-seda / (mil.) a substituição dos soldados de plantão / troca dos animais de uma carruagem após certo percurso / matilha de cães de caça.
Mutàbile, adj. mudável, que muda ou pode mudar-se / (fig.) volúvel.
Mutabilità, s. f. mutabilidade; instabilidade / (fig.) leviandade; inconstância.
Mutabilmênte, adv. mutavelmente.

Mutacísmo, s. m. mutacismo, espécie de gagueira que consiste na dificuldade de pronúncia das letras b, m, p.
Mutamênte, adv. mudamente, em silêncio.
Mutamênto, s. m. ou **mutaziône**, s. f. mudamento, mudança / alteração; variação; transformação.
Mutande, s. f. ceroulas; cuecas.
Mutandíne, s. f. cuecas / calções curtos de banho ou ginástica.
Mutàre, v. mudar; deslocar; remover; variar; trocar; afastar.
Mutàrsi, v. transformar-se, alterar-se; tornar-se diferente / mudar-se, transferir-se.
Mutatis mutandis, (loc. lat.) mudando o que deve ser mudado.
Mutàto, p. p. e adj. mudado / transformado; alterado.
Mutazziône, s. f. mudamento; variação; alteração; / metamorfose.
Mutèvole, adj. mudável, sujeito a mudança, volúvel, inconstante.
Mutevolêzza, s. f. mutabilidade.
Mutevolmênte, adv. mutavelmente.
Mutêzza, s. f. mudez; qualidade de quem é mudo.
Mutilamênto, s. m. e **mutilaziône** s. f. mutilação / (cir.) amputação / (lit.) supressão, alteração do trecho de uma obra.
Mutilàre, v. tr. mutilar; cortar um membro, romper, destroçar uma estátua, etc. / truncar; podar mal / (pres.) **mútilo**.
Mutilàto, p. p. e adj. mutilado; truncado; amputado / suprimido.
Mutilatôre, s. m. mutilador.
Mútilo, adj. mútilo; que tem falta de alguma coisa; truncado.
Mutismo, s. m. mutismo; mudez.
Mutògrafo, s. m. mutógrafo, instrumento para fixar desenhos originais, registrando-os em uma película.
Mutolêzza, s. f. mudeza, defeito que impede de fazer uso da palavra.
Mútolo, adj. (lit.) mudo.
Mútria, s. f. carranca; aspecto cenhoso, sombrio / caradurismo.
Mutriôna, s. f. cenhosa, carrancuda; amuada; zangada.
Mutuàle, adj. mutual, mútuo.
Mutualità, s. f. ou **mutualísmo**, s. m. mutualidade, qualidade do que é mútuo ou recíproco.
Mutuamênte, adv. mutuamente; reciprocamente.
Mutuàre, v. mutuar; trocar entre si.
Mutuàto, p. p. e adj. mutuado; dado ou tomado como empréstimo.
Mutuaziône, s. f. mutuação, permutação.
Mútulo, s. m. (arquit.) mútulo, modilhão quadrado, em cornija de ordem dórica.
Mútuo, adj. mútuo; recíproco / (s. m.) empréstimo, permutação; reciprocidade.
Myosòtis, s. f. (pl. bot.) miosótis.
Myricae, s. f. (pl. bot.) tamariz, tamargueira (arbusto pert. à fam. das Tamaricáceas).

N

(N), s. m. e f. **n (ene)** 12ª letra do alfab. italiano: consoante.
Nabàb, ou **nabàbbo**, s. m. nababo, antigo governador ou título de príncipe muçulmano / (fig.) ricaço; pessoa que vive na opulência.
Nabissàre (ant.), v. abismar.
Nabísso (ant.) s. m. diabrete, menino travesso.
Nacchera, s. f. castanhola, instrumento ligado ao punho, composto de duas peças, para companhar o ritmo do corpo e da dança.
Naccherètta, naccherína, s. f. pequena castanhola.
Naccheríno, s. m. criança graciosa / (fig.) tocador de castanholas.
Nàchero, adj. (pop. tosc.) pequeno, de estatura baixa; um tanto coxo / anão.
Nacríte, s. f. (min.) nacrito, silicato natural de alumínio.
Nadír, s. m. nadir, ponto do céu oposto ao que está situado verticalmente sobre nós; ponto do céu oposto ao zênite.
Nàfta, s. f. nafta, betume líquido incolor, inflamável.
Naftàlico, adj. naftálico.
Naftalína, s. f. naftalina, substância em forma de grãos cristalinos.
Naftilamina, s. f. naftilamina, amina derivada da naftalina.
Naftòlo, s. m. naftol, alcalóide derivado da naftalina.
Nagàica, s. f. nagaica, chicote de couro usado pelos cossacos e pela polícia russa.
Nagàna, s. f. (med.) nagana, doença transmitida pela mosca tsé-tsé, que geralmente ataca os animais herbívoros.
Nàia, s. f. (zool.) naja, serpente venenosa das regiões quentes da Ásia e da África.
Nàiade, s. f. (mit.) náiade, ninfa das fontes / (bot.) planta monocotiledônea.
Nàib, s. m. naibe, chefe; superintendente das leis ou da religião, em certas regiões da África.
Naíbi (ant.) s. f. (pl.) cartas de jogo.
Naíde, s. f. naide, gênero de anelídeos que vivem entre as hervas dos pântanos.
Nàilon, s. m. náilão, fibra têxtil artificial.
Nanchína, s. f. nanquina, tecido de algodão.
Nanchíno, s. m. tecido de algodão.
Nandù, s. m. (zool.) nandu, ave da espécie do avestruz, das regiões da América do Sul.
Nane, Nani, Nanetti, abrev. dialetal de **Giovanni**.
Nancrèllo, nanêtto, naníno, nanerôttolo, nanerúcci, adj. e s. m. (dim.) anãozinho; anão pequeno.
Nànfa, adj. água perfumada que se destila da flor de laranjeira.
Nanísmo, s. m. nanismo, anomalia, defeito de anão / (bot.) condição especial de certas plantas para deter o desenvolvimento.
Nànna, s. f. nana, canto das mães ou das amas para mimar as crianças; berço / ninna nanna: cantilena para conciliar o sono das crianças.
Nànna, abrev. de **Anna, Giovanna** (Ana, Joana).
Nàno, adj. e s. anão; que tem estatura ou tamanho muito inferior ao comum / pigmeu / (fig.) homem de ínfimo valor.
Napèa, s. f. (mit.) napéia, ninfa dos bosques e dos prados.
Napèllo, s. m. (bot.) napelo, planta ranunculácea, espécie de acônito.
Napoleône, s. m. napoleão, moeda francesa de ouro do valor de vinte francos.
Napoleônico, adj. napoleônico, relativo a Napoleão.
Napoletàna, s. f. jogo de baralho, espécie de tres-sete: napolitana.
Napoletanamênte, adv. napolitanamente, à maneira napolitana.
Napoletanísmo, s. m. napolitanismo; do dialeto, do linguajar napolitano.
Napoletàno, adj. napolitano, de Nápoles / (s. m.) espécie de charuto, muito forte.
Nàppa, s. f. borla, ornamento de passamanaria; tufo redondo formado por fios ou pelos / (fig.) nariz grande.
Nappètta, nappettína, s. f. (dim.) borleta, pequena borla.

Nàppo, s. m. (poét.) taça; copo, vaso para beber.
Narància (ant.) s. m. laranja.
Narbonêse, adj. e s. m. narbonês ou narbonense (de Narbona, cid. da França).
Narceína, s. f. (quím.) narceina, alcalóide extraído do ópio.
Narcisísmo, s. m. narcisismo.
Narcíso, s. m. (bot.) narciso, gênero de plantas da família das amarilídeas / (fig.) moço adamado, vaidoso, enamorado de si mesmo.
Narcolesía, s. f. (med.) narcolepsia, vontade irresistível de dormir.
Narcòsi, s. f. narcose, estado de entorpecimento.
Narcoticamênte, adv. narcoticamente.
Narcòtico, adj. narcótico, que entorpece ou faz adormecer.
Narcotína, s. f. narcotina, alcalóide que se encontra no ópio.
Narcotizzazióne, s. f. narcotização.
Nardíno, adj. relativo a nardo.
Nàrdo, s. m. (bot.) nardo, planta das gramíneas, aromática, que os antigos usavam como perfume.
Narghilè, s. m. narguilé, cachimbo turco, indu ou persa.
Nàri, (lit.) e (poét.) por **naríci**, s. f. narinas.
Naríce, s. f. narina, narícula.
Narràbile, adj. narrável, que se pode narrar.
Narràre, v. tr. contar, narrar / relatar, referir / (sin.) **raccontare**.
Narratíva, s. f. narrativa, narração, conto, história / o modo de narrar.
Narratívo, adj. narrativo, que narra; que se refere ao gênero narrativo ou à narração.
Narrazióne, s. f. narração; conto, narrativa, descrição.
Nartèce, s. m. (arquit.) nártex, espécie de vestíbulo ou alpendre, à entrada das portas das basílicas, onde nos primeiros séculos do cristianismo ficavam os catecúmenos e os penitentes.
Narvàlo, s. m. (zool.) narval, cetáceo delfinida, de um só dente muito comprido.
Nasàccio, s. m. (deprec.) nariguete, nariz feio, mal feito.
Nasàle, adj. nasal, relativo ao nariz / (gram.) que se pronuncia com voz nasal.
Nasalína, s. f. (med.) nasalina, pó que se dá a cheirar para combater a coriza.
Nasàrdo, s. m. nasardo, registro do órgão.
Nasàre (ant.) v. cheirar.
Nasàta, s. f. narigada, pancada com o nariz.
Nascènte, p. pr. e adj. nascente; que nasce.
Nascènza, s. f. nascença; princípio, origem / (med.) excrescência, tumor.
Nàscere, v. intr. nascer / sair, aparecer, despontar / —— **il sole**: nascer o sol / brotar: —— **il grano** / (fig.) começar a ser, nascer / surgir, manifestar-se / —— **un'idea** / originar, derivar: —— **ostacoli**, etc. / **scrittori si nasce**, escritores se nascem / (fig.) —— **con gli occhi aperti**: ser vivo, inteligente, sagaz / **da cosa nasce cosa**: uma coisa puxa outra.

Nascimênto, s. m. nascimento, ato de nascer; vir ao mundo; surgir / causa; princípio, começo, origem.
Nàscita, s. f. nascimento, nascença / estirpe; raça; progênie.
Nascitúro, adj. nascituro, aquele que há de nascer.
Nàsco, s. m. apreciado vinho branco da região de Cagliari (na Sardenha).
Nascòndere, v. esconder, pôr em lugar onde não se pode ver; tapar; ocultar, encobrir.
Nascondèrsi, v. refl. esconder-se, ocultar-se subtrair-se às vistas dos outros.
Nascondíglio, s. m. esconderijo; lugar secreto; refúgio.
Nasconditôre, s. m. escondedor, aquele que esconde.
Nascosamênte, adv. (liter.) escondidamente; ocultamente.
Nascòso, adj. (lit. poét.) escondido.
Nascostamênte, adv. escondidamente, secretamente.
Nascòsto, adj. escondido; oculto.
Naseggiàre, v. intr. fanhosear, fanhosamente.
Nasèllo, s. m. (dim.) narizinho / ferrolho, tranqueta de ferro, com que se fecham portas e janelas / (ict.) bacalhau.
Nasettíno, nasètto, s. m. (dim.) narizinho.
Nàsica, s. f. násica, gênero de macacos de Bornéu, de nariz muito desenvolvido.
Nasièra, s. f. argola de ferro que se aplica no nariz dos bois para freá-los.
Nàso, s. m. nariz / o olfato / o faro (nos animais).
Nasología, s. f. nasologia / (burlesco) raciocínio sobre o nariz.
Nasône, s. m. narigão, grande nariz.
Nàspo, s. m. dobadura, aparelho com que se doba.
Nàssa, s. f. nassa, cesto de vimes para a pesca / (zool.) molusco de mar, de concha oval.
Nassàri (do àrabe) moeda antiga de prata.
Nasso, s. m. árvore.
Nastràio, s. m. fiteiro, pessoa que vende ou fabrica fitas.
Nastràme, s. m. fitaria, porção de fitas.
Nastrettíno, Nastrètto, nastrino, s. m. (dim.) fitinha, fita estreita, nastroastro pequeno e elegante / distintivo de decoração / (pl.) macarrão em forma de fitas.
Nàstro, s. m. nastro, fita de seda, de linho, de lã, etc. de variadas cores e tipos, segundo o fim a que se destina.
Nastúrzio, s. m. (bot.) mastruço, planta medicinal.
Nasúccio, s. m. (dim.) narizinho.
Nasúto, adj. narigudo, que tem nariz grande.
Natàle, adj. natal; nativo; natalício.
Natalina, n. pr. Natalina.
Natalità, s. f. natalidade.
Natalizio, adj. natalício, relativo ao dia de natal.
Natànte, adj. natátil, que nada, que fica à tona da água / (s. m. mar.) embarcação.
Natatòrio, adj. natatório; referente à natação.
Nàtica, s. f. (anat.) nádega.

Naticúto, adj. (p. us.) nadegudo, que tem nádegas bastante desenvolvidas.
Natío, adj. nativo, natural / alma terra natia (Leopardi).
Nativamênte, adv. nativamente; de nascença; de modo natural.
Nativísmo, s. m. (filos.) nativismo.
Natività, s. f. natividade / (ecles.) a natividade da Virgem; a festa da Natividade.
Natívo, ou natío, adj. nativo, natural; ingênito, original.
Nàto, p. p. e adj. nato; nascido; que veio ao mundo / germinado, brotado / (fig.) nato e sputato, muito parecido.
Natròmetro, s. m. (quím.) natrômetro. apar. para medir a quantia de soda contida na potassa.
Nàtron, s. m. (miner.) natron, carbonato de soda cristalizado.
Nàtta, s. f. afta / tumor que aparece na cabeça ou sobre o corpo / (ant.) troça, burla.
Natúra, s. f. natura; natureza; o conjunto e o sistema das coisas criadas, o universo / essência particular de uma coisa; a ordem natural; qualidade; índole; constituição; origem; caráter; feitio moral.
Naturàle, adj. natural; referente à natureza; lógico; conforme à razão; simples, espontâneo, justo; oriundo, próprio / (s. m.) natural / gênio, índole, caráter; nativo; indígena.
Naturalêzza, s. f. naturalidade; singeleza; simplicidade.
Naturalísmo, s. m. (filos.) naturalismo; doutrina dos que tudo atribuem à natureza / materialismo.
Naturalísta, s. m. naturalista; que se ocupa do estudo das coisas da natureza.
Naturalístico, adj. naturalístico.
Naturalità, s. f. naturalidade.
Naturalizzàre, v. naturalizar; conceder os direitos (a estrangeiro) dos cidadãos de um país.
Naturalizzazióne, s. f. naturalização.
Naturalménte, adv. naturalmente; de modo natural.
Naturànte, adj. naturante; formativo.
Naturàre, v. engendrar, criar, formar.
Naturàto, p. p. e adj. conaturalizado / inato, disposto pela natureza.
Naturísmo, s. m. naturismo; naturalismo; tendência a seguir as indicações da natureza.
Naturísta, adj. e s. m. naturista, relativo ao naturismo; partidário do naturismo.
Naufragàre, v. naufragar; / submergir / malograr-se.
Naufràggio, s. m. naufrágio / (fig.) ruína; falência.
Nàufrago, adj. e s. m. náufrago, que naufragou; indivíduo que sofreu naufrágio.
Naumacnía, s. f. (mar.) naumacnia, representação de um combate naval, no tempo dos Romanos.
Nàusea, s. f. náusea; ânsia; enjôo / repugnância, nojo.
Nauseabôndo, adj. nauseabundo, que causa náuseas; (fig.) nojento, repugnante.
Nauseànte, p. pr. e adj. nauseante; nauseabundo.
Nauseàto, adj. nauseado; enjoado.

Nauseosamênte, adv. nauseosamente; enjoadamente.
Nàuta, s. m. nauta; marinheiro: navegador.
Nàutica, s. f. náutica, ciência ou arte de navegar.
Nàutico, adj. náutico, relativo à navegação.
Nàutilo, s. m. náutilo, molusco dos mares quentes.
Nautopodísmo, s. m. exercício conjunto de natação e podismo.
Navàccia, s. f. (depr.) navio ordinário, feio.
Navàle, adj. naval, relativo a navio.
Navalèstro, (o mesmo que navicellàio) s. m. barqueiro.
Navalísmo, s. m. potência naval.
Navàrca, s. m. navarco, comandante de armada naval.
Navarríno, adj. navarrês ou navarro, de Navarra.
Navàsa, ou Navàscia, s. f. recipiente para transportar uva à tina.
Navàta, s. f. (arquit.) nave, parte interior da igreja; cada uma das secções longitudinais do corpo da igreja.
Nàve, s. f. navio; embarcação.
Navêtta, s. f. (dim.) naviozinho; / lançadeira de máquina de costura.
Navicèlla, s. f. (dim.) barquinho; naviozinho / navícula, peça em forma de navio; naveta, vaso em que, nas igrejas, se põe o incenso destinado a ser queimado.
Navicellàio, (pl. -ai) s. m. barqueiro, bateleiro.
Navicèllo, s. m. (dim.) veleiro de dois mastros.
Navichière, Navichièro, s. m. (p. us.) barqueiro.
Navicolàre, adj. navicular.
Navigàbile, adj. navegável; lugar em que se pode navegar.
Navigabilità, s. f. navegabilidade.
Navigànte, p. pr. e adj. navegante; navegador.
Navigàto, adj. navegado, que navegou no mar; / (fig.) pessoa que tem experiência do mundo; experiente, traquejado, apto.
Navigatôre, s. m. e adj. navegador.
Navigazióne, s. f. navegação; arte de navegar; náutica.
Navíglio, s. m. navio; barco; o complexo dos navios; frota; armada naval / na Lombardia, tem esse nome o canal artificial e navegável para irrigação dos campos e para transporte.
Navíle, s. m. (raro) navio; (adj.) de navio, naval.
Navône, s. m. (agr.) nabiça, ou couve nabiça; nabo.
Navonèlla, s. f. (zool.) borboleta comum, de asas brancas com manchas pretas.
Nazarèato, (do hebr.) s. m. voto dos nazarenos de não beber vinho nem cortar o cabelo.
Nazarèno, (v. nazzareno), adj. e s. m. nazareno.
Nazário, n. pr. hebr. Nazário.
Nazionàle, adj. nacional; da nação.
Nazionalísmo, s. m. nacionalismo.
Nazionalísta, adj. e s. m. nacionalista, relativo ao nacionalismo; partidário do nacionalismo.
Nazionalità, s. f. nacionalidade, nação.

Nazionalizzàre, v. nacionalizar, tornar nacional; reduzir à administração nacional; tornar coletiva a riqueza privada.
Nazionalizzàto, p. p. e adj. nacionalizado; passado à propriedade do Estado.
Nazionalizzazióne, s. f. nacionalização.
Nazionalmènte, adv. nacionalmente, de maneira, com sentimento nacional.
Nazióne, s. f. nação / conjunto dos cidadãos que têm a mesma origem, tradição e idioma.
Nazísmo, s. m. (pol.) nazismo, nacional-socialismo; partido alemão (1929).
Nazísta, adj. e s. nazista, nacional-socialista alemão.
Nazzarìta, adj. e s. nazarita, dinastia árabe de Granada.
Nàzzaro, n. pr. masc. Názaro.
Nazzarèno, adj. nazareno, relativo a Nazaré / (s. m.) Jesus Cristo.
Ne, adv. (átono) de lá, daqui, dali: vado a São Paolo, e non so quando —— ritornerò: vou a São Paulo, e não sei quando voltarei (dali) / (pron.) deste, desse, daquele, daquela, daquilo: **vuoi libri?** —— **ho abbastanza:** queres livros? tenho muitos / (pleon.) **ne va la salute:** está em jogo a saúde; **io me** —— **vado:** eu me vou / junta-se ao pron. **gli** formando **gliene dissi belle:** falei-lhe sem papas (sem rodeios) na língua.
Ne, conj. (neg.) nem; não: **nè poco, nè molto**, nem pouco nem muito / forma as conj. complem. **neanche, nemmeno, neppure**.
Neànche, adv. e conj. nem, tampouco, / **neanche per sogno**: nem por pensamento.
Neartròsi, s. f. (cirurg.) neartrose, falsa articulação que se forma nas luxações e nas ressecções não reduzidas.
Neàto, adj. manchado, assinalado por pinta ou sinal.
Nèbbia, s. f. neblina; névoa, nevoeiro / (fig.) ignorância.
Nebbiàio, s. m. nevoeiro, névoa espessa.
Nebbiògeno, adj. que produz neblina / (s. m.) aparelho que produz cortina de fumaça artificial.
Nebbióne, s. m. nevoeiro espesso.
Nebbióso, adj. nevoento, nevoso, nebuloso, brumoso.
Nebulósa, s. f. (astr.) nebulosa, primeira forma dos astros; massa estrelar em vias de condensação / (fig.) coisa pouco clara, indeterminada.
Nebulosità, s. f. nebulosidade; nuvem leve; falta de clareza (por ex. de escrito, discurso, etc.).
Nebulóso, adj. nebuloso; enevoado, coberto de nuvens; obscurecido, turvado / sombrio, triste.
Necàre, (ant.) v. matar.
Nècchia, s. f. (hist.) navio a vela e remos que os Normandos usavam nas suas pilhagens.
Nêccio, s. m. (tosc.) bolinho de farinha de castanhas.
Necessariamènte, adv. necessariamente; inevitavelmente; evidentemente.
Necessàrio, adj. necessário do que se tem necessidade; indispensável / (s. m.) o que é necessário para viver / lugar cômodo, útil.
Necessità, s. f. necessidade; o que é imprescindível / miséria extrema; aperto, apuro, carência do necessário.
Necessitàre, v. necessitar, carecer, precisar.
Neccessitàto, p. p. e adj. necessitado; obrigado; tornado necessário.
Necessitóso, adj. (de uso raro); necessitado, que precisa de ajuda, de auxílio.
Necròbia, s. f. (zool.) necróbia, inseto que vive sobre os cadáveres.
Necrobiòsi, s. f. (med.) necrobiose, alteração dos tecidos doentes, incuráveis.
Necròfago, adj. necrófago, que se alimenta de cadáveres.
Necrofilìa, s. f. (patol.) necrofilia, perversão que se manifesta por amor morboso aos cadáveres.
Necrofobìa, s. f. necrofobia, medo da morte.
Necròforo, s. m. necróforo, coveiro.
Necrològico, adj. necrológico, relativo a necrológio, obituário.
Necrològio, s. m. necrológio; necrologia; composição, escrito em que se faz o elogio da pessoa morta.
Necròpoli, s. f. necrópole, lugar da cidade destinado às sepulturas / cemitério antigo / cemitério monumental.
Necropsìa, s. f. necropsia; autópsia.
Necroscopìa, s. f. (anat.) necroscopia, exame ou dissecção do cadáver.
Necròsi, s. f. necrose, estado de tecido ou de osso privado de vida; gangrena.
Necrotomìa, s. f. necrotomia; necropse; dissecção de cadáver.
Necrotozzàre (med.) necrosar, produzir a necrose em.
Nèctria, s. f. (bot.) fungo parasita.
Nectrianìna, s. f. (med.) substância experimentada em injeções contra o câncer.
Nefandamènte, adv. nefandamente, torpemente; sacrilegamente.
Nefandézza, nefandità, s. f. abominação, execração; hediondez.
Nefàndo, adj. nefando, abominável, execrando; torpe; perverso; odioso.
Nefariamènte, adv. nefariamente; nefandamente.
Nefàrio, adj. nefário, nefando; malvado.
Nèfas, s. m. (loc. latina) nefas; aquilo que é injusto, ilícito.
Nefàsto, adj. nefasto; funesto, danoso; que é de mau agouro.
Nefelescòpio, s. m. nefeloscópio, aparelho para mostrar a direção das nuvens.
Nefèlide, s. f. nefelis, espécie de sanguessugas comuns nos pântanos.
Nefelìna, s. f. nefelina, substância composta de sílica, alumina e soda.
Nefèlio, s. m. nefélio, mancha na camada exterior da córnea.
Nefralgìa, s. f. (med.) nefralgia, dor de rins.
Nefrectomìa, s. f. nefrectomia, ablação do rim.
Nefrìte e nefrìtide, s. f. nefrite, doença inflamatória do rim.
Nefrocèle, s. f. nefrocele, hérnia do rim.
Nefrografìa, s. f. nefrografia, descrição dos rins.
Nefrolìto, s. m. nefrólito, cálculo ou pedra nos rins.
Nefropatìa, s. f. (med.) nefropatia, doença dos rins.

Nefroptòsi, s. f. (med.) nefroptose, prolapso do rim.
Nefròsi, s. f. nefrose, doença dos rins.
Nefrotomía, s. f. nefrotomia, operação para extrair cálculos urinários.
Negàbile, adj. negável, que se pode negar.
Negabilità, s. f. negabilidade.
Negadina, s. f. (rad.) receptor radiofônico.
Negàre, v. negar; dizer que uma coisa não é verdadeira; não reconhecer; recusar; contestar; impedir; renegar.
Negatíva, s. f. negativa; negação / (jur.) resposta negativa / (fotogr.) prova negativa (negativo fotográfico).
Negativamênte, adv. negativamente.
Negativismo, s. m. negativismo, condições fisiológicas especiais do neurótico.
Negativo, s. m. negativo.
Negàto, p. p. e adj. negado; recusado; não afirmado; não admitido.
Negazióne, s. f. negação, ato de negar / opinião que não admite a de outrem; ação ou coisa absolutamente contrária a uma outra.
Neghittosamênte, adv. negligentemente, preguiçosamente.
Neghittóso, adj. preguiçoso, indolente, inativo.
Neglettamnête, adv. descuidadamente.
Neglètto, adj. negligente, desleixado; indolente / desdenhado, desprezado.
Negligentàccio, adj. (pej.) muito negligente.
Negligènte, adj. negligente, desaplicado, desatento.
Negligentemênte, adv. negligentemente; descuidadamente, preguiçosamente.
Negligentúccio, adj. um tanto negligente.
Negligènza, s. f. negligência, desmazelo, desleixo, incúria.
Negligere, v. (lit.) negligenciar; descurar / desatender; menosprezar.
Negòssa, s. f. rede para pesca, do formato de uma bolsa; rede saco.
Negoziàbile, adj. negociàvel, que se pode negociar.
Negoziabilità, s. f. negociabilidade.
Nezoziàcco, s. m. (pej.) negócio, loja de aspecto feio / mau negócio, negócio confuso e atrapalhado em que se é enganado.
Negoziànte, p. pr. e adj. negociante; que exerce o comércio; que trata de negócios; mercante ou mercador.
Negoziàre, v. negociar, exercer o comércio; traficar; comerciar.
Negoziàto, p. p. e adj. comerciado, mercadejado, negociado.
Negoziatòre, s. f. negociação; ação de negociar.
Negoziêtto, **negoziúccio**, s. m. (dim.) negociozinho; pequeno negócio / loja (negócio) pequena, modesta.
Negòzio, s. m. negócio; comércio; tráfico de certa importância / lugar onde se negocia.
Negrètto, adj. (dim.); negrito, um tanto negro, (s. m.) negrinho; pequeno negro.
Negrèzza, s. f. negrura; negridão; qualidade do que é negro.
Negrière, s. m. negreiro, traficante de negros.
Negrièro, adj. negreiro, relativo a negros / (s. m.) navio negreiro.
Negrillo, s. m. negrito.
Negro, adj. negro; da raça negra; preto / (s. m.) homem, mulher da raça negra.
Negrofúmo, s. m. negro-de-fumo.
Negròide, adj. e s. m. negróide; pessoa semelhante à da raça negra.
Negromànte, s. m. negromante ou necromante; adivinho.
Negromantêsco, e **negromàntico**, adj. negromântico.
Negromanzía, s. f. necromancia, arte de evocar os mortos, para se obter o conhecimento do futuro.
Negúndo, s. m. (bot.) negundo, planta acerácea originária da América do Norte.
Nègus, s. m. negus; o imperador da Abissínia.
Neh (int. fam.) hem? então? hei? interjeição que se emprega o mais das vezes para advertir ou interrogar.
Nel, **nello**, **nella**, **negli**, **nelle**, prep. art. no, na; nos, nas.
Nèllo, nome abrev. de Leonello, Daniello, etc.
Nelumbiàcee, s. f. pl. (bot.) nelumbonáceas, família de plantas que tem por tipo o nelumbo.
Nelúmbo, s. m. nelumbo, planta ninfeácea da América e da Ásia.
Nematelminti, s. f. (pl.) nematelmintos, vermes parasitos, cilíndricos.
Nematòdi, s. m. (pl.) nematóides, ordem de nemaltemintos.
Nembífero, adj. nimbífero (poét.) que traz chuva.
Nèmbo, s. m. nimbo; nuvem grande / (poet.) aguaceiro, chuvarada / tempestade / (fig.) —— **di fiori, di polvere** / (loc. adv.) **a nembi**: em quantidade.
Nembôso, adj. nimboso, chuvoso.
Nembrostàto, s. m. nuvem de tempestade estendida horizontalmente.
Nemèo, adj. neméu, relativo ou pertencente à Neméia, selva do Peloponeso.
Nèmesi, s. f. (mitol.) nêmesis, deusa da vingança e da justiça / (fig.) vingança.
Nemíco, (poet. **nimico**) adj. inimigo; contrário; adverso, hostil, adversário / (s. m.) pessoa inimiga; inimigo.
Nemistà, s. f. (ant.) inimizade.
Nemmànco ou **nemmêno**, adv. nem; não; tampouco.
Nènia, s. f. nêmia (lat. **nenia**); nênia, canção triste, hino fúnebre dos antigos / (fig.) canto ou discurseira enfadonha.
Nenufaro, ou **nenufàr**, s. m. (bot.) nenúfar, planta aquática.
Nèo, s. m. sinal, pinta, pequena mancha que nasce naturalmente sobre a pele / (fig.) coisa sem importância; pequeno defeito / prefixo de muitas palavras compostas, antigas ou formadas de há pouco, que vale "novo" recente; **neocattòlico** (adj.) neo-católico / **neoclassicismo** (s. m.): neoclassicismo; **neocriticismo**, (s. m.): neocriticismo (teoria de Kant).
Neodímio, s. m. (quím.) neodímio, um dos corpos simples constitutivos das terras raras.
Neofibrina, s. f. neofibrina, fibrina de formação nova.

Neofilia, s. f. neofilia, amor às inovações.

Neófito, s. m. neófito, cristão novo; (fig) aquele que acaba de ingressar numa seita ou em um partido.

Neoformazióne, s. f. neoformação, nova formação de um órgão ou de parte de um órgão.

Neogène, s. m. (geol.) neogeno, terreno da época terciária.

Neoguelfismo, s. m. neoguelfismo, guelfismo dos tempos modernos.

Neolalia, s. f. neolalia / mania de empregar neologismos.

Neolatino, adj. neolatino, que deriva do latim (dos idiomas de origem latina); diz-se também das nações cuja civilização procede da latina (ou Romana).

Neolítico, adj. neolítico, da idade mais recente da pedra.

Neologia, s. f. neologia.

Neologismo, s. m. neologismo, palavra ou frase nova.

Neomembràna, s. f. neo-membrana, membrana de formação recente.

Neomènia ou **neomenía**, s. f. (hist.) neomènia, designação dada pelos antigos à lua nova.

Nèon, ou **neo**, s. m. (quím.) néon, gás que se encontra no ar em quantidade extremamente pequena.

Neonàto, ad. e s. m. recém-nascido.

Neopitagòrico, adj. neo-pitagórico.

Neoplàsma, s. f. neoplasma, tecido orgânico, de formação recente.

Neoplatònico, adj. neo-platônico.

Neopositivìsta, adj. e s. neo-positivista.

Neoràma, s. m. neorama, espécie de panorama que mostra o interior de um edifício, teatro, templo, etc.

Neoscolàstica, s. f. (filos.) neo-escolástica, escolástica dos tempos modernos.

Neotomísmo, s. m. neotomismo (renovação da doutrina de Santo Tomás de Aquino).

Neotèrico, adj. e s. m. neotérico / novo, moderno.

Neoterísmo, s. m. neoterismo, desejo mórbido de novidades.

Neozelandêse, adj. e s. m. neozelandês.

Neozòico, adj. (geol.) neozóico, da era mais recente, na qual o homem apareceu na Terra.

Nèpa, s. f. (zool.) nepa, gênero de insetos hemípteros / variedade de percevejo aquático; escorpião d'água.

Nepènte, s. m. nepente, bebida mágica, excitante / (bot.) planta das nepentáceas, orig. da Ásia tropical.

Nepitèlla, s. f (bot) neveda, planta labiada, algumas das quais se usavam como condimento.

Nepitèllo, s. m. orla da pálpebra do olho / pálpebra.

Nepòte, ver **Nípote**.

Nepotismo, s. m. nepotismo, favorecimento excessivo que se dava aos parentes dos papas / proteção, emprego, regalias, privilégios que os que estão no poder e não têm escrúpulos dão aos seus parentes.

Nepotista, s. m. nepotista, em que há nepotismo.

Neppúre, adv. nem, tampouco; também não; nem mesmo.

Nequiòre, (ant.) adj. pior.

Nequità, nequízia, s. f. neqüícia, maldade, perversidade.

Nequitóso, adj. (p. us.) malvado, perverso.

Neràstro, adj. negrucho, um tanto negro.

Nerbàre, v. percurtir, bater.

Nerbàta, s. f. chibatada; vergalhada.

Nerbatùra, s. f. surra, ato de surrar, de bater.

Nèrbo, s. m. nervo, tendão longo e robusto; (fig.) força; energia, vigor / **il —— dell' esercito**: o nervo do exército / chicote, vergalho, látego.

Nerboróso, nerborúto, adj. nervudo; musculoso, forte, robusto.

Nereggiamménto, s. m. negrejamento, ato de negrejar.

Nereggiàre, v. negrejar; fazer-se ou tornar-se negro; sobressair em negro.

Nereíde, s. f. (mitol.) nereida, ninfa do mar.

Nerellino, nerèllo, nerettíno, adj. dim., um tanto negro, tirante ao negro (cor).

Nerêtto, adj. (tip.) negrito, tipo de letra de imprensa mais grosso e escuro.

Nerèzza, s. f. negrura, a cor negra; de cor negra.

Nerício, nerígno, adj. negrujo; negroso; negro; que tende para o negro; pardo; escuro; moreno.

Nêro, adj. negro; preto; a cor preta / escuro; (fig.) malvado / (s. m.) qualquer substância que tinge, que dá a cor preta.

Nerofúmo, s. m. negro-de-fumo.

Nerògnolo, adj. negrucho, um tanto negro; escuro; negrusco.

Nèroli, s. m. (quím.) néroli, óleo essencial, extraído da flor da laranjeira.

Neróne, adj. negraço, bastante negro; negroso / (fig.) homem tirânico, desumano (do nome do famoso imperador romano Nero, em ital. **Nerone**).

Neroniàno, adj. neroniano, ou nerônico, de Nero / (fig.) tirânico, sem piedade.

Nerúme, s. m. negrume; complexo de coisas negras; escuridão.

Nervàle, adj. (anat.) nerval, relativo a nervos.

Nervattùra, s. f. nervura, o complexo dos nervos / (bot.) fibra saliente das folhas e das pétalas / (arquit.) moldura que atravessa as abóbadas.

Nèrveo, adj. (anat.) nérveo, nervino.

Nervettíno, nervêtto, nervicíno, nervolíno, s. m. (dim.) nervozinho, pequeno nervo; filamento delgadíssimo.

Nèrvo, s. m. (anat.) nervo; tendão dos músculos / (fig.) motor principal; força, vigor / moldura nas arestas de uma abóbada / nervura das folhas.

Nervosaménte, adv. nervosamente; por influência dos nervos.

Nervosísmo, s. m. nervosismo.

Nervosità, s. f. nervosidade; energia nervosa.

Nervôso, adj. e s. m. nervoso, relativo ou pertencente aos nervos.

Nervúzzo, s. m. (dim.) nervozinho; pequeno nervo.

Nèsci, adj. ignaro, sonso, usado somente na loc. **fare il nèsci**: fingir, dissimular ignorância; fazer-se de sonso.

Nesciènte, adj. que não sabe; ignaro, néscio, desassisado.

Nescienteménte, adv. **nesciamente**.

Nescienzà, s. f. nesciência, ignorância.
Nèspola, s. m. (bot.) nêspera, fruto da nespereira.
Nèspolo, s. m. nespereira, árvore que produz a nêspera.
Nèsso, s. m. nexo; ligação, vínculo, conexão.
Nessúno, nessúna, adj. nenhum, nenhuma / no masc. diante de vogal e consoante (menos s impuro e z) se elide; nessun cane, nessun uomo, nessuma lettera (nenhuma carta), nessuma cosa, nada / nessuma persona: nenhuma pessoa / (pron.) ninguém, alguém / —— è venuto: ninguém veio / é venuto ——?: chegou alguém?
Nestàia, s. f. e **nestàio**, s. m. viveiro de enxertos.
Nèsto, s. m. enxerto.
Nèstore, s. m. nestor, o mais velho de uma classe, agremiação, reunião, etc. (do nome de um person. de Homero).
Nestorianêsimo, nestorianísmo, s. m. nestorianismo, doutrina religiosa dos nestorianos.
Nestriatía, s. f. nestriatia, tratamento pelo jejum.
Nettadènti, s. m. palito de palitar dentes / (por ext.) escova de dentes.
Nettamènte, adv. netamente, limpamente, sinceramente, claramente.
Nettapanni, s. m. e f. lavador (aquele que lava); lavadeira.
Nettapènne, s. m. limpa-penas, utensílio para limpar as penas de escrever.
Nettapòrti, s. m. (mar.) draga, aparelho para limpar (dragar os portos).
Nèttare, s. m. néctar, bebida dos deuses da Fabula / (fig.) bebida deliciosa; coisa deliciosa.
Nettàre, v. tr. limpar, tornar limpo, asseado; polir.
Nettàreo, adj. nectáreo, relativo ou semelhante ao néctar.
Nettarínia, s. f. (zool.) nectarina, gênero de pássaros, que compreende o belíssimo colibri africano.
Nettàrio, s. m. (bot.) nectário, parte da flor que contém o néctar o qual as abelhas haurem.
Nettàto, p. p. e adj. limpo, que foi desembaraçado de imundícies, de sujeiras.
Nettatòia, s. f. trolha de pedreiro.
Nettatòio, s. m. limpadeira, objeto para limpar.
Nettatòre, s. m. limpador, aquele que limpa.
Nettatúra, s. f. limpadela, ato e efeito de limpar.
Nettêzza, s. f. limpeza; asseio / (fig.) lealdade, franqueza, pureza; limpidez.
Nètto, adj. e s. m. limpo, asseado; que não tem sujidade ou mancha; (fig.) sincero; leal; franco / isento, livre / (com.) **prezzo netto**: preço de uma mercadoria não incluindo os gastos (de frete, carreto, embalagem, etc.).
Nettuniàno, adj. netuniano, do mar.
Nettúnico, e nettúnio, adj. netuniano, de Netuno.
Nettúno, s. m. Netuno, deus do mar, segundo a mitologia grega / um dos planetas do sistema solar.
Nèuma, s. m. (mús.) neuma, série de notas na escritura musical antiga e no cantochão.

Neumàtico, adj. neumático, relativo à neuma.
Neuralgìa, s. f. (med.) neuralgia.
Neuràsse, s. m. (anat.); neuraxe, conjunto dos centros nervosos, encéfalo e medula.
Neurastenía, s. f. neurastenia, doença nervosa.
Neurectomía, s. f. (anat.) neurectomia, extração de uma parte de nervo.
Neuridína, s. f. neuridina, substância que se forma na carne putrefata.
Neurína, s. f. (anat.) neurina, matéria de que são formados os nervos.
Neurìte, s. f. (med.) neurite.
Neurodinìa, s. f. neurodinia.
Neurône, s. m. (anat.) neurona ou neurone, unidade fundamental do sistema nervoso.
Neuropatía, ou nervopatía, s. f. neuropatia.
Neuropatología, s. f. neuropatologia, tratamento das doenças nervosas.
Neuròsi, s. f. neurose.
Neurotomía, s. f. neurotomia, dissecção dos nervos.
Neuròtteri, s. m. (pl.) neurópteros, insetos de asas membranosas dispostas em nervuras compactas.
Nèustria, s. f. (hist.) nêustria ou reino do Oeste / (ent.) borboleta das fruteiras.
Neutonianismo, s. m. (fís.) neutonianismo.
Neutoniàno, adj. neutoniano, de Newton.
Neutràle, adj. neutral, que não intervém nem a favor nem contra; imparcial; neutro.
Neutralìsmo, s. m. neutralidade.
Neutralizzàre, v. neutralizar, declarar neutro; tornar neutro.
Neutralizzàto, p. p. e adj. neutralizado.
Neutralizzaziône, s. f. neutralização.
Nèutro, adj. e s. m. o gênero neutro.
Neutrône, s. m. nêutron ou neutrão.
Nevàia, s. f. neveira, lugar onde se conserva a neve.
Nevàio, s. m. neveira, geleira, monte coberto de neve; lugar onde há neve acumulada.
Nevàre, (ant.) v. cair neve, nevar.
Nevàta, s. f. nevada, queda de neve.
Nevàto, p. p. e adj. nevado, coberto de neve.
Nevíschio, s. m. nevisco, neve miúda.
Nevôso, adj. nevoso, cheio de neve; nevoento.
Nevralgía, s. f. nevralgia (e mais propr. neuralgia) doença causada pela irritação de um ou mais nervos.
Nevràlgico (pl. -àlgici), adj. nevrálgico, neurálgico.
Nevrastenía, s. f. neurastenia.
Nevrastênico, (pl. -ènici), adj. neurastênico.
Nevrilèmma (pl. **nevrilèmmi**), s. m. neurilema, nevrilema, bainha de tecido laminar, que envolve os nervos.
Nevrìte, s. f. nevrite, (e mais propr. neurite).
Nevròsi, s. f. (med.) neurose.
Nevròtico, adj. e s. neurótico, relativo ao sistema nervoso.
Níbbio, s. m. (zool.) milhafre, ave de rapina diurna, da família dos falcões.

Nicchia, s. f. nicho, cavidade; buraco feito na parede, para nele se colocar uma estátua, etc. / (zool.) concha, invólucro de certos moluscos.
Nicchiàre, v. gemicar, gemer longamente por efeito de dor / hesitar, vacilar, titubear.
Nicchiétta, nicchiettína, s. f. (dim.) nichozinho, pequeno nicho.
Nicchio, s. m. concha de molusco / lume a óleo.
Niccolite, s. f. niquelite, arseniato de níquel natural.
Niceno, adj. niceno, de Nicéia / (s. m.) habitante de Nicéia.
Níchel s. m. níquel.
Nichelàre, v. niquelar, cobrir de níquel, dar a cor do níquel.
Nichelíno, s. m. (pop.) pequena moeda de níquel, niquelzinho.
Nichèlio, s. m. (min.) níquel, metal de cor branca, duro e tenaz.
Nichilísmo, s. m. niilismo, doutrina de um partido russo que queria destruir a ordem social e a política existentes.
Nicotína, s. f. nicotína, alcalóide que existe no tabaco.
Nicotinísmo, s. m. nicotinismo, envenenamento pela nicotina.
Nicotizzàre, v. nicotizar, impregnar, saturar de nicotina.
Nicoziàna, s. f. (bot.) nicociana.
Nictalopía, s. f. nictalopia, alteração da vista.
Nictàlopo, s. m. (med.) nictálope / (zool.) animal que enxerga melhor à noite.
Nictofobía, s. f. nictofobia, medo da noite.
Nidiàceo, adj. nidícola, que permanece no ninho (pássaro).
Nidiàndolo, s. m. endez, ovo (artificial ou verdadeiro) que se põe no lugar em que se deseja que a galinha ponha outros.
Nidiàta, s. f. ninhada, o conjunto das aves nascidas ou contidas num ninho; os filhos de um só parto da fêmea de um animal / (fig.) filharada, os filhos, as crianças de uma família.
Nidettíno, nidêtto, s. m. (dim.) ninhozinho, pequeno ninho.
Nidificàre, v. nidificar, construir ninho.
Nído, s. m. ninho, construção que fazem as aves; habitação de certos animais / (fig.) lugar onde se nasce: retiro, lugar de abrigo, de aconchego; leito.
Nidóre, s. m. nidor, mau cheiro; cheiro de ovos chocos.
Nidoróso, adj. nidoso, que tem cheiro ou gosto a podre.
Nidúccio, nidúzzo, s. m. (dim.) ninho pequeno.
Niego, ou **nêgo**, s. m. nega, negação; recusa.
Niellàre, v. nielar, lavrar.
Nielláto, p. p. e adj. nielado, lavrado, ornado.
Nièllo, s. m. nielo; ornamento / esmalte usado para nielar, embutir em metal, aço ou ferro.
Niènte, pron. nada / quando segue o verbo requer negação: **non so** ———: não sei nada / ——— **sapevo**: nada sabia / **non fa** ———: não importa / **non serve a** ———, não serve para nada / **uomo da** ———: homem sem valor / **finire in** ———: acabar em nada / **nient'altro**: nada mais / **il doce far** ———: a agradável vadiação / **chi troppo vuole** ——— **ha**: quem muito quer nada alcança / (adj.) nenhum / **non ha** ——— **utilità**: não tem nenhuma utilidade / (s. m.) il ———: o nada, nada; **ridursi al** ———: cair na miséria / (adv.) nada, **non vale** ———: não vale nada / **per** ———, por nada, de modo algum / **non voglio per** ——— ———; não quero absolutamente nada / **l'ho comprato per** ———: comprei-o por uma ninharia.
Nientiméno, nientedimêno, adv. conj. e interj. nada menos.
Nietzschiàno, Nietzscheano, que se refere à filosofia de Nietzsche.
Niffo, e níffolo, s. m. focinho de porco; carranca; ferrão das abelhas, das moscas, etc. / gesto de quem tem asco ou nojo; carranca; / probóscide dos elefantes.
Nigèlla, s. f. (bot.) nigela, planta ranunculácea.
Nimbàto, adj. nimbado.
Nímbo, s. m. nimbo, círculo de luz que cinge a cabeça das imagens dos santos; auréola, resplendor; halo.
Nimistà, s. f. inimizade.
Ninfa, s. f. ninfa, divindade dos rios, bosques e montes / (fig.) mulher jovem / musa / (zool.) crisálida.
Ninfàle, adj. de ninfa.
Ninfèa, s. f. (bot.) ninféia, planta aquática das ninfeáceas.
Ninfèo, s. m. (arquit.) ninfeu, templo romano dedicado às ninfas; lugar delicioso com salas e piscinas para banho; fonte ornamental dos romanos.
Ninfétta, ninfettína, s. f. (dim.) ninfazinha, pequena ninfa.
Nínfolo, s. m. (vulg.) focinho.
Ninfòmane, adj. ninfômane.
Ninfomanía, s. f. ninfomania; furor uterino; eretomania.
Ninfòsi, s. f. ninfose.
Nínna, s. f. nana, canto para acalentar / **ninna nanna**: cantilena para fazer dormir as crianças.
Ninnàre, v. ninar, acalentar, procurar fazer dormir a criança; adormecer a criança.
Ninnolàre, v. divertir com brinquedos.
Ninnolàrsi, v. brincar, entreter-se com brinquedos / perder tempo com coisas sem importância.
Ninnolètto, ninnolíno, s. m. (dim.) brinquedinho, pequeno brinquedo.
Nínnolo, s. m. brinquedo; jogo / ninharia / pequeno adorno; medalhinha.
Ninnolône, adj. e s. m. brincalhão, indolente, ocioso.
Níno, s. m. (fam.) filho, benzinho, queridinho; filhinho; usado sempre em sentido amoroso para chamar uma criança, **Vieni qua, nino mio**: vem aqui, filhinho!
Niobàto, s. m. niobato, sal oxigenado de nióbio.
Níobe, s. f. (mit.) Níoba, ou Níobe, filha de Tântalo e mulher de Anfião.
Nipiología, s. f. estudo do lactente.
Nipòte, s. m. e f. sobrinho, sobrinha / neto; neta; (fig.) os descendentes; os pósteros.

Nippònico, adj. nipônico, do Japão; japonês.
Nirvàna, s. f. nirvana; segundo a religião budista, estado da alma que destrói o sentido do desejo e da dor e goza a beatitude / apatia; inércia.
Nitidamênte, adv. nitidamente, de modo nítido; claramente.
Nitidêzza, s. f. nitidez, clareza, limpidez; asseio.
Nítido, adj. nítido, claro, limpo, polido.
Nitôre, s. m. nitescência; brilho, esplendor.
Nitràgine, s. f. (agr.) nitragina, substância composta de fermentos vegetais, para adubos químicos.
Nitratina, s. f. nitratina, azotato de potássio.
Nitràto, s. m. nitrato.
Nítrico, adj. (quím.) nítrico, ácido mineral líquido.
Nitrificaziône, s. f. nitrificação / produção artificial do nitro.
Nitríre, v. rinchar; relinchar (do cavalo).
Nitríto, s. m. nitrido, rincho; a voz do cavalo.
Nítro, s. m. nitro, designação do nitrato de potassa e do azoto de potassa; salitre.
Nitrobattèri, s. m. (quím.) nitrobactérias, micróbios agentes da nitrificação.
Nitrobenzina, s. f. nitrobenzina.
Nitrocellulòsa, s. f. (quím.) nitrocelulose.
Nitroglicerína, s. f. nitroglicerina, substância venenosíssima explosiva.
Nitroprussiàto, s. m. nitroprussiato.
Nitrùro, s. m. (quím.) nitruro.
Nitticòra, s. f. (zool.) nictícora (ave), o mesmo que mocho.
Nittitànte, adj. nictitante, que exerce nictição, como a membrana externa do olho, que é muito desenvolvida nos pássaros e em alguns outros animais / pestanejante.
Niùno, pron. (poét.) nenhum; ninguém.
Nivàle, adj. níveo, muito branco; cândido como a neve.
Nizzàrda, s. f. chapéu de palha para mulher, de abas bem largas.
No, adv. de neg.: de modo nenhum; negativamente / (s. m.) recusa; negativa; repulsa: un bel no: um não seco.
Noàchide, s. descendente de Noé.
Nobilàccio, adj. depr. nobre de casta, porém desprezível.
Nòbile, adj. nobre; que tem nobreza; de descendência ilustre / (fig.) distinto, notável, generoso; magnânimo / (s. m.) pessoa que por direito de nascença ou por lei pertence à nobreza.
Nobiliàre, adj. nobiliário, relativo à nobreza.
Nobilitàre, v. nobilitar; enobrecer.
Nobilitaziône, s. f. nobilitação, ato ou efeito de nobilitar.
Nobilità, s. f. nobreza, qualidade do que é nobre; distinção / aristocracia / (fig.) grandeza, dignidade / generosidade, magnanimidade.
Nobilmênte, adv. nobremente, de modo nobre.
Nobilúccio, adj. deprec. nobrezinho; nobre provinciano.
Nobilúme, s. m. (depr.) a casta dos nobres mesquinhos e desprezíveis.
Nòcca, s. f. junta, nó, juntura dos dedos das mãos e dos pés.
Nòcchia, s. f. avelã verde.
Nocchière, ou **nocchière**, e poét. **nocchièro**, s. m. timoneiro, piloto; aquele que guia o navio / nave sènza nocchièro, in gran tempesta (Dante, Purg.): nau sem piloto em pélago tempestuoso (tr. X. P.).
Nocchíno, s. m. coque, pancada na cabeça com os nós dos dedos e com o punho fechado.
Nocchiòso, adj. nodoso, que tem nó.
Nocciòla, s. f. (bot.) avelã, fruto da aveleira ou avelãzeira.
Nocciolàio, s. m. vendedor de avelãs.
Nocciolètta, **nocciolíno**, s. f. (dim.) avelãzinha.
Nocciòlo, ou **nocciuòlo**, e também avelàno, s. m. (bot.) avelãzeira, planta que produz a avelã / (zool.) peixe de mar afim aos tubarões, porém comestível.
Nòcciolo, s. m. (bot.) caroço, parte interna de muitas frutas, que contém a semente / (fig.) o ponto principal, o nó (de questão, problema, etc.).
Nocciolôso, adj. lenhoso, duro.
Nocciolúto, adj. encaroçado, que tem caroço.
Nôce, s. m. e f. (bot.) noz, fruto da nogueira / a madeira dessa árvore (da nogueira); (ant.) nôce del còllo: pomo-de-Adão, osso que fica no meio do pescoço do homem / osso saliente do pulso / nôce moscata: noz-moscada; nôce vómica: noz-vômica.
Nocèlla, s. f. avelã / maléolo / osso do pulso.
Nocènte, p. pr. e adj. nocente; nocivo, prejudicial, danoso.
Nocepèsco, s. m. (bot.) alperche, variedade de noz.
Nocèto, s. m. nogueiral, terreno plantado de nogueiras; nogal.
Nocêvole, adj. nocivo, danoso.
Nocevolêzza, s. f. nocividade, caráter do que é nocivo.
Nocevolmênte, adv. nocivamente; danosamente.
Nociaiòlo, s. m. vendedor de nozes.
Nocífero, adj. que produz noz.
Nocína, s. f. nozinha, pequena noz.
Nocíno, s. m. licor feito com casca de noz.
Nocumênto, s. m. prejuízo; dano.
Nodàle, adj. nodal (de nó) / línea nodàle: linha nodal (vibrátil, acústica).
Nodèllo, s. m. (anat.) junta, articulação das mãos nos braços, dos pés nas pernas.
Noderôso, adj. nodoso, que tem muitos nós.
Nodettíno, **nodêtto**, **nodicèllo**, **nodíno**, s. m. (dim.) nódulo, pequeno nó.
Nòdo, s. m. nó, laço feito com corda, linha, fita, etc. / (anat.) as juntas (artic.) das mãos e dos pés / (bot.) partes duras de uma árvore / ponto de convergência de ruas, estradas, etc. / medida marítima que vale 1.852 metros / ponto no qual se unem cadeias de montanhas / (med.) excrescência / (zool.) segmento do corpo dos insetos / ponto do equinócio; (fig.) laço, vínculo moral /

dificuldade / ponto essencial / **nodo gordiano**: nó górdio / **nòdo scorsòio**: nó corredio.
Nodosaménte, adv. nodosamente, em forma de nó.
Nodosità, s. f. nodosidade.
Nodôso, adj. nodoso, que tem nós.
Nodríre, v. (poét.) nutrir, alimentar.
Nòdulo, s. m. (dim.) nódulo / junta (anat.) / (geol.) pequena massa esferoidal / pequena nodosidade subcutânea.
Nodúzzo, s. m. (dim.) pequeno nó.
Noètico, adj. noético, de Noé; da era de Noé.
Noi, pron. pes. (pl.) nós / **noi altri**: nós outros.
Nòia, s. f. fastio, enfado; aborrecimento. amolação; tédio, melancolia, enjoo.
Noiàre, v. tr. aborrecer.
Noiàto, p. p. e adj. aborrecido, enjoado, enfadado.
Noiosità, s. f. aborrecimento; enjoo, tédio; repugnância.
Noióso, adj. aborrecido, enfadonho, molesto; tedioso.
Nolúccia, nolúzza, s. m. (dim.) aborrecimentozinho.
Noleggiàre, v. fretar, alugar / carregar; transportar, em navio, uma carga por conta de outrem.
Noleggiàto, p. p. e adj. fretado, alugado.
Nolèggio, s. m. fretamento, fretagem / retribuição do frete.
Nolènte, adj. não querente; que não quer, não deseja uma coisa.
Nòlo, s. m. frete; aluguel; o preço que se paga por uma coisa móvel alugada por um certo tempo / (mar.) pagamento de frete por mercadoria transportada.
Nomàccio, s. m. (depr.); nome feio, desgracioso.
Nòmade, adj. e s. m. nômade; errante / (zool.) (pl.) abelhas solitárias que não têm ninho.
Nomadísmo, s. m. (neol.) nomadismo (de povos, tribos sem habitação fixa).
Nomàre, v. (poét.) nomear, dar nome
Nomàrsi, v. nomear-se, ter nome, tomar nome; (poét.) dar-se a conhecer; afirmar-se.
Nomàto, p. p. e adj. nomeado, apelidado / reputado, celebrado, famoso, conhecido, é **un autore molto ———**: é um autor muito citado (conhecido, famoso).
Nôme, s. m. nome; palavra com que se indica pessoa, animal ou coisa; / fama; voz pública; título; reputação; apelido / substantivo.
Noméa, s. f. nomeada, reputação; notoriedade; renome; fama pública.
Nomenclatôre, s. m. nomenclador / livro que contém e declara os nomes, etc., em forma de dicionário.
Nomenclatúra, s. f. nomenclatura / terminologia.
Nomígnolo, s. m. (deprec.) nome, sobrenome, apelido; abreviatura familiar ou vulgar (alcunha) de um nome próprio.
Nòmina, s. f. nomeação, ato de nomear para um posto / eleição/ (pop.) fama, popularidade.
Nominàbile, adj. nomeável; que se pode nomear.
Nominàle, adj. nominal, que se refere ao nome das pessoas e das coisas / **scrutínio ———**: eleição que se faz por apelação nominal / **valore ———**: valor representado por títulos ou bônus do débito público.
Nominalísmo, s. m. nominalismo.
Nominalista, s. m. (filos.) nominalista.
Nominalménte, adv. nominalmente; de nome, pelo nome / irrealmente.
Nominànza, s. f. (lit.) nomeada, fama, glória, reputação.
Nominàre, v. nomear, pôr o nome / exprimir; recordar / designar; eleger; escolher.
Nominàrsi, v. nomear-se, apelidar-se; ter o nome de / chamar-se / **Ei si nome** (da ode de Manzoni: il se **maggio**): ele se nomeou.
Nominataménte, adv. nomeadamente; um por um / particularmente.
Nominativaménte, adv. (neol.) nominativamente; pelo nome.
Nominativo, adj. nominativo, que nomeia / (gram.) nominativo, caso reto ou primeiro dos casos declináveis.
Nominàto, p. p. e adj. nomeado; lembrado; eleito, escolhido; célebre; popular; em voga.
Nominatôre, s. m. (de uso raro) nomeador, aquele que nomeia.
Nominazióne, s. f. (antig.) nomeação, denominação / direito, privilégio de nomear; imposição de nome.
Nomocrazía, s. f. (jur.) nomocracia, império da lei (o contrário de autocracia).
Nomografía, s. f. nomografia, tratado das leis.
Nomología, s. f. nomologia, a ciência das leis.
Nomône, s. m. (aument. burl.) nome grande.
Nomotelética, s. f. nomotesia, estudo e aplicação das leis.
Nomparíglia, s. m. (tip.) caráter tipográfico de corpo 6.
Non, adv. (de negação ou recusa) não.
Nòna, s. f. (de hora); a quinta hora canônica (as 15 horas) / (med.) encefalite letárgica / forma grave de influenza / intervalo musical.
Nonagenàrio, adj. e s. m. nonagenário.
Nonagèsimo, adj. nonagésimo.
Nonàgono, s. m. (geom.) nonágono, figura com nove ângulos.
Nonchê, conj. ainda mais, ainda menos.
Noncurànte, adj. indiferente, desinteressado. desprezado / **noncurante dei pericoli**: deprezando (não se importando com) os perigos.
Noncurànza, s. f. menosprezo; indiferença; insensibilidade; frieza, desinteresse.
Nondimànco, adv. (de uso pedantesco e vulgar): não obstante.
Nondiméno, conj. e adv. todavia. contudo; não obstante.
Nòne, s. f. pl. (latim **nonae**, de nonus) nonas, o nono dia antes dos idos, do calendário romano antigo.
Non intervènto, s. m. (neol. do fr. **non intervention**): não-intervenção; sistema de política internacional que consiste na não-intervenção nos negócios dos outros Estados, etc. (Panzini).

Nònio, s. m. (astr. e fís.) (de **Nonius** ou **Nonnius**) nônio, instrumento de matemática; escala desse instrumento.
Nònna, s. f. avó, a mãe do pai ou da mãe / (zool.) airão grande.
Nonnètta, monnettína, monnúccia, s. f. (dim.) avozinha; boa avozinha, avozinha querida, etc.
Nonnètto, nonnettino, nonnúccio, s. m. (dim.) avozinho, bom avozinho, etc.
Nònno, s. m. avô, pai do pai ou da mãe; (fig.) homem velho.
Nonnúlla, s. m. nonada, bagatela, insignificância; um mínimo de qualquer coisa.
Nòno, adj. numer. ordin. nono / (s. m.) a nona parte.
Nonostànte, prep. não obstante; apesar de / **nonostànte che**: (conj.) ainda que.
Nonpertànto, e non pertànto, conj. todavia; não obstante, contudo.
Nonplusúltura, s. m. o sumo, o máximo, o extremo: il ——— della sapienza.
Nonsènso, s. m. contra-senso, absurdo, falta de sentido, necedade.
Non Scholae (etc.) **sed vitae**, loc. lat. não para a escola, mas para a vida (deve-se estudar).
Non Ti Scordar Di Mé ou **Nontiscordimè**, s. m. (bot.) planta da família das borragináceas de flores miúdas e azuis / miosote ou miosótis.
Nònuplo, adj. e s. m. (lat. nonus) nônuplo, que é nove vezes maior / (mús.) tempo musical composto de cromas ou biscromas.
Noologia, s. f. noologia.
Noològico (pl. -**ògici**) adj. noológico, rel. à noologia; rel. ao pensamento.
Nopal, s. m. nopal, cochinilha (inseto) do figo da India, que dá o carmim / (bot.) nome mexicano de vários gêneros de plantas cactáceas.
Norcino, adj. norcino, natural de Nórcia (ant. Núrsia), localidade da província de Perúgia / (s. m.) aquele que mata os porcos e faz salsicha / castrador de porcos.
Nòrd, (ingl. North) norte, um dos pontos cardeais correspondentes ao setentrião.
Nòrdiche, s. f. nórdicas (línguas nórdicas).
Nòrdico, adj. nórdico; do norte; de países ou de povos setentrionais.
Nòria, s. f. (antig.) nória ou nora, engenho para tirar água e elevá-la a grande altura.
Nòrma, s. f. norma; regra; guia, medida, exemplo / preceito.
Normàle, adj. normal; conforme à regra; regular / **línea** ———: linha perpendicular.
Normalità, s. f. normalidade.
Normalizzàre, v. normalizar.
Normalmènte, adv. normalmente; regularmente.
Normàndo, (do angl. sax.: "north", e do gótico "man") adj. e s. m. normando, antiquíssimo povo da Europa Setentrional / da Normandia, habitante da Normandia / de tipo, de raça, de caráter normando.
Normativo, adj. normativo, que tem qualidade de norma.
Nòsco (ant.), pron. conosco.

Nosocòmio, s. m. (med.) nosocômio; hospital.
Nosogèsi, s. f. nosogenia, patogenia.
Nosografía, s. f. nosografia; descrição das doenças.
Nòssa, s. f. (ant.) briga, altercação; rixa.
Nossignôre, adv. não senhor.
Nostalgía, s. f. (do gr. "nostos" e "agos") nostalgia, tristeza provocada por saudade do lugar natal.
Nostàlgico, adj. nostálgico.
Nostacàcee, s. f. pl. nostacáceas, família de plantas criptogâmicas.
Nostràle, nostràno, adj. nosso, que é nosso, que é da nossa terra; patrício; nacional.
Nòstra Dònna, ou **Nostra Signóra**, s. f. (do lat. domina nostra) Nossa Senhora, nome dado à Santa Virgem Mãe de Deus.
Nòstro, adj. nosso, que é nosso, que nos pertence / (s. m.) o nosso haver, a nossa propriedade; (pl.) os nossos; os nossos soldados, os nossos parentes, os nossos partidários, etc. (**i nostri**).
Nostròmo, s. m. (mar.) suboficiais marinheiros, ou contramestres de navio, etc.
Nòstro Signôre, s. m. Nosso Senhor; Jesus Cristo.
Nòta, s. f. nota; sinal; escrito; anotação; registro, apontamento; lembrete / índice; catálogo; observação sobre a conduta; lista, elenco, apostila / ((mús.) sinal, nota musical / **nota diplomatica**: comunicação que um governo faz a outro / (loc.) (fig.) **a chiare note**: claramente, francamente.
Notabène, s. m. (do lat.) "nota bene", expressão com que num texto ou em uma carta se chama atenção para o que segue.
Notàbile, adj. notável, que é digno de ser notado; insigne, ilustre, importante, eminente; apreciável.
Notabilità, s. f. (neol.) notabilidade; pessoa notável; as pessoas mais importantes de um lugar.
Notabilmènte, adv. notavelmente; de modo público.
Notàio, (v. notaro); s. m. notário, escrivão público.
Notalgía, s. f. (med.) notalgia, dor na região dorsal.
Notamènto, s. m. (de uso raro) anotação; nota; apontamento; relação.
Notàre, v. notar, anotar, assinalar, observar, atentar, ponderar; advertir / **farsi notare**: fazer-se notar; chamar a atenção dos outros.
Notarêsco, adj. (deprec.) notarial, de notário.
Notariàle, adj. notarial.
Notariàto, s. m. notariado, ofício de notário ou de tabelião.
Notàro, e notàio, s. m. notário; escrivão público; tabelião.
Notàto, p. p. e adj. notado, assinalado, escrito, observado, registrado.
Notatôre, s. m. notador, anotador, aquele que anota, que observa, que notifica; que denuncia / nadador, que nada.
Notazióne, s. f. notação: ——— musicale, chimica, etc.
Notes (v. fr.) s. m. (pop.) caderno, caderneta de apontamentos / (ital.) tacculno.

Notèvole, adj. notável; (sup.) **notevolissimo**.
Notevolménte, adv. notavelmente.
Notífica, s. f. (v. **notificazione**).
Notificazióne, s. f. notificação, aviso, intimação / pregão, edital.
Notízia, s. f. notícia, conhecimento, informação / nota, apontamento, observação; resumo, exposição sucinta de um sucesso; novidade; nova.
Notiziàccia, s. f. (pejor.) notícia feia, desagradável; má notícia.
Notiziàrio, s. m. noticiário; conjunto de notícias (dos jornais).
Notiziètta, notiziòla, s. f. (dim.) noticiazinha; notícia de pouca importância.
Nòto, adj. noto, vento do sul.
Notocòrda, s. f. (ant.) notocórdio; formação primitiva da coluna vertebral.
Notocordàti, adj. e s. m. (pl.) animais providos de notocórdios, vertebrados.
Notomía, s. f. (ant.) notomia; anatomia.
Notoriaménte, adv. notoriamente; publicamente.
Notorietà, s. f. notoriedade, qualidade ou estado do que é notório.
Notòrio, adj. notório; claro, patente; público.
Nottàccia, s. f. (pejor.) má noite, noitada ruim.
Nottambulísmo, s. m. notambulismo.
Nottàmbulo, adj. e s. m. notâmbulo; notívago / sonâmbulo.
Nottànte, (p. us.) s. m. e f. enfermeiro noturno.
Nottàta, s. f. noitada; o espaço de uma noite inteira.
Nottatàccia, s. f. (depr.) noitada ruim, má noite; noite desagradável.
Nòtte, s. f. noite; (fig.) escuridão; cegueira; obscuridade.
Notteggiàre, v. intr. (ant.) rondar de noite.
Nottetèmpo, adv. durante a noite; de noite.
Nottilúca, ou **noctilúca**, s. f. (zool.) noctíluco, protozoário marinho fosforecente.
Nottívago, adj. e s. m. notívago, que anda ou vagueia de noite; noturno; sonâmbulo.
Nottòia, s. f. (zool.) nome vulgar do morcego das regiões da Itália / **nòttola** ou **nòttoa** (lat. "noctua"): nóctua, nome dado por alguns naturalistas a um gênero de aves que tem por tipo a coruja / insetos lepidópteros noturnos / pequena escada rústica de madeira.
Nottolína, s. f. tranqueta de metal.
Nottolíno, s. m. tranca pequena, de madeira, que se coloca por trás das portas ou janelas.
Nottolóne, s. m. noitibó, pássaro noturno fissirrostro; (fig.) notívago, pessoa que só aparece de noite / homenzarrão que não presta para nada.
Nottúrno, adj. noturno, da noite / que funciona à noite: **albergo** ———, **scuola notturna** / (s. m.) (ecl. e mús.) noturno.
Noúmeno, s. m. (do grego "noymenos": pensado) (filos.) número, realidade inteligível.

Nòva, s. f. (astr.) nova, nome dado a qualquer estrela que, aumentando bruscamente de brilho, parece surgir das profundidades da abóboda celeste.
Novàle, s. m. (agr.) noval ou arrotéia, terreno desbravado há pouco, para o fim de cultura.
Novaménte, adv. novamente; de novo.
Novànta, adj. num. noventa / (s. m.) o número noventa.
Novantènne, adj. e s. m. (lit.) nonagenário.
Novantèsimo, adj. num. nonagésimo.
Novantína, s. f. nove dezenas; umas noventa; **una noventina di opere**: umas noventa obras.
Novàre, v. tr. (ant.) renovar.
Novatóre, s. m. (**novatríce**, s. f.) novador, inovador, o que introduz novidades.
Novazióne, s. f. novação, inovação / (jur.) renovação de um contrato ou obrigação por outro que se lhe substitui.
Nòve, adj. num. e s. m. o número nove.
Novecentísmo, s. m. (neol.) novecentismo, conjunto dos caracteres que distinguem as novas tendências da técnica e da arte; o mesmo que modernismo.
Novecentísta, adj. e s. m. novecentista; relat. ou pertencente à cultura do século XX.
Novecènto, adj. num. novecentos / (s. m.) o século XX / relacionado a manifestações de arte, define um estilo próprio e inconfundível.
Novecentèsimo, adj. num. ord. nongetésimo ou noningentésimo / (s. m.) a noningentésima parte.
Novecentomíla, adj. num. novecentos mil.
Novecentonovantanovemíla, adj. num. novecentos e noventa e nove mil.
Novèlla, s. f. novidade, notícia nova, recente / conto, novela, história, narração não muito extensa.
Novellàccia, s. m. (pejor.) novela feia, desagradável, de má escolha ou indecente / má notícia.
Novellaménte, adv. novamente, de novo.
Novellàre, v. novelar, contar histórias, novelas.
Novellatóre, s. m. e **novelatríce**, s. f. noveleiro, novelador, novelista / quem escreve ou conta novelas.
Novellètta, s. f. (dim.) novelazinha; pequena história ou narração / noticiazinha.
Novellière, ou **novellière**, s. m. novelador, novelista; quem escreve novelas.
Novellína, s. m. (dim.) novelazinha, conto popular ou fábula.
Novellíno, adj. novel, feito de há pouco / principiante, novato / (s. m.) ingênuo, que não tem experiência / (hist.) título de uma famosa coleção (**raccòlta**) de novelas antigas italianas.
Novellísta, s. novelista; o que dá notícias.
Novellística, s. f. (lit.) novelística.
Novèllo, adj. novo, moço; recente; nascente, incipiente; novel / (agr.) a planta nova ou rebento.
Novèmbre (lat. "november") s. m. novembro, o décimo-primeiro mês do ano.

Novemèstre, s. m. novimestre, espaço de nove meses.
Novèna, s. f. (ecles.) novena.
Novenàle, adj. novenal; que dura nove anos; que decorre cada nove anos.
Novenàrio, adj. novenário; livro de novenas / verso de nove sílabas.
Novendiàle, s. m. novendial, de nove dias; que é celebrado durante 9 dias sucessivos.
Novènne, adj. e s. m. novênio, espaço de nove anos.
Novízio, adj. e s. m. noviço; inexperiente, novato / aquele que entrou de há pouco numa ordem religiosa.
Nòvo, e Nuòvo, adj. novo.
Noviziàto, adj. noviciado, período de experiência dos noviços / aprendizagem, tirocínio; os primeiros exercícios em uma profissão ou ofício.
Nozioncèlla, s. f. (dim.) pequena noção, exposição ou notícia sobre uma coisa.
Noziône, s. f. noção, conhecimento simples e sumário / concepção; idéia.
Nòzze, s. f. pl. núpcias; matrimônio; casamento; esponsais; bodas.
Núbe, s. f. (lit.) nuvem; (sin.) **nuvola**.
Nubècola, s. f. (dim.) nubécula, pequena nuvem / (med.) mancha da córnea / (quím.) capa, impureza do líquido.
Nubiàno, adj. da Núbia / (s. m.) habitante da Núbia, região ao nordeste da África; língua nubiana.
Nubifendènte, adj. que fende, que abre as nuvens.
Nubífero, adj. (liter.) nubífero, que produz ou que traz nuvens.
Nubifràgio, s. m. temporal; chuvarada violenta.
Núbile, adj. núbil; que está em idade de casar; casadoiro; **figlia** ————: filha núbil, donzela, solteira / **stato** ————: estado de núbil ou solteiro.
Núbilo, nubilôso, adj. nubiloso, coberto de nuvens; enevoado; obscurecido pelas nuvens.
Núca, s. f. nuca; região occipital.
Nucàle, adj. nucal, relativo à nuca.
Nucína, s. f. (lat. "nux-cis") nucina, substância cristalina extraída da noz.
Nucleàre, adj. nuclear.
Nucleína, s. f. (quím.) nucleína; cromatina.
Núcleo, s. m. núcleo, parte central de algumas coisas; miolo; parte central das células; parte central da molécula / pequena reunião; pequeno grupo.
Nuclèolo, s. m. nucléolo; pequeno núcleo; corpúsculo esférico.
Nucleòma, s. m. nucleoma, protoplasma hialino do núcleo celular.
Nucleoplàsma, s. m. nucleoplasma, protoplasma do núcleo.
Nudamènte, adv. nuamente, sem vestes; sem ornato algum; livremente, abertamente.
Nudàre, v. desnudar.
Nudàrsi, v. pr. despir-se; ficar nu.
Nudàto, p. p. e adj. despido, desnudo, nu.
Nudèzza, e nudità, s. f. nudez, desnudez.
Nudísmo, s. m. nudismo.
Nudísta, s. nudista.
Nudo, adj. desnudo; sem roupa / (fig.) simples, franco, sincero / (s. m.) a parte nu, esp. na linguagem das belas-artes: **studiare dal** ————.
Nudríre, v. (poét.) nutrir; alimentar.
Nugàce, (ant.) vão, vaidoso; charlatão.
Nugolo, s. m. (arc. e dial.) nuvem; / (fig.) grande número; multidão compacta; grupo, magote.
Nùlla, pron. nada: **non ho, non temo, non so** ————: não tenho, não temo, não sei nada / ———— **voglio**: nada quero / ———— **di buono**: nada bom / ———— **di** ————: nada absolutamente / **buono a** ————: inútil, incapaz, inepto / **non fa** ————: não importa / **sai** ———— **degli esami?** sabes alguma coisa dos exames? / nada, ninharia, bagatela / **non vale** ————: não vale nada / (s. m.) **il** ————: o nada / **venire su dal** ————: subir do nada, de pobre a rico / **essere un** ————: ser uma nulidade, um zero à esquerda / **risolversi in** ————: ir tudo água abaixo.
Nulladimèno, nullamèno, e nondimèno, adv. não obstante; todavia; apesar de tudo; contudo.
Nullàggine, s. f. nulidade; insignificância.
Nullamènte, adv. (jur.) nulamente; de modo nulo; inutilmente, invalidamente.
Nullaòsta, s. m. licença, consentimento, autorização, concessão / declaração de que nada se opõe a um pedido.
Nullatenènte, adj. e s. m. que não tem nada; que não possui nada; pobre; sem bens.
Nullísmo, s. m. ceticismo, doutrina que nega a razão de um Ser Superior.
Nullità, s. f. nulidade; que não tem mérito nem talento: frivolidade, coisa vã.
Núllo, adj. nenhum; nem um; nulo; de nenhum valor; inútil: inerte.
Núme, s. m. (lit.) nume, númen, divindade; poder celeste; gênio.
Númeno, ou noúmeno, s. m. (filos.) númeno, a coisa tal como é em si.
Numeràbile, adj. numerável.
Numerabilità, s. f. numerabilidade.
Numeràccio, s. m. (pej.) número feio, ruim.
Numeràle, adj. numeral, de número / (gram.) **aggettivo**.
Numeràre, v. numerar, contar, enumerar, indicar por número, incluir.
Numerário adj. numerário / (s. m.) (neol.) dinheiro efetivo.
Numeràto, p. p. e adj. numerado, contado, incluído, enumerado.
Numeratôre, s. m. (aritm.) numerador, número que indica as partes da unidade contidas numa fração.
Numeratôre, s. m. numerador, aparelho para numerar, usado geralmente em escritórios.
Numeratríce, s. f. máquina para numerar.
Numerazióne, s. f. numeração; arte, modo de escrever os números.
Numerazioncèlla, s. f. (dim.) numeraçãozinha.
Numerètto, s. m. (dim.) numerozinho, pequeno número.
Numericamènte, adv. numericamente; por meio de números.
Numèrico, adj. numérico.

Numeríno, s. m. (dim.) numerozinho.
Numerizzàre, v. (neol.) numerar.
Número, s. m. número; nome da unidade; conta certa; quantidade, cópia; multidão; grau de uma hierarquia / (poét.) ritmo, metro, pé, verso / (gram.) singular e plural do nome, do artigo, do adjetivo, do pronome e do verbo.
Numerône, s. m. (aument.) número grande.
Numerosità, s. f. numerosidade.
Numerôso, adj. numeroso; abundante; copioso; que compreende grande número de elementos.
Numída, adj. númida, relativo à Numídia.
Numismàtica, s. f. numismática, ciência das moedas e medalhas.
Numismàtico, adj. numimástico, relativo à numismática.
Nummàrio, adj. numário, relativo a moedas e medalhas.
Nùmmo, (ant.) s. m. numo, moeda, dinheiro.
Nummògrafo, s. m. numismático.
Nummolàrio, s. m. (antig.) numulário, (lat. "numularius") banqueiro; argentário.
Nummolíte, s. m. numulite, gênero de foraminíferos que compreende as numulites.
Núncio, s. m. núncio.
Nuncupatívo, adj. (jur.) nuncupativo, oral; feito de viva voz (testamento, etc.).
Nuncupativamênte, adv. nuncupativamente.
Nuncupazióne, s. f. (jur.) nuncupação, designação verbal do herdeiro.
Nundinàle, adj. (hist.) nundinal.
Núndine, s. f. (pl.) (hist.) núndinas, feira ou mercado que, entre os Romanos, se fazia de nove em nove dias.
Nunziàre, v. (antig.) nunciar, anunciar.
Nunziatôre, s. m. que, o que anuncia.
Nunziatúra, s. f. nunciatura, dignidade ou cargo de núncio.
Núnzio, s. m. núncio, mensageiro; o que traz ou leva uma notícia / embaixador / prelado que o Papa envia como embaixador.
Nuòcere, v. danificar, lesar; prejudicar.
Nuòra, s. f. nora, mulher do filho.
Nuotàre, v. nadar; flutuar na água.
Nuotatóio, s. m. nadadouro, que serve para nadar.
Nuotatôre, s. m. nadador, que nada.
Nuotatríce,, s. f. nadadora, que nada.
Nuòto, s. m. natação; arte de nadar; ato de nadar.
Nuòva, s. f. nova; novidade, notícia de fato recente.

Nuòvo, adj. novo, recente; fresco, não usado ainda / extravagante; moderno / (fig.) simples, ingênuo / (loc. adv.) **di nuòvo**: de novo; outra vez; repetidamente.
Nuràghe, s. m. nuraghe; monumentos cuneiformes antigos, da Sardenha, construídos de pedra.
Nutàre (ant.) v. agitar-se; vacilar.
Nutazióne, s. f. nutação, oscilação do eixo de um astro em torno de sua posição média / oscilação involuntária da cabeça; / mudança de direção, que se manifesta num órgão vegetal.
Núto (ant.), s. m. acenamento, gesto.
Nutricàre, v. nutrir, nutrificar, alimentar.
Nutricatívo, adj. nutriente, nutritivo.
Nutricatôre, s. m. nutritivo.
Nutriènte, p. pr. e adj. nutriente; nutritivo.
Nutríre, v. nutrir. alimentar, sustentar.
Nutritívo, adj. nutritivo, que nutre; que serve para nutrir.
Nutritúra, s. m. (raro) nutrição.
Nutrizióne, s. f. nutrição, ato ou efeito de nutrir; alimento, manutenção, comida, víveres, sustento.
Nutrocíto, s. m. nutrócito, célula endodérmica, como as da mucosa intestinal que, além dos fenômenos de nutrição que a interessam, desempenha um papel na nutrição geral do organismo a que pertence.
Núvila, s. f. (ant.) nuvem.
Núvola, s. f. nuvem, vapor d'água da atmosfera.
Nuvolàccia, s. f. (pej.) nuvem feia, nuvem grande.
Nuvolàglia, s. f. porção de nuvens.
Nuvolêtta, nuvolína, s. f. (dim.) nuvenzinha.
Nùvolo, adj. nublado, coberto de nuvens; escuro / (s. m.) nuvem grande / (fig.) quantidade, multidão de pessoas ou coisas: c'è in piazza un —— di gente.
Nuvolône, s. m. (aument.) nuvem grande, grossa.
Nuvolosità, s. f. nebulosidade, qualidade ou estado do que é nebuloso.
Nuvolôso, adj. nebuloso; turvo; sombreado: turvado; nublado.
Nuziàle, adj. (liter.) nupcial, de núpcia; matrimonial.
Nuzialità, s. f. nupcialidade, relação entre o número de casamentos e o de habitantes, numa localidade e em certas épocas.
Nuzialmênte, adv. nupcialmente, em forma nupcial / para núpcias.
Nylon, (v. nailon).

O

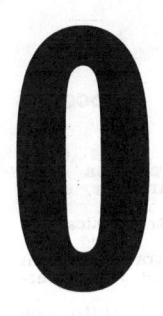

(O), s. m. e f. o, décima-terceira letra do alfabeto italiano e quarta das vogais; existe o o fechado (ó) e o o aberto (ò), e tamanha é a diferença que vem a ser realmente duas letras distintas; ex. mózzo (moço, grumete, etc.) / primeira pessoa do indicativo presente do verbo "mozzàre" (decepar) / mòzzo (cubo de roda, travessa de madeira para o encaixe de sinos, etc.) / rosa (roída) do verbo ródere (roer) e rósa (rosa, flor); bótte (golpes, pauladas, etc. e bótte (tonel, barril. etc. / (interj.) o Signore, o anima gentile: oh Senhor, oh alma gentil / (conj.) ou; o ora o mai: ou agora ou nunca.

Oarístide, s. m. oaristo, conversação íntima, colóquio doce e familiar.
Oasi, s. f. oásis; (fig.) refrigério, consolo; lugar de descanso, suave e aprazível.
Obbediènte, p. pr. e adj. obediente (ver ubbidiènte).
Obbedíre, v. obedecer.
Obbligànte, p. pr. e adj. obrigante, que obriga; que cativa.
Obbligàre, v. obrigar, impor obrigação a.
Obbligatíssimo, adv. muito obrigado.
Obbligàto, p. p. e adj. obrigado, imposto, forçado, vinculado / (fig.) (franc.) reconhecido, grato / versi obbligati: versos feitos com rimas dadas por outrem.
Obbligatoriamènte, adv. obrigatoriamente, forçosamente, necessariamente.
Obbligatorietà, s. f. (neol. jur.) obrigatoriedade.
Obbligatòrio, adj. obrigatório; forçoso, inevitável; imposto por lei.
Obbligazioncèlla, s. f. (dim.) pequena obrigação.
Obbligazióne, s. f. obrigação, ato de obrigar; dever, encargo, compromisso / quota de empréstimo bancário; título de dívida amortizável; cláusula obrigatória de contrato.
Obbligazionísta, s. m. (neol.) obrigacionista, o que possui obrigações (títulos que têm esse nome).
Òbbligo, s. m. obrigação; dever; encargo / dívida; vínculo, liame.

Obbròbrio, s. m. opróbrio, desonra, ignomínia; infâmia, vitupério; vexame, vilipêndio.
Obbrobriosamènte, adv. opróbriosamente, ignominiosamente.
Obbrobrióso, adj. oprobrioso, vergonhoso, desonroso / infame; vil, abjeto.
Obduzióne, s. f. (jur.) obdução, necroscopia médico-legal.
Obelisco, s. m. obelisco, monólito quadrangular alto; monumento em forma de agulha.
Oberàto, adj. oberado, onerado por dívidas / devedor que, entre os romanos antigos, passava a ser escravo do credor.
Oberònia, (lat. oberonia), s. f. oberônia, gênero de orquídeas.
Obesità, s. f. obesidade; gordura excessiva.
Obeso, adj. obeso; gordo; pançudo, corpulento.
Òbice, s. m. obus, pequena peça de artilharia.
Obiettàre, v. objetar, fazer objeção a; opor, contrapor, rebater; alegar contra.
Obiettivamènte, adv. objetivamente.
Obiettività, s. f. objetividade, qualidade do que é objetivo.
Obiettivo, adj. objetivo, relativo ao objeto / insegnaménto obiettivo: ensino direto por meio dos objetos / (s. m.) fim, escopo, propósito, intuito, mira / lente de aparelho fotográfico, de binóculo, de microscópio.
Obiètto, s. m. (filos. e lit.) objeto; motivo, causa; fim; mira.
Obiettóre, adj. e s. m. objetor; que ou quem objeta.
Obiezióne, s. f. objeção; réplica, contestação, oposição.
Òbito, (ant.), s. m. óbito, morte.
Obitòrio, s. m. câmara mortuária.
Obituàrio, s. m. obituário.
Obiurgazióne, s. f. (ant.) reprimenda; censura, admoestação solene; objurgação.
Oblàta, s. f. oblata, oferta piedosa / religiosa que pertence à ordem das oblatas.
Oblàto, adj. (ecles.) oblato.

Oblatôre, s. m. ofertante, o que faz oferenda a instituições piedosas e beneficentes.
Oblazionário, s. m. (ecles.) diácono encarregado de receber as ofertas.
Oblazióne, s. f. oblação, oblata, oferecimento feito à divindade ou aos santos / qualquer oferta; óbolo, presente / (for) —— volontaria: multa voluntária para evitar o processo.
Obliàbile, adj. olvidável, que se pode olvidar.
Obliàle, s. m. renda anual.
Obliàre, v. esquecer, olvidar / deslembrar.
Oblìo, s. m. (lit.) olvido, esquecimento.
Oblióso, adj. (poét.) esquecido; olvidado.
Obliquamênte, adv. obliquamente, de modo oblíquo.
Obliquàngulo, adj. (geom.) obriquângulo, triângulo ou polígono de ângulos oblíquos.
Obliquàre, v. intr. (neol.) obliquar, caminhar, proceder obliquamente; andar de través; desviar; atravessar diagonalmente.
Obliquità, s. f. obliquidade; posição ou inclinação oblíqua.
Oblíquo, adj. oblíquo; inclinado sobre uma superfície; torto; que se desvia; que vai de lado; ambíguo / (gram.) caso oblíquo.
Obliteràre, v. (lit.) cancelar, apagar; tornar um escrito ilegível; fazer desaparecer.
Oblivióne, s. f. (poét. e ant.) olvido, esquecimento.
Oblivióso, adj. (lit.) esquecido; deslembrado.
Oblò, (neol. fr.) s. m. óculo, pequena janela redonda que se abre nos flancos dos navios.
Oblúngo, adj. oblongo, alongado; que tem mais comprimento que largura.
Obnubilàre, (liter.) v. obnubilar, ofuscar, enevoar.
Obnubilazióne, s. f. obnubilação; ofuscamento.
Òboe, s. m. (mús.) oboé, instrumento musical, parecido com a clarineta.
Oboísta, s. m. oboísta, tocador de oboé.
Òbolo, s. m. antiga moeda grega; (fig.) pequena esmola ou donativo / (arqueol.) óbolo, monólito grego.
Obombramênto, s. m. obscurecimento.
Obombràre, escurecer, empanar / ofuscar.
Obovàta, adj. oboval, que tem forma obovalada.
Obrettízio, adj. (jur.) obreptício, obtido por obrepção; ardiloso, fraudulento; doloso.
Obrízzo, adj. (ant.) de ouro, puro, sem liga de outro metal.
Obrogàre, (pr. òbrogo, òbroghi) v. obrogar; derrogar uma lei; contrapor-se uma lei à outra.
Obrogazióne, s. f. ob-rogação.
Obsolèto, adj. obsoleto, que caiu em desuso; antiquado.
òc. (lingua d' ——), oc (fr. langue d'oc) antiga língua provençal, assim denominada devido ao significado de "oc" que exprime afirmação / conjunto dos dialetos em que se usa o "ò" (o gascão, o catalão, o provençal; o latino, o saboiano, etc.).

Òca, s. f. (zool.) ganso (ave); (fig.) tolo, estúpido, tardio; palerma / far venire la pelle d'oca; arrepiar, estremecer de medo.
Ocarina, s. f. ocarina, ínstr. musical, de terracota.
Occàre, (ant.) esterroar, trabalhar com o esterroador / —— le viti: esterroar as videiras.
Occasionàle, adj. ocasional; fortuito; que oferece ocasião; oportuno.
Occasionalísmo, s. m. (filos.) ocasionalismo, sistema que explica os fatos como se proviessem de causas ocasionais.
Occasionàre, v. ocasionar, causar, originar.
Occasionàto, p. p. e adj. (feio, neol. usado em lugar de cagionato) ocasionado, motivado, causado.
Occasióne, s. f. ocasião, oportunidade; ensejo, causa; motivo / pretexto, circunstância, conjuntura.
Occàso, s. m. (lit.); ocaso, parte onde se põe o sol / ocidente, poente / decadência; declínio.
Occhiàcci, s. m. (pl. pej.) olhos irados, ameaçadores; far gli occhiacci: olhar com ira, colericamente.
Occhiàia, s. f. órbita do olho; olheiras.
Occhialàio, s. m. ótico, fabricante ou vendedor de óculos.
Occhiàle, adj. ocular, do olho, pertencente ao olho.
Occhialêtto, **occhialíno**, s. m. monóculo; luneta.
Occhiàli, s. m. (pl.) óculos.
Occhialúto, adj. provido de grandes óculos.
Occhiàta, s. f. olhada, olhadela; exame rapidíssimo / (zool.) peixe marinho.
Occhiatèlla, **occhiatína**, s. f. (dim.) olhadela rápida; mirada afetuosa.
Occhiàto, adj. oculoso, mosqueado, que tem manchas e sinais semelhantes aos olhos (p. ex. as penas do pavão).
Occhiazurro, adj. olhizarco, de olhos azuis.
Occhibendàto, adj. (liter.) olhivendado, que tem os olhos vendados (amor, fortuna).
Occhicerúleo, adj. poét. que tem os olhos azuis; olhizarco.
Occhieggiàre, v. olhar com freqüência e furtivamente; esquadrinhar.
Occhiellàcio, s. m. (pej.) casa de botão mal acabada.
Occhiellàia, s. f. botoeira; costureira que faz casas (de botão) nos vestidos.
Occhièllo, s. m. (dim.) botoeira; ilhó; pequeno furo / (iron.) ferimento de arma branca / (tip.) página que precede o frontispício dos livros, que traz somente o título da obra.
Occhiêtto, **occhiettúzzo**, s. m. (dim.) olhinho; pequeno olho.
òcchio, s. m. olho, órgão da vista / minúscula janela, redonda ou oval / orifício no centro do martelo, da enxada e de outros instrumentos, onde se põe o cabo / mancha nas penas do pavão / (bot.) botão das plantas / (fig.) olhar, vista; presença; aparência: percepção; vigilância, atenção / chiudere un occhio: fingir de não ver / a quattr'un occhio: de só a só / in un batter d'occhio: num abrir e fechar de olhos, num átimo / a occhio nudo: a

olho nu, sem lentes / **occhio!**: atenção, em guarda / ———— **alla vernice**: cuidado com a pintura.
Occhiolíno, s. m. (dim.) olhinho; olho meigo e malicioso/ **fare l'occhiolino**: piscar o olho; namorar; mostrar vivo desejo por uma coisa.
Occhióne, s. m. (aum.) olho grande, bonito.
Occhiúccio, occhiúzzo, s. m. (dim.) olhinho, olho pequeno, gracioso.
Occhiúto, adj. olhudo, que tem olhos grandes / que tem vista boa / (fig.) sabido, finório, esperto.
Occidentàle, adj. ocidental; do ocidente.
Occidènte, s. m. ocidente, lado do horizonte onde se põe; poente.
Occidentalizzàre, v. ocidentalizar, converter às idéias e aos costumes do Ocidente.
Occíduo, adj. (lit. e poét.) ocíduo, ocidental; que volve ao ocaso.
Occipitàle, adj. (anat.) occipital.
Occípite, s. m. (anat.) occípite, parte ínfero-posterior da cabeça; nuca.
Occisióne, (ant.) s. f. matança.
Occitànico, ocitânico, da língua d'oc; do antigo provençal; da Ocitânia, região da língua d'oc.
Occludère, v. (med.) fechar, obstruir (um canal, um conducto).
Occlusióne, s. m. oclusão, ato de fechar / (med.) obliteração de um orifício natural; cerramento provisório de uma abertura natural.
Occlúso, p. p. e adj. (med.) ocluso, em que há oclusão; fechado.
Occorrèndo, v. (do v. **occòrrere**); se coincidir; se acontecer; se necessitar: **ocorrendo, si adempirá tale precètto**: se acontecer (ou se calhar) cumprir-se-á tal preceito (ou norma).
Occorrènte, adj. ocorrente / (s. m.) o que é necessário, o que é preciso para um determinado fim.
Ocorrenza, s. f. ocorrência, circunstância em que é preciso alguma coisa; ocasião; eventualidade, necessidade.
Occòrrere, v. necessitar, precisar, carecer; ocorrer; acontecer.
Occòrso, p. p. e adj. ocorrido; acontecido; / sugerido; lembrado.
Occultàbile, adj. ocultável, que se pode ocultar; escondível.
Occultaménte, adv. ocultamente, furtivamente, às escondidas: **quando possono farle occultaménte, le fanno**.
Occultaménto, s. m. ocultação.
Occultàre, v. ocultar; esconder, encobrir, disfarçar.
Occultàto, p. p. e adj. ocultado, escondido, encoberto.
Occultatóre, s. m. (occultatríce, f.) ocultador, o que oculta, esconde.
Occultazióne, s. f. ocultação, ato ou efeito de ocultar / (astr.) a passagem de um astro por trás do disco de outro.
Occultézza, s. f. qualidade e condição do que é oculto; não-manifesto, desconhecido.
Occultísmo, s. m. ocultismo; as ciências ocultas; magia, espiritismo.
Occultísta, adj. ocultista, relativo ao ocultismo; (s. m.) aquele que se dedica ao ocultismo.
Occúlto, adj. oculto, escondido, encoberto, subtraído às vistas de outrem.

Occupàbile, adj. ocupável, que se pode ocupar.
Occupaménto, s. m. (quase desusado) ocupação.
Occupànte, p. p. pr. e adj. ocupante, o que ocupa, o que toma posse de alguma coisa.
Occupàre. v. ocupar, tomar posse, apossar-se; tomar, obter, invadir / desempenhar, exercer; empregar, aplicar, consagrar.
Occupàrsi, v. ocupar-se; empregar o tempo com alguma coisa.
Occupàto, p. p. e adj. ocupado, empregado, entretido, aplicado.
Occupatíssimo, adj. superl. acupadíssimo; (iron.) **èrano ocupatíssimi a non far nulla**: estavam ocupadíssimos em não fazer nada.
Occupatóre, s. m. (f. **occupatrice**): ocupador, que ocupa.
Occupazioncèlla, s. f. (dim.) pequena ocupação; pequeno serviço.
Occupazióne, s. m. ocupação / emprego, trabalho, serviço, profissão, mister / posse, domínio.
Oceànico, adj. oceânico.
Oceaníno, adj. oceânico, do oceano / (loc.) **ninfe oceanine**: ninfas do mar, filhas do Oceano; Oceânides.
Oceàno, s. m. oceano; mar / (fig.) imensidade; vastidão.
Oceanografía, s. f. oceanografia.
Oceanogràfico, adj. oceanográfico.
Ocellífero, adj. ocelífero, que tem manchas em forma de olho.
Ocèllo, s. m. (lat. **ocellus**) ocelo, olhinho; olho simples dos insetos.
òcimo, s. m. (bot.) ócimo, manjericão.
Oclocràtico, adj. oclocrático.
Oclocràzia, s. f. oclocracia, governo plebeu tirânico.
òcra, s. f. (min.) ocre, terra argilosa, argila.
òcrea, s. f. (bot.) ócrea, bainha de folha, que forma uma expansão na base das folhas / (hist.) armadura que chegava até à metade da perna feita de lâminas de ferro ou de cobre e estanho.
Ocronòsi, s. f. (med.) ocronose, infiltração de pigmento amarelo no tecido conetivo.
Octàno, s. m. (quím.) octano, carboneto do grupo formênico.
Octíle, adj. octil, diz-se da posição de dois planetas que estão afastados um do outro por uma oitava de círculo (45 graus).
Octòpodi, s. (pl.) octópodes, moluscos cefalópodes que têm oito tentáculos.
Octòstilo, adj. (arquit.) octóstilo, edifício com a fachada de oito colunas.
Oculàre, adj. ocular, de olho; que pertence ao olho; **testimonio** ————: **testemunha ocular** / (s. m.) **lente** ————: lente de binóculo ou de microscópio.
Ocularísta, s. m. artífice que fabrica óculos; óptico.
Ocularménte, adv. ocularmente, por meio dos olhos.
Oculataménte, adv. cautelosamente, jeitosamente.
Oculatézza, s. f. cautela, precaução / circunspecção, perspicácia.
Oculísta, s. m. oculista, médico dos olhos.
Oculística, s. f. oculística.

Oculístico, adj. oculístico.
Oculomotóre, adj. de nervo oculomotor.
Od, conj. literária empregada em lugar de o (ou): lui od io: ele ou eu; luce od ombra: luz ou sombra.
Odalísca, s. f. odalisca; escrava do harém.
Odassismo, s. m. (med.) odaxismo, prurido agudo das gengivas que precede o nasc. dos dentes.
Òde, e òda, s. f. (lit.) ode, composição poética de várias denominações dividida em estrofes simétricas.
Odèo, ou odèon, s. m. (hist.) odeão, ou odéon; edifício destinado, entre os gregos, a audições de música ou de poesia / salão para consertos.
Odepòrico, s. m. odepórico, descrição de viagens e de aventuras de viagens.
Odiàbile, adj. odiável, que se deve odiar.
Odiàre, v. odiar; aborrecer, detestar, execrar.
Odiàrsi, v. odiar-se, detestar-se mutuamente.
Odiàto, p. p. e adj. odiado, detestado; execrado.
Odiatòre, s. m. (odiatríce, f.) odiador; que odeia, acostumado a odiar.
Odiernamènte, adv. hodiernamente, no tempo presente.
Odièrno, adj. hodierno, atual; do presente; de agora.
Òdio, s. m. ódio; aversão, antipatia; repulsão; rancor; **odio il verso che suona e che non crèa** (Fóscolo): odeio o verso que soa e que não cria.
Odiosamente, adv. odiosamente; rancorosamente.
Odiosètto, adj. (dim.) um tanto odioso.
Odiosità, s. f. odiosidade.
Odiôso, adj. odioso, que excita o ódio, a indignação; execrável.
Odissèa, s. f. odisséia; o poema de Homero que tem por herói Ulisses; (fig.) viagem aventurosa; vida trabalhosa e cheia de peripécias.
Odòmetro, s. m. odômetro, instr. para medir as distâncias percorridas.
Odontàgra, s. f. (med.) odontagra, dor ou qualquer afecção nos dentes.
Odontalgía, s. f. odontalgia, dor de dentes.
Odontàlgico, adj. odontálgico, que serve para curar dor de dente.
Odontogenía, s. f. odontogenia, lei que governa a formação dos dentes.
Odontoglífo, s. m. odontóglifo, instr. para rasgar as gengivas.
Odontografía, s. f. odontografia, tratado acerca dos dentes.
Odontoiàtra, s. m. dentista.
Odontoiatría, s. f. odontolatria; odontologia.
Odontolíte, s. f. (min.) fosfato hidratado natural de alumínio; marfim fóssil; falsa turquesa.
Odontolíto, s. m. odontólito, pedra, tártaro dos dentes.
Odontología, s. f. odontologia.
Odontòma, s. m. odontoma, tumor do tecido dentário.
Odontocèti, s. m. odontocetos, cetáceos carnívoros munidos de dentes.
Odoràbile, adj. (de odore: cheiro) que se pode cheirar.
Odoracchiàre, v. intr. exalar ligeiramente mal.

Odoràçao, s. m. (pej.) odor, cheiro mau.
Odoramènto, s. m. ato de cheirar.
Odorànte, p. pr. e adj. odorante. odorífero.
Odoràre, v. odorar; exalar odor ou cheiro; ter aroma / cheirar.
Odorativo, adj. olfativo, relativo ao olfato.
Odoràto, adj. cheiroso; odoroso, aromático, odorífero / (s. m.) olfato, o sentido com que se percebe o cheiro.
Odòre, s. m. odor; cheiro; aroma; fragrância; perfume; (fig.) indício, sinal, vestígio.
Odorètto, e odoríno, s. m. (dim.) odorzinho; cheiro bom.
Odorífero, adj. odorífero, que exala cheiro; aromático.
Odorína, s. f. (quím.) odorina.
Odorosamènte, adv. odorosamente, perfumadamente.
Odorosètto, adj. (dim.) um tanto cheiroso.
Odorôso, adj. cheiroso, aromático; odorífero; odorante.
Odotachímetro, s. m. odotaquímetro, aparelho adaptado às viaturas, indicador de velocidade e de quilômetros percorridos; taquímetro.
Oè, interj. familiar para chamar: olá!
Ofèlia, n. pr. Ofélia.
Ofelimità, s. f. utilidade em sentido econômico.
Òffa, s. f. fogaça, bolo, bolinho; bocado; (fig.) lucro, proveito; **dare o prender l'offa**: dar ou receber vantagens (lucro) para fazer silenciar ou para calar ou para consentir.
Offèlla, s. f. (dim.) pequena fogaça, pequeno bolo ou bolacha.
Offèndere, v. ofender, injuriar; magoar; molestar; prejudicar; lesar; danificar: **la verità non deve ——**: a verdade não deve ofender.
Offendèvole, adj. o m. q. offensivo.
Offèndersi, v. ofender-se, sentir-se ofendido, injuriado.
Offendíbile, adj ofendível; que pode ser ofendido, vulnerável.
Offendícolo, s. m. (ant.) obstáculo, tropeço.
Offenditòre, (forma antiga de **offensòre**) s. m. ofensor.
Offensivamênte, adv. ofensivamente; por meio de ataque; de modo agressivo.
Offensívo, adj. ofensivo, que ofende; lesivo, prejudical; injurioso.
Offènso, (ant.) p. p. e adj. ofendido.
Offensòre, s. m. ofensor ou ofendedor.
Offerènte, p. pr. e s. m. oferente, o que oferece; ofertante; aquele que oferta.
Offerire, v. tr. oferecer.
Offèrta, s. f. oferta, oferecimento; proposta / dádiva, brinde / preço que se oferece no leilão / oblação; promessa.
Offèrto, p. p. oferecido / (adj.) dedicado, proposto.
Offertòrio, s. m. (ecles.) lat. "Offertorium"; ofertório; parte da missa em que se oferece a Deus a hóstia e o vinho; ato de angariar ofertas.
Offêsa, s. f. ofensa; injúria; injúria, insulto; lesão, agravo; (sin.) **oltràggio**, ultrage / (mil.) ato de assaltar e combater o inimigo.
Officiànte, p. p. e adj. oficiante; celebrante.

Officiàre, v. oficiar, celebrar, na igreja, os ofícios divinos.
Officiàto, p. p. e adj. oficiado, celebrado, etc.
Officiatòre, s. m. oficiante; sacerdote celebrante.
Officina, s. m. oficina, lugar onde trabalham operários; laboratório.
Officinàle, adj. (ant.) oficinal, farmacêutico.
Offício, s. m. (p. us.) ofício, função, cargo, ministério / serviço.
Officiosamènte, adv. oficiosamente, obsequiosamente, cortesmente.
Officiosità, s. f. oficiosidade, qualidade daquilo que se faz por cortesia, por obséquio.
Officiòso, adj. oficioso, obsequiado, serviçal, prestável / (neol.) de pessoa ou entidade que, sem ter caráter oficial, recebe e divulga as intenções e a opinião do governo.
Offrìre, v. oferecer, propor; exibir, prometer, mostrar; dar, oferecer; dedicar, consagrar / sacrificar, dedicar a Deus.
Offrìrsi, v. oferecer-se, dar-se, proporse; apresentar-se, exibir-se; aparecer, expor-se; consagrar-se.
Offuscamènto, s. m. ofuscação ou ofuscamento; obscurecimento.
Offuscàre, v. ofuscar, escurecer, ensombrar; obumbrar.
Offuscàrsi, v. ofuscar-se, entoldar-se; (fig.) diminuir de prestígio, eclipsar-se.
Offuscàto, p. p. e adj. ofuscado, obscurecido, ensombrado; (fig.) privado de beleza; diminuído.
Offuscatòre, s. m. ofuscador, que ofusca
Offuscaziòne, s. f. ofuscação ou ofuscamento.
Ofiasi, s. f. ofíase, de alopécia escamosa.
Oficalcite, s. f. (min.) oficálcita, rocha calcária.
Oficlèide, s. m. (mús.) oficlide, instrumento musical de sopro, hoje em desuso.
Òfico, (gr. "óphis") adj. ófico, de serpente.
Ofídio, s. m. (zool.) ofídio; réptil alongado e sem pés; pequena serpente.
Ofidismo, s. m. (med.) ofidismo; envenenamento causado por mordedura de serpente.
Ofiodonti, s. m. (pl.) dentes fósseis da serpente.
Ofiologia, s. f. ofiologia, estudo dos ofídios.
Offissàuro, s. f. (zool.) ofissauro, réptil americano semelhante à serpente.
Ofite, s. f. (min.) ofita, rochas de diferente composição, do gênero das porfiróides esverdeadas.
Ofiti, s. f. ofitas, adoradores de serpentes.
Ofiúco, s. m. (astr.) ofiúcio, constelação boreal; serpentário.
Oftalmía, s. f. oftalmia.
Oftàlmico, adj. oftálmico.
Oftalmoiàtra, s. m. oftalmoiatro; oculista.
Oftalmoiatría, s. f. oftalmoiatria, oftalmologia.
Oftalmòlogo, s. m. oftalmólogo, oftalmologista.
Oftalmòmetro, s. m. oftalmômetro; optômetro.

Oftalmoplegia, s. f. oftalmoplegia, paralisia dos músculos dos olhos.
Oftalmoscopía, s. f. oftalmoscopía.
Oftalmoterapía, s. f. oftalmoterapia.
Oftalmòtropo, s. f. oftalmótropo, instr. para medição do estrabismo.
Òga, Magòga, expr. jocosa e fam. país longínquo e perigoso.
Oggettíno, s. m. (dim.) objetozinho, pequeno objeto.
Ogettivàbile, adj. (neol.) objetivável, que pode tornar-se objetivo.
Oggettivamènte, adv. objetivamente, de modo objetivo.
Oggettivàre, v. objetivar, tornar objetivo.
Oggettivísmo, s. m. objetivismo, método ou idéia que tem por princípio ver as coisas e os fatos como realmente são.
Oggettivísta, s. m. objetivista, o que admite a realidade objetiva dos entes.
Oggettività, s. f. objetividade; existência real dos objetos independentes do sujeito.
Oggettívo, adj. (fil. e lit.) objetivo, que se refere aos objetos exteriores e espíritos; relativo ao objeto; que provém das sensações; que expõe, investiga ou critica independentemente das próprias idéias ou paixões.
Oggètto, s. m. objeto, o que se apresenta à vista, que afeta os sentidos; coisa material; tudo que ocupa o espírito; matéria, assunto, designio, fim; intento.
Oggi, (lat. "hodie", "hoc die"), adv. hoje, neste dia, na época presente; este dia.
Oggidì, adv. hoje, no tempo presente; atualmente; agora.
Ogídia, (geogr.) ogídia, (ant.) calipso (ilha).
Oggimài, adv. (lit. e poet.) já, enfim, assim, agora.
Ogíva, s. f. (arquit.) ogiva, arcada formada de dois arcos / a parte anterior de um projétil.
Ogivàle, adj. ogival / arquitetura ogival ou gótica.
Oglènte (ant.) adj. olento, odorífero.
Oglio, rio da Itália.
Ògni, adj. cada, qualquer, todo, tudo; per ogni uccèllo il suo nido è bello: não há coruja que não gabe o seu toco / ogni diritto il suo rovescio: não há rosa sem espinhos / ogni due gironi: cada dois dias / ògni vilta convien che qui sia morta (Dante): todo ignóbil seja proscrito (tr. X. P.) / ad ogni modo: de toda maneira.
Ogniqualvolta, conj. toda vez que, sempre que, todas as vezes que.
Ognimòdo, adv. de qualquer forma, de qualquer modo.
Ognissànti, s. m. festa (dia) de todos os santos / per ———: para o 1.º de novembro.
Ognora, adv. sempre.
Ognùno, pron. (ant. us. também como adj.) cada um, cada pessoa, cada qual; ognuno per sé e Dio per tutti: cada um por si e Deus por todos.
Oh, (interj.) oh! exclamação de dor, maravilha, etc.
Ohè, excl. olá!
Ohibó, excl. nunca! de forma alguma / nem pense nisso!
Ohime! excl. ai de mim!

Ohm, s. m. (t. cient.) ohm, unidade prática de resistência elétrica.
Oídio, s. m. (bot.) oídio, cogumelo que ataca a vinha.
Oil, (língua d') s. m. oil, partícula que - no antigo dialeto da França significava sim; língua de oil, dialeto falado no norte da França.
Olà!, excl. olá! exclamação de quem chama alguém ou pede atenção.
Olànda, s. f. tela (tecido) da Holanda / (geog.) Holanda, Países-Baixos.
Olandêse, adj. e s. m. holandês.
Olàro, s. m. (ant.) o oleiro, fabricante de louça de barro.
òlea, s. f. (bot.) planta das oleáceas, de vários gêneros, dentre as quais a lilás, o jasmim, etc.
Oleàcee, s. f. (pl.) oleáceas, fam. de plantas dicotiledôneas, à qual pertence a oliveira.
Oleàceo, adj. oleáceo.
Oleaginôso, adj. oleaginoso.
Oleandàstro, s. m. oliveira selvática.
Oleàndro, s. m. (bot.) oleandro, o mesmo que loendro.
Oleàto, p. p. e adj. oleado, que tem óleo / (quím.) (adj.) oleato, sal de ácido oléico.
Olècrano, s. m. (anat.); olécrano, protuberância da extremidade umeral do cúbito.
Olèico, adj. oléico, ácido oléico.
Oleicoltôre, s. f. oleicultor.
Oleicoltúra, s. f. oleicultura, indústria de azeite.
Oleífero, adj. oleífero, que produz óleo.
Oleifício, s. m. oleifício, indústria do azeite.
Oleína, s. f. (quím.) oleína, substância orgânica e gorda.
Olènte, p. pr. e adj. (poét.) olente; cheiroso, aromático.
Oleografía, s. f. impressão por meio de tintas preparadas com óleo.
Oleogràfico, adj. oleográfico.
Oleòmetro, s. m. (quím.) oleômetro, instr. que mede a densidade dos óleos.
Oleosità, s. f. oleosidade.
Oleôso, adj. oleoso, que tem óleo; gorduroso; oleoginoso.
Olezzànte, p. pr. e adj. odorífero, fragrante, aromático.
Olezzàre, v. exalar aroma, perfume delicioso.
Olèzzo, s. m. fragrância, aroma.
Olfàre, (antig.) v. cheirar.
Olfattívo, adj. olfativo, relativo ao olfato; que serve ao olfato.
Olfàto. s. m. olfato / (sin) **odorato**.
Olfattòmetro, s. m. olfatômetro, instr. para estudar a acuidade do olfato.
Olfattòrio, s. m. olfatório.
Oliàndolo, s. m. vendedor de azeite.
Oliàrio, s. m. (antig.) lugar onde se põe azeite (de cozinha).
Oliàto, adj. azeitado, condimentado com azeite (de cozinha).
Oliatôre, s. m. azeiteira.
Olíbano, s. m. (bot.) olíbano; árvore de incenso.
Olièna, s. m. vinho produzido em Oliena, na Sardenha.
Olièra, e **olièra**, s. f. azeiteira, galheta do azeite, que se usa à mesa.
Olifànte, s. m. (hist.) olifante, corneta de Marfim usada na Idade Média; corneta dos antigos paladinos.

Oligantèro, (do grego), adj. oligântero, flor com poucos estames.
Oligànto, adj. oliganto, que tem poucas flores.
Oligàrca, s. m. oligarca (pl.) **oligarchi**.
Oligarchía, s. f. oligarquia.
Oligarchicamènte, adv. oligarquicamente.
Oligàrchico, adj. oligárquico.
Oligisto, s. m. (min.) oligisto, óxido natural de ferro; hematite.
Oliglocàrsio, s. m. (min.) oliglocásio, mineral composto de sílica, alumina, soda, potassa e cal.
Oligocronòmetro, s. m. (mec.) oligocronômetro, instr. para medir pequenos intervalos de tempo.
Oligocène, s. m. (geol.) oligoceno, terreno terciário.
Oligocitemía, s. f. oligocetemia, diminuição dos glóbulos vermelhos no sangue.
Oligoèmico, adj. oligoêmico, anêmico.
Oligomenorrèa, s. f. (med.) oligomenorréia.
Oligosidèrico, adj. oligosidérico, nome de uma das divisões das meteorites.
Oligurìa, s. f. (med.) oliguria, diminuição da quantidade de urina excretada.
Olimpia, n. pr. f. Olímpia.
Olimpíaco, adj. olímpico; relativo aos jogos olímpicos.
Olimpíade, s. f. olimpíada; celebração dos jogos atléticos.
Olímpico (pl. -ci), adj. olímpico, relativo ao Olimpo; divino majestoso.
Olímpio, adj. (lit.) olímpico; de Olimpo; de Olímpia; n. pr. Olímpio.
Olimpiònico, s. m. campeão da Olimpíada.
Olimpo, s. m. (mit.) Olímpo, morada dos deuses pagãos / (fig.) céu.
Olindo, n. pr. Olindo.
Olinto, s. m. olinto, pequena esponja em forma larvar.
òlio, s. m. óleo, líquido gorduroso e untuoso que se extrai de substâncias vegetais; óleo mineral; óleo vegetal; óleo de cozinha ou azeite; òlio santo: os santos óleos.
Oliosità, s. f. oleosidade.
Oliôso, adj. oleoso; gorduroso; que tem óleo.
Olíre, v. (ant.) cheirar, exalar cheiro.
Olitòrio, adj. (ant.) mercado de azeite na antiga Roma.
Olíva, s. f. azeitona; oliva; n. pr. fem. Olívia.
Olivastro, adj. oliváceo, da cor da azeitona.
Olivàto, adj. plantado (terreno) de oliveiras.
Olivèlla, s. f. (mec.) maquinismo da chave feito em forma de pera ou oliva / (bot.) alfena, arbusto da família das oleáceas / molusco gasterópode dos mares quentes.
Olivèto, s. m. olival, plantio de oliveiras.
Olivètta, s. f. bolinha de madeira revestida de seda (para ornamento) / coral em forma de pequena azeitona.
Olivígno, adj. oliváceo; da cor da azeitona.
Olivina, s. f. (min.) olivina.
Olívio, s. f. (min.) olivina.
Olívo, (o m. que **ulívo**), s. m. oliveira (planta).

Olivône, s. m. azeitona grande.
Òlla, s. f. (ant.) panela de barro cozido / urna onde se punham as cinzas dos mortos, e que se encontra nas escavações.
Olla podrida, olha podrida / (fig.) composição literária ou musical desordenada, confusa.
Olmàcee, s. f. (pl.) (bot.) olmáceas, plantas que têm por tipo o olmo.
Olmàia, s. f. **olmêto,** s. m. olmedal, terreno plantado de olmos.
Òlmo, s. m. (bot.) olmo, planta grande, da família das ulmáceas.
Olocàusto, s. m. holocausto, sacrifício em que se queimavam as vítimas / (fig.) sacrifício; imolação.
Olocène, s. m. segundo período geológico da era quaternária.
Olocristallino, s. m. (min.) holocristalino.
Oloèdrico, adj. (miner.) holoédrico.
Ològrafo, adj. hológrafo, testamento escrito pela mão do testador.
Olôna, s. f. tela (tecido) que se fabricava desde antigamente na região do vale do Olona, rio da província de Como (Lombardia).
Olôre, s. m. (ant.) cheiro.
Olotúria, s. f. (zool.) holotúria.
Oloturòidi, s. m. (pl.) holotúridos, equinodernos de corpo tubular, que têm por tipo a holotúria.
Oltàno, s. m. rede de pescar.
Oltra, prefixo, ultra: **oltramarino;** ultramarino, etc.
Oltracciò, e **oltre a ciò,** loc. adv. além disso, além disto; além do mais.
Oltracotànte, adj. (lit.) arrogante, insolente.
Oltracotànza, s. f. (lit.) insolência, arrogância, soberba; temeridade; presunção.
Oltraggiàbile, adj. merecedor de ultraje, desprezível.
Oltràggio, s. m. ultraje, insulto, ofensa, vilania.
Oltraggiosamênte, adv. ultrajosamente, insultúosamente.
Oltraggióso, adj. ultrajanto, ofensivo.
Oltr'àlpe, adv. além dos Alpes.
Oltramaríno, adj. ultramarino.
Oltramontàno, adj. e s. m. ultramontano, que habita além dos montes.
Oltranaturàle, adj sobrenatural.
Oltrànza, loc. adv. até ao fim, a todo transe, a todo custo.
Oltranzíta, s. m. (neol.) extremado, que quer ir até ao fim, custe o que custar / (polit.) extremista.
Oltràrno, s. m. além do Arno; a parte de Florença que fica do outro lado do Arno (rio que banha a cidade).
Òltre, prep. além, além de, outro lado: —— i monti, —— il mare / —— un anno: mais de um ano / —— a cento lire: mais de cem liras / —— a ciò: além disso, ademais disso / —— misura: além da medida / **quí** ——: por aqui, aqui perto / (adv.) **andar** ——: seguir para a frente / **essere** —— **in un lavoro:** estar adiantado um trabalho.
Oltremàre, adv. ultramar / (tinta azul ultramar).
Oltremaríno, adj. ultramarino.
Oltremiràble, adj. (ant.) admirável, maravilhoso.
Oltremisúra, adv. excessivamente; além da medida.
Oltremòdo, adv. sobremaneira, sobremodo.
Oltremontanísmo, s. m. ultramontanismo, clericalismo.
Oltramontàno, adj. e s. m. ultramontano / clerical, papista.
Oltremônti, adv. além dos montes.
Oltrepassàbile, adj. ultrapassável.
Oltrepassàre, v. ultrapassar, transpor; ir além.
Oltrepassàto, p. p. e adj. ultrapassado; superado; transposto.
Oltrepò, s. m. o território que fica além do rio Pó.
Oltrerôsso, adj. ultravermelho.
Oltretômba, s. m. (lit.) além-túmulo; a outra vida depois da morte (no sentido cristão).
Oltreumàno, adj. sobre-humano.
Omaccíno, s. m. (dim. pej.) de **omàccio,** homenzinho.
Omàccio, s. m. e pej. homem ruim, mau; homem avantajado (de corpo) e rude.
Omacciône, s. m. (aum.) homenzarrão / homem de talento.
Omacciòtto, s. m. homem robusto, mas alto.
Omàggio, s. m. homenagem, ato de homenagem, de respeito, obséquio; presente: —— **di fiori.**
Omàgra, s. f. (med.) omagra, doença de gota, que ataca as espáduas.
Omài, (ou **ormài,** adv. já enfim; já agora / tutto questo ormai à finito: tudo isto enfim terminou.
Òmaro, s. m. camarão de mar.
Omàso, s. m. (anat.) omaso, terceiro estômago dos ruminantes; folhoso, saltério.
Òmbaco, s. m. (p. us.) sombra das árvores.
Ombelicàle, adj. umbilical.
Ombelíco e ombellíco (pl. **-íchi),** s. m. umbigo.
Ombilicàto, adj. umbilicado: **frutto** ——.

Ómbra, s f. sombra; escuridão; (fig.) noite; imagem; espectro, fantasma / sotto l'ombra del'amicizia: sob a sombra da amizade ((simulação); **nell'ombra:** nas sombras, ocultamente.
Ombràcolo, s. m. (de us. raro) pérgula, latada, parreira, lugar sombreado; (fig.) proteção, defesa.
Ombràre, v. sombrear; cobrir de sombra.
Ombràtile, adj. umbrátil, relativo à sombra; (fig.) suspeito; imaginário.
Ombràto, adj. sombreado (lugar) / escuro, obscuro, ofuscado; (s. m.) trabalho sombreado (desenho).
Ombratura, s. f. sombreado, gradação da sombra, em desenho ou pintura.
Ombreggiaménto, s. m. sombreado / (mús.) gradação da voz, modulação.
Ombreggiàre, v. sombrear, colorir de leve / cobrir de sombra.
Ombreggiàto, p. p. e adj. sombreado; assombreado (separado do sol).
Ombreggiatúra, s. f. (pint.) sombreado.
Ombrèggio, s. m. sombra, sombreado.
Ombrèlla, s. f. (bot.) umbela / (dial.) guarda-chuva.
Ombrellàccio, s. m. (depr.) **guarda-chuva** feio, estragado.

Ombrellàio, s. m. vendedor ou fabricante de guarda-chuvas.
Ombrellàta, s. f. guarda-chuvada, golpe com guarda-chuva.
Ombrellêta, s. f. **ombrellêtto**, s. m. (dim.) sombrinha, pequeno guarda-chuva.
Ombrellìfere, s. f. (pl.) umbelíferas, família de plantas cuja inflorescência toma a forma de umbela.
Ombrellíno, s. m. (dim.) sombrinha para proteger-se do sol.
Ombrèllo, s. m. guarda-chuva.
Ombrellóne, s. m. guarda-chuva grande / chapéu de sol de praia.
Ombrellúccio, s. m. (deprec. e dim.) guarda-chuva pequeno; guarda-chuva ordinário.
Ombrèvole, adj. (lit.) umbroso, sombrio, que produz sombra.
Ombría, s. f. (lit.) umbria, sombra: l'ombria delle nubi ruggenti (Carducci).
Ombrína, s. f. (zool.) ombrino, peixe do gênero dos acantopterígios; robalo.
Ombrinali, s. m. pl. (mar.) embornais, furo feito nas tábuas da coberta para dar fácil escoamento à água.
Ombrosaménte, adv. umbrosamente; com sombra / suspeitosamente.
Ombrosità, s. f. umbrosidade; qualidade de umbroso / suspeita; desconfiança.
Ombróso, adj. umbroso, cheio de sombra / escuro; (fig.) suspeitoso; desconfiado; receoso.
Omèga, s. m. ômega, última letra do alfabeto grego; (fig.) fim / L'alfa e l'omèga: o começo e o fim.
Omèi, s. m. pl. gemidos, queixas, exclamações de dor: dopo tanti sospiri e tanti omei (Lorenzo il Magnifico).
Omelía, s. f. (ecles.) homília, discurso, sermão sobre o Evangelho.
Omènto, s. m. (anat.) omento ou epíploo, dobra do peritônio que cobre os intestinos.
Omeografía, s. f. omeografia, arte de reproduzir litograficamente as estampas antigas.
Omeopatísta, s. m. e f. homeopata, partidário da homeopatia.
Omeotelèuto, adj. (gram.) hometeleuto, desinência semelhante de palavras sucessivas.
Omeotônico, adj. (fís.) homótono, que tem o mesmo tom.
Omeràle, adj. (anat.) umeral, relativo ao úmero.
Omericaménte, adv. homericamente, segundo o estilo de Homero.
Omèrico, adj. homérico, de Homero / os poemas homéricos / risata omérica: risada longa e sonora.
Omerísta, s. m. homérida, pessoa douta a respeito dos poemas homéricos; imitador de Homero.
òmero, s. m. úmero, ombro / espádua.
Omèro, (lit.) Homero, grande poeta grego.
Omertà, s. f. (sicil.) lei do silêncio, solidariedade dos membros da antiga máfia, associação na Sicília de indivíduos malfeitores.
Omèrti, s. m. violino chinês com cordas de seda.
Omèsso, p. p. e adj. omisso, omitido; preterido, olvidado.
Omèttere, v. omitir, preferir, passar por alto, prescindir de.
Omettíno, s. m. (dim.) homenzinho, homenzinho bom / menino bom, bem comportado; è on vero homettíno: é um verdadeiro homenzinho (de menino ajuizado).
Omètto, s. m. (dim.) homenzinho, homem de estatura pequena.
Omicciòlo, s. m. (dim.) homenzinho.
Omiciàtto, ou **omiciàttolo**, s. m. homenzinho, homúnculo, homem insignificante, vulgar, sem valor.
Omicída, s. m. homicida.
Omicídio, s. m. homicídio.
Omicron, s. m. ômicron, o breve do alfabeto grego.
Omilètico, adj. (ecles.) homilético, de homilia.
Omilía, s. f. homília, prática sobre assuntos de religião / discurso moralizante e fastidioso.
Omíno, s. m. (dim.) homenzinho; hominho.
Omissióne, s. f. omissão, olvido; esquecimento; lacuna; falta; descuido.
Omissis, loc. lat. (jur.) "omissis", usado nos extratos das sentenças, etc.; no lugar dos passos omitidos por não necessários.
Ommatídio, s. m. omatídio, cada um dos pequenos olhos ou facetas cujo conjunto constitui os olhos compostos de certos insetos, como a abelha.
òmnibus, s. m. ônibus, carruagem pública / —— finanziario: conjunto dos projetos financeiros que um governo apresenta no Parlamento.
òmo, s. m. (fam. e ant.) homem.
Omocromía, s. f. homocromia.
Omocromísmo, s. m. homocromismo, mimetismo.
Omofonía, s. f. (mús.) homofonia, semelhança de sons ou de pronúncia.
Omofônico, adj. homofônico, que tem o mesmo som ou pronúncia.
Omòfono, adj. homofônico; uníssono.
Omofòrio, s. m. (ecles. do gr. "oomos" e "pheroo"): omofório, mantelete que antigamente os bispos usavam na celebração da missa.
Omogeneaménte, adv. homogeneamente; identicamente.
Omogenesía, ou **Omogenèsia**, s. f. homogenesia; homogenia.
Omogènico, adj. homogêneo; de idêntica natureza.
Omògrafo, adj. homógrafo.
Omologàre, v. homologar, confirmar; aprovar; ratificar.
Omologazióne, s. f. homologação, ato ou efeito de homologar.
Omología, s. f. homologia, qualidade das coisas homólogas / (anat.) conformidade orgânica na estrutura do corpo.
Omològico, adj. homológico.
Omòlogo, adj. homólogo / (quim.) compostos orgânicos que pertencem à mesma série / (mús.) suoni omologhi: sons uníssonos.
Omomorfía, s. f. (anat.) homomorfismo, semelhança de forma em órgãos distintos / (contr.) **omologia**.
Omonimía, s. f. homonímia; qualidade do que é homônimo.
Omonimo, adj. e s. m. homônimo.

Omoplàta, s. m. (anat.) omoplata, parte posterior do ombro.
Omosessuàle, adj. (pat.) homossexual.
Omosessualismo, s. m. homossexualismo.
Omosessualità, s. f. homossexualidade / uranismo, sodomia.
Omosfèra, s. f. parte baixa da atmosfera.
Omotetía, s. f. (geom.) homotesia ou homotetria.
Omotètico, adj. (geom.) homotético, rel. à homotesia.
Omòteri, s. m. pl. (entom.) homópteros.
Omotonía, s. f. homotonia, de tom semelhante ou igual.
Omùncolo, s. m. (dim.) homúnculo, homem de nada, sem valor.
ònagra, s. f. (bot.) planta herbácea / (medic.) artrite.
Onagrariàcee, s. f. pl. (bot.) onagráceas.
Onàgro, s. m. (zool.) onagro, burro selvático / (ant.) aparato para lançar pedras.
Onanísmo, s. m. onanismo; masturbação.
Onanísta, s. m. onanista, masturbador.
òncia, s. f. (lat. **uncia**) onça, peso antigo / moeda, entre os romanos antigos / (fig.) um mínimo de qualquer coisa; a ———— a ————: pouco a pouco; um pouco de cada vez.
Onciàle, adj. uncial, escritura de caracteres maiúsculos em que eram escritos os textos antigos.
òncо, s. m. espécie de solução por indisposição de estômago / (cir.) tumor.
Oncología, s. f. (greg. "ogkos" e "logos") / oncologia, parte da patologia que estuda os tumores.
Oncòlogo, s. m. oncólogo, douto em oncologia.
Oncôma, s. m. oncoma, tumefação.
ónda, s. f. onda; vaga; porção de água de mar ou de rio, que se eleva e se desloca: (fig. poét.) o mar / jorro; multidão; movimento impetuoso; ímpeto; torrente.
Ondànte, adj. ondeante.
Ondàta, s. f. onda, vaga, vagalhão.
Ondàto, adj. ondulado; ondeado; disposto à maneira de ondas.
Ondàtra, s. f. ondatra, mamífero roedor da Am. do Norte.
Ondaziône, s. f. (fís.) ondulação, oscilação.
ónde, adv. onde; de onde; / pron. de que; por que, com que / (conj.) a fim de, para.
Ondeggiaménto, s. m. ondeamento, ato ou efeito de ondear; (fig.) incerteza; dúvida; vacilação.
Ondeggiàre, v. ondear; mover-se em ondulações; (fig.) vacilar, agitar-se, inquietar-se.
Ondeggiàto, adj. ondeado; agitado por ondas / (mús.) modulado com alternativas de baixo e de agudo.
Ondètta, s. f. (dim.) ondazinha; pequena onda.
Ondifreménte, adj. agitado pelas ondas.
Ondína, s. f. (mit.) ondina, divindade do mar e dos rios na mitologia nórdica.
Ondívago, adj. (lit.) que vagueia nas ondas.

Ondosità, s. f. undosidade, qualidade de undoso.
Ondôso, adj. undoso, em que há ondas; ondeante.
Ondulaménto, s. m. (rar.) ondulamento; ondulação.
Ondulàre, v. ondular; ondear; agitar-se; mover-se sinuosamente; flutuar.
Ondulàto, p. p. e adj. ondulado / ondeado, franzido.
Ondulatòrio, adj. ondulatório.
Ondulaziône, s. f. ondulação / (fís.) movimento oscilatório.
Oneràre, v. onerar, impor ônus, sujeitar a ônus; oprimir; sobrecarregar.
Oneràrio, adj. onerário; de carga; de transporte.
Oneràto, p. p. e adj. onerado, gravado; sobrecarregado.
ònere, s. m. (lit.) ônus, peso, carga / encargo; obrigação / imposto gravoso.
Onerosaménte, adv. onerosamente; gravosamente; com encargos.
Onerôso, adj. oneroso; que impõe ônus; pesado; gravoso.
Onèsimo, n. pr. masc. Onésimo.
Onestà, s. f. honestidade; probidade; honradez / (ant.) decoro; pudor.
Onestaménte, adv. honestamente; honradamente.
Onestàre, v. honestar, coonestar.
Onèsto, adj. honesto; probo; honrado; moderado; justo; razoável; que é conforme à honra e à justiça.
Onfacíno, adj. onfacino, diz-se do azeite fabricado com azeitonas verdes: olio ————.
Onfalite, s. f. (cirurg.) onfalite, inflamação do umbigo.
ònfalo, s. m. (anat.) ônfalo; umbigo.
Onfalocèle, s. f. onfalocele, tumor umbilical.
Onfalorragía, s. f. onfalorragia, hemorragia umbilical.
ònice, s. m. (min.) ônix, água muito fina.
Oníchia, s. f. oniquia, inflamação da matriz da unha.
Onicofagía, s. f. onicofagia, hábito de roer as unhas.
Onicòfago, s. m. onicófago; que rói as unhas.
Onicòsi, s. f. onicose, neoformação córnea sob as unhas.
Oniomanía, s. f. oniomania (ou onemania) / mania de fazer compras.
Oniomaníaco, p. p. e adj. oniomaníaco.
Onírico, adj. onírico, relativo a sonhos.
Oniromànte, s. m. oniromante.
Onirología, s. f. estudo dos sonhos.
Oniromanzía, s. f. oniromancia, ou onirocricia, arte de interpretar os sonhos.
Onísco, s. m. (zool.) onisco, pequeno crustáceo, freqüente nos mares úmidos.
ònne (ant.) adj. todo, cada.
Onni, prefixo: -oni.
Onninaménte, adv. (lit.) totalmente; inteiramente.
Onnipossènte, e onnipotènte, adj. e s. m. onipotente; que tudo pode; (fig.) grande, desmedido; influentíssimo / Deus.
Onnipotènza, s. f. onipotência; poder absoluto; poder infinito.

Onnipresènte, adj. onipresente, que está em toda parte.
Onnipresènza, s. f. onipresença.
Onnisciènte, adj. onisciente; que sabe tudo (Deus).
Onnisciènza, s. f. onisciência, a ciência de todas as coisas / a ciência infinita de Deus.
Onniveggènte, adj. onividente; que tudo vê; que tudo conhece.
Onniveggènza, s. f. onividência; a faculdade (de Deus, p. ex.) de ver tudo.
Onnívoro, adj. onívoro, que se alimenta de subst. animais e vegetais.
Onocentàuro, s. m. (mit.) centauro, monstro metade homem e metade burro.
Onòfrio, n. pr. m. Onofre.
Onomanzía, s. f. onomancia, adivinhação baseada no nome das pessoas.
Onomàstica, s. f. onomástica; explicação dos nomes próprios.
Onomàstico, adj. onomástico, relativo aos nomes próprios / **lessico** ———: dicionário dos nomes próprios.
Onomatología, s. f. onomatologia, ciência dos nomes próprios; nomenclatura.
Onomatomanía, s. m. onomatomania, mania dos nomes.
Onomatopèia, ou **onomatopèa**, s. f. onomatopéia, formação de uma palavra cujo som imita o que significa.
Onomatopèico, adj. onomatopéico, ou onomatopaico, que tem o caráter de onomatopéia.
Onoràbile, adj. honrado, digno de honra; que honra.
Onorabilità, s. f. honradez, honra.
Onorabilmènte, adv. honrosamente, dignamente, honradamente.
Onorándo, adj. honrado, respeitável; digno de honra.
Onorànza, s. f. honraria, distinção / homenagem.
Onoràre, v. honrar; prestar, tributar honra; celebrar; adorar; prestar culto.
Onoràrio, adj. honorário; título concedido em caráter honorífico / (s. m.) honorários, remuneração, emolumento no exercício das artes liberais.
Onoràrsi, v. honrar-se; considerar como honra.
Onoratamênte, adv. honradamente, dignamente.
Onoratêzza, s. f. honradez, probidade, honestidade.
Onorativo, adj. honroso, que honra.
Onoràto, p. p. e adj. honrado; venerado; estimado; respeitado.
Onoràto, n. pr. Honorato.
Onoratôre, s. m. honrador; venerador.
Onôre, s. m. honra, dignidade; fama, glória; reputação; culto; veneração; / respeito, grau / **Parola d'** ———: a palavra dada, que é vergonha não cumprir / **Punto d'** ———: ponto do qual depende, numa questão qualquer, a honra dos que nela estão empenhados / **un** ——— **immeritato**: honraria, distinção não merecida.
Onorèvole, adj. honrado, honroso, digno de honra / (adj. e s. m.) título próprio e exclusivo dos deputados e senadores italianos / **l'onorevole Mancini**: o deputado Mancini.
Onorevolêzza, s. f. honorabilidade.
Onorevolmênte, adv. honradamente, honestamente.
Onorificamênte, adv. honorificamente.
Onorificàre, v. (ant.) honrar.
Onorificènza, s. f. honorificência; condecoração.
Onorífico, adj. honorífico; honroso; digno.
Onòrio, n. pr. Honório.
Ònta, s. f. desonra, vergonha, vitupério; insulto; ofensa; ultraje / **ad onta**: malgrado, apesar de, a despeito de / **a nostra** ———: com nossa vergonha.
Ontanêto, s. m. (bot.) amieiral; amial.
Ontàno, s. m. amieiro, árvore betulácea, das regiões temperadas e úmidas.
Ontàre, (ant.) injuriar, vituperar.
Ontogenía, e **ontogènesi**, s. f. ontogenia; ontogênese, série de transformações por que passa o indivíduo.
Ontogenètico, adj. ontogenético.
Ontología, s. f. (filos.) ontologia, metafísica.
Ontologicamênte, adv. ontologicamente.
Ontologísmo, s. m. (filos.) ontologismo.
Ontologísta, s. m. ontologista, versado em ontologia.
Ontòlogo, s. m. ontólogo, filósofo metafísico.
Ontosamênte, adv. (lit.) vergonhosamente.
Ontôso, adj. (lit.) vergonhoso, desonroso.
Ontostàtica, s. f. (fís.) teoria do equilíbrio.
Onústo, adj. (lit.) onusto, repleto, carregado; sobrecarregado.
Ònza, s. f. (zool.) onça.
Ooblàsto, s. m. (biol.) óvulo principal.
Ooforectomía, s. f. ooferectomia; (med.) ovariotomia.
Ooforite, s. f. ooforite, inflamação dos ovários da mulher.
Oogamía, s. f. (bot.) oogamia, fecundação por dois gametos dessemelhantes.
Oogèmma, s. f. (bot.) oogônio, órgão feminino de reprodução em certos vegetais.
Ooh, interj. (rar.) oh!
Oolite, s. f. (min.) oólito, calcário formado de pequeninos grãos.
Oolítico, adj. oolítico, da natureza do oólito.
Oología, s. f. oologia, tratado dos ovos.
Oomanzía, s. f. oomancia, adivinhação por meio de ovos.
Oosfèra, s. f. (bot.) oosfera, célula feminina que, após fecundada, se transforma em ovo.
Oòspora, s. f. (bot.) oospório, gameta feminino de certas algas.
Ootèca, s. f. (zool.) invólucro dos ovos.
Opacità, s. f. opacidade.
Opàco, adj. opaco; denso; obscuro; sombrio; turvo; que não deixa passar a luz.
Opàle, s. m. (min.) opala, pedra quartzosa, de cor leitosa e azulada.
Opalescènte, p. pr. e adj. opalescente, opalino, que tem reflexos como os da opala.
Opalescènza, s. f. opalescência.
Opalíno, adj. opalino, opalescente.
Opalizzànte, adj. irisado.
Opalizzàre, v. opalizar, dar cor ou reflexos de opala.

òpera, s. f. obra, ação, feito, trabalho, produto / trabalho literário, artístico ou científico / representação dramática musicada / causa / **l'opera del tempo**: a obra (a ação) do tempo.
Operàbile, adj. operável, que se pode operar; que se pode realizar, que se pode executar.
Operabilità, s. f. operabilidade.
Operàccia, s. f. (depr.) obra inferior, trabalho mal executado.
Operàio, adj. operário, que se refere a obra, a trabalho, a operários; (s. m.) trabalhador; operário, jornaleiro, obreiro; artífice / (fem.) **operaia**.
Operàre, v. operar; executar; obrar; realizar, efetuar; fazer.
Operativamènte, adv. eficazmente, ativamente.
Operatívo, adj. operativo, que opera; ativo, eficaz.
Operàto, p. p. e adj. executado; realizado / (s. m.) ação, conduta, procedimento / **il suo** ——— **è stato dei migliori**: a sua obra foi das melhores / (cir.) o operado, quem foi operado.
Operatôre, s. m. (**operatríce**, f.) operador; o que opera / cirurgião / (cin.) fotógrafo.
Operatòrio, adj. operativo / ativo / (cin.) operatório; **intervento** ———: intervenção cirúrgica.
Operazioncèlla, e **operazioncína**, s. f. (dim.) operaçãozinha; pequena operação.
Operaziône, s. f. operação; plano / desenho, projeto combinado; ação; conduta / operação cirúrgica / (com.) negociação, contrato, assunto, empréstimo, etc.
Opèrcolo, s. m. (zool.) opérculo.
Operètta, s. f. (dim.) opereta, comédia musicada, falada e cantada / pequeno trabalho; pequena obra literária.
Operettísta, s. operetista, compositor de operetas; cantor de opereta.
Opericciòla, s. f. (dim.) obra pequena, mesquinha.
Operísta, s. m. (mús.) autor de óperas.
Operòna, s. f. e **operône**, s. m. aum. (mús.) grande ópera / ópera excelsa.
Operosamènte, adv. operosamente, ativamente.
Operosità, s. f. operosidade, atividade, laboriosidade.
Operôso, adj. operoso, ativo, trabalhador; produtivo.
Opifício, s. m. (lat. **opificium**): opifício; oficina; estabelecimento industrial; fábrica.
Opiliôni, s. m. pl. (zool.) opiliões, gênero de aracnídeos de patas longas e finas.
Opímo, adj. (lit. e poét.) opimo, abundante, fértil; copioso.
Opinàbile, adj. opinável, em que se pode opinar; sujeito a opiniões diferentes.
Opinabilmènte, adv. opinavelmente; discutivelmente.
Opinànte, p. pr., adj. e s. m. opinante; o que opina.
Opinàre, v. opinar, expor o que julga.
Opinatívo, adj. (llt.) opinativo, discutível.
Opinàto, p. p. e adj. opinado; julgado; pensado.
Opinatôre, s. m. (**opinatríce**, f.) (rar.) opinador, opinante.

Opinionàccia, s. f. (pej.) opinião má, ruim, nociva.
Opiniône, s. f. opinião; parecer, juízo, doutrina; intenção; convicção; intento; asserção / **pubblica** ———: opinião pública, modo de julgar da maioria da coletividade / (sin.) **parere, giudizio, criterio, idea, pensiero**.
Opíparo, (lat. "opiparus") adj. opíparo, lauto, esplêndido, pomposo.
Opistobrànchi, s. m. (pl.) opistobrânquios, moluscos gastrópodes.
Opistòdomo, s. m. opistódomo, vestibulo ou pórtico de um templo.
Opistogràstico, adj. opistogástrico, situado atrás do estômago.
Opistòtono, s. m. (med.) opistótono; sintoma do tétano.
Opitulaziône (ant.) s. f. ajuda.
Oplíta, s. m. (hist.) hoplita, antigo soldado grego, de armadura pesada.
Opobàlsamo, s. m. opobálsamo, bálsamo extraído do opobalsameiro.
Opopònaco, s. m. (bot.) opopónace ou opopônax, planta esponjosa; a goma-resina dessa planta.
Oporto, s. m. geogr. Porto (cid. de Portugal) por ext. vinho do Porto.
Opòssum, s. m. opossum, espécie de marsupial, cuja pele é muito apreciada como agasalho.
Opoterapía, s. f. opoterapia, terapêutica que consiste na injeção de extratos orgânicos.
Opoteràpico, adj. opoterápico.
Oppiàceo, adj. (quím.) opiáceo, relativo ao ópio; (fig.) que dá sono; que faz dormir.
Oppiànico, adj. (quím.) opiânico.
Oppianína, s. f. opianina, alcalóide do ópio.
Oppiàre, v. opiar; misturar com ópio; deitar ópio em.
Oppiàto, adj. opiado, misturado ou preparado com ópio.
òppido (ant.) s. m. castelo, cidadela, cidade fortificada.
Oppignoramènto, s. m. (jur.) penhora, seqüestro.
Oppignoràre, v. penhorar, seqüestrar, (v. **pignoràre**).
Oppignoraziône, s. f. penhora.
Oppilàre, v. opilar, obstruir por causa de doença.
Oppilatívo, adj. opilativo, que causa opilação.
Oppilàto, p. p. e adj. opilado.
Oppilaziône, s. f. opilação; obstrução.
òppio, s. m. ópio; narcótico.
Oppiofagía, s. f. opiofagia, mania de comer ópio.
Oppiòfago, adj. e s. m. opiófago, comedor de ópio.
Oppiòmane, adj. e s. m. opiômano, o que tem o vício do ópio.
Oppiomanía, s. f. opiomania, vício de comer ou fumar ópio.
Opponènte, adj. e s. m. oponente, que se opõe; oposto: adversário; opositor.
Opponíbile, adj. oponível, que se pode opor.
Opponimènto, s. m. oposição.
Oppôrre, v. opor, contrapor, apresentar em oposição.
Oppòrsi, v. opor-se; contrastar, impedir, pôr obstáculo; colocar-se contra.
Opportunamènte, adv. oportunamente; a propósito; convenientemente.

Opportuním̃o, s. m. oportunismo; acomodação segundo as circunstâncias.
Opportunísta, s. m. oportunista.
Opportunità, s. f. oportunidade, ocasião, ensejo, momento propício; conveniência; comodidade.
Opportúno, adj. oportuno, conveniente, próprio, adequado; favorável; propício; vantajoso / necessário.
Oppositamènte, adv. opostamente; contrariamente.
Oppositivo, adj. opositivo.
Oppòsito (ant.) p. p. oposto.
Opposizioncèlla, s. f. (dim.) oposição pequena, fraca.
Opposiziône, s. f. oposição; impedimento, obstáculo; objeção / resistência; contraste; contrariedade / (astr.) posição contrária de dois astros / (pol.) **partito di ———:** partido de oposição ao governo.
Oppostamènte, adv. opostamente, contrariamente.
Oppòsto, p. p. e adj. oposto, contrário / fronteiro / (s. m.) coisa oposta, contrária; o que é contrário / **all'opposto:** ao contrário.
Oppressàre, v. (ant.) oprimir.
Oppresioncèlla, s. m. opressão fraca, branda.
Oppressiône, s. f. opressão; aperto, sufocação, abafamento / tirania, domínio, jugo; preocupação, aflição, ânsia.
Oppressivamènte, adv. opressivamente.
Oppressívo, adj. opressivo, oprimente, vexatório.
Opprèsso, p. p. e adj. opresso, oprimido; coagido; atribulado; aflito; suplantado; cansado; aniquilado.
Opressôre, s. m. opressor, tirano, déspota, dominador.
Oppressúra, s. f. (rar.) opressão; angústia, sufocação.
Opprimènte, p. pr. e adj. oprimente; opressivo / sufocante: **caldo ———:** calor sufocante.
Opprímere, v. oprimir; apertar, vexar; afligir, perseguir; atribular; tiranizar; angustiar; sufocar / (sin.) **premere, gravare, pesare, costringere; suffocare, tiranneggiare.**
Oppugnàbile, adj. opugnável, que se pode opugnar, que se pode combater.
Oppugnabilità, s. f. opugnabilidade.
Oppugnamènto, s. m. opugnação; assalto, ataque.
Oppugnàre, v. opugnar, atacar, combater; investir; confutar, refutar, rejeitar.
Oppugnàto, p. p. e adj. opugnado, atacado, combatido, impugnado.
Oppugnatôre, s. m. (**oppugnatríce,** f.) opugnador; combatente; impugnador.
Oppugnaziône, s. f. opugnação; oposição, objeção; impugnação.
Oppúre, conj. ou; então; ou melhor; ou também: **scrivimi ——— vieni a trovarmi:** escreve-me ou então vem até aqui / (sin.) **ovvero, ossia.**
Òpra, s. f. (poét.) obra, trabalho / dia, jornada de trabalho.
Opràre, v. (lit. e poét.) obrar, operar, realizar, fazer.
Opsomanía, s. f. opsomania, preferência exclusiva por uma espécie de alimento.

Opsonína, s. f. (ant.) opsonina, substância contida no sangue.
Optàre, v. optar, escolher, preferir / (jur.) exercer o direito de opção.
Òptime, adv. lat. otimamente.
Optografía, s. f. (fís.) optografia, fixação da imagem na retina.
Optogràmma, s. m. optograma, imagem de um objeto iluminado na retina de um olho dilatado pela atropina.
Optometría, s. f. (fís.) optometria.
Optòmetro, s. m. optômetro.
Opulènto, adj. opulento, muito rico / abundante, cheio, farto.
Opulènza, s. f. opulência; riqueza; abundância / grande desenvolvimento de formas.
Opúnzia, s. f. (bot.) opúncia, planta cactácea; nopal; figo-da-índia.
Opúsculo, s. m. opúsculo, folheto; pequena obra.
Opziône, s. f. (lit.) opção / (jur.) direito de opção.
Òr, apoc. de **ora, or ora,** agora mesmo.
Òr, apóc. de **oro,** ouro, / apóc. de **orto** (horto), em algumas locuções.
Òra, adv. ora, agora, nesta ocasião, presentemente; **ora o mai:** agora ou nunca / **or ———:** agora, neste momento: **fin d'ora:** desde já / (s. f.) hora (de tempo) / **a che ora vieni?:** a que horas vens? **ore piccole ou piccine:** as primeiras horas depois da meia-noite / **sarebbe ora di finirla:** seria hora de acabar / **òra** (s. f.) (poét. de **àura**) aura, aragem.
Oracoleggiàre, v. (rar.) oracularizar; falar à guisa de oráculo.
Oracolísta, s. m. oracularizador.
Oràcolo, s. m. oráculo, resposta que os pagãos acreditavam que lhes era dada pelos deuses; predição; vaticínio / verdade infalível / palavra infalível.
Oracolône, s. m. (aum.) um grande oráculo.
Òrafo, s. m. (lit.) ourives.
Oràle, adj. oral; verbal; à viva voz / (anat.) da boca, relativo à boca; / **esame ———:** exame oral, verbal.
Oralità, s. f. oralidade.
Oralmènte, adv. oralmente, pela própria boca, por palavras.
Oramài, ou **ormài,** adv. já, enfim; agora.
Oràngo, ou **orangutàno,** s. m. orangotango (do malaio "orang utan"), macaco antropomorfo de Sumatra e Bornéu.
Oràre, v. (liter.) orar; rezar.
Oràrio, adj. horário; **tabella, velocitá orária** / (s. m.) horário; **arrivare in ———.**
Oràta, s. f. dourada, peixe de mar muito apreciado.
Oratôre, s. m. (**oratríce,** f.) orador.
Oratòria, s. f. oratória, eloquência.
Oratoriàno, adj. e s. m. oratoriano, da congregação do Oratório.
Oratório, adj. oratório / (s. m.) nicho de madeira, com santos e imagens de devoção / peça de música religiosa / congregação religiosa fundada por S. Filipe Néri.
Oratríce, s. f. (ant.) rezadora.
Oraziàno, adj. horaciano, do poeta latino Horácio.
Orazioncèlla, s. f. (dim.) discursozinho, pequeno discurso ou oração.

Orazioncína, s. f. (dim.) pequena oração.
Orazióne, s. f. (lit.) oração, discurso eloqüente para ser pronunciado em público; discurso dos antigos oradores gregos e latinos / (ecles.) reza; súplica religiosa.
Orbàcca, s. f. baga do loureiro.
Orbàce, s. m. tecido de lã grossa usado na Sardenha.
Orbàco s. m. (ant. bot.) louro; loureiro.
Orbàre, v. (lit. e poét.) privar, tirar, arrebatar / cegar.
Orbàto, p. p. e adj. privado, despojado, desapossado / —— **dègli occhi:** privado dos olhos, cego.
Òrbe, s. m. orbe; esfera; globo; o mundo; todo corpo celeste / —— **cattólico:** mundo católico.
Orbèllo, s. m. lâmina de ferro usada pelos curtidores para alisar as peles.
Orbettíno, orbètto, adj. um tanto cego; um tanto zarolho / (s. m. dim.) ceguinho, pequeno cego.
Orbètto, s. m. (fam. teatr.) o público.
Orbícolare, adj. (rar.) orbicular, da forma do orbe; circular; esférico, redondo.
Òrbita, s. f. (anat.) órbita, cavidade em que está o globo do olho / (astr.) círculo imaginário que descreve um planeta / linha descrita por um corpo no seu movimento / esfera de ação; l' —— **d'influenza dell' Amèrica:** zona de influência da América.
Orbità, s. f. (ant.) privação; orfandade, cegueira.
Orbitàle, adj. (anat.) orbitário / (astr.) **movimento ——:** movimento orbicular.
Òrbo, adj. e s. m. privado, despojado; órfão / cego, zarolho; vesgo / (fig.) **botte da orbi:** pancadaria grossa, dada às cegas.
Òrca, s. f. (zool.) orca, mamífero cetáceo delfínida / (mit.) monstro marinho fabuloso / (náut.) urca, antiga embarcação portuguesa e holandesa.
Orceína, s. f. (quím.) orcina, substância corante de uma espécie de líquen.
Orchesiografía, s. f. (teatr.) arte da coreografia.
Orchèssa, s. f. mulher do bicho-papão, monstro originário da fábula.
Orchèstra, s. f. orquestra.
Orchestràle, adj. orquestral / (s. m.) a parte de um drama musical atinente à orquestra.
Orchestràre, v. orquestrar.
Orchestrazióne, s. f. orquestração.
Orchestrína, s. f. (dim.) orquestrazinha, pequena orquestra.
Orchestrion, (mús.) s. m. orquestrion, órgão portátil.
Orchestrôna, s. f. grande orquestra.
Orchidàcee, s. f. (pl. bot.) orquidáceas.
Orchidèa, s. f. (bot.) orquídea.
Orchiectomía, s. f. orquiotomia, extração cirúrgica de um ou dois testículos.
Orchiocèle, s. m. orquiocele, tumor no testículo.
Orchiotomía, s. f. orquiotomia, ablação de um ou de ambos os testículos; castração.
Orchíte, ou **orchitíde**, s. f. (med.) orquite.

Orciàia, s. f. lugar onde se guardam os recipientes do azeite.
Orciàio, s. m. oleiro, operário que faz vasilhas de barro.
Orcière, s. m. (mar.) marinheiro que cuida da orça (bolina).
Orcina, s. m. (quím.) orcina.
Òrcio, s. m. vasilha de barro para azeite, água, etc.
Orciolàccio, s. m. (pej.) vasilha ordinária, grosseira.
Orciolàio, ou **orciàio**, s. m. oleiro que faz vasos de barro, etc.
Orciuòlo, s. m. jarro, bilha, moringa de barro.
Òrco, s. m. monstro, bicho imaginário das fábulas / deus do inferno; orco, reino dos mortos; o inferno; (fig.) pessoa de feiúra tão grande que mete medo.
Òrda, s. f. horda; bando de selvagens; bando de malfeitores; multidão, bando numeroso / (ant.) tribo nômade da Tartária.
Ordàlie, s. f. pl. (hist.) ordálio; juízo de Deus; prova jurídica na Idade Média.
Ordeàceo, adj. (bot.) hordeáceo, semelhante a espigas de cevada.
Ordígno, s. m. mecanismo, objeto, engenho, máquina (em geral de feitura esquisita, excêntrica) para diversos fins / mecanismo.
Ordiménto, s. m. urdidura; enredo, trama, maquinação.
Ordinàbile, adj. ordenável; que se pode ordenar.
Ordinàle, adj. ordinal / numeral, que designa a ordem numa série numérica.
Ordinalménte, adv. ordinalmente, segundo a numeração ordinal; por ordem.
Ordinaménto, s. m. ordenamento, ordenação, / disposição; preceito; regra; norma.
Ordinàndo, adj. e s. m. ordenando, que está preparado ou se prepara para receber ordens eclesiásticas.
Ordinànza, s. f. ordenança (militar) / regulamento relativo às manobras de um exército; **ufficiale d' ——:** oficial do exército que está à disposição imediata do comandante.
Ordinàre, v. ordenar, impor, mandar, comandar, determinar; dispor; preparar; deliberar; estabelecer o que se deve fazer; pôr em ordem; conferir as ordens sacras / prescrever; dispor as idéias, as matérias de um trabalho.
Ordinariaménte, adv. ordinariamente; comumente; freqüentemente.
Ordinariàto, s. m. cargo de bispo ordinário.
Ordinàrio, adj. e s. m. ordinário, que acontece ou que se faz comumente / habitual, useiro, vulgar, comum; periódico, normal / medíocre, de pouco preço; de qualidade inferior; grosseiro; rude, incívil.
Ordinàrsi, v. refl. ordenar-se, receber as ordens religiosas / pôr-se em ordem.
Ordinàta, s. f. (geom.) ordenada.
Ordinataménte, adv. ordenadamente, com ordem / (mil.) em perfeita ordem.

Ordinàtivo, adj. ordenativo, que ordena / (gram.) ordinal (número) / (s. m.) (com.) pedido de mercadoria, ordem.
Ordinàto, p. p. e adj. ordenado, mandado / ordenado, regulado, organizado / disposto em ordem; distinto; dirigido a um fim / promovido às ordens sacras.
Ordinatôre, s. m. **ordinatríce** (f.), ordenador, o que ordena.
Ordinazioncèlla, s. m. (dim.) pequena incumbência.
Ordinazióne, s. f. ordenação, ação ou efeito de ordenar ou mandar / encomenda, pedido (de mercadoria, etc.) / (ecles.) recebimento das ordens religiosas.
òrdine, s. m. ordem, disposição das coisas; regularidade / lei; regra / ordem pública; tranqüilidade; progresso / encargo; mandado de um superior / classe; jerarquia; posição; qualidade / congregação de religiosos; instituição honorífica / **passare all' del giorno:** passar à ordem do dia / **di prim'ordine:** de primeira ordem / **parola d'ordine:** palavra de ordem, senha / **essere in ——:** estar em ordem.
Ordíre, v. urdir, dispor os fios da tela para se fazer o tecido; tecer / tramar, combinar, maquinar / —— **un'intriga:** urdir, tramar uma intriga.
Ordíto, p. p. e adj. urdido / iniciado / tramado; intrigado.
Orditôio, s. m. urdideira, mecanismo em que se urdem os ramos da tela.
Orditôre, adj. e s. m. (**orditríce,** f.) urdidor / urdideira.
Orditúra, s. f. urdidura, ato ou efeito de urdir; conjunto dos fios que se dispõem no tear; (fig.) trama, intriga, enredo; entrecho de um romance ou de peça teatral.
òrdo, adj. (ant.) horrível.
Ordura, s. f. feiúra.
Oréade, s. f. (mit.) oréade, ninfa dos bosques e das montanhas.
Orèadi (mit.) s. f. pl. oréades, ninfas dos montes e grutas.
Orècchia, s. f. (anat.) orelha (rar. usado no significado de órgão do ouvido, que se designa mais pròpriamente com o vocábulo "orécchio" / asa, apêndice recurvado em forma de orelha ou de argola, de certos objetos (p. ex. xícara, vaso, bule, jarra); ângulo dobrado da capa de um livro (orelha de livro) / cada uma das cavidades superiores do coração; auricola / molusco gastrópode.
Orecchiàbile, adj. que se pode aprender (música, canção, etc.) de ouvido.
Orecchiàccia, s. f. e **orecchiàccio,** s. m. (pej.) orelha feia.
Orecchiànte, adj. e s. m. que conhece só de ouvido; que canta ou toca de ouvido, sem conhecer a música.
Orecchiàre, v. (intr.) escutar, estar à escuta.
Orecchiàta, s. f. orelhão; puxão de orelhas / orelhada, pancada na orelha.
Orecchiêra, s. f. parte do elmo que defendia a orelha.
Orecchiètta, s. f. (anat.) aurícola do coração.
Orecchína, s. f. (dim.) orelhinha.
Orecchíno, s. m. brinco, objeto de adorno para as orelhas; pingente.

Orécchio, s. m. orelha; órgão do ouvido; ouvido; (fig.) atenção.
Orecchiòlo, s. m. dim. orelhinha, orelha pequena.
Orecchióne, s. m. (aum.) orelha grande / (zool.) morcego comum na Europa / (patol.) orelhão, inflamação da glândula parótida.
Orecchiúccio, s. m. (dim.) orelhinha de criança.
Orecchiutèllo, adj. (burl.) orelhudinho, um tanto burro.
Orecchiúto, adj. e s. m. orelhudo, que tem orelhas grandes / burro, ignorante.
Orēfice, s. m. ourives.
Oreficería, s. f. ourivesaria, arte de ourives; oficina, negócio de ourives.
Oreficiúccio, oreficiúzzo, s. m. (depr.) ourivesinho, ourives medíocre.
Oreggiàre (ant.) v. resplender como ouro.
Oremus (v. lat.) s. m. oremus.
Orería, s. f. ourivesaria, trabalho de ouro; objeto de ouro.
Ore Rotundo, (loc. lat.) com boca redonda, com pronúncia sonora, com eloqüência.
Oressía, s. f. (gr. "orexis" "ia"): orexia, apetite contínuo e exagerado.
Oretta, n. p. f. abrev. de **Lauretta,** Laurita.
Orezzàre, v. (ant.) refrescar ao ar, arejar.
Orēzzo, s. m. sombra fresca; aragem; brisa.
Orfanêzza, s. f. orfandade.
òrfano, adj. e s. m. órfão / privado; vazio / aquele que ficou órfão.
Orfanotròfio, s. m. orfanato, asilo de órfãos.
Orfêo, (mit.) Orfeu, músico divino.
òrfico, adj. órfico, relativo a Orfeu.
Orgamàccio, s. m. (pej.) órgão ordinário.
Organàio, s. m. organeiro, fabricante de órgãos.
Organamènto, s. m. organização.
Organàre, v. organizar, formar.
Organàro, s. m. organeiro.
Organàto, p. p. e adj. constituído, formado; composto de órgão.
Orgàndi, e organdísse, s. m. organdi, tecido fino e transparente, de algodão.
Organètto, s. m. (v. **organino**) realejo; caixa de música.
Organicamènte, adv. organicamente.
Orgànico, adj. orgânico / relativo aos órgãos; inerente ao organismo / fundamental / (s. m.) rol, lista de empregados por ordem de grau ou antiguidade.
Organino, s. m. pequeno órgão de cilindro / realejo.
Organismo, s. m. organismo.
Organísta, s. m. organista, aquele que toca órgão.
Organístro, s. m. (mús.) organistro, antiga sanfona de três cordas postas em vibração por uma roda com manivela.
Organizzamènto, s. m. organização.
Organizzàre, v. organizar; constituir em organismo; ordenar; dispor; unir em associação.
Organizzàrsi, v. organizar-se.
Organizzàto, p. p. e adj. organizado, que tem órgãos; perfeitamente unido; coligado; formado em organismo.

Organizzatôre, s. m. (organizzatríce, f.) organizador.
Organizzazióne, s. f. organização; estado de um corpo organizado; estrutura; constituição moral ou intelectual / associação; instituição de classe.
òrgano, s. m. órgão, cada uma das partes distintas dos corpos vivos / meio, instrumento / instrumento de música (órgão) / jornal, periódico. etc.
Organogènesi, s. f. organogenia.
Organogenía, s. f. organogenia.
Organogènico, adj. organogênico.
Organografía, s. f. organografia, descrição dos órgãos de um ser organizado.
Organogràfico, adj. organográfico.
Organolèttico, adj. organoléptico.
Organología, s. f. organologia, tratado dos seres organizados.
Organóne, s. m. (mús.) órgão grande.
Organopatía, s. f. organopatia, doença dos órgãos em geral.
Organopatísmo, s. m. organopatismo, doutrina que explica as doenças como lesões nos órgãos.
Organoplastía, s. f. organoplastia, arte de modificar ou regenerar partes orgânicas.
Organoplàstico, adj. organoplástico.
Organoscopía, s. f. (med.) organoscopia, observação ou estudo dos órgãos.
Organoterapía, s. f. (med.) organoterapia.
Organotropísmo, s. f. (filos.) organotropia.
Organúccio, s. m. (dim. mús.) pequeno órgão; órgão de escasso valor.
Organulo, s. m. dim. (anat.) orgãozinho.
Organza, s. f. organdi, musselina leve.
Organzíno, s. m. orgasim, ou organsino, o primeiro fio de seda que se deita no tear, para formar a urdidura.
Orgàsmo, s. m. orgasmo, aumento da ação vital de um órgão / agitação; excitação.
òrgia, (pl. òrge), s. f. orgia; festim licencioso; bacanal / tumulto; desordem.
Orgiàstico, adj. orgiástico, orgíaco.
Orgiàsta, s. m. participante de uma orgia.
Orgòglio, s. m. orgulho, conceito exagerado que alguém faz de si mesmo, sentimento elevado de dignidade pessoal; ufania, soberba / honra, glória, altivez / l'orgólio dei grandi consiste nel non parlare che raramente di sé; dei picoli, parlane sempre: o orgulho dos grandes consiste em falar raramente de si; o dos pequenos, em falar sempre.
Orgogliosamènte, adv. orgulhosamente.
Orgogliosètto, adj. (dim.) orgulhozinho, um tanto orgulhoso.
Orgoglióso, adj. orgulhoso.
Orgogliosúccio, adj. (dim.) um tanto orgulhoso.
Oriàna, n. pr. (lit.) Oriana person. do "Amadis de Gaula" / (bot.) urucueiro. planta tintórea.
Oribàndolo, s. m. (ant.) cintura.
Oricàlcio, s. m. oricalco, nome que os antigos davam ao latão.
òrice, s. m. (zool.) antílope da África.
Oricèllo, s. m. urzela, espécie de líquen, usada em tinturaria.

Orichicco, s. m. resina que destila de certas árvores frutíferas.
Oricriníto, adj. que tem cabeleira loura, de cor igual à do ouro.
Orientàle, adj. oriental; relativo ao Oriente.
Orientalísta, s. m. orientalista, pessoa versada nos conhecimentos das coisas do Oriente.
Orientalmènte, adv. orientalmente, da parte do oriente.
Orientamênto, s. m. orientação; ato de orientar-se, de determinar os pontos cardiais do lugar em que se está.
Orientàre, v. orientar; determinar os pontos cardeais / (fig.) dirigir, nortear, encaminhar.
Orientàrsi, v. orientar-se, reconhecer onde se está.
Orientàto, p. p. e adj. orientado; (fig.) dirigido, encaminhado.
Orientazióne, s. f. orientação / (fig.) direção, guia, regra / indicação.
Oriènte, s. m. oriente; levante, nascente, leste; o lado donde nasce o sol.
Oriflàmma, s. f. oriflama ou auriflama, antigo estandarte dos reis de França.
Orifízio, (tosc. orifício), s. m. orifício, abertura estreita, pequeno buraco.
Orígano, s. m. (bot.) orégão, planta lamiácea.
Oríge, s. f. (zool.) antílope da África, de chifres muito compridos.
Origene, (biogr.) Origenes, teólogo de Alexandria.
Origenísta, s. m. origenista, que se refere às doutrinas de Orígenes.
Originàle, adj. original, que vem da origem; nativo; primitivo; que não foi copiado nem reproduzido; que é próprio ou peculiar de alguém / singular; excêntrico, fora do comum / (s. m.) o que é original, o que tem caráter próprio, individual / manuscrito primitivo / primeira redação de um texto ou documento / obra de arte que é produto da concepção do artista / tipo, modelo, objetos de que se tiram cópias.
Originalità, s. f. originalidade.
Originalmènte, adv. originalmente.
Originàre, v. originar, dar origem a; ser causa de.
Originariamènte, adv. originariamente.
Originàrio, s. m. originário, que tem a sua origem em alguém, em alguma coisa.
Originàto, p. p. e adj. originado; que teve origem, princípio / determinado.
Originatôre, s. m. (originatríce, f.) originador; o que origina; causador.
Orígine, s. f. origem; princípio; primeira causa determinante; começo; procedência; nascença / avere o dare ——: dimanar.
Origliàre, v. escutar (aplicando o ouvido) às escondidas; escutar cautelosamente.
Origlière, s. m. travesseiro.
Orína, s. f. urina.
Orinalàta, s. f. pancada com o orinol; conteúdo do urinol.
Orinàle, s. m. urinol.
Orinàre, v. urinar.
Orinatína, s. f. (dim.) urinadinha.
Orinàto, p. p. e adj. urinado.
Orinatôio, s. m. lugar para urinar; mictório; mijadeiro.

Orinazióne, s. f. urinação.
Oriolàccio, s. m. (depr.) relógio feio, ordinário.
Oriolàio, (o mesmo que **orologiàio**, mais comumente usado) s. m. relojoeiro.
Oriolêtto, oriolíno, s. m. (dim.) pequeno relógio.
Oriòlo, s. m. (ant.) relógio.
Oriône, s. m. (astr.) órion, constelação do hemisfério austral.
Oritteròpo, s. m. (zool.) oricterope, quadrúpede sul-africano que come as formigas / tamanduá.
Orittogenía, s. f. orictogenia, origem dos fósseis.
Orittogeología, s. f. orictogeologia; paleontologia.
Orittología, s. f. orictologia, história dos fósseis; tratado acerca dos fósseis.
Orittozoología, s. f. (geol.) orictozoologia.
Oriuna, sigla de uma sociedade iugoslava contra a Itália.
Oriúndo, adj. oriundo, originário, procedente, proveniente; natural.
Orizzontàle, adj. horizontal, que é paralelo ao horizonte; perpendicular à vertical.
Orizzontalità, s. f. horizontalidade; direção horizontal.
Orizzontalmênte, adv. horizontalmente, em linha horizontal.
Orizzontàrsi, v. orientar-se.
Orizzònte, s. m. horizonte; lugar, linha onde termina o raio visual; plano perpendicular à vertical; extensão / perspectiva; futuro.
Orlàndo, n. pr. m. Orlando, Rolando.
Orlàre, v. orlar; guarnecer com orla; ornar ao redor.
Orlatúra, s. f. orlatura, ato ou efeito de orlar / orla; cercadura.
Orleanêse, adj. orleanês, de Orleãs ou dos Orleãs.
Orleanísti, s. m. pl. orleanistas, partidários do orleanismo.
òrleans, s. m. (fr.) orleã, tecido leve de lã, seda ou algodão (do nome da cidade ao norte da França) / alpaca.
Orlêtto, s. m. (dim.) orlazinha; pequena orla.
Orlíccio, s. m. orla, eirazinha irregular de coisa quebrada, como muro, crosta de pão etc. / excrescência da ferida de uma árvore.
òrlo, s. m. orla; beira; faixa; margem; bordo, borda; fímbria, cercadura; filete / extremidade / **esser sull'orlo d'un burrone, d'un precipízio**: estar à beira de um precipício; (fig.) próximo à ruína.
Orlúccio e orlúzzo, s. m. (dim.) orlazinha; beirazinha.
òrma, s. f. rastro, pegada, pisada, vestígio; norma, exemplo / **le orme della romana grandezza**: os vestígios da grandeza romana.
Ormài, ou oramài, adv. enfim; já.
Ormàre, v. (p. us.) perseguir, ir ao encalço, investigar pelos rastros / (fig.) imitar.
Ormatôre, adj. e s. m. rastreador.
Ormeggiamênto, s. m. amarração, ação de amarrar.
Ormeggiàrsi, v. ancorar-se, amarrar-se / (fig.) governar-se.

Ormeggiàto, p. p. e adj. amarrado, ancorado (navio).
Ormêggio, s. m. amarra, amarração; amarradura / cabo com que se amarra o navio.
Ormesino, (ant.) s. m. tecido leve de seda.
Orminiàcio, s. m. (ant.) mistura que serve de mordente aos douradores.
Ormône, s. m. hormônio.
Ormoniteràpia, s. f. hormonoterapia, cura pelos hormônios.
Ornamentàle, adj. ornamental; decorativo.
Ornamentàre, v. (neol.) ornamentar, decorar; ornar; dispor os ornamentos.
Ornamentazióne, s. f. ornamentação; decoração.
Ornamentíno, s. f. (dim.) ornamentozinho; pequeno ornamento.
Ornamênto, s. m. ornamento, ornato; paramento / enfeite / (arquit.) parte que serve de ornamento.
Ornàre, v. ornar, decorar; adornar, enfeitar / embelezar.
Ornàrsi, v. refl. adornar-se; enfeitar-se; embelezar-se.
Ornatamênte, adv. adornadamente; elegantemente.
Ornatêzza, s. f. adorno, enfeite; elegância.
Ornatísta, adj. ornatista ou ornamentista, aquele que faz ornatos.
Ornàto, p. p. e adj. ornado, guarnecido de ornatos; enfeitado, adornado / (s. m.) ornato / atavio, adorno enfeite; desenho ornamental / **studiare l'ornato**.
Ornatôre, adj. e s. m. (f. -trice) quem ou que adorna, enfeita, atavia, etc. / decorador.
Ornatúra, ornazióne, s. f. ornamento; ornato; ato de ornar; conjunto de ornatos.
Ornèllo, ou ornièllo, s. m. (bot.) freixo, gênero de oleáceas que compreende as árvores de madeira branca e dura.
Ornitología, s. f. (zool.) ornitologia, estudo das aves.
Ornitòlogo, s. m. ornitólogo, versado em ornitologia.
Ornitorínco, s. m. ornitorrinco, mamífero de bico córneo, da Austrália.
Ornitòttero, s. m. ornitóptero, aparelho de aviação que imita o vôo das aves por movimento das asas.
òrno, s. m. (bot.) freixo (árvore).
òro, s. m. ouro, metal amarelo, precioso; (fig.) riqueza, dinheiro; opulência / moeda de ouro.
Orobànca, s. f. (bot.) orobancácea.
Orogènesi, e orogenía, s. f. (geol.) orogenia.
Orografía, s. f. orografia.
Orogràfico, adj. orográfico.
Oroidográfico, adj. orohidográfico.
Orologería, s. f. relojoaria.
Orologêtto, e orologíno, s. m. (dim.) reloginho, pequeno relógio.
Orològio, s. m. relógio; qualquer instrumento que serve para medir o tempo.
Orologióne, s. m. (aum.) relógio grande.
Oroptère, ou orottère, s. m. horóptero, linha reta, paralela à linha que une os centros dos olhos.
Oroscopía, s. f. horoscopia.
Oroscòpico, adj. horoscópico, relativo a horóscopo.

Oròscopo, s. m. horóscopo, aquilo que se prediz, por conjecturas; prognóstico dos astrólogos.
Orpellamênto, s. m. revestidura, cobertura de ouropel; (fig.) engano, fingimento.
Orpellàto, p. p. e adj. guarnecido, enfeitado de ouropel; (fig.) falso, fictício, aparente.
Orpellatúra, s. f. adorno, revestimento de ouropel / engano.
Orpèllo, s. m. ouropel, lâmina fina de latão, que imita o ouro; ouro falso / falsa pompa; aparência enganosa.
Orpimênto, s. m. (quím.) ouro-pigmento, mineral fusível, composto de arsênico e enxofre.
Orrànza (ant.) s. f. honrarias.
Orrendamênte, adv. horrendamente.
Orrendêzza, s. f. horribilidade; horror.
Orrèndo, adj. horrendo, que causa horror, hediondo; espantoso, terrível.
Orrettiziamênte, adv. (jur.) obrepticiamente; fraudulentamente, ardilosamente.
Orrettízio, adj. (jur.) obreptício, ardiloso, doloso, fraudulento.
Orreziône, s. f. (jur.) obrepção; manha, cavilação; ardil, surpresa,
Orríbile, adj. horrível; que causa horror; horroroso, medonho, pavoroso.
Orribilità, s. f. horribilidade.
Orribilmênte, adv. horrivelmente.
Orridamênte, adv. horrificamente: horrendamente.
Orridêzza, s. f. horribilidade, fealdade, horror.
òrrido, adj. hórrido, horrendo, horripilante.
Orripilànte, adj. horripilante, que horripila, que assusta.
Orripilaziône, s. f. horripilação; calafrio e arrepiamento causados pelo medo.
Orrisonànte, adj. horríssono, que produz um som aterrador.
Orròre, s. m. horror; medo, pavor; susto, receio / repugnância, aversão
Òrsa, s. f. ursa, a fêmea do urso / (astr.) nome das constelações boreais, Ursa maior e Ursa menor.
Orsacchíno, s. m. (dim.) ursinho.
Orsàcchio, s. m. filhote da ursa.
Orsacchiòtto, s. m. urso jovem, urselo.
Orsàccio, s. m. (pej.) urso espantoso; urso mau.
Orsètto, orsicèllo, orsíno, s. m. (dim.) ursinho.
Orsíno, adj. ursinho; ursídeo; relativo ao urso.
Or Sí Or No loc. adv. ora sim, ora não; de quando em vez.
Òrso, s. m. urso, mamífero carnívoro / (fig.) pessoa pouco sociável; arisca; intratável.
Orsoiàre, v. organsinar, tecer em rodas apropriadas para formar organsim.
Orsòio, s. m. organsim, o primeiro fio de seda que se deita no tear.
Orsolina, s. f. ursulina, religiosa da ordem de Santa Úrsula.
Orsú, interj. eia!; sus!; vamos!, anda! ânimo!
Ortàggio, s. m. hortaliça / (pl.) / legumes.
Ortàglia, s. f. horta; os produtos da horta.
Ortàre, (ant.) v. exortar.

Ortènse, adj. hortense, que se cultiva na horta.
Ortènsia, s. f. (bot.) hortênsia.
Ortíca, s. f. (bot.) urtiga.
Orticàccio, s. m. lúpulo.
Orticàcee, s. f. (pl.) urticáceas, família de dicotidôneas, que tem por tipo a urtiga.
Orticàio, s. m. urtigal, lugar cheio de urtigas.
Orticànte, adj. urticante, irritante.
Orticària, s. f. urticária, erupção cutânea.
Orticaziône, s. f. urticação, sensação de queimadura causada pela urtiga; irritação.
Orticciòlo, orticèllo, orticíno, s. m (dim.) hortazinha; pequena horta.
Ortichêto s. m. (ant.) urtigal.
Ortícolo, adj. hortícola.
Orticultôre, s. m. horticultor.
Orticultura, s. f. horticultura.
Ortíte, s. f. (dim.) (min.) ortito, silicato hidratado de alumínio, cálcio, ferro e cério.
Ortivo, adj. hortense, relativo à horta; produzido em horta.
òrto, s. m horto; horta / —— botânico: jardim botânico.
Orto, s. m. (poét. e lit.) nascente, oriente / dall'orto all'occaso: do nascente ao poente.
Ortoclàsio, ou ortoclàse, s. m. (min.) ortoclásio, mineral do grupo dos feldspatos.
Ortocromàtico (fot.) adj. ortocromático, diz-se das chapas fotográficas sensíveis às diversas cores do espectro.
Ortondotía, s. f. ortondotia.
Ortodossamênte, adv. ortodoxamente.
Ortodossía, s. f. ortodoxia.
Ortodòsso, adj. ortodoxo / (s. m.) gli ortodossi: os gregos cismáticos.
Ortoepía, s. f. (gram.) ortoépia, parte da gram. que ensina a boa pronúncia.
Ortoèpico, adj. ortoépico.
Ortofonía, s. f. ortofonia; pronunciação correta.
Ortofònico, adj. ortofônico.
Ortogènesi, s. f. ortogênese.
Ortognàto, adj. (anat.) ortognato.
Ortognàle, adj. ortogonal; perpendicular; que forma ângulo reto.
Ortogònio, s. m. (geom.) retângulo.
Ortografía, s. f. ortografia.
Ortograficàmente, adv. ortograficamente.
Ortolano, s. m. hortelão, que cuida de horta / (zool.) hortulana (lat. hortulana), pássaro conirrostro de arribação.
Ortología, s. f. ortologia, arte de falar corretamente.
Ortopedía, s. f. ortopedia, arte de prevenir ou corrigir as deformidades do corpo.
Ortopèdico, adj. ortopédico.
Ortopnèa, s. f. (pat.) ortopnéia, dificuldade de respirar; asma.
Ortòptero, s. m. ortóptero: inseto cujas asas têm nervuras longitudinais / (aer.) aparelho aerostático, com que se procura imitar o vôo das aves.
Ortòsio, s. f. (min.) ortósio.
Ortòtropo, adj. ortótropo, diz-se do óvulo vegetal reto ou em que o micróbio está oposto ao hilo.

Orvietàno, adj. e s. m. de Orvieto / (s. m.) panacéia para todos os males.
Orvièto, s. m. vinho branco de Orvieto, cidade da Úmbria.
òrza, s. f. orça (náut.) ou bolina, cabo que sustenta a vela, dando a obliqüidade conveniente.
Orzaiòlo, s. m. (med.) terçol ou hordéolo, pequeno tumor na borda das pálpebras / vendedor de cevada.
Orzàre, (mar.) v. ir à orça, orçar, proejar.
Orzàta, s. f. orchata, bebida, refresco.
Orzàto, adj. de cevada, feito ou misturado com cevada.
Orzeggiàre, v. orçar, ir à orça ou à bolina; tomar a direção do vento.
Orzièro, adj. (mar.) que orça.
òrzo, s. m. cevada, planta poácea.
Orzòla, ou orzuòla, s. f. espécie de cevada com duas fileiras de grãos.
Osànna, s. f. hosana; oração dos israelitas; hino eclesiástico; canto, grito de alegria, de triunfo.
Osannàre, v. hosanar, glorificar, ovacionar, aclamar.
Osàre, v. ousar; tentar; arriscar; atrever-se / oso dire: ouso, permito-me dizer.
Osàto, p. p. e adj. ousado / **chi ha osato tanto:** Quem ousou (quem se atreveu) a tanto?
òscar, s. m. óscar, prêmio anual que em Hollywood se dá a filmes, produtores e atores de cinema.
Oscenaménte, adv. obscenamente; indecentemente.
Oscenità, s. f. obscenidade; ato ou coisa obscena; sensualidade.
Oscèno, adj. obsceno; torpe, impuro, sensual.
Oscilànte, p. pr. e adj. oscilante, que oscila.
Oscilàre, v. oscilar, mover-se alternativamente; balançar-se; vacilar; hesitar, duvidar.
Oscillattôre, s. m. (fís.) oscilador.
Oscillatòrio, adj. oscilatório, oscilante, que é da natureza da oscilação.
Oscillazióne, s. f. oscilação; (fís.) movimento de um corpo grave, que vai e vem em sentido contrário / (fig.) flutuação; incerteza; hesitação; perplexidade.
Oscillògrafo, s. m. oscilógrafo, instr. para registro das oscilações elétricas.
Oscilànte, adj. (lat. **oscilans, antis**) oscilante; incerto, indeciso; negligente; bocejante.
Oscitànza, s. f. oscitância, negligência: bocejo.
Osco, adj. (lat. **oscus**) osco, relativo aos Oscos, antigo povo itálico da Campânia.
Osculatôre, adj. osculador, que oscula / / (geom.) linhas ou superfícies que se tocam quando entram em contato.
Osculazióne, s. f. (geom.) osculação; gênero de contato de linhas ou planos; tangência.
òsculo, s. m. (ant.) ósculo, beijo.
Oscuràbile, adj. obscurecível.
Oscuraménte, adv. obscuramente. de modo escuro / (fig.) sem clareza.
Oscuraménto, s. m. obscurecimento; escurecimento.

Oscurantísmo, s. m. obscurecimento; ignorância; intolerância em relação ao progresso e à verdade.
Oscurantista, adj. obscurantista, relativo ao obscurantismo / (s. m.) o que segue as idéias do obscurantismo; indivíduo retrógrado.
Oscuràre, v. tr. (fig.) ofuscar, empanar / (refl.) obscurecer-se, nublar-se.
Oscuràto, p. p. e adj. obscurecido, deslumbrado, ofuscado; despercebido.
Oscurazióne, s. f. obscuração; obscurecimento.
Oscurità, s. f. obscuridade, obscureza, escuridão; incerteza, dúvida / condição humilde.
Oscúro, adj. obscuro, escuro, sombrio; tenebroso; confuso, encoberto / humilde / ininteligível / oculto, secreto / **sono all' —— di tutto:** não estou a par de nada.
Osèlla, s. f. osela, antiga moeda de Veneza.
Osfialgia, s. f. osfialgia, dor no lombo; ciática.
Osíride, s. m. (bot.) osíride, gênero de plantas, o mesmo que valverde / (mit.) um dos deuses do antigo Egito: Osíris.
Osmàn, (hist.), Osmã ou Otman, fundador do império turco (1304).
Osmiàto, s. m. (quím.) osmiato, combinação do ácido ósmico com uma base.
òsmico, adj. ósmico, relativo aos sais e um dos óxidos do ósmio.
Osmidiòsi, s. f. (med.) osmidiose, secreção de suor, com cheiro desagradável.
òsmio, s. m. (quím.) ósmio, metal pesado que se encontra nos minérios de platina.
Osmologia, s. f. osmologia, tratado acerca dos aromas.
Osmòsi, s. f. (fís.) osmose.
Osmòtico, adj. osmótico, relativo à osmose.
òso, p. p. e adj. (lit.) ousado, atrevido / audaz, temerário.
Ospedàle, s. m. hospital; estabelecimento onde são tratados os doentes / (dim.) **ospedalètto**, pequeno hospital.
Ospitàbile, adj. hospedável, que se pode hospedar.
Ospitàle, adj. hospitaleiro, que usa hospitalidade.
Ospitalière, adj. hospitalar, relativo a hospital.
Ospitalità, s. f. hospitalidade, ato de hospedar; qualidade de quem é hospitaleiro.
Ospitalménte, adv. hospitalmente, hospitaleiramente, com hospitalidade.
Ospitàre, v. hospedar, receber como hóspede; dar hospedagem a; abrigar, alojar.
òspite, s. m. hóspede; pessoa que se recebe por dinheiro ou com pagamento em hospedaria ou casa particular / habitante, freqüentador.
Ospízio, s. m. hospício, estabelecimento onde são recolhidos e tratados pobres e doentes mentais.
Ospodàro, s. m. (boêm. "hospodar") hospodar, antigo título dos soberanos da Moldávia e da Valáquia.
Ospodoràto, s. m. hospodorato, dignidade de hospodar.
Ossàccio, s. m. (pej). osso feio, ruim.
Ossàcidi, s. m. (pl. quím.) oxácidos, ácidos que contêm oxigênio.

Ossalàto, s. m. (quím. do gr. "oxalis") ; oxalato, combinação do ácido oxálico com uma base.
Ossàlico, adj. oxálico, ácido que se encontra na oxálida ou na azeda.
Ossàlide, s. f. (bot.) oxálida, planta, também chamada azeda.
Ossalùria, s. f. (med.) oxalúria, depósito de oxalato de cal na urina.
Ossàme, s. m. ossada, ossama, porção de ossos.
Ossàrio, s. m. ossário, ou ossuário, lugar ou túmulo onde se guardam os ossos.
Ossatùra, s. f. (anat.) ossatura, esqueleto, ossada / estrutura, esqueleto, armação de um edifício, de uma máquina, etc. / disposição da matéria de uma composição.
Ossecràre, v. obsecar; suplicar, implorar.
Ossecrazióne, s. f. (ecles.) obsecração, súplica fervorosa e humilde / (ret.) figura retórica, pela qual o orador implora fervorosamente.
Osseína, s. f. osseína, substância orgânica dos ossos que, pela cocção, se transforma em gelatina.
òsseo, adj. ósseo, que tem a natureza do osso.
Ossequente, obediente, dócil; favorável; condescendente.
Ossequiàre, v. obsequiar, fazer obséquios a; cumprimentar, saudar.
Ossequiàto, p. p. e adj. obsequiado, cumprimentado, homenageado; saudado; reverenciado.
Ossèquio, s. m. obséquio, saudação, reverência; sentimento de respeito.
Ossequiosaménte, adv. obsequiosamente; amavelmente; respeitosamente.
Ossequiosità, s. f. obsequiosidade, benevolência; trato afável.
Ossequióso, adj. obsequioso, que faz obséquios, amável; respeitoso.
Osserèllo, s. m. (dim.) ossinho, pequeno osso.
Osservàbile, adj. observável, que pode ser observado.
Osservabilménte, adv. observavelmente, de modo observável.
Osservandísimo, adj. sup. (ant.) respeitabilissimo, venerabilissimo, meritissimo.
Osservànte, adj. observante; obseqüente, obediente / (s. m.) (ecles.) frade da ordem religiosa da observância de S. Francisco.
Osservànza, s. f. observância, ato ou efeito de observar, de praticar algum efeito, de observar, de praticar alguma coisa; uso, prática, execução; disciplina, cumprimento do dever / reverência, obediência.
Osservàre, v. observar, cumprir, respeitar, obedecer; olhar atentamente; estudar, pesquisar / advertir, notar; examinar; censurar levemente / vi fo ——— ragazzi, che ciò non é permesso: advirto-vos, meninos, que isso não é permitido.
Osservatívo, adj. observativo.
Osservàto, p. p. e adj. observado, visto, anotado, analisado, ponderado; executado, cumprido.
Osservatòre, s. m. (osservatríce, f.) observador.

Osservatòrio, s. m. (astr.) observatório; edifício para observações astronômicas e meteorológicas.
Osservazioncèlla, e osservacioncína, s. f. (dim.) pequena observação ou advertência.
Osservazióne, s. f. observação, ato ou efeito de observar; nota, reflexão; advertência, censura leve, reprimenda.
Ossessionàto (ou ossèsso), adj. e s. m. obsesso, que sofre de obsessão.
Ossessióne, s. f. obsessão; preocupação contínua; idéia fixa; perseguição diabólica.
Ossèsso, adj. e s. m. obsesso, endemoninhado; furioso; energúmeno.
Ossettíno, ossétto, s. m. (dim.) ossinho, pequeno osso; ossículo.
Ossia, conj. ou, ou seja, isto é, a saber / (bot.) (s. f.) oxiacanta; espinheiro.
Ossiacànta, (bot.) s. f. oxiacanta, espinheiro.
Ossianèsco, adj. (liter.) ossiânico, relativo às poesias de Ossian, poeta escocês do século III.
Ossiciòlo, ossicèllo, ossicíno, s. m. (dim.) ossinho, ossículo.
Ossícoro, adj. de tenaz ortopédica.
Ossidàbile, adj. oxidável.
Ossidabilità, s. f. oxidabilidade.
Ossidànte, p. pr. e adj. oxidante, que tem a propriedade de oxidar; (s. m.) substância que produz oxidação.
Ossidàrsi, v. oxidar-se, converter em óxido; enferrujar-se.
Ossidàto, p. p. e adj. oxidado.
Ossidazióne, s. f. oxidação, ação de oxidar ou oxidar-se.
Ossidiàna, s. f. (min.) obsidiana; vidro dos vulcões.
Ossidionàle, adj. (hist. ant.) obsidional, relativo a assédio, ou cerco / **corona** ———: coroa que os romanos davam ao general que libertava uma cidade do cerco inimigo.
Ossidióne, s. m. (ant.) assédio, cerco.
òssido, s. m. (quím.) óxido.
Ossidríco, adj. oxidrico.
Ossidríle, s. m. (quím.) oxidrilo.
Ossiemoglobína, s. f. oxiemoglobina, matéria corante dos glóbulos do sangue.
Ossífero, adj. ossífero, que contém ossos.
Ossificàre, ossificar, converter em ossos.
Ossificàto, p. p. e adj. ossificado; que só tem ossos, descarnado; escaveirado.
Ossificazióne, s. f. ossificação.
Ossífraga, s. f. (zool.) ossífraga, ave palmípede.
Ossigenàre, v. oxigenar, alourar os cabelos.
Ossigenàrsi, v. refl. oxigenar-se, oxigenar, aloirar os cabelos.
Ossigenazióne, s. f. oxigenação.
Ossígeno, s. m. (quím.) oxigênio, gás simples, incolor e inodoro.
Ossilite, s. f. oxilito; explosivo poderosíssimo.
Ossímoro, s. m. (ret.) oxímoro, figura de retórica por combinação de palavras aparentemente contraditórias, para efeito arguto; ex: **un sillènzio eloquente**: um silêncio eloquente.
Ossiopia, s. f. (med.) oxiopia, excitabilidade de retina.

Ossisàli, s. m. pl. (quím.) oxissais, sais em cuja base e em cujo ácido entra o oxigênio.

Ossítono, adj. oxítono, vocábulo cuja sílaba tônica é a última.

Ossiúro, s. m. oxiúro, verme parasita do intestino.

òsso, s. m. osso, parte dura que forma o arcabouço do corpo humano e dos vertebrados / caroço de fruta / (loc. fig.) ——— **duro**: coisa difícil, perigosa / **non c'è carne senz'osso**: (fig.) não há bem sem o mal / **in carne e ossa**: real / **rompersi l'osso del collo**: quebrar o pescoço; (fig.) arruinar-se / (pl.) **gli ossi**, e mais usado **le ossa**, considerados em seu conjunto.

Ossobúco, (pl. **ossibuchi**) s. m. guisado de osso e carne de vitelo (prato da cozinha milanesa).

Ossopía, s. f. oxiopia; vista penetrante.

Ossôso, adj. ossoso; ossuoso; ossudo.

Ossuàrio, s. m. ossuário; urna; túmulo de ossos ou de cinzas de pessoas mortas.

Ossúto, adj. ossudo, que tem ossos grandes.

òsta, s. f. (náut.) ostaga, cabo grosso que vem por cima da pega nos barcos a vela / voz verbal de **ostàre** / (loc. com.) **nulla** ———: nada obsta, nada se opõe a que; equivale à loc. lat. "nihil obstat", fórmula de autorização da igreja católica / (s. m.) a declaração de que nada obsta, etc.

Ostacolàre, v. obstar, pôr obstáculo, opor-se; impedir.

Ostacolàto, p. p. e adj. (neol.) obstado, impedido, estorvado.

Ostacolísta (neol. esport.) s. m. corredor de corrida com obstáculos.

Ostàcolo, s. m. obstáculo; impedimento, dificuldade, barreira (no sentido próprio e no figurado) / **vincere gli ostacoli**; **evitari gli ostacoli**.

Ostàggio, s. m. refém.

Ostànte, adj. obstante, que obsta, que se opõe, que impede / **nonostante**, ou **non ostante**, loc.: não obstante, malgrado / (loc. adv.) **ciò nonostante**: contudo, entretanto.

Ostàre, v. obstar, pôr obstáculo, opor, impedir, estorvar.

Ostàro, s. m. (náut.) marinheiro incumbido de lidar com a ostaga.

òste, s. m. hospedeiro, taberneiro, dono da hospedaria / **do mandàre all'** ——— **se ha buon vino**: pergunta inútil / (lit. e poét.) hoste, tropa, exército / (fem.) ostessa.

Osteggiàre, v. hostilizar, tratar hostilmente; contrariar; guerrear.

Osteggiàto, p. p. e adj. hostilizado, contrariado.

Osteggiatôre, s. m. (**osteggiatrice**, f.) hostilizador, que hostiliza, que contraria, que provoca.

Osteína, s. f. osteína, osseína.

Osteíte, s. f. osteíte, inflamação do tecido ósseo.

Ostèllo, s. m. (lit. e poét.) refúgio, casa, hospedaria; morada / **Ah! sèrva Itália, di dolore** ———: (Dante Purg.); Ah! serva Itália, da aflição morada (tr. X. P.).

Ostèndere v. (ant.) mostrar, ostentar.

Ostensíbile, adj. ostensível, ostensivo; mostrável, demonstrável / **documento** ———: documento demonstrável.

Ostensibilménte, adv. (neol.) ostensivelmente; visivelmente, patentemente.

Ostensívo, adj. ostensivo; visível; mostrável; que se patenteia; aparente.

Ostensôre, s. m. ostensor, o que ostenta, o que mostra; ostentador.

Ostensòrio, s. m. (ecles.) ostensório, custódia onde se ostenta a hóstia consagrada.

Ostentaménto, s. m. (rar. usado em vez de ostentazióne); ostentação.

Ostentàre, v. ostentar, pompear, alardear, exibir.

Ostentàto, p. p. e adj. ostentado, exibido com pompa e alarde.

Ostentatôre, s. m. (**ostentatríce**, f.) ostentador.

Ostentatòrio, adj. ostentativo, que ostenta; ostensivo.

Ostentazióne, s. f. ostentação, exibição vaidosa, alarde de riquezas; pompa / jactância.

Ostènto, s. m. (ant.) prodígio.

Ostentôso, adj. ostentoso; pomposo.

Osteoblàsto, s. m. osteoblasto, célula embrionária que produz o osso.

Osteocèle, s. f. osteocele, tumor na hérnia.

Osteoclasía, s. f. osteoclasia, correção de deformidade óssea.

Osteoclàste, s. m. osteoclasto, instrumento ortopédico (hoje de uso muito raro).

Osteocòlla, s. f. osteocola.

Osteogenía, s. f. (biol.) osteogênese, osteogenia.

Osteografía, s. f. (anat.) osteografia.

Osteología, s. f. (anat.) osteologia, ciência que trata dos ossos.

Osteòma, s. m. osteoma, tumor composto de tecido ósseo.

Osteomalacia, s. f. osteomalacia, amolecimento dos ossos.

Osteomielíte, s. f. osteomielite, inflamação da medula óssea.

Osteoperiostíte, s. f. osteoperiostite, inflamação da parte superficial do osso e do periósteo.

Osteoplàstica, s. f. (cir.) osteoplastia, reparação de um osso.

Osteoscleròsi, s. f. osteosclerose, endurecimento anômalo dos ossos.

Osteotomía, s. f. osteotomia, resecção parcial de um osso.

Osteòtomo, s. m. osteótomo, serra em forma de cadeia para cortar ossos.

Ostería, s. f. taberna, bodega, botequim; restaurante modesto / (ant.) hospedaria humilde.

Osteriàccia, s. f. (deprec.) taberna, tasca de má fama.

Osteriètta, s. f. (dim.) tabernazinha.

Osteríggio, s. m. espiráculo ou claraboia na tolda (ou coberta) do navio para clarear os locais situados embaixo.

Ostèssa, s. f. hospedeira, mulher que tem hospedaria; **bella** ———, **conto caro**: hospedaria bonita, conta (despesa) elevada.

Ostètrica, s. f. obstetriz; parteira.

Ostetrícia, s. f. obstetrícia / ginecologia.

Ostètrico, adj. obstétrico.

òstia (geogr.) Óstia, cidade da Itália, porto da Roma antiga.

òstia, s. f. hóstia (lat. "hostia"), animal que os hebreus ofereciam a Deus em sacrifício / (ecles.) pão sem fermento, de forma circular e muito fina, que o sacerdote consagra na missa.
Ostiaràto, s. m. ostiarato, a primeira das ordens menores.
Ostiàrio, s. m. ostiário / porteiro.
Ostichêzza, s. f. aspereza, dureza.
òstico, adj. (lit.) hostil, duro; desagradável / amargo, acre, azedo / ingrato, áspero.
Ostière, s. (ant.) hospedeiro, hoteleiro / hóspede / quartel, campo de soldados inimigos.
Ostile, adj. hostil, inimigo, adverso.
Ostilità, s. f. hostilidade; aversão.
Ostilmènte, adv. hostilmente, agressivamente.
Ostinàrsi, v. obstinar-se persistir, teimar, perseverar.
Ostinatamênte, adv. obstinadamente, teimosamente.
Ostinatèllo, adj. e s. m. (dim.) teimosinho, cabeçudinho.
Ostinatêzza, s. f. obstinação, pertinácia, persistência; teimosia.
Ostinàto, adj. e s. m. obstinado, teimoso; firme; constante, persistente; ―― come un asino: teimoso como um burro.
Ostinazióne, s. f. obstinação / empenho, porfia.
Ostracismo, s. m. ostracismo; exclusão, proscrição; isolamento.
Ostràlega, s. f. ave do tamanho do galo, de bico delgado e comprido.
òstrica, s. f. (zool.) ostra, molusco marinho dos lamelibrânquios, perlífero ou comestível.
Ostricaccia, s. f. (pej.) ostra ruim, ostra feia.
Ostricàio, s. m. ostreiro, vendedor de ostras / viveiro de ostras.
Ostrichètta, ostrichína, ostricúccia, s. f. (dim.) ostrazinha, pequena ostra.
Ostricòna, s. f. (aum.) ostra grande.
Ostricultúra, s. f. ostreicultura, processo para favorecer a produção das ostras.
òstro, s. m. (lit. e poét.) ostro, púrpura / (poét.) austro, vento do sul.
Ostrogòtico, adj. ostrogótico, dos ostrogodos.
Ostrogòto, s. m. e adj. ostrogodo, natural da Gótia do leste / (fig.) bárbaro, rude / pessoa que não tem o sentido do belo / (fig.) parlare ――: falar em grego.
Ostruènte, p. pr. e adj. obstruente, que obstrui / (med.) de remédio que causa obstrução / obstrutor.
Ostruíre, v. obstruir; tapar, fechar, embaraçar, entupir.
Ostruíto, p. p. e adj. obstruído, fechado, tapado; entupido.
Ostruttívo, adj. obstrutivo, que obstrui ou que serve para obstruir.
Ostruzióne, s. f. obstrução, ato ou efeito de obstruir.
Ostruzionismo, s. m. (neol.) obstrucionismo; tática da minoria parlamentar.
Ostruzionista, adj. obstrucionista.
Otalgìa, s. f. (med.) otalgia, dor nervosa no ouvido.
Otálgico, adj. otálgico.

Otàrda, e ottàrda, s. f. (zool.) abetarda (lat. "ave tarda"), ave da ordem das pernaltas, de vôo pesado.
Otària, s. f. mamífero pinípede do Pacífico.
Otèllo, s. m. (sent. fig.) Otelo, homem, marido ferozmente ciumento (do nome do protagonista da tragédia de Shakespeare).
Otiorinco, s. m. otiorrinco, gênero de insetos coleópteros rincóforos.
Otite, s. f. otite, inflamação da mucosa do ouvido.
Otocisti, s. m. otocisto, vesícula auditiva.
Otoiatrìa, s. f. otoiatria, estudo das doenças do ouvido.
Otolite, s. m. otólito, concreção que se encontra no ouvido interno de certos animais.
Otologìa, s. f. (med.) otologia, parte da anatomia e especialmente da patologia que trata do ouvido.
Otomeningite, s. f. meningite aguda.
Otoplàstica, s. f. otoplastia, restauração cirúrgica da orelha.
Otorrèa, s. f. otorréia, fluxo seroso do ouvido.
Otorrinolaringoiàtra, s. f. otorrinolaringologista.
Otorrinolaringoiatrìa, s. f. otorrinolaringologia.
Otoscòpio, s. m. otoscópio, instrumento para exame do canal auditivo.
òtranto, (geogr.), Otranto, cidade marítima na Itália do Sul.
òtre, s. m. odre, vasilha de couro ou de pele para óleo, vinho etc. / (fig. depr.) o ventre / (lit.) ―― gonfio di vento: odre cheio de vento (pessoa vaidosa) / pieno come un ――: cheio, empanturrado (de comida ou bebida).
Otricèllo, otricino, s. m. (dim.) odrezinho, pequeno odre.
Otricofàre, adj. utricular, semelhante a utrículo ou odre.
Otrícolo, s. m. (dim.) utrículo / pequeno odre.
Ottacòrdo, s. m. otacórdio, instrumento de oito cordas.
Ottaèdrico, adj. octaédrico, relativo ao octaedro; que tem oito faces.
Ottaèdro, s. m. octaedro, sólido de oito faces.
Ottagonàle, adj. octangular, que tem oito ângulos.
Ottàgono, s. m. octágono.
Ottangolàre, adj. octangular, que tem oito ângulos.
Ottàngolo, s. m. octógno.
Ottànta, adj. num. oitenta, quantidade de oito dezenas / (s. m.) o número oitenta.
Ottànte, s. m. (mar.) octante, oitante, instrumento náutico que serve para observar a altura e a distância angular dos astros.
Ottantènne, adj. e s. m. octogenário; oitentão.
Ottantèsimo, s. m. a octogésima parte.
Ottantina, s. f. uns oitenta, número de pessoas, de coisas, etc., aproximado aos oitenta / un ―― di opere: umas oitenta obras.
Ottàre, (ant.), v. optar / desejar.
Ottastilo, adj. (arquit.) octátilo, que tem oito colunas na fachada.

Ottativaménte, adv. optativamente, de modo optativo; com preferência.

Ottatívo, adj. e s. m. (gram.) optativo, que envolve ou exprime desejo / modo do verbo que exprime desejo.

Ottàva, s. f. oitava; espaço de oito dias que precede ou assinala alguma solenidade / (relig.) ofício de oito dias / (mús.) oitava: conjunto de oito notas sucessivas / (poét.) estância de oito versos.

Ottavàrio, s. m. oitavário / festa religiosa de oito dias.

Ottavíno, s. m. oitavino; o mesmo que flautim.

Ottàvo, adj. num. ord. oitavo, que numa série de oito ocupa o último lugar / (s. m.) a oitava parte / formato de livro cujas folhas estão dobradas em oito partes.

Ottemperàre, v. obtemperar; obedecer; aquiescer; submeter-se / ——— alle leggi: prestar obediência às leis.

Ottenebraménto, s. m. obscurecimento, ofuscamento.

Ottenebràre, v. obscurecer. tirar a luz ou a claridade a; anuviar, ofuscar.

Ottenebràto, p. p. e adj. obscurecido; ofuscado: toldado, encoberto.

Ottenebrazióne, s. f. obscurecimento; escassez ou ausência de luz; ofuscamento.

Ottenére, v. obter; conseguir o que se deseja ou se pede.

Otteníbile, adj. obtenível, que se pode obter; alcançável; conseguível.

Otteniménto, s. m. obtenção, ato ou efeito de obter; conseguimento.

Otténne, adj. e s. m. de oito anos; que tem oito anos.

Otténnio, s. m. espaço de oito anos.

Ottentòtto, adj. e s. m. hotentote; relativo aos hotentotes ou ao seu país; indivíduo hotentote.

Ottenúto, p. p. e adj. obtido, alcançado, conseguido.

Ottétto, s. m. (mús.) conjunto musical de oito instrumentos / peça musical escrita para o mesmo.

òttica, s. f. (fís.) ótica ou óptica, parte da física que trata da luz e dos fenômenos da visão / a arte de fabricar instrumentos ópticos.

òttico, adj. óptico, relativo à visão; relativo ao olho / (s. m.) estudioso versado em óptica; óptico.

Ottimaménte, adv. otimamente; excelentemente.

Ottimàte, s. m. (hist.) optimate, nobre, magnata; grande de uma nação.

Ottimísmo, s. m. otimismo (ou optimismo) / sistema de julgar tudo o bem melhor possível.

Ottimista, adj. e s. m. otimista; relativo ao otimismo; partidário do otimismo.

òttimo, adj. sup. ótimo; muito bom; excelente; o melhor possível / (contr.) péssimo.

Ottípede, adj. octípede, que tem oito pés.

Ottisíllabo, adj. e s. m. octossílabo.

òtto, adj. num. oito, sete mais um / (s. m.) o número oito / in quattro e quattro otto: num abrir e fechar de olhos.

Ottobràta, s. f. festa (espécie de piquenique) que se realiza no mês de outubro, especialmente na cidade de Roma.

Ottòbre, s. m. outubro, décimo mês do ano.

Ottobríno, adj. que amadurece, que se colhe em outubro; de outubro.

Ottocentèsimo, adj. num. octingentésimo, que numa série de oitocentos ocupa o último lugar; (s. m.) cada uma das oitocentas partes iguais de um todo.

Ottocentista, s. m. oitocentista, escritor ou personagem do século XIX; partidário da arte dessa época.

Ottocènto, adj. num. oitocentos, oito vezes cem / (s. m.) l' ———: o oitocentos, o século XIX.

Ottomàna, s. f. otomana, sofá sem encosto.

Ottomàno, adj. otomano, turco.

Ottomètrico, adj. optométrico, que determina a força visual.

Ottòmetro, s. m. optômetro, instr. para avaliar o grau de astigmatismo dos olhos.

Ottomíla, adj. num. oito mil.

Ottonàio, s. m. latoeiro, o que faz ou vende obras de latão; funileiro.

Ottonàme, s. m. trabalhos de latoaria / conjunto de latão ou bronze.

Ottonàre, v. latear, revestir de latão / bronzear.

Ottonàrio, adj. e s. m. (poét.) octossílabo (ou octossilábico), que tem oito sílabas / (s. m.) octossílabo, verso ou vocábulo de oito sílabas.

Ottonatúra, s. f. revestidura de latão / bronzagem.

Ottóne, s. m. latão, liga de cobre e zinco.

Ottòtipi, s. m. (pl.) octótipos, provas impressas (letras, pontos, linhas de tamanhos diferentes) para avaliar o poder da vista.

Ottuagenàrio, adj. e s. m. octogenário; aquele que já fêz oitenta anos; oitentão.

Ottúndere, v. (lit.) obtundir, tornar obtuso / (fig.) tornar curto e escasso de inteligência / entorpecer, abrandar, acalmar / per ninnare il rimorso, per ottundere la cosciènza (Pappini): para adormecer o remorso, para obtundir a consciência / l'obtúdine della falsità gli ottundeva la cosciènza (D'Annunzio): o hábito da falsidade embotava-lhe a consciência.

Ottuplicàre, v. octuplicar, multiplicar por oito.

òttuplo, adj. óctuplo, multiplicação por oito; repetido oito vezes.

Otturaménto, s. m. obturação.

Otturàre, v. obturar, obstruir, fechar, tapar / obturar um dente.

Otturàto, p. p. e adj. obturado, fechado, obstruído.

Otturatóre, adj. obturador, que fecha, que obstrui / (s. m.) obturador / parte móvel que nas armas de fogo serve para interceptar o extravasamento de gás.

Otturazióne, s. f. obturação; ação ou efeito de obturar.

Ottusaménte, adv. obtusamente, de modo obtuso; rudemente, estupidamente.

Ottusàngolo, adj. obtusângulo, triângulo que tem ângulo obtuso.

Ottusità, s. f. obtusidade, qualidade do que é obtuso / (fig.) dureza de ouvido, de inteligência / (geom.) a obtusidade de um ângulo.

Ottúso, p. p. e adj. obtuso, arredondado, que não é agudo / (geom.) ângulo que tem mais de 90 graus / (fig.) rude, ignorante; de inteligência pouco penetrante / **suono** ———: som opaco, surdo.

Ovàia, s. f. (anat.) ovário, órgão dos animais ovíparos / vendedora de ovos.

Ovàio, adj. que faz, que põe muitos ovos (de galinha poedeira).

Ovaiòlo. s. m. mercador de ovos; vendedor de ovos.

Ovàle, adj. oval, que tem forma de ovo; que tem figura elíptica.

Ovànte, p. pr. e adj. ovante, triunfante, jubiloso, exultante.

Ovarialgìa, s. f. (med.) ovarialgia, dor no ovário.

Ovàrio, s. m. ovário.

Ovariocèle, s. f. ovariocele, hérnia no ovário.

Ovariotomìa, s. f. ovariotomia, extração cirúrgica do ovário.

Ovaríte, s. f. ovarite, inflamação do ovário.

Ovàto, adj. ovado, o mesmo que oval / (s. m. arquit.) moldura no capitel dórico.

Ovatríce, s. f. incubadora de ovos.

Ovàtta, s. m. algodão em rama; algodão / acolchoado.

Ovattàre, v. encher de algodão (vestidos, amolfadas etc.); revestir, forrar de algodão.

Ovaziòne, s. f. ovação / (hist.) entre os romanos, triunfo concedido por uma vitória de importância relativa / aclamação pública; honras entusiásticas; aplauso solene.

òve, adv. onde, aonde / quando / (conj.) com tal que.

òvest, s. m. oeste, poente, ocidente.

Ovètto, ovino, s. m. (dim.) ovozinho; pequeno ovo.

Ovicìno, s. m. (dim.) ovozinho.

Ovidòtto, ou ovidútto, s. m. (anat.) oviduto, cavidade membranosa pela qual sai o ovo nos animais ovíparos.

Ovifòrme, adj. oviforme, oval, que tem forma de ovo.

Ovíle, s. m. (lit.) ovil, curral de ovelhas.

Ovíno, adj. ovino, o mesmo que ovelhum, relativo a ovelhas, carneiros e cordeiros.

Ovíparo, adj. e s. m ovíparo, que põe ovos; que reproduz por meio de ovos.

òvo, (tosc.), s. m. ovo; ovo de ave, especialmente de galinha / germe, princípio / ——— **a bere**: coisa bastante fácil / **rompere l'** ——— **nel paniere**: (quebrar os ovos no cesto) / (fig.) estragar um negócio que alguém está para realizar / **cercare, vedere il pelo nell'ovo**: procurar pelo no ovo, ou sofismar acerca dos menores defeitos / **ab ovo** (loc. lat.): desde o germe.

Ovogenìa, s. f. ovogenia, formação e desenvolvimento dos óvulos.

Ovoidàle, adj. oval, do feitio de ovo.

Ovòide, adj. oval, ovóide.

Ovolàia, s. f. ovolàio, s. m. viveiro de óvulos de oliveira.

Ovolàto, adj. (arquit.) ovado, oval.

òvolo, s. m. (bot.) óvulo; pequeno corpo ovóide / cogumelo comestível / (anat.) encaixe do osso / (arquit.) ornato em forma oval.

Ovòne, s. m. (aum.) ovo grande.

Ovopositòre, s. m. oviscapto, aparelho que as fêmeas de certos insetos possuem e que lhes serve para depositar os ovos.

Ovovivíparo, adj. ovovivíparo, ovovíparo; diz-se do animal cujo ovo é incubado no interior do organismo materno, sem que se nutra à custa do mesmo.

Ovúccio, s. m. (dim.) ovinho, pequeno ovo.

Ovulaziòne, s. f. ovulação, saída do óvulo, no seu estado de maturação.

òvulo, s. m. (bot.) óvulo, pequeno corpo ovóide no interior do ovário e destinado a converter-se em semente.

Ovunque, adv. (lit.) (o mesmo que **dovunque**), em qualquer parte, em qualquer lugar, em toda parte / **ovunque lo sguardo io giro, immenso Iddio ti vedo**: por onde o olhar eu volvo, a Deus imenso vejo.

Ovvèro, (pop. **ovveramènte**), conj. ou, ou bem / **la donna fantasma ovverso il principe azzurro**: a mulher fantasma ou o príncipe azul.

Ovviamènte, adv. obviamente, claramente.

Ovviàre, v. obviar / desviar / remediar / (lit.) opor-se, impedir.

òvvio, adj. óbvio, intuitivo / comum / **è ovvio**: é óbvio, é natural, é evidente.

Ozèna, s. f. (med.) ozena, ulceração das membranas mucosas das fossas nasais.

Oziàre, ozieggiàre, v. vadiar, mandriar, preguiçar, ficar em ócio, não fazer nada.

Ozieggiàre, v. folgar; vadiar.

òzio, s. m. ócio, descanso, folga / mandriíce, preguiça.

Oziosàccio, adj. pej. ocioso, vagabundo, incorrigível.

Oziosàggine, s. f. ociosidade, mandriíce.

Oziosamènte, adv. ociosamente, preguiçosamente.

Oziozità, s. f. ociosidade.

Oziòso, adj. ocioso; vadio, mandrião, preguiçoso / vão, inútil / improdutivo / supérfluo.

Ozocerìte, s. f. (min.) ozocerite, espécie de resina ou cera fóssil; pez mineral.

Ozònico, adj. ozônico.

Ozonizzàre, v. ozonizar, combinar com ozônio.

Ozonizzàto, p. p. e adj. ozonizado, purificado; desifentado com ozônio.

Ozonizzatòre, s. m. ozonizador, que ozoniza.

Ozonizzaziòne, s. f. ozonização, ou ozonificação.

Ozòno, s. m. (quím.) ozônio, ozone.

Ozonometrìa, s. f. ozonometria, método de verificar a presença do ozônio.

Ozonomètrico, adj. ozonométrico.

Ozonòmetro, s. m. ozonômetro, aparelho para determinar a quantidade de ozônio contida num gás.

Ozonoscòpio, adj. ozonoscópio, que serve para verificar a presença do ozônio.

Ozzímo, (ant.), s. m. manjericão (planta).

P

(P), s. m. P, décima-quarta letra do alfabeto italiano, consoante labial; pronuncia-se em ital. **pi**.
Pàbbio, (ant.) s. m. forragem.
Pàbulo (ant.) s. m. sustento, alimento; pasto; pábulo (p. us.).
Pabulôso, adj. (ant.) rico, abundante de pastos; ubertoso.
Pàca, ou pàco, s. m. paca, quadrúpede roedor da América do Sul e das Antilhas.
Pacàre, v. aplicar; pacificar; serenar.
Pacatamênte, adv. pacatamente, sossegadamente, pacificamente.
Pacatêzza, s. f. pacatez, calma, tranqüilidade, sossego.
Pacàto, adj. pacato, plácido; pacificado, serenado.
Pàcca, s. f. pop. (rar.) pancada; tapa.
Pacchebòtto, s. m. paquebote, paquete que transporta correspondência.
Pacchèo, s. m. tolo, bobalhão.
Pacchettíno, pacchètto, s. m. dim. pacotinho, pequeno pacote ou embrulho.
Pàcchia, s. m. (fam.) comidela, comezaina; pândega, folia.
Pacchianàta, s. f. coisa ridícula, de mau gosto / grosseria.
Pacchierôna, s. f. **pacchierône, pacchierôtto**, s. m. gordalhona, gordote; gordanchudo.
Pacciàme, pacciúme, s. m. cavacos, gravetos, resíduos vegetais amontoados ou espalhados por terra; maravalhas.
Pàcco, s. m. pacote; embrulho / —— **postàle**: pacote com livros ou impressos expedidos pelo correio.
Paccotíglia, s. f. (com.) pacotilha, refugo, rebotalho de mercadorias / (marit.) mercadoria para ser enviada a países distantes e destinadas à venda.
Pàce, s. f. paz, tranqüilidade de espírito; concórdia, sossego; união; silêncio / (loc. fig.) **darsi** ——: tranqüilizar-se / **non aver mai** ——: não ter sossego.
Pachidèrma, s. m. paquiderme, animal mamífero, de pele espessa.
Pachimeningíte, s. f. inflamação da dura-máter, paquimeningite.

Pachifông, s. m. (chinês) palavra chinesa, que significa cobre (metal) branco.
Pacière, ou paciêre, s. m (pacièra, f.): reconciliador, apaziguador, pessoa que harmoniza ou que procura harmonizar dois contendores.
Pacificàble, adj. pacificável, harmonizável.
Pacificamente, adv. pacificamente, pacatamente.
Pacificamênto, s. m. apaziguamento; pacificação.
Pacificàre, v. pacificar, apaziguar, harmonizar.
Pacificàrsi, v. pacificar-se, tranqüilizar-se, harmonizar-se.
Pacificatôre, s. m. (**pacificatríce**, f.) pacificador, o que pacifica.
Pacificaziône, s. f. pacificação.
Pacífico, adj. pacífico, amigo da paz, que tende para a paz; sereno; sossegado; (s. m.) indivíduo pacífico.
Pacificône, s. m. (aum.) pacifista, bonacheirão, amante da paz e do sossego.
Pacifísmo, s. m. (neol.) pacifismo, teoria dos que pugnam pela paz universal.
Pacifísta, adj. pacifista, partidário do pacifismo.
Pacioccône, s. (fam.) gorduchão; pessoa gorda, descansada e tranqüila.
Paciône, s. m. (fam.) bonachão, amante da paz e alheio a brigas.
Paciôso, adj. manso, pacífico.
Paciòzza, s. f. (fam.) reconciliação.
Padèlla, s. f. frigideira; assadeira; assador, utensílio para assar / comadre. urinol de forma chata para os doentes impossibilitados de sair do leito / (anat.) rótula do joelho.
Padellàccia, s. f. (depr.) frigideira ordinária, feia.
Padellètta, padellína, s. f. **padellíno**, s. m. (dim.) frigideirazinha; frigideira ou assadeira pequena.
Padellône, s. m. **padellôna**, s. f. frigideira grande.
Padelúccia, s. f. (dim.) frigideirazinha.
Padiglioncèllo, padiglioncíno, s. m. (dim.) pavilhãozinho, pavilhão pequeno e elegante.

Padigliône, s. m. pavilhão, tenda redonda ou quadrada; ligeira construção de madeira; edifício pequeno e isolado, para uso especial / (anat.) parte exterior do canal auditivo.
Padiscià, s. m. paxá, chefe militar ou governador na Turquia.
Padovàna, s. f. (mús.) pavana.
Padovàno, adj. paduano, de Pádua; que pertence a Pádua / (s. m.) habitante de Pádua.
Pàdre, s. m. pai, aquele que tem um ou mais filhos / antepassados / **i nostri padri**: nossos avós / a primeira pessoa da SS. Trindade / (fig.) causa, origem / (sin.) babbo, papà, genitore.
Padreggiàre, v. imitar, semelhar, puxar ao pai.
Padrígno, s. m. padrasto.
Padrino, s. m. padrinho (de batismo, de crisma, de casamento).
Padronàle, adj. patronal.
Padronànza, s. f. padronato, autoridade ou direito de patrão / conhecimento, domínio, segurança a respeito de um determinado assunto / **possiède la ———— della lingua**: tem o pleno domínio da língua.
Padronàto, p. p. e adj. patronato, padroado / (jur.) direito de conferir benefícios; posse.
Padroncíno, s. m. (dim. **padroncína**, f.), patrãozinho; o filho (a filha) do patão.
Padrône, s. m. patrão; chefe; o que governa uma casa, fábrica, etc.; proprietário; senhor; / (mar.) comandante, capitão de navio / o que é hábil em qualquer arte ou trabalho.
Padroneggiàre, v. patronear, dirigir, manejar, tratar, proceder como patrão.
Padroneggiàrsi, v. conter-se; dominar-se.
Padronêsco, adj. (depr.) patronal; próprio de patrão / (fig. depr.) arrogante.
Padúle, s. m. pequeno pântano.
Paesàccio, s. m. (pej.) lugar (cidade, vila, sítio, etc.) feio, sem atrativos.
Paesàggio, s. m. paisagem, espaço de campo ou de povoado que se apresenta à vista.
Paesàno, adj. nativo, natural do mesmo lugar; compatrício, compatriota, patrício, conterrâneo; / habitante de vila / (em Port.) aldeia ou povoação rústica / (s. m.) camponês / aldeão.
Paêse, s. m. vila, aldeia, burgo / região, país, nação, território: **il bel paese che Appennín parte**: (Petrarca): o lindo país que o Apenino divide.
Paesèllo, paesètto, paesíno, s. m. (dim.) vilazinha, lugarejo / variedade de mármore com manchas escuras.
Paesísta, e paesaggísta, s. m. e f. paisagista.
Paesúccio, s. m. (dim. depr.) vilazinha, lugarejo pobre e de vida pouco ativa.
Paf! e pàffete! (fam.) interj. pafe, voz imitativa do ruído de um tapa, de coisa que cai, etc.; paf!
Pàffa, s. f. papa, comida.
Paffutèllo, adj. dim. gorduchinho, gordote, um tanto gordo.
Paffúto, adj. gorducho / que tem as faces (maçãs do rosto) cheias (criança).

Pàga, s. f. paga, pagamento; ordenado; salário; vencimento; retribuição / **impiego che dà poca paga e molto appetito**: de salário mesquinho, de fome.
Pagamênto, s. m. pagamento, paga, quantia paga; recompensa, mercê; retribuição; estipêndio.
Pagàccia, s. f. (dep.) salário mesquinho.
Paganemênte, adv. pagãmente, no estilo e na forma pagãos.
Paganeggiànte, adj. paganizante, que pensa e opera à guisa dos pagãos.
Paganêsimo, s. m. paganismo.
Paganizzàre, v. paganizar.
Paganizzàrsi, v. paganizar-se; descristianizar-se.
Pagàno, adj. pagão (ant. **pagano**), que não foi batizado / (pop.) maometano; herético.
Pagànte, p. pr. e adj. pagante; que paga; pagador.
Pagàre, v. pagar, satisfazer um débito; remunerar, gratificar / castigar; expiar: **il fio dei peccati**: pagar por todos os pecados.
Pagàrsi, v. refl. apagar-se, indenizar-se.
Pagàto, p. p. c adj. pago, recompensado, remunerado; ressarcido, saldado / expiado, reparado, remido (de crime, pecado, erro, etc.).
Pagatôre, s. m. (**pagatríce**, f.) pagador.
Pagèlla, s. f. (lat. **pagella**): boletim escolar com as médias obtidas pelo aluno e que periodicamente se envia aos pais.
Pagèllo, s. m. (zool.) pagelo, gênero de peixes acantópteros, da família dos esparidas.
Paggería, s. f. (ant.) pajeada, a classe dos pajens; colégio de pajens.
Paggètto, s. m. (dim.) pajenzinho, pequeno pajem.
Pàggio, s. m. pagem; / (ant.) mancebo que na Idade Média acompanhava os reis ou pessoas nobres.
Pagherò, s. m. (do verbo pagare, pagar) / (com.); pagarei, abonarei; vale à ordem.
Página, s. f. página, cada uma das folhas de um livro ou caderno / trecho de obra literária; assunto; período, passagem / **una brutta ————**: lembrança de uma má ação.
Paginatúra, s. f. (tip.) paginação, ato de paginar.
Paginêtta, paginuccia, s. f. (dim.) paginazinha / escrito diminuto, no tamanho e no conteúdo.
Pàglia, s. f. palha / substância semelhante à palha / coisa que dura pouco / **fuoco di paglia** / **uomo di paglia**: homem sem caráter, fantoche / **ridersi sulla paglia**: divagar num discurso / **batter la paglia**: reduzir-se à miséria.
Pagliaccèsco, adj. (depr.) palhaçal, de palhaço, bufonesco.
Pagliaccètto, s. m. (dim.) palhaçozinho; brinquedo ou vestido infantil.
Pagliàccia, s. f. (pej.) palhaça, palha úmida e ordinária.
Pagliacciàta, s. f. palhaçada, ato ou dito de palhaço.
Pagliàccio, s. m. palhaço, artista de circo, bobo, clown / (fig.) pessoa sem caráter; homem que promete e não cumpre.

Pagliacciône, s. m. (aum.) palhaço grande.
Pagliàio, s. m. palhal, porção de palha amontoada; palhoça, lugar onde se guarda a palha.
Pagliaiòlo, s. m. palheiro, o que cultiva ou vende palha.
Pagliàto, adj. palhete, que tem cor de palha.
Pagliccio, s. m. palhiça, palha miúda.
Paglieríccio, s. m. enxergão; enxerga / (fig.) cama pobre.
Paglierino, adj. da cor de palha, claro.
Pagliêto, s. m. paúl, terra alagadiça; brejo.
Pagliêtta, s. f. (dim.) palhinha; palheta, chapéu de palha chato, de homem.
Pagliôso, adj. palhoso, misturado com palha; abundante de palha.
Pagliúca, pagliúcola, s. f. (dim.) palhinha, fragmento de palha.
Pagliúzza, s. f. (dim.) palhiço, fragmento, pedaço de palha.
Pagnòtta, s. f. pão de tamanho médio; (lusit.) panhota; **eròi della** ———: (fig.) valentes na mesa / (depr.) salário, mercê.
Pagnottélla, pagnottina, s. f. (dim.) pãozinho.
Pagnottista, s. m. (neol.) empregado que trabalha somente para receber o ordenado, sem entusiasmo ou empenho.
Pàgo, adj. pago, satisfeito; **l'animo** ———: o ânimo, o espírito satisfeito / (s. m.) (hist.) antiga comuna (localidade) rural com magistrado próprio.
Pagòda, s. f. pagode, templo pagão na Ásia.
Pagúro, s. m. paguro, crustáceo decápode, da subordem dos anomuros.
Pah! interj. pah, pum, voz com que se imita o som de um estrondo ou de uma pancada.
Paiàccio, s. m. (pej.) par (o conjunto de dois) feio.
Paidología, s. f. paidologia, estudo da criança nas suas relações com a família, com a escola, etc.
Paiétto, s. m. (dim.) parzinho; **que due formano un bèl paiétto**: aqueles dois formam um lindo parzinho.
Paíno, (dial. rom.) s. m. janota, petimetre.
Pàio, (e também usado **pàro**) s. m. par; duas coisas congêneres; objeto composto de duas partes iguais; **un** ——— **di giòrni**: um par de dias / **èssere un** ——— **e una coppia**: ser um par e um casal (de dois inteiramente semelhantes).
Paiòla, s. f. (ant.) feixe de fios enrolados na urdideira.
Paiolína, s. f. **paiolíno**, s. m. (dim.) panelinha, pequena panela.
Paiòlo, s. m. panela, caldeirão de cozinha.
Pàla, s. f. pá, instrumento de ferro ou de madeira, para diferentes usos; pá para trabalho de campo, de pedreiro; de padeiro; de remo; / **bugie colla** ———: mentiras a granel / **spender colla** ———: gastar muito (dinheiro).
Palàccio, s. m. ferro de formato de um pau para mexer o ferro em fusão.
Paladíno, s. m. paladino: cavaleiro andante; título de honra dado por C. Magno a doze cavaleiros que o acompanhavam nas batalhas / (fig.) homem valoroso; defensor dedicado; **fare il** ———: defender vigorosamente alguém ou uma causa.
Palafítta, s. f. palafita; reparo feito com estacas enfiadas na terra para estabelecer os alicerces de uma construção / (ant.) habitação lacustre dos homens primitivos.
Palafittàre, v. fazer palafitas, reforçar com palafitas.
Palafittícolo, s. m. habitante das palafitas lacustres, na época pré-histórica.
Palafrenière, s. m. palafreneiro.
Palafrèno, s. m. (lit.) palafrém, cavalo dos nobres; cavalo elegante.
Palàgio, s. m. (lit. e poét.) palácio.
Palàia, s. f. monte de paus; selva de onde se tiram paus.
Palaiòlo, s. m. operário que trabalha com a pá.
Palamênto, s. m. palamenta, o conjunto dos mastros e remos de uma embarcação pequena.
Palàmido, s. m. palangre, aparelho para pesca.
Palamidône, s. m. paletó comprido; casacão / (ant. fig.) homem comprido; longo ——— homem tolo, palerma.
Palamíta, s. f. (zool.) palamita ou bonito, peixe de mar, espécie de atum.
Palamite, s. f. **palamito**, s. m. corda comprida, com anzol e isca para pescar no mar.
Palànca, s. f. palanca, obra de reforço feita de estacas / (pop.) vintém (moeda).
Palancàto, s. m. palancada; estacaria, lugar fechado ou formado por estacas.
Palanchíno, s. m. (néo-árico "palaki") palanquim, espécie de liteira em que na China e na Ásia se faziam transportar as pessoas ricas nos seus inúteis passeios.
Palànco, s. m. cabrestante, aparelho em forma de sarilho para erguer pesos do navio.
Palàncola, s. f. trave, prancha grossa de madeira posta através de um curso de água, à guisa de ponte; minhoteira.
Palàndra, s. f. **palandràno**, s. m. balandrau, casacão / o que veste essa roupa / (mar. ant.) espécie de navio descoberto / (hist.) antiga máquina naval que levava carcaças para infestar as cidades.
Palandrêtta, palandrína, s. f. (dim.) pequeno balandrau.
Palandrône, s. m. (aum.) balandrão, balandrau grande / o que usa balandrau.
Palàre, v. empar, fincar estacas na terra para suster videiras ou outras plantas.
Palàta, s. f. pazada, pancada, golpe de pá / reparo feito com pau num rio ou símile; o conteúdo de uma pá / remada simultânea dos remos todos de uma barca / (loc. fig.) **A palate**: em grande quantidade.
Palatàle, adj. (gram.) palatal, de sons e letras que se articulam com o palato.
Palatinàto, s. m. palatinado, região governada por um palatino; dignidade, domínio de palatino.

Palatíno, adj. palatino (de Roma); relativo ao paço real, imperial ou pontifício / (s. m.) título antigo dos que exerciam um cargo no palácio de um nobre ou de soberano; príncipe ou senhor que tinha palácio.

Palàto, adj. munido, provido de paus; empado / (s. m.) palato, paladar, céu da boca e dos dentes / (fig.) o sentido do gosto.

Palatoplàstica, s. f. palatoplastia, restauração cirúrgica relativa ao palato.

Palatùra, s. f. (agr.) empa, operação de amarrar as varas do frutos sobre paus; época em que se executa esse trabalho.

Palazzàccio, s. m. (pej.) palácio velho, feio e arruinado.

Palazzètto, s. m. (dim.) palacete, pequeno palácio.

Palazzína, s. f. **palazzíno**, s. m. palacete com jardim; vila (casa) de campo elegante e graciosa para recreio.

Palàzzo, s. m. palácio, casa grande e magnífica para famílias nobres ou ricas / casa de reis ou de príncipes / edifício majestoso.

Palazzòtto, s. m. (aum.) palácio de linhas rústicas e severas.

Palcàto, adj. entabuado, guarnecido de tábuas.

Palchettísta, ou **palchísta**, s. m. e f. proprietário ou usufrutuário de um camarote num teatro.

Palchettíno, s. m. camarote pequeno e elegante.

Palchètto, s. m. prateleira; compartimento divisório / camarote pequeno e balcão de teatro.

Palchettône, camarote grande de teatro.

Pàlco, s. m. palco, estrado, tablado / andaime de edifício em construção / patíbulo / ordem de ramificação (de animais e de árvores) / camarote de teatro / tribuna (nos estádios) / ——— scenico: palco, parte do teatro onde os atores representam.

Palcúccio, s. m. (depr.) camarote exíguo.

Paleàrtica, adj. (geogr.) paleártica, região limitada do círculo ártico até os limites meridionais da Europa, da Ásia e da África.

Paleggiàre, v. padejar, revolver com a pá / (mar.) descarregar de navio trigo, usando a pá.

Palèlla, s. f. (arquit.) saliência de construção que se destina a ser encastrada em outra / (mar.) remo curto / utensílio para calafetar.

Palellàre, v. calafetar / remar.

Palemênto, s. m. (rar.) divulgação, revelação.

Palèo, s. m. pião / (bot.) planta graminácea de forragem.

Paleobotànica, s. f. paleobotânica.

Paleoetnología, s. f. paleoetnologia, ciência das raças humanas pré-históricas.

Paleofitología, s. f. paleofitologia, conhecimento dos vegetais fósseis.

Paleògene, s. m. (geol.) paleógeno, período da era terciária.

Paleografía, s. f. paleografia, geografia dos tempos remotos.

Paleògrafo, adj. paleógrafo, versado em paleografia.

Paleoitàlico, adj. paleoitálico, de língua italiana antiga.

Paleontología, s. f. paleontologia.

Paleosàuro, s. m. (geol.) paleossáurio.

Paleotèrio, s. m. paleotério, paquiderme fóssil.

Paleozòico, adj. paleozóico, terreno da era primária.

Palermitàno, s. m. e adj. palermitano, de Palermo, cidade principal da Sicília / (s. m.) habitante de Palermo.

Palesàre, v. revelar, divulgar, manifestar / **palesò** sospirando un vergognoso errore: revelou, suspirando, um oprobrioso erro.

Palesàrsi, v. refl. revelar-se, descobrir-se, dar-se a conhecer / demonstrar-se.

Palesàto, adj. revelado, manifestado, tornado público.

Palesatôre, s. m. (**palesatrìce**, f.) revelador, divulgador; (deprec.) denunciador.

Palêse, adj. patente, manifesto, notório; público, abertamente.

Palesemênte, adv. patentemente; publicamente; abertamente.

Palèstra, s. f. palestra, ginásio para exercícios ginásticos / (fig.) todo exercício intelectual e moral.

Palestríta, s. m. (hist.) palestrita, pessoa que freqüentava a palestra.

Paletnología, s. f. paletnologia, estudo da etnologia antiga.

Palètta, s. f. (dim.) pazinha de ferro de uso caseiro / saliência das rochas das turbinas hidráulicas / (anat.) rótula, osso do joelho.

Palettàre, v. empar; plantar estacas para suster plantas.

Palettàta, s. f. pazada / o que cabe de uma só vez na pá.

Palettière, s. m. instrumento de cobre para esmaltar objetos de valor.

Palettína, s. f. (dim.) pazinha, pequena pá.

Palettíno, s. m. (dim.) pauzinho; ferrolho corrediço para fechar portas e janelas.

Palètto, s. m. tranqueta / (arquit.) vara de ferro para ligar os muros de um edifício.

Palettône, s. m. (aum) tranca / (zool.) pato grande, de bico alongado na extremidade / colherão.

Pàli, s. m. páli, língua sagrada do Ceilão e da Indochina.

Palicàro, s. m. palicàrio, soldado grego.

Palificàta, s. f. paliçada.

Palificàre, v. (ant.) palificar, construir uma paliçada.

Palína, s. f. meta, marco para sinal / (agr.) bosque destinado a fornecer paus comuns.

Palindromía, s. f. palindromia, recaída de certas doenças.

Palindròmo, s. m. palíndromo, verso ou frase que tem o mesmo sentido, de qualquer lado que se leia.

Palingènesi, s. f. (filos.) palingenesia; renascimento; regeneração.

Palingenesíaco, adj. palingenésico.

Palíno, s. m. pazinha para tirar pão do forno.

Palinodía, s. f. (poét.) palinódia, poema em sentido oposto a outro, contendo a retratação do mesmo autor / **cantar la** ———: fazer uma retratação.

Palinsèsto, s. m. palimpsesto, manuscrito em pergaminho. da Idade Média, raspado para dar lugar a outro escrito.
Palinúro, s. m. (zool.) crustáceo (espécie de lagosta) da família dos palinurídeos.
Pàlio, s. m. pano de seda, geralmente em forma de lábaro que se dava, e em alguns lugares (por ex. em Siena) se dá ainda, ao vencedor de uma corrida, especialmente de cavalos / a mesma corrida / (fig.) **mandare al** ———: divulgar.
Paliòtto, s. m. (ecles.) paramento precioso do altar / frontal de altar.
Palischèrmo, s. m. lit. (mar.) bote, escaler.
Palissàndro, s. m. (bot.) palissandro, madeira negro-arroxeada, para trabalhos de ebanista; caroba-guaçu.
Palizzàta, s. f. paliçada; reparo, cercado feito com estacas fincadas na terra.
Pàlla, s. f. bola. corpo de figura esférica; corpo redondo que se põe sobre uma pirâmide, cúpula, etc. / bola de bilhar; projetil de arma de fogo / manto das damas / bola de borracha ou de couro para jogo / veste das romanas / **Prender la palla al balzo:** agarrar a ocasião propícia.
Pallacanèstro, s. f. bola-ao-cesto (jogo esportivo).
Pallacòrda, s. f. nome antigo do jogo de tênis.
Pallàdico, adj. (quím.) paládico, diz-se do óxido em que o paládio figura como bivalente.
Pallàdio, s. m. paládio, estátua antiga de Palas.
Palladôso, adj. paladoso (quím.).
Pallàio, s. m. fabricante de bolas; lugar onde se joga bocha (brasil.), em ital. "bocce" (pl.); servente neste jogo / aquele que marca os pontos no bilhar.
Pallamàglio, s. m. jogo de malha; críquete.
Pallàta, s. f. bolada, golpe de bola.
Pallegiamênto, s. m. arremesso, jogada de bola / (fig.) atribuição recíproca de responsabilidades.
Palleggiare, v. tr. jogar, exercitar-se com a bola; levantar alguém nos braços (por ex. uma criança) como se fora uma bola / (fig.) burlar, iludir alguém com promessas / (bras.) pregar uma bola (enganar).
Palleggiarsi, v. refl. insultar-se, acusar-se reciprocamente.
Palleggiàto, p. p. e adj. lançado. atirado, atirado como bola; arremessado, mandado para um e outro lugar; burlado, enganado.
Palleggiatôre, s. m. (**palleggiatríce,** f.) o que joga, o que lida com bolas: o que arremessa, o que envia (também no sentido figurado).
Pallêggio, s. m. jogada, arremesso (de bola) / (fig.) dar e receber reciprocamente qualquer coisa, especialmente elogios, insultos. etc.
Pallènte, adj. poét. (lat. "pállens") pálido.
Pallêsco, adj. de bola. relativo à bola / (s. m.) (hist.) prosélito dos Palleschi, partido favorável aos Mèdici, senhores de Florença.

Pallètta, s. f. (dim.) bolinha; pequena bola.
Palliamênto, s. m. (lit.) paliação, ato de paliar.
Palliàre, v. paliar, dissimular, revestir de falsas aparências; disfarçar, encobrir.
Palliatamênte, adv. dissimuladamente: disfarçadamente.
Palliativo, adj. paliativo, que serve para paliar / (s. m.) medicamento que atenua um mal / delonga / alívio, arranjo momentâneo.
Palliàto, adj. paliado, coberto; coberto ou vestido de pálio (manto antigo).
Palliazióne, s. f. paliação, ato de paliar / (fig.) hipocrisia, fingimento.
Pallidamênte, adv. palidamente; sem vigor; sem eficácia.
Pallidêtto, pallidúccio, pallidino, adj. (dim.) palidozinho; um tanto pálido.
Pallidêzza, pallidità, s. f. palidez; lividez.
Pàllido, adj. pálido, descorado, sem cor.
Pallidône, adj. (aum.) amarelado, descorado.
Pallino, s. m. bolinha / a menor das bolas no jogo das bochas e no de bilhar / chumbo miúdo para caça / pomo de metal ou madeira. para abrir. puxando. uma porta / (neol.) mania, distração; **hobby**.
Pàllio, s. m. (hist.) pálio. amplo manto usado pelos gregos, e depois pelos romanos / (ecl.) ornamento usado pelo Papa, pelos Patriarcas e. por privilégio, também por alguns bispos.
Pallonàccio, s. m. (pej.) balão feio.
Pallonàio, s. m. vendedor ou fabricante de balões.
Pallonàta, s f. golpe de balão / (fig.) exagero, fanfarronada; farrambamba, gauchada (bras.).
Palloncíno, s. m. (dim.) balãozinho; pequeno balão; balão de papel usado nas festas para luminárias.
Pallône, s. m. (aum.) balão, aeróstato; dirigível; retorta (de vidro) para reações químicas; balão de papel; bola de futebol / **gioco del** ———: jogo de futebol / (fig.) homem basofiador; garganta, farofeiro (bras.).
Pallôre, s. m. palidez.
Pallòtta e pallòttola, s. f. bola pequena, feita de matéria dura; bola de bilhar; bola de bocha; bola de chumbo, projétil para revólver ou fuzil.
Pallottolàio, s. m. vendedor ou fabricante de bolas; local para o jogo de bochas.
Pallottolière, s. m. ábaco, calculador mecânico, tabela com esferas de madeira enfiadas em arames. para o ensino dos rudimentos do cálculo.
Pàlma, s. f. palma, a face interna da mão / (bot.) palmeira; folha, ramo de palmeira / (fig.) vitória, triunfo / **la** ——— **della vittoria**: a palma da vitória.
Palmàre, adj. palmar, de uma palmo / (anat.) da palma da mão / (fig.) evidente, manifesto; claro; notável; palmar.
Palmàrio, s. m. espórtula, gratificação pecuniária para quem possibilita um bom negócio.
Palmàta, s. f. palmada, pancada com a palma da mão.

Palmàto, p. p. e adj. palmado, do feitio de palma; tecido com desenhos (ramos), semelhantes às folhas das palmeiras / palmiforme; semelhante à palma / (zool.) que tem os dedos unidos por membrana: palmípede.
Palmènto, s. m. mó de moinho quando em funcionamento; lagar; tanque onde se espreme a uva / (fig.) **mangiar a due palmènti**: mastigar gulosamente, comer muito.
Palmèto, s. m. palmeiral, bosque de palmeiras.
Palmètta, palmettína, s. f. (dim.) palmeirinha, pequena palmeira.
Palmífero, adj. palmífero, que produz palmeiras.
Palmína, s. f. (quím.) palmina, matéria gordurosa que se extrai do óleo de rícino.
Palminèrvio, adj. palminervo ou palminervado, folhas em que, com a nervura principal, partem do pecíolo outras nervuras, divergentes como os dedos de uma ave.
Palmípede, adj. e s. m. palmípede / ordem de ave palmipede / pássaro nadador.
Palmitàto, s. m. (quím.) palmitato, combinação do ácido palmítico com uma base.
Pàlmite, s. m. (poét.) renovo, rebento da videira.
Palmítico, adj. palmítico, de ácido, eter, derivado de palmitina.
Palmízio, s. m. palmeira, a árvore da palmeira; ramo feito com folhas de palmeira entrelaçadas que se leva à igreja para ser benzido / palmito.
Pàlmo, s. m. palmo; medida igual a de uma mão aberta; medida linear grega e romana / (loc.) **restare con un ⸺ di maso**: ficar com o nariz do tamanho de um palmo.
Pàlmola, s. f. (agr.) forcado / (mec.) excêntrico / (sin.) **camma**.
Palmône, s. m. pau com varas, para caçar pássaros.
Palmôso, adj. palmífero, abundante de palmeiras.
Palmúccia, s. f. (dim.) palminha.
Pàlo, s. m. pau, pedaço de madeira, lenho, acha; cajado; pau para poste, para cercas, para antenas, para suster plantas, etc. / suplício corporal / nave a ⸺ : navio a vela com três árvores / **saltar di ⸺ in frasca**: saltar de um ramo a outro / (fig.) mudar desconexamente de argumento num discurso / (loc. adv.) **fare il ⸺** : servir de poste, de espia.
Palòmba, s. f. pomba silvestre.
Palombàccio, s. m. pombo, pomba selvática.
Palombàro, s. m. escafandrista; mergulhador, que trabalha nas pronfudidades do mar.
Palombèlla, s. f. pombinha.
Palombína, s. f. (zool.) pombinha, pequena pomba / (agr.) videira que produz uva branca em abundância.
Palombíno, s. m. (dim.) pinto dos pombos.
Palòmbo, s. m. pombo selvático / espécie de peixe da raça dos tubarões.
Palòne, s. f. vara, antena.
Palòscio, s. m. facão usado espec. pelos caçadores.

Palpàbile, adj. palpável, que se pode palpar; evidente, manifesto, claro; que não deixa dúvidas.
Palpabilità, s. f. palpabilidade.
Palpabilmènte, adv. palpavelmente, evidentemente; claramente.
Palpamènto, s. m. apalpamento, apalpação, apalpadela.
Palpàre, v. apalpar; palpar.
Palpàta, palpatína, s. f. (dim.) apalpadela.
Palpàto, p. p. e adj. palpado, tateado, examinado.
Palpatôre, s. m. (**palpatríce**, f.) apalpador, que apalpa, que tateia.
Palpazióne, s. f. palpação / (med.) investigação por meio do tato: apalpação.
Pàlpebra (e poét. também **palpèbra**), s. f. pálpebra, membrana que cobre o olho.
Palpebràle, adj. palpebral, relativo às pálpebras.
Palpebrazióne, s. f. pestanejo, ato de pestanejar.
Palpeggiamènto, s. m. palpamento.
Palpeggiàre, v. palpar, apalpar / (sin.) **brancicàre**, tatear.
Palpeggiàto, p. p. e adj. apalpado, tateado.
Palpitàre, v. palpitar, bater, pulsar.
Palpitatívo, adj. palpitante, que palpita.
Palpitazioncèlla, s. f. (dim.) pequena palpitação.
Palpitazióne, s. f. palpitação; movim. violento e convulsivo do coração.
Pàlpito, s. m. palpite ou palpitação; agitação; cada uma das batidas do coração.
Pàlpo, s. m. (zool.) palpo (lat. **palpus**) cada um dos dois apêndices articulados da boca dos insetos e dos crustáceos.
Paltò, s. m. (franc.) paletó, casaco ou capote de homem ou de mulher usado no inverno; sobretudo.
Paltoncíno, s. m. capote pequeno de moço.
Paltône, s. m. (p. us.) buscador; vagamundo.
Paltoneggiàre, v. intr. (p. us.) vadiar, andar à esmo, vagamundear.
Paltonière, s. m. mendigo; indigente / patife; safado.
Paludamènto, s. m. paludamento, manto branco ou de púrpura dos generais romanos.
Palúde, s. f. paul, palude, lagoa.
Paludína, s. f. (dim.) pequeno palude.
Paludísmo, s. m. paludismo, impaludismo; malária.
Paludôso, adj. paludoso, pantanoso, malárico.
Palústre, adj. palustre, relativo a paúis; paludoso; que cresce em paúis.
Palvêse, (v. pavêse), s. m. pavés.
Pamèla, s. f. (ant.) chapéu de palha de abas largas, usado pelas mulheres em algumas localidades da Toscana / personagem de um romance inglês de Richardson e das comédias de Goldoni. **Pamela maritata** (casada), e **Pamela núbile** (solteira).
Pàmfilo ou **Pànfilo** (biogr.) Pânfilo, mestre de Apeles.
Pamiri, (geogr.) Pamir, o teto do mundo dos geógrafos.

Pàmpa, s. f. pampa, planície extensa, especialmente na Argentina.
Pampanàta, s. f. limpeza das pipas de vinho com o emprego de cinza e folhas de videira.
Pàmpano, ou pàmpino, s. m. pâmpano, folha de videira, parra / (loc. fam.) môlti pampini e poca uva: muita parra e pouca uva, ou muitas palavras e poucas obras.
Pampanôso, pampinôso, adj. pampanoso, cheio de pâmpanos.
Pampèro, s. m. pampeiro, vento forte dos pampas riograndenses e argentinos.
Pampinàrio, adj. diz-se de videira que produz mais folhas que uva.
Pampíneo, adj. pampíneo, pampanoso.
Pampinífero, adj. pampinífero, que produz pâmpinos.
Pàmpino, s. m. pâmpino, pâmpano, parra.
Pamporcíno, s. m. (bot.) cíclame, planta ornamental.
Pampsichísmo, s. m. (filos.) pampsiquismo.
Pan... (em gr. tudo): pan, prefixo de muitas palavras, com significado de totalidade.
Panàccio, s. m. (depr.) pão ruim, pão indigesto.
Panacèa, s. f. panacéia, planta a que se atribuía a virtude de curar qualquer doença / (fig.) remédio universal, para todos os males.
Panàgia, s. f. atributo da Virgem usado pelos cristãos do Oriente; significa: a toda Santa.
Panàio, adj. (bot.) espécie de maçã pouco saborosa.
Pànama, s. m. panamá, chapéu de palha branca de fina qualidade.
Pan-americano, adj. pan-americano.
Panàre, v. panar, cobrir, espargir de pão.
Panàta, s. f. golpe dado com pão; sopa de pão.
Panatenèe, s. f. (pl.) panatenéias, grandes festas dos Atenienses, em honra de Minerva, que se celebravam de cinco em cinco anos.
Panàto, p. p. e adj. panado, que tem pão ralado, coberto de pão ralado / (s. m.) água com pão torrado infuso.
Panattería, s. f. padaria; / forno para o cozimento do pão.
Panattièra, s. f. cesto para pão / inseto da farinha.
Panattière, s. m. padeiro.
Panbollíto, s. m. papa, sopa feita com pão cozido na água.
Pànca, s. f. banco; assento de formas variadas, sem encosto.
Pancàccia, s. m. (pej.) banco ruim, ordinário.
Pancàccio, s. m. (pej.) tábua grande, estrado, para descansar ou deitar; tarimba.
Pancàio, s. m. (rar.) o que aluga bancos nos lugares públicos.
Pancàle, s. m. (ant.), banco de pedra; toalha para cobrir banco.
Pancàta, s. f. golpe dado com o banco.
Pancètta, s. f. (dim.) barriguinha, pequena barriga / (iron.) pessoa cuja barriga é um tanto grande / — di maiale: toucinho salgado ou defumado, de porco.

Panchêtta, s. f. (dim.) banquinho; escabelo.
Panchettàta, s. f. pancada com o banco.
Panchettína, s. f. panchettíno, s. m. banquinho.
Panchêtto, s. m. escabelo para os pés.
Panchína, s. f. banco, assento, de pedra, de ferro ou de madeira, dos jardins / plataforma das estações ferreas / passeio calçado ou asfaltado ao longo do mar; cais destinado a passeio.
Pància, s. f. pança; ventre; barriga / (fig.) a parte mais gorda e convexa de qualquer coisa.
Panciafichísta, s. m. pessoa que teme os perigos da guerra; voz usada por desprezo pelos partidários da intervenção da Itália na guerra de 1914, contra os neutralistas.
Panciàta, s. f. pancada de pança; pançada / (fig.) fartadela, enchimento de estômago, comezaina.
Pancièra, s. f. (hist.) couraça para proteger a barriga, faixa de lã ou de tecido elástico para apertar a barriga.
Pancína, s. f. pancíno, s. m. barriguinha; pequena pança.
Panciòlle, (in) loc. adv. comodamente, folgadamente / estendido em cômodo assento sem nada fazer.
Panciòne, s. m. aum. (panciòna, s. f.) pança, barriga grande / pessoa barriguda.
Panciottàia, s. f. costureira de coletes.
Panciottíno, s. m. (dim.) pequeno colete.
Panciòtto, s. m. colete.
Panciottúccio, s. m. (dim. e depr.) colete ordinário, feio, apertado.
Panciúto, adj. pançudo; barrigudo.
Panclastíte, s. f. panclastita, composto explosivo.
Panconcellàre, v. cobrir com vigas, ripas ou vigotas.
Panconcèllo, s. m. trave, vigota, viga.
Pancòne, s. m. prancha, tábua grossa serrada ao longo da árvore / banco de carpinteiro / faixa de terreno compacto / (arquit.) fundo de terreno firme no qual se põem os alicerces de um edifício.
Pancòtto, s. m. pão cozido na água e azeite de oliveira.
Pancràtico, adj. (ópt.) pancrático, combinação de lentes que permite variar a grandeza das imagens observadas.
Pancratísta, s. m. pancracista, atleta que lutava no pancrácio.
Pancraziàste, s. m. pancraciasta ou pancratiasta.
Pancràzio, s. m. (hist.) pancrácio, entre os antigos, torneio ou combate de pugilato e de justa / (n. pr.) Pancràzio, Pancrácio.
Pancreas, s. m. (fisiol.) páncreas, glândula situada no abdome.
Pancreàtico, adj. pancreático.
Pancreatíte, s. f. pancreatite.
Pancromàtico, adj. pancromáticò.
Pandemía, s. f. pandemia, doença epidêmica.
Pandèmico, adj. pandêmico, que ataca grande número dos habitantes de uma região.
Pandèmio, adj. pandêmico, que é de todos, comum, público / venere ——: mulher de todos.

Pandemònio, s. m. (poét.) pandemônio, capital imaginária do inferno; barulho, tumulto, confusão; babel; balbúrdia.
Pandètte, s. f. (pl.) pandectas, livros que contêm uma miscelânea de coisas a respeito de ciência ou arte; a voz indica especialmente a coleção de leis compilada por ordem de Justiniano; a palavra é também usada para significar conjunto do direito romano; (sin.) **Digesto.**
Pandiculazióne, s. f. pandiculação; espreguiçamento.
Pandità, s. m. pandita ou pandito, doutor sábio da Índia.
Pandolfo, n. pr. Pandolfo.
Pandòra, s. f. Pandora, a primeira mulher criada por Hefesto (mit. gr.).
Pandòridi, s. m. (pl.) pandorídeos, fam. de moluscos lamelibrânquios.
Pandòro, s. m. espécie de pão doce.
Pàne, s. m. pão, alim. preparado com farinha de trigo / objeto que tem forma de pão / (fig.) alimento necessário; o sustento diário / a hóstia / (mit.) o deus dos pastores / **chirùrgo come il pane, medico come il vino:** o cirurgião deve ser como o pão (novo) e o médico como o vinho (velho) / **mangiare il pane a tradimento:** comer o pão à custa dos outros, sem trabalhar / (fig.) **esser come il pane, più bono del pane:** ser pessoa muito boa, bondosa; equivale ao dito dos bras. quando se referem à gente boa; é um pão; é um pedaço de pão / **esser pane e cacio:** ser amigos íntimos / **dire pane al pane:** dizer as coisas claramente / **non è pane per i tuoi denti:** ser coisa superior ao alcance de alguém / **rendere pan per facaccia:** pagar com a mesma moeda.
Panegiricamènte, adv. panegiricamente.
Panegírico, s. m. panegírico, discurso de celebração pública, feito em louvor de alguém; discurso em elogio de um santo.
Panegirísta, s. m. panegirista, o que faz um panegírico.
Panellíno, s. m. pãozinho, pequeno pão.
Panèllo, s. m. brulho, bagaço de sementes oleosas; tocha de trapos que se costumava acender em festas públicas.
Panenteísmo, s. m. (fílos.) panenteísmo; krausismo (de Krause).
Panerèccio, s. m. panarício.
Panettería, s. f. padaria, lugar onde se faz e vende pão.
Panettière, s. m. padeiro.
Panètto, s. m. (dim.) pãozinho.
Panettóne, s. m. bolo de farinha, manteiga, açúcar, ovos, uva passa e levedura de cerveja, que se costuma fazer especialmente em Milão.
Pànfano, s. m. embarcação antiga; pequena galera.
Panfílio, pànfilo, s. m. (mar.) iate / Pânfilo, n. pr. Pânfilo.
Panfòrte, s. m. bolo feito com drogas, mel e amendoas, que se usa no Natal, particularmente em Siena.
Panfrútto, s. m. doce de frutas em caldas; compota.
Pangermanèsimo ou **pangermanismo,** s. m. pangermanismo.
Pangiàllo, s. m. pão de farinha amarela e uva; bolo de fubá.
Panglossiàno, adj. loquaz, otimista, charlatão (do pers. de Voltaire).
Pangolíno, s. m. (zool.) pangolim, mamífero africano e asiático que, quando atacado, se enrola como uma bola.
Pangrattàto, ou **pangrattugiàto,** s. m. pão ralado; sopa de pão ralado.
Pània, s. m. visco, matéria pegajosa para pegar pássaros / (fig.) engano, rodeio, cilada.
Paniàccio, ou **paniàcciolo,** s. m. saco, bainha onde se guardam as varas viscosas para caça.
Panicàle, s. m. a planta seca do painço.
Panicastrèlla, s. f. variedade de painço, planta gramínea.
Panicàto, adj. paníceo, de carne de porco cheia de grânulos, ruim e malsã.
Panicatúra, s. f. doença de porco.
Panìccia, s. f. papa de farinha.
Panìccio, s. m. polme, substância feita à guisa de pão, mas de maior umidade.
Pànico, adj. pânico, que assusta sem motivo; medo, pavor.
Paníco, s. m. (bot.) paníco, ou painço, planta gramínea; a semente dessa planta.
Panicolo, panicolàio, s. m. forneiro, o que coze o pão.
Panicola, s. f. panhota, pão pequeno.
Panicolàio, s. m. mistifório, embrulhada, confusão.
Panicòna, s. f. (burl.) camisola de dormir comprida e larga.
Panièra, ou **panièra,** s. f. cesta de vime, para panos, papéis, etc. / (sin.) cêsto.
Panieràccia, s. f. panieràccio, s. m. cesto feio, ordinário.
Panieràio, s. m. cesteiro, o que faz ou vende cestos.
Panière, s. m. cesto, cabaz, cesta.
Panieríno, s. m. (dim.) cestinho, pequeno cesto.
Panieróne, s. m. aum. cestão, cesto grande.
Panificàre, v. panificar, fazer o pão; reduzir a farinha em pão.
Panificazióne, s. f. (neol.) panificação.
Panifício, s. m. panifício; indústria do pão; lugar onde se faz o pão.
Paníno, s. m. (dim.) pãozinho / — **gràvido:** pãozinho partido ao meio, com presunto, queijo, manteiga, etc.; sanduíche.
Panióne, s. m. vara grossa, viscosa, para visgar pássaros.
Panióso, adj. viscoso, visguento; pegajoso como o visgo.
Paniúzza, s. f. **paniúzzo,** s. m. pequena vara com visgo.
Panlogísmo, s. m. (filos.) panlogismo, doutrina que admite como real somente a razão.
Pànna, s. f. nata, parte gorda do leite / creme / —— **montàta:** nata ou creme de leite batido: **chantilly** (fr.) / neol. (do fr. **panne**) pane, parada involuntária, por defeito do motor no veículo em que se está viajando.
Pannaiòlo, s. m. mercante, vendedor de panos; paneiro (lus.).
Panneggiamènto, s. m. planejamento; modo de representar os vestuários.
Panneggiàre, v. panejar, pintar as vestes; representar vestidos.

Panneggiàto, s. m. panejamento, as partes de uma figura trabalhada a panejamento / (p. p. e adj.) panejado.
Pannèllo, s. m. (dim.) pano fino / (neol.) painel (pintura decorativa) / obra arquitetônica.
Pannellíno, s. m. paninho, pequeno pano sem valor; vestido barato / (fig.) **pannicelli caldi**: panos-quentes, remédio ineficáz quando o mal é grande.
Pannettíno, pannêtto, s. m. (dim.) pano pequeno, estofo leve e elegante.
Pannícolo, s. m. (anat.) membrana / panículo, camada subcutânea: —— adiposo.
Pannillíno, s. m. pano de linho.
Pannína, s. f. tecido de lã em peça.
Pannivêndolo, s. m. vendedor de panos.
Pànno, s. m. pano, tecido de lã, linho ou algodão; fazenda; peça inteira ou tira de pano / **panno-lano**: cobertor de cama / véu que se gera na superfície de certos licores quando estão em recipientes abertos / **tagliare í panni addosso a qualcuno**: tesourar (em sent. figurado), falar mal de alguém.
Pannòcchia, s. f. (bot.) espiga de milho do painço, panícula / (zool.) crustáceo conhecido como "cigarra do mar".
Pannocchiètta, pannocchína, s. f. (dim.) espiguinha; pequena espiga.
Pannocchiúto, adj. paniculado, que tem espiga, feito à guisa de espiga.
Pannolàno (pl **pannilani**), s. m. pano, cobertor de lã.
Panoftalmíte, s. f. panoftalmite, inflamação ocular.
Pannolíno, s. m. pano de linho.
Panòplia, s. f. (hist.) panóplia, armadura de cavaleiro, na Idade Média; complexo das partes de uma armadura; troféu.
Panòptici, adj. pl. panópticos, óculos que podem adaptar-se a qualquer vista.
Panoràma, s. m. panorama, vista geral de uma cidade ou campo; quadro que representa vista externa; exposição.
Panoràmico, adj. panorâmico.
Panormíta, s. m. e adj. (ant.) de Palermo, natural de Palermo, cidade da Sicília.
Panpepàto, s. m. pão de espécies.
Panslavísmo, s. m. panslavismo, sistema político que tende a reunir num só organismo os povos eslavos.
Pantagruèlico, adj. pantagruélico, digno de Pantagruel (person. de Rabelais); que se refere a comezainas.
Pantalonàta, s. f. atos, ditos ou motes de Pantalão.
Pantalône, s. m. pantalão, máscara da comédia veneziana que representa o cidadão bonachão, simples e paciente, freqüentemente enganado e que paga as despesas também para os outros / dito pop.: —— **paga**: quem paga por todas as asneiras que fazem os governantes, é sempre o povo.
Pantalôni, s. m. calças; pantalonas (ant. e des.).
Pantàno, s. m. pântano, terreno encharcado.
Pantanôso, (o pesmo que **pantanêsco**), adj. pantanoso, paludoso.

Panteísmo, s. m. (filos.) panteísmo, sistema filosófico em que Deus é o conjunto de tudo quando existe.
Panteísta, adj. panteísta.
Pantelègrafo, s. m. pantelégrafo, aparelho para enviar pelo telégrafo autógrafos, escritos, desenhos, etc.
Pànteon, s. m. panteão (lat. **pantheon**), templo antigo de Roma, dedicado aos deuses / monumento nacional onde estão sepultados os grandes homens da pátria.
Pantèra, s. f. pantera, mamífero felido mosqueado.
Panteràna, s. f. cotovia; espécie de marreca.
Panterríno, adj. de pantera.
Pantèrna, s. f. rede para pesca.
Panterètta, panteríra, s. f. (dim.) panterazinha, pequena pantera.
Pantoclastía, s. f. (med.) pantoclastia, mania destruidora.
Pantofobía, s. f. pantofobia; medo de tudo.
Pantòfola, pantufo ou pantufa, sapato de casa para agasalho; chinelo.
Pantofolàccia, s. f. (pej.) pantufa grosseira.
Pantofolàio, s. m. vendedor ou fabricante de pantufas.
Pantofolètta, pantofolína, s. f. (dim.) pequena pantufa; pequena chinela.
Pantògrafo, s. m. pantógrafo, instrumento para copiar mecanicamente os desenhos.
Pantòmetro, s. m. pantômetro, instrumento para medir qualquer ângulo.
Pantomíma, s. f. pantomima, ação cênica representada por gestos / (fig.) logro, embuste, engano.
Pantomímico, adj. pantomímico, de pantomima.
Pantomímo, s. m. pantomimo, ator que representa pantomimas; pantomimeiro.
Pàntopon, s. m. calmante que contém os alcalóides do ópio.
Pantoscòpio, s. m. pantoscópio; objetiva fotográfica especial.
Pantòstato, s. m. (med.) pantóstato, aparelho para aplicações elétricas.
Pantotipía, s. f. (tip.) impressão por relevo.
Pantríto, s. m. (p. us.) pão ralado.
Panúrgo, s. m. panurgo (da conhecida personagem de Rabelais) / (fig.) astuto, embrulhão, esperto.
Pànza, (vulg.) s. f. pança, ventre, barriga.
Panzàna, s. f. lorota, patranha, peta / / fábula.
Panzanèlla, s. f. pão torrado, e também pão molhado na água, condimentado com alho, sal, vinagre e azeite de oliveira.
Panzerône, s. m. (ant.) armadura que defende o ventre.
Paolinísmo, s. m. paulinismo, doutrina do apóstolo São Paulo.
Paolísti, s. m. (pl.) paulinos, religiosos da ordem de São Paulo.
Paolísti, s. m. e adj. paulista, relativo ao Estado de São Paulo; natural ou habitante desse Estado.
Paolistàno, adj. e s. m. paulistano; relativo à cidade de São Paulo (Brasil); pessoa natural da cidade de São Paulo.

Pàolo, s. m. moeda cunhada pelo Papa Paulo III / antiga moeda das Marcas e da Toscana, de prata.
Paolottísmo, s. m. espírito e doutrina dos **Paolòtti**, padres de uma congregação / (fig.) clerical fanático; carola; hipócrita.
Paonàzzo, adj. violáceo (de cor natural entre o azul e o vermelho).
Pàpa, s. m. papa; o sumo pontífice / ——— **nero**: papa negro, ou o geral dos jesuítas.
Papà, s. m. (voz infantil) papai, pai, papaizinho.
Papàbile, adj. papável; diz-se do cardeal que tem probabilidade de ser eleito papa / candidato favorecido; papável.
Papàia, s. f. (bot.) papaia, o mesmo que mamoeiro.
Papaína, s. f. (quím.) papaína, produto extraído do suco da papaia.
Papàle, adj. papal, referente ao papa.
Papalína, s. f. (ecles.) papalina, gorro de veludo preto, que se adapta à cabeça.
Papalíno, adj. e s. m. papalino, papal; antigo soldado e súdito do papa.
Papàsso, s. m. papaz, (ant.) sacerdote grego.
Papàto, s. m. papado; dignidade papal; o tempo durante o qual se é papa.
Papaveràcee, s. f. (pl. bot.) papaveráceas, plantas dicotiledôneas, que têm por tipo a papoula.
Papavèrico, adj. papavérico.
Papaverína, s. m. (quím.) ópio.
Papàvero, s. m. (bot.) papoula ou papoila, planta das papaveráceas de que se extrai o ópio / (fig.) homem tolo, bobo, pateta / (fig.) **papaveri alti**: as autoridades, os poderosos; os cidadãos de grande projeção.
Pàpera, s. f. marreca, fêmea do marreco / erro, engano no dizer ou fazer alguma coisa, especialmente troca ridícula de palavras.
Paperèllo, s. f. (dim.) marrequinho, pinto da marreca.
Paperína, s. f. (dim.) marrequinha; marreca doméstica jovem / (bot.) estelária, orelha de toupeira, planta do tipo da família das alsíneas.
Pàpero, s. m. marreco jovem / (fig.) tolo parvo, bobo.
Paperône, s. m. (aum.) marreco grande / (fig.) engano, desacerto.
Paperòtto, **paperòttolo**, s. m. marreco jovem.
Papésco, adj. (depr.) papesco, papal; do papa.
Papéssa, s. f. papisa, papesa.
Papétto, s. m. antiga moeda do Estado Pontifício.
Papiamênto, (v. am.) fala crioula de Curaçao.
Papiglionàcee, s. f. (pl. bot.) papilonáceas / leguminosas.
Papílla, s. f. (anat.) papila, pequena saliência cônica na superfície da pele.
Papillàre, adj. papilar, que tem papilas; relativo a papilas.
Papillétta, s. f. (dim.) papilazinha.
Papillòma, s. m. papiloma, variedade de epitelioma (patol.).
Papillôso, adj. papiloso, que tem papilos; papilar.
Papiràceo, adj. papiráceo, semelhante ao papel.

Papirèto, s. m. terreno situado na zona do rio Anapo, na Sicília, onde vegeta o papiro.
Papíro, s. m. (bot.) papiro, planta da família das ciperáceas; folha para escrever feita com papiro; manuscrito antigo, feito em papiro.
Papirología, s. f. papirologia, ciência que estuda a decifração dos antigos papiros / (neol.) arte de fazer figurinhas de papel.
Papísmo, s. m. papismo, autoridade dos papas; nome dado aos católicos pelos protestantes.
Papísta, adj. e s. papista, partidário do papismo.
Pàppa, s. f. papa, mingau; pão cozido na água e condimentado com azeite e manteiga; substância cozida, mole e com aspecto de papa; qualquer alimento / **non fanno altro che pappàre**: não fazem outra coisa senão comer / **trovar la ——— fatta**: encontrar a cama feita (usufruir proveitos sem ter feito o mínimo esforço).
Pappacchiône, s. m. comilão, glutão.
Pappafico, s. m. (mar.) papa-figo; a mais alta das três partes que formam as árvores de um navio; / pequena vela que se punha em cima da árvore mais alta / (fig. burl.) papada, acúmulo de matéria adiposa no queixo.
Pappallería, s. f. tagarelice de quem fala para adular.
Pappagallescamênte, adv. à guisa de papagaio, tal qual o papagaio.
Pappagallésco, adj. papagaial, próprio de papagaio (diz-se de quem repete o que ouve, às vezes sem saber o que está dizendo) / **non mi fate il pappagàllo**: diz-se de alguém que pronuncia mal uma língua.
Pappagalléssa, s. f. papagaia.
Pappagallétto, **pappagallíno**, s. m. (dim.) papagaio pequeno.
Pappagàllo, s. m. papagaio, ave trepadora, que imita com facilidade a voz humana / (fig.) pessoa que diz ou repete alguma coisa inconscientemente.
Pappagallúccio, **pappagallúzzo**, s. m. (dim.) papagaio pequeno e gracioso.
Pappagòrgia, s. f. papada, saliência adiposa por baixo do queixo / barbilhão do peru.
Pappalàrdo, s. m. comilão, guloso, lambeiro (lambedor); bajulador; hipócrita.
Pappardèlle, s. f. (pl.) lasanhas (variedade de macarrão) cozidas no caldo e com molho de carne.
Pappàre, v. papar, comer exageradamente / (fig.) obter lucros grandes e ilícitos.
Pappàta, s. f. comezaina.
Pappatàci, s. m. pessoa que sofre calada os maiores vitupérios, porque lucra assim procedendo / papataz, gênero de insetos, espécie de sevandija.
Pappatòio, s. m. espécie de pá em forma de colher, para misturar a cal no forno.
Pappatôre, s. m. (**pappatríce**, s. f.) glutão, comilão; que só cuida de papar, de comer.
Pappatòria, s. f. comezaina, patuscada; papança.

Pappína, s. f. (dim.) papinha, papa para crianças; emplastro de linhaça.
Pappíno, s. m. servente de hospital.
Pàppo, s. m. papo / (bot.) excrescência em forma de penacho ou lanugem, da parte superior da semente de algumas plantas / (hist.) personagem que representa o velho nas comédias atelanas (de Atela, cidade da Campânia), gênero de representação das origens da liter. latina / (ant.) papas, comida.
Pappolàta, s. f. (fam.) alimento mole, quase líquido / (fig.) discurseira sem nexo.
Pappône, s. m. comilão.
Pappôso, adj. (bot.) que produz, que tem bastante papo; papilhoso.
Pàprica, s. f. (bot.) pimentão vermelho da Calena; pimentão da Abissínia; tempero húngaro feito com pimentão seco.
Papuàni, adj. e s. m. (pl.) papuas. negros da Oceânia, espalhados pela Nova Guiné, Nova Caledônia, etc.
Pàpula, s. f. pápula, borbulha na pele; pequena protuberância.
Pàra, s. m. caucho, cauchu.
Parà, s. m. pará, moeda turca do valor de um cêntimo.
Paràbasi, s. f. parábase, parte do coro, na comédia grega, em que se faziam referências críticas.
Paràbola, s. f. parábola; conto alegórico, alegoria; / (geom) curva plana; curva que um projétil descreve.
Parabolàno, s. m. parabolano / gabarola, paroleiro; garganta (bras.).
Parabolicamênte, adv. parabolicamente, de modo parabólico; por meio de parábola.
Parabolòide, s. m. (geom.) parabolóide.
Parabolône, s. m. parabolano; paroleiro, fanfarrão.
Parabòrdo, s. m. (mar.) saquinhos de tela de forma cilíndrica, com cortiça ou outro material, e também pedaços de cortiças ligados por uma corda, suspensos pelo lado de fora do navio, para protegê-lo dos choques.
Parabrèzza, s. f. pára-brisa.
Parabulía, s. f. parabulia, estado anormal da vontade.
Paracadúte, s. m. pára-quedas.
Paracadutísta, s. pára-quedista.
Paracàlci, s. m. parte do arreio ou do veículo para defender dos coices; retranca.
Paracàlli, s. m. espécie de esparadrapo para proteger os calos dos pés.
Paracaminêtto, paracamíno, s. m. instrumento de folha ou de ferro que fecha a boca das chaminés.
Paracàrro, s. m. frade, marco de pedra ou de pau à margem das estradas / pequena coluna de pedra ou de ferro para defesa dos cantos de um portão.
Paracènere, s. m. instrum. que se põe na chaminé para impedir que a cinza caia no chão.
Paracèntesi, s. f. paracêntese, punção em uma cavidade cheia de líquido.
Paracèntrico, adj. ao redor do centro.
Paracièlo, s. m. tudo quanto, estendido ao alto, serve para reparar ou cobrir; céu, abóbada, teto.

Paraclèto, ou **paràclito,** s. m. paracleto; o Espírito Santo; o auxiliador; o consolador.
Parácqua, s. m. guarda-chuva; pára-água.
Paracronísmo, s. m. paracronismo.
Paracrôsi, s. f. (med.) mudança de cor.
Paracusía, ou **paracúsi,** s. m. paracusia (med.).
Paradèllo, s. m. pau, para a pesca na laguna.
Paradeníte, s. m. paradenite, inflamação do tecido celular adjacente às glândulas linfáticas.
Paradígma, s. m. (gram.) paradigma; exemplo; norma; modelo.
Paradisèa, s. f. ave-do-paraíso.
Paradisêtto, s. m. (dim.) paraisinho, pequeno paraíso.
Paradisíaco, adj. paradisíaco; paradísico.
Paradisíno, s. m. (dim.) paraisinho / (fig.) lugar campestre, delicioso e sossegado / **un angolo di paradiso:** um cantinho de paraíso.
Paradíso, s. m. paraíso; lugar onde estão os anjos e os justos, segundo a teologia; lugar ou sítio delicioso / (ant.) éden.
Paradossàle, adj. paradoxal, que envolve paradoxo.
Paradossàre, v. paradoxar, dizer ou sustentar um paradoxo.
Paradossísta, s. m. o que faz paradoxos.
Paradòsso, s. m. paradoxo; opinião, idéia, conceitos contrários aos comuns.
Paràfa, e paràffa, s. f. rubrica, traço da firma ou assinatura; sigla.
Parafàlde, s. m. reforço das fraldas.
Parafàngo, s. m. pára-lama, reparo que cobre a roda dos veículos para protegê-los da lama.
Parafernàle, adj. parafernal / (jur.) extradotal; bens que não são dotais, e que a mulher pode gozar ou administrar.
Paraffàre, v. autenticar, rubricar, firmar um documento, espec. diplomático.
Paraffína, s. f. (quím.) parafina, substância extraída dos xistos betuminosos.
Paràffo, s. m. sinal de parágrafo; abreviatura de uma firma; cifra nos atos dos notários.
Parafrasàre, v. parafrasear, reduzir a paráfrase; servir-se de uma sentença, de um dito, trocando alguma palavra para a ocasião.
Parafrasàto, p. p. e adj. parafraseado; reproduzido por paráfrase.
Parafràsi, s. f. paráfrase, exposição do texto de um livro ou documento, conservando as idéias do original.
Parafràste, s. m. parafrasta, autor de paráfrases.
Parafràsticamênte, adv. parafrasticamente.
Parafreníte, s. f. (med.) inflamação do diafragma.
Parafúlmine, s. m. pára-raios.
Parafúmo, s. m. pára-fumo, objeto adaptado aos lampiões a óleo ou querosene para proteger o teto da fumaça.
Parafuòco, s. m. pára-fogo.
Paragàmbe, s. m. chapa colocada na motocicleta para reparo das pernas.
Paragènesi, s. f. geração dos minerais.

Paràggio, s. m. paragem; sítio; parte do mar vizinha à terra / (pl.) arredores, vizinhanças; paragens / (ant. desus.) paridade de condições e de nobreza; parentesco; igualamento.

Paraglòssa, s. f. paraglossa, inchação da língua.

Paragòge, ou paràgoge, s. f. (gram.) paragoge, adição de uma letra ou sílaba no fim de uma palavra.

Paragonàbile, adj. comparável, confrontável.

Paragonàre, v. comparar, confrontar, assemelhar, paragonar.

Paragonàto, p. p. e adj. comparado, confrontado.

Paragòne, s. m. comparação, confronto, paralelo, cotejo / **senza** ———: sem comparação / **pietra di paragône**: calcedônio negro sobre o qual se esfrega o ouro para provar a qualidade.

Paragonìte, s. f. (miner.) paragonita, variedade sódica da mica.

Paragrafàre, v. paragrafar, reduzir em parágrafos.

Paragrafìa, s. f. paragrafia, confusão no escrever.

Paràgrafo, s. m. parágrafo, parte ou secção de um discurso, de um capítulo, etc. / o sinal que o representa.

Paragrafùccio, s. m. (dim. e depr.) pequeno parágrafo, parágrafo imperfeito.

Paragràndine, s. m. aparelho contra o granizo.

Paraguai, s. m. capote, sobreveste que cobre a pessoa, ocultando a pobreza do traje.

Paraguaiàno, adj. paraguaio.

Paraguànto, s. m. gratificação, propina.

Paralalìa, s. f. paralalia, defeito da voz.

Paralèssi, s. f. paralipse; preterição.

Paralipòmeni, s. m. (pl.) paralipômenos, parte da bíblia, em suplemento ao livro dos Reis; suplemento a qualquer obra literária.

Paràlisi, ou paralisìa, s. f. paralisia.

Paralítico, adj. e s. m. paralítico.

Paralizzàre, paralisar, tornar paralítico; neutralizar.

Parallàsse, s. f. paralaxe, ângulo formado de duas retas, uma das quais se dirige ao centro da Terra e outra ao ponto em que se acha um observador.

Parallàttico, adj. paraláctico.

Parallèla, adj. e s. m. pararela, linha ou superfície eqüidistante uma da outra em toda a sua extensão / (pl.) paralelas, apar. de ginástica.

Parallelamènte, adv. paralelamente.

Parallelepípedo, s. m. (geom.) paralelepípedo, figura de seis faces.

Parallelinèrvie, s. f. (pl. bot.) paralelinérvias, folhas que têm as nervuras paralelas entre si.

Parallelismo s. m. paralelismo / (fig.) correspondência entre os objetos, comparada ao paralelismo das retas.

Parallèlo, adj. pararelo; que é igual, que se mantém a igual distância de um outro; análogo; eqüidistante.

Parallelogràmmo, s. m. (geom.) paralelogramo.

Paralogìa, s. f. (gram.) paralogia, confusão, transformação de palavra.

Paralogismo, s. m. (lit.) paralogismo, raciocínio falso, malgrado certo na aparência.

Paralogístico, adj. paralogístico.

Paralogizzàre, v. fazer paralogismos, raciocinar falsamente; sofisticar, adulterar.

Paralúme, s. m. quebra-luz, abajur.

Paramagnètico, adj. paramagnético.

Paramàno, s. m. punho das mangas / manopla.

Paramècio, s. m. paramésio, inseto díptero.

Paramènto, s. m. paramento, hábito sacerdotal; ornato, adorno, enfeite.

Parametrìte, s. f. parametrite, inflamação do útero.

Paramìne, s. m. aparelho para destruir ou afundar as minas.

Paramòsche, s. m. mosquiteiro ou mosqueiro, rede para resguardar dos mosquitos.

Paramnesìa, s. f. paramnésia, perturbação da faculdade de expressão.

Paranchìni, s. m. (pl.) roldana, maquinismo com roda girante, para manobras nos navios.

Paranco, s. m. quadenal ou cadernal, encaixe de roldanas, para o levantamento de pesos.

Paraninfo, s. m. paraninfo, padrinho; protetor / antigamente, entre os romanos, amigo do noivo, que levava a noiva ao marido / padrinho de casamento, de formatura.

Paranòia, s. f. paranóia, monomania; melancolia.

Paranòico, adj. paranóico.

Parànza, s. f. barca de pesca / balandra, embarcação com coberta e um só mastro, para transportes.

Paranzèlla, s. f. (dim.) barca pequena de pesca; tartana.

Paranzellàro, s. m. pescador.

Paranefrìte, s. f. paranefrite, inflamação dos tecidos próximos dos rins.

Paraòcchi, s. m. antolhos, peças de couro dos arreios, que cobrem os olhos do animal.

Parapàlle, s. m. reparo que recebe as balas nos exercícios de tiro.

Parapètto, s. m. parapeito; muralha; defesa externa de um forte; fortaleza da coberta de navio; parapeito do púlpito, de uma ponte, da estrada, da janela.

Parapìglia, s. f. confusão, barafunda improvisada de pessoas ou de coisas.

Paraplòggia, s. m. guarda-chuva.

Paraplàsma, s. m. paraplasma, parte grandular do protoplasma.

Paraplegìa, ou paraplessìa, s. f. paraplegia, paralisia dos membros inferiores.

Paràre, v. paramentar, ornar, adornar, enfeitar / aparar, parar, impedir; reparar um golpe, desviando-o.

Pararmonìa, s. f. (mús.) união de melodia e harmonia.

Paràrsi, v. defender-se; apresentar-se, vir à frente; postar-se / paramentar-se; precaver-se.

Parasànga, s. f. (hist.) parasanga, medida itinerária da Pérsia.

Parasàrtie, s. f. (pl.) pranchas, tábuas grandes de madeira para resguardar as enxárcias (mar.).

Parascève, s. f. (hist.) parasceve, a sexta-feira entre os hebreus; sexta-feira santa.

Parascolàstico, adj. paraescolástico, instituição que completa a função da escola.

Paraselène, s. m. parasselênio, círculo luminoso ao redor da Lua.
Parasòle, s. m. guarda-sol, sombrinha.
Parassita, ou **parassito,** s. m. parasita, parasito; que nasce ou cresce em outros corpos, mortos ou vivos; que vive à custa alheia; supérfluo, desnecessário.
Parassitàccio, s. m. (pej.) parasitão; (bras.) gandulo, gaudério.
Parassitàggine, parassitería, s. f. (**parassitísmo**), s. m. parasitismo, qualidade, estado, hábitos, vida de parasito.
Parastatàle, adj. paraestatal; instituição ou empresa de propriedade do Estado; instituto oficializado ou reconhecido pelo Estado.
Paràta, s. f. parada, revista militar; desfile de tropas ou de pessoas em formação de parada / na esgrima, ato de se defender de um golpe; golpe / (fig.) luxo, exibição / **in tenuta di gran** ———: em uniforme de grande luxo.
Paratàsche, s. m. pedaço de pano costurado para reforço do bolso; pestana do bolso.
Paratèlla, s. f. espécie de rede para passarinhar.
Paratía, s. f. tabique divisório situado nas partes imersas do navio / **paratie stagne:** compartimento estanque.
Paratièra, s. f. (raro) couraça.
Paratífo, s. m. (med.) paratifo, paratifóide.
Paratiròide, s. f. (ant.) paratireóide.
Paràto, adj. paramentado, ornado de paramentos / preparado, pronto, aparelhado / (s. m.) paramento, adornos, cortinas que adornam os muros de um templo e das casas; hábito com o qual o sacerdote celebra.
Paratòia, s. f. dique, comporta.
Paratôre, s. m. ornamenteiro, artífice que paramenta, ornamenta os templos, casas, teatros, etc.
Paratrimma, s. f. paratrina, eritrema produzido por pressão forte e constante em uma parte da superfície cutânea.
Paratúra, s. f. paramento, ornamento.
Paraúrti, s. m. pára-choques de automóvel.
Paravènto, s. m. pára-vento, guarda-vento; tabique móvel, biombo.
Parazònio, s. m. parazônio, espada curta, usada antigamente em Roma.
Pàrca, s. f. (mit.) parca; a deusa que fiava e cortava o fio da vida / (fig.) a morte: **la** ——— **inesorabile.**
Parcamênte, adv. parcamente, economicamente; com frugalidade, com parcimônia.
Parchêggio, s. m. estacionamento, ponto de automóveis, etc.
Parchêzza, s. f. sobriedade.
Parcità, s. f. (ant.) parcimônia, uso moderado das coisas que temos.
Pàrco, adj. parco, sóbrio, frugal, parcimonioso / (s. m.) parque, grande jardim público ou privado; parque (jardim) zoológico, botânico, etc / (mil.) recinto fechado onde se guardam munições de guerra / ——— **aerostàtico** (para aviões) / **auto** ———: parque, recinto para automóveis; ——— **della rimembranza:** parque-jardim nas cidades da Itália, em memória dos mortos na guerra.
Pàrdo, s. m. (lit.) leopardo.
Parêcchio, adj. quase muito, bastante / ——— **tempo:** bastante tempo / **parecchie persone:** muitas pessoas / (pron.) **non avrai tutto, ma** ———: não terás tudo, porém bastante / (adv.) bastante regular / **ho lavorato** ———: trabalhei bastante.
Pareggiàbile, adj. igualável, comparável, equiparável.
Pareggiamênto, s. m. equiparação, igualamento.
Pareggiàre, v. igualar, tornar igual, nivelar; tornar plano, liso; ser igual a: (sin.) uguagliare.
Pareggiàrsi, v. refl. igualar-se, tornar-se igual; nivelar-se.
Pareggiàto, p. p. e adj. igualado, tornado igual a outro /nivelado, aplainado; adaptado / oficializado (inst. de educação, etc.).
Pareggiatôre, s. m. (**pareggiatríce,** f.) igualador, aquele que iguala.
Pareggiatúra, s. f. igualação, ato ou efeito de igualar.
Parêggio, s. m. paridade, igualdade, equilíbrio de contas no "deve e haver".
Paregòrico, adj. (med.) paregórico, que suaviza, que acalma dores.
Parèlio, s. m. parélio, imagem do sol refletido numa nuvem.
Paremía, s. f. paremia, provérbio.
Paremiología, s. f. paremiologia, coleção de provérbios; tratado de provérbios.
Paremiògrafo, s. m. paremiógrafo, autor de provérbios.
Paremiología, s. f. paremiologia, estudo dos provérbios.
Parènchima, s. m. (anat.) parênquima, tecido esponjoso das vísceras e dos órgãos glandulosos / (bot.) tecido esponjoso e mole, que também se chama polpa.
Parenchimàtico, adj. parenquimatoso.
Parènesi, s. f. (ret.) parênese, discurso moral, exortação.
Parenètico, adj. parenético, exortativo, moralizante.
Parentàdo, s. m. (lit.) parentagem, parentela, liame de consanguineidade; estirpe; linhagem.
Parentàle, adj. parental, relativo a parente.
Parentàli, s. m. (pl.) festas fúnebres em memória dos mortos.
Parènte, s. m. e f. parente; (poét. e ant.) pai.
Parentèla, s. f. parentela, o complexo dos parentes / (fig.) conexão.
Parentêsco, adj. (ant.) parentesco, de parente ou do parente; como de parente.
Parèntesi, s. f. parêntese / frase interposta em um período.
Parentètico, adj. parentético, relativo a parêntese.
Pareràccio, s. m. (pej.) parecer, juízo mau, estrambótico, errado.
Parère, s. m. parecer, opinião, juízo, voto, conceito / **parere sbagliato:** parecer (juízo) errado / (pl.) **i pareri di Perpetua:** os conceitos simples, lógicos, sensatos.

Parère, v. parecer; ——— buono: parecer bom; ——— una statua: parecer uma estátua / opinar, julgar / mi pare che hai ragione: parece-me que tens razão / gostar / scegli quel che ti pare: escolhe aquilo que te agrada / mostrar-se, ver-se, aparecer: qui si parrà la tua nobilitate (Dante) / far ——— una cosa per un'altra: mostrar uma coisa diferente daquilo que é / duvidar / mi pare e non mi pare: não sei o que dizer / fare ciò che ci pare: fazer o que nos agrada / far ——— bianco il nero: enganar-se.

Parèrgo, s. m. (arquit.) parergo, ornamento; acessório de uma obra principal.

Parèsi, s. f. paresia, paralisia de nervo ou músculo.

Parèssa, s. f. mulher de Par da Inglaterra.

Parestesía, s. f. parestesia (med.), desordem na sensibilidade.

Paretàio, s. m. terreno preparado com redes para passarinhar / (fig.) lugar para atrair os incautos, a fim de lográ-los / (fig.) cilada, armadilha.

Parète, s. f. parede, muro; (fig.) reparo, defesa, divisão / (lit. fig.) le pareti della casa: o lar, a casa onde se mora.

Paretèlla, s. f. (dim.) paredinha, pequeno muro; rede de passarinhar.

Pargoleggiàre, v. (de pàrgolo, criança) fazer coisas à maneira de criança.

Pargolètto, s. m. (pargolètta, f.) criancinha; menininho / (adj. poét.) pequenino, juvenil, tenro.

Pàrgolo, (lat. parvulus), s. m. párvulo, criança, pequenino.

Pàri, adj. par, igual, semelhante, parecido, equivalente; apto, suficiente; par: exatamente divisível por dois / (s. m.) par de um outro, igual a um outro / andare alla ———: igualar-se a alguém em uma coisa / senza ———: sem igual, excelente / al ——— di: como, igual a / (adv.) ugualmente: igualmente, de modo igual.

Pària, s. pária, raça definida, mas desprezada, na Índia / (fig.) miserável, deserdado.

Paría, s. m. pariato, dignidade de Par do reino; o complexo dos Pares.

Paradigitàli, s. m. pl. mamíferos dos ungulados.

Paridína, s. f. (quím.) paridina.

Parietàle, adj. (anat.) parietal, relativo à parede / (anat.) osso que forma a parte lateral superior da abóbada craniana.

Parietària, s. f. (bot.) parietária, planta da família das urticáceas, que cresce nas paredes, cujo nome pop. é alfavaca-de-cobra.

Parificamênto, s. m. paridade, igualamento.

Parificàre, v. parificar, estabelecer paridade / igualar, equiparar.

Parificáto, p. p. e adj. parificado, igualado, nivelado.

Parificazióne, s. f. igualação, ato ou efeito de igualar.

Parifôrme, adj. pariforme, que tem forma igual.

Parigína, s. f. espécie de estufa / (tip.) tipo (de imprimir) de cinco pontos.

Parigíno, adj. parisiense, de Paris / (s. m.) habitante de Paris: parisiense.

Parìglia, s. f. parelha de cavalos / dois números que saem iguais no jogo dos dados / render la parìglia: reagir a um insulto; dar um contravapor (bras.).

Parigliàre, v. emparelhar, fazer parelha.

Parigliàto, adj. emparelhado, que forma parelha.

Pariglína, s. f. (quím.) pariglina, subst. alcalina, extraída da salsaparrilha.

Parimênte, e parimênti, adv. igualmente.

Pàrio, adj. de Paros, ilha antigamente célebre pelo seu mármore branco.

Paripennàta, adj. (bot.) paripinulado, folhas compostas cujos folíolos são ligados aos pares.

Parisíllabo, adj. parissílabo, diz-se de verso ou palavra que têm um número igual de sílabas.

Parità, s. f. paridade, qualidade de par ou igual; igualdade perante a lei; (sin.) igualdade, analogia, semelhança.

Paritètico, adj. igualitário, paritário; diz-se de representações que têm igual número de delegados.

Parlàbile, adj. falável, que se pode falar.

Parlachiàro, s. m. que fala com franqueza o que pensa ou sente.

Parlamentàre, adj. parlamentar, relativo ao parlamento / (s. m.) membro de parlamento / (v.) parlamentar ou parlamentear.

Parlamentarísmo, s. m. parlamentarismo, regime político em que os ministros de Estado são responsáveis perante o parlamento.

Parlamentíno, s. m. (dim.) pequeno parlamento.

Parlamènto, s. m. parlamento, assembléia legislativa / conversação entre representantes de partes opostas para resolver uma questão.

Parlànte, p. pr. e adj. falante, que fala / animale ———: animal falante.

Parlantína, s. f. loquacidade, tagarelice, palraria / ha una parlantína, che vale per dieci: é tão loquaz que fala por dez.

Parlàre, v. falar; discursar, palrar, conversar, narrar, contar, exprimir-se / (s. m.) idioma; diálogo; discurso, raciocínio.

Parlàta, s. f. falação, discurso; fala: idioma / modo, estilo de falar / la ——— toscana: a fala, o linguajar toscano / riconoscere alla ———: conhecer alguém pelo modo de falar.

Parlàto, p. p. e adj. falado, expresso com palavras / lingua parlata: a língua do uso corrente.

Parlatôre, s. m. (parlatríce, f.) falador, que fala; pessoa loquaz; facunda; orador.

Parlatòrio, s. m. parlatório, locutório, onde as religiosas podem falar com as pessoas que as procuram.

Parlatúra, s. f. (ant. e des.) modo de falar; fala, pronunciação.

Parlesía, s. f. (med.) paralisia.

Parlètico, adj. paralítico, atacado de paralisia.

Parlottàre, v. tagarelar.

Parlottío, s. m. falatório, vozerio de muitas pessoas.
Pàrma, s. f. (hist.) parma, pequeno escudo dos soldados romanos / (n. pr.) Parma, antiquíssima cidade da Emília (Itália do Norte).
Parmènse, adj. da cidade de Parma.
Parmigiàno, adj. e s. m. de Parma; habitante de Parma / queijo parmesão.
Pàrmula, s. f. (lat. parmula) pármula, pequena parma.
Parmulàrio, s. m. parmulário, gladiador armado de parma, espectador que tomava partido por esse gladiador.
Parnàso, ou **parnàsso**, s. m. parnaso (de Parnaso, monte na Grécia); a poesia; os poetas; as musas.
Parnàssico, adj. parnásico.
Pàro, s. m. (dial.) par, casal; **mettere a paro**: confrontar.
Paròcchi, s. m. (hipol.) antolhos.
Parodía, s. f. paródia, imitação burlesca de obra literária.
Parodiàre, v. parodiar; imitar; arremedar.
Parodiatóre, s. m. (**parodiatríce**, f.) parodiador, parodista.
Parodico, adj. paródico, relativo a paródia.
Paròdo, s. m. parodista, autor de paródias.
Pàrodo, s. m. (lit.) entrada do coro na tragédia grega.
Paròla, s. m. palavra; vocábulo, termo; dicção / **aver la ——— d'uno**: ter o compromisso de alguém / **una ——— tira l'altra**: palavra puxa palavra / **non rispose una ———**: não disse nada.
Parolàccia, s. f. (pej.) palavrão, palavra obscena ou grosseira.
Parolàio, adj. e s. m. parolento, paroleiro; tagarela, que fala muito e à toa.
Parolètta, parolína, s. f. (dim.) palavrinha; palavra doce, insinuante.
Paroliére, (neol.) s. m. autor da letra de canções populares.
Parolòna, s. f. **parolòne**, s. m. palavrada, palavrão; palavra enfática, vazia, empolada.
Parolúccia, s. f. (dim. e às vezes depr.) palavrinha / pequena e inexpressiva palavra.
Paròma, s. f. cabo para amarração (de barco) / ostaga que sustenta a verga nos moitões.
Paromología, s. f. paromologia, figura de retórica, pela qual se finge fazer uma concessão, de que se tira logo vantagem.
Paronichía, s. f. paroniquia, o mesmo que panarício / (bot.) planta da família das polipodiáceas, também chamada arruda murária.
Paronomàsia, s. f. paronomásia.
Paropría, s. f. paropsia, defeito da vista.
Parosmía, s. f. parosmia, espécie de alucinação do olfato.
Parossísmo, s. m. paroxismo, a maior intensidade de um acesso, etc.
Parossítono, adj. paroxítono.
Paròtide, s. f. (anat.) parótida, cada uma das glândulas atrás das orelhas.
Parotíte, s. f. parotidite, inflamação da parótida.

Parpagliòla, s. f. antiga moeda lombarda.
Parpagliòne, s. m. (zool.) mariposa; borboleta grande / (mar.) uma das velas da embarcação.
Parràsio, adj. de Parrásio, na Arcádia (Grécia).
Parricída, adj. e s. parricida.
Parricídio, s. m. parricídio.
Parrocchètto, s. m. (zool.) periquito / (mar.) vela, mastaréu, verga.
Parròcchia, s. f. paróquia, freguesia.
Parrochiàle, adj. paroquial / (s. f.) Igreja paroquial.
Parrocchialità, s. f. paroquialidade, qualidade de paróquia.
Parrocchiàno, adj. paroquiano.
Pàrroco, s. m. pároco, vigário; cura.
Parròzzo, s. m. bolo de farinha, chocolate, açúcar, manteiga e ovos, especialidade de Pescara, cidade dos Abruzos, na Itália Central.
Parrúcca, s. f. peruca; cabeleira postiça / (fam.) carraspana, ensaboadela.
Parruccàccia, s. f. (pej.) peruca feia.
Parrucchière, s. m. o que faz perucas; cabeleireiro; penteador; barbeiro.
Parruccòne, s. m. peruca grande / (fig.) pessoa retrógrada / homem autoritário e de modos severos.
Parsimònia, s. f. parcimônia; economia / (fig.) temperança, sobriedade.
Parsimoniôso, adj. parcimonioso, moderado.
Parsísmo, s. m. (relig.) parsismo; zoroastrismo.
Pàrso, p. p. e adj. parecido; pensado, criado, julgado / **questo m'è ——— e piaciuto dire** (Papini): isto me pareceu e aprouve dizer.
Partàccia, s. f. (pej.) parte (pàpel) feia e desagradável em uma representação teatral; encargo qu ação feia que atrai antipatia; repreensão, reprimenda.
Pàrte, s. f. parte; porção; quinhão; divisão; fração / ponto, lugar; região; rol de ator / causa • sítio, lugar; / lado, membro; partido; facção / comunicação / litigante (jur.) / **non avere nè arte nè parte**: não ter ofício nem benefício / **pigliar la ——— d'uno**: defender alguém / **èsser giudice e ———**: ser juiz em causa própria / **la ——— morale**: o lado moral / de teatro / **ha una buona ———**: tem um bom (simpático) papel / (fig.) **oh! che brutta ——— che fai!**: que feio papel o teu / **gran ——— crede cosi**: a maior parte pensa assim.
Partecipàbile, adj. participável, que se pode participar.
Partecipànte, p. pr. e adj. participante, que participa, que tem parte numa coisa.
Partecipaménto, s. m. participação.
Partecipàre, v. participar, tomar parte / participar, comunicar, notificar / ter natureza, ter parte.
Partecipàto, p. p. e adj. participado, comunicado, notificado, informado.
Partecipazióne, s. f. participação; ter parte, quinhão / comunicação, notificação, informação.
Partècipe, adj. partícipe, participante, que participa, que toma parte.

Parteggiaménto, s. m. (rar.) partidismo.
Parteggiànte, p. pr. e adj. partidário, adepto.
Parteggiàre, v. tomar parte a favor de partido, pessoa, causa.
Parteggiatóre, s. m. (**parteggiatrice**, f.) partidário, membro de um partido; adepto, partidarista
Partenévole, s. m. (dial.) intermediário.
Partenogènesi, s. f. (zool.) partenogênese.
Partènope, s. f. Parténope, nome antigo de Nápoles; sereia que procurou encantar Ulisses.
Partenopèo, adj. e s. m. partenopeu, de Parténope, de Nápoles; relativo a Nápoles; natural de Nápoles.
Partènza, s. f. partida, saída, ato de partir, viajar / (esp.) saída, início da corrida / **punto di** ———: origem, início, princípio, começo.
Parterre (v. fr.) s. m. canto de jardim / (teatr.) platéia.
Partibus, in (loc. lat.) nos países dos infiéis.
Partibile, adj. partível, que se pode dividir em partes.
Particèlla, s. f. (dim.) partícula, parte ínfima, pequena / (quim.) molécula / (gram.) voz que serve de ligação no discurso: partícula.
Particína, s. f. (dim.) partezinha, pequena parte.
Participiàle, adj. (gram.) participal.
Particípio, (pl. -ípi), s. m. (gram.) particípio.
Partícola, s. f. (dim) partícula / (ecles.) hóstia consagrada.
Particolàre, adj. particular, singular, individual, peculiar; distinto; **caso** ———: caso de exceção / (s. m.) indivíduo, pessoa privada / circunstância; detalhe, pormenor.
Particolareggiaménto, s. m. (rar.) particularização.
Particolareggiàre, v. particularizar; referir circunstanciadamente, narrar minuciosamente.
Particolareggiàto, p. p. e adj. particularizado, distinto nos particulares; descrito pormenorizadamente.
Particolarísmo, s. m. (neol.) particularismo, qualidade de particular.
Particolarità, s. f. particularidade, especialidade; de uso incorreto por circunstância particular.
Particolarizzàre, v. (neol.) não aconselhável, pois existe **particolareggiàre**, particularizar.
Particolarmènte, adv. particularmente, de modo particular; especialmente, assinaladamente.
Partigiàna, s. f. partazana, alabarda aguda e larga de infantaria.
Partigianamènte, adv. com partidarismo.
Partigiàno, adj. partidário, sectário, adepto / (s. m.) partidário, parcial, favorecedor / (neol.) guerrilheiro; franco-atirador.
Partiménto, s. m. repartição, divisão, partilha / (arquit.) compartimento.
Partíre, v. partir, dividir em partes, separar / (fig.) desunir, dividir / sair, pôr-se a caminho, ir a outro lugar, viajar / ter origem ou começo, nascer, principiar / **a** ——— **da domani:** a começar de amanhã / (refl. -si) ausentar-se, afastar-se.
Partíta, s. f. partida, ato de partir, de sair / parte, quantidade maior ou menor de qualquer coisa / nota, lançamento no livro de deve e haver / ——— **d'onore:** duelo.
Partitàccia, s. f. (pej.) partida feia, desastrada.
Partitàccio, s. m. (pej.) partido ruim.
Partitamènte, adv. partidamente: separadamente.
Partitànte, s. m. partidário, membro de um partido.
Partitàrio, s. m. (com.) livro do registro de devedores e credores.
Partitívo, adj. partitivo / (gram.) palavra que designa uma parte de um todo: fracionário / **bilàncio** ———: balanço parcial (balancete) de casa comercial.
Partitóne, s. m. (aum. fam.) partida (match) importante entre duas equipes / partido político de forte prestígio / bom partido (partidão) para casamento.
Partitúccio, partitúzzo, s. m. (dim. e depr.) partidinho; partido pobre.
Partitúra, s. f. partitura, disposição gráfica por extenso de uma peça sinfônica / partição, partilha.
Partiziône, s. f. partição, ato de dividir em partes / (mús.) distribuição das partes.
Pàrto, s. m. parto, ato de parir / (fig.) invenção; fruto da inteligência.
Partoriènte, p. pr e adj. parturiente.
Partoríre, v. dar à luz uma criatura, parir, gerar / (fig.) produzir, causar.
Partoríto, p. p. e adj. parido, gerado; produzido.
Parúlide, s. f. (pat.) parúlide, inflamação da gengiva.
Parusía, s. f. (teol.) parúsia, o segundo advento de Cristo.
Parúto, (ant.) p. p. parecido.
Parvènte, p. pr. e adj. (do verbo **parere**) visível, aparente.
Parvènza, s. f. aparência, mera aparência; aspecto.
Parvità, s. f. (lit. e raro) parvidade, pequenez / **C'è** ——— **di matéria:** há pequenez (escassez) de material.
Pàrvolo, adj. e s. (poét.) párvulo, pequenino.
Parziàle, adj. parcial, que não julga com isenção / que faz parte de um todo.
Parzialeggiàre, v. parcializar, ser favorável a uma das partes.
Parzialità, s. f. parcialidade.
Parzialmènte, adv. parcialmente.
Pàscere, v. pascer, pastar / alimentar, nutrir; **gli onori non pascono la famíglia:** as honrarias não nutrem a família / (fig.) **io mi pasco di lagrime:** alimento-me de lágrimas / **branco di pécore pascènti** (Manzoni): rebanho de ovelhas pascentes / (iron.) **ben pasciuto:** bem nutrido, gordo.
Pàscersi, v. refl. pascer-se, alimentar-se / (fig.) regozijar-se.
Pàschi, s. m. pl. (poét.) pastos, pastagens; / **Monte dei paschi di Siena:** Instituto de Crédito.
Pascià, s. m. paxá; baxá; título elevado entre os turcos.
Pascialàto, s. m. paxalato.

Pascíma, s. f. (mar.) estria, acalanadura ao longo da quilha dos navios, para o encaixe de peças da sua estrutura.
Pascimênto, s. m. (rar.) apascentamento.
Pasciôna, s. f. (lit.) pastagem / a erva dos pastos depois do último corte do feno / (fig. pop.) bom lucro, abundância de coisas necessárias.
Pascitôre, s. m. (**pascitríce**, f.) apascentador, que apascenta, que alimenta.
Pasciulì, s. m. pachuli, planta aromática, procedente da Ásia.
Pasciúto, p. p. e adj. apascentado / nutrido / (fig.) saciado.
Pàsco, s. m. (poet.) pasto, pastagem.
Pascolàme, s. m. o que serve para pastagem.
Pascolamênto, s. m. apascentamento.
Pascolàre, v. pascer, pastar.
Pascolàrsi, v. refl. pascer-se, alimentar-se (de ilusões, de palavras, de promessas, etc.).
Pascolatívo, adj. pascigoso, abundante em pascigos, em pastagens.
Pàscolo, s. m. pastagem, pasto.
Pascôre, (ant.) s. m. primavera.
Pàsmo, s. m. espasmo.
Pàsqua, s. f. páscoa, festa da Ressurreição de Cristo / —— **di cêppo**: Natal / **prènder** ——: fazer a páscoa / (fig.) **esser contento come una** ——: estar bastante alegre e feliz.
Pasquàle, adj. pascoal ou pascal, relativo à Páscoa.
Pasquàle, n. pr. Pascoal.
Pasqualíno, s. m. o que se confessa ou comunga no dia de páscoa.
Pasquaròsa, s. f. (pop.) Pentecostes.
Pasquèlla, s. f. (pop.) Epifania, dia de Reis.
Pasquinàre, v. pasquinear, satirizar com pasquinadas.
Pasquinàta, s. f. sátira, crítica mordaz e burlesca.
Pasquíno, s. m. pasquino, antiga estátua mutilada que havia em Roma / pasquim, sátira afixada em lugar público / jornal ou escrito que difama.
Passàbile, adj. passável, aceitável, suportável, tolerável / medíocre.
Passabilmênte, adv. passavelmente, suportavelmente / discretamente.
Passacàglia, s. f. passacalhe, música, dança popular.
Passacavàllo, s. m. (mar.) barco especial que servia para o transporte de cavalos.
Passàccio, s. m. (pej.) passo, passagem difícil e perigosa.
Passacôre, s. m. (ant.) estilete de ponta agudíssima.
Passafíno, s. m. sobrecostura, certo lavor para enfeitar a costura.
Passagàllo, s. m. (mús.) passacalhe, música popular ou de rua.
Passaggêtto, s. m. (dim.) passagem pequena, estreita / corredor.
Passàggio, s. m. passagem, local onde se passa; passo, estreito / mercê que se paga para ser transportado de um lado a outro de um rio, lago, etc. / —— **a livello**: passagem de nível em um mesmo plano de estrada.
Passamanàio, e **passamantière**, s. m. passamaneiro, fabricante ou vendedor de passamanes.
Passamanería, ou **passamantería**, (neol.) s. f. passamanaria, obra de passamanes.
Passamàno, s. m. passamanes, guarnições para vestidos.
Passamênto, (ant.) s. m. passagem.
Passamèzzo, s. m. (músc.) antiga dança italiana parecida com a pavana.
Passamontàgna, s. m. gorro, boné, de montanha.
Passànte, p. pr. e adj. passante, que passa / (s. m.) passageiro, transeunte, viandante / presilha para cintos, etc.
Passapàlle, s. m. calibrador graduado para projéteis.
Passaparôla, s. m. (mil.) ordem de comando passada a viva voz de um soldado a outro até chegar ao último.
Passapôrto, s. m. passaporte, licença de viajar, fornecida pelo Estado; salvo-conduto.
Passàre, v. passar, atravessar, transpor; entrar, superar, ir para a frente; percorrer / consignar, entregar, introduzir / depurar / cessar, acabar; traspassar / murchar / ir de um lugar a outro / —— **la classe**: passar de ano, ser promovido (na escola) / (loc. fig.) **passarsela**, viver a vida mais ou menos / —— **per le armi**: fuzilar / matar / refl. (de uso não aconselhável) **passarsi per savio** (em lugar de **farsi passare**): fazer-se passar por sábio.
Passàta, s. f. passagem; o ato de passar; una —— **di pioggia**: chuva que passa rápido / olhadela, leitura rápida / ho dato una passata al tuo artícolo: dei uma lida no teu artigo.
Passatèmpo, s. m. passatempo; divertimento.
Passatèlla, s. f. jogo de taberna, onde a bebida passa de um a outro, conforme quer o dono da partida.
Passatína, s. f. (dim.). olhada rápida / chuvinha.
Passatísta, adj. e s. passadista (neol.).
Passàto, p. p. e adj. passado, transposto, decorrido / (fig.) que perdeu o frescor, que está murcho / (s. m.) o tempo passado.
Passatôia, s. f. passadeira, tira de tapete.
Passatôio, s. m. pedras, alpondras que servem para atravessar riachos, rios, etc.
Passatôre, s. m. barqueiro que transporta de uma a outra margem.
Passatòtto, adj. dim. um tanto adiantado em idade.
Passavànti, s. m. (mar.) espaço (em navio) entre a árvore central e a popa; ponte para desembarque.
Passavía, ou **cavalcavía**, s. m. arco, em forma de ponte, entre uma e outra parte da rua; viaduto.
Passavogàre, v. vogar (remar) com os remos todos e a toda força.
Passavolànte, s. m. passavolante / (ant.) espécie de canhão de madeira, para fazer número em baterias.
Passeggèro, ou **passeggèro** (adj.) passageiro, que passa logo; fugaz, efêmero, transitório / (s. m.) viandante, viajante, passageiro.
Passeggiamênto, s. m. passeio, ação de percorrer, de passear.

Passeggiàre, v. passear, caminhar por distração ou divertimento.
Passeggiàta, s. f. passeio: caminho.
Passeggiatèlla, passeggiatína, s. f. passeiozinho, passeio breve.
Passeggiàto, p. p. e adj. freqüentado, percorrido passeando.
Passeggiatôre, s. m. (**passeggiatríce** s. f.) passeador, que passeia.
Passeggiatuccía, s. f. (dim.) passeio de curta duração.
Passeggièro. ou **passeggièro,,** adj. e s. m. passageiro (v. **passagero).**
Passêggio, s. m. passeio, ação de passear; lugar onde se passeia.
Pàssera, s. f. pardoca, fêmea do pardal (pássaro).
Passeràceo, adj. de uma ordem de pássaros cantores tenuirrostros.
Passeràio, s. m. chilreio de pássaros / confusão, vozeria.
Passerèlla, s. f. passadiço, ponte leve e estreita, móvel, nos navios etc.
Passarètta, passarètta s. f. **passerètto,** s. m. passarinho, pequeno pássaro; pequeno pardal; gorião.
Passerína s. f. (**passeríno,** s. m.) passarinho pequeno e gracioso.
Passerío, s. m. gorgeio, tagarelice continuada.
Pàssero, s. m. (zool.) pássaro, pardal.
Passeròtto, s. m. filhote de pardal / (fig.) erro de imprensa / desacerto, disparate.
Passêtto, s. m. (dim.) passo pequeno e breve.
Passíbile, adj. passível, suscetível de sofrimento, alegria, etc. / (jur.) passível, merecedor de pena.
Passibilità, s. f. passibilidade.
Passibilmènte, adv. com possibilidade de sofrer, passivelmente.
Passiflòra, s. f. passiflora, planta das passifloráceas.
Passim, adv. (lat.) aqui e ali; a cada passo, vulgarmente; espalhado pelo texto.
Passíno, s. m. (dim.) passozinho, passo curto de criança / coador para café, etc.
Pàssio, s. m. (ant.) parte do Evangelho em que se narra a paixão de Cristo / (fig.) dircurso ou escrito longo demais.
Passionàccia, s. f. (pej.) paixão torpe e degradante.
Passionàle, adj. passional, passionário / (neol.) apaixonado.
Passionàrio, s. m. passionário, passioneiro, livro que contém os cantos litúrgicos da semana santa.
Passionalità, s. f. passionalidade.
Passionatamènte, adv. passionalmente; apaixonadamente.
Passionàto, adj. apaixonado / melancólico.
Passiône, s. f. paixão, amor, sofrimento; tormento, pena. desgosto; ódio, cólera; compaixão, piedade; afeto, inclinação, interesse vivo por alguém.
Passionevôle, adj. passional, motivado pela paixão e especialmente pela do amor.
Passionísta, adj. e s. m. passionista, frade ou freira da ordem religiosa da Paixão, fundada em 1720 por Paolo Francesco Daney, que depois se chamou San Paolo Della Croce.

Passivamênte, adv. passivamente.
Passività, s. f. passividade, natureza ou qualidade do que é passivo.
Passíre, (ant.) v. murchar, mirrar.
Passíto, adj. de vinho feito de uva passa; (s. m.) vinho dessa uva.
Passivamênte, adv. passivamente.
Passivànte, adj. da partícula si que se antepõe ao verbo na forma passiva.
Passività, s. f. passividade.
Passívo, adj. passivo; inerte; inativo / (gram.) **verbo** ———: verbo passivo / (com.) **bilancio** ———: balanço deficitário / (s. m.) passivo, passividade, dívida, saldo devedor.
Pàsso, s. m. passo, mov. de avanço ou recuo dos pés / lugar / modo de andar / trecho, de uma obra / situação, conjuntura, lance / passagem em um valado, em um monte, etc. / decisão, atitude / **fu costrètto a dare quel passo:** foi obrigado a tomar tal decisão / (adj.) passado, seco; murcho (frutas, verduras, folhas, flores, etc.).
Pàssola, ou **passolina,** s. f. uva passa.
Passonàta, (ant.) s. f. paliçada para alicerçar uma construção.
Passône, s. m. (aum.) passo longo, comprido / pau fincado na terra.
Pàsta, s. f. pasta, porção de massa; amálgama mole de farinha diluída; macarrão / goma para colar / (pl.) doces, bolos / (fig.) **di buona** ———: pessoa de caráter bondoso.
Pastàccia, s. f. (pej.) pasta, massa ruim.
Pastàio, s. m. vendedor ou fabricante de doces e outros alimentos que têm por base a farinha.
Pastareàle, s. f. massapão; marzipan (neol.)
Pastasciútta, s. f. talharim com molho, macarrão com queijo ralado ou com tomate; prato napolitano apreciado em toda a Itália e em todo o mundo.
Pastasciuttàio, s. m. guloso de macarrão.
Pastècca, s. f. (mar.) espécie de roldana.
Pasteggiàbile, adj. de pasto, que serve para tomar nos pastos (vinho).
Pasteggiàre, v. saborear, comer lentamente; beber o vinho pouco a pouco / vino da ———: vinho de mesa, leve.
Pastellêtto, pastellíno, s. m. (dim.) pequeno pastel (material corante para pintura).
Pastellísta, s. pastelista, pintor a pastel.
Pastèllo, s. m. (pint.) pastel, pequenos tijolos de matéria corante, para colorir sobre o papel / pintura a pastel.
Pastètta, s. f. massa de farinha para frituras / (fig.) confusão, mixórdia eleitoral.
Pastettàio, s. m. (fig.) trapalhão, o que faz trapaças nas eleições.
Pasteurísmo, s. m. (neol.) relativo ao método e teoria de Pasteur.
Pastícca, s. f. pastilha; doce de substância gomosa, em geral para fim curativo.
Pasticcería, s. f. confeitaria; fábrica de doces, bolos, etc.
Pasticcètto, s. m. bolo ou doce de várias qualidades / (fig.) pastiche, confusão.

Pasticciàto, p. p. e adj. condimentado, sazonado; servido enxuto, com molho de queijo, carne. etc.
Pasticcière, s. m. doceiro; fabricante ou vendedor de doces.
Pasticcíno, s. m. bolo, docinho, bolinho.
Pastíccio, s. m. (cul.) pastel, manjar cozido dentro de um invólucro feito de massa de farinha cozida / (pint.) pasticho, pintura ordinária e de imitação / (fig.) embrulhada, confusão; trabalho mal feito / dívida.
Pasticciône, s. m. (aum.) pastelão, pastel grande; o que faz pastichos; embrulhão, confusionista.
Pasticciòtto, s. m. pastel de doce.
Pastifício, s. m. pastifício / (bras.) fábrica de massas alimentícias.
Pastíglia, s. f. pastilha.
Pastína, s. f. (dim.) pastinha, pasta miúda para sopa.
Pastinàca, s. f. (bot.) pastinaca ou pastinaga / (pop. bisnaga) planta das umbelíferas / (zool.) peixe semelhante à raia.
Pastinàre, v. (agr.) revolver, remexer a terra.
Pastíno, s. m. (agr.) videira nova para transplante.
Pàsto, s. m. pasto, refeição, comida. alimento; o almoço, o jantar / di buon ————: que come muito / di poco ————: que come pouco / (loc. adv.) a tutto ————: continuamente.
Pastòcchia, s. f. lorota, engano, mentira.
Pastocchiône, s. m. pessoa gorda; gorduchão.
Pastofòrio, s. m. (rel.) pastoforio, quarto ou cela que, nos templos, tinham os sacerdotes pagãos.
Pastóia, s. f. corda que se põe nos pés dos animais para que não se afastem do pasto, etc. / (fig.) obstáculo, impedimento; peia. estorvo, **metter le pastoie al pensièro**: pôr embaraços ao pensamento.
Pastône. s. m. massa de farelo e água e às vezes também de favas para os animais / porção grande de massa preparada, para o fabrico do pão / azeitonas moídas e reduzidas à massa / (jorn.) resumo dos comentários de jornais estrangeiros sobre os acontecimentos do dia.
Pastôra, s. f. pastora; zagala; (dim.) **pastorèlla, pastorètta**.
Pastoràle, adj. pastoral, pastoril; de pastor / (ecles.) de bispo ou de pastor / (lit.) canto, écloga, idílio, drama, gênero pastoril / (s. m.) báculo / (ecles. mús.) composição de caráter simples.
Pastôre, s. m. (pastòra f.) pastor, aquele que guarda as ovelhas / ministro do culto protestante / bispo, pontífice, sacerdote etc. / **Primo** ————: **S. Pedro** / ———— **d'anime**: Padre / ———— **romano**; o Papa.
Pastorèccio, adj. (rar.) pastoril.
Pastorèlla, s. f. (dim.) pastorinha, pastorazinha / pastorela, composição poética na literatura provençal em forma de diálogo amoroso / poetisa árcade.
Pastorellería, s. f. (depr.) composição literária de gênero pastoril.
Pastorèllo, s. m. pastorzinho / poeta arcádico.
Pastoríta, s. f. registros do órgão.
Pastorízia, s. f. pastorícia, profissão de pastor / (adj.) pertencente ao pastor; do pastor.
Pastorizzàre, v. (quím.) pasteurizar.
Pastosità, s. f. morbideza, macieza.
Pastôso, adj. macio. mole como pasta: tenro, doce / carnudo, macio (colorido).
Pastranàccio, s. m. (pej.) sobretudo velho e feio.
Pastranàio. s. m. pessoa que na entrada dos teatros toma conta dos casacos, guarda-chuvas, etc.
Pastranèlla. s. f. e **pastranino**, s. m. pequeno sobretudo ou capa.
Pastràno, s. m. sobretudo, capote, gibão; capa de militar.
Pastricciàno, s. m. (bot.) pastinaga selvática / (fig.) homem rude, desajeitado.
Pastúme, s. m. mistela de restos diversos que se dá como alimento aos animais domésticos.
Pastúra, s. f. pastura; pasto.
Pasturàre, v. pastorear; trazer ao pasto; pascer os animais.
Pasturàto, p. p. e adj. pastoreado; adaptado à pastagem (terreno).
Patàcca, s. f. pataca; moeda de tamanho grande, mas de escasso valor; moeda antiga espanhola / decoração ou qualquer coisa de valor mínimo / mancha, borrão / (fig.) **non vale una** ————: não vale nada.
Patacchína, s. f. (dim.) patacazinha, pataquinha; moeda genoveza.
Pataccône, s. m. patação, antiga moeda de cobre portuguesa / relógio grande e velho / mancha de sujeira na roupa / homem grandalhão e vadio.
Pataffiône, s. m. gordalhão, pesado.
Patapúm, e **patapúmfete**, excl. voz onomatopaica que serve para exprimir o ruído de uma queda; pum, patapum.
Pataràsso, s. m. (mar.) escalpelo de calafate.
Patàssio, s. m. (pop.) balbúrdia, altercação, briga, confusão, alvoroço.
Patata, s. f. (bot.) batata.
Patatàccia, s. f. (pej.) batata ruim. de má qualidade.
Patatàio, s. m. (burl.) batateiro, vendedor de batatas.
Patatína, s. f. (dim.) batatinha; batata nova.
Patatràc, interj. voz onomatopaica imitando o rumor de coisa que cai de repente; zás; patatrás, patatrac / (fig.) ruína financeira repentina; falência / **quella ditta ha fatto un** ————: aquela empresa quebrou (faliu).
Patefàtto (ant.) adj. claro, manifesto, evidente.
Patatúcco, s. m. (depr. hist.) palerma, basbaque; nome depreciativo e escarnecedor, que se dava aos soldados austríacos.
Patavinità, s. f. (lit.) patavinidade, o que de patavino (ou de paduano) se encontra nos escritos latinos de Tito Lívio.
Patavino, adj. patavino, paduano.
Patèlla, s. f. (zool.) lapa, molusco / (anat.) rótula do joelho.

Patèma, s. m. (pl. "**patèmi**") aflição, angústia da alma.
Patèna, s. f. patena, disco que serve para cobrir o cálice e sobre que se coloca a hóstia na missa.
Patentàto, p. p. e adj. diplomado, munido de diploma; munido de patente ou licença para um determinado privilégio.
Patènte, adj. patente, claro, manifesto, evidente, acessível, franqueado / (s. f.) diploma com o qual se confere um título / privilégio, patente, brevê de invenção.
Patentemènte, adv. patentemente, evidentemente, claramente.
Patentíno, s. m. (dim.) licença provisória para caça.
Patènte Di Sanità, s. f. certidão de saúde.
Pàter, s. m. (lat.) Pai; Padre-Nosso / **dire un pater**: rezar um padre-nosso.
Pàtera, s. f. (lit.) pátera, taça das libações / (arquit.) espécie de escápula ornamental.
Pateràcchio, s. m. acordo entre duas pessoas / (joc.) matrimônio.
Paterazzo, ou **paterasso**, s. m. (mar.) cabo resistente para suster a árvore principal.
Paterèccio, s. m. panarício.
Paterino, e **patarino**, s. m. paterino. nome dado a certos hereges da Idade Média que em Milão residiam em sua maioria na rua Pattari, o que explica a origem do nome.
Paternàle, adj. paternal, paterno / (s. f.) admoestação, reprimenda; ralho, ensaboadela, especialmente para com pessoas de pouca ou de menor idade.
Paternamènte, adv. paternamente, de modo paternal.
Paternità, s. f. paternidade.
Patèrno, adj. paterno, relativo ao pai, paternal; afetuoso, carinhoso.
Paternòstro, ou **paternòster**, s. m. padre-nosso (ou pai-nosso), oração dominical.
Patètico, adj. patético; comovente; triste / (s. m.) o gênero patético.
Pateticùme, s. m. (deprec.) patetismo, no sentido de excessivamente patético e afetuoso; aborrecedor, enfadonho.
Patíbile, adj. patível, que se pode sofrer; tolerável: **à patito il** ———: sofreu o tolerável.
Patibolàre, adj. patibular; que tem aspecto de criminoso.
Patíbolo, s. m. patíbulo; cadafalso, forca.
Pático, adj. e s. m. pático, que se presta à devassidão; libertino, libidinoso.
Patimènto, s. m. padecimento; sofrimento; dor; aflição.
Pàtina, s. f. pátina, oxidação da tinta pela ação do tempo / camada formada naturalmente pela ação do tempo nas medalhas, monumentos, etc / verniz artificial; tinta; betume, graxa, etc.
Patinàre, v. envernizar; passar a pátina.
Patinàto, p. p. e adj. patinado, coberto de pátina.
Pàtio, s. m. (voz esp.) pátio.

Patìre, v. padecer, sofrer / tolerar; sofrer dor / ser prejudicado: **le castagne hanno patito molto** / deperecer; suportar.
Patìto, p. p. e adj. padecido, sofrido; suportado; que tem o aspecto de pessoa doente e que sofreu muito.
Patofobìa, s. f. patofobia, medo de qualquer doença.
Patogènesi, s. f. patogênese, o mesmo que patogenia.
Patogènico, ou **patògeno**, s. m. patogênico, que produz doença.
Patognomònico, adj. (med.) patognomônico.
Patois, (v. fr.) s. m. dialeto.
Patologìa, s. f. patologia.
Patològico, adj. patológico.
Patòlogo, s. m. patologista, que se ocupa de patologia.
Pàtos, ou **páthos**, s. m. patos / (lit.) paixão, comoção, dor / a comoção profunda e especialmente a impressão de terror e piedade que causa, no ânimo dos espectadores, a tragédia.
Patràsso, empreg. na loc. burlesca **andare a** ———: arruinar, morrer; deriv. de Patras, cidade da Grécia.
Pàtria, s. f. pátria, país ou lugar em que se nasceu; lugar de onde deriva a origem de qualquer coisa / **patria potestas** (loc. lat.): pátria potestade.
Patriàrca, s. m. patriarca.
Patriarcàto, s. m. patriarcado, dignidade ou jurisdição de patriarca.
Patricida, s. m. (o mesmo que **parricida**), patricida.
Patricídio, s. m. patricídio.
Patrìgno, s. m. padrasto.
Patrimoniàle, adj. patrimonial, relativo a patrimônio.
Patrimoniètto, s. m. (dim.) patrimoniozinho, pequeno patrimônio.
Patrimônio, s. m. patrimônio, herança paterna; bens de família.
Patrimoniòne, s. m. (aum.) patrimônio grande.
Patrimoniúccio, s. m. (dim. e depr.) patrimoniozinho, patrimônio insignificante.
Patrinàto, s. m. título, qualidade, função de padrinho.
Patrìno, s. m. o mesmo que **padrino**; padrinho.
Pàtrio, adj. pátrio; paterno, do pai; da pátria / **pátria potestá**: direitos civis do pai ou da mãe sobre os filhos.
Patriòtta, s. f. patriota, que ama a pátria / (neol.) do mesmo país ou lugar; compatriota.
Patriottàrdo, s. m. (depr.) patrioteiro, o que alardeia patriotismo; patriotista.
Patriotticamènte, adv. patrioticamente.
Patriòttico, adj. patriótico.
Patriottìsmo, s. m. patriotismo, amor da pátria.
Patrìstica, s. f. patrística; doutrina dos Santos Padres.
Patriziàto, s. m. patriciado; classe dos patrícios de Roma.
Patrìzio, adj. patrício, pertencente à classe dos nobres romanos; nobre; aristocrático / (s. m.) cidadão nobre.
Patrizzàre, v. parecer-se ao pai.
Patrocinàre, v. (jur.) patrocinar, proteger, defender; favorecer.

Patrocinàto, p. p. e adj. patrocinado, protegido, defendido; favorecido.
Patrocinatôre, s. m. (patrocinatríce, f.) patrocinador; avvocato patrocinante: advogado de defesa em uma causa.
Patrocínio, s. m. (jur.) patrocínio, amparo, auxílio, proteção; defesa.
Patrología, s. f. patrologia, patrística.
Patròna, s. f. protetora; padroeira: patrona.
Patronàle, adj. (lit.) patronal.
Patronàto, s. m. patronato; padronado / patrocínio, padroado.
Patronêssa, s. f. patrona: protetora; padroeira.
Patronimicamênte, adv. patronimicamente.
Patronímico, adj. patronímico, que deriva do nome do pai.
Patròno, s. m. patrono; patrocinador; defensor / (jur.) advogado defensor.
Pàtta, s. f. empate no jogo; far ———: empatar no jogo / pari e ———: ajuste de contas.
Pattàre, v. empatar; igualar.
Patteggiàbile, adj. pactuável, que se pode pactuar, combinar, estipular.
Patteggiamênto, s. m. (rar.) pacto, ajuste, combinação.
Patteggiàre, v. pactuar, discutir, combinar, ajustar.
Patteggiàto, p. p. e adj. pactuado, ajustado, combinado.
Patteggiatôre, s. m. (pattèggiatríce, f.) pactuário, aquele que pactua.
Pattinàggio, s. m. patinação, exercício de patinagem.
Pattinàre, v. patinar, andar de patins.
Pattinatôre, s. m. (pattinatríce f.) patinador.
Pàttino, (pl. páttini) s. m. patim, objeto para patinar / utensílio que se aplica às rodas do avião para aterrisagem.
Pàtto, s. m. pacto, convenção, ajuste ou contrato; acordo / stare ai patti: respeitar as condições, a promessa, a palavra, o pactuado / dettare i patti: ditar as condições / a nessun ———: de forma alguma / l'antico Patto: a lei mosaica.
Pattòna, s. f. polenta de farinha de castanha / (fig.) comida cozida demais.
Pattonàio, s. m. vendedor de polenta.
Pattúglia, s. f. patrulha; ronda de soldados.
Pattugliàre, v. patrulhar; vigiar ou fazer ronda em patrulha.
Pattuíre, v. pactuar, combinar, ajustar, contratar, estipular.
Pattuíto, p. p. e adj. estipulado, contratado, combinado.
Pattúme, s. m. lixo; varredura; mistura de restos de imundície / ervas e capim para o leito de animais / lama da estrada / (mar.) mescla de betume, alcatrão, breu, que se passa na parte do navio imersa na água.
Pattumièra, s. f. lata do lixo.
Pattullàrsi, v. (pop. tosc.) divertir-se com frioleiras.
Patùrna, s. f. ou patùrnie (pl.) melancolia profunda; tristeza; mau humor.
Pauliàni, s. m. (pl. ecles.) paulianistas, hereges sectários de Paulo de Samosata.
Paulinismo, s. m. paulinismo, o complexo das doutrinas de S. Paulo.

Pauperísmo, s. m. pauperismo; classe dos pobres; miséria.
Paúra, s. m. medo; receio; dúvida, suspeita; vileza; espanto; pavor.
Pauràccia, s. f. (pej. e aum.) medão, medo grande.
Paurosamênte, adv. medrosamente; timidamente; assustadoramente.
Pauroso, adj. medroso; assustador, pavoroso; duvidoso; incerto / tímido.
Paurúccia, (e também pauríccia), s. f. medinho, pequeno susto ou medo.
Pàusa, s. f. pausa, parada; interrupção; lentidão, descanso.
Pausàre, v. (rar.) pausar, interromper, pousar / fazer uma coisa vagarosamente.
Pavàna, s. f. (mús.) pavana, antiga dança espanhola e italiana.
Paventàre, v. (lit.) recear, temer.
Pavènto, s. m. (poét.) espanto, medo.
Paventôso, adj. (p. us.) medroso / pavoroso.
Pavesàre, v. pavesar, ornamentar a festa.
Pavesàto, p. p. e adj. pavesado, ornamentado.
Pavêse, s. m. pavês, antiga arma defensiva que se usava à guisa de escudo / (culin.) sopa de pão cozido e ovos / armação de madeira para resguardo da tripulação de navio / (adj. e s. m.) pavês, de Pavia, na Lombardia.
Pavìa, s. f. (bot.) planta ornamental das hipocastanáceas.
Pavidamênte, adv. (lit.) pavidamente, assustadamente.
Pàvido, adj. (lit.) pávido, tímido, medroso, assombrado / dai guardi dubbiosi, dai pàvidi volti (Manzoni): de olhares incertos, de rostos assustados.
Pavimentàre, v. pavimentar: fazer pavimento em.
Pavimentàto, p. p. e adj. pavimentado, assoalhado.
Pavimentazióne, s. f. pavimentação.
Pavimênto, s. m. pavimento; chão; soalho.
Pavòna, s. f. (zool.) pavoa, fêmea do pavão.
Pavonazzètto, adj. (dim.) pavonáceo, de cor de violeta / (s. m.) (dim.) mármore.
Pavonàzzo, s. m. e adj. pavonaço; violáceo.
Pavoncèlla, s. f. (zool.) tarambola, ou pavoncinho, ave pernalta.
Pavòne, s. m. pavão / (loc. fig.) fare il ———: pavonear-se, exibir-se com ostentação.
Pavoneggiàrsi, v. refl. pavonear-se, fazer gala de; ostentar.
Pavonìa, s. f. pavônia, borboleta grande, noturna, de cor cinzento mármore / (bot.) planta das regiões tropicais.
Pawlònia, s. f. (bot.) paulóvnia, árvore ornamental do Japão, de flores aromáticas.
Pazientàre, v. pacientar; ter paciência.
Paziènte, p. pr. e adj. paciente, que tem paciência; pacífico, resignado; / (s. m.) pessoa que padece ou que vai padecer; pessoa doente.
Pazientemênte, adv. pacientemente.
Paziènza, s. f. paciência; perseverança.

Pazzàccio ou **pazzacchiône**, s. m. (aum.) doidivanas, maluco, trocista, brincalhão.
Pazzamênte, adv. loucamente, amalucadamente: excessivamente.
Pazzeggiamênto, s. m. (rar.) malucagem; maluquice (bras.).
Pazzeggiàre, v. malucar, fazer loucuras, maluquices.
Pazzerellàta, s. f. estroinice, maluqueira.
Pazzerèllo, pazzerellìno, s. m. (dim.) maluquinho, estouvadinho.
Pazzerellône, s. m. (aum.) extravagante, bizarro, estroina.
Pazzerône, s. m. maluco, louco, extravagante.
Pazzescamênte, adv. loucamente.
Pazzêsco, adj. adoidado, de doido, de louco.
Pazzìa, s. f. loucura; alienação mental; maluqueira; demência.
Pàzzo, adj. e s. m. louco, maluco; demente; doido; alienado / bestial, extravagante, maluco / tolo, bobo, sem juízo / (fig.) excessivo. extraordinário / (loc. fig.) gioia pazza, alegria louca, alegria total. sem preocupação alguma.
Peàna, s. m. (lit.) peã, hino em honra de Apolo; hino ou canto de vitória.
Peàta, s. f. (voz veneta) barcaça usada na laguna veneziana.
Pebrìna, s. f. pebrina, espécie de doença epidêmica dos bichos-da-seda.
Pecàri, s. m. pecari, espécie de porco da América.
Pècca, s. f. pecha, defeito, vício, falta / questa è la sua ———: esta é a sua falta / (ant.) pecado.
Peccàbile, adj. pecável, que pode pecar.
Peccabilità, s. f. pecabilidade.
Peccadíglio (ant.) s. m. pecadilho.
Peccaminosamênte, adv. pecaminosamente.
Peccaminôso, adj. pecaminoso.
Peccânte, p. pr. adj. e s. m. pecante, aquele que peca por hábito; pecador.
Peccàre, v. pecar, cometer pecado; exceder os limites; cometer qualquer falta; errar; incorrer, incidir, cair.
Peccatàccio, s. m. (aum.) pecado feio.
Peccàto, s. m. pecado; falta, culpa; erro, vício.
Peccatôre, s. m. pecador, que peca; s. f. **Peccatòra**, e **peccatrice** (esta forma mais us.) pecadora; mulher que pecou.
Peccatúccio, peccatúzzo, s. m. (dim.) pecadilho, pequeno pecado.
Pècchero, s. m. (ant. e dial.) copo grande.
Pècchia, s. f. (tosc.) abelha operária.
Pecchiône, s. m. zangão (abelha sem ferrão).
Pêce, s. f. pez, substância betuminosa: resíduos da destilação de líquidos densos / alcatrão; breu; piche / (fig.) pecha, vício, defeito.
Pecètta, s. f. (dim.) ceroto, ungüento de cera e outros ingredientes / (fig.) importuno; amolante (bras.).
Pechblènda, s. f. (min.) pechblenda, uranato natural de óxido de urânio.
Pechinêse, s. m. adj. pequinês, de Pequim / pequinês, cãozinho de luxo.

Pecìle, s. m. (hist.) pécilo, o pórtico na Ágora de Atenas.
Peciôso (lat. "piceus") adj. píceo, de pez, da natureza do pez / suja de pez.
Pècora, s. f. ovelha, fêmea do carneiro / o cristão em relação ao seu pastor espiritual / qualquer animal manso / (fig.) homem muito simples, manso, tolo / costui non è un uomo, ma una pècora: esse não é um homem, mas um carneiro.
Pecorràccia, s. f. (pej.) ovelha má.
Pecoràggine, s. f. acobardamento, submissão, carneirismo / asneira, insensatez.
Pecoràio, s. m. pastor, guardião de ovelhas.
Pecoràme, s. m. rebanho de ovelhas / (fig.) multidão de pessoas acarneiradas que se assemelham às ovelhas (que seguem mansamente os outros).
Pecorèccio, adj. (rar.) de ovelha, atinente à ovelha / (s. m. (fig.) embrulhada, mistifório.
Pecorèlla, s. m. (dim.) ovelhinha.
Pecorèlle, s. f. (pl.) ovelhinhas, os cristãos em relação ao seu pastor / nuvens acavaladas umas sobre as outras / ondas espumosas.
Pecorescamênte, acarneiradamente, servilmente, submissamente.
Pecorêsco, adj. carneiresco; à maneira de carneiro ou ovelha.
Pecorìle, adj. ovelhum, relativo às ovelhas / (s. m.) ovil, curral de ovelhas.
Pecorìno, adj. de ovelha: carne pecorina; carne de ovelha ou carneiro / (s. m.) queijo de leite de ovelha.
Pècoro, s. m. e **pecorône**, s. m. (aum.) carneiro / (fig.) homem tolo, bobo, sem energia; trouxa (bras.).
Pecorône, s. m. (aum.) ovelha grande; (fig.) bobalhão / (lit.) il Pecorone, título de coleção de 50 contos de Giovanni Fiorentino (1375).
Pecorúme, e **pecoràme**, s. m. carneirada (em sentido figurado); servilismo; carneirismo.
Pèctico, adj. péctico (quím.).
Pectina, s. f. pectina.
Pectòsio, s. m. pectose.
Peculàto, s. m. (jur.) peculato; malversação.
Peculiàre, adj. peculiar, próprio de uma coisa ou pessoa; particular; especial.
Peculiarmênte, adv. peculiarmente; especialmente.
Pecùlio, s. m. pecúlio, economia; reserva de dinheiro.
Pecùnia, s. f. pecúnia; dinheiro, moeda.
Pecuniariamênte, adv. pecuniariamente.
Pecuniàrio, adj. pecuniário.
Pecuniôso, adj. pecunioso, que tem muito dinheiro; opulento, rico.
Pedàggio, s. m. pedágio. tributo de passagem.
Pedàgna, s. f. tábua posta de través no fundo de um barco, e sobre a qual os remadores apóiam os pés quando remam.
Pedagnuòlo, adj. (bot.) peciolado / (s. m.) (agr.) tronco cortado de árvore nova.
Pedagherìa, s. f. (rar.) pedagogice, mania de bancar o pedagogo; pedantaria.
Pedagogìa, s. f. pedagogia, ciência da educação.

Pedagogicamênte, adv. pedagogicamente.
Pedagògico, adj. pedagógico.
Pedagogista, s. m. pedagogista.
Pedagogizzàre, v. pedagogizar.
Pedagògo, s. m. pedagogo / (fig.) guia, mestre.
Pedalàre, v. (neol.) pedalar; andar em bicicleta.
Pedalàstro, s. m. (deprec.) ciclista pouco dextro.
Pedalàta, s. f. pedalada; golpe de pedal.
Pedalatôre, s. m. (**pedalatrice**, s. f.) pedalador; ciclista.
Pedàle, s. m. (bot.) tronco, caule da árvore / pedal do piano; pedal da máquina de costura; do avião, etc.
Pedaleggiàre, v. pedalar / (mús.) premer com os pés do piano.
Pedalièra, s. m. (mús.) o conjunto dos pedais de um órgão / pedaleiro, conjunto dos pedais dos velocípedes e de outras máquinas.
Pedalína, s. f. (tip.) máquina de imprimir movida a pedal: minerva.
Pedàna, s. f. tapete; estrada; persevão / peanha, peça em que se assentam os pés.
Pedàneo, adj. juiz inferior entre os Romanos, que não possuía nem título nem caráter de magistrado; pedâneo (hist.).
Pedantàccio, s. m. pedante insuportável.
Pedantàggine, s. f. (p. us.) pedantice.
Pedànte, s. m. pedante.
Pedanteggiàre, v. pedantear; alardear ciência que não possui.
Pedantèllo, s. m. (dim.) pedantinho.
Pedantería, s. f. pedanteria; pedantismo.
Pedantescamênte, adv. pedantescamente, à maneira de pedante.
Pedantêsco, adj. pedantesco, próprio de pedante; afetado.
Pedantino, pedantúccio, pedantúcolo, pedantúzzo, s. m. (dim.) pedantinho: pessoa enfadonha e sem faúlha de gênio, que se perde nas menores sutilezas e frioleiras.
Pedaruòla, s. f. (mar.) ponta extrema e baixa das embarcações a vela.
Pedàta, s. f. pegada, rastro, vestígio do pé / pista / ponta-pé / pancada com a ponta do pé.
Pedemontàno, adj. ao pé dos montes: (país ou habitante) / piemontês, por ficar a região piemontesa aos pés dos Alpes.
Pederàsta, s. m. pederasta.
Pederastía, s. f. pederastia.
Pederàstico, adj. pederástico.
Pedèstre, adj. pedestre, que anda ou está a pé / (fig.) humilde, vulgar, mesquinho / pobre, escuro, monótono (de estilo ou gênero).
Pedestremênte, adv. pedestremente.
Pèdia, s. f. (ant.) pegada, marca do pé.
Pediàtra, s. m. pediatra.
Pediatría, s. f. pediatria, medicina relativa às crianças.
Pediàtrico, adj. pediátrico.
Pedicciuòlo, s. m. (bot.) pecíolo.
Pedicèllo, s. m. (bot.) pedicelo que suporta a flor / (zool.) pedícia, gênero de insetos dípteros / ácaro de sarna.
Pedicolare, adj. pedicular; doença que desenvolve um grande número de piolhos.
Pedicolàto, adj. pediculado; ligado a pedículo; diz-se dos peixes cujas barbatanas são pediformes.
Pedicúre, s. m. pedicure; que trata dos pés; calista.
Pedignône, s. m. frieira dos pés.
Pedilùvio, s. m. pedilúvio, banho dos pés.
Pedína, s. f. peão, no jogo de xadrez; peça do jogo de damas / (fig.) mulher do povo / **muòvere una ———**: deslocar uma peça conforme as regras do jogo / (fig.) fazer uma pessoa influente tomar uma iniciativa.
Pedinamênto, s. m. rastejamento, ação de seguir e espionar alguém.
Pedinàre, v. rastejar, seguir de perto e às escondidas / investigar.
Pedinàto, p. p. e adj. rastejado; espiado; seguido passo a passo.
Pedínio, s. m. (anat.) parte superior do pé.
Pedipàlpo, s. m. apêndice bucal dos aracnídeos.
Pedòmetro, s. m. pedômetro, instr. para contar os passos de quem marcha.
Pedôna, s. f. (tosc.) estrada na qual só se pode andar a pé.
Pedonàglia (ant.) s. f. infantaria / gente a pé.
Pedonàle, adj. (tosc.) de rua, estrada, vereda para pedestre.
Pedône, s. m. pedestre, que anda a pé; peão / (ant.) peão, soldado de infantaria.
Peducciàio, s. m. (tosc.) vendedor de pezunho de animais, como suínos, ovelhas, cabritos etc.
Pedúccio, s. m. (tosc. dim.) pézinho / pé, pezunho de carneiro, cabrito, porco, etc. / (arquit.) mísula; ornato; mísula para vasos, estátuas, etc. / (téc.) metade inferior da forma do pé da bota.
Pedúla, s. f. calçado alpino para escalada de rochas.
Pedúle, s. m. soleta da meia (parte da meia que veste a planta do pé) / **essere in peduli**: estar sem sapatos.
Peduncolàre, adj. (bot.) peduncular.
Pedúncolo, s. m. (bot.) pedúnculo, pé da flor ou do fruto; suporte de um órgão vegetal / (anat.) enlace entre as partes de certos órgãos: **peduncoli cerebellari**.
Pegamoíde, s. f. tecido que é uma imitação do couro.
Pagaséo, adj. (poét.) pegáseo, relativo a Pégaso (mit.).
Pegèa, s. f. (p. us.) náiade.
Pèggio, adj. e s. m. pior / **andare di male in ———**: ir de mal a pior / **avere la ———**: sair-se pior que todos / (adv.) **alla ———**: no pior caso, na pior maneira.
Peggioramênto, s. m. pioramento: agravamento.
Peggioràre, v. piorar, tornar pior; ir de mal a pior.
Peggiorativamênte, adv. pejorativamente; piormente.
Peggiorativo, adj. piorativo; pejorativo.
Peggiôre, adj. pior / (s. m.) a coisa pior; o pior.
Peggiormênte, adv. (rar.) piormente; de modo pior.

Pegmatíte, s. f. (min.) pegmatite.
Pêgno, s. m. penhor, o que se dá ao credor para garantia; sinal; garantia, prova / **gli lasciò in** ———: deixou-lhe em penhor / ——— **d'amicizia**: penhor de amizade.
Pegnúccio, s. m. (dim.) penhor de pouco valor.
Pêgola, s. f. pez líquido; alcatrão, piche.
Pegoliêra, s. f. caldeirão onde ferve o pez; lugar coberto nas oficinas debaixo do qual se trabalha o pez, o breu, etc.
Pegù, s. m. pez extraída do alcatrão líquido do pinho.
Pei, prep. (de p. us.; contração de **per e ii**) pelo; por ele, para ele.
Pelacàne, s. m. pessoa mesquinha, vulgar / (ant.) curtidor.
Pelacchiàre, v. **spelacchiàre**.
Pelàccio, s. m. (pej.) pelo (fio, penugem) ruim, ordinário.
Pelagalgía, s. f. mal de mar; enjoo, náusea peculiar a certas pessoas que viajam.
Pelagàtti, s. m. (ant.) larápio.
Pelaghêtto, s. m. (dim.) lagoa, tanque.
Pelagianêsimo, ou **pelagianísmo**, s. m. pelagianismo, doutrina do frade Pelágio.
Pelagiàno, adj. pelagiano, relativo a Pelágio.
Pèlago, s. m. (lit.) pélago, mar, alto--mar / grande extensão de água / (fig.) grande quantidade / **un** ——— **di guai, un** ——— **di errôri**: um mar de males, um mundo de erros.
Pelagrílli, s. m. (pop. rar.) avarento / (bras.) muquirana, pica-fumo.
Pelàme, s. m. pelagem, pelame, o pelo de um animal; qualidade e cor do pelo.
Pelamênto, s. m. pelamento, peladura.
Pelàmide, s. m. pelâmide; serpente venenosa dos Oceanos Índico e Pacífico.
Pelandrône, adj. (dial.) vadio, malandro, boa-vida.
Pelapólli, s. m. o que depena (por ofício) frangos e pássaros / (fig.) pessoa insignificante.
Pelàre, v. pelar: tirar a pele; o pelo, a casca; as penas; fazer barba / mondar, limpar / ——— **le patate** / tirar as folhas (da árvore) / pelar (queimar com água quente) / (fig.) tirar, arrancar de alguém o mais possível sem escrúpulo algum / **lo pelarono come un pollo**: limparam-no como a um frango / ——— **alcuno**: vender ou fazer pagar a alguém um preço muito caro por uma coisa.
Pelargônico, adj. pelargônico, ácido do óleo de pelargônio.
Pelargônio, adj. pelargônio, planta ornamental.
Pelàsgico, (pl. **-àsgici**), adj. pelásgio, relativo aos Pelasgos.
Pelàta, s. f. rapadela da cabeça; (fam.) calva, careca.
Pelatína, s. f. (dim.) rapadela / (rar.) alopécia, pelada.
Pelàto, p. p. e adj. pelado, calvo, careca; privado de pelos.
Pelatòio, s. m. depilador (utensílio para depilar).
Pelatôre, s. m. (**pelatríce**, s. f.) depilador,

Pelatúra, s. f. peladura, depeladura; a parte pelada ou raspada / lanugem que envolve os casulos do bicho-da--seda.
Pelêtto, pelettíno, s. m. (dim.) pelozinho, pelo fino e delgado.
Pelittône, s. m. (ant. mús.) trombone com uma oitava mais baixa; do nome do seu inventor Pelitti.
Pèlle, s. f. pele, epiderme (do homem, de animais); couro de animal morto; casca de certos frutos ou tubérculos; cútis / (fig.) vida, saúde / **esser ossa e** ———: ser osso e pele: magro demais / **aver la** ——— **dura**: ter a pele dura, não se cansar ou não se importar com ofensas / **far la** ———: matar alguém / **risparmiar la** ———: salvar a vida / **strappare a uno la** ———: arrancar a pele de alguém, roubá-lo, explorá-lo / (técn.) ——— **di vitello**: vaqueta, bezerro (couro).
Pellàccia, s. f. (pej.) pelecra; pele dura, feia, ruim de se trabalhar / (fig.) mau sujeito; malandro, gatuno; pécora.
Pellàgra, s. f. pelagra (doença).
Pellagrosàrio, s. m. hospital para pelagrosos.
Pellagrôso, adj. e s. m. pelagroso; doente de pelagra.
Pellàio, s. m. peleteiro, peliceiro, peleiro; curtidor de peles.
Pellàme, s. m. pelame, courama, porção de peles curtidas.
Pellànda, s. f. (do fr.), roupão; chambre.
Pellegrína, adj. e s. f. de **pellegrino**: peregrina, romeira, pessoa que faz peregrinações / capa curta, mantelete de mulher / gola grande igual à que usam os peregrinos.
Pellegrinàggio, s. m. peregrinação; romaria.
Pellegrinàre, v. peregrinar, viajar / (fig.) viver a vida terrena.
Pellegrinatôre, s. m. (**pellegrinatríce**, f.) peregrino.
Pellegrinazióne, s. f. peregrinação, romaria.
Pellegrinità, s. f. peregrinidade.
Pellegríno, s. m. e adj. peregrino; romeiro, estrangeiro / ; raro, extraordinário, excepcional; excelente.
Pèlle-Rossa, s. m. pele-vermelha.
Pellètica, s. f. pelanca na carne (nas pessoas vivas).
Pelletteria, s. f. peletaria, loja onde se vendem peles.
Pelletterína, s. f. (quím.) peleterina, alcalóide líquido que existe na raiz da romeira.
Pellettière, s. m. vendedor de peles; peleiro.
Pellicàno, s. m. pelicano, ave aquática palmípede / (quím.) recipiente que se usava nos laboratórios / espécie de boticão para arrancar dentes.
Pelliccería, s. f. peliçaria; pelaria / quantidade de couros, peliças, etc.
Pellíccia, s. f. peliça; pele de animal de pelo comprido; peça de vestuário de pele fina e macia; mantô (do fr **manteau**).
Pelliccíàme, s. m. pelaria, quantidade de peles.
Pelliccíàre, v. forrar de pelica.
Pelliccióne, s. m. (aum.) peliça grande,

Pellicciòtto, s. m. (neol.) capa curta forrada de peliça.
Pellicèlla, s. f. (dim.) pelezinha; pele delgada e fina; película.
Pellicèllo, s. m. (bot.) pedicelo / (anat.) pedículo.
Pellicína, s. f. pelezinha, pele delgada / película.
Pellícino, s. m. extremidade dos fardos e dos sacos pelos quais os mesmos podem ser pegados.
Pellícola, s. f. película, pequena membrana de materia animal, vegetal ou artificial / celulóide para reprodução fotográfica / fita de cinema.
Pellicolína, s. f. (dim.) pele muito fina e delgada; peliculazinha.
Pellirossa, s. m. pele-vermelha, índio da América do Norte.
Pellúcido, adj. (lit.) pelúcido, que é semitransparente ou translúcido.
Pèlo, s. m. pelo; cabelo; penugem; todos os pelos do corpo de um animal; lanugem das frutas e das plantas / manto dos cavalos / (fig.) espaço e quantidade ínfimos / pequena fenda ou greta dos muros / aparencia: **mutar** ———: mudar de natureza; ——— **dell'acqua**: superfície da água / **per un** ———: por um fio apenas, por um triz / **di primo** ———: adolescente; **non aver peli sulla lingua**: dizer francamente o que pensa / **cercare il** ——— **nell'uovo**: ser pedante / **a brucia** ———: a queima-roupa.
Pelòbate, s. m. (zool.) pelóbata.
Pelóbno, (o mesmo que **pelúzzo**), s. m. (dim.) pelozinho, pelinno.
Pelomía, s. f. pelemia, estado de coagulação do sangue.
Pelóne, s. m. pelo grosso; / pano (tecido) grosseiro.
Pelonía, s. f. (med.) pelonia, alopecia.
Pelosàccio, adj. (pej.) peludo, de pelo feio.
Pelosèlla, s. f. (bot.) pilosela, planta de montanha, de caule e folhas pilosas.
Pelosità, s. f. pelo; pelugem.
Pelôso, adj. e s. m. peloso ou peludo, que tem muito pelo.
Pelòta, s. f. pelota; jogo da pelota, de origem espanhola.
Pelottière, s. m. pelotário, jogador de pelota.
Pèlta, s. f. (hist.) pelta, pequeno escudo, usado ant. pelos trácios e pelos gregos.
Peltàsta, s. m. peltasta, soldado armado de pelta.
Peltàto, adj. armado de pelta / (bot.) foglia peltata: folha abroquelada.
Peltràio, s. m. artífice que trabalhava o peltre.
Pèltro, s. m. peltre, liga de metais, contendo chumbo, estanho e mercúrio.
Pelúcco, s. m. (p. us.) papel de qualidade ordinária.
Pelúria, s. f. pelugem, primeiros pelos que aparecem no rosto / os diferentes pelos de qualquer pano.
Pelúto, adj. peludo.
Pelúzzo, s. m. (dim.) pelozinho delgado; espécie de tecido muito fino; penugem da castanha.
Pèlvis, s. f. (anat.) pélvis; pelve.
Pèlvico, adj. pélvico.
Pelvimetría, s. f. pelvimetria.
Pelvímetro, s. m. pelvímetro.
Pèna, s. f. pena, dor, aflição / castigo; multa, punição, compaixão; lástima; tédio / dó / **dei delitti e delle pene**: dos delitos e das penas (nome da famosa obra de Beccaría); **una** ——— **al fegato**: uma dor no fígado / **sotto** ——— **di morte**: sob pena de morte / **dare** ———: causar dó / **il concetto della** ———: **per il Carrara**: o conceito da pena, segundo Carrara.
Penàce, adj. (ant.) que dá pena.
Penàle, adj. penal; relativo a penas judiciais; criminal.
Penalísta, s. m. penalista, criminalista, jurisconsulto de assuntos criminais.
Penalità, s. f. penalidade / natureza da pena.
Penalmènte, adv. penalmente, com pena; segundo as leis penais.
Penàre, v. penar; sofrer pena, dor, aflição, pesar físico ou moral; padecer; fatigar-se.
Penàti, s. m. pl. (mit.) penates, deuses domésticos dos etruscos e dos romanos / lares, família; casa paterna: pátria / (fig.) **trasportare altrove i penati**: mudar-se de casa ou país.
Pencolàre, v. (fam. tosc.) pender, bambolear, oscilar com perigo de cair / (fig.) titubear, não se resolver a executar uma coisa / não ser destro em uma arte.
Pencolío, s. m. bamboleio, pendência.
Pencolône, s. m. aquele que pende, que bambeia quando anda.
Pendàglio (pl. -àgli), s. m. penduricalho ou penderucalho.
Pendènte, p. pr. e adj. pendente, que pende; que está pendurado ou suspenso; inclinado / iminente, que está para vir ou acontecer / (fig.) suspenso, receoso, duvidoso: **animo** ——— / (s. m.) pingente, brinco; jóia.
Pendentemènte, adv. pendentemente, com pendência.
Pendènza, s. f. pendência, qualidade de coisa que pende / declive, ladeira, encosta / desavença, questão, briga, pendência, conflito.
Pendenzína, s. f. (dim.) pendenciazinha; pendência leve ou insignificante.
Pèndere, v. pender, estar pendurado ou suspenso; estar em posição inclinada, descair / propender por, inclinar-se para; estar iminente; depender, estar em decisão.
Pendíce, s. f. encosta, declive, ladeira.
Pendío, s. m. pendor, declive, inclinação de terreno / **in** ———: em declive.
Pèndola, s. f. pêndula; relógio de pêndulo.
Pendolína, s. m. (dim.) pendulazinha.
Pendolíno, s. m. (dim.) pequeno relógio de pêndulo / (zool.) pendulina, gênero de pássaros dentirrostros que vivem em geral nos lugares pantanosos e irrigados.
Pèndolo, adj. pêndulo, pendente; que oscila / (s. m.) pêndulo.
Pendolôna, s. f. pêndula grande.
Pendolôni, adv. pendente.
Pendône, s. m. pendão; parte da cortina que pende à guisa de festão.
Pèndulo, adj. (lit.) pendente, pêndulo.
Pène, s. m. (ant.) pênis.

Penèio, adj. (poét.) louro poético (da fábula de Dafne, filha de Peneo, transformada em louro).
Penelopèo, adj. de Penélope, mulher de Ulisses.
Penepiàno, s. m. peneplano, solo quase plano (geol.).
Pènero, s. m. franja, extremidade dos fios urdidos que ficam sem tecer.
Penèsti, s. m. pl. penestas, povo primitivo da Ilíria, meridional.
Penetràbile, adj. penetrável; que pode ser penetrado.
Penetrabilità, s. f. penetrabilidade.
Penetràli, s. m. pl. penetrais, o interior, a parte mais íntima da casa ou do templo.
Penetramênto, s. m. (rar.) penetramento; penetração.
Penetrànte, p. pr. e adj. penetrante, que penetra, que entra profundamente: pungente, profundo, intenso / perspicaz; inteligente; agudo, sagaz; fino.
Penetràre, v. penetrar; entrar; introduzir-se; transpor; transpassar.
Penetratívo, adj. penetrativo / (fig.) sutil, agudo, fino.
Penetratôre, s. m. (**penetratíce**, f.) penetrador.
Penetrazióne, s. f. penetração / facilidade de compreensão; perspicácia.
Pènfigo, s. m. (med.) pênfigo.
Penìce, s. f. (mar.) barcaça.
Penicilína, s. f. (farm.) penicilina.
Peninsulàre, adj. peninsular.
Penísola, s. f. península.
Penisolêtta, s. f. (dim.) peninsulazinha; pequena península.
Penitènte, adj. penitente.
Penitènza, s. f. penitência; arrependimento por ofensas a Deus; castigo; expiação; tormento / (fig.) aborrecimento, enioo, aversão / nemmeno se me lo dessero per penitenza: nem que mo dessem para penitência / (fam.) invitare a far ———: convidar para comer.
Penitenziàccia, s. f. penitência dura, áspera.
Penitenziàle, adj. penitencial.
Penitenziàrio, adj. penitenciário; penitencial / (s. m.) penitenciária; presídio.
Penitenzière, ou **penitenzière**, s. m. penitencieiro, confessor dos prelados.
Penitenzieria, s. f. penitenciária, residência dos penitencieiros do Tribunal da Santa Sé.
Penitenziêtta, penitenzína, penitenziúccia, s. f. (dim.) penitenciazinha.
Pênna, s. f. pena de escrever / pena, pluma das aves / unha do martelo; ponteiro para instrum. de corda / (mar.) parte superior da antena / (geogr.) cume, sumidade, cimo, crista de monte: le tre penne di San Martino / (pl.) asas; spiegare le penne: voar / scritto a ———: escrito à mão / escritor / la miglior ——— del paese: a melhor pena do país / (ant.) plectro.
Pennacchièra, s. f. penacho (hist.) ornamento do elmo para o penacho.
Pennacchiêtto, pennacchíno, s. m. (dim.) penachinho, pequeno penacho / pequena vassoura ou espanador de penas.
Pennàcchio, s. m. pequeno penacho dos militares: cocar; topete / plumagem / ——— di fumo: penacho de fumaça.
Pennacchiúto, adj. empenachado, ornado de penacho ou topete.
Pennàccia, s. f. (pej.) pena (de escrever) ruim.
Pennàio, s. m. aquele que vende penas / escritor venal; pena vendida / (ant.) porta-penas.
Pennàta, s. f. penada.
Pennatàta, s. f. golpe de podão.
Pennatèlla, s. f. (agr.) podadeira pequena (instr.).
Pennàto, adj. emplumado, penado, que tem penas / (s. m.) (agr.) podão.
Pennàtula, s. f. (zool.) penátula, gênero de pólipos nadadores.
Pennêcchio, s. m. rocada, porção de linho, lã ou cânhamo que se enrola na roca.
Pennèlla, s. f. pincel de pintor de casas; broxa.
Pennellàccio, s. m. (pej.) pincel ruim, ordinário.
Pennellàre, v. pincelar, pintar com o pincel.
Pennellàta, s. f. pincelada.
Pennellàto, p. p. e adj. pincelado; pintado a pincel.
Pennellazióne, s. f. pincelagem, operação de pincelar um líquido medicamentoso na parte doente.
Pennelleggiare, v. pincelar, pintar com o pincel; aplicar o pincel em.
Pennelleggiàto, p. p. e adj. pintado a pincel, pincelado / (fig.) descrito pitorescamente.
Pennelleggiatôre, s. m. (**pennelleggiatríce**, f.) pincelador; pintor.
Pennellêssa, s. f. pincel achatado.
Pennellêtto, pennellíno, pennellúccio, (s. m.) (dim.) pincelzinho.
Pennèllo, s. m. pincel / (fig.) l'arte del ———: a pintura / maestro di ———: pintor excelente / pare fatto a ———: coisa bem feita / (loc. adv.) a ———: preciso, perfeito; pintado / epíteto che gli va a ———: epíteto que o qualifica perfeitamente.
Pennellône, s. m. (aum.) pincel grande / broxa.
Pennêse, s. m. marinheiro que toma conta da estiva; guarda e distribuidor de víveres.
Pennêtta, pennettína, pennína, s. f. (dim.) peninha; asa, barbatana de peixe.
Pennine, s. f. (pl.) macarrão para sopa.
Penninèrvia, s. f. (bot.) peninérvia, folha cuja nervura principal se ramifica em nervuras secundárias.
Pennino, s. m. pena de aço de escrever; pena de ouro ou outro metal para caneta-tinteiro.
Pennivêndolo, s. m. jornalista ou escritor venal.
Pennoncèllo, pennoncíno, s. m. (dim.) pequeno penacho / bandeirinha.
Pennône, s. m. (mar.) antena, poste sobre o qual se amarram as velas / pendão usado pelas milícias medievais / estandarte da cavalaria / bandeirola de lança.
Pennúto, adj. penígero, que tem penas / (s. m.) (pl. poét.) i **pennuti**: os pássaros.

Pennúzza, s. f. (dim.) peninha, plumazinha linda e graciosa.
Penômbra, s. f. penumbra; escassez de luz; meia-luz; gradação de luz para a sombra.
Penosamênte, adv. penosamente, de modo penoso, com sacrifício, com sofrimento.
Penôso, adj. penoso, que dá pena, doloroso; molesto.
Pensàbile, adj. pensável, que se pode pensar.
Pensabilità, s. f. qualidade de pensável.
Pensamênto, s. m. pensamento, ato ou efeito de pensar.
Pensànte, p. pr. e adj. pensante, que pensa, que faz uso da razão; pensador.
Pensàre, v. pensar, formar no espírito pensamentos; meditar; imaginar; opinar; aspirar; inventar; estar preocupado; ponderar, considerar / ter idéia ou intenção: **penso di partire**.
Pensàta, s. f. pensamento, idéia.
Pensatamênte, adv. pensadamente, deliberadamente.
Pensàto, p. p. e adj. pensado, deliberado, meditado, considerado, refletido.
Pensatôre, s. m. (**pensatríce**, f.) pensador, o que pensa ou medita, o que estuda e faz observações profundas; filósofo.
Pensieríno, s. m. (dim.) pensamentozinho, pequena idéia ou pensamento.
Pensiêro, s. m. pensamento, idéia, faculdade de pensar; espírito, imaginação / cuidado, solicitude, preocupação / mente, teoria, inteligência, doutrina / **il ——— político di Mazzini**: o pensamento político de Mazzini; **tutta la vita è ——— e lavoro**: toda a vida é pensamento e trabalho / **quando bacco trionfa, il ——— fugge**: quando baco (o vinho) triunfa, o pensamento (a razão) desaparece.
Pensierône, s. m. (aum.) pensamento, idéia grande, notável.
Pensierosamênte, adv. pensativamente.
Pensierôso, adj. pensativo, absorto num pensamento; preocupado.
Pensierúccio, pensierúzzo, s. m. (dim.) pensamento, idéia agradável, gentil.
Pènsile, adj. (lit.) pênsil; suspenso.
Pensilína, s. f. (ant.) alpendre, teto saliente nos hotéis, estações, etc. para reparo da chuva ou do sol.
Pensionàre, v. pensionar, passar uma pensão; aposentar; jubilar.
Pensionàrio, s. m. pensionário, que paga pensão, que recebe uma pensão, especialmente do Estado.
Pensionàto, p. p. e adj. pensionado, que recebe uma pensão; aposentado / (s. m.) bolsa de estudo: **ha vinto il pensionato**.
Pensioncèlla, pensioncína, s. f. (dim.) pequena pensão.
Pensiône, s. f. pensão; renda vitalícia ou temporária; jubilação; casa onde se recebem hóspedes a pagamento.
Pensionúccia, s. f. (depr.) pensãozinha barata.
Pensôso, adj. pensoso, pensativo; meditativo; absorto em um pensamento; preocupado; cuidadoso.
Pentàcolo, s. m. amuleto pentagonal; talismã.
Pentacontàrco, s. m. (hist.) pentacontarco, comandante de cinqüenta homens, na antiga Grécia.
Pentacòrdo, s. m. pentacórdio, instrumento de cinco cordas.
Pentadàttilo, adj. e s. m. pentadáctilo.
Pentaèdro, s. m. pentaedro, sólido com cinco faces.
Pentafonía, s. f. pentafonia, consonância de cinco vozes.
Pentagonàle, adj. pentagonal.
Pentàgono, adj. pentágono, que tem cinco lados.
Pentagràmma, s. m. pentagrama; pauta de música; figura de cinco letras ou sinais.
Pentalòbo, s. m. (arquit.) ornato de cinco folhas.
Pentàmero, adj. e s. m. (ant.) pentâmero.
Pentàmetro, adj. e s. m. (poét.) pentâmero, verso de cinco pés, grego ou latino.
Pentapolitàno, s. m. pentapolitano, habitante de um pentálope.
Pentàrca, s. m. (lit.) pentarca, membro de uma pentarquia.
Pentarchía, s. f. pentarquia, governo exercido por cinco chefes.
Pentarmònico, adj. pentarmônico, instr. que produz cinco harmonias.
Pentassillàbo, adj. e s. m. (poét.) pentassílabo, verso ou palavra de cinco sílabas.
Pentatèuco, s. m. os cinco primeiros livros da Bíblia.
Pentàtlo, s. m. (hist.) pentatlo, o conjunto dos cinco exercícios.
Pentecòste, s. f. pentecostes, festa do Espírito Santo.
Pentèlico, adj. pentélico, mármore branco que provinha do monte Pentélico, perto de Atenas.
Pentemínero, ou **pentemimèrico**, adj. (lit.) pentemímero (metrif. poét.).
Pentimênto, s. m. arrependimento; dor por falta cometida; contrição.
Pentírsi, v. refl. arrepender-se.
Pentíto, p. p. e adj. arrependido, pesaroso, contrito.
Pentitíssimo, adj. sup. arrependidíssimo.
Pêntola, s. f. panela, vaso de barro ou metal para cozer / **c'é roba in ———**: de coisas prestes a acontecer / **far bollír la ———**: atiçar as paixões / **saper quel che bôlle in ———**: estar a par de alguma coisa / (dim.) **pentoletta** / (aum.) **pentolone**.
Pentolàccia, s. m. (pej.) panela feia, ordinária.
Pentolàio, s. m. fabricante ou vendedor de panelas; paneleiro.
Pentolàta, s. f. panelada, pancada com panela / conteúdo de uma panela.
Pentolètta, pentolina, s. f. **pentolino**, s. m. panelinha.
Pêntolo, s. m. (tosc.) panela de terracota.
Pentolòna, s. f. **pentolône**, s. m. panelão, panela grande.
Pentolúccia, s. f. (dim. e depr.) panela pequena e barata.
Pentòsio, s. m. (quím.) pentose, açúcar com cinco átomos de oxigênio.

Pentotàl, s. m. pentotal, substância empregada geralmente sob a forma de injeções endovenosas e que permitem explorar o subconsciente dos indivíduos; soro da verdade.
Pènula, s. f. (hist.) pênula, manto curto, usado pelos antigos romanos.
Penúltimo, adj. penúltimo.
Penúria, s. f. penúria, escassez, pobreza extrema; miséria.
Penuriàre, v. penuriar.
Penzàna, s. f. (ant.) rebento de videira.
Penzolàre, v. pender, estar pendente ou suspenso do alto.
Pènzolo, s. m. dois ou mais cachos de uva ou de outras frutas, unidos e pendentes do mesmo ramo / (mar.) cabo curto amarrado à árvore por baixo da enxárcia.
Penzolône, e **penzolôni**, adv. pendente, suspenso à guisa das coisas que pendem.
Peòne, ou **peonio**, s. m. péon, pé de verso grego ou latino.
Peònia, s. f. (bot.) peônia, planta da família das ranunculáceas.
Peònio, adj. peônico, de verso péon.
Peòta, e **peòtta**, s. f. barca veneziana de tamanho médio para transporte.
Pepaiòla, s. f. pimenteira ou pimenteiro, pequeno vaso para pimenta.
Pepàto, adj. apimentado, condimentado com pimenta / (fig.) cáustico.
Pèpe, s. m. (bot.) pepe (fruto), pimenteira, planta da pimenta; pimenta-do-reino; as várias espécies de pimenta / **esser tutto** ———: ser muito vivo e esperto / **rispondere con sale e** ———: responder com palavras ásperas e mordazes / **è tutta** ———: (mulher) muito viva.
Peperíno, s. m. (min.) cratera vulcânica / (burl.) menino muito esperto e ativo.
Peperoncíno, s. m. pimentão pequeno.
Peperòne, s. m. pimentão, o fruto e a planta do pimentão / (fig.) anão gordo e feio.
Pepinièra, s. f. pepineira; viveiro, sementeira.
Pepíta, s. f. (min.) pepita, grão ou paleta de ouro.
Pèplo, s. f. (hist.) peplo, capa comprida das matronas e das antigas mulheres gregas.
Pepolino, s. m. (bot.) tomilho, planta da fam. das labiadas, também chamada timo.
Pepònio, s. m. (bot.) pepônio, fruto das cucurbitáceas.
Pèppola, s. f. ("fringilla montis") tentilhão, pássaro conirrostro.
Pepsína, s. f. (quím.) pepsina, princípio azotado do suco gástrico, etc.
Pèptico, adj. péptico.
Peptògeno, adj. peptógeno.
Peptòne, s. m. (quím.) peptona.
Peptonizzàre, v. peptonizar, converter em peptona no estômago.
Peptonuría, s. f. peptonúria, presença de peptona na urina.
Per, prep. por; indicando passagem através de lugar / **passò** ——— **Firenze**: passou por Florença / indicando lugar: **passeggio** ——— **la città**: passeio pela cidade / **para**: **partire** ——— **Roma**: partir, viajar para Roma / preço / **lo comparai** ——— **mille lire**: comprei-o por mil liras / modo / ———
amore o ——— **forza**: por bem ou por mal, meio / ——— **mezzo di mio padre**: por meio de meu pai / **parlare** ——— **telefono**: falar por telefone / **viaggiare** ——— **mare**: viajar por mar / causa / **dare la vita** ——— **la scienza**: dar a vida pela ciência / ——— **paura**. ——— **compassione**: por medo, por compaixão / ———: **i suoi meriti**: pelos seus merecimentos / distribuição / **un giorno** ——— **settimana**: um dia por semana / **divisi** ——— **classe**: divididos por categoria / tanto ——— **cento**: tanto por cento / **lo prese** ——— **sciocco**: tomou-o por tolo / valor: **ha quadri per molti milioni**: possui quadros que valem milhões / **prendere** ——— **il braccio**: pegar pelo braço / **è matto** ——— **il vino**: é louco pelo vinho / troca / **diede un'orologio** ——— **un libro**: deu um relógio por um livro / ——— **favore**: por favor / **quanto ho di più caro**: pelo que tenho de mais precioso / **questi regali sono** ——— **te**: estes presentes são para ti / fim, destino / **grano** ——— **pane**: trigo para o pão / **rimedio** ——— **la tosse**: remédio para a tosse / **mangiare** ——— **vivere**: comer para viver / **studiare** ——— **aviatore**: estudar para aviador / vencimento, tempo futuro / ——— **Novembro scade il fitto**: em novembro vence o aluguel / **il còmpito** ——— **domani**: a lição para amanhã / ——— **quanto si faccia**: por mais que se faça / iminência / **sta** ——— **piovere**: está para chover / **sto** ——— **fare**: estou para fazer / **sto** ——— **dire**: estou para dizer / comparação / **quella casa non è luogo** ——— **noi**: não é lugar para nós / a favor; prega ——— **me**: reza por mim / em qualidade, em função de; **lo presero** ——— **servo**: tomaram-no por criado / **andare** ——— **uno**: ir à procura de alguém / referindo-se a tempo / ——— **tutta la notte non cessò di piovere**: por toda a noite não cessou de chover / **fece tutto** ——— **lui**: fez tudo por ele / **nè** ——— **bene nè** ——— **male**: nem por bem nem por mal / **aver** ——— **compagno**: ter por companheiro / **ho** ——— **certo**: tenho por seguro / **caso**: por acaso / ——— **adesso**: por agora.
Pêra, s. f. pera, o fruto da pereira / (burl.) cabeça, testa / (fig.) lorota, mentira.
Peràccia, s. f. (pej.) pera feia, ruim.
Per altro, conj. contudo, não obstante.
Perànco, ou **perànche**, adv. (rar.) todavia, ainda / **non è** ——— **giunto**: não chegou ainda.
Perbàcco! interj. caramba! puxa! cáspite!
Perbène, adv. e adj. de bem, bom, correto, honesto; **è una persona** ———: é uma pessoa de bem / **còm ordem**: **lavoro eseguito** ———.
Pèrca, s. f. perca, peixe do hemisfério norte.
Percàlle, s. m. percal (tecido).
Percallina, s. f. (dim.) percalina.
Percènto, s. m. (com.) por cento.
Percentuàle, adj. (neol.) percentual; percentual / (s. f.) percentual; uns tantos por cento.

Percepíbile, adj. perceptível.
Percepíre, v. perceber, entender, compreender, formar idéia de, ver ao longe, divisar / receber.
Percettíbile, adj. perceptível, percebível, distinguível.
Percettibilità, s. f. perceptibilidade.
Percettività, s. f. (lit.) perceptibilidade; percebimento.
Percettívo, adj. (lit.) perceptivo; que tem fácil percepção.
Percezióne, s. f. percepção; faculdade de perceber.
Perchê, adv. porque, por quê; visto que; para que; por causa de / (s. m.) porquê; causa, razão; motivo; ——— non sei venuto? / il perché dei fatti: o porquê dos acontecimentos.
Perciò, conj. por isto, para isto, por isso, por esta razão, por isso mesmo / ——— son venuto: para isto eu vim.
Perciocchê, conj. (o mesmo que imperciocché); por isso que; porque.
Percipiènte, p. pr. e adj. perceptível; que percebe.
Perclorato, s. m. (quím.) perclorato.
Perclòrico, adj. (quím.) perclórico.
Perclorúro, s. m. (quím.) percloreto.
Percôme, s. m. porquê; usado na frase familiar il perché e il ———: o como e o porquê.
Percorrènza, s. f. percurso, caminho percorrido; trajeto.
Percórrere, v. percorrer; passar através de; ler rapidamente um livro, etc. / caminhar; atravessar, cruzar; peregrinar; observar, explorar.
Percòrso, p. p. e adj. percorrido, atravessado / (s. m.) espaço percorrido, trajeto.
Percòssa, s. f. batedela, pancada com a mão ou com o pau; golpe.
Percòsso, p. p. e adj. batido, percutido / impressionado, comovido / muto e percòsso di stupôre: mudo e acometido de espanto.
Percotitóio, s. m. percutidor; percussor / (med.) instrumento de percussão.
Percotitôre, adj. e s. m. percussor; que ou aquele que percute.
Percuòtere, v. percutir, bater, ferir; espancar.
Percuòtersi, v. percutir-se, bater-se.
Percussôre, s. m. percutidor; percussor; corpo em movimento que percute outro.
Percuziènte, adj. (lit.) percuciente, que percute / (s. m.) corpo que percute outro.
Perdènte, p. pr. perdente, que perde; perdedor.
Pèrdere, v. perder, ficar privado de; deixar de possuir; sofrer a perda, a diminuição de qualquer coisa; extraviar / (fig.) còrromper, sofrer derrota; ter sorte adversa; ceder ao confronto dos outros / ——— il filo delle idee: perder o fio das idéias / meglio perderlo che aquistarlo: melhor perdê-lo que adquiri-lo (de certos amigos) / chi non à da ———, sempre perde: quem não tem o que perder, perde sempre.
Pèrdersi, v. perder-se, extraviar-se; arruinar; desanimar-se.
Perdiàna, interj. por Deus! cáspite!
Perdíbile, adj. perdível, que se pode perder.

Perdifiàto (a) loc. adv. a perder o fôlego, a perder o respiro; com toda a força: gridare, correre a ———.
Perdigiòrno, s. m. vadio, vagabundo, boa-vida.
Perdimênto, s. m. perdimento, perdição; perda.
Perdínci, int. por Deus! cáspite!
Perdío! excl. pop. por Deus; em nome de Deus.
Pèrdita, s. f. perda; desaparecimento; dano, prejuízo; ruína; mau êxito; naufrágio; acontecimento desfavorável / a ——— d'occhio: até onde a vista alcança.
Perditèmpo, s. m. tempo mal empregado; tempo perdido.
Perditôre, s. m. (perditrice, f.), perdedor.
Perdizióne, s. f. perdição; ruína; dano; danação.
Perdonàbile, adj. perdoável, que se pode perdoar.
Perdonànza, s. f. (ant.) perdão; indulgência concedida pelo papa aos que visitam lugares sagrados.
Perdonàre, v. perdoar, conceder perdão; renunciar a punir; absolver da pena; perdoni se son venuto troppo presto: perdoa se cheguei muito cedo.
Perdonatôre, s. m. (perdonatrice, f.) perdoador, aquele que perdoa; indulgente.
Perdôno, s. m. perdão; absolvição; remissão, indulto / desculpa, indulgência.
Perduèlle, s. m. (lit.) traidor da pátria.
Perduellióne, s. f. (jur.) delito contra o interesse e a segurança do Estado; alta traição.
Perduràbile, adj. perdurável; duradouro.
Perduràre, v. perdurar, persistir, perseverar.
Perdurévole, adj. perdurável; insistente.
Perdutamênte, adv. perdidamente; loucamente.
Perdúto, p. p. e adj. perdido, que se perdeu; desaparecido, sumido; arruinado; transviado / devasso, dissoluto.
Perecottàio, s. m. vendedor ambulante de peras cozidas.
Peregrinàre, v. peregrinar, ir em romaria; viajar / divagar (com o espírito, a fantasia).
Peregrinazióne, s. f. peregrinação.
Peregrinità, s. f. peregrinidade; raridade; singularidade.
Peregríno, adj. (lit.) peregrino, que peregrina / estrangeiro; raro, extraordinário, excepcional, excelente; singular.
Perennàre, v. (p. us.) perpetuar.
Perènne, adj. perene, que dura indefinidamente; eterno.
Perennemênte, adv. perenemente.
Perennità, s. f. perenidade; perpetuidade; continuidade.
Perènto, adj. (jur.) perempto, extinto por perempção; anulado, prescrito.
Perentoriamênte, adv. peremptoriamente; terminantemente.
Perentòrio, adj. peremptório, que derime; decisivo; terminante.
Perenzióne, s. f. perempção / (jur.) prescrição em processo judicial ou administrativo.
Perequàre, v. (jur.) igualar.
Perequàto, p. p. e adj. igualado.

Perequaziône, s. f. perequação; igualação; equilíbrio / ———— **fondiária**: verificação das propriedades prediais num país.
Perêto, s. m. pereiral, peral, lugar plantado com peras.
Perètta, s. f. (dim.) perinha, pequena pera.
Perfàre, v. perfazer, fazer, cumprir; refazer.
Perfettaménte, adv. perfeitamente, de modo perfeito.
Perfettíbile, adj. perfectível; que pode aperfeiçoar-se.
Perfettibilità, s. f. perfectibilidade.
Perfettívo, adj. perfectivo, que mostra perfeição.
Perfètto, adj. perfeito, a que nada falta; que não tem defeito; rematado completo; magistral, notável / **piú che** ————: (gram.) mais que perfeito (tempo de verbo).
Perfezionàbile, adj. aperfeiçoável.
Perfezionabilità, s. f. possibilidade de chegar à perfeição.
Perfezionaménto, s. m. aperfeiçoamento.
Perfezionàre, v. aperfeiçoar.
Perfezionàrsi, v. aperfeiçoar-se.
Perfezionatívo, adj. aperfeiçoador.
Perfezionàto, p. p. e adj. aperfeiçoado, melhorado, tornado perfeito.
Perfezionatôre, s. m. (**perfezionatrice**, s. f.) aperfeiçoador, que aperfeiçoa.
Perfeziône, s. f. perfeição, qualidade daquele ou daquilo que é perfeito; correção; primor; mestria.
Perfidaménte, adv. perfidamente, com perfídia; traiçoeiramente.
Perfidézza (ant.) e **perfídia**, s. f. perfídia; malvadez.
Perfidiàre, v. obstinar-se na perfídia.
Perfidiosaménte, adv. perfidamente.
Perfidióso, adj. pérfido, falso; desleal; que revela traição ou perfídia.
Perfíne, (**alla perfíne**), adv. afinal; finalmente; enfim.
Perfinìre, s. m. mote, gracejo, historiazinha ou anedota final.
Perfíno, e **persíno**, prep. até: **mi vergogno** ———— **a parlare**: de tal coisa envergonho-me até de falar / **è stato** ———— **al Polo**: até no Polo esteve.
Perfogliàto, adj. (bot.) perfolhado.
Perboràbile, adj. perfurável, que se pode perfurar.
Peroraménto, s. m. perfuração.
Perforato, p. p. e adj. perfurado
Perforatôre, s. m. perfurador.
Perforatríce, s. f. perfuratriz, máquina perfuradora.
Perforaziône, s. m. perfuração; ato ou efeito de perfurar.
Perfosfàto, s. m. superfosfato.
Perfràngere, v. refranger, desviar do caminho reto (diz-se da luz).
Perfusiône, s. f. perfusão, aspersão, banho; ducha.
Perfúso, adj. (lit.) aspergido, rociado, borrifado.
Pergamèna, s. f. pergaminho; diploma, atestado, título de honra escrito ou impresso em pergaminho.
Pergamenàceo, adj. pergamináceo, feito de pergaminho.
Pergamenàio, s. m. pergaminheiro, que prepara ou vende pergaminhos.
Pergamenàto, adj. apergaminhado.
Pergamo, s. m. (lit) púlpito / (n. próp.) teatro de Florença.

Pergolàto, s. m. pérgula, caramanchão, parreiral ou videira / (n. próp.) teatro lírico de Florença.
Pergolêse, s. f. uva de bagos grossos e duros.
Peri, prefixo: peri: à roda de, cerca de; **peri-metri, peri-dermà**.
Pèri, s. f. (mitol. persa) peri; fada benéfica.
Perianto, e **periànzo**, s. m. (bot.) perianto, conjunto dos invólucros florais.
Periblèma, (pl. **-èmi**), s. m. periblema, parte do meristema terminal de um caule.
Perìbolo, s. m. (arquit.) períbolo / (ant.) adro, espaço entre um edifício e o muro que o cerca; pátio.
Pericàrdico, s. m. pericárdico.
Pericàrdio, s. m. (anat.) pericárdio.
Pericardíte, s. f. pericardite.
Pericàrpio, s. m. pericárpio.
Pericistíte, s. f. pericistite, inflamação dos tecidos da bexiga.
Periclitàre, v. (intr.) perigar; (galic. e p. us.) periclitar.
Pericolaménto, s. m. (raro) perigo.
Pericolànte, p. pr. e adj. periclitante: que corre perigo.
Pericolàre, v. perigar, correr perigo; periclitar.
Perícolo, s. m. perigo / (fig.) (pol.) ———— **giallo**: perigo amarelo.
Pericolône, s. m. medrica, que em tudo vê perigos; medroso, pusilânime.
Pericolosaménte, adv. perigosamente: com perigo, com risco.
Pericolôso, adj. perigoso; arriscado; inseguro / **uomo** ————: homem temível / **luogo** ————: lugar perigoso.
Pericòndrio, s. m. (anat.) pericôndrio ou pericondro, membrana que reveste as cartilagens.
Pericondríte, s. f. pericondrite, inflamação do pericôndrio.
Pericrànio, s. m. pericrânio.
Peridèrma, s. m. (bot.) periderma, tecido que protege certas plantas; cortiça.
Peridèrnida, s. f. (bot.) periderme.
Perídio, s. m. (bot.) perídio.
Periéco, s. m. (geog.) perieco, habitante de um idêntico paralelo.
Periegèsi, s. f. (lit.) periegese, descrição do globo.
Perielèsi, s. f. (mús.) perielese, cadência (no cantochão) que se faz para advertir o coro que deve prosseguir; neuma.
Perièlio, s. m. (astr.) periélio, o ponto de órbita de um planeta, em que este se acha mais próximo do Sol.
Periencefalíte, s. f. periencefalite, paralisia geral progressiva.
Periferìa, s. f. periferia; circunferência; perímetro.
Perifèrico, adj. periférico.
Periflebíte, s. f. periflebite.
Perifrasàre, v. perifrasear.
Perifrasi, s. f. (ret.) perífrase; circunlóquio; rodeio.
Perifrasticaménte, adv. perifrasticamente, de forma perifrásica.
Perifràstico, adj. perifrástico.
Perigastríte, s. f. perigastrite.
Perigèo, s. m. (astr.) perigeu, ponto em que a órbita de um planeta está mais próxima da Terra.

Periglïàre, v. (poét.) perigar.
Perigliosaménte, adv. perigosamente.
Perìglio, s. m. perigo.
Periglïôso, adj. perigoso / **si vòlge all' acqua perigliosa e guata** (Dante): olha o mar perigoso em que lutara (trad. X. P.).
Perigònio, s. m. (bot.) perigônio.
Perilínfa, s. f. perilinfa, líquido do labirinto ósseo do ouvido interno.
Perimetràle, adj. perimentral; perimétrico.
Perimetría, s. f. (geom.) perimetria.
Perimetrite, s. f. perimetrite; inflam. do tecido laminoso que cerca o útero.
Perímetro, s. m. perímetro; circunferência; círculo, giro, volta.
Perimísio, s. f. (anat.) perimísio.
Perinde ac cadaver, (loc. lat.) dócil como cadáver, lema de Santo Inácio de Loiola.
Perinèo, s. m. (anat.) períneo, espaço entre o ânus e os órgãos genitais.
Periodàccio, s. m. (pej.) período, trecho feio.
Periodàre, v. compilar períodos; periodizar.
Periodàto, s. m. (quím.) periodato, sal derivado do ácido periódico.
Periodeggïàre, v. periodizar empoladamente.
Periodétto, s. m. (dim.) periodozinho, pequeno período.
Periodicaménte, adv. periodicamente.
Periodicità, s. f. periodicidade.
Perïòdico, adj. periódico; que volta ou se renova em tempos fixos / (s. m.) jornal que sai em datas determinadas.
Periodíno, s. m. (dim.) período, trecho curto e gracioso.
Período, s. m. período; intervalo de tempo, espaço determinado ou indeterminado de tempo / uma ou mais proposições unidas que formam um sentido completo / (mús.) frase musical de diversos desenhos / sistema das eras geológicas.
Periodóne, s. m. (aum.) período grande, extenso; período indigesto.
Periodúccio, s. m. (dim. e depr.) periodozinho; período de pouco valor.
Perïòstio, s. m. (anat.) periósteo, membrana que reveste os ossos.
Periostite, s. f. (pat.) periosteíte.
Peripatètico, adj. peripatético, que segue a doutrina de Aristóteles.
Peripatetísmo, s. m. peripatetismo, filosofia de Aristóteles.
Peripàto, s. m. (hist.) peripato; jardim de Atenas onde Aristóteles ensinava passeando.
Peripezía, s. f. peripécia; acidente imprevisto; sucesso surpreendente.
Pérïplo, s. m. périplo; circunavegação; viagem por mar e por terra; relação de uma viagem.
Peripneumonía, s. f. (med.) peripneumonia.
Períptero, adj. períptero; s. m. períptero, edifício rodeado por uma ordem de colunas isoladas.
Perire v. perecer; acabar; morrer; falir; extinguir-se; murchar.
Periscòpico, adj. periscópico.
Periscòpio, s. m. periscópio.
Perispèrma, s. m. (bot.) perisperma, tecido nutritivo da semente.
Perispòmeno, adj. perispômeno, vocábulo grego que tem o acento circunflexo na última sílaba.
Perisplenite, s. f. perisplenite, inflam. do peritôneo que cerca o baço.
Perissodàttili, s. m. pl. perissodáctilos (zool.) / que têm dedos em número ímpar.
Perissología, s. f. perissologia; pleonasmo vicioso.
Peristàltico, adj. (med.) peristáltico.
Peristílio, s. m. (arquit.) peristilo.
Peritàle, adj. pericial, relativo à perícia.
Peritaménte, adv. pericialmente, de maneira pericial.
Peritànza, s. f. hesitação, timidez, acanhamento.
Peritàrsi, v. acanhar-se, envergonhar-se de fazer ou dizer alguma coisa.
Peritèro, s. m. assinalador da presença de submarinos.
Peritiflite, s. m. (med.) peritiflite.
Períto, adj. perito, conhecedor, experimentado / (p. p.) falecido, sucumbido, perecido: ——— **in guerra:** perecido na guerra / (s. m.) árbitro, perito, avaliador nomeado judicialmente.
Peritòneo, s. m. (anat.) peritôneo.
Peritonite, s. f. peritonite.
Peritóso, adj. tímido, vergonhoso, acanhado, indeciso.
Peritúro, adj. perituro; que há de perecer.
Perizía, s. f. perícia; destreza, habilidade, experiência, prática, conhecimento / laudo, relatório de perito.
Perizialménte, adv. pericialmente, por meio de perícia.
Perizïàre, v. avaliar, submeter à perícia.
Perizïàto, p. p. e adj. avaliado por peritos.
Perizïatôre, s. m. perito escolhido para avaliar.
Perizòma, s. m. cinto ou faixa que cinge os flancos.
Pèrla, s. f. pérola / objeto pequeno em forma de pérola / pequeno tipo de imprensa de quatro pontos / (fig.) coisa excelente, rara, preciosa / **è una** ——— **d'uomo:** é uma pérola de homem / (farm.) espécie de pílula: ——— **di ricino.**
Perlàceo, adj. perolado, da cor da pérola.
Perlàio, s. m. aquele que trabalha ou vende pérolas.
Perlàto, adj. perolado, perolino, da cor, da forma ou semelhança da pérola.
Perlétta, s. f. (dim.) perolazinha.
Perlifero, adj. perlífero, diz-se de conchas em que se formam as pérolas: ostrica perlifera.
Perlína, s. f. (dim.) pérola pequena; aljôfar.
Perlóna, s. f. e **perlône,** s. m. (aum.) pérola grande.
Perlustràre, v. perlustrar, percorrer observando, vendo, examinando; patrulhar, vigiar.
Perlustràto, p. p. e adj. perlustrado, patrulhado, vigiado.
Perlustratôre, s. m. (**perlustratríce,** f.) perlustrador, que percorre, que observa.
Perlustrazïône, s. f. perlustração.

Permàle, s. m. ressentimento de quem leva a mal alguma coisa / **avèrsi** —— **d'una cosa**: levar a mal alguma coisa.
Permalóso, adj. e s. m. melindroso, agastadiço, suscetível.
Permalosità, s. f. melindrice, suscetibilidade.
Permanènte, p. pr. e adj. permanente, estável, duradouro; perseverante.
Permanenteménte, adv. permanentemente; constantemente.
Permanènza, s. f. permanência, constância; perseverança / (quím.) inalterabilidade.
Permanére, v. permanecer; conservar-se, ficar, durar; parar muito tempo num lugar.
Permanganàto, s. m. permanganato.
Permeàbile, adj. permeável, dotado de permeabilidade.
Permeàre, v. permear, penetrar; atravessar pelos poros.
Permèsso, p. p. e adj. permitido, consentido / (s. m.) licença, faculdade concedida; permissão; consentimento; autorização.
Permèttere, v. permitir, dar licença, consentir; autorizar, tolerar o que se poderia proibir; ser favorável ou propício; **tempo permettendo**: se o tempo permitir.
Permiàno, adj. (geol., de Perm) pérmico, perminiano.
Permissíbile, adj. permissível, que se pode permitir; admissível.
Permissióne, s. f. permissão; licença; consentimento.
Permissivaménte, adv. permissivamente.
Permissívo, adj. permissivo, que envolve permissão.
Permistióne, s. f. (ant.) permissão.
Permisto, adj. permisto, confuso, misturado.
Pèrmuta, s. f. permuta, troca; câmbio; permutação de pena por efeito de graça ou anistia.
Permutàbile, adj. permutável.
Permutabilità, s. f. permutabilidade.
Permutaménto, s. m. (rar.) permutamento, permutação; permuta.
Permutàre, v. permutar, trocar; mudar reciprocamente.
Permutatívo, adj. permutativo.
Permutàto, p. p. e adj. permutado, trocado, partilhado; mudado.
Permutatóre, s. m. (**permutatrice,** f.) permutador, que permuta / (eletr.) aparelho elétrico de corrente alternada e de corrente contínua.
Permutazióne, s. f. permutação, permuta.
Pernice, s. f. perdiz (ave).
Perniciósa, s. f. perniciosa, febre intermitente.
Perniciosaménte, adv. perniciosamente.
Perniciosità, s. f. perniciosidade.
Perniciôso, adj. pernicioso, daninho, nocivo, prejudicial, ruinoso.
Perniciòtto, s. m. perdigoto, filhote de perdiz.
Perniettíno, perniètto, s. m. (dim.) eixozinho, pequeno eixo.
Perniòne, s. m. (aum.) eixo grande.
Pèrno, ou pèrnio. s. m. perno; eixo ou cavilha de qualquer maquinismo / (fig.) essência, ponto principal, sustentáculo; fundamento / **è il** —— **della famíglia**: é o sustentáculo da família / **è il** —— **della questióne**: é o centro (o eixo) da questão.
Pernottaménto, s. m. pernoitamento; o mesmo que pernoite.
Pêro, s. m. (bot.) pereira (árvore).
Però, conj. porém, mas, todavia / por isso / **l'accòlse bone** ——: acolheu-o bem, todavia... / **e** —— **dico**: e por isso digo.
Perocchè, conj. (de uso pedante): por isso que; porque; pois que.
Perondíno, s. m. (tosc.) janota; afetado.
Peróne, s. m. (anat.) peroneu, osso da perna que fica ao lado da tíbia.
Peronòspera, s. f. (bot.) peronóspera, cogumelo que infesta a videira.
Peronosporàcee, s. f. (pl.) peronosporáceas.
Peroràre, v. perorar, discursar procurando persuadir; falar, geralmente, depois dos juízes; terminar um discurso.
Perorato, p. p. e adj. perorado.
Perorazióne, s. f. peroração; conclusão de uma oração destinada a comover ou impressionar.
Peròssido, s. m. (quím.) peróxido.
Perpendicolàre, adj. perpendicular.
Perpendicolarità, s. f. perpendicularidade.
Perpendicolarménte, adv. perpendicularmente.
Perpendícolo, s. m. perpendículo, fio de prumo.
Perpetràre, v. perpetrar, praticar, cometer (crime, delito ou ação condenável).
Perpetràto, p. p. e adj. perpetrado, praticado, cometido.
Perpetratóre, (rar.), s. m. perpetrador, aquele que perpetrou.
Perpetrazióne, s. f. perpetração, ato de perpetrar.
Perpètua, s. f. (fam.) serva, criada de padre; do nome da criada de Don Abbòndio, o popular personagem de **I Promessi Sposi** / (fig.) doméstica velha e linguaruda.
Perpetuàbile, adj. perpetuável; durável; eternizável.
Perpetuaménte, adv. perpetuamente.
Perpetuàre, v. perpetuar, eternizar.
Perpetuàto, p. p. e adj. perpetuado, eternizado, imortalizado.
Perpetuazióne, s. f. perpetuação.
Perpetuità, s. f. perpetuidade; eternidade.
Perpètuo, adj. perpétuo, contínuo / (loc. adv.) **in** ——: perpetuamente, eternamente.
Perpignàno, s. m. tecido ordinário de lã (de Perpinhão, cidade da França).
Perplessaménte, adv. perplexamente.
Perplessità, s. f. perplexidade / hesitação; indecisão; incerteza.
Perplèsso, adj. perplexo; irresoluto; hesitante.
Perquirènte, p. pr. e adj. perquiridor, perquisidor; investigador.
Perquisíre, v. perquirir, investigar; indagar.
Perquisitívo, p. p. o adj. perquisitivo.
Perquisitóre, s. m. perquiridor; investigador.
Perquisizióne, s. m. perquisição; investigação; inquirição; busca.
Perrúcca, v. **parrucca.**

Perscrutàbile, adj. perscrutável.
Perscrutàre, v. percrustar, indagar, investigar, averiguar minuciosamente.
Perscrutàto, p. p. e adj. perscrutado; indagado, averiguado, investigado.
Perscrutatôre, s. m. (**perscrutatríce,** f.) perscrutador; investigador.
Perscrutazióne, s. f. perscrutação.
Persecutôre, s. m. (**persecutrice,** f.) perseguidor, o que persegue.
Persecuzióne, s. f. persecução, perseguição.
Perseguíre, v. perseguir, seguir de perto; correr atrás, ir ao encalço de; aspirar, desejar / ——— un fine, un intento: perseguir um fim, um designio.
Perseguitamênto, s. m. perseguimento, perseguição.
Perseguitàre, v. perseguir, acossar / (fig). vexar, molestar, importunar.
Perseguitàto, p. p. e adj. perseguido, acossado; molestado; importunado.
Perseguitatôre, s. m. (**perseguitatrice,** f.) perseguidor; molestador.
Perseguito, p. p. e adj. perseguido, procurado / desejado, anelado.
Persèdi, s. f. pl. (astr.) perseidade, estrelas cadentes.
Perseveramênto, s. m. perseverança.
Perseverànte, p. pr. e adj. perseverante; constante; insistente.
Perseverantemênte, adv. perseverantemente.
Perseverànza, s. f. perseverança, constância insistência.
Perseveràre, v. perseverar; persistir: continuar; durar.
Perseveràto, (ant.) p. p. e adj. perseverado; prosseguido; mantido constantemente.
Pèrsia, s. f. (bot.) manjerona, planta lamiácea.
Persiàna, s. f. persiana, caixilho de tabuinhas móveis, que se usa fora das janelas ou sacadas; veneziana (bras.).
Persiàno, adj. persiano, persa / (s. m.) habitante da Pérsia.
Persicària, (bot.) s. f. persicária, espécie de plantas poligonáceas.
Persicàta, s. f. pessegada, conserva de pêssegos.
Persichíno, adj. da cor da flor do pessegueiro / (s. m) vinho de pêssego.
Pèrsico, adj. pérsico, da Pérsia / (s. m.) (dial.) pêssego.
Persíno, e **perfíno,** adv. até / è arrivato ——— a questo: até a isto chegou.
Persistênte, p. pr. e adj. persistente, contínuo; incessante.
Persistentemênte, adv. persistentemente; tenazmente.
Persistènza, s. f. persistência, constância; perseverança.
Persístere, v. persistir, durar, continuar; não cessar; insistir, perseverar / perdurar.
Pèrso, adj. de cor entre o purpúreo e o negro / (adj. e p. p.) perdido; transviado, desaparecido / (poét.) persa, persiano / (s. m.) i Persi: os Persas.
Persolfúro, s. m. (quim.) persulfureto sulfurizado, que contém o máximo de enxofre.
Persòna, s. f. pessoa, indivíduo, criatura, personagem, individualidade / (gram.) pessoa que fala ou de que se fala / è una brava ———: é uma boa pessoa / **non dar noia alle persone importànti:** não aborrecer as pessoas importantes / la mia povera ———: a minha pobre pessoa.
Personàccia, s. f. (pej.) pessoa feia, de corpo e de figura.
Personàggio, s. m. personagem, pessoa importante, notável, ilustre; pessoa que figura numa narração, num drama, num acontecimento / **i caratteri dei personaggi di Pirandello:** os caracteres das personagens de Pirandello.
Personàle, adj. pessoal, individual, de pessoa; reservado à pessoa; que concerne a uma só pessoa.
Personalità, s. f. personalidade; individualidade / personalidade jurídica.
Personalísmo, s. m. personalismo / política pessoal.
Personalmênte, adv. pessoalmente, em pessoa.
Personeggiàre, v. personificar.
Personificare, v. personificar; figurar, fingir, aparentar, representar: ——— l'avarizia.
Personificàto, p. p. e adj. personificado; representado.
Personificazióne, s. f. personificação; representação literária de coisas abstratas.
Perspettòmetro, s. m. perspectômetro, aparelho que serve para transformar as perspectivas fotográficas.
Perspicàce, adj. perspicaz; que tem agudeza de espírito; sagaz.
Perspicacemênte, adv. perspicazmente.
Perspicacità, ou **perspicácia,** s. f. perspicácia, agudeza, sagacidade.
Perspicuamênte, adv. perspicuamente.
Perspicuità, s. f. perspicuidade.
Perspícuo, adj. perspícuo; claro; evidente; perspicaz.
Persuadêre, v. persuadir, levar a crer; levar à persuasão; convencer.
Persuadêrsi, v. persuadir-se; convencer-se.
Persuadíbile, adj. persuadível.
Persuaditôre, s. m. persuasor.
Persuasíbile, adj. persuasível, fácil de persuadir.
Persuasióne, s. f. persuasão; ato de persuadir; convicção.
Persuasíva, s. f. persuasiva, força de persuadir.
Persuasívo, adj. persuasivo, que persuade; convincente: **accento, discorso.**
Persuàso, p. p. e adj. persuadido; convencido.
Persuasôre, s. m. persuasor.
Persuasòrio, adj. persuasório; persuasivo.
Pertanto, conj. portanto, pois, por isso, por conseguinte / **ciò non** ———: apesar de, não obstante.
Pertèmpo, adv. cedo, bem cedo; de manhãzinha / **domàni** ——— saró da voi: amanhã logo cedo estarei em sua casa.
Pértica, s. f. vara, pau comprido, pértica, antiga unidade de medida; pertiga ou pirtiga / (fig.) pessoa magra e alta.
Perticàre, v. bater com pau / medir com pértica.
Perticata, s. f. golpe com pértiga.
Pertichetta, pertichina, s. f. (dim.) pertigazinha; vara ou pau curto.

Pertichíno, s. m. (dim.) personagem que em uma dança teatral faz a parte de mudo, ou que substitui algum ator em papéis secundários / cavalo auxiliar nos veículos de transporte.
Perticôna, s. f. **perticône**, s. m. pértiga grande / (fig.) pessoa alta e magra, compridão.
Pertináce, adj. pertinaz; obstinado; persistente; firme.
Pertinacemênte, adv. pertinazmente; obstinadamente, firmemente.
Pertinènte, adj. pertinente, pertencente, concernente; próprio, propositado.
Pertinènza, s. f. pertinência, pertença, aquilo que concerne ao assunto / pertença, propriedade / competência: funzioni di —— governativa.
Pertíngere, v. (tr. e intr.) (ant.) chegar.
Pertôsse, s. f. coqueluche; tosse convulsa.
Pertrattàre, v. (lit.) tratar a fundo; examinar, considerar.
Pertrattàto, p. p. e adj. tratado, examinado, considerado, debatido.
Pertugiàre, v. (rar.) furar, perfurar; esburacar.
Pertugiêtto, s. m. (dim.) furinho, buraquinho.
Pertúgio, s. m. (lit.) furo, buraco, fenda, abertura.
Perturbamênto, s. m. perturbação, confusão, desordem.
Perturbàre, v. perturbar; agitar; alterar; turvar, abalar, molestar.
Perturbàrsi, v. perturbar-se, agitar-se.
Perturbàto, p. p. e adj. perturbado.
Perturbatôre, s. m. (**perturbatríce**, f.) perturbador.
Perturbazióne, s. f. perturbação, alteração, agitação; desordem.
Perù, loc. fam. **valere un** ——: valer bastante, muitíssimo.
Peruggíne, s. m. (bot.) pereira selvática.
Perugíno, adj. perugino, relativo à Perúgia, cidade de Úmbria; nome com o qual é conhecido o célebre pintor Pietro Vannucci: **il Perugino** / (s. m.) habitante de Perúgia; o mesmo que perusino.
Pérule, s. f. pl. pérula, invólucro dos botões ou gomos.
Perústo, adj. (ant.) adusto, tórrido, abrasado.
Peruviàno, adj. peruviano, peruano, nat. do Peru.
Pervàdere, v. penetrar, invadir; infiltrar; / (fig) pervaso da gran tristèzza: penetrado de grande tristeza.
Pervàso, p. p. penetrado, invadido.
Pervenìre, v. chegar com dificuldade ou trabalho / alcançar, atingir / —— a un alto posto: alcançar um cargo importante / corresponder, caber / —— a uno un'eredità: caber a alguém uma herança / (ant.) vingar, medrar, crescer bem (plantas, etc.).
Perversamênte, adv. perversamente, de modo perverso.
Perversità, s. f. perversidade; índole ruim, malvada; iniqüidade, malvadeza.
Pervèrso, adj. perverso, malvado; péssimo; mau.

Pervertimênto, s. m. perversão; corrupção.
Pervertíre, v. perverter, depravar, corromper.
Pervertírsi, v. perverter-se, depravar-se.
Pervertíto, p. p. e adj. pervertido, depravado; corrupto.
Pervertitôre, s. m. (**pervertitríce**, f.) pervertidor.
Pervicàce, adj. (lit.) pervicaz, obstinado, teimoso; pertinaz.
Pervicacemênte, adv. pervicazmente; tenazmente, obstinadamente.
Pervicàcia, s. f. (lit.) pervicácia, teimosia, obstinação.
Pervietà, s. f. (neol.) praticabilidade de passos, montes, etc.
Pervínca, s. f. (bot.) pervinca, planta da família das apocináceas.
Pèrvio, adj. (lit. e ant.) pérvio, que dá passagem; transitável.
Pesabambíni, s. m. balança pequena para pesar crianças.
Pesàbile, adj. pesável, que se pode pesar.
Pesàggio, s. m. (neol.) pesagem; pesagem dos cavalos de corrida; lugar onde se pesam os mesmos.
Pesalèttere, s. m. balancinha de pesar cartas.
Pesamênto, s. m. (rar.) pesagem.
Pesantàre, v. apesentar, tornar a seda pesada.
Pesànte, adj. pesado, que pesa; grave; indigesto; difícil, trabalhoso; deselegante.
Pesantêzza, s. f. pesadez, pesadume; carga, peso.
Pesàre, v. pesar, por na balança para ver o peso; considerar, conhecer; ponderar; calcular; gravitar / doer, sentir, lamentar, deplorar.
Pesàta, s. f. pesada, o que se pesa de uma vez na balança.
Pesatamênte, adv. ponderadamente; meditadamente; pesadamente.
Pesàto, p. p. e adj. pesado, que foi medido no peso / ponderado, considerado; cauteloso.
Pesatôre, s. m. (**pesatrice**, f.) pesador, aquele que pesa.
Pesatura, s. f. pesagem, ação de pesar.
Pesavíno, s. f. instrumento para medir o grau do vinho; alcoolômetro.
Pèsca, s. f. (bot.) pêssego (fruto) / (tosc.) sinal, equimose produzida por golpe / pesca, arte e exercício de pescar / barca da ——: barco de pesca.
Pescagióne, s. f. (lit.) pesca, pescaria / (mar.) calado, a parte da quilha do navio que fica submersa.
Pescàggio, s. m. calado (de embarcação).
Pescàia, s. f. pesqueiro, lugar represado num rio e destinado à pescaria / açude, represa.
Pescàre, v. pescar (com rede, com anzol, etc.) / (fig.) buscar ou encontrar algo / colher, agarrar, surpreender / ter alguma noção de uma ciência, ofício, etc. / —— qual cosa di latino, / —— nel tórbido: pescar em águas turvas.
Pescarêse, adj. de Pescara, cidade dos Abruzos.
Pescàta, s. f. pesca, aquilo que se pescou.
Pescàto, p. p. e adj. pescado / tirado na sorte; obtido, apanhado; encontrado.

Pescatóre, s. m. (pescatrice, f.) pescador.
Pescatorèllo, s. m. pescadorzinho.
Pescatòrio, adj. pescatório (ou piscatório) que pertence à pesca ou aos pescadores.
Pèsce, s. m. peixe / (fig.) erro tipográfico / ―――― d'Aprile: burla, brincadeira de primeiro de abril.
Pescecàne, (pl. -àni), s. m. tubarão, esqualo / (fig.) novo rico.
Pescelúpo, s. m. robalo.
Pescerèllo, pescètto, s. m. (dim.) peixinho.
Pescherêccio, adj. pescatório.
Peschièra, s. f. viveiro, tanque artificial para peixes vivos; aquário.
Pesciaiòlo, (o mesmo que pescivèndolo) s. m. vendedor de peixe.
Pesciarèllo, s. m. (dim.) peixinho.
Pesciatíno, adj. de Pèscia, cidade da Toscana.
Pescicoltúra, s. f. piscicultura.
Pesciolíno, s. m. (dim.) peixinho.
Pèsco, s. m. (bot.) pessegueiro (árvore do pêssego).
Pescóso, adj. piscoso; abundante de peixe.
Pesêta, s. f. peseta, moeda da Espanha.
Pesíno, pesúccio, s. m. pesinho, pequeno peso.
Pêso, s. m. peso, objeto de metal que serve para pesar quando na balança; carga; pressão que um corpo exerce / importância, consideração; encargo pesado; obrigação, ônus; preocupação da mente / ―――― lordo: peso bruto / ―――― nètto: peso líquido, isto é, só da mercadoria sem o invólucro.
Peso, s. m. (esp.) peso, unidade monetária de algumas repúblicas da América do Sul.
Pèsolo, adj. (ant.) pendente.
Pessàrio, s. m. (med.) pessário; supositório.
Pessimamènte, adv. pessimamente.
Pessimísmo, s. m. pessimismo.
Pessimísta, adj. e s. m. pessimista.
Pessimístico, adj. pessimista.
Pèssimo, adj. péssimo; muito mau.
Pèsta, s. f. pista, rasto, especialmente de animais ou de pessoas que fogem / (rar.) pista para fazer correr os cavalos / (fig.) dificuldade, perigo; embrulhada.
Pestàggio, s. m. sova, moedura, amassadura, sovadura, ato de percurtir coisa ou pessoa de forma a machucá-la ou amarrotá-la.
Pestacolóri, s. m. misturador de cores (para pintura).
Pestalàrdo, s. m. (pop.) meia-lua.
Pestamênto, s. m. pisadela; pisa.
Pestapêpe, s. m. o que pisa e esmaga a pimenta.
Pestàre, v. pisar, esmagar, calcar, amarrotar, machucar qualquer coisa / (fig.) pestar nella tèsta una còsa: pensar, estudar muito / piano fôrte ―――― il: toca mal o piano.
Pestaròla, s. f. faca grande para cortar carne.
Pestàto, p. p. e adj. pisado, calcado; batido; esmagado.
Pestatôre, s. m. (pestatrice, f.) calcador, pisador, etc.
Pestatúra, s. m. pisadela: ação de pisar, calcar, bater, esmagar.

Pèste, s. f. peste, pestilência; epidemia; doença contagiosa / fedor; (fig.) vício, doutrina perniciosa / pessoa má.
Pestèllo, s. m. pilão.
Pestífero, adj. pestífero, que produz peste; pestilento; daninho.
Pestilènte, adj. pestilento, pestilente.
Pestilènza, s. f. pestilência.
Pestilenziàle, adj. pestilencial.
Pestilenzialmènte, adv. pestilencialmente.
Pestío, s. m. (tosc.) pisoteio continuado.
Pêsto, p. p. e adj. pisado, calcado, batido / massa, mistura de coisas pisadas ou moídas / sale, pepe ―――― dalle busse: moído a pauladas / buio ――――: escuridão completa / (fig.) ignorância total / (s. m.) molho à genovesa.
Pestône, s. m. pilão grande.
Petacciòla, s. f. (bot.) plantagínea, planta da família das plantagináceas.
Pètalo, s. m. (bot.) pétala.
Petardàre, v. (rar.) petardear, fazer saltar com petardo.
Petardière, s. m. petardeiro, que faz ou aplica petardos.
Petàrdo, s. m. petardo; peça de artifício; bomba.
Pètaso, s. m. (hist.) pétaso, chapéu de feltro de aba larga usado nas viagens pelos antigos romanos / chapéu alado de Mercúrio.
Petàuro, s. m. (zool.) gambá, mamífero dos marsupiais.
Petecchiàle, adj. (med.) petequial; tifo, febbre ――――.
Petècchie, s. f. pl. (med.) petéquias, manchas vermelhas que se manifestam na pele.
Petènte, p. pr., adj. e s. petitor, aquele que apresenta uma petição.
Pètere, v. (ant.) pedir.
Petitòrio, adj. (jur.) petitório.
Petiziòne, s. f. petição, solicitação, pedido / petiziòne di princípio: sofisma, erro de raciocínio.
Pêto, s. m. (pop.) peido.
Petonciàno, s. m. (bot.) beringela.
Petràia, s. f. pedreira, pedregal, pedroiço.
Petrarcheggiàre, v. petrarquizar, imitar o estilo de Petrarca.
Petrarchescamènte, adv. petrarquescamente, à maneira de Petrarca.
Petrarchêsco, adj. petrarquesco, relativo a Petrarca.
Petrarchísmo, s. m. petrarquismo.
Petrièra, s. f. pedreira, mina de pedras.
Petrièro, ou petrière, s. m. pequeno canhão que atirava pedras.
Petrificàre, v. (o mesmo que pietrificàre) petrificar.
Petrificativo, adj. petrífico, petrificador.
Petrígno, adj. pétreo, de pedra, pedregoso.
Petríno, adj. da qualidade da pedra; duro como pedra.
Petrografía, s. f. (min.) petrografia, estudo das rochas.
Petrolièra, s. f. navio petroleiro.
Petrolière, adj. e s. m. petroleiro, incendiário; relativo ao petróleo; trabalhador da indústria de petróleo.
Petrolífero, adj. petrolífero.
Petrolína, s. f. petrolina, substância extraída do petróleo.
Petròlio, s. m. petróleo; querosene.

Petronciàno, (ou **petonciano**) s. m. beringela.
Petròne, s. m. (aum.) pedrão, pedra grande.
Petronèlla, n. pr. fem. dim. de **Piera**, **Petra**, **Petronia**, Petronilha.
Petrònio, s. m. Petrônio.
Petrosèllo, s. m. (bot.) salsa.
Petròso, adj. pedregoso; rochoso / pétreo, duro.
Pettabòtta, s. f. (hist.) armadura, couraça de ferro para defesa.
Pettàta, s. f. peitada, pancada com o peito / (fam.) subida áspera, corrida apressada.
Pettegolàccia, s. f. (**pettegolàccio**, s. m.) bisbilhoteira, faladeira.
Pettegolàre, v. mexericar, bisbilhotar, intrigar, charlar, tagarelar.
Pettegolàta, s. f. mexerico, charlatanice.
Pettegoleggiàre, v. mexericar, tagarelar, intrigar.
Pettegolêzzo, s. m. charlataneria, mexiriquice, bisbilhotice, intriguice.
Pettegolío, s. m. mexeriquice continuada.
Pettégolo, adj. e s. m. palrador, mexeriqueiro, tagarela; intriguista / (fig.) enfadonho, aborrecível.
Pettegolòne, s. m. (**pettegolòna**, s. f.) (pej.) grande mexeriqueiro ou intrigante.
Pettegolúccio, adj. (dim.) um tanto tagarela.
Pettegolúme, s. m. falatório, mexerico, tagarelice, falação, murmúrio.
Pettignône, s. m. (rar.) púbis.
Pettína, s. f. e **pettíno**, s. m. peitilho, parte do vestuário da mulher, que se coloca sobre o peito; a parte da camisa (de homem) que assenta sobre o peito.
Pettinàio, s. m. penteiro, fabricante ou vendedor de pentes.
Pettinàre, v. pentear; alisar o cabelo com o pente / cardar a parte mais grossa de certos tecidos / (fig.) corrigir, admoestar, criticar / **quèllo scritto l'ha pettinato bene**: aquele escrito corrigiu-o muito bem.
Pettinàrsi, v. pentear-se.
Pettinàta, s. f. penteadela; (dim.) **pettinatina**.
Pettinàto, p. p. e adj. penteado / aperfeiçoado, limado, corrigido / cardado.
Pettinatôre, s. m. (**pettinatôra**, e **pettinatríce**, f.) penteador (m.) penteadora (f).
Pettinatura, s. f. penteado, especialmente de mulher / cardadura de linho, cânhamo, etc.
Pèttine, s m. pente / utensílio para pentear cabelos; objeto de ornamento para o cabelo das mulheres / instr. com pontas de ferro, usado para cardadura nas fábricas de tecido / (zool.) molusco pectinídeo.
Pettinèlla, ou **pettína**, s. f. arpão pequeno para fisgar peixes menores / pente de dentes bem espessos / espátula para modelar.
Pettinièra, s. f. penteadeira (móvel); toucador.
Pettiníno, **pettinúccio**, s. m. (dim.) pentezinho.
Pettirôsso, s. m. pintarroixo ou pintarroxo, pássaro dos conirrostros.

Pètto, s. m. peito / (anat.) tórax; mamas da mulher; seio / peitilho / (fig.) ânimo, coragem, força, magnanimidade, valor / **uomo di poco** ———: pusilânime / **avere a** ——— **una còsa**: ter estima a uma coisa / **mettèrsi la mano al** ———: examinar a própria consciência / **dar di** ——— **in uno**: topar com alguém.
Pettòne, s. m. (aum.) peitão, peito grande.
Pettoràle, adj. peitoral, relativo ao peito; que faz bem ao peito (remédio); **múscoli pettoràli**: músculo do peito / (s. m.) correia que cinge o peito do cavalo; peiteira de couro / (ecles.) broche precioso do manto episcopal.
Pettorína, s. f. corpinho (também corpete ou justilho), parte do vestuário feminino que se ajusta ao peito.
Pettorutamênte, adv. arrogantemente, inchadamente, com basófia.
Pettorúto, adj. peitudo, de peito alto / orgulhoso, inchado, arrogante, empafiado.
Pettrinàle, s. m. (hist.) arcabuz de disparar à queima-roupa.
Petulante, adj. e s. petulante; arrogante.
Petulantemênte, adv. petulantemente.
Petulànza, s. f. petulância, basófia, orgulho; impertinência; insolência.
Petúnia, s. f. (bot.) petúnia, planta ornamental da família das Solanáceas.
Peucedanína, s. f. peucedanina, substância que se extrai da raiz do peucédano.
Peucédano, s. m. peucédano, gênero de plantas umbelíferas, também chamado funcho-de-porco.
Pèvera, s. f. embude, funil com que se envasilha o vinho.
Peverèlla, s. f. (bot.) orégano, oregão, planta da família das labiadas.
Peziòlo, s. m. (bot.) pecíolo, parte da folha que prende o limbo ao tronco.
Pèzza, s. f. peça de pano; pedaço, retalho de pano; faixa de pano para envolver crianças, etc. / remendo de pano / documento comprobatório de uma despesa / moeda / **una** ——— **d'oro** / remendo / lapso de tempo / **da lunga** ———: desde muito tempo.
Pezzalàna, s. f. pequeno cobertor de lã grossa, debaixo do qual se põem as crianças.
Pezzàme, s. m. (rar.) quantidade de pedaços, ou de retalhos de pano / resíduos, restos, fragmentos de qualquer coisa.
Pezzàto, adj. malhado, manchado (cão, cavalo, etc.).
Pezzènte, adj. e s. m. farrapento, andrajoso; mendigo, pedinte, mísero / pobre.
Pezzentería, s. f. mendicidade, pedintaria; os pedintes; sovinaria, mesquinhez.
Pezzètta, s. f. (dim.) pequeno pedaço ou retalho de pano; tira de tela ou de garça para pensar feridas, etc.
Pezzettíno, **pezzètto**, s. (dim.) pedacinho.
Pezzettône, s. m. (aum.) pedaço grande.
Pèzzo, s. m. pedaço, porção, parte separada de um todo, mas considerado à parte; fragmento, trecho; naco; espaço de tempo / canhão, peça de artilharia, as partes que compõem uma má-

quina / composição musical; espaço de tempo e de lugar / è un bel ——— che sono qui: faz muito tempo que estou aqui / ha sonáto un ——— bèllo: tocou um lindo trecho (de música) / un ——— di pane: um pedaço de pão / hanno cammináto un buòn ———: caminharam um bom pedaço / un bèl ——— di donna: uma mulher bem formada fisicamente / ——— d'asino: pedaço de asno, pessoa ignorante / ——— di birbànte: malandro, tratante, biltre / pezzo duro: gelado; sorvete.
Pezzòia, ou pezzuòla, s. f. lenço grande; pedaço de pano de linho.
Piacciantêo, adj. (tosc.) moleirão, indolente, molenga.
Piaccichíccio, s. m. lameiro, lugar onde há matéria pegajosa ou putrefata; lodaçal.
Piaccicône, s. m. moleirão, que faz as coisas mal e vagarosamente.
Piaccicôso, adj. pegajoso; baboso; sujo de matéria pegajosa / visguento.
Piaccicòtto, s. m. (tosc.) trabalho tosco e mal acabado; conserto, arranjo feito sem ordem ou método.
Piacentàre, (ant.) lisonjear, adular / plagiar.
Piacènte, p. pr. e adj. agradável, afável, aprazível.
Piacentemênte, adv. agradavelmente.
Piacentería, s. f. lisonja. adulação.
Piacènza (ant.), s. f. gosto, prazer, agrado.
Piacêre, s. m. prazer, gozo, deleite, delícia, agrado, alegria, contentamento; favor, gentileza, obséquio; divertimento; consolo; vontade; desejo: piacer figlio d'affanni (Leopardi) / èra un ——— a vedèrla: dava gosto de vê-la / con infinito ———: com grande prazer / (v.) aprazer, agradar, satisfazer. causar boa impressão / le dònne cèrcano, di ———: as mulheres procuram agradar / mi piace forte: agrada-me muito / non piáce a nessúno: não agrada a ninguém / piáce a me, e basta: agrada a mim, o resto não importa / querer; piaccia a Dio: queira-o Deus.
Piaceríno, placerúccio, s. m. (dim.) favorzinho / pequeno divertimento.
Piacerône, s. m. (aum.) favor grande; prazer grande.
Piacêvole, adj. agradável, aprazível, prazenteiro, gostoso, grato: compagnia ——— / ameno, alegre, deleitoso: luogo ——— / gracioso, discreto. áfavel, divertido, de bom humor: uomo ——— /.
Piacevoleggiàre, v. gracejar; divertir-se com gracejos.
Piacevolêzza, s. f. jovialidade. gracejo, brincadeira; amabilidade, afabilidade.
Piacevolmènte, adv. agradavelmente; afavelmente.
Piacevolône, s. m. brincalhão; gracejador.
Piacimênto, s. m. contentamento, agrado; divertimento; gosto.
Piaciúto, p. p. e adj. agradado; satisfeito; apreciado; grato.
Piàda, (dial. romanholo) s. f. formato de um disco / costume das localidades da Romagna (região do norte da Itália).

Piàga, s. f. chaga. ferida / (fig.) dor física ou moral; flagelo, ruína, dano / (depr.) pessoa enfadonha e aborrecível / praga, calamidade / la ——— dell'accattonággio: a praga da mendicância.
Piagàre, v. ulcerar, chagar, ferir; (fig.) magoar, afligir, angustiar.
Piagàto, p. p. e adj. chagado, coberto de chagas ou feridas / aflito.
Piaggellàre, v. passear na praia / (fig.) adular, lisonjear.
Piagentàre (ant.) v. burlar / consentir.
Piagènza, s. f. (ant.) gosto, agrado.
Piaggerèlla, piaggètta, piaggettina, s. f. (dim.) prainha, praia pequena e graciosa.
Piaggería, s. f. adulação, lisonja.
Piàggia, s. f. declive, subida / (poét.) praia de mar; litoral / plaga, campo.
Piaggiamênto, s. m. (rar.) adulação; lisonja / navegação perto da praia.
Piaggiàre, v. adular, bajular, lisonjear / (ant.) navegar ao longo da praia.
Piaggiatôre, s. m. (piaggiatríce, s. f.) adulador.
Piagnistèo, s. m. lamúria, lamentação / (ant.) choro fúnebre dos antigos.
Piagnolôso, adj. lamuriento, choramingador.
Piagnône, adj. e s. m. chorão, o que chora sempre, por vício / (ant.) pessoa paga que acompanha enterros / (hist.) Piagnoni: prosélitos do monge Savonarola.
Piagnucolamênto, s. m. choradeira.
Piagnucolàre, v. choramingar.
Piagnucolío, s. m. choro prolongado; choradeira.
Piagnucolône, s. m. choramingas, que se lamenta por qualquer coisa.
Piagnucolôso, adj. choramingador; o que está sempre disposto a chorar.
Piagôso, adj. chagado, coberto de chagas.
Piagúccia, s. f. (dim.) chagazinha.
Piàlla, s. f. plaina, instrumento para alisar madeira.
Piallàccio, s. m. prancha serrada de um só lado e da qual se tiram tábuas mais finas / tábuas finas para serem manchetadas ou embutidas em outras.
Piallàre, v. aplainar; trabalhar com a plaina.
Piallàto, p. p. e adj. aplainado; plano; nivelado.
Piallatôre, s. m. alisador; marceneiro.
Piallatríce, s. f. máquina de aplainar ou de acepilhar.
Piallettàre, v. acepilhar.
Piallètto, piallettíno, s. m. (dim.) pequeno cepilho.
Piallône, s. m. plaina grande; garlopa.
Piamàdre, (anat.) pia-máter (membrana do aparelho cerebrospinal).
Piamênte, adv. piamente; piedosamente; religiosamente.
Piàna, s. f. trave, viga; pedra trabalhada para ser aplicada em trabalhos de construção / planície / rua, estrada plana ou semiplana / terreno cultivado.
Pianàle, s. m. esplanada, terreno plano / vagão ferroviário aberto, para mercadorias.
Pianamènte, adv. quietamente; pouco a pouco / de forma clara e simples / modestamente.

Pianàre, v. (p. us.) nivelar, aplanar, aplainar.
Pianatôio, (pl. òi) s. m. (tecn.) plaina, aplainador.
Pianeggiànte, p. pr. e adj. que tende a plano (terreno); quase plano, um tanto ondulado.
Pianeggiàre, v. tender a plano.
Pianèlla, s. f. chinelo, chinela / ladrilho para o teto das casas.
Pianellàio, s. m. fabricante de chinelas.
Pianellàta, s. f. chinelada.
Pianellêtta, pianellína, pianellúcia, s. f. (dim.) chinelinha.
Planeròttolo, s. m. patamar, espaço à entrada das escadas dos edifícios.
Pianêta, s. f. planeta; astro / vestimenta dos eclesiásticos quando celebram, chamada casula ou planeta.
Pianetàio, s. m. artífice que faz as casulas dos sacerdotes.
Pianetíno, s. m. (dim.) planetazinho.
Pianetône, s. m. (aum.) planeta grande.
Pianêtto, s. m. (dim). pequeno plano ou planura / (arquit.) filete.
Pianêzza, s. f. planeza; plainez; plaino / planura.
Piangènte, p. pr. e adj. que chora: chorão / **sálice** ———: salgueiro ou chorão (planta).
Piàngere, v. chorar, lastimar, lamuriar, gemer; deplorar / (fam.) ——— **misèria**: chorar miséria, queixar-se da própria pobreza; fingir necessidade / **se Atene piànge Sparta non ride**: se Atenas chora, Esparta não ri, ou mal de um, mal de todos / **chi è causa del suo mal, pianga se stesso**: quem é culpado do próprio mal, sofra-o ele mesmo.
Piangimênto, (ant.) s. m. choro.
Piangitôre, s. m. (**piangitríce**, f.) (rar.) chorador, que chora.
Piangiucchiàre, v. (pop.) choramingar.
Piangolàre, v. choramingar.
Piangolôso, adj. choramingueiro.
Pianificàre, v. planificar, organizar, dirigir segundo um plano: ——— **l'economia del paese**.
Pianificatôre, adj. e s. m. (f. **-tríce**) planificador, quem ou que planifica.
Pianificazióne, s. f. planificação, ato ou efeito de planificar.
Pianigiàno, adj. e s. m. relativo à planície; morador da planície.
Pianíno, s. m. (dim.) pequeno piano (instr.); realejo; (adv.) (dim. de piano) devagar, devagarinho.
Pianísta (mús.), s. m. pianista.
Piàno, adj. plano, chato, raso, liso / (fig.) claro, fácil, manifesto / (s. m.) planície, lugar plano / desenho, planta / (arquit.) cada um dos andares de um edifício: **àbito al primo** ———: moro no primeiro andar / (geom.) superfície plana / (mús.) piano (instr.) / (adv.) em voz baixa, sem fazer barulho / devagar, a passo lento / **chi va** ——— **va lontàno**: devagar se vai ao longe.
Pianofòrte, s. m. piano (instr. de música) pianoforte (ant.).
Pianòla, s. f. (mús.) pianola.
Pianòro, s. m. (geogr.) meta, pequeno planalto entre alturas.
Pianòtto, s. m. cordeirinho.

Pianta, s. f. planta, vegetal; parte do pé, que assenta sobre o chão / rasto, sinal, vestígio de pé / (arquit.) desenho, projeto de um edifício, cidade, ponte, etc. / (loc. adv.) **di sana** ———: de início, desde o começo / **rifare di sana** ———: inventar ou refazer inteiramente uma coisa.
Piantàbile, adj. que se pode plantar; cultivável: **terreno** ———, **albero** ———.
Piantacaròte, s. m. contador de lorotas.
Piantàccia, s. f. (pej.) planta mal conformada.
Piantàggine, s. f. (bot.) erva selvática das plantagíneas; plantagem, tanchagem.
Piantagióne, s. f. plantação; quantidade de árvores plantadas num lugar; vasta extensão de terreno plantado.
Piantamênto, s. m. plantação; ato ou efeito de plantar; plantio.
Piantàre, v. plantar, pôr na terra algum vegetal; semear, cultivar / fincar na terra: assentar, colocar; erigir; criar, fundar / (fig.) abandonar, deixar / **ho piantato tutto e tutti, lí al paese** (Pirandello): deixei tudo e todos, na vila.
Piantàrsi, v. plantar-se, postar-se em algum lugar e ficar parado / **duro e piantato lí come un piolo** (Giusti): duro e postado ali como estaca.
Piantastêcchi, s. m. utensílio de sapateiro para fincar pregos de pau nas solas.
Piantàta, s. f. plantio; plantação / fileira de plantas.
Piantàto, p. p. e adj. plantado, fincado na terra para criar raízes / fixado; colocado; postado / (fig.) **persona ben piantata**: pessoa bem feita, direita, bem proporcionada.
Piantatôre, s. m. (**piantatríce**, f.) plantador.
Piantèlla, s. f. planta externa do solado.
Pianterèlla, piantarellína, s. f. (dim.) plantazinha, planta pequena e graciosa.
Pianterrêno, s. m. andar térreo da casa.
Piantína, s. f. plantazinha, planta no seu primeiro desenvolvimento; plântula.
Piantíto, s. m. (dial.) pavimento.
Piànto, s. m. pranto, choro; lágrimas; dor / (p. p. do v. **piàngere**) chorado, pranteado.
Piantolína, s. f. (dim.) plantazinha rasteira.
Piantonàia, s. m. viveiro, terreno onde se criam plantas.
Piantonamênto, s. m. (mil.) vigilância.
Piantonàre, v. transplantar (plantas); ficar de plantão, de vigia; vigiar, guardar.
Piantóne, s. m. (bot.) tanchão, plantazinha de viveiro / guarda ou soldado de plantão.
Piantúccia, s. f. (dim. e depr.) plantazinha.
Pianúra, s. f. planície; plano; campo; terreno plano; planura.
Pianurêtta, pianurína, s. f. pequena planície; planiciezinha.
Piàre, (ant.) v. piar das aves; canto de amor dos pássaros.

Piàstra, s. f. lâmina; chapa de ferro; plancha, placa de metal; disco do tubo da estufa / (ant.) moeda de prata / (mar.) couraça de navio de guerra.

Piastrèlla, s. f. chapinha; pedrinha de jogo / malha de jogo / pastilha de cimento para pavimentos e fachadas de prédios.

Piastríccio, s. m. mistura qualquer de coisa pegajosa; (fig.) embrulhada, confusão, mixórdia.

Piastríne, s. f. (pl.) células nucleadas suspensas no plasma sanguíneo.

Piastríno, s. m. (dim.) chapinha / pequena placa com um sinal de reconhecimento que se costumava pregar na roupa de pessoas para o fim de identificá-las.

Piastrône, s. m. (aum.) chapa grande / laje, pedra grande / acolchoado para treino de esgrima.

Piatire, v. pleitear (em juízo); questionar; litigar.

Piatitôre, s. m. pleiteador, questionador.

Piàto, s. m. lit. (rar.) litígio, questão; pleito.

Piàtta, s. f. (pop.) barcaça.

Piattabànda, s. f. (arquit.) platabanda, platibanda.

Piattafôrma, s. f. parapeito na parte superior de certos edifícios; terraço fortificado para a artilharia / plataforma nas estações ferroviárias / (neol.) base de programa político (do ingl. **platform**).

Piattàia, s. f. espécie de prateleira onde se põem pratos para enxugar.

Piattàio, s. m. vendedor de pratos.

Piattelétto, piattellíno, s. m. (dim.) pratinho.

Piattèllo, s. m. (dim.) pequeno prato de mesa / jogo de cartas / **gioco al** ———: tiro ao alvo contra pequenos discos atirados no ar.

Piattíno, s. m. (dim.) pratinho / pires.

Piàtto, s. m. prato (de mesa); objeto plano ou chato / um dos pratos da balança; a comida que está no prato / (neol.) ——— **forte**: comida substanciosa / (adj.) plano, chato, raso, liso / (fig.) vulgar, comum; **viso** ———: rosto, semblante vulgar.

Piàttola, s. f. (zool. pop.) chato (piolho), parasita das partes peludas do homem / (fig.) pessoa aborrecível: importuna / barata; **avêr sangue di** ———: ter sangue de barata (de pessoa medrosa) / percevejo, pequeno prego de cabeça chata com que se fixa sobre a mesa o papel de desenho. etc.

Piattolóne, s. m. pessoa lerda, molesta.

Piattonàre, v. golpear com o sabre; espadeirar.

Piattonàta, s. f. golpe dado com a espada ou o sabre.

Piattóne, s. m. prato grande / (pop.) chato, piolho.

Piàzza, s. f. praça, largo, lugar público / esplanada / mercado; cidade mercantil / **il viaggiatore visitò varie piazze**: o viajante visitou diversas praças (cidades) / ——— **fòrte**: cidade fortificada / ——— **d'armi**: praça de armas / **fare** ——— **pulita**: desocupar, mandar embora todos.

Piazzaiolàta, s. f. arruaça, alvoroto, assuada.

Piazzalòlo, s. m. velhaco, ruim, desordeiro / (adj.) trivial, vulgar, grosseiro.

Piazzàle, s. m. praça ampla, largo; esplanada; ——— **Michelángelo**: largo Michelângelo (em Florença).

Piazzàre, v. (gal.) colocar, pôr / (esp.) ganhar um dos primeiros lugares.

Piazzàta, s. f. escândalo, barulho, escarcéu em público.

Piazzàto, p. p. e adj. posto, colocado / chegado, classificado (esp.).

Piazzètta, piazzettína, s. f. (dim.) pequena praça.

Piazzísta, s. m. (neol.) pracista, representante-vendedor.

Piazzuòla, s. f. (dim. de **piazza**) pequena praça / (mil.) plataforma para artilharia / espaço à margem das estradas para depósito de areia, etc. para trabalhos de manutenção da mesma.

Pica, s. f. pega (ave).

Picacísmo, s. m. antojo, nojo que a mulher sente no período da gravidez; perversão do gosto.

Picador, s. m. (esp.) picador, toureiro a cavalo que ataca o touro com a vara.

Picarêsco, (v. esp.) adj. picaresco: **Romanzi picareschi**.

Pícaro, (esp.) s. m. pícaro, ardiloso, astuto, patife; fino, esperto.

Picàto, adj. azedo, ascescente (diz-se do vinho que começa a azedar-se).

Picca, s. f. antiga lança usada na guerra; pique; chuço; soldado que usa essa arma / (fig.) birra, teimosia, capricho, despeito, amuo / (pl.) **(picche)** um dos naipes do baralho / (fig.) **essere il fante di** ———: ser fanfarrão ou presumido / **risponder** ———: denegar o que nos pedem.

Piccante, p. pr. e adj. picante, pungente, mordaz; malicioso / muito condimentado; **salsa, pepe** ———.

Piccàre, v. (rar.) picar, ferir com lança; ofender com palavras; irritar / picar, produzir sensação de aspereza, devido ao sabor forte (comida, bebida).

Piccàrsi, v. melindrar-se, ofender-se / obstinar-se; excitar-se, despeitar-se.

Piccàta, s. f. pancada com lança / fritura picante.

Piccàto, adj. despeitado, melindrado, zangado / (s. m.) piquê, tecido de algodão.

Picchè, s. m. (fr. /piqué") piquê, tecido de algodão feito de dois panos aplicados um sobre o outro.

Piccheggiàre, v. picar, espicaçar, ferir com zombaria.

Picchegiàrsi, picar-se, excitar-se mutuamente com motejos, etc.

Picchettàre, v. pontear, marcar com pontos roupas femininas / marcar, balizar / colocar piquetes em uma estrada / (mús.) pontilhar.

Picchettàto, p. p. e adj. piquetado; marcado; ponteado; / (mús.) (s. m.) pontilhado.

Picchettatôre, s. m. e adj. (**picchettatríce**, f.) que piqueta, que marca, que ponteia; que pesponta.

Picchettatúra, s. f. piquetagem; ponteado; pesponto / (mús.) picado.

Picchétto, s. m. piquete, grupo de soldados / estaca, pau, baliza / jogo de baralho.

Picchiamênto, s. m. sova, surra; golpeamento.
Picchiapètto, s. m. e f. medalha, jóia, broche que se usa no peito / (fig.) carola, santão.
Picchiàre, v. bater, percutir, golpear, surrar; bater à porta / (fig.) ——— sullo stesso chiodo: bater na mesma tecla, insistir / (aer.) dispor o avião para baixar / battersi il petto: bater-se o peito, arrepender-se.
Picchiàta, s. f. sova, surra / (aer.) vôo de picada.
Picchiatèlla, picchiatína, s. f. (dim.) surrinha, sovinha; pancadinha.
Picchiatèllo, s. m. (neol.) maluco.
Picchiàto, p. p. e adj. batido, surrado, espancado / pontilhado; marcado de várias cores.
Picchière, ou picchière, s. m. (hist.) piqueiro, homem armado de pique ou lança / operário que maceta uma caldeira para limpá-la das crostas.
Picchierellàre, v. macetar, martelar.
Picchierèllo, s. m. martelo, macete de escultor.
Picchiettàre, v. bater, macetar ligeiramente; pontear, mosquear, marcar; raspar, tirar as crostas das caldeiras, etc.
Picchiettàto, p. p. e adj. batido, golpeado / salpicado, manchado, pintado: viso ——— di lentiggini; cavallo bianco ——— di nero.
Picchiettatura, s. f. salpicadura, picadura, dedilhação.
Pícchio, s. m. golpe, batida, pancada / (zool.) picchio verde: picanço, ave trepadora; pica-pau.
Picchío, s. m. (tosc.) golpes freqüentes e contínuos.
Picchiolàre, v. golpear de leve; / salpicar, borrifar.
Picchiône, adj. bravateador, valentão / (s. m.) (hist.) antiga moeda lombarda.
Picchiòtto, s. m. aldrava de porta; martelo para tirar o ouriço da castanha / pássaro trepador.
Picchiottolàre, v. bater com aldrava.
Picchiòtto, s. m. aldrava; martelo.
Piccia, s. f. (tosc.) pães, figos ou outra fruta, em geral dois de cada, partidos e juntados / pugni a piccie: murros a granel.
Picchiería, s. f. mesquinhez, pequenice; idéia estreita, mesquinha.
Piccinêtto, adj. dim. pequenino.
Piccíno, adj. dim. pequeno, de pequena estatura; de idade tenra; (fig.) mesquinho, humilde / (s. m.) menino; pequeno, pequenino / (pl.) i piccini: as crianças.
Picciolètto, picciolíno, s. m. (dim.) pequenino e gracioso.
Picciòlo, s. m. (bot.) pecíolo.
Picciolo, (o mesmo que píccolo, adj. lit.): pequeno; curto; breve: picciol cuore, coraçãozinho / (s. m.) (ant.) moeda florentina.
Piccionàia, s. f. pombal / o último andar de um teatro / poleiro, galeria, galinheiro.
Piccioncèllo, piccioncíno, s. m. (dim.) pombinho, filhote de pombo.
Picciône, s. m. pombo; ——— viaggiatôre: pombo-correio.

Picciottería, s. f. (dial. nap.): bravata, valentia.
Picciòtto, s. m. (nap. e sic.) menino, rapaz / rapaz arrojado e valentão; briguento / (hist.) jovens sicilianos que acompanharam Garibaldi na luta de 1860.
Picciuòlo, v. picciòlo.
Picco, s. m. pico: cume; eminência; monte; montanha / (adv.) a ———: verticalmente / mandare a ——— una nave: pôr um navio a pique.
Piccolamênte, adv. pequenamente, mesquinhamente; humildemente; baixamente.
Piccolêtto, piccolíno, s. m. (dim.) pequenino, pequeninho.
Piccolêzza, s. f. pequenez; coisa mesquinha e pobre / (fig.) frioleira.
Píccolo, adj. pequeno; de pouca quantidade, de pouco volume; tênue, escasso, breve; limitado; curto; de pouca idade; humilde / (s. m.) menino / pequeno / (loc. adv.) in ———: em proporções mínimas.
Piccolòtto, adj. (dim.) pequenote, um tanto pequeno.
Picconàre, v. romper, golpear com a picareta.
Picconàta, s. f. pancada de picareta.
Piccône, s. m. picareta / qui ci vuole il ———: aqui é preciso a picareta (coisa que deve ser demolida).
Picconière, ou picconière, s. m. o que trabalha com picareta; sepador; cavador; mineiro.
Piccosàccio, adj. (pej.) melindroso, irritadiço.
Piccosàggine, e piccosità, s. f. suscetibilidade, melindre; melindrice (bras.).
Piccosêtto, piccosíno, piccosúccio, adj. melindrozinho.
Piccôso, adj. e s. m. melindroso, suscetível.
Piccòzza, s. f. pequeno picão usado por pedreiros / picareta usada pelos alpinistas.
Piccozzíno, s. m. (dim.) pequeno picão / machadinha; machado pequeno.
Pícea, s. f. (bot.) abeto, pinheiro vermelho ou de Moscovo; pícea.
Píceo, adj. píceo, de pez, da cor do pez.
Pick-up (v. ingl.) impressão fonográfica (ital. pressa).
Picnometría, s. f. picnometria, densimetria, medida da densidade dos líquidos.
Picnòmetro, s. m. picnômetro; densímetro.
Picolína, s. f. (quím.) picolina, composto volátil.
Picòzzo, s. m. (vet.) cada um dos dois incisivos centrais, denominados pinça, que possuem os animais.
Picràto, s. m. (quím.) picrato, sal derivado do ácido pícrico.
Pícrico, adj. (quím.) pícrico (ácido).
Pictografía, s. f. pictografia; tatuagem.
Pidocchiería, s. f. (vulg.) piolharia, miséria, avareza, sovinaria.
Pidocchíno, s. m. (dim.) piolhinho.
Pidòcchio, s. m. piolho / (fig.) scorticare il ———: esfolar, descascar o piolho, ser avarento ao extremo / ——— riunto, rifatto: ignorante enriquecido e vaidoso.

Pidocchiòso, adj. e s. m. piolhento / (fig.) miserável, sórdido; sujo.
Piè, apóc. **piède**: s. m. pé.
Piedaccio, s. m. pej. pé feio.
Piède, s. m. (anat.) pé, parte inferior da perna que assenta no chão / pata; medida inferior de monte e de outros objetos; haste / base, alicerce; parte de verso grego ou latino / da capo a **piedi**: da cabeça aos pés / **pigliar** ――――: tomar pé, cobrar / **su due piedi**: de improviso / ―――― **di guerra**: em pé de guerra; / **puntare i piedi**, obstinar-se, teimar / **affrettàre il** ――――: andar depressa / (fig.) **ad ogni piè sospinto**: a todo instante, a todo momento / **darsi la zappa sui piedi**: contradizer-se / **andare coi piedi di piombo**: andar, proceder cautelosamente / (for.) **processare a** ―――― **libero**: processar alguém sem prendê--lo / **a piè di pagina**: ao pé da página.
Pièdiche, s. f. pl. cavalete para serrar madeiras.
Piedíno, s. m. (dim.) pèzinho; pé pequeno.
Piedistàllo, s. m. pedestal; supedâneo; base / **mètter sul** ――――, exaltar, celebrar; louvar.
Piedône, s. m. (aum.) pé grande.
Piedritto, s. m. pé-direito, pilar / (arquit.) umbral de janela.
Pièga, s. f. prega, dobra / vinco, risca, ruga; sinuosidade nas vestes, nas pinturas, nas estátuas / aba de chapéu / (fig.) aspecto, direção, costume, orientação / **vidremo che** ―――― **pigiàno le cose del paese**: veremos que aspecto tomam as coisas do país.
Piegabàffi, s. m. rede que se aplica aos bigodes para dobrá-los.
Piegàbile, adj. dobrável; que se pode dobrar.
Piegàccia, s. f. (depr.) prega mal feita.
Piegamènto, s. m. dobramento, ação e efeito de dobrar / inflexão da voz (mús.) / (fig.) abaixamento, humilhação.
Piegàre, v. dobrar; baixar, inclinar; arquear; curvar; torcer / dominar, submeter-se; ceder.
Piegàta, s. f. dobradura, dobra; ato de dobrar.
Piegàto, p. p. e adj. dobrado / curvado, submetido, caído; vencido, humilhado.
Piegatòre, s. m. (**piegatríce**, s. f.) dobrador, que dobra / máquina de dobrar (tip.).
Piegatúra, s. f. dobra, prega, dobradura.
Piegaturína, s. f. (dim.) dobrinha, preguinha.
Piegheggiàre, v. panejar, pintar ou representar as dobras dos panos.
Pieghètta, s. f. (dim.) preguinha.
Pieghettàre, v. preguear; dispor em pregas.
Pieghettàto, p. p. e adj. pregueado.
Pieghettatúra, s. f. pregueadura.
Pieghettína, s. f. (dim.) preguinha.
Pieghèvole, adj. dobrável, fácil de dobrar, ágil, flexível; tratável, versátil, condescendente; fraco, pouco resistente; / volúvel.
Pieghevolèzza, s. f. flexibilidade, docilidade; subserviência.
Pieghevolmènte, adv. flexivelmente; submissamente, condescendentemente.

Piègo, s. m. pacote com cartas, escritos e símiles, geralmente para serem remetidos.
Piegolína, s. f. (dim.) preguinha elegante num vestido.
Piegolinàre, v. preguear, fazer pregas.
Piegòso, adj. cheio de dobras: **veste piegosa** (D'Annunzio).
Pielíte, s. f. pielite (doença).
Pielonefrite, s. f. pielonefrite.
Piemía, s. f. piemia (doença).
Piemontèse, adj. e s. m. piemontês, relativo ao Piemonte; natural do Piemonte.
Pièna, ou **piêna**, s. f. cheia; inundação; enchente / abundância / multidão de gente que abarrota um lugar / (fig.) exuberância, plenitude.
Pienamènte, adv. plenamente; inteiramente.
Pienèzza, s. f. inteireza, plenitude, esp. no fig. / **pieno di sentimenti, di glòia, di fede**: cheio de sentimentos, de júbilo, de fé; / (ant.) ―――― **dei tempi**; maturidade dos tempos.
Pièno, adj. pleno, cheio; repleto; completo; inteiro; copioso; abundante; numeroso / exaurido, satisfeito; recoberto / maduro; / perfeito / ―――― **zeppo**: inteiramente cneio / **a** ――――: plenamente, completamente / **a pieni voti**: por unanimidade / ―――― **di vènto**: cheio de vento (pessoa vaidosa).
Pienône, s. m. (aum.) cheia, acúmulo, enchente de espectadores num teatro ou reunião.
Pienòtto, adj. um tanto gordo, um tanto cheio (pessoa).
Pièride, s. f. piéride, gênero de insetos lepidopteros / (pl.) (mit.) piérides, as nove filhas de Piero, rei da Macedônia.
Piéro, n. pr. abrev. de **Pietro** (Pedro, Pedrinho).
Pieròtto, s. m. máscara carnavalesca.
Pierrot, tipo cômico do teatro francês.
Pièta (ant.) s. f. pena, angústia / compaixão, piedade.
Pietà, s. f. piedade, compaixão; dó; lástima / angústia da alma; devoção religiosa; tormento; (loc. fig.) **far** ――――: inspirar piedade, compaixão, e, às vêzes, desprezo / (iron.) **una traduzióne, che fa** ――――: uma tradução que causa dó.
Pietànza, s. f. pitança, iguaria, comida; (sin.) prato.
Pietànzaccia, s. f. (pej.) comida ruim.
Pietanzètta, pietanzína, s. f. (dim.) comidinha gostosa.
Pietàte, s. f. (poét.) piedade.
Piètica, s. f. cavalete onde se apóia a madeira que se vai serrar.
Pietísmo, s. m. pietismo, seita protestante que se originou na Prússia.
Pietísta, s. m. pietista.
Pietosamènte, adv. piedosamente; misericordiosamente.
Pietoso, adj. piedoso; caridoso; compassivo / comovente.
Piètra, s. f. pedra, nome genérico dos minerais de aspecto rochoso; calhau; laje; lápide; fragmento de pedra; pedra infernal (nitrato de prata); pedra

preciosa; pedra-pome / pedra filosofal / carvão-de-pedra / (fig.) ——
angolàre: pedra sobre a qual assenta um edifício ou, em sentido figurado, qualquer outra coisa / **metterci una** —— **sopra**: pôr uma pedra por cima, ou não pensar mais numa coisa acontecida / **età della** ——: idade pré-histórica.
Pietràccia, s. f. pedra de ruim qualidade.
Pietràia, s. f. pedreira; pedregal; lugar cheio de pedras ou matéria rochosa.
Pietràio, s. m. canteiro, operário que lavra a pedra.
Pietràme, s. m. pedraria, quantidade de pedras.
Pietràta, s. f. pedrada, pancada com pedra.
Pietrificàre, v. petrificar; (fig.) pasmar, espantar.
Pietrificàrsi, v. petrificar-se.
Pietrificazióne, s. f. petrificação.
Pietrificato, adj. pedrado, de pedra; (fig.) atônito, estupefato.
Pietrina, s. f. (dim.) pedrinha.
Pietríno, s. m. pequena lápide; pequena pedra lavrada que fecha uma abertura.
Pietrísco, s. m. cascalho; pedregulho miúdo.
Pietróso, (v. **petroso**) adj. pedregoso, pedreguento; cheio de pedras; duro.
Pietrúccia, pietrucola, pietrúzza, s. f. (dim.) pedrinha.
Pievanale, adj. paroquial.
Pievanato, e pievanía, s. f. paróquia; casa, igreja, dignidade paroquial.
Pievàno, s. m. cura, pároco, vigário.
Pième, s. f. paróquia; igreja paroquial; povo regido pelo pároco.
Pievelòce, adj. de Aquiles na Ilíada.
Piezoelettricità, s. f. piezeletricidade, conjunto dos fenômenos elétricos que dependem dos efeitos da pressão.
Piezoelèttrico, adj. piezelétrico.
Piezòmetro, s. m. (fís.) piezômetro, aparelho para avaliar a compressibilidade dos líquidos.
Pifferàre, v. tocar pífaro.
Pifferaro, s. m. tocador de pífaro; pífaro.
Piefferàta, s. f. sonata de pífaro.
Piffero, s. m. pífaro.
Pifferòne, s. m. (aum.) pífaro grande.
Pigia, pigia, s. m. calca, compressão; atropelo; multidão.
Pigiàma, s. m. (ingl.) pijama.
Pigiaménto, s. m. atropelo, calca, aglomeração.
Pigiàre, v. calcar, atropelar, apertar, empurrar / pisar a uva.
Pigiàta, s. f. pisada de uvas / pisa, pisadela.
Pigiàto, p. p. e adj. pisado, calcado, espremido; comprimido.
Pigiatóio, s. m. instrumento para pisar a uva; lagar.
Pigiatóre, s. m. (**pigiatríce**; f.) pisador, que pisa, que calca.
Pigiatúra, s f pisadura, pisa / atropelo, aperto, aglomeração.
Pígio, s. m. pisa, pisado, aperto continuado / calca; aglomeração.
Pigionàle, s. m. caseiro, inquilino.
Pigionànte, s. m. inquilino.

Pigióne, s. f. aluguel; o preço do aluguel ou quanto se recebe pelo mesmo / (agr.) utensílio para pisar a uva.
Pigliàbile, adj. pilhável, que se pode pilhar, pegar.
Pigliamòsche, s. m. (zool.) papa-moscas, pássaro ou aranha que se nutrem de moscas / papel visguento que prende as moscas.
Pigliàre, v. pilhar, pegar, agarrar, tomar / ocupar / entender, aprender / apanhar; comprar / **pigliò un libro**: pegou um livro / **pigliàre un gelato**: tomar um sorvete / —— **un bagno**: tomar um banho / **i gatti pigliano i tòpi**: os gatos pegam os ratos / —— **sul sério**: levar a sério / **piglierei quel cappello**: compraria aquele chapéu / **tra me e lui non ci si píglia**: entre eu e ele não nos entendemos.
Pigliàrsi, v. apanhar (uma doença); agarrar-se (brigar); (loc. fig.) **pigliarsela con qualcúno**: brigar com alguém.
Pigliàto, p. p. e adj. pilhado; tomado; agarrado; pegado.
Pigliévole, adj. pilhável, fácil de se pegar.
Píglio, s. m. pilhagem; ação de pegar, de agarrar, de tomar, de apanhar / **dar di** ——: agarrar / **mal** ——: carranca, cara, semblante feio.
Pigmentàle, adj. pigmental, relativo a pigmento.
Pigmentàrio, s. m. pigmentário.
Pigmentazióne, s. f. pigmentação.
Pigménto, s. m. pigmento.
Pigmèo, s. m. pigmeu; anão; (fig.) pessoa de pouco talento.
Pígna, s. f. (bot.) pinha, fruto do pinheiro / ponta de cúpula e dos pilares de uma ponte / atadura na ponta dos cabos (marit.) / ornato cônico em cima dos balaústres, etc.
Pignàtta, s. f. panela.
Pignattàio, s. m. fabricante ou vendedor de panelas; oleiro.
Pignattèlla, s. f. **pignattèllo**, s. m. **pignattína**, s. f. (dim.) panelinha.
Pígnere (ant.) pintar / empurrar.
Pignolàto, s. m. tecido de linho lavrado.
Pignolería, s. f. formalismo, pedantismo.
Pignòlo, (v. **pignuolo**) s. m. pinhão / (adj. e s. m.) formalista, pedante.
Pignóne, s. m. reparo de pedras contra a água de rios, etc.; dique / (mec.) pinhão de engrenagem.
Pignoraménto, s. m. penhora; embargo; seqüestro.
Pignorànte, s. m. que dá em penhor.
Pignoràre, v. penhorar; fazer penhora em; aprender por processo em juízo.
Pignoratàrio, s. m. (for.) o que sofre o embargo.
Pignoràto, p. p. e adj. penhorado; embargado; seqüestrado.
Pignorazióne, s. f. penhora; seqüestro.
Pignuòlo, s. m. pinhão / espécie de uva preta, da região milanesa; o vinho feito com essa uva.
Pigolaménto, s. m. pipio continuado.
Pigolàre, v. pipilar, produzir som semelhante ao dos pintaínhos / (fig.) queixar-se; fazer lamúrias e pedidos contínuos.
Pigolío, s. m. pipio, ato de pipilar; pipilo.

Pigolône, s. m. (fam.) pedinchão, choramingas / (fig.) que freqüentemente pede ajuda.
Pigràccio, adj. (pej.) grande preguiçoso.
Pigramênte, adv. preguiçosamente.
Pigrêzza, s. f. pesadez, lentidão, frouxidão, moleza.
Pigrízia, s. f. preguiça, lentidão / negligência, vagabundagem.
Pigro, adj. preguiçoso, lento, vagaroso; indolente; negligente / poltrão.
Pigrône, adj. moleirão, poltrão, mandrião.
Píla, s. f. pilha (fís.) de ap. elétrico / pilar de ponte / máquina (gral) para beneficiar arroz / pilão / vasca de pedra para água, para água benta, etc.
Pilào, s. m. (do turco) mingau de arroz com manteiga.
Pilastràta, s. f. ordem ou conjunto de pilastras; pilastrada; pilastraria.
Pilastrèlla, s. f. **pilastrèto, pilastríno**, (s. m.) (dim.) pilastrinha.
Pilàstro, s. m. pilastra (arquit.) / fare il ———: ficar parado, sem fazer nada.
Pilastrône, s. m. (aum.) pilastrão.
Pilàta, s. f. quantidade de azeitonas contidas no lagar / lagarada.
Pílatro, s. m. (bot.) pireto, planta herbácea comum.
Pilatúra, s. f. descasca do arroz.
Pileato, adj. pileato, guarnecido de píleo.
Píleo, s. m. (hist.) píleo, barrete de feltro dos antigos Romanos; a ponta da cabeça dos pássaros.
Pileoríza, s. f. (bot.) pileoriza, espécie de coifa que reveste a extremidade da raiz.
Pilêtta, s. f. (dim.) pia de água benta / pequena pia para qualquer uso; pileta (bras.).
Pilière, s. m. pilastra de ponte; poste de pau para amarrar o cavalo.
Pillàcchera, s. f. salpico de lama na veste; mancha, mácula / (fig.) defeito, senão, pecha.
Pillaccherôso, adj. sujo, maculado; enlameado.
Pillàre, v. pisar, esmagar, calcar com o pilão.
Píllo, s. m. pilão para pisar uva, etc. maça grossa usada na pavimentação de estradas, etc.
Pìllola, s. f. pílula; pastilha; medicamento em forma de hóstia / (fig.) coisa ruim de se suportar.
Pillolàre, adj. pilular, de pílula.
Pillolètta, pillolína, s. f. (dim.) pilulazinha.
Pillolona, s. f. (aum.) pílula grande.
Pillora, s. f. calhau grande de rio.
Pilloràta, s. f. golpe de calhau.
Pillotàre, v. untar o assado com a gordura que pinga da frigideira.
Pillòtto, s. m. (ant.) utensílio que servia para untar o assado.
Pilo, s. m. (hist.) pilo ou dardo usado pelos antigos romanos.
Pilocarpína, s. f. pilocarpina, alcalóide venenoso.
Pilône, s. m. pia grande / pia para azeitonas / maça para socar a terra / pilar / pilar grosso / catapulta.
Pilôrico, adj. (ant.) pilórico.

Pilòta, e, mais rar. **pilòto**, s. m. piloto, (de navio, de avião) / (fig.) quem dirige um Estado, empresa, etc. guia, chefe.
Pilotàggio, s. m. pilotagem, arte, profissão de piloto.
Pilotàre, v. pilotar, dirigir como piloto.
Pilotàto, p. p. e adj. pilotado, guiado, dirigido.
Pilotíno, s. m. (dim.) aprendiz de piloto; servente em trabalhos de bordo.
Piluccàre, v. desbagoar as uvas uma a uma / descarnar a carne dos ossos para comê-la / (fig.) consumir pouco a pouco; biscatear.
Piluccàrsi, v. consumir-se, roer-se.
Piluccàto, p. p. e adj. bicado, desbagoado; roído; descarnado.
Pilucchíno, s. m. operário que trabalha com carduça ou carda; cardador.
Piluccône, s. m. lambiscador; (fig.) parasita.
Pimàrico, adj. (quím.) pimárico (ácido).
Pimelite, s. f. (med.) pimelite, inflamação do tecido adiposo.
Pimelòsi, s. f. pimelose; obesidade.
Pimênto, s. m. (bot.) pimenta da Caiena.
Pimpinèlla, s. f. pimpinela (bot.).
Pimplèo, adj. pímpleo, relativo à fonte Pimpla ou às musas.
Pína, s. f. pinha, fruta do pinheiro / ornato, decoração em forma de pinha.
Pinàcee, s. f. (bot.) pináceas, fam. de plantas gimnospermas, que têm por tipo o pinheiro.
Pinacòide, adj. (min.) de cristal de duas caras paralelas.
Pinacotèca, s. f. pinacoteca, galeria de pintura.
Pinaiòlo, s. m. vendedor de pinhas.
Pinàstro, s. m. pinheiro comum nos montes, e em vizinhanças do mar; pinheiro marítimo.
Pinàto, adj. (tosc.) rijo, duro de carnes, roliço, forte.
Pinciône, s. m. abadavina, pássaro de chamariz.
Pínco, e **pincône**, s. m. (pej.) tolo, pacóvio, trouxa.
Pinconàggine, s. f. (pop.) besteira, tolice.
Pindareggiàre, v. pindarizar, imitar o estilo de Píndaro.
Pindarêsco, adj. pindárico, que imita Píndaro.
Pineàle, adj. pineal; pequena glândula cerebral.
Pinêta, s. f. pinheiral, bosque de pinheiros (s. m. **pineto**, pinheiral).
Pingere, (ant. e poét.) impelir / pintar.
Pingue, adj. pingue; muito gordo / lucrativo; fértil; produtivo.
Ping-Pong, (v. ingl.) s. m. pingue-pongue, tênis de mesa / (ital.) **pallacorda** da tavolo.
Pinguêdine, s. f. obesidade.
Pinguemênte, adv. pinguemente, abundantemente / (fig) com muito lucro; rendosamente.
Pinguíno, s. m. pingüim, ave característica das regiões frias do hemisfério sul.
Pinífero, adj. pinífero, que produz pinheiros; pinígero.
Pinna, s. f. barbatana de peixe / molusco / ventas nasais.
Pinnàcolo, s. m. pináculo; sumidade / merlão de torre.

Pinnípide, s. m. pinípede, que tem os pés em forma de barbatana.
Pino, s. m. pinheiro (árvore).
Pinocchiàta, s. f. **pinocchiàto,** s. m. confeito de açúcar e pinhão.
Pinocchiàio, s. m. vendedor de pinhões açucarados.
Pinòcchio, s. m. pinhão, fruto do pinheiro / em lit. esse nome (Pinocchio) passou definitivamente à posteridade, pelo gênio de Collodi, que fez do seu herói uma das personagens infantis mais populares do mundo.
Pinòlo, s. m. (tosc.) o mesmo que **pignòlo**: pinhão.
Pinta, s. f. (rar.) impulso, empurrão / antiga medida francesa de capacidade.
Pinticchiàto, adj. pintado, cheio de pintas.
Pinto, p. p. e adj. pintado, colorido / empurrado, impelido, expulso.
Pintóre, (ant.) s. m. pintor.
Pintúra, (ant.) s. f. pintura.
Pinturícchio, adj. depr. pintorzinho, pintor medíocre.
Pinza, s. f. pl. **pinzette;** (dim.) **pinzettina,** pinçazinha.
Pinzàcchio, s. m. pássaro, espécie de narceja / agulhão.
Pinzàre, v. pinçar (com a pinça) pinçar; ferretear.
Pinzètta, s. f. pinçazinha.
Pinzimônio, s. m. molho de azeite, sal e pimenta para verduras cruas.
Pinzo, adj. (pop. tosc.) cheio, repleto / (s. m.) (tosc.) picada, mordida de inseto que tem ferrão.
Pinzòchero, s. m. carola, beato, papa-hóstias.
Pinzúto, adj. (tosc.) pontudo, agudo / que tem pinças.
Pio, adj. pio, religioso; devoto; piedoso / (s. m.) pio, pio-pio, voz das galinhas e dos pintos.
Piocèle, s. m. piocelia, pus no abdome.
Piocianína, s. f. piocianina, substância corante que tinge de azul os tumores purulentos.
Pioda, piodêssa, s. f. taba grande de rocha lisa e inclinada, característica das regiões alpinas.
Piodermite, s. f. (med.) piodermia, doença cutânea.
Piogenía, s. f. piogenia.
Piògeno, adj. piogênico, que gera pus.
Pioggerèlla, pioggerètta, s. f. chuvinha; chuva leve; chuvisqueiro.
Piòggia, s. f. chuva / (fig.) tudo o que cai do alto em quantidade.
Piòlo, e, mais rar. **piuòlo,** s. m. estaca, travessão; **piantato come un ———:** firme, imóvel como estaca.
Piombàggine, s. f. plumbagina, substância escura, de que se fazem lápis; grafite.
Piombàre, v. chumbar, soldar com chumbo / pôr a prumo, cair a prumo / atirar, arremessar em forma violenta e repentina / sigilar, fechar com chumbo / ——— **addosso:** assaltar, acometer violentamente.
Piombàto, p. p. e adj. chumbado; reforçado com chumbo / sigilado / arremessado, precipitado.
Piombatòia, s. f. abertura ao alto da fortificação, para derramar chumbo derretido, azeite fervente, etc. sobre o inimigo.
Piombatúra, s. f. chumbagem; soldadura; sigilado com chumbo.
Piòmbico, adj. plúmbeo, de chumbo, relativo a chumbo.
Piombífero, adj. plumbífero.
Piombinatóre, s. m. operário que verifica a obstrução dos canos.
Piombíno, adj. de chumbo / (s. m.) pedaço pequeno de chumbo com que se fecham malas, pacotes, placas, etc. / lápis para fazer os primeiros esboços de um desenho / prumo.
Piômbo, s. m. chumbo (metal); (fig.) munição, especialmente de caça / projétil bélico / **li ——— nemico:** o chumbo inimigo / sigilo impresso a chumbo / (fig.) **cappa di ———:** peso moral insuportável / **a ———:** perpendicularmente / (hist.) **i piombi di Vinèzia:** antigas prisões de Veneza.
Piombône, s. m. (fam.) (à letra: chumbão), (fig.) pesadão, moleirão, lerdo nos movimentos.
Piombôso, adj. plúmbeo; semelhante ao chumbo; com mistura de chumbo.
Pionière, ou **pionère,** s. m. pioneiro; o primeiro a iniciar uma coisa; explorador; precursor / (mil.) sapador.
Pioppàia, s. f. choupal, mata, lugar plantado de choupos.
Pioppêto, pioppíno, s. m. (dim.) pequeno choupo.
Piòppo, s. m. choupo; olmo, álamo.
Piòrno, adj. (ant.) chuvoso.
Piorrèia, s. f. piorréia.
Piòta, s. f. planta do pé; leira de terra; céspede.
Piòva, s. f. (poét.) chuva.
Piovanàto, s. m. cargo, dignidade de pároco.
Piovàno, adj. de chuva; **àcqua piována:** água de chuva.
Piovàsco, s. m. vento acompanhado de chuva imprevista.
Piovènte, p. pr. e adj. que chove, que cai; que se inclina; (s. m.) inclinação do telhado.
Piòvere, v. chover / (fig.) vir para baixo, cair como chuva; chegar em quantidade.
Piovigginàre, v. chuviscar.
Piovviginôso, adj. chuvoso, chuviscoso.
Pioviscolàre, v. chuviscar, chover pouco e miúdo; borrifar, orvalhar.
Piovitúra, s. f. chuvas continuadas, da época das chuvas.
Piovôrno, adj. chuvoso / **cielo ———.**
Piòvra, s/ f. polvo, pólipo; (fig.) monstro tentacular que tudo devora / parasita, explorador devorador; vampiro.
Piovúta, s. f. chuva, chuvarada.
Piovúto, p. p. chovido.
Pipa, s. f. cachimbo, pito, cachimbo de fumar / tonel de forma alongada / (fam.) nariz grande.
Pipàta, s. f. cachimbada.
Pipatóre, s. f. fumador.
Piperàcee, s. f. (pl.) piperáceas, fam. das plantas dicotiledôneas.
Piperidína, s. f. (qím.) piperidina.
Piperíno, s. m. piperino, rocha porosa e vulcânica.
Piperita, s. f. mentraste ou mentastro, hortelã brava.
Pipèrno, s. m. piperino, pedra vulcânica do Lácio e da Itália meridional.

Pipètta, s. f. (dim.) cachimbinho / utensílio (de nome comum "ladrão") para provar o vinho.

Pi Pi, s. m. pipiar dos pássaros, dos pintos, etc. / **far pipi**, na ling. infantil, urinar (fazer xixi ou pipi).

Pipilàre, v. pipiar, pipilar.

Pipistrèllo, s. m. morcego / capa sem mangas.

Pipíta, s. f. respigão das unhas / (vet.) pevide das galinhas / (fig.) **aver la** ————: beber amiúde; ser taciturno.

Pipôna, s. f. (**pipône**, s. m.) cachimbo grande.

Piponàccia, s. f. (pej.) pito, cachimbo ordinário.

Píppio (ant.) s. m. bico de vasilha.

Pippiolíno, s. m. ponta de bordado ou de renda.

Pippiône (ant.) s. m. pombo / (fig.) bobo, simplório.

Píppolo, s. m. (dial.) grão, bago de uva / excrescência, caroço.

Piquè (v. fr.) s. m. piquê, tecido / em ital. **picchè**.

Pira, s. f. pira; fogueira; sin. **rogo**.

Piràle, s. m. (zool.) pirale, lepidóptero nocivo às plantas.

Piràlide, s. f. pirálide, pirale.

Piramidàle, adj. piramidal, de pirâmide; (fig.) grande, enorme.

Piramidalmènte, adv. piramidalmente, extraordinariamente.

Piramidàre, v. dar forma de pirâmide (pres. **piràmido**).

Piràmide, s. f. (geom.) pirâmide.

Piramideggiàre, v. piramidar; converter em pirâmide.

Piramidône, s. m. piramidona, remédio para dor de cabeça.

Pirargirite, s. f. (min.) pirargirite, sulfureto natural de prata e antimônio.

Piràta, s. m. pirata / corsário; ladrão, salteador / (fig.) explorador: **un impresario** ————.

Pirateggiàre, v. piratear; piratar; roubar, saquear.

Piràtico, adj. pirático; próprio de pirata.

Pirène, s. m. (quim.) pireno.

Piressía, s. f. pirexia, estado febril, febre.

Pirètro, s. m. (bot.) piretro, planta herbácea da família das compostas.

Pírico, adj. pírico, relativo ao fogo.

Piridína, s. f. (quím.) piridina.

Pirite, s. f. pirita, pirite, sulfureto metálico.

Piritizzazióne, s. f. formação de rochas por meio de pirite.

Pirlottàre, ou piruetar, fazer piruetas.

Pirobalística, s. f. pirobalística, cálculo do alcance das armas de fogo.

Piroconófobo, s. m. mescla fumífuga contra mosquitos.

Pirocorvêtta, s. f. (hist.) corveta a vapor.

Pirodràga, s. f. draga a vapor.

Piroelettricità, s. f. pireletricidade.

Piroeliòmetro, s. m. pireliômetro.

Piroêtta, s. f. pirueta.

Piroettàre, (pr. -êtto) v. piruetar.

Pirofregàta, s. f. (mar.) fragata de vela e vapor.

Piròga, s. f. piroga, barco estreito, comprido e veloz dos indígenas da América e da África.

Pirogàllico, adj. (quím.) pirogálico (ácido).

Pirogenàto, adj. (quím.) pirogenado, diz-se de um grupo de carbonetos.

Pirografía, s. f. pirografia, gravura em substância combustível.

Piròide, s. m. (quím.) piróide, órgão fosforescente.

Pirolegnòso, ou **pirolignico**, adj. pirolenhoso, ácido obtido pela destilação da madeira.

Pirolètta ou **pirolêtta**, s. f. pirueta / giro do bailarino sobre um dos pés / volta sobre uma das mãos.

Pirolusite, s. f. (min.) pirolusito, óxido de manganês.

Piromagnetísmo, s. m. magnetismo dependente da temperatura.

Piromànte, s. m. piromante.

Piromanzía, s. f. piromancia, adivinhação do futuro, por meio do fogo.

Pirometría, s. f. pirometria, avaliação das altas temperaturas.

Piròmetro, s. m. pirômetro, instr. para avaliar as altas temperaturas.

Piromorfite, s. f. piromorfita, fosfato de chumbo com cloruretο de chumbo.

Piròne, s. m. manivela; espécie de pequena alavanca / dente cilíndrico que move o martelo dos relógios da torre; dente cilíndrico de uma lanterna.

Piro-piro, s. m. pernalta, ave de bico comprido.

Piròpo, s. m. (mín.) piropo, variedade de pedra preciosa, da cor de granada (vermelha ou romã).

Piròscafo, s. m. navio mercante a vapor; piroscafo (ant.).

Piròsi, s. f. med.) pirose, ardor ou calor do estômago.

Pirossenite, s. f. piroxenite, rocha primitiva.

Piròsseno, s. m. piroxeno ou piroxênio.

Pirossilína, s. f. piroxilina.

Pirotècnica, s. f. pirotécnica.

Pirrica, s. f. pírrica, antiga dança dos soldados gregos.

Pirricchio, s. m. perríquio, pé de verso grego e latino, formado de duas sílabas breves.

Pírrico, adj. pírrico; guerreiro / **danza** ————: dança pérrica (ou espartana).

Pirròlo, ou **pirròlio**, s. m. (quím.) pirrol, substância extraída do alcatrão da hulha.

Pirrònico, adj. que segue a doutrina do pirronismo (de Pirron, céptico grego).

Pirronísmo, s. m. pirronismo, sistema filosófico que tinha por base duvidar de tudo; cetícismo.

Pirrotina, ou **pirrotite**, s. f. pirrotina, pirrotite, bissulfureto que exerce ação na agulha magnética.

Pisàno, adj. pisano, relativo a Pisa, cidade da Toscana; (s. m.) natural de Pisa.

Piscatòrio, adj. piscatório / (ecles.) **anello** ————: anel do Papa.

Píscia, s. f. (fam.) urina, mijada.

Pisciacàne, s. m. (bot.) planta parasita das faseoláceas; erva-toura; orobanca.

Pisciallètto, s. m. (depr.) mijão; menino que urina na cama.

Pisciàre, v. (fam.) mijar; urinar.

Pisciarèlla, s. f. **pisciarèllo**, s. m. vinho ordinário e pouco saboroso.

Pisciasangue, s. m. (patol.) hematúria.

Pisciàta, s. m. (chul.) mijadouro; mitório / urinol.
Piscicoltúra, s. f. piscicultura.
Piscína, s. f. piscina de natação / tanque onde se conservam peixes vivos; viveiro de peixes.
Píscio, s. m. (fam.) mijo, urina.
Pisciône, s. m. (aum.) mijão.
Pisciôso, adj. sujo, manchado de urina.
Piscosità s. f. piscosidade.
Pisellàio, s. m. **pisellàia**, s. f. ervilhal, lugar plantado de ervilhas.
Pisèllo, s. m. ervilha.
Pisellône, s. m. (aum.) ervilha grande; (fig.) pessoa simplória ou estúpida.
Pisellúccio, s. m. (dim.) ervilhinha.
Pisolàre, v. dormitar; dorminhar (bras.).
Pisolètto, pisolíno, s. m. (dim.) sonequinha; dormida leve.
Písolo, s. m. (tosc.) soneca.
Pispigliàre, v. ciciar, sussurrar; cochichar.
Pispiglío, s. m. cicio, sussurro, murmúrio insistente.
Pispillòria, s. f. (tosc.) cicio contínuo de muitas vozes / perlenga longa e enfadonha.
Pispíno, s. m. jorro, jato de água.
Pispolètta, pispolína, s. f. (dim.) pequena verdelha (pássaro de penas verdes) / menina viva, esperta.
Pispolône, s. m. (aum.) verdelha, pássaro comum na Eurosa e na Ásia.
Pissasfàlto, s. m. pissasfalto, espécie de betume, que misturado com suco de cedro, servia, em Roma, para embalsamar cadáveres.
Písside, s. f. píxide, vaso em que se guardam as hóstias / (bot.) fruto que se abre ao meio em duas valvas sobrepostas / (zool.) gênero de répteis quelônios.
Pissi Pissi, s. m. cicio, murmúrio de gente que reza ou que sussurra em segredo.
Písta, s. f. pista de corrida, em geral nos hipódromos ou em recintos fechados; pista para descida de aeroplanos / (neol.) rastro, pegada, vestígio.
Pistacchiàta, s. f. doce, confeito de pistácia ou pistacha.
Pistàcchio, s. m. pistácia, árvore da família das terebintáceas; alfóstigo, cultivada nas costas do Mediterrâneo, e especialmente na Sicília / o fruto dessa planta, empregado em confeitaria, e do qual se extrai um óleo.
Pistàgna, s. f. gola do paletó ou do capote / pestana de vestuário masculino ou feminino.
Pistagnína, s. f. e **pistagníno**, s. m. (dim.) golinha, pequena gola; pequena pestana de vestuário.
Pistillífero, adj. (bot.) pistilífero, que tem pistilo.
Pistíllo, s. m. (bot.) pistilo, órgão sexual feminino dos vegetais.
Pistoiêse, adj. pistoiês, de Pistóia (Toscana), habitante de Pistóia.
Pistóla, s. f. pistola, pequena arma de fogo / antiga moeda de ouro da Espanha, antiga moeda francesa.
Pìstola, s. f. (ant.) carta, epístola.
Pistolènza, pistolènzia, s. f. (ant.) pestilência.
Pistolêse, s m. facão antigo, que se fabricava em Pistóla; (adj.) relativo a Pistóia, cidade da Toscana.
Pistolettàta, s. f. tiro de pistola.
Pistolettína, s. f. (dim.) pistola pequena, pistolete.
Pistolône, s. m. arcabuz curto que se usava antigamente nas milícias a cavalo / pistolão.
Pistolòtto, s. m. (dim.) escrito ou discurso enfático; peroração para causar efeito.
Pistône, s. m. pilão / (mec.) êmbolo / arcabuz antigo / (mús.) pistão, instrumento de música.
Pistôre, s. m. (ant.) padeiro.
Pístrice, s. f. (ant.) monstro marinho; cetáceo de grande tamanho.
Pistrinaio, s. m. (ant.) omageiro.
Pistríno, s. m. (ant.) (arqueol.) lugar onde se moía, o trigo; em seguida moinho de sangue.
Pistúra, s. f. resíduo das castanhas.
Pitàffio, s. f. fest.; aférese de **epitàffio**.
Pitagoreggiàre, v. pitagorizar; imitar Pitágoras.
Pitagòrico, adj. pitagórico.
Pitagorísmo, s. m. pitagorismo, filosofia pitagórica.
Pitàle, s. m. urinol; vaso de noite.
Pitecàntropo, s. m. pitecantropo, antropóide fóssil.
Pitèccia, s. f. pitécia, gênero de macacos platirríneos.
Pitèco, s. m. piteco, espécie de macaco sem cauda.
Pitecòide, s. m. pitecóide, relativo ou semelhante ao piteco.
Pítia, e **pízia** (esta última a forma mais usada), s. f. Pítia, sacerdotisa de Apolo, a qual pronunciava oráculos em Delfos.
Pitiatísmo, s. m. sugestão mediúnica.
Pítico, adj. pítico, relativo a pítia / **iochi pitici**: jogos que em Delfos se realizavam em honra a Apolo.
Pitiríasi, s. f. pitiríase, doença da pele.
Pitoccàre, v. esmolar, mendigar.
Pitoccheria. s. f. tacanharia, sovinice, sovinaria; mendicância.
Pitocchètto, s. m. jogo de cartas.
Pitòcco, adj. e s. m. mendigo / pobre, miserável, mesquinho.
Pitône, s. m. (zool.) / (mit.) cobra de avultado tamanho / serpente mitológica morta por Apolo.
Pitonèssa, s. f. pitonisa, sacerdotisa de Apolo; sacerdotisa.
Pitònico, s. m. pitônico; nigromântico; mágico.
Pìttima, s. f. cataplasma; (fig.) importuno, amolante, maçante; sovina / ave pernalta.
Pittôre, s. m. pintor; f. **pittrice**, pintora.
Pittorèllo, s. m. (dim.) pintorzinho, pintor medíocre; pinta-monos.
Pittorescamênte, adv. pitorescamente.
Pittorèssa, s. f. pintora.
Pittòrico, adj. pictórico.
Pittoríno, pittorúccio, s. m. (dim.) pintorzinho, pintor de pouco valor.
Pittríce, s. f. pintora.
Pittúra, s. f. pintura, arte de pintar / representação escrita ou verbal.
Pitturàre, v. pintar; ornar com pinturas, decorar com pinturas.
Pitúita, s. f. pituita, humor branco e viscoso; mucosidade.
Pituitària, s. f. pituitária, extrato da glândula pituitária.

Più, adv. mais: / **più di**, quando precede substantivo ou pronome; **più che** nos demais casos; **Sandra è** —— **bella di Giovanna**: Sandra é mais bonita que Joana / **Mário è** —— **intelligente di Luigi**: Mário é mais inteligente que Luís / **Antonio è** —— **studioso che intelligente**: Antônio é mais estudioso que inteligente / —— **furbo di Pietro**: mais esperto que Pedro / —— **povero di me**: mais pobre que eu / **il cielo è** —— **bello in primavera che in estate**: o céu é mais lindo na primavera que no verão / no superlativo relativo / **Carlo è il** —— **bravo scolaro della classe**: Carlos é o mais inteligente aluno da classe / unido a **che** (que) constitui uma forma especial de superlativo absoluto / **sono** —— **che contento**: estou mais que contente / **egli è** —— **che brutto**: é bruttissimo: ele é mais que feio, é feíssimo / —— **ancora**: mais ainda, / **sempre** ——: sempre mais / **vale di** ——: vale mais / **non c'è rimédio**: não tem mais remédio / em oração negativa mais que ou de / **non vale** —— **del padre**: não vale mais que o pai / **non** —— **visto, udito**: nunca visto, ouvido, etc. / **mai** ——: nunca / **non ho** —— **che**: não tenho mais de / **per di** ——: ademais / **per lo** ——: comumente, ordinariamente / **a** —— **non posso**: a mais não poder / (arit.) **uno** —— **uno**: um mais um / **credersi da** —— **degli altri**: acreditar-se superior aos outros / (adj.) **ci vuol** —— **forza**: é preciso mais força / (s. m.) a maior parte, o maior número. a maioria / **il** —— **è fatto**: o mais está feito: / **il** —— **è da fare**: o mais está por fazer / **parlare del** —— **e del meno**: falar de coisas sem importância / **il** ——: a maioria / **dal** —— **al meno**: pouco mais ou menos.
Piúma, s. f. pluma (pl. **piúme**): pluma, pena de ave / plumagem / **uccello di** —— **azurre**: pássaro de plumagem azul / **materasso di** ——: colchão de plumas / penacho / (por ext.) cama / **le morbide** ——: o leito / **leggero come una** ——: leve (ou leviano, volúvel) como pluma.
Piumàccio, s. m. travesseiro de plumas; almofada de plumas / penacho / (fís.) / eletroscópio.
Piumacciòlo, s. m. (dim.) travesseirinho, pequena almofada; / (med.) compressa / (arquit.) almofada do capitel iônico.
Piumàggio, s. m. plumagem.
Piumàio, s. m. o que trabalha em plumas; plumista; plumaceiro.
Piumàre, v. depenar; tirar as penas.
Piumètta, s. f. (dim.) plumazinha.
Piumíno, s. m. plumagem fina das aves / almofada / penacho / almofada para pó de arroz.
Plumóso, adj. plumoso; (fig.) suave, macio, mole.
Piuòlo, e **piòlo**, s. m. estaca, pau, travessão, cavilha, marco; pequena coluna de pedra ou de ferro à frente dos portões de palácios e monumentos / **scala a piòli**: escada de mão.
Piuría, s. f. (med.) piúria.

Piuttòsto, ou **più tòsto**, adv. antes; melhor, preferivelmente / muito, um tanto / —— **morire che cèdere**: antes morrer que dobrar-se / —— **pòvero che ignorante**: melhor pobre que ignorante / **malato** —— **gravemènte**: doente um tanto grave.
Piva, s. f. gaita de foles; pífaro / **ritornare colle pive nel sacco**: sair-se mal, vexado, numa empresa qualquer.
Pivètta, s. f. (dim.) pequena flauta ou gaita de bambu.
Piviàle, s. m. pluvial, paramento eclesiástico, semelhante a manto.
Pivialísta, s. m. capeiro, quem usa o pluvial.
Piviêre, s. m. (tosc. ant.); o território duma paróquia; o clero da mesma / (zool.) tarambola, ave pernalta aquática.
Pizia, s. f. (mitol.) pitonisa.
Pízio, adj. pítico, relativo a pítia. relativo aos jogos em honra de Apolo.
Pizza, s. f. (nap.) iguaria de origem típica napolitana, feita com massa de farinha de trigo e outros ingredientes; pizza (bras.).
Pizzacherino, s. m. (zool.) pequena narceja (ave).
Pizzaiòlo, s. m. fabricante ou vendedor de pizza.
Pizzardône, s. m. (rom.) guarda urbano.
Pizzeria, s. f. pizzaria / (bras.) restaurante onde se serve pizza.
Pizzicàgnolo, s. m. vendedor a retalho de comestível; merceeiro varejista.
Pizzicàre, v. picar, beliscar; incitar, estimular / (mús.) dedilhar / (v. intr.) sentir prurido.
Pizzicàta, s. f. picada, beliscadela / (mús.) pizzicato de instrumento de corda.
Pizzichería, s. f. mercearia, negócio de gêneros alimentares ao picado.
Pizzichíno, s. m. rapé; tabaco em pó muito fino.
Pízzico, s. m. prurido, comichão; beliscão / pequena porção de rapé ou de qualquer outra coisa que se toma entre os dedos; pitada.
Pizzicôre, s. m. prurido, comichão, desejo; capricho / —— **alla gola**: prurido na garganta / —— **d'amore**: comichão, desejo de amor.
Pizzicottàre, v. (fam.) beliscar / motejar-se reciprocamente.
Pizzicòtto, s. m. (aum.) uma pitada (porção) maior que a comum / beliscão.
Pizzo, s. m. ponta, extremidade pontuda de qualquer coisa / pera, porção de barba que se deixa crescer no queixo / renda ou rendilha (pano rendilhado).
Pizzuòlo, s. m. ponta extrema de um navio; proa.
Pizzutèllo, s. m. variedade de uva do Lácio.
Placàbile, adj. placável, que se pode aplacar.
Placabilità, s. f. placabilidade.
Placamènto, adv. (rar.) aplacação; abrandamento.
Placàre, v. aplacar; placar: apaziguar, abrandar; aquietar; acalmar.
Placàrsi, v. aplacar-se, acalmar-se; aquietar-se; sossegar.

Placàto, p. p. e adj. acalmado; aplacado; aquietado, sossegado.
Placatôre, s. m. (placatríce, f.) aplacador; aquietador; apaziguador.
Plàcca, s. f. placa; lâmina; chapa / (med.) mancha, placa produzida por doença / (eletr.) placa elétrica, um dos elementos que constituem a válvula termo-iônica.
Placcàre, v. chapear um objeto de metal não precioso com uma lâmina sutil de ouro ou de prata.
Placcàto, p. p. e adj. chapeado a ouro.
Placcatúra, s. f. o chapeado / plaquê, chapa.
Placènta, s. f. (med.) placenta.
Placentíte, s. f. placentite, inflamação da placenta.
Placet, s. m. (lat.) plácet, aprovação, beneplácito; licença, consentimento.
Placidamènte, adv. placidamente; com placidez.
Placidêzza, e placidità, s. f. placidez; tranqüilidade.
Plàcido, adj. plácido, quieto, tranqüilo.
Plàcito, s. m. plácito, parecer dado por quem tem autoridade; sentença / beneplácito, aprovação, promessa.
Plàga, s. f. (lit.) região, lugar, país; plaga, zona.
Plagiaramènte, adv. plagiariamente, à guisa de plagiário.
Plagiário, adj. e s. m. plagiário, que plagia; indivíduo que plagia.
Plàgio, s. m. plágio, o mesmo que plagiato.
Plagiocefalìa, s. f. (med.) plagiocefalia, forma obliqua da cabeça.
Plagionìte, s. f. plagionita, sulfureto duplo de chumbo e antimônio.
Plaíd, s. m. (ingl.) capa de tecido escocês: capa de viagem que se assemelha a essa; plaid (ingl.).
Planàre, v. (neol.) planar, voar em vôo planado.
Plància, s. f. prancha, tábua grossa onde se põem ferramentas: tábua de embarcação dos navios; lâmina de metal ou madeira que tem em relevo ou em sub-relevo o desenho a ser executado / (mar.) ponte de comando.
Planco, s. m. (ornit.) ave de rapina americana, espécie de águia.
Planetàrio, adj. planetário.
Flanimetría, s. f. planimetria.
Planimètrico, adj. planimétrico.
Planisfèro, s. m. planisfério.
Plànkton, s. m. plâncton, conjunto dos organismos microscópicos em suspensão nas águas doces ou salgadas.
Planôrbe, s. m. planorbe, gênero de moluscos gasterópodes.
Plantàre, adj. (anat.) plantar, pertencente ou relativo à planta do pé.
Plantígrado, adj. e s. m. plantígrado, que anda sobre as plantas dos pés.
Plàsma, s. m. plasma, parte líquida dos tecidos do organismo / protoplasma / (min.) calcedônia.
Plasmàbile, adj. plasmável, que se pode plasmar.
Plasmàre, v. plasmar; modelar; formar em relevo / (fig.) dar forma viva, concreta: —— l'animo.
Plasmàto, p. p. e adj. formado, plasmado; figurado; criado com a fantasia e a arte; orientado com educação.

Plasmatôre, s. m. (plasmatríce, f.) plasmador, que plasma, que forma.
Plasmòdio, s. m. plasmódio, massa protoplásmica / (pl.) parasitas do sangue que produzem certas doenças como, por exemplo, a malária.
Plàstica, s. f. plástica, arte de modelar as figuras em relevo / conformação geral do corpo humano.
Plasticamènte, adv. plasticamente.
Plasticità, s. f. plasticidade / (fig.) maleabilidade de estilo.
Plàstico, adj. plástico, que forma, que serve para formar; que pode ser modelado.
Plastilìna, s. f. (neol.) plastilina, substância plástica para modelar.
Platanàcee, s. f. pl. (bot.) platanáceas, plantas que têm por tipo o plátano.
Platanèto, s. m. platanal, lugar plantado de plátanos.
Plàtano, s. m. (bot.) plátano / viale di plàtani: avenida, alameda de plátanos.
Platèa, s. f. platéia, pavimento de teatro; os espectadores que estão na platéia (e às vezes, por ext., os espectadores todos).
Platealmènte, adv. vulgarmente, trivialmente.
Plateàtico, s. m. imposto sobre a ocupação do solo público.
Plateàto, p. p. e adj. plateado, com platéia.
Platelmínti, s. f. platelmintos, parasitas intestinais dos animais.
Platìna, s. f. parte de uma prensa tipográfica / Minerva, pequena máquina tipográfica.
Platinàre, v. platinar, cobrir com uma camada de platina.
Platinàto, p. p. e adj. platinado, revestido de platina.
Platinatùra, s. f. platinagem.
Platinirìdio, s. m. platinirídio, liga de minério de platina com o irídio.
Plàtino, s. m. platina, metal branco, dúctil e maleável em grau máximo.
Platinôso, adj. (quím.) platinoso, que contém óxido de platina.
Platinotipìa, s. f. platinotipia, processo de impressão tipográfica.
Platirríne, s. f. pl. platirrinos, tribo de macacos americanos.
Platonicamènte, adv. platonicamente / de maneira vaga; sem interesse.
Platônico, adj. platônico, relativo a Platão; (fig.) que se contenta com interesses ideais; amor ideal.
Platonísmo, s. m. (filos.) platonismo.
Plaudènte, p. pr. e adj. que aplaude.
Plaudíre, (o mesmo que applaudíre) aplaudir.
Plausìbile, adj. plausível; que merece aplauso; que merece elogio / razoável; aceitável.
Plausibilità, s. f. plausibilidade.
Plausibilmènte, adv. plausivelmente.
Plàuso, s. m. (lit.) aplauso, louvor; elogio.
Plàustro, s. m. (poét.) carro descoberto para transporte / (astr.) a Ursa Maior.
Plautinamènte, adv. plautinamente, à maneira de Plauto, próprio de Plauto.
Plautíno, adj. plautino, pertencente a Plauto, próprio de Plauto.

Plebàccia, e plebàglia, s. f. (pej.) ralé, populacho, arraia da plebe: la plebàglia degli scrittôri prezzolàti; a ralé dos escritores vendidos.
Plebàno, adj. (ecles.) dural, forâneo.
Plèbe, s. f. plebe; povo; populacho; (depr.) ralé / (hist.) no tempo de Roma antiga. uma das duas classes em que se dividiam os cidadãos de Roma.
Plebeamênte, adv. plebeiamente, de modo plebeu.
Plebeizzàre, v. empregar vulgarismos.
Plebèo, adj. plebéio, plebeu; relativo à plebe.
Plebiscitàrio, adj. plebiscitário.
Plebiscíto, s. m. plebiscito.
Plecôttero, s. m. (zool.) plecóptero.
Plèiade, s. f. plêiade; reunião de pessoas ilustres ou de pessoas de classe / (astr.) a estrela das Plêiades.
Pleistocène, s. m. (geol.) pleistoceno.
Pleistocènico, (pl. -ènici)adj. pleistocênico: período ———.
Plenariamênte, adv. plenariamente: completamente.
Plenàrio, adj. plenário, pleno, completo: indulgenza plenaria.
Plenilunàre, adj. plenilular, relativo a plenilúnio.
Plenilúnio, s. m. plenilúnio, lua cheia.
Plenipotènza, s. f. (lit. e rar.) plenipotência; inteiro poder; poder absoluto.
Plenipotenziàrio, adj. plenipotenciário / (s. m.) enviado de um governo.
Pleomazía, s. f. (zool.) pleomazia, multiplicidade de mamas ou mamilos.
Pleonàsmo, s. m. pleonasmo; superfluidade.
Pleonasticamênte, adv. pleonasticamente.
Pleonàstico, adj. pleonástico.
Pieròma, s. m. (filos.) pleroma, complexo dos seres segundo os gnósticos / (bot.) meristema secundário de uma planta.
Plesiosàuro, s. m. plesiosauro, réptil da fauna geológica.
Plessígrafo, s. m. plessígrafo, antigo instrumento de percussão.
Plessimetro, s. m. plessímetro, instr. para praticar a percussão médica (hoje em desuso).
Plèsso, s. m. plexo, entrelaçamento de nervos ou de vasos sanguíneos.
Plètora, s. f. pletora, superabundância de humores e de sangue no corpo / (fig.) pletórico; abundante, excessivo.
Pletòrico, adj. pletórico, superabundante.
Plètta, s. f. ramos entrelaçados de palmeira.
Plèttro, s. m. (hist.) plectro, pequena vara de marfim, com que os antigos faziam vibrar as cordas da lira / (fig.) poesia, lira; inspiração poética.
Plèura, s. f. pleura, nome de duas membranas serosas.
Pleuralgía, s. f. (med.) pleuralgia, dor na pleura.
Pleurisía, e pleuríte, s. f. pleurisia, inflamação da pleura.
Pleurocèntesi, s. f. pleurocêntese, punção da pleura.
Pleuroclísi, s. f. pleuroclise, injeção na cavidade pleural.
Pleurodinía, s. f. pleurodinia, dor reumática nos músculos das costas.
Pleuropolmoníte, s. f. pleuropneumonia.
Pleurorragía, s. f. pleurorragia, hemorragia da pleura.
Pleurorrèa, s. f. pleurorréia.
Pleurotomía, s. f. pleurotomia, operação da pleura.
Plíca, s. f. (med.) plica, doença dos pelos; prega; dobra da conjuntiva na parte interior do olho / (mús.) nota secundária que segue a nota principal.
Plicàta, s. f. (ecles.) casula que os padres usam durante a Quaresma.
Plíco, s. m. pequeno embrulho de papéis, cartas etc.; pacote.
Pliniàno, adj. pliniano, relativo a Plínio; adepto das doutrinas de Plínio / (min.) sulfoarseniato de ferro; míspiquel.
Plínto, s. m. plinto, sólido quadrado, que forma a parte inferior da base da coluna; soco ou pedestal de estátua.
Pliocène, s. m. plioceno.
Pliocènico, adj. pliocênico.
Plissè (v. fr.) dobrado, pregueado / (ital.) pieghettato.
Ploràre, (ant. lit.) lacrimar, chorar.
Plòto, s. m. ploto ou anhinga, ave palmípede de cabeça estreita, no Brasil conhecida também por biguatinga, cararã.
Plotône, s. m. (do fr.) pelotão, pequeno corpo de soldados.
Plúmbeo, adj. plúmbeo, de cor do chumbo; de chumbo.
Plumícola, s. m. piolho das aves.
Pluràle, adj. plural; que se refere a mais coisas ou pessoas / (gram.) número que indica pluralidade.
Pluralità, s. f. (lit.) pluralidade.
Pluralizzàre, v. pluralizar, pôr no plural; multiplicar.
Pluricellulàre, adj. pluricelular
Pluriloculàre, adj. (bot.) plurilocular.
Plúrimi, s. m. (jocoso e popul.) dinheiro, ou arame, bronze, gaita, cobre, chelpa, na ling. popular; viaggiàre in América? basta avere dei ———.
Plúrimo e plurísmo, adj. de voto, quando mais votos podem ser dados por um só eleitor.
Plurimotôre, adj. de muitos motores.
Pluronominàle, adj. plurinominal / na Itália, colégio eleitoral que compreende mais colégios.
Plus Ultra, Nec Plus Ultra, loc. latina: não mais além; o limite máximo, extremo.
Plusvalôre, s. m. (econ.) plusvalia (voz latina): teoria de Marx, que vem a ser o valor a mais que o trabalhador dá ao capitalista com o seu trabalho, em confronto à compensação que deste recebe.
Plúteo, s. m. (hist.) plúteo / (arquit.) parede que fecha o espaço entre duas colunas / (hist.) máquina antiga móvel, montada sobre três rodas.
Plutòcrate, s. m. plutocrata, pessoa poderosa pelo seu dinheiro.
Plutocrazía, s. f. plutocracia.
Plutônico, adj. plutônico, de Plutão / (geol.) terrenos que têm origem no fogo subterrâneo das rochas de profundidade.
Plutonísmo, s. m. plutonismo; sistema geológico.

Plutonísta, s. m. plutonista, sectário do plutonismo.
Plúvia, s. f. (ant.) chuva.
Pluviàle, adj. (lit.) pluvial, relativo à chuva; que provém da chuva.
Plúvio, adj. (lit.) plúvio; pluvioso, chuvoso.
Pluviomètrico, adj. pluviométrico.
Pluviòmetro, s. m. (fís.) pluviômetro (instr. para medir a quantidade de água caída).
Pluviôso, adj. pluvioso, chuvoso / (s. m.) pluviose, 5º mês do calendário republicano francês (de 20 de janeiro a 18 de fevereiro).
Pnèuma, s. m. pneuma, em música, pausa do cantochão / sopro ou espírito aéreo.
Pneumàtica, s. f. (fís.) pneumática.
Pneumaticità, s. f. pneumaticidade.
Pneumàtico, adj. pneumático, relativo ao ar / (s. m.) pneumàtico ou pneu, aro de borracha para revestimento de roda de veículo.
Pneumòcele, s. m. pneumocele, hérnia causada pela saída de uma parte do pulmão.
Pneumocòcco, s. m. pneumococo.
Pneumoconiòsi, s. f. pneumoconiose.
Pneumogàstrici, s. f. (pl.) pneumogástricos.
Pneumògrafo, s. m. pneumógrafo, instr. que assinala os diagramas.
Pneumòmetro, s. m. pneumômetro, instrumento para medir a capacidade respiratória.
Pneumonía, ou **pneumoníte**, s. f. pneumonia.
Pneumorràgico, adj. pneumorrágico.
Pneumotoràce, s. f. pneumotórax.
Pò, adj. e adv. apoc. de **pòco**: pouco.
Poc' anzi, adv. há pouco.
Pochettíno, **pochêtto**, adj. (dim.) e s. m. pouquinho.
Pochêzza, s. f. pequenez, pouquidade: exigüidade.
Pochíno, adj. e s. m. (dim.) pouquinho, muito pouca coisa; muito pouco; poucadinho.
Pòco, (pl. **pòchi**), adj. pron. e adv. pouco; em pequeno número ou em pequena quantidade; pequeno, limitado; escasso, medida escassa / insuficientemente / a ——— a ———: pouco a pouco; / a **ogni** ———: freqüentemente / è un ——— di **buono**: é um tratante / ——— **bello**: pouco lindo / fra ———: dentro de pouco / parla ——— e pensa assai: fala pouco e pensa muito / per ———: quase, por pouco / vediano um ———: vejamos um pouco, vamos ver / un da ———: um inútil, um tonto.
Pocolíno, adj. e s. m. (dim.) poucochinho; muito pouco.
Poculifòrme, adj. poculiforme; que tem forma de copo.
Pòculo, s. m. (poét., lat.) copo; cálice.
Podàgra, s. f. podraga, doença de gota, nos pés.
Podàgrico, ou **podagrôso**, adj. podágrico.
Podartríte, s. f. (med.) podartrite, artrite do pé.
Poderàle, adj. de fazenda, sítio, granja, etc. / **strada** ———: estrada que atravessa uma fazenda, sítio, etc.
Poderànte, adj. e s. m. (p. us.) camponês, colono que trabalha a sua propriedade.
Podère, s. m. sítio, herdade, propriedade, chácara / **podere modello**: propriedade agrícola (fazenda) modelo / (pej.) **poderàccio**.
Poderôso, adj. poderoso; forte; valente galhardo; eficaz; possante.
Podestà, s. f. (hist.) podestade, magistrado que tinha autoridade suprema nas comunas italianas; o regime fascista renovou, durante a sua vigência, a denominação, aplicando-a em lugar de sindaco, e dando ao seu portador novas atribuições / alcaide; prefeito; (fem.) **podestarêssa**.
Podestería, s. f. (ant.) antigamente, jurisdição da podestade ou do magistrado supremo da cidade / Prefeitura.
Pòdice, s. m. (p. us.) ânus, pódice (ant.).
Pòdio, (pl. **òdi**), s. m. pódio / palco; tribuna.
Podísmo, s. m. pedestrianismo, exercício ou marcha a pé.
Podísta, s. m. andador ou corredor a pé.
Podología, s. m. podologia; tratado acerca do pé.
Podològico, (pl. **-ògici**), podológico.
Podòmetro, s. m. podômetro, instr. para medir o pé dos animais / conta-passos, instr. para contar os passos percorridos.
Poèma, s. m. poema; obra em verso; composição poética.
Poemàccio, s. m. (pej.) poemaço; poema de pouco valor.
Poemêssa, s. f. poema prolixo.
Poemettíno, **poemêtto**, s. m. (dim.) poemeto, poema curto.
Poemúccio, s. m. (depr.) poema mediocre.
Poesía, s. f. poesia; arte de fazer versos / (fig.) idealismo nas idéias; inspiração; pensamento nobre e belo / imaginação vã.
Poesiàccia, s. f. (pej.) poesia sem beleza alguma.
Poesiètta, **poesína**, **poesíola**, s. f. (dim.) poesiazinha, poesia curta.
Poesúccia, **poesúcola**, s. f. (dim. e depr.) poesia insignificante.
Poèta, s. m. poeta, que faz poesias; que faz versos; o que devaneia; idealista / ——— **cesáreo**: poeta da côrte.
Poetàbile, adj. poetável.
Poetàccio, s. m. (pej.) poetastro, mau poeta: poetaço.
Poetàre, v. poetar; cantar em verso; compor obras poéticas.
Poetàstro, s. m. (depr.) poetastro.
Poeteggiàre, v. poetizar; fazer versos; tornar poético.
Poetèllo, s. m. (dim.) poetazinho.
Poetêssa, s. f. poetisa.
Poètica, s. f. poética, arte de fazer versos.
Poetichería, s. f. (depr.) poetagem, maneiras, modos de pensar, fantasias de coisas poéticas.
Poètico, adj. poético; relativo à poesia / ideal; fantástico, singular, caprichoso.
Poetíno, s. m. (dim. e depr.) poetinho.
Poetizzàre, v. poetizar.
Poetizzàto, p. p. e adj. poetizado, reduzido a poesia.
Poetône, s. m. (aum.) poeta grande, em sentido burlesco.

Poetônzolo, poetúcolo, s. m. (deprec.) poetaço, mau poeta.
Poetùccio, poetúzzo, s. m. (dim. depr.) poeta de valor.
Pòffa, s. f. frágua de ferraria.
Poffàre, poffariddío, (ant.) excl. de maravilha; será possível! como pode ser! que maravilha / por Deu!
Poggerèllo, poggestíno, poggètto, s. m. (dim.) cômoro, pequena elevação de terreno.
Pòggia, s. f. cabo de antena e de vela (de embarcação); cabo de sotavento.
Poggiacàpo, s. m. cabeceira de poltrona, revestida de bordado.
Poggiaiòlo, s. m. (rar.) habitante de morro ou de lugares colinosos; serrano.
Poggiàre, v. apoiar, encostar; pairar / (mar.) navegar a sotavento.
Poggiàta, s. f. esplanada em lugar colinoso / (mar.) arribada.
Poggiàto, p. p. e adj. apoiado, encostado; arrimado / ——— sul muro: encostado no muro.
Pòggio, s. m. cômoro; elevação de terreno; colina.
Poggiolíno, s. m. (dim.) montezinho.
Poggiòlo, s. m. (dim.) montezinho.
Poggiuòlo, s. m. varanda, sacada, parapeito; terraço.
Pogrom (v. russo) perseguição, matança de judeus.
Poh! intérj. (de desprezo ou admiração): puxa! que coisa!
Pòi, adv. depois; em seguida; ulteriormente / da ora in ———: de hoje em diante / di ———: depois, posteriormente / afinal / io ——— non c'entro: afinal nada tenho com isso / o prima o ———: cedo ou tarde, uma boa vez / e poi? e depois? / unido à prep.; il giorno di ———: o dia seguinte / de uso enf.; e ——— dicono di essere onesti: depois dizem que são honestos / promette molto, ma ——— non mantiene: promete muito, mas depois não cumpre / (s. m.) il ———: o porvir, o futuro.
Poiàna, s. f. pequeno gavião; gavião pega-pinto; milhafre.
Poichè, conj. pois que; desde que; já que, uma vez que, posto que, etc.: ——— ebbe udito, si convinse.
Poker, s. m. (ingl.) pôquer, jogo de azar, com 52 cartas.
Pòinter, s. m. (ingl.) cão de caça.
Polàcca, s. f. polaca, dança ou música / navio de três mastros / calçado com pequena polaina.
Polàcco, adj. polaco, da Polônia / (s. m.) habitante da Polônia.
Polaccône, s. m. (mar.) vela latina de pequeno veleiro.
Polàre, adj. polar; do polo; dos polos.
Polarímetro, s. m. polarímetro / polariscópio.
Polarità, s. f. (fís.) polaridade.
Polarizzàre, v. polarizar, sujeitar à polarização.
Pòlca, s. f. polca, dança a dois tempos, originária da Boêmia: a música dessa dança.
Polchísta, s. m. polquista, compositor de polcas.
Polèdro, (v. puledro), s. m. poldro.
Polemàrco, s. m. (hist.) polemarco, chefe de exército, entre os gregos.

Polèmica, s. f. polêmica; discussão oral ou escrita; controvérsia: questão.
Polèmico, adj. polêmico.
Polemísta, s. m. polemista.
Polemizzzare, v. polemizar / disputar, discutir.
Polemònia, s. f. (bot.) polemônia, gen. de plantas herbáceas e vivazes.
Polèna, s. f. figura ornamental esculpida no beque do navio.
Polènta, (tosc. polènda), s. f. polenta, massa ou pasta de farinha de milho, com água e sal.
Polentàccia, s. f. (pej.) polenta de ruim qualidade.
Polentàio, s. m. polenteiro; que faz ou que vende polenta.
Polentína, s. f. polentinha / mistura semelhante a essa / una ——— di farina di lino: um cataplasma de linhaça.
Polentône, s. m. polentôna, s. f. polentona, polenta grossa; (fig.) pessoa pesada, lenta, apática.
Polesíne, s. m. lugar alto e enxuto entre paludes / a zona, o território da província de Rèvigo, no Vèneto.
Poliachènio, s. m. (bot.) fruto composto de vários aquênios.
Poliadenía, s. f. polieadenoma, inflamação em grande número de glândulas.
Poliambulànza, s. f. ambulatório médico.
Poliandría, s. f. poliandria.
Poliantèa, s. f. (ant.) poliantéia, coleção de escritos em homenagem a alguém.
Poliarchía, s. f. (lit.) poliarquia, governo de muitos.
Poliargiríte, s. f. poliargirite, sulfureto de prata e antimônio.
Poliarmònico, (pl. -ci) (mús.) poli-harmônico.
Poliartríte, s. f. poliartrite, artrite generalizada.
Poliatòmica, s. f. poliatômica, molécula formada por muitos átomos.
Polibàsico, adj. polibásico, ácido que contém diversos átomos.
Polibasíte, s. f. polibasito.
Polibòro, s. m. políboro, ave de rapina.
Policàrpico, adj. (bot.) policárpico.
Policetemía, s. f. policetemia, aumento dos glóbulos vermelhos.
Policlínico, s. m. (med.) policlínica.
Policòrdo, s. m. policordo, antigo instr. que se tocava com arco.
Policromàtico, adj. policromático; multicolor.
Policromía, s. f. policromia.
Policròmo, adj. policromo; de diversas cores.
Policrònio, adj. policrono, longevo.
Polidattília, s. f. polidatília, que tem muitos dedos.
Polièdrico, adj. poliédrico / (fig.) que tem múltiplas facetas ou atividades.
Polièdro, s. m. (geom.) poliedro.
Poliemía, s. f. poliemia.
Poliennàle, adj. (finan.) título, bônus do tesouro com prazo de vencimento de vários anos.
Poliestesía, s. f. (med.) poliestesia.
Polifagía, s. f. polifagia / voracidade.
Polífago, adj. polífago.
Polifilogènesi, s. f. poligenismo, doutrina da evolução dos seres vivos.
Polifonía, s. m. (mús.) polifonia.

Polifônico, adj. polifônico.
Polifonísta, s. m. polifonista.
Polígala, s. f. polígala, plantas de suco leitoso.
Poligamía, s. f. poligamia.
Polígamo, s. f. polígamo.
Poligenía, s. f. poligenia; poligenismo.
Poliglòtta, s. m. poliglota.
Poliglòtto, adj. poliglota.
Poligonàcee, s. f. pl. (bot.) poligonáceas.
Polígono, s. m. polígono.
Poligrafàre, v. poligrafar, traçar com o polígrafo.
Poligrafía, s. f. poligrafia.
Polígrafo, s. m. polígrafo, autor que escreve sobre matérias diversas / aparelho que reproduz muitas cópias de um mesmo escrito.
Poligràmma, s. m. (gram.) grupo de letras para um som (em ital. gl., gn.).
Polimênto, s. m. polimento.
Polimería, s. f. polimeria.
Polimèrico, adj. polímero.
Polimerizzàre, v. (quím.) polimerizar.
Polimerizzazióne, s. f. polimerização.
Polímero, s. m. polímero, diz-se do corpo que apresenta o fenômeno da polimeria.
Polimetría, s. f. (poét.) polimetria.
Polimètrico, adj. polimétrico: poema —.
Polímetro, s. m. polímetro.
Polimiosite, s. f. inflamação de muitos músculos.
Polimorfísmo, s. m. polimorfismo.
Polineuríte, s. f. polineurite; neurite periférica.
Polinòmio, s. m. polinômio, quantidade algébrica composta de muitos termos.
Pòlio, s. m. (bot.) pólio, planta lamiácea.
Poliomielite, s. f. (med.) poliomielite, doença infecciosa que ataca as células da medula espinhal, e leva, por vezes, à paralisia infantil.
Poliopedía, s. f. excesso do número de fetos em gestação; polipedia.
Polioplàsma, s. f. polioplasma.
Poliopsía, ou poliopía, s. f. poliopia, estado mórbido dos que vêem os objetos multiplicados.
Poliorâma, s. m. poliorama; cosmorama.
Poliorcètica, s. f. (hist.) poliorcéticas, arte de fazer cercos militares.
Polipàio, s. m. polipeiro; grupo de pólipos que vivem sobre um suporte calcário.
Polipnèa, s. f. (med.) aceleração da respiração.
Polipètalo, s. m. polipétalo.
Pòlipo, s. m. (med.) pólipo, excrescência carnosa / (zool.) classe de animais radiários ou zoófilos.
Polipòdio, s. m. (bot.) polipódio, plantas da família das polipodiáceas.
Polipôso, (med.) adj. poliposo.
Políre, v. polir, brunir, dar lustro / limar, aperfeiçoar um trabalho literário (v. Pulíre).
Polirítmo, adj. polirrítmico.
Polirrème, s. f. (hist.) polirremo, embarcação provida de diversas ordens de remos (ant.).
Polisarcía, s. f. (patol.) polissarcia, gordura excessiva; obesidade.
Polisemía, s. f. (gram.) polissemia, variedade de significado.

Polisèmo, adj. polissemo, que tem mais significados.
Polisènso, adj. que tem diversos sensos ou sentidos.
Polisíllabo, adj. e s. m. (gram.) polissílabo.
Polisillogísmo, s. m. (filos.) polissilogismo, seqüência de silogismos.
Polisíndeto, s. m. polissíndeto, espécie de pleonasmo sintático.
Polisinfonía, s. f. (ant.) harmonia.
Polisintètico, adj. polisintético, em que há várias sínteses.
Polisolfúro, s. m. (quím.) sulfureto com diversos átomos de sulfeto.
Polipàsto, s. m. polipasto, máquina munida de roldanas e cordas para levantar pesos.
Polistànsio, s. m. (hist.) pálio usado pelos patriarcas bizantinos, espargido de muitas cruzes.
Polistilo, adj. (arquit.) polistilo, que é sustentado por muitas colunas.
Politeâma, s. m. politeama, teatro para representações de caráter diverso.
Politècnico, adj. politécnico / (s. m.) instituto ou escola politécnica.
Politeísmo, s. m. politeísmo, crença em diferentes deuses.
Politeísta, s. m. e s. f. politeísta.
Politêzza, s. f. polidez, polimento, cortesia / aprimoramento de uma obra literária ou de arte.
Política, s. f. política; razão de estado; visão, capacidade para resolver os próprios negócios; esperteza, astúcia.
Politicamènte, adv. politicamente, com política; civilmente.
Politicànte, adj. e s. m. (depr.) politicante; politiqueiro.
Politicàstro, s. m. politicastro, que faz politicalha.
Político, adj. político; relativo aos negócios públicos; delicado; cortês; astuto / (s. m.) o que trata de política; estadista.
Politicóne, s. m. politicão, grande político / (fam. e pop.) esperto, sagaz.
Politipía, s. f. (tip.) politipia.
Políto, p. p. e adj. polido; brunido; lustroso; liso / limpo, apurado (escrito, discurso, etc.).
Politonalità, s. f. (mús.) politonalidade.
Polìttico, s. m. (t. de arte) que tem muitas folhas (livro).
Politríco, s. m. (bot.) avencão, espécie de feto.
Politúra, s. f. polidura; polimento; limpeza.
Poliuría, s. f. poliuria, secreção abundante de urina.
Polivalènte, adj. polivalente.
Polivàmere, adj. de arado; de duas ou mais relhas.
Polizía, s. f. polícia / os agentes de polícia.
Poliziésco, adj. (depr.) policiesco / maniere poliziésche: de maneira rude, violenta, incivil.
Poliziòtto, s. m. polícia, guarda policial.
Pòlizza, s. f. apólice; cédula; bilhete de loto ou de loteria; documento breve; cautela do monte de socorro ou símile; ação de sociedade.
Polizzètta, s. f. (dim.) polizzíno, s. m. pequena cédula ou bilhete.
Pòlka (v. boêmia) s. f. polca / (ital.) polca.

Pòlla, s. f. nascente, veia de água.
Pollàio, s. m. galinheiro; poleiro.
Pollaiòlo, s. m. negociante, vendedor de frangos, galinhas.
Pollàme, s. m. quantidade de frangos ou galinhas; galinhame; galinhaço.
Pollànca, s. f. franga de perua.
Pollàstra, s. f. franga.
Pollàstro, s. m. frango.
Pollastríno, s. m. (dim.) franguinho.
Pollastróne, s. m. (aum.) frango bem crescido.
Pollastròtto, s. m. (aum.) frango gordo; (fig.) moço simplório, ingênuo.
Pollería, s. f. aviário; lugar onde se vendem aves.
Pollèzzola, s. f. (bot.) brócolos, planta de horta.
Pòllice, s. m. polegar, dedo grosso da mão / polegada, medida inglesa.
Pollicitazióne, s. f. policitação; oferta; promessa feita, mas não aceita ainda.
Pollicoltúra, s. f. avicultura.
Pollicultôre, s. m. avicultor; galinicultor.
Pollína, s. f. esterco de galinhas; galinhaça.
Pòlline, s. m. pólen, substância fecundante das flores.
Pollíno, adj. (des.) frango / pidocchio ———: piolho dos frangos / (s. m.) terreno paludoso.
Pollivèndolo, s. m. vendedor de frangos, galinhas, etc.
Pòllo, s. m. frango; nome genérico do galo e das galinhas; (fig.) pacóvio, ingênuo / bagnato come un ———: molhado como um pinto / andare a letto com i polli: ir dormir bem cedo / esser un ——— freddo: ser frio, tímido, de ânimo fraco / è un buon ———: é um frangote, ou ingênuo, tolo / fa ridere i polli: faz rir as galinhas (de coisa sem sentido); un pollo per elemosina nessumo lo dà: um frango como esmola ninguém dá (diz-se de presente que esconde algum mistério).
Pollóne, s. m. renovo, rebento tenro das árvores.
Pollonêto, s. m. viveiro de rebentos de plantas.
Pollúto, adj. (lit.) poluto, manchado; maculado.
Polluzióne, s. f. poluição, ato de poluir; / poluição involuntária de esperma.
Polmênto (ant.) s. m. comida de favas ou lentilhas.
Polmonàre, adj. pulmonar.
Polmonària, s. f. (bot.) pulmonária, gênero de plantas borragíneas / líquen parasito de algumas árvores.
Polmoncèllo, s. m. (depr. e rar.) pulmãozinho, pulmão fraco.
Polmoncíno, s. m. (dim.) pulmãozinho.
Polmône, s. m. pulmão, órgão da respiração.
Polmoníte, s. f. pulmonite; pulmonia, pneumonia.
Pòlo, s. m. polo, cada uma das duas extremidades do eixo terrestre; cada uma das extremidades opostas de um corpo oval / dall'uno all'altro ———: de um ponto a outro do mundo / da un ——— all'altro: de um a outro extremo.

Polònio, s. m. polônio, elemento radiativo que se extrai do pechurano.
Pôlpa, s. f. polpa, carne sem osso e sem gordura / parte carnuda das frutas: parte carnuda da perna / (fig.) a substância de uma coisa.
Polpàccio, s. m. barriga da perna.
Polpacciòlo, e polpastrèllo, s. m. a ponta dos dedos.
Polpàra, s. f. instrumento para pescar polvos.
Polpacciúto, adj. polposo, carnudo.
Polpètta, s. f. almôndega, bolo de carne picada com queijo, salsa e ovos / bolinho com veneno para ratos / (fig.) (tosc.) raspança, reprimenda.
Polpettína, s. f. (dim.) pequena almôndega / bolinho envenenado.
Polpettóna, s. f. polpettône, s. m. almôndega grande; bolo de carne picada cozido em água.
Pólpo, s. m. (zool.) polvo, molusco cefalópode.
Polpôso, polpúto, adj. polposo, polpudo, que tem muita polpa; carnudo.
Polsíno, s. m. punho da camisa.
Pôlso, s. m. pulso / (fisiol.) pulsação arterial que se faz sentir mais particularmente no pulso / (fig.) vigor, força, galhardia, poder: con fermo: com pulso firme, vigorosamente / gli manca il ———: falta-lhe a energia necessária / toccare il ——— a uno: medir o valor de alguém.
Pòlta, (ant.) comida; sopa.
Poltíglia, s. f. papa, papinha, substância cozida, mole / lama, lodo / poltíglia bordolèse: mistura de cal virgem e sulfato de cobre dissolvida na água.
Poltôso, adj. lodoso; enlameado.
Poltràcchio (ant.) s. m. potro.
Poltríccio (ant.) leito pobre.
Poltríre, v. poltronear, mandriar.
Pòltro (ant.) adj. de animal, indômito / poltrão, preguiçoso / (s. m.) potro.
Poltróna, s. m. poltrona; grande cadeira de braços.
Poltronàccia, s. f. (pej.) poltrona ordinária.
Poltronàccio, adj. (pej.) poltronaz, grande poltrão, mandrião.
Poltronàggine, s. f. poltronaria; preguiça; mandriíce.
Poltronamènte, adv. preguiçosamente, ignaviamente.
Poltroncèllo, adj. (dim.) poltrãozinho; preguiçozinho.
Poltroncína, s. f. (dim.) pequena poltrona.
Poltrône, adj. e s. m. poltrão; mandrião; preguiçoso / covarde, pusilânime.
Poltroneggiàre, v. poltronear, viver como poltrão.
Poltronería, poltronaria, ignávia, indolência, preguiça.
Poltronescamènte, adv. preguiçosamente; ignaviamente.
Poltroníte, s. f. (burl.) doença da poltronaria, mandriíce.
Pôlve, s. f. (poét.) poeira, pó.
Polveràccia, s. f. (pej.) poeirão; poeira incômoda.
Polveràccio, s. m. terreno seco e poeirento / esterco caprino ou de ovelha pulverizado.
Polveràia, s. f. poeirada, terra.

Pôlvere, s. f. poeira, pó; qualquer matéria reduzida à semelhança de pó / pólvora (de armas de caça) / **tornare in ——:** voitar ao pó, morrer / **mòrder la ——:** ser vencido.
Polveriêra, s. f. paiol de pólvora; fábrica de pólvora.
Polverifício, s. m. polvoaria, indústria da pólvora de fogo.
Polverina, s. f. (dim.) polvorinha; pó muito fino; pó medicinal.
Polveríno, s. m. areia fina / polvorinho, utensílio para pólvora.
Polverío, s. m. poeirada, nuvem de pó.
Polverizzàbile, adj. pulverizável, que se pode reduzir a pó.
Polverizzaménto, s. f. e **polverizzaziône,** s. m. pulverização, ato ou efeito de pulverizar.
Polverizzàre, v. pulverizar.
Polverizzàto, p. p. e adj. pulverizado.
Polverizzatôre, adj. e s. m. pulverizador.
Polveróne, s. m. (aum.) grande poeira.
Polveróso, adj. poeirento.
Polverulênto, adj. pulverulento, polvoroso, poeirento, cheio de pó.
Polverúme, s. m. poeirada, grande poeira.
Polverúzza, s. f. (dim.) poeira extremamente leve / pó medicamentoso / polvilho.
Polviglio, s. m. (ant.) drogas em pó.
Polvíscolo, e **pulvíscolo,** s. m. poeira fina; poeira atmosférica.
Pôma (ant.) s. f. maçã; pomo.
Pomàceo, adj. pomáceo, de pomo, relativo ao pomo; (s. f. pl.) (bot.) família de plantas rosáceas, que abrange as macieiras, as pereiras, etc.
Pomàio, pomàrio, pomàro, pométo, s. m. pomar; lugar plantado de árvores frutíferas.
Pomaràcio, s. m. (ant.) laranja.
Pomaròla (nap.) molho de tomate.
Pomàta, s. f. pomada / ungüento medicinal.
Pomatàccia, s. f. pomada ordinária.
Pomatina, s. f. (dim.) pomadinha.
Pomàto, adj. (agr.) que tem frutos; terreno plantado de pomos, madeiras, etc.
Pomellàto, adj. malhado (cavalo).
Pomèllo, s. m. (dim.) maçãzinha; maçã do rosto.
Pômere, ou **pômero,** adj. e s. m. cão da Pomerânia.
Pomeridiàno, adj. posmeridiano, posterior ao meio-dia.
Pomeríggio, s. m. posmeridiano, espaço de tempo depois de meio-dia.
Pomèrio, s. m. (hist.) pomério, esplanada de terreno dentro e fora dos muros de Roma, considerado sagrado e portanto não habitado.
Pométo, s. m. (ant.) pomar.
Pomettíno, pomêtto, s. m. (dim.) maçãzinha; pomozinho.
Pomfòlice, s. f. (med.) dermatose.
Pômice, s. f. pômice (lat.) / pomes, pedra-pomes, rocha vulcânica porosa e leve.
Pomiciàre, v. polir, alisar, esfregar com pedra-pomes.
Pomiciàto, p. p. e adj. polido, alisado, lustrado com pedra-pomes.
Pomiciatúra, s. f. polimento, alisadura executada com pedra-pomes.

Pomiciôso, adj. pomítico, da natureza da pedra-pomes; que abunda de pômice; semelhante à pedra-pomes.
Pomicúltura, ou **pomicoltúra,** s. f. pomicultura; fruticultura.
Pomicultôre, s. f. fruticultor; pomicultor.
Pomière, s. m. (ant.) pomar.
Pomífero, ou **pomoso,** adj. pomífero, que tem ou produz pomos (frutas).
Pomíno, s. m. (dim.) pominho; pequeno pomo; maçãzinha.
Pômo, s. m. pomo, fruto carnudo e de forma mais ou menos esférica; maçã, pera, laranja, etc.; objeto redondo em formato de bola / **—— della discordia:** coisa que provoca discórdia, / **—— d'Adamo:** pomo-de-adão.
Pomodoràta, s. f. golpe dado arremessando um tomate.
Pomodòro, e **pomidòre,** s. m. tomate; tomateiro.
Pomogranàto, s. m. romã; fruto da romãzeira.
Pomología, s. f. pomologia, tratado das árvores pomíferas.
Pomôso, adj. pomoso; em que há pomos, abundante em frutas.
Pômpa, s. f. pompa, luxo, exibição, ostentação, gala; solenidade, grandiloqüência / **far —— duna cosa:** fazer ostentação de uma coisa / bomba de encher pneus / bomba mecânica para levantar a água.
Pompàre, v. bombear, acionar a bomba para extrair ou elevar a água.
Pompàta, s. f. bombada, quantidade de água extraída num golpe da bomba.
Pompatúra, s. f. ação de bombear.
Pompeggiàre, v. pompear pompa, luxo, magnificência.
Pompeggiàrsi, v. pompear-se, exibir-se, pavonear-se.
Pompeiàno, adj. de Pompeu / de Pompéia / (s. m.) hab. de Pompéia.
Pompèlmo, (bot.) s. m. "grape-fruit".
Pompière, s. m. bombeiro, o que pertence aos corpos de bombeiros encarregados da extinção de incêndios.
Pompierístico, adj. de bombeiros.
Pomposamènte, adv. pomposamente; faustosamente.
Pompositá, s. f. pomposidade.
Pompôso, adj. pomposo; faustoso, magnífico; solene.
Pomúccio, pomúzzo, s. m. (dim. e depr.) pominho; pomo pequeno de qualidade inferior.
Pònce, s. m. ponche (ingl. "pounch"), bebida.
Poncíno, s. m. (dim. e fam.) ponche.
Pôncio, s. m. (do esp.) capa de lã, com uma abertura no meio, por onde se enfia a cabeça; ponche (bras. do Rio Grande do Sul).
Ponderàbile, adj. ponderável, digno de ponderação.
Ponderabilità, s. f. ponderabilidade.
Ponderàre, v. ponderar; pesar; apreciar; examinar com atenção; considerar.
Ponderatamènte, adv. ponderadamente, atentamente.
Ponderatézza, s. f. ponderabilidade.
Ponderàto, p. p. e adj. ponderado, sisudo; prudente; meditado; refletido.
Ponderaziône, s. f. ponderação; importância; consideração.

Ponderosità, s. f. ponderabilidade, reflexão.
Ponderoso, adj. ponderoso, grave, pesado; importante.
Pondío, s. m. (tosc.) tenesmo, peso, sensação dolorosa na extremidade da região anal.
Pòndo, s. m. (lit. e poét.) peso / encargo, preocupação grave; coisa molesta.
Ponènte, s. m. ponente, que se põe ou se esconde (o sol); poente; ocidente; vento de poente; países situados nessa parte.
Ponentíno, s. m. (dim.) ponentinho, homem das regiões do poente; vento do poente.
Pônere (ant.) v. por.
Pongo, s. m. (zool.) orangotango.
Ponimènto, s. m. (lit.) assentamento, colocação, ação do pôr, de pousar, de colocar.
Ponitòra, s. f. prancha quadrangular, usada nas fábricas de papel para a secagem das folhas.
Ponitòre, s. m. operário que trabalha no serviço de secagem do papel.
Ponsò, adj. (do fr.) ponçó, cor de fogo muito viva.
Pontàggio, s. m. (p. us.) pedágio que se paga para atravessar uma ponte.
Pontàlo, s. m. operário que arma andaimes nas obras em construção / guarda de pontes.
Pontàre, v. (p. us.) apoiar com força, fazer pressão num único ponto / (fig.) ———— **i piedi al muro:** obstinar-se.
Pontàta, s. f. (constr.) andaime; bailéu; estrado suspenso sobre o qual trabalham pedreiros, pintores, etc.
Pònte, s. m. ponte, construção que liga dois pontos separados de um rio, canal, passo, etc.; coberta do navio; andaime / passadiço; ponte levadiça.
Pontèfice, s. m. pontífice; Papa; o chefe da Igreja católica.
Ponticèllo, s. m. (dim.) pontícula, pequena ponte / parte curva do punho da espada / cavalete, pequena peça com que se levantam as cordas de alguns instrumentos musicais.
Pontícino, s. m. pontícula; pontezinha.
Pontico, adj. pôntico, relativo a Ponto Enxino (Mar Negro) / (adj.) pontico, azedo, áspero.
Pontière, ou **pontièere** / s. m. pontoneiro, soldado que trabalha na construção de pontes militares.
Pontificàle, adj. pontifical, do pontífice.
Pontificàre, v. pontificar, celebrar missa pontificalmente / (fig.) alardear sabedoria, etc.
Pontificàto, s. m. pontificado; dignidade de pontífice.
Pontifício, adj. pontifício; relativo a pontífice.
Pontile, s. m. embarcadouro nos cais dos portos onde se encontram os navios e por onde sobem ou descem os passageiros.
Pònto, s. m. (poét. e ant.) ponto, (des.) mar.
Pontonàio, s. m. guarda da ponte.
Pontòne, s. m. pontão, barca grande; barcaça de fundo chato onde se lança uma ponte militar.

Pontonière, s. m. soldado que constrói pontes / operário pontoneiro, que trabalha na construção de pontes.
Ponzamènto, s. m. esforço, puxo / meditação.
Ponzàre, v. esforçar-se (por ex. para expedir coisa do corpo ou para dar à luz) / (fig.) meditar, pensar pausadamente / planear, meditar, compor mentalmente uma obra: **hà ponzato tanto per quel discorsetto.**
Ponzatòre, adj. e s. meditativo.
Pòpa, s. m. (hist.) popa, na antiga Roma, sacerdote que conduzia a vítima até o altar.
Pòpe, s. m. pope, padre russo do rito Oriental.
Popìna, s. f. (hist.) tasca, taverna ínfima no tempo dos ant. Romanos.
Pòplite, s. m. (anat.) plópite ou poples, a curva da perna.
Popolàccio, s. m. ou **popolàglia,** s. f. populacho, gentalha, ralé, multidão, população.
Popolàno, s. m. e adj. popular, do povo / homem do povo.
Popolàre, adj. popular, do povo; próprio do povo / afável; simpático; conhecido do povo / (loc. fig.) **aura** ————: aura, estima popular.
Popolarêsca, s. f. folclore.
Popolarêsco, adj. popular, do povo, de uso do povo; populista, arte, maneira, vida, costumes do povo.
Popolarità, s. f. popularidade.
Popolarizzàto, p. p. e adj. popularizado; conhecido, estimado do povo; vulgarizado.
Popolarizzaziòne, s. f. popularização.
Popolàto, p. p. povoado, colonizado / (adj.) populoso, habitado / freqüentado.
Popolaziòne, s. f. população.
Popolìno, s. m. (dim.) povinho, povoléu.
Pòpolo, s. m. povo; nação; os habitantes de uma mesma região; multidão; plebe; grande quantidade de pessoas reunidas.
Popolôso, adj. populoso; que tem muitos habitantes.
Poponàia, s. f. meloal, terreno onde crescem meloeiros.
Popòne, s. m. melão, fruto do meloeiro; meloeiro (planta).
Pôppa, s. f. mama; teta; órgão glandular que segrega o leite / **dar la** ————: dar de mamar / (mar.) popa, parte posterior do navio.
Poppaiòla, s. f. mamadeira; biberão / chupeta / vasilha para dar de beber aos animais.
Poppaiòne, s. m. ramo de árvore inútil que se nutre da seiva dos outros / (fig.) sugador; chupão.
Poppànte, p. pr., adj e s. m. lactente; quem ou o que ainda mama.
Poppàre, v. mamar, sugar o leite da mama / (por ext.) beber, sorver, engolir / **s'è poppato tutto il vino:** bebeu todo o vinho / **in pòco tempo ha poppato un patrimònio:** em pouco tempo engoliu todo um patrimônio.
Poppàta, s. f. mamagem, mamadura.
Poppatìna, s. f. (dim.) pequena mamadura, chupadela.

Poppatôio, s. m. mamadeira que se aplica às mamas quando têm alguma ferida ou infecção / biberão / ampola para extrair o óleo dos recipientes de vinho.
Poppatôre, s. m. (**poppatríce**, f.) mamador, que mama; que chupa; que suga.
Poppavía, s. f. direção relativa à parte da popa (mar.).
Poppêse, adj. de popa, relativo à popa; **cavo** ———: cabo, amarra de popa.
Poppêtta, s. f. (dim. mar.) espaço da popa atrás do assento do piloto.
Poppière, ou **poppière**, s. m. popeiro, o que está ou rema na popa.
Poppína, s. f. (dim.) maminha; pequena mama.
Poppôna, s. f. (dim.) mama grande; / que mama muito.
Poppúccia, s. f. (depr.) maminha.
Popúleo, adj. (lit.) populeo, relativo ao choupo ou álamo.
Populína, s. f. (quím.) substância que se encontra na casca e folhas de choupo.
Poppùto, adj. tetudo, que tem tetas grandes.
Pòrca, s. f. porca, a fêmea do porco / (agric.) leira, elevação de terra entre dois sulcos / (fig.) mulher suja.
Porcáccio, porcacciône, adj. (pej.) porcalhão, sujo, imundo.
Porcàio, e **porcàro**, s. m. porqueiro, guarda de porcos.
Porcamênte, adv. porcamente, à maneira de porco.
Porcarêccia, s. f. chiqueiro; pocilga onde se criam porcos.
Porcèlla, s. f. (dim.) bácora, porca nova e pequena; leitoa.
Porcellana, s. f. porcelana, louça fina / (zool.) gênero de moluscos gasterópodes da família dos ciprínidas / (bot.) planta da família das portuláceas.
Porcellànico, adj. porcelânico; que tem a aparência de porcelana.
Porcellêtta, s. f. **porcellêtto**, s. m. (dim.) bácora; porquinho.
Porcellíno, s. m. (dim.) porquinho, bácoro / ——— **d'India**: cobaia, porquinho-da-índia.
Porcellône, s. m. (depr.) porcalhão; indecente; imundo.
Porcheggiàre, v. agir como os porcos.
Porcherêccio, adj. de porco.
Porchería, s. f. porcaria; porquice.
Porcheriôla, s. f. (dim.) porcariazinha; ação pouco limpa.
Porchettàme, s. m. porcada, quantidade de porcos.
Porcíle, s. m. pocilga; chiqueiro de porcos / (fig.) lugar imundo onde se praticam ações pouco honestas.
Porcína, s. f. carne de porco; gado porcino.
Porcíno, adj. porcino, de porco, de suíno / (s. m.) fungo comestível.
Pòrco, s. m. porco, suíno / (fig.) pessoa suja, imunda / adj. indecente, torpe.
Porconàccio, adj. (pej.) e s. m. porcalhão; muito sujo; obsceno.
Porconcello, s. m. (dim.) porquinho, rapaz um tanto sujo no vestuário.
Porcône, s. m. (aum.) porqueirão; porco grande; pessoa suja.
Porcospíno, s. m. (zool.) porco-espinho.

Porcúme, s. m. porcaria; sujidade; imundície.
Pòrfido, s. m. pórfido ou pórfiro; espécie de mármore; rocha, pedra basáltica.
Porfíreo, porfírico, adj. porfírico, que contém pórfiro.
Porfiriàni, s. m. (pl.) porfirianos, arianos que adotaram a doutrina de Porfírio, filósofo do século III.
Porfirizzàre, v. (farm.) porfirizar.
Pòrfiro, (ant.) s. m. pórfiro, pórfido.
Porfirogènito, adj. (hist.) porfirogênito, nascido na púrpura, filho de imperador grego do Oriente / (fig.) cristão, redimido pelo sangue de Cristo.
Pòrgere, v. estender, oferecer, dar; apresentar, aproximar, entregar / ——— **aiuto**: dar, oferecer ajuda / ——— **i saluti**: apresentar as saudações / ——— **la mano**: estender a mão / (fig.) oferecer reconciliação / ——— **l'occasione**: oferecer a oportunidade / pronunciar bem, recitar, declamar / **l'arte del** ———: a arte de falar / **porgersi l'occasione**: apresentar-se a oportunidade.
Porgimênto, s. m. oferecimento.
Porgitôre, adj. e s. m. oferecedor; portador / **bel** ———: elegante, expressivo; falador, orador ou artista que se expressa com arte.
Poríferi, s. m. poríferos; espongiários.
Porísma (ant.) porisma; **i porismi di Euclide**.
Pornografía, s. f. pornografia.
Pornògrafo, s. m. pornógrafo.
Pòro, s. m. poro, orifício do epidermeato das plantas, das árvores e em geral dos corpos sólidos.
Porosità, s. f. porosidade / (fís.) uma das propriedades dos corpos.
Porôso, adj. poroso, que tem muitos poros.
Porpòra, s. f. púrpura, matéria corante de um vermelho escuro / tecido de cor de púrpura / vestuário e dignidade dos cardeais / molusco gasterópode marinho.
Porporàio, s. m. (hist.) o que extraía a púrpura.
Porporàto, adj. purpurado / (s. m.) cardeal; purpurado.
Porporeggiàre, v. purpurejar; dar a cor de púrpura; avermelhar.
Porporína, s. f. purpurina; cor vermelha artificial.
Porporíno, adj. purpurino; purpúreo; vermelho.
Porràccio, s. m. (bot.) porro.
Porràceo, adj. porráceo, de porro; da cor, do cheiro do porro.
Porràio, adj. porráceo, da qualidade do porro / (s. m.) (antig. tosc.) lugar pantanoso.
Porràta, s. f. comida feita com porros cozidos.
Pòrre, v. pôr; colocar; pousar; assentar; estabelecer; elevar; erigir; impor; revelar; aplicar; plantar; fixar / **poni mènte a ciò che ti dico**: presta atenção ao que te digo / ——— **uno a parte d'un segreto**: revelar a alguém um segredo.
Porrína, s. f. bulbo, radícula do porro.
Pòrro, s. m. (bot.) porro, radícula do porro.

Pòrro, s. m. (bot.) porro, alho silvestre, afim à cebola, de sabor forte / excrescência carnosa que aparece nos animais domésticos; verruga.
Porrôso, adj. cheio de porro; verrugento.
Pòrsi, v. pôr-se; expor-se; colocar-se
Pòrta, s. f. porta, lugar por onde se entra; abertura; ingresso; acesso; orifício; entrada; introdução; passagem de fronteira / (anat.) piloro, orifício int. do estômago / **colle chiavi d'oro si apre ogni** ———: com chave de ouro toda porta se abre.
Portaaeropláni, s. f. porta-aviões.
Portabagàgli, s. m. porta-malas ou porta-bagagem, lugar nos automóveis e carruagens para disposição de malas e objetos de viagem / carregador nas estações ferroviárias.
Portabandièra, s. m. porta-estandarte; porta-bandeira.
Portàbile, adj. portátil.
Portacappèlli, s. m. chapeleira (para chapéus).
Portacàrta, s. m. porta-cartas; pasta de mesa; carteira de papéis.
Portacatíno, s. m. lavatório, utensílio para lavar as mãos e a cara.
Portacènere, s. m. cinzeiro.
Portacèste, s. m. servente de teatro encarregado de servir os atores.
Portàcqua, s. m. aguadeiro; vendedor ambulante de água.
Portafiammíferi, s. m. porta-fósforos.
Portafiàschi, s. m. frasqueira, caixa onde se guardam frascos.
Portafiôri, s. m. cesto para flores.
Portafògli, ou **portafóglio,** s. m. carteira de bolso para dinheiro / pasta de couro onde se guardam os documentos do Estado; (fig.) função de ministro.
Portafortúna, s. m. amuleto.
Portagioèlli, s. m. estojo para jóias; porta-jóias.
Portagrú, s. m. cada um dos braços que sustentam o guindaste.
Portainsêgna, s. m. porta-bandeira; oficial que leva a bandeira.
Portalàpis, s. m. porta-lápis; lapiseira.
Portàle, s. m. (do fr.) (arquit.) portal, porta decorada de uma casa.
Portalèttere, s. m. carteiro.
Portalíccio, adj. e s. m. aluvial, formado por aluvião: **terreno** ———.
Portamantèllo, s. m. porta-manta, mala em que se transporta a capa ou outra peça de vestuário.
Portamênto, s. m. porte, aspecto, modos, compostura da pessoa / (fig.) conduta, comportamento, hábitos / (mús.) portamento, passagem da voz de uma nota a outra: ——— **della voce** ———: posição e movimento de mão tocando o piano, etc.
Portamonête, s. m. porta-moedas; bolsinha de couro ou de metal para moedas.
Portamòrso, s. m. cabeçada de couro para cavalgadura.
Portampôlle, s. m. galheteiro, utensílio de mesa com os vasos do azeite, do vinagre, etc.
Portamúsica, s. f. estante para músicas.
Portanotízie, s. m. porta-novas; aquele que traz e leva novidade; bisbilhoteiro, noveleiro.

Portànte, adj. que porta ou leva; portante / (ant.) (s. m.) andadura especial do cavalo / (s. f.) cabo de caminho de ferro aéreo.
Portantína, s. f. cadeira portátil; liteira.
Portantino, s. m. condutor de liteira.
Portànza, s. f. capacidade de carga de um veículo.
Portaombrèlli, s. m. bengaleiro, móvel onde se guardam bengalas e guarda-chuvas.
Portaorològio, s. m. porta-relógio.
Portapadèlla, s. m. porta-frigideira, utensílio para apoiar o cabo da frigideira quando se frita.
Portapènne, s. m. caneta de pau / porta-penas.
Portaprànzi, s. m. marmita.
Portàre, v. levar, trazer, conduzir; carregar de um lugar a outro; vestir, trajar / induzir, produzir / comunicar, transmitir / causar; suportar; comportar; / **ti porto una buona notízia:** trago-te uma boa notícia / **lo porta in braccio:** carrega-o no braço / **una gran voglia lo porta a parlare:** uma grande vontade o induz a falar / **voglion portare il mare a Roma:** querem levar o mar a Roma / **che bel vestito porta:** que lindo vestido traja / **se ti porterài bene, ti farò um regalo:** se te comportares bem, dar-te-ei um presente / **il gioco lo portò alla rovína:** o jogo levou-o à ruina.
Portaritràtti, s. m. porta-retratos.
Portàrsi, v. mover-se; ir de um lugar a outro; conduzir-se.
Portasapône, s. m. saboneteira.
Portasigarètte, s. m. cigarreira.
Portasígari, s. m. charuteira.
Portaspilli, s. m. almofada para alfinetes.
Portastànghe, s. m. cilhão (de cavalgadura).
Portastêcchi, ou **portastecchíni,** paliteiro.
Portastendàrdo, s. m. porta-estandarte.
Portàta, s. f. prato, iguaria que se serve à mesa / carregamento, lotação, carga, o que é carregado, trazido / distância: **il fucile ha una** ——— **di una míglia:** o fuzil tem o alcance de uma milha / alcance / **a** ——— **di mano:** ao alcance da mão / capacidade / **la nave ha una** ——— **di mille tonnellate:** o navio tem uma capacidade de mil toneladas / **è un'intelletto di grande** ———: é uma inteligência bastante capaz / **somari di tal** ———: asnos de tal porte / (arquit.) resistência de uma ponte, viga, etc. / lucro, benefício, renda: **la** ——— **di un'impresa.**
Portatíccio, adj. (rar.) transportado (diz-se de terreno etc.).
Portàtile, adj. portátil.
Portàto, p. p. e adj. trazido; levado; transportado / portado, inclinado, induzido a / ——— **a far del male:** inclinado a fazer o mal.
Portatôre, s. m. (**portatrice,** f.) portador; carregador / (com.) **título al portatôre:** título ao portador.
Portatúra, s. f. condução, transporte, ação de trazer, de levar, de transportar / porte, comportamento, modo de proceder.
Portavènto, s. m. tubo de ar no órgão.

Portavivànde, s. m. marmita; bandeja para levar os pratos de um lugar a outro.
Portavôce, s. m. porta-voz; megafono; pessoa que fala em nome de outrem; /louvaminheiro exagerado dos feitos alheios.
Portèlla, s. f. portinha, portinhola.
Portèllo, s. m. portinha; pequena porta; janelinha; postigo.
Portèndere, v. (ant.) prognosticar, pressagiar.
Portènto, s. m. portento; prodígio; maravilha, coisa rara.
Portentosamênte, adv. portentosamente.
Portentôso, adj. portentoso.
Portería, s. f. portaria.
Porticàle, s. m. (ant.) pátio.
Porticàto, adj. que tem pórticos; (s. m.) pórtico amplo.
Porticèllo, porticciòlo, s. m. (dim.) portozinho; pequeno porto.
Portichètto, s. m. (dim.) porticozinho, pequeno pórtico.
Pòrtico, s. m. (arquit.) pórtico; entrada de edifício nobre ou de templo; vestíbulo amplo; átrio.
Portièra, ou **portièra**, s. f. cortina, cortinado / porteira, mulher do porteiro.
Portieràto, s. m. cargo, função de porteiro.
Portière, ou **portière**, s. m. porteiro de casa senhoril / (futeb.) (s. m.) porteiro.
Portinàio, s. m. porteiro; guarda de uma casa ou de um lugar qualquer.
Portinería, s. f. portaria; lugar onde fica o porteiro.
Portinsègna, s. m. porta-bandeira.
Pòrto, s. m. porto, sítio da costa onde se abrigam os navios; abrigo; refúgio / (dim. e com. de "portare") porte, transporte / **pagàre il** ———: pagar o porte, o transporte / p. p. e adj. de "pòrgere": apresentado, ofertado, sugerido / **già le sacre parole son porte** (Manzoni).
Portogàllo, s. m. laranja de Portugal, na linguagem popular de algumas regiões da Itália.
Portoghèse, adj. e s. m. português; habitante de Portugal/ na ling. popular e jocosa: o que assiste um espetáculo sem pagar nada: carona (brasil.).
Portolàno, ou **portulàno**, s. m. portulano, antiga carta náutica do Mediterrâneo, traçada pelos navegadores italianos do século XIII / portulano, atlas marítimo / (p. us.) piloto, prático de porto.
Portolàto, s. m. (mar.) barca leve que descarrega no alto-mar as de pesca.
Portoncíno, s. m. (dim.) portãozinho.
Portone, s. m. portão.
Pòrtoro, s. m. (mín.) mármore preto com veios amarelos da região de Spezia.
Portuàle, adj. do porto.
Portuário, adj. portuário.
Portuoso, adj. portuoso; que tem portos.
Porzioncèlla, porzioncina s. f. (dim.) porçãozinha; pequena porção ou quantidade.
Porziòne, s. f. porção, parte de um todo, dividido e considerado como tal; parte; ração; fração; dose; bocado; quinhão.

Porzionière, s. m. (p. us.) porcionário, porcioneiro, o que tem uma porção, quinhão, etc.
Porziúncola, s. f. porciúncula, primeira capela de S. Francisco de Assis / porção pequena / (ecles.) indulgência plenária obtida por S. Francisco.
Pòsa, s. f. repouso, descanso; pausa; quietude; sossego; sinal em algum escrito onde se deve fazer pausa / atitude, postura (por ex. diante da objetiva fotográfica); ostentação, afetação / **la più solenne delle sue pose: a mais solene das suas atitudes** / colocação / **aggi è la posa della prima pietra**: hoje é a colocação da primeira pedra.
Posacênere, s. m. cinzeiro.
Posafèrro, s. m. descanso onde se pousa o ferro.
Posamênto, s. m. (rar.) pousada, pouso; parada; descanso.
Posamíne, s. m. porta-minas; navio que espalha ou coloca minas.
Posamòlle, s. m. morilho, peça de ferro em que se apóia a lenha na lareira.
Posaombrèlli, s. m. lugar onde se põem guarda-chuvas e bengalas; bengaleiro.
Posapiàno, s. m. frágil; letreiro: P. P. que se escreve nos caixotes que contêm coisa frágil e que vão ser transportados / (fig.) moleirão, preguiçoso, lesma / **tutto l'anno va di passo, lo scolaro** ———: o ano todo mede o passo o estudante lesma.
Posàre, v. pousar, assentar, colocar; descansar; apoiar / desistir, cessar / depositar, formar resíduo no fundo / tomar uma postura, uma atitude; proceder com afetação / (iron.) **è un grammófono che non posa mai**: é uma vitrola que não descansa nunca.
Posàrsi, v. colocar-se, repousar-se; (fig.) acalmar-se.
Posàta, s. f. pousada; parada; borra, resíduo de líquido no fundo de um recipiente; etapa, lugar de descanso depois de uma marcha / talher (garfo, faca e colher).
Posatamênte, adv. pausadamente; vagarosamente, sem pressa; pacatamente.
Posatèzza, s. f. tranqüilidade, quietude, prudência; pacatez.
Posàto, p. p. e adj. prudente, tranqüilo, quieto / repousado; lento, demorado; pacato / pousado, colocado, apoiado.
Posatóio, (pl. òi) s. m. poleiro para pássaros / lugar ou móvel onde se coloca algo / assento.
Posatôre, s. m. (**posatríce**, s. f. rar.) ostentador, que se dá ares; amaneirado, afetado.
Posatúra, s. f. borra, sedimento / a parte pior e mais espessa das coisas líquidas.
Posbèllico, adj. de após-guerra.
Póscia, adv. (lit.) depois.
Posciachê, adv. (lit.) depois que, logo que, quando.
Poscrítto, s. m. (lat. postscriptum); escrito no fim; pós-escrito.
Posdiluviàno; posterior ao dilúvio.
Posdomàni, adv. depois de amanhã.
Posdomattína, adv. na manhã de depois de amanhã.
Positíva, s. f. positivo, cópia fotográfica.
Positivamênte, adv. positivamente.

Positivismo, s. m. (filos.) positivismo.
Positivista, s. m. (filos.) positivista / (fam. pop.) amigo do positivismo.
Positività, s. f. positividade.
Positivo, adj. positivo; certo, seguro; real, efetivo, prático / (s. m.) o que é certo; aquilo com que se pode contar.
Positrône, s. m. (fis.) elétron positivo.
Positúra, s. f. postura, modo e posição de como está posta uma coisa; maneira, modo, posição do corpo.
Posizióne, s. f. posição; lugar; postura; condição social, moral, econômica; orientação; disposição / ponto de doutrina contido numa tese; circunstâncias em que alguém se acha; modo, jeito, maneira de colocar o corpo / terreno convenientemente disposto ou situado para um determinado fim.
Poslimínio, s. m. (hist.) volta à pátria / direito do ex-cativo de recobrar os seus bens.
Poslúdio, s. m. (mús.) peroração.
Pòsola, s. f. (equit.) retranca, correia que segura a sela à cauda das bestas / (fig. fam. tosc.) coisa que pesa à consciência.
Posolíno, s. m. (dim.) pequena retranca (equit.).
Posologia, s. f. posologia, estudo das dosagens medicinais.
Pospàsto, s. m. pospasto, sobremesa.
Posponiménto, s. m. (rar.) posposição, ato ou efeito de pospor; adiamento.
Pospôrre, v. pospor; pôr depois; delongar, adiar; procrastinar.
Pospositívo, adj. pospositivo; que se pospõe.
Pospozizióne, s. f. posposição.
Pospôsto, p. p. e adj. posposto; omitido, preterido; postergado.
Pòssa, s. f. (lit.) pujança, possança; valentia; vigor, força; poder.
Possànza, s. f. (lit.) força, potência / domínio, senhorio.
Possedère, v. possuir, ter a posse de, estar de posse de; conhecer a fundo uma arte ou símile / conter, encerrar / dominar.
Possediménto, s. m. possessão, posse; propriedade; domínio / s. m. (rar) possesso, endemoninhado.
Possessioncèlla, s. f. (dim.) pequena possessão; pequena propriedade.
Possènte, adj. possante; poderoso.
Possenteménte, adv. (lit.) possantemente, pujantemente, poderosamente.
Possessivaménte, adv. possessivamente.
Possessívo, adj. possessivo, que indica posse; / (gram.) adjetivo que determina o substantivo.
Possèsso, s. m. posse, possessão; bens imóveis; propriedades agrícolas / (fig.) franqueza, segurança / **ne ragionava con vero** ——: argumentava com real segurança / **prender** —— **d'un uffício**: tomar posse de um cargo.
Possessôre, s. m. possessor, que possui; possuidor.
Possessòrio, adj. possessório; relativo ou inerente à posse.
Possíbile, adj. possível, que pode ser, que se pode fazer; que pode acontecer, tornar real / (s. m.) aquilo que é possível; o que é praticável.

Possibilísta, s. f. possibilista, adepto do possibilismo, teoria política que prevê a possibilidade de acordo com outros partidos.
Possibilità, s. f. possibilidade.
Possibilménte, adv. possivelmente; de modo possível.
Possidènte, adj. possidente, possuidor, o que possui.
Possidentóne, s. m. (aum.) grande possidente; rico.
Possidentúccio, possidentúcolo, s. m. (dim. e depr.) pequeno proprietário, que possui pouco.
Possidènza, s. f. possessão / propriedade; posse; domínio.
Possidèrsi, v. dominar-se.
Possúto, p. p. (ant.) podido.
Pòsta, s. f. posta, lugar público para o transporte das cartas; correio / posto, lugar determinado ou designado para parada / ocasião, oportunidade / cilada / vestígio, rastro, pista / lugar onde o caçador espera a caça / —— **pneumàtica**: sistema (como por ex. o de Milão) pelo qual a correspondência é distribuída pneumaticamente, por meio de um tubo pneumático.
Postàle, adj. postal.
Postàre, v. postar, colocar em um lugar ou posto / **postare una lèttera**: pôr uma carta no correio.
Postàrsi, v. postar-se, pôr-se num lugar; colocar-se.
Postàto, p. p. e adj. postado; colocado; plantado.
Postbèllico, adj. pós-bélico.
Postcomunio ou **postcommúnio**, s. m. pós-comunhão, oração recitada depois da comunhão.
Posteggiàre, v. postar-se, ficar à espreita / pagar o imposto por ocupar uma área em lugar público / estacionar um automóvel em lugar público.
Posteggiatôre, s. m. o que paga imposto por ocupar um lugar público / músico ambulante.
Postèggio, s. m. posto, lugar, espaço ocupado com certa permanência em uma parte de área pública; taxa que se paga por ocupar esse posto ou ponto / parada de autos, etc.
Postelegràfico, adj. atinente ao correio e telégrafo; (s. m.) empregado do correio e telégrafo.
Postelegrafònico, adj. e s. postal, telegráfico e telefônico.
Postèma, s. f. apostema, abcesso proveniente da supuração.
Postemôso, adj. apostemático; respeitante à apostema.
Postergàle, s. m. espaldar, encosto.
Postergàre, v. postergar; deixar para trás; pospor; omitir; descuidar; transcurar.
Postergàto, p. p. e adj. postergado; posposto; omitido; desprezado; transcurado.
Pòsteri, s. m. (pl.) pósteros, os que virão depois de nós; as gerações vindouras / **lo vedrànno i** ——: vê-lo-ão os pósteros (de coisa que não chega nunca).
Posteriôre, adj. posterior, que vem ou está depois; ulterior; que está atrás.

Posteriòri, (a), loc. adv. (filos.) a posteriori, método de raciocinar que toma sua razão de fatos examinados por indução.
Posteriorità, s. f. posterioridade.
Posteriormènte. adv. posteriormente; depois; da parte posterior.
Posteriorità, s. f. posterioridade; os vindouro; as gerações que hão de seguir às atuais.
Postèrla ou **postièrla** (ant.), s. f. pequena porta de castelo ou de cidade.
Pòstero, adj. póstero; posterior; seguinte; futuro.
Postíccia, s. f. postiça, peça superior do navio / (agr.) videiras plantadas em fileiras.
Posticciamènte, adv. postiçamente.
Posticciàttolo, s. m. lugarejo feio e pobre, pouco habitado / emprego insignificante.
Postíccio, adj. postiço; artificial; não natural; falso.
Posticíno, s. m. (dim.) posto, lugar pequeno / empregozinho.
Posticipàre, v. pospor, adiar, deferir; prorrogar.
Posticipatamènte, adv. posteriormente, retardadamente.
Posticipàto, p. p. e adj. posposto; adiado; retardado.
Posticipaziòne, s. f. dilação, prorrogação.
Postière, s. m. (ant.) postilhão.
Postiglióne, s. m. postilhão, o que guiava e montava um dos cavalos que transportava a correspondência postal; mensageiro a cavalo.
Postilèna (ant.), s. f. postilena; atafal; retranca (equit.).
Postílla, s. f. apostila, adição ou notação a um escrito; nota suplementar.
Postillàre, v. apostilar, fazer apostilas; anotar, criticar um texto.
Postillatura, s. f. anotação, glosa, comentário.
Postíme, s. m. plantio, trabalho de plantação / mudas de plantas para serem replantadas / sedimentação de águas turvas dos rios.
Postíno, s. m. carteiro.
Postlùdio, s. m. (mús.) peroração.
Postmilitàre, adj. pós-militar.
Pòsto, ou **pòsto**, adj. (e p. p. de "**pòrre**"): posto, colocado, situado / designado, determinado; suposto; afirmado / (agr.) plantado / (s. m.) lugar, posto, local em que uma coisa ou pessoa está colocada; parte, ponto, sítio / colocação, cargo, emprego / **aspirare a un** ———: pretender um emprego / **ciascuno al suo** ———: cada qual em seu lugar / **al** ——— **delle ragioni mettono de ingiúre**: no lugar das razões põem os insultos / **tener la língua a** ———: ser prudente.
Postònico, adj. (gram.) postônico, que está depois da tônica de uma palavra.
Postrèmo, adj. (lit.) postremo, último, extremo, derradeiro.
Postribolàre, adj. prostibular, de prostíbulo: obsceno.
Postríbolo, s. m. prostíbulo, lupanar; (fig.) casa de gente desonesta.
Postulànte, p. pr. adj. e s. m. postulante.

Postulàto, s. m. postulado, princípio ou fato reconhecido mas não demonstrado / (mat.) princípio que se admite sem discussão mas que não é tão evidente como o axioma.
Postulatòre, s. m. (**postulatríce**, f.) postulador; postulante / (ecles.) procurador na causa de canonização de um santo.
Postulaziòne, s. f. (ant.) petição, requerimento / (ecles.) rogação.
Pòstumo, adj. póstumo; posterior à morte de alguém.
Postúra, s. f. postura; posição, colocação topográfica.
Postútto, (al post.) loc. adv. (de uso raro): depois de tudo, apesar de tudo, afinal.
Potabilità, s. f. potabilidade.
Potàbile, adj. potável.
Potagiòne, s. f. (agr.) poda.
Potaiòlo, s. m. podadeira, instrum. para podar.
Potamènto, s. m. poda; podadura.
Potàre, v. podar / desbastar; cortar.
Potàssa, s. f. (quím.) potassa.
Potàssio, s. m. (min.) potássio, metal branco.
Potàto, p. p. e adj. podado.
Potatòre, s. m. (**potatríce**, f.) podador.
Potatúra, s. f. podadura; poda.
Potaziòne, s. f. podadura.
Potentàto, s. m. potentado; poder, governo, domínio / príncipe, soberano.
Potènte, p. pr. e adj. potente, possante, poderoso; que tem autoridade e poder / eficaz; forte; valente; galhardo (s. m. pl.) **i potènti**: os poderosos, os que têm grande influência ou poder.
Potentemènte, adv. potentemente; poderosamente.
Potentílla, s. f. (bot.) potentila, potentilha, cinco em rama.
Potènza, s. f. potência; poder, força; vigor, robustez; energia; virtude / Estado ou nação soberana e poderosa / (mat.) produto de fatores iguais / (fís.) trabalho produzido por uma máquina na unidade de tempo.
Potenziàle, adj. potencial; virtual / que exprime possibilidade / (s. m.) energia de impulso; tensão; capacidade de trabalho.
Potenzialità, s. f. potencialidade.
Potenzialmènte, adv. potencialmente.
Potenziàto, p. p. e adj. potencializado; reforçado.
Potenziòmetro, s. m. (eletr.) contador, eletrômetro.
Potère, s. m. poder; possibilidade, faculdade; vigor físico ou moral / soberania, autoridade; influência / posse, jurisdição / eficácia, efeito, virtude / meios, recursos, importância, consideração / (v.) poder, ter a faculdade de; ter possibilidade de; ter ocasião de; ter domínio, autoridade ou influência; estar sujeito ou exposto; ter vigor, robustez para agüentar, para suportar: ter motivo para; ter o direito de.
Potestà, s. f. poder, potência, autoridade / (pl. teol.) a sétima hierarquia de anjos, potestade.
Potestariàto, s. m. (p. us.) corregedoria; prefeitura.

Potestería, s. m. (p. us.) corregedoria; prefeitura.
Potissimamênte, adv. (lit.) fortissimamente; sobre tudo.
Potíssimo, adj. (lit.) muito forte; singularíssimo (causa, motivo).
Pòto (ant.) s. m. bebida, ato de beber.
Potta, s. m. (fest.) o corregedor de Modena na **Secchia Rapíta**, de Tassoni.
Pottiníccio, s. m. (tosc.) lama de coisas líquidas; trabalho mal executado / confusão, mixórdia.
Potúto, p. p. do verbo **potêre**: podido.
Poveràccio, adj. (pej.) pobretão; pobrete; infeliz, digno de compaixão.
Poveràglia, s. f. (depr.) pobreza; multidão de gente pobre / la ——— della città: os pobres da cidade.
Poveramênte, adv. pobremente, escassamente.
Poverèllamênte, adv. (rar.) pobremente; à maneira de pobre.
Poverèllo, adj. (dim.) pobrezinho; mendigo; humilde; bom / il ——— d'Assísi: São Francisco de Assis.
Poverètto, poveríno, adj. (dim.) pobrete, pobrezinho, digno de compaixão / **poverino, che farà ora?**: pobrezinho, que fará agora?
Pòvero, adj. pobre; falto, privado do necessário; que tem poucos recursos; mal dotado, pouco favorecido; estéril, fraco; de pouco espírito; que inspira piedade / (s. m.) homem pobre; homem que mendiga; o que tem falta do necessário.
Poverône, adj. depr. pobretão / pessoa que quer aparentar pobreza.
Povertà, s. f. pobreza; escassez / os pobres.
Poveràccio, adj. e s. (dim.) poçãozinha, pequena poção.
Poziône, s. f. poção; bebida medicinal.
Poziône, adj. (jur.) que é maior, que precede; que é superior em direito.
Poziorità, s. f. superioridade, precedência de direito.
Pòzza, s. f. poça, cova natural e pouco funda com água / ——— **di sàngue**: poça de sangue, sangue derramado por terra.
Pozzàcchia, s. f. jazida de enxofre, etc.
Pozzàccio, s. m. (depr.) poço mal feito / poço de água insalube.
Pozzànghera, s. f. poça com água lamacenta; charco.
Pozzettína, s. m. (dim.) covinha ou fossazinha nas faces ou no queixo.
Pozzettíno, pozzètto, s. m. (dim.) tijolo de cantos mais ou menos agudos, segundo o raio do arco ou da abertura do poço que se quer fabricar.
Pôzzo, s. m. poço, cova funda aberta na terra / ——— **nèro**: fossa negra / **la verità è in fondo al** ———: a verdade está no fundo do poço.
Pozzolàna, s. m. (min.) pozolana (de Pozzuoli, cidade da prov. de Nápoles); rocha vulcânica decomposta, argilosa, usada nas construções hidráulicas; argila que, misturada com cal, serve para cimento.
Pozzolànico, adj. pozolânico.
Pràcrito, adj. (lit.) páli, sânscrito vulgar.
Pragmàtico, adj. pragmático.
Pragmatísmo, s. m. (filos.) pragmatismo.
Pragmatísta, s. m. pragmatista; utilitário.

Prammàtica, s. f. pragmática; edito de um soberano a um corpo moral / regras, costumes sancionados pelo longo uso nas cerimônias, etc.
Pràndere, v. (ant.) comer.
Prandio, s. m. (ant.) comida convite.
Pranzàccio, s. m. (pej.) janta ordinária.
Pranzàre, v. jantar.
Pranzatôre, s. m. (**pranzatríce**, f.) jantador, o que come muito / fila jantares, fila-boias / (bras.), o que aparece sempre à hora da comida.
Pranzettíno, pranzètto, s. m. (dim.) jantarzinho / pequeno jantar entre amigos.
Prànzo, s. m. jantar, janta; comida que se come à hora do jantar.
Pranzône, s. m. (aum.) jantarão, grande jantar.
Pràsino, s. m. ou **pràssine**, s. f. (min.) prasino, variedade de quartzo usado como pedra preciosa, de cor verde porráceo.
Pràsio, s. m. (min.) prásio.
Pràssi, s. f. praxe; uso / procedimento habitual; rotina.
Pràta, (ant.) s. f. pl. prados.
Pratàccio, s. m. (pej.) prado feio.
Pratàglia, s. f. (ant.) pradaria.
Prataiòlo, adj. pradeiro, dos prados / (s. m.) espécie de fungo dos agáricos, comestível.
Pratàre, v. semear um terreno para formar prado.
Pratellína, s. f. (bot.) primavera (planta).
Pratèllo, s. f. (dim.) pradozinho.
Pratênse, adj. pradoso; pradeiro, de prado; que medra no prado.
Pratería, s. f. pradaria; série de prados; planície.
Pràtica, s. f. prática, facilidade de fazer uma coisa; experiência / relação, amizade / comércio intelectual / uso; costume, maneira / negócio / perícia; licença concedida aos navegantes de entrar num porto.
Praticàbile, adj. praticável / (s. m.) construção provisória, em cena de teatro.
Praticabilità, s. f. praticabilidade.
Praticabilmênte, adv. praticavelmente.
Praticàccia, s. f. prática habitual para fazer uma coisa.
Praticàccio, s. m. prático, que tem certa prática / que só possui conhecimentos práticos a respeito de uma arte qualquer.
Praticamênte, adv. praticamente.
Praticànte, p. p. e adj. praticante; que pratica.
Praticàre, v. praticar; pôr em prática; negociar; tratar; freqüentar; executar; exercer.
Pratíccio, s. m. terreno pradoso.
Pratichêtta, s. f. (dim.) praticazinha.
Praticità, s. f. o prático e aplicável de uma coisa / aplicabilidade: **la ——— di una legge**.
Pràtico, adj. prático; que respeita à prática; experiente, exercitado; versado / perito.
Praticône, s. m. (aum.) que tem muita prática; que faz qualquer coisa por simples prática / empírico.
Praticúccia, s. f. (dim.) praticazinha, experienciazinha, espec. numa arte ou profissão.

Pratíle, s. m. prairial, nono mês do calendário da primeira república francesa, de 19 de maio a 18 de junho.
Prativo, adj. pradoso, de prado; que nasce no prado.
Pràto, s. m. prado; terreno de plantas para forragens; campo.
Pratolina, s. f. (bot.) margarida dos prados.
Pratolino, s. m. (dim.) pradozinho, prado pequeno e gracioso.
Pràtora, s. f. pl. (ant.) prados.
Pratôso, adj. pradoso, rico de prados.
Pravamênte, adv. pravamente, perversamente.
Pravità, s. f. (lit.) pravidade; maldade; ruindade.
Pràvo, adj. (lit.) pravo; perverso; mau; injusto / **guai a voi, anime prove!** (Dante): ai de vós, almas perversas!
Preaccennàre, v. acenar (chamar a atenção) previamente.
Preaccusàre, v. preacusar; acusar antes.
Preadamiti, s. m. (pl.) pré-adamitas, que viveram antes de Adão; muito antigos; primitivos.
Preagònico (pl. -ònici), adj. pré-agônico, que precede a agonia.
Preallegàto, adj. (jur.) prealegado, alegado com antecipação.
Preàlpi, s. f. (pl. geogr.) alpes anteriores.
Preambolàre, v. preambular, fazer preambulos: prefaciar; proemiar.
Preàmbolo, s. m. preâmbulo; prefácio; proêmio; introdução.
Preannuziàto, p. p. e adj. preanunciado.
Preavviso, s. m. preaviso; aviso prévio.
Preavvertire, ou **preavvisàre**, v. preanunciar; anunciar; anunciar antes.
Prebènda, s. f. prebenda; renda de um canonicato.
Prebendàrio, s. m. prebendário; o que goza a prebenda; prebendeiro.
Precariamènte, adv. precàriamente; de modo incerto.
Precarietà, s. f. insegurança, incerteza, instabilidade.
Precàrio, adj. precário; difícil; minguado; incerto; vazio.
Precauzióne, s. f. precaução; circunspecção; prudência, cautela.
Prèce, s. f. (lit.) prece; reza; oração; súplica religiosa.
Precedènte, p. pr. e adj. precedente; que precede ou antecede; anterior.
Precedentemènte, adv. precedentemente.
Precedènza, s. f. precedência, anterioridade, prioridade.
Precèdere (pr. -èdo) v. preceder, estar ou ir adiante / chegar antes / ser superior em poder, cargo, dignidade / far ———: pôr antes.
Precedúto, p. p. e adj. precedido; chegado antes.
Precellènte, adj. preexcelente, superior, magnífico, proeminente.
Precellènza, s. f. preexcelência, superioridade, proeminência.
Precessióne, s. f. precessão, precedência, prioridade.
Precèsso, p. p. e adj. (lit. p. us.) precedido / passado.
Precessóre, (ant.) s. m. predecessor, precursor.
Precettànte, s. m. preceptor, o que dá preceitos ou instruções.

Precettàre, v. (jur.) preceituar, estabelecer como preceito, ordenar; prescrever regras; impor / (mil.) chamar às armas com ordem pessoal / (ant.) comandar, ordenar.
Precettàto, p. p. e adj. preceituado / intimado / notificado / convocado.
Precettísta, s. m. preceptista; que dá preceitos.
Precettística, s. f. regras, normas de arte retórica / retórica, estilística.
Precettivamènte, adv. preceptivamente: à maneira de preceito.
Precettívo, adj. preceptivo; que tem forma ou natureza de preceito.
Precètto, s. m. preceito; regra; norma; guia para qualquer procedimento; cláusula, condição; ordem.
Precettoràto, s. m. preceptorado; estado ou função de preceptor.
Precettóre, s. m. preceptor, o que dá preceitos ou instruções; mentor; mestre.
Precídere, v. (lit.) cortar, truncar; amputar / (fig.) impedir.
Precingere, v. precingir, ligar, rodear.
Precingersi, v. precingir-se, rodear-se.
Precinto, p. p. precingido; cingido; rodeado; cercado.
Precinzióne, s. f. ato de precingir / precinção, espaço ou largo degrau que separava as filas dos espectadores, nos anfiteatros romanos.
Precipitàbile, adj. precipitável.
Precipitabilità, s. f. precipitabilidade.
Precipitadamènte, adv. precipitadamente; irrefletidamente.
Precipitamènto, s. m. precipitação.
Precipitànte, p. pr. e s. m. precipitante.
Precipitàre, v. precipitar, lançar uma coisa precipitadamente; arrojar do alto; lançar de um lugar elevado / arruinar, transformar em ruína.
Precipitàrsi, v. precipitar-se, atirar-se, jogar-se com ímpeto / (quím.) depositar no fundo (líquido).
Precipitàto, p. p. e adj. precipitado; atirado; lançado / (quím.) substância que se depositou no fundo do vaso.
Precipitazióne, s. f. precipitação, ato de precipitar ou de se precipitar / pressa, inconsideração.
Precípite, adj. caído de cabeça / **cadde** ———: caiu de cabeça / escarpado, alcantilado / precípite, apressado.
Precipitévole, adj. escarpado, despenhoso, apressado.
Precipitevolissimevolmènte, adv. sup. (fest.) rapidissimamente / **chi troppo in alto sal cade sovente**.
Precipitevolmènte, adv. precipitadamente; apressadamente.
Precipitosamènte, adv. precipitosamente.
Precipitôso, adj. precipitoso; impetuoso, rápido; precipitado; temerário; apressado; imprudente.
Precipizio, s. m. precipício; despenhadeiro; abismo; perigo; ruína, perdição; voragem.
Precipuamènte, adv. precipuamente; essencialmente; principalmente.
Precípuo, adj. precípuo; principal, especial, particular; essencial.
Precisamènte, adv. precisamente, de modo preciso; rigorosamente.
Precisàre, adv. precisar, expor, determinar com precisão.

Precisióne, s. f. precisão, qualidade daquilo que é exato; exatidão / clareza / concisão.
Preciso, adj. preciso, necessário, indispensável; exato / certo; claro, formal.
Precitàto, p. p. e adj. precipitado, citado, mencionado antes.
Preclaramênte, adv. preclaramente; nobremente; brilhantemente.
Preclarità, s. f. preclaridade; ilustração; fama.
Preclàro, adj. (lit.) preclaro; ilustre, notável, famoso / brilhante, belo.
Preclúdere, v. impedir, obstruir, vedar, fechar / *che ai vostri tiranni precludon lo scampo* (Manzoni, "Adelchi"): que aos vossos opressores impedem o salvamento.
Preclúso, p. p. e adj. obstruído; vedado; impedido.
Prèco, s. m. (ant.) rogo.
Precòce, adj. precoce; prematuro.
Precocemênte, adv. precocemente.
Precocità, s. f. precocidade.
Precogitàre, v. precogitar, cogitar antes; premeditar.
Precògnito, p. p. e adj. (lit.) precógnito, conhecido antes; previsto.
Precognizióne, s. f. precognição.
Precolombiàno, s. m. pré-colombiano, anterior a Colombo.
Preconcètto, adj. preconcebido / (s. m.) preconceito, prejuízo; prevenção, receio; superstição.
Precône, s. m. (ant.) pregoeiro, leiloeiro.
Preconescènza, s. f. presciência; previsão; ciência inata, anterior ao estudo.
Preconizzàre, v. preconizar, fazer a preconização de; anunciar publicamente; predizer; propagar; publicar, propalar; divulgar.
Preconizzàto, p. p. e adj. preconizado; divulgado; propalado.
Preconizzazióne, s. f. preconização; ato de preconizar.
Preconosciúto, p. p. e adj. precógnito, conhecido antes; previsto.
Precòrdi, s. m. pl. (lit.) órgãos precordiais (anat.); (fig.) o íntimo da alma.
Precordiàle, adj. precordial, relativo à região do coração.
Precorrènte, adj. e s. que se antecipa ou precede, precedente, antecedente.
Precòrrere, v. precorrer; preceder, correr à frente; prevenir.
Precorritôre, s. m. que precorre; precursor.
Precòrso, p. p. e adj. precorrido; precedido; prevenido / passado; anterior.
Precursôre, adj. precursor; que anuncia com antecipação; coisa que precede imediatamente outra; título que se dá a S. João Batista.
Prèda, s. f. presa, preia, coisa tirada com violência; apresamento; despojos / *uccellli da* ———: pássaros de rapina / presa, vítima: ——— *delle fiamme, delle onde, delle passioni* / *nave da* ———: navio de piratas / *diritto di* ———: direito de saque / *darsi in* ———: abandonar-se, entregar-se em poder de; deixar-se levar por.
Predàce, adj. (lit.) rapace; rapinante; rapinador.
Predamênto, s. m. (rar.) rapinagem; saqueio; captura.
Predare, v. rapinar; roubar; saquear; depredar.
Predatôre, s. m. rapinador; depredador; saqueador.
Predatòrio, adj. predatório.
Predeccessôre, s. m. predecessor; antecessor.
Predefúnto, s. m. pré-defunto; pré-morto; morto antes de um outro.
Predèlla, s. f. estrado; escabelo; degrau à guisa de plataforma ou de estribo para subir nos trens, bondes, etc. / rédea, freio.
Predellíno, s. m. (dim.) pequeno escabelo; pequena plataforma saliente dos veículos; cadeirinha alta para pôr as criança à mesa.
Prederia, s. f. (ant.) presa, preia.
Predestinàre, v. predestinar.
Predestinàto, p. p. e adj. predestinado; eleito de Deus; destinado de antemão.
Predestinazióne, s. f. predestinação.
Predeterminàre, v. predeterminar; determinar antecipadamente.
Predeterminatamênte, adv. predeterminadamente.
Predeterminazióne, s. f. predeterminação.
Predètto, p. p. e adj. predito, que se predisse; que foi vaticinado / dito ou citado antes.
Prediàle, adj. predial, pertencente às propriedades terrenas / (s. f.) taxa ou imposto que se paga sobre as mesmas.
Prèdica, s. f. prédica, ato de pregar; sermão, prática, pregação / (fam.) repreensão, reprimenda, sabão.
Predicàbile, adj. predicável, digno de se pregar / (s. m.) (fil.) noção ou conceito universal.
Predicamênto, s. m. predicamento; pregação.
Predicànte, p. p. predicante.
Predicàre, s. f. predicar, pregar; discursar em voz alta; louvar publicamente; explicar; discorrer quase declamando / ——— *al deserto, al vento, ai sordi*: pregar ao deserto, ao vento, aos surdos.
Predicàto, p. p. e adj. proclamado, anunciado; pregado em sermão / (gram.) predicado, o que se afirma a respeito do sujeito.
Predicatôre, s. m. pregador, sacerdote que discursa; orador sacro / quem fala ou lê declamando.
Predicatòrio, adj. de predicador: *tono* ——— / declamatório, enfático, afetado.
Predicazióne, s. f. pregação.
Predichétta, predichína, predicúccia, s. f. (dim.) predicazinha; sermãozinho.
Predicôna, s. f. **predicône**, s. m. grande prédica ou sermão.
Predicòzzo, s. m. (fam.) repreensão, discurseira longa à guisa de descompostura e sermão.
Predigeríre, v. pré-digerir.
Predigestióne, s. f. predigestão.
Predilètto, p. p. e adj. predileto: estimado ou querido com preferência.
Predilezióne, s. f. predileção; preferência; simpatia; pendor; afeição extremosa.
Prediligere, v. preferir coisa ou pessoa a outras.
Predimostrazióne, s. f. demonstração precedente.

Prèdio, s. m. prédio, propriedade urbana ou rural.
Predíre, v. predizer, dizer, anunciar antecipadamente; profetizar.
Predispôrre, v. predispor / dispor antecipadamente; preparar para receber uma impressão qualquer.
Predispôrsi, predispor-se, preparar-se.
Predisposizióne, s. f. predisposição.
Predispôsto, p. p. e adj. predisposto; preparado, ordenado, estabelecido de antemão / (med.) disposição orgânica para determinada doença.
Predistínguere, v. distinguir dando preferência; assinalar sobre todos os outros.
Prèdito (ant.) adj. provisto, dotado / (sin.) **fornito**.
Predizióne, s. f. predição; vaticínio; profecia.
Prèdola, s. f. prancha inclinada sobre a qual se espalham (nas fábricas de papel) as folhas de papel prensadas.
Predominànte, p. pr. e adj. predominante; preponderante.
Predominànza, s. f. predominância; predomínio.
Predominàre, v. predominar, ter o maior domínio, o maior ascendente.
Predomínio, s. m. predomínio.
Predóne, s. m. predador, rapinador, saqueador.
Predorsàle, adj. predorsal.
Preelèggere, v. pré-eleger; eleger antecipadamente.
Preelètto, p. p. e adj. pré-eleito; eleito antes.
Preelezióne, s. f. pré-eleição.
Preesistènte, p. pr. e adj. preexistente; que preexiste.
Preesistènza, s. f. preexistência.
Preesístere, v. preexistir; existir em tempo anterior / ter uma existência anterior.
Prefabbricàto, adj. pré-fabricado.
Prefàto, adj. citado, mencionado, referido anteriormente.
Prefazio, s. m. (ecles.) prefação / (liturg.) parte da missa que precede o cânon / prefácio, prólogo.
Prefazioncèlla, prefazióncina, s. f. (dim.) prefaçãozinha; pequena prefação.
Prefazióne, s. f. prefácio, prefação; prefácio, preâmbulo; introdução que um autor põe no começo de um livro
Prefazionúccia, s. f. (dim.) prefaciozinho.
Preferènza, s. f. preferência; primazia; manifestação de distinção ou de atenção / tenersi onorati della ——: considerar-se honrado pela preferência / parcialidade.
Preferenziàle, adj. preferencial.
Preferíbile, adj. preferível, que pode ou merece ser preferido / è —— l'uso degli accènti al non uso: é preferível o uso dos acentos ao não-uso.
Preferibilménte, adv. preferivelmente.
Preferiménto, s. m. preferência.
Preferíre, v. preferir; ter preferência; escolher; antepor / —— **la morte alla viltà**: preferir a morte à covardia.
Preferito, p. p. e adj. preferido; escolhido; predileto.
Preferitôre, s. m. (**preferitríce**, f.) preferente, aquele que prefere.

Prefettèssa, s. f. (fem.) prefeita, mulher do prefeito.
Prefettíno, s. m. (dim. e deprec.) prefeitozinho; prefeito de escassa projeção.
Prefettízio, adj. prefeitoral, relativo ao prefeito.
Prefètto, s. m. prefeito, magistrado (na Itália) nomeado pelo governo, que chefia a administração de toda uma província / —— **di Napoli**: o prefeito de Nápoles e das localidades de sua província / bedel, vigia nas escolas / (hist.) comandante de uma legião de pretorianos.
Prefettúra, s. f. prefeitura; cargo e dignidade de prefeito; sede administrativa de uma prefeitura / **vado alla** ——: vou à prefeitura.
Prèfica, s. f. (lat. "praefica") préfica, carpideira que, entre os romanos, era paga, para chorar nos cortejos fúnebres.
Prefíggere, v. prefixar, fixar antecipadamente; estabelecer.
Prefíggersi, v. propor-se, determinar-se, resolver-se a executar uma coisa / **s'è prefísso di finír prèsto**: propôs-se a acabar logo.
Prefiggiménto, s. m. (lit.) determinação; propósito.
Prefiguraménto, s. m. (lit.) prefiguração.
Prefiguránte, p. pr. e adj. que prefigura.
Prefiguràre, v. prefigurar; figurar ou representar antecipadamente.
Prefiguràto, p. p. e adj. prefigurado, simbolizado.
Prefigurazióne, s. f. prefiguração; símbolo.
Prefiníre, v. predeterminar, prefixar, determinar antecipadamente.
Prefiníto, p. p. e adj. predeterminado; preestabelecido.
Prefinizióne, s. f. predeterminação; ação ou efeito de predeterminar.
Prefísso, p. p. e adj. prefixado, preestabelecido / (gram.) (s. m.) sílaba ou sílabas que precedem a raiz de uma palavra: prefixo.
Preflorazióne, s. f. (bot.) prefloração.
Prefogliazióne, s. f. (bot.) prefoliação, disposição ou arranjo especial das folhas dentro do botão.
Preformàre, v. preformar; criar antecipadamente nos seus elementos.
Preformàrsi, v. preformar-se, formar-se antes.
Preformazióne, s. f. preformação.
Prèga, s. f. (ant.) reza; oração.
Pregàdo, s. m. (dial. venez.) membro do conselho menor.
Pregàre, v. rezar, orar / **pregate per l'anima dei defunti**: orai pelas almas dos mortos / pedir, rogar, suplicar / **vengo a pregaria d'una carità**: venho suplicar-lhe uma caridade / **prègo Dio che ti dia pazienza e salute**: rogo a Deus que te dê paciência e saúde.
Pregativo, adj. rogativo, suplicativo; que roga, que suplica.
Pregàto, p. p. e adj. rezado; rogado; suplicado.
Pregatôre, s. m. (**pregatríce**, f.) rezador, que reza; que ora; que suplica; (adj.) pedinte, suplicante; rogador.
Pregevóle, adj. apreciável, digno de apreço; estimável / **un libro** ——: um livro apreciável.

Pregevolêzza, s. f. estima; mérito; valor, apreço.
Preghièra, s. f. oração; reza; súplica religiosa / pedido, rogo, súplica / **raddoppiàre, le preghiere**: redobrar as orações / **fece ——— al re**: fez súplica ao rei.
Preghierina, s. f. (dim.) oraçãozinha.
Pregiàbile, adj. prezável, apreciável.
Pregiabilità, s. f. apreço; mérito; valor.
Pregiàre, v. prezar, estimar; considerar; dar valor; louvar, apreciar / **un lavoro d'arte**: apreciar um trabalho de arte.
Pregiàrsi, v. honrar-se; aprazer-se; orgulhar-se de.
Pregiàto, p. p. e adj. prezado; apreciado, estimado, querido / **era un mio ——— amico**: era um meu prezado amigo.
Prègio, s. m. apreço, estima, consideração / mérito; valor: **lavoro di ———** / honra, fama, glória / **tenere in ———**: apreciar, estimar / qualidade, dote, virtude / **ha il ——— della bontà**: tem o dom da bondade / **scritto che ha il ——— della verità**: escrito que tem o mérito da verdade / **opera di gran ———**: obra de grande valor / **il prègio del silènzio**: a virtude do silêncio.
Pregiudicante, p. pr. adj. e s. m. que prejulga / prejudicial, que prejudica, que danifica.
Pregiudicàre, v. prejulgar, julgar antes de conhecer / lesar, prejudicar, comprometer; danificar.
Pregiudicàrsi, v. prejudicar-se.
Pregiudicatívo, adj. prejudicial, lesivo, danífico.
Pregiudicato, adj. prejulgado, julgado antes / danificado, prejudicado, lesado / (pej.) (s. m.) indivíduo que goza má fama; pessoa que teve ou que tem coisas a ajustar com a justiça.
Pregiudicèvole, ou **pregiudiziêvole**, adj. prejudicial; que causa dano, prejuízo.
Pregiudicevolmènte, adv. (rar.) prejudicialmente; de modo prejudicial.
Pregiudiciàle, ou **pregiudiziàle**, adj. prejudicial, que causa prejuízo ou dano; nocivo / (s. f. jur.) prejudicial, exceção que precede a discussão da matéria.
Pregiudízio, s. m. prejuízo, dano, perda / superstição, crendice, preconceito: **senza pregiudizi aristocratici**: sem preconceitos aristocráticos / **non porta ——— alla salute, allo studio**: não traz prejuízo à saúde, ao estudo.
Pregnànte, adj. prenhado, cheio, carregado / (ret.) **parola ———**: palavra prenhada, que inclui mais de um sentido.
Pregnêzza, s. f. prenhez.
Prêgno, adj. prenhe; grávido / (fig.) cheio, repleto.
Prègo, s. m. (lit.) oração, prece / (interj.) fórmula cortês de resposta (us. em lugar de **di nulla, di che?**) a quem diz **grazie** (obrigado), e equivale às expressões: de nada, por nada, não por isso / tem também o significado de peço / **——— s'accomodi**: peço-lhe, esteja à vontade.
Pregustamênto, s. m. (lit.) pregustação, ato de pregustar.

Pregustànte, p. pr. que saboreia antes de provar ou gozar.
Pregustàre, v. pregustar; prelibar.
Pregustàto, p. p. e adj. pregustado; antegozado.
Pregustatôre, s. m. (**pregustatríce**, f.) prelibador; o que pregusta, o que prova antes.
Pregustaziône, s. f. pregustação; prelibação.
Pregùsto, (ant.) s. m. pregustação.
Preindicàto, adj. indicado antes.
Preinsèrto, adj. inserido antes.
Preintendere, v. entender de antemão.
Preintonàre, v. (mús.) entoar antes.
Preíre, (ant.) preceder; anteceder.
Preistòria, s. f. pré-história.
Prelatêsco, prelatízio, adj. prelativo, relativo a prelado ou prelazia.
Prelatizío, adj. (p. us.) prelatício, próprio ou relativo a prelado.
Prelàto, s. m. prelado; dignitário da igreja Católica.
Prelatùra, s. f. prelatura; cargo, dignidade ou jurisdição de prelado; prelazia, preladia.
Prelaziône, s. f. prelação, preferência / (jur.) **diritto di ———**: direito de ser pago ou satisfeito antes que outros.
Prelegàto, s. m. (jur.) prelegado, legado preferencial.
Prelevamênto, s. m. levantamento ou saque de fundos (dinheiro) / cobro parcial antecipado.
Prelevàre, v. sacar, levantar uma quantia (de dinheiro) / retirar parte de material ou objetos / **prelevó un miliône alla banca**: sacou um milhão no banco / **prelevò diece lenzuola nel magazzino**: retirou dez lençóis no armazém.
Prelevàto, p. p. e adj. levantado, retirado; sacado.
Preleziône, s. f. preleção; lição preliminar / escolha de uma coisa de preferência a outra.
Prelibàre, v. prelibar, libar antecipadamente; antegostar: provar.
Prelibàto, adj. prelibado / excelente.
Prelibaziône, s. f. prelibação.
Preliévo (neol. v. **prelevamento**) cobrança parcial / retirada parcial de amostra, mercadoria, etc.
Preliminàre, adj. preliminar, que precede o objeto principal; artigo ou condição prévia / introito, prefácio, preâmbulo.
Preliminarmênte, adv. preliminarmente; como preâmbulo.
Prelodàto, adj. louvado, elogiado antes / preditado, aludido, citado anteriormente.
Prelùdere, v. preludiar, preceder de prelúdios; prefaciar / antecipar; preparar.
Prelùdio, s. m. prelúdio, prenúncio, sinal / prólogo; prefácio, preâmbulo.
Prematuramênte, adv. prematuramente; precocemente.
Prematúro, adj. prematuro; que amadurece antes do tempo: temporão; que chega antes do tempo normal; antecipado / precoce.
Premeditàre, v. premeditar; meditar antecipadamente: planear.
Premeditatamènte, adv. premeditadamente.

Premeditàto, adj. premeditado / (jur.) cometido (delito) com premeditação.
Premeditazióne, s. f. premeditação.
Premente, p. pr. e adj. premente, que preme, que faz pressão; urgente.
Prèmere, v. premer, fazer peso ou pressão; calcar; oprimir: apertar; espremer; reprimir; comprimir; encalçar / sentiva —— la conscienza: sentia oprimir a consciência / la turba preme da ogni parte: a multidão encalça de toda parte / —— i moti del cuore: reprimir os impulsos do coração / (fig.) ter simpatia, interesse por / mi preme il tuo sucesso: interessa-me o teu sucesso / importar / mil preme la mia salute: importa-me a minha saúde.
Premèssa, s. f. premissa; coisa suposta ou dita antecipadamente; suposição, dito preliminar.
Premèsso, p. p. e adj. anteposto; dito, assentado, admitido, antecipado / ciò ——: suposto isto, considerado isto.
Preméttere, v. antepor, pôr antes; fazer preceder.
Premiàbile, adj. premiável, que é digno de prêmio.
Premiàndo, adj. (lit.) que se deve premiar; (s. m.) que vai ser premiado.
Premiànte, adj. premiador.
Premiàre, v. premiar; dar prêmio a; laurear.
Premiàto, p. p. e adj. premiado; laureado; recompensado.
Premiatòre, s. m. (premiatrìce, f.) premiador, que dá prêmio; que recompensa.
Premiazióne, s. f. entrega, distribuição de prêmios.
Premibadèrne, s. m. (mec.) anel aplicado no orifício dos cilindros.
Prèmice, adj. que se abre ou parte com a pressão dos dedos.
Première (v. fr.) s. f. (teatr.) estréia / (ital.) prima.
Premilitàre, adj. pré-militar.
Preminènte, adj. preeminente. proeminente; elevado; excelso; distinto.
Preminènza, s. f. preeminência: excelência; superioridade.
Prèmio, s. m. prêmio, recompensa; distinção; remuneração; galardão / prêmio de loteria / prêmio de seguro.
Premissióne, s. f. (ant.) premissa, anteposição.
Premistôppe, s. m. (mec.) utensílio que, consumindo matérias elásticas, impede nas máquinas a saída de gás ou de líquidos.
Prèmito, s. m. (med.) puxo: contração dolorosa de certos músculos.
Premitùra, s. f. espremedura; pisadura; pressão / sumo espremido.
Premiùccio, s. m. (dim. e depr.) premiozinho; prêmio de pouco valor.
Premonìre, v. (ant.) admoestar previamente.
Premolàri, adj. pré-molares (dentes).
Premonitòrio, adj. premonitório; sintoma que precede um mal.
Premonizióne, s. f. premonição.
Premorièhza, s. f. (jur.) pré-morte.
Premorìre, v. pré-morrer; morrer antes.
Premòrto, p. p. e adj. pré-morto.
Premostratènse, adj. premostratense. cônegos regulares da ordem de Santo Agostinho.

Premozióne, s. f. premoção, ação de Deus que influi na vontade das criaturas.
Premuniènte, p. pr. que prevê.
Premunìre, v. premunir, acautelar antecipadamente; prevenir, acautelar.
Premunìrsi, v. premunir-se; prevenir-se.
Premunìto, p. p. e adj. premunido; acautelado.
Premùra, s. f. urgência, pressa / cosa di gran ——: negócio de grande urgência / zelo, diligência, atenção, apego: grazie delle premure affettuose: obrigado pela atenção delicada.
Premurosamènte, adv. pressurosamente; apressadamente; diligentemente.
Premurôso, adj. pressuroso; apressado / cuidadoso; atencioso; dedicado.
Premuto, p. p. e adj. (de prèmere); premido; calcado / apertado, comprimido, empurrado.
Prenarràre, v. narrar antecipadamente.
Prenarràto, p. p. e adj. narrado, contado, historiado antes.
Prenàscere, v. prenascer.
Prenatàle, adj. prenatal.
Prenàto, p. p. e adj. prenascido; prenato.
Prènce, s. m. (poét. ant.) príncipe.
Prèndere, v. tomar, apanhar, pegar, agarrar, conquistar; prender; engolir; sorver; segurar, caçar; pescar; tirar, arrebatar, roubar; ocupar; alugar; colher; surpreender; retirar / —— un libro: pegar, apanhar um livro / —— una direzione: tomar uma direção / mi presero l'orologio: tomaram-me (roubaram-me) o relógio / —— un sorso d'acqua: sorver um gole de água / prese un bel pesce: pescou um belo peixe / lo prese per la gola: segurou-o pela garganta / la guerra me lo prese: a guerra arrebatou-mo / —— il largo: retirar-se / dobbiamo —— una macchina: temos que alugar um auto / —— nota: tomar nota / —— impegno: comprometer-se / —— copia: tirar cópia, transcrever / —— cobrar: mille lire, per un pranzo: cobrar mil liras por um jantar / —— la sbornia: embriagar-se / —— la laurea: receber o diploma / —— consiglio: aconselhar-se / (refl.) prendersi la libertà: tomar a liberdade.
Prendìbile, adj. apreensível, que se pode aprender ou tomar.
Prendibilità, s. f. possibilidade de ser tomado algo.
Prendimènto, s. m. prendimento, ato, forma de prender.
Prenditòre, s. m. prendedor; tomador / recebedor do jogo de loto.
Prenditorìa, s. f. agência, banco de loto na Itália.
Prenomàto, p. p. e adj. antenomeado; nomeado antes.
Prenòme, s. m. prenome; antenome; nome de batismo.
Prenominàre, v. nomear antes.
Prenominàto, p. p. e adj. nomeado antes; sobrecitado.
Prenotàre, v. prenotar; notar antes.
Prenotàrsi, v. prenotar-se; reservar lugar num teatro, hotel, navio, etc.
Prenotàto, p. p. e adj. prenotado; fixado, reservado, requerido com antecedência.
Prenotazióne, s. f. prenotação, reserva.

Prenozióne, s. f. prenoção; noção prévia ou não perfeita de alguma coisa / (filos.) idéia inata.
Prènsile, adj. que pode pegar ou agarrar (por ex. o rabo de certos animais).
Prensióne, s. f. ato e efeito de agarrar; us. mais na ling. científica: **organi di** ———: garras etc.
Prenunziàre, v. prenunciar; anunciar com antecedência; prognosticar; profetizar; vaticinar.
Prenunziato, p. p. e adj. prenunciado; vaticinado; profetizado.
Prenunziazióne, s. f. prenunciação.
Prenúnzio, s. m. (lit.) prenúncio; anúncio de coisa futura; prognóstico.
Preoccupàre, v. preocupar / ocupar antes / (fig.) prender a atenção de, interessar.
Preoccupàto, adj. preocupado; agitado; apreensivo.
Preoccupazióne, s. f. preocupação; inquietação.
Preopinante, adj. e s. m. preopinante, aquele que opina antes dos outros, orador precedente, proponente (numa assembléia).
Preordinamènto, s. m. preordenação / ——— celeste: predestinação.
Preordinàre, v. preordenar / predispor, preparar / (teol.) predestinar.
Preordinàto, p. p. e adj. preordenado / predestinado.
Preordinazióne, s. f. preordenação; ordem preestabelecida com relação às coisas futuras.
Preparamènto, s. m. (rar.) preparamento; preparação; modo de preparar.
Preparàre, v. preparar; dispor com antecedência: aprontar; arranjar.
Preparàrsi, v. refl. preparar-se; aprontar-se, premunir-se.
Preparatívo, p. p. e adj. preparativo; preparatório / (s. m.) preparativo, apresto, preparo.
Preparàto, p. p. e adj. preparado, aparelhado; disposto; pronto / (s. m.) composto químico-farmacêutico.
Preparatóre, s. m. (**preparatríce**, f.) preparador, o que prepara / encarregado dos laboratórios de química, etc.
Preparazióne, s. f. preparação / (mús.) prelúdio / (mil.) apresto, prevenção, aparato.
Preparucchiàre, v. preparar frouxamente.
Preponderànte, p. pr. e adj. preponderante.
Preponderànza, s. f. preponderância; predomínio; hegemonia; supremacia / (fig.) prevalência, superioridade.
Preponderàre, v. preponderar; ter maior peso; ter maior influência ou importância.
Preponderazióne, s. f. (p. us.) preponderância.
Prepórre, v. antepor; (fig.) preferir.
Prepositàle, s. f. (ecles.) de preboste; prebostal.
Prepositívo, adj. prepositivo.
Prepositúra, s. f. prepositura / (ant.) cargo ou dignidade de preposto.
Preposizióne, s. f. (lit.) preposição, ato de prepor / (gram.) parte invariável do discurso.
Propossènte, adj. propotente, pujante.

Prepòstero, adj. prepóstero, invertido, transposto; posto às avessas.
Prepòsto, p. p. e adj. preposto, posto antes; posto na chefia / título de dignidade capitular; título de alguns párocos.
Prepotentàccio, adj. e s. m. (pej.) prepotentão; grande prepotente.
Prepotènte, adj. e s. prepotente; opressor, despótico.
Prepotentemènte, adv. prepotentemente.
Prepotènza, s. f. prepotência; opressão; tirania; despotismo.
Prepúzio, s. m. (anat.) prepúcio.
Preraffaellísmo, s. m. pré-rafaelismo, escola pictórica e estética dos meados do século XIX que se propunha fazer voltar a pintura tal qual era antes de Rafael.
Preritenzionàle, adj. (jur.) preritencional; não desejado deliberadamente; que está fora da intenção.
Prerogativa, s. f. prerrogativa, privilégio.
Prèsa, s. f. tomada, conquista, ato ou efeito de tomar, pegar, agarrar, conquistar, prender: "capturar" / **la** ——— **del gas, dell'elettricità**: a tomada de gás, elétrica / **la** ——— **di Roma**: a tomada de Roma / ——— **di tabaco**: pitada de tabaco / **la** ——— **dei prigionieri**: a captura dos prisioneiros / parte saliente pela qual se pode pegar um objeto; cabo, asa / **quèsta tazza non ha** ———: esta chícara não tem asa / briga, altercação / **venire alle prèse con uno**: brigar com alguém / **cane da** ———: cão de caça, perdigueiro / **essere alle prese con difficoltà**: estar em apuros / **venire alle prese**: agarrar, brigar, lutar.
Presàgio, s. m. presságio, fato ou sinal pelo qual se adivinha o futuro; previsão, pressentimento, agouro.
Presagíre, v. pressagiar, anunciar por presságios ou indícios; agourar.
Presagíto, p. p. e adj. pressagiado; prognosticado.
Presàgo, adj. pressago, que pressagia; pressagioso; que pressente tristes acontecimentos.
Presàme, s. m. coalho.
Presantificàto, adj. e s. m. pré-santificado.
Presbiacúsi, s. f. (med.) presbiacusia, da faculdade auditiva.
Presbiopía, s. f. ou **presbitísmo**, m. presbitismo.
Presbite, s. m. presbita, pessoa que só vê bem ao longe.
Presbiteràle, adj. presbiteral.
Presbiteranísmo, s. m. presbiteranismo.
Presbiteràto, s. m. presbiterato ou presbiterado.
Presbiteriàno, adj. e s. presbiteriano.
Presbitèrio, s. m. presbitério, residência de pároco; lugar das basílicas reservado aos padres; corpo do clero de uma diocese.
Presceglimènto, s. m. (rar.) escolha.
Presceglière, v. escolher; preferir uma dentre muitas coisas.
Prescèlto, p. p. e adj. preferido; escolhido / ——— **dal destino**: escolhido pela sorte.
Préscia, s. f. (dial.) pressa.
Presciènte, p. pr. e adj. presciente.

Prescièmza, s. f. presciência / (teol.) —— **divina**: presciência certa que tem Deus do futuro.
Prescíndere, v. prescindir; abstrair; pôr de lado / **prescindèndo da ogni motivo personále**: prescindindo de todo motivo pessoal.
Prescíre (v.) ant. conhecer de antemão.
Presciùtto, (pop. tosc.) o mesmo que **prosciútto**, (s. m.) presunto.
Prescrittíbile, adj. prescritível.
Prescrittibilità, s. f. prescritibilidade.
Prescrítto, p. p. e adj. prescrito, ordenado explicitamente; estabelecido, dado por norma / (jur.) que prescreveu, que se tornou sem efeito.
Prescrívere, v. prescrever; ordenar ou regular de antemão; indicar, preceituar / (jur.) ficar sem efeito; perder-se por prescrição.
Prescrivimènto, s. m. ordem, mando.
Prescrizióne, s. f. prescrição, ordem formal e explícita; preceito, indicação, formulário / (jur.) razão, direitos adquiridos ou perdidos por transcurso de tempo.
Presedère, (v. **presiedère**), v. presidir.
Presèlla, s. f. terreno de cultivo recente / (equit.) a parte da rédea que se segura na mão / utensílio de aço ou de ferro, de ponta achatada ou a talhe (como por ex. a talhadeira, o punção), para arrebitar, abrir caixas, etc.
Presèllo, s. m. martelo com o qual o forjador dá ao objeto a forma desejada.
Presentàbile, adj. apresentável, digno de ser apresentado / **questo lavoro non è ——**: este trabalho não é apresentável.
Presentabilità, s. f. apresentabilidade.
Presentâneo, adj. (ant.) rápido, instantâneo.
Presentàre, v. apresentar; pôr diante, à vista ou na presença; entregar, dar, oferecer.
Presentàrsi, v. apresentar-se, comparecer, responder à chamada.
Presentàto, p. p. e adj. apresentado, vindo à frente / oferecido, doado.
Presentatóre, s. m. (**presentatríce**, f.) apresentador; introdutor.
Presentazióne, s. f. apresentação.
Presènte, adj. presente, que assiste pessoalmente, que está à vista; atual; que vive, acontece no tempo em que estamos; / (s. m.) atualidade; pessoa que está presente / dádiva, brinde, presente.
Presentemènte, adv. presentemente; atualmente; agora.
Presentimènto, s. m. pressentimento; sentimento vago, instintivo daquilo que vai acontecer.
Presentíre, v. pressentir; pressagiar.
Presentíto, p. p. e adj. pressentido; imaginado confusamente; pressagiado.
Presentúccio, ou **presentúzzo**, s. m. (dim.) presentinho; pequeno presente.
Presènza, s. f. presença; aspecto; aparência; vista; compleição, porte / —— **di spírito**: presença de espírito; coragem, ânimo, valor.
Presenziàle, adj. (rar.) presencial; relativo a pessoa ou coisa presente.
Presenzialmènte, adv. presencialmente.

Presenziàre, v. (neol. de pref. **assístere**"), presenciar; estar presente a; assistir a.
Presèpio, s. m. presépio, presepe / lugar onde nasceu Jesus Cristo.
Preservamènto, s. m. (rar.) preservação.
Preservàre, v. preservar; conservar, pôr ao seguro; defender, resguardar.
Preservàrsi, v. preservar-se; defender-se; resguardar-se.
Preservatívo, adj. preservativo, que preserva / (s. m.) preservativo, remédio.
Preservàto, p. p. e adj. preservado; defendido; reparado; resguardado.
Preservatóre, s. m. (**preservatríce**, f.) preservador.
Preservazióne, s. f. preservação; ato ou efeito de preservar.
Presíccio, adj. e s. m. ave recém-caçada.
Prèside, s. m. diretor de um estabelecimento de ensino; reitor de uma universidade ou colégio superior / pessoa que rege ou administra uma entidade.
Presidentàto, s. m. presidentado; presidência.
Presidènte, adj. presidente, que preside / (s. m.) o que preside a uma assembléia, a uma junta, a um conselho, reunião, tribunal, etc.
Presidentèssa, s. f. presidenta; mulher de presidente.
Presidènza, s. f. presidência.
Presidenziàle, adj. presidencial.
Presidiàle, adj. de presídio.
Presidiàre, v. presidiar, pôr presídio; pôr guardas, reforçar; defender.
Presidiàrio, adj. presidiário.
Presidiàto, p. p. e adj. presidiado; que tem presídio.
Presídio, s. m. (mil.) presídio; lugar presidido / (fig.) defesa; ajuda.
Presièdere, v. presidir; ocupar a presidência; vigilar; dirigir; guiar como chefe; comandar; superintender.
Presiedùto, p. p. e adj. presidido; posto sob a presidência.
Presína, s. f. (dim.) pequena pitada de rapé, de pó, de tabaco.
Prèso, p. p. e adj. preso, agarrado, capturado, encarcerado, caçado; pescado; bebido, ocupado; ligado, amarrado, possuído, acometido / —— **dalla rabbia**: possuído, acometido pela raiva / —— **d'assalto**: tomado de assalto / —— **per un mêse**: ocupado por um mês / —— **nella rete**: capturado na rede / —— **n'un sôrso**: bebido num sorvo (num trago).
Prèssa, s. f. prensa, máquina de prensar de diversos tipos e para diversos fins / calca, multidão de gente; aperto / pressa, azáfama, urgência; afã / **aver —— d'arrivare**: ter pressa, urgência de chegar.
Pressacàrte, s. m. peso para papéis.
Pressànte, adj. premente; urgente.
Pressantemènte, adv. prementemente; urgentemente.
Pressappôco, adv. mais ou menos, pouco mais ou menos, cerca de, quase.
Pressàre, v. prensar, apertar na prensa; comprimir / premer, calcar, impelir.
Pressàto, p. p. e adj. prensado, apertado; comprimido / premido, calcado, atropelado / solicitado.
Pressatúra, s. f. prensagem, ato de prensar / compressão.

Pressibile, adj. compressível, que cede à pressão, que pode ser comprimido.
Pressibilità, s. f. compressibilidade.
Pressiône, s. f. pressão; ação de premer, de comprimir, de apertar / influência, violência, coação; tensão / pressão do sangue, pressão atmosférica.
Prèsso, adv. e prep. perto, junto, pegado, próximo, vizinho, cerca de / ——— **alla montágna**: perto da montanha; ——— **di noi**: pegado a nós / mais ou menos, quase: ——— **le diêci** / ——— **che**, ——— **a poco, a un dipresso** / quase, cerca de / comparação / ——— **a lui, sei un dotto**: ao lado dele, és um sábio / (s. m. pl.) vizinhança, arredores / **nei pressi della citta**: nas cercanias, nos arredores da cidade.
Pressochê, adv. quase, pouco menos; mais ou menos.
Pressòio, s. m. lagar, prensa.
Pressúra, s. f. pressão; compressão; (fig.) prepotência; aflição; opressão; atribulação, apuro.
Prestabilíre, v. preestabelecer; determinar previamente; predispor.
Prestabilíto, p. p. e adj. preestabelecido; preparado antecipadamente.
Prestamênte, adv. prestamente, com presteza; prontamente.
Prestamênto, s. m. prestação, empréstimo / ajuda, cooperação.
Prestanôme, s. m. presta-nome, testa-de-ferro.
Prestànte, adj. (lit.) prestante, excelente, insigne; de boa aparência.
Prestantemênte, adv. prestantemente; excelentemente.
Prestànza, s. f. prestância; excelência; aspecto viril, decoroso, imponente / elegância; bizarria.
Prestáre, v. emprestar / ofertar, dar / ——— **orècchi**: dar ouvidos a / ——— **aiuto**: dar ajuda / ——— **appòggio**: ofertar, dar apoio.
Prestàrsi, v. prestar-se, oferecer-se para prestar ajuda.
Prestàto, p. p. e adj. emprestado; oferecido.
Prestatôre, s. m. (**prestatríce**, s. f.) emprestador, que empresta.
Prestazióne, s. f. prestação; ato de emprestar / (jur.) contribuição, tributo.
Prestévole, adj. serviçal, prestadio.
Prestêzza, s. f. presteza; solicitude; ligeireza.
Prestidigitazióne, s. f. prestidigitação.
Prestigiatôre, s. m. (**prestigiatríce**, f.) prestidigitador.
Prestígio, s. m. prestígio; influência; importância social ou moral / ilusão causada por sortilégios; fascinação, atração.
Prestigiôso, adj. prestigioso, influente; respeitado / ilusório; enganoso.
Prestimònio, s. m. (ecles.) prestimônio, bens destinados à sustentação de um padre.
Prestino, adv. dim. pronto, ligeiro / (s. m. dialet.) padaria.
Prèstito, s. m. empréstimo, a coisa dada ou recebida em empréstimo.
Prèsto, adj. lesto, solícito, ágil, ligeiro, pronto / ——— **a rubàre**: pronto a roubar / (adv.) rapidamente, prontamente, já, depressa, logo; em seguida, cedo, subitamente / **viêni** ———: vem depressa / **alzarsi** ———: levantar-se cedo / **arrivederci** ———: até logo / **morí** ———: morreu logo / **te lo rendero al piú** ———: devolver-to-ei em seguida.
Prèsto, s. m. (ant.) empréstimo / montepio.
Prèsule, s. m. prelado; bispo, arcebispo.
Presúmere, v. presumir, suspeitar.
Presumíbile, adj. presumível.
Presumibilità, s. f. presumibilidade.
Presumibilmênte, adj. presumivelmente, conjeturavelmente.
Presuntivamênte, adv. presuntivamente.
Presuntívo, adj. presuntivo, presumível, suposto / (s. m.) pressuposto.
Presúnto, p. p. e adj. presumível, presuntivo, pressuposto / **spesa presunta**: despesa prevista.
Presuntuosàggine, s. f. presunção.
Presuntuosamênte, adv. presunçosamente.
Presuntuosità, s. f. presunção.
Presuntuôso, adj. e s. m. presuntuoso; presumido; vaidoso.
Presunzióne, s. f. suposição, conjetura, presunção / vaidade, afetação, pretensão, soberba.
Presupôrre, v. (pr. **-ôngo, -ôni**), pressupor, conjeturar.
Presuppositivo, adj. (p. us.) que se pressupõe.
Presupposizióne, pressuposição.
Presuppôsto, p. p. e s. m. pressuposto; conjeturado; pressuposto; pressuposição.
Presúra (ant.) s. f. captura / tomada, ocupação.
Pretacchióne, s. m. (aum. e depr.) padralhão. padre gordo.
Pretàglia, s. f. (depr.) quantidade de padres; padraria.
Petràio, ou **pretaiòlo**, adj. e s. m. padresco: amigo dos padres.
Pretàto, (ant.) s. m. clericato.
Prète, s. m. padre, sacerdote secular; sacerdote católico / pequeno braseiro para esquentar a cama, de uso da gente do campo.
Pretèlle, s. f. (ant.) formas de pedra para receber o metal fundido.
Pretendènte, p. pr. e adj. pretendente.
Pretêndere, v. pretender; reclamar como um direito; desejar; querer; apetecer; exigir; aspirar a; intentar; diligenciar.
Pretensióne, s. f. pretensão, suposto direito; aspiração / prepotência, jactância.
Pretensiôso, e **pretensinôso**, adj. e s. m. pretensioso; que tem pretensões.
Pretenziôso, adj. (neol.) presunçoso; pretensioso; que tem pretensões ou vaidade; afetado; arrogante, soberbo; presumido.
Preterire, v. preterir, deixar de parte; desprezar; transgredir; omitir.
Pretérito, adj. preterido, omitido, desprezado / (s. m.) pretérito, que passou: passado.
Preterizióne, s. f. preterição, ato ou efeito de preterir.
Pretermêsso, p. p. e adj. (lit.) preterminado; omitido; transgredido; desprezado.
Pretermêttere, v. pretermitir; o mesmo que preterir.
Pretermissióne, s. f. (lit.) pretermissão. ato ou efeito de pretermitir.

Preternaturàle, adj. preternatural; sobrenatural.
Pretêsa, s. f. pretensão, aspiração; mira; exigência; **guardate un pó quanto pretese**: olhai só quantas exigências!
Pretêsco, adj. (depr.) padresco, próprio de padre; de uso dos padres.
Pretêso, p. p. e adj. (do v. **pretêndere**) pretendido, desejado, requerido, exigido, aspirado / pretenso; suposto, hipotético, imaginário.
Pretesta, s. f. (hist.) toga branca, listrada de púrpura dos antigos magistrados e cônsules romanos; pretexta (ant.).
Pretestàto, s. m. (hist.) pretextado, vestido de pretexta.
Pretèsto, s. m. pretexto, razão aparente ou imaginária; desculpa.
Pretino, adj. padresco, de padre / (fig.) maligno / (s. m.) padrezinho, padre moço / (iron.) padre de pouco mérito.
Pretône, s. m. (aum.) padralhão, padre grande e gordo.
Pretònzolo, s. m. (pej.) padreco, padreca.
Pretònzolo, e **petrúcolo**, s. m. (dim. e depr.) padreco, padre que tem pouco mérito.
Pretôre, s. m. pretor, magistrado que julga as causas de menor importância; juiz de paz / (hist.) magistrado de Roma antiga.
Pretoriàle, adj. pretorial; de pretor.
Pretoriàno, adj. (hist.) pretoriano; relativo ao pretor / (s. m.) soldado da guarda pretoriana / (depr.) partidário pronto a defender o próprio chefe: satélite.
Pretòrio, adj. (hist.) pretório, lugar onde residia o pretor / (s. m.) pretório, tribunal.
Prettamênte, adv. singeladamente, puramente. claramente. francamente.
Prètto, adj. puro, singelo, simples; genuíno / (fig.) não corrompido.
Pretúme, s. m. (depr.) clericalha.
Pretúra, s. f. pretoria; jurisdição do pretor; repartição onde trabalha o pretor.
Prevalênte, p. pr. e adj. prevalente; superior.
Prevalentemênte, adv. prevalentemente.
Prevalènza, s. f. prevalência, a qualidade daquilo que prevalece; superioridade; maioria; preponderância.
Prevalêre, v. prevaler, prevalecer; ter primazia; exceder em valor ou em importância; sobressair; preponderar.
Prevalêrsi, v. prevalecer-se, aproveitar-se de alguma coisa com prejuízo de outrem.
Prevàlso, p. p. e adj. prevalecido; preponderado, predominado.
Prevaricamênto, s. m. prevaricação; desvio do cumprimento do dever.
Prevaricàre, v. prevaricar; abusar do exercício das suas funções, por interesse ou má fé.
Prevaricatôre, s. m. (**prevaricatrice**, s. f.) prevaricador.
Prevaricaziône, s. f. prevaricação; malversação.
Prevedêre, v. prever, ver com antecipação; antever; calcular; prognosticar; profetizar.
Prevedíbile, adj. previsível; que pode ser previsto.
Prevedibilmênte, adv. previsivelmente.
Prevedimênto, s. m. previsão; presciência; conjetura.
Preveggènte, adj. (lit.) previdente, que prevê; prudente, cauteloso.
Preveggènza, s. f. previdência, previsão.
Prevenimênto, s. m. prevenção, ato ou efeito de prevenir.
Prevenire, v. prevenir, dispor antecipadamente; preparar; precaver.
Preventivamênte, adv. preventivamente; antecipadamente.
Preventivàre, v. (neol.) calcular, orçar o preço em que ficará um determinado trabalho.
Preventivo, adj. preventivo; que previne, apto a prevenir.
Preventòrio, s. m. (neol.) preventório, estabelecimento de cura preventiva das doenças.
Preventríglio, s. m. dilatação da golelha dos pássaros.
Prevenúto, p. p. e adj. prevenido; preocupado, acautelado; que tem preconceitos / desconfiado / que chegou antes; precedido.
Prevenziône, s. f. prevenção, aviso prévio; precaução / juízo preconcebido.
Prevertíre, v. (ant.) revolver.
Previamênte, adv. previamente; antecipadamente; precedentemente.
Previdènte, p. pr. e adj. previdente, que prevê; acautelado; prudente.
Previdentemênte, adv. previdentemente.
Previdènza, s. f. previdência, qualidade ou ato do que é previdente; precaução.
Prèvio, adj. prévio; precedente; preliminar; anterior; antecipado.
Previsíbile, adj. (p. us.) previsível; presumível.
Previsiône, s. f. previsão, ato de prever; conjetura; prevenção, presciência.
Previssúto, adj. (lit.) vivido antes de outro.
Previsto, p. p. e adj. previsto; previamente calculado ou conjeturado.
Prevostàto, s. m. e **prevostúra**, s. f. (ant.) prepositura.
Prevosto, s. m. (ecles.) preposto, antigo prelado; pároco.
Preziosamênte, adv. preciosamente: esplendidamente.
Preziosísmo, s. m. preciosismo / (hist.) estilo francês do século XVII.
Preziosità, s. f. preciosidade, raridade.
Preziôso, adj. precioso, de grande preço ou valor; de grande apreço ou estimação; rico, esplêndido.
Prezzàbile, adj. (lit.) apreciável.
Prezzàccio, s. m. (depr.) preço extorsivo, preço muito alto.
Prezzaiòlo, s. m. (rar.) mercenário.
Prezzàre, v. (rar. usado): apreciar; estimar; avaliar.
Prezzàto, p. p. e adj. (rar.) apreciado; estimado; julgado em relação ao preço.
Prezzatôre, s. m. (**prezzatrice**, f.) apreciador; avaliador; o que faz o preço de uma coisa.
Prezzèmolo, s. m. (bot.) salsa.
Prèzzo, s. m. preço, valor de uma coisa: o valor pecuniário de uma coisa; estimação / lucro, mercê / preciosidade: **tenere in gran ———**: dar muito valor, estimar muito.

Prezzolàre, v. assoldar, pagar para fins ilícitos.
Prezzolàto, p. p. e adj. estipendiado, comprado ou vendido / **stampa prezzolata**: imprensa vendida (mercenária).
Pría, adv. (lit. e poét.) antes.
Priapèo, adj. priapesco, priápico.
Priègo, s. m. (poét.) reza, oração.
Prigiône, s. f. prisão; cadeia; cárcere / (liter.) prisioneiro / (fig.) coisa escura, pequena, úmida / **pare una** ——: parece uma prisão.
Prigionía, s. f. reclusão, detenção, encerramento, estado de quem se acha preso: prisão.
Prigionièro, e **prigionièro**, s. m. prisioneiro; preso; encarcerado.
Prillàre, v. girar rapidamente (o fuso ou pião, ao próprio redor).
Prillo, s. m. volta rápida do fuso, do pião, etc.; pirueta.
Prima, adv. e prep. antes; anteriormente; primeiro; primeiramente / **di —— classe**: de primeira classe / **—— del tempo**: antes do tempo / **—— studiare, poi giocare**: primeiro estudar depois brincar / **era meglio ——**: era melhor antes /**quanto ——** ——: quanto antes / —— **o poi**: antes ou depois / **il giorno ——**: o dia anterior / —— **— parlò lui**: antes falou ele / —— **di parlare, pensa**: antes de falar, pensa / (s. f.) primeira posição de parada na esgrima / primeira hora canônica / primeira representação de uma peça: estréia.
Primàccio, s. m. (ant.) plumão; travesseiro de plumas.
Primàio, adj. primeiro.
Primamènte, adv. primeiramente.
Primariamènte, adv. primariamente; em primeiro lugar; principalmente.
Primàrio, adj. primário, primeiro, que antecede outro; principal, fundamental, superior / (s. m.) **médico ——**: primeiro médico de um hospital.
Primàsso, s. m. (joc.) homem principal / (n. pr.) certo sábio numa novela de Boccaccio.
Primàte, s. m. (ecles.) primaz; prelado, cuja jurisdição é superior à do arcebispo / primeiro, superior; primaz.
Primàti, s. m. pl. (zool.) primates, primeira família de mamíferos.
Primatíccio, adj. que amadurece depressa, temporão.
Primatista, s. m. (esp.) recordista, campeão.
Primàto, s. m. primado, primazia; superiaridade; supremacia / **il —— artístico d'Itália**: o primado artístico da Itália.
Primavèra, s. f. primavera / (fig.) adolescência; juventude; tempo feliz / (bot.) planta da família das primuláceas.
Primaveríle, adj. primaveril; primaveral.
Primazía, s. f. (lit.) primazia; superioridade; excelência / dignidade e autoridade de primaz.
Primaziàle, adj. primacial / superior.
Primeggiànte, adj. que sobressai.
Primeggiàre, v. primar, sobressair-se; ter a primazia; distinguir-se.
Primèvo, adj. (lit.) primevo, dos primeiros tempos, das eras primitivas.

Primicieràto, s. m. (ecles.) primiceriado.
Primicèrio, s. m. (ecles.) primicério, primeiro dignitário da corte pontifícia.
Primièra, s. f. primeira, certo jogo de cartas / pasta, macarrão para sopa.
Primieramènte, adv. primeiramente; antes de tudo; antes de outra coisa.
Primièro, adj. primeiro.
Primigènio, adj. primigênio; primitivo / da primeira geração.
Primína, s. f. (bot.) primina.
Primípara, s. f. primípara.
Primipilàre, adj. primipilar.
Primípilo, s. m. primípilo, primeiro centurião em cada corte romana.
Primíssimo, adj. sup. primíssimo; o primeiro no seu gênero.
Primitivamènte, adv. primitivamente.
Primitívo, adj. primitivo; antiquíssimo.
Primízie, s. f. (pl.) primícias, os primeiros frutos da terra; primeiras produções; os primeiros efeitos; as primeiras notícias ainda não propaladas; começos, prelúdios.
Primo, adj. num. ord. primeiro, correspondente ao n.º **um**, em uma série / que precede os outros; principal; elementar; que desempenha as primeiras partes / próximo; o prim. dia da semana, do mês, do ano / (s. m.) o que está em primeiro lugar; o principal.
Primo, n. pr. Primo.
Primogènito, adj. e s. m. primogênito, o que nasceu antes dos outros / predileto / o primeiro gerado entre os filhos.
Primogenitúra, s. f. primogenitura.
Prímola, s. f. (bot.) o mesmo que **primula**: prímula, primavera (planta).
Primonàto, adj. e s. m. primonato, primogênito.
Primordiàle, adj. primordial; relativo a primórdio; primitivo; originário, primeiro.
Primordialmènte, adv. primordialmente; primitivamente.
Primòrdio, s. m. primórdio, origem, fonte, princípio.
Primòre (do esp.) s. m. primor.
Prímula, s. f. (bot.) prímola.
Primulàcee, s. f. pl. (bot.) primuláceas.
Primulína, s. f. (quím.) primulina.
Principàle, adj. principal; o primeiro, o mais considerado, o melhor, o mais importante / (s. m.) o chefe de um ofício, de um negócio, etc.; dono, patrão.
Principalità, s. f. principalidade.
Principalmènte, adv. principalmente; particularmente, sobretudo.
Principàre (ant.) v. governar como príncipe.
Principàto, s. m. principado; dignidade de príncipe; território ou estado governado por príncipe; senhoria, monarquia.
Príncipe, s. m. príncipe; soberano; chefe de um principado; o primeiro ou o mais notável em alguma coisa.
Principèsco, adj. principesco.
Principèssa, s. f. princesa.
Principessína, s. f. (dim.) princezinha.
Principètto, s. m. (dim. deprec.) principezinho, príncipe de pequeno principado.
Principiamènto, s. m. (ant.) princípio.

Principiànte, p. pr. adj. e s. m. principiante, que principia, que está no começo / que começa a exercitar-se ou a aprender; noviço, aprendiz.
Principiatívo, adj. (p. us.) apto para iniciar.
Principiatôre, s. m. (f. -trice), principiador, iniciador.
Principiatúra, s. f. princípio, início, encaminhamento.
Principiis obsta, loc. lat. combate o mal desde o começo.
Principíno, s. m. (dim.) pequeno príncipe; filho do príncipe.
Princípio, s. m. princípio; começo; início de alguma coisa / norma de conduta; causa primária; razão, base; preceito; regra, máxima, sentença; opinião, modo de ver / (quím.) elemento ou conjunto de elementos : **è un cattívo ——**: é um mau preceito / **in ——, da ——**: no começo; nos primeiros momentos.
Principòtto, s. m. (aum. e deprec.) príncipe de um pequeno Estado.
Principúccio, s. m. (dim. deprec.) principezinho de lugar insignificante.
Princisbêcco (pl. -êcchi), s. m. (ant.) pechisbeque, liga de cobre e zinco, que imita ouro; ouro falso; **gentiluòmo di ——**: falso gentilhomem.
Priòra, s. f. prioresa.
Prioràle, adj. prioral, relativo a prior ou priorado.
Prioràto, s. m. priorado.
Priòre, s. m. prior; pároco de certas localidades; título de dignidade eclesiástica ou cavalheiresca / (hist.) reitor que durante dois meses governava na antiga comuna florentina.
Priòri, (a), loc. adv. a priori, segundo um princípio antes admitido como incontestável; argumentado desde um princípio abstrato.
Prioría, s. f. priorado.
Priorità, s. f. prioridade; primazia.
Priscaménte, adv. lit. (rar.) priscamente; antigamente.
Prísco, adj. (lit. e ant.) prisco; antigo; relativo ao passado.
Prisma, s. m. (geom.) prisma, sólido limitado aos lados por paralelogramas / (fig.) ponto de vista; causa de ilusão.
Prismàtico, adj. prismático, que tem forma de prisma.
Prismatòide, s. m. prismatòide, que deriva de um prisma.
Pristinaménte, adv. (liter.) primeiramente, antigamente.
Prístino, adj. (lit.) prístino, prisco.
Pritàneo, s. m. (hist.) pritaneu, magistrado em algumas cidades da Grécia antiga; beneméritos da pátria, em Atenas.
Privaménto, s. m. (de uso raro) privamento; privação.
Privàre, v. privar, despojar, desapossar de; tirar.
Privàrsi, v. privar-se, abster-se; dar, vender uma coisa.
Privataménte, adv. privadamente; intimamente; familiarmente.
Privatísta, adj. e s. m. que vende a privados; que freqüenta escola ou curso particular.

Privatíva, s. f. monopólio / privilégio, exclusividade; direito de reserva intelectual, industrial, etc. concessão, patente / prerrogativa / **privative dello Stato**: rendas, gêneros de monopólio do Estado.
Privativaménte, adv. (rar.) privativamente; familiarmente; particularmente.
Privàto, p. p. e adj. privado, que não é público; particular / falto, desprovido / (s. m.) **i privati**: os privados, os particulares.
Privatôre, s. m. e adj. (privatrice f.) privador, o que priva; privativo.
Privaziòne, s. m. privação, ato ou efeito de privar.
Privèrno, s. m. (agr.) vinho de Priverno, cidadezinha da prov. de Roma.
Privigno, s. m. (p. us.) enteado.
Privilegiàre, v. privilegiar, conceder privilégio; tratar com distinção.
Privilegiàto, adj. e s. m. privilegiado, que tem privilégio; que recebeu da natureza um dom especial / favorecido.
Privilègio s. m. privilégio, direito exclusivo, especial e pessoal / privilégio, prerrogativa, faculdade própria / imunidade.
Prívo, adj. privado, falto, desprovido / **—— d'affètto**: privado de afeto / desamparado.
Pro, s. m. e prep. prol, pró, utilidade, vantagem, proveito / **buon ——**: bom proveito / **lavoro senza ——**: trabalho sem prol / **in ——**: a favor / **il —— e il contro**: o pró e o contra / **a che ——?**, para que? / (prep.) **—— patria**: pró pátria / **pro**, prefixo: pro, design. de extensão, precedência, continuação, etc.
Pró, adj. (apoc. de prode) valoroso, valente.
Proàvo, s. m. bisavó / (pl.) **i proávi**: os antepassados.
Probàbile, adj. provável, verossímil, plausível / (s. m.) o que é provável.
Probabiliòre, adj. (teol.) mais provável.
Probabiliorísmo, s. m. (teol.) probabiliorismo.
Probabiliorísta, s. m. probabiliorista.
Probabilità, s. f. probabilidade, caráter do que é provável; razão que faz presumir a verdade de uma coisa; aparência de verdade.
Probabilménte, adv. provavelmente.
Probaménte, adv. probamente; honradamente; honestamente; integramente.
Probànte, adj. probante, que prova; que faz prova.
Probàtico, adj. probático; (hist.) diz-se de uma piscina, em Jerusalém, em que se lavavam os animais destinados ao sacrifício.
Probatívo, probatòrio, adj. probatório, que serve de prova.
Probaziòne, s. f. provação dos noviços (relig.).
Probità, s. f. probidade, honra, honradez; integridade: honestidade.
Pròbiviri, e pròbi-viri, s. m. pl. árbitros nas divergências etc., entre operários e patrões.
Problèma, s. m. (mat.) problema, coisa inexplicável, ou difícil de resolver.
Problematicaménte, adv. problematicamente, de modo problemático.

Problematicità, s. f. incerteza; insegurança, dúvida.
Problemàtico, adj. problemático; duvidoso; ambíguo; que espera uma solução.
Problemíno, problemúccio s. m. (dim. e depr.) probleminha, problema de pouca monta.
Problemóne, s. m. (aum.) problemão, grande e difícil problema.
Pròbo, adj. probo, honesto, íntegro, virtuoso, leal.
Proboscidàti, s. m. (pl.) proboscídeos ou proboscidianos, que têm apêndice nasal em forma de tromba.
Probòscide, s. f. probóscide.
Procaccévole, adj. agenciador, industrioso, laborioso; que trabalha para si.
Procàccia, s. m. caminheiro, agenciador; mensageiro, que vai de um lugar a outro, nas localidades onde faltam meios de transporte, e leva cartas, mensagens, volumes, etc.
Procacciaménto, s. m. procura, busca.
Procacciànte, p. pr. e adj. (depr.) industrioso, com certa avidez e não muitos escrúpulos / (s. m.) intrometido, metediço.
Procacciàre, v. buscar, procurar, prover.
Procacciàrsi, v. procurar, industriar-se para conseguir uma coisa.
Procacciàto, p. p. e adj. buscado, procurado; obtido.
Procacciatòre, s. m. buscador, que busca, que procura; laborioso; esperto.
Procaccíno, s. m. (dim.) recadeiro / factotum.
Procàccio (ant.) s. m. busca, provisão / aprestos / mediação, conselho / **andare in ─────**: ir em busca.
Procàce, adj. procaz, imprudente, petulante; insolente; descarado.
Procaceménte, adv. procacemente; insolentemente; procazmente.
Procaciàta, (ant. **procácia**), s. f. procacidade; petulância; insolência.
Procatalèttico, adj. (mús.) de motivo musical que tem uma pausa no começo do compasso.
Procedènte, p. pr. e adj. procedente, que provém, que procede; oriundo.
Procedènza, s. f. procedência, origem, dimanação.
Procèdere, v. proceder, continuar, ir por diante, prosseguir / derivar, descender, dimanar, provir, ter a sua origem / (s. m.) comportamento, proceder, procedimento.
Procediménto, s. m. procedimento, maneira de efetuar alguma coisa; comportamento, modo de viver / desenvolvimentos de fatos / (jur.) processo ou ação judicial.
Procedúra, s. f. processo, forma ou maneira de tratar no foro uma questão.
Proceduràle, adj. processual.
Procedurísta, s. m. advogado processualista.
Procedúto, p. p. e adj. procedido, que procede.
Proceleusmàtico, s. m. (lit.) proceleusmático.
Procèlla, s. f. procela, tempestade, borrasca; (fig.) perigo grave, desgraça.
Procellària, s. f. procelária, gênero de aves palmípedes que voam sobre o mar durante as tempestades.
Procellípede, adj. (poét.) veloz como procela.
Procellosaménte, adv. procelosamente; tempestuosamente.
Procellóso, adj. proceloso, tempestuoso; que origina ou ocasiona tempestades.
Pròceri, s. m. pl. (ant.) próceres, patrícios, nobres, grandes.
Processàbile, adj. processável; que pode ser processado.
Processàre, v. processar, instaurar processo contra; meter em juízo.
Processàto, p. p. e adj. processado; submetido a processo.
Processètto, s. m. (dim.) processozinho.
Processionàle, adj. processional, de procissão.
Processionalménte, adv. processionalmente, de modo, à maneira de procissão.
Processionàre, v. (ant.) processionar, andar em procissão.
Processionària, s. f. (zool.) processionária, larva que ataca as árvores, formando como que procissão.
Processioncèlla, processioncína, s. f. (dim.) pequena procissão.
Processióne, s. f. procissão, cerimônia religiosa cujos componentes vão em marcha / série mais ou menos contínua de pessoas ou de coisas.
Procèsso, s. m. processo, maneira de proceder ou de tratar certas matérias / procedimento, andamento, seguimento / (jur.) processo, pleito, litígio, demanda / relação escrita daquilo que se fez em uma assembléia, tribunal, conselho, etc. / (med.) ───── **operatório**: processo operatório.
Processuàle, adj. processual, concernente ao processo.
Procidènza, s. f. (med.) procidência, prolapso, queda de uma parte do corpo.
Procínto, s. m. us. nos modos: **éssere in ─────, trovarsi in ─────**: estar na iminência de, estar prestes a.
Prociòne, s. m. (astr. lit.) Prócion, estrela de primeira grandeza, na constelação do Cão / pequeno mamífero americano da família dos procionídeos.
Proclàma, s. m. proclamação, publicação solene.
Proclamàre, v. proclamar, aclamar com solenidade; afirmar solenemente; nomear, declarar publicamente eleito.
Proclamàto, p. p. e adj. proclamado, promulgado, publicado solenemente, declarado, afirmado altamente.
Proclamatóre, s. m. proclamador.
Proclamazióne, s. f. proclamação, ação de proclamar.
Pròclisi, s. f. (gram.) próclise.
Proclítico, adj. (gram.) proclítico / (s. f.) proclítica.
Proclíve, adj. proclive; inclinado, propenso.
Proclività, s. f. proclividade; pendor, inclinação; tendência.
Pròco, s. m. proco, que procura mulher para casamento / (zool.) pequeno cervo asiático.
Pròcolo, s. m. (rar.) procurador, mediador de atores e cantores.
Procombènte, p. pr. e adj. procumbente, que procumbe.

Procômbere, v. (poét.) procumbir, cair para diante; estirar-se morto.
Procôndilo, s. m. (anat.) procôndilo, extrem. da última falange dos dedos.
Proconsolàre, v. proconsular.
Proconsolàto, s. m. proconsulado, cargo de procônsul.
Proconsòle, s. m. (hist.) procônsul, antigo governador de província romana.
Procópio, n. pr. Procópio.
Procrastinamênto, s. m. procrastinação; dilação, demora.
Procrastinàre, v. procrastinar, adiar, espaçar, demorar, delongar; usar de delongas.
Procrastinàto, p. p. e adj. procrastinado; adiado; espaçado; demorado.
Procrastinazióne, s. f. procrastinação; dilação.
Procreàbile, adj. procriável.
Procreamênto, s. m. (lit.) procriação.
Procreàre, v. procriar, gerar.
Procreàto, p. p. e adj. procriado; gerado.
Procreatóre, s. m. (**procreatrice,** s. f.) procriador, o que procria.
Procreazióne, s. f. procriação, ação de procriar.
Procùra, s. f. (jur.) procuração, poder que alguém dá a outrem para proceder em seu nome / procuradoria, lugar onde trabalha o procurador.
Procuràre, v. procurar, diligenciar, obter, fazer por encontrar ou arranjar.
Procuratía, s. f. (hist.) procuratoria; habitação dos Procuradores de S. Marcos na República de Veneza / dignidade e cargo dos procuradores de S. Marcos / (pl.) os pórticos (**logge**) da praça de S. Marcos, em Veneza.
Procuratoràto, s. m. procuradoria, residência do procurador; cargo de procurador.
Procuratóre, s. m. procurador; causídico; o que tem mandato de procuração; membro do ministério público.
Procuratorêssa, s. f. mulher do procurador.
Procuratòrio, adj. do procurador.
Procuratríce, s. f. procuradora, mulher que tem procuração para tratar dos negócios de outrem.
Procurazióne, s. f. procuração; mandado ou incumbência; documento que confere o cargo de procurador.
Pròda, s. f. praia, costa, lugar onde as embarcações encostam / (tosc.) orla, extremidade / (agr.) pedaço de terra cultivado em declive.
Pròde, adj. e s. valoroso, valente / herói.
Prodeggiàre, v. (rar.) costear, navegar junto da costa.
Prodemênte, adv. valorosamente.
Prodêse, s. m. proiz, cabo para amarrar embarcações à terra.
Prodêzza, s. f. valor, valentia, bravura / proeza, ação de bravo.
Prodière, prodière, prodièro, prodièro, s. m. e adj. proeiro; marinheiro que vigia a proa / que está na parte da proa.
Prodigalità, s. f. prodigalidade.
Prodigalizzàre, v. gastar ou dar muito, prodigalizar; dissipar.
Prodigalmênte, prodigamênte, adv. prodigamente, de modo pródigo.
Prodigàre, v. prodigar, prodigalizar.
Prodigàto, p. p. e adj. prodigalizado.

Prodígio, s. m. prodígio, coisa maravilhosa e insólita; milagre; portento; fenômeno singular; sinal de coisa futura.
Prodigiosamênte, adv. prodigiosamente; assombrosamente; espantosamente.
Prodigióso, adj. prodigioso; sobrenatural, admirável; maravilhoso, estupendo.
Pròdigo, adj. e s. m. pródigo, que despende muito / gastador, desperdiçador / generoso, liberal.
Proditoriamênte, adv. proditoriamente; traiçoeiramente.
Proditòrio, adj. proditório, em que há traição; traiçoeiro.
Prodittatóre, s. m. proditador; que faz as vezes de ditador.
Prodittatoriàle, adj. proditatorial.
Prodittatúra, s. f. proditadura; cargo de proditador.
Prodomo, s. m. (arquit.) portal, portão.
Pro Domo Sua, loc. lat. para sua casa, para seu proveito.
Prodòtto, p. p. e adj. produzido, gerado, criado / (s. m.) o que o solo e a indústria produzem / (quím.) resultado de uma operação natural ou artificial / (mat.) resultado de uma multiplicação / rendimento, lucro, proveito, benefício, etc. / resultado útil do trabalho.
Prodròmico, adj. (neol.) prodrômico, relativo aos pródromos de qualquer coisa.
Pròdromo, s. m. pródromo, espécie de prefácio; preâmbulo, introdução / (fig.) precursor / (pl.) primeiros sintomas de uma doença, etc.
Producíbile, adj. produzível; produtível.
Producimênto, s. m. (p. us.) produção.
Prodùrre, v. produzir, gerar; dar nascimento ou origem a; fazer; fabricar, aprontar; dar fruto; criar; compor; criar pela imaginação / apresentar resultado; apresentar, exibir, mostrar / causar; motivar / determinar; ocasionar.
Prodúrsi, v. causar-se, gerar-se, exibir-se; apresentar-se.
Produttíbile, adj. produtível; produzível.
Produttività, s. f. produtividade; faculdade de produzir.
Produttivo, adj. produtivo; proveitoso.
Produttóre, s. m. e adj. (f. **-trice**), produtor.
Produzióne, s. f. produção / fabrico, fabricação / (neol.) trabalho teatral ou cinematográfico.
Proemiàle, adj. proemial; preambular.
Proemialmênte, adv. proemialmente, de modo proemial.
Proemiàre, v. proemiar; fazer proêmio; prefaciar.
Proêmio, s. m. proêmio; introdução; prefácio; exórdio; princípio.
Profanamênte, adv. profanamente; de modo profano.
Profanamênto, s. m. (rar.) profanação.
Profanàre, v. profanar, tornar profano; privar do caráter sagrado; fazer uso indigno de; violar as coisas sagradas; desagradar.
Profanàto, p. p. e adj. profanado; violado; maculado.
Profanatóre, s. m. (**profanatríce,** f.) profanador, o que profana.

Profanazióne, s. f. profanação, ação ou efeito de profanar.
Profanità, s. f. profanidade; ato ou dito de profano; coisa profana.
Profàno, adj. profano, estranho às coisas da religião / profano, civil, secular, não-monástico; (s. m.) profano, impio, irreligioso / as coisas profanas.
Profènda, s. f. ração de cevada ou de capim que se dá aos cavalos.
Proferíbile, adj. que se pode proferir; dizível; enunciável.
Proferimènto, s. m. proferimento, proferição; ato de proferir, pronunciação.
Proferíre, v. proferir, pronunciar, articular, dizer; manifestar; declarar; decretar; publicar / —— una sentenza: proferir uma sentença / **non proferir mai verbo che plauda al vízio e la virtù derída** (Cantu).
Proferíto, p. p. e adj. proferido; pronunciado; dito; manifesto; expresso.
Proferitóre, s. m. (**proferitríce,** f.) proferidor.
Professànte, p. p. e adj. professante; cattólico.
Professàre, v. declarar, reconhecer publicamente, professar, confessar, exercer, praticar (um ofício, uma arte, uma ciência, etc.); ensinar em qualidade de mestre.
Professàrsi, v. professar-se; declarar-se.
Professatamènte, adv. professadamente, manifestamente, publicamente.
Professionàle, adj. profissional, relativo à profissão.
Professióne, s. f. profissão, declaração pública e solene / profissão, estado, condição, emprego / —— **di fède:** declaração pública de fé religiosa, ou das opiniões.
Professionísta, s. f. profissional, que exerce uma profissão; médico, advogado, professor, etc.; quem exerce uma profissão liberal.
Profèsso, adj. e s. m. professo, que fez os votos para entrar em uma comunidade religiosa / **ex professo,** de propósito.
Professóra, s. f. na linguagem familiar, mulher que sabe, mulher sabichona.
Professoràccio, s. m. (deprec.) mau professor, professor das dúzias.
Professoràto, s. m. professorado, cargo ou dignidade de professor.
Professóre, s. m. professor; o que publicamente ensina uma arte ou uma ciência nobre / catedrático / médico, cirurgião, advogado dos melhores / o que exerce, por profissão, a música / (no fem.) **professorèssa.**
Professorèllo, professoríno, professorúccio, professorúcolo, s. m. (depr.) professorzinho.
Professoróne, s. m. (aum.) grande professor, grande mestre; professor famoso.
Profèta, s. m. profeta / (fig.) Maomé, para os Muçulmanos.
Profetèssa, s. f. profetisa / adivinha.
Profetàre, v. profetar; predizer; anunciar; profetizar.
Profetàto, p. p. e adj. profetizado.
Profético, adj. profético.
Profetizzàre, v. profetizar; predizer; vaticinar; anunciar por conjeturas.

Profettízio, adj. (jur.) profetício, dote ou pecúlio que provém do pai ou de outro ascendente; que vem dos ascendentes.
Profezía, s. f. profecia; ato de predizer o futuro; vaticínio; presságio; conjetura.
Profferíre, v. (rar.) o mesmo que **proferíre,** proferir.
Proffèrta, s. f. oferta, oferecimento; proposta.
Proffèrto, p. p. e adj. oferecido; apresentado.
Proficiènte, adj. proficiente; capaz, hábil, profícuo.
Proficuamènte, adv. proficuamente; proveitosamente.
Profícuo, adj. profícuo; vantajoso / útil.
Profilamènto, s. m. perfil; delineamento; determinação do perfil de uma pessoa; ornato qualquer na parte externa.
Profilàre, v. perfilar, representar de perfil; projetar de perfil; delinear, desenhar; profilar.
Profilàssi, s. f. (med.) profilaxia.
Profilàto, p. p. e adj. perfilado; desenhado, retratado de perfil; delineado em contorno.
Profilatóio, s. m. cinzel para traçar linhas retas.
Profilàttico, adj. profilático.
Profilatúra, s. f. perfil, contorno ou delineamento de coisa ou pessoa.
Profilo, s. m. perfil, contorno ou delineação do rosto de uma pessoa, visto de lado; aspecto ou representação de um objeto visto de um de seus lados / desenho que representa um edifício como ele seria se fosse cortado perpendicularmente / escrito em que se faz um estudo crítico ou biográfico de uma pessoa.
Profilúccio, profilúzzo, s. m. (dim.) pequeno perfil.
Profíme, s. m. (agr.) rolo do arado.
Profitènte, s. m. (ecles.) profitente, que professa.
Profittàbile, adj. (ant.) aproveitável.
Profittàre, v. tirar vantagem de; aproveitar-se de; ganhar, tirar lucro de; beneficiar-se / dar proveito, ser útil, servir / fazer progresso.
Profittèvole, adj. proveitoso, útil, vantajoso.
Profittevolmènte, adv. proveitosamente.
Profítto, s. m. proveito, lucro, ganho, ganância; benefício, vantagem, utilidade / aproveitamento, progresso, adiantamento nos estudos.
Profligàre, v. (ant.) profligar; vencer, derrotar, desbaratar.
Proflúvio, s. m. abundância, profusão, derrame, fluxo de palavras, de líquido, flores, etc. / (med.) fluxão.
Profondamènte, adv. profundamente, de modo profundo.
Profondamènto, s. m. aprofundamento, ato ou efeito de aprofundar.
Profondàre, v. afundar, fazer ir ao fundo; tornar fundo, aprofundar / ir a pique, desaparecer; afundar.
Profondàrsi, v. submergir; desaparecer; entranhar-se.
Profondàto, p. p. e adj. afundado, submergido; aprofundado; afundado.
Profóndere, v. consumar, gastar, despender com profusão; espalhar profusamente / esbanjar, dissipar; gastar excessivamente.

Profondità, s. f. profundidade, profundeza, fundura, fundo; lugar profundo / (fig.) intensidade; caráter ou qualidade do que é profundo, difícil.
Profonditôre, s. m. desperdiçador, esbanjador.
Profôndo, adj. profundo, fundo, impenetrável, insondável, difícil de explicar, de compreender / que conhece bem uma arte ou ciência / (s. m.) profundidade, fundura / **dal del cuore:** do fundo do coração / (adv.) profundamente: **scavare** —— / (ant.) longínquo, distante.
Profòsso, s. m. guarda-chefe dos cárceres militares: carcereiro.
Pròfugo, adj. e s. m. prófugo, fugitivo do próprio país que se refugia em país estranho / êxute / **i pròfughi dalla guerra:** os refugiados da guerra.
Profumàre, v. perfumar / (fig.) incensar com lisonjas.
Profumàrsi, v. perfumar-se.
Profumatamênte, adv. perfumadamente; (fig.) generosamente / **pagare** ——: pagar muito bem, com prodigalidade.
Profumàto, p. p. e adj. perfumado, que tem ou exala perfume; odorífico.
Profumatôre, s. m. e adj. (**profumatrice,** s. f.) perfumador.
Profumería, s. f. perfumaria; fábrica de perfumes; loja de perfumes.
Profumièra, ou **profumièra,** s. f. mulher que vende perfumes / recipiente no qual se faz perfume.
Profumière, ou **profumière;** s. m. perfumista.
Profumíno, s. m. (dim.) perfumezinho / (fig. fam.) peralvilho, almofadinha.
Profúmo, s. m. perfume; aroma.
Profumôso, adj. perfumoso; odorífero.
Profusamênte, adv. profusamente; abundantemente; prodigamente.
Profusiône, s. f. profusão, prodigalidade; grande abundância; exuberância.
Profúso, p. p. e adj. profuso, espalhado; excessivo; pródigo, abundante, copioso / (fig.) prolixo.
Progeneràre, v. gerar, procriar.
Progènie, s. f. progênie, estirpe, geração / linhagem.
Progenitôre, s. m. (**progenitrice,** f.) progenitor; ascendente.
Progettàccio, s. m. (pej.) projeto ruim.
Progettàre, v. projetar; formar projetos, planear / projetar, figurar por meio de projeções.
Progettàto, p. p. e adj. projetado, planeado / imaginado.
Progettíno, progettúccio, s. m. (dim. e depr.) projetozinho.
Progettista, s. m. projetista, o que forma projetos ou planos.
Progètto, s. m. projeto, compilação, esquema / intenção, propósito, plano; desígnio / projeto, primeira redação. minuta.
Progettône, s. m. (aum.) grande projeto.
Proginàsma, s. m. proginasma; preâmbulo; prefácio.
Proginnàstica, s. f. proginástica; rudimentos de música vogal.
Proglòttide, s. f. (zool.) proglótide.
Prognatísmo, s. m. prognatismo, conformação da face em que as maxilas são alongadas.
Prognàto, adj. prognato, que tem as maxilas alongadas ou proeminentes.

Prognasticàre, v. prognosticar, fazer o prognóstico de / agourar, profetizar; predizer, pressagiar.
Prògne, s. f. (poét.) andorinha.
Prognòsi, s. f. (med.) prognose; prognóstico.
Prognòstico (v. **pronostico**), s. m. prognóstico.
Progràmma, s. m. programa, escrito que se publica e se distribui / programa. plano, projeto; indicação geral de uma política, doutrina, etc.
Programmàccio, s. m. (pej.) programa ruim.
Programmàtico, adj. programático, relativo à programa.
Programmaziône, (neol. cin.) programação.
Programmíno, s. m. (dim. e depr.) programazinho; programa diminuto e insuficiente.
Progrediènte, p. pr. e adj. progressivo, que progride.
Progredimênto, s. m. progredimento, ato ou efeito de progredir.
Progredíre, v. progredir, ir em progresso, avançar, prosseguir; ir de bom para melhor.
Progredito, p. p. e adj. progredido; adiantado; desenvolvido; aumentado; melhorado.
Progressiône, s. f. progressão, adiantamento; desenvolvimento progressivo; progresso / (mat.) progressão.
Progressísmo, s. m. progressismo; teoria dos progressistas.
Progressísta, adj. progressista; partidário do progresso.
Progressivamênte, adv. progressivamente.
Progressívo, adj. progressivo.
Progrèsso, s. m. progresso; adiantamento; avanço / aproveitamento; melhoramento.
Proibènte, p. pr. e adj. (lit.) proibitivo; que proíbe.
Proibíre, v. proibir, impedir que se faça; ordenar que se não faça / tornar defeso, vedar; interdizer.
Proibitivísmo, s. m. (neol.) proibitivismo; doutrina que veda o livre comércio.
Proibitívo, p. p. e adj. proibitivo.
Proibizionísta, s. f. proibicionista; partidário dos direitos proibitivos.
Proiciènte, adj. impelente, que arremessa, atira / (s. m.) impulsor, disparador.
Proiettàre, v. projetar, lançar, arremessar, arrojar / projetar, representar por meio de projeção: —— **un film sullo schermo.**
Proiettàtto, p. p. e adj. projetado / arrojado, lançado, arremessado.
Proiettatôre, s. m. (**proiettatrice,** f.) projetador, que projeta.
Proiettifício, s. f. fábrica de projéteis.
Proièttile, s. m. projétil, qualquer corpo sólido que é arremessado por uma força qualquer / (mil.) projétil, bala, bomba, etc.
Proiettívo, adj. que projeta, que tem a qualidade de arremessar / (geom.) projetivo, relativo à projeção.
Proiètto, adj. projetado / (s. m.) projétil (que se lança com as armas de fogo).

Proiettóre, adj. projetor, que projeta / (s. m.) (ótica) aparelho que serve para projetar ao longe os raios de um foco luminoso.
Proiettúra, s. f. (arquit.) projetura, saliência horizontal de diversos membros de arquitetura.
Proieziône, s. f. projeção, ação de arrojar um corpo; movimento comunicado a um corpo / (geom.) projeção, representação das linhas ou superfícies sobre um plano ou outra superfície proveniente de um foco luminoso; projeção de um filme cinematográfico.
Prolàsso, s. m. (med.) prolapso, saída de um órgão ou de parte de um órgão para fora do lugar normal.
Prolàto, adj. (ant.) pronunciado / amplo.
Pròle, s. f. (lit.) prole, progênie; descendência.
Prolegàto, s. m. (hist.) prolegado; aquele que substituía o legado nas províncias pontifícias.
Prolegòmeni, s. m. (pl.) prolegômenos, introdução preliminar; prefácio.
Prolèpsi, ou **prolèssi,** s. f. (ret.) prolepse, refutação antecipada de objeções previstas.
Proletariàto, s. m. proletariado, classe dos proletários, estado ou condição dos proletários.
Proletàrio, s. m. proletário, indivíduo que vive só do seu trabalho / **si è mossa la gran proletária** (Páscoli) (a Itália, no dizer do poeta).
Proliferaziône, s. f. proliferação; multiplicação de tecidos adventícios orgânicos.
Prolífero, adj. prolífero, fecundo.
Prolificàre, v. prolificar; multiplicar-se; reproduzir-se.
Prolificaziône, s. f. prolificação; ato ou efeito de prolificar.
Prolificità, s. f. prolificidade.
Prolífico, adj. prolífico.
Prolissaménte, adv. prolixamente, difusamente.
Prolissità, s. f. prolixidade, difusão.
Prolísso, adj. prolixo, muito excessivo; sobejo; superabundante; extenso.
Prologàccio, s. m. (pej.) prólogo mal feito, confuso.
Prologhêtto, s. m. (dim.) prologozinho.
Prologhista, s. m. (ant.) aquele que recitava o prólogo nas antigas comédias.
Pròlogo, s. m. (lit.) prólogo, discurso, proêmio / preâmbulo, preliminar / (teatr.) prólogo, obra que serve de prelúdio a uma peça dramática.
Prolúdere, v. (lit. e rar.) preludiar; dar princípio; fazer prolusão a um discurso, etc.
Prolúnga, s. f. carro de transporte militar / corda grossa.
Prolungàbile, adj. prolongável, que se pode prolongar.
Prolungaménto, s. m. prolongamento, extensão, acréscimo de comprimento / continuação.
Prolungàre, v. prolongar, dar maior extensão a / prolongar, dilatar / prorrogar, demorar, continuar.
Prolungataménte, adv. prolongadamente.
Prolungatívo, adj. prolongador, que tem a qualidade de prolongar.
Prolungàto, p. p. e adj. prolongado, que se prolonga; duradouro; demorado; prorrogado.
Prolungatôre, s. m. (**prolungatríce,** s. f.) prolongador.
Prolungaziône, s. f. prolongação; dilação; prorrogação.
Prolusiône, s. f. (lit.) prolusão; prelúdio; preâmbulo; preparação; preleção.
Prolúvie, s. f. (ant.), inundação, cheia / (med.) fluxo de matérias do corpo; diarréia.
Promemòria, s. f. memorial; apontamentos, notas escritas para lembrar alguma coisa.
Pròmere, v. (ant.) emitir / manifestar.
Promèssa, s. f. promessa, prometimento, compromisso; obrigação vocal ou por escrito de cumprir alguma coisa.
Promessívo, adj. (ant.) promissivo, em que há promessa.
Promèsso, p. p. e adj. prometido; esperado, reservado, destinado / (s. m.) noivo; noiva: "**i promessi sposi**" (título do célebre romance Os Noivos).
Promettènte, s. m. promitente, aquele que promete.
Promèttere, v. prometer, obrigar-se a fazer ou a dar / **ti promètto e ti giuro:** prometo-te e juro-te / (fig.) prometer, anunciar, predizer, fazer esperar / assegurar, afirmar / prometer, dar esperanças / **fa grandi promèsse:** promete muita coisa.
Promèttersi, v. empenhar-se consigo mesmo a cumprir uma determinada coisa.
Promettitôre, s. m. (**promettitríce,** s. f.) prometedor, o que promete; o que dá esperanças; esperançoso.
Prominènte, p. pr. e adj. proeminente; prominente.
Prominenteménte, adv. proeminentemente.
Prominènza, s. f. proemiência, estado do que é proeminente; elevação, saliência.
Proministro, s. m. vice-ministro.
Promiscuaménte, adv. promiscuamente; com promiscuidade.
Promiscuità, s. f. promiscuidade; mistura confusa e desordenada.
Promíscuo, adj. promíscuo; misturado; indistinto; confuso.
Promissàrio, s. m. (jur.) ato de obrigação.
Promissivaménte, adv. promissivamente; em forma de promessa.
Promissívo, adj. promissivo, promissório.
Promissòrio, adj. (jur.) promissório, que exprime, que contém promessa.
Promontòrio, s. m. (geogr.) promontório, cabo.
Promòsso, p. p. e adj. promovido; aprovado nos exames / iniciado; desenvolvido.
Promotôre, s. m. (**promotríce,** f.) o que promove, o que dá impulso a uma coisa; que desenvolve, que determina: fundador / fautor.
Promoviménto, s. m. ação de promover, de fomentar; promoção, fomento.
Promoziône, s. f. promoção, ato ou efeito de promover: elevação de um emprego, cargo, dignidade, posto, etc. a outro superior.
Promulgaménto, s. m. promulgação.

Promulgàre, v. promulgar; fazer a promulgação de uma lei, decreto, etc. / apregoar, publicar solenemente.
Promulgatívo, adj. promulgador, apto a promulgar.
Promulgatôre, s. m. (**promulgatríce,** s. f.) promulgador, que promulga.
Promulgazióne, s. f. promulgação; ação e efeito de promulgar.
Promuòvere, v. promover, elevar a um grau ou dignidade maior / iniciar, fazer que se execute ou que se ponha em prática algum acoisa; dar impulso a / favorecer, ajudar / induzir, ser causa de, originar.
Prònao, s. m. (arquit.) pronau, átrio, parte anterior dos templos antigos.
Pronatôre, s. m. (anat.) pronador, um dos músculos do antebraço.
Pronazine, s. f. (anat.) pronação, movimento de pronação.
Pronèa, (ant.) (filos.) providência / mente ou alma do mundo, segundo os estóicos.
Pronipóte, s. m. bisneto / descendente em geral; póstero.
Pròno, adj. prono (poét.) dobrado; propenso, tendente, disposto / submisso, dócil.
Pronôme, s. m. (gram.) pronome, palavra que se emprega em vez de um nome.
Pronominàle, adj. pronominal: **verbo**

Pronominalmênte, adv. pronominalmente, como pronome, ou como verbo pronominal.
Pronosticamênto, s. m. prognosticação, adivinhação.
Pronosticàre, v. prognosticar, conjeturar, predizer, profetizar, vaticinar.
Pronosticàto, p. p. e adj. prognosticado; conjeturado, profetizado.
Pronosticatôre, s. m. prognosticador.
Pronosticazióne, s. f. prognosticação, ação de prognosticar; predição, conjetura; augúrio.
Pronòstico, ou **prognòstico,** s. m. prognóstico; presságio; juízo, conjetura sobre o que está para acontecer.
Prontamènte, adv. prontamente, com prontidão, rapidamente.
Prontêzza, s. f. presteza, celeridade, ligeireza / prontidão, facilidade de compreensão, perspicácia, agudeza / —— di memòria, di mente, di spírito: viveza de memória, de inteligência, de espírito.
Prònto, adj. pronto, súbito, repentino, prestes, veloz / acabado, concluído, terminado / preparado, disposto / (loc. com.) a **pronti**: a dinheiro / no telef.: **pronto! pronto, pronto!**
Prontuàrio, s. m. prontuário, manual de ciências ou letras no qual o estudioso acha rapidamente o que necessita / **prontuário di conti fatti:** manual de contas ou cálculos resolvidos.
Prònuba, s. f. (hist.) prónubo, relativo ao noivo ou à noiva / promotor de casamentos.
Pronùbo, s. m. prónubo, padrinho de boda dos noivos / (ent.) inseto que leva o pólen de uma a outra flor.
Pronunciamênto, s. m. (rar.) pronunciação, maneira de pronunciar / (hist. do esp.) pronunciamento, insurreição com fins políticos.

Pronúnzia, s. f. pronúncia, pronunciação; maneira geral de pronnuciar o som das letras. sílabas ou palavras.
Pronunziàbile, adj. pronunciável, que se pode pronunciar.
Pronunziàre, v. pronunciar, proferir, articular; recitar; dizer / publicar, declarar, decretar.
Pronunziàrsi, v. pronunciar-se, manifestar a sua opinião, o seu modo de pensar; dar um parecer.
Pronunziatívo, adj. pronunciativo; que concerne à pronúncia.
Pronunziàto, adj. pronunciado: recitado; dito; proferido; saliente, proeminente, avultado, acentuado / (s. m.) (jur.) sentença; axioma: **i pronunziati della scienza.**
Pronunziatôre, s. m. pronunciador; falador.
Pronunziazióne, s. f. pronunciação, pronúncia, ação ou modo de pronunciar / declaração / (for.) declaração de juízo.
Propagàbile, adj. propagativo, propagador.
Propagamênto, s. m. propagamento ou propagação, ação de propagar; difusão, divulgação.
Propagànda, s. f. propaganda; propaganda de princípios ou teorias; propaganda comercial / —— **fide:** congregação romana para propagar a fé.
Propagandare, v. (neol.) por **propagare, divulgare,** etc.
Propagandísta, s. f. (neol.) propagandista.
Propagàre, v. propagar, multiplicar pela reprodução / propagar, difundir, estender, aumentar, dilatar, desenvolver, comunicar.
Propagàrsi, v. propagar-se; difundir-se; desenvolver-se; estender-se.
Propagàto, p. p. e adj. propagado; multiplicado mediante a reprodução; dilatado; difundido; propalado.
Propagatôre, s. m. (**propagatríce,** s. f.) propagador.
Propagazióne, s. f. propagação, ação de propagar / difusão, desenvolvimento: marcha progressiva, extensão, multiplicação.
Propagginamênto, s. m. (rar.) propagem, mergulhia, tipo de reprodução vegetal, que consiste em enterrar um ramo de planta, ainda presa a ela, para depois de enraizado constituir um novo exemplar / enterro (antigo suplício).
Propagginàre, v. mergulhar, enterrar os ramos das plantas ou o mergulhão / (hist.) enterrar vivo com a cabeça para baixo, forma de pena de morte usada na idade média e ainda hoje entre certos povos selvagens.
Propàggine, s. f. mergulhão propagem, mergulho (agric.) / estirpe, prole, linhagem, descendência / (ant.) ramificação (de nervos, vasos, etc.) / extremidade, ponta.
Propàgolo, s. m. (bot.) corpúsculo seminal dos musgos.
Propalàre, v. propagar, notificar, divulgar.
Propalàrsi, v. propalar-se, divulgar-se.
Propalàto, p. p. e adj. propalado, espalhado; tornado público; divulgado.

Propalatôre, s. m. propalador.
Propalazióne, s. f. propalação; ato ou efeito de propalar.
Propàno, s. m. (quím.) propano.
Proparalèssi, s. f. (gram.) paragoge.
Proparossítono, adj. (gram.) proparoxítono; esdrúxulo.
Pròpe (ant.) prep. perto, cerca.
Propedèutica, s. f. propedêutica, ciência preliminar.
Propedèutico, propedêutico; preparatório, introdutivo.
Propellènte, adj. (lit.) propulsor.
Propèllere (ant.) v. impelir.
Propèndere, v. propender, prender ou inclinar-se para diante; ter pendor.
Propensamènto, s. m. (ant.) premeditação; reflexão.
Propensàre (ant.) premeditar, preocupar-se / (refl.) imaginar.
Propensióne, s. f. propensão, inclinação, tendência ou força natural que impele em uma direção determinada / (fig.) propensão, tendência. vocação.
Propènso, adj. propenso, inclinado, disposto; tendente; favorável / —— a credere: inclinado a crer.
Properispòmeno, adj. (gram.) properispômeno. vocábulo que tem o acento na penúltima sílaba.
Propèrzio, (lit.) Propércio, poeta latino natural da Úmbria.
Propillamina, s. f. (quím.) propilamina, produto usado contra as afecções reumáticas.
Propilène, s. m. (quím.) propileno, carboneto gasoso de hidrogênio.
Propilèo, s. m. (arquit.) propileu, entrada vasta e monumental de certos edifícios.
Propilico, adj. propílico, relativo ao propileno; diz-se de um dos álcoois do vinho.
Propina, s. f. propina; gratificação; espórtula; emolumento; gorjeta.
Propinàre, v. propinar, oferecer, dar a beber a; ministrar / (intr.) beber, brindar à saúde de alguém.
Propinatôre, s. m. (**propinatríce,** s. f.) propinador; brindador.
Propinquità, s. f. (lit.) propinqüidade; qualidade daquilo que é propínquo; proximidade.
Propinquo, (adj. lit. ant.); propínquo; próximo; vizinho.
Propitèco, s. m. propiteco, mamífero lamuriano de Madagáscar.
Propiziàre, v. propiciar, fazer propício, tornar favorável, proporcionar.
Propiziativo, adj. propiciatório, que tem a virtude de tornar propício.
Propiziàto, p. p. e adj. propiciado, tornado propício; favorecido.
Propiziatòrio, adj. e s. m. (teol.); propiciatório, apto a propiciar / lâmina de ouro que se punha sobre a Arca Santa (hist. hebr.).
Propiziazióne, s. f. propiciação; ação propiciatória; intercessão.
Propízio, adj. propício, favorável; benigno; oportuno; apropriado; próprio; adequado.
Pròpoli, s. f. própole, substância resinosa, avermelhada e odorífera, que as abelhas segregam.
Proponàl, s. m. (med.) composto do ácido barbitúrico usado como narcótico.

Proponènte, p. pr. e adj. proponente ou propoente; que propõe.
Proponíbile, adj. proponível, que se pode propor.
Proponibilità, s. f. proponibilidade.
Proponimènto, s. m. propósito; desígnio; resolução tomada / i suòi proponimenti di vendetta: os seus desígnios de vingança.
Proponitôre, s. m. (**proponitríce,** s. f.): propoente, aquele que propõe; proponente.
Proporre, v. propor, pôr diante, apresentar; designar; oferecer; oferecer como alvitre; lembrar, indicar, sugerir, aconselhar / (prov.) l'uomo propone e Dio dispone.
Proporzionàbile, adj. proporcionável; que se pode proporcionar.
Propòrsi, v. propor-se, oferecer-se / deliberar, formar intento, ter em vista executar qualquer coisa.
Proporzionabilmènte, adv. proporcionalmente.
Proporzionàle, adj. proporcional, que está em proporção.
Proporzionalità, s. f. proporcionalidade, caráter do que é proporcional.
Proporzionalmènte, adv. proporcionalmente.
Proporzionàre, v. proporcionar; pôr em exata proporção / adequar, equilibrar.
Proporzionatamènte, adv. proporcionadamente; em proporção, à proporção.
Proporzionàto, adj. proporcionado; disposto regularmente; bem conformado; harmônico.
Proporzionatôre, adj. e s. m. proporcionador, que ou que proporciona.
Proporzióne, s. f. proporção, relação das partes entre si e com o todo; proporção, dimensão, extensão / (matem.); proporção, igualdade de duas ou mais razões / in ——: proporcionadamente, em proporção.
Proporzionévole, adj. proporcionado.
Proporzionevolmènte, adv. proporcionadamente.
Propòsito, s. m. propósito, resolução formada; decisão; mira, intento, fim. idéia / projeto / (loc. adv.) a ——, a propósito, oportunamente / **Male** a ——: fora de propósito, inoportunamente.
Propositùra (o mesmo que **prepositùra** (s. f.) / (ecles.) prepositura; cargo ou dignidade de prepósito.
Proposizióne, s. f. proposição, ação de propor, proposta / o que se propõe / máxima, afirmação; discurso ou frase / (gram.) proposição, oração / (matem.) proposição, teorema.
Propòsta, s. f. proposta, ação ou efeito de propor; aquilo que se propõe; promessa, oferta; determinação; argumento.
Propostàle, adj. (ant.) prebostal.
Propòsto, p. p. e adj. proposto, apresentado; designado, oferecido / (ant.) propósito, intenção.
Proprefètto, s. m. vice-prefeito.
Propretôre, s. m. (hist.) propretor, magistrado que na antiga Roma exercia as funções de pretor / vice-pretor; juiz substituto.
Propriamènte, adv. propriamente, especialmente, precisamente, exatamente, verdadeiramente.

Proprietà, s. f. propriedade, domínio, posse de alguma coisa / popriedade, caráter próprio, virtude particular / (gram.) sentido próprio de uma palavra.

Proprietàrio, adj. proprietário; dono, senhor de alguma coisa / (Hist. ant.) chefe de um regimento.

Pròprio, adj. próprio, especial, particular, que pertence ou convém a uma só pessoa ou coisa / próprio, direto, natural, legítimo; certo, preciso, idêntico, textual / apto, conveniente / (s. m.) próprio, caráter próprio, índole, qualidade, modo de ser de uma pessoa ou coisa / propriedade: **spende del suo** / (adv.) realmente, verdadeiramente: **sta ——— male.**

Propugnàcolo, s. m. propugnáculo, lugar para defesa; baluarte; fortificação; sustentáculo; defesa.

Propugnàre, v. propugnar; lutar em defesa; sustentar luta física ou moral; defender.

Propugnàto, p. p. e adj. propugnado, defendido lutando; sustentado em luta ou disputa.

Propugnatôre, s. m. propugnador.

Propugnaziòne, s. f. (lit. e rar.) propugnação.

Propulsàre, v. propulsar; impelir, repulsar, rechaçar.

Propulsàto, p. p. e adj. propulsado; impelido; rechaçado.

Propulsatôre, s. m. propulsador.

Propulsiòne, s. f. (fís.) propulsão; movimento que impele para a frente.

Propulsôre, s. m. (mec.) propulsor; engenho que dá movimento de propulsão.

Propulsòrio, adj. propulsivo.

Proquestôre, s. m. (hist. rom.) vice-questor.

Proquòio, s. m. (ant.) aprisco; curral.

Pròra, s. f. (mar.) a extremidade de avante de um navio; proa; em sent. poético: navio / **arma la pròra e salpa verso il mondo** (D'Annunzio): arma a prova e zarpa para o mundo.

Proràta, loc. adv. pro-rata, proporcionalmente, por meio do rateio / (s. m.) cota, parte proporcional.

Proravía, loc. à proa.

Pròroga, s. f. prorrogação; dilação; protelação.

Prorogàbile, adj. prorrogável.

Prorogabilità, s. f. prorrogabilidade.

Prorogàre, v. prorrogar, protelar, dilatar; fazer durar além do prazo fixado / suspender, adiar, fixar (reunião, assembléia, etc.) para data ulterior.

Prorogàto, p. p. e adj. prorrogado; protelado; adiado.

Prorogaziòne, s. f. (rar.) prorrogação; dilação / adiamento.

Prorompènte, p. pr. e adj. que prorrompe.

Prorômpere, v. prorromper; irromper ou sair precipitadamente / (fig.) manifestar-se repentinamente (aplaudir, invectivar etc.) não poder mais conter-se (chorar, etc.) / brotar.

Prorompimênto, s. m. prorrompimento. ato de prorromper; saída impetuosa.

Pròsa, s. f. prosa, forma de falar ou de escrever não sujeita à medida do verso / prosa, discurso, carta / ——— rimata / poesia sem inspiração ou prosaica; (dim. e depr.) **prosetta, prosuccia, prosaccia.**

Prosaccia, s. f. (pej.) prosa ordinária, vulgar.

Prosaicamênte, adv. prosaicamente, de modo prosaico.

Prosaicismo, s. m. prosaísmo / vulgaridade, trivialidade.

Prosàico, adj. prosaico, pertencente ou relativo à prosa / (fig.) prosaico, vulgar, material, sem poesia, sem elevação: **com'è prosàico!** (refer. a pessoa de sentimento vulgar).

Prosaísmo, s. m. prosaísmo; de maneira prosaica / (fig.) prosaismo, defeito do que é vulgar; vulgaridade, trivialidade.

Prosàpia, s. f. prosápia, progênie, ascendência; raça, linhagem.

Prosasticità, s. f. prosaismo, defeito do que é prosaico, vulgar.

Prosàstico, adj. (rar.) prosaico, que pertence ao gênero da prosa; trivial / destituído de poesia.

Prosatôre, s. m. (**prosatríce**, s. f.) prosador, aquele que escreve em prosa.

Prosatorèllo, prosatoríccio, s. m. dim. e pej. prosadorzinho; prosador de pouco mérito.

Proscènio, s. m. proscênio, parte anterior do cenário; palco.

Proscímie, ou **proscímmie**, s. m. pl. (zool.) lêmures, família de quadrúmanos, cujas formas gerais se aproximam das dos macacos.

Prosciògliere, v. (lit.) absolver, isentar, eximir, libertar, desligar de qualquer empenho ou de obrigação; desimpedir; desobrigar; desonerar.

Proscioglimênto, s. m. desobrigação; isenção; libertação de qualquer impedimento.

Prosciòlto, p. p. e adj. livrado, desobrigado; absolvido.

Prosciòrre, v. (lit.) absolver, isentar, libertar.

Prosciugamênto, s. m. enxugo, enxugamento, ação e efeito de enxugar.

Prosciugàre, v. enxugar; tirar a umidade a; / secar / esgotar, absorver.

Prosciugàrsi, v. enxugar-se; secar-se, perder a umidade.

Prosciugàto, p. p. e adj. secado, enxuto.

Prosciútto, ou **presciútto**, s. m. presunto, perna, espádua de porco salgada e curada ao fumeiro.

Proscrítto, p. p. adj. e s. m. proscrito, condenado à proscrição / proscrito, banido, desterrado, expulso / exilado.

Proscrívere, v. proscrever, condenar ao exílio / (hist.) condenar à morte sem formalidades judiciárias.

Proscriziòne, s. f. proscrição; exílio, desterro.

Prosecuziòne, s. f. prossecução, ato ou efeito de prosseguir; continuação, seguimento.

Proseggiàre, v. prosar, escrever em prosa; usar o estilo da prosa.

Proseggiatôre, s. m. prosador, escritor que escreve em prosa.

Prosegretàrio, s. m. vice-secretário.

Proseguimênto, s. m. prosseguimento, o mesmo que prossecução.

Proseguíre, v. prosseguir, dar seguimento a; levar diante; continuar.

Proselitismo, s. m. proselitismo.
Prosèlito, s. m. (lit.) prosélito, adepto, novo partidário de uma religião, de um partido, etc.
Prosencèfalo, s. f. (anat.) prosencéfalo, parte anterior do encéfalo.
Prosènchima, s. m. (bot.) prosênquima, tecido fibroso dos vegetais.
Proserèlla, prosètta, prosettína, s. f. (dim. e depr.) prosazinha, prosa medíocre (com referência a coisa escrita).
Prosettôre, s. m. (anat.) prosector, prossector, aquele que prepara as peças anatômicas para a lição de anatomia.
Prosièguo, s. m. (jur.) prosseguimento, prossecução.
Prosillogísmo, s. m. (filos.) prosilogismo.
Prósindaco, s. m. vice-síndico (de cidade italiana), cargo que equivale ao de vice-prefeito ou subprefeito no Brasil.
Prosinodàle, adj. (ecles.) prossinodal.
Prosista, s. m. prosista, prosador.
Prosit (lat.), bom proveito lhe faça.
Prosodia, s. f. prosódia; pronúncia regular das palavras; pronúncia; ortoépia.
Prosodicaménte, adv. prosodicamente.
Prosodíaco e **prosódico**, adj. prosódico: accento ———.
Prosontuosità, s. f. (ant.) presunção.
Prosopografía, s. f. (ret.) prosopografia; descrição das feições do rosto / esboço de uma figura.
Prosopopèa, s. f. (ret.) prosopopéia, figura de retórica que dá ação e movimento a figuras inanimadas / discurso empolado; frases afetadas; arrogância orgulhosa.
Prosopopèico, adj. (lit.) prosopopéico; prosopopaico.
Prospatèlla Berlese (entom.) parasita da draspis pentagona.
Pròspera, s. f. (ant.) estante do coro, nas igrejas, para apoio do livro aberto.
Prosperaménte, adv. prosperamente, com prosperidade.
Prosperaménto, s. m. prosperidade; prosperação.
Prosperàre, v. prosperar, ter fortuna, ser feliz / medrar; desenvolver-se; progredir.
Prosperèvole, adj. (rar.) próspero, prosperador; favorável, propício.
Prosperità, s. f. prosperidade; estado próspero ou feliz; situação favorável; sucesso feliz; ventura, boa sorte.
Pròspero, adj. próspero, favorável, ditoso, feliz, afortunado; propício (n. pr.) Próspero.
Prosperosaménte, adv. prosperamente.
Prosperôso, adj. próspero; feliz; robusto; favorável; sadio.
Prospettàre, v. defrontar, estar voltado para uma determinada direção / expor, fazer notar, chamar a atenção / formular, apresentar.
Prospetticaménte, adv. prospeticamente.
Prospèttico, adj. perspético, relativo à perspectiva; de efeito perspectívico.
Prospettíno, s. m. (dim.) prospectozinho; pequeno prospecto.
Prospettíva, s. f. perspectiva, arte que ensina a representar os objetos tais como se apresentam à vista / panorama, aparência / probabilidade, possibilidade / con la ——— di finire in cárcere: com a perspectiva de acabar na cadeia.
Prospettivaménte, adv. prospectivamente.
Prospettivista, s. m. perspectivista; pintor de perspectivas.
Prospettívo, adj. e s. m. perspectivo.
Prospètto, s. m. prospecto; aspecto; vista; a coisa vista: panorama / programa, anúncio de uma obra ainda não publicada / (arquit.) frente, fachada de edifício.
Prospettògrafo, s. m. perspetógrafo, instrumento que serve para formar uma perspectiva com dois desenhos.
Prospicènte, p. pr. e adj. fronteiro, que defronta, que está à frente / varanda ——— sul côrso: varanda que defronta a avenida.
Prossenèta, s. m. (lit. e hist.) proxeneta / mediador / alcoviteiro.
Prossenètico, (pl. -ci), s. m. corretagem (preço).
Prossèno, s. m. (hist. grega) antigo oficial correspondente ao atual cônsul honorário.
Prossimàio, adj. e s. m. próximo, vizinho; parente.
Prossimaménte, adv. proximamente, dentro em breve, quanto antes, depressa, brevemente.
Prossimàno, adj. e s. m. (ant.) próximo, conjunto (especialmente de sangue); parente.
Prossimità, s. f. proximidade, condição ou estado do que é próximo; contigüidade / consangüineidade.
Pròssimo, adj. próximo, vizinho, que está perto / próximo, imediato, que deve acontecer dentro de pouco / próximo, chegado, conjunto (parente); (s. m.) cada homem ou cada pessoa em particular / ama il tuo prossimo come a te stesso: ama o teu próximo como a ti mesmo.
Pròstasi, s. f. próstase, predomínio de um humor sobre outro.
Pròstata, s. f. (anat.) próstata.
Prostatectomía, s. f. (med.) prostatectomia, ablação parcial ou total da próstata.
Prostatíte, s. f. (med.) prostatite.
Prostèndere, v. (lit. e rar.) protender, estender; distender.
Prostèndersi, v. estender-se.
Prosternàre, v. prosternar, prostrar, estender por terra; abater.
Prosternàrsi, v. prosternar-se; humilhar-se / pedir graça ou perdão.
Prosternàto, p. p. e adj. prosternado; abatido; humilhado.
Prosternazióne, s. f. prosternação, ato ou efeito de prosternar ou prosternar-se; genuflexão.
Pròstesi, s. f. (gram.) próstese, adição de letra ou de sílaba no começo de uma palavra.
Prostêso, p. p. e adj. estendido; distendido.
Pròstilo, adj. prostilo, fachada de templo, ornada de colunas; vestíbulo formado por essas colunas.
Prostituíre, v. prostituir, entregar à devassidão; (fig.) prostituir, desonrar, aviltar, degradar.

Prostitúta, s. f. prostituta.
Prostituziône, s. f. prostituição.
Prostramênto, s. m. (lit.) prostramento, ato ou efeito de prostar; prostração.
Prostràre, v. prostrar, prosternar, derrubar, abater.
Prostàrsi, v. prosternar-se, prostrar-se em sinal de adoração ou respeito / arrojar-se aos pés, humilhar-se.
Prostràto, adj. prostrado; lançado de bruços no chão; ajoelhado / (fig.) abatido; fraco.
Prostraziône, s. f. prostração, genuflexão.
Pròstro (ant.) adj. prostrado.
Prosuòcera, s. f. mãe dos sogros.
Prosuòcero, s. m. pai dos sogros.
Protagonísta, s. protagonista; personagem principal de um drama, de uma epopéia, etc. / (fig.) aquele que desempenha o primeiro lugar num acontecimento.
Protàllo, s. m. (bot.) protalo.
Protargòlo, s. m. (quím.) protargol.
Protasi, s. f. (ret.) prótase, exposição de assunto de poema dramático / primeira parte de um período gramatical / (mús.) a primeira parte de uma frase.
Protàtico, adj. protático.
Protèggere, v. proteger; defender; auxiliar; socorrer; ajudar, favorecer.
Proteggitôre, s. m. (**proteggitrice,** f.) protegedor, que protege; protetor.
Protèiche, adj. protéicas, substâncias orgânicas azotadas.
Proteico, adj. protéico.
Proteifôrme, adj. proteiforme, que muda freqüentemente de forma / (fig.) versátil: **ingegno** ———.
Proteína, s. f. (quím.) proteína.
Proteísmo, s. m. proteismo, tendência para mudar de forma / (fig.) versatibilidade, volubilidade.
Protèndere, v. protender, estender para diante.
Protendèrsi, v. protender-se, estender-se; distender os membros.
Protensivo, adj. (filos.) que tem extensão ou duração.
Pròteo, s. m. próteo, anfíbio caudato, espécie de salamandra / (fig.) caráter versátil e fraco.
Proteolísi, s. f. proteólise, dissolução da moécula protéica.
Proteràndra, s. f. (bot.) proterandra, (gênero de plantas).
Proteròginе, s. f. (pl.) (bot.) proteroginia.
Proteròglife, s. f. proteróglifas, serpentes que possuem dentes venenosos canelados.
Protervamênte, adv. protervamente; brutalmente.
Protèrvia, s. f. protérvia; insolência; descaro; impudência.
Protèrvo, adj. soberbo; obstinado; insolente; petulante; procaz.
Pròtesi, s. f. prótese, substituição de órgão ou parte de órgão do corpo por outro artificial / prótese dentária / (gram.) prótese, aumento de uma letra ou sílaba em princípio de palavra.
Protêso, p. p. e adj. protendido; estendido; distendido.
Protèsta, s. f. protesta; protestação, declaração pública que alguém faz das próprias disposições ou da sua vontade; protesto, reclamação contra algum ato.
Protestànte, p. pr. e adj. protestante, que protesta; (s. m.) quem protesta / (relig.): protestante, relativo aos protestantes ou à sua fé.
Protestantèsimo, e **protestantísmo,** s. m. protestantismo; crenças da religião protestante.
Protestàre, v. protestar; prometer solenemente; afiançar, assegurar positivamente, publicamente / (com.) ———
——— **una cambíale:** protestar uma letra de câmbio.
Protestàrsi, v. protestar-se, declarar-se, professar-se.
Protestàto, p. p. e adj. protestado; testemunhado; declarado; afirmado; recusado / (com.) título levado a protesto.
Protestatòrio, adj. protestatório; que envolve protesto.
Protestaziône, s. f. protesta: protestação; ato ou efeito de protestar.
Protèsto, s. m. (jur.) protesto, constatação jurídica do não-pagamento de uma letra de câmbio no dia do vencimento.
Protèico, adj. protético (de prótese).
Protettivo, adj. protetivo; próprio para proteger.
Protètto, p. p. e adj. protegido; defendido, abrigado / (s. m.) protegido, favorito, benjamim.
Protettoràle, adj. protetoral; de protetor.
Protettoràto, s. m. protetorado; dignidade ou governo de protetor / proteção de um Estado maior e poderoso a outro menor.
Protettôre, s. m. (**protettrice,** s. f.) protetor; protegedor.
Protettoria, s. f. procuretoria, cargo do Cardeal patrono.
Protezine, s. f. proteção, ação de proteger / favorecimento, parcialidade na concessão de alguma coisa; recomendação; privilégio concedido a indústria, a particular; sistema de proteção.
Protezionísmo, s. m. protecionismo.
Protezionísta, adj. e s. protecionista.
Pròtino, (ant.) s. m. bastão.
Pròtiro, s. m. saguão / pequeno átrio de igreja.
Protísti, s. m. (pl.) protistas, células primordiais.
Protistología, s. f. protistologia, ciência que trata dos microrganismos.
Pròto, s. m. proto, mestre de oficina tipográfica.
Protoblàsto, s. m. (hist. nat.) protoblasto, célula animal ou vegetal.
Protocanònico (pl. **-ònici**), adj. protocanônico, diz-se de um grupo de livros santos, em oposição aos deuterocanônicos.
Protoclorúro, s. m. (quím.) protocloreto.
Protocollàre, v. (neol.) protocolar, protocolizar, meter, registrar em protocolo / (adj.) protocolar, referente a protocolo.
Protocollísta, s. m. protocolista, empregado que cuida do protocolo.
Protocòllo, s. m. protocolo; processo verbal de uma conf. diplomática / registro protocolar / cerimonial.

Protodiàcno, s. m. arcediago.
Protofísico, s. m. (ant.) protomédico, médico principal de uma corte, associação, etc. (ant.).
Protofito, adj. e s. m. (bot.) protofita, planta molecular.
Protògino, s. m. granito do Monte Branco / (adj. bot.) protogínico (de flores) hermafrodita.
Protoiodúro, s. m. (quím.) protoiodeto.
Protología, s. f. lógica primitiva / (deprec.) afirmação inútil de verdades mais que provadas.
Protomaèstro, s. m. (ant.) o primeiro mestre de uma arte; mestre; mestre-de-obras.
Protomàrtire, s. m. protomártir; o que sofreu o martírio antes de todos os outros.
Protomèdico, s. m. (ant.) protomédico.
Proton, protône, s. m. próton, eléctron positivo, núcleo do sistema atômico.
Protònico, adj. (gram.) protônico, colocado antes da sílaba tônica.
Protonotariàto, s. m. protonotariado; cargo ou dignidade de protonotário.
Protonotário, s. m. protonotário; o principal notário (ant.).
Protopàpa, s. m. arcipreste da igreja Grega.
Protoplàsma, s. m. protoplasma.
Protoplàste, s. m. primeiro criador, Deus.
Protoplàsto, s. m. protoplasta, que foi o primeiro criado e formado na sua espécie.
Protoquàquam, s. m. (burl.) pessoa que se dá ares de personagem importante: sabichão, mandão (pop.).
Protoscriniàrio, s. m. (ecles.) prefeito da biblioteca da Santa Sé.
Protosolfúro, s. m. (quím.) protossulfureto.
Protòssido, s. m. (quím.) protóxido; primeiro grau de oxidação de um corpo simples.
Protòtipo, s. m. protótipo, original, modelo mais perfeito ou exato.
Protòttero, s. m. protóptero, espécie de batráquio, de membros rudimentares.
Protovangèlo, s. m. proto-evangelho; primeiro evangelho; evangelho apócrifo de Santiago.
Protozòi, s. pl. protozoários, animais formados por uma só célula.
Protràrre, v. protrair; prolongar, dilatar; prorrogar; adiar; protelar.
Protàtto, p. p. e adj. protraído; prolongado, delongado; adiado; prorrogado.
Protraziòne, s. f. protraimento, adiamento, prorrogação.
Protuberànte, p. pr. e adj. protuberante, que tem protuberância.
Protuberànza, s. f. protuberância; eminência; saliência / (fren.) eminência ou saliência do crânio.
Protuberàre, v. (rar.) sobressair; inchar-se (intr.).
Protrusiòne, s. f. (med.) protrusão, desvio, para diante, de qualquer órgão.
Protutòre, s. m. (jur.) protutor, aquele que faz as vezes do tutor; subtutor.
Pròva, s. f. prova; resultado de uma experiência; exame; testemunho; mostra, sinal, indício; competência, porfia; ensaio / ato de provar, de analisar certas substâncias / prova tipográfica / (mat.) operação pela qual se conhece a exatidão de um cálculo.

Provàbile, adj. provável, que se pode provar verossímil / demonstrável.
Provabilità, s. f. demonstrabilidade; prova; la —— del misfátto: a prova do delito.
Provàno, adj. (ant.) teimoso, pertinaz.
Provànte, p. pr. e adj. probante: comprovante.
Provàre, v. provar, estabelecer a verdade, a autenticidade de; ser uma testemunha, o sinal de / provar, demonstrar, estabelecer, testemunhar / experimentar / comer ou beber pequena porção de / deve —— sodisfazione a seccare il próssimo: deve sentir satisfação em aborrecer os outros / provarsi le scarpe: experimentar os sapatos.
Provàrsi, v. exercitar-se, cimentar-se; expor-se; tentar.
Provatamènte, adv. provadamente.
Provatívo, adj. provatório, que contém prova, apto a provar.
Provàto, adj. provado; experimentado; evidente; incontestável; sabido / —— dal dolóre: atingido, tocado pela dor ou desventura / leal / amico ——: amigo verdadeiro.
Provatòre, s. m. e adj. provador; probatório.
Provatúra, s. f. queijo fresco, da região do Lácio, feito com leite de búfala / moçarela (em ital. mozzarella).
Provaziòne, s. f. (ant.) prova.
Provecciàre, s. f. (ant.) prover / aproveitar-se.
Provènda, s. f. provenda, provisão de víveres; vitualhas.
Proveniènte, p. pr. e adj. proveniente, que provém, procedente; oriundo.
Proveniènza, s. f. proveniência; procedência, origem / dimanação.
Provenìre, v. provir, proceder, derivar, dimanar, resultar; originar-se.
Provènto, s. m. provento; proveito, lucro; rendimento.
Provenúto, p. p. e adj. provindo; que proveio; derivado; procedente, originário.
Provenzàle, adj. provençal, relativo à Provença, que é da Provença (histórica região da França) / (s. m.) provençal, habitante da Provença; a língua provençal.
Provenzaleggiànte, p. pr. adj. e s. imitante à poesia provençal.
Provenzalèsco, adj. (depr.) provençalesco.
Provenzalismo, s. m. provençalismo.
Provenzalìsta, s. m. provençalista, estudioso do provençal antigo.
Provenzalmènte, adv. à maneira provençal.
Proverbiàccio, s. m. (depr.) provérbio feio.
Proverbialmènte, adv. proverbialmente.
Proverbiàre, v. proverbiar; caçoar, mofar, escarnecer, avisar, advertir.
Provèrbio, s. m. provérbio; máxima ex pressa em poucas palavras; sentença.
Proverbiòso, adj. (rar.) proverbioso, cheio de provérbios.
Proverbìsta, s. proverbista; colecionador de provérbios; estudioso ou amigo dos provérbios.
Proverbiúccio, s. m. (depr.) proverbiozinho.

Provêse, adj. da proa, relativo à proa (mar.) / (s. m.) cabo de proa / remador de proa.
Provêtta, s. f. provinha, pequena prova / (mús.) prova de ópera com o acompanhamento do quarteto / (quím.) tubo de ensaio.
Provètto, adj. provecto, adiantado em anos / experimentado, muito sabedor, consumado; (fig.) instruído, perito numa arte ou ciência; destro, experimentado.
Proviànda, s. f. (mil.) provenda, provisão (de víveres).
Provicariàto, s. m. provicariato, cargo e dignidade de provigário.
Provicàrio, s. m. provigário / (ecles.) investido nas funções de vigário.
Província, s. f. província; a mais extensa circunscrição administrativa da subdivisão da Itália; região / qualquer localidade em confronto com as grandes cidades / vado a riposare in ————: vou descansar na província (de quem sai de uma grande cidade e vai para outra menor) / (pl.) **province**.
Provincialàccio, s. m. (depr.) provinciano, no sentido pejorativo de indivíduo acanhado e de maneiras rudes; caipira (brasil.).
Provincialàto, s. m. provincialato; provincialado.
Provinciàle, adj. e s. m. provincial / provinciano.
Provincialísmo, s. m. provincialismo / voz ou maneira de falar própria de provinciano.
Provincialmênte, adv. provincialmente; provincianamente.
Províno, s. m. provete, aerômetro / pequeno morteiro para experiências / proveta, vaso graduado para medição de líquidos / qualquer utensílio que serve para provar.
Provocàbile, adj. provocável, que se pode provocar.
Provocamênto, s. m. (rar.) e **provocazióne**, s. f. provocação, ato ou efeito de provocar / tentação / insulto.
Provocânte, p. pr. e adj. provocante, que provoca; provocador; procaz / que estimula.
Provocantemênte, adv. provocantemente, procazmente.
Provocàre, v. provocar, excitar, incitar, animar / estimular / ofender.
Provocatamênte, adv. (ant.) provocantemente, com provocação.
Provocatívo, adj. provocativo, provocante.
Provocatôre, s. m. (**provocatrice**, f.) provocador, provocante / **agente** ————: aquele que provoca desordem por mando do governo.
Provocazióne, s. f. provocação; ato e efeito de provocar / desafio.
Pròvola, s. f. (nap.) queijo fresco.
Provolône, s. m. queijo gordo e picante, do formato de uma bola; provolone (ital. do sul do Brasil).
Provòsto, s. m. (ant.) pároco.
Provvedêre, v. prover, providenciar acerca de; dispor, ordenar, regular; dar providências; fornecer; abastecer; munir; dotar; nomear para uma função.
Provvedêrsi, v. abastecer-se, fornecer-se; munir-se do necessário.

Provvedimênto, s. m. disposição, determinação, providência, remédio, recurso / **bisogna prendere i provvedimenti necessári**: é preciso tomar as providências necessárias / (ant.) prudência.
Provveditoràto, s. m. provedoria, cargo e jurisdição de provedor.
Provveditôre, s. m. (**provveditrice**, f.) provedor / chefe de uma administração escolar.
Provveditoría, s. f. (p. us.) provedoria.
Provveditúra, s. f. (hist.) governo da Dalmácia sob o domínio de Veneza.
Provvedutamênte, adv. providentemente, cautelosamente.
Provvedúto, adj. provido; munido, abastecido; fornecido; providenciado.
Provvidamênte, adv. providamente, de modo próvido; providentemente.
Provvidentemênte, adv. providentemente: de modo providente.
Provvidènza, s. f. providência; a suprema sabedoria atribuída a Deus / solicitude, bondade para prover os outros do que necessitam; amparo, auxílio, socorro / disposição dos meios para consecução de um fim / (hist.) **diálogo delle Divina** ————: diálogo de Santa Catarina de Siena.
Provvidenziàle, adj. providencial, que vem da providência; que produziu resultados benéficos / **fu un uòmo** ————: foi um homem providencial (benéfico).
Provvidenzialmênte, adv. providencialmente.
Pròvvido, adj. próvido, providente, cuidadoso; prudente; acautelado; sagaz.
Provvigióne, s. f. comissão, percentagem que um intermediário (pracista, viajante, corretor banqueiro, etc.) cobra ou recebe por determinada operação.
Provvisionàle, adj. provisional, relativo a provisão / (s. f.) (jur.) quantia que se paga a título provisório antes que se apure qual o total a pagar; cláusula provisional.
Provvisionàre, v. provisionar; aprovisionar; munir; abastecer; prover de víveres, etc.
Provvisióne, s. f. provisão, conjunto de coisas necessárias ou úteis para consumo; provimento, abastecimento / salário, comissão, percentagem / (ant.) providência.
Provvisionière, ou **provvisionière**, adj. e s. m. provisioneiro, aquele que faz ou fornece provisões; provedor, abastecedor.
Provvisoriamênte, adv. provisoriamente; temporariamente.
Provvisorietà, s. f. provisoriedade; qualidade do que é passageiro, transitório.
Provvisòrio, adj. provisório, transitório, temporário.
Provvista, s. f. provisão, abastecimento / aquisição de coisas necessárias, especialmente para a família.
Provvisto, s. m. (ant.) improvisação.
Provvisto, p. p. e adj. provido; abastecido; munido / providenciado.
Prozia, s. f. tia do pai ou da mãe.
Prozio, s. m. tio do pai ou da mãe.
Prúa, o mesmo que **pròra**, s. f. proa (mar.).

Prudènte, adj. prudente, cauteloso / avisado, circunspecto / sagaz, discreto.
Prudentemènte, adv. prudentemente.
Prudènza, s. f. prudência; virtude que faz fazer e praticar o que convém; moderação; cautela; juízo; circunspecção.
Prudenziàle, adj. prudencial, que indica prudência; precaucional, preventivo.
Prudenzialmènte, adv. prudencialmente.
Prudènzio (lit.) Prudêncio, poeta latino espanhol.
Prúdere, v. prurir, sentir puridos; ter comichões, ter vontade de / (fig.) —— le mani: sentir vontade de bater em alguém.
Pruderie (fam.) s. f. melindre.
Prudòre, s. m. prurido, comichão; prurigem.
Pruèggio, s. m. (mar.) direção da proa contra o vento.
Prueggiàre v. proejar / o oscilar da proa.
Prúgna, s. f. abrunho; ameixa.
Prúgno, s. m. (bot.) abrunheiro, planta do gênero das ameixeiras.
Prúgnola, s. f. (bot.) abrunho; abrunheira.
Prugnolàia, s. f. abrunhal, campo plantado de abrunheiros.
Prúgnolo, s. m. abrunheiro bravo.
Prugnòlo, s. m. abrunho.
Prúgnolo, s. m. (bot.) cogumelo comestível da família dos agáricos.
Pruína, s. f. (lit. e poét.) geada / pó / camada fina de cera vegetal branca que cobre a epiderme de certas frutas.
Prunàia, s. f. e **prunàio**, s. m. sarçal, silvado, espinhal.
Prunàlbo, ou **biancospino**, s. m. espinheiro branco.
Prunèlla, s. f. prunela, tecido de lã, seda ou algodão, muito forte / (bot.) prunela, erva-férrea, medicinal.
Prúno, s. m. (bot.) espinheiro, abrunheiro bravo / espinho do abrunheiro / (fig.) star sui pruni: estar sobre espinhos / estar numa situação incômoda; não ter sossego.
Prunòso, adj. espinhento, espinhoso.
Pruòva, s. f. (ant.) prova.
Purígene, s. f. (lit.) prurigem, prurido.
Pruriginôso, adj. pruriginoso, que causa prurido ou comichão / (fig.) irritante.
Prurire, v. (ant.) prurir.
Prurito, s. m. prurido; comichão / (fig.) desejo ardente; vontade forte; excitação; impaciência.
Prussiàna, s. f. espécie de casaco comprido, de homem.
Prussiàno, adj. prussiano, da Prússia / (s. m.) habitante da Prússia.
Prussiàto, s. m. (quím.) prussiato, gênero de sais produzidos pelo ácido prússico.
Prússico, adj. prússico, ácido cianídrico.
Psàllere, v. (lat. ecles.) cantar salmos de Davi.
Psaltèro, s. m. (ant.) saltério.
Psammografia, s. f. estudo das areias.
Psammíte, s. f. psamito, argila granulosa dos terrenos fossilíferos.
Psatiròsi, s. f. psatirose, fragilidade mórbida dos ossos.

Pselafobia, s. f. repugnância mórbida de tocar em certos objetos.
Psèudo, prefixo: pseudo, falso.
Pseudocacia, s. f. (bot.) pseudo-acácia, falsa-acácia.
Pseudartrósi, s. f. (med.) pseudoartrose.
Pseudocàrpo, s. m. (bot.) pseudocarpo.
Pseudodottòre, s. m. falso doutor, doutor sem título.
Pseudoestesía, s. f. pseudoestesia.
Pseudofilosofía, s. f. pseudo-filosofia.
Pseudoletteràto, s. m. pseudo literato.
Pseudología, s. f. (med.) tendência à mentira.
Pseudomembràna, s. f. (med.) pseudomembrana.
Pseudomòrfo, s. m. pseudomorfo; que tomou aspecto de outro (geol.)
Pseudoneuròtteri, s. m. pl. (zool.) pseudonerópteros, ordem de insetos.
Pseudònimo, s. m. pseudônimo, nome falso ou suposto.
Pseudopòdio, s. m. (fisiol.) pseudopódio ou pseudópode.
Pseudoprofèta, s. m. pseudoprofeta; falso profeta.
Pseudosimmetría, s. f. pseudo-simetria (miner.).
Psi! Psi! interj. psiu!
Psicagogía, s. f. psicacogia; educação do espírito.
Psicanàlisi, s. f. psicanálise, análise psíquica.
Psicastenía, s. f. psicastenia; fraqueza intelectual.
Psíche, s. f. (lit.) psique; a alma; o começo da vida; manifestação do espírito pensante / (mit.) jovem amada por Heros / (zool.) borboleta.
Psichiàtra, ou **psichiàtro**, s. m. psiquiatra.
Psichiatría, s. f. psiquiatria.
Psichiàtrico, adj. psiquiátrico.
Psíchico, adj. psíquico, da psique.
Psichismo, s. m. (filos.) psiquismo.
Psicología, s. f. (filos.) psicologia.
Psicologicamènte, adv. psicologicamente.
Psicologísmo, s. m. psicologismo.
Psicologísta, s. m. psicologista, sequaz do psicologismo.
Psicòlogo, s. m. psicólogo, que ensina psicologia; tratadista de psicologia.
Psicomanzía, s. f. psicomancia.
Psicometría, s. f. psicometria.
Psicòmetro, s. m. psicômetro, instr. para medir as qualidades morais e intelectuais.
Psiconomía, s. f. psiconomia, doutrina das leis que governam as almas.
Psicopatía, s. f. psicopatia, doença mental.
Psicopàtico, adj. psicopático, afetado por moléstia psíquica.
Psicopatología, s. f. psicopatologia.
Psicòsi, s. f. psicose, anormalidade mental.
Psicoterapía, s. f. psicoterapia.
Psicròmetro, s. m. psicrômetro, instr. para medir a umidade do ar.
Psillío, ou **psillo**, s. m. (bot.) psilógino.
Psilòsi, s. f. psilose, queda dos pelos; alopecia.
Psilòtro, s. m. depilatório.
Psíttaci ou **psittácidi**, s. pl. psitacídeos, família das aves que compreende as araras e os papagaios.

Psitacismo, s. m. psitacismo; estado de irreflexão que faz repetir as vozes como os papagaios.
Psittacòsi, s. f. psitacose, psitacismo; doença que ataca os papagaios e periquitos.
Psoriasi, s. f. psoríase, inflamação crônica da pele.
Psorico, adj. psórico, relativo à psoríase.
Pss! psst! interj. psiu!
Ptàrmica, s. f. (bot.) ptármica, planta da família das compostas.
Pterígio, s. m. pterígio, formação de uma prega na conjuntiva ocular / pequena membrana que se extrai da unha.
Pterigoídeo, adj. (anat.) pterigóideo: canale ———.
Pterodàttilo, s. m. pterodátilo, réptil fóssil.
Pteròide, s. m. pteróide, peixe do oceano índico.
Pteròpodi, s. m. (pl.) pterópodes, moluscos hermafroditas, ovíparos.
Pterosàuri, s. m. (pl.) pterossauros.
Ptialína, s. m. ptialina, fermento da saliva que hidrolisa o amido.
Ptialísmo, s. m. ptialismo, secreção abundante da saliva.
Ptilòsi, s. f. ptialose, maltose produzida pela ação da ptialina nas extremidades das pálpebras.
Ptomaína, s. f. ptomaína; a parte putrefata de qualquer organismo / toxina.
Ptòsi, s. f. ptose; queda da pálpebra / deslocação de um órgão pelo afrouxamento dos seus meios de fixidez.
Pubblicàbile, adj. publicável, que pode publicar-se.
Pubblicamènte, adv. publicamente.
Pubblicàno, s. m. publicano, cobrador das taxas públicas, no tempo dos romanos / (fig.) traficante sem escrúpulos.
Pubblicàre, v. publicar; divulgar; tornar público, notório; dizer publicamente / editar, publicar, dar uma obra à luz.
Pubblicàto, p. p. e adj. publicado; divulgado; difundido; apregoado; impresso; editado.
Pubblicatôre, s. m. (**pubblicatrice**, f.) publicador, o que publica.
Pubblicaziône, s. f. publicação, ação de publicar, de declarar publicamente / publicação, ato de fazer aparecer um ilvro e de o pôr à venda / **in corso di** ———: no prelo.
Pubblicísta, s. f. publicista, o que escreve sobre direito público / jornalista; periodista.
Pubblicità, s. f. publicidade, caráter do que é público; notoriedade pública / publicidade, propaganda / reclame.
Pubblicitàrio, adj. e s. m. publicitário; (s. m.) propagandista, agente de publicidade.
Púbblico, adj. público, que pertence a todos, que é para uso de todos / público, que diz respeito ao governo do país / que é conhecido de todos: notório / (s. m.) o povo em geral / a gente que assiste a um espetáculo, conferência, etc. / os transeuntes.
Pùbe, s. m. (anat.) púbis; parte infero-anterior do osso ilíaco.
Pùbere, adj. (lit.) púbere, que chegou à puberdade.

Pubertà, s. f. puberdade / idade em que a lei permite o casamento.
Pubescènte, adj. (bot.) pubescente / púbere.
Públio, n. pr. rom. Públio.
Pùbico, (pl. **pùbici**) adj. (anat.) púbico.
Pubiotomía, s. f. pubiotomia, secção (corte) da articulação pubiana ou da própria pube.
Puddellàre, v. ação de submeter a pudlagem a gusa.
Puddellatúra, pudellaziône, s. f. pudlagem, operação que tem por fim afinar a gusa, para a transformar em ferro ou aço.
Puddínga, s. f. (geol.) pudim ou pudingue, conglomerado rochoso cujos elementos são calhaus ou outros fragmentos rolados.
Pudènda, adj. (lit.) pudenda.
Pudêndo, adj. (anat.) pudendo.
Pudibôndo, adj. pudibundo, que tem pudor; que se envergonha; que se escandaliza facilmente.
Pudicamènte, adv. pudicamente; de modo pudico; costamente; recatadamente.
Pudicízia, s. f. pudicícia / pudor; inocência; castidade; honestidade.
Púdico, adj. pudico; casto e moderado nos costumes; honesto; casto / recatado, esquivo.
Pudôre, s. m. pudor; sentimento de timidez e vergonha, produzido pelo que pode ferir a decência / seriedade, pundonor, recato.
Puericoltúra e **puericultúra**, s. f. puericultura.
Puericoltôre, s. m. puericultor.
Puerìle, adj. pueril, infantil, frívolo, leviano / (fig.) simples, tolo.
Puerilità, s. f. puerilidade; criancice; frivolidade.
Puerilmènte, adv. puerilmente, de um modo pueril.
Puerízia, s. f. puerícia; idade pueril (entre a infância e a adolescência).
Puèrpera, s. f. puérpera; mulher parturiente.
Puerperàle, adj. puerperal.
Puerpèrio, s. m. puerpério; período do parto.
Puf, s. m. gancho ou mola que servia para suspender as vestes femininas.
Puff! interj. puf! expressão de nojo ou repugnância / voz imitativa do rumor de um golpe.
Puffíno, s. m. gaivota.
Pugiàre, adj. pugilático, relativo ao pugilato.
Pugilàto, s. m. pugilato; luta a golpes de punho.
Pugilatôre, s. m. pugilista.
Púgile, s. m. pugilista; púgil, atleta.
Pugilística, s. f. pugilismo, boxe.
Pugillàri, s. m. pl. (hist.) pugilares, tábuas enceradas, nas quais os antigos romanos escreviam.
Púgio, s. m. punhal sem bainha dos imperadores romanos.
Pùglia, s. f. fichas para jogo / jeton.
Pùgna, s. f. (poét.) pugna, ato de pugnar; peleja, combate; briga / polêmica.
Pugnàce, adj. pugnace ou pugnaz, que pugna, que tem tendências belicosas; combativo.

Pugnacemênte, adv. pugnazmente; com pugnacidade.
Pugnalàre, v. apunhalar, ferir, matar com o punhal.
Pugnalàta, s. f. punhalada, golpe de punhal.
Pugnalàto, p. p. e adj. apunhalado; ferido, morto com o punhal.
Pugnalatôre, s. m. apunhalador; o que apunhala.
Pugnàle, s. m. punhal.
Pugnalètto, pugnalíno, s. m. (dim.) punhalzinho.
Pugnalòtto, s. m. punhal curto.
Pugnàre, v. (poét.) pugnar; lutar; combater.
Pugnatôre, s. m. (**pugnatríce**, f.) pugnador, que pugna.
Pugnello, s. m. (dim.) punhozinho; pequeno punho / o que pode conter uma mão fechada; punhado.
Pùgnere, (ant.) o mesmo que **púngere**, v. pungir, picar; castigar; verberar; incitar / irritar.
Pugnereccio (ant.) adj. que punge, pungente.
Pugnerèllo, s. m. punhadinho.
Pugnettíno, pugnêtto, s. m. (dim.) punhozinho / (anat.) região do pulso, do carpo.
Pugnímetro, s. m. instrumento para medir a força muscular.
Pugníno, s. m. (dim.) punhozinho; punho de criança.
Pugnitòpo, ou **pungitòpo**, s. m. planta perene, silvestre, da família das asparagíneas.
Púgno, s. m. punho, a mão fechada; golpe dado com o punho / o que pode conter a mão fechada / mão; **tenere in** ———: ter em seu poder, possuir / **venire ai pugni**: esmurrar-se / **è come dare un** ——— **in cielo**: trabalho inútil / **prese un** ——— **di môsche**: sair de mãos vazias num negócio qualquer / **sottoscrisse di suo** ———: subscreveu de próprio punho.
Pugnolàre, v. (ant.) pungir, picar.
Pugnuòlo, Pugnessòlo, s. m. dim. punho pequeno.
Puh! interj. puh!, voz designativa de nojo ou desprezo.
Púla, o mesmo que **lóppa**; s. f. folhelho.
Pùlce, s. f. pulga, inseto díptero / **gente noiosa come le pulci**: gente molesta como as pulgas / **occhi di** ———: olhos pequenos.
Pulcèlla (ant.), o mesmo que **pulzèlla** / (fr. **pucelle**), s. f. (lit.) donzela, virgem, moça; jovem / **la** ——— **d'Orleans**: Joana D'Arc.
Pulcellôna, ou **pulzellôna**, s. f. velha solteirona.
Pulcesècca, s. f. sinal de belisco; beliscadura / puxão, arranco ao cortar o cabelo.
Pulcêtta, pulcettína, s. f. (dim.) pulguinha.
Pulchèrrimo, adj. pulquérrimo.
Pulciàio, s. m. pulguedo, sítio onde há muitas pulgas / (fig.) lugar sujo; ninho de pulgas.
Pulcinàio, s. m. lugar onde há muitos pintos; (fig.) lugar onde há muitas crianças.
Pulcinèlla, s. m. polichinelo, personagem ridículo da comédia popular napolitana / (fig.) homem leviano, sem dignidade; papalvo, tolo; títere / **è un** ———: homem sem palavra.
Pulcinellàta, s. f. arlequinada, palhaçada; bufonaria.
Pulcinellotto, s. m. máscara de polichinelo.
Pulcíno, s. m. pinto; pintinho; pintainho.
Pulciôso, adj. pulguento; cheio de pulgas.
Púlcro (ant.) adj. pulcro, formoso.
Puledrêtto, puledríno, s. m. (dim.) potrinho.
Pulêdro, polêdro, e pollêdro, s. m. poldro; cavalo, asno ou mulo novo; potro.
Puledrône, puledròtto, s. m. (aum.) potro grande.
Puledrùccio, s. m. (dim. e deprec.) potreco, potranco; potro de pouco valor.
Pulêggia, s. f. (mec.) polé, roldana, maquinismo com uma roda girante, de ferro ou madeira.
Puleggína, s. f. (dim.) roldana, polé pequena.
Pulecciôna, s. m. (aum.) roldana grande.
Pulenda, s. f. (pop.) polenta.
Pulêggio, s. m. (hist.) caminho, trecho de mar / (bot.) poejo; menta romana.
Pùlica ou **pùliga**, s. f. borbulha, bolha na substância do vidro, etc.
Pulicària, s. f. (bot.) pulicária, gênero de plantas das compostas.
Pulimentàre, v. polir, polimentar; dar polimento a um trabalho.
Pulimênto, s. m. polimento; polidura, aperfeiçoamento.
Pulire, ou lit. **polire**, v. polir, limpar, assear / lustrar, tornar luzidio: brunir; alisar, desbastar, aperfeiçoar, corrigir.
Pulisciorêcchi, s. m. limpa-orelhas.
Puliscipênne, s. m. limpa-penas (penas de escrever).
Puliscipièdi, puliscìscàrpe, s. m. capacho, tapete de cerda ou material semelhante, onde se limpam as solas dos calçados sujos de lama.
Pulìta, s. m. limpadela, polimento, polidura; limpeza.
Pulitamênte, adv. limpamente, de modo limpo / (fig.) magistralmente, sem causar dano.
Pulitêzza, s. f. limpeza, qualidade de limpo, de asseado; brilho, polidez de madeira ou de mármore brunido.
Pulítino, adj. (dim.) pulcro.
Pulito, p. p. e adj. polido, limpo, asseado, sem mancha, puro / liso, lustrado, alisado, brunido / cortês, educado, gentil; honesto, correto, perfeito.
Pulitôccio, adj. fam. muito asseado.
Pulitône, adj. e s. m. (**pulitôna**, s. f.) exageradamente, ostentosamente asseado.
Pulitôre, s. m. (**pulitríce**, f.) polidor; limpador / (s. f.) instrumento que serve para limpar.
Pulitúra, s. f. limpeza, ato de limpar.
Pulizía, s. f. limpeza, asseio; ação de limpar / **far la** ——— **in un luogo**: fazer limpeza num lugar.
Pùllmann, s. m. pullmann, carro de luxo em estrada de ferro (do nome do inventor).

Pullover, s. m. (v. ingl.) malha sem botões; "pulover" / (ital.) farsetto, maglia.
Pullulamênto, s. m. (rar.) pululamento, pululação.
Pullolànte, p. pr. e adj. pululante.
Pullulàre, v. pulular; multiplicar-se rápida e abundantemente; brotar; nascer em grande número; abundar / fervilhar; ferver.
Pullulatívo, adj. pululativo.
Pullulazióne, s. f. pululação, ação ou efeito de pulular.
Pulmênto, s. m. comida / polenta.
Pulône, (ant.) fragmentos de palha.
Pulpitíno, s. m. (dim.) pulpitozinho; pequeno púlpito.
Pùlpito, s. m. púlpito, tribuna, nas igrejas, de onde pregam os oradores-sacros / **da che pulpito vien la predica!** de que púlpito vem o sermão! (fig.) pessoa que censura os outros mas não pensa nos próprios defeitos.
Pulsànte, s. m. (eletr.) botão de campainha elétrica; interruptor elétrico de pressão / (p. pr. e adj.) pulsante; pulsativo.
Pulsantíno, s. m. mola para mover os ponteiros dos relògios.
Pulsàre, v. pulsar; latejar / bater, palpitar.
Pulsàtile, adj. pulsátil; pulsativo.
Pulsatílla, s. f. pulsatila, anêmona selvática venenosa, usada em medicina.
Pulsativo, adj. pulsativo, que produz pulsações.
Pulsatòrio, adj. pulsatório; que bate.
Pulsazióne, s. f. pulsação, palpitação / (fís.) movimento vibratório dos fluidos elásticos.
Pulsímetro, s. m. pulsímetro, instrumento que registra as pulsações das artérias.
Pùlso, (ant.) adj. expulso.
Pulsône, (ant.) s. m. empurrão.
Pulsòmetro, s. m. pulsômetro / (mec.) aparelho que eleva a água pela pressão direta do vapor sobre o líquido.
Pulsoreattôre, s. m. pulsorreator, motor de reação de funcionamento intermitente.
Pultàcco, adj. (p. us.) pultáceo, que tem a consistência de papas.
Pultífago, s. m. (p. us.) comedor de sopas, de polentas.
Pulverulènto, adj. (bot.) poeirento / pulverulento.
Pulvinàre, s. m. pulvinar, leito dos imperadores / pulvinar, palanque imperial nos circos romanos.
Pulvínolo, s. m. (bot.) pulvínola, excrescência do talo; tumescência da base dos pecíolos.
Pulvis (lat.) pó, poeira.
Pulvíschio, (ant.) s. m. poeira fina.
Pulviscolàre, adj. pulveruloso; pulverulento.
Pulvíscolo, s. m. pó, poeira muito fina / (bot.) pulvísculo.
Pulzèlla, (v. **pulcèlla**), s. f. donzela.
Pulzellàggio, s. m. donzelice.
Pùma, s. m. puma, leão americano; onça parda; cuguardo (Felis concolor).
Puna, s. f. (esp.) puna, planalto frio da cordilheira dos Andes / (med.) mal-estar de que se sofre pela rarefação do ar nos lugares mais altos da Cordilheira dos Andes.

Punch e **púncio**, s. m. poncho, capa sem mangas, com uma abertura no meio, por onde se enfia a cabeça, usada na Am. do Sul / (beb.) ponche, poncho, mistura de chá, aguardente ou rum, com sumo de limão, açúcar, etc.
Pungèllo, s. m. (ant.) aguilhão.
Pungènte, p. pr. e adj. pungente, que punge; agudo; acerbo; áspero; amargo; ofensivo.
Pungentemênte, adv. pungentemente; mordazmente.
Pùngere, v. pungir; picar; incentivar; incitar / afligir, irritar; magoar, atormentar, admoestar, ferir / **il pugente stile della satira**: o ferino estilo da sátira.
Pungiglio (ant.), s. m. ferrão, aguilhão.
Pungiglióne, s. f. ferrão, aguilhão, dardo dos insetos / (fig.) estímulo, incentivo.
Pungiglióso, adj. (ant.) espinhento, espinhoso.
Pungimênto, s. m. ferroada; picada; puntura / estímulo, incentivo.
Pungitívo, adj. pungente, penetrante, pungitivo; mordente; ofensivo.
Pungitòio, s. m. punção, instrumento de metal que serve para picar ou furar.
Pungitòpo, s. m. brusco, gilbarbeira (planta).
Pungitúra, s. f. (rar.) ferroada; picada; puntura.
Pungolàre, v. aguilhoar, incitar; pungir moralmente, afligir.
Pùngolo, s. m. aguilhão, agulhada curta usada para tanger os bois; acúleo / (fig.) estímulo, incentivo.
Punibile, adj. punível, que pode ser punido; castigável.
Punibilità, s. f. punibilidade.
Puníceo, adj. puníceo / (poét.) vermelho-escuro.
Punimênto, s. m. (ant.) punição, castigo.
Pùnico, adj. púnico, cartaginês.
Puníre, v. punir, castigar, infligir pena a; aplicar correção.
Punitívo, adj. punitivo; que pune.
Puníto, p. p. e adj. punido; castigado.
Punitôre, adj. e s. m. punidor; castigador.
Punizióne, s. f. punição; ato ou efeito de punir; pena; castigo.
Pùnta, s. f. ponta, bico, extremidade aguçada de qualquer coisa / golpe, pontada, lançada / o princípio ou o fim de uma fila, de uma série; extremidade / pequena porção de qualquer coisa / ponta de bordado / (geogr.) extremidade de um cabo, de uma ilha, etc. / (vet.) parte extrema do casco do cavalo / desenho semelhante à água-forte / **pigliar la ——— il vino**: azedar-se o vinho.
Puntàccio, s. m. (pej.) ponto feio; ponto mal feito.
Puntaglia, s. f. (ant.) combate.
Puntagúzzo, adj. (p. us.) pontiagudo.
Puntàle, s. m. ponta metálica de certos objetos; ponta (de bengalas, etc.) / ——— **della nave**: pontal de embarcação (altura entre a quilha e a primeira coberta).
Puntamênto, s. m. (artilh.) pontaria.
Puntàre, v. fixar intensamente com o olhar / ——— **una dònna**: olhar fixamente uma mulher / pesar, fazer com-

pressão sobre um ponto / apoiar fortemente num lugar / **puntano i piedi al muro**: apóiam os pés no muro / apostar sobre um jogo / ——— **il due, il sètte**: apostar no dois, no sete; apontar o canhão, o fuzil / fixar para atirar / **puntare il cannone**: apontar o canhão / (jur.) ——— **un causa**: fixar o dia da discussão duma questão / estimular / (intr.) obstinar-se; aferrar-se, emperrar-se.
Puntarèlla, s. f. (dim.) pontazinha / parada, descanso / apoio.
Puntarèllo, punterèllo, s. m. (dim.) pontozinho / ponto baixo no jogo / classificação medíocre.
Puntaruòlo (v. **punteruolo**), s. m. punção.
Puntàta, s. f. pontada, pancada com ponta / aposta, parada, no jogo de baralho, etc. / (esgr.) estocada / folhetim, fragmento de romance ou de qualquer obra que se publica periodicamente em jornal.
Puntàto, adj. apontado, puxado / aprovado / dirigido / (mús.) pontado.
Puntatôre, s. m. apontador / apostador, jogador que aposta / (mil.) artilheiro.
Puntatúra, s. f. ato de apontar: pontaria / (mús.) pontuação das notas de música.
Punteggiamênto, ou **puntêggio**, s. m. pontuação, ato ou efeito de pontuar / pontuar um desenho, etc.
Punteggiàre, v. pontuar, pôr sinais de pontuação num escrito / fazer, dar os pontos em obra de costura ou bordado / pintar, desenhar por meio de pontinhos.
Punteggiàto, p. p. e adj. pontuado, marcado por meio de pontos / picotado, furado com pontos sucessivos segundo um traçado.
Punteggiatôre, s. m. (**punteggiatríce**, f.) que ponteia; que pontua.
Punteggiatúra, s. f. pontuação; ação e efeito de pontuar; conjunto dos sinais gráficos na escritura.
Puntêggio, s. m. contagem, cômputo dos pontos num jogo (geralmente partida esportiva).
Puntellàre, v. escorar, especar, firmar com escora / (sin.) sustentar, amparar, arrimar; confirmar.
Puntellàrsi, v. pr. escorar-se, firmar-se; trancar-se num lugar defendido com escoras / (fig.) suster-se, escorar-se.
Puntellàto, p. p. e adj. escorado; arrimado; firmado; sustido.
Puntellatúra, s. f. escoramento, ato ou efeito de escorar.
Puntellêtto, puntellíno, s. m. (dim.) escorazinha.
Puntèllo, s. m. pontalete, espeque, escora de madeira / (fig.) sustento, apoio, proteção.
Punterèlla, punterellìna, s. f. (dim.) pontazinha; pequena ponta.
Puntería, s. f. pontaria, ato de apontar; ato de assestar uma arma de fogo na direção da mira.
Punteruòlo, s. m. punção; instr. de metal para furar / (zool.) inseto coleóptero que ataca o trigo / gorgulho / arma insidiosa, semelhante ao estilete.
Punticolàre, adj. pontudo, pontiagudo.

Puntigliarsi v. refl. obstinar-se.
Puntíglio, s. m. obstinação, capricho, teima; birra; **un misto di** ———, **di rabbia e di capriccio**: um misto de birra, de raiva e de capricho.
Puntigliosàccio, s. m. (pej.) muito birrento.
Puntigliosamênte, adv. pontilhosamente, teimosamente.
Puntigliôso, adj. birrento, caprichoso, obstinado; pontilhoso.
Puntína, s. f. (dim.) pontinha, pontazinha / (pl.) **puntíne**: percevejos para papéis / preguinhos usados pelos sapateiros / macarrão para sopa.
Puntinísmo, s. m. (pint.) técnica de pontear ou colorir com pontinhos em lugar de dar pinceladas.
Puntíno, s. m. (dim.) pontinho, pequeno ponto / (loc. adv.) **a** ———: com exatidão, com precisão / **preparàto a** ———: preparado esmeradamente.
Puntiscrítto, s. m. iniciais do nome, monograma feito na roupa / marca. sinal.
Pùnto, s. m. ponto, furo, picada feita com agulha, ou sim. / sinal! ou mancha semelhante ao de uma picada de agulha / trabalho de bordado: **punto pisano, punto di Venèzzia**, etc. / sinal ortográfico nos escritos / unidade numeral usada no jogo / classificação escolar / (matem.) a grandeza considerada por abstração / (mús.) sinal que aumenta metade do valor de uma nota, quando colocado depois desta / mira; interesse / lugar, sítio determinado ou não / parte determinada duma superfície / tema; argumento; assunto / parte de um discurso, de um tema, de um livro / tempo marcado / ——— **di vista**: modo de ver ou de entender um assunto ou questão / ——— **morto**: sem solução / **essere in** ——— **di**: estar pronto, aparelhado a / **mèttere a** ———: regular uma máquina, um motor, etc. / **mettere al** ———: provocar alguém / **di** ——— **in bianco**: inesperadamente e sem titubeio / **di tutto** ———: inteiramente / **punto punto**: absolutamente nada / **né** ——— **ne pòco**: nem muito nem pouco, nada de uma vez.
Pùnto, p. p. e adj. picado, pungido: irritado.
Puntofrànco, s. m. lugar de fronteira ou de porto, livre de alfândega.
Puntolíno, s. m. dim. pontilho, pontozinho.
Puntône, s. m. pontão, draga de porto / (arquit.) tesoura que sustenta o teto / (fort.) saliência / (ant.) ponta de espada.
Puntuàle, adj. pontual, exato; preciso.
Puntualità, s. f. pontualidade, exatidão; diligência.
Puntualmênte, adv. pontualmente; exatamente; ponto por ponto.
Puntuazióne, s. f. pontuação, ato ou efeito de pontuar (ortog.).
Puntùnghero, s. m. ponto-húngaro, bordado de ponto de cruz.
Puntùra, s. f. puntura (ou punctura) ferida ou picada com punção ou objeto análogo / (fig.) dor aguda / (fig.) dito mordaz.
Punturètta, punturìna, s. f. (dim.) puncturazinha; pequena punctura.

Puntùto, adj. pontudo, que tem ponta; agudo, pontiagudo / (fig.) arguto, penetrante.

Punzecchiamênto, s. m. picada, bicada, ferroada, mordedura prolongada e repetida.

Punzecchiàre, v. picar, bicar, ferroar, morder, aguilhoar / (fig.) ofender, molestar, pungir, afligir com motejos pungentes.

Punzecchiàto, p. p. e adj. picado, ferroado, mordido / estimulado; tentado / molestado.

Punzecchiatúra, s. f. picada, ferroada / (fig.) ofensa, picada-indireta.

Punzecchío, s. m. picada, picadela continuada.

Punzonàre, v. puncionar ou punçar, marcar (gravar, marcar, cunhar) com o punção.

Punzonàto, p. p. e adj. marcado, gravado, cunhado, selado com punção.

Punzonatúra, s. f. cunhagem, marcação, gravação: puncionagem.

Punzône, s. m. (ant.) punção; instrumento para cravar, para marcar, para selar, para cunhar moedas, medalhas, letras, etc. / cunho; ornato, selo.

Punzonista, s. m. fabricante de punções, etc. / cunhador de moedas, etc.

Pùpa, s. f. boneca / menina, criança / (entomol.) crisálida, ninfa.

Pupàrio, s. m. casulo de inseto.

Pupàttola, s. f. boneca / menina de rosto redondo e corado como as bonecas / (fig.) mulher de rosto bonito mas inexpressivo / **é bellina, ma pare una** ———: e bonitinha, mas parece uma boneca.

Pupàzza, s. f. boneca.

Pupazzettare, v. desenhar, ilustrar com figuras de bonecos / ilustrar com caricaturas.

Pupazzêtto, s. m. pequeno fantoche; boneco, títere / silhueta, caricatura.

Pupàzzo, s. m. boneco, títere, fantoche.

Pupìlla, s. f. (anat.) pupila (dos olhos) / (fig. fam.) a coisa, a pessoa mais querida.

Pupillàre, adj. pupilar, de pupila.

Pupillétta, pupillìna, s. f. (dim.) pupilazinha.

Pupìllo, s. m. **pupilla**, s. f. pupilo, pupila, menor que depois da morte dos pais fica sob a tutela de outros / (fig.) ingênuo, simplório.

Pupo, s. m. (dial. rom.) criança, menino / **come ti erudisco il pupo** (Locatelli): como instruo o menino / (pl.) **pupi**: marionetes, títeres do teatro de fantoches.

Pùppola, s. f. protuberância da oliveira.

Pura, n. pr. f. Pura.

Puramênte, adv. puramente; simplesmente; sem malícia / unicamente; absolutamente.

Purchê, conj. dado o caso; contanto que; com tal que.

Purchessía, adj. qualquer: **dammi un libro** ———: dê-me qualquer livro.

Pùre, adv. e conj. também; todavia; não obstante: outrossim; ainda / **io gridavo,** ——— **non si moveva**: eu gritava; não obstante não se movia / **e pur si muòve** (Galileu): todavia se move / **fa venire lui**: faz vir também / **bèn ele** / **glièlo dissi** ——— **ieri**: disse-lho ainda ontem / dando mais força de expressão a uma afirmativa ou negação / **pur troppo è vero**: infelizmente é verdade / **pur ora**: agora mesmo / **c'èro pur io**: estava eu tambem / **non** ———: apenas.

Purèe, ou **purè**, s. f. (cul. fr.) purê, puréia, creme de batatas.

Purêzza, s. f. pureza; limpidez / tudo o que é claro, limpo, simples, elegante.

Pùrga, s. f. purgação, ato de purgar, purificar / medicamento purgativo / laxante.

Purgàbile, adj. purgável; que se pode purgar.

Purgagiône, s. f. e **purgamênto**, s. m. purgação, ato ou efeito de purgar.

Purgànte, p. pr. e adj. purgante, que purga / (ecles.) que expia, que paga as próprias culpas no purgatório / (s. m.) medicamento purgativo.

Purgàre, v. purgar; limpar, tirar as coisas más, as imundícies de qualquer coisa / (sin.) purificar / (fig.) expiar.

Purgàrsi, v. purgar-se, tomar um purgante / (fig.) justificar-se; purificar-se.

Purgàta, s. f. purgação, ação e efeito de purgar.

Purgatamênte, adj. castiçamente: **scrivere** ———.

Purgatêzza, s. f. pureza; casticidade: ——— **di stile**.

Purgativo, adj. purgativo, que tem a virtude de purgar / (fig.) expiatório.

Purgàto, p. p. e adj. purgado / limpo; expurgado; correto; puro, castiço / purificado.

Purgatòlo, s. m. receptáculo murado para limpeza da água pluvial das cisternas; desaguadouro.

Purgatôre, s. m. e adj. purgador; que purga / desaguadouro de águas pluviais.

Purgatòrio, s. m. purgatório; lugar onde se sofre; castigo; sofrimento; / (ecles.) lugar onde as almas dos mortos expiam as suas culpas, antes de irem para o céu / o cântico segundo da "Divina Comédia".

Purgatura, s. f. purgação / limpadura; limpeza.

Purgaziône, s. f. purgação, ato e efeito de purgar / (hist.) rito com o qual se purgavam os imundos / (ecles.) expiação dos pecados / (jur.) ——— **delle ipotèche**: liberação de um móvel de qualquer hipoteca / (fig.) expiação.

Purghètta, purghettína, s. f. (dim.) purgantinho; purgante brando.

Purgo, s. m. (téc.) lugar onde se purgam as lãs e os panos nas fábricas de tecidos / (burl.) **mettere in** ———: de notícias, esperar confirmação para poder crê-las.

Purificamênto, s. m. (lit. e rar.) purificação.

Purificànte, adj. purificante.

Purificàre, v. purificar; tornar puro; limpar de toda impureza; acrisolar; depurar / (ecles.) purificar dos pecados.

Purificàrsi, v. refl. purificar-se; tornar-se puro; depurar-se, clarificar-se um líquido, desinfetar-se um objeto, etc.

Purificàto, adj. purificado; tornado puro; limpado / santificado.
Purificatôio, s. m. sanguinho, paninho com que o sacerdote enxuga o cálice.
Purificatôre, adj. e s. m. purificador.
Purificaziõne, s. f. purificação / ablução segundo o rito religioso / —— **di una Chièsa**: cerimônia da consagração de uma igreja.
Púrim, s. m. (hebr.) Purim, festa religiosa dos hebreus, que se celebra para comemorar a libertação.
Purísmo, s. m. purismo, amor exagerado pela pureza de linguagem / afetação do linguajar purista.
Purísta, s. purista, que se atém ao purismo.
Puritá, s. f. puridade, pureza / pudicícia.
Puritanísmo, s. m. puritanismo, religião dos puritanos; exageração ou afetação de integridade de costumes.
Puritàno, adj. e s. m. puritano, calvinistas presbiterianos da Inglaterra e da Escócia / (fig.) quem afeta integridade de costumes, de princípios morais e políticos.
Púro, adj. puro; claro; límpido; franco; sereno; que não está misturado com outra matéria / sem alteração / puro, delicado; simples; sincero / verdadeiro, próprio / correto, isento de erros, de irregularidade / casto, puro, imaculado / simples, sincero / honesto; / correto, exato.
Purosàngue, s. m. puro-sangue, cavalo de raça.
Púrpura, s. f. púrpura hemorrágica, caracterizada por hemorragia cutânea.
Purpuràto, s. m. (quím.) purpurato, sal derivado do ácido purpúrico.
Purpúreo, adj. purpúreo, que tem cor de púrpura: vermelho.
Purpurína, o mesmo que **porporína**, s. f. purpurina, substância corante.
Purtròppo ou **pur tròppo**, adv. e interj. desventuradamente, infelizmente; que afirma ou confirma uma coisa com desgosto, mágoa / **è mòrto**: —— morreu, infelizmente / **è** —— **giunto**: chegou, desgraçadamente.
Purulènto, adj. purulento, cheio de pus ou que segrega pus.
Purulènza, s. f. purulência.
Purus Putus loc. lat. para qualificar o que conhece uma só matéria.
Pús, s. m. pus, líquido mórbido, resultante de uma inflamação.
Puseísmo, s. m. puseísmo, doutrina do teólogo inglês Pusey.
Puseísta, s. m. puseísta.
Pusignàre, v. comer depois da ceia.
Pusígno, s. m. (ant.) pitéu, gulodice que se come depois da ceia, e geralmente fora de hora.
Pusillànime, adj. pusilânime, tímido, medroso; covarde; poltrão.
Pusillanimemènte, adv. pusilanimemente.
Pusillanimitá, s. f. pusilanimidade; fraqueza; timidez; covardia; temor.
Pusillitá, s. f. pequenez; timidez; mesquinharia; tacanharia.
Pusíllo, adj. humilde; pequeno; mísero; mesquinho / pusilânime.
Pùsta, s. f. estepe da Hungria.

Pustèria, (e **postièrla**), s. f. (hist.) porta secreta nos muros das cidades ou dos castelos.
Pústola, ou **pústula**, s. f. pústula, pequena inflamação cutânea.
Pustolànte, adj. e s. m. de remédio que produz pustulas.
Pustolétta, **pustolettína**, **pustolína**, s. f. (dim.) pustulazinha; pequena pústula.
Pustolôso, adj. pustoloso, pustulento.
Putacaso, ou **puta caso**, adv. fam. por exemplo, dado o caso que, por hipótese / —— **se io morissi**: dado o caso que eu morresse.
Putàre, v. (ant.) supor; crer.
Putativamènte, adv. putativamente, de modo putativo; por suposição.
Putatívo, adj. (lit.) putativo, que se supõe ser o que não é; reputado; suposto; **padre** ——.
Putetàle, s. m. (arqueol.) puteal, bocal de poço; (ant.) parapeito de poço, com ornatos artísticos.
Putènte, p. pr. e adj. (rar.) fétido.
Putèra, s. f. planta criptógama, fedorenta, que cresce nas águas de pântano.
Pútido, adj. (lit.) fétido.
Putidôre, (ant.) s. m. fedor, fedentina.
Putifèrio, s. m. (pop.) barulheira, algazarra, confusão, vozearia, bagunça, tumulto.
Putíre, v. (lit. rar.) feder; exalar mau cheiro.
Putízza, s. f. (geol.) mofeta, exalação de anidrido carbônico.
Putolènte, s. (ant.) fétido.
Pútre, adj. (lit.) pútrido.
Putrèdine, s. f. podridão, putrefação; coisa putrefata / (fig.) corrupção; vício, dissolução, devassidão.
Putredinôso, adj. (rar.) putredinoso, em que há podridão; pútrido.
Putrefàre, e **putrefàrsi**, v. putrificar, putrefazer, fazer apodrecer / (fig.) viciar-se, corromper-se.
Putrefattíbile, adj. apodrecível, putrescível, que é suscetível de se putrefazer.
Putrefattívo, adj. putrefativo.
Putrefàtto, adj. putrefato; podre; corrupto; corrompido.
Putrefaziõne, s. f. putrefação; apodrecimento / (fig.) corrupção.
Putrèlla, s. f. viga ou vigota de ferro de duplo T.
Putrescènte, p. p. e adj. (lit.) putrescente.
Putrescènza, s. f. putrescência; putrefação.
Putrescíbile, adj. putrescível, suscetível de apodrecer.
Pudridàme, v. **putridume**.
Putridíre, v. putrefazer.
Putriditá, s. f. putridez; podridão.
Pútrido, adj. pútrido; podre; corrupto / (s. m. fig.) corrupção.
Putridúme, s. m. podridão; putrescência.
Putrilàgine, s. f. (p. us.) putrilagem, pus.
Putrilaginôso, adj. putrescente.
Putríre, v. (lit.) putrefazer.
Pútta, s. f. (ant.) menina; moça / mulher petulante, descarada.
Puttàna, s. f. (chulo) puta, meretriz.
Puttanàccia, s. f. (pej. chulo) meretriz ordinária.

Puttaneggiàre, v. exercer o meretrício / proceder como meretriz.
Puttanèlla, s. f. (dim.) prostitutazinha; meretriz jovem.
Puttanería, s. f. ação de meretriz.
Puttanêsco, adj. de meretriz, relativo a meretriz.
Puttanière, s. m. (vulg.) que freqüenta as meretrizes / (vulg.) mulherengo.
Puttaníle, adj. de meretriz: **aziône** ———: ação de meretriz.
Puttanísmo, s. m. meretrício, prostituição.
Puttería (ant.) s. f. criancice.
Puttína, s. f. menina.
Puttíno, (do veneto **putíno**) s. m. menino.
Pútto, s. m. menino / (lit.) termo de pintura e esc. / criança pintada ou esculpida; gênio; Cupido / (adj. ant.), descarado, desonesto: **gli occhi putti** (Dante).
Púzza, (dial.) s. f. fedor, fedentina.
Puzzacchiàre, v. (pop.) exalar fedor / começar a feder por efeito de putrefação.
Puzzàccio, s. m. (pej.) grande fedentina.

Puzzàre, v. feder, exalar mau cheiro.
Puzzerèllo, s. m. (dim.) fedorzinho, odor um tanto desagradável.
Puzzle, (v. ingl.) s. m. puzzle, jogo de paciência / (ital.)) **cruciverba.**
Pùzzo, s. m. fedor; fedentina; mau cheiro.
Púzzola, s. f. (bot.) variedade de fungo / (zool.) doninha; mamífero dos mustelídeos, que exala mau cheiro / (bot.) planta herbácea de folhas fedorentas.
Puzzolàna, (v. **pozzolàna**), s. f. pozolana.
Puzzolènte, ou **puzzolènto,** adj. fedorento, que exala mau cheiro; fétido.
Puzzolentemente, adv. fedorentamente; com fedor.
Puzzolènza, s. f. (ant.) fedentina, fedor / (bras.) fetidez.
Puzzône, s. f. fedorento, que exala fedor.
Puzzôre, s. m. (rar.) fedor grande.
Puzzóso, adj. (rar.) fedonho, fétido.
Puzzúra, s. f. (ant.) fedentina, fedor; sujeira.
P. V. (sigla) abreviatura de **piccota velocità,** pequena velocidade.

Q

(Q), s. m. e s. f. **q**, letra consoante (pron. **cu**), vogal, gutural; é a décima quinta do alfabeto italiano: é usada sempre seguida da vogal **u**, cujo som se junta ao da vogal seguinte numa só emissão de voz: **quota**, cota, **quadro**, **quindici** (quinze), etc. / dobra-se na palavra **soqquadro**; nos demais casos se reforça com c "**Acquiestare, Acqua**", etc...

Qua, adv. (sempre átono); aqui, cá, neste lugar: ——— **a Milano**: aqui em Milão; / **vieni** ———: vem cá / **da un anno in** ———: de um ano a esta parte.

Quàcquero, e mais raro **quàcchero**, s. m.; quacre, membro da seita religiosa desviada do puritanismo, fundada no século XVII; / **alla quàcquera**: sem-cerimônia alguma; com a máxima simplicidade / **quacquerìsmo** / s. m. (rel.) quacrismo.

Quaderlètto, (pop. tosc.) (v. **quadrelletto**).

Quadèrna, ou **quatèrna**, s. f. quaderna, combinação de quatro números no jogo da tômbola e no da loteria.

Quadernàccio, s. m. (pej.) caderno feio; livro no qual se fazem anotações de qualquer jeito; espécie de borrador.

Quadernàrio, adj. quaternário, composto de quatro unidades ou elementos / (s. m.) verso de quatro sílabas; estrofe de quatro versos; estância.

Quadernètto, quadernino, s. m. (dim.) caderninho.

Quadèrno, s. m. caderno; caderno escolar / (com.) livro para anotações do negociante; ——— **di cassa**: livro caixa de um negócio / (dim.) **quadernino, quadernetto**.

Quadernône, s. m. (aum.) cadernão, caderno grande.

Quadernùccio, s. m. caderninho escolar; / (depr.) caderno de pouco valor.

Quàdra, s. f. (ant.) quadrante, a quarta parte do círculo; a quarta parte do meridiano / (mar.) **vela** ———: vela quadrada / (loc. fig. fam. tosc.) **dar la** ———: escarnecer, zombar de alguém / (mar.) **veleggiàre alla** ———: velejar servindo-se de vela ou velas de forma quadrangular.

Quadràbile, adj. quadrável; que pode ser reduzido a quadrado.

Quadràccio, s. m. (pej.) quadro feio.

Quadragenàrio, adj. e s. quadragenário.

Quadragèsima, ou **Domènica di** ———: quadragésima, domingo de quadragésima.

Quadragesimàle, adj. quadragesimal, relativo ou pertencente à Quaresma; quaresmal.

Quadragèsimo, adj. num. (lit.) quadragésimo; em quadragésimo lugar.

Quadramènto, s. m. quadratura ou quadradura.

Quadrangolàre, adj. quadrangular, que tem quatro ângulos.

Quadrangolàto, adj. (ant.) quadrangulado.

Quadràngolo, adj. quadrangular / (s. m.) figura de quatro ângulos: quadrilátero.

Quadrànte, s. m. quadrante, a quarta parte da circunferência / mostrador de relógio e de outros instrumentos, como manômetros, bússola, etc. / moeda romana antiga de pouco valor / instrumento matemático para medição: sextante.

Quadràre, v. quadrar, dar forma quadrada a / multiplicar um número por si mesmo; elevar ao quadrado; estabelecer a área (de um terreno, etc.); formar um quadrado / (fig.) ——— **la testa**: habituar a raciocinar seriamente / (instr.) adaptar-se, ajustar-se, ser vantajoso, convir, condizer, agradar, quadrar, / **é un nome che gli quadra**: é um nome que lhe fica bem / **la sua compagnia non mi** ———: a sua companhia não me contenta.

Quadràro, adj. e s. mercador, vendedor de quadros.

Quadratamènte, adv. quadradamente, em forma quadrada.

Quadratìno, s. m. dim. quadradinho (tip.) / peça de base quadrada, de chumbo, que se emprega na composição tipográfica para abrir parágrafos ou determinar intervalos; quadratim.

Quadràto, adj. quadrado, feito ou reduzido à forma quadrada / (mil.) fileiras de soldados dispostas em quadrado / (fig.) pessoa espadaúda / (geom.) quadrilátero de lados iguais entre si e cujos ângulos são retos / (tip.) peça de metal fundida para fechar os espaços nas composições / (fig.) **uomo** ———: homens irrepreensível, íntegro.

Quadratône, s. m. (aum.) grande quadrado.

Quadratùra, s. f. quadratura, quadrado / aspecto de dois astros cujo intervalo corresponde a um quadrante / ——— **del círcolo**: relação exata do diâmetro com a circunferência / (fig.) coisa impossível: utopia.

Quadrèlla, s. f. (pl.) (ant.) dardos; flexas, setas.

Quadrellètto, quadrellíno, s. m. dim. pequeno ladrilho quadrado / pequeno objeto quadrado de qualquer material.

Quadrèllo, s. m. ladrilho de forma quadrada / ferro de ponta quadrangùlar / régua para riscar papel, etc. / (poét.) quadrelo, flecha de quatro faces.

Quadrería, s. f. coleção de quadros / galeria de pintura.

Quadrettàre, v. quadricular; desenhar, dividir em quadrículos.

Quadrettàto, p. p. e adj. desenhado e traçado em quadrículos: quadriculado.

Quadrettíno, s. m. dim.; quadrinho, pequeno quadro / pequena pintura ou pequeno desenho em quadro / (pl.) variedade de macarrão para sopa.

Quadrètto, s. m. dim. pequeno quadro, pintura, desenho, etc. / compartimento de um setor / pedaço de pano que se prega nas camisas, para reforço / quadriculo.

Quadrettúcio, s. m. (depr.) quadro medíocre / **quadri** — prefixo quadri-.

Quadricèllo, s. m. (arquit.) base, supedâneo, soco; pequeno pedestal.

Quadriciclo, s. m. quadriciclo, velocípede de quatro rodas.

Quadricípite, s. m. (anat.) quadricípite, músculo da coxa.

Quadricomía, s. f. (tip.) quadricromia.

Quadriennàle, adj. quadrienal.

Quadriènnio, s. m. quadriênio.

Quadrífido, adj. quadrífido, fendido ou dividido em quatro partes.

Quadrifogliàto, adj. (bot.) quadrifoliado, que tem quatro folíolos.

Quadrifòglio, adj. quadrifólio, que tem quatro folhas / (bot.) (s. m.) trevo de quatro folhas.

Quadrifôrme, adj. quadriforme, que apresenta quatro formas; que é de forma quadrada.

Quadrifônte, adj. quadrifonte, que tem quatro frontes; que tem quatro faces / epíteto de Jano.

Quadrífóro, adj. quadríforo, de quatro aberturas / (arquit.) (s. f.) janela ou abertura dividida em 4 partes.

Quadrifúlco, (pl. -chi) adj. quadrissulco / (zool.) que tem o pé dividido em quatro dedos.

Quadríga, s. f. (lit. hist.) quadriga, carro antigo puxado por quatro cavalos

Quadrígamo, adj. e s. m. quadrígamo, que teve ou que tem quatro mulheres.

Quadrigàrio, adj. quadrigário, de quadriga; (s. m.) condutor de quadriga; auriga.

Quadrigàto, s. m. (hist.) moeda romana de prata, com a figura de uma quadriga num dos lados.

Quadrigêmino, adj. quadrigêmio; de corpo quádruplo / quadrigeminado; **parto** ———: parto de quatro gêmeos.

Quadrigésimo, adj. (rar.) quadragésimo / (anat.) músculo da coxa.

Quadríglia, s. f. quadrilha, contradança; a música da quadrilha / grupo de quatro cavaleiros nos torneios medievais.

Quadrigliàto, s. m. pl. tecidos com desenhos em xadrez / jogo de cartas em quatro.

Quadríglio, s. m. jogo de baralhos no qual jogam quatro parceiros.

Quadrilàtero, s. m. quadrilátero, polígono de quatro lados.

Quadrilíneo, adj. figura geométrica de quatro linhas.

Quadrilíngüe, adj. escrito em quatro línguas / que fala quatro línguas.

Quadrilobàto, adj. quatrilobado, quadrilobulado.

Quadrilúngo, s. m. quadrilongo, quadrilátero quadrilongo.

Quadrilústre, adj. (lit.) de quatro lustros (ou vinte anos).

Quadrimèmbre, adj. quadrimembre, que tem quatro membros.

Quadrimestràle, adj. quadrimestral.

Quadrimèstre, adj. quadrimestre / (s. m.) o espaço de quatro meses.

Quadrimotôre, s. m. (aer.) quadrimotor.

Quadrino, s. m. quadrinho / (constr.) pastilha quadrada de cimento ou similar para pavimentos, revestimentos, etc.

Quadrinòmio, s. m. (alg.) quadrinômio.

Quadriparplegía, s. f. (med.) paralisia simultânea das quatro articulações.

Quadripartire, v. quadripartir; dividir em quatro.

Quadripartíto, p. p. e adj. quadripartido; quadrífido; dividido ou fendido em quatro partes iguais.

Quadripartizióne, s. f. (mat.) quadripartição, divisão em quatro partes.

Quadrirème, s. f. quadrirreme, antiga galera com quatro ordens de remos.

Quadrisíllabo, adj. e s. quadrissílabo.

Quadrísono, adj. de quatro sons.

Quadrívio, s. m. quadrívio, lugar onde se cruzam dois caminhos; encruzilhada / na Idade Média, divisão das artes liberais, que constituíam a base de todos os estudos naquela época.

Quàdro, adj. quadrado; polígono que tem quatro lados iguais / qualquer objeto que tem a forma ou a figura de um quadrado / pessoa espadaúda / (fig.) **testa quadrada**: pessoa de propósitos e raciocínios firmes /

(ant.) quadro / (s. m.) quadro; aquilo que tem quatro lados / painel; obra de pintura assente sobre moldura; prospecto, representação, memória, resenha, notícia, relação; grupo de soldados que formam a base de um batalhão, etc.; quadro de ginástica; divisão de peça teatral / cena, aspecto, panorama.

Quadrône, s. m. (aum.) quadrado grande / quadro grande.

Quadròtta, s. f. folha de papel quase quadrada / tela grossa / tijolo grande, quadrado / bloco de pedra ou de cimento para concreto.

Quadruccíni, s. m. (pl.) macarrão para sopa em forma de quadradinhos.

Quadrúccio, s. m. (depr.) quadro de pouco ou nenhum valor.

Quadrúmane, adj. e s. m. quadrúmano, que tem quatro mãos / **Quadrúmani** (pl.) quadrúmanos, ordem de mamíferos.

Quadrunviràto, s. m. (hist.) quadrunvirato, cargo de um quadrúnviro.

Quadrúnviro, s. m. quadrúnviro.

Quadrúpede, adj. e s. m. quadrúpede.

Quadruplicàre, v. quadruplicar, multiplicar por quatro / **Quadruplicàrsi**, v. quadruplicar-se, crescer quatro vezes mais.

Quadruplicato, p. p. e adj. quadruplicado.

Quadruplicaziône, s. f. quadruplicação.

Quadrúplice, adj. e **quàdruplo**, que é quatro vezes maior / que é formado de quatro partes.

Quadruplicità, s. f. quadruplicidade.

Quàdruplo, adj. e s. m. quádruplo, que é quatro vezes maior que outra coisa / (s.) quantidade quatro vezes maior.

Quàgga, s. m. (zool.) cuaga, eqüino africano, semelhante à zebra, espécie hoje quase desaparecida.

Quaggiú, adv. (lit.) cá abaixo, cá embaixo, aqui embaixo / **le cose di** ———: as coisas deste mundo, da Terra.

Quaggiúso, adv. (ant.) aqui embaixo.

Quàglia, s. f. (zool.) codorniz.

Quagliàbile, adj. coalhável, coagulável.

Quagliàia, s. f. rede para pegar codornizes.

Quagliamênto, s. m. coalhamento.

Quagliàre, v. coalhar, coagular.

Quagliàta, s. f. coalhada (de leite).

Quagliàto, p. p. e adj. coalhado, coagulado.

Quaglieràio, qüagliêre, s. m. assobio que se usa como chamariz na caça de codorniz.

Quagliêtta, Quagliettína, s. f. pequena codorniz.

Qual, apócope de **quale**, qual (em nenhum caso leva apóstrofe).

Qualche, adj. indef. (não tem pl.) algum, uns; umas; algumas; / qualquer; certo, certa / **da** ——— **anno**: de há alguns anos / **mandami libro**: manda-me um livro qualquer / **te lo dico con** ——— **riserva**: digo-te com certa reserva / **un** ——— **pretesto lo trova**: algum pretexto ele o acha (indica sempre parte relativamente pequena de coisas ou pessoas).

Qualchedúno, pron. alguém, qualquer, alguma pessoa / ——— **verrà**: alguém virá.

Qualcòsa, s. f. (tosc. fam.) algo, alguma coisa.

Qualcúno, pron. indef. alguém, alguma pessoa / **fra tanti, troverò** ——— **che m'aiuti**: entre tantos, acharei alguém que me ajude / usado também com o sign. de coisa / **farne qualcuna**: fazer algo de mau, fazer uma travessura / (fem.) **qualcuna** / não tem plural.

Quàle, adj. i qual, que / (pl.) **quali**, **quais** / (pron.) relativo, quase sempre precedido pelo artigo: **il male** (o qual, que); **la quale** (a qual, que); **le quali** (as quais, que); **quella ragazza é tale e** ——— **la sua sorèlla**: aquela moça é tal e qual a sua irmã; **ècco il libro del** ——— **ti ho parlato**: eis o livro de que te falei; **colui il** ———: aquele que; **qual più, qual meno**: qual mais, qual menos / (adv.) **quale** / (s. m.) **il male e il quanto**: a qualidade e a quantidade.

Qualífica, s. f. (neol. empr. em lugar de **qualificaziône**): qualificação / título.

Qualificàre, v. qualificar, atribuir um título ou uma qualidade a coisa ou pessoa; classificar.

Qualificaziône, s. f. qualificação; atribuição de uma qualidade.

Qualità, s. f. qualidade, o que constitui o modo de ser de pessoas ou coisas, natureza, essência, espécie, propriedade, virtude, dote, prenda, caráter, índole, título, categoria, nobreza, raça / disposição moral ou intelectual / (mod. adv.) **in** — **di segretàrio**: na qualidade de secretário.

Qualitativo, adj. qualitativo / (quím.) (f.) **análisi qualitativa**: análise qualitativa.

Qualménte, adv. como.

Qualòra, adv. de tempo: toda vez que, dado o caso que / ——— **ti piàccia**: dado o caso que te agrada.

Qualsía-si, qualsisia ou qualsivòglia, adj. qualquer / **ocorrèndo una** ——— **testimonianza**: necessitando uma testemunha qualquer.

Qualúnque, adj. (ind.): qualquer: **scommetterèi** ——— **cosa**: apostaria qualquer coisa / **uno** ———: um qualquer.

Qualvòta, adv. (ant.) cada vez que; toda vez que / **ôgni qualvòta glielo rammênto, piange**: toda vez que lho recordo, chora.

Quàndo, conj. e adv. quando; quando for o momento; no tempo em que; toda vez que: porque; ainda que; ——— **sará l'ora, scriverò**: quando for hora, escreverei / ——— **si parla bisogna guardare a chi si parla**: quando se fala é preciso olhar a quem se fala / (loc. adv.) **di in** ———: às vezes, de tanto em tanto / (s. m.) momento; quando / **il come e il** ———: o como e o quando.

Quandùnque, adv. (ant.) cada vez que (pron.) qualquer coisa.

Quanti, s. m. pl. (fís.) **teoria dèi quanti**: teoria dos quanta: teoria do físico alemão Planck, segundo a qual grandezas até então consideradas contínuas, por ex. a luz, o tempo, devem ser encaradas como divididas em partículas discretas e invariáveis.

Quàntico, adj. quântico, relativo aos quanta.

Quantità, s. f. quantidade, qualidade de tudo que é suscetível de aumento ou diminuição / quantidade, número, grande número, multidão.

Quantitativo, adj. quantitativo / (quím.) (s. m.) análise quantitativa / (com.) número de objetos; quantia / quantidade.

Quànto, adj. e pr. quanto: em número ou qualidade equivalente: que número, que quantidade de / **imparate ——— v'insegna il mastro**: aprendei quanto vos ensina o professor / **dimmi ——— ti devo dare**: dize-me quanto devo dar-te / **ci rivedremo ——— prima**: ver-nos-emos quanto antes / **——— avrà di patrimònio?**: quanto receberá de patrimônio? / (adv.) por quanto tempo / **——— prima**: quanto antes, sem demora / **quanto mai**, muitíssimo / **tanto o ———**: algo, pouco ou muito, mais ou menos / **né tanto né poco**: de nenhum modo.

Quantúnque, adv. embora, posto que, ainda que, se bem que / (ant.) (adj.) quanto, qualquer.

Quarànta, adj. num. quarenta / (s. m.) o número quarenta.

Quarantèna, s. f. quarentena, espaço de quarenta dias / (adj.) **quarentenne**: de quarenta anos, quarentão; **quarantènnio** (s. m.) período quarentenal.

Quarantèsimo, adj. num. quadragésimo, o último numa série de quarenta / (s. m.) a quadragésima parte de uma coisa.

Quarantía, s. f. (hist.), quarentia, tribunal ou Conselho dos Quarenta na República de Veneza.

Quarantína, s. f. quarenta, número de quarenta ou quantidade que se acerca aos quarenta: **esser nella ———**: ter cerca de quarenta anos.

Quarantíno, ou **quarantàno**, adj. que amadurece em quarenta dias.

Quarantône, s. f. (ecles.) quarenta-horas, festividade que se celebra expondo o SS. Sacramento em memória das horas que Jesus esteve no sepulcro.

Quarantottàta, s. f. (hist.) demonstração patriótica, impetuosa e ruidosa; quixotada.

Quarantottêsco, adj. relativo aos acontecimentos do ano de 1848 na Itália.

Quarantòtto, adj. num. quarenta e oito / (s. m.) **il quarantòtto**: o ano de 1848, que marca o início na Itália de numerosas sublevações políticas e começo da guerra pela independência.

Quarantunèsimo, num. quadragésimo primeiro.

Quàre (ant.) conj. porque.

Quarentína, s. f. (ant.) quaresma.

Quarêsima, s. f. quaresma.

Quaresimàle, adj. quaresmal.

Quaresimalísta, s. m. frade ou padre que prega na quaresma.

Quarnàle, ou **quarnàra**, s. f. (mar.): veleiro simples, com vela amarrada a quatro cordas.

Quárta, s. f. quarta, a quarta parte de qualquer coisa / (astr.) quarta parte da circunferência do círculo / arco do ângulo reto / (mús.) acorde que compreende um dos quatro graus da escala / última e maior dormida do bicho-da-seda / posição em quarta (na esgrima).

Quartabuòno, s. m. esquadro de madeira da figura de um triângulo isóscele retângulo usado pelos carpinteiros; esquadria.

Quartàle, s. m. quarta parte do salário de um músico ou ator.

Quartàna, s. f. quartã, diz-se de febre intermitente que se repete de quatro em quatro dias / (s. f.) febre intermitente ou quartã.

Quartanêlla, s. f. dim. febre quartã de caráter leve.

Quartàro, s. m. quartano; medida de capacidade que se usava para o vinho e o azeite.

Quartaròlo, s. m. antiga medida de capacidade de equivalência variável; atualmente, em Roma e lugares vizinhos, vale a quarta parte do barril romano (15 litros).

Quartàto, adj. quarteado; que tem os quatro quartos da nobreza (heráld.) / robusto, membrudo, espadaúdo.

Quartàvolo, s. m. tetravô, pai do trisavô.

Quartêtto, s. m. quarteto / (mús.) composição a quatro vozes ou a quatro instrumentos.

Quarticèllo, **quarticíno**, s. m. dim. pequeno quarto (quarta parte) de uma coisa qualquer / **un quarticínio d'ora**: um breve quarto de hora.

Quartieràto, adj. (ant. mar.) avultado, ancho, arredondado: **nave quartierata**.

Quartière, ou **quartière**, s. m. apartamento com diversos cômodos / bairro de uma cidade / quartel de soldados / (heráld.) cada uma das quatro partes em que se divide um escudo / (mar.) a árvore do navio com as respectivas velas e apetrechos / cada uma das três partes que dividem ao longo um navio / as quatro partes em que se divide o animal / (loc. fig.) (hist.) **dar ———**: dar quartel, conceder perdão aos vencidos / **chiedere ———**: pedir trégua, pedir mercê / **Quartier Latino**, bairro de Paris habitado por estudantes e gente alegre.

Quartieríno, s. m. dim. apartamento pequeno e elegante.

Quartiermàstro, s. m. (hist.): quartel-mestre, oficial encarregado dos serviços de administração num quartel de tropas.

Quartigliere, s. m. quarteleiro, soldado de serviço num quartel.

Quartína, s. f. quadra, estrofe de quatro versos.

Quartíno, s. m. garrafa que contém a quarta parte de um litro (de vinho) / (tip.) a quarta parte de uma meia-folha de papel / (mús.) pequeno clarinete.

Quartiròlo, s. m. variedade de queijo da região lombarda, de forma quadrada.
Quàrto, adj. num. quarto, que numa série tem o número quatro / (fig.) —— **potêre:** o jornalismo / (s. m.) quarta parte de um todo / quarto de animal sacrificado / **libro in** ——: livro em quarto, cujas folhas estão dobradas em quatro partes.
Quartodècimo, adj. num. ord. (lit. e rar.) décimo quarto.
Quartogênito, adj. e s. m. o quarto filho.
Quartúccio, s. m. quartilho, a oitava parte de um litro / medida de capacidade ainda usada em alguns lugares.
Quartúltimo, adj. e s. m. quarto antes do último.
Quarzífero, adj. quartzífero, que contém quartzo.
Quàrzo, s. m. (min.) quartzo.
Quarzôso, adj. quartzoso, da natureza do quartzo.
Quàsi, adv. quase, com pouca diferença, mais ou menos / cerca de; como se / **non c'è** —— **mai:** não está quase nunca / **è costato** —— **mille lire:** custou cerca de mil liras / **siamo** —— **malati:** estamos mais ou menos doentes / **è** —— **povero:** é quase pobre / (pl.) —— **nulla:** quase nada / (for.) trato, quase delito.
Quasímodo, s. m. (ecl.) Quasímodo, o primeiro domingo depois da Páscoa / (lit.) personagem do romance O Corcunda de Notre Dame de Victor Hugo / Salvatore Quasimodo, poeta italiano nascido em 1901, autor de **Acque e Terre; Giorno dopo Giorno; La vita non è sogno,** etc.; prêmio Nobel de Literatura de 1959.
Quassazióne, s. f. (farm.) quassação, redução de cascas ou raízes secas a fragmentos.
Quàssia, s. f. (bot.) quássia, gênero de plantas rutáceas.
Quassína, s. f. (quím.) quassina, princípio ativo da raiz da quássia.
Quássio, adj. lenho, raiz da quássia, empregada como tônico na medicina.
Quassú, adv. cá acima, cá em cima; aqui em cima / (ant.) **quassúso.**
Quatèrna, o mesmo que **quadèrna,** s. f. combinação de quatro números no jogo da tômbola e no da loteria.
Quaternàrio, adj. quaternário, que tem quatro partes ou unidades / (geol.) época, período quaternário / (s. m.) verso de quatro sílabas.
Quatriduàno, adj. (liter.) quadriduano; que abrange um quatríduo.
Quattamènte, adv. tacitamente, silenciosamente.
Quàtto, adj. calado, agachado, silencioso / **quàtto quàtto:** tacitamente, sorrateiramente.
Quattóne, ou **quattóni,** adv. sorrateiramente.
Quattordicènne, adj. e s. de catorze anos.
Quatordicèsimo, adj. (num.) décimo quarto / (s. m.) catorze, o número catorze: o décimo quarto dia; a décima quarta parte.
Quattôrdici, adj. num. quatorze ou catorze.
Quattordicisíllabo, s. m. verso de catorze sílabas, ou verso **martelliàno,** usado por Iácopo Martelli, de Bolonha.
Quattrinàio, adj. e s. m. ricaço, endinheirado; homem que tem muito dinheiro.
Quatrinèllo, quattrinúccio, s. m. dim. dinheirinho, diminutas quantias de dinheiro; pequena esmola.
Quattríno, s. m. pequena moeda de cobre antigamente usada em certos lugares da Itália; quatrim; ceitil, dinheiro em geral / —— **risparmiato, due volte guadgnato:** tostão economizado, é tostão ganho duas vezes / **non render l'utile dun** ——: não dar lucro algum / (pl.) **quattríni:** dinheiro, quantia; cobre, níquel, arame, gaita, grana, metal, etc.
Quàttro, adj. num. e s. m. quatro, duas vezes dois; quarto / o número quatro / **fare quattro chiacchere:** charlar, conversar / **essere** —— **gatti:** haver poucas pessoas.
Quattrocentêsco, s. m. quatrocentista; que é do século XV.
Quattrocènto, s. m. quatrocentos, o número quatrocentos / (hist.) **il sècolo** ——: o século XV; o movimento artístico e literário desse século, na Itália.
Quattrocromía, s. f. (tip.) quadricromia.
Quattromíla, adj. num. quatro mil.
Quatromillèsimo, adj. num. quarto milésimo; que numa série é o número quatro mil.
Quattrotèmpora, s. f. pl. (ecl.) as quatro têmporas.
Quêgli, pron. pess. m. (lit. por **quello** ou **colui),** ele, aquele / (adj.) v. **quello.**
Quei, adj. v. **quello** / (pron.) v. **quegli.**
Quel, adj. apóc. de **quello.**
Quella, adj. f. aquela, essa / —— **cosa:** aquela coisa / (pr. f.) ela, aquela, essa / **in** ——: nesse momento / (pl.) **quelle,** aquelas, essas.
Quêllo, adj. m. esse; aquele; indica pessoa ou coisa distante de quem fala ou de quem ouve / **è uno uomo diverso di quêllo che tu credi:** é um homem diferente do que tu pensas / usado antes de S. impuro ou Z: **quello studente, quello zio** / elide-se antes de vogal: **quall'ucello** / antes de consoante se apocopa: **quell gatto** / usado também para chamar uma pessoa com um nome genérico em vez de com o próprio: **ehi, quel giovine, potreste dirmi a che ora parte il treno per Palermo?** / (pl.) **quei** (us. antes de consoante menos S impuro e Z) **quegli studenti, quegli amici** / (pron. pess.) aquele, esse, ele; (fem.) aquela, essa, ela / (pl.) **quelli:** aqueles / —— **di Milano:** os de Milão, os milaneses.
Quèrce, (pl. **querci**) s. f. (bot.) carvalho.
Quercêta, s. f. o mesmo que **quercêto,** (s. m.) carvalhal, mata de carvalhos.
Quercêtico, adj. quércio, ácido extraído do carvalho.

Quercetína, s. f. quercitina, substância extraída de uma espécie de carvalho.
Quercêto, s. m. carvalhal.
Quèrcia, s. f. carvalho, árvore da família das fragáceas / **forte come una** ——: forte como um carvalho.
Quercifòlia, s. f. borboleta noturna comum na Itália.
Quercíno, adj. (lit. e rar.) de carvalho; carvalheira.
Querciône, s. m. (aum.) carvalho grande; carvalho velho.
Quercíte, s. f. (quím.) quercite, matéria sacarina encontrada na glande do carvalho.
Quercitrína, s. f. quercitrina, substância corante de uma espécie de carvalho.
Querèla, s. f. querela, queixa; lamento / queixa em juízo / disputa, pleito, contenda / altercação, pendência; discussão, debate.
Querelànte, p. pr. adj. e s. m. querelante; que querela; demandante.
Querelantomania, s. f. pleitomania.
Querelàre, v. querelar, apresentar acusação criminal em juízo; promover querela / queixar-se de alguém em juízo ou no foro; altercar; contender; disputar.
Querelàrsi, v. lamentar-se, magoar-se / (jur.) apresentar querela.
Querelàto, p. p. e s. m. querelado, indivíduo contra quem se requereu querela: demandado.
Querelatôre, s. m. (**querelatríce**, f.) querelador; querelante / (ant.) **querelôso** (adj.) lamentoso, demandante.
Querimônia, s. f. (lit.) querimônia, queixume, queixa enfadonha.
Quèrulo, adj. (lit.) quérulo, queixoso; lamentoso.
Quesíto, adj. (jur.) procurado, buscado / (s. m.) interrogação, questão sobre que se pede o juízo ou opinião de alguém / condição; requisito.
Quèsta, adj. e pr. f. esta / (pl.) **queste**, estas.
Quèsti, pron. masc. (no singular é sempre pron. pessoal) este; a pessoa vizinha a quem fala ou de quem se fala / **quêsti, che mal da me non fio diviso** (Dante): este, que mais de mim não se separa (tr. X. P.).
Questionàbile, adj. questionável, duvidoso, problemático, discutível, disputável.
Questionàccia, s. f. (depr. e pej.) questão ruim, questão difícil de se resolver.
Questionàre, v. questionar, discutir, controverter, contender, disputar; altercar.
Questionàrio, s. m. questionário; série de perguntas sobre qualquer assunto.
Questionatôre, s. m. (**questionatríce**, f.) questionador; que, ou aquele que questiona.
Questioncèlla, questioncina, s. f. dim. pequena questão; questiúncula.
Questiône, s. f. questão, interrogação, pergunta; questão, ponto em discussão; o que se trata de resolver ou decidir; controvérsia, briga; pendência; contenda / **una** —— **per usurpaziône**: briga em juízo / **la donna in** ——: a mulher de quem se fala / **è** —— **di ore**: é coisa de horas / **è** —— **d'onore**: é questão de honra.
Questioneggiàre, v. questionar amiúde.
Quêsto, adj. dem. e adv. este (fem. **quêsta**: esta) **questo è mio padre, questa è mia madre**: este é meu pai, esta é minha mãe / **quêsta cosa**: esta coisa / **quêsto e quéllo**: um e outro / **in** ——: neste ponto / (loc.) adv. **con** —— **che**: com a condição de, contanto que / (pl.) **questi** (m.), **queste** (f.).
Questôre, s. m. comissário chefe de polícia; delegado de polícia (nas cidades da Itália); **questori della camera dei deputati**: deputados aos quais está confiada a polícia do Parlamento / (hist.) questor, antigo magistrado romano, que administrava as finanças; juiz criminal na antiga Roma.
Questòrio, adj. de questor.
Quèstua, s. f. ação de pedir esmola; mendigação para fim caritativo; coleta.
Questuànte, p. pr. adj. e s. m. mendicante, que, ou pessoa que mendiga / **frate** ——: frade pedinte.
Questuàre, v. esmolar, mendigar.
Questúra, s. f. sede do comissariado de polícia nas cidades da Itália / (hist.) dignidade de questor na antiga Roma.
Questuríno, s. m. guarda ou agente da polícia.
Quetamènte, adv. quietamente, de modo quieto.
Quetàre, ou **quietàre**, v. (lit.) aquietar, pôr quieto.
Quetàrsi, v. aquietar-se / (fig.) calar.
Quetàto, p. p. e adj. aquietado; acalmado; serenado; contentado.
Quèto, adj. (lit.) quieto; calmo; sossegado; dócil; sereno (v. **quieto**).
Qui, adv. (de lugar); aqui, cá / —— **nel mondo**: aqui no mundo / **vieni** ——: vem cá / —— **e qua**: cá e lá / **di** —— **a pòco**: daqui a pouco / **io resto** ——: eu fico aqui / **di** —— **in avanti**: de hoje em diante.
Quia, (v. lat.) s. m. o porquê, a causa, a razão; **stáre al** ——: satisfazer-se com a razão de fato / ficar no argumento: não delirar, não frenesiar / **tornare, venire al** ——: voltar ao argumento, voltar ao que mais importa.
Quibus, com quibus, conquibus (voz lat.) dinheiro.
Quicèntro, adv. (ant.) aqui dentro.
Quíchua, s. f. quichua, antiga língua peruana.
Quidam (v. lat.) s. m. quidam; um certo, um fulano, um qualquer.
Quidità, s. f. (fil.) quididade; a essência de uma coisa; qualidade essencial.
Quiditatívo, adj. (filos.) quiditativo, substancial.
Quidsímile, v. **quíssimile**.
Quiescènte, p. pr. e adj. quiescente, que está descansando; que repousa.
Quiescènza, s. f. (lit.) quiescência: quietação; repouso / aquiescência / jubilação.
Quièscere, v. (ant.) descansar.

Quietamènte, adv. quietamente, de modo quieto; placidamente.
Quietànza, s. f. quitança, quitação, ato ou efeito de quitar; recibo.
Quietanziàre, v. dar quitação, passar recibo; saldar, liquidar, quitar (conta dívida, etc.).
Quietàre, v. aquietar, sossegar; tranqüilizar; acalmar.
Quietàto, p. p. e adj. aquietado; tranqüilizado; serenado.
Quiète, s. f. quietude, sossego, tranqüilidade, calma; paz do espírito.
Quietézza, s. f. quietude, quietação, tranqüilidade.
Quietismo, s. m. (teol.) quietismo, doutrina de certos teólogos, de abandono absoluto da alma à vontade de Deus, em uma vida de contemplação passiva / (fig.) inação, apatia.
Quietista, s. m. (teol.) quietista / indiferente, apático.
Quièto, adj. quieto sossegado, tranqüilo.
Quietône, quietôna, adj. e s. (depr.) quietão, o que ostenta tranqüilidade e apatia, mas opera às escondidas: sonso, sonsa.
Quietùdine, s. f. (ant.) quietude.
Quílio, s. m. falsete: **cantare in** ———.
Quinàle, s. m. (mar.) cabo urdido numa série de cinco fios.
Quinamônte, adv. (ant.) ali em cima, no alto.
Quinàrio, adj. e s. (poét.) quinário; verso de cinco sílabas.
Quinavàlle, adv. ali embaixo, no vale.
Quínci, adv. (lit.) de cá, daqui / daí / por isso / da ——— **innanzi**: daqui em diante / **quinci e quindi**: daqui e dali / (ant.) depois / este advérbio desapareceu do uso moderno.
Quincíte, s. f. (min.) quincito, variedade de magnésio de cor vermelha de carmim.
Quincônce, ou quincúnce, s. f. (hist.) quincôncio ou quincunce, reunião de objetos em grupos de cinco formando quatro em quadrado e ficando um no centro / quincôncio, disposição de árvores em xadrez / **quincussis**, moeda de cinco asses, entre os antigos romanos.
Quindecàgono, s. m. (geom.) qüindecágono, figura que tem quinze ângulos e quinze lados.
Quindecemviràle, adj. qüindecenviral.
Quindecemviràto, s. m. (hist.) qüindecenvirato, cargo dos qüindecênviros.
Quindecèmviri, s. m. pl. qüindecênviros, funcionários romanos encarregados principalmente da guarda dos livros sibilinos e da celebração das festas seculares.
Quindècimo, s. m. (lit. e rar.) décimo quinto.
Quindènnio, s. m. (ant.) qüindênio; porção de quinze; espaço de quinze anos.
Quindi, adv. daqui, dali, de cá; depois; em seguida; daquele lugar; este advérbio, com esse sentido rarissimamente se emprega na fala atual; usa-se entretanto no sentido de: por isso, por essa razão, portanto, por conseguinte.

Quindicennale, adj. que dura quinze anos; de quinze em quinze anos.
Quindicèsimo, adj. num. ord. décimo quinto / (s.) a décima quinta parte.
Quindici, adj. num. quinze / (s. m.) número quinze.
Quindicína, s. f. quinzena, série de quinze unidades / paga de trabalhos correspondente a quinze dias.
Quindicinàle, adj. quinzenal; relativo à quinzena.
Quinoterapía, ou chinoterapia, s. f. quinoterapia, cura com a quina.
Quinòltre, adv. (ant.) aqui em redor; aqui ao redor.
Quinquagenàrio, adj. e s. qüinquagenário, que tem cinqüenta anos de idade.
Quinquagèsima, s. f. qüinquagésima, o domingo que procede o primeiro domingo da quaresma.
Quinquàngolo, s. m. qüinquângulo, que tem cinco ângulos; pentágono.
Quinquagèsimo, adj. num. (lit.) qüinquagésimo, que tem cinqüenta: / (s. m.) a qüinquagésima parte.
Quinquelústre, adj. (lit.) de cinco lustros.
Quinquemèstre, adj. de cinco meses.
Quinquennàle, adj. (lit.) qüinqüenal; que dura cinco anos; que se celebra de cinco em cinco anos; lustral.
Quinquènne, adj. (lit.) que tem a idade de cinco anos; que dura cinco anos.
Quinquènnio, s. m. qüinqüênio, espaço de cinco anos.
Quinquerème, s. f. qüinqüerreme, galera com cinco ordem de remos.
Quinquesíllabo, adj. (rar.) quinário, de cinco sílabas.
Quinquèviri, s. m. pl. (hist.) qüinqüeviros, magistrados que na antiga Roma eram nomeados para exercer incumbências especiais.
Quinquiliône, o mesmo que **Quintiliône**, s. m. (arit.) quintilhão, quintilião.
Quínta, s. f. quinta; quinta, intervalo musical de cinco notas / (teatr.) decoração lateral móvel do palco; bastidor / **fuggí diètro de quinte**: fugiu detrás dos bastidores.
Quinta colònno, s. m. quinta-coluna, indivíduo que age subrepticiamente no país onde se encontra a favor de um país inimigo ou em vias de se tornar inimigo.
Quintadècima, s. f. décimo quinto dia do começo do plenilúnio / lua cheia; plenilúnio.
Quintàle, s. m. quintal, peso de sessenta quilos; peso de quatro arrobas.
Quintàna, s. f. (hist.) quintana, manequim que servia para adestramento dos que se exercitavam nas armas / (med.) quintã, febre que aparece de cinco em cinco dias / (hist.) caminho no acampamento romano.
Quintàvolo, s. m. avô em quinto grau / bisavô do bisavô do bisavô.
Quinternètto, quinternino, s. m. dim. caderninho.
Quintèrno, s. m. caderno composto de cinco folhas de papel dobradas.

Quintessènza, s. f. quintessência, extrato retificado, levado ao último apuramento / (fig.) o requinte, o mais alto grau, o que há de mais perfeito.
Quintètto, s. m. (mús.) quinteto; composição musical para cinco instrumentos ou vozes.
Quintidí, s. m. (fr. **quintidi**) quintidí, quinto dia da década do calendário republicano francês.
Quintíle, s. m. (hist.) o mês de julho, o quinto do ano romano, que começava em março / quintil, diz-se do aspecto de dois planetas que distam entre si a quinta parte do zodíaco.
Quintílio, s. m. jogo de cartas / o m. q. **quintiglio**.
Quintilióne, s. m. quintilião.
Quintína, o mesmo que **cinquina**, s. f. série de cinco números no jogo do loto ou da tômbola.
Quínto, adj. num. ord. e s. m. quinto, que em uma ordem ou série está em lugar correspondente a cinco / (s. m.) quinto, a quinta parte de um todo.
Quintodècimo, adj. num. (rar.) décimo quinto.
Quintogènito, s. m. quinto filho.
Quintultimo, adj. quinto antes do último.
Quintuplicàre, v. quintuplicar, multiplicar por cinco.
Quintuplicàto, p. p. e adj. quintuplicado; que se tornou cinco vezes maior.
Quintúplice, adj. quintúplice, que se compõe de cinco partes.
Quíntuplo, adj. e s. quíntuplo; que é cinco vezes maior que outro.
Qui Pro Quo, s. m. qüiproquó (loc. lat.), equívoco, engano.
Quirinàle, adj. quirinal, de Quirino / Palácio do Papa até 1870.
Quirinali, (pl.) s. (hist.) Quirinais, festas em honra de Rômulo. / (s. m.) uma das sete colinas de Roma / residência dos reis da Itália antes da República.
Quiríti, s. m. pl. (hist.) quírites; os romanos.
Quiritta, s. f. (ant.) adv aqui mesmo; justamente aqui.
Quisling, s. m. Quisling, homem político que colaborou com os nazistas / indivíduo que colabora com uma potência estrangeira expansionista / (sin.) colaboracionista (neol.).

Quisquília, e pop. **quisquíglia**, s. f. coisa sem valor, insignificância, pequenez, ninharia, nonada, bagatela.
Quissímile, s. m. (do lat. "quid simile"): coisa semelhante; um quê de semelhante.
Quitànza, o mesmo que **quietànza**, s. f. quitança; quitação.
Quitanzàre, o mesmo que **quietanzàre**, v. dar quitação / exonerar de uma obrigação.
Quivi, adv. de lugar (só usado na linguagem literária) ali, naquele lugar.
Quiz, (voz ingl.) s. pergunta, pesquisa, réplica.
Quondam (v. lat.) em outro tempo, uma vez: il ——— presidente: o antigo presidente.
Quorum, (lat.) s. m. quorum, mínimo de membros presentes para que uma assembléia possa deliberar legalmente.
Quòta, s. f. quota, cota, percentagem, parte / prestação; parte proporcional / altura medida com o parômetro / elevação de terreno que não tem nome próprio; cota, altura.
Quotàre, v. cotar, estabelecer a parte que se deve pagar; avaliar; fixar o preço de um título na bolsa.
Quotàto, p. p. e adj. quotizado / avaliado / apreciado, estimado.
Quotazióne, s. f. quotização, cotação.
Quotidianamènte, adv. quotidianamente / constantemente.
Quotidianìsta, s. m. (neol.) que colabora num jornal quotidiano: "critici teatrali quotidianisti" (Bontempelli).
Quotidianità, adj. as coisas que se fazem ou sucedem todos os dias.
Quotidiàno, adj. quotidiano, de todos os dias; próprio de cada dia / (s. m.) jornal diário.
Quotizzàre, (do fr.) v. quotizar; designar, regularizar a cota; cotizar.
Quotizzàrsi, v. refl. (franc.) cotizar-se; obrigar-se a contribuir com uma determinada cota.
Quòto, s. m. quociente.
Quoúsque, v. lat. na loc. **quoúsque tàndem**: até quando?, para indicar que a nossa paciência tem um limite.
Quoziènte, s. m. quociente ou cociente, a quantidade que resulta de uma divisão / (pol.) número de votos necessários à eleição de deputado, segundo o sistema proporcional: ——— **elettorale**.

R

(R), s. m. e f. r décima sexta letra do alfabeto italiano; pronuncia-se **erre** / "**perdere l'èrre**": perder o juízo, a razão; estar embriagado / presta-se muito a ser final de palavra, pelo que os verbos em infinito se truncam amiúde: ballare, ballar; avere, aver / como prefixo está por **re** ou **ri**: abreviare, rabbreviare.

Rabbarbarína, s. f. substância volátil da raiz do ruibarbo.

Rabàrbaro, s. m. rabárbaro ou ruibarbo, gênero de plantas poligonáceas.

Rabattíno, s. m. e adj. (tosc.) ganhão, trabalhador adventício, biscateiro / que se esforça de todo jeito para ganhar a vida honestamente.

Rabballinàre, v. envolver coisas diversas, confusamente / revolver, remexer os colchões para renovar o ar.

Rabbarruffàre, v. revolver, desarranjar, desordenar.

Rabbassàre, v. rebaixar / (fig.) humilhar.

Rabbàttere, v. (lit.) entreabrir; abrir um pouco (janelas, portas, etc.).

Rabbellimènto, s. m. embelezamento, ato e efeito de embelezar, enfeitar, etc.

Rabbellíre, v. alindar, embelezar, aformosear; tornar mais lindo, mais adornado que antes.

Rabbellíto, p. p. e adj. embelezado.

Rabberciamento, s. m. conserto, remendo, atamancamento.

Rabberciàre, v. arrumar, ajeitar, remendar; consertar, ajeitar de qualquer forma.

Rabberciàto, p. p. e adj. consertado, arrumado; remendado.

Rabberciatôre, s. m. (rabberciatríce, f.) sarrafaçador, remendão, o que conserta, remenda, etc.

Rabberciatúra, s. f. conserto.

Ràbbi, s. m. rabino; o Divino Mestre (hebr.).

Ràbbia, s. f. raiva; (veter.) hidrofobia / (fig.) despeito; ira, avidez excessiva; furor, cólera.

Rabbiàccia, s. f. (pejor.) raiva grande, furor cego.

Rabbiètta, s. f. (dim.) raivinha, raiva passageira.

Rabbineggiàre, v. rabinejar, interpretar à maneira dos rabinos.

Rabbínico, adj. rabínico, de rabino.

Rabbinísmo, s. m. rabinismo, doutrina hebraica.

Rabbinísta, s. m. rabinista, que interpreta a Bíblia.

Rabbíno, s. m. rabino, doutor da lei hebraica.

Rabbiolína, rabbiúzza, s. f. (dim.) raivinha; raiva, zanga de crianças.

Rabbiosàccio, adj. depr. raivosíssimo, furiosíssimo.

Rabbiosèllo, rabbiosetto, rabbiosino, rabiosúccio, adj. (dim.) raiventozinho, um tanto raivento ou zangado, especialmente quando se trata de criança.

Rabbiôso, adj. raivoso, raivento, enraivecido; enfurecido; agitado; desesperado.

Rabboccàre, v. encher até à boca (garrafas, etc.) / (arquit.) emboçar, atestar, rebocar parede etc.

Rabboccàto, p. p. e adj. emboçado, rebocado, etc.

Rabboccatúra, s. f. emboco.

Rabbonacciàre, v. serenar, abonançar, acalmar.

Rabbonacciàrsi, v. refl. tranqüilizar-se, acalmar-se.

Rabboníre, v. apaziguar; acalmar, tranqüilizar.

Rabboníto, p. p. e adj. apaziguado; acalmado; abrandado; abonançado.

Rabbôso, s. m. vinho da região de Treviso, no Vêneto.

Rabbreviàre, v. (antig.) abreviar, encurtar / resumir / diminuir.

Rabbriccicàre, v. aproveitar retalhos, utilizar restos; juntar ou ganhar alguma coisa / ——— quache soldo: juntar algum dinheirinho.

Rabbrividíre, v. arrepiar, tremer, sentir calafrios (especialmente por medo) / horrorizar, espavorir, estremecer.

Rabbrunàre, v. (em lugar de "abbrunare" forma preferível): enlutar, escurecer, obscurecer.

Rabbruscamènto, s. m. enevoamento, escurecimento, turvamento.

Rabbruscàre, v. turvar, anuviar, nublar, escurecer.
Rabbruscarsi, v. refl. toldar-se, turbar-se ou turvar-se, nublar-se (o tempo, o ar).
Rabbruscàto, p. p. e adj. escurecido; obscuro; nublado / áspero, brusco, escuro.
Rabbruscolare, v. respigar, ajuntar, coligir.
Rabbuffamênto, s. m. (de uso raro): desarranjo, desalinho, desleixo; confusão.
Rabbuffàre, v. desgrenhar (os cabelos) / (fig.) censurar, desaprovar, repreender.
Rabbuffàrsi, v. emaranhar-se, desgrenhar-se / (fig.) ameaçar tempestade (em relação ao tempo).
Rabbuffàta, s. f. repreensão, censura, desaprovação áspera.
Rabbuffàto, adj. desgrenhado, emaranhado, desalinhado.
Rabbuffètto, s. m. (dim.); censurazinha; repreensão leve.
Rabbùffo, s. m. repreensão, censura.
Rabbuiàre, v. escurecer, obscurecer, anuviar-se, carregar-se (o tempo); amuar-se (o rosto).
Rabdologia, s. f. rabdologia.
Rabdològico, (pl. -ci), adj. rabdológico.
Rabdomanzia, s. f. rabdomancia, radiestesia.
Rabescàme, s. m. conjunto de arabescos.
Rabescàre, v. ornar com arabesco, arabescar.
Rabêsco, s. m. arabesco, ornamento de figuras geométricas à maneira árabe.
Rabicàno, adj. e s. m. rebicão / cavalo baio.
Ràbido, (lit.) adj. raivoso (no sentido figurado).
Rabottatríce, s. f. máquina cepilhadora.
Rabòtto, s. m. (técn.) plaina, cepilho, rabote.
Ràbula, s. m. e f. rábula, advogado embrulhão ou venal.
Ràca, adj. (arab. "Arak") raca, têrmo injurioso empregado no evangelho de S. João.
Ràcca, s. f. (ant.) gentalha.
Raccappezzàre, v. ajuntar, reunir, coligir, recolher (notícias, apontamentos, exemplos, algo para comer, etc.) / (fig.) entender, compreender / **non ——— ranulla**: não entender patavina.
Raccapigliàrsi, v. refl. tornar a agarrar-se, tornar a pegar-se pelos cabelos.
Raccapriccêvole, adj. apavorante, aterrador, horrível.
Raccapricciamênto, s. m. (pouco comum) arrepiamento, estremecimento.
Raccapricciànte, p. pr. e adj. arrepiante; apavorante, aterrador.
Raccappricciàre, ou **raccappriccíre**, apavorar, horrorizar, espavorir.
Raccappríccio, s. m. arrepio, estremecimento, calafrio, tremura.
Raccartocciàre, v. enrolar, embrulhar, enrodilhar em forma de cartucho.
Raccattacênere, s. m. porta-cinza / cinzeiro.
Raccattàre, v. (do lat. **captare**) apanhar, pegar, recolher.
Raccattatíccio, s. m. resíduo, resto, desperdício; rebotalho, material de refugo.
Raccattatúra, s. f. apanha, apanhamento; o material apanhado, recolhido.
Racceffàre, v. reprochar.
Raccêffo, s. m. reproche.
Raccenciàre, v. remendar, consertar a roupa velha / (refl.) vestir-se com farrapos.
Raccèndere, v. (o mesmo que **riaccèndere**), reacender, tornar a acender, avivar.
Raccentràre, v. centralizar.
Raccerchiàre, v. cercar, rodear de novo.
Raccertàre, v. assegurar, confirmar; convencer-se.
Raccêso, p. p. e adj. (o mesmo que **riaccéso**), reacendido.
Racchetàre, v. aquietar: sossegar / fazer cessar o choro / **racchetàrsi**: quietar-se / cessar de chorar.
Racchètta, s. f. raqueta (instrumento de jogo esportivo) / (mil.) foguete para alumiar.
Racchettière, s. m. soldado encarregado de fazer sinalização por meio de foguetes.
Ràcchio, s. m. (tosc.) rácimo, cacho.
Racchiocciolàrsi, v. refl. encaracolar-se, enrolar-se em forma de caracol.
Racchiúdere, v. recolher, reunir, conter, encerrar em si, incluir, juntar / **il castèllo racchiude una raccolta di quadri**: o castelo contém (encerra ou custodia) uma coleção de quadros.
Racchiúso, p. p. e adj. reunido, incluído, encerrado, contido / coligido, compendiado.
Racciabattàre, v. achavascar, atamancar.
Racciarpàre, v. achavascar, achavascar novamente.
Raccoccàre, v. (pr. **-òcco, -occhi**) frechar novamente.
Raccogliènza, (ant.) s. f. acolhida / arroubamento.
Raccògliere, v. recolher, observar, notar, colher.
Raccoglimênto, s. m. recolhimento / meditação; concentração, cogitação, estudo.
Raccogliticcio, adj. recolhido, reunido, juntado às pressas, de qualquer jeito ou forma, aqui e acolá.
Raccoglitôre, s. m. e adj. (**raccoglitrice**, f.) recolhedor; o que recolhe ou reúne; colecionador, angariador.
Raccòlta, s. f. colheita, ato de colher (produtos agrícolas); coleção (de selos, contos, objetos, etc.) / reunião (de pessoas soldados, etc.) / **chiamare a raccolta**: reunir (soldados, etc.).
Raccoltamênte, adv. recolhidamente.
Raccoltína, s. m. (dim.) pequena colheita; pequena reunião ou coleção de qualquer coisa.
Raccòlto, p. p. e adj. recolhido, colhido, juntado, angariado / quieto, concentrado, reflexivo / (s. m.) colheita de produtos do campo.
Raccoltúccia, s. f. depr. colheita diminuta, de valor insignificante.
Raccomandàbile, adj. recomendável, que se pode recomendar.
Raccomandamênto, (ant.) s. m. recomendação.

Raccomandàre, v. recomendar; entregar ao cuidado de alguém; confiar; incumbir; registrar (no correio) uma carta ou qualquer coisa.

Raccomandàrsi, v. refl. recomendar-se, encomendar-se, implorar, pedir a proteção.

Raccomandàto, p. p. e adj. recomendado, confiado, entregue à proteção ou cuidado de alguém / pacco ———, lettera raccomandata: pacote registrado, carta registrada.

Raccomandatôre, s. m. e adj. recomendador.

Raccomandatòria, s. f. carta de recomendação.

Raccomandatúra, s. f. recomendação.

Raccomandaziône, s. f. recomendação, pedido, empenho / conselho, exortação / registro de cartas.

Raccomodamènto, s. m. reparação, conserto, restauração, arranjo, ajuste / (fig.) reconciliação.

Raccomodàre, v. consertar, restaurar, ajustar, pôr em ordem / (fig.) apaziguar; reconciliar.

Raccomodàto, p. p. e adj. ajustado, consertado, reparado.

Raccomodatôre, s. m. (raccomodatrice, s. f.) remendão / consertador, reparador: que repara, conserta (uma cadeira, etc.) / que ajusta, acomoda uma pendência, disputa, etc.

Raccomodatúra, s. f. conserto.

Raccomunàre, v. pôr em comum / juntar, misturar / (ant.) apaziguar.

Racconciamènto, s. m. conserto, ajuste / (fig.) reconciliação, acomodamento.

Racconciàrsi, v. arranjar-se, ataviar-se, arrumar-se.

Racconciatúra, s. f. arrumação, arranjo, atavio, enfeite.

Raccôncio, p. p. e adj. arranjado, consertado, emendado / (s. m.) arranjo, ajuste.

Racconfermàre, v. confirmar.

Racconsolàre, v. consolar; consolar novamente.

Racconsolàrsi, v. refl. consolar-se.

Racconsolàto, p. p. e adj. consolado, confortado.

Raccontàbile, adj. narrável, que se pode narrar ou contar.

Raccontàccio, s. m. (pej.) conto, história feia, desagradável.

Raccontafàvole, s. m. embusteiro.

Raccontàre, v. narrar, contar.

Raccontàto, p. p. e adj. narrado, contado.

Raccontatôre, s. m. (raccontatrice, f.) narrador, o que narra ou conta.

Raccontino, s. m. (dim.) contozinho, historiazinha, narração curta.

Raccônto, s. m. conto, história, narração, narrativa real ou inventada; raconto (do ital.).

Raccontúccio, s. m. (dim.) contozinho, história, conto de pouco valor.

Raccorciamènto, s. m. encurtamento, encolhimento, contração.

Raccorciàre, v. encurtar, abreviar, reduzir, resumir, compendiar.

Raccorciàto, p. p. e adj. abreviado, reduzido, encurtado, resumido.

Raccordamènto, s. m. (geom.) tracejamento (de curvas).

Raccordàre, v. reconciliar, apaziguar / juntar, coligir, unir.

Raccordàto, p. p. e adj. reconciliado, ajustado, acordado / unido, juntado, ligado.

Raccòrdo, s. m. junção; ligação / entroncamento de linhas ferroviárias / curva que une duas linhas / conexão.

Raccosciàrsi, v. encolher-se, agachar-se.

Raccostamènto, s. m. aproximação, avizinhação.

Raccostàre, v. aproximar, avizinhar, acercar, aproximar.

Raccozzamènto, s. m. junção. acumulação.

Raccozzàre, v. juntar apressadamente, unir de qualquer jeito.

Raccozzàrsi, v. refl. recolher-se.

Raccozzàto, p. p. e adj. unido, ligado, reunido, juntado.

Raccrespàre, v. encrespar muito.

Racemàto, s. m. (quim.) racemato, sal formado do ácido racêmico.

Racêmico, adj. racêmico, (lat. racemus-ico) ácido que se encontra em algumas espécies de uvas da Itália e da Áustria.

Racemífero, adj. racemífero, que tem ou produz cachos de uvas.

Racèmo, s. m. (bot.) racemo, racimo; cacho de uvas ou de qualquer flor.

Racèmoso, adj. racimoso, cheio de cachos.

Racer, (v. ingl.) canoa de motor / (ital. motoscafo).

Rachialgía, s. f. raquialgia, dor na coluna vertebral.

Rachianestesía, s. f. (med.) raquianastesia.

Ràchide, s. f. ráquis, o eixo central de cada espigueta de cereais / (zool.) eixo central das penas e das plumas dos animais / (anat.) raque, espinha dorsal.

Rachidiàno, adj. (anat.) raquídeo ou raquidiano, relativo à espinha dorsal.

Rachídine, s. f. (med.) raquitismo.

Rachidinôso, adj. raquítico.

Rachisàgra, s. f. (med. gr. rhakhis + agra): raquisagra, doença de gota no espinhaço.

Rachítico, adj. e s. raquítico.

Rachítide, s. f. raquitismo.

Rachitísmo, s. m. raquitismo.

Racimolàre, v. tirar, apanhar os racimos / juntar, reunir, rebuscar com paciência.

Racimolàto, p. p. e adj. ajuntado, reunido, acolhido.

Racimolatúra, s. f. resíduos da videira depois da vindima; restos de qualquer coisa recolhida aqui e ali.

Racimolêtto, s. m. (dim.) gaipelozinho, pequeno gaipelo do cacho de uva.

Racimolíno, s. m. (dim.) racimozinho de uva.

Racímolo, s. m. pequeno racimo de uva / resíduo, resto de qualquer coisa (do verbo racimolare: juntar).

Racquetàre, ou racquietàre, v. aquietar, tranqüilizar; aplacar / suavizar, mitigar.

Racquistàre, v. readquirir; recuperar.

Racquistàto, p. p. e adj. readquirido, recuperado.

Racquistatóre, s. m. (racquistatríce, f.) recuperador: o que readquire ou recupera.
Racquísto, s. m. reaquisição; recuperação / reconquista.
Ràda, s. f. (geog. -fr. rade) rada, enseada, ancoradouro.
Radaménte, adv. (ant.) raramente.
Radància, s. f. (mar.) sapatilho, arco de ferro forrado de chapas; serve para se agüentar nos punhos das velas e nos chicotes dos cabos.
Radanciàre, v. sapatilhar, guarnecer com sapatilho.
Ràdar, s. m. radar, aparelho para localizar objetos distantes (aviões, navios, etc.).
Radatúra, s. f. raleadura, raleamento (tecido, cabelo, etc.).
Radàzza, s. f. (náut.) lombaz, vassoura de corda de cânhamo us. a bordo dos navios.
Raddensàbile, adj. adensável, acumulável.
Raddensaménto, s. m. adensamento, condensação.
Raddensàre, v. adensar, condensar, acumular.
Raddensàrsi, v. adensar-se, condensar-se.
Raddensatóre, s. m. (raddensatríce, f.), adensador, que adensa, que acumula.
Raddirizzaménto, s. m. correção, retificação, ato de endireitar uma coisa.
Raddirizzàre, v. endireitar, tornar reto ou direito / (fig.) reordenar, corrigir / —— **le gambe ai cani**: tentar coisa impossível.
Raddirizzàto, ou **raddrizzàto**, p. p. e adj. endireitado, tornado direito.
Raddobbàre, v. consertar, tapar, remendar / (mar.) querenar, reparar um barco avariado.
Raddòbbo, s. m. (mar.) conserto, reparação, remendo.
Raddolcàre, (ant.), v. temperar-se, mitigar-se o tempo.
Raddolciàre, v. (ant.) adoçar, amenizar, serenar.
Raddolciménto, s. m. adoçamento / (fig.) suavização, mitigação.
Raddolcírsi, v. refl. adoçar-se, acalmar-se, serenar-se.
Raddolcíto, p. p. e adj. adoçado / amenizado, suavizado, mitigado.
Raddoppiaménto, s. m. redobramento, duplicação.
Raddoppiàre, v. redobrar, tornar o dobro ou mais, aumentar.
Raddoppiàrsi, v. redobrar-se, aumentar, crescer o dobro.
Raddoppiàto, p. p. e adj. redobrado, duplicado; aumentado no dobro.
Raddoppiatúra, s. f. redobramento, dobro, duplo.
Raddòppio, s. m. trote alternado do cavalo; ricochete (retrocesso) na bola no jogo de bilhar / dobramento, duplicação / (ferr.) **binario di ——**: trilho onde cruzam os trens.
Raddormentàre, v. readormecer, adormecer de novo.
Raddossàre, v. pôr em cima novamente / vestir outra vez, tornar a encostar.
Raddòtto, p. p. e adj. (ant.) reduzido, limitado / reconduzido; reenviado.
Raddúcere, (ant.) v. **raddurre**.

Radduràre, v. enrudecer, empedernir / endurecer-se, empedernir-se.
Raddúrre, v. conduzir / (refl.) encolher-se; reduzir-se.
Radènte, p. pr. e adj. rasante, que rapa ou raspa / rente, que passa rente, contíguo / **vòlo ——**: vôo rente, baixo.
Radènza, s. f. movimento rasante, que segue, que passa paralelo.
Ràdere, v. rapar, raspar com a navalha; cancelar por meio de raspagem; cortar rente.
Radèrsi, v. rapar-se, fazer a barba.
Radézza, s. f. (lit.) rareza, escassez / que acontece raramente.
Radiàle, adj. radial, do rádio / de raio, que emite raios / (s. f.) linha radial.
Radiaménto, s. m. radiação, irradiação.
Radiànte, p. pr. e adj. radiante, fúlgido, brilhante; que irradia, que brilha muito.
Radiàre, v. irradiar, cintilar, refulgir / cancelar, riscar.
Radiàto, p. p. e adj. radiado, disposto à maneira de raios / cancelado, apagado, riscado.
Radiatóre, s. m. radiador, ap. de radiação da energia calorífera.
Radiazióne, s. f. radiação, ato ou efeito de radiar; irradiação.
Ràdica, s. f. (pop.) raiz / cepa ou lenho compacto com que se fabricam cachimbos, objetos e móveis artísticos.
Radicàle, adj. radical, referente à raiz; principal, fundamental, essencial / partidário do radicalismo / (gram.) parte invariável de uma palavra.
Radicaleggiàre, v. propender para a ideologia radical.
Radicalísmo, s. m. radicalismo.
Radicalménte, adv. radicalmente, desde a raiz, inteiramente, totalmente.
Radicaménto, s. m. (ant.) radicação.
Radicàre, v. arraigar, enraizar, firmar.
Radicína, s. f. (dim.) pequena raiz.
Radicióna, s. f. (aum.) **radicóne** / (s. m.) (aum.) raiz grande, grossa.
Radicàrsi, v. refl. arraigar-se, firmar-se, apegar-se; radicar-se, fixar-se.
Radicàto, p. p. e adj. arraigado, enraizado, radicado, fixado.
Radicatúra, s. f. (veter.) operação que consiste em introduzir raízes de heléboro negro (planta ranunculácea medicinal) no tecido subcutâneo dos bovinos.
Radicazióne, s. f. (ant.) radicação, ato ou efeito de radicar.
Radicchiàccio, s. m. (pej.) chicória dura, de qualidade inferior.
Radícchio, s. m. (bot.) chicória, planta de horta, usada principalmente em salada.
Radicchióne, s. m. chicória não comestível.
Radíce, s. f. (bot.) rabanete, rábano de raiz curta e carnosa, usado na cozinha.
Radíce, s. f. raiz, a parte inferior e oculta do vegetal; a parte escondida ou a base de qualquer objeto / origem / (mat.) raiz de uma quantidade / (gram.) a palavra de que outras se formam; étimo / causa, princípio, fonte, começo.
Radichétta, s. f. radícula, pequena raiz.

Radichièla, s. f. (bot.) dente-de-leão.
Radicifôrme, adj. radiciforme, que tem forma de raiz.
Radicolíte, s. f. (med.) inflamação das raízes nérveas.
Radicòma, s. m. (bot.) elemento radicoso.
Radicône, s. m. (aum.) raiz grande, grossa.
Radiestesía, s. f. radiestesia.
Radimàdia, s. f. (de cozinha) raspadeira.
Radiménto, s. m. (p. us.) raspadura.
Ràdio, s. m. rádio, osso externo do antebraço, / corpo simples descoberto por Curie / aparelho de telefonia ou de telegrafia sem fios / abreviatura de radiograma e de radiômetro / (mat.) rádio, balestilha.
Radioamatôre, s. m. radioamador.
Radioascoltatôre, s. m. (f. -trice) radio-ouvinte.
Radioattività, s. f. radioatividade.
Radioattivo, adj. radioativo, que possui radioatividade.
Radioauditôre, s. m. (f. trice) radiouvinte.
Radioaudiziône, audição de rádio.
Radiobiología, s. f. radiobiologia.
Radiòbo, s. m. radióbio, corpúsculo orgânico.
Radiobùssola, s. f. radiobússola, em uso a bordo de navios ou aeroplanos.
Radiocomandàre, v. manobrar à distância, por meio de ondas eletromagnéticas, navios, aeroplanos, etc.
Radiocomandàto, p. p. e adj. manobrado, guiado pelo rádio.
Radiocommentatôre, s. m. o que faz comentários pela estação radiodifusora.
Radiocomunicaziône, s. f. (rád.) radiocomunicação; radiodifusão / radiotelefonia; radiotelegrafia.
Radioconduttôre, s. m. (fís.) radiocondutor.
Radiodermíte, s. f. (med.) radiodermite.
Radiodiffôndere, v. radiodifundir, transmitir pela radiodifusão.
Radiodiffusiône, s. f. radiodifusão.
Radiodilettànte, s. m. e s. f. radioamador.
Radioemissône, s. f. radioemissão.
Radioestesía, s. f. radiestesia.
Radiofàro, s. m. (mar.) radiofarol.
Radiofonía, s. f. radiofonia.
Radiofônico, (pl. -ònici) adj. radiofônico.
Radiòfono, s. m. radiofone, radiofônico.
Radiofonogràmma, s. m. radiofonograma.
Radiofonògrafo, s. m. radiofonógrafo.
Radiogoniometría, s. f. radiogoniometria.
Radiogoniométrico, adj. radiogoniométrico.
Radiogoniòmetro, s. m. radiogoniômetro.
Radiografàre, v. radiografar, fotografar por meio de raios.
Radiografía, s. f. radiografia.
Radiogràfico, adj. radiográfico.
Radiogràmma, s. m. radiograma, marconigrama, radiotelegrama.
Radiolàri, s. m. pl. radiolários, espécie de protozoários de concha microscópica.
Radiolocalizzàre, v. radiolocalizar.
Radiología, s. f. radiologia.

Radiòlogo, (pl. -òlogi) s. m. radiólogo; radiologista.
Radiomessàggio, s. m. mensagem transmitida por meio da radiotelefonia.
Radiômetro, s. m. radiômetro.
Radioônda, s. f. onda hertziana.
Radiopilòta, s. f. dispositivo que se aplica a um aeroplano para que se possa guiá-lo à distância.
Radioricevènte, adj. radiorreceptor: stazione ———.
Radioricevitôre, s. m. radio-receptor.
Radioscopia, s. f. (med.) radioscopia.
Radioscòpico, adj. radioscópico.
Radioscòpio, s. m. radioscópio, instrumento para examinar um corpo com os raios X.
Radiosità, s. f. radiosidade, qualidade de radioso.
Radiòso, adj. radioso, que emite raios de luz ou calor; esplendoroso.
Radiotelefonía, s. f. radiotelefonia, telefone sem fios.
Radiotelegrafía, s. f. radiotelegrafia, telegrafia sem fios, inventada por Marconi / (sin.) **marconigrafia**.
Radiotelevisôre, s. f. televisão, radiotelevisão.
Radioterapía, s. f. radioterapia, tratamento terapêutico pelos raios X.
Radiotransmissiône, s. f. radiotransmissão.
Radiovisiône, s. f. radiotelevisão.
Raditúra, s. f. (rar.) rapadela, ato de rapar; raspadura.
Ràdium, s. m. (quím.) rádio.
Ràdo, adj. ralo, pouco espesso, pouco denso / pouco / raro / (fig.) singular, estranho / (loc. adv.) di ———: raramente.
Radôre, s. m. (rar.) raleadura, ralidade.
Radúme, s. m. (deprec.) ralidade de tecidos, etc.
Radunàbile, adj. possível de reunir.
Radunaménto, s. m. ajuntamento, reunião.
Radunànza, s. f. reunião, ajuntamento, agrupamento.
Radunàta, s. f. reunião, ajuntamento.
Radunàto, p. p. e adj. ajuntado, reunido, agrupado.
Radunatôre, s. m. agrupador, que reúne, que congrega.
Radúno, s. m. reunião.
Radúra, s. f. clareira, espaço de terreno desmoitado / raleza, qualidade do que é ralo, de árvores ou de outra vegetação.
Ràfano, s. m. (bot.) rabanete, rábano.
Ràfe, s. f. (anat.) rafe.
Ràffa, s. f. rapina, voz usada nos modos / o di riffa o di ———: de qualquer maneira, por bem ou por mal / fare a raffa ———: saquear, furtar.
Raffacciàre, v. reprochar.
Raffàccio, s. m. reproche.
Raffaelleggiàre, v. rafaelejar; imitar Rafael (pintor célebre).
Raffaellesco, adj. rafaelesco, à maneira de Rafael / (fig.) de linhas puras / profilo ———: perfil rafaélico.
Raffaggottàre, v. embrulhar de novo / encapotar-se.
Raffàre, v. rapinar, arrebatar.
Raffazzonaménto, s. m. conserto, arranjo.

Raffazzonàre, v. consertar, arranjar, remendar, arrumar de qualquer jeito.
Raffazzonàrsi, v. arrumar-se, arranjar-se, ajeitar-se.
Raffazzonatúra, s. f. conserto, arranjo, arrumação.
Raffazzonatôre, adj. e s. m. remendão.
Raffêrma, s. f. confirmação / (mil.) renovação do engajamento no exército.
Raffermàre, v. confirmar, tornar estável, fixar; renovar / consolidar / revalidar títulos, etc.; renovar contratos, etc. / (mil.) renovação do engajamento militar.
Raffemàrsi, v. afirmar-se, consolidar-se; endurecer-se (p. ex. pão, bolo, etc.).
Raffermàto, p. p. e adj. reforçado, consolidado, fixado / (mil.) engajado novamente.
Raffermatôre, adj. e s. m. confirmador.
Raffermazióne, s. f. confirmação, corroboração.
Raffêrmo, adj. consolidado, confirmado, endurecido / resfriado, firme / **pane** ———: pão não-fresco; pão amanhecido.
Raffibbiàre, v. afivelar novamente / (fig.) impingir novamente.
Ràffica, s. f. rajada; ——— di vento: vento impetuoso / lufada; ímpeto / (por ext.) ——— di fucileria: rajada de fuzilaria.
Raffice, s. m. escopro para trabalhar o alabastro.
Raffidàre, v. assegurar, alentar, encorajar; animar.
Raffidàto, p. p. e adj. assegurado, garantido.
Raffievolire, v. debilitar, enfraquecer mais: ——— la voce.
Raffiguràbile, adj. figurável, reconhecível, que se pode figurar, que se pode reconhecer.
Raffiguramênto, s. m. (rar.) figuração, reconhecimento.
Raffiguràre, v. figurar, reconhecer, distinguir, reconhecer pelos traços / representar, simbolizar.
Raffiguràto, p. p. e adj. representado / simbolizado / reconhecido: **aveva raffigurato, nell'uomo che gli stava dinanzi, il suo compagno d'altri tempi**: tinha reconhecido, no homem que estava à sua frente, o seu antigo companheiro.
Raffilàre, v. aparar com tesouras, etc.; igualar, aparar, cortar as beiras (de um livro, etc.).
Raffilàto, p. p. e adj. aparado; cortado a fio, com a tesoura.
Raffilatôio, s. m. aparador, instrumento para aparar.
Raffilatúra, s. f. amoladela / aparadela, ação de aparar / miuçalha; restos; miúdos de papel / maravalha.
Raffinamênto, s. m. refinamento, requinte, apuro / finura / (fig.) delicadeza, finura; perfeição.
Raffinàre, v. afinar, aperfeiçoar, apurar.
Raffinàrsi, v. requintar-se, aperfeiçoar-se, purificar-se.
Raffinato, p. p. e adj. refinado, apurado, requintado; perfeito.
Raffinatôio, s. m. forno para refinação de metais, açúcar, etc.

Raffinatôre, s. m. (raffinatríce, s. f.) refinador.
Raffinatúra, s. f. refinação (ato de refinar o açúcar, etc.).
Raffinazióne, s. m. refinação, ato de refinar.
Raffinería, s. f. refinaria, lugar onde se refinam os produtos.
Raffio, s. m. gancho, pequeno arpão.
Raffittíre, v. adensar, tornar mais denso e mais espesso.
Raffittírsi, v. espessar-se.
Raffittíto, p. p. e adj. espessado, adensado, tornado denso, espesso / escurecido (o tempo).
Rafforzamênto, s. m. fortalecimento; avigoramento, alentamento.
Rafforzàre, v. reforçar, revigorar, tornar mais forte.
Rafforzàrsi, v. refl. fortalecer-se, revigorar-se.
Rafforzàto, p. p. e adj. reforçado; revigorado; robustecido.
Raffrancàre, v. affrancàre.
Raffrattellàre, v. fraternizar, irmanar.
Raffreddamênto, s. m. resfriamento, esfriamento; arrefecimento, esmorecimento / afrouxamento (de afeto, zelo, forvor).
Raffreddàrsi, v. esfriar-se, tornar-se frio, resfriar-se.
Raffreddàto, p. p. e adj. esfriado, tornado frio, resfriado / arrefecido, esmorecido.
Raffreddatôio, s. m. esfriadouro, lugar onde se põem vidros e objetos para resfriar.
Raffreddatôre, s. m. esfriador, resfriador.
Raffreddatúra, s. f. resfriado, constipação.
Raffreddôre, s. m. resfriado, resfriamento, constipação, coriza.
Raffrenàbile, adj. refreável, reprimível.
Raffrenamênto, s. m. refreamento, ato ou efeito de refrear ou de reprimir; conter, reter com freio; moderar, comedir.
Raffrenàrsi, v. refl. refrear-se, conter-se, moderar-se.
Raffrenàtivo, adj. refreador, que refreia, que reprime, que contém, que modera.
Raffrenatôre, adj. e s. m. (raffrenatrice, f.) refreador, moderador / repressor.
Raffrescàre, (tosc.) v. refrescar, abrandar o calor, etc.
Raffrescàta, s. f. refrescamento; esfriamento.
Raffrigolàre, v. expelir o unto das panelas de barro.
Raffrigolàto, (tosc.) s. m. fritangada (coisas fritas) / odor desagradável de certos alimentos cozidos com muita gordura.
Raffrignàre, v. costurar ou alinhavar mal ou às pressas.
Raffrigno, s. m. costuradela, alinhavo feito às pressas.
Raffrontamênto, s. m. confrontação, comparação, confronto, cotejo.
Raffrontàre, v. cotejar, confrontar, comparar / (ant.) enfrentar, novamente.
Raffrontàrsi, v. (jur.) acordar-se, estar de acordo.

Raffrontatôre, s. m. cotejador, comparador.

Raffrônto, s. m. confronto, comparação / **raffronto fra le poesie del Monti e del Giusti**: confronto (paralelo, cotejo) entre as poesias de Monti e de Giusti.

Raffusolàre, v. afusar / adornar-se, ataviar-se.

Ràfia, s. f. (bot.) ráfia, gênero de palmeiras que fornecem fibras; a fibra dessa palmeira.

Ràfio, (pl -fi) s. m. (bot.) cristal de oxalato de cálcio em certas folhas.

Ràgade, s. f. rágada ou rágade, ulceração na pele ou na mucosa / fissura, greta.

Raganèlla, s. f. rã / (ecles.) matraca.

Ragàzza, s. f. menina; moça; mulher solteira.

Ragazzàccio, s. m. (pej.), garoto; rapaz sem educação.

Ragazzàglia, s. f. ou **ragazzàme** s. m. (fig.) garotada, conjunto de meninos malcriados.

Ragazzàta, s. f. garotice, ação de menino sem juízo.

Ragazzètto e **ragazzíno**, s. m. dim. rapazinho; rapaz pequeno; criançola.

Ragàzzo, s. m. menino, rapaz / moço / servente, empregado / (fig.) pessoa sem experiência.

Ragazzóne, s. m. (aum.) rapagão, rapaz forte, bem formado.

Ragazzòtto, s. m. rapazola.

Ragazzúccio, s. m. (pej.) menino pequeno, mesquinho.

Ragazzúme, s. m. (pej.) garotada, multidão de garotos.

Raggelàre, v. gelar, congelar, resfriar, gelar novamente.

Raggentilíre, v. educar, civilizar, urbanizar; tornar gentil, urbano, delicado.

Raggêtto, **raggettíno**, s. m. dim. pequeno raio (de um círculo, de uma roda, etc.).

Ragghiàre, v. ragliàre.

Raggiamênto, s. m. (lit.) irradiação, propagação de raios.

Raggiànte, p. p. e adj. radiante, que emite raios / contente, alegre / fulgurante, esplendoroso / **èra ——:** estava radiante (de alegria, de júbilo).

Raggiàre, v. radiar, irradiar.

Raggiàto, p. p. e adj. radiado, irradiado / **calore —— dai corpi:** calor irradiado dos corpos.

Raggièra, ou **Raggièra**, s. f. círculo de raios que se expandem à guisa de estrela / auréola; touca das camponesas da região de Brianza, na Lombardia.

Ràggio, s. m. raio, traço de luz que emana de um foco luminoso (raio do Sol, da Lua, dos olhos, de luz); sinal, vislumbre; raio (de roda) / (geom.) segmento da reta que une o centro do círculo a um ponto da circunferência / **raggi X, raggi Roentgen**: raios X, raios Roentgen.

Raggiornàre, v. (poét.) adiar, diferir, transferir / alvorejar, clarear, amanhecer.

Raggiramênto, s. m. volteadura / enredo, engano, trama, urdidura.

Raggiràre, v. cercar, circundar, rodear, circular / enganar, enredar, intrigar.

Raggiràrsi, v. girar, mover-se / vagar por um lugar / (por ext.) enganar-se mutuamente.

Raggiràto, p. p. e adj. rodeado, circulado, envolvido / enganado, ludibriado.

Raggirêvole, adj. volúvel, giratório / simples, fácil de enganar.

Raggiratôre, s. m. (**raggiratríce**, s. f.), enredador, enganador.

Raggirètto, s. m. dim. enganozinho, intrigazinha.

Raggíro, s. m. engano, logro, enredo.

Raggirône, s. m. enredador, enganador, engabelador, tapeador.

Raggiúngere, v. atingir, alcançar, chegar / conseguir.

Raggiúngersi, v. refl. reunir-se, juntar-se / ligar-se.

Raggiungíbile, adj. atingível, que se pode atingir, alcançar.

Raggiungimênto, s. m. conseguimento, obtenção.

Raggiuntàre, v. reunir, ajuntar; juntar; coser de novo.

Raggiúnto, p. p. e adj. alcançado, atingido, conseguido, obtido / **avera —— il suo scòpo:** havia alcançado o seu fim (intento).

Raggiustamênto, s. m. ajustamento, acomodação, arranjo, conserto.

Raggiustàre, v. reparar, consertar, acomodar / reconciliar, apaziguar.

Raggiustàrsi, v. ajustar-se, acomodar-se, arranjar-se.

Raggiustàto, p. p. e adj. ajustado, consertado, acomodado / conciliado.

Raggiustatúra, s. f. ajustamento, ajuste.

Ragglutinamênto, s. m. aglutinamento (ou aglutinação); união, junção.

Ragglutinàre, v. aglutinar, juntar; aderir, pegar.

Ragglutinàto, p. p. e adj. aglutinado; aderido, reunido; grudado.

Raggomitolamênto, s. m. enovelamento, enrolamento.

Raggomitolàre, v. enovelar; enrolar em forma de novelo.

Raggomitolàrsi, v. refl. enrolar-se em forma de novelos, encolher-se, restringir-se.

Raggomitolàto, p. p. e adj. enovelado, enrolado, encolhido.

Raggranchiàre, v. encolher-se, inteiriçar-se pelo frio as mãos, etc.

Raggranchíre, v. encolher, entorpecer, inteiriçar pelo frio ou outra causa / (refl.) encolher-se, entorpecer-se, inteiriçar-se entesar-se.

Raggrandíre, v. engrandecer.

Raggranellàre, v. juntar grão a grão; unir pouco a pouco.

Raggranellàto, p. p. e adj. ajuntado, reunido, apanhado, recolhido aos poucos.

Raggrinchiàre, v. arrepiar / arrepiar-se, inteiriçar-se.

Raggrinzamênto, s. m. enrugamento, encrespamento, franzimento.

Raggrinzàre, ou **raggrinzíre**, v. enrugar, encrespar, franzir.

Raggrinzàto, ou **raggrinzito**, p. p. e adj. enrugado; franzido / **pelle raggrinzita:** pele enrugada.

Raggroppàre, v. enredar, emaranhar.

Raggrottàre, v. franzir, enrugar o cenho.
Raggrovigliàre, raggrovigliolàre, v. enredar, emaranhar, baralhar, misturar.
Raggrumàre, v. agrumelar, agrumular.
Raggrumolàre, v. (bot.) agrumelar, fazer coagular em grúmulos / apinhar-se, agrupar-se a gente num espaço restrito / juntar dinheiro ou coisa miúda.
Raggruppamênto, s. m. agrupamento / (mil.) formação que compreende diversas seções.
Raggruppàre, v. agrupar, reunir em grupo.
Raggruppàrsi, v. agrupar-se, juntar-se em grupo.
Raggruppàto, p. p. e adj. agrupado, juntado; reunido.
Raggrúppo, s. m. embrulhada / intriga.
Raggruzzàrsi, v. refl. (ant.) agachar-se, encolher-se.
Raggruzzolàre, v. amealhar, juntar pouco a pouco (dinheiro, etc.) / (pres.) **raggrúzzolo.**
Ragguagliàbile, adj. confrontável, comparável, igualável.
Ragguagliamênto, s. m. e **ragguagliànza,** s. f. igualamento; cotejo, comparação, equiparação.
Ragguagliàre, v. igualar, equiparar, nivelar / referir, detalhar, pormenorizar, noticiar.
Ragguagliàrsi, v. igualar-se, nivelar-se.
Ragguagliativo, adj. comparativo, apto a comparar.
Ragguagliàto, p. p. e adj. igualado / compensado / equiparado; confrontado / informado, levado ao conhecimento, inteirado.
Ragguagliatôre, s. m. **(ragguagliatrice,** s. f.) igualador; que iguala, que compara.
Ragguàglio, s. m. comparação, equiparação, cotejo, confronto / informação; notícia. relato / **fece un rappòrto con tutti i ragguàgli:** fez um relato com todos os detalhes.
Ragguardêvole, adj. conceituado, respeitável; distinto, notável / importante.
Ragguardevolêzza, s. f. respeitabilidade, estima, distinção.
Ragguardevolmênte, adv. respeitavelmente, conceituavelmente.
Ràgia, s. f. terebintina, resina líquida que se extrai de certas plantas / **acqua** ————: aguarrás / (fig.) perigo, engano, astúcia / **avvedêrsi, accòrgersi della** ————: perceber o logro.
Ragionacchiàre, v. (deprec.) raciocinar com pouca coerência.
Ragionamênto, s. m. raciocínio, ponderação, argumentação / discurso.
Ragionàre, v. raciocinar, argumentar, filosofar; falar, conversar; discutir, argüir.
Ragionatamênte, adv. refletidamente, sensatamente.
Ragionàto, p. p. e adj. explicado, exposto, argumentado, demonstrado.
Ragionatôre, s. m. **(ragionatrice,** s. f.) raciocinador, que raciocina, que discute.
Ragiône, s. f. razão, faculdade de conhecer, raciocínio, justiça, eqüidade / prova, argumento, direito; meio, forma / medida, proporção / ação / ———— **di Stato:** razão de Estado / ———— **Sòciale,** nome de firma comercial / (loc. adv.) **di santa** ————: com toda a justiça; grandemente; galhardamente / **perdere la** ————: perder o juízo, enlouquecer.
Ragionería, s. f. contabilidade; ciência da contabilidade / escritório de contador.
Ragionêvole, adj. razoável, justo, conveniente / moderado, lógico.
Ragionevolêzza, s. f. razoabilidade, moderação, justiça, discernimento / fundamento, razão do lógico.
Ragionevolmênte, adv. razoavelmente, moderadamente; ajuizadamente.
Ragionière, s. m. contador, contabilista.
Ragionío, s. m. (p. us.) arrazoado.
Ragiôso, adj. resinoso.
Ragliamênto, s. m. zurro, a voz do burro.
Ragliàre, v. zurrar, emitir zurros / (fig.) cantar mal.
Ragliàta, s. f. zurrada, ato de zurrar.
Ràglio, s. m. zurro, a voz do burro.
Ragna, s. f. aranhol; rede para apanhar pássaros; barba do casulo / (fig.) cilada, arapuca.
Ragnàla, s. f. lugar onde se arma o aranhol para caçar pássaros / (sin.) paretaio.
Ragnàre, v. caçar pássaros com o aranhol / estragar-se, consumir-se por muito uso / toldar-se das nuvens, tornar-se ralo ou transparente, ralear (tecido, etc.).
Ragnatèla, s. f. e **ragnatêlo,** s. m. teia de aranha / (fig.) nuvens em forma de teia de aranha.
Ragnàto, p. p. e adj. ralo, gasto, consumido; ralo, fino como a teia de aranha.
Ragnatúra, s. f. raleadura / nuvenzinhas filamentosas.
Ragnêtto, ragníno, s. m. dim. aranhiço, aranha pequena.
Ràgno, s. m. aranha / **pesce** ————: peixe-aranha, semelhante ao polvo / **tela di** ———— teia de aranha / **non cavare un** ———— **dal buco:** não conseguir nada.
Ràgnolo (ant.), s. m. aranha.
Ragnuòla, s. f. e **Ragnuòlo,** s. m. dim. aranha pequena.
Ragú, s. m. (franc.) ragu, qualquer ensopado ou guisado / (sin.) **stufato.**
Ragunàre, (ant.) v. juntar.
Raí, s. m. pl. (poét.) raios: **lieto dei rai di un sol:** alegrado pelos raios do sol.
Rai (sigla), Radiotelevisão Italiana.
Raià (do sânscrito) s. m. rajá, título dos príncipes indianos.
Ràid, s. m. (ingl.) reide, excursão / incursão.
Raiòn, s. m. raion / fibra têxtil.
Ràis, s. m. capataz e vigia das almadravas italianas.
Ralínga, s. f. (mar.) relinga, corda com que se atam as velas dos barcos.
Ralingàre, v. (mar.) relingar.
Ràlia, s. f. substância gordurosa, preta, produzida pelo atrito contínuo das rodas / corte do cinzel, em forma

de unha / (mec.) peça em que se apóia e gira o eixo de uma máquina motriz.
Rallargamênto, s. m. alargamento, ampliação.
Rallargàre, v. alargar, ampliar, dilatar.
Rallargàrsi, v. refl. alargar-se, ampliar-se, dilatar-se.
Rellarganato, s. m. alargado, ampliado.
Rallegramênto, s. m. contentamento, alegria, júbilo, regozijo.
Rallegràre, v. alegrar, tornar alegre.
Rallegràrsi, v. refl. alegrar-se, regozijar-se / congratular-se com alguém, rejubilar.
Rallegrata, s. f. salto que faz o cavalo quando está incitado.
Rallegrativo, adj. alegrador, alegrativo, divertido.
Rallegratúra, s. f. (rar.) expressão de alegria.
Rallentamênto, s. m. afrouxamento, diminuição, lentidão.
Rallentàre, v. diminuir, tornar mais lento / (fig.) afrouxar.
Rallentàrsi, v. afrouxar-se; tornar-se lento, vagaroso.
Rallentàto, p. p. e adj. afrouxado, diminuído; tornado lento / moderado.
Rallentatôre, s. m. e adj. retardador; afrouxador; moderador.
Rallevàre, v. (tosc.) aliviar / criar, sustentar.
Rallevàto, p. p. e adj. criado, educado, sustentado.
Rallíno, s. m. dim. cachimbo, peça de ferro em que entra o espigão dos lemes da porta.
Ralluminàre, v. alumiar, dar luz ou dar a vista; iluminar / recuperar a vista / (fig.) alegrar-se.
Rallungàre, v. alongar; prolongar.
Rally (v. ingl.), s. m. (esp.) reunião / (ital.) raduno.
Rama, (mit. ind.), Rama, sétima encarnação de Vixnu.
Ràma, s. f. ramo, rama (de árvore, de planta).
Ramàccia, s. f. (pej.) ramalhão / vassoura de ramos secos.
Ramàccio, s. m. ramalhada, farfalhada.
Ramadàn, (ár.) s. m. ramadã, nono mês no ano lunar dos muçulmanos.
Ramàglia, s. f. rama, ramada.
Ramagliatúra, s. f. corte, incisão, poda da rama.
Ramaiàna, s. m. (lit.) ramaiana, poema épico do poeta indiano Valmiki, traduzido em italiano por Gorresio.
Ramàio, s. m. caldeireiro; pessoa que vende ou fabrica objetos de cobre.
Ramaiolàta, s. f. o que cabe numa gadanha; gadanhada.
Ramaiolêtto, ramaiolíno, s. m. dim. ramozinho, pequeno ramo.
Ramaiuôlo, s. m. concha, gadanha, colher grande para tirar a sopa.
Ramaiolúzzo, s. m. (depr.) gadanha ordinária.
Ramanzína, s. f. repreensão, reprimenda / sabão, sabonete, no sentido de descompostura.

Ramàre, v. cobrear; dar a aparência do cobre; galvanizar com cobre / rociar com sulfato as videiras.
Ramàrro, s. m. (zool.) sardão, espécie de lagarto de cor verde-escuro.
Ramàssa, s. f. (dial. piem.) vassoura.
Ramassàre, v. (dial. piem.) varrer.
Ramàta, s. f. grelha de arame para portas e janelas / espécie de pá; raqueta para a caça de pássaros.
Ramatàre, v. golpear, percutir com a pá usada para a caça de pássaros.
Ramàto, p. p. e adj. acobreado, galvanizado, forrado, coberto de cobre.
Ramatúra, s. f. galvanização com cobre / (bot.) ramagem.
Ràmbla, s. f. (geogr.) leito natural das águas pluviais quando caem copiosamente.
Ràme, s. m. (min.) cobre, metal avermelhado / età del ———: idade do bronze.
Rameggiàre, v. ramificar; distender-se em ramos / empar, suster com estacas.
Ramerìno, s. m. (tosc.) rosmaninho.
Ramettíno, ramêtto, ramicèllo, s. m. dim. ramozinho, ramo pequeno, gracioso.
Ramicciàre, v. podar os ramos.
Ràmico, adj. de cobre (metal) / (quím.) cúprico.
Ramiè, s. f. (bot.) rami, fibra de plantas da família das urticáceas, seda vegetal.
Ramière, ou **ramière**, s. m. caldeireiro.
Ramífero, adj. cuprífero, que contém cobre / (bot.) ramoso, ramalhudo.
Ramificàre, ramificàrsi, v. ramificar-se, dividir-se, subdividir-se em ramos / bifurcar-se, propagar-se, divulgar-se.
Ramificàto, p. p. e adj. ramificado, espalhado em ramos ou em forma de ramos.
Ramificazióne, s. f. ramificação.
Ramífico, adj. ramalhudo, ramoso, que tem ramos.
Ramígno, adj. cúprico, cuprífero.
Ramína, s. f. lasca, escória de cobre / (dial.) escalfador para água.
Ramingàre, v. vaguear, errar, vagar, vagabundear.
Ramíngo, adj. e s. m. errante, erradio / ramingo ed ésule in suòi stranièro: errante e exilado em terra estranha / peregrino, prófugo.
Ramíno, s. m. escumadeira, escalfador, vaso para água quente / jogo de cartas.
Rammagliàre, v. escarnar, limpar as peles dos resíduos de carne, antes de curti-las / passajar, cerzir tecidos de malha.
Rammagliatúra, s. f. escarnação, ação de escarnar (peles) / cerzido.
Rammansatôre, s. m. (f. -trice) amansador / domador.
Rammantàre, v. cobrir com manto / (fig.) proteger.
Rammantàrsi, v. refl. cobrir-se com o manto.
Rammarginamênto, s. m. cicatrização.
Rammarginàre, v. ligar, prender, unir as margens / soldar / cicatrizar (ferida, etc.).

Rammaricaménto, s. m. amargura, mágoa, aflição, pesar.
Rammaricàre, v. angustiar, deplorar; atribular, amargurar.
Rammaricàrsi, v. refl. afligir-se, lamentar-se, lastimar-se.
Rammaricàto, p. p. e adj. magoado, aflito, pesaroso.
Rammaricatôre, s. m. queixoso, que se lamenta.
Rammarichévole, adj. lamentável, deplorável / lastimável.
Rammarichío, s. m. queixume, lamúria contínua.
Rammàrico, s. m. aflição, mágoa, pesar; lamento, queixume, pena, deploração.
Rammassàre, v. amontoar.
Rammattonàre, v. ladrilhar de novo.
Rammemoràbile, adj. rememorável, digno de ser rememorado.
Rammemoraménto, s. m. rememoração; relembrança.
Rammemoràre, v. rememorar, relembrar.
Rammemoràrsi, v. refl. rememorar-se, recordar-se.
Rammemoratôre, s. m. rememorador, que recorda, que lembra.
Rammemorazióne, s. m. (rar.) rememoração, ato ou efeito de rememorar; relembrança.
Rammendàre, v. remendar; consertar pano ou qualquer coisa rasgada.
Rammendàto, p. p. e adj. remendado, consertado, arrumado.
Rammendatôre, s. m. **rammendatríce**, (s. f.) remendão / remendeira, mulher que remenda.
Rammendatúra, s. f. remendo, conserto.
Rammendíno, s. m. (dim.) remendinho, pequeno remendo.
Rammêndo, s. m. remendo / cerzidura.
Rammentàre, v. recordar, rememorar, lembrar.
Rammentàrsi, v. refl. recordar-se, lembrar-se.
Rammentatôre, adj. e s. m. (**rammentatríce**, s. f.) rememorador.
Rammodernàre, v. modernizar.
Rammolliménto, s. m. abrandamento; amolecimento / ——— **cerebràle**: amolecimento cerebral, lesão do cérebro.
Rammollíre, v. amolecer.
Rammollírsi, v. refl. amolecer / (fig.) enternecer-se, suavizar-se, abrandar-se.
Rammollíto, p. p. e adj. amolecido, afrouxado / (med.) imbecilizado, idiotizado, apatetado, abobado.
Rammontàre, v. (tosc.) amontoar; reunir coisas espalhadas para amontoá-las.
Rammorbidiménto, s. m. abrandecimento, amolecimento.
Rammorbidíre, v. abrandar, tornar brando, amolecer, suavizar.
Rammorbidírsi, v. refl. abrandar-se, suavizar-se.
Rammorbidíto, p. p. e adj. abrandado, amaciado, amolecido.
Rammortàre, v. pôr no banho as peles que vão ser curtidas.
Rammòrto, s. m. matéria para curtir.
Rammulinàre, v. remoinhar / (fig.) fantasiar, devanear, imaginar.

Ramnàcea, s. f. (bot.) ramnáceas, família de plantas que tem por tipo o sanguinheiro.
Ramnína, s. f. (quím.) ramnina, substância extraída do ramno.
Ràmno, s. m. (bot.) ramno (lat. rhamnus) nome científico do sanguinheiro.
Ràmo, s. m. ramo, divisão ou subdivisão de um caule; ramificação, braço, pernada de árvore / divisão e subdivisão, parte, secção / descendência / braço de um rio / ramificação de estrada, etc.
Ramógna, (ant.) s. f. augúrio.
Ramolàccio, s. m. rábano, rabanete.
Ramoscèllo, s. m. dim. raminho, pequeno ramo.
Ramosità, s. f. ramosidade, qualidade daquilo que é ramoso.
Ramóso, adj. ramoso, que tem ramos, ramalhudo.
Ràmpa, s. f. garra de animal, que figura nos emblemas genealógicos / rampa, ladeira, plano inclinado.
Rampànte, p. p. e adj. (heráld.) rampante; diz-se do animal levantado nas patas traseiras e de cabeça voltada para o lado direito do escudo /salien te, que se projeta para fora.
Rampàre, v. trepar.
Rampàta, s. f. patada, unhada / caminho íngreme, ladeiroso.
Rampicànte, p. pr. e adj. grimpador; trepador; que grimpa, que sabe grimpar (planta) / (zool.) ordem de pássaros trepadores.
Rampicàrsi, v. grimpar, trepar, subir.
Rampicàto, p. p. e adj. grimpado, trepado.
Rampicatôre, adj. e s. m. (**rampicatríce**, f.) trepador, que trepa, que sobe.
Rampichíno, adj. trepadeira, planta trepadeira / (zool.) (s. m.) pica-pau / (fig.) criança inquieta.
Rampicône, s. m. arpão (mar.); balroa, arpéu de abordagem.
Rampinàre, v. arpar, agarrar / trepar / (mar.) aferrar por meio de arpão.
Rampinàta, s. f. golpe da arpão.
Rampinàto, p. p. e adj. arpoado, agarrado, aferrado com o arpão.
Rampinétto, s. m. arpãozinho, pequeno arpão.
Rampíno, s. m. gancho, arpão; arpéu / escopro para trabalhar o alabastro / (vet.) cambaio ou cambado, cavalo que quando anda só pousa na ponta das patas.
Rampogna, s. f. (lit.) reprimenda, admoestação severa.
Rampognàre, v. repreender, admoestar, advertir, censurar.
Rampognatôre, s. m. e adj. (ant.) (**rampognatríce**, f.), exprobrador; repreendedor.
Rampognóso, adj. (ant.) rebugento, impertinente.
Rampollàre, v. brotar, germinar, surgir, manar, pulular / nascer.
Rampòllo, s. m. pequeno veio d'água / (bot.) renovo, vergôntea dos vegetais / (fig.) rebento, filho, descendente / **i mièi rampolli**: os meus filhos.

Rampollêtto, rampóllino, s. m. dim rebentozinho; pequeno rebento.
Ramponàre, v. arpoar, prender, fisgar com arpão.
Rampône, s. m. (aum.) arpão, instrumento para fisgar peixes grandes / (alp.) ferro, prego das botas para caminhar no gelo ou trepar nos penhascos.
Ramponière, s. m. arpoador, aquele que arpoa.
Ramúccio, s. m. dim. raminho; pequeno ramo.
Ramúto, adj. (p. us.) ramalhudo.
Ràna, s. f. rã, batráquio anfíbio, aquático.
Rànca, s. f. perna, renga, coxa.
Ranchegglàre, ranchettàre, v. coxear, manquejar.
Rància, s. f. (mar.) lista diária dos que tomam rancho.
Ranciàto, adj. alaranjado.
Ràncico, s. m. azia, acidez do estômago produzida por alimento cozido com banha ou azeite rançoso.
Rancicóso, adj. rançoso.
Rancidamênte, adv. rançosamente.
Rancidíre, v. ganhar ranço, rançar, rancescer.
Rancidità, s. f. rancidez, estado de râncido; ranço.
Ràncido, adj. râncido, rância, rançoso / (fig.) antiquado, desusado, obsoleto.
Rancidúme, s. m. ranço, sabor de ranço / (fig.) velharia; coisa ou expressões (palavras) fora do uso.
Rancière, s. m. (mil.) rancheiro.
Ràncio, adj. alaranjado, de cor alaranjada / (s. m.) rancho, comida para soldados e marinheiros.
Rancíre, (ant.) v. tornar-se rançoso.
Rànco, adj. coxo, manco; capenga.
Rancôre, s. m. (lit.) rancor, ódio profundo e oculto, ressentimento.
Rancúra, s. f. moléstia / rancor.
Rancuràrsi, (ant.) v. (intr. e refl.) entristecer-se, doer-se.
Rànda, s. f. haste do compasso / (ant.) espécie de veleiro de forma quadrangular / borda, orla, limite / (mar. ant.) vela trapezoidal.
Randàgio, adj. ' errabundo, errante / vadio: **uomo, cane** ———.
Randeggiàre, v. (mar.) costear, navegar junto à costa.
Randellàre, v. espancar, esbordoar, cacetear (bater com cacete).
Randellêtto, randellíno, s. m. dim. pequeno porrete.
Randèllo, s. m. arrocho; porrete, cacete, bordão, pau.
Randellône, s. m. (aum.) porrete, cacete grande / (fig.) preguiçoso, indolente, madraço.
Ranèlla, s. f. dim. rãzinha, pequena rã / (med.) rânula, tumor debaixo da língua / (técn.) arandela.
Ranètta, s. f. dim. rãzinha / variedade de maçã.
Rànfia, s. f. garra.
Ranfignàre, v. (ant.) surrupiar, larapiar, furtar.
Ranghinatôre, s. m. (agr.) rastelo mecânico.

Ràngo, s. m. grau, classe, condição / (mil.) fileira, ordem, formação.
Ràngola, s. f. (p. us.) anélito / (ant.) preocupação.
Rangolàre, (ant.) v. afanar-se, azafamar-se / gritar.
Rannaiòla, s. f. bilha, barrela para água de lavagem; barreleiro.
Rannàta, s. f. fervedura da roupa posta a lavar; barrela.
Ranneràre, v. escurecer, enegrecer.
Rannerìre, v. enegrecer / escurecer.
Rannestàre, v. enxertar novamente.
Rannicchiàre, v. anichar, pôr em nicho.
Rannicchiàrsi, v. anichar-se, restringir-se / agachar-se.
Rannicchiàto, p. p. e adj. anichado; restringido; escondido.
Rannidàre, (o mesmo que **annidàre**) v. aninhar, pôr em ninho; acolher, agasalhar, esconder / ocultar / (fig.) obrigar, encubar / ——— **cattivi pensieri:** abrigar maus pensamentos.
Rànno, s. m. barrela (água quente e cinza para lavar roupa); lixívia / (fig.) **perdere il** ——— **e il sapone:** perder tempo e trabalho.
Rannobilíre, v. nobilitar, tornar nobre; enobrecer.
Rannobilíto, p. p. e adj. enobrecido.
Rannodàre, v. reatar; atar, ligar de novo.
Rannodàrsi, v. refl. ligar-se, juntar-se novamente.
Rannodàto, p. p. e adj. reatado.
Rannôso, adj. barrelento, de barrela; semelhante à barrela.
Rannuvolamênto, s. m. anuviamento.
Rannuvolàrsi, v. refl. anuviar-se, nublar-se, cobrir-se de nuvens / (fig.) turvar-se, escurecer-se no semblante; tomar aspecto cenhoso.
Rannuvolàta, s. f. formação ou massa de nuvens.
Rannuvolàto, p. p. e adj. nublado / turvado, sombrio, escuro / confuso.
Ranòcchia, s. f. e **ranòcchio,** s. m. rã.
Ranocchiàia, s. f. lugar onde há muitas rãs; lugar úmido e pantanoso; brejo / (zool.) pássaro semelhante ao airão.
Ranocchiàio, s. m. pescador ou vendedor de rãs / (por ext.) habitante de lugares baixos e pantanosos.
Ranocchièlla, s. f. dim. rãzinha.
Ranocchièsco, adj. de rã.
Ranocchione, s. m. (aum.) rã grande.
Ranòcchio, (pl. **-òcchi**) s. m. rã / (fam.) menino, criança / (depr.) pessoa disforme.
Rantolàre, v. estertorar, estar com estertor / agonizar.
Rantolìo, s. m. estertor contínuo.
Ràntolo, s. m. estertor / arquejo; agonia.
Rantolôso, adj. estertoroso, em que há estertor.
Rànula, s. f. (med.) rânula, tumor na membrana inferior da língua.
Ranuncolàcee, s. f. pl. (bot.) ranunculáceas, plantas dicotiledôneas.
Ranúncolo, s. m. (bot.) ranúnculo, planta da família das ranunculáceas, com belas espécies ornamentais.
Ranz Des Vaches, (fr.) s. m. título de um canto pastoril suíço.

Ràpa, s. f. (bot.) nabo / (fig.) homem pouco inteligente; toleirão, palerma / **è una testa di rapa, non impara niente**: é um cabeçudo, não aprende nada / **non vaie una rapa**: vale tanto como nada.

Rapàccio, rapacciône, s. m. (bot.) colza, variedade de nabo cuja semente produz um óleo.

Rapàce, adj. rapace / (fig.) homem cobiçoso, voraz; rapinante / **uccelio —** ——: ave de rapina.

Rapacêmente, adv. rapacemente, avidamente, vorazmente.

Rapacità, s. f. rapacidade, avidez, voracidade / hábito ou tendência para roubar.

Rapàio, s. m. nabiçal, terreno onde crescem nabos / (fig.) lugar de desordem, confusão.

Rapàllo, (geogr.) Rapallo, cidade marítima da Ligúria.

Rapàre, v. rapar, cortar cerce (cabelos, barba, etc.); ralar; pulverizar o tabaco.

Rapàrsi, v. refl. rapar-se, deixar-se cortar o cabelo ou a barba.

Rapàta, s. f. rapadola.

Rapàto, p. p. e adj. rapado; barbeado / ralado / (s. m.) rapé.

Rapazzòla, s. f. enxerga, espécie de cama nas cabanas dos pastores / pequeno e mísero beliche nos navios mercantes.

Rapè, s. m. rapé, tabaco em pó para cheirar / (bras.) amostrinha.

Raperèlla, s. f. virola, arco do cabo de algum objeto; arandela / pedra britada, pastilha ou resíduo de materiais para trabalhos de restauração.

Raperíno, s. m. (zool.) abadavina, pássaro da família dos fringilídeos, também chamado pintassilgo-verde, tentilhão / (fig.) (iron.) careca; cabeça raspada.

Raperônzolo, s. m. rapúncio, reponço (planta).

Rapètta, rapettína, s. f. dim. nabozinho, pequeno nabo.

Ràpida, s. f. caudal, trecho caudaloso de rio.

Rapidamênte, adv. rapidamente, velozmente.

Rapidezza, s. f. rapidez; velocidade.

Rapidità, s. f. rapidez; velocidade.

Ràpido, adj. rápido, veloz, célere / (s. m.) (ferr.) rápido (trem).

Rapímento, s. m. rapto / rapina / (fig.) êxtase, enlevo, arrebatamento, admiração.

Rapína, s. f. rapina; expoliação; roubo, extorsão.

Rapinàre, v. rapinar, extorquir. roubar, surripiar, pilhar / **lo stanniéro non facéva altro che rapináre l'Itália**: o estrangeiro não fazia outra coisa senão rapinar (saquear) a Itália.

Rapinàto, p. p. e adj. rapinado, roubado, extorquido: pilhado.

Rapinatôre, adj. e s. m. (rapinatríce, s. f.) rapinador, ladrão.

Rapinería, s. f. rapinação; ladroíce, ladroeira.

Rapinosamênte, adv. rapinosamente; extorsivamente.

Rapíre, v. tirar, arrebatar, surripiar com violência; raptar, praticar o rapto / (fig.) extasiar, enlevar, arrebatar.

Rapito, p. p. e adj. raptado, roubado; tirado com violência / absorto, enlevado, fixo na contemplação de alguma coisa bela.

Rapitôre, s. m. (rapitríce, s. f.) raptador; raptor.

Rapône, s. m. (aum.) nabo grande / (fig.) tolo, palerma.

Rapôntico, s. m. (bot.) rapôntico, espécie de ruibarbo.

Rapônzo, ou **rapônzolo**, s. m. rapôncio, planta das campanuláceas; raiz carnosa que se come em salada.

Ràppa, s. f. (bot.) umbela, inflorescência cujas flores pediculadas se reúnem ao mesmo nível / tufo de funcho e rosmaninho / ramalhete de flores artificiais / (vet.) grapa, chaga nos joelhos das cavalgaduras.

Rappaciàre, v. apaziguar; reconciliar.

Rappaciàrsi, v. (refl. harmonizar-se, reconciliar-se.

Rappacificamênto, s. m. apaziguamento, reconciliação.

Rappacificàre, v. apaziguar; reconciliar.

Rappacificàto, p. p. e adj. apaziguado, reconciliado, harmonizado.

Rappacificazione, s. f. reconciliação; apaziguamento.

Rappadôre, s. m. (ant.) rapinador.

Rappallottolàre, v. agrumular.

Rappattumàre, v. reconciliar, harmonizar.

Rappattumàto, p. p. e adj. reconciliado, harmonizado.

Rappezzamênto, s. m. remendo, conserto.

Rappezzàre, v. remendar, consertar / (fig.) juntar escritos breves, conceitos, etc.

Rappezzàto, p. p. e adj. remendado, concertado.

Rappezzatôre, s. m. (rappezzatríce, s. f.) remendão; que remenda, que conserta.

Rappezzatúra, s. f. remendo, ato e efeito de remendar; o lugar onde um objeto foi remendado / **c'è una rappezzatúra nèlla camíccia**: há um remendo na camisa.

Rappèzzo, s. m. remendo, conserto; a parte remendada ou consertada / suprimento de tipos para completar uma partida de caracteres de imprensa / (fig.) pretexto, subterfúgio; excusa.

Rappianamênto, s. m. aplanamento, aplanação, nivelamento.

Rappianàre, (o mesmo que **appianàre**), v. aplanar, nivelar, igualar.

Rappiccàre, v. pregar, unir, colar, ligar, pendurar, unir de novo.

Rappiccatúra, s. f. união, ligadura; ato ou efeito de colar, unir.

Rappicciacottàre, v. remendar, consertar sem esmero e de qualquer jeito.

Rappiccicàre, (o mesmo que **riappiciccàre**) v. colar, unir, pregar, pendurar novamente.

Rappiccinire, rappicciolíre, rappicolíre (o mesmo que **rimpicciolíre**), v. empequenecer / tornar pequeno, reduzir, tornar menor; resumir, abreviar.

Rappigliaménto, s. m. coagulação, solidificação de uma substância líquida.
Rappigliàrsi, v. refl. solidificar-se (p. ex. de corpos que estavam no estado líquido) / coagular-se, coalhar-se.
Rappigliàto, p. p. e adj. solidicado, coagulado.
Rapportaménto, s. m. (ant.) referimento, ato de referir, relato.
Rapportàre, v. referir, relatar, contar, narrar / noticiar por indiscrição / reproduzir (um desenho, um bordado, etc.).
Rapportàrsi, v. refl. referir-se, reportar-se a.
Rapportato, p. p. e adj. reportado, relatado; narrado, reproduzido / (rar.) delatado, alegado, atribuído.
Rapportatôre, adj. e s. m. (**rapportatríce**, s. f.) referendário, noticiador, que refere, que relata, que narra, que dá notícia.
Rappòrto, s. m. relatório, relação, exposição, descrição: relato, conexão, dependência, coleção / **aveva buoni rapporti com tutti**: tinha boas relações com todos / **fece un —— completo**: fez um relato completo / confronto / **la terra é piccola in —— al sole**: a Terra é pequena em relação ao Sol.
Rappozzàre, v. encharcar-se, estagnar.
Rapprèndere, v. coalhar, coagular-se.
Rappresàglia, s. f. represália; desforra, vingança.
Rappresagliàre, v. exercer represália / vingar-se / embargar por penhora.
Rappresentàbile, adj. representável, que se pode representar.
Rappresentabilità, s. f. representabilidade.
Rappresentaménto, s. f. (ant.) representação / apresentação / aplicação.
Rappresentànte, p. pr. e adj. representante; que tem por fim representar alguém ou alguma coisa / (s. m.) substituto, suplente, mandatário / deputado / (com.) —— **di una ditta**: representante de uma firma.
Rappresentànza, s. f. representação, ação ou efeito de representar / desenho que representa alguma coisa; incumbência de representar uma casa comercial / (jur.) (neol.) reclamação, petição / —— **nazionále**: a câmara dos deputados.
Rappresentàre, v. representar, patentear, revelar; expor claramente; reproduzir a imagem de; dar idéia; descrever; desempenhar, pôr em cena, comédia, drama, etc. / significar; interpretar; imitar.
Rappresentàrsi, v. refl. representar-se (de peça no teatro etc.) / apresentar-se, aparecer, comparecer.
Rappresentativaménte, adv. representativamente.
Rappresentatívo, adj. representativo, que tem por fim representar; que é próprio para representar / constituído por representantes (governo, assembléia, etc.).
Rappresentàto, p. p. e adj. representado, exibido, descrito; efigiado, simbolizado; desempenhado, patenteado, mostrado.
Rappresentatôre, adj. e s. m. (**rappresentatríce**, s. f.) representador, representante.
Rappresentazióne, s. f. representação; a coisa representada; descrição; espetáculo teatral / (jur.) **diritto di —— ——**": direito de pleitear uma herança como representante dos legítimos herdeiros já falecidos.
Rappresentévole, adj. (p. us.) representável.
Rapprèso, p. p. e adj. solidificado, coagulado, coalhado.
Rapsòdia, s. f. rapsódia.
Rapsodísta, s. m. rapsodista, autor de rapsódias.
Rapsòdo, s. m. rapsodo, cantor ambulante de rapsódias / trovador.
Raptus, s. m. (lat. med.) rapto, impulso histérico.
Rapùglio, s. m. nabiçal, terreno plantado de nabos.
Rara avis (loc. lat. ave rara) s. f. pessoa ou coisa singular.
Raraménte, adv. raramente; que acontece poucas vezes.
Rarefàbile, adj. rarefatível, que se pode rarefazer.
Rarefàre, v. rarefazer, tornar mais raro, menos denso; rarear, desaglomerar.
Rarefàrsi, v. refl. rarefazer-se, diluir-se.
Rarefattíbile, adj. rarefatível.
Rarefàtto, p. p. e adj. rarefeito, que se rarefez; que se tornou menos denso.
Rarefazióne, s. f. (fís.) rarefação, diminuição de densidade.
Rarètto, adj. dim. um tanto ralo, um tanto escasso.
Rarèzza, s. f. (rar.) ralidade / rareza, raridade / sucesso raro.
Rarità, s. f. raridade, qualidade ou aspecto do que é raro; pouco, escasso, singular.
Ràro, adj. raro, comum; singular; estranho, insólito; notável / peregrino.
Ras, s. m. (árab.) rás, cabo, chefe, general abissínio.
Rasàre, v. rapar, raspar; alisar; tornar plano, liso.
Rasàto, adj. raspado, igualado; rapado, alisado; liso.
Rasatríce, s. m. máquina de calandrar, lustrar; acetinar, etc.
Rasatúra, s. f. raspadura, rasadura, rapagem; poda.
Ráschia, s. f. instrumento cortante que serve para raspar / grosa, espécie de lima grossa de raspar.
Raschiaménto, s. m. raspadura; alisamento.
Raschiàre, v. rascar, raspar / —— **lo scritto**: apagar um escrito / (med.) —— **un osso**: raspar um osso / esfregar, limar, apagar, alisar, rapar / arranhar (sentir prurido a garganta).
Raschiàta, s. f. raspadela.
Raschiàto, p. p. e adj. raspado; rasado, polido com ferro cortante.
Raschiatôio, s. m. raspador ou raspadeira, qualquer instrumento que serve para raspar; raspadeira.
Raschiatôre, s. m. raspador.
Raschiatúra, s. f. raspadura, raspagem; limalha.
Raschiètto, s. m. raspadeira, instrumento para raspar.

Raschíno, s. m. pequeno instrumento com cabo de osso, com uma pequena lâmina fixa, para retocar fotografias e cancelar algum escrito; objeto para raspar muros, pavimentos, etc.; espécie de capacho com grades de ferro, posto à entrada das casas, onde se limpam as solas dos calçados.
Ràschio, s. m. prurido, comichão na garganta produzido por inflamação ou irritação / raspão; raspadela.
Raschío, s. m. prurido continuado / raspagem continuada e insistente.
Ràscia, s. f. raxa, espécie de pano grosseiro de lã / (pl.) **rasce**: colgadura, pendões brancos e pretos, entrelaçados, armados nos muros das igrejas por ocasião de exéquias solenes.
Rasciugamênto, s. m. enxugamento.
Rasciugàre, v. enxugar, tirar a umidade, secar / (loc. fig.) ——— **uno**: devorar a fortuna de alguém / ——— **le tásche**: limpar os bolsos do dinheiro.
Rasciugàrsi, v. refl. enxugar-se, ficar enxuto; secar / (fig.) emagrecer.
Rasciugàto, p. p. e adj. enxuto, enxugado.
Rasciugatúra, s. f. enxugo, ato de enxugar.
Rasciúgo, s. m. (técn.) enxugamento dos couros.
Rasciútto, p. p. e adj. enxugado; enxuto.
Rasènio, s. f. (lit.) etrusco.
Rasentàre, v. passar rente, rentear, aproximar-se de / **camminar rasènte sull'òro del precipízio**: caminhar rente, à beira do abismo.
Rasènte, adj. rasante, que passa rente.
Rasètto, s. m. cetim de qualidade inferior.
Rasíccia, s. f. terreno desbastado e preparado para ser semeado; roçado / poda de ervas que se queimam para fertilizar o campo; roçada.
Rasièra, s. m. rasoura; **rasieràre,** rasourar, nivelar com a rasoura.
Rasière, s. m. (ant.) barbeiro.
Ràsile, adj. (lit.) raspável, que se raspa facilmente.
Ràso, p. p. e adj. liso; alisado, limpo, plano; raspado, rapado, barbeado; igualado. / nivelado / **campagna rasa**: campo limpo sem vegetação / (s. m.) cetim, tecido lustroso da seda.
Rasoiàta, s. f. navalhada.
Rasôio, s. m. navalha / ——— **di sicurezza**: lâmina para raspar a barba.
Ràspa, s. f. raspadeira, instrumento para raspar; raspador, raspa; grosa, lima grossa para desbastar.
Raspamênto, s. m. raspagem; raspadela, raspadura.
Raspànte, p. pr. e adj. raspante, que raspa / **vino** ———: vinho excitante, estimulante, picante.
Raspàre, v. raspar, limpar, desbastar; polir com a raspadeira / (fig.) surripiar, roubar.
Raspatíccio, s. m. trabalho mal executado; rabiscos, gatafunhos (coisa escrita).
Raspatíno, s. m. vinho picante, estimulante.
Raspàto, p. p. e adj. raspado, polido, desbastado; aparado.
Raspatôio, s. m. (agr.) espécie de ancinho para mondar o terreno de ervas daninhas.
Raspatúra, s. f. raspadura / (fig.) escrito mal feito, rabiscos.
Raspíno, s. m. ancinho, instrumento de ferro para trabalhos de lavoura / raspador / (dim.) pequeno racimo.
Raspío, s. m. raspadela continuada.
Ràspo, s. m. resto de cacho de uva debicado / tinha dos cães / (agr.) ancinho.
Raspollàre, v. rebuscar no vinhedo / (fig.) tirar, levar; rebuscar algo.
Raspollatúra, s. f. rebusca dos racimos; rebuscadela, ação de rebuscar.
Raspòllo, s. m. cacho de uva.
Raspollúzzo, s. m. (dim.) cachinho de uva.
Raspôso, adj. áspero, duro, escabroso: **pelle rasposa, legno** ———.
Rassegamênto, s. m. (rar.) enrijamento, endurecimento do sebo, gordura, etc.
Rassegàre, e **rassegàrsi,** v. endurecer, coagular, talhar (sebo, gordura, caldo, etc.).
Rassegàto, p. p. e adj. ensebado; coagulado, enrijado / (fig.) velho, passado / **affare** ———: assunto caduco / frio, forçado, convencional: **sorriso** ———.
Rasseghío, s. m. coagulação, solidificação, endurecimento (de coisas gordurosas).
Rassègna, s. f. resenha, revista (de soldados, etc.) / publicação periódica; rubrica particularizada de um jornal / exame pormenorizado de fatos e de acontecimentos / crônica; relação / bibliografia / revisão.
Rassegnamênto, s. m. resenha / (ant.) resignação, renúncia / (mil.) revista de tropas.
Rassegnàre, v. resignar, renunciar a um cargo, a um mandato, a um emprego; demitir-se / fazer o censo duma população / (mil.) (pouco us.) passar em revista.
Rassegnàrsi, v. resignar-se, conformar-se; adaptar-se.
Rassegnataménte, adv. resignadamente.
Rassegnàto, p. p. e adj. restituído; apresentado, devolvido / resignado, conformado / passado em revista.
Rassegnatôre, adj. e s. m. que ou quem resenha ou resigna.
Rassegnazziône, s. f. resignação, renúncia voluntária, sujeição paciente diante dos azares da vida.
Rassembramênto, s. m. ajuntamento.
Rassembràre, v. intr. parecer, semelhar, parecer-se / (v. tr.) reunir, juntar, recolher gente / (refl.) juntar-se / assemelhar-se, representar.
Rasserenamênto, s. m. serenagem, ato de se pôr sereno, calmo, tranqüilo.
Rasserenàre, v. serenar, acalmar, abrandar, pacificar; aclarar, recrear.
Rasserenàrsi, v. refl. serenar-se; desanuviar-se (o tempo) / acalmar-se, recrear-se, alegrar-se.
Rasserenàto, p. p. e adj. serenado, tranqüilizado.

Rassestamênto, s. m. acomodação, arrumação; arranjo, conserto.
Rassestàre, v. arrumar, ajustar, acomodar, ordenar; compor / consertar / corrigir, emendar / ataviar, adornar / (refl.) ataviar-se, arrumar-se.
Rassettapadèlle, s. m. o que conserta objetos de cozinha.
Rassettàre, v. consertar, arranjar, arrumar, ajustar, acomodar; adaptar / reordenar; retocar, corrigir, aperfeiçoar / (refl.) compor-se, arrumar-se, ataviar-se / serenar o tempo.
Rassettàrsi, v. compor-se, arranjar-se; arrumar-se; ataviar-se.
Rassettàto, p. p. e adj. reordenado, consertado, arrumado, arranjado; composto, posto em ordem; acomodado.
Rassettatôre, adj. e s. m. (**rassettatríce**, s. f.), acomodador, que acomoda, arranja, arruma, conserta / (s. f.) cerzideira.
Rassettatúra, s. f. acomodação, arrumação, conserto; ato e efeito de arrumar, de acomodar, de ataviar.
Rassicurànte, p. pr. e adj. encorajante, que assegura, que garante; que tranqüiliza.
Rassicuràre, v. assegurar, garantir; tirar a alguém qualquer dúvida ou medo; tranqüilizar, sossegar / encorajar, animar.
Rassicuràrsi, v. refl. tranqüilizar-se, animar-se, encorajar-se.
Rassicuràto, p. p. e adj. tranqüilizado, reanimado, encorajado.
Rassicuratôre, adj. e s. m. (**rassicuratríce**, s. f.) assegurador, encorajador, tranqüilizador.
Rassicurazióne, s. f. afirmação, promessa formal; fiança moral.
Rassísmo, s. m. (neol.) (pol.) caudilhismo, caciquismo.
Rassodamênto, s. m. enrijecimento, endurecimento, fortalecimento, consolidação.
Rassodàre, v. fortalecer, consolidar, enrijecer.
Rassodàto, p. p. e adj. enrijecido, consolidado, fortalecido.
Rassodatôre, adj. e s. m. (**rassodatríce**, s. f.) enrijecedor, que endurece, que fortalece.
Rassodía, s. f. (p. us.) rapsódia.
Rassomigliànte, p. pr. e adj. semelhante, parecido.
Rassomigliànza, s. m. semelhança, parecença.
Rassomigliàre, v. semelhar, parecer, assemelhar.
Rassomigliativo, adj. que invoca semelhança: **dati rassomigliativi**.
Rassottigliamênto, s. m. adelgaçamento.
Rassottigliàre, v. adelgaçar / afinar, aguçar / (fig.) ———— **l'ingegno**: aguçar, avivar a inteligência.
Rastèllo, (v. **rastrello**).
Rastiàre, v. raspar.
Rastrellamênto, s. m. gradadura, operação de limpar a terra com o rastelo (ital.) **rastello** / (mil.) operação de limpar o mar das minas, e também os terrenos depois duma luta.
Rastrellàre, v. rastelar com o rastelo / dragar (porto, etc.) / limpar, desobstruir.
Rastrellàta, (s. f. rastelada, golpe de rastelo; o que o rastelo pega numa vez.
Rastrellatúra, s. f. rasteladura, ação de rastelar, de limpar, de desobstruir.
Rastrellètto, rastrellino, s. m. (dim.) pequeno rastelo.
Rastrellièra, s. f. móvel com encosto para apoiar ou pendurar armas / móvel de cozinha, para panelas, pratos, etc. / manjedoura das cocheiras / (fam.) fileira de dentes.
Rastrello, s. m. (agr.) rastelo ou restelo, grade com dente para limpar ou aplainar a terra lavrada; ancinho / espécie de armário aberto onde se guardam as armas / (ant.) espécie de grade levadiça de castelos, fortes, etc.
Rastremàre, v. (arquit.) afinar, diminuir, restringir gradativamente (o diâmetro da coluna).
Rastremàrsi, v. refl. reduzir-se, afinar-se (coluna, etc.).
Rastremàto, p. p. e adj. afinado, reduzido, restringido.
Rastremazióne, s. m. (arquit.) afinagem; adelgaçamento, afusamento da coluna desde a base ao capitel.
Ràstro, s. m. (agr.) rastelo, restelo, ancinho para espalhar a terra / (mús.) objeto que serve para pautar o papel de música.
Rasúra, s. f. rasura, raspadela; cancelamento / (ecl.) tonsura / canceladura dos hereges da lista dos fiéis.
Ràta, s. f. parte, cota, prestação, cada uma das quantias a pagar em prazos determinados / (loc. adv.) **per rate** (lat. **pro-rata**), de acordo com a prestação estabelecida / **a rate**: a prestações / ———— **annuale**: anualidade.
Ratafià, s. m. ratafia, designação genérica dos licores aromáticos.
Ratània, s. f. (bot.) ratânia, planta medicinal da família das leguminosas.
Ràte, s. f. (lit.) balsa (embarcação).
Rateàle, adj. cotizável, em cotas, em prestações / **vèndita** ————: venda a prestação.
Ratealmênte, adv. cotizavelmente.
Rateàre, v. dividir em cotas (ou quotas); cotizar.
Rateazióne, s. f. rateação, rateio.
Ràteo, s. m. cálculo de juros até seis meses / cota de rendas ou despesas vencidas e não cobradas.
Ratífica, s. f. (neol.) us. em lugar de **ratificazióne**: ratificação; confirmação; verificação.
Ratificàre, v. ratificar, aprovar, sancionar, revalidar; **bisognerà vedere se la storia ratificherà queste lòdi**.
Ratificàto, p. p. e adj. ratificado, sancionado, aprovado, confirmado.
Ratificatôre, adj. e s. m. (**ratificatríce**, s. f.) ratificador, que ratifica, que revalida, que confirma.
Ratificazióne, s. m. ratificação, confirmação, verificação / (jur.) revalidação.
Ratíre, v. (ant.) agonizar / morrer de desgosto.
Ratizzàre, v. ratear, cotizar, dividir em prestações.
Ratízzo, s. m. (neol. adm.) cota para gastos proporcionais à receita.

Ràto, adj. (lat. ratus) crido (acreditado), ratificado, autenticado, confirmado / (jur.) **con promessa di ràto:** com promessa de ratificação ou aprovação / (ecles.) **matrimônio ———— e non consumato:** matrimônio que pode ser anulado.
Ràtta, s. f. (arquit.) extremidade superior ou inferior de uma coluna; imoscapo / sumoscapo.
Rattaccàre, v. (lit.) reatar, recomeçar / colar, pregar (botão, etc.); juntar, pendurar novamente.
Rattacconamênto, s. m. conserto, a coisa consertada; remendo.
Rattacconàre, v. consertar; remendar os sapatos / arrumar de qualquer jeito; atamancar.
Rattacconàto, p. p. e adj. consertado, arrumado, atamancado.
Rattamênte, adv. (lit.) rapidamente, velozmente, instantaneamente.
Rattemperàre, v. temperar, retemperar; moderar, atenuar.
Rattemperàrsi, v. refl. temperar-se, moderar-se; abrandar-se.
Rattenêre, v. reter, deter, conter, reprimir; refrear.
Rattenêrsi, v. deter-se, parar; refrear-se.
Rattenimênto, s. m. retenção, detenção; moderação, contenção.
Rattenitíva, s. f. faculdade de reter, retentiva, memória.
Rattenitôio, s. m. detentor, retentor.
Rattenúta, s. f. contenção, moderação / comporta de água estagnada.
Rattenúto, p. p. e adj. detido, refreado, impedido / cauteloso, precavido.
Rattepidíre, (pr. -ísco, -ísci), v. entibiar.
Rattêzza, s. f. (lit.) velocidade, rapidez.
Rattína, (fr. ratine) s. f. ratina, tecido de lã com o pelo crespado.
Rattinàre, v. ratinar, encrespar com a ratinadora (máquina para ratinar tecidos).
Rattinatúra, s. f. encrespação, ato de encrespar ou ratinar o tecido.
Rattizzare, v. avivar, reavivar, atiçar novamente, excitar, agravar / **rattizzare il fuoco:** atiçar o fogo / **rattizzare la collera:** reavivar, excitar a cólera.
Ràtto, adj. roubado, furtado, arrebatado / (lit.) rápido, solícito, veloz / **correva ———— per la màcchia:** corria veloz pelo mato / (adv.) velozmente, rapidamente / (s. m.) rapto; rapina / (ant.) êxtase, arrebatamento / (zool.) ratazana dos campos.
Rattône ou **ratton, rattóni**, adv. sorrateiramente.
Rattoppamênto, s. m. remendo, ação de remendar ou consertar.
Rattoppàre, v. remendar, pôr remendos em, consertar / (fig.) arrumar.
Rattoppàto, p. p. e adj. remendado, consertado / **con i calzoni rattoppati:** com as calças remendadas.
Rattoppatôre, s. m. (rattoppatríce, s. f.) remendeiro, remendona.
Rattoppatúra, s. m. remendação ou efeito de remendar.
Rattòppo, s. m. remendo.
Rattòrcere, v. retorcer, torcer; enrolar; dobrar uma coisa em si mesma.
Rattòrto, p. p. e adj. retorcido.

Rattralciàre, v. (agr.) rodrigar, atar a videira.
Rattralciatúra, s. f. (agr.) rodrigão, processo de empar.
Rattrappimênto, s. m. retraimento, crispação, contração, encolhimento.
Rattrappíre, v. retrair, contrair, restringir, crispar.
Rattrappírsi, v. restringir-se, contrair-se, encolher-se.
Rattrappíto, p. p. e adj. contraído, encolhido, inteiriçado; entorpecido.
Rattràre, v. contrair, encolher, crispar.
Rattràtto, p. p. e adj. contraído, encolhido, entorpecido.
Rattristamênto, s. m. entristecimento, ato ou efeito de entristecer, tristeza, afeição.
Rattristànte, adj. entristecedor.
Rattristàre, v. entristecer, tornar triste, afligir; sentir mágoa, pesar.
Rattristàrsi, v. entristecer-se, afligir-se, magoar-se.
Rattristàto, p. p. e adj. entristecido, penalizado, magoado, aflito.
Rattristíre, v. entristecer, penalizar / estiolar, murchar (vegetal).
Rattristíto, p. p. e adj. entristecido, penalizado / estiolado, seco, murcho.
Raucamênte, adv. roucamente; roufenhamente, com voz rouca.
Raucèdine, s. f. rouquidão, estado de quem está rouco; aspereza de voz.
Raúco, adj. rouco, roquenho, roufenho.
Raugèo, (ant.) avaro; usurário.
Raumiliàre, v. (lit.) humilhar; vexar, mortificar / aplacar, apaziguar, suavizar.
Raunàre, v. (ant.) o mesmo que **radunàre**, reunir, juntar.
Raunatíccio, adj. (p. us.), recolhedor, que recolhe, que junta.
Ravagliatôre, adj. e s. m. arado e obj. semelhante que serve para revolver a terra.
Ravagliatúra, s. f. (agr.) revolvimento da terra arada.
Ravaglióne, s. m. (med.) erupção cutânea, espécie de varíola que dura dois ou três dias.
Ravanèllo, ou **rapanèllo**, s. m. (bot.) rabanete.
Ravaneto, s. m. despenhadeiro, lugar alcantilado pelo qual se fazem escorregar os blocos de mármore extraídos das minas.
Ravastína, s. f. sistema siciliano de pesca noturna.
Raveggiuòlo ou **raviggiuòlo**, s. m. queijo mole, feito de leite de cabra ou de ovelha.
Raverúschio, ou **ravúschio**, s. m. (agr.) labrusco ou labrusca, casta de uva preta / videira silvestre.
Raviòli, s. m. pl. raviôli, rodelas de massa de farinha com recheio.
Ravizzône, s. m. (bot.) couve cuja semente produz um óleo; colza.
Ravvaloràre, v. valorizar, aumentar o valor / afiançar, autorizar.
Ravvedêre, v. (rar.) emendar, corrigir.
Ravvedêrsi, v. emendar-se, corrigir-se, arrepender-se.
Ravvedimênto, s. m. arrependimento, regeneração, correção.

Ravvedúto, p. p. e adj. arrependido, regenerado, corrigido; melhorado.
Ravvelenàre, v. amargurar, encher-se de veneno, de mágoa.
Ravvenàre, v. tornar a manar, a fluir as fontes.
Ravversàre, v. arrumar, ordenar / (refl.) ataviar-se.
Ravviaménto, s. m. reordenação, reorganização, arrumação, ordem / atavio.
Ravviàre, v. arrumar, ordenar, pôr em ordem: ——— **gli abiti, i capelli** / desenlear, compor, arranjar / encaminhar, aviar para o bom caminho / ——— **il fuoco**: avivar o fogo / (refl.) compor-se; pentear-se, ataviar-se / (fig.) emendar-se.
Ravviàta, s. f. penteadela, arrumadela (nos cabelos, nas vestes, nos objetos, etc.).
Ravviatamênte, adv. ordenadamente, compostamente.
Ravviatina, s.f. (dim.) arranjadela, penteadela rápida.
Ravviàto, p. p. e adj. arranjado, composto; bem apresentado / reordenado, composto, melhorado.
Ravvicinaménto, s. m. aproximação, avizinhação / (fig.) conciliação, reconciliação.
Ravvicinàre, v. avizinhar, aproximar; reaproximar / reconciliar.
Ravvicinàto, p. p. e adj. reaproximado / reconciliado.
Ravvigorire, v. revigorar.
Ravvilire, v. envilecer, desvalorizar.
Ravviluppaménto, s. m. (rar.) envolvimento, ação de envolver, embrulhar / (fig.) enredo, confusão, intriga.
Ravviluppàre, v. envolver / (fig.) confundir, enredar.
Ravviluppàrsi, v. envolver-se, embrulhar-se / confundir-se, embaraçar-se.
Ravviluppàto, p.p. e adj. envolvido, embrulhado; confuso, embaraçado; enredado.
Ravvincidire, v. abrandar, enfraquecer; suavizar; abrandar; amolecer.
Ravvínto, adj. atado, cingido; enredado, sujeitado.
Ravvío, s. m. (p. us.) arrumação, ordem / atavio.
Ravvisàbile, adj. distinguível, reconhecível.
Ravvisàre, v. reconhecer, distinguir (uma pessoa).
Ravvisàto, p. p. e adj. distinguido, reconhecido; representado.
Ravvísto, p. p. (v. ravveduto) arrependido.
Ravvivaménto, s. m. reavivamento, revigoramento.
Ravvivànte, p. pr. e adj. vivificante; reavivador, reanimador, reconfortante.
Ravvivàre, v. reanimar, avivar, reavivar, revigorar.
Ravvivàto, p. p. e adj. avivado, reavivado, vivificado; reanimado, revigorado.
Ravvivàrsi, v. reavivar-se, reanimar-se, revivificar-se.
Ravvivatôre, adj. e s. m. (ravvivatrice, s. f.) reavivador, reanimador: **aura ravvivatrice**.
Ravvolgere, v. envolver, enrolar; embrulhar qualquer coisa.
Ravvolgèrsi, v. enrolar-se; envolver-se.
Ravvolgiménto, s. m. envolvimento, enrolamento / (fig.) enredo, tortuosidade.
Ravvolgitôre, adj. e s. m. (**ravvolgitríce**, s. f.) envolvedor que envolve, que enrola, que embrulha (também no sentido figurado).
Ravvolgitúra, s. f. envoltura, envolvimento / (fig.) enredo, tortuosidade.
Ravvoltàre, v. enrolar, envolver, embrulhar.
Ravvoltàto, p. p. e adj. envolvido, enrolado.
Ravvòlto, p. p. e adj. envolvido, embrulhado, empacotado; enrolado / (fig.) confuso, tortuoso, não-claro: **il parlare** ———.
Ravvoltolàre, v. envolver, enrolar diversas vezes.
Ravvoltolarsi, v. refl. enrolar-se, envolver-se.
Ravvoltolàto, p. p. e adj. envolvido, enrolado, embrulhado; emaranhado, enovelado.
Rayon, s. m. raion, seda artificial.
Raz, s. m. (mar.) vaga alta e improvisa, vagalhão.
Raziocinànte, p. pr. e adj. raciocinante.
Raziocinàre, v. raciocinar, fazer uso da razão; ponderar; apresentar razões.
Raziocinativo, adj. raciocinativo; argumentativo; dialético.
Raziocinazióne, s. f. raciocinação, ato ou efeito de raciocinar; argumentação.
Raziocínio, s. m. raciocínio, uso da razão; juízo; ponderação / critério / discurso, argumento.
Razionàbile, adj. racionável.
Razionabilità, s. f. racionabilidade.
Razionàle, adj. racional, que é dotado, que faz uso da razão; que raciocina; razoável / **meccánica** ———: a mecânica pura, não-aplicada / concebível, que se deduz pelo raciocínio / (s. m.) o ser que pensa; o homem; aquilo que é de razão.
Razionalísmo, s. m. racionalismo, doutrina filosófica, que tudo explica ou pretende explicar pela razão.
Razionalísta, s. m. racionalista, partidário do racionalismo.
Razionalità, s. f. racionalidade, racionabilidade.
Razionalmènte, adv. racionalmente; razoavelmente.
Razionaménto, s. m. racionamento.
Razionàre, v. racionar, distribuir em rações.
Razionàto, p. p. e adj. racionado: **generi razionati**.
Razióne, s. f. ração, porção, quinhão; parte de alimento para cada refeição.
Ràzza, s. f. raça, os ascendentes e os descendentes de uma família; geração; casta; origem; classe; estirpe; espécie; qualidade / (zool.) raia, arraia (peixe) / (técn.) raio de roda de um objeto qualquer.
Razzàia, s. f. (agr.) nesga de terra seca e estéril.
Razzàio, s. m. pirotécnico; fogueteiro / (adj.) de oliveira de frutos pequenos.
Razzamáglia, s. f. gentalha, chusma, ralé.

Razzàre, v. desenhar, manchar como em figura que irradia; irradiar / (agr.) igualar as árvores depois da poda / travar uma roda (de carro) etc. / raspar, escarvar / radiar, refulgir o sol.

Razzàto, p. p. e adj. irradiado; coberto de raios; feito ou tecido em forma de raios.

Razzatúra, s. f. radiação / irradiação / poda.

Razzènte, adj. picante / **vino** ———: vinho de gosto picante e estimulante.

Razzèse, s. m. vinho da região de Gênova.

Razzía, s. f. razia, saque, pilhagem; depredação, vandalismo.

Razziàle, adj. racial, da raça.

Razziàre, v. saquear, destruir, rapinar, depredar.

Razziatôre, s. m. (**razziatríce**, s. f.) depredador, rapinador, saqueador.

Razzièra, ou **razzièra**, s. f. máquina de atirar foguetes.

Ràzzo, s. m. foguete; rojão ou objeto semelhante usado nas festas e nos exercícios militares / raio de roda.

Razzolamênto, s. m. ato de esgaravatar, remeximento.

Razzolàre, v. esgaravatar, remexer, revolver com as unhas ou as patas (como as galinhas no quintal) / (fig.) procurar com curiosidade; pesquisar, minuciar, escabichar, escarafunchar / **Predicar bene e razzolar male**: pregar o bem e praticar o mal / **chi di gallina nasce convièn che ràzzoli**: (fig.) difícil coisa é mudar de natureza.

Razzolàta, s. f. esgaravatação, ato ou efeito de esgaravatar.

Razzolatôre, s. m. (**razzolatríce**, s. f.) esgaravatador.

Razzolatôri, s. m. pl. (zool.) ordem de pássaros esgaravatadores / galináceos.

Razzolatúra, s. f. esgaravatação, ato ou efeito de esgaravatar.

Razzolío, s. m. esgaravatação continuada.

Razzúmàglia, s. f. (pop. tosc.) ralé; escumalha.

Re, prefixo de valor intensivo, iterativo, opositivo, retrocessivo: re.

Re, s. m. rei; chefe; uma das figuras do jogo de xadrez / (mús.) a segunda nota da escala / (fig.) quem ultrapassa os outros em qualquer coisa: **il** ——— **dei poeti** / (fem.) **regina**, rainha.

Reagentàrio, s. m. (quím.) caixa que contém os reagentes mais comumentes usados.

Reagènte, p. pr. e adj. ou **reattívo**, adj. e s. m. reagente, que reage / (quím.) substância que provoca uma reação; reagente.

Reagíre, v. reagir, exercer reação; opor reação / (quím.) servir de reagente químico / (fig.) revoltar-se, resistir, protestar.

Reàle, adj. real, de rei; pertencente ou relativo a um rei / verdadeiro, autêntico, efetivo; que não é imaginário, que tem atual existência na ordem das coisas / (s. m.) aquilo que é real.

Reàli, s. m. pl. o rei e a rainha; os membros da família real / **i reali di Fráncia**: os reis de França.

Realgàr, s. m. (quím.) realgar, sulfureto, do arsênico.

Realismo, s. m. (filos.) realismo, doutrina filosófica.

Realísta, s. m. realista; quem professa o realismo; partidário do realismo.

Realístico, adj. realístico.

Realità, s. f. (rar.) realeza / realidade.

Realizzàre, v. (neol. do fr. **réaliser**, lat. med. "realis") realizar, efetuar, cumprir; ocorrer.

Realizzàrsi, v. realizar-se, efetuar-se, cumprir-se.

Realizzàto, p. p. e adj. realizado, efetuado, executado.

Realizzazióne, s. f. realização, execução, cumprimento / ——— **scenica**: representação de trabalho dramático ou cinematográfico.

Realízzo, s. m. (neol. com.) conversão, troca em dinheiro de qualquer atividade extra financeira; venda a dinheiro; cobrança.

Realmênte, adv. realmente, de modo real; verdadeiramente / (p. us.) regiamente.

Realtà, s. f. lealdade, realidade, qualidade do que é real; substância / **in** ———: realmente, efetivamente.

Reàme, s. m. (lit.) reino; Estado governado por um rei; reame (des.).

Reamênte, adv. (de **rèu**: réu) criminosamente, culpavelmente; (fig.) malevolamente, malvadamente.

Reatíno, adj. e s. m. reatino, de Reate (ital. **Rieti**) antiga "Reate", cidade do Lácio.

Reàto, s. m. (jur.) delito, culpa, crime, falta; violação da lei penal; reato (des.).

Reattànza, s. f. (eletr.) reactância.

Reattíno, s. m. (zool.) corruíra, garricha, cambaxirra (pássaro).

Reattívo, adj. e s. m. reativo; reagente.

Reazionàrio, adj. e s. m. reacionário.

Reazióne, s. f. reação; ação oposta a outra; resistência / (fisiol.) oposição fisiológica / (pol.) tendência e ação de reacionário.

Rebbiàre, v. golpear, espalhar com o forcado.

Rèbbio, s. m. ponta ou dente do forcado.

Reboànte, adj. (lit.) reboante / (fig.) ridiculamente estrondoso / retumbante.

Reboàto, s. m. retumbo, ribombo.

Rèbus, s. m. rébus, logogrifo acompanhado de vinhetas ilustrativas.

Recadía, s. f. (ant.) moléstia.

Recagióne, s. f. (ant.) nova causa.

Recalcitràre, v. recalcitrar, resistir; não ceder, teimar; obstinar-se, desobedecer.

Recanatêse, adj. e s. m. de Recanáti, pequena cidade das Marcas, na Itália Central; habitante de Recanáti / **il grande** ———: Giacômo Leopárdi (que nasceu nessa cidade).

Recànte, p. pr. e adj. que leva ou que traz.

Recapitàre, v. fazer chegar uma coisa às mãos do destinatário; entregar, remeter contas, volumes, etc.
Recapitàto, p. p. e adj. entregue, entregado; distribuído.
Recàpito, s. m. endereço, paradeiro; domicílio / lugar onde se pode encontrar uma pessoa ou se lhe pode entregar qualquer coisa / entrega / (mar.) ——— maríttimo: documentos de bordo.
Recapitolàre, v. (v. **ricapitolare**), recapitular.
Recàre, v. trazer, levar, conduzir de um lugar a outro; atribuir, interpretar / ——— **ad effètto**: efetuar, realizar / **referir** / ——— **una buòna notízia**: trazer uma boa notícia / ——— **in tedesco**: traduzir para o alemão.
Recàrsi, v. ir a um lugar; trasladar-se, deslocar-se.
Recàta, s. f. serviço de mesa / (ant.) respiração afanosa.
Recàto, p. p. e adj. trazido, levado, transportado.
Rècchia, s. f. (tosc.) ovelha que ainda não deu cria.
Recèdere, v. retroceder, voltar atrás; renunciar, desistir; abandonar as pretensões.
Recedimènto, s. m. renúncia, desistência.
Recensiòne, s. f. resenha, notícia ou descrição de uma ou mais obras literárias em jornais e periódicos; exame e comparação de algum escrito; apreciação; revisão de uma obra pela censura.
Recensíre, v. resenhar; apreciar, enumerar, noticiar.
Recensíto, p. p. e adj. enumerado, referido, apreciado, examinado.
Recensôre, s. m. que faz as resenhas; analisador bibliográfico; crítico de livros.
Recènte, adj. recente, de pouco tempo; novo, fresco.
Recentemènte, adv. recentemente; de pouco antes.
Recentíssime, s. f. pl. recentíssimas (notícias).
Recènza, s. f. (ant.) (neol.) recentidade; qualidade de recente.
Recèpere, v. (ant.) receber.
Rècere, v. (lit.) rejeitar; vomitar / (fig.) sentir náusea, nojo: **discorsi da far** ———.
Recessiòne, s. f. rejeição, desistência.
Recèsso, p. p. e adj. afastado, retirado, recuado / (s. m.) retiro, asilo, esconderijo; sítio ermo, remoto, recôndito / (for.) desistência de uma demanda.
Recettàcolo, s. m. (ant.) receptáculo.
Recettíbile, adj. e s. m. receptivo.
Recettibilità, s. f. receptividade.
Recettività, s. f. (filos.) receptividade, aptidão para receber impressões / (rad.) receptividade / (med.) receptividade.
Recettívo, adj. (lit.) receptivo, que recebe, apto a receber / (rad.) detector.
Recezióne, s. f. (neol.) recepção / recibo; cobrança / declaração de ter recebido uma quantia, etc. / admissão, recebimento, acolhimento em alguma cerimônia, academia, etc.

Reciàra, s. f. rede (para pesca) de arrasto.
Recídere, v. cortar, cortar rente, cortar o que é inútil; amputar.
Recídersi, v. cortar-se, romper-se, quebrar-se.
Recidíva, s. f. (jur.) recidiva, reincidência / (med.) recidiva, recaída depois de uma doença.
Recidivàre, (neol.) v. recidivar, fazer recidiva.
Recidività, s. f. (jur.) recidividade; ato de recidivar.
Recidívo, adj. e s. m. recidivo; que reaparece; que reincide; reincidente.
Recíngere, v. recingir, cingir, apertar, fechar ao redor; circundar, cercar.
Recínto, p. p. e adj. recingido; circundado; cavado; fechado ao redor / (s. m.) espaço ou terreno murado ou fechado; recinto; cerca / paliçada.
Reciòtto, s. m. vinho espumante doce, de Verona (Vêneto).
Recípe, s. m. (lat.) récipe, palavra latina (que significa sorva, beba, tome) que os médicos usavam na prescrição de uma receita; receita.
Recípere, v. (ant.) cingir, rodear / cercar / acolher, receber.
Recipiènte, adj. recipiente, que recebe / (s. m.) recipiente, vaso ou outro objeto que contém ou recebe um produto / tonel, pipa, barril, etc. / tanque para água, etc.
Reciprocamènte, adv. reciprocamente, mutuamente, alternadamente.
Reciprocànza s. f. reciprocação, ato ou efeito de reciprocar / troca, reciprocidade.
Reciprocàre, v. (lit.) reciprocar, mutuar, trocar mutuamente; alternar.
Reciprocaziòne, s. f. reciprocação / movimento de ida e volta.
Reciprocità, s. f. reciprocidade; mutualidade.
Recíproco, adj. recíproco; que se dá ou se faz em recompensa ou troca; mútuo, permutado, alternativo.
Recísa, (ant.) s. f. ferida produzida por cordas ou guilhetes / atalho / **andare alla** ———: ir pelo caminho mais breve.
Recisamènte, adv. resolutamente, decididamente / **i genitori si opposero** ——— **a quel matrimonio**: os pais opuseram-se terminantemente àquele casamento.
Recisiòne, s. f. corte, talho, truncamento; amputação, mutilação / (gram.) apócope.
Recíso, p. p. e adj. cortado, truncado, mutilado; incompleto, omitido / (fig.) breve, decidido, resoluto, incisivo / (adv.) resolutamente / **parlare** ———: falar francamente.
Recisúra, s. f. fenda, gretadura / (med.) lugar onde a pele se fende ou rasga por efeito do frio ou moléstia.
Rècita, s. f. récita; representação; declamação.
Recitàbile, adj. recitativo, que é próprio para ser recitado.
Recitànte, adj. e s. m. recitante, que recita.
Recitàre, v. recitar, ler em voz alta; declamar; narrar.

Recitatívo, adj. recitativo, que se pode recitar / (s. m.) trecho de poesia que se canta como falando ou recitando.
Recitàto, p. p. e adj. recitado, lido ou repetido de cor; declamado.
Recitatôre, s. m. (recitratíce, s. f.) recitador, que recita, que declama.
Recitazióne, s. f. recitação; arte de recitar bem; declamação.
Reciticcio, s. m. (tosc.) coisa vomitada ou expelida / (fig.) coisa mal feita.
Reciúto, p. p. (p. us.) vomitado.
Reclamànte, p. pr. e s. m. reclamante; pessoa que reclama.
Reclamàre, v. reclamar, opor-se; fazer impugnação ou protesto; exigir, reivindicar; pedir, demandar.
Reclamàto, p. p. e adj. reclamado, solicitado com insistência; exigido.
Reclamazióne, s. f. reclamação; querela.
Rèclame, s. f. (fr.) reclamo, propaganda; publicidade por anúncio, prospecto, etc.
Reclamísta, s. m. reclamista, pessoa que faz reclamo ou propaganda para casas comerciais.
Reclamístico, adj. reclamístico, de reclamo, de publicidade, propagandístico.
Reclàmo, s. m. reclamo, reclamação; protesto, queixa / petição, reivindicação; protesto / recurso.
Reclinàre, v. reclinar, inclinar, dobrar, recurvar; apoiar, encostar.
Reclinàto, p. p. e adj. reclinado, encostado, apoiado, inclinado.
Reclínio, adj. (lit.) reclinado.
Reclúdere, v. (lit.) recluir, encerrar.
Reclusióne, s. f. reclusão; encerramento / clausura / (jur.) pena que consiste na privação da liberdade.
Reclúso, p. p. e adj. recluso, encerrado; que vive em convento ou clausura / (s. m.) recluso, preso, que foi condenado à reclusão.
Reclusório, s. m. cárcere, prisão, penitenciária / asilo, hospício.
Reclúta, s. f. (neol.) recruta, soldado novo; conscrito.
Reclutamento, s. m. recrutamento, conscrição.
Reclutàre, v. recrutar, arrolar soldados; engajar gente para trabalhos, etc.
Reclutàto, p. p. e adj. recrutado, arrolado, engajado.
Recolêre, v. (ant.) reverenciar; reviver, relembrar com reverência.
Recolètti, s. m. pl. recolectos, religiosos da ordem Franciscana.
Recôndito, adj. recôndito; encerrado, oculto, retido; escondido profundamente / (fig.) indecifrável.
Reconditòrio, s. m. (ecles.) reconditório, caixa de mármore na mesa do altar onde estão as relíquias dos santos.
Rècord, s. m. (ingl.) recorde ou record, feito, proeza esportiva.
Recordman, s. m. (ingl.) recordista que obteve, que bateu um recorde.
Recòtto, s. m. resíduo de seda.
Recrementízio, adj. recrementício (fisiol.).
Recriminàre, v. recriminar; censurar; exprobrar; reconvir / queixar-se; querelar-se.
Recriminatôre, adj. e s. m. (recriminatríce, s. f.) recriminador.
Recriminazióne, s. f. recriminação, acusação; censura; queixa.
Recrudescènza, s. f. recrudescência, recrudescimento; pioramento.
Recto, s. m. (tip.) anverso da folha de um livro numerado de um só lado.
Recúbito, s. m. recúbito, posição de quem está encostado.
Recuperàre (o mesmo que **ricuperàre**), v. recuperar, reconquistar, readquirir.
Recuperatòrio, adj. (for.) recuperatório; restituitório.
Rèda, s. f. carro grande e espaçoso com assentos / (ant.) herdeiro.
Redància, s. f. (mar.) anel, guarda da corda (ou cabo).
Redàre, v. (ant.) herdar.
Redarguènte, p. p. e adj. e s. m. recriminante, repreensor.
Redarguíbile, adj. redargüível, replicável; recriminável.
Redarguíre, v. redarguir; replicar; acusar, recriminar asperamente; repreender.
Redarguíto, p. p. e adj. repreendido, admoestado.
Redarguizióne, s. f. admoestação, recriminação; redargüição.
Redatôre, s. m. (ant.) herdeiro.
Redàtto, p. p. e adj. redigido, compilado; escrito.
Redattôre, s. m. (redattríce, s. f.) redator (de jornal, etc.).
Redazióne, s. f. redação (escritura de artigos; livros, etc.); conjunto de redatores; sede de jornal, revista, etc.
Redàzza, s. f. (mar.) feixe de fios de cânhamo, para enxugar o navio depois de lavado.
Redditízio, adj. (neol.) que proporciona rendimento; que dá renda; que dá lucro, proveito; proveitoso, profícuo.
Rèddito, s. m. renda, rendimento, lucro, entrada.
Reddizióne, s. m. (ant.) restituição.
Redènto, p. p. e adj. redimido, libertado, resgatado / **pàtria redènta**: pátria redimida, restituída à liberdade.
Redentôre, adj. e s. m. (redentríce, s f.) / redentor; que redime ou resgata / o Redentor: Jesus Cristo.
Redentorísta, s. m. (rel.) redentorista.
Redenzióne, s. f. redenção; ato ou efeito de redimir / (teol.) resgate dos homens por Jesus Cristo.
Redibitòrio, adj. (jur.) redibitório, referente à redibição.
Redibizióne, s. f. (jur.) redibição, anulação de uma venda, obtida pelo comprador, quando a coisa comprada apresenta certos vícios.
Redígere, v. redigir, compilar; escrever / escrever os artigos principais de um periódico.
Redímere, v. redimir, remir, libertar, resgatar.
Redimíbile, adj. redimível, que pode ser remido, resgatado.
Redimibilità, s. f. redimibilidade, condição de redimível.
Redimíre, v. (ant.) coroar, adornar com coroa.
Redimíto, p. p. e adj. (ant.) coroado, cingido de coroa.

Rèdine, s. f. (pl. **redini**) rédeas; freios / (fig.) governo; poder, autoridade.
Redingote v. (fr.), redingote, casaco comprido; sobrecasaca.
Redintegràre, v. (ant.) reintegrar.
Redintegramènto, (o mesmo que **reintegramènto**) s. m. reintegração.
Redíre, v. (rar. poét.) o mesmo que **riédere**, voltar, retornar, retroceder, repatriar.
Reditàggio, s. m. (ant.) herança / riqueza.
Redivívo, adj. redivivo, que voltou à vida; ressuscitado / (fig.) novo, renovado.
Rèdo, s. m. (rar.) cria; animal de mama.
Rèdola, s. f. caminho, vereda, atalho, senda margeando as plantações.
Redolína, s. f. dim. atalhozinho, veredazinha.
Redolènte, adj. redolente, cheiroso, fragrante.
Rèdova, s. f. redova, antiga música de dança, da Boêmia, parecida com a mazurca.
Rèduce, adj. e s. m. regressado, que voltou, que regressou / (por ext.) veterano, sobrevivente, supérstite / **i rèduci della guerra**: os sobreviventes, os veteranos da guerra.
Reduplicàre, v. (lit.) reduplicar, duplicar outra vez; repetir novamente.
Reduplicatívo, adj. reduplicativo, o que indica repetição de ato.
Reduplicàto, p. p. e adj. reduplicado, dobrado, redobrado.
Reduplicazióne, s. f. reduplicação / repetição de uma sílaba, de uma letra, etc.; redobro.
Redùvio, s. m. (zool.) redúvio, inseto hemíptero.
Refaiòlo, s. m. vendedor de linhas de coser.
Rèfe, s. m. linha de coser; fio de linho torcido; novelo, carretel; meada / **cucire a ——— doppio**: fazer algo com empenho.
Referendàrio, s. m. referendário, o que faz uma causa, petição ou requerimento / (ecles.) oficial da cúria romana, relator das sentenças do tribunal eclesiástico / (depr.) espião, delator.
Referèndum, s. m. referendum; voto, mensagem; direito dos cidadãos de opinarem nas questões de interesse geral / **ad ———** : para referir aos superiores.
Referènza, s. f. (neol.) referência, informação; notícia.
Refertàre, v. relatar, referir.
Refèrto, s. m. relatório, relação, informe, relato; perícia.
Refèto, (ant.) adj. refocilado.
Refettòrio, s. m. refeitório.
Refezioncèlla, Refezioncína, s. f. (dim.) merendazinha, pequena refeição.
Refezióne, s. f. refeição, pasto ligeiro, merenda.
Reficiàre, refiziàre, v. (ant.) merendar.
Reficiènte, adj. (ant.) corroborante.
Reflèsso, adj. reflexo, dobrado para trás / (bot.) **fòglia reflèssa**: folha dobrada sobre si mesma.
Refluíre, v. refluir, fluir, correr para trás, para o lugar donde veio (um líquido).
Refluíto, p. p. e adj. refluído.
Rèfluo, adj. (lit.) réfluo, refluente; que corre para trás ou em sentido contrário.
Reflùsso, s. m. (o m. q. **riflusso**) refluxo.
Refocìllare (**rifocillàre**), v. refocilar, fortificar, restaurar.
Rèfolo e rífolo, s. m. (mar.) sopro de vento passageiro; rafada; rajada.
Refrattàrio, adj. refratário, que resiste e não se funde ao calor / teimoso, inquieto, recalcitrante, inflexível, obstinado; resistente, intransigente / (s. m.) conscrito (alistado) que se subtrai ao serviço militar; desertor.
Refràtto, adj. refrato, que se refrangeu ou se refratou.
Refrigeramènto, s. m. refrigeração, resfriamento.
Refrigeránte, p. p. e adj. refrigerante, que refrigera, que refresca / (s. m.) geladeira, refrigerador. instrumento para refrigerar / bebida refrescante.
Refrigeràre, v. refrigerar, refrescar; arrefecer / aliviar, suavizar, consolar / moderar o calor dum corpo.
Refrigerativo, adj. refrigerativo.
Refrigeràto, p. p. e adj. refrigerado, refrescado; aliviado, consolado, suavizado.
Refrigeratóre, adj. refrigerador / (s. m.) refrigerador, aparelho para refrigerar.
Refrigèrio, s. m. refrigério; alívio produzido pela frescura / (fig.) alívio, consolação, consolo.
Refugium Peccatorum (loc. lat.) refúgio de pecadores / (s. m.) protetor indulgente; escola para os reprovados.
Refurtíva, s. f. (neol. jur.) coisa roubada; a matéria, o produto do furto.
Refusàre, v. (tip.) pôr uma letra por outra.
Refúso, s. m. (tip.) troca de letra na composição tipográfica; erro de impressão.
Regàglie, e rigàglie, s. f. miúdos, despojos de aves.
Regalàbile, adj. presenteável, que se pode presentear.
Regalàccio, s. m. (pej.) presente barato, ordinário.
Regalàre, v. presentear, dar presente a, mimosear com presente.
Regalàrsi, v. refl. presentear-se / regalar-se, gozar.
Regalatamènte, adv. regaladamente, suntuosamente.
Regalàto, p. p. e adj. presenteado / dado de presente / vendido a preço baixo / **vita regalata**: vida regalada, vida boa.
Regàle, adj. régio, que pertence ou diz respeito ao rei; digno de rei.
Regalètto, Regalíno, s. m. dim. presentinho, pequeno presente.
Regalía, s. f. (jur.) direito; regalia, prerrogativa / (agr. pl.) presentes que os camponeses devem dar aos patrões, de acordo com o que foi estipulado entre as partes.
Regalísta, s. m. regalista, aquele que defende, que justifica as regalias reais.
Regalità, s. f. realeza; monarquia, majestade.

Regalmênte, adv. regiamente, de modo régio, à maneira de reis; magnificentemente.
Regàlo, s. m. presente, dádiva, brinde dom, mimo.
Regalône, s. m. (aum.) presentão, presente de valor.
Regalúccio, s. m. dim. presentinho, presente ínfimo, de pouco valor.
Règamo, s. m. (bot.) orégão, planta aromática da família das labiadas.
Regàta, s. f. regata, corrida de embarcações.
Regatàre (dial. vêneto) v. tomar parte nas regatas.
Rège, s. m. (ant. e poét.) rei.
Regèsto, s. m. (lit.) registro, repertório cronológico de atos privados ou públicos.
Règge, (ant.) s. f. porta, tabique, cancela.
Reggènte, p. pr. e adj. regente, que rege / (s. m.) quem exerce a regência de um Estado / título de prefeito, superintendente, governador, etc.
Reggènza, s. f. regência, governo de quem rege; tempo que dura a regência: **durante la** .
Règgere, v. reger, governar, administrar, dirigir / resistir, suster, suportar; impedir, refrear, sustentar; nutrir, segurar / **per reggere la famiglia**: para sustentar a família / **spetta a vôi lo stato**: cabe a vós governar o país / **non regge al paragône**: não resiste à comparação / (gram.) reger / (refl.) reger-se, governar-se: **reggersi a repubblica** / (com.) **reggere alla concorrenza**: resistir à concorrência.
Reggetta, s. f. fita de ferro para reforço de rodas, pipas, traves, caixotes, etc.
Reggettône, s. m. (aum.) fita grossa (de ferro) para reforço de portas, etc.
Règgia, s. f. palácio real, paço real / corte.
Reggiàno, adj. de Reggio Emília / (s. m.) habitantes dessa cidade / queijo da região de Reggio Emilia.
Reggibile, adj. governável; que se pode governar, reger, administrar / portátil / tolerável, sofrível.
Reggibràca, ou **Reggiambràca**, s. m. retranca, correia do arreio que passa por baixo da cauda do animal, e cujas extremidades se ligam à parte posterior; sela.
Reggicàlze, s. m. liga das meias.
Reggicatinèlle, s. m. tripeça para bacia ou lavatório.
Reggicòllo, s. m. gola ou colarinho, parte do vestuário feminino que cinge o pescoço, hoje fora de moda.
Reggifiàschi, s. m. frasqueira, porta-garrafas.
Reggifrêno, s. m. a parte do arreio que segura o freio.
Reggilúme, s. m. castiçal; qualquer objeto que serve para segurar um lume.
Reggimênto, s. m. regimento, ação ou efeito de reger; governo, direção / (mil.) corpo de tropas sob o comando de um coronel.
Reggiòla, s. m. (mar.) prateleira dos armários para roupa.
Reggipància, s. m. cinta que se usa para adelgaçar o ventre.
Reggipênne, s. m. porta-canetas.
Reggipètto, s. m. correia que sustenta o arreio / indumento feminino: porta-seios.
Reggiposàte, s. m. suporte para talheres.
Reggisèlla, s. m. cavalete de madeira onde se põe ou guarda a sela.
Reggitèsta, s. m. cabeceira das poltronas de dentista, barbeiro, etc. para recostar a cabeça.
Regitirèlle, s. m. cilha do arreio de animal de carga.
Reggitôre, adj. e s. m. (**reggitríce**, s. f.) regedor; regente / administrador / (agr.) capataz.
Regía, s. f. empreita; monopólio / sociedade que tinha do governo régio o monopólio da venda do fumo / (teatr.) preparo ou direção de um espetáculo cinematográfico.
Regiamênte, adv. regiamente, realmente, majestosamente.
Regicída, s. regicida.
Regicídio, s. m. regicídio.
Regificàre, v. tornar régio.
Regífuga, (festa) (Hist. Rom.) celebração da expulsão de Tarquinio.
Regílla, s. f. (hist. rom. ant.) regila, túnica branca que vestia a noiva na véspera das núpcias.
Regíme, s. m. regime, governo; modo de governar um Estado / modo de viver, de proceder; sistema, regra, processo, modo / dieta.
Regína, s. f. rainha, mulher do rei / uma das figuras do jogo de xadrez / (zool.) abelha-mestra / —— **madre**: rainha mãe.
Reginètta, s. m. dim. rainhazinha.
Regino, adj. de sedaço (seda rala).
Reginòtta, s. m. dim. pequena rainha, pequena princesa.
Règio, adj. régio, real, que pertence ou que diz respeito ao rei / (quím.) **acqua régia**: mistura de ácido clorídrico e azótico.
Regionàle, adj. regional, da região, que pertence à região.
Regionalísmo, s. m. regionalismo, bairrismo, estima exagerada pela própria região ou cidade.
Regionalísta, s. m. regionalista.
Regionalmênte, adv. regionalmente; segundo as várias regiões.
Regiône, s. f. região, comarca; província, lugar; zona, território / uma das dezenove grandes divisões territoriais da Itália: **la regiône Lombárda**: a Lombardia / (anat.) parte do corpo humano.
Regista, s. m. (teatr. e cin.) diretor artístico.
Registràbile, adj. registrável, registável, digno de registro, que se pode ou deve registrar.
Registràre, v. registrar, lançar por escrito no livro do registro; transcrever nos registros públicos / (jur.) dar sanção legal / —— **un orológio**: ajustar, acertar um relógio.
Registràto, p. p. e adj. registrado, lançado em livro ou documento; notificado; inscrito.
Registratôre, adj. e s. m. registrador (ou registador), que ou aquele que registra ou que serve para registrar

Registratúra, s. f. acertamento, ajuste de engenho; maquinismo (p. ex. relógio).
Registrazióne, s. f. registração, ato ou efeito de registrar.
Registro, s. m. registro. livro no qual se registram atos importantes públicos ou privados; repartição do Estado onde se registram alguns atos especiais; repartição onde se pagam taxas / (mús.) os tubos do órgão; registro do piano / registro da chaminé, da torneira, etc. / mutar ———: abrir novos registros / (fig.) mudar de teor de vida, de modos, de discurso, etc.
Regnànte, p. pr. e adj. reinante, que reina, domina / (s. m.) rei, monarca.
Regnàre, v. reinar, governar um Estado com o título de soberano / (fig.) prevalecer, dominar / existir.
Regnatóre, adj. e s. m. (**regnatríce**, s. f.) que reina. que governa, reinante.
Regnètto, s. m. reinozinho, pequeno reino.
Regnícolo, adj. e s. m. reinícola, que habita ou que nasce no reino; reinol.
Règno, s. m. reino, Estado, país governado por um rei; monarquia / cada uma das três divisões da natureza; os seres com caracteres comuns / reinado: **il regno di Augusto** / soberania, domínio, governo, mando / lugar de domínio: **il** ——— **della donna** / **il** ——— **delle tenebre, il** ——— **del silenzio**.
Regnúccio, regnúcolo, s. m. (depr.) reino pequeno, de nenhuma importância.
Règola, s. f. regra, lei, norma, princípios, preceitos a seguir / exemplo, regulamento / cuidado; ordem; moderação, economia / estatutos de ordem religiosa; processo de resolver problemas / régua, tira-linhas / (pl. fisiol.) regras.
Regolamentàre, adj. regulamentar, regular, normal.
Regolaménto, s. m. regulamento, preceito, norma, disposição oficial com que se explica a execução de uma lei.
Regolàre, adj. regular, conforme às regras ou às leis; legal; formal; constante; usual; normal, bem proporcionado / (ecles.) que vive em comunidade religiosa / (gram.) conforme à regra geral da flexão / (s. m.) religioso / v. dirigir, sujeitar a regras; encaminhar conforme a lei; regulamentar, esclarecer; cotejar, acertar, regularizar; moderar; reprimir, servir de regra; governar, liquidar, pagar.
Regolarità, s. f. regularidade; pontualidade.
Regolarizzàre, v. (galic.) regularizar, normalizar.
Regolarizzazióne, s. f. regularização, normalização.
Regolarménte, adv. regularmente, segundo as regras.
Regolàrsi, v. regular, governar-se.
Regolatézza, s. f. regularidade; método, ordem / sobriedade, moderação.
Regolàto, p. p. e adj. regulado, que procede com regra; ordenado, acomodado / (com.) pago, liquidado / **conto** ———: conta liquidada, paga.
Regolatóio, (pl. -atói) s. m. regulador de aqueduto.
Regolatóre, adj. e s. m. (**regolatríce**, s. f.) regulador, que regula ou serve para regular / (s. m.) dispositivo aplicado a uma máquina para lhe tornar uniformes os movimentos.
Regolazióne, s. f. (rar.) regulação, ato ou efeito de regular.
Regolètto, s. m. pequena régua / (arquit.) orla estreita das superfícies planas, listel.
Regolízia, s. m. regoliz, alcaçuz.
Règolo, s. m. régua / (arquit.) filete, listel. orla estreita e plana / ——— **calcolatóre**: régua de cálculo / (zool.) pequeno pássaro / (hist.) régulo, senhor de poder menor que o do rei / (depr.) tiranete ou príncipe de limitado prestígio.
Regrediènte, p. pr. e adj. que regressa, / regressivo; decadente.
Regredíre, v. regredir, retroceder, ir em marcha regressiva.
Regressióne, s. f. regressão, regresso, retrocesso.
Regressivaménte, adv. regressivamente.
Regressívo, adj. regressivo, retrocessivo.
Regrèsso, s. m. regresso / retrocesso; decadência, atraso / (med.) retrocesso, recrudescência.
Reiètto, adj. (lit.) rejeitado, desprezado, repelido, expelido; afastado.
Reiezióne, s. f. rejeição, ato ou efeito de rejeitar; rechaço; recusa.
Reina, s. f. (poét.) rainha / (zool.) peixe de água doce.
Reincarnàre, v. reencarnar ressuscitar.
Reincarnàto, adj. reencarnado.
Reincarnazióne, s. f. (teol.) reencarnação.
Reincidènza, (ant.), s. f. reincidência.
Reincisióne, s. f. gravação fonográfica feita de outro disco.
Reinfettàre, v. infectar novamente.
Reintegra, s. f. (for.) reintegração.
Reintegraménto, s. m. reintegração, ato de efeito de reintegrar.
Reintegrànda, s. f. (jur.) ação de reintegração de posse.
Reintegràre, v. reintegrar, restabelecer alguém na posse de um bem, de um emprego, etc. / repor, reconduzir / reparar os danos / renovar.
Reintegrativo, adj. reintegrativo.
Reintegràto, p. p. e adj. reintegrado, restabelecido; ressarcido.
Reintegrazióne, s. f. reintegração; ressarcimento, indenização, reparação.
Reis, s. m. réis, até pouco tempo atrás, unidade monetária de Portugal e do Brasil.
Reità, s. f. (de réo, réu) culpa, delito / (fig.) malvadez, impiedade.
Reiteraménto, s. m. reiteração.
Reiteràbile, adj. reiterável, repetível.
Reiteràre, v. reiterar, repetir, renovar / replicar.
Reiterataménte, adv. reiteradamente.
Reiteràto, p. p. e adj. reiterado, replicado, repetido.
Reiterazióne, s. f. reiteração, repetição.
Reiudicàta, s. f. (jur.) coisa julgada / (fam.) questão resolvida.

Relata, rèfero, (loc. lat.) refiro o que me foi dito.
Relativamènte, adv. relativamente, em relação a, respeito a.
Relativísmo, s. m. relativismo.
Relativísta, adj. e s. m. relativista.
Relativitá, s. f. relatividade.
Relatívo, adj. relativo; eventual; atinente a, correspondente, concernente a; limitado, não absoluto / (gram.) relativo: **pronome** ———.
Relatôre, adj. e s. m. (**relatríce,** s. f.) relator.
Relaziône, s. f. relação, exposição, relatório; narração / ligação; analogia / convivência, trato / **in** ——— **a:** em relação a, respeito a.
Relé, s. m. (neol.) relé, aparelho que reforça uma corrente elétrica / processo pelo qual uma estação difunde a emissão de outra estação.
Relegamênto, s. m. (o mesmo que **relegaziône,**) relegação, banimento, desterro.
Relegàre, v. relegar, desterrar.
Relegàto, p. p., adj. e s. m. relegado, exilado, desterrado.
Relegatôre, s. m. (**relegatríce,** s. f.) relegador / desprezador.
Relegaziône, s. f. relegação, desterro, banimento.
Religionàrio, s. m. religionário, quem professa alguma religião.
Religiône, s. f. religião; piedade para com Deus; reverência e temor a Deus; veneração e culto / ordem e regra dos religiosos.
Religiosamènte, adv. religiosamente, escrupulosamente.
Religiositá, s. f. religiosidade, escrúpulo; exatidão.
Religiôso, adj. religioso, que tem religião, pio; exato, escrupuloso / (s. m.) quem vive sob uma regra religiosa; religioso, frade, monge.
Relínga, s. f. relinga, corda com que se atam as velas das embarcações.
Relínquere, v. (ant.) deixar, abandonar.
Reliquàto, s. m. reliquária, restos, sobras / (for.) restos de quantias cobradas ou recebidas.
Relíquia, s. f. relíquia / resto do corpo de algum santo.
Reliquiàrio, s. m. relicário.
Reluttànte, adj. (o mesmo que **riluttànte**): relutante, recalcitrante, repugnante.
Relítto, s. m. pl. terrenos enxutos, abandonados pelo mar / restos de naufrágio / resíduos; despojos / (fig.) **i relitti della Società:** a escória da sociedade.
Rem (adv.) (loc. lat.) à coisa, ao argumento.
Rèma, s. f. ressaca (mar.) / (ant.) reumatismo.
Remàio, s. m. fabricante ou vendedor de remos.
Remànte, p. pr., adj. e s. m. remador; vogador.
Remàre, v. remar.
Remàta, s. f. remada; golpe de remo.
Remàto, adj. remado, provido de remos.
Rematôre, s. m. (**rematríce,** s. f.) remador.

Rembàta, s. f. (ant.) tablado do castelo de proa nas galeras.
Remeàbile, adj. (lit. e p. us.) de onde se pode voltar.
Remeggiàre, v. remar, mover à guisa de embarcação de remos.
Remèggio, s. m. remadura (o conjunto dos remos duma embarcação).
Remeggìo, s. m. remadura continuada.
Remènso, (ant.) adj. medido.
Remièro, (ant.) s. m. remador / barco de remos.
Remigamênto, s. m. (p. us.) remadura.
Remigànte, p. pr. adj. e s. m. (poét.) remador / (s. f. pl.) penas longas e duras das aves.
Remigàre, v. (poét.) remar; adejar, voar.
Remigatôre, adj. e s. m. (**remigatríce,** f.) remador.
Remígio, s. m. (ant.) remadura / lugar para remar.
Reminiscènza, s. f. reminiscência; recordação vaga de coisa quase esquecida, lembrança; pensamento que fica na memória.
Remípede, s. m. (zool.) palmípede, ordem de ave palmípede.
Remissíbile, adj. remissível, que se pode remir, perdoar, resgatar.
Remissibilitá, s. f. remissibilidade, que é digno de perdão.
Remissibilmènte, adv. remissivelmente.
Remissiône, s. f. remissão, ato ou efeito de remir; indulgência, misericórdia, compaixão / ——— **d'animo:** frouxidão, falta de energia ou de atividade / ——— **della febbre:** diminuição da febre.
Remissivamènte, adv. remissivamente.
Remissivitá, s. f. remissão.
Remissívo, adj. remissivo, que tem valor de remir, de perdoar / **uomo** ———: que se submete à vontade de outrem; fraco / deferente, submisso.
Remissória, s. f. remissória / (ecles.) carta pela qual um bispo desobriga um sacerdote de qualquer sujeição disciplinar.
Remittènte, adj. remitente, que remite.
Remittènza, s. f. remitência; interrupção ou diminuição dos sintomas de uma doença.
Rèmo, s. m. remo, instrumento de madeira para remar.
Remolàio, s. m. artífice de arsenal ou de bordo que fabrica ou conserta remos.
Remolàre, v. (ant.) tardar.
Remolíno, s. m. remoinho, encontro de ventos e de ondas opostas; vórtice / cabelo retorcido em espiral, especialmente nos animais.
Rèmolo, s. m. remoinho, torvelinho.
Remontàio, ou **remontàrio,** s. m. instrumento que regula os relógios de mesa.
Remontoir, s. m. (neol.) (do fr. **remontoir**) relógio de bolso ao qual se dá corda sem chave.
Rèmora, s. f. (jur.) remora, adiamento, dilação / (fig.) obstáculo, impedimento, estorvo / (zool.) peixinho, também chamado "pegador" ou "peixe piolho".
Remorchiàre, (ant.) v. (mar.) rebocar.

Remòto, adj. remoto, distante; afastado, que aconteceu há muito tempo / **luoghi remoti**, lugares afastados / (gram.) um dos tempos do verbo no modo indicativo / **passáto** ———: pretérito perfeito / **io èbbi**: eu tive.

Removíbile, (v. **rimovibile**), adj. removível.

Remuneràre, (v. **rimuneràre**) v. remunerar.

Rèna, s. f. areia / **fabbrica re sulla** ——— ———: trabalhar vãmente, inutilmente.

Renàccio, s. m. terreno arenoso e estéril, areeira, areal, areão.

Renàio, s. m. areal, parte da praia do mar, e do leito de rio que ficou em seco; mina de areia.

Renaiòlo, s. m. areeiro, pessoa que tira ou que transporta areia.

Renàle, adj. renal, que se refere aos rins.

Renàno, adj. (geogr.) renano / (s. m.) natural da Renânia.

Renàre, v. arear, encher ou cobrir de areia; polir, esfregando com areia.

Renatúra, s. f. areamento, ação de arear, de polir com areia.

Rèndere, v. render, dar, restituir, entregar; dar em troca, prestar / explicar, referir, exprimir / traduzir / produzir renda / **quel che non é tuo, rèndilo**: o que não é teu, restitua-o / **render l'anima a Dio**: entregar a alma a Deus / **è un'arte che rende pòco**: é um oficio que dá pouco lucro / **lo stúdio lo rende felice**: o estudo torna-o feliz / ——— **visibile**: tornar visível / (refl.) **rendersi**, render-se, entregar-se, submeter-se / **si rèse allo stranièro**: rendeu-se ao estrangeiro / persuadir-se, assegurar-se / ——— **sicuro**: mostrar-se seguro.

Rendèvole, adj. flexível, que se pode restituir.

Rendicônto, s. m. (neol.) prestação de contas; exposição, relatório, lido ou escrito, das contas duma firma ou sociedade / de evitar-se, como inútil / (franc.) por: atos, relatórios de academias, etc.

Rendimênto, s. m. rendimento / restituição; devolução; ato de render, de entregar, de restituir / produto ou benefício do trabalho de uma máquina, operário, etc. / (com.) o produto do capital posto a render.

Rèndita, s. f. renda, produto que se recebe de bens imóveis, de capitais; benefício, fruto, que se aufere de qualquer coisa / entrada, receita.

Renditôre, s. m. e adj. (**renditrice**, s. f.) restituidor, que restitui, que devolve.

Renditúccia, **rendituzza**, s. f. (dim. e depr.) rendazinha, rendimento insignificante.

Rêne, s. m. (anat.) rim / (pl.) **reni**; **le reni** / (s. f. pl.) rins, a parte inferior da região externa.

Renèlla, s. f. areia miúda / (med.) depósitos arenosos de ácido úrico.

Renêlloso, adj. e s. m. calculoso (med.).

Reníggio, s. m. areia miúda, dos rios; saibro.

Renifôrme, adj. reniforme, que tem forma de rim.

Reníschio, s. m. terreno areento.

Renitènte, adj. renitente, que resiste, que não cede; insistente, contumaz / ——— **alla leva**: que se subtrai ao serviço militar.

Renitènza, s. f. renitência, persistência, obstinação, teimosia; esforço em contrário / (for. e mil.) rebeldia, contumácia.

Rènna, s. f. rena, quadrúpede do hemisfério boreal, do gen. do veado; o mesmo que rangífer.

Reno, geog. Reno, rio da Europa.

Renône, s. m. (aum.) areia grossa, areia saibrosa.

Renosità, s. f. arenosidade.

Renôso, adj. arenoso, areoso, areento.

Rènsa, s. f. tecido fino de linho, espécie de cambraia, originário de Reims, na França.

Renunziazióne, (ant.) s. f. renúncia.

Rèo, adj. réu, culpado, criminoso, acusado, condenado em juízo / malvado, péssimo / (s. m.) réu, cujo crime se demonstrou.

Reobatomêtro, s. m. (mar.) reobatômetro, instrumento para medir as correntes.

Reocòrdo, s. m. reocorda, aparelho para introduzir num circuito resistências maiores ou menores.

Reòforo, s. m. (fis.) reóforo, fios metálicos condutores de eletricidade.

Reògrafo, s. m. (eletr.) galvanômetro.

Reoscòpico, adj. reoscópico, instr. que denuncia a corrente elétrica.

Reoscòpio, s. m. (eletr.) reoscópio.

Reostàtico, adj. (pl. -àtici) reostático.

Reòstato, s. m. reostato; ap. com que se torna constante à força das correntes elétricas.

Reòtomo, s. m. reótomo, aparelho interruptor da corrente elétrica.

Reotropísmo, s. m. (cient.) reotropismo.

Repàrto, s. m. seção / repartição / divisão, departamento núcleo, fração.

Repellènte, p. pr. e adj. repelente, que repele, que obriga a recuar um do outro / repulsivo; antipático, repugnante, nojento.

Repèllere, v. repelir, obrigar a recuar, impelir para longe; resistir, rebater, expulsar, rechaçar.

Repentàglio, s. m. perigo, risco / **mettere a** ——— **la vita, l'onore**: por em perigo (arriscar) a vida, a honra / **son certi repentàgli**: são certos perigos!

Repènte, adj. súbito, rápido, veloz; repentino, inesperado / (adv.) repentinamente / **di** ———: de improviso, improvisamente.

Repentemênte, e **repentinamênte**, adv. repentinamente, subitamente, de improviso.

Repentíno, adj. repentino, instantâneo.

Repènza, s. f. (p. us.) veemência, violência, rapidez.

Rèpere, v. (ant.) serpear, colear.

Reperíbile, adj. encontradiço, que se pode encontrar, descobrir, achar.

Reperibilità, s. f. condição, qualidade de encontrável.

Reperíre, v. encontrar, achar, descobrir; reencontrar.

Repertàto, adj. (for.) encontrado.

Repèrto ou **reperíto**, p. p., adj. e s. m. encontrado, descoberto, reencontrado / **reperto guidiziàrio**: documento encontrado pela autoridade numa investigação / **reperto medico**: perícia, relatório médico.
Repertòrio, s. m. repertório, coleção de obras de uma companhia teatral / registro, elenco, índice inventário de informações dispostas em ordem.
Repletívo, adj. pleonástico.
Replèto, adj. (poét. e raro) cheio, repleto, abarrotado.
Replezióne, s. f. réplica; repetição / objeção, resposta / (jur.) replicação à resposta adversária / (teatr.) repetição de uma peça.
Replicamênto, (ant.) s. m. réplica / (gram.) repetição.
Replicàbile, adj. refutável, iterável, contestável; que se pode replicar, refutar.
Replicàre, v. replicar; repetir, dizer outra vez, retorquir, refutar.
Replicatamênte, adv. repetidamente; reiteradamente.
Replicatívo, adj. replicador; iterativo.
Replicàto, p. p. e adj. replicado, contestado com réplica; repetido, refutado, redargüido.
Replicazióne, s. f. replicação, réplica; iteração.
Reportage, s. f. (v. fr.) reportagem, informação / (ital.) **servizio, informazione**.
Repòrter, s. m. (ingl.) repórter; noticiarista; jornalista que procura notícias para a imprensa periódica / (ital.) **rapportatore, cronista, informatore**.
Reprensíbile, adj. repreensível, que merece repreensão; censurável / (contr.) **irreprensibile**.
Reprensióne, s. f. repreensão, reprovação, censura, reprimenda.
Repressióne, s. m. repreensão, ato ou efeito de repreender; censura.
Repressívo, adj. repreensivo, que repreende.
Reprèsso, p. p. e adj. reprimido, contido, dominado, sustado.
Repressôre, adj. e s. m. repressor.
Reprimènda, s. f. (neol. do fr.) reprimenda, repreensão severa.
Reprimènte, adv. reprimente, que reprime.
Reprímersi, v. refl. reprimir-se, dominar-se, conter-se.
Reprobàre, v. (ant.) reprovar.
Rèprobo, adj. e s. m. réprobo, malvado, condenado; banido, detestado, odiado.
Reps, (v. fr.) s. m. reps, tecido de linho ou seda / (ital.) **bastoncino**.
Repùbblica, s. f. república.
Repubblicàccia, s. f. pej. república que tem mau governo.
Repubblicanamênte, adv. republicanamente, segundo a forma republicana.
Repubblicanèsimo, s. m. republicanismo; profissão de fé republicana.
Repubblicàno, adj. republicano, de república / (s. m.) membro republicano, de uma república; partidário da república.
Repubblichêtta, s. f. dim. republiqueta, pequena república.
Repubblichíno, adj. depr. aplicado à efêmera **R. di Salò** fascista (1944).

Repudiare, v. **ripudiàre**.
Repugnànza, v. **ripugnànza**.
Repulisti, s. m. (fam. e burl.) limpeza / (em sentido fig.) **fecèro repulisti**: limparam, comeram, fizeram desaparecer tudo.
Repúlsa, s. f. repulsa, repulsão.
Repulsióne, s. f. repulsão, ato de repelir / oposição, repugnância / (fís.) força que tende a separar as moléculas.
Repulsivo, ou **ripulsivo**, adj. repulsivo, que repele; repelente ou antipático.
Repulsôre, ou **respingènte**, s. m. (tec.) utensílio amortecedor de choque, em forma de disco que se aplica nos vagões ferroviários.
Reputàre, ou **riputàre**, v. reputar, avaliar, considerar, julgar.
Reputàrsi, v. reputar-se, julgar-se.
Reputato, p. p. e adj. reputado, julgado; estimado, considerado, criado.
Reputazióne, s. f. reputação; estima, consideração.
Requiàre, v. (lit. rar.) descansar, ter réquie.
Rèquie, s. f. réquiem, descanso; repouso, sossego, calma / **la môglie non gli dava** ———: a mulher não lhe dava sossego / (mús.) **messa di** ———: missa de réquiem em sufrágio à alma dos mortos.
Requiescat in pace, (loc. lat.) descanse em paz.
Requisíre, v. requisitar, seqüestrar por necessidade pública.
Requisito, p. p. e adj. requisitado / (s. m.) requisito; condição exigida para a consecução de um certo fim; exigência necessária.
Requisitòria, s. f. (jur.) requisitório; libelo; discurso de acusação / censura solene.
Requisizióne, s. f. requisição / instância; contribuição forçada.
Rerum Novarum, famosa encíclica de Leão XIII (1891) sobre a questão social.
Rèsa, s. f. rendição / (mil.) ato de se render ao inimigo; entrega daquilo que for estipulado por contrato; restituição, devolução / rendimento, produto, benefício, rédito / **grano di molta** ———: trigo de muito rendimento / **resa dei conti**: prestação de contas.
Rescíndere, v. cortar, quebrar / (jur.) rescindir; dissolver, mandar, tornar mofo.
Rescindídile, adj. rescindível.
Rescissióne, s. f. rescisão; anulação dum contrato.
Rescisso, p. p. e adj. rescindido; cortado; invalidado, anulado.
Rescissòrio, adj. rescisório.
Rescritto, s. m. rescrito / resposta do Papa sobre assuntos teológicos, resolução régia ou governamental.
Resecàre, v. cortar, ressecar; tirar fora.
Resecàto, p. p. e adj. cortado, tirado, ressecado (esp. osso, membro, órgão, etc.).
Resedà, s. f. (bot.) resedá.
Resedàcee, s. f. pl. resedáceas.
Reserpina, s. f. reserpina, alcalóide empregado em medicina.
Resezióne, s. f. ressecção, excisão de parte de um órgão.

Residènte, adj. e s. m. residente, que reside / representante diplomático / funcionário diplomático / funcionário colonial.
Residentemênte, adv. estavelmente.
Residènza, s. f. residência, domicílio / sede de funcionários, casa de comércio, etc. (ecles.) tabernáculo, trono.
Residenziàle, adj. residencial.
Residuàre, v. formar resíduo, restar, reduzir / diminuir, reduzindo pouco a pouco (dívida, quantia, etc.) / pres. resíduo.
Residuàto, p. p. e adj. restado, diminuído, reduzido / (s. m. pl.) restos, despojos.
Residuo, adj. resíduo / (s. m.)resto, sobra / ―― **di conto**: saldo de conta / parte, porção.
Rèsina, s. f. resina.
Resinàceo, adj. resináceo, que contém resina.
Resinàto, adj. (quím.) resinato.
Resineína, s. f. (quím.) resineína.
Resinífero, adj. e s. resinífero, que produz resina.
Resinificàre, v. resinificar, dar ou tomar consistência de resina.
Resinite, s. f. (min.) resinite, opala de aspecto resinoso.
Resinòide, adj. resinóide.
Resinôso, adj. resinoso; que contém resina.
Resipiscènte, adj. resipiscente.
Resipiscènza, s. f. resipiscência, arrependimento de um erro ou falta, com o propósito de emenda moral; contrição, compunção.
Resípola, s. f. erisipela (v. risipola).
Resistènte, p. pr. e adj. resistente, que resiste.
Resistentemênte, adv. resistentemente.
Resistènza, s. f. resistência / (jur.) oposição, obstáculo / (eletr.) resistência.
Resístere, v. resistir, opor resistência, não ceder; fazer face a; recusar-se; não sucumbir / ser refratário: ―― **al fuoco, agli acidi** / **non** ――: ceder, entregar-se.
Rèso, p. p. e adj. (de rèndere: restituir) restituído, devolvido; entregue / ―― ―― **al legitimo padrone**: devolvido ao legítimo dono / **si è** ―― **al nemico**: entregou-se ao inimigo / tornado / ―― **allegro dal vino**: tornado alegre pelo vinho / ―― **muto dal dolore**: tornado mudo pela dor / vertido, traduzido / ―― **in italiano**: vertido ao italiano / **ciò che è fatto è** ――: aquilo que se faz se recebe / (com.) ―― **franco a bordo**: entregue, livre de gastos, a bordo.
Resocontísta, (pl. -isti) s. m. relator de periódico, cronista: ―― **teatrale, giudiziário, sportivo**.
Resocônto, s. m. (neol.) relatório, relação; informação / prestação de contas / (sin.) **relazione, rapporto**.
Resolutivo, (v. risolutivo).
Resorcina, s. f. (quím.) resorcina, um dos fenóis derivados da benzina.
Rèspice finem, (loc. lat.) espera o fim, deixa o juízo para o fim dos fatos.

Respingènte, p. pr. e adj. repulsivo, repelente / (s. m.) (mar.) dique, rompe-ondas / (ferr.) amortecedor de choques.
Respíngere, v. repelir, repulsar, empurrar para fora; expulsar, rechaçar / recusar, rejeitar / resistir; refutar; remover; rebater / (pr.) **respingo**.
Respingimênto, s. m. repulsão, rechaço, recusa.
Respingitôre, adj. e s. m. (**respingitríce**, s. f.) repelidor, repulsor; rechaçador.
Respínta, s. f. rechaço, ato ou efeito de rechaçar; retrocesso. recuada, ricochete / recuo do canhão.
Respínto, p. p. e adj. repelido, expulso, rechaçado; recusado, rejeitado: **l'attacco nemico fu respinto**: o ataque inimigo foi rechaçado / reprovado no exame.
Respiràbile, adj. respirável, que se pode repirar.
Respirabilità, s. f. respirabilidade.
Respiramênto, s. m. (rar.) respiração.
Respiràre, v. respirar(absorver o ar / (fig.) viver; reconfortar-se; descansar / **non aver tempo di** ――: estar muito atarefado.
Respiràto, p. p. e adj. respirado, aspirado com os pulmões.
Respiratôre, s. m. respirador.
Respiratòrio, adj. respiratório, que serve à respiração.
Respirazióne, s. f. respiração; respiramento.
Respíro, s. m. respiro, respiração / (fig.) pausa, descanso, repouso.
Respirône, s. m. respiro longo e profundo.
Responsàbile, adj. responsável.
Responsabilità, s. f. responsabilidade.
Responsabilmênte, adv. responsavelmente.
Responsàle, (ant.) adj. responsável.
Responsióne, s. f. (adm.) pensão, quantia em dinheiro que se paga em épocas determinadas; contribuição.
Responsivo, adj. responsivo, que envolve resposta / refutatório (ou refutativo).
Responso, s. m. responso, resposta do oráculo / o que se reza ou canta nos ofícios divinos; reponsório.
Responsòrio, s. m. (ecles.) responsório, resposta do coro, coleção de responsos.
Responsúra, s. f. (ant.) resposta.
Rèssa, s. f. apertura, aglomeração de gente / pressão, insistência para obter qualquer coisa / (ant.) rixa, briga; disputa, contraste.
Rèsta, s. f. (bot.) aresta, pragana, barba de espigas de cereais; réstia de alhos ou cebolas / lasca de peixe / réstia, riste, ponta de lança antiga.
Restànte, p. pr. e adj. restante, que resta, que sobra / sobrevivente / s. m.) resto, resíduo, o restante.
Restànza, s. f. resto, resíduo, sobra.
Restàre, v. restar, ficar, sobrar / quedar, quedar-se, permanecer / ―― **indietro**: ficar atrás / parar, deixar, cessar / **non** ―― **di piovere**: não cessar de chover / achar-se, estar situado / **il podere resta a pochi passi di qui**: a fazenda fica a poucos passos daqui

/ surpreender-se / ——— di sasso: quedar-se assombrado, estupefato / faltar / mi resta solo un esame: falta-me só um exame / restar, sobrar / ciò che resta dell'anno: o que sobra do ano / ficar / questo resta per mio conto: isto corre por minha conta / ——— puri: manter-se puros / ciò resti fra noi: isto fica entre nós / mi restano ancora dei soldi: sobra-me ainda dinheiro / ——— d'accordo: ficar de acordo / ——— sul colpo: cair morto / parar, resistir / ——— a lungo in un posto: parar muito tempo num emprego / ——— a terra: perder o trem, o navio, etc. por não ter chegado a tempo / restar preso: cair no laço.
Restàta, s. f. (rar.) parada, pausa.
Restauràbile, adj. restaurável, que se pode restaurar.
Restauramênto, s. m. restauração.
Restaurànt (v. fr.) s. m. restaurante, casa de pasto categorizada.
Restauràre, v. restaurar; consertar, recobrar, renovar, restabelecer.
Restauratívo, adj. restaurativo, que restaura.
Restauràto, p. p. e adj. restaurado, renovado, consertado; restabelecido, reparado.
Restauratôre, adj. e s. m. (restauratríce, f.) restaurador.
Restauraziône, s. f. restauração; reparação; conserto, restabelecimento.
Restàuro, s. m. restauração de obras de arte ou de edifícios; recuperação.
Resticciòlo, s. m. dim. restinho, resíduo.
Restío, adj. rebelde, relutante, esquivo / cavallo ———: cavalo rebelde.
Restituíbile, adj. restituível.
Restituíre, v. restituir, devolver; entregar, reintegrar.
Restituírsi, v. retornar, voltar / restituirsi al suoi: retornar aos seus.
Restituíto, p. pr. e adj. restituído, devolvido, reintegrado.
Restitutôre, adj. e s. m. (restitutrice, s. f.) restituidor.
Restitutòrio, adj. (for.) restitutório: interdetto ———.
Restituziône, s. f. restituição / (lit.) reconstituição de um texto na forma original.
Rèsto, s. m. resto; sobra, resíduo, troco: o restante / (pl.) desperdícios, despojos / (dim.) resticciòlo.
Restône, adj. e s. m. (agr.) trigo de arestas grossas / de certo cão de caça, feio, porém inteligente / cavalo, burro, etc. rebelde.
Restôso, adj. (agr.) arestoso, que tem arestas longas e grossas.
Restringènte, p. pr. adj. e s. m. restringente.
Restremàre, (v. rastremare) v. afinar, adelgaçar, afusar.
Restringere, v. restringir, apertar, diminuir, reduzir o volume.
Restringêrsi, v. restringir-se; recolher-se, limitar-se / moderar-se.
Restringibile, adj. restringível.
Restringimênto, s. m. restringimento, restrição.
Restringitivo, adj. restringitivo / (med.) adstringente.

Restringiziône, s. f. restringência.
Restrittivamênte, adv. restritivamente, com restrição.
Restrittívo, adj. restritivo, limitado.
Restriziône, s. f. restrição, limitação / ressalva.
Resupíno, adj. (lit. rar.) ressupino, voltado para cima; deitado de costas.
Resúrgere v. (poét.) ressurgir.
Resurèsso, s. m. (ant.) ressurreição.
Ressurreziône, s. f. forma popular de risurreziône: ressurreição.
Retàggio, s. m. (lit.) herança; empregado quase só no sentido de herança, patrimônio espiritual.
Retàio, s. m. vendedor ou fabricante de redes.
Retàre, v. lançar a rede para pescar / quadricular papel, parede etc. / gretar ou rachar o reboco, o verniz, etc.
Retàta, s. f. redada, lanço de rede de pescar / (fig.) captura de muitas pessoas de uma só vez: hanno fatto una ——— di vagabondi.
Retàto, p. p. e adj. entrançado à guisa de rede; quadriculado; rajado; reticulado.
Retatúra, s. f. (pint.) reticulação / (bot.) reticulado das raízes das gramíneas.
Rête, s. f. rede, tecido de malha para apanhar peixes ou aves / tecido de malha em que as mulheres envolvem os cabelos / complexo de linhas cruzadas geometricamente / complexo de estradas, canais, etc. que atravessam uma determinada região / (anat.) entrelaçamento de vasos sanguíneos / conjunto dos meridianos e paralelos / (fig.) engano, embuste; arapuca (bras.); colla rete delle lodi cerca di pigliàre gl'incauti: com o engodo dos louvores procura prender os incautos / pigliar il vento colle reti: trabalho inútil / è cascato nella ———: caiu na arapuca / (dim.) retina, reticella, reticola, reticina, redinha, redezinha.
Retène, s. m. retento, hidrocarboneto polímero de benzina.
Retentíva (ritentíva), s. f. memória, retentiva.
Reticèlla, s. f. (dim.) redinha, pequena rede; coifa em que as mulheres envolvem os cabelos / retículo / nervura que cerca a base das folhas.
Reticènte, p. pr. e adj. reticente; hesitante, cauto.
Reticènza, s. f. reticência, omissão voluntária; silêncio voluntário / (ret.) reticência.
Rètico, adj. (geogr.) rético, relativo à Récia.
Retícola, s. f. (dim.) redezinha, retícula.
Reticolamênto, s. m. reticulação, qualidade do que é reticulado.
Reticolàre, v. dispor em forma de retículo / (adj.) reticular, retiforme.
Reticolàto, p. p. e adj. reticulado; quadriculado / (s. m.) reparo para defesa, feito de arame farpado.
Reticolaziône, s. f. reticulação; quadriculação.
Retícolo, s. m. retículo / segundo compartimento do estômago dos rumi-

nantes / disco óptico destinado a medir os diâmetros dos astros / (bot.) nervura que cerca a base das folhas.
Retifòrme, adj. retiforme; reticular.
Retina s. f. redinha, pequena rede.
Retina, s. f. (anat.) retina, a mais inferior membrana do olho.
Retinàcolo, s. m. herniário.
Retinènza, s. f. retenção, ação ou força de reter; conservação, permanência.
Retinite, s. f. retinite, inflamação da retina / (min.) retinito, meláfiro ou vidro natural.
Retino, s. m. redinha de seda, de pérolas, de fios de ouro ou prata, etc. rede de passarinhar / espumadeira usada no preparo da seda; rede da pia, do ralo, etc.; rede usada em processo de reprodução zincográfica / espumadeira de cozinha.
Retóne, s. m. (aum.) rede grande de passarinhar.
Rètore, s. m. retor, mestre de retórica; retórico / escritor amaneirado / pedante.
Retòrica, ou **rettòrica**, s. f. retórica; (fig.) estilo empolado e afetado no escrever ou no falar / (ant.) grau de ensino clássico.
Retoricamènte, ou **rettoricamènto**, adv. retoricamente, com retórica, com artifício.
Retoricàle, adj. retórico.
Retoricàstro. s. m. retoricão, ator de pouco valor.
Retòrico ou **rettòrico**, adj. retórico, vazio, empolado / (s. m.) mestre de retórica, retor.
Retoricúme, s. m. (depr.) retoriquice; artifício retórico.
Retorúzzo, s. m. (depr.) retoricador, retórico ínfimo.
Retour-match, (v. ingl.) s. m. "revanche", desforra; (ital.) rivincita.
Retrattile, adj. retráctil, que produz retração / (zool.) diz-se das unhas de certos mamíferos (p. ex. do gato) que se podem contrair e esconder na pele.
Retrattilità, s. m. (anat.) retratilidade.
Retrazióne, s. f. retração, ato ou efeito de retrair.
Retribuènte, adj. e s. m. retribuidor, que ou aquele que retribui.
Retribuire, v. retribuir, dar remuneração a; compensar, gratificar, recompensar / (fig.) premiar / (pres.) retribuisco.
Retribuito, p. p. e adj. retribuído, recompensado.
Retributóre, adj e s. m. retribuidor; remunerador.
Retribuzióne, s. f. retribuição, recompensa, compensação, prêmio; remuneração.
Retrívo, adj. (lit.) tardio, tardo, seródio, que fica atrás / retrógrado, reacionário.
Rètro, adv. retro, atrás / usado como prefixo.
Retroattivamènte, adv. retroativamente.
Retroattività, s. f. (jur.) retroatividade.
Retroattívo, adj. (jur.) retroativo.
Retroazióne, s. f. (jur.) retroação, efeito do que é retroativo.

Retrobócca, s. f. (anat.) faringe, cavidade entre a boca e a parte superior do esôfago.
Retrobottêga, s. f. dependência (cômodo, sala) por detrás duma loja de comércio.
Retrocàmera, s. f. recâmara, quarto interior situado atrás de outro.
Retrocàrica, s. f. retrocarga (fuzil, canhão, etc.) que se carrega pela culatra.
Retrocèdere, v. retroceder, recuar / (jur.) restituir, devolver um direito.
Retrocedimènto, s. m. retrocessão.
Retrocessióne, s. f. retrocessão; retrocesso; movimento retrógrado / restituição, cessão de direito / (mil.) remoção de grau; degradação.
Retrocèsso, p. p. e adj. retrocesso; retrocedido: retirado, devolvido / rebaixado de cargo.
Retrocucina, s. f. cômodo (aposento) atrás da cozinha: despensa.
Retrodatàre, v. retrodatar, pôr antedata em.
Retrodatàto, p. p. e adj. retrodatado, datado antes.
Retrodazióne, s. f. antedata.
Retrogradàre, v. retrogadar; retroceder.
Retrogradazióne, s. f. retrogradação / (astr.) movimento em sentido retrógrado.
Retrògrado, adj. retrógrado, que retrograda, que recua, que anda para trás / (fig.) partidário das instituições antigas; reacionário.
Retrogressióne. s. f. retrogressão.
Retroguàrdia, s. f. (mil.) retaguarda, a última fila de qualquer corpo de exército em marcha / (contr.) avanguardia.
Retroguída, s. f. (mil.) oficial cerra-fila, que vai na retaguarda de uma fileira em marcha.
Retròrso, adv. (ant.) retrosso, para trás.
Retroscèna, s. f. bastidores de um teatro / (fig.) manejos ocultos, manobras ocultas.
Retroscritto, s. m. escrito atrás, escrito no dorso.
Retrospettívo, adj. retrospectivo: sguardo ———.
Retrostànte, adj. que está atrás ou mais atrás.
Retrostànza, s. m. recâmara; aposento, cômodo atrás de um outro.
Retrotèrra, s. m. território interior, "hinterland".
Retrotràrre, v. retrotrair, puxar para trás, dar efeito retroativo; retrair.
Retrotrazióne, s. f. retrotração; ato ou efeito de retrotrair.
Retrovèndere, v. (for.) retrovender.
Retrovèndita, s. f. (for.) retrovenda / diritto di ———: direito de retrovender.
Retroversióne, s. f. retroversão / retradução na língua original de um trecho já traduzido da mesma / inclinação de um órgão para trás.
Retrovíe, s. f. pl. (mil.) vias de comunicação à retaguarda dos exércitos.
Retrovisivo, s. m. retrovisor, espelho que, no automóvel ou em outro veículo, está colocado à frente ou ao lado do automobilista.

Rètta, s. f. (geom.) reta: linha reta, traço direito / quantia que paga quem está de pensão nalguma casa, ou em colégio / atenção / chi dà —— —— al cervèllo degli altri si puó friggere il suo: quem se guia pelo cérebro dos outros pode frigir o próprio / dare ——: prestar atenção; dar confiança, acreditar.
Rettàle, adj. rectal, relativo ao reto ou à extremidade do intestino grosso.
Rettamènte, adv. retamente, com retidão; justamente; honestamente.
Rettangolàre, adj. retangular.
Rettàngolètto, s. m. (dim.) retangulozinho, pequeno retângulo.
Rettàngolo, adj. retângulo.
Rettàre, v. (ant.) arrastar-se.
Rettifica, s. f. (neol.) retificação.
Rettificàre, v. retificar, tornar reto, dispor em linha reta; tirar as curvas, as sinuosidades, etc.; destilar novamente (álcool, etc.) / (fig.) corrigir, emendar, endireitar, purificar.
Rettificàto, p. p. e adj. retificado; emendado ou corrigido; novamente destilado; purificado.
Rettificatôre, adj. e s. m. (rettificatrice, s. f.) retificador, que ou aquele que retifica; aparelho para retificar.
Rettificazióne, s. f. retificação, ato ou efeito de retificar; correção; emenda.
Rettifilo, s. m. linha, rua, estrada reta entre dois pontos; retilíneo.
Rèttile, s. m. réptil, animal vertebrado que se arrasta / (fig.) pessoa vil, desprezível / (adj.) que se arrasta, que rasteja.
Rettilíneo, adj. retilíneo, que tem a forma de linha reta / (fig.) reto, irrepreensível.
Rettitúdine, s. f. retidão; integridade de caráter; lisura no procedimento; honestidade, probidade, honradez.
Rètto, adj. reto, direito; retilíneo; vertical / regido, governado, guiado / (fig.) honesto, leal, honrado; probo, justo, imparcial; exato, correto / (gram.) caso ——: caso reto / (anat.) parte do intestino grosso (reto).
Rettocèle, s. m. prolapso do reto.
Rettoràto, s. m. reitorado; cargo, dignidade de reitor, reitoria.
Rettôre, s. m. reitor, aquele que rege ou dirige / diretor de um colégio; chefe de Universidade; magnífico reitor.
Rettorêssa, s. f. reitora, mulher do reitor.
Rettoría, s. f. reitoria.
Rettòrica, (v. retorica) s. f. retórica.
Rettoscopía, s. f. (med.) inspeção da cavidade retal.
Rettríci, adj. f. pl. diz-se das penas (penne rettríci) que formam a cauda dos animais.
Reucliniàno, adj. (lit.) reucliniano, pronúncia do grego antigo.
Rèuma, s. m. reuma, reumatismo.
Reumatàlgia, s. f. (med.) reumatismo agudo.
Reumàtico, adj. reumático.
Reumatismo, s. m. reumatismo.
Reumatizzàre, v. reumatizar, causar reumatismo.
Reumatizzàrsi, v. reumatizar-se, apanhar reumatismo.
Reumatizzàto, p. p. e adj. reumático; que sofre reumatismo.
Rêve, s. m. (fr.) sonho, fantasia, devaneio / (ital.) sogno, fantasia, illusione.
Revellènte, adj. (med.) revulsivo; revelente.
Revèllere, v. revelir, fazer derivar de uma para outra parte (humores do organismo), transpirar.
Reverbaràre, (v. riverberare), v. reverberar.
Reverèndo, adj. reverendo, digno de reverência / (s. m.) padre, sacerdote, religioso, clérigo / (superl.) reverendíssimo, reverendíssimo.
Reverènte, adj. reverente, reverencioso, que manifesta reverência.
Reverentemènte, adv. reverenciosamente.
Reverènza, ou riverenza, s. f. reverência; veneração ou respeito.
Reverenziàle, e riverenziàle, adj. reverencial.
Reverire, v. riverire.
Reversàle, s. f. (ferr.) talão, guia, conhecimento / (ferr.) pagàbile contro —— ferroviaria: pagável mediante apresentação do conhecimento.
Reversibile, adj. (mec.) reversível.
Reversibilità, s. f. reversibilidade.
Reversino, s. m. revezino, antigo jogo de cartas.
Reversiône, s. f. reversão, ato ou efeito de reverter, regresso, reposição; restituição / (biol.) regressão.
Revertígine, s. f. (ant.) torvelinho.
Revíndica, s. f. (for.) reivindicação.
Revisionàre, v. revisar.
Revisiône, s. f. revisão, exame, inspeção, revista / controle / (tip.) —— delle bozze: correção das provas.
Revisôre, s. m. revisor / (fem.) rivediltrice.
Revivalísmo, s. m. (neol.) revivescimento das atividades espirituais depois de um período de decadência.
Revivificaziône, s. f. (quim.) revivificação.
Reviviscènza, s. f. revivescência.
Revivíscere, v. revivescer, reviver, ressuscitar, renascer organismos por revivescência.
Rèvoca, s. f. revogação, ato ou efeito de revogar; anulação.
Revocàbile, adj. revogável, que se pode revogar.
Revocabilità, s. f. revogabilidade.
Revocamènto, s. m. (p. us.) revocação; revogação.
Revocàre, v. revogar, tornar nulo, desfazer; tornar sem efeito.
Revocatívo, adj. revocativo.
Revocatòrio, adj. revocatório.
Revocaziône, s. f. revogação, ato ou efeito de revogar; anulação.
Revolúto, adj. revoluto, revolvido / decorrido, que cumpriu seu ciclo, que completou seu giro.
Revòlver, s. m. (ingl.) (ital. rivoltèlla), revólver, arma de fogo / (mec.) engenho aplicado a um torno para mudar automaticamente os utensílios do trabalho: torno a revólver.
Revolveràta, s. f. tiro de revólver.

Revulsióne, s. f. (med.) revulsão.
Revulsívo, adj. revulsivo / (s. m.) medicamento revulsivo.
Rexismo, s. m. (hist.) rexismo, fascismo belga.
Reziàrio, s. m. (hist.) reciário, gladiador romano armado de tridente e de uma rede para nela prender o adversário.
Rêzza, Rêzzola, s. f. rede de malhas finas para pescar.
Rezzàglio, s. m. rede de arrastar.
Rêzzo, s. m. (lit.) sombra, lugar não exposto ao sol; aragem, brisa.
Rêzzola, s. f. espécie de rede de malhas bem espessas / réstia de cebolas, alhos, etc.
Ri, pref. iterativo e intensivo, re (riformare, reformar; riaccadêre, suceder outra vez).
Riabbaiàre, v. latir de novo.
Riabbandonàre, v. tornar a abandonar.
Riabbassàre, v. tornar a abaixar; baixar novamente.
Riabbàttere, v. abater de novo, tornar a abater / **riabbattersi con uno**: encontrar-se com alguém outra vez.
Riabbellíre, v. aformosear, ataviar novamente.
Riabbigliàre, vestir novamente.
Riabbigliarsi, v. vestir-se, ataviar-se novamente.
Riabboccàre, v. abocar novamente.
Riabbottonàre, v. abotoar de novo.
Riabbottonàrsi, v. (refl.) abotoar-se novamente.
Riabbracciàre, v. reabraçar.
Riabbracciàrsi, v. reabraçar-se.
Riabbruciàre, v. queimar novamente.
Riabbrunàre, v. escurecer / enlutar novamente.
Riabburattàre, v. peneirar novamente.
Riabilitàre, v. reabilitar (jur.) / (refl.) reabilitar-se, recobrar a estima.
Riabilitàto, p. p. e adj. reabilitado / regenerado.
Riabilitatôre, adj. e s. m. reabilitador, que, ou o que reabilita.
Riabilitazióne, s. f. reabilitação.
Riabitàre, v. habitar novamente.
Riaccadêre, v. acontecer novamente.
Riaccalappiàre, v. enlaçar, prender, agarrar novamente.
Riaccampàrsi, v. acampar-se novamente.
Riaccattàre, v. esmolar, pedir novamente.
Riaccasàrsi, v. recasar, tornar a casar.
Riaccèndere, v. reacender / (fig.) reanimar, reavivar.
Riaccenàre, v. acenar, chamar a atenção novamente; tornar a aludir a, tornar a indicar.
Riaccensióne, s. f. reacendimento, ato de reacender.
Riaccêso, p. p. e adj. reaceso, que se acendeu de novo.
Riaccettàre, v. aceitar novamente.
Riacchiappàre, v. pegar de novo.
Riacciuffàre, v. agarrar, pegar novamente.
Riacclamàre, v. aclamar de novo.
Riaccôgliere, v. acolher, receber novamente.
Riaccomiatàre, v. despedir-se novamente.
Riaccomodàre, v. reacomodar, consertar, acomodar novamente.
Riaccompagnàre, v. acompanhar de novo.
Riaccompagnàrsi, v. reunir-se novamente; associar-se outra vez.
Riacconciàre, v. ajustar, arrumar, consertar de novo; enfeitar de novo.
Riaccoppiàre, v. emparelhar novamente.
Riaccorciàre, v. reduzir, encurtar novamente.
Riaccordàre, v. harmonizar novamente; conciliar, conceder.
Riaccostàre, v. reaproximar.
Riaccozzàre, v. juntar, amontoar novamente.
Riaccreditàre, v. tornar a conceder crédito; obter novamente crédito.
Riaccreditàrsi, v. obter novamente crédito.
Riaccrêscere, v. acrescer novamente; continuar a acrescer.
Riaccusàre, v. reacusar, acusar outra vez.
Riacquartieràrsi, v. aquartelar-se de novo.
Riacquattàrsi, v. esconder-se novamente.
Riacquistàbile, adj. recobrável, recuperável.
Riacquistàre, v. reaquistar, readquirir.
Riacquísto, s. m. reaquisição, ato e efeito de readquirir; recuperação, reconquista.
Riadagiàre, v. acostar novamente.
Riadattaménto, s. m. adaptação, acomodação, arranjo.
Riadattàre, v. readaptar; acomodar novamente / (refl.) resignar-se outra vez.
Riaddentàre, v. adentar, dentar novamente / (refl.) adentar-se outra vez.
Riaddormentàre, v. readormecer.
Riadoperàre, v. usar, empregar novamente.
Riadornàre, v. adornar, enfeitar novamente.
Riadottàre, v. adotar de novo.
Riaffacciàre, v. aparecer (à janela ou em outro lugar) novamente / tornar a apresentar uma idéia, etc.
Riaffermàre, v. reafirmar.
Riafferràre, v. agarrar, pegar de novo.
Riaffezionàre, v. afeiçoar-se de novo.
Riaffiatàrsi, v. confirmar, renovar um acordo; pacificar-se, voltar à paz.
Riaffibbiàre, v. afivelar, prender novamente / atribuir de novo uma coisa.
Riaffittàre, v. alugar outra vez.
Riaffliggere, v. afligir novamente.
Riaffondàre, v. afundar de novo.
Riaffratellàre, v. irmanar, unir novamente, fraternizar de novo.
Riaffrettàre, v. apressar novamente.
Riagganciàre, v. enganchar de novo.
Riagghiacciàre, v. congelar, esfriar de novo.
Riagghiacciàrsi, v. congelar-se, esfriar-se, solidificar-se novamente.
Riaggiogàre, v. pôr novamente no jugo, na canga.
Riaggiùngere, v. juntar, ajuntar novamente; conseguir seu escopo; alcançar uma pessoa.
Riaggiustàre, v. reajustar, tornar a ajustar.
Riaggravàre, v. reagravar; exacerbar.

Riaggravarsi, v. reagravar-se.
Riaggregàre, v. agregar novamente.
Riagguantàre, v. agarrar, pegar, segurar novamente.
Riagitàre, v. agitar, mover novamente.
Riaguzzàre, v. aguçar novamente.
Riaiutàre, v. ajudar novamente.
Riallacciàre, v. enlaçar, ligar novamente.
Riallargàre, v. alargar de novo.
Riallentàre, v. diminuir, afrouxar, entibiar novamente.
Riallettàre, v. lisonjear novamente.
Riallungàre, v. alongar de novo.
Rialteràre, v. alterar, modificar novamente.
Rialteràto, p. p. e adj. modificado, alterado novamente.
Riàlto, s. m. proeminência, elevação de terreno, altura / bordado em relevo / (geogr.) Rialto, a maior das ilhas em que se fundou Veneza.
Rialzamênto, s. m. elevação; aumento; realce, relevo.
Rialzàre, v. levantar, subir de novo, subir mais / (fig.) rialzarsi: repor-se recobrar-se, medrar.
Rialzàto, p. p. e adj. levantado, aumentado, acrescido; realçado.
Rialzatúra, s. f. empa, ação ou efeito de empar a videira.
Rialzísta, s. m. (neol.) altista, o que joga na alta na bolsa de valores.
Riàlzo, s. m. elevação, ponto elevado ou alto / alta, aumento dos preços ou dos valores bancários.
Riamàre, v. reamar, tornar a amar / corresponder ao amor de alguém.
Riàmato, p. p. e adj. tornado a amar; correspondido no amor.
Riamicàre, v. reconciliar.
Riamicàrsi, v. refl. reconciliar-se; tornar-se novamente amigo.
Riamicàto, p. p. e adj. reconciliado; tornado novamente amigo.
Riammalàre, Riammalàrsi, v. adoecer de novo, ficar novamente doente.
Riammattonàre, v. ladrilhar outra vez.
Riammêsso, p. p. e adj. readmitido.
Riammèttere, v. readmitir.
Riammiràre, v. admirar de novo.
Riammissíbile, adj. readmissível, que se pode readmitir.
Riammissiône, s. f. readmissão.
Riammogliàre, v. casar novamente.
Riammogliàrsi, v. casar-se outra vez.
Riammollíre, v. tornar a abrandar, a amolecer.
Riammoníre, v. repreender, admoestar novamente.
Riandàre, v. ir / partir novamente; tornar a percorrer / riandò col pensiero i tempi felici: recorreu com a lembrança os tempos ditosos.
Rianimàre, v. reanimar, vivificar.
Rianimàrsi, v. reanimar-se, fortificar-se, vivificar-se.
Rianimàto, p. p. e adj. reanimado, revivificado.
Rianimatôre, s. m. (rianimatríce, s. f.) reanimador, revivificador.
Rianimaziône, s. f. reanimação.
Riannacquàre, v. regar, irrigar outra vez.
Riannaffiàre, v. regar, irrigar, aguar novamente.
Riannebbiàre, v. enevoar novamente.

Riannebbiàrsi, v. enevoar-se de novo.
Riannestàre, v. enxertar, incluir de novo.
Riannêsso, p. p. e adj. anexado novamente.
Riannêttere, v. anexar de novo.
Riannodàre, v. reatar; restabelecer (relações, etc.) novamente.
Riannunziàre, v. anunciar de novo, repetir ou renovar um anúncio, um aviso, etc.
Riannuvolàre, e Riannuvolàrsi, v. anuviar-se, nublar-se, escurecer novamente.
Riapèrto, p. p. e adj. reaberto.
Riapertúra, v. reabertura.
Riappaciàre, v. pacificar de novo, apaziguar de novo, reconciliar.
Riappaciàrsi, v. reconciliar-se novamente.
Riappaltàre, v. arrendar, empreitar de novo.
Riappàlto, s. m. subarrendamento.
Riapparecchiàre, v. arrumar, preparar novamente; reaparelhar.
Riapparíre, v. reaparecer.
Riapparizióne, s. f. reaparecimento / reaparição.
Riappàrso, p. p. e adj. reaparecido.
Riappiccicàre, v. grudar, pregar, colar de novo.
Riappigionàre, v. alugar novamente; sublocar.
Riappisolàrsi, v. adormecer novamente.
Riapplaudíre, v. aplaudir, aclamar novamente.
Riapplicàre, v. reaplicar; aplicar de novo.
Riappoggiàre, v. apoiar novamente.
Riappressàre e Riappressàrsi, v. acercar-se novamente.
Riapprodàre, v. aproar, atracar novamente.
Riapprossimàre, v. reaproximar.
Riapprovàre, v. aprovar novamente.
Riappuntàre, v. afinar, apontar novamente.
Riaprimênto, s. m. reabertura.
Riapríre, v. reabrir.
Riaràre, v. arar, lavrar novamente.
Riàrdere, v. arder, queimar de novo; acender de novo / (refl.) tostar, secar, tornar-se árido / (ant.) consumir, esgotar.
Riarginàre, v. reparar, canalizar de novo / reparar (pôr reparo, dique), canalizar de novo.
Riarmamênto, s. m. rearmamento.
Riarmàre, v. rearmar, armar outra vez.
Riarmatúra, s. f. pôr novas armaduras.
Riàrmo, s. m. (mil.) rearmamento.
Riarricchíre, v. enriquecer novamente.
Riarricchírsi, v. refl. enriquecer-se de novo.
Riàrso, p. p. e adj. requeimado, tostado / árido, seco: terra, gola, pelle arida.
Riascêndere, v. ascender, elevar novamente; reascender.
Riascêso, p. p. e adj. ascendido, elevado novamente.
Riasciugàre, v. enxugar de novo.
Riascoltàre, v. escutar novamente.
Riaspettàre, v. esperar novamente.
Riassaggiàre, v. tornar a provar, tornar a experimentar.

Riassalíre, v. acometer, assaltar novamente.
Riassaporàre, v. tornar a saborear.
Riassediàre, v. assediar, sitiar novamente.
Riassegnàre, v. estabelecer, conferir novamente / atribuir de novo.
Riassestàre, v. acomodar, arrumar, ordenar, ajuntar novamente.
Riassettàre, v. arranjar, reorganizar, ajustar novamente.
Riassètto, s. m. acomodação, modo; reorganização.
Riassicuràre, v. reassegurar, confirmar, ratificar.
Riassicuràrsi, v. reassegurar-se / fazer um novo seguro.
Riassicuràto, p. p. e adj. reassegurado / segurado novamente.
Riassicuratóre, adj. e s. m. que reassegura / segurador.
Riassobimènto, s. m. reabsorção.
Riassociàre, v. associar-se novamente.
Riassoggettàre, v. sujeitar novamente; escravizar de novo.
Riassoldàre, v. assoldar (tomar a soldo) novamente; tornar a engajar para o serviço militar.
Riassòlvere, v. absolver novamente.
Riassopimènto, s. m. novo amodorramento.
Riassopírsi, v. refl. adormecer, entorpecer-se novamente.
Riassorbíre, v. reabsorver.
Riassúmere, v. reassumir; readmitir / resumir, abreviar, fazer sinopse de.
Riassuntíno, s. m. (dim.) pequeno resumo ou sinopse.
Riassuntívo, adj. sintetizador, resumidor, que resume, que abrevia.
Riassúnto, p. p. e adj. readmitido, reempossado, reassumido / (s. m.) resumo, síntese, recapitulação, sinopse.
Riassunzióne, s. f. readmissão ato de readmitir; reassunção; reempossamento.
Riattaccàre, v. atacar novamente / pregar de novo (botões, etc.) / recomeçar.
Riattaccamènto, s. m. reatamento; nova união ou junção.
Riattamènto, s. m. restauração, acomodação, conserto, arrumação, reparação.
Riattàre, v. restaurar, consertar, arrumar; repor em função; reparar, recompor.
Riattèndere, v. atender, considerar, acatar novamente / esperar novamente.
Riatterràre, v. prostrar, derrubar (por terra), abater novamente.
Riattêso, p. p. e adj. esperado, aguardado novamente.
Riattíngere, v. alcançar, atingir novamente / retirar novamente.
Riattínto, p. p. e adj. alcançado, atingido novamente.
Riattivàre, v. reativar, reavivar, restabelecer; repor em atividade.
Riattizzàre, v. atiçar, reavivar (p. ex. o fogo); excitar, estimular novamente.
Riattòrcere, v. retorcer, enrolar, embrulhar novamente.
Riattòrto, p. p. e adj. retorcido, enrolado novamente.
Riattraversàre, atravessar novamente; voltar a cruzar um lugar.

Riattuffàre, v. imergir, mergulhar novamente.
Riauguràre, v. renovar os votos de felicidade.
Riavallàre, v. (com.) avalizar novamente uma letra de câmbio.
Riavàllo, s. m. novo aval na reforma de uma letra de câmbio.
Riavêre, v. reaver, recuperar; ter novamente em mão.
Riavêrsi, v. recobrar alento, reanimar-se; voltar a si depois de um espanto, desmaio etc.; repor-se, recuperar-se.
Riàvolo, s. m. espécie de colher de ferro usada nos fornos de fundição.
Riavúta, s. f. recuperação / revanche no jogo.
Riavúto, p. p. e adj. recuperado, recobrado, obtido novamente / restabelecido, restaurado, reanimado, reavivado.
Riavvallàre, v. avalizar novamente (letra, título de crédito) / abaixar-se novamente (o terreno).
Riavvallàrsi, v. arriar, abaixar, tomar cada vez mais forma de vale (terreno em depressão).
Riavvampàre, v. inflamar, arder novamente.
Riavvelenàre, v. envenenar novamente.
Riavvelenàrsi, v. refl. envenenar-se de novo.
Riavventàrsi, v. lançar-se, atirar-se, arremessar-se novamente.
Riavvertíre, v. reavisar, advertir novamente.
Riavvezzàre, v. reacostumar, habituar novamente.
Riavvezzàrsi, v. reacostumar-se, rehabituar-se.
Riavvicinàre, v. reaproximar.
Riavvicinàrsi, v. refl. reaproximar-se.
Riavvilíre, v. envilecer, aviltar, rebaixar mais.
Riavvíncere, v. ligar, amarrar, segurar, prender outra vez, reatar.
Riavvinghiàre, v. cingir, apertar, agarrar novamente.
Riavvínto, p. p. e adj. agarrado, cingido novamente.
Riavvisàre, v. reavisar, noticiar novamente.
Riavvòlgere, v. envolver, embrulhar novamente.
Riavvolgèrsi, v. envolver-se novamente.
Riavvòlto, p. p. e adj. envolvido, enrolado, embrulhado novamente.
Riazióne, ou **reazióne**, s. f. reação.
Riazzannàre, v. agarrar, pegar novamente com os dentes (animal).
Riazzeccàre, v. golpear novamente; acertar, adivinhar novamente.
Riazzuffàrsi, v. brigar, lutar braço a braço novamente.
Ribaciàre, v. beijar de novo / retribuir o beijo.
Ribadàre, v. reparar, atentar novamente em / (refl.) **ribadàrsi**, precaver-se, esquivar-se de um perigo.
Ribadimènto, s. m. rebitagem / (fig.) reforço / réplica.
Ribadíto, p. p. e adj. arrebitado; rebitado; reforçado; fixado fortemente / replicado, rebatido.
Ribaditòrio, s. m. martelo para rebitar; rebite.
Ribaditúra, s. f. rebitagem.

Ribaldàglia, s. f. (rar.) caterva, malta de patifes.
Ribaldería, s. f. patifaria, maroteira, ribaldaria.
Ribàldo, adj. e s. m. birbante, maroto, patife, biltre; ribaldo
Ribalenàre, v. relampear novamente / voltar de novo à memória.
Ribàlta, s. f. plano móvel da escrivaninha que se pode abaixar e levantar / (teatr.) palco, ribalta, proscênio / chiamare alla ———: chamar à cena.
Ribaltàbile, adj. fácil de tombar.
Ribaltamênto, s. m. embocamento / tombo; capotamento.
Ribaltàre, v. tombar, emborcar / cair, rodar, soçobrar; derrubar / capotar / **ribaltarsi nel fosso:** despenhar-se, precipitar-se no fosso.
Ribaltatúra, s. f. oscilação violenta e súbita de coisas em movimento; emborcação, capotamento.
Ribaltôre, s. m. movimento violento, sacudimento; soçôbro, trambolhão.
Ribalzamênto, s. m. rechaço; ricochete.
Ribalzàre, v. saltar, pular outra vez / ricochetear / (sin.) **rimbalzare.**
Ribalzo, s. m. rechaço, ricochete.
Ribandíre, v. apregoar, proclamar novamente / desterrar, banir novamente.
Ribarattàre, v. trocar novamente; baratinar novamente.
Ribarbàre, v. arraigar outra vez.
Ribarbicàre, v. tornar a arraigar.
Ribassàre, v. rebaixar, diminuir o preço.
Ribassísta, s. m. (neol.) baixista; que especula sobre a baixa dos valores.
Ribàsso, s. m. baixa, abatimento, redução de preço.
Ribastonàre, v. tornar a surrar.
Ribàttere, v. rebater, bater de novo; cunhar de novo; afiar (objetos de aço) / repercutir, porfiar, insistir: **batti e ribàtti** / rechaçar (um assalto) / rebater, refutar, contestar (as razões contrárias).
Ribattezzàre, v. rebatizar, batizar outra vez.
Ribattimênto, s. m. rebatimento, ato ou efeito de rebater / rechaço / (ant.) refutação.
Ribattitôre, s. m. (**ribattitríce,** f.) rebatedor, o que rebate.
Ribattitúra, s. f. rebatimento, repulsão / (s. m.) sobrecostura.
Ribattúta, s. f. rebatida, rebatimento / repercussão/ ——— **del cannone:** recuo de canhão.
Ribattúto, p. p. e adj. rebatido, devolvido; refutado, contestado / repelido, rechaçado / cunhado (moeda) novamente.
Ribèca, s. f. (mús. ant.) rebeca.
Ribeccàre, v. bicar muito; rebicar / colher / apanhar.
Ribechísta, s. f. rebequista.
Ribellamênto, s. m. e **ribellaziône,** s. f. (ant.) rebelião.
Ribellànte, adj. e s. m. (lit.) rebeloso, rebelde.
Ribellàre, v. rebelar, tornar rebelde, excitar à rebeldia, amotinar.
Ribellàrsi, v. rebelar-se, insurgir-se / obstinar-se, teimar.
Ribellato, p. p. e adj. rebelado, revoltado.
Ribellatôre, s. m. rebelde, rebelador.
Ribèlle, adj. e s. rebelde; insurgente, revoltoso, sublevado / contumaz / indócil, recalcitrante, relutante.
Ribelliône, s. f. rebelião, insurreição, revolta; oposição ou resistência às autoridades; tumulto, revolução, motim, sedição.
Ribendàre, v. vendar (tapar com venda) novamente.
Ribenedètto, p. p. e adj. abençoado novamente / muito bendito.
Ribenedíre, v. abençoar novamente.
Ribenediziône, s. f. reconsagração batismal.
Ribenificàre, v. rebeneficiar, beneficiar novamente.
Ribêre, Ribêvere, v. beber de novo.
Ribes, s. m. (bot.) ribes (do ár. ribas), groselheira (planta); fruto da groselheira
Ribisognàre, v. tornar a precisar.
Ribobolísta, s. m. galhofeiro, motejador, zombador.
Ribòbolo, s. m. (tosc.) gracejo, motejo, ditério; vocábulo ou frase mordaz da linguagem popular florentina.
Riboccànte, p. pr. e adj. transbordante, inteiramente cheio, repleto.
Riboccàre, v. transbordar / abundar / **a ribocco:** em grande quantidade.
Ribôcco, s. m. (pl. **-chi**), transbordamento.
Ribollènte, p. pr. e adj. fervente.
Ribollimênto, s. m. refervimento, ato de referver.
Ribollío, s. m. ebulição, fervura seguida / fermentação.
Ribollíre, v. referver, tornar a ferver / comover-se, alterar-se, agitar-se, exacerbar-se.
Ribollitíccio, s. m. coisa refervida / impurezas, restos de coisa fervida.
Ribollíto, p. p. e adj. refervido, que referveu / requentado, recozido.
Ribollitúra, s. f. refervimento / recozimento.
Ribòtta, s. f. regabofe, patusca, festança de amigos; farra / (dim.) **ribottina.**
Ribottône, s. m. (aum.) galhofeiro, folgazão; glutão; farrista / grande patuscada.
Ribrezzàrsi, v. refl. adornar-se para rejuvenescer-se / (lit.) sentir calafrio, horrorizar-se.
Ribrêzzo, s. m. asco, repugnância, aversão, nojo; sensação de desgosto e movimento de repulsão / calafrio, arrepio, estremecimento: **il ——— della febbre.**
Ribrontolàre, v. resmungar, murmurar com mau humor.
Ribruciàre, v. requeimar, queimar de novo ou tornar a queimar.
Ribrúscola, s. f. rebusca.
Ribruscolàre, v. respingar, juntar, amontoar / procurar, rebuscar minuciosamente / ressuscitar ódios antigos, etc.
Ribucàre, v. furar, esburacar novamente.
Riburlàre, v. burlar, caçoar, motejar novamente.
Ribuscàre, v. rebuscar.
Ribussàre, v. bater novamente.
Ributtànte, p. pr. e adj. repugnante, repelente, asqueroso, nauseabundo.

Ributtàre, v. repelir, rechaçar novamente / (bot.) (intr.) brotar novamente / (ant.) refutar.
Ributtàrsi, v. envilecer-se, aviltar-se.
Ributtàto, p. p. e adj. repelido, rejeitado, recusado.
Ribútto, s. m. rejeição, refugo, resto / vômito / (bot.) novo brotamento.
Ribúzzo, s. m. espécie de escopro de ferro de cabeça achatada, sobre o qual se bate com o martelo.
Ricacciamènto, s. m. (rar.) expulsão, ato de expulsar ou repelir.
Ricacciàre, v. repelir, expulsar, rebater, rechaçar outra vez / empurrar novamente.
Ricadènte, p. pr. e adj. que recai, que pende, que flui.
Ricadère, v. recair (doente, etc.); reincidir / pender, cair: **ricadere bene i festoni, il mantello**.
Ricadimènto, s. m. (lit.) recaída, recaimento / recidiva.
Ricaducità, s. f. (jur.) caducidade de bens aforados.
Ricadúta, s. f. recaída; recidiva; reincidência.
Ricadúto, p. p. e adj. recaído, reincidido.
Ricalàre, v. baixar, arriar, inclinar novamente.
Ricalcàbile, adj. recalcável.
Ricalcàre, v. recalcar, calcar novamente / copiar, reproduzir em desenho / repisar, repetir / pisar, calcar ou apertar muito de novo.
Ricalcàta, s. f. recalcamento; recalcadura / cópia.
Ricalcàto, p. p. e adj. recalcado; rebatido, repisado / copiado.
Ricalcatúra, s. f. recalcamento, ato ou efeito de recalcar / imitação, cópia.
Ricalcitramènto, s. m. recalcitração ou recalcitrância.
Ricalcitrànte ou **recalcitrànte**, p. pr. e adj. recalcitrante; obstinado, relutante.
Ricalcitràre, v. recalcitrar, resisitir desobedecendo; opor-se, insurgir-se / dar coices (o animal).
Ricalpestàre, v. pisar, calcar novamente.
Ricalzàre, v. (tr.) calçar (meia, sapato) novamente.
Ricamàre, v. (do árabe), bordar; recamar / ornar / (fig.) enfeitar um acontecimento com detalhes não-reais.
Ricamàto, p. p. e adj. bordado; recamado.
Ricamatôra e **Ricamatríce**, s. f. bordadeira.
Ricamatôre, s. m. bordador.
Ricamatúra, s. f. bordadura, bordado, o trabalho bordado.
Ricambiàre, v. recambiar; trocar, mudar novamente; restituir, devolver; retribuir (favor, saudação, etc.).
Ricambiàto, p. p. e adj. recambiado, trocado; retribuído, devolvido.
Ricàmbio, s. m. troca (de peças de máquinas, etc.); recâmbio, despesa que se paga com o recâmbio de um título / **truppe di ricambio**: corpo de tropa que substitui outro / **malattie del** ———: doenças do metabolismo.
Ricamminàre, v. caminhar de novo, recomeçar a andar.

Ricàmo, s. m. bordado; lavor de bordado; arte de bordar / detalhes primorosos, delicados, de arquitetura, pintura ou música.
Ricamucchiàre, v. bordar aos poucos, uma vez ou outra, por passatempo.
Ricancellàre, v. cancelar, riscar, apagar novamente.
Ricantàre, v. cantar novamente; recantar / (fig.) replicar, repetir mais uma vez.
Ricantazióne, s. f. recantação / palinódia / retratação.
Ricapitàre, (**v. recapitare**), v. entregar novamente / (intr.) voltar.
Ricapitolàre, v. recapitular; resumir, sintetizar, compendiar.
Ricapitolàto, p. p. e adj. recapitulado; resumido.
Ricapitolazióne, s. f. recapitulação; síntese; resumo, compêndio.
Ricardàre, v. recardar, cardar de novo, cardar mais vezes.
Ricardàto, p. p. e adj. cardado novamente / reposto.
Ricaricamènto, s. m. (mar.) recarregamento; novo carregamento.
Ricaricare, v. recarregar; carregar de novo ou mais.
Ricascànte, p. pr. e adj. que pende, que recai / pendente / bambo, perrengue, mole.
Ricascàre, v. recair, tornar a cair / **l'asino dov'è cascato una volta non ci ricasca piú**: o burro onde caiu uma vez não cai outra.
Ricascàta, s. f. recaída.
Ricàsco, s. m. (arquit.) parte pendente de uma abóboda / colgadura.
Ricàsso, s. m. parte da empunhadura da espada na qual se introduzem os dedos da mão.
Ricattamènto, s. m. (rar.) extorsão.
Ricattàre, v. seqüestrar, extorquir / resgatar, recobrar, refazer-se de um prejuízo, dos gastos.
Ricattàto, p. p. e adj. seqüestrado.
Ricattatôre, s. m. (**ricattatríce**, s. f.) seqüestrador, chantagista.
Ricattatòrio, adj. ameaçador de escândalo; extorsivo.
Ricàtto, s. m. extorsão, chantagem / (fig.) usurpação.
Ricavalcàre, v. cavalgar novamente.
Ricavàre, v. tirar, extrair / cavar novamente / obter; usufruir / copiar, reproduzir / ——— **vantaggio**: tirar vantagem.
Ricavàto, p. p. e adj. extraído, tirado, obtido, usufruído; arrecadado / copiado, reproduzido / (s. m.) ganho, lucro, proveito, produto: **il ——— della vendita**, etc.
Ricàvo, s. m. produto; resultado útil.
Riccamènte, adv. ricamente, abundantemente; luxuosamente.
Riccètto, o mesmo que **ricciolino**, s. m. (dim.) cachozinho de cabelos anelados.
Ricchêzza, s. f. riqueza; abundância de bens de fortuna / (fig.) quantidade de coisas de valor; abundância.
Ricchíre, v. (ant.) enriquecer.
Ricciàia, s. f. (agr.) depósito de ouriços de castanha; ouriceira.
Ricciarèllo, s. m. maçapão de Siena.

Riccío, adj. crespo, eriçado, anelado (cabelo, etc.); (s. m.) (bot.) ouriço / (zool.) **riccio di mare**: animal equinóide, ouriço-do-mar.
Ricciolína, s. f. endívia, espécie de chicória / menina de cabelo anelado.
Ricciolúto, adj. eiriçado, anelado, encaracolado.
Ricciòtto, adj. um tanto crespo / (s. m.) filhote de ouriço.
Ricciutèllo, ricciutíno, adj. encrespadinho, diz-se de criança com cabelos encaracolados.
Ricciúto, adj. crespo, encrespado.
Rícco, adj. rico; abastado, abundante, opulento; fértil, magnífico / conspícuo, ingente / precioso, custoso, valioso.
Riccône, adj. (aum.) ricaço, homem rico.
Ricèdere, v. ceder outra vez.
Ricenàre, v. cear novamente.
Ricêrca, s. f. busca, procura, pesquisa, investigação, indagação, averiguação.
Ricercamênto, s. m. procura, rebusca.
Ricercàre, v. procurar, buscar novamente; indagar, investigar; perquirir, inspecionar, pesquisar.
Ricercàta, s. f. (ant.) passagem, entoação, fuga musical / procura.
Ricercatamênte, adv. afetadamente.
Ricercatêza, s. f. apuro, requinte, cuidado, esmêro / (fig.) amaneiramento, pedantismo, afetação.
Ricercàto, p. p. e adj. procurado, investigado, indagado, rebuscado, reqüestado / afetado, amaneirado.
Ricercatôre, adj. e s. m. pesquisador; rebuscador; investigador; indagador; inquiridor.
Ricerchiàre, v. arquear (guarnecer de arcos ou cintas) novamente.
Ricèrnere, v. discernir, separar, distinguir novamente.
Ricesellàre, v. cinzelar novamente.
Ricètta, s. f. receita, prescrição médica / (fig.) remédio eficaz, seguro / (fam.) recurso, expediente.
Riccettàccia, s. f. (pej.) receita ruim.
Ricettàcolo, s. m. receptáculo, lugar onde se juntam ou guardam coisas, abrigo, asilo; esconderijo / (bot.) parte superior do pedúnculo da flor.
Ricettamênto, s. m. receptação, ato de receptar.
Ricettàre, v. receptar, recolher ou esconder coisas clandestinamente / (med. ant.) receitar.
Ricettàrio, s. m. receituário; livro de receitas; formulário / farmacopéia.
Ricettàto, p. p. e adj. recolhido; acolhido / receptado: roba ricettata.
Ricettatôre, s. m. (ricettatríce, s. f.) receptador.
Ricettazióne, s. f. (jur.) receptação; ocultação de coisa roubada.
Ricettína, s. f. (dim.) receitinha, pequena receita.
Ricettività, s. f. (rád.) receptividade.
Ricettívo, adj. receptivo / impressionável, sensível.
Ricettízio, adj. chiesa ricettizia: igreja onde atua um cura para fazer-se merecedor de um benefício.
Ricètto, s. m. recesso, retiro, refúgio / receptáculo / dar ———: hospedar.

Ricettôna, s. f. (aum.) receitão. receita grande.
Ricettôre, s. m. (eletr.) receptor.
Ricevènte, p. pr., adj. e s. m. que recebe / destinatário: **le spese sono a càrico del** ———.
Ricèvere, v. receber; acolher; aceitar; admitir; alojar / experimentar, provar, sentir: ——— **gioia, dolore,** etc.
Ricevíbile, adj. recebível, aceitável, admissível.
Ricevimênto, s. m. recebimento; recepção; acolhida; admissão num círculo ou sociedade / **dare un** ———: dar uma recepção.
Ricevitôre, s. m. (**ricevitríce,** s. f.) (fís.) receptor, aparelho receptor.
Ricevetoría, s. f. recebedoria / departamento onde se arrecadam os impostos.
Ricevúta, s. f. recibo, quitação; ——— **di ritorno:** recibo de volta.
Ricevutína, s. f. recibinho.
Ricevúto, p. p. e adj. recebido, obtido, aceito; acolhido; admitido / (s. m.) **il** ———: o recebido.
Ricezióne, s. f. receptação, recebimento, receptividade / (rád.) recepção.
Richèrere, v. (ant.) requerer.
Richiamàbile, adj. que pode ser chamado outra vez (pessoa sujeita ao serviço militar).
Richiamànte, p. pr. que torna a chamar.
Richiamàre, v. chamar novamente / fazer voltar / chamar para trás / convocar; chamar; fazer vir; retirar / chamar, atrair, repreender / evocar: ——— **alla memòria** / (fig.) atrair, chamar a atenção.
Richiamàto, p. p. e adj. chamado outra vez; retirado / (s. m.) (mil.) soldado que já deu baixa e que é novamente convocado.
Richiamatôre, adj. e s. m. que chama novamente / evocador.
Richiàmo, s. m. chamamento, chamada, convocação / nota, sinai para chamar a atenção / reclamação, queixa / admoestação / reclamo, publicidade, propaganda / chamariz / (tip.) chamada, nota ao pé da página.
Richiedènte, p. pr. e adj. requerente, que requer; postulante, solicitante.
Richièdere, v. pedir novamente; instar; perguntar / exigir; mandar chamar; reqüestar / pedir a devolução de coisa emprestada / pretender: **è un** ——— **tròppo dal popolo** / pretender o devido / necessitar; ——— **cure:** necessitar cuidados / ——— **rispetto:** requerer respeito / **richiede:** necessita-se, faz falta, é necessário / (for.) demandar.
Richiedimênto, s. m. (ant.) pedido.
Richieditôre, adj. e s. m. (f. -**tríce**) requerente.
Richièrere, v. (ant.) requerer.
Richièsta, s. f. pedido, solicitação / ——— **di matrimònio:** pedido de casamento; procura / ——— **di mano d'opera;** a ——— **di:** a pedido de / petição, súplica, instância / (teatr.) **replica a** ——— **generale:** "reprise" a pedido geral.

Richièsto, p. p. e adj. pedido, requerido, solicitado / necessário, oportuno; indispensável, reqüestado / procurado / **é un libro môlto** ———: é um livro muito procurado / conveniente, correspondente, proporcionado; **coi** ——— **decoro**: com o devido decoro.
Richinàre, v. reclinar / abaixar, dobrar.
Richinàto, p. p. e adj. reclinado.
Richíno, adj. inclinado, reclinado.
Richiúdere, v. fechar novamente; fechar / tapar, prender, encerrar / (refl.) **richiudersi una ferita**: cicatrizar-se uma ferida.
Richiudimênto, (o mesmo que **richiusúra**) s. m. fechamento, ato ou efeito de fechar novamente.
Richiuso, p. p. e adj. fechado; fechado outra vez; encerrado / clausurado / **ferita richiusa**: ferida cicatrizada.
Ricíngere, v. (ant. **ricígnire**) cercar, cingir ao redor / **ricinta dall'Alpi e dal mar**: rodeada pelos Alpes e pelo mar (a Itália).
Ricinína, s. f. (quím.) ricinina, alcalóide extraído da semente do rícino.
Rícino, s. m. rícino, mamona.
Ricinolèico, adj. ricinólico, ácido extraído do óleo de rícino.
Ricínto, s. m. recinto / (adj.) cingido novamente.
Ricioncàre, v. tornar a beber vinho.
Ricircolàre, v. circular, girar novamente.
Ricircondàre, v. rodear, circundar novamente.
Ricitàre, v. tornar a citar.
Ricocitúra, s. f. recozimento, ação ou efeito de recozer.
Ricògliere, v. (rar.) recolher; colher de novo / surpreender de novo.
Ricogliatúra, s. f. colheita.
Ricognitôre, adj. e s. m. reconhecedor; explorador.
Ricognizióne, s. f. recognição, ato de reconhecer; verificação, reconhecimento / (adm.) censo; identificação / perlustração, observação, exploração / aforamento; identificação.
Ricolàre, v. pingar, filtrar, gotejar novamente.
Ricollegamênto, s. m. ação de juntar novamente.
Ricollegàre, v. juntar, unir, ligar novamente / (refl.) unir-se, coordenar-se idéias e fatos.
Ricollocàre, v. repor; colocar, unir novamente / (refl.) tornar a casar-se uma viúva.
Ricolmamênto, s. m. abarrotamento, enchimento.
Ricolmàre, v. abarrotar, encher em demasia / terraplenar um terreno afundado.
Ricolmàto, p. p. e adj. abarrotado, cheio, empachado.
Ricolmatúra, s. m. cúmulo.
Ricôlmo, adj. repleto, cheio, abarrotado.
Ricoloràre, e ricolorìre, v. recolorir, colorir novamente; retocar.
Ricòlta, s. f. e ricòlto, s. m. (rar.) colheita, o tempo da colheita.
Ricoltivàre, v. cultivar novamente.
Ricombàttere, v. recombater, combater novamente.

Ricombinàre, v. combinar novamente; reunir; emparelhar, confrontar novamente.
Ricominciamênto, s. m. recomeço.
Ricominciàre, v. recomeçar; reiniciar.
Ricommèttere, v. cometer novamente / unir, juntar, jungir, conexionar novamente.
Ricommettitúra, s. f. nova união; nova junção ou encaixe.
Ricompaginàre, v. (tip.) compaginar de novo.
Ricomparíre, v. reaparecer, aparecer novamente.
Ricompàrsa, s. f. reaparição; ato de reaparecer, reaparecimento.
Ricompàrso, p. p. e adj. reaparecido.
Ricompènsa, s. f. recompensa; mercê, prêmio, galardão; retribuição.
Ricompensàbile, adj. recompensável, que se pode, que se deve recompensar.
Ricompensàre, v. recompensar / remunerar; retribuir; premiar / gratificar.
Ricompensàto, p. p. e adj. recompensado, remunerado, premiado.
Ricompensatôre, s. m. (**ricompensatríce**, s. f.) recompensador, que recompensa, remunerador.
Ricompensazióne, s. f. recompensação, prêmio, galardão.
Ricômpiere, ou **ricompíre**, v. cumprir, executar novamente.
Ricompilàre, v. recompilar, compilar, reunir novamente.
Ricompilazióne, s. f. recompilação.
Ricompimênto, s. m. (rar.) recompilação; suplemento.
Ricomponimênto, s. m. recomposição, reordenação, restauração.
Ricompôrre, v. recompor; restaurar; reordenar, refazer / (fig.) acalmar, serenar.
Ricompôrsi, v. recompor-se, acalmar-se; serenar-se.
Ricomposizióne, s. f. recomposição, ato ou efeito de recompor / reconstrução.
Ricompôsto, p. p. e adj. recomposto; reordenado, reorganizado / serenado, restabelecido.
Ricômpra, s. f. reaquisição; resgate.
Ricompràbile, adj. readquirível; resgatável.
Ricompramênto, s. m. reaquisição.
Ricompràre, v. readquirir, comprar de novo / (ecles.) redimir / (fig.) resgatar / recuperar, recobrar, cativar de novo a confiança, a estima, etc. / **pagar caro / con le spese che ci ho fatto, il podere i'ho ricomprato**.
Ricompratôre, adj. e s. m. (**ricompratríce**, s. f.) readquirente; que readquire, que resgata.
Ricomprèsso, p. p. e adj. comprimido novamente.
Ricomprímere, v. comprimir outra vez ou comprimir mais.
Ricomputàre, v. tornar a computar.
Ricomúnica, s. f. (ant.) absolvição da excomunhão.
Ricomunicàre, v. comunicar, corresponder novamente / (ecles.) absolver da excomunhão, abençoar de novo / (refl.) comungar de novo.

Ricomunicàto, p. p. e adj. comunicado, notificado novamente / (ecles.) absolvido da excomunhão.
Riconcêdere, v. conceder, permitir, outorgar novamente.
Riconcentramênto, s. m. reconcentramento.
Riconcentràre, v. reconcentrar / (quím.) reduzir novamente uma solução já concentrada / (refl.) abstrair-se, concentrar-se, ensimesmar-se.
Riconcentràto, p. p. e adj. reconcentrado / absorto, ensimesmado, abstraído.
Riconcepíre, v. conceber novamente / idealizar, simbolizar, imaginar novamente.
Riconcèsso, p. p. e adj. concedido, consentido, dado, outorgado novamente.
Riconchiúdere, v. concluir novamente.
Riconchiúso, p. p. e adj. concluído de novo.
Riconciàre, v. curtir, preparar de novo.
Riconciàrsi, v. recompor-se, serenar (o tempo) / reconciliar-se.
Riconciliàbile, adj. reconciliável, que se pode reconciliar.
Riconciliamênto, s. m. reconciliação, congraçamento.
Riconciliàre, v. reconciliar, apaziguar.
Riconciliàrsi, v. reconcialiar-se.
Riconciliàto, p. p. e adj. reconciliado, harmonizado, apaziguado.
Riconciliatôre, adj. e s. m. reconciliador.
Riconciliaziône, s. f. reconciliação.
Riconcimàre, v. adubar de novo.
Ricondannàre, v. condenar outra vez.
Ricondensàre, v. condensar, adensar, aquecer, engrossar novamente.
Ricondíre, v. condimentar, temperar novamente.
Ricòndito, adj. (ant.) recôndito.
Ricondôtta, s. f. (rar.) **riconducimênto** / (s. m.) recondução / confirmação.
Ricondôtto, p. p. e adj. reconduzido.
Ricondúrre, v. reconduzir, entregar de novo, devolver / (for.) alugar, empreitar novamente / levar ou trazer de novo / fazer retornar ao estado primitivo.
Ricondúrsi, v. (refl.) voltar, retornar a um lugar.
Ricunduttôre, v. recondutor / (jur.) diz-se de quem continua a ocupar um imóvel, etc. mesmo depois de expirado o contrato.
Riconduziône, s. f. (jur.) recondução; prosseguimento de um contrato; prorrogação.
Riconfèrma, s. f. confirmação, reafirmação; ratificação.
Riconfermàbile, adj. confirmável, reafirmável, passível de confirmação.
Riconfermàre, v. afirmar, confirmar novamente; reafirmar; ratificar.
Riconfermàto, p. p. e adj. novamente confirmado, reafirmado; sancionado, ratificado.
Riconfermaziône, s. f. nova confirmação, reafirmação, revalidação.
Riconfessàre, v. reconfessar, tornar a confessar.
Riconfessàrsi, v. refl. reconfessar-se.
Riconficcàre, v. fincar, cravar novamente.
Riconfidàre, v. confiar, fiar novamente.
Riconfidàrsi, v. refl. confiar, fiar-se outra vez.
Riconfinàre, v. confinar, limitar novamente.
Riconfiscàre, v. confiscar, aprender novamente.
Riconfôndere, v. confundir novamente.
Riconformàre, v. conformar novamente.
Riconfortàre, v. reconfortar, restaurar, reavivar; consolar, reanimar.
Riconfortàrsi, v. refl. reconfortar-se, reanimar-se.
Riconfortàto, p. p. e adj. reconfortado, reanimado.
Riconfortatôre, s. m. (**riconfortatríce,** s. f.) reconfortador, reanimador.
Riconfòrto, s. m. reconforto, consolação; reavivamento, consolo.
Riconfrontàre, v. confrontar, comparar novamente.
Riconfutàre, v. confutar, refutar novamente.
Ricongedàre, v. despedir, licenciar de novo.
Ricongegnàre, v. reaparelhar um engenho, um maquinismo, etc.
Ricongelàre, v. congelar novamente.
Ricongiugère, v. reunir, jungir, juntar novamente / (refl.) reunir-se de novo.
Ricongiugimênto, s. m. junção, ato de juntar, de reunir, de ligar novamente.
Ricongiúnto, p. p. e adj. jungido, ligado, unido novamente.
Ricongiuràre, v. conjurar, conspirar de novo.
Ricongiuziône, s. f. junção, ligação, conjunção, reunião.
Ricongregàre, v. congregar, convocar, reunir de novo.
Riconiàre, v. recunhar, cunhar de novo.
Riconnèsso, p. p. e adj. jungido, ligado, unido novamente.
Riconnèttere, v. reunir, jungir, ligar, juntar novamente.
Riconoscènte, p. pr. e adj. reconhecido, grato, obrigado, agradecido.
Riconoscènza, s. f. reconhecimento; reconhecença, gratidão, agradecimento.
Riconôscere, v. reconhecer, verificar, identificar, distinguir, averiguar, confirmar / ser agradecido, agradecer, recompensar, retribuir / explorar, investigar / admitir, confessar / compreender, apreciar / aceitar / identificar / (mil.) explorar: ——— il terreno.
Riconoscèrsi, v. refl. reconhecer-se, declarar-se: **mi riconosco suo debitore** / (contr.) **sconoscere, disconoscere, misconoscere, negare.**
Riconoscíbile, adj. reconhecível, que se pode reconhecer.
Riconoscibilmênte, adv. reconhecivelmente.
Riconoscimênto, s. m. reconhecimento; averiguação, identificação / compensação / in ———: por recompensa.
Riconoscitívo, adj. apto a reconhecer; identificativo.
Riconoscitôre, s. m. (**riconoscitríce,** s. f.) reconhecedor / (mil.) explorador.
Riconosciúto, p. p. e adj. reconhecido, identificado, distinguido / (jur.) aceito, admitido.
Riconquísta, s. f. reconquista.

Riconquistàre, v. reconquistar, recobrar.
Riconquistàto, p. p. e adj. reconquistado.
Riconsacràre, v. reconsagrar.
Riconsêgna, s. f. consignação renovada ou restituída / nova entrega / devolução.
Riconsegnàre, v. consignar novamente / restituir coisas obtidas em consignação ou custódia; devolver.
Riconsentire, v. consentir, permitir novamente.
Riconsideràre, v. reconsiderar; refletir; ponderar de novo.
Riconsigliàre, v. aconselhar novamente.
Riconsigliàrsi, v. aconselhar-se novametne.
Riconsolàre, v. consolar de novo, reconfortar.
Riconsolàto, p. p. e adj. reconfortado, reanimado, consolado novamente.
Riconsolazióne, s. f. reconforto: consolação.
Riconsolidàre, v. consolidar outra vez.
Riconsultàre, v. consultar novamente.
Ricontàre, v. recontar, contar, calcular novamente.
Ricònto, (ant.) s. m. epílogo.
Ricontradíre, v. contradizer, contestar novamente.
Ricontràrre, v. contrair, restringir novamente.
Ricontràtto, p. p. e adj. contraído, restringido, apertado novamente.
Riconvalidàre, v. revalidar: confirmar de novo.
Riconveníre, v. (jur.) reconvir; demandar, recriminar.
Riconvenúto, p. p. e adj. e s. m. reconvindo.
Riconvenzionàle, adj. (for.) reconvencional, da reconvenção.
Riconvenzióne, s. f. reconvenção; demanda, citação judicial / recriminação.
Riconvertíre, v. converter novamente, mudar novamente / (ecles.) tornar novamente a Deus.
Riconvertírsi, v. converter-se novamente.
Riconvíncere, v. convencer, persuadir novamente.
Riconvitàre, v. convidar, solicitar novamente.
Riconvínto, p. p. e adj. convencido, persuadido novamente.
Riconvocàre, v. convocar, reunir novamente.
Ricoperchiàre, v. tampar, cobrir novamente (um objeto).
Ricopèrta, (ant.) s. f. nova cobertura / ocultação, encobrimento / pretexto, escusa / (mil.) mimetização.
Ricopèrto, p. p. e adj. recoberto; coberto novamente / defendido, ocultado, encoberto / (téc.) **mobile** ———: móvel chapeado.
Ricopertúra, s. f. cobertura.
Ricòpia, s. f. cópia nova; cópia da cópia.
Ricopiàre, v. copiar novamente; transcrever / (fig.) imitar, reproduzir / ——— **il vero**: copiar do natural.
Ricopiàto, p. p. e adj. copiado novamente.

Ricopiatôre, adj. e s. (**ricopiatríce**, s. f.) que copia, que reproduz, que transcreve; copiador; imitador.
Ricopiatúra, s. f. cópia, transcrição / imitação.
Ricopríbile, adj. recobrível; que se pode cobrir.
Ricoprimênto, s. m. cobertura / revestimento.
Ricopríre, v. recobrir; revestir / esconder, ocultar / excusar, desculpar.
Ricoprírsi, v. recobrir-se, ocultar-se / garantir-se, precaver-se; abrigar-se.
Ricopritôre, adj. e s. m. que cobre; que recobre; encobridor; ocultador.
Ricopritúra, s. f. (agr.) camada de terra sobre o semeado.
Ricorcàre, v. deitar novamente / (agr.) alporcar (enterrar) a planta.
Ricordàbile, adj. recordável, recordativo, memorável.
Ricordabilmênte, adv. recordativamente, memoravelmente.
Ricordànza, s. f. (lit.) recordação, lembrança, memória / (ant.)/ fama, menção.
Ricordàre, v. recordar, tornar, trazer à memória / advertir / mencionar.
Ricordàrsi, v. recordar-se, lembrar-se: **nessum maggior dolore** ——— **che ricordarsi del tempo felice** ——— **nella miseria** (Dante).
Ricordatívo, adj. recordativo, que faz recordar; memorável / (s. m.) recordatório.
Ricordàto, p. p. e adj. recordado, lembrado, mencionado, citado / sobredito, referido: **il** ——— **autore**.
Ricordatôre, adj. e s. m. (**ricordatrice**, s. f.) recordador.
Ricordèvole, adj. recordativo, memorável; que faz recordar.
Ricordevolmênte, adv. recordativamente, memoravelmente.
Ricordíno, ricordúccio, s. m. pequena lembrança ou obséquio / memorandum.
Ricòrdo, s. m. recordo, recordação; memória, lembrança / nota, apontamento, menção / citação; advertência / objeto que relembra coisa ou pessoa: ——— **di Genova, di Parigi** / **prender** ———: tomar nota / lápide / comemoração.
Ricoricàre, v. deitar novamente / estender por terra plantas, ramo, etc. e recobrir para defender do frio.
Ricoricàrsi, v. refl. deitar-se novamente.
Ricoricàto, p. p. e adj. deitado novamente.
Ricoronàre, v. recoroar, tonar a coroar.
Ricòrre, (poét.) v. recolher, colher outra vez.
Ricorrèggere, v. recorrigir, corrigir novamente e melhor.
Ricorrènte, p. pr. e adj. recorrente, que recorre / (s. m.) aquele que recorre de sentença judicial / postulante, requerente / (anat.) **nervi, arterie ricorrenti**.
Ricorrènza, s. f. recorrência; festa ou solenidade que ocorre numa determinada época; ocorrência / aniversário / data memorável; solenidade.

Ricòrrere, v. percorrer novamente / recorrer a alguém para obter qualquer coisa / ocorrer novamente (festa de aniversário, etc.); percorrer, girar, dar voltas / recorrer a um tribunal; interpor recurso de apelação / apelar: —— **alla forza, all'astuzia** / —— **a tutti i mezzi:** recorrer a todos os meios.
Ricorrètto, p. p. e adj. corrigido novamente; revisto, melhorado.
Ricorreziòne, s. f. correção apurada; recorreção.
Ricorrimênto, s. m. recurso; recorrência.
Ricòrsa, s. f. nova corrida / (com.) novo empréstimo para pagar juros de dívida já contraída / oscilação do pêndulo / repassada a uma lição, a um escrito, etc.: **dare una** ——.
Ricòrso, s. m. recurso, ato ou efeito de recorrer; auxílio, apelação judicial; petição / meio, remédio: reclamação / (arquit.) ornato ao redor de uma parede, de um monumento, etc. / (filos.) retôrno / **ricorsi storici:** reprodução dos fenômenos históricos / (mar.) corrente de retorno / (p. p.) recorrido.
Ricorsòio, (ant.) adj. de vaivém / **canapo** ——: corda corrediça / **bere a** ——: beber repetidamente.
Ricospàrso, adj. aspargido, espalhado novamente.
Ricospiràre, v. conspirar, conjurar novamente.
Ricosteggiàre, v. (mar.) costear novamente.
Ricostituènte, adj. e s. m. reconstituinte, que reconstitui / remédio para fortalecer, etc.
Ricostituíre, v. reconstituir; restaurar; recompor.
Ricostituíto, p. p. e adj. reconstituído; restabelecido; fortalecido.
Ricostituiziòne, s. f. reconstituição, ato ou efeito de reconstituir / restauração.
Ricostríngere, v. obrigar, forçar, constranger novamente.
Ricostruíre, v. recostruir.
Ricostruíto, p. p. e adj. reconstruído.
Ricostruttôre, p. p. e adj. reconstruidor.
Ricostruttíce, adj. e s. m. (**ricostruttíce,** s. f.) restaurador.
Ricostruziòne, s. f. reconstrução, reedificação.
Ricòtta, s. f. requeijão.
Ricottio, s. m. vendedor de requeijão.
Ricòtto, p. p. e adj. recozido, cozido novamente.
Ricottúra, s. f. recozimento, ação ou efeito de recozer.
Ricoveramênto, s. m. recolhimento, ato de abrigar, de receber, de dar asilo.
Ricoveràre, v. asilar, abrigar, recolher, amparar.
Ricoveràrsi, v. refugiar-se, recolher-se, abrigar-se.
Ricoveràto, p. p. e adj. refugiado, abrigado / (s. m.) asilado, hóspede de um asilo.
Ricoveratôre, adj. e s. m. (**ricoveratríce,** s. f.) abrigador, amparador, que ou o que abriga, ampara, protege.
Ricòvero, s. m. refúgio, asilo, abrigo / reparo / (mil.) —— **blindato:** construção fortificada / **dar** ——: hospedar, asilar, dar amparo.
Ricovràre, s. m. (poét. de **ricoverare**), abrigar, asilar.
Ricreamênto, s. m. (rar.) recreação, recreio, diversão.
Ricreàre, v. recriar, criar novamente / recrear, alegrar o espírito; deleitar, divertir.
Ricreàrsi, v. recrear-se, confortar-se, deleitar-se.
Ricreatívo, adj. recreativo / ameno, divertido.
Ricreatôre, adj. e s. m. (**ricreatríce,** s. f.) recriador, que cria de novo / que recreia, deleita, diverte.
Ricreatòrio, adj. recreatório, recreativo, próprio para recrear / (s. m.) lugar de recreio, espec. para crianças.
Ricreazioncèlla, s. f. (dim.) recreaçãozinha; pequeno recreio.
Ricreaziòne, s. f. recreação, ação e efeito de recrear; recreio, divertimento, folga, passatempo; diversão, alívio, descanso.
Ricredènte, (ant.) adj. que muda de crença ou opinião / **rendersi** ——: mudar de crença, mudar de opinião; desiludir-se, desenganar-se / retratar-se, arrepender-se.
Ricrescènte, p. pr. e adj. recrescente; que recresce ou se cria de novo.
Ricrescènza, p. pr. e adj. recrescência; excrescência.
Ricrèscere, v. recrescer; crescer, brotar novamente; aumentar, ficar maior de tamanho.
Ricrescimênto, s. m. recrescimento, ato de recrescer.
Ricrèscita, s. f. recrescência.
Ricresciúto, p. p. e adj. recrescido; crescido novamente; aumentado.
Ricrociàto, adj. recruzado, cruzado mais vezes / (heráld.) recruzetado, de cruz cujos braços terminam com outras cruzes.
Ricrocifíggere, v. crucificar novamente.
Rictus, s. m. (med.) rictus.
Ricucimênto, s. m. nova costura; costura.
Ricucíre, v. recoser, costurar novamente / (med.) dar sutura às feridas.
Ricucíto, p. p. e adj. recosido / (s. m.) uma coisa recosida.
Ricucitôre, adj. e s. m. (**ricucitríce,** s. f.) que recose ou remenda.
Ricucitúra, s. m. nova cosedura, ação de coser ou remendar novamente.
Ricuòcere, v. recozer / (técn.) cozer a uma temperatura maior; pôr ao fogo novamente uma obra já terminada para que fique mais perfeita; caldear.
Ricúpera, (neol.) s. f. recuperação (v. **ricuperazione**).
Ricuperàbile, adj. recuperável; reivindicável.
Ricuperamênto, s. m. (rar.) recuperação; recobro; recobramento.
Ricuperàre, v. recuperar, voltar à posse de; recobrar / (for.) reivindicar.
Ricuperàto, p. p. e adj. recuperado; readquirido; recobrado, retomado; restabelecido.

Ricuperatôre, adj. e s. m. (**ricuperatríce**, s. f.) recuperador; recuperativo; reivindicador.
Ricuperatòrio, adj. recuperatório (for.)
Ricuperaziône, s. f. e **ricùpero**, s. m. (neol.) recuperação, recobro / reivindicação.
Ricùpero, s. m. recobro, recuperação / coisa recuperada / (for.) resgate: **diritto di** ——: direito de resgate.
Ricurvàre, v. recurvar; dobrar, inclinar.
Ricúrvo, adj. recurvado; dobrado; torcido, inclinado.
Ricúsa, s. f. recusa; denegação; negativa; rechaço.
Ricusàbile, adj. recusável, que pode ou deve ser recusado.
Ricusabilità, s. f. o recusável.
Ricusànte, adj. recusante.
Ricusàre, v. recusar, negar, rejeitar / opor-se, não permitir, não aceitar; rechaçar / (for.) denegar: —— **un diritto** / (mar.) faltar, escassear (vento).
Ricusàrsi, v. recusar-se, negar-se, opor-se.
Ricusàto, p. p. e adj. recusado, negado, rejeitado; não admitido.
Ricusaziône, s. f. (rar.) recusação; recusa.
Ricúso, s. m. (ant.) rechaço, recusa.
Ridacchiàre, v. (deprec.) rir pouco ou quando em quando e com ar de motejo; rir zombeteiramente.
Ridanciàno, adj. risonho, que ri por índole e sem malícia; alegre, brincalhão / **musa ridanciana**: poesia jocosa.
Ridàre, v. redar, dar novamente, restituir / reproduzir-se / **ridar fuori**: tornar a publicar / —— **la vita**: reanimar / recair, incidir / insistir, instar / **dàgli e ridagli**: insistir em fazer ou pedir alguma coisa / (refl.) **ridarsi al vizio**: entregar-se novamente ao vício.
Rìdda, s. f. dança à roda / dança rápida, vertiginosa / confusão, torvelinho de gente, visões, etc.
Riddàre, v. dançar à roda.
Ridènte, p. pr. e adj. ridente, risonho, alegre / ameno, aprazível (lugar).
Ridepôrre, v. depor; destituir outra vez.
Rìdere, v. (intr.) rir, rir-se / alegrar-se / —— **a crepapelle**: rir a mais não poder / —— **dolcemente**: sorrir / —— **a fior di labbro**: rir por complacência / —— **di gusto**: rir gostosamente / —— **in faccia**: rir na cara / —— **sotto i baffi**: rir à socapa / **cose da** ——: ninharias, coisas sem importância / **mettersi a** ——: por-se a rir / **fare per** ——: fazer por brincadeira, por troça / —— **alle spalle di uno**: ridicularizar alguém / **ridersela**: rir-se de tudo, não dar importância a nada / **cosa da far** —— **i polli**: coisa ridícula / **aver voglia di** ——: ter vontade de rir / (fig.) brilhar, resplandecer, parecer ameno, risonho / **ride il mare, la natura, il prato**, etc. / ser favorável, justo; ditoso / **gli ride la fortuna**: a sorte lhe sorri (sin. **arridere**) / estar roto, gasto, descosturado / **le tue scarpe ridono**: os teus sapatos estão rotos / (prov.) **non sempre ride la moglie del ladro**: mais dias menos dias as mazelas se descobrem / (p. p.) **riso** / (s. m.) riso, ato de rir: **fu tutto un gran ridere** / **i poeti del** ——: os poetas do riso.
Riderèllo, adj. ridor, risonho, pronto ao riso.
Ridestàre, v. despertar, acordar; avivar, animar, excitar; provocar, dar ocasião a / (s. m.) o despertar.
Ridestàto, p. p. e adj. despertado, reacordado; reavivado; reanimado.
Ridètto, p. p. e adj. redito, dito novamente, repetido.
Ridèvole, adj. risível, ridículo / burlesco.
Ridèvole, adj. risível, que faz rir.
Ridevolmènte, adv. risivelmente.
Ridicíbile, adj. que se pode repetir.
Ridicitôre, adj. e s. m. (f. **-tríce**) que refere o que ouve / mexeriqueiro.
Ridicolàggine, s. f. ridiculez; ridicularia; bagatela.
Ridicolàggine, s. f. ridiculez (qualidade e ação de ridiculez) risibilidade (qualidade de) / mesquinharia; inépcia, bagatela.
Ridicolamènte, e **ridicolmènte**, adv. ridiculamente, de modo ridículo.
Ridicolêzza, s. f. ridiculez; ridiculeza, risibilidade / frivolidade, inépcia, pequenez.
Ridicolosamènte, adv. (pouco usado), ridiculosamente; ridiculamente.
Ridiculôso, adj. (ant.) ridículo.
Ridimostràre, v. demonstrar novamente.
Ridiminuíre, v. diminuir novamente.
Ridipíngere, v. repintar, pintar outra vez.
Ridipínto, p. p. e adj. repintado, reproduzido.
Ridíre, v. redizer, dizer de novo, repetir, referir, lembrar; replicar / referir o ouvido, soprar / explicar, contar, manifestar, criticar, censurar / **trovi sempre a** ——: achas sempre algo para censurar / (reflex.) **ridírsi**: desdizer-se, mudar de idéia.
Ridírsi, v. desdizer-se, contradizer, dizer o contrário do que havia dito.
Ridiscêndere, v. descer novamente.
Ridiscèrnere, v. discenir de novo.
Ridiscêso, p. p. e adj. descido, baixado novamente.
Ridiscòrrere, v. discorrer, falar novamente.
Ridiscòrso, p. p. discorrido, conversado novamente.
Ridisfàre, v. desfazer outra vez.
Ridisgiúngere, v. desunir novamente.
Ridispôrre, v. dispor de novo.
Ridisputàre, v. tornar a disputar.
Ridistaccàre, v. separar, desunir, desligar novamente.
Ridistillàre, v. redestilar.
Ridistínguere, v. distinguir novamente.
Ridistrúggere, v. destruir novamente.
Ridivenìre, v. tornar-se novamente.
Ridiventàre, v. voltar a ser / **ridiventó amico dei figli**: tornou-se novamente amigo dos filhos.
Ridivídere, v. dividir novamente.
Ridivoràre, v. devorar novamente.

Ridolêre, v. doer outra vez / **ridolersi**: queixar-se de novo.
Ridomandàre, v. reperguntar / perguntar novamente / pedir outra vez.
Ridomàre, v. domar outra vez.
Ridonàre, v. dar, restituir, presentear novamente, / devolver.
Ridondaménto, s. m. redundância.
Ridondànte, p. pr. e adj. (lit.) redundante; copioso; supérfluo, palavroso.
Ridondanteménte, adv. redudantemente.
Ridondànza, s. f. (lit.) redundância; abundância supérflua; superabundância, sobra.
Ridondàre, v. redundar, deitar por fora, transbordar; espalhar-se; suceder, resultar / —— **a lode, a danno**: redundar em honra, em prejuízo / (mar.) tomar o vento mais favorável.
Ridôppio, s. m. redobro; (duas vezes o dobro ou quádruplo) / (loc. fam.) **a ridôppio**: redobradamente, de modo redobrado.
Ridoràre, v. redourar.
Ridormíre, v. dormir de novo.
Ridòsso, s. m. reparo, abrigo; defesa; qualquer coisa que fica atrás ou por cima de outra e que serve de reparo / **stare a** ——: estar ao abrigo / (fig.) estar a cargo de alguém / **avere a** —— **la folla**: ter às costas a gente / **a** ——: sobre, cerca, ao lado.
Ridotàre, v. tornar a dotar.
Ridòtta, s. f. reduto; lugar fortificado.
Ridottàre, v. (tr.) (ant.), temer muito.
Ridottêvole, (ant.) adj. bastante temível.
Ridottíno, s. f. (dim.) redutinho, pequeno reduto.
Ridòtto, p. p. e adj. reduzido, limitado, diminuído / —— **allo stato primiero**: devolvido ao estado primitivo / —— **a mal partito**: reduzido em condições difíceis / **prezzo** ——: preço reduzido / (s. m.) lugar apartado onde se pode fumar ou conversar; abrigo, refúgio / (teatr.) **foyer**: salão de fumar.
Ridubitàre, v. tornar a duvidar.
Riducènte, p. pr. e adj. redutivo; reducente. que reduz / (quím.) redutor.
Riducchiàre, v. rir à flor de lábio.
Riducìbile, adj. reduzível; redutível.
Riducitôre, adj. e s. m. (f. -tríce) redutor.
Ridúrre, v. reduzir; diminuir, limitar / mudar, transformar / —— **al portoghese**: traduzir para o português / modificar / simplificar / conduzir de novo, reunir, juntar, levar, retirar, recolher / reduzir, submeter / —— **all'obbedienza**: reduzir à obediência / —— **le spese**: diminuir os gastos / copiar em escala menor / converter / encolher / (refl.) **ridursi in povertà**: reduzir-se à miséria / —— **alla rovina**: arruinar-se / (pr.) **riduco, riduci**, etc.
Riduttôre, adj. e s. m. (**riduttríce**, s. f.) redutor.
Riduzióne, s. f. e mais rar. **riducimento**, redução, ato ou efeito de reduzir; diminuição / submissão à obediência / —— **dei ribelli**: submissão dos rebeldes.
Rieccitàre, v. tornar a excitar.

Rieccitàrsi, v. excitar-se novamente.
Riècco, interj. eis novamente, eis outra vez, eis aqui de novo; —— **il sôle**: eis outra vez o sol ô **rieccomi**: eis-me aqui novamente / **rieccolo**: ei-lo aqui de novo.
Riecheggiàre, v. ecoar novamente.
Rièdere, intr. (lit. e poét.) retornar, voltar.
Riedificàbile. adj. reedificável, que se pode reedificar.
Riedificaménto, s. f. reedificação.
Riedificàre, v. reedificar, reconstruir.
Riedificàto, p. p. e adj. reedificado, reconstruído.
Riedificazióne, s. f. reedificação.
Rieducaménto, s. m. reeducação.
Rieducàre, v. reeducar; educar de novo ou melhor.
Rieducàto, p. p. e adj. reeducado.
Rielèggere, v. reeleger.
Rieleggìbile, adj. reelegível, que pode ser reeleito.
Rieleggibilità, s. f. reelegibilidade.
Rielèto, p. p. e adj. reeleito.
Rielettrizzàre, v. eletrizar de novo.
Rielezióne, s. f. reeleição.
Riemanàre, v. emanar, expedir novamente, derivar de novo; difundir-se novamente; publicar de novo.
Riemancipàre, v. emancipar novamente.
Riemendàre, v. emendar, corrigir novamente.
Riemendàrsi, v. emendar-se, corrigir-se.
Riemèrgere, v. reemergir.
Riemersióne, s. f. reemersão.
Riemèrso, p. p. e adj. reemergido.
Riemigràre, v. emigrar novamente.
Riempìbile, adj. preenchível.
Riêmpiere ou **riempíre**, v. encher; reencher, preencher / (fig.) **spettacolo che mi riempi di terrore**: espetáculo que me encheu de terror / (cul.) —— **un pollo**: rechear um frango.
Riempiménto, s. m. reenchimento; enchimento; preenchimento.
Rièmpirsi ou **riempírsi**; v. encher-se; abarrotar-se / saciar-se.
Riempitívo, adj. redundante; supérfluo / expletivo.
Riempíto, p. p. e adj. reenchido, enchido, preenchido.
Riempitôre, adj. e s. m. (**riempitríce**, s. f.) reenchedor, enchedor, que reenche; que preenche.
Riempitúra, s. f. reenchimento, enchimento, / recheio.
Rientraménto, s. m. reentrância, qualidade de reentrante/ encolhimento / —— **della costa**: enseada, sinuosidade / concavidade.
Rientrànte, p. pr. e adj. reentrante, que reentra / **tórace** ——: tórax côncavo.
Rientràre, v. reentrar, tornar a entrar / recolher-se; voltar para casa / restringir-se em si mesmo; contrair-se / **rientrare nel suo**: recobrar o gasto, recuperar o perdido; empatar o jogo / —— **in grazia**: recuperar o favor / tornar-se côncavo: —— **un muro, una linea**.
Rientràta, s. f. volta, regresso, ação de voltar, de reentrar.

Reintràto, p. p. e adj. reentrado, regressado; recolhido / diminuído, encurtado, encolhido / malogrado, falhado, falido: **affare** ———: negócio gorado.
Rièntro, s. m. encolhimento / reentrância, concavidade.
Rienzi (Cola di) (hist.) Cola di Rienzi, o último tribuno Romano, amigo de Petrarca.
Riepilogamènto, s. m. epilogação, ato de epilogar, de recapitular; resumo.
Riepilogàre, v. recapitular, resumir.
Reipilogazióne, s. f. epilogação, recapitulação.
Riepilogàto, p. p. e adj. recapitulado.
Riepílogo, s. m. epílogo, resumo, compêndio / recapitulação.
Riesaminàre, v. reexaminar.
Riescíre, (v. **riuscire**) v. lograr, acertar.
Riesercitàre, v. voltar a exercer / voltar a exercitar-se.
Riesiliàre, v. voltar a desterrar.
Riesploràre, v. explorar novamente.
Riesportàre, v. reexportar.
Riesportazióne, s. f. reexportação.
Riespugnàre, v. expugnar outra vez.
Rièssere, v. estar ou achar-se outra vez / **domani risaró, a Roma**: amanhã estarei de novo em Roma.
Riestèndere, v. estender novamente.
Riestínguere, v. tornar a extinguir.
Rièto, (ant.) adv. detrás.
Rievocàre, v. evocar novamente.
Rievocazióne, s. f. evocação / comemoração.
Rièzza, s. f. (ant.) culpabilidade.
Riffabbricàbile, adj. reedificável.
Rifabbricàre, v. reedificar.
Rifacíbile, adj. que se pode refazer.
Rifacimènto, s. m. refazimento; conserto, reparo; recomposição de um trabalho / ressarcimento, indenização.
Rifacitóre, adj. e s. m. (**rifacitríce**, s. f.) refazedor.
Rifalciàre, v. ceifar novamente.
Rifallàre, v. falhar, errar novamente.
Rifallíre, v. errar, falhar; malograr novamente / (com.) falir, quebrar outra vez.
Rifàre, v. refazer, tornar a fazer; reparar, consertar / renovar, reconstruir, recrear / corrigir; emendar / contrafazer, limitar; repetir / indenizar, ressarcir, reembolsar.
Rifàrsi, v. refazer-se, restaurar-se / tirar proveito; desforrar-se / repor-se, recobrar o perdido / ——— **da capo**: recomeçar.
Rifasciàre, v. reenvolver com faixa; recingir; enfaixar de novo.
Rifàscio, adv. a granel, em abundância; em desordem, em confusão / **andare a** ———: cair, soçobrar / (fig.) malograr.
Rifattíbile, adj. possível de refazer.
Rifàtto, p. p. e adj. refeito; renovado; restaurado; emendado, corrigido / enriquecido (que de pobre ficou rico).
Riffatúra, e **rifazióne**, s. f. refazimento, ato ou efeito de refazer.
Rifavellàre, v. refalar, tornar a falar.
Rifavoríre, v. favorecer de novo.
Rifecondàre, v. fecundar outra vez.
Rifèndere, v. refender / rasgar, sulcar novamente.
Rifendítòio, s. m. oficina onde se dispõem os lingotes.

Riferendàrio, s. m. referendário, relator.
Riferènte, p. p. referente / (s. m.) relator.
Riferíbile, adj. referível.
Riferimènto, s. m. referimento, ato ou efeito de referir.
Riferíre, v. referir, relatar, contar; alegar; citar / ter relação, dizer respeito, pertencer; atribuir.
Riferírsi, v. referir-se; reportar-se; concernir / ——— **a un'argomento**: referir-se a um argumento / (pres.) **riferisco, riferisci**.
Riferitóre, adj. e s. m. (**riferitrice**, s. f.) informante; informador, relator / espião.
Riferràre, v. tornar a ferrar.
Rifessàre, v. recoser os couros.
Rìffa, s. f. rifa, espécie de sorteio lotérico entre privados, cujo prêmio é um objeto.
Rìffo, adj. (ant.) forte, robusto, rigoroso / violência, afronta, injúria / **di** ——— **o di raffa**: por bem ou por mal, de qualquer maneira.
Riffòso, adj. rixoso, bulhento, brigão.
Rifiaccàre, v. cansar, esgotar, enfraquecer novamente.
Rifiancàre, v. reforçar paredes, etc.
Rifiatàre, v. respirar / tomar alento, descansar / responder, resmungar, protestar.
Rifiatàta, s. f. alento, respiração / suspiro de alívio.
Rificcàre, v. cravar, pregar, fixar, fincar; introduzir de novo / (refl.) **rifficàrsi**: cravar-se, meter-se, introduzir-se, intrometer-se novamente.
Rifíggere, v. fixar, cravar de novo.
Rifiguràre, v. tornar a figurar.
Rifilàre, v. tornar a fiar: ——— **la seta** / referir, assoprar, relatar / afiar / mandar a algum lugar pessoa que aborrece / impingir: ——— **una moneta falsa, una merce scadente** / pespegar: ——— **uno schiaffo** (um tapa).
Rifilàto, p. p. e adj. refiado; aparado, desbastado / dito, propalado, referido.
Rifilatóre, adj. e s. m. que, ou aquele que refia ou apara / assoprador, propalador.
Rifilatríce, s. f. (técn.) máquina para aparar a orla dos chapéus.
Rifilatúra, s. f. cerceadura / orladura / filete vivo, orla, ourela.
Rifinàre, (ant.), v. cessar.
Rifinimènto, s. m. acabamento, ato de acabar, de aperfeiçoar um trabalho / polimento / cansaço, extenuação.
Rifiníre, v. acabar, terminar, concluir, dar a última demão a um trabalho / (fig.) consumir, esgotar, reduzir a estado lastimoso (os haveres, a saúde).
Rifinírsi, v. consumir-se, exaurir-se, esgotar-se.
Rifinitèzza, s. f. debilitação, abatimento, exaustão / esmero, acabamento esmerado, e polimento.
Rifiníto, p. p. e adj. acabado, terminado, polido, primoroso / cansado, exausto, esgotado; consumido.
Rifinitóre, adj. e s. m. polidor.

Rifinitúra, s. f. acabamento, ação ou efeito de acabar, de aperfeiçoar, de aprimorar um trabalho.
Rifinizióne, s. f. esgotamento.
Rifiorènte, adj. reflorescente / próspero.
Rifiorimênto, s. m. reflorescimento, ato ou efeito de refloresecer / (pl.) adornos muitos floridos.
Rifiorire, v. reflorescer, reflorir (plantas) / reanimar-se, reviver, robustecer-se de novo / prosperar, desenvolver-se de novo / renovar-se, reproduzir-se; aflorar / aformosear, rejuvenescer.
Rifiorìta, s. f. reflorescimento / (mús.) floreio entre uma e outra copla.
Rifiorìto, p. p. e adj. reflorido, reflorescido; reanimado, robustecido, rejuvenescido.
Rifioritúra, s. f. reflorescimento / (min.) decomposição da superfície exposta ao ar / aparecimento de manchas na pele, de mofo nas paredes, etc. / embelezamento / (mús.) floreio, variação.
Rifischiàre, v. assobiar novamente / relatar, referir o que se ouviu.
Rifischióne, s. m. (toso.) bisbilhoteiro; mexeriqueiro.
Rifiutàbile, adj. recusável, que se pode recusar; que se deve recusar; repudiável.
Rifiutamênto, s. m. (ant.) rechaço, recusa.
Rifiutànza, s. f. (ant.) rejeição, recusa.
Rifiutàre, v. recusar, rejeitar, não aceitar; negar / farejar, cheirar de novo (de fiúto: faro, cheiro) / repudiar, não reconhecer / não admitir, rechaçar.
Rifiutàrsi, v. recusar-se, negar-se, esquivar-se.
Rifiutatôre, adj. e s. (rifiutatríce, s. f.) recusador, recusante.
Rifiúto, s. m. recusa; renúncia / coisa recusada; sobra, resto, resíduo, despojo / **merce di** ———: mercadoria avariada.
Riflagellàre, v. açoitar, flagelar novamente.
Riflessamênte, adv. por reflexo.
Riflessìbile, adj. reflexível.
Riflessibilità, s. f. reflexibilidade.
Riflessióne, s. f. reflexão, desvio de direção / (filos.) meditação, atenção, cálculo, raciocínio, aplicação; idéia, argumento; observação; ponderação.
Riflessivamênte, adv. reflexivamente.
Riflessívo, adj. reflexivo; ponderado, que reflete, que medita / (gram.) **verbo** ———: verbo reflexivo.
Riflèsso, p. p. e adj. reflexo, refletido, que se faz por meio da reflexão / **raggio** ———: raio refletido / (s. m.) reflexão; reflexo, revérbero.
Riflèttere, v. refletir, considerar, meditar, ponderar / desviar ou fazer retroceder segundo as leis da reflexão (os raios luminosos, etc.) / espelhar: l'occhio riflette l'anima: o olho reflete a alma / (burl.) em lugar de **riguardare, concernere**) concernir, corresponder, dizer respeito.
Riflèttersi, v. refletir-se / repercutir.
Riflettôre, s. m. refletor; aparelho de iluminação.

Riflettutamênte, adv. reflexivamente, ponderadamente.
Riflettúto, p. p. e adj. refletido / decidido, resolvido.
Rifluìre, e mais raro **refluìre**, v. refluir, voltar a fluir / refluir / retroceder.
Riflússo, s. m. reflexo, ato ou efeito de refluir; movimento da maré quando vaza / (med.) afluxo de sangue numa determinada região do corpo / **flusso e riflusso**: fluxo e refluxo.
Rifocillamênto, s. m. refocilamento.
Rifocillàre, v. refocilar; refazer, restaurar, reforçar com alimento.
Rifocillàrsi, v. refocilar-se, restaurar-se.
Rifocillàto, p. p. e adj. refocilado, reforçado, recobrado (com alimento, bebida).
Rifoderàre, v. forrar novamente (vestidos, instrumentos cortantes etc.).
Rifolàre, v. soprar rajadas de vento.
Rifolcimênto, s. m. (ant.) apoio, sustentação.
Rifolgoràre, v. refulgurar, refulgir, brilhar intensamente.
Rìfolo, s. m. sopro de vento repentino.
Rifondàre, v. fundar novamente.
Rifondazióne, s. f. nova fundação.
Rifóndere, v. refundir, fundir novamente / ressarcir / (fig.) refundir, mudar a disposição, a ordem dum trabalho ou duma obra literária.
Rifondìbile, adj. refundível, passível de refundir / ressarcível.
Rifonditôre, adj. e s. m. (f. -trice) refundidor.
Riforàre, v. furar, esburacar outra vez.
Riforbìre, v. tornar a polir / ——— **le armi**: aparelhar as armas para a guerra / (refl.) limpar-se.
Rifòrma, s. f. reforma, renovação; correção; mudança de instituições políticas, etc. / dispensa definitiva do serviço militar / modificação; emenda; inovação; revisão / (hist.) **La Riforma**: a Reforma religiosa de Lutero.
Riformàbile, adj. reformável; transformável.
Riformamênto, s. m. reformação.
Riformàre, v. reformar, reorganizar, reordenar / aposentar / dispensar (do serviço militar) / corrigir; trocar, rever, emendar, melhorar.
Riformàrsi, v. reformar-se; emendar-se.
Riformàti, s. m. pl. os frades menores; os protestantes.
Riformatívo, adj. reformativo; que tem aptidão para reformar.
Riformàto, p. p. e adj. reformado; correto, melhorado / (rel.) franciscano reformado / (pl.) protestantes huguenotes.
Riformatôre, adj. e s. m. (**riformatrìce**, s. f.) reformador / apregoadores da reforma de Lutero.
Riformazióne, s. f. reformação, reforma, renovação / (ant. ecles.) ressurreição.
Riformìsmo, s. m. reformismo, doutrina dos reformistas.
Riformìsta, s. reformista, partidário de reformas sociais / (pol.) socialista reformista.
Rifornimênto, s. m. fornecimento, abastecimento, provisão, reabastecimento.
Rifornìre, v. reabastecer / providenciar, prover de novo.

Rifornito, p. p. e adj. reabastecido, provido.
Rifornitòre, adj. e s. m. (f. -tríce) fornecedor; abastecedor.
Rifornitúra, s. f. (v. **rifornimento**) abastecimento; reabastecimento.
Rifortificàre, v. fortificar de novo.
Rifòsso, s. m. (fort.) refossete, pequeno fosso, que se abria antigamente, no meio do fosso seco de uma fortificação.
Rifrancàre, v. alentar.
Rifrangènte, p. pr. refrangente.
Rifrangenza, s. f. refringência.
Rifràngere, v. refranger, refratar / quebrar ou desviar a direção dos raios luminosos / (p. p.) **rifranto**, **rifratto**.
Rifràngersi, v. refranger-se, repartir-se.
Rifrangíbile, adj. refrangível, que se pode refranger.
Rifrangibilità, s. f. refrangibilidade.
Rifrangimênto, s. m. refração.
Rifrànto, p. p. e adj. refrato, que se refrangeu / quebrado, partido.
Rifrattívo, adj. refrativo, que refrange ou faz refratar.
Rifràtto, p. p. e adj. refrato, que sofreu refração.
Rifrattômetro, s. m. (fís.) refratômetro.
Rifrattôre, adj. refrator.
Rifrazióne, s. f. e **rifrangimênto**, (s. m.) refração / incidência.
Rifreddàre, v. resfriar, esfriar de novo.
Rifrêddo, adj. frio / **vivande rifredde**: comidas frias que se servem à mesa / (s. m.) **merenda di freddi**: merenda de frios.
Rifrenàre, v. refrear / (fig.) conter, reprimir.
Rifriggere, v. fritar de novo / (fig.) repetir, repisar num mesmo assunto até aborrecer.
Rifriggimênto, s. m. fritura ou nova fritura / coisa frita.
Rifritto, p. p. e adj. fritado novamente / repisado, repetido, dito e redito / (s. m.) mau cheiro de coisa frita.
Rifrittúme, s. m. mistura de coisas ditas e reditas por outros / coisa frita da novamente.
Rifrittúra, s. f. coisa frita duas vezes.
Rifrondíre, v. repor as folhas, tornar-se novamente frondoso.
Rifrugacchiàre, v. escarafunchar novamente.
Rifrugàre, v. rebuscar, respigar, pesquisar.
Rifrullàre, v. mexer, agitar novamente.
Rifrústa, s. f. procura, busca; pesquisa, inquérito.
Rifrustàre, v. bater, fustigar, chicotear novamente / rebuscar, procurar, investigar / desenterrar lembranças.
Rifrustàto, p. p. e adj. fustigado, chicoteado novamente; revistado / procurado, investigado, rebuscado.
Rifrustatôre, adj. e s. m. (**rifrustatríce**, s. f.) fustigador; rebuscador.
Rifrústo, adj. consumado, roído, gasto / (s. m.) golpe / derrota.
Rifrútto, s. m. (adm.) juro que rende o juro; usura.
Rifuggire, v. refugir, evitar, esquivar, escapar, furtar-se / (refl.) refugiar-se; esquivar-se.

Rifugiàre, v. refugiar; dar refúgio a alguém.
Rifugiàrsi, v. refugiar-se, procurar refúgio, para escapar do perigo; pôr-se a salvo / (fig.) buscar consolo: ——— **nell'amor divino**.
Rifugiàto, p. p. e adj. refugiado, amparado / (s. m.) prófugo, fugitivo: **i rifugiati politici**.
Rifúgio, s. m. refúgio; retiro, lugar abrigado, recinto, abrigo, asilo / (fig.) consolo, amparo.
Rifulgènte, p. pr. e adj. refulgente, que refulge; resplandecente, brilhante.
Rifulgènza, s. f. (ant.) refulgência, resplendor.
Rifúlgere, v. refulgir, brilhar intensamente, resplandecer, transluzir.
Rifulminàre, v. fulminar novamente.
Rifumàre, v. fumar de novo.
Rifusàre, v. (ant.) recusar.
Rifusíbile, adj. refundível, que pode ser fundido outra vez.
Rifusióne, s. f. refundição, nova fundição / revisão de obras / reembolso, reintegração, indenização por gastos ou prejuízos.
Rifúso, p. p. e adj. refundido, fundido, derretido novamente / refundido, alterado, modificado / indenizado.
Rifutazióne, s. f. refutação; computação.
Ríga, s. f. linha; risca, traço, listra; alinhamento (de pessoas, etc.) / régua / condição, grau, classe / **ti scrivo due righe**: escrevo-te duas linhas / **mettersi in ——— con uno**: pôr-se ao mesmo nível de alguém / **rimettere in ———**: repor na linha, corrigir alguém / risca do cabelo / (mús.) linha do pentagrama / (dim.) **righètta**, **righina** / (aum.) **rigona** / (depr.) **rigàccia**.
Rigabèllo, s. m. antigo instrumento anterior ao órgão.
Rigàglia, s. f. colheita suplementar / subproduto da seda / (pl.) miúdos dos galináceos.
Rigàgnolo, s. m. córrego, riacho, regato, rego / (dim.) **rigagnolètto**, **rigagnolíno**.
Rigalleggiàre, v. flutuar novamente.
Rigaloppàre, v. galopar novamente.
Rigàme, s. m. (arquit.) acanaladura da coluna, etc.
Rìgamo, s. m. (bot.) orégão.
Rigáre, v. riscar, traçar riscas, pautar, listrar / (fig.) ——— **diritto**: proceder corretamente / sulcar: ——— **il viso di lagrime** / (sin.) **scanalàre**.
Rigata, s. f. reguada, golpe com a régua / (mús.) pentagrama.
Rigatino, s. m. (dim.) tecido grosseiro de linho ou algodão.
Rigàto, p. p. e adj. riscado, pautado, listrado; sulcado, estriado / (mar.) **vento** ———: vento forte / enrugado.
Rigatôni, s. m. pl. macarrão acanelado em forma de canudos.
Rigatôre, adj. e s. m. (**rigatríce**, s. f.) pautador, que pauta, que risca, que sulca.
Rigatteria, s. f. negócio de coisas velhas e usadas; belchior (bras.).
Rigattière, s. m. vendedor de roupas e qualquer objeto velho; belchior (bras.).

Rigatúra, s. f. pautação / ação de pautar ou riscar; pauta, risca, listra; estria, traço, acaneladura.
Rigelàre, v. gelar de novo.
Rigêlo, s. m. regelo.
Rigeneránte, p. pr. e adj. regenerante, que regenera.
Rigeneràre, v. regenerar, gerar ou produzir novamente; revivificar; reformar; renovar; restaurar; melhorar, emendar, corrigir moralmente.
Rigenerársi, v. (refl.) regenerar-se / reproduzir-se.
Rigeneràto, p. p. e adj. regenerado, reproduzido.
Rigeneratôre, adj. e s. m. (f. -tríce) regenerador, que regenera / aquele que regenera.
Rigenerazióne, s. f. regeneração, ato ou efeito de regenerar / renovação / (ecles.) redenção, salvação por efeito do batismo ou da confissão.
Rigènte, adj. (lit.) regélido; frigido, eriçado / pasmado.
Rigermináre, v. germinar novamente; reproduzir.
Rigermogliàre, v. germinar, brotar, deitar rebentos novamente / (fig.) renascer, renovar-se.
Rigettàbile, adj. rejeitável; que se pode ou deve rejeitar; recusável; inadmissível.
Rigettàre, v. (tr.) rejeitar, lançar fora, largar; repelir, desprezar; desaprovar, recusar / vomitar, refundir (tornar a fundir) / (bot.) brotar de novo.
Rigettàto, p. p. e adj. rejeitado, repelido; atirado, arremessado / refundido / vomitado / brotado.
Rigettatôre, adj. e s. m. (rigettatríce, s. f.) rejeitador, que rejeita, que recusa / que vomita / que refunde / que brota novamente.
Rigètto, s. m. rejeição, repúdio, recusa rechaço.
Righèllo, s. m. régua quadrangular.
Righermíre, v. agarrar novamente.
Righètta, righína, righettína, s. f. dim. riscazinha, traçozinho, linhazinha.
Righettàre, v. riscar; listrar um tecido.
Righettìna, s. f. (arquit.) cornija ou moldura saliente ao longo das janelas.
Righettíno, s. m. dim. riscazinha, linhazinha / (tip.) linha incompleta no final de período.
Righíno, s. m. (dim.) (tip.) pequena régua / linha incompleta no fim de um período.
Rigiàcere, v. jazer novamente.
Rigidaménte, adv. rigidamente, de modo rígido; com austeridade; severamente.
Rigidêzza, s. f. rigidez, rijeza, vigor; austeridade, severidade / austeridade, pureza, firmeza, inflexibilidade: —— di principi, di costumi di carattere / rigor: la —— del clima.
Rigidità, s. f. rigideza; rigidez / austeridade; inflexibilidade / frio, aspereza do inverno.
Rígido, adj. rígido, rijo, hirto, teso / (fig.) rigoroso, duro, austero, severo, firme, inflexível / entorpecido, endurecido.
Rigiocàre, v. jogar novamente.

Rigiraménto, s. m. regiro, ato ou efeito de regirar / ambages, rodeio.
Rigiràre, v. regirar, fazer mover em roda; fazer girar; desviar; saltar dum assunto a outro / enganar; manejar destramente / empregar sucessivamente o próprio capital / (refl.) rigirársi: virar-se.
Rigiràta, s. f. volta, giro; rodeio / (dim.) rigiratina.
Rigirévole, adj. que se pode regirar; giratório.
Rigirìo, s. m. regiro, rodeio continuado / vaivém de gente.
Rigíro, s. m. regiro, rodeio, volta / enredo, ambages; manejo; envolvimento / rodeio de palavras, subterfúgio / recurso / assunto secreto, intriga / (com.) movimento de capitais.
Rigirône, s. m. (tosc.) enredador, embaucador, intrigante.
Rigiudicàre, v. voltar a julgar; reexaminar.
Rigiuràre, v. rejurar; jurar novamente.
Rignàre, v. relinchar, rosnar.
Rígno, s. m. rangido; rosnadura; relincho.
Rignoso, adj. rançoso / resmungão.
Rígo, s. m. linha traçada; risca, risco / (mús.) pentagrama / (pl.) righi e righe.
Rigodére, v. tornar a gozar.
Rigodône, s. m. rigodão, espécie de antiga dança provençal a dois tempos.
Rigôglio, s. m. viço, vigor vegetativo nas plantas; verdor, ardor / ufania, exuberância, pujança / (arquit.) —— dell'arco: intradorso do arco ou abóbada.
Rigogliosaménte, adv. viçosamente, com exuberância, com vigor.
Rigogliôso, adj. viçoso; ardoroso; fresco, louçã, exuberante, pujante / (fig.) ufano.
Rigògolo, s. m. verdelhão, pássaro esverdeado do gênero fringílida.
Rigolêno, s. m. (quím.) rigoleno; nafta.
Rigolêtto, s. m. (hist.) dança à roda acompanhada de canto / (lit.) personagem principal e título de ópera de Verdi.
Rígolo, s. m. sulco, caneladura, estria.
Rigône, s. m. (aum.) linha (traçada), risca ou risco grande.
Rigonfiaménto, s. m. inchação, tumefação.
Rigonfiàre, v. inchar, intumescer, crescer de volume.
Rigonfiàrsi, v. inchar-se, tumefazer-se, inchar novamente.
Rigônfio, adj. inchado, inflado / (s. m.) inchaço.
Rigôre, s. m. frio intenso; rigor; rigidez / severidade, inflexibilidade, dureza, aspereza / concisão, exatidão: pontualidade, regularidade / di ——: obrigatório, de etiqueta, de cerimônia / escrupulosidade / formalismo, pedantismo.
Rigorísmo, s. m. rigorismo; severidade: il —— dei puritani.
Rigorísta, s. m. rigorista (pl. rigorìsti).
Rigorosaménte, adv. rigorosamente; estritamente.
Rigorosità, s. f. rigorosidade, severidade / exatidão.

Rigorôso, adj. rigoroso; severo, exigente, escrupuloso, austero / rígido, cruel, duro, rude.
Rigovernàre, v. governar novamente / tratar novamente (p. ex. uma planta) / (fam.) corroborar, dar força; lavar os talheres / alimentar os animais.
Rigovernàta, s.f. esfregadura, limpadela.
Rigovernatúra, s. f. tratamento, limpeza / arranjo, governo de uma casa.
Rigracchiàre, v. grasnar, crocitar novamente.
Rigraffiàre, v. arranhar, unhar novamente.
Rigrattàre, v. ralar, raspar, coçar novamente.
Rigràvida, adj. novamente grávida.
Rigràzie!, int. fam. **grazie e** ———: obrigado, muito obrigado!
Rigridàre, v. tornar a gritar.
Rigrugnire, v. grunhir novamente.
Riguadagnàre, v. ganhar de novo; readquirir, recobrar (tempo, dinheiro, saúde, crédito, etc.) / ——— **la riva:** alcançar de novo a margem.
Riguardamênto, s. m. (ant.) mirada, olhada / consideração, respeito.
Riguardànte, p. pr. que olha, que fita / (adj.) atinente, concernente, referente, tocante, pertencente / **gli affari riguardanti la scuola:** os argumentos referentes à escola / (s. m.) observador, pessoa que olha, que observa: **in cento modi i riguardanti appaga** (Tasso).
Riguardàre, v. olhar, fixar, observar, examinar, considerar novamente / concernir, dizer respeito a, referir-se a.
Riguardàrsi. v. resguardar-se, precaver-se.
Riguardàta, s. f. olhadela, espiadela / exame ligeiro.
Riguardataménte, adv. cautelosamente; respeitosamente.
Riguardàto, p. p. e adj. cauto, prudente, acautelado; previdente / observado, olhado / considerado; estimado.
Riguardatôre, adj. e s. m. observador; espectador.
Riguardevôle, adj. digno de respeito, de consideração; respeitável.
Riguardevolêzza, s. f. respeitabilidade.
Rigùardo, s. m. mirada, olhada / cuidado, atenção, cautela / **maneggiare con** ———: manejar com delicadeza / **cosa di** ———: coisa que requer cuidado / receio, circunspecção / **aversi** ———: cuidar-se / cortesia, deferência, consideração, estima, respeito / **persona di** ———: pessoa respeitável, importante / **mancare di** ———: faltar ao respeito / **riguardi umani:** vergonha, pudor, respeito humano / **in** ——— **a:** respeito a, relativamente a / **a questo riguardo:** com respeito a isto, quanto a isto / **in riguardo a:** em consideração de, respeito a / **senza riguardi:** sem cerimônias.
Riguardosaménte, adv. cautelosamente, cuidadosamente, atenciosamente.
Riguardôso, adj. atencioso, cuidadoso, cauteloso / tímido, atento, delicado, cerimonioso.
Riguarire, v. sarar, curar-se novamente.
Riguarnire, v. guarnecer novamente.
Riguastàre, v. estragar novamente, desfazer novamente.

Riguerreggiàre, v. guerrear novamente.
Riguidàre, v. guiar, dirigir novamente.
Ríguo (ant.) adj. irrigatório.
Rigurgitamênto, s. m. regurgitamento, transbordamento.
Rigurgitânte, p. pr. e adj. regurgitante, transbordante / redundante, repleto.
Rigurgitàre, v. regurgitar, transbordar / extravasar-se.
Rigúrgito, s. m. transbordamento; regurgitação / (med.) afluência do sangue / vômito espontâneo; saída de humores.
Rigustàre, v. degustar, saborear novamente.
Rilaceràre, v. dilacerar; lacerar novamente.
Rilampeggiàre, v. relampejar.
Rilampêggio, s. m. relampejo.
Rilanciàre, v. lançar, arremessar outra vez.
Rilàncio, s. m. rechaço; relance; lanço, lance.
Rilasciamênto, s. m. libertação de presos, etc. / afrouxamento.
Rilasciàre, v. deixar novamente; deixar, ceder, soltar; abandonar; conceder; dar liberdade; dar; perdoar / afrouxar, abrandar / expedir, outorgar: ——— **il passaporto.**
Rilàscio, s. m. soltura, cessão / liberação, resgate / outorga / desconto, cessão / retenção, parte que o pagador retém.
Rilassamênto, s. m. afrouxamento, relaxamento / (med.) relaxidão, languidez nervosa, depressão.
Rilassànte, adj. relaxador, laxante.
Rilassàre, v. relaxar, diminuir a força ou a tensão; afrouxar, libertar, livrar, descansar, aliviar; soltar.
Rilassàrsi, v. relaxar-se, afrouxar-se; enlanguescer / (fig.) viciar-se, estragar-se.
Rilassataménte, adv. relaxadamente.
Rilassatêzza, s. f. relaxamento; frouxidão / preguiça, desídia / ——— **dei costumi:** relaxamento, corrupção dos costumes.
Rilassativo, adj. relaxativo, laxante (remédio).
Rilassàto, adj. relaxado, frouxo, bambo, fraco; lânguido, depravado, viciado.
Rilassatôre, adj. e s. m. (f. -trice) relaxador.
Rilassazióne, s. f. (ant.) relaxamento, relaxação.
Rilastricàre, v. revestir, calçar, calcetar, revestir novamente com pedras.
Rilavàre, v. lavar novamente; lavar.
Rilavatúra, s. f. lavação ou nova lavagem.
Rilavoràre, v. trabalhar novamente; elaborar novamente.
Rileccàre, v. relamber; lamber de novo / retocar prolixamente um trabalho / (refl.) ataviar-se.
Rileccàto, p. p. e adj. relambido / afetado, dengoso / retocado com exagero.
Rileccatúra, s. f. relambedura.
Rilegàre, v. atar outra vez / encadernar livros / engastar jóias.
Rilegatôre, s. m. encadernador de livros.
Rilegatúra, s. f. ligadura, atadura / encadernação de livros, etc.

Rilegatôre, s. m. (f. -trice) encadernador.
Rilèggere, v. reler; ler outra vez / repassar, revisar um escrito.
Rilènte e rilènto, adv. lentamente, cautamente; vagarosamente.
Rilessire, v. cozinhar a carne como se procede com o cozido.
Rilevamênto, s. m. relevamento / levantamento, elevação; realce / perdão de uma culpa; exoneração de uma fiança.
Rilevànte, p. p. e adj. relevante; proeminente; importante; saliente / notável, considerável.
Rilevàre, v. relevar, dar relevo a / levantar, tirar uma coisa do lugar onde está / dar realce ou relevo, destacar / fazer destacar, acentuar / pôr em evidência; advertir, parar em, notar, observar / compreender, dar-se conta: **rilevai subito che era un'imbroglione** / substituir, mudar: ———— **la sentinella** / livrar, exonerar, eximir: ———— **uno da ogni responsabilità** / importar / **ciò poco rileva:** isso importa pouco / (refl.) levantar-se, repor-se, refazer-se / recobrar-se / redimir-se, reabilitar-se / ressarcir-se, indenizar-se.
Rilevatamênte, adv. relevadamente, superiormente, magnificamente.
Rilevatàrio, (pl. -ri) s. m. comprador, adquirente, cessionário de um negócio.
Rilevatíccio, adj. depr. adventício; que de pobre chegou a rico.
Rilevàto, p. p. e adj. relevado, elevado, levantado; saliente / adquirido / distinto, notável, importante / deduzido, extraído, tirado / (s. m.) proeminência.
Rilevatôre, s. m. (**rilevatrice,** s. f.) relevador / adquirente / cessionário.
Rilevatúra, s. f. relevo; ressalto; saliência / (med.) excrescência.
Rilièvo, s. m. (tosc.) cria de pássaros.
Riliévo, s. m. relevo; saliência; a parte que sobressai (p. ex. de uma escultura, etc.) ou que se eleva do seu plano natural; ressalto; desenho que dá a configuração de terreno, com as alturas / (fig.) distinção, realce, importância, valor / (escult.) **basso** ————: baixo relevo / **alto** ————: alto relevo / (gal.) reparo, observação, censura.
Rilimàre, v. limar novamente; polir.
Rilisciàre, v. alisar, polir de novo.
Rilitigàre, v. litigar, brigar outra vez.
Rillo, s. m. (agr.) ancinho de dentes curtos.
Rilordàre, v. sujar, macular novamente.
Riluccicàre, v. reluzir.
Rilucènte, p. pr. e adj. reluzente, resplandescente.
Rilucentêzza, s. f. resplendor, brilho.
Rilúcere, v. reluzir, resplandescer, brilhar; refulgir.
Rilusingàre, v. lisonjear novamente.
Rilustràre, v. relustrar.
Riluttànte, p. pr. e adj. (lit.) relutante, / esquivo.
Riluttànza, s. f. relutância, resistência; aversão, repugnância.
Riluttàre, v. relutar, resistir; repugnar, contrastar, teimar.

Rima, s. f. rima, repetição do mesmo som no fim de dois ou mais versos / (loc.) (fig.) **rispôndere per le rime:** responder com palavras bem claras e violentas / (mar.) falha, racha / (anat.) **rima labiale:** fenda, abertura labial.
Rimacchiàre, v. manchar novamente.
Rimachinàre, v. maquinar, tramar novamente.
Rimacinàre, v. remoer, moer de novo (trigo, alimento, etc.).
Rimaledíre, v. amaldiçoar de novo.
Rimalmèzzo, ou rima al mèzzo, (s. m.) rima no interior, do verso, no fim de hemistíquio.
Rimandàre, v. reenviar, prorrogar / recambiar, devolver, restituir / despedir, dispensar, rechaçar, repelir / diferir, dilatar para / prorrogar.
Rimandàrla giù, engolir, resignar-se, conformar-se.
Rimandàto, p. p. e adj. reenviado; devolvido, restituído, despedido; repelido / reprovado.
Rimando, s. m. reenvio; devolução, restituição / (loc. adv.) ————: novamente; de retorno; em resposta; prontamente.
Rimaneggiamênto, s. m. reordenamento; recomposição; remodelação; retoque, aperfeiçoamento.
Rimaneggiàre, v. manejar, manejar de novo; reordenar; reorganizar; refazer, reconstruir; refundir / renovar parcialmente / ———— **il ministero:** integrar o ministério.
Rimanènte, p. pr. e adj. restante, que ou o que sobra; remanescente / (s. m.) resto, sobra, resíduo / **del** ————: não obstante, porém, de resto.
Rimanènza, s. f. restante, resto, sobra / permanência, ação de permanecer.
Rimanêre, v. permanecer, ficar, não se deslocar; continuar, conservar-se; demorar-se, estar situado / **la sua casa rimàne dirimpètto alla mia:** a sua casa fica defronte à minha / sobejar, sobrar / (loc. adv.) ———— **in forse:** duvidar, ficar em dúvida / ———— **male:** ficar aborrecido / ———— **in carica:** continuar no cargo / **come rimaniamo? no que ficamos?** / (p. p.) **rimasto.**
Rimangiàre, v. comer de novo / (pop.) desdizer-se / **rimangiàrsi la parola:** retirar a palavra.
Rimànte, p. pr. e adj. que rima, assonante.
Rimarcàre, v. remarcar / anotar, observar novamente; reparar.
Rimarchêvole, adj. (neol.) notável, digno de apreço, importante, insigne.
Rimàrco, s. m. (gal.) nota, observação.
Rimàre, v. rimar, fazer rima; meter em rima / (ant.) indagar, buscar.
Rimareggiàre, v. agitar-se muito (o mar) / (fig.) repercutir muito o ruído, como o do trovão.
Rimarginàre, v. cicatrizar / aliviar, curar.
Rimarginàrsi, v. cicatrizar-se.
Rimàrio, s. m. rimário; vocábulo de rimas / índice por rima: **il** ———— **della Gerusalemme Liberata.**

Rimaritàre, v. casar novamente (a mulher).
Rimaritàrsi, v. casar-se outra vez (a mulher).
Rimaritàto, p. p. e adj. casado novamente.
Rimàsa, s. f. (ant.) parada, permanência.
Rimàso, adj. (ant.) ficado, permanecido / (s. m.) (ant.) resíduo.
Rimàsticàre, v. mastigar novamente / falar com dificuldade; gaguejar / (fig.) remoer, ruminar com o pensamento / (pr.) **rimàstico**.
Rimasticàto, p. p. e adj. remastigado / ruminado, remoído.
Rimàstico, (pl. -chi) s. m. ruminação.
Rimàsto, p. p. e adj. restado, sobejado / ficado, permanecido / **era lì, fermo come un macigno**: tinha ficado ali, firme como uma rocha.
Rimasúglio, s. m. resto; coisas sobradas; rebotalho; retalho; resíduo.
Rimàto, p. p. e adj. rimado / **parole rimate**: versos sem poesia.
Rimatôre, s. m. (rimatrice, s. f.) rimador, que rima ou que faz rimas; versejador.
Rimbacuccàre, v. cobrir, enroupar, embuçar, enrolar em roupa.
Rimbaiuccàrsi, v. enroupar-se, embuçar-se, enrolar-se em roupa.
Rimbaldanzire, e **rimbaldanzirsi**, v. reencorajar, alentar, reanimar, reavivar, tornar ousado e valente; recobrar valor.
Rimbaldanzito, p. p. e adj. reanimado, realentado, reencorajado; tornado valente e destemido / **rimbaldanzito dal primo successo**: encorajado pelo primeiro sucesso.
Rimballàre, v. embalar, empacotar de novo / (intr.) sacudir, solavancar.
Rimbalzàre, v. ricochetear; saltar, pular; retroceder.
Rimbalzàto, p. p. e adj. ricocheteado; saltado, pulado, repelido.
Rimbalzèllo, s. m. ricochete, pulo das pedras atiradas com força à superfície da água.
Rimbàlzo, s. m. ricochete, salto de qualquer corpo ou projétil depois de bater no obstáculo; retrocesso / rechaço.
Rimbambimènto, s. m. infantilização, caduquice, ensandecimento.
Rimbambire, **rimbambinire**, v. infantilizar, tornar infantil, perder o juízo, caducar.
Rimbambito, p. p. e adj. ensandecido, emparvoecido; abobado, tonto, bajoujo.
Rimbarbarire, v. incivilizar, tornar novamente bárbaro, barbarizar.
Rimbarbogire, v. ensandecer / curvar-se ou dobrar-se (a madeira) por efeito da umidade.
Rimbàrco, s. m. reembarque / (pl.) **rimbarchi**.
Rimbastire, v. alinhavar, costurar, unir; juntar; embutir novamente.
Rimbàtto, s. m. embate, choque impetuoso e repentino de vento nas velas.
Rimbeccàre, v. bicar com o bico / (fig.) rebater, retrucar, replicar prontamente e com viveza.

Rimbeccàrsi, v. bicar-se mutuamente / discutir, retrucando, um ao outro.
Rimbêcco, s. m. bicada; ação de bicar ou bicar-se; réplica, resposta pronta, vivaz, pungente / (pl.) **rimbecchi**.
Rimbecillire, v. imbecilizar, tornar imbecil / (pr.) **rimbecillisco**.
Rimbellire, v. (tosc.) alindar, embelezar, aformosear mais / (intr. e refl.) embelezar-se, aformosear-se, rejuvenescer.
Rimbeltempire, v. (intr. p. us.) serenar (o tempo).
Rimberciàre, v. tr. (ant.) remendar, consertar toscamente / (sin.) **rabberciàre**.
Rimbiancàre, e **Rimbianchire**, v. branquear, tornar branco / caiar / corar, alvejar.
Rimbiondire, v. alourar, tornar louro; enlourecer.
Rimbiondirsi, v. alourar-se, tornar-se louro.
Rimbirbonire, v. avelhacar-se; tornar-se novamente velhaco, maroto.
Rimbizzire, v. zangar, embirrar novamente.
Rimboccamènto, s. m. embocadura, ato e efeito de embocar; dobra; emborque / ato de arremangar, de arregaçar as mangas, etc.
Rimboccàre, v. embocar novamente / arremangar, arregaçar, dobrar (mangas de camisa, gola, lençol, calça etc.) / revolver, lavrar a terra / ——— **la stufa**: abastecer a estufa / (ant.) emborcar.
Rimboccatúra, s. f. embocadura / dobra; prega / (ant.) emborcação; emborque.
Rimbôcco, s. m. ato de arremangar, de arregaçar / dobra, prega.
Rimbombamènto, s. m. rebombo, ribombo, ribombância, estrondo.
Rimbombànte, p. pr. e adj. ribombante, ressoante, retumbante / altissonante; stile ———, **versi rimbombanti**.
Rimbombàre, v. ribombar; rebombar; estrondar, estrepitar.
Rimbombèvole, adj. retumbante.
Rimbombío, (pl. -Bii) s. m. ribombo prolongado.
Rimbômbo, s. m. ribombo; estrondo, rumor forte.
Rimborsàbile, adj. reembolsável, que se pode reembolsar.
Rimborsamènto, s. m. reembolso, ato e efeito de reembolsar.
Rimborsàre, v. reembolsar, embolsar, receber novamente, ressarcir, indenizar.
Rimborsàrsi, v. reembolsar-se, reaver o que havia pago ou despendido.
Rimborsàto, p. p. e adj. reembolsado; pago, ressarcido, indenizado.
Rimbôrso, s. m. reembolso.
Rimboscamènto e **rimboschimènto**, s. m. reflorestamento.
Rimboscàre, ou **rimboschire**, v. reflorestar, reduzir a mata ou a bosque um terreno / (refl.) emboscar-se, esconder-se na mata.
Rimbottàre, v. tornar a envasilhar vinho, etc.

Rimbottatúra, s. f. novo engarrafamento do vinho, etc.
Rimbracciàre, v. embraçar outra vez.
Rimbrancàre, v. branquear novamente.
Rimbrattàre, v. enodoar, manchar outra vez.
Rimbrattàrsi, v. manchar-se, sujar-se novamente.
Rimbrecciàre, v. empedrar, calçar, calcetar (estrada, rua, etc.).
Rimbrecciatúra, s. m. calcetamento, empedramento.
Rimbrêncio, rimbrênciolo, s. m. trapo, farrapo, pedaço, tira de papel, carne, etc.
Rimbrenciolôso, adj. andrajoso, farrapento.
Rimbricconíre, v. (tosc.) acanalhar, tornar mais maroto ainda.
Rimbrigliàre, v. tornar a embridar.
Rimbrividíre, v. estremecer-se.
Rimbrodolàre, v. misturar, remexer; manchar-se de caldo, gordura, etc. / (fig.) solapar, encobrir uma falta.
Rimbrogliàre, v. embrulhar, enganar, confundir, atrapalhar novamente.
Rimbrontolàre, v. reprochar, censurar, atirar à cara.
Rimbrottàre, v. repreender resmungando, censurar.
Rimbròtto, s. m. repreensão, censura; sarabanda, sabão.
Rimbrunàre e rimbruníre, v. escurecer, obscurecer; tornar-se mais escuro, mais fosco.
Rimbruttíre, v. enfear, afear novamente / (pres.) **rimbruttísco**.
Rimbucàre, v. repor na cova, no buraco / (intr. e refl.) esconder-se, enfurnar-se novamente.
Rimbuíre, v. embrutecer-se.
Rimbullettàre, v. rebitar, pregar novamente.
Rimbuòno, s. m. (ant.) promédio.
Rimbussolàre, v. repor na urna (os votos de uma eleição) / (tosc. pop.) agitar a urna onde estão os números ou as cédulas duma eleição / bater em alguém, reembolsar, castigar.
Rimbuzzàre, v. empanturrar, empachar, empanzinar.
Rimbuzzàrsi, v. empanturrar-se, empachar-se.
Rimediàbile, adj. remediável.
Rimediàre, v. remediar; suprir, socorrer, atenuar um mal, emendar, corrigir.
Rimediàto, p. p. remediado, reparado / (adj.) logrado, conseguido, juntado mais ou menos.
Rimediatôre, adj. e s. remediador, que remedeia.
Rimedicàre, v. medicar, curar novamente.
Rimèdio, s. m. remédio; medicamento / reparo, auxílio, expediente, recurso, meio.
Rimeditàre, v. reconsiderar, ponderar, meditar novamente / (pres.) **rimèdito**.
Rimeggiànte, adj. que rima, assonante.
Rimeggiàre, v. versejar, escrever versos rimados, rimar.
Rimembrànza, s. f. (lit.) recordação; reminiscência, lembrança / **parco della** ———: pequeno bosque ou jardim à memória dos caídos na guerra, em que cada árvore tem o nome de um soldado perecido na guerra de 1914-18.
Rimembràre, v. recordar, lembrar, trazer à memória; rememorar.
Rimemoràre, v. tr. (ant.) rememorar.
Rimenàre, v. reconduzir, levar novamente / manejar, manear, remexer, misturar, resolver / sacudir, agitar.
Rimenàta, s. f. meneio, remexida, sacudidela.
Rimenàto, p. p. e adj. reconduzido; manejado / remexido.
Rimendàre, v. (o mesmo que **rammendàre**) remendar, fazer remendos em, consertar.
Rimendàto, p. p. e adj. remendado, cerzido.
Rimendatúra, s. f. remendo, ação de remendar; a parte remendada.
Rimenío, s. f. meneamento, manejo, movimento, saracoteio continuado / (pl.) **rimenii**.
Rimeno, s. m. (ant.) volta, regresso / **cavalli di** ———: cavalos de retorno.
Rimentíre, v. mentir novamente.
Rimeritàbile, adj. remunerável; recompensável.
Rimeritàre, v. remerecer; recompensar, remunerar / **Dio lo rimeriti**: Deus lhe pague / (pres.) **rimèrito**.
Rimeritàto, p. p. e adj. remunerado; recompensado; galardoado.
Rimèrito, s. m. remuneração; recompensa.
Rimèscere, v. pôr, deitar, despejar outra vez o vinho ou outra bebida / mesclar, misturar, revolver.
Rimescolaménto, s. m. mistura, misturada / susto, medo, turbação / confusão; desordem, sobressalto.
Rimescolànza, s. m. mistura; misturada; mescla.
Rimescolàre, v. misturar novamente; remexer, agitar / (fig.) perturbar, agitar / (refl.) **rimescolarsi il sangue**: estremecer-se, sobressaltar-se.
Rimescolàrsi, v. (refl.) turbar-se, agitar-se; amedrontar-se / (fig.) intrometer-se.
Rimescolàta, s. f. misturada; miscelânea.
Rimescolío, s. m. confusão, atrapalhada, barafunda, enredo, desordem / (fig.) perturbação repentina.
Rimèscolo, s. m. (tosc.) perturbação / turbamento; sobressalto.
Rimèssa, s. f. remessa, aquilo que se remete; envio / abrigo onde se recolhem carroças, carros, automóveis, veículos, etc.; garage / (bot.) renovo, rebento / (com.) remessa de dinheiro ou valores / (esgr.) resposta rápida / **vettura di** ———: carro particular / (dim.) **rimessina**.
Rimessaménte, adv. remissamente; humildemente / sem vigor; sem energia.
Rimessíbile, adj. remissível, resgatável, perdoável (v. **remissibile**, f. mais comum).
Rimessiòne, s. f. remissão; indulgência, misericórdia; perdão.
Rimessitíccio, adj. e s. renovo, rebento enxertado sobre ramo velho.
Rimèsso, p. p. e adj. reposto, que se repôs; enviado, restabelecido, refeito, reanimado / atualizado / remetido,

perdoado, relevado / (s. m.) entalho, gravadura feita com madeiras coloridas; dobra, prega de pano ou vestido / (adj.) modesto, submisso, humilde.

Rimestàre, v. remexer, revolver, misturar, agitar / reavivar questões ou lembranças aborrecíveis.

Rimestàto, p. p. e adj. remexido, misturado novamente.

Rimestatôre, adj. e s. m. agitador / que remexe.

Rimestatúra, s. f. (metal.) descarburação.

Rimèttere, v. remeter, enviar (objetos ou dinheiro) / repor / recuperar, reembolsar / perder, ter prejuízo / in quel'affare ci ho rimesso mille lire: naquele negócio perdi mil liras / confiar, acreditar, esperar / (bot.) brotar, germinar / renascer, reproduzir-se: ——— le piume, i denti / dilatar, deixar para outro dia: ——— la visita a un altro giorno / recuperar: ——— il tempo perduto / ——— lo stomaco: confortar o estômago / perdoar, remitir: ——— i debiti, le colpe / deixar, abandonar, depor: ——— il potere / vomitar / ——— a galla, trazer à tona / ——— di moda: repor na moda / (refl.) **rimettersi allo studio:** tornar ao estudo / ——— a letto: repor-se na cama / ——— in cammino: repor-se a caminho / restabelecer-se em saúde / reanimar-se / recobrar a riqueza / ——— il tempo: serenar-se o tempo / referir-se: ——— a quanto si è detto prima.

Rimettitôra, s. f. (técn.) operária que repõe os fios da urdidura.

Rimettitôre, adj. e s. m. (f. -tríce) remetente.

Rimettitúra, s. f. reposição.

Riminèse, adj. riminês, de Rimini.

Rimiràre, v. remirar; olhar fixamente; considerar; contemplar; admirar / (refl.) contemplar-se.

Rimischiàre, v. misturar novamente.

Rimmelensíre, e **rimmelensírsi**, v. apalermar-se, ensandecer novamente.

Rimminchioníre, v. imbecilizar, ficar tolo, pacóvio.

Rimodellàre, v. modelar novamente; modelar melhor.

Rimodernamênto, s. m. modernização.

Rimodernàre, v. modernizar; readaptar ao tempo moderno / reformar, renovar.

Rimodernàto, p. p. e adj. modernizado; renovado.

Rimodernatôre, adj. e s. m. modernizador; renovador.

Rimolestàre, v. molestar, aborrecer novamente.

Rimondàre, v. remondar, mondar, limpar novamente, purgar.

Rimondàto, p. p. e adj. remondado, mondado, limpado novamente.

Rimondatúra, s. f. remondagem, ato ou efeito de remondar / limpeza de campos, fossos, etc.

Rimóndo, adj. (rar.) remondado / limpo de folhas e de ramos.

Rimônta, s. f. remonta; reforma de sapato; guarnição nova de chapéu / (mil.) remonta de cavalos.

Rimontàggio, s. m. remontagem.

Rimontàre, v. remontar; tornar a subir a montar, montar novamente (a cavalo, no carro etc.); subir novamente (um rio, um monte, etc.); montar outra vez (uma máquina, etc.); consertar, remontar um sapato / voltar-se, referir-se ao passado / ——— ai princípi, alle pure sorgenti: remontar aos princípios, às fontes genuínas.

Rimontatura, s. f. remontagem / conserto; recomposição dum mecanismo.

Rimorchiamênto, s. m. (mar.) ato de rebocar; reboque.

Rimorchiàre, v. rebocar; levar um navio a reboque / (fig.) guiar, conduzir / levar, arrastar / (refl.) **rimorchiarsi un amico:** levar consigo um amigo.

Rimorchiatôre, s. m. rebocador (navio rebocador).

Rimòrchio, s. m. reboque, ação ou efeito de rebocar / navio de reboque / cabo que liga um navio àquele que o reboca / carro, vagão e símile que se liga a outro para ser rebocado.

Rimordènte, adj. remordente.

Rimòrdere, v. morder novamente / (fig.) remorder a consciência.

Rimordimênto, s. m. tormento, remorso, arrependimento da consciência.

Rimoríre, v. morrer outra vez / consumir-se / **certi uomini politici moiono, rinascono e rimoiono:** certos homens políticos morrem, renascem e tornam a morrer.

Rimormoràre, v. remurmurar, murmurar repetidamente.

Rimormorío, s. m. remurmúrio.

Rimorsiône, (ant.) s. f. remorso.

Rimòrso, s. m. remorso; remordimento; tormento da própria consciência / (adj.) remordido; atormentado.

Rimòrto, p. p. e adj. remorto, morto duplamente, bem morto; **governo codárdo e traditore, oggi mòrto e rimòrto:** governo cobarde e traiçoeiro, hoje morto e remorto (Rui Barbosa).

Rimôso, adj. gretado, esburacado.

Rimòsso, p. p. e adj. removido / demitido, destituído; afastado.

Rimostrànte, p. pr. e adj. protestante, reclamante, querelante.

Rimostrànza, s. f. reclamação, queixa; querela, protesto / **fare rimostranze:** protestar.

Rimostràre, v. mostrar novamente; queixar-se, protestar, reclamar.

Rimotamênte, adv. remotamente.

Rimòto, (o mesmo que **remòto**, sendo esta a forma mais usada) remoto, longínquo, distante.

Rimovíbile, adj. removível.

Rimovimênto, **rimoziône** ou **rimoziòne**, s. m. remoção / destituição de um cargo; mudança de um lugar para outro: **la rimozione d'una statua** / separação, afastamento.

Rimpacchettàre, v. empacotar, embrulhar novamente.

Rimpaciàre, v. apaziguar, reconciliar / voltar ou fazer voltar à paz.

Rimpadroníri, v. reapossar-se, reapoderar-se, reassenhorear-se.

Rimpaginàre, v. paginar novamente.

Rimpaginatúra, s. f. nova paginação.

Rimpagliàre, v. empalhar novamente.

Rimpagliatôre, s. m. empalhador.
Rimpagliatrice, s. f. empalhadeira.
Rimpagliatúra, s. f. empalhamento, ato de empalhar.
Rimpallàre, v. ricochetear das bolas no jogo de bilhar.
Rimpàllo, s. m. ricochete, retruque (bilhar).
Rimpalmàre, v. (mar.) alcatroar, obstruir de novo com alcatrão.
Rimpaludàre, v. tornar-se novamente pantanoso.
Rimpanàre, v. recobrir de pão (ralado) / refazer a espiral do parafuso.
Rimpannucciàre, v. revestir, repor as roupas / restaurar, melhorar de condições ou de saúde.
Rimpannucciàrsi, v. repor-se; melhorar um tanto o próprio estado / prover-se de roupas.
Rimpantanàre, v. empantanar novamente / (refl.) **rimpantanàrsi**, atolar-se novamente / (fig.) recair no vício.
Rimparàre, v. reaprender; aprender outra vez.
Rimparentàrsi, v. aparentar-se, restabelecer novamente parentesco.
Rimpastàre, v. amassar outra vez / renovar, reformar, modificar / refundir uma obra literária.
Rimpasticciamênto, s. m. refundição, reforma achavascada.
Rimpasticciàre, v. remendar, consertar, arranjar de qualquer jeito, corrigir confusamente / (fig.) —— **pretesti**: forjar pretextos.
Rimpàsto, s. m. empastamento / refundição / recomposição / —— **ministeriàle**: recomposição do ministério.
Rimpatriamênto, s. m. (ou **rimpàtrio**) repatriamento, repatriação, ato de repatriar.
Rimpatriàre, v. repatriar; voltar para a pátria.
Rimpazzàre, ou **rimpazzìre**, v. enlouquecer outra vez / cometer loucuras, extravagâncias.
Rimpazzàta (alla) adv. doidamente, estouvadamente.
Rimpeciàre, v. alcatroar, pôr pez ou breu novamente.
Rimpegnàre, v. empenhar novamente.
Rimpellàre, v. repor o couro aos martelos do piano / (arquit.) reconstruir por peças uma parede.
Rimpelarsi, v. repor o pelo.
Rimpèllo, s. m. (técn.) reconstrução de um muro por partes.
Rimpennàre, v. criar novamente as penas / empinar novamente / repor-se em boas condições.
Rimpennàrsi, v. refazer-se, prover-se, repor novamente as penas.
Rimpettàio, s. m. vizinho, fronteiro.
Rimpettimênto, s. m. empertigamento.
Rimpettìrsi, v. empertigar-se, ficar teso ou direito como vara; tomar ares altivos ou soberbos.
Rimpettìto, p. p. e adj. empertigado; teso, direito, orgulhoso, vaidoso.
Rimpètto, adv. defronte, em face / —— **a noi**: defronte a nós.
Rimpiacciàre, e **rimpiaccicottàre**, v. consertar de qualquer jeito, atamancar / remendar mal.
Rimpiagàre, v. chagar, ulcerar, ferir novamente.
Rimpiallacciàre, v. embutir, marchetar novamente.
Rimpiallacciatúra, s. f. embutidura; nova marchetaria.
Rimpiàngere, v. recordar com saudade e tristeza; sentir, lamentar, deplorar.
Rimpiànto, p. p. e adj. saudoso; deplorado, chorado / (s. m.) dor, sentimento / melancolia por ausência ou morte de pessoa querida / nostalgia, saudade.
Rimpiastràre, e **rimpiastricciàre**, v. emplastar novamente; remediar, consertar mais ou menos / (refl.) tornar a enfeitar-se ou pintar-se a cara.
Rimpiattàre, v. ocultar, esconder.
Rimpiattàrsi, v. esconder-se, ocultar-se.
Rimpiattàto, p. p. e adj. escondido.
Rimpiattìno, s. m. esconde-esconde; brinquedo de crianças.
Rimpiazzàre, v. (neol. do fr.) substituir; suprir.
Rimpiàzzo, s. m. substituição; sub-rogação.
Rimpiccinìre, v. apequenar, tornar pequeno / (intr.) apequenar-se.
Rimpicciolimênto, **rimpiccolimênto**, s. m. ato de apequenar, de tornar pequeno.
Rimpicciolìre, v. apequenar, tornar pequeno, deprimir.
Rimpiegàre, v. reempregar.
Rimpiegàrsi, v. reempregar-se, empregar-se outra vez.
Rimpiègo, s. m. reemprego.
Rimpigrìre, e **rimpigrìrsi**, v. intr. empreguiçar novamente, empreguiçar-se ainda mais.
Rimpinguàre, v. engordar, encher mais; enriquecer mais.
Rimpinguàrsi, v. encher-se, empanturrar-se / enriquecer-se.
Rimpinzamênto, s. m. enpanturramento, enchimento.
Rimpinzàre, v. empanturrar, abarrotar / fartar; empachar.
Rimpinzàrsi, v. empanturrar-se, fartar-se.
Rimpinzàta, s. f. empanturramento; empachamento, empacho.
Rimpinzàto, p. p. e adj. empanturrado, atulhado, cheio.
Rimpìnzo, adj. cheio, empachado, empanturrado.
Rimpiombàre, v. chumbar, pôr chumbo, soldar novamente.
Rimpippiàre, v. empanturrar, fartar, encher, abarrotar.
Rimpiumàrsi, v. emplumar-se, repor as plumas.
Rimpolpàre, v. repor a polpa / (fig.) enriquecer novamente.
Rimpolpettàre, v. refundir / modificar, remediar um discurso / repelir violenta e burlescamente o dito pelo contraditor.
Rimpoltronìre, v. empreguiçar, tornar preguiçoso.
Rimpossessàrsi, v. reapoderar-se, reapossar-se.
Rimpotìo, s. m. ressaca leve.
Rimpoverìre, v. empobrecer novamente, empobrecer mais.
Rimpoverìrsi, v. empobrecer-se novamente.
Rimpoverìto, p. p. e adj. empobrecido novamente.

Rimpozzàre, v. empoçar, formar poça.
Rimpratichíre, v. habilitar, adestrar, praticar novamente.
Rimpregnàre, v. emprenhar outra vez.
Rimpreziosíre, v. tornar novamente precioso; tornar mais valioso.
Rimprimère, v. reimprimir.
Rimprocciàre, v. reprochar, reprobar, verberar, repreender.
Rimpròccio, s. m. reproche, exprobração, reprimenda / (ant.) desprezo.
Rimprocciôso, adj. (ant.) repreensor, que reprocha, que repreende.
Rimprosciuttàre, v. (intr.) apergaminhar-se / (fig.) tornar-se magro, enxuto.
Rimpròtto, s. m. (ant.) repreensão.
Rimproveràbile, adj. reprovável; censurável.
Rimproveramênto, s. m. (ant.) reproche.
Rimproveràre, v. reprovar, censurar, exprobrar.
Rimproveratôre, adj. e s. m. repreendedor, repreensor; que reprocha.
Rimproveraziône, s. f. rimproverio, s. m. (ant.) repreensão.
Rimpròvero, s. m. exprobação / repreensão, censura.
Rimpulizzíre, v. limpar, tornar limpo, relimpar / (pr.) rimpulizzisco.
Rimpulizzírsi, v. limpar, tornar limpo e decente nos modos e no traje.
Rimugghiàre, ou rimugghíre, v. remugir, tornar a mugir; bramir, bramar.
Rimuggíre, v. (intr.) tornar a mugir, responder ao mugido / (fig.) sentire —— la bufera: ouvir bramir a tormenta / (pr.) rimuggisco.
Rimuginàre, v. misturar, remexendo e agitando, rebuscar, procurar minuciosamente / refletir, meditar, matutar, cogitar com a mente / (pr.) remúgino.
Rímula, s. f. (ant.) abertura pequena e estreita; fissura.
Rimuneramênto, s. m. (raro) remuneração.
Rimuneràre, v. remunerar, recompensar, premiar / (pr.) rimúnero.
Rimunerativo, adj. remunerativo.
Rimuneràto, p. p. e adj. remunerado, recompensado, premiado.
Rimuneratôre, adj. e s. m. (f. -tríce) remunerador.
Rimunerazióne, s. f. remuneração, recompensa, gratificação.
Rimúngere, v. mungir, ordenhar, espremer novamente.
Rimuníre, v. munir, prover, abastecer novamente / relimpar, mondar outra vez.
Rimuníto, p. p. provido novamente / (adj.) robusto, membrudo, vigoroso.
Rimuòvere, v. remover; tornar a mover; transferir; apartar, desviar, afastar; tolher / depor, substituir, demitir / dissuadir, induzir, levar / (refl.) desdizer-se; mudar de opinião.
Rimuràre, v. murar, cercar de novo, refazer as paredes, etc.
Rimuràto, p. p. e adj. murado novamente.
Rimutàbile, adj. mudável.
Rimutabilità, s. f. condição de mudável.
Rimutamênto, s. m. nova mudança.

Rimutàre, v. remudar; tornar a mudar.
Rimutàrsi, v. remudar-se.
Rinacerbíre, v. amargar, irritar, exacerbar novamente; recrudescer.
Rinacerbírsi, v. irritar-se, exacerbar-se outra vez.
Rinaldêsca, adj. variedade de uva da região de Vaiano, em Toscana.
Rinalgía, s. f. rinalgia, dor no nariz.
Rinantèe, s. f. rinanto, planta herbácea das escrofulariáceas.
Rinargentàre, v. pratear novamente.
Rinarràre, v. recontar, referir, narrar novamente.
Rinascènza, s. f. renascença; renascimento.
Rinascère, v. renascer, nascer novamente / ressuscitar; renovar-se; reproduzir-se; germinar, crescer de novo; reaparecer, mostrar-se.
Rinascimênto, s. m. renascimento, nascença / (hist.) período da história da civilização iniciada na Itália e mais especialmente na Toscana, pelos fins do século XIV, que marcou um reflorescimento das letras, das artes e das ciências, num mundo superior de idéias, formas e sentimentos.
Rinàscita, s. f. renascença, ação ou efeito de renascer; renascimento; ressurgimento.
Rinasprire, v. tornar novamente áspero.
Rinàto, p. p. e adj. renascido, nascido revigorizado.
Rinavigàre, v. navegar novamente.
Rincacciàre, v. rechaçar, repelir.
Rincagnàrsi, v. enfocinhar-se, tomar má catadura; zangar-se, emburrar-se.
Rincagnàto, adj. enfocinhado, que tem má catadura / zangado, emburrado, amuado.
Rincalappiàre, v. laçar, laçar de novo.
Rincalcàre, v. calcar novamente.
Rincaloríre, v. reaquecer, aquecer novamente.
Rincalzamênto, s. m. encalço.
Rincalzàre, v. perseguir, ir ao encalço, calçar, fazer pressão / (agr.) amotar, revolver a terra ao redor das plantas, para que vicejem melhor / reforçar, calçar; firmar / (fig.) apoiar, corroborar: —— un'opinione / andare a —— i cavoli, morrer, esticar as canelas.
Rincalzatôre, adj. e s. m. (f. -tríce) que ou aquele que encalça, persegue, etc. / (agr.) pequeno arado.
Rincalzatúra, (agr.), s. f. mota, amota, aterro.
Rincàlzo, s. m. reforço, ajuda; apoio, fortalecimento / andare di ——: acudir em socorro.
Rincanagliàrsi, v. acanalhar-se novamente.
Rincanalàre, v. acanalar, canalizar novamente.
Rincannàre, v. encanar novamente; reencaixar (osso e símile).
Rincanàta, s. f. (p. us.) reprimenda.
Rincantucciàre, v. acantoar, pôr a um canto.
Rincantucciàrsi, v. (tr. e refl.) acantoar, retirar-se a um cantinho.

Rincaponíre, v. obstinar, teimar novamente.
Rincappàre, v. reincidir, recair em erro / cair novamente numa cilada.
Rincappellàre, v. sobrepor, juntar coisa sobre coisa / pôr vinho velho no mosto, a fim de transmitir-lhe a cor / apanhar um resfriado; apanhar uma doença / (refl.) reagravar-se a mesma.
Rincappottàre, v. encapotar, cobrir novamente com capa.
Rincapriccíre, v. encaprichar novamente.
Rincapriccírsi, v. encaprichar-se outra vez.
Rincaràre, ou **rincaríre,** v. encarecer, aumentar de preço.
Rincarírsi, v. encarecer-se, subir o preço.
Rincarnàre, ou **reincarnàre,** v. reencarnar / engordar, engrossar de novo, recobrar carnes / cicatrizar-se uma ferida.
Rincarnàrsi, v. reencarnar-se / tomar ou criar carne.
Rincarnazióne, s. f. reencarnação; transformação.
Rincarníre, v. encarnar, refazer a carne; engordar, recobrar carnes / cicatrizar-se uma ferida.
Rincarnimênto, s. m. engordamento / encarnadura, cicatrização / unheiro.
Rincàro, s. m. encarecimento, aumento de preço / **rincàra tutto:** tudo aumenta de preço / ――― **della vita:** carestia da vida.
Rincartàre, v. enrolar, embrulhar novamente / repor de lã das ovelhas.
Rincàrto, s. m. (tip.) caderno menor inserido em outro normal.
Rincasàre, v. voltar, reentrar, recolher-se, voltar à casa / (ant.) levar alguém à própria casa.
Rincassàre, v. receber novamente (dinheiro); encaixotar novamente; / fechar, vedar um rio; pôr novamente na caixa.
Rincatenàre, v. acorrentar, agrilhoar novamente.
Rincattivíre, v. voltar a ser ruim, ou a ser mais ruim ainda.
Rincavàre, v. cavar, escavar novamente.
Rincentràre, v. centrar, fazer convergir a um centro; centralizar.
Rincerconíre, v. azedar-se o vinho.
Rinchiccolírsi, v. arrumar-se, enfeitar-se, ataviar-se.
Rinchinàre, v. inclinar, dobrar novamente / (refl.) humilhar-se, excusar-se.
Rinchinàrsi, v. inclinar-se, dobrar novamente; humilhar-se.
Rinchiomàrsi, v. repor os cabelos ou a cabeleira / revestir-se de nova ramagem (as árvores etc.).
Rinchíte, s. f. rinquito, inseto coleóptero rincófero.
Rinchiúdere, v. encerrar, segregar, fechar dentro / **quella giovane fu rinchiusa in convento:** aquela moça foi encerrada no convento / (fig.) apartar-se, enclausurar-se.
Rinchiúso, p. p. e adj. encerrado, fechado; segregado / **aria rinchiúsa:** ar não renovado / (s. m.) lugar, recinto fechado.
Rinciampàre, v. tropeçar novamente.
Rincincignàre, v. amarrotar, amarfalhar.

Rinciprigníre, v. irritar, exasperar, exacerbar as chagas / (pres.) **rinciprignísco.**
Rincitrullíre, v. abobalhar, apatetar novamente.
Rinciuchíre, v. burrificar-se, bestificar-se novamente.
Rincivilimênto, s. m. nova civilização.
Rincivilíre, v. civilizar, civilizar novamente.
Rincivilírsi, v. recivilizar-se.
Rincivilíto, p. p. e adj. civilizado.
Rincòforo, s. m. (ent.) rincóforo.
Rincollàre, v. colar novamente / (refl.) remoinhar (águas).
Rincolleríre, v. encolerizar novamente.
Rincòllo, s. m. regurgito, refluxo de águas, etc.
Ricominciàre, v. recomeçar.
Rincontramênto, s. m. achado, encontro.
Rincontràre, v. reencontrar; encontrar.
Rincontràrsi, v. encontrar-se, reencontrar-se, chocar-se, abater-se / **le onde si rincontravano:** as ondas chocavam-se, abatiam-se.
Rincôntro, s. m. reencontro / cotejo, confrontação, comparação / (pl.) sinais em peças de juntar / (adv. e prep.) em frente, cara a cara / **di** ―――: em frente.
Rincoraggíre, e **rincoraggiàre,** v. encorajar mais.
Rincoramênto, s. m. encorajamento; consolo, alento.
Rincoràre, v. confortar, encorajar, animar, alentar, consolar.
Rincoràto, p. p. e adj. confortado, animado, encorajado.
Rincordàre, v. encordoar novamente um instrumento.
Rincorniciàre, v. emoldurar novamente.
Rincorporamênto, s. m. reincorporação / reencarnação.
Rincorporàre, v. reincorporar.
Rincórrere, v. perseguir, correr atrás de alguém, perseguir, ir ao encalço.
Rincòrsa, s. f. arrancada, movimento rápido para ser impulsado para a frente; corrida para dar um salto.
Rincòti, s. m. pl. (zool.) rincodos, insetos coleópteros tetrâmeros (p. ex. a cigarra, o percevejo).
Rincòtto, p. p. e adj. recozido, muito cozido (materiais industriais).
Rincréscere, v. (intr.) sentir pesar, molestar, desagradar, desgostar / **fatti che rincréscono:** coisas que desgostam / **se non le rincresce:** se não lhe desagrada / (pres.) **rincresco.**
Rincrescévole, adj. desagradável, molesto; sensível.
Rincrescimênto, s. m. mágoa, desgosto, descontentamento, pesar.
Rincrescióso, adj. pesaroso, molesto, desgostoso, desagradável.
Rincrespamênto, s. m. novo encrespamento.
Rincrespàre, v. riçar, encrespar, frisar novamente / **rincresparsi il lago:** agitar-se, encrespar-se o lago.
Rincrociàre, v. encruzar novamente.
Rincrostàre, v. encrostar novamente.
Rincrudelíre, v. encrudescer, tornar-se cruel.
Rincrudíre, v. encruar, ficar mais cru, endurecer / exacerbar, agravar, recrudescer (doença, etc.).

Rincrudimênto, s. m. recrudescimento, recrudescência.
Rincrunàre, v. repassar a agulha nos mesmos pontos, pespontar.
Rinculàre, v. recuar, andar, voltar para trás; afastar; retroceder.
Rinculàta, s. f. recuada, recuo; movimento retógrado, retrocesso.
Rinculàto, p. p. e adj. recuado, retrocedido, afastado.
Rinculcàre, v. inculcar, insinuar novamente.
Rincúlo, s. m. recuo.
Rincuòcere, v. recozer, cozer bem ou muito (metais), caldear.
Rincupíre, v. ofuscar, escurecer, turbar novamente; tornar-se sombrio (o céu ou o semblante).
Rincurvàre, ou **ricurvíre**, v. encurvar novamente, encurvar mais ainda.
Rindebitàre, v. endividar novamente.
Rindolcíre, v. adoçar novamente ou adoçar mais.
Rindossàre, v. vestir de novo ou adaptar um traje.
Rindurire, v. endurecer novamente ou endurecer mais / (pr.)**rindurísco**.
Rinènchite, s. m. (med.) instrumento para praticar injeções nas cavidades nasais.
Rinencèfalo, s. m. rinencéfalo, monstro que tem o nariz em forma de tromba.
Rinettamênto, s. m. limpeza, modo de limpar, limpadura.
Rinettàre, v. limpar, repolir, tirar as asperezas de um objeto.
Rinettàto, p. p. e adj. limpado, repolido, polido novamente.
Rinettatôre, adj. e s. m. limpador, polidor / brunidor.
Rinettatúra, s. f. nova limpeza ou polidura.
Rinètto, p. p. e adj. limpado, repolido.
Rinevicàre, v. nevar novamente / (pr.) **rinèvico**.
Rinfacciamênto, s. m. reproche, exprobação, reprimenda.
Rinfacciàre, v. reprochar, exprobar; lançar em rosto a alguém; censurar / *gli rinfaccíó il suo passato:* reprochou-lhe o passado.
Rinfacciàto, p. p. e adj. reprochado, censurado.
Rinfàccio, s. m. reproche, ato de reprochar, censura, reprimenda.
Rinfagottàre, v. embrulhar, empacotar novamente.
Rinfagottàrsi, (refl.) enroupar-se, vestir-se.
Rinfanciullíre, v. infantilizar-se / ensandecer / (pr.) **rinfanciullísco**.
Rinfangàre, v. enlodar novamente.
Rinfantocciàre, (pr. -òccio) v. revestir de fantoche / (ant.) arrumar, pôr em ordem.
Rinfarcire, v. encher; abarrotar outra vez.
Rinfarinàre, v. enfarinhar novamente.
Rinferraiolàre, v. encapotar.
Rinferraiolàrsi, v. encapotar-se.
Rinferràre, v. reforçar com ferro / (refl.) recuperar as forças, revigorar-se.
Rinfervoràre, v. reexcitar, aferverar, afervorizar novamente / reanimar-se.
Rinfiammàre, v. reexcitar-se, inflamar-se, entusiasmar-se novamente / tornar a acender ou a inflamar.

Rinfiancamênto, s. m. fortalecimento dos flancos de alguma coisa, e especialmente dos edifícios.
Rinfiancàre, v. fortificar; reforçar os flancos de um edifício.
Rinfichisecchíre, v. mirrar-se, murchar-se / apergaminhar-se.
Rinfiànco, s. m. (ant.) muro de sustentamento ou de reforço; contraforte.
Rinfierire, v. (intr.) enfurecer, enfuriar, irritar novamente ou mais, recrudescer / (pr.) rinfierisco.
Rinfilàre, v. reenfiar.
Rinfingardíre, e **rinfingardirsi**, v. empreguiçar, empreguiçar-se novamente ou mais ainda.
Rinfiorare, v. reflorescer.
Rinfittire, v. espessar, condensar mais / repetir com freqüência, amiudar: —— *le visite*.
Rinfocàre, v. enfogar, inflamar, abrasar novamente ou mais.
Rinfocàrsi, v. enfogar-se, inflamar-se.
Rinfocolamênto, s. m. avivamento.
Rinfocolàre, v. afoguear, inflamar ardentemente.
Rinfoderàre, v. (tr.) tornar a embainhar a espada / (fig.) tragar, engolir o que se queria dizer.
Rinformàre, v. avisar, informar novamente / (técn.) enformar, pôr novamente na forma.
Rinforzamênto, s. m. fortalecimento, ato ou efeito de fortalecer.
Rinforzàre, v. fortalecer, tornar forte; fortificar / corroborar, vigorizar, sustentar, apoiar.
Rinfòrzo, s. m. reforço / (mil.) corpo de soldados que se manda para prestar ajuda / (fig.) socorro, apoio, ajuda.
Rinfoscàrsi, v. ofuscar-se; toldar-se; anuviar-se.
Rinfrancamênto, s. m. alento; reanimação; encorajamento.
Rinfrancàre, v. reanimar, encorajar, reforçar; revigorar; recobrar segurança, ousadia.
Rinfrancàrsi, v. reanimar-se, refazer-se; revigorar-se, recuperar novas forças.
Rinfrànco, s. m. revigoramento / reforço; alento, ânimo.
Rinfràngere, v. refranger, refractar; romper-se, partir-se **rinfrangersi le onde sugli scogli**.
Rinfrànto, p. p. e adj. refrato, quebrado, rompido / infringido, transgredido novamente / (s. m.) tecido de cânhamo.
Rinfreddàrsi, v. resfriar, esfriar de novo.
Rinfrenàre, v. refrear; sujeitar, subjugar, reprimir novamente.
Rinfrescamênto, s. m. refrescamento, ato ou efeito de refrescar.
Rinfrescànte, p. pr. e adj. refrescante, que refresca / (s. m.) refresco, bebida que refresca, que refrigera.
Rinfrescàre, v. refrescar; refrigerar / recrear; renovar / reanimar, restaurar / **rinfrescàre la memória**: rememorar / retocar, restaurar, modernizar.
Rinfrescàrsi, v. refrescar-se; restaurar-se, dessedentar-se, tomar um refresco ou remédio refrigerante.

Rinfrescàta, s. f. refrescamento; refrescata; ato ou efeito de refrescar.
Rinfrescàto, p. p. e adj. refrescado; descansado; reanimado.
Rinfrescatúra, s. f. refrescamento / coisa que refresca.
Rinfrèsco, s. m. refresco; bebida fresca / **bottega di rinfreschi**: sorveteria / merenda de licores, sorvetes, etc.
Rinfrignàre, v. remendar de qualquer jeito, atamancar.
Rinfrignàto, adj. remendado, costurado de qualquer jeito / enrugado, encarquilhado.
Rinfrígno, s. m. costura ou remendo mal feito.
Rinfrinzellàre, v. (vulg. tosc.) remendar; cerzir ou cozer mal.
Rinfronzíre, v. reenfolhar, reverdecer / (refl.) enfeitar-se, adornar-se.
Rinfronzalàre, v. (intr. e refl.) adornar-se, enfeitar-se, ataviar-se sem gosto.
Rinfurbíre, v. (tosc.) ficar mais esperto, mais astuto.
Rinfuriàre, v. enfuriar, agitar-se novamente.
Rinfúsa, (alla), loc. adv. confusamente, desordenadamente / a granel, aos montes.
Rinfusamênte, adv. desordenadamente, atrapalhadamente, confusamente.
Ringabbiàre, v. enjaular, prender novamente.
Ringaggiàre, v. reengajar.
Ringagliardimênto, s. m. ato ou efeito de dar ou adquirir novas forças.
Ringagliardíre, v. revigorar, dar novo vigor; adquirir novas forças; reencorajar-se.
Ringagliardírsi, v. revigorar-se, robustecer-se; reencorajar-se.
Ringalluzzíre, v. retomar vivacidade; envaidecer / (pr.) **ringalluzzisco**.
Ringalluzzíto, p. p. e adj. reanimado, envaidecido.
Ringambàre, v. reforçar / repor o pé a um objeto, etc.
Ringambàrsi, v. revigorar / repor-se de pé; readquirir forças perdidas.
Ringangheràre, v. repor nos engonços.
Ringarbugliàre, v. embaraçar, atrapalhar, misturar novamente.
Ringavagnàre, v. (ant.) tornar a guardar ou a embainhar: **ringavagna la speranza** (Dante).
Ringentilíre, v. civilizar, enobrecer mais; tornar mais gentil.
Ringhiàre, v. rosnar, dizer entredentes, resmungar / emitir (o cão) um ruído surdo, quando ameaça morder / rosnar, grunhir, murmurar alguém quando está com raiva: **stavvi Minòs orribilmente, e ringhia** (Dante).
Ringhièra, ou **ringhièra**, s. f. balustrado; gradeado geralmente de ferro para reparo de janelas, pórticos, terraços, etc. / (hist. e ant.) espécie de palanque de onde se arengava ao povo; tribuna.
Rínghio, s. m. rosnadura ou rosnadela; ato ou efeito de rosnar.
Ringhiosamênte, adv. raivosamente.
Ringhióso, adj. rosnador, que rosna ou murmura / resmungão, raivento.
Ringhiottíre, v. reengolir; tragar outra vez.
Ringiallíre, v. amarelecer novamente ou amarelecer mais.
Ringioíre, v. (intr. e tr.) alegrar, regozijar-se.
Ringiovaníre, v. rejuvenescer / renovar / reflorescer as árvores.
Ringoiàre, v. reengolir; engolipar / (refl.) desdizer-se, retirar as promessas, ofensas, etc.
Ringolfàre, **ringolfàrsi**, v. engolfar-se outra vez, ou engolfar-se mais.
Ringollàre, v. reengolir / retirar, reprimir, conter / —— **una cosa**: abster-se de falar de uma coisa que se estava para dizer.
Ringommàre, v. engomar novamente.
Ringorgamênto, s. m. remoinho / regurgitação / obstrução de canos, esgotos, etc.
Ringorgare, v. remoinhar / regurgitar / (refl.) obstruir-se (os condutos).
Ringôrgo, s. m. remoinho, ato ou efeito de remoinhar / regurgitação / obstrução.
Ringozzàre, v. reengolir, embuchar (pôr no bucho) novamente.
Ringranàre, v. ressemear trigo / (técn.) engrenar, endentar, entrosar novamente.
Ringranatíccio, s. m. campo ressemeado de trigo.
Ringranàto, adj. de trigo colhido do segundo cultivo do ano.
Ringrandíre, v. (intr. e tr.) engrandecer; aumentar.
Ringràno, s. m. (agr.) ressemeadura; segundo cultivo de trigo do ano.
Ringrassàre, v. engordar novamente, engordar mais.
Ringravidamênto, s. m. nova gravidez.
Ringravidàre, v. engravidar novamente.
Ringravidàrsi, v. tornar a engravidar-se.
Ringraziàbile, adj. agradecível, que se pode ou se deve agradecer; merecedor de agradecimento.
Ringraziamênto, s. m. agradecimento, gratidão / **lettera di** ——: carta de agradecimento.
Ringraziàre, v. agradecer, dar agradecimentos.
Ringrinzimênto, s. m. enrugamento, encarquilhamento.
Ringrinzírsi, v. enrugar-se, encarquilhar-se.
Ringrinzíto, p. p. e adj. enrugado; encarquilhado.
Ringrossamênto, s. m. engrossamento maior de tamanho, de volume.
Ringrossàre, v. engrossar, crescer de volume, aumentar novamente.
Ringrossàto, p. p. e adj. engrossado, crescido, aumentado novamente.
Ringrossatúra, s. m. engrossamento, ato ou efeito de engrossar, de crescer, de aumentar.
Ringròsso, s. m. engrossamento; ato de engrossar, de reforçar, de tornar mais espessa alguma coisa (p. ex. um muro e símile) / aquilo que se põe para tornar uma coisa mais grossa.
Ringrullíre, v. atoleimar mais, entontecer, tornar tolo.
Ringuainàre, v. repor na bainha.
Rinite, s. f. (pat.) rinite.
Rinnamoramênto, s. m. novo enamoramento.

Rinnamoràre, v. voltar a namorar.
Rinnegamênto, s. m. renegamento ou renegação; ato ou efeito de renegar; apostasia, abjuração.
Rinnegàre, v. renegar; abjurar de; não reconhecer; abandonar ou trair; repelir, desprezar; repudiar, apostatar / —— **la pazienza**: perder a paciência.
Rinnegàto, p. p., adj. e s. m. renegado, que renega ou abjura; apóstata / (pop.) malvado.
Rinnegatôre, adj. e s. m. (**rinnegatrice**, s. f.) renegador / apóstata, renegado.
Rinnegazióne, s. m. renegação, renegamento, abjuração.
Rinnervàrsi, v. recobrar nervo.
Rinnestamênto, s. m. enxertadura, ato de enxertar.
Rinnestàre, v. enxertar, inserir, introduzir novamente; juntar outra vez / revacinar.
Rinnestàto, p. p. e adj. enxertado, inserido, introduzido novamente / revacinado.
Rinnèsto, s. m. novo enxerto / (bot.) planta que se enxerta em outra / nova vacinação.
Rinnobilíre, v. enobrecer, tornar nobre ou mais nobre.
Rinnobilírsi, v. enobrecer-se / (pr.) rinnobilísco.
Rinnocàre, v. replicar, rebater de uma oca a outra, no **gico dell'oca** (jogo de ganso) / renovar, reiterar.
Rinnovàbile, adj. renovável, que se pode ou deve renovar.
Rinnovamênto, s. m. renovamento, renovação / (hist.) período da história da Itália que se inicia no século XVIII e prepara e acompanha o Risorgimento.
Rinnovàre, v. renovar, tornar novo; substituir, reeleger; restaurar; restabelecer; tornar a fazer; introduzir, mudar, reformar / repetir, reiterar / —— **una cambiale**: reformar uma letra / (bot.) germinar novamente.
Rinnovàrsi, v. (lit.) renovar-se / repetir-se / modernizar-se, transformar-se / —— **o morire**: renovar-se ou morrer.
Rinnovatôre, adj. e s. m. (rar.) (**rinnovatríce**, f.) renovador, transformador.
Rinnovazióne, s. f. renovação, transformação.
Rinnovellàre, v. renovar: **tu vuoi ch'io rinnovelli** (Dante) / ressurgir, renascer, reviver.
Rinnovellàto, p. p. e adj. renovado.
Rinnòvo, s. m. renovação / (com.) reforma de uma letra de câmbio / (agr.) mudança de cultivo.
Rinobilitàre, v. enobrecer novamente.
Rinocerônte, s. m. rinoceronte.
Rinofonía, s. m. rinofonia, voz fanhosa ou nasal.
Rinoiatría, s. f. rinologia.
Rinolalía, s. f. rinolalia, rinofonia.
Rinolaringíte, s. f. rinolaringite.
Rinología, s. f. rinologia, estudo do nariz e suas doenças e tratamento.
Rinològico, adj. (pl. -ci) rinológico.
Rinomànza, s. f. renome, fama, nomeada, celebridade.
Rinomàre, v. celebrar, afamar, nomear, com louvor.

Rinomàto, adj. renomado; nomeado, famoso, célebre / acreditado: **la rinomata ditta**.
Rinomèa, rinominànza, s. f. (ant.) fama, renome.
Rinominàre, v. renomear / reeleger.
Rinoplastía, s. f. (cir.) rinoplastia.
Rinoplàstica, s. f. rinoplástica, operação plástica no nariz.
Rinorragía, s. f. rinorragia, hemorragia nasal.
Rinorrèa, s. f. rinorréia.
Rinoscopía, s. f. rinoscopia, observação das fossas nasais, por meio do rinoscópio.
Rinòsi, s. f. rinose, estado de relaxamento da pele.
Rinotàre, v. anotar, assinalar, considerar, observar novamente.
Rinotificàre, v. notificar, anunciar novamente.
Rinquadràre, v. emoldurar novamente; readaptar, reencaixar / (mil.) reagrupar, reincorporar.
Rinquartàre, v. dividir em quartos / quadruplicar, multiplicar por quatro / (agr.) ressemear a mesma cultura durante 4 anos no mesmo terreno / (intr.) carambolar sucessivamente em três tabelas (no jogo de bilhar).
Rinquartàto, p. p. e adj. (heráld.) quarteado; escudo (brasão) dividido em quatro partes.
Rinquartatúra, (agr.) s. f. quarta ressemeadura.
Rinquàrto, s. m. carambola em três tabelas, no jogo de bilhar.
Rinquattrinàre, v. (buri.) endinheirar, abastecer, encher de dinheiro.
Rinsaccamênto, s. m. ensacamento, ato de ensacar / sacolejo; sacudimento (sacudida do saco ao enchê-lo).
Rinsaccàre, v. ensacar novamente / sacudir o saco na ocasião em que se o está enchendo / (refl.) ao cavalgar, sacudir-se, sacolejar na sela / **rinsaccarsi**: encolher os ombros.
Rinsaldamênto, s. m. nova soldagem / fortalecimento, consolidação.
Rinsaldàre, v. engomar; soldar novamente / reforçar, consolidar, robustecer / (fig.) —— **l'amicizia**.
Rinsaldàrsi, v. soldar-se novamente.
Rinsaldàto, p. p. e adj. engomado, soldado novamente / reforçado, enrijecido; consolidado.
Rinsalvatichíre, v. tornar-se selvagem, homem ou animal / tornar-se silvestre (planta).
Rinsanguàre, v. dar ou receber novo sangue; revigorar / (fig.) prover de dinheiro.
Rinsanguàrsi, v. (refl.) cobrar sangue; revigorar-se, fortalecer-se / (fig.) abastecer-se de dinheiro.
Rinsaguinàre, v. ensangüentar novamente / volver a sangrar uma ferida.
Rinsanicàre, v. (tosc. pop.) sanear um terreno, etc. / sarar, readquirir saúde.
Rinsaníre, v. recuperar a saúde; recuperar a razão.
Rinsavíre, v. recuperar o juízo, a razão e sensatez; emendar-se, tornar-se ajuizado.
Rinsegnàre, v. ensinar novamente / reeducar.

Rinselvàre, v. tornar-se novamente mato, selva; voltar a crescer (o mato) / reentrar, embrenhar-se no mato.
Rinselvatichíre, v. tornar-se outra vez agreste, selvagem, inculto.
Rinserràre, v. encerrar; fechar.
Rinsignorirsi, v. reapossar-se, apoderar-se de novo.
Rinsudiciàre, v. sujar, manchar, macular novamente.
Rinsuperbíre, v. ensoberbecer novamente.
Rintagliàre, v. entalhar, cinzelar novamente.
Rintagliàto, p. p. e adj. entalhado, cinzelado novamente.
Rintàllo, s. m. (agr.) rebento inútil (de planta).
Rintanamênto, s. m. escondedura, ato de esconder.
Rintanàre, v. entocar.
Rintanàrsi, v. (refl.) entocar-se, esconder-se num buraco ou toca.
Rintanàto, p. p. e adj. entocado / sumido, enfurnado em casa.
Rintasàre, v. obstruir / tapar com tártaro.
Rintascare, v. repor no bolso, embolsar novamente; recobrar dinheiro.
Rintavolàre, v. entabuar novamente.
Rintegolàre, v. retelhar (colocar telhas) novamente.
Rintegramênto, s. m. integração.
Rintegràre, v. reintegrar.
Rintegratôre, adj. e s. m. reintegrador.
Rintegrazióne, s. f. reintegração.
Rintenebràre, v. anuviar, nublar, escurecer novamente.
Rintempíre, v. repor-se o tempo.
Rintenerire, v. voltar a enternecer ou abrandar / (fig.) comover-se de novo.
Rintepidíre, v. entibiar-se mais / amortecer o amor, o ciúme, etc. / amornar outra vez, tornar novamente tépido.
Rinterramênto, s. m. derruimento de terra ou areia causado pela água.
Rinterràre, v. enterrar de novo / recobrir, altear com terra / (agr.) adubar com limo.
Rintêrro, s. m. aterro; nivelação com terra.
Rinterzàre, v. triplicar, fazer três vezes uma coisa (espec. na semeadura de terras); terceirar (lus.) / ——— **le rime**: tercetar, fazer uma estrofe de três versos / embater da bola de bilhar com 2 tabelas.
Rinterzàto, p. p. e adj. triplicado / terceirado / soneto no qual foi incluído um verso septenário que rima com o verso antecedente / soneto intercalado.
Rintèrzo, s. m. carambola; embate de uma bola de bilhar sucessivamente sobre as outras duas.
Rintiepidíre, v. amornar outra vez, tornar tépido (v. **rintepidire**).
Rintoccàre, v. dobrar, tocar os sinos em toques repetidos; badalar.
Rintôcco, s. m. dobre, toque; repique de sino / repetição de toque das horas.
Rintonacàre, v. rebocar novamente / (fig.) revestir.
Rintonacàto, p. p. e adj. rebocado novamente.
Rintonàco, s. m. novo reboco.
Rintonàre, v. estrondear de novo; ribombar.
Rintontíre, v. entontecer novamente, estontear mais; aturdir.
Rintontíto, v. entontecido; estonteado.
Rintoppamênto, s. m. topada / encontro.
Rintoppàre, v. ir de encontro, topar.
Rintoppàrsi, v. encontrar-se por acaso; topar com alguém.
Rintòppo, s. m. topada, encontro / obstáculo, estorvo, impedimento.
Rintorbidàre, v. enturvar, escurecer, toldar / (fig.) perturbar, transtornar.
Rintorpedíre, v. entorpecer novamente.
Rintorpidírsi, v. entorpecer-se novamente.
Rintorzolàre, v. desmedrar / enfraquecer / (fig.) abobar, atoleimar.
Rintracciàbile, adj. encontrável, que se pode achar.
Rintracciamênto, s. m. investigação, pesquisa, procura, busca.
Rintracciàre, v. buscar, pesquisar, procurar / encontrar, achar procurando.
Rintrecciàre, v. entrançar, entrelaçar, entretecer novamente.
Rintristíre, v. murchar, emurchecer novamente; desmedrar / (fig.) tornar-se novamente ruim, mau, funesto.
Rintrodúrre, v. reintroduzir.
Rintronamênto, s. m. aturdimento / ensurdecimento / ribombo, estrondo.
Rintronàre, v. retroar, ribombar / atordoar, aturdir.
Rintròno, s. m. ribombo, estampido, estrondo, fragor.
Rintuffàre, v. mergulhar novamente.
Rintuòno, s. m. ligeiro ribombo.
Rintuzzamênto, s. m. retruque, revide / embotamento.
Rintuzzàre, v. embotar, engrossar, tirar o gume dos instrumentos de corte ou pontiagudos / (fig.) repelir, reprimir / retorquir, revidar / **rintuzzò prontamente l'offesa**: revidou prontamente a ofensa.
Rintuzzàrsi, v. embotar-se, engrossar-se (objeto de ponta ou de corte) / (fig.) humilhar-se.
Rintuzzàto, p. p. e adj. engrossado, embotado, tornado obtuso / (fig.) refutado, revidado, retrucado.
Rinúccio, n. pr. dim. de Rinaldo.
Rinúnzia e **rinúncia**, s. f. renúncia; renunciamento; recusa.
Rinunziànte, p. pr. adj. e s. m. renunciante.
Rinunziàre, v. renunciar, abandonar, espontaneamente; ceder por vontade própria; recusar / abandonar, desistir.
Rinunziatàrio, s. m. (jur.) renunciatário; (pl. **rinunziatari**).
Rinunziàto, p. p. e adj. renunciado; recusado; abandonado; cedido por vontade própria.
Rinunziatôre, adj. e s. m. (f. **-trice**) renunciante, renunciador.
Rinuòcere, v. danificar novamente.
Rinuotàre, v. nadar outra vez.
Rinutrimênto, **rinutrizióne**, s. m. renutrição, nova nutrição.
Rinutríre, v. renutrir, nutrir novamente.
Rinvalidàre, v. revalidar.

Rinvangàre, v. (tr.) o mesmo que **Rivangàre**: cavar, escavar, revolver novamente (a terra) / (fig.) repisar, rebuscar: cavar no passado.
Rinvasàre, v. mudar de vaso ou vasilha um líquido / passar uma planta de um a outro vaso.
Rinvecchiàre, v. envelhecer mais.
Rinvecchignìre, v. envelhecer muito o rosto.
Rinvelenìre, v. envenenar novamente.
Rinveníbile, adj. encontrável, que se pode encontrar, descobrir.
Rinvenimênto, s. m. encontro, descobrimento / recuperação dos sentidos depois do desmaio.
Rinvenìre, v. encontrar, achar, descobrir / (intr.) recuperar os sentidos, voltar a si / voltar a reverdecer (flores, plantas, etc.) / amolecer, recuperar a flexibilidade (couro, madeira, fungos secos, legumes, etc.).
Rinvenúto, p. p. e adj. achado / reanimado depois do desmaio / amolecido.
Rinverdìre, v. reverdecer, tornar verde ou viçoso / (fig.) (refl.) renovar-se, rejuvenescer, recobrar vigor.
Rinverdito, p. p. e adj. reverdecido.
Rinvergàre, v. (ant.) encontrar rebuscando / procurar.
Rinverniciàre, v. envernizar outra vez.
Rinvertìre, v. inverter de novo; trocar, mudar, revirar, / (pr.) **rinverto**.
Rinverzàre, v. vedar, tapar fendas / encher com lascas de pedras os vãos entre as pedras na construção murária.
Rinverzicàre, ou **rinverziccàre**, v. recuperar ânimo, brio, espírito; reverdecer (diz-se espec. em relação aos velhos) / (pr.) **rinvèrzico, rinverzícolo**.
Rinvestimênto, s. m. reinversão, reaplicação (de capitais).
Rinvestìre, v. reinvestir; investir (atropelar) novamente / reaplicar dinheiro em outros valores / repor no cargo; redar em posse / revestir um muro, etc. / revestir os frascos ou garrafas de palha ou de outro material.
Rinvestitôre, s. m. (f. -trìce) aquele que reveste os frascos ou garrafas.
Rinvestitúra, s. f. revestimento dos frascos etc. / nova investidura.
Rinviàre, v. reenviar / devolver, recusar / adiar, diferir, dilatar / (for.) prorrogar.
Rinvigorimênto, m. revigoramento, novo vigor.
Rinvigorìre, v. revigorar, dar novo vigor; adquirir novas forças.
Rinvigorírsi, v. revigorar-se, retomar vigor, recobrar-se / (pr.) **rinvigorísco**.
Rinvigorito, p. p. e adj. revigorado; fortalecido.
Rinviliàre, ou **rinvilìre**, v. baratear, rebaixar de preço.
Rinvilìo, s. m. rebaixamento, depressão (de preço).
Rinvilìre, v. envilecer novamente / rebaixar, diminuir o preço.
Rinviluppàre, v. envolver, enrolar novamente / tornar a embrulhar.
Rinvío, s. m. reenvio / adiamento.
Rinviperìre, v. tornar a endurecer-se.
Rinvispìre, v. (intr.) retomar ânimo, brio.
Rinvío, s. m. novo envio / devolução / adiamento.
Rinvitàre, v. convidar novamente / parafusar, atarraxar outra vez.
Rinvíto, s. m. novo convite.
Rinvívire, v. reanimar, renascer, reviver, recobrar-se.
Rinvogliàre, v. reestimular; provocar, excitar novamente a vontade, o desejo.
Rinvòlgere, v. embrulhar, empacotar, envolver fortemente / (refl.) enroupar-se; envolver-se.
Rinvoltàre, v. (tr.) embrulhar, enrolar, empacotar-se; envolver-se.
Rinvoltàto, p. p. e adj. embrulhado, enrolado, envolvido / (fig.) **è sempre rinvoltato nei debiti**: está sempre atrapalhado com dívidas.
Rinvoltatúra, s. f. empacotamento, envoltura.
Rinvoltíno, s. m. (dim.) embrulhinho, pequeno embrulho ou pacote.
Rinvòlto, p. p. e adj. enrolado, envolvido, empacotado.
Rinvòlto, s. m. embrulho, pacote, envoltório.
Rinvoltúra, s. f. pano grosso e ordinário que cobre mercadorias a serem despachadas / (ant.) envolvimento / envoltório / enredo de drama / eufemismo.
Rinzaccheràre, v. (tr. e refl.) enlodar, sujar ou sujar-se de novo.
Rinzaffàre, v. tapar; arrolhar (tapar com rolha) novamente / emboçar, dar a primeira camada de cal ou argamassa.
Rinzaffatúra, s. f. primeiro emboço.
Rinzàffo, s. m. emboço, a primeira camada de cal ou argamassa que se assenta na parede.
Rinzeppàre, v. abarrotar; encher em excesso; encher demais / empanturrar.
Rinzeppàrsi, v. encher-se, abarrotar-se, de comida.
Rinzeppatúra, s. f. enchimento; abarrotamento / cunha, lasca de madeira, etc.
Rinzòcco, s. m. (arquit.) soco de reforço; parte sobre a qual assenta um edifício ou uma coluna.
Rinzolfàre, v. enxofrar novamente.
Rinzolfàto, p. p. e adj. enxofrado (misturado ou polvilhado com enxofre) novamente.
Rinzuppàre, v. embeber, ensopar, molhar novamente.
Rio, adj. (poét.) mau, réu, malévolo / (s. m.) (poét.) riozinho, regato, riachuelo.
Riobbligàre, v. obrigar, forçar novamente.
Rioccupàre, v. reocupar, ocupar novamente.
Rioffèndere, v. ofender, injuriar, insultar novamente.
Rioffèrto, p. p. e adj. oferecido novamente.
Riofferìre, v. oferecer novamente.
Rionàle, adj. de bairro, de arrabalde.
Riône, s. m. bairro, arrabalde.
Rionoràre, v. honrar, distinguir novamente.
Rioperàre, v. operar novamente / produzir outra vez o mesmo efeito.

Riordinamênto, s. m. reorganização; arranjo, reforma, reordenação.
Riordinàre, v. reordenar, reorganizar; reformar / dar nova ordem ou incumbência a.
Riordinatôre, adj. e s. m. (f. -trice) organizador / reformador.
Riordinaziône, s. f. reorganização / (ecles.) nova ordenação.
Riordíre, v. urdir, tramar outra vez.
Riorganizzàre, v. reorganizar.
Riorganizzàto, p. p. e adj. reorganizado; reconstituído; melhorado.
Riorlàre, v. orlar, debruar novamente.
Riornàre, v. ornar, enfeitar novamente.
Riosservàre, v. observar, considerar, examinar / fixar novamente.
Riòtta, s. f. ant. contraste, disputa.
Riòttolo, s. m. (ant.) riachozinho.
Riottosamênte, adv. litigiosamente, teimosamente; cavilosamente.
Riottôso, adj. briguento, teimoso; cavilador.
Rip., (mús.) (v. **ripresa**) repetição.
Ripa, s. f. (poét.) ribeira, margem / escarpa, despenhadeiro.
Ripacificàre, v. conciliar.
Ripagàre, v. tr. tornar a pagar.
Ripalpàre, v. (tr.) tornar a palpar / apalpar, manusear novamente.
Ripalpitàre, v. palpitar novamente.
Riparàbile, adj. reparável; remediável; emendável / (contr.) **irreparàbile**.
Riparabilità, s. f. (rar.) reparabilidade; corrigibilidade.
Riparàre, v. reparar, defender, proteger, resguardar / custodiar, ressarcir, indenizar / remediar / desagravar / impedir, parar, evitar: —— **un colpo**.
Riparàrsi, v. abrigar-se, reparar-se, defender-se, refugiar-se / —— **le forze**: recuperar as forças, restabelecer-se.
Riparàto, p. p. e adj. reparado, indenizado, ressarcido / renovado, consertado, melhorado / oculto, abrigado, seguro / **un luogo** ——: um lugar seguro.
Riparatôre, adj. e s. m. (**riparatrice**, s. f.) reparador; restaurador / **un sonno** ——: um sono reparador.
Riparaziône, s. f. reparação, defesa, restauração, reforma / (jur.) indenização, ressarcimento de danos à parte ofendida / **esami di** ——: exames de outono para aprovação no exame de verão.
Ripareggiàre, v. emparelhar (fazer parelha) novamente / aplainar, nivelar.
Ripàrio, adj. ribeirinho, que se encontra ou vive habitualmente nas ribeiras: **un uccello** (pássaro) ——.
Riparlàre, v. (intr.) tornar a falar.
Ripàro, s. m. reparação, ato de reparar / reparo, defesa; refúgio / remédio, socorro, emenda, providência / **metter** ——: remediar / (fort.) trincheira, bastião / dique / **senza** ——: sem remédio, sem salvação.
Ripartíbile, adj. repartível.
Ripartimênto, s. m. repartição, ato ou efeito de repartir / compartimento, seção, repartimento, lugar separado dos outros.

Ripartíre, v. repartir, distribuir, dividir; distribuir as partes / partir, sair, ir embora outra vez / (pres.) **ripartisco, -sci**.
Ripartitamênte, adv. repartidamente, por partes.
Ripartíto, p. p. e adj. repartido, distribuído; dividido, separado / saído, ido embora novamente / è —— **per il Brasile**: partiu para o Brasil.
Ripartiziône, s. f. repartição, divisão, partilha / compartimento, repartimento; seção duma administração pública / —— **d'avarie**: liquidação de avarias.
Ripàrto, s. m. repartição, divisão, distribuição / departamento, seção; (neol. adm.) distribuição proporcional de uma taxa entre os contribuintes / (com.) dividendo.
Ripassàre, v. repassar, tornar a passar, passar pela segunda vez; passar voltando para trás; atravessar / examinar de novo, corrigir, reler, reexaminar / **ripassò il compito**: repassou a lição / dar uma nova demão, aplicar nova mão de tinta, etc.
Ripassàta, s. f. ação de passar novamente; volta / correção, retoque, emenda, exame, vista de olhos à lição, a um escrito / última demão, arranjo de roupa / reprimenda, sabão / (dim.) **ripassatina**, vista de olhos rápida, etc.
Ripassatôre (f. -trice), s. m. operário que examina, que verifica um trabalho.
Ripasseggiàre, v. tornar a passear.
Ripàsso, s. m. volta: **il** —— **degli uccelli, dei pesci, dei pellegrini**.
Ripàtica, s. f. (for.) direito sobre as margens dos rios, lagos, etc.
Ripàtico, s. m. porto fluvial.
Ripatíre, v. padecer, sofrer novamente.
Ripatriàre, v. repatriar.
Ripeccàre, v. pecar outra vez.
Ripeggioràre, v. reagravar-se, piorar novamente.
Ripensamênto, s. m. reflexão, meditação.
Ripensàre, v. (intr.) repensar; reavivar com a memória / refletir maduramente / mudar de idéia / (tr.) recordar, evocar o passado.
Ripensaziône, s. f. (ant.) reflexão, meditação.
Ripènse, adj. (lit.) ribeirinho (de ribeira, de margem, etc.).
Ripèntere, v. (ant. intr. e refl.) arrepender-se.
Ripentimênto, s. m. rearrependimento.
Ripentíre, v. refl. tornar a arrepender-se.
Ripercôrrere, v. (tr.) repercorrer.
Ripercossa, s. f. repercussão.
Ripercòsso, p. p. e adj. repercutido / rebatido.
Ripercòtere ou **ripercuòtere**, v. percutir, bater novamente / reenviar, afastar para trás / refletir / rebater os golpes.
Ripercotimênto, s. m. repercussão, ação e efeito de repercutir.
Ripercussiône, s. f. repercussão, ação de repercutir rebatendo / reflexão, ação

de refletir numa outra direção; reverbação repercussão do som ou da luz / (fig.) reação; efeito.

Ripercussivo, adj. repercussivo; que repercute; que reenvia.

Ripèrdere, v. reperder, tornar a perder.

Riperdonàre, v. perdoar novamente.

Ripesàre, v. repesar, pesar pela segunda vez / (fig.) ponderar, refletir, considerar novamente uma questão: ripesare il pro e il contro.

Ripescàre, v. pescar novamente / pescar, tirar alguma coisa que havia caído na água / (fig.) encontrar com diligência e esforço.

Ripêsco, s. m. intriga / relação amorosa secreta.

Ripêsto, s. m. pasta de fazer papel.

Ripetènte, adj. repetente; repetidor / (s. m.) estudante reprovado que repete o curso.

Ripètere, v. repetir, fazer ou dizer outra vez; repisar / reiterar / renovar, replicar / derivar, originar-se: l'italiano ripete le sue origini dal latino / (ant.) recordar / voltar pelo mesmo caminho.

Ripetíbile, adj. (for.) exigível.

Ripetío, ripitío, s. m. (ant.) disputa / repetição importuna / desgosto.

Ripetitôre, adj. e s. m. repetidor / (ferr.) avisador / (escol.) professor que dá aulas particulares a um estudante.

Ripetiziône, s. f. repetição / (escol.) lição particular / (dim.) **ripetizioncèlla, ripetizioncina**.

Ripetutamènte, adv. repetidamente; com repetição; muitas vezes; replicadamente.

Ripetúto, p. p. e adj. repetido, dito ou feito mais que uma vez.

Ripezzàre, v. remendar.

Ripezzatúra, s. f. remendo.

Ripiallàre, v. aplainar novamente.

Ripianàre, v. aplanar, nivelar, tornar plano.

Ripiàngere, v. tornar a chorar.

Ripiàno, s. m. patamar / espaço, lugar plano em zona alta ou montanhosa.

Ripiantàre, v. replantar, plantar pela segunda vez / restabelecer.

Ripícca, s. f. pirraça.

Ripicchiàre, v. bater, surrar, percutir novamente.

Ripicchiàta, s. f. nova surra ou nova batida; repetição de golpes.

Ripicchiàto, p. p. e adj. batido, surrado novamente / (tosc. fam.), ataviado, alindado.

Ripícchio, s. m. rebatida, repique.

Ripícco, s. m. repique de golpe contra golpe / (fig.) pirraça, teima, birra; peça.

Ripidamènte, adv. inclinadamente, de modo íngreme, alcantiladamente.

Ripidêzza, s. f. ingremidez, ingremidade, escarpamento, declive, declividade.

Rípido, adj. íngreme, empinado, escarpado / salita ripida: subida íngreme.

Ripiegamènto, s. m. dobramento, enrolamento; encurvamento / (mil.) recuo, retirada.

Ripiegàre, v. dobrar, fazer dobras em, dobrar em si mesmo (panos, papéis, etc.) / abaixar, amainar / recuar; voltar atrás / arquear, torcer.

Ripiegàrsi, v. (refl.) dobrar-se; encurvar-se / envolver-se / recolher-se

Ripiegàta, s. m. dobramento, curv dura: il fiume a un certo punto fa una ———.

Ripiegàto, p. p. e adj. dobrado, curvado, inclinado, arqueado / recuado, retirado.

Ripiegatúra, s. f. ato e efeito de dobrar ou dobrar-se / dobramento, curvatura.

Ripieghêvole, adj. dobrável, flexível.

Ripiêgo, ou **ripiègo**, s. m. expediente, meio, remédio / auxílio, providência / metter ———: remediar, excogitar meios para sair de um apuro, etc.

Ripienêzza, s. f. enchimento / empacho do estômago.

Ripièno, adj. cheio, pleno, repleto, atopetado, abarrotado / recheado (cul.) / (s. m.) recheio; o que serve para encher qualquer coisa vazia; recheio de carnes / (arquit.) a parte do muro que fica entre os dois emboçamentos do mesmo / (mús.) todos os registros do órgão / (técn.) urdidura do tecido / (lit.) pleonasmo.

Ripigiàre, v. pisar, calcar, esmagar novamente; pisar melhor, (uva, etc.).

Ripigliàre, v. pegar, tomar novamente, recuperar / recomeçar, repetir, repisar / readquirir / censurar, repreender, advertir.

Ripigliàrsi, v. refazer-se, restaurar-se / retomar o fio dum discurso.

Ripigliatúra, s. f. retomada, redobro.

Ripiglíno, s. m. brinquedo de criança feito com uma linha que se entrelaça passando-a de uma mão à outra.

Ripiombàre, v. chumbar novamente / cair a prumo / tornar a cair; recair / cair em cima de improviso novamente.

Ripiòvere, v. rechover, tornar a chover.

Ripire, v. (tosc.) subir, trepar.

Riplasmàre, v. plasmar novamente.

Riponimênto, s. m. reposição, ato ou efeito de repor.

Ripopolamento, s. m. repovoação.

Ripopolàre, v. repovoar.

Ripòrgere, v. apresentar, dar, estender novamente.

Ripôrre, v. repor, tornar a pôr; colocar novamente; conservar / conservar, esconder / (refl.) **riporsi allo studio**: entregar-se novamente ao estudo.

Riportàbile, adj. que se pode reportar, referir.

Riportàre, v. levar ou trazer novamente; reconduzir, restituir / obter, lograr / conseguir, alcançar / fazer referência, atribuir, citar.

Riportàrsi, v. reportar-se, referir-se a; **riportarsi al giudizio degli altri**: reportar-se ao juízo dos outros.

Riportatôre, adj. e s. m. reportador / informador / relator.

Riportatúra, s. f. reprodução, recopilação, cópia (de desenho, etc.).

Ripòrto, s. m. transposição, transporte (de números, numa operação aritmética etc.) / bordado acessório / aces-

sório que serve de ornato ou a um trabalho / (técn.) **materiale di** ———: terra ou material que se transporta para aterro / (com.) operação de bolsa, de venda de valores bancários.
Riposànte, adj. repousante / calmante; tranqüilizador.
Riposàre, v. repousar, descansar / pousar novamente / tranqüilizar, aliviar; sossegar; dormir; dormitar.
Riposàta, s. f. repouso, descanso; parada para descanso.
Riposatamènte, adv. repousadamente; descansadamente, tranqüilamente.
Riposatína, s. f. (dim.) descansadela; paradinha para descanso.
Riposàto, p. p. e adj. repousado; descansado; tranqüilo, sossegado / claro: **vino** ———.
Riposèvole, adj. (ant.) descansado, repousado.
Ripositòrio, s. m. (ant.) repositório.
Riposizióne, s. f. reposição / inumação de restos / (med.) diminuição de uma luxação.
Ripòso, s. m. repouso, descanso; sossego; paz; tranqüilidade; quietude / (arquit.) apoio de arco.
Ripossedère, v. repossuir, recobrar o que se possuía.
Ripòsta, s. f. reposição, ato de repor / abastecimento; provisão de reserva.
Ripostamènte, adv. ocultamente, reservadamente.
Ripostíglio, s. m. esconderijo, escaninho, vão, espaço vazio.
Ripòsto, p. p. e adj. reposto, guardado / oculto, recôndito / (raro) enterrado, inumado; **ceneri riposte**.
Ripostàre, v. repodar, podar de novo.
Ripotatúra, s. f. (agr.) segunda poda.
Ripranzàre, v. tornar a comer.
Ripregàre, v. repetir, tornar a pedir, rezar, orar novamente.
Ripremiàre, v. premiar, recompensar novamente.
Riprèndere, v. repegar, retomar, recobrar / advertir, admoestar / (mil.) reconquistar / voltar à posição antiga / recomeçar: ——— **il denaro** / ——— **fiato**: retomar alento / (teatr.) reestrear um trabalho / (intr.) reavivar-se / recobrar-se, voltar a si / (refl.) **riprendersi**: repor-se, recuperar-se, reanimar-se / retomar o fio de uma conversa cortada.
Riprendimènto, s. m. (rar.) repreensão / reinício; recomeço.
Riprenditóre, s. m. e adj. (**riprenditríce**, s. f.) repreendedor.
Riprensíbile, adj. repreensível, reprovável, censurável / (contr.) **irreprensíbile**.
Riprensibilmènte, adv. repreensivelmente, reprovavelmente.
Riprensioncèlla, s. f. (dim.) censurazinha; ensaboadela.
Riprensióne, s. f. repreensão; admoestação, reprimenda / sabão, ensaboadela / crítica, censura, reprovação.
Riprensívo, adj. repreensivo, repreensor.
Riprensòre, s. m. repreensor, repreendedor / (s. f.) **riprenditrice**.
Riprensòrio, adj. repreensor, repreensivo.
Ripreparàre, v. preparar novamente.
Riprèsa, s. f. retomada; recomeço; reinício / ——— **di un muro**: revestimento de um muro / repetição, reiteração / alta dos valores, etc. / estrofe inicial de balada ou canção na literatura italiana antiga / (mús.) sinal de estribilho / (aut.) facilidade de recobrar a máquina a velocidade / (adv.) **a piú riprese**: em várias vezes / **a riprese**: a intervalos.
Ripresentàre, v. apresentar novamente.
Riprèso, p. p. e adj. retomado, recobrado; reatado; recapturado / repreendido, censurado, criticado.
Riprestàre, v. emprestar novamente.
Ripretèndere, v. pretender de novo.
Riprincipiàre, v. recomeçar, reiniciar, reprincipiar.
Ripristinamènto, s. m. renovamento; restabelecimento; reposição em vigência ou atividade.
Ripristinàre, v. restabelecer, voltar ao estado primitivo; reintegrar; repor em vigência / restaurar: ——— **una chiesa**.
Ripristinàto, p. p. e adj. restabelecido; reintegrado; renovado.
Ripristinatóre, s. m. restabelecedor, reintegrador; renovador.
Ripristinazióne, ripristinamènto, riprístino, s. m. restabelecimento ao estado anterior; renovação; reposição em vigência ou atividade.
Riprodòtto, p. p. e adj. reproduzido / copiado / renovado; renascido.
Riproducíbile, adj. reproduzível.
Riproducimènto, s. m. (rar.) reprodução.
Riprodúrre, v. reproduzir, copiar, refazer; imitar; imprimir ou publicar de novo / traduzir fielmente / procriar.
Riprodúrsi, v. reproduzir-se, renascer; renovar-se; multiplicar-se as espécies vivas.
Riproduttività, s. f. reprodutibilidade, faculdade de reproduzir, fecundidade.
Riproduttivo, adj. reprodutivo.
Riproduttòre, s. m. (**riproduttríce**, f.) reprodutor, que reproduz, que serve para reproduzir.
Riproduzióne, s. f. reprodução / cópia / multiplicação, geração, procriação.
Riprofondàre, e **riprofondàrsi**, v. profundar-se novamente.
Riprofumàre, v. perfumar novamente.
Ripromèsso, p. p. e adj. prometido novamente.
Riprométtere, v. reprometer, prometer de novo / (refl.) **ripromettersi un lieto èsito**: confiar num êxito feliz / propor-se, esperar; imaginar ou poder fazer qualquer coisa com sucesso.
Ripromissióne, s. f. repromissão / confiança no êxito.
Ripropórre, v. repropor, tornar a propor.
Ripropòsta, s. f. nova proposta.
Ripropòsto, p. p. e adj. reproposto, proposto novamente.
Riprotèsta, s. f. nova protesta.
Riprotestàre, v. protestar novamente.
Ripròva, s. f. nova prova; reexperiência; reensaio / testemunho; demonstração / (mat.) nova prova de um cálculo /

(jur.) —— e contropròva: prova e contraprova na apresentação de testemunhas.
Riprovàbile, adj. reprovável, que merece reprovação ou desaprovação.
Riprovagiône, s. f. (ant.) reprovação / refutação.
Riprovamênto, s. m. reprovação, desaprovação; censura.
Riprovàre, v. provar, ensaiar novamente / desaprovar, reprovar, condenar, censurar / refutar, confutar, contestar acusações, etc.
Riprovàto, p. p. e adj. provado, experimentado novamente / desaprovado, reprovado; rejeitado; censurado.
Riprovatôre, adj. e s. m. (riprovatrice, s. f.) reprovador.
Riprovaziône, s. f. desaprovação; reprovação; censura, desaplauso, crítica desfavorável.
Riprovevòle, adj. reprovável, censurável.
Riprovevolmente, adv. reprovavelmente, censuravelmente.
Riprovocàre, v. provocar novamente.
Riprovvedêre, v. reprover; prover, providenciar novamente.
Riprovvedêrsi, v. reprovar-se.
Riprovvedúto, ou riprovvisto, p. p. e adj. providenciado, provido, determinado novamente.
Ripuario, ripàrio, ou ripense, adj. ribeirinho, que anda ou vive pelas beiras ou margens (dos rios, etc.).
Ripublicàbile, adj. republicável, que se pode republicar ou reeditar.
Ripubblicàre, v. republicar, tornar a publicar, reeditar, reimprimir.
Ripubblicàto, p. p. e adj. republicado, reeditado.
Ripubblicaziône, s. f. reedição.
Ripudiàbile, adj. repudiável, que se pode repudiar.
Ripudiàre, v. repudiar / rejeitar a esposa segundo as fórmulas legais / abandonar, desamparar.
Ripudiatôre, adj. e s. m. repudiador, que repudia.
Ripúdio, s. m. repúdio, ação ou efeito de repudiar; rejeição / abandono.
Ripugnànte, p. pr. e adj. repugnante, que repugna, que causa repugnância / repulsivo / contrário, oposto à razão; incompatível.
Ripugnantemênte, adv. repugnantemente.
Ripugnànza, s. f. repugnância / oposição; relutância; aversão, asco, contrariedade.
Ripugnàre, v. repugnar; recusar, refusar; não aceitar / inspirar aversão, antipatia / ter aversão: mi ripugna chiedere / (p. us.) voltar a pugnar.
Ripulimênto, s. m. repolimento; polimento esmerado.
Ripulíre, v. repolir, tornar a polir; polir, polir muito; apurar; aperfeiçoar.
Ripulísti, (far) loc. fazer "tabula rasa", limpar, rapar o prato / limpar um lugar de pessoas ou coisas que estorvam.
Ripulíta, s. f. limpadura, limpeza /dare una ——: limpar, desobstruir um lugar / dispensa de gente inútil / (dim.) ripulitína.

Ripulíto, p. p. e adj. repolido, muito polido; limpo, limado / correto.
Ripulitôre, adj. e s. m. (ripulitrice, f.) polidor, limpador; brunidor.
Ripulitúra, s. f. repolimento, ação ou efeito de repolir.
Ripullulàre, v. repulular / renascer, brotar ou nascer em quantidade; multiplicar-se.
Ripúlsa, s. f. repulsa, repulsão, rechaço; recusa / repugnância, aversão / negativa, denegação.
Ripulsàre, v. (rar.) repulsar, repelir, expulsar / pôr em fuga / afastar, arredar, rejeitar; empurrar para fora ou para longe.
Ripulsiône, s. f. repulsão, recusa, aversão; repugnância.
Ripulsívo, adj. repulsivo, repugnante, desagradável, antipático.
Ripulso, p. p. e adj. repulso, repelido, rejeitado.
Ripúngere, v. pungir, picar novamente.
Ripuntàre, v. apontar; apoiar; fixar novamente / apostar novamente.
Ripúnto, p. p. e adj. pungido, picado novamente.
Ripurgàre, v. repurgar / purificar / emendar, corrigir um livro, etc.
Ripurgatúra, s. f. (técn.) quarta cocção ou fusão do ferro.
Riputàre, (v. reputàre, e deriv.) v. reputar, considerar / apreciar / crer, supor, julgar.
Riputàto, p. p. reputado, afamado, considerado, estimado / (adj.) célebre, ilustre, renomado, famoso (v. reputàto).
Riputaziône, s. f. reputação, estima, fama, concerto, consideração.
Ripútido, s. m. (tosc.) fosso pelo qual desaguam as águas quentes dos lagos de Volterra.
Riquadramênto, s. m. (arquit.) quadratura / quadradura / requadro.
Riquadràre, v. quadrar, dar forma quadrada / (mat.) elevar ao quadrado / quadricular, dividir em quadros / (fig.) quadrar, gostar.
Riquadràto, p. p. e adj. reduzido em quadro ou quadrado / de paredes ou salas decoradas de novo.
Riquadratôre, s. m. decorador, pintor de paredes.
Riquadratúra, s. f. quadratura, quadradura; quadrícula.
Riquàdro, s. m. quadrado, espaço quadrado / (arquit.) compartimento nas paredes, com ornatos / orla, contorno de escudo, inscrição, etc. / painel de parede, etc.
Risàcca, s. f. ressaca, movimento de recuo das ondas.
Risàccio, s. m. (pej.) riso, sorriso desordenado / arroz ruim, mofento.
Risàia, s. f. arrozal, arrozeira, campo semeado de arroz.
Risaiòlo, s. m. arrozeiro, que trabalha no arrozal.
Risaldamênto, s. m. saldadura, ajuste, liquidação; nova soldadura, junção.
Risaldàre, v. saldar novamente, liquidar / saldar outra vez.
Risàlto, s. m. (arquit.) saliência, proeminência, relevo.
Risaldàto, p. p. e adj. saldado novamente / soldado, juntado novamente.

Risaldatúra, s. f. soldadura.
Risalimênto, s. m. subimento, ação ou efeito de subir.
Risalíre, v. subir novamente / navegar contra a corrente de um rio / remontar-se com o pensamento ao passado, à origem de uma coisa / encarecer, subir, aumentar de preço.
Risalíto, p. p. e adj. subido, aumentado de novo / novo rico (diz-se de pobre que se tornou rico).
Risaltàre, v. ressair, sobressair, salientar; sobrelevar / saltar novamente / ricochetear.
Risalto, s. m. (arquit.) saliência, proeminência; ressalto / parte de um edifício que ressalta para fora / (fig.) aparência, realço, relevo / (mil.) explanada.
Risalutàre, v. saudar outra vez.
Risanàbile, adj. sanável, que se pode sanar ou curar.
Risanamênto, s. m. cura, saneamento, bonificação de terrenos, bairros, etc. / —— **dei costumi**: moralização dos costumes.
Risanàre, v. sanear, curar; curar outra vez / bonificar um terreno.
Risanàto, p. p. e adj. sanado, curado; curado novamente / saneado.
Risanatôre, adj. e s. m. que sana, que cura; que saneia.
Risanciàno, adj. risão.
Risanguinàre, v. tornar a sangrar uma ferida.
Risapêre, v. ressaber; saber muito; saber bem uma coisa por meio de outrem.
Risapúto, p. p. e adj. ressabido, perfeitamente sabido ou conhecido, conhecido por todos; **è cosa saputa e risapúta**: é coisa sabida e ressabida.
Risarcíbile, adj. ressarcível, indenizável / reparável.
Risarcimênto, s. m. ressarcimento, indenização; compensação / reparação, conserto.
Risarcíre, v. ressarcir, indenizar, recompensar / reparar, cicatrizar; recoser, emendar.
Risarcíto, p. p. e adj. ressarcido, indenizado, compensado / reparado, recosido, consertado.
Risàta, s. f. risada, gargalhada.
Risataccia, s. f. (pej.) risada, gargalhada ruidosa.
Risatôna, s. f. risadona, grande gargalhada.
Risatèlla, **risatína**, s. f. (dim.) risadinha.
Risaziàre, v. refartar, saciar muito.
Risázio, adj. (lit.) saciado inteiramente.
Risbaldíre, v. (ant.) regozijar.
Riscaldàbile, adj. aquecível, esquentável, que se pode aquecer, esquentar.
Riscaldamênto, s. m. aquecimento / (med.) esquentamento, erupção cutânea provocada por excessivo calor / calefação, sistema de aquecimento instalado num edifício.
Riscaldàre, v. aquecer, esquentar / dar calor / avivar, intensificar / fermentar.
Riscaldàrsi, v. (refl.) aquecer-se, esquentar-se / (fig.) exaltar-se, acalorar-se, afervorar-se.
Riscaldàta, s. f. esquentação, ação de esquentar uma vez ou esquentar um pouco / (dim.) **riscaldatina**; (pej.) **riscaldatàccia**.
Riscaldatívo, adj. aquecedor, esquentador.
Riscaldàto, p. p. e adj. aquecido, esquentado / restituído ao seu calor natural / (fig.) exaltado; excitado; irritado, alterado.
Riscaldatôre, adj. e s. m. (**riscaldatríce**, s. f.) aquecedor, que aquece, que esquenta; que acalora, que entusiasma / aparelho para aquecimento.
Riscaldatúra, **riscaldazióne**, s. f. aquecimento, ação ou efeito de aquecer ou de esquentar / calefação.
Riscàldo, s. m. (pop.) esquentação; tumefação / (burl.) calor momentâneo de paixão; capricho.
Riscappàre, v. refugir, fugir de novo; escapar outra vez.
Riscappinàre, v. repor palmilha nos sapatos / remendar as meias.
Riscaricàre, v. descarregar novamente.
Riscattàbile, adj. resgatável, redimível.
Riscattàre, v. resgatar; remir; livrar do cativeiro a troco de dinheiro; obter, conseguir, resgatar por meio de dinheiro ou de algum sacrifício / recuperar; libertar; redimir.
Riscattàrsi, v. (refl.) resgatar-se, libertar-se / vingar-se, tirar uma desforra.
Riscattàto, p. p. e adj. resgatado, remido / desempenhado por meio de pagamento.
Riscattatôre, adj. e s. m. (**riscattatríce**, s. f.) resgatador, que resgata, que redime, que livra; redentor, libertador.
Riscàtto, s. m. resgate, ação ou efeito de resgatar; quitação; redenção, libertação; emancipação.
Riscègliere, v. escolher novamente, escolher com cuidado.
Riscèlta, s. f. nova escolha mais apurada e restrita.
Riscêlto, p. p. e adj. escolhido novamente com cuidado e apuro.
Riscèndere, v. descer outra vez.
Rischiaramênto, s. m. (rar.) aclaramento, aclaração; esclarecimento, elucidação / justificação; explicação.
Rischiaràre, v. aclarar, tornar claro; esclarecer, elucidar; iluminar; explicar; desanuviar; (fig.) ilustrar / **richiaràrsi la voce**: tornar-se clara a voz.
Rischiaràrsi, v. (refl.) tornar-se claro; desanuviar-se / —— **in viso**: serenar-se.
Rischiaràto, p. p. e adj. aclarado, tornado claro ou mais claro / elucidado, explicado / desanuviado.
Rischiaratôre, s. m. aclarador; elucidador.
Rischiàre, v. arriscar, pôr em risco; aventurar / (intr.) **còrrere risco**: correr (estar exposto a) risco.
Rischiaríre, v. aclarar, tornar claro; esclarecer; limpar, desanuviar.
Ríschio, s. m. risco, perigo; contingência, azar, ventura / **a rischio di ventura**: ao azar / **la merce va spedita a** —— **e pericolo del compratore**: a mercadoria viaja por conta e risco do comprador / (pl.) **rischi**.

Rischióso, adj. arriscado; perigoso; temerário, ousado / **uomo** ———: homem ousado, temerário.

Risciacquamênto, s. m. enxaguadura, molhadela, lavadura, lavagem.

Risciacquàre, v. enxaguar, lavar com água (por ex. vasos, copos, roupas, etc.) / (fig.) **risciacquarsi la bocca di uno**: falar mal de alguém, tesourar.

Risciacquàta, s. f. enxaguadela, lavadela / (fig.) repreensão, descompostura, ensaboadela, reprimenda.

Risciacquatína, s. f. (dim.) enxaguadela, lavadinha.

Risciacquàto, p. p. e adj. enxaguado, aguado, lavado repetidas vezes.

Risciacquatôre, adj. e s. m. (**risciacquatríce**, s. f.) que enxágua, que lava; lavador.

Risciacquatúra, s. f. enxaguadura / água onde se enxaguou.

Risciàcquo, s. m. enxaguadura; bochecho, especialmente da boca / rego, canal, sarjeta para escoamento de água nas estradas.

Riscialbàre, v. tornar a caiar.

Riscialbo, s. m. segunda caiação.

Risciògliere, v. ressoltar, soltar novamente; desatar, dissolver.

Risciòlto, p. p. e adj. solto, desatado, desprendido, dissolvido novamente.

Riscolo, s. m. (bot.) planta salsolácea.

Riscolpire, v. esculpir, entalhar novamente.

Riscomunicàre, v. voltar a excomungar.

Riscontàre, v. redescontar, descontar outra vez.

Riscônto, s. m. redesconto.

Riscontràbile, adj. encontrável, deparável; confortável; averiguável, cotejável.

Riscontramênto, s. m. recontro, confronto, cotejo, averiguação, comparação.

Riscontràre, v. encontrar, defrontar, topar, confrontar, cotejar, comparar / verificar, controlar / (intr.) adequar, corresponder.

Riscontràrsi, v. (refl.) encontrar-se / acordar-se / corresponder-se / topar-se.

Riscontràta, s. f. averiguação, verificação, comprovação / (banc.) compensação, liquidação entre bancos.

Riscontràto, p. p. e adj. confrontado, examinado; cotejado; revisto; correto; encontrado / verificado.

Riscontratôre, adj. e s. m. (**riscontatríce**, s. f.) confrontador, verificador, cotejador.

Riscôntro, s. m. encontro, confronto, confrontação / relação; correlação / posição, fronteira (de portas, quadros, ornatos, etc.); verificação, revisão; controle; indício / peiteira do cavalo / recibo; nota de controle / notícia, aviso / resposta / (ant.) choque.

Riscopèrto, p. p. e adj. redescoberto, descoberto novamente.

Riscoppiàre, v. explodir, estourar outra vez.

Riscoprire, v. redescobrir; descobrir outra vez.

Riscôrrere, v. (tr. e intr.) percorrer, percorrer novamente; reandar, com o pensamento ou palavras, uma coisa / reler, rebuscar.

Riscôrso, p. p. e adj. percorrido novamente.

Riscòssa, s. f. arrecadação, cobrança, recebimento / sublevação, insurreição, levante; rebelião de quem está sujeito à opressão / redenção.

Riscossiône, s. f. cobrança, recebimento, arrecadação.

Riscòsso, p. p. e adj. sacudido, agitado, novamente / arrecadado, recebido / libertado, redimido / insurgido, desperto, sublevado / reanimado.

Riscossône, s. m. (aum.) sacudida.

Riscotíbile, adj. cobrável, arrecadável.

Riscotimênto, s. m. arrecadação, cobrança / despertez; estremeção; agitação, sacudida.

Riscotitôre, adj. e s. m. arrecadador; cobrador.

Riscrívere, v. reescrever; escrever de novo / responder às cartas.

Riscuòtere, v. receber, arrecadar, exigir / agitar, sacudir / despertar, acordar / conseguir, obter, retirar.

Riscuòtersi, v. (refl.) sacudir-se, agitar-se; despertar; mover-se, reanimar-se / libertar-se, resgatar-se, desforrar-se / sobressaltar-se, alterar-se.

Risecàre, v. cortar, truncar, decepar.

Risecaziône, s. f. cortadura.

Riseccàre, v. ressecar, secar outra vez.

Riseccàrsi, v. (refl.) ressecar-se; fazer-se seco, secar-se.

Risecchíre, v. ressequir, ressecar / (pres.) risecchisco, -sci.

Risêcco, adj. ressequido, seco; mirrado, enxuto (pl. risecchi).

Risedènte ou risiedènte, p. pr. e adj. que volta a sentar-se / residente, morador, habitante.

Risedêre, v. sentar novamente / **s'alzò e subito risedeva**: levantou-se e logo tornou a sentar-se / residir, morar, habitar / estar situado: **la città risiede sulle rive del lago**.

Risêga, s. f. marca, sinal na pele deixado por uso de cinto ou vestido apertado / vinco na pele por excesso de gordura / (arquit.) saliência, ressalto, denticulado.

Risegàre, v. ressegar, segar de novo / serrar novamente.

Risegàto, p. p. e adj. resserrado / serrado novamente.

Risegatúra, s. f. serramento, ato de serrar.

Risegnàre, v. assinalar, apontar, anotar novamente; remarcar.

Riseguitàre, v. continuar; prosseguir.

Riselciàre, v. empedrar, calçar novamente (rua estrada, etc.).

Risèlla, s. f. arroz de escolha (de qualidade inferior).

Riseminàre, v. ressemear.

Risensàre, risensàrsi, v. recobrar os sentidos; voltar a si.

Risentimênto, s. m. ressentimento, mágoa, desgosto, sentimento / desdém, rancor / racha na parede / dor proveniente de doença já curada.

Risentíre, v. ressentir; ouvir, escutar novamente / experimentar, provar; sentir, estranhar / ——— **la mancanze della madre**: estranhar a falta da mãe.

Risentirsi, v. (refl.) reanimar-se, recobrar os sentidos / ressentir-se, magoar-se, ofender-se, sentir os efeitos de alguma coisa, sofrer as conseqüências / **risentirsi con uno**: ressentir-se com alguém.
Risentitamênte, adv. ressentidamente; sentidamente.
Risentitêzza, s. f. ressentimento; desdém.
Risentito, p. p. e adj. escutado, ouvido novamente / ressentido, ofendido, magoado; irado / sobressaído, saliente, ressaltado / (fig.) vivo, forte, galhardo, eficaz, expressivo.
Riseppellimênto, s. m. novo enterro.
Riseppellíre, v. reenterrar; sepultar novamente.
Risequestràre, v. seqüestrar novamente.
Riserbàre, v. reservar; conservar; pôr de parte / encobrir, manter segredo.
Riserbatamênte, adv. reservadamente.
Riserbatêzza, s. f. reserva, reservação; circunspecção; retraimento, comedimento, recato.
Riserbàto, p. p. e adj. reservado; escondido; oculto / cauteloso, discreto, prudente, circunspecto, comedido, recatado.
Riserbatôre, s. m. e adj. reservador, que, ou aquele que reserva.
Risèrbo, s. m. reserva / cautela; circunspeção; prudência, discrição.
Risería, s. f. estabelecimento onde se trabalha o arroz.
Riserramênto, s. m. (rar.) fechamento, ato ou efeito de fechar.
Riserràre, v. refechar; cerrar outra vez / unir, comprimir, restringir, apertar.
Riserràto, p. p. e adj. refechado, cerrado novamente / encerrado, recolhido, enclausurado.
Risèrva, s. f. reserva, a coisa ou coisas reservadas; circunspeção, prudência; restrição / (jur.) ressalva, exceção que se faz num contrato / direito exclusivo de caça / (mil.) corpo de reserva de um exército / (com.) **fondi di** ———: fundos de reserva em dinheiro / ——— **di proprietà industriale**: direito de propr. industrial / **senza** ———: sem reserva, francamente.
Riservàre, o mesmo que **riserbàre**, v. reservar; pôr de parte; guardar; conservar / (refl.) guardar outro tempo, dilatar, diferir / **riservarsi un diritto**: reservar-se um direito.
Riservatamênte, adv. reservadamente, de modo reservado; com reserva, recatadamente.
Riservatêzza, s. f. reserva; reservação; circunspeção, critério, prudência / recato, comedimento, modéstia.
Riservàto, p. p. e adj. reservado, guardado; conservado; recatado, cauteloso, prudente, discreto; oculto / **posto** ———: lugar reservado.
Riservíre, v. resservir, tornar a servir.
Riservista (pl. **-isti**), (mil.) reservista.
Risèrvo, s. m. reserva, ação de reservar; a coisa ou coisas reservadas / (jur.) **riserva di dominio**: reserva de domínio.
Risettíno, **risètto**, s. m. sorrisinho; risinho.

Risforzàre, v. forçar novamente; tornar a forçar, tornar a usar violência.
Risgomberàre, v. (tr. e intr.) tornar a desembaraçar, a desimpedir; mudar ou tornar a mudar de casa.
Risguardamênto, s. m. resguardo, respeito; precaução, defesa.
Risguardàre, v. resguardar, respeitar; considerar, prezar, reputar.
Risguàrdo, s. m. (ant.) resguardo / (tip.) guarda do livro.
Risibile, adj. risível, que causa riso; ridículo.
Risibilità, s. f. risibilidade.
Risicàre, v. arriscar, aventurar, correr risco: **chi non risica non rosica** / (pr.) **rísico, rísichi**.
Risicatôre, s. m. (tosc.) marinheiro hábil em efetuar salvamento.
Rísico, o mesmo que **ríschio**, s. m. risco, perigo, inconveniência.
Risicoltúra, s. f. cultura do arroz.
Risicôso, adj. arriscado, perigoso.
Risièdere, v. residir, morar, habitar, viver / leva o ditongo **ie** em todas as vozes.
Risigàllo (min.), s. m. rosalgar, realgar.
Risigillàre, v. tornar a selar.
Risíno, s. m. (dim. de **riso**: arroz), arroz miúdo, pequeno.
Risípola, s. f. erisipela, doença causada por estreptococos.
Risipolôso, adj. erisipeloso, que tem caráter de erisipela; que sofre de erisipela.
Rísma, s. f. resma (de papel) / (deprec.) feitio, feição, espécie / **un birbone di quella** ———: um tratante daquela espécie / **sono tutti della stessa** ———.
Ríso, s. m. riso, ato de rir; sorriso, satisfação, alegria / (pl.) **le risa** / (s. m.) (bot.) arroz, planta da família das gramíneas / **polvere di** ———: pó-de-arroz (pl. **risi**).
Risodàre, v. (ant.) apisoar, consolidar novamente / (jur.) renovar uma garantia.
Risoffiamênto, s. m. sopro, assopramento; insuflamento.
Risoffiàre, v. soprar, assoprar, insuflar novamente / (fig.) insinuar, incutir, inspirar / relatar, referir o que se ouviu.
Risogettàre, v. sujeitar, submeter, dominar novamente.
Risoggiogàre, v. subjugar, domar, dominar, submeter novamente.
Risoggiúngere, v. acrescentar, adicionar novamente.
Risognàre, v. sonhar novamente.
Risolàre, v. solar (pôr solas em calçado) novamente.
Risolatúra, s. m. nova solagem (de calçado); remonta de solas no calçado.
Risolcàre, v. sulcar (cortar as ondas) novamente / fazer sulcos, fender novamente.
Risolíno, s. m. sorriso, risadinha.
Risollevàre, v. (tr. e refl.) reerguer; levantar, elevar novamente / realentar; aliviar novamente / reanimar, consolar.
Risòlto, p. p. e adj. dissolvido, desfeito / resolvido, esclarecido, solucionado / decidido, disposto, determinado.
Risolúbile, adj. resolúvel; solúvel.

Risolutaménte, adv. resolutamente, decididamente; energicamente.
Risolutézza, s. f. resolução, firmeza, decisão, energia; valor.
Risolutívo, adj. resolutivo, que resolve / (med.) medicamento / (jur.) **patto** ――――: cláusula resolutiva.
Risolúto, p. p. e adj. resoluto; dissolvido; desfeito, liquefeito / decidido, corajoso, enérgico / decretado, deliberado / (contr.) **irresoluto**.
Risolutóre, s. m. e adj. (**risolutríce**, s. f.) resolvedor; resolutor; resolutório.
Risoluzióne, s. f. resolução, ação ou efeito de resolver; solução; dissolução, solução de um corpo nos seus elementos / decisão, deliberação / coragem; bravura, firmeza de ânimo, decisão.
Risolvènte, p. pr. e adj. resolvente, que resolve / (farm.) resolutivo / (s. m.) medicamento resolutivo.
Risòlvere, v. resolver, deliberar, decidir, determinar; desempatar; despachar / dividir, dissolver (um corpo) nos seus elementos constitutivos / concluir / rescindir / desatar, separar, desunir; desagregar / (pat.) fazer desaparecer o tumor.
Risolvèrsi, v. (refl.) decidir-se, resolver-se / (pat.) desfazer-se; terminar por meio de resolução / dividir-se nos seus elementos / transformar-se, desaparecer; extinguir-se; aniquilar-se; inutilizar-se.
Risolvíbile, adj. resolvível, que se pode resolver; resolúvel; solúvel, dissolúvel.
Risolviménto, s. m. resolução, resolvimento; ação ou efeito de resolver / deliberação.
Risommàre, v. somar novamente.
Risomministràre, v. dispor, providenciar, fornecer, regular, subministrar novamente.
Risonànte, adj. ressonante, que ressoa, que faz eco; que retumba, que reforça o som / **vèrsi risonanti:** versos ressonantes / sonoro.
Risonànza, s. f. ressonância, repercussão do som; sonoridade / (fig.) ressonância, divulgação, eco, interesse / **avere** ―――― **un fatto:** ter repercussão um acontecimento.
Risonàre, e **risuonàre**, v. ressoar / soar, tocar novamente; entoar, retumbar, repetir com estrondo / (lit.) repetir (ecoar) sonoramente.
Risône, s. m. (bot.) arroz graúdo / arroz em casca.
Risorbíre, v. sorver, beber novamente.
Risorgènte, p. pr. e adj. ressurgente, que ressurge; que mana novamente; que reaparece.
Risòrgere, v. ressurgir; fazer voltar à vida; ressuscitar; renascer / reflorescer / renovar-se, restabelecer-se, restaurar-se; subir, medrar, melhorar, reviver / (fig.) aparecer ou manifestar-se de novo (intr. e tr.).
Risorgiménto, s. m. ressurgimento, ato de ressurgir; ressurreição / renascimento / (hist.) **il Risorgimento Italiano:** conjunto de propaganda, sublevações e guerras que de 1820 a 1870 provocaram a independência e a unificação da Itália.

Risorgívo, adj de águas de fontes que reaparecem.
Risòrsa, s. f. do (fr.) recurso, meio de subsistência / expediente, remédio, arbítrio, meio / **privo di** ――――: falto de recursos / fonte de lucro / **paese senza risorse:** país pobre, de escassos recursos.
Risortíre, v. sair à sorte novamente.
Risòrto, p. p. e adj. ressurgido, renascido; ressuscitado.
Risospíngere, v. impelir, empurrar novamente / reencetar, reestimular; instigar novamente / **risospingere ai prischi dolor** (Manzoni): impelir novamente às priscas (antigas) dores.
Risospínto, p. p. e adj. impelido, empurrado novamente.
Risospiràre, v. suspirar novamente.
Risòtto, s. m. risoto (do ital.), composto de arroz colorido com açafrão, manteiga e queijo ralado.
Risottométtere, v. submeter / sujeitar de novo.
Risovveníre, (intr. e refl.) v. relembrar, lembrar de novo; trazer de novo à memória; recordar.
Rispacciàre, v. vender, liquidar, concluir, divulgar, espalhar novamente.
Rispalmàre, v. ungir, alcatroar novamente; untar novamente.
Rispàndere, v. espargir, distender, derramar. divulgar, alardear, despender novamente.
Risparmiàre, v. economizar, pôr de lado, não gastar, não usar, não despender, não desperdiçar; poupar; guardar; fazer economias / ter cuidado, salvar / perdoar, conceder / evitar de fazer ou de dizer uma coisa / **risparmiarsi** (refl.): cansar-se o menos possível, poupar-se, cuidar-se muito.
Risparmiàto, p. p. e adj. economizado, poupado.
Risparmiatóre, adj. e s. m. economizador, poupador, que ou aquele que economiza.
Rispàrmio, s. m. economia, poupança; economia no gastar / parcimônia, providência, sobriedade / **senza** ――――: sem medida, com profusão, desperdiçando.
Rispazzàre, v. varrer, limpar, dispensar novamente.
Rispecchiàre, v. espelhar; refletir / demonstrar, exprimir; traduzir, mostrar, retratar / **queste parole rispecchiano il suo carattere:** essas palavras retratam o seu caráter.
Rispedíre, v. reenviar; expedir, remeter novamente.
Rispedizióne, s. f. reenvio; reexpedição.
Rispettàbile, adj. respeitável, digno de respeito; decoroso, venerado.
Rispettabilità, s. f. respeitabilidade / honorabilidade.
Rispettàre, v. respeitar, acatar, honrar; obsequiar, reverenciar, considerar / seguir, obedecer, observar; cumprir, guardar / atender / (refl.) respeitar-se a si mesmo, ter dignidade, guardar o próprio decoro.
Rispettivaménte, adv. respectivamente / relativamente; com respeito a; quanto a.

Rispettívo, adj. respectivo; relativo, que tem atinência com outra coisa ou pessoa.

Rispètto, s. m. respeito, ato, sentimento de deferência ou respeito; acatamento, reverência, devoção: **il ——— al vecchi, ai superiori / non portare ——— a nessuno**: tratar todos da mesma maneira / **tenere alcuno in rispetto**: não permitir que alguém tome liberdade excessiva / **il ——— umano**: o respeito humano, medo da opinião pública / **con rispetto parlando**: com sua licença / acatamento, deferência, reverência, devoção / consideração / **meritevole di ———**: merecedor de respeito / razão, título, motivo, cautela, consideração: **per ogni buon ——— è meglio che ognumo pensi per sé** / (lit.) composição poética em oitavas hendecassílabas / (mar.) reserva: **áncora, antenna di ——— / i miei respetti**: fórmula de saudação, de cortesia ou homenagem.

Rispètto, s. m. e adv. **a rispetto, in rispetto, per rispetto, rispetto a**: com relação ou referência ou respeito a, a respeito de / relativamente, em comparação, em confronto.

Rispettosamènte, adv. respeitosamente; deferentemente.

Rispettôso, adj. respeitoso, cheio de respeito / deferente, obsequioso, reverente, devoto, atento.

Rispianàre, v. aplanar, nivelar, alhanar, serenar novamente.

Rispiegàre, v. desdobrar novamente; distender novamente / explicar, indicar, ensinar novamente.

Rispíngere, v. impelir, empurrar, incitar novamente.

Rispítto (ant.), s. m. respeito / tempo, conforto, repouso / aspecto.

Risplendènte, p. p. e adj. resplandecente, que resplandece; brilhante, resplendoroso; refulgente.

Risplendentemènte, adv. resplendorosamente, brilhantemente.

Risplendènza, s. f. (ant.) resplandecência, ato de resplandecer; resplendor, refulgência.

Risplèndere, v. resplandecer, brilhar, rutilar; luzir; radiar; fulgir, cintilar / refulgir.

Risplendimènto, risplendôre (ant.), s. m. resplendor; resplandor.

Rispogliàre, v. desvestir, desnudar novamente / depredar, roubar novamente.

Rispolveràre, v. desempoar, limpar do pó novamente.

Rispondènte, p. pr. e adj. respondente, que responde / correspondente, adequado, proporcionado, conveniente, correlativo: **paga ——— al lavore**: pagamento proporcional ao trabalho / apto: **utensile ——— all'uso**.

Rispondènza, s. f. correspondência, correlação, acordo / proporção, harmonia; relação, analogia.

Rispóndere, v. responder, dizer ou escrever em resposta: replicar; dar resposta a / ——— **a tono**: responder devidamente / ——— **sempre male**: ser respondão, replicar, rebater / ——— **due parole**: responder duas palavras / garantir, fiar, ser fiador / ——— **dell'onestà di uno**: responder pela honradez de alguém / retorquir / corresponder, convir / **quest'oggetto non risponde all'uso che se ne deve fare**: este objeto não corresponde ao uso a que se destina / obedecer / confutar; retrucar / repelir / estar situado / chamar-se / **rispondere al nome di**: responder ao nome de / dar, desembocar, sair / **la finestra ——— nella strada**: a janela desemboca na rua / ——— **per uno**: responsabilizar-se por alguém / ——— **picche**: recusar um pedido / (refl.) corresponder-se.

Rispondièro, adj. e s. m. respondão; que ou aquele que responde com más palavras.

Risponsàbile, o mesmo que **responsàbile**, adj. responsável.

Risponsiône, s. f. cânone; imposto / (ant.) resposta, confutação.

Risponsívo, adj. responsivo, que envolve resposta; apto a responder.

Risposàre, v. desposar novamente.

Rispôsta, s. f. resposta, ato de responder; aquilo que se responde a uma pergunta / refutação / na esgrima, bote, em troca ao do adversário / **botta e risposta**: resposta pronta e pungente / (dim.) **rispostína**: respostazinha.

Rispôsto, p. p. e adj. respondido.

Risprangàre, v. trancar (fechar com tranca) novamente / consertar, emendar vasos partidos / (fig.) arrumar, acomodar, compor.

Risprèmere, v. espremer novamente / reduzir, restringir novamente.

Rispuntàre, v. despontar novamente, aparecer novamente.

Rispurgàre, v. purgar novamente.

Risputàre, v. cuspir novamente.

Rissa, s. f. rixa; briga, contenda, troca violenta de palavras ou de pancadas; desordem, discórdia / (fig.) polêmica, questão, discussão / **attaccare ———**: armar briga.

Rissaiuolo, s. m. (rar.) rixento / belicoso, briguento.

Rissànte, p. pr. e s. m. rixento / (bras.) rixoso.

Rissàre, v. rixar, brigar, questionar; ter rixas com alguém; contender, altercar, disputar.

Rissatôre, adj. e s. m. rixador, rixento; rixão; brigão; provocador; desordeiro; rixoso / (fem.) **rissatríce**.

Rissôso, adj. rixento; rixoso.

Ristabilimènto, s. m. restabelecimento, ação de restabelecer / reconstituição.

Ristabilíre, v. restabelecer, estabelecer novamente; restaurar / (refl.) reconstituir-se, restabelecer-se, repor-se.

Ristagnamènto, s. m. restagnação / nova estanhadura.

Ristagnàre, v. estanhar, cobrir novamente com estanho / estagnar, impedir que escorra; paralisar; tornar inerte / (intr.) impaludar / (fig.) estagnar, paralisar (o comércio).

Ristagnatúra, s. f. estanhadura (ou estanhagem), ato e efeito de estanhar.

Ristàgno, s. m. estagnação, ação de estagnar, de impaludar / ação de tornar inerte, de paralisar / (fig.) c'è un —— negli affari: há uma estagnação nos negócios / (fig.) calma, crise, obstrução, marasma, parada, suspensão.

Ristallàre, v. (ant.) hesitar, demorar-se, deter-se.

Ristàmpa, s. f. reimpressão; nova edição de uma obra sem modificações de importância.

Ristampàre, v. reimprimir; publicar novamente; restampar.

Ristappàre, v. destampar novamente.

Ristàre, v. ficar, parar, deter-se, permanecer / ristaró qui tuto il giorno: ficarei aqui o dia todo / cessar, interromper por momentos / (refl.) abster-se de fazer uma coisa / (pr.) ristò, ristài, etc.

Ristàta, s. f. (pint.) a maior quantidade de cor que, ao pintar, deixa o pincel onde pára.

Ristauràre (v. **restauràre**), v. restaurar.

Ristillàre, v. destilar, instilar / infundir novamente.

Ristimàre, v. estimar novamente.

Ristivàre, v. (mar.) estivar ou arrumar novamente.

Ristoppàre, v. tapar, fechar, vedar, obstruir, estopar novamente.

Ristòppia, s. f. e **ristòppio**, s. m. (agr.) ressemeadura; ato ou efeito de ressemear / respigadura.

Ristoppiàre, v. (agr.) ressemear, o campo cultivado de trigo, sem deixá-lo descansar.

Ristoràbile, adj. restaurável, que se pode restaurar.

Ristoramènto, s. m. restauração, ação e efeito de restaurar; restabelecimento; reparação, ressarcimento / refocilamento.

Ristorànte, p. pr. e adj. restaurante, confortante: **bibita, sonno** —— / (s. m.) restaurante, casa de pasto; pensão.

Ristoràre, v. restaurar, recuperar os prejuízos, reaver, recobrar; indenizar, ressarcir restaurar, restabelecer as forças, refazer-se; recrear; revigorar; renovar, consertar, reparar / (refl.) refocilar-se, alimentar-se, tomar algum alimento e bebida.

Ristorativo, adj. restaurativo / (med.) analéptico, fortificante.

Ristoratôre, adj. e s. m. restaurador / (s. f.) **ristoratríce**.

Ristorazióne, s. f. restauração / compensação, ressarcimento, reparação, emenda.

Ristornàre, v. ricochetear, saltar para trás depois de ter batido num lugar / retroceder, retornar.

Ristòrno, s. m. ricochete; retrocesso, rechaço.

Ristòro, s. m. restauração, refrigério; conforto, consolo moral ou material; repouso, alívio / ressarcimento, reparação, recuperação de danos.

Ristrettamènte, adv. restritamente; parcimoniosamente; pobremente / compendiosamente.

Ristrettêzza, s. f. estreiteza, aperto, miséria / pobreza, penúria, escassez / pequenez de espaço; restrição / —— di mezzi: insuficiência de meios.

Ristrettívo, adj. restritivo, que restringe ou envolve restrição; limitativo / (for.) **clausola ristrettiva**.

Ristrètto, p. p. e adj. restringido, reduzido, limitado / estreito, apertado, que tem pouca extensão / **stanza ristretta**: quarto estreito / pequeno, limitado, reduzido, escasso / **uòmo di mente ristretta**: homem de espírito acanhado / mesquinho, pobre / **i suoi mezzi son ristretti**: os seus meios são escassos / **in sè** —— : cauto, fechado em si mesmo / **prezzo** —— : preço reduzido / (s. m.) compêndio, resumo, sumário / último preço / **in** —— : em resumo.

Ristríngere, v. (tr. e refl.) restringir, reduzir, diminuir, limitar / estreitar, apertar mais / restringir-se, encolher-se.

Ristringimènto, s. m. restrição, restringimento / encolhimento.

Ristrisciàre, v. (tr. e intr.) roçar, resvalar, arrastar novamente.

Ristuccamènto, s. m. (rar.) ação de revestir de estuque.

Ristuccàre, v. estucar de novo / saciar, encher até a náusea, nausear, aborrecer / (refl.) enfeitar-se, ataviar-se, arrebicar-se com exagero.

Ristuccatúra, s. f. ato de estucar / fastio, aborrecimento.

Ristucchêvole, adj. fastiento, repugnante, que enjoa, que aborrece; pesado, molesto.

Ristúcco, p. p. e adj. estucado de novo / enfastiado, enojado, nauseado; aborrecido.

Ristudiàre, v. estudar novamente; reestudar.

Ristuzzicàre, v. açular, incitar, excitar novamente; reestimular / (pres.) **ristúzzico**.

Risucchiàre, v. sorver, chupar, sugar novamente / absorver, aspirar novamente.

Risúcchio, s. m. remoinho, redemoinho, movimento vorticoso da água, ressaca / (pl.) **risucchi**.

Risucciàre, v. sorver, chupar novamente / (fig.) ter que suportar de novo coisa ou pessoa enfadonha / **mi risucciai tutta quella noiosa stòria**: engoli toda aquela fastidiosa narração.

Risultàbile, adj. resultável, que pode resultar.

Risultamènto, s. m. resultado; conseqüência, derivação, resultância.

Risultànte, p. pr. e adj. resultante, que resulta (s. f.) (fís.) a força que resulta do encontro de duas ou mais forças.

Risultànza, s. f. resultância; resultado.

Risultàre, v. resultar, derivar, proceder como conseqüência / nascer, diminar, provir, proceder / vir a ser, ter certo resultado, sair / redundar; concluir; ser evidente, claro, patente / constar; saber, conhecer: **mi risulta che la condotta**... / produzir, dar: **da questa operazione risulta**... / redundar: —— **una cosa a nostro danno**.

Risultàto, p. p. resultado, constado / (s. m.) resultado, efeito, conseqüência, produto, êxito, saída / evento, fim, termo; sucesso.
Risúrgere, v. (ant. intr.) abrolhar, desabrochar.
Risurrèsso, s. m. (ant.) Páscoa da Ressurreição.
Risurreziòne, s. f. ressurreição, ato de ressuscitar / restabelecimento, renovação, nova vida / festa da Igreja em que se celebra a ressurreição de Jesus Cristo.
Risuscitamênto, s. m. ressuscitamento; ressurreição.
Risuscitàre, v. ressuscitar, fazer voltar da morte à vida / fazer ressurgir, fazer reviver, renovar; reproduzir; estabelecer / pôr novamente em uso ou em prática / reanimar, reavivar; reviver; ressurgir; suscitar / (pres.) **risúscito**.
Risuscitatôre, adj. e s. m. ressuscitador / avivador: ―― **di antichi ricordi**.
Risvegliamênto, s. m. despertamento, ato e efeito de despertar.
Risvegliàre, v. despertar, acordar; despertar novamente ou acordar inteiramente / reavivar, ressuscitar, excitar, açular, alentar, reanimar, mover; insuflar, incutir / ―― **la memoria, l'odio, i vagabondi, le discordie**.
Risvèglio, s. m. despertamento, ação de despertar; usa-se mais especialmente no sentido figurado / il ―― **dei popoli, della scienza, della religione**: o renascimento, a renovação, o ressurgimento dos povos, da ciência, da religião / ressurgimento, reflorescimento.
Risvòlta, s. f. volta, dobra / parte do hábito voltada para fora; lapela, dobra da manga.
Risvoltàre, v. dobrar, virar novamente.
Risvoltàto, p. p. e adj. voltado, virado, dobrado.
Risvòlto, s. m. lapela, parte da veste, do capote, etc. voltada para fora; dobra.
Rit., (mús.) ritardando.
Rita, afér. de **Margherita**: Rita: Santa ―― da Cascia.
Ritagliàre, v. retalhar; recortar; cortar de novo; cortar / entalhar.
Ritagliatôre, s. m. e adj. (**ritagliatríce**, s. f.) cortador, retalhador, que ou aquele que retalha ou corta.
Ritàglio, s. m. retalho, fragmento ou tira de fazenda tirada da peça; pedaço ou parte que se tira de uma coisa / (retalho de jornal, etc.) fragmento, parte, fração (de tempo, etc.) / **vendere a** ――: vender a retalho, vender a varejo / (pl.) **ritagli**.
Ritagliuzzàre, v. retalhar de novo; retalhar em partes bastante miúdas.
Ritardàbile, adj. retardável, deferível, adiável, procrastinável.
Ritardamênto, s. m. (rar.) retardamento, retardiamento; demora.
Ritardàre, v. retardar; diferir, adiar; dilatar; fazer chegar mais tarde; ocasionar demora / tornar lento, demorar, atrasar / (intr.) chegar tarde, demorar-se, atrasar-se / procrastinar, temporizar, fazer-se esperar; prorrogar.
Ritardatàrio, s. m. retardatário, que chega tarde, que vem atrasado.
Ritardàto, p. p. e adj. retardado, atrasado; adiado, demorado; deferido.
Ritardatôre, adj. e s. m. retardador.
Ritàrdo, s. m. retardamento, retardação, atraso / (mús.) retardo, nota musical de um acorde que se prolonga no acorde seguinte / **senza** ――: sem demora.
Ritassàre, v. taxar, fixar, lançar novamente um imposto.
Ritastàre, v. tatear, tocar, provar, apalpar, sondar novamente.
Ritêgno, s. m. retenção, freio, reserva: **senza** ――: sem reserva, sem medida, desenfreadamente / discrição, impedimento, obstáculo; retraimento / vínculo.
Ritemperàre, e **ritempràre**, v. retemperar, temperar de novo; dar nova têmpera / (tr. refl. e fig.) vigorar, fortificar / robustecer / **ritemprarsi nella lotta**: revigorar-se na luta / criar novas forças, adquirir novas energias.
Ritenènza, s. f. (ant.) retenção; retraimento / precaução; atenção.
Ritenêre, v. reter, manter, segurar, não deixar escapar; guardar, conservar / parar, pousar-se / imprimir na memória, aprender de cor / reprimir, deter, conter / ―― **le lagrime**: refrear as lágrimas / deduzir, subtrair, tirar / (refl.) conter-se, refrear-se / julgar-se, considerar-se; dominar-se / (sin.) **trattenere**.
Ritenimênto, s. m. retença, retenção; ato de reter.
Ritenitíva, s. f. retentiva, memória.
Ritenitívo, adj. retentivo, que retém; retensivo.
Ritenitôre, adj. e s. m. retentor, que retém / (ant.) favorecedor, protetor de ladrões.
Ritentàre, v. tentar novamente / submeter à nova tentação.
Ritentíva, s. f. retentiva, faculdade de reter na memória: memória.
Ritentívo, o mesmo que **ritenitivo**, adj. retentivo; retensivo.
Ritenúta, s. f. retenção, ação de reter / a quantia que se desconta dos salários, pensões, etc. por despesas, etc.; desconto, dedução.
Ritenutamênte, adv. retraidamente, reservadamente, cautamente; comedidamente; cautelosamente.
Ritenutêzza, s. f. reserva, discrição, circunscrição; prudência nos atos e nas palavras; moderação, recato.
Ritenúto, p. p. e adj. retido, detido, conservado / cauto, reservado, discreto, recatado, prudente.
Ritenziòne, s. f. retenção; ação ou efeito de reter / delonga, demora, detenção / (med.) acumulação de substâncias líquidas nos vasos ou cavidades donde são expelidas.
Ritèssere, v. tecer novamente / (fig.) refazer, recompor, repetir, reconstituir. **ho dovuto ritessere tutta la stòria**: tive que repetir toda a história.
Ritessitúra, s. f. ato e efeito de tecer novamente; nova tecedura.

Ritidòma, s. m. corcho de árvore, casco de árvore, casca-falsa; cortiça / (pl.) ritidomi.

Ritingere, v. retingir; tingir de novo.

Ritínto, p. p. e adj. retingido; retinto.

Ritiramênto, s. m. (rar.) retiro, retirada, ação de retirar / (ant.) retraimento, solidão.

Ritiràre, v. retirar; puxar para trás, retrair, desviar para trás / atirar novamente, atirar outra vez / tirar, retirar (o que se havia posto) / retratar, desdizer / remover, afastar / (refl.) afastar-se, esconder-se; ausentar-se / retirar-se / refugiar-se; abrigar-se / (intr.) restringir-se, encolher (tecido) / recuar, abandonar, renunciar; desistir / semelhar, parecer-se: Giovanna ritira tutto dal padre.

Ritiràta, s. f. retirada, ação de retirar-se / recuo, retrocesso (exército, pessoa, etc.) / desculpa, pretexto, subterfúgio / gabinete sanitário, water-closet: mitório (bras.) / battere in ———: retirar-se, retroceder.

Ritiratamênte, adv. retiradamente, de modo retirado; secretamente, ocultamente.

Ritiratêzza, s. f. retraimento, retirada; vida solitária, recolhimento.

Ritiràto, p. p. e adj. retirado; puxado para trás, não-saliente / jubilado, aposentado / que ama a solidão; solitário; isolado / remoto, afastado (lugar).

Ritíro, s. m. retiro, lugar retirado, apartado, solitário / convento / asilo, refúgio / (banc.) retirada de dinheiro / afastamento / repouso, jubilação / in ritiro: jubilado, aposentado / (ant.) diminuição da espessura das paredes.

Ritmàre, v. ritmar, adaptar a um ritmo; cadenciar / escandir os versos.

Ritmàto, p. p. ritmado; medido; cadenciado, escondido / (adj.) rítmico.

Rítmica, s. f. rítmica; ciência do ritmo / teoria musical nas suas relações com o tempo / ritmo, melodia, quantidade; métrica, metro, prosódia.

Ritmicamênte, adv. ritmicamente.

Rítmico, adj. (pl. -ci) rítmico / (contr.) aritmico.

Ritmo, s. m. ritmo / harmonia, cadência.

Ritmòide, s. m. (mús.) ritmo irregular do recitativo.

Ríto, s. m. rito, conjunto de cerimônias religiosas, reguladas segundo as diversas comunhões ou igrejas; culto, religião; seita; cerimonial próprio de qualquer culto / congregazione dei riti: reunião de prelados e cardeais para a observância das cerimônias / (fam.) usança, prática, costume, ritual / essere di rito: ser de ritual, de estilo / trato social.

Ritoccamênto, s. m. retoque, ato ou efeito de retocar; última demão.

Ritoccàre, v. retocar, tornar a tocar, tocar novamente / tornar sobre um argumento / retocar, fazer correções, corrigir, emendar, aperfeiçoar (um quadro, um livro, uma fotografia, etc.) / (com.) ——— i prezzi: aumentar os preços / (refl.) chocar-se (os pés) ao andar.

Ritoccàta, s. f. retocada, retoque, retocamento / (dim.) ritoccàtina: retoquezinho.

Ritoccàto, p. p. e adj. retocado, corrigido, emendado; limado, aperfeiçoado; reformado / restaurado.

Ritoccatôre, s. m. retocador / (s. f.) ritoccatríce.

Ritoccatúra, s. f. retocação, ação e efeito de retocar; retoque, emenda.

Ritocchino, s. m. (dim.) retoquezinho, retoque ligeiro / pequeno pasto feito depois de ter comido; lanche.

Ritòcco, s. m. retoque; retocamento / emenda, correção / sinal, marca de retoque: si vedono i ritocchi / ——— delle imposte: aumento dos impostos.

Ritògliere, v. retomar, tomar de novo; tomar outra vez / reaver, recobrar / ——— moglie: casar-se novamente.

Ritòlto, p. p. e adj. retomado; retirado.

Ritondàre, v. arredondar, dar forma redonda / tosquiar.

Ritôndere, v. tosquiar novamente.

Ritône, s. m. ritião, vaso curvo, em forma de chavelho, em que os gregos bebiam.

Ritòrcere, v. retorcer, torcer de novo, torcer mais vezes / procurar evasivas, torcer a verdade / confutar; volver, voltar contra, repelir: ——— un'accusa, un argomento.

Ritorcíbile, adj. que se pode retorcer.

Ritorcimênto, s. m. e ritorcitúra, s. f. retorcimento, retorcedura; retorção.

Ritormentàre, v. atormentar novamente.

Ritornànte, p. pr. adj. e s. m. que retorna; que volta ou retorna.

Ritornàre, v. (intr.) retornar, regressar; voltar, tornar para / ritornare al suo paese: voltar ao seu país / crescer, aumentar: il riso cuocendo ritorna / ——— nel suo: recuperar, recobrar-se, refazer-se (de danos e prejuízos) / tratar, discutir novamente um assunto: ritornò sull'argomento / reverter, resultar / quest'azione ritorna a danno del proprio autore: esta ação reverte em dano do próprio autor / voltar a / ——— a Dio: retornar a Deus, converter-se / (tr.) retornar, restituir; devolver / ti ritorno le mille lire che mi ha prestare: devolvo-te as mil liras que me emprestaste / (refl.) voltar atrás / ritornarsene a casa: voltar para casa.

Ritornàta, s. f. retorno, ato ou efeito de retornar; volta, regresso / (ecles.) volta da procissão.

Ritornàto, p. p. regressado, retornado / devolvido.

Ritornèllo, s. m. ritornelo (ou retornelo), verso ou versos que se repetem no fim de cada estrofe; estribilho / prelúdio musical / (fig.) coisa bastante repetida.

Ritôrno, s. m. retorno, volta, regresso / retorno, devolução de coisa emprestada ou que se devolve ao remetente, como caixas vazias, etc. / essere di ritorno: estar de volta, voltar / (mar.) a parte de um cabo que passa por meio das papoias e em cuja manobra se emprega maior número de homens / cavalli di ritorno: cavalos de muda em regresso / (fig.) histórias, notícias, etc. já sabidas mas servidas como novas.

Ritòrre, (ant.) v. tolher, tirar outra vez.

Ritorsiône, s. f. retorsão, ação de retorquir, de refutar / espécie de represália, espec. numa argumentação.

Ritòrta, s. f. vincelho, atilho de vime, verga, etc. para amarrar feixes, molhos etc. / (mar.) cabo duplo e retorcido / (fig.) escapatória, expediente, subterfugio / (pl.) grilhões, algemas.

Ritòrto, p. p. e adj. retorcido, torcido muitas vezes / dobrado, curvo, torto / refutado, rebatido, retorquido / (s. m.) voluta.

Ritòrtola, s. f. vincelho, fibra, amarra / (fig.) expediente, subterfúgio, arrazoado, evasiva, saída, defesa.

Ritosàre, v. tosar, tosquiar novamente.

Ritossíre, v. tossir novamente.

Ritradíre, v. trair, (atraiçoar, enganar) novamente.

Ritradúrre, v. retraduzir, traduzir de novo.

Ritraère, ritràggere, v. (ant.) retirar, auferir, extrair, obter, sacar, cavar.

Ritràrre, v. retrair, retirar, puxar para trás; retirar de novo, cavar; tirar / perceber, ganhar, tirar proveito (de um negócio, profissão, etc.) / representar, reproduzir, retratar (por meio de pintura, descrição, fotografia, etc.) / vir a saber, compreender, aprender / semelhar / extrair, transcrever, copiar / tirar uma coisa de um lugar / (refl.) retirar-se, desviar-se, retrair-se; amparar-se / recolher-se / subtrair-se, libertar-se / representar a si mesmo com as palavras, os escritos ou por meio das artes figurativas; retratar-se / (sin.) **ricoverarsi, raccogliersi, rifugiarsi, ridursi**.

Ritrasformàre, v. transformar novamente.

Ritraslatàre, v. (ant.) trasladar de novo: retraduzir.

Ritraspòrre, v. transpor, atravessar novamente.

Ritràtta, s. f. (ant.) retirada / ———— di mare: refluxo da maré.

Ritrattàbile, adj. retratável, que se pode retratar / que se pode tratar novamente / que se pode desmentir.

Ritrattaménto, s. m. (ant.) retratação.

Ritrattàre, v. retratar, tornar a tratar, tratar novamente (argumento, um negócio, etc.) / submeter a novo tratamento / desdizer, desmentir, retirar o que se havia dito / retratar, fazer o retrato, tirar a fotografia de; fotografar / (refl.) retratar-se, desdizer-se, confessando o próprio erro.

Ritrattazióne, s. f. retratação, ação ou efeito de retratar / desmentido, palinódia, abjuração, volta-face.

Ritrattísta, adj. e s. m. retratista; pintor de retratos.

Ritràtto, p. p. e adj. retraído, puxado para trás / retratado, descrito, representado; refletido, reproduzido / (s. m.) desenho, pintura, escultura que retrata uma pessoa: retrato / cópia, descrição, efigie, figura, caráter; Manzoni nel suo romanzo fa un ———— ———— magistrale dei suoi personaggi: Manzoni no seu romance faz um retrato magistral dos seus personagens / (fig.) representar fielmente / è il ————della supèrbia: é o retrato da soberba.

Ritraversàre, v. atravessar, travessar, cruzar novamente.

Ritrazióne, s. f. retração, retraimento / (med.) contração, encolhimento de um órgão, de um tecido, etc.

Ritrècine, s. f. roda de moinho colocada horizontalmente / rede de pescar semelhante à tarrafa; esparavel.

Ritrèppio, s. m. dobra horizontal que se alinha para encurtar uma veste sem cortá-la / prega, alinhavo, basta.

Ritrinceràre, v. entrincheirar ou entrincheirar-se novamente.

Ritritàre, v. triturar, remoer novamente.

Ritríto, p. p. e adj. triturado, remoído muitas vezes / (fig.) trito e ritrito: repisado, repetido, martelado.

Ritroncàre, v. truncar, mutilar, cortar, separar novamente.

Ritrôsa, s. f. nassa, cesto de pescar; gaiola para caçar pássaros; penca de cabelo encaracolado; tufo de pelos do manto de um animal / sinuosidade de água que cai ou escorre.

Ritrosàggine, s. f. esquivez, sequidão, insociabilidade; retraimento; aspereza, rusticidade.

Ritrosaménte, adv. esquivamente; desamoravelmente; desdenhosamente; altivamente.

Ritrosía, s. f. esquivez, recato, retraimento / insociabilidade, aspereza / modéstia, acanhamento, reserva / è una ragazza piena di ritrosìa: é uma moça cheia de reserva.

Ritrosità, s. f. esquivança, esquivez.

Ritrôso, adj. esquivo, avesso, desdenhoso, contrário: recalcitrante / reservado, discreto, retraído / que retrocede, que volta para trás, refluente; retrógrado / (s. m.) dobra que se faz na boca de certas redes ou gaiolas para que os peixes ou pássaros que nelas estão não possam escapar / (dim.) **ritrosíno, ritrosétto**; (pej.) **ritrosàccio**.

Ritrovàbile, adj. encontrável; fácil de achar, encontradiço.

Ritrovaménto, s. m. achamento, encontro, ação de achar, de encontrar / invenção, descoberta / achamento de coisas perdidas.

Ritrovàre, v. achar o que se tinha perdido ou esquecido; reencontrar, tornar a encontrar: tornar a ver / recobrar, reconhecer / descobrir, inventar / ritrovare un rimedio: descobrir um remédio / lembrar, reconhecer / (refl.) encontrar-se, marcar encontro / encontrar-se / achar-se num lugar por acaso / mi ritrovai in una selva oscura (Dante): achei-me numa selva tenebrosa (t. X. P.) / compreender, orientar-se / qui non mi ci ritrovo: aqui não me oriento, fico aturdido, perco o juízo.

Ritrovàta, s. f. descobrimento; encontro, achado / invenção, descoberta.

Ritrovàto, p. p. e adj. encontrado, achado, inventado, descoberto / (s. m.) invento, descoberta, descobrimento; achado; invenção / recurso, expediente, arbítrio.

Ritrovatôre, adj. e s. m. achador, o que acha ou descobre: descobridor, inventor.

Ritròvo, s. m. agrupamento, reunião para passatempo; círculo, sociedade, clube, grêmio; companhia; reunião, sarau; cassino / **i ritrovi mondani, notturni**, etc.

Ritta, s. f. mão direita: destra.

Rítto, adj. direito, reto: **albero** ———, **linea ritta** / vertical, perpendicular, erguido: **palo** ———, **capelli ritti** / levantado, de pé / **star ritti**: estar de pé, em posição normal / **sedia che non sta ritta**: cadeira que não fica no prumo / **lado direito** / **a man ritta**: à mão direita / (s. m.) direito, lado direito / **ogni** ——— **ha il suo rovescio**: toda medalha tem seu reverso / (arquit.) pé direito; pontal, pontalete.

Rituàle, adj. s. m. e f. ritual, que pertence ao rito / cerimonial, praxe.

Ritualismo, s. m. ritualismo.

Ritualísta, s. m. ritualista / (pl.) ritualisti.

Ritualmènte, adv. ritualmente.

Rituffàre, v. (rar.) imergir, afundar, mergulhar novamente / profundar, embrenhar, precipitar, abismar novamente.

Rituràre, v. fechar, tapar, cerrar, arrolhar novamente.

Riturbàre, v. turbar, agitar, inquietar novamente.

Riudíre, v. escutar outra vez.

Riumiliàre, v. humilhar, mortificar, vexar novamente.

Riúngere, v. untar, ungir novamente / (refl.) recobrar a fortuna, refazer-se.

Riunimênto, s. m. (ant.) reunião.

Riuniône, s. f. reunião, ação e efeito de reunir ou reunir-se; agrupamento, junção, agrupação; assembléia; sarau; festa / grupo, gente, congresso, etc. / **sciogliere la riunione**: levantar a sessão.

Riuníre, v. reunir, unir novamente; juntar bem / agregar; anexar / aglomerar / agrupar; aproximar; ligar; prender; congregar; associar / (refl.) **riunirsi**: juntar-se, conviver de novo; reunir-se; reconciliar-se.

Riunitivo, adj. (med.) cicatrizante / **medicamênto** ———: medicamento cicatrizante.

Riuníto, p. p. e adj. reunido, unido, juntado; anexado.

Riúnto, p. p. e adj. ungido, untado novamente / mondado; melhorado de condição, enriquecido / **pidocchio o ciuco riunto**: novo rico, pobre enriquecido e ensoberbecido.

Riurtàre, v. (tr. e refl.) tornar a chocar, a esbarrar, a bater.

Riusàre, v. usar de novo / usar-se novamente, estar de moda outra vez.

Riuscènte, p. pr. adj. e s. m. que volta a sair.

Riuscíbile, adj. que pode ter resultado favorável, que pode dar certo.

Riuscibilità, s. f. possibilidade de lograr

Riuscimênto, s. m. (ant.) êxito; resultado favorável.

Riuscíre e riescíre, v. sair; sair de novo, sair novamente / desembocar, dar, entrar, embocar num lugar / **questa strada riesce in piazza Vittória**: esta rua desemboca na praça Vitória / sair bem, ser bem sucedido, ter ou alcançar bom êxito / **riuscire in tutto**: ser bem sucedido em tudo / conseguir, alcançar, obter; resultar; chegar a bom porto, proceder bem, terminar bem; acertar com, atinar.

Riuscíta, s. f. êxito, resultado; bom êxito, resultado favorável.

Riuscíto, p. p. e adj. ressaído; saído / executado, chegado a termo; obtido, conseguido.

Riva, s. f. riba, costa, margem, borda, beira de rio, lago, etc. / (fig.) extremo, limite / **tenersi a** ———: costear / **toccare la** ———: fundear, atracar / em Veneza, rua à beira de um canal: **riva degli Schiavoni**.

Rivaccinàre, v. revacinar.

Rivaccinaziône, s. f. revacinação.

Rivàggio, s. m. (ant.) beira, margem.

Rivàle, adj. e s. m. rival, competidor, concorrente, êmulo / antagonista, adversário, opositor / rede para pescar nas margens.

Rivaleggiàre, v. rivalizar, competir; concorrer para idêntico resultado; emular / (pr.) **rivalêggio**.

Rivalére, v. (refl.) valer-se de novo / refazer-se, reembolsar-se, indenizar-se de danos ou perdas sobre outra coisa ou pessoa / **del danno sofferto si rivale su di noi**: do dano sofrido se ressarce sobre nós.

Rivalicàre, v. transpor novamente: ——— **il mare, le alpi**.

Rivalidàre, v. revalidar.

Rivalidaziône, s. f. revalidação.

Rivalità, s. f. rivalidade; sentimentos rivais; oposição; competição: emulação.

Rivàlsa, s. f. compensação, ressarcimento de danos; direito de receber indenização de alguém / desforra, satisfação, represália, vingança.

Rivalutàre, v. revalorizar, elevar o valor.

Rivalutaziône, s. f. revalorização.

Rivangàre, v. cavar (com a enxada) novamente / (fig.) remoer, relembrar coisas desagradáveis, já velhas / investigar, rememorar, procurar, desenterrar, etc.

Rivarcàre, v. transpor de novo; atravessar novamente.

Rivedêre, v. rever, ver novamente / reexaminar; corrigir novamente, rever; fazer a revisão / (fig.) ——— **i conti a uno**: examinar, censurar, reprochar a conduta de alguém / (refl.) **rivedersi**: rever-se, encontrar-se novamente / **a rivederci (arrivederci)**: até à vista, at logo / **ci rivedremo a Filippi**: frase que, segundo a lenda, foi dita por um espectro a Bruto, matador de Júlio César, anunciando-lhe com isso a morte que iria encontrar na batalha de Filippi; usada em tom de ameaça: hás de pagar, etc.

Rivedíbile, adj. e s. m. revisível; revisável; diz-se especialmente dos recrutas que devem se apresentar novamente à visita médica.
Riveditôre, adj. e s. m. quem ou que revê: revedor / verificador / (tip.) revisor de provas.
Riveditúra, s. f. (ant.) revisão.
Rivedúta, s. f. revista, revisão rápida, vista de olhos / (dim.) **rivedutína**, revisãozinha, correçãozinha / **dare una** ———: dar uma revisão ligeira.
Rivedúto, p. p. e adj. revisto, que se reviu; corrigido; emendado; examinado: **edizione riveduta e corretta**.
Rivelàbile, adj. revelável, que se pode revelar / divulgável.
Rivelamênto, s. m. (ant.) revelação.
Rivelànte, p. pr. revelante.
Rivelàre, v. revelar, fazer conhecer; descobrir, patentear; divulgar, manifestar / (refl.) dar-se a conhecer; mostrar-se, patentear-se; manifestar-se.
Rivelàto, p. p. e adj. revelado, manifestado, descoberto.
Rivelatôre, adj. e s. m. revelador, que ou quem revela / **parola rivelatríce**: palavra reveladora / (fot.) banho que faz aparecer a imagem nas matrizes fotográficas.
Rivelaziône, s. f. revelação, ação de revelar / manifestação, prova; testemunho / (teol.) inspiração.
Rivellíno, s. m. revelim (do it.), construção externa e saliente, para defesa de ponte, cortina, etc. nas fortificações.
Rivêndere, v. revender, vender novamente aquilo que se comprou / vender a miúdo, a varejo / **rivendere alcuno**: superar alguém numa coisa / repetir uma notícia ouvida por boca de outrem: **come l'ho comprata la rivendo**.
Rivendíbile, adj. revendível, fácil de revender.
Rivendicàre, v. revingar, vingar segunda vez, vingar de novo / (jur.) reivindicar, exercer uma ação legal para tomar posse de propriedade, fundos, etc. / reivindicar a primazia de uma descoberta, a autoria de um trabalho, etc. / recobrar, recuperar.
Rivendicatôre, adj. e s. m. reivindicador, quem ou que reivindica.
Rivendicaziône, s. f. reivindicação, ato de reivindicar / recuperação, reaquisição, reclamação; reivindicamento.
Rivêndita, s. f. revenda, ato de revender / casa, negócio onde se vende a varejo.
Rivenditôre, adj. e s. m. revendedor, o que revende / pessoa que vende a varejo / (s. f.) **rivenditríce**, revendedora.
Rivendúgliolo, s. m. revendedor de coisas miúdas, e em geral velhas e de pouco valor; revendão.
Rivenìre, v. revir, vir outra vez; voltar, retornar.
Riventilàre, v. voltar a ventilar.
Riverberamênto, s. m. revérbero; reverberação.
Riverberàre, e **reverberàre**, v. reverberar, refletir, repercutir (luz, calor); brilhar resplandecer; luzir; cintilar / deslumbrar.

Riverberatôio, s. m. revérbero, parte do forno em que o calor é reverberado ou refletido, empregado geralmente na calcinação, na fusão de metais, etc. / (pl.) **riverberatôi**.
Riverberaziône, s. f. reverberação, reflexo, revérbero.
Rivèrbero ou **revèrbero**, s. m. revérbero; reverberação; reflexo / chama / revérbero, espelho ou farol, refletor / **forno a** ———: forno de revérbero.
Riverènte e **reverènte**, p. pr. e adj. reverente, que reverencia; reverenciado; despeitoso, reverenciador.
Riverentemênte, adv. reverentemente; respeitosamente; cerimoniosamente.
Riverènza, e **reverènza**, s. f. reverência; acatamento, consideração, veneração; cortesia; mesura, respeito, reverença, homenagem / prostração, saudação / salamaleque / **reverenza**: reverência, título que se dá aos priores e a outros prelados.
Riverenziàle, adj. reverencial; reverente.
Riverenziàre, (ant.) o mesmo que **riveríre**, v. reverenciar.
Riverìre, v. reverenciar, respeitar profundamente; revenerar, venerar; acatar, honrar / saudar, obsequiar, cumprimentar: **la riverisco distintamente**: saudo-o distintamente.
Riverìto, p. p. e adj. reverenciado, respeitado; considerado, saudoso / **la riverisco, signore!**: saúdo-o, senhor! / **essere** ——— **da tutti**: merecer a consideração de todos.
Riverniciàre, v. envernizar novamente. (fig.) renovar, recomeçar.
Riversàle, s. f. reversal; declaração que a Igreja pede aos conjuges nos matrimônios de religião mista, pela qual os mesmos se fazem concessões recíprocas em matéria religiosa.
Riversamênto, s. m. derramação; derramamento, entornadura; espargimento.
Riversàre, v. verter; derramar; verter novamente; emborcar; revirar, fazer sair no avesso / **riversare la colpa a uno**: jogar a culpa sobre alguém / espalhar, espargir / (refl.) derramar-se um líquido / invadir / **riversarsi in un luogo**: invadir, afluir, irromper, cair num lugar.
Riversíbile, adj. reversível (quím.) / (jur.) sujeito à revisão, à devolução; reversivo.
Riversibilità, s. f. reversibilidade.
Riversiône, s. f. reversão, ato ou efeito de reverter; restituição ao primeiro estado / (jur.) reaquisição da coisa doada: devolução.
Rivèrso, p. p. e adj. revirado, tombado, reverso, que fica na parte posterior / deitado de costas: **riverso sul letto** / (s. m.) avesso, reverso / **il riverso della medaglia**: o reverso da medalha / golpe com as costas da mão: revés / (tosc.) **un riverso d'acqua**: chuvarada, aguaceiro / ruína, desgraça: **perchè la mia quiete avesse il suo** ———, **dovetti rinunziàre e partire**.
Rivèrtere, v. (ant.) revirar, virar ao contrário.
Rivertìre, v. (ant.) converter.
Rivestimênto, s. m. revestimento, revestidura, ação ou efeito de revestir / o que serve para revestir.

Rivestíre, v. revestir, vestir novamente, tornar a vestir / recobrir; forrar / vestir sobre outro / cobrir, embocar (muro, construção, etc.) / —— una carica: ocupar um cargo / (refl.) vestir-se, ornar-se.

Rivestíto, p. p. e adj. revestido; vestido novamente; vestido de novo / coberto, forrado; recoberto / defendido; munido, resguardado / villano ——. ——: pobre, vilão enriquecido.

Rivettíno, s. m. dobradura na guarnição da espada.

Rivièra, s. f. litoral, riba especialmente de um grande lago ou do mar: Riviera di Levante, di Ponente: as cidades da Ligúria que margeiam o mar / (ant.) rio, ribeira, riacho.

Rivieràsco, adj. ribeirinho / (s. m.) habitante de lugares que margeiam os lagos ou o mar.

Rivíncere, v. vencer novamente / desforrar; recuperar / (ant.) recobrar, convencer.

Rivíncita, s. f. (neol.) desforra; desagravo; represália, vingança / prendersi la ——: tirar uma desforra.

Rivinta, (ant.) s. f. revanche.

Rivisitàre, v. revisitar, visitar outra vez / fazer uma visita ou reconhecimento.

Rivista, s. f. revista, parada de tropas / revisão de um escrito / rubrica de jornais com resenha de livros, peças teatrais, etc. / revista, publicação periódica ilustrada ou não / (teatr.) revista, peça teatral geralmente de gênero alegre ou humorístico / (sin.) **Rassegna**.

Rivísto, p. p. e adj. revisto, que se reviu: corrigido, emendado, revisado.

Rivivènza, s. f. revivência.

Rivívere, v. reviver, viver novamente, ressurgir / readquirir forças, revigorar-se / continuar, perpetuar-se, renascer, renovar-se / **il genio latino rivive sempre attraverso i secoli**: o gênio latino renasce sempre através dos séculos.

Rivivificàre, v. revivificar / reavivar / reduzir metais.

Rivivificazióne, s. f. revivificação / (técn.) separação do metal contido numa combinação.

Riviviscènza, o mesmo que **reviviscènza**, s. f. revivescência, revivificação.

Rívo, s. m. ribeiro, rio pequeno / (fig.) **rivi di sangue**: fluxo, torrente, corrente de sangue.

Rivocàre, v. revocare, v. revogar.

Rivogàre, v. vogar (remar) novamente / (fam.) bater, pespegar uns tapas.

Rivolàre, v. voar novamente.

Rivolère, v. querer novamente; querer a restituição.

Rivòlgere, v. voltar, virar de outro lado / voltar atrás; revolver / mudar, trocar / sublevar, transtornar / dirigir, endereçar / girar, virar / maquinar, meditar / **rivolgeva nella mente propositi di vendetta**: tramava propósitos de vingança / (refl.) voltar-se, virar-se, dirigir-se; recorrer; falar / **dirigersi al popolo**: falar ao povo / girar, dar voltas, mudar-se.

Rivolgiménto, s. m. revolvimento, giro, revolução; volta / desconserto, desarranjo / alteração, transtorno / distúrbio, agitação, revolução.

Rívolo, s. m. (dim.) regatozinho, riozinho.

Rivòlta, s. f. revolta, rebeldia, levantamento, motim, sublevação / curva, volta, canto, ângulo de estrada, atalho, rio, etc. / dobra, vinco, prega, parte dobrada de um objeto.

Rivoltaménto, s. m. revolvimento / volta ao reverso.

Rivoltànte, p. pr. e adj. revoltante; que revolta; repugnante, repulsivo, nojento, asqueroso, nauseabundo / (sin.) **ributtante**.

Rivoltàre, v. revirar, virar novamente; voltar, virar do outro lado / revolver, remexer / **rivoltar la medaglia**: virar a medalha, examinar ou apresentar sob outro aspecto / insurrecionar, sublevar / (refl.) volver-se para trás; revoltar-se, rebelar-se / **rivoltarsi il vino**: azedar-se o vinho.

Rivoltàta, s. f. viradela, virada, mexida / **dare una —— alla bistecca**: dar uma mexida ao bife.

Rivoltàto, p. p. e adj. revirado; voltado, dobrado de outro lado / revolvido; agitado / remexido / revoltado, amontinado / (fig.) **glubba rivoltata**: homem volúvel.

Rivoltatúra, s. f. viramento, ação de revirar; volta ao reverso.

Rivoltèlla, s. f. revólver (arma de fogo).

Rivoltellàta, s. f. tiro de revólver.

Rivòlto, p. p. e s. m. revolvido, revolto; dobrado, voltado / volvido, dirigido a / (s. m.) dobra, prega, reverso da roupa ou pano.

Rivoltolaménto, s. m. revoltamento, ato de revolver / confusão, enredo.

Rivoltolío, s. m. revolteamento continuado ou freqüente; confusão, bulício.

Rivoltolóne, s. m. reviravolta; pirueta; cambalhota, trambolhão; cabriola / (adv.) **rivoltoni**: rodando, rolando aos trambolhões.

Rivoltóso, adj. revoltoso, que está em estado de revolta; rebelde, sedicioso, faccioso; revolucionário / (s. m.) rebelde, insurgente / (sin.) **insorto**.

Rivoltúra, s. f. (ant.) reviramento / envolvimento / **rivoltúra di vento**: rajada de vento; ventania.

Rivoluzionàre, v. (neol.) revolucionar; amotinar, insurrecionar; transformar, desconsertar.

Rivoluzionàrio, adj. e s. m. revolucionário, relativo à revolução; revoltoso; subversivo; agitador; tumultuador; petroleiro; insurgente, insurreto.

Rivoluzióne, s. f. revolução, ação ou efeito de revolucionar-se; revolvimento / volta de um astro ao ponto de onde partiu / mudança violenta de governo; sublevação / evolução, rebelião / transformação, renovamento de idéias, doutrinas, etc. / confusão perturbação, agitação / (dim.) **rivoluzioncina**, **rivoluzioncèlla**: revoltazinha pequena revolta.

Rivòlvere, v. (rar.) revolver / dirigir.

Rivotàre, v. (tr.) tornar a esvaziar / (intr.) tornar a votar.
Rivulsióne, (v. **revulsione**) s. f. revulsão.
Rizappàre, v. cavar (revolver a terra com enxada) novamente.
Rizíne, s. f. (pl. bot.) rizina, filamento que serve para fixar algumas plantas inferiores.
Rizòbio, s. m. rizóbio, gênero de nitrobactérias.
Rizocàrpeo, adj. (bot.) rizocarpo, rizocárpico.
Rizòfago, adj. rizófago; que se alimenta de raízes.
Rizoforèe, s. f. pl. risoforàceas.
Rizòidi, s. m. rizóide, filamento celular que nos musgos faz as vezes de raiz.
Rizòma, s. m. (bot.) rizoma.
Rizomatôso, adj. (bot.) rizomatoso, que tem rizoma ou produz rizoma.
Rizòpodi, s. m. pl. rizópodes.
Rizoppicàre, v. mancoletar, coxear novamente.
Rizza, s. f. trinca, cabo de cordas.
Rizzaffàre, v. (tr.) (mar.) tornar a tapar as fendas.
Rizzaménto, s. m. (rar.) erguimento, levantamento, eriçamento, alteramento.
Rizzàre, v. levantar, erguer, pôr direito; endireitar; pôr na posição vertical; erigir; levantar, armar, construir / montar, instalar (um negócio, etc.) / ——— **il capo**: ressentir-se, rebelar-se, insurgir-se / arrepiar (os cabelos) / (refl.) **rizzàrsi**: erguer-se, ficar de pé, levantar-se / (sin.) **inalberare, alzare, inalzare, levare, ergere, erigere**.
Roàno, adj. (cast. **ruano**) ruão, diz-se do cavalo cujo pelo é mesclado de branco e pardo, ou do cavalo de pelo branco com malhas escuras e redondas.
Rob, Robbio, Robbo, s. m. (farm.) xarope, xarope concentrado do sumo da uva.
Ròba, s. f. voz indeterminada e genérica que serve para indicar o que é necessário à existência, à alimentação, etc.; bagagem; roupa; vestuário; fazenda; pano; móveis, utensílios, objetos, ferramentas, etc. / bens, propriedades / estátua, obra de arte, escrito, etc. / **quel romanzo è ——— da matti**: aquele romance é coisa de loucos / ——— **da cani**: comida, coisa ruim / ——— **di poco momento**: coisa de poucos instantes / ——— **da chiodi**: discursos, escritos, ações indignas / (dim.) **robina, robetta, robettìna**: coisinha, coisa pequena, negocinho, etc. / (depr.) **robàccia**, (s. f.) coisa ordinária, ruim / (ant.) **traje** / ——— **da strapazzo**: roupa de casa ou de trabalho / (dim.) **robetta, robina, robettina**; (aum.) **robona**.
Rôbbia, s. f. (bot.) ruiva, nome de várias plantas da família das rubiáceas.
Robbia (Luca della) Luca della Robbia, escultor florentino (1400-1481).
Rôbbio, s. m. distintivo vermelho que usavam, na manopla, alguns oficiais, para indicar função superior ao seu grau / (ant.) (adj.) ruivo, vermelho.

Robivècchio, s. m. ferro velho, biscateiro de coisas velhas, restos, etc.
Robíglia, s. f. (bot.) araco, chícharo.
Robína, s. f. (do nom. do bot. Robin) robina, gênero de plantas da família das leguminosas.
Robiòla, s. f. (neol.) queijo de gosto adocicado da região de Brianza (Lombardia).
Roboànte, (forma errada em lugar de **reboante**) adj. reboante.
Robocciola, s. f. (dim.) roupa de criança.
Robône e robbône, s. m. (hist.) veste rica, toga, de seda ou veludo, que usavam os cavalheiros, doutores, etc. / roupão, chambre.
Roburíte, s. f. roburite, explosivo usado também no material de guerra e nas minas.
Robustaménte, adv. robustamente, de modo robusto.
Robustêzza, s. f. robustez; qualidade do que é robusto (também em sentido figurado); resistência, fibra, solidez, força, galhardia; vigor / **intelligenza robusta**: inteligência segura.
Robusto, adj. robusto; forte, vigoroso; apto / válido, sadio; valente, duro, potente / sólido, rijo / forte, ingente, temeroso; firme, inabalável / rígido; poderoso.
Rocàggine, s. f. rouquidão.
Rocambolêsco, adj. rocambolesco, rel. ou imitante às aventuras extraordinárias de Rocambole, personagem de um romance de **Ponson du Terrail**.
Ròcca, s. f. roça-forte, fortaleza, cidadela; rocha, penedo, castelo roqueiro / (min.) quartzo límpido, cristal de rocha / (anat.) **rocca petrosa**: rochedo, parte do osso temporal do ouvido / cumeeira ou torre de chaminé.
Rôcca, s. f. roca, vara ou cana que tem numa das extremidades um bojo em que se enrola a rama do linho, do algodão ou da lã que deve ser fiada / feixe de lenha de queimar / (hist.) antiga máquina ou instrumento de guerra.
Roccacannúccia, s. f. lugar imaginário, que sói usar-se para indicar pequeno lugarejo: **che credi, che Milano sia** ———: é para designar pessoa tacanha e mesquinha: **essere di** ———.
Roccàta, s. f. pancada com a roca: rocada / porção de linho, lã ou algodão que se enrola no bojo da roca.
Roccètto, ou rocchêtto, s. m. sobrepeliz dos cônegos, roquete.
Rocchèlla, s. f. dobadoura grande (técn.) / rolo do cabrestante.
Rocchèllo, s. m. dobadoura (técn.) / roda de relógio.
Rocchètta, s. f. roca pequena / (técn.) pó usado na fabricação do vidro.
Rocchètto, s. m. carretel, bobina / (eletr.) cilindro de indução / roquete, aparelho que dá movimento de rotação a uma roda, broca, etc.; bobina / (ecles.) sobrepeliz dos cônegos.
Ròcchio, s. m. rolo, cilindro; toro; troço, pedaço de lenho ou de pedra comprido e mais ou menos cilíndrico / parte distinta de um fuste de coluna / (por ext.) jorro d'água que esguicha

de um tubo / lingüiça; pedaço de carne em forma cilíndrica / penteado (de cabelo) em forma de rolo / (rar.) volume de voz de cantor / enfiada de figos secos.

Ròccia, s. f. rocha, rochedo, penedo, penhasco / rocha viva, dura, compacta; cristal de rocha; cristal de quartzo / escolho / (fam.) crosta, casca, camada de sujeira, especialmente sobre a pessoa / a casca mais ou menos dura do queijo.

Rocciatôre, s. m. escalador de rochas / (s. f.) **rocciatrice**.

Rocciôso, adj. rochoso, coberto de rochas; penhascoso / (fig.) sujo, sarnento: **mani, vesti rocciose**.

Ròcco, s. m. roque, antigo nome da torre no jogo de xadrez / (ant.) bastão recurvo: bordão.

Rocco, n. pr. Roque.

Roccocò e **rococò**, adj. (fr. rococo, de **rocalliè**) rococó, gênero de ornatos em moda no tempo de Luís XV / (fig.) barroco, extravagante, rançoso; fora da moda / ridículo.

Ròccolo, s. m. rede fixa para a caça de pássaros / lugar preparado para a caça de pássaros / (sin.) **paretaio**.

Rochêzza, s. f. (rar.) rouquidão.

Ròciolo, s. m. (tosc.) grânulo, grumo de farinha / **una polenta piena di rocioli**: uma polenta cheia de grânulos.

Ròco, adj. (poét.) rouco, roufenho; rouquenho / (vet.) **male del roco**: doença das vias respiratórias nos galináceos.

Rodàggio, s. m. (neol. do fr. **rodage**) polidura por fricção, de um motor ou outro mecanismo que por ser ainda novo é rijo e lento nos movimentos; rodagem.

Rodàre, v. (neol.) rodar um motor no seu período de rodagem; polir pela fricção.

Rodènte, adj. roedor / picante.

Rôdere, v. roer, comer pouco a pouco / roer, corroer, carcomer, consumir / gastar, destruir progressivamente; arruinar pouco a pouco / (fig.) **osso duro da** ———: osso duro de roer / ——— **il freno**: roer o freio, conter a custo a raiva, etc. / (refl.) roer-se, consumir-se / (p. p.) **roso**.

Rodíbile, adj. que se pode roer; consumível.

Ròdico, adj. ródico, de ródio; diz-se de um dos óxidos do ródio / (pl.) **ròdici**.

Rodimènto, s. m. ação de roer, roedura / erosão; corrosão / (fig.) cuidado, pesar, amargura, tormento / **quel figliuolo era il suo** ———: aquele filho era seu tormento.

Ròdio, s. m. (quím.) ródio, metal pouco fusível, do grupo da platina, empregado nas ligas.

Rodío, s. m. roedura contínua e insistente / o rumor que produz quem rói / (pl.) **rodíi**.

Rodiòta, adj. e s. m. rodiota, ródio; natural de Rodes.

Rodíte, s. f. (min.) rodite.

Roditôre, adj. e s. m. roedor, que rói, que tem o hábito de roer / (zool.) animal da ordem dos roedores.

Rodizònico, adj. (quím.) rodizônico.

Rododèndro, s. m. rododendro, gênero de arbustos e árvores da família das ericáceas; também chamado rosa dos Alpes.

Rodofícee, s. f. pl. (bot.) rodofíceas, florídeas.

Rodòfone, s. m. (bot.) oleandro, loendro / (sin.) **oleandro**.

Rodòide, s. m. (neol.) matéria plástica formada de acetilcelulose e de um plastificante, empregada na fabricação de vidros para automóveis, máscaras protetoras, e também na de pentes, escovas, tecidos, etc.

Rodomontàta, s. f. rodamontada, fanfarronice; quixotada.

Rodomônte, s. m. e adj. rodamonte, fanfarrão, valentão, mata-mouros.

Rodomontêsco, adj. rodomontesco; façanhudo; fanfarrão; prepotente, jactancioso.

Rodonite, s. f. (min.) rodonite.

Rodopsina, s. f. (anat.) rodopsina, eritropsina ou púrpura visual, pigmento dos bastonetes externos.

Roegàrze, s. f. espécie de dança antiga.

Rogànte, p. pr. adj. e s. m. (for.) estipulante; outorgante.

Rogàre, v. (jur.) estipular, estender um ato, propor uma ação, outorgar.

Rogatôre, adj. e s. m. outorgante, outorgador / (s. f.) **rogatrice**.

Rogatòria, s. f. (jur.) rogatória, rogativa.

Rogatòrio, adj. (rar.) rogatório; precatório; requisitório.

Rogazióne, s. f. (lat. **rogàtio**) (hist.) proposta de lei feita ao povo, na antiga Roma / (ecles.) ladainhas, rogações, preces públicas e procissões durante os três dias que precedem a Ascensão.

Ròggia, s. f. (dial.) fossa, canal desviado de rio para fins de irrigação.

Ròggio, adj. ruivo; fulvo, louro avermelhado; vermelho afogueado (cor); **pera roggia**: para (fruto) cor de ferrugem.

Ròggiolo, s. m. pão de cevada.

Roggiolôna, adj. diz-se de uma espécie de castanha de casca mais avermelhada que as castanhas comuns.

Rògito, s. m. (jur.) outorgamento, outorga / instrumento outorgado perante o tabelião.

Rôgna, s. f. ronha, doença cutânea: sarna / (fig.) incômodo, amolação, maçada / **quel coso è una vera** ———: aquele fulano é uma verdadeira sarna / vício, falha, defeito / **cercare regna**: procurar brigas.

Rognapièdi, s. m. (equit.) puxavante, instrumento com que o ferrador corta ou rasga o casco do cavalo que deve ser ferrado.

Rognonàta, s. f. comida composta de rins cozidos; guisado.

Rognône, s. m. rim de animal; diz-se especialmente dos rins que se comem.

Rognôso, adj. ronhoso, sarnento / (fig.) **causa rognosa**: questão que dá muitas amolações e pouco proveito / molesto, enfadonho.

Ròo, s. m. fogueira; pira / suplício do fogo / **dare i libri al rogo**: fazer fogueira dos livros / auto-de-fé / (pl.) **roghi**.
Rôgo, s. m. (rar.) (bot.) sarça, silva.
Rolàndo (n. pr.) var. de Orlando, Rolando, Orlando, Roldão.
Rolíno, s. m. (dim. de **ruolo**, elenco, etc.) rol, elenco, lista, apontamento.
Rollàre, v. (mar.) oscilar, balancear (o navio); enrolar (as velas).
Rollàta, s. f. (mar.) oscilação, balanço do navio.
Rollío, s. m. (mar.) balanço, embalo, oscilação do navio quando em marcha.
Rollòmetro, s. m. (mar.) aparelho que registra o movimento oscilatório do navio; oscilômetro.
Roma, s. f. Roma; o nome da antiga cidade do Lácio; deu origem a diversos modos de dizer / **le decisioni di Roma**: as decisões do Governo italiano / **sottomettersi a Roma**: submeter-se a Roma, no sentido religioso / **andare a Roma senza vedere il Papa**: ir a um lugar sem ver ou sem fazer a coisa mais importante / **tutte le strade conducono a Roma**: todos os caminhos levam a Roma / **prender ——— per Toma**: tomar uma coisa por outra / **promettere ——— e Toma**: prometer mundos e fundos, etc.
Romagnuòlo, adj. romanholo, de Romagna, região da Emília, na Itália Setentrional / (s. m.) habitante da Romagna.
Romàico, adj. (lit. hist.) romaico, pertencente ao grego moderno / (s. m.) o romaico, a língua que falam os gregos modernos.
Romaiòlo, s. m. concha para tirar a sopa, gadanha.
Romanamênte, adv. romanamente, segundo o uso dos Romanos; ao modo dos Romanos / **agire ———**: agir valorosamente.
Romàncio, adj. e s. m. romance, língua latina no cantão dos Grisões.
Romanèlla, s. f. cantiga popular, romance de 4 decassílabos.
Romanêsco, adj. romanesco, de Roma moderna, do uso romano atual / (s. m.) dialeto de Roma / **sonetti romaneschi**: sonetos romanescos.
Romànico, adj. românico, de estilo românico / neolatino, romance: **lingue romaniche**.
Romanísmo, s. m. romanismo, voz ou modo de dizer do linguajar romanesco / cultura romana ou romance.
Romanísta, s. m. romanista, douto em direito romano / douto nas línguas ou literaturas românicas ou romance.
Romanística, s. f. romanista; filologia romântica.
Romanità, s. f. romanidade, qualidade de romano; conjunto dos costumes da Roma antiga / civilização romana.
Romàno, adj. romano, de Roma; pertencente à Roma antiga, à Roma cristã, à Roma moderna / **chiesa romana**: igreja católica, apostólica, romana / **númeri romani**: números romanos / (tip.) **carattere ———**: letra ou caráter redondo / (fig.) romano, grande, nobre, austero / (s. m.) habitante de Roma.
Romàno, s. m. contrapeso da romana, espécie de balança, constituída por uma alavanca de braços desiguais.
Romàno, n. pr. Romano.
Romanòlogo, s. m. romanólogo ou romanista, douto em línguas românicas.
Romanticamênte, adv. romanticamente.
Romantichería, s. f. romantice / poetice, fantasice.
Romanticísmo, s. m. romanticismo, o gênero romântico / (fig.) sentimentalismo, fantasia, generosidade.
Romàntico, adj. romântico, próprio de romance; pitoresco, fantasioso, sentimental; que segue a doutrina do romanticismo / (s. m.) escritor romântico, os românticos.
Romanticúme, romantice exagerada, sentimentalismo piegas e afetado.
Romantizzàre, v. romantizar; romancear.
Romànza, s. f. (lit.) romanza, romança; melodia sentimental / canto popular heróico tipicamente espanhol; composição musical de caráter sentimental e patético.
Romanzàre, v. romancear; cantar ou descrever em romance; dar caráter de romance a uma história, etc.
Romanzàto, p. p. e adj. romanceado / **storia romanzata**: história romanceada.
Romanzatôre, s. m. autor de romances de cavalaria ou de romanças literárias e sentimentais / autor de romances.
Romanzèro ou **romanzièro**, s. m. (esp. romancero), romanceiro, coleção de poesias ou canções populares; cancioneiro.
Romanzescamênte, adv. romanescamente; romanticamente.
Romanzêsco, adj. romanesco, de romance / **poema ———**: poema romanesco, que trata de guerras, duelos, aventuras, damas, cavalheiros, amores / **autore ———**: autor que compõe romances do estilo antigo / extraordinário, inverossímil / fabuloso, fantástico / (pl.) **romanzeschi**.
Romanzêtto, s. m. (dim.) romancinho, romance curto / (fig.) textura de mentiras / intriga amorosa.
Romanzière, s. m. (fem. **romanzièra**) romancista, quem escreve romances no sentido moderno.
Romànzo, adj. (do ant. fr. romanz) romanço, romântico, novilatino; **lingua romanza**: língua neolatina.
Romànzo, s. m. romance / (dim.) romanzêtto, romancinho / **romanzo giallo**: romance policial.
Rômba, s. f. estrondo reboante, confuso e prolongado; ribombo / zumbido.
Rombàre, v. ribombar, retumbar; estrondear; retumbar; ribombar / zunir / ——— **gli orecchi**: zunir os ouvidos.
Rombàzzo, s. m. estrépito; estrondo.
Rombencèfalo, s. m. (anat.) rombo-encéfalo, parte posterior do encéfalo.
Rômbico, adj. rômbico, que tem forma de rombo: rombiforme; romboidal.

Rómbo, s. m. estrondo / zumbido / ribombo, estrépito, barulho forte; fragor; estampido / (geom.) rombo, losango / (zool.) (rhombos punctatus) peixe de carne saborosa; rodovalho / (mar.) por ext. a linha diretriz que um navio segue na sua rota / cada uma das partes em que se divide a rosa-dos-ventos.

Rombododecaèdro, s. m. rombododecaedro / (min.) cristal do sistema monométrico.

Romboèdrico, adj. romboédrico / (pl.) **romboèdrici**.

Romboèdro, s. m. (geom.) romboedro.

Romboidàle, adj. romboidal.

Rombòide, s. m. rombóide.

Romeàggio, (ant.) s. m. romaria, peregrinação religiosa.

Romèo, s. m. romeiro; homem que vai em romaria; peregrino.

Romeo, n. pr. Romeo.

Rômice, s. f. (bot.) labaça, nome genérico de várias plantas herbáceas espontâneas ou cultivadas, conhecidas também sob o nome de erva britânica, labaçal, azeda, paciência, etc.

Romitàggio, s. m. eremitério, abrigo de eremita / (adj. ant.) solitário, retraído.

Romitâno, (p. us.) s. m. frade eremita / (adj. ant.) solitário, retraído.

Romitico, adj. eremítico, relativo a eremita ou à vida do ermo / (pl.) **romitici**.

Romíto, s. m. eremita / (adj.) solitário: **una casa romita**: uma casa solitária.

Romitòrio, s. m. ermitério, eremitério / (pl.) **romitori**.

Rómolo, n. pr. Rômulo, fundador de Roma, adorado depois da sua morte com o nome de **Quirino**.

Romôre, (v. **rumore**) s. m. rumor, ruído

Rompènte, p. pr. e adj. rompente; irrompente.

Rômpere, v. romper, quebrar, partir, despedaçar, fazer em pedaços ou em bocados / alterar, modificar / dissolver, desagregar / derrotar, pôr em fuga / infringir, transgredir, quebrar as regras / violar (a fé, o juramento) / inimizar / **rompere l'amicizia**: quebrar a amizade / **rompere le ossa**: quebrar os ossos, dar uma surra / ——— **l'incantesimo**: quebrar o encanto / ——— **il digiuno**: romper o jejum / ——— **il silenzio**: quebrar o silêncio, começar a falar / (fig.) ——— **la testa**: ensurdecer com gritaria e barulho / ——— **i ponti**: cortar relações / prorromper / **ruppe in pianto**: rompeu em prantos / (refl.) quebrar-se, romper-se, partir-se, destruir-se, aniquilar-se / desligar-se, afastar-se / dissipar-se / (p. p.) **rotto** / (sin.) **spezzare, frangere, fracassare, spaccare**.

Rompicàpo, s. m. quebra-cabeça, jogo de adivinhação gráfica ou mecânica / aquilo que dá cuidado, que preocupa, que molesta / problema difícil; questão complicada; enigma / inquietude, transtorno, preocupação; dor de cabeça (fig.).

Rompicòllo, s. m. precipício, despenhadeiro, lugar perigoso / pessoa desajuizada; estroina, extra-insano, imprudente, amalucado / (adv.) **a rompicollo**: apressadamente, precipitadamente.

Rompighiàccio, s. m. rompe-gelo: quebra-gelo / navio quebra-gelo.

Rompimênto, s. m. rompimento, rompedura, ato ou efeito de romper, de quebrar / ——— **di scatole**: (fam.) importunação, amolação, maçada / derrota / transgressão.

Rompiscàtole e rompistivàli, s. m. (burl. e vulg.) importuno, maçante, cacete.

Rompitôre, adj. e s. m. rompedor, que rompe, que quebra: **macchina rompitrice**.

Rompitúra, s. f. rompedura; ruptura, quebramento, ato ou efeito de romper, de quebrar.

Rompône, s. m. (rar.) rompedor, rompe tudo; quebra-tudo.

Romuàldo, n. pr. Romualdo.

Romúleo, adj. de Rômulo, relativo a Rômulo (fundador de Roma, segundo a lenda); romúleo / **città romulea**: Roma / **gente romulea**: os romanos.

Romúlide, s. m. (lit.) romúlida, nome que se dava ao romano, como descendente de Rômulo.

Rônca, s. f. podão, instrumento para podar; podadeira / (hist.) arma em forma de haste; alabarda.

Roncàre, v. (agr.) podar, cortar com a podadeira / extirpar, arrancar / (tr. e intr.) (ant.), roncar, ressonar.

Roncatúra, s. f. poda, podadura / alimpa, desbaste de plantas daninhas ou supérfluas.

Roncheggiàre, v. (ant.) roncar durante o sono: ressonar / (sin.) **russare**.

Ronchêggio, s. m. (rar.) alimpa, poda.

Ronchètto, s. m. podão pequeno / faca recurvada para cima.

Rônchio, s. m. (ant.) verruga / nó, protuberância.

Ronchiône, s. m. (aum.) pau, cepo, bordão grande / (neol.) penhasco, rochedo / nó, protuberância nas árvores.

Ronchiôso, adj. verruguento, nodoso, que tem a superfície não-lisa, escabrosa.

Roncigliàre, v. (ant.) enganchar com o podão / agarrar, enganchar com o arpão ou fateixa / agarrar, engatar.

Ronciglio, s. m. gancho, ferro adunco para agarrar, prender: arpão: fateixa.

Rônco, s. m. (rar.) viela, beco cego; (fig.) **essere nel** ———: não encontrar saída / (med.) ronqueira.

Rôncola, s. f. pequena foice para cortar ramos, etc.

Roncolàre, v. podar, alimpar com a foice.

Rôncolo, s. m. faca grande com a lâmina em forma de pequena foice / (fig.) **gambe a roncola**: pernas arqueadas para fora / (neol.) podadeira; foice.

Roncône, s. m. podão grande / (hist.) espécie de alabarda (arma).

Rônda, s. f. ronda, guarda que fazem os soldados / (fig.) **far la** ———: girar ao redor; passear.

Rondàccia, s. f. e **rondàccio**, s. m. escudo liso, sem ornato algum.

Rondàre, v. rondar, fazer a ronda / passear em volta de; andar à volta de / formar roda os perus.
Rondèlla, s. f. (neol.) rodela, chapa elástica em forma de anel; virola (mec.).
Rondèllo, s. m. espaço livre nas fortalezas para passagem de ronda / (mús. ant.) rondó, composição poética ou musical.
Ròndine, s. f. andorinha (pássaro); **una rondine non fa primavera**: uma andorinha não faz verão / **a coda di ———**: diz-se de coisa que termina com duas pontas / **abito a ———**: traje de fraque / (ictiol.) ——— **di mare**: andorinha ou peixe de mar.
Rondinìno, s. m. (dim.) andorinha ainda nova.
Rondinòtto, s. m. filhote, cria de andorinha; andorinho.
Rondò, s. m. rondò, antiga composição poética / (músc.) composição musical; último tempo de uma sonata.
Rondône, s. m. andorinhão, gavião.
Rônfa, (ant.) s.f. jogo antigo de baralho.
Ronfamênto, s. m. roncadura, ato de roncar.
Ronfàre, v. roncar, ressonar / (fig.) roncar, estrondear, ressoar, rumorejar surdo e continuo / **il mare ronfava**: o mar ressoava.
Ronfiàre, v. roncar.
Rônfio, s. m. roncadura, ação de roncar.
Ronzamênto, s. m. zumbido (de insetos); burburinho de vozes; sussurro.
Ronzàre, v. zumbir, zunir / murmurar, rosnar / trautear, cantarolar a meia voz / (fig.) girar ao redor de coisa ou pessoa: rodear; maçar, importunar / **un'idea per il capo**: revolutear uma idéia pela cabeça.
Ronzatôre, s. m. zumbidor, que zumbe, que sussurra.
Ronzinànte, s. m. (do nome do famoso cavalo de Dom Quixote), rocinante, cavalo magro, fraco: rocim.
Ronzìno, s. m. rocim, azêmola, cavalo gasto e fraco.
Ronzìo, s. m. zumbido, zunido / murmúrio de vozes / **delle orecchie**: zumbido nos ouvidos.
Rônzo, s. m. zumbido; zoada; zunido.
Ronzône, s. m. moscardo, moscão grande, mosca / (fig.) galanteador, cortejador, que anda à roda das mulheres / (ant.) cavalo grande; garanhão, cavalo para reprodução.
Roràre, v. (ant.) rociar, orvalhar, cobrir de orvalho / (sin.) **irroràre**.
Roràrio, (pl. **-ri**) s. m. (hist. rom.) fundibulário, soldado armado de funda.
Róre, s. m. (ant.) rocio / (sin.) **rugiada**.
Ròrido, adj. orvalhado, coberto de orvalho / (por ext.) molhado, úmido, mádido.
Rôsa, s. f. pruído, coceira, prurido / erosão, corrosão, provocada por água / lugar corroído pela água.
Ròsa, s. f. rosa, a planta da flor da rosa / roseira / **stagione delle rose**: a primavera / **color di ———**: cor-de--rosa / (fig.) **fresco come una ———**: diz-se de coisa ou pessoa de aspecto viçoso e jovem / (arquit.) rosetão, ornato de forma circular / (prov.) **prendere la rosa e lasciare star la spina**: comer a carne e deixar os ossos / ——— **di mare**: estrela-do-mar, actínia, anêmona-do-mar / **se son rose, fioriraro**: ver-se-á, pelo resultado, se uma coisa é tal qual a apresentam / **stare sopra un letto di ———**: estar otimamente / **rosa del Giappone**, rosa-do-Japão, camélia / **rosa dei venti**: rosa-dos-ventos (mar.) / (dim.) **rosètta, rosellina, rosèlla, rosìna**: rosinha, pequena rosa, roseta.
Ròsa, adj. rosa, cor-de-rosa / (s. m.) **il ——— ti dona molto**: a cor rosa te orna muito.
Ròsa, s. f. n. pr. Rosa; (dim.) Rosetta, Rosina: Rosinha.
Rosàcee, s. f. pl. (bot.) rosáceas.
Rosàceo, adj. rosáceo; rosa, rosado.
Rosacrôce, s. f. (hist.) rosa-cruz, seita de iluminados que existia na Alemanha no século XVII / (s. m.) rosa--cruz, grau muito alto da maçonaria.
Rosàio, s. m. roseiral; rosal / (pl.) **rosai**.
Rosàlba, n. pr. Rosalba.
Rosalìa, n. pr. Rosália.
Rosalinda, n. pr. Rosalinda.
Rosanna, n. pr. Rosana.
Rosàrio, s. m. rosário (de contas) / **grani dei ———**: contas do rosário / (med.) ——— **rachìtico**: enfermidade das costas nas crianças raquíticas.
Rosàto, adj. rosado, róseo, cor-de-rosa / **acqua rosata**: em que entra a essência das rosas / (fig.) doce, alegre jovial, venturoso / **sogni rosati**: sonhos cor-de-rosa.
Rosaura, n. pr. Rosaura.
Rosbiffe, s. m. rosbife, bife de carne de boi ou de vaca mal assado.
Ròscido, adj. (ant.) orvalhado; rociado; úmido.
Rosellìna, s. f. (dim.) rosinha, pequena rosa; rosa de mato / **rosellina de Firenze**: ranúnculo comum.
Rosellìre, v. (rar.) assar (a carne).
Rosellitura, s. f. (rar.) assadura, ação de assar carne ou outro alimento.
Ròsco, adj. rósco, rosácco, corado / (fig.) alegre, contente, lisonjeiro / **veder tutto ———**: ser otimista.
Rosèola, s. f. (med.) roséola, erupção cutânea eritematosa; sarampelo, exantema.
Roseto, s. m. rosal, lugar onde crescem roseiras.
Rosetta, s. f. (dim.) roseta, pequena rosa / rodício / diamante em forma de rosa / nó de fita em forma de rosa que se usa nas botoeiras / virola, chapa redonda que se põe entre o parafuso ou rosca que às vezes tem na testa os cavalos.
Rosicànte, p. pr. e adj. roedor, que rói / (s. m. pl.) (zool.) roedores, ordem de mamíferos: **i rosicanti**.
Rosicàre, v. roer; comer vagarosamente e aos poucos: **rosicava un pezzo di pane**: roía um pedaço de pão / (fig.) ganhar, lucrar um pouco num negócio / (prov.) **chi non risica non rosica**: quem não arrisca não petisca.
Rosicatùra, s. f. e **rosicchiamênto**, s. m. roedura.

Rosicchiàre, v. roer ligeiramente.
Rosícchio, e **rosícchiolo**, s. m. pedaço de pão que sobrou / mendrugo, toco, resto, sobejo.
Rosichío, s. m. roedura freqüente e continuada / (pl.) **rosichíi**.
Rosignolêtto, s. m. (dim.) rouxinolzinho.
Rosignuòlo, (v. **usignuolo**) s. m. rouxinol.
Rosine, s. f. pl. Rosinas, laboratório pio fundado em Turim, em 1750 por Rosa Gavone.
Rosmarino, s. m. rosmarinho, planta da família das Labiadas.
Rosmini Serbati (Antonio) (biogr.) Antonio Rosmini, filósofo católico de Rovereto (Trento).
Rosminiàno, adj. que concerne à doutrina filosófica de Rosmini / (s. m.) religioso da Congregação dos Padres da Providência, instituída pelo abade Antônio Rosmini.
Rôso, p. p. e adj. roído; corroído, gasto, consumido.
Rosolàccio, s. m. (bot.) papoula, planta da família das papaveráceas, de que se extrai o ópio.
Rosolàre, v. assar a carne (ou outro alimento) de forma que a superfície fique avermelhada / (por ext.) aquecer-se num fogo muito vivo / (fig.) reduzir em mau estado.
Rosolatúra, s. f. assadura, ação e efeito de assar (carne, etc.).
Rosolía, s. f. sarampelo, exantema freqüente nas crianças; sarampo.
Rosolièra, s. f. licoreiro, utensílio de mesa com garrafa e copos, para licor.
Rosolio, s. m. rosolho, licor / (pl.) **rosoli**.
Ròsolo, s. m. assadura ligeira.
Rosône, s. m. (arquit.) rosetão, florão, pequeno ornato de forma circular, do feitio da flor / grande janela redonda com ornatos, especialmente na arquit. gótica / (tip.) ornato de impressão que se usa geralmente em forma de rosa nos trabalhos femininos.
Ròspo, s. m. sapo (réptil batráquio) / (fig.) pessoa azeda, tosca, arredia / **ingoiare un** ———: engolir a pílula, ser obrigado a tolerar coisa desagradável / (dim.) **rospetto, rospettino**: sapinho, sapozinho; (depr.) **rospáccio**.
Rossàstro, adj. avermelhado, tirante a vermelho.
Rosseggiante, p. pr. e adj. vermelhante, que tende ao vermelho, que se torna vermelho.
Resseggiàre, v. intr. avermelhar; tornar vermelho: fazer-se vermelho; vermelhecer.
Rossellíno, adj. e s. m. (dim.) um tanto vermelho / variedade de figo ou azeitona.
Rossèllo, s. m. e adj. vermelhidão, rubor; vermelhidão das faces / variedade de figo de casca avermelhada / variedade de cogumelo comestível.
Rossètta, s. f. (zool.) morcego gigante.
Rossètto, adj. (dim. de **Rosso**: vermelho) avermelhado; encarnado / (s. m.) tinta vermelha para a cútis / vermelho para os lábios; baton / ——— **inglese**: óxido vermelho de ferro, que serve para dar brilho aos metais.
Rossêzza, s. f. (rar.) vermelhidão.
Rossicàre, (ant.) v. avermelhar, ficar vermelho.
Rossíccio, adj. avermelhado, vermelho claro; vermelhusco.
Rossígno, adj. e s. m. avermelhado; encarnado.
Rossiniàno, adj. rossiniano, de Rossini: **melodia rossiniana**: que lembra a música de Rossini (grande músico e compositor).
Rôsso, adj. e s. m. vermelho; muito encarnado; rubro; escarlate; purpúreo; carmesim / corado, vermelho / **rosso di collera**: vermelho de raiva / **camicie rosse**: os Garibaldinos / cor vermelha ou encarnada; / (polit.) **i rossi**: os vermelhos, partidários da política de esquerda / substância corante vermelha / ——— **d'uovo**: gema do ovo / ——— **delle nubi**: arrebol / **diventar** ——— ruborizar-se .
Rôssola, s. f. cogumelo comestível de chapéu vermelho.
Rossôre, s. m. rubor, vermelhidão que sobe às faces por pudor ou vergonha / (fig.) vergonha, pudor / **sentir** ———: ruborizar-se, envergonhar-se / **un senza** ———: um descarado, desavergonhado.
Rossúme, s. m. porção de coisas vermelhas (com sentido pejorativo).
Rossúra, s. f. (depr.) quantidade de coisas vermelhas.
Ròsta, s. f. reixa que fecha a abertura das portas que dão para a rua / leque ou ventilador para afugentar moscas / roda que fazem os pavões e perus / (agr.) aguadouro ao pé dos castanheiros para recolher as águas pluviais / (ant.) ramos, galhos arrevesados / (neol.) leque.
Rosticcère, e **rosticcière**, s. m. o que tem negócio de carne assada; o que assa carne.
Rosticceria, s. f. lugar onde se vende carne assada: churrascaria.
Rostíccio, s. m. escória, resíduo silicoso do ferro fundido.
Rostràle, adj. rostral, guarnecido de rostros (navios) / (zool.) que se refere ao rostro e ao bico dos animais de rapina.
Rostràto, adj. rostrado, que tem rostro / de navio, munido de rostro / **colonna rostrata**: coluna ornada de rostros, para lembrar vitória naval.
Ròstro, s. m. rostro, bico das aves, especialmente das de rapina / rostro, ponta de ferro ou bronze dos antigos navios de combate / (pl.) **rostri**: rostros, tribuna rostrada dos oradores romanos no Foro.
Rosúme, s. m. roeduras, restos de coisas roídas; porção de palha retraçada; retraço; restos da palha que se deu de ração às bestas / (dial.) prurido.
Rosúra, (ant.) s. f. roedura / erosão / retraço.
Ròta, (v. **ruota**), s. f. roda.
Rotàbile, adj. de rodagem, de estrada sobre as quais se pode passar com veículos de rodas / (s. m.) (rar.) veículo de rodas.

Rotacísmo, s. m. rotacismo, pronúncia viciosa ou errada da letra **r** / (med.) dificuldade ou impossibilidade de pronunciar a letra **r**.

Rotàia, s. f. trilho, sulco deixado no terreno / (ferr.) trilho, **carril de ferro sobre o qual andam o trem ou outros veículos** / (fig.) **uscir dalle rotaie:** sair da trilha, desviar-se do caminho reto, etc.

Rotànte, p. pr. rodante / (s. m.) músculo orbicular.

Rotàre, v. rodar, girar, voltear / ——— **gli occhi:** virar, torcer os olhos ao redor / (hist.) submeter ao suplício da roda.

Rotativa, s. f. rotativa, máquina de imprimir inventada por **Marinoni** (1823--1903) em Paris.

Rotativo, adj. rotativo, que produz movimento rotatório.

Rotato, p. p. e adj. rodado; que sofreu o suplício da roda / que tem rodas: veicolo, vestito ——— / **cavallo** ———: cavalo rodado, que tem pequenas malhas arredondadas.

Rotatòrio, (pl. -ri) adj. rotatório / (anat.) **muscolo** ———: músculo rotatório.

Rotaziône, s. f. rotação, movimento giratório em torno de um eixo / (meteor.) a circulação das correntes aéreas / sucessão alternada de pessoas, fatos, etc. / ordem no cultivo das plantas no mesmo terreno; rotação agrária.

Roteamênto, s. m. (lit.) ação de rodear, rotação; rodeamento.

Roteàre, v. (tr.) rodear, voltear, girar, dar voltas: ——— **gli occhi, la spada** / (intr. e refl.) rodear; voar traçando largas voltas / circundar, cingir, envolver, girar / (pres.) **ròteo**.

Roteaziône, s. f. (lit.) rodeio, ato ou efeito de rodear.

Roteggiàre, v. girar, rodear / voltear as aves de rapina sobre a presa.

Rotèggio, s. f. (mec.) rodagem: il ——— **dell'orologio**.

Rotèlla, s. f. (dim.) roda em forma de pequena roda; rodela / (anat.) rótula, osso do joelho / (hist.) escudo de forma redonda / (técn.) ferramenta de sapateiro, usada no acabamento do salto / (dim.) **rotellina**.

Rotèllo, s. m. arandela do fuso / rolo de tecido.

Rotíferi, s. m. pl. rotíferos, animais metazoários microscópicos, freqüentes nas águas estagnadas.

Rotino, s. m. (dim.) rodinha dianteira de carruagem.

Rotísmo, s. m. (mec.) sistema de rodas; mecanismo constituído essencialmente de rodas; rodagem.

Rotocàlco, s. m. (neol.) processo fotomecânico para reproduzir estampas em grande tiragem; rotogravura.

Rotocalcografia, s. f. rotogravura.

Rotocalcogràfico, adj. que concerne à rotogravura.

Rotocompressôre, s. m. motor elétrico dos submarinos / aparelho de ar comprimido.

Rotolamênto, s. m. rolamento, ato de rolar.

Rotolànte, p. pr. e adj. rolante; rodante.

Rotolàre, v. rolar, ir rodando; cair revolúteando / ——— **per le scale:** rolar pelas escadas / rebolar / precipitar, despenhar-se / (refl.) **rotolarsi:** rolar-se, revolver-se / (pr.) rotolo.

Rotolatríce, s. f. (mec.) enroladeira, máquina usada nas fábricas para enrolar em bobinas o papel que se imprime nas rotativas.

Ròtolo, s. m. rolo, qualquer coisa embrulhada em forma de rolo; embrulho; cartucho / (hist. ant.) medida de peso no Reino das Duas Sicílias (Estado Napolitano) / **andare a ròtoli:** rodar, precipitar; arruinar-se.

Rotolône, s. m. tombo, queda, trambolhão de quem cai / (adv.) **rotolone** ou **rotalani:** rolando, escorregando: precipitando.

Rotonàve, s. f. (mar.) navio movido pela ação que o vento exerce sobre uns cilindros verticais mantidos em rotação por motor adequado.

Rotônda, s. f. construção em forma redonda: rotunda / terraço de alguns estabelecimentos balneários / em Roma: **la Rotonda,** o Panteão, o antigo templo de Vesta.

Rotondamênte, adv. redondamente; esfericamente; rotundamente.

Rotondàre, v. arredondar, dar ou tomar forma redonda / (fig.) **rotondare il conto, la somma:** reduzir uma conta à cifra redonda / ——— **lo stipèndio:** arredondar o ordenado, aumentando-o / rotundar; engrossar; aumentar; acrescer.

Rotondàto, p. p. e adj. arredondado; redondo.

Rotondeggiànte, p. pr. e adj. que tende à forma redonda; arredondado, cheio: **pancia** ———.

Rotondeggiàre, v. tomar a forma redonda; ter forma redonda; dar a uma coisa uma certa rotundidade / (fig.) engordar / (tr.) redondear.

Rotondêzza, s. f. rotundidade, redondez.

Rotondità, s. f. rotundidade, estado ou forma do que é redondo / **la** ——— **della terra:** a rotundidade da Terra / (fig.) plenitude, sonoridade, amplitude / ——— **della terra:** a rotundidade da terra / (fig.) plenitude, sonoridade, amplitude: ——— **di linguaggio, di stile**.

Rotôndo, adj. redondo, circular, anular, esférico, cilíndrico / (fig.) **somma rotonda:** soma ou conta redonda / cheio, amplo, sonoro, rotundo / orbicular / (dim.) **rotondetto**.

Rotône, s. m. (aum.) roda grande / (mec.) roda que movimenta certas máquinas; volante.

Rotôre, s. m. (eletr.) rotor, parte móvel dos motores elétricos de corrente alternada.

Ròtta, s. f. ruptura, rotura, rompimento; quebra / derrota grave de exército / **mettere in** ———: derrotar, pôr em fuga / **andare in** ———: ser vencido / **fare la rotta:** traçar uma passagem sobre a neve / **essere alle rotte con uno:** estar amuado com alguém / (mar.) rota, direção tomada por um navio que navega / percurso, cami-

nho, rumo, direção; itinerário; viagem / a ――― di collo: precipitadamente; desastradamente.
Rottàme, s. m. fragmento, resto, resíduo de coisa quebrada / (fig.) pessoa decaída, esgotada: farrapo humano / (pl.) quantidade de coisas rotas ou em ruínas; refugo, restos, rebotalho.
Rottamênte, adv. fragmentariamente; interrompidamente.
Rôtto, p. p. e adj. rompido, roto, quebrado, partido, desperdiçado / patto ―――: pacto quebrado, anulado / interrompido, entrecortado / parole rotte dal pianto: palavras entrecortadas de pranto / derrotado, vencido / fatigado, cansado, moído / estragado, deteriorado / piòvere a ciel rotto: chover bastante, diluviar / ――― a ogni fatica: experimentado, apto a qualquer trabalho / ――― a ogni vizio: viciado, perdido / (s. m. pl.) i rotti: os quebrados, os miúdos, as frações de moedas.
Rottòrio, (ant.) s. m. cautério / (fig. pop.) maçador, amolador / è un gran rottòrio quel figuro: é um grande cacete aquele sujeito / (ant.) rompimento.
Rottúme, s. m. (rar.) refugo, resto, fragmento.
Rottúra, s. f. ruptura, rotura, ato e efeito de romper ou romper-se; rompimento, fratura, corte / violação de contrato ou acordo / quebra das negociações; começo de discórdia, de inimizade / ruína, devastação, fracasso, derrota / (ant.) hernia.
Ròtula, s. f. (anat.) rótula, patela, pequeno osso situado na parte anterior do joelho.
Rotúleo, adj. rotular, relativo à rótula.
Routier, (v. fr.) s. m. ciclista especializado em estradas / (ital.) stradista.
Rovàio, s. m. (do lat. bòrea) bóreas, vento norte, do setentrião / (burl.) dar calci al ―――: ser enforcado.
Rovàno, adj. ruano, ruão (diz-se da cor de certos cavalos).
Rovèllo, s. m. zanga raivosa; ira, fúria, rancor.
Roventàre, v. (rar.) abraçar, afoguear, incandescer.
Rovènte, adj. abrasado, avermelhado, afogueado / incandescente, quente, candente / lacrime roventi: lágrimas ardentes.
Roventíno, s. m. (dial.) chouriço de sangue de porco cozido; morcela.
Rôvere, s. m. e f. roble, espécie de carvalho mais baixo que o carvalho comum / a madeira trabalhada de tal árvore.
Roveretàno, adj. e s. m. relativo a Rovereto, cidade na Província de Trento (alta Itália).
Roverêto, s. m. bosque de robles; robledo.
Rovería, s. f. (ant.) sarçal.
Rovèscia, s. f. volta, dobra; reverso; avesso, invés, costas; lado avesso; bandas, dobras de um casaco, das mangas do vestido, etc. / alla rovescia: ao contrário, às avessas.
Rovesciamênto, s. m. reviramento, ato e efeito de revirar / inversão / derrubamento, tombo.

Rovesciàre, v. revirar, tornar a virar; virar do avesso / derrubar, lançar por terra, deitar ao chão: rovesciare le sedie: derrubar as cadeiras / revirar, emborcar, virar de baixo para cima: ――― l'acqua dal bicchiere: emborcar a água do copo / depor, privar, fazer cair de um lugar, de um cargo / ――― il Governo: derrubar o governo / (fig.) rovesciare il sacco: desembuchar, contar tudo / (refl.) rovesciarsi, tombar, cair de cabeça; inclinar-se muito para trás ou para a frente; precipitar / ――― il tempo: chover a cântaros / (sin.) invertire, capovolgere.
Rovesciàta, s. f. (rar.) ação de derrubar / (esport.) na luta romana, ato de pôr o adversário com as costas no chão.
Rovescína, s. f. dobradura na cabeça do leito, feita com o lençol de cima / rovescino: jogo de ganha-perde (baralho).
Rovescíno, s. m. voltas de malhas ao avesso que se fazem nas meias para formar a costura / qualidade de tecido / revezino.
Rovèscio, adj. avesso, contrário, oposto / invertido, inverso / (adv.) supino: cadere ―――: cair de costas / al ―――: às avessas / andar tuto al ―――: proceder tudo às avessas, muito mal / (s. m.) o avesso, lado oposto à parte ou superfície principal; reverso / oposto / l'uno è il ――― del' latro: um é o contrário do outro / ――― di pioggia: queda repentina e violenta de chuva / queda / capire a ―――: entender ao contrário, ou não entender / galic.) ――― di fortuna: revés de fortuna, perda, ruína.
Rovesciône, s. m. revés, golpe com as costas da mão; bofetada.
Rovesciôni, adv. de costas, supino.
Rovêto, s. m. espinhal, silvado, silveiral, balcedo, sarçal.
Rovigliàre, v. (rar.) revistar, buscar, revolver.
Roviglieto, s. m. (rar.) agitação, ruído, sussurro de folhas.
Rovína, s. f. ruína, destruição, estrago, assolação / (pl.) rovine: ruínas, restos de um ou mais edifícios / (fig.) violência, fúria / ruína, perda da fortuna ou prosperidade / perda do crédito, da felicidade / perdição, queda, decadência completa; andare in ―――: arruinar-se / desmoronamento, queda, derrubamento / essere una ―――: ser um desastre; ser velho, achacoso, decaído, uma ruína.
Rovinàccio, s. m. entulho, escombros, porção de fragmentos que resultam de uma demolição e que servem ainda como enchimento.
Rovinamênto, (ant.) s. m. ruína; estrago; arruinamento.
Rovinàre, v. (intr.) cair, ruir, vir abaixo com ímpeto; rolar; assolar, estragar, destruir, abater, demolir / arruinar, deteriorar, reduzir a mísero estado / reduzir à miséria / (refl.) arruinar-se, cair em ruína; prejudicar-se gravemente / desacreditar-se.
Rovinàto, p. p. e adj. ruinado, arruinado / fracassado, roto; demolido / em-

pobrecido; perdido, desacreditado; decaído; malogrado; **un affare** ———.
Rovinatôre, adj. e s. m. arruinador.
Rovinío, s. m. ruína / derrocada, desmoronamento / desabamento / um ruir continuado e freqüente / (pl.) **rovinií.**
Rovinosamênte, adv. ruinosamente / precipitadamente, impetuosamente, desastrosamente.
Rovinôso, adj. ruinoso, desastroso, prejudicial: **terremoto** ——— / furioso, impetuoso / fatal, funesto.
Rovistàre, v. revistar, procurar com impaciência, remexendo e revolvendo; rebuscar, revolver.
Rovistatôre, adj. e s. m. revistador, remexedor; rebuscador / que indaga, que investiga / ——— **di códici:** pesquisador de códigos / (s. f.) **rovistatríce.**
Rovistío, s. m. remexida, revolvimento, rebusca, procura continuada ou freqüente / (pl.) **rovistií.**
Rôvo, s. m. silva, sarça / (poét.) pira; fogueira.
Rôzza, s. f. rocim, cavalo velho e doente / (aum.) (masc.) **rozzone.**
Rozzamênte, adv. rudemente, rusticamente; incivilmente, indelicadamente, grosseiramente.
Rozzêzza, s. f. rudeza, rudez, indelicadeza, rispidez; grosseria, incivilidade, rusticidade.
Rôzzo, adj. tosco, informe, achamboado, mal feito / (fig.) grosseiro, indelicado, incivil, selvático / primitivo, inculto, quase bárbaro: **civiltà rozza** / bruto / **pietra rozza:** pedra bruta / inábil, bisonho, principiante, inexperiente.
Rozzúme, s. m. grosseirismo, rudeza, rusticidade.
Rozzuòlo, s. m. rede de pescar.
R. P. = **Res Publica,** república.
Rúba, s. f. (rar.) rapina, saqueio / voz antiquada usada quase somente na frase: **andare a ruba** (ser saqueado), e diz-se de mercadoria que está sendo vendida rapidamente.
Rubacchiamênto, s. m. roubalheira / **là è tutto un** ———: ali é uma roubalheira (ladroagem) contínua.
Rubacchiàre, v. gatunar, roubar coisas de pouco valor, porém freqüentemente.
Rubacchiatôre, adj. e s. m. furtador, larápio; ratoneiro.
Rubacuòri, adj. e s. m. e f. (à letra: rouba-corações) pessoa que por simpatia ou beleza é amada facilmente; sedutor, feiticeiro / **occhi** ———: olhos sedutores.
Rubagiône, s. f. (ant.) ladroagem, roubo, furto.
Rubamênto, s. m. roubo, ato ou efeito de roubar; furto, rapina.
Rubamônte, s. m. rouba-monte, jogo de baralho.
Rubàre, v. roubar, tirar o que é dos outros com violência ou furtivamente; furtar, arrebatar, raptar; saquear; rapinar; subtrair; despojar / **a man salva:** roubar sem medida.

Rubàsca, s. f. característica camisa russa, enlaçada ao pescoço e amarrada na cintura.
Rubàto, p. p. e adj. roubado, tirado, furtado, surripiado.
Rubàto, (mús.) s. m. maneira livre de executar um trecho de música, ora acelerando, ora retardando elementos do fraseado, ao sabor da fantasia do executante / **tempo** ———: movimento ad libitum.
Rubatôre, adj. e s. m. roubador, que ou aquele que rouba; ladrão; / (s. f.) **rubatríce.**
Rúbbio, s. m. medida agrária antiga no Lácio, equivalente a 18.000 m2 / arroba / medida de capacidade para os cereais.
Rubêcchio, (ant.) adj. rubro, afogueado, avermelhado.
Rubefacênte, adj. rubefaciente, que produz rubefação / (s. m.) preparado farmacêutico para produzir rubefação.
Rubefaziône, s. f. rubefação.
Rubèllo, (ant.) adj. rebelde.
Rubèola, s. f. rubéola, doença eruptiva.
Rubería, s. f. ladroagem, roubalheira, latrocínio / (ant.) a coisa roubada.
Rubèsto, (ant.) adj. robusto, galhardo / altaneiro, animoso / soberbo / impetuoso, veemente.
Rubiàcee, s. f. pl. (bot.) rubiáceas.
Rubicànte, adj. rubescente, encarnado / nome de um diabo do inferno de Dante: **Rubicante pazzo.**
Rubicôndo, adj. rubicundo; vermelho; corado.
Rubicône, s. m. Rubicão, pequeno rio, que separava a Itália da Gália Cisalpina / **passare il** ———: decidir-se a dar um passo grave e arriscado (como o que deu Júlio César marchando contra Pompeu, seu inimigo político).
Rubídio, s. m. rubídio, metal alcalino que tem o nº 37 na classificação dos elementos.
Rubificànte, p. pr. rubificante.
Rubificàre, v. rubificar.
Rubificaziône, s. f. rubificação.
Rubígine, (ant.) s. f. ferrugem das plantas; rubígine.
Rubíglia, s. f. espécie de ervilha.
Rubigliône, s. m. ervilha brava.
Rubinettería, s. f. (galic.) porção ou variedade de torneiras / fábrica de torneiras.
Rubinêtto, s. m. torneira / ——— **del gas:** chave do gás.
Rubíno, adj. de uma espécie de pera do verão, devido à sua cor vermelho vivo / (s. m.) rubi, pedra preciosa.
Rubízzo e robízzo adj. rubicundo; fresco, corado, loução/ **un vecchio** ———: um velho sadio, de aspecto juvenil.
Rublo, s. m. rublo, moeda da URSS.
Rúbo (ant.) s. m. silva, sarça / (sin.) **Rovo** / (neol.) rubro.
Rubôre, (ant.) s. m. rubor, vermelhidão / (sin.) **rossore.**
Rubríca, s. f. rubrica, título e assunto dos vários capítulos de um livro / secção de jornal / ——— **letteraria, teatrale** / firma, chancela, título, as-

sinatura, registro, repertório / índice / essere di ———: ser de prescrição / (min.) ocre vermelho.

Rubricàre, v. rubricar, marcar com rubricas ou notas; anotar no índice.

Rubricísta, s. m. rubricista, pessoa perita em rubricas de livros religiosos.

Rúbro, (ant.) s. m. (bot.) silva, sarça / (adj. (do lat. rúber), vermelho, rubro.

Rúca, ruchètta, s. f. eruca, nome vulgar de uma planta da família das crucíferas, de sabor picante e que se usa nas saladas; eruga.

Rúca e rúga, s. f. pequeno verme esverdeado, lagarta.

Rúcola, s. f. (bot.) eruga, eruca.

Rudo, (ant.) adj. rude.

Ruddo e rúdo, (ant.) adj. rude.

Rúde, adj. rude, áspero, tosco, escabroso / penoso, difícil, fatigante / lavoro rude / desagradável / severo, duro, cruel.

Rudemènte, adv. rudemente, de uma maneira rude, violenta / penosamente.

Ruderale, adj. dos escombros / pianta ———: planta que cresce espontaneamente entre entulhos, ruínas, etc.

Rúdero ou rúdere, s. m. restos de antigo edifício arruinado; ruínas, escombros / (fig.) egli è ormai un rudere: ele não é mais que uma ruína / (pl.) ruderi: relíquias, ruínas, vestígios; i ruderi dell'antichità.

Rudèzza, s. f. (rar.) rudeza, aspereza; brutalidade, grosseria; severidade, rigor.

Rudimentàle, adj. rudimentar, pertencente aos rudimentos / elementar, primitivo; pouco desenvolvido.

Rudimènto, s. m. rudimento, primeiras noções, elementos, princípios de uma ciência ou arte / resíduo de um órgão não inteiramente desenvolvido: un ——— di coda.

Ruffa, s. f. rebatinha, arrebatinha, confusão de pessoas que se juntam para agarrar alguma coisa / fare la ———: atirar um punhado de moedas para ver a rebatinha.

Ruffaràffa, s. f. jogo, brincadeira de rebatinha.

Ruffèllo, s. m. nó de meada embaraçado / cabelo emaranhado.

Ruffi, us. na loc. adv. o di ruffi o di raffi: a todo transe, de uma forma ou de outra, por bem ou por mal.

Ruffianàta, s. f. ato, procedimento de rufião.

Ruffianeggiàre, v. rufiar, praticar atos de rufião.

Ruffianería, s. f. alcovitice, alcovitaria.

Ruffianèsco, adj. próprio de rufião; alcoviteirice; lenocínio, aliciação.

Ruffiàno, s. m. rufião; alcoviteiro / (dim.) ruffianèllo: rufiãozinho.

Rufolàre, v. (ant.) afocinhar (tr. e intr.).

Ruga, s. f. ruga, franzido natural da pele; grelha, prega, dobra, carquilha / (dim.) rughètta, rughína, rughettína: rugazinha.

Rugantíno, s. m. máscara popular romana representando o fanfarrão fare il ———: fazer de prepotente, de ferrabrás, de fanfarrão.

Rugàre, v. (dial.) resmonear, ameaçar; grunhir, resmungar.

Rugàto, adj. enrugado, encarquilhado; encrespado.

Rugby, (v. ingl.) s. m. rugby (ital.) palla ovale.

Ruggènte, p. pr. e adj. rugiente.

Rugghiamènto, s. m. (rar.) rugido; bramido / gorgolejo, ruído do ventre.

Rugghiànte, p. pr. e adj. rugiente.

Rugghiàre, v. (intr.) rugir / bramir, fremir; bramar.

Rúgghio, s. m. urro, bramido, rugido: il ——— del vento.

Rúggine, s. f. ferrugem / (fig.) mal-entendido, rancor / tra loro due c'è una vecchia ———: entre eles há um velho ressentimento / mancha, fuligem / (prov.) l'oro non piglia ———: (fig.) a inocência não teme a calúnia / (adj.) mela, pera ———: maçã e pera avermelhadas, da cor de ferrugem.

Rugginíre, v. enferrujar (v. arrugginire).

Rugginosità, s. f. ferruginosidade, qualidade daquilo que é ferruginoso.

Rugginôso, adj. ferrugento, que tem ferrugem / (fig.) velho, antiquado, desusado / oxidado, de cor ferrugenta.

Ruggíre, v. rugir, soltar a voz (o leão); bramir, fremir / estrondear, murmurar / (pres.) ruggisco, ruggisci ou ruggi, ruggisco ou rugge, ruggiscono ou rúggono.

Ruggíto, p. p e s. m. rugido / (fig.) bramido de raiva ou de vento.

Rugiàda, s. f. orvalho; geada, rociada, relento / (fig.) alívio, bálsamo, consolação: le tue parole sono ——— al mio dolore.

Rugiadôso, adj. orvalhado, orvalhoso / (fig.) fresco, novo, tenro, doce, afetuoso / afetado, delambido, dengoso: discorso ———.

Rugliàre, v. rosnar, emitir, certos animais, especialmente o cão, um ruído surdo e ameaçador / murmurar, bramir (o vento, etc.).

Rugosità, s. f. rugosidade.

Rugôso, adj. rugoso, enrugado; engelhado, crespo; encarquilhado.

Rugumàre, v. (ant.) ruminar.

Ruína, o m. q. rovina, s. f. ruína / (poét.) fúria, destruição.

Rúit Hora, loc. lat. precipita a hora, voa o tempo.

Rullàggio, s. m. (aer.) rodagem, ação de rodar de um avião, balanço.

Rullamènto, s. m. (rar.) rufar de tambor / compressão com rolo / rolamento / balanço.

Rullànte, p. pr. e adj. rufador; que rufa: tamburo ———.

Rullàre, v. (intr.) rufar, produzir rufos (no tambor) / (mar.) jogar, balançar (navio) / (aer.) rodar o avião sobre a pista / (tr.) passar o rolo sobre o terreno / comprimir com o rolo; passar o rolo sobre algum objeto para adelgaçá-lo ou aplainá-lo.

Rullío, s. m. rufo continuado (do tambor) / (mar. e aer.) balanço, balanceio.
Rúllo, s. m. rufo, som produzido no tambor / (tip.) cilindro usado pelos impressores para espalhar a tinta / cilindro grosso e pesado (**rullo compressore**) para aplanar estradas / qualquer peça comprida e cilíndrica mais ou menos maciça, que se usa para diversos fins / rolo de papel com músicas para pianola / rolo de películas cinematográficas.
Rum e **rumme**, s. m. rum, licor alcoólico.
Rumàre, v. ruminar / volver e revolver; remexer.
Rúmba, s. f. rumba, dança moderna, de origem cubana.
Ruminàle, adj. (hist.) (da deusa Rumina, protetora dos lactentes) da figueira sob a qual foram encontrados os dois gêmeos Rômulo e Remo.
Ruminànte, p. pr. e adj. ruminante; que rumina / (s. m. pl.) animais mamíferos e herbívoros, que têm a propriedade de ruminar.
Ruminàre, v. ruminar; tornar a mastigar / (fig.) pensar com insistência em; ruminar no espírito; meditar; cogitar longamente / (fam.) mastigar lentamente.
Ruminatôre, adj. e s. m. ruminador / (s. f.) **ruminatrice**.
Ruminazióne, s. f. ruminação, ato ou efeito de ruminar.
Rúmine, s. m. rúmen, pança ou primeira cavidade do estômago dos ruminantes; ruminadouro.
Rumôre, s. m. ruído; rumor, murmúrio ou ruído surdo produzido por coisas que se deslocam / ruído surdo; murmúrio de vozes / sussurro, fama; boato / —— **di pópolo**: sublevação, motim / **far** ——: fazer, provocar ruído; fazer falar de si, tornar-se célebre.
Rumoreggiamênto, s. m. ruído; rumorejo.
Rumoreggiàre, v. rumorejar, fazer rumor ou alvoroço; fazer rumor frequentemente (como o regato, etc.) / sussurrar / tumultuar.
Rumorío, s. m. ruído, rumorejo confuso, freqüente, prolongado / (pl.) **rumoríi**.
Rumorosamênte, adv. rumorosamente; ruidosamente.
Rumorôso, adj. rumoroso, que produz rumor, em que há rumor; ruidoso / (fig.) barulhento, alvoroçador.
Rúna, (irl. "run") s. f. runa, sinal de escritura dos antigos povos germânicos e escandinavos.
Rúnico, adj. rúnico, relativo à runa, do antigo alfabeto dos povos setentrionais / (pl.) **rúnici**, rúnicos.
Ruòlo, s. m. rol; elenco de nomes com o grau, a função ou atribuição especial de cada um / registro de bordo dos navios mercantes / (jur.) lista, registro das causas que se hão de julgar / nota, elenco; lista, catálogo, enumeração / número: **essere nel** —— **dei ricchi** / (dim.) **rolíno**.

Ruòta, s. f. roda de qualquer máquina / a urna giratória onde são postos os números da loteria, e, por ext. a sede onde são extraídos os números da loteria / **la** —— **della Fortuna**: a roda da fortuna, vicissitudes da sorte / **la Sacra** ——: tribunal da Cúria Romana / (mar.) **avere il vento a fil di** ——: ter o vento favorável / **mettere i bastoni fra le** ——: criar obstáculos à realização de alguma coisa / **fare la** ——: diz-se do pavão ou do peru, quando abrem a cauda em leque / (fig.) pavonear-se, fazer gala / **essere la quinta** —— **del carro**: ser a quinta roda do carro, não ter valimento ou importância alguma / (dim.) **rotèlla**, rotina, **rotellína**, **roticina**: rodinha / (aum.) **rotône** / (pej.) **rotàccia**, **rotúcola**.
Rúpe, s. f. rocha, rochedo, penedo, penhasco / (hist.) **rupe Tarpea**: rocha Tarpéia, colina de Roma de onde eram precipitados os condenados à morte.
Rupèstre, adj. (lit.) rupestre / rochoso.
Rúpia, s. f. rupia, inflamação da pele, caracterizada por pequenas bolhas.
Rupía, s. f. rupia, moeda de prata ou de ouro de várias regiões da Índia.
Ruràle, adj. rural, relativo ao campo ou à vida agrícola / campestre, rústico / (s. m.) camponês, rústico, lavrador, agricultor / proprietário de campos.
Ruralísmo, s. m. ruralismo.
Ruralizzàre, v. (tr.) ruralizar.
Ruscellàre, v. intr. (lit.) escorrer como um córrego, expandir-se, alargar-se.
Ruscèllo, s. m. córrego, regato, riacho.
Ruschétta, s. f. casca de arroz moída.
Ruspa, s. f. máquina para cavar e transportar terra.
Ruspàre, v. (intr.) esgaravatar das galinhas; catar, procurar; cavar e transportar terra com máquina apropriada.
Ruspo, adj. escabroso, áspero, rude, grosseiro.
Russamênto, s. m. ressomo, ronco.
Russante, adj. ressonante, roncador.
Russàre, v. intr. ressoar, ressonar, roncar, fungar.
Russo, adj. e s. m. russo.
Rusticàggine, s. f. v. **rustichézza**.
Rusticale, adj. rústico, agreste, campesino.
Rusticamente, adv. rusticamente, grosseiramente, asperamente.
Rusticàno, adj. rústico, campesino, grosseiro.
Rustichézza, s. f. rusticidade, rudeza, grosseria.
Rusticità, s. f. v. **rustichézza**.
Rústico, adj. e s. m. rústico, rude, campesino, grosseiro; campônio, tímido, insociável.
Ruta, s. f. (bot.) arruda.
Rutàcee, s. f. pl. (bot.) rutáceas.
Rutato, adj. de arruda.
Rutènio, s. m. (quím.) rutênio.
Rutilànte, adj. rutilante, brilhante, coruscante.
Rutilàre, v. (intr.) rutilar, coruscar, brilhar.

Rútilo, adj. (lit.) rútilo, coruscante, brilhante / (s. m.) rútilo.
Ruttare, v. (intr.) arrotar, eructar.
Rutto, s. m. arroto, eructação.
Ruttóre, s. m. rotor, relê.
Ruvidamente, adv. asperamente, grosseiramente.
Ruvidèzza, s. f., rudeza aspereza, grosseria.
Ruvidità, s. f. v. **ruvidézza**.
Rúvido, adj. rude, áspero, grosseiro.
Ruzza, s. f. rusga mal-entendido.
Ruzzànte, adj. o que vive com desenvoltura e pouco escrúpulo; (teatr.) s. m. máscara dapuana criada pelo ator Ângelo Beolco (séc. XVI).
Ruzzàre, v. (intr.) brincar, pular, saltar, correr.
Ruzzo, s. m. vontade, capricho.
Rúzzola, s. f. roda, aro.
Ruzzolàre, rolar, cair, visar, escorregar.
Ruzzolata, s. f. tombo, queda, escorregada.
Ruzzolío, s. m. o rolar, o virar continuamente.
Ruzzolône, s. m. queda, tombo, cambalhota.
Ruzzoloni, (andare ruzzoloni) ir aos trambolhões.

S

(S) — (esse), s. letra consoante, a décima sétima letra do alfabeto italiano; tem dois sons, às vezes brando e sonoro como em **ròsa** (rosa), e outras vezes áspera ou forte como em **sole** (sol), **sapère** (saber), **cosa** (coisa), **senno** (juízo), diferença que só pela prática se pode aprender bem / chama-se **s impura** quando seguida por outra consoante; nesse caso, especialmente no uso toscano, não admite a precedência de outra consoante: **lo scolaro**, e não **il scolaro**; **lo spècchio**, e não **il spècchio**; **lo zaino** (mochila) e não **il zaino** / abreviações mais comuns: **S.**, santo. são; sacro / **SS.** santíssimo, santo / **SS.PP.** Santos Padres / **S. S.** Sua Santidade / **S. E.** Sua Eminência / **S. M.** Sua Majestade / **S. E.** Sua Excelência / **S. M.** suas mãos / **S.** Senhoria / **V. S.** Vossa Senhoria / (gram.): s. substantivo / (quím) **S**, enxofre / **Sb**, antimônio / **Se** selênio / (mil.) **S. M.** Estado maior.

Sabadíglia, s. f. (bot.) cevadinha, planta da família das liliáceas; o mesmo que espirradeira ou loendro.

Sabadiglína, s. f. alcalóide obtido da cevadinha.

Sabatàri, s. m. pl. sabatários, observadores do sábado.

Sabatesimo, adj. sabatismo.

Sabàtico, adj. (lit.) sabático, pertencente ou relativo ao sábado.

Sabatina, s. f. (ant.) ceia de carne depois da meia-noite do sábado.

Sabatíno, adj. sabatino, sabático.

Sabatizzàre, v. sabatizar, guardar o sábado como os judeus; sabadear.

Sàbato, s. m. sábado; o último dia da semana entre os judeus / loc. (fig.) **Dio non paga il ———**: o castigo pode tardar, mas chega.

Sabàudo, adj. (lit.), saboiano: **casa sabauda**, casa de Sabóia (ital. Savoia).

Sabba, s. m. sabá, assembléia noturna de bruxas e bruxos, nas lendas germânicas / algazarra, tumulto.

Sabatino, nascido no sábado; n. pr. Sabatino.

Sàbbia, s. f. areia / (med.) cálculo nos rins, etc. / (fig.) **scrivere sulla ———**: escrever na areia, coisas destinadas ao esquecimento.

Sabbiàre, v. cobrir, espargir com areia; arear, deitar areia em.

Sabbiatúra, s. f. (med.) banho de areia; arenação / cura pela aplicação de banho de areia quente / areação.

Sabbièra, ou **Sabbièra**, s. f. areeiro, lugar onde se guarda areia / nas locomotivas, compartimento cheio de areia, para ser usada em caso de emergência.

Sabbionàio, s. m. areeiro, o que extrai areia do rio.

Sabbioncèllo, s. m. dim. areia fina.

Sabbiône, s. m. areia grossa / terra saibrosa e pouco fértil / areal.

Sabbioníccio, adj. terreno areento, saibroso.

Sabbiôso, adj. areento, arenoso.

Sabeísmo, s. m. sabeísmo, religião dos adoradores do fogo, do sol e dos astros; astrologia.

Sabèlli, s. m. pl., sabélios, antigo povo descendente dos Sabinos.

Sabelliáno, adj. (lit.), sabeliano. de Sabélio / (s. m.) sectário de Sabélio, que negava a distinção das três pessoas da Trindade.

Sabèllico, adj. sabélico, sabino.

Sabèo, adj. sabeu, relativo ao país de Sabá / (pl.) sabeus, povo astrólatra da Arábia antiga.

Sabina, s. f. (bot.), sabina (planta).

Sabino, adj. e s. m. sabino, da Sabina, antiga região situada ao sul de Roma e numa parte da Umbria e dos Abruzzos / (s. m. pl.) sabinos, antigo povo itálico.

Sabotággio, s. m. (fr. "sabotage"), sabotagem, ato ou efeito de sabotar.

Sabotàre, v. (fr. "saboter"), sabotar, destruir ou deteriorar os instrumentos de trabalho (em caso de greve, etc.) ou, em tempo de guerra, material do inimigo / sabotar, destruir, deteriorar voluntariamente.

Sabotatôre, s. m. (sabotatrice, s. f.) sabotador (fr. "sabotateur").

Sabromina, s. f. (med.) sedativo composto de brômio e cálcio.

Sabulícolo, adj. de cogumelo; criado na areia.

Saburràle, adj. (med.) saburroso, que tem saburra; saburrento.
Sàcca, s. f. sacola; bolsa; saco pequeno de viagem / (geogr.), enseada / (milit.) introdução profunda na linha de frente de exército combatente.
Saccàia, s. f. sacaria; lugar onde se guardam sacos.
Saccapàne, s. m. (mil.) bolsa de pano para provisões de farnel; bornal / (sin.) tascapane.
Saccaràto, s. m. (quím.) sacarato, sal produzido pela combinação de ácido sacárico com uma base.
Saccàrdo, s. m. (hist. ant.) guarda das bagagens dos soldados, aos quais acompanhava em tempo de guerra / sacomano, salteador, saqueador.
Saccàrico, adj. (quím.) sacárico.
Saccarífero, adj. sacarífero, que produz ou contém açúcar.
Saccarificàre, v. sacarificar, converter em açúcar.
Saccarificaziòne, s. f. sacarificação, ato de sacarificar.
Saccarimetría, saccarometría, s. f. (quím.) sacarimetria.
Saccarímetro ou saccaròmetro, s. m. sacarômetro, instrumento para medir a quantidade de açúcar contida num líquido.
Saccarina, s. f. sacarina, pó branco, muito fino, de sabor pronunciadamente açucarado, que se extrai do alcatrão de hulha.
Saccarinàto, s. m. sacarinato.
Saccarino, adj. sacarino; que é da natureza do açúcar.
Saccarinòso, adj. que contém sacarina; sacarinoso.
Sàccaro, s. m. sácaro; açúcar.
Saccaròide, adj. (min.) sacaróide, de estrutura granulosa semelhante ao açúcar.
Saccaromicèti, s. m. pl. sacaromicetes; fermentos; leveduras (da cerveja, da uva, etc.).
Saccaròsio, s. m. sacarose, açúcar comum, de cana ou de beterraba.
Saccàta, s. m. sacada, aquilo que pode conter um saco / (agr.) terreno suficiente para semear as sementes contidas em um saco / fânega de terra.
Saccàta, adj. que faz saco / idropisia insaccata: hidropisia ensacada.
Saccènte, adj. e s., sabichão; presumido, que alardeia sabedoria / ho a nòla i saccènti: abomino os sabichões.
Saccentèllo, saccentíno, s. m. dim. sabichãozinho.
Saccentemènte, adv. presunçosamente; arrogantemente; presumidamente.
Saccentería, s. f. presunção.
Saccentòne, s. m. (aum. e ir.) grande sabichão (burl.) / (ant.) sábio, douto, sabido.
Saccentùzzo, s. m. dim. (depr.) sabichãozinho, presunçozinho.
Saccheggiamènto, s. m. saqueio, saque, roubo / (gal.) pilhagem.
Saccheggiàre, v. saquear, depredar, roubar, assolar, devastar, pôr a saque / (fig.) ——— un autore: apropriar-se das idéias, dos temas, ou de trechos de um autor sem o citar.
Saccheggiàto, p. p. e adj., saqueado; pilhado; depredado; roubado.

Saccheggiatòre, s. m. (saccheggiatríce, s. f.) saqueador, o que saqueia.
Sacchèggio, s. m. saque; saqueio; ato ou efeito de saquear; pilhagem, roubo.
Saccherèllo, s. m. dim., saquinho, pequeno saco.
Saccheria, s. f. sacaria, quantidade de sacos.
Sacchètta, s. f. dim. saquinho, sacola, alforge.
Sacchettàre, v. matar batendo com saquinhos de areia.
Sacchettína, s. f. sacchettíno, s. m. dim., saquinho; pequeno alforge.
Sacchètto, s. m. dim. saquinho / (anat.) cavidade na qual se recolhem os humores.
Sacciùto, adj. (ant.) sabichão.
Sàcco, s. m. saco, peça de pano ou de couro, destinada a conter coisas diversas / medida de trigo ou símile, de capacidade vária / quantidade de coisas contidas num saco / bolso, saco, sacola para viagem, etc. / mochila de soldado / saco comprido, forrado de pelo, que usam para reparo os soldados nas montanhas / chi ha il grano, non ha i sacchi: a uns falta uma coisa, a outros falta outra / avére il capo nel ———: não saber como proceder / colmàre il ———: ultrapassar os limites / tornare con le pive nel ———: ir buscar lã e sair tosquiado / far le cose con la testa nel ———: proceder às tontas, às cegas / vuotare il ———: desabafar-se, dizer o que se queria dizer / ——— vuoto no sta in piedi: saco vazio não pára de pé / (bot.) ——— embrionale: bolsa do embrião / mettere uno nel ———: enganar, iludir alguém, vencê-lo numa discussão.
Sàcco, s. m. saque saqueio, pilhagem duma cidade / devastação, estrago, desordem.
Saccòccia, s. f. bolso cheio; una ——— di mandorle.
Saccolèva, s. m. veleiro para a pesca de esponjas usado na Grécia e na Sicília.
Saccolo, s. m. dim., saquinho, pequeno saco.
Saccomannàre, v. (ant.), saquear, depredar, assaltar.
Saccomànno, s. m. (hist. e ant.) sacomano, salteador, saqueador; sacomão.
Sacconàccio, s. m. (pej.) enxerga.
Sacconcèllo, sacconcíno, s. m. (dim.) enxergazinha.
Saccòne, s. m. (aum.) grande saco; enxerga, colchão de palha, etc.
Sàcculo, s. m. (anat.) sáculo, vesícula no vestíbulo membranoso do ouvido médio.
Sacèllo, s. m. (ecles.) capela; pequeno oratório; igrejinha.
Sacerdotàle, adj. sacerdotal.
Sacerdotalmènte, adv. sacerdotalmente.
Sacerdòte, s. m. sacerdote; padre / (fig.) o que cumpre uma missão elevada: ——— della bontà: missionário da bondade / gran ou sommo ———: grande sacerdote, sumo sacerdote, pontífice, papa.
Sacerdotèssa, s. f. sacerdotisa, mulher que exercia as funções de sacerdote, entre os pagãos.

Sacerdòzio, s. m. sacerdócio, a dignidade de sacerdote / (fig.) missão elevada.
Sacertà, (neol.) a qualidade de sacro: la ―――― della scienza.
Sàcra, o mesmo que **sagra**, s. f. sagração, etc.
Sacràle, adj. (anat.), coccígeo.
Sacralgía, s. f. (med.) sacralgia.
Sacramentàle, adj. sacramental, pertencente ou relativo ao sacramento; ritual solene / (s. m. pl.) **i sacramentali**: as coisas ou as cerimônias sagradas.
Sacramentalmênte, adv. por meio de sacramento; sacramentalmente.
Sacramentàre, v. sacramentar, administrar os santos sacramentos; jurar / (pop.) blasfemar.
Sacramentàrio, s. m. sacramentário, livro que contém a descrição das cerimônias para a admin. dos sacramentos / herege que não adota a Eucaristia.
Sacramentàrsi, v. sacramentar-se, receber os sacramentos, a Eucaristia.
Sacramentàto, p. p. e adj. sacramentado.
Sacramentína, s. f. (pop.) freira do SS. Sacramento.
Sacramênto, s. m. sacramento; o SS. Sacramento; o símbolo de coisa santa ou sagrada / juramento / **il S. S.** ――――: o Santíssimo Sacramento, Jesus Sacramentado / **fare una cosa con tutti i sacramenti**: fazer uma coisa com todas as regras e formalidades.
Sacràre, v. consagrar; dedicar a Deus: sagrar; jurar / (refl.) consagrar-se, dedicar-se, sacrificar-se.
Sacràrio, s. m. sacrário, lugar onde se guardam as coisas sagradas ou dignas de veneração; tabernáculo da Eucaristía / (fig.) intimidade sagrada: **il** ―――― **della famiglia**.
Sacràto, p. p. e adj., consagrado, que recebeu consagração.
Sacrestàno, (v. **sagrestano**) adj. sacristão, sacro, sagrado / (s. m.) recinto ao redor da igreja, que antigamente servia de cemitério.
Sacrestía, o mesmo que **sagrestia**, s. f. sacristia.
Sacrificamênto, s. m. (rar.) sacrifício.
Sacrificàre, v. (tr.) sacrificar, oferecer em sacrifício; imolar; reprimir, conter, abandonar voluntariamente; renunciar a; privar-se de.
Sacrificàrsi, v. (refl.), sacrificar-se / sujeitar-se a dissabores, privações, gastos, etc. / dedicar-se, consagrar-se, entregar-se, imolar-se.
Sacrificàto, p. p. e adj. sacrificado / (neol.) lesado, prejudicado.
Sacrificatôre, adj. e s. m. (**sacrificatríce** f.) sacrificador.
Sacrificazióne, s. f. (rar.) sacrifício, ação ou efeito de sacrificar / (fig.) sacrifício, privação, perda, dano, prejuízo.
Sacrilegamênte, adv. sacrilegamente, de um modo sacrílego.
Sacrilègio, s. m. sacrilégio, profanação de objeto sagrado / (fig.) ato repreensível, censurável / (pl.) **sacrilegi**.
Sacrilego, adj. e s. m. sacrílego; que cometeu sacrilégio; em que há sacrilégio / (pl.) sacrileghi.
Sacripànte, s. m. sacripanta ou sacripante; fanfarrão, bravateador / (de uma personagem do "Orlando Furioso").
Sacrís, (**in**), loc. lat. nas sagradas ordens.

Sacrísta, s. m. sacristão, sacrista / pároco dos Palácios Sacros.
Sacristía, s. f. (lit. e rar.) sacristia.
Sàcro, adj. sagrado, sacro; relativo a Deus, às coisas sagradas, ao culto; que inspira respeito, veneração / sagrado, inviolável; augusto; grande; solene / **Libri Sacri**: o Velho e o Novo Testamentos / (anat.) sacro, que tem relação com o osso sacro / (med.) morbo ――――: epilepsia / divino / venerável / (sup.) **sacratissimo**, sacratíssimo.
Sacrosantamênte, adv. sacrossantamente.
Sacrosànto, adj. sacrossanto: muito santo e sagrado; inviolável / bem merecido: **castigo** ――――.
Sadduceo, e **saducèo**, s. m. (hist.) saduceu, membro de seita judaica que se opunha à dos fariseus.
Sàdico, adj. sádico.
Sadísmo, s. m. sadismo.
Saècula saeculorum, (**per ommia**) loc. lat. para a eternidade.
Saêppola, s. f. (tosc.) raio, seta / (bot.) sagitária.
Saêppolo, s. m. rebento de videira / (ant.) espécie de balestra para atirar flechas.
Saètta, s. f. dardo, flecha, seta; raio / ferramenta de talho agudo, usada por ferreiros e torneiros / ponteiro de relógio / (geom.) flecha, parte do arco perpendicular à corda / (zool.) libélula / (ecles.) candelabro triangular / (fig.) coisa veloz, rapidíssima: **fuggi come una** ――――: fugiu como um raio / menino irrequieto e endiabrado / (fig.) (burl.) nada, coisa nenhuma: **gli ho scritto, ma non hà risposto una** ――――: escrevi-lhe, mas não respondeu coisa alguma.
Saettàme, s. m. (rar.) quantidade de setas ou flechas.
Saettamênto, s. m. dardejamento, tiro de seta.
Saettànte, p. pr. e s. m. dardejante.
Saettàre, v. flechar, dardejar, arremessar; atormentar / (neol.) andar velozmente, como flecha.
Saettàta, f. setada, golpe ou ferimento feito com seta.
Saettàto, p. p. e adj. flechado; dardejado; ferido com seta; setado, asseteado.
Saettatôre, adj. e s. m. dardejador, seteiro, flecheiro.
Saettèlla, s. f. espécie de broca, de ponta aguda, para trabalhos delicados em pedra, madeira, metal, etc. / (dim.) setazinha, pequena flecha.
Saettía, s. f. ou **saetia**, embarcação pequena e veloz / (ecles.) candeeiro que está aceso durante o ofício de trevas, na semana santa; tenebrário.
Saettière, s. m. (hist.), seteiro, flecheiro, soldado armado de flecha.
Saettifôrme, adj. (bot.) folha triangular do formato de uma flecha.
Saettile, s. m. (ecles.) tenebrário.
Saettína, s. f. dim. flechinha, pequena flecha / pequena ponta de broca.
Saettône, s. m. flecha grande / (zool.) ofídio da família dos colubrídeos, inócuos.
Saettúzza, s. f. dim., flechinha / ponta delicada de broca.
Safèna, s. f. (anat.) safena.

Sàffico, adj. sáfico, de Safo, relativo a Safo / (lit.) verso sáfico, espécie de verso grego ou latino.
Saffo, n. pr. f. Safo, célebre poetisa grega / (ornit.) pássaro de penas muito compridas.
Safrànin s. : franina.
Sàga, s. f. saga, bruxa ou feiticeira / (mit.) saga, antiga lenda mística ou heróica escandinava.
Sagàce, adj. sagaz, dotado de sagacidade; perspicaz; fino; astuto, prudente, cauteloso / (sin.) **accorto** / (contr.) **malaccorto**.
Sagacemênte, adv., sagazmente; com sagacidade.
Sagàcia, sagacità, s. f. sagacidade; perspicácia, agudeza, penetração de espírito.
Sàgari, s. f., foice de guerra das amazonas.
Sagarzia, s. f. (zool.) atínia prasita.
Sagèma, s. f. rede (de pesca) varredoura.
Sagapèno, s. m. sagapeno, goma, resina, extraída de um gênero de árvores da Pérsia.
Saggètto, s. m. dim., provazinha; pequena prova ou experiência / (quím.) tubo de prova.
Saggêzza, s. f. sensatez, tino, juízo; sabedoria.
Saggiamênte, adv. ajuizadamente, sensatamente.
Saggiàre, v. provar, experimentar / ensaiar, analisar, reconhecer, aquilatar metais.
Saggiàto, p. p. e adj., provado, experimentado; ensaiado.
Saggiatôre, s. m. (**saggiatríce**, s. f.) experimentador, ensaiador, analisador; que experimenta, que prova, que analisa / balança de precisão para a prova de ouro.
Saggiatúra, s. f. experiência; ensaio; exame; prova; aquilatação / copelação.
Saggiavíno, s. m. vaso de metal ou de vidro, em forma de canudo que se introduz nas pipas para recolher o líquido que se deve analisar; ladrão.
Saggína, s. f. (bot.) sorgo, planta da família das gramíneas.
Sagginàle, adj. de sorgo / (s. m.) haste seca do sorgo.
Sagginàre, v. saginar, tornar gordo, cevar.
Sagginàto, p. p. e adj. saginado; cevado; engordado com sorgo / (vet.) de cor semelhante ao sorgo.
Sagginèlla, s. f. sorgo / **èrba** ——: planta forrageira, de lugares arenosos.
Saggíno, s. m. dim., provazinha; ensaiozinho.
Sàggio, adj. sensato, prudente, judicioso, assisado, prático, perito / (s. m.) sábio, sabido, douto / ensaio, prova, exame / estudo, memória, monografia / amostra / (fig.) experiência; experiência pública; exame / norma, medida / (banc.) —— **d'interesse**: tipo ou taxa de juros.
Saggiòlo, s. m. amostrazinha de vinho de azeite, etc. / balança de pesar moedas / (quím.) pequena retorta.
Saggista, s. m. (lit.) ensaísta.
Sagittàle, adj. sagital, que tem forma de seta / (anat.) de certa sutura do crânio.
Sagittària, s. f. (bot.) sagitária.

Sagittàrio, s. m. (hist.) sagitário, soldado que atirava dardos; arqueiro / (astr.) constelação de trinta e uma estrelas.
Sàgo, s. m. (hist., ant.) sago, manto curto de lã, traje militar dos romanos e gauleses / sagu, fécula que se extrai da parte central do sagüeiro.
Sàgola, s. f. corda graduada para sondagens marítimas; sondareza / cabo amarrado ao barco.
Sàgoma, s. f. (arquit.) modelo sobre o qual se traçam ou executam determinados trabalhos / perfil; aspecto: perfil de moldura / armadura de madeira para trabalhos murários / contrapêso da balança romana (balança de alavanca para pegar, de um só prato) / (ferr.) —— **di cárico**: medida da altura máxima para uma carga.
Sagomàre, v. modelar, emoldurar; moldurar / representar, perfilar.
Sagomàto, p. p. e adj. emoldurado / perfilado, representado, modelado.
Sàgra, s. f. festa religiosa conjuntamente à feira / consagração de igrejas, etc. / festa aniversária da consagração de uma igreja / convênio para comemoração civil / exposição, exibição: la —— **del libro, dell'uva**.
Sagramentàre, sagráre, (intr.) (vulg.), jurar, praguejar, blasfemar; **cominciò a** —— **come un turco**: começou a praguejar como um turco.
Sagràto, p. p. consagrado / (adj.) sagrado, sacro / (s. m.) recinto sagrado / lugar consagrado; cemitério junto à igreja / adro, pequena praça diante da Igreja / (vulg.) blasfêmia.
Sagrestàna, s. f. sacristã, a mulher do sacristão / freira que desempenha o trabalho de sacristão em igreja de convento.
Sagrestàno, s. m. sacristão.
Sagrestìa, s. f. sacristia.
Sagrí, s. m. pele dos peixes do gênero esqualo, como p. ex., a lixa, que depois de curtida serve para diversos fins.
Sagrificàre, (pop.) v. **sacrificàre**.
Sagrinàto, adj. de tela, papel, pele, etc. que tem aspecto semelhante ao da pele da lixa.
Sàgro, s. m. (mil. ant.) sagres, falcão, peça de artilharia.
Sagú, s. m. sagu, fécula extraída da medula dos sagüeiros.
Sahariana, s. f. (mil.) jaqueta colonial.
Sàia, s. f. sarja fina de lã usada especialmente para vestidos femininos.
Sàica, e **Saícca**, s. f. (mar.) antigo barco turco de vela e remo.
Saiga, s. m. saiga, antílope das regiões polares.
Saíme, (ant.) s. m. toucinho, gordura, banha.
Saio, s. m. (lat. "sagum"), saio, antigo e largo vestuário com fraldão e abas usado pelos escravos e pelos soldados romanos em tempo de guerra / túnica monástica / (dim.) saietto.
Saiòne, s. m. (aum.) saio comprido; espécie de sobretudo.
Sakè, s. m. saquê, bebida alcoólica japonesa extraída do arroz, que se bebe quente.

Sàla, s. f. sala, compartimento principal de uma casa, destinada a diversos usos / (bot.) erva aquática, das tifáceas, que depois de seca se usa para empalhar cadeiras, revestir garrafas, etc. / eixo de carro que une as duas rodas / (dim.) **saletta, salettina**.
Salàcca, s. f. arenque; peixe de mar / (fig.) pessoa muito magra.
Salaccàio, s. m. (depr.) cartapácio; livro feio, velho / vendedor de arenques.
Salaccàta, s. f. (burl.) espada, espadada, sabrada, golpe de espada ou de sabre.
Salacchína, s. f. (dim.) pequeno livro, sujo e velho / pancada dada com dois ou três dedos distendidos.
Salaccône, s. m. (aum.) arenque grande / (fig.) pessoa bastante magra / pancada forte dada com três dedos.
Salàce, adj. salaz, lascivo, impudico / picante, pungitivo.
Salacità, s. f. salacidade, lubricidade, lascívia / pungimento.
Salagiône, s. f. salgação.
Salaiòlo, s. m. saleiro, vendedor ou distribuidor de sal.
Salamàndra, s. f. (zool.) salamandra, espécie de lagarto.
Salamànna, s. f. e adj. de certa uva de bagos grossos e polpudos.
Salàme, s. m. salame, que se pode comer cru ou cozido / (fig.) homem grosseiro e tolo / (dim.) **salamino**, chouriço.
Salameleccàre, v. salamalecar, fazer salamaleques.
Salamelècco, s. m. salamaleque, saudação muçulmana / mesura exagerada, grande reverência: **fecero i lòro soliti** ————: fizeram os habituais salamaleques.
Salamíno, s. m. dim. salaminho, salame pequeno, salame; salsicha.
Salamistràre, v. bancar o sabichão.
Salamistro, (ant.) s. m. sabichão, presunçoso.
Salamòia, s. f. salmoura, água salgada onde se conservam peixes, azeitonas, cogumelos, etc. / caldo, sopa ou qualquer outra coisa salgada demais.
Salamoiàre, v. salmourar, pôr em salmoura; salgar.
Salamône, s. m. (aum.) salame grosso.
Salangàna, s. f. (zool.) salangana, espécie de andorinha, cujo ninho os chineses comem.
Salapúzio, s. m. homúnculo; homenzinho soberbo e petulante.
Salàre, v. salgar; impregnar de sal / (loc.) (fig.) ———— **la messa, la scuola**: gazear, salgar, subir o preço.
Salària, (via) hist. via salária, de Roma a Áscoli.
Salariàre, v. salariar, assalariar.
Salariàto, p. p. e s. m. assalariado; estipendiado, pago; serviçal por salário.
Salàrio, adj. de sal / (s. m.) salário, remuneração estipulada / (hist.) ração de sal e víveres dada a soldados, magistrados, etc.
Salassàre, v. sangrar, tirar sangue / (fig.) extorquir dinheiro, cobrar muito caro uma coisa.
Salassàta, s. f. sangria.
Salassàto, p. p. e adj. sangrado, pessoa a que se aplicou a sangria / (fig.) que teve que pagar muito dinheiro.

Salassatôre, s. m. sangrador, flebotomista / (fig.) o que faz pagar muito, que explora nos preços / (s. f.) **salassatríce**.
Salassatúra, s. f. sangria, sangradura, ato ou efeito de sangrar / (fig.) grande gasto.
Salassètto, s. m. dim. sangriazinha.
Salàsso, s. m. sangria, ato ou efeito de sangrar; flebotoma / (fig.) grande despesa / **fare un** ————: extorquir muito dinheiro.
Salassoterapía, s. f. terapia que tem por base a sangria ou flebotomia.
Salàta, s. f. salgadura, ação de salgar.
Salatíno, s. m. pãozinho salgado, que se toma com o chá ou café.
Salàto, p. p. e adj., salgado, condimentado com sal; que tem gosto forte de sal / (fig.) pungente, mordaz, áspero / de preço raro / (s. m.) **carne salàta**: presunto, lingüiça, salame e semelhantes.
Salatôre, adj. e s. m. (**salatríce**, s. f.) salgador, salgadeira, pessoa que salga.
Salatúra, s. f. salgadura.
Salavôso, (ant.) adj. sujo.
Sàlce (ant.) s. m. salgueiro.
Salcerèlla, s. f. (bot.) planta salicínea: salgueirinha.
Salcêto, s. m. salgueiral, mata de salgueiros / (fig.) lugar intricado, emaranhado.
Salciàia, s. f. (bot.) cerca, sebe de salgueiros.
Salciaiòla, s. f. (zool.) pássaro dentirrostro, que se esconde nas matas dos pântanos; ruiva ou malvis.
Salcíccia, s. f. (pop.) salsicha.
Salcígno, adj. salicíneo, relativo ao salgueiro / de mastigação difícil (p. ex. a carne) / difícil de ser trabalhado (por ex. a madeira) / mal cozido / (p. p.) (tosc.) pessoa pouco tratável, arisca, insociável.
Sàlcio, (poét.) ou **sálice**, (s. m.) salgueiro, árvore da fam. das salicáceas; ———— **piangènte**: salgueiro chorão.
Salciòlo, s. m. ramo fino de salgueiro, que serve para amarrar videiras, etc.
Salciône, s. m. (aum.) salgueiro de ramos grossos.
Salcràut, (al. "sauerkraut") s. m. (cul.) couve salgada e fermentada, chucrute.
Sàlda, s. f. amido dissolvido, goma leve para dar maior consistência à roupa que deve ser passada / (agr.) campo de ervas temporário.
Saldamènte, adv. solidamente, de modo sólido; com solidez; com firmeza; firmemente.
Saldamènto, s. m. soldadura, ato ou efeito de soldar / (ant.) saldo, liqüidação de uma conta, de uma questão, etc.
Saldàre, v. soldar, unir por meio de solda / (com.) pagar, saldar uma conta, encerrar um balanço, uma partida, etc. / (refl.) **saldarsi una ferita**: cicatrizar-se uma ferida.
Saldatívo, adj. apto para soldar.
Saldàto, p. p. e adj. soldado, unido por solda / liquidado, pago / cicatrizado.

Saldatòio, s. m. (técn.) soldador, instrumento para soldar.
Saldatôre, adj. e s. m. soldador / (s. f.) soldatrice.
Saldatúra, s. f. soldadura, soldagem; ato ou efeito de soldar / cicatrização.
Saldêzza, s. f. solidez, resistência; firmeza; estabilidade; consistência.
Sàldo, adj. sólido, compacto; maciço / (fig.) firme, constante / robusto, são / (s. m.) liquidação das razões ou das contas / (com.) pagamento total: sal do / gal.) **merce di** ———: saldo de mercadoria.
Sàle, s. m. sal, substância friável, de sabor acre, solúvel na água / (fig.) argúcia, juízo, sensatez: **manca il** ——— **in quel libro:** falta o sal (ou graça, finura, espírito) naquele livro / **aver sale in zucca:** ser ajuizado / **restare di** ———: ficar frio, gelado, surpreendido / **saper di sale una cosa:** ser dura, amarga uma coisa / **sale inglese:** sulfato de magnésia / **dolce di** ———: diz-se de comida que tem pouco sal / (fig.) de pessoa tola.
Salêggiola, s. f. (bot.) salgadeira, arbusto da família das quenopodiáceas.
Salép, s. m. salepo, fécula alimentar que se extrai de diversas espécies de orquidáceas; araruta.
Salernitàno, adj. salernitano, relativo a Salerno / (s. m.) pessoa natural de Salerno / **Scuòla salernitána:** escola salernitana, célebre escola de medicina que floresceu em Salerno, na Idade Média.
Salesiàna, s. f. salesiana, freira da ordem de S. Fr. Sales.
Salesiàno, adj. salesiano, designativo da ordem religiosa instituída por D. Bosco / (s. m.) frade da ordem Salesiana; salesiano.
Salétta, salettína, s. f. dim. salinha, saleta, pequena sala.
Salgèmma, s. m. sal-gema, mineral monométrico, cloreto de sódio, extraído das minas.
Salgenína, s. f. (quím.) composto extraído da salicina.
Saliàre, adj. (hist.) relativo aos sacerdotes Sálios, na antiga Roma / (s. m.) **saliáto,** sacerdócio dos Sálios.
Sali ou **sallì,** s. m. pl. (hist.) sálios, sacerdotes de Marte encarregados da guarda dos doze escudos sagrados.
Salíbile, adj. (rar.) ascensional, que se pode ascender, que se pode subir ou trepar.
Salicácee, s. f. pl. salicáceas, família de plantas a que pertence o salgueiro.
Salicàstro, s. m. (bot.) salgueiro selvático.
Sàlice, o mesmo que **sálcio,** s. m. salgueiro, árvore da família das salicáceas / ——— **piangente:** salgueiro chorão.
Salicêto, s. m. salgueiral, terreno onde crescem salgueiros.
Salicilàto, s. m. (quím.) salicilato, sal produzido pelo ácido salicílico.
Salicílico, adj. salicílico.
Salicína, s. f. salicina, glicóside de casca do salgueiro.
Sàlico, adj. sálico, relativo aos francos sálios / diz-se especialmente da lei dos francos sálios, que excluía do trono as mulheres.
Salicòrnia, s. f. salicórnia, planta marinha das quenopodáceas.
Saliènte, p. pr. e adj. saliente: **angolo** ———: ângulo saliente / ascendente, crescente, subinte: **marea** ———: maré montante / (fig.) que sobressai; notável, relevante, importante, conspícuo / (s. m.) (mil.) ângulo saliente de fortaleza.
Salièra, ou **salièra,** s. f. saleiro, vaso para o sal, que se leva à mesa.
Salierètta, salierína, s. f. dim. saleirinho, pequeno saleiro.
Salifêro, adj. salífero, que tem ou produz sal.
Salificàbile, adj. salificável; salinável.
Salificàre, v. salificar, converter ou transformar em sal.
Salificazzióne, s. f. salificação, ato de salificar.
Salígno, adj. salino, que tem o aspecto ou o gosto do sal; salicíneo.
Salimênto, s. m. (p. us.), subida, subimento.
Salína, s. f. salina; mina de sal-gema; monte de sal.
Salinàggio, s. m. solidificação da água nas salinas.
Salinàio, (pl. -nai) s. m. salineiro.
Salinatúra, salinazióne, s. f. salinação, refinação de sal.
Salincèrvo, s. m. jogo de crianças.
Salíno, adj. salino, que contém sal, da natureza do sal.
Sàlio (pl. sàlii) adj. Sálio, diz-se dos indivíduos dum antigo povo franco da Germânia inferior / Sálio, pertencente aos sacerdotes de Marte / (s. m.) sacerdote de Marte na antiga Roma.
Salíre, v. (tr.) subir, ir para cima / ascender, montar, trepar / (intr.) **salire al cielo:** subir ao céu / crescer / **il fiume sale:** o rio sobe / montar, crescer, aumentar, importar (uma conta) / ascender, subir de categoria: ——— **ai piú alti gradi** / agravar-se ou difundir-se uma doença / ——— **in fama:** subir em fama / (fig.) ——— **al cielo:** morrer / remontar-se às origens, aos princípios / **salire col pensiero ai tempi felici:** recordar-se do tempo feliz / ——— **sulle furie:** enfurecer-se / ——— **a bordo:** embarcar-se / pres. **salgo, sálgono.**
Saliscêndi, s. m. tranqueta, peça de ferro ou de madeira, que serve para fechar portas, janelas, etc. / (fig.) variação, mudança, alternativa, vicissitude, altos e baixos da sorte: **la fortuna fa dei** ———: a fortuna tem altos e baixos / **i saliscendi della sorte:** os azares da sorte.
Salíta, s. f. subida, ato ou efeito de subir / encosta, declive, ladeira; subida / (arquit.) ——— **dell' arco:** vértice do arco.
Salitaccia, s. f. (pej.) subida dura, íngreme.
Salitína, s. f. dim., subidinha, pequena subida.
Salíto, p. p. subido / (adj.) elevado, levantado.
Salitòio, s. m. escabelo; banquinho, escada, escadinha para subir.

Salitôre, adj. e s. m. (**salitríce** s. f.) que sobe; que galga, que escala / escalador.
Salíva, s. f. saliva / (fig.) **cosa attaccata con la** ———: coisa efêmera / **ingniottíre** ———: tragar saliva / (fig.) conter-se; apetecer-se; apetecer coisa inatingível.
Salivàle, adj. salival, de saliva.
Salivàre, v. salivar; cuspir.
Salivatòrio, adj. sialogogo, que promove a salivação.
Salivaziône, s. f. salivação, secreção da saliva.
Sallustiano, adj. salustiano, relativo a Salústio, escritor romano.
Salma, s. f. cadáver, despojos, restos inanimados / antiga armadura / antiga medida de peso e de capacidade / (ant.) carga.
Salmànno, s. m. variedade de truta (peixe).
Salmastràia, s. f. espaço de terreno salobro.
Salmàstro, adj. salobro.
Salmastrôso, adj. salobro.
Salmeggiamênto, s. m. salmodia.
Salmeggiànte, adj. e s. m. que ou quem salmodia.
Salmeggiàre, o mesmo que **salmodiàre**, v. salmodiar, cantar salmos.
Salmeggiatôre, adj. e s. m. (**salmeggiatríce**, s. f.) que canta salmos.
Salmería, s. f. pl. (mil.) vitualhas, equipamento; carga, bagagem, transporte, comboio militar.
Salmí, s. m. (cul.) guisado de perdizes ou de outra caça.
Salmiàco, s. m. sal amoníaco.
Salmísia, (contr. de **salvo mi sia**) interj. Deus nos ajude, Deus nos guarde.
Salmísta, s. m. salmista, aquele que faz salmos / (fig.) o rei Davi.
Sàlmo, s. m. salmo, cântico sacro / **libro dei salmi**, saltério / **tutti i salmi finiscono in gloria**: é sempre a mesma cantiga.
Salmodía, s. f. salmodia, canto de salmos; maneira de cantar ou recitar salmos.
Salmodiànte, p. pr. e adj. salmodiante, que salmodia.
Salmodiàre, v. salmodiar, cantar salmos / salmodejar.
Salmòdico, adj. a modo de salmodia: **canto** ———.
Salmògrafo, s. m. salmista, escritor de salmos.
Salmoncíno, s. m. dim. salmãozinho (peixe).
Salmône, s. m. salmão, peixe de mar, do gênero malacopterigios / (mar.) porção de chumbo ou ferro para lastro de navio.
Salnitràio, s. m. salitreiro, que trabalha em salitre / (pl.) **salnitràí**.
Salnitràle, adj. salitroso, que contém salitre; salitreiro.
Salnitràto, adj. salitrado.
Salnitrièra, s. f. salitreira, jazida de salitre ou de nitratos.
Salnítro, s. m. salitre.
Salnitrôso, adj. salitroso; que contém salitre.
Salòlo, s. m. salol, salicicato de fenol.
Salomé, n. pr. f. Salomé.

Salône, s. m. (aum.) salão, sala grande / exposição de obras de arte ou da indústria: **il** ——— **dell'automobile**.
Salottêsco, adj. (depr.) de salão.
Salottière, adj. (depr.) de gabinete, de salão: **modi, discorsi salottieri** / (s. m.) freqüentador de salões.
Salottíno, s. m. dim. salinha / sala elegante das senhoras.
Salòtto, s. m. sala; sala de visitas; sala de jantar; sala comum / tertúlia literária, patriótica, política.
Sálpa, s. m. (zool.) salpa, animalzinho de mar, fosforecente e gelatinoso.
Salpàre, v. zarpar; partir / (mar.) levantar âncora para partir / ——— **un mina**: recolher uma mina.
Salpínge, s. f. (anat.) salpinge; trompa uterina.
Salpingectomía, s. f. salpingectomia.
Salpíngico, adj. salpíngico.
Salpingíte, s. f. salpingite, inflamação da salpinge.
Salpingotomía, s. f. (cir.) salpingotomia.
Salpingovaríte, s. f. salpingovarite.
Salprunèlla, s. f. nitro com mistura de enxofre (medicamento antigo).
Sàlsa, s. f. (cul.) salsa; molho, tempero variado para dar sabor à comida; **cospiu la** ——— **che l'arrosto**: custa mais o tempero que o assado / ——— **di San Bernardo**: fome, apetite que, segundo esse santo, é o melhor molho / (geol.) erupção de lodo.
Salsàccia, s. f. (pej.) molho, salsa, tempero ruim.
Salsamentàrio, s. m. (rar.) salsicheiro; merceeiro de negócio que vende a miúdo: **bottega di salsamentário**.
Salsapariglia, s. f. (bot.) salsaparrilha, planta medicinal.
Salsèdine, s. f. salsugem / salobridade / florescência de sais nas muralhas, etc. / (med.) eritema; impingem.
Salsedinôso, adj. salgadiço, salitroso.
Salserèlla, **salsètta**, **salsettína**, s. f. dim. molhozinho; tempero prelibado, excelente.
Salsêzza, s. f. (rar.) qualidade de salgado.
Salsiccètta, **salsiccína**, s. f. lingüicinha, salsichinha.
Salsíccia, s. f. lingüiça, chouriço, salsicha.
Salsicciàio, s. m. salsicheiro, que faz ou vende lingüiça, salsicha, chouriço.
Salsicciôna, s. f. (aum.) salsicha grossa, salsichão.
Salsicciône, s. m. (aum) salame, espécie de paio; chouriço / (fig.) gordaço, gordalhudo.
Salsicciòtto, s. m. salame curto, um tanto grosso / coisa parecida com salame; chouriço / carretel de lã cardada para a fiadeira mecânica.
Salsièra, s. f., salseira, vasilha em que que se servem molhos à mesa.
Salso, adj. salso, salgado, salobro / (s. m.) salsugem; **sapere di** ———: ter gosto de salgado / (med.) afecção cutânea; impetigo.
Salsoiòdico, adj. composto de sal e de iodo; **acqua salsoiodica** / (pl.) **salsoiodici**.
Salsòla, s. f. (bot.) salsola, planta de que se extrai a soda.

Salsolàcee, s. f. pl. (bot.) salsoláceas, diz-se das plantas dicotiledôneas.
Salsúggine, s. f. (rar.) salsugem.
Salsugginôso, adj. (rar.) salsuginoso, que tem salsugem.
Salsúme, s. m. salgadura, salga, carnes ou peixes salgados.
Saltabècca, s. f. (pop. tosc.) saltão, gafanhoto.
Saltabeccàre, v. saltitar, dar pulinhos como o gafanhoto; saltaricar; brincar.
Saltàccio, s. m. (pej.) salto feio, salto perigoso.
Saltafòssi, s. m. carruagem de duas rodas puxada por um cavalo; espécie de cabriolé.
Saltaleône, s. m. fio de aço enrolado em espiral; mola espiral.
Saltamartìno, s. m. (pop.) locusta; grilo / brinquedo em forma de rã, com um mecanismo que o faz pular; joão-teimoso / (mil. ant.) falconete, antiga peça de artilharia.
Saltamindòsso, s. m. (p. us.) traje mesquinho e curto.
Saltare, v. saltar, dar saltos, pular; dançar; brincar, passar de m lado a outro com um salto / superar; ultrapassar saltando / omitir, pular um trecho, lendo ou escrevendo / sair; baixar à terra / ―――― in aria: voar, estalar, arrebentar / ―――― di palo in frasca: divagar, passar de um assunto a outro / ―――― una cosa in capo: ter idéia repentina de fazer uma coisa / subir, montar: ―――― a cavallo, in sella / ―――― agli occhi una cosa: dar na vista, ser bastante evidente uma coisa / ―――― in bestia: enfurecer-se / (eletr.) ―――― la valvola: queimar-se a válvula / ―――― il fosso: resolver-se passar o Rubicão / ―――― una classe: cursar duas classes em um ano / (mil.) ―――― la barra: iludir a vigilância e sair do quartel / dançar torpemente / ―――― il ghiribizzo: ter uma vontade bizarra.
Saltarèlla s. f. (ent.) gafanhoto, saltão, inseto ortóptero.
Saltàrello, s. m. (dim.) saltinho, pequeno salto, pulinho / saltarelo, dança popular em uso na Itália Central e em Roma / rede para a pesca, em espiral.
Saltàto, p. p. e adj., saltado, superado; ultrapassado com um salto / omitido, pulado, deixado ao meio / lana saltata: lã lavada em água corrente / patate saltate: batatas fritas.
Saltatòia, s. f. rede para pesca, de espiral.
Saltatòio, s. m. saltadouro, vara das gaiolas dos pássaros.
Saltatôre, adj. e s. m. (saltatríce, saltatôra, s. f.) saltador / acrobata / saltadora, ginasta, dançarina / (ent.) gafanhoto, grilo.
Saltaziône, s. f. (rar.) ato de saltar mediante certas regras / (ant.) dança guerreira, religiosa ou ginástica dos antigos povos gregos e romanos.
Saltellamênto, s. m. saltitamento, ato ou efeito de saltitar.
Saltellànte, p. pr. e adj. saltante, que salta, saltitante.
Saltellàre, v. saltitar, dar pequenos e repetidos saltos / saltar; brincar / (fig.) aparecer a intervalos.

Saltèllo, s. m. dim. saltinho, pulinho.
Saltellône, saltellôni, adv. aos saltos, saltando, pulando; se n'andò, correndo saltelloni: foi-se correndo aos pulos.
Salterellàre, v. saltear, saltaricar. retouçar; traquinar / pr. ―――― èllo.
Salterèllo, s. m. dim. saltinho, pequeno salto; pulinho / antiga dança do Lácio e da Itália meridional / rojão, busca-pés / (mús.) pena das teclas do cravo.
Saltèro, ou saltèrio, s. m. saltério / antigo instrumento musical de cordas; saltério, livro do coro que contém só os salmos.
Salticchiàre, v. saltitar; brincar.
Saltimbànco, s. m. saltimbanco. ginasta, acrobata / histrião, polichinelo, truão; charlatão.
Saltimbàrca, s. m. (ant.) capote de marujo.
Saltimbôcca, s. f. costeleta com molho.
Saltimpàlo, s. m. (ornit.) saxátil, pássaro dentirrostro.
Sálto, s. m. salto, ação ou efeito de saltar; pulo; movimento de quem salta / (mús.) passagem de um tom a outro / escapada, passeio, viagem rápida / ―――― mortále: salto mortal / far quattro salti: dançar / (loc.) in un ――――: num salto, num repente / quattro salti in famiglia: baile familiar / ―――― indietro: pulo para trás, retrocesso / a salti: aos pulos / omissão / ―――― d'acqua: salto, queda d'água / (agr.) terreno ou mato pouco cultivado.
Saltuariamênte, adv. irregularmente.
Saltuàrio, adj. saltuário, intermitente, salteado / (pl.) saltuari.
Salúbre, adj. salubre, saudável; propício à saúde / (sup.) salubèrrimo, salubérrimo.
Salubremênte, adv. salubremente; salutarmente; higienicamente; saudavelmente.
Salubrità, s. f. salubridade.
Salumàio, s. m. salsicheiro, que vende artigos de salsicharia; toucinheiro / (sin.) pizzicàgnolo.
Salúme, s. m. nome genérico dos alimentos de carne que se conservam e se vendem salgados, como salame, presunto, paio, salsicha, toucinho, etc.
Salumería, s. f. salsicharia.
Salumière, s. m. (neol.) salsicheiro.
Salumifício, s. m. fábrica de salames / (pl.) salumifici.
Salúnta, s. f. (tosc.) fatia de pão assada condimentada com azeite, sal e alho.
Salutànte, adj. e s. m. saudador.
Salutàre, adj. salutar; benéfico; bom, salubre, salutífero; são / (v. tr.) saudar, felicitar, cumprimentar, salvar, aclamar, agourar fazer votos / honrar, reverenciar / salutarsi: saudar-se, trocar saudações; despedir-se.
Salutarmente, adv. salutarmente, de modo salutar.
Salutàrsi, v. saudar-se, cumprimentar-se, felicitar-se reciprocamente.
Salutàto, p. p. e adj. saudado; felicitado, reverenciado; proclamado, etc.
Salutatore, s. m. (salutatríce, s. f.) saudador, o que saúda.

Salutatòrio, adj. saudador, relativo à saudação / (s. m.) (ecles.) lugar onde o bispo recebia os peregrinos.
Salutazióne, s. f. saudação, ato de saudar; ato de obséquio / ——— **angélica**: saudação angélica. Ave-Maria.
Salúte, s. f. saúde, sanidade, força, robustez, vigor / salvação, redenção, salvamento / (interj.) **salute! saúde! adeus!** / modo de saudar / **alla vostra** ———: à vossa saúde; brinde, cumprimento / **l'ultima** ———: Deus / (gal) **casa di** ——— **por casa di cura**: hospital, sanatório / refúgio, amparo / **porto di** ———: âncora de salvação / **esercito della** ———: exército de salvação, assoc. evangélica protestante.
Salutevóle, adj. (p. us.) salutífero saudável, benéfico / saudador! **vòlsérsi a me con salutevol cenno** (Dante).
Salutevolmènte, adv. saudavelmente; beneficamente; felizmente.
Salutiferamènte, adv. (ant.) salutarmente.
Salutífero, adj. salutífero, que dá saúde; saudável.
Salutista, s. m. cuidadoso demais em relação à própria saúde / membro do exército de salvação.
Salúto, s. m. saudação, ato e efeito de saudar, reverência / **fare un saluto**: fazer uma saudação, cumprimentar / **togliere il** ——— **a uno**: não mais saudar uma pessoa / **amico di** ———: conhecido com o qual só se troca a saudação / (dim.) **salutino**; (aum.) **salutóne**.
Saluzzése, adj. Saluzzo, cidade do Piemonte.
Sàlva, s. f. (mil.) salva, disparo simultâneo de muitas armas; salva, saudação de honra / **tirare a salve**: atirar sem balas / ——— **d' applausi**: salva de aplauos ovação, aplausos unânimes.
Salvacondôtto, s. m. salvo-conduto; permissão por escrito; licença; segurança / salvaguarda.
Salvadanàio, ou **Salvadanàro**, s. m. cofrezinho geralmente de terracota onde se junta dinheiro miúdo.
Salvafiàschi, s. m. frasqueira, garrafeira para carregar frascos sem o perigo de se quebrarem.
Salvagènte, s. m. salva-vidas.
Salvàggio, (v. **selvaggio**) adj. selvagem.
Salvaguardàre, v. salvaguardar, pôr ao abrigo, proteger / ressalvar, garantir.
Salvaguàrdia, s. f. salvaguarda, proteção concedida por uma autoridade / tutela; cautela; ressalva; coisa que resguarda de um perigo / salvo-conduto.
Salvamênto, s. m. salvamento, ação ou efeito de salvar; salvação.
Salvapùnte, s. m. ponteira que cobre e protege a ponta dos lápis.
Salvàre, v. salvar, pôr a salvo; livrar da morte ou de perigo; defender; proteger; livrar da ruína / livrar; poupar; preservar; escapar de perigo / **è riuscito a salvarsi all'esame**: conseguiu passar nos exames / **Dio ti salvi da cattivo vicino e da principiànte di violino**: Deus te livre de mau vizinho e de aprendiz de violino.
Salvaròba, s. f. guarda-roupa / despensa.

Salvarsàn, s. m. (farm.) salvarsã.
Salvàrsi, v. (refl.) salvar-se; escapar de um perigo, de uma pena, ameaça, etc.
Salvastrèlla, ou **selvastrèlla**, s. f. pimpinela, planta da família das umbelíferas; erva-doce.
Salvatàcco, ou **salvatàcchi**, s. m. salto (de calçado) de borracha.
Salvatàggio, s. m. (neol.) salvamento, ação de salvar; salvamento de náufragos / operação de salvar ou de salvar-se / (fig.) ação amigável para salvar um negócio, a reputação.
Salvaticamènte, ou **selvaticamènte**, adv. selvaticamente, incivilmente / rusticamente; rudemente.
Salvatichèzza ou **selvatichèzza**, s. f. selvageria / (fig.) rudeza, indelicadeza, dureza.
Salvàtico ou **selvàtico**, adj. selvático, que nasce ou se cria nas selvas / rude, grosseiro, incivil / (s. m.) lugar cheio de árvores; pequeno bosque.
Salvaticúme, s. m. conjunto de coisas ou de qualidades selváticas: selvageria.
Salvatôre, s. m. salvador, que salva / **il Divin** ———: Jesus Cristo / (fem.) **salvatríce**, salvadora.
Salvazióne, s. f. salvação; salvamento; ação ou efeito de salvar ou salvar-se / **la** ——— **dell'anima**: Redenção.
Sàlve (lat.) interj. salve, voz designativa de saudação ou cumprimento / ——— **regina**: salve-rainha, oração cristã.
Salvète, (loc. lat.) interj. salvete! voz designativa de saudação ou cumprimento a várias pessoas.
Salvêzza, s. f. salvação, salvamento / **tavola di** ———: tábua de salvação / (fig.) última esperança.
Sàlvia, s. f. (bot.) sálvia, salva, nome genérico de várias plantas labiadas, liliáceas, verbenáceas e compostas.
Salviàto, adj. (ant.) que tem sabor de sálvia; temperado com sálvia.
Salviètta, s. f. (do franc.) guardanapo / (sin.) **tovagliolo**.
Salviettína, s. f. dim., guardanapinho.
Salvínia, s. f. salvínia, planta criptogâmica aquática.
Salvo, adj. salvo, livre de risco, de perigo, de doença, de morte; ileso; seguro; resguardado; ressalvado / (loc.) **a man salva**: sem impedimento / (adv.) salvo, exceto; ——— **il tuo parere** / (prep.) afora, à exceção de / (comer.) ——— **errôre ed omissione**: salvo erro ou omissão / **in salvo**: a salvo, em lugar seguro, em liberdade.
Sàmara, s. m. sâmara, fruto indeiscente monospérmico.
Samàrio, s. m. (quím.) samário, metal do grupo das terras raras.
Samaritàna, s. f. dama enfermeira (da parábola bíblica do Bom Samaritano).
Samaritàno, adj. e s. m. samaritano, da Samaria; habitante da Samaria, antiga cidade da Palestina.
Sàmba, s. f. samba, baile brasileiro de origem negra.
Sambúca, s. f. (ant.) sambuca, espécie de harpa usada pelos hebreus / ponte

móvel ou levadiça nas torres de cerco, para operações de guerra / bateria flutuante para ataque às fortificações.

Sambuchèlla, s. f. ébulo, sabugueirinho dos lugares úmidos; engos.

Sambúco, s. m. (bot.) sabugueiro, arbusto caprifoliáceo, sabugo / pequeno barco no Mar Vermelho / batel leve para canais, lagunas, paludes, etc.

Samiário, s. m. oficina de armas para gladiadores.

Sámo, (geogr.) Samos, ilha grega do arquipélago das Espórades.

Samoiedi, s. m. pl. (etn.) samoiedos, ramos da família uralo-altaica.

Samòro, s. m. barcaça para o transporte de madeira nos canais da Holanda.

Samovàr, s. m. samovar, chaleira russa para chá / (ital.) **teiera**.

Sampièro, adj. de figo ou cereja que amadurece na época de S. Pedro (29 de junho).

Sampietríni, s. m. (pl.) trabalhadores ou guardas da Basílica de S. Pedro, em Roma.

Sampogna, o mesmo que **zampogna,** s. f. zamponha, gaita de foles usada especialmente no sul da Itália.

Samúm, s. m. simum, vento quente que sopra nos desertos africanos.

Samurài, s. m. samurai, nobre japonês, duma casta de guerreiros feudais.

San, adj. apoc. de santo: são, san; usa-se diante de consoante, que não seja S. impura: **Santo Stefano, San Giovanni.**

Sanàbile, adj. sanável, que se pode curar / salvável: **industria** ———.

Sanabilità, s. f. sanabilidade, curabilidade.

Sanàle, s. m. talo seco do milho.

Sanamènte, adv. sàmente, de modo são / (fig.) sinceramente.

Sanàre, v. sanar, tornar são; curar / tolher um defeito / regular, regularizar / (agr.) bonificar / ——— **una industria**: sanear uma indústria.

Sanativo, adj. sanativo, curativo; próprio para sanar.

Sanàto, p. p. e adj. sanado, curado; remediado; restabelecido.

Sanatôre, adj. e s. m. (**sanatríce** s. f.) sanador; o que sana; que cura.

Sanatòria, s. f. (jur.) decreto que legitima um ato não-regular; legitimação, aprovação.

Sanatòrio, adj. sanativo, curativo / (s. m.) (neol.) sanatório, estabelecimento para doentes.

Sanazióne, s. f. (p. us.) sanação / (ecles.) legitimação matrimonial.

Sanbeníto, s. m. (hist.) sambenito ou samarra, hábito que os condenados levavam vestido quando caminhavam para as execuções.

Sàncio (do esp.) n. pr. Sancho.

Sancíre, v. sancionar; conformar, ratificar / estatuir; decidir / (pres.) **sanciso, -sci**.

Sancíto, p. p. e adj. sancionado. estatuído, consentido: **usanza sancita dalla pratica.**

Sancolombàna ou **sancolombàno,** s. m. qualidade de uva vermelha; columbiana; o vinho dessa uva.

Sancta Sanctorum, (loc. lat.) s. m. Sancta Sanctorum, sacrário do templo de Jerusalém / **vestibolo del** ———: o **Sancta/** (ecles.) tabernáculo / (fam.) lugar mais íntimo e reservado da casa, etc.

Sanctus, (v. lat.) s. m. sanctus, parte da missa, depois do prefácio.

Sanculòtto, s. m. (fr. "sans-culotte") descamisado, revolucionário / (hist.) revolucionário francês do 89 que usava calças em vez de calções.

Sandalíno, ou **sandolíno,** s. m. dim. sandolim, bote de regata leve, para uma só pessoa, com um só remo de pá dupla.

Sàndalo, s. m. sândalo, gênero de plantas das santaláceas, da Ásia e da África / espécie de barco de pesca para os lugares de fundo baixo / sandália ou alpercata, calçado cuja sola se ajusta aos pés por meio de tiras de couro / (dim.) sandalino, sandaletto.

Sandor, (hung.) n. pr. **Alexandro,** Alexandre.

Sandràcca, s. f. sandáraca, resina aromática de algumas árvores da África / (min.) arsênico rubro.

Sandracchièra, s. f. vaso para conservar o pó de sandáraca.

Sandro, Sandrina, n. pr. abreviatura de Alexandre, Alexandra.

Sandrône, s. m. máscara popular típica de Modena e Parma.

Sandwich, (v. ingl.) s. m. sanduíche / (ital.) **tramezzino.**

Sanfedísmo, s. m. (hist.) sanfedismo, movimento que defendia o poder temporal do papado, o absolutismo e a reação.

Sanfedísta, s. m. (hist.) sanfedista, partidário do sanfedismo.

Sanforizzàre, v. (técn) sanforizar, ação de sanforizar um tecido.

Sangiaccàto, s. m. sanjacato, território administrado por um sanjaco, na Turquia.

Sangiàcco, s. m. (turc. "sanjak"). sanjaco, governador de um sanjacato / (pl.) **sangiacchi.**

Sangimignano, s. m. vinho ou uva da localidade de S. Gimignano, na Toscana.

San Giovanni, (frutta di) loc. fruta que amadurece no mês de junho.

Sangiovèse, s. m. famoso vinho produzido na região de Forlí, na Romagna.

Sàngria, s. f. (ant.) sangria.

Sàngue, s. m. sangue, líquido vital, em geral vermelho, que enche todo o sistema circulatório / (fig.) a vida, a existência humana / raça; estirpe, casta / filho, descendente, prole / (poét.) sangue, sumo. suco / **non aver nelle vene:** ser frio, insensível / **lácrime di** ———: dor muito grande / **legami di** ———: parente próximo / **una d'arme, di lingua e d'altare, di memória, di sangue e di còr** (Manzoni) / **ribollire il sangue:** ferver o sangue, irritar-se / **avere il sangue caldo:** ser irascível ou entusiasta / **il riso fa buon sangue:** a alegria dá saúde / **a sangue freddo:** com calma.

Sanguífero, adj. sanguífero, que tem ou produz sangue.

Sanguificàre, v. sanguificar, converter em sangue / (pres.) **sanguifico, sanguifichi.**

Sanguificatôre, adj. e s. m. (**sanguificatrice,** s. f.) sanguificador; que cria sangue.
Sanguígna, s. f. sanguina, peróxido de ferro, empregado em certas indústrias / (pint.) desenho feito com lápis desse material.
Sanguígno, adj. sanguíneo, relativo ao sangue: que abunda de sangue / sanguinolento, sangrento / (s. m.) cor sanguínea, sangrenta: **noi che tingemmo il mondo di sanguigno** (Dante).
Sanguinàccio, s. m. chouriço de sangue de porco; sanguinário, morcela / (pl.) **sanguinàcci.**
Sanguinànte, p. pr. sangrante / (adj.) sanguinolento, sangrento / **cose sanguinanti** (fig.) horripilante.
Sanguinàre, v. sangrar, verter, manar sangue de algum vaso ou órgão; deitar sangue / (loc. fig.) ——— **il cuòre:** sentir dor profunda / (ant.) ensangüentar.
Sanguinària, s. f. sanguinária, planta da família das poligôneas / (quím.) alcalóide medicinal que se extrai da raiz da sanguinária do Canadá.
Sanguinário, adj. sanguinário / (fig.) cruel, desumano, feroz.
Sànguine, s. m. (bot.) sanguinho das sebes; (sin.) **còrniolo.**
Sanguinèlla, s. f. (bot.) sanguinária.
Sanguinèlla, s. f. peixinho de água doce, de lindo colorido.
Sanguinènte, adj. (lit. e raro) sangrante.
Sanguíneo, adj. sangüíneo.
Sanguinità, s. f. (ant.) consangüinidade / linhagem.
Sanguinolènte, ou **sanguinolènto,** adj. sanguinolento, coberto de sangue, sanguinário, sangrento.
Sanguinosamènte, adv. sanguinosamente, sangrentamente.
Sanguinôso, adj. sangrento, sanguinoso; sanguinolento / (fig.) afrontoso, ultrajante.
Sanguisòrba, s. f. (bot.) sanguissorba, pimpinela.
Sanguisuga, s. f. sanguessuga / (fig.) usurário / pegajoso, pesado / (adj) chupador de sangue.
Sanguívoro, adj. chupador de sangue.
Sanicamênto, s. m. saneamento de terrenos.
Sanicàre, (v. tr.) sanear terras, etc. / (pr.) **sànico.**
Sánie, s. f. (poét.) sânie, pus ou matéria purulenta que as úlceras maltratadas produzem / coadura dos cadáveres em putrefação.
Sanificàre, v. (ant.) sanear um terreno, uma casa, etc. / (pr.) **sanífero.**
Sanità, s. f. sanidade, qualidade do que é são; salubridade / moralidade: ——— **di princìpi, di idee.**
San Mi Sia, exclamação de augúrio.
Sanitàrio, adj. sanitário / (s. m.) (neol.) médico.
Sanna, ant. (v. **zanna**) s. f. colmilho.
Sannite, adj. e s. m. samnita, natural de Sâmnio, região da Itália antiga / (ant.) gladiador de armadura pesada.
Sannúto, adj. (ant.) colmilhudo, colmilhoso, que tem grandes colmilhos: **Ciriatto sannuto** (Dante).

Sàno, adj. são, bom, curado, que não tem doença; forte, íntegro, saudável / completo / reto, justo, salubre, salutar, sadio, incorrupto / **di sana pianta:** inteiramente, completamente, inteiro / **il mondo** ———: o mundo todo.
Sanrocchíno (v. **sarrochíno**) s. m. capa de peregrinos.
Sànsa, s. f. brulha, resíduo das azeitonas, que se aproveita como combustível / película das castanhas.
Sanscritísta, s. m. sanscritista, douto no sânscrito.
Sànscrito, s. m. sânscrito, língua sagrada e literária dos antigos indianos, afim ao grego e ao latim.
Sansepolcristi, s. m. pl. nome que se deu aos fundadores do fascismo (por haverem-se reunido numa sala ou praça de **San Sepolcro,** em Milão, 1919).
Sans Gène, (loc. fr.) sem cerimônias / (itat.) **senza complimenti.**
Sansimoniàri, s. m. pl. saint-simonista.
Sansimonísmo, s. m. saint-simonismo, doutrina do conde de Saint-Simon.
Sansíno, s. m. o terceiro azeite extraído das azeitonas, que serve à alimentação dos bovinos.
Sansône, n. pr. hebraico, Sansão, homem de grande força.
Santa, n. pr. Santa / (dim.) **Santina, Santuzza.**
Santabàrbara, s. f. santa-bárbara, compartimento da pólvora e dos projéteis, a bordo dos navios.
Santacrôce, s. f. cartilha antiga que começava sempre com a figura da cruz.
Santalàcee, s. f. (pl.) santaláceas, família de plantas dicotiledôneas apétalas, que têm por tipo o sândalo.
Santalèna, s. f. moeda bizantina com o marco da cruz.
Santalína, s. f. substância corante do sândalo.
Santamaría, s. f. (bot.) santa-maria, designação comum de várias plantas herbáceas.
Santamênte, adv. santamente, de modo santo; virtuosamente; piedosamente.
Santarèlla, santarellína, s. f. (burl.) santinha, moça que finge de santa e ingênua.
Santarellíno, santerellíno, santarèllo, s. m. (ir.) moço santanário, todo devoto, ou que finge devoção.
Santèlmo, s. m. **fuoco di** ———: fogo de santelmo / **San Telmo,** castelo antigo de Napoles.
Santèssa, s. f. santarrona, falsa devota; carola.
Santificamênto, s. m. (rar.) santificação.
Santificànte, p. pr. santificante.
Santificàre, v. santificar, tornar santo; canonizar / tornar bom, santo / venerar: ——— **il nome di Dio** / (pres.) **santifico.**
Santificatívo, adj. santificativo, santificante.
Santificàto, p. p. e adj. santificado; consagrado / (s. m.) **i santificati.**
Santificatôre, adj. e s. m. **santificatríce,** s. f. santificador, quem ou que santifica.
Santificaziône, s. f. santificação / celebração conforme os ritos da Igreja.
Santimònia, s. f. santimônia, santidade, vida e obras de pessoa santa e devota / afetação de santidade; hipocrisia.

Santíno, s. m. dim. santinho, beatinho / pequena imagem de santo.

Santità, s. f. santidade; qualidade do que é santo / título do Papa / inviolabilidade, venerabilidade / **vivere in** ——: viver em santidade / **morire in** —— **odore di santità**: morrer devotamente depois de ter levado uma vida santa.

Sànto, adj. santo: **il** —— **nome di Dio**: o santo nome de Deus / **la santa chiesa**: a santa Igreja / **la** —— **messa**, a santa missa / diante de vogal se elide com apóstrofe: **Sant'Anna, Sant'Antonio**, Santo Antônio / diante de consoante (menos S impura) se apocopa em masc. **San Paolo, S. Paulo** / **Santo Padre**, o Papa; **Spirito Santo**, a 3ª pessoa da SS. Trindade / **anime sante**: as almas / **la Santa Sede**: o Vaticano, a Cúria Romana / **giovedí** ——: quinta-feira santa / **campo** ——: cemitério / pio, piedoso, reto, bom, imaculado; justo, compassivo / **sante parole**, santas palavras, palavras sábias, verdadeiras / **santa pazienza!** (interj.) valha-nos Deus! **in santa pace**, resignadamente / saudável, proveitoso, merecido / (bot.) **legno** ——: guaiaco / **mani sante**: mãos benéficas, ou habilidosas / **tutto il santo giorno**: o dia inteiro, sem descanso / **di santa ragione**: com justiça / (s. m.) santo / **Tutti i Santi**, Todos os Santos / **non essere uno stinco di** ——: não cheirar à santidade / **non saper piú a qual santo votarsi**: não saber que partido escolher / **passata la festa gabbato lo santo**: rezar ao santo até passar o perigo / **scherza coi fanti e lascia stare i santi**: respeita as coisas santas / onomástico: **ha festeggiato il Santo** / santo, imagem. estampa / (dim.) santino, santerèllo, santerellino / (aum.) **santône**, santão, santarrão.

Santocchieria, s. f. devoção simulada, beatice, santidade falsa.

Santòcchio, s. m. (depr.) santarrão, beatorro, carola, tartufo.

Santofilla, s. f. (bot.) pigmento amarelo.

Sàntolo, s. m. padrinho / (s. f.) **sàntola**, madrinha.

Santône, s. m. asceta muçulmano / santão, indivíduo que finge santidade.

Santônico, s. m. (bot.) santônico, planta medicinal que tem propriedades vermífugas; santonina.

Santonína, s. f. santonina, planta vermífuga / (quím.) princípio imediato dessa planta.

Santopsía, s. f. (med.) perturbação na percepção das cores.

Santerêggia, s. f. (bot.) segurelha, nome de várias plantas labiadas; mangericão.

Santos, s. m. qualidade de café brasileiro produzido no Estado de São Paulo: café tipo-Santos.

Santuàrio, s. m. santuário, templo, igreja / coisa ou intimidade sagrada: **il** —— **della famiglia**, etc. / (pl.) **santuari**.

Sanzionàre, v. sancionar, conformar; aprovar; ratificar / (neol.) aplicar as sanções da lei; castigar.

Sanzionàto, p. p. e adj. sancionado, confirmado; ratificado.

Sanziône, s. f. sanção, aprovação, assentimento; determinação, ordenação, ratificação / pena, castigo.

Sàpa, s. f. mosto de uva, concentrado por ebulição; usa-se, com outros aromas, para preparar pastas adocicadas / mostarda.

Sapèca, s. f. sapeca, pequena moeda da China e da Indochina.

Sapêre, v. saber, conhecer, ter conhecimento de / —— **molte cose**: saber muitas coisas / conhecer, possuir, dominar: —— **il tedesco**: saber o alemão / —— **una cosa a menadito**: saber perfeitamente uma coisa / —— **dove il diavolo tiene la coda**: ser esperto, vivo, sagaz / **non** —— **nulla di nulla**: não saber nada; ser ignorante, leigo / entender algo / —— **di arte, di musica, etc.**: entender de arte de música, etc. / conhecer, ter sofrido ou experimentado / —— **la miseria**: conhecer a miséria / **nave che sa le tempeste**: navio que experimentou as tempestades / **saper male**, doer-se, sentir: **mi sa male castigarli**: sinto dever castigá-lo / **far** ——: dar a conhecer / comunicar, informar, anunciar / **chi sa? chi sa mai?** quem sabe? / **che io mi sappia**: que eu saiba / **chi sa**, talvez / **non saprei**, pode ser / —— **vivere**: saber viver; ter esperteza / —— **nulla**: ser inocente / (intr.) ter sabor / —— **di pesce**: ter gosto de peixe / **non sa di nulla**: não tem sabor algum / —— **di putrido**: cheirar a podre / **non volerne** —— **di una cosa**: desinteressar-se de uma coisa / —— **di uno**: estar inteirado de / **non** —— **che pesci pigliare**: não saber a que ater-se / (s. m.) saber, sabedoria, ciência, conhecimento, instrução.

Sapèvole (ant.) adj. sabedor.

Sapidità, s. f. sabor.

Sàpido, adj. (lit.) sápido, que tem sabor / (contr.) **insipido, sciocco**: insipido, tonto.

Sapiènte, adj. sapiente, sábio, sabedor, douto; prudente; amestrado, destro / (s. m.) sábio.

Sapientemênte, adv. sapientemente, doutamente.

Sapientíno, adj. e s. m. sabichãozinho.

Sapientône, adj. e s. m. sabichão, doutorão, sabereta.

Sapiènza, s. f. sapiência, ciência, sabedoria, erudição; título de um dos livros da Bíblia que contem sentenças (por ex. Os Provérbios, etc.) / a universidade dos estudos: **la somma** ——: Deus.

Sapienziàle, adj. sapiencial / **sapimênto**, (ant.) s. m. sabedoria.

Sapina, s. f. (bot.) sapinho roxo, planta da família das Cariofiláceas.

Sapindàcee, s. m. pl. (bot.) sapindáceas.

Sapíndo, s. m. (bot.) gênero das sapindáceas.

Saponàceo, adj. saponáceo.

Saponàia, s. f. saponária, família de plantas sapindáceas, que têm por tipo a saponária.

Saponàio, s. m. saboeiro, que fabrica ou vende sabão.

Saponària, s. f. (bot.) saponária, ou saboeira (planta).

Saponàsi, s. f. saponase, o mesmo que lipase.
Saponàta, s. f. escuma de água em que se dissolveu sabão / (fig.) **fare una bella saponata**: elogio adulatório / suor escumoso do cavalo
Sapône, s. m. sabão / **bolla di** ———: bolha de sabão / (fig.) coisa vã, sem substância / **a lavar la testa all'asino, si perde il ranno e il sapone**: trabalho inútil é o de querer corrigir os teimosos.
Saponèlla, s. f. (bot.) saponária, gênero de plantas carofiláceas.
Saponería, s. f. saboaria; fabrica de sabão.
Saponètta, s. f. **saponêtto**, s. m. sabonete / relógio de bolso de tampa dupla.
Saponièra ou **saponièra**, s. f. saboneteira.
Saponificàre, v. saponificar, converter em sabão / (pres.) **saponifico**.
Saponificàto, p. p. e adj. saponificado.
Saponificazióne, s. f. saponificação, ato ou efeito de saponificar.
Saponifício, s. m. saponifício; fábrica de sabão.
Saponína, s. f. saponina, princípio imediato, extraído da saponária.
Saponíte, s. f. (quím.) saponito, silicato de alumínio e magnésio.
Saponôso, adj. que tem qualidades do sabão, saponáceo.
Saporàccio, s. m. (pej.) mau sabor.
Saporàre (ant.) v. saborear, provar / (s. m.) sabor.
Sapôre, s. m. sabor; gosto, paladar / (fig.) deleite, prazer / **non aver amore né sapore**: ser insensível a tudo, ser frio, apático / (dim.) **saporetto**.
Saporètto, s. m. dim. saborzinho, sabor delicado.
Saporífico, adj. saporífero.
Saporíre, v. (rar.) dar sabor, saborear, condimentar: **il sale saporisce l'uòvo**: o sal dá sabor ao ovo.
Saporitamènte, adv. saborosamente; agradavelmente: **dormire** ———: dormir a sono solto.
Saporíto, adj. saboroso, apetitoso, agradável; gostoso / (fig.) arguto, pungente / profundo: **sonno** ———/ elevado, caro, salgado: **conto, prezzo** ——.
Saporosità, s. f. sabor.
Saporôso, adj. saboroso; apetitoso, bom; delicioso / agradável.
Sapotàcee, s. f. pl. (bot.) sapotáceas, família de plantas dicotiledôneas, cujo tipo é a sapota.
Sapotíglia, s. f. sapota, fruto de uma árvore do mesmo nome.
Saprofíto, s. m. saprófrito, que vive como parasita nas matérias orgânicas mortas.
Saprofitísmo, s. m. (bot.) ação dos saprófitos.
Sapúta, s. f. (lit.) ciência, conhecimento, notícia / **sènza mia** ———: sem o meu conhecimento / **per** ———: por referência.
Saputamènte, adv. cientemente; sabidamente; notoriamente.
Saputèllo, adj. dim. e s. m. sabido, conhecido / **cosa saputa e risaputa**: coisa sabida e ressabida / sabedor, sábio, bichão / (dim.) **saputello, saputino**.
Sara, n. p. hebr. Sara.

Sarabaíti (do hebr.) s. m. pl. (relig.) sarabaítas.
Sarabachíno (do fr.) s. m. carruagem descoberta.
Sarabànda, s. f. (mús.) sarabanda, dança antiga; a música que a acompanha.
Saracchíno, s. m. dim. serrotinho.
Sarácco, s. m. serrote / (pl.) saracchi.
Saracèno, e saracíno (poét.) s. m. sarraceno; árabe; mouro; muçulmano / **grano** ———: trigo-negro, trigo-mouro, fagópiro.
Saracinêsca, adj. (ant.) comporta, porta, cancela / porta de aço ou de ferro que cerra vitrinas ou casas comerciais.
Saracinêsco, ad. sarracênico.
Saracino, (do ar.) adj. e s. m. sarraceno, muçulmano da África e Síria na Idade Média.
Sàrago, s. m. sargo, peixe da família dos espáridas.
Saragozzàno, adj. saragoçano, de Saragoça.
Sarcàsmo, s. m. sarcasmo, ironia amarga, escárnio, zombaria.
Sarcasticamènte, adv. sarcasticamente, ironicamente, zombeteiramente.
Sarcàstico, adj. sarcástico, irônico, motejador, mordaz / (pl.) sarcàstici.
Sarchiamênto, s. m. (agr.) sachadura, mondagem.
Sarchiàre, v. sachar, mondar, lavrar a terra.
Sarchiàto, p. p. e adj. sachado, mondadado, capinado; limpo de ervas.
Sarchiatôre, adj. e s. m. (sarchiatrìce, s. f.) sachador, que sacha, que monda, que limpa / escarificador, instrumento para cortar verticalmente a terra e as raízes.
Sarchiatúra, s. f. sachadura, mondagem, ação de sachar, de mondar, de roçar a terra.
Sarchiellàre, v. sachar, mondar a terra com o sacho.
Sarchiellêtto, sarchiellíno, sarchiètto, sarchiolíno, s. m. (dim.) saco pequeno.
Sarchièllo, s. m. (agr.) escardilho, sacho pequeno.
Sàrchio, s. m. sacholo, sachola, escarda, sacho.
Sàrcina, s. f. (ant.) carga, peso, carregamento, bagagem / (hist.) envoltório que os soldados romanos carregavam às costas pendurado num bastão / (biol.) bactéria do tubo digestivo.
Sarcina, s. f. base orgânica nos músculos.
Sarcíre, v. (ant.) costurar, coser / remendar.
Sarcíte, s. f. sarcite, inflamação dos músculos.
Sarcocàrpo, s. m. (bot.) sarcocárpio.
Sarcocèle, s. m. sarcocele, tumor cistoso nos testículos.
Sarcocòlla, s. f. sarcocola, resina da sarcocoleira.
Sarcocollína, s. f. sarcocolina, substância extraída da sarcocoleira.
Sarcòde, s. m. (bot.) protoplasma, sarcode.
Sarcòfaga, s. f. (zool.) sarcófaga, inseto díptero / (pop.) mosca da carne.
Sarcòfago, s. m. sarcófago, túmulo, sepulcro dos antigos.
Sarcolèmma, s. m. (anat.) sarcolema.

Sarcolite, s. f. (min.) sarcolite, silicato eruptivo do Vesúvio.
Sarcologia, s. f. sarcologia, tratado do tecido musculoso e das partes carnudas do corpo; miologia.
Sarcòma, s. m. sarcoma, tumor ou excrescência mórbida / (pl.) **sarcòmi**.
Sarcomatòsi, adj. sarcomatose.
Sarcomatôso, adj. sarcomatoso, que tem sarcoma.
Sarcoplàsma, s. m. (anat.) sarcoplasma.
Sarcòpte ou **sarcòpto**, s. m. sarcopto, gênero de aracnídeos, da ordem do ácaros que têm por tipo o ácaro da sarna.
Sarcòtico, (pl. **òtici**) (anat.) sarcótico.
Sarcràuti, s. m. pl. chucrute, couves fermentadas.
Sàrda, s. f. (zool.) sarda, sardinha, (peixe) / (min.) sardònica, espécie de ágata ou calcedônia.
Sardana, s. f. dança catalã.
Sardanapalêsco, adj. (lit.) sardanapalesco, próprio de Sardanapalo / (fig.) luxuoso, dissoluto.
Sardanapalo, s. m. sardanapalo, tipo do homem rico, luxurioso e dissoluto.
Sardegnuòlo, adj. da Sardenha; **asinelli sardegnuoli** / nunca se usa com referência aos habitantes, a não ser em sentido depreciativo.
Sardèlla, s. f. (dim.) sardinha (peixe) / **stare come le sardelle**: estar bastante apertado num lugar, como sardinhas em lata.
Sardellièra, s. f. rede usada na pesca das sardinhas.
Sardêsco, (pl. **eschi**), adj. (lit.) sardo, sardônico, da Sardenha (região da Itália Insular).
Sardígna, s. f. lugar em certas cidades onde se atiravam as carniças dos cavalos e outros animais.
Sardína, s. f. sardinha, peixe marinho.
Sardinífero, ad. rico em sardinhas.
Sardo, adj. e s. m. sardo, da Sardenha.
Sardònice, ou **sardònica**, s. f. sardônica, calcedônia.
Sardonicamênte, adv. sardonicamente.
Sargàsso, s. m. (bot.) sargaço, alga marinha de grandes dimensões / (geogr.) **mare dei sargassi**: mar dos sargaços (extensa região do Atlântico Norte).
Sàrgia, s. f. (ant.) cobertor grosso de cama, de algodão ou de outro material / sarja, tecido leve, de várias cores.
Sàrgo, s. m. peixe marinho acantopterígio, espécie de lábio; pargo.
Saríga, s. f. sarigué ou sarigueira, mamífero da ordem dos marsupiais / (pop). gambá.
Saríssa, s. f. (mil. ant.) sarissa, lança muito comprida usada pelos soldados macedônios.
Sarissòforo, s. m. soldado armado de sarissa.
Sarmático, adj. sarmático, relativo aos sármatas, povo da Rússia Meridional e da Polônia.
Sarmênto, s. m. (bot.) sarmento, vidonho, vara de cepa.
Sarmentôso, adj. sarmentoso, que deita muitos sarmentos.
Sarpa, s. f. peixelim, peixe marinho.
Sarraceniài, s. f. pl. (bot.) plantas insetívoras (dionéia, etc.).

Sarrissòfono, (de Sarrus, fr., seu inventor) s. m. sarrissofone, instrumento musical de sopro, de metal, com palheta dupla.
Sarrocchíno, s. m. romeira, espécie de cabeção que usavam os peregrinos / capa curta / capinha de criança.
Sàrta, s. f. sarta, cordame que se fixa nas antenas do navio (ant. sartal).
Sartiàme, s. m. (mar.) enxárcia, conjunto de cabos fixos que seguram os mastros.
Sartiàre, v. enxarciar; aparelhar o cordame.
Sartína, s. f. dim. costureirinha / moça aprendiz de costureira.
Sàrto, s. m. alfaiate; costureiro.
Sartôre, s. m. (**sartòra**, s. f.) (rar. ou poét.) costureiro, costureira.
Sartorèlla, s. f. alfaiataria, casa de modas para homens.
Sartoríno, **sartorúccio**, **sartorúcolo**, s. m. (depr.) alfaiatinho, alfaiate medíocre.
Sartòrio, adj. e s. m. (anat.) sartório ou costureiro, músculo comprido e estreito da coxa.
Sassàccio, s. f. (pej.) pedra feia.
Sassafràsso e **sassofràsso**, s. m. (bot.) sassafrás, árvore da América, cuja madeira é usada na medicina.
Sassàia, s. f. (rar.) reparo de pedras feito para defender das águas de rio / lugar cheio de pedras, pedregal.
Sassaiuòla, s. f. luta, batalha a pedradas; apedrejamento.
Sassaiuòlo, adj. (zool.) de uma espécie de pombo.
Sassarêse, adj. e s. m. Sássari, cidade da Sardenha.
Sassàta, s. f. pedrada.
Sassatèlla, s. f. dim. pequena pedrada.
Sassàtile, adj. saxátil, que habita entre pedras.
Sassèlla, s. m. vinho tinto da Valtellina.
Sassèllo, adj. (ornit.) tordo ———: malviz.
Sàsseo, adj. sáxeo, de pedra; pedregoso.
Sassettíno, **sassêtto**, s. m. dim. pedrinha; seixo, calhau.
Sassêto, s. m. pedregal.
Sassificàre, v. petrificar.
Sassífraga, s. f. (bot.) saxífraga, planta alpestre.
Sassifragàcee, s. f. (bot.) saxifragáceas, plantas que têm por tipo a saxifraga.
Sàsso, s. m. pedra; calhau; seixo: **far compassione ai assi**: causar piedade às pedras / (loc. fig.) **rimanêr di** ———: ficar estupefato, pasmado / **scagliare un sasso**: atirar uma pedra / escolho, recife, penhasco / **mármore**: **grato m'è il sonno e piú l'esser di sasso** (Michelangelo) / (dim.) **sassetto**, **sassolino**, **sasserello**.
Sassofonísta, s. m. e f. tocador de saxofone.
Sassòfono, s. m. saxofone (mús.).
Sàssola, s. f. (mar.) achicador, enxugador de águas das embarcações.
Sassolíno, s. m. dim. pedrinha; calhauzinho; seixozinho.
Sassolíte, s. f. acido bórico natural.
Sassône, s. m. (aum.) pedra grande.
Sàssone, adj. saxão, da Saxônia / **gli anglosàssoni**: os anglo-saxões.
Sassôso, adj. pedregoso; sáxeo.

Sassuólo, s. m. dim. calhauzinho seixozinho.
Sàtana, s. m. satanás; príncipe dos demônios; inimigo de Deus; diabo.
Satanàsso, s. m. Satã; diabo / (fig.) homem, menino irrequieto e mau.
Sataneggiàre, v. mostrar-se mau e astuto como um demônio.
Satànico, adj. satânico, de satanás; diabólico / **era d'una supèrbia satanica:** era de uma soberba satânica.
Satanismo, s. m. satanismo: il ——— di Oscar Wilde.
Satèllite, s. m. satélite, planeta secundário / indivíduo que segue e obedece outro / (ant.) guarda de soberano ou de senhor: esbirro.
Satellízio, s. m. ofício de satélite no sentido de guarda, esbirro.
Satin (v. fr.) s. m. cetim / (ital.) **setino.**
Satinàre, v. (fr. "satiner") acetinar, dar o lustro do cetim.
Satinàto, p. p. e adj. acetinado; que tem a aparência e o brilho do cetim.
Sàtira, s. f. satira, censura indireta / (lit.) sátira, obra em verso ou prosa onde são postos em ridículo os defeitos públicos ou de algum particular / discurso, frase satírica / dito mordaz.
Satiràccia, s. f. (pej.) sátira má, ofensiva.
Satiràccio, s. m. (pej.) mau sátiro.
Satireggiàre, v. satirizar, criticar satiricamente; fazer a sátira de.
Satirèllo, satirino, satirètto, s. m. dim. satirozinho; pequeno sátiro.
Satirescamènte, adv. à moda dos sátiros.
Satirésco, adj. satiresco / (pl.) satireschi.
Satirètta, s. f. dim. satirazinha; sátira leve.
Satiríasi, s. f. satiriase, irritação dos órgãos genitais.
Satírica, s. f. (lit.) arte e gênero satírico.
Satiricamènte, adv. satiricamente, com espírito satírico.
Satírico, adj. satírico / mordaz; picante / (s. m.) poeta satírico.
Satírio, s. m. (bot.) satirião / salepo; fécula.
Satiriône, s. m. (bot.) satirião, gênero de plantas orquidáceas.
Satirista, s. m. e f. satirista.
Satirizzàre, o mesmo que **satireggiàre,** v. satirizar, criticar satiricamente, fazer a sátira de.
Sàtiro, s. m. sátiro, semideus que habitava os bosques / homem cínico, devasso, luxurioso / (zool.) nome que antigamente se dava ao orangotango / (entom.) borboleta diurna.
Satiròrgrafo, s. m. satirista, escritor de sátiras.
Satisfàre (ant. e des. por **"soddisfàre")** v. satisfazer; contentar.
Satisfazióne, s. f. (for.) satisfação, garantia, fiança, caução, seguro.
Satisfazióne, s. f. (ant.) satisfação.
Sativo, adj. (ant.) sativo, que se semeia ou cultiva, cultivável: **pianta sativa,** terreno ———.
Satòlla, s. f. (rar.) comilança, papança, fartadela.
Satollamènto, s. m. empanzinamento por comilança / fartura, saciedade.
Satollàre, v. empanzinar, fartar; saciar com comida / (refl.) fartar-se.
Satollàrsi, v. fartar-se, saciar-se, empanzinar-se.

Satollàto, p. p. e adj. saciado, farto, empanzinado.
Satôllo, adj. saciado, farto / (fig.) cansado; enfastiado.
Satrapèssa, s. f. mulher do sátrapa.
Satrapía, s. f. satrapia, cargo ou governo de sátrapa.
Satrápico, adj. satrápico.
Sàtrapo, s. m. (hist.) sátrapa, governador de provincia, entre os antigos persas / homem que exerce com orgulho um poder despótico / arrogante, rico, ambicioso.
Saturàbile, adj. saturável, que é susceptível de saturação.
Saturabilità, s. f. (quím.) saturabilidade, qualidade do que é saturável.
Saturàre, v. saturar, dissolver em um líquido a maior quantidade possível de uma substância / (fig.) saturar, fartar, saciar; encher; impregnar / (pres.) sáturo.
Saturàto, p. p. e adj. saturado; cheio / saciado.
Saturazióne, s. f. saturação, ato de saturar / estado de líquido saturado.
Saturità, s. f. saturação / saciedade.
Saturnàli, s. m. pl. (hist. Rom.) saturnais / orgia desenfreada.
Satúrnia, s. f. satúrnia, inseto lepidóptero noturno; borboleta noturna / (geogr.) Satúrnia, ant. n. da Itália (Saturnia tellus, Virgilio).
Saturnino, adj. saturnino, de Saturno / **influsso** ———: influxo saturnino, melancolia, tristeza (segundo os astrólogos) / (med.) saturnino, do chumbo: coliche saturnine.
Saturnino, n. pr. Saturnino.
Satúrnio, adj. satúrnio, saturnal, do deus Saturno / latino, romano, itálico / (s. m.) (mit.) Júpiter.
Saturnismo, s. m. (med.) saturnismo.
Satúrno, s. m. (astr.) saturno, um dos maiores planetas do sistema solar / (s. m.) saturno, chumbo, seg. os alquimistas.
Sàturo, sd. saturado / impregnado, cheio.
Sàuri, s. pl. (zool.) sáurios, ordem de répteis, cujo tipo é o lagarto.
Sàuro, adj. e s. m. alazão; **cavallo** ———, cavalla saura.
Saurópodi, s. m. pl. répteis fósseis.
Savàna, s. f. savana, grande planície com pastagens em alguns países da América.
Savère, v. e s. (ant.), saber / entendimento.
Savi, (i sette) (hist.) os sete sábios da Grécia: Tales Cleóbulo, Periandro, etc.
Saviamènte, adv. sabiamente, ajuizadamente, prudentemente.
Saviêzza, s. f. siso, prudência, razão, cordura, juízo.
Sávio, adj. sabio, prudente, judicioso; cauto / avisado, tranqüilo, sossegado / (s. m.) sábio / (hist.) consultor jurídico nas antigas comunas italianas / (ant.) perito, esperto.
Savoia, (geogr.) Sabóia / **casa di** ———, casa de Sabóia.
Savoiardo, adj. e s. m. saboiano, pertente à Sabóia; habitante da Sabóia.

Savonaròla, s. f. espécie de poltrona de madeira lavrada (séc. XVI) / (hist.) Fra. Gerolamo Savonarola, de Ferrara, pregou contra os vícios do clero e do governo dos Médicis; morreu na fogueira (1452-1498).
Savonèa, s. f. (med.) savónulo, composto de óleo essencial de amendoa doce e de um álcali, que se usava como xarope contra a tosse, catarros etc.
Savôre, s. m. (tosc.) salsa, molho de nozes, pão, enchova, etc. / (ant.) sabor; qualidade, virtude.
Saziàbile, adj. saciável, que pode ser saciado.
Saziabilità, s. f. saciabilidade, possibilidade de saciar-se.
Saziabilmènte, adv. saciavelmente.
Saziamènto, s. m. saciedade / fastio.
Saziàre, v. saciar, satisfazer inteiramente (o apetite, os sentidos, etc.); encher, enfartar; locupletar / —— **in eccesso**: empachar / enfastiar, cansar.
Saziàrsi, v. (refl.) saciar-se, encher-se / satisfazer-se.
Saziàto, p. p. e adj. saciado, fartado, cheio, locupletado / satisfeito.
Sazietà, s. f. saciedade, exuberância, fartura / fastio, aborrecimento, enjôo.
Saziévole, adj. saciável, empachoso, fastiento; pesado, aborrecido, enjoativo; **discorso, stile** ——.
Sazievolmènte, adv. saciavelmente, enjoativamente.
Sàzio, adj. saciado, satisfeito / (fig.) enfastiado, enjoado, aborrecido; **di questa minestra di tutti i giòrni. son** —— / **sono** —— **di questi discorsi**.
Sbaccanàre, v. algraviar, vozear, fazer grande barulho.
Sbaccaneggiàre, v. algavariar, gritar endiabradamente; vozear desaforadamente.
Sbaccanío, (pl. -níi) s. m. grande algazarra.
Sbaccanône, s. m. pessoa que faz muito barulho.
Sbaccellàre, v. debulhar os grãos, das vagens / descascar, escabulhar, esburgar.
Sbaccellàto, p. p. e adj. debulhado, descascado, esburgado.
Sbaccellatúra, s. f. debulha, desbulha, debulho.
Sbacchettàre, v. espanar, bater com vara para tirar o pó.
Sbacchettàta, sbacchettatúra, s. f. limpadela, sacudidura com vara.
Sbacchiàre, v. (tosc.) golpear, bater; bater com força; bater com vara, etc. para tirar o pó.
Sbacchiàto, p. p. e adj. batido, golpeado.
Sbàcchio (pl. -chi), s. m. batedura, golpeamento.
Sbacchio, s. m. batedura continuada.
Sbaciucchiamènto e sbaciucchío, s. m. beijocação continuada.
Sbaciucchiàre, v. beijocar, beijar e tornar a beijar.
Sbaciucchío, s. m. beijocação continuada e insistente.
Sbaciucchiône, s. m. **sbaciucchiôna**, s. f. beijocador / beijoqueiro.
Sbadatàggine, s. f. desleixo, negligência, desatenção; inadvertência.
Sbadatamènte, adv. desleixadamente; distraidamente; desatentamente, descuidadamente.
Sbadatône, adj. (aum.) desleixadão, relaxadão / (dim.) **sbadatello**.
Sbadigliamènto, s. m. bocejo, ato de bocejar.
Sbadigliàre, v. bocejar (intr.) / (fig.) enfastiar-se, aborrecer-se: **chètati, che mi fai** ——.
Sbadigliàto, adj. (raro) bocejado.
Sbadiglièlla, sbadiglierèlla, s. f. bocejo continuado.
Sbadigliètto, s. m. bocejozinho.
Sbadiglio, s. m. bocejo / (pl.) **sbadigli**.
Sbadigliône, s. m. bocejador.
Sbadíre, v. desatarrachar; desfazer o rebite.
Sbaditôio, s. m. pequena torquês de aço, de relojoeiro.
Sbafàre, v. (dial. tosc. e rom.) comer muito e gratuitamente; filar (brasil.).
Sbafatôre, s. m. (**sbafatríce**, s. f.) e **sbafône**, (s. m.) comilão; filante / amolante.
Sbàfo, (a) adv. (rom.) de graça, de carona (bras.) / **mangiare, bere a** ——: comer, beber grátis / **entrare al cinema a** ——: entrar de carona.
Sbagliàre, v. (tr.) errar, desacertar, enganar, equivocar, tomar uma coisa por outra; —— **il treno, il conto, la porta**, etc. / —— **i calcoli**: falhar um projeto / **sbagliando s'impara** (os escarmentados são mais prud:ntes) / como refl. não se diz: **mi sbaglio, ti sbagli**, etc. mas **sbaglio, sbagli**; nem **mi sono sbagliato** porém **ho sbagliato**.
Sbagliàto, p. p. e adj. errado; desacertado; enganado, equivocado.
Sbàglio, s. m. erro, engano, falha; desacerto; desvio; lapso; inexatidão; descuido, deslize, equívoco / (pl.) **sbagli**.
Sbagliúccio, s. m. dim. errinho; enganozinho.
Sbaiaffàre, v. (ant.) charlar, tagarelar.
Sbaioccàre, v. gastar, esbanjar.
Sbaionettàre, v. baionetar, dar golpes de baioneta, ferir com baioneta.
Sbaldanzíre, v. desalterar, amansar; desacoroçoar; desanimar, acobardar, desalentar / (refl.) acobardar-se.
Sbaldíre, v. (intr. ant.) regozijar-se.
Sbaldôre, s. m. (ant.) regozijo.
Sbaldoriàre, v. (intr.) farrear, foliar, pandegar.
Sbalestramènto, s. m. sacudidura, movimento, mudança, transferência forçada ou violenta de um lugar a outro.
Sbalestràre, v. balestrar, atirar com a balestra / (intr.) errar o alvo / (fig.) sair da justa medida / escapar do sentido lógico; sair da linha certa; ficar desorientado / tropeçar.
Sbalestrarsi, v. (refl.) desequilibrar-se; desmoronar-se / perder, arruinar-se.
Sbalestràto, p. p. e adj. lançado, arrojado, alijado longe; transferido / desenfreado, desregrado / desmoronado; desiquilibrado, arruinado / desordenado.
Sballàre, v. (tr.) desenfardar; abrir uma embalagem, um enfardamento / (fig.) inventar balelas, contar patranhas / perder no jogo por ultrapassar os pontos estabelecidos / (fig.) **sballarle grosse**: contar grandes mentiras.

Sballàto, p. p. e adj. desenfardado, desempacotado / desordenado; desconcertado / desequilibrado / imaginado, inventado, mentido: **racconto** ———: peta, patranha.
Sballatúra, s. f. desencaixotamento; desembalagem / (fig.) patranha, patarata, fábula, mentira.
Sballonàta, s. f. fábula, mentira, patranha; patarata.
Sballône, s. m. bazofiador, fanfarrão, garganta, patranheiro.
Sballottamênto, s. m. balouçamento, sacudidela continuada.
Sballottàre, v. balouçar, agitar, sacudir, abalar, mover dum lado a outro, como uma bola.
Sballottàto, p. p. e adj. sacudido, balouçado; movido, deslocado duma parte à outra, empurrado duma parte à outra.
Sbalordimênto, s. m. aturdimento, espanto, maravilha, assombro.
Sbalordíre, v. atordoar, espantar, assombrar; estontear; confundir; admirar, surpreender / (pr.) **sbalordisco**.
Sbalordírsi, v. espaventar-se, assombrar-se, aturdir-se.
Sbalorditàggine, s. f. aturdimento, estupefação, pasmo.
Sbalorditivamênte, adv. pasmosamente, assombrosamente.
Sbalorditivo, adj. assombroso, pasmoso; incrível, surpreendente.
Sbalorditòio e sbalorditòrio, adj. atordoante, atordoador, pasmoso, extraordinário.
Sbaluginàre, v. relampaguear / (pres.) **sbalúgino**.
Sbalzamênto, s. m. projeção, pulo, lançamento, salto.
Sbalzàre, v. projetar, atirar fora, atirar longe e com violência / derrubar / apear / afastar alguém dum emprego ou dum cargo; destituir, demitir / (téc.) gravar baixos relevos em metal.
Sbalzàta, s. f. pulo, salto, solavanco.
Sbalzàto, p. p. e adj. projetado, arremessado, atirado, deslocado, transferido / **vassòio** ———: bandeja lavrada.
Sbalzatôre, s. m. quem lavra metais.
Sbalzellàre, v. saltitar, ir aos tombos; aos solavancos.
Sbalzellìo, (pl. lii) s. m. sacudimento.
Sbalzellône, s. m. salto, pulo grande / (loc. adv.) **a sbalzellòni**: aos pulos, aos tombos, aos solavancos.
Sbàlzo, s. m. pulo, salto, bote / **di temperatura**: pulo da temperatura / **di** ———: repentinamente / **a sbalzi**: de vez em quando, aos pulos / (técn.) **lavoro di** ———: trabalho de relevo / (fig.) **cogliere la palla al balzo**: aproveitar a ocasião.
Sbambagiàre, sbambagiàrsi, (intr. e refl.) desfiar, desfazer-se (algodão), desfibrar-se (tela) etc.
Sbancàre, v. desbancar, ganhar o dinheiro da banca / (fig.) mandar à falência; reduzir à miséria, arruinar.
Sbancàto, p. p. e adj. desbancado / privado do banco / levado à ruína, à falência.
Sbancchettàre, sbanchettàrsi, v. banquetear; banquetear-se / **queste commissiôni sono sempre a** ———: estas delegações vivem a banquetear-se.

Sbandamênto, s. m. debandada, dispersão; confusão / (mar.) inclinação do barco por carga, etc.
Sbandàre, v. tr. debandar, dispersar, dissolver (exército, multidão, etc.) / inclinar, ladear / (mar.) inclinar-se o barco pelo vento, etc.
Sbandàrsi, v. (refl.) dispersar-se, dissolver-se / (fig.) (mil.) fugir em debandada a tropa.
Sbandàta, s. f. debandada, fuga, dispersão / (mar.) balanço do barco.
Sbandatamênte, adv. dispersadamente, desordenadamente; desbaratadamente.
Sbandàto, p. p. e adj. debandado, disperso, dissolvido, desbaratado, desordenado.
Sbandeggiamênto, s. m. / (p. us.) desterro.
Sbandeggiàre, v. (p. us.) desterrar.
Sbandellàre, v. tolher as coiceiras (das portas das janelas, etc.).
Sbandellàto, p. p. e adj. desprovido de coiceiras.
Sbandieramênto, s. m. e **sbandieràta**, s. f. tremulamento de bandeiras desfraldadas pomposamente / (fig.) ostentação, alarde.
Sbandieràre, v. (intr.) desfraldar, agitar as bandeiras / (fig.) expor, apresentar com ostentação programas, propostas, planos, idéias, etc.
Sbandieràta, s. f. grande desfraldamento de bandeiras.
Sbandimênto, s. m. degredo, banimento, desterro.
Sbandíto, p. p. e adj. desterrado, banido; exilado; prófugo, exilado.
Sbàndo, s. m. desbaratamento, desbarato, dispersão, fuga de inimigos.
Sbaragliàre, v. desbaratar, desfazer, destroçar, dispersar, vencer / (refl.) fugir, dispersar-se.
Sbaragliàto, p. p. e adj. desbaratado, desfeito, disperso; destroçado.
Sbaraglìno, s. m. (ant.) jogo de azar e cálculo entre dois parceiros: gamão, ou jogo-real.
Sbaràglio, s. m. desbarato, dispersão, derrota, fuga / (loc. fig.) **porre allo** ———: pôr em perigo / transe, apuro, aperto / pronto a ogni ———: decidido a enfrentar qualquer acontecimento ou perigo / **mandare allo** ———: arruinar.
Sbarazzàre, v. **sbarattàre**, (ant.) v. (tr.) desembaraçar, desimpedir / livrar de embaraços, de estorvos.
Sbarazzàrsi, v. (refl.) desembaraçar-se, libertar-se / afastar do próprio caminho coisa ou pessoa molesta.
Sbarazzàto, p. p. e adj. desembaraçado, desatado, livre, desenleado, desimpedido.
Sbarazzinàta, s. f. traquinice, travessura / tratantice.
Sbarazzíno, s. m. travesso, traquinas, turbulento / moleque / tratante, patife.
Sbarbàre, v. (tr.) desenraizar, desarraigar / erradicar, arrancar as más ervas / fazer a barba; **sbarbarsi**: barbear-se.
Sbarbatèllo, s. m. frangote, rapazinho imberbe, presunçoso / (depr.) enfatuado, vaidoso.
Sbarbàto, p. p. e adj. barbeado / desarraigado / (mil.) **batteria** ———: bateria descoberta.

Sbarbatríce, s. f. (técn.) máquina para aparar o feltro (nas f. de chapéus).
Sbarbicàre, v. (tr.) desarraigar, arrancar pela raiz ou com raízes; tirar; extirpar / (pres.) sbárbico.
Sbarcamênto, s. m. (agr.) desarraigamento, ato de desarraigar, de extirpar, de arrancar (ervas, etc.).
Sbarbificàre, v. (burl.) barbear, fazer a barba / (refl.) sbarbificàrsi, barbear-se / (pres.) sbarbífico.
Sbarcàre, v. desembarcar, tirar de uma embarcação / (intr.) desembarcar, saltar em terra / —— la vita, il lunário: viver o dia, ganhar a vida da forma que fôr possível / sbarcarsela, ganhar a vida bastante bem.
Sbarcàto, p. p. e adj. desembarcado, descarregado / tirado do navio.
Sbarcatòio, s. m. desembarcadouro; lugar onde se desembarca.
Sbàrco, s. m. desembarque, ato de desembarcar / desembarcadouro.
Sbardàre, v. (neol.) tirar os freios ou arreios; desarrear.
Sbardellàre, v. (ant.) domar (um potro) / (fig.) contar lorotas.
Sbardellatamênte, adv. descompassadamente / ridere ——: rir às gargalhadas.
Sbardellàto, p. p. e adj. domado / exorbitante; descompassado, desenfreado, excessivo, descomunal.
Sbardellatúra, s. f. (hip.) domação.
Sbarèllo, s. m. carrinho para transporte de terra.
Sbàrra, s. f. barra, tranqueira, verga, barreira, leva, qualquer objeto de ferro ou pau usado para fechar ou impedir a passagem / qualquer obstáculo posto de través / (heráld.) banda ou escudo de armas / (mús.) as duas linhas verticais que atravessam a pauta para indicar fim ou estribilho / barra para exercícios de ginástica / (hist.) mordaça de pau, suplício que impedia ao condenado falar ou gritar / barra na boca do cavalo / (fig.) freio.
Sbarramênto, s. m. abarreiramento; barragem; impedimento; obstrução / **diga di** ——: dique, represa para barragem de água.
Sbarràre, v. barrar, impedir, obstar, obstruir / —— il passo: impedir, interceptar a passagem / arregalar, abrir muito (os olhos).
Sbarràto, p. p. e adj. barrado, fechado, impedido, obstruído, interceptado; / arregalado / **òcchi sbarráti**: olhos arregalados / (com.) **assegno** ——: cheque cruzado.
Sbarrétta, s. f. dim. barrinha, pequena barra / (tr. man.) bordado de ponto cruz.
Sbarrísta, s. (neol.) barrista, acrobata que trabalha em barras fixas.
Sbàrro, s. m. barreira / tabique.
Sbasíre, v. desfalecer, desmaiar, morrer.
Sbarullàre, v. (tr. e intr.) (arquit.) tirar a armação de um arco ou abóbada.
Sbassamênto, s. m. (rar.) abaixamento, baixa, rebaixamento, diminuição.
Sbassàre, v. abaixar, rebaixar, diminuir, / humilhar.
Sbassàto, p. p. e adj. abaixado; rebaixado; tornado mais baixo; diminuído.

Sbásso, s. m. (rar.) baixa; rebaixamento / redução, desconto.
Sbastardàre, v. (agr.) desramar, limpar as videiras, etc.
Sbatacchiamênto, s. m. batimento; batida replicada (como de porta que abre e fecha com intermitência) / repique de sinos / sacudimento / batida violenta.
Sbatacchiàre, v. bater, golpear violentamente na terra ou em muro / repicar os sinos com força; arrojar, atirar algo contra a parede, o muro, etc.
Sbatacchiàrsi, v. (intr. e refl.) bater-se. sacudir-se, agitar-se.
Sbatacchiàta, s. f. batida; pancada; sacudidela; badalada / golpe de porta ou janela.
Sbatacchiàto, p. p. e adj. batido, agitado, empurrado com violência duma parte à outra.
Sbatacchío, s. m. batedura continuada / batida de porta ou janela / badalada de sino.
Sbattagliàre, v. (intr.) (de **battáglio**, badalo), v. badalar, replicar os sinos.
Sbattentàre, v. desfundar, tirar o ângulo, o canto de uma madeira para formar o batente.
Sbàttere, v. bater com intermitência / lançar; arrojar; arremessar / agitar; sacudir; percutir com força; dissolver alguma coisa sacudindo-a / **l'infuso nella boccetta**: agitar a infusão no frasco / bater / —— **le uova**: bater os ovos / (fig.) afastar, apartar: **sbattere via la noia**: sacudir do corpo o aborrecimento / aplaudir / bater, sacudir: —— **i vestiti, la polvere** / —— **la porta in faccia**: bater a porta na cara / transferir, deslocar: —— **un'impiegato a Genova** / —— **i piedi**: patear / (refl.) agitar-se, menear-se / (s. m.) golpeamento: **uno** —— **noioso di imposte**: um golpear aborrecido de janelas.
Sbattezzàre, v. desbatizar; descristianizar; descrismar / mudar o nome.
Sbattezzàrsi, v. (refl.) descristianizar-se / enfurecer-se, enfadar-se.
Sbattezzàto, p. p. e adj. desbatizado / que mudou de nome; que mudou de religião.
Sbattimentàre, v. (tr. ant.) esbater, fazer sobressair por meio do claro-escuro / (pint.) sombrear de um só lado.
Sbattimênto, s. m. sacudimento, golpeamento, agitação; esbatimento, sombreado.
Sbàttito, s. m. (lit.) sacudida, tremor / (fig.) mágoa, pena da alma; afã, fadiga.
Sbattitòio, s. m. (tip.) utensílio de madeira, de superfície plana, com o qual o impressor bate nos tipos, a fim de igualá-los.
Sbattittúra, s. f. batimento, batedura, sacudida.
Sbattúta, s. f. batida, pancada, sacudida.
Sbattutína, s. f. dim. batidinha, pancadinha, sacudidela.
Sbattúto, p. p. e adj. batido, agitado, percutido / (fig.) abatido, cansado, esgotado / **viso** ——: rosto pálido e fatigado.
Sbaulàre, v. desembaular, tirar, despejar do baú / (pres.) **sbaúlo**.

Sbavàggio, s. m. (tip.) rebarba.
Sbavagliàre, v. desamordaçar, livrar da mordaça.
Sbavamênto, s. m. limpeza da borra (dos objetos de metal fundido).
Sbavàre, v. babar / (met.) limpar da rebarba o metal fundido / (tip.) sair sombreada a impressão.
Sbavàto, p. p. e adj. babado, sujo de baba / (técn.) limpo das arestas ou rebarbas (metais fundidos).
Sbavatúra, s. f. baba / barbilho do casulo do bicho-da-seda / rebarba, aresta, excrescência dos metais quando acabados de fundir / (tip.) rebarba das letras ou do papel / (pint.) esfumadura da aquarela.
Sbavazzàre, v. (ant.) expelir baba, babar.
Sbavassàrsi, v. sujar-se de baba; (refl.) babar-se.
Sbavazzàto, p. p. e adj. babado, sujo de baba.
Sbavazzatúra, s. f. babadura, ato de babar.
Sbavône, s. m. (fam.) babão, que se baba; baboso.
Sbeccucciàre, v. (fr.) romper o bico de um jarro, etc.
Sbeffàre, v. burlar, troçar, zombar.
Sbeffamênto, s. m. zombaria, escarnecimento.
Sbeffatôre, s. m. (**sbeffatrice,** s. f.) zombador, burlador, motejador, escarnecedor.
Sbeffeggiamênto, s. m. troça, zombaria, burla, caçoada, mofa.
Sbeffeggiàre, v. caçoar, zombar, troçar, dar vaia.
Sbeffeggiàto, p. p. e adj. escarnecido, zombado.
Sbeffeggiatôre, s. m. (**sbeffeggiatríce,** s. f.) zombador, troçador, motejador, mofador.
Sbellicàre, v. arrebentar, romper o umbigo; destripar / **sbellicàrsi dalle risa:** rir a não mais poder; estourar de rir.
Sbellicataménte, adv. desaforadamente.
Sbendàre, v. desvendar, tolher a venda.
Sbendàrsi, v. desvendar-se.
Sbendàto, p. p. e adj. desvendado, livre das vendas.
Sbèrcia, s. f. (fam. tosc.) inexperto, imperito no seu ofício / melindroso, delicado, especialmente para comer.
Sberciàre, v. falhar, desacertar / troçar, zombar, motejar, errar o alvo.
Sberciône, s. m. desajeitado.
Sbèrgo, s. m. (ant.) v. usbergo / couraça.
Sberleffàre, v. chasquear, achincalhar, escarnir.
Sberlèffe e **sberlèffo,** s. m. (fam.) gilvaz, cicratiz no rosto / gesto de mofa ou escárnio.
Sberlingacciàre, v. (intr.) farrear, pandegar.
Sberrettàre, v. (rar.) desbarretar, deschapelar, saudar.
Sberrettàrsi, v. (refl.) desbarretar-se, deschapelar-se, cumprimentar.
Sberrettàta, s. f. barretada; cumprimento, saudação com o gorro ou chapéu.
Sbertare, v. (rar.) escarnir, chasquear.
Sbertucciàre, v. enrugar, amarrotar, pisar, estragar (uma coisa) / (loc. fig.)

——— **una persôna:** maltratar, atribular uma pessoa; vexá-la / escarnecer.
Sbevacchiàre, v. beber muito.
Sbevazzamènto, s. m. o beber muito.
Sbevazzàre, v. (intr.) beber amiúde, bastante e desordenadamente.
Sbevazzatôre, s. m. bebedor, beberrão, borrachão.
Sbevicchiàre, sbevucchiàre, v. (intr.) bebericar, beber amiúde e pouco de cada vez.
Sbiadàto, adj. desbotado, descorado / de colorido azul apagado, quase branco / amarelecido, palido / deixado sem cevada (cavalo, etc.).
Sbiadíre, v. (intr.) descorar. desbotar; amortecer; tornar-se pálido, amarelo / (pres.) sbiadisco.
Sbiadíto, p. p. e adj. descorado, pálido, amortecido; desbotado; apagado, monótono / **stile, romànzo** ———: estilo, romance sem vida, monótono.
Sbiànca, s. f. (técn.) branqueação da pasta de papel.
Sbiancàre, v. (intr. e refl.) embranquecer, tornar branco, branquear / empalidecer.
Sbiancàto, p. p. e adj. embranquecido, tornado branco / descorado; que não tem a sua cor natural / pálido, descolorido.
Sbiancatríce, s. f. (técn.) máquina para clarear o arroz.
Sbiasciàre, v. (pop. tosc.) triturar com dificuldade / resmungar, falar gaguejando.
Sbiasciatúra, s. f. (técn.) defeito no corte do pelo, nos tecidos.
Sbiavàto, adj. descorado, pálido.
Sbicchieràre, v. vender o vinho aos cálices ou aos copos; encher e tornar a encher os copos / beber em companhia.
Sbicchieràta, s. f. bebericação, beberete em companhia.
Sbiecamènte, adv. esguelhadamente, de través, de soslaio, obliquamente.
Sbiecàre, v. esguelhar, pôr obliquamente / tirar a tortuosidade. endireitar / (intr. e refl.) torcer-se a parede, a costura, etc.
Sbiecàto, p. p. e adj. esguelhado, torcido, enviesado, oblíquo / endireitado.
Sbièco, adj. esguelhado, enviesado; torto, vesgo / (loc. adv.) **di** ———: de esguelha, obliquamente / (s. m.) tira, franja sobreposta a um vestido feminino.
Sbiettàre, v. desacunhar, tirar as cunhas, os calços / andar torto, de viés / não pousar com firmeza / escapulir, safar-se.
Sbiettatúra, s. f. desacunhamento / sinal que deixa o calço no lugar onde foi introduzido.
Sbigonciàre, v. transbordar / (joc.) ficar muito folgado nos sapatos.
Sbigottimènto, s. m. perturbação, estupefação / assombro, medo, terror, espanto, pavor, pasmo.
Sbigottíre, v. perturbar, amedrontar, pôr medo; espantar, aterrorizar, assustar, pasmar.
Sbigottírsi, v. (intr. e refl.) perturbar-se; espantar-se, desalentar-se, acobardar-se, perder o tino, anonadar-se, estremecer-se.

Sbigottíto, p. p. e adj. amedrontado; perturbado; espantado, pasmado, aturdido, atônito, estupefato.

Sbilanciamênto, s. m. desequilíbrio; transtorno; dessarranjo, desconcerto.

Sbilanciàre, v. desequilibrar, desconcertar / transformar / turbar / (com.) deixar em perda, desequilibrar o balanço / (intr.) pender (carruagem, etc.).

Sbilanciàrsi, v. (refl.) desequilibrar; arruinar-se.

Sbilanciàto, p. p. e adj. desequilibrado, desconcertado; desarranjado; transtornado.

Sbilàncio, s. m. desequilíbrio; desarranjo, transtorno / (com.) deficit, passividade, prejuízo.

Sbilanciône, s. m. salto descomedido do cavalo / desequilíbrio de temperatura / a sbilancioni: aos trancos.

Sbilencàre, v. torcer, entortar.

Sbilènco, adj. torto, curvo, empenado; mal feito, errado / de pessoas e, também, (fig.) de idéias, períodos, versos, etc.

Sbiliardàre, v. retrucar (j. de bilhar).

Sbiliàrdo, s. m. espirrada, tacada em falso do taco no jogo de bilhar.

Sbiluciàre, v. (rar.) espiar por curiosidade dum lado a outro, voltando os olhos.

Sbirciàre, v. olhar de soslaio, porém atentamente; olhar de través.

Sbirciàta, s. f. olhadela de través / (dim.) **sbirciatina**.

Sbírcio, o mesmo que **bírcio**, s. m. vesgo. zarolho, estrábico, oblíquo.

Sbirichinàre, v. molequear, fazer travessuras.

Sbirràccio, s. m. (pej.) esbirro, beleguim, mau.

Sbirracchiòlo, s. m. dim. (depr.) beleguinaz.

Sbirràglia, s. f. (depr.) porção, conjunto de esbirros.

Sbirreggiàre, v. (intr.) proceder como esbirro.

Sbirrería, s. f. (depr.) ato de esbirro / lugar onde ficam os esbirros / (depr.) conjunto de esbirros.

Sbirrêsco, adj. (depr.) policial, próprio de polícia ou de esbirro / (pl.) **sbirreschi**.

Sbírro, s. m. (depr.) esbirro, polícia. beleguim / **ànime di sbirri**: de sentimentos maus / (mar.) anel de cânhamo.

Sbizzarríre, v. (fr.) tirar a bizarria, o capricho; desencaprichar / (pres.) **sbizzarrisco**.

Sbizzarrírsi, v. (refl.) divertir-se satisfazendo os próprios caprichos.

Sbizzarríto, p. p. e adj. satisfeito, que saciou os próprios caprichos.

Sbizzíre, Sbizzírsi, v. (intr. e refl.) expandir, desabafar, satisfazer os caprichos, esp. as crianças.

Sbloccàre, v. desbloquear, tolher o bloqueio / (ferr.) dar sinal de passagem livre / fazer ricochetear a bola do adversário, no jogo de bilhar / ——— **i prezzi, gli affitti**: liberar os preços, os aluguéis.

Sblòcco (ou **sblòccamento**), s. m. (neol.) desbloqueio ou liberação dos preços, desembargo.

Sbobba, sbobbia, s. f. (pop.) sopa refervida, ruim.

Sboccamento, s. m. (rar.) desemboque, desembocadura.

Sboccànte, p. pr. que desemboca ou deságua.

Sboccàre, v. (intr.) desembocar, desaguar: **L'Arno sbocca nel Tirreno** / desembocar uma rua em outra, numa praça, etc.; **questa via sbocca sulla piazza** / sair: ——— **la nave del porto** / irromper; **la folla sboccò sulla strada** / ——— **fuori**: saltar para fora, aparecer de repente / (tr.) romper a boca de garrafas, vasos, etc. / (mil.) ——— **le artiglierie**: atirar na boca dos canhões inimigos / (refl.) **sboccarsi il cavallo**: desbocar-se o cavalo.

Sboccatàggine, s. f. descomedimento no falar.

Sboccatamênte, adv. desbocadamente, licenciosamente, desavergonhadamente.

Sboccàto, p. p. e adj. desembocado / desbocado; vaso, **cavallo sboccato**; **bottiglia sboccata**: garrafa a que se tirou a boca / (fig.) desbocado, descarado, indecente no falar.

Sboccatôio, s. m. desembocadouro.

Sbocciàre, v. (tr.) desabrochar, brotar / no jogo da bocha (ital. **boccia**) bater na bola do adversário / (fig.) nascer, florescer; ——— **un progetto**.

Sbocciàto, p. p. e adj. desabrochado, brotado.

Sbòccio, s. m. (bot.) desabrochamento, ato ou efeito de desabrochar / **fiori di** ———: flores ao brotar / **di primo** ———: de primeiro broto / (fig.) na flor da idade.

Sbòcco, s. m. desembocadouro, o lugar onde desemboca um rio, uma estrada, uma rua, etc. / jorro / boca, saída; ——— **della galleria**.

Sbocconcellàre, v. (tr.) debicar, comer aos bocados e devagar / partir, mordiscar (um pedaço de pão, etc.); desbeiçar, esborcinar, quebrar a borda de vaso, etc.

Sbocconcellàto, p. p. e adj. debicado, comido aos bocados; mordiscado, fraccionado, partido / desbeiçado, esborcinado.

Sbocconcellatúra, s. f. bocado / fragmentação / debicamento.

Sbòffo, s. m. tufo, enchimento num lugar qualquer do vestido / (pl.) renda, ornato que torna fofo ou relevado o lugar onde se aplica.

Sboglientàre (ant.) v. esquentar, quase ferver / (fig.) agitar, turvar / (refl.) desafogar-se.

Sbolgiàre, v. bolsar, entufar (vestido).

Sbollàre, v. desestampilhar, deslacrar; desselar, tirar o selo.

Sbollíre, v. cessar de ferver, esfriar / (fig.) diminuir, desvanecer (paixão, ardor, etc.).

Sbollíto, p. p. e adj. esfriado; sossegado; acalmado; amortecido.

Sbolognàre, v. (pop.) lograr, vender gato por lebre.

Sbombàre, v. dizer o que se deveria calar / soltar patranhas.

Sbombazzàre, v. divulgar importunamente / comer muito.

Sbombettàre, v. beber muito.

Sbombône, s. m. (s. f. **sbombona**) charlatão, fanfarrão, gabarola.

Sbonzolànte, p. pr. pendente.
Sbonzolàre, v. (intr.) pender / fender-se a parede / (refl.) dobrar-se, arriar debaixo de uma carga / relaxar-se o intestino.
Sboraciàre, v. (técn.) tirar o bórax.
Sborchiàre, v. tirar as tachas (prego de cabeça chata).
Sbordàre, v. bordejar (mar.) / (intr.) suspender as viradas de bordo.
Sbordellamênto, s. m. barulheira.
Sbordellàre, v. barulhar, fazer barulho.
Sbòrnia, s. f. esbòrnia, bebedeira.
Sborniàre, v. vislumbrar, entrever.
Sboniàrsi, v. (refl.) embriagar-se.
Sborniàto, p. p. e adj. vislumbrado, entrevisto; embriagado; borracho, ébrio.
Sborniétta, sborniettína, s. f. dim. esborniazinha.
Sborniône, s. m. (aum.) beberrão, borrachão, chupista, pau-d'água.
Sborràre, v. reduzir à borra / tirar a borra, desborrar.
Sborsamênto, s. m. desembolso; pagamento, entrega de dinheiro.
Sborsàre, v. desembolsar; gastar / pagar.
Sborsàto, p. p. e adj. desembolsado; pago em dinheiro.
Sbòrso, s. m. desembolso; pagamento; entrega de dinheiro.
Sboscamênto, o mesmo que **disboscamênto**, s. m. desflorestamento.
Sboscàre, v. desflorestar.
Sbottàre, v. (intr.) explodir, esvaziar-se dos animais que expelem baba (por ex. o sapo) / desabafar, prorromper, saltar, sair com ímpeto / **sbottare in proteste**: prorromper em protestos.
Sbottàta, s. f. e **sbòtto**, s. m. saída impetuosa, golpe, desafogo, desembaraço, expansão / **una —— di riso**: um caudal de riso.
Sbottonàre, sbottonàrsi, v. (tr. e refl.) desabotoar; desabrochar; desafogar, desembuchar, dizer tudo sem rodeios / desabrochar-se / desabotoar-se / abrir-se, desabafar, dizer claramente o próprio pensamento.
Sbottonàto, p. p. e adj. desabotoado / desabrochado.
Sbottonatúra, s. f. desabotoamento, desabrochamento.
Sbottoneggiàre, v. (rar.) tesourar, falar mal de alguém.
Sbozzacchíre, v. (rar.) reverdecer, renovar, revigorar; medrar / desbastar /
Sbozzacchíto, p. p. e adj. medrado, desbastado, urbanizado, desasnado, civilizado.
Sbozzamênto, s. m. bosquejo; esboço.
Sbozzàre, v. bosquejar, esboçar; planejar; delinear; debuxar.
Sbozzàto, adj. bosquejado, esboçado; planejado; delineado.
Sbozzatôre, s. m. esboçador, bosquejador, debuxador / (esc.) desbastador.
Sbozzatúra, s. m. bosquejo, esboço, debuxo; delineamento, plano / (esc.) desbaste.
Sbozzimàre, v. desengomar, tirar a cola (dos fios de linho, cânhamo, etc.).
Sbòzzino, s. m. plaina, instrumento de marceneiro, para alisar tábuas.
Sbòzzo, s. m. esboço, bosquejo / delineação / desbaste.

Sbozzolàre, v. tolher os casulos dos ramos e juntá-los / (intr.) sair do casulo (a borboleta) / (fig.) cultivar, criar / (pres.) **sbòzzolo**.
Sbozzolàto, p. p. e adj. saído do casulo; crescido.
Sbozzolatôre, s. m. cultivador; que cultiva os casulos; que colhe dos ramos os casulos.
Sbozzolatura, s. f. apanha dos casulos.
Sbracalàto, adj. (fam. e deprec.) desmazelado; que anda sempre com as calças mal arrumadas ou caídas.
Sbracàrsi, v. tirar as calças / (vulg.) —— **dalle risa**: rebentar de rir.
Sbracatamênte, adv. descomedidamente, desaforadamente.
Sbracàto, p. p. e adj. desbragado / (ant.) sem calças; com as calças desabotoadas / cômodo, amplo, largo, folgado; descomunal.
Sbraccettàre, sbraccettàrsi, v. levar ou ir de braço dado.
Sbracciàre, v. tolher do braço, desembraçar, soltar do braço; gesticular falando.
Sbracciàrsi, v. (refl.) estafar-se, trabalhar muito; agitar-se, esforçar-se / desnudar os braços, arregaçando as mangas / mostrar os braços nus.
Sbracciàta, s. f. braçada, movimento violento feito com os braços.
Sbracciàto, p. p. e adj. desembaraçado / com os braços descobertos.
Sbràccio, s. m. bracejo para arremessar algo, bracejamento, espaço suficiente para bracejar trabalhando.
Sbracería, s. f. bazófia, fanfarrice, fanfarronada.
Sbraciàre, v. mexer, remover a brasa / (intr.) jactar-se, fanfarronar, bazofiar.
Sbraciamênto, s. m. (rar.) revolvimento, remexida de brasas.
Sbraciàta, s. f. remeximento, avivamento das brasas / (fig.) fanfarronice, patarata.
Sbraciatôio, s. m. ferro para remexer a brasa.
Sbraciône, s. m. (rar.) fanfarrão, chibante, façanheiro, garganta.
Sbraitamênto, s. m. (rar.) berraria, algaraviada, gritaria.
Sbraitàre, v. vozear, berrar, gritar; fazer muito barulho; vociferar.
Sbraitône, s. m. vociferador, vozeador; gritador.
Sbramàre, v. (lit.) saciar, satisfazer a ânsia, o desejo, fartar.
Sbramàrsi, v. (lit.) saciar-se.
Sbramíno, s. m. máquina de descascar arroz.
Sbranamênto, s. m. despedaçamento, desmembramento, laceração, dilaceramento.
Sbranàre, v. dilacerar, despedaçar, desmembrar / (fig.) destruir / rasgar; (sin) **laceràre**.
Sbranàto, p. p. e adj. dilacerado; desmembrado; despedaçado.
Sbranatôre, s. m. (**sbranatríce**, s. f.) dilacerador.
Sbrancamênto, s. m. saída de um animal (ou mais) do rebanho.
Sbrancàre, v. sair ou tirar do rebanho / desramar (uma planta).
Sbrancàrsi, v. (refl.) sair, fugir do rebanho; / debandar, espalhar-se, afastar-se; perder-se.

Sbrandellàre, v. esfarrapar, rasgar, reduzir em farrapos (vestidos, etc.).
Sbrandellàto, p. p. e adj. esfarrapado, rasgado; roto, destroçado / andrajoso; esfarrapado.
Sbràno, s. m. rasgão / chaga, ferida / a parte esfarrapada ou ferida.
Sbrattanêve, s. m. (ant.) limpa-neve, objeto usado na frente dos trens ou bondes para limpar da neve a estrada.
Sbrattàre, v. limpar, assear, desobstruir / desembaraçar de coisa que atrapalha; livrar: ——— **la casa dai topi, dalle pulci**.
Sbrattàta, s. f. limpeza; varredura, limpadela / despejo, expulsão.
Sbrattatína, s. f. dim. limpadela feita às pressas / expulsamento.
Sbrattàto, p. p. e adj. limpo, neto; mondado / desimpedido / desobstruído / despejado / expulso.
Sbràtto, s. m. limpeza, desembaraço; expulsão: **stanza di** ———: quarto de despejo / **dare lo** ———: expulsar, desalojar.
Sbravazzàre, v. bravatear, bufar, alardear, ameaçar.
Sbravazzàta, s. f. bravata, fanfarrice, rodamontada.
Sbravazzône, s. m. (aum.) valentaço, fanfarrão, ferrabrás.
Sbreccàre, v. desbeiçar a borda das vasilhas.
Sbrecciàre, v. tr. (mil.) abrir brecha.
Sbrendolàre, v. esfarrapar, cair aos farrapos.
Sbrèndolo, s. m. farrapo; trapo; pedaço de pano gasto; pedaço pendente do vestido.
Sbrendolône, s. m. esfarrapado, andrajoso, roto; farrapento; perdulário.
Sbricco, s. m. (ant.) malandro, mandrião.
Sbricconeggiàre, v. malandrar, mandriar.
Sbriciàre, v. (tr.) triturar.
Sbrício, adj. andrajoso; pobre, mísero.
Sbriciolaménto, s. m. trituração, esmigalhadura, fragmentação; esmiuçamento.
Sbriciolàre, v. triturar, esmigalhar, fragmentar, despedaçar.
Sbriciolàto, p. p. e adj. esmigalhado; triturado; fragmentado; partido em migalhas.
Sbriciolatúra, s. f. trituração, esmigalhadura, fragmentação / migalhas.
Sbrigaménto, s. m. (rar.) despacho, diligência, despacho de um assunto, etc.
Sbrigàre, v. apressar, aviar, expedir, diligenciar, tramitar / ——— **una pratica**: despachar um expediente.
Sbrigàrsi v. (refl.) apressar-se, aviar-se para terminar logo um trabalho; dar-se pressa / livrar-se, safar-se.
Sbrigataménte, adv. (ant.) despachadamente, desembaraçadamente.
Sbrigativaménte, adv. prontamente, expedidamente, rapidamente.
Sbrigatívo, adj. expedito, pronto, diligente, ativo, rápido.
Sbrigàto, p. p. e adj. aviado, expedido / solícito, pronto.
Sbrigliaménto, s. m. desenfreamento, ação ou efeito de desenfrear ou de desenfrear-se / (cir.) tiragem das ataduras ou pontos.
Sbrigliàre, v. desenfrear, tirar o freio / (fig.) soltar, deixar livre / (cir.) tirar as ataduras / (refl.) livrar-se do freio, desenfrear-se.
Sbrigliàta, s. f. sofreadura / (fig.) repreensão acerba; censura.
Sbrigliataménte, adv. desenfreadamente; à solta.
Sbrigliatèlla, sbrigliatína, s. f. dim. admoestaçãozinha / desenfreiadela.
Sbrigliatèzza, s. f. desenfreamento, desenfreio; descomedimento.
Sbrigliàto, p. p. e adj. desenfreado, que não tem freio; solto / descomedido, estouvado / desordenado: **fantasia sbrigliata**.
Sbrindellàre, v. esfarrapar, reduzir a farrapos / (intr.) cair mal o vestido.
Sbrindèllo, s. m. trapo, farrapo.
Sbrindellône, s. m. andrajoso.
Sbroccàre, v. desembaraçar / limpar, desembaraçar a seda dos nós, etc. / (agric.) desbastar, podar, limpar.
Sbroccàto, p. p. e adj. (técn.) limpo, desembaraçado.
Sbroccatúra, s. f. limpeza da seda / (agr.) desbaste das árvores.
Sbròcco, s. m. nó no fio da seda.
Sbròcco, sbroccône, s. m. (téc. sapat.) cravador de torno, utensílio parecido com a sovela, porém mais curto e direito, com o qual os sapateiros furam as solas dos sapatos, para introduzir os tornos (pequenos pregos quadrados de madeira).
Sbroccolàre, v. (agr.) cortar, roer as folhas dos ramos tenros, como fazem as cabras.
Sbrodàre, v. espumar o caldo / derramar, esparramar: ——— **sentenza, discorsi**.
Sbrodàrsi, sbrodolàrsi, v. (refl.) enodoar-se, sujar-se, manchar-se, de caldo ou de unto.
Sbrodolàre, v. manchar com caldo ou semelhante / (fig.) palavrear levianamente.
Sbrodolône, adj. e s. m., sujo, enodoado, que se unta todo ao comer.
Sbrogliaménto, s. m. desenredo, desenlace, desembaraço, desentalação, desempecilho.
Sbrogliàre, v. desembaraçar, tirar as coisas que estorvam; desembrulhar, desenredar, desemaranhar / (mar.) ——— **le vele**: soltar as velas / (refl.) livrar-se dum embrulho; desembaraçar-se.
Sbroncàre, v. (agr.) desramar, podar.
Sbronciàre, sbroncíre, v. (intr.) enfadar-se, amuar-se.
Sbronconàre, v. (agr.) mondar, limpar (o terreno).
Sbròscia, s. f. caldaça, bródio, líquido insípido. (pl. **sbrôsce**) / (fig.) discurso insípido.
Sbrosciatúra, s. f. resíduo de tinta já usada, e que serve para tingir certas peles.
Sbrucàre, v. tirar as folhas dos ramos / roer / tirar as lagartas das plantas.
Sbruffàre, v. esborrifar / borrifar, molhar com borrifos.
Sbruffàta, s. f. borrifo, esborrifada / rociada com a boca / tentativa de suborno / (dim.) **sbruffatina**.
Sbruffàto, p. p. e adj. borrifado, esborrifado.

Sbrúffo, s. m. borrifo (rociada com a boca) / objetos ou dinheiro para fins ilícitos, de suborno, etc.

Sbucàre, v. desentocar, desencovar; sair do buraco, da cova / (fig.) sair de um lugar escondido; aparecer de repente.

Sbucciafatíche, adj. preguiçoso, vadio.

Sbucciamênto, s. m. (rar.) descascação, descasca, ato de descascar uma fruta, etc.

Sbucciàre, v. descascar, pelar (tirar a pele ou casca), mondar / (refl.) escoriar-se / (fig.) **sbucciarsela**: escapulir-se, sair pela tangente.

Sbucciàto, p. p. e adj. descascado; "pelado"; limpo; mondado de casca.

Sbucciatúra, s. f. descascação, ato de descascar / esfoladura, arranhadura leve na pele.

Sbucciaturína, s. f. arranhadurinha.

Sbucciône, (f. **sbucciona**) adj. e s. m. vadio, vagabundo.

Sbudellamênto, s. m. estripação, ato ou efeito de estripar, destripamento.

Sbudellàre, v. destripar, tirar as tripas; ferir de forma a fazer sair as tripas; **sbudellàrsi**: estripar-se, brigar a facadas / —— **dalle risa**: rebentar de rir / (pres.) **sbudèllo**.

Sbudellàto, p. p. e adj. estripado, destripado.

Sbudellatôre, s. m. (**sbudellatríce** s. f.) estripador / (burl.) espadachim.

Sbuffànte, p. pr. que bufa.

Sbuffamênto, s. m. sopro, bufo.

Sbuffàre, (intr. e tr.) bufar, soprar; expelir pela boca, expelir o ar pela boca / bufar por raiva, tédio, etc. / soltar baforadas de fumaça / —— **il vento**: soprar a rajadas.

Sbuffàta, s. f. baforada, sopro / —— **di fumo**: baforada de fumo.

Sbúffo, s. m. sopro / sopro impetuoso de vento / borrifo / —— **della manica**: oco da manga, pufe.

Sbugiardàre, v. (tr.) descobrir, revelar, desmascarar (uma mentira, um mentiroso).

Sbullettàre, v. despregar, destachar, desencravar.

Sbullettàrsi, v. despregar-se / (técn. constr.) o formar-se de bolhas no reboco das paredes por efeito da cal não perfeitamente queimada / (agr.) desabrochar do trigo.

Sbullettatúra, s. f. descravamento, despregadura / formação de bolhas no reboco das paredes.

Sburràre, v. tirar a parte gordurosa; desnatar.

Sburràto, p. p. e adj. desnatado.

Sbuzzàre, v. desbuchar, tirar o bucho das aves, peixes, etc. / (burl.) destripar, desbarrigar, estripar: **farsi** ——: fazer-se destripar / (refl.) abrir-se por si um abscesso.

Scàbbia, s. f. sarna, ronha; doença cutânea, pruriginosa e contagiosa.

Scabbiòsa, s. f. escabiosa, saudade (planta).

Scabbiôso, adj. sarnoso, sarnento.

Scabíno, s. m. (hist.) escabino, magistrado municipal na Idade Média / (pl.) juízes populares presididos por um juiz togado.

Scabrèzza, s. f. escabrosidade; rudeza; aspereza.

Scàbro, adj. escabroso, áspero, rude / difícil / (hist. nat.) áspero ao tato.

Scabrosamênte, adv. escabrosamente, asperamente, com dificuldade.

Scabrosètto, **scabrosino**, adj. dim. um tanto escabroso.

Scabrosità, s. f. escabrosidade, aspereza / (fig.) dificuldade.

Scabrôso, adj. escabroso, duro, áspero / (fig.) difícil, árduo, difícil de tratar / (gal.) escabroso / **romanzo** ——: romance que emparelha com o imoral.

Scacàto, adj. (chul.) escagaçado (pleb.) / (técn.) douração muito descorada.

Scacazzamênto, (p. us.) s. m. defecação repetida.

Scacazzàre, v. (chul.) escagaçar / (pleb.) escagarrinhar, defecar com freqüência / (fig.) jogar fora, desperdiçar.

Scacazzàto, p. p. e adj. (chul.) escagaçado / sujo de excrementos.

Scaccàta (de **scàcco**, xadrez, jogo), s. f. golpe dado com uma peça do jogo de xadrez.

Scaccàto, **scaccheggiàto**, adj. enxadrezado, feito, disposto em forma de xadrez / (heráld.) escudo xadrezado.

Scàcchi, s. m. xadrez, jogo em que se fazem mover 32 peças de valor diverso.

Scacchiàre, v. (agr.) chapotar: decotar, aparar, cortar os ramos inúteis da videira, etc.

Scacchiatúra, s. f. (agr.) poda.

Scacchièra, s. f. tabuleiro de xadrez, de 64 casas, para o jogo de xadrez ou damas.

Scacchière, s. m. (mil.) região, ponto determinado onde se movem tropas em manobra ou em guerra / (arit.) espécie de multiplicação / (ingl.): **cancellière dèllo** ——: ministro das finanças na Inglaterra / tabuleiro de dama ou xadrez.

Scacchísta, s. m. enxadrista, jogador de xadrez / (pl.) **scacchísti**.

Scacchístico, adj. xadrezístico; enxadrezístico; relativo ao jogo de xadrez.

Scàccia, s. m. batedor (na caça).

Scacciacàni, s. m. espanta-cães, revólver sem balas.

Scacciadiàvoli, s. m. antigo canhão de longo alcance (séc. XVI).

Scacciafúmo, s. m. (artilh.) dispositivo para expelir o fumo da câmara de explosão.

Scacciamênto, s. m. (rar.) enxotamento: expulsão; expulsamento.

Scacciamôsche, s. m. moscadeiro, utensílio para enxotar moscas.

Scacciapensièri, s. m. berimbau, pequeno instr. sonoro de ferro, que se toca segurando-o nos dentes.

Scacciàre, v. expulsar, enxotar, afastar, expelir / repelir, mandar embora bruscamente e iradamente / repelir, afastar um pensamento.

Scacciàta, s. f. expulsão / (técn.) pergaminho usado pelos que batem o ouro.

Scacciàto, p. p. e adj. enxotado, expulso, afastado, despedido; repelido.

Scacciatôre, s. m. (**scacciatríce**, s. f.) enxotador, expulsor, que enxota, que expulsa.

Scaccíno, s. m. sacristão; servente de igreja / (ant.) sacristão encarregado de expulsar os cachorros da igreja com uma vara.

Scàcco, s. m. xadrez; cada uma das casas do tabuleiro de xadrez; cada uma das figuras do jogo de xadrez / (fig.) dano, prejuízo, derrocada, insucesso / **avere uno scacco matto**: sofrer uma derrota ou um grave prejuízo moral ou material / (pl.) **gioco degli scacchi**: jogo de xadrez.

Scaciàto, adj. (ant.) como queijo: **bianco** ——.

Scadènte, p. pr. e adj. decadente, fraco, débil; que perdeu o esplendor / ordinário, inferior (tecido ou outro objeto) / **mèrce** ——: mercadoria de qualidade ínfima / (com.) próximo a vencer: **cambiale** ——: letra para vencer.

Scadènza, s. f. (com.) vencimento, prazo, têrmo; data certa na qual se deve pagar uma letra ou cumprir qualquer compromisso / **prorogare la** ——: prorrogar o vencimento.

Scadenzàrio, (rar.) e **scadenzière**, s. m. (com.) registro (comercial) de letras ou títulos emitidos, aceitos e em cobrança / (pl.) **scadenzàri**.

Scadère, v. (intr.) acabar, terminar o prazo para o pagamento de uma letra, etc. / decair, piorar, baixar, enfraquecer, diminuir: —— **di salute, di forza**.

Scadimènto, s. m. decaimento; decadência; míngua, diminuição.

Scadúto, p. p. e adj. caído; decadente; arruinado; empobrecido, diminuído, minguado; que perdeu todo o valor / (com.) vencido, título ou valor que não foi pago no vencimento.

Scàfa (ant.) s. f. bote.

Scafàndro, s. m. escafandro, aparelho para mergulhar na água.

Scafàrda, s. f. pequeno barco, chalupa.

Scafàsso, s. m. embalagem para resinas e incenso no extremo oriente.

Scafètto, s. m. (mar.) barquinho.

Scaffalàccio, s. m. (pej.) estante feia, ordinária.

Scaffalàre, v. prover de estante uma sala / pôr os livros nas estantes.

Scaffalatùra, s. f. porção de estantes ou prateleiras; assentamento, ajustamento de prateleiras.

Scaffàle, s. m. estante / prateleira de madeira para livros, papéis, etc.

Scaffalètto, scaffalíno, s. m. dim. pequena estante; prateleirinha.

Scaffalône, s. m. (aum.) estante, prateleira grande.

Scafísmo, s. m. antigo suplício, no qual o condenado ficava preso entre duas tábuas encravadas, até morrer.

Scàfo, s. m. escafo, casco do navio e do hidroplano.

Scafocefalía, s. f. escafocefalia, alteração do crânio.

Scafocefàlico, adj. escafocefálico.

Scafocèfalo, s. m. escafocéfalo, que tem o crânio oblongo, dolicocéfalo.

Scafòide, adj. e s. (anat.) escafóide.

Scagionàre, v. (tr. e refl.) relevar, justificar, desculpar / **scagionàrsi**: desculpar-se, justificar-se, escusar-se.

Scagionàto, p. p. e adj. relevado; justificado; escusado; desculpado.

Scàglia, s. m. escama, tegumento ósseo ou córneo de certos animais / lasca, fragmento de pedra, mármore, metal etc. / (mil.) metralha / (geol.) ardósia.. xisto separável em lâminas.

Scagliàbile, adj. arremessável, que se pode tirar, arremessar, arrojar.

Scagliàme, s. m. quantidade de escamas; fragmentos.

Scagliamènto, s. m. (raro) arremesso, lançamento / (geol.) formação das pétreas escamosas.

Scagliàre, v. atirar, arremessar, arrojar, projetar, lançar para fora com força / (mar.) desencalhar / tirar as escamas / (refl.) **scagliàrsi**: arremessar-se, lançar-se, projetar-se contra / (mar.) desencalhar-se o navio.

Scagliàto, p. p. e adj. arremessado, atirado, projetado, lançado.

Scagliatôre, adj. e s. m. (**scagliatríce**, s. f.) arremessador, atirador, que lança, que atira qualquer coisa.

Scagliètta, s. f. dim. escamazinha; lasquinha variedade de tabaco.

Scagliòla, s. f. escamazinha / estuque muito adesivo e que imita o mármore, formado de gesso puro, cozido / (bot.) alpiste.

Scaglionàre, v. (mil.) escalonar: dispor (corpos de tropa, etc.) a uma certa distância um dos outros.

Scagliône, s. m. (aum.) degrau grande, degrau natural de um monte ou ao longo da costa / cada um dos quatro caninos do cavalo / peixe de água doce / corpo, destacamento de exército escalado num lugar determinado / (tr. man.) **punto a scaglioni**: ponto (de costura) alternado.

Scagliôso, adj. escamoso.

Scagliuòla, s. f. dim. lasquinha / (bot.) alpiste.

Scagnàre, v. latir, ladrar o cão quando descobre a caça.

Scagnàrdo, adj. (ant.) arisco, intratável.

Scàgno, s. m. (dial.) escano, banco: escritório.

Scàgno e scagnío, s. m. latido, ladrido: **se il cane sente qualcòsa, butta sùbito qualche** ——: se o cão percebe alguma coisa, dá logo um latido.

Scagnolo, s. m. (vet.) esparavão, tumor por baixo da curva da perna do cavalo.

Scagnòzzo, s. m. padre pobre que anda atrás de enterros e missas / (pej.) artista, escritor, etc. pouco destro em seu ofício.

Scàla, s. f. escada, série de degraus para subir e descer, nas casas, etc.; escaleira / utensílio móvel, formado de tábuas que servem de degraus / escala, indicação das proporções num mapa ou num plano / gama, série de notas musicais / (mar.) porto de escala / escala, linha dividida em partes iguais / **scala sociale**: conjunto das diversas classes e condições da sociedade, escala social / (rád.) **scala parlante**: quadro das estações / (gal.) **in grande** ——: em grande quantidade / **lavorare su vasta** ——, comerciar por atacado / (dim.) **scaletta, scalettína**: escadinha / (aum.) **scalône** / (pej.) **scalàccia**.

Scala, (Teatro alla) célebre teatro de Milão fundado em 1778 na área da antiga Santa Maria della Scala.

Scalabríno, s. m. (ant.) astuto, ardiloso, pícaro, maroto.

Scalamênto, s. m. escalamento, ato de escalar, escalada.

Scalandríno, s. m. escada de três pés, um dos quais serve de escora.

Scalandrône, s. m. pontão de estaleiro, para facilitar o lançamento dos navios ao mar; plano inclinado.

Scalappiàre, v. tr. soltar, desenlaçar desvencilhar, desatar.

Scalappiàrsi, v. intr. desvencilhar-se, livrar-se duma embrulhada.

Scalàre, adj. gradual, gradativo, progressivo, sucessivo / v. (tr.) escalar, subir, trepar, subir por meio de escada, galgar, atingir (uma montanha, uma posição / **scalare il potere:** escalar o poder.

Scalarifôrme, adj. que tem forma de escada.

Scalarmênte, adv. gradativamente.

Scalàta, s. f. escalada, escalamento, ato de escalar.

Scalàto, p. p. e adj. escalado, galgado, atingido / graduado / gradual, proporcional.

Scalatôre, adj. e s. m. (**scalatríce,** s. f.) escalador / trepador.

Scalcagnàre, v. (intr. e tr.) acalcanhar, pisar com o calcanhar / (fig.) desprezar, vexar, amesquinhar, rebaixar, desacreditar.

Scalcagnàto, p. p. e adj. descalcanhado, abatido, decadente, vexado, oprimido / mísero, infeliz.

Scalcàre, v. tr. repartir, trinchar, retalhar (frangos, perus, etc.) / (sin.) **trinciare.**

Scalcàto, p. p. e adj. pisado, calcado, espezinhado / trinchado, retalhado, cortado, repartido.

Scalcatôre, adj. e s. m. (**scalcatríce,** s. f.) trinchador, trinchante, que trincha ou reparte a comida na mesa.

Scalcheria, s. f. arte, profissão de trinchador.

Scalciàre, v. intr. escoicear, acoicear, dar coices ou pontapés.

Scalcinàre, v. tr. descaliçar, tirar a caliça dos muros / (fig.) estragar, consumir / (refl.) **scalcinarsi il muro:** desmoronar-se a parede, cair o reboco.

Scalcinàto, p. p. e adj. descaliçado, que perdeu a caliça / (fig.) deteriorado, consumido, arruínado / desalinhado / pobre.

Scalcinatúra, s. f. descaliçamento, ato de tirar a caliça / parede que perdeu a caliça.

Scalcinazіône, s. f. eliminação dos sais calcários dos metais.

Scàlco, s. m. trinchante, trinchador (ecles.) ——— **segreto:** dignitário da corte Papal, que preparava o pactos do Papa; hoje é somente título honorífico / (pl.) **scalchi.**

Scaldamênto, s. m. aquecimento / calefação.

Scaldabàgno, s. m. aparelho a gás, eletricidade ou carvão para aquecer a água: aquecedor.

Scaldalètto, s. m. aquecedor de cama / (burl.) relógio ordinário.

Scaldamàni, scaldamàno, s. m. pequeno braseiro para esquentar as mãos (rar.) / jogo infantil.

Scaldamênto, s. m. aquecimento, ato e efeito de aquecer / calefação.

Scaldapànche, adj. preguiçoso.

Scaldapiàtti, s. m. escalfador para comidas.

Scaldapièdi, s. m. escalfeta, braseiro com tampa gradeada, para aquecer os pés.

Scaldaràncio, s. m. escalfador, para o rancho; rolinhos de papel comprimido embebidos de parafina que, quando acesos, serviam para aquecer o rancho dos soldados.

Scaldàre, v. tr. esquentar, aquecer, causar calor a, aumentar o calor de, tornar quente / (fig.) animar, entusiasmar, avivar, concitar.

Scaldàrsi, v. refl. aquecer-se, acalorar-se; animar-se / encolerizar-se, enfurecer-se / ——— **al fuoco:** esquentar-se ao fogo.

Scaldasèggiole, s. m. vadio, mandrião, preguiçoso, o que passa o tempo sentado sem fazer nada.

Scaldàta, s. f. aquentamento, aquecimento; esquentada, aquecida.

Scaldatína, s. f. dim. esquentadela.

Scaldàto, p. p. e adj. esquentado, aquecido, quente / exaltado, irritado.

Scaldatôre, adj. e s. m. (**scaldatríce,** s. f.) esquentador; aquecedor.

Scaldavivànde, s. f. escalfador para comidas.

Scaldinàccio, s. m. (pej.) brazeiro ordinário.

Scaldinètto, scaldinúccio, scaldino, s. m. dim. braseirinho, braseiro a carvão para aquecer.

Scaldinône, s. m. (aum.) braseiro grande.

Scàldo, s. m. (escand. **skald**), cantor escandinavo; bardo.

Scalducciàre, v. tr. e refl. esquentar um pouco.

Scalèa, s. m. escadaria larga diante de igrejas e edifícios grandes ou monumentais.

Scalêno, adj. (geom.) escaleno, triângulo que tem os lados desiguais.

Scalèo, s. m. (tosc.) escada pequena portátil / pequeno móvel de madeira ou de ferro para vasos de flores.

Scalèra, s. f. escadaria externa, de dois lances simétricos.

Scalessàre, v. passear, trotar em caleche (pequena carruagem).

Scalessàta, s. f. passeio em caleche.

Scalètta, s. f. dim. escadinha / série de encaixes que sustentam as tábuas de uma estante ou prateleira.

Scalettàre, v. tr. escadear, dar forma de escada, dar feição de escada: ——— **una collina,** ——— **i margini di registro.**

Scalettàto, p. p. e adj. escadeado, feito a semelhança de escada / graduado alfabeticamente.

Scalettína, s. f. escadinha.

Scalfaròtto, s. m. bota de cano duplo para encher com feno ou lã grosseira e aquecer os pés.

Scalfíre, v. escalavrar, escoriar, esfolar levemente / (pres.) **scalfisco.**

Scalfíto, p. p. e adj. ressalvado, esfolado, escoriado, arranhado.

Scalfittúra, s. f. esfoladura, escoriação, arranhadura.
Scalinàta, s. f. escadaria / escadaria de igreja ou de edifício suntuoso.
Scalíno, s. m. degrau, cada uma das partes da escada em que se põe o pé para subir / (fig.) grau na escala social: a ―――― a ―――― si sale la scàla: degrau por degrau chega-se ao alto.
Scallàre, v. extrair os calos.
Scallàrsi, v. tirar-se os calos.
Scalmàna, e **scarmàna** (ant.) s. f. resfriado, defluxão, resfriamento / excitação, exaltação.
Scalmanàrsi, v. refl. resfriar-se, apanhar um resfriado / fatigar-se, agitar-se, afanar-se, acalorar-se no falar / excitar-se, exaltar-se.
Scalmanàta, s. f. fadiga, azáfama, cansaço.
Scalmanàto, p. p. e adj. cansado, fatigado, atarefado / excitado, exaltado, aceso no falar ou discutir.
Scalmanatúra, s. f. afã, fadiga, atarefamento, cansaço / exaltação, entusiasmo.
Scalmièra, s. f. (mar.) escalmão, cavilha para o remo; tolete.
Scàlmo, s. m. escalmo; espigão a que se prende o remo.
Scalo, s. m. (cais ou caes), lugar, num porto, onde atracam os navios e desembarcam e embarcam pessoas e mercadoria / escala, ponto de parada de um navio / la nave fa ―――― a Santos: o navio faz a escala em Santos / (ferr.) ―――― mèrci: construção especial onde é descarregada a mercadoria trazida nos vagões / ―――― di costruzione: estaleiro.
Scalòccio, s. m. (ant.) (mar.) remo manejado por dois ou mais remadores.
Scalògna, s. f. (bot.) chalota / (fig.) desdita, má sorte, azar, desventura.
Scalôgno, s. m. (bot.) chalota, espécie de cebola de bulbo pequeno.
Scalône, s. m. (aum.) escada grande, escadaria.
Scalòppa, **scaloppína**, s. f. (do fr. escalope) fatia de vitela guisada com marsala.
Scalpellàre, v. cinzelar, lavrar, trabalhar com escopro ou cinzel / bater, apagar, lavrar com o escopro.
Scalpellàto, p. p. e adj. cinzelado, lavrado / cinzelado com o escopro.
Scalpellatôre, adj. e s. m. (**scalpellatríce**, s. f.) cinzelador; que trabalha com escopro ou cinzel.
Scalpellatúra, s. f. cinzeladura, ato de cinzelar, ou esculpir.
Scalpellêtto, s. m. (dim.) escoprozinho, pequeno cinzel.
Scalpellinàre, v. cinzelar; lavrar, esculpir com o cinzel.
Scalpellíno, s. m. canteiro, operário que trabalha a pedra com o escopro / (depr.) escultor medíocre.
Scalpèllo, s. m. escopro, instrumento de aço, cortante em uma das pontas, para cortar ou lavrar pedra, metal, etc.; cinzel / (fig.) escultor / **un valente** ――――: um grande escultor.
Scalpellône, s. m. (aum.) escopro grande.
Scalpellúcio, s. m. (dim.) escoprozinho.

Scalpicciaménto, s. m. tropeada, ato ou efeito de tropear / estrépito de tropel.
Scalpicciàre, v. intr. tropear, fazer ruído com os pés ao andar.
Scalpiccío, s. m. tropel, ruído continuado com os pés ao andar.
Scalpitaménto, s. m. (lit.) tropeada; barulho, estrépito, pateada.
Scalpitànte, p. p. que pateia, que bate com as patas (cavalos).
Scalpitàre, v. patear, tropear, bater com as patas (cavalos).
Scalpitío, s. m. tropel, estropeada, estrépito.
Scalpôre, s. m. ruído, alvoroço / barulho / ressentimento manifestado rumorosamente.
Scàlpro, s. m. (ant.) cinzel.
Scaltraménte, adv. destramente, atiladamente; agudamente.
Scaltrèzza, s. f. acume, agudeza, destreza, tino, astúcia.
Scaltriménto, s. m. discernimento, astúcia: artifício, artimanha, ardil.
Scaltríre, v. tr. e refl. desenvolver a perspicácia, a destreza, a prudência, a sagacidade, a astúcia / **Guarda, giovi, ch'io ti scaltro** (Dante): "Eu te previno, vai com tento andando" (tr. X. P.).
Scaltrírsi, v. refl. fazer-se vivo, sagaz, astuto.
Scaltritaménte, adv. agudamente, destramente, astutamente.
Scaltríto, p. p. e adj. destro, astuto / provecto, perito numa arte ou ciência / esperto, ardiloso, manhoso.
Scáltro, adj. fino, inteligente, sagaz / prudente, avisado / esperto, destro, astuto / manhoso, ladino.
Scalúccia, s. f. (dim.) escadinha (escada pequena).
Scalvàre, v. escalvar, deixar calvo / esfolar o crânio para deixá-lo na casa como troféu (costume de certos selvagens) / (agr.) tornar estéril, sem vegetação.
Scalzacàne, e **scalzacàni**, s. m. (pop. depr.) miserável, pobre / néscio, estulto, nulo, inútil.
Scalzaménto, s. m. descalçadura, ação de descalçar / ação de tirar o calço, de desarmar (muro, etc.).
Scalzàre, v. tr. descalçar, tirar os sapatos ou as meias dos pés / (agr.) desbastar, limpar, da erva o lugar onde estão árvores e plantas / descalçar, tirar o calço / procurar prejudicar alguém / tentar subornar para obter a revelação de um segredo / ―――― **l'autoritá altrui**: solapar a autoridade, o prestígio de outrem / demolir, derrubar, desgastar.
Scalzàrsi, v. refl. descalçar-se.
Scalzàto, p. p. e adj., descalçado / desacreditado / descalço.
Scalzatòio, s. m. descalçador, utensílio para ajudar a tirar o sapato / (cir.) escarnador.
Scalzatôre, adj. e s. m. descalçador; que descalça.
Scalzatúra, s. f. descalçadura / solapamento.
Scàlzo, adj. descalço (sem sapatos nem chinelos e meias), ordem religiosa, carmelitas descalços.

Scamatàre, v. tr. vergastar, bater com pano de lã ou pano para desempoeirar.
Scamatíno, s. m. operário que bate os tecidos para tirar a poeira.
Scamàto, s. m. verga, vara para bater os panos, colchões, lãs, etc. / (ecles.) vara usada pelos antigos penitenciários.
Scambiamênto, s. m. troca, câmbio.
Scambiàre, v. tr. trocar, barganhar, cambiar, permutar, mudar / equivocar, tomar uma coisa por outra / substituir / ——— **la parola:** conversar / **scambiarsi il saluto** / saudar-se / **scambiarsi occhiate:** trocar olhares.
Scambiàto, p. p. e adj. trocado, permutado / **occhi scambiati:** olhos estrábicos.
Scambiettàre, v. saltarilhar, saltaricar, piruetar aos saltos.
Scambiêtto, s. m. pequena troca / salto ligeiro cruzando os pés / ——— **di parole:** jogo de palavras.
Scambièvole, adj. recíproco, mútuo: **aiuto** ———.
Scambievolêzza, s. f. correspondência, reciprocidade, reciprocação.
Scambievolmente, adv. mútua ou reciprocamente.
Scàmbio, s. m. troca, barganha, câmbio, comércio, permuta / (ferr.) desvio, linha secundária ligada à geral, nas estradas de ferro / **líbero** ———: abolição ou cobrança mínima das taxas alfandegárias / **prendere in** ———: equivocar.
Scambísta, s. m. adepto do livre intercâmbio / (ferr.) manobrador, operário que trabalha nas linhas de desvio.
Scameràre, v. (jur.) livrar de confisco, de embargo, etc. / (pres.) **scàmero**.
Scamerita, s. f. lombo de porco.
Scamiciàrsi, v. refl. ficar de camisa ou em mangas de camisa.
Scamiciàto, p. p. e adj. em mangas de camisa / (fig.) esfarrapado / ruim, miserável.
Scamillo, s. m. (ant.) pedestal ressaltado / flanco elevado de escada de pedra.
Scamòne, s. m. (dial. milan.) carne de bovino boa para sopa.
Scamonèa, s. f. (bot.) escamônea, planta trepadeira que produz uma resina purgativa / (fig. depr.) pessoa malsã, feia e enfadonha.
Scamonèato, adj. escamoneado, diz-se de preparado medicinal que contém escamônea.
Scamonína, s. f. escamonina, princípio purgativo contido na escamônea.
Scamòrza, s. f. queijo em forma de bola.
Scamosciàre, v. acamurçar, curtir as peles de forma que semelhem à pele de camurça.
Scamosciàto, p. p. e adj. acamurçado, camurçado.
Scamosciatôre, s. m. acamurçador, curtidor de peles de camurça ou semelhantes.
Scamòscio, adj. acamurçado: **pelli scamosce** / (s. m.) camurça (pele).
Scamozzàre, v. desmochar, desramar, cortar / descabeçar, tirar a parte superior (por ex. de um recipiente) / truncar, abater a parte mais alta de tronco ou dos galhos de uma árvore.
Scamozzàto, p. p. e adj. desramado, desbastado, cortado.
Scamozzatúra, s. f. (agr.) desmocho.
Scampafôrca, s. m. (que se livrou da forca) birbante, velhaco, patife.
Scampagnàre, v. intr. passear no campo, descansar, veranear no campo.
Scampagnàta, s. f. passeio, excursão campestre.
Scampamênto, s. m. (rar.) salvamento, ação de salvar ou salvar-se.
Scampanacciàta, s. f. som prolongado de muitos sinos / o bater continuado de latas etc.
Scampanàre, v. intr. repicar repetidamente os sinos / abrir-se em forma de sino.
Scampanàta, s. f. repique contínuo e festivo de sinos / som, toque ou rumor de qualquer instrumento.
Scampanellare, v. intr. campainhar, fazer soar a campainha, tocar repetidamente a campainha da porta.
Scampanellàta, s. f. campainhada forte.
Scampanellío, s. m. campainhada continuada.
Scampanío, s. m. repique de sinos / (pl.) **scampanii**.
Scampàre, v. tr. salvar de risco ou perigo, evitar / **Dio ci scampi e liberi:** Deus nos livre, ou nos guarde / **averla scampata bella:** ter escapado de perigo quase por milagre / (intr.) livrar-se, salvar-se, sair ileso / amparar-se, refugiar-se.
Scampàto, p. p. e adj. escapado, salvo / evitado.
Scàmpo, s. m. salvação, guarida, refúgio, salvação / **non c'é** ——— **per i traditôri:** não há salvação para os traidores / **cercàre uno** ———: buscar um amparo, um refúgio / (zool.) camarão do mar Adriático.
Scampolêtto, scampolíno, s. m. (dim.) retalhinho.
Scàmpolo, s. m. retalho (pedaço de pano que sobrou) / (fig.) sobra, resto, resíduos, migalhas / **uno** ——— **d'uomo:** homem pequeno, homem fracassado / ——— **di tempo:** sobra de tempo.
Scamúzzolo, s. m. (ant.) retalho, resíduo.
Scàna, s. f. colmilho / (sin.) zanna.
Scanagliàre, v. intr. acanalhar, ter modos e conduta de canalha / vozear, alvoroçar, gritar: **letterati che si scanàgliano tra loro:** literatos que se aviltam e se desprezam entre si / (refl.) **scanagliàrsi:** insultar-se.
Scanalàre, v. acanalar, canelar, estriar, abrir estria ou sulco na pedra, madeira, etc. / (fig.) descarrilhar, sair do bom caminho.
Scanalàto, p. p. e adj. acanalado, estriado, canelado: **collonna scanalata:** coluna estriada.
Scanalatúra, s. f. acanaladura, ato ou efeito de canalar; estria, sulco, canal, canelura, cavidade, gárgula.
Scancellàbile, adj. cancelável, riscável; que se pode cancelar, apagar.

Scancellamênto, s. m. cancelamento, cancelação, ação ou efeito de cancelar.

Scancellàre, v. tr. cancelar, riscar, apagar o que está escrito / apagar da memória, esquecer (v. cancellare).

Scancellatíccio, adj. um tanto cancelado / que conserva traços de cancelamento.

Scancellàto, p. p. e adj. esquecido, olvidado / (s. m.) escrito que tem traços de cancelamento.

Scancellatúra, scancellaziône, s. f. cancelamento, cancelação.

Scancería, s. f. (ant.) estante.

Scàncio, s. m. obliqüidade, esguelha, través / us. na loc. adv. a ———; di ———; per ———: de través, obliquamente, de esguelha.

Scandagliàre, v. sondar, buscar, explorar com sonda / (fig.) examinar minuciosamente, investigar, procurar, descobrir, inquirir.

Scandagliàta, s. f. sondada, busca, procura rápida.

Scandagliàto, p. p. e adj. sondado, examinado; buscado, procurado / inquirido, observado, perscrutado.

Scandagliatòre, s. m. **scandagliatríce**, s. f. sondador, buscador, perscrutador.

Scandàglio, s. m. sonda, instrumento para fazer sondagens / sondagem, investigação, pesquisa, experiência, cálculo.

Scandalêzzo, s. m. (ant.) escândalo.

Scandalísta, (pl. -sti), s. m. propalador ou aproveitador de escândalos.

Scandalizzamênto, s. m. escândalo, ato de escandalizar.

Scandalizzàre, v. tr. escandalizar, fazer escândalo, melindrar, ofender, susceptibilizar / **i pedanti si scandalizzàno che il mondo esca dalle rotaie preparate da loro**: os pedantes se escandalizam que o mundo saia da trilha preparada por eles / (refl.) scandalizzàrsi: escandalizar-se; indignar-se.

Scandalizzàto, p. p. e adj. escandalizado, melindrado, ofendido, envergonhado pelo escândalo.

Scandalizzatôre, adj. e s. m. (scandalizzatríce, s. f.) escandalizador, que ou quem escandaliza.

Scàndalo, s. m. escândalo, mau exemplo, alvoroço, tumulto, agitação provocada por algum fato censurável / **pietra dello scandalo**: causa de escândalo.

Scandaloso, adj. escandaloso, que causa escândalo, que escandaliza / licencioso, obsceno.

Scandalosêtto, scandalosúccio, adj. dim. um tanto escandaloso.

Scandèlla, s. f. (bot.) escândea, trigo durázio / gota de gordura flutuante.

Scandènte, p. pr. e adj. trepador, trepadeira, trepadora (planta) / que escande (versos).

Scàndere, v. (lit.) escandir, medir os versos (gregos ou latinos); destacar bem na pronúncia as palavras, sílabas, frases.

Scandíglio, s. m. medida para medir pedras partidas, igual a um quarto de metro cúbico / (pl.) **scandigli**.

Scandimênto, adj. e s. m. escansão, ação ou maneira de escandir, escandimento.

Scandinàvo, adj. e s. m. escandinavo / **famiglia étnica scandinava**: família étnica que abarca a Suécia, Noruega, Dinamarca e Islândia.

Scàndio, s. m. (quím.) escândio.

Scandíre, v. escandir, medir versos, contar-lhes as sílabas e os pés / destacar: ——— le parole.

Scanicàre, v. soltar-se, desfazer-se (o reboco).

Scanicàrsi, v. sair do trigo da espiga por efeito da aridez ou excessiva grossura do grão.

Scannabêcco, s. m. faca de magarefe.

Scannafôsso, s. m. rego, valeta ao redor de um edifício para defendê-lo da umidade / (mil.) obra de fortificação para defesa de conduto de água / (agr.) desaguadouro dos campos.

Scannamênto, s. m. degolação, degola, ato ou efeito de degolar.

Scannaminèstre, scannapagnòtte, scannapàne, s. m. fanfarrão, vadio, gandulo.

Scannapagnòtte, scannapàne, s. m. (depr.) comilão, malandro, pessoa que só presta para comer.

Scannàre, v. degolar, cortar a garganta, cortar o pescoço; cortar, matar com ferocidade / (fig.) arruinar, oprimir / esfolar, fazer pagar caro.

Scannàto, p. p., adj. e s. m. degolado, morto, decapitado / (fig.) pobre, miserável.

Scannatòio, s. m. degoladouro / matadouro de animais / (fig.) banco ou negócio de usurário.

Scannatôre, adj. e s. m. (scannatríce, s. f.) degolador / (fig.) agiota, usurário.

Scannatúra, s. f. degolação.

Scannellamênto, s. m. scannellatúra, s. f. canelura, sulco, estria / desenovelamento.

Scannellàre, v. canelar, lavrar caneluras, acanalar, estriar / desenovelar, desenrolar o fio do canudo (carretel de tecelagem).

Scannellàto, p. p. e adj. desenrolado, desenovelado / canalado, estriado.

Scannèllo, s. m. (dim.) banquinho, banqueta com tampa inclinada para se poder escrever comodamente.

Scànno, s. m. (lit.) assento de madeira / cadeira nobre / (ant.) cada um dos assentos na câmara dos deputados, senadores, etc. / (mar.) banco de areia nos portos ou na foz de um rio.

Scanonicàre, v. tr. e refl. tirar o grau de cônego, secularizar / (refl.) scanonicàrsi: demitir-se da dignidade de cônego.

Scanonizzàre, v. tirar do número dos santos.

Scansafatíche, s. f. vadio, vagabundo, que foge do trabalho.

Scansamênto, s. m. (rar.) afastamento, distanciamento, apartamento, prevenção, evitação.

Scansàre, v. tr. afastar, distanciar, apartar / desviar, evitar, esquivar, livrar / ——— **un pericolo**: evitar um perigo / **scànsati**, cuidado! afasta-te!

Scansaròte, s. m. (ant.) pára-choque de ferro nos cantos das portas e dos portões.

Scansàrsi, v. afastar-se, distanciar-se, fazer um movimento para evitar um golpe, etc.

Scansàto, p. p. e adj. afastado, distanciado, apartado / evitado, esquivado, desviado.

Scansatòre, ad. e s. m. (scansatrice s. f.) distanciador, que distancia, que desaproxima, que afasta.

Scansìa, s. f. estante, armário de madeira ou ferro para livros, papéis, escritos, mercadorias, etc.

Scansiòne, s. f. escanção, medição de versos, pronúncia distinta de cada sílaba ou palavra.

Scànso, s. m. (rar.) evitamento, evitação, prevenção / (adv.) a ——— **di malintesi**: evitando mal-entendidos.

Scantinàre, v. intr. descaminhar, derivar, faltar à própria palavra ou dever / não cumprir.

Scantinàto, adj. lugar desprovido de adega / s. m. sótão, lugar subterrâneo.

Scantonamênto, s. m. descanteamento, rotura de canto ou esquina.

Scantonàre, v. (tr. e refl.) (de parede, etc.) descantear, desborcinar, tirar os ângulos, os cantos / (intr.) dobrar a esquina para esquivar-se de alguém, evitar, escapulir-se.

Scantonàto, p. p. e adj. anguloso, sem cantos, desprovido de ângulos, despontado, descanteado.

Scantonatúra, s. f. descantadura / parte despontada, desborcinada.

Scantucciàre, v. esborcinar, tirar as bordas, os cantos, as pontas (por ex. do pão).

Scanzonàto, adj. despreocupado.

Scapaccionàre, v. tr. dar cachações ou pescoções.

Scapacciône, s. m. cachaço, cachação, pancada ou soco na parte posterior do pescoço, pescoção / (teatr.) entrare a ———: entrar à custa de alguém.

Scapamênto, s. m. descabeçamento.

Scaparbìre, v. (rar.) desemburrar, tirar a birra, a teima, tornar dócil, compreensível uma pessoa caturra.

Scapàre, v. tr. descabeçar, tirar a cabeça a estátuas, animais, etc. / tirar a cabeça das enchovas (peixe) antes de salgá-las / (refl.) **scapàrsi**: ruminar, pensar, cogitar bastante / (fig.) perder a cabeça.

Scapatàccio, adj. (pej.) descabeçado, amalucado, leviano, travesso.

Scapatàggine, s. f. insensatez, aluamento, estultícia, leviandade, descuido.

Scapatamênte, adj. desconsideradamente, disparatadamente.

Scapàto, adj. e s. descabeçado, estouvado, maluco, desmiolado.

Scapatône, s. m. (aum.) malucão, maniacão.

Scapecchiàre, v. estomentar, limpar o linho ou cânhamo.

Scapecchiatòio, s. m. espadela.

Scapestràre, v. intr. (ant.) viver licenciosamente.

Scapestràrsi, v refl. desenfrear-se, desregrar-se gastar. corromper, perverter.

Scapestratàggine, s. f. desenfreamento desregramento, ato ou dito imoderado.

Scapestratamênte, adv. desenfreadamente, imoderadamente, dissolutamente.

Scapestràto, adj. desenfreado, imoderado, desaforado, dissoluto / desordenado, licencioso. / **alla scaperstrata**: estouvadamente.

Scapezzamênto. s. m. (agr.) desmoche, desramamento.

Scapezzàre, v. tr. descopar, desmochar árvores / descabeçar, decapitar.

Scapezzàto, p. p. e adj. despontado, desmochado, desramado, chapotado / (árvore (etc.).

Scapèzzo, s. m. (rar.) chapotamento, despontamento, desmoche.

Scapezzône, s. m. (ant.) pescoção.

Scapigliàre, v. tr. desgrenhar, descabelar, emaranhar os cabelos / (refl.) desgrenhar-se.

Scapigliàto, s. m. (**scapigliàta** s. f.) desgrenhado, descabelado / (fig.) desenfreado, licencioso, desregrado, dissoluto.

Scapigliatúra, s. f. descabelamento, desgrenhamento, vida livre e licenciosa; vida de boêmio / (lit.) escola literária e artística milanesa, da segunda metade do 800: **primavera scapigliata** (prim. desgrenhada) / (fig.) juventude despreocupada.

Scapitamênto, s. m. perda, prejuízo; detrimento.

Scapitàre, v. intr. perder, sofrer dano, prejuízo / desconceituar-se, desacreditar-se; dourar-se.

Scàpito, s. m. prejuízo; perda; dano, detrimento / descrédito / **vendere a** ———: vender com prejuízo.

Scapitozzàre, v. (agr.) chapotar, despontar; desramar; cortar os galhos, os ramos até ao tronco; desmochar.

Scàpo, s. m. (arquit.) fuste, o tronco da coluna entre a base e o capitel; / (bot.) fuste, haste do caule das árvores.

Scapocchiàre, v. descabeçar, tirar a cabeça (de alfinete, parafuso, etc.).

Scapocchiàto, p. p. e adj. privado de cabeça (alfinete, parafuso, etc.).

Scàpola, s. f. (ant.) omoplata, osso largo que forma a parte posterior do ombro, escápula.

Scapolàre, s. m. escapulário, tira de pano usada pelos religiosos de certas ordens. / sinal de devoção: breve, bentinho (brasil.) / capuz dos frades / (adj.) escapular, referente ao ombro.

Scapolàre, v. intr. esquivar, evitar; ——— **un pericolo** / fugir, escapar-se, escapulir-se, sair são e salvo / (tr.) escapar-se ao cuidado de, evitar: ——— **un castigo** / **scapolarsela**, escapulir-se / pres. **scápolo**.

Scápolo, s. m. solteiro, que não é casado, célibe / **vecchio** ———: solteirão.

Scapolône, s. m. (burl.) solteirão.

Scaponíre, v. tr. (tosc.) desamuar, desembirrar, tirar a birra, a teima; tornar dócil / pres. **scaponísco**.

Scappamênto, s. m. escapada; escapamento, ação de escapar / fuga, escapatória / (mec.) sistema de escape de uma máquina ou engenho.

Scappànte, p. pr. de **scappare**, que foge.

Scappàre, v. intr. escapar; livrar-se, tirar-se de algum perigo ou acidente; fugir, escapulir / ——— **a gambe levate**: sair apressadamente / ——— **la pazienza**: perder a paciência / **scappò a dire**: saltou a dizer / ——— **di mente una cosa**: olvidar uma coisa / **di qui non si scappa**: não há outra saída.

Scappàta, s. f. escapada, escapadela; fugida / (fig.) escorregadela, culpa, leviandade, deslise / dito espirituoso: **una bella** ———.

Scappatòia, s. f. escapatória, subterfúgio, pretexto; expediente.

Scappavia, s. m. escapatória / corredor, passagem que leva à uma saída secreta / (fig.) expediente, saída.

Scappellàre, v. (burl.) saudar tirando o chapéu / tirar o topete do falcão antes de lançá-lo à caça.

Scappellàta, s. f. barretada, saudação com o chapéu.

Scappellàto, p. p. e adj. saudado, cumprimentado com o chapéu.

Scappellatúra, s. f. barretada, cumprimento com o chapéu.

Scappellottàre, v. dar cachações, dar pescoções.

Scappellòtto s. m. pescoção, cachação / (loc. fig.) **passar con lo** ———: entrar no teatro sem pagar, de carona (brasil.) / ser aprovado num exame com os pontos estritamente necessários, ser aprovado por misericórdia.

Scappiàre, v. (ant.) desatar, desenlear; desfazer o nó; livrar do laço.

Scappinàre, v. (ant.) palmilhar.

Scàplia, s. f. fragmento de rocha; cascalho.

Scappíno, (ant.) s. m. palmilha / criado espirituoso, mentiroso e intrigante (tipo do teatro italiano antigo).

Scapponàta, s f. (fam. tosc.) comezaina de frangos / festa de camponeses pelo nascimento do primogênito.

Scappottàre, v. intr. estorvar o adversário em certos jogos de baralho / (refl.) tirar-se o capote.

Scappucciàre, v. tr. desencapuçar, tirar o capuz; / (intr.) esbarrar, tropeçar; errar, embasbacar / cometer um deslise.

Scappucciàrsi, v. refl. desencapuçar-se, tolher-se o capuz.

Scappúccio, s. m. tropeço / (fig.) deslise erro, falta. culpa leve.

Scapriccíre, (pop.) **scapricciàre**, v. tirar os caprichos, os desejos.

Scapriccírsi, v. refl. satisfazer, realizar a modo próprio.

Scaprugginàre, v. romper as aduelas dos tonéis.

Scarabàttola. s. f. **scarabáttolo**, s. m. (tosc.) minúcia, ninharia: pequeno móvel com vidros transparentes para a custódia de jóias, objetos preciosos, em geral femininos / pequeno aposento / calçado de montanha.

Scarabèidi, s. m. pl. coleópteros, Lamelicórnios.

Scarabèo, s. m. escaravelho, gênero de insetos escuros, da ordem dos coleópteros pentâmeros / pedra dura, que traz gravada a figura desse animal.

Scarabillàre, s. escaravelhar, tocar num lugar e noutro as cordas de um instrumento musical; harpejar.

Scarabíllo, s. m. pequena caixa de música: carrilhão (do fr.).

Scarabocchiàre, v. tr. escarabochar (do ital.), borrar de tinta; garatujar / rabiscar; escrevinhar/ escrever depressa: ——— **una lettera**.

Scarabocchiàto, p. p. e adj. borrado, garatujado; rabiscado: escrevinhado.

Scarabocchiatôre, adj. e s. m. (f. -**trice**) garatujador, escrevinhador.

Scarabòcchio, s. m. escarabocho (do ital.), borrão; esboço, escrito tosco, imperfeito / (fig. depr.) homúnculo desajeitado / (pl. **scarabocchi**).

Scarabocchiône, s. m. (aum.) borrão, escarabocho / garatujador.

Scaracchiàre, v. escarrar; cuspir rumorosamente / burlar, iludir.

Scaràcchio, s. m. escarro; cuspo barulhento.

Scaracchiône, s. m. escarrador, cuspidor.

Scarafàggio, s. m. barata, inseto ortòptero da família dos blatóides / (pl.) **scarafaggi**).

Scaramanzía, s. f. (rar.) exorcismo, feitiçaria, esconjuro contra o mau olhado.

Scaramàzzo, adj. desigual, irregular, não perfeitamente redondo; diz-se especialmente de pérolas com gibosidade, etc. / (s. f. **una scaramazza**).

Scaramúccia, s. f. escaramuça, pequeno combate entre corpos isolados / (fig.) rixa, contenda, discussão / ——— **letteràría**: escaramuça literária; (pl. **scaramucce**) / (teatr) scaramuccia: personagem da comédia ital., alegre e fanfarrã, criada pelo ator nap. Tiberio Fiorelli (1618-1696).

Scaramucciàre, v. escaramuçar, fazer escaramuça.

Scaraventàre, v. tr. arremessar, atirar, jogar com violência, arrojar, lançar longe.

Scaraventàrsi, v. refl. arremessar-se, atirar-se com fúria e impeto; arremeter-se.

Scaraventàto, p. p. e adj. arremessado, atirado, jogado, arrojado.

Scarbonàre, v. intr. tirar o carvão de carvoeira, depois de feito / desfazer a carvoeira.

Scarbonatúra, s. f. operação de tirar o carvão da carvoeira.

Scarbonchiàre, v. tr. (ant.) espevitar, tirar o morrão.

Scarcaglioso, adj. (ant.) que espectora com freqüência.

Scarceramênto, s. m. o mesmo que **scarcerazione**, (s. f.) desencarceramento.

Scarceràto, p. p. e adj. desencarcerado, tirado, liberto do cárcere.

Scarcerazióne, s. f. desencarceramento, ação de desencarcerar ou libertar do cárcere.

Scàrco, adj. (poét.) descarregado.

Scardàccio, scardaccône, s. m. (bot.) cardo silvestre.
Scardàre, v. tr. cardar, extrair as castanhas do ouriço.
Scardassàre, v. **scardare.**
Scardassatôre, s. m. (f. **trice**) cardador.
Scardasso, s. m. carda.
Scardinare, v. tr. desengonçar, desconjuntar, arrancar / cardar.
Scarduffàre, v. tr. emaranhar, desalinhar, embaraçar.
Scàrica, s. f. descarga, tiro; disparo, evacuação.
Scaricabarili, s. m. brinquedo em que as crianças se levantam alternadamente costa com costa; atribuir-se reciprocamente a culpa.
Scaricalàsino, s. m. brincadeira em que as crianças se carregam ao ombro, de cavalinho.
Scaricamento, s. m. descarregamento, descarga.
Scaricàre, v. tr. descarregar, disparar, atirar, aliviar.
Scaricatóio, s. m. descarregadouro, esgoto.
Scaricatóre, s. m. descarregador.
Scaricatúra, v. **scaricamento.**
Scàrico, adj. descarregado; que não tem carga alguma; vazio / sereno / sem nuvens (céu); claro, límpido (bebidas, licores) / (fig.) alegre, contente, despreocupado / **capo** ———: sujeito alegre, ameno, brincalhão / (s. m.) descarga, ação de descarregar; descarregamento; alívio, desembaraço / (com.) saída de dinheiro ou mercadoria / (geol.) matérias que rolam das montanhas / (fig.) justificação, desculpa / a ——— **di consciènza:** em descargo de consciência / **testimoni a** ———: testemunhas de defesa / **dare** ———: acreditar.
Scarificàre, v. tr. (cir.) escarificar / (agr.) incisar (cortar a casca da árvore); (pres.) **scarifico.**
Scarificàto, p. p. e adj. escarificado, cortado.
Scarificatôre, adj. e s. m. escarificador, instrumento cirúrgico para escarificar / (s. f.) (agr.) máquina agrícola para dividir, cortar e revolver a terra.
Scarificatúra, scarificaziône, s. f. escarificação / (agr.) incisões de árvores / trabalho feito com o escarificador para remover o terreno a ser semeado.
Scariòla, scaròla, s. f. (bot. lactuca "scariola"), escarola, chicória que se emprega em salada.
Scaríte, s. m. coleóptero carnívoro comum nas praias mediterrânicas.
Scarlattìna, s. f. (med.) escarlatina.
Scarlàtto, adj. escarlate, vermelho vivo: carmesim / (s. m.) cor escarlate / tecido dessa cor; **un abito di** ———
Scarlèa, ou scarlêggia, s. f. (bot.) salva-do-mato, usada para perfumar certos vinhos.
Scarlína, s. f. planta herbácea, espécie de cardo.
Scarmigliàre, v. tr. despentear, desgrenhar; emaranhar o cabelo.
Scarmigliàrsi, v. refl. desgrenhar-se; enguedelhar-se, despentear-se.
Scarmigliàto, adj. despenteado; desgrenhado.

Scarmigliatúra, s. f. descabelamento, emaranhamento.
Scarmigliône, s. m. descabelado, despenteado, desgrenhado.
Scàrmo, s. m. (ant.) tolete, cavilha na borda dos barcos, para se apoiar os remos.
Scarnamênto, s. m. descarnadura, escarnação, ato de escarnar.
Scarnàre, v. tr. escarnar, descarnar; tirar superficialmente um pouco de carne / raspar a pele antes do curtimento.
Scarnàrsi, v. refl. descarnar-se, perder carne; emagrecer.
Scarnascialàre, v. pandegar, fazer carnaval.
Scarnascialàta, s. f. algazarra, pândega, farra.
Scarnàto, adj. descarnado / magro / limpo com o escarnador.
Scarnatôio, s. m. descarnador, faca de dois cabos usada pelos curtidores.
Scarnatôre, s. m. descarnador / instrumento de escarnar.
Scarnatúra, s. f. escarnação, ato e efeito de escarnar; descarnadura.
Scarnicciàre, v. descarnar as peles.
Scarnificàre, v. tr. e **scarnìre,** escarnar, descarnar / (fig.) tirar, extrair, diminuir / (pres.) **scarnifico.**
Scarníto, adj. descarnado / adelgaçado, afinado, enfraquecido.
Scarnitúra, s. f. escarnação, descarnação, descarnadura.
Scàrno, adj. magro, chupado, descarnado, seco, enxuto.
Scarnovalàre, ou scarnascialàre, v. intr. carnavalear, foliar na época do carnaval, divertir-se ruidosamente; folgar.
Scàro, s. m. escaro, peixe de mar, dos acantopterígios, muito apreciado entre os antigos.
Scarognàre, v. intr. trabalhar com preguiça.
Scarognìre, scarognírsi, v. tr. e refl. livrar-se da preguiça, tornar-se mais ativo, diligente / (pres.) **scarognísco.**
Scaronzàre, v. proejar, passar adiante, ao longo do flanco de outro navio.
Scàrpa, s. f. sapato, calçado que cobre o pé / trava de carruagem / escarpa, declive ou talude / (zool.) peixe de água doce: carpa/ **muro a** ———: parede escarpada / ——— **della ruota:** travão / ——— **dell'ancora:** serviola da âncora / **andare scarpa a** ———: ir a pé / **dove stringe la** ——— **non lo sa che il piede:** cada um sabe onde lhe aperta o sapato /**mettere le scarpe al sole:** morrer / **avere il giudizio sotto la suola delle scarpe:** não ter juízo / (dim.) **scarpetta, scarpina, scarpíno;** (aum.) **scarpône.**
Scarpàccia, s. f. (pej.) sapatorro, sapatorra, sapato grosseiro, ordinário.
Scarpàio, scarparo, s. m. sapateiro / sapateiro ambulante.
Scarpàre, v. escarpar, cortar (terrenos) em forma de escarpa, quase a prumo / forrar com madeira os ganchos da âncora, para não arranhar a borda do navio.
Scarpàta, s. f. sapatada, golpe dado com o sapato / escarpa, declive, talude; encosta íngreme.

Scarpàto, adj. escarpado, que tem escarpa; íngreme.
Scarpatôre, s. m. (rar.) ladrão que rouba nos campos.
Scarpellàre, v. scalpellàre.
Scarpêtta, scarpina, scarpettina, s. f. (dim.) sapatinho; sapato elegante, escarpim.
Scarpicciàre, v. tropear, fazer ruído com os pés, andando / v. scalpicciàre.
Scarpiccio, s. m. tropeada, barulho continuado com os pés.
Scarpinàre, v. (dial.) andar, caminhar.
Scarpíno, s. m. sapatinho de baile.
Scarpóna, s. f. **scarpône**, s. m. escarpão, sapato grosso, sapato de campo / (fig.) pessoa pouco elegante / (pop.) gli scarpôni: os alpinos (soldados de montanha, na Itália).
Scarponcèllo, s. m. botina de mulher, borzeguim.
Scarponcíni, s. m. sapato descoberto: escarpim.
Scarpúccia, s. f. (depr.) sapato pouco elegante.
Scarrièra, s. f. (ant.) gente di ———: gente pouco honesta, vagabundos.
Scarrieràre, v. intr. fazer correrias, correr em várias direções.
Scarrocciaménto, s. m. (mar.) deriva, desvio do rumo do navio.
Scarrocciàre, v. intr. sotaventar-se, voltar-se para sotavento (navio).
Scarròccio, s. m. deriva a sotavento.
Scarrozzare, v. (tr. e intr.) passear, correr, conduzir ou ir de corruagens.
Scarrozzàta, s. f. passeio em carruagem / (dim.) scarrozzatina: passeiozinho de carruagem.
Scarrozzío, s. m. (tosc.) passeio de carruagem / ruído continuado e aborrecido.
Scarrucolaménto, s. m. escorregamento da corda da roldana.
Scarrucolàre, v. escorregar da corda pela roldana / tirar a corda da roldana / (fig.) estralejar, fazer ruído ou estrépito.
Scarrucolàto, p. p. e adj. saído da roldana.
Scarrucolío, s. m. ruído, guincho prolongado do roldana / (burl.) exibição de agilidade de cantores / palavrório, charla, lábia.
Scarrucolône, s. m. escorregadura / engano, erro.
Scarruffàre, v. (tosc.) desgrenhar os cabelos, emaranhar.
Scarruffàrsi, v. refl. desgrenhar-se, despentear-se.
Scarruffàto, p. p. e adj. desgrenhado, despenteado.
Scarsaménte, adv. escassamente, minguadamente.
Scarseggiàre, v. escassear, minguar, rarear, diminuir, carecer, faltar / escatimar, regatear: ——— nella spesa.
Scarsèlla, s. f. bolso, algibeira, bolsa de couro pregada à cinta / avere il granchio alla scarsella: ser mesquinho, avaro / (ant.) alforge de mendigo.
Scarsellàccia, s. f. (pej.) algibeira, bolsa feia.
Scarsellína, s. f. (dim.) bolsinho, bolsinha.

Scarsellôna, s. f. **scarsellône**, s. m. bolsa, bolso grande.
Scarsellúccia, s. f. bolsinha.
Scarsètto, adj. um tanto escasso.
Scarsèzza, scarsità, s. f. escassez, penúria, miséria, insuficiência, míngua / carência, pobreza: ——— d'ingegno, di spirito.
Scàrso, adj. escasso, escasseado, minguado, raro, insuficiente, curto, estreito, deficiente, débil / ——— di mezzi: necessitado.
Scartabellàre, v. tr. esfolhear, folhear os livros rapidamente.
Scartabellàto, p. p. e adj. esfolheado, consultado, percorrido (livro).
Scartabellatôre, s. m. (scartabellatríce, s. f.) esfolhador (de livro), consultador, examinador, compulsador (de livros).
Scartabèllo, s. m. (depr. ou burl.) livro ou escrito de escasso valor / caderno de apontamentos, borrador.
Scartafàccio, s. m. cartapácio, livro de apontamentos.
Scartaménto, s. m. descarte / exclusão / (ferr.) extensão interna da bitola / ferrovia a ——— ridôtto: estrada férrea de bitola estreita.
Scartàre, v. tr. desempapelar, desembrulhar um pacote / descartar, rejeitar, não aceitar / eliminar / desfazer-se de certas cartas, no jogo / (mil.) declarar inábil ao serviço militar / recusar / (intr.) dobrar-se, inclinar-se de um lado (automóvel, cavalo, etc.).
Scartàta, s. f. descarte / eliminação / reprimenda / parada do cavalo.
Scartàto, p. p. descartado, eliminado / (s. m.) (mil.) gli scartati: reformados do serviço militar.
Scàrto, s. m. descarte, ação de descartar / (com.) saldo de mercadoria / descarte no jogo / parada brusca do cavalo / reformado do serviço militar / eliminação, separação do inservível / (art.) desvio do tiro.
Scartocciàre, v. desembrulhar, desempacotar, tirar do embrulho ou pacote / (agr.) descamisar, tirar as folhas que envolvem a maçaroca do milho.
Scartocciatúra, s. f. (agr.) operação à época da descamisada ou desfolhada do milho.
Scartoccíno, s. m. (dim.) embrulhinho em forma de cartucho.
Scartòccio, s. m. embrulho, cartucho / (arquit.) ornato em formato de cartucho / tubo de lâmpada.
Scasaménto, s. m. mudança de casa.
Scasàre, v. intr. mudar-se de casa, desalojar / (tr.) despejar.
Scasàto, p. p. e adj. desalojado, despejado.
Scasimi, s. m. (pl.) melindres, denguices.
Scasimodèo, s. m. (ant.) pessoa tola, imbecil.
Scàssa, s. f. (mar.) carlinga.
Scassàre, v. tr. desencaixotar, tirar da caixa (mercadoria, etc.); arrombar para fim de furto, quebrar / abrir / (agr.) revolver, arrotear (terreno).
Scassàta, s. f. revolvimento, arroteamento de terreno.

Scassàto, p. p. e adj. arrombado; aberto à força, quebrado / (agr.) revolvido, arroteado.
Scassatôre, s. m. (**scassatríce,** s. f.) arrombador.
Scassatúra, s. f. arrombamento / abertura de caixa, desembalagem.
Scassettàre, v. esvaziar a caixa do dinheiro / (fam. tosc.) carregar todo o dinheiro que alguém tem em casa.
Scassinamênto, s. m. ação de arrombar, arrombamento.
Scassinàre, v. arrombar, abrir arrebentando (por ex. portas, janelas, gavetas, etc.) / forçar uma fechadura.
Scàsso, s. m. arrombamento / (agr.) arroteamento de terreno.
Scastagnàre, v. intr. sair da retidão, desviar.
Scatafàscio, (A), adv. em montão / em ruína / **mandàre a** ———: fazer em ruína, derrubar.
Scatalùffo, (ant.) s. m. bofetão.
Scatarôscio, s. m. (pop.) aguaceiro forte.
Scatarràre, v. intr. escarrar, expectorar.
Scatarràta, s. f. escarradura, ato de escarrar, expectoração.
Scatarrône, adj. e s. m. escarrador, que escarra a todo momento.
Scatàrzo, s. m. (vulg.) seda ordinária.
Scatenacciàre, v. tr. e intr. desaferrolhar / fazer ruído com corrente de ferro.
Scatenàccio, o mesmo que **scatenío,** s. m. estrépito de correntes agitadas ou arrastadas.
Scatenamênto, s. m. desencadeamento / desembaraçamento / desenfreamento.
Scatenàre, v. tr. desencadear, soltar, livrar da corrente a que alguém estava amarrado / atiçar, açular, excitar: **gli ha scatenàto addosso tanti nemici:** açulou-lhe contra muitos inimigos.
Scatenàrsi, v. refl. desencadear-se, libertar-se de corrente / investir com ímpeto / enfurecer-se, arrebatar-se / ——— **contro uno:** investir ou arremeter contra alguém.
Scatenàto, p. p. e adj. desencadeado / libertado das correntes / desenfreado / impelido, solto / desencadeado furiosamente / **furioso** ———; **venti scatenati; diavolo** ———: pessoa violenta.
Scatênio, (pl. **-nií**) s. m. ruído de correntes.
Scàtola, s. f. caixa, lata, caixão, caixinha; nome genérico de qualquer recipiente de lata, papelão, madeira, metal, etc. para pôr ou conservar alguma coisa / caixa de rapé, caixa de tabaco / ——— **crànica:** crânio, cérebro / (fig.) **rompere le scatole a uno:** importunar, amolar alguém.
Scatolàccia, s. f. (pej.) caixa ordinária, feia.
Scatolàio, s. m. (pl. **lai**) fabricante ou vendedor de caixas.
Scatolàme, s. m. porção de caixas / conservas alimentícias.
Scatolêtta, scatolína, s. f. (dim.) **scatolino,** (s. m. dim.) caixinha, latinha, estojinho.
Scatología, s. f. escatologia, tratado acerca dos excrementos; discursos, conversas que têm relação com os excrementos.
Scatològico, adj. escatológico / (fig.) soez, indecente.
Scatolône, s. m. (aum.) caixa grande, caixão.
Scatolúccia, s. m. dim. e depr., caixinha, caixa de pouco valor.
Scatricchiàre, v. tr. e refl. desemaranhar, pentear / safar-se, livrar-se duma intriga.
Scattàre, v. intr. disparar, saltar, pular com ímpeto / ——— **l'arco, la molla:** disparar o arco, a corda / ——— **in un applauso:** estalar num aplauso / **scattò con un motto:** disparou com um dito.
Scattàto, p. p. e adj. disparado, saltado, estourado / (fig.) enraivado, irritado.
Scattatôio, s. m. gatilho disparador / mola da besta (arco preso por corda retesada, que dispara peloiros e setas).
Scattíno, s. m. mola, corda pequena, de repetição, para relógios e outros instrumentos.
Scattiváre, v. (tosc.) cortar, eliminar a parte estragada ou podre de certos comestíveis, especialmente frutas.
Scatto, s. m. disparo, salto, pulo, ímpeto / peça do relógio, etc., que faz disparar / mola / (fig.) saída, abalo, sobressalto / **di** ———: de repente, de improviso, de súbito.
Scaturiente, p. pr. manante / **acqua** ———: manancial, fonte.
Scaturígine, s. f. fonte, nascente de água / (fig.) origem, começo, manancial.
Scaturimênto, s. m. (rar.) emanação, derivação.
Scaturíre, v. surgir, brotar, manar, nascer / originar, derivar, emanar, tirar origem / (pres.) **scaturisco.**
Scavalcamênto, s. m. descavalgamento.
Scavalcàre, v. descavalgar, desmontar de cima da cavalgadura, descer da cavalgadura, apear-se / transpor, galgar / (fig.) vencer, superar, ultrapassar / (mil.) ——— **un cannone:** desmontar um canhão.
Scavalcatôre, adj. e s. m. descavalgador, apeador.
Scavallàre, v. intr. correr, saltar, cavalgar, ginetear.
Scavamênto, s. m. escavadura, escavação, ato e efeito de escavar.
Scavapôzzi, s. m. poceiro, operário que faz poços.
Scavàre, v. tr. escavar, cavar/ tirar terra escavando, desenterrar / ——— **sotto:** socavar / (fig.) excogitar; ——— **nei ricordi cose passate** / recortar; ——— **il collo della camicia** / scavarsi la fossa coi denti: entregar-se à gula.
Scavàto, p. p. e adj. escavado, cavado, extraído, desenterrado, dessepultado / **scollatura troppo scavata:** decote exagerado / **guance scavate:** faces enxutas, afundadas.
Scavatore, adj. e s. m. (**scavatríce,** s. f.) escavador, cavador / (s. f.) máquina escavadora.
Scavatúra, e scavazióne, s. f. escavação, ato ou efeito de escavar.

Scavezzacòllo, s. m. trambolhão, trambolhada, tombo / (fig.) libertino, arrebatado, amalucado / (loc. adv.) a ———: precipitadamente.

Scavezzàre, v. tr. desencabrestar, tirar o cabresto / romper, partir, quebrantar quebrar / (refl.) **scavezzàrsi:** quebrar-se, partir-se.

Scavezzàto, p. p. e adj. desencabrestado / desenfreado / rompido, partido, truncado, desmochado.

Scavezzatríce, s. f. espadela, máquina para espadelar o cânhamo.

Scavèzzo, p. p. e adj. desencabrestado, truncado, partido / **fucile** ———: fuzil dobrável.

Scavigliàre, v. (rar.) desencavilhar / destorcer a seda do fuso.

Scavazzolàre, v. tr. e intr. rebuscar, escarafunchar, esmiuçar, procurar meticulosamente / (pres.) **scavizzolo.**

Scàvo, s. m. escavação, ação e efeito de escavar / lugar, parte escavada / concavidade, buraco, cava, fosso.

Scazòntico, adj. e s. m., hiponacto, verso jâmbico trímetro, us. por Hiponacte de Éfeso.

Scazzòne, s. m. (zool.) perca, peixe acantopterígio, de água doce.

Scazzottàre, v. (vulg.) esmurrar.

Scèa, s. f. usado na loc.: **far la** ———: destampar o poço inferior do forno da fundição para deixar sair a sucata / (adj mit.) de porta aberta à esquerda de recinto ou fortaleza.

Scèda, s. f. (ant.) blefe, burla, motejo.

Scedòne, s. m. (arquit.) mênsula de figura grotesca.

Scêgliere, v. escolher, preferir / discernir, escolher; eleger / optar por; selecionar o melhor.

Sceglimênto, s. m. escolha / (v. scelta).

Sceglitíccio, s. m. refugo, resto / (pl.) sceglíticci.

Sceglitôre, adj. e s. m. (**sceglitôra,** sceglitríce, s. f.) escolhedor.

Sceícco, s. m. xeque (cheick), chefe de tribo árabe.

Scelleràggine, o mesmo que **scelleratàggine, scelleratêzza,** s. f. selvageria, atrocidade, perfídia, malvadeza, perversidade.

Scelleràza, s. f. (ant.) maldade.

Sceleràre, scelerare, v. (ant.) perverter, contaminar, tornar culpado / (intr.) cometer malvadezas.

Scelleratamênte, adv. ferozmente, malvadamente, celeradamente, perfidamente; selvagemente.

Scelleratêzza, s. f. selvageria, ferocidade, malvadez, perversidade.

Scelleràto, adj. celerado, mau, malvado, péssimo / criminoso / desgraçado / (s. m.) homem perverso.

Scellíno, s. m. shiling, moeda inglesa que vale a vigésima parte do esterlino (libra).

Scelotirba, scelotírbe, s. f. vacilação, afrouxamento das pernas (por fraqueza) ao caminhar.

Scêlta, s. f. escolha, ato de escolher; preferência, seleção, eleição, nomeação / discernimento / opção / ——— **di letture:** seleção de leituras, florilégio.

Sceltamênte, adv. escolhidamente, apuradamente, esmeradamente, primorosamente.

Sceltêzza, s. f. distinção, eleição, elegância.

Scêlto, adj. escolhido, bom, fino, ótimo, elegante, apurado, digno, sem defeito / eleito / distinto / selecionado, seleto / (mil.) **tiratore** ———: atirador escolhido.

Sceltúme, s. m. escolha, sobra, resto, desperdício.

Scemàbile, adj. minguável, diminuível.

Scemamênto, s. m. minguamento, decrescimento, míngua, diminuição.

Scemàre, v. minguar, diminuir, decrescer, declinar, enfraquecer, reduzir / ——— **i prezzi:** diminuir os preços.

Scemàrsi, v. debilitar-se / desvalorizar-se.

Scemàto, p. p. e adj. minguado, reduzido, diminuído / atenuado, deprimido, enfraquecido, dizimado / emagrecido.

Scemènza, s. m. bobice, estupidez.

Scêmo, adj. minguado, incompleto, diminuído, escasso, falto / **bottiglia scema:** garrafa não inteiramente cheia / **verso** ———: verso manco / (fig.) ——— **di cervello:** bobo, parvo, estúpido / (s. m.) minguamento, diminuição / tonto, imbecil.

Scempiàggine e scempietà (rar.) s. f. asneira, bobice, sandice, tontice.

Scempiamênte, adv. simplesmente, nesciamente.

Scempiamênto, s. m. desdobramento.

Scempiàre, v. desdobrar, fracionar, diminuir / (ant.) atormentar, torturar.

Scempiatàggine, s. f. asneira, truanice, estupidez.

Scempiatamênte, adv. tolamente, estupidamente, nesciamente.

Scempiàto, p. p. e adj. desdobrado, minguado / abobado / de pouco juízo e muita vaidade, néscio, tolo / (ant.) atormentado.

Scêmpio, adj. singelo, simples / (fig.) tolo, palerma / (s. m.) (lit.) tortura, tormento, suplício / ruína, extermínio / **fare** ——— **del próprio onore:** manchar a própria honra.

Scèna, s. f. cena, a parte do teatro onde os atores representam, palco / teatro / ação ou representação teatral / situação, lance, passagem da peça / (fig.) aspecto, vista / fato, acontecimento / **cambiamento di** ———: mudança / **colpo di** ———: surpresa, lance imprevisto / **messa in** ———: aparato cênico / escândalo, alvoroço / **fare delle scene:** alvoroçar, fazer escândalo / **entrare in** ———: intervir / **agire dietro le scene:** atuar detrás dos bastidores / **la** ——— **del mondo:** o teatro do mundo / **scomparire della** ———, **del mondo:** retirar-se do mundo.

Scenarísta, s. m. (teatr. e cin.) autor de argumentos / cenarista, pessoa que faz a adaptação cinematográfica de um enredo; pessoa que escreve a seqüência das cenas de uma fita.

Scenàta, s. f. alvoroço, escândalo, alteração / **fare scenate:** armar barulho, escândalo.

Scendênte, p. pr. e adj. descendente, que desce, que vai para baixo / (s. m.) (fís.) corpo que desce.
Scêndere, v. tr. e intr. descer, baixar, vir para baixo / apear / descer de preço, baratear / descender, provir por geração / ——— **dal cavallo**: descer do cavalo / **il termometro scende**: o termômetro baixa / **scende la notte**: anoitecer / (fig.) dobrar-se, abaixar-se; **scendere a patti col nemico**: pactuar com o inimigo / alcançar / **parola che scende al cuore**: palavra que chega ao coração / (pres.) scesi, scese, scésero.
Scendíbile, adj. possível de descer / transitável.
Scendilètto, s. m. (neol.) tapete de quarto de dormir / espécie de roupão de senhora.
Sceneggiamênto, s. m. cenificação, redução para a cena.
Sceneggiàre, v. tr. distribuir em cenas um drama etc. / reduzir para a cena: ——— **un romanzo, una novella**.
Sceneggiatúra, s. f. disposição das cenas / cenificação, argumento ou enredo de drama, etc.
Scenicamênte, adv. cenicamente, em forma cênica.
Scènico, adj. cênico.
Scenografía, s. f. cenografia, arte de pintar as decorações de um teatro.
Scenogràfico, adj. cenográfico.
Scenogràfo, s. m. cenógrafo, pintor de cenografias teatrais.
Scenopegía, s. f. cenopégia, festa dos tabernáculos entre os judeus.
Scenotècnica, s. f. técnica da cena, arte de preparar ou combinar os maquinismos de um teatro.
Scenotécnico, adj. e s. m. técnico de cena.
Scentràre, v. descentrar, tirar ou desviar do centro.
Scèpsi, s. f. (filos.) dúvida, ceticismo.
Sceríffo, s. m. xerife, governador de uma província inglesa / funcionário que nos Estados Unidos tem a incumbência, entre outras, de fazer executar as leis / (árab.) nobre, título dos descendentes de Maomé / indivíduo da dinastia reinante no Marrocos.
Scèrnere, v. (lit.) discernir, distinguir, ver / separar, escolher, eleger.
Scernimênto, s. m. escolha / discernimento.
Scerpàre, v. tr. (ant.) romper, arrebentar / desarraigar, arrancar ramos, etc.
Scerpellato, adj. com as pálpebras viradas.
Scerpellíno, adj. **occhi scerpellini**: olhos com as pálpebras viradas.
Scerpellône, s. m. disparate, desacerto, erro, lapso no falar ou no escrever: gato.
Scervellàre, v. tr. aturdir, transtornar o cérebro, atontar, atrapalhar, entontecer / (fig.) aborrecer, enfastiar / (refl.) **scervellàrsi**: cismar, matutar muito.
Scervellàto, adj. (fig.) transtornado, maluco, desajuizado, disparatado, absurdo / **un'idea scervallata**: uma idéia maluca.
Scêsa, s. f. descida, ato de descer; declive, baixada, ladeira / loc. ———

——— **di testa**: capricho, fantasia, idéia repentina e extravagante / baixa / **la** ——— **dei prezzi**: a queda dos preços.
Scèso, p. p. e adj. descido, abaixado, caído, inclinado / decaído.
Scetticamênte, adv. ceticamente / descrentemente.
Scetticísmo, s. m. cepticismo, doutrina filosófica; dúvida, incredulidade, descrença.
Scèttico, adj. e s. m. cético, incrédulo, descrente, pirrônico / (pl.) scettici.
Scettràto, adj. que usa, que impugna o cetro.
Scèttro, s. m. (ant.) cetro, insígnia da autoridade real / autoridade soberana / primado / predomínio.
Sceveramênto, s. m. separação, distinção.
Sceveràre, v. (lit.) separar / escolher, distinguir.
Sceveratamênte, adv. separadamente.
Sceveràto, p. p. e adj. dividido, separado, escolhido, selecionado.
Sceviôtte (do ingl.) s. m. cheviote, tecido de lã.
Scêvro, adj. (lit.) imune, livre, isento, privado, falto, inocente: ——— **di colpe**.
Schèda, s. f. ficha; / papeleta / cartão com anotações / cédula para votação / ——— **antropometrica, della biblioteca**, etc.
Schedàre, v. tr. (neol.) fichar; anotar em fichas.
Schedário, s. m. fichário; coleção de fichas com anotações.
Schedína, s. f. (dim.) fichazinha; cedulazinha.
Schèdula, s. f. (dim.) fichazinha; cédula; / (jur.) codicilo, documento adicionado a um testamento.
Scheelíte, s. f. (min.) mineral dos tungstênios.
Scheggètta, scheggettina, s. f. (dim.) lascazinha; fragmento.
Schêggia, s. f. lasca, fragmento, tira, hastilha (de madeira; ferro, etc.); / estilhaço: ——— **di granata** / (dim.) **scheggetta, scheggettina, scheggiola, scheggelina**.
Scheggiàle, s. m. cinto de couro com fivela / cinturão de luxo / cíngulo.
Scheggiamênto, s. m. estilhaçamento; fragmentação.
Scheggiàre, v. estilhaçar; reduzir a estilhaços / ——— **vasi sull'orlo**: desbeiçar vasilhas.
Scheggiàrsi, v. refl. estilhaçar-se; fragmentar-se; lascar-se; partir-se em lascas.
Scheggiàto, p. p. e adj. estilhaçado, lascado; rachado.
Scheggiatúra, s. f. estilhaçamento; lascadura.
Scheggina, scheggiòla, scheggiolína, e scheggiúzza, s. f. (dim.) estilhaçozinho, fragmentozinho; lascazinha.
Schêggio, s. m. (lit.) rocha quebradiça.
Scheggiôso, adj. quebradiço.
Scheletràme, s. m. quantidade de esqueletos: coisa esqueletal.
Schelètrico, adj. esquelético / (fig.) cadavérico, descarnado, magro / falho de substância: **stile** ———.

Scheletrire, v. tr. e refl. enfraquecer, adelgaçar muito; reduzir-se aos ossos / (pres.) **scheletrisco**.
Scheletrito, p. p. e adj. enfraquecido, emagrecido / muito fraco, exausto.
Schèletro, s. m. (anat.) esqueleto / arcabouço / armação de navio / delineamento, desenho, esquema de um trabalho / carcaça / pessoa muito magra.
Schèlmo, s. m. (ant.) costado, parte do casco de navio.
Schèltro, s. m. (poét.) esqueleto / (ant.) haste comprida com uma das pontas munida de ferro, para caça / haste da bandeira do alferes (porta-bandeira).
Schèma, s. m. esquema; figura; plano; prospecto; esboço / esquema. o que existe no entendimento / (fig.) ridurre a ———: esquematizar / schema di legge: projeto de lei.
Schematico, adj. esquemático.
Schematismo, s. m. esquematismo / doutrina dos conceitos puros. de Kant.
Schèna, s. f. (ant.) espádua.
Schèpsi, s. f. (filos.) dúvida dos céticos.
Scheràggio, s. m. (ant.) sumidouro de águas de chuva.
Scheràno, s. m. (ant.) facínora, malfeitor / salteador, assassino; sicário, esbirro, capanga.
Schèrma, s. f. esgrima; exercício e arte de manejar a espada, o florete, etc. / (fig.) discussão, polêmica.
Schermàglia, s. f. esgrimadura; batalha; duelo; rixa / esgrima, rodeio, circunlóquio; discussão; polêmica, contenda literária.
Schermàre, v. tr. esgrimir; defender-se argumentando; reparar, esquivar.
Schermàto, p. p. e adj. aparado, evitado, esquivado; / protegido / isolado.
Schermire, v. esgrimir; manejar armas (brancas); jogar às armas, duelar / (refl.) **schermirsi**; defender-se, proteger-se, amparar-se / eximir-se, livrar-se, exonerar-se.
Schermitôre, s. m. (**schermitríce**, s. f.) esgrimista.
Schèrmo, s. m. (lit.) reparo, abrigo, defesa, resguardo / (fís.) diafragma que impede a passagem de determinados raios / tela branca para projeções luminosas; tela de cinema / **artisti dello ———**: artistas de cinema / **arte dello ———**: arte cinematográfica.
Schernêvole, adj. (rar.) escarninho / troçador, motejador / escarnecedor.
Schernevolmènte, adv. escarnecedoramente; escarninhamente.
Schernimènto, s. m. (rar.) troça; zombaria; burla, escárnio.
Schernitívo, adj. zombeteiro, escarnecedor.
Schernito, p. p. e adj. troçado, escarnecido; desacatado; frustrado.
Schernitôre, adj. e s. m. (**schernitríce**, s. f.) escarnecedor; mofador.
Schèrno, s. m. escárnio, apodo, apupo: achincalhe; ludíbrio, troça; vitupério, menosprezo / **essere lo ——— di tutti**; ser o joguete de todos.

Scheruólo, s. m. (des.) (zool.) esquilo, arda.
Scherzànte, adj. retouçador, brincalhão, galhofeiro.
Scherzàccio, s. f. (pej.) brincadeira, gracejo desagradável, de mau gosto.
Scherzàre, v. intr. brincar; divertir-se; folgar / ——— **col fuoco**: brincar com o fogo; expor-se a perigo / falta de cuidado ou de prudência: **non ——— con le malattie**.
Scherzatôre, adj. e s. m. (**scherzatríce**, s. f.) brincador, brincalhão; gracejador; mofador.
Scherzeggiàre, v. intr. brincar, divertir-se, troçar.
Scherzètto, s. m. (dim.) brincalhotice; pequena brincadeira.
Scherzèvole, adj. festivo, faceto, alegre, jocoso / feito ou dito por brincadeira: **parole scherzevoli, atto ———**.
Schèrzo, s. m. brincadeira; gracejo; burla / peça, logro, ludíbrio / ——— **di cattivo genere**: brincadeira de mau gosto / **scherzi del vino**: surpresas do vinho / **scherzo di natura**: monstro / (teatr.) breve composição cômica / (mús.) trecho de música a três tempos, mais alegre que o minueto: capricho / (dim.) **scherzetto, scherzuccio**.
Scherzosamènte, adv. jocosamente; festivamente.
Scherzosètto, adj. (dim.) um tanto brincalhão.
Scherzôso, adj. brincalhão, alegre; faceto; chistoso, ameno, festivo.
Schète, s. f. rede comprida de pescar.
Schettinàre, v. patinar.
Schèttino, s. m. patim.
Schi, ou **ski**, s. m. pl. esqui, patim para correr sobre a neve.
Schiàccia, s. f. tenaz para fazer hóstias e achatar bolachas / armadilha para pegar animais esmagando-os / frisador de cabelos.
Schiacciòla, s. f. ferro para frisar.
Schiacciamènto, s. m. esmagamento, achatamento.
Schiaccianôci, s. m. quebra-nozes.
Schiacciànte, p. pr. e adj. esmagador / **prove schiaccianti**: provas esmagadoras, irrefutáveis.
Schiacciàre, v. tr. esmagar. comprimir; achatar, amassar; despedaçar, machucar / destruir; / oprimir; / pisar, contundir / pisar / espremer: ——— **un limone** / vencer, superar, triunfar: ——— **il nemico** / humilhar, deprimir, acobardar: ——— **con critiche acerbe** / (refl.) achatar-se contra o solo; machucar-se a fruta, etc.
Schiacciasàssi, s. m. rolo compressor, usado nas estradas.
Schiacciàta, s. f. esmagamento, achatamento / fogaça doce, torta / (dim.) **schiacciatina**; (aum.) **schiacciatôna**.
Schiacciàto, p. p. e adj. esmagado, achatado, quebrantado, machucado, pisado, exprimido / **naso ———**: nariz chato / (arquit.) **volta schiacciata**: abóbada que tem pouca altura.
Schiacciatúra, s. f. esmagadura, achatadura, achatamento.

Schiacciòla, s. f. (tosc.) frisador, ferro para frisar cabelos ou para dobrar a orla dos vestidos.
Schiaffàre, v. tr. arremessar, jogar com força; colocar violentamente ou desajeitadamente / (rar.) estapear.
Schiaffeggiàre, v. tr. esbofetear.
Schiaffeggiàto, p. p. e adj. esbofeteado, estapeado / injuriado atrozmente.
Schiaffeggiatôre, adj. e s. m. (**schiaffeggiatrice**, s. f.) esbofeteador, estapeador.
Schiàffo, s. f. tapa, bofetada, sopapo / (fig.) insulto, injúria, ofensa, humilhação.
Schiamazzàre, v. intr. vociferar, gritar, bramar, alvoroçar / cacarejar, gritar (as aves).
Schiamazzatôre, adj. e s. m. (**schiamazzatrice**, s. f.) vociferador, gritador, alardeador, gritalhão.
Schiamazzío, s. m. barulheira, gritaria, algazarra, inferneira, vozearia, alvoroço.
Schiamàzzo, s. m. barulho, algazarra, alarde, gritaria.
Schianciàna, s. f. linha oblíqua, linha diagonal do quadrilátero.
Schiancío, adj. (tosc.) oblíquo / (loc. adv.) a ———; di ———: de viés, de esguelha.
Schiàncio (ant.) s. m. oblíquo.
Schianciíre, v. (tosc.) percutir, bater, ferir de viés / desviar, torcer.
Schiàncirsi, v. refl. quebrar-se obliquamente.
Schiantamento, s. m. rompimento, quebradura.
Schiantàre, v. tr. romper, quebrar, abrir, atalhar, arrebentar / quebrantar / desarraigar, arrancar / abater, desbaratar, derrotar / **schiantarla grossa**: dizer um disparate / comover / **cose da ——— il cuore**: coisas que ferem o coração.
Schiantàrsi, v. refl. romper-se, quebrar-se, abrir-se violentamente (pedras, metais, rochas, árvores, etc.) / espedaçar, lacerar.
Schiantàto, p. p. e adj. rompido, quebrado, partido, esmagado / arrancado / estourado, explodido / alquebrado, abatido, penalizado pela angústia.
Schiantatúra, s. f. (pop.) abatimento, rompimento, ruína / desânimo.
Schiànto, s. m. arrancamento, arranco, ruptura / estampido repentino, estrondo, ruído seco, estalido / (fig.) dor, aflição, pena.
Schiànza, s. f. (tosc.) crosta de chaga / mancha.
Schiàppa, s. f. (rar.) lasca, cavaco de madeira / lenha miúda para o fogo / pessoa inábil, incapaz / pobretão.
Schiappàre, v. (ant.) rachar, partir a lenha em lascas.
Schiappàto, p. p. e adj. rachado, partido em lascas, lascado.
Schiappatúra, s. f. rachadura, fendidura.
Schiappíno, s. m. (pop.) borra-botas, remendeiro / pobre, miserável.
Schiaràre, v. tr. aclarar, tornar claro, esclarecer / iluminar, elucidar.
Schiàre, ou **skiàre**, v. esquiar, patinar sobre a neve.

Schiarimênto, s. m. esclarecimento, ação e efeito de esclarecer / detalhe, explicação, declaração, pormenor.
Schiaríre, v. tr. esclarecer, elucidar, explicar / clarear, dar luz, iluminar.
Schiarírsi, v. esclarecer, tornar-se claro.
Schiarita, s. f. o serenar-se do céu / elucidação, explicação, etc.
Schiaríto, p. p. e adj. clareado, esclarecido, tornado claro, límpido / desanuviado / explicado, elucidado.
Schiaritôio, s. m. poço para clarificar o azeite.
Schiassàre, v. intr. alvoroçar.
Schiassàta, s. f. barulheira, alvoroço, escândalo.
Schiassolàre, v. intr. meter-se numa viela ou beco / entrar, ir na barulheira.
Schiàta, s. f. esquiada, ação de esquiar na neve.
Schiatôre, s. m. (**schiatrice**, s. f.) esquiador.
Schiàtta, s. f. casta, estirpe, ascendência, progênie, prosápia, sangue.
Schiattàre, v. intr. (pop.) rebentar, estourar, explodir / (fig.) morrer / ——— **dalla rabbia**: estourar de raiva.
Schiattàto, p. p. e adj. explodido, rebentado / morto / estourado.
Schiattíre, v. ganir, ganiçar, o latir do cão quando persegue a caça.
Schiattôna, s. f. moça, mulher roliça forte.
Schiattône, adj. rebentão: garofano ——— ———: cravo rebentão.
Schiavacciàre, v. (tr.) desaferrolhar, correr o ferrolho para abrir / (intr.) fazer rumor com as chaves.
Schiavàre, v. (ant.) despregar, desprender, descravar.
Schiavêsco, adj. de escravo.
Schiavína, s. f. esclavina, vestuário que os romeiros usavam sobre a túnica / cobertor de cama, de pano grosso / (ant.) calabouço.
Schiavísta, adj. e s. m. escravista, partidário da escravatura / negreiro, mercador de escravos.
Schiavitù, s. f. escravidão, cativeiro, falta de liberdade / submissão / obrigação pesada e humilhante, jugo, opressão.
Schiàvo, adj. e s. m. escravo, cativo / sujeito, dependente, servo / ——— **del dovere, del vizio**, etc. / (ant.) esclavônico, da Esclavônia.
Schiavona, s. f. variedade de uva.
Schiavône, adj. esclavão, esclavônio, relativo à Esclavônia / (s. m.) (pl.) soldados mercenários da antiga república de Veneza, naturais da Esclavônia.
Schiccàre, v. tirar os grãos do cacho de uva, etc.
Schiccheracàrte, s. m. escrevinhador, rabiscador.
Schiccheramênto, s. m. borradura, garatuja, rabisco, borrão.
Schiccheràre, v. borrar, garatujar / palrar, chalrear, divulgar segredos, etc. / (refl.) beber, trincar.
Schiccheràto, p. p. e adj. borrado, garatujado, escarabochado / escrevinhado, mal escrito.

Schiccheratúra, s. f. escarabocho, garatuja, borrão.
Schiccherío, s. m porção de gatafunhos.
Schiccherône, s. m. (**schiccherôna**, s. f.) bêbedo, ébrio, beberrão.
Schiccolàre, v. desbagar, esbagar os grãos dum cacho de uva.
Schidionàre, v. espetar, enfiar no espeto.
Schidionàta, s. f. espetada, espetadela de pássaros no espeto.
Schidiône, s. f. espeto, haste de metal aguçada em que se enfia carne, peixe, etc. para assar.
Schièna, s. f. dorso, costa, espinhaço / lombada, tergo / loc.: **curvar la** ——— ———: dobrar a espinha, humilhar-se, submeter-se / **voltare la** ———: voltar as costas, ir-se, fugir.
Schienàle, s. m. dorso, costa, lombada, garupa / a parte de um móvel que proteje as costas / espinhaço de boi sacrificado / (mil.) espaldar de armadura antiga.
Schienêlla, s. f. (vet.) gretamento, fendas na prega dos joelhos dos cavalos.
Schienúto, adj. lombudo, espadaúdo.
Schièra, s. f. fila, fileira, formação, quantidade de soldados em ordem, pelotão, companhia / porção de coisas ou pessoas dispostas em fila; coluna / **mettere in** ———: formar a tropa / ——— **di formiche**: coluna de formigas / ——— **di uccelli**: bando de aves.
Schieramênto, s. m. formação, alinhamento, disposição em fila.
Schieràre, v. tr. e refl. enfileirar. dispor em fileira ou em linha; alinhar, formar a tropa.
Schieràrsi, v. refl. enfileirar-se, pôr-se em fila / (fig.) ——— **dalla parte di uno**: ser favorável a alguém, pôr-se da sua parte / ——— **in uno partito**: alistar-se num partido.
Schieràto, p. p. e adj. enfileirado, formado em fileira.
Schiericàre, v. secularizar um clérigo, destonsurar, tirar a tonsura / ——— **il diamante**: descabeçar, despontar o diamante.
Schiericàrsi, v. despadrar-se, deixar de ser padre, secularizar-se, apostatar.
Schiericàto, p. p. e adj. despadrado, destonsurado.
Schiettamênte, adv. francamente, sinceramente, claramente, lhanamente.
Schiettêzza, s. f. franqueza, lhaneza, sinceridade, clareza, pureza / castidade; ——— **di lingua, di razza**, etc.
Schiètto, adj. lhano, puro, claro, castiço, genuíno, franco, sincero, limpo, honesto, leal / (adv.) **schiettamênte**: sinceramente, francamente / **parlar** ———: falar francamente: **alla schietta**: com franqueza.
Schifamênte, adv. nojentamente, nojosamente, com asco.
Schifanòia, s. m. e f. vadio, malandro, preguiçoso, enojoso do trabalho.
Schifànza, s. f. (ant.) asco.
Schifàrsi, v. tr. e refl. desdenhar, sentir nojo ou asco, afastar por nojo, desprezar, evitar, esquivar, aborrecer-se, retirar-se por repugnância ou desgosto, esquivar-se.

Schifato, p. p. e adj. asqueado, desprezado.
Schifatôre, s. m. (rar.) que desdenha, que recusa.
Schiferìa, schifêzza, s. f. asco, enjoamento, náusea, repugnância / melindre, irascibilidade, suscetibilidade.
Schifiltà, s. f. esquivez, repugnância, melindrice.
Schifiltôso, adj. esquivo, enjoado, melindroso, afetado / antipático, intolerável / **patriziàto** ——— **e superbo**: patriciato orgulhoso e soberbo.
Schifiltosamênte, adv. afetadamente, melindrosamente.
Schifo, s. m. asco, aversão, desdém / náusea, repulsão. repugnância / **tranguigiàndola tutta d'un fiato per non sentire lo schifo** (Pietro Calamandrei): engolindo-a toda num fôlego, para não experimentar repugnância / (adj.) asqueroso, sujo, repugnante / (lit. e poét.); barquinha, chalupa / (ant.) esquivo, melindroso, receoso, renitente.
Schifosàggine, schifosità, s. f. asquerosidade.
Schifosamênte, adv. nojentamente, asquerosamente, repugnantemente.
Schifosità, s. f. nojência, asquerosidade / coisa ou ação repugnante.
Schifôso, adj. nojento, sujo, asqueroso, nauseabundo, repulsivo, imundo / (fig.) indecente, descarado, ruim / **schifosetto, schifosaccio** (dim. depr.).
Schimbêscio, adj. enviesado.
Schinière e schinière, s. m. parte da armadura que defendia a perna: caneleira.
Schiòcca, s. f. (mar.) parte externa superior da popa.
Schioccànte, p. pr. estalejante: **frusta** ———.
Schioccàre, v. tr. estalejar, estalar, soar / ——— **la lingua**: estalar a língua / ——— **la frusta**: estalar o chicote / ——— **un bacio**: beijar fazendo estalido.
Schioccàta, s. f. estalido, estalo.
Schiocciàre, v. abandonar, a galinha choca, os pintinhos.
Schiòcco, s. m. estalido, estalo, ruído seco de coisa que estala (por ex. batida de relógio, estalo dos dedos, etc).
Schiodàre, v. despregar, descravar.
Schiodàto, p. p. e adj. despregado, descravado.
Schiodatúra, s. f. despregadura, ato ou efeito de despregar / a coisa despregada.
Schiomàre, v. descabelar, privar da cabeleira / descabelar, despentear, desgrenhar os cabelos.
Schiomàto, p. p. e adj. descabelado, privado do cabelo / despenteado.
Schiòppa, s. f. (mil. ant.) trabuco.
Schioppàccio, s. m. (pej.) espingarda ordinária.
Schioppettàta, s. f. espingardada, tiro de espingarda.
Schioppetterìa, s. f. (rar.) fuzilaria, espingardaria.
Schioppettière, ou schioppettière, s. m. (rar.) fuzileiro, soldado armado de espingarda.

Schioppettíno, schioppêtto, s. m. (dim.) espingardinha de criança / pequena espingarda.
Schiooppo, s. m. espingarda, fuzil, arma de fogo para caça / (ant.) escopeta / (ant.) canhão.
Schiribílla, s. f. galinha de água ou rabina, galinha de pântano.
Schiribízzo, s. m. (pop.) quimera, visionice, divagação, capricho.
Schiribizzôso, adj. imaginativo, fantasioso, caprichoso, quimérico.
Schisàre, v. (arit.) reduzir aos mínimos termos (fração) / esguelhar, dar pancada de esguelha na bola de bilhar.
Schíso, adj. (tosc.) oblíquo, torcido, enviesado / (s. m.) esguelha, viés, soslaio / (loc.) **di, per** ———: obliquamente, través.
Schísto, s. m. (min.) (gr."skhistos") xisto, rocha de textura foliácea em camadas que se desprendem facilmente.
Schistosità, s. f. xistosidade, caráter das rochas xistosas.
Schistoso, adj. xistoso / friável.
Schitarramênto, s. m. guitarrada, concerto molesto de guitarras.
Schitarràre, v. intr. guitarrear, tocar guitarra.
Schiúdere, v. tr. abrir: ——— **le labbra:** abrir os lábios / destapar, desencerrar, despregar, desimpedir.
Schiudersi, v. refl. abrir-se.
Schiudimênto, s. m. abrimento, abertura, ação e efeito de abrir.
Schiúma, s. f. escuma, saliva espumosa, baba / suor do cavalo / (poét.) água do mar / (fig.) impureza, imundície / ——— **di mare:** silicato de magnésio / (fig.) escumalha. escória social, ralé, impureza, imundície / (fig.) **una** ——— **di ribaldo:** um birbante perfeito.
Schiumaiòla, s. f. (cul.) escumadeira, colher em forma de crivo.
Schiumàre, v. tr. escumar, espumar / (intr.) produzir espuma.
Schiumatòio, s. m. escumadeira, espumadeira.
Schiumôso, adj. escumoso, espumoso, escumante, espumante.
Schiúso, p. p. e adj. aberto, destapado, exposto, desencerrado, descoberto.
Schivàbile, adj. esquivável, evitável.
Schivafatíche, s. m. mandrião, preguiçoso.
Schivàre, v. tr. esquivar, arredar, evitar, fugir / (refl.) **schivàrsi:** esquivar-se, arredar-se, eximir-se, tirar o corpo (pop.).
Schivàta, s. f. esquivança / (esp.) desvio do boxeador.
Schivàto, p. p. e adj. esquivado, evitado. afastado.
Schívo, adj. e s. f. esquivo, retraído, áspero / modesto, esquivoso, relutante.
Schizocàrpo, s. m. (bot.) esquizocarpo, fruto que na maturidade se decompõe.
Schizofíte, s. f. (pl.) esquizófito, vegetais que se reproduzem por cissiparidade.
Schizofrenìa, s. f. esquizofrenia.
Schizofrènico, s. m. e adj. (med.) esquizofrênico.

Schizòlito, s. m. esquizólito, mineral que se desfaz facilmente, composto de mica, talco, etc.
Schizomicèti, s. m. (pl.) esquizomiceto, bactéria.
Schizzamênto, s. m. jorro. jorramento, salpicamento, borrifamento.
Schizzànte, p. pr. que jorra com violência.
Schizzàre, v. jorrar, salpicar com violência (líquidos, faúlhas e símiles) / rociar, borrifar, saltar / chispar / ——— **faville:** chispar faúlhas / (pint.) esquissar, esboçar / (loc. fig.) ——— **fuòco, veleno:** fremir de raiva, de desdém / (sin.) **zampillare, spruzare, abbozzare.**
Schizzàta, s. f. esguicho, jorro, salpicadura, rociada.
Schizzàto, p. p. e adj. salpicado, jorrado, borrifado / esboçado, esquissado.
Schizzatôia, s. f. gola, conduto pelo qual passa a chama nos fornos de fundição.
Schizzatôio, s. m. esguicho de vidro ou de metal para borrifar líquidos, etc.; seringa, borrifador.
Schizzettàre, v. borrifar, rociar, pulverizar.
Schizzettatúra, s. f. borrifadela, esguichada / injeção / salpicadura de cor.
Schizzettíno, s. m. (dim.) esguichozinho / esboçozinho.
Schizzètto, s. m. (dim.) esguichadela / esquissozinho / esboçozinho / seringa pequena / esguicho pequeno de borracha.
Schizzignôso, (pop.) v. **schizzionôso,** (adj.) melindroso.
Schizzinosamênte, adv. aborrecidamente, enjoativamente / melindrosamente.
Schizzinôso, adj. enjoado, aborrecido; antipático, melindroso, suscetível; difícil de contentar: **crítico** ———: crítico antipático / **fare lo** ———: fazer melindres.
Schízzo, s. m. croquis, esquisso, esboço / esguicho, borrifo (de água, de lama, etc.) / partícula ínfima de qualquer coisa / **due schizzi di penna:** dois traços de pena / (lit.) esquema. minuta, borrão, rascunho.
Scí ou **ski,** o mesmo que **schi,** s. m. esqui.
Scía, s. f. esteira, sulco que um navio faz nas águas, cortando-as / sinal, rasto / **navigare nella** ———: navegar ao sulco de outro navio / (fig.) seguir a trilha de outrem.
Scià, s. m. xá, título do rei dos Persas.
Sciabêcco, s. m. (ár. "xabeca") xaveco, navio com três árvores verticais ou ligeiramente inclinadas.
Sciàbica, s. f. (mar.) xábega, rede com duas asas, com cabo ao meio, para pescar sardinhas / (zool.) galinha-d'água.
Sciabichèllo, s. m. pequena rede para pescar sardinhas.
Sciàbola, s. f. sabre, espada curta / (mil.) ——— **baionetta:** sabre-baioneta / **gambe a** ———: pernas cambaias.
Sciabolàre, v. tr. (-àbolo, pr.) ferir ou percutir com sabre.
Sciabolàta, s. f. sabrada, golpe de sabre.

Sciabolàto, p. p. e adj. ferido, golpeado com sabradas.
Sciabolatôre, adj. e s. m. sabrista / esgrimista, espadachim.
Sciabolêtta, sciabolína, s. f. (dim.) e **sciabolíno**, s. m. (dim.) sabrezinho, pequeno sabre.
Sciabolôna, sciabolône, s. f. (aum.) sabre grande.
Sciabordàre, v. sacudir, vascolejar, agitar um líquido, sacolejando o recipiente / mexer, bater na água, enxaguar / revolver, desordenar.
Sciabordàrsi, v. refl. derramar-se; cair de um lado, dobrar-se, inclinar-se.
Sciabordío, s. m. agitação, sacolejo continuado / embate das ondas (do mar) sobre a costa / (pl.) **sciabordíi**.
Sciàcallo, s. m. chacal, carnívoro afim ao lobo, porém menor e mais feroz / (fig.) saqueador / aproveitador dos infortúnios dos outros.
Sciaccò, s. m. quepe dos militares.
Sciàcma, s. m. chacma, espécie de macaco africano, de cabeça parecida com a do porco.
Sciacquabôcca, s. m. enxaguador, vasilha para enxaguar a boca.
Sciacquabudélla, s. m. vinho fraco e aquoso / **bere a** ——: beber em jejum.
Sciacquadènti, s. m. coisa que se come antes do pasto para poder beber com gosto / (fig.) bofetão, tapona.
Sciacquaménto, s. m. enxaguadura, ato ou efeito de enxaguar.
Sciacquare, v. tr. enxaguar, lavar ligeiramente, passar na água, lavar repetidas vezes / (refl.) **sciacquarsi lo stomaco**: beber em jejum / —— **la bocca sul conto di uno**: falar mal de alguém.
Sciacquàta, s. f. enxaguadela.
Sciacquatína, s. f. (dim.) enxaguadura, enxaguadela.
Sciaquàto, p. p. e adj. enxaguado, passado por água, lavado mais vezes com água.
Sciacquatôio, s. m. enxaguadouro, recipiente para enxaguar a roupa / (agr.) sulco que se faz nos campos para escorrer a água / canal por onde se precipita a água que movimenta o moínho.
Sciacquatúra, s. f. enxaguadura, ação de enxaguar / (depr.) —— **di bicchieri**: vinho ruim, ordinário.
Sciacquíno, s. m. (tosc.) lavador de pratos / (fig.) pessoa ordinária e maldizente.
Sciacquío, s. m. enxaguadura / vascolejo, sacudida / (pl.) **sciacquii**.
Sciàcquo, s. m. bochecho, enxaguadura da boca.
Sciaguattaménto, s. m. (tosc.) vascolejo / enxaguadura.
Sciaguattàre, v. (pop. tosc.) vascolejar, agitar o líquido nos vasos / enxaguar.
Sciaguattàto, p. p. e adj. enxaguado / agitado, vascolejado.
Sciagúra, s. f. desgraça, desventura, infortúnio, desdita / —— **pubblica**: calamidade.
Sciaguratàccio, adj. (pej.) malvado / desajuizado, insensato.

Sciaguratàggine, s. f. desgraça, adversidade / miséria, malvadez, vileza, poltronaria.
Sciaguratamènte, adv. desventuradamente, desgraçadamente, por infelicidade / miseravelmente.
Sciaguràto, s. m. e adj. infeliz, desgraçado, pobre, desventurado / vil. malvado, ruim, infame: **e io, sciagurata, lo credevo il modello dei mariti**: desgraçada de mim, que o cria o modelo dos maridos / cruel, miserável, abjeto / calamitoso, aziago.
Sciaguratône, adj. (fam. aum.) insensatão, desajuizado / malvado, ruim, cruel.
Scialacquaménto, s. m. esbanjamento, dissipação, desperdício.
Scialacquàre, v. tr. esbanjar, gastar profusamente, dissipar a própria fortuna, malgastar, esbanjar, desbaratar.
Scialacquatamènte, adv. prodigamente, perdulariamente.
Scialacquàto, adj. dissipado, pródigo, perdulário, profuso, desordenado nos gastos, esbanjador.
Scialacquatôre, adj. e s. m. (**scialacquatríce**, s. f.) dissipador, esbanjador / pródigo.
Scialacquío, o mesmo que **scialácquo**, s. m. dissipação, esbanjamento contínuo.
Scialacquône, s. m. (pop.) dissipador, esbanjador.
Scialamènto, s. m. dissipação, aproveitamento, divertimento.
Sciàlappa, s. f. (bot.) jalapa, nome comum a várias espécies de plantas da família das convolvuláceas.
Scialappína, s. f. jalapina, substância de resina que se extrai da raiz e da haste da jalapa.
Scialàre, v. intr. divertir-se, foliar, gozar à grande; gastar a valer, farrear / **aver poco da** ——: ter penúria, escassez.
Scialatôre, adj. e s. m. gozador, divertido, esbanjador, gastador.
Scialbàre, v. rebocar e logo caiar as paredes.
Scialbatúra, s. f. reboco, caiação.
Sciàlbo, adj. descorado, desbotado, pálido, baço, desmaiado, tênue / (s. m.) reboco. caiação da parede.
Sciallàccio, s. m. (pej.) xale feio, ordinário.
Sciàlle, s. m. xale, cobertura que as mulheres usam como agasalho e adorno dos ombros / manto.
Sciallêtto, sciallíno, sciallúccio, s. m. (dim.) xalezinho.
Sciàlo, s. m. divertimento, festança / esbanjamento / aparato, pompa, ostentação, fausto.
Scialône, s. m. dissipador, folgador, gastador, perdulário, manirroto.
Scialorrèa, s. f. (med.) ptialismo, salivação exagerada.
Scialúppa, s. f. chalupa, pequeno barco, lancha, bote.
Sciamanísmo, s. m. xamanismo, culto religioso e de exorcismos da Sibéria e da Ásia Oriental.
Sciamannàre, v. tr. gastar, estragar, consumir; desmazelar, desalinhar, amarrotar.

Sciamannàto, p. p. e adj. gasto, consumido; desordenado, desmazelado, perdulário.
Sciamànno, s. m. xamata, manto oriental de seda com lavores de ouro, distintivo que usavam os hebreus.
Sciamannóne, s. m. (sciamannóna, s. f.) desleixado, relaxado, negligente, relapso, perdulário, gastador.
Sciamàre, v. intr. nxamear, formar enxame (as abelhas) / reunir-se em grande número / (fig.) emigrar definitiva ou temporariamente / aparecer em número conspícuo: si vídero —— —— **dappertutto artigiani e artisti, uòmini d'arme e uòmini di stato, scrittori e avventurieri** (Papini).
Sciamatúra, s. f. enxameação, enxameio.
Sciàme, s. m. (ant.) enxame, multidão de abelhas, as abelhas de uma colmeia / quantidade de insetos, moscas, etc. / (fig.) multidão de gente / **a sciami**: aos bandos, aos magotes.
Sciàmito, s. m. pinhoela, tecido de seda, em geral vermelho, com círculos aveludados (ant.) / (bot.) amaranto, planta de flor vermelha e aveludada.
Sciùmma, s. m. manto dos dignitários e guerreiros etíopes / (pl.) **sciammi**.
Sciampàgna, s. m. champanha, vinho espumante de luxo, originário da região francesa de Champagne.
Sciampagníno, s. m. refresco, bebida efervescente, gasosa.
Sciampiàre, (ant.) v. abrir, estender, alargar, dilatar.
Sciàmpio, (ant.) s. m. abertura, extensão, dilatação.
Sciancàre, v. tr. e refl. desancar, derrear, desencadeirar, estropiar / arrancar os ramos / **sciancàrsi**: derrear-se, aleijar-se.
Sciancatèllo, adj. (dim.) manquito, aleijadinho.
Sciancàto, p. p. e adj. aleijado, coxo / desancado, capenga / derreado, estropiado.
Sciànto, s. m. (pop.) descanso, repouso, passeio depois do trabalho.
Sciàpido, sciapito, adj. insoso, insípido, tolo.
Sciaràda, s. f. charada, enigma.
Sciaradísta, s. m. charadista.
Sciàre, v intr. esquiar, escorregar sobre a neve com esqui / (mar.) remar para trás / parar o bote com os remos.
Sciàrpa, s. f. charpa, banda / cinto / cinta, faixa que serve de insígnia ou distintivo / faixa de seda ou de lã que se usa no pescoço para agasalho ou ornamento.
Sciarpètta, sciarpettína, s. f. (dim.) charpazinha, faixazinha.
Sciàrra, (ant.) s. f. rixa, briga.
Sciarràni, s. m. (pl.) serranídeos, nome genérico de peixes da família dos acantopterígios.
Sciarràre, (ant.) v. tr. desbaratar, separar, dividir.
Sciarrùta, s. f. (pop.) (tosc.) bulha, banzé, sarilho, liça, embrulhada.
Sciàta, s. f. esquiada, esquiadela, ação de esquiar.
Sciàta, s. f. (mar.) voga para trás / corrida com esqui.

Sciàtica, s. f. ciática, enfermidade caracterizada por dor no nervo ciático.
Sciàtico, adj. ciático / (s. m.) o nervo ciático, doente de ciática.
Sciatôre, s. m. (f. **-trice**) esquiador.
Sciattàggine, s. f. desleixo, negligência, incúria, desalinho.
Sciattamênte, adv. desleixadamente, descuradamente, desmazeladamente.
Sciattàre, v. tr. descurar, desleixar, estragar, consumir, corroer, deteriorar.
Sciatteria, s. f. desmazelo, despréstimo. desmazelamento.
Sciattêzza, s. f. desleixo, negligência, desarranjo, desalinho.
Sciattíno, s. m. (dim.) um tanto desleixado / atamancador, achavascador, inepto, relaxado.
Sciàtto, adj. desleixado, negligente / vulgar, fraco, insignificante (diz-se de estilo, artísta, escritor, etc.).
Sciattonàccio, sciattóne, adj. e s. m. desmazeladão, negligentão, perdulário.
Sciàvero, s. m. (ant.) retalho de pano / restos de peles curtidas / costaneira, cada uma das quatro partes de um tronco (de árvore) serrado.
Scíbile, adj. conhecível, que se pode saber / (s. m.) conhecimento, saber, sabedoria, ciência.
Scicche, adj. (do fr.) chique, elegante, fino.
Sciccheria, s. f. elegância, bom gosto, graça, luxo / (sin.) **eleganza, buon gusto**.
Sciènte, adj. ciente, cônscio, sabedor, consciente / (ant.) sábio.
Scientemênte, adv. cientemente, consciamente, conscientemente.
Scientificamênte, adv. cientificamente, de maneira científica.
Scientífico, adj. científico, de ciência, próprio da ciência / (pl.) **scientifici**.
Sciènza, s. f. ciência, notícia certa que se tem de alguma coisa / ciência, complexo de conhecimentos que se têm a respeito de um determinado assunto ou objeto comum / (fig.) qualquer disciplina / —— **infusa**: ciência ingênita / **scienze occulte**: ciências ocultas, espiritismo.
Scienziàto, adj. e s. m. cientista, que tem ciência / aquele que se ocupa de ciência ou de uma ciência, sábio.
Sciismo, s. m. esporte do esqui.
Scilista, s. m. esquiador.
Scilàcca, s. f. golpe com régua, cinto. chicote, etc. / palmada, tapa.
Scilinguàgnolo, s. m. (anat.) ligamento membranoso que prende a língua, freio da língua / (loc.) (fig.) **rompere lo** ——: começar a falar depois de longo silêncio, não ter freio na língua.
Scilinguàre, v. intr. balbuciar, tartamudear, falar com dificuldade.
Scilinguatamênte, adv. balbuciando, atrapalhadamente.
Scilinguàto, p. p. e adj. gaguejado; gago, balbuciente, tartamudo.
Scilinguatúra, s. f. balbuciência, gagueira, tartamudez, gaguez.
Scilivàto, adj. e s. m. (pop. tosc.) dessaborido, desenxabido / diz-se de pão pouco cozido, de pouco sabor / cheiro desagradável de roupa mal lavada.

Scílla, s. f. (bot.) cila, cebola brava ou albarrã / (mitol.) monstro marinho personificando o proceloso estreito de Messina / (loc. fig.) **esser tra Scilla e Cariddi:** estar entre dois perigos.
Scillítico, adj. cilítico, que contém suco de cila ou que é feito com suco de cila.
Scillitína, s. f. cilitina, princípio alcalóide que se encontra no suco da cila.
Scilòma, s. m. (lit.) parlenga longa e vã.
Scimitárra, s. f. cimitarra, espada curta, de lâmina larga e curva; alfange.
Scímmia ou **scímia,** s. f. mono, bugio, macaco, nome genérico dos mamíferos quadrúmanos / **fare la** ———: imitar, arremedar / (fig.) embriaguez, borracheira.
Scimmiàggine, s. f. macaqueação, macaquice / ação ou dito de pessoa grotesca.
Scimmiàta, s. f. macaquice, monada de pessoa grotesca, arremedo.
Scimmieggiàre, v. tr. macaquear, macacar, arremedar, imitar.
Scimmieggiatòre, s. m. macaqueador, arremedador.
Scimmieggiatúra, s. f. macaqueação, macaquice e **scimmiottatúra,** s. f. macaqueação, imitação grotesca e ridícula.
Scimmiêsco, adj. simiesco, simiano, relativo ou semelhante ao macaco.
Scimmiétta, s. f. (dim.) simiozinho.
Scimmiône, s. m. simião, símio, mono, macaco grande.
Scimmiottàre, v. tr. macaquear, imitar grotescamente, remedar.
Scimmiottàta, s. f. macaqueação, macaquice.
Scimmiottàto, p. p. e adj. macaqueado, arremedado, imitado.
Scimmiottatòre, s. m. macaqueador, imitador, arremedador.
Scimmiottatúra, s. f. macaqueação, imitação, macaquice, arremedo.
Scimmiottíno, s. m. (dim.) simiozinho, macaquinho.
Scimmiòtto, s. m. macaquinho, macaco jovem / (fig.) pessoa feia e grotesca.
Scimpanzè, s. m. chimpanzé, grande macaco antropóide da África.
Scimunitàggine, s. f. parvoíce, basbacaria, tolice.
Scimunitaménte, adv. aparvalhadamente, atoleimadamente, estupidamente.
Scimunito, adj. e s. m. parvo, tolo, basbaque, abobado, estulto, estúpido.
Scíndere, v. tr. cindir, separar, dividir / **scindersi:** cindir-se, dividir-se, separar-se.
Scindêrsi, v. cindir-se, separar-se, dividir-se.
Scingere, v. tr. descingir, desligar, desapertar, tirar / (refl.) **scingêrsi:** descingir-se, desligar-se, despir-se.
Scintílla, s. f. chispa, centelha, brilho, faguha, faísca, fulgor, revérbero / ——— **del genio:** inspiração do gênio, da inteligência.
Scintillaménto, s. m. e **scintillazióne,** s. f. cintilação, ato de cintilar, brilho, fulgor, revérbero.

Scintillànte, p. pr. e adj. cintilante, deslumbrante, faiscante, fulgurante, resplandecente, brilhante, rutilante.
Scintillàre, v. tr. chispear, cintilar, brilhar, coruscar, lampejar, fulgurar, resplandecer, irradiar.
Scintillazióne, s. f. cintilação, brilho / (astr.) emanação e mutação de luz nos astros.
Scintillêtta, s. f. (dim.) centelhazinha, brilhozinho, faulhazinha.
Scintillío, s. m. cintilação, lampejo, brilho continuado.
Scintillômetro, s. m. cintilômetro, instrumento com que se aprecia a intensidade da cintilação dos astros.
Scintillúzza, s. f. centelhazinha.
Scínto, adj. (p. p. de **scingere),** descingido, solto, desapertado, desatado.
Scintoísmo, s. m. xintoísmo, religião nacional do Japão, anterior ao budismo.
Scintoísta, adj. e s. m. xintoísta, que professa o xintoísmo.
Scío, s. m. (anat.) ísquion.
Sciò, (interj.) voz us. para espantar frangos, galinhas, etc.
Scioccàggine, s. f. bobagem, palermice, besteira, asneira.
Scioccaménte, adv. parvamente, tolamente, asnamente, bobamente.
Sciocheggiàre, v. intr. asneirar, fazer asneiras, bobagens, tolices.
Scioccherèllo, e também **sciocchíno,** s. m. (dim.) bobinho, tolinho, insosso, fátuo.
Scioccherellône, adj. bobalhão, simplório, tonto.
Scioccherία, s. f. bobagem, coisa de bobo, de tolo / ninharia, coisa fútil, sem importância, bagatela.
Schiocchêzza, s. f. bobice, tolice, asneira, estupidez, bobagem / bagatela, ninharia: **è una** ———: é uma coisa insignificante.
Sciòcco, adj. tolo, bobo, idiota, alvar, ingênuo, parvo, pateta / **con un cèrto sorriso** ———: com um certo sorriso idiota / idiota / insosso, sem gosto, desenxabido, insulso (por ex. **minestra sciocca:** sopa comida sem sal / (adv.) **parlare** ou **agire** ———: falar ou obrar de tonto / (dim.) **sciocchino:** bobinho.
Sciocconàccio, adj. (pej.) bobalhão, parvalhão, imbecil.
Scioccône, adj. (aum.) bobão, toleirão.
Scioglíbile, adj. solúvel, que se pode solver ou dissolver.
Sciògliere, v. tr. desatar, soltar desprender, desfazer, desligar, desfraldar / destruir, fundir; liquefazer, derreter / cumprir voto, promessa / desobrigar, absolver, isentar / (mar.) ——— **le vele:** soltar as velas, zarpar / dissolver (assembléia, reunião, parlamento, etc.) / soltar, levantar, dirigir, dedicar / ——— **un inno:** levantar um hino: **e scioglie all'urna un cantico** (Manzoni).
Sciogliersi, v. refl. desligar-se, livrar-se, libertar-se, separar-se, fundir-se, derreter-se / (loc. fig.) ——— **in pianto:** derramar-se em pranto / (pres.) **sciolgo, sciogli.**

Scioglilingua, s. m. jogo, exercício de pronunciar depressa uma ou mais frases.

Scioglimênto, s. m. dissolução; desfecho; desenredo, solução; desatadura; desligadura / soltura / liquefação / (lit.) / —— **di dramma:** desenlace, desenredo / —— **di seduta:** levantamento de sessão / —— **di nodi:** desatadura, desligadura.

Scioglitôre, (f. -tríce) adj. e s. m. solvente, que solve / dissolvente, que dissolve, que desata / que resolve problemas, etc.

Sciografía, s. f. (arquit.) ciografia, desenho de um edifício, para observar-se-lhe a disposição interior / arte de conhecer as horas pela sombra projetada pela luz do sol ou da lua.

Sciogràfico, adj. ciográfico, relativo à ciografia.

Sciolina, s. f. lubrificante para esquis.

Sciolo, s. m. (rar.) sabichãozinho, doutorzinho.

Sciòlta, s. f. (pop.) soltura, despejo; diarréia / suspensão momentânea do trabalho.

Scioltamênte, adv. desempeçadamente; expeditamente; desembaraçadamente.

Scioltêzza, s. f. desembaraço, franqueza; agilidade; destreza; / desenvoltura, ligeireza / —— **di lingua:** facilidade de palavra; licença de linguagem.

Sciòlto, p. p. e adj. solto, desligado, desatado / destro, desenvolto, ágil, desembaraçado; expedito; livre de vinculos / (lit.) **verso** ——: verso livre / fundido, derretido / **stagno, piombo** ——: dissolvido: **zucchero** —— / **a briglia sciolta:** à rédea solta / **società sciolta:** sociedade desfeita / aclarado, elucidado: **mistero, enigma** —— / **avere il corpo** ——: sofrer de diarréia.

Scioltúra, s. f. (arquit.) desligamento, desprendimento de pilares, etc.

Sciône, s. m. (meteor.) turbilhão.

Scioperàggine, ou **scioperatàggine,** s. f. vadiagem, vagabundice, madraçaria, vadiação.

Scioperaiòlo, s. m. (neol.) amante da greve, que faz greve por qualquer razão.

Scioperànte, p. p. pr., adj. e s. m. grevista.

Scioperàre, v. intr. pôr-se em greve, deixar de trabalhar / folgar, vadiar, poltronear / (pres.) **sciòpero.**

Scioperatàccio, adj. (pej.) vadião, grande vadio.

Scioperatamênte, adv. ociosamente; vadiamente.

Scioperatèllo, adj. vadiote, um tanto vadio.

Scioperatêzza, s. f. mandriíce, vadiíce, vadiagem.

Scioperàto, adj. e s. m. mandrião, vadio, ocioso; que não tem vontade de trabalhar; tunante / desocupado.

Scioperatône, adj. (aum.) mandrião; vagabundão; grande ocioso.

Sciopério, s. m. vadiagem, preguiça; desperdício de tempo.

Sciòpero, s. m. greve, parede dos operários para concessões da parte dos patrões / —— **bianco:** greve de braços cruzados / —— **della fame:** greve da fome.

Scioperomanía, s. f. (neol.) mania de fazer greve.

Scioperône, s. m. vadio, amante do ócio; mandrião; gandulo (bras.).

Sciorinamênto, s. m. (rar.) extensão, exposição, ato ou efeito de estender, de expor ao ar / exposição de coisas estendidas.

Sciorinàre, v. tr. estender, expor; abrir, estender para tomar ar (panos, etc.); apresentar (ao público) / falar, alardear, palrar, tagarelar / **sciorinò questa morale:** alardeou esta moral / —— **erudizióne:** ostentar erudição / (refl.) desenlaçar-se, desapertar-se.

Sciorinàto, p. p. e adj. estendido, exposto / explicado; alardeado; apresentado.

Sciòrre, v. (lit. e poét.) soltar, desatar / resolver; solucionar.

Sciovia, s. f. estrada para esquiar.

Sciovinísmo, s. m. (neol.) (fr. "chauvinisme") patriotismo exagerado e grotesco; xenofobia / (sin.) campanilísmo.

Sciovinísta, s. m. patriota francês xenófobo; / patriota intransigente, exagerado, ridículo: patrioteiro.

Scipàre, v. tr. (ant.) gastar, estragar.

Scípido, (ant.) o mesmo que **scipito,** adj. insípido; insosso; cacete, choco; dessaborido.

Scipitàggine, e **scipitêzza,** s. f. insipidez, sensaboria; chatice; displicência; sandice, necedade.

Scipitamênte, adv. insipidamente; desenxabidamente.

Scipitêzza, s. f. insipidez / fatuidade / necedade.

Scipito, adj. insípido; desenxabido; sem sabor; insosso / insulso, parvo, tolo, néscio.

Scíppo, s. m. (dial. nap.), roubo, rapina.

Sciroccàccio, s. m. (pej.) grande vento de xaroco (ou siroco).

Sciroccale, adj. de xaroco ou siroco (vento).

Sciroccàta, s. f. suestada.

Sciròcco, s. m. siroco, vento quente e úmido do sueste, sobre o Mediterrâneo / (pl.) **scirocchi.**

Sciroppàre, v. tr. enxaropar, preparar como xarope; tornar doce / açucarar, confeitar frutas.

Sciroppàto, p. p e adj. enxaropado, xaropado; / açucarado, confeitado, preparado em calda.

Sciroppètto, sciroppíno, s. m. (dim.) xaropinho, xarope leve, agradável.

Sciròppo, s. m. xarope / (farm.) xarope, julepo.

Sciroppôso, adj. espesso, meloso / glutinoso, pegajoso.

Scirro, s. m. cirro, tumor duro e resistente / variedade de câncer.

Scirròma, s. m. tumor cirroso; carcinoma.

Scirrôso, adj. cirroso, que tem a natureza do cirro; atacado de cirrose.

Scísma, s. f. (rel.) cisma, separação da comunhão de alguma religião / (fig.) qualquer separação por divergência a respeito de uma questão grave / discórdia, dissensão, desavença.

Scismaticamênte, adv. cismaticamente.
Scismàtico, adj. e s. m. cismático; que, ou aquele que se separou da comunhão de alguma igreja / (pl.) scismatici.
Scíssile, adj. rompível, cindível, fendível, separável.
Scissiône, s. f. cisão, ato de cindir; divergência; separação, divisão, desavença, desacordo / **riproduzione per** ———: cissiparidade.
Scissiparità, s. f. (fisiol.) cissiparidade, forma de geração na qual o organismo se divide em duas partes.
Scissíparo, adj. e s. m. cissíparo, que se reproduz por cissiparidade.
Scísso, p. p. e adj. cindido; dividido; separado, partido.
Scissúra, s. f. greta, fenda, cissura; sulcos existentes na superfície de certos órgãos / (anat.) fenda apresentada por certos ossos / (fig.) discórdia; quebra de paz, desavença, dissensão.
Scítala, s. f. (hist.) azorrague; correia / criptografia espartana / serpente fabulosa de cores vivas.
Sciugamàno, s. m. toalha.
Sciugàre, v. tr. (v. **asciugàre**) enxugar.
Sciugatòio, s. m. toalha / enxugadouro de roupas / secador para couros, etc
Sciupacàrte, adj. e s. escrevinhador; rabisca-papéis; rabiscador.
Sciupacchiàre, v. consumir, gastar, estragar aos poucos.
Sciupàre, v. tr. consumir, gastar, estragar; fazer mau uso duma coisa; deteriorar, maltratar / **l'anima e il corpo**: gastar a alma e o corpo / dissipar, desperdiçar, malbaratar.
Sciupàrsi, v. refl. consumir-se, gastar-se, estragar-se; danificar-se.
Sciupatèste, s. m. mestre que nada ensina; mestre ignorante.
Sciupàto, p. p. e adj. gasto, estragado, deteriorado; consumido / desperdiçado; dissipado, esbanjado / corrompido / esgotado, definhado / (dim.) sciupatino, sciupatello.
Sciupatôre, s. m. (sciupatrice, s. f.) esbanjador; dissipador.
Sciupìo, e sciupío, s. m. dissipação, gasto, consumação, esbanjação continuada.
Sciúpo, s. m. desperdício, consumação, esbanjamento.
Sciupône, adj. e s. m. gastador, esbanjador; dissipador, estróina.
Sciùridi, s. m. pl. pequenos mamíferos roedores de pelo macio, parecidos com o esquilo.
Scívola, s. f. canal em declive.
Scivolàre, v. intr. escorregar, deslizar: escapar-se; fugir: **gli scivolò dalle mani**: escorregou-lhe das mãos / resvalar; roçar / ——— **sopra un argomento**: resvalar sobre um argumento / omitir, passar por alto.
Scivolarèlla, s. f. deslizadela, escorregadela / **fare la** ———: deslizar por uma encosta, pelo corrimão da escada, etc.
Scivolàta, s. f. escorregadura, ato de escorregar; resvalamento; deslizamento.
Scivolàto, p. p. e adj. escorregado; deslizado; / resvalado / (mús.) (adj. e s. m.) tocata feita deslizando um dedo pelo teclado.
Scivolêtto, s. m. (dim.) escorregadela.
Scívolo, s. m. (mús.) gorjeio, maneira ágil e graciosa de cantar / (s. m.) plano inclinado para hidroavião.
Schivolône, s. m. escorregão, resvaladura.
Sclamàre, forma popular de **esclamàre**, v. exclamar.
Sclarènchima, s. m. (bot.) esclarênquima / (zool.) esqueleto de madrépora.
Scleràntо, s. m. (bot.) escleranto, gênero de cariofiláceas.
Sclerêma, s. m. (med.) escleroma.
Sclerìte, s. f. esclerite, inflamação da esclerótica.
Sclerodèrma, s. m. (med.) esclerodermia.
Sclerôma, s. m. escleroma, tumor duro.
Scleroftalmìa, s. f. escleroftalmia.
Sclerômetro, s. m. esclerômetro, instrumento para avaliar a dureza dos metais.
Sclerôsi, s. f. (fisiol.) esclerose, endurecimento mórbido dos tecidos.
Sclerôtica, s.f. (anat.) esclerótica, membrana externa ou globo ocular.
Sclerôtico, adj. esclerótico.
Sclerotomìa, s. f. escleroticotomia, incisão da esclerótica.
Sclerôzio, s. m. escleródio / corpos duros em certos fungos.
Scoccànte, p. pr. que se arroja.
Scoccàre, v. intr. disparar, desfechar, soltar de repente, arrojar, sair, vibrar / **scoccàr le frecce**: disparar as flechas / tocar, bater / **è scoccàta l'una**: bateu uma hora / ——— **un bacio**: beijar / (fig.) ——— **un frizzo**: soltar um mote / (s. m.) toque / **allo ——— del mezzodì**: ao toque do meio-dia; tiro: **lo ——— dell'arco**.
Scoccàto, p. p. e adj. atirado, desfechado, disparado, arremessado / batido, soado.
Scoccatôre, s. m. (scoccatrice, s. f.) vibrador, disparador, batedor, soador.
Scoccètta, s. f. ou **scoccètto**, s. m. jogo que consiste em bater a ponta de um ovo na ponta de outro perdendo aquele que fica com o ovo partido.
Scocciamênto, s. m. (rar.) descascação, rompimento / (fig.) amolação, importunação, maçada.
Scocciàre, v. descascar, romper (casca do ovo), partir, desbeiçar (louça, etc.) amolar, aborrecer, molestar / (mar.) desenganchar, soltar um gancho.
Scocciàto, p. p. e adj. amolado, importunado, molestado, enfadado.
Scocciatôre, s. m. (scocciatrice, s. f.) amolante, importuno, maçador, molesto.
Scocciatúra, s. f. descascação / soltura do gancho / (vulg.) amolação, aborrecimento, caceteação, estopada.
Scoccino, s. m. scoccina, s. f. jogo de ovo, entre dois meninos.
Scòcco, s. m. disparo, lance, lançamento violento / toque de hora / estalo de beijo.
Scoccolàre, v. desbagoar, desbagar, esbagoar; colher, apanhar as bagas.
Scocuzzolàre, v. desmochar.
Scodàre, v. descaudar, tirar a cauda, desrabar, derrabar.

Scodàto, p. p. e adj. descaudado, sem cauda, que tem a cauda cortada.
Scodèlla, s. f. escudela, tigela, prato fundo para sopa / pequeno cogumelo comestível.
Scodellàccia, s. f. (pej.) tigela ordinária.
Scodellàre, v. escudelar, servir a sopa ou a comida, deitar em escudelas / (fig.) derramar, entornar / divulgar, difundir, dizer, contar, revelar.
Scodellàta, s. f. una ――― di latte: uma escudela (ou tigela) de leite.
Scodellàto, p. p. e adj. escudelado / volere la pappa scodellàta: querer tudo sem trabalhar.
Scodellètta, scodellina, s. f. e scodellino, s. m. (dim.) escudelazinha, tigelinha / (hist.) parte do arcabuz onde se punha a pólvora para fazer fogo.
Scodellóna, s. f. scodellône, s. m. tigelona; escudela grande.
Scodinzolàre, v. intr. rabear, mexer com a cauda; (por ex. os cães) / rebolar, saracotear.
Scodinzolío, s. m. rabeadura, ato de rabear / saracoteio; bamboleio / (pl.) scodinzolii.
Scofacciàre, v. tr. (ant.) achatar, aboleimar à guisa de bolacha.
Scoffína, s. f. (ant.) (técn.) lima.
Scòglia, s. f. pele que a cobra muda todos os anos / (fig.) embrutecimento: la ――― del vizio.
Scoglièra, ou scoglièra, s. f. escolhos, rochedos, recifes / dique de escolhos / ――― madreporica: polipeiro.
Scogliètto, s. m. escolhozinho, rochedozinho.
Scòglio, s. m. escolho, rochedo, recife; penhasco / (fig.) obstáculo, dificuldades; risco; tropeço, estorvo / pele da cabra / casca / (ant.) recusa, rechaço.
Scogliòso, adj. rochoso, cheio de escolhos; penhascoso.
Scogliúzzo, s. m. (dim.) penhascozinho.
Scoiàre, v. tr. escorchar, esfolar; tirar a pele do animal morto / (pres.) scuóio, scoiamo.
Scolàttolo, s. m. (zool.) esquilo / (fig.) essere uno ―――: ser bastante ágil e inquieto.
Scolafrítto, s. m. grelha cheia de crivos onde se põe a fritura para fazer coar o unto.
Scolamênto, s. m. escoadura; escoamento, ação de escoar (líquido); coadura.
Scolàra, s. f. aluna, discípula, estudante.
Scolaraccio, s. m. (pej.) mau estudante.
Scolàre, ou scolàro, s. m. estudante, aluno; discípulo; / (ant.) aluno de universidade.
Scolàre, v. intr. e tr. coar, escoar, ação de coar (líquido); filtrar; fazer coar ou escorrer; gotear, gotejar.
Scolarésca, s. f. o conjunto dos alunos duma escola, universidade, etc. / tutta la ―――: a estudantada toda.
Scolarescamênte, adv. estudantescamente, à maneira de estudantes.
Scolarésco, adj. estudantesco; estudantil, escolar.
Scolarètto, scolaríno, scolarúccio, s. m. (dim.) estudantinho, alunozinho.

Scolàstica, s. f. escolástica / filosofia medieval que teve como expoente principal Santo Tomás de Aquino.
Scolasticamênte, adv. escolasticamente, de um modo escolástico, segundo a escolástica.
Scolasticheria, s. f. (depr.) pedantismo escolástico.
Scolasticísmo, s. m. escolatiscismo, doutrina dos filósofos escolásticos.
Scolasticità, s. f. escolasticismo.
Scolàstico, adj. escolástico, relativo às escolas ou aos estudantes / (adj. e s. m.) (filos.) escolástico.
Scolasticúme, s. m. sutilidade, pedantismo dos escolásticos.
Scolatíccio, s. m. borra, sedimento, lia, fezes.
Scolatívo, adj. (rar.) escoativo, que faz escoar; que solve, que dissolve.
Scolàto, p. p. e adj. escoado; coado.
Scolatóio, s. m. escoadouro; lugar por onde se escoam águas e outros líquidos / sumidouro.
Scolatúra, s. f. escoadura, ação de líquido que se escoou, escorralhas.
Scolazióne, s. f. (med.) purgação, gonorréia.
Scolecíte, s. f. (min.) escolecito, zeólito calcífero.
Scoliàste, s. m. (hist.) escoliaste, autor de escólios; comentador, explicador.
Scòlice, s. m. cabeça de tênia (verme intestinal).
Scolío, s. m. gotejamento, continuado.
Scòlio, s. m. (lit.) escólio, observação gramatical ou crítica para explicação dos autores clássicos / (mat.) observação ou explicação sobre uma ou mais proposições ou teoremas / (mús.) canto convival grego.
Scoliòsi, s. f. (med.) escoliose, desvio ou encurvamento da coluna vertebral.
Scollacciàre, v. decotar; cortar um vestido de maneira que deixe o colo da pessoa mais ou menos a descoberto.
Scollacciàrsi, v. refl. decotar-se / (fig.) decotar-se exageradamente.
Scollacciàto, adj. decotado / (fig.) descoberto, pouco vestido / (fig.) licencioso, descomedido; muito livre, desregrado / linguaggio, libro ―――.
Scollacciatúra, s. f. decote exagerado.
Scollàre, v. tr. e refl. (de colla, cola, grude), descolar, despregar / de collo: pescoço; decotar / scollarsi, decotar-se
Scollàto, p. p. descolado, despregado decotado / (s. m.) decote.
Scollatúra, s. f. decote / despegadura; descolagem, descolamento.
Scollegamênto, s. m. separação, desunião, desconjunção; desunião, desenlace.
Scollegàre, v. tr. dividir, desunir, separar; desjuntar, desagregar; desconjuntar, desmembrar.
Scollegàto, p. p. e adj. desunido; separado; desagregado; desconjuntado; dividido.
Scollinàre, v. intr. transpor colinas / passear pelas colinas.
Scoilíno, s. m. lenço que usavam as mulheres com vestes decotadas.
Scòllo, s. m. decote.
Scolmàre, v. tr. descolmar, nivelar a medida, diminuir.

Scôlo, s. m. escoação, gotejamento / escoadura / conduto para escapamento / escorralhas / (agr.) águas que defluem dos terrenos úmidos / (med.) (pop.) blenorragia.

Scolopèndra, s. f. escolopendra, gênero de miriápodes chamados vulgarmente centopeias ou lacraias.

Scolòpio, s. m. sacerdote regular da congregação das Escolas Pias.

Scoloramênto, s. m. descoloração, descoramento.

Scoloràre, e scolorìre, v. descolorar, apagar ou alterar a cor; tirar a cor; privar da cor; desbotar; amarelecer.

Scolorìrsi, v. refl. desbotar, descorar-se.

Scoloràto, p. p. e adj. descolorido, descorado, desbotado; empalidecido.

Scolorimênto, s. m. descoloração, ação ou efeito de descolorar; descoramento.

Scolorìna, s. f. borra-tintas, preparado para tirar a tinta.

Scolpamênto, s. m. (rar.) desculpa, justificação.

Scolpàre, v. desculpar; justificar; perdoar a culpa.

Scolpàrsi, v. refl. desculpar-se; justificar-se.

Scolpàto, p. p. e adj. desculpado; justificado / absolvido; exonerado.

Scolpimênto, s. m. (rar.) ação de esculpir; escultura.

Scolpìre, v. esculpir; abrir, cinzelar; entalhar; lavrar, modelar / gravar, imprimir; / (fig.) gravar, imprimir, impressionar / —— nel cuore / le parole: destacar, pronunciar bem as palavras.

Scolpitamênte, adv. esculpidamente / distintamente; claramente; nitidamente.

Scolpitêzza, s. f. (lit.) eficácia escultural.

Scolpìto, p. p. e adj. esculpido, entalhado, gravado, cinzelado; efigiado / impresso, gravado / claro, nítido / distinto, destacado, perceptível.

Scolpitôre, s. m. (**scolpitrìce**, s. f.) esculpidor, escultor.

Scolpitúra, s. f. (p. us.) escultura.

Scòlta, s. f. (poét.) guarda, sentinela / vigia, atalaia / **fare la** ——: estar de guarda / (pl.) **scôlte**.

Scoltellàre, v. tr. esfaquear, ferir com faca / (agr.) mondar, limpar (com faca) as plantas das ervas nocivas.

Scoltellàrsi, v. refl. esfaquear-se, ferir-se com faca.

Scoltellatôre, adj. e s. m. (f. **-trìce**) esfaqueador; acutilador.

Scôlto, p. p. e adj. (poét. e lit.) esculpido.

Scoltúra, s. f. escultura (v. **scultura**).

Scombaciàre, v. tr. desconjuntar; separar, desunir, dividir.

Scombavàre, v. tr. e refl. babar, sujar de baba / babar-se.

Scomberòidi, s. m. (pl.) escombróides, família de peixes a que pertence o escombro.

Scombiccheràre, v. rabiscar, escrevinhar; escarabochar, borrar papel.

Scombicheràto, p. p. e adj. rabiscado; escrevinhado; escarabochado.

Scombiccheratôre, adj. e s. m. (**scombiccheratrice**, s. f.) escrevinhador; rabiscador.

Scombinàre, v. tr. descompor; desarranjar; estorvar; desconcertar; desdizer; romper o que se havia combinado.

Scombinàto, p. p. e adj. desarranjado; desconcertado, desacertado, descomposto / (fig.) extravagante, estrambótico.

Scombinaziône, s. f. descomposição, desmancho, desarranjo, desconcerto; desacerto.

Scômbro, s. m. escombro, gênero de peixes que têm por tipo a cavala.

Scombùglio, s. m. confusão, desordem, desajuste.

Scombuiamênto, s. m. desordem, confusão, barulho, perturbação.

Scombuiàre, v. tr. desordenar, baralhar, confundir; amotinar / (refl.) perturbar-se, inquietar-se.

Scombuiàto, p. p. e adj. confundido, destrambelhado, confuso; turbado, obscurecido / desordenado.

Scombussolamênto, s. m. perturbação, confusão, atrapalhação, desorientação, desconcerto, desordem.

Scombussolàre, v. tr. perturbar, confundir, desorientar, desordenar; obscurecer, inquietar, atrapalhar, descontentar / (pres.) **scombússolo**.

Scombussolàto, p. p. e adj. perturbado, desordenado, confundido; embrulhado, enredado; desconcertado.

Scombussolìo, s. m. transtorno; confusão, desordem; atrapalhada, embrulhada / (pl.) **scombussolii**.

Scommèssa, s. f. aposta / **fare una** ——: apostar.

Scommèsso, p. p. e adj. apostado / desconjuntado, desunido / (s. m.) lo ——: aquilo que se apostou.

Scommettènte, adj. e s. m. apostador.

Scommèttere, v. tr. apostar, disputar; jogar / desfazer, desunir, desconjuntar, desagregar / desmontar (as peças de uma máquina, etc.) / desconjuntar-se.

Scommettitôre, adj. e s. m. (**scommettitrice**, s. f.) apostador, que ou quem aposta.

Scommettitúra, s. f. desconjunção, desconjuntamento, ato ou efeito de desconjuntar.

Scommiatàre, v. tr. e refl. (ant.) despedir.

Scommòsso, p. p. e adj. sacudido, agitado com violência / perturbado, turbado, exaltado, inquieto.

Scommovimênto, s. m. turvamento, perturbação, inquietação, desconcerto.

Scommuòvere, v. tr. (rar.) agitar; sacudir com violência; abalar; descompor, subverter / perturbar, comover / (conjuga-se como **muovere**).

Scomodamênte, adv. incomodamente; descomodamente.

Scomodàre, v. tr. incomodar, desacomodar; importunar; embaraçar, molestar.

Scomodàrsi, v. refl. incomodar-se; importunar-se / **non si scòmodi troppo**: não se preocupe, não se incomode.

Scomodàto, p. p. e adj. incomodado; constrangido; molestado; importunado.

Scomodità, s. f. incomodidade; descomodidade; desconforto; estorvo.

Scòmodo, adj. incômodo / **sedile** ———: cadeira incômoda / desacomodação, não fácil de usar / (adv.) incomodamente / (s. m.) incomodidade / (superl.) **scomodíssimo** / (dim.) **scomodúccio**: um tanto incômodo.

Scompaginaménto, s. m. desarranjo, desconcerto, transtorno / descomposição das páginas.

Scompaginàre, v. tr. desarranjar, desconcertar; descompor, desordenar, turvar, confundir / (tip.) desfazer a paginação / (refl.) turbar-se.

Scompaginatúra, e **scompaginaziône**, s. f. descomposição, desalinho, transtorno, desconcerto / (tip.) descomposição do que está paginado, desempaginação.

Scompaginàto, p. p. e adj. descomposto, desfeito; desarrumado, desmanchado; desordenado / (tip.) desempaginado.

Scompàgine, s. f. desconjuntura, desarticulação, desunião.

Scompagnaménto, s. m. desacompanhamento; desemparelhamento.

Scompagnàre, v. tr. desacompanhar / desemparelhar / separar / (refl.) separar-se uma companhia / **scompagnarsi dal gregge**, desmanar-se, separar-se da manada.

Scompagnàrsi, v. refl. desacompanhar-se, isolar-se; separar-se; deixar ou abandonar a companhia de alguém.

Scompagnàto, p. p. e adj. desacompanhado, separado do companheiro; desemparelhado; isolado, separado.

Scompagnatúra, s. f. desemparelhamento; desemparceiramento.

Scompàgno, adj. desemparceirado; desemparelhado.

Scompannàre, v. tr. e refl. (fam. tosc.) descompor, desfazer as roupas de cama / **scompannàrsi**: revolver-se na cama até descobrir-se.

Scomparíre, v. desaparecer, sumir, retirar-se; ——— **d'un tratto**: desaparecer de repente / ——— **dal mondo**: retirar-se do mundo; eclipsar-se / desluzir, desmerecer / ——— **nel confronto**: perder, em confronto com outra coisa ou pessoa / não fazer boa figura, fazer má figura / **perchè mi si deve mandare a scomparire a Napoli?** (Carducci) / (pres.) **scompaio** ou **scomparisco**, **scompari** ou **scomparisci**, **scompare** ou **scomparisce**, etc.

Scomparíto, p. p. (p. us.) desaparecido.

Scompàrsa, s. f. desaparecimento / morte: **la sua** ——— **improvvisa ci sorprese**.

Scompàrso, p. p. e adj. desaparecido, findo, oculto / (adj. e s. m.) finado, defunto.

Scompartiménto, s. m. partilha, distribuição, repartição, partição / compartimento divisório / sala de vagão ferroviário / (mar.) ——— **stagno**: compartimento estanque.

Scompartíre, v. tr. quinhoar, partilhar, distribuir em partes / separar / dividir: ——— **un terreno, due rissanti**.

Scompartitaménte, adv. repartidamente, separadamente, divididamente.

Scompartíto, p. p. e adj. repartido, dividido, desligado, dividido.

Scompartitôre, adj. e s. m. separador, repartidor.

Scompàrto, s. m. (neol.) compartimento, divisão, repartimento.

Scompensàre, v. ruminar com a mente (em tal sentido é voz desusada) / compensar, igualar, ressarcir / (mec.) faltar compensação entre as funções animais ou mecânicas / (med.) faltar compensação entre as diferentes funções do corpo.

Scompènso, s. m. falta de compensação: ——— **del cuore**, ——— **del motore** / desequilíbrio, desajuste.

Scompiacènte, adj. incomplacente, desprazenteiro, descortês, desatento, incivil, inculto, rústico.

Scompiacènza, s. f. descortesia, desatenção, desaire.

Scompiacêre, v. tr. desagradar, desgostar, descontentar; recusar um favor.

Scompigliàbile, adj. transtornável, desordenável, desconcertável.

Scompigliaménto, s. m. transtorno, desordem, confusão, desorganização.

Scompigliàre, v. transtornar, desorganizar, desaparelhar, desarrumar / conturbar / enredar, emaranhar.

Scompigliataménte, adv. desordenadamente.

Scompigliàto, p. p. e adj. transtornado, desordenado, desorganizado, perturbado, confundido, desarranjado.

Scompigliatôre, s. m. e adj. desorganizador, perturbador, desarrumador, transtornador.

Scompíglio, s. m. perturbação, confusão, desordem, ruído, balbúrdia, discórdia, desavença / **far nascere uno** ———: promover um barulho.

Scompigliúme, s. m. (p. us.) confusão, desordem.

Scompisciàre, v. (vulg.) sujar de urina / (refl.) **scompisciàrsi**: urinar, molhar-se de urina / ——— **dalle risa**: rir exageradamente.

Scompletàre, v. tr. desmanchar, desfaltar, tornar incompleto / ——— **un òpera**: perder um volume de uma obra; descompletar.

Scomplèto, adj. incompleto, truncado.

Scomponíbile, adj. descomponível, que se pode decompor.

Scomponiménto, s. m. decomposição, desarranjo.

Scompòrre, v. decompor, desarmar, desmontar / ——— **un mobile, una mácchina** / desunir, desconjuntar / desordenar; alterar / ——— **i capelli**: desgrenhar os cabelos / desalinhar, desataviar / turvar, transtornar / (técn.) descompor; desintegrar / (tip.) desfazer a composição / (refl.) turvar-se, alterar-se / **senza scomporsi**: sem alterar-se.

Scompositívo, adj. decomponente, decompositivo, que decompõe.

Scompositôre, adj. e s. m. (f. -trice) que decompõe.

Scomposiziône, s. f. decomposição, ato ou efeito de decompor / descomposição.

Scompostamènte, adv. descompostamente, desordenadamente.
Scompostèzza, s. f. descomedimento, incorreção, descaro, descortesia, irreverência; desalinho.
Scompòsto, p. p. e adj. decomposto, desfeito, alterado, modificado / desarmado, desmontado / inconveniente; descarado, atrevido, grosseiro / desalinhado, desasseado.
Scomputábile, adj. descontável, deduzível, subtraível.
Scomputàre, v. descontar, deduzir, subtrair.
Scòmputo, s. m. dedução, desconto / subtração, diminuição, redução de uma conta.
Scompuzzàre, v. feder, exalar mau cheiro.
Scomúnica, s. f. (ecles.) excomunhão; anátema.
Scomúnica e scomunicamènto, s. m. excomunhão / anátema.
Scomunicàre, v. tr. excomungar, anatematizar / pres. scomúnico.
Scomunicatamènte, adv. excomungadamente.
Scomunicato, p. p. e adj. excomungado / (fig.) mau / sacrílego, iníquo.
Scomunicatôre, adj. e s. m. (**scomunicatríce,** s. f.) excomungador.
Scomunicaziône, s. f. (rar.) excomunhão.
Scomúzzolo, s. m. minúcia, nonada, ninharia.
Sconcacàre, v. (vulg.) sujar de esterco / (fig.) censurar vulgarmente.
Sconcàre, v. tr. tirar (de bacia, tanque, etc.), da barrela (roupa).
Sconcatenamènto, s. m. desconexão, desunião, desagregação.
Sconcatenàre, v. tr. desconexar, desunir, desprender; desfazer a união de coisas concatenadas, desagregar; romper as cadeias.
Sconcatenàto, p. p. e adj. desconexado; desunido; solto; desagregado.
Sconcertamènto, s. m. desacordo, desregulamento, desconcerto.
Sconcertàre, v. desarmonizar, alterar, desconcertar; desordenar, desagregar.
Sconcertatamènte, adv. desordenadamente, desarmonicamente, desconcertadamente.
Sconcertàto, p. p. e adj. desconcertado, desordenado / perturbado, desorientado.
Sconcertatôre, s. m. desconcertador, desarmonizador.
Sconcèrto, s. m. desconcerto, desacordo, desavença / desordem, despropósito, desarmonia, perturbação / (mús.) desafinação, falta de acorde ou harmonia / —— **di stomaco:** perturbação do estômago.
Sconcèzza, s. f. indecoro, inconveniência, desonestidade / grosseria, asquerosidade / obscenidade.
Sconciamènte, adv. indecorosamente, vergonhosamente, inconvenientemente, obscenamente.
Sconciamènto, s. m. inconveniência.
Sconciàre, v. tr. desordenar, desconformar, gastar, estragar / —— **un lavoro:** estropiar um trabalho / (refl.) desordenar-se, gastar-se; perder-se, deslocar-se, arruinar-se, desarticular-se, romper-se / abortar.

Sconciatamènte, adv. desordenadamente / imoderadamente.
Sconciàto, p. p. e adj. desordenado, estragado / destruído / arruinado.
Sconciatôre, adj. e s. m. (**sconciatrice,** s. f.) danificador; destruidor; estragador, estropiador.
Sconciatúra, s. f. dano, estrago, desordem, desarranjo; coisa imperfeita, mal terminada / aborto.
Sôncio, adj. impróprio, desconforme, inadequado / nojento, feio / gasto / deforme / indecente, indecoroso, vergonhoso, vulgar, obsceno / desconjuntado, deslocado / (s. m.) dano, prejuízo, inconveniência; desonor; ruindade, vergonha.
Sconcludere, v. tr. desfazer, dissolver, desmanchar o que se havia feito; desconcertar, desdizer.
Sconclusionatamènte, adv. disparatadamente.
Sconclusionato, adj. inconcludente, que nunca chega ao cabo de uma coisa; confuso, ilógico, inconexo, disparatado / sem pé nem cabeça.
Sconclúso, p. p. e adj. inacabado, incompleto.
Sconcordànte, p. pr. e adj. discordante.
Sconcordànza, s. f. discordância, desacôrdo, discórdia, discrepância / dissonância, desafinação / desconformidade, contrariedade, desavença.
Sconcorde, adj. (lit.) discorde, discordante, divergente, contrário, dissidente.
Sconcordia, s. f. discordância; desinteligência, desunião, discrepância, dissidência, desavença.
Scondíto, adj. insosso, sem tempero.
Sconfacènte, adj. inconveniente, impróprio, inoportuno, impertinente.
Sconfacèvole, adj. reprovável, indecoroso / impróprio.
Sconferma, s. f. desmentido, declaração com que se desmente.
Sconfessàre, v. tr. denegar, desaprovar, rejeitar o que antes se havia declarado / desdizer, desmentir, desconhecer, rechaçar / renegar.
Sconfessiône, s. f. denegação, desaprovação, renegação / reprovação / abjuração.
Sconfettàre, v. tr. atirar confeitos.
Sconficcàbile, adj. despregável, que se pode despregar.
Sconficcamènto, s. m. despregadura, ato ou efeito de despregar, de arrancar.
Sconficcàre, v. tr. despregar, descravar, soltar, extrair, desarraigar, arrancar.
Sconficcàto, p. p. e adj. despregado, descravado / extraído, tirado, arrancado.
Sconficcatúra, s. f. despregadura, arrancadura.
Sconfidàre, v. duvidar, suspeitar, desconfiar.
Sconfidènte, adj. desconfiado, desconfiante / duvidoso, receoso.
Sconfidènza, s. f. desconfiança, suspeição, suspeita / medo, receio, desânimo.
Sconfíggere, v. tr. derrotar, bater, vencer o inimigo em batalha; arruinar, desbaratar, abater, aniquilar / despregar, descravar.
Sconfiggimènto, s. m. (rar.) derrota, debelação, desbarato.

Sconfiggitóre, adj. e s. m. (**sconfiggitríce**, s. f.) debelador, vencedor.
Sconfinamênto, s. m. violação de fronteira.
Sconfinàre, v. intr. passar a fronteira / ultrapassar os confins, os limites / exceder-se, sair dos limites, ultrapassar a justa medida.
Sconfinàto, p. p. e adj. transposto, saído dos limites / fronteira: il cielo, lo spazio ———.
Sconfitta, s. f. derrota, insucesso, desbarato.
Sconfitto, p. p. e adj. derrotado, desbaratado, batido / vencido.
Sconfóndere, v. mesclar / (fig.) confundir, embaralhar, envergonhar / (refl.) confundir-se.
Sconfortamênto, s. m. (rar.) desconforto, desanimação, desconsolo, abatimento.
Sconfortànte, p. pr. e adj. desanimador, desalentador, desconsolador.
Sconfortàre, v. tr. desconfortar, desalentar, desanimar, descoroçoar, consternar, afligir (refl.) **sconfortàrsi**: desalentar-se, desanimar-se; desolar-se, abater-se.
Sconfortàto, p. p. e adj. desconfortado, desconsolado, desanimado, aflito.
Sconfortèvole, adj. desanimador, desalentador, desconsolador.
Sconfòrto, s. m. desconforto, desânimo, desalento, descoroçoamento, abatimento, aflição.
Scongegnàre, v. desarmar, desmontar, desconjuntar um maquinismo, desfazer, desconcertar.
Scongiúngere, v. disjungir, desunir, separar, soltar.
Scongiungimênto, s. m. disjunção, desunião, separação, afastamento.
Scongiuntúra, s. f. (ant.) desunião, disjunção.
Scongiuramênto, s. m. (lit.) e **scongiurazióne**, s. f. esconjuração, esconjuro / exorcismo, juramento.
Scongiuràre, v. esconjurar, afastar, exorcizar / suplicar, rogar / afugentar, evitar (perigo, desgraça, etc.).
Scongiuràto, p. p. e adj. esconjurado / exorcizado / rogado, invocado, suplicado / evitado.
Scongiuratóre, s. m. (**scongiuratríce**, s. f.) esconjurador, exorcista / suplicante.
Scongiúro, s. m. esconjuro, conjuro, esconjuração, juramento; reza, súplica, invocação, instância, juramentos solenes / exorcismo / amuleto, talismã.
Sconnessamênte, adv. desconexamente, desordenadamente, desconcertadamente.
Sconnessióne, s. f. desconcerto, desunião / incoerência.
Sconnèsso, p. p. e adj. desconexo; desunido; desordenado / incoerente, incongruente.
Sconnèttere, v. tr. desarticular, desligar, desencaixar, desconcertar / desconchavar; despropositar, disparatar.
Sconocchiàre, v. fiar, tirar, fiar a rama da roca / (agr.) tirar os grãos de espiga de milho / (técn.) terminar a estriga.
Sconocchiatúra, s. f. resíduo da estriga.

Sconoscènte, p. pr. e adj. desagradecido, ingrato / (p. us.) desconhecedor / (ant.) rude, vilão.
Sconoscentemênte, adv. ingratamente, mal-agradecidamente.
Sconoscènza, s. f. desconhecimento / ingratidão / desagradecimento.
Sconóscere, v. tr. desconhecer, ignorar, não querer reconhecer / não se lembrar de benefício recebido, ser ingrato / (intr.) desagradecer.
Sconoscimênto, s. m. desconhecimento, desagradecimento.
Sconosciutamênte, adv. desconhecidamente, ocultamente.
Sconosciutíssimo, adj. sup. desconhecido inteiramente.
Sconosciúto, p. p. e adj. desconhecido, incógnito, ignorado, não reconhecido / (fig.) obscuro, sem fama / un illustre ———: pessoa muito conhecida em sua casa.
Sconquassamênto, s. m. abalo, estremecimento, trepidação, sacudidura / ruína, alteração, estrago / moto.
Sconquassàre, v. (tr.) abalar, estremecer, atroar, tremer, bater, sacudir / cansar, fatigar, estragar, desarranjar / (refl.) arruinar-se.
Sconquassàto, p. p. e adj. abalado, sacudido, agitado com violência, estragado, desarranjado, perturbado, revolto.
Sconquassatóre, s. m. (**sconquassatríce**, f.) abalador, destruidor, perturbador.
Sconquàsso, s. m. abalo, tremor, estremecimento; convulsão, alvoroço, sacudida violenta / desordem, estrago, ruína.
Sconsacràre, v. desconsagrar, tolher a qualidade de sacro (pessoa ou coisa); tornar profano, secularizar / profanar.
Sconsacràto, p. p. e adj. desconsagrado, privado da qualidade de sagrado.
Sconsacrazióne, s. f. dessagração, desconsagração, secularização / profanação.
Sconsideratamênte, adv. irrefletidamente, inconsideradamente, desatinadamente, descomedidamente.
Sconsideratêzza, s. f. irreflexão, precipitação, descuido, inconsideração, desatenção, descomedimento.
Sconsideràto, adj. irrefletido, precipitado, inconsiderado, imponderado, irreflexivo, imprudente, leviano / desatinado, incauto.
Sconsiderazióne, s. f. descomedimento, inconsideração, desatenção / arrebatamento, descuidança / leviandade, irreflexão.
Sconsigliàbile, adj. desaconselhável.
Sconsigliàre, v. tr. desaconselhar, dissuadir.
Sconsigliatamênte, adv. inconsideradamente, precipitadamente, imprudentemente.
Sconsigliatêzza, s. f. inconsideração, precipitação, leviandade, imprudência, irreflexão.
Sconsigliàto, p. p. e adj. desaconselhado, dissuadido / inconsiderado, irrefletido, incauto / desajuizado.
Sconsigliatóre, adj. e s. m. (**sconsigliatríce**, s. f.) desaconselhador.
Sconsolànte, p. p. e adj. desconsolador.
Sconsolànza, s. f. (ant.) desconsolo.

Sconsolàre, v. tr. desconsolar, afligir / (refl.) afligir-se, abater-se.

Sconsolatamênte, adv. desconsoladamente, aflitivamente.

Sconsolatêzza, s. f. desconsolo.

Sconsolàto, p. p. e adj. desconsolado, aflito, triste, melancólico, acabrunhado, aborrecido.

Sconsolatôre, s. m. (**sconsolatríce**, s. f.) desconsolador.

Sconsolaziône, s. f. desconsolo; desconsolação.

Scontàbile, adj. descontável. que se pode descontar ou negociar / expiável; colpa ———.

Scontamênto, o mesmo que **scônto**, sendo esta forma a mais usual / (s. m.) desconto, ação ou operação de descontar / compensação, desconto, redução, abatimento / reparação, castigo, expiação / **sconta i pròpri peccáti**: paga os próprios pecados.

Scontànte, adj. que desconta ou expia / s. m. (banc.) comprador de letra que se desconta.

Scontàre, v. tr. descontar, negociar, abater do valor nominal, negociar com desconto / pagar uma letra / abater, reduzir / expiar, remir, reparar / ——— **una pena, un peccato**: expiar, reparar uma pena, um pecado.

Scontatàrio, s. m. (banc.) o que desconta ou vende um título, cobrador.

Scontàto, p. p. e adj. descontado, deduzido, negociado, abatido, pago / remido, expiado, cumprido.

Scontatôre, s. m. (**scontatríce**, s. f.) descontador, comprador de título, letra, etc.

Scontentàre, v. tr. descontentar, desgostar, contrariar, desagradar.

Scontentàrsi, v. refl. desgostar-se, contrariar-se.

Scontentàto, p. p. e adj. descontentado, contrariado, aborrecido, pesaroso.

Scontentêzza, s. f. descontentamento, aborrecimento, desagrado, dissabor, pena.

Scontènto, adj. descontente, aborrecido, contrariado, desagradado, pesaroso, triste, mal-contente / (s. m.) descontentamento, desgosto, desagrado, mau humor.

Scontèssere, v. tr. destecer, desfazer, destramar o tecido, a tecedura.

Scontessitúra, s. f. (rar.) destecedura, ato de destecer, de destramar o tecido / (fig.) desagregação.

Scontessúto, p. p. e adj. destecido, desfeito, destramado / desagregado, desligado.

Scontísta, s. m. (com.) negociador de títulos; o que desconta ou compra títulos de crédito / (pl.) **scontisti**.

Scònto, s. m. desconto, ação ou operação de descontar; diminuição, redução, compensação, dedução / prêmio, ágio / **banca di** ———: banco de desconto.

Scontòrcere, v. tr. (lat. "contorquere") contorcer, torcer, dobrar, contrair, retorcer, entortar / **il padrone si scontorcèva sulla sèggiola**: o patrão contorcia-se sobre a cadeira / (refl.) debater-se, contorcer-se, forcejar.

Scontorcimênto, s. m. contorção, contorcimento, torcedura, torção.

Scontòrto, p. p. e adj. contorcido, torcido, dobrado, contraído, torto, inclinado.

Scontramênto (v. **scontro**) s. m. encontro.

Scontràre, v. encontrar, revisar, verificar, cotejar uma conta.

Scontràre, v. tr. **scontràrsi**, refl. encontrar, topar / encontrar-se, juntar-se, topar-se, embater-se / ——— **i treni**: chocar-se os trens.

Scontràto, p. p. e adj. encontrado, achado, descoberto / chocado, embatido / confrontado, revisado, verificado.

Scontríno, s. m. nota escrita que se entrega para fins de identificação ou reconhecimento; talão de recibo, de conhecimento, etc.; senha.

Scôntro, s. m. encontro, tropeço, embate, choque; investida, luta, combate: ——— **ferroviario**: encontro de trens / **lo** ——— **delle truppe**: o embate, o choque das tropas / lance duelo / (ant.) desgraça / casualidade, sucesso: adversidade.

Scontrosàccio, adj. (pej.) arrogantão, secarrão, desarrazoadão.

Scontrosàggine, s. f. desatenção, grosseria, malcriação.

Scontrosêtto, adj. dim. grosseirinho, malcriadinho, insociavelzinho.

Scontrosità, s. f. intratabilidade, retraimento, sequidão.

Scontrôso, adj. intratável, retraído, esquivo, insociável / grosseiro, inconversável, indócil, difícil, áspero.

Sconturbàre, (ant.) o mesmo que **conturbàre**, v. conturbar, perturbar, turbar, alterar.

Sconvenêvole, adj. desconveniente, inconveniente, indigno, censurável, reprovável.

Sconvenevolêzza, s. f. desconveniência, discrepância de uma coisa com outra, inconveniência, descomedimento, indecência.

Sconvenevolmênte, adv. desconvenientemente / desconvinhavelmente: descomedidamente.

Sconveniènte, adj. desconveniente, incompatível, descomedido, descortês.

Sconvenientemênte, adv. desconvenientemente; descomedidamente.

Sconveniènza, s. f. desconveniência, inconveniência / desconformidade, impertinência / incorreção, descomedimento, desatenção, incivilidade, indecência.

Sconvenire, v. intr. desconvir, não ser conveniente, discrepar, desconcordar, prejudicar, discordar / desdizer: **ciò sconviene al tuo passato**.

Sconvòlgere, v. tr. desordenar, perturbar, revolver, desorganizar / revirar, mexer, misturar / transtornar, desorientar.

Sconvolgimênto, s. m. revolvimento, balbúrdia, confusão, desarranjo, desorganização, tran torno, desconcerto.

Sconvolgitôre, adj. e s. m. (**sconvolgitríce**, s. f.) revolvedor, desorganizador, transtornador / (fig.) perturbador.

Sconvòlto, p. p. e adj. revolvido, revolto, agitado / transtornado, confuso, perturbado, alterado, inquieto.

Scôpa, s. f. vassoura, utensílio para varrer / (bot.) érica, urze, planta da fam. das malváceas / jogo de baralho (escopa).

Scopaiòla, s. f. (bot.) sorgo, planta herbácea, da família das gramíneas; milho burro ou milho zaburro / (zool.) viúva, pássaro da família dos conirrostros.

Scopamàre, (mar.) s. m. vela retangular ou quadrangular.

Scopamestièri, s. m. indivíduo que vive mudando de ofício ou ocupação.

Scopàre, v. tr. varrer com vassoura, vassourar / limpar, levar / (fig.) limpar, levar, tirar tudo / (hist. ant.) açoitar os réus com escovas.

Scoparína, s. m. (quím.) princípio cristalizável que se extrai da escopária, ou giesteira.

Scopàta, s. f. vassourada, golpe com a vassoura, varredela, varredura.

Scopatôre, s. m. (**scopatríce**, s. f.) varredor / (ecles) —— sègreto: título dos domésticos e servidores do Papa.

Scopelísmo, s. m. (jur.) escopelismo.

Scoperchiàre, v. tr. destampar, tirar a tampa / descobrir, destapar / —— una casa: tirar o telhado de uma casa.

Scoperchiàto, p. p. e adj. destampado, destapado / descoberto / privado do teto.

Scoperchiatúra, s. f. destampamento / destelhamento / músculos intercostais das reses.

Scopêrta, s. f. descoberta, ato e efeito de descobrir / achado, achamento / descobrimento, invento, invenção.

Scopertaménte, adv. descobertamente, claramente, manifestamente, publicamente.

Scopêrto, p. p. e adj. descoberto, destapado, aberto / exposto, não defendido / desabrigado / manifesto, patente. claro, inventado, patenteado / (com.) speculàre allo ——: especular na bolsa ou sobre os preços das mercadorias.

Scopertúra, s. f. descobertura / descobrimento.

Scopêto, s. m. (agr.) urzedo, matagal. terreno onde crescem urzes.

Scopêtta, s. f. (dim.) vassourinha / escova / escopa, jogo de baralho entre duas pessoas.

Scopettôni, s. m. (pl.) costeletas, barba que deixa o mento descoberto, o mesmo que "suíças".

Scopína, s. f. (dim.) vassourinha / (bot.) érice com flores rosadas / (zool.) vidua ou viúva (pássaro).

Scopíno, s. m. varredor de rua, por conta do governo do município.

Scòpo, s. m. escopo, alvo, propósito, fim, intuito, intento, finalidade, projeto / (balist.) falso ——: ponto visível no tiro indireto / **corrispondere allo** ——: corresponder, convir, ser apto para o fim a que se destina / é erro: **raggiungere uno** ——, **por ottenere uno** ——: alcançar um objetivo.

Scopolamína, s. f. escopolamina, alcalóide de ação semelhante à atropina.

Scòpola, s. f. salto para cima ou para baixo do avião por vácuo ou vento.

Scopône, s. m. escopa, jogo de cartas entre duas pessoas.

Scoppiàbile, adj. estourável, detonável, deflagrável, explosível.

Scoppiabilità, s. f. estourabilidade, deflagrabilidade.

Scoppiamênto, s. m. explosão / desemparelhamento, separação, disjunção.

Scoppiàre, v. intr. estourar, detonar, deflagar, explodir, rebentar, ribombar / (fig.) morrer / **scoppiare di rabbia**: rebentar de raiva / (bot.) —— **le gemme**: brotar, rebentar as gemas / (tr.) desemparelhar, separar, disjungir.

Scoppiàta, s. f. explosão.

Scoppiàto, p. p. e adj. explodido, rebentado, estourado, deflagrado / desemparelhado / (fig.) morto.

Scoppiatúra, s. f. explosão, detonação, estouro / gretadura nas mãos, na pele. etc.; rachadura / desemparelhamento

Scoppiettaménto, s. m. crepitação, estalido.

Scoppiettànte, p. pr. e adj. crepitante, estalador, estalante.

Scoppiettàre, v. intr. crepitar, estalar, troar, retumbar / castanholar com os dedos.

Scoppiettío, s. m. estalejadura, crepitação continuada / castanholar com os dedos.

Scoppiètto, s. m. explosãozinha, explosão pequena / fogo de artifício que retumba ao explodir / estalo da lenha queimando ao fogo.

Scòppio, s. m. explosão, estouro, deflagração, estalo, ribombo, ruído / (loc.) **dare in uno** —— **di pianto**: prorromper numa explosão de pranto; **rumore dello** ——: estampido / **di improviso**: de improviso.

Scopríbile, adj. descobrível, que se pode descobrir.

Scopriménto, s. m. descobrimento, ato de descobrir / inauguração: —— **della lápide**.

Scopríre, v. tr. descobrir, pôr à vista tirando a cobertura; vir a saber / publicar, divulgar / divisar, avistar, manifestar, expor aos olhos / inventar, achar / descobrir terras desconhecidas / desguarnecer, deixar sem defesa / (fig.) —— **gli altarini**: descobrir as intrigas, os manejos, enredos.

Scoprírsi, v. refl. descobrir-se, revelar-se, dar-se a conhecer / tirar o chapéu para saudar / aliviar-se de roupas ou desnudar-se.

Scopritôre, adj. e s. m. (**scopritríce**, s. f.) descobridor.

Scopritúra, s. f. descobertura, descobrimento.

Scoraggiamênto, ou (**scoraggimênto**), s. m. desencorajamento, desânimo, desalento, abatimento, desesperança, prostração.

Scoraggiànte, p. pr. e adj. que desalenta, humilhante / aflitivo.

Scoraggiàre, v. desencorajar, desacoroçoar, abater, desanimar, desalentar.

Scoraggiàrsi, v. desencorajar-se.

Scoraggiàto, **scoraggíto**, p. p. desalentado.

Scoraggíre, **scoraggírsi**, v. desencorajar, desencorajar-se.

Scoramênto, s. m. descoroçamento, prostração, desalento.

Scoràre, v. descoroçar, tirar o ânimo ou a coragem; desanimar, desalentar, abater, prostrar; acobardar-se.

Scoràto, p. p. e adj. descoroçoado, sem coragem, desanimado, desalentado / aflito, desconsolado, humilhado.

Scorbacchiamênto, s. m. aviltamento, troça, vitupério, ignomínia. zombaria.

Scorbacchiàre, v. tr. aviltar, envergonhar, vituperar, envilecer. deprimir, mofar, troçar, zombar, chasquear.

Scorbacchiàto, adj. e p. p. aviltado, envergonhado, vituperado, escarnecido, chasqueado.

Scorbacchiatùra, o mesmo que scorbacchiamênto, s. f. aviltamento, humilhação, chasco, zombaria.

Scorbellàto, adj. troçador, chasqueador / despreocupado.

Scòrbio, (pl. scorbi) s. m. borrão, mancha de tinta.

Scorbiàre, v. (tosc.) rabiscar, garatujar, borrar (de tinta).

Scorbiccheràre, v. garatujar, borrar.

Scorbútico, adj. escorbútico / (fig.) irascível, extravagante.

Scòrbuto, s. m. (med.) escorbuto.

Scorciamênto, s. m. escorço, diminuição, encolhimento.

Scorciàre, v. encurtar, diminuir, encolher / escorçar, reduzir / (pint.) escorçar.

Scorciàrsi, v. reduzir-se, encurtar-se.

Scorciatamènte, adv. reduzidamente, abreviadamente.

Scorciàto, adj. e p. p. reduzido, encurtado, diminuído, abreviado, encolhido.

Scorciatôia, s. f. atalho, vereda, caminho mais breve.

Scorciatùra, s. m. encurtamento.

Scòrcio, adj. (raro) encurtado, diminuído / (s. m.) resto, última parte de um período de tempo / (pint.) escorço / (loc. adv.) di ———: de flanco, de esguelha / resto, resíduo pequeno / ——— di bocca: careta.

Scorciòne, s. m. atalho grande.

Scordamênto, s. m. desafinação / esquecimento.

Scordàre, v. esquecer, deslembrar, olvidar / (mús.) desentoar, desafinar / (refl.) scordàrsi: olvidar, esquecer.

Scordatùra, s. f. (mús.) desafinação, desacordo.

Scordèvole, adj. esquecível.

Scòrdio, s. m. (bot.) escórdio.

Scordonàre, v. desencordoar, desfazer. desatar.

Scordóne, adj. e s. esquecido, esquecediço, deslembrado.

Scorèggia, s. f. (vulg.) ventosidade, peido.

Scoreggiàre, v. (vulg.) peidar, emitir ventosidades.

Scòrfano, s. m. escorpião marinho / (fig. fam.) pessoa feia, grotesca.

Scòrgere, v. avistar, descobrir, discernir, entrever, distinguir, perceber; advertir / (fig. lit. rar.) guiar, escoltar, conduzir.

Scorgimênto, s. m. avistamento, vislumbre, percepção ou visão indistinta.

Scorgitòre, adj. e s. m. (scorgitrice s. f.) discernidor, avistador / guia.

Scòria, s. f. escória, resíduo / scorie celesti: aerólitos.

Scorificàre, v. (metal.) escorificar.

Scorificaziône, s. f. escorificação, purificação (metais).

Scornacchiàre, v. (ant.) aviltar, escarnecer, zombar.

Scornacchiàta, s. f. escárnio, menosprezo.

Scornàre, v. tr. descornar, tirar os cornos a / (fig.) aviltar, envergonhar, escarnecer.

Scornàto, p. p. e adj. descornado, sem cornos / (fig.) aviltado, envergonhado, escarnecido.

Scornatùra, s. f. descornamento, ato de descornar / burla, zombaria ignominiosa, afronta.

Scorneggiàre, v. escornear, escornar, marrar, escornichar, chifrar / (ant.) tocar o corno.

Scornettàre, v. intr. cornetar, tocar corneta / (agr.) desbastar, cortar os ramos inúteis da videira, etc.

Scorniciamênto, scorniciatùra, s. f. ato de tirar ou pôr as molduras.

Scorniciàre, v. intr. moldurar, reduzir à forma de moldura.

Scorniciàrsi, v. refl. perder a moldura.

Scorniciàto, p. p. e adj. privado da moldura, desenquadrado.

Scorniciatòio, s. m. cepilho com canais para molduras.

Scorniciatùra, s. f. molduragem / desenquadração, ato e efeito de desemoldurar.

Scòrno, s. m. escárnio, desacato, humilhação, ignomínia, vergonha, afronta, opróbio, vilipêndio.

Scoronàre, v. tr. descoroar, cortar, copar as árvores em forma de coroa / romper a coroa (de um dente, ao tirá-lo); privar da coroa, destronar; depor um rei.

Scoronàrsi, v. refl. descoroar-se, tolher-se a coroa / manejar as contas do terço, recitar muitos rosários / perder a coroa de um dente.

Scoronàto, p. p. e adj. descoroado.

Scoronciàre, v. intr. rezar rosários.

Scorpacciàta, s. f. pançada, fartadela, comilância.

Scòrpena, s. f. escorpena (peixe).

Scorpionàccio, s. m. (pej.) escorpião / (dim.) escorpiãozinho.

Scorpioncèllo, scorpioncìno, s. m. (dim.) escorpiãozinho.

Scorpiòne, s. m. escorpião (zool.) / um dos signos do zodíaco / (ant.) vara espinhosa, com que se flagelavam os mártires.

Scorporàre, v. tr. desincorporar, desanexar; separar; tirar do montante dos fundos, latifúndio, etc. / (refl.) (raro) afanar-se, afadigar-se.

Scorporàto, p. p. e adj. desincorporado; desanexado.

Scorporaziône, s. f. desincorporação; desanexação; desagregação.

Scòrporo, s. m. (neol.) desincorporação; separação de parte de um acervo / (fig.) despesa avultada.

Scorrazzamênto, s. m. correria / devastação, depredação.

Scorrazzàre, v. intr. percorrer, andar, deslocar-se, girar aqui e ali / devastar, pilhar, depredar / (fig.) perpassar de leve sobre um argumento.

Scorrèggere, v. tr. encher de incorreções o que está certo.

Scorrènte, p. pr. e adj. corrente, expedito; fluente, fácil.
Scorrènza, s. f. (ant.) corrença, dejeção, fluxo de ventre; diarréia.
Scôrrere, v. intr. percorrer, escorrer, correr; decorrer; fluir / estender, examinar; incorrer; derramar-se / transcorrer, passar, perspassar / deslizar, escorregar / —— **un libro**: ler um livro às pressas / recordar: —— **il passato**.
Scorrería, s. f. incursão, irrupção; correria de tropas inimigas para devastar; rapina; invasão, saque.
Scorrettamènte, adv. imperfeitamente, defeituosamente; incorretamente.
Scorrettêzza, s. f. imperfeição, incorreção, falha, erro / indelicadeza, grosseria, senão, descortesia.
Scorrètto, adj. incorreto, defeituoso, errado, vicioso / indelicado, grosseiro, indigno; licencioso / **parole scorrette; gesti scorretti**.
Scorrèvole, adj. corrente; resvaladiço; escorregadio / fácil, fluente / fluido / (ant.) lúbrico.
Scorrevolêzza, s. f. fluência. fluidez; escorrência; ligeireza, agilidade.
Scorrevolmènte, adv. fluentemente, espontaneamente; naturalmente, claramente; facilmente.
Scorreziône, s. f. incorreção; erro; engano de ortografia, de desenho, de linguagem, etc.
Scorribànda, s. f. irrupção, correria, incursão / (fig.) breve excursão mental: **una** —— **nella geografia, nella storia**.
Scorridôre, s. m. (mil.) explorador, batedor.
Scorrimènto, s. m. escorrimento; ato ou efeito de escorrer / fluxo de líquido / —— **di terra**: desmoronamento.
Scorrucciàrsi, v. refl. agastar-se, encolerizar-se, abespinhar-se, aborrecer-se, enfadar-se.
Scorrucciàto, p. p. e adj. zangado, contrariado; mal-humorado; irritado.
Scorrúccio, s. m. (ant.) zanga, birra, aborrecimento; antipatia; aversão; enfado.
Scôrsa, s. f. corrida, corridela; leitura rápida / passeio rápido / **dare una** —— **alla lezione**: dar uma vista d'olhos à lição.
Scorsívo, (ant.) adj. corredio, corrediço.
Scorso, p. p. e adj. decorrido, findo, volvido; percorrido, perpassado; transcorrido, passado / **l'anno** ——: o ano passado; / (s. m.) êrros involuntário, lapso: —— **di lingua** / desatenção, distração, descuido no falar.
Scorsôio, adj corredio, corrediço / **nodo** ——: nó corrediço.
Scôrta, s. f. guia; escolha, séquito, acompanhamento, guarda / provisões; munições; reserva / **nave di** ——: navio de guerra para escoltar barcos de transporte / (agr.) **scorte morte**: utensílios e máquinas para o cultivo, etc.; **scorte vive**, gado.
Scortàre, v. escoltar, acompanhar; comboiar; guardar; / acompanhar com escolta; guiar, conduzir / (ant.) encurtar / (pint.) representar em escorço.
Scortàto, p. p. e adj. escoltado.

Scortecciamênto, s. m. descascamento, descascação; descortiçamento.
Scortecciàre, v. tr. descarcar; limpar, descortiçar / descodear, escodear, escorchar.
Scortecciàrsi, v. refl. descascar-se; escodear-se; descortiçar-se.
Scortecciato, p. p. e adj. descascado, esburgado / descortiçado.
Scortecciatrice, s. f. máquina de beneficiar arroz.
Scortecciatúra, s. f. beneficiamento, descascação; descortiçamento / superfície descascada.
Scortêse, adj. descortês, desatencioso, desatento / grosseiro, incivil, indelicado; rústico, vilão.
Scortesemènte, adv. descortesmente, incivilmente; grosseiramente; rudemente.
Scortesía, s. f. descortesia, desacatamento, desatenção, desfeita; má-criação, indelicadeza; vilania, grosseria.
Scorticamênto, s. m. esfolamento; esfoladela; escoriação, esfoladura.
Scorticàre, v. esfolar; tirar a pele; lacerar a pele; escoriar; despelar / (fig.) explorar, cobrar caro demais (tributo, mercadoria, etc.); tolher; tirar astutamente, depenar / **scorticano senza pietá**: esfolam sem dó nem piedade / (pres.) **scòrtico**.
Scorticària, s. f. xábega, rede comprida de pescar.
Scorticàrsi, v. refl. esfolar-se, ficar escoriado; arranhar-se.
Scorticativo, adj. esfolador, que serve para esfolar; que esfola.
Scorticàto, p. p. e adj. esfolado; privado da pele; escoriado; arranhado / (fig.) depenado, explorado, roubado.
Scorticatôio, s. m. esfoladouro; / lugar onde as reses são esfoladas / faca de esfolar / banco de agiota.
Scorticatôre, s. m. (**scorticatrice**, s. f.) esfolador.
Scorticatúra, s. f. esfoladela.
Scorticaziône, s. f. esfolamento, esfoladura.
Scortichíno, s. m. esfolador, o que esfola por ofício; instrumento para esfolar / (fig.) explorador, agiota.
Scortíre, v. encurtar, acurtar, abreviar.
Scòrto, p. p. e adj. avistado, percebido; visto; lobrigado, divisado; / escoltado, acompanhado, guiado / avisado, sagaz; discreto / (ant.) escorço.
Scòrza, s. f. casca; invólucro exterior das árvores e dos frutos / pele, couro / sujeira, cascão / (fig.) aparência, exterioridade.
Scorzàre, v. descascar; tirar a casca, a pele etc.; descortiçar.
Scorzàrsi, v. descascar-se, perder a pele; perder a casca.
Scorzàto, p. p. e adj. descascado; despelado; descortiçado.
Scorzatúra, s. f. descasca; a parte a árvore a que se tirou a casca.
Scorzonàccio, s. m. (pej.) rude, vilão, grosseiro.
Scorzône, s. m. (zool.) cobra de cor negra, venenosa / (fig.) rude, grosseiro, inútil, ruim.
Scorzonèra, s. f. escorcioneira, gênero de plantas da família das compostas.

Scorzonería, s. f. grosseria, vilania, ruindade.
Scorzòso, scorzúto (ant.) adj. cascudo, cortiçoso.
Scòsa, s. f. quilha lateral que se junta à quilha principal, em certas embarcações.
Scoscêndere, v. fender, abrir, rachar, dividir.
Scoscêndersi, v. refl. fender-se, rachar-se, abrir-se; ruinar, desmoronar-se.
Scoscendimênto, s. m. despenhadeiro, resvaladouro / ruína, desmoronamento.
Scoscêso, p. p. e adj. íngreme, alcantilado; escarpado, abrupto, empinado, teso; duro; árduo / despenhadeiro.
Scosciàre, v. (rar.) desconjuntar; arrancar as coxas (frangos, etc.).
Scosciàrsi, v. refl. escanchar-se, alargar as pernas ou as coxas; cansar-se, extenuar-se caminhando muito.
Scosciàta, s. f. (fam.) escanchada, escarranchada, deslocação das coxas.
Scosciàto, p. p. e adj. sem coxas / cansado; fatigado por ter caminhado muito.
Scòscio, s. m. escarranchada, deslocação das coxas / cava das calças.
Scòssa, s. f. sacudida, sacudidura; abalo, movimento; sacudimento; tremor; choque; trepidação / (fig.) dano, prejuizo, ruína / impressão, sobressalto, agitação.
Scosserèlla, scossètta, scossettína, s. f. (dim.) sacudidela; abalozinho.
Scòsso, p. p. e adj. sacudido, abalado, agitado; / percutido, esbarrado, chocado, / turbado, alterado / prejudicado, debilitado, arruinado: **fortuna scossa, salute, nervi scossi.**
Scossône, s. m. (aum.) abalo forte; empurrão / sobressalto.
Scòsta, excl., voz de alerta ao timoneiro.
Scostamênto, s. m. afastamento; separação.
Scostàre, v. afastar; remover; separar / arredar, apartar.
Scostàrsi, v. refl. afastar-se, apartar-se; distanciar-se.
Scòsto, (ant.) adv. afastado; distante.
Scostolàre, v. destalar, tirar o talo (de ervas, plantas, etc.) / (tip.) aparar as dobras das folhas / (refl.) romper-se as costelas.
Scostolàto, p. p. e adj. privado das costas ou das costelas.
Scostolatríce, s. f. operária (ou máquina) que desfolha o fumo nas manufaturas de tabaco.
Scostumataménte, adv. indelicadamente; mal-educadamente; grosseiramente; licenciosamente.
Scostumatêzza, s. f. indelicadeza, descortesia, grosseria / desregramento, relaxamento, corrupção.
Scostumàto, s. m. e adj. descortês, malcriado, grosseiro / corrupto, desregrado, devasso; libertino, dissoluto / (contr.) **morigerato.**
Scòtano, s. m. (bot.) sumagre, planta da família das anacardiáceas (**Rhus coriarea**).
Scotennàre, v. esfolar; tirar a pele ao porco.
Scotennàto, p. p. e adj. esfolado / (s. m.) parte da banha tirada do porco juntamente com a pele.
Scotennatôio, s. m. faca de esfolar; esfolador.
Scòti, s. m. pl. escoceses originários da Islândia.
Scotimênto, s. m. sacudidura; sacudimento; ação ou efeito de sacudir.
Scotío, s. m. sacudimento continuo ou repetido e prolongado / **lo ——— del treno:** sacudimento do trem.
Scotipàglia, s. f. (agr.) parte da máquina trilhadora.
Scotísmo, s. m. (filos.) escotismo, doutrina de Duns Scott, contrário ao Tomismo.
Scotísta, s. m. (filos.) sequaz do escotismo.
Scotitôia, s. f. operária que nas fábricas de papel sacode os trapos a fim de limpá-los.
Scotitôio, s. m. (técn.) coador para coar o mineral lavado / recipiente para sacudir e coar a salada; / recipiente para misturar gelo e licores.
Scotitôre, adj. e s. m. sacudidor.
Scotodinía, s. f. escotodinia / (med.) vertigem em que a vista escurece.
Scòtola, s. f. (técn.) espadela, instrumento de madeira, com que se bate o linho para limpá-lo dos tomentos; tasquinha.
Scotolàre, v. tr. espadelar, limpar com espadela; tascar, estomentar.
Scotolatúra, s. f. espadelagem, ato de espadelar.
Scotôma, s. m. escotoma, lacuna do campo visual; escotomia.
Scotomàtico, adj. escotomático.
Scòtta, s. f. (holand. "schoote") escota, cabo para governar as velas do navio.
Scottamênto, o mesmo que **scottatúra,** s. m. escaldadura, escaldão; queimadura.
Scottànte, p. pr. e adj. escaldante; que escalda, que queima: **sole ———:** sol escaldante, abrasador / (fig.) irritante, excitante.
Scottàre, v. tr. escaldar, queimar; queimar com fogo ou coisa quente / **l'olio bollente gli scottò una mano:** o óleo fervente queimou-lhe uma mão / abrasar; esquentar muito; **il sole gli scottò la pelle;** / (fig.) ofender, chocar, magoar / (refl.) escaldar-se, queimar-se / (fig.) irritar, magoar, entristecer, etc. / **sono accuse che scottano:** são acusações que ofendem.
Scottàta, s. f. escaldadela, escaldadura, escaldão; ato ou efeito de escaldar / (dim.) **scottatína.**
Scottàto, p. p. e adj. escaldado; queimado / (fig.) prejudicado, ofendido, escarmentado / **ci rimase ——— una volta e non tentò la seconda:** ficou escarmentado uma vez e não tentou a segunda.
Scottatúra, s. f. escaldadela; queimadura / infusão; decocção: **——— di camomilla.**
Scòtto, adj. (lat. **excòctus**) muito cozido, cozido demais; / (s. m.) conta, gasto, despesa; **tenêre a ———:** ter em pensão / (fig.) **pagáre lo ———;** pagar, sofrer os efeitos, as conseqüências / (ant.) comida / preço / contribuição de guerra / escocês.
Scovacciàre, v. desentocar; desencovar.

Scovamênto, s. m. desentocamento, desalojamento; coisa desentocada.
Scovàre, v. tr. desencovar, desentocar; (fig.) descobrir, achar, encontrar / l'ho scovàto in biblioteca: descobri-o na biblioteca.
Scòvolo, s. m. escovilhão; escova grande em forma de cilindro para limpar as bocas dos canhões.
Scòzia, s. f. (arquit.) escócia, moldura côncava, na base de uma coluna.
Scozzàre, v. tr. baralhar, misturar as cartas no jogo / (intr.) bater da bola no muro de apoio; ricochetear da bola no jogo de bilhar.
Scozzàta, s. f. embaralhação; mistura / repulsão, rechaço / (dim.) scozzatina: embaralhadela.
Scozzèse, adj. escocês, da Escócia / danza ———: polca lenta.
Scòzzo, s. m. ricochete; salto, retrocesso de qualquer corpo depois de bater em outro.
Scozzonàre, v. tr. domar, amestrar, desbravar animais de sela / (fig.) desbastar; ensinar os primeiros elementos duma arte ou disciplina.
Scozzonàta, s. f. amansamento / desbaste.
Scozzonàto, p. p. e adj. domado; amestrado; domesticado.
Scozzonatôre, s. m. domador, amansador.
Scozzonatúra, s. f. amansadela; amansamento, ato ou efeito de amansar; domadura.
Scozzône, s. m. domador / amansador de animais.
Scrànna, s. f. (hist.) cadeira grande, espécie de poltrona doutoral ou de catedrático / banco; cadeira rústica / sedère a ———: sentenciar presunçosamente.
Screanzatamènte, adv. mal-educadamente; incivilmente; grosseiramente.
Screanzàto, adj. e s. m. mal-educado; incivil; grosseiro; rude.
Scrèato, e scriàto, adj. débil, fraco, crescido a custo / debilitado; frágil; enfermiço.
Screditàre, v. tr. e refl. desacreditar; desestimar, perder o crédito; desconceituar, desdourar, difamar, desautorizar.
Screditàto, p. p. e adj. desacreditado; desmoralizado; que perdeu o crédito, o conceito / avvocato, professore ———.
Scrèdito, s. m. descrédito, desconceito, desabono; perda de crédito / crédito limitado, escasso.
Scremàre, v. desnatar; tirar a nata do leite.
Scremàto, p. p. e adj. desnatado.
Scrematrìce, s. f. desnatadeira.
Scrementízio, adj. excrementício / (pl.) scrementizi.
Screpolàre, v. intr. e refl. partir-se, desunir-se, fender-se, rachar-se; gretar-se.
Screpolatúra, s. f. greta, racha, fendimento; gretadura; rachadura.
Screpolo, s. m. fenda, cissura (diz-se especialmente de muros).
Scrèscere, v. decrescer; diminuir; desmedrar.
Screziàre, v. tr. mosquear; jaspear; salpicar com manchas de várias cores; matizar.

Screziàto, p. p. e adj. mosqueado, jaspeado; manchado, salpicado, matizado / stile ———: estilo adornado e desigual.
Screziatúra, s. f. mosqueadura, salpicamento, jaspeadura.
Scrèzio, s. m. (lat. "scretium") dissenção, desavença, desacordo; discrepância de opiniões, divergências / c'è stato tra loro uno ———: houve entre eles uma dissenção (desavença) / discórdia, contraste / (pl.) screzi.
Scrìa, s. m. o passarinho menor de uma ninhada; o último nascido.
Scrìba, s. m. (depr.) escriba, escrivão, escritor de pouco valor, escrevinhador / (hist.) doutor da lei judaica, teólogo, entre os hebreus / (pl.) scrìbi.
Scribacchiàre, v. tr. e intr. escrevinhar, rabiscar; escrever sem arte e sem gosto.
Scribacchiatôre, s. m. escrevedor; mau escritor.
Scribacchìno, s. m. escrevinhador, rabiscador / escritorzinho, escriba, escrevedor.
Scricchiàre, v. intr. ranger, chiar, rechinar.
Scricchio, s. m. rangido, chio; chiado; rechino.
Scricchiolamènto, s. m. rangido, ato ou efeito de ranger.
Scricchiolàre, v. intr. ranger, chiar / crepitar, estalar: il ghiaccio scricchiolava paurosamente / o gelo estalava assustadoramente / ——— la ruota: chiar, ranger a roda.
Scricchiolàta, s. f. chiado, rangido; crepitação; rechino.
Scricchiolío, s. m. chiado, rangido continuado / (pl.) scricchiolìi.
Scrìcciolo, s. m. (zool.) passarinho muito pequeno que vive nas sebes; carricinha, carriço; corruíra (bras.) / avère il cervello di uno ———: ser pouco inteligente.
Scrìgno, s. m. (lat. "scrinium") escrínio, estojo; caixa pequena para jóias, etc.; cofre / arca / (dim.) scrignètto: estojinho; cofrezinho; escriniozinho.
Scrignúto, (ant.) adj. e s. m. corcunda.
Scrìma, s. f. (ant.) esgrima / fila, pelotão.
Scrimàglia, s. f. (ant.) esgrima, defesa, esgrimança; reparo, escudo.
Scriminàle, adj. que serve para discriminar, dividir / (s. m.) raia, risca de cabelo.
Scriminànte, p. pr. adj. e s. f. (jur.) discriminante; causa que diminui ou exclui a responsabilidade penal de um réu; atenuante; dirimente.
Scriminàre, v. (rar.) absolver, eximir de uma acusação; descriminar, inocentar; dirimir.
Scriminatúra, s. f. divisão, risca do cabelo / (neol.) divisão, repartição (de cabelo).
Scrímolo, s. m. orla, borda, extremidade de qualquer coisa.
Scrinàre, v. tr. arrancar ou cortar a crina (aos cavalos) / (por ext.) cortar os cabelos.
Scrío, adj. (o mais das vezes repetido) puro, intato, simples, verdadeiro; lo chiami vino, ma è aceto scrio scrio: dizes que é vinho, mas não é senão vinagre puro.

Scristianamênto, s. m. descristianização; ato ou efeito de descristianizar.

Scristianàre, e **scristianizzàre**, v. intr. e tr descristianizar; fazer perder a qualidade cristã.

Scristianíre, v. descristianizar; tirar as crenças cristãs / (fig.) fazer perder a paciência: **mi faraí scristianire**.

Scriteriàto, adj. (neol.) que não tem critério; desajuizado, insensato, tolo.

Scritta, s. f. escritura; contrato, documento escrito; contrato nupcial / rótulo, inscrição, cartaz, escrito indicador, etc.; **sopra la bottega c'era una scritta**: sobre o negócio havia uma inscrição / (ant.) história, escrito, crônica.

Scritto, p. p. e adj. escrito; representado por letras; **legge scritta, lingua scritta**; / impresso: **lo porterò ———— al cuore**: leva-lo-ei impresso no coração / (s. m.) a coisa escrita; papel com escrita; obra (composição) literária ou científica / (dim.) **scritterèllo, scrittarèllo, scrittúccio** (depr.): escritozinho; pequeno escrito / (neol.) autógrafo, apontamento, carta, esboço, fac-símile; manuscrito; memória; minuta; original, etc.

Scrittôio, s. m. escritório, repartição onde se escreve / (fam.) mesa de escrever, escrivaninha / (dim.) **scrittoiúccio**: escritorinho.

Scrittôre, s. m. escritor; autor de composição literária ou científica / (ant.) escrivão, escrevente, amanuense.

Scrittúra, s. f. escrita, escritura, ação de escrever / **pòpoli che non conoscevano la ————**: povos que não conheciam a escritura / escrita, caligrafia, modo de escrever / **ha una scrittura illeggibile**: tem uma escrita (letra) ilegível / (jur.) contrato escrito, escritura / **la Sacra Scrittura**: a Bíblia / (dim.) **scritturína**: escritazinha / (pej.) **scritturáccia**: escrita feia, disforme.

Scritturàbile, adj. (com.) escriturável, que se pode ou se deve escriturar.

Scritturàle, adj. escritural, que concerne à escritura e especialmente à Sagrada Escritura / (s. m.) escriturário, escrivão.

Scritturàre, v. tr. (teatr.) escriturar, contratar, empresar um artista (ator) ou uma companhia / (for.) escriturar / assentar nos livros.

Scritturazióne, s. f. escrituração, o trabalho que executam os escriturários; escrita / (teatr.) contrato / assento nos registros.

Scritturista, s. m. escriturista; o que é entendido nas Sagradas Escrituras.

Scrivacchiàre, o mesmo que **scribacchiàre**, v. escrevinhar; escrever mal; rabiscar.

Scrivanía, s. f. escrivaninha, escrivania; móvel próprio para escritório; mesa em que se escreve.

Scrivàno, s. m. escriturário, escrivão / copista, amanuense / datilógrafo, estenógrafo.

Scrivènte, p. pr., adj. e s. escrevente; que escreve; o que manda e subscreve uma carta, uma petição, etc.

Scrívere, v. tr. escrever, representar por meio de letras; exprimir-se por escrito; redigir; expor as idéias por escrito; compor uma obra literária; corresponder-se. cartear-se etc. / (refl.) inscrever-se: **si scrisse tra i volontari** / (s. m.) **l'arte dello ————**: a arte de escrever.

Scrivíbile, adj. escrevível, que se pode escrever.

Scrivucchiàre, v. escrevinhar; escrever pequenas coisas sem pretensões literárias, etc.

Scrobícolo, s. m. (anat. lat. "scróbis") escrobículo, pequena cavidade epigástrica: boca do estômago.

Scroccàre, v. tr. bifar. abiscoitar, filar; viver e comer a custa de outros, sem trabalhar / **mi ha scroccàto un pranzo**: filou-me um almoço / (neol.) furtar, surripiar, pilhar, ripar.

Scroccàto, p. p. e adj. surripiado, abiscoitado; filado; usurpado / **fama ————**: fama usurpada.

Scroccatôre, s. m. surripiador, filador / (neol.) parasita, embrulhão.

Scroccheria, s. f. logro, engano, embuste, engulho; calote.

Scrocchiàre, v. estalar, pipocar: estalejar, crepitar.

Scròcchio, s. m. estalido, estalejadura, crepitação; estridor / usura.

Scròcco, s. m. estalido, crepitação / embuste, filança, parasitismo / (jur.) furto, ladroíce, usurpação / (pl.) **scrocchi / coltello a ————**: faca de mola.

Scroccône, s. m. embusteiro; filante / **un vergognoso ————**: um desavergonhado filante.

Scròfa, (do lat.) s. f. porca, fêmea do porco.

Scròfola, s. f. escrófula (doença).

Scrofolàre, adj. (med.) escrofuloso, que padece de escrófulas.

Scròi, s. m. pl. (dial.) tamancos grossos, usados pelos que trabalham em lugar úmido.

Scrollamênto, s. m. movimento, sacudida, abalo, sacudimento.

Scrollàre, v. tr. mover, sacudir, agitar; abalar / ———— **la testa**: mover, sacudir a cabeça / ———— **le spalle**: encolher os ombros, não se importar.

Scrollàta, s. f. sacudida, movimento; abalo / (dim.) **scrollatína**: sacudidela, abalozinho.

Scrollatúra, s. f. sacudidura, sacudimento; ação ou efeito de sacudir.

Scròllo, s. m. sacudimento, abalo / (aument.) **scrollône**: abalo, sacudidura forte.

Scrosciànte, p. pr. e adj. crepitante, rumorejante, sussurrante, marulhante, farfalhante / **applausi scroscianti**: aplausos fragorosos.

Scrosciàre, v. intr. crepitar, rumorejar, sussurrar; marulhar; estalar.

Scròscio, s. m. sussurro, estalo; rumor de líquido caindo violentamente; rumor de líquido fervendo; ruído dos sapatos novos ao caminhar / estrépito, murmúrio de aplausos, de pranto, de choro; rumor das artilharias.

Scrostamênto, s. m. descascamento; descascadura, ação de descascar.

Scrostàre, v. tr. descascar; perder ou tirar a casca, o verniz, o reboco / (neol.) incrustar / (refl.) **scrostarsi:** descascar-se.
Scrostàto, p. p. e adj. descascado.
Scrostatúra, s. f. descascadura, descascamento / o lugar de onde se tirou o verniz ou o reboco.
Scrudíre, v. tr. desenrijar; tirar a rigidez à seda, ao linho, etc. / desenrejelar, aquecer coisa ou líquido frio.
Scrunàre, v. tr. e refl. romper o buraco da agulha.
Scrupoleggiàre, v. intr. escrupulizar, ter excessivo escrúpulo ou meticulosidade.
Scrupolíre, v. (dial.) escrupulizar / (pres.) **scrupolisco.**
Scrúpolo, s. m. escrúpulo, atenção, cuidado, inquietação; receio, zelo, susceptibilidade / **uomo senza ———:** homem sem escrúpulos, desonesto / escrópulo, medida de peso equivalente a um grama e 125 miligramas / (ant.) medida de tempo igual à vigésima parte da hora / (dim.) **scrupolétto, scrupolíno, scrupolúccio,** escrupulozinho / (neol.) dúvida, suspeita, hesitação, sofisticação.
Scrupolosamènte, adv. escrupulosamente.
Scrupolosità, s. f. escrupulosidade; exatidão; retidão / (neol.) delicadeza, meticulosidade / pedantismo.
Scrupolóso, adj. escrupuloso; consciencioso, duvidoso / atento, diligente, exato / **relazione scrupolosa di un avvenimento:** relato escrupuloso de um acontecimento / (neol.) delicado, meticuloso / pedante, pedagogo, enfatuado.
Scrutàbile, adj. perscrutável; que se pode perscrutar / investigável.
Scrutamènto, s. m. perscrutamento; perscrutação: ato ou efeito de perscrutar; investigação; exame minucioso.
Scrutàre, v. tr. perscrutar, indagar, investigar, averiguar minuciosamente / sondar, estudar, penetrar / inquirir.
Scrutatóre, adj. e s. m. (**scrutatrice,** s. f.) perscrutador, esquadrinhador / pessoa que nas eleições tem o cargo de computar os votos; escrutinador.
Scrutinàre, v. perscrutar, indagar minuciosamente / escrutinar, computar os votos numa eleição.
Scrutinàto, p. p. e adj. perscrutado, indagado / escrutinado, averiguado.
Scrutínio, s. m. escrutínio, cômputo dos pontos alcançados por um aluno nos exames, etc. / apuração de votos numa eleição política, numa assembléia, etc. / ——— **segreto:** votação secreta.
Scucchiaiàre, v. intr. provocar ruído com garfos e colheres ao comer.
Scucíre, v. (tr.) descoser, desfazer, desmanchar uma costura.
Scucíto, p. p. e adj. descosido, com as costuras desfeitas / (fig.) desconexo, incoerente, contraditório, desagregado / **discorsi, pensieri scuciti:** discursos, pensamentos incongruentes.
Scucitúra, s. f. descosedura: ato e efeito de descoser / o lugar descosido.
Scudàto, adj. escudado, que tem escudo, protegido por escudo.
Scudèllo, s. m. (hist.) caçoleta / (mil.) parte do fuzil onde se punha a pólvora que devia ser acesa / (neol.) pratinho, prato pequeno.
Scudería, s. f. coudelaria, cavalariça / cocheira, estrebaria.
Scudétto, s. m. (dim. de **scudo**); escudete, pequeno escudo; distintivo em forma de escudo / (agr.) enxerto feito com a casca da planta.
Scudicciuòlo, s. m. dim. escudete, escudozinho / parte da rédea.
Scudièro, e scudière, s. m. (hist.) escudeiro.
Scudisciàre, v. tr. zurzir, chicotear, açoitar, vergastar / (neol.) percutir.
Scudisciàta, s. f. chicotada, lambada, chicotaço.
Scudíscio, s. m. chicote; estafim; látego; azorrague / relho / (pl.) **scudisci.**
Scúdo, s. m. (hist.) escudo, arma defensiva dos antigos / moeda antiga (de diversos países) / emblema heráldico / (fig.) amparo, defesa, proteção / (neol.) emblema, distintivo, divisa, figura, insígnia, ornato; brasão; mote; símbolo; tipo / (fig.) **levata di scudi:** desobediência, insurreição contra alguém.
Scúffia, s. f. (pop. **cúffia**), gorro, coifa / (fig.) bebedeira, bebedice, borracheira, embriaguez / (mar.) **fare scúffia:** emborcar um navio / (dim.) **scuffietta, scuffiotto.**
Scuffiàre, v. devorar, engolir gulosamente e avidamente / (neol.) comer.
Scuffína, s. m. lima (instr. para polir) com sulcos transversais e pararelos; conhecida também (em italiano) pelo nome de **ingordina.**
Scuffinàre, v. tr. limar, raspar ou polir com lima.
Scugnízzo, s. m. (dial. napol.) garoto: menino de rua; menino travesso.
Sculacciàre, v. tr. sovar, com as mãos, as nádegas / ——— **il bambino capriccioso:** dar palmadas no menino teimoso.
Sculacciàta, s. f. sova (nas nádegas, com as mãos abertas) / (dim.) **sculacciatina.**
Sculacciòne, s. m. (aum.) palmada, golpe dado nas nádegas.
Sculdàscio, s. m. oficial da ordem militar longobarda.
Sculettàre, v. intr. saracotear mexendo os quadris (vulg.).
Scúlto, p. p. e adj. (lit. e poét.) esculpido; gravado.
Scultóre, s. m. (**scultrice,** s. f.) escultor / (fig.) escritor que representa fatos e personagens com bastante evidência.
Scultòrio, adj. (evitar a forma scultòreo por arbitrária e não correta) escultório, escultórico; escultural / estatuário / **profilo scultòrio:** perfil escultório.
Scultúra, s. f. escultura: estatuária, arte de fazer estátuas.
Sculturàle, adj. (neol.) escultural, que diz respeito à escultura / **linguàggio** ——— (Benedetto Croce): linguagem escultural.
Scuoiàre, o mesmo que **scoiàre** (sendo esta última forma correta), v. esfolar, tirar a pele, tirar o couro; despelar, escoriar.

Scuòla, s. f. escola; estabelecimento onde se ensina / (fig.) aprendizagem, experiência, guia / o que esclarece ou forma pela experiência: **questo ti serva di** ――― / (dim.) **scolètta, scolúccia:** escolinha / (pej.) **scoláccia:** escola ruim: **fare** ―――: ensinar / (fig.) dar direção, norma.

Scuòtere, v. tr. sacudir, agitar violenta e alternadamente / (fig.) abalar, impressionar, comover, abater, entibiar / ――― **gli animi, l'ordine público, la salute:** abalar o ânimo, a ordem pública, a saúde / afugentar, vencer, livrar-se de / ――― **il giogo:** vencer, livrar-se do jugo / (refl.) **scuòtersi:** agitar-se, comover-se / **non** ――― **per niente:** permanecer impassível.

Scuotimênto, s. m. ver **scotimênto**.

Scúpcina, s. f. (polit.) antiga assembléia nacional da Iugoslávia (antes da última guerra).

Scuramênte, adv. (rar.) escuramente: obscuramente.

Scùre, s. f. (do latim sécuris), machada, machado; instr. para abater árvores, rachar lenha, etc.; antigamente era usada também pelo carrasco na decapitação / (ant. e des.) segur / (neol.), machadinha, acha, picareta, facha, cutelo.

Scurêtto, s. m. postigo, janelinha / (adj. dim. de scuro, um tanto escuro).

Scurêzza, s. f. escuridade, qualidade do que é escuro; obscuridade.

Scuriàda, e scuriàta (ant.) s. f. chicote, relho de couro / chibatada.

Scuríccio, adj. dim. escuriço, um tanto escuro.

Scuriosàre, v. intr. o mesmo que curiosàre) curiosar, espiar, observar curiosamente.

Scuriosírsi, v. refl. curiosar satisfazer a curiosidade / (pres.) scuriosisco.

Scuríre, v. tr. escurecer, tornar-se escuro; obscurecer / anoitecer, eclipsar, ofuscar, toldar, tornar obscuro.

Scurità, s. f. escuridade, escuridão / treva, noite, sombra.

Scùro, adj. escuro, privado de luz; obscuro / (fig.) turvo, sombrio / **minacce scure:** ameaças sombrias / (s. m.) cor escura / **stare allo** ――― **essere allo** ――― **di tutto:** ignorar tudo / (adj.) ambíguo, confuso, incompreensível, empanado, hermético e coberto, dissimulado.

Scurríle, adj. escurril, reles; ridículo, torpe / licencioso / vulgar; bufonesco.

Scurrilità, s. f. escurrilidade; bufonaria; chocarrice; truanice; vulgaridade, trivialidade.

Scurrilmênte, adv. escurrilmente, truanescamente.

Scúsa, s. f. escusa, desculpa / evasão evasiva, pretexto / justificação / desculpa / escapatória, fugida, atenuação / (dim.) **scusêtta, scuserêlla:** pretextozinho, desculpazinha / **cercare scuse:** procurar evasivas.

Scusàbile, adj. escusável, desculpável / perdoável, justificável.

Scusabilmênte, adv. escusavelmente, desculpavelmente.

Scusàre, v. tr. escusar, desculpar, eximir, isentar, justificar: **lo scusò per la sua giovinezza:** desculpou-o pela sua mocidade / poupar, tolerar / perdoar, escusar / usa-se também delicadamente ao perguntar ou pedir alguma coisa, ao interromper alguém que fala, etc.: **scusa, che ora é?**, desculpe, que horas são? / **scusa, si puó entrare?** perdão, pode-se entrar?

Scusàrsi, v. refl. justificar, desculpar-se / recusar, prescindir, não aceitar um convite.

Scússo, (lat. excussus), adj. despojado, espoliado, privado de coisa que deveria ter ou que deveria acompanhá-lo: / **ossa scusse di carne:** ossos privados de carne / franco, cru, preciso, patênte, nu, verdadeiro / **verità scussa:** verdade nua.

Scuterísta, s. m. quem viaja em motorscooter.

Scútica, s. f. (rar.) chicote, chibata, látego.

Scutrettrolàre, v. intr. rebolar, saracotear, mover os flancos ao andar / (pres.) **scutrèttolo**.

Scútulo, s. m. crosta, casca amarelenta sobre o couro cabeludo dos tinhosos.

Sdamàre, v. intr mover as peças da última fila no jogo de damas.

Sdàre, v. (rar.) esmorecer, afrouxar, empreguiçar-se, não ter mais vontade de fazer uma coisa / desacoroçoar, entibiar.

Sdaziàbile, adj. que se pode tirar da alfândega (**dázio:** alfândega).

Sdaziàre, v. tirar da alfândega / pagar o imposto alfandegário ou aduaneiro.

Sdebitàre, sdebitàrsi, v. refl. desobrigar, pagar as próprias dívidas, satisfazer, cumprir um compromisso / desobrigar-se.

Sdegnamênto, s. m. (rar.) desdenho, desdém.

Sdegnànte, p. pr. e adj. desdenhoso.

Sdegnàre, v. desdenhar, desprezar, detrair, menoscabar, rejeitar, motejar, recusar / (neol.) abominar, enraivecer-se, irritar-se, encolerizar-se.

Sdegnàto, p. p. e adj. desdenhado, irritado, indignado, ressentido / menosprezado.

Sdêgno, s. m. desdém, desdenho, desprezo, indignação / **a vedere certe cose, non si può frenare lo sdegno:** ao ver certas coisas, não se pode conter a indignação / (neol.) ressentimento, raiva, ira, desgosto, aborrecimento, enfadamento.

Sdegnosàggine, s. f. desdém, soberba.

Sdegnosamênte, adv. desdenhosamente.

Sdegnosità, s. f. desdém, altivez, soberba.

Sdegnôso, adj. desdenhoso, desdenhativo / sobranceiro, altivo, soberbo / iracundo, iráscivel.

Sdentàre, v. desdentar, romper os dentes / **sdentàrsi,** v. desdentar-se, ficar sem dentes.

Sdentàto, p. p. e adj. desdentado / s. m. / (pl.) (zoologia) desdentados.

Sdiacciàre, (v. **sghiacciàre**) v. degelar.

Sdiavolàre, v. endiabrar, traquinar, fazer o diabo a quatro, fazer barulho.

Sdicêvole, adj. (rar.) desdizível.

Sdigiunàre, v. desjejuar, sair do jejum ou quebrar o jejum, fazer a primeira refeição.

Sdilinquimênto, s. m. languescimento, desmaio / enternecimento, derretimento, melosidade.

Sdilinquíre, v. intr. e refl. languescer, desfalecer / enternecer-se, babar-se, enlevar-se, embeber-se / enfraquecer, afrouxar.

Sdimezzàre, v. tr. (rar.) mear, dividir ao meio.

Sdipanàre, v. desnovelar, desenrolar / achar o fio de uma história, etc.

Sdisragnàre, v. (tr.) desaranhar, tirar teias de aranha.

Sdíre, v. tr. desdizer.

Sdirenàre, v. derrengar, descadeirar, romper-se as costas.

Sdiricciàre, v. tr. descascar; tirar do ouriço as castanhas.

Sdocciàre, v. descarregar a água por meio de ducha.

Sdoganàre, v. tr. pagar alfândega de uma mercadoria para poder retirá-la.

Sdogàre, v. tr. tirar uma ou mais aduelas do tonel, etc.

Sdolcinatêzza, s. f. denguice, desvanecimento, requebro, melindre.

Sdolcinàto, adj. dengoso, afetado, melindroso, adocicado / aborrecivel, tedioso, enjoativo.

Sdolcinatúra, s. f. amaneiramento, afetação, denguice; enfatuação, melosidade.

Sdolenzíre, v. tr. e refl. despreguiçar, tirar a preguiça; estirar os membros por efeito de posição incômoda; desentorpecer.

Sdonzellàrsi, v. refl. divertir-se, folgar-se, folgar, viver sem preocupação alguma.

Sdoppiamênto, s. m. desdobramento, ato de desdobrar.

Sdoppiàre, v. tr. desdobrar: desjungir coisa dupla; **sdoppiare il filo**: separar o fio.

Sdoràre, v. tr. desdourar, tolher a douradura.

Sdormentàre, v. (ant.) acordar, despertar do sono.

Sdossàre, v. tr, intr. e refl. (dosso: costa, ombro), tirar das costas um vestido; desvestir / descarregar / desfazer-se de um encargo, etc.

Sdottoramênto, s. m. perda da dignidade doutoral / ato de dar-se ares de doutor.

Sdottoràre, v. tr. privar da dignidade e dos privilégios de doutor: degradar um doutor / (intr.) dar-se ares de doutor.

Sdottoreggiàre, v. intr. dogmatizar, sentenciar, dar-se ares de sabichão.

Sdràia, s. f. (neol.) marquesa, preguiceira; cadeira de preguiça, poltrona.

Sdraiàre, v. estender, estirar, deitar sobre uma cama, sobre a terra, etc., jazer / (refl.), deitar-se; abandonar-se, repousar.

Sdraiàta, s. f. deitada, descanso; **sdraiatina**: deitadela.

Sdraiàto, p. p. e adj. deitado, estendido, estirado, pousado; reclinado.

Sdràio, s. m. deitadura, distenção, estiramento, refestelamento / **stàre a** ——: estar deitado, refestelado, sem fazer nada.

Sdraiône e sdraiôni, adv. deitado, estendido, em posição estendida.

Sdrisciàre, v. tr. (equit.) chamar, advertir o cavalo.

Sdrucciolamênto, s. m. escorregamento. escorregadura; ato de escorregar; deslizamento.

Sdrucciolàre, v. intr. escorregar; deslizar, patinar, correr sobre superfície lisa. etc / **mise un piede sul ghiaccio e scivolò**: pôs um pé sobre o gelo e escorregou / resvalar, cair, incorrer; esbarrar, descambar / —— **su un argomento**: tocar de leve sobre um assunto.

Sdrucciolêvole, adj. escorregadio, escorregadiço; escorregável / escorreguento, lábil, lúbrico.

Sdrucciolío, s. m. escorregadura, escorregamento; deslizamento / (pl.) **sdruccioli**i.

Sdrúcciolo, adj. esdrúxulo, que tem o acento tônico na antepenúltima sílaba / (s. m.) escorregamento, resvalo / declive, encosta, rua estreita e em declive.

Sdrucciolône, s. m. escorregamento, ato de escorregar caindo; resvalo; deslizamento.

Sdrucciolôso, adj. escorregadio, escorregadiço / lúbrico.

Sdrúcio, s. m. descosedura; rasgão; o lugar onde a coisa está descosida / **uno —— nei calzoni**: rasgão nas calças / dilaceração, ferida profunda de arma ou objeto cortante / dano, prejuizo / **fece uno —— nel patrimônio**: causou um desfalque no patrimônio.

Sdrucire, v. tr. descoser, desfazer uma costura rasgando-a / rasgar, esfarrapar, romper, escoriar, arrancar; dilacerar / pres. **sdrucísco** ou **sdrucio**.

Sdrucíto, p. p. e adj. descosido, com a costura desmanchada; despregado, roto, rasgado / (s. m.) descosedura, rasgo, furo, corte.

Sdrucitúra, s. f. descosedura, rasgo, rasgão / desconexão, incoerência num discurso, obra literária, etc.

Sdruscire, (ant.) v. sdrucire.

Sduríre, v. tr, intr. e refl. fazer perder a dureza / perder a dureza / abrandar, suavizar.

Sdútto, adj. magro, delgado / grácil.

Se, conj. se; —— **vuoi**: se queres / se, dado que / —— **non piove, verrò**: se não chover, irei / —— **non che**: mas, porém, todavia, não obstante / exceto que, salvo que / —— **no**: se não / **corri, se nó perdi l'ora**: corre, se não perdes a hora / dado que, salvo que, suposto que: **è rimasto con un libro**, —— **pure è suo** / **non altro**: pelo menos / (s. m.) **a furia di** —— **e di ma, non si conchiude mai nulla**: com tantas vacilações e titubeios não se chega ao cabo de nada.

Sè, pron. pessoal da 3ª pessoa, m. e f.; **si** / **egli pensava solo a**: ele pensava somente em **si** / **esser fuori di** ——: estar fora de si / **tornare in** ——: voltar a si / **pensare solo a** ——: pensar somente em si mesmo / **con** ——: consigo.

Se, na forma átona, **se stesso**, **se modesimo**, **si mesmo** / —— **ne andò**: foi-se.

Sebàceo, adj. sebáceo, de natureza do sebo / **glandole sebacee**.
Sebàcico, adj. (quím.) sebácico / (plur.) **sebàcici**: sebáceos.
Sebastiàno, n. pr. gr. Sebastião / (abr.) Bastiano, Bastião.
Sebbène, conj. se bem que, ainda que, embora, não obstante / **ti consiglio —— sia sicuro che non mi darai retta**: aconselho-t embora estejas convicto de que não me ouvirás.
Sebenico, (geogr.) Sebenico, cidade da Dalmácia.
Sebina, s. f. sebina, produto artificial formado do ácido e da glicerina.
Sèbo. s m. (do lat. **sebum**) sebo, substância secretada pelas glândulas sebáceas: **il —— dei capelli**.
Seborrèa, s. f. seborréia.
Secànte, p. pr. e adj. que corta / (geom.) secante, linha ou superfície que corta outra.
Secàre v. (do lat. **secàre**. cortar); (geom.) **retta che seca la circonferenza**: reta que corta a circunferência; intersecar.
Secàto, p. p. e adj. (geom.) cortado.
Sècca, s. f. baixio, banco de areia, do fundo marinho, que constitui perigo para a navegação / (fig.) **trovarsi sulle secche**: encontrar-se em dificuldades / (neol.) escolho; duna; areal / (agr. dial.) seca.
Seccàbile, adj. secável. que se pode secar.
Seccàggine, s. f. seca; maçada; importunação; coisa que aborrece, que enfastia.
Seccaginôso, adj. (ar.) maçador, aborrecedor.
Seccagiône, s. f. secagem; secação; secura / maçada, aborrecimento; impertinência.
Seccàgna, s. f. (raro) quantidade, extensão de muitos baixios.
Seccàgno, adj. seco, enxuto, árido (diz-se especialmente de terreno).
Seccalòne, s. m. (rar.) ramo seco.
Seccamènte, adv. secamente, de modo seco, com secura; friamente; descortesmente / bruscamente.
Seccamènto, s. m. secagem, ato ou efeito de secar / (neol.) chateação, maçada, importunação.
Seccànte, p. pr. e adj. secante / maçador, importuno, estafador / (s. m.) pessoa maçante.
Seccàre, v. secar, enxugar; esvasiar; tornar seco; murchar, emurchecer / (fig.) importunar, maçar, enfastiar / **sono seccato di questi discorsi**: estou aborrecido com esses discursos / secar, cicatrizar (feridas, etc.); estancar / molestar, nausear; saciar; cansar.
Seccàta, s. f. secagem, secação; ato de secar / fastio, aborrecimento.
Seccatíccio, adj. ressequido; um tanto seco / que é fácil de secar / (s. m.) pessoa ou coisa seca, magra, ressequida.
Seccàto, p. p. e adj. secado; enxugado; seco / (fig.) enojado, importunado; amolado, apoquentado.
Seccatòio, s. m. secadouro.
Seccatôre, adj. e s. m. secante, importuno, maçador, enfadonho, emplastro / (técn.) cilindro com tubos de vapor áqüeo para enxugar o papel fabricado / (neol.) enfadonho.
Seccatùra, s. f. secagem, secação; ato de secar / amolação, apoquentação, amofinação / **questa visita è una gran —— :** esta visita é uma boa maçada.
Seccherèllo, s. m. côdea, pedaço de pão que sobrou; mendrugo.
Secchertêccio, adj. quase seco; de fácil secagem.
Secchêzza, s. f. secura, sequidão: qualidade do que é seco ou enxuto / **la —— del terreno**: a sequidão do terreno / aridez, frieza / penúria de espírito, de composição artística. etc. / (sin.) **siccità, magrezza, aridità**.
Sècchia, s. f. (do lat. **situla**) balde, vaso de metal ou madeira para tirar água de poço / antiga unidade de medida para líquidos / a sechia: em quantidade / (dim.) **secchiètta, secchiettina, secchierèlla, secchiùccia**: baldinho. baldezinho / (aum.) **secchiòna**: baldão. balde grande / (neol.) recipiente, vaso; jarra, jarro, bilha / (lit.) **la —— rapita**: poema herói-cômico de A. Tassoni.
Secchiàta, s. f. baldada, a quantidade de líquido contido num balde / (rar.) pancada com o balde.
Secchíccio, adj. seco, um tanto seco.
Secchièllo, s. m. dim. pequeno vaso para água benta.
Sècchio, s. m. (do lat. **sétulus**) balde; vasilha, recipiente em que se munge o leite ou se transportam líquidos.
Secchiòne, adj. aum. balde, jarro grande / na gíria estudantil, o que se mata de estudar, com escasso resultado.
Sèccia, s. f. restolho, o que sobra das gramíneas depois da ceifa / restolhal / (pl.) **sècce**: restolhos.
Secciàio, s. m. campo de restolho: restolhal.
Sêcco, adj. seco, privado ou desprovido de água ou de umidade; enxuto: murcho, ressequido; magro, sem carne / árido, infecundo / **stile ——, ànimo ——:** estilo, ânimo seco. frio / insensível, rude / **notízia secca, risposta secca**: notícia seca, rude, ríspida / secura. aridez / (adv.) **seccamênte / gli rispose secco secco**: respondeu-lhe secamente, com secura.
Seccôre, s. m. secura, sequidão; aridez do ar, do tempo, etc.
Seccùme, s. m. conjunto de coisas secas, especialmente de folhas e ramos secos.
Secentènne, adj. de seiscentos anos; de coisa que volta, que se repete depois de seiscentos anos / (pop.) seiscentão.
Secentèsimo, adj. num. ord. sexcentésimo: o sexcentésimo lugar / (s. m.) a sexcentésima parte.
Secentismo, s. m. seiscentismo; estilo ou escola dos seiscentistas / (neol.) gongorismo, preciosismo, marinismo.
Secentista. adj. e s. m. seiscentista.
Secentístico, adj. seiscentista, do estilo ou da escola literária do século XVII.
Secènto, v. seicento.
Secèrnere, v. tr. segregar, operar a secreção de; deitar ou expelir os pro-

dutos das secreções / secretar, segregar / (neol.) emitir, exprimir.

Secessióne, s. f. secessão, ato de se separar daqueles a quem se estava unido; retirada; separação por discórdia.

Secessionísta, s. m. secessionista, partidário da secessão; separatista / (artíst.) antiacadêmico.

Secèsso, s. m. (ant.) retrete, privada / evacuação.

Sêco, pron. compl. (do lat. "sècum"), consigo: **lo portárono** ———: levaram-no consigo / ——— **stesso**: consigo mesmo.

Secolàre, adj. secular, que existe há séculos / **pianta secolàre**: planta secular, centenária / **che si fa di secolo in secolo**: que se faz de século em século / **clero secoláre**: clero secular / (s. m.) secular, leigo.

Secolarêsco, adj. secularista, relativo a secular ou laical.

Secolarescamênte, adv. laicalmente.

Secolarmênte, adv. secularmente.

Secolarizzàre, v. secularizar; tornar secular; sujeitar à lei civil.

Secolarizzazióne, s. f. secularização; ato ou efeito de secularizar.

Sècolo, s. m. século; o espaço de cem anos / era, época, idade / o tempo presente, a época em que se vive / **il nostro** ———: o nosso século / (pl.) tempo / **nella note dei ècoli**: na noite dos séculos / centúria; época; idade; era / **il** ——— **dei lumi**: o século das luzes (o século XIX).

Secônda, s. f. segunda, feminino de **secondo** (segundo) / (câmb.) letra de câmbio feita em substituição de outra / intervalo musical de um tom a outro imediato; dítamo / na esgrima, nome de uma das linhas baixas / segunda velocidade, no câmbio dos automóveis / (fig.) **tutto gli andava a** ———: tudo lhe corria favoravelmente / **andare a** ———: seguir a corrente, navegar rio abaixo / (fig.) sair tudo bem.

Secondàre, v. tr. secundar, apoiar ou ajudar; coadjuvar, auxiliar; favorecer / ——— **la moda**: seguir, acompanhar a moda / (neol.) adaptar-se, obedecer, acomodar-se, acompanhar, favorecer.

Secondariamênte, adv. secundariamente: em segundo lugar; inferiormente.

Secondàrio, adj. secundário; que é de segunda ordem; que ocupa o segundo lugar em ordem, graduação, etc. / acessório, inferior / (geol.) segundo período geológico / (escol.) **insegnamênto** ———: ensino secundário, compreendido entre o elementar e o superior ou universitário.

Secondína, n. pr. Secundina.

Secondíno, s. m. ajudante de carcereiro (nas cadeias) / (adj.) **dente** ———, dente do cavalo que aparece depois da primeira dentição.

Secôndo, adj. num. ord. segundo, que segue imediatamente o primeiro / **il** ——— **posto**, **il** ——— **giorno**: o segundo lugar, o segundo dia / novo, renovado, semelhante, competidor; **un** ——— **Manzoni**: um segundo Manzoni / minuto ———: segundo / **non essere** ——— **a nessuno**: não ser inferior a ninguém.

Secôndo, prepos. e adv. segundo, tal como, consoante, tal qual, em harmonia com, como quer que / **fare una cosa** ——— **le istruzioni ricevute**: fazer uma coisa consoante as instruções / conforme, consoante / **navigare** ——— **il vento**: navegar conforme o vento / ——— **me sbagli**: segundo o meu parecer, a meu modo de ver, te equivocas / **andrai a Milano secondo**: irás a Milão, segundo, conforme.

Secondogènito, s. m. e adj. secundogênito; o filho seguinte.

Secondogenitúra, s. f. secundogenitura.

Secretàre, v. (técn.) umedecer com secreto (substância química) as peles.

Secretatúra, s. f. (técn.) curtição e feltração de peles etc.

Secretína, s. f. secretina, hormônio do pâncreas.

Secretívo, adj. secretício, secretório.

Secrêto, p. p. e adj. segregado, deitado ou expelido por secreção / (s. m.) (fisiol.) substância, matéria, produto da secreção / (técn.) solução de nitrato de mercúrio, usada pelos chapeleiros para umedecer as peles.

Secrèto, adj. e s. m. (liter.) segredo.

Secretôre, adj. e s. m. secretor; secretório; que segrega; em que se dão secreções / f. **secretríce**.

Secretòrio, adj. (fisiol.) secretório, que tem função secretória.

Secrezióne, s. f. (fisiol.) secreção, ato ou efeito de segregar.

Securità, e **securtà**, s. f. (lit.) segureza, seguridade, segurança.

Secúro, adj. (lit.) seguro; certo; garantido; firme.

Sèdano, s. m. (bot.) aipo, planta herbácea da fam. das umbelíferas.

Sedànte, p. pr. e adj. sedante; sedativo, que seda ou acalma; lenitivo.

Sedàre, v. tr. sedar, calmar, aliviar; moderar; ——— **il dolore**: acalmar a dor / aquietar, reprimir, aplacar, abrandar.

Sedatívo, adj. sedativo, lenitivo: calmante; lenitivo.

Sède, s. f. sede; residência; domicílio; lugar de residência; centro ou ponto escolhido para nele se estabelecer alguma coisa; lugar onde reside um tribunal, governo, etc. / lugar, jurisdição / **Santa Sede**: Santa Sé.

Sedentário, adj. sedentário.

Sedente, p. pr. residente.

Sedêre, v. intr. sentar-se, acomodar-se / estar situado: **villaggio che siede in riva al lago** / **sedere in Parlamento**: ter assento no Parlamento / (s. m.) a parte do corpo com a qual se senta: assento, nádegas / **gli diede un càlcio nel** ———: deu-lhe um pontapé no traseiro / (pres.) **siedo** ou **seggo**, **siedi**, **siede**, **sediamo**, **sedete**, **siedono** ou **seggono**.

Sederíno, s. m. assento das carruagens a cavalo, de dois lugares.

Sèdia, s. f. cadeira, assento com costas para uma pessoa / ——— **a sdràio**: sédia, poltrona de luxo, cadeira longa / (dim.) **sediuòla**, **sediolína**: cadeirinha; (aum.) **sediòna**: cadeirona, cadeirão / (pej.) **sediàccia**: cadeiraça.

Sediàrio, s. m. pessoa que transporta a cadeira gestatória do Papa / moço de liteira.
Sedicènne, adj. de dezesseis anos / (s. m. **un sedicènne**: pessoa de dezesseis anos.
Sedicènte, (neol.) adj. (fr. **soi-disant**), intitulado, chamado, pretenso, pretendido, suposto; que se qualifica por aquilo que na realidade não é / **sedicente professore**: que pretende passar por professor; que se alardeia professor.
Sedicèsimo, adj. num. ord. décimo sexto / (s. m.) a décima sexta parte do inteiro.
Sèdici, adj. num. card. dezesseis / (s. m) o número dezesseis.
Sedíle, s. m. assento, banco, cadeira, escabelo, cadeira rústica, etc.; denominação genérica de qualquer objeto sobre o qual se pode sentar / **i sedili del giardino**: os assentos (os bancos) do jardim / —— **per le botti**: toro de madeira para os tonéis.
Sedimentàrio, adj. (geol.) sedimentário, que tem o caráter de sedimento.
Sedimentazióne, s. f. sedimentação.
Sediménto, s. m. sedimento / (geol.) sedimentação, depósito natural de detritos rochosos.
Sedimentôso, adj. sedimentoso, sedimentar: que produz sedimentação.
Sediuòlo, s. m. veículo leve, de duas rodas, puxado por um só cavalo, de um só assento; espécie de tílburi.
Sediziône, s. f. sedição, revolta, tumulto popular, insurreição, sublevação; desordem, motim.
Sediziosaménte, adv. sediciosamente; por meio de sedição.
Sediziôso, adj. sedicioso; turbulento; indócil; indisciplinado (s. m.) o que provoca a sedição; insurgente.
Seducènte, p. pr. e adj. seduzente, que produz, que atrai; fascinante, encantador, agradável, atraente.
Seducimênto, (ant.) s. m. seduzimento; sedução, ação e efeito de seduzir.
Sedúrre, v. tr. seduzir, fazer cair em erro ou culpa; atrair para o mal; enganar; corromper por meio de sedução; transviar; iludir; desencaminhar / fascinar, atrair, cativar, agradar, encantar.
Sedúta, s. f. assentada, ato de sentar / sessão, reunião de mais pessoas para discutir, deliberar, etc. / **aprire, chiudere la** ——: abrir, fechar a sessão / (neol.) audiência, reunião, assembléia.
Seduttôre, adj. e s. m. sedutor, que seduz, que leva à sedução / corruptor / **occhi seduttori**: olhos feiticeiros.
Seduziône, s. f. sedução, ação ou efeito de seduzir ou de ser seduzido / suborno; corrupção, engano / encanto, atração, fascínio.
Sèga, s. f. serra, lâmina de ferro, com dentes, para serrar / **pesce** ——: peixe-serra / (dim.) **seghètta, seghíno, seghettína**: serrinha / (aum.) **segóne, segóna**: serrão (lus.), serra grande.
Segàbile, adj. serrável, que se pode serrar / **messi segabili**: messes, searas maduras.

Sègala, s. f. (lat. "sècale") centeio / —— **cornuta**: fungo parasita das gramináceas, e especialmente do centeio.
Segalígno, adj. de centeio, que tem as qualidades do centeio / (fig.) magro, seco, sumido, chupado, enxuto; **uomo** ——.
Segaménto, s. m. serração, ato ou efeito de serrar / (agr.) ceifa.
Segantíno, s. m. serrador, homem cujo ofício é serrar madeira.
Segàre, v. tr. (lat. **secàre**) serrar, dividir uma coisa em duas ou mais partes com o serrote; cortar com serra ou serrote / segar o trigo / cortar, amputar / **segare una gamba**: cortar uma perna / (geom.) intersecar / apertar muito / **il legaccio mi sega la gamba**: a liga me corta a perna.
Segatôre, adj. e s. m. serrador, que serra; homem que serra / (agr.) camponês que sega, que ceifa o trigo, o feno, etc.
Segatúra, s. f. serradura, ato de serrar / ceifa / **la** —— **del grano**: a ceifa do trigo / detritos que sobram da madeira quando serrada; serradura, serração, serrim.
Seggètta, s. f. cadeira com abertura ao meio, sob o qual está o urinol; cadeira para enfermos.
Sèggio, s. m. sédia, cadeira; poltrona de luxo para grandes personagens; trono / a presidência de uma assembléia, de uma secção eleitoral, etc.: os membros que a compõem / —— **elettorale**: mesa eleitoral.
Sèggiola, s. f. cadeira / vigamento do teto de uma casa / (dim.) **seggiolína, seggiolètta, seggiolino**: cadeirinha / (aum.) **seggiolône**: cadeirão / (pej.) **seggioláccia**: cadeiraça.
Seggiolàio, s. m. cadeireiro, fabricante de cadeiras.
Seggiolína, s. f. **seggiolíno**, s. m. (dim.) cadeirinha / cadeira para crianças.
Seggiolône, s. m. (aum.) cadeirona / poltrona / cadeira de braços.
Seggiovía, s. f. (neol.) funicular para o transporte, em localidades elevadas, de turistas, esquiadores, etc.
Seghería, s. f. serraria; oficina onde se serra ou se trabalha a madeira.
Seghètta, s. f. (dim.) serrinha, pequena serra / serrilha, barbela de ferro que se põe no nariz dos cavalos para domá-los mais fàcilmente.
Seghettàto, adj. serrado, denteado como as serras ou os serrotes.
Seghidíglia, (v. esp.) s. f. seguidilha, composição métrica / ária e dança popular espanholas.
Segmentàle, adj. segmental.
Segmentaziône, s. f. segmentação / fragmentação.
Segménto, s. m. segmento.
Segnacàrte, s. m. registro, sinal de livro.
Segnacàso, s. m. (gram.) preposição que indica o caso (**di, a, da**).
Segnàcolo, s. m. (lit.) sinal, insígnia, símbolo; emblema; marco, mostra.
Segnalàre, v. tr. dar os sinais de / indicar, anunciar por meio de sinais / indicar, fazer notar, chamar a atenção para / assinalar, dar sinal / avisar, preavisar, anunciar: —— **un perico-**

lo / (refl.) **segnalàrsi**: assinalar-se, distinguir-se; tornar-se notável, célebre, famoso.

Segnalatamènte, adv. (rar.) assinaladamente; especialmente; particularmente.

Segnalàto, p. p. e adj. assinalado, distinguido; indicado, por meio de sinais / notável, conspícuo, ilustre / grande, considerável; especial, particular.

Segnalatôre, adj. e s. m. sinaleiro; que faz sinais / faroleiro; semaforista / vigia.

Segnalaziône, s. f. assinalação, assinalamento, ato de assinalar.

Segnàle, s. m. sinal, indício, marca / aviso; aceno; gesto; indicação / prenúncio, presságio / prova, rasto, vestígio.

Segnalètico, adj. indicador: **dati segnaletici**, dados característicos de pessoa, animal ou planta / **tessera segnaletica**: ficha pessoal.

Segnalíbro, s. m. apontador, marcador de página de livro.

Segnalínee, s. m. (neol.) banderinha, juiz de linha, auxiliar do árbitro no jogo de futebol.

Segnàre, v. tr. assinalar, marcar com sinal; apontar; notar; registrar; marcar; acenar; indicar / (refl.) **segnàrsi**: fazer o sinal da cruz: persignar-se / (gal.) por **firmare**, assinar.

Segnatamènte, adv. assinaladamente; especialmente; particularmente.

Segnatàrio, s. m. signatário; que assinou, que apôs a firma.

Segnatàsse, s. m. timbre, carimbo que o correio põe nas cartas não-seladas ou que o foram insuficientemente; selo de multa.

Segnàto, p. p. e adj. marcado, assinalado, apontado / **libro** ———: livro marcado / persignado / ——— **da Dio**: marcado por Deus.

Segnatôio, s. m. utensílio para marcar; marcador / régua para riscar o couro, etc.

Segnatôre, adj. e s. m. marcador / apontador; indicador.

Segnatúra, s. f. (lat. **signatura**) marcação, indicação, sinal, marca / (tip.) marcação; numeração de cada página ou caderno / (ecles.) tribunal da corte Papal / original de uma graça outorgada pelo Papa.

Sêgno, s. m. sinal, indício de uma coisa / sinal, distintivo / sinal, demonstração do que se pensa / demonstração do que se quer / figura, representação / sinal na pele / penhor, prova: mostra / marco, traço, vestígio / sigla, ponto / documento / sintoma: suspeita / gesto, timbre característico / sinal, milagre, fenômeno sobrenatural / (loc. fig.) **tenere a** ——— : obrigar ao cumprimento do dever / **non dar** ——— **di vita**: não dar sinal de vida, parecer que está morto; não dar sinal de si / **sotto il** ——— **di Roma**: sob o signo de Roma / **passare il** ——— : accomodir so / **tiro a** ——— ——— : tiro ao alvo / **il** ——— **della croce**: o sinal-da-cruz / **non avere la testa a** ——— : faltar na cabeça um parafuso / **dare (o cogliere) nel** ——— ——— : acertar no alvo / (fig.) adivinhar / **fare su una cosa un** ——— **di croce**: desinteressar-se inteiramente duma coisa / **far** ——— **con la mano**: fazer sinal com a mão / **raccontare per filo e per** ———: contar de fio a pavio.

Sêgo, s. m. (lat. **sèbum**) sebo.

Segône, s. m. (aum.) serra grande braçal, com dois cabos.

Sègolo, s. m. pequeno instrumento para podar; podadeira pequena para podar árvores.

Segôso, adj. seboso.

Segòvia, s. f. tecido fino fabricado na cidade de Segóvia.

Segregamênto, s. m. segregação, ato ou efeito de segregar.

Segregàre, v. tr. segregar, pôr de parte; afastar, separar, apartar; isolar; desunir / segregar, operar a secreção de; expelir, deitar os produtos das secreções / (pres.) **ségrego**.

Segregàto, p. p. e adj. segregado, deitado ou expelido por secreção, apartado, separado, posto de parte / desligado.

Segregaziône, s. f. segregação; ato de segregar, de isolar, de separar / (for.) ——— **cellulare**: reclusão celular.

Segrênna, (ant.) s. f. magruço, magricela; pessoa magríssima.

Segrèta, s. f. prisão estreita e escura: calabouço, enxovia, masmorra / (ecles.), oração que o celebrante diz em voz baixa.

Segretamènte, adv. secretamente, de modo secreto; misteriosamente; ocultamente.

Segretariàle, adj. secretarial, relativo a secretário.

Segretariàto, s. m. secretariado; cargo de secretário; tempo que dura essa função.

Segretariêsco, adj. (deprec.) secretarial / burocrático.

Segretàrio, s. m. secretário / chanceler, subsecretário, secretário-chefe, etc.

Segretería, s. f. secretaria; lugar onde se despacham documentos / secretária, escrivaninha, móvel onde se escreve, etc.

Segretêzza, s. f. segredo; sigilo; mistério, discrição.

Segretière, adj. (ant.) segredista / (s. m.) secretário.

Segrêto, adj. e s. m. segredo, coisa ou circunstância que se oculta aos outros / silêncio; discrição / lugar retirado ou oculto / mistério, arcano; reserva; sigilo / privado; íntimo; oculto; imperscrutável; clandestino / **il** ——— **confessionale**: o segredo da confissão / intimidade, consciência / receita, método, especialidade: **il** ——— **di una medicina** / segredo de fechadura, cofre, móvel, etc. / **in** ——— : secretamente.

Segretúme, s. m. segredismo, conjunto de coisas secretas; cochichos, conciliábulos, etc.

Seguàce, adj. (poét.) e s. m. que segue, que acompanha; flexível, dobrável; sequaz, sequace / partidário, prosélito, sectário; corifeu, discípulo; acólito; satélite / escravo, janízaro, favorecedor.

Seguènte, p. pr. e adj. seqüente, que vem depois, que segue; seguinte; ulterior, sucessivo / **alla pagina** ——: à página seguinte.

Seguènza, v. **sequenza**.

Segúgio, s. m. (lat. **segúsium**) sabujo; cão de caça grossa; cão de fila / (fig.) policial, esbirro / sevandija, bajulador, servil.

Seguíbile, adj. possível de seguir.

Seguidíglia, s. f. seguidilha, gênero de canções espanholas, especialmente da Andaluzia.

Seguimènto, s. m. seguimento, ação ou efeito de seguir / acompanhamento / perseguimento.

Seguire, v. tr. seguir, ir atrás de; marchar ou caminhar após; acompanhar, continuar, prosseguir / fazer o que fazem os outros / percorrer, ir na direção de; continuar / acompanhar (em idéia ou pensamento) / imitar / observar, estudar / obedecer: —— **i consigli del padre** / suceder como conseqüência / a quel discorso seguì **un baccano del diavolo**: àquelas palavras seguiu-se um barulho tremendo / professar: —— **una scuola, una douttrina**, etc. / pres. **seguo, segui**.

Seguitàbile, adj. seguível, possível de seguir.

Seguitamènte, adv. seguidamente.

Seguitàre, v. (rar.) seguir, prosseguir, continuar / vir depois como conseqüência / (pres.) **sèguito**.

Seguitatôre, adj. e s. m. que segue ou acompanha; seguidor; acompanhador; imitador; sequaz.

Seguíto, p. p. e adj. acontecido, ocorrido, sucedido / seguido, continuado, não-interrompido.

Sèguito, s. m. séquito, comitiva, cortejo, acompanhamento; seqüência; seguimento, companhia. coorte / (loc.) **in** ——: em continuação / **far** ——: acompanhar / **di** ——: sem interrupção.

Sèi, adj. num. card., e s. m. seis, número formado de cinco mais um / sexto; a sexta hora depois do meio-dia / (tip.) tipo seis, que tem seis pontos de altura / (s. m. pl.) 6 horas / **sono le sei**: são seis horas.

Seicènto, adj. num. card. seiscentos, seis vezes cem / (s. m.) o número seiscentos / **il** ——: o século XVII.

Seimíla, adj. num. card. ord. seis mil; seis milheiros.

Seíno, s. m. (jogo) lance de duas senas no jogo de dados; sena.

Seísmo, s. m. seísmo (ant.), sismo, termo científico que exprime a idéia de terremoto, abalo.

Selàci, s. m. (pl.) seláquios, ordem de peixes cartilaginosos, que compreende os esqualos.

Sèlce, s. f. silex (lat. **silex**), silex, sílica, gênero de pedras que constituem duas espécies de quartzo e opala / pedra, seixo / pedra para calçar as ruas / (pl.) **sèlci**.

Selciàio, s. m. calceteiro, empedrador; operário que calça as ruas.

Selciàre, v. tr. calcetar, empedrar; calçar as ruas (etc.) com pedras / (sin.) **lastricare**.

Selciàto, p. p. e adj. calcetado, empedrado.

Selciatôre, o mesmo que **selciàio**, s. m. calceteiro, empedrador.

Selciatúra, s. f. calçamento, empedramento.

Selcíno, s. m. calceteiro.

Selciôso, adj. silicoso, que é da natureza do sílex; que tem o aspecto do sílex.

Seleniàto, s. m. (quím.) seleniato.

Selènico, adj. selênico, que contém selênio / (lit.) lunar, relativo à Lua.

Selènio, s. m. (min.) selênio, metalóide raro, do grupo do enxofre.

Selenita, s. m. selenita, suposto habitante da Lua.

Selenite, s. f. (min.) selenite ou selenito (miner.) / (adj.) (lit.) selenita, lunar.

Selenitôso, adj. selenitoso; relativo ao gesso.

Seleniúro, s. m. (quím.) seleniuro.

Selenografía, s. f. selenografia; estudo, descrição ou mapa da Lua.

Selenogràfico, adj. selenográfico, relativo à selenografia.

Selenògrafo, s. m. selenógrafo, tratadista de selenografia.

Selettività, s. f. seletividade, qualidade, caráter de seletivo.

Selettivo, adj. seletivo, que tem capacidade para selecionar / (técn. rad.) seletor.

Selettôre, adj. e s. m. seletor, que seleciona / (técn.) seletor, dispositivo mecânico do telefone automático.

Selèuco, (hist.) Seleuco, nome de alguns reis da Síria.

Selezionàre, v. tr. selecionar, praticar a seleção; escolher; avaliar, eleger, seletar.

Seleziône, s. f. seleção, eleição, escolha; ação ou efeito de escolher / (lit. e mús.) seleção, seleta, antologia.

Self-government (v. ingl.) autogoverno.

Sèlla, s. f. sela, assento que se cinge às costas do cavalo, do burro, etc. / (ant.) **túrcica**: sela túrcica ou turca / (geogr.) leve depressão entre duas montanhas / (dim.) **sellètta, sellino, sellína, sellúccia**: selim; pequena sela / (fig.) **rimettersi in** ——: refazer-se, recobrar-se.

Sellàio, s. m. seleiro, fabricante de selas.

Sellàre, v. tr. selar, pôr sela ou selim.

Sellàto, p. p. e adj. selado, que tem sela ou em que se pôs a sela; arreado.

Sellería, s. f. selaria, oficina ou loja de selas / lugar onde se guardam as selas e os arreios.

Sèllero, s. m. (dial. e pop.) aipo, planta herbácea da fam. das umbelíferas.

Sellíno, s. m. selim; pequena sela / pequeno assento de couro, das bicicletas e motocicletas.

Sèlva, s. f. (lat. **silva**) selva; mata, floresta; bosque: "**questa selva selvággia ed aspra e forte** (Dante): selva selvagem, áspera e dolorosa / (fig.) grande quantidade, espessura / porção de coisas, especialmente emaranhadas / (lit.) apontamentos, notas; coleta de pensamentos, etc.

Selvaggiamènte, adv. selvagemente; selvàticamente.

Selvaggína, s. f. caça / carne de animal selvático boa para comer; o animal ou animais que se caçam.

Selvàggio, (lat. **selvàticus**), adj. selvagem, que vive na selva, no bosque / lugar hórrido, deserto / não domesticado / silvestre, bravo / inculto, rude, bárbaro / rústico; áspero / cruel; bestial, inhóspito, insociável, selvático.

Selvaggiúme, s. m. (rar.) o mesmo que selvaggina: caça / (fig.) selvagismo.

Selvaticamènte, adv. selvaticamente, à maneira de selvagem / rudemente.

Selvatichèzza, s. f. selvatiqueza / rusticidade; aspereza; incultura.

Selvàtico, adj. selvático, da selva, não-cultivado / rude, rústico, grosseiro; insociável / (s. m.) lugar arborizado, porém inculto.

Selvaticùme, s. m. selvatiqueza, conjunto de coisas incultas / qualidade de selvático.

Selvàto, adj. terreno selvoso.

Selvicoltôre, o mesmo que **silvicoltôre**, s. m. silvicultor.

Selvicultúra, s. f. silvicultura.

Selvôso, adj. selvoso, em que há selva; rico de selvas.

Semafòrico, adj. semafórico.

Semaforísta, s. m. semaforista / sinaleiro; vigia.

Semàforo, s. m. semáforo / estação de vigia ou de sinalização; posto elevado e bem visível para transmissões de sinais ou de comunicações telegráficas ou radiofônicas / nas cidades, postes de sinalação nas ruas para regular o tráfego.

Semàio, s. m. vendedor de sementes, sementeiro / o que colhe e conserva na cultura do bicho-da-seda, os ovos ou sementes.

Semàntica, s. f. semântica, estudo dos elementos da linguagem / ciência dos sintomas da doença; semiótica.

Semasiològico, adj. semasiológico, relativo à modificação e significação dos vocábulos.

Semàta, s. f. extrato de semente de cevada, de abóbora, etc. para fazer bebida; orchata; refresco.

Semàtico, adj. semático; relativo a sinais, letras e cifras / (pl.) **sematici**.

Sembiànte, s. m. semblante, rosto, fisionomia, aspecto; face, cara / catadura; aparência / (ant.) reunião.

Sembiànza, s. f. semblante, aspecto; fisionomia, rosto / sinal, demonstração / cara.

Sembiàre, v. (ant.) sembrar, parecer.

Sembràglia, s. f. ajuntamento de cavaleiros / pugna, combate.

Sembràre, v. tr. parecer, ter semelhança com; ter a aparência de; ter o aspecto de / **all'apparenza sembra una brava persona**: pela aparência parece uma boa pessoa / **mi sembra che egli ha ragione**: parece-me que ele tem razão / crer, opinar / **mi sembra di sognare**: parece-me que sonho / parecer; **mi sembra adatto**: parece-me apto.

Sême, s. m. semente, qualquer substância ou grão que se semeia / germe; estirpe; origem; sêmen / raça, descendência / causa / —— **di òdio, di guerra fra gli uòmini**: semente de ódio, de guerra entre os homens.

Semeiòtica, s. f. (med.) semiótica; sintomatologia.

Sèmel, s. m. (al. **sèmmel**) pãozinho leve de farinha, com levedo de cerveja / em Florença **sèmelle**.

Semellàio, s. m. vendedor de pãezinhos / (pl.) **semellai**.

Semênta, s. f. semeadura, semeação, ato ou efeito de semear / semente.

Sementàbile, adj. semeável; que se pode semear.

Sementàre, v. tr. semear, espalhar sementes, deitar a semente.

Sementatívo, adj. semeável, próprio para ser semeado.

Sementatôre, adj. e s. m. (**sementatríce**, s. f.) semeador.

Semênte, s. f. semente.

Sementína, s. f. sementina, semencina ou contra-sêmen; medicamento contra os vermes intestinais.

Sementíno, adj. sementinal, semental, que é próprio para a semeadura.

Semènza, s. f. (lat. **semèntia**) semente; as sementes que se deitam à terra para se fazer germinar / descendência, progênie / origem, causa: —— **di gual** / raça: **considerate la vostra** —— (Dante).

Semenzàio, s. m. sementeira; viveiro de plantas / vendedor de sementes.

Semestràle, adj. semestral; que dura seis meses.

Semestralmènte, adv. semestralmente.

Semèstre, s. m. semestre.

Semi, prefixo; semi, termo designativo de meio ou metade / **semi-ufficiale**: semi-oficial.

Semiacèrbo, adj. semi-acerbo; ácido; meio verde, não bem maduro; um tanto azedo.

Semiapèrto, adj. semi-aberto; meio aberto; entreaberto.

Semiàsse, s. m. semi-eixo; metade do eixo.

Semibàrbaro, adj. semibárbaro; quase bárbaro; incivil.

Semibèstia, s. f. semi-animal; meio animal.

Semibiscròma, s. f. (mús.) semifusa, nota musical do valor da metade de uma fusa.

Semibrève, s. f. (mús.) semibreve.

Semibústo, s. m. semibusto, meio busto.

Semicadènza, s. f. (mús.) semicadência.

Semicàpro, s. m. (mitol.) semi-carpo.

Semicêrchio, s. m. semicírculo.

Semichiúso, adj. semicerrado; meio cerrado ou fechado.

Semicircolàre, adj. semicircular; relativo ou semelhante ao semicírculo.

Semicírcolo, s. m. semicírculo.

Semicirconferènza, s. f. semicircunferência.

Semicolònna, s. m. semicoluna; meia coluna.

Semicopèrto, adj. semicoberto; meio coberto.

Semicròma, s. f. (mús.) semicolcheia.

Semicúpio, s. m. semicúpio; banho de assento.

Semidènso, adj. semidenso; meio denso, meio espesso.

Semidèo, s. m. (rar.) semideus.

Semidiàfano, s. m. semidiáfano; um tanto diáfano.

Semidiàmetro, s. m. semidiâmetro; metade do diâmetro.
Semidío, s. m. semideus (mit.) / (fig.) personagem que ocupa cargo importante, etc.
Semidítono, s. m. (mús.) semidítono.
Semidóppio, s. m. semidobrado; meio dobrado (bot.) / (ecles.) ofício religioso no qual não se repetem as recitações das antífonas: **rito** ———.
Semidòtto, adj. e s. m. semidouto; indivíduo meio douto.
Semidottôre, s. m. (burl.) semidoutor, meio doutor; doutor de pouco valor.
Semiellíssi, s. m. semielipse; meia elipse.
Semifilòsofo, s. m. semifilósofo (burl.); filosofrasto.
Semiflúido, adj. semifluido; que se avizinha do estado fluido.
Semifrèddo, adj. semifrio; meio frio.
Semigòla, s. f. (fort.) semigola, linha tirada do ângulo da cortina duma fortaleza para o flanco.
Semigòtico, adj. semigótico; entre gótico, e outro estilo.
Semigratúito, adj. semigratuito; meio gratuito.
Semilíbero, s. m. e adj. semilivre; um tanto livre: meio livre.
Semilibertà, s. f. semiliberdade.
Semilunàre, adj. semilunar; que tem forma de meia lua / (anat.) um dos ossos do corpo.
Semilúnio, s. m. (rar.) semilúnio; metade de uma revolução da lua.
Semimínima, s. f. (mús.) semimínima.
Semimòrto, adj. semimorto; meio morto; quase apagado: **luce semi morta** / quase fora de uso: **parola semimorta**.
Semipermeàbile, adj. semi-impermeável; meio impermeável.
Sèmina, s. f. semeadura, semeação, ato de semear.
Seminàbile, adj. semeável; que se pode semear.
Seminagiône, s. f. semeação; ato de semear; o tempo em que se semeia.
Seminàle, adj. seminal: **condotto** ———: conduto seminal.
Seminàre, v. tr. semear, espalhar, deitar a semente / alastrar, derramar, difundir; espandir, esparzir; plantar, divulgar, suscitar / ——— **idee**, **perchè nascano òpere**: semear idéias para que germinem obras / (prov.) **chi semina vento, raccoglie tempesta**: quem semeia ventos colhe tempestade.
Seminàrio, s. m. seminário / classe de exercitações nas universidades.
Seminarísta, s. m. seminarista.
Seminarístico, adj. seminarístico, do seminário.
Seminàta, s. f. semeadura.
Seminatamênte, adv. derramadamente; espalhadamente; disseminadamente.
Seminatívo, adj. semeadiço, apto para receber a semente, semeável.
Seminàto, p. p. e adj. semeado, em que se fez sementeira / (fig.) disseminado, espalhado, espargido / (s. m.) terreno semeado / (fig.) **uscire dal** ———: divagar, sair do argumento.
Seminatôio, s. m. semeador, utensílio para semear à mão.
Seminatôre, adj. e s. m. semeador.

Seminatríce, s. f. semeadeira, máquina de semear.
Seminatúra, s. f. semeadura; semeação; ato de semear.
Seminfermità, s. f. semi-enfermidade, enfermidade parcial (diz-se espec. das afecções mentais).
Seminío, s. m. semeação continuada / ——— **di denari**: derrame de dinheiro.
Semíno, s. m. dim. sementinha, pequeno sêmen / (pl.) **i semini**: macarrão fino para sopa.
Seminúdo, s. f. seminu; meio nu; em vestes menores.
Semiografía, s. f. semiografia, representação por meio de sinais convencionais / taquigrafia.
Semiología, s. f. (med.) semiologia, semeiótica; sintomatologia.
Semionciàle, adj. semi-uncial (tipo de escrito dos textos medievais).
Semiopàco, adj. semi-opaco, semitransparente, translúcido.
Semiovàle, adj. semi-oval, quase oval.
Semipagàno, adj. e s. m. semipagão, entre pagão e cristão.
Semiparàbola, s. f. (geom.) semiparábola; meia parábola.
Semipermeàbile, adj. semipermeável; que é permeável somente de uma parte; pouco permeável.
Semipoèta, s. f. (depr.) semipoeta; poetastro.
Semipoètico, adj. (lit.) semipoético; um tanto poético.
Semipròva, s. f. meia prova; semiprova; prova incompleta.
Semipúbblico, adj. semipúblico; que está entre o público e o privado.
Semiràmide, n. pr. Semíramis, rainha da Babilônia.
Semirètta, s. f. semi-reta, metade de uma reta.
Semirígido, adj. semi-rígido; meio rígido; um tanto rígido.
Semis, s. f. (ant.) semis, moeda antiga romana.
Semisecolàre, adj. semi-secular; que tem meio século; que dura meio século: cinqüentenário.
Semiselvàggio, adv. semi-selvagem; meio selvagem.
Semisèrio, adj. semi-sério; entre o cômico e o sério: **faccia semiseria**.
Semisfèra, s. f. semi-esfera.
Semisfèrico, adj. semi-esférico.
Semispènto, adj. semi-extinto; meio apagado / lânguido, esfalfado, definhado; langoroso.
Sèmita, s. f. (ant.) senda, vereda.
Semíta, s. m. e f. semita; descendente de Sem / (pl.) **semiti**.
Semítico, adj. semítico.
Semitísmo, s. m. semitismo.
Semitísta, s. m. semitista, douto em línguas e literaturas semíticas.
Semitonàto, adj. (mús.) semitonado, que procede por meios tons.
Semitòno, s. m. (mús.) semitom, semítono, meio tom.
Semitrasparènte, adj. semitransparente; um tanto transparente; semidiáfano.
Semiufficiàle, adj. semi-oficial, quase oficial; entre oficial e privado: **notizia** ———.

Semivestito, adj. semivestido; meio vestido.
Semivivo, adj. semivivo, que está entre a vida e a morte; semimorto.
Semivocàle, s. f. semivogal.
Semivolàta, s. f. rechaço, rebate, no jogo de tênis, etc.
Sèmola, s. f. farelo, sêmea, pericarpo do fruto dos cereais, depois de separado pela moagem / (fig.) efélide, sarda / (dialeto da Itália Setentrional) flor de farinha; sêmolo; pão de fina qualidade.
Semolàta, s. f. beberagem refrescante para os cavalos, feita com água e sêmola.
Semolíno, s. m. semolina, farinha de moagem grossa que se come em sopa / (sin.) **tritello**.
Semolôso, adj. farelento, que tem sêmola, que tem farelo / sardento.
Semòni, s. m. (pl.) (lat. **semònes**) semones, deuses de categoria inferior, dos Romanos.
Semovènte, adj. e s. m. semovente, que anda ou se move por si.
Semovènza, s. f. qualidade, condição de semovente.
Sempione, (geogr.) simplom, monte nos Alpes.
Sempitèrno, adj. sempiterno; que não teve princípio nem há de ter fim; incessante; duradouro / que teve princípio mas não terá fim / eterno, perpétuo.
Sèmplice, adj. simples, que é formado de um só elemento; comum, comezinho, familiar; espontâneo; inocente, leve; puro, sincero; singelo; fácil, genuíno, nu / óbvio; primitivo; sério; natural; único / vulgar; mero nativo / (mat.) **regola del tre** ———: regra de três simples / (mil.) **soldado** ———: soldado raso / (s. m. pl.) símplices, drogas, ingredientes que entram na composição dalgum medicamento.
Semplicemènte, adv. simplesmente, de modo simples; abertamente, boamente; / ingenuamente, singelamente.
Semplicètto, adj. dim. ingênuo, cândido, inocente, simples, singelo: **l'anima semplicetta che sa nulla** (Dante).
Sempliciàrio, s. m. simpliciário, livro sobre os simples / livro sobre ervas medicinais/ (neol.) simplista.
Semplicióne, s. m. simplório, indivíduo muito crédulo / pacóvio, ingênuo, papalvo.
Semplicionería, s. f. simplicismo, ingenuidade, simplismo.
Semplicòtto, s. m. simplote, simplório; papalvo; crédulo; simplacheirão; bobo, tonto.
Semplicísmo, s. m. simplicismo, modo de considerar as coisas de uma maneira excessivamente simplista.
Semplicíssimo, adj. sup. simplicíssimo.
Semplicísta, s. m. simplicista, estudioso de símplices / livro que trata das virtudes medicinais dos simples.
Semplicità, s. f. simplicidade; franqueza, candura; caráter próprio, natureza pura; naturalidade / ——— **di modi**: singeleza de trato.
Semplicizzàre, v. simplificar, tornar simples; tornar mais simples.

Semplificàre, v. simplificar; tornar simples; esclarecer, facilitar, reduzir a termos mais claros.
Semplificàto, p. p. e adj. simplificado; que se simplificou / facilitado, aclarado, esclarecido.
Semplificazióne, s. f. simplificação, ato ou efeito de simplificar.
Sèmpre, adv. sempre; a todo momento, a toda hora, em toda ocasião; de contínuo, sem interrupção / todavia, ainda / freqüentemente / constantemente; sem cessar; eternamente / afinal / enfim / ——— **più**: cada vez mais / ——— **che**: sempre que, com tal que / **per** ———: para sempre / **una volta per** ———: uma vez para sempre / eternamente.
Sempreverde, adj. e s. m. sempre-verde, planta que não murcha no inverno.
Semprevívo, s. m. sempre-viva, planta herbácea perene, da família das compostas.
Sempronio, s. m. nome próprio, designação vaga de pessoa incerta ou de alguém cujo nome se oculta / **un certo** ———: um certo fulano.
Sèna, s. f. (em bot. também **senna**). (bot.), sene (planta) / sena (dado que tem seis pontos) no jogo de dados ou dominó.
Senale, s. m. (mar.) cadernal onde se encaixam as enxárcias, nos veleiros / adriça / (bot.) ramo seco do milho.
Sènapa, ou **sènape**, s. f. (lat. **senàpis**) (bot.) mostardeira, planta da família das Crucíferas / mostarda (semente) / (fig.) **salire la** ——— **al naso**: abespinhar-se.
Senapàto, adj. feito com mostarda, amostardado; preparado com mostarda.
Senapísmo, s. m. sinapismo; cataplasma / (fig.) doença intolerável / (fig.) indivíduo cacete, importuno.
Senàto, s. m. senado; um dos dois ramos do Parlamento na Itália e em outros países / (ecles.) ——— **accadêmico**: claustro universitário.
Senatoconsúlto, s. m. (hist.) senatus-consulto, decreto, com força de lei, do antigo senado romano / parecer do Senado.
Senatoràto, s. m. senatoria, cargo de senador.
Senatoriàle, adj. senatorial; senatório.
Senatòrio, adj. senatório; relativo ao senado ou senadores.
Sène, adj. e s. m. (lat. **sènex**) (ant.) sene, velho, idoso / (neol.) senil; senior.
Senecióne, s. m. (bot.) senécio, tasneirinha, cardo-morto.
Senescènza, s. f. (lit.) senescência; velhice / envelhecimento.
Senile, adj. senil; próprio da velhice / decrépito.
Senilità, s. f. senilidade; velhice.
Senilmènte, adv. senilmente.
Sènio, s. m. (ant.) sênio, senilismo; decrepitude.
Senióre, adj. sênior; palavra latina que significa "mais velho" / no esporte: atleta que já obteve primeiros prêmios.

Sènna ou sèna, s. f. (ar. sanà) (bot.) sene, sena, nome comum a varias plantas do gênero cássia / (geogr.) Senna, Sena, rio que banha Paris.

Sennino, s. m. (dim: de sênno, juízo) menino ou menina ajuizado.

Sênno, s. m. juízo; razão, raciocínio; mente, siso, tino; sensatez; senso; cervelo; cabeça / critério, bom senso; discernimento / **da ——**: deveras, de verdade.

Sennò, conj e adv. de outra forma, senão, de outro modo, em caso contrário (também em tom de ameaça): **obbedisci, —— te ne pentirai**: obedeças, senão te arrependerás.

Sennochè, conj. v. se.

Sèno, s. m. (lat. sinus) seio, regato, peito; solo / alma, espírito, coração / recesso, âmago / sinuosidade, cavidade; baía.

Senofobia, o mesmo que **xenofobia**; s. f. xenofobia, aversão ás pessoas estrangeiras.

Senòfobo, s. m. xenófobo.

Sensàle, s. m. intermediário nos negócios, contratos, etc. / corretor, negociador; mediador; / meeiro.

Sensatamènte, adv. sensatamente; ajuizadamente; judiciosamente.

Sensatèzza, s. f. sensatez; juízo / bom senso, prudência, cordura.

Sensàto, adj. sensato; ajuizado; prudente, discreto.

Sensazionàle, s. f. sensacional, que produz sensação; impressionante.

Sensazióne, s. f. sensação; **—— visiva, tattile,** etc. / impressão: **—— di freddo,** etc. / (fig.) impressão, emoção, sensação / **la notizia produsse ——**: a notícia impressionou.

Senseria, s. f. mediação, corretagem, o trabalho do intermediário num negócio / ágio que se paga ao mesmo pelo seu trabalho.

Sensíbile, adj. sensível, que é dotado da faculdade de sentir / sensível, impressionável, terno, amoroso / compassivo, enternecido, comovido / perceptível, palpável / (s. m.) o sensível, o material / (fot.) **lastra ——**: placa sensível / (s. f.) (mús.) sensível, sétima nota do tom.

Sensibilità, s. f. sensibilidade, faculdade de sentir, de receber impressões físicas, sensibilidade, susceptibilidade para a impressão das coisas morais / faculdade de ceder a certas ações físicas / delicadeza, ternura.

Sensibilizzàre, v. (tr.) (fot.) sensibilizar, tornar sensível à ação da luz.

Sensibilizzàbile, adj. (fot.) sensibilizável.

Sensibilizzatôre, s. m. (fot.) sensibilizador, nome genérico das substâncias empregadas em fotografia para tornar sensíveis as películas, chapas, etc.

Sensibilizzazióne, s. f. sensibilização.

Sensibilmènte, adv. sensivelmente, de um modo sensível / palpável, perceptível / com sentimento.

Sensismo, s. m. sensualismo, sistema filosófico que atribui todas as idéias à sensação, à experiência dos sentidos. Sensitiva, s. f. faculdade sensitiva; (bot.) sensitiva, mimosa, pudica.

Sensitività, s. f. sensitividade; sensibilidade.

Sensitivo, adj. sensitivo / sensório / sensível, terno, delicado / **ànimo ——**
——: alma sensível.

Sensività, s. f. (rar.) sensibilidade.

Sènso, s. m. sentido, faculdade que tem os animais de receber impressõs por meio de seus órgãos, senso, juízo, faculdade de compreender, de apreciar / sentido, significação de uma palavra, de um texto, etc. / sentido, cada um dos lados de uma coisa / aspecto, ponto de vista, modo de considerar / parecer, voto, opinião / bom senso, razão, sentimento verdadeiro do que é justo, conveniente / sensação, impressão / direção, lado, parte / **in —— destro o sinistro**: em sentido direito ou esquerdo / **in —— opposto**: em sentido contrário / **il —— della realtà**: o sentido da realidade / **—— comune**: sentido comum / **perdere i sensi**: perder os sentidos / **i piaceri dei sensi**: os prazeres dos sentidos.

Sensoriàle, adj. (fr. **sensoriel**), sensorial, pertencente ao sensório.

Sensuàle, adj. sensual, que respeita os sentidos / sensual, voluptoso, concupiscente, lascivo; lúbrico.

Sensualismo, s. m. sensualismo.

Sensualista, s. f. sensualista, partidário do sensualismo / (adj.) relativo ao sensualismo.

Sensualità, s. f. sensualidade, inclinação para os prazeres sensuais / deleite nos prazeres sensuais / luxúria, lascívia.

Sensualmènte, adv. sensualmente, de um modo sensual.

Sentènza, s. f. sentença, parecer, juízo, opinião, ditame, sentença, máxima; rifão, provérbio, anexim / sentença, julgamento em decisão final de um juiz ou tribunal / sentença, qualquer decisão / (dim.) **sentenziuccia**: sentenciúncula.

Sentènzia, s. f. (ant.) sentença.

Sentenziàle, adj. de sentença.

Sentenziàre, v. (tr e intr.) sentenciar; julgar, condenar, proferir ou pronunciar uma sentença contra / opinar.

Sentenziozamènte, adv. sentenciosamente.

Sentenziôso, adj. sentencioso; aforístico; rico de sentenças, de máximas, de conceitos justos / conciso, sintético; / grave, conceituoso.

Sentièro, s. m. (fr. ant. **sentier**), vereda, senda, atalho, caminho / (fig.) **seguire il —— della rettitudine**: seguir a trilha da retidão / (dim.) **sentierino, sentierêtto, sentierúccio**, atalhozinho, veredazinha, trilhazinha, etc. / (ant.) **sentiere**.

Sentimentàle, adj. sentimental, que revela sentimento / patético; / romântico, melancólico; delicado; afetuoso.

Sentimentalismo, s. m. sentimentalismo.

Sentimentalità, s. f. sentimentalidade, qualidade de sentimental / abuso do gênero sentimental: afetação; enfatuação.

Sentimènto, s. m. sentimento, faculdade de sentir, sensação física / faculdade de receber impressões morais / sensibilidade, facilidade para ser facilmente impressionado ou comovido / afeto, paixão, amor / pensamento, opinião / consciência, fervor, fogo, paixão, ardor, ânimo, idéia; espírito; vontade, altruísmo; amor próprio; admiração; filantropia, generosidade / ——— artístico: gosto artístico / non cambiàre ———: não mudar pensamento.

Sentina, s. f. (mar.) sentina; parte inferior do navio onde se junta e corrompe a água / (fig.) foco, receptáculo de vícios e de torpezas.

Sentinèlla, s. f. sentinela, soldado armado, que está de guarda / vigia; o que guarda ou preserva / montàre la ———: estar de sentinela.

Sentíre, v. tr. sentir, perceber pelos sentidos (menos a vista); sentir, ter, experimentar (prazer, dor, alegria, remorso, etc.) / sentir, reconhecer, notar, ter a consciência de / cheirar, aspirar o cheiro de / saber, ter o gosto, o sabor de / sentir di muffa: sabor de mofo / sentir, experimentar sensações físicas ou morais / ——— dolore (sentir dor) / ——— fame: sentir fome / conhecer, reconhecer / sento le tue ragioni: reconheço as tuas razões / mi sento bene: sinto-me bem / escutar, ouvir / hai sentito che bella voce? ouviste que linda voz? non ——— nulla: ser insensível / estimar, julgar, considerar: ——— altamente di sé: ter ótima opinião de si mesmo / ——— rettamente: ter reto critério / (refl.) sentir-se: sentirsi forte, male etc.; / (s. m.) sensibilidade; faculdade de sentir; sentimento. impressão.

Sentíta, s. f. ato de escutar, escuta / audição, prova / dare una ——— alla minestra: provar a sopa / camminare a ———: andar às apalpadelas / sapere una cosa per ——— dire: saber algo por tê-la ouvido de outrem.

Sentitamènte, adv. sentidamente, de modo sentido; com sentimento / intensamente, profundamente.

Sentíto, p. p. e adj. sentido, ouvido, executado / influente, acatado / fervoroso, eficaz, expressivo.

Sentòre, s. m. indício, aviso, sinal ou fato que deixa entrever alguma coisa / (ant.) rumor, fama; (neol.) sintoma.

Sentúto, p. p. (ant.) por sentito.

Senussíta, s. m. e adj. senussista, muçulmano partidário de Senussi.

Senússo, s. m. chefe senussista.

Sènza, prep. sem., partícula que indica exclusão, falta, privação, ausência, etc. / ——— confronto: sem confronto / senz'altro: sem mais nada; desde logo / far ——— una cosa: fazer a menos de uma coisa / tanti complimenti: sem salameleques / antes do pronome requer di: senza di me, di te, di lei, di voi, etc.

Senzapàtria, s. m. sem pátria; renegado; apátrida.

Senzatètto, s. m. sem teto, sem casa, sem ter onde morar; desamparado.

Senziènte, adj. senciente, que é dotado de sensibilidade; que sente; que tem sensações; sensível.

Sepaiuòla, s. f. (zool.) carricinha, cambaxirra, pássaro que vive habitualmente nas sebes.

Sepaiuòlo, adj. que vive nas sebes.

Sèpalo, s. m. sépala, sépalo, cada uma das folhas dos cálices das flores.

Separàbile, adj. separável, que se pode separar; divisível.

Separabilità, s. f. separabilidade.

Separamènto, (ant.) v. separazióne.

Separàre, v. (tr.) separar, desunir, operar a disjunção de / separar, pôr à parte / apartar, dividir; separar, não confundir / distinguir / afastar um do outro; desunir, malquistar / divorciar / estabelecer uma separação entre duas coisas / (refl.) afastar-se, separar-se, apartar-se, dividir-se / (pres.) sèparo e (pop.) sèparo.

Separatamènte, adv. separadamente: à parte um do outro.

Separatísmo, s. m. (polít.) separatismo.

Separatísta, adj. separatista / (s. m.) partidário do separatismo.

Separatívo, adj. separativo.

Separàto, p. p. e adj. separado, desunido, desligado.

Separatóre, adj. e s. m. separador, que separa / divisório.

Separazióne, s. f. separação, ação ou efeito de separar ou de separar-se / o que serve para separar sebe, muro, etc. / cessação de amizade, concórdia, etc. / divisão, desmembramento / divórcio / cisma, secessão, desunião.

Sepiolíte, s. f. sepiolito (min.), escuma de mar.

Sepolcràle, adj. sepulcral, pertencente ou relativo ao sepulcro / lôbrego, triste, medonho, escuro / absoluto, como de sepulcro / voce ———: voz sepulcral, cava, rouca, surda.

Sepolcréto, s. m. sepulcrário, lugar onde estão reunidos muitos sepulcros; cemitério antigo, necrópole, panteão.

Sepólcro, s. m. sepulcro, sepultura, túmulo / sarcófago, tumba; urna; necrópole; sepulcrário / ossário / (fig.) ——— imbiancàto: hipócrita.

Sepólto, p. p. e adj. sepultado, que se sepultou; enterrado / submergido / (fig.) sumido, olvidado, escondido.

Sepoltuàrio, s. m. sepultuário, livro onde estão registradas e descritas as sepulturas das famílias ilustres.

Sepoltúra, s. m. sepultura; ação de sepultar; lugar onde se sepultam os cadáveres / sepultura, tumba / avere un piede nella ———: ser muito velho.

Seppellimènto, s. m. sepultamento, ato de sepultar / funeral, exéquias.

Seppellíre, v. (tr.) sepultar, recolher em sepultura; inumar; enterrar / enclausurar, confinar, prender / esconder / soterrar / (fig.) esquecer, olvidar; separar do mundo / (refl.) enterrar-se, fechar-se, enclausurar-se; apartar-se, engolfar-se / (pres.) seppellisco-sci; p. p. sepellito e sepolto.

Seppellitòre, adj. e s. m. sepultador; enterrador / coveiro.

Sèppia, s. f. siba, gênero de moluscos que têm por tipo o choco vulgar (sepia officinalis) / (pint.) nero di sèppia: substância escura que se extrai das sibas e que é aplicada em pintura; sépia.

Seppiàre, v. levigar, polir, alisar com osso de siba.
Seppúre, conj. cond. posto que; conquanto; embora; se bem que; ainda que / ———— è vero: embora seja verdade.
Sèpsi, s. f. sepse, corrupção ou putrefação de tecidos ou substâncias orgânicas.
Septicemía, o mesmo que setticemía, s. m. septicemia.
Sequèla, s. f. seqüela, sucessão de mais coisas, uma após outra / conseqüência / série, seqüência, lenga-lenga / (ant.) conseqüência.
Sequènza, s. f. seqüência, ação ou efeito de seguir: seguimento / (ecles.) trecho lírico que se reza depois da epístola / continuação, sucessão; série, ordem / (cin.) seqüencial, série de cenas.
Sequenziàbile, s. m. seqüencial, livro que contém os hinos ou seqüências dispostos para os dias estabelecidos.
Sequestràbile, adj. seqüestrável; embargável.
Sequestrabilità, s. f. seqüestrabilidade, qualidade de seqüestrável.
Sequestrànte, p. pr. e s. m. seqüestrador; quem ou que promove um seqüestro; embargante.
Sequestràre, v. (for.) seqüestrar, embargar, (bens, etc.) / seqüestrar, isolar ilegalmente; encerrar; separar, apartar as pessoas uma da outra / pôr de parte, pôr de lado, isolar (coisas) / confiscar, penhorar.
Sequestratàrio, s. m. (jur.) depositário da coisa seqüestrada.
Sequestratôre, adj. e s. m. seqüestrador.
Sequestraziône, s. f. seqüestro, embargo.
Sequèstro, s. m. seqüestro, arresto, penhora / seqüestro, a coisa seqüestrada / penhora, confisco, requisição / (med.) a parte necrosada que em um osso afetado da necrose se separa da porção não-mortificada.
Sequòia, s. f. sequóia, gênero de coníferas, de tamanho gigantesco.
Sèra, s. f. tarde, ao cair da tarde; a última parte do dia, depois do pôr do sol, que dura até o começar da noite; tardinha / dalla mattina alla ————: da manhã até à tarde, ou "o dia todo", continuadamente / cala la ————: cai a tarde, ou está anoitecendo; / crepúsculo; noite; horas vespertinas; ocaso; véspera; sol posto.
Seracchière, v. serraschière.
Seràcco, s. m. (do dial. savoiardo serac) queijo branco e compacto: espécie de requeijão / fendedura nas geleiras / geleira.
Seràfico, adj. seráfico, pertencente aos serafins / famiglia seràfica: ordem dos religiosos de S. Francisco de Assis.
Serafino, s. m. serafim; anjo da mais alta hierarquia / (fig.) pessoa de rara formosura / n. pr. Serafino, Serafim.
Seràle, adj. (lat. "serus") seral, relativo à tarde ou à primeira parte da noite / noturno / scuola ————: escola noturna.
Seralmènte, adv. toda (ou cada tarde, toda noite).

Serapeo, s. m. serapeu, templo de Serápis.
Serapíno, s. m. segapejo, goma-resina da Pérsia.
Seràta, s. f. serão, sarau, espaço compreendido entre o declinar do dia e a hora de deitar / reunião feita à noite / ———— di gala; espetáculo de gala / ———— d'àddio: a última representação de uma companhia / (dim.) seratina; (aum.) seratona.
Seratànte, adj. e s. m. artista em cuja honra ou benefício se realiza um espetáculo teatral; beneficiado.
Serbàre, v. (tr.) guardar, conservar, reservar, preservar, pôr de parte uma coisa para poder dela servir-se quando ocorrer: serbare il latte per il bambino: reservar o leite para a criança / ———— un segreto: guardar um segredo / (refl.) conservar-se, manter-se, preservar-se.
Serbàto, p. p. e adj. retido, guardado, preservado; conservado.
Serbatòio, s. m. reservatório, lugar para ter coisas em reserva para acumulá-las ou conservá-las / recipiente ou lugar para acumulação de líquidos e especialmente de água / depósito / cisterna; piscina / receptáculo / (autom.) tanque.
Serbatôre, adj. e s. m. reservador; que ou quem reserva, conserva, etc.
Serbèvole, adj. conservável; que se pode conservar ou preservar.
Serbevolèzza, s. f. (rar.) preservabilidade.
Sèrbo, s. m. reserva, conservação; ato de reservar, de conservar, de preservar, de guardar / mettere in ———— un capitale: pôr de reserva um capital / tenere in ———— un segreto: conservar um segredo; / (adj.) sérvio, natural da Sérvia.
Serbocroàto, adj. e s. m. serviocroata.
Sère (ant.), s. m. senhor, sire, título honorífico que se dava especialmente aos tabeliães e aos padres.
Serèna, s. f. (meteor.) sereno, orvalhada abundante que cai às vezes depois do por do sol.
Serenamènte, adv. serenamente, de modo sereno; tranqüilamente; em paz; / despreocupadamente.
Serenàre, v. (tr.) serenar, tornar sereno, serenizar-se; (refl.) acampar-se, dormir de noite ao relento.
Serenàta, s. f. serenata.
Serenèlla, s. f. (pop.) lilá, planta da família das oleáceas.
Sereníssimo, adj. sup. sereníssimo / título honorífico que se dá a alguns príncipes / (s. f.) la Serenissima Repubblica: a Rep. de Veneza.
Serenità, s. f. serenidade / calma, tranqüilidade / (fig.) sossego, felicidade.
Serèno, adj. sereno, claro, puro, calmo; sem nuvens / tranqüilo, calmo, sossegado / límpido, alegre, diáfano, transparente / (s. m.) il cielo ————: o céu sereno (limpo de névoas) / un fulmine a ciel ————: coisa inesperada, imprevista / dormire al ————: dormir ao relento.

Sergènte, s. m. (mil.) sargento, oficial inferior / furriel / (téc.) sargento, espécie de prensa de mão ou grampo que serve para apertar as partes que se colaram / (ant.) esbirro.

Sergentína, s. f. (hist.) espécie de alabarda.

Sèrgio, n. pr. Sérgio.

Sergozzône, s. m. cachação, pancada no cachaço; pescoção / (arquit.) espécie de misula (suporte ornamental).

Seriamènte, adv. seriamente; com seriedade.

Seríceo, adj. (poét.) seríceo, relativo à seda; semelhante à seda.

Sericína, s. f. sericina; goma da seda.

Sèrico, adj. sérico, seríceo; da seda; de seda.

Sericoltôre, e **sericultôre**, s. m. sericicultor: o que exerce a sericicultura.

Sericoltúra, e **sericultúra**, s. f. siricultura, indústria de criação do bicho-da-seda e da produção da seda.

Sèrie, s. f. série, sucessão, seqüência / (mat.) seqüência crescente ou decrescente de termos / **fabbricàti in** ———: fabrico, fabricação em série de objetos do mesmo tipo / quantidade, fileira, rosário, enfiada: **una serie de guai**.

Serietà, s. f. seriedade; severidade, gravidade / majestade, imponência, autoridade / sinceridade, firmeza, realidade.

Serímetro, s. m. serímetro, instrumento que serve para a apreciação da tenacidade e elasticidade dos fios de seda.

Sèrio, adj. e s. m. sério; grave, sisudo / formal, positivo, sincero / real, verdadeiro / importante, digno de consideração / austero / ponderado / **prendere sul** ———: tomar a sério, dar importância / áspero, perigoso / **una lite seria**: uma briga séria / seriedade.

Sermênto, s. m. sarmento, rebento da videira; vide seca para lenha.

Sermocinàre, (ant.) v. falar muito e com solenidade, como quem faz um sermão: sermonar.

Sermolíno, s. m. serpão, planta da família das labiadas, também denominada serpil, serpol e tomilho.

Sermonàre, v. (intr.) sermonar; pregar um sermão / falar solenemente.

Sermône, s. f. sermão, discurso de um padre no púlpito; pregação, prédica / (fam.) sermão, repreensão importuna; censura enfadonha / (ant.) linguagem, fala, idioma / **il** ——— **prisco**: o sermão primitivo / (dim.) sermoncíno.

Sermoneggiàre, v. (intr.) sermonar; pregar; fazer sermões.

Seròtino, adj. (lit.) seródio, que vem tarde ou a deshoras; tardio / que é feito com indecisão / **frutta serotina**: fruta que aparece no fim da estação própria.

Sèrpa e **sèrpe**, s. f. assento de dois lugares nos carros, sobre o qual senta também o cocheiro / assento coberto que nas diligências se situava atrás daquela destinado ao cocheiro.

Serpàio, s. m. covil de serpente; lugar onde vivem muitas serpentes.

Serpànte, s. m. (mar.) marinheiro encarregado de lavar as latrinas de bordo.

Serpàro, s. m. caçador e encantador de serpentes.

Sèrpe, s. f. e m. serpe, serpente, cobra; genero de répteis / (ant. mar.) plano saliente, na proa do veleiro, onde havia as latrinas da tripulação.

Serpeggiamênto, s. m. serpenteio, ato de serpear, de ziguezaguear.

Serpeggiànte, p. pr. e adj. serpeante. serpenteante; que serpeia, que ondula, que coleia / sinuoso, torturoso.

Serpeggiàre, v. (intr.) serpentear, serpear, serpejar, formar ondulações, sinuosidades; voltear, colear, ziguezaguear / (fig.) propagar-se ou difundir-se subrepticiamente: ——— **una malattia, una menzogna**.

Serpentària, s. f. (bot.) serpentária vulgar ou ofioglosso (planta).

Serpentàrio, s. m. serpentário, ave de rapina que se nutre especialmente de serpentes / serpentário, instalação apropriada à guarda das cobras, para fins de estudo.

Serpènte, s. m. serpente, nome comum a todos os répeteis da ordem dos ofídios; cobra / (fig.) pessoa maligna, pérfida, traiçoeira / **lingua di** ———: lingua viperina / (astr.) constelação do hemisfério boreal / (dim.) **serpentello**; (aum.) **serpentone**.

Serpentína, s. f. serpentina, fita de papel que se desenrola por divertimento (no carnaval) / tubo do alambique, que desce em espiral até o recipiente / roda de escapamento nos relógios de bolso / (miner.) serpentina (mármore) / (ant.) cão do arcabus de mecha.

Serpentíno, adj. serpentino, relativo à serpente; serpentiforme / (s. m.) serpentina, tubo em espiral / (min.) rocha verde, com manchas de várias cores (silicato).

Serpentône, s. m. (mús.) serpentão, antigo instr. músico de sopro, feito de madeira.

Serpentôso, adj. serpentífero, rico de serpentes; que produz serpentes.

Sèrpere, v. (lit.) serpear; serpejar.

Serpígine, s. f. impetigo, impingem; erisipela.

Serpiginôso, adj. (med.) serpiginoso.

Serpígno, adj. (lit.) serpentino, das serpentes.

Serpíllo, s. m. (bot. lat. **serpillum**), serpilho, serpão, planta da família das labiadas.

Sèrqua, s. f. (do lat. **síliqua**) dúzia / **una** ——— **di uova**: uma dúzia de ovos / (fig.) grande número, abundância / **una** ——— **di figliuoli**: um grande número de filhos.

Sèrra, s. f. dique / barreira, reparo feito com pedras ou outro material para impedir que rios ou torrentes inundem os campos / lugar estreito ou fechado; garganta de montanha, serra / cadeia de montes / cabana com paredes de cristal aquecida no inverno para plantas tropicais: estufa / cintura das calças / (loc. fig.)

(s. m.) **un serra serra**: aperto, pressão de gente, agitar-se de multidão de pessoas, tropel, tumulto.
Serrabòzze, s. m. corrente ou cabo de aço que sustém a âncora (do navio) em posição horizontal.
Serrafila, e **serrafile**, s. m. cerra-fila, soldado ou graduado que está por último num grupo, cerrando a fila / (mar.) navio que navega na retaguarda dos outros.
Serrafilo, s. m. aparelho para unir dois fios elétricos.
Serràggio, s. m. (técn.) momento de torção.
Serràglia, ou **serràia**, s. f. saliência, chave do arco (arquit.) / (ant.) barricada para atravancar a passagem nos combates.
Serràglio, s. m. serralho; lugar fechado; lugar fechado para defesa: barricada / lugar onde estão encerradas as feras / palácio imperial; palácio dos príncipes maometanos na Turquia / harém / (arquit.) chave de arco.
Serramànico, adj. voz usada na locução coltèllo a serramànico (**coltèllo**: faca): faca de mola, cuja lâmina, abrindo-se, permanece fixa no cabo graças a uma mola que a retém.
Serràme, s. m. qualquer utensílio que serve para fechar portas, caixas, gavetas, etc. fechadura, fecho.
Serramênto, s. m. cerramento, fechamento; ato de cerrar, ato de fechar / (neol. pl.) **i serramenti**, (s. m.) le **serrámenta**, (s. f.) fechadura, fecho, fechal; denominação genérica de qualquer utensílio apto a fechar.
Serrànda, s. f. fecho / instrumento para fechar / porta ondulada, metálica, das casas de negócio / tampa de forno.
Serràre, v. cerrar, fechar fortemente com chave, tranca ou outro meio, para impedir a saída ou a entrada de alguém / cerrar (os punhos) / apertar (o laço ao redor do pescoço) / ——— **bottega**: fechar o negócio / ——— **un dolore nel cuore**: esconder (ocultar) uma dor no coração / ——— **le file**: cerrar fileiras / (mar.) ——— **la voga**: acelerar a voga / comprimir, apertar ajuntar, unir / tocar-se, juntar-se, adaptar-se / **le imposte non serrano**: as janelas não fecham.
Serraschieràto, s. m. (hist.) grau de serasqueiro; sede do serasqueiro.
Serraschiêre, s. m. serasqueiro, título dado pelos turcos ao Pachá que comandava as forças militares.
Serràta, s. f. cerramento, ato de cerrar / reparo feito para suster o curso das águas; dique / parede, greve, cessação de trabalho em estabelecimentos industriais / lock-out.
Serratamênte, adv. cerradamente / concisamente, com pertinácia.
Serràto, p. p. e adj. cerrado, vedado, fechado / encerrado / compacto, denso, espesso / unido, apertado; estreito / conciso, lógico; rápido, preciso (falando de discurso, raciocínio, etc.).
Serratúra, s. f. fechadura, peça metálica para fechar à chave.

Serrêtta, s. f. (lat. **serràtula**), serradela, planta da família das leguminosas / (mar.) cada uma das tábuas que revestem o fundo de um navio; sobreplano.
Sèrto, s. m. (lit.) grinalda, coroa de louros, laurel / il ——— **degli eroi**; o laurel dos heróis.
Sèrtula campana, s. f. (bot.) meliloto, trevo de cheiro.
Sèrva, s. f. criada, doméstica, servidora, serviçal; serva, servente, familiária; camareira / (dim.) **servêtta**, **servettína**: criadinha.
Servàggio, s. m. servidão, estado ou condição de servo ou escravo / escravidão, cativeiro / sujeição, dependência política ou social.
Servàre, v. (rar.) reservar.
Servènte, p. pr. e adj. servente, que serve / **cavaliere** ———: cavalheiro que servia uma dama / (séc. XVIII); (s. m.) servente, servo, criado / (mil.) artilheiro que manobra o canhão.
Serventêse e **sirventêse**, s. m. e f. (lit.) sirvente, sirventês, gênero poético provençal.
Servêtta, s. f. (dim.) criadinha / pessoa que nas companhias teatrais faz o papel de camareira.
Servíbile, adj. servível, aproveitável, que pode servir ainda a algum uso / è **un vestito ancora** ———: é um vestido ainda aproveitável.
Servidoràme, o mesmo que **servitoràme**, s. m. criados, criadagem.
Servigio, s. m. serviço, favor, ajuda, valimento; fineza, obséquio; ato ou atos de utilidade ou benefício prestados espontaneamente / **rendere un** ———: fazer um favor.
Servíle, adj. servil, relativo a servo, próprio de servo / baixo, vil, torpe; bajulador, subserviente / imitador, que segue servilmente o modelo, o original.
Servilísmo, s. m. servilismo, espírito de servidão; baixeza; falta de dignidade.
Servilità, s. f. servilismo, espírito de servidão, de submissão baixa; imitação servil; ato servil.
Servilmênte, adv. servilmente, submissamente.
Servimênto, s. m. (ant.) servimento, ato de servir.
Sèrvio Túllio, (hist.) Sérvio Tulio, 6.º Rei de Roma.
Servíre, v. (tr.) servir, estar ao serviço de, ser criado de / ——— **un cattivo padrone**: servir um mau patrão / servir, consagrar-se ao serviço de / ——— **l'Umanità**: servir a humanidade / prestar um serviço, ser útil a: / favorecer, ajudar, concorrer para / ser criado; prestar serviço / servir de, fazer as vezes de; / (refl.) servir-se, tomar ou aceitar alguma coisa de comer ou de beber / servir-se de, fazer uso de / **mi sono servito del tuo telèfono**: servi-me do teu telefone / abastecer-se, surtir-se, prover-se / **ecco le frutta, si serva**: eis aqui as frutas, sirva-se.
Servíta, s. m. servita, frade da ordem dos servos de Maria / (pl.) **serviti, servitas** / (adj.) **la cena è servita**: a ceia está servida.

Servíto, p. p. e adj. servido, que foi servido, provido / **loro sono servíti? os srs. estão servidos?** fórmula de cortesia convidando alguém a aceitar alguma coisa / (s. m.) os pratos e talheres que se põem à mesa: **un ——— da tavola**.

Servitoràme, s. m. criadagem / com sentido depr. conjunto de servos, de criados / (fig.) aduladores, bajuladores; cortezãos.

Servitôre, s. m. servidor, que serve a outrem; servo, criado, doméstico, fâmulo / o que serve o Estado ou o soberano / com o sentido do cumprimento do dever / ——— **della Pàtria**: servidor da Pátria / nas fórmulas de cortesia: ——— **vostro**: criado, servo, vosso / (dim.) **servitorèllo**: criadinho.

Servitorêsco, adj. servil, humilde, adulatório.

Servitú, s. f. servidume, estado ou condição de quem está sujeito a outrem; / conjunto das pessoas que servem, mediante pagamento, uma família / jugo, dependência, sujeição / servidão.

Serviziàle, s. m. clister, ajuda.

Serviziêvole, adj. serviçal, amigo de servir; que presta de bom grado o seu trabalho / cortês, oficioso, complacente.

Servízio, s. m. serviço, ação de servir, estado de quem serve como criado, empregado, etc. / funções da pessoa que serve / trabalho prestado pelos empregados / serviço, estado militar / favor, bons ofícios prestados a alguém / serviço, coberta, pratos que servem à mesa / aparelho de louça / serviço para café, chá etc. / ——— **funebre**: serviço fúnebre / ——— **nebre**: serviço fúnebre / ——— **divino**: função religiosa / (dim.) **serviziètto, serviziuòlo, serviziuccio**; serviçozinho.

Sèrvo, adj. servil, adulador; servo, cativo, escravo / (s. m.) criado; serviçal, doméstico, servidor / (ecles.) ——— **di Dio**: sacerdote / servita.

Servomotôre, s. m. (mec.) servomotor, aparelho automático, que serve para regular o movimento de um motor para um determinado fim.

Sèsamo, s. m. (bot.) sésamo, gergelim, gênero de plantas / (lit.) Sésamo, primeira palavra de uma fórmula mágica que nas "Mil e uma noites" abre as portas da caverna a Ali Babá.

Sesamòide, adj. sesamóide ou sesamóideo / (anat.) semelhante aos grãos do sésamo.

Sèsia, (geogr.) Sesia, rio do Piemonte.

Sèsia, s. f. sésia, gênero de insetos lepidópteros.

Sesquiàltero, adj. (mat.) sesquiáltero.

Sesqui, prefixo, sesqui, mais uma metade.

Sesquiòssido, s. m. (quím.) sesquióxido.

Sesquipedàle, adj. sesquipedal, que tem pé e meio de comprimento / (fig.) grande, enorme.

Sesquiplàno, adj. (aer.) espécie de biplano.

Sessagenàrio, adj. e s. m. sexagenário; que tem sessenta anos.

Sessagèssima, s. f. (lit.) sexagéssima, o domingo que precede de quinze dias o primeiro da Quaresma.

Sessànta, adj. num. card. sessenta, que tem seis dezenas.

Sessantènne, adj. sexagenário; sessentão, que tem sessenta anos.

Sessantèsimo, adj. num. ord. sessentésimo; sexagésimo.

Sessantína, s. f. uns (ou umas) sessenta; cerca de sessenta unidades / **una ——— di soldati**: uns sessenta soldados / **uomo sulla ———**: homem sessentão.

Sessennàle, adj. sexenal, relativo ao sexênio; que dura seis anos.

Sessènne, adj. sexênio, intervalo de tempo de seis anos.

Sessènnio, s. m. sexênio, intervalo de tempo de seis anos.

Sèssile, adj. (bot.) séssil, que não tem suporte ou pedúnculo.

Sessionàrio, s. m. sessionário, registro onde são anotadas as sessões.

Sessiône, s. f. sessão, tempo durante o qual está reunida uma comissão, um tribunal, uma assembléia deliberativa / período de sessões / sessão, conferência, consulta.

Sessitúra, s. f. refego, dobra ou prega no vestuário; festo.

Sèsso, s. m. sexo, diferença constitutiva do macho e da fêmea, nos animais e nas plantas / **il ——— debole**: o belo sexo.

Sèssola, s. f. gamote, espécie de colher de madeira, usada para esgotar a água nas embarcações pequenas.

Sessuàle, adj. sexual, pertencente ou relativo ao sexo, que caracteriza o sexo.

Sessualità, s. f. sexualidade.

Sèsta, s. f. sexta, intervalo musical de seis notas / (ecles.) nome de uma das horas canônicas / compasso, sendo que com tal significação é mais comum no plural.

Sestànte, s. m. sextante, a sexta parte do círculo (geom.) / instrumento astronômico que serve para medir ângulos, a altura dos astros, as suas distâncias angulares, etc.

Sestàre, (ant.) assestar, dispor, colocar.

Sestàrio, s. m. sextário, antiga medida romana, para líquidos e secos.

Sèste, s. f. (pl.) compasso de abertura fixa / (burl.) pernas longas; / **parlare con le ———**: falar requintadamente, com afetação pedantesca.

Sestèrzio, s. m. sestércio, moeda romana antiga, de prata.

Sestètto, s. m. sexteto, grupo musical de seis instrumentos / composição musical de seis partes.

Sestiêre, s. m. cada uma das seis partes em que eram divididas algumas cidades da alta Itália; divisão análoga a bairro / ——— **di Prè**: bairro de Pré (em Gênova) / (ant.) sexteiro ou sesteiro, medida de líquidos.

Sestíga, s. f. coche de seis animais.

Sestíle, s. m. sextil, a sexta parte da circunferência do círculo / o sexto mês do ano romano, que correspondeu a agosto / (astr.) sextil, posição de dois planetas que distam um do outro sessenta graus.

Sestína, s. f. (lit.) sextilha, estância de seis versos / composição poética que abrange seis dessas estâncias / formato especial de papel para cartas.

Sestíno, s. m. pequeno ladrilho / (mús.) pequeno clarinete.
Sèsto, adj. num. ord. sexto, que numa série de seis ocupa o último lugar / (s. m.) a sexta parte.
Sèsto, s. m. arranjo, ordem, arrumação: **rimettere a ―― la casa**: dar arrumação à casa / **dare ―― agli affari**: pôr em ordem os negócios / (arquit.) curva, redondez dos arcos ou abóbadas / **―― acuto**: arco formado de duas curvas, ogiva / (tip.) **libro in ――**: livro em sexto.
Sestúltimo, adj. sexto em uma série antes do último: **la sestúltima sìllaba**.
Sèstupla, s. f. (mús.) compasso de dois tempos ternários; sèxtupla, menor 6/4.
Sestúplice, adj. sextúplice, que é formado de seis partes, de seis elementos.
Sèstuplo, adj. (lit.) sêxtuplo, que vale seis vezes mais.
Sèta, s. f. (lat. **saèta**) seda, fio têxtil precioso, produzido pela larva do bicho-da-seda / qualquer obra, estofo ou tecido feito dessa substância / (fig.) coisa luzida, brilhante, mórbida, suave como a seda.
Setàccio, s. m. (rar.) crivo; peneira.
Setàcea, adj. seríceo, de seda; de aspecto igual ao da seda; sérico / sedoso.
Setaiuòlo, s. m. mercador de sedas; operário das fábricas de seda.
Sète, s. f. sede, desejo forte de beber; sensação causada pela necessidade de beber / (fig.) desejo ardente, vivo, desmesurado / ânsia, impaciência, aflição / avidez, sofreguidão / (fig.) **togliérsi la ―― col prosciutto**: recorrer a um remédio contraproducente.
Setería, s. f. setifício, fábrica de sedas; negócio de sedas / (pl.) **seteríe**, gêneros de sedas, as várias qualidades, o conjunto dos diferentes tecidos de seda.
Setifício, s. m. (neol.) setifício, estabelecimento industrial onde se prepára o fio para seda; fábrica de seda.
Setíno, s. m. cetim, fio de seda muito fina para serzir / paramentos de seda ou símiles para enfeitar as igrejas.
Sètola, s. f. cerda, pelo grosso e rijo do porco, do porco-espinho e de outros animais / (fig.) barba, cabelos, bigodes duros e rijos / fenda na unha do cavalo / (pl.) gretaduras nas mãos, nos peitos, etc.
Setolàre, v. escovar com escova de cerdas / (pres.) **setolo**.
Setolinàio, s. m. fabricante ou vendedor de escovas de cerdas.
Setolíno, s. m. escova, escovinha de cerdas ou de pelos mais ou menos duros, para limpar chapéus, dentes, etc.
Setolôso, adj. setáceo, cerdoso, que é da natureza das sedas ou pelos do porco.
Setolúto, adj. cerdoso, cheio de cerdas / feito de cerdas.
Setóne, s. m. (veter.) sedenho, mecha ou pasta de fios introduzidas por baixo da pele, para fazer sair os humores ou para promover a supuração das chagas.
Setôso, adj. cerdoso, setáceo / (ant.) sequioso, sedento; que tem sede.
Sètta, s. f. seita, conjunto de pessoas que professam a mesma doutrina / partido, bando, facção; sociedade secreta.

Settàngolo, adj. e s. m. heptágono, polígono de sete ângulos e sete lados.
Settànta, adj. e s. m. setenta.
Settantènne, adj. e s. m. septuagenário; que tem setenta anos; setentão.
Settantèsimo, adj. num. ord. septuagésimo / (s. m.) a septuagésima parte.
Settantína, s. f. uns (ou umas) setenta / **aveva una ―― d'anni**: tinha uns setenta anos.
Settàrio, adj. e s. m. sectário, que pertence à seita; faccioso, turbulento, intolerante / o que professa uma seita; partidário fanático de um sistema, doutrina, etc.
Settarísmo, (neol.) s. m. sectarismo; partidarismo.
Settatôre, s. m. (lit.) sectário; sequaz, partidário, satélite (geralmente usado em sentido pejorativo).
Sètte, adj. e s. m. sete; sétimo / (s. f. pl.) hora / **sono le ――**: são sete horas.
Settecentêsco, adj. do século XVIII; setecentista.
Settecentèsimo, adj. num. ord. setingentésimo / (s. m.) a setingésima parte do inteiro.
Settecentista, s. setecentista, artista, escritor, filósofo do século XVIII.
Settecènto, adj. num. card. setecentos, que é formado de sete vezes cem / (s. m.) **il secolo Settecènto**: o século XVIII.
Setteggiàre, v. conduzir-se como sectário, tomar partido numa seita; formar numa seita.
Settèmbre, s. m. setembro; o nono mês do ano.
Settembríno, adj. setembrino, relativo a setembro.
Settembríni Luigi, biogr. Luigi Settembrini, lit. e patriota napolitano (1813-1876).
Settemíla, adj. num. card. sete mil.
Settèmplice, adj. setêmplice; dobrado sete vezes; que tem sete elementos.
Settenàrio, adj. setenário; que abrange sete dias ou sete anos / (s. m.) verso de sete sílabas / (mús.) de sete tempos.
Settenàle, septenial, que acontece cada sete anos; que dura sete anos / de sete anos.
Settennàto, s. m. setenato, setenado, espaço de sete anos.
Settènne, adj. de sete anos, que tem sete anos / **bambino ――**: menino de sete anos.
Settènnio, s. m. septênio, espaço de sete anos.
Settentrionàle, adj. setentrional; relativo ao setentrião.
Settentriône, s. m. setentrião / as regiões do norte / o polo norte / vento do norte.
Settenviràto, s. m. setenvirado, cargo ou dignidade de setênviro.
Settènviro, s. m. setênviro, cada um dos magistrados componentes do setenvirado.
Setticemía, s. f. (patol.) septicemia.
Setticèmico, adj. septicêmico.
Settícida, adj. (bot. rar.) septicida; septífero, que tem septos.

Setticlàvio, s. m. (mús.) seticlávio, o conjunto das sete claves musicais.
Sèttico, adj. séptico, que produz a podridão.
Settíduo, adj. setenário; de sete dias / (s. m.) período de sete dias; semana.
Settifórme, adj. septiforme, de sete formas / (bot.) que tem forma de septo.
Settilústre, adj. de sete lustros.
Sèttima, s. f. sétima; intervalo musical / (med.) período de sete dias.
Settimàna, s. f. semana; espaço de sete dias / **riscuotere la ———:** cobrar a semana.
Settimanàle, adj. semanal, da semana / (s. m.) jornal semanário; hebdomadário.
Settimanalmènte, adv. (neol.) semanalmente, cada semana.
Settimania, (geogr.) ant. **Septimánia,** território da 7ª região romana nas Gálias.
Settimèllo, adj. e s. m. setemesinho; criança que nasceu de sete meses.
Settimèstre, adj. (rar.) septimestre; de sete meses.
Settimíno, s. m. (mùs.) setimino, septuor, trecho coral ou instrumental a sete vozes de sete partes / criança nascida de sete meses: setemesinho.
Settímio, n. pr. Setímio.
Sèttimo, adj. num. ord. sétimo / (s. m.) à sétima parte de uma coisa.
Settina, quantidade de sete.
Settizònio, s. m. septizônio / (hist.) grande edifício romano de 7 ordens de colunas, mandado construir por Settimio Severo / (astr.) os sete planetas do sistema tolemaico.
Sètto, s. m. (anat.) septo, membrana que separa duas cavidades: ——— **nasale.**
Settóre, s. m. setor; sector / classe, categoria: **i settori dell'industria** / dissector, preparador de anatomia / parte de um recinto / (geom.) parte do círculo compreendida entre dois raios / porção de plano entre duas retas antes e após um arco de curva / (mil.) parte de uma zona ou de uma linha de combate.
Settuagenàrio, adj. e s. m. septuagenário; que tem setenta anos.
Settuagèsima, s. f. (ecles.) septuagésima, terceiro domingo antes do começo da Quaresma.
Settuagèsimo, adj. num. ord. (rar.) e s. m. septuagésimo.
Settuplicàre, v. setuplicar, tornar sete vezes maior; multiplicar por sete.
Sèttuplo, adj. e s. m. sétuplo; que é sete vezes maior; que é de sete duplos.
Severamènte, adj. severamente; gravemente.
Severíno, n. pr. Severino.
Severità, s. f. severidade, qualidade do que é severo; rigidez, rigor, firmeza; inflexibilidade / justiça, inteireza / austeridade / sobriedade / pontualidade, exatidão.
Sevèro, adj. severo, austero, que não transige; profundo, não superficial; grave / duro, inflexível / sério; sóbrio; inclemente, rigoroso; acerbo; áspero / escrupuloso / (contr.) **indulgente.**

Sevízia, s. f. sevícia, atrocidade, barbaridade; crueldade; malvadez; tortura; maus tratos.
Seviziàre, v. tr. seviciar, torturar; maltratar, atormentar
Sèvo, (lat. **sèvum**) sebo, substância gordurosa e consistente.
Sèvo, (ant. lat. **saèvus**) sevo, desumano, severo, cruel.
Sezionamènto, s. m. (neol.) seccionamento, ação e efeito de secionar / dissecação.
Sezionàre, v. secionar ou seccionar; dividir em seções / cortar o cadáver para fazer a dissecação / vivisseccionar: dissecar.
Sezionàto, p. p. e adj. (neol.) seccionado; cortado; dividido; dissecado.
Seziône, s. f. seção ou secção; corte, divisão, parte de um todo / cada uma das partes de uma comissão ou de uma administração pública / linha divisória / setor / parte de um livro, de um tratado, etc. / categoria estabelecida em qualquer classificação / (geom.) secção, corte das linhas, das figuras, etc. / (mil.) grupo, secção / (anat.) ——— **cadaverica** dissecação.
Sezzàio, (ant.) adj. último; antigo.
Sèzzo, (ant.) adj. último / **da ———:** por último, finalmente.
Sfaccendàre, v. (intr.) lidar alacremente; azafamar-se; atarefar-se / fadigar-se; cansar-se.
Sfaccendàto, adj. e s. m. vago, desocupado, que não tem o que fazer; vadio, ocioso; errabundo, quebra-esquinas.
Sfaccettàre, v. facetar, fazer facetas em; lapidar (pedras preciosas).
Sfaccettatúra, s. f. faceteamento, ação e efeito de facetar ou lapidar.
Sfacchinàre, v. (intr.) azafamar-se, fazer um trabalho grave, pesado e fatigante; trabalhar excessivamente.
Sfacchinàta, s. f. azáfama, trabalhão, fadiga, lufa-lufa.
Sfacciatàggine, sfacciatezza, s. f. descoco, desfaçatez, desplante, descaramento, cinismo, caradurismo, desvergonha / **la sfacciatàggine dell'erudizione bibliográfica** (Papini): a impudência da erudição bibliográfica.
Sfacciatamènte, adv. desavergonhadamente, descaradamente, imprudentemente.
Sfacciàto, adj. descarado, impudente, cínico, deslavado, desavergonhado / **una sfacciata menzogna:** uma descarada mentira.
Sfacciatúra, s. f. (hip.) mancha branca no focinho das bestas.
Sfacèlo, s. m. esfacelo, esfacelamento, estrago, ruína, destruição / **lo ——— dell'esército:** a destruição do exército / esfacelo, gangrena, podridão (patol.) / ——— **morale:** decadência moral.
Sfaciamènto, s. m. esfacelo, destruição, desfazimento, demolição, desbarato, decomposição, dissolução.
Sfagliàre, v. descartar, rejeitar, desfazer-se de uma carta que não interessa, no jogo / (hip.) escarcear, curtear (o cavalo).
Sfàglio, s. m. descarte (no jogo) / (equit.) escárceo, salto improviso de cavalo.

Sfàgno, s. m. limo, musgo dos pântanos e lugares úmidos.
Sfàlcio, s. m. (agr.) segada, ceifa.
Sfàlco, s. m. (dial. da Ital. Central, termo de caça) espantalho.
Sfàlda, s. f. escama.
Sfaldàbile, adj. esfoliável, que se pode esfoliar, dividir, separar em folhas ou escamas.
Sfaldàre, v. (tr. e refl.) esfoliar, separar, dividir, descamar.
Sfaldàto, p. p. e adj. esfoliado, descamado.
Sfaldatúra, s. f. descamação, esfoliação, separação em forma de escama das partes de uma rocha, etc.
Sfaldellàre, v. (tr. e refl.) exfoliar (ou esfoliar) dividir em lâminas pequenas.
Sfalsamênto, s. m. (aer.) desvio das asas do avião.
Sfalsàre, v. (tr.) (esgr.) desviar o golpe do adversário.
Sfamàre, v. satisfazer, saciar a fome / **sfamàrsi** (refl.): comer, satisfazer-se (alimentando-se).
Sfangàre, v. (intr. e refl.) caminhar por estradas lamacentas / sair da lama; livrar-se da lama / (fig.) sair duma embrulhada / (trans.) desenlamear os sapatos, vestidos, etc.
Sfàre, v. (tr.) desfazer, desmanchar / (refl.) liquefazer; descompor-se / desfazer-se / perder a forma e o vigor juvenis / **sfàrsi di un nemico**: desfazer-se de um inimigo / **sfarsi d'una cosa**: desfazer-se de, vender ou dar de presente uma coisa.
Sfarfallamênto, s. m. borboleteamento, ato ou efeito de borboletar; saída da borboleta do casulo.
Sfarfallàre, v. (intr.) borboletear; vaguear; divagar; adejar como as borboletas / sair (a borboleta) do casulo / (fig.) dizer despropósitos, disparatar.
Sfarfallatúra, s. f. saída da borboleta do casulo.
Sfarfallône, s. m. disparate, despropósito / erro, abusão, lapso.
Sfarinàbile, adj. esfarinhável, que se pode esfarinhar; esfarelável; pulverizável.
Sfarinamênto, s. m. esfarinhamento, ação e efeito de esfarinhar; pulverização.
Sfarinàre, v. (tr.) pulverizar, reduzir à farinha / (refl.) desfazer-se em farinha.
Sfàrzo, s. m. (do esp. **disfrazar**) luxo ostensivo ou imoderado / pompa, fausto, opulência, sinuosidade, magnificência.
Sfarzosamênte, adv. faustosamente; aparatosamente, ostentosamente, pomposamente.
Sfarzosità, s. f. fausto, luxo, ostentação, aparato, pompa.
Sfarzôso, adj. faustoso, pomposo, aparatoso; luxuoso; magnífico / suntuoso; explêndido; soberbo.
Sfasamênto, s. m. (mec.) desajustamento, desarranjo; irregularidade, discordância de tempo, etc.
Sfasàre, v. (técn.) desarranjar, desajustar-se, desarranjar-se, desconsertar-se; diz-se de motor a explosão que por desarranjo não funciona regularmente / (eletr.), diz-se de corrente alternada, cujas fases não combinam.
Sfasàto, s. f. (neol.) p. p. e adj. desarranjado, desajustado, descombinado, desconcertado (motor, etc.) / (fig.) atordoado; desajustado, desordenado, deslocado, transtornado; inadaptado; desentoado.
Sfaciamênto, s. m. desenfaixamento / desfazimento / dispersão; dissolução / desmantelamento, desmoronamento / (tip.) empastelamento de composição.
Sfasciàre, v. (tr.) desenfaixar, tirar a faixa / romper, desfazer, desmanchar, quebrar / (refl.) romper-se, quebrar-se, partir-se, desfazer-se; precipitar, acabar / ruinar; dissolver-se / (tip.) empastelarem-se os tipos.
Sfasciàto, p. p. e adj. desenfaixado; / desfeito, desmantelado, dissolvido, desconcertado; demolido; desmoronado; arruinado / deformado, gordo: **corpo** ——.
Sfasciatúra, s. f. desenfaixamento / desmantelo; desmoronamento; desmancho, dissolução; desfazimento.
Sfàscio, s. f. desenfeixe / esfacelo; desfazimento, desmoronamento, desmantelo; condição de coisa que se esfacela ou que se esfacelou: ruína, destroço.
Sfasciúme, s. m. restos, despojos, ruínas; escombros / (fig.) pessoa velha, acabada, arruinada fisicamente / **quella donna non é altro che uno** ——: aquela mulher outra coisa não é senão ruínas.
Sfatamênto, s. m. desencantamento; desengano; desilusão; desvanecimento: **lo** —— **d'una leggenda**.
Sfatàre, v. (tr.) desencantar, destruir o encantamento / desenganar, desiludir, desvanecer; tirar as ilusões; perder as ilusões / **si sfatò la leggenda**: desfez-se a lenda.
Sfatàto, p. p. e adj. desencantado / desacreditado, diminuído; desmoralizado, desautorizado, etc.
Sfatatôre, adj. e s. m. desencantador; desvanecedor / demolidor, destruidor: **critica sfatatríce**.
Sfaticàto, adj. e s. m. mandrião, poltrão, preguiçoso, vadio.
Sfattíccio, s. m. (agr.) restolho desfeito.
Sfàtto, p. p. e adj. desfeito / destruído, consumido / liquefeito / cozido demais, frouxo, exausto / muito maduro / murcho, gasto, arruinado / **letto** ——: leito não arrumado.
Sfavàre, v. (intr.) desbagoar, debulhar; / tirar o mel dos favos.
Sfavata, s. f. (rar.) gabarolice; fanfarronada.
Sfavillamênto, s. m. cintilação, faiscação; brilho, resplandescência.
Sfavillànte, p. p. e adj. cintilante; brilhante; reluzente.
Sfavillàre, v. intr. cintilar, faiscar, resplandecer; resplender; fulgir; brilhar; reluzir.
Sfavillío, s. m. cintilação, faiscação continuada ou freqüente / (pl.) **sfavillìi**.
Sfavôre, s. m. (rar.) desfavor / contrariedade / desaire, descortezia.
Sfavorevòle, adj. desfavorável / contrário; prejudicial; danoso, oposto; inimigo / antipático; adverso.

Sfavorevolmènte, adv. desfavoravelmente; de modo desfavorável.
Sfebbràre, v. (tr.) livrar da febre.
Sfederàre, v. desenfronhar; tirar as fronhas dos travesseiros: —— **i guanciali**.
Sfegatàre, v. esganiçar, gritar com voz aguda e forte; falar em voz alta ou estrídula / (refl.) azafamar-se, fadigar-se / afadigar-se, afanar-se / gritar / berrar.
Sfegatatamènte, adv. esganiçadamente / visceralmente, entranhadamente: amare ——.
Sfegatàto, p. p. e adj. esganiçado; estrídulo / apaixonado, ardoroso, entusiasta; férvido; extremoso / **amico** ——: amigo visceral.
Sfèndere, v. (tr. e refl.) fender, rachar / esfoliar.
Sfenofíllo, s. m. erva fóssil.
Sfenoidàle, adj. esfenoidal.
Sfenòide, s. m. esfenóide; osso da base do crânio.
Sfèra, s. f. (geom.) globo, esfera / (astr.) esfera celeste ou armilar: o céu, o universo estrelado / esfera terrestre / (fis.) campo de atração, espaço esférico em que atua a virtude de um agente natural / classe, condição / âmbito, espaço, meio; cada um dos ponteiros do relógio / (ecles.) parte do estensório / (neol.) campo de ação, esfera de atividade: —— **d'influenza**.
Sfericamènte, adv. esfericamente, em forma esférica.
Sfericità, s. f. esfericidade; forma esférica, rotundidade.
Sfèrico, adj. esférico, que tem a forma esférica.
Sferire, v. (mar.) desferir, desfraldar as velas / (pres.) **sferisco, sci**.
Sferistèrio, s. m. esferistério; lugar para o jogo da pela ou bola, nos ginásios / (hist.) arena para jogos esportivos.
Sferoidàle, adj. esferoidal, que tem a forma de um esferóide.
Sferòide, s. m. esferóide, semelhante à esfera; sólido cuja forma se aproxima à de uma esfera.
Sferomachía, s. f. disputa, jogo, competição da péla entre os antigos.
Sferòmetro, s. m. esferômetro, instr. para medir as curvaturas das superfícies esféricas.
Sfèrra, s. f. ferro velho, resíduo de ferro especialmente de ferradura de animais / (fig.) pessoa sem importância.
Sferraiolàre, v. desencapotar; desencapotar-se / afadigar-se, tirar o capote a si mesmo ou a outrem.
Sferràre, v. (tr.) desferrar, soltar, tirar a ferradura / tirar um ferro de onde está encravado / —— **un pugno**: desferir um soco / —— **un attàcco**: desfechar, lançar um ataque / (fig.) (refl.) não conter-se, sair com ímpeto, atirar-se, lançar-se / (hip.) perder as ferraduras.
Sferratúra, s. f. desferradura, ato de desferrar os animais / perda das ferraduras.
Sferrína, s. f. (tosc.) descanso com cabo sobre o qual se pousa o ferro de passar roupa.

Sferruzzàre, v. (intr.) tricotear; trabalhar com agulhas de ferro, em trabalhos de malha.
Sfervoràto, adj. desfervoroso, que perdeu o fervor; frio; desalentado, desanimado.
Sfèrza, s. f. relho, chicote para bater ou estimular as bestas; látego, azorrague / (fig.) coisa que faz sentir o seu efeito com violência / **la** —— **del vènto; della crítica**: o açoite, o azorrague do vento, da crítica / estímulo, incitação, acicate: **sotto sferza del bisogno**.
Sferzàre, v. (tr.) chicotear, zurzir / censurar asperamente: criticar, castigar; desaprovar; picar; reverberar, verrinar / (fig.) estimular, excitar.
Sferzàta, s. f. chicotada, lambada, lapada / motejo irônico e áspero; diatribe, crítica rude; reprovação pungente / (dim.) **sferzatína**.
Sferzíno e sverzíno, s. m. corda de cânhamo, fina e retorcida, que se põe na ponta dos chicotes.
Sferzatòre, adj. e s. m. (f. **-trice**) açoitador, flagelador.
Sfiaccolàre, v. (intr.) chamejar, chispar (diz-se de vela ou lampião que faz uma chama muito forte) / fulgurar; resplandecer.
Sfiaccolàto, adj. alquebrado, cansado, extenuado; que caminha, que se move penosamente, como se estivesse cansadíssimo.
Sfiammàre, v. (intr.) chamejar, arder, fazer chama, deitar chamas.
Sfiancamènto, s. m. descadeiramento, alquebramento; derreamento / **lo** —— **della nave**: o derreamento do navio.
Sfiancàre, v. (tr. e refl.) descadeirar, derrear; romper nos flancos ou nas partes laterais / **il vento sfiancò la nave**: o vento derreou os flancos do navio / (fig.) cansar, esgotar, fadigar em forma excessiva / enfraquecer, debilitar-se, exaurir-se por trabalhos muito pesados.
Sfiancàto, p. p. e adj. descadeirado, derreado; alquebrado; enfraquecido nos flancos / roto / debilitado; prostrado; fatigado / **cuore** ——: coração fraco / **vena sfiancàta**, veia dilatada.
Sfiatamènto, s. m. exalação, ato de exalar; emanação; evaporação que se produz à superfície da pele e dos órgãos / saída de ar e gases de um tubo, etc.
Sfiatàre, v. (intr.) exalar, expirar, lançar ou emitir de si (gases, vapores, cheiros) / exalar-se, evaporar-se, volatilizar-se, evolar-se / sair, escapar-se o ar ou gás / (refl.) enrouquecer-se, gritar, perder o fôlego falando ou gritando para aconselhar; convencer, repreender, invectivar, etc.: **gli accademici si sfiàtano e súdano** (Stecchetti).
Sfiatàto, p. p. e adj. exalado, evolado, respirado / sem alento, sem voz, enrouquecido / **cantante** ——: cantor esgotado.
Sfiatatòio, s. m. resfolegadouro, respiradouro; abertura pela qual pode passar o ar contido num conduto ou recipiente / abertura nasal dos cetáceos.

Sfiatatúra, s. f. exalação, ação de exalar; saída do ar.

Sfiàto, s. m. respiradouro, resfolegadouro.

Sfibbiàre, v. (tr. e refl.) desafivelar, desapertar, desatar as fivelas / desatar; desliar, desligar; desamarrar.

Sfibbiatúra, s. f. (rar.) desligadura; desligamento.

Sfibramênto, s. m. (desfibramento, ato de desfibrar / debilitamento, ato de desfibrar / debilitamento; enfraquecimento.

Sfibrànte, adj. desfibrante, que desfibra.

Sfibràre, v. (tr.) desfibrar; tirar, desfiar, gastar, separar, enfraquecer as fibras; / (fig.) debilitar, tirar o vigor / enfraquecer, depauperar, extenuar, abater.

Sfibràto, p. p. e adj. desfibrado / debilitado, extenuado, enfraquecido, desanimado, afrouxado.

Sfibratôre, s. m. máquina para o preparo da pasta de madeira, no fabrico do papel.

Sfida, s. f. desafio, ato de desafiar; provocação; porfia; cartel / lance de honra.

Sfidànte, p. pr. adj. e s. m. desafiante (ou desafiador); o que desafia.

Sfidàre, v. (tr.) desafiar, reter, provocar ou chamar a desafio / (fig.) —— **i secoli**: desafiar os séculos (de monumentos ou obras que atravessam os séculos) / —— **la morte**: desafiar os perigos / (loc.) **sfído, sfído io**: exclamação que exprime a certeza do que se afirma, ou a possibilidade ou não de fazer uma coisa / provocar, atirar o cartel de desafio / instigar; incitar; afrontar; arrostar / (ant.) desconfiar.

Sfidatêzza, s. f. (rar.) difidência; desconfiança.

Sfidàto, p. p. adj. e s. m. desafiado, provocado a duelo, etc. / (ant.) pessoa na qual não se pode confiar.

Sfidatôre, adj. e s. m. desafiador, o que desafia; desafiante.

Sfidúcia, s. f. desconfiança; falta de confiança; difidência; suspeita; dúvida (pol.) **voto di** ——: voto de censura.

Sfiduciàre, v. (rar.) desconfiar, supor, conjecturar; inspirar desconfiança; desanimar / (refl.) deixar de ter confiança; suspeitar, duvidar.

Sfiduciàto, p. p. e adj. desconfiado, que não mais confia; difidente; receoso, suspeitoso / desanimado, descrente: **è —— di tutto e di tutti**: está descrente (desiludido) de tudo e de todos.

Sfígmico, adj. esfigmo; termo médico que se refere à pulsação, palpitação.

Sfigmografía, s. f. (med.) esfigmografia; estudo das pulsações arteriais.

Sfigmògrafo, s. m. esfigmógrafo, instrumento que traça as pulsações das artérias.

Sfigmomanòmetro, s. m. esfigmomanômetro, aparelho para o exame da pressão arterial.

Sfigurare, v. (tr.) desfigurar, alterar a figura ou o aspecto de; afear, deturpar; adulterar / (intr.) causar má impressão, fazer má figura: **è un indivíduo che sfigura in qualunque parte**: é um indivíduo que faz má figura em qualquer lugar.

Sfiguràto, p. p. e adj. desfigurado, alterado, afeado, deformado.

Sfigurito, adj. desfigurado; demudado; desfeito.

Sfilàccia, s. f. filaça; filamento de substância têxtil.

Sfilacciàre, v. desfiar / desfiar-se.

Sfilàcciàre, v. desfiar, reduzir a filaça (tecido) / (intr. e refl.) desfazer-se, perder os fios da trama ou da urdidura.

Sfilacciàto, p. p. e adj. desfiado / reduzido a filaças; desfeito.

Sfilacciatúra, s. f. desfiadura, ato de desfiar / o ponto, o lugar, em que o tecido foi desfiado.

Sfilàccio, s. m. (rar.) fio, filamento desfiado num tecido.

Sfilàre, v. desenfiar, tirar o fio / desfiar, tirar o fio de um tecido para fazer consertos, bordados, etc. / tirar o fio a uma arma afiada / —— **il rosário**: desfiar o rosário / (refl.) desenfiar-se, sair do fio / (intr.) desfilar: **le truppe sfilarono**: as tropas desfilaram.

Sfilàta, s. f. desfile, ato de desfilar; desfilada.

Sfilatino, s. m. (neol. dial.) pão em forma de fuso delgado.

Sfilàto, p. p. e adj. desenfiado; desfiado / ponto (para ornamento) na borda dos tecidos.

Sfilatúra, s. f. desfiadura, ato e efeito de desfiar / retificação de estrada, muro, dique etc.

Sfilosofàre, v. (intr.) filosofar ridiculamente sem nexo / (pres.) **sfilòsofo**.

Sfilzàre, v. (tr.) desenfiar, tirar do fio ou da fileira, desenastrar.

Sfínge, s. f. esfinge, monstro fabuloso do antigo Egito / gênero de borboleta crepuscular; monumento egípcio que representa o monstro fabuloso numa figura de leão com cabeça de mulher / (fig.) pessoa enigmática, impenetrável.

Sfinimênto, s. m. exaurimento; depauperamento; esgotamento, enfraquecimento / delíquio, fraqueza, canseira; desmaio.

Sfiníre, v. exaurir, cansar, esgotar, fazer perder as forças / languescer; enfraquecer (pres.) **sfinisco, sci**.

Sfinitêzza, s. f. extenuação; prostração, debilidade.

Sfinito, p. p. esgotado, desmaiado, extenuado / (adj.) débil, fraco, exausto.

Sfintère, s. m. (anat.) esfíncter, músculo circular contrátil.

Sfioccàre, v. (tr. e refl.) desfiar em forma de frocos ou felpas.

Sfiòcco, s. m. froco; felpa / (pl.) **sfiocchi**.

Sfiocinàre, v. (tr.) desbagoar, tirar os bagos da uva.

Sfiocinàto, p. p. e adj. desbagoado / **uva sfiocinata**: uva desbagoada.

Sfiondàre, v. (tr. e intr.) lançar, atirar com a funda / arremessar, expelir, vibrar: **sfiondare insulti, fandonie**, etc. expelir insultos, patranhas, etc.

Sfioramênto, s. m. desflorescimento / roçamento, resvalamento, (de resvalar, roçar).

Sfioràre, v. desflorar / tocar, passar levemente sobre alguma coisa / **sfiorò i capelli del bambino**: aflorou os cabelos do menino / (fig.) tocar de fugida, superficialmente / **sfioràre un argomento**: tratar ligeiramente de um assunto / escolher a nata, o melhor de uma coisa / —— **il latte**: desnatar o leite.

Sfioràto, p. p. e adj. desflorado / roçado, deslizado, tocado de leve / **afiorò sul' árgomento**: deslizou sobre o assunto / s. m. (técn.) argamassa solta para o papel.

Sfioratôre, s. m. (hidr.) esgotadouro, abertura ou cano para descarregar o sobejo das águas.

Sfioratúra, s. f. esfloramento, desfloramento; ato de desflorar; de tirar as flores.

Sfiorettàre, v. (intr.) florear, adornar com floreios exagerados o estilo ou a linguagem.

Sfiorettàto, p. p. e adj. floreado, cheio de floreios ou arrebiques.

Sfiorire, v. (intr.) desflorescer; perder as flores / emurchecer / (fig.) perder o frescor, o brilho, o esplendor da beleza ou da mocidade / desfolhar-se.

Sfiorito, p. p. e adj. desflorado, que perdeu as flores / desluzido, desbotado, murcho.

Sfioritúra, s. f. desflorecimento; ato de desflorescer; caída das flores.

Sfiossàre, v. enfranquear, fazer o enfranque a um calçado.

Sfiossatúra, v. (tr.) fazer o enfranque do calçado.

Sfittàre, v. (tr.) desalugar, rescindir, desfazer o aluguel.

Sfitto, p. p. e adj. desalugado; não alugado / **c'è ancora un'appartamento sfitto**: há ainda um apartamento vazio.

Sfocàre, v. (tr. neol. fot.) pôr fora de foco (fotografia); focar mal.

Sfocàto, p. p. e adj. (fot.) mal focado: **fotografia sfocata**.

Sfociamênto, s. m. desobstrução da foz de um rio, etc. para torná-la mais ampla / dragagem.

Sfociare, v. (tr.) dragar, ampliar a foz de um rio, etc. / (nèol.) desaguar; despejar, desembocar.

Sfociatúra, s. f. dragagem.

Sfoconàre, v. (tr.) atiçar, avivar o fogo.

Sfoderamênto, s. m. desembainhamento / desforramento, tirada de forro.

Sfoderàre, v. (tr.) desembainhar, tirar da bainha (faca, espada, etc.) / (fig.) —— **la spada**: entrar em guerra, mover guerra / mostrar com ostentação / **sfoderó tutto il suo sapere**: desembuchou toda a sua sabedoria / desforrar, tirar o forro (de casaco, paletó, etc.).

Sfoderàto, p. p. e adj. desembainhado / desforrado, sem forro (roupa).

Sfogàre, v. (tr.) desafogar, tirar ou libertar do que aperta ou oprime; fazer sair fora coisa encerrada; deixar que faça o seu curso / (fig.) desafogar, desoprimir, aliviar, manifestar a alguém a própria tristeza ou alegria; desabafar; expandir / satisfazer, saciar a vontade de alguma coisa / (refl.) confiar-se, abrir-se, desafogar-se / (intr.) sair / **la puzza è sfogata**: o fedor saiu.

Sfogàto, p. p. e adj. desafogado, aliviado, desembaraçado / satisfeito / livre, amplo, largo, grande, arejado (lugar) / desabafado.

Sfogatôio, s. m. respiradouro; abertura, construção para desafogar / desaguadouro.

Sfoggiamênto, s. m. ostentação, ato ou efeito de ostentar; alarde.

Sfoggiàre, v. ostentar, exibir com aparato, luxo, pompa, vanglória / —— **sapiènza**: alardear sapiência.

Sfoggiatamênte, adv. ostensivamente; ostentivamente / pomposamente.

Sfoggiàto, p. p. e adj. ostentado, alardeado / ostentoso, pomposo, luxuoso.

Sfòggio, s. m. ostentação, exibição, alarde de luxo / **magnificência, opulência**, luxo, fausto, pompa / (pl.) **sfoggi**.

Sfòglia, s. f. folha, lâmina finíssima de uma coisa / **pasta sfoglia**: massa delicada em fatias muito finas, pastel (doce).

Sfogliàre, v. (tr.) desfolhar, tirar ou arrancar as folhas de uma planta, ou as pétalas de uma flor / folhear, volver as páginas de um livro, ou examinar apressadamente o seu conteúdo / distribuir as cartas (no jogo) aos vários jogadores / esfoliar, escamar / descamisar (milho) / (refl.) desfolhar-se as plantas, as flores, etc.

Sfogliàta, s. f. desfolhamento, desfolhadura; ato de desfolhar / olhadela, golpe de vista / **dare una** —— **al lavoro**: dar uma olhadela ao trabalho / (cul.) folhado, massa fina para pastéis; tortas; pastel / distribuição das cartas no jogo.

Sfogliàto, p. p. e adj. folhado, feito em forma de folha / folheado, que se folheou / desfolhado, que perdeu as folhas.

Sfogliatrice, s. f. (agr.) máquina para desfolhar ou descamisar o milho.

Sfogliatúra, s. f. desfolhadura, desfolhamento, ato de desfolhar / (técn.) esfoliação / separaçao em folhas ou lâminas de uma massa de ferro, produzida pelos golpes do malho.

Sfogliettàre, v. (tr.) folhear um livro, etc.; compulsar apressadamente um livro.

Sfognàre, v. (intr.) sair, despejar-se, descarregar-se pela cloaca.

Sfògo, s. m. vazão, saída; desabafo / desafogo; alívio; expansão; desopressão / efusão, expansão / **dare sfogo alle passioni**: dar desabafo às paixões / **uno** —— **pel il fumo**: uma saída (uma vazão) para a fumaça / **si sfogò con l'amico**: desabafou-se, abriu-se com o amigo / (arquit.) ápice de um arco / (med.) erupção cutânea.

Sfolgoramênto, s. m. fulgor, esplendor, fulguração, resplendor.

Sfolgorànte, p. p. e adj. fulgente, fulgurante; resplandescente; fúlgido; luzente; brilhante.

Sfolgoràre, v. (intr.) brilhar, cintilar; fulgurar; coriscar; fulgir; luzir / (p. us.) mover-se ou fazer uma coisa com rapidez / (pres.) **sfòlgoro**.

Sfolgoràto, p. p. e adj. fulgurado, cintilado / suntuoso, fúlgido, brilhante: pomposo, faustoso.

Sfolgoreggiaménto, s. m. fulguração, ação e efeito de fulgurar.

Sfolgoreggiànte, p. pr. fulgurante.

Sfolgoreggiàre, v. (intr.) fulgurar; cintilar; resplandecer; luzir; fulgir; coriscar; relampejar.

Sfolgorío, s. m. fulgor, cintilação continuada / (pl.) **sfolgorii**.

Sfollagènte, s. m. (neol.) açoite, chicote flexível enfiado em uma bainha, que em certos países a polícia usa para dissolver ajuntamentos / porrete para o mesmo fim.

Sfollaménto, s. m. evacuamento; retirada, saída da multidão / evacuação, desocupação de uma cidade, etc. em previsão de ataques bélicos, epidêmicos, etc.

Sfollàre, v. (intr.) sair dum lugar a multidão: **la gente è sfollata lentamente** / (refl.) **il teatro si è sfollato**: o teatro se esvaziou / (tr.) dispersar a multidão; —— **la piazza**: despejar a praça.

Sfollàto, p. p., adj. e s. m. evacuado, desocupado / retirante, pessoa que se retira.

Sfondagiàco, s. m. (ant.) punhal com o qual se perfuravam as malhas da armadura para depois ferir o adversário.

Sfondaménto, s. m. ruptura, rompimento / rombo, arrombamento.

Sfondàre, v. (tr.) desfundar, tirar o fundo a / romper, abrir, trespassar; arrombar; desbaratar, destroçar / —— **il fronte nemico**: forçar, trespassar as linhas inimigas / (intr.) progredir, fazer progressos, vencer na vida / (pint.) aparecer uma figura no fundo do quadro / afundar-se o terreno.

Sfondastòmaco, adj. e s. m. enfadonho, molesto; aborrecível (coisa ou pessoa): pedante.

Sfondàto, p. p. e adj. desfundado / sem fundo / (fig.) insaciável, que não está nunca satisfeito; comilão / **ricco** ——: riquíssimo, bastante rico / (s. m.) fundo: **lo** —— **d'un quadro**.

Sfondatúra, s. f. ruptura, rombo, rompimento; ação e efeito de romper.

Sfóndo, s. m. fundo; a parte de um quadro onde se representam os objetos à distância / perspectiva de paisagem ou pintura / ambiente, meio, esfera / **lo** —— **del dramma**: o ambiente do drama.

Sfondolàto, adj. desfundado / desmesurado, excessivo, amplo, profundo.

Sfontanàre, v. (tr.) manar, irromper, esguichar, jorrar, correr como fonte / (fig.) —— **denàri**: gastar, desperdiçar dinheiro.

Sforacchiàre, v. (tr.) esfuracar; esburacar; furar.

Sforbiciàre, v. (tr.) tesourar, cortar com as tesouras.

Sformàre, v. (tr.) desformar, fazer perder a forma; deformar; tirar da forma / (neol.) zangar-se, perder a paciência; perder o juízo.

Sformataménte, adv. desmedidamente / desaforadamente.

Sformàto, p. p. e adj. desformado, deformado, que não tem mais forma / tirado da forma / (rar.) desmesurado / (s. m.) bolo, pudim.

Sfornaciàre, v. (tr.) desenfornar, tirar do forno o material cozido (tijolos, ladrilhos, etc.).

Sfornàre, v. (tr.) desenfornar, tirar do forno (pão, bolo, etc.) / (fig.) pôr fora, fazer sair à luz / **sfornò un libro**: publicou um livro.

Sfornàta, s. f. fornada de pão / (fig.) —— **di dottori**: fornada de doutores.

Sfornatúra, s. f. ação de desenfornar, de tirar do forno.

Sfornìre, v. (tr.) desprover, tirar as provisões a; privar de defesa, de ajuda / desabastecer, desguarnecer / (refl.) desprover-se, privar-se / (pres.) **sfornisco-sci**.

Sfornìto, p. p. e adj. desprovido, falto de provisões, privado de recursos / desguarnecido, desabastecido / —— **di mezzi**: privado de meios, de recursos.

Sfortúna, s. f. desventura, falta de ventura, desgraça, infelicidade, má sorte, infortúnio / adversidade, contrariedade, calamidade, desdita.

Sfortunataménte, adv. desventuradamente, infortunadamente.

Sfortunàto, adj. desafortunado, desfavorecido da fortuna, sem sorte, infeliz.

Sfortúnio, s. m. (rar.) infortúnio, infelicidade, desgraça.

Sforzaménto, s. m. constrangimento, forçamento, coação, premência, violência, imposição.

Sforzànte, p. pr. e adj. forçante, que força ou constrange ou violenta.

Sforzàre, v. (tr.) forçar, constranger, coagir, violentar, compelir / (refl.) esforçar-se, trabalhar com afinco e diligência para conseguir bom resultado / **sforzarsi a tacere**: reprimir-se, conter-se para não falar.

Sforzataménte, adv. forçadamente, constrangidamente, com coação, à força, com repugnância, de má vontade.

Sforzàto, p. p. e adj. constrangido, não natural / impelido / involuntário / **passo sforzàto**: passo forçado, acelerado, grande.

Sforzatúra, s. f. constrangimento, forçamento, coação, confrangimento / artifício.

Sforzevóle, adj. (lit.) capaz de esforçar.

Sforzino, s. m. barbante retorcido.

Sfòrzo, s. m. esforço, aplicação notável de força / tensão excessiva; —— **muscolare**: esforço muscular / **senza** ——: facilmente.

Sfossàre, v. (tr.) desencovar, tirar da cova (diz-se especialmente do trigo, do arroz, etc.).

Sfossatúra, s. f. desencovamento, ação de desencovar, de desenterrar; desenterro.

Sfòttere, v. (neol. vulg.) cacetear, amolar, aborrecer.

Sfracassaménto, s. m. fracasso / rompimento, espatifamento, estrondo, ruína.

Sfracassàre, v. (tr.) fracassar / romper, espatifar, despedaçar / quebrar, despedaçar com estrépito.
Sfracellàre, v. (tr.) romper, despedaçar, esmigalhar / **sfracellàre il crânio:** esmigalhar o crânio / (refl.) romper-se, quebrar-se, esmigalhar-se.
Sfragística, s. f. esfragística, parte da heráldica que estuda os selos.
Sfranàre, v. aluir / desabar, desmoronar, derruir.
Sfrancesàre, v. desafrancesar, fazer perder as francesices do linguajar, dos costumes, etc. / (fam. intr.) estropiar, falar mal o francês.
Sfranchíre, v. franquear, tornar franco, desembaraçar, tornar esperto, desenvolto, expedito / (refl.) —— **irsi,** adquirir desembaraço, etc.
Sfrangiàre, v. (tr.) franjar, dividir em franjas / desfiar.
Sfrangiàto, p. p. e adj. franjado, disposto em franja / desfiado / descomposto / **labbra sfrangiate:** lábios descompostos (por emoção ou pranto).
Sfrangiatúra, s. f. franjamento, ato ou efeito de franjar / a parte franjada.
Sfrascàre, v. (tr.) tirar os casulos (do bicho-da-seda) da folhagem / (intr.) sussurrar (as folhas), por causa do vento.
Sfratàre, v. desfradar, tirar a qualidade de frade a alguém.
Sfratàto, p. p., adj. e s. m. desfradado; secularizado / que saiu de uma ordem religiosa de frades.
Sfrattàre, v. (tr.) despejar, fazer abandonar, mandar fora da casa ou do país em que se mora; expulsar, banir, exilar, expelir / desalojar.
Sfrattàto, p. p. adj. e s. m. despejado, expulso, expelido, exilado / pessoa a que se intimou o despejo.
Sfràtto, s. m. despejo, ato de despejar / exílio, expulsão, banimento, ostracismo / **dare lo** ——: intimar o despejo.
Sfrecciàre, v. (intr. neol.) frechar, voar ou correr rapidamente / **l'uccello sfrecciò veloce:** o pássaro voou veloz.
Sfregacciàre, v. (tr.) esfregar levemente, friccionar mal ou ligeiramente.
Sfregamènto, s. m. esfregamento, esfregação, ato de esfregar / coçadela.
Sfregàre, v. (tr.) esfregar, friccionar / coçar.
Sfregàta, s. f. esfregadura, esfregadela, coçadela / (dim.) **sfregatina.**
Sfregatôio, s. m. objeto para esfregar / esfregão / (pl.) **sfregatòi.**
Sfregatúra, s. f. esfregamento, ação e efeito de esfregar / sinal deixado por um corpo que se esfregou sobre outro.
Sfrègia, s. m. (fam.) barbeiro.
Sfregiàre, v. (tr.) acutilar, ferir alguém com arma, ou tocar com ácido corrosivo no rosto para deturpá-lo / deformar, deturpar, desfigurar, afear / deslustrar / manchar / (refl.) desfigurar-se (o rosto) / desadornar, tirar os adornos.
Sfregiatòre, adj. e s. m. desfigurador, deturpador.
Sfrègio, s. m. desfiguração, deformação, gilvaz, cicatriz, sinal / (fig.) vilania, mancha, desdouro, nódoa / ultraje, ofensa, injúria.

Sfrenàre, v. (tr.) desbridar, desenfrear, tolher o freio / (fig.) permitir liberdade excessiva nos costumes, nas paixões, etc. / (refl.) proceder desordenadamente, licenciosamente, passar, os limites, desregrar-se.
Sfrenataménte, adv. desenfreadamente, dissolutamente, imoderadamente.
Sfrenatêzza, s. f. desenfreamento, desenfreio / descomedimento, desregramento, libertinagem, incontinência, licenciosidade.
Sfrenàto, p. p. e adj. desenfreado, desbridado, que não tem freio / desordenado, arrebatado, infreme / dissoluto, desregrado, licencioso / desonesto / desajuizado.
Sfrído, s. m. (neol. com.) quebra, prejuízo, referente à mercadoria carregada ou descarregada sem muito cuidado / apara, sobra do papel depois de cortado.
Sfríggere, v. crepitar, chiar como de coisa que está frigindo ou queimando.
Sfriggolàre e sfrigolàre, v. (intr.) chiar, crepitar; rumorejar de coisas que estão frigindo.
Sfriggolío, s. m. crepitação, chiado continuado e leve.
Sfringuellàre, v. chilrar, chilrear à guisa dos fringilos (pássaros conirrostros) / (fig.) falar loquazmente, embora sem competência / palrar, revelar, propalar segredos, tagarelar: **spíffera tutti i segreti:** apregoa todos os segredos.
Sfrisàre, v. (tr.) resvalar, tocar levemente.
Sfríso, s. m. (neol.) roçadela, no jogo de bilhar.
Sfrittellàre, v. untar, sujar de unto ou gordura / cozinhar, fritar (bolos, etc.).
Sfrombolàre, v. atirar com a funda / (pr.) **sfròmbolo.**
Sfrombolàta, s. f. golpe, arremesso com a funda.
Sfrondaménto, s. f. (agr.) desfolhamento, ato de desfolhar.
Sfrondàre, v. desfolhar, tirar ou arrancar as folhas, desbastar / apurar um trabalho literário, eliminando o supérfluo / (refl.) desfolhar-se.
Sfrontatàggine, o mesmo que **sfrontatêzza,** s. f. desfaçamento, desfaçatez, descaramento, impudência.
Sfrontataménte, adv. desfaçadamente, de modo desfaçado, descaradamente.
Sfrontatêzza, s. f. desfaçatez / impudência, desvergonha, descaro, descoco.
Sfrontàto, adj. e s. m. desfaçado, que faz desfaçatez / desavergonhado, atrevido, descarado, cínico.
Sfronzàre, v. (rar.) desfolhar / aparar um livro.
Sfrottolàre, v. (intr.) patranhar, contar baleias.
Sfruconàre, v. (tr.) escardichar, revolver com ferro ou vara, para verificar se há contrabando em produtos que se transportam / escarafunchar, remexer, rebulir, bulir.
Sfruconàta, s. f. remexida, ato de remexer.
Sfrullàre (o mesmo que **frullàre**). v. girar, rodear, vaguear / fantasiar, divagar.

Sfrusciàre, v. (intr.) farfalhar, produzir ruido (a seda, etc.); sussurrar (as folhas, frondes, etc.).
Sfruscìo, s. m. farfalho, ruído da seda, etc. / sussurro, murmúrio das folhas.
Sfruttamènto, s. m. desfrutação, desfrute, ação e efeito de desfrutar; aproveitamento, exploração utilização.
Sfruttàre, v. tr. desfrutar, colher os frutos (de uma terra, de um negócio, de um capital, etc.), usufruir, aproveitar / abusar / ——— **la generosità degli amici**: abusar da generosidade dos amigos / lograr, gozar / apreciar / explorar, viver à custa de.
Sfruttatôre, adj. e s. m. desfrutador, aproveitador, explorador / parasita / agiota, usurário.
Sfuggènte, p. pr. e adj. fuginte, que foge / (fig.) **sguardo** ———: olhar falso.
Sfuggevòle, adj. fugidiço, fugidio, que foge, que desaparece facilmente, fugaz, evanescente, transitório / arisco, lábil.
Sfuggevolèzza, s. f. fugacidade, qualidade daquilo que é fugaz.
Sfuggevolmènte, adv. fugazmente, rapidamente, passageiramente.
Sfuggiàsco, (ant.) (ver **fuggiàsco**).
Sfuggíre, v. (tr.) evitar, esquivar, escapar, fugir / afastar, arredar / ——— **a un pericolo**: escapar de um perigo / (intr.) subtrair-se, iludir, evadir-se / esquecer, não recordar; **mi sfugge il nome**.
Sfuggíta, s. f. fugida, fugidela, viagem rápida; **l'ho vista di** ———: vi-a de fugida, rapidamente / **ho fatto una** ——— **a casa sua**: fiz uma visita rápida em casa dele.
Sfuggíto, p. p. e adj. fugido, escapado, evitado, esquivado, olvidado / **tu sei** ——— **sempre alla promessa** (Pirandello): tu esquivas sempre à promessa / inadvertido: **errori sfuggiti**.
Sfumànte, p. pr. e adj. esfumante, esbatido, evaporado: **calore** ———: calor dissipado lentamente / **colore sfumànte**: cor combiante.
Sfumàre, v. (tr.) esfumar, esbater, matizar um desenho ou pintura / evaporar com o calor; dissipar, esvaecer; desfazer-se, desaparecer / **sono illusioni che sfúmano**: são ilusões que se evaporam / (mús.) ——— **un suono**: amortecer, ir-se apagando um som.
Sfumatamènte, adv. esfumadamente, sombreadamente.
Sfumàto, p. p. e adj. esfumado, debuxado, sombreado / esvaído, desaparecido, evaporado / **matrimonio** ———: matrimônio malogrado.
Sfumatúra, s. f. esfumatura, a conjugação dos vários tons de uma cor ou das sombras num quadro, etc. / matiz / **dare una sfumatúra**: dar tom, matiz atenuado / aceno, referência a fato, acontecimento, etc. com matiz leve, discreto.
Sfumíno, s. m. esfuminho, rolo de couro ou de papel para esfumar as sombras dos desenhos a carvão.
Sfuriàre, v. enfurecer, tornar furioso, irritar, enraivecer, desafogar.
Sfuriàta, s. f. explosão, ímpeto de fúria ou de raiva, precipitação, coisa feita às pressas e impetuosamente / **sfuriàta di vento**: rajada repentina de vento.
Sgabbiàre, v. (tr.) tirar da gaiola, desenjaular, desengaiolar / tirar da prisão.
Sgabellàre, v. (tr.) pagar o tributo ou gabela, para poder retirar a mercadoria da alfândega / (refl.) **sgabellàrsi di una persona**: livrar-se, esquivar-se, astuta ou habilmente de uma pessoa.
Sgabèllo, s. m. escanho, escabelo, banco, assento, estrado, estradinho / **farsi** ——— **di uno**: servir-se de alguém, sem qualquer escrúpulo, para subir de posição, etc. / (dim.) **sgabellètto sgabellino**.
Sgabuzzíno, s. m. aposento estreito, mísero e escuro / cubículo, cubelo / buraco, abertura na parede.
Sgagliardàre, o mesmo que **sgagliardíre**, v. desencorajar, tirar a coragem, a galhardia, desanimar; debilitar (tr. e refl.) (pres.) **sgagliardisco**.
Sgaidàre, v. (tr.) esguelhar, cortar de través (ou de esguelha) uma fímbria de veste feminina.
Sgaidàto, p. p. e adj. esguelhado; cortado de esguelha.
Sgaidatúra, s. f. esguelha; nesga de pano cortada obliquamente.
Sgallàre, v. (tr. e intr.) bolhar, formar bolhas, por efeito de queimadura ou batedura.
Sgallettàre, v. (intr.) afervorar-se, animar-se, entusiasmar-se, mostrar-se vivo e galhardo; bizarrear; levantar a crista; empinar, orgulhar-se.
Sgallettìo, s. m. vivacidade contínua e exagerada: empino; ufania, brio / empáfia.
Sgambàre, v. (tr.) destalar, romper, arrancar o talo, o caule, etc. / (intr.) caminhar às pressas, a passos largos / correr.
Sgambàta, s. f. caminhada, tirada longa e exaustiva / pernada; tirada; corrida.
Sgambàto, adj. destalado, sem o talo, sem o caule / (equit.) **cavallo** ———: cavalos de pernas longas e finas / cansado, esfandegado, lasso.
Sgambettàre, v. (intr.) pernear, agitar as pernas, espernear como fazem as crianças / caminhar a passos curtos e rápidos.
Sgambettàta, s. f. ato de espernear / corrida, caminhada, pernada.
Sgambètto, s. m. cambeta, pinote, salto; / capoeiragem, cambapé, rasteira; ação de meter uma perna entre as de outra pessoa para a fazer cair / (fig.) **dare lo** ———: tirar a alguém o emprego, o cargo, etc.
Sganarèllo, s. m. personagem da comédia francesa.
Sganasciamènto, s. m. desqueixadela, desqueixamento, ato de mover ou deslocar os queixos.
Sganasciàre, v. (tr.) desqueixar, deslocar, mover os queixos / (fig.) ——— **un móbile**: desconjuntar um móvel / ——— **un libro**: desencardenar um livro / (refl.) **sganasciarsi dalle risa**: rir desenfreadamente / (s. m.) **smascellàre**.
Sganasciàta, s. f. desqueixamento / riso descomedido, gargalhada.

Sganciàre, v. (tr.) desenganchar, tirar do gancho; desprender, soldar / (refl.) desenganchar-se; soltar-se; desprender-se.

Sgangheramênto, s. m. desengonçamento; desconjuntamento.

Sgangheràre, v. (tr.) desengonçar, tirar ou fazer sair dos gonzos / (fig.) sair dos gonzos; desunir-se / desconjuntar-se; alterar-se, forçar; deslocar, forçar; romper; desarranjar / (pres.) sgànghero.

Sgangheratàggine, s. f. desengonço, desmancho; maneira desordenada e desajeitada de fazer uma coisa; descomedimento.

Sgangheratamênte, adv. desengonçadamente; desastradamente: desajeitadamente / rídere ———: rir descompostamente.

Sgangheràto, p. p. e adj. desengonçado / desajeitado, desastrado; descomposto: desalinhado; desgracioso; mal-asado / desconexo: desconjuntado, deslocado / risa sgangherate: gargalhadas.

Sgannàre, v. (tr.) desenganar, desiludir, livrar de engano, de erro; dissuadir / e questo sia suggel ch'ogni uomo sganni (Dante).

Sgaràre, e **sgarire**, v. (ant.) vencer o páreo, a competição.

Sgarbatàggine, s. f. incivilidade; descortesia; indelicadeza.

Sgarbatamênte, adv. descortesmente: grosseiramente: incivilmente.

Sgarbatêzza, s. f. descortesia; desatenção; rusticidade; indelicadeza; vilania.

Sgarbàto, adj. e s. m. descortês; indelicado; grosseiro; rude; desatento, sem modos / sem garbo ou graça: **atteggiamento** ———: atitude desairosa.

Sgarbería, s. f. descortesia, desaire.

Sgàrbo, s. m. indelicadeza, descortesia; modo inurbano de tratar com as pessoas / inconveniência, /desprimor; grosseria; malcriação; vilania; rusticidade.

Sgargarizzàre, v. (intr.) gargarejar, fazer gargarejos.

Sgargiànte, p. p. e adj. vivo, aparatoso, brilhante, vistoso, ostentoso, garrido: **vestito** ———: vestido ostentoso, pomposo / diz-se também de quem anda vestido com excessiva pompa e elegância: **persona** ———.

Sgargiàre, v. (intr.) bizarrear; garridar, mostrar vivacidade, solércia, viveza / fazer ostentação.

Sgarìre, v. (tr.) ant. vencer competições.

Sgarràre, v. (tr.) esgarrar, errar, falhar, cometer erro / quest'orologio non sgàrra un minúto: este relógio não falha um minuto: / desviar-se; transviar-se.

Sgàrza, s. f. garça (zool.) / (técn.) utensílio de ferro para adelgaçar peles e símiles.

Sgarzàre, v. (tr.) adelgaçar as peles.

Sgattaiolàre, v. escapar o gato da gateira / (fig.) fugir, escapar, sair às pressas e furtivamente.

Sgattaiolarsela, v. safar-se de um apuro, de um transe difícil, etc.

Sgavazzàre, v. (intr.) pandegar, foliar, estroinar, patuscar / abandonar-se desenfreadamente aos prazeres.

Sgelàre, v. (tr.) degelar; derreter o gelo; descongelar.

Sgèlo, s. m. degelo.

Sghembàre, v. (intr.) enviesar, esguelhar, pôr de esguelha.

Sghêmbo, adj. esguelhado, oblíquo, torto / (fig.) estranho, estravagante / (s. m.) obliqüidade, tortuosidade, viés, través, soslaio.

Sgheronàto, adj. enesgado, desajeitado, desformado; cortado, feito de viés, de forma que a parte mais alta seja mais estreita que a parte baixa / (fig.) desajeitado, desformado / pessoa deselegante, desmangolada.

Sghèrro, s. m. (do ant. germ. skerre), capanga, malfeitor a serviço de seus senhores; valentão, guarda-costas; sicário, satélite.

Sghiacciàre, e **sdiacciàre**, v. (intr. e tr.) degelar, desgelar; descongelar; derreter.

Sghignàre, v. (tr. e intr.) escarninhar, escarnir; motejar; troçar, zombar, escarnecer, rir zombeteiramente.

Sghignazzamênto, s. m. escárnio, chacota; mofadura; ato de escarnecer / riso descomedido.

Sghignazzàre, v. (intr.) escarnecer; zombar; rir sarcasticamente; rir desmedidamente.

Sghignazzàta, s. f. escárnio, ato de escarnecer; risada zombeteira.

Sghimbèscio, adj. esguelhado, torcido, torto, oblíquo; enviesado / estranho, lunático / (fig.) **uomo** ———: homem estranho, lunático.

Sghindàre, v. (tr.) arrear, amainar, tirar do lugar uma haste ou árvore (mar.).

Sghiribizzo, o mesmo que ghiribizzo, s. m. divagação, capricho, fantasia.

Sghiribizzôso, adj. fantasioso, caprichoso, extravagante; imaginativo.

Sgnaulío, s. m. miadura, miadela; mio.

Sgobbàre, v. (intr.) estafar-se, afadigar-se; trabalhar muito em ocupação sedentária: **sgobba dalla mattina alla sera**.

Sgòbbo, s. m. canseira, lida; fadiga, trabalho; azáfama, trabalheira.

Sgobbône, s. m. trabalhador ou estudante aplicado mas de escasso talento / trabalhador esforçado, pé-de-boi.

Sgocciolàre, v. (tr.) escorrer / **sgocciolare una bottiglia**: esvasiar, esgotar, beber uma garrafa até à última gota / (intr.) gotejar, pingar, escorrer / l'olio è sgocciolato tutto: o azeite pingou, escorreu todo / (pres.) **sgócciolo**.

Sgoccialatôio, s. m. goteira, reparo para proteger da chuva, etc. / goteiro / escorredor, objeto em que se põe algo para escorrer ou gotejar.

Sgocciolatúra, s. f. gotejamento, ato e efeito de gotejar / resíduo, sedimento de líquido, que sobrou no recipiente que o continha.

Sgocciolío, s. m. gotejamento contínuado e insistente.

Sgócciolo, s. m. gotejamento / (fig.) resto, fim de uma coisa / **il vino è agli sgóccioli**: o vinho está no fim; **siamo agli sgóccioli del mese**.

Sgolàre, v. esgoelar, cansar a voz ao falar ou gritar; / **sgolàrsi** (refl.), esgoelar-se; cansar a garganta ao falar ou cantar.

Sgomberàre e sgombràre, v. (tr.) desocupar, desobstruir, desimpedir, tirar coisa que obstrui ou atravanca / evacuar, sair de um lugar; abandonar / livrar, desembaraçar; despejar, remover / (intr.) mudar-se de casa, mudar de domicílio.

Sgomberàto, e sgombràto, p. p. e adj. desobstruído, desimpedido; livre; desocupado.

Sgomberatôre, adj. desobstruinte, que desobstrui, que despoja / (s. m.) pessoa encarregada de trabalhos de desobstrução ou mudança.

Sgomberatúra, s. f. desocupação, desobstrução; ação de desocupar, de desobstruir; mudança.

Sgòmbero e sgòmbro, s. m. desocupação; desobstrução; mudança, despejo, evacuação, expulsão / (adj.) livre, isento / **animo** —— **di rimorsi** / puro, desanuviado / **cielo** ——: céu limpo.

Sgòmbro, s. m. (ict.) escombro, cavala.

Sgomentàre, v. (tr.) espantar, inspirar terror, espavorir; apavorar; inspirar receios, apreensões / (refl.) desanimar-se, perturbar-se, assustar-se; amedrontar-se; / preocupar-se.

Sgomènto, p. p. e adj. assustado, preocupado, turbado / (s. m.) temor, susto, apreensão.

Sgominàre, v. (tr.) desordenar, desbaratar; destroçar; subverter; pôr em confusão; dispersar; derrotar / (pres.) **sgòmino.**

Sgominío, s. m. desordem, desbarato; confusão dispersão, desbarato.

Sgomitolàre, v. (tr.) desenovelar, desenrolar, desnovelar / (fig.) falar, narrar muito e minuciosamente / **sgomitolandone tutte le più assurde e lontane conseguenze** (Papini): desembuchando (relatando) todas as mais absurdas e remotas conseqüências / (refl.) desfazer-se o novelo / (fig.) fluir da memória.

Sgommàre, v. (tr.) desengomar; tirar a goma; descolar / (téc.) branquear a seda, eliminando a parte gomosa / (refl.) **sgommarsi la busta:** descolar-se o envelope.

Sgommatúra, s. f. desengomadura, ação de desengomar; ação de descolar.

Sgonfiamènto, s. m. desinchamento; esvaziamento / (pop.) canseira.

Sgonfiàre, v. desinchar; esvasiar / (refl.) desinchar-se, perder a inchação / esvaziar-se / (pop.) molestar, aborrecer.

Sgonfiàto, p. p. e adj. desinchado / esvasiado.

Sgonfiatúra, s. f. desinchação, ação e efeito de desinchar / (pop.) maçada, esfrega.

Sgônfio, adj. desinchado / s. m. tufo, fofo, saliência que a costureira faz nas vestes femininas.

Sgonfiòtto, s. m. pastel, filhó, tufe, tufo nas mangas de vestido de mulher.

Sgonnellàre, v. (intr.) saracotear agitando as saias (as mulheres quando caminham, meneando-se com graça) / (fig.) passear, vaguear por uma e outra parte (as mulheres).

Sgôrbia, s. f. goiva, formão, escalpelo de cirurgião.

Sgorbiàre, v. (tr.) borrar, manchar de tinta ao escrever: rabiscar; escarabochar / (técn.) trabalhar com a goiva ou formão.

Sgorbiatúra, s. f. borrão, escarabocho, rabisco.

Sgòrbio, s. m. borrão; mancha; escarabocho / (fig.) escrito, pintura ou desenho mal feito / homem feio e disforme; pessoa ridícula / (pl.) **sgorbí.**

Sgorgamènto, s. m. jorramento.

Sgorgànte, p. pr. e adj. jorrante, manante.

Sgorgàre, v. (intr.) jorrar, brotar, irromper; manar; sair; esguichar; (líquidos) / (fig.) **le mie parole sgórgano dal cuore:** as minhas palavras brotam do coração / —— **un fiume:** desaguar um rio.

Sgorgàta, s. f. jorro, jacto / jorrão, quantidade da água jorrada, golpe de líquido.

Sgorgatôio, s. m. lugar de onde jorra um líquido; desaguadouro; fonte, nascente; mina, manancial.

Sgôrgo, s. m. jorro / **a sgôrgo:** abundantemente.

Sgottàre, v. (tr.) agotar, exaurir; estancar, esgotar a água (mar.).

Sgovernàre, v. (tr.) desgovernar, governar desastrosamente.

Sgovèrno, s. m. desgoverno, mau governo.

Sgozzàre, v. (tr.) degolar, cortar o pescoço; decapitar / (fig.) esfolar, emprestar dinheiro a juros exagerados.

Sgozzatúra, s. f. (rar.) degolação, ação de degolar.

Sgozzino, s. m. usurário, escorchador; agiotista, agiota.

Sgradevòle, adj. desagradável, desprezível; amargoso.

Sgradevolmènte, adv. desagradavelmente; desgostosamente: desprezivelmente.

Sgradíre, v. (intr.) desagradar, desgostar, desprazer / (tr.) não gostar de, não agradar uma coisa.

Sgradíto, p. p. e adj. desagradado, desagradável, desprazível / **una visita sgradita:** uma visita desagradável.

Sgràffa, s. f. (tip.) traço tipográfico (colchete) para indicar quais linhas ou artigos devem ser unidos.

Sgraffiàre, v. arranhar, unhar / (téc.) trabalhar com graminho, riscar, gravar com graminho.

Sgraffiatúra, s. f. arranhadura, arranhadela; arranhão.

Sgraffignàre, v. (tr.) agadanhar, surripiar, raspar: roubar.

Sgràffio, s. m. arranhadura, arranhão / gravado a graminho.

Sgrammaticàre, v. (intr.) cometer erros de gramática.

Sgrammaticàto, p. p. e adj. com erros, com deslizes gramaticais: **lettera sgrammaticata.**

Sgrammaticatúra, s. f. erro, despropósito de gramática.

Sgrammaticòne, s. m. que freqüentemente erra em gramática.

Sgranàbile, adj. desgranável, debulhável.

Sgranamênto, s. m. debulha, descasca / arregalamento.

Sgranàre, v. (tr.) descascar; debulhar; esbagoar, desgranar (agr.) / (fig.) comer bastante, vorazmente / **si sgranò un'intero pollo**: devorou um frango inteiro / esbugalhar; abrir os olhos / ——— **gli occhi**: arregalar os olhos / (mec.) tirar da engrenagem / (refl.) ferir-se superficialmente a pele; arranhar-se / soltarem-se as peças dum colar, etc.

Sgranatôio, s. m. (agr.) debulhadora, máquina para debulhar milho.

Sgranatôre, adj. e s. m. debulhador.

Sgranatrice, s. f. debulhadora, máquina para debulhar.

Sgranatúra, s. f. debulha, ação de debulhar, de desgranar.

Sgranchiàre, (ant.) v. o mesmo que sgranchire.

Sgranchíre, v. (tr. e refl.) espreguiçar, tirar a preguiça, estirar os membros por causa do sono; despreguiçar; desentorpecer / despertar.

Sgranellàre, v. (tr.) desbagoar, tirar os bagos da uva, etc. / (refl.) **sgranellàrsi**: reduzir-se em grãos uma coisa / desbagoar-se.

Sgranellatôio, s. m. máquina para desbagoar.

Sgranellatúra, s. f. desbagoamento, ação e efeito de desbagoar.

Sgranocchiàre, v. (tr.) trincar, comer coisa seca e dura, e que estala nos dentes; comer com gosto / devorar; mastigar; comer.

Sgrappolatôio, s. m. utensílio para tirar o bagaço às uvas.

Sgrassàre, v. (tr.) desengordurar, limpar: ——— **la lana, il metalho**.

Sgravamênto, s. m. desafogo, alívio, consolo / parto.

Sgravàre, v. aliviar, mitigar, diminuir o peso; suavizar / **la sgravò dalle faccende**: aliviou-a dos outros trabalhos / confortar, consolar / satisfazer uma necessidade natural / **sgravarsi dalle fecce**: aliviar-se das feses / delivrar-se, parir.

Sgràvio, s. m. alívio, consolação, consolo, refligério / (loc.) **per** ——— **di coscienza**: em desafogo de consciência / justificação, desculpa.

Sgraziatàggine, s. f. desgraciosidade; deselegância / impolidez, desmesura, grosseria.

Sgraziatamênte, adv. desengraçadamente; desajeitamente; desgraciosamente / desditosamente, infelizmente, por desgraça.

Sgraziàto, adj. desengraçado; desgracioso; desairoso; deselegante / tosco / (ant.) desgraçado, infeliz.

Sgretolamênto, s. m. moedura, trituração, esmagamento; esmigalhamento / desmoronamento.

Sgretolàre, v. (tr.) moer, esmigalhar, triturar; romper; despedaçar / mastigar (com.) coisa que estala nos dentes / fragmentar, estilhaçar / (refl.) rachar-se a terra por calor / desmoronar-se.

Sgretolàto, p. p. esboroado, destruído, despedaçado, derruído (diz-se de terreno, rocha, etc. derruída ou derrocada) / triturado; moído; esmigalhado.

Sgretolío, s. m. trituração, desfazimento, esmigalhamento contínuo e insistente / desmoronamento / ringido feito mastigando.

Sgrícciolo, s. m. carriça, pássaro comum na Europa.

Sgridàre, v. (tr.) admoestar, exprobar, repreender severamente.

Sgridàta, s. f. exprobação; censura; admoestação, repreensão.

Sgridatína, s. f. (dim.) ralhozinho, censurazinha.

Sgrigiolàre, v. (intr.) crepitar, estalar / (pres.) **sgrigiolo**.

Sgrigliolàre, v. (intr.) ranger, chiar; crepitar.

Sgrignàre, v. (intr. rar.) rir-se escarnecendo.

Sgrillettàre, v. engatilhar; desengatilhar (arma de fogo); disparar o fuzil, etc.; chiar (de coisa que se frita no azeite quente).

Sgrínfia, s. f. (pop.) unha, garra, gadanho.

Sgrommàre, v. (tr.) desborrar, tirar a borra, o tártaro do tonel.

Sgrommàto, p. p. e adj. desborrado, limpo de borra, de tártaro (tonel, pipa, etc.).

Sgrommatúra, s. f. raspagem, limpeza.

Sgrondàre, v. (intr.) cair, pingar água das goteiras / escair, gotejar, escorrer; pingar, verter; vazar.

Sgrondatôio, s. m. escorredor, objeto que serve para fazer escorrer a água ou outro líquido das garrafas, etc.

Sgrondatúra, s. f. gotejamento, ação e efeito de gotejar, escorrer, pingar, etc. / escorrimento.

Sgrôndo, s. m. gotejamento; escorrimento / **a sgrondo**: inclinado, pendente, em declive / **terreno a** ———.

Sgroppàre, v. (de **groppo**) derrear, deslombar, descadeirar / (equit.) desfazer, desatar; desenlaçar, soltar, desprender.

Sgroppàta, s. f. salto de garupa; garupada.

Sgropponàre, v. estafar-se, aplicar-se a trabalho fatigante, especialmente sedentário; cansar-se / salto de garupada que fazem os animais para jogar da sela o cavaleiro.

Sgrossamênto, s. m. afinamento, adelgaçamento / apuramento, rematação, desbastamento.

Sgrossàre, v. afinar, adelgaçar / polir, desbastar; refinar.

Sgrossatúra, s. f. afinamento, adelgaçamento / polimento, desbastamento.

Sgrovigliàre, e **Sgrovigliolàre**, v. desatar, desamarrar, desnodar, desembaraçar, desemaranhar.

Sgrugnàre, v. (rar.) quebrar o focinho (ital. **grugno**) / (refl.) quebrar-se o focinho.

Sgrúgno, s. m. murro no rosto com o punho fechado.

Sgrumàre, v. desborrar, tirar a borra, o tártaro das pipas, dos tonéis etc.

Sguppàre, v. desatar, desenlaçar, soltar, desprender.

Sguaiatàccio, adj. pej. insolente, inconveniente.
Sguaiatàggine, s. f. desplante, insolência, descomedimento, grosseria; imodéstia, descaro; petulância; desavergonhamento.
Sguaiatamênte, adv. descomedidamente.
Sguaiàto, adj. descarado, néscio, insulso; enfadonho, sensaborão; desenxabido; descomedido; desgracioso; descomposto.
Sguainàre, v. (tr.) desembainhar; tirar da bainha / soltar / despir.
Sgualcíre, v. amarfanhar, amarrotar o vestido, danificar; estragar (tr. e refl.) / (pres.) **sgualcisco, -sci.**
Sgualdrína, s. f. meretriz.
Sguància, s. f. (equit.) faceira, correias da cabeçada, que suspendem de cada lado o freio do cavalo.
Sguanciàre, v. (tr.) desqueixar, partir o queixo / (intr.) bater com o queixo ou com superfície larga e chata semelhante ao queixo.
Sguàncio, s. m. (arquit.) capialço, corte oblíquo na parte superior das portas e janelas.
Sguàncio, s. m. (ant. e dial.) esguelha / **a sguàncio:** de esguelha, de través.
Sguardaménto, s. m. (ant.) olhadura, ato de olhar: mirada.
Sguardàre, v. (ant.) (tr. e intr.) olhar, atentar, encarar, mirar, fitar / respeitar, ter consideração.
Sguardàta, s. f. (rar.) olhada, olhadura, mirada / **sguardatína** (s. f.) (dim.), olhadela.
Sguàrdia, s. f. (tip.) guarda, folha que resguarda o princípio ou o fim de um livro encadernado.
Sguàrdo, s. m. olhada, olhar, ato de olhar, expressão dos olhos / **al primo** ——: à primeira vista / vista, olhos / (dim.) **sguardicèllo** (s. m.), olhadela, olhadinha / mirada, olhar.
Sguarníre, v. (tr.) desguarnecer, desprover, privar, desenfeitar, desadornar / desamparar.
Sguàttero, s. m. (longob. **waahtari,** guardião) ajudante de cozinheiro / (fem.) **sguattera.**
Sguazzàre, v. (intr.) chapinhar / agitar-se os líquidos nos recipientes, quando sacudidos / bater com as mãos na água, agitando-a / (fig.) **sguazzàre in una cosa:** possuir em quantidade / gozar; divertir-se; farrear.
Sguazzingòngolo, s. m. (rar.) iguaria condimentada com molho.
Sgúbbia, s. f. (pop.) goiva, formão.
Sguerciàre, e sguercíre, v. (intr.) fatigar a vista para conseguir ver.
Sguerguènza, s. f. (do esp. **verguenza)** / (tosc.) ato ou coisa estravagante / traquinice, brincadeira, zombaria.
Sguerníre, v. (tr.) desguarnecer.
Sgufàre, v. (tr.) blefar, enganar / escapulir, sair, fugir das mãos, deslizar-se.
Sguiggiàre, v. (ant.) (tr. e intr.) romper a correia / (fig.) roubar.
Sguinzagliàre, v. (tr.) soltar o cão da corrente para que possa livremente correr, perseguir, etc. / (fig.) açular, incitar, mandar perseguir.

Sguisciàre, v. (tr.) escapar, escapulir; escamugir / escorregar da mão (como o peixe etc.).
Sguisciàre, v. (tr.) descascar, tirar da casca / (intr.) escapar, escafeder-se, fugir; soltar-se das mãos; desprender-se / sair da casca; sair da brenha, do covil, do alvéolo, etc.
Sguisciatúra, s. f. descasque; descascação; ação de descascar.
Sguizzàre, v. (intr.) deslizar-se.
Sguízzo, s. m. escape, esguicho, salto.
Sgúscio, s. m. cinzel, instrumento para lavrar, cinzelar / cavidade, esvão / (pl.) **sgusci.**
Shakesperiàno, adj. shakesperiano, de Shakespeare.
Shampooing, s. m. (v. ingl.) lavagem da cabeça **(lavaggio della testa,** ital.).
Shantung, (v. chinesa) s. m. variedade de pano de seda.
Sherry (v. ingl.) s. m. vinho de Jerez.
Shimmy, (v. ingl.) s. m. dança dos indígenas da América do Norte.
Shirting, (v. ingl.) adj.. de tecido muito fino.
Shocking, (v. ingl.) adj. indecente, de mau gosto **(sconveniente,** it.).
Shoot, (v. ingl.) s. m. golpe; pontapé; disparo **(colpo; cálcio, sparo,** it.).
Shrapnell, (v. ingl.), s. m. (mil.) projétil.
Shylok, (lit.) personagem do "Mercador de Veneza" de Shakespeare; tipo do usurário desapiedado.
Si, (quím.) silício.
Si, s. m. (mús) si / **il sí e il no:** o sim e o não / (pl.) **i si e i no** / **la lingua dei si:** a língua italiana / **gente del bel paese là dove il si suona** (Dante) / **pronunziare il sí:** casar-se.
Si, (não acentuado) pron. da 3ª pessoa masc. e fem. sing. e pl. / se; usa-se (no italiano) em lugar de **se,** em função de complemento direto, por ex.: **egli si pettina:** —— **egli pettina se** (ele penteia-se; **essi si preparano** —— **essi preparano se:** eles se preparam / usa-se, em função de complemento indireto, em lugar da correspondente forma **a se;** ex.: **egli si dà aria di sapientone:** **egli dà a sé aria di sapientone:** ele dá-se ares de sabichão / usado com o verbo na 3ª pessoa do sing. lhe dá forma impessoal e equivale a **uno** (um, alguém, qualquer), ex.: **quando si ha voglia di dormire** (quando uno ha voglia di dormire): quando se tem (ou alguém tem vontade de dormir) / seguido por outra partícula pronominal muda em **se: si dolse, se ne dolse** (doeu-se) / dá valor passivo ao verbo transitivo / **da tutti si crede:** por todos se crê / **si danno libri:** dão-se livros / **da tutti si cantano le nostre gesta:** por todos se cantam os nossos feitos.
Sí, adv. de afirm. sim: **sí, è pura veritá:** sim, é a pura verdade / pode ser reforçado pela repetição: **si, sí** (sim sim), ou juntando-lhe outras palavras: **sí, certo,** (sim, certamente); **sí veramente** (sim, realmente) / **forse che si, forse che no:** talvez sim, talvez não.
Sí, adv. (liter.) assim; **uno spettacolo sí bello:** um espetáculo tão lindo; era

sí **pieno di supérbia**: era tão cheio de soberba.
Si, s. m. si, a sétima nota da escala musical.
Sía, terc. pess. sing. pres. conjunt. do verbo **essere** (ser), usada como conjunção: seja, que: **sia Cesare sia Cristo, per lui é lo stesso**; seja César seja Cristo, para ele é o mesmo.
Siamêse, adj. e s. m. siamês, do Sião.
Sibaríta, adj. e s. m. sibarita / (fig.) efeminado.
Sibariticaménte, adv. sibariticamente.
Sibarítico, adj. sibarítico.
Sibaritísmo, s. m. sibaritismo.
Siberiàno, adj. siberiano / (fig.) frio intenso: **è un clima** ———.
Sibèrico, adj. siberiano, da Sibéria.
Sibilànte, p. pr. e adj. sibilante, que sibila / **ciciante, assobiante** / (adj. e s. f.) (gram.) **consonante** ———: consoante sibilante.
Sibilàre, v. (intr.) sibilar, assobiar agudamente / **il vento sibila**: o vento sibila / (pres.) **síbilo**.
Sibilatôre, adj. e s. m. (rar.) sibilador, que ou quem sibila.
Sibìlla, s. f. sibila / adivinha, profetisa.
Sibillíno, adj. sibilino; misterioso, obscuro; incompreensível.
Síbilo, s. m. sibilo; silvo, assobio agudo e sutil.
Sic. (v. lat.) adv. assim, sic; palavra que se pospõe a uma citação, ou que nela se intercala, para indicar que o texto original é mesmo assim, por estranho que pareça / **sic transit gloria mundi**: assim passa a glória do mundo.
Síca, s. f. sica, punhal de ponta aguda usado antigamente pelos trácios / (mitol.) sica, ninfa que Baco transformou numa figueira.
Sicàmbro, s. m. e adj. sicambro, indivíduo dos sicambros, antigo povo germânico / (adj.) relativo a esse povo.
Sicàno, adj. (lit.) (rar.) sicano; siciliano.
Sicário, (de sica, punhal) s. m. sicário, assassino pago; facínora / (pl.) **sicari**.
Sicchê, conj. consecut. por isso; de modo que; assim que; pelo que; **è buono** ——— **è amato**: é bom, pelo que é estimado.
Sícciolo, s. m. (rar.) torresmo; rijão, pedaços de toicinho não inteiramente derretidos.
Siccità, s. f. seca; estiada; estiagem; aridez / **famoso per la siccità assoluta e perpétua delle sue tasche** (De Amicis): conhecidíssimo pela aridez absoluta e perpétua dos seus bolsos.
Siccôme, adv. como / **ho fatto** ——— **volevi tu**: fiz como tu querias / (conj.) como, já que, posto que, dado que / **tu non hai risposto**: dado (ou já que) não respondeste.
Sicília, (ant. **Trinacria**) (geogr.) Sicília.
Siciliàna, s. f. (mús.) siciliana: antiga dança e canto campestre da Sicília.
Siciliàno, adj. e s. m. siciliano, relativo à Sicília; natural da Sicília.
Siciliòta, s. m. siciliense, habitante antigo da Sicília.
Síclo, s. m. siclo, moeda e peso da antiga Ásia Menor e do antigo Egito.

Sicofànte, s. m. sicofanta (ant.), o que denunciava os ladrões de figos colhidos nos bosques sagrados / caluniador, mentiroso, delator; velhaco.
Sicomòro, s. m. sicômoro; figueira de faraó (árvore); falso plátano (árvore da fam. das meliáceas).
Sicònio, s. m. sicônio / (bot.) inflorescência e fruto da figueira.
Sicòsi, s. f. (med.) sicose (doença dos folículos pilosos).
Sículo, adj. sículo, siciliano, da Sicília.
Sicumèra, s. f. ostentação, bazófia, gravidade pedante / presunção.
Sicúra, s. f. (neol.) engenho para travar arma de fogo; qualquer engenho ou objeto que trava ou impede alguma coisa que poderia disparar: **la** ——— **della sveglia** (despertador).
Sicuraménte, adv. seguramente, de modo seguro, com segurança / certamente, sem falta.
Sicurànza, s. f. (ant.) segurança, audácia, arrojo, ousadia.
Sicuràre, v. (tr. e refl.) assegurar, segurar.
Sicurêzza, s. f. segurança, condição, estado do que é seguro; confiança; tranqüiladade de espírito resultante da idéia de que não há nada a recear / certeza; franqueza; garantia; firmeza, estabilidade / perícia / habilidade / (mec.) **valvola di** ———: válvula de segurança / (teatr.) **uscita di** ———: saída de emergência.
Sicúro, adj. seguro, livre de cuidados, de receios: que não apresenta perigos / certo, convicto / eficaz, infalível / firme / garantido / resoluto / estável: **un impiego** ——— / valente, arrojado, audaz: **animo** ——— / **esito ou sucesso** ———: êxito ou sucesso garantido.
Sicurtà, s. f. segurança; certeza / seguro, caução, garantia / **dare** ———: afiançar, garantir.
Side-car (v. ingl.) s. m. sidecar / (it.) moto-carozzetta.
Sideràle, adj. sideral, relativo aos astros / sidoral.
Sidère, v. (ant.) pousar, permanecer, ficar.
Sidèreo, adj. sidéreo, dos astros; celeste; sideral.
Siderìte, s. f. siderite, carbonato natural de ferro.
Siderografìa, s. f. siderografia, arte de gravar em aço.
Siderolìte, s. f. siderolito, minério de ferro; gênero de conchas fósseis.
Sideroscòpio, s. m. sideroscópio, instr. para observar as propr. magnéticas dos corpos.
Sideròse, s. f. (min.) siderite.
Sideròsi, s. f. siderose (med.) doença causada pela infiltração de substâncias ferruginosas no organismo.
Sideròstato, s. m. (astr.) sideróstato, aparelho para facilitar a observação dos astros.
Siderotècnica, s. f. siderotécnica, arte de trabalhar em ferro.
Siderurgìa, s. f. siderurgia.
Siderùrgico, adj. siderúrgico, relativo à siderurgia.
Sidònio, n. pr. Sidônio.

Sidònio, adj. sidônio, relativo à Sidon, antiga cidade da Palestina / (s. m.) natural ou habitante dessa cidade.
Sídro, s. m. cidra, bebida feita de maçã.
Siepàglia, s. f. sebe emaranhada.
Siepàia, s. f. sebe cerrada, espessa.
Siepàio, adj. de sebe, relativo à sebe.
Sièpe, s. f. sebe, tapume de varas, ramos ou ripas para vedar campos, hortas, etc.; cerca / (fig.) obstáculo, barreira / reparo; tabique.
Sièro, s. m. soro; a parte que permanece líquida após a coagulação de um fluído orgânico, especialmente o sangue / soro sanguíneo de animal ou de homem, empregado com finalidade terapêutica.
Sierôsa, s. f. serosa, membrana que forra alguma cavidade.
Sierosità, s. f. serosidade, qualidade do que é seroso; líquido semelhante ao soro sanguíneo.
Sierôso, adj. soroso, seroso.
Sieroterapìa, s. f. soroterapia.
Sieroteràpico, adj. soroterápico.
Sièrra, s. f. (do esp.) serra, cadeia de montanha, nas localidades espanholas.
Sièsta, s. f. (do lat. **sèxta**) sesta, hora de descanso ou dormida depois do almoço / **far la** ———: dormir a sesta.
Siffàtto, adj. tal, assim, de tal natureza, semelhante / **stare a sentire siffatti discorso**: ficar a ouvir semelhantes discursos.
Sifílide, s. f. (med.) sífilis (de Siphylo, personagem de um poema de Girolamo Frascatoro, médico veronês, séc. XVI).
Sifilítico, adj. sifilítico.
Sifòide, s. f. espada de dois gumes / xifo / (ant.) xifóide, apêndice alongado e cartilaginoso, que termina inferiormente o externo.
Sifoidèo, adj. xifoídeo.
Sifône, s. m. sifão, tubo recurvado para fazer passar líquidos de um vaso a outro / recipiente de vidro no qual se introduz água gasosa sob pressão / (zool.) órgão tubular de certos animais, como moluscos gastrópodes / (dim.) **sifoncino**.
Sigaràia, s. f. cigarreira, operária que trabalha nas fábricas de charutos ou cigarros.
Sigaràio, s. m. cigarreiro, operário das fábricas de cigarros ou charutos / vendedor ambulante de cigarros ou charutos / (zool.) inseto coleóptero.
Sigarètta, s. f. cigarro; cigarro de papel / **pacchetto di sigarètte**: maço de cigarros / **porta sigarrete**: cigarreira, estojo para cigarros.
Sígaro, s. m. charuto / (depr.) **sigaràccio**.
Sigillàre, v. (tr.) sigilar, pôr selo em, selar / marcar, carimbar com sinete / fechar bem, lacrar; tapar com lacre / tapar: ——— **una bottiglia** / (intr.) encaixar, ajustar-se, juntar-se perfeitamente duas coisas.
Sigillàrio, s. m. artífice, perito na arte de cinzelar sinetes.
Sigillatúra, s. f. ato ou efeito de sigilar: sigilação; selagem.
Sigíllo, s. m. sinete de selar / marca, carimbo, timbre feito com o sinete / segredo, mistério; silêncio: **il** ——— **della confessione** / **mettere il** ——— **a una cosa**: selar, carimbar / (fig.) terminar, concluir.
Sigillografìa, s. f. sigilografia, ramo de arqueologia que estuda os selos.
Sigismôndo, n. pr. Sigismundo.
Sigísia, s. f. (astr.) sizígia, conjunção ou oposição de um planeta com o sol / (pl.) as duas fases lunares.
Sigla, s. f. sigla abreviatura de uma ou mais palavras, em geral representadas com as iniciais da mesma; cifra; monograma.
Siglàre, v. (tr.) rubricar, apôr a um escrito a própria marca como sinal de aprovação / (sin.) **parafare**.
Siglàrio, s. m. série, coleção de siglas.
Sigma, s. m. sigma, letra do alf. grego, correspondente ao s / (anat.) espaço do intestino entre o colo e o intestino reto.
Sigmoidèo, adj. sigmoídeo; que tem forma de sigma (de certas cavidades e válvulas do corpo humano).
Sigmoidíte, s. m. (med.) sigmoidite, inflamação da quarta região do cólon.
Signèra, s. f. (ant.) sangria; sangradura.
Signífero, adj. e s. m. (hist.) signífero; (ant.) porta-estandarte, porta-bandeira.
Significànte, p. pr. e adj. significante, significativo; expressivo.
Significantemênte, adv. significantemente, de modo significativo.
Significànza, s. f. (ant.) significança; significância, significação.
Significàre, v. (tr.) significar; ter sentido de, querer dizer, denotar, ser sinal ou indício de; declarar, comunicar; expressar; mostrar, dar a entender / pressagiar, anunciar, fazer prever: **questo vento significa pioggia** / simbolizar: **l'olivo significa pace** / (pres.) **signífico**.
Significativamênte, adv. significativamente, de modo significativo, de modo expressivo.
Significativo, adj. significativo, expressivo, eficaz.
Significàto, p. p. significado / (s. m.) significado, significação, valor de um sinal, palavra, locução, discurso, etc. / noção, pensamento, expressão, sentido, valor, pensamento.
Significatôre, adj. e s. m. significador.
Significaziône, s. f. significado, significação, ação ou efeito de significar; manifestação, expressão / sentido, valor, indício, presságio.
Signôra, s. f. senhora, tratamento que por cortesia e respeito se dá às mulheres casadas / mulher rica / **far la signora**: levar vida de rica / esposa / (lit.) patroa, dama, madama, dona; dona de casa / **la** ——— **è uscita**: (diz a criada) / **Nostra Signora**: Nossa Senhora, a Virgem.
Signoràto, s. m. (rar.) senhorio.
Signôre, s. m. senhor, homem rico, notável, de consideração, de família de posição / título de respeito, de honra/ cavalheiro, senhor, nobre, distinto, educado, fino; **è un vero** ——— /

o patrão, o dono da casa / (ant.) senhor, possuidor de um feudo, que tem domínio sobre outros; fidalgo, pessoa de aíta estirpe / príncipe, regente / (loc.) **fare il signore**: viver à larga, sem trabalhar / precedendo o nome se apocopa: **signor Giovanni, signor zio** / (dim.) **signorino** / (aum.) **signorone** / (depr.) **signoraccio**.

Signoreggiamènto, s. m. (rar.) senhoria, ação de exercer, autoridade, domínio, senhorio.

Signoreggiànte, p. pr. dominante.

Signoreggiàre, v. (tr.) senhorear, ter senhoria, dominar / reinar, mandar, sujeitar, predominar, prevalecer, preponderar / ter influência moral / exceder, dominar em altura (lugar, monte, etc.).

Signoreggiatóre, adj. e s. m. (rar.) senhoreador, dominador.

Signorescamènte, adv. senhorilmente, de modo senhorial / jactanciosamente.

Signorèsco, adj. (ir. ou depr.) senhoril / **superbia signoresca**: soberba senhoril / altaneiro, jactancioso.

Signorevolmènte,, adv. senhorilmente.

Signorína, s. f. (dim.) senhorinha, mulher solteira / moça, donzela, menina, senhorita; jovem / (dim.) **signorinètta**: menina moça.

Signoría, s. f. senhoria, domínio, terra senhorial, potentado / autoridade / **è in signoria delle passioni**: está sob o domínio das paixões / título de respeito / **la Signoria Vostra**: Vossa Senhoria / (ant.) poder, governo, arbítrio, autoridade, majestade / (neol.) domínio, hegemonia, soberania.

Signoriàle, adj. (rar.) senhorial.

Signoríle, adj. senhoril, próprio de senhor, distinto / cortês, cavalheiresco: **aspetto signorile, modi signorili**.

Signorillità, s. f. senhorilidade: distinção, cavalheirismo; finura.

Signorilmènte, adv. / senhorilmente.

Signoríno, s. m. (dim. de **signore**) jovem / rapaz de família senhoril; termo usado especialmente pelas pessoas de serviço quando se referem ao filho do patrão.

Signôrmo, signôrso, signôrto, s. m. (ant.) o meu, seu, teu senhor.

Signorone, s. m. grande senhor, pessoa muito rica, ricaço.

Signoròtto, s. m. senhor de pequena propriedade: **signoròtto di campagna**: dono de pequena propriedade campestre / senhor de pequeno domínio.

Silèma, s. m. (bot.) conjunto das células que constituem a parte lenhosa de toda planta arbórea.

Silène, s. m. (bot.) silenia, gênero de cariofiláceas.

Silèno, s. m. sileno, espécie de macaco da Índia / (mitol.) Sileno, deus frígio, companheiro de Baco.

Silènte, adj. (poét.) silente, silencioso: **notte** ———: noite silenciosa.

Silenziàrio, s. m. (hist.) silenciário, escravo que na antiga Roma, tinha que manter o silêncio na casa / dignitário da corte bizantina encarregado do protocolo.

Silenziatôre, s. m. (neol.) silenciador, abafador, dispositivo para diminuir ou eliminar o rumor produzido pela descarga dos resíduos de gás, etc. / peça para suspender a vibração de sons em certos instrumentos, etc.

Silènzio, s. m. silêncio; quietude; sossego, tranqüilidade; paz, taciturnidade / omissão; esquecimento / ——— **di tomba**: silêncio absoluto / **mettere in** ———: olvidar.

Silenziosamènte, adv. silenciosamente; em silêncio.

Silenziòso, adj. silencioso, que não fala; que guarda silêncio / que não faz barulho / taciturno; quieto; tacito, calado.

Silfide, s. f. silfide, silfo fêmea / mulher graciosa, elegante, vaporosa.

Silfo, s. m. silfo; gênio do ar na mitologia nórdica e segundo os cabalistas.

Silicàto, s. m. (miner.) silicato.

Sílice, s. f. sílice, o mesmo que sílex; pederneira.

Silíceo, adj. silicioso, da natureza do sílex; que contém sílica.

Silício, s. m. (miner.) silício, corpo simples, que produz a sílica.

Silicòsi, s. f. (med.) silicose, doença causada pela infiltração nos pulmões de pó de pedras, areias, etc.

Síliqua, s. f. (bot.) silíqua, fruto seco, alongado e bivalve.

Sílio, s. m. (bot.) evônimo.

Siliquàstro, s. m. (bot.) ciclamor, planta ornamental da família das leguminosas.

Sillaba, s. f. (gram.) sílaba, som falado formado por uma só emissão de voz / (fig.) palavra, qualquer som articulado / **non profferir** ———: não falar, calar.

Sillabàre, v. (tr.) silabar, ler pronunciando as sílabas distintamente; escandir; soletrar / (pres.) **síllabo**.

Sillabàrio, s. m. silabário, pequeno livro para aprender a ler; cartilha / abecedário.

Sillabazióne, s. f. silabação; ato ou efeito de silabar.

Sillàbico, adj. silábico; relativo às sílabas.

Síllabo, s. m. sílabo; índice; catálogo / (ecles.) enumeração dos erros condenados em matéria religiosa e moral, publicado pela Cúria Romana em 1864.

Sillèpsi e **sillèssi**, s. f. (gram.) silépse, figura de retórica; emprego de uma palavra no sentido próprio e figurado, ao mesmo tempo.

Silloge, s. f. (lit.) florilégio, coletânea.

Sillogísmo, s. m. (filos.) silogismo; argumento formado de três proposições.

Sillogísta, s. f. silogística, arte de fazer silogismos.

Sillogisticamènte, adv. silogisticamente, por meio de silogismos.

Sillogístico, adj. silogístico.

Sillogizzàre, v. silogizar, concluir por meio de raciocínio / empregar silogismos.

Silo, s. m. (neol.) silo, tulha, fossa, onde se conservam forragens verdes / construção para depósito e conservação de cereais e forragens.

Siloé, (geogr.) Siloé, fonte em Jerusalém.

Silòfago, s. m. xilófago, que rói a madeira (inseto).

Silofonísta, s. m. xilofonista, tocador de xilofônio.
Silòfono, s. m. xilofônio, instr. de música composto de placas de madeira.
Silogràfico, adj. xilográfico.
Silografía, s. f. xilografia, arte de gravar em madeira; impressão, gravação em madeira.
Silògrafo, s. m. xilógrafo, aquele que grava em madeira.
Silòide, adj. xilóide; relativo à madeira; que tem aspecto de madeira.
Silolite, s. f. xilolito; madeira fóssil.
Silología, s. f. xilologia, tratado das madeiras.
Silumín, s. m. (neol.) liga de alumínio com silício e ferro.
Siluramênto, s. m. torpedeamento, ato de torpedear / (fig.) destituição de chefes, generais, etc.
Silurànte, p. pr. e adj. que torpedeia / torpedeira ou torpedeiro, barco de guerra leve, com torpedo.
Siluràre, v. (tr.) torpedear, atacar com torpedo / (fig.) atacar ocultamente uma pessoa, uma instituição, etc. / fazer malograr: —— un progeto / destituir, demitir.
Siluriàno, adj. siluriano, terreno da época primária, disposto por baixo do devoniano.
Silurière, s. m. marinheiro torpedeador.
Siluri, s. m. pl. silures, povo ant. da Bretanha.
Silurifício, s. f. fábrica de torpedos.
Siluripèdio, s. m. (neol.) lugar previamente preparado para provas e experiências com torpedos.
Silurísta, adj. e s. m. torpedeador.
Silùro, s. m. siluro, gênero de peixes fisóstomos / torpedo, projétil de guerra / nave lancia siluri: barco torpedeiro.
Silurótto, s. m. (mar.) pequeno torpedo.
Silvàno, adj. silvestre, da selva / (mitol.) Silvano, deus das florestas e dos campos; Fauno.
Silvèstre, adj. silvestre, que pertence à selva; selvático / inculto.
Silvestrèlla, s. f. (v. salvastrella) (bot.) pimpinela.
Sílvia, s. f. sílvia, toutinegra / (bot.) sílvia, anêmona dos bosques.
Silvicoltúra, e silvicultúra, s. f. silvicultor.
Silvicoltúra, e silvicultúra, s. f. silvicultura, ciência que tem por fim a cultura e conservação das matas.
Sílvio, s. m. (tip.) tipo de imprensa, menor que o do texto / (n. pr.) Silvio / (fem.) Silvia / Silvio, Silvia.
Síma, s. f. (arqueol.) concha; nicho.
Simbiônte, s. m. simbiota, cada um dos seres reunidos em simbiose.
Simbiòsi, s. f. simbiose, associação de dois ou mais organismos diferentes que lhes permite viver.
Simboleggiàre, v. simbolizar; exprimir por meio de um símbolo / representar; personificar.
Simbolicamênte, adv. simbolicamente.
Simbòlico, adj. simbólico; relativo a símbolo; que tem o caráter de símbolo: linguaggio ——.
Simbolísmo, s. m. (filos.) simbolismo.
Simbolísta, s. m. simbolista; partidário do simbolismo filosófico ou artístico.

Símbolo, s. m. símbolo; figura; marca; sinal; emblema, alegoria / qualquer objeto que tem uma significação convencional / (quím.) símbolo.
Simbología, s. f. (rar.) simbologia, estudo acerca dos símbolos.
Simeône, n. pr. hebraico, Simão.
Simfilía, s. f. faculdade de certos artrópodes de viver em simbiose com as formigas.
Símia, s. f. (ant.) símio, macaco, mono.
Simíglia, simíglio, (ant.) s. f. e m. semelhança / (adj.) semelhante.
Simigliàre, v. somigliàre.
Similàre, adj. similar, homogêneo, da mesma natureza; que pode ser assimilado ou comparado a outro / (s. m.) objeto similar.
Similarità, s. f. similaridade; semelhança.
Símile, adj. símil, semelhante; igual; análogo, equivalente, homogêneo; comparável; similar / (s. m.) coisa ou pessoa semelhante a outra / il nostro ——: o próximo / (adv.) igual, o mesmo, outro tanto: io sto bene, e il —— spero di voi.
Similitúdine, s. f. (lit.) similitude; semelhança / analogia; imagem, metáfora, alegoria, comparação.
Similmènte, adv. analogamente, semelhantemente, igualmente.
Similòro, s. m. liga de cobre e zinco que tem a cor do ouro; ouro falso; ouropel.
Simmetría, s. f. simetria; justa proporção; harmonia; correspondência, regularidade.
Simmetricamènte, adv. simetricamente; proporcionalmente; harmonicamente.
Simmetrico, adj. simétrico, harmônico, proporcional.
Símo, adj. (lit.) achatado, chato (nariz) / (sin.) rincagnato, camuso.
Simône, n. pr. hebr., Simão.
Simoneggiàre, v. cometer pecado de simonia.
Simonía, s. f. simonia / (neol.) barataria.
Simonicamènte, adv. simonicamente; com simonia.
Simoníaco, adj. simoníaco; que contém simonia.
Simoniàle, adj. (ant.) simoníaco.
Simpatía, s. f. simpatia / afinidade electiva, amizade, gosto, atração, inclinação, propensão.
Simpaticamênte, adv. simpaticamente, de maneira simpática.
Simpàtico, adj. simpático, relativo à simpatia / (aum.) simpaticône: muito simpático / expansivo; amável; afável; benigno / (anat.) gran ——: grande simpático / (pl.) simpàtici.
Simpatizzànte, p. pr. e adj. simpatizante.
Simpatizzàre, v. (intr.) simpatizar, ter simpatia por alguém; sentir inclinação, afeição ou tendência / gostar; aprovar.
Simplício, n. pr. Simplício.
Simposiàco, adj. (lit. e rar.) de simpósio, relativo a simpósio.
Simposiàrco, simposiàrca, s. m. simposiarca, aquele que entre os gregos era escolhido rei de um festim.

Simpòsio, s. m. simpósio, segunda parte de um banquete, no qual os convivas bebiam / (cient.) reunião, congresso de estudiosos.
Simulàcro, s. m. simulacro; imagem, ídolo; representação de uma personagem ou divindade pagã / (fig.) imagem fingida de uma coisa; fingimento; aparência sem realidade.
Simulamênto, s. m. simulamento; simulação.
Simulàre, v. (tr. e intr.) simular; fazer o simulacro de; fingir / fazer crer: aparentar; imitar na forma; dissimular / (pres.) simulo.
Simulatamênte, adv. simuladamente; de modo simulado; com fingimento; com disfarce.
Simulàto, p. p. e adj. simulado; feito à imitação de coisa verdadeira / (s. m.) o falso, a simulação.
Simulatôre, adj. e s. m. simulador / (s. f.) simulatrice.
Simulatòrio, adj. simulatório; em que há simulação; falso, fingido.
Simulazióne, s. f. simulação, ação de simular; fingimento; disfarce; dissimulação / (for.) —— di reato: simulação de crime.
Simultânea, s. f. (neol.) a tradução de um discurso que o intérprete transmite enquanto o orador o pronuncia na sua língua.
Simultaneamênte, adv. simultaneamente; ao mesmo tempo; conjuntamente.
Simultaneità, s. f. simultaneidade; existência, produção ou manifestação simultânea.
Simultaneizzàre, v. transmitir a tradução de um discurso ao mesmo tempo em que é pronunciado.
Simultâneo, adj. simultâneo; que se realiza ou acontece no mesmo tempo.
Simun, s. m. simun, vento bastante quente, que sopra do centro da África para o norte.
Sinagòga, s. f. sinagoga; lugar onde os hebreus celebram os ritos da sua religião.
Sinai, (geogr.) Sinai, monte onde o Senhor deu a sua lei a Moisés.
Sinalèfe, s. f. (gram.) sinalefa, reunião de duas sílabas numa só, por sinérese, crase ou elisão.
Sinallagmàtico, adj. (jur.) sinalagmático, diz-se de um contrato bilateral.
Sinartròsi, s. f. (anat.) sinartrose.
Sinàssi, s. f. (relig.) reunião de primitivos cristãos: sinaxe / entre os gregos nome dado à Ceia e à comunhão.
Sincàrpo, s. m. sincarpo, fruto que tem muitos utrículos reunidos.
Sinceramênte, adv. sinceramente: com sinceridade.
Sinceràre, v. (rar.) (tr. e refl.) demonstrar a alguém a verdade de uma coisa; esclarecer; persuadir, capacitar, convencer.
Sincerità, s. f. sinceridade; franqueza; lisura / lealdade / pureza, genuidade, legitimidade.
Sinceratôre, adj. e s. m. aclarador, esclarecedor; convencedor.
Sincèro, adj. sincero; puro; cordial; simples; franco / genuíno; cândido; aberto; liberal; natural; expontâneo.

Sinchisi, s. f. sínquise, confusão na ordem das palavras, que torna a frase obscura / (med.) sínquise, lesão no globo ocular.
Sincípite, s. m. (anat.) sinsipfcio, a parte mais elevada do crânio / testa, fronte dos animais.
Sinclinàre, adj. (geol.) sinclinal.
Sincopàre, v. (gram.) sincopar, tirar uma letra ou sílaba do meio de / (mús.) usar a síncope musical; unir por síncope / (pres.) síncopo.
Sincopàto, p. p. e adj. sincopado; movimento rítmico por meio de síncope.
Sincope, s. f. sincope, suspensão repentina e momentânea da atividade cardíaca / colisão, choque recíproco / (gram.), supressão de letra ou sílaba / (mús.) ligação da última nota de um compasso musical com a primeira do seguinte.
Sincràsi, s. f. (gram.) crase, fusão na pronúncia de mais vogais em uma só.
Sincrètico, adj. (filos.) sincrético, relativo ou pertencente ao sincretismo / (pl.) sincretici.
Sincretismo, s. m. (filos.) sincretismo / (contr.) eclettismo.
Sincretista, adj. sincretista; sincrético.
Sincronismo, s. m. sincronismo; relação entre fatos sincrônicos; simultaneidade.
Sincronístico, adj. sincronístico, simultâneo.
Sincronizzàre, v. tr. (neol.) sincronizar, descrever ou expôr sincrônicamente / combinar ações para o mesmo tempo / ajustar com precisão o som ao movimento.
Sincronizzatôre, s. m. (cin.) sincronizador.
Sincronizzazióne, s. f. sincronização, ação ou efeito de sincronizar.
Sincrono, adj. síncrono, que se realiza ou faz ao mesmo tempo; sincrônico, simultâneo / contemporâneo: personaggi sincroni.
Sincrotône, s. m. (fís.) síncroton, aparelho semelhante ao siclotron, para acelerar as partículas dos átomos.
Sindacàbile, adj. sindicável, que se pode sindicar / censurável.
Sindacàle, adj. sindical; gremial.
Sindacalismo, s. m. sindicalismo, teoria política que almeja agrupar os trabalhadores em sindicatos.
Sindacalista, s. m. sindicalista, partidário do sindicalismo / (pl.) sindacalisti.
Sindacamênto, s. m. sindicação, ato ou efeito de sindicar; exame, indagação / revisão de contas.
Sindacàre, v. (tr.) sindicar, fazer sindicância / tomar informações de, fazer averiguações, inquirir / controlar, vigilar, observar, investigar / (refl.) sindacarsi, associar-se a um grêmio ou sindicato / (pres.) síndaco.
Sindacàto, p. p. e adj. sindicado, inquirido, que foi objeto de sindicância: società sindicata / (com.) azioni sindacate: ações de sociedades anônimas que não podem ser negociadas livremente / (s. m.) ação de sindicar, indagação. sindicância / sindicato, associação de classe: —— industriale, —— dei metallurgici, etc.

Sindacatóre, adj. e s. m. sindicador / investigador / sindicante.

Síndaco, s. m. síndico, pessoa encarregada de uma sindicância; o que é escolhido para defender interesses em uma causa / mandatário de credores numa falência / (polit.) nas cidades italianas, pessoa eleita para administrar a municipalidade, primeiro magistrado efetivo da cidade / prefeito / (pl.) **sindaci**.

Sindèresi, s. f. sindérese; discrição; bom senso; cordura / **perdere la** ———: perder o juízo, o bom senso.

Sindesmologia, s. f. (anat.) sindesmologia.

Sindone, s. f. síndone, espécie de lençol com o qual os Romanos envolviam os cadáveres / (ecles.) **Santa Sindone**, o lençol no qual foi envolvido o corpo de Cristo morto, e que se conserva em Turim; o Santo Sudário.

Sindrome, s. f. síndrome, síndroma, conjunto de sintomas que se encontram num doente.

Sine, prep. lat. us. em várias locuções / **rinviare sine die**: adiar sem fixar data / **conduzione sine qua non**: condição indispensável.

Sinechia, s. f. (med.) sinequia, aderência da íris, que sobrevém depois de certas inflamações.

Sinecúra, s. f. sinecura / emprego rendoso, sem obrigação alguma.

Sinèddoche, s. f. (lit.) sinédoque, figura retórica que extende ou reduz o significado próprio de uma palavra.

Sinèdrio, s. m. sinédrio, supremo conselho, entre os hebreus / assembléia, reunião.

Sinèresi, s. f. sinérese, contração de sons / (contr.) **dieresi**.

Sinergìa, s. f. sinergia, esforço conjunto de diversos órgãos ou músculos, na realização de uma função.

Sinergismo, s. m. sinergismo / (farm.) conjunto de remédios afins.

Sinestèsi, s. f. sinestesia, perturbação na percepção das sensações.

Sinfisi, s. f. (anat.) sínfise, articulação imóvel de dois ossos / (med.) aderência de dois folhelhos do pericárdio.

Sinfonìa, s. f. sinfonia; união, concordância de sons musicais / harmonia; melodia; peça de música para ser executada por instrumentos concertantes / introdução, prelúdio, abertura: la ——— **del Guarani** / concerto de sons, etc.

Sinfoniàle, adj. de sinfonia, em que há sinfonia; sinfônico.

Sinfònico, adj. sinfônico.

Sinfonista, s. m. sinfonista, o que compõe sinfonias.

Sinforòsa, s. f. chapéu feminino de abas largas, amarrado sob o mento / (fig.) velha que quer parecer moça, ou que se veste de forma ridícula.

Singapore, (geogr.) Cingapura (Ásia).

Singènesi, s. f. singênese, origem simultânea de duas coisas diversas.

Singenètico, adj. singenésico.

Singhiottire, v. intr. (ant.) soluçar.

Singhiozzàre, v. (intr.) soluçar / chorar muito, soluçando.

Singhiòzzo, s. m. soluço, choro entrecortado de suspiros / pranto convulso; singulto, choro.

Singhiozzôso, adj. soluçoso, que se exprime entre soluços; soluçante.

Singolàre, adj. e s. m. e f. singular, individual; pertencente só a um: único; original, excelente; raro / extraordinário; distinto / (gram.) número que indica uma só coisa ou pessoa.

Singolareggiàre, v. (intr.) singularizar-se, distinguir-se do comum.

Singolarità, s. f. singularidade, qualidade do que é singular / extravagância, originalidade; novidade / característica; particularidade; exceção.

Singolarizzàre, v. (gram.) singularizar, volver ou usar no singular uma palavra.

Singolarmènte, adv. singularmente / raramente especialmente.

Síngolo, adj. só, único, um, cada um; pessoa ou coisa considerada de per si separada das outras; singular, individual / (s. m.) **i singoli**, cada um / (adv.) **per singolo**: singularmente.

Sing-Sang, s. f. (hist.) hetaira chinesa.

Singultio, s. m. (lit.) singulto; soluço freqüente ou continuado / (pl.) **singulti**.

Singultire, v. (intr.) soluçar / chorar.

Singúlto, s. m. (lit.) singulto, soluço.

Sinìbbio, s. m. vento com neve; neve que o vento pulveriza; nevasca.

Sinighèlla, s. f. (agr.) borra do bicho-da-seda.

Siniscalcàto, s. m. (hist.) senescalia, cargo ou dignidade de senescal.

Siniscàlco, s. m. senescal, oficial feudal; mestre de casa; mordomo; espécie de bailio (hist.) / (pl.) **siniscàlchi**.

Sinistra, s. f. sinistra, a mão esquerda: lado ou parte correspondente à mão esquerda / **la** ——— **di un fiume**: a esquerda de um rio / **la Sinistra**: o conjunto dos deputados da Esquerda, no Parlamento / **l'estrema** ———: a extrema esquerda.

Sinistramènte, adv. sinistramente, de modo sinistro; em mau sentido.

Sinistràto, adj. e s. m. (neol.) sinistrado, que sofreu um sinistro / danificado; pessoa que sofreu um sinistro.

Sinistro, adj. sinistro, esquerdo; que é da parte oposta à direita / **piede** ———: pé esquerdo / infausto, funesto: sombrio, ameaçador; hostil / **tempi sinistri**: tempos calamitosos / (s. m.) acontecimento, acidente infausto / (box.); golpe dado com o punho esquerdo: **sferrare un** ———.

Sinistròrso, adj. sinistroso, sinistrorsum; que se dirige para a esquerda (o inverso de "dextrorsum"); diz-se espec. das plantas trepadeiras ou rasteiras.

Sinizèsi, s. f. (gram.) sinérese.

Sino, prep. até, indicativa de um limite de tempo, no espaço ou nas ações; constrói-se com a preposição a: **sino a Roma**: até Roma / **sino a quando dovrò aspettare?**: até quando deverei esperar?

Sinodàle, adj. sinodal, relativo ao sínodo; que pertence ao sínodo / **età** ———: idade de 40 anos fixado pelo concílio de Trento como mínimo para as criadas dos Curas.

Sinodalmènte, adv. sinodalmente; em sínodo.

Sinòdico, adj. sinódico, sinodal; que provém de um sínodo / (astr.) relativo à revolução dos planetas; **rivoluzione sinodica.**

Sinodo, s. m. sínodo, concílio de sacerdotes, convocados por ordem do bispo da diocese ou de outro superior / concílio / **Santo Sinodo:** concílio que rege a igreja Russa / —— **generale,** concílio ecumênico.

Sinología, s. f. sinologia, estudos chineses; pessoa douta na língua e literatura chinesas.

Sinonímia, s. f. (gram.) sinonímia.

Sinònimo, adj. e s. m. sinônimo, que tem nome e significado comuns / vocábulo que tem exatamente ou aproximadamente o mesmo sentido que outro.

Sinòpia, s. f. sinopite, argila ferruginosa da Ásia Menor, que antigamente se empregava na pintura.

Sinòride, s. f. (ant.) parelha, par.

Sinòssi, s. f. sinopse, resumo claro e facilmente compreensível / compêndio, resumo, prospecto; síntese; sumário.

Sinòttico, adj. sinóptico; que tem forma de sinopse; resumido / **tavola sinottica:** quadro sinóptico / **Vangeli sinottici:** Evangelhos de Mateus, Marcos e Lucas.

Sinòvia, s. f. (anat.) sinóvia, líquido um tanto viscoso, das cavidades articulares.

Sinoviàle, adj. sinovial; glândula, saco, que segrega, que contém sinóvia.

Sinovíte, s. f. sinovite, inflamação de uma membrana sinovial articular ou tendinosa.

Sintagma, s. m. sintagma, livro, tratado.

Sintàssi, s. f. (gram.) sintaxe.

Sintàttico, adj. sintático, relativo à sintaxe / (pl.) **sintattici.**

Sintesi, s. f. síntese; resumo; quadro que expõe o conjunto de uma ciência, etc. / generalização; resumo; silepse; sinopse.

Sinteticaménte, adv. sinteticamente; em forma sintética.

Sintètico, adj. sintético, relativo à síntese; resumido, compendiado; abreviado; substanciado / (técn.) sintético, produto obtido por combinações químicas ou por outros processos artificiais / **gomma sintètica:** borracha sintética.

Sintetismo, s. m. (filos.) sintetismo, princípio que considera todas as coisas como unidas por profundas e gerais atinências, embora cada uma mantenha a própria natureza íntima / (cir.) conjunto das quatro operações necessárias para reduzir e manter uma fratura.

Sintetizzàre, v. sintetizar, reunir por síntese.

Sintogràmma, s. m. (rad.) escala das estações.

Sintoísmo, s. m. sintoísmo ou xintoísmo, religião nacional do Japão.

Sintomàtico, adj. sintomático, relativo a sintoma; que tem valor de sintoma / (pl.) **sintomátici.**

Sintomatología, s. f. sintomatologia (sintoma das doenças).

Síntomo, s. m. (med.) sintoma / indício; presságio; prognóstico; diagnose.

Sintonía, s. f. sintonia, igualdade de freqüência entre dois sistemas de vibrações.

Sintònico, adj. sintônico sintonizado.

Sintonizzàre, v. (tr.) sintonizar.

Sintonizzatóre, s. m. e adj. sintonizador.

Sintonizzazióne, s. f. sintonização.

Sinuosaménte, adv. sinuosamente / torturosamente.

Sinuosità, s. f. sinuosidade, qualidade do que é sinuoso; tortuosidade, curva / rodeio, tergiversação.

Sinuóso, adj. sinuoso, recurvado em diferentes sentidos; ondulante; tortuoso; curvo.

Sinusía, s. f. união das três pessoas da SS. Trindade numa só substância.

Sinusíte, s. f. (med.) sinusite, inflamação, às vezes purulenta, das cavidades ósseas ou dos septos nasais.

Sinusoidàle, adj. (geom.) sinusoidal.

Sinusòide, s. f. (geom.) sinusóide, nome de uma curva periódica determinada.

Sionismo, s. m. sionismo / movimento nacionalista judeu, que aspirava o restabelecimento do Estado hebraico na Palestina, organizado por Teodoro Herzi, que hoje alcançou o seu fim com a constituição do Estado de Israel.

Sionísta, adj. e s. m. sionista / partidário do sionismo.

Sipàrio, s. m. pano de boca dum teatro; cortina, cortinado, que esconde ao público os bastidores.

Siracusa, (geogr.) antiga cidade na Sicília / cidade dos Estados Unidos.

Siracusàno, adj. siracusano.

Sire, s. m. sire, senhor, título que hoje se dá somente aos soberanos / (ant.) título dos reis da França.

Sirèna, s. f. sereia, monstro da mitologia grega que atraía os navegantes com seu canto / instrumento para sinais acústicos / (fig.) mulher encantadora, que fascina.

Sirènidi, s. m. pl. (zool.) cirônidas, famílias de batráquios urodelos.

Siríaco, siriano, adj. e s. m. siríaco, sírio.

Sirighèlla, s. f. borra da seda.

Sírima, s. f. segunda parte de uma estrofe de canção antiga.

Siringa, s. f. (med.) seringa / (hist.) instrumento musical pastoril dos antigos, composto de diversos tubos / catéter, sonda.

Siringàre, v. (tr.) seringar, introduzir a seringa / fazer injeções, injetar.

Siringatúra, s. f. seringação, ação e efeito de seringar.

Siringe, s. f. formação laríngea dos pássaros, segunda laringe das aves.

Sírio, (astr.) Sírio (estrela).

Sírio, adj. e s. m. sírio; habitante da Síria.

Siròcchia, s. f. (ant.) irmã.

Siròcchiama, s. f. minha irmã, irmã minha.

Siròppo, o mesmo que **sciròppo,** s. m. xarope.

Sírte, s. f. sirtes, enseadas areentas no Norte da África / banco de areia, recifes / (fig.) perigo, insídia.

Sírtico, adj. sírtico, que se refere à região situada entre as sirtes: deserto ——.

Sirventêse, o mesmo que **serventêse**, s. m. e f. sirventês, poesia satírica da escola trovadoresca.

Sisal, s. m. (bot.) sisal, planta da família das amarilidáceas.

Sísifo, s. m. Sísifo, herói legendário grego condenado ao inferno / **fatica di** ——: trabalho penoso e inútil.

Sisimbrio, sisimbro, s. m. (bot.) saramago, rábano silvestre.

Sísmico, adj. sísmico, relativo aos terremotos.

Sismo, s. m. sismo, terremoto.

Sismògrafo, s. m. sismógrafo, aparelho automático para registrar terremotos.

Sismogràmma, s. m. sismograma, traçado gráfico que reproduz o movimento de ondas sísmicas.

Sismología, s. f. sismologia.

Sismòlogo, s. m. sismólogo.

Sissignôre, adv. sim senhor; usa-se ao responder a pessoa de respeito / (fem.) **sissignôra**: sim, senhora.

Sissitúra, s. f. (v. sessitúra) prega ou dobra do vestuário.

Sistèma, s. m. sistema; conjunto de regras, princípios ou coisas ordenadas com relação a uma lei e para uma determinada finalidade / ordem, regra, norma, uso, costume, método.

Sistemàre, v. (tr.) sistemar; sistematizar; reduzir a sistema; metodizar, coordenar, regular, organizar / (refl.) organizar-se, estabelecer-se, fixar uma norma de vida.

Sistemàtica, s. f. sistemática; ramo da biologia que se ocupa da classificação dos seres orgânicos; classificação, sistematização.

Sistematicamênte, adv. sistematicamente; segundo certas regras ou preceitos.

Sistemàtico, adj. sistemático / metódico; ordenado / porfiado, teimoso: **opposizione sistematica**.

Sistemàto, p. p. e adj. sistematizado; metodizado; / posto em ordem, regulado; arrumado; colocado.

Sistemazióne, s. f. (neol.) sistematização; organização; colocação, arrumação, arranjo / disposição, definição.

Sistilo, adj. e s. m. sistilo, construção arquitetônica de edifício e colunas; nas quais os intercolúnios são a dois diâmetros.

Sistina, (cappella) Arq. Capela Sixtina no Vaticano; afrescos de Miguel Ângelo e Rafael.

Sistola, s. f. coador para coar medicamentos, leite, limão espremido, etc.

Sistole, s. f. (med.) sístole, movimento de contração do coração.

Sistro, s. m. sistro, instrumento musical egípcio, de percussão.

Sitàccio, s. m. (pej.) lugar, local feio.

Sitàre, v. (intr.) emanar mau cheiro, tresandar, feder.

Sitibôndo, adj. sitibundo, que tem sede; sedento; sequioso / (fig.) cobiçoso, ávido.

Sitíre, v. intr. (ant.) ter sede, cobiçar: **sangue sitisti, ed io di sangue t'empio** (Dante).

Sito, s. m. sítio, posição, paragem, lugar, local, localidade / (adj.) situado, sito, colocado, ubicado.

Sito, (do lat. **situs**: mofo) s. m. sito, báfio, mofo, bolor.

Sitofobía, s. f. (med.) sitofobia, aversão ao alimento.

Situàre, v. (tr.) situar, pôr, colocar / **casa ben situata**: casa bem situada / (pr.) **sítuo**.

Situazióne, s. f. situação, ato ou efeito de situar / posição, ubicação, disposição / condição, estado.

Sivigliàno, adj. sevilhano (de Sevilha).

Siziènte, adj. sedento.

Sízio, s. m. trabalho árduo, penoso, aflitivo.

Sizza, s. f. ar, vento frio e pungente do Norte / (dim.) **sizzetta, sizzettina**.

Sketch, (v. ingl.) s. m. (teatral) sainete, número de variedades / (ital.) **bozzetto**: número.

Ski, o mesmo que **sci**, esqui (din. **ski**) patim para deslizar sobre a neve.

Slabbràre, v. (tr.) desbeiçar, cortar os lábios ou os beiços, cortar ou quebrar as bordas / (intr.) sair fora da borda, derramar, entornar, transbordar (líquido) / ressair para fora os lábios (por ferida).

Slabbratúra, s. f. corte dos lábios / desbeiçamento, entornadura,. derramamento.

Slacciàre, v. desatar, desenlaçar, desfazer o laço / (refl.) **slacciàrsi**: desembaraçar-se, livrar-se de impedimentos, de aborrecimentos, etc.

Sladinàre, v. (neol.) rodar (técn.) fazer trabalhar um motor ou qualquer mecanismo no seu período inicial, para que perca a rigidez / assentar, ajustar.

Slalom, (v. nor.) (esport.) pista descendente na neve (ital. **pista in discesa**).

Slamàre, v. derruir, desabar, desmoronar o terreno.

Slanciamênto, s. m. arremesso, lanço, lançamento.

Slanciàre v. (tr.) arremessar, lançar, atirar com força / (refl.) arremessar-se, atirar-se / (fig.) aventurar-se, meter-se numa empresa, arriscar-se, etc.

Slanciàto, p. p. e adj. arremessado, lançado, atirado, arrojado; destemido, impávido / (galic.) esbelto, alto, flexuoso.

Slàncio, s. m. lanço, arremesso / ímpeto, impulso, ardor, arrojo, denodo, intrepidez.

Slang (v. ingl.), s. m. gíria, calão; (ital.) **gergo**.

Slappàre, v. comer ou beber atropeladamente.

Slargamênto, s. m. alargamento, ato e efeito de alargar / estado da coisa alargada.

Slargàre, v. alargar, aumentar a largura; dilatar, ampliar / (tip.) ocupar muito espaço / desapertar.

Slargàto, p. p. e adj. alargado.

Slargatúra, s. f. alargamento, ato de alargar / (tip.) espaço, na impressão entre letra e letra, e entre palavra e palavra.

Slatinàre, v. (intr.) latinizar / (iron.) fazer exibição de frases latinas, mistu-

rar palavras latinas no discurso, latinizar de qualquer jeito e em qualquer tempo.
Slatinàta, s. f. borrifo, rociada de latim.
Slattamênto, s. m. desleitamento; desmamação; ato de desmamar / (ant. e rar.) slattatúra: desleitamento.
Slattàre, v. (tr.) desmamar; desleitar.
Slavàto, adj. deslavado, desbotado; insípido, descolorido, insulso / (sin.) sbiadito, scialbo.
Slàvi, s. m. pl. (etn.) eslavos.
Slavína, s. f. (alp.) aluimento não muito violento de neve.
Slavísmo, s. m. eslavismo / pan-eslavismo.
Slavísta, adj. e s. eslavista.
Slavística, s. f. (lit.) eslavística, estudo das línguas eslavas.
Slavizzàre, v. (tr.) eslavizar, tornar eslavo; tornar semelhante a eslavo.
Slàvo, adj. e s. m. eslavo, relativo aos eslavos; eslávico.
Slavòfilo, adj. e s. m. eslavófilo.
Sleàle, adj. desleal, que não tem lealdade: infiel / pérfido / espião, traidor.
Slealmênte, adv. deslealmente.
Slealtà, s. f. deslealdade, falta de lealdade / má-fé; traição; perfídia; desonestidade.
Sleeping Car (v. ingl.) s. m. (ferr.) vagão-leito; (ital.) vettura letto.
Slegamênto, s. m. desligamento, ato e efeito de desligar; desatadura / (fig.) falta de coesão: lo ——— delle idee.
Slegàre, v. (tr.) desligar, desatar, desprender, desunir aquilo que estava ligado / libertar, desobrigar, soltar, desenlaçar; desvincular, desvencilhar; desligar / (refl.) livrar-se, desembaraçar-se, desligar-se, separar-se.
Slegatamênte, adv. desligadamente; desunidamente; separadamente.
Slegàto, p. p. e adj. desligado, solto, desatado; desvencilhado / (técn.) desencadernado / libro ——— : livro não encadernado / (fig.) desunido, separado, incoerente.
Slegatúra, s. f. desligamento, ato e efeito de desligar / desatadura.
Slentàre, v. (tr.) arrefecer, afrouxar.
Slentatúra, s. f. afrouxamento, relaxação; arrefecimento.
Slesiàno, adj. e s. m. Silesiano, da Silésia (em alemão Scheesien).
Slítta, s. f. trenó, veículo sem rodas que se faz correr sobre o gelo e sobre a neve; troika; / (bal.) fuste de canhão.
Slittamênto, s. m. deslizamento, ato e efeito de deslizar / escorregamento, escorregão, escorregadela.
Slittàre, v. deslizar, rolar sobre uma superfície lisa, esp. sobre o gelo ou a neve.
Slittovía, s. f. (esp.) corda estendida para subir esquiadores.
Slòcca, s. m. (lit.) dístico de dezesseis sílabas nos antigos poemas indianos.
Slogamênto, s. m. luxação, saída de um osso de sua articulação; deslocamento, desconjuntamento.
Slogan (v. ingl.) divisa, mote; fórmula publicitária.

Slogàre, v. (tr.) luxar; deslocar, desconjuntar / (sin.) lussare.
Slogàto, p. p. e adj. luxado, deslocado; desconjuntado; desarticulado.
Slogatúra, s. f. luxação; deslocamento.
Sloggiàre, v. (tr.) desalojar; desninhar, fazer sair alguém do lugar onde está; expulsar / (intr.) mudar-se; sair de um lugar / (mil.) sair, desocupar uma posição.
Slombàre, v. deslombar, derrear; desancar; (fig.) debilitar, prostrar / (intr. e refl.) fatigar-se, debilitar-se.
Slombàto, p. p. e adj. deslombado; derreado / debilitado, enfraquecido, desancado / frouxo, débil.
Slontanàre, v. (tr.) (rar.) distanciar, afastar.
Slovàcco, adj. eslovaco.
Slovêno, adj. esloveno.
Slumacàre, v. (tr.) (raro) o mesmo que allumacàre, lesmar, sujar de baba, diz-se do rastro de baba que deixa atrás de si a lesma quando se arrasta.
Slumacatúra, s. f. baba; rastro de baba da lesma ou caracol.
Slungàre, v. (tr.) alongar, tornar mais longo; prolongar.
Smaccàre, v. (tr.) (rar.) envilecer, depreciar, aviltar / desmascarar.
Smaccàto, p. p. e adj. desacreditado, envergonhado / adocicado demais, doce demais, até causar enjôo / (fig.) excessivo, exagerado; descarado / lodi smaccate: elogios exagerados.
Smacchiàre, v. (tr.) limpar, desenlamear; desenodoar; tirar as manchas / (rar.) desmatar, tirar a mata.
Smacchiatôre, adj. e s. m. que, ou aquele que limpa, que tira as manchas, etc. / (s. m.) líquido, sabão, etc., que tira manchas, nódoas, etc.
Smacchiatúra, s. f. limpeza das manchas, nódoas, etc.
Smàcco, s. m. vergonha, insulto, nódoa, vitupério / golpe, derrota, fracasso.
Smacràre, v. (tr.) (lit.) esmagrar, emagrecer; enfraquecer.
Smagàre, v. (tr.) (ant.) extraviar; transtornar, desalentar / (refl.) dasanimar-se / separar-se, distanciar-se, desviar-se, sumir-se / (sin.) smarrire: separar-se.
Smagliànte, p. p. e adj. resplendente, luzidio; brilhante; fulgurante.
Smagliàre, v. (tr.) desmalhar; desfazer as malhas puxando os fios / tirar / ——— il pesce: tirar os peixes das malhas da rede / desmanchar, desfazer os fardos / destroçar, quebrar / resplandecer, brilhar, cintilar, fulgurar / (refl.) desfazer-se, desfiar-se um trabalho de malha / (ant.) desalentar.
Smagliatúra, s. f. ato e efeito de desfazer trabalhos de malha; desmalha.
Smagnetizzàre, v. (tr.) desmagnetizar, subtrair a faculdade magnética; tirar o fluido magnético.
Smagnetizzaziône, s. f. (eletr.) desmagnetização; cessação da faculdade magnética de um imã.
Smagrare, v. (intr.) emagrar, emagrecer.
Smagrire, v. (intr.) emagrecer; emaciar; esmagrentar.

Smaliziàre, v. (tr.) maliciar, astuciar.
Smaliziàto, adj. astucioso, esperto; ladino; finório.
Smallàre, v. (tr.) descascar, tirar o folhelho às nozes; tolher às nozes o invólucro verde.
Smaltàre, v. (tr.) esmaltar, cobrir de esmalte / recobrir, ornar de cores vivas; entapizar, matizar / adornar, aformosear / **giardino smaltato di fiori**: jardim esmaltado de flores.
Smaltatôre, adj. e s. m. esmaltador / (fem.) **smaltatrice**.
Smaltatúra, s. f. esmaltagem, ação e efeito de esmaltar / esmaltagem.
Smaltimênto, s. m. digestão; engolimento / liquidação; venda.
Smaltína, s. f. (min.) esmaltina.
Smaltíre, v. (tr.) digerir, transformar os alimentos no estômago por meio da digestão / (fig.) engolir, tragar, pacientar, suportar / liquidar / **smaltire la merce**: liquidar, desfazer-se de uma mercadoria / dar livre vazão às águas / (pres.) **smaltisco, -sci**.
Smaltísta, o mesmo que **smaltatôre**, s. m. esmaltador / (pl.) **smaltísti**.
Smaltitòio, s. m. desaguadouro; tragadouro / cloaca, esgoto / mictório.
Smàlto, s. m. esmalte; verniz vítreo que se aplica por meio da fusão, sobre metais, etc. / verniz para cobrir uma pintura a óleo / (odont.) matéria orgânica calcária que reveste a cárie dos dentes / brilho que se dá às positivas fotográficas / (fig.) **cuore di ——**: coração duro, cru.
Smammàre, v. desmamar, tirar, separar da mãe.
Smammàrsi, e **smammolàrsi**, v. (refl.) divertir-se sobremaneira com uma coisa, saboreá-la longamente / **smammolàrsi dalle risa**: rir com prazer, gostosamente; rir com alegria ingênua; (pr.) **smàmmolo**.
Smanacciàre, v. (intr.) agitar muito as mãos falando ou fazendo alguma coisa; gesticular / palmear, aplaudir.
Smanacciàta, s. f. aplauso continuado.
Smanacciône, s. m. gesticulador.
Smancería, s. f. afetação, momice, denguice; derretimento; melindre.
Smancerôso, adj. amaneirado, dengoso; derretido; deslambido; melindroso.
Smaneggiàre, v. (tr.) manusear, manear, manejar uma coisa desajeitada de forma a amarrotá-la ou arruiná-la; **non smaneggiare tanto la rivista**: não amarrote assim a revista.
Smangiàre, v. (tr.) gastar, estragar, consumir / corroer, roer (refl.) (dial.) derreter-se: —— **smangiarsi d'invidia**.
Smangiàto, p. p. e adj. gasto; corroído; estragado; consumido; deteriorado.
Smàngio, s. m. (tip.) frade, bocado de texto que sai falho na tinta.
Smània, s. f. anseio, afã, ânsia, agitação, desassossego, desvario, exaltação, ânsia / desejo ardente, impaciente; inquietação; opressão; sofreguidão; tormento; veemência / **dare in smanie**: desvairar.
Smaniànte, p. pr. e adj. ansiado, inquieto, angustiado; anelante, exaltado.

Smaniàre, v. (intr.) angustiar-se, atribular-se; afanar-se; impacientar-se; excitar-se / **smaniarsi di una cosa**: desejar ardentemente, com sofreguidão, uma coisa.
Smanicàre, v. (tr.) desencabar, tirar do cabo um instrumento ou utensílio, um objeto; —— **la tazza**: tirar a alça da chícara / (refl.) —— **la camicia**: arregaçar as mangas da camisa.
Smanieràto, adj. deseducado, descortês; malcriado.
Smaníglia, s. f. e **smaníglio**, s. m. bracelete; pulseira; argola.
Smanigliàre, v. (tr.) soltar, desjungir, desunir um pedaço de corrente de outro / (mar.) separar a corrente da âncora.
Smaniosamênte, adv. ansiadamente; ansiosamente.
Smaniôso, adj. ansioso; ansiado; agitado; anelante / impaciente, desejoso; ávido; inquieto.
Smantàre, v. (tr.) (raro) tirar o manto ou outra coisa com a qual alguém está coberto.
Smantellamênto, s. m. desmantelamento, ação de desmantelar; demolição.
Smantellàre, v. desmantelar; demolir; arruinar / abater, destruir; desarranjar; desconsertar.
Smargiassàre, v. (intr.) bufar, alardear, basofiar; bravatear; fanfarronear.
Smargiassàta, s. f. bravaria, fanfarronada, rodamontada, bazófia.
Smargiàsso, s. m. bravateador, bazófio, roncador; rodamonte; fanfarrão, ferrabrás, valentão.
Smarginàre, v. (tr.) recortar as margens das páginas, nos livros; aparar.
Smarginàto, p. p. e adj. aparado.
Smargottàre, v. (tr.) (agr.) transplantar os mergulhões.
Smarràre, v. (tr.) (agr.) mondar, alimpar; sachar; limpar as cepas.
Smarrimênto, s. m. extravio, ação de extraviar, de errar o caminho / ato de perder um objeto; extravio / desregramento, desordem, confusão / alucinação, desvario; desmaio; desconcerto.
Smarríre, v. (tr.) perder, extraviar, desviar do caminho; perder momentaneamente / desvairar; desmaiar; alucinar / divagar; desconfortar; desanimar / (refl.) extraviar-se, perder-se / (fig.) confundir-se / (ant.) assustar, inquietar / (pres.) **smarrisco, smarrisci**.
Smarríto, p. p. e adj. perdido, extraviado, desencaminhado; disperso; desviado / alucinado, desvairado; confuso; espavorido, perturbado / **occhi smarriti**: olhos assustados / **mi ritrovai per una selva oscura, che la diritta via era smarrita** (Dante): achei-me numa selva tenebrosa, tendo perdido a verdadeira estrada (trad. X. P.).
Smart, (v. ingl.) adj. elegante: (ital.) **scicche**.
Smartellàre, v. martelar, bater com o martelo repisadamente / cantar batendo sempre na mesma nota.
Smascellamênto, s. m. desqueixamento; quebra ou deslocação dos queixos.

Smascellàre, v. desqueixar; quebrar ou deslocar os queixos / (refl.) **smascellàrsi dalle risa**: rir escancaradamente.

Smascellatamênte, adv. desmedidamente, imoderadamente / desqueixadamente.

Smascheramênto, s. m. desmascaramento; ato de desmascarar, descobrimento de intenções ocultas.

Smascheràre, v. desmascarar, tirar a máscara / (fig.) desmascarar, descobrir, patentear, manifestar / (refl.) desmascarar-se, mostrar o que é / descobrir, tornar patente; revelar; tornar público / (pres.) **smàschero**.

Smascolinàto, adj. efeminado, que perdeu toda virtude viril: desvigorado, desvirilizado.

Smatassàre, v. (intr.) separar, desfazer as meadas.

Smattonàre, v. (tr.) desladrilhar; deslajear.

Smattonatúra, s. f. desladrilhamento, ação de desladrilhar.

Smègma, s. m. (fís.) esmegma, secreção do prepúcio.

Smelàre, v. (tr.) tirar o mel (de colmeia): crestar.

Smelatôre, adj. e s. m. crestador de colmeias / (s. f.) **smelatríce**: crestadeira, instrumento com que se crestam as colmeias.

Smelatúra, s. f. crestamento, ação de tirar o mel das colmeias / época em que se faz a recolha do mel.

Smelensìto, adj. estúpido, modorrento / aparvalhado; estonteado, tonto, mentecapto.

Smembramênto, s. m. desmembramento, desmembração; ação e efeito de desmembrar / ——— **di un corpo, di un paese, di un periodo**, etc.

Smembràre, v. (tr.) desmembrar; cortar ou separar os membros de um corpo; dividir; cortar; desagregar / ——— **un capretto, una nazione**, etc.

Smemoràggine, s. f. (raro) desmemória; esquecimento.

Smemoràre, v. (intr.) desmemoriar; perder a memória / ficar estúpido, insensato.

Smemoratàggine, s. f. desmemoriamento; desmemoriação; esquecimento.

Smemoràto, p. p. adj. e s. m. desmemoriado; que perdeu a memória / esquecido; insensato / estouvado, distraído; deslembrado.

Smencìre, v. afracar, desentesar, afrouxar, desinchar, amolecer / afrouxar-se / desinchar-se: **in pallone si è smencìto**.

Smenticànza, s. f. (ant.) olvido; esquecimento / (sin.) **dimenticanza**.

Smenticàre, v. (tr. ant.) esquecer / (refl.) esquecer-se, deslembrar-se, olvidar-se.

Smentìre, v. (tr.) desmentir, negar o que outros afirmam, contradizer, contraditar; desdizer, negar; refutar, discrepar; denegar / (refl.) desmentir-se, retratar-se / proceder contrariamente aos seus precedentes: **non ha smentìto se stesso**.

Smentita, s. f. desmentido; constatação; contradita; negação.

Smentitôre, adj. e s. m. desmentidor / (s. f.) **smentitríce**.

Smeràlda, n. pr. Esmeralda.

Smeraldíno, adj. esmeraldino, que tem cor de esmeralda; que tem aparência de esmeralda; de cor verde vivo.

Smeràldo, s. m. esmeralda, pedra preciosa de cor verde vivo / (fig.) verde brilhante / ——— **brasiliano**: turmalina verde.

Smerciàre, v. (tr.) vender, negociar; saldar, liquidar a mercadoria.

Smèrcio, s. m. venda, comércio, negócio, saída de mercadoria / **articolo di molto** ———: artigo de muita saída.

Smerdàre, v. (vulg.) sujar (ou sujar-se) de merda; / (fig.) insultar, ofender.

Smèrgo, s. m. merganso (lat."mergus") ave palmípede.

Smerigliàre, v. esmerilhar, polir com esmeril; lustrar; polir; tornar luzidio.

Smerigliàto, p. p. e adj. esmerilhado, polido com esmeril / **carta smerigliata**: lixa.

Smerigliatúra, s. f. esmerilhação; esmerilhamento, ato de esmerilhar.

Smeríglio, s. m. esmeril, pedra para polir metais, cristais, pedras preciosas, etc. / (hist.) peça de artilharia antiga / (zool.) esmerilhão, ave de rapina diurna.

Smerlàre, v. (tr. e intr.) bordar; rendar; ornar de renda ou bordado.

Smerlatúra, s. f. bordadura; bordamento, ação e efeito de bordar ou rendar.

Smerlettàre, v. (tr.) bordar; rendar; rendilhar.

Smèrlo, s. m. renda; rendado.

Smerluzzàre, v. (tr.) cortar com as tesouras o papel nas orlas fazendo uma espécie de rendilhado: tesourar.

Smèsso, p. p. e adj. posto de lado, deixado; cessado, interrompido, desistido; gasto, consumido (vestido, etc.) / desusado.

Smèttere, v. (tr.) deixar, desistir de dizer ou de fazer uma coisa / ——— **di scrìvere**: deixar de escrever / ——— **di raccontar fandónie**: desistir de contar lorotas; abster-se, cessar, desistir / desusar / deixar, renunciar / **smettiamola**: acabemos com isso.

Smezzamênto, s. m. partição em duas partes iguais.

Smezzàre, v. (tr.) dividir em duas partes iguais; partir ao meio; mear / ——— **il pane**: partir o pão em duas partes iguais / interromper, suspender / ——— **la narraziône**: interromper a narrativa.

Smidollàre, v. (tr.) desmiolar, tirar o miolo ou os miolos / (refl. e fig.) enfraquecer-se, esgotar-se; debilitar-se.

Smilàcee, s. f. pl. (bot.) esmiláceas, família de plantas a que pertence a salsaparrilha.

Smilitarizzàre, v. (neol.) desmilitarizar; tirar à coisa ou pessoa a qualidade de militar que antes tinha.

Smilitarizzaziône, s. f. desmilitarização; ação de desmilitarizar.

Smílzo, adj. magro, enxuto, seco; mirrado; chupado, vazio; / sutil, delgado, esbelto / (lit.) Smilzo, personagem de: **ll Picolo mondo di D. Camillo**, de Guareschi.

Sminàre, v. (neol.) remover ou tolher as minas de uma zona minada.

Sminchionàto, adj. (vulg.) difícil de contentar, de satisfazer / espevitado, astuto.

Sminchionatòrio, adj. zombeteiro, dito ou efeito para caçoar, para chasquear, burlesco.

Sminchioníre, v. (intr.) (vulg.) desenburrar, cessar de ser tolo ou sumplório.

Sminuíre, v. (tr.) diminuir / abreviar, amortecer; abaixar / (refl.) diminuir-se, tornar-se inferior a si mesmo; empequenecer-se.

Sminuzzamênto, s. m. esmiuçamento; esmiudamento; ação e também o resultado de esmiuçar.

Sminuzzàre, v. esmiuçar, dividir em partes muito pequenas; esmigalhar; reduzir a pó / analisar, investigar, pesquisar / (fig.) fazer uma narração com todos os permenores, expondo-a ou explicando-a miudamente; pormenorizar, detalhar.

Sminuzzatôre, adj. e s. m. esmiuçador; o que investiga ou pesquisa com excessiva miudeza / (técn.) máquina que tritura e esmiúça a madeira para extrair a celulose.

Sminuzzatúra, s. f. sminuzzolamênto, (s. m.) esmiuçamento; esmiudamento; trituração: a coisa esmiuçada.

Sminuzzolàre, v. (tr. e refl.) esmiuçar, triturar / pulverizar-se / (pres.) sminùzzolo.

Smiracolàre, v. (intr.) maravilhar-se por coisas de pequena importância, pasmar-se / (pres.) **smiràcolo**.

Smiracolàto, p. p. e adj. embasbacado, estupefato; estático; pasmado; atônito por coisa de nada; assombrado.

Smistamênto, s. m. (neol.) composição e distribuição dos trens mistos / stazione di ———: estação ferroviária de manobra.

Smistàre, v. (tr.) descompor, separar uma coisa mista nos elementos que a compõem / (ferrov.) separar um trem misto, distribuindo os vagões que o compõem para o respectivo destino / Postal: redistribuir a correspondência / distribuir, separar, redistribuir, enviar ao lugar de destino.

Smisurànza, s. f. (ant.) desmesura.

Smisuràre, v. (intr.) (ant.) desmesurar, exceder, passar da medida.

Smisuratamênte, adv. desmesuradamente, sem medida alguma; desmedidamente.

Smisuràto, adj. desmesurado, que excede a medida; desmedido; enorme / imenso, desproporcionado; incomensurável; grandíssimo.

Smobiliàre, v. (tr.) desmobiliar, tirar a mobília.

Smobiliàto, p. p. e adj. desmobiliado; desguarnecido de mobília.

Smobilitàre, v. (tr.) desmobilizar; desengajar as tropas; licenciar as tropas.

Smobilitazióne, s. f. desmobilização; ato de desmobilizar; licenciamento de tropas armadas.

Smocciàre, v. (tr.) esmoncar, tirar o monco (do nariz); assoar.

Smoccicàre, v. sujar de monco.

Smoccolàre, v. (tr.) apagar o morrão de vela de candeeiro, etc.: espevitar / (intr. fam.) renegar; blasfemar / (pres.) **smòccolo** ou **smòccolo**.

Smoccolatóio, s. m. espevitador; tesoura para espevitar; espevitadeira.

Smoccolatúra, s. f. ação de espevitar, espevitamento.

Smodàre, v. (intr. ant.) desmoderar, descomedir: sair da medida / exceder.

Smodatamênte, adv. descomedidamente; sem modo, imoderadamente: sem medida.

Smoderàre, v. (intr.) desmoderar, passar da medida, descomedir.

Smoderatamênte, adv. desmedidamente / imoderadamente / fora de medida.

Smoderatêzza, s. f. descomedimento; imodicidade; imoderação / excesso, exagero; intemperança.

Smoderàto, p. p. e adj. desmoderado; descomedido; desmandado; imoderado / exorbitante.

Smoderazióne, s. f. imoderação; destemperança; descomedimento, intemperança.

Smogliàrsi, v. (burl.) descasar, deixar a mulher; abandonar o estado conjugal.

Smoking, (v. ingl.) s. m. smoking, paletó preto, com lapelas de seda / (ital.) **giacca da sera**.

Smollàre, v. (tr.) molhar, pôr a banhar a roupa que deve ser lavada para tirar-lhe a primeira sujeira.

Smollicàre, v. esfarelar, esmigalhar; reduzir a migalhas; tirar a migalha do pão.

Smonacàre, v. tolher do estado de monja; tirar do convento uma moça que se havia feito freira / (pres.) **smònaco**.

Smontàbile, adj. desmontável.

Smontàggio, s. m. (neol.) desmontagem (de máquina etc.).

Smontamênto, s. m. desmonta, desmontagem; ação de desmontar.

Smontàre, v. desmontar, fazer descer ou apear / ——— **le scale**: descer as escadas / desmanchar, desarmar uma máquina, etc. / (fig.) desconcertar, deprimir, desencorajar; desentusiasmar / (refl.) perder o ardor, o entusiasmo / desanimar-se, desencorajar-se.

Smontatúra, s. f. desmontagem, ato de desmontar / (fig.) arrefecimento, esfriamento.

Smorbàre, v. (tr.) desinfetar, tirar a infecção / purificar; sanear.

Smòrfia, s. f. micagem, momice, careta: trejeito, visagem; denguice / esgar; caraça / carinha, carantonha / **la smòrfia**: o livro dos sonhos, a cabala do jogo de loteria.

Smorfiàta, s. f. (depr.) esgar, trejeito.

Smorfióso, adj. careteiro, esgareiro; que faz esgares, momices / dengueiro, requebrado; afetado; dengoso, melindroso.

Smoríre, v. (intr. rar.) amarelecer, descolorir; empalidecer; tomar a cor da morte.

Smorsàre, v. (ant.) desfrear, tirar o freio da boca.
Smortêzza, s. f. (ant.) palidez, qualidade de pálido ou descorado.
Smortíccio, adj. amarelado, descorado, pálido; térreo.
Smortíre, v. (intr.) empalidecer, descolorir / (pres.) smortisco.
Smòrto, p. p. e adj. descorado, amarelento; descolorido, desbotado; pálido; sem viveza, apagado; esquálido, esmaído; sem brilho.
Smorzaménto, s. m. abafamento, apagamento, extinção; atenuação / desvanecimento (falando das cores).
Smorzàndo, s. m. extinguindo, abafando, amortecendo, atenuando / (mús.) notação musical para indicar que é necessário ir atenuando a intensidade sonora.
Smorzàre, v. diminuir de intensidade / —— la luce, il suono, la fame: diminuir a luz, o som, a fome / apagar, abafar, extinguir o lume, etc. / temperar; aplacar, moderar, abrandar / desvanecer, empalidecer / (refl.) atenuar-se, abrandar-se, extinguir-se / amortecer / —— gli urti, amortecer os choques.
Smorzatôre, adj. e s. m. apagador.
Smorzatúra, s. f. suavização, abafamento; atenuação (diz-se especialmente dos sons, das cores e da luz).
Smòrzo, s. m. (mús.) abafador do piano, surdina; (p. us.) apagamento, extinção.
Smòsso, p. p. e adj. removido / solto, impelido, movido; instável, vacilante, cambaleante / agitado, comovido.
Smostacciàre, v. esbofetear.
Smotacciàta, s. f. caraça de escárnio.
Smòtta, s. f. desmoronamento de terreno; terra desmoronada que se acumulou.
Smottaménto, s. m. desabamento, desmoronamento (de terreno; terra desmoronada que se acumulou).
Smottàre, v. (intr.) desmoronar, desabar, ruir o terreno.
Smottatúra, s. f. desmoronamento / a terra removida no desmoronamento, e o lugar onde ela ruiu.
Smozzàre, v. (tr.) recortar, cortar, truncar, separar uma parte de um todo, tirar / decepar / diminuir, encurtar / (agr.) desmochar plantas.
Smozzatúra, s. f. recorte / (agr.) desmoche.
Smozzicaménto, s. m. recorte, encurtamento, cerceamento, diminuição; corte ou suspensão de alguma parte de um todo.
Smozzicàre, v. (tr.) recortar sem arte, mutilar / afear, picar / il vaiolo gli ha smozzicato la faccia / truncar, abreviar, comer as palavras ou frases de um discurso, frase, etc. (pres.) smòzzico.
Smozzicàto, p. p. e adj. recortado, truncado, decepado, mutilado, roto, derrocado / parole smozzicate: palavras entrecortadas.
Smozzicatúra, s. f. recorte, decepamento, truncadura, encurtamento, mutilação.
Smucciàre, v. (ant.) escapar, escapulir, escorregar.

Smúngere, v. (tr.) mungir, expremer, ordenhar, tirar todo o húmus, enxugar, secar / (fig.) exaurir, desfrutar, explorar / mi smunse la borsa: exauriu-me a carteira.
Smúnto, p. p. e adj. mungido, expremido / pálido, extenuado, descarnado, emaciado, descorado / viso ——: rosto amarelado.
Smuòvere, v. (tr.) remover trabalhosamente / mexer, deslocar do lugar / (fig.) demover um terreno, trabalhá-lo com arado / (refl.) mover-se, deslocar-se; smuòversi il corpo: obrar, evacuar, expelir matérias fecais do corpo.
Smuràre, v. (tr.) desfazer o muro, desmurar / tirar do muro / —— una cassaforte: desentaipar um cofre.
Smusàre, v. quebrar a venta (focinho, cara) / torcer a cara, em sinal de nojo ou desprezo.
Smusàta, o mesmo que smusatúra, s. f. micagem, careta, carantanha / golpe na venta / (fig.) amuo, má cara.
Smusicàre, v. (intr.) desmusicar, divertir-se com a música, porém sem harmonia alguma e desajeitadamente.
Smussaménto, s. m. e smussatúra, (s. f.) chanfro, bisel / embotamento.
Smussàre, v. (tr.) chanfrar, biselar, aparar / embotar / (fig.) atenuar, suavizar; moderar.
Smússo, p. p. chanfrado, biselado, embotado / (s. m.) chanfro, chanfradura, canto, ponta.
SN, (quím.) stàgno, estanho.
Snasàre, v. (tr.) desnarigar; tirar, mutilar o nariz.
Snaturaménto, s. m. ato de desnaturar.
Snaturàre, v. (tr. e refl.) desnaturar; alterar para pior a natureza de coisa ou pessoa / desfigurar, alterar, desvirtuar; desviar, transviar / distanciar-se da natureza própria.
Snaturataménte, adv. desnaturadamente; de modo desumano; desapiedadamente.
Snaturatêzza, s. f. desnaturação, desnaturamento; crueldade.
Snaturàto, p. p. e adj. desnaturado; desumano; cruel; descaroável; inumano; ímpio, perverso.
Snazionalizzàre, v. (tr. neol.) desnacionalizar; desnaturalizar um cidadão.
Snazionalizzazióne, s. f. desnacionalização; ato de desnacionalizar.
S. N. D. A. — Società Nazionale Dante Alighieri.
Snebbiàre, v. (tr.) desnublar, libertar da névoa, esclarecer, clarear, tornar límpido / (refl.) snebbiarsi l'aria: serenar-se o ar / (fig.) desanuviar-se.
Sneghittíre, v. espreguiçar, tirar a preguiça; espertar, tornar vivo, esperto / (refl.) recobrar atividade, desentorpecer-se / (pres.) snegghittisco.
Snellaménte, adv. lestamente, agilmente; com grande destreza.
Snellêzza, s. f. ligeireza; leveza; presteza / agilidade, elegância de movimentos / —— di forme: elegância, agilidade de formas.
Snellíre, v. tornar ágil, leve, lesto, elegante, desembaraçado.

Snèllo, adj. ligeiro, lesto, ágil; esbelto; airoso; gracioso / **stile** ———: estilo lesto, leve, fluente.
Snerbàre, v. **snervàre**.
Snervamênto, s. m. (rar.) enervamento; enervação; abatimento, extenuação.
Snervànte, p. p. e adj. enervante; extenuante.
Snervàre, v. (tr.) enervar; debilitar; enfraquecer; amolecer; desvigorar; extenuar.
Snervatamênte, adv. enervadamente; frouxamente.
Snervatêzza, s. f. enervação, enervamento; abatimento; extenuação / (sin.) **spossatezza**.
Snervàto, p. p. e adj. enervado; fraco, lânguido, lasso; mole; nervoso / extenuado, desvigorado; abatido; efeminado.
Sniafiòcco, s. m. (neol. têxt.) fibras têxteis da celulose.
Snidàre, v. desninhar, tirar do ninho / desnichar, tirar do nicho ou da cova / (fig.) tirar para fora, fazer sair do lugar onde estava / ——— **il nemico**; desalojar o inimigo.
Snob, (v. ingl.) s. m. falsa elegância, afetação de originalidade.
Snobismo, s. m. (neol.) esnobismo, qualidade do que procura distinguir-se com afetações e originalidade.
Snocciolàre, v. (tr.) descaroçar, livrar dos caroços / (fig.) pagar a dinheiro, como que contando moeda por moeda / relatar, contar minuciosamente tudo o que se sabe a respeito de uma coisa / **snoccioló tutto per filo e per segno**: desfiou (narrou) tudo ponto por ponto / contar, badalar, alardear / (pres.) **snòcciolo**.
Snodamênto, s. m. desatamento; desatadura; ação de desatar, de soltar.
Snodàre, v. (tr.) desatar, desnodar, desfazer um nó; soltar, desprender; libertar; tornar ágil nos movimentos / ——— **la língua**: soltar a língua / (refl.) soltar-se, desligar-se, desenrolar-se; distender-se.
Snodàto, p. p. e adj. desatado; desamarrado; desligado; livre / móvel, flexível, deslocado nas juntas e nas conexões / articulado / solto, movediço.
Snodatúra, s. f. ação e efeito de desatar / dobra nas junturas / articulação de partes rígidas.
Snodevôle, adj. desatável, fácil de desatar, de desligar / articulável.
Snòdo, s. m. articulação.
Snodolàre, v. (tr. e refl.) desnucar, romper a juntura do pescoço.
Snudàre, v. (tr.) desnudar, deixar nu / desembainhar (espada, punhal, etc.).
So, su, sub, prefixo que indica inferioridade, sujeição, substituição, e requer a dobrez da consoante inicial que não seja s impuro, z, x, gn; ex.: **soggiacere**: sucumbir; **soggiogare**, subjugar.
Soàve, adj. suave, que causa impressão doce e agradável aos sentidos; brando, macio; terno; meigo / amável; manso; aprazível; ameno; delicado; elegante / melífluo, benigno; mole; leve.
Soavemênte, adv. suavemente; agradavelmente; harmoniosamente.
Soavità, s. f. suavidade; macieza; doçura extrema; graça, encanto de formas, de fisionomia / benignidade; brandura; meiguice.
Soavizzàre, v. (tr.) suavizar, tornar suave aos sentidos; abrandar; adoçar / temperar, mitigar.
Sobbalzàre, v. (intr.) saltar, pular de baixo para cima; dar solavancos / estremecer-se, comover-se, sobressaltar-se, assustar-se.
Sobbàlzo, s. m. pulo / estremecimento, sobressalto; agitação repentina / (adv.) **di** ———: de repente, de sobressalto.
Sobbarcàre, v. submeter-se, obrigar-se a um trabalho penoso e difícil; assumir um encargo / sujeitar à fadiga, / sujeitar-se, submeter-se; subordinar-se: **sobbarcarsi a una responsabilità**.
Sobbillàre, v. **sobillàre**.
Sobbollimênto, s. m. ebulição; fervor; efervescência / (fig.) exaltação; ira.
Sobbollire, v. (intr.) ferver ligeiramente sem que a fervura apareça à superfície do líquido / (fig.) incubar: **l'ira sobbolliva nel suo cuore**.
Sobborghigiàno, adj. e s. m. (rar.) suburbano; que habita num subúrbio.
Sobbôrgo, s. m. subúrbio; arrabalde, burgo; vizinhança / (pl.) **sobborghi**.
Sobbùglio, s. m. (rar.) o mesmo que **subbúglio**: bulha, tumulto, alvoroço.
Sobillamênto, s. m. atiçamento; incitação; insinuação; induzimento; instigação.
Sobillàre, v. (tr.) induzir, incitar, instigar à revolta / insinuar; atiçar; sugestionar; seduzir; subornar; excitar.
Sobillatôre, s. m. instigador, atiçador; excitador; provocador.
Sobriamênte, adv. sobriamente; frugalmente; moderadamente.
Sobrietà, s. f. sobriedade, moderação; temperança.
Sòbrio, adj. sóbrio; comedido; frugal; económico; parco; simples; temperado; moderado.
Sobriquet, (v. fr.) s. m. alcunha / (ital.) **nomígnolo**.
Socchiamàre, v. chamar em voz baixa, mansamente.
Socchiúdere, v. (tr.) entreabrir, abrir um pouco; fechar não inteiramente.
Socchiúso, p. p. e adj. entreaberto; que está um pouco aberto; fechado, mas não inteiramente.
Sòccida, s. f. contrato de parceria, feito em certos lugares da Itália, entre proprietários e tratadores de gado, no qual se repartem em igual medida lucros e perdas.
Sòccio, s. m. (rar.) sócio, parceiro num contrato de gado.
Sòcco, s. m. (lat. **soccus**) soco, calçado ou tamanco usado pelos antigos atores, nas comédias / (para tragédias: **coturno**).
Soccômbere, v. (intr.) sucumbir, cair sob o peso de; perder o ânimo; ceder sob o peso de força material ou moral / não resistir; morrer / (for.) perder o pleito.
Soccôrrere, v. (tr. e refl.) socorrer; ajudar; auxiliar / amparar, proteger; assistir; dar ajuda, subvencionar.

Soccorrêvole, adj. socorredor, auxiliador; generoso, piedoso, caridoso; benéfico.
Soccorrevolmênte, adv. beneficamente; piedosamente; caridosamente.
Socorríbile, adj. (rar.) ajudável, que pode ser ajudado, socorrido.
Soccorrimênto, (p. us.) s. m. socorro, ajuda, socorrimento; ação de socorrer.
Socorritôre, adj. e s. m. socorredor, auxiliador, o que ajuda / (s. m.) aparelho que serve para reforçar a corrente elétrica; reforço, **relais.**
Soccôrso, p. p. e adj. socorrido, ajudado, auxiliado; defendido, amparado / (s. m.) socorro, apoio, valimento, proteção / recurso, meio eficaz / (med.) **posto di pronto** ————: pronto-socorro médico.
Soccòscio, s. m. anca, fio do lombo do boi ou da vaca: alcatra (bras.).
Sociàbile, adj. (lit.) sociável; dado; tratável; afável.
Sociabilità, s. f. sociabilidade; afabilidade.
Sociabilmênte, adv. sociavelmente.
Socialdemocrático, adj. social-democrático; s. m. partidário da democracia social.
Socialdemocrazia, s. f. (pol.) social-democracia / partido político fundado na Itália por De Gásperi.
Sociàle, adj. social, que diz respeito à sociedade / **scienze sociali:** a economia e a estatística / **ragione sociale:** firma, empresa social / (hist.) **guerra** ————: guerra social.
Socialismo, s. m. socialismo, sistema de governo que tem por base a transformação econômica da sociedade / (neol.) coletivismo, marxismo, dirigismo; nacionalização.
Socialista, s. m. socialista, partidário do socialismo.
Socialístico, adj. relativo ao socialismo, de socialista.
Socialistòide, s. m. filo-socialista; amigo, simpatizante do socialismo.
Socialità, s. f. socialidade.
Socializzàre, v. (tr.) socializar; tornar social; reunir em sociedade / nacionalizar, pôr sob a administração do Estado.
Socializzazióne, s. f. socialização, ação e efeito de socializar.
Socialmênte, adv. socialmente; em sociedade: **vívere** ————.
Società, s. f. sociedade; associação, agrupamento / agremiação / **società umana e civile:** a sociedade humana / **andare in** ————: freqüentar a sociedade / **abito da** ————: traje de etiqueta / (gal.) boa sociedade, classe nobre ou culta, mundo elegante.
Societàrio, adj. societário; social.
Sociêvole, adj. sociável: afável, tratável; polido, urbano.
Socievolêzza, s. f. sociabilidade.
Socievolmênte, adv. sociavelmente / afavelmente.
Sòcio, s. m. sócio; membro de uma sociedade; o que se associa com outro ou outros numa empresa / consórcio: associado; companheiro; colega; parceiro / acionista / membro; colaborador; participante / conivente / **sócio effettivo, onorario, corrispondente**
Sociología, s. f. sociologia.
Sociológico, adj. sociológico / (pl.) sociologici.
Sociòlogo, s. m. sociológo / (pl.) sociologi.
Sòcrate, n. pr. Sócrates, filósofo grego (século V a. C.).
Socraticamênte, adv. socraticamente.
Socràtico, adj. socrático, relativo a Sócrates.
Sòda, s. f. soda, bebida preparada com água gasosa e que se toma como refrigerante / **sòda cáustica:** (quím.): soda cáustica ou óxido de sódio.
Sodàglia, s. f. brejo, charneca.
Sodàle, s. m. (lit.) sócio, companheiro e especialmente de estudos; colega, camarada.
Sodalízio, s. m. sodalício; congregação; associação / fraternidade, convivência / (pl.) **sodalizi.**
Sodàre, v. (tr.) enfortir, apisoar; tornar mais consistente (diz-se especialmente de panos e feltros).
Sodatôre, s. m. pisoeiro, pisoador.
Sodatrice, s. f. máquina para pisoar.
Sodatúra, s. f. pisoamento, pisoagem; ato de pisoar.
Soddisfàre, v. **sodisfàre,** e deriv.
Sodêzza, s. f. consistência, dureza, firmeza, solidez; qualidade do que é sólido, duro, firme, consistente / **la** ———— **delle càrni:** a rijeza das carnes / ———— **di muscoli.**
Sòdio, s. m. sódio (quím.), metal cujo óxido é a soda.
Sodisfacènte, p. pr. e adj. satisfatório, apto a satisfazer; aceitável / **condizioni sodisfacènti:** condições satisfatórias.
Sodisfacentemênte, adv. satisfatoriamente; contentemente.
Sodisfacimênto, s. m. satisfazimento; satisfação.
Sodisfàre, e **soddisfàre,** v. satisfazer; agradar; aprazer / convir; corresponder; contentar; agradar / bastar / saciar: ———— **l'appetito** / pagar o que se deve; indenizar / (refl.) contentar-se, ficar satisfeito.
Sodisfàtto, p. p. e adj. satisfeito; pago: realizado; cumprido / executado / saciado / contente, satisfeito.
Sodisfazióne, e **soddisfazióne,** s. f. satisfação, ato e efeito de satisfazer; contentamento, prazer, gosto / cumprimento, desagravo, reparação de uma ofensa / justificação, pagamento / recompensa, prêmio.
Sòdo, adj. sólido, consistente; duro, que não cede à pressão / compacto; maciço; robusto / sólido, firme, constante; forte, galhardo / sólido, fundado, sério, grave; justo / **cultura soda:** cultura sólida, profunda / **stàre sodo:** ficar firme, não ceder / **lo picchiò sodo:** surrou-o fortemente / (s. m.) solidez, dureza, firmeza / (geom.) sólido, corpo, espaço definido.
Sòdoma, (geogr.) Sodoma, cidade da Palestina, destruída pelo fogo celeste.
Sodomía, s. f. sodomia, pecado contra a natureza.
Sodomíta, s. f. sodomita.
Sofà, s. f. (do ar. **suffa**) sofá, canapé / (pl.) **sofás.**

Sofferènte, adj. sofredor, que sofre, que se sente mal / doente / enfermo; vítima, paciente, tolerante.

Sofferènza, s. f. sofrimento, dor física ou moral; padecimento, amargura, mal; fardo; resignação; tormento / (com.) morosidade / **cambiale in ——**: letra a espera de pagamento.

Sofferíre, v. (tr. lit.) sofrer, padecer / **noi troppo odiammo e sofferimmo** (Carducci).

Soffermàre, v. (tr.) deter por pouco tempo; sustar, interromper / (refl.) parar, deter-se, interromper-se / **soffermàti sull'arida sponda** (Manzoni) / (fig.) demorar-se acerca de um argumento / **si soffermó a discutere il problema**: deteve-se a discutir o problema.

Soffermàta, s. f. parada breve.

Sofferre e sofferère, v. (tr. e intr.) (ant.) sofrer.

Sofferto, p. p. e adj. sofrido, padecido, tolerado; suportado / **pena soffèrta**: pena suportada, sofrida / admitido, consentido / (for.) (s. m.) pena descontada: **computare il ——**.

Soffiamènto, s. m. assopramento; sopro; bafejo / insinuação.

Soffiàre, v. (intr.) assoprar, soprar; impelir o ar com a boca; respirar, resfolegar, ofegar / **soffiàre per collera**: bufar de raiva / (fig.) **soffiàre nel fuoco**: atiçar as iras, as paixões; incitar / **soffiàre un posto a uno**: tirar a alguém o lugar ou emprego / **soffiàre una cosa nell'orecchio a uno**: falar ao ouvido de alguém, segredar / **soffiàre il fumo**: assoprar a fumaça (fig.) sugerir / segredar, delatar / **soffiarsi il naso**: assoar-se o nariz.

Soffiàta, s. f. sopro, assopradela / assoadela.

Soffiatôio, s. m. assoprador, instrumento para assoprar / fole de uma forja.

Soffiatôre, adj. e s. m. assoprador, quem ou que assopra / assoprador / fole, utensílio para introduzir o ar nos fogões.

Soffiatríce, s. f. (técn.) máquina usada nas fábricas de chapéus, a qual, mediante ventilação, separa o pelo dividindo o mais fino do inferior.

Soffiatúra, s. f. assopramento / sopro; assopradura.

Sòffice, adj. fofo, macio; brando; mórbido; **pane ——**: pão macio / (fig.) suave; tratável, cômodo, elástico; dócil / (s. m.) (técn.) chumaceira para tradear.

Sofficemènte, adv. molemente, brandamente.

Soffiería, s. f. foles de um órgão / complexo dos foles que assopram no fogo nos trabalhos de metalurgia.

Soffiètto, s. m. (dim.) soprozinho / fole pequeno / fole de mão / pequeno assoprador para limpar o pó ou para expelir pó inseticida / fole das máquinas fotográficas / capota de carro / (jornal.) notícia ou artigo de jornal elogiando alguém.

Sòffio, s. m. sopro, assopro, ato de assoprar / (fig.) inspiração; **sòffio divino**: sopro divino / (med.) sopro, ruído anormal do coração, dos pulmões, etc. / expiração, brisa; bafo / insinuação / inspiração / respiro / viração; vento.

Soffiône, s. m. (aum.) assoprão, soprão (sopro grande / utensílio para assoprar no fogo / (fig.) assoprador; espião / fenômeno geológico que consiste na emanação a jatos de vapor de água contendo ácido bórico / (bot.) dente-de-leão, planta da família das compostas.

Soffitta, s. f. mansarda, água-furtada / trapeira.

Soffittàre, v. (tr.) fazer mansardas ou águas-furtadas numa casa.

Soffítto, s. m. sofito (ant.), forro, teto, interior de uma sala, quarto, etc. / face interior de uma arquitrave ou cornija.

Soffocamènto, s. m. sufocamento, ação de sufocar / sufocação, asfixia / opressão.

Soffocànte, p. pr. e adj. sufocante, que sufoca / asfixiante; oprimente.

Soffocàre, v. (tr.) sufocar, causar sufocação a / asfixiar: afogar / (fig.) oprimir privando da luz, do ar, da liberdade / reprimir; frear / dominar; apagar; abafar / amordaçar / ocultar, impedir a divulgação: **—— lo scandalo**.

Soffocàto, p. p. e adj. sufocado / afogado / reprimido: **singhiozzi soffocati**.

Soffocaziône, s. f. sufocação / opressão / asfixia.

Sòffoco, s. m. (dial.) mormaço.

Soffogàre, (pop.) v. **soffocàre**.

Soffòlcere, v. (tr.) (poét.) suster, sustentar (usado só nas vozes: **soffolce, soffolto**).

Soffondère, v. (lit. e rar.) rociar, aspergir, respingar / difundir, espalhar, estender.

Soffreddàre, v. (tr. e refl.) entibiar, arrefecer; esfriar um pouco uma coisa; amornar.

Soffrèddo, adj. arrefecido, esfriado; amornado, entibiado.

Soffregamènto, s. m. esfregadela, esfregação, fricção ligeira.

Soffregàre, v. (tr.) esfregar, friccionar ligeiramente; roçar.

Soffríbile, adj. sofrível, que se pode sofrer; passável, suportável, tolerável.

Soffribilmènte, adv. sofrivelmente; suportavelmente, toleravelmente.

Soffríggere, v. refogar; frigir ligeiramente / frigir.

Soffrimènto, s. m. (rar.) sofrimento.

Soffríre, v. sofrer, provar dor física ou moral; suportar, padecer, tolerar / admitir, permitir / decair / experimentar prejuízo / padecer com paciência; suportar / resignar-se; penar / (pr.) **soffro**.

Soffrítto, p. p., adj. e s. m. frígido, frito / refogado.

Soffumicàre, v. (tr.) fumegar; defumar / espalhar fumo de essências odoríferas num local / (pr.) **soffúmico**.

Soffúso, p. p. e adj. aspergido, derramado, difundido / irrorado, borrifado, rociado.

Sofí e soffí, s. m., título que antigamente se dava aos reis da Pérsia.

Sofia, (geogr.) Sofia, capital da Bulgária / (n. pr.) Sofia.
Sofia, s. f. (lit. do greg.) sofia, ciência; filosofia, sabedoria.
Sofisma, s. f. (fil.) sofisma / argumento, raciocínio falso.
Sofista, s. f. sofista / (ant.) filósofo que ensinava a eloqüência.
Sofística, s. f. sofística, arte e obra dos sofistas: filosofia dos sofistas; dialética capciosa.
Sofisticàggine, s. f. (depr.) sofistiquice.
Sofisticamènte, adv. sofisticamente, de modo sofístico.
Sofisticàre, v. (intr.) sofisticar, subtilizar; sofismar / (tr.) adulterar, falsificar, sofisticar: ——— **lo zucchero, il latte,** etc. / (pres.) **sofistico.**
Sofisticazióne, s. f. sofisticação, ato de sofisticar.
Sofistichería, s. f. sofisticaria, raciocínio sofístico, vício sofístico, pessoa pedante.
Sofistico, adj. sofístico / sutil, caviloso, falso, difícil, pedante, incontentável / escrupuloso, melindroso / (pl.) **sofistici.**
Sòfo, s. f. (lit. ou burl.) sapiente, hábil, sábio.
Sòfocle, n. pr. (lit.) Sófocles, poeta trágico grego (495-405 a. C.).
Sofonisba, n. pr. e fem. Sofonisba.
Sôga, s. f. (ant.) soga, cinto, tira de couro; correia.
Sogàttolo e **sogàtto,** s. m. (ant.) couro forte e sólido para fazer cabrestos, freios, correias etc.; soga.
Soggettàbile, adj. sujeitável, que se pode sujeitar / subjugável, subordinável, domável; sofreável.
Soggettamènte, adv. em sujeição, em domínio alheio: **vivere** ———: viver em sujeição, em submissão.
Soggettamènto, s. m. sujeição, domínio.
Soggettàre, v. (tr.) sujeitar, reduzir à sujeição; tornar sujeito; dominar / tomar como sujeito ou assunto.
Soggettìsta, s. m. (neol.) que escreve o assunto, ou seja, argumentos, temas para o cinema.
Soggettivìsmo, s. m. (filos.) subjetivismo.
Soggettivìsta, s. m. (fil. e art.) subjetivista.
Soggettività, s. f. subjetividade, qualidade de subjetivo.
Soggettivo, adj. subjetivo.
Soggêtto, adj. sujeito, dominado, escravizado, submetido / adstrito; obediente; sem vontade própria / exposto, disposto, inclinado, propenso, tendente / (s. m.) argumento, tema, assunto / indivíduo, súdito; homem / (gram.) sujeito, a pessoa ou coisa de que se fala / (filos.) espírito que conhece em relação ao que é conhecido / (mús.) tema da fuga.
Soggeziòne, s. f. sujeição, submissão, dependência / respeito, timidez, acanhamento / **persona di** ———: pessoa grave, venerável, de alta linhagem.
Sogghignàre, v. (intr.) rir, sorrir escarnecidamente, sarcasticamente.
Sogghigno, s. m. riso escarninho, riso de mofa.
Soggiacènte, adj. subjacente.

Soggiacêre, v. (intr.) sujeitar-se, submeter-se; estar subjugado, dominado / sucumbir; ceder / morrer.
Soggiacimènto, s. m. sujeição, ato de sujeitar; submissão, dependência.
Soggiogamènto, s. m. subjugação, ato ou efeito de subjugar.
Soggiogàre, v. subjugar, pôr sob o jugo com a força; dominar, conquistar / vencer, superar / submeter, reduzir à escravidão; avassalar / reprimir, domar.
Soggiogatôre, adj. e s. m. (rar.) subjugador.
Soggiornàre, v. sojornar (do ital.), ficar, permanecer alguns dias num lugar para descanso ou passatempo; ficar, residir / **soggiornó molto tempo a Nàpoli:** ficou (permaneceu) muito tempo em Nápoles.
Soggiôrno, s. m. sojorno (lus.), moradia, parada, permanência curta e aprazível num lugar; e o próprio lugar / **é un óttimo luogo di soggiorno:** é um ótimo lugar para temporada / **stànza di** ———: lugar, sala onde os familiares costumam ficar durante o dia / (ant.) titubeio.
Soggiùngere, v. (tr.) acrescentar, ajuntar, agregar, replicar algo ou já dito; **poi soggiunse qualche parola di lode:** depois ajuntou umas palavras de louvor / responder, retrucar, redizer.
Soggiuntivo, adj. subjuntivo, relativo ao modo subjuntivo ou conjuntivo dos verbos / (s. m.) conjuntivo, subjuntivo.
Soggòlo, s. m. véu ou gola que as freiras usam por baixo do manto ou ao redor do pescoço / (equit.) correia de couro que passa sob o pescoço do cavalo / correia afivelada de boné militar.
Sogguardàre, e **sogguatàre,** v. (tr.) olhar de soslaio, obliquamente.
Sòglia, s. f. umbral, ombreira, soleira; pedra sobre a qual pousam os umbrais da porta; limiar, entrada: **varcare la** ———: entrar ou sair de uma casa, de uma sala, etc. / (fig.) primórdio, começo / **la** ——— **della vita:** o limiar da vida / ——— **dell'abisso:** borda do abismo.
Sogliàre, e **sogliàio,** s. m. (ant.) soleira, limiar.
Sòglio, s. m. sólio, trono; assento, cadeira real ou pontifícia.
Sògliola, s. f. solha, peixe da família dos Soleídeos.
Sognàbile, adj. sonhável, que se pode sonhar / (fig.) que se pode desejar, etc.
Sognànte, p. pr. e adj. sonhador; que sonha / que parece mergulhado em sonhos.
Sognàre, v. (tr. e intr.) sonhar, ter um sonho ou sonhos / ver em sonhos; ter na mente durante o sonho / fantasiar, devanear; fazer castelos no ar; imaginar / preocupar-se, aplicar o pensamento / idealizar; supor / pensar no impossível: **cosa ti sogni!** o que estás sonhando!
Sognatôre, adj. e s. m. sonhador; fantasiador; fantasista / idealista / visionário, utopista / (fem.) **sognatrice.**

Sôgno, s. m. sonho; devaneio; fantasia; esperança / ideal / desejo; ilusão; quimera / utopia; visão / **nemmeno per** ———: nem por sonho, nem por idéia / **é passato come un** ———: passou como um sonho / **avverarsi un** ———: realizar-se um sonho.

Sòia, s. f. (ant.) louvor exagerado, adulação mesclada com zombaria / (agr.) soja, planta herbácea das leguminosas, semelhante ao feijão.

Soirée, (v. fr.) s. f. serão, sarau / (ital.) veglia.

Sókol (v. checo) s. m. sociedade ginástica fundada em Praga em 1861 e estendida a todos os países eslavos.

Sòl, s. m. sol, quinta nota da escala musical diatônica / com o fechado apócope de **sòlo** e de **sole**.

Solàio, s. m. (lat. **solarium**) pavimento, soalho que separa um aposento do correspondente do andar superior / aposento do último andar, com um lado aberto, freqüente nas casas rurais / terraço / sótão.

Solamènte, adv. somente; só / solamente (p. us.).

Solanàcee, s. f. (bot.) solanáceas, família de plantas dicotiledôneas.

Solanína, s. f. solanina, alcalóide que se forma nas hastes e tubérculos de algumas solâneas.

Solàre, adj. solar, relativo ao Sol / (fig.) alto, magnífico, augusto, glorioso; divino / evidente, claríssimo: **una dimostrazione solare** / de cor solar: **miele** ——— / (med.) **chiodo** ———: golpe de sol.

Solàre, v. (tr.) solar, pôr solas em calçados / (pres.) **suolo, soliamo**.

Solarígrafo, s. m. (meteor.) instrumento que registra a duração das horas de Sol.

Solàrio, s. m. solário, local onde se faz cura de Sol.

Solarizzazióne, s. f. (fot.) solarização.

Solàta, s. f. golpe de sol; insolação, solama.

Solatio, adj. soalheiro, exposto ao sol / (s. m.) soalheiro, lugar exposto ao sol.

Solàtro, s. m. (bot.) solano, erva-moura.

Solatúra, s. f. solagem, ação de pôr solas nos calçados / solado do calçado / assoalhadura do pavimento.

Solcàbile, adj. sulcável, que se pode sulcar.

Solcamènto, s. m. corte de sulcos.

Solcàre, v. (tr.) sulcar; fazer regos ou sulcos com arado / cortar, sulcar, atravessar as ondas: navegar / **solca l'oceano**: sulcar, navegar no aceano / abrir rugas, fendas ou pregas em / **le rughe gli solcano la fronte**: as rugas sulcam-lhe a fronte / **viso solcato di lagrime**: rosto banhado em lágrimas.

Solcàta, s. f. sulco; escavação / cruzada, travessia.

Solcatôre, adj. e s. m. sulcador; que sulca; que atravessa / que lavra / (agr.) parte da semeadeira mecânica.

Solcatúra, s. f. ato ou efeito de sulcar.

Sôlco, s. m. sulco, rego que forma o arado / (fig.) rasto que o navio faz na água / esteira que deixam as rodas dos veículos / traço, rasto / **seguire il** ———: seguir o rastro / **uscir dal** ———: sair do sulco; abandonar o caminho certo, transviar-se.

Solcòmetro, o mesmo que **dronòmetro**, (s. m.) dronômetro, aparelho com que se mede uma distância percorrida, ou a velocidade de um navio.

Soldanàto, s. m. (ant.) sultanato, dignidade ou domínio do Sultão.

Soldàno, s. m. (ant.) sultão.

Soldàre, v. tr. (ant.) assoldar, tomar a soldo; arrolar, engajar.

Soldarèllo, s. m. (dim. de **sòldo**): vintém, vintenzinho.

Soldatàglia, s. f. (depr.) soldadesca, tropa, conjunto de soldados / soldadesca mercenária ou indisciplinada.

Soldatêsco, adj. soldadesco, relativo a soldados, próprios de soldados / às vezes tem sentido depreciativo; **manière** ———: maneiras, modos soldadescos.

Soldatíno, s. m. (dim.) soldadinho / figuras de soldados geralmente de chumbo, com as quais brincam as crianças.

Soldàto, s. m. soldado / homem de armas; homem alistado nas fileiras do exército, voluntário ou obrigado por lei / (fig.) o que exerce uma missão ou milita num partido / **di Cristo**: soldado de Cristo / (p. p.) assoldado / engajado, alistado.

Sòldo, s. m. soldo, moeda antiga de cobre, de vário valor, segundo as épocas; hoje (**soldo**: vintém) corresponde na Itália à vigésima parte da lira / (fig.) dinheiro em geral / **non valere un** ———: não valer um vintém, não valer nada / **non ha mai un** ———: não tem nunca dinheiro / **l'ha comprato per pochi soldi**: comprou-o por pouco dinheiro / **persona da pochi soldi**: pessoa de escasso valor / (fig.) moeda; salário; soldo; retribuição / **far i soldi**: ganhar muito, realizar / (dim.) **soldino**; (aum.) **soldône**.

Sôle, s. m. sol; astro, centro do nosso sistema planetário / estrela, astro considerado como centro de um sistema planetário / (fig.) o dia; / gênio, grande talento / luz, princípio que exerce grande influência / alba, aurora, manhã; luz, dia / **vedere il** ——— **a scacchi**: estar na prisão / (hist.) **il Re Sole**: o rei Sol, Luís XIV.

Soleàre, s. m. (ant.) solhar, músculo da barriga da perna.

Solêcchio, (lit.) s. m. reparo contra a luz do sol / **far** ———: reparar os olhos do Sol ou da luz muito forte com a mão aberta à altura da fronte.

Solecísmo, s. m. solecismo, erro gramatical.

Soleccizzàre, v. (intr.) solecizar; usar, cometer solecismos.

Soleggiamènto, s. m. assoalhadura, exposição ao sol ou ao soalheiro / (meteor.) tempo no qual o sol é efetivamente visível.

Soleggiàre, v. (tr.) assoalhar, expor ao sol para fazer secar ou enxugar; insolar.

Soleggiàto, p. p. e adj. exposto ao sol, assoalhado; que recebe luz solar direta.

Solenite, s. f. (neol.) solenite, pó sem fumaça, constituído de nitratos de celulose, nitroglicerina e óleo mineral; explosivo.

Solènne, adj. solene; que se celebra com pompa; **festa, abito** ——: costume; traje solene / pomposo, esplêndido; magnífico / insígne; excelente, famoso / extraordinário; sério; grave / (iron.) **un asino** ——: um asno solene.

Solenemènte, adv. solenemente.

Solennità, s. f. solenidade / ato solene; cerimônia pública / festa, pompa, festividade / aparato / (for.) fórmulas legais: la —— d'un atto.

Solennizzàre, v. (tr.) solenizar; celebrar com pompa, com solenidade.

Solennizzamènto, s. m. (p. us.) solenização, celebração, festejo.

Solenòide, s. m. solenóide, fio enrolado em espiral através do qual se faz passar a corrente elétrica.

Sòleo, s. m. (ant.) **muscolo** ——: solhar, musculo da barriga da perna.

Solère, v. (intr.) (lat. **solere**) soer, costumar, ter por costume ou vezo; estar habituado / (pres.) **soglio, suoli, suole, sogliamo, solete, sogliamo:** é defectivo.

Solèrte, adj. solerte; diligente; engenhoso; hábil, industrioso; atento; acautelado; solícito / **operaio** ——: operário hábil.

Solertemènte, adv. habilmente; diligentemente; sagazmente.

Solèrzia, s. f. solércia; finura; habilidade; diligência / operosidade, esmero / solicitude.

Solétta, s. f. soleta, peça de sola para calçado: palmilha / parte da meia que veste a ponta e a planta do pé / (arquit.) laje, parte do teto nas construções em cimento armado.

Solettàre, v. (tr.) palmilhar o calçado / deitar palmilhas nas meias.

Solettatúra, s. f. renovação das palmilhas.

Solètto, adj. (dim. de **solo:** só), sozinho, inteiramente só.

Sòlfa, s. f. solfa, arte de solfejar; música escrita / (fig.) **è sempre la stessa** ——: é sempre a mesma música / **battere la** ——: marcar o tempo.

Solfanèllo, (ou **zolfanèllo**) s. m. fósforo de palito cuja cabeça se inflama por atrito / (fig.) **pigliar fuoco come un** ——: acender como um fósforo, irritar-se por qualquer insignificância.

Solfàra, s. f. jazida de enxofre; enxofreira.

Solfàre, v. (tr.) enxofrar, borrifar, aspergir de enxofre.

Solfatúra, s. f. solfatura, (ital.) jazida superficial de enxofre / emanação de vapores sulfurosos.

Solfatàro, s. m. trabalhador das minas de enxofre.

Solfàto, s. m. sulfato (quím.); sal do ácido sulfúrico; —— **di rame:** sulfato de cobre.

Solfatúra, s. f. enxofração, ato ou efeito de enxofrar, de impregnar de enxofre.

Solfeggiàre, v. (intr.) solfejar, ler a música pronunciando o nome das notas.

Solfêggio, s. m. solfejo; leitura musical; exercício musical.

Solferíno, adj. solferino, de cor escarlate ou entre encarnado e roxo / (s. m.) matéria corante de cor escarlate.

Solfídrico, adj. sulfídrico, de ácido formado de enxofre e hidrogênio.

Solfito, s. m. sulfito.

Sòlfo, (menos comum que **zolfo**), s. m. enxofre.

Solfonàle, s. m. sulfonal, preparado químico, no qual entra o enxofre, usado como medicamento hipnótico.

Solforàre, v. (tr.) sulfurar; pulverizar com enxofre; enxofrar.

Solforatóio, s. m. sulfurador; lugar onde se põem as coisas que se devem sulfurizar.

Solforatríce, s. f. sulfurador, instrumento para aspergir de enxofre as videiras, etc.

Solforazióne, s. f. sulfuração, ato de sulfurar.

solfòrico, adj. (quím.) sulfúrico.

Solforóso, adj. (quím.) sulfuroso; sulfúreo.

Solfossilazióne, s. f. sulfossilação; sulfatização.

Salfúro, s. m. (quím.) sulfureto.

Solicèllo, s. m. (dim. de **sole:** sol) solzinho, sol lânguido, débil, amortecido, tíbio, fraco.

Solidàle, adj. solidário; que tem responsabilidade recíproca ou interesse comum / concorde, conforme.

Solidalmènte, adv. (jur.) solidariamente; com responsabilidade comum.

Solidamènte, adv. solidamente, de modo sólido, com solidez, com firmeza; / fundadamente.

Solidarietà, s. f. solidariedade / laço ou ligação mútua entre duas ou muitas coisas dependentes uma da outra / **mancanza di** ——: falta de solidariedade.

Solidàrio, adj. solidário / que tem responsabilidade recíproca ou interesse comum / (pl.) **solidari.**

Solidèzza, s. f. solidez, firmeza; durabilidade, consistência.

Solidificàre, v. (tr.) solidificar; tornar sólido; / (refl.) consolidar-se, firmar-se / congelar-se.

Solidificazióne, s. f. solidificação, consolidação / congelamento, coagulação, cristalização.

Solidità, s. f. solidez, qualidade ou estado de sólido; estabilidade, resistência; durabilidade; segurança, firmeza / valor, substância, consistência.

Sòlido, adj. sólido, que tem consistência; maciço / durável, forte, firme, denso / estável / fundado: **argomento** —— / substancial, robusto; real; incontestável / (s. m.) (geom.) sólido / (for.) **in** ——: **in solidum:** solidariamente / (hist.) sólido, moeda de ouro do imperador Constantino.

Solidúngo, ou **solidúngulo,** adj. (zool.) solípede / (s. m.) (pl.) ungulados.

Solifèrro, s. m. (lat. **soliferreum**) soliférreo, lança, projétil de ferro.
Solilòquio, s. m. solilóquio; monólogo / (pl.) **soliloqui**.
Solinàre, v. (tr.) expor ao sol; assoalhar.
Solingamênte, adv. (lit.) sem companhia, sozinho, solitariamente.
Solíngo, adj. solitário; só, que não ama a companhia / diz-se também de lugar pouco freqüentado: **luogo solingo**: lugar solitário.
Solíno, s. m. colarinho (avulso) de camisa de homem / (mar.) gola azul listrada de branco, que usam os marinheiros nos uniformes.
Solípede, adj. solípede, animal que tem um só casco em cada pé.
Solipismo, s. m. (filos.) solipismo.
Solíssimo, adj. sup. todo só. inteiramente só.
Solísta, s. m. e f. solista, pessoa que executa um solo musical.
Solitamênte, adv. usualmente, costumeiramente.
Solitariamênte, adv. solitariamente.
Solitàrio, adj. solitário, que vive só, que não ama a companhia / afastado, desacompanhado; que está em sítio remoto / ermo, deserto despovoado / (s. m.) anacoreta, eremita; homem que vive em solidão / solitário, diamante engastado só.
Sòlito, p. p. e adj. sólito, usado; habitual; acostumado; costumeiro, comum / **al solito**: habitualmente, de ordinário.
Solitúdine, s. f. solitude; solidão.
Solívago, adj. (lit.) sólitário, que anda, que vagueia sozinho.
Solívo, adj. exposto ao sol ou ao ar: áprico, soalheiro.
Sollazzamênto, s. m. festança, divertimento, recreação.
Sollazzànte, p. pr. e adj. prazenteiro, divertido.
Sollazzàre, v. (tr.) recrear, regalar, folgar / (refl.) divertir-se, recrear-se, entreter-se, folgar, refocilar-se.
Sollazzèvole, adj. divertido, prazenteiro, recreativo.
Solazzevolmênte, adv. divertidamente; regaladamente; alegremente.
Sollàzzo, p. m. divertimento, festa, festança; brincadeira; folguedo, prazer; passatempo; recreação / (fig.) **essere sollazzo della gente**: ser objeto de escárnio e de chacota de parte dos outros.
Sollecitamênte, adv. solicitamente, de modo solícito; com cuidado, com diligência; prontamente.
Sollecitamênto, s. m. solicitação, ato e efeito de solicitar.
Sollecitànte, p. p., adj. e s. m. solicitante; quem ou que solicita.
Sollecitàre, v. (tr.) solicitar; instar, apressar / incitar, impelir, induzir, arrastar; chamar; instar / rogar com o máximo zelo; convidar / (refl.) apresentar-se, dar-se pressa.
Sollecitàto, p. p. e adj. solicitado, instalado.
Sollecitatôre, adj. e s. m. solicitador, quem o que solicita / que insta, que apressa, que estimula, estimulador.

Sollecitatòria, s. f. (neol. burl.) carta de solicitação.
Sollecitaziòne, adj. solicitação, ato ou efeito de solicitar / instância, pedido / insistência, urgência, pressa.
Sollêcito, adj. solícito, que opera sem titubear, rapidamente; veloz, pronto, rápido; pressuroso, diligente, prestimoso; previdente; prestadio; zeloso, desvelado; dedicado; / (s. m.) solicitação, pedido / instância / pedido para pronto envio / **ho fatto un sollecito** / (adv.) prontamente va ———.
Sollecitúdine, s. f. solicitude, celeridade, presteza, diligente no executar alguma coisa; diligência, cuidado, atenção; esmero; zelo.
Solleône, e **solliône**, s. m. canícula, a estação mais quente do ano, na qual o sol se encontra na constelação zodiacal do grande Cão; calor grande.
Solleticamênto, s. m. prurido, cócegas; titilação, cócega (bras.).
Solleticànte, p. pr. e adj. que produz, que provoca cócegas / excitante, estimulante / apetitoso: **cibo, levanda**
Solleticàre, v. (tr.) fazer cócegas, titilar / (fig.) estimular, excitar, despertar: ——— **l'appetito, l'ambizione**, etc.
Sollètico, s. m. cócegas, coscas, prurido, titilação; comichão / estímulo, excitação: **il** ——— **della fame** (fome), **della fama**, etc.
Sollevàbile, adj. elevável, levantável; sublevável; que se pode levantar, que se pode erguer; que se pode sublevar.
Sollevamênto, s. f. levantamento, elevação; soerguimento; ato e efeito de levantar, de soerguer; de elevar / tumulto, insurreição, revolta, sedição / alívio, consolo.
Sollevàre, v. (tr.) soerguer, levantar para cima; levantar um pouco de baixo para cima / (fig.) aliviar, mitigar / elevar, pôr em posição elevada / sublevar, revoltar, rebelar, insurrecionar / elevar / ——— **la mente a Dio**: elevar a mente a Deus / aliviar, consoiar, confortar / (refl.) aliviar-se, recrear-se / rebelar-se, sublevar-se, insurgir.
Sollevàto, p. p. levantado, aliviado, sublevado / (adj.) insurreto, rebelde / (fig.) melhorado, aliviado, consolado.
Sollevatôre, adj. e s. m. levantador, que levanta, que ergue / **músculo** ———: músculo flexor / agente provocador.
Sollevaziòne, s. f. levantamento, usado mais comumente no sentido de rebelião do povo / sublevação, sedição, revolução.
Solliêvo, s. m. alívio, alento, consolo.
Sollo, adj. (ant.) instável, mole, arenoso, diz-se de terreno não-firme, inconsistente / (fig.) flexível, dócil, mole, brando.
Sollucheràre, v. (tr.) aguçar a vontade, fazer vir água na boca por desejo ou meiguice / (pres.) **sollúchero**.
Sollúchero, s. m. gozo, enternecimento deleite, regozijo / **andare in** ———: deleitar-se, babar-se de gozo, gozar alegrar-se, exultar.

Sólo, adj. só, sem companhia, não-acompanhado, simples, sem mais nada; **mangia il pane** ———: come somente não / solitário / único / **c'è un solo Dio**: há um único Deus / **tutto solo**: completamente só / **come un uomo** ———: como um só homem; unanimemente / (adv.) somente / **è buono, ma solo quando dorme** / (s. m.) sei il ——— **a saperlo**: és o único a sabê-lo / (mús.) solo, trecho de música executado por um só artista.

Solóne, (hist.) Sólon, legislador ateniense.

Solstiziàle, adj. solsticial.

Solstízio, s. m. (astr.) solstício.

Soltànto, adv. somente, unicamente, apenas.

Solúbile, adj. solúvel, que se pode dissolver, diluir num líquido / que se pode resolver, explicar, definir, decifrar.

Solubilità, s. f. solubilidade.

Solutívo, adj. solutivo, que tem a propriedade de solver ou dissolver / (farm.) laxante.

Solúto, p. p. e adj. solto, soluto, dissolvido / livre.

Solutôre, s. m. solucionista, diz-se do que soluciona um problema, charada, etc.

Soluziône, s. f. solução, resolução de uma dificuldade, de um problema, etc. / solução, dissolução / (quím.) / divisão, separação (cirurg.) / solução, pagamento / resolução, decisão; termo, desfecho, desenlace / ——— **di continuità**: solução de continuidade.

Solvènte, p. pr. e adj. solvente, que paga ou pode pagar o que deve / (s. m.) (quím.) dissolvente.

Solvènza, s. f. solvência, ação ou efeito de solver; solvibilidade; solução / (contr.) **insolvenza**, insolvência.

Sòlvere, v. (p. us.) solver, resolver / dissolver / explicar, aplanar / cumprir; pagar; liquidar.

Solvíbile, adj. (fr. **solvable**) (neol.) solvável ou solvente, que pode, que tem com que pagar.

Solvibilità, s. f. solvabilidade, poder ou possibilidade de pagar; solvência.

Sòma, s. f. carga, peso que uma besta pode transportar: **bestia da** ———: besta de carga / nome usado como unidade de medida e que corresponde mais ou menos à quantidade de peso ou volume que uma besta de carga pode levar: **una** ——— **di legna** / (fig.) peso, carga, jugo, fardo, obrigação dura, penosa / (ant.) corpo humano: **la** ——— **mortale**.

Somaràggine, s. f. asnidade, ação ou dito de asno.

Somaràta, s. f. asnada, asneira, burrice, asnidade.

Somàro, (lat. **sagmàrius**) s. m. asno, burro; jumento / (fig.) ignorante; tolo; imbecil / (dim.) **somarèllo**, somarino, **somarètto**, **somarùccio**: asnozinho, burrinho, burrico / (aum.) **somarône**: asnão, asneirão / (depr.) **somaràccio**.

Somàsco, adj. e s. m. somasco, que pertence à ordem religiosa fundada na localidade de Somasca (Lombardia) por S. Jerônimo Emiliani.

Somàtico, adj. somático (relativo ao corpo): **caratteri somàtici**.

Somatología, s. f. somatologia (tratado do corpo humano).

Sombrèro, s. m. (esp.) sombreiro (desus.); chapéu.

Someggiàbile, adj. carregável por animais de carga.

Someggiàre, v. (tr.) carregar, conduzir por meio de animais de carga.

Somière, e **somièro**, s. m. (lit.) animal de carga em geral, e especialmente asno, burro / (mús.) banco grande sobre o qual assentam os tubos do órgão.

Somigliànte, p. pr. e adj. semelhante, assemelhável, parecido / análogo, símil; idêntico; igual, tal e qual.

Somigliantemènte, adv. semelhantemente, similmente; identicamente

Somigliànza, s. f. semelhança, aparência, parecença, identidade / conformidade; paridade; similitude.

Somigliàre, v. semelhar, parecer; ter semelhança, ter aparência com / comparar / julgar / (refl.) **assomigliarsi**: parecer-se.

Sômma, s. f. soma, resultado de uma adição / soma, importância, certa quantia em dinheiro / soma total; totalidade / o conjunto de qualquer obra / (rar.): súmula, epítome, resumo de qualquer obra / (loc.) **in somma**: em suma, em conclusão, em resumo, por fim de contas / (dim.) **sommètta, sommettìna, sommerèlla**: somazinha, adiçãozinha.

Sommàcco, s. m. (bot.) sumagre, planta da família das anacardiáceas / a casca e a folha dessa planta, que se empregam no curtimento de peles.

Sommamènte, adv. sumamente; extremamente / superlativamente.

Sommàre, v. (tr.) somar, fazer a soma de; adicionar; juntar em um mesmo total / equivaler; incluir; juntar; montar; reunir.

Sommariamènte, adv. sumariamente; de modo sumário / à ligeira, "grosso modo" / rapidamente.

Sommàrio, adj. sumário, feito resumidamente, breve / feito sem formalidade: simples / (s. m.) conpêndio; resumo; índice, recapitulação.

Sommàto, p. p. e adj. somado, juntado, adicionado; / (s. m.) soma; adição; adjunto / **tutto** ———: tudo calculado / (s. m.) soma, total

Sommèrgere, v. (tr.) submergir, fazer sumir na água; cobrir de água, mergulhar em água / inundar, imergir / afundar, engolir, tragar / absorver; submergir; abismar, precipitar / (fig.) sumir / ——— **nell'oblio**: sumir no esquecimento.

Sommergìbile, adj. submergível, que se pode submergir / (s. m.) (mar.) submarino.

Sommergibilista, s m. submarinista, tripulante de submarino.

Sommergimènto, s. m. submersão, imersão.

Sommersióne, s. f. submersão, ato ou efeito de submergir; imersão

Sommèrso, p. p. adj. e s. m. submergido, que submergiu, que se afundou / que está debaixo de água ou coberto de água / **il continente** ——: a Atlântida.

Sommessamênte, adv. mansamente, humildemente; docilmente / em voz baixa: **parlare** ——

Sommêsso, p. p. e adj. humilde, manso, modesto, respeitoso, submisso / **si presentò con aria sommesa**: apresentou-se com um ar humilde / de voz baixa de tom / **parlava a voce sommessa**: falava em voz baixa.

Sommêttere, v. tr. (lit.) submeter, sujeitar: **i peccator ... che la ragion sommettono al talento** (Dante).

Somministràre, v. (tr.) subministrar, prover do necessário, fornecer, abastecer / ministrar;; —— **una medicina, i sacramenti** / distribuir, dar, dispensar, conceder / pronunciar, facilitar / —— **i mezzi per**: proporcionar os recursos para / servir, oferecer.

Somministratôre, adj. e s. m. subministrador, o que subministra; provedor, abastecedor.

Somministraziône, s. f. subministração, ato ou efeito de subministrar; provisão, abastecimento.

Sommissiône, s. f. obediência, submissão, ato e efeito de submeter; disposição a obedecer à vontade dos outros / docilidade, respeito, sujeição / respeito, reverência, humildade.

Sommísta, (pl. -ísti), s. m. sumista, pessoa que escreve sumás, compêndios ou resumos.

Sommità, s. f. sumidade, a parte mais elevada de uma coisa; cimo, cume, extremidade superior / (fig.) pcnto saliente, ponto culminante / sumidade, personagem distinta pela sua posição / vértice, ápice, pináculo, altura; culminância / (fig.) excelência, o máximo de uma coisa.

Sômmo, adj. sumo, supremo; o mais elevado ou alto; máximo, extremado; superior / excelso, excelente, poderoso; grande, extraordinário / requintado, excessivo / (s. m.) cimo, cume; o lugar mais alto; a pessoa ou coisa que se eleva sobre todas as outras.

Sômmola, s. f. súmula, resumo de uma doutrina, etc

Sômmolo, s. m. a ponta extrema da asa.

Sommômmolo, s. m. bolo de arroz / sopapo.

Sommoscàpo, s. m. (arquit.) escapo, quadrante de ligação do fuste ao capitel da coluna.

Sommòssa, s. f. sublevação, tumulto, sedição; rebelião; revolta, motim, insurreição / (ant.) instigação.

Sommòsso, p. p. e adj. revolto, turbado, agitado; incitado; excitado, sublevado.

Sommovimênto, s. m. agitação, turbamento, comoção / tumulto, sublevação / excitação / (ant.) instigação.

Sommozzatôre, s. m. (mar.) mergulhador; homem que trabalha debaixo da água.

Sommuòvere, v. (tr.) revolver, agitar, mover de baixo para cima / (fig.) excitar à revolta, sublevar / excitar as paixões de / perturbar, agitar, comover; abalar; desordenar.

Sonàbile, adj. tocável, executável (mús.).

Sonagliàre, v. (intr) chocalhar, alvoroçar.

Sonaglièra, s. f. coleira com guizos ou pequenas campainhas, que se põem no pescoço dos cavalos, vacas, cães, etc

Sonogliàta, s. f. ruído de chocalhos ou de guizos.

Sonàglio, s. m. guizo, chocalho ou campainha que se põe no pescoço dos animais.

Sonagliuòlo, s. m. (dim.) chocalhinho; campainhazinha; guizo pequeno.

Sonànte, p. pr. e adj. sonante ou soante; sonoro, que soa bem / **mare** ——: mar sonoro / **denaro** ——: metal sonante, dinheiro.

Sonàr, s. m. "sonar", moderno aparelho que por meio de ultra-sons permite perceber a presença de minas, submarinos, etc.

Sonàre, v. (tr.) soar, produzir um som: tocar, tinir / **sonare le campane, il violino**: tocar os sinos, o violino / executar um trecho musical / tocar a campainha para chamar alguém / significar / **è un discorso che sona a minaccia**: é um discurso que denota ameaça / tocar, tirar sons de / bater, desancar alguém / repreender / **sonarla a uno**: exprobar, dizer boas a alguém / **sonàre le ore**: dar horas / ressoar, retumbar: —— **di grida, di risa** / ter harmonia: **periodo che suona bene** / mencionar-se ter fama / **un nome che suona molto**: um nome citado / ter harmonia / **periodo, verso che non suona bene**: período ou verso que não soa / (pres.) suono, soniamo, etc.

Sonàta, s. f. soada, toque, ato ou efeito de soar, de tocar / (mús.) sonata, concerto / composição para instrumentos / (fam.) engano numa compra: surra, sova: **prendere una** —— / (dim.) sonatina.

Sonàto, adj. e p. p. soado, tocado / cumprido / **ha trent'anni sonati**: tem trinta anos completos / enganado, burlado / **è restato** ——: ficou logrado.

Sonatôre, s. m. (sonatríce, f.) tocador: executante; músico.

Sônco, s. m. (bot.) planta herbácea, da família das compostas; serralha brava.

Sônda, s. f. sonda, instr. usado pelos médicos para explorar a cavidade do corpo humano / (aer.) **pallone sonda**: aeróstato sem passageiros, para observações meteorológicas ou físicas.

Sondàbile, adj. sondável

Sondàggio, s. m. sondagem, ato ou efeito de sondar; exploração.

Sondàre, v. (tr.) sondar, explorar ou examinar por meio de sonda (mar. e med.) / (fig.) explorar, averiguar.

Sondatúra, s. f. (neol.) sondagem.

Sòndrio, (geogr.) Sòndrio cidade da Lombardia.

Sonería, s. f. maquinismo de campainhas para dar o alarma / sinos do relógio de parede / carrilhão / campainha do despertador.
Sonettànte, adj. e s. m. sonetista, poetastro que faz sonetos.
Sonettéssa, s. f. (lit.) soneto de cauda longa / soneto péssimo.
Sonettísta, s. m. sonetista, que faz sonetos.
Sonêtto, s. m. soneto, pequena composição poética composta de catorze versos distribuídos em duas partes / (dim.) **sonettíno, sonettúccio**: sonetinho.
Sònia, n. pr. russo, Sônia.
Sonicchiàre, v. (tr. e intr.) tocar pouco e sem arte (instrumento): arranhar.
Sònico, adj. sônico, relativo ao som / (cient.) barreira formada pela compressão das moléculas de ar, diante de um avião que está para superar a velocidade do som; supersônico.
Sonío, s. m. (lit.) toada, música prolongada, molesta e insistente / (pl.) **sonii**.
Sònito, s. m. (lit.) som, ruído, ressonância / **un sonito di mondo lontáno** (Carducci): um som de mundo distante / **di mille voci al sonito — mista la sua non ha** (Manzoni).
Sonnacchiàre, o mesmo que **sonecchiàre**, (intr.) dormitar, cochilar.
Sonnacchiosaménte, adv. dormitando; sonolentamente.
Sonnacchióso, adj. sonolento, modorrento / (fig.) indolente, negligente, tardo, vagaroso / sonolento, entorpecido, dorminhoco
Sonnambulísmo, s. m. sonambulismo.
Sonnàmbulo, s. m. sonâmbulo / (fem.) **sonnàmbula**.
Sonnecchiàre, v. (intr.) dormitar; cochilar; cabecear, descansar, dormir; adormecer.
Sonnellíno, s. m. (dim.) sono curto, soneca.
Sonnífero, adj. sonífero, que produz, que provoca sono / (fig.) **libro** ———: livro enfadonho, soporífero / fastiento, monótono, soporífico / (s. m.) sonífero, substância que provoca o sono.
Sonnilòquio, s. m. soniloqüência, hábito de falar dormindo / (fig.) falação inconcludente.
Sonníloquo, s. m. sonilóquo, que fala dormindo.
Sônno, s. m. sono / adormecimento; descanso; letargo: letargia; / (dim.) **sonnino, sonnolíno, sonnètto** / (mitol.) Sono, irmão da morte.
Sonnolènto e sonnolènte, adj. sonolento; sonorento; entorpecido; modorrento / (fig.) lento, moroso, vagaroso.
Sonnolènza, s. f. sonolência, entorpecimento, letargo, modorra.
Sonòmetro, s. m. sonômetro, instrumento para medir as vibrações sonoras, o mesmo que harmonômetro.
Sonoraménte, adv. sonoramente, de modo sonoro.
Sonorità, s. f. sonoridade, qualidade do que é sonoro / acústica.

Sonorizzàre, v. (tr.) sonorizar, tornar sonoro.
Sonorizzazióne, s. f. sonorização, ato ou efeito de sonorizar.
Sonòro, adj. sonoro, que produz um som ou sons / que tem um som agradável e claro / rico de vibrações / melodioso, harmonioso, agradável ao ouvido / **cinema** ———: cinema sonoro / retumbante, forte: **fischi sonori** / (gram.) **consonante sonora**: consoante sonora.
Sontuôso, e deriv. **suntuoso**.
Soperchiàre, v. **soverchiàre**.
Sopiménto, s. m. sopimento, ato ou efeito de sopitar; adormecimento; amodorramento / abrandamento; calma, sossego, alívio.
Sopíre, v. (tr.) sopitar, começar a adormecer; adormentar / acalmar, abrandar; refrear, sofrear; abrandecer, enlanguescer / aquietar, aliviar: **il dolore, gli odi, le passioni**, etc. / (pres.) **sopisco**.
Sopòre, s. m. sopor, modorra, sono / estado patológico de persistente sonolência; sono pesado; coma.
Soporífero, adj. soporífero, que produz o sono, que faz dormir / (fig.) enfadonho, aborrecido, que dá sono: **discorso, libro** ———.
Soppàlco, s. m. esvão entre o telhado e o forro, para melhor proteger os quartos do último andar / desvão, entressoalho, sótão / (pl.) **soppalchi**.
Soppannàre, v. (tr.) forrar com tecido grosso, com peles, etc. / acolchoar.
Soppànno, s. m. forro, pano grosso para forrar um vestido, etc. / forro dos calçados.
Soppassíre, v. (intr.) murchar, emurchecer; secar (a uva, etc.) / (pres.) **soppassisco**.
Soppàsso, adj. (ant.) entre o murcho e o seco, um tanto emurchecido; quase seco, um tanto emurchecido; quase seco: **fichi soppassi**.
Soppedàneo, s. m. supedâneo, banco em que se descansam os pés / pequeno tapete que se põe à entrada das casas.
Soppediàno, s. m. (ant.) caixão pequeno que se punha aos pés da cama.
Soppèlo, s. m. talho de carne do boi, formado pela ponta que está presa à espádua.
Sopperíre, v. (lit.) suprir, prover / ——— **alle spese**: suprir os gastos / (pr.) **sopperisco**.
Soppesàre, v. (tr.) sopesar, tomar com a mão o peso a; calcular mais ou menos o peso de um corpo levantando-o com a mão.
Soppêso, adj. sopesado, levantado / (loc. adv.) **alzare di** ———: soerguer, solevantar.
Soppestàre, v. (tr.) pisar, esmagar, pilar um tanto sem chegar a reduzir a pó a coisa pisada.
Soppèsto, p. p. e adj. pisado, pilado, esmagado; triturado.
Soppiantàre, v. (tr.) suplantar; tomar artificiosamente o lugar de outro; usurpar / (ant.) calcar, desprezar, enganar.

Soppiattería, e **soppiattonería**, s. f. manejo, intriga, simulação, dissimulação; usurpação; intrujice; marralhice.

Soppiàtto, (di) voz usada na loc. adv. **di soppiatto**: às escondidas, dissimuladamente, sorrateiramente / (teatr.) entre bastidores.

Soppiattôre, adj. e s. m. sorrateiro, matreiro; velhaco, simulador, trapaceiro.

Soppiattôni, adv. sorrateiramente / velhacamente, manhosamente.

Soppôrre, v. (tr. rar.) submeter, sujeitar (v. **sottoporre**).

Sopportàbile, adj. suportável, que se pode suportar / tolerável, passável, sofrível, desculpável, perdoável; aturável.

Sopportabilmênte, adv. suportavelmente; toleravelmente.

Sopportamênto, s. m. suportamento / sustento / resignação; suportação.

Sopportàre, v. (tr.) suportar; agüentar; sustentar / tolerar, sofrer; aturar / suster; resistir / desculpar / engolir; tragar / conformar-se, resignar-se / **non** ———: não sofrer, não suportar.

Sopportatôre, adj. e s. m. suportador / tolerante, conforme, paciente.

Sopportazione, s. f. suportação; resignação; tolerância, conformidade, paciência.

Soppòrto, s. m. suportação, no sentido de pacientar, tolerar / **vi chiedo qualche giorno di sopporto**: peço-vos alguns dias de tolerância / (mec.) suporte, apoio, sustentáculo.

Soppottière, adj. e s. m. (ant.) sabichão, presunçoso; presumido.

Soppréssa, s. f. instrumento para prensar / prensa / calandra.

Soppressàre, v. (tr.) prensar; apertar; calandrar / comprimir / espremer; pisar.

Soppressàta, (v. **soprassata**), s. f. salchichão.

Soppressatúra, s. f. calandragem, imprensadura, prensagem.

Soppressiône, s. f. supressão, abolição, extinção, eliminação / (med.) supressão, suspensão de uma erupção.

Sopprímere, v. (tr.) suprimir, esconder, fazer desaparecer; passar em silêncio; impedir de aparecer; não publicar / cortar, invalidar; abolir, extinguir, anular / destruir, matar / (ant.) oprimir / (pres.) **soppressi**.

Soppúnto, s. m. ponto de costura invisível que se faz nas orlas ou nas barras.

Sôpra, ou **sôvra**, prep. e adv. (lat. **supra**) sobre, em cima de; além; acima, após, supra / **volammo** ——— **le nubi**: voamos acima das nuvens / **sopra questo punto non ho nulla da dirti**: sobre este ponto não tenho nada a dizer-te / **sopra sopra**: superficialmente / **di** ———: em cima, na parte superior / além / **le spese vanno sopra le mille lire**: os gastos vão além das mil liras / a respeito de / **fece una conferenza** ——— **il socialismo**: fez uma conferência acerca do socialismo / após: **bere l'acqua** ——— **le frutta**: beber água após as frutas / mais que / **lo ama** ——— **tutti gli altri**: ama-o mais que a todos os outros / insistir / tornar **sopra un'argomento**: insistir sobre um assunto / **passare sopra una cosa**: passar por cima duma coisa, desinteressar-se dela / **prestare** ——— **pegno**: emprestar sobre penhor / **stare sopra a uno**: estar acima de alguém: superá-lo / tornar ——— **una cosa**: volver sobre um assunto / **essere** ——— **di sé**: estar pensativo, ensimesmado / **far debiti** ——— **debiti**: fazer dívidas sobre dívidas / (s. m.) **il sopra, il disopra**: a parte de cima / a parte superior / quando é usada como prefixo para compor palavras, requer a duplicação da consoante inicial da palavra à qual se une (sempre que não seja s impuro, ou x, z, gn, ps) / ex.: **sopratutto**: sobretudo; **soprassàlto**: sobressalto; **sopravvèste**: sobreveste.

Soprabbondànte, e **sovrabbondànte**, p. pr. e adj. superabundante; que superabunda; demasiado.

Soprabbondantemênte, adv. superabundantemente.

Soprabbondànza, **sovrabbondànza**, s. f. superabundância.

Soprabbondêvole, e **sovrabbondêvole**, adj. (lit.) superabundante.

Soprabbuòno, adj. mais do que bom: boníssimo.

Sopràbito, s. m. sobreveste, sobretudo; abrigo; casaco; capote.

Sopraccàlza, s. f. (rar.) meia que se usa sobre uma meia comum; polaina.

Sopraccàpo, s. m. encargo, preocupação, cuidado.

Sopraccaricàre e **sovraccaricàre**, v. (tr.) sobrecarregar; carregar demais.

Sopraccàrico e **sovraccàrico**, adj. sobrecarregado / muito carregado / (s. m.) sobrecarga; aquilo que se junta à carga / (mar.) s. m. pessoa que custodia o carregamento de um navio.

Sopraccàrta, s. f. nome que antigamente se dava ao papel que cobria ou envolvia uma carta; hoje, o envelope das cartas / (por ext.) o endereço das cartas.

Sopraccàssa, s. f. segunda caixa que protege o mecanismo interno dos relógios.

Sopracennàre, e **sovracennàre**, v. citar, referir, mencionar antes.

Sopracennàto ou **sopraddètto**, p. p. e adj. sobredito; dito acima ou antes; já mencionado; antedito; aludido.

Sopracchiglia, s. f. sobrequilha, peças de madeira ou ferro, que vão da proa à popa do navio.

Sopracchiúsa, s. f. (mar.) comporta.

Sopraccièlo, s. m. sobrecéu, cobertura suspensa, dossel.

Sopraccíglio, s. m. sobrancelha, supercílio / (fem.) **sopraccíglia** (arquit.) cornija, moldura sobreposta de portas e janelas / (pl.) **sopraccigli**, **sopraccíglia**.

Sopracciliàre, v. adj. superciliar, relativo a supercílio.

Sopraccínghia, s. f. (rar.) cinta que se aperta por cima de outra / (hip.) sobrecinta.

Soppracciò, s. m. sobrestante, dizia-se de pessoa que estava acima dos outros: chefe, superintendente / (fig.) **fare il** ———: dar-se ares de importância, de autoridade, de sabença, etc.

Sopraccitàre, v. mencionar, citar, referir, aludir antes.

Sopraccitàto, p. p. e adj. sobredito, dito antes: aludido / **il** ——— **libro**: o sobredito livro.

Sopraccòda, s. f. tufo de penas na base da cauda das aves: uropígio, sobrecu.

Sopraccòllo, s. m. sobrecarga; excesso de peso.

Sopraccolònnio, s. m. (arquit.) o epistílio ou arquitrave entre uma e outra coluna / (pl.) **sopraccolonni**.

Sopraccolòre, s. m. cor sobreposta a outra para efeito de graduação das cores.

Sopraccopèrta, s. f. sobrecoberta; cobertura que se põe sobre um livro / cobertor que se põe sobre um outro e que se tira quando se vai dormir / (mar.) (adv.) sobre a ponte da coberta.

Sopraccorniciône, s. m. (arquit.) ornamento que se coloca por cima da cornija ou moldura.

Sopracòrrere, v. (intr.) acorrer.

Sopraccosciènza, s. f. peso na consciência; remordimento, remorso.

Sopraccostàle, adj. (anat.) supercostal, sobrecostal.

Sopraccréscere v. sobrecrescer / crescer sempre mais.

Sopraccuòco, s. m. chefe cozinheiro.

Sopràcqueo, adj. que está à flor da água.

Sopracúto, adj. (mús.) sobreagudo; muito agudo.

Sopraddàre, v. dar além, dar mais.

Sopraddàzio, s. m. sobretaxa aduaneira.

Sopraddaziàre, v. (tr.) aumentar o imposto de consumo ou aduaneiro.

Sopraddènte, s. m. sobredente, dente que nasceu sobre outro.

Supraddétto, adj. sobredito, dito antes; já mencionado; aludido.

Sopradditàre, v. (rar.) mencionar precedentemente.

Sopraddominànte, s. f. (mús.) sobredominante, sexto grau da escala diatônica.

Sopraddòte, s. f. dote adicional.

Sopraeboliziône, s. f. sobre-fervura, ação pela qual um líquido supera a temperatura normal de ebulição sem todavia ferver.

Sopraeccèdere e **sovraeccèdere**, v. (tr.) sobreexceder; sobreelevar, transmontar, galgar, ultrapassar.

Sopraeccèllere e **sovraeccèllere**, v. (intr.) sobressair, sobrepujar, sobreexceder.

Sopraeccitàre, e **sovraeccitàre**, v. (tr.) sobreexcitar.

Sopraedificàre, e **sopredificàre**, v. (tr.) edificar por cima de outra edificação.

Sopraedificaziône, s. f. edificação sobreposto a outra.

Sopraelevàre e **sopralevàre**, v. (tr.) sobrelevar, exceder em altura, aumentar em altura, tornar mais alto (edifício, etc.); construir um ou mais andares num edifício já existente / (refl.) elevar-se por cima de / relevar-se, destacar-se.

Sopraelevaziône, e **soprelevaziône**, s. f. ação e efeito de sobrelevar, de exceder.

Sopraeminènte e **sovraeminènte**, adj. sobreeminente, supereminente, magnífico.

Sopraeminènza, s. f. supereminência / (v.) **sovreminenza**.

Sopraespòsto, e **sovraespòsto**, adj. exposto antes, predito, aludido, referido, sobredito.

Sopraffàre, v. (tr.) avantajar, dominar, levar vantagem sobre pessoa ou coisa, sobrepujá-la, vencê-la / **furono sopraffatti dagli avversari**: foram sobrepujados pelos adversários / superar, vencer, ultrapassar / oprimir, desbancar / sobrepujar, prevalecer, sobressair.

Sopraffàscia, s. f. sobre-faixa, faixa que se põe sobre a faixa verdadeira.

Sopraffàtto, p. p. e adj. sobrepujado, dominado, vencido.

Sopraffaziône, s. f. sobrepujança, sobrepujamento, ação de sobrepujar; domínio, opressão, prepotência, abuso; atropelo, tropelia.

Sopraffilàre, v. (tr.) coser ligeiramente a orla de um tecido para que não se desfie; chulcar.

Sopraffílo, s. m. chuleio, sobreponto.

Sopraffíne e **sopraffíno**, adj. superfino, finíssimo, sutil; **arte sopraffina**: de primeira, de ótima qualidade.

Sopraffinèstra, s. f. (arquit.) janelinha colocada sobre outra ou sobre uma porta / clarabóia.

Sopraffóndo, s. m. orla, marco, quadrado de cartolina para fotografias.

Sopraffusiône, s. f. sobrefusão, fenômeno pelo qual um corpo fica líquido a uma temperatura inferior à sua temperatura de fusão.

Sopraggirèllo, s. m. orladura branca nas mangas das vestes femininas de luto.

Sopraggittàre, v. (tr. e intr.) coser com ponto por cima, chulear.

Sopraggitto, s. m. sobrecostura / chuleio.

Sopraggiúngere, v. (intr.) sobrevir, chegar ou suceder inopinadamente / acontecer ou aparecer acidentalmente.

Sopraggiúnta, s. f. superveniência, vinda ou chegada acidental ou repentina / **di**, ou **per** ———: além do que, além do mais, ainda por cima / **ha perduto tutto e per** ——— **la mòglie è ammalata**: perdeu tudo e ainda por cima a mulher está doente.

Sopraggiúnto, p. p. e adj. chegado, vindo, acontecido depois; sobrevindo: **donato un regno al sopraggiunto re** (Carducci).

Sopraggravàre, v. (tr.) sobregravar em demasia; sobrecarregar.

Sopraggràvio, s. m. agravo juntado a um outro, sobrecarga.

Sopraimbòtte, s. f. (arquit.) extradorso, superfície externa e convexa de uma arcada, de uma abóbada, etc.

Sopraindicàto, adj. sobredito, indicado precedentemente; já mencionado.

Sopraintèndere, v. (ou, mais com. **soprintèndere**) (intr.) superintender, dirigir, vigiar.

Soprallegàto, adj. sobredito, dito em precedência.

Soprallimitàre, s. m. (arquit.) arquitrave; cornija.
Soprallodàto, adj. (raro) já elogiado, precedentemente / sobredito; mencionado antes.
Sopralluògo, s. m. (jur.) inspeção, vistoria judiciária; reconhecimento do lugar de um crime: **fàre un ———**.
Soprammànica, s. f. sobremanga usada para resguardar a manga do paletó, usada nas horas de trabalho / (fem.) guarnição que cobre parte das mangas, nas vestes femininas.
Soprammàno, s. m. golpe dado com a espada, de alto a baixo: fendente / (fem.) sobrecostura / (adv.) (ant.) sem cautela, descobertamente.
Soprammattône, s. m. (arquit.) muro com tijolos colocados de canto.
Soprammedia, s. f. (mús.) subdominante: 4º grau da escala diatônica.
Soprammentovàto, adj. mencionado precedentemente; sobrecitado.
Soprammenzionàto, adj. supracitado, citado, mencionado precedentemente; referido; aludido.
Soprammercàto, voz usada na loc. adv. **per soprammercàto**, além do combinado, ainda por cima, por remate, etc. / **gli rubarono il portafoglio e per ——— lo bastonarono**: roubaram-lhe a carteira e ainda por cima desancaram-no.
Soprammettere, v. (tr.) pôr em cima, colocar sobre; sobrepor.
Soprammòbile, s. m. objeto que se põe sobre os móveis para ornamento; enfeite, estatuazinha, bibelô.
Soprammodàle, s. f. (mús.) supertônica.
Soprammòdo, adv. sobremodo, sobremaneira, sobreguisa; excessivamente, além da medida.
Soprammondàno, adj. supramundano, que está acima das coisas deste mundo.
Soprammontàre e sovrammontàre, v. (intr.) sobressair / montar sobre / (rar.) crescer, superabundar.
Sopràna, s. f. samarra sem mangas usada por alguns seminaristas / correia de couro que levam a tiracolo os marinheiros ou pescadores.
Soprannaturàle, adj. sobrenatural, superior às forças da natureza; fora das leis naturais / sobrenatural, extraordinário, singular, acima do comum / (s. m.) o sobrenatural, coisa sobrenatural: **credere nel ———**.
Sopràmno, adj. anejo, que tem mais de um ano (gado, rebanho) / **bestiame ———**
Soprannôme, s. m. sobrenome / alcunha; apelido / pseudônimo, cognome / epíteto.
Soprannominàre, v. (tr.) cognominar, dar um sobrenome / apelidar; alcunhar; denominar.
Soprannominàto, p. p. e adj. cognominado, sobrenomeado / denominado / apelidado / referido, aludido, sobredito / acima nomeado.
Soprannotàto, adj. sobredito, dito acima; supradito.
Soprannumeràrio, adj. supranumerário, que passa além do número estabelecido / (s. m.) extranumerário, empregado que está a mais num quadro ou lista / extraordinário / (pl.) **soprannumerari**.
Soprannúmero, adj. e s. m. além do número normal ou estabelecido / supranumerário.
Sopràno, s. m. (mús.) soprano, a voz feminina mais alta / (adj.) (lit.) sumo, excelso, soberano, culminante: **altezze soprane**: alturas excelsas / (ant.) (adj.) superior: **seder sopra il grado soprano** (Dante).
Sopraornàto, s. m. cimalha; saliência da parte mais alta da parede, onde assentam os beirais do telhado / arquitrave; entablamento de molduras.
Sopraòsso, v. **soprosso**.
Soprappagàre, v. (tr.) pagar mais do que o justo valor, pagar com excésso / pagar demais: repagar.
Soprappàrto, s. m. sobreparto, parto dum segundo feto / perto do parto, que está dando à luz.
Soprappassàggio, s. m. sobre-passagem, passagem de uma estrada sobre uma outra, de rodagem ou ferroviária / viaduto.
Soprappensièro, adv. distraidamente, preocupadamente, pensativamente.
Soprappèso, s. m. sobrepeso, sobrecarga; contrapeso.
Soprappètto, s. m. (ant.) peitoral, parte da armadura que protegia o alto do peito / indumento de lã ou de outro tecido que se põe sobre o peito para resguardo contra o frio.
Soprappiú, s. m. o demais / coisa dada a mais ou que se tem demais; acrescentamento, aumento; excesso; demasia; sobejo / (adv.) **per ———**: ademais, além do mais, por cima, de sobra.
Soprappôrre, e sovrappòrre, v. (tr.) sobrepor, pôr em cima, colocar sobre; juntar, justapor / acavalar, amontoar.
Soprappòrto, e sovrappòrto, s. m. (arquit.) ornato de arquitrave de porta, etc. / cornija.
Soprapposizióne, e sovrapposizióne, s. f. sobreposição, ação ou efeito de sobrepor.
Soprapprèzzo, s. m. aumento de valor e de preço / o que se paga a mais do preço de uma coisa.
Soprapprofítto, s. m. ganho, provento adicional de comerciante ou industrial; lucro extraordinário.
Sopràrbitro, s. m. árbitro chamado para decidir o juízo de outros árbitros; sobreárbitro ou terceiro árbitro.
Sopràrco, s. m. sobrearco, arco posto sobre outro para maior segurança ou maior efeito decorativo.
Soprarríccio, s. m. tecido de veludo com bordados de ouro e prata.
Soprarriferito, adj. supra-enumerado, enumerado ou mencionado anteriormente.
Soprarriscaldamènto, s. m. superaquecimento; aquecimento excessivo.
Soprarrivàre, v. (intr.) sobrevir, advir, suceder; chegar de improviso.
Soprarrivàto, adj. e s. m. recém-chegado.
Soprascàrpa, s. f. galocha.
Soprascièna, s. f. (hip.) tira de couro que se aperta por cima do coxinilho; sobrecincha.

Soprascrìtta, s. f. sobrescrito; direção, endereço, destino especial.
Soprascrìtto, adj. escrito acima; escrito anteriormente / supracitado.
Sopraspêsa, s. f. despesa extra, gasto além do previsto ou do estabelecido.
Soprassàlto, s. m. sobressalto, movimento improviso causado por comoção muito viva; susto, medo, inquietação repentina; agitação / **svegliarsi di** ———: acordar de improviso.
Soprassàta, s. f. qualidade de salame especial feito de carne, de toicinho e de cabeça de porco, e depois comprimido.
Soprassaturaziône, s. f. sobressaturação; estado de um líquido sobressaturado.
Soprassedêre, v. (intr.) diferir, adiar antes de decidir, de agir / procrastinar, prorrogar, retardar, espaçar; suspender / (s. m.) **il** ———: suspensão, desistência.
Soprassegnare, v. (tr.) marcar por cima.
Soprassèllo, s. m. sobrecarga, carga a mais que se põe além da carga normal / **per** ———: por remate.
Soprassensìbile, e **sovrassensìbile**, adj. e s. m. supra-sensível; superior à ação dos sentidos.
Soprassòglio, s. m. supercoluna: arquitrave; epistílio.
Soprassòldo, s. m. o que se paga além daquilo que se estipulou: sobrepaga: abono.
Soprassòma, s. f. sobrecarga, carga que se acrescenta à carga comum.
Soprassuòlo, s. m. a superfície do solo, do terreno / tudo quanto vegeta e cresce na superfície da terra / sobressolo.
Soprastallìa, s. f. (mar.) sobreestadia do navio num porto.
Soprastampàre, v. **sovrastampàre**.
Soprastànte, p. pr. adj. e s. m. sobrestante; que sobresta; elevado; proeminente / que superintende, que vigia / superintndente / capataz, encarregado.
Soprastàre, v. (intr.) sobrancear, sobrepujar, dominar / sobreestar, parar, sustar, suspender / estar iminente / (v. **sovrastàre**).
Soprastruttúra, s. f. obra executada sobre um edifício ou sobre a coberta ou ponte de um navio.
Soprattàcco, s. m. reforço de couro ou borracha sobre o salto do calçado.
Soprattàssa, s. f. sobretaxa, taxa que se acresce à tarifa ordinária.
Soprattassàre, v. (tr.) sobretaxar.
Soprattàvola, s. m. (cul.) sobremesa.
Soprattènda, s. f. cortina para ornamento, sobreporta.
Soprattenêre, v. (tr. ant.) reter coisa ou pessoa além do tempo estabelecido / encarcerar, aprisionar, deter.
Soprattèrra, adv. sobre o terreno.
Soprattètto, adv. sobre o telhado.
Soprattútto, e **sovrattutto**, adv. e adj. sobretudo, acima de tudo, principalmente, mormente, especialmente / **bisogna** ——— **vìncere**: é preciso sobretudo vencer.
Sopraumàno, adj. sobre-humano.
Sopravanzàre, v. (tr.) ultrapassar, exceder, superar na medida, no número; ressair, sobressair, sobejar, sobrar.
Sopravànzo, s. m. excedente, sobejo, resto, aquilo que sobra, resíduo, excesso / **di** ———: de sobra.
Sopravvalutàre, v. supervalorizar uma coisa, atribuir à coisa ou pessoa um valor maior do que o real.
Sopravvegliàre, v. (tr.) vigiar muito, vigiar atentamente; guardar, vigilar, cuidar de.
Sopraveniènte, p. pr. e s. m. superveniente, que sobrevém, que vem ou aparece depois.
Sopravveniènza, s. f. superveniência, sobrevinda.
Sopravvenìre, v. (intr.) sobrevir, chegar inesperadamente e de improviso; vir em seguida, acontecer depois, ocorrer, advir, suceder.
Sopravvênto, s. m. lado de onde sopra o vento, barlavento / (fig.) vantagem, situação vantajosa, domínio, superioridade sobre coisa ou pessoa / **prendere il** ———: ganhar a dianteira, sobrepor-se, dominar.
Sopravvenúta, s. f. superveniência, sobrevinda.
Sopravvenúto, p. p. sobrevindo / (adj.) chegado improvisadamente ou oportunamente.
Sopravvèste, s. f. sobreveste, veste que se veste sobre uma outra e especialmente sobre armadura, couraça, etc.; capa, manta, mantilha, mantelete.
Sopravvissúto, p. p. adj. e s. m. sobrevivido, sobrevivente.
Sopravvivènte, p. pr. adj. e s. m. sobrevivente, o que sobrevive, supérstite, sobrevivo.
Sopravvivènza, s. f. sobrevivência, estado de quem é sobrevivente.
Sopravvìvere, v. (intr.) sobreviver, continuar a viver depois de outra coisa ou pessoa / subsistir, resistir.
Sopravvòlta, s. f. sobrecurva, sobrearco, abóbada que cobre outra.
Sopredificàre, v. (tr.) edificar sobre edifício já construído, sobreedificar.
Soprintendènte, e **sovrintendente**, p. pr. s. m. superintendente.
Soprintendènza e **sovrintendènza**, s. f. e s. m. superintendente.
Soprintèndere e **sovrintèndere**, v. (intr.) superintender; inspecionar, vigiar ou dirigir como superintendente.
Sopròsso, s. m. sobreosso, engrossamento que se forma nas margens de uma fratura óssea / doença dos cavalos / (fig.) pequena saliência que se observa na superfície de uma coisa.
Soprumeràle, s. m. (hist.) superumeral, paramento do sumo sacerdote do antigo povo hebraico.
Soprúso, s. m. afronta, prepotência de quem abusa da vantagem que tem sobre outros / arrogância, arbitrariedade, insulto, vexame.
Soqquadràre, v. (p. us.) desarranjar, desarrumar; baralhar, perturbar, desconcertar.
Soqquadràto, p. p. e adj. desarranjado; desordenado, desbaratado, desconcertado.
Soqquàdro, s. m. ruína, desarranjo, desordem; confusão, transtorno.
Sor, prefixo, que é abreviação de **sopra**, / **sorpassare**, ultrapassar.

Sôr, sôra (ant.) prep. sobre.
Sòra, (ant.) s. f. irmã, soror / **sôr, sôra**, contração de **signor, signora** (adj. pop.) / **il sor Gigi, il sor padrone**.
Sòrba, s. f. sorva, fruto da sorveira / (fig.) surra, coça, pancada, tunda / (prov.) **col tempo e con la páglia maturano le sorbe**: com tempo e paciência tudo se leva a termo.
Sorbàre, v. (tr. pop.) bater, percutir; sovar, desancar, espancar.
Sorbettàre, v. (tr.) gelar, fazer sorvetes; congelar / (refl. fam.) engolir, suportar, agüentar um importuno.
Sorbettièra, s. f. sorveteira, máquina para fazer sorvetes.
Sorbêtto, s. m. sorvete / gelado, refresco / (fig.) **diventare un** ———: esfriar-se, gelar.
Sorbìre, v. tr. (lat. **sorbère**) sorver, beber aos sorvos ou aos poucos, lentamente / (refl.) agüentar, suportar coisa enfadonha: **sorbirsi un lungo discorso**: agüentar um longo discurso / (pres.) **sorbisco, -sci**.
Sòrbo, s. m. (lat. **sòrbus**) sorveira, árvore rosácea da família das apocináceas.
Sorbôna, s. f. Sorbona, Colégio de Paris fundado por Rab. de Sorbon; logo depois elevado à Universidade.
Sorbône, s. m. (p. us.) sonso, velhaco, finório.
Sorbottàre, v. (tr.) coçar, bater, surrar.
Sorcìno, adj. de cor parda acinzentada semelhante à do pelo do rato / ratinheiro.
Sòrcio, s. m. (lat. **sòrex**) rato dos campos / (dim.) **sorcêtto, sorcìno**: ratinho / (pl.) **sòrci**.
Sôrcolo, s. m. (bot.) enxerto; galho, borbulho, renovo, rebento.
Sorcòtto, s. m. (hist.) sobreveste estreita e curta que usavam os cavaleiros antigos.
Sordacchiône, s. m. (aum.) muito surdo; pessoa bastante surda; também pessoa que se finge de surda.
Sordàggine, s. f. surdez; surdeza; surdidade.
Sordamènte, adv. surdamente, de maneira surda / secretamente; ocultamente; furtivamente; traiçoeiramente.
Sordàstro, adj. duro de ouvido; um tanto surdo.
Sordellìna, s. f. (ant. hist.) antigo instrumento musical de sopro, semelhante à gaita de foles.
Sordèllo, Sordello, trovador e poeta mantuano (século XIII).
Sordidamènte, adv. sordidamente, avaramente.
Sordidèzza, s. f. sordidez; avareza extrema.
Sòrdido, adj. sórdido, imundo, sujo, ignóbil; torpe / avarento, avaro, mesquinho, tacanho; baixo.
Sordìna, s. f. (mús.) surdina, peça que se põe em um instrumento para abafar ou tornar surdos os sons / **pôrre la** ———: atenuar, reduzir / (adv.) ———, **alla** ———, **in** ———: em surdina, pela calada, à chucha calada, escondidamente / (mús. ant.) espineta (ant. instr. mus.) de voz suave.

Sordìno, s. m. surdina, capotasto (mús.) / termo de caça: assobio para chamar os pássaros / **fare il** ———: cantar (os pássaros) em voz baixa.
Sorditá, s. f. surdez.
Sôrdo, adj. e s. m. surdo, privado do sentido do ouvido / (fig.) **fare il** ———: fingir surdez / surdo, sumido, abafado, não-sonoro / surdo, insensível, inexorável, inflexível / **dolore** ———: dor surda e pouco aguda / sombrio / **guerra sorda**: guerra surda / **voce sorda**: voz surda, opaca / **lima sorda**: lima surda / (fig.) hipócrita, dissimulado; doença que corrói sem descanso / (adv.) **non intendere a** ———: entender e aproveitar-se / (pej.) **sordáccio** / (dim.) **sordettino, sordêtto, surdinho, surdozinho** / (aum.) **sordône, sordacchiône**.
Sordomutísmo, s. m. surdo-mutismo, a enfermidade dos surdos-mudos / surdo-mudez.
Sordomúto, s. m. surdo-mudo.
Sordòne, s. m. (zool.) pássaro de montanha, da família dos fringilídeos / (ant. músic.) espécie de fagote.
Sorèlla (do lat. **soror**), irmã / religiosa, freira, por ext. companheira e amiga caríssima / **lingue sorelle**: línguas irmãs, do mesmo cepo / (dim.) **sorellína, irmãzinha; sorellúccia**.
Sorellànza, s. f. qualidade e condição de irmã / (fig.) **la** ——— **delle nazioni latine**: a irmandade (fraternidade) das nações latinas.
Sorellàstra, s. f. irmã só por um dos lados, paterno ou materno.
Sorellêvole, adj. (rar.) sororal, de irmã; **affetto** ———: afeto sororal, fraternal.
Sorgènte, p. pr. e adj. surgente, que surge, que nasce, nascente / (s. f.) água que jorra da terra; nascente, o lugar onde ela jorra; fonte, manancial, bica, veia / (fig.) germe, origem, princípio, causa, gênese / fontanela, chafariz.
Sôrgere, v. (intr.) surgir, subir, levantar-se, aparecer / subir, alcançar / ——— **in gran fama**: alcançar grande reputação; emergir, nascer, despontar; manifestar-se, produzir-se / ——— **un vocabolo**: difundir-se um vocábulo / (ant.) baixar à terra, desembarcar / (pres.) **sorgo, sorgi** / (p. p.) **sorto**.
Sorgimênto, s. m. (rar.) ação de surgir, surgimento, nascimento, brotamento.
Sorgitôre, s. m. surgidor, que, ou aquele que surge / (mar.) surgidouro, lugar onde ancoram ou surgem navios, ancoradouro.
Sorgíva, s. f. água de nascente; **acqua** ———.
Sorgívo, adj. de fonte / é **un'ácqua** ———: é água de nascente.
Sôrgo, s. m. sorgo, planta forrageira, herbácea, milho-burro ou milho-zaburro vermelho.
Sorgozzône, s. m. sopapo.
Soriàno, adj. (do ant. Sória) adj. sírio / **gatto** ———: gato de pelo pardacento, listrado de preto.
Soríte, s. m. (fil.) sorites, raciocínio composto de muitas proposições encadeadas.

Sormontaménto, s. m. ascendimento, escalada, subida.
Sormontàre, v. ascender, escalar, montar sobre; subir, superar, ultrapassar / (fig.) vencer; transpor; —— **gli ostacoli**.
Sornacchiàre, v. intr. (ant.) roncar, gargarejar, escarrar.
Sornàcchio, s. m. (ant.) escarro.
Borniône, adj. sombrio, taciturno, pouco expansivo, que não deixa transparecer o próprio pensamento, dissimulador, simulante, sonso.
Sororàle, adj. (do lat. **sòror**) sororal, relativo ou referente a soror.
Sororicída, s. m. sororicida, assassino da própria irmã.
Sorpassàre, v. (tr.) superar, vencer, ultrapassar, sobrepujar, exceder / —— —— **in intelligenza, in bontà, in coraggio**.
Sorprendènte, p. pr. e adj. surpreendente, que causa surpresa / admirável, maravilhoso, magnífico / singular / estranho.
Sorprèndere, v. (tr.) surpreender, apanhar descuidado ou de improviso / cair inopinadamente sobre, causar surpresa, espantar, assombrar, surpreender, enganar, induzir em erro, obter fraudulentamente / descobrir: —— **un segreto** / (refl.) maravilhar-se, surpreender-se, ficar pasmado.
Sorprèsa, s. f. surpresa, ação de surpreender ou de ser surpreendido / maravilha, admiração, sobressalto, assombro / **di** ——: de repente, inesperadamente.
Sorprèso, p. p. surpreendido, apanhado, colhido desprevenidamente, admirado, maravilhado / (adj.) —— **dal sonso**: acometido pelo sono / **sono** —— **del tuo coraggio**: estou maravilhado pela tua coragem.
Sôrra, s. f. cada um dos lados do ventre do atum em conserva / acém, carne do lombo.
Sorrèggere, v. (tr.) suster, sustentar, escorar, apoiar, ajudar a suster-se em pé, ajudar, auxiliar, favorecer / animar, alentar.
Sorrètto, p. p. e adj. sustentado, sustido / (fig.) animado, alentado.
Sorridènte, p. pr. e adj. sorridente, que sorri, risonho, alegre.
Sorrídere, v. (intr.) sorrir, rir ligeiramente, à flor dos lábios / sorrir, favorecer; **la fortuna gli sorride**: a sorte lhe sorri / agradar / **mi sorride i'dea di scrivere un romanzo**: sorri-me a idéia de escrever um romance.
Sorrido, p. p. sorrido.
Sorriso, s. m. sorriso / (fig.) beleza, alegria, esplendor / (dim.) **sorrisètto**, sorrisíno, sorrisinho.
Sorsàre, v. (tr.) sorver, beber aos sorvos ou aos goles (p. us.).
Sorsàta, s. f. sorvo, gole, trago / (dim.) **sorsatina**, tragozinho.
Sorseggiàre, v. sorver, beber aos poucos, beber lentamente, bebericar / (sin.) **centellinare**.
Sòrso, s. m. sorvo, gole, trago, a quantidade de líquido que se bebe num trago / **un** —— **d'acqua**: um gole de água / **bere a sorsi**: beber aos goles.

Sòrta e **sòrte** (no pl. sempre **sòrte**) s. f. sorte, espécie, casta, gênero / classe, condição, caráter / modo, maneira.
Sòrte, s. f. sorte, evento fortuito, fado, destino / sorte, estado, condição das pessoas / **in balia della** ——: à mercê da sorte / **affidarsi alla sorte**: abandonar-se à sorte / **estrarre a sorte**: sortear / (for., p. us.) caudal, fortuna, riqueza.
Sorteggiàbile, adj. sorteável.
Sorteggiàre, v. (tr.) sortear, extrair por sorte / repartir por sorte / eleger à sorte.
Sorteggiàto, p. p., adj. e s. m. sorteado / escolhido ou designado por sorteio.
Sortèggio, s. m. sorteio, ação de sortear / extração, loteria, rifa.
Sortière (ant.), s. m. sortílego, feiticeiro.
Sortilègio, s. m. sortilégio, feitiçaria, bruxaria, magia / (pl.) **sortilegi**.
Sortílego, s. m. sortílego, o que faz sortilégios / bruxo, feiticeiro, mágico.
Sortíre, v. (tr.) tirar, ganhar, obter, receber, alcançar por sorte; sair à sorte / lograr, alcançar: —— **un esito felice** / (gal. por **uscire**) sair / —— **di casa**: sair de casa / (pres.) **sortísco, sortisci** / (intr.) sortear.
Sortíta, s. f. sortida, saída da guarnição de uma praça sitiada para atacar os sitiantes / porta ou passagem secreta pela qual os sitiados podem sair para atacar o inimigo.
Sortíto, p. p. e adj. sorteado, tirado em sorte / logrado, alcançado.
Sôrto, p. p. e adj. emergido / surgido, surto / elevado, levantado / **palazzo** —— **per incanto**: palácio surgido por encanto.
Sortumôso, adj. brejoso, alagadiço (terreno).
Sorvegliànte, p. pr. adj. e s. m. vigiador, vigilante, que guarda, que vigia / guarda; zelador; vigia.
Sorvegliànza, s. f. vigilância, ato de vigilar, guarda / cuidado.
Sorvegliàre, v. vigiar, vigiar, guardar, zelar, velar / atender a, dirigir / ospiar.
Sorveníre, v. (ant.) sobrevir.
Sorvolaménto, s. m. ação de passar, de voar por cima.
Sorvolàre, v. (tr.) voar, correr, passar por cima / (fig.) passar por alto sobre uma coisa ou assunto, omitir.
S.O.S., s.o.s., sinal internacional radiofônico de socorro.
Soscrivere, (v. **sottoscrivere**), v. subscrever.
Soscrizióne, (v. **sottoscrizióne**), s. f. subscrição.
Sòsia, s. m. sósia (do nome de Sosia, personagem do Anfitrião, de Plauto) pessoa semelhante à outra.
Sospecciàre e **sospicciàre**, v. (tr. e intr.) (ant.) suspeitar, duvidar.
Sospèndere, v. (tr.) suspender, interromper coisa ou ação começada / pendurar, fixar acima e deixar pendente / enforcar / suspender, privar temporariamente de um cargo, emprego, etc. / diferir, adiar, prorrogar / sustar.
Sospendíbile, adj. pênsil, que pode ou deve ser suspenso.

Sospendiménto, s. m. (rar.) suspensão.
Sospensióne, s. f. suspensão, ato e efeito de suspender / cessação das hostilidades / trégua, interrupção momentânea das hostilidades / adiamento, prorrogação, dilação / (quím.) suspensão, estado de um corpo que se mistura à massa de um fluído sem ser por ele dissolvido / (mec.) —— **cardanica**: suspensão do cardam.
Sospensíva, s. f. suspensão (de uma sentença, de um contrato, etc.); dilação, reenvio, dilatório.
Sospensivaménte, adj. dilatadamente, duvidosamente.
Sospensivo, adj. suspensivo / inseguro, duvidoso, incerto: **risposta sospensiva** / (gram.) **punti sospensivi**: pontos de reticência.
Sospensòrio, adj. e s. m. (ant.) suspensor, que suspende um músculo, um ligamento, etc. / suspensório.
Sospéso, p. p. e adj. suspendido, suspenso, sustentado no ar, pendente, pendurado / parado, diferido ou adiado; interrompido / hesitante, irresoluto / suspenso, interdito, desassossegado, perplexo, intranqüilo, duvidoso, receoso.
Sospettàbile, adj. suspeitável.
Sospettabilità, s. f. suspeitabilidade.
Sospettaménte, adv. suspeitosamente, de modo suspeitoso.
Sospettàre, v. (tr.) suspeitar, conjecturar, desconfiar, duvidar, cuidar, presumir, temer, supor, recear.
Sospètto, adj. suspeitado, que causa suspeitas, duvidoso, que causa cuidados, que não inspira confiança, que se supõe ser falso / (s. m.) suspeita, conjectura, desconfiança, suposição, suspeição / **nutrire un** —— : recear, abrigar uma suspeita / **testimonio** —— : testemunha suspeita.
Sospettosaménte, adv. suspeitosamente.
Sospettóso, adj. suspeitoso, suspeito, apreensivo, receoso, desconfiado.
Sospìngere, v. (tr.) impelir, empurrar / (fig.) incitar, açular, estimular.
Sospìnto, p. p. e adj. impelido, empurrado, incitado, estimulado, instigado / (fig.) **ad ogni piè sospinto**: amiúde, freqüentemente.
Sospirànte, p. pr. e adj. suspirante, que suspira / lamentoso, suspiroso, desejoso / (s. m.) enamorado, suspirador, apaixonado.
Sospiràre, v. suspirar, ansiar por, desejar, ambicionar, anelar / exprimir por meio de suspiros / esperar com ânsia: —— **un impiego, un viaggio** / **far** —— : dar pena, receio, etc. / **farsi** —— : fazer-se desejar, ou esperar muito.
Sospiràto, p. p. e adj. suspirado, almejado, apetecido, desejado: **il** —— **premio**.
Sospirèvole, adj. (lit.) suspiroso, que se manifesta por suspiros / plangente, lamentoso, gemente.
Sospìro, s. m. suspiro, ato de inspiração e expiração mais longo que o normal causado por sentimento doloroso ou apaixonado / aspiração, voto ardente, ânsia, desejo; gemido, lamento, lamentação / (mús.) pausa / (dim.)

sospiretto, sospirùccio, suspirozinho / (fig.) **l'ultimo** —— : o último suspiro, a morte / **a sospiri**, a intervalos.
Sospirosaménte, adv. suspirosamente.
Sospiróso, adj. suspiroso, cheio de suspiros / gemente, lamentoso, lastimoso, queixoso / **poesia sospirosa**: poesia triste.
Sossèllo, s. m. (arquit.) degrau levantado ao longo das fachadas de alguns edifícios da Renascença.
Sossòpra (v. **sottosopra**), adv. em desordem, em confusão.
Sost. (mús.) **sostenuto**.
Sòsta, s. f. parada, alto, pausa, descanso / repouso, trégua, cessação; **non avere un momento di** —— : não ter um momento de descanso / (com.) estadia, armazenagem / **divieto di** —— : proibição de estacionar / **diritto di** —— : direito de estacionar.
Sostantivaménte, adv. substantivamente, como substantivo, substantivadamente.
Sostantivàre, v. (tr.) substantivar, empregar, usar como substantivo.
Sostantìvo, adj. e s. m. (gram.) substantivo / que designa a substância / que designa um ser relativo ao substantivo ou à forma substantiva / **verbo** —— : o verbo ser / substantivo, nome.
Sostànza, s. f. substância, qualquer espécie de matéria / substância sólida, líquida / força, robustez, vigor / essência, suma, corpo, ente / âmago, conceito, sentido / sujeito / elemento / princípio, célula / (pl.) patrimônio, bens, fortuna, riqueza / **in sostanza**: em substância, em resumo.
Sostanziàle, adj. substancial, básico, capital, essencial / (s. m.) aquilo que é substancial; a substância.
Sostanzialità, s. f. o susbtancial; substancialidade.
Sostanzialménte, adv. substancialmente, essencialmente.
Sostanziàre, v. substanciar / (fig.) exercer em substância, resumir.
Sostanzióso, adj. substancioso / nutritivo / (fig.) substancial, que contém idéias, sentimentos úteis: **alimento**, **libro** ——.
Sostàre, v. (intr.) sustar, parar, interromper o próprio caminho, sobrestar / (fig.) interromper um pouco, fazer uma pausa.
Sostégno, s. m. base, sustentáculo, apoio, aquilo que sustém / **questa colonna é il** —— **della casa**: esta coluna é o sustentáculo da casa / (fig.) sustentáculo, apoio, amparo, defesa, proteção; **il** —— **della casa** / **in** —— **della tesi**.
Sostenère, v. (tr.) sustentar, suster, suportar, segurar, servir de apoio / sustentar, conservar, manter / **bisogna** —— **i prezzi**: é preciso manter os preços / sustentar, alimentar / sustentar, impedir a queda / animar, alentar / suportar galhardamente / resistir firmemente / sustentar, afirmar com obstinação, suportar, tolerar / resistir, fazer frente / proteger, ajudar / sustentar a parte de (no teatro) / representar / exercitar (ocupar um

(cargo) / secundar, socorrer / (refl.) sustentar-se, suster-se / **sostenersi a vicenda**: ajudar-se, defender-se mutuamente / (ant.) deter: ——— **in carcere** / abster-se / conter-se, atrever-se.
Sosteníbile, adj. sustentável, que se pode sustentar ou defender; suportável, defensável, defendível.
Sostenimênto, s. m. sustentação, ato ou efeito de sustentar ou de sustentar-se, apoio, sustentáculo / sustento.
Sostenitôre, adj. e s. m. sustentador, que sustenta, que defende, que ampara ou protege / protetor, defensor, colaborador / **abbonamento** ———: assinatura mantenedora.
Sostentàbile, adj. sustentável, que se pode sustentar.
Sostentabilità, s. f. sustentabilidade, condição do que é sustentável / **la** ——— **d'una causa, d'una opinione, d'una legge**.
Sostentamênto, s. m. sustentamento, sustentação, sustento, especialmente no sentido de prover o que é necessário para sustentar a vida / (aer.) sustentação dum aparelho aéreo em equilíbrio.
Sostentàre, v. sustentar; manter, alimentar, prover do necessário / (refl.) nutrir-se, alimentar-se / defender-se / esquivar-se / (ant.) suportar, segurar, servir de apoio.
Sostentativo, adj. sustentante, sustentador, apto a sustentar.
Sostentatôre, adj. e s. m. sustedor, que sustém, que apóia, sustentador.
Sostentaziône, s. f. (rar.) sustentação, sustento.
Sostenutêzza, s. f. atitude, maneira grave e digna, severidade, altivez, seriedade, reserva / afetação.
Sostenúto, p. p. e adj. sustentado, sustido, mantido, conservado / defendido, favorecido / reservado, sério, sisudo / **stare** ——— **sul serio**: afetar seriedade / (mús.) (s. m.) sustenido, sinal musical para indicar que a nota que se lhe segue deve aumentar meio tom.
Sostituíbile, adj. substituível; revezável.
Sostituibilità, s. f. substituibilidade.
Sostituíre, v. (tr.) substituir, pôr pessoas ou coisa em lugar de outra / mudar, tirar, deslocar, revezar coisa ou pessoa.
Sostituíto, p. p. substituído, revezado, mudado, permitido, trocado.
Sostituiziône, s. f. substituição, ato de substituir, revezamento, sub-rogação / (teatr.) ——— **di recita**: função com que, num teatro, se substitui a peça anunciada / (quím.) troca dum corpo por outro.
Sostitutivo, adj. substitutivo, apto a substituir.
Sostitúto, s. m. substituto, pessoa que substitui outra / suplente, sucessor, adjunto / sucedâneo.
Sostitutôre, adj. e s. m. substituto, que substitui / pessoa que substitui outra / suplente / (fem.) **sostitutrice**.
Sostràto, s. m. substrato, o que existe em baixo, que não aparece, mas do qual se sente a ação ou efeito / (fig.)

fundo, âmago, susbtância: **un** ——— **di bontà, di astuzia** / camada de terreno debaixo de outra.
Sostruziône, s. f. (arquit.) substração, base de um edifício, alicerce; (por ext.) a parte inferior de um edifício.
Sotèro, n. pr. Sotero.
Sòtnia, s. f. (do "russo" sot,) centúria de soldados de cavalaria russa: **una** ——— **di cosacchi**.
Sottacêre, v. (tr.) calar, silenciar com intenção de enganar outrem / omitir, encobrir benévola ou caprichosamente: ——— **certe circostanze di un fatto**.
Sottacêto, s. m. verdura, cebola, pimenta, pimentões, etc., conservados em vinagre / (pl.) **sottacèti**.
Sottàcqua, adv. debaixo d'água; sob a superfície da água.
Sottàcqueo, adj. (rar.) subáqueo.
Sottàna, s. f. saia de baixo; saia, vestuário de mulher / (fig.) mulher: **correre dietro alle sottane** / veste talar, sotaina, batina / (dim.) **sottanèlla, sottanina, sottanùccia**: sainha, saiazinha.
Sottanino, s. m. saia curta que as mulheres usam por baixo de outra saia; saiote / saia curta de bailarina.
Sottàno, s. m. (arquit.) parte inferior de arco ou abóbada / intradorso, o ponto do centro da parte inferior do arco.
Sottècchi, adv. de esguelha, às escondidas, furtivamente / **guardare di** ——— ———: fitar de soslaio.
Sottèndere, v. (geom.) substender, estender por baixo / formar a corda de um arco.
Sottentramênto, s. m. sub-rogação; substituição.
Sottentràre, v. (intr.) suceder; sub-rogar, substituir / (fig.) ——— **l'odio, all'amicizia**.
Sotterfúgio, s. f. subterfúgio, pretexto / estratagema, expediente / tergiversação, malícia, escapatória.
Sottèrra, adv. debaixo da terra / nascosto ———: enterrado, soterrado.
Sotterràbile, adj. (rar.) enterrável, que se pode ou se deve enterrar; sepultável.
Sotterramênto, s. m. enterramento, ato ou efeito de enterrar, sepultamento, soterramento.
Sotterràneo, adj. subterrâneo, que está debaixo da terra, que se faz debaixo da terra / (s. m.) cantina, catacumba, caverna, cova, cripta, galeria, silo, subsolo.
Sotterràre, v. (tr.) soterrar, enterrar, esconder por baixo da terra / gastar, consumir / **in quella fábbrica ha sotterrati milioni**: naquela fábrica enterrou (despendeu) milhões / (fig.) **può andarsi a farsi** ———: pode dar-se por liquidado.
Sotterràto, p. p. e adj. soterrado, enterrado, sepultado.
Sotterratôre, adj. e s. m. (rar.) enterrador, que ou que enterra.
Sottêso, adj. (geom.) subtenso / **corda sottesa**: corda subtensa.

Sottêsso, prep. (p. us.) por baixo; ——— l'ombra: sob a sombra, por baixo da sombra.

Sottigliêzza, s. f. sutileza, qualidade, caráter do que é sutil / delgadeza, tenuidade / ——— dell'aria: pureza do ar / finura, delicadeza de espírito / raciocínio, argumento agudo, profundo; penetração, sagacidade, perspicácia, cavilosidade, cavilação.

Sottigliúme, s. m. (depr.) retalhos, desperdícios, restos de coisas de pouco valor / (fig.) sutileza excessiva, cavilação.

Sottìle, adj. sutil ou subtil, delgado, delicado / sutil, que se infiltra ou se insinua com facilidade / penetrante, agudo, hábil, destro, engenhoso, dotado de espírito penetrante / fare uno il dottor sottile: ser muito cavilador; (de Duns Scoto, aliás doctor subtilis, filos. escocês do século XIII) / (s. m.) o sutil / (fig.) guardar troppo per il ———: fixar-se em minudências, perder tempo em ninharias.

Sottilità, s. f. sutilidade, sutileza, qualidade do que é sutil, tênue, delicado; finura, penetração ou agudeza de espírito / sutileza, destreza / (fig.) dito sutil, raciocínio engenhoso.

Sottilizzàre, v. (intr.) sutilizar, usar os argumentos mais sutis, discorrer ou raciocinar com sutilezas, disputar sutilmente / cavilar / tornar sutil, tênue, fino, delicado.

Sottilmènte, adv. sutilmente, com sutileza / primorosamente, prolixamente.

Sottinsú, adv. de baixo para cima.

Sottintendènte, s. m. subintendente, funcionário de grau imediatamente inferior ao do intendente.

Sottintèndere, v. (tr.) subentender, entender, compreender o que não estava exposto ou explicado / silenciar, omitir coisa fácil de supor.

Sottintêso, p. p. e adj. subentendido, que se percebe, apesar de não estar expresso ou enunciado / implícito no discurso / (s. m.) aquilo que se subentende / parlare per sottintesi: falar por subentendidos, falar por enigmas.

Sôtto, prep. sob, debaixo de, por baixo de / debaixo da força ou vontade de / na época, no tempo de / visse ——— Cesare: viveu sob César / sotto processo: sob processo / stare ——— a uno: estar sujeito a alguém / di ——— ——— mano: em segredo, sub-repticiamente / ——— l'azione di: sob a ação de / essere solto le armi: prestar serviço militar / ——— voce, em voz baixa / il piano di ———: o andar de baixo / avere ——— mano: ter ao seu alcance / prendere una cosa ——— gamba: não dar importância a uma coisa / (fig.) lavorare ———: obrar ocultamente, tramar / (adv.) di sotto: abaixo, na parte inferior / sotto sotto: às escondidas, furtivamente / (s. m.) il di sotto: a parte inferior / sotto, parte baixa do corpo.

Sotto, prefixo que se junta a um grande número de substantivos, adjetivos e verbos correspondendo-lhes quase sempre, em português, sub, sob e vice: **sottoprefetto**: vice-prefeito; **sotto-capo**: subchefe, etc.

Sottoascèlla, s. f. sovaco.

Sottobànco, loc. adv. nas frases: **vendere** ———: vender ocultamente / **mettere** ———: esquecer-se, não mais se ocupar (de uma coisa).

Sottobàse, s. f. (rar.) sub-base; base inferior.

Sottobicchière, s. m. pratinho para copo: pires.

Sottobòsco, s. m. sub-bosque, vegetação expontânea de arbustos e ervas que crescem nos bosques ou matas / (pl.) **sottoboschi**.

Sottobottìglia, s. m. pequeno prato redondo ou bandeja sobre a qual se põe a garrafa.

Sottocàlcio, s. m. coice do fuzil.

Sottocàlza, s. f. meia que se usa por baixo de outra.

Sottocàpo, s. m. subchefe / **sottocapostazione**: subchefe de estação / ——— **timoniere**, 2º timoneiro.

Sottòcchio, adv. debaixo dos olhos, diante dos olhos, de través, de esguelha; **guardare sott'occhi**: olhar de soslaio.

Sottochiàve, adv. fechado à chave, debaixo de chave.

Sottochìglia, s. f. (mar.) apêndice que serve de reforço à quilha.

Sottocòda, s. m. (hip.) retranca, rabicho.

Sottocommissiône, s. f. subcomissão.

Sotocopèrta, s. f. cobertor (de cama) que se põe debaixo de outro / (mar.) parte interior de um navio, que fica debaixo da ponte de coberta.

Sottocòppa, s. f. pires, bandeja pequena ou guardanapo para copo ou taça.

Sottocorrênte, s. f. (hidr.) subcorrente, a parte da corrente de um rio que está nas camadas inferiores; corrente subfluvial.

Sottocuòco, s. m. ajudante de cozinheiro.

Sottocutàneo, adj. (anat.) subcutâneo; **iniezioni sottocutanee**.

Sottodivisiône, s. f. subdivisão.

Sottodominànte, s. f. e adj. subdominante, quarto grau da escala musical.

Sottoesposto, adj. diz-se de negativo fotográfico que teve breve exposição à luz.

Sottofàscia, s. m. impressos (livros, folhetos, revistas, etc.) que se remetem, não lacrados, pelo correio.

Sottofluviàle, s. f. subfluvial.

Sottofondaziône, s. f. subalicerce, trabalho de fundação para reforço de um alicerce já existente.

Sottogàmba, adv. com desenvoltura / **fare una cosa** ———: fazer uma coisa apressadamente, à ligeira.

Sottogènere, adj. (bot.) subgênero.

Sottogôla, s. m. véu, gola das freiras / colarinho do sacerdote / barbela, parte do arreio de cavalo / (arquit.) a parte de ornamento da cornija.

Sottogrondàle, s. m. (arquit.) sulco na parte inferior da goteira da cornija, para que a água pluvial escorra para fora, sem prejudicar a cornija.

Sottolineàre, v. (tr.) sublinhar, grifar uma palavra ou frase para pô-la em evidência / (fig.) pronunciar com mais ênfase uma frase ou palavra:

marcar, rubricar / (sin.) segnalare, rilevare, considerare, far risaltare.
Sottolineàto, p. p. e adj. sublinhado, grifado / (s. m.) a parte de um escrito que foi sublinhada.
Sottolineatúra, s. f. o sublinhado.
Sottolinguàle, adj. (anat.) sublingual, que está debaixo da língua.
Sottolúme, s. m. pratinho que se põe debaixo de um lume (lampião, círio, etc.).
Sottolunàre, adj. sublunar.
Sottomàno, s. m. carteira, pasta que se usa sobre a escrivaninha / (rar.) gratificação que se dá além do salário / (adv.) **dare una cosa sottomano:** dar uma coisa ocultamente.
Sottomàre, s. m. submar, fundo do mar.
Sottomarino, adj. submarino, que está debaixo da água / (s. m.) submarino / (sin. **sommergibile**) vaso de guerra submersível, submergível.
Sottomascellàre, adj. (anat.) submaxilar, que está debaixo das maxilas.
Sottomèsso, p. p. e adj. submetido, subjugado, reduzido à obediência / submisso, humilde, respeitoso, dócil / —— **come una pecora:** submisso como um carneiro.
Sottomèttere, v. (tr.) submeter, subjugar, sujeitar, reduzir à obediência, à dependência, dominar / vencer, avassalar / apresentar / —— **una questione al giudizio altrui** / (refl.) **sottomettersi**, submeter-se.
Sottomissiône, s. f. submissão, ato de submeter, sujeição / aquiescência / humildade, resignação, obediência / acatamento, subordinação / —— **alle autorità, ai superiori, alle leggi.**
Sottomúltiplo, adj. e s. m. submúltiplo / fator / divisor / parte, alíquota.
Sottopància, s. m. cilha, tira com que se aperta a sela ou a carga por baixo do ventre das cavalgaduras.
Sottopassàggio, s. m. subpassagem, estrada que passa por baixo de outra que a atravessa / passagem ou galeria subterrânea nas estações ferroviárias.
Sottopiède, s. m. presilha de pano ou de couro que passa por debaixo do sapato e que serve para prender as extremidades inferiores da calça.
Sottopôrre, v. (tr.) sotopor, sujeitar, submeter / pôr debaixo / fazer sofrer: —— **a torture**, etc. / obrigar, dominar / submeter à apreciação, ao julgamento de alguém / (refl.) submeter-se, resignar-se, conformar-se.
Sottoposizione, s. f. submissão, sujeição.
Sottopòsto, p. p. e adj. sotoposto, sujeitado, submetido, exposto, sujeito / —— **a una grave malattia:** exposto a uma doença grave / (s. m.) súdito, subordinado, sujeito, dependente, subalterno, inferior.
Sottoprefètto, s. m. subprefeito; vice-prefeito.
Sottoprefettúra, s. f. subprefeitura.
Sottoprodótto, s. m. subproduto; produto secundário da exploração de uma matéria-prima.
Sottórdine, s. m. subclasse num grupo de animais ou plantas / **passare in** ——: passar, ficar submetido à dependência de outros, passar para segundo plano ou categoria.

Sotoscàla, s. m. vão, cubículo aproveitável debaixo da escada.
Sottoscapolàre, adj. (anat.) subescapular, músculo situado abaixo das espáduas.
Sottoscritto, p. p. e adj. subscrito, assinado, firmado / (s. m.) quem escreve e assina; **il** ——: o abaixo assinado, o que subscreve.
Sottoscrittôre, adj. e s. m. subscritor, que ou o que subscreve, assina, firma / (fem.) **sottoscrittrice.**
Sottoscrívere, v. subscrever, assinar, pôr a própria firma abaixo de um escrito / dar a própria adesão, consentimento; aceitar, aprovar, aderir, aquiescer, anuir, consentir / —— **una somma:** subscrever uma quantia.
Sottoscriziône, s. f. subscrição, ação ou efeito de subscrever / firma, firma e rubrica / coleta; **aprire una** ——: fazer uma subscrição.
Sottosegnàre, v. (tr.) subscrever, firmar / sublinhar, assinalar.
Sottosegretariàto, s. m. subsecretariado: —— **degli affari Esteri.**
Sottosegretàrio, s. m. subsecretário.
Sottosôpra e sossôpra, adv. desarrumadamente, irregularmente / **mettere** ——: desarranjar, desarrumar, transtornar / (s. m.) desordem, confusão, transtorno, atrapalhação.
Sottospècie, s. f. subespécie, grupo de animais ou plantas que constitui uma subdivisão da espécie.
Sottosquàdro, s. m. (escult.) incisura profunda feita de entalhe; concavidade.
Sottostànte, p. pr. e adj. sotoposto, que está debaixo, situado em baixo / **la campagna** ——: o campo inferior, o campo debaixo / **il piano** ——: o andar debaixo.
Sottostare, v. (intr.) estar debaixo / submeter-se, sujeitar-se, dobrar-se, ceder / suportar, sofrer.
Sottosuòlo, s. m. subsolo.
Sottotenènte, s. m. subtenente.
Sottotèrra, s. m. subterrâneo / (adv.) debaixo da terra.
Sottotètto, s. m. desvão, águas-furtadas, trapeira.
Sottovalutàre, v. subavaliar, avaliar coisa ou pessoa menos do que realmente vale.
Sottovàso, s. m. prato que se usa debaixo dos vasos de flores.
Sottovêla, adv. de velas soltas / **navigare a** ——.
Sottoventàre, v. (mar.) sotaventar.
Sottovènto, (mar.) s. m. sotavento / (adv.) **andare a** ——: sotaventar.
Sottovèste, s. f. veste que se usa debaixo de outra, combinação / colete, peça do vestuário masculino.
Sottovíta, s. f. corpinho, camisola.
Sottovôce, adv. em voz baixa: **parlavano sottovoce;** falavam em voz baixa.
Sottraèndo, s. m. (arit.) subtraendo.
Sottràrre, v. (tr.) subtrair; tirar ou levar por astúcia ou fraude; roubar / salvar, libertar, fazer escapar / **sottrarre dal vizio:** salvar do vício / deduzir, diminuir; tirar um número de outro número / (refl.) subtrair-se, livrar-se, salvar-se / fugir, escapar: **sottrarsi alle persecuzioni.**

Sottrattôre, adj. e s. m. subtrator, o que subtrai / (s. m.) a quantidade que se tira de uma outra / escamoteador.
Sottrazióne, s. f. subtração, ato ou efeito de subtrair / roubo / furto / (arit.) diminuição, operação aritmética de subtrair.
Sottufficiàle, s. m. suboficial, sargento.
Soutache (v. fr.), s. f. trancinha, galãozinho, cordão de seda para enfeite / (it.) **spighetta**.
Sovarèllo, s. m. espécie de peixe marinho, acantopterígio.
Sovàtto, s. m. banda, couro comprido e duro.
Sovènte, adv. amiudadamente, freqüentemente / (adj.) freqüente, muito; **frequenti volte**: muitas vezes.
Soverchiaménte, adv. demasiadamente, superfluamente, excessivamente.
Soverchiànte, p. pr. sobrante.
Soverchiàre, v. (intr.) sobrar, sobejar, exceder, superabundar; avantajar, vencer, superar, ultrapassar / oprimir, submeter, calcar, esmagar, dominar.
Soverchiatôre, adj. e s. m. sobreptuante, que sobrepuja / prepotente, opressor, violento, autoritário, tirano.
Soverchiería, s. f. abuso de força; prepotência, vexame.
Sovèrchio, adj. sobrado, sobrante, demasiado, excessivo, que excede a medida / **spese soverchie**: gastos excessivos / (s. m.) o que excede, o que superabunda / excesso, sobejo, sobra, demasia / (adv.) excessivamente, demasiadamente: **spendere, bere** ———.
Sôvero, s. m. (lit. e raro), sobreiro (árvore que produz a cortiça); cortiça.
Sovesciàre, v. (agr.) adubar com leguminosas.
Sovèscio, s. m. (agr.) operação que consiste em cobrir de terra certas leguminosas para o fim de adubar o terreno.
Sovièt, s. m. soviete; governo comunista russo.
Sovieticaménte, adv. sovieticamente.
Soviètico, adj. soviético, relativo aos sovietes; russo.
Sovietizzàre, v. (tr.) sovietizar.
Sôvra, prepos. literária e prefixo: sobre, super / **il poeta che** ——— **tutti s'inalza**: o poeta que sobre todos se eleva / (v. **sopra**).
Sovrabbondànza, s. f. superabundância.
Sovrabbondàre, v. (intr.) superabundar; exceder, sobejar.
Sovraccaricàre, v. sobrecarregar; carregar demasiadamente (tr. e intr.) / (pres.) **sovraccàrico**.
Sovraccàrico, s. m. sobrecarga / a carga que grava sobre uma estrutura além do peso próprio da mesma.
Sovraespôsto, adj. supramencionado; exposto, citado precedentemente.
Sovraffollàre, v. superlotar, encher demais; afluir em grande número num lugar.
Sovraffollàto, p. p. e adj. superlotado, lotado demais / lugar cheio, repleto de gente.
Sovranaménte, adv. soberanamente: majestosamente / extremadamente: ——— **bella**.
Sovraneggiàre, v. (tr. e intr.) soberanizar, agir como soberano / dominar; estar em lugar alto · como soberano / dominar; estar em lugar alto / sobressair, prevalecer.
Sovranità, s. f. soberania; poder e autoridade de soberano / superioridade: **la** ——— **dell'ingegno**.
Sovrannaturále, ou **soprannaturàle**, adj. sobrenatural / grande; excessivo, extraordinário.
Sovràno, adj. soberano, que está acima; que atinge o mais alto grau; superior / eminente, sumo / que exerce um poder supremo / poderoso ou potente / (s. m.) soberano; potentado; rei; imperador; príncipe, monarca, etc.
Sovrappôrre, v. (tr.) sobrepor, pôr em cima; colocar sobre / (refl.) sobrepor-se, avantajar-se, colocar-se sobre: superar.
Sovrapposizióne, s. f. ato ou efeito de sobrepor; sobreposição.
Sovraproduzióne, s. f. (econ.) superprodução; produção superior ao consumo.
Sovrarrazionàle, adj. super-racional, que está além da razão humana.
Sovrastàmpa, s. f. estampilhado.
Sovrastampàre, v. imprimir sobre um papel já impresso para acrescentar algo ou para cancelar ou corrigir o que estava impresso antes / estampilhar.
Sovrastàre, v. sobrancear, estar sobranceiro, estar acima, dominar pela altura / ser superior, superar; sobrepujar / estar iminente, ameaçar: **il pericolo sovrasta**.
Sovreacedènte, p. pr. e adj. sobreexcedente; excedente / (s. m.) excedência.
Sovreccedènza, s. f. sobejidão, excedência, excesso, superavit.
Sovreccèdere, v. (tr. e intr.) sobreexceder, passar além ou por cima de; transmontar, galgar / ultrapassar, superar; sobrelevar, sobrepujar / descomedir-se.
Sovreccèllere, v. (tr. e intr.) sobreexceler, sobrelevar, brilhar, sobrepujar.
Sovreccèlso, p. p. e adj. sobrelevado, sobreexcelente, extraordinário, superemininte, incomparável / **è un maestro di sovreccelse virtú**: é um mestre de incomparáveis virtudes.
Sovreccitàbile, adj. sobreexcitável, muito excitável ou impressionável.
Sovreccitabilità, s. f. sobreexcitabilidade, facilidade excessiva de excitar-se: excitabilidade morbosa.
Sovreccitaménto, s. m. sobreexcitação, ato ou efeito de sobreexcitar.
Sovreccitànte, p. pr. e adj. sobreexcitante; que sobreexcita.
Sovreccitàre, v. (tr. e refl.) sobreexcitar; excitar intensamente / (pres.) **sovrèccito**.
Sovreccitàto, p. p. e adj. sobreexcitado.
Sovreccitazióne, s. f. sobreexcitação; grande excitação de ânimo.
Sovremínènte, adj. sobreeminente; muito elevado; magnífico; mais do que excelente; proeminente; supereminente.
Sovremínènza, s. f. sobreeminência, qualidade do que é sobreeminente; supereminência.

Sovrespòsto, o mesmo que **sovraesposto,** adj. supramencionado.
Sovrèsso, (ant.) prep. sobre.
Sovrimpórre, v. (tr.) impor novamente / fazer pagar um acréscimo de imposto.
Sovrimpòsta, s. f. taxa, imposto suplementar.
Sovrimpressióne, s. f. estampa ou fotografia impressa sobre outra.
Sovrindicàto, adj. supracitado, supradito.
Sovrintelligenza, s. f. (filos.) noção incongnoscível.
Sovrintelligibile, adj. (filos.) ininteligível.
Sovrintèndere, v. (tr.) superintender; dirigir, vigiar.
Sovrumanità, s. f. sobre-humanidade.
Sovrumàno, adj. sobre-humano; super-humano / que transcende a natureza humana / divino, sobrenatural, angelical.
Sovvàllo, s. m. (p. us.) sobra, excesso / (loc.) **metter a —— una somma:** pôr de reserva uma quantia / (ant.) vantagem; pechincha.
Sovvenèvole, adj. socorredor, que está pronto a socorrer; compassivo, caritativo, benévolo, serviçal; misericordioso.
Sovveníbile, adj. rememorável, ocorrível / socorrível, que merece, que pode ser socorrido.
Sovveniménto, s. m. lembrança, recordação / socorro, auxílio.
Sovvenire, v. (tr.) socorrer, beneficiar, ajudar, auxiliar, assistir / subvencionar / lembrar, recordar, ocorrer à memória / (refl.) lembrar-se, recordar-se / (s. m.) recordação, lembrança: **dei dì che furono, l'assalse il sovvenir** (Manzoni).
Sovvenitóre, adj. e s. m. socorredor, auxiliador / (fig.) aliviador.
Sovventóre, s. m. socorredor, subvencionador.
Sovvenzionàre, v. tr. (neol.) subvencionar; subsidiar / financiar.
Sovvenzióne, s. f. subvenção, socorro; contribuição; subsídio / empréstimo.
Sovversióne, s. f. subversão, ação e efeito de subverter / revolta, subvertimento; insurreição.
Sovversivísmo, s. m. subversivismo, teoria, tendência que tem por fim subverter a ordem estabelecida pelo Estado.
Sovversívo, adj. subversivo, que subverte; revolucionário.
Sovvertiménto, s. m. subvertimento, ação de subverter; subversão.
Sovvertíre, v. (tr.) subverter, destruir o que está assente; derrubar, arruinar; perturbar, desordenar, transtornar / demolir, revolucionar; desorganizar; soçobrar; perverter / (pres.) **sovverto.**
Sovvertitóre, adj. e s. m. subversor, o que subverte; subvertidor / (f.) **sovvertitríce.**
Sòzio, s. m. (ant.) sócio, companheiro / (depr.) cúmplice, compadre.
Sozzaménte, adv. porcamente, sujamente, imundamente, vergonhosamente.
Sozzàre, v. (tr. e refl.) sujar, enxovalhar; manchar; enodoar; conspurcar; contaminar / envilecer.
Sozzèzza, s. f. sujidade, imundicie.
Sòzzo, adj. sujo, imundo / (fig.) torpe, vergonhoso; abjeto, ruim, indigno / (ant.) deforme.
Sozzume, s. m. sujidade.
Sozzúra, s. f. sujidade, sujeira, imundicie, opróbrio, baixeza.
Spaccalègna, s. m. lenhador, lenheiro, rachador ou cortador de lenha.
Spaccaménto, s. m. rachadura, ato de rachar; fenda, racha.
Spaccamontagne, s. m. fanfarrão, parlapatão, traga-mouros, bazófio / farrombeiro, garganta.
Spaccapiètre, s. m. canteiro, britador de pedras, operário que racha pedras.
Spaccàre, v. (tr. e refl.) rachar, partir; romper; quebrar; quebrantar: separar; fender / dividir, abrir / fender-se, partir-se, romper-se / **orologio che spacca il minuto:** relógio muito exato / **sole che spacca le pietre:** sol muito intenso / **persona che spacca in due un capello:** pessoa escrupulosa ou pedante.
Spaccàta, s. f. rachadela, rachadura, corte / **dare una —— alla legna:** cortar um pouco de lenha / (esgr.) posição "a fundo" / (pirotec.) estalido; **bomba a quattro spaccate:** bomba de quatro disparos.
Spaccataménte, adv. manifestamente, descaradamente.
Spaccàto, p. p. e adj. rachado, fendido, partido / manifesto, exagerado, evidente; **birba spaccata:** birbante descarado / solene, enfático / (heráld.) escudo dividido em duas partes iguais por uma linha horizontal / (s. m.) seção, vertical.
Spaccatúra, s. f. rachadura, ato e efeito de rachar / fenda, rachadela.
Spacchettàre, v. (tr.) desembrulhar, desempacotar, desatar, abrir um pacote.
Spacchiàre, v. (intr.) empazinar-se, comer bastante e com gosto / (fig.) gozar intensamente, gulosamente, de uma coisa / regozijar-se.
Spacciàbile, adj. que se vende facilmente (mercadoria); que se vende bem, vendível, vendável.
Spacciàre, v. (tr.) vender; —— **libri:** vender livros / despachar, aviar / —— **una faccenda:** aviar, resolver um negócio / enviar / divulgar / —— **una notizia:** espalhar uma notícia / querer impingir uma coisa por outra; matar / **i medici lo spacciarono in poco tempo:** os médicos liquidaram-no (mataram-no) em pouco tempo / (refl.) fazer-se passar por aquilo que não se é / **si spaccia per giornalista:** faz-se passar por jornalista / apressar, acelerar / **spacciati non ho tempo da perdere:** avia-te, não tenho tempo a perder.
Spacciativo, adj. pronto, lesto, despachado, rápido; **mezzi, procedimenti spacciativi.**
Spacciàto, p. p. e adj. distribuído, vendido / condenado, despachado, destruído, morto / **se non lascia il vino, è un'uomo spacciato:** se não deixa a bebida, é um homem morto.

Spacciatóre, s. m. expedidor, vendedor / bazófio, gabarola, passador, impingidor de coisas falsas, de notícias, noveleiro / —— **di monete false**: passador de moedas falsas.

Spàccio, s. m. saída, venda de mercadorias / negócio, loja onde se vendem mercadorias / **uno** —— **di vino**: um negócio de vinhos, ou taberna / tenda, posto / —— **di sale e tabacchi, di giornali**, etc.

Spàcco, s. m. racha, fenda, abertura, greta / (agr.) **innesto a** ——: enxerto de pé de cabra.

Spacconàta, s. f. fanfarronada, parlapatice.

Spaccóne, s. m. fanfarrão, alardeador, rodamonte.

Spàda, s. f. espada, arma ofensiva / **incrociare la** —— **con uno**: bater-se em duelo / **morire con la** —— **in pugno**: morrer combatendo / **uomo di** ——: homem de armas / **sfoderare la** ——: desembainhar a espada / **la spada della giustizia**: a severidade da lei / (fig.) **buona** ——: bom esgrimista / **la** —— **di Damocle** / (ict.) **pesce** ——: peixe espada / **brandire la** ——: empunhar a espada / **difendere a spada tratta**: defender corajosamente, a todo transe / **avere la spada sulla gola**: estar entre a espada e a parede / (aum.) **spadóne**; (depr.) **spadàccia**; (dim.) **spadina, spadino**.

Spadaccíno, s. m. espadachim; / rixador, brigalhão.

Spadacciuòla, s. f. (bot.) espadinha, planta herbácea das iridáceas.

Spadàio e spadàro, s. m. espadeiro, fabricante ou vendedor de espadas / (hist.) o que levava a espada do Imperador.

Spadàta, s. f. pancada, golpe de espada; espadelada / (ant.) espadada.

Spadèrna, s. f. e **spaderno**, s. m. espinel; linha de pescar, com três ou mais anzóis.

Spàdice, s. m. (bot.) espádice, forma especial de inflorescência.

Spadière, s. m. (ant.) espadeiro.

Spadíno, s. m. (dim.) espadim; espada curta e elegante, de cerimônia.

Spadísta, s. m. (neol.) espadista, pessoa destra no manejo da espada; esgrimista.

Spadóna, s. f. (aum.) espada grande; espadão / variedade de pera alongada, de gosto delicado.

Spadonàta, s. f. golpe, pancada de espadão.

Spadóne, s. m. (aum.) espadarrão, espada grande.

Spadronàre, v. (intr.) agir, portar-se como patrão, bancar o mandão.

Spadroneggiàre, v. (intr.) operar como se fora patrão; mandar em casa alheia / desmandar, oprimir.

Spaesàto, adj. que está fora da própria terra / (fig.) desorientado, embaraçado, desnorteado; desambientado, complicado, desnorteado; desambientado, estranho entre estranhos.

Spaghêtti, s. m. (pl.) **espagheti** espaguete, macarrão comprido e fino.

Spaghètto, s. m. (dim.) barbante fino / (fig.) medo, espanto, susto.

Spaginàre, v. (tr.) (tip.) desempaginar, desfazer as páginas já formadas para corrigi-las ou paginar novamente / (pres.) **spàgino**.

Spaginatúra, s. f. ação de desempaginar; desempaginação.

Spagíria, s. f. espagíria, designação antiga da análise e composição dos metais; alquimia.

Spagírico, adj. espagírico.

Spagliaménto, s. m. ato de tirar a palha; despalha / (fig.) viver às custas de alguém / **é un anno che spaglia in casa mia**: faz um ano que vive às minhas custas / espalhar a palha / (refl.) despalhar-se, perder a palha / transbordar (os rios); derramar-se (as águas).

Spagliàre, v. desempalhar / despalhar.

Spagliatóre, adj. e s. m. despalhador; quem ou que despalha.

Spagliatúra, s. f. despalha, despalhamento.

Spàglio, s. m. derrame, espalhamento das águas de um rio etc. / (loc. adv.) **a spaglio**: dispersadamente, espalhadamente / (hip.) upa, movimento brusco do cavalo quando se espanta.

Spàgna, s. f. nome da nação ibérica espanhola, usado em algumas locuções / **Pane di** ——: bolo de açúcar, farinha e ovos / **cêra di** ——: lacre etc.

Spagnòla, s. f. espanhola, nome dado à epidemia de gripe de 1918.

Spagnolàta, s. f. espanholada; fanfarronada; jactância.

Spagnoleggiàre, v. (intr.) espanholizar, usar modos ou vozes espanholas.

Spagnolêsco, adj. espanholesco, altaneiro / (depr.) arrogante, soberbo, jactancioso / (pl.) **spagnoleschi**.

Spagnolêtta, s. f. cigarro / cremona, tranqueta de portas ou janelas / (fam.) amendoim / meada de fio de seda.

Spagnolísmo, s. m. espanholismo, hispanismo / (lit.) voz ou modos de dizer próprios da língua espanhola.

Spagnuòlo, adj. e s. m. espanhol, hispano, hispânico, hispaniense / (ant.) cortês, fidalgo, culto, elegante / (s. m.) **lo** ——: o espanhol (língua) / (fem.) **spagnuola**.

Spàgo, s. m. (pl. **spaghi**) barbante; guita; cordel / (fig.) **dare** —— **a uno**: dar corda a alguém, instigá-lo a falar / (fig. fam.) **spaghetto**: medo, susto.

Spài, s. m. (do pers. **sipahi, spaí** ou **spahi**) soldado turco a cavalo; algerino pertencente a um corpo de soldados coloniais franceses a cavalo.

Spaiaménto, s. m. desemparceiramento / desemparceiramento, separação do par.

Spaiàre, v. (tr.) desemparelhar, desfazer o par, desemparceirar / separar, desunir.

Spaiàto, p. p. e adj. desemparelhado, desemparceirado, desunido.

Spalancaménto, s. m. escancaramento, abertura de par em par.

Spalancàre, v. (tr. e refl.) escancarar, abrir de par em par, abrir inteiramente, largamente / —— **gli occhi**: arregalar os olhos / —— **la bocca**: abrir muito a boca, bocejar / ——

le braccia: abrir os braços em cruz / (fig.) fazer acolhida festiva / **spalancàrsi:** abrir-se.

Spalancàto, p. p. e adj. escancarado, aberto de par em par / **restare a bocca spalancata:** ficar boquiaberto.

Spalàre, v. (tr.) tirar com a pá, mover com a pá / (rar.) desempar (tirar as estacas) / (mar.) **spalare i remi:** virar rapidamente e horizontalmente os remos / ——— **i denari:** malbaratar o dinheiro / (agr.) ——— **le viti:** desempar as videiras.

Spalàta, s. f. pancada com a pá / paleio, limpeza com a pá / (dim.) **spalatina.**

Spalatôre, adj. e s. m. que trabalha com a pá, que limpa, que tira a neve.

Spalatúra, s. f. limpamento da neve.

Spalcàre, v. (tr.) desarmar um palco (de teatro), um estrado, tablado, tribuna, etc. / cortar os ramos inferiores de uma árvore / (fig.) ressaltar-se, distinguir-se / **artista di spalco:** artista que se distingue, sobressai por valor ou talento.

Spalcàta, s. f. desmonte, desarmação do palco, do tablado / (fig.) censura, reprimenda feita com ar de superioridade.

Spàlco, s. m. ato de desmontar o palco, etc.; (agr.) desarmação / **cantante, attore di** ———: cantor, ator que sobressai, que se distingue.

Spàldo, s. m. anteparo, espaldão de torre de fortaleza, de castelo, etc. / bastião, esplanada.

Spalettàre, v. no fabrico de chapéus, comprimir com a manopla o feltro, para lhe tolher a umidade.

Spàlla, s. f. espádua, ombro; no pl. tem quase sempre significado mais extenso e é sinônimo de costas, dorso (schiena: dosso) / (fig.) **alzare le spalle:** encolher os ombros, mostrar desdém ou desprezo / **mettere con le spalle al muro:** encostar à parede / **prendere sulle proprie spalle:** tomar sobre si a responsabilidade / **avere sulle spalle:** ter sobre si a responsabilidade / **avere sulle spalle:** ter que sustentar / **volger le spalle al nemico:** fugir diante do inimigo / **guardarsi le spalle:** acautelar-se, premunir-se contra perigos / **stringersi nelle spalle:** encolher os ombros / (mús.) **violino spalla:** violino que, por importância, vem, na orquestra, antes do primeiro / **spalla di monte:** flanco, ângulo de um monte, etc. / **fare** ——— **a uno:** proteger, ajudar alguém / **assalire alle spalle:** surpreender, atacar à traição / **sparlare dietro le spalle;** falar (mal) pelas costas / **in** ———: às costas / **alle spalle:** detrás / **avere protette le spalle:** estar protegido / **avere buone spalle:** ter paciência, agüentar tudo / **avere i creditori alle spalle:** ter os credores em cima / (tip.) **spalle del carattere:** ombro do tipo / ——— **del vestito,** ombro do vestido / **fucile in** ———: fuzil às costas.

Spallàccio, s. m. (hist.) ombreira de armadura antiga.

Spallare, v. espaduar, romper, deslocar a espádua / (fig.) obrigar a fazer um trabalho muito pesado ou cansativo / (refl.) espaduar-se, deslocar ou romper as espáduas.

Spallàta, s. f. encontrão, empurrão com os ombros / encolhidela de ombros: rispondere con una spallàta.

Spallàto, p. p. adj. espaduado, espandongado (bras.) / débil, lastimoso / malogrado, arruinado, desacreditado, fracassado / **ragione spallata:** razão infundada / **uomo** ———: homem desacreditado.

Spalleggiamênto, s. m. proteção, ajuda.

Spalleggiàre, v. (tr.) ajudar, defender, auxiliar, proteger, afiançar / (refl.) auxiliar-se, defender-se reciprocamente.

Spalleggiàto, p. p. e adj. ajudado, protegido, defendido.

Spallêtta, s. f. (dim.) espaduazinha, ombrozinho / parapeito construído ao longo de rio ou aos lados de ponte, / saliência, peitoril de janela, etc.

Spallièra, s. f. espaldar, as costas da cadeira / (por ext.) cabeceira de cama / espaldeira de plantas ao longo do rio, de ponte, de muro, etc. / **fare** ———: fazer ala.

Spallina, s. f. (mil.) dragona / (fig.) o grau de oficial / alça, fita, ombreira de vestuário feminino.

Spallône, s. m carregador que leva os objetos no ombro / carregador de contrabando.

Spallúccia, s. f. (dim. depr.) espaduazinha, ombrozinho / (fig.) **far spalluccie:** encolher os ombros para patentear indiferença, desprezo, etc.

Spallucciàta, s. f. encolhidela de ombros.

Spalmàre, v. (tr.) (mar.) limpar e alcatroar uma embarcação / espargir um líquido denso ou uma substância gordurenta sobre um corpo sólido / ——— **il burro:** passar a manteiga / (refl.) untar-se, besuntar-se, engordurar-se, ungir-se.

Spalmàta, s. f. untadura, untadela / empesgadura (com pez).

Spalmàto, p. p. e adj. alcatroado / untado, besuntado.

Spalmatôre, s. m. untador, calafate, pessoa que calafeta.

Spalmatúra, s. f. empesgadura, untadura, alcatroagem, calafetação.

Spàlmo, s. m. untadela, untadura / (mar.) calafetação, alcatroamento / sebo, unto, alcatrão.

Spàlto, s. m. (fot.) espaldão, bastião, esplanada, escarpa.

Spampanamênto, s. m. (agr.) despampa / desparra (vinha).

Spampanàre, v. (tr.) despampar, despampanar as vinhas / (refl.) desabrochar (as pétalas das flores) / (fig.) difundir-se, espalhar-se, alargar-se muito / exagerar; **spampanarsi dal ridere:** rir a mais não poder.

Spampanàta, s. f. despampa, desparra / (fig.) quixotada, fanfarronada.

Spampanàto, p. p. e adj. despampanado, desparrado / muito aberto; **rosa spampanata.**

Spampanatúra, s. f. (agr.) despampa, desparra, desfolha.

Spanàre, v. (tr.) (agr.) desterroar as raízes para o transplante / (mec.) esborcinar, gastar a rosca do parafuso.

Spanàto, p. p. e adj. esborcinado, gasto, embotado (parafuso) / (agr.) desterroado.

Spanciàre, v. destripar / falando de saia de mulher, diminuir à altura da cintura para que não enfune sobre o ventre / (intr.) inflar, criar barriga / (refl.) **spanciarsi dal ridere**: rir bastante e imoderadamente.

Spanciàta, s. f. barrigada, golpe com a barriga / pançada, fartadela (de comida), enchimento de barriga.

Spandènte, p. pr. e adj. vertente, espalhante, que espalha, que esparge / (s. m.) operário que espalha as folhas de papel para que enxuguem.

Spàndere, v. tr. espalhar, verter, espargir, derramar / distender; expandir; difundir, exalar: —— profumo / divulgar, propagar, dilatar / gastar muito, desperdiçar / (refl.) derramar-se, espalhar-se / **spargersi il suono, il canto, la voce** / p. p. **spanto, spanduto** / (sin.) **versare, spargere, diffondere, divulgare**.

Spandifièno, s. m. (agr.) sacudidor do pasto (dos animais).

Spandimènto, s. m. (rar.) espalhamento, espargimento, ato ou efeito de espalhar, de espargir.

Spanditòio, s. m. (técn.) enxugadouro para papel nas fábricas de papel.

Spanditòre, adj. e s. m. espargidor, espalhador, esparzidor.

Spaniàre, v. soltar, soltar-se do visco, desenviscar (os pássaros) / (fig.) livrar-se, libertar-se de algum obstáculo ou dificuldade.

Spanieràre, v. (tr.) tirar do cesto (especialmente fruta).

Spànna, s. f. palmo / **è alto una ——**: tem um palmo de altura / (fig.) ser pequeno (de altura).

Spannàre, v. (tr.) desnatar, tirar a nata do leite / (fig.) descobrir o engano / (mar.) levantar velas e pôr em movimento o navio / (ant.) mondar, tirar a sujeira.

Spannatòia, s. f. desnatadeira.

Spannocchiàre, v. (tr.) tirar a maçaroça à planta do milho / desfolhar o milho.

Spannòcchio, s. m. (zool.) espécie de lagostim.

Spantanàre, v. tirar ou sair do pântano (também no figurado).

Spànto, p. p. e adj. vertido, derramado, espargido, espalhado, distendido / divulgado, difundido, dilatado / pomposo, grandioso.

Spappagallàre, v. (intr.) papagaiar / pronunciar mal as palavras.

Spappolàre, v. desfazer, reduzir semelhante à papa / (refl.) desfazer-se, desmanchar-se / **spappolarsi dalle risa**: rir gostosamente, à vontade / (pres.) **spàppolo**.

Spappolàto, p. p. e adj. desfeito, reduzido a papa / (fig.) imoderado, descomedido: **riso ——**: riso sonoro, largo, imoderado.

Sparadràppo, s. m. (farm.) esparadrapo.

Sparagèlla, s. f. (bot.) espargo bravo.

Spàragio e aspàragio (bot.) s. m. espargo, planta da família das liliáceas / (fig.) pessoa magricela e alta / (pl.) **sparagi** / (aum.) **sparagione**.

Sparagnàre, v. (tr.) (dial. calabr.) economizar / (sin.) **risparmiare**.

Sparàgno, s. m. (dial.) economia, poupamento.

Sparamènto, s. m. ação de abrir, de atirar, de estirpar.

Sparapàne, s m mandrião, comilão; indivíduo que só presta para comer.

Sparàre, v. (tr.) (lat. **paràre**) abrir o ventre de, estripar / disparar, descarregar arma de fogo / —— **a salve**: atirar a salvas, sem o projétil / (fig.) **sparar bugie**: espalhar mentiras com toda a desenvoltura / explodir, fazer fogo, descarregar, atirar / **cavallo che spara**: cavalo que dá coices / (refl.) **spararsi per alcuno**: interessar-se para ser útil a alguém.

Sparàta, s. f. descarga, disparo de arma de fogo / (fig.) oferta generosa, porém só para fazer fita / basófia, conversa fiada.

Sparàto, p. p. e adj. disparado, atirado, descarregado, vibrado / aberto em canal; aberto, estripado, partido / (s. m.) parte dianteira da camisa / decote do traje.

Sparatôre, adj. e s. m. atirador, que, ou o que atira.

Sparatòria, s. f. rixa a tiros de revólver, tiroteio / descarga de armas de fogo, também numa batalha.

Sparecchiamènto, s. m. ação de tirar da mesa os objetos no fim de uma refeição; ação de guardar os utensílios da mesa.

Sparecchiàre, v. (tr.) tirar a mesa no fim de refeição; tirar da mesa os objetos, etc. / (fig.) comer avidamente, não deixar nada.

Sparêggio, s. m. disparidade, desigualdade, desnível; diferença / deficit / (esp.) partida decisiva, desempate.

Sparêre, v. (intr.) (ant.), desaparecer / (fig.) ofuscar-se, perder valor, desmerecer.

Spàrgere, v. (tr.) espargir, derramar, espalhar, disseminar / difundir, propagar, espalhar-se, disseminar-se, difundir-se: divulgar / gastar, desperdiçar / (refl.) **la voce si sparse in un baleno**: a voz difundiu-se num relâmpago / (pr.) **spargo, spargi**.

Spargimènto, s. m. derrame / espargimento, ato de espargir, de espalhar, de derramar, de disseminar etc. / —— **di sangue**: derramamento de sangue.

Spàrgola, s. f. (bot.) sorgo, painço.

Spàrgolo, adj. de racimo; pouco espesso, ralo.

Sparigliàre, v. (tr.) desemparceirar, desemparelhar.

Sparìre, v. (intr.) desaparecer, azular, sumir / (fig.) acabar, terminar / **le frutta sparirono in men non si dica**: as frutas acabaram em três tempos / esvaecer, eclipsar, transmontar, fugir; escapar / morrer.

Sparita, s. f. na esgrima, defesa e ataque simutâneos / (raro) desaparição.

Sparizióne, s. f. desaparecimento / sumiço, fuga / escamoteação.

Sparlàre, v. (intr.) murmurar, difamar, criticar, falar mal de coisa ou pessoa: fazer maledicência; depreciar; desacreditar; vituperar; linguarar / falar licenciosamente.

Sparnazzaménto, s. m. esgaravatamento, remeximento; espalhamento.

Sparnazzàre, v. (tr.) esgaravatar, remexer como fazem as galinhas / (fig.) dissipar, gastar, espalhar a mancheias sem economia alguma.

Sparnicciàre, v. esgaravatar, espalhar, espargir, disseminar / esparramar / (fig.) desperdiçar, malbaratar.

Spàro, s. m. tiro, descarga, disparo de arma de fogo / explosão / o rumor que faz uma arma atirando / salva, disparo, tiroteio, golpe, detonação, estampido / (ictiol.) capatão, peixe da ordem dos acantopterígios.

Sparpagliaménto, s. m. espalhamento, derramamento, dispersão, espargimento, esparramo, efusão.

Sparpagliàre, v. (tr.) espalhar, derramar / esparralhar, esparramar aqui e ali sem ordem / (refl.) disperder-se, dispersar-se sem ordem, debandar.

Sparpagliataménte, adv. espalhadamente, derramadamente, esparramadamente, desordenadamente.

Sparpàglio, s. m. derramação, espargimento, esparramo.

Sparsaménte, adv. espalhadamente, dispersamente, esparsamente.

Spàrso, p. p. e adj. espargido, espalhado, derramado, esparso / disperso, dispersado / solto / efuso / disseminado / (lit.) **pagine sparse**: escritos diversos de um autor reunidos num volume / (mil.) **in ordine** ———: em ordem aberta.

Sparta, (geogr.) Esparta, cidade da Grécia.

Spartanaménte, adv. espartanamente, à maneira dos espartanos / austeramente / concisamente, laconicamente.

Spàrtano, adj. espartano, de Esparta / (fig.) rude, estóico, austero / (s. m.) habitante da Esparta.

Spartea, s. f. (bot.) esparto (planta poácea).

Sparteína, (quím.) s. f. esparteína, alcalóide venenoso do esparto.

Spartería, s. f. espartaria, oficina ou loja onde se fazem ou vendem obras de esparto.

Spartiàcque, s. m. (geogr.) vertente, espigão.

Spartíbile, adj. partível, repartível, divisível; cindível, separável.

Spartiménto, s. m. partilha, repartição, ato e efeito de repartir; divisão, partição, repartição, distribuição / compartimento.

Spartina, s. f. corda de esparto.

Spartinéve, s. m. quebra-neve, rompe-gelo.

Spartíre, v. (tr.) repartir, dividir, distribuir, ato ou efeito de repartir; separar, apartar (pessoas que brigam) / ——— **parole**: conversar, trocar palavras / (mús.) escrever a partitura / (pres.) **spartísco**.

Spartitaménte, adv. repartidamente, em partes, separadamente, desunidamente.

Spartíto, p. p. e adj. repartido, dividido, separado / distribuído / s. m. (mús.) partitura.

Spartitôre, adj. e s. m. distribuidor; repartidor / (agr.) parte essencial da ceifadeira.

Spartizióne, s. f. repartição, repartimento, ato ou efeito de repartir, divisão, repartição, separação / ——— **del capelli**: raia, risca do cabelo.

Spàrto, p. p. e adj. espargido, semeado, espalhado; difundido / (s. m.) esparto, planta da fam. das gramíneas / **funicella di** ———: corda de esparto / **laboratório di** ———: espartaria, fábrica de obras de esparto.

Sparutêzza, s. f. magreza, emaciação, palidez; fraqueza.

Sparúto, adj. magro, quase seco; pálido, esquálido, escanifrado, esquelético / mirrado / **faccia sparuta**: cara mirrada e triste / (dim.) **sparutello**.

Sparvieràto, (mar. ant.) adj. ágil, veloz, rápido (navio).

Sparvieratôre, s. m. (ant.) o que governa os falcões de caça.

Sparvière, e **sparvièro**, s. m. falcão, ave de rapina, que se empregava na caça de altanaria; gavião / (caça) espantalho / (pesc.) esparavel, tarrafa, rede para pescar.

Spàsa, s. f. (rar.) cesta rasa e um tanto larga.

Spasimànte, p. pr. de **spasimàre**; dolente / sofredor / (s. m.) enamorado, apaixonado / **fare lo** ———: cortejar, fazer a corte a uma moça.

Spasimàre, v. (intr.) espasmar, cair em espasmo; sofrer muito / agitar-se, delirar por enfermidade, etc. / ——— **per una persona**: estar apaixonado, derreter-se de amor por alguém / almejar, cobiçar, ansiar, anelar com veemência.

Spasimataménte, adv. apaixonadamente; idolatradamente; ardentemente.

Spàsimo, s. m. espasmo, dor forte, aguda; contração muscular, espasmo / (fig.) abstração, êxtase, arroubamento / ânsia, angústia; pena; aflição; **gli spasimi del rimorso** / **la madonna dello** ———: N. S. das Dores.

Spasimôso, adj. agitado, doloroso.

Spàsmo, s. m. (med.) espasmo, contração involuntária e convulsiva dos músculos.

Spasmodicaménte, adv. espasmodicamente.

Spasmòdico, adj. (med.) espasmódico.

Spasmofilia, s. f. (med.) espasmofilia.

Spàso, adj. (ant.) plano, distendido / abundante, amplo, vasto.

Spassàre, v. recrear, divertir / (refl.) divertir-se, recrear-se, folgar: **se la spassa tutto il giorno invece di lavorare**: folga o dia todo em vez de trabalhar; **spassarsela**, regalar-se, passar boa vida / (mar.) tirar a corda do garruncho (anel de ferro ou de madeira).

Spasseggiàre, v. intr. (pop.) passear (v. **passeggiare**).

Spassèggio, s. m. (pop.) passeio, ato de passear / **nuotare di** ———: nadar dando braçadas alternadas.

Spassévole, adj. (rar.) alegre, contente, despreocupado, divertido.

Spassionàrsi, v. (refl.) desabafar com outrem a própria paixão, as próprias angústias; desafogar-se, abrir-se, expandir-se / desafogar-se, consolar-se.

Spassionataménte, adv. desapaixonadamente; imparcialmente.

Spassionatézza, s. f. imparcialidade, eqüidade.

Spassionàto, p. p. e adj. desapaixonado; apático; indiferente / justo, sereno, imparcial / **giudizio** ———: juízo desapaixonado, justo.

Spàsso, s. m. brincadeira, passatempo, recreio, passeio, divertimento / **andare a** ———: passear / (fig.) **menare a** ———: embasbacar com promessas / **pigliarsi** ——— **di uno**: burlar-se de alguém / **mandare a** ———: mandar embora, livrar-se de / **essere a** ———: estar sem ocupação / recreação, recreio, deleite, solaz.

Spassôso, adj. alegre recreativo, jovial, divertido.

Spastàre, v. (tr.) raspar a massa aderida ou grudada; desengrudar.

Spastoiàre, (tr. e refl.) despear, tirar as peias a; soltar-se das peias / libertar-se, livrar-se, desembaraçar-se, safar-se, sair de apuros.

Spàta, s. f. (bot.) escarpa, bráctea membranosa ou foliácea que envolve certas inflorescências.

Spàtico, adj. (min.) espático / (pl.) **spàtici**.

Spàto, s. m. (min.) espato, nome comum que se dá a vários minerais de estrutura lamelosa e cristalina.

Spàtola, s. f. espátula, utensílio de madeira, metal ou marfim, usada para vários fins / (lit.) o bastão de Arlequim.

Spatriaménto, s. m. expatriação.

Spatriàre, v. (tr.) expatriar; desterrar; exilar / (intr. e refl.) expatriar-se; emigrar.

Spauràcchio, s. m. espantalho / (fig.) coisa ou pessoa muito feia, que mete medo / **gli esami sono lo** ——— **di quelli che non studiano**: os exames são o espantalho dos que não estudam.

Spauràre, v. tr. (lit.) amendrontar, apavorar, assustar.

Spauriménto, s. m. susto, medo, apavoramento, amedrontamento.

Spaurire, v. (tr.) amedrontar, assustar, assombrar / (refl.) apavorar-se, amedrontar-se, assustar-se / (pres.) spaurísco-sci.

Spaurito, p. p. e adj. amedrontado, assustado, espavorido; perturbado, espantado, temeroso / **occhi spauriti**: olhos pasmados.

Spavaldería, s. f. jactância, atrevimento, audácia, petulância / descaramento, imprudência, desaforo / fanfarronada.

Spavàldo, adj. atrevido, audacioso, arrogante / desaforado, impudente, descarado, petulante, jactancioso / **darsi l'aria spavalda**: dar-se ares de valente.

Spaventàcchio, s. m. espantalho.

Spaventapàsseri, s. m. espantalho, espanta-pardais / (fig.) pessoa feia, magra e desengonçada.

Spaventàre, v. (tr.) espantar, inspirar terror, espavorir, apavorar, aterrorizar, amedrontar / (refl.) espantar-se, assustar-se, amedrontar-se, aterrar-se.

Spaventàto, p. p. e adj. espantado, aterrorizado, assustado; amedrontado / **con aria spaventata**: com susto, com espanto.

Spaventatôre, adj. e s. m. amedrontador, apavorador, espantador / (fem.) spaventatrice.

Spaventévole, adj. espantoso, horroroso, medonho, pavoroso, horrível, horrendo, horripilante; tremendo / excessivo / **faccia** ———: cara espantosa / enorme, descomunal: **una quantità** ——— **di mosche**.

Spaventevolménte, adv. assustadoramente, pavorosamente; medonhamente.

Spavènto, s. m. susto, pasmo, assombro, terror / (fig.) coisa muito feia: **quel quadro è uno** ——— / (vet.) doença das onças.

Spaventosaménte, adv. assustadoramente, pavorosamente, espantosamente.

Spaventôso, adj. assombroso, pasmoso; horrível; horroroso; espantoso, horripilante, terrorífico / feio, deforme / (s. m.) fantasma, espectro.

Spaziàre, v. tr. (tip.) espaçar, deixar um espaço entre palavra e palavra na composição tipográfica ou num escrito / (intr. e refl.) mover-se livremente em espaço amplo / vogar, voar, vaguear / alargar-se; dilatar-se, difundir-se / distender-se / espargir o vôo, olhar: **l'occhio spazia sulla campagna**.

Spazieggiàre, v. (tr.) espaçar, espacejar; intervalar.

Spazieggiatúra, s. f. espacejamento; distância, intervalo.

Spazientírsi, v. (refl.) perder a paciência, impacientar-se.

Spàzio, s. m. espaço, extensão indeterminada; extensão superficial e limitada; intervalo de tempo; espaço, intervalo entre as linhas da pauta / área, circuito; extensão; praça, lugar, trecho, zona / (mús.) intervalo do pentagrama.

Spaziosamente, adv. espaçosamente; desafogadamente, à vontade.

Spasiozità, s. f. espaciosidade, qualidade de espacioso; amplidão; largura; capacidade.

Spaziôso, adj. extenso, espaçoso, vasto, amplo, capaz, dilatado.

Spazzacamíno, s. m. limpador de chaminés.

Spazzacampàgna, e **spazzacampàgne**, s. m. (hist. ant.) bacamarte, antiga arma de fogo portátil.

Spazzafòrno, s. m. escovão para limpar o forno, varredouro, fragueiro.

Spazzaménto, s. m. varredela, varredura, ato ou efeito de varrer.

Spazzamíne, adj. e s. m. limpa-minas; draga-minas.

Spazzanêve, s. m. limpa-neve; limpa-trilhos que se aplica à frente das locomotivas para desobstruir os trilhos da neve.

Spazzàre, v. (tr.) varrer, limpar com vassoura / (fig.) limpar, expulsar: **spazzare gli errori, le ingiustizie, i pregiudizi** / dispersar, pôr em fuga / despejar / destruir, demolir, arrasar.

Spazzàta, s. f. varredela; ato de varrer uma vez / (dim.) **spazzatina**, varridinha.

Spazzatòio, (pl. **-toi**), s. m. escovão.

Spazzatúra, s. f. varredura, ação e efeito de varrer / o que se junta varrendo / restos, alimpaduras; imundície; lixo / **cassetta della** ———: lata para o lixo.

Spazzaturàio, s. m. lixeiro; varredor de lixo / (pl.) **spazzaturai**.

Spazzavía, s. m. limpa-trilhos de locomotiva.

Spazzíno, s. m. varredor de ruas e lugares públicos; lixeiro.

Spàzzo, s. m. (ant.) espaço, o terreno, o solo, o pavimento.

Spàzzola, s. f. escova; (dim.) **spazzolina**, **spazzolétta**: escovinha / **capelli a** ——— ———: cabelo à escovinha / (eletr.) escova de arame.

Spazzolàre, v. (tr.) escovar; limpar com escova.

Spazzolàta, s. f. escovação, escovadela, ato de escovar / golpe de escova / (dim.) **spazzolatína**: escovadinha.

Spazzolíno, s. m. (dim.) escovinha / escova de dentes.

Spazzolône, s. m. (aum.) escovão para soalhos.

Speaker, (v. ingl.) s. m. locutor de rádio / (ital.) annunziatore.

Specchiàio, s. m. espelheiro, o que fabrica ou conserta espelhos.

Specchiàrsi, v. espelhar-se, olhar-se em espelho / refletir-se / **specchiarsi nelle azioni di uno**: tomar por exemplo o procedimento de alguém / **specchiarsi nella fontana**: refletir-se na fonte.

Specchiàto, p. p. e adj. espelhado / (fig.) puro, íntegro, sem mácula; **uomo** ———: homem puro, polido, honrado / **di specchiata onestà**: de acendrada honradez.

Specchièra, s. f. móvel encimado por um espelho e que serve a quem se touca ou penteia; toucador; psiqué.

Specchiétto, s. m. (dim.) espelhinho / espelhinho de quartzo que se põe debaixo de pedra preciosa para aumentar a intensidade da cor / (caç.) pequeno instrumento, guarnecido de espelho, com que se atraem as cotovias / compêndio, prospecto, quadro sinótico / (fig.) adulação, engano, isca, lisonja enganadora / compêndio, prospecto, quadro sinótico: ——— **delle spese, degli stipendi**.

Spècchio, s. m. espelho / qualquer superfície lisa que reflete os objetos / **stare allo** ———: espelhar-se / **essere allo** ——— **del lago**: estar nas margens do lago / (fig.) limpo, transparente, brilhante, polido; **modelo**, exemplo: ——— **di virtú** / **terso come uno** ——— / representação; **gli occhi sono lo** ——— **dell'anima** / (lit.) **lo** ——— **della vera penitenza**, obra ascética de I. Passavanti (século XIV) **casa a** ——— **del lago**: casa com frente para o lago / **farsi** ——— **di uno**: imitar alguém / (mar.) raspaldo das embarcações / prospecto, quadro sinótico / **scrivere a** ———: escrever de revés / **nello** ——— **apparisce il diavolo**: a vaidade é má conselheira.

Speciàle, adj. especial, relativo à coisa ou pessoa em particular / singular, particular, diferente dos demais / ótimo, escolhido, de primeira qualidade / **in special modo**: especialmente, particularmente / original, exclusivo, próprio, pessoal / **aversi cure speciali**: cuidar-se de forma particular.

Specialísta, s. m. (neol.) especialista: ——— **delle malattie del cuore**.

Specialità, s. f. especialidade / produto especial: **specialità farmaceutiche** / particularidade, singularidade.

Specializzàre, v. (tr.) especializar, exprimir na forma mais própria e específica, especificar, pormenorizar / (refl.) especializar-se, dedicar-se a um ramo particular de disciplina, arte, ofício, etc. ——— **in pediatria, in matematica**, etc.

Specializzazióne, s. f. especialização.

Specialménte, adv. especialmente, particularmente, sobretudo.

Spècie, s. f. espécie, sorte, qualidade, natureza / condição, casta, caráter, trato / semelhança exterior; aparência / **fare specie**: maravilhar, impressionar; causar espécie / **nella** ———: no caso particular / **in** ———: em modo especial / **genti di questa** ——— **non mi va**: gente desta marca não suporto.

Specífica, s. f. (com.) rol, relação de coisas especificadas / nota, lista, detalhe / (sin.) distinta.

Specificaménte, adv. especificamente, de modo preciso; particularmente, detalhadamente.

Specificaménto, s. m. especificação.

Specificàre, v. (tr.) especificar, particularizar, pormenorizar, detalhar / identificar.

Specificataménte, adv. especificadamente, particularmente, distintamente.

Specificativo, adj. especificativo, que especifica.

Specificàto, adj. especificado, determinado, pormenorizado.

Specificazióne, s. f. especificação / determinação / aclaração.

Specífico, adj. específico, relativo à espécie, exclusivo, especial / característico, próprio / determinado / (med.) **malattia specifica**: doença específica, que tem uma só causa / (farm.) (s. m.) **uno** ——— **per il cuore**: um específico para o coração.

Specillàre, v. (tr.) (cir.) sondar com o espelho.

Specillo, s. m. especilho, tenta, sonda cirúrgica.

Specimen (v. ingl.), s. m. espécime, espécimen, amostra / (ital.) **saggio**.

Speciosaménte, adv. especiosamente, de modo especioso.

Speciosità, s. f. especiosidade, aparência enganosa, miragem.

Speciôso, adj. especioso, enganoso, ilusório / (ant.) formoso / singular.

Spèco, s. m. antro, gruta, caverna / espelunca, voragem / (pl.) **spechi**.

Spècola, s. f. observatório astronômico.
Spècolo, s. m. espéculo, instrumento cirúrgico.
Speculàre, v. (tr.), (med.) especular, observar, explorar com atenção / (filos.) indagar, meditar, refletir, estudar / especular, procurar obter lucros com indústria ou comércio / contemplar, perscrutar, meditar, estudar / comerciar, mercadejar / (pres.) spéculo.
Speculàre, adj. (rar.) especular, relativo a espelho.
Speculatíva, s. f. (filos.) especulativa, faculdade de especular, de meditar / raciocínio.
Speculativaménte, adv. especulativamente, de modo especulativo, teoricamente.
Speculatívo, adj. especulativo, que especula, apto a especular; teórico / (neol.) especulador, relativo à especulação, a lucro.
Speculatóre, adj. e s. m. especulador, estudioso, teórico, pensador / traficante, que procura lucro em negócios.
Speculazióne, s. f. especulação, exame, estudo debaixo do ponto de vista teórico / operação ou empresa com o fim de obter lucro, exploração: ——— di borsa, espec. em títulos.
Spedàle, (v. ospedàle), s. m. hospital.
Spedaliêre, adj. e s. m. (ant.) hospitalário, de hospital; o que cuida dos enfermos no hospital, enfermeiro.
Spedalíngo, s. m. (ant.) nome que se dava ao reitor de um hospital.
Spedalíno, adj. diz-se de febre que ataca os recolhidos aos hospitais / (s. m.) estudante de medicina que freqüenta o hospital para praticar.
Spedalità, s. f. hospitalização, recebimento e tratamento de doentes pobres num hospital.
Spedalizzàre, v. (tr.) asilar no hospital.
Spedantíre, v. (tr.) tirar o pedantismo, curar do pedantismo.
Spedàre, v. (tr.) despear, cansar, molestar muito os pés por caminhar muito / (mar.) **spedare l'àncora**: tirar a âncora do fundo; desancorar.
Spedàto, p. p. e adj. (mar.) desancorado / que tem os pés cansados.
Spedicàre, v. (ant.) despear, libertar, livrar de peias ou impedimentos; desembaraçar.
Spedíre, v. (tr.) expedir, enviar, despachar, remeter ao seu destino, fazer partir com determinado fim; promover a solução de / promulgar / expelir / aviar (receita) / despedir, afastar / estender, compilar / **spedire all'altro mondo**: liquidar, matar / (refl.) apressar-se, desembaraçar-se / (pres.) **spedisco, spedisci**.
Speditaménte, adv. expeditamente, sem tergiversar; rapidamente, correntemente, prontamente, velozmente.
Speditêzza, s. f. expediência, atividade, desembaraço, prontidão, celeridade, solicitude, ligeireza.
Speditívo, adj. expedito, ativo, desembaraçado, diligente, lesto.
Spedíto, p. p. de **spedire**: expedido, enviado, remetido, despachado / (adj.) expedito, ligeiro, pronto, rápido, desembaraçado, desonvolto: ——— **nell'agire, nell'oprare**.
Speditóre, adj. e s. m. expeditor, que envia, que remete, remetente.
Spedizióne, s. m. envio, remessa, expedição, ação e efeito de expedir, de enviar, de remeter / a coisa remetida / (jur.) **spedizione di una causa**: discussão e distribuição de uma causa para sentença / (mil.) envio de tropas para fins militares / empresa, viagem de estudos em terras afastadas / ——— **scientifica**: expedição científica.
Spedizioniêre, s. m. expedidor, o que se incumbe da expedição de mercadorias por conta de particulares / despachante, agente de expedição: agência ou empresa de expedições ou despachos.
Speech (v. ingl.) s. m. breve discurso / (ital.) **discorsetto, brindisi**.
Spèglio, s. m. (do prov. ant. **espelh** (ant.) espelho.
Spegnàre, v. (tr.) desempenhar, tirar da penhora, resgatar, livrar, remir.
Spègnere, v. (tr.) apagar, abafar, extinguir o lume / apagar, desvanecer, destruir, cancelar (pintura, desenho, etc.) / acalmar, diminuir, fazer cessar / ——— **l'intelligenza**: destruir a inteligência / acalmar, aplacar / extinguir-se, parecer, terminar, cessar / **si spense lentamente**: extinguiu-se (morreu) lentamente **spengersi la vita**: acabar, apagar a vida / (pres.) **spengo, spegne, spegniamo, spegnete, spengono**.
Spegniménto, s. m. apagamento, ato ou efeito de apagar; extinção.
Spegnitôio, s. m. apagador, utensílio para apagar as velas das igrejas / (pl.) **spegnitoi**.
Spegnitôre, s. m. e adj. apagador, quem ou que apaga.
Spegnitúra, s. f. apagamento, ato de apagar; extinção.
Spelacchiaménto, s. m. (rar.) peladura, ação de tirar o pelo.
Spelacchiàre, v. (tr.) pelar um pouco, pelar mais ou menos, tirar o pelo de forma não perfeita; depilar / (refl.) **spelacchiarsi una pelliccia**: ir perdendo o pelo uma peliça.
Spelacchiàto, p. p. e adj. que tem poucos cabelos: pelado ou quase inteiramente pelado / (fig.) que tem pouco dinheiro / **è un uomo** ———: é um homem de poucos recursos.
Spelagàre, v. (mar.) tirar do pélago, usado porém quase sempre no sentido figurado: tirar do atoleiro, livrar dos apertos, de dificuldades, de apuros, etc.
Spelàre, v. (tr.) pelar, tirar o pelo, e por ext. tirar as penas, as plumas; **spelare uno**: tirar dinheiro de alguém / (refl.) **spelarsi**: pelar-se, perder o pelo / encalvecer.
Spelàto, p. p. e adj. pelado, que não tem pelo, e por ext. sem penas, sem plumas / **una gallina** ———: uma galinha pelada.
Spelatúra, s. f. peladura, ato ou efeito de pelar / calva.
Spelazzàre, v. tr. (técn.) despinçar, discernir a lã / arrancar, tirar os pelos, pelar.

Spelazzíno, s. m. despinçador, operário que despinça e separa a lã.
Spelèo, adj. cavernícola: **orso ———:** urso que habitava as espeluncas / (s. m.) caverna, espelunca.
Speleología, s. f. espeleologia.
Speleològico, adj. espeleológico.
Speleòlogo, s. m. espeleólogo.
Spellare, v. (tr.) despejar; esfolar, pelar, descortiçar, arrancar a pele / (fig.) tirar dinheiro / **——— un cliente:** esfolar um cliente, cobrando preços exorbitantes / (refl.) perder a pele, esfolar-se, escoriar-se; despelar-se.
Spellatúra, s. f. despela, ato ou efeito de despelar / escoriação.
Spellicciàre, v. (tr.) despelar, estragar a peliça de animal / (fig.) maltratar.
Spellicciàta, s. f. esfolamento / (fig.) repreensão acre, de arrancar o pelo.
Spellicciatúra, s. f. esfoladura, esfolamento.
Spelònca, s. f. espelunca, antro, gruta, caverna / (fig.) lugar tétrico, esquálido / refúgio de malfeitores.
Spèlta, s. f. espelta, espécie de trigo de qualidade inferior.
Spème, s. f. (poét.) esperança / **dove ancor dell'umano lignaggio, ogni speme deserta non è** (Manzoni): onde ainda dá humana linhagem, toda esperança extinta não está.
Spendacciòne, s. m. dissipador, esbanjador, que gasta muito, sem medida; desperdiçador, dilapidador; perdulário, pródigo.
Spèndere, v. (tr.) despender, gastar, empregar dinheiro em alguma coisa; dar dinheiro em pagamento / (fig.) gastar, empregar, consumir / **spendere tempo:** gastar, consumir tempo / **è una donna che spende:** é uma mulher que despende bastante / **in questa città si spende molto:** nesta cidade a vida é cara / **chi piú spende meno spende:** o barato sai caro / **——— e spandere:** malbaratar, gastar demais.
Spenderêccio, adj. despendedor, gastador, pródigo, que despende largamente.
Spendíbile, adj. gastável, que se pode gastar, despender.
Spendibilità, s. f. qualidade e condição do que é despendível, gastável.
Spendicchiàre, e **spenducchiàre**, v. (tr.) gastar pouco de cada vez, gastar aos poucos e sem proveito.
Spèndio, s. m. (ant.) dispêndio, gasto
Spèndita, s. f. dispêndio, gasto, despesa / (jur.) **spendita di monete false:** delito de quem passa moeda falsa.
Spenditôre, s. m. despendedor, gastador / (mar.) nos navios, os que estão encarregados de fazer compras quando vão à terra, para abastecer o navio de víveres frescos.
Spendolàre, v. pender, descair / baloiçar.
Spèncere, v. tr. (fiorent.) extinguir, apagar.
Spène, (ant.) s. f. esperança.
Spennacchiàre, v. (tr.) depenar, tirar as penas das aves / (fig.) extorquir dinheiro astuciosamente / (refl.) perder as penas, desplumar-se.
Spennacchiàto, p. p. e adj. depenado.

Spennacchièra, s. f. plumão, penacho.
Spennacchio, s. m. (pop.) penacho.
Spennàre, v. (tr.) depenar, tirar ou perder as penas (no real e no fig.)
Spennellàre, v. pincelar, dar pinceladas para aplicar superficialmente um remédio líquido.
Spennellàta, s. f. pincelada.
Spennellatúra, s. f. pincelagem, ato ou efeito de pintar; pincelada.
Spensaría, e **spenseria**, s. f. (ant.) despesa.
Spensatôre, (ant.) s. m. despendedor.
Spensieratàggine, s. f. despreocupação, irreflexão; desatenção, negligência, descuido, incúria: inadvertência.
Spensieratamênte, adv. despreocupadamente; descuidosamente; preguiçosamente / inconsideradamente: descuidadamente.
Spensieratêzza, s. f. despreocupação; irreflexão; estouvamento; moleza, descuido.
Spensieràto, adj. despreocupado; descuidado; distraído, negligenciado, irreflexivo; inconsiderado / **vita spensierata:** vida despreocupada.
Spènto, p. p. e adj. extinguido; apagado / extinto, morto, desaparecido: **civilità spenta:** civilização desaparecida.
Spenzolàre, v. (intr.) pender, estar suspenso / (pres.) **spénzolo.**
Spenzolôni, adv. pendente, suspenso; descaído; **spenzoloni, a spenzoloni,** pendente, pendendo.
Spêpera, s. f. (pop. tosc.) menina viva e tagarela.
Spèra, s. f. (lit. raro) corpo redondo, globo, esfera / pequeno espelho redondo ou oval / **spera di sole:** mancha luminosa do sol refletida num corpo / raio de sol / (ant.) esperança.
Speràbile, adj. esperável, que se pode esperar / desejável.
Speranza, s. f. esperança, uma das três virtudes teológicas / a coisa que se espera; condição da alma que faz crer na provável realização do que se deseja / **questo figlio è la mia ———:** este filho é a minha esperança / **la ——— è fallace: quem espera desespera** / (dim.) **speranzella.**
Speranza, n. pr. Esperança.
Speranzôso, adj. esperançoso, que espera, que tem esperança; confiante.
Speràre, v. (tr. de **spèra**) observar uma coisa pondo-a contra a luz para averiguar a condição ou qualidade: **——— le uova per scegliere quelle fresche.**
Speràre, v. esperar, ter como provável ou certo; esperar, ter esperança; crer, confiar / **spero nella bontà divina:** confio na bondade divina / supor: **spero che un giorno mi pagherai:** acredito que um dia me pagarás / **——— la pioggia, un succèsso, nella propria sorte.**
Speratúra, s. f. ação de olhar um objeto contra a luz.
Spèrdere, v. (tr. rar.) desvanecer, debandar, dispersar / perder, extraviar / desperdiçar / (refl.) perder-se, extraviar-se; sumir-se.
Sperdimênto, s. m. extraviamento / dispersão / debandada.

Sperditôre, adj. e s. m. debandador, dispersador; desperdiçador.

Sperdúto, p. p. e adj. dispersado, extraviado, perdido / (fig.) disperso, errante, vagante / desamparado: —— **nel mondo** / selvagem / **un luogo sperduto**: um lugar selvagem, perdido (situado em lugar ermo, deserto).

Sperequazióne, s. f. (neol.) diferença, desigualdade; diversidade; disparidade: **la** —— **degli stipendi**.

Spèrgere, v. (ant.) dispersar.

Spergiuraménto, s. m. perjúrio, ato de perjurar; falso juramento.

Spergiuràre, v. (intr.) perjurar; abjurar / quebrar o juramento; jurar falso / (tr.) denegar: —— **la verità**.

Spergiuratôre, adj. e s. m. perjuro, que ou aquele que perjura ou jura falso / (fem.) **spergiuratríce**.

Spergiúro, adj. e s. m. perjuro / perjúrio.

Spericolàrsi, v. espantar-se, assustar-se; desanimar-se acovardar-se / (pres.) **sperícolo**.

Spericolàto, p. p. e adj. e s. m. assustado; espantado; timorato, medroso, acovardado / fora da Toscana, a mesma palavra tem um sentido inteiramente oposto: arriscado, impávido, ousado, despreocupado, sem medo; temerário.

Sperièuza, s. f. (pop.) experiência.

Sperimentàle, adj. experimental: **teatro** ——, **metodo** ——.

Sperimentalísmo, s. m. experimentalismo.

Sperimentalménte, adv. experimentalmente.

Sperimentàre, v. (tr.) experimentar; pôr à prova; ensaiar; pôr em uso; empregar / usar / sofrer; suportar; **sperimentò il duro esílio**: sofreu o duro exílio / pôr em prática, executar.

Sperimentàto, p. p. e adj. experimentado / que tem experiência; perito, esperto, dextro, provado, conhecido por experiência: **un dentista, un médico** ——.

Sperimentatôre, adj. e s. m. experimentador / (fem.) **sperimentatríce**.

Speriménto, s. m. (lit.) experimento; experiência.

Spèrma, s. m. (fisiol.) esperma.

Spermacèti s. m. (pl.) espermacete, substância oleosa que se encontra na cabeça de certos cetáceos; empregada no fabrico das velas.

Spermàtico, adj. espermático.

Spermatozòi, s. m. (pl.) espermatozóides.

Spernúzzola, s. f. (zool.) toutinegra.

Speronàre, v. (mar.) acometer (navio) com o esporrão ou espigão da proa / (arquit.) reforçar (edifício) com contrafortes.

Speronàto, p. p. e adj. (mar.) investido; abalroado / edifício reforçado com contrafortes: **edifizio** —— / **gallo** ——: galo de esporas.

Sperône, s. m. esporão, espigão na proa de certos navios de guerra / (bot.) apêndice cônico de certas flores / saliência córnea no tarso de alguns machos galináceos; espora; contrafortes de edifício / espora de cavalgaduras.

Speronèlla, s. f. planta herbácea das ranunculáceas que dá flores de várias cores.

Sperperaménto, s. m. esbanjamento, ato ou efeito de esbanjar; dissipação, desperdício.

Sperperàre, v. (tr.) esbanjar, gastar demais, estragar, dissipar, desbaratar, dilapidar, malgastar / —— **le energie, il patrimonio** / (pres.) **spèrpero**.

Sperperío, s. m. esbanjamento, dissipação contínua.

Spèrpero, s. m. esbanjamento, ato de esbanjar / dilapidação, dispêndio, dissipação, desperdício.

Sperpètua, s. f. desgraça, desdita / azar, caiporice, urucubaca.

Sperpetuône, s. m. (tosc.) receoso, que tem receio de desgraças.

Spèrso, p. p. e adj. dispersado, errante, perdido, extraviado / só, desamparado.

Sperticàre, v. exagerar; **sperticarsi in lodi**: exceder-se em louvores / crescer, alongar-se para cima, à guisa de vara (diz-se especialmente de árvore) / (pres.) **spèrtico**.

Sperticataménte, adv. demasiadamente, excessivamente, exageradamente.

Sperticàto, p. p. e adj. excessivo, desproporcionado, exagerado, descomunal / muito alto de porte, espigado, crescido demais; **ragazzo** —— / **lodi sperticate**: louvores exagerados.

Spêsa, s. m. despesa, emprego de dinheiro / uso, gasto, dispêndio / **fare le spese**: fazer as despesas, correr com os gastos / **rimetterci le spese**: perdar as custas / **valer la** ——: valer a pena / **non badare a** ——: não olhar aos gastos / (fig.) **imparare a proprie spese**: aprender às custas próprias.

Spesàre, v. (tr.) manter, sustentar, custear / (refl.) ajudar nas despesas.

Spesàto, p. p. e adj. sustentado, custeado, mantido; **è** —— **ma non pagato**.

Spêso, p. p. gasto, dependido.

Spesseggiaménto, s. m. repetimento, freqüência, repetência, repetição.

Spesseggiàre, v. (tr. e intr.) reiterar, tornar a fazer, repetir, multiplicar, replicar amiúde; —— **le visite**.

Spessézza, s. f. reiteração, freqüência / densidade, espessura.

Spessimetro, s. m. calibrador espessura.

Spessíre, v. (tr.) espessar, tornar espesso ou mais denso; condensar, engrossar / (intr.) espessar-se, condensar-se / (pres.) **spassisco**.

Spêsso, adj. espesso, denso, grosso / basto, cerrado, compacto, frondoso / grosso, pesado / consistente, pouco fluido / (adv.) freqüentemente, amiudadamente / **spesse volte fu avvertito**: muitas vezes foi advertido / **ci vediamo** ——: vemo-nos amiúde / (sup.) **spessissimo**.

Spessôre, s. m. espessura, grossura, espessor: **lo** —— **del libro, del muro, del cartone**.

Spetezzàre, v. (chulo) peidar.

Spetràre, v. (tr. e refl.) (poét.) amolecer, embrandecer; enternecer um coração que era duro como pedra.

Septtàbile, adj. respeitável, conceituado, conspícuo; é voz antiquada e hoje só se usa nos endereços e no começo das cartas comerciais: —— **Ditta Sonzogno**.

Spettabilità, s. f. respeitabilidade; consideração; conspicuidade.

Spettàcolo, s. m. espetáculo; representação teatral / coisa que atrai os olhares, que chama a atenção / **dare** —— **di sé**: dar espetáculo de si / espetáculo, pompa, magnificência / fantasmagoria/ palhaçada.

Spettacolosamênte, adv. espetacularmente / vistosamente; aparatosamente.

Spettacolôso, adj. espetaculoso, que chama muito a atenção; vistoso, aparatoso / sensacional.

Spettànte, p. pr. e adj. pertencente / pertinente, referente.

Spettànza, s. f. pertença, propriedade / pertinência, atribuição: competência, obrigação / **cose di mia** ——.

Spettàre, v. (intr.) pertencer, tocar, caber, competir, pertencer por obrigação / **spetta al soldato difendere la patria**: compete ao soldado defender a pátria / pertencer por direito / **spetta a noi una parte dell'eredità**: cabe a nós uma parte da herança.

Spettatôre, adj. e s. m. (**spettatrice**, f.) espectador / presente, assistente.

Spettegolàre, v. (intr.) tagarelar, palrar muito e com o fim de intrigar; chalrar, mexericar, tesourar / (pres.) **spettègolo**.

Spettinàre, v. (tr.) despentear, desmanchar o penteado / desgrenhar, desordenar / (pres.) **spèttino**.

Spettinàto, p. p. e adj. despenteado.

Spettoràre, v. (raro) descobrir-se o peito / escarrar, expectorar.

Spettoràto, adj. com o peito descoberto / (med.) (adj. e s. m.) espectorado; expelido do peito.

Spettràle, adj. espectral / (fís.) **analisi** ——: análise espectral.

Spèttro, s. m. espectro, fantasma / (fig.) (fam.) **parere uno** ——: parecer um defunto / (fís.) —— **solare**: espectro solar.

Spettròmetro, s. m. espectrômetro.

Spettroscopía, s. f. espectroscopia, estudo do espectro luminoso.

Spettroscòpico, adj. espectroscópico.

Spettroscòpio, s. m. espectroscópio, aparelho para o estudo do espectro luminoso / (pl.) **espettroscopi**.

Spèzia, (La) (geogr.) La Spezia, cidade da Ligúria.

Speziàle, s. m. boticário, que vende drogas (antigamente era assim que se chamava o farmacêutico) / **bottega dello speziale**: negócio do boticário.

Spèzie, s. f. (usado quase sempre no plural: **le spezie**), especiaria, especiarias, os aromas que se usam para condimentar os alimentos.

Spezieria, s. f. botica, tenda do boticário; farmácia.

Spezzàbile, adj. rompível; quebradiço, que pode quebrar-se; frágil.

Spezzamênto, s. m. rompimento; quebra; espedaçamento.

Spezzàre, v. (tr. e refl.) quebrar, romper; partir em pedaços; fragmentar; despedaçar / abater, infringir, violar; enfraquecer / quebrantar / interromper: —— **il lavoro** / afligir / —— **una lancia in favore**: tomar a defesa (terçar lanças) de / (refl.) despedaçar-se, romper-se.

Spezzatamênte, adv. fragmentariamente, interrompidamente, intervaladamente: pouco de cada vez.

Spezzatíno, s. m. picadinho de carne com refogado.

Spezzàto, p. p. e adj. despedaçado, partido, roto; quebrado / **spezzato del demonio**: facínora perverso / **lancia spezzata**: homem de armas pronto a todo transe; satélite destemido de um poderoso / **alla spezzata**: aos poucos, aos intervalos / (s. m.) (pl.) **spezzati**: o dinheiro miúdo.

Spezzatôre, adj. e s. m. despedaçador, quebrador, rompedor, quebrantador; destroçador.

Spezzatúra, s. f. despedaçamento / rompimento / esmiuçamento.

Spezzettamênto, s. m. despedaçamento.

Spezzettàre, v. (tr.) despedaçar, partir, dividir em pedaços.

Spezzettatúra, s. f. despedaçamento, esmiuçamento, quebramento, quebrantamento; desmembramento; divisão, destroço / pedaço.

Spezzône, s. m. (milit.) bomba pequena de avião.

Spía, s. f. espia, espião / delator; confidente; espiador, escuta, emissário / indício, prova: **la chiave trovata fu la** —— **del ladro** / —— **dell' uscio**: vigia da porta / —— **della botte**: registro do tonel.

Spiaccicàre, v. (tr.) esmagar, esborrachar coisa mole / —— **un insetto**: esmigalhar um inseto / (refl.) esmagar-se, esborrachar-se / (pres.) **spiàccico**.

Spiaccichío, s. m. esmagamento, esmigalhamento; esmagadela.

Spiacènte, p. pr. e adj. dolente, desagradável: malquisto: **a Dio spiacente ed ai nimici sui** (Dante) / fastiento, aborrecível / desgostoso / aflito.

Spiacènza, s. f. (ant.) desprazer, desagrado, desgosto.

Spiacêre, v. (intr.) desagradar; desgostar; enfadar; incomodar; importunar; irritar / sentir dor, pesar / **mi spiace che tu sia ammalato**: sinto que estejas indisposto.

Spiacévole, adj. desagradável, que desagrada; desprazível, incômodo, molesto / mau, amargoso, repugnante.

Spiacevolêzza, s. f. desprazimento, desagrado, descontentamento, desgosto, displicência.

Spiacevolmênte, adv. desagradavelmente; desprazivelmente.

Spiacimênto, s. m. (rar.) desagrado desgosto.

Spiaggètta, s. f. (dim.) prainha; praiazinha.

Spiàggia, s. f. praia, costa rasa do mar / costa, litoral, margem / (pl.) **spiagge**.

Spiagiône, s. f. (p. us.) espionagem.

Spiamênto, s. m. espionagem, ato de espiar.

Spianamênto, s. m. aplanação, nivelamento / (ant.) interpretação.

Spianàre, v. (tr.) aplanar, nivelar, tornar plana uma superfície: igualar / ——— un vestito: passar a ferro um vestido / ——— la fronte: desanuviar a fronte, serenar, tranqüilizar-se / ——— una fortezza: demolir uma fortaleza / ——— il fucile contro: apontar o fuzil contra / ——— il cammino a uno: aplainar a estrada a alguém, facilitar-lhe a tarefa / desembaraçar, facilitar / (tip.) ——— la forma: nivelar o molde / (intr.) estar bem assentado um móvel / (ant.) narrar / interpretar.

Spianàta, s. f. aplanação, ato de aplanar / lugar plano, esplanada, planície / descampado.

Spianàto, p. p. e adj. aplanado, igualado; nivelado / plano; liso / passado a ferro / (s. m.) lugar plano, campo livre de impedimento; planície; descampado.

Spianatôia, s. f. masseira sobre a qual se amassa a farinha.

Spianatôio, s. m. bastão redondo para adelgaçar a massa sobre o tabuleiro ou masseira.

Spianatôre, adj. e s. m. aplainador / nivelador.

Spianatùra, s. f. (pop.) aplanação, nivelamento / explanação.

Spiàno, s. m. explanação, ação de explanar / adv. a tutto ———: continuamente, ininterruptamente; com abundância.

Spiantamênto, s. m. desarraigamento; ato de desplantar, de desarraigar.

Spiantàre, v. (tr.) desplantar, desarraigar, arrancar pela raiz; extirpar / (fig.) mandar à ruína, arruinar, reduzir à miséria / (ant.) destruir / spiantàrsi, empobrecer, arruinar-se.

Spiantàto, p. p. e adj. desarraigado, extirpado, arrancado / (fig.) empobrecido / nobile ———: nobre arruinado, decaído / (s. m.) pobrete, pobretão, miserável.

Spiànto, s. m. ruína, destruição, decadência / dare lo ———: terminar, arruinar, destruir.

Spiàre, v. (tr.) espiar, espreitar, observar secretamente, espionar, indagar, procurar com diligência, explorar / spiava l'occasione: espreitava ou aguardava o momento, a ocasião favorável / investigar ocultamente / (pres.) spio, espio.

Spiàta, s. f. espiagem, ato de espiar / delação.

Spiattellàre, v. (tr.) declarar, falar francamente, expor abertamente o que se pensa / ——— la verità: pôr em pratos limpos, falar sem rodeios / ——— un predicazzo; pespegar um sermão.

Spiattellàta, s. f. us. na loc. adv. alla ———: francamente, abertamente, sem rodeios.

Spiattellatamênte, adv. francamente, redondamente, claramente.

Spiazzàta, s. f. espaço de terreno livre num campo, prado, etc., descampado / (fam.) calva, careca.

Spiàzzo, s. m. espaço livre, espécie de praça no campo, descampado.

Spica, s. f. (lit. e poét.) espiga (bot.).

Spicacèltica, s. f. (bot.) valeriana céltica.

Spicanàrdo, s. m. (bot.) espicanardo, nardo índico.

Spiccàce, adj. de fruto cujo caroço se destaca facilmente da polpa / pesca spiccace: pêssego salta-caroço.

Spiccànte, p. pr. e adj. saliente, que sai do plano em que se assenta, sobressalente / proeminente, vistoso, brilhante, que se destaca; deslumbrante.

Spiccamênto, s. m. ação de desprender, de ressaltar, de brilhar.

Spiccàre, v. (tr.) desligar, despegar, desunir, desprender um objeto que estava pregado ou pendurado / ——— un quadro: desprender um quadro / tirar / spiccare un frutto: tirar, colher um fruto / pronunciar claramente / ——— le parole: destacar as palavras / colore che spicca: cor que dá na vista / separar / ——— la testa dal busto: separar a cabeça do busto / ——— il volo: desprender-se do chão para voar; fugir / ——— un ordine: expedir uma ordem / (intr.) ressaltar, destacar-se, sobressair, fazer-se notar / (refl.) desprender-se ou cair no ramo, ou abrir-se as frutas.

Spiccatamênte, adv. ressaltadamente, acentuadamente, distinguidamente / destacadamente.

Spiccàto, p. p. e adj. destacado, acentuado / desprendido, despegado, despendurado, separado / distinto, insigne / expedido, promulgado / forte, característico; uno ——— odore di fiori: um penetrante perfume de flores / spiccate tendenze a: marcante inclinação para.

Spiccatòio, (pl. -toi) adj. que se abre facilmente.

Spícchio, s. m. galho, gaipo, gomo, cada uma das partes em que são divididos naturalmente o limão, o alho, a laranja, etc. / dente de alho, gomo de laranja, de limão, etc. / fatia, pedaço, (carn.) ——— di petto: peito / (geom.) ——— sférico: fuso esférico / (arquit.) triângulo esférico do intradorso da abóbada / parte de coisa cortada ou feita em forma de gomo / uno ——— di mela: uma fatia de maçã / berretta a spicchi: barrete de padre, de três bicos / (geom.) parte da esfera limitada por dois círculos máximos / (ant.) andare, vedere per ———: andar, olhar de esguelha, de soslaio.

Spicciàre, v. (tr.) despachar, enviar ou mandar a toda pressa; apressar a execução de uma coisa / despachar, fazer depressa uma coisa / (fam.) despachar, mandar alguém para o outro mundo / trocar uma moeda em miúdos / (refl.) despachar-se, aviar-se, apressar-se.

Spicciàre, v. (intr.) brotar, esguichar, jorrar um líquido com ímpeto; il sangue spicciava dalla ferita: o sangue jorrava da ferida.

Spicciatívo, adj. rápido, solícito, expedito; desembaraçado; diligente; ativo.

Spiccicàre, v. (tr.) despegar, desunir, despregar, descolar coisa que estava unida, colada ou pregada / spiccare le parole: pronunciar distintamente as palavras; (refl.) s'é spiccicato il francobollò: despregou-se o selo /

spiccica mai da me: não se desgruda, não se separa nunca de mim / soltar-se, livrar-se / distanciar-se: **spiccicarsi da un luogo**.

Spíccio, adj. solícito, expedito, pronto; lesto / **andare per le spicce**: encontrar a solução mais rápida, fazer, executar prontamente, abreviar.

Spicciolàre, v. esbagoar, tirar os bagos ou o grão / destacar as pétalas das flores / trocar o dinheiro em miúdos: ——— **mille lire** / (pres.) **spicciolo**.

Spicciolataménte, adv. separadamente, aos poucos, de cada vez ou um de cada vez; particularmente, a pequenos grupos.

Spicciolàto, p. p. e adj. desbagoado; desfolhado / (adv.) **alla spicciolata**: separadamente; pouco por vez.

Spícciolo, adj. miúdo; partido, fragmentado / trocado / **mille lire spicciole**: mil liras em miúdos / comum, ordinário: **letteratura spicciola**, liter. popular / (s. m.) moeda trocada, partida em miúdos / (fig. fam.) pessoa simples, comum.

Spicco, s. m. ressalto, realce de coisa ou pessoa sobre outra / **un colore che fa** ———: é uma cor que ressalta / aparência, destaque; evidência; projeção / (adj.) que se abre facilmente: / **pesca spicca**, pêssego salta-caroço.

Spicilègio, s. m. espicilégio, título que se dá a livro onde estão reunidos escritos breves, esparsos, etc.; florilégio.

Spicinàre, v. (tr. e refl.) esmiuçar, esmigalhar, reduzir a pedacinhos, triturar, pulverizar.

Spicinío, s. m. esmigalhadura; trituração; pulverização / (pl.) **spicinii**.

Spider (v. ingl.) s. m. auto de dois assentos / (ital.) **Topolino**.

Spidocchiàre, v. (vulg.) (tr. e refl.) espiolhar, limpar dos piolhos; espiolhar-se.

Spiedàta, s. f. espetada, enfiada de pássaros que se assam de uma vez no espeto; (dim.) **spiedetto**; (aum.) **spiedóne**.

Spièdo, s. m. (hist.) alabarda, arma em forma de haste / espeto para assar carne, assador.

Spiegàbile, adj. explicável, que pode ser explicado / decifrável / (contr.) **inesplicabile**.

Spiegacciàre, ou **spiegazzàre**, v. (tr.) manusear; amarrotar; encarquilhar.

Spiegaménto, s. m. desdobramento, despregadura / (fig.) explicação, explanação / (mil.) ——— **di forze**: alinhamento, formação de tropas.

Spiegàre, v. (tr.) estender, alargar, abrir coisa dobrada / ——— **il fazzoletto, il lenzuolo**: abrir o lenço, o lençol / ——— **le vele**: largar, desfraldar as velas / ——— **le ali**: abrir as asas para voar / ——— **le schiere**: pôr as filas (de soldados) em ordem de batalha / explicar, definir, expor, descrever, esclarecer, interpretar o significado de uma coisa / ——— **una poesia, un clássico**: explicar uma poesia, um clássico / indicar, ensinar / (refl.) dizer com precisão o próprio pensamento, explicar-se, expressar-se / abrir-se; desdobrar-se / **non sò se mi spiego**: não sei se me entendem.

Spiegataménte, adv. abertamente; explicadamente; claramente.

Spiegàto, p. p. e adj. desdobrado, aberto; alargado / explicado, definido, aclarado; interpretado / **a vele spiegate**: com as velas soltas.

Spiegatúra, s. f. desdobramento, desdobre.

Spiegazióne, s. f. explicação, ato de explicar; esclarecimento / interpretação, glosa, comentário / solução: ——— **di un dubbio, di un problema**, etc. / (dim.) **spiegazioncella, spiegazioncina**, explicaçãozinha.

Spiegazzàre, v. (tr.) dobrar desajeitadamente, amarrotar; amarfanhar, machucar / maltratar, estragar, gastar.

Spieggiàre, v. (tr. e intr.) espionar, ficar, andar espiando; espreitar.

Spietataménte, adv. desapiedadamente; cruelmente.

Spietàto, adj. cruel, desapiedado, desumano; insensível / (fig.) extenso, enorme / aborrecível, enfadonho: **un discorso** ——— / insistente, obstinado / **corte spietata**: galanteio persistente.

Spifferàre, v. (tr.e intr.) tocar pífaro ou outros instrumentos de sopro / desembuchar, dizer, referir tudo o que se viu ou ouviu a respeito de uma coisa / soprar o ar por fresta ou fenda.

Spifferàta, s. f. concerto de pífaros e, por ext. também de outros instrumentos de sopro.

Spíffero, s. m. sopro ou corrente de ar que entra por uma fenda ou por abertura estreita.

Spíga, s. f. (bot.) espiga, inflorescência agrupada, monopoidal, cujas flores são sésseis / ——— **di coltello, spada**, etc. ponta, espigão de faca, espada, etc. / **punto a** ———: ponto de bordado / (dim.) **spighètta, spigarèlla**: espiguinha.

Spiganàrdo, s. m. (ant.), espicanardo, planta gramínea.

Spigàre, v. (intr.) espigar, lançar ou criar espiga (o trigo, o milho, etc.).

Spigàto, p. p. e adj. espigado, que criou espiga / que tem forma de espiga, espiciforme.

Spigatúra, s. f. espigamento, formação das espigas.

Spighètta, s. f. (dim.) espiguinha / cordão ou fita de seda de formato semelhante ao da espiga.

Spigionaménto, s. m. desocupação de casa de aluguel.

Spigionàre, v. desalojar, desalugar, ficar desalugado, sem inquilino / **spigionàrsi**, desalugar-se.

Spigionàto, p. p. e adj. desalugado / **casa spigionata**: casa desalugada / (fig.) **avere il cervello spigionàto**: estar miolado, fora de si, maluco.

Spigliataménte, adv. desenvoltamente, desembaraçadamente, sem constrangimento.

Spigliatèzza, s. f. desenvoltura, desembaraço; presteza.

Spigliàto, adj. desenvolto, desembaraçado, ágil, ligeiro, expedito / **una ragazza spigliata**: uma moça muito viva.

Spignoràre, v. (tr.) desempenhar, resgatar o que tinha sido dado como penhora; desembargar.

Spígo, s. m. (lat. **"spicus"**) alfazema, planta arbústea, aromática, espontânea na Itália e em alguns outros países da Europa.

Spígola, s. f. (zool.) robalete, balhadeira; carpa (peixes das costas de certos paises europeus).

Spígolame, s. m. porção de espigas.

Spigolàre, v. (tr.) respigar, recolher nos campos ceifados as espigas que sobraram e que não foram colhidas / (fig.) rebuscar, respigar, coligir notícias, dados, apontamentos, etc. / (pres.) **spígolo**.

Spigolatôre, s. m. (**spigolatríce**, s. f.) respigador, que respiga (as searas) / rebuscador, compilador, coligidor.

Spigolatúra, s. f. respiga, ato ou efeito de respigar as searas / compilação, rebusca, coleção de notícias, etc.

Spigolístro, s. m. (rar. e des.) beatorro, santarrão, hipócrita.

Spígolo, s. m. aresta, ângulo saliente formado por 2 faces; canto vivo, ângulo, quina; lado, ponta / esquina; volta / ——— **smussato**: chanfro, chanfradura.

Spigolône, s. m. espigão, aresta saliente nos ângulos dos telhados.

Spigonàrdo, s. m. (bot.) (lit.) espicanardo.

Spigríre, v. (tr.) espreguiçar, tirar a preguiça / (refl.) espreguiçar-se, estirar-se.

Spílla, s. f. alfinete, jóia de gravata em geral ornada de pedras falsas ou preciosas / voz comumente usada fora da Toscana em lugar de **"spillo"** que vem a ser o alfinete comum / ——— **da petto**: broche.

Spillaccheràre, v. (tr. e refl.) desenodoar, tirar as manchas ou nódoas / desenodoar-se; limpar-se.

Spillàio, s. m. fabricante de alfinetes.

Spillàre, v. (tr.) espichar, extrair o vinho da pipa / (fig.) extirpar, tirar, conseguir pouco a pouco com ardis ou manhas (notícias, objetos, dinheiro, etc.) / (intr.) estilar, pingar, gotejar: sair pouco de cada vez / **la botte spilla**: o tonel goteja.

Spillàtico, s. m. (**de spillo**: alfinete) alfinetes, dinheiro que o marido dá à mulher para as pequenas despesas / (pl.) **spillàtici**.

Spillatúra, s. f. ação de extrair o líquido de um tonel, pipa, etc. / (fig.) destreza, arte para enganar ou furtar.

Spillíno, s. m. (dim.) alfinetinho.

Spillo, s. m. alfinete / (fig.) objeto de pouco valor: **non vale uno** ———: não vale um caracol / **colpo di** ———: picada de alfinete / (fig.) dito maligno, mordaz / **uccidere a colpi di** ———: tormentar com pequenas perversidades, com sutis malvadezas / **di sicurezza**: alfinete de gancho / **appuntare con spilli**: prender com alfinetes / (fig.) **non dare neanche uno** ———: não dar nada, nem um alfinete / jorro de água / trado para tirar vinho do tonel / cabeça do percutor do fuzil / **uno** ——— **d'acqua**: um jato, um jorro d'água / (dim.) **spillètto, spillíno, spilloncíno**: agulhinha.

Spillône, s. m. (aum.) alfinete, gancho do cabelo / alfinete ornado de pedras falsas ou preciosas.

Spilluzzicaménto, s. m. ação de tirar uma pequena porção de uma coisa ou de tirar ou bicar pouco a pouco: debique.

Spilluzzicàre, v. (tr.) tirar em pequenos pedaços ou pouco de cada vez, especialmente alimentos; mordiscar, debicar / **spilluzzica un pó di tutto ma poi non mangia niente**: debica um pouco de tudo e depois não come mais nada.

Spilluzzichíno, s. m. e adj. debicador, debiqueiro, que gosta de debicar por gulodice.

Spilluzzico, s. m. debique, ato de debicar / (adv.) **a spilluzzico**: pouco a pouco.

Spilorcería, s. f. sovinice, avareza, mesquinharia, sordidez.

Spilòrcia, s. f. corda comprida e fina guarnecida com rolhas, para pescaria.

Spilòrcio, adj. e s. m. sovina, avarento, sórdido; tacanho; miserável.

Spiluccàrsi, v. refl. (ant.) lamber-se, polir-se (os gatos e outros animais).

Spilúnca, s. f. (ant.) espelunca.

Spilungône, s. m. compridão, pessoa muito comprida, alta e magra.

Spína, s. f. espinho, pua, excrescência dura, aguda e picante de um vegetal / (fig.) espinho, dor, enfado, inconveniente, dificuldade, embaraço / **corona di spine**: coroa de espinhos, tribulações / **non c'è rosa senza spina**: toda medalha tem seu reverso / **star sulle spine**: estar em grande impaciência ou ansiedade / **spina di pesce**: escama de peixe / (anat.) ——— **dorsale**: espinha dorsal ou vertebral / **punto a** ———: ponto de bordado / espicho do barril, etc. / (eletr.) tomada / (arquit.) **a spina acuta**: entalhe da ordem dórica / (bot.) ——— **alba**: espinho alvar / (med.) ——— **ventosa**: cárie óssea.

Spinàcio e **spinàce**, s. m. espinafre.

Spinaciône, s. m. (bot.) espinafre bravo.

Spinàio, s. m. espinhal, terreno onde crescem espinheiros / (pl.) **spinai**.

Spinàle, adj. (anat.) espinhal, da espinha dorsal / **midollo** ———: medula espinal.

Spinapèsce, s. f. usado somente na loc. adv. **a spinapesce**, para indicar trabalho executado imitando o desenho das escamas dos peixes.

Spinàre, v. espinhar, ferir com espinho / abrir um peixe cozido para extrair-lhe os espinhos ou as escamas.

Spinarèllo, s. m. peixinho de água doce, ágil, de cor variável.

Spinàto, adj. espinhado: **stoffa spinata**, tecido em figura ou forma de espinho / **filo spinàto**: fio de arame farpado para cerca.

Spincervíno, s. m. (bot.) pieriteiro, escalheiro (arbusto espinhoso).

Spincionàre, (intr.) assobiar do tentilhão ou lugre / assobiar do caçador para atrair certos pássaros.

Spinciône, s. m. (zool.) lugre, tentilhão ou abadavina preso na gaiola para chamar outros pássaros.

Spinèlla, s. f. espinela (do it.), espécie de pérola de cor vermelho-vivo semelhante ao rubi.

Spinèllo, s. m. espinélio, nome genérico dos minerais dos grupos espinélios / —— **nobile**: pérola de cor vermelha, semelhante ao rubi.

Spinèto, s. m. espinheiral, lugar onde crescem espinheiros.

Spinèta, s. f. espineta (do ital.), antigo instrumento de cordas e teclas, anterior ao cravo, do nome do seu inventor Giovanni Spinetti / (ant.) fita para enfeite.

Spinettàio, s. m. fabricante de espinetas, clavicórdios e símiles / (pl.) spinettái.

Spingàrda, s. f. (do ant. fr. **espingarde**) antiga máquina militar para atirar pedras / pequena peça antiga de artilharia / espingarda, arma de fogo portátil.

Spingàre (ant.) (intr.), impelir com os pés, espernear, escoucear.

Spingere, v. (tr.) ompurrar, impelir oom violência, levar diante de si, fazer recuar, empuxar / induzir, arrastar, excitar; **i fanatici vogliono —— il paese alla guerra**: os fanáticos querem arrastar o país à guerra / instigar, expelir, afastar / impelir, dar impulso, expulsar: —— **un proiettile** / (fig.) —— **lo sguardo**: olhar longe, adiantar o olhar / (refl.) **spingersi avanti**: avançar, adiantar-se, ir para a frente.

Spingimênto, s. m. (rar.) empurração, ato de empurrar; empuxamento, empurrão, impulso.

Spiníte, s. f. **(tabes dorsalis)** tabe dorsal, ataxia locomotora.

Spíno, s. m. espinheiro, planta espinhosa, vivaz / espinho, silva, sarça / (bot.) variedade de pera / (zool.) **porco** ——: porco-espinho, ouriço / (bot.) **pera spina**: pera bergamota, var. de pera aromática e sumarenta.

Spinône, s. m. cão perdigueiro / tecido em forma de espinho.

Spinosità, s. f. escabrosidade.

Spinôso, adj. espinhento, espinhoso, que tem espinhos / (fig.) dificultoso, difícil, / embaraçoso / **affare** ——: negócio intrincado, trabalhoso / **uomo** ——: homem intratável, rude / (s. m.) ouriço, porco-espinho.

Spinòtto, s. m. (mec.) eixo que serve para articular a biela.

Spinoza, (Benedetto) (Biogr.) Espinosa, filósofo holandês / (der.) (s. m.) **spinozismo**, (adj.) espinosismo (adj.) spinozista, espinosista.

Spínta, s. f. impulso, arremessão, arranco, moto, empurrão / (fís.) pressão exercida sobre um corpo / (fig.) estímulo, ajuda, incentivo, inspiração / animação / arranco; impulsionamento / **dare una spinta a un affare**: apressar um negócio, etc.

Spinta o sponte, loc. adv. por bem ou por mal.

Spintarèlla, s. f. (dim.) impulsozinho, empurrão leve.

Spinteriscopo, s. m. espinteroscópio, instrumento destinado a examinar a luminosidade do rádio.

Spinterògeno, s. m. (mec.) espinterôgeno, aparelho elétrico dos automóveis, que distribui a corrente elétrica às velas; magneto.

Spinteròmetro, s. m. espinterômetro.

Spinto, p. p. e adj. impelido, empurrado, afastado, repelido / incitado, açulado, instigado, induzido / (galic.) excessivo, exagerado; **pretese spinte**.

Spintône, s. m. (aum.) empurrão forte, empuxão, choque, encontrão / (sin.) **urtone**.

Spiombàre, v. (tr.) descerrar, tirar o chumbo de coisa selada com chumbo / jogar, atirar abaixo de golpe, fazer cair / pesar bastante (um objeto) / (intr.) sair do prumo, desaprumar, inclinar (muro, etc.).

Spiombatôre, s. m. (f. **-trice**), quem tira os fechos, os selos de chumbo, etc. / —— **di vagoni**: ladrão de mercadoria dos vagões.

Spiombinàre, v. (tr.) desobstruir (cano, etc.) por meio de sonda de chumbo / sondar.

Spionàggio, s. m. espionagem / (pl.) **spionaggi**.

Spionàre, v. espionar.

Spioncino, s. m. vigia, abertura dissimulada, na porta de uma casa, para ver sem ser visto.

Spiône, s. m. espião, espia.

Spioneggiàre, v. (intr.) espionar, espreitar ou investigar como espião.

Spiovènte, p. pr. e adj. fluente, pendente; **rami spioventi**: ramos que pendem, que fluem / caído; **baffi, capelli spioventi** / (arquit.) (s. m.) declive, vertente.

Spiòvere, v. (intr.) cessar de chover / cair para baixo / correr para baixo, escorrer a água.

Spiovimênto, s. m. (rar.) cessamento da chuva.

Spippolàre, v. (tr.) desbagoar tirar os bagos da uva ou os grãos do milho, esbagoar / (fig.) falar francamente, abertamente, não ter papas na língua.

Spìra, s. f. espira, cada uma das voltas da espiral, rosca, volta; **a spira**, circunvoluções em aspiral / **le spire del serpente**: as voltas ou roscas da serpente.

Spiràbile, adj. (lit.) respirável / (fig.) puro (ar); **in piú spirabil aere —— pietosa il trasportò** (Manzoni), em ambiente mais tranqüilo.

Spiràcolo, (ant.) s. m. espiráculo.

Spiràglio, s. m. espiráculo, orifício, respiradouro, janelinha para dar passagem ao ar e à luz / (fig.) vislumbre, rasto, sinal; **c'è uno —— di speranza**: há ainda um sinal de esperança.

Spiralàre, v. (neol.) espiralar, descer um avião descrevendo uma aspiral mais ou menos larga.

Spiràle, adj. e s. f. espiral / linha espiral, mola de aço em espiral por ex., a mola do relógio.

Spiralmênte, adv. espiralmente, em espiral.

Spiràntè, p. p. e adj. espirante, expirante / (fonét.) consoante.

Spiràre, v. soprar; il vento spira dal nord: o vento sopra do norte / expirar, exalar, morrer: è spirato ierimorreu ontem / spira domani il tempo: espira, termina amanhã o prazo / emanar, exalar, expelir / inspirar, animar, dar inspiração / (poét.) respirar / il suo sguardo spira bontà: do seu olhar mana a bondade.

Spiràto, p. p. e adj. exalado, soprado / acabado, terminado; extinto; morto.

Spirèa, s. f. (bot.) espiréia, nome de várias espécies de plantas das Rosáceas, de flores miúdas e brancas.

Spirìllo, s. m. espírilo, bactéria composta de uma única e longa célula.

Spiritàle, e spirtàle, adj. (poét.) espiritual, do espírito.

Spiritamênto, s. m. espiritamento, ação de espiritar.

Spiritàre, v. (intr. e refl.) espiritar, endemoniar, estar tomado pelo espírito maligno; pasmar de pavor, de medo, de assombro, etc.

Spiritatamènte, adv. endiabradamente, endemoniadamente.

Spiritàto, p. p. e adj. espiritado, possesso, endemoniado / assombrado, assustado, espaventado / (s. m.) possuído pelo demônio, possesso.

Spiritèllo, s. m. (dim.) (de spírito, espírito) diabinho, diabrete; peitiça, duende / menino vivo, ativo, desembaraçado / (lit.) espírito vital; força, virtude, energia.

Spirítico, adj. espírita, relativo ao espiritismo.

Spiritismo, s. m. espiritismo, crença segundo a qual se pode comunicar com o espírito de um defunto através de um médium.

Spiritìsta, s. m. espiritista; espírita / (pl.) spiritisti.

Spiritìstico, adj. espiritístico; espirítico, do espiritismo.

Spírito, s. m. espírito, substância simples, incorpórea e inteligente / spiriti angelici: os anjos / spiriti infernali: os demônios / gli spiriti: os espíritos, as almas dos mortos / duende, sombra, fantasma / a alma / sopro, hálito / as faculdades intelectuais do homem / è uno ——— colto: é um espírito culto / persona di ———, presenza di ———: pessoa de espírito engenhoso, agudo, engraçado ou mordaz / presença de espírito, presteza no deliberar ou responder / inspiração, espírito profético / gênio, índole, temperamento / ——— di parte: parcialidade / lo ——— pùbblico: a opinião pública / álcool: qualquer bebida alcoólica / ——— di legno: álcool metílico / (ant.) respiração / som / (pl.) conceitos.

Spiritosàggine, s. f. dito espirituoso, arguto, especialmente no sentido de designar mau gracejo, graçola, graça pesada, chalaça insulsa, chocarrice, bufonaria.

Spiritosamènte, adv. espirituosamente, com espírito, com brio, com graça, com humor.

Spiritosità, s. f. piada, dito, agudeza de pouca graça.

Spiritóso, adj. espirituoso, alcoólico / (fig.) espirituoso, dotado de espírito vivo, agudo, mordaz, petulante / spiritosa invenzione: mentira, lorota.

Spirituàle, adj. espiritual, que é espírito, que é da natureza do espírito / espiritual, intelectual / espiritual, que concerne à conduta da alma / imaterial, incorpóreo; místico; sentimental, moral, cerebral.

Spiritualìsmo, s. m. espiritualismo; misticismo.

Spiritualìsta, s. f. espiritualista, partidário do espiritualismo.

Spiritualità, s. f. espiritualidade, natureza espiritual / teoria mística que tem por objeto a vida espiritual; religiosidade.

Spiritualizzàre, v. (neol.) espiritualizar, dar caráter espiritual a; interpretar no sentido espiritual.

Spiritualmènte, adv. espiritualmente, em espírito / segundo a religião.

Spíro, s. m. (poét.) espírito; orba di tanto ———" (Manzoni), ignara de tão grande espírito.

Spirochèta, s. f. (med.) espiroqueta.

Spiròmetro, s. m. espirômetro, aparelho para medir a capacidade respiratória do pulmão.

Spirtàle, adj. (poét.) espiritual.

Spírto, s. m. (poét.) espírito.

Spirù, s. m. dança de origem belga, que imita os movimentos do esquilo.

Spittinàre, v. gorjear, chilrear o pintarroxo.

Spittiníο, s. m. gorgeio, chilreio do pintarroxo ou de pássaro de canto parecido com o dele.

Spiumacciàre, v. remexer as penas ou outro enchimento qualquer de qualquer almofada, travesseiro, etc. para que se torne mais fofo: amaciar, fofar.

Spiumàre, v. desplumar, depenar, tirar as plumas, as penas / (fig.) surrupiar, tirar o dinheiro de alguém; depenar, arruinar alguém / (refl.) spiumàrsi, mudar de penas as aves.

Spizzicàre, v. lambiscar, codear, debicar, comer pouco a pouco.

Spizzicatùra, s. f. debique, ato de debicar, de lambiscar.

Spízzico, us. na loc. adv. a spízzico, em pequenas porções, lentamente, gradualmente: pouco a pouco.

Splancnografía, s. f. (anat.) esplancnografia.

Splancnología, s. f. esplancnologia, parte da anatomia que trata das vísceras.

Spleen, (v. ingl.) tédio, tristeza, melancolia / (ital.) tedio, ipocondria.

Splenalgía, s. f. esplenalgia; dor no baço.

Splenàlgico, adj. esplenálgico.

Splendènte, p. pr. e adj. esplendente; reluzente, brilhante, resplandescente; esplendoroso; esplêndido; fúlgido, fulgente / occhi splendenti: olhos brilhantes.

Splendentemente, adv. esplendorosamente, brilhantemente.

Splèndere, v. (intr.) esplender; resplandecer; luzir; brilhar, fulgir, iluminar; cintilar; aclarar; fulgurar; luzir; flamejar, fulgurar / (fig.) sobressair, distinguir-se: ——— per intelligenza, per virtù, etc.

Splendidêzza, s. f. esplendidez; esplendor, pompa, magnificência / (fig.) generosidade, liberalidade, largueza.
Splèndido, adj. esplêndido; que tem esplendor; que brilha intensamente; luminoso, claro / reluzente, coruscante / suntuoso, grandioso; perfeito, grande, deslumbrante, magnífico, liberal, generoso / reluzente, belo; precioso; **una festa splêndida**: uma festa magnífica / **corredo ———**: enxoval rico.
Splendimênto, (ant.) s. m. resplendor / lampejo.
Splendôre, s. m. resplendor; brilho intenso; fulgor; deslumbramento; pompa; riqueza, abundância, generosidade; magnificência; suntuosidade / luxo, glória, honra, ilustração: **fu lo ——— del suo tempo**.
Splène, s. m. (med.) baço.
Splenectomía, s. f. esplenectomia, extirpação do baço.
Splenètico, adj. esplenético, enfermo de esplenite.
Splènio, s. m. esplênio, músculo alongado, na parte posterior do pescoço.
Splenite, s. f. esplenite, inflamação do baço.
Splenomegalía, s. f. esplenomegalia, hipertrofia do baço.
S. P. M. sue proprie (ou **pregiate**) **mani**, põe-se nas cartas para entregar em mãos.
Spòcchia, s. f. bazófia, vaidade, fanfarria; paparrotada, ufania.
Spocchiàta, s. f. (raro) baforeira, chibança, pavonada; quixotada, fanfarronada.
Spocchiône, s. m. bazófio, gabarola; presumido; jactancioso.
Spocchiôso, adj. gabarola; bravateador.
Spoderàre, v. dispensar, licenciar do sítio ou da fazenda um trabalhador (camponês) / deixar a propriedade, mudar de propriedade (rural).
Spoderàto, p. p. e adj. dispensado, licenciado (do sítio, da fazenda, etc.).
Spodestàre, v. (tr.) destronar, desapossar, despojar, tirar da posse, do domínio / tolher o poder / privar do domínio.
Spodestàto, p. p. e adj. desapossado, destituído, deposto, que perdeu o poder / destronado / despojado, espoliado.
Spòdio, s. m. (ant.) resíduo de coisa queimada, escória de metal.
Spodíte, s. f. (min.) espodite, cinza branca dos vulcões.
Spoetàre, v. (tr.) tirar, acabar com a fama ou qualidade de poeta / (intr.) versejar a torto e a direito, declamar versos.
Spoetàrsi, v. abandonar a poesia.
Spoetizzàre, v. (tr. e refl.) despoetizar, fazer perder toda imaginação ou ilusão poética, desiludir, gelar o entusiasmo, desencantar.
Spoetizzàto, p. p. e adj. despoetizado, desiludido, desencantado, nauseado.
Spòglia, s. f. pele que largam alguns animais / despojo, espólio / presa, saque, o que se toma ao inimigo / corpo morto / despojo, aquilo que é extorquido por meios violentos; o pano que veste o guarda-chuva / (pl.) folhas desprendidas das árvores / **sotto mentite spoglie**: disfarçado com vestes ou insígnias de outros ou sob falso nome / (poét.) vestido.
Spogliamênto, s. m. (rar.) denudamento / despojamento, despojo / expoliação.
Spogliàre, v. (tr.) desnudar, desvestir, despir / desadornar / pelar, descascar, mondar / despojar, desapossar, expoliar, tirar, roubar / (refl.) desnudar-se / despojar-se, privar-se voluntariamente de alguma coisa.
Spogliàrio, spoliàrio, s. m. (hist.) lugar onde se levavam os gladiadores mortos.
Spogliàto, p. p. e adj. despido, desvestido, desnudado / despojado, desapossado, esbulhado.
Spogliatôio, s. m. quarto, aposento para se vestir / (teatr.) camarim.
Spogliatôre, adj. e s. m. (**spogliatríce** s. f.) desnudador, despojador, espoliador.
Spogliatúra, s. f. (rar.) desnudamento, desvestimento, despojamento.
Spogliazióne, s. f. desnudamento / despojo, espoliação, roubo.
Spòglio, adj. despido, desvestido, nu / despojado, livre, isento (de peias, de prejuízos, etc.) / (s. m.) vestido usado e gasto; despojo, presa / escrutínio; **fare lo ——— dei voti**: contar os votos / **fare lo ——— dei giornali**: respigar as notícias dos jornais.
Spòla, s. f. lançadeira, instrumento de tecelão / lançadeira de máquina de costura caseira / (fig.) **fare la ———**: andar de trás para diante, de cá para lá, de um lado para o outro / (mar.) **nave che fa la ———**: navio que faz viagem de ida e volta entre dois portos.
Spolètta, s. f. lançadeira pequena / espoleta, escova das bocas de fogo.
Spollaiàrsi, spollinàrsi, v. (refl.) sacudir as penas e limpar-se dos piolhos (pintos, galinhas, etc.).
Spollonàre, v. suprimir, cortar os ramos inúteis das árvores, desempar as videiras / (bot.) desbastar rebento.
Spollonatúra, s. f. (agr.) decote, poda, **desbaste das árvores** / desampa (da vide).
Spolmonàrsi, v. (refl.) fatigar-se os pulmões falando ou correndo muito.
Spolmonàto, p. p. fatigado, cansado; (adj.) tísico.
Spolpamênto, s. m. despolpamento.
Spolètto, s. m. espolete da lançadeira.
Spoliazióne, s. f. espoliação, esbulho.
Spoliticàre, v. (tr.) discursar freqüentemente sobre política e nem sempre com acerto, politicar.
Spolpàre, v. despolpar, tirar a polpa a / (fig.) desfrutar, explorar, pelar, roubar / (intr.) despolpar-se, perder a polpa, emagrecer, definhar.
Spolpàto, p. p. e adj. despolpado, privado da polpa / seco, magro, descarnado / reduzido à miséria.
Spoltríre, v. (tr. e refl.) espreguiçar, tirar a preguiça a, despertar / **spoltronírsi**, despreguiçar-se / (pres.) **spoltro e spoltrisco, -sci**; **spoltronísco, -sci**.
Spoltroneggiàre, v. poltronear, vadiar, mandrionar.
Spoltroníre, v. (tr. e refl.) despreguiçar, tirar a preguiça.

Spoltroníto, p. p. e adj. despreguiçado; despertado.

Spolveràccio ou **spolveràcciolo**, s. m. pano para limpar o pó.

Spolveràre, v. (tr.) desempoeirar, tirar o pó; espargir, cobrir de pó / (fig.) comer apressadamente e vorazmente / surrupiar, roubar / **spolveràrsi**: ficar pó, reduzir-se a pó / (refl.) desempoeirar-se.

Spolveràto, p. p. e adj. desempoeirado; polvilhado / **torta spolverata**.

Spolveratúra, s. f. ação de tirar o pó, desempoeiramento / polvilhamento / (fig.) ha una ——— di buone maniere: tem um verniz de educação.

Spolverína, s. f. guarda-pó, para viagem.

Spolverino, s. m. espanador de penas.

Spolverío, s. m. poeira, poeirada / comedela, fartadela.

Spolverizzàre, v. (tr.) pulverizar, reduzir a pó / aspergir, borrifar, polvilhar, pulverizar.

Spolverizzàto, p. p. e adj. pulverizado, reduzido a pó / aspergido, borrifado, respingado, polvilhado.

Spolverizzatòre, s. m. pulverizador, vaporizador, aerógrafo.

Spolverízzo, s. m. desempoamento.

Spòlvero, s. m. desempoeiramento de coisa coberta de pó bastante miúdo que se espalha e pousa aqui e ali / (fig.) aparência, casca, extremidade / (des.) operação de reproduzir um desenho esburacando os contornos e pulverizando o papel com risco (pó) de carvão / areia para o escrito / (mús.) **aria di** ———: peça de efeito para canto.

Spomiciàre, v. (tr.) alisar com a pedra-pomes.

Spônda, s. f. beira, margem, orla, praia / parapeito de pontes, poços, fonte, etc. / extremidade, borda / borda de mesa de bilhar.

Spondàico, adj. (lit.) espondáico (verso hexâmetro).

Spondèo, s. m. (lit.) espondeu, pé de verso grego ou latino formado de duas sílabas longas.

Sponderòla, s. f. plaina, instrumento de carpinteiro ou marceneiro.

Spondilíte, s. m. espondilite, inflamação das vértebras.

Spòndulo e **spòndilo**, s. m. (anat.) espôndilo, a segunda vertebra do pescoço.

Spônga, s. f. (ant.) esponja.

Spongàta, s. f. torta de marzipão com pinhão.

Spongiàli, **spongiàri**, s. m. pl. (zool.) espongiários.

Spongifôrme, adj. espongiforme, que tem forma de esponja.

Spongílla, s. f. espongiário de rio.

Spongína, s. f. espongina, substância que se encontra nas esponjas de mar.

Spongiòla, s. f. (bot.) espongíola.

Spongiòsi, s. f. (med.) esponjose, rarefação do tecido ósseo.

Spongiosità, s. f. esponjosidade: ——— óssea.

Spongíte, s. f. (min.) espongite, pedra cheia de poros, que se parece com a esponja.

Sponsàle, adj. (poét.) esponsal; nupcial; (s. m. pl.) núpcias, bodas, esponsais.

Sponso, s. m. (ant.) esposo / (s. f.) sponsa.

Spontaneamênte, adv. espontaneamente; voluntariamente.

Spontaneità, s. f. espontaneidade; caráter do que é espontâneo.

Spontàneo, adj. espontâneo; voluntário; natural, sem artifício / ingênito; cortesia spontânea / combustione spontanea, combustão espontânea / instintivo.

Spònte, us. na loc. adv. **spinte o sponte**, por bem ou por mal, espontaneamente ou à força.

Spopolamênto, s. m. despovoamento, despovoação.

Spopolàre, v. (tr. e refl.) despovoar; diminuir ou tirar a população de um lugar / (intr.) atrair muita gente: **un oratore che spòpola**.

Spopolàrsi, v. despovoar-se.

Spopolàto, p. p. e adj. despovoado; que tem pouca população / desabitado / deserto, vazio: **teatro** ———.

Spoppamênto, s. m. ablactação, o ato de desmamar as crianças; desmama, desleitamento.

Spoppàre, v. (tr.) desmamar, tirar a mama às crianças ou aos animais / (sin.) **slattare, divezzàre**.

Spoppato, p. p. e adj. desmamado.

Spoppatúra, s. f. ablactação, desmame.

Spòra, s. f. (bot.) esporo, corpúsculo que reproduz as plantas criptogâmicas.

Sporàdi, s. f. pl. estrelas soltas.

Sporàdico, adj. esporádico / isolado; não contínuo: **casi sporadici di scarlattina** / disseminado / **astri sporàdici**: estrelas fora das constelações / **piante sporàdiche**: plantas esporádicas.

Sporàngio, s. m. (bot.) esporângio ou esporango.

Sporcacciòne, adj. e s. m. (pop.) porcalhão, que ou que diz ou comete porcarias; sujo, porco.

Sporcacciàre, v. (tr.) (pop.) sujar.

Sporcamênte, adv. porcamente, sujamente, imundamente.

Sporcàre, v. (tr.) emporcalhar, sujar, imundar / (fig.) afear, manchar; ——— **il proprio nome** / infamar, deslustrar, desnegrir / (refl.) **sporcàrsi**: emporcalhar-se, sujar-se, meter-se em negócios pouco limpos.

Sporcàto, p. p. e adj. emporcalhado, imundo, sujo.

Sporcatôre, adj. e s. m. (**sporcatríce**, s. f.) emporcalhador.

Sporchêzza, s. f. sujeira, porcaria, sujidade.

Sporcízia, s. f. sujidade, imundície, asquerosidade / coisa suja, lixo / (fig.) porcaria, obscenidade.

Spòrco, adj. sujo, porco, imundo, torpe, desonesto; manchado, enodeado / **vestito, abito** ——— / **lingua sporca**: língua sarrenta / **fedina penale sporca**: certificado, ficha penal suja / **avere la coscienza sporca**: ação indecente / **parole sporche**: palavras obscenas / (fam.) **politica sporca**: política interesseira.

Sporgènte, p. pr. e adj. saliente, que sai para fora do plano a que está unido; que ressalta, sobressalente.
Sporgènza, s. f. saliência, ressalto, protuberância.
Spòrgere, v. ressaltar, sobressair; **la finestra sporge sulla via** / assomar; —— **la testa** / oferecer, estender; —— **la mano** / (for.) —— **querela**: demandar: querelar / oferecer, adiantar; —— **la (ou una) mano**.
Sporgimênto, s. m. (rar.) saliência, ressalto.
Sporídio, s. m. (bot.) esporídio, espórulo.
Sporocàrpo, s. m. (bot.) esporocárpio.
Spòrt, s. m. (ingl.) esporte / (ital.) diporto.
Spòrta, s. f. esporta, espécie de sacola ou cesta de junco, palha, etc. para carregar gêneros comestíveis / o conteúdo da mesma / (fig.) **un sacco e una** ——: em grande quantidade / a compra de gêneros que se faz no mercado / **cappello a** ——: chapéu de aba bem larga.
Sportàre, v. (ant.) ressaltar / sair, fugir / transportar.
Sportèlla, sportellína, s. f. (dim.) esportela, pequena esporta.
Sportellàre, v. abrir o postigo, a passagem, a portinhola.
Sportèllo, s. m. portinha, postigo, passagem, porta pequena aberta em outra maior / porta estreita para um serviço especial / entrada da gaiola de passáros / postigo por onde o caixa paga ou recebe; guichê / porta do armário do bufete etc. / caixilho de janela onde se encaixam os vidros / (fig.) **chiudere gli sportelli**: cessar os pagamentos / (dim.) **sportelletto, sportellino**; (aum.) **sportellone**.
Sportista, s. m. esportista.
Sportivamênte, adv. esportivamente.
Sportívo, adj. esportivo, relativo ao esporte.
Spòrto, p. p. e adj. ressaído, ressaltado, sobressaído / (s. m.) saliência, sacada / janela que ressai para fora do muro.
Sportsman, s. m. (ingl.) esportista, que se dedica aos esportes / (ital.) **sportivo**.
Spòrtula, s. f. (hist.) espórtula, honorário que se dava aos juizes para as sentenças / donativo que davam os imperadores e os nobres de Roma / (neol.) propina em dinheiro, gorjeta, donativo.
Spòsa, s. f. aquela que contraiu matrimônio; esposa / **promessa sposa**: noiva, prometida / (dim.) **sposina, sposêtta, sposettina, sposuccia**.
Sposalízio, s. m. esponsório, esponsais, festas de casamento, núpcias, boda / (pl.) **sposalizi**.
Sposamênto, s. m. (rar.) casamento.
Sposàre, v. (tr.) casar, esposar, unir pelos laços do matrimônio / (fig.) juntar, unir / aderir-se, defender, propugnar: —— **una causa, un partito**.
Sposàrsi, v. (intr. e refl.) esposar-se, unir-se em matrimônio, casar / (fig.) concertar, acordar, combinar: **due colori che sposano bene**.
Sposàto, p. p. e adj. esposado, desposado, casado / unido / (fig.) concertado, junto.
Sposatôre, adj. e s. m. (burl.) que, ou o que desposa.
Sposereccio, adj. esponsalício: **abito** ——.
Sposêtto, sposíno, s. m. (dim.) jovem esposo.
Spòso, s. m. aquele que contraiu matrimônio; marido, esposo / **promesso** ——: noivo / (dim.) **sposino**, recém-casado.
Sposôna, s. f. (aum.) mulher casada robusta, gorda, florida.
Spossamênto, s. m. cansaço, esgotamento, estafa, extenuação.
Spossànte, p. p. debilitante, enervante / (adj.) extenuativo.
Spossàre, v. estafar, cansar, afadigar; (refl.) **spossàrsi**, cansar-se, estafar-se, esgotar-se, extenuar-se.
Spossatamênte, adv. extenuadamente, cansadamente.
Spossatêzza, s. f. esgotamento, canseira, exaustão, prostração.
Spossàto, p. p. e adj. extenuado, cansado, estafado, exausto.
Spossessàre, v. (tr.) desapossar / despojar, privar da propriedade.
Spossessàto, p. p. e adj. desapossado / despojado, privado da posse, etc.
Spostamênto, s. m. deslocação, ação de deslocar, de mudar de um para outro lugar / afastamento, mudança / (mar.) deslocação, volume de água deslocado pela embarcação.
Spostàre, v. (tr. e refl.)deslocar, mudar de lugar, transferir, afastar / desordenar desarranjar, desarticular / desviar, encalhar / prejudicar, arruinar / (quím.) substitui-se um elemento pelo outro.
Spostàta, s. f. deslocadura, mudança.
Spostàto, p. p. e adj. deslocado, apartado, separado, movido, afastado / (s. m.) transviado, errado, desempregado, sem eira nem beira.
Spostatúra, s. f. deslocação, mudança de lugar.
Sposúccia, s. f. (dim.) esposazinha.
Spotestàre, v. **spodestàre**), v. depor, destituir.
S.P.R.Q. = hist. "senatus populusque romanus": o Senado e o Povo Romanos.
Strànga, s. f. tranca, barra, travessa de ferro ou de madeira / (ant.) fivela.
Sprangàio, s. m. (pop. tosc.) pessoa que conserta objetos de cerâmica, unindo com arame as partes rachadas.
Sprangàre, v. (tr.) trancar, segurar ou fechar com tranca / dar golpes com a tranca, dar pauladas / —— **calci**: atirar coices (cavalo, etc.).
Sprangàto, p. p. e adj. trancado, fechado com tranca / consertado com arame.
Sprangatúra, s. f. fechamento com tranca / dor de cabeça que abarca a fronte.
Spranghettína, s. f. (dim.) tranca bem pequena / (rar.) dor de cabeça causada por bebedeira ou má digestão.

Sprazzàre, (ant.) v. rociar, borrifar.
Spràzzo, s. f. aspersão, borrifo / clarão, lampejo, brilho improviso e fugaz.
Sprecamênto, s. m. desperdício, esbanjamento, estragamento.
Sprecàre, v. (tr.) desperdiçar, esbanjar: desaproveitar, dilapidar / estragar; malbaratar: —— **denari**: dissipar dinheiro / —— **il fiato**: pregar no deserto, malhar em ferro frio.
Sprecàto, p. p. e adj. esperdiçado, esbanjado; gasto inutilmente.
Sprecatôre, s. m. (**sprecatríce**, s. f.) desperdiçador; esbanjador; dilapidador.
Sprecatúra, s. f. (pop.) esbanjamento.
Sprèco, s. m. desperdício; dissipação; esbanjamento / perda: —— **di tempo**.
Sprecône, s. m. dissipador, desperdiçador, gastador / (fem.) **sprecona**.
Spregévole, adj. desprezível.
Spregevolmênte, adv. desprezivelmente; desdenhosamente.
Spregiàre, v. (tr.) desprezar, desestimar; desdenhar, menosprezar.
Spregiatamênte, adv. desprezivelmente.
Spregiativo, adj. desprezativo, menosprezativo.
Spregiàto, p. p. e adj. desprezado, depreciado, desdenhado / desestimado.
Spregiatôre, adj. e s. m. (**spregiatríce**, s. f.) desprezador; menosprezador.
Sprègio, s. m. desprezo, descaso; desdém; irrisão; desrespeito / **fare uno** ——: fazer um desaire.
Spregiudicàre, v. (tr. e refl.) (rar.) desabusar, livrar de abusões, de erros, de prejuízos, de preconceitos.
Spregiudicatamênte, adv. desabusadamente; / atrevidamente / serenamente, imparcialmente, despreocupadamente.
Spregiudicatêzza, s. f. desabuso; despreocupação.
Spregiudicàto, adj. desabusado, isento de abusões ou preconceitos; despreocupado / imparcial / petulante, inconveniente; atrevido.
Sprèlla, s. f. (bot. lat. **quisetum**) eqüisseto, espécie de feto (bot.) / espécie de cinzel usado pelos que trabalham o alabastro.
Sprèmere, v. (tr.) espremer, apertar uma coisa com força para que saia o sumo: —— **il limone** / (fig.) arrancar, extorquir; comprimir / (fig.) —— **il sugo d'un discorso**: tirar a substância de um discurso.
Spremitòio, s. m. espremedor, objeto que serve para espremer, espec. limões, laranjas, etc.
Spremitúra, s. f. espremedura.
Spremúta, s. f. sumo de limão ou de laranja; limonada, laranjada.
Spremúto, p. p. e adj. espremido; premido, apertado / (fig.) **essere un li mone** ——: não ter mais valor algum.
Spretàrsi, v. (refl.) despadrar-se, abandonar a dignidade de padre; secularizar-se.
Spretàto, p. p. e adj. que deixou de ser padre; que abandonou a carreira eclesiástica.

Spréto, s. m. (for.) desrespeito, desestima: **in** —— **alla legge**: em desprezo da lei.
Sprezzàbile, adj. desprezível; abjeto; baixo.
Sprezzamênto, s. m. desdém, desprezo; repulsa; desconsideração.
Sprezzànte, p. pr. e adj. desdenhoso, desprezador, displicente.
Sprezzantemênte, adv. desdenhosamente.
Sprezzàre, v. (tr.) desdenhar, desestimar, desprezar, menosprezar.
Sprezzatamênte, adv. desprezivelmente, desdenhosamente.
Sprezzàto, p. p. e adj. desprezado, menosprezado / esquecido, deslembrado, posto de lado.
Sprezzatôre, adj. e s. m. (**sprezzatríce**, s. f.) desprezador, menosprezador; depreciador.
Sprezzatúra, s. f. menosprezo, desprezo, menoscabo / descuido.
Sprezzévole, adj. (rar.) digno de desprezo: desprezível.
Sprezzevolmênte, adv. (rar.) desprezivelmente.
Sprèzzo, s. m. desprezo, menosprezo, desestima, desdém, displicência.
Sprigionamênto, s. m. desencarceramento, soltura, libertação de um preso / fuga, emanação, evaporação (de gás, odor, etc.).
Sprigionàre, v. (tr.) desencarcerar, tirar da cadeia; soltar; livrar / exalar, emanar, soltar: —— **luce, calore, fetore, gas**.
Sprigionàrsi, v. sair impetuosamente: desprender-se, soltar-se / jorrar com ímpeto: **sprigionarsi un getto di vapore d'acqua**.
Sprigionàto, p. p. e adj. desencarcerado / solto, livre; destacado, desunido / desprendido, exalado, emanado.
Sprillàre, v. (intr.) esguichar, jorrar em pequena quantidade mas com violência.
Spríllo, s. m. jorro, esguicho, borrifo súbito e fino de um líquido.
Sprimacciàre, v. (tr.) remexer as plumas, as penas, o enchimento de um colchão, almofada, etc. / espanejar, afofar.
Springàre, v. (tr.) espernegar, espernear, mexer, agitar os pés; dar coices (cavalo).
Sprinter, (v. ingl.) (esp.) corredor de arranco / (ital.) **velocista**.
Sprizzàre, v. (intr. e tr.) borrifar, esguichar; sair (um líquido) um repuxo; salpicar, rociar.
Sprízzo, s. m. rociada, esguicho, jacto vivo de um líquido / lampejo, chispa, clarão / **uno** —— **d'intelligenza**: um lampejo de inteligência.
Sproccatúra, s. f. (vet.) escarça.
Spròcco, s. m. (bot.) rebento, renovo da árvore / toco de ramo / (pl.) **sprocchi**.
Sprofondamênto, s. m. aprofundamento / derrubada; ruína, afundamento, derrubamento, abismamento; aluimento.
Sprofondàre, v. (tr., refl. e intr.) cair, precipitar ruinosamente; afundar, submergir, ruinar, aluir; abismar; profundar / aprofundar-se, abismar-se, desmoronar-se, engolfar-se / **sprofondarsi nella lettura**: engolfar-se na lei-

tura / **aprofondarsi in meditazioni:** abstrair-se em meditações / ——— **in complimenti:** derreter-se em cumprimentos.

Spronfondàto, p. p. e adj. caído, afundado, precipitado, aluído / abismado.

Sprolòquio, s. m. discurseira, falação; palração longa e desconexa / (pl.) **sproloqui.**

Sprométere, v. (tr.) impugnar, negar, desdizer a promessa feita; prometer e não cumprir.

Spronàia, s. f. (rar.) chaga, ferida provocada por esporada.

Spronàio, s. m. esporeiro, o que fabrica ou vende esporas, estribos, etc.

Spronàre, e speronàre, v. esporear, picar com as esporas; (fig.) excitar, estimular, incitar / (arquit.) reforçar com contrafortes / (ant.) apressar-se.

Spronàta, e Speronàta, s. f. esporada, golpe de espora / (fig.) incitamento, estímulo, acicate / (dim.) **spronatina.**

Spronatôre, adj. e s. m. esporeador.

Spróne, e speróne, s. m. espora, instrumento com que se pica e incita o cavalo / **a spron battuto:** a toda velocidade / (fig.) estímulo, incentivo / (zool.) esporão das plantas / (arquit.) espigão, obra de cantaria formada em ângulo agudo / ângulo saliente de fortificação de uma praça, barbacã / (arquit.) contraforte: ——— **del ponte** / (bot.) parte inferior de certas flores.

Spronèlla, s. f. roseta ou estrela da espora.

Sproporzionàle, adj. desproporcional, desproporcionado.

Sproporzionalità, s. f. desproporcionalidade, desproporção.

Sproporzionàre, v. (tr. rar.) desproporcionar, tirar, alterar as proporções de; tornar desconforme.

Sproporzionàto, p. p. e adj. desproporcionado; que não é proporcionado; desigual, desconforme / enorme.

Sproporzióne, s. f. desproporção, falta de proporção; desigualdade; desconformidade.

Spropositàre, v. (intr.) despropositar, dizer, fazer ou escrever despropósitos; disparatar; desatinar / (pres.) **spropósito.**

Spropositàto, p. p. e adj. despropositado; que não vem a propósito; inoportuno; que fala ou procede sem tino / grande, excessivo, desproporcionado, enorme / cheio de erros: **un libro** ———.

Spropòsito, s. m. despropósito, dito ou ato sem propósito / não conveniente: / **quell'affare fu uno** ———: aquele negócio foi um despropósito / disparate, desatino, dislate / erro, engano, descomedimento / asneira, lapso, distração; irreflexão, descuido / (dim.) **spropositino, spropositúccio** / (aum.) **spropositóne** / (pej.) **spropositàccio.**

Spropriàre, v. expropriar, privar da propriedade, dos bens / (refl.) privar-se do próprio a favor de outros.

Spropriazióne, s. f. expropriação, ação de expropriar; privação, exclusão da propriedade / alienação.

Spròprio, s. m. desapropriação / desembolso, gasto excessivo: **fu un notevole** ———.

Sprovvedére, v. (tr. e refl.) (raro) desprover, privar, desguarnecer.

Sprovvedutaménte, adv. desprovidamente / desprevenidamente / inesperadamente: de repente.

Sprovvedúto, p. p. e adj. desprovido, privado, falto / desguarnecido: **una fortezza sprovveduta** / desprevenido / **alla sprovveduta:** de surpresa / (ant.) fortuito, causal.

Sprovvìsto, p. p. e adj. desprovido, carecido, falto / ——— **di mezzi:** carecido de recursos / **alla sprovvista:** de surpresa, de improviso.

Spruzzàglia, s. f. borrifo, rociada, salpicos, pequena quantidade de água salpicada / chuvisco.

Spruzzaménto, s. m. espargimento, aspersão, borrifadela, rociada.

Spruzzàre, v. rociar, borrifar, deitar borrifos; salpicar; aspergir / orvalhar / chuviscar.

Spruzzàta, s. f. rociada, aspersão; borriço; borrifo; chuvisco, chuveiro.

Spruzzàto, p. p. e adj. rociado, borrifado, aspergido / pintado, manchado.

Spruzzatôre, adj. e s. m. que ou quem asperge, borrifa / objeto para borrifar, aspergir, etc. / pulverizador; borrifador / parte do carburador no motor à explosão, que esguicha gasolina.

Spruzzatúra, s. f. aspergimento, aspersão; ato ou efeito de espargir; rociada, borrifada.

Sprúzzo, s. m. borrifo, aspersão / o líquido borrifado, aspergido.

Spruzzolàre, v. (tr.) borrifar, aspergir; espalhar em borrifos ou pequenas porções / (intr.) chuviscar; garoar.

Spruzzolàta, s. f. borrifada; rociada, chuvisqueiro de curta duração / (dim.) **spruzzolatìna,** borrifadela.

Spruzzolàto, p. p. e adj. rociado, aspergido, borrifado / polvilhado, manchado de salpicos; salpicado.

Sprúzzolio, s. m. aspersão continuada e freqüente.

Sprúzzolo, s. m. (rar.) aspersão, borrifo, salpicadura, rociada.

Spudorataménte, adv. despudoradamente; desavergonhadamente; impudicamente.

Spudoratèzza, s. f. despudor, impudor, impudência, descaro, desonestidade.

Spudoràto, adj. despudorado; desavergonhado; desonesto; impudico; descarado.

Spúgna, s. f. esponja / (fig.) homem que bebe muito; beberrão, borracho, chupista, pau-d'água: esponja / **passar la** ———: apagar / (fig.) cancelar, perdoar uma dívida ou ofensa / (dim.) **spugnétta:** esponjinha.

Spugnàre, v. (tr.) esponjar; passar a esponja sobre uma coisa; apagar, lavar ou enxugar com a esponja.

Spugnàta, s. f. esponjada, limpeza feita com a esponja.

Spugnatúra, s. f. lavagem com esponja / lavagem terapêutica feita mediante esfregamento com esponja.

Spúgnola, s. f. cogumelo comestível.

Spugnóne, s. m. pedra esponjosa, da zona de Volterra (cidade da província de Pisa) de cor branca, que serve para fazer gesso.

Spugnosità, s. f. esponjosidade, qualidade daquilo que é esponjoso.
Spugnòso, adj. esponjoso, que tem aspecto de esponja.
Spugnuòlo, s. m. cogumelo comestível semelhante à esponja; de sabor bastante agradável.
Spulàre, (agr.) v. joeirar o trigo.
Spulatúra, s. f. joeiramento, ato de joeirar o trigo.
Spulciàre, (agr.) espulgar, tirar, catar as pulgas / (fig.) buscar, examinar, catar com o máximo cuidado notícias, erros, etc.: —— **un libro**.
Spulciatúra, s. f. espulgamento.
Spulezzàre, v. (intr.) escapar, desaparecer, fugir rapidamente, voar; azular.
Spulézzo, s. m. escapada, fugida; fuga, disparada.
Spulíre, v. (trans.) limpar, polir a superfície de uma coisa; brunir / esmerilhar o vidro / (pres.) **spulisco, -sci**.
Spulizzíre, v. (tr. raro) polir, limpar / (pres.) **spulizzísco, -sci**.
Spúma, s. f. espuma, escuma: —— **del vino** / (min.) —— **di mare**: espuma de mar.
Spumànte, p. pr. e adj. espumante, que espuma / (s. m.) **vino spumante**: vinho espumante, espumoso: champanha.
Spumeggiànte, adj. espumejante, espumante.
Spumàre, v. espumar; escumar.
Spumeggiàre, v. (intr.) espumear, espumejar; formar espuma, lançar espuma.
Spúmeo, adj. (poét.) espúmeo, espumoso.
Spumône, s. m. doce feito com clara de ovo e nata / sorvete feito com os mesmos ingredientes; no Brasil spomone ou espumone (do ital.).
Spumosità, s. f. espumosidade, qualidade daquilo que é espumoso; espuma.
Spumoso, adj. espumoso, que tem espuma; que produz espuma; espumante; vaporoso.
Spuntàre, v. (tr.) despontar, cortar, gastar ou arrancar as pontas / tirar alfinetes ou agulhas que prendem alguma coisa / remover, vencer a obstinação de outrem / **è riuscito a spuntarla**: conseguiu realizar o que queria / cancelar, riscar apontamentos tomados para lembrar alguma coisa / (refl.) perder a ponta, embotar-se / ficar sem efeito, desvanecer / **la sua ira è spuntata**: a sua ira acabou-se / sair fora, começar a nascer, aparecer, despontar, assomar / **spunta il sole, spuntano i fiorri**: desponta o sol, nascem as flores / vir fora de lugar que repara ou esconde / **lo vidi** —— **dalla strada**: vi-o apontar da rua / (s. m.) aparição, nascimento / **lo** —— **del sole**: o nascer do sol / **lo** —— **dell'alba**, o amanhecer, a madrugada.
Spuntàta, s. f. ato de despontar, especialmente no sentido de tirar a ponta; desponta.
Spuntàto, p. p. e adj. despontado, a que se tirou ou gastou a ponta / aparecido há pouco; assomado, brotado, aparecido.
Spuntatúra, s. f. ação de despontar; desponta / a coisa tirada ou despontada / embotadura / (pl.) pontas de cigarros ou charutos.
Spuntellàre, v. tirar as escoras, os suportes ou os pontaletes.
Spuntèrbo, s. m. biqueira de sapato.
Spuntíno, s. m. pequeno repasto que se faz além do pasto ordinário, refeição, repasto.
Spúnto, s. m. acidez do vinho na mudança de estação / começo de motivo musical, e, por ext., início, ponto de partida num raciocínio; deixa, largada feliz de um escrito ou discurso / assunto, tema, matéria, motivo, objeto / **prendere lo spunto da** ——: tomar motivo ou inspiração de.
Spúnto, (ant.) adj. esquálido, lívido.
Spuntonàta, s. f. golpe dado com o espontão.
Spuntône e spontône, s. m. (hist.) espontão, espécie de alabarda comprida / ponta de ferro / aguilhão.
Spunzecchiàre, o mesmo que **punzecchiàre**, v. tr. (pop.) picar, espicaçar, pungir.
Spunzonàre, v. (tr.) punçar, dar golpes com o punção: puncionar / dar coteveladas / (fig.) empurrar, incitar empregando a força; estimular, incitar.
Spunzône, s. m. punção, instrumento para pungir ou puncionar / objeto pontiagudo / espinho grosso e duro / empurrão violento com o cotovelo.
Spurgamènto, s. m. expurgação, expurgo; ato e efeito de expurgar; evacuação; purificação.
Spurgàre, v. (tr.) expurgar; limpar: **spurgare un fosso**: limpar um fosso / —— **sangue dalla bocca**: expulsar sangue da boca / (refl.) expectorar / (ant.) escusar-se, desculpar-se.
Spurgatôre, adj. e s. m. expurgador, que ou quem expurga, nos diversos sentidos.
Spurgazione, s. f. (rar.) expurgação; expectoração.
Spúrgo, s. m. expurgo, ato de expurgar, expurgação; evacuação / expectoração, catarro, escarro; muco.
Spúrio, adj. espúrio, não legítimo, bastardo / falso, apócrifo, não genuíno: / **documenti spuri**: documentos apócrifos.
Sputacchiàre, v. (intr.) cuspir muito e com freqüência: cuspilhar / expelir saliva, ao falar / (tr.) atingir com cuspo / catarrar, escarrar / (tr.) atingir com cuspo.
Sputacchièra, s. f. cuspidouro, escarrador, escarradeira, objeto para se cuspir dentro.
Sputàcchio, s. m. cuspinhada; escarro / (pl.) **sputacchi**.
Sputacchiône, adj. e s. cuspidor, que cospe muito; escarrador.
Sputapèpe, s. m. pessoa azeda e ressentida, petulante ou mordaz.
Sputàre, v. (intr. e tr.) cuspir, expelir cuspo, salivar / (fig.) —— **su una cosa**: cuspir sobre uma coisa, não levá-la em consideração, desprezá-la / —— **tondo**: ostentar severidade / expelir fora da boca / —— **sangue**: cuspir sangue / —— **veleno**: cuspir veneno, irromper em injúrias e maledicências / —— **sentenze**: opinar, sentenciar, falar com ares de mestre /

sputar sangue (fig.): azafamar-se, fadigar-se muito num trabalho / ——— **i polmoni**: tossir ou falar muito.

Sputasénno, s. m. sentenciador, o que sentencia a torto e a direito: doutorão.

Sputasentènze, (depr.) s. m. pessoa que sentencia sobre tudo, que fala com vaidade e enfatuação; pretensioso; pedagogo, sabetudo.

Sputàto, p. p. e adj. esputado, cuspido, expelido fora da boca / **essere un tale nato e sputato**; semelhar inteiramente; ser igual / **nato e sputato**: semelhar inteiramente; ser igual / **nato e sputato**: muito parecido.

Sputatôndo, s. m. sisudo, mesuroso, que ostenta gravidade fora de propósito; vaidoso, pedante.

Sputo, s. m. cuspo, esputo, a saliva expelida da boca ao cuspir / (fig.) **mangiare pane e** ———: comer pão e cuspo / **stimare uno** ———: não estimar, não ter consideração alguma / **appiccicato con lo** ———: grudado com cuspo.

Squàcquera, (ant.) s. f. esterco líquido, diarréia, fluxo / (dim.) **squacquerella**.

Squacquerare, (ant.) v. (tr. e intr.) ter diarréia / tagarelar, taramelar, parolar / (depr.) fazer uma coisa apressadamente, despachar-se.

Squacqueratamente, adv. desmedidamente / **ridere** ———: rir desregradamente, descomedidamente.

Squacqueràto, adj. imoderado, descomedido, desregrado.

Squadernàre, v. (tr.) soltar os cadernos de um livro; folhear, percorrer as folhas de um livro: consultar / manifestar, dizer abertamente, pôr sob os olhos uma coisa / (refl.) dividir-se, espargir-se.

Squadernàto, p. p. e adj. folheado, aberto, solto, descosido; manifestado, mostrado abertamente.

Squàdra, s. f. esquadro, instr. de madeira ou celulóide com que se traçam ângulos retos / (mar.) esquadra, conjunto de navios de guerra / turma de operários / (mil.) companhia, esquadrão de soldados ou de policiais / (esp.) equipe / ——— **di turno**: turma (operários, etc. de revezamento.

Squadràra, s. f. rede fixa para a pesca de peixes de grande tamanho.

Squadràre, v. (tr.) esquadrar, dispor ou cortar em esquadria ou ângulo reto / ——— **un foglio da disegno**: reduzir a quadrado ou a retângulo perfeito / (fig.) reduzir à justa medida / olhar, observar atentamente, perscrutar / **lo squadrò dal capo alle piante**: esquadrinhou-o (observou-o) da cabeça aos pés / (ant.) mostrar, indicar.

Squadràto, p. p. e adj. esquadrado, reduzido em forma de quadrado ou de ângulo reto; esquadriado, esquadrinhado; investigado, observado minuciosamente.

Squadratôre, adj. e s. m. esquadrinhador, que ou aquele que esquadrinha / canteiro, que esquadra os mármores, pedras, etc.

Squadratùra, s. f. ação de esquadrar ou esquadriar; esquadria, esquadrejamento.

Squadríglia, s. f. esquadrilha, pequena esquadra.

Squadrismo, s. m. antiga organização das esquadras de choque fascistas / esquadrista / (s. m.) membro dessas esquadras.

Squadrista, s. m. membro dessas esquadras.

Squàdro, s. m. esquadrejamento, ato e efeito de esquadrar / desbaste de madeiras ou mármores / (ict.) esqualo, lixa (peixe).

Squadrône, s. m. esquadrão, divisão de um regimento de cavalaria / grupo, companhia de soldados / sabre de soldado de cavalaria pesada / (aum.) esquadra numerosa.

Squagliaménto, s. m. liquefação, ato de liquefazer; derretimento; degelo.

Squagliàre, v. (tr. e refl.) liquefazer, derreter, fundir / descoalhar, descoagular / (fam.) sair sorrateiramente, fugir; derreter-se, sumir.

Squàglio, s. m. (ict.) caboz (peixe).

Squalifica, s. f. ato de desqualificar; desqualificação / inabilitação.

Squalificàre, v. (tr.) desqualificar; tirar a qualidade ou a qualificação a / excluir das provas de concurso; desclassificar / incapacitar, inabilitar.

Squalificàto, adj. e s. m. desqualificado, excluído / incapacitado / desconceituado, desacreditado, desonrado.

Squalificazióne, s. f. desqualificação.

Squallènte, adj. (lit.) esquálido.

Squallidézza, s. f. esqualidez / palidez / miséria / desolação, tristeza.

Squàllido, adj. esquálido, pálido; descorado, macilento; triste / nu, assolado: **campo** ———.

Squallôre, s. m. esqualidez, palidez; desolação, miséria, sujidade.

Squàlo, s. m. esqualo, designação dos peixes de mar selácios, dentre os quais está o tubarão.

Squàma e **squàmma**, s. f. escama de peixes e dos répteis / (bot.) bractéola / escamado, adorno, trabalho em figuras de escama: **ricamo a squame**.

Squamàre, e **squammàre**, v. (tr.) tirar as escamas, escamar / (refl.) perder as escamas, escamar-se a pele / **azione di** ———: escamadura, escamação.

Squamôso, adj. escameado, coberto de escamas / escamoso, que tem escamas.

Squarciagôla, voz us. na loc. adv. **a squarciagôla**, com toda a força dos pulmões: **chiamare, cantare, gridare a** ———: esganiçar-se.

Squarciaménto, s. m. despedaçamento, dilaceramento, rompimento, rasgamento, rasgadura.

Squarciàre, v. (tr.) despedaçar, dilacerar; esfarrapar, fazer em pedaços, rasgar, abrir com violência, lacerar / quebrar, romper, cortar / (fig.) ——— **il velo**: descerrar o véu, revelar um segredo ou o que estava oculto / **il mal sonno che del futuro mi squarciò il velame** (Dante) / (ant.) arrancar.

Squarciasàcco, us. na loc. adv. **guardare a** ———: olhar de soslaio, com ar agressivo, hostil.

Squarciàto, p. p. e adj. despedaçado, rasgado, dilacerado, lacerado, aberto / **dalle squarciate nuvole, svolge il sol**

cadente (Manzoni) / **bocca squarciata**: boca muito larga / **voce squarciata**: voz áspera e aguda.
Squarciatôre, adj. e s. m. dilacerador, rasgador, despedaçador.
Squarciatúra, s. f. rasgamento, rasgão, dilaceração.
Squarcina, s. f. (hist.) escarcina, alfanje, curvo e largo na ponta, usado pelos antigos persas.
Squàrcio, s. m. rasgo, rasgão, pedaço da parte rasgada / ferida grande / (lit.) trecho tirado de uma obra, escrito, livro / **uno ——— della sua prosa**: um fragmento da sua prosa.
Squarciône, s. m. fanfarrão.
Squarquòio, adj. combalido, enfermiço, caduco, sujo, nojento.
Squartamênto, s. m. esquartejamento, ato ou efeito de esquartejar.
Squartanúvoli, (ant.) s. m. bazofeiro, bravateador, jactancioso.
Squartare v. (tr.) esquartejar, partir em quatro; espostejar / ——— **un vitello**: espostejar um bezerro / matar.
Squartatíccio, s. m. modo de multiplicar uma planta partindo o tronco e plantando os quartos.
Squartatôio, s. m. faca grande de açougueiro para espostejar.
Squartatôre, adj. e s. m. esquartejador, que ou aquele que esquarteja / magarefe.
Squartatúra, s. f. esquartejamento / esquartejadura, divisão do escudo em quartéis.
Squàrto, s. m. esquartejamento, ato de esquartejar (suplício antigo) / **carbone di ———**: carvão de lenha grossa.
Squasimodèo (ant.) s. m. careta, micagem / pessoa tola, homem de pouca valia.
Squassamênto, s. m. sacudimento, ação de sacudir, de abalar.
Squassapennàcchi, s. m. soldado que se pavoneia.
Squassàre, v. (tr.) sacudir com grande violência; abalar, agitar; brandir.
Squàsso, s. m. (rar.) sacudidura, estremeção violenta.
Squattrinàre, v. desdinheirar, deixar sem vintém, geralmente surrupiado ilegalmente / (intr.) gastar demais, desperdiçar / fazer pompa, alardear riquezas / (refl.) ficar sem dinheiro algum / depenar, sugar, pelar, esfolar, empalmar.
Squattrinàto, p. p. e adj. desdinheirado; empobrecido; que não tem mais um centavo / quebrado, fracassado.
Squeraruòlo, s. m. (mar.) pessoa que trabalha num estaleiro de barcas.
Squèro, (venez.) (mar.) s. m. pequeno estaleiro para reparo ou construção de barcas / coberta para reparar das intempéries os barcos desmontados.
Squilibràre, v. desequilibrar, fazer perder o equilíbrio; desfazer o equilíbrio / produzir um passivo nas contas.
Squilibràto, p. p. e adj. desequilibrado, o que não tem equilíbrio, o que não está equilibrado / que demonstra pouco critério; louco ou quase louco.
Squilíbrio, s. m. desequilíbrio, perda ou falta de equilíbrio / **squilíbrio mentale**: loucura.

Squilla, s. f. pequeno chocalho que se pendura na coleira dos animais domésticos; esquila; sineta; pequeno sino / la ——— **della sera**: toque da Ave Maria / (zool.) camarão / (bot.) cebola albarrã.
Squillànte, p. pr. e adj. ressoante, que ressoa, que faz eco, que retine; ressonante; soante; retumbante; **squillante ed agitato discorso** (Papini) sonoro e agitado discurso.
Squillàre, v. (intr.) ressoar, emitir som agudo, claro e intenso; entoar, repercutir; ecoar / (ant.) soprar (o vento).
Squillo, s. m. som, sonido, toque agudo e vibrante do sino e da corneta, etc. / ——— **del telefono**: toque do telefone / (mil.) ——— **d'attenti**: toque de atenção.
Squinànto, s. m. (bot.) esquinanto, junco medicinal.
Squinànzia, (ant.) s. f. esquinência, laringite, amigdalite.
Squínci, adv. usado especialmente nas loc. adv. **parlare o vestire in ——— e quindi**: com elegância extremamente afetada (falar, vestir).
Squíncio, adj. oblíquo / **di ———**: de través, de soslaio.
Squinternàre, v. (tr.) desencadernar, desfazer os cadernos de um livro; desconjuntar.
Squisitamênte, adv. primorosamente, deliciosamente; delicadamente, elegantemente.
Squisitézza, s. f. primor, delicadeza, finura; refinamento, apuro; primor, excelência / ——— **di modi, di liquori**, etc.
Squisito, adj. fino, apurado, delicado, excelente; requintado; eleito, distinto / suave, bom, estupendo, precioso, agradável / primoroso: **un lavoro ———**.
Squittinàre, v. (ant.) escrutinar, pôr em votação, fazer o escrutínio.
Squittínio, s. m. (des.) escrutínio / (hist.) comício.
Squittire, v. (intr.) ganir, ganiçar / chiar, guinchar / (pres.) **squittisco, -sci**.
Sradicamênto, s. m. desarraigamento, ato ou efeito de desarraigar; erradicação, extirpação.
Sradicàre, v. (tr.) erradicar, desarraigar, arrancar pela raiz / (fig.) extirpar, destruir: ——— **un vizio**.
Sragionamênto, s. m. desarrazoamento; despropósito; discurso desarrazoado.
Sragionàre, v. (intr.) desarrazoar, proceder ou falar contra a razão; disparatar; destemperar.
Sragionêvole, adj. não razoável, desarrazoado; que não tem razão nem fundamento; despropositado.
S. R. C. Sacra Romana Chiesa.
Sregolatamênte, adv. desregradamente, sem medida.
Sregolatézza, s. f. desregramento; falta de regularidade, de método; excesso, desordem.
Sregolàto, adj. desregrado, que não tem regra; que não é conforme à regra; irregular; descomedido, desordenado / dissoluto.
S. R. N. G. (com.) **Senza** (nostra) **responsabilità né garanzia**.

Srugginíre, v. (tr.) desenferrujar / polir.
St! silêncio! voz imitativa para chamar, impor ou pedir silêncio.
Sta, adj. afer. de **questa** (esta); us. familiarmente e esp. como prefixo para compor algumas palavras / **stamane** ———: esta manhã; **stasera** ———: esta tarde; **stamattina** ———: esta manhã; **stanotte** ———: esta noite; **stavolta** ———: desta vez.
Stabaccàre, v. (intr.) tabaquear, cheirar tabaco; tomar rapé.
Stàbat, s. m. "stábat" hino da lgreja, que começa com as palavras "Stabat Mater" / a música que o acompanha: **esguirono lo** ——— **del Pergolesi**.
Stabbiàre, v. (intr.) ameijoar o gado durante a noite / estrumar / apriscar, recolher à noite / estrumar / apriscar, recolher o gado no aprisco.
Stabbiàto, p. p. e adj. ameijoado, apriscado; adj. e s. m. adubado pelo gado: **terreno** ———.
Stàbbio, s. m. ameijoado, pastagem onde o gado pernoita / aprisco / estrume / pocilga do porco.
Stabbiuòlo, s. m. pequeno estábulo e especialmente o do porco.
Stàbile, adj. estável, fixo, permanente, duradouro / efetivo: **impiegato** ——— ——— / constante, duradouro / (s. m.) casa ou outros edifícios: **possiede diversi stabili**: possui diversos prédios.
Stabilimènto, s. m. estabelecimento, ato e efeito de estabelecer / restabelecimento, afirmação, assentamento, instituição; consolidação: **lo** ——— **della pace** / casa comercial / sede de instituição pública ou privada / fábrica, indústria: ——— **siderurgico**.
Stabilíre, v. (tr.) fixar, estabelecer, fazer, determinar uma coisa com caráter firme e estável; fundar, instituir / deliberar; designar / determinar, ordenar, fixar; propor-se / (refl.) fixar-se, estabelecer-se / **si stabili a Napoli**: fixou-se (passou a morar) em Nápoles / (pres.) **stabilisco, -sci**.
Stabilità, s. f. estabilidade, qualidade do que é estável; segurança, firmeza, equilíbrio; constância / (mar.) ——— **della nave** / equilíbrio do navio.
Stabilizzàre, v. (tr.) estabilizar, dar estabilidade a; consolidar / ——— **una moneta**: estabilizar uma moeda, fixar seu valor.
Stabilizzatôre, adj. e s. m. estabilizador / (aer.) aparelho que dá estabilidade aos aeroplanos / (mec.) estator do motor elétrico / (mar.) estabilizador giroscópico.
Stabilizzazióne, s. f. estabilização, ato ou efeito de estabilizar / **la** ——— **della moneta** / consolidação.
Stabilmènte, adv. estavelmente, de modo estável; firmemente, duradouramente; solidamente.
Stabulàre, v. (intr. e tr.) (ant.) estabular; criar animais em estábulo.
Stabulàrio, s. m. canil municipal onde se recolhem os cães vadios / estalagem pública onde se recolhem animais provisoriamente / (ant.) pastor.

Stabulazióne, s. f. estabulação, permanência dos animais no estábulo / criação de gado em estábulo.
Stàcca, s. f. égua de três anos, no agro romano.
Staccàbile, adj. que se pode despendurar, despregar, desprender, separar, desunir / separável.
Staccaménto, s. m. despregamento, despenduramento / ação de separar, de destacar, de afastar.
Staccàre, v. (tr. e intr.) desprender, despregar, remover coisa pendurada ou unida / **staccare un quadro dal muro**: despendurar um quadro da parede / ——— **un foglio dal libro**: tirar uma folha do livro / isolar, extrair / tirar o que estava junto, aderente / ——— **l'uva dal grappolo**: tirar a uva do cacho / apartar / ——— **i buoi**: desunjir os bois / olhar, mirar fixamente: **non staccava gli occhi dalla scena** / destacar, fazer sobressair / ler, falar, executar música destacando bem as palavras, as sílabas, as notas / desatrelar (animais) / (refl.) desprender-se, sair por si: **si é staccato il francobollo**: despregou-se o selo / separar-se, afastar-se.
Staccataménte, adv. destacadamente; desunidamente; separadamente, afastadamente.
Staccàto, p. p. e adj. despregado, destacado, separado, desprendido / (mús.) **staccàto**.
Staccatúra, s. f. (raro) despegamento, separação.
Staccheggiàre, v. (raro) caminhar batendo os saltos.
Stacciaburàtta, (a) adv. de um brinquedo de crianças.
Stacciàio, s. m. vendedor ou fabricante de peneiras, peneireiro.
Stàcciare, v. (tr.) peneirar, joeirar, tamisar.
Stacciàta, s. f. peneirada, ação de peneirar / a quantidade de farinha que se põe na peneira para ser peneirada.
Stacciatúra, s. f. ação de peneirar, peneiração / o que sobra da farinha na peneira.
Staccíno, s. m. (dim.) peneirinha.
Stàccio, s. m. peneira; crivo; joeira; tamis.
Stacciònàta, s. f. estacada, barreira na corrida de obstáculos / cercado para divisão de terras.
Stàcco, s. m. separação / (fig.) desapego / ——— **d'abito**: corte de vestido / **bro a** ———: talão de destacar / **fare** ———: ressaltar, destacar: sobressair.
Stadèra, s. f. balança de um só prato e um peso constante que serve de contrapeso / balança romana.
Stadèràio, s. m. o que vende ou fabrica balanças romanas.
Stàdio, s. m. estádio, anfiteatro para jogos esportivos / medida linear grega, que tinha o comprimento do estádio de Olímpia / fase, período, quadra, tempo, grau: **la malattia è al suo primo** ———: a doença está no seu primeiro período / (pl.) **stadi**.
Stàffa, s. f. estribo dos selins / ferro embutido para firmar um móvel, etc.; qualquer objeto em forma de estribo que une duas coisas / presilha de

couro ou de pano / o calcanhar da meia feita a mão / (fig.) **perdere le staffe**: descontrolar-se / **star sempre col piede in una** ———; estar sempre ccm o pé no estribo, não se demorar em parte alguma, estar sempre de partida, de fugida / (técn.) gato de ferro / (anat.) estribo, um dos quatro ossinhos do interior do ouvido / (técn.) argola, braçadeira de madeira ou de metal.

Staffàle, s. f. saliência da pá, para apoio do pé / (sin.) **vangile**.

Staffàre, v. (intr.) sair o pé do estribo / (refl.) **rimaner staffato**: ficar com o pé preso no estribo, ao cair.

Staffétta, s. f. (dim. de **staffa**) estribinho, pequeno estribo / estafeta, correio a cavalo / (esp.) **corsa di staffette**: corrida de estafetas / correio, postilhão, mensageiro.

Staffière, s. m. estafeiro, criado de soberano, de príncipe, etc. / palafreneiro.

Staffilàre, v. (intr.) açoitar, bater com o aço; fustigar, chicotear, azorragar / flagelar / (fig.) criticar, censurar.

Staffilàta, s. f. açoutada, chicotada, lambada.

Staffilatôre, adj. e s. m. chicoteador, açoitador, que açoita ou zurze / (fem.) **staffilatrice**.

Staffile, s. m. açoite, chicote, látego, relho, azorrague.

Stafilino, s. m. (zool.) estafilino (inseto).

Stafilocòcco, s. m. estafilococo / (pl.) **stafilocòcchi**.

Stafilòma, s. m. (med.) estafiloma.

Stafisàgria, s. f. (bot.) estafiságria.

Staggiàre, v. (tr.) (agr.) rodrigar as árvores de fruto.

Stàggio, s. m. estaca à qual se amarram as redes para passarinhar / cada uma das duas pernas de trás das cadeiras / haste do bastidor (de bordar) / pl. **stàggi**, banzos, as duas hastes compridas e paralelas da escada de mão onde se encaixam os degraus / varal de carro / barra da jaula / pé direito de tear.

Staggìre, v. (tr.) (rar.) pôr juridicamente uma coisa sob seqüestro; seqüestrar, embargar / (pres.) **staggisco**, -**sci**.

Stagionàccia, s. f. (pej. de **stagione**): época, estação do ano em que o tempo se mostra quase sempre inclemente e ruim.

Stagionàle, adj. estacional, próprio de uma estação (época).

Stagionaménto, s. m. sazonamento, amadurecimento.

Stagionàre, v. conservar por certo tempo qualquer coisa que com o tempo adquire certas qualidades necessárias para serem utilizadas: ——— **il legno, il vino, la frutta, la lana** / sazonar, conservar, enxugar, amadurecer, etc.; acondicionar / (refl.) envelhecer.

Stagionàto, p. p. e adj. sazonado, seco, amadurecido / (fig.) velhote, não novo, maduro.

Stagionatôre, adj. e s. m. madurador, sazonador; que ou aquele que sazona, amadurece alguma coisa.

Stagionatúra, s. f. amadurecimento; sazonamento / acondicionamento (da seda).

Stagiòne, s. f. estação, cada uma das quatro divisões do ano (primavera, verão, outono, inverno) **la buona** ———: a primavera / tempo apropriado: **questa é la** ——— **della caccia** / **fruto fuori** ———: fruto temporão / tempo, espaço de tempo, temporada, período / ——— **dell'Opera**: estação da Ópera (lírica) / clima / (ant.) hora, momento, oportunidade.

Stagirita, (lo) o Estagirita, Aristóteles.

Stagliàre, v. (tr. e refl.) retalhar, cortar irregularmente / recortar: ——— **un disegno** / (fig.) liquidar uma conta, etc. fazendo um corte, um desconto / destacar-se, ressaltar: **stagliarsi le montagne sul cielo**.

Stagliàto, p. p. e adj. trincado, cortado, retalhado; recortado / alcantilado, íngreme, clivoso / **roccia stagliata**: rocha escarpada.

Stàgna, s. f. recipiente de lata para azeite, óleo, petróleo, benzina, etc. / (dim.) **stagnina**, latinha.

Stagnàio, s. m. estanhador; funileiro; latoeiro.

Stagnaménto, s. m. estagnação, ação e efeito de estagnar; estancamento / ——— **d'acqua**: rebalsa, água estagnada.

Stagnànte, p. pr. e adj. estagnante; que produz estagnação / **acqua** ———: água parada, estancada.

Stagnàre, v. (intr. e tr.) estagnar, estanhar, impedir que corra (líquido); represar / o estagnar de águas em lugar baixo / (técn.) estanhar, cobrir com uma camada de estanho / consertar com estanho, e por ext. ajustar qualquer recipiente, mesmo de madeira, para que não escape o líquido que contém.

Stagnàta, s. f. estanhagem, ato ou efeito de estanhar; estanhadura / caçarola ou outro recipiente de cobre estanhado.

Stagnatúra, s. f. estanhadura.

Stagnino, s. m. estanhador / funileiro.

Stàgno, s. m. tanque de água parada; charco; palude; pântano.

Stàgno, s. m. estanho, metal branco, dúctil e maleável.

Stàgno, adj. estanque, que não deixa passar água; bem tapado, fechado com soldas impermeáveis / **compartimenti stagni**: compartimentos estanques.

Stagnuòla, s. f. folha de estanho batido, fina como o papel / lata (recipiente) **una** ——— **di benzina**.

Stàio, s. m. medida de capacidade para cereais e similares, de valor diverso segundo os países; alqueire / medida agrária / (fig.) **cappello a** ———: chapéu duro, de homem, de forma alta, cilíndrico / (pl.) **a staia**, em quantidade / (pl.) **stai** (m.) para os recipientes; e **staia** (f.) para o conteúdo.

Stàioro (ant.) s. m. medida agrária, meia fanega (ou fanga) de terra.

Stalagmite, s. f. estalagmite.

Stalagmítico, adj. estalagmítico, da natureza da estalagmite.

Stalammite, o mesmo que **stalagmite**.

Stalattíte, s. f. estalactite.

Stalattítico, adj. estalactítico, semelhante a estalactite ou da sua natureza.
Stàlla, s. f. estábulo, estrebaria, lugar onde se recolhem bestas; cavalariça; cocheira / (prov.) **chiudere la ―― quando sono fuggiti i buoi**: trancar o estábulo quando os bois já fugiram / (fig.) lugar sujo, imundo / **per il sudiciume sembra una ――**: pela sujeira parece uma estrebaria / (dim.) **stalletta, stallina, stalluccia** / (aum.) **stallona**.
Stallàggio, s. m. estrebaria pública, lugar onde se deixam os animais mediante pagamento / o que se paga para alojar as bestas.
Stallàre, (ant.) v. (intr.) pôr em estábulo, ficar em estábulo / de bestas, defecar, urinar; ameijoar; **la mula stalló nel fiume** (Boccaccio).
Stallàta, s. f. o número de animais contidos ou que pode conter um estábulo.
Stallàtico, s. m. estábulo onde as bestas são recolhidas mediante pagamento / aluguel de azêmola / esterco de animais.
Stallétto, s. m. estabulozinho, pocilga para porcos.
Stallía, s. f. estadia, demora que o navio é obrigado a fazer no porto de chegada.
Stallière, s. m. moço de estrebaria ou de estábulo.
Stallíno, adj. criado no estábulo: **cavallo ――** / (s. m. dim.) estabulozinho; cocheirinha; cocheira para cabritos.
Stallívo, adj. (rar.) que foi criado na estrebaria: **un puledro ――**
Stallo, s. m. cadeira, poltrona, assento de deputados, senadores, prelados, etc., quando reunidos / (esp.) posição do rei, no jogo de xadrez / (aer.) a condição limite de sustentação do avião / (ant.) lugar, quarto, cômodo.
Stallône, s. m. garanhão, animal criado para a reprodução.
Stallúccio, s. m. pocilga, chiqueiro para porcos.
Stamani, e **stamàne**, adv. esta manhã.
Stamattína, adv. esta manhã.
Stambêcco, s. m. cabra selvática dos Alpes; cabrito montês.
Stambèrga, s. f. quarto, lugar, ou casebre sujo e miserável; tugúrio.
Stambúgio, s. m. cômodo pequeno e escuro / (pl.) **stambugi**.
Stambul, (geogr.) Estambul, nome turco de Constantinopla.
Stamburaménto, s. m. ação de tamborilar: tamborilamento; redobre forte e prolongado de tambor.
Stamburàre, v. (intr.) tamborilar, tocar com força o tambor / (fig.) (tr.) gabar, celebrar, louvar muito uma coisa ou pessoa / divulgar aos quatro ventos.
Stamburàta, s. f. tamborilada, ato de tocar o tambor.
Stàme, s. m. estambre, parte melhor e mais consistente da lã / fio de tecelagem / (poét.) **lo ―― della vita**: o fio, o curso da vida.
Stamígna, ou **stamína**, s. f. estamenha, tecido de lã ou de cânhamo.
Staminàli, s. m. pl. partes que constituem as costas do arcabouço do navio.
Staminífero, adj. (bot.) estaminífero, que possui estames.

Stàmpa, s. f. imprensa, impressão, ato ou efeito de imprimir; coisa impressa, livro impresso, e também a figura, imagem, estampa impressas em papel / **dare alle stampe**: imprimir / **bozze di ――**: provas tipográficas / (fig.) os jornais, as revistas e também os jornalistas / **la ―― locale**: os jornais locais / **il giudizio della ―― estera**: a opinião da imprensa estrangeira / carimbo do símile com que se imprime um desenho sobre papel, pano, etc. é una **―― per il cuoio**: é um timbre para couro / qualidade, espécie, caráter: **uomini tutti d'una ――**: homens todos da mesma espécie / (pej.) **―― gialla**: imprensa que vive de escândalos e chantagens / (fig.) **uomini di cui si è perduta la ――**: homem de antigamente, de caráter íntegro.
Stampàbile, adj. estampável, que pode ser impresso, publicado.
Stampàggio, (técn.) s. m. estampagem, impressão por meio de formas ou chapas gravadas; **―― di tele, di fotografie, di dischi fonografici**, etc.
Stampànte, p. pr. adj. que imprime.
Stampàre, v. (tr.) imprimir, estampar por meio de prelo; imprensar / imprimir de modo que fique marca, vestígio; **―― orme sulla neve**: imprimir rastos sobre a neve / (fot.) **―― una negativa**: impr. uma negativa / **―― un bacio sulle gote**: dar um beijo nas faces / forjar, imaginar, inventar / **―― fandonie** / (refl.) **stamparsi in mente**: gravar na memória.
Stampatèllo, s. m. letra de forma / tipo de letra que imita o de impressão / **scrivere in ――**: escrever imitando a letra de imprensa.
Stampàto, p. p. e adj. impresso, que se imprimiu, estampado, gravado / timbrado, cunhado / **―― alla màcchia**: publicado clandestinamente / (s. m.) coisa publicada por meio de impressão, impresso, opúsculo, etc. / (burl. pl.) formulários.
Stampatôre, adj. e s. m. impressor, que ou aquele que imprime ou estampa, tipógrafo, estampador.
Stampatríce, s. f. máquina com que se imprime ou estampa; imprensa, prelo.
Stampatúra, s. f. impressão / estampagem.
Stampèlla, s. f. muleta, bordão que serve de apoio aos coxos ou aos que não podem livremente caminhar.
Stamperìa, s. f. tipografia / estamparia para gravador.
Stampìglia, s. f. volante, folha impressa para anúncios, avisos, etc. / carimbo de borracha ou metal para imprimir desenhos, dizeres e similares.
Stampigliàre, v. (tr.) imprimir, marcar com carimbo, timbrar, selar.
Stampigliatúra, s. f. ato de estampilhar, selar, timbrar.
Stampinatúra, s. f. estampagem de um desenho por meio de reprodução.
Stampíno, s. m. utensílio para reproduzir um desenho; molde, modelo de papel ou cartolina recortados, para reprodução fiel do desenho / (fig.) **far le cose con lo ――**: fazer tudo com o molde, fazer tudo igual / espécie de

sovela de sapateiro, para furar o couro.

Stampíta, s. f. canção ou sonata, em uso especialmente na antiga Provença / (fig.) perlenga, discurseira longa e enfadonha.

Stàmpo, s. m. forma, chapa, molde, timbre para estampar desenhos sobre tecidos, couros, papéis, etc. / instrumento para dar forma e figura / saca-bocado; vazador; / marco, modelo, cunho, molde, carimbo, sigilo / forma para amoldar metais, macarrão, ladrilhos etc. / Desmolde para estresir / —— **per monete**: troquel / cordel, chamariz para caçar aves palustres.

Stampône, s. m. prova tipográfica.

Stanàre, v. (tr.) tirar ou fazer sair da cova; desencovar; desalojar / (fig.) desencantar, achar.

Stancàre, v. cansar, produzir cansaço, fatigar / importunar, maçar, fazer perder a paciência / (refl.) cansar-se.

Stancheggiàre, v. cansar pouco a pouco / —— **i creditori**: cansar os credores / temporizar.

Stanchévole, adj. (rar.) cansativo, que cansa: **lavoro** ——.

Stanchêzza, s. f. canseira, fadiga, cansaço; esfalfamento / fastio, desgosto, moléstia / esgotamento —— **intellettuale**.

Stànco, adj. cansado, fatigado, extenuado; enfraquecido / enfastiado, enjoado: / —— **di vivere**: cansado de viver.

Stand (v. ingl.), s. m. tribuna em estádio / pavilhão numa exposição / (ital.) **tribuna, reparto, padiglione**.

Standard (v. ingl.), tipo, modelo, norma; nível de vida / (ital.) **tipo, modello / tenore di vita**.

Standardizzàre, v. (tr.) estandardizar, fabricar segundo um modelo uniforme; produzir em série; normalizar, unificar.

Standardizzàto, p. p. e adj. estandardizado; normalizado, unificado / (com.) produzido em série.

Standardizzaziône, s. f. estandardização / fabricação em série.

Stanga, s. f. tranca, barra de ferro ou madeira que segura uma porta ou outra coisa / vara, estaca / varal de carruagem / tábua divisória nas estrebarias / (técn.) pedal do torno / (fig.) **patire la** ——: padecer miséria / **essere la** —— **di mezzo**: diz-se de quem se mete entre dois que rixam / (dim.) **stanghetta**.

Stangàre, v. (tr.) trancar, fechar com a tranca / surrar.

Stangàta, s. f. trancada, pancada com a tranca / **dare a uno una** ——: tratar mal, causar dano.

Stangàto, p. p. e adj. trancado, fechado com tranca / (fig.) reduzido à miséria, arruinado / surrado.

Stanghêtta, s. f. tranqueta; barrazinha / lingüeta de fechadura / (mús.) traço divisório entre dois compassos / haste dos óculos / (tip.) traço, linha divisória num escrito.

Stangonàre, v. (tr.) remexer o ferro ou outro metal em fusão.

Stangône, s. m. (aum.) vara de ferro com que remexem os metais em fusão / (fig.) pessoa alta e robusta.

Stanislào, n. pr. (pol.) Estanislau.

Stannàto, s. m. (quím.) estanato.

Stannìte, s. f. estanita (minério).

Stanòtte, adv. esta noite.

Stànte, p. pr. (de **stare**, estar) e adj. estante, presente / **qui** ——: aqui presente / **il mese** ——: o mês corrente / **seduta** ——: durante a sessão, e (fig.) já, incontinenti / **poco** ——: logo após / **bene** —— ou **benestante**: rico / (prep.) —— **il cattivo tempo non usciremo**: por causa do mau tempo, não sairemos / (conj.) —— **che**, pois que, dado que, visto que / (s. m.) apoio, pontalete / (pl.) **stanti della porta**: umbrais da porta.

Stantío, adj. rançoso, râncido, ranço / (fig.) velho, fora de uso, fora da moda; antigo / **usanze stantie**: costumes fora da moda.

Stantúffo, s. m. êmbolo, disco ou cilindro com movimento de vaivém em certos maquinismos / biela, pistão.

Stànza, s. f. quarto, cômodo, aposento: **casa di quattro stanze**: casa de quatro cômodos / lugar onde se reside ou onde se está temporariamente / é **di** —— **a Roma**: está domiciliado em Roma / canção, estância, estrofe: **le stanze del Tasso** / (com.) —— **di compensaziône**: câmara de compensação / (pl.) **le stanze**: os locais, os aposentos / lugar de reunião (na Toscana) de sociedades privadas / (dim.) **stanzêtta, stanzina, stanzino**.

Stanziàle, adj. estável, contínuo, permanente; residente.

Stanzialmênte, adv. estavelmente.

Stanziamênto, s. m. prescrição, deliberação, decreto / —— **di una somma**: fixação de quantia (dinheiro) por deliberação tomada / a quantia que se deliberou destinar.

Stanziàre, v. (tr.) ordenar, estabelecer, fixar quantia, capital, etc. por deliberação de sócios, conselheiros, etc.; **il consiglio comunale ha stanziato un milione per l'ospedale**, o conselho municipal votou a verba de um milhão a favor do hospital / estabelecer, deliberar, decretar; designar / (intr.) alojar-se; permanecer, demorar num lugar (especialmente militares, etc.).

Stanzíno, s. m. (dim.) cômodo pequeno, quartinho.

Stanzône, s. m. (aum.) cômodo, quarto, dependência grande.

Stàpedio, s. m. (anat.) estápedio, osso do ouvido médio, também chamado estribo.

Stappàre, v. (tr.) desarrolhar, tirar a rolha; abrir, destapar, destampar / desobstruir.

Star, (v. ingl.) s. f. (cin.) estrela / (ital.) **stella**.

Stàre, v. (intr.) estar, ficar, parar, consistir, viver, habitar, demorar / **dove sta di casa**? onde mora? / **lasciala** ——: deixe-a em paz / **in ciò sta la difficoltà**: nisso está o difícil / **il sto qui**: eu paro, eu fico aqui / **stava alla porta**: estava à porta / **ci starò soltanto un'ora**: demorarei somente uma hora / **stà in poltrona**: está (sentado) na poltrona / **stare a vedere** / quedar-se a ver ou em observação;

esperar; escutar / **stare per partire:** estar para sair / **lasciar ——— una cosa:** deixar ou abandonar uma coisa / morar / **stá· in città tutto l'anno:** morar na cidade o ano todo / **star bene, star male:** estar bem, estar mal, ter boa ou má saúde, ou então estar em situação econômica boa ou ruim / **questo vestito ti stá bene:** este vestido fica-te bem / incumbência / **stá alla cassa del negòzio:** está (trabalha) na caixa / aderir / **chi non sta con noi stà contro di noi:** quem não adere está contra / **stare con uno:** morar com alguém / ater-se / **stare ai patti:** ater-se, obedecer aos pactos / depender de / **stá in te decidere:** depende de ti resolver / importar muito; **mi stà a cuore:** interessa-me bastante / **lasciami ———:** deixe-me em paz, não me amole / ter faculdade de / **non stá a te comandare:** não cabe a ti mandar / **stó o starei per dire:** estou ou estaria para dizer, maneira de atenuar uma expressão um tanto forte / sofrer desilusão, dano, etc. **se lo scoprano, stà fresco!** se o descobrem, pobre dele! **stà zitto!** silêncio! **starci: ——— sopra di sé:** estar pensativo, perplexo.

Stàrna, s. f. (zool.) estarna, perdiz.
Starnàre, v. (tr.) estripar, tirar as tripas da estarna, e, por ext., também de outros pássaros.
Starnazzàre, v. (intr.) rebolar-se, espojar-se na terra, batendo as asas (as aves) / **——— le ali.**
Starnòtto, s. m. (dim.) filhote de estarna ou perdiz / (dim.) **starnottino.**
Starnutamênto, s. m. esternutação, espirro.
Starnutatòrio, adj. esternutatório; / (s. m.) medicamento para espirrar.
Starnutaziône, s. f. esternutação.
Starnutíglia, s. f. medicamento em pó que se cheira para provocar a esternutação.
Starnutíre, e starnutàre, v. (intr.) espirrar / (pres.) **starnutisco; starnuto.**
Starnúto, s. m. esternutação, espirro.
Staroccàre, v. no jogo de cartas, jogar cartas de valor maior que as do adversário.
Stàrosta, s. m. (do eslavo) estarosta; chefe de aldeia; dignitário polaco que governa uma província.
Start. (v. ingl.) s. m. (esp.) saída; (ital.) partenza.
Stasàre, v. (tr.) desobstruir; desentupir, destapar: **——— un tubo, il naso.**
Stasèra, adv. esta tarde, esta noite.
Stàsi, s. f. (med.) estase, estagnação do sangue ou de outras substâncias circulantes no organismo / (fig.) torpor, paralisação / (com.) **periodo di ———:** temporada fraca, estancamento nos negócios.
Stàsimo, s. m. (lit.) a parte coral das tragédias gregas.
Statàle, adj. estatal, do Estado: **impiegati statali;** empregados do governo.
Statàre, v. (intr.) ir passar o verão fora: veranear / (agr.) fazer descansar a terra entre a primeira e a segunda semeaduras.

Statàrio, adj. (jur.) juízo que se profere sumariamente no local do crime, usa-se em tempo de guerra ou revolução / (ant. e des.) estático, firme, imóvel, parado / **soldato ———:** soldado que combatia de pé firme.
Stàte, s. f. (aférese de **estàte** -verão) verão.
Staterèllo, s. m. (dim.) pequeno Estado ou Nação.
Statère, s. m. estáter, moeda de prata ou de ouro, na antiga Grécia.
Stàtica, s. f. estática, parte da mecânica que trata do equilíbrio das forças.
Staticismo, s. m. (mec.) estatismo, quietude / (fis.) firmeza, imobilidade.
Stàtico, adj. estático; imóvel, parado, sem movimentos / (ant.) refém.
Statína, s. f. (dial.) verão, estio.
Statíno, adj. veranal, do verão, estival, diz-se do pássaro que migra no verão.
Statísta, s. m. estadista, homem de Estado; que conhece a ciência de governar um Estado.
Statística, s. f. estatística.
Statístico, adj. estatístico / (pl.) **statistici.**
Stativo, adj. estacionário; diz-se de pássaro que não se afasta da sua sede / (s. m.) armação do microscópio.
Statizzàre, v. (tr.), tornar propriedade do Estado; nacionalizar; estatizar: **——— un'impresa.**
Statizzaziône, s. f. estatização; nacionalização: **la ——— delle ferrovie.**
Stàto, p. p. estado; sido; tardado, demorado, quedado, parado, sido, vivido, residido / **sono ——— a Parigi;** estive em Paris.
Stàto, s. m. estado, modo de ser ou estar; situação / classe, ordem, condição, grau, situação; classificação segundo a condição de cada um / posição social / (fís.) os estados do corpo / **stato di grazia:** estado de graça, bondade / (pol.) sociedade civil constituída em corpo de nação; governo / forma de governo; **terzo ———:** burguesia / **——— d'assedio:** estado de sítio / **farsi uno ———:** arranjar-se, fazer-se uma posição.
Statocísta, s. m. (anat.) estatocisto, vesícula celular contendo concreções calcárias.
Statolàtra, s. m. estatolatra / (pl.) **statolatri.**
Statolatría, s. f. estatolatria, fé cega na ação direta do Estado.
Statolder, (v. hol.) s. m. governador da antiga república da Holanda.
Statolíte, s. m. (biol.) estatolito, concreção calcária que se encontra nas células vegetais.
Statôre, adj. apelido dado a Júpiter por deter os exércitos em fuga / (s. m.) (eletr.) estator, parte fixa ou carcaça dos motores de corrente alternada.
Statoscòpio, s. m. altímetro de grande sensibilidade que registra a mudança de rota de um avião.
Stàtua, s. f. estátua, figura em completo relevo / (fig. fam.) estátua, pessoa fria, sem energia, sem entusiasmo, sem atividade; / (dim.) **statuína, statuêtta,** estatuazinha / (aum.) **statuôna,** estátua grande.

Statuale, adj. e s. m. estatal; pertencente ao governo de um Estado.
Statuària, s. f. estatuária, arte de fazer estátuas: escultura.
Statuàrio, s. m. estatuário, que faz estátuas / adj. estatuário, que diz respeito à estatuária.
Statuíre, v. (tr.) (rar.) estatuir, determinar por meio de estatuto: deliberar, dispor, resolver / (pres.) **statuisco, -sci.**
Statu-quo, (loc. lat.) s. m. statu quo: o estado em que se achava anteriormente uma questão.
Statura, s. f. estatura, talhe, tamanho, altura de uma pessoa / (por ext.) altura do cavalo / (fig.) ———— **morale, intellettuale:** altura intelectual, moral.
Statutàrio, adj. estatutário, relativo a estatuto: **legge statutaria.**
Statúto, s. m. estatuto; lei fundamental que rege um Estado, sociedade, corporação, etc.
Stavòlta, s. f. (pop.) esta vez.
Stàzio, (Puplio Papinio) (lit.) P. P. Estácio, poeta latino de Nápoles (45-96).
Staziògrafo, s. m. verificador automático para determinar o ponto exato onde se encontra o navio.
Stazionaménto, s. m. estacionamento, ato de estacionar; paragem.
Stazionàre, (neol.) v. (intr.) estacionar, fazer estação, parar num lugar / **le vetture non possono** ———— **in questa piazza:** os carros não podem estacionar nesta praça.
Stazionàrio, adj. estacionário / **malattia stazionaria,** enfermidade estacionária.
Staziône, s. f. estação, paragem ou local de paragem para qualquer viatura para espera, embarque ou desembarque / lugar onde se fica por certo tempo para cura ou divertimento / observatório científico, etc. / estação para transmissões ou recepções radiofônicas / ———— **dei carabinieri:** posto de guarda civil ou de polícia.
Stàzza, s. f. (mar.) arqueação, medição da capacidade dum navio; capacidade ou volume de navio / tonelagem.
Stazzaménto, s. m. (mar.) arqueação, tonelagem de um navio.
Stazzàre, v. (tr.) arquear, medir a capacidade, e o porte de um navio.
Stazzatôre, s. m. arqueador, lotador de navio.
Stàzzo, (ant.) s. m. estada / estábulo.
Stazzonaménto, s. m. manuseio, manejamento, apalpamento, amarfanhamento.
Stazzonàre, v. (tr.) manusear, apalpar com maus modos / amarrotar, amarfanhar, machucar pelo muito uso / (sin.) **gualcire.**
Stazzône, (ant.) s. m. estação, lugar de parada ou repouso / parada.
Steamer (v. ingl.) (mar.) vapor / ital. **piròscafo.**
Steapsína, s. f. estepsina, enzima pancreática.
Steàrico, adj. esteárico, relativo a estearina / (pl.) **steàrici.**
Stearína, s. f. estearina, princípio imediato dos corpos gordos, do qual se fazem velas.
Steatíte, s. f. esteatito, pedra mole, que é um silicato de magnésia.
Stêcca, s. f. lasca, cavaco, pau, hastilha, vara, vareta de madeira ou de outra matéria, longa e fina, para vários usos / cunha, estaca / barbatana de espartilho / espátula para dobrar o papel / taco de bilhar / bisegre de sapateiro / vareta do leque; vareta do guarda-chuva / tala de cirurgião / cinzel de madeira ou de osso para modelar / (mús.) nota desafinada de músico ou cantor / régua, espátula, haste / (dim.) **stecchina, steccolina;** (aum.) **steccona;** (depr.) **steccaccia.**
Steccadènte, ou **stuzzicadènti,** s. m. palito de dente.
Steccàia, s. f. paliçada, represa que se faz através de rio para levar a água aos moinhos, etc.
Steccàre, v. cercar com estacas / (med.) entalar, apertar entre talas.
Steccàta, (bilhar), s. f. tacada (na bola do bilhar).
Steccàta, s. f. golpe, pancada com vara, haste, etc.
Steccàto, s. m. estacada, cerca feita com varas, paus, etc. / barricada, estacada, paliçada, reparo, barreira, cerca / palanque para justas, etc.
Stecchetti (Lorenzo) pseudônimo do poeta Olindo Guerrini.
Stecchêtto, s. m. (dim.) lasquinha de madeira, espeto pequeno de pau, pau muito fino; graveto / (fig.) **stare, tenere a** ————: viver, passar mesquinhamente, sustentar com mesquinhez, com pouquíssimo dinheiro.
Stecchíno, s. m. dim. gravetozinho, pauzinho, palito de dente.
Stecchire, v. (tr.) matar no instante / (intr. e refl.) definhar-se, descarnar-se, enxutar-se, secar-se, emagrecer.
Stecchíto, p. p. e adj. morto, esticado, ressequido, definhado, dessecado / fraco, enxuto, delgado, seco, mirrado.
Stêcco, s. m. graveto, lasca de madeira, ramo seco sem folhas / pauzinho pontiagudo, palito / (fig.) pessoa muito magra / (fig.) **campare con uno** ———— **unto:** viver com grande parcimônia.
Steccolúto, adj. cheio de gravetos.
Stecconàto, s. m. cerco, recinto fechado com estacas, cerrado, estacado.
Steccône, s. m. estaca para cercas.
Steccúto, adj. cheio de gravetos ou estacas.
Stedescàre, v. (tr. e refl.) despojar ou despojar-se do alemão.
Steeple-chase, (v. ingl.) (hip.) corrida com obstáculos / (ital.) **corsa con ostacoli.**
Stefani, (agenzia) agência noticiosa italiana fundada em 1855.
Stefania, n. pr. Estefânia.
Stefanite, s. f. (min.) estefanite, sulfurato natural de prata e de antimônio.
Stèfano, n. pr. Estêvão / **durare da Natale a Santo Stefano:** durar muito pouco / (vulg. Tosc.) estômago, ventre.
Steganopodi, s. m. pl. (ornit.) esteganópodes.
Steganuro, s. m. (ornit.) esteganura.
Stêgola, s. f. esteva, ponta, rabiça do arado.
Stêgolo, s. m. eixo das mós do moinho de vento.
Stèla e **stèle,** s. f. estela, coluna, cipo, (pl.) **stele.**
Stella, n. pr. Estela.

Stèlla, s. f. estrela, corpo celeste luminoso / (fig.) fortuna, destino, sorte; **nascere sotto una buona** ——— / (equin.) mancha branca que têm na testa alguns cavalos / (fig.) **sembrare una** ———: parecer uma estrela, ser muito linda / **portare alle stelle**: celebrar muito / **salire alle stelle**: dizer-se de grito ou rumor muito forte / **far vedere le stelle**: sentir ou fazer sentir uma dor muito aguda / (neol.) artista, dançarina, cantora, atriz; vedeta / (pl.) **le stelle**, (fig.) os olhos / asterisco, estrela / (fig.) **stelle da carnevale**: sepentinas / (zool.) ——— **di mare**: estrela-do-mar, astéria / (bot.) ——— **alpina**: edelweis / pirotécn.) estrela / gotas de gordura no caldo: **brodo con le stelle** / ——— **polare**: estrela polar, norte / astro protetor: **la** ——— **d'Italia** / (dim.) **stellina**, **stelletta**.

Stellànte, p. pr. e adj. estrelante, estrelado, coberto de estrelas; luzido, brilhante como estrela, reluzente; **occhi stellanti**.

Stellàre, v. (tr. e refl.) estrelar, salpicar, encher-se de estrelas / (adj.) estelar, sidéreo, que tem forma e figura de estrela.

Stellària, s. f. (bot.) estelária, planta da fam. das cariofiláceas.

Stellàto, p. p. estrelado / (adj. e s. m.) **un cielo** ———, **uno** ——— **fitto**: um céu muito estrelado / **linea stellata**: linha de asteriscos / (tr. man.) ponto duplo de marcar; (mar.) minguante; **forma stellata**.

Stelleggiàre, v. (tr.) cobrir, guarnecer, bordar de estrelas.

Stellêtta, s. f. (dim.) estrelinha, distintivo militar da forma de pequena estrela / asterisco.

Stellettàre, v. (tip.) pôr os asteriscos numa página de impressão.

Stellína, s. f. estrelinha / asterisco.

Stellionàto, s. m. (jur.) estelionato, crime de estelionato.

Stelliône, s. m. (zool.) estelião, espécie de lagarto que tem manchas parecidas com estrelas.

Stelloncíno, s. m. breve artigo de jornal, colocado entre dois asteriscos.

Stellône, s. m. aum. de **stella**, estrela grande / (fig. pop.) **lo** ——— **d'Italia**: astro que protege a Itália / calor solar intenso, canícula.

Stellúccia, s. f. pequena estrela, estrelazinha.

Stèlo, s. m. (bot.) haste, caule, fuste muito fino / pedúnculo da flor / parte filiforme do pelo / (técn.) alavanca ou braço do êmbolo.

Stemm (v. nor.) (esp.) posição de parada com o esqui / (ital.) **spazzaneve**.

Stèmma, s. m. arma, brasão, escudo, emblema, insígnia.

Stemmàto, adj. brasonado, que tem brasão, que tem emblema.

Stemperamênto, s. m. dissolvência, dissolução, desmancho, dissociação; diluição; destêmpera; solução.

Stemperàre, v. (tr.) destemperar, desfazer, diluir, liquefazer / destemperar, tirar a têmpera / alterar, enfraquecer, debilitar / fazer perder a ponta (lápis, pena etc.) / (refl.) **stemperàrsi**, destemperar-se, dissolver-se, alterar-se, arruinar-se, estragar-se / (fig.) ——— **in pianto**: desfazer-se em pranto / (pres.) **stémpero**.

Stemperatamênte, adv. destemperadamente, imoderadamente, descomedidamente.

Stemperàto, p. p. e adj. destemperado; diluído; dissolvido / despropositado, imoderado, excessivo, desatinado; afrouxado, relaxado.

Stemperatúra, s. f. dissolução, dissolvência; intemperança.

Stempiàre, v. perder os cabelos das têmporas, da testa / **stempiàrsi**: encalvecer.

Stempiàto, adj. pelado nas têmporas / (fig. rar.) despropositado, extravagante / (ant.) grande, enorme.

Stendàle, e **ostendàle**, (ant.) s. m. estandarte, bandeira.

Stendardière, s. m. porta-estandarte.

Stendàrdo, s. m. estandarte, bandeira, pendão, guião, insígnia / (bot.) pétala maior nas papilionáceas.

Stèndere, v. (tr.) estender, distender, alongar, desdobrar: ——— **un tappeto** / ——— **una scrittura**: lavrar uma escritura / ——— **la mano**: pedir esmola / ——— **il passo**: apressar o passo / espalhar, publicar; semear / desentesar / ——— **l'arco**: desfechar a seta / **le gambe**: estender, esticar as pernas / (fig.) morrer / divulgar / (refl.) **stendèrsi**: estender-se, prolongar-se, alargar-se, dilatar-se, distender-se / (fig.) ——— **sopra una materia**: discorrer sobre um assunto / (p. p.) **steso**.

Stendimênto, s. m. extensão; desenvolvimento; distensão.

Stenditôio, s. m. lugar onde se pode estender alguma coisa; estendedouro.

Stenditôre, adj. e s. m. estendedor.

Stenebràre, v. (tr.) desobscurecer, dispersar as trevas; aclarar, iluminar / (pres.) **stènebro**.

Stenoalinità, s. f. condição de alguns animais aquáticos de terem a vida ligada a uma certa concentração de salsugem; **stenoalino**, (adj.) do animal que vive em águas de certa quantidade de salsugem.

Stenocardìa, s. f. estenocardia (doença); angina de peito.

Stenodattilògrafo, s. m. estenodatilógrafo.

Stenografàre, v. (tr.) estenografar; taquigrafar / (pres.) **stenògrafo**.

Stenografàto, p. p. e adj. estenografado; taquigrafado.

Stenografìa, s. f. estenografia; taquigrafia.

Stenògrafo, s. m. estenógrafo; taquigrafo / (s. f.) **stenògrafa**.

Stenogràmma, **stenoscritto**, s. m. estenograma, trabalho taquigrafado ou estenografado.

Stenòsi, s. f. estenose, aperto de qualquer canal orgânico.

Stenotermìa, s. f. estenotermia, a propriedade de certos animais de terem a vida ligada a uma certa temperatura ambiente.

Stenotèrmo, adj. estenotermo.

Stentacchiàre, v. penar, sofrer continuamente.

Stentàre, v. (intr. e tr.) sofrer, penar, carecer, faltar, necessitar, ter falta das coisas necessárias / ——— **a vivere**: custar a viver, viver com muito trabalho, com grandes dificuldades / cansar, fatigar / procrastinar, diferir, prolongar, demorar: **stenta a venire**: custa a vir / vacilar / ——— **a aprir la borsa**: não decidir-se a pagar /afanar-se, afadigar-se, penar, sofrer / ——— **la vita**: viver em aperturas, na penúria.

Stentatamènte, adv. penosamente, fadigadamente, trabalhosamente; lentamente; cansadamente.

Stentatêzza, s. f. afã, esforço, dificuldade, padecimento / escassez, dificuldade, penúria.

Stentàto, p. p. e adj. fatigado / penoso, difícil / magro, fraco, débil / duro, pesado, constrangido / **stile**: ———: estilo forçado, não natural / (s. m.) esforço / (dim.) stentatíno.

Stenterèllo, s. m. máscara do teatro florentino, que representa uma pessoa magra, entre esperta e tola, burlesca, que usa a linguagem do povo / o ator que o representa / (fig.) pessoa ridícula e tola, geralmente magra e desajeitada.

Stentino, (dim. de stento), adj. macilento, doentio (diz-se especialmente de criança).

Stènto, adj. doente, malsão; adoentado, combalido: **bambino** ———: criança doentia / (s. m.) trabalho, pena, sofrimento, fadiga, cansaço, afã: **con** ———, **a** ———: com custo, trabalho, dificuldade / **una vita di stenti**: vida de misérias, aperturas, vida miserável / **crescere e** ———: medrar pouco, com dificuldade.

Stèntore (mit.) Estentor, guerreiro grego, herói da guerra de Tróia, de voz formidável.

Stentòreo, adj. estentóreo, de voz robusta, fortíssima.

Stentucchiàre, v. (tr. e intr.) penar, sofrer continuamente; viver miseramente.

Stentúme, s. m. complexo de plantas que crescem dificultosamente / trabalho que não adianta, que não progride.

Stenuàre, v. (tr.) extenuar, fadigar.

Stepidíre, v. (tr.) amornar, tornar tépido, morno; aquentar um pouco / (pres.) **stepidisco**.

Stèppa, s. f. estepe.

Stèrco, s. m. esterco, os excrementos dos animais; estrume / (pl.) **stèrchi** / (pl. ant.) **stercora**.

Stercoràceo, adj. estercoral, da qualidade do esterco; estercorário.

Stercoràrio, adj. estercorário, atinente a esterco / (hist.) cadeira sobre a qual sentava o Papa, por humildade, no dia da coroação / (ent.) escaravelho, estercoreiro, boleiro / **catoncelli stercorari**, (D'Annunzio).

Stereòbate, s. m. estereóbata, pedestal sem cornija que sustenta um edifício, coluna, etc.

Stereofonía, s. f. estereofonia, sistema acústico que permite perceber a reprodução mecânica dos sons e das ?es.

Stereografía, s. f. estereografia, arte de representar os sólidos num plano.

Stereográfico, adj. estereográfico / (pl.) **stereográfici**.

Stereògrafo, s. m. estereógrafo.

Stereometría, s. f. estereometria, parte da geometria que ensina a medir os sólidos.

Stereometricamènte, adv. estereometricamente.

Stereomètrico, adj. estereométrico / (pl.) **stereometrici**.

Stereopanoràmica, adj. diz-se da máquina fotográfica estereoscópica que permite obter uma fotografia única de dimensão dupla.

Stereoscopía, s. f. estereoscopia.

Stereoscòpico, adj. estereoscópico.

Stereoscòpio, s. m. estereoscópio, instrumento óptico que dá a sensação do relevo e da perspectiva, por meio de imagens planas / (pl.) **stereoscopi**.

Stereotipàre, v. (tr.) estereotipar.

Stereotipàto, p. p. e adj. estereotipado / (fig.) imutável, cristalizado: **un ceffo** ———.

Stereotipía, s. f. (tip.) estereotipia.

Stereotipísta, s. m. estereotipista / **edizione stereotipata**: edição estereotipada.

Stereotomía, s. f. (geom.) estereotomia, a ciência do corte ou divisão dos sólidos.

Stèrile, adj. estéril, infecundo, que não dá fruto, que não produz ou produz pouco / (fig.) coisa que não dá resultado, de que não resulta nada de útil; **rimpianti, discussioni sterili**.

Sterilíre, v. (intr. e refl.) esterilecer, esterilizar, tornar estéril, infecundo, improdutivo / esterilizar-se, tornar-se estéril ou infecundo.

Sterilità, s. f. esterilidade, qualidade do que é estéril, infecundidade / falta, escassez, penúria.

Sterilizzàre, v. (tr.) esterilizar, tornar estéril / (med.) esterilizar, destruir os germes deletérios ou patogênicos.

Sterilizzatòre, adj. e s. m. esterilizador / aparelho para esterilizar.

Sterilizzaziòne, s. f. esterilização / assepsia, desinfecção.

Sterilmènte, adv. esterilmente, infecundamente.

Sterlina, adj. esterlino, diz-se da libra, moeda de ouro inglesa / (s. f.) a libra esterlina.

Sterlinàre, v. (tr.) tirar as entrelinhas que já estavam colocadas, na composição tipográfica.

Sterlineatúra, s. f. (tip.) eliminação das entrelinhas.

Sterminàbile, adj. exterminável, destrutível.

Sterminàre, v. (tr.) exterminar, assolar, destruir, arruinar, aniquilar / dispersar violentamente / expulsar, abolir, extinguir, desolar / (pres.) **stermino**.

Sterminantemènte, adv. excessivamente, desmedidamente, desmesuradamente.

Sterminatèzza, s. f. grandeza desmedida, enorme, imensidade, desmesura.

Sterminàto, p. p. e adj. exterminado, disperso, destruído / desmedido, enorme, imenso, ilimitado.

Sterminatòre, adj. e s. m. exterminador, destrutor, desolador, devastador: **ciclone** ———.

Stermìnio, s. m. extermínio, destruição total, exterminação, assolação, ruína / quantidade enorme de coisas: c'era uno —— di cose / havia um exagero de coisas.
Stèrna, s. f. andorinha-do-mar.
Sternalgia, s. f. esternalgia, angina do peito.
Stèrnere, (ant.) v. (defec.) estender, abater / (fig.) aclarar, explicar.
Stèrno, s. m. (anat.) esterno, o osso anterior do tórax.
Sternutàre, v. (intr.) espirrar.
Stèrò, s. m. estéreo, unidade de medida de capacidade para os sólidos; corresponde ao metro cúbico para lenha.
Sterpàcchio, s. m. (pej. de sterpo) estrepe, ramo seco / topete de cabelos amarfanhados.
Sterpàglia, s. f. moita / espinhal / quantidade de estrepes.
Sterpàia, s. f. e sterpàio, sterpêto, s. m. moita, silvado, espinhal.
Sterpàme, s. m. matagal, moita.
Sterpàre, v. (tr.) extirpar ervas daninhas e estrepes / (fig.) desarraigar.
Sterpígno, adj. brenhoso: rami sterpigni, ramos intrincados, emaranhados.
Stèrpo, s. m. estrepe / tojo, ramo seco, vergôntea.
Sterpôso, adj. brenhoso, cheio de estrepes, de silvas, espinhento.
Sterquilíno, s. m. (lit.) esterquilínio, esterqueira, estrumeira / (pl.) sterquilini.
Sterramênto, s. m. desaterro, ato de desaterrar um terreno / cavadura, escavação.
Sterràre, v. (tr.) desaterrar, tirar terra, abaixar um terreno para nivelá-lo.
Sterràto, p. p. e adj. desaterrado, aplanado, escavado / (s. m.) fosso, cova / (adj.) caminho, estrada, rua não calçada: strada sterrata.
Sterratôre, s. m. cavador.
Stèrro, s. m. ato de desaterrar, desaterro / material (terra escavada) / strada a ——: caminho não calçado.
Stertôre, s. m. estertor, respiração rouca e crepitante / (sin.) ràntolo.
Stertorôso, adj. estertoroso: respiro ——.
Sterzàre, v. (tr.) dividir, repartir em três partes / (agr.) diminuir, mondar, limpar.
Sterzàre, v. tr. (aut.) virar o comando, o volante, a direção de um veículo.
Sterzàta, s. f. virada, mudança de direção de um veículo.
Sterzatamênte, adv. (rar.) com ordem, ordenadamente / amiudadamente.
Stèrzo, s. m. (al. sterz) a parte anterior e girável de um veículo, que permite a este mudar de direção / comando, volante, direção de automóvel, bicicleta, motocicleta, etc.
Stêsa, s. f. extensão, difusão, quantidade de coisas estendidas / una —— di merci: uma quantidade de mercadorias / una —— di vernice: uma demão, uma camada de verniz.
Stesamênte, adv. estendidamente.
Stêso, p. p. e adj. estendido, distendido, estirado, dilatado / verbale —— davanti ai testimoni: termo escrito diante das testemunhas / colore ——: tintura espalhada /. bandiera stesa: bandeira estendida / redigido, escrito.

Stèssere, v. (tr.) destecer.
Stessíssimo, adj. (superl.) mesmíssimo.
Stêsso, adj. (demons.) mesmo, igual, idêntico: é lo —— romanzo: é o mesmo romance / arrivò lo —— giorno: chegou no mesmo dia / essere sempre alle stesse: estar sempre nas mesmas / lei stessa: ela mesma / io ——: eu mesmo / fa lo ——: é o mesmo, é a mesma coisa / è la bontà stessa: é a bondade em pessoa.
Stesùra, s. f. compilação, redação, ato e modo de compilar uma escritura, de redigir um escrito, uma ata, etc. / prima ——: borrador.
Stetoscopìa, s. f. (med.) estetoscopia, exploração por meio do estetoscópio.
Stetoscòpio, s. m. (med.) estetoscópio.
Stìa, s. f. gaiola grande onde ficam as aves / gaiola, jaula, choça / (técn.) amontoamento de peles curtidas para que enxuguem / (fig.) lugar apertado / (pop.) cadeia.
Stiacciàre, (v. schiacciare e der.) v. esmagar.
Stiaffàre, (v. schiaffàre), v. pespegar, aplicar.
Stiantàre, (v. schiantare), v. arrancar.
Stibiàto, adj. estibiado, que tem antimônio.
Stibìna, s. f. estibina, sulfureto de antimônio.
Stíbio, s. m. (quím.) estíbio, antimônio.
Sticometría, s. f. (tip.) esticometria, contagem das linhas contidas numa obra literária.
Sticomitía, s. f. esticomitia, diálogo trágico em que os interlocutores se respondem verso a verso.
Stiepidíre, v. (tr. e intr.) tornar tépido, amornar, entibiar / (pres.) stiepidisco.
Stiffèlius, s. m. (al. stiefei) hábito comprido de cerimônia, redingote, sobrecasaca, labita.
Stigàre, (ant.) v. instigar.
Stige, adj. e s. m. cor violeta azulado.
Stígio, adj. (lit.) estígio, relativo ao rio infernal Estige / (fig.) negro, infernal.
Stigliàre, v. (tr.) espadelar, gramar / (linho, cânhamo).
Stigliatúra, s. f. (técn.) espadelagem.
Stíglio, s. m. (técn.) espadelagem.
Stíglio, s. m. (técn.) espadela / (dial.) utensílios de oficina.
Stígma, s. m. estigma, marca, sinal, cicatriz que deixa uma chaga ou ferida / (ecles.) (pl.) as cinco chagas de Cristo deixadas pela crucificação / (pl.) stigmate / (fig.) traços, vestígios; le —— del dolore, del vizio / (pl. ant.) (s. f.) le stigne.
Stigmatizzàre, v. (tr.) estigmatizar, marcar com ferrete, pôr sinal infamante / censurar, verberar, acusar.
Stilàre, v. redigir, estender, estilizar um escrito.
Stilàta, s. f. série dos pilares de uma ponte / colunata.
Stíle, ou stilo, s. m. (hist.) estilo, ponteiro ou haste com que se escrevia em tábuas enceradas / punhal de lâmina curta e estreita / ferro para entalhar / braço de ferro da balança romana / ponteiro do relógio de sol / (bot.) fuste de árvore; pau longo e direito.

Stíle, s. m. estilo, modo de exprimir um conceito ou sentimento com a palavra, com a cor, com o som e com todos os meios de que dispõe a arte / lo —— del Manzoni, di Puccini, di Raffaello, degli impressionisti; lo —— —— accademico: moderno, romano, / (neol.) maneira de praticar um desporto / caráter, índole, peculiaridade, maneira, forma, natureza, característico, toque, feição / il dolce stil nuovo: a escola poética da 2ª metade de 1200.

Stilettàre, v. (tr.) estiletar, ferir, matar a golpes de estilete, apunhalar.

Stilettàta, s. f. golpe de estilete, estiletada, punhalada.

Stilètto, s. m. estilete, punhal, lâmina finíssima, triangular.

Stilicone, (hist. roman.) Estilição, general e tutor de Honório.

Stilista, s. m. estilista, escritor notável pela elegância e vigor de seu estilo / (esp.) atleta de estilo.

Stilística, s. f. estilística, retórica, arte de dizer.

Stilístico, adj. estilístico.

Stilìta, e **stilite**, adj. e s. m. estilista, dos eremitas que viviam longamente sobre uma coluna; (por ext.) qualquer coisa que está sobre uma coluna / il leone —— (D'Annunzio).

Stillizzàre, v. (tr.) estilizar; formar estilo / esquematizar; geometrizar.

Stilizzàto, p. p. e adj. estilizado, traduzido em tipo harmonioso, elegante / esquematizado.

Stilla, s. f. pingo, pinga, pequena gota de um líquido / lágrima / (fig.) pequena quantidade de uma coisa.

Stillaménto, s. m. destilação, gotejamento.

Stillànte, p. pr. e adj. que destila, que goteja; sudore ——.

Stillàre, v. destilar, gotejar, fazer pingar gota a gota / infundir, insuflar, induzir, incutir / falar ou escrever dificultosamente, quase destilando a idéia / cair, destilar gota a gota / gear, chuviscar, cair geada / (refl.) stillarsi ou beccarsi il cervello: cansar, oprimir o cérebro, a imaginação.

Stillicídio, s. m. estilicídio; destilação / goteira / (for.) servitú di ——: direito de deixar cair as águas pluviais na propriedade alheia.

Stíllo, s. m. (rar.) alambique, vaso para destilação / destilaria.

Stílo, s. m. estilo, (lit., art. etc.) / (bot.) estilo, prolongamento do ovário, sotoposto ao estigma / (arquit.) coluna cilíndrica irregular / eixo da roda de moinho / haste de pau.

Stilòbate, s. m. estilóbata, base de coluna e de colunato.

Stilòforo, s. m. base, suporte, pé da caneta-tinteiro.

Stilográfico, adj. estilográfico / (s. f.) la stilográfica: a caneta-tinteiro.

Stima, s. f. estima, amizade, afeto / julgamento, apreciação / avaliação / prezzo di stima, avere in ——, fare ——: estimar, prezar, considerar, apreciar / opinião, cálculo, parecer, voto / (neol.) successo di ——: sucesso teatral devido quase exclusivamente ao prestígio de que goza o autor / apreço, reputação, mérito, conceito, deferência / (mar.) cálculo para estimar a posição do barco: punto di ——.

Stimàbile, adj. estimável, louvável, apreciável.

Stimabilità, s. f. estimabilidade.

Stimàre, v. (tr.) estimar, determinar por cálculo ou avaliação o preço ou valor de; avaliar / estimar, ter afeto, estima ou amizade por: é una persona che stimo molto / julgar, conceituar, pensar / stimo inutile tale lettera: julgo inútil essa carta / (refl.) stimarsi: prezar-se, considerar-se, estimar-se a si mesmo / —— capace di: acreditar-se capaz de.

Stimate, s. f. (pl.) estigmas.

Stimativa, s. f. estimativa / faculdade de estimar, de avaliar, de julgar / discernimento, juízo.

Stimativo, adj. estimativo.

Stimàto, p. p. e adj. estimado, que goza de estima, apreciado, querido / avaliado, que se avaliou / considerado, reputado, renomado, respeitado.

Stimatôre, adj. e s. m. estimador / avaliador, perito / admirador, apreciador / (s. f.) stimatríce.

Stímma, s. f. (bot.) estigma, parte superior do pistilo / (zool.) orifícios que constituem os órgãos da respiração nos insetos.

Stimmate (v. stigmate).

Stimmatizzàre (v. stigmatizzare).

Stimolànte, p. pr. e adj. estimulante, excitante / (s. m.) estimulante, medicamento que tem propriedades estimulantes.

Stimolàre, v. (tr.) estimular, despertar, instigar, excitar / aguilhoar, picar, pungir / incitar / (med.) ativar a ação orgânica / (pres.) stímolo.

Stimolativo, adj. estimulativo, que estimula, que aviva; que excita.

Stimolatôre, adj. e s. m. estimulador, que estimula, que excita / instigador, provocador / (s. f.) stimolatríce.

Stimolo, s. m. estímulo, aguilhão com que se pungem ou excitam bois e bestas de carga / (fig.) incitamento, incentivo: necessita di uno ——, per studiare / excitação; estímulo: sentire lo —— della fame / substância que serve para excitar um órgão.

Stinàre, v. (tr.) tirar do tonel o mosto, etc.

Stincàta, s. f. canelada / (fig.) engano, fraude.

Stincatùra, s. f. sinal ou contusão, provocado por canelada.

Stinche (le), nome de um antigo cárcere de Florença.

Stínco, s. m. canela da perna / osso da perna: tíbia / (equin.) os ossos do metecarpo / —— di morto: doce duro, feito de amêndoas, espécie de torrão / (fig.) non essere uno stinco di Santo: não ser uma casta de santos.

Stingere, v. (tr.) destingir, descorar / (fig.) cancelar, apagar, obscurecer / empalidecer / (intr. e refl.) / -ersi, destingir-se.

Stintignàre, v. (intr.) relutar, vacilar, resistir, mostrar certa aversão para fazer uma coisa: stintignó molto prima di decidersi.

Stìnto, p. p. e adj. destingido, descorado, desbotado, descolorido: **vestito** ———, **stoffa stinta**.

Stìpa, s. f. acendalhas, aparas, lenhas miúdas para acender o lume / carqueja, tojo.

Stipàre, v. (tr.) tirar cavacos, lenha miúda do mato / pôr muitas coisas ou pessoas num espaço pequeno: amontoar, calcar, acumular.

Stipàto, p. p. e adj. limpo, mondado (mato, etc.) / apinhado, acumulado, amontoado, cheio / **il teatro era** ——— **di gente**: o teatro estava apinhado de gente.

Stipendiàre, v. (tr.) estipendiar, assalariar, tomar a soldo: **per quel lavoro deve** ——— **molta gente**.

Stipendiàto, p. p. e adj. estipendiado, assalariado / (s. m.) empregado.

Stipèndio, s. m. estipêndio, retribuição, soldada, paga, soldo / **essere agli stipendi di uno**: ser empregado de alguém / (dim.) **stipendiúccio**: estipendiozinha, soldozinho / (hist.) antigo soldo dos soldados romanos.

Stipèto, s. m. terreno no qual estão espalhados ramos, lenha miúda, cavacos, etc.

Stipettàio, s. m. marceneiro, ebanista / marceneiro que faz armários, escrínios, pedras de xadrez e outros pequenos objetos.

Stípite, s. m. ombreira, umbral da porta (e também da janela) / (bot.) fuste, haste, especialmente o não ramificado, da palmeira / (fig.) estirpe, família, geração, progênie, raça / braço vertical da cruz / fuste da coluna.

Stípo, s. m. pequeno armário de madeira de qualidade para custódia de coisas de valor; cômoda, armário, escrínio; cofrezinho / (dim.) **stipêtto, stipettíno**.

Stípola, e stipula, s. f. (bot.) estípula, apêndice foliáceo, no ponto em que as folhas saem do caule.

Stípsi, s. f. (med.) estipticidade, qualidade do que é estíptico.

Stípula, s. f. (bot.) colmo, restolho, palha.

Stipulànte, p. pr. e adj. (jur.) estipulante, pessoa que estipula; outorgante.

Stipulàre, v. (tr.) estipular, ajustar, outorgar por meio de contrato / estabelecer, determinar / (pres.) **stípulo**.

Stipulàto, p. p. e adj. estipulado, estabelecido, ajustado, convencionado, determinado / **contratto** ———: contrato estipulado.

Stipulazióne, s. f. estipulação, ato de estipular / contrato, convênio.

Stiracalzóni, (neol.), s. m. cabide especial para calças, de forma que estas fiquem esticadas e não amarrotem.

Stiracchiàbile, adj. estirável, estendível, esticável, que se pode estiraçar, esticar, alongar / (fig.) falando de interpretação, etc., que se pode sofisticar, sutilizar.

Stiracchiaménto, s. m. estiramento / sofisticação.

Stiracchiàre, v. (tr.) estirar, estender, esticar / entesar, retesar / (fig.) sofisticar, cavilar: ——— un testo / ——— il prezzo, regatear o preço /

——— **le milze**: esticar o baço / (fig.) estar em aperturas, carecer de tudo.

Stiracchiataménte, adv. estiradamente, estendidamente / cavilosamente, sofisticadamente.

Stiracchiatúra, s. f. estiramento, estiração / interpretação forçada, pedante, cavilosa / sofisticaria.

Stiraménto, s. m. ação de estirar, de estender, de distender; ação de passar ou de engomar a roupa.

Stiràre, v. (tr.) estirar, estender, distender, esticar, puxar estendendo / ——— **le gambe**: esticar, distender as pernas / passar a ferro quente, engomar (roupa etc.) / (refl.) **stirarsi**: estirar-se ao comprido, espreguiçar-se.

Stiràto, p. p. e adj. estirado, estendido, esticado / passado a ferro / engomado.

Stiratóio, s. m. estirador, tábua ou mesa para passar roupa / prancheta para desenhar.

Stiratóra, e stiratríce, s. f. passadeira, engomadeira, mulher que passa, que engoma roupa.

Stiratoría, s. f. (rar.) loja onde se passa a roupa.

Stiratríce, s. f. passadeira, engomadeira de roupa.

Stiratúra, s. f. estiramento, ato e efeito de estirar, de estender ou de estender-se / ação de passar a ferro ou de engomar a roupa / engomagem.

Stirería, s. f. loja, lugar onde se passa e engoma roupa.

Stiríano, adj. estírio, da Estíria, região da Áustria.

Stirizzíre, stirizzírsi, v. (refl.) tirar a rigidez, o frio do corpo: desenrijar-se, desentorpecer-se / (pres.) **stirizzísco, -sci**.

Stíro, s. m. o passar a ferro vestidos ou roupa branca; **ferro da** ———: ferro de passar roupa.

Stírpe, s. f. estirpe, tronco de família, raça, ascendência, linhagem.

Stiticaménte, adv. estipticamente, adstringentemente; dificultosamente.

Stiticheria, s. f. (rar.) estipticidade / (fig.) mesquinharia / sofisticaria.

Stitichêzza, s. f. estipticidade, adstringência / constipação (prisão de ventre).

Stítico, adj. estítico, que sofre de atonia intestinal / (fig.) sofístico, difícil, impertinente, rabugento / avaro, sovina / rigoroso, mesquinho / infecundo.

Stiúma, s. f. espuma.

Stíva, s. f. estiva, parte interior de navio mercante onde se põe a carga / (técn.) resmas de papel, amontoadas uma sobre a outra / (agr.) cabo do arado.

Stivàggio, s. m. operação de pôr a carga num navio; estivagem.

Stivalàio, s. m. sapateiro; sapateiro que faz botas.

Stivalàre, v. (tr. e refl.) calçar as botas, (p. us.).

Stivalàta, s. f. pancada com a bota.

Stivalàto, p. p. e adj. com botas, que usa botas / **li gatto** ———: o gato de botas.

Stivàle, s. m. bota / (fig.) **rompere gli stivali**: amolar, apoquentar alguém / **lustrare a uno gli stivali**: adular, bajular alguém / **dei miei stivali**: expressão de desprezo que se junta à profissão de alguém; médico, advogado, etc. de pouco valor / (fig. pop.) bobo, ignorante, pulha, torpe / (fig.) lo ———: a Itália, pela semelhança que tem com uma bota / (dim.) stivalíno, stivalêtto, stivalettíno.

Stivalería, s. f. fábrica de botas / (fig. pop.) disparate.

Stivalêtto, s. m. (dim.) botina alta com elásticos e cordões, borzeguim / (equin.) calçado de couro que se usa pôr, para proteção, no tarso dos cavalos.

Stivalíno, s. m. (dim.) sapato de senhora.

Stivamênto, s. m. (mar.) estivagem.

Stivàre, v. (tr.) estivar, pôr as mercadorias na estiva de um navio / (por ext.) juntar ou amontoar muitas coisas ou pessoas num espaço pequeno / apinhar, amontoar.

Stivatòre, s. m. estivador, carregador de estiva.

Stízza, s. f. cólera súbita e passageira; irritação, zanga, ira / espécie de rabugem ou sarna em certos animais / (dim.) stizzêtta, stizzína.

Stizzàre, (ant.) v. zangar-se, irritar-se.

Stizzíre, v. (tr.) irritar, encolerizar, agastar, enfurecer / (refl.) fazer-se levar pela ira, irritar-se, agastar-se, encolerizar-se / (pres.) stizzísco, -sci.

Stizzíto, p. p. e adj. irritado, zangado, enfurecido / indignado.

Stízzo, s. m. (poét. e rar.) tição / (aum.) stizzone.

Stizzosamênte, adv. zangadamente, irritadamente.

Stizzôso, adj. irritadiço, colérico, irascível, que se zanga facilmente / **bimbo** ———: criança birrenta.

Stòa, s. f. pórtico, em Atenas, em particular aquele em que Zenão de Cicio expunha a sua filosofia, que por isso foi apelidada estóica.

Stoccafísso, s. m. bacalhau dissecado ao sol e não salgado / (fig.) pessoa magra e esguia; **pare uno** ———.

Stoccàta, s. f. estocada, golpe dado com estoque, e, por ext. com a ponta da espada / (fig.) mordacidade, sátira / pedido importuno de dinheiro / (pop.) facada.

Stoccheggiàre, v. (intr. e tr.) (refl.) estoquear, jogar ou vibrar o estoque / ferir com estoque.

Stòcco, s. m. (prov. **estoc**) estoque; arma de ponta, mais curta e mais fina que espada / bastão oco que contém o estoque / punhal, adaga / (agr.) **fare lo stocco il grano**: espigar o trigo.

Stock, (v. ingl.) s. m. estoque, quantidade de mercadorias, dinheiro, etc. / saldo / ——— **exchange**: a Bolsa inglesa / (ital.) **provvista, quantità, rimanenza, riserva**.

Stocòlma, (geogr.) Estocolmo, capital da Suécia.

Stòffa, s. f. tecido, estofo de lã, seda, algodão, etc. / (fig.) aptidão, inclinação especial para uma determinada coisa / estofa, condição, qualidade, substância.

Stògliere, (ant.) v. (tr.) desviar, dissuadir.

Stòia, s. f. (v. **stuoia**) esteira.

Stoiàio, s. m. fabricante de esteiras / (pl.) stoiai.

Stoiàre, v. (tr.) cobrir com esteiras, / ——— **una camera**.

Stoiàta, s. f. forro feito com esteiras ou caniços revestidos de reboco.

Stoicamênte, adv. estoicamente, impassivelmente, corajosamente.

Stoicísmo, s. m. estoicismo (filos.) / (por ext.) austeridade.

Stòico, adj. estóico, impassível, indiferente / constante, firme.

Stoíno, s. m. (dim.) esteirinha que se põe sob os pés / tapete, capacho para limpar os pés / espécie de cortina de janela para impedir a entrada do sol.

Stòla, s. f. estola / (hist.) longa veste feminina na Roma antiga / (ecles.) estola; tira de seda que os sacedotes põem aos ombros, nas funções sacras / estola, indumento feminino de pele em forma de estola.

Stolidàggine, s. f. estolidez.

Stolidamênte, adv. estolidamente; estultamente.

Stolidêzza, s. f. estolidez; estultice.

Stolidità, s. f. estolidez, qualidade daquele ou daquilo que é estólido; tolice, estupidez, asneira.

Stòlido, adj. estólido, insensato, parvo, estúpido, disparatado / estouvado.

Stòllo, s. m. vara, meda de palha / cocanha.

Stolóne, s. m. (ecles.) estolão, estola grande / (agr.) rebento de planta, estolho.

Stoltamênte, adv. tolamente, estultamente, nesciamente, estupidamente.

Stoltêzza, s. f. estultice, estupidez, necedade, sandice.

Stoltía, (ant.) s. f. estolidez, estultícia.

Stoltilóquio, s. m. estultilóquio, discurso estulto / (pl.) stoltiloqui.

Stoltízia, s. f. (rar.) estultice.

Stôlto, adj. e s. m. estulto, tolo, néscio / inepto / imbecil.

Stòlto, p. p. (ant.) apartado, afastado / dissuadido.

Stòma, s. m. estoma, estômago, poro micriscópico das folhas ou tecidos análogos (bot.) / (pl.) **stomi**.

Stomacàccio, s. m. (pej.) estômago ruim.

Stomacàggine, s. f. enjoo, náuseas do estômago.

Stomacànte, p. pr. e adj. enjoativo, nauseante, repugnante.

Stomacàre, v. (intr. e -**rsi**, refl.) estomagar, enjoar, nausear / (fig.) estomagar, enfadar, desgostar, aborrecer, indispor / repugnar material ou moralmente / (pres.) stòmaco.

Stomacàto, p. p. e adj. estomagado, enojado, nauseado, enfastiado.

Stomachêvole, adj. que estomaga, que enjoa, enjoativo, repugnante, enfadonho / molesto / fastidioso / asqueroso, nauseabundo.

Stomachevolmênte, adv. enjoativamente / fastidiosamente / asquerosamente.

Stomàchico, adj. estomáquico, estomacal, bom para o estômago.

Stomachíno, e **stomacúccio**, s. m. (dim.) estomagozinho / pessoa de estômago fraco / pessoa difícil e melindrosa no comer.

Stòmaco, s. m. (pl. **stomachi**) estômago, órgão principal da digestão / rima-

nere nello ———: ficar no estômago (alimento que não se digeriu, e, (fig.) coisa que não se consegue tolerar) / despudor, descaro, audácia: **hai lo stomaco di dire ció?** / **a** ——— **vuoto:** em jejum / **fare (ou dare) allo** ———: dar asco / **dare di** ———: vomitar / (dim.) **stomachino, stomacúccio.**
Stomacôso, adj. enjoativo, repugnante, fastiento / aborrecível.
Stomacúccio, s. m. (dim. e depr.) estomagozinho; estômago fraco, delicado / (fig.) pessoa de estômago fraco.
Stomàtico, adj. estomático / diz-se de remédio para a cura de doenças da boca; estomacal: **pozione** ——— / (pl.) **stomatici.**
Stomatite, s. f. estomatite, inflamação da mucosa da boca.
Stomatologia, s. f. (med.) estomatologia.
Stomía, s. f. anastomose, operação cirúrgica.
Stonacàre, v. (tr.) desfazer o reboco de um muro etc. / (refl.) secularizar-se (um religioso) / (pres.) **stònaco.**
Stonamênto, s. m. (rar.) destoamento, desafinação.
Stonàre, v. (tr. e intr.) destoar, sair do tom; desafinar / (fig.) não harmonizar, desentoar, descombinar / turvar, desconsertar: **quella notizia lo ha stonato:** aquela notícia atordoou-o.
Stonàta, s. f. desafinação, dissonância, desarmonia, desconcerto.
Stonàto, p. p. e adj. destoado, desafinado, fora do tom, desacorde, dissonante / confuso, atordoado / falso, desconveniente, chocante.
Stonatúra, s. f. desafinamento, desarmonia, dissonância / **quel quadro in questa sala é una** ———: aquele quadro nesta sala é uma dissonância.
Stonío (pl. **stonii**), s. m. desafinação continuada.
Stop (v. ingl.) parada, alto, ato de parar: us. nos telegramas / (ital.) **fermata, punto, alt, arresto.**
Stôppa, s. f. estopa: a parte mais grossa do linho e do cânhamo / (fig.) alimento duro de se mastigar / **uomo di** ———: homem fraco, a quem ninguém obedece / **gambe di** ———: pernas bambas, frouxas / (fig.) **essere un pulcino nella stoppa:** ser tímido / (dim.) **stoppettína.**
Stoppàccio, s. m. estopa ou outra coisa que se punha nos fuzis para bucha / ——— **filato:** cordel de estopa.
Stoppacciôso, o mesmo que **stoppôso,** adj. estopento, imitante a estopa; estopentudo, parecido com a estopa.
Stoppàre, v. (tr.) estopar, tapar com estopa, encher com estopa; calafetar com estopa / (esp.) (do inglês) deter, parar, fazer alto.
Stoppatôre, s. m. (rar.) calafate, que calafeta.
Stôppia, s. f. (lat. **stúpula**) resteva, restolho / campo com restolhos.
Stoppinièra, s. f. candeeiro.
Stoppíno, s. m. torcida de vela, de candeeiro, etc. / pano de estopa, borra de estopa, etc., impregnado de matéria inflamável / mecha, estopim.
Stoppôso, adj. estopento.
Storàce, s. m. (bot.) estoraque, planta da família das esteracáceas tropicais / resina produzida por esta planta.

Stòrcere, v. (tr.) torcer, torcer com força, retorcer / ——— **la bocca:** torcer a boca em ato de desaprovação / ——— **gli occhi:** deslocar ou virar os olhos / ——— **il senso delle parole:** desviar as palavras do seu sentido verdadeiro / (refl.) fixar-se, destorcer-se, dobrar-se, inclinar-se, contorcer-se.
Storcicòllo, s. m. (pop.) torcicolo (med.) / (ornit.) torcicolo, ave trepadeira, picadeira.
Storcilèggi, s. m. advogado sofista, trapaceiro, chicaneiro.
Storcimênto, s. m. torção, torcedura, ato ou efeito de torcer / contorção.
Storcitúra, s. f. torcedura.
Stordimênto, s. m. atordoamento, pasmo, aturdimento, perturbação, transtorno, turbação dos sentidos.
Stordíre, v. (tr.) atordoar, fazer perder os sentidos; entontecer, aturdir, atordoar com barulho / (fig.) maravilhar, assombrar, pasmar; **la notizia lo stordí** / (refl.) estontear-se, aturdir-se / (pres.) **stordisco, -sci.**
Storditàccio, adj. e s. m. (pej.) entontecido, aparvalhado.
Storditàggine, s. f. aturdimento, perturbação / irreflexão, estouvamento, distração, leviandade, descuido.
Storditêzza, s. f. aturdimento, estouvanice, irreflexão, leviandade.
Storditaménte, adv. estouvadamente, com imprudência, atoleimadamente.
Stordíto, p. p. e adj. atordoado, perturbado, aturdido; pasmado, apalermado, entontecido, estouvado; imprudente.
Stòria, s. f. história, conto, narração de sucessos / história, narração / vida, biografia / fábula / (fig.) narração longa e intricada; **fare molte storie:** contar muitas histórias, delongar, tergiversar, achar pretextos / **è sempre la stessa** ———: é sempre a mesma história / (dim.) **storietta, storiella:** historieta, historiazinha.
Storiàio, ou **storiàro,** s. m. vendedor ambulante de literatura de cordel.
Storiàre, v. (tr.) historiar.
Storicamênte, adv. historicamente, do ponto de vista histórico.
Storicísmo, s. m. historicismo (doutr. hist. e filos.).
Storicità, s. f. historicidade, qualidade do que é histórico, veracidade histórica / influxo das gerações precedentes.
Stòrico, adj. histórico, da história, pertencente à história / verdadeiro, exato / (s. m.) historiador.
Storièlla, s. f. historieta, história inventada com o fito de enganar / balela, anedota, conto, fábula / invenção.
Storiografia, s. f. historiografia.
Storiògrafo, s. m. historiógrafo, historiador.
Storiône, s. m. esturjão, peixe marinho, ganóide, da família dos esturônios; sôlho.
Stormíre, v. (intr.) rumorejar, sussurrar (folhas e ramos movidos pelo vento) / (pres.) **stormisco, -sci.**
Stòrmo, s. m. magote, bando de pássaros / (fig.) multidão, chusma, ajuntamento, malta de gente / **sonare a** ———: tocar a rebate / companhia, hoste, grupo, magote, turba.

Stornàre, v. (tr.) fazer retroceder, desviar / afastar, remover, evitar: —— **un perícolo** / —— **una somma**: estornar uma quantia, usá-la para fins diferentes / —— **un contratto**: romper um contrato.

Stornellàre, v. (intr.) cantar modinhas.

Stornèllo, s. m. (lit.) modilho, modinha, composição poética de caráter popular, de conteúdo amoroso ou mordaz / (ornit.) estorninho, pássaro conirrostro / (zool.) cavalo tordilho.

Stôrno, s. m. tordinho, tornilho, estorninho, pássaro conirrostro, de bico amarelado / (neol.) / estorno, ato de estornar, de usar uma quantia para fim diferente ao que se destinava / **cavallo** —— : cavalo tordilho / (lit.) **cavallina storna**: célebre poesia de Pascoli.

Storpiamênto, s. m. estropiamento, ato ou efeito de estropiar, estropiação.

Storpiàre, v. (tr.) estropiar, mutilar, aleijar, derrengar / desfigurar, deformar / —— **le parole**: estropiar as palavras, pronunciar mal, executar mal qualquer trabalho.

Storpiatamênte, adv. estropiadamente / desajeitadamente; / erradamente.

Storpiàto, p. p. e adj. estropiado, aleijado, mutilado, derrengado, deformado, maltratado / mal executado.

Storpiatúra, s. f. estropiamento, estropiação.

Stòrpio, adj. estropiado, aleijado.

Stòrta, s. f. distorção, deslocação, distenção, torcimento, torcedura / (quím.) retorta.

Stortamênte, adv. tortamente; torcidamente / erradamente.

Stortêzza, s. f. qualidade do que é torto, tortura, torcedura, tortuosidade / erro.

Stòrto, p. p. e adj. torto, que não é direito; torcido, inclinado, oblíquo, vesgo / (fig.) **idee storte**: idéias erradas, tortas / mau, perverso.

Stortúra, s. f. tortuosidade, torcimento, especialmente em sentido fig.: —— **morale** / aberração, desvario, irracionalidade, incoerência, absurdo.

Stovaína, s. f. estovaína, composto aminado de benzoíla, usado como anestésico local.

Stovigliàio, s. m. oleiro, fabricante de objetos de louça, de terracota, de barro, etc.

Stovìglie, s. f. (pl.) vasilhas de louça, todos os objetos de barro, louça, porcelana, terracota, etc. que se usam para mesa e cozinha.

Stoviglieria, s. f. conjunto de objetos de louça, de mesa ou cozinha.

Stozzàccio, s. m. escória de ferro.

Stozzamênto, ou **stozzatúra**, s. f. (met.) amolgamento, amoldamento de chapa metálica.

Stozzàre, v. (met.) amolgar, dar forma côncava.

Stozzatríce, s. f. máquina para amolgar (metal).

Stòzzo, s. m. espécie de cinzel para amolgar ou fazer concavidade nos metais.

Stra, prefixo, corrupção da prep. latina **extra** que indica superioridade ou excedência: extra / **strafino**: extrafino / **straricco**: muito rico.

Strabalzàre, v. (tr.) fazer saltar, sobressaltar, pular, sacudir, agitar, sacolejar.

Strabàlzo, s. m. solavanco, sacudida forte, movimento que faz uma pessoa ao ser transportada.

Strabalzône, s. m. solavanco, tremor, abalo / tombo / (loc. adv.) **a strabalzoni**: aos tombos, aos solavancos.

Strabèllo, adj. (rar.) extralindo, muito lindo, muito formoso..

Strabenedìre v. (tr. pop.) abençoar bastante, abençoar muito, usado quase sempre em sentido irônico / **va a farti** —— : vá para o diabo.

Strabêre, v. (intr.) beber demais, beber exageradamente.

Stràbico, adj. e s. m. estrábico, vesgo / (pl.) **stràbici**.

Strabiliànte, p. pr. e adj. estupendo, portentoso, assombroso, maravilhoso, pasmoso.

Strabiliàre, v. (intr.) e **strabiliarsi**, (refl.) assombrar-se, maravilhar-se grandemente: **son cose che fanno** —— : são coisas que causam pasmo.

Strabiliàto, p. p. e adj. estupefato, maravilhado, assombrado, atônito.

Strabismo, s. m. estrabismo.

Straboccamênto, s. m. transbordamento, regurgitação / exorbitância.

Straboccàre, v. (intr.) transbordar, regurgitar, extravasar / redundar, exorbitar.

Straboccatamênte e **strabocchevolmênte**, adv. extravasadamente, desmesuradamente, exorbitantemente, excessivamente / precipitadamente.

Strabocchévole, adj. regurgitante; excessivo; imoderado; enorme; exorbitante.

Strabocchévole, s. m. regurgitante; excessivo; imoderado; enorme; exorbitante.

Strabôcco, s. m. regurgitação, extravasamento; derrame / golfada: —— **di sangue**.

Strabuòno, adj. mais que bom, bastante bom.

Strabuzzàre, v. (tr.) enviesar, torcer os olhos / arregalar.

Stracanarsi, v. (refl.) afanar-se, estafar-se, cansar-se.

Stracannàre, v. tr. (técn.) passar o fio da seda de uma canela a outra.

Stracannatùra, s. f. segundo encanelamento da seda.

Stracàrico, adj. excessivamente carregado; sobrecarregado.

Stracàro, adj. muito caro, caro demais: **merce stracara**.

Stràcca, s. f. (rar.) estafa, cansaço / (adv.) **alla** —— : fracamente; molemente; cansadamente; pausadamente.

Straccabràccia, na loc. a —— : estafadamente, cansadamente.

Straccàggine, s. f. canseira; fadiga; fraqueza, cansaço, estafadeira.

Straccàle, s. m. retranca, correia que rodeia a alcatra das bestas / (pl.) suspensórios das calças.

Straccamênte, adv. cansadamente; molengamente / de má vontade.

Straccamênto, s. m. fadiga, canseira.

Straccàre, v. (tr.) cansar, fadigar excessivamente; estafar / —— **i buoi**: estafar os bois / (refl.) **straccarsi**: fatigar-se, cansar-se.

Straccatôio, adj. (p. us.) cansativo, estafante.
Straccatúra, s. f. (mar.) pausa de relativa calma entre dois vendavais.
Straccería, s. f. trapagem, trapada, montão de trapos / (fig. depr.) trajes.
Stracchêzza, s. f. canseira, fadiga.
Stracchíno, s. m. queijo não fermentado, da Lombardia.
Stracciàbile, adj. rasgável, que se pode ou deve rasgar.
Stracciafòglio, s. m. (raro), borrador diário, caderno de apontamentos / **calendário** ———: calendário de folhas destacáveis.
Stracciaiuòlo, s. m. trapeiro, vendedor de trapos / (técn.) operário cardador nas fábricas de tecidos de seda.
Stracciamênto, s. m. rasgamento, rasgadura, ação e efeito de rasgar.
Stracciàre, v. (tr.) rasgar, despedaçar, esfarrapar, dilacerar, fazer em pedaços / fender, abrir / (técn.) desfiar, cardar a seda / (ant.) arrancar.
Stracciasàcco, usado na loc. adv. **guardare a** ———: olhar de esguelha, enviesadamente, rancorosamente.
Stracciatèlle, s. f. (pl.) sopa ligeira feita com ovos batidos no caldo.
Stracciàto, p. p. e adj. destroçado, rasgado, roto / (fig.) abatido, alquebrado: **aveva il cuore** ——— **dagli odi**: tinha o coração dilacerado pelo ódio.
Stracciatúra, s. f. rasgadura, rasgamento / cardadura da borra da seda.
Straccína, s. f. operária que na fábrica de papel rasga os trapos.
Stràccio, s. m. trapo, farrapo, andrajo; frangalho / vestido mísero e gasto / rasgão, rasgo que fica na parte rasgada / pessoa gasta / **è ridotto uno** ———: está reduzido a trapo velho / **vestito di strappi**: vestido de farrapos / **non sapere** ——— **di una cosa**: não saber nada de nada / (adj.) **carta straccia**: papel grosso de embrulho / (pl.) **stracci** / (dim.) **straccetto**: trapinho.
Stracciône, adj. e s. m. andrajoso; esfarrapado; roto, sujo, maltrapilho, farrapento / miserável, mesquinho / (fem.) **stracciona**.
Stràcco, adj. exausto, cansado, esgotado; fatigado; estafado / **terreno** ———: terreno cansado, esgotado / passado: **pesce** ——— / (pl.) **stracchi** / (sin.) **stanco**.
Straccuràre, (ant.) v. (tr.) transcurar; descurar.
Stracollàre, v. (intr.) cair / (refl.) deslocar-se, torcer-se, causar-se uma luxação.
Stracontènto, adv. muito contente.
Stracòrrere, v. (intr.) correr rapidissimamente, correr muito.
Stracòtto, p. p. e adj. muito cozido, cozido demais / (s. m.) cozido (prato de carne).
Stracuòcere, v. (tr.) cozer demais, cozer muito.
Stràda, s. f. estrada, caminho preparado para pessoas e especialmente para veículos / ——— **maestra**: estrada principal de uma cidade à outra / **travessa**: atalho / ——— **ferrata**: ferrovia / rua, artéria, avenida, das cidades / (fig.) **mettere sulla** ———: abandonar, deixar na miséria / **mettere sulla buona** ———: dar a orientação exata, e (fig.) aviar para o bom caminho / **farsi** ———: abrir caminho, progredir / **andare per la propria** ———: não pensar nos casos dos outros / **gettarsi alla** ———: atirar-se à má vida / ——— **facendo**: durante o caminho / **essere fuori di** ———: achar-se extraviado / **ladro di** ———: salteador / **a mezza** ———: a meio caminho / **farsi** ———: progredir / **tagliare la** ———: cortar o caminho, atrapalhar, estorvar alguém / meio, recurso / **cercare la** ——— **migliore**: buscar o melhor meio para conseguir um fim / **sbagliare** ———: errar o caminho, equivocar-se, bater em tecla errada / **tutte le strade conducono a Roma**: todas as estradas levam à Roma / (dim.) **stradína, stradêtta, stradettína, stradèlla, stradúccia, stradicciuòla, stradúcola**: estradazinha, ruazinha / (aum.) **stradône** / (depr.) **stradáccia**.
Stradàle, adj. da estrada, concernente à estrada: **piano** ——— / concernente à rua / (s. m.) avenida, alameda, rua ornada de árvores.
Stradàre, v. (tr.) pôr no bom caminho, encaminhar / ensinar a estrada, a rua, o caminho / (fig.) aviar, encaminhar alguém ao estudo, a uma carreira, etc. / (refl.) aviar-se, pôr-se a caminho / (sin.) **avviare**.
Stradàrio, s. m. (neol.) guia, indicador das ruas de uma cidade.
Stradière, (ant.) s. m. guarda aduaneiro.
Stradíno, s. m. trabalhador das estradas, que conserta ou cuida das mesmas / (dim.) de **strada**: pequena rua, ruazinha, estradinha, etc.
Stradiòtto, s. m. (hist.) estradiota, soldado a cavalo, grego ou albanês, que servia a República de Veneza.
Stradísta, (neol.) s. m. corredor de estrada.
Stradivàrio, s. m. estradivário, violino fabricado por Antônio Stradivário, célebre artista de Cremona (1644-1737).
Stradône, s. m. (aum. de **strada**) rua grande, geralmente avenida arborizada, nos arredores da cidade; alameda.
Stradòppio, adj. mais do que duplo, mais do que o dobro.
Stradotàli, adj. (jur.) parafernais, diz-se de certos bens da mulher que não fazem parte do dote.
Strafalciàre, v. (intr.) achavascar, fazer o que quer que seja sem apuro ou cuidado / disparatar, destrambelhar, desarrazoar / (ant.) ceifar mal, ceifar de qualquer jeito.
Strafalciône, s. m. erro grande, despropósito, disparate / pessoa que trabalha sem cuidado, sem apuro, grosseiramente.
Strafàre, v. (intr.) fazer mais que o justo ou necessário, fazer mais do que aquilo que se deveria fazer (geralmente, diz-se em sentido pejorativo).
Strafàtto, p. p. e adj. demasiado maduro, meio podre (fruto).
Strafelàre, strafelarsi, v. (refl.) afanar-se, azafanar-se, agitar-se.
Strafelàto, p. p. e adj. afanado, afadigado.

Strafilàggio, s. m. cordel com que os homens da tripulação de um navio de guerra enrolam a própria maca (cama de lona).

Strafigurare (tosc.) e **transfigurire** v. transfigurar / tornar irreconhecível; desfigurar, alterar.

Strafíne, adj. extrafino; finíssimo, superfino.

Strafoggiàto, adj. enorme, desaforado.

Strafôro, s. m. furo, buraco, abertura feita por perfuração / (loc.) **di ——**
——: furtivamente, às escondidas, solapadamente.

Strafottènte, adj. (vulg.) desabusado, que não se importa, que não liga para nada; petulante, inconveniente, insolente.

Strafottènza, s. f. (neol. vulg. e chulo) indiferença grosseira e ostensiva; insolência, desvergonha.

Straffottèrsi, v. (refl.) (chulo) não importar-se absolutamente com nada.

Stràge, s. f. massacre, mortandade, carnificina (de coisas ou pessoas) / destruição, ruína; devastação / (fam.) quantidade enorme: **quest'anno di uva ce n'è una strage / far ——:** consumir, destruir, comer muito.

Stragiudiziàle, adj. (for.) extrajudicial.

Stragiudizialmènte, adv. extrajudicialmente.

Stràglio, (v. strallo), s. m. estralho.

Stragodêre, v. (intr.) gozar muito; fruir, deliciar-se, regozijar-se.

Stragónfio, adj. inchadíssimo, gordíssimo / enfatuadíssimo / (pl.) **stragonfi.**

Stragrànde, adj. grandíssimo; enorme.

Stralciàre, v. (tr.) podar as videiras / (fig.) tirar fora; desbastar, emendar, corrigir; separar, extrair / (com. p. us.) liquidar.

Stràlcio, s. m. poda / (com.) **vendere a ——:** liquidar a mercadoria invendida no negócio / transação / (fig.) escolha.

Stràle, s. m. (poét.) frecha; dardo / (fig.) golpe de desventura; dor / ferida / **gli strali della calunnia:** os dardos da calúnia.

Straliciàre, v. (tr.) cortar (pano, papel, etc.) de viés.

Straliciatúra, s. f. corte, cortadura de viés.

Stralignàre, v. degenerar.

Stràllo ou **stràglio,** s. m. estralho, cabo metálico dos mastros dos navios.

Stralodàre, v. louvar muito, louvar demais.

Stralucènte, adj. transluzente; translúcido.

Stralunamènto, s. m. reviramento, revolvimento dos olhos.

Stralunàre, v. (tr.) revirar, revolver, entortar os olhos.

Stralunàto, p. p. e adj. revirado, revolto / alterado, transtornado; turbado, espantado, agitado.

Stralùngo, adj. longuíssimo; compridíssimo.

Stramàglia, s. f. mistura de ervas e palha para animais.

Stramaledíre, v. (tr. pop.) amaldiçoar bastante, amaldiçoar com toda a alma.

Stramangiàre, v. (intr.) comer imoderadamente, excessivamente.

Stramàre, v. (tr.) dar forragem aos animais.

Stramatùro, adj. maduro demais.

Stramazzàre, v. (tr.) abater, derrubar, atirar ao solo / (intr.) cair com ímpeto ao solo, tombar, precipitar-se.

Stramazzàta, s. f. tombo, queda, baque.

Stramàzzo, s. m. colchão de palha / (jogo) certo lance numa partida de baralho.

Stramazzône, s. m. queda, baque, tombo.

Stràmba, (ant.) s. f. corda de esparto.

Strambamènte, adv. estramboticamente, estranhamente, bizarramente.

Strambasciàre, v. (tr.) rasgar, esfarrapar, lacerar, reduzir a farrapos um pano, etc.

Strambellàre, v. (tr.) rasgar, esfarrapar, lacerar, reduzir a farrapos um pano, etc.

Strambèllo, s. m. farrapo, trapo de roupa rasgada.

Stramberìa, s. f. excentricidade, estapafurdice, palavra, ato ou conceito estapafúrdio.

Stràmbo, adj. cambaio, torto, (diz-se mais especialmente de olhos) / (fig.) extravagante, maluco, estrambótico.

Strambòtto e pop. **strambòttolo,** s. m. estrambote, breve poesia amorosa ou satírica de origem popular.

Stràme, s. m. erva, feno, palha seca dada aos animais como alimento / leito de palha, na cocheira, para os animais.

Strameggiàre, v. (intr.) comer o feno (animais).

Stramònio, s. m. (bot.) estramônio.

Stramortíre, v. (intr.) desfalecer, desmaiar, perder os sentidos / (pres.) stramortisco.

Strampalàto, adj. estrambólico, esquisito, estranho, amalucado, extravagante, disparatado.

Strampalerìa, s. f. excentricidade, esquisitice, doidice, extravagância, disparate.

Stranamènte, adv. de um modo insólito, estranhamente.

Stranàre, (ant.) v. distanciar, afastar.

Stranêzza, s. f. estranheza, esquisitice / **commise molte stranezze:** praticou várias excentricidades / **dire o fare stranezze:** dizer ou fazer disparates.

Strangolamênto, s. m. ato de estrangular; estrangulação.

Strangolàre, v. (tr.) estrangular, apertar o pescoço; enforcar, esganar; oprimir; ligar, atar / sufocar / (fig.) apertar demasiadamente, abafar / impor condições duras / **questo colletto mi strangola:** este colarinho me estrangula.

Strangolamênto, s. m. estrangulação.

Strangolatôre, adj. e s. m. estrangulador; que ou aquele que estrangula.

Strangolatòrio, adj. estrangulatório, violento, forçado / (fig.) que põe a corda ao pescoço: **contratto, prestito ——.**

Strangolazióne, s. f. estrangulação; estrangulamento, enforcamento.

Strangosciàre, v. (intr.) angustiar, afligir, atribular.
Stranguglióne, s. m. tonsilite (inflam.) e especialmente a dos cavalos / espécie de **angina pectoris** pelo que se tem um senso de sufocação que mata ou põe em perigo de morte.
Strànguria estranguria, s. f. estranguria, dificuldade extrema de urinar.
Straniàre, v. (tr.) tornar estranho, alienar, afastar, distanciar / (refl.) tornar-se estrangeiro; estranhar-se, afastar-se.
Stranièro, adj. estrangeiro de outra nação ou país / (ant. adj.) raro, estranho, insólito, remoto / (neol.) forasteiro, imigrante, alienígena, diferente, externo, exótico, peregrino, adventício.
Strànio, adj. (poét.) estrangeiro, forasteiro / estranho, exótico.
Strāno, adj. estranho, não comum, desusado, singular, bizarro; esquisito / fantástico, extraordinário, insólito, inverossímil: **fenomeno** / extravagante, caprichoso, esquivo, rude: **carattere**, **ánimo strano**.
Stranùto v. starnuto.
Straordinariamênte, adv. extraordinariamente, fora do comum.
Straordinariàto, s. m. cargo, posição de extraordinário.
Straordinarietà, s. f. estado ou qualidade do que é extraordinário ou temporário.
Straordinàrio, adj. extraordinário, fora do ordinário / grande, notável; singular; mirabolante / (s. m.) extraordinário, extranumerário: **impiegato** ———.
Straorzàre, v. (intr.) guinar, proejar, meter à orça (o navio) rapidamente.
Straorzàta, s. f. (mar.) guinada.
Strapagàre, v. (tr.) pagar demais, pagar mais do que o devido; pagar bem, pagar generosamente.
Strapanàre, v. (tr.) rasgar, esbandalhar, consumir, esfarrapar a roupa / **vestito strapanato**: traje esfarrapado.
Strapanàto, adj. rasgado, esfarrapado, gasto.
Straparlàre, v. (intr.) falar muito, falar demais; matraquear, tesourar, fazer maledicência; criticar / (pop.) desvairar, desatinar, disparatar.
Strapazzamênto, s. m. cansaço, extenuação / mau trato / reprimenda.
Strapazzàre, v. (tr.) cansar, fatigar, estragar, gastar / amarrotar / fazer mal uma coisa; fazer sem cuidado / ——— **un'autore**: interpretar mal um autor / ——— **una sonata**: tocar mal / (refl.) **strapazzàrsi**, cansar-se, extenuar-se, descuidar-se da própria saúde.
Strapazzàta, s. f. mau trato; manuseio; repreensão, sabão / fadiga, canseira / (adv.) **alla** ———: da pior maneira; **uova strapazzate**: ovos batidos e fritos.
Strapazzàto, p. p. e adj. maltratado, gasto, fatigado / amarrotado.
Strapàzzo, s. m. fadiga, estafa, abuso, descometimento, excesso / **da** ———: de pouco valor / **scrittore da** ———: escritor medíocre / **vita di strapazzi**: vida desregrada.

Strapazzóne, adj. relaxado, desmazelado; que maltrata a saúde; que não cuida das coisas; que amarrota, que gasta.
Strapazzóso, adj. cansativo, fatigante, exaustivo, incômodo.
Strapèrdere, v. (tr.) perder muito, perder demais.
Strapiacêre, v. (intr.) satisfazer, agradar demais.
Strapiantàre, (v. **trapiantare**) v. (tr.) transplantar.
Strapièno, adj. abarrotado, cheio demais; repleto.
Strapiombàre, v. (intr.) desaprumar, tirar do prumo; inclinar-se / cair a prumo, verticalmente.
Strapiómbo, s. m. desaprumo; desvio / lugar alcantilado, escarpado.
Strapiòvere, v. chover demais, chover abundantemente.
Strapotènte, adj. ultrapoderoso, potentíssimo; poderosíssimo.
Strapotènza, s. f. poderio grande, poderio extremo.
Stràppa, usado na loc. adv. **a strappa a strappa**: a toda pressa.
Strappàbile, adj. arrancável, rasgável, que se pode rasgar, dilacerar facilmente / extirpável.
Strapacchiàre, v. (tr.) arrancar pouco a pouco.
Strappamênto, s. m. arrancamento, arrancadura; laceração, extirpação.
Strappàre, v. (tr.) arrancar, rasgar, lacerar / arrebatar; **strappare un dente, la verità**; **un fiore, una pianta**: arrancar um dente, a verdade, etc / **il cuore, le lacrime**: comover / extirpar, dilacerar; lacerar, desarraigar, subtrair / (refl.) **strapparsi i capelli**: arrancar-se os cabelos / rasgar-se, destroçar-se, romper-se / separar-se.
Strappàta, s. f. arrancamento, ato de arrancar, de tirar com violência; de puxar, de apertar com força.
Strappàto, p. p. e adj. arrancado, tirado, extirpado, puxado com força / rasgado, esfarrapado, roto.
Strappatùra, s. f. rasgamento, rasgo; razão.
Stràppo, s. m. rasgadura, rasgo, rasgão; ato de rasgar, de lacerar / **a strappi**: aos poucos / (fig.) exceção, infração, transgressão / **uno** ——— **alle regole**: uma infração às regras, aos usos / arranco, estição, puxão.
Strappóne, s. m. (aum.) rasgão; puxão, arranco, estição.
Strappicchiàre, v. arrancar espaçadamente.
Strapuntíno, s. m. assento pequeno e dobrável que se põe nos automóveis, nos teatros, etc. para aumentar o número dos lugares.
Strapùnto, s. m. colchão fino, estofado com algodão e lã e costurado / acolchoado de cama.
Straricco, adj. riquíssimo, ricaço.
Straripamênto, s. m. transbordamento, inundação.
Straripàre, v. (intr.) transbordar das águas de um rio.
Straripévole, adj. escarpado, íngreme.
Strascicamênto, s. m. arrasto, arrastamento.
Strascicàre, v. (tr.) arrastar; arrastar pelo chão; puxar atrás de si / **farsi**

————: diz-se das crianças que se fazem arrastar pelas mãos / ———— il lavoro: fazer um trabalho de má vontade / ———— le gambe: arrastar as pernas ao caminhar / ———— le parole: pronunciar as palavras quase gaguejando / ———— una malattia: não conseguir curar-se de uma doença / (intr.) caminhar com dificuldade / (pres.) stràscico, -chi.

Strascichío, s. m. arrastamento continuado.

Stràscico, s. m. (pl. stràscichi) arrastamento, arrasto, arrastadura; ação de arrastar / cauda de vestido que se arrasta por terra / la veste aveva tre metri di ————: o vestido tinha três metros de cauda / resíduo, resultado conseqüência: gli strascichi della guerra, della malattia, del disastro: os resíduos, os rastros, as conseqüências da guerra, da doença, do desastre / parlare con lo ————: falar mastigando as vogais / (pesc.) rete a strascico: rede de cauda / (caç.) caça à raposa, usando como chamariz um pedaço de carne arrastado por terra.

Strascicône, s. m. pessoa que, por velhice, arrasta as pernas / madraço, vadio / a strascicóni (adv.): arrastando.

Strascinamênto, s. m. arrastamento, arrastadura, arrasto.

Strascinàre, v. (tr.) arrastar; puxar / levar à força / ———— le reti: arrastar as redes.

Strascinío, s. m. arrastamento prolongado e insistente / rumor produzido por coisa arrastada.

Stràscino, s. m. arrastadura, arrastamento / rede varredoura / rede de passarinhar / ancinho para limpar a terra / açougueiro ambulante / achavascado em qualquer ofício.

Strasecolàre, v. (intr.) assombrar-se, pasmar-se.

Strass (do nome do inv. al.) s. m. brilhante artificial.

Stratagèmma, s. m. estratagema; astúcia; ardil / engano, subterfúgio, manha / emboscada, cilada.

Stratagliàre, v. (tr.) cortar a madeira em sentido oposto ao das fibras; cortar de través.

Stratàglio, s. m. corte de través.

Stratèga, s. m. estratego; estrategista.

Strategía, s. f. estratégia / tática / ———— da operetta: estratégia de café.

Strategicamênte, adv. estrategicamente.

Stratègico, adj. estratégico / objetivo ————: objetivo estratégico / (pl.) stratègici.

Stratègo, ou stratèga, s. m. estrategista; estratego.

Stratèmpo, s. m. (raro) tempo estranho, mau tempo.

Stratificàre, v. (tr.) estratificar / (intr.) estratificar-se / (pres.) stratífico.

Stratificàto, p. p. e adj. estratificado.

Stratificaziône, s. f. estratificação.

Stratifórme, adj. estratiforme.

Stratigrafìa, s. f. estratigrafia.

Stràto, s. m. estrato, camadas dos terrenos sedimentares / nuvens em camadas uniformes / quantidade de coisas homogêneas espalhadas sobre uma superfície: uno ———— di polvere: uma camada de poeira / tapete ou pano estendido sobre o pavimento, sobre a rua, etc. / crosta, filão, substrato / strati sociali: camadas sociais.

Stratosfèra, s. f. estratosfera.

Stratosfèrico, adj. estratosférico / (pl.) stratosfèrici.

Stràtta, s. f. arranco, puxão violento e improviso, arrancão, sacudida.

Strattagèmma, v. stratagemma.

Strattône, s. m. (aum.) arrancão, puxão, sacudida forte.

Stravacàto, adj. torcido, desalinhado, torto; parte de página de impressão que saiu fora da linha: página stravacata.

Stravagànte, adj. e s. m. extravagante / estranho, esquisito / inconstante; caprichoso / bizarro, excêntrico, curioso, fora do comum.

Stravagantemênte, adv. extravagantemente.

Stravagànza, s. f. extravagância / esquisitice, fantasia, singularidade, bizarria.

Stravasàre, v. (intr.) extravasar, transbordar / exceder.

Stravàso, s. m. extravasamento, extravasação, saída de humores dos respectivos vasos.

Stravècchio, adj. velhíssimo: vino, prosciutto, cacio ————.

Stravedêre, v. (intr.) entrever, ver mal, equivocar-se / ———— per uno: favorecer alguém.

Stravêro, adj. (raro) veríssimo, muito verdadeiro.

Stravíncere, v. (intr.) vencer muito, vencer inteiramente / abusar da vitória.

Stravisàre, v. (tr.) alterar (a fisionomia, o aspecto).

Straviziàre, v. (intr.) descomedir-se, exceder-se, especialmente no comer ou beber; farrear, pandegar, foliar.

Stravízio, s. m. excesso, patuscada, comezaina, festim / orgia / (pl.) stravizi.

Stravízzo, s. m. (hist.) convívio anual dos Acadêmicos da Crusca.

Stravolère, v. (intr.) pretender, querer, desejar imperiosamente, impor-se, exigir mais que o devido.

Stravòlgere, v. (tr.) desordenar, revolver, torcer com violência: retorcer; deslocar, desconsertar / desviar, falsear, torcer o significado de uma coisa, interpretar erroneamente: ———— la verità.

Stravolgimênto, s. m. revolvimento, desordem; transtorno, alteração / contorção, perturbação, desconcerto.

Stravòlto, p. p. e adj. transtornado, alterado profundamente; turbado; desordenado; revolto, agitado; occhi stravolti, cervello ————; faccia stravolta.

Straziànte, p. pr. e adj. angustiante, atormentante, dilacerante, doloroso, aflitivo, penoso / dolore ————: dor lancinante.

Straziàre, v. (tr.) dilacerar, torturar: straziò il suo corpo con mille torture: atormentou o seu corpo com infinitas torturas / (fig.) causar grande dor moral, magoar, afligir / ———— gli orecchi: atormentar os ouvidos / estragar, maltratar, estropiar, gastar (dinheiro, um trabalho, uma língua, etc.) / ———— il cuòre: dilacerar o coração.

Straziàto, p. p. e adj. dilacerado, dilapidado, atormentado; torturado; angustiado; aflito.

Straziatòre, adj. e s. m. atormentador, o que atormenta, dilacera, tortura, aflige / escarnecedor.

Stràzio, s. m. despedaçamento, dilaceração; tortura; tormento; angústia, aflição / estrago, dissipação / **fece** —— **di un intero patrimônio**: dissipou um patrimônio inteiro / (tip.) apara de papel / (pl.) strazi / (ant.) escárnio.

Strebbiàccio, s. m. (raro) terreno raso, inculto.

Strebbiàre, v. (tr.) consumir, gastar-se a roupa / estragar uma coisa pisando-a; machucar, esfregar.

Strecciàre, v. (tr.) desentrançar; desfazer, soltar a trança ou laço de coisa entrelaçada.

Strèga, s. f. bruxa, feiticeira / (fig.) mulher feia e velha, ou má, maligna / (bord.) **punto a strega**: ponto de cruz / (dim.) **streghètta**, **streghína**, **stregúccia**: bruxazinha / (pej.) **stregàccia**.

Stregamênto, s. m. embruxamento, enfeitiçamento, bruxaria, feitiço / fascinação.

Stregàre, v. (tr.) embruxar, enfeitiçar / fascinar, encantar, cativar, seduzir.

Stregàto, p. p. e adj. embruxado, enfeitiçado / fascinado, encantado.

Strègghia (ant.), s. f. almofaça, utensílio para limpar as bestas.

Stregheria, e **stregoneria**, s. f. bruxaria, feitiçaria.

Stregonàre, v. (raro), embruxar, enfeitiçar.

Stregône, s. m. bruxo, feiticeiro / mago, mágico, e, entre alguns povos bárbaros, sacerdote.

Strègua, s. f. medida, comparação, confronto, proporção, critério / **alla medesima** ——: na mesma medida ou proporção / **alla** —— **dei fatti**: segundo o resultado prático.

Strelízzo, s. m. (hist.) soldado que pertencia ao corpo de guarda do Czar da Rússia.

Stremàre, v. (tr.) deprimir; diminuir, apoucar; reduzir ao extremo; debilitar, esgotar / diminuir / reduzir à miséria.

Stremàto, p. p. e adj. deprimido; extenuado; reduzido; diminuído; exausto, esgotado.

Stremenzíre, (v. striminzire) (tr.) restringir, apertar.

Stremêzza, s. f. (p. us.) diminuição, redução, penúria, escassez.

Stremíre, (ant.) v. (tr. e refl.) aterrar, amedrontar, assustar, estremecer.

Strèmo, adj. extremo, último, que está no limite no último ponto / —— **di forze**: exausto / escasso, mesquinho, mísero / (s. m.) extremo, fim: **in sullo stremo della mia vita** (Dante).

Strènna, s. f. (lat. **strèna**) presente, dádiva, brinde / presente que se dá nos dias de festa e especialmente nas de fim de ano.

Strenuamênte, adv. estrenuamente, denodadamente.

Strenuità, s. f. (lit.) ardimento, valor; brio; esforço, arrojo, denodo.

Strènuo, adj. estrênuo; valente; corajoso; denodado / esforçado, incansável: **difensore** —— **della legge**.

Strepènte, p. pr. e adj. estrepitante; que estrepita: ruidoso, buliçoso.

Strèpere, v. (poét.) (intr. def.) estrepitar; fazer ruído; alvoroçar.

Strepitàre, v. (intr.) estrepitar, fazer estrépito; fazer ruído; fazer soar com estrépito / falar em voz alta, armar barulho; altercar; gritar.

Strepitío, s. m. estrépito prolongado e freqüente.

Strèpito, s. m. estrépito; ruído forte; fragor, tumulto; agitação; estrondo / (fig.) **fare** ——: fazer falar de si, alcançar sucesso; fazer ruído, barulho.

Strepitosamênte, adv. estrepitosamente, estrondosamente.

Strepitôso, adj. estrepitoso, estrondoso / (fig.) que dá na vista; notório; ostentoso / **successo** ——: êxito completo.

Streptocòcco, s. m. (med.) estreptococo.

Streptomicína, s. f. estreptomicina, substância antibiótica, extraída em 1942, dum fungo anaeróbio.

Strètta, s. f. aperto, apertura, ato e efeito de apertar / —— **di mano**: aperto de mão / **dare una** —— **alla cinghia**: dar um apertão na cinta / aperto, aglomerado de gente; **c'era una gran** —— **di gente** / crise, excesso / penúria, aflição / **essere alle strette** ——: estar em aperto por uma coisa qualquer, ou estar extremamente necessitado / conclusão / **alla** —— **dei conti**: ão fechar as contas / **mettere alle** ——: encostar à parede, obrigar a fazer o que se deseja / ânsia, angústia, medo / **provò una** —— **al cuore**: sentiu um aperto no coração / (geogr.) lugar apertado, garganta da montanha; **la** —— **della Termópili** / (fig.) urgência, miséria, pobreza, dificuldade, necessidade / (mús.) tempo acelerado: —— **finale**.

Strettamênte, adv. apertadamente, estritamente, rigidamente, rigorosamente / unidamente, ligadamente / (fig.) **vivere** ——: viver pobremente / (ant.) acaloradamente.

Strettêzza, s. f. estreitura, estreiteza, qualidade daquilo que é estreito / aperto, penúria, dificuldade, escassez / pobreza, miséria; **vive in strettezze**: vive em aperturas.

Strettíre, v. (tr.) estreitar, apertar, restringir / (pres.) **strettisco**.

Strètto, p. p. e adj. estreitado, apertado, comprimido, errado, estreito, acanhado, angusto, justo, delgado, fino / árduo, rigoroso / extremo, urgente; **oggetti di stretta necessità**: objetos de estrita necessidade / exato, preciso; **lo** —— **significato delle parole** / apertado, necessitado; **essere** —— **dai bisogno**: leite coagulado / **amico, parente** ——: amigo, parente próximo, íntimo / s. m. (geogr.) estreito, braço de mar, garganta, passo de montanha / (dim.) **strettino**, **strettuccio**, **strettolino**.

Strettôia, s. f. faixa, cinto, ligadura / (fig.) circunstância, condição que causa apreensão, angústia, apertura, escassez, dificuldade.

Strettôio, s. m. prensa, instrumento para prensar / calandra / (fig.) lugar angusto onde se comprime muita gente.
Strettùra, s. f. estreiteza, estreitura, lugar angusto / opressão, apertura.
Stria, s. f. estria, sulco / linha, traço, risca sobre um fundo de tom ou cor diferente / (arquit) acanaladura, cavidade / (fig.) estria do espectro solar.
Striàre, v. (tr.) estriar, riscar, sulcar, canelar.
Striàto, p. p. e adj. estriado, riscado, sulcado / (anat.) **corpo** ———: núcleo finíssimo de células nervosas / **stoffa striata**: tecido riscado.
Striatùra, s. f. estriamento.
Stribbiàre, v. (tr.) esfregar, gastar, maltratar.
Stricco, s. m. (mar.) roldana.
Stricnina, s. f. estricnina (alcalóide venenoso).
Stridènte, p. pr. e adj. estridente, agudo, penetrante; que causa estridor / violento, chocante: **colori stridenti**, contrasto stridente.
Strídere, v. (intr.) chiar, guinchar, estridir / **il maiale stride**: o porco guincha / **la ruota stride**: a roda chia / **il vento stride**: o vento assobia / estrugir, estridular / (fig.) desentoar, chocar / (ant.) desmoronar-se.
Stridío, s. m. estridor, chiadeira continuada.
Stridíre, v. (lit.) chiar, estridir, estrugir / desafinar, desentoar / (pr.) **stridisco**.
Strído, s. m. grito, estridor, voz aguda e áspera / som penetrante e forte, zunido estrídulo (do vento, mar, etc.).
Stridôre, s. m. estridor; estridolência; rumor agudo e penetrante; chio, chiadeira / (fig. pl.) frio intenso.
Stridulàre, v. (intr.) estridular; chiar (a cigarra, etc.) (pres.) **strídulo**.
Stridulazióne, s. f. estridulação; chiadeira de certos insetos.
Strídulo, adj. estrídulo, estridente, áspero, agudo, desagradável: **voce** ———: voz estridente.
Strigàre, v. (tr.) deslindar, desatar, resolver uma coisa emaranhada / (refl.) desembaraçar-se, livrar-se de uma trapalhada de estorvos.
Strige, s. f. (lit.) estrige, família de pássaros noturnos a que pertence a coruja / (p. us.) bruxa, feiticeira.
Strigíle, s. m. estrígil, raspador de ferro ou bronze, para fazer massagens, limpar, raspar ou coçar o corpo, especialmente no banho.
Stríglia, s. f. almofaça, escova de ferro para limpar animais.
Strigliàre, v. (tr.) almofaçar, limpar com almofaça / (fig.) criticar, censurar, repreender asperamente.
Strigliàta, s. f. almofaçadura, ação de limpar a almofaça / (fig.) repreensão, crítica áspera, reprimenda.
Strigliatôre, adj. e s. m. almofaçador.
Strigliatùra, s. f. almofaçadura / poeira que sai do animal almofaçado.
Strillàre, v. (intr.) estrilar, soltar gritos agudos; bradar, berrar, gritar.
Strillo, s. m. grito estrídulo, berro, brado agudo; gritaria, urro, clamor de quem protesta.

Strillône, s. m. gritador, gritalhão / jornaleiro que apregoa na rua o título ou as notícias dos jornais / (fem.) **strillona**.
Strillòzzo, s. m. milheirão, milharoz, abelheiro (pássaro).
Striminzíre, v. (tr.) estreitar, ajustar o vestido, restringir, diminuir, adelgaçar / (refl.) **striminzírsi**: apertar-se no busto ou na cintura para parecer ou ficar mais elegante / entorpecer-se por excesso de frio.
Striminzíto, p. p. e adj. restringido, estreitado, adelgaçado, encolhido, encaramujado, enconchado em si mesmo pelo frio.
Strimpellamênto, s. m. chocalhada, arranhão de instrumento.
Strimpellàre, v. (tr.) arranhar, chocalhar, zangarrear, raspar, tocar mal um instrumento; ——— **la chitarra, il pianoforte**.
Strimpellàta, s. f. arranhação, esfoladura de uma música ou instrumento / (dim.) **strimpellatína**.
Strimpellatôre e **strimpellône**, s. m. músico que arranha, que desafina, que toca mal.
Strimpellío, s. m. (arranhação, zangarreio, desafinação continuada (de instrumentos).
Strimpèllo, s. m. som desafinado de instrumento mal tocado, e o próprio instrumento.
Strimpellône, adj. e s. m. (f. **-ona**), tocador inábil, mau músico, arranhador de viola, de violino, etc.
Strinàre, v. (tr.) chamuscar, tostar, queimar as pernas e os pelos dos animais na chama viva; ——— **lo stufato**.
Strinàto, p. p. e adj. chamuscado, crestado, queimado / (fig.) **secco** ———: seco, magríssimo, enxuto (pessoa) / (s. m.) cheiro de chamusco; **la bistecca sa di** ———.
Strínga, s. f. agulheta para o espartilho e o sapato / fita de couro fina; cordel de sapato, amarrilho / (bras.) atilho / (dim.) **stringhetta**, correiazinha.
Stringàio, s. m. fabricante de cordões, fitas de atadura, atilhos, cintos, etc.
Stringàre, v. (tr.) apertar, restringir, comprimir por meio de fita ou cordão, cinto, etc. / (fig.) reduzir, tornar conciso um escrito ou discurso.
Stringatamênte, adv. reduzidamente, concisamente.
Stringàto, p. p. e adj. apertado, enlaçado, estreito, justo / (fig.) breve, conciso; **uno scritto** ———.
Stringèndo, v. apertado, estreitando / (mús.) stringendo, acelerando o tempo.
Stringènte, p. pr. premente, urgente; **ragioni urgenti** / (s. m.) (p. us.) adstringente.
Stríngere, v. (tr.) apertar, estreitar, unir, encostar as partes de uma coisa ou mais coisas entre si / cerrar, fechar, segurar, frear, refrear / empunhar (a espada, etc.); abraçar, cingir, comprimir, diminuir, espremer, obrigar, restringir / resumir, acelerar / ——— **nella morsa**: apertar no torno, consertar, estipular: ——— **contratti, trattati** / ——— **uno con le spalle al muro**: pôr entre a espada e o fogo /

(refl.) encostar-se, apertar-se, estreitar-se, restringir-se / (loc.) **stringersi nelle spalle**: encolher os ombros em sinal de dúvida / (adv.) **stringi stringi**: em resumo, em conclusão / (prov.) **chi troppo abbraccia nulla stringe**: quem muito quer nada alcança / (pres.) **stringo, stringi**, (p.p.) **stretto**.

Stringibôrdo, s. m. cavilha a parafuso que serve para apertar as tábuas do casco do navio.

Stringimênto, s. m. estreitamento, ato de estreitar, aperto, compressão, restringimento, pressão; adstringência (do ventre, etc.).

Stringitôre, adj. e s. m. estreitador, apertador adstringente.

Stringitúra, s. f. estreitamento, aperto, pressão, compressão.

Strino, (dial.) s. m. míldio, doença criptogâmica das videiras / (sin.) **peronospora**.

Strioscopía, s. f. método que tem fim tornar visíveis sob a forma de estrias as perturbações e defeitos de homogeneidade das correntes de ar, etc.

Strippapèlle, voz usada no loc. adv. **a ———**: a mais não poder, a arrebentar / **mangiare a ———**: comer a tripa-forra.

Strippàre, v. (intr.) empanturrar-se, comer muito e gulosamente.

Strippàta, s. f. patuscada, comezaina.

Strippône, s. m. comilão, glutão.

Striscia, (pl. **strisce**) s. f. tira, fita, listra, pedaço estreito e comprido de pano, papel, couro, etc. / sulco, rasto, vestígio, marca, sinal / nesga (de terra, céu etc.) / (poét.) serpente; **la mala striscia** (Dante) / (dim.) **striscetta, striscettina, strisciolina** / (aum.) **striscione, strisciona**.

Strisciamênto, s. m. rastejamento, arrastadura / (fig.) adulação.

Strisciànte, p. p. e adj. rastejante, que rasteja / (fig.) servil, adulador.

Strisciàre, v. (tr.) rastejar, arrastar, resvalar / roçar, deslizar, alisar / esfregar, serpentear / rascar, arranhar / **——— un móbile / ——— la carta giocando**: rastear o naipe / **——— sull' acqua**: roçar a água / (fig.) adular, bajular, reverenciar profundamente / (refl.) arrastar-se / (fig.) adular, agradar.

Strisciàta, s. f. arrastadela, rastejamento, roçamento / (fig.) adulação, lisonja.

Strisciatúra, s. f. arrastamento, roçadura / rascunho numa superfície / **colpire di ———**: golpear de viés / no jogo de cartas **fare la ———**: rastear a carta / golpe de raspão na bola, no jogo de bilhar.

Striscióne, s. m. (aum.) tira, fita, listra grande, faixa grande, especialmente de papel / (fig.) adulador, rastejador, bajulador / (adv.) **a striscioni**: de rastos, arrastando-se.

Stritolabile, adj. triturável / friável.

Stritolamênto, s. m. trituração; esmagamento.

Stritolàre, v. (tr.) triturar, esmagar, pulverizar, romper, esmigalhar / (fig.) aniquilar, abater, inutilizar, destruir: **con quegli argomenti lo stritolò** / (refl.) esmigalhar-se / (pres.) **stritolo**.

Stritolàto, p. p. e adj. triturado; aniquilado; abatido.

Stritolatôre, adj. e s. m. triturador; esmigalhador; destruidor / (s. f.) **stritolatrice**.

Stritolatúra, s. f. trituração; esmigalhamento.

Strizzàre, v. (tr.) espremer com força; esmagar (limão, laranja, uva, etc.) / torcer para tirar a umidade (roupa, etc.) / (fig.) **——— l'occhio**: piscar o olho.

Strizzàta, s. f. espremedura / piscadela de olho: **——— d'occhio** / (dim.) **strizzatina**.

Strizzatúra, s. f. (p. us.) espremedura / piscadela.

Strizzône, s. m. espremedura forte / dor aguda, especialmente no ventre; aperto / frio penetrante, excessivo.

Stròbilo, s. m. (bot.) estróbilo.

Stroboscòpio, s. m. estroboscópio, aparelho que permite analisar os movimentos periódicos rápidos.

Stròfa e stròfe; s. f. estrofe; estância, copla / 1ª parte do canto lírico grego / (dim.) **strofetta**.

Strofantina, s. f. estrofantina, alcalóide med. do estrofanto.

Strofànto, s. m. (bot. e med.) estrofanto.

Stròfico, adj. (lit.) estrófico, relativo a estrofe / (pl.) **strófici**.

Strofinàccio, s. m. esfregão, trapo, pano de esfregar; rodilhão / (pl.) **strofinacci**.

Strofinamênto, s. m. esfregação, esfrega, ato de esfregar; fricção, esfregadura.

Strofinàre, v. (tr.) esfregar, friccionar / lustrar, limpar, polir; roçar; coçar / (Refl.) **strofinarsi le mani**: esfregar-se as mãos em sinal de satisfação ou contentamento / (fig.) **strofinarsi intorno a uno**: andar à roda, acercar-se de alguém, adulando-o, para conseguir algo.

Strofinàta, s. f. esfregação, esfregadura / (dim.) **strofinatina**: esfregadela.

Strofinàto, p. p. e adj. esfregado, friccionado / roçado / limpado.

Strofinío, p. p. e adj. esfregado, friccionado / roçado / limpado.

Strofinío, s. m. esfregação continuada e insistente / fricção continuada / (pl.) **strofinii**.

Strogolàre, v. (intr.) focinhar do porco na gamela / (fig.) comer metendo a cara no prato e mastigando ruidosamente / (pres.) **strògolo**.

Strogolône, adj. e s. m. que ou aquele que come porcamente.

Strologàre, (dial.) v. astrologar.

Strologàre, v. (tr. e intr.) astrologar, agourar, predizer o futuro observando os astros, fazer horóscopos, pressagiar / fantasiar, divagar, sonhar, conjecturar, imaginar, divagar, planear / (pres.) **stròlogo**.

Strología, s. f. (pop. e raro) astrologia.

Stròlogo, s. m. (pop.) astrólogo.

Stròma, s. m. (anat.) estroma, trama de um tecido / (bot.) superfície frutífera das plantas criptogâmicas / (pl.) **stromi**.

Stromàtica, s. f. estromaturgia, arte de tecer tapetes.

Strombàre, v. (tr.) (arquit.) alargar obliquamente, esguelhar.

Strombatúra, s. f. (arquit.) parte reentrante da parede, numa porta ou janela; parapeito, peitoril, alizar.
Strombazzàre, v. (intr.) trombetear, tocar trombeta / (tr.) alardear ruidosamente, apregar, propalar, divulgar, proclamar.
Strombazzàta, s. f. trombeteamento / divulgação, propalação ruidosa / elogio despropositado, bulhento.
Strombazzàto, p. p. e adj. trombeteado / divulgado, espalhado, propalado.
Strombazzatôre, adj. e s. m. trombeteador / divulgador, propalador, apregoador.
Strombettàre, v. (tr.) trombetear, tocar freqüentemente ou tocar mal (trombeta) / alardear, propalar, apregoar.
Strombettàta, s. f. trombeteamento.
Strombettatôre, adj. e s. m. trombeteador; que toca trombeta / propalador, apregoador.
Strombettío, s. m. trombeteio continuado e freqüente; estrondo de trombetas.
Strômbo, s. m. (arquit.) parte reentrante da parede / (zool.) estrombo, gênero de moluscos gasterópodes, cujas conchas servem para o fabrico dos camafeus.
Stromboli, (geogr.) Estrômboli, ilha italiana no mar Tirreno, cognominada o Farol do Mediterrâneo.
Stromênto, s. m. (pop.) instrumento.
Stroncamênto, s. m. destroncamento, truncamento.
Stroncàre, v. (tr.) destroncar; decepar; truncar; quebrar; separar, desmembrar / (fig.) estropiar, maltratar uma pessoa, ou arruiná-la moralmente, demoli-la (diz-se especialmente de escritor arrasado por crítica áspera e impiedosa) / (refl.) romper-se, destroncar-se, quebrar-se: **rompersi una gamba, l'osso del collo**.
Stroncàto, p. p. e adj. destroncado; desmembrado; truncado; quebrado.
Stroncatôre, adj. e s. m. que ou aquele que destronca, que critica violentamente.
Stroncatúra, s. f. destroncamento / truncamento / (lit.) crítica mordaz, áspera, violenta, desapiedada, demolidora de uma obra e do seu autor.
Strônco, adj. e s. m. destroncado; deforme de corpo, mutilado, coxo, manco, estropiado / (pl.) **stronchi.**
Stronfiàre, v. (intr.) bufar, expelir o ar pela boca com força por cansaço, por ira ou por soberba; soprar / bazofiar, alardear.
Stronfiône, s. m. bufador / (fig.) blasonador, orgulhoso, bazofiador, fanfarrão.
Strònzio, s. m. (miner.) estrôncio.
Strônzo, strônzolo, s. m. (chulo) excremento, esterco duro; cagalhão.
Stropicciamênto, s. m. esfregação, esfregamento.
Stropicciàre, v. (tr.) esfregar com força, com a mão ou outra coisa / (refl.) esfregar-se; friccionar-se / (vulg.) **me ne stropiccio**: não me importa absolutamente nada.
Stropicciàta, s. f. esfregadura, esfregadela; esfregação.
Stropicciatúra, s. f. esfregação; fricção.
Stropiccío, s. m. esfregação continuada e freqüente / **stropiccío di piedi**: rumor de pés arrastados.
Stroppàre, v. (tr.) (mar.) prender o remo com o estropo.
Stroppiàre, v. (pop.) estropiar; aleijar, mutilar.
Stròppio, adj. (pop.) estropiado, manco.
Stròppo, s. m. (mar.) estropo, cabo de corda em forma de anel; anel de corda que prende o remo ao tolete.
Stròscia, s. f. sulco, poça, regueiro que faz um líquido escorrendo por terra.
Strosciàre, v. (intr.) cair a água com ruído.
Stròscio, s. m. rumor, estrépito de água que cai do alto: ——— **di pioggia** / (ant.) ruína, queda.
Stròzza, s. f. garganta, goela / espécie de cinzel para limpar metais.
Strozzamênto, s. m. estrangulação, sufocação; constrição, aperto, estreitamento.
Strozzapreti, s. m. variedade de ameixas e peras de sabor áspero / macarrão grosseiro para sopa.
Strozzàre, v. (tr.) estrangular, enforcar, esganar; apertar demasiadamente, abafar, obstruir / (fig.) sufocar, emprestar dinheiro a juro de usura / obstaculizar, paralisar; ——— **un' impresa** / impor condições pesadas.
Strozzàto, p. p. e adj. estrangulado, enforcado / estreito, sufocado, apertado / **ernia strozzata**: hérnia estrangulada.
Strozzatôio, adj. estrangulador / (mar.) maquinismo para deter a corrente da âncora.
Strozzatôre, adj. e s. m. estrangulador, esganador / (fem.) **strozzatrice**.
Strozzatúra, s. f. estrangulação, sufocação /, aperto, estreitamento de canal, de tubo, etc. / gargalo de tubo ou garrafa / (fig.) usura.
Strozzière, (ant.) s. m. falcoeiro, o que custodiava os falcões destinados à caça.
Strozzinàggio, s. m. agiotagem, usura.
Strozzíno, s. m. agiota / espécie de ratoeira.
Strubbiàre, v. (tr.) gastar, consumir rapidamente, roer, especialmente roupa, vestido, etc. /**vestito strubbiato**: traje roído.
Strubbio, s. m. desalinho, descuido, raspadura dos trajes.
Strubbiône, s. m. descuidado, desalinhado, desmazelado.
Strucinàre, v. (tr.) estragar, esfarrapar, consumir, estracinhar, maltratar, gastar os trajes.
Strucínio, s. m. estrago, desalinho, desmazelo contínuo, raspadura do vestido.
Strudel (v. alem.) rolo de pastel com maçãs, passas, etc.
Strúffo, e strúffolo, (ant.) s. m. maço de palhas usado pelos escultores para friccionar e lustrar o mármore.
Strufonàre, v. (tr.) (ant.) esfregar, friccionar.
Strufône, s. m. (ant.) trapo de esfregar, esfregação.
Strúggere, v. (tr.) derreter, fundir, dissolver, liquefazer por meio de calor / estragar, dissipar, consumir; ——— **un capitale**: consumir um capital / **struggersi**: (refl.) consumir-se, tor-

mentar-se, afligir-se; ——— in pianto: desfazer-se, consumir-se em pranto, desesperar-se / **struggersi la neve al sole**: derreter-se a neve ao sol / (p. p.) **strutto**.

Struggibúco, s. m. trabalho, coisa maçante, enfadonha, sem resultado algum.

Struggicuòre, s. m. comoção intensa, desgosto, pesar, angústia.

Struggimênto, s. m. desfazimento, destruição, dissolução / ansiedade, tormento, inquietação, desgosto.

Struggistòmaco, s. m. importuno, pesado, maçante.

Struggitôre, adj. e s. m. desfazedor, destruidor, que desfaz, que destrói, que atormenta, que aflige.

Strúllo, adj. e s. m. bobo, tolo, tonto, néscio.

Strúma, s. m. papeira / (med.) papo, bócio, escrófula.

Strumactomía, s. f. eliminação da papeira.

Strumentàle, adj. instrumental / (s. m.) lo ———: o instrumental.

Strumentàre, v. (tr. mús.) instrumentar / (jur.) fazer um contrato, lavrar uma escritura, etc.

Strumentatôre, adj. e s. m. instrumentador.

Strumentatúra, strumentazione, s. f. (mús.) instrumentação.

Strumentísta, s. m. instrumentista.

Strumênto, s. m. instrumento; tudo o que serve para fazer algum trabalho ou fazer alguma observação / ferramenta; utensílio / instrumento, objeto para produzir sons musicais / (jur.) instrumento, ato público, ata, escritura, título / meio, via, documento, arma / (dim.) **strumentíno, strumentúccio**; (aum.) **strumentône**.

Strusciàre, v. (tr.) esfregar, roçar, friccionar / consumir, não ter cuidado, deteriorar os vestidos, etc. / (fig.) adular, bajular / afanar-se, fatigar-se.

Strusciàta, s. f. esfregação, esfregadela / trabalho penoso, fadiga, afã.

Struscióne, adj. e s. m. gastador, estragador, que estraga, que gasta as vestes em pouco tempo / adulador; bajulador.

Strútto, p. p. e adj. derretido, dissolvido, consumido, desfeito / (s. m.) banha de porco.

Struttúra, s. f. estrutura / construção, edifício / constituição, organismo / distribuição, ordem, disposição, arranjo.

Strutturàle, adj. estrutural.

Strúzzo, s. m. avestruz / **stomaco di** ———: estômago de avestruz.

Stúcca, s. m. (raro) estucamento.

Stuccamênto, s. m. (raro) estucamento.

Stuccàre, v. (tr.) estucar, rebocar, tapar com estuque; recobrir com estuque / (fig.) saciar, nausear; enjoar; saciar facilmente / (refl.) adornar-se, enfeitar-se (de mulher que se touca ou arruma).

Stuccatôre, s. m. estucador.

Stuccatúra, s. f. estuque / ato de estucar.

Stucchevôle, adj. fastidioso, fastiento, molesto, incômodo: **persona, cibo** ———.

Stucchevolêzza, s. f. fastídio; aborrecimento, amofinação, enfadamento, tédio.

Stucchevolmênte, adv. fastidiosamente, aborrecidamente, molestamente.

Stucchinàio, s. m. estucador / vendedor ambulante de figuras de gesso, barro, etc.

Stucchíno, s. m. estatuetas de gesso, feitas geralmente por operários artesãos de **Lucca** / (fig.) moça bonita de pele lisa e corada, porém sem expressão; boneca.

Stúcco, s. m. estuque / estatueta ou figura de estuque / (fig.) **essere di** ———: ser insensível / **restare di** ———: ficar pasmado, estupefato · / (adj.) enfastiado, aborrecido, farto: **sono** ——— **di sentire questi discorsi**: estou saturado de ouvir essa conversa / (pl.) **stucchi**.

Stuccôso, adj. da qualidade do estuque, relativo a estuque / (fig.) fastiento, nojento, molesto.

Stud-book, (v. ingl.) s. m. livro de **pedigree** de cavalo; genealogia hípica.

Studènte, s. m. estudante; aluno, discípulo / (dim.) **studentèllo, studentíno, studentúccio**.

Studentêsca, s. f. o conjunto dos estudantes; a classe dos estudantes; estudantada.

Studentesco, adj. estudantil.

Studiàbile, adj. estudável, que se pode estudar; possível de estudar.

Studiacchiàre, v. estudar desatentamente e sem muita vontade.

Studiàre, v. (tr.) estudar, aplicar a inteligência; cursar; examinar, planear; decorar; meditar; aprender / ser estudioso, ser estudante / ——— **il passo**: apurar o passo / ——— **le parole, le frasi**: cuidar-se no falar.

Studiatamênte, adv. estudadamente; propositadamente, adrede.

Studiàto, p. p. e adj. estudado, que foi visto e ponderado; meditado, considerado / esmerado, primoroso / afetado, simulado / preparado, precavido.

Studiatôre, adj. e s. m. estudioso / que estuda, especialmente no sentido de quem estuda os gestos, as frases, etc. / (fem.) **studiatrice**.

Studicchiàre, e studiacchiare, v. (tr.) estudar ligeiramente.

Stúdio, s. m. estudo / ato de estudar; exame, análise; observação; ensaio, preparação / esboço, projeto / composição musical / local, escritório de advogado, escritor, médico, professor etc.; estúdio, local onde trabalham artistas; local onde se filmam os interiores de um filme cinematográfico / (pint.) esboço / **a bello** ———: adrede, intencionalmente / (dim.) **studiêtto**, **studiuòlo, studiolíno**.

Studiosamênte, adv. estudiosamente; diligentemente; prolixamente / expressamente, propositalmente.

Studiôso, adj. e s. m. estudioso, aplicado, diligente / cuidadoso, esmerado, solícito.

Stuellàre, v. (tr.) (med.) introduzir a mecha; mechar.

Studium Urbis, s. m. a Universidade de Roma: **la Sapienza**.

Stuèllo, s. m. (cir.) mecha, pedaço de gaze que se introduz numa ferida, chaga, etc.

Stúfa, s. f. estufa, lugar aquecido para poupar as plantas do frio; lugar para fazer secar lenha / estufa de ferro ou de outro material para aquecer aposentos; estufa a gás, a lenha, a carvão / (ant.) defumadora.

Stufàio, s. m. operário que trabalha em estufas, chaminés, etc.; estufeiro.

Stufaiuòla, s. f. estufadeira, vasilha para cozer estufados.

Stufàre, v. (tr.) estufar, guisar na estufadeira; aquecer ou secar em estufa; / (fig.) amolar, enfastiar, aborrecer / (ant.) esquentar na estufa.

Stufàto, p. p. e adj. esufado, secado, conservado na estufa / (s. m.) guisado, carne estufada / (dim.) stufatino.

Stufatúra, s. f. estufagem, ato de estufar (especialmente os casulos).

Stúfo, adj. (sin. de stufato), enfastiado, entediado, enojado, enfarado / (superl.) arcistufo.

Stultilòquio, s. m. estultilóquio.

Stuòia, s. f. esteira, tecido de junco que se usa como tapete ou cortina / grade de juncos ou bambus para o forro / (fig.) miséria grande / **punto stuoia**: ponto de bordado parecido com o ponto de cruz.

Stuòlo, s. m. bando, magote, grupo, multidão, tropel, bandada: —— **di gente, di passeri, di soldati**, etc.

Stupefacènte, p. pr. e adj. estupefaciente, que produz estupefação, surpreendente / (s. m.) estupefaciente, alcalóide, entorpecente, narcótico.

Stupefàre, v. (tr.) estupefazer, estupeficar, assombrar, entorpecer, pasmar, aturdir.

Stupefàtto, p. p. e adj. estupefato, boquiaberto, pasmado, assombrado, atônito, extasiado, absorto, suspenso, confuso.

Stupefaziône, s. f. estupefação, assombro, pasmo, estupor / (med.) entorpecimento, causado por anestésico.

Stupendamènte, adv. estupendamente, maravilhosamente.

Stupèndo, adj. estupendo, maravilhoso, extraordinário, admirável, surpreendente, pasmoso: **spettacolo** ——.

Stupidàggine, s. f. estupidez, necedade, asneira, estultícia: **dare, fare stupidaggini**.

Stupidamènte, adv. estupidamente.

Stupidamènto, s. m. estupifidicação; aturdimento, entorpecimento da mente.

Stupidèzza, s. f. (raro), estupidez (v. stupidità).

Stupidire, v. (tr.) estupidecer, tornar estúpido / (intr.) tornar-se estúpido, emparvoecer, imbecilizar-se, embrutecer-se / (pr.) **stupidisco**.

Stupidità, s. f. estupidez.

Stupidito, p. p. e adj. estupidificado.

Stúpido, adj. estúpido, que não tem inteligência, obtuso, tolo, bobo / (fig.) **discorso** ——: linguagem tola; **vita stupida**: vida sem um fim determinado / (dim.) **stupidino, stupidetto** / (aum.) **stupidone**.

Stupire, v. estupefazer, assombrar, pasmar / (refl.) maravilhar-se, assombrar-se.

Stupíto, p. p. e adj. admirado, surpreendido, assombrado / estupefato, atônito.

Stupôre, s. m. estupor, maravilha, assombro / (med.) estado de estupor, estupefação, entorpecimento.

Stupràre, v. (tr.) estuprar, violentar.

Stúra, s. f. destampamento / **dare la** ——: destampar / (fig.) desembuchar, dizer tudo o que se sabe, sem reticências, ou começar a falar ou escrever sem medida.

Sturamênto, s. m. destampamento, destapamento, ação de destapar ou destampar.

Sturàre, v. (tr.) destapar, destampar, tirar o tampo ou a tampa, desarrolhar (garrafa, etc/); abrir.

Sturbamênto, s. m. estorvo, estorvamento, perturbação, transtorno.

Sturbàre, v. (tr.) estorvar, perturbar, molestar, dificultar, incomodar / (ant.) borrar, apagar.

Stúrbo, s. m. (pop.) estorvo, incômodo, distúrbio, embaraço.

Stuzzicadènti, s. m. palito para os dentes.

Stuzzicamênto, s. m. excitação, atiçamento, incitamento, espicaçamento, provocação, instigação, estimulação.

Stuzzicante, p. pr. e adj. excitante, estimulante / pruriginoso, tentador / apetitoso: **cibo** ——.

Stuzzicàre, v. (tr.) espicaçar, tocar levemente com objeto fino e pontudo, esgaravatar / (fig.) irritar, excitar, provocar, instigar, estimular / remexer / **stuzzicare la curiosità, l'appetito**: aguçar a curiosidade, o apetite / (pres.) **stúzzico**.

Stuzzichino, s. m. (fam.) espicaçador, instigador, esgaravatador / (dial.) antepasto.

Stuzzicorêcchi, s. m. esgaravatador para limpar os ouvidos.

Su, (sinc. de suso, do lat. súrsum), adv. de lugar; sobre, em cima, acima, para cima: **levar su**; **levarsi su**, **venir su**: surgir, levantar-se, erguer-se, crescer / elevar-se / **metter** ——: instigar, açular contra alguém / **andare in** ——: subir / —— **e giú**: adiante e atrás, para cima e para baixo / —— **per giú**: aproximadamente, mais ou menos / (prep.) sobre, em cima; às vezes junta-se ao artigo determinativo formando as preposições articuladas **sul, sulla, sui, sulle / sui monti**: sobre os montes; **sulle scale**: sobre as escadas; **sui tetti**: sobre os telhados / **sul far del giorno**: ao amanhecer / **sull'erba**: sobre a erva / ao redor de / —— **quest'argomento**: sobre este assunto; em direção de / **finestra che dà sul cortile**: janela que dá para o quintal / **fare sul serio**: proceder seriamente, de verdade / idade; / **una ragazza sui 25 anni**: uma moça dos seus 25 anos.

Sua, adj. sua, seu / (s. m.) **voler dire la sua**: querer dar a própria opinião / **star sulle sue**: ser reservado / **dalla sua**: de sua parte / **tengono tutti dalla sua**: são todos do seu partido.

Suaccennàre, v. (tr.) citar ou referir anteriormente.

Suaccennàto, p. p. e adj. supracitado, citado ou mencionado acima.

Suàcia, s. f. (ict.) linguado pequeno.
Suadènte, p. pr. e adj. persuasivo; conciliativo, suasório, convincente.
Suadêre, v. (tr. lit.) persuadir.
Suaditôre, adj. e s. m. persuasor, persuasivo, conciliativo, convincente.
Suasiône (ant.), s. f. persuasão.
Suasívo, adj. (lit.) persuasivo, persuasório
Suasòrio, adj. (lit.) suasório, persuasivo / (pl.) **suasori**.
Sub, prefixo; sub; elemento de composição de palavras para exprimir a idéia de baixo, abaixo, lugar inferior; ou de aproximação, substituição / **sub**, prep. lat. us. em certas loc.: **sub iudice, sub love**, etc.
Subaccollàre, v. subempreitar, subarrendar, (trabalho, negócio, etc.).
Subaccollatàrio, s. m. subempreiteiro, subarrendatário.
Subaccòllo, s. m. subempreitada.
Subàcido, adj. subácido, de propriedades quase iguais às do ácido.
Subàcqueo, adj. subáqueo, submarino, subfluvial.
Subaffittàre, v. (tr.) sublocar; subalugar.
Subaffitto, s. m. sublocação.
Subaffittuàrio, s. m. sublocatário.
Subalpíno, adj. subalpino, que está nos pés dos Alpes; usado quase exclusivamente em referência ao Piemonte ou aos Piemonteses.
Subaltèrno, adj. subalterno, dependente, inferior, subordinado / (s. m.) empregado subalterno.
Subappaltàre, v. (tr.) subempreitar.
Subappaltatôre, adj. e s. m. subempreiteiro.
Subappàlto, s. m. subempreitada, subarrendamento.
Subàsta, (raro) s. f. leilão, pregão, hasta pública ou judicial.
Súbbia, s. f. cinzel para trabalhar objetos duros, especialmente a pedra.
Subbiàre, v. (tr.) cinzelar, lavrar, trabalhar o cinzel.
Subbiètto, o mesmo que **soggetto**, adj. e s. m. (lit.) sujeito.
Subbillàre, v. (tr. ant.) v. **sobillare**.
Sùbbio, s. m. cilindro de enrolar, do tear / eixo de máquina, especialmente hidráulica / (pl.) **subbi**.
Subbissàre, e der. v. **subissare**.
Subbiuòlo, s. m. (dim.) pequeno escopro ou cinzel.
Subbùglio, s. m. barulho, confusão, desordem, motim, tumulto, alvoroço.
Subcontràrio, adj. (filos.) subcontrário.
Subcosciènte, s. m. subconsciente.
Subcosciènza, s. f. subconsciência.
Subdelírio, s. m. subdelírio, delírio incompleto.
Subdolamênte, adv. subrepticiamente, enganosamente.
Súbdolo, adj. subdoloso, enganoso, fraudulento; falso, desleal.
Subeconomàto, s. m. subconomato, grau de subcônomo.
Subecònomo, s. m. subcônomo.
Subenfitèusi, s. f. subenfiteuse, subemprazamento.
Subentrànte, p. pr. e adj. sucessor, que sucede, que sobrevém; **febbre** ———.
Subentràre, v. (intr.) suceder, substituir, entrar alguém depois ou em lugar de outro.

Subèrico, adj. subérico, (ácido que se extrai da cortiça) / (pl.) **suberici**.
Suberficaziône, s. f. suberização, suberificação.
Suberína, s. f. suberina, substância extraída da cortiça.
Subiètto, e der. (v. **subbietto**) s. m. sujeito.
Subingrèsso, s. m. (for.) subrogação, substituição no exercício de um direito.
Subíre, v. (tr.) sofrer / ——— **una condanna**: sofrer uma condenação / suportar, tolerar, receber, agüentar, aturar, tragar / ——— **un'offesa**: tolerar, sofrer uma ofensa / ——— **un ritardo la nave**: chegar atrasado o navio.
Subissàre, v. abismar, submergir, precipitar, assolar, devastar / (fig.) cobrir, atulhar / ——— **uno di lodi**: cumular alguém de elogios / (intr. e refl.) afundar-se, submergir-se, desabar; **il castello si subissò**.
Subissatôre, adj. e s. m. assolador, arruinador, destruidor.
Subísso, s. m. destruição, ruína de coisas que soçobram, que desmoronam / (fig.) quantidade grande / ——— **di applausi**, ——— **di regali**: aplausos numerosos; grande número de presentes / **mandare in** ———: exterminar, arruinar.
Subitamênte, adv. subitamente, incontinenti, de repente, de golpe.
Subitaneamênte, adv. subitaneamente.
Subitaneità, s. f. subitaneidade.
Subitàneo, adj. subitâneo, momentâneo, inopinado, imprevisto, repentino; **carattere** ——— / **decisione subitanea**.
Subitàno, (ant.) subitâneo.
Súbito, adj. súbito, subitâneo, repentino / (adv.) improvisadamente, imediatamente, sem demora, em seguida, subitamente, já, logo / (s. m.) instante; **in un sùbito**.
Sub ludice, loc. lat. pendente de juízo.
Subíto, p. p. e adj. suportado, tolerado, sofrido / **il danno** ———: o prejuízo sofrido.
Sublimàre, v. (tr.) (quím.) sublimar, fazer a sublimação de / (fig.) sublimar, tornar sublime, elevar, exaltar, engrandecer, celebrar.
Sublimàto, p. p., adj. e s. m. sublimado, obtido por sublimação / ——— **corrosivo**: sublimado corrosivo / sublimado, que se tornou sublime, elevado, exaltado / celebrado.
Sublimatòrio, s. m. (quím.) sublimatório / (pl.) **sublimatori**.
Sublimaziône, s. f. sublimação / (fig.) purificação.
Sublíme, adj. sublime, excelso, altíssimo / excelente, insigne, elevado, muito nobre / grandioso, magnífico, esplêndido / (s. m.) o mais alto grau de perfeição, sublimidade.
Sublimità, s. f. sublimidade, excelência, elevação, perfeição, altura, excelsitude.
Sublinguàle, adj. (anat.) sublingual.
Sublocàre, v. sublocar, subalugar, subarrendar.
Sublocatàrio, s. m. sublocatário.
Sublocaziône, s. f. sublocação.
Sublunàre, adj. sublunar: **mondo** ———: a terra.

Subminiatùra, s. f. subminiatura, válvula termo-iônica de tamanho menor que a válvula chamada miniatura.

Subodoràre, v. (tr.) farejar, pressentir, intuir, suspeitar, adivinhar: —— **una congiura, una frode**.

Subordinamènto, s. m. subordinação, sujeição, dependência.

Subordinàre, v. (tr.) subordinar, pôr sob a dependência de, sujeitar, submeter, disciplinar / (pr.) **subòrdino**.

Subordinàta, adj. e s. f. (gram.) subordinada; correlata, dependente / **orazione** ——: oração subordinada.

Subordinataménte, adv. subordinadamente.

Subordinato, p. pr. e adj. subordinado / dependente, inferior, subalterno, disciplinado / (s. m.) serviçal, vassalo, servente, criado, inferior.

Subordinazióne, s. f. subordinação, sujeição, dependência / submissão; obediência, disciplina.

Subornàre, v. (tr.) subornar / induzir, aliciar, peitar / seduzir, corromper com promessas.

Subornatòre, adj. e s. m. subornador, corruptor / (fem.) **subornatríce**.

Subornazióne, s. f. subornação, suborno, corrupção.

Subsannàre, v. (intr. poét.) zombar, escarnecer, fazer chacota.

Substràto, s. m. substrato, camada inferior das coisas / a parte essencial do ser, aquilo onde assentam as qualidades.

Suburbàno, adj. suburbano.

Suburbicàrio, adj. suburbicário, diz-se das igrejas e das dioceses que ficam perto da cidade de Roma.

Subùrbio, s. m. subúrbio, bairro, arrabalde.

Subùrra, s. f. suburra, bairro mal afamado da antiga Roma / (fig.) lugar, bairro sujo, de má fama, imoral, de uma cidade.

Succedâneo, adj. sucedâneo / (s. m.) sucedâneo, substância que pode substituir outra / (sin.) **surrogato**.

Succèdere, v. (intr.) suceder, vir ou acontecer depois / herdar: —— **nell'eredità** / substituir, entrar no lugar de outro: —— **in un impiego a uno** / seguir: —— **al terremoto il maremoto** / acontecer, suceder como conseqüência: —— **un'alterco** / **mi successe un caso singolare**: aconteceu-me um caso raro / ocorrer / (refl.) seguir-se, realizar-se, suceder-se / (p. p.) **succeduto** ou **sucesso**.

Succeditóre, s. m. (raro) sucessor / (fem.) **succeditríce**.

Successíbile, adj. e s. m. (jur.) sucessível, que pode suceder na herança.

Successibilità, s. f. (jur.) sucessibilidade, qualidade do que é sucessível; direito de suceder.

Successiòne, s. f. sucessão, ato ou efeito de suceder; seqüência, continuação, ordem, série / descendência, prole, geração.

Successivaménte, adv. sucessivamente, depois.

Successivo, adj. sucessivo, consecutivo, seguinte: **il mese, il giorno** ——.

Succèsso, p. p. e adj. sucedido, aquilo que aconteceu ou sucedeu, acontecido / (s. m.) sucesso, acontecimento, fato, evento / resultado, êxito / **buon** ——, **cattivo** ——: bom, mau êxito / **la commedia ebbe un** ——: a comédia obteve sucesso.

Successòre, adj. e s. m. sucessor, que, ou o que sucede a outrem / herdeiro.

Successòrio, adj. sucessório; que diz respeito à sucessão / (for.) **diritto successorio**: direito sucessório.

Succhiaménto, s. m. sugação, sucção, chupamento, chupadura.

Succhiàre, v. (tr.) sugar, chupar, sorver / mamar / chupar / (fig.) extorquir, reduzir à ruína, com impostos, usura, etc. / suportar, agüentar pessoas enfadonhas.

Succhiàta, s. f. sugadela, chupadela, chupada.

Succhiatina, s. f. (dim.) chupadinha.

Succhiàto, p. p. e adj. chupado, sorvido, mamado / engolido / enxuto, magro.

Succhiatòio, s. m. sugadouro, órgão da armadura bucal de certos insetos, utilizado para sugar.

Succhiatòre, adj. e s. m. sugador, que, ou o que suga; chupador.

Succhiellaménto, s. m. verrumação, perfuração com verruma.

Succhiellàre, v. (tr.) verrumar, furar; —— **le carte**: descobrir as cartas (do baralho) pouco a pouco.

Succhiellinàio, s. m. pessoa que vende ou fabrica verrumas.

Succhiellinàre, v. (tr.) furar um pouco com verruma, verrumar.

Succhièllo, s. m. verruma, pua, broca / (aum.) **succhiellóne**: trado.

Súcchio, s. m. (bot.) suco, selva, sumo / limo, humor das plantas / **essere in** —— **le piante**: reviver as plantas na primavera.

Succhióne, s. m. gameleira, ramo vigoroso mas improdutivo de uma planta / (fig.) parasita, poltrão.

Succiacàpre, s. boa-noite, noitibó, curiango, pássaro noturno da família "Caprimulgidae".

Succiamèle, s. m. orobanca, planta parasita nociva aos cereais.

Succiaménto, s. m. sugação, ato de sugar, de chupar, etc.; chupamento, sucção.

Succiaminèstre, s. m. (depr.) fila-bóia, chupa-jantares, homem que não presta para nada, chupão, comedor, parasita.

Succianèspole, s. m. pateta, bobo, atoleimado, truão, mandrião.

Succiàre, v. (tr.) -rsi, (refl.) sugar, chupar, sorver, especialmente no sentido de ter que suportar coisa ou pessoa fastienta; **ho dovuto succiarmi tutto quel ragionamento**: tive que engolir todo aquele arrazoado / —— **le dita**: chupar-se os dedos (por gula).

Succídere, v. (tr.) (lit.) cortar em baixo, cortar na base, podar (planta, etc.) / (fig.) suprimir.

Succíngere, v. (tr. e -rsi refl.) arregaçar, cingir à cintura os vestidos compridos para que fiquem a certa distância do chão.

Succínico, adj. (quím.) succínico.

Succiníte, s. f. súcino ou súccino, âmbar amarelo.

Succintamênte, adv. sucintamente, compendiosamente, sumariamente; vestire, esprimersi ———.
Succintêzza, s. f. (p. us.) concisão, brevidade.
Succinto, p. p. e adj. curto, encurtado, curto ou arregaçado na cintura (veste) / breve, conciso, sucinto, resumido, curto: **narrazione succinta**.
Succintòrio, s. m. manípulo do Papa.
Súccio, s. m. mancha que aparece na pele por efeito de sorvedura feita com os lábios / (pop.) chupada, chupadela, chupão.
Súcciola, s. f. castanha cozida com a casca / (fig.) **andar in brodo di succiole ou de giuggiole**: não caber em si de contente, derreter-se, babar-se.
Succisiône, s. f. podadura ao pé das videiras novas.
Succíso, adj. (lit.) podado, cortado, colhido, apanhado.
Succitàto, adj. supracitado, sobredito.
Succlàvio, adj. (anat.) subclávio ou subclavicular, que está debaixo das clavículas.
Súcco, s. m. suco, seiva, sumo / (fig.) substância, essência de uma coisa / il ——— d'un discorso, etc. / (pl.) **succhi**.
Succosamênte, adv. sucosamente; substancialmente.
Succôso, adj. sucoso, suculento, sumarento; substancial.
Súccubo, s. m. súcubo, espécie de espírito maligno / (fig.) sequaz, cego, pessoa dominada ou fascinada inteiramente por outra.
Succulènto, adj. suculento, que tem suco, nutritivo; agradável ao paladar; carnudo / substancial.
Succursàle, adj. sucursal; filial: ——— **della Banca di Sicilia**.
Succutàneo, adj. subcutâneo, hipodérmico.
Súcido, adj. sujo.
Sucitàre, v. (ant.) suscitar.
Sud, s. m. (geogr.) sul, meio-dia.
Sudacchiàre, v. (intr.) suar um tanto, suar um pouco.
Sudacchiàta, s. f. suadela, ato de suar, transpiração.
Sudaménto, s. m. (raro) suadouro, ato de suar, transpiração.
Sudàmina, s. f. sudâmina, erupção cutânea.
Sudanêse, adj. sudanês (do Sudão).
Sudànte, p. pr. e adj. suarento; que tem suor, coberto de suor / suante, que está suando.
Sudàre, v. (intr.) suar, deitar suor pelos poros; transpirar / verter umidade; ressumar, gotejar / (tr. fig.) trabalhar muito; adquirir à custa de suor ou muito trabalho / ——— **freddo**: suar frio, por medo ou terror.
Sudàrio, s. m. sudário, pano para limpar o suor / tela que representa o rosto ensangüentado de Jesus / (pl.) **sudari**.
Sudàta, s. f. suadela, suada, suor / (dim.) **sudatina**; (aum.) **sudatôna** / (pej.) **sudataccia**.
Sudatamênte, adv. suadamente, à custa de suor; trabalhosamente, penosamente.
Sudatíccio, adj. um pouco, um tanto suado.

Sudàto, p. p. e adj. suado, banhado em suor / (fig.) que custou muito trabalho / **pane, danaro sudato**: pão, dinheiro ganho com muito trabalho.
Sudatôre, adj. e s. m. que ou aquele que sua muito: suador, suarento.
Sudatòrio, adj. (raro) sudorífero, que faz suar / (s. m.) suadouro, quarto com estufa nas antigas termas.
Suddecàno, s. m. (ecles.) subdecano.
Suddelegàre, v. (tr.) subdelegar, transmitir por subdelegação / (pr.) **subdèlego, -ghi**.
Suddelegàto, s. m. subdelegado.
Suddêtto, adj. e s. m. supracitado; supradito; mencionado antes.
Suddiaconàto, s. m. (ecles.) subdiaconato.
Suddiàcono, s. m. subdiácono.
Suddistínguere, v. (tr.) subdistinguir.
Suddistinziône, s. f. subdistinção.
Sudditànza, s. f. estado, condição de súdito / dependência.
Súddito, adj. súdito; que está sujeito a uma autoridade soberana.
Suddivídere, v. (tr.) subdividir / subdistinguir.
Suddivisíbile, adj. subdivisível.
Suddivisiône, s. f. subdivisão.
Suddivíso, p. p. e adj. subdividido.
Sud-est, s. m. sudeste.
Sudeti, (geogr.) Sudetos, montanhas da Checoslováquia entre a Boêmia e a Silésia / populações alemãs estabelecidas junto dos montes Sudetos.
Sudicería, s. f. sujeira; porcaria; imundície.
Sudiciamênte, adv. sujamente; porcamente; imundamente.
Sudicíccio, adj. um tanto sujo.
Sudício, adj. sujo, porco, imundo; emporcalhado, enodoado / sórdido, indecente, desonesto; torpe; indecoroso; impudico.
Sudiciòne, adj. e s. m. sujo, imundo, porco.
Sudiciúme, s. m. sujidade, imundície, porcaria / (fig.) trabalho mal feito, massacrado / coisa imoral, desonesta.
Sudôre, s. m. suor; transpiração / (fig.) fadiga, trabalho penoso / **guardagnare la vita col** ——— **della fronte**: ganhar a vida com esforço e trabalho / (dim.) **sudorino, sudorêtto**.
Sudorífero, adj. sudorífero, que provoca o suor.
Sudorífico, adj. sudorífico.
Sudoríparo, adj. sùdoríparo, que sua, que emite suor.
Sud-ovest, s. m. sudoeste.
Sufficiente, adj. suficiente, bastante apto, capaz, hábil / (teol.) suficiente, graça que basta para converter o pecador / (s. m.) il ——— **o suficiente** / (esc.) regular (nota de classificação).
Sufficientemênte, adv. suficientemente; bastantemente; safisfatoriamente.
Sufficiènza, s. f. suficiência; habilidade, aptidão / (escol.), classificação de suficiência, idoneidade / (fig.) ostentação, ares de importância, pedantismo.
Súfficit, (voz lat.), basta! chega! usada especialmente no linguajar familiar.
Suffísso, s. m. (gram.) sufixo.
Suffólcere, v. (tr.) (v. **soffolcere**) suster, sustentar.

Suffòlto, p. p. e adj. sustentado, apoiado.

Suffragàneo, adj. e s. m. sufragâneo, diz-se de um bispo ou diocese sujeita a um metropolitano; bispo ou bispado sufragâneo.

Suffragàre, v. (tr.) sufragar, aprovar; favorecer ou apoiar por meio de sufrágio ou voto / (ecles.) orar por alma de; suplicar, fazer orações expiatórias.

Suffragatôre, adj. e s. m. sufragador, que ou aquele que sufraga / favorecedor, apoiador, auxiliador / (ecles.) expiatório.

Suffragaziône, s. f. sufrágio, prece para as almas dos mortos.

Suffragêtta, s. f. (fr. **suffragette**) sufragista; nome dado às mulheres que reclamavam para o seu sexo o direito ao voto político.

Suffràgio, (pl. -gi), s. m. (pol.) sufrágio, voto: **dare il proprio** ———— **a** ————: votar por / **diritto di** ————: direito de voto / ———— **universale**, ———— **limitato** / aprovação, consentimento / ajuda, apoio, favor, socorro: **vonire in** ———— **di uno** / (ecles.) **una messa di** ————: uma missa em sufrágio.

Suffragìsta, s. (pol.) sufragista.

Suffrútice, s. m. (bot.) frútice; subarbusto.

Suffumicamênto, s. m. sufumigação.

Suffumicàre, v. (tr.) sufumigar, dar sufumigações a / (pr.) **suffúmico**.

Suffumicaziône, s. f. sufumigação.

Suffumigio, s. m. sufumigio; sufumigação / (pl.) **suffumigi**.

Suffusiône, s. f. sufusão, extravasamento de um humor que se espalha debaixo da pele.

Suffúso, (v. **soffuso**) adj. rociado; espalhado.

Sufismo, s. m. sufismo, seita mística arábico-persa / (deriv.) **sufista**.

Sufolàre, (ant.) tocar pífaro; soprar, assobiar.

Súga, adj. passento, que absorve facilmente um líquido / (loc.) **carta** ————:mata-borrão.

Súgaia, s. f. (dial.) estrumeira.

Sugànte, p. pr. e adj. secante; que seca, que suga, que absorve: **carta** ————: papel que chupa, que seca, absorve; mata-borrão.

Sugàre, (v. tr.) absorver o líquido.

Suggelamênto, s. m. sigilação, ato ou efeito de sigilar; selagem, carimbamento.

Suggellàre, v. sigilar; pôr selo em; marcar; carimbar, lacrar / (fig.) confirmar / **suggellar l'amicizia**: selar a amizade.

Suggèllo, s. m. sigilo, sineta, marca, selo / palavra, sinal, penhor, que confirma.

Súggere, v. (tr. lit.) sugar, sorver, chupar.

Suggerimênto, s. m. ato ou efeito de sugerir; sugestão, conselho, inspiração, exortação.

Suggerire, v. (tr.) sugerir, fazer nascer no espírito; insinuar, inspirar, lembrar; ocasionar; propor; proporcionar; dizer em segredo / (pr.) **suggerisco**.

Suggeritôre, adj. e s. m. sugeridor, que sugere / (teatr.) ponto, pessoa que lê a peça em voz baixa aos atores que representam.

Suggestionàbile, adj. sugestionável.

Suggestionabilità, s. f. sugestionabilidade; impressionabilidade.

Suggestionàre, v. (tr.) sugestionar; estimular; inspirar; impressionar; hipnotizar / induzir / magnetizar.

Suggestionàto, p. p. e adj. sugestionado / hipnotizado, magnetizado.

Suggestiône, s. f. sugestão, ato de sugerir; estímulo, inspiração, insinuação, instigação / idéia provocada em uma pessoa em estado de hipnose / (med.) **guarire per** ————: curar por sugestão ou hipnotização.

Suggestivamênte, adv. sugestivamente; por sugestão.

Suggestivo, adj. sugestivo, que sugere; que insinua por sugestão / atraente, agradável, insinuante, persuasivo.

Suggèsto, s. m. (lit.) sugesto, lugar alto ou tribuna, donde os oradores romanos falavam ao povo.

Suggeziône, o mesmo que **soggezione**, s. f. sujeição, submissão / acanhamento; timidez.

Súghera, s. f. sobreiro, árvore de cujo tronco se extrai a cortiça.

Sugheràre, v. (tr.) esfregar as peles com cortiça / (pr.) **súghero**.

Sugherêto, s. m. sobral, sobreiral, mata de sobreiros / (fem.) **sughereta**.

Súghero, s. m. (bot.) sobreiro; sobro / rolha, tampa de cortiça e qualquer pedaço de cortiça que serve a um uso qualquer.

Sugherôso, adj. da substância da cortiça: cortiçoso.

Sugli (contração) sobre os, em cima dos.

Sugliàrdo (ant.) adj. sujo, nojento, asqueroso.

Súgna, s. f. banha de porco; gordura; graxa.

Sugnàccio, s. m. (ant.), gordura, graxa.

Sugnôso, adj. gordurento, gorduroso.

Súgo, s. m. suco, sumo, caldo; seiva; extrato, molho / (fig.) substância, essência, quintessência de uma coisa, poesia, **discorso senza** ———— / (dial. tosc.) estrume, adubo.

Sugosamênte, adv. saborosamente; substancialmente / concisamente.

Sugosità, s. f. que tem abundância de suco; suculência.

Sugôso, adj. suculento / vigoroso, substancioso.

Sui, (contração) sobre os, em cima dos.

Sui gèneris, (loc. lat.) de um gênero próprio, especial; diz-se de pessoa ou coisa singular, original, diferente das outras.

Sui, contração do art. def. i com a preposição su, sobre os, em cima dos / **sui campe**, **sui prati**: sobre os campos, sobre os prados.

Suicída, adj. e s. suícida / (pl. m.) suicidi.

Suicidàre, v. **suicidàrsi**, (refl.) suicidar-se, matar-se / (sin.) **uccidersi**.

Suicídio, s. m. suicídio / **lento** ————: vida sedentária, doentia.

Suindicàto, adj. supradito, supracitado.

Suíno, adj. e s. m. suíno, porcino / **carne suine:** carne de porco / (s. m.) porco, suíno / marrano.
Suite (v. fr.) s. f. (mús.) série de fragmentos numa peça musical
Sul, (contração) sobre o, em cima do.
Sulfamíde, s. f. (quím.) sulfamida.
Sufamídico, adj. e s. m. sulfamídico; que contém sulfamida; sulfamida.
Sulfúre, s. m. (lit.) enxofre.
Sulfúreo, adj. sulfúreo, que tem a natureza do enxofre / (fig.) irascível, irritadiço, fogoso.
Súlla, s. f. (bot.) sula, planta da família das leguminosas, usada como forragem / (gram.) contração do art. def. la com a prep. su: sobre a, em cima da.
Sullodàto, adj. supracitado / pessoa ou coisa já mencionada com louvor / supradito.
Sulpicio, n. pr. Sulpício.
Sultàna, s. f. sultana, a mãe do sultão / a mulher preferida do sultão / nome de um divã de tipo turco.
Sultanàto, s. m. sultanato.
Sultanína, s. f. sultanina, uva de mesa, originária da Ásia Menor.
Sultàno, s. m. sultão.
Súmere, v. (ecles.) consumir, comungar, sumir (na missa).
Summenzionàto, adj. supracitado; aludido, mencionado.
Summúltiplo, o mesmo que sottomultiplo, s. m. submúltiplo.
Summum ius summa iniuria, (loc. lat.) excesso de justiça, excesso de injustiça.
Súnna, s. f. (do ár.) (hist.) suna, coleção de preceitos extraídos das práticas do Profeta Maomé.
Sunníta, s. m. sunita, membro de seita muçulmana.
Sunnominàto, adj. supracitado.
Sunteggiàre (neol.) v. sintetizar, resumir, compendiar.
Súnto, s. m. resumo, síntese; compêndio; sinopse.
Suntuàrio, adj. suntuário; relativo a luxo.
Suntuosamente, adv. suntuosamente; luxuosamente; com magnificência.
Suntuosità, s. f. suntuosidade.
Suntuôso, adj. suntuoso, rico; luxuoso; magnificente; faustoso.
Suo, adj. e pr. poss. seu, sua, dele, dela (pl.) **suoi, sue:** seus, suas / il —— **vestito:** o seu vestido; **la sua casa:** a sua casa / **far delle sue:** fazer uma das suas, fazer alguma asneira / **fa il —— comodo:** faz o que lhe convém / **ha i suoi vent'anni:** os seus, os parentes mais chegados; **spende del ——** : gasta o seu dinheiro / **prende il —— caffé:** toma o seu café / **vivere del ——** : viver de renda / (superl. enfát.) suíssimo.
Suòcera, s. f. sogra / (fig.) pessoa crítica e resmungona / **star come —— e nuòra,** estar como cão e gato.
Suòcero, s. m. sogro.
Suòla, s. m. sola (do sapato, etc.); planta do pé / (mar.) soalho, tabuado que recobre o navio quando é lançado ao mar.
Suòlo, s. m. solo, chão / (por ext.) terra, terreno, pavimento / solar / —— **nativo, —— natale:** a pátria / mundo, superfície terrestre / massa, camada; **un —— di biscotti, di crema.**
Suonàre, suonàta, suonatôre, v. **sonare, sonata, sonatôre.**
Suòno, s. m. som, emissão de voz; vibrações rítmicas emitidas por um instrumento / rumor, ruído, acento, ária, acorde / modo, maneira / murmúrio, melodia, assobio, clangor / (poét.) fama, renome.
Suòra, s. f. (lat. sòror) soror ou sóror, irmã, freira, religiosa, monja / (poét.) irmã.
Suovertaurília, s. m. (pl.) sacrifício dos pagãos aos deuses no qual se imolavam um porco, um touro e uma ovelha.
Super, prep. lat. "super" (sobre), usada como prefixo para formar palavras que têm significado superlativo; **superuomo, superalimentazione,** etc.
Superàbile, adj. superável, vencível / transponível.
Superabilità, s. f. superabilidade.
Superalimentaziône, s. f. superalimentação.
Superamênto, s. m. superação, ato de superar, de avantajar.
Superàre, v. (tr.) superar, exceder, ficar superior a, vencer, subjugar, ultrapassar, transpor, galgar, sobrepujar, transcender / —— **se stesso:** fazer mais que o previsto / (pr.) **súpero.**
Superàto, p. p. e adj. superado, sobrepujado, excedido / antiquado, fora de moda.
Superatòmico, adj. de explosivo ou bomba de hidrogênio, de poder superior ao da bomba atômica / (fig.) formidável, ultrapotente, grandioso / **un'artista superatomica:** uma artista belíssima.
Superaziône, s. f. (raro) superação, ação de superar / (astr.) excedência do movimento de um planeta sobre o de um outro.
Supèrba, (La) apelido da cidade de Gênova.
Superbamênte, adv. soberbamente, esplendidamente.
Supèrbia, s. f. soberba; orgulho, vanglória; jactância, arrogância / altivez, altanaria / empáfia, ostentação, vaidade / (dim.) **superbietta, superbiola, superbiuccia** / (depr.) **superbiàccia.**
Superbiosamênte, adv. soberbamente.
Superbiôso, adj. soberboso; soberbo, altaneiro.
Superbíre, v. (lit.) soberbar; assoberbar / **superbirsi:** ensoberbecer-se.
Supèrbo, adj. e s. m. soberbo; orgulhoso; altivo; magnífico, alto, grande, elevado, majestoso / vaidoso, presunçoso, arrogante / magnífico, suntuoso; **un regalo ——.**
Superbômba, s. f. superbomba, bomba de hidrogênio.
Supèrchio (ant.) adj. excessivo; demasiado.
Superdònna, s. f. supermulher; mulher ideal / mulher que afeta superioridade.
Supererogatòrio, adj. supererrogatório.
Supererogaziône, s. f. supererrogação; excesso; demasia.
Superetereodína, s. f. superetereódico, aparelho rádio-receptor.
Superfémmina, s. f. supermulher.

Superfetazióne, s. f. superfetação; uma nova fecundação que se junta à precedente / (fig.) superfluidade, coisa que se acrescenta inutilmente a outra; pleonasmo.
Superficiàle, adj. superficial; leve, desprovido de profundeza; pouco sólido; leviano: **cultura** ———: cultura rudimentar.
Superficialità, s. f. superficialidade / aparência / frivolidade.
Superficialmênte, adv. superficialmente.
Superficie, s. f. superfície / (fig.) laivos, aspecto, aparência; pouca profundeza; conhecimento imperfeito de uma coisa.
Superfluamênte, adv. superfluamente.
Superfluità, s. f. superfluidade.
Supèrfluo, adj. supérfluo; demasiado; inútil por excesso; ocioso; desnecessário.
Superga, (geogr.) Superga, colina nas imediações de Turim.
Superióra, s. f. superiora, freira que dirige um convento; prioresa; abadessa.
Superioràto, s. m. superiorato, dignidade e grau de superiora.
Superióre, adj. superior / elevado; distinto, seleto / (s. m.) superior, pessoa que tem autoridade sobre outrem; pessoa que ocupa posição mais elevada / (ecles.) superior, padre superior / vice ———: subprior.
Superiorità, s. f. superioridade, proeminência / vantagem: **la** ——— **delle forze.**
Superiormênte, adv. superiormente, de modo superior / na parte superior / antecedentemente.
Superlativamênte, adv. superlativamente.
Superlativo, adj. superlativo, muito grande, sumo, excelente / (gram.) **grado** ———: grau superlativo / **aggettivo** ———: adjetivo superlativo.
Superlazióne, s. f. (raro) superlativação, condição de superlativo.
Supernàle, adj. supernal, supremo, superior, muito alto / divino.
Supernamênte, adv. supernamente, superiormente.
Supèrno, adj. superno, supremo, superior / **la volontà superna:** a vontade divina / **i superni Dei:** os deuses supremos.
Supernutrizióne, s. f. supernutrição, superalimentação.
Súpero, adj. (lit.) súpero, superno, supremo, superior.
Súpero, (neol.) s. m. o excedente, o excesso, o superavit, expressão usada no meio burocrático-financeiro.
Supersònico, adj. supersônico, que tem velocidade superior à do som: **proiettile** ———: projétil supersônico.
Supèrstiste, adj. e s. m. supérstite, sobrevivente.
Superstizióne, s. f. superstição; crendice / preconceito.
Superstiziosamênte, adv. supersticiosamente.
Superstizóso, adj. supersticioso.
Superumanazióne, s. f. sobre-humanação, qualidade de super-homem.
Superumeràle, s. m. e adj. superumeral, que está ou se coloca sobre os ombros: vestuário eclesiástico; éfode.
Superuòmo, s. m. super-homem.

Supervacàneo, adj. (p. us.) supervacâneo, supérfluo, inútil.
Supervalutàre, v. superavaliar, atribuir à coisa ou pessoa um valor que realmente não tem.
Supervisióne, s. f. supervisão / direção do filme.
Supervisóre, s. m. supervisor / diretor de filme.
Supinamênte, adv. supinamente, deitado de costas / (fig.) servilmente.
Supinatóre, adj. supinador (músculo do braço).
Supinazióne, s. f. supinação, o movimento, a ação dos músculos supinadores.
Supíno, adj. supino, deitado de costas / (fig.) servil / **obbedienza supina:** obediência servil / (fig.) excessivo: **ignoranza supina** / (gram.) s. m. supino, forma verbal latina que não passou para o português.
Suppedàneo, s. m. supedâneo, banco que se coloca debaixo dos pés.
Suppellèttile, s. f. móvel, alfaia, utensílio, qualquer objeto que serve para mobilar ou adornar um local, uma casa / (arqueol.) objetos preciosos, armas, vasos, etc. encontrados nas escavações arqueológicas / (fig.) cabedal de conhecimentos adquiridos, etc. / (sin.) **masserizie, arredi, corredo,** etc.
Suppergiú, adv. mais ou menos, ao redor de: **ha** ——— **la mia età:** tem mais ou menos a minha idade.
Supplantàre, v. (tr. ant.) substituir e **soppiantàre,** v. (tr.) suplantar, exceder / substituir.
Supplementàre, adj. suplementar, que serve de suplemento, adicional / (geom.) **angoli supplementari:** ângulos suplementares, cuja soma vale um ângulo raso.
Supplemênto, s. m. suplemento / aditamento / complemento / apêndice, paralipômenos / ——— **di giornale:** supl. de jornal.
Supplènte, p. pr. adj. e s. m. suplente; que supre, substitui; substituto, ajudante, lugar-tenente, regente.
Supplènza, s. f. suplência, qualidade, grau de suplente.
Suppletívo, adj. supletivo, que completa ou serve de suplemento.
Suppletòrio, adj. (jur.) supletório, supletivo.
Sùpplica, s. f. súplica, ato de suplicar; pedido humilde / oração, rogativa, prece / instância, memorial / petição.
Supplicàbile, adj. suplicável, digno de súplica.
Supplicànte, p. pr., adj. e s. m. suplicante, que, ou o que suplica / a parte que requer em juízo: impetrante, postulante.
Supplicàre, v. (tr.) suplicar, dirigir súplica a, impetrar, rogar, implorar: ——— **il perdono, Dio,** etc. / (pr.) **sùpplico.**
Supplicatóre, adj. e s. m. suplicador, aquele que suplica, suplicante / (fem.) **supplicatrice.**
Supplicatòrio, adj. suplicatório, que contém súplica, rogatório.
Supplicazióne, s. f. suplicação, súplica, rogo.
Súpplice, adj. e s. m. (lit.) súplice, que suplica, suplicante.

Supplichêvole, adj. suplicativo, que suplica, que roga, suplicante.
Supplichevolmènte, adv. suplicantemente.
Supplimênto, s. m. (raro) suprimento, provimento, preenchimento.
Supplíre, v. (intr.) suprir, provar, preencher, substituir, sub-rogar, remediar, fazer as vezes de / no uso burocrático é também tr.: —— il **Dirēttore** / (pr.) **supplísco-sci**.
Suppliziàre, v. (tr.) supliciar, castigar, torturar.
Supplízio, s. m. suplício, grave pena corporal, pena de morte, tortura / (fig.) sofrimento físico ou moral / il —— di **Tantalo**.
Supponíbile, adj. presumível, opinável, provável, conjecturável.
Suppôrre, v. (tr.) supor, imaginar, suspeitar, conjecturar, presumir, admitir / (raro), pôr debaixo, sotopor, substituir.
Supporter, (v. ingl.) partidário favorecedor de um atleta, uma equipe, etc. / (ital.) tifoso.
Suppòrto, s. m. suporte, apoio, objeto que serve para sustentar alguma coisa, sustentáculo / (arquit.) mênsula.
Suppositívo, adj. supositivo, hipotético, imaginário.
Supposítízio, adj. (raro) suposítício, suposto, putativo; **autore**, **padre** ——.
Suppòsito, (ant.) p. p. e adj. suposto, presumido, apócrifo / (s. m.) substituto, pessoa substituída à outra / **i supposíti**: comédia de Ariosto.
Suppositòrio, s. m. (med.) supositório.
Supposizióne, s. f. suposição, conjectura, hipótese / alegação, suspeita / (for.) substituição.
Suppòsta, s. f. (med.) supositório.
Suppòsto, p. p. e adj. suposto, conjecturado, imaginado, fictício, figurado, hipotético / (s. m.) suposição, conjectura, hipótese.
Suppuràbile, adj. supurável.
Suppuramênto, s. m. supuração, produção ou corrimento de pus.
Suppuràre, v. (intr.) supurar, ganhar ou verter pus; transformar-se em pus.
Suppurativo, adj. supurativo, que provoca a supuração / (s. m.) medicamento que acelera a supuração.
Supputàre, (ant.) avaliar por meio de cálculo, computar / (lat.) **supputatióne**.
Supputazióne, (ant.) s. f. suputação, cálculo, cômputo.
Suprèma, (raro) s. f. (culin.) molho para frangos, etc.
Supremamènte, adv. supremamente, superlativamente, sumamente, altissimamente.
Supremazía, s. f. supremacia, autoridade suprema, primazia, hegemonia, proeminência, superioridade.
Suprèmo, adj. supremo, sumo, divino, máximo, primeiro / derradeiro, último: il —— **saluto**: o extremo adeus; a morte.
Sur, prep. que se usa por eufonia em lugar de **su** (sôbre) diante de voz que começa por u / —— **una sedia**: sobre uma cadeira; **sur un monte**: sobre um monte.
Súra, s. f. (do ár. sourat) surata, nome dos capítulos do Alcorão.

Súra, (ant.) s. f. sura, região da barriga da perna.
Surà, (v. ind.) s. m. surá, pano de seda.
Suràle, (ant.) sural, relativo à sura ou barriga da perna.
Súrgere, v. (intr., ant., mar.) fundear, ancorar, surgir.
Surmenàge, (v. fr.), s. m. excesso de trabalho / (ital.) **strapazzo**.
Surrealísmo, s. m. (art.) surrealismo.
Surrealísta, adj. e s. m. surrealista.
Surrealístico, adj. surrealista, relativo a surrealismo.
Surrenàle, adj. (med.) que está por cima dos rins, supra-renal.
Suprettiziamènte, adv. sub-repticiamente.
Suprettízio, adj. sub-reptício, fraudulento.
Surrezióne, s. f. sub-repção, fraude por ocultação.
Surricordàto, adj. (raro) supradito, supracitado.
Surriferito, adj. supradito, supracitado.
Surriscaldamènto, s. m. superaquecimento.
Surriscaldàre, v. (tr.) esquentar a uma temperatura de saturação, superaquecer; **surriscaldarsi il motore**.
Súrroga, s. f. (jur.) sub-rogação.
Surrogàbile, adj. sub-rogável, substituível, transferível.
Súrroga, s. f. (for.) sub-rogação.
Surrogamènto, s. m. sub-rogação.
Surrogàre, v. (tr.) sub-rogar, entrar no lugar de outro / pôr no lugar de outro / substituir, suprir, suceder, transferir / (sin.) (mais us.) **supplire, sostituire, rimpiazzare**.
Surrogàto, p. p. e adj. sub-rogado, substituído, transferido / (s. m.) sucedâneo, produto ou matéria de menor valor que substitui o genuíno; **i surrogati della gomma, del caffè**, etc.
Surrogazióne, s. f. sub-rogação (jur.) / substituição.
Sursum, voz latina, usada na loc. —— **corda**: ao alto os corações / (fam.) usa-se para animar, encorajar, etc.
Súrto, p. p. (ant. mar.) fundeado; surgido.
Surtout, (v. fr.) s. m. sobretudo / (ital.) **sopràbito**.
Susànna, n. pr. hebr. Susana.
Suscettíbile, adj. capaz, suscetível, apto para receber, ter ou experimentar: que se ofende facilmente, melindroso, irritável: **genio, caratterc**.
Suscettibilità, e **suscettività**, s. f. suscetibilidade, capacidade, disposição especial de receber modificações, etc. / irritabilidade, idiossincrasia, melindre.
Suscettivo, adj. suscetível, passível.
Suscettóre, (ant.) s. m. suscitador, promotor, promovedor.
Suscitamènto, s. m. suscitamento, suscitação.
Suscitàre, v. (tr.) suscitar, causar, fazer surgir, ressurgir, nascer, aparecer; promover; elevar, exaltar / provocar, originar, sugerir, revoltar / instigar, excitar; —— **l'ilarità, il disprezzo, l'odio**.
Suscitàto, p. p. e adj. suscitado, surgido, provocado.
Suscitatóre, adj. e s. m. suscitador, que ou aquele que suscita; promovedor, provocador, instigador / (fem.) **suscitatrice**.

Susína, s. f. ameixa / (sin.) **prugna**.
Susíno, (de Susa, na Pérsia), s. m. (bot.) ameixeira.
Súso, (ant.) prep. suso (des.) acima, sobre.
Suspicióne, s. f. (jur.) suspeição, suspeita, voz us. na loc. **per legittima** ——.
Sussecutívo, adj. (lit.) subsecutivo, consecutivo, seguinte; sucessivo.
Susseguènte, p. pr. e adj. subseqüente, que subsegue; seguinte, imediato / consecutivo; seguinte, sucessivo, posterior.
Susseguentemènte, adv. (raro) subseqüentemente; sucessivamente; depois.
Susseguíre, v. (intr.) subseguir; seguir, suceder imediatamente / continuar / (pr.) **susseguo**.
Sússi, s. m. alvo, mira no jogo / (fig.) ponto central ou ponto de atração.
Sussidiàre, v. (tr.) subsidiar, auxiliar, contribuir; socorrer; subvencionar.
Sussidiariamènte, adv. subsidiariamente, de modo subsidiário / secundariamente.
Sussidiàrio, adj. subsidiário, que subsidia; acessório; auxiliar: **libri sussidiari**.
Sussídio, s. m. subsídio, auxílio, beneficio, socorro, apoio / (pl.) **sussidi**.
Sussiègo, s. m. seriedade, gravidade, dignidade, afetação, formalidade, aprumo / (fig.) **mettersi in**, ——: pôr-se em atitude solene, afetada.
Sussistènte, p. pr. subsistente.
Sussistènza, s. f. subsistência; sustento, alimento; sustentação / (pl.) víveres, alimentos.
Sussístere, v. (intr.) subsistir; existir; durar; permanecer; perdurar.
Sussultàre, v. (intr.) subsultar; estremecer; sobressaltar-se, abalar-se; perturbar-se, surpreender-se.
Sussúlto, s. m. subsulto; sobressalto, sacudida, estremecimento, abalo, comoção.
Sussultòrio, adj. subsultório; ondulatório: de baixo para cima: **scossa sussultória**.
Sústa, s. f. haste dos óculos / mola / (ant.) corda com que se amarrava a carga das bestas.
Sustànzia, (ant.) s. f. substância.
Sustentàre, v. (tr.) (ant.) sustentar.
Susurràre, v. (tr.) sussurrar; segredar, murmurar; zunir, zumbir; ciciar; cochichar / **si susurra che**: diz-se que.
Susurràto, p. p. e adj. sussurrado; murmurado; ciciado; cochichado.
Susurratóre, adj. e s. m. murmurador, sussurrador / maldizente, maledicente / (fem.) **susurratrice**.
Susurrío, s. m. sussurro prolongado e freqüente.
Susúrro e sussúrro, (usar a primeira forma), (s. m.) sussurro; murmúrio, cochicho.
Susurróne, s. m. sussurrador, cochichador, murmurador / maldizente / (fem.) **susurróna**.
Súto (ant.) p. p. sido.
Sutúra, s. f. (cir.) sutura.
Suturàre, v. suturar.
Suvvía, interj. vamos!
S. V. (Signoria Vostra) Vossa Senhoria.

Suzzàcchera, s. f. oxissácro, bebida de vinagre e açúcar / (fig.) coisa longa e enfadonha; palavrório insosso.
Suzzàre, v. (tosc.) chupar, sorver.
Svagamènto, s. m. espairecimento, distração, divertimento, recreio.
Svagàre, v. (tr.) distrair; recrear, divertir; espairecer / (refl.) divertir-se / (tosc.) satisfazer, bastar.
Svagatàggine, svagatézza, s. f. distração, passatempo, divertimento / propensão para o divertimento.
Svagatívo, adj. (raro) distrativo, recreativo, divertido.
Svagàto, p. p. e adj. recreado, distraído, divertido / despreocupado, desatento.
Svàgo, s. m. recreação, espairecimento, repouso, recreio, divertimento / (pl.) **svaghi**.
Svagolàre, svagolàrsi, v. (refl.) espairecer, recrear-se um pouco, distrair-se.
Svaliàre (ant.), v. (intr.) variar, mudar.
Svaligiamènto, s. m. despojamento; roubo.
Svaligiàre, v. (tr.) desvalijar, tirar da mala; roubar, despojar, saquear.
Svaligiatóre, adj. e s. m. despojador; saqueador; ladrão / (fem.) **svaligiatrice**.
Svalorire, (ant.) v. (intr.) desvalorizar, perder o valor.
Svalutàre, v. (tr. e refl.) desvalorizar, diminuir o valor / depreciar, desestimar.
Svalutazióne, s. f. desvalorização; depreciação: **la —— del franco, della lira**.
Svampàre, v. (intr.) deitar chamas, sair com chamas, chamejar (fogo, calor, vapor quente, etc.) cessar a chama: **il fuoco svampò d'improvviso**.
Svampàrsi, v. (refl.) desafogar-se, evaporar-se, sossegar, serenar / —— **l'ira**: acalmar-se a cólera.
Svanimènto, s. m. esvaimento / desaparecimento.
Svaníre, v. (intr.) esvaecer, desvanear, esvair, dissipar; perder a força, a essência / desaparecer; evaporar; afrouxar / esvair-se; extinguir-se; dissipar-se / —— **le speranze, i sogni, le illusioni**.
Svanitíccio, adj. evaporável, que se dissipa, que se extingue facilmente; instável; efêmero, fugaz, de breve duração.
Svaníto, p. p. e adj. esvaído, desvanecido, que perdeu o vigor, a essência / desaparecido, evaporado, dissipado / **di mente**: emparvoecido, estupidificado / **affare** ——: negócio evaporado.
Svàno, s. m. vão, pequeno espaço aberto dentro de um muro.
Svantàggio, s. m. desvantagem, inferioridade em qualquer assunto ou competição; dano; prejuízo; inconveniência; incomodidade.
Svantaggiosamènte, adv. desvantajosamente.
Svantaggióso, adj. desvantajoso; inconveniente; prejudicial.
Svànzica, s. f. moeda austríaca que circulava no Estado Lombardo-Vêneto, do valor aproximado de setenta cêntimos.
Svaporamènto, s. m. **svaporazióne**, s. f. evaporação; desvanecimento, perda de força; desaparecimento.
Svaporàre, v. (intr.) evaporar, reduzir ao estado de vapor / (fig.) dissipar-se, desaparecer, extinguir-se; esvaecer, desvanecer-se.

Svaporazióne, s. f. evaporação de essências, perfumes, etc.; volatização.
Svariaménto, s. m. variação; mudança mais ou menos freqüente; variabilidade / recreio.
Svariàre, v. (tr.) variar, mudar, tornar diverso e mais atraente; distrair, divagar, divertir / —— **gli spettacoli, il lavoro, i divertimenti** / (intr.) mudar-se, tomar diferente aspecto ou fisionomia: **con la guerra i costumi sono svariati in peggio**.
Svariataménte, adv. variamente, variadamente, diversamente, diferentemente.
Svariatézza, s. f. variedade, diversidade, diferença, multiplicidade: **la —— dei suoni**.
Svariàto, p. p. e adj. variado, diverso, diferente / variegado, multiforme.
Svarióne, s. m. erro grave cometido, falando ou escrevendo; despropósito, disparate.
Svasaménto, s. m. ou **svasatúra**, s. f. ação de tirar do vaso uma planta / (agr.) poda de árvore em forma de taça / (arquit.) alargamento, dilatação.
Svasàre, v. (tr.) mudar de um vaso para outro (planta) / abrir, encavar em forma de vaso; —— **un albero**: podar, cortar uma árvore até certa altura / (arquit.) enviesar os vãos de portas ou janelas formando declive ou alizar.
Svasàto, p. p. e adj. mudado de um vaso a outro (planta) / (agr.) podado em forma de vaso.
Svasatúra, s. f. svasamento, s. m. arco em forma de cone inverso / (arquit.) declive, cavidade, alizar.
Svàsso, s. m. ave palmípede da família das colombídeas.
Svàstica, s. f. suástica, símbolo religioso indiano / cruz gamada do hitlerismo; símbolo do nacional-socialismo alemão.
Svecchiaménto, s. m. rejuvenescimento, modernização.
Svecchiàre, v. (tr.) tirar a velharia, reformar, renovar, modernizar, remoçar.
Svecciatoio, s. m. peneira / máquina para seleção dos grãos / (pl.) **svecciatòi**.
Svedése, adj. e s. m. sueco / **fiammiferi svedesi**: fósforo de pau.
Svéglia, s. f. acordamento, ato de acordar, de despertar / relógio despertador / toque da alvorada.
Svegliaménto, s. m. (raro) acordamento, ação de despertar.
Svegliàre, v. (tr.) acordar, despertar / (fig.) espertar, incitar, animar, avivar, tolher da preguiça, estimular, excitar; —— **l'ingegno, la memoria** / (refl.) **Svegliarsi di notte**: acordar, despertar de noite.
Svegliarino, s. m. despertador / (fig.) estímulo, lembrete.
Svegliatézza, s. f. vivacidade, desembaraço, esperteza, mobilidade, agudeza de inteligência.
Svegliàto, p. p. despertado / (adj.) vivo, álacre, diligente, ativo.
Svéglio, adj. acordado, desperto; vivaz; vivo, ativo, desembaraçado.
Svelaménto, s. m. (p. us.) revelação, descobrimento, patenteamento.
Svelàre, v. (tr. e refl.) tirar o véu a, desvelar, descobrir, revelar, manifestar, mostrar, publicar, profetizar, espalhar, difundir / delatar; —— **un segreto**.
Svelataménte, adv, desveladamente, manifestadamente, publicamente, abertamente.
Svelatóre, adj. e s. m. revelador, descobridor / (fem.) **svelatrice**.
Svelenàre, e **svelenire**, v. (tr.) desenvenenar, tirar o veneno, desintoxicar / (refl.) **svelenirsi**: desabafar, desafogar-se, expandir-se, extirpar a raiva, o rancor etc. / (pr.) **svelenisco-sci**.
Svèllere, v. (tr.) arrancar, desarraigar, extirpar, tirar, desenraizar, erradicar.
Sveltaménte, adv. prontamente, rapidamente.
Sveltézza, s. f. ligeireza, desembaraço, agilidade, vivacidade; elegância, delgadez de talhe.
Sveltire, v. (tr.) esbeltar, tornar esbelto, desembaraçado.
Svèlto, p. p. e adj. extirpado, desarraigado / vivo, ágil, desembaraçado, esperto / elegante, garboso, airoso, esbelto.
Svenaménto, s. m. dessangramento.
Svenàre, v. (tr.) abrir, rasgar as veias, dessangrar / (fig.) sugar, extorquir dinheiro / (refl.) dessangrar-se, cortar-se as veias.
Svenatúra, s. f. dessangramento, ato de dessangrar / pequena greta no corte das facas, navalhas, etc.
Svèndere, v. (tr.) liquidar, vender abaixo do preço de custo, vender com perda.
Svèndita, s. f. liquidação, saldo; queima.
Svenevolàggine, (v. **svenevolezza**) adj. denguice, etc.
Svenévole, adj. dengoso, requebrado, delambido; adocicado, melífluo; amaneirado: **gesti, modi svenevoli**.
Svenevolézza, s. f. denguice, requebro, melindre; afetação; desvanecimento.
Svènia, s. f. melindre, afetação, denguice.
Svenimento, s. m. desmaio, desfalecimento; sincope; delíquio; chilique.
Svenire, v. (intr.) desmaiar, desfalecer; languir; esmorecer / desvanecer, apagar-se.
Sventagliàre, v. (tr. e refl.) abanar, fazer vento agitando o leque, abanar-se.
Sventagliàta, s. f. abanadela com o leque / pancada com o leque / descarga de metralha em forma de leque.
Sventàre, v. (tr.) fazer sair o vento, fazer sair o ar; esvaziar / (fig.) desvendar, evitar, revelar; frustar, tornar vão, inútil / (refl.) esvaziar-se / (ant.) desfraldar.
Sventatàggine, (v. **sventatezza**), s. f. ligeireza, descuido, leviandade.
Sventatézza, s. f. estouvamento, estouvanice; desatenção; travessura, leviandade; aturdimento, descuido.
Sventàto, p. p. e adj. esvaziado / desvendado, revelado, frustrado / estouvado, estabanado, travesso; desatento, amalucado; descabeçado: **ragazzo ——** / (dim.) **sventatello**; (depr.) **sventataccio**.
Svèntola, s. f. (pop.) abano, leque, ventarola / (fam. e burl.) tapa, pescoção, bofetada.

Sventolamênto, s. m. flutuação, ondulação (de bandeiras, etc.) ao vento.
Sventolàre, v. (tr.) desfraldar, expor e fazer flutuar no ar / arejar, abanar, ventilar / (refl.) abanar-se.
Sventolàta, s. f. ventilação, flutuação de bandeiras, panos, etc., no ar / abanadela.
Sventolío, s. m. flutuação, agitação de panos no ar / lo ——— **delle bandiere**: a flutuação das bandeiras.
Sventramênto, s. m. estripação, destripamento / (fig. neol.) desentranhamento, desabafamento, demolição dos quarteirões velhos e insalubres de uma cidade.
Sventràre, v. (tr.) desventrar, estripar, abrir, ferir o ventre / abrir o ventre dos animais para tirar os intestinos / demolir os lugares velhos de uma cidade a fim de modernizá-la / (ant.) comer e beber demais / (intr. ant.) comer à tripa-forra.
Sventràta, s. f. estripação, destripação / (fig.) comezaina, papança (vulg.).
Sventràto, p. p. e adj. destripado, estripado, desventrado / (dial.) limpo, vazio: **pollo** ——— / (fig. tosc.) comilão, glutão.
Sventúra, s. f. desventura, infelicidade, desdita: desgraça, infortúnio, calamidade; catástrofe / ———: **pubblica**.
Sventuràto, adj. e s. m. desventurado, desgraçado; infeliz; desditoso; infausto, aziago.
Svenúto, p. p. e adj. desmaiado, desfalecido.
Sverdíre, v. (intr.) desverdecer, perder a cor verde; perder o viço, murchar / (pr.) **sverdisco, -sci**.
Sverginàre, v. (tr.) desvirginar, deflorar, violar / (fig.) fazer uma coisa pela primeira vez / (pres.) **svergino**.
Svergognamênto, s. m. (raro) desavergonhamento; afronta, descaro.
Svergognàre, v. (tr.) envergonhar, vituperar, humilhar; desmascarar, desmentir.
Svergognatamênte, adv. desavergonhadamente; impudicamente; descaradamente.
Svergognatêzza, s. f. desvergonhamento; descaro; impudor, atrevimento, desfaçatez.
Svergognàto, p. p. e adj. envergonhado, vituperado; humilhado / impudente, atrevido, descarado, insolente, desavergonhado.
Svergolamênto, s. m. (aer.) reposição do avião em equilíbrio.
Svergolàre, v. (intr.) flanquear, repor o avião em equilíbrio / (pres.) **svergolo**.
Sverlàre, v. (intr.) cantar os pássaros.
Svernamênto, s. m. invernação, invernia.
Svernàre, v. (intr.) invernar; passar o inverno: ——— **a Capri**: passar o inverno em Capri / sair do inverno / cantar os pássaros aos prenúncios da primavera.
Sversatàggine, s. f. desaplicação; relaxamento.
Sversàto, adj. (raro) desidioso, desmazelado, desengoçado.
Sverza, s. f. lasca, tira comprida de madeira ou estilha de outra matéria, como ferro, vidro, etc. / (rar.) espécie de couve.

Sverzàre, v. (tr.) lascar, partir em lascas, rachar / tapar, fechar fendas com lascas etc. / (refl.) lascar-se.
Sverzíno, s. m. guita, barbante retorcido com que se faz o cordel do chicote; estafim, relho / (bot.) pau-brasil.
Svesciàre, v. (tr.) desabafar, desembuchar, contar tudo, trombetear; mexericar.
Svesicàre, v. (tr. e refl.) formar bolhas: bolhar; sair, aparecer bolhas na pele.
Svescicatúra, s. f. ato de formar bolhas / bolhas da cútis.
Svestire, v. (tr.) desvestir, desnudar, denudar / (refl.) despir-se; desnudar-se.
Svettamênto, s. m. (agr.) desmocha, poda.
Svettàre, v. (tr.) desmochar, cortar as pontas das plantas / (intr.) **svettarsi**: o agitar-se, o sacudir-se das pontas das árvores.
Svettattúra, s. f. desmoche, corte, desbastação das plantas.
Svezzamênto, s. m. ação e efeito de desmamar: desmama.
Svezzàre, v. (tr.) desmamar / fazer perder o vezo; desabituar; desacostumar.
Sviamênto, s. m. desvio, descaminho / desencaminhamento; transvio / (ferrov.) descarrilhamento.
Sviàre, v. (tr. e refl.) desviar, sair ou fazer sair do caminho certo / desencaminhar, corromper, transviar / (intr.) **sviarsi**: desencaminhar-se; extraviar-se.
Sviàto, p. p. e adj. desviado, deslocado, afastado / desencaminhado, transviado; corrompido, pervertido.
Svicolàre, v. (intr.) enveredar rapidamente por um beco, como para evitar alguém; desaparecer, raspar-se, fugir, abalar / (pres.) **svícolo**.
Svignàre, v. (tr. e refl.) na loc. fam. **svignàrsela**, escapar, escapulir-se, safar-se rapidamente: **appena mi vide se la svignò**: assim que me viu escapuliu-se.
Svigorimênto, s. m. debilitamento; enfraquecimento.
Svigoríre, v. (tr.) debilitar, tornar débil; enfraquecer; desvigorar, enervar, desvigorizar; abater / (intr. e refl.) desmaiar, debilitar-se.
Svilimênto, s. m. (raro) envilecimento; especialmente no sentido de depreciação (preço, valor de uma coisa, etc.): ——— **dei prezzi**: baixa dos preços.
Svilire, v. (tr.) envilecer; depreciar; deslustrar; desvalorizar; rebaixar, abater.
Svillaneggiamênto, s. m. vilania, injúria, vileza; vilanagem.
Svillaneggiàre, v. (tr.) dizer, cometer vilanias; insultar, injuriar, maltratar; usar grosserias.
Sviluppàbile, adj. desenvolvível, desenrolável.
Sviluppamênto, s. m. desenvolvimento / desenrolamento; desembaraçamento.
Sviluppàre, v. (tr. e intr.) desenvolver, ampliar, aumentar, explanar, prosperar; examinar, tratar a fundo um argumento, desenrolar, desembrulhar, coisa embrulhada / propagar, fazer prosperar, fazer crescer / revelar (fotografias, película, chapa) / **sviluppàr-**

si: crescer, desenvolver-se, soltar-se, livrar-se, desembaraçar-se; propagar-se / produzir-se, estalar; —— **un'epidemia.**

Sviluppatôre, adj. e s. m. (s. f. **-trice**) desenvolvedor / (bot.) revelador.

Sviluppo, s. m. desenvolvimento, explanação, incremento, crescimento, ampliação / (cient.) exalação, emissão (calor, gás, energia, etc.) / (fot.) revelação.

Svinàre, v. (intr.) trasfegar, transversar o vinho da vasilha onde fermentou, para a pipa.

Svinatúra, s. f. trasfegadura, transvazamento do vinho / época da transfegadura (ou trasfega).

Svincigliàre, v. (tr.) (p. us.) surrar, açoitar com vara.

Svincolàbile, adj. redimível / recuperável.

Svincolamênto, s. m. desvinculação, desligamento / liberação, desempenho, resgate.

Svincolo, (neol.) o mesmo que **svincolamento,** s. m. desvinculação, desempenho, resgate.

Svincolàre, v. (tr.) desvincular, livrar, libertar de um vínculo / desempenhar, resgatar, redimir / despachar, retirar, desembaraçar: —— **merci dalla ferrovia** / (refl.) livrar-se, soltar-se, separar-se / (pres.) **svincolo.**

Sviolinàre, v. adular, bajular.

Sviolinatúra, s. f. (raro) adulação.

Sviramênto, s. m. (mar.) movimento de rotação ao contrário.

Sviràre, v. (tr. mar.) desvirar, mudar de direção.

Svisamênto, s. m. alteração, torcimento da verdade; tergiversação.

Svisàre, v. (tr.) desfigurar, alterar, torcer, falsificar: —— **la verità** / afear, desfigurar a cara de alguém.

Svisceramênto, s. m. estripação / (fig.) indagação, investigação, estudo profundo de uma questão / afeto, carinho entranhado.

Svisceràre, v. (tr.) estripar, desentranhar / (fig.) indagar, investigar, averiguar, tratar a fundo um argumento / (refl.) **sviscerarsi per uno:** estimar, amar muito uma pessoa.

Svisceratamênte, adv. desentranhadamente, profundamente, reconditamente, com todo o coração.

Svisceratêzza, s. f. sentimento entranhado, profundo, fanático, de amor, estima, amizade, etc.

Svisceràto, p. p. e adj. desentranhado / afeiçoado, extremoso, afetuoso, apaixonado, cordial, íntimo; **lo amava di uno** —— **amore.**

Svista, s. f. erro, engano, descuido, inadvertência; distração, lapso, despropósito.

Svitamento, s. m. desparafusamento, desatarraxamento.

Svitàre, v. (tr.) desaparafusar, desparafusar; desatarraxar / (fam.) revogar um convite já feito, desconvidar.

Svitàto, p. p. e adj. desaparafusado; desatarraxado / (fig.) que tem as juntas dos membros deslocadas, desconjuntadas: **un ginnasta con le membra svitate.**

Svitatura, s. f. desparafusamento; desaparafusamento.

Sviticchiàre, v. (tr.) desvencilhar; desemaranhar, desembaraçar / (refl.) desvencilhar-se, livrar-se, desprender-se / **sviticchiarsi da un'importuno:** livrar-se de um maçador.

Svivagnàre, v. (tr.) desguarnecer da ourela, deixar sem orla.

Svivagnato, p. p. e adj. sem ourela, sem debrum / (fig.) **bocca svivagnata:** boca excessivamente larga.

Sviziàre, v. (tr. e refl.) tirar o vício; corrigir, emendar / perder um vício / (pres.) **svizio.**

Svizzero, adj. suíço, da Suíça / (s. m.) suíço soldado do papa.

Svociàto, adj. (dial.) rouco, que tem voz débil ou escassa.

Svociferàre, v. (intr. e tr.) vociferar, gritar, divulgar um segredo, tagarelar / (pres.) **svocifero.**

Svogliamênto, s. m. indolência, ignávia, preguiça.

Svogliàre, v. (tr.) desanimar, tirar a vontade, a disposição / (refl.) **svogliarsi:** aborrecer-se, enfastiar-se, desanimar-se.

Svogliatàccio, adj. (pej.) sem vontade para nada; vadio, boa-vida.

Svogliatàggine, s. f. falta de vontade; ignávia, mandriíce, indolência.

Svogliatamênte, adv. ignaviamente; pachorrentamente; desamoravelmente.

Svogliatêzza, s. f. ignávia, indolência; negligência; desídia.

Svogliàto, p. p. e adj. desgostado, aborrecido / ignavo, preguiçoso, poltrão, boa-vida / negligente / (dim.) **svogliatèllo, svogliatùccio.**

Svogliatura, s. f. indolência / (fam.) fastio, enjôo, repugnância.

Svolacchiàre, v. (intr.) esvoaçar, fazer pequenos vôos, revolutear.

Svolàre, v. voar, esvoaçar, voejar; voar rasteiro; adejar.

Svolazzamênto, s. m. esvoaçoamento, revoluteio, adejo.

Svolazzànte, p. pr. e adj. esvoaçante; revoluteante.

Svolazzàre, v. (intr.) esvoaçar, voejar, adejar, volitar; vaguear, ondular, flutuar, ser agitado pelo vento, etc.

Svolazzatôre, adj. e s. m. esvoaçador.

Svolazzío, s. m. esvoaçamento, revoluteio continuado / (pl.) **svolazzii.**

Svolàzzo, s. m. esvoaçamento, adejo / coisa que esvoaça, que revoluteia / ornato da assinatura / (fig. pl.) adornos excessivos.

Svolêre, v. (tr.) (raro) desquerer.

Svolgènte, p. pr. e adj. que desenvolve; desenvolvente.

Svòlgere, v. (tr.) desembrulhar, desenvolver, desenrolar; desfazer; destrinçar / distender, estender; expor, explanar (um programa, projeto, idéia, etc.) / (rar.) dissuadir, desviar / **svolgèrsi,** (refl.) acontecer, ocorrer, suceder, cumprir-se, realizar-se / desenvolver-se, desembaraçar-se.

Svolgimênto, s. m. desenvolvimento; desenrolamento; **lo** —— **del tema, dei fatti.**

Svolgitôre, s. m. que ou aquele que desenvolve, que explana, que expõe, que propaga / (fem.) **svolgitrice.**

Svolío, s. m. adejo, esvoaçamento, revoluteio, vôo.
Svòlta, s. f. volta, curva de rua ou de estrada; canto, ângulo, giro, cotovelo, curva / (fig.) mudança de direção: una ——— della storia.
Svoltamênto, s. m. volta, ação de girar, de fazer a volta.
Svoltàre, v. (tr.) desembrulhar, desenrolar; estender, abrir / (intr.) girar, dobrar, torcer, mudar de direção / svoltar a manca, a destra: virar à esquerda, à direita.
Svoltàta, s. f. volta, curva, dobra, virada / esquina.
Svoltatúra, s. f. desembrulho de coisa embrulhada ou enrolada.
Svèlto, p p. e adj. desembrulhado, dedenrolado / desenvolvido, exposto, esclarecido, descoberto / argomento bene ———: argumento bem exposto.
Svoltolamênto, s. m. viramento, reviramento, revolvimento.
Svoltolàre, v. (tr.) rolar, revolver, rodar, rebolar / refl.) svoltolàrsi: revolver-se, revirar, enrolar-se, rebolar-se / i bambini si svoltolavano sull'erba: as crianças reviravam-se na grama / (pres.) svòltolo.
Svoltolône, s. m. cambalhota, tombo, queda.
Svòlvere, v. (tr. lit. e poét.) desenrolar, desembrulhar / desenvolver, expor.
Svotàre, v. (tr.) esvaziar, formar vazio / (fig.) desvirtuar: ——— una frase del suo significato / (refl.) svotarsi, esvaziar-se / evacuar / (pres.) svuoto, svotiamo.
Svotàto, p. p. e adj. esvaziado / exaurido.
Swepstake (v. ingl.) loteria combinada com uma corrida de cavalos / (ital.) lotteria abbinata.
Swing, (v. ingl.) (box.) golpe dado balanceando lateralmente o braço.

T

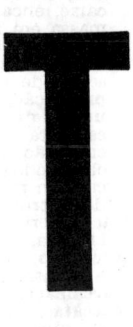

T, t, décima oitava letra do alf. ital. (consoante dental), pronuncia-se **ti**: muda-se às vezes (rar.) em **d**; por ex.: **nutrire; nudrire** / **fatto a T**, feito (qualquer objeto) em forma de T.

Tabaccàio, s. m. charuteiro, vendedor, no varejo, de tabaco, cigarros, e p. ext. de outras coisas de que o Estado tem o monopólio.

Tabaccàre, v. (intr.) tabaquear, tomar pitadas de tabaco ou rapé.

Tabaccàto, adj. da cor do tabaco / sujo, lambuzado de tabaco.

Tabacchería, s. f. tabacaria, estabelecimento onde se vendem cigarros, charutos, tabaco (e, na Itália, outros gêneros de monopólio do Estado); estanco, charutaria.

Tabacchièra, s. f. tabaqueira, bolsa ou caixa para tabaco.

Tabacchína, s. f. operária de fábrica de cigarros: cigarreira.

Tabàcco, s. m. tabaco, planta, erva do tabaco / o pó dessa planta; fumo, rapé / ———— **da fiuto**: rapé / **una presa di** ————: uma pitada de rapé.

Tabaccóne, s. m. tabaquista, tabaqueiro, o que toma, o que cheira muito tabaco.

Tabaccóso, adj. sujo, lambuzado de tabaco, tabacoso.

Tabaccòsi, s. f. (med.) tabacose, doença do pulmão determinada por aspiração de pó de tabaco; tabagismo.

Tabagísmo, s. m. (med.) tabagismo, intoxicação por efeito do tabaco.

Tabàrro, s. m. (p. us.) tabardo, capote grosso de homem / capa.

Tàbe, s. f. tabe (doença) / (fig.) podridão, corrupção.

Tabèlla, s. f. tabela, tábua ou quadro pendurado por promessa ou para obter milagre / quadro ou tábua onde se registram nomes de pessoas ou outras indicações / quadro, folha de papel ou cartilha que contém um prospecto ou uma relação / **matraca** / (esp.) ———— **dei punti**: marcador / (fig.) **sonar le tabelle dietro ad alcuno**: escarnecer, zombar de alguém, criticar.

Tabellàrio, s. m. (hist.) postilhão, correio, mensageiro, entre os antigos romanos.

Tabellionàto, s. m. (ant.) tabellionato, ofício, escritório de tabelião.

Tabelliône, s. m. tabelião, notário público entre os antigos romanos.

Tabellône, s. m. (aum.) tabela, quadro, tábua, (com dizeres), cartaz grande.

Tabernàcolo, s. m. tabernáculo, tenda portátil da arca entre os hebreus / sacrário, capela, ermida onde se conservam as imagens de Deus / por ext. edifício da forma de tabernáculo.

Tabernàrie, s. m. (favole) (teatr. rom.) gênero de comédias.

Tabètico, adj. atacado, de tabe ou tabes, tábido.

Tabi, s. m. tabi, tafetá grosso ondulado / (dim.) **tabinetto**.

Tàbico, (pl. **tàbici**), adj. tábido, que sofre de tabe / (fig.) podre, corrupto.

Table D'Hòte (loc. fr.), comida a preço fixo.

Tablíno (lat. "tablinum") s. m. (arquit.) tablino, aposento para estudo, na casa romana.

Tablòide (ingl. tabloid) s. m. tablóide, comprimido, pastilha.

Tábor (geogr.), Tabor, monte na Palestina, onde se realizou a Transfiguração de Cristo.

Tàbu ou pop. **tabú,** s. m. e adj. tabu, objeto ou pessoa sagrada, que, na religião da Polinésia, não se pode tocar ou nomear / (fig.) coisa absolutamente proibida.

Tàbula, s. f. (lat.) na loc. **tàbula rasa**, tábua pequena, tábua limpa, tábua de escrever / (fig.) ser ignorante em determinada ciência / **far** ————: consumir, destruir, arrasar, levar; carregar tudo, comer tudo.

Tabulàrio, s. m. tabulário, arquivos públicos ou particulares, na Roma antiga / (pl.) **tabulári**.

Tabulatôre, s. m. tabulador, dispositivo da máquina de escrever.

Tac. s. m. tac. voz onomatopaica com que se exprime um ruído cadenciado; tic tac: tique-taque.

Tàcca, s. f. entalhe, pequeno corte, encaixe, encarne, fenda, incisão / dente, massa em folha de faca, navalha, etc. / talha, pau em que se marca com certos golpes o que se compra ou se vende a crédito / estatura, talhe, proporção, figura, feição do corpo / **uomo di mezza** ———: homem de estatura média / forma, grossura, condição, tamanho / qualidade / mancha, nódoa, defeito / (adv.) **tacca tacca:** um pouco por vez, um passo atrás do outro.

Taccagnería, s. f. tacanharia, taçanheza, avareza, mesquinharia.

Taccàgno, adj. e s. m. tacanho, sovina, avarento, mesquinho.

Taccamàcca, s. f. tacamaca (resina).

Taccàta, s. f. (mar.) cada um dos esteios que servem de escora à quilha de um navio em construção.

Taccheggiàre, v. (tr.) calçar, nivelar, assentar a impressão (tip.) / (intr.) fazer barulho com os saltos, caminhando / furtar com esperteza e agilidade nos negócios.

Tacchêggio, s. m. cunha, alça para assentar as formas (tip.) / furto de mercadoria exposta nas lojas.

Tacchettàre, v. (intr.) bater e fazer barulho com o salto ao caminhar.

Tacchètto, s. m. (dim.) de tacco, saltinho / dispositivo de tear mecânico que transmite o movimento à lançadeira.

Tacchíno, s. m. peru / (fem.) **tacchína,** perua / (dim.) **tacchinêtto, tacchinòtto** / (sin.) **pollo d'India, gallinaccio.**

Tacchinòtto, s. m. peru novo.

Tàccia, (pl. **tacce**), s. f. tacha, pecha, mancha, defeito / má fama / **uomo di mala** ———: homem de má fama / **gode** ——— **di vagabundo:** é tachado de vagabundo.

Tacciàbile, adj. tachável; censurável.

Tacciàre, v. (tr.) tachar, imputar, notar, censurar, atribuir, culpar.

Tàccio, s. m. (tosc.) conta global ou aproximada; transação.

Tàcco, s. m. salto de sapato / (fig.) **battere il tacco:** sumir, fugir / (tip.) alça de papel ou cartão / cunha / (aum.) **taccône,** tacão, salto grande / (pl.) **tacchi.**

Tàccola, s. f. pega (ave) / espécie de ervilha / (fig.) vício, pecha, defeito / ninharia, coisa de nada.

Tacconàre, v. (tr.) (tosc.) costurar com linha encerada as solas duplas dos calçados: **suole tacconate.**

Taccône, s. m. (aum.) tacão / remendo nas solas dos sapatos / (fig.) rípio, palavra us. no verso só para lhe completar a medida.

Taccuíno, s. m. canhenho, livrinho de lembranças; caderneta de apontamento / (p. us.) calendário.

Tacêre, v. (intr.) calar, não falar, cessar de falar: não divulgar, ocultar, ter em silêncio, dissimular / (fig.) passar sob silêncio, não considerar uma coisa / **su ciò la legge tace:** sobre isso a lei silencia / **far tacere:** impor silêncio / (refl.) **tacêrsi,** calar-se, estar em silêncio, não dizer palavras / (fig.) estar quieto, sossegado, não fazer ruído: **or che il cielo, e la terra,** e **il vento tace** / (s. m.) **un bel tacer na fu mai scrito:** em boca calada não entram moscas.

Tacheografía, s. f. taqueografia, impressão rápida.

Tacheografàre, v. (tr.) imprimir rapidamente.

Tacheògrafo, s. m. taqueógrafo / topógrafo.

Tacheometría, s. f. taqueometria, triangulação rápida.

Tacheòmetro, s. m. taqueômetro, espécie de teodolito.

Tàchi, taqui ——— elemento com que se começam certas palavras e que indica a idéia de velocidade, rapidez.

Tachicardía, s. f. taquicardia; pulsação acelerada.

Tachifagía, s. f. taquifagia, costume de comer apressadamente.

Tachífono, s. m. dispositivo para efetuar rapidamente um grande número de ligações telefônicas.

Tachigrafía, s. f. taquigrafia, estenografia.

Tachímetro, s. m. taquímetro.

Tachipessía, s. f. congelação rápida para conservar carnes, verduras, etc. sem que percam o poder nutritivo.

Tachipnèa, s. f. (med.) taquipnéia, grande aceleração do ritmo respiratório.

Tacíbile, adj. que se deve calar: de que não se deve falar.

Tàcita, (mit.) musa do silêncio.

Tacitamênte, adv. tacitamente, caladamente, em silêncio / tacitamente, sem ajuste expresso.

Tacitamênto, s. m. pagamento, ajuste de contas; indenização.

Tacitàre, v. (tr.) fazer silenciar, calar / **tacitàre uno:** pagar a alguém parte do débito, indenizá-lo dos prejuízos; compensar, pagar, ressarcir; persuadir / (pr.) **tàcito.**

Taciteggiàre, v. (intr.) imitar o estilo de Tácito, ser conciso.

Tacitiàno, adj. tacitiano, de estilo à maneira de Tácito / (fig.) conciso, lacônico.

Tàcito (hist.) Tácito, historiador romano.

Tàcito, adj. tácito, calado, não expresso por palavras / silencioso, taciturno, que é de poucas falas / subentendido: **un accordo** ———.

Taciturnamênte, adv. taciturnamente, de modo taciturno; tacitamente / (fig.) sombriamente.

Taciturnità, s. f. taciturnidade; silêncio.

Tacitúrno, adj. taciturno, silencioso / que não faz ruído.

Taddeo, (o que confessa) n. pr. hebraico; Tadeu / (pop.) bobo, simplório.

Tàel, s. m. unidade de peso e de moeda usada no sul da Ásia.

Tafanàre, v. (tr. e intr.) ferretear, picar de forma molesta, como faz o tavão.

Tafanàrio, (vulg. do esp.) s. m. traseiro, assento / (pl.) **tafanari.**

Tafàno, s. m. tavão (inseto).

Taffería, s. f. bandeja ou prato pouco fundo, de madeira.

Tafferúglio, s. m. barulho, briga, rixa, tumulto de muitas pessoas / **far** ———: fazer barulho, motim.

Tàffete (e, rar. **taffe**), exclam; voz onomatopaica para indicar o ruído de coisa que cai ou para indicar um fato que chega improvisadamente: **taffete, buttano dentro del discorso qualche parola** (Manzoni), **zape**, jogam dentro do discurso alguma palavra.

Taffettà, s. m. tafetá, tecido de seda leve de fios lustrosos.

Tafofobía, s. f. (med.) tafofobia, terror mórbido de ser sepultado vivo.

Tafône, s. m. gruta, cova, caverna criada por erosão atmosférica, usada como morada pelos homens primitivos.

Tàglia, s. f. talha (ant.) imposto, tributo que os vencedores obrigam os vencidos a pagar / resgate, o preço que se cobra para dar liberdade a um cativo, prisioneiro, etc. / prêmio que se promete ou paga pela captura ou extermínio de delinqüente / talha, pau dividido ao comprido em que se marca com um corte ou sinal, o que se vende ou compra / (mar.) espécie de guindaste / (fig.) talhe, estatura, forma, figura, proporção, feição do corpo /. **di mezza** ———: de estatura média, e (fig.) de condição medíocre.

Tagliàbile, adj. que se pode cortar, dividir; cortável, divisível.

Tagliabôrse, s. m. gatuno, ladrão que furta com grande habilidade, especialmente carteiras.

Tagliabòschi, s. m. lenhador.

Tagliacantôni, s. m. (ant.) roncador, brigão, bravateador.

Tagliacàrte, s. m. espátula para cortar papel e abrir as margens dos livros.

Tagliafèrro, s. m. instrumento duríssimo, espécie de escalpelo para cortar o ferro.

Taglialègna, s. m. lenhador, lenheiro, rachador de lenha.

Tagliamàre, s. m. talhamar; esporão do navio.

Tagliamênto, s. m. cortadura, ação de cortar; corte / (geogr.) **Tagliamento**, rio do Vêneto.

Tagliàndo, s. m. cédula, cupão.

Tagliapêsce, s. m. (rar.) faca para cortar o peixe.

Tagliapiètre, s. m. canteiro, operário que lavra pedras de cantaria.

Tagliàre, v. (tr.) talhar, cortar, separar em duas ou mais partes com instrumento cortante: ——— **la testa** (cortar a cabeça) / ——— **un pollo**: trinchar um frango / ——— **le carte**: dividir as cartas do baralho / ——— **il vino**: misturar, temperar um vinho ou licor com outro / ——— **la rotta, la strada**: cortar o caminho, a rota / ——— **i panni addosso a uno**: falar mal de alguém / ——— **il ragionamento**: interromper um discurso, cortar o fio de que se diz / ——— **le gambe a uno**: prejudicar alguém, cortar-lhe os meios de fazer uma coisa / terminar, acabar, pôr fim / separar, apartar, segregar / ——— **seccondo il panno**: conformar-se: acordar-se segundo as necessidades / ——— **a pezzi**: fazer grande matança / ——— **gran colpi**: jactar-se, bancar o valentão / **tagliar corto**: abreviar ou cortar o discurso / ——— **la ritirata**: cortar a retirada / ——— **la corda**:

roer a corda; sumir / **tagliarsi nel discorrere**: contradizer-se / (intr.) **che tagliano, ou che non tagliano**: que cortam ou não (tesoura) / (refl.) **tagliarsi**, cortar-se, ferir-se / (refl.) **tagliarsi vicendevolmente la gola**: bater-se em duelo.

Tagliarête, s. m. serra de aço fixada na proa dos submarinos para cortar as redes de obstrução.

Tagliàta, s. f. corte, cortadela, ação de cortar uma voz ou de cortar um pouco: **una** ——— **ai capelli** / na esgrima, cortada, golpe de espada resvalando a do adversário / esplanada, o plano ou claro que se forma cortando e aplanando o chão em declive / (dim.) **tagliatina** / (depr.) **tagliatàccia**.

Tagliatèlla, s. f. talharim (massa) / (pl.) **tagliatelli**.

Tagliatêllo, s. m. (dial.) talharim.

Tagliatino, ou **taglierino**, s. m. talharim estreito.

Tagliàto, p. p. e adj. talhado, retalhado, cortado, decepado / **roccia tagliata a picco**: rocha que desce a pique / talhe; proporção; **è ben tagliato**: é bem talhado, bem feito, de boa estatura / **è un uomo** ——— **all'antica**: é um homem moldado à antiga / **essere** ——— **per una cosa**: ter inclinação por uma coisa.

Tagliatôre, s. m. cortador / s. f. **tagliatrice**.

Tagliatrìce, s. f. cortadeira, máquina para cortar, guilhotina.

Tagliatúra, s. f. corte, cortadura; talho, incisão / mutilação / (pl.) retalhos, recortes.

Tagliavênto, s. m. para-brisa / estrutura em forma cônica que se sobrepõe na parte superior do projétil a fim de alongá-lo.

Taglieggiàre, v. (tr.) taxar, impor o preço ao resgate / pôr a preço a vida ou a captura de um malfeitor.

Tagliènte, p. p. e adj. talhante, cortante; que corta, bem afiado / (fig.) **lingua** ———: língua mordaz, acre no satirizar / (pint.) sem esfumar: **disegno** ———.

Tagliêre, s. m. talho, cepo em que se corta ou bate a carne / (ant.) trincho, prato / (fig.) **esser due ghioti a un tagliere**: andarem duas pessoas atrás da mesma coisa.

Taglierìa, s. f. laboratório especial para lapidar diamantes.

Taglierìna, s. f. máquina para cortar papel, usada nas tipografias; guilhotina.

Taglierìno, s. m. talharim.

Tagliêtto, s. m. (dim.) pequeno corte.

Tagliètto, s. m. (tip.) cortador, chanfrador, instrumento para eliminar ou cortar filetes, entrelinhas, etc., na composição tipográfica.

Tàglio, s. m. cortadura, corte, ato e efeito de cortar / **ferir di** ———: ferir com a parte cortante / cortadura, a coisa que se cortou / golpe, ferida / talho, talhe, corte / o modo com que se cortam certas coisas: **è una sarta che ha un bel taglio** (é uma modista que tem um ótimo corte) / **il** ——— **per un àbito**: a fazenda (um corte) para um vestido / (fig.) **fare un taglio a un discorso**: fazer um corte a um discurso / (fig.) estatura, figura, forma, proporção do corpo, / talho de carne (no açougue) / (fig.) **è un'arma a doppio** ———: é uma arma de dois gumes / a parte mais estreita de uma coisa, oposta à parte plana / ocasião, oportunidade; ensejo, tempo, hora oportuna para fazer alguma coisa / **cedere** ou **venire in** ———: vir a propósito, oportunamente / **moneta di piccolo** ———: moedas miúdas / per ———: obliquamente / **vendere a** ———: vender a retalho, por miúdo / (dim.) **taglietto, tagliettino**.

Taglióne, s. m. talião; punição igual à ofensa.

Tagliuòla, s. f. (dim.) trapa (ant.) espécie de ratoeira para pegar ratos ou outros animais / (fig.) armadilha, engano, laço astucioso.

Tagliuòlo, s. m. postazinha, pequena porção de coisa cortável; naco, pedaço / espécie de escopro ou formão usado por tanoeiros, etc. / escalpelo para o metal.

Tagliuzzamènto, s. m. retalhação, esmiuçamento.

Tagliuzzàre, v. (tr.) picar, cortar em pedacinhos muito miúdos / retalhar, esmiuçar.

Tagliuzzàto, p. p. e adj. recortado, picado, partido; esmiuçado.

Tàiga, s. f. taiga, tipo de floresta ao norte da Rússia e da Sibéria.

Tailleur, (v. fr.), s. f. alfaiate / traje da mulher / (ital.) **sarto / gonna con giacca**.

Tal, (apoc. de **tale**), adj. tal, nunca se usa com apóstrofo: **un tal compagno**.

Talabalàcco, (ant.) s. m. atabale, espécie de tambor usam os mouros.

Talacimànno, s. m. muezim, o que do minarete chama os fiéis às preces públicas.

Talalgía, s. f. (med.) talalgia, dor aguda no calcanhar.

Tàlamo, s. m. tálamo, quarto / (com.), leito nupcial: **condurre al** ———: casar / (bot.) tálamo, cálice, receptáculo das plantas, etc. / (ant.) tálamo ótico.

Talàre, adj. talar, vestuário comprido até aos tacões ou calcanhar / **àbito** ———: batina dos sacerdotes católicos.

Talàri, s. m. pl. talares; asas que tinha nos pés o deus Mercúrio.

Talassobiología, s. f. talassobiologia; oceanografia sob o ponto de vista biológico.

Talassòcrate, s. m. talassocrata; senhor dos mares.

Talassocrazìa, s. f. (rar.) talassocracia, domínio absoluto dos mares.

Talassògrafo, s. m. talassógrafo, relativo à talassografia.

Talassòmetro, s. m. talassômetro, sonda marítima.

Talassoterapìa, s. f. talassoterapia, tratamento terapêutico pelos banhos de mar.

Talchè, adv. e conj. de sorte que, de maneira que, de modo que, assim que, tal que.

Tàlco, s. m. (min.) talco.

Talcôso, adj. talcoso, que contém talco ou que é de natureza do talco.

Tàle, adj. e pron. quando não está acompanhado do nome, mas está em lugar dele, pronome demonstrativo, que tem a qualidade ou a natureza de que se fala ou a que alude; tal, semelhante, igual; tal, alguém: **un** ———: um tal, certo sujeito / **il** ———: fulano / **giungere a** ———: chegar a tal ponto, a tal estado / ——— **che ti cerca**: ha um tal que te procura / assim, desta forma / **tale è il mio parere**: tal é o meu parecer / **tale il padre, tale il figlio**: filho de peixe sabe nadar / **quel tale**: esse fulano / **quella tal signora**: essa senhora, essa fulana, essa sujeita / **a tale siamo giunti**: a tal chegamos (não se deve escrever **tal** (com apóstrofe).

Tàlea, talèa, s. f. estaca, tanchão, ramo de árvore brotado que se planta para obter nova árvore.

Talèd, s. m. talede ou talete, véu, manto usado pelos hebreus durante a oração.

Talentàccio, s. m. talento natural, inteligência sáfara ainda inculta.

Talentàre, v. (intr.) agradar, comprazer, contentar / **fai quel che ti talenta**: fazes aquilo que te agrada.

Talènto, s. m. talento, moeda, medida de peso, entre os gregos antigos / (fig.) desejo, cobiça, vontade / **mal** ———: rancor, ódio, má intenção, raiva / **a** ———: à vontade / inteligência, talento, capacidade, aptidão natural.

Talentôso, (ant.) adj. desejoso, cobiçoso.

Talia, (mit.) talia, deusa da comédia e poesia lírica.

Talismàno, s. m. (do persa **"tilisman"**) talismã / amuleto / (fig.) coisa que tem algum poder maravilhoso.

Tàlla, s. f. (rar.) talo, ramo que cresce nas árvores podadas.

Tàllero, s. m. taler, antiga moeda de prata, da Alemanha.

Tàlleto, s. m. viveiro onde se plantam rebentos das árvores.

Tàllico, adj. (quím.) tálico.

Tàllio, s. m. tálio, metal branco da família do alumínio.

Tallíre, v. (intr.) espigar, lançar espiga; criar talo.

Tàllo, s. m. talo, o lançamento da planta que espiga, e quer lançar semente; enxerto; estaca / (bot.) corpo dos vegetais inferiores, nos quais não se distinguem a raiz, o fuste e as folhas / (fig.) **metter il** ———: recuperar o vigor, remoçar.

Tallòfite, s. f. talófitas, ramo do reino vegetal que compreende os vegetais cujo aparelho vegetal se reduz a um talo.

Talloncíno, (dim. de **tallone**, calcanhar). s. m. (neol.) cupão, cédula, talão, recibo que se destaca / (sin.) **tagliando**.

Tallóne, s. m. calcanhar (anat.) / **il** ——— **d'Achille**: o calcanhar de Aquiles / (fig.) ponto vulnerável / todo objeto saliente que serve de apoio / a extremidade da lâmina de uma faca, que se enfia no cabo / (tip.) espaço, pedaço de metal escorredio dentro do vão da composição.

Tallônzolo, e tallòzolo, s. m. broto, rebento que lançam as couves.
Tallôso, adj. (quím.) talioso, diz-se dos compostos monovalentes do tálio.
Talmênte, adv. de tal maneira, assim, de tal sorte / **talmente che:** de maneira que, de modo que.
Talmúd, s. m. (do hebr.) Talmude.
Talmúdica, s. f. talmúdica, a ciência que respeita aos estudos talmúdicos.
Talmúdico, adj. talmúdico / (pl.) talmúdici.
Talmudísta, s. m. talmudista, comentador do Talmude / (rabino / (pl.) talmudisti.
Tàlo, s. m. (anat.) astrágalo, osso curto na parte superior e média do tarso / escarpa.
Talôra, adv. algumas vezes, às vezes, alguma vez / muitas vezes.
Talôtra, (ant.), adv. algumas vezes.
Tàlpa, s. f. toupeira (animal) / (fig.) **cieco come una** ———: pessoa muito míope / (fig.) pessoa de idéias muito acanhadas: **è una** ———: (é uma toupeira) / pele de toupeira: **un mantello di** ———.
Talpàia, s. f. cova das toupeiras.
Talpône, s. m. (aum.) toupeira grande.
Talúno, adj. e pron. indef. algum; qualquer / alguém.
Talvòlta, adv. às vezes, algumas vezes, alguma vez / muitas vezes.
Tamànto, (ant.), adj. tamanho, tão grande.
Tamaríce, s. f. (bot.) tamarga, tamargueira.
Tamarìndo, s. m. (bot.) tamarindo, tamarinho.
Tamarísco, s. m. (bot.) tamargueira, tamaris.
Tambascià, (ant. do árabe), s. m. alegria, divertimento, patuscada.
Tambellône, s. m. ladrilho grande, espécie de tijolo que se usa especialmente para cobrir os fornos / (fig.) tolo, estúpido, parvo, inepto.
Tambène, (ant.), adv. como, tão bem como, isto é, a saber.
Tambúa, s. m. atabale, antigo instrumento dos árabes.
Tamburagiône, (ant.), s. f. acusação, denúncia secreta.
Tamburàio, s. m. fabricante de tambores / (pl.) **tamburai**.
Tamburàre, v. (tr.) tamborilar, tocar tambor / surrar, espancar uma pessoa / (ant.) denunciar alguém pondo a denúncia no tambor ou na caixa das denúncias anônimas.
Tamburàta, s. f. (rar.) toque de tambor, tamborilada.
Tambureggiamênto, s. m. tamborilamento, ato e efeito de tamborilar / martelamento intenso e contínuo da artilharia.
Tambureggiànte, p. pr. e adj. tamborilante / martelamento insistente do fogo da artilharia: **il fuoco** ——— **dell'artiglieria**.
Tambureggiàre, v. (intr.), tamborilar, tocar longamente o tambor produzindo um rufar continuado / (s. m.) (fig.) martelar intenso das artilharias e fuzis contra as posições inimigas.
Tamburèllo, s. m. tamboril, pequeno tambor / pandeiro, adufe / raquete redonda em forma de pequeno pandeiro com que as crianças jogam bola ou pingue-pongue.
Tamburiêre, e tamburáio, s. m. fabricante de tambores.
Tamburinàre, v. (tr. e refl.) tamborilar, tocar cadencialmente sobre uma superfície qualquer imitando o rufo do tambor: **a tamburinarvi con le dita il ventre** (Carducci).
Tamburíno, s. m. (dim.) tamborileiro, que toca tombor (especialmente soldado), tamborzinho.
Tamburlàno, s. m. alambique, destilador / caixa em forma de tambor para secar a roupa lavada / torrador de café / instrumento de cobre para destilação.
Tambúro, s. m. tambor, instr. musical / (fig.) **sul** ———: sem a menor hesitação no ato / **a tamburo battente:** depressa, em seguida / coisa que tem a forma de tambor / tambor de relógio / (fort.) construção baixa e redonda, à entrada de um bastião / (anat.) tímpano (membrana) do ouvido / (hist.) caixa ou tambor das denúncias anônimas / tambor, pessoa que toca tambor.
Tambussàre, (ant.) v. (tr.) surrar, bater, espancar.
Tameríce, s. f. tamaris, tamargueira, árvore ou arbusto das tamarináceas.
Tampòco, adv. (p. us.) também não; tampouco / (sin.), **nemmeno, neppure**.
Tamponamênto, s. m. tamponamento, ato de colocar um tampão, um chumaço.
Tamponàre, v. (tr.) (med.) tamponar / fechar com chumaço uma ferida, etc.
Tamponatúra, s. m. tamponamento.
Tampône, s. m. (fr. **tampon**) (med.) tampão, bola ou maço de gaze ou de algodão destinado a fazer tamponamento / tampo; tampa / rolha ou bucha / almofada para carimbo / botoque / berço ou buvar para uso do mata-borrão.
Tamtàm, s. m. tantã, instrumento oriental de percussão, que produz um som retumbante.
Tàna, s. f. covil, antro, toca, caverna, lugar onde se refugiam os animais / cova, fossa, buraco / (fig.) casebre, casa feia e mesquinha, choça.
Tanàglia, s. f. tenaz, torquês, instrumento de ferro / (hist.) instrumento de tortura / **a** ———: em forma de torquês; diz-se também do movimento estratégico / (fort.) obra de tenalha, fortificação construída em linha de defesa / o ferrão dos caranguejos, escorpiões etc. / (dim.) **tanagliêtta, tanagliuòla, tanagliúccia** / (pl.) (mais us.) **tanaglie**.
Tanagliàre, v. (tr.) atenazar, apertar com tenaz / arrancar com tenaz.
Tanài, s. m. (fam.) rumor de vozes, instrumentos, etc.; barulho, estrépito.
Tànaro, (geogr.) Tànaro, rio da Itália.
Tanatofobía, s. f. (med.) tanatofobia, medo da morte.
Tanatología, s. f. (med.) tanatologia, estudo da morte.

Tànca, (dial. sardo, do catalão), aprisco, curral onde se abrigam as ovelhas.
Tànca, (ingl. **tank**), s. f. tanque, nome genérico das caixas que contém líquidos (água, combustíveis, líquidos, petróleo, etc.).
Tànca, s. f. (duma voz japonesa) composição lírica da poesia japonesa, composta de 31 sílabas em cinco versos.
Tança, n. pr. abrev. de **Costanza**, Constança.
Tàndem, (do ingl.) s. m. tandem, velocidade de duas rodas para dois pedaladores / (mec.) **a tendem**, disposição de duas máquinas colocadas uma atrás da outra e que fazem o mesmo serviço / (adv.) finalmente.
Tanè, s. m. cor (fr.) castanha.
Tanècca, s. f. (rar.) barca para transporte.
Tanfanàre, (ant.) v. bater, atormentar.
Tanfàta, s. f. baforada, bafejo de sopro mal-cheiroso.
Tànfo, s. m. mofo, bafio, mau cheiro / fedor.
Tangènte, adj. tangente (geom.) / (s. m.) parte, quota, o que cabe por direito numa repartição de lucros / **la** ———: (mat.) antigamente / (neol.) pacto.
Tangènza, s. f. tangência, o ponto onde duas coisas se tocam.
Tàngere, v. (tr. lit. rar.) tocar, pôr a mão em.
Tàngeri, (geogr.) Tânger, cidade do Marrocos.
Tànghero, s. m. rústico, agreste, grosseiro.
Tangìbile, adj. tangível, que se pode tocar, palpar / (fig.) evidente, perceptível até pelo tato / claro, patente.
Tangibilità, s. f. tangibilidade, evidência.
Tàngo s. m. tango, dança, música de origem mourisca e modernizada na Argentina.
Tangòccio, (ant.) adj. pesadão, crasso, lerdo, tonto.
Tanìa, s. f. (ant.) litania.
Tannàto, s. m. (quím.) tanato, sal de ácido tânico.
Tànnico, adj. tânico, ácido empregado na indústria de curtumes, no fabrico de tintas, na medicina, etc.
Tannìno, s. m. (quím.) tanino.
Tánno, s. m. extrato de substâncias tânicas em pó.
Tannofòrmio, s. m. tanofórmio (mistura de tanino e ácido fórmico).
Tantafèra, e **tantaferàta**, s. f. anfiguri, discurso, perlenga confusa e desconcertada.
Tantalàto, s. m. tantalato, mineral que é um sal do ácido tantálico.
Tantálico, s. m. (quím.) tantálico.
Tantàlio, s. m. (quím.) tantálio.
Tàntalo, s. m. Tântalo, personagem da mitologia / (fig.) homem que deseja o que não pode obter / (ornit.)) tântalo, gênero de aves, espécie de cegonha.
Tantíno, s. m. (dim. de **tanto**) tantinho, pouquinho, muito pouco, bocadinho / **mi duole un** ———: (só em Portugal) tantito.

Tànto, adj. e pron. tanto, tão grande, muito grande, extenso, intenso, vivo, etc. / ——— **generoso**: tão generoso / ——— **spazio**; tamanho espaço / muito, numeroso, abundante: **tanti uomini, tanti danari** / em correlação com quanto indica conformidade de medida ou quantidade / **ha** ——— **bontà quanto sapere**: tem tanta bondade quanto sabedoria / (fig.) **senza tante storie**: sem tantas histórias / subentendendo a palavra tempo / **è** ——— **che t'aspetto**: há tempo que estou à tua espera / e subentendido espaço / **non c'è** ——— **da passare in due**: não há tanto espaço para que passem dois / subentendido a palavra dinheiro / **nonha** ——— **da vivere**: não tem tanto dinheiro que dê para viver / (pron.) ——— **mi basta**: isto me basta / **chi** ——— **chi niente**: quem muito, quem nada / ——— **basta**: tanto basta / **di tanto in** ———: de tanto em tanto / ——— **meglio**: tanto melhor / **tanti ci credono**: muitos o creêm / **tante**: muitas (mulheres) / **ne dicono tante**: dizem tantas coisas / **tanti**: muitos (homens, pessoas) / (s. m.) tanto, um tanto, certa quantidade / **il** ——— **nuoce**, o muito prejudica / **un** ——— **al giorno**: um tanto por dia: **il** ——— **per cento**: o tanto por cento, a porcentagem / (adv.) muito, tanto, tão, assim, de tal modo, de tal sorte, a tal ponto: **è** ——— **bella**: é tão linda / ——— **disse e fece che ottenne quel che voleva**: tanto disse e fez que obteve o que queria / ——— **piú che**: tanto mais que / **di** ——— **in** ———: de quando em quando / **sta** ——— **male**: está muito mal / **mi piace** ———: agrada-me muito / ——— **per ridere**: só para rir / ——— **che**: até que / ——— **meglio**: tanto melhor / ——— **più**: tanto mais / **non per** ———: não obstante / (dim.) **tantino, tantinèllo, tantinìno**, tantinho, pouquinho.
Tantòsto, adv. pedant.) logo, imediatamente, incontinenti, de imediato.
Tàntra, s. m. tantra, grupo de livros sagrados da Índia.
Tantrismo, s. m. tantrismo, seita religiosa indiana.
Tào, s. m. **Taos**, deus supremo da China.
Taoísmo, s. m. taoísmo, religião oficial da China.
Tapinaménte, adv. mesquinhamente, miseramente.
Tapinàre, v. (intr.) viver na miséria, na pobreza, levar vida atribulada, infeliz / (refl.) afligir-se, atribular-se / irritar-se.
Tapíno, (do prov. **tapi**), adj. e s. m. mísero, pobre, mesquinho, infeliz: **son** ——— **e per la via pane chiedo ai passeggeri** / (dim.) **tapinello**.
Tapiòca (bras.), s. f. tapioca, fécula que se extrai da raiz da mandioca.
Tapíro, s. f. tapir, anta do Brasil.
Tàppa, s. f. (fr.) etapa, parada para repouso, parada, pousada / caminhada / período, fase / **fare un viaggio in tappe**: fazer uma viagem em etapas.
Tappàre, v. (tr.) tapar, tampar, cobrir com tampa; fechar bem, cobrir qualquer abertura: ——— **un buco**: (fig.)

pagar uma dívida / ―――― **la bocca:** tapar a boca, impedir que fale / arrolhar, tapar com rolha / cobrir, abrigar / (refl.) **tapparsi il naso:** tapar o nariz / ―――― **in casa:** fechar-se em casa / ―――― **bene:** cobrir-se, agasalhar-se.

Tappetàre, v. (tr. p. us.) atapetar, ornar, guarnecer com tapetes, tapizar.

Tappêto, s. m. tapete; alcatifa / ―――― **verde:** o tapete das mesas de jogo, bisca, jogo de azar / ―――― **èrboso:** terreno coberto de relvas / **mettere sul** ―――― **una questione:** pôr sobre o tapete uma questão, entabular uma discussão / **pagare sul** ――――: pagar logo / (dim.) **tappetino.**

Tappezzàre, v. (tr.) tapizar, ornar, cobrir à maneira de tapete, alcatifar / cobrir / ―――― **i muri di manifesti:** cobrir as paredes de cartazes.

Tappezzàto, p. p. e adj. atapetado, tapizado, ornado com alfombras ou tapetes.

Tappezzería, s. f. tapeçaria, estojo, tecido, lavrado ou bordado com que se forram paredes, móveis, etc. / papel com ornatos, com que se revestem os muros / tapete, alcatifa / colgadura, estofo.

Tappezzière, s. f. tapeceiro, operário que estende e prega tapetes, que estofa poltronas, sofás, etc. / operário que coloca cortinas / operário que empapela as paredes.

Tàppo, s. m. tampo, tampa / rolha; tampão / (fig.) pessoa baixa e corpulenta / (dim.) **tappino, tappettíno.**

Tàpsia, s. f. (bot.) tapsia.

Tara, s. f. (do ar.) tara, abatimento do peso em compensação do invólucro; peso do recipiente que contém qualquer mercadoria / (fig.) defeito, falha, mácula / (med.) tara, desarranjo mental / desconto, também no sentido figurado: **una notizia alla quale si deve far la tara:** é uma notícia à que se deve dar um desconto.

Tarabàlla (pop. tosc.) adv. mais ou menos, como Deus é servido.

Tarabúso, s. m. alcaravão ou algravão, ave pernalta.

Taràllo, s. m. (dial.) bolacha.

Tarantasia, (geogr.) Tarantasia, antiga Sabóia.

Tarantèlla, s. f. tarantela. dança popular original da Itália Meridional / baile napolitano.

Tarantèllo, s. m. ventrisca do atum em conserva / (ant.) pedaço de qualidade inferior de um comestível, que o vendedor dá a mais.

Tarantismo, tarantolismo, s. m. tarantulismo, ou tarantismo, doença que erradamente se atribuía à picada da tarântula / dança de S. Vito.

Tàranto, (geogr.) Tarento, cidade do Sul da Itália (Apúlia) / (adj.) **tarantino, tarentino.**

Taràntola, s. f. tarântula, aranha venenosa / lagartixa noturna.

Tarantolàto, adj. tarantulado, picado por tarântula.

Tarapatà, a voz imitativa do redobre do tambor.

Taràre, v. (tr.) tarar, pesar a tara para descontar no peso bruto / (mec.) verificar o funcionamento de um instrumento de precisão.

Taratàntara, s. m. voz onomatopaica criada pelo poeta Ênio para significar o clangor da trombeta, usada também no sentido figurado: **il** ―――― **accademico.**

Taràto, p. p. e adj. tarado, que tem marcado o peso da tara / (fig.) que tem tara ou defeito / tarado, que tem tara no sentido físico ou moral.

Taratôre, s. m. (raro) tarador, que marca, que mede a tara.

Tarchia, s. f. (mar.) vela em forma de trapézio; vela arquimia.

Tarchiàto, adj. membrudo, que tem membros grandes e fortes; vigoroso / **tarchiatèllo.**

Tarcônte (mitol.) Tarconte, aliado de Enéias e fundador de Tarquínia.

Tardamènte, adv. lentamente, demoradamente, com lentidão, com demora, tardiamente.

Tardamênto, s. m. (ant.) tardança.

Tardànza, s. f. tardança; retardação; demora, dilação.

Tardàre, (intr. e refl.) tardar; espaçar; demorar / retardar-se, demorar-se / adiar, temporizar, procrastinar; retardar, deferir, dilatar, deter / ―――― **una risposta, una lavoro, un pagamento.**

Tardèzza, s. f. (raro) tardeza; qualidade do que é tardio, lentidão.

Tàrdi, adv. tarde, fora de hora, fora do tempo devido: **chi** ―――― **arriva male alloggia / si alza** ――――: **levanta tarde / piú** ――――: **mais tarde / al piú** ――――: **o mais tardar / far** ――――: deter-se, demorar, chegar tarde, perder a ocasião / **tosto o** ――――: cedo ou tarde, quando menos se espera / **meglio** ―――― **che mai:** antes tarde que nunca / (dim.) **tardètto** / (aum.) **tardòtto** / (sup.) **tardíssimo.**

Tardígrado, adj. lento, pesado, tardeiro, tardígrado, que caminha, que se move lentamente (s. m.) (pl.) (zool.) **tardigradi,** tardígrados.

Tardità, s. f. tardeza, qualidade do que é tardio, lentidão, preguiça.

Tardivamènte, adv. tardiamente, com atraso.

Tardívo, adj. tardio, que chega tarde; moroso; serôdio / atrasado: **bambino** ――――.

Tardízia, s. f. (agr.) produto tardio.

Tàrdo, adj. tardo, que anda lentamente; **tardívago,** vagaroso, lento; pausado, calmo / que chega tarde / **scuse tardive:** desculpas atrasadas / extremo, adiantado, maduro, velho / **arrivò alla piú tarda età:** chegou à mais adiantada idade / ―――― **di mente:** obtuso, duro, curto de inteligência.

Tardôna, adj. e s. m. (dial.) mulher já madura que quer parecer jovem e agradar.

Tàrga, s. f. placa, chapa (de automóvel, de negócio, etc.) / anúncio, tabuleta, marco, sinal, aviso / placa comemorativa (arquit.) / (ant.) adarga, escudo da idade média, de forma oval / (dim.) **targhêtta, targhettína.**

Targàre, v. (tr.) emplacar, ato de pôr a placa num automóvel, etc.
Targatúra, s. f. emplacamento, ação de emplacar.
Targèlie (feste) (mit.) festas targélias em honra de Apoio.
Targeliône, s. m. Targélion, undécimo mês do ano ático, em que se celebravam as Targélias.
Targône, s. m. (aum.) placa, chapa grande / (hist.) pavês, escudo grande.
Tarí, s. m. (do árabe) tarim, moeda siciliana e napolitana antiga, do valor de quarenta centésimos.
Tariffa, s. f. tarifa, tabela dos preços; tarifa da alfândega / preço das coisas: **abbassare la** ——— / lista, nota, tabela, taxa / (ferr.) ——— **differenziale,** tarifa diferencial.
Triffàle, adj. tarifal, relativo à tarifa.
Tariffàre, v. (tr.) tarifar, aplicar a tarifa a.
Tarlàre, v. (intr. e refl.) caruncher; ser atacado par caruncho ou traça.
Tarlatàna, s. f. tarlatana, tecido ralo como a gaze, porém mais resistente, para vestido de baile.
Tarlàto, p. p. e adj. carunchado, roído por caruncho; atacado por traça; carcomido / (fig.) **viso** ———: cara picada por varíola.
Tarlatúra, s. f. ação de carunchar / pó do caruncho ou da traça / lugar atacado pelo caruncho; orifício que a traça ou polilha faz na roupa e outras coisas.
Tàrlo, s. m. caruncho / traça / (fig.) **il** ——— **del dúbbio:** o caruncho da dúvida.
Tàrma, s. f. traça, polilha.
Tarmàre, v. (intr. e refl.) traçar, traçar-se, ser atacado, roído por traças (a roupa, etc.).
Tarmàto, p. p. e adj. roído, atacado, invadido por traça; bichado, carunchado.
Taroccàre, (intr.) jogar uma figura, no jogo de baralho chamado **tarocchi** / (fig.) resmungar, enraivecer-se.
Tarôcco, s. m. certo jogo de naipe / (fig.) **essere come il matto fra i tarocchi:** ser intrometido.
Tarôzzo, s. m. (mar.) cada um dos cabos fixos que estão presos nas extremidades das enxárcias / primeiro degrau da escada de corda.
Tarpàno, adj. e s. m. rústico, vilão, grosseiro / cavalo persa selvagem, raça hoje extinta.
Tarpàre, v. (tr.) espontar, aparar as pontas das asas dos pássaros / (fig.) **tarpare le ali a uno:** cortar a alguém as asas, debilitá-lo, alquebrar, paralisar a sua força ou vontade / estropiar, alterar (escrito, etc.).
Tarpatúra, s. f. despontamento das asas / (fig.) paralisação, mutilação.
Tarpèa (rupe) (hist.) Tarpéia (rocha) rochedo de onde eram precipitados os criminosos em Roma.
Tarpèia, (his. rom.) Tarpéia, jovem romana que entregou aos Sabinos a cidadela de Roma e foi assassinada por eles.
Tarpèo, adj. tarpéio, relativo ao Monte Capitolino (Roma) onde morreu Tarpéia.

Tarsàle, adj. relativo ou pertencente ao tarso, tarsiano, társico.
Tarsalgía, s. f. (med.) tarsíte, inflamação do tarso.
Tarsía, s. f. tauxia; marcheteria; embutidos de ouro ou de prata, de osso, marfim, etc. em obra de madeira; mosaico de pequenos pedaços de madeira de várias cores, formando desenho.
Tarsiàre, v. tauxiar, embutir.
Tàrso, s. m. tarso (anat.) / (miner.) espécie de mármore duro e muito branco.
Tartàglia, (teatr.) máscara de óculos grandes e gaguejante, do teatro napolitano / (biogr.) apelido do matemático Nicola Fontana / (s. m.) gago, tartamudo.
Tartagliaménto, s. m. tartamudeio, tartamudez, gaguejo.
Tartagliàre, v. (intr. e tr.) tartamudear, gaguejar, entaramelar-se a voz; falar com tremura na voz por susto ou medo / (fig.) falar mal uma língua.
Tartagliône, s. m. gago, tartamudo.
Tartàna, s. f. tartana, pequena embarcação movida a remos, de um só mastro e uma vela latina / na região do Adiático dá-se esse nome a uma rede de pesca / (dim.) **tartanêlla.**
Tartanône, s. m. rede de pesca, semelhante à tarrafa / barcas de pesca que usam tais redes.
Tàrtara (ant.), s. f. torta com açúcar e amêndoas.
Tartàreo, adj. tartáreo, relativo ou pertencente ao Tártaro, infernal.
Tartarêsco, adj. e s. m. tartaresco, tartáreo, dos Tártaros; tártaro.
Tàrtari, s. m. pl. (etn.) tártaros.
Tartárico, adj. (quím.) tartárico / ácido tartárico.
Tártaro, s. m. e adj. tártaro; tartaresco / (mit.) Tártaro, abismo no qual Júpiter precipitou os Titãs.
Tàrtaro, s. m. tártaro, depósito ou sedimento que se forma no vinho, etc. / secreção calcária que se forma junto às gengivas.
Tartaruga, s. f. tartaruga, réptil anfíbio / a concha da tartaruga, de que se faziam pentes, caixas, etc. / (fig.) pessoa lerda, lenta / **tartaruga è uno sosiaro — individioso del somaro — che va sempre molto piano, perché spera andar più sano.**
Tartassàre, v. (tr.) maltratar, reduzir a mau estado / estropiar, amarfanhar, arruinar / estragar, lesar / apertar, examinar com rigor excessivo: ——— **gli studenti.**
Tartassàto, p. p. e adj. maltratado, ofendido, insultado: **povera gente oppressa e tartassata.**
Tartína, s. f. fatia de pão borrada de manteiga, mel, doce, etc. / (sin.) **crostino.**
Tartrato, s. m. tartarato, sal formado pela combinação do ácido tartárico com uma base.
Tartufàia, s. f. terreno onde se cultivam trufas: trufeira.
Tartufàio, s. m. vendedor de trufas; trufeiro.
Tartufato, p. p. e adj. trufado; condimentado com trufas.

Tartufo, s. m. trufa, vegetal subterrâneo, também chamado túbera. (Teatr.) nome de uma personagem de Molière; hipócrita falso, beato.
Tarúllo, adj. parvo, tolo, abobalhado.
Tàsca, s. f. bolso, algibeira de vestuário / (fig.) **starsene con le mani in** ——: ficar de mãos no bolso, não fazer nada / **aver le tasche fornite**: ter bastante dinheiro / **rompere le tasche**: amolar, aborrecer, enjoar; encher (bras.) / **averne piene le tasche**: estar enfarado de uma coisa / **la** —— **dei ferri**: a bolsa das ferramentas / **metter mano alla** ——: abrir a carteira, pagar / **non venir nulla in** ——: não tirar proveito, não ganhar nada num negócio.
Tascàbile, adj. que pode ser contido ou levado no bolso: de bolso, de algibeira / por ext. coisa ou pessoa menor que outra da mesma espécie: portátil, transportável, manual.
Tascapàne, s. m. alforje, espécie de saco que os soldados levam no ombro para pôr o pão e também outras coisas.
Tascàta, s. f. quantidade de coisas contidas num bolso / **una** —— **di castagne**: um bolso cheio de castanhas.
Taschíno, s. m. (dim. de tasca) bolsinho, algibeirinha / (aum.) tascòne, bolso grande.
Tasmània, (geogr.) Tasmânia, grande ilha da Austrália.
Tàso, s. m. tártaro, borra ou sarro que se forma nos tonéis, etc.
Tàssa, s. f. taxa, tributo, contribuição que se paga ao Estado ou à Comuna pelo gozo de um serviço público / imposto / sobretaxa adicional, pedágio, etc.
Tassàbile, adj. taxável, sujeito à taxa, a imposto.
Tassàmetro, s. m. taxímetro.
Tassàre, v. (tr.) taxar, submeter à taxa; fixar uma contribuição / fixar o preço de uma mercadoria; tabelar / gravar com tributos / cotizar, fixar cota, cotizar-se: **tassarsi per mille lire per una sottoscrizione**.
Tassativamènte, adv. taxativamente; especificamente, precisamente, exatamente.
Tassatívo, adj. taxativo, que determina, que estabelece, que prescreve invariavelmente / **ordine** ——: ordem terminante.
Tassàto, p. p. e adj. taxado, tributado; obrigado, submetido à taxa / **lettera fassata**: carta multada por falta de franquia.
Tassatôre, s. m. e adj. taxador, que taxa.
Tassazióne, ação ou efeito de taxar / importe da contribuição.
Tassellàre, v. (tr.) tauxiar, embutir; entalhar; encaixar / calar (frutas, queijos, etc.) / reparar um objeto com cunhas, acunhar.
Tassellàto, p. p. e adj. tauxiado, embutido / (s. m.) pavimento que os Romanos construíram com fragmentos de pórfiro e de outros mármores.
Tassellatúra, s. f. tauxiadura, embutidura, marchetadura / cunhagem.
Tassèllo, s. m. cunha / bocado de madeira, pedra ou metal que serve para consertar ou para se embutir em lugar onde haja uma falha ou para efeito de ornato / cinzel para gravar medalhas / camba, pedaço de pano que se punha por baixo da gola do capote / cala, abertura num fruto ou num queijo para verificação / tasselo, cada uma das peças componentes das formas em que se vaza o metal para se formarem estátuas, bustos, etc. / (dim.) tasselleto, tassellino, tasselluccio.
Tassêsco, adj. (lit.) que se refere ao poeta Tasso ou aos seus trabalhos.
Tassêtto, s. m. pequena bigorna para trabalhos delicados de ourivesaria, etc.
Tassí, s. m. táxi, auto de aluguel com taxímetro.
Tassidermía, s. f. taxidermia: dessecação artística de animais.
Tassidèrmico, adj. taxidérmico / (s. m.) taxidermista.
Tassísta, s. m. estudioso de Tasso / motorista de táxi.
Tasso, Torquato, (lit.) T. Tasso (Sorrento 1544, Roma 1595) autor de "**Gerusalemme Liberata**".
Tàsso, (lat. **taxus**) s. m. teixo, árvore da família das coníferas; planta herbácea das Escofulariáceas / (zool.) teixugo ou texugo (lat. **tàxo**), mamífero carnívoro plantígrado / (fig.) **dormire come un** ——: dormir profundamente.
Tàsso, s. m. bigorna quadrangular, sem as pontas.
Tàsso, (fr. **taux**), s. m. taxa, porcentagem do juro e do desconto.
Tassoni (Alessandro) (lit.) Al. Tassoni (Módena 1565-1635), autor do poema **La Secchia Rapita**.
Tassonomía, s. f. taximonia, classificação científica dos organismos.
Tassonòmico, adj. taxiômico / (pl.) **tassinomici**.
Tàsta, s. f. (raro) mecha, compressa para ferimentos.
Tastàme, (ant.) s. m. teclado.
Tastamênto, s. m. tateamento, apalpamento, apalpação.
Tastàre, v. (tr.) tocar, tatear, apalpar, examinar, procurar ou conhecer pelo tato / (fig.) indagar, sondar, diligenciar para saber / —— **il terreno**: explorar o terreno, sondar as intenções, etc.
Tastàta, s. f. tateamento, apalpadela / (dim.) **tastatína**.
Tastatôre, adj. e s. m. tateador, apalpador, que tateia, apalpa, sonda, etc.
Tastatúra, s. f. (raro) tateamento, apalpação / conjunto de teclas de um teclado / (ant.) diapasão do violino, etc.
Tasteggiamênto, s. m. tateamento, apalpação / (mús.) ação de tocar as teclas.
Tasteggiàre, v. (tr.) tatear um tanto / dedilhar as teclas de um instrumento musical.
Tastièra, s. f. teclado (de instrumento musical, máquina de escrever, etc.) / diapasão da guitarra, violino, etc. / quadro de alavancas ou de manobras de um navio de guerra, e especialmente de submarino.

Tastierísta, s. m. (tip.) monotipista.

Tàsto, s. m. tato, toque, apalpadela, ato de tatear: **lo riconobbe al** ———: reconheceu-o ao tato / **andare al** ——— ———: caminhar às apalpadelas, sem ver; e (fig.) fazer as coisas ao acaso, sem ter noção exata / (mús.) tecla de instrumento musical / (fig.) **toccare un** ———: iniciar um discurso sobre determinado argumento / tecla das máquinas de compor, de escrever, de telegrafar.

Tastône, e **tastôni**, adv. às cegas, às apalpadelas.

Tàta, s. f. (voz infantil) pai, papaí.

Tataría, (geogr.) Tartária, república autônoma da Rússia Soviética.

Tàtaro, s. m. tártaro, habitante de Tartária.

Tattamèlla, s. m. linguareiro, charlador, loquaz.

Tattamellàre, v. (intr. raro) linguarar, tagarelar, palrar sem propósito.

Tàttica, s. f. tática; estratégia / (fig.) forma hábil de conduzir um negócio, um jogo, etc.; habilidade, esperteza, manha.

Tàttico, adj. tático / (fig.) hábil, estratégico / (pl.) **táttici**.

Tatticône, s. m. ardiloso, astuto, pessoa que tem grande habilidade e esperteza para conseguir qualquer fim.

Tàttile, adj. tátil, táctil, referente ao tato: **papille tattili**.

Tàtto, s. m. tato, sentido da palpação / (fig.) habilidade, vocação, tino, prudência, jeito, mestria / discernimento.

Tatú, s. m. (zool.) tatu.

Tatuàggio, s. m. tatuagem.

Tatuàre, v. (tr.) tatuar.

Tàu, s. m. tau, nome de letra grega correspondente a letra T / antiga ordem toscana de Santo Estevão.

Taumatúrgico (pl. -ci) taumatúrgico.

Taumatúrgo, s. m. taumaturgo.

Taurina, s. f. taurina, substância cristalizável existente no fel do boi.

Taurino, adj. taurino.

Taúro, (ant.) s. m. tauro, (lat.) touro / (geogr.) Tauro, monte da Ásia Menor.

Taurobolo, s. m. taurobóleo, sacrifício de um touro em honra da Cibele.

Tauròfilo, adj. taurófilo / (fem.) **tauròfila**.

Tauromachía, s. f. tauromaquia; corrida.

Tautogràmma, s. m. tautograma (espécie de poema em que as palavras começam pela mesma letra) / (pl.) **tautogrammi**.

Tautología, s. f. tautologia (vício de locução) / ex. **bella calligrafia, suicidarsi**, etc. / (neol. dialeto), círculo vicioso.

Tautològico, adj. tautológico / (pl.) **tautològici**.

Tavélla, s. f. ladrilho usado especialmente para pavimentação.

Tavellône, s. m. ladrilho oco, usado para pavimentação ou cobertura de tetos.

Tavèrna, s. f. taverna, taberna, tasca, bodega / **in chiega con in santi e in** ——— **coi ghiottoni**: cada coisa em seu lugar.

Tavernàio, s. m. taberneiro / bodegueiro.

Tavernière, s. m. taberneiro.

Tàvola, s. f. tábua, prancha / mesa / tabuleiro / mapa / índice, tabela; quadro sinóptico; quadro, tela, pintura / **apparecchiare la** ———: pôr a mesa (para o almoço, etc.) / **mettere o levare la** ———: pôr ou tirar a mesa (de comer) / ——— **da disegno**: prancheta de desenho / **metter le carte in** ———: pôr as cartas na mesa / (fig.) dizer claramente as próprias intenções / **una** ——— **del Mantegna**: uma tela de Mantegna / ——— **di salvezza**: tábua de salvação, e (fig.) único meio de salvar-se, único recurso / ——— **da pranzo**: mesa de comer / (fig.) comida / **una buona** ———: uma mesa ou comida rica / **a fin di** ———: à sobremesa / **una magra** ———: uma comida pobre / **tavola rotonda**: mesa redonda, pensão (no hotel) / (mat.) **tavola pitagorica, dei logaritmi**, etc. / (tip.) **libro con tavole a colori**: livro com gravuras coloridas / (etc.) ——— **nera**, (sin. **Lavagna**): quadro-negro / documento: **tavole testamentarie, tavole di fondazione** / medida agrária de valor diferente segundo os países.

Tavolaccíno (ant.), s. m. donzel dos magistrados.

Tavolàccio, s. m. tarimba, tábua onde dormem as sentinelas, os detentos, etc.

Tavolàme, s. m. tabuado, quantidade de tábuas / madeiramento.

Tavolàre, v. (tr. raro) medir os terrenos com a medida de superfície agrária chamada távola (tábua) / cobrir de tábuas, entabuar.

Tàvola, Rotonda (hist.), Távola Redonda, ciclo de poemas e de romances (que se desenvolveram em país bretão), escritos na Idade Média, e que têm por herói o rei Arthur, sua mulher e os seus cavaleiros: Lançarote do Lago, Gauvain, Persival, Ivaim, etc.

Tavolàta, s. f. mesa e o conjunto das pessoas sentadas ao redor para comer / pancada com tábua.

Tavolàto, s. m. tabulado, tapume ou pavimento de tábuas / estrado, tablado / (geogr.) meseta, altiplano.

Tavoleggiànte, s. m. garção, camareiro.

Tavoleggiàre, (ant.) v. (intr.) servir a mesa.

Tavolètta, s. f. (dim.) tabuinha / pedaço de madeira em forma de tábua para vários usos / tábua encerada onde antigamente se escrevia / tábua de doce, torrão e chocolate, etc. ——— **di cioccolata**.

Tavolière, s. m. tabuleiro de jogo (xadrez, etc.) / (geogr.) (da Itália), meseta, altiplano / **il tavoliere delle Púglie**: extensa planura da região das Apúlias.

Tavolíno, s. m. (dim.) mesa, de tamanho menor que as comuns, para escrever, estudar, para jogo, etc. / mesa de café, de bar, etc. / ——— **da notte**: mesinha de cabeceira, criado-mudo / **stare a** ———: estudar / (dim.) **tavolinetto**.

Tàvolo, s. m. (neol.) mesa (v. **Tavola**).

Tavolône, s. m. (aum.) mesa grande / tábua grande, tabuão, prancha.

Tavolòzza, s. f. paleta (ou palheta) de pintor / (fig.) estilo: **la —— del Sartòrio, dell'Induno** / cara açacalada: **viso che pare una ——**.

Tàzza, s. f. taça, vaso pequeno de beber / xícara, chávena / (fig.) o conteúdo de uma taça, xícara, etc. **ho bevuto una —— di latte** / a bacia ou concha sobre a qual cai o esguicho de uma fonte / (dim.) **tazzètta, tazzína,** tacinha.

Tazzètta, s. f. (bot.) narciso, a planta ou a flor do narciso.

Te, (com o e fechado), pron. de segunda pessoa (que se usa em lugar de tu nos complementos), te, ti / **io chiamo —— non bui**: chamo-te a ti, não a ele / **parliamo di te**: estamos a falar de ti / **non sono come ——**: não sou como tu / (excl.) **beato te!** feliz de ti / **con ——**: contigo / **teco (con te)** contigo.

Tè (chinês tee), s. m. chá, planta, a bebida / **prendere —— col latte**: tomar chá com leite / **—— danzante**: chá dançante / **—— di beneficenza**: chá beneficiente / segunda pessoa do sing. do imper. do v. **tenère** / (apóc. de tene, tieni) (pop.) toma.

Tè, s. f. chá, a planta do chá.

Team (v. ingl.), s. m. equipe, quadro de futebol / (ital.) **squadra**.

Tea Room (loc. ingl.), salão de chá / (ital.) **sala da tè**.

Teatíno, adj. e s. m. teatino de Teate, antigo nome de Chieti, cidade dos Abruzzos / membro da ordem de S. Caetano, fundada por um Bispo de Teate.

Teatràbile, adj. adaptável ao teatro, que se pode dramatizar ou teatralizar: **argomento, romanzo ——**.

Teatràle, adj. teatral, cênico / (fig.) pomposo, não-espontâneo, exagerado, afetado.

Teatralità, s. f. teatralidade / ostentação, afetação.

Teatralmènte, adv. teatralmente, ostentosamente, aparatosamente.

Teatrànte, s. m. ator cômico, comediante, atriz / (fig.) pessoa que fala declamando ou com gestos teatrais / fingido, hipócrita.

Teàtro, s. m. teatro / (fig.) lugar onde acontecem fatos importantes: **il —— della guerra** / **—— anatomico**: aula de anatomia / (dim.) **teatrino, teatrúccio**, teatrinho / (depr.) **teatrúcolo**, teatrelho.

Teatròne, s. m. (aum.) teatrão, teatro grande / (fig.) enchente de público em espetáculo teatral.

Tebàico, adj. tebaico, relativo à cidade de Tebas, tebano / relativo a ópio.

Tebàide, s. f. (fig.) tebaida, lugar solitário, retiro (de Tebaida, região do Egito).

Tebaína, s. f. tebaína, substância básica contida no ópio.

Tebàna, (legione) (hist.) legião tebana mandada por São Maurício, sacrificada por Diocleciano.

Tèca, s. f. teca; relicário, urna, pequena custódia que contém uma relíquia / estojo, caixinha para guardar objetos raros e preciosos.

Tècca ou **tèccola**, s. f. (tosc.) nódoa, pequena mancha / defeito, imperfeição.

Tècchio, adj. (raro), patada grossa, parvoíce, batatada.

Tècnica, s. f. técnica / perícia, competência, habilidade.

Tecnicamènte, adv. tecnicamente.

Tecnicísmo, s. m. tecnicismo.

Tècnico, adj. técnico / **vocaboli tecnici** / **nozioni tecniche** / prático, perito / **scuole tecniche**: escolas profissionais / (s. m.) técnico, perito / (pl.) **tècnici**.

Tecnígrafo, s. m. tecnígrafo, esquadro movível que os arquitetos usam para desenhar.

Tecnología, s. f. tecnologia.

Tecnològico, adj. tecnológico / (pl.) **tecnologici**.

Tecnopatía, s. f. tecnopatia, doença profissional.

Tecnopegnía, s. f. jogo literário que consiste em compor uma poesia cuja forma gráfica representa uma determinada figura.

Têco, pron. pessoal de compl. contigo, / **stasera andrò con te**: esta tarde irei contigo.

Tectònica ou **tettonica**, s. f. tectônica (geol.).

Tèda, s. f. (poét.) teda, archote.

Tedescamènte, adv. tedescamente, germanicamente.

Tedescante, adj. (hist.) partidário dos tedescos ou alemães (voz usada por alguns escritores na época do Risorgimento).

Tedescheggiàre, v. (intr.) tedesquizar, imitar os alemães.

Tedêschería, s. f. (depr.) tedescaria, a terra dos tedescos ou alemães (voz usada por certos escritores do Risorgimento).

Tedèsco, adj. e s. m. tedesco, alemão / (s. m.) habitante da Alemanha / **studiare il ——**: estudar o alemão.

Tedescòfilo, adj. e s. m. tedescófilo, germanófilo.

Tedescòfobo, adj. e s. m. germanófobo.

Tedescúme, s. m. (depr.) quantidade de coisa ou de pessoas alemãs reunidas; o que é alemão.

Tedèum, s. m. tedeum, cântico religioso / (fam.) (exclam.) até que enfim, finalmente / **cantare un ——**: cantar um tedeum, dar mostras de satisfação ou gratidão.

Tediàre, v. (tr.) enfastiar, causar tédio: **ho paura di tediarlo**: tenho receio de aborrecê-lo.

Tèdio, s. m. tédio, aborrecimento, fastio / **venire a —— una cosa**: cansar-se, aborrecer-se de uma coisa.

Tediosamènte, adv. tediosamente, aborrecidamente, fastidiosamente.

Tediosità, s. f. (raro) fastio, enfado.

Tediôso, adj. tedioso, fastidioso, aborrecido, maçador, molesto.

Têga (ant.) aresta, pragana de vagem, ervilha, etc. / (sin.) **baccello**.

Tegamàta, s. f. panelada, o conteúdo de uma panela cheia: **una —— di ceci**.

Tegàme, s. m. panela, frigideira, de terracota ou de metal / (dim.) **tegamíno**, panelinha / (aum.) **tegamône**, panela grande, panelão.

Tegenària, s. f. tegenária, gênero de aracnídeos.
Tègghia (ant.), s. f. torteira, espécie de frigideira ou caçarola, de barro, cobre, etc.
Tèglia, s. f. (lat. "tègula"), torteira, panela chata geralmente de cobre, para cozinhar, especialmente tortas / (dim.) **tegliètta, teglìna, tegliettìna, tegliùccia** / (aum.) **tegliôna**.
Tegliàta, s. f. conteúdo de uma torteira ou panela.
Tegnènte (ant.), adj. que tem, que está de posse de / forte, vigoroso, tenaz, firme / (fig.) parco, abstinente, avaro.
Tègola, s. f. (lat. tégula), telha de terra cozida / (fig.) desgraça, infortúnio improviso e inesperado: **gli è cascata una —— sul capo**.
Tegolàta, s. f. telhada, pancada com telha.
Tègolo (forma na Toscana), s. m. telha.
Tegumentàle, adj. tegumentar, tegumentário.
Tegumentário, adj. tegumentário.
Tegumènto, s. m. (anat.) tegumento / (bot.) invólucro de semente: cálice e corola das plantas.
Teièra, s. f. chaleira, vaso onde se prepara o chá / samovar.
Teína, s. f. teína, alcalóide extraído das folhas do chá.
Teísmo, s. m. (teol.) teísmo.
Teísta, s. m. teísta, que acredita na existência de Deus / (pl.) **teísti**.
Teístico, adj. teísta, que se refere ao teísmo / (pl.) **teìstici**.
Tèla, s. f. teia, tela, tecido ou pano de linho, seda etc. / pintura executada sobre tela; quadro, pintura / —— **di ragno**: teia de aranha / (fig.) —— **di Penelope**: coisa que não acaba nunca / (fig.) enredo, trama, intriga / urdidura, enredo de um livro, romance, etc.: **la —— di un romanzo** / tela de projeção cinematográfica / pano de boca (de teatro): **calare la —— (ou il telone)**: descer o pano.
Telàggio, s. m. qualidade do tecido / o modo como se teceu um pano: tecedura, tecelagem.
Telàio, s. m. tear, aparelho para tecer pano / caixilho, moldura, grade de um quadro, etc. / suporte de lâminas fotográficas / (mar.) codaste / (bord.) bastidor / **autotelaio**, chassi de automóvel / **telaio del letto**: armação da cama / (dim.) **talaietto**.
Telautògrafo, s. m. talautógrafo, aparelho para transmitir à distância a escritura e o desenho.
Tele, (elem. gr. **tele**), termo de composição que exprime a idéia de longe, ao longe: **telefonia**.
Teleàrmi, s. f. (pl.) foguetes teleguiados, armas lançadas a grande distância.
Telecàmera, s. f. telecâmara, aparelho usado na televisão.
Telecomandàto, adj. teleguiado, teledirigido (diz-se de avião ou projétil guiado ou manobrado à distância).
Telecomàndo, s. m. teledireção, direção, comando à distância.
Telecomunicaziôni, s. f. (pl.) telecomunicações.
Telefèrica, s. f. teleférico, caminho de ferro aéreo, cujos carros correm por cabos de metal suspensos.
Tèlefo (mit.) s. Télefo, filho de Hércules, que, ferido pela lança de Aquiles, curou a ferrugem com a ferida da mesma lança.
Telefonàre, v. (tr.) telefonar.
Telefonàta, s. f. telefonada, telefonema.
Telefonìa, s. f. telefonia, sistema de fazer chegar os sons a grande distância, invenção do italiano Antônio Meucci.
Telefonicamènte, adv. telefonicamente.
Telefònico, adj. telefônico / (pl.) **telefònici**.
Telefonìsta, s. m. e s. f. telefonista.
Telèfono, s. m. telefone / —— **senza fili**: telefone sem fios.
Telefotografìa, s. f. telefotografia.
Telegiornàle, s. m. telejornal, noticiário transmitido por televisão.
Telegrafàre, v. (tr.) telegrafar.
Telegrafàto, p. p. e adj. telegrafado.
Telegrafìa, s. f. telegrafia.
Telegraficamènte, adv. telegraficamente.
Telegràfico, adj. telegráfico / **stile ——**: estilo telegráfico, extremamente breve ou lacônico.
Telegrafìsta, s. m. e s. f. telegrafista / (pl.) **telegrafisti** (m.), **telegrafiste** (f.).
Telègrafo, s. m. telégrafo / —— **senza fili** ou **radiotelegrafia**, telégrafo sem fios ou radiotelegrafia.
Telegràmma, s. m. telegrama; **per cavo sottomarino**: cabograma.
Telèmaco, (mit.) Telêmaco, filho de Ulisses e de Penélope.
Telemetrìa, s. f. telemetria.
Telemètrico, adj. telemétrico / (pl.) **telemetrici**.
Telemetrìsta, s. m. telemetrista / (pl.) **telemetristi**.
Telèmetro, s. m. telêmetro.
Telencèfalo, s. m. (anat.) telencéfalo.
Telenergìa, s. f. mal de olho.
Teleobbiettìvo, s. m. teleobjetiva, objetiva fotográfica para fotografar à distância.
Teleologìa, s. f. (filos.) teleologia.
Teleològico, adj. teleológico / (pl.) **teleològici**.
Teleòlogo, s. m. teleólogo.
Teleostei, s. m. (pl.) (zool.) teleósteos.
Telepatìa, s. f. telepatia.
Telepàtico, adj. telepático / **fenomeni telepatici**: fenômenos telepáticos.
Telepirómetro, s. m. telepirômetro, termômetro para temperaturas elevadas, que permite a leitura da escala termométrica também à distância.
Telerìa, s. f. telaria (ant.), porção de telas, de artigos de roupas de tela / lojas de roupas de tela, de linho, etc.
Telescòpico, adj. telescópico.
Telescòpio, s. m. telescópio.
Telèsforo, n. propr. Telésforo / São Telésforo, papa de 125 a 136.
Telescrivènte, adj. e s. f. telescritor, aparelho para imprimir letras à distância.
Telèsio (Antonio), Antônio Telésio, filósofo calabrês (1482-1533).
Telesìsmo, s. m. telesismo, terremoto transcorrido à grande distância do aparelho que o registra.

Teletipo, s. m. teletipo.
Teletrasmèttere, v. teletransmitir, transmitir à distância / transmitir por televisão.
Telètta, s. f. (dim. de **tela**) telilha, tela fina / pano fino tecido com ouro e prata / toucador, móvel com espelho, etc. para se pentear ou toucar; toilete.
Televisiône, s. f. televisão.
Televisivo, adj. televisivo.
Televisôre, s. m. televisor.
Tellina, s. f. telina, gênero de moluscos acéfalos / (fig.) **far ridere le telline**: ser ridículo ao extremo.
Tellúrico, adj. telúrico / (pl.) **tellurici: movimenti** ———.
Tellúrio, s. m. (quím.) telúrio.
Tèlo, s. m. festo, tecido de largura inteira.
Tèlo, (ant.) s. m. dardo, flecha.
Telône, s. m. pano de boca (de teatro) / (sin.) **sipàrio**.
Telònio, (ant.) s. m. telônio, banco onde se sentavam o banqueiro, o cobrador de impostos, gabelas, etc.. / (p. us.) oficina: lugar onde se trabalha / **andare al** ———. ir trabalhar.
Telúccia, s. f. (dim.) tela forte que os alfaiates empregam para encorpar um vestido.
Tèma, s. m. tema, argumento, assunto, sujeito, matéria, objeto, motivo / (filol.) a raiz de uma palavra / tese.
Téma, s. f. temor, medo, receio, susto.
Temàtico, adj. temático / (pl.) **temàtici** / (mús.) **guida temàtica**.
Temènte, adj. temente, que teme.
Temènza, s. f. (poét.) / vergonha, receio, recato / medo, temor, susto: "tal che il tuo successor temenza n'aggia" (Dante).
Temerariamènte, adv. temerariamente.
Temerarietà, s. f. temeridade, atrevimento, audácia, ousadia excessiva.
Temeràrio, adj. temerário, arriscado, imprudente, dengoso, arrojado, audacioso / atrevido, infundado, ousado: **giudizio** ——— / disparatado, absurdo: **una sfida temeraria** / descarado, impudente.
Temére, v. (tr.) temer, ter susto ou temor, recear / respeitar, reverenciar: **temi Dio / non** ——— **i pericoli**: não temer os perigos, desprezar, desafiar / (intr.) temer, duvidar, descontar / **temo di non riuscire**: tenho medo de fracassar.
Temerità, s. f. temeridade, ousadia, audácia, imprudência, atrevimento, imprudência, descaro.
Temi ou **Tèmide**, (mit.) Têmis, deusa da justiça.
Temíbile, adj. temível, que é para temer, medonho.
Tèmo, (ant.) s. m. temão, barra do leme; leme.
Tèmolo, s. m. tímalo, gênero de peixes malacopterígeos, que vivem nos rios.
Tempaiuòlo, adj. e s. m. bacorinho, leitãozinho de leite.
Tempellàre, v. (tr. e intr.) bater, replicar, sacudir / badalar ligeiramente: ——— **le campane** / (fig.) vacilar, titubear, ficar indeciso.
Tempèllo, s. m. (lit.) repique intervalado de sinos.

Tempellône, s. m. (lit.) irresoluto, indeciso, vacilante.
Tèmpera, s. f. têmpera, ato de temperar metais / a propriedade que adquire o metal por efeito da têmpera / mescla de cores para execução de determinado gênero de pintura: **pintura a** ——— / (fig.) fibra, índole, caráter, estilo; nesse sentido, v. **tempra**.
Temperalapis, s. m. apontador de lápis.
Temperamènto, s. m. temperamento; mitigação, alívio, ação de temperar, de mitigar; meio ou expediente que serve para conciliar, harmonizar / estado fisiológico particular do corpo animal; compleição, caráter, índole; gênio; natureza; disposição; hábito, têmpera / ——— **sanguigno, linfático** / ——— **sentimentale, collèrico**, etc. / (ant.) modo de governar / modéstia.
Temperànte, p. pr. adj. e s. m. temperante, que tempera, que usa temperança; / sóbrio, parco, comedido, moderado, austero.
Temperantemènte, adv. temperantemente, moderadamente; temperadamente.
Temperànza, s. f. temperança; sobriedade / moderação; comedimento; parcimònia; modéstia; frugalidade; economia / (ant.) índole / modéstia.
Temperàre, v. (tr.) temperar, dar têmpera a / temperar, refrear, moderar, conter, reprimir; mitigar; abrandar; acentuar / aquietar, conter; harmonizar; regular / apontar (lápis); misturar (cores) / (ant.) consertar, estabelecer / verter / misturar (cores) / (ant.) consertar, estabelecer / verter / misturar / cancelar, apagar.
Temperatamènte, adv. temperadamente, moderadamente, sobriamente.
Temperatívo, adj. temperador, que tempera / (fig.) moderador, suavizador.
Temperàto, p. p. e adj. temperado, que recebeu têmpera / temperado; comedido; modesto; justo, discreto; módico; moderado; quieto; sóbrio, doce; comedido, continente, cauto / (sup.) **temperatissimo**: muito temperado.
Temperatôia, s. f. dispositivo para abaixar ou levantar a tampa da mó, no moinho.
Temperatôre, adj. e s. m. temperador, que ou aquele que tempera.
Temperatúra, s. f. temperatura; ação e efeito de temperar / estado térmico; clima.
Tempèrie, s. f. tempérie; temperatura.
Temperinàta, s. f. canivetada.
Temperino, s. m. canivete / (dim.) **temperinètto, temperinúccio**.
Tempèsta, s. f. tempestade; borrasca; tormenta; procela; temporal; / (fig.) tormenta, tumulto, discussão violenta; agitação de paixões, de sentimentos: **aver la** ——— **nel cuore** / fúria, ímpeto ruidoso.
Tempestàre, v. (intr. e tr.) tempestar, tempestuar / (fig.) bater furiosamente / importunar com insistência, acossar com perguntas, pedidos, etc · ——— **di domande, di richieste**, etc. / **una tempesta di grida, di pugni**: um furacão de gritos, de socos / **una tempesta in un bicchier d'aqua**: uma tempestade num copo d'água.

Tempestàto, p. p. e adj. tempestado, batido, agitado: **nave tempestata dal vento** / adornado, marchetado, cravejado / **un'orecchino ——— di dimanti**: um brinco cravejado de brilhantes / cheio, esmaltado, engastado: **cielo ——— di stile**.

Tempestío, s. m. tempestade continuada / (fig.) ——— **di colpi**: saraivada de pancadas / gritaria, confusão.

Tempestivamênte, adv. tempestivamente; oportunamente.

Tempestività, s. f. tempestividade, oportunidade.

Tempestivo, adj. tempestivo, que vem ou sucede no tempo próprio; oportuno, que vem ou sucede no tempo próprio; oportuno / **rimedio** ———.

Tempestosamênte, adv. tempestuosamente; agitadamente; violentamente.

Tempestôso, adj. tempestuoso, impetuoso, agitado, violento; revolto.

Tèmpia, s. f. (anat.) temporal.

Tempiàle, s. m. haste dos óculos / (técn.) tempereiro, peça do tear que se fixa às ourelas do pano para que ele não encolha.

Tèmpio, s. m. templo; edifício consagrado a uma divindade; igreja; basílica; sinagoga; mesquita / (fig.) lugar sagrado ou venerável / (arqueol.) espaço do céu em que os áugures observavam o vôo das aves, e seu observatório / (dim.) **tempietto, templozinho**.

Tempíssimo (per) adv. bem cedo, muito cedo.

Tempísta, s. m. tempista, música que guarda perfeitamente o compasso / (fig.) que intervém no momento oportuno / pessoa oportuna e perspicaz.

Templàre, adj. e s. m. templário, cavaleiro de uma Ordem Militar do tempo das Cruzadas.

Templàrio, (raro) v. **templàre**.

Tèmplo, (ant.) s. m. templo / (hist.) O Templo, antigo mosteiro fortificado dos templários, onde esteve preso (1792) Luís XVI; demolido (1811) por Napoleão.

Tèmpo, s. m. tempo; idade; era, século, período / oportunidade; ocasião / medida, compasso, proporção, música / tempo, estação, clima; condição atmosférica: **tempo constante / darsi bel** ———: passar, não fazer nada / **senza dar** ———: imediatamente / **dar** ——— **al** ———: esperar com paciência, deixar que as coisas amadureçam / **non dar** ——— **al** ———: proceder com precipitação / **venire a** ———: chegar no momento oportuno / **di notte** ———: durante a noite / **ammazzatre il tempo**: fazer algo para matar o tempo / **il tempo è glantuomo**: o tempo é justo juiz / **chi ha tempo non aspetti** ———: não se deve deixar escapar o momento favorável / **il** ——— **è prezioso**: tempo é dinheiro / **per tempissimo**: muito cedo, de madrugada / **rimandare ad altro** ———: demorar, temporizar / **corrono tempi cattivi**: correm dias tristes / **la notte dei tempi**: as idades mais antigas / (gram.) **tempi semplici**, ——— **composti** / (mús.) **tempo di minuetto**; **battere il** ———: marcar o compasso / **essere all'altezza dei tempi**: estar apropriado aos tempos / (adv.) **un tempo**: um tempo, em outros tempos, outrora.

Tèmpora, s. f. (pl.) na loc. **le quattro** ———: têmporas, cada um dos três dias de jejum que ordena a Igreja em cada estação do ano.

Temporàle, adj. (anat.) temporal, referente às regiões laterais da cabeça.

Temporàle, adj. temporal, que passa com o tempo; temporário, mundano; secular / (s. m.) tempestade; borrasca / (ant.) oportunidade, estação, idade, ocasião; tempo.

Temporalêsco, adj. de temporal; borrascoso; tempestuoso: **mare, cielo** ——— / (pl.) **temporaleschi**.

Temporalista, s. m. temporalista, que é a favor do poder temporal dos Papas.

Temporalità, s. f. temporalidade.

Temporalmênte, adv. temporalmente; temporariamente; mundanamente.

Temporaneamênte, adv. temporaneamente; provisoriamente; precariamente.

Temporaneità, s. f. temporaneidade.

Temporàneo, adj. temporâneo, temporário; momentâneo; passageiro; provisório.

Tèmpore, voz usada em algumas locuções: **ex** ———: de improviso, sem preparo, extemporâneo / **pro** ———: naquele tempo ou daquele tempo.

Temporeggiamênto, s. m. temporizamento; temporização, dilação, demora, atraso.

Temporeggiànte, adj. temporizante; que temporiza, que retarda.

Temporeggiàre, v. (intr.) temporizar; adiar, esperar; procrastinar, retardar, contemporizar; condescender.

Temporeggiatôre, adj. e s. m. temporizador; contemporizador.

Tèmpra, s. f. têmpera, consistência que se dá aos metais / índole, feitio, caráter; integridade; austeridade de princípios / temperamento, cunho, feição, tipo / timbre (de instrumento ou de voz humana).

Empràre, v. (tr.) temperar / fortalecer, avigorar: **le sventure temprano gli animi**.

Tempràto, p. p. e adj. temperado, que tem têmpera (ferro ou aço) / (fig.) que se tornou mais forte, mais vigoroso: **carattere temprato dalle sciagure**.

Tempúscolo, s. m. quantidade infinitesimal de tempo.

Temulênto, adj. (ant.) temulento, bêbado, ébrio.

Temulènza, s. f. (ant.) temulência, embriaguêz.

Temúto, p. p e adj temido, que causa medo; assustador

Tenàce, adj tenaz, que adere fortemente, que tem grande coesão; difícil de extirpar / (fig.) resistente, teimoso, contumaz; aferrado, persistente, obstinado; rígido; firme; perseverante / **uomo, carattere, indole** ———.

Tenacemênte, adv. tenazmente; com afinco; com pertinácia.

Tenàcia, e tenacità, s. f. tenacidade. qualidade do que é tenaz; persistência; obstinação; apego obstinado a uma idéia, a um projeto, etc. / (fís.) propriedade de certos corpos de resistir mai ou menos à tração e que dificilmente se rompem.

Tenàglia, e der. (v. **tanàglia**) s. f. tenaz (instr. de ferro).

Tenàrio, adj. (lit.) subterrâneo, infernal / **marmo** ———: qualidade de mármore da Grécia / (pl.) **tenari**.

Tènda, s. f. tenda, barraca de campo; barraca de feira / toldo; tolda / cortina de pano para reparo / pequeno pavilhão feito de tela / (fig.) **piantar le tende:** levantar o acampamento, ir embora / (dim.) **tendína**.

Tendàle, s. m. tendal, toldo grande para reparar do sol ou da chuva / (dim.) **tendalêtto**, tendal, tolda fixa na coberta do navio.

Tendàme, s. m. conjunto de tendas.

Tendènte, pr. e adj. tendente, que tende; que tem por fim; inclinado, propenso.

Tendènza, s. f. tendência, disposição natural para uma coisa; inclinação, propensão, vocação; disposição, propósito.

Tendenziozità, s. f. tendenciosidade / parcialidade; prevenção, intenção maliciosa.

Tendenzióso, adj. tendencioso parcial, faccioso, apaixonado: **notizia tendenziosa**.

Tènder, (ingl.) s. m. tênder, vagão atrelado à locomotiva / (ital.) **carro di scorta**.

Tèndere, v. (tr.) tender, estender, desdobrar, estirar, alargar / ——— **i panni ad asciugare:** estender a roupa para enxugar / esticar / ——— **le reti:** esticar, estender as redes (para pesca) / (fig.) ——— **un'insidia:** armar uma cilada / ——— **l'arco:** armar o arco / ——— **gli occhi:** fitar, olhar atentamente / ——— **le braccia:** abrir os braços (para saudar ou socorrer) / (intr.) propender, ter inclinação, vocação / ——— **all'arte:** ter inclinação para a arte / ——— **a un fine:** tender a um desígnio / **colore che tende al verde:** cor que propende para o verde / (p. p.) **teso**.

Tendicatèna, v. tiracatena.

Tendína, s. f. pequena cortina; cortinado.

Tèndine, s. m. (anat.) tendão / ——— **d'achille:** tendão grosso situado na parte posterior e inferior da perna.

Tendíneo, adj. tendíneo, relativo ao tendão.

Tendinôso, adj. tendinoso / que tem tendões.

Tenditôio, s. m. utensílio que serve para estender ou esticar / estendedouro, lugar onde se estende ou se põe a secar alguma coisa.

Tenditôre, s. m. e adj. estendedor; aparelho da máquina de costura que estica a linha à medida que se desenrola do carretel.

Tendòmetro, s. m. (tecn.) medidor de tensão.

Tendône, s. m. (aum.) toldo / tenda grande, de tela grossa / pano de boca de teatro.

Tendòpoli, s. f. o conjunto das tendas ou barracas dos turistas; **camping**.

Tènebra, (pl. **tènebre**) s. f. treva, ausência completa de luz, escuridão, noite / (fig.) falta de civilização, ignorância / (ecles.) cerimônia da semana santa (trevas): **l'ufficio delle tenebre**.

Tenebría, s. f. (lit.) tenebridade, trevas / (astr.) espaço escuro entre um planeta e outro.

Tenebrône, s. m. treva espessa / (fig.) obscurantista / que fala de forma hermética, obscura / amigo das trevas, pessimista; tenebrizador.

Tenebrôre, s. m. (poét.) tenebrosidade; trevas; escuridão.

Tenebrosamènte, adv. tenebrosamente; ocultamente; misteriosamente.

Tenebrosità, s. f. tenebrosidade.

Tenebrôso, adj. tenebroso; escuro, caliginoso; oculto; misterioso / negro, sombrio: **carcere** ——— / indigno, criminoso; aflitivo; medonho; pérfido: **manovre, maneggi tenebrosi**.

Tenènte, p. pr. e adj. que tem, usado espec. na palavra composta **nullatenente** (que não tem nada, que não possui nada) / ——— **colonnello:** tenente-coronel / (milit.) (s. m.) tenente, oficial do exército / (mar.) ——— **di vascello:** tenente da marinha.

Tenènza, s. f. tenência, cargo de tenente; circunscrição comandada por tenente / secção territorial dos Carabineiros e das Guardas aduaneiras, na Itália.

Teneramènte, adv. ternamente, com modo termo; com ternura: **amare** ———.

Tenêre, v. (tr. e intr.) ter, possuir, estar de posse, ter em seu poder, segurar em sua mão, ter entre as mãos / ——— **il bambino tra le braccia:** ter a criança entre as mãos / suster, manter / **è tenuto da una corda:** está sustido por uma corda / deter, segurar / **vollero tenerci a colazione:** quiseram deter-nos para o almoço / usar, ter consigo / **tenere il cappello,** **l'anello al dito:** usar o chapéu, ter o anel no dedo / ter, abrigar / ——— **un persona in casa:** ter uma pessoa em casa / exercitar / manter / **tenere alti prezzi:** manter preços elevados / obter, conseguir / ocupar, dominar, conquistar, administrar / fazer / ——— **un' adamanzza:** fazer uma reunião ter ao seu serviço / ——— **un cuoco:** ter um cozinheiro tratar / **mi tiene come un cane:** trata-me como um cão / julgar / **lo tenevo per un buo amico:** reputava-o como um fiel amigo / **tener mano:** ajudar, favorecer / pegar, colar, segurar firme / **é una colla che tiene bene:** é uma cola que segura bem / ——— **duro:** resistir, não ceder, ser duro / ter gosto, sabor, cheiro de / **tener da banda:** pôr de lado, apartar / partilhar, ser a favor de / **tener le parti di uno:** ser a favor de alguém / parecer, semelhar / **tiene del padre:** puxou ao pai / ter valimento / **non c'e scusa che tenga:** não há desculpa que valha / **tener la briglia:** ir devagar / (mar.) **l'ancora tiene:** diz-se de âncora que segura bem no fundo / (refl.) segurar-se, deter-se, equilibrar-se, manter-se, ater-se, reputar-se, reprimir-se, conter-se / **tenersi sulle gambe**: estar de pé, firme, parado / **tenersi insieme**: estar unido, pegado / **tenersi ai patti**: ater-se aos pactos / **tenersi pronto**: estar preparado / (pr.) **tengo, tieni, teniamo, tenete, tengono**.

Tenerèzza, s. f. (ant.) tendreza, ternura, meiguice, carinho; afeto / predileção, sensibilidade, simpatia, preferência / (pl.) mimos, galanteios, requebros.

Tènero, adj. tenro, mole, brando, macio / delicado, jovem, mimoso, pequeno; fresco, recente / (s. m.) a parte tenra de uma coisa / (fig.) carinho afeto, amor: **c'è del ——— fra quei due**: existe afeição entre esses dois / (dim.) **tenerèllo, tenerino, tenerúccio** / (sup.) **tenerissimo**.

Tenerúme, s. m. (anat.) cartilagem / (fig.) ternura / conjunto de coisas, desvanecimento, melindre, requebros, salamaleques.

Tenèsmo, s. m. (med.) tenesmo, espasmo doloroso.

Tènia, s. f. tênia, verme intestinal. solitária / (arquit.) conjunto das tiras da arquitrave nas ordens iônicas e coríntias.

Teníbile, adj. segurável, sustentável, que se pode manter, suster / **la posizione non era piú ———**: a posição se tornara insustentável.

Tenière, s. m. (hist.) o fuste da balista / caixa dos arcabuzes.

Tenifugo, adj. (pl. **-ghi**) (farm.) tenífugo.

Tenimênto, s. m. posse, possessão. ação de ter. de possuir / (ant.) apoio, esteio; obrigação.

Tenitôre, adj. e s. m. possuidor, que possui / que dirige, que governa, que administra um negócio.

Tenitòrio, e **tenitòro**, (ant.) s. m. território, domínio, jurisdição.

Tènnis, (ingl.) tênis / **——— da tavola**: tênis de mesa, pingue-pongue.

Tennista, s. m. e s. f. tenista, jogador de tênis.

Tennistico, adj. tenístico.

Tènno, s. m. título do imperador do Japão.

Tenodèsi, s. f. tenodese, fixação de um tendão a um osso.

Tenoplastia, s. f. (cir.) tenoplastia.

Tenôre, s. m. teor; norma, sistema, procedimento.

Tenôre, s. m. teor; norma, sistema, procedimento, maneira / conteúdo, texto de um escrito: **il ——— della lettera** / qualidade, gênero / (mús.) cantor que possui a voz de tenor / (dim.) **tenorino, tenorúccio, tenoretto, tenorzinho, tenorino**.

Tenoreggiàre, v. (intr.) cantar com voz de tenor.

Tenorile, adj. de tenor, relativo ao tenor (cantor) e a voz de tenor: **voce tenorile**.

Tenotomía, s. f. tenotomia (operação cirúrgica do corte de tendões).

Tensiône, s. f. tensão / pressão / **alta ———**: voltagem elétrica elevada; **——— nervosa**: tensão nervosa / (fig.)

——— dello spirito: esforço de atenção, ansiedade, ânsia.

Tensivo, adj. tensivo.

Tensôre, adj. (anat.) tensor: **muscolo ———**.

Tènta, s. f. (cirurg.) sonda.

Tentàbile, adj. tentável, que se pode tentar, experimentar.

Tentacolàre, adj. tentacular / (fig.) **città ———**: cidade tentacular, tentadora.

Tentàcolo, s. m. tentáculo / (fig.) atração, lisonja, atrativo.

Tentamênto, s. m. (raro) tentamento, tentativa, tentação; exploração, reconhecimento, ensaio.

Tentànte, p. pr. que tenta.

Tentàre, v. (tr.) tocar, apalpar de leve; apalpar uma coisa para reconhecê-la, para verificar sua solidez ou qualidade, etc. / provar, experimentar / tentar; induzir, instigar; seduzir por meio de tentação / provar, arriscar; ensaiar / intentar, procurar / tentar, instigar ao mal: **i vizi ti tentano** / tentar, convidar, atrair, seduzir, lisonjear: **un programma, una donna**, etc. **che mi tenta** / (abs.) **è un premio che tenta**; (sin.) **allettare, sedurre**.

Tentativo, s. m. tentativa; experiência; ensaio; prova; **——— frustato**.

Tentàto, p. p. e adj. tentado, provado, experimentado; ensaiado, instigado.

Tentatôre, adj. e s. m. tentador; induzidor, sedutor / (fem.) **tentatrice**.

Tentazione, s. f. tentação; instigação; sedução: **non c'indurre in tentazione**.

Tentênna, s. m. vacilante (homem), hesitante, irresoluto, perplexo, bamboleante: **Re Tentenna**, rei Bamboleio.

Tentennaménto, s. m. bamboleio, oscilação, sacudimento / hesitação, vacilação, dúvida.

Tentennàre, v. (tr. e intr.) sacudir, mexer, mover, menear; bambolear, balancear; oscilar / (fig.) ser irresoluto, hesitante / **camminar tentennàndo**: caminhar cambaleando / (fig.) vacilar, cambalear / hesitar, estar indeciso ou perplexo.

Tentennàta, s. f. bamboleio. oscilação.

Tentennino, adj. tentador: **diavolo ———** / (s. m.) irresoluto, hesitante.

Tentennío, s. m. bamboleio, meneio.

Tentennône, s. m. indeciso, irresoluto, hesitante.

Tentennôni, adv. oscilando, bamboleando, vacilando: **andare ———**: andar bamboleando.

Tentône, e **tentôni**, adv. tateando, apalpando: **andar a tentoni**: ir às apalpadelas, experimentando o terreno.

Tènue, adj. tênue, sutil, delgado, fino, delicado; débil; **una luce, un bagliore tenue**.

Tenuemênte, adv. tenuemente; parcamente; escassamente; suavemente.

Tenuiròstri, s. m. (pl.) tenuirrostros, gênero de pássaros de bico fino e relativamente comprido.

Tenuità, s. f. tenuidade; delicadeza; sutileza / debilidade.

Tenúta, s. f. (mús.) prolongamento de nota / conteúdo, capacidade (de recipiente, vaso, tanque, caixa, etc.); **vaso di gran ———**: recipiente de grande capacidade / vasta possessão rural, propriedade. sítio / (bras.) fazenda / la ———— dei libri: a escrituração de livros mercantis / (mil.) uniforme: ———— di parata, di gala / tenuta di fatica: uniforme ordinário / muro a ————: parede impermeável / a ———— d'aria: hermético.

Tenutàrio, adj. (jur.) possessório, relativo ou pertencente à posse provisória.

Tenúto, p. p. e adj. tido; possuído, conservado, mantido, retido, conservado, guardado / obrigado / (mús.) nota tenuta: nota sustentada, de que se prolonga o som / cultivado, semeado (campo).

Tenzonàre, v. (intr.) contender, disputar, questionar / (fig.) contestar, contrastar.

Tenzône, s. f. tenção, (hist.) torneio poético entre trovadores / contraste de palavras / controvérsia áspera / (poét.) combate, luta, briga / singolar ————: duelo.

Teobàldo, (San) (rel.) São Teobaldo, patrono dos Carbonários.

Teobròma, s. m. teobroma (lit.), a planta do cacau, e, por ext. cacau, chocolate.

Teobromína, s. f. teobromina. alcalóide branco, amargo, extraído do cacau.

Teocrático, adj. teocrático / (pl.) teocràtici.

Teocrazía, s. f. teocracia.

Teòcrito, (lit.) teócrito, poeta grego de Siracusa.

Teodicèa, s. f. (teol., filos.) / teodicéia / (lit.) obra otimista de Leibnitz.

Teodolíto, e teodolíte, s. m. teodolito, instrumento geodésico.

Teodosia n. pr. Teodósia.

Teodosiàno, adj. teodosiano: codice ————.

Teodulía, s. f. dulia, culto prestado a Deus e aos santos.

Teofanía, s. f. teofania, aparição da divindade.

Teofilantropía, teofilantropia, em França durante a revolução, doutrina filosófica.

Teogonía, s. f. teogonia, a genealogia dos Deuses / título de um poema atribuído a Hesíodo (s. 9 a. C.).

Teogônico, adj. teogônico.

Teologàle, adj. teologal: virtú ————.

Teologalmênte, adv. (raro) teologalmente, teologicamente.

Teologànte, p. pr. e adj. teologante.

Teologàre, v. (intr.) teologizar, discorrer sobre teologia / (pr.) teòlogo.

Teologàstro, s. m. (depr.) mau teólogo, teologastro.

Teologeion, s. m. (teatr.) aparato para mostrar os deuses no Empíreo.

Teologêssa, s. f. teóloga.

Teología, s. f. teologia, ciência de Deus e das coisas divinas.

Teologicamênte, adv. teologicamente.

Teològico, adj. teológico.

Teologizzàre, v. (intr.) teologizar.

Teòlogo, s. m. teólogo.

Teorèma, s. m. teorema / (pl.) teorèmi.

Teoremàtico, adj. teoremático, relativo aos teoremas.

Teorèsi, s. f. contemplação.

Teorètica, s. f. (filos.) teorética.

Teorètico, adj. teorético.

Teoría, s. f. teoria; conjectura; hipótese; especulação; doutrina, conhecimento especulativo, crença, opinião.

Teoría, s. f. (hist.) teoria, deputação solene que as cidades gregas enviavam às festas ou para consultar um oráculo / (lit.) cortejo, desfile, procissão, séquito: una ———— di fanciulli, di studenti, etc.

Teòrica, s. f. teórica, especulação.

Teoricamênte, adv. teoricamente: trattare ————: teorizar.

Teòrico, s. m. e adj. teórico.

Teorizzàre, v. (tr.) teorizar, expor, estabelecer teorias sobre qualquer assunto: teorizza su qualunque inezia.

Teòro, s. m. (hist.) teoro, cada um dos membros da teoria, que era enviado a Delfos para consultar o oráculo.

Teosofía, s. f. teosofia.

Teosòfico (pl. -ci) adj. teosófico.

Teòsofo, s. m. teósofo.

Tèpalo, s. m. (bot.) tépala.

Tepènte, (lit.) p. pr. e adj. tepente, tépido; tíbio.

Tèpere (ant.), v. (intr.) ser tépido, tíbio.

Tepidàrio, s. m. tepidário, casa de banhos mornos, entre os Romanos / (pl.) tepidari.

Tepidêzza, s. f. tepidez.

Tepidità, s. f. tepidez; tibieza, preguiça.

Tèpido, (v. tièpido) tépido, tíbio.

Tepòre, s. m. tepor, tepidez; temperatura moderada e agradável.

Tèppa, s. f. (dial.) súcia, bando, cambada, conjunto dos desajustados ou malandros duma cidade.

Teppismo, s. m. (dial.) malandragem, cafajestagem; prepotência / vandalismo: gesta di ————.

Teppísta, s. f. (dial.) malandro, cafajeste, desordeiro, malfeitor, malandrim / (pl.) teppisti.

Teppístico, adj. pertencente à má vida, à malandragem.

Terapèuta, s. f. terapeuta / (rel.) indivíduo de uma seita judaica dedicada à contemplação.

Terapeutica, s. f. terapêutica; terapia.

Terapèutico, adj. terapêutico / (pl.) terapeutici.

Terapía, s. f. terapia.

Teratísmo, s. m. teratismo, desenvolvimento monstruoso.

Teratología, s. f. teratologia.

Teratològico, adj. teratológico / (pl.) teratologici.

Tèrbio, s. m. (quím.) térbio, (metal raro trivalente, parecido com o ítrio).

Terabintàcee, s. f. (pl.) (bot.) terebintáceas.

Terebentína, s. f. terebintina.

Terebínto, s. m. terebinto, pistácia resinosa.

Terebrànte, adj. terebrante, que terebra; diz-se da dor cuja sensação é comparável à que produziria uma verruma penetrando no corpo.

Terèdine, s. f. terédem, molusco acéfalo e tubicolado, que vive debaixo da água, nas fendas dos navios.

Terenzia, n. pr. Terência (hist.) Terência, espôsa, repudiada de Cícero / Terènzio, Terêncio, comediógrafo latino.

Teresiàno, adj. e s. m. teresiano, de Santa Teresa / carmelita descalço.
Tergàle, s. m. tergal, dorsal / espaldar artístico de poltrona, etc.
Tergèmino, adj. (lit.) tergêmino, tríplice, trigêmeo.
Tèrgere, v. (tr. poét.) limpar, polir, secar, enxugar / —— **il sudore, il pianto**: enxugar o suor, o pranto / **scendea del campo a tergere il nobile sudor** (Manzoni) / (pr.) **tersi, terse, tersero**.
Tergicristàllo, s. m. pára-brisa (de automóveis).
Tergiversàre, v. (intr.) iludir, tergiversar, voltar as costas; procurar rodeios; usar de evasivas ou subterfúgios; temporizar, contemporizar.
Tergiversatôre, adj. e s. m. tergiversador; temporizador.
Tergiversazióne, s. f. tergiversação; desculpa, pretexto, evasiva, contemporização, escapatória.
Tèrgo, s. m. tergo, costas; dorso / (fig.) a parte de trás de qualquer coisa; em tal sentido faz, no plural, **terghi** / **volger le terga** (pl.): volver as costas, escapar.
Teriàca, s. f. teríaca, nome científico da teriaga ou triaga.
Tèrma, s. f. (usa-se sempre no pl. **terme**) termas, banhos públicos na antiga Roma / lugar onde se fazem banhos termais: **le terme di Salsomaggiore**, etc.
Termàle, adj. termal; de água mineral quente, para curas.
Termestesìa, s. f. termestesia, sensibilidade ao calor.
Termestesiòmetro, s. m. termestesiômetro, instr. usado nas pesquisas psicológicas para medir a sensibilidade de um indivíduo sob a ação do calor.
Tèrmico, adj. térmico; do calor / **energia termica**.
Termidoriàno, adj. e s. m. (hist.) termidoriano.
Termidòro, s. m. (hist.) termidor; undécimo mês do calendário da primeira república francesa.
Terminàbile, adj. terminável, que se pode terminar, acabar.
Terminabilità, s. f. (raro) terminabilidade.
Terminàle, adj. terminal, referente ao termo, à extremidade / (bot.) **gemme terminali**.
Terminànte, p. pr. e adj. terminante, decisivo, categórico.
Terminàre, v. (tr. e intr.) terminar, demarcar, marcar o limite / pôr termo a, chegar ao termo de: findar, concluir, acabar, cessar / (pr.) **termino**.
Terminativo, adj. terminativo.
Terminatôre, (f. trice) adj. e s. m. terminador.
Terminazióne, s. f. terminação; conclusão, fim, remate / (gram.) desinência: —— **maschile, femminile, diminutiva**.
Tèrmine, s. m. têrmino, termo; parte, ponto extremo de um lugar; limite; baliza; marco, raia / (jur.) **contratto a ——**: que tem um prazo determinado / (gram.) vocábulo, palavra, dicção, expressão, locução / ponto, grau, condição / (mat.) expressão algébrica, os termos de uma proporção / **in altri termini**: noutra linguagem / **un mezzo ——**: expediente, saída, evasiva / **in altri termini**: de outro modo, mais claramente / **essere in buoni termini con uno**: estar em boas relações com alguém / **il lavoro è a buon ——**: o trabalho está em bom ponto / **ridursi a mal ——**: achar-se em situação precária / (for.) a —— **di legge**: por norma de lei.
Terminologìa, s. f. terminologia / nomenclatura.
Termitàio, s. m. termiteira, ninho das térmites / (bras.) cupinzeiro.
Tèrmite, s. f. térmite, formiga branca, cupim.
Termìte, s. f. térmite, mistura de um alumínio em pó e de um óxido metálico.
Termitòfilo, adj. termitófilo, diz-se especialmente de insetos que vivem com as térmites, seja como parasitas, seja como hóspedes.
Termo, pref. termo / elemento de composição de palavras para exprimir a idéia de calor.
Termoanestesìa, s. f. termoanestesia, abolição da sensibilidade térmica.
Termobaròmetro, s. m. termobarômetro (instrumento).
Termocautèrio, s. m. termocautério, instrumento para cauterizar feridas ou assegurar a hemóstase.
Termochìmica, s. f. termoquímica.
Termochìmico, adj. termoquímico.
Termocinètica, s. f. termocinética, ciência que estuda as várias formas de propagação do calor.
Termocinètico, adj. termocinético, que se refere à termocinética.
Termodinàmica, s. f. termodinâmica.
Termodinàmico, adj. termodinâmico.
Termoelettricità, s. f. termoeletricidade.
Termoelèttrico, adj. termoelétrico.
Termòforo, s. m. termóforo, aparelho que produz calor por meio de uma corrente elétrica.
Termogènesi, s. f. termogênese, produção do calor.
Termògeno, adj. e s. m. termogêneo, que produz calor; termógeno.
Termògrafo, s. m. termógrafo.
Termoiònico, adj. termoiônico (cient.) (rad.) eletrônico / **valvola termoionica**: válvula eletrônica.
Termologìa, s. f. termologia.
Termològico, adj. termológico / (pl.) **termológici**.
Termòlogo, s. m. termológo, estudioso de termologia / (pl.) **termologi**.
Termometallurgìa, s. m. termometalurgia, técnica metalúrgica para extração e refinação de metais por meio do fogo.
Termometrìa, s. f. termometria.
Termomètrico, adj. termométrico.
Termòmetro, s. m. termômetro / (fig.) indicação, medida.
Termometròfago, s. m. termometrógrafo; termógrafo.
Termonucleàre, adj. termonuclear.
Termòpili (le) (geogr.), as Termópilas, desfiladeiro onde morreu combatendo Leônidas, com 300 espartanos.
Termoreattôre, s. m. (aer.) termorreator.

Tèrmos, s. m. termo, garrafa, recipiente de vidro, de parede dupla, para conservar a temperatura do conteúdo.

Termoscòpio, s. m. termoscópio.

Termosifóne, s. m. termosifão.

Termòstato, s. m. termostato, instrumento destinado a manter constante um certo valor de temperatura.

Termotècnica, s. f. termotécnica, a técnica do calor nas suas diferentes aplicações.

Termoteràpico (pl. -ci) termoterápico.

Termoterapía, s. f. termoterapia.

Termotropísmo, s. m. termotropismo, tropismo que tem por estímulo a temperatura.

Tèrna, adj. lista de três pessoas dentre as quais deverá ser escolhida aquela que receberá um cargo ou grau: la ——— degli eleggibili.

Ternàrio, adj. ternário, que se compõe de três elementos / (s. m.) antiga moeda romana.

Tèrno, adj. terno, trio, tríplice, triplo / (s. m.) no jogo de loteria, três números jogados e ganhos / (fig.) fortuna rara, inesperada: **quel' impiego è stato per lui un ——— al lotto.**

Terpèni, s. m. terpenos, nome genérico de vários hidrocarbonetos aromáticos.

Terpína, s. f. terpina, medicamento empregado nas afecções das vias respiratórias.

Terpinòlo, s. m. terpinol, óleo essencial extraído de terpina.

Tèrra, s. f. Terra, o nosso planeta; a parte sólida desse planeta / solo, localidade, território / região / propriedade; campo; planície; mundo; país, pátria / pavimento; chão / burgo, vila, povoação, cidade: è **Pescarènico una terriciuola** (Manzoni) / substância natural que se emprega pulverizada: terra de sombra, terra de siena, terra refratária, etc. / **scendere a ———** : descer à terra, desembarcar / (dim.) **terricciuòla**.

Terracòtta, s. f. terracota, barro cozido; produto de cerâmica ou de escultura que foi cozido no forno.

Terràcqueo, adj. terráqueo.

Terracrèpolo, s. m. serralha, leitaruga, planta herbácea cujas folhas se comem em salada.

Terrafèrma, s. f. terra-firme; continente.

Terràglia, s. f. louça de barro cozido, louça de terra cozida: cerâmica.

Terràgno, adj. terreno, de terra, feito de terra / não elevado, que se eleva pouco da terra / rasteiro, terrulento, diz-se especialmente de planta que roça por terra ou de animal que vive debaixo da terra.

Terragnòlo, adj. terreno, rasteiro, baixo; do chão, da terra.

Terramàra, s. f. terramara / (arqueol.) povoação primitiva da idade do bronze, na Itália.

Terramicína, s. f. (med.) terramicina.

Terranòva, (geogr.) Terra Nova, ilha do Atlântico.

Terranòva, s. m. terra-nova, cão grande, de raça originária da ilha Terra Nova.

Terrapienàre, v. (tr. raro) terraplenar, encher de terra; aplanar.

Terrapièno, s. m. terrapleno; reparo artificial de terra revestido de tijolos, pedras, etc.

Terràqueo, o mesmo que **terràcqueo**, adj. terráqueo.

Terràrio, s. m. terrário, parte isolada de um terreno onde podem viver certos animais de vida terrestre; jaula para répteis, com fundo de terra.

Terraticànte, s. m. camponês arrendatário de uma terra.

Terràtico, s. m. terrádego, quantia paga pela ocupação de um terreno / contrato entre o proprietário de uma terra e os colonos com divisão proporcional dos lucros.

Terràzza, s. f. terraço; pavimento descoberto que cobre uma casa; terrado: eirado; parapeito / belvedere, área / (alp.) vereda ampla numa encosta escarpada.

Terrazzàno, s. m. e adj. terrantês, habitante ou natural de um lugarejo, vila, povoação.

Terrazzàre, v. (tr.) dispor um terreno em declive, em canteiros ou talhões.

Terrazzière, s. m. (galic.) cavador, trabalhador, aquele que cava, que trabalha de enxada.

Terràzzo, s. m. sacada; obra que ressalta das paredes de um edifício; balcão, varanda / (dim.) **terrazzino**.

Terremotàto, adj. e s. m. de lugar devastado pelo terremoto; danificado, prejudicado pelo terremoto.

Terremòto, s. m. terremoto, abalo ou tremor de terra; sismo / (fig.) buliçoso, irrequieto, **quel bambino è un vero terremoto**.

Terrenità, s. f. (lit.) terrenalidade, qualidade de terrenal.

Terrèno, adj. terreno, terrenal, terrestre, da terra / que está no nível da terra: **plano ———** andar térreo / (s. m.) espaço de terra; solo; terra, campo / (fig.) **guadàgnare ———** : de exército que avança, ou então de pessoa ou doutrina que vai prevalecendo / **tastare il ———** : sondar o terreno / **preparare il ———** : preparar o terreno, e (fig.) abrir o caminho, aviar um negócio, etc. / **scendere sul ———** : bater-se em duelo / (dim.) **terrenùccio**.

Tèrreo, adj. térreo, de terra; da cor da terra, amarelento, lívido.

Terrèstre, adj. terrestre / terrenal, terreno: **il paradiso ———** : o paraíso terrestre / (fig.) lugar delicioso, éden.

Terrestrità, e **terrestreità**, (ant.) terrenalidade.

Terríbile, adj. terrível, que incute terror; assustador, temível, temido; excessivo; exorbitante; horrível, estranho / (s. m.) o terrível.

Terribilità, s. f. terribilidade.

Terricciòla, s. f. (dim.) lugarejo, vilazinha, aldeiazinha.

Terribilmènte, adv. terrivelmente.

Terríccio, s. m. terra solta / humo, terriço, mistura de terra com substâncias decompostas para adubar / terra de camada superficial.

Terrícolo, adj. terrenho, terrícola, que vive na terra / **ucceli terricoli**: os galináceos.

Terriér (fr.) s. m. terriê, cão de caça; fox-terriê.
Terrière, ou terriero, adj. de terra ou de terras: **proprietário** ———: proprietário de terras / (ant.) aldeão.
Terrificànte, p. pr. e adj. terrificante; terrível; horrendo; terrífico.
Terrificàre, v. (tr.) terrificar, atemorizar, horrorizar, horripilar / (pr.) **terrifico,** ——— **chi.**
Terrífico, adj. (lit.) terrífico, terrorífico, aterrador.
Terrígeno, adj. terrígeno, produzido na terrra.
Terrígno, adj. terroso, terrento, que tem a cor da terra; térreo, lívido: **l'acqua terrigna.**
Terrína, s. f. (fr. **terrine**) terrina, recipiente de louça ou de metal em que se leva a sopa para a mesa; sopeira / (sin.) **zuppiera.**
Territoriàle, adj. territorial / (mit.) **milizia** ———: soldados da reserva.
Territorialità, s. f. territorialidade / contr. **estraterritorialità.**
Territòrio, s. m. território / área de uma jurisdição.
Terròne, adj. e s. m. comedor de terra (deprec. ou burl.).
Terrôre, s. m. terror; grande medo; pavor; pânico; perigo; dificuldade / (hist.) fase da revolução francesa assinalada por morticínios e perseguições / (fig.) **governo del** ———: governo despótico e cruel.
Terrorísmo, s. m. terrorismo / (hist.) o governo do Terror, na França.
Terroríista, s. m. terrorista / partidário do Terror e de Robespierre, na França / revolucionário violento.
Terrorístico, adj. de terrorismo e de terrorista / (pl.) **terroristici.**
Terrorizzàre, v. (tr.) terrorizar, aterrorizar, espantar, amedrontar, horripilar.
Terrôso, adj. terroso, que é semelhante à terra; terrento; que contém terra.
Tersamênte, adv. tersamente, nitidamente, limpidamente.
Tersêzza, s. f. nitidez, pureza; lustro.
Tersite (mit.) Tersites, personagem da Ilíada, tipo da covardia insolente, morto por Aquiles.
Tèrso, p. p. e adj. secado, polido, terso, limpo, puro; límpido, claro; correto / (fig.) **stile** ———: estilo puro, fluido, fluente.
Tertulliàno, n. pr. Tertuliano / (relig.) Tertuliano, doutor da Igreja, nascido em Cartago.
Tèrza, s. f. terça, 3ª posição na esgrima / (ecles.) a segunda das horas canônicas / (mús.) intervalo musical / terceira / **è la** ——— **volta che va in Brasile:** é a terceira vez que vai ao Brasil.
Terzàna, adj. e s. m. terçã, febre malárica.
Terzanèlla, s. f. (dim.) febre terçã / seda de qualidade inferior.
Terzaruòlo, s. m. (hist.) vela menor das galeras / parte da vela (de navio) que se enrola, para subtraí-la à ação do vento / pistolão (arma) puxado a rodas, da época seiscentista (século XVII).
Terzàvolo, s. m. trisavô, pai do bisavô.

Terzería, s. f. contrato de terça pelo qual o camponês cultiva uma terra recebendo um terço do produto.
Terzeruòlo, adj. e s. m. feno, forragem de terceiro corte.
Terzètta, s. f. (hist.) pistola antiga.
Terzètto, s. m. terceto; concerto de três vozes ou de três instrumentos; estância de três versos / companhia de três coisas ou de três pessoas / (arquit.) tijolo pequeno.
Terziàre, v. (tr.) (agr.) dar a terceira aradura.
Terziàrio, adj. e s. m. terceiro, da Ordem Terceira de S. Francisco / (geol.) terciário ou cenozóico (era da terra) / terceneiro, colono que percebe a terça parte do produto do terreno por ele cultivado.
Terzigliànte, adj e s. m. jogador de voltarete (jogo de cartas).
Terzíglio, s. m. voltarete ou três setes, jogo de cartas em que entram quatro pessoas.
Terzína, s. f. terceto, estância de três versos; terceira rima / (mús.) tresquiáltera, quiáltera formada de 3 notas, equivalente a duas.
Terzíno, s. m. vaso para líquidos que tem a capacidade de um terço de litro / (esp.) jogador de bola, futebol, que atua na defesa.
Tèrzo, adj. terceiro; terço: **il terzo anno:** o 3º ano / **la terza volta:** a 3ª vez / **arrivare** ———: chegar terceiro / (métr.) **terza rima:** terceto / **il** ——— **stato:** a burguesia / **la terza pagina:** a página literária (nos jornais) / (aut.) **marciare in terza:** conduzir o carro em terceira velocidade / (hist.) **la terza Itália,** a Itália do "Risorgimento" / **viaggiare in terza:** viajar na 3ª classe / (s. m.) terço, terceira parte / **due terzi di una tonnelata:** dois terços de uma tonelada / **aspetteremo che un** ——— **decida:** aguardaremos que um terceiro (pessoa) resolva / **la legge tutela i terzi:** a lei tutela os terceiros / **a danno dei terzi:** em prejuízo de terceiros / **per conto di terzi:** por conta de outros / **il terzo incomodo:** pessoa que estorva / (prov.) **fra i due litiganti il terzo gode:** quando dois brigam um terceiro frui vantagem.
Terzodècimo, adj. décimo terceiro; trezeno.
Terzogènito, adj. e s. m. terceiro filho.
Terzône, s. m. pano ordinário para embalagem / (mar.) nos navios a vela, barril para água potável.
Terzúltimo, adj. e s. m. antepenúltimo.
Terzuòlo, s. m. (zool.) espécie de falcão / (mar.) espécie de embarcação a vela / (agron.) feno de terceiro corte.
Tèsa, s. f. tensão; disposição de redes para passarinhar / espaço de terreno reservado para passarinhar / aba do chapéu / braça, medida antiga.
Tesàre, v. (tr.) entesar, tesar, esticar uma corda (mar.) / estender; puxar / **tesare a ferro:** puxar a corda até lhe dar uma rigidez quase metálica.
Tesàta, s. f. comprimento, extensão do fio telefônico ou telégrafo entre postes / (mec.) o comprimento da correia duma transmissão.

Tesaurizzànte, p. pr. e adj. e s. m. entesourador; que ou aquele que entesoura.
Tesaurizzàre, v. (intr.) entesourar, juntar, acumular tesouros ou riqueza.
Tesàuro (ant.), s. m. tesauro (ant.), tesouro (dicionário).
Tèschio, s. m. caveira; crânio; o conjunto dos ossos da cabeça; (dim.) **teschiètto**.
Tèsi, s. f. tese; argumento, proposição que deve ser defendida e demonstrada; assunto, tema, questão, raciocínio, problema / **enunciare, sostenere una tesi**: enunciar, sustentar uma tese / —— **di laurea**: tese de doutoramento.
Tesìna, s. f. (dim.) tese menor que, geralmente, é demonstrada oralmente.
Tesmofòrie, s. f. tesmofórias, festas em honra de Ceres.
Tesmotèta, s. m. tesmóteta, nome de certos magistrados na antiga Atenas.
Tesmòforo, s. m. (hist. gr.) tesmóforo, legislador.
Tèso, p. p. e adj. estendido, estirado; alongado; alargado, aberto, desdobrado; armado / **teso, rijo** / tenso: **rapporti tesi**: relações tensas, quase hostis / **nervi tesi**: nervos irritados.
Tesorerìa, s. f. tesouraria.
Tesorière, s. m. tesoureiro; chefe de uma tesouraria / (s. f.) **tesoriera**.
Tesorizzàre, v. (intr.) entesourar, acumular dinheiro, riqueza, etc. / utilizar, fazer tesouro de alguma coisa, aproveitar: —— **il tempo**.
Tesòro, s. m. tesouro / (fig.) pessoa ou coisa muito cara ou apreciada: **è un** —— **di figlia** / (dim.) **tesorètto, tesorúccio, tesorino**.
Tèspi (hist.), Tespis, poeta grego considerado o criador da tragédia entre os gregos (séc. VI a. C.) / (teatr.) **carro di Tespi**: companhia ambulante de prosa e música.
Tessàglia, (geogr.) Tessália, região da Grécia setentrional.
Tèssalo, adj. tessálio, tessálico, relativo ou pertencente à Tessália.
Tèssera, s. f. téssera (ant.); senha; ficha; dado; carteira de identidade; cupão; entrada; tabela / tesela; cubo ou peça de mosaico.
Tesseramènto, s. m. tabelamento, inscrição, registro / racionamento.
Tesseràndolo (ant.), s. m. tecelão.
Tesseràre, v. (tr.) inscrever, registrar, num partido político, sindicato de classe, etc.; munir da carteira de identidade / racionar: —— **la carne** / (pres.) **tèssero**.
Tesseràto, p. p. e s. m. inscrito, matriculado, filiado: munido de carteira de identidade / (adj.) de coisa sujeita a racionamento: **burro** ——: manteiga racionada.
Tèssere, v. (tr.) tecer / entrelaçar / tramar, maquinar, urdir; enredar, compor / inventar; compilar; coligir / —— **frodi**: forjar fraudes, armar mentiras / (pres.) **tessei, tessé, tesséróno**.
Tèssile, adj. têxtil, que pertence à arte têxtil / (s. m.) tecelão / o produto da tecelagem: **la mostra del** ——: a mostra do tecido.

Tessitòre, s. m. tecelão / (fem.) **tessitora, tessitrice**.
Tessitorìa, s. f. tecelagem, lugar onde se tece; oficina de tecelão.
Tessitúra, s. f. tecedura, operação de tecer / (fig.) enredo, estrutura (de discurso, romance, etc.); alcance, extensão da voz ou de um instrumento.
Tessúto, p. p. e adj. tecido; entrelaçado / (s. m.) tecido, pano, estofo / (anat.) tecido (muscular, epitelial, etc.) / (fig.) trama, enredo, maquinação / **un** —— **di menzogne**: uma urdidura de mentiras.
Tèsta, s. f. testa, cabeça, fronte / intelecto, mente / **piegar la** ——: dobrar a cabeça, resignar-se / **far di propria** ——: agir de iniciativa própria / **perdere la** ——: confundir-se / **essere alla** ——: estar à frente de / —— **dura**: cabeçudo; burro / **mettere una cosa in** ——: fixar bem uma coisa na mente, ou incitar, aconselhar / **lavata di** ——: repriménda, sabão / **un colpo di** ——: capricho, aventura, cabeçada / —— **di rapa, di cavallo, di legno**: cabeça de abóbora, pateta, asno / —— **di turco**: alvo de mofa, de zombaria / **testa** ——: **de só a só** / —— **del letto**: cabeceira da cama / **dalla** —— **ai piedi**: da cabeça ao pés / —— **quadra**: cabeça equilibrada / **tener** —— **a uno**: resistir a alguém, não ceder / (hip.) **arrivò secondo per una** —— —— chegou 2.º por uma cabeça / (mar.) —— **del timone**: cabeça do leme / **a** —— **o croce**: cara ou coroa (de moeda) / (adv.) **in testa**: à frente de todos / (dim.) **testìna, testolìna, testicciuòla, testúccia** / (aum.) **testôna, testône**; (pej.) **testáccia**.
Testàbile, adj. testável (jur.); disponível por testamento.
Testàceo, adj. testáceo; molusco.
Testàgnolo, s. m. arco (de barril, tonel, etc.).
Testamentàrio, adj. testamentário; testamental; contido no testamento / **disposizioni testamentáre**: disposições testamentárias.
Testamènto, s. m. (jur.) testamento / (ecles.) **vecchio e nuovo** ——: a Bíblia / **far** ——: outorgar testamento.
Testànte, p. pr. e s. m. testante, outorgante; testador.
Testardàggine, s. f. perrice, teimosice, emperramento.
Testardamènte, adv. caturramente, teimosamente, obstinadamente.
Testàrdo, adj. testudaço, testudo, cabeçudo; obstinado, caturra, turrante, duro.
Testàre, v. (intr.) testar, fazer testamento.
Testàta, s. f. testada, frente, a parte superior; o título; a ponta, o cabo, a parte extrema de alguma coisa: **la** —— **del ponte** / golpe com a cabeça; cabeçada / —— **del libro**: cabeçalho do livro.
Testatico, s. m. capitação, imposto por cabeça.
Testatòre, s. m. testador, que faz testamento; testante / outorgante / (fem.) **testatrice**.

Tèste, s. m. e f. (jur.) teste, testemunha.
Testé, adv. (lit.) há pouco, agora mesmo, pouco antes, neste instante / è stato qui ——: esteve aqui neste momento.
Testerèccio, adj. testudaço, cabeçudo, teimoso.
Testicciuòla, s. f. (dim.) cabeça de ovelha ou de cabrito para assado / (fig.) pessoa frívola, vaidosa.
Testícolo, s. m. (anat.) testículo.
Testièra, s. f. antiga máquina de guerra semelhante ao ariete / armadura da cabeça / testeira, a parte dianteira; a frente / cabeçada que cinge a cabeça do animal / (mar.) a parte superior de uma vela / parte dianteira, cabeceira da cama / utensílio em forma da cabeça, usado para modelar perucas, chapéus, etc.
Testificàre, v. (tr.) testificar, testemunhar, atestar, confirmar, declarar / (pres.) testifico.
Testificaziòne, s. f. testificação; atestação; testemunho: asseveração.
Tèstile, (ant.), adj. têxtil.
Testimòne, s. m. e s. f. testemunha; pessoa que dá testemunho em juízo.
Testimoniàle, adj. testemunhal: esame ——: exame das testemunhas /; (for.) (s. m.) conjunto das testemunhas: il —— d'accusa.
Testimoniànza, s. f. testemunho, depoimento de testemunha; declaração da testemunha em juízo / prova, vestígio, fé, demonstração: —— di stima, di affetto.
Testimoniàre, v. (tr.) testemunhar, dar testemunho de; atestar, confirmar, certificar; revelar, depor, afirmar, ver, presenciar.
Testimònio, s. m. testemunha, pessoa que dá testemunho em juízo; aquilo que se diz atestando: non dire il falso ——: "far da ——: servir de testemunha num ato (casamento, contrato, testamento, etc.) / testemunho, prova: la sua paura è —— della colpa.
Testína, s. f. (dim.) de testa cabeça / cabecinha / cabeça de bezerro, para cozido.
Tèsto, s. m. testo, vaso de barro para flores / torteira, panela de barro / (lit.) texto de um impresso ou manuscrito / —— di lingua: texto de língua / libri di ——: livros escolares / i testi sacri, os livros sagrados, a Bíblia / far ——: formar texto, ser modelo de indiscutível autoridade.
Testolina, s. f. (dim.) cabecinha, usado especialmente no sentido de designar pessoa caprichosa, inconstante, volúvel, etc.
Testône, s. m. e adj. testudo, que tem testa grande / (fig.) cabeça dura.
Testône, s. m. (aum.) cabeçorra, cabeça grande / (fig.) cabeçudo, estúpido / (hist.) tostão, antiga moeda de prata dos estados Pontifícios e da Toscana.
Testuàle, adj. textual, conforme ao texto.
Testualmènte, adv. textualmente; exatamente.

Testúggine, s. f. (zool.) testudo, tartaruga, cágado / (hist.) testudo, cobertura que os soldados romanos faziam, juntando os escudos uns aos outros / antiga máquina de guerra / nome que os poétas davam à lira.
Testúra, s. f. textura.
Teta, n. pr. abr. de Teresa.
Tetànico, adj. tetânico / (pl.) tetànici.
Tètano, s. m. tétano.
Tetèrrimo, adj. sup. tetérrimo, muito feio, hórrido, hediondo.
Tèti, ou Tètide (mit.) Tétis, deusa do mar, mãe de Aquiles.
Tetra, elem. grego, termo de composição que exprime a idéia de quatro; tetra.
Tetracòrdo, s. m. tetracórdio, antigo instrumento musical com quatro cordas.
Tetradinamìa, s. f. (bot.) tetradinamia, disposição de seis estames na flor.
Tetradràmma, s. f. tetradracma, antiga moeda grega equivalente a quatro dracmas.
Tetraèdrico, adj. tetraédrico.
Tetraedrìte, s. f. tetraedrita, variedade de metal, que é um minério de cobre cinzento.
Tetraèdro, s. m. (geom.) tetraedro.
Tetràggine, s. f. (lit.) obscuridade; tenebrosidade, escuridão / (fig.) pesadume, tristeza.
Tetragonàle, adj. tetragonal.
Tetràgono, s. m. e adj. tetrágono, que tem quatro ângulos e quatro lados / (fig.) sólido, resistente, que não cede, constante / tetrágono, quadrilátero.
Tetragràmmato, adj. tetragramaton, nome de Deus, de 4 letras, em hebraico.
Tetralogía, s. f. tetralogia / (tetr.): la —— di Wagner.
Tetramènte, adv. tetricamente, medonhamente; horrivelmente.
Tetràpoli, s. f. tetrápole (ant.), reunião de quatro cidades.
Tetràrca, s. m. (hist.) tetrarca / (pl.) tetrarchi.
Tetrarcàto, s. m. tetrarcado.
Tetrarchìa, s. f. tetrarquia.
Tetràstico, adj. tetrástico; que tem quatro fileiras; composto de quatro versos: strofa tetrastica.
Tetràstilo, adj. tetrástilo, que tem quatro colunas de frente.
Tetravalènte, adj. tetravalente (elem. químico).
Tetravalènza, s. f. (quím.) tetravalência.
Tètro, adj. tetro; negro, escuro por falta de luz / (fig.) tétrico, triste, sombrio, severo; feio, horrível.
Tètrodo, s. m. tétrodo, válvula eletrônica que tem quatro elétrodos.
Tetrodònte, s. m. tetrodonte, tetrodão, gênero de peixes dos mares tropicais.
Tètta, (ant. e vulg.) teta, mama.
Tettaiuòlo, adj. (de topo, rato,) de rato que vive nos tetos das casas e dos paióis.
Tettarèlla, s. f. bico que se aplica à mama.
Tettièra, s. f. (raro) xícara.
Tettíno, s. m. (dim.) telhadinho; pequeno telhado que ressalta do muro, para reparo / espécie de alpendre (fr.) "marquise".

Tètto, s. m. teto, telhado / (fig.) casa, lar, abrigo / **vivono nello stesso ——— / accogliere nello stesso ———:** hospedar / **i senza tetto**: os que não têm teto / **——— di zinco, di tegola, di alluminio**: telhado de zinco, de telhas, de alumínio.

Tettòia, s. f. alpendre; cobertura em forma de telhado, sustentada por pilares; telheiro, galpão (bras.).

Tèttola, s. f. pelanca que as cabras têm debaixo do queixo: **di tettole dure ornato il gozzo** (D'Annunzio) / mamilo das cabras.

Tettònica, s. f. tectônica, estudo geológico sobre a formação da crosta terrestre / (esc.) entalhe, entalho.

Tettòsago, adj. tectósago, povo antigo da Gália.

Tettúccio, s. f. (dim.) tetozinho; telhadinho.

Tèucro, adj. e s. m. (lit.) teucro; troiano, habitante de Tróia.

Teurgia, teùrgica, s. f. teurgia; magia sagrada, magia branca.

Teúrgico, adj. teúrgico / (pl.) **teurgici**.

Teúrgo, s. m. (hist.) teurgo.

Teùtone, s. m. teuto, teutão, teutônico; alemão / (pl.) **tèutoni**.

Teutònico, adj. teutônico.

Tèvere, (geogr.) Tibre, rio de Roma.

Thot, (mit. egip.) Thot, ou Zahuiti, deus egípcio, que parece provir da confusão de 2 divindades lunares.

Thè, grafia errada de **tè**, s. m. chá.

Ti, part. pron. átona (2ª pes. do sing.), que se usa em lugar da forma tônica correspondente te: te. a ti: **io ti lodo**: eu te louvo; **ti parlò**: falou-te / **ti piace?** agrada-te? / usa-se antes ou depois do verbo: **ti dirò, dirotti**: dir-te-ei.

Tiàra, s. f. tiara, ornato para cabeça, que usavam os nobres orientais; hoje usa-a exclusivamente o Papa / mitra.

Tialismo, s. m. (med.) tialismo, secreção abundante de saliva.

Tiberìade, (geogr.) Tiberíades, hoje Tabarich, cidade da Palestina, à beira do lago do mesmo nome.

Tiberìno, adj. tiberino, relativo ao Tibre (rio de Roma).

Tibèrio, n. pr. Tibério / (hist. rom.) **Claudio Nerone Tiberio**, Cláudio Nero Tibério, 2.º imperador romano.

Tibetàno, adj. e s. m. tibetano, relativo ao Tibete ou Tibé.

Tíbia, s. f. tíbia (anat.) / tíbia, pífaro, flauta antiga.

Tibiàle, adj. tibial, relativo à tíbia: **nervi tibiali** / (s. m.) caneleira, peça da antiga armadura.

Tibícina, s. f. tibicina, antiga tocadora de flauta, flautista.

Tibícine, s. m. tocadora de flauta, flautista.

Tibulliàno, adj. (lit.) tibuliano, relativo ao poeta Tíbulo.

Tibúrio, s. m. tibúrio, torre principal que se elevava acima da cúpula nos antigos edifícios ou igreja de estilo lombardo.

Tiburtino, adj. (lit.) tiburtino, relativo à antiga cidade de Tibur, hoje Tívoli (nos arredores de Roma).

Tic, v. **ticchio**.

Ticchettío, s. m. tique-taque, tique-taque, voz onomotopaica imitativa de um som mais ou menos prolongado e cadenciado; **il ——— della macchina de scrivere** / (pl.) **ticchettii**.

Ticchio, s. m. tique, contração rápida, espasmódica, involuntária / (fig.) capricho, desejo, resolução; **gli saltò il ——— di uscire**.

Ticinese, adj. ticinese, ticinense, do Cantão Ticino (Suiça).

Ticino, (geogr.) Ticino, rio afluente do Pó.

Tictàc, s. m. tique-taque: **il tic tac del pendolo**.

Tiepidèzza, (v. **tepidezza**), s. f. tepidez / tibieza.

Tièpido, adj. tépido, pouco quente: morno / (fig.) moderado; tíbio, lento, frouxo; indiferente.

Tifa, s. f. (bot.) espadana, planta tifácea.

Tífico, adj. (med.) tífico.

Tiflìte, s. f. tiflite, inflamação do ceco (intest.).

Tiflògrafo, s. m. tiflógrafo, instrumento que permite aos cegos escreverem.

Tiflología, s. f. tiflologia, tratado sobre a instrução dos cegos.

Tífico, adj. tífico, de tifo.

Tifo, s. m. tifo (patol.) / (neol. esport.) fanatismo por um esporte / **i tifosi**, os fanáticos, os alucinados por um esporte ou time.

Tifoìde, e **tifoidèo**, adj. tifóideo; tifóide.

Tifòne, s. m. tufão, vendaval, furacão, ciclone / (mit.) Tifão, deus do mal.

Tifòso, adj. e s. m. tifoso; doente de tifo / (esp.) torcedor fanático de um esporte, de um clube ou de um campeão esportivo / **è un ——— accanito del Torino**.

Tigliàcee, s. f. pl. (bot.) tiliáceas.

Tíglio, s. m. (bot.) tília / fibra têxtil do cânhamo, da tília, da madeira, etc.

Tigliòso, adj. fibroso; resistente / estopento, duro.

Tigna, s. f. tinha, doença cutânea da cabeça; coceira, eczema, sarna / (dial.) perrice, caturrice.

Tignòso, adj. e s. m. tinhoso, doente de tinha / (fig. tosc.) sovina, avarento / em Roma. etc., cabeçudo, teimoso.

Tignuòla, s. f. traça / gorgulho dos cereais, frutas, etc.

Tigrai ou **Tigrè**, (geogr.) Tigré. região do império da Etiópia / (adj.) tigrino tigré, da Etiópia.

Tigràto, adj. tigrado, mosqueado.

Tigre, s. f. (zool.) tigre / (fig.) pessoa feroz e sanguinária / (dim.) **tigròtto**, **tigrìno**, **tigrètta**; (aum.) **tigròna**.

Tigrèsco, adj. relativo ao tigre, tigrino.

Tigròtto, s. m. filhote de tigre.

Tilde, s. f. (do esp.) tilde, til, sinal ortográfico.

Tilde, Tildina, n. pr. abrev. de **Matilde**, **Clotilde**, etc.

Timavo, (geogr.) Timavo, rio da Ístria, quase todo subterrâneo: cantado por Virgílio.

Timbàllo, s. m. timbale, instrumento de percussão / forma de cobre com o feitio de uma caçarola; e prato (comida) preparada com essa forma / **un ——— di riso**: um empadão de arroz.

Timbràre, v. (tr.) (do fr.) timbrar, carimbar, selar / (sin.) **bollare**.
Timbratúra, s. f. timbragem.
Tímbro, s. m. (do fr.) carimbo, selo / ——— **di voce**: timbre, qualidade de som da voz, ou de um instrumento.
Time-Keeper (v. ingl.) (esp.) cronometrista / (ital.) **cronometrista**.
Timele, s. m. timele, altar redondo.
Timiàma, s. f. timiama (perfume).
Timidamênte, adv. timidamente.
Timidêtto, adj. (dim.) timidozinho.
Timidêzza, s. f. timidez / temor, medo; acanhamento.
Timidità, s. f. (raro) timidez.
Tímido, adj. tímido, timorato, receoso, temeroso, medroso: acanhado, falta de desembaraço / (dim.) **timidêtto**, timidíno, timidúccio.
Tímo, s. m. (anat.) timo, glândula endócrina / (bot.) tomilho, planta aromática da família das Labiáceas; timo.
Timòlo, s. m. timol, fenol que se extrái da essência do timo.
Timolo (mit.) Tímolo, pai de Tântalo.
Timône, (lat. "**temone**"), s. m. timão, leme, aparelho que modifica a direção do navio ou de um aeroplano / peça comprida do carro ou do arado / (fig.) governo, direção / **essere al timone di uno stato**: governar um país.
Timoneggiàre, v. (tr. raro) dirigir com o leme; timonar / governar, chefiar, dirigir.
Timonèlla, s. f. coche, vitória, antiga carruagem de quatro rodas e dois assentos.
Timonièra, s. f. timoneira, lugar onde fica o timoneiro / lugar do navio onde fica a roda de manejo do leme, a bússola e demais apetrechos de uso freqüente.
Timoniére, s. m. timoneiro.
Timonièro, adj. do timão, do leme / **penne timoniere**: penas da cauda do pássaro, que lhe servem de timão, para dirigir o vôo.
Timoràto, adj. timorato, tímido, acanhado, hesitante, que receia ofender alguém; escrupuloso, cuidadoso, piedoso, religioso.
Timôre, s. m. temor, receio, medo, susto; zelo, devoção, reverência profunda; (dim.) **timorino, timorêtto**.
Timorosamênte, adv. timoratamente, timidamente; receosamente.
Timorôso, adj. temeroso, receoso, medroso; pusilânime, tímido.
Timôteo, n. pr. Timóteo / (hist.) Timóteo, poeta e músico grego.
Timpaneggiàre, v. (intr. mús.) tocar o timbale ou tímpano.
Timpànico, adj. (ant.) timpânico, relativo ao tímpano, órgão do ouvido.
Timpanísmo, s. m. (med.) timpanismo, timpanite, intumescência do ventre.
Timpanísta, s. m. timpanista, antigo tocador de tambor / (pl.) **timpanisti**.
Timpaníte, s. f. (med.) timpanite.
Tímpano, s. m. tímpano, tímbale, instrumento musical / (anat.) tímpano, cavidade do ouvido em que existe uma membrana sonora / (arquit.) espaço de esculturas limitadas por um ou mais arcos / (hidr.) roda hidráulica que derrama água pelo eixo / (fig.) **rompere i** ———: ensurdecer, maçar, importunar.
Tína (ant.), s. f. tina,, pipa pequena; tinalha, dorna.
Tinàia, s. f. cômodo, quarto onde se guardam as tinas, pipas, etc. / adega.
Tínca, s. f. tinca ou tenca, peixe teleósteo, de água doce.
Tincône, s. m. (vulg.) abscesso, tumor na virilha; bubão.
Tindalizzàre, v. (tr.) esterilizar segundo o método de Tyndall.
Tindalizzazióne, s. f. tindalização, esterilização intermitente, por aquecimentos repetidos.
Tinèllo, s. m. (dim.) tinote, pequena tina, para o transporte de uva nos carros / lugar onde comem os criados / (pop.) cômodo onde se come.
Tíngere, v. (tr.) tingir; pintar; colorir / manchar, enodoar, sujar / **il carbone gli tinse la faccia**: o carvão manchou-lhe a cara / (p. p.) **tinto**.
Tingitúra, s. f. tingidura, tintura, ação de tingir.
Tíngolo, s. m. brinquedo de esconde-esconde, entre crianças.
Tinniènte, p. pr. e adj. tininte, que tine, ressoante.
Tinníre, v. (intr.) tinir, produzir tinido; soar, ressoar / (pres.) **tinnismo, tinnisci**.
Tinníto, s. m. tinido, ato ou efeito de tinir; sonido.
Tínnulo, adj. (lit.) ressoante, tininte.
Tíno, s. m. dorna, vasilha de aduela em forma de pipa, onde se põe a uva para fermentar; tina.
Tino, Tina, n. pr. abrev. de Agostino, Agostina.
Tinòzza, s. f. tinalha, dorna ou cuba para o vinho e para diferentes usos / ——— **da bagno**: tina para tomar banho.
Tinsilla, s. f. (anat.) freio, membrana que prende a língua.
Tínta, s. f. tinta, a matéria com que se tinge / cor, colorido / (fig.) modo de representar, de descrever uma coisa / **vede tutto di** ——— **rosea** / vê tudo cor-de-rosa / vestígio, laivo, matiz / **avere una** ——— **di una scienza** / ter noção superficial de uma coisa / (fig.) **dramma a forti tinte**: drama impressionante.
Tintarèlla, s. f. (neol. dial.) bronzeamento da pele po efeito dos raios ultravioletas do sol.
Tinteggiàre, v. (tr.) tingir levemente; colorir aqui e ali.
Tinteggiatúra, s. f. tingidura; tintura.
Tintín, s. m. tintim, voz onomatopaica para exprimir o som da campainha ou sineta: **tintin sonando con sí dolce nota** (Dante).
Tintinnàbolo, s. m. (lit. e raro) tintinábulo, campainha.
Tintinnamênto, s. m. tinido.
Tintinnànte, p. pr. tintinante.
Tintinnàre, tintinníre, v. (intr.) tinir, produzir tinido; retinar.
Tintinnío, s. m. retintim continuado.
Tintínno, s. m. tinido / (pl.) **tintinníi**.
Tinto, p. p. e adj. tinto; tingido / sujo, manchado: ——— **di nero**.

Tintòre, s. m. aquele que tinge, tintor; tintureiro / (dim.) **tintorêtto** / (fem.) **tintora, tingitrice**.
Tintoretto, apelido do célebre pintor veneziano **Iàcopo Robust (1512-1594)**.
Tintoría, s. f. arte de tingir panos, matérias têxteis, etc. / tinturaria.
Tintòrio, adj. tintório, que concerne à tintura; tintorial / (pl.) **tintori**.
Tintúra, s. f. tintura, ato e efeito de tingir; tinta, preparado para tingir / (farm.) forma farmacêutica obtida por solução extrativa: ——— **di iodio**.
Tiòrba, s. f. (hist.) tiorba, alaúde grande, semelhante ao violoncelo.
Tiorbista, s. m. tiorbista, tocador de tiorba.
Tipàccio, s. m. (pej.) tipório, mau tipo, sujeito reles.
Tipicamènte, adv. tipicamente; caracteristicamente; peculiarmente.
Tipico, adj. típico; característico, original, alegórico, peculiar; singular; espacífico / **bellezza típica**.
Tipificàre, v. tipificar; fabricar uma mercadoria em série, segundo um tipo uniforme e constante; estandardizar (sing.) **tipizzáre**.
Tipificaziòne, s. f. (ind.) redução a um tipo único.
Tipo, s. m. modelo, tipo, cunho, exemplar de que se extraem cópias; tipo, modelo, símbolo, figura / tipo, cada um dos caracteres tipográficos / (fig.) pessoa original, estrambótica: **che ——— buffo** / (dim.) **tipêtto, tipíno**.
Tipografía, s. f. tipografia.
Tipograficamènte, adv. tipograficamente.
Tipogràfici, adj. tipográfico / (pl.) **tipográfici**.
Tipògrafo, s. m. tipógrafo; impressor.
Tipolitografía, s. f. tipolitografia.
Tipòmetro, s. m. tipômetro (instr. usado em tipografia).
Tiptología, s. f. tiptologia, linguagem convencional por meio de golpes.
Tiptòlogo, s. m. tiptólogo; nas sessões espíritas, médium que pratica a tiptologia.
Tirabàci, s. m. cacho de cabelo feminino pendente sobre a testa: pega-rapaz (brasil.).
Tirabòzze, s. m. (tip.) pequeno prelo usado para tirar provas.
Tirabràce, s. m. espevitador; ferro para tirar do forno, etc.
Tiracatêna, s. m. sistema de parafusos colocado no eixo da roda posterior da bicicleta, para que a corrente não escape.
Tirafôrme, s. m. ferramenta com que o sapateiro tira o sapato da forma.
Tiràggio, s. m. tiragem, a força que produz a corrente de ar que sobe, numa chaminé, numa estufa, numa máquina a vapor, etc., para facilitar a combustão: **questa stufa ha poco ———**.
Tiralicci, s. m. alavanca que transmite os movimentos ao liços para que ergam e abaixem alternadamente os fios da urdidura.
Tiralínee, s. m. tiralinhas.
Tiralòro, s. m. utensílio para fiar o ouro.

Tiramàntici, s. m. entoador do órgão / tangefoles, operário que tange os foles de uma forja.
Tiramènto, s. m. tiradura; tiramento, tração.
Tiramòlla, s. m. vacilação, indecisão, tergiversação / (fig.) pessoa irresoluta, indecisa.
Tirànna, s. f. tirana, mulher má, cruel.
Tiraneggiamènto, s. m. (raro), tiranização, ação de tiranizar.
Tiranneggiàre, v. tiranizar; governar com tirania; oprimir; dominar; maltratar.
Tirannèllo, s. m. (dim.) tiranete; pequeno tirano subalterno.
Tirannescamènte, adv. tiranicamente, com tirania.
Tirannêsco, adj. tirânico.
Tirannía, s. f. tirania, governo de tirano; opressão, despotismo; jugo; poder absoluto; autocracia; abuso de qualquer poder ou força; violência.
Tirannicamènte, adv. tiranicamente.
Tirannicìda, s. m. e adj. tiranicida, que mata um tirano.
Tirannicìdio, s. m. tiranicídio.
Tirànnico, adj. tirânico, pertencente ou relativo a tirania.
Tirannìde, s. f. tirania, governo de tirano, autocracia.
Tirànno, s. m. tirano / déspota, opressor, príncipe: **i tiranni di Siracusa**.
Tirànte, p. pr. e adj. tirante: que tira ou puxa / tenso, retesado / (s. m.) tira de couro ou de pano para ajudar a calçar os sapatos / tiragem, a força que provoca uma coluna de ar numa chaminé, estufa, etc. / corda, ferro, pau e símile que serve para puxar ou fixar qualquer coisa / (arquit.) viga comprida, barra de ferro, trave transversal.
Tirapièdi, s. m. ajudante de carrasco enforcador / (fig.) (deprec.) servo dos outros / (burl.) assistente, ajudante, substituto.
Tiraprànzi, s. m. pequeno elevador de cozinha.
Tiràre, v. (tr.) tirar, puxar, mover com esforço coisa ou pessoa / **i buoi tirano l'aratro**: os bois puxam o arado / (fig.) **una parola tira un'altra**: uma palavra puxa outra / arremessar, lançar, atirar / extrair; arrancar; explodir / levantar, erguer / atrair; **la calamita tira il ferro**: o imã atrai o ferro / (fig.) tirar **l'acqua al suo mulino**: puxar água ao próprio moinho / **tirare in ballo alcuno**: meter alguém num discurso, numa conversa, etc.; **tirare un dente**: extrair um dente / desviar; mudar de lugar: **tira in là quella gamba**; educar: **tirar su un ragazzo** / fechar, cerrar / estender, distender / traçar, riscar: **tirare una riga** / ——— **la somma**: fazer a soma e (fig.) **tirare le somme**: chegar a uma conclusão / tirar proveito / (tip.) imprimir: **stanno tirando il mio libro**: estão imprimindo o meu livro / escrever às pressas: **tirar giú due righe, una pagina, un sonetto** / (intr.) **tirarsi, trarsi da parte**: apartar-se, afastar-se, desviar-se / ——— **indietro**: retroceder / **tirar via**: escapulir, fugir, ir embora / **tirar avanti**: ir para a frente e (fig.) viver, ir viven-

do / **tirar giú**: abaixar, inclinar, curvar, dobrar / **tirar giú un lavoro**: acabar às pressas um trabalho, ter em mira uma coisa: **tira all'ereditá** / **tirar via**: ter pressa, apressar-se, ir-se embora, e significa, também, não se importar com uma coisa, não perder tempo, não titubear: **tira via, fá quel che devi fare e non badare a ciò che dicono** / ———— **di spada**: exercitar-se na esgrima / (refl.) **tirarsi dietro uno**: arrastar, ter alguém como partidário ou imitador / **tirarsi dietro inimicizie**: atrair, provocar inimizades.

Tirastiváli, s. m. descalçadeira; calçadeira.

Tiráta, s. f. tirada, tiradura, tiradela, ato ou efeito de tirar; estirão, estirada; **fare una cosa in una** ———— **sola**: fazer algo, sem interrupção / (fig.) discurseira longa, invectiva / (dim.) tiratína, tiratélla.

Tiratáppi, s. m. saca-rolhas.

Tiratíno, adj. (dim. de tirato) (fig.) seguro, no sentido de poupar, de economizar o mais possível nos gastos.

Tiratíra, s. f. (fam.) inclinação amorosa, e a pessoa pela qual se tem essa inclinação / **fare a** ————: diz-se de duas pessoas que disputam a mesma coisa / atração, ímã, atrativo.

Tiráto, p. p. e adj. puxado, teso, estudado, estendido / extraído; atirado, arremessado / (fig.) avaro no gastar: **è molto** ———— **nello spendere**.

Tiratôio, s. m. enxugadouro onde se põem a enxugar os panos de lã / instrumento de ourives para dar ao metal uma particular figura / puxador, manilha para puxar as gavetas.

Tiratôre, s. m. atirador: ———— **scelto** / soldado hábil para atirar com o fuzil / **franchi tiratori**: civis armados; guerrilheiros.

Tiratúra, s. f. tiradura; esticadela / (tip.) tiragem; número de exemplares de uma publicação impressa: ———— **di tremila copie**.

Tirchiería, s. f. tacanhice, pequenez, avareza, sordidez.

Tírchio, adj. e s. m. tacanho, sovina, avaro, sórdido, mesquinho / (pl.) tirchi.

Tirélla, s. f. tirante, correia, tira de couro com que se amarram os animais às carroças / ourela nas extremidades das peças de tecido.

Tiremmòlla, s. f. tergiversação, incerteza, rodeio / pessoa indecisa, desconfiada.

Tirétto, s. m. (dial.) gaveta, gavetinha.

Tirínto, (geogr.) Tirinte, antiga cidade da Argólida, pátria de Hércules.

Tirínzio, adj. tiríntio, relativo ou pertencente a Tirinte.

Tiritèra, s. f. lenga-lenga, ladainha, discurseira longa e enfadonha.

Tíro, s. m. tiro, ação de disparar com arma de fogo / **scuola di** ————: **cannone a** ———— **rapido** / **essere a** ————: estar ao alcance da mão / **venire a** ————: vir a propósito, chegar no momento oportuno / ———— **a segno**: tiro ao alvo, e também o lugar onde se aprende a atirar / (fig.) **un brutto** ————: **un** ———— **birbone**: má ação, cilada preparada contra alguém / ———— ———— **secco**: de alguém a quem a morte alcançou repentinamente.

Tíro, s. m. tiro, ato de puxar carros; parelha que tira o carro / ———— **a quattro**, etc. quatro cavalos atrelados a uma carruagem; e a carruagem; puxada por eles / jogada: ———— **di palla, di dadi**, etc.

Tirocinánte, adj. e s. m. pessoa que faz tirocínio, aprendiz, praticante.

Tirocínio, s. m. tirocínio; aprendizado, adestramento; noviciado / (hist. rom.) tirocínio, 1º exercício dos recrutas.

Tiròide, s. f. (anat.) tiróide.

Tiroidèo, adj. e s. m. tireóideo.

Tiroidína, s. f. tireoidina, princípio ativa da tiróide.

Tiroidísmo, s. m. (med.) tireoidismo.

Tiroidíte, s. f. tiroidite.

Tirolèse, adj. e s. m. tirolês / s. f. tirolesa, canção ou dança do Tirol.

Tiròlo, (geogr.) Tirol, comarca na Itália e Áustria / (sin.) **Alto-Adige**.

Tirône, s. m. (hist.) recruta, no exército romano; por ext. noviço, novato, galucho.

Tironiáno, adj. (lit.) tironiano, que se relaciona com Tiro, liberto de Cícero / **note tironiane**: sinais abreviativos (inv. por Tiro) usados entre os Romanos e na Idade Média; espécie de escritura estenográfica.

Tírso, s. m. tirso / (hist.) bastão enfeitado, que era a insígnia de Baco / (bot.) tirso, espécie de panícula, semelhante a um ramalhete comprido.

Tirucchiáre, v. (tr.) tirar, puxar pouco e debilmente, com afã.

Tisàna, s. f. (fam.) tisana.

Tisi, s. f. tísica / ———— **galoppante**, tísica galopante.

Tisichêzza, s. f. tísica; (fig.) extrema magreza ou debilidade de compleição.

Tísico, adj. e s. m. tísico; doente de tísica / (fig.) de planta grácil, definhenta: **alberelli tisici** / (dim.) tisichèllo, tisichíno, tisicúccio.

Tisicúme, s. m. conjunto de tísicos, ou de plantas tísicas.

Tisiología, s. f. tisiologia.

Tisiòlogo, s. m. tisiólogo.

Tissuláre, adj. (fisiol.) dos tecidos; **respirazione** ————.

Titanáto, s. m. (quím.) titanato.

Titànico, adj. titânico, relativo aos Titãs / (quím.) relativo ao titânio.

Titànio, s. m. titânio (quím.) / (adj.) titânico, de titã, gigantesco: **le ali titanie** (D'Annunzio).

Titanísmo, s. m. espírito de revolta e de usurpação.

Titàno, s. m. Titã, titan, titão (mit.) / pessoa de grandeza gigantesca: **un** ———— **del pensiero**.

Titanomachía, (mit.) guerra dos Titãs, gigantomaquia.

Titilaménto, s. m. titilamento, titilação.

Titillànte, p. pr. titilante.

Titilláre, v. (tr.) titilar, fazer prurido ou cócegas; ———— **l'orecchio**.

Titillazióne, s. f. titilação, titilamento.

Tito, (hist. rom.) Tito, imperador romano; foi chamado **Delizia del genere umano**.

Titolàre, v. (tr.) titular, dar título a / intitular; registrar / determinar o título de uma solução, de um metal, etc. / insultar, injuriar / (pr.) titolo.

Titolàre, adj. e s. m. titular, que tem profissão, título efetivo: **il professore** ———: o professor catedrático / (ecles.) o Santo patrono de uma Igreja: **cardinale** ———: cardeal pároco de certas igrejas de Roma.

Titolàto, p. p. e adj. titulado; intitulado / (s. m.) nobre, titulado.

Titolazióne, s. f. titulação, operação de análise química na qual se determina o título de um soluto / avaliação de um tecido.

Título, s. m. título, inscrição que indica o assunto, a matéria que se trata num livro, etc. / inscrição / qualificação honorífica que se dá a certas pessoas / título, escritura, documento, diploma / ——— **accademico, cavalleresco, nobiliário, di studio, di dottore** / (fig.) **a giusto** ———: com razão, com justiça / motivo, razão, direito: **che titolo hai tu per farmi questi ragionamenti?** / (irôn.) injúria: **gli diede tutti titoli possibili** / ——— **di rendita**: título de renda, de crédito / toque legal, proporção de ouro ou prata que devem ter os produtos de ourivesaria / grossura ou comprimento comparativo dos fios dos tecidos, expresso por um número / (fig.) qualidade, valor intrínseco.

Titta, n. pr. abrev. de Battista.

Tittimàglio, s. m. (bot.) titímalo, planta euforbiácea.

Titubànte, p. pr. e adj. titubeante: vacilante; irresoluto.

Titubànza, s. f. titubeação, perplexidade.

Titubàre, v. (intr.) titubear, ou vacilar; cambalear; hesitar; tergiversar / (pr.) titubo.

Titubazióne, s. f. (raro) titubeação, perplexidade.

Tiziano Vecellio, Ticiano Vecellio, célebre e grande pintor, fundador da escola veneziana (1477-1576).

Tizianèsco, adj. ticianesco, à maneira de Ticiano (pintor veneziano).

Tizio, antigo nome próprio romano: Tício.

Tízio, s. m. fulano, sicrano: **ha sposato un** ——— **qualunque**: casou com um fulano qualquer.

Tizzo, s. m. tiço, tição, pedaço de lenha ou de carvão aceso / fumarada, fumaça.

Tizzóne, s. m. (aum.) tição / (fig.) pessoa de má índole, ruim: **é um** ——— **d'inferno** / (dim.) **tizzoncino**, tiçãozinho.

Tlissi, s. f. tlipse; estenose; compressão.

Tmèsi, s. f. (gram.) tmese, divisão das partes de uma palavra composta, para nela se intercalar outra.

Tó e toh! interj. toma; pega! olha! usa-se ao dar alguma coisa; e também como exclamação de surpresa; de admiração: **toh, guarda chi é arrivato!** oh! vê só quem chegou!

Tobía, (hist. hebr.) Tobias.

Tobogà, s. m. tobegã, espécie de trenó para deslisar sobre o gelo.

Tocài, v. toccài.

Tòcca, s. f. (do esp. toca) espécie de pano finíssimo de seda, tecido de fios de ouro e prata / pedra-de-toque, para ensaiar o ouro e a prata.

Toccàbile, adj. tocável, palpável, roçável, táctil, tangível.

Toccafèrro, s. m. brinquedo de pegar, de crianças / (pop.) palavra para esconjurar o mau olhado.

Toccài, s. m. tocai ou tokai, vinho licoroso proveniente da Hungria.

Toccalàpis, s. m. lapiseira / toca-lápis, haste em que se encaixa o lápis.

Toccamàno, s. m. aperto de mão / gorjeta dada às escondidas.

Toccamènto, s. m. (raro) toque, tocamento; apalpamento.

Toccànte, p. pr. e adj. tocante; respectivo, concernente, relativo / (galic.) tocante, enternecedor, comovente.

Toccàre, v. (tr. e intr.) tocar, roçar, por, apalpar: **toccò il banco col piede** / **toccare il cielo col dito**: experimentar uma grande ventura / ——— **uno nel vivo**: irritar alguém / ——— **il polso**: tatear, experimentar / acenar com palavras sobre um assunto: **toccò quest'-argomento** / ofender, provocar, ferir, estimular / comover: **Dio gli ha toccato il cuore** / tocar as cordas de um instrumento, fazer soar / **senza toccar cibo**: sem comer / roçar, alcançar, tocar: **l'armadio tocca il muro** / concernir, dizer respeito / (mar.) fazer escala / **la nave tocca Napoli**: o navio escala em Nápoles / caber em sorte / **gli toccò una bella eredità**: coube-lhe uma bonita herança / estar obrigado: **gli toccò cedere** / corresponder: **ora tocca a me**.

Toccasàna, s. m. panacéia; remédio infalível, milagroso.

Toccàta, s. f. tocada, tocadela, toque, ato de tocar / (mús.) tocata, breve posição para piano ou órgão / (dim.) **toccatina**.

Toccatina, s. f. tocadela, tocadura ligeira / (fig.) alusão, referência, aceno para indagar sobre coisa que interessa: **dàgli una** ——— **su quell'affare**.

Toccàto, p. p. e adj. tocado, atingido, apalpado, roçado.

Toccatóre, adj. e s. m. tocador, que ou aquele que toca / (fem.) **toccatrice**.

Toccatùtto, s. m. pessoa que toca, que põe a mão em tudo, por curiosidade ou mania.

Toccheggiàre, v. (intr. e tr.) tocar, tanger, fazer soar a toques os sinos / (raro) tocar levemente porém com freqüência.

Tòcco, adj. tocado, alcançado, roçado, atingido / ——— **nel cervello**: maluco, louco / (s. m.) ato de tocar; toque; som; modo de tocar; **pianista che ha un bel tocco** / golpe, pancada: **un** ——— **di campana** / **il tocco**: uma hora depois do meio-dia / **il** ——— **di mezzanotte**: uma hora depois de meia-noite / **fare al** ———: designar por sorte um dos presentes / (pl.) **tocchi**.

Tòcco, s. m. toco, bocado, pedaço grande de qualquer coisa, e, espec. de polpa; **un** ——— **di carne, di pane** / (fig.) **un bel** ——— **di ragazza**: um lindo pedaço (brasil.) de moça / gorro de magistrado / touca / (dim.) **tocchetto, tocchettino**.

Toelètta, v. **toletta**.

Tòfana, adj. tofana; **ácqua** ———: água tofana, veneno à base de arsênico e outras substâncias tóxicas.

Tòga, s. f. toga, manto largo que era o traje dos romanos; vestimenta de magistrados e advogados; beca / **cedant arma togae** (Cícero): ceda o poder militar ao civil.

Togàto, adj. togado; s. m. magistrado judicial / (lit.) **commedia** ———: comédia romana.

Tògliere, v. (tr.) tirar, fazer cair; extrair, separar de; privar de; livrar; tomar; desunir; tolher, eliminar, suprimir / empreender; arrancar, arrebatar, surrupiar; remover; impedir / **ció non toglie ti voglia bene lo stesso**: isso não impede que te queira igualmente bem / **togliersi d'impaccio**: sair de apuro / ——— **una machia**: tirar uma mancha / ——— **a uno il posto**: tirar o lugar de alguém / **togla iddio**: Deus não queira / subtrair: ——— **5 da 9**: tirar 5 de 9 / **togliersi il cappello**: tirar o chapéu / (pres.) **tolgo, togli, tòlgano** / (p. p.) **tolto**.

Tòlda, s. f. tolda, coberta do navio.

Tolemàico, adj. ptolemáico, relativo ao geógrafo e astrônomo Ptolomeu ou às suas doutrinas.

Tolètta, (fr. **toilette**), s. f. toilete, toucador / trajo, vestimenta feminina.

Tolleràbile, adj. tolerável; suportável.

Tollerabilità, s. f. tolerabilidade.

Tollerabilmènte, adv. toleravelmente.

Tollerante, p. pr. e adj. tolerante; indulgente; liberal; transigente.

Tolleránza, s. f. tolerância; condescendência; indulgência; paciência.

Tolleràre, v. (tr.) tolerar; suportar com indulgência; pacientar; suportar: resistir, permitir / sofrer, dissimular / (pres.) **tòllero**.

Tolleràto, p. p. e adj. tolerado; suportado; consentido / **essere** ———: ser tolerado, ser admitido, porém não grato.

Tolleratôre, adj. e s. m. tolerador, que tolera; tolerante.

Tollerazióne, s. f. (raro), tolerante, tolerância.

Tòllere (ant.) v. (tr.) tolher, tirar.

Tollètta e tollètto (ant.), s. f. e s. m. rapina, piratagem, extorsão.

Tòlo, s. m. cupulazinha; tetozinho; alpendre.

Tòlto, p. p. e adj. tirado, extraído; subtraído; usurpado; roubado.

Tolù, s. m. tolu, bálsamo de tolu.

Toluène, s. m. (quím.) toluena, toluênio.

Tôma, s. f. lugar nos jardins exposto ao sol; soalheiro / (loc.) **prender Roma per** ———: tomar uma coisa por outra / **prometter Roma e** ———: prometer muitas coisas / (dial.) lombardo, queda, trambolhão.

Tomàio, s. m. parte superior do sapato.

Tomàre (ant.), v. (intr.) tombar, cair de cabeça.

Tomàso, ou **Tommáso**, n. pr. Tomás / **San** ——— **d'Aquino**: Santo Tomás de Aquino, o Doutor Angélico.

Tômba, s. f. tumba, túmulo, sepulcro, sepultura / (ant.) cova, buraco para trigo.

Tombàcco, s. m. tumbaca, liga metálica feita de ouro e cobre.

Tombàle, adj. tumular, relativo ao túmulo; tumulário.

Tômbola, s. f. tômbola, espécie de loto; loteria de cartões / (fig.) queda, tombo.

Tombolàre, v. (intr.) tombar, (fam.) cair, levar um tombo; cair de cabeça; precipitar, rolar.

Tombolàta, s. f. jogada de tômbola / tombamento, tombo, trambolhão, caída.

Tômbolo, s. m. tombo, trambolhão, caída, queda, salto acrobático / (fig.) ruína econômica, perda de emprego, prejuízo, etc. / almofada de canapé / bilro, almofada para fazer rendas; duna, medão, na zona da marema toscana / (fig.) homem pequeno e gorducho / (dim.) **tomboletto, tombolino**.

Tombolône, s. m. trambolhão, tombo grande.

Tombolótto, s. m. gorducho, gordote; grosso, cheio.

Tomísmo, s. m. tomismo, escolástica, doutrina de Sto. Tomás de Aquino.

Tomísta, s. m. tomista / filosofia tomista / (pl.) **tomísti**.

Tomístico, adj. tomístico; escolástico.

Tòmo, s. m. tomo, cada um dos volumes que formam uma obra; parte, divisão, fascículo / (fig.) de indivíduo um tanto singular e estrambótico, costuma dizer-se é **un bel tomo** / (ant.) caída, tombo.

Tòmolo, s. m. tômolo, medida de capacidade, usada no sul da Itália, de 45 litros.

Tònaca, s. f. veste ampla e larga dos frades e das freiras; túnica: batina / **vestir la** ———: ficar frade ou freira; **gettar la** ———: desfradar-se, deixar de ser frade.

Tonacèlla, s. f. (dim.) pequena túnica; tunicela / dalmática de subdiácono.

Tonàle, adj. (mús.) tonal, referente ao tom ou à tonalidade.

Tonalità, s. f. tonalidade / preponderância de um tom num trecho musical / coloração.

Tonànte, p. pr. e adj. tonante, retumbante; atroador; vibrante, forte / **Giove** ———: Júpiter tonante.

Tonàre, v. (intr.) tonar, trovejar; soar o trovão, haver trovoada: **tonó tutta la notte** / (fig.) ribombar: **il cannone tonava** / bradar, invectivar: **Catone tonó contro la corruzione**.

Tonchiàre, v. (intr.) (agr.) bichar, criar bichos, ser roído pelos bichos.

Tonchiàto, p. p. e adj. bichado.

Tônchio, s. m. gorgulho, inseto que ataca as sementes recolhidas nos celeiros / (pl.) **tonchi**.

Tonchiôso, adj. bichado; roído pelo gorgulho.

Tondàre, v. (tr.) arredondar / operação que faz o operário para arredondar o coral / (ant.) tosar / tocar o sino.

Tondatôre, s. m. (f. **-tríce**) alisador de corais.

Tondatúra, s. f. arredondamento; debastamento / elaboração, limadura do coral.
Tondeggiaménto, s. m. ação e efeito de arredondar; arredondamento: redondez.
Tondeggiàre, v. (intr.) arredondar; dar forma redonda; tender para a forma redonda / arredondar-se, engordar.
Tondèllo, s. m. objeto redondo / rodela, fatia de carne / carvão de sobreiro.
Tòndere (ant.), tosquiar / (fig.) podar as plantas / tosquiar, aparar o pano.
Tondézza, s. f. (raro) rotundidade, qualidade de rotundo; de redondo; redondez.
Tondíno, s. m. (dim.) rotundinho, redondinho / pires, pratinho / (arquit.) astrágalo, moldura da coluna.
Tonditúra, (ant.), s. f. tosquiadura; tosquia / poda / (ant.) tunda.
Tòndo, (de rotondo) adj. redondo, rotundo, circular; esférico, cilíndrico / **cifra tonda, conto** ———: cifra, conta redonda / **parlar chiaro e** ———: falar claramente, abertamente / **sputar** ———: sentenciar, bancar o sabichão / **essere** ——— **come un O**: ser tonto, palerma, obtuso / **tondo tondo, alla tonda**: ao redor / (tip.) tipo de letra sem pendência, não cursivo / (s. m.) qualquer objeto redondo; (dim.) **tondíno, tondèllo, tondètto, tondettino**.
Tondône, s. m. pau, trave roliça / dança de roda.
Tondùto (ant.), p. p. e adj. tosquiado; podado.
Tonfàno, s. m. lugar num rio; pego.
Tonfàre, v. (intr.) mergulhar na água / (dial.) bater, surrar, golpear.
Tônfo, s. m. (voz onom.) baque, queda, mergulho, tombo; o rumor surdo que faz um corpo caindo, especialmente na água; **dare o fare un** ———: cair ruidosamente; atirar-se à água.
Tòni, (do nome Antônio), s. m. tôni, palhaço de circo.
Tònica, s. f. (mús.) tônica, som fundamental da escala entre a dominante e a subdominante.
Tonicità, s. f. tonicidade.
Tònico, adj. tônico, que diz respeito ao tom; **nota tônica; accento** ——— (gram.) / (s. m.) tônico, remédio corroborante, fortificante, reconstituinte.
Tonificànte, p. pr. e adj. tonificante; fortificante.
Tonificàre, v. (tr.) tonificar; fortificar; robustecer, vigorizar o organismo.
Tonio, Tonino, n. pr. abrev. de Antônio.
Tonitruànte, adj. tonitruante / (fig.) pessoa que faz muito barulho, que fala com voz estentórea; tonante.
Tonchinêse, adj. tonquinês, de Tonquim (Indochina).
Tonnàra, s. f. almadrava; rede para pescar o atum; (dim.) **tonnarèlla**.
Tonnaròtto, s. m. pescador de atum; almadraveiro.
Tonnàto, adj. de carne de vitela com molho de atum: **una fetta di vitello** ———.
Tonneggiàre, v. (tr.) (mar.) sirgar, puxar com sirga; rebocar um barco.

Tonnêggio, s. m. sirga, corda que serve para puxar uma embarcação; cabo de reboque / ato de sirgar: sirgagem.
Tonnellàggio, s. m. tonelagem, capacidede de um navio avaliada em toneladas.
Tonnellàta, s. m. tonelada, medida para calcular a capacidade e a carregação dos navios / o peso de mil quilos.
Tonnètto, s. m. (ict.) bonito, atum, peixe acantapterígio.
Tonnína, s. f. atum salgado.
Tônno, s. m. atum (peixe) / as carnes do mesmo peixe, conservadas no azeite: ——— scott'olio.
Tòno, s. m. tom, intensidade de uma voz ou do som de um instrumento: inflexão da voz; som / modo de dizer; acento, caráter do estilo; teor, natureza do discurso; **rispose in** ——— **burlesco** / (mús.) intervalo entre duas notas da escala / (desenho) grau de intensidade de uma cor predominante / (fig.) **fuori di** ———: fora de tom / **darsi** ———: dar-se importância, dar-se ares / ——— **muscolare**: leve contração muscular.
Tonometría, s. f. tonometria, avaliação de tensões; avaliação da altura de uma nota musical.
Tonòmetro, s. m. tonômetro, aparelho para medir a pressão sanguínea.
Tonsílla, s. f. tonsila; amígdala.
Tonsillàre, adj. tonsilar, das amígdalas ou a elas referente.
Tonsillectomía, s. f. ablação das amígdalas; amigdaloctomia.
Tonsillíte, s. f. tonsilite, amigdalite.
Tonsillotomía, s. f. amigdaloctomia.
Tonsillòtomo, s. m. instrumento cirúrgico para extirpar as amígdalas, amigdalóctomo.
Tônso, p. p. (ant.) tosado, tosquiado.
Tônsore, s. m. (raro), barbeiro, usado o mais das vezes na palavra composta **barbitonsore**.
Tonsúra, s. f. tonsura / ato de tonsurar / coroa do clérigo / cerimônia em que o bispo confere ao ordinando as ordens menores.
Tonsuràre, v. (tr.) tonsurar, fazer ou abrir tonsura em.
Tonsuràto, p. p. e adj. tonsurado, clérigo / (pl.) o clero.
Tontína, s. f. (do nome do banqueiro napol. Tonti), tontina, associação em que o capital dos sócios falecidos passa para os sobreviventes numa época determinada / (adj.) **tontinário**, tontinário.
Tônto, adj. e s. m. (fam.) tonto, perturbado, parvo, maluco, bobo, atônito / (aum.) **tontône, tontolône**.
Topàia, s. f. cova, ninho de ratos / (fig.) casebre, choupana, quarto pequeno e mesquinho.
Topàto, adj. cinzento, da cor da pele do rato.
Topàzio, s. m. topázio / (pl.) **topazi**.
Topêsco, adj. ratinheiro, de rato, que pertence ou diz respeito aos ratos / (pl.) **topeschi**.
Topiària, s. f. topiária, arte de talhar as plantas dos jardins dando-lhes configurações diversas.

Tòpica, s. f. tópica, ciência dos tópicos ou lugares comuns / (fam.) dito ou ato inoportuno: **fare una** ———: cometer uma rata.

Tòpico, adj. tópico, que diz respeito aos lugares; relativo ao assunto de que se trata / medicamento externo, local.

Topinàia, s. f. ninho, cova de ratos / cova das toupeiras / casebre, pardieiro.

Topinambúro, s. m. tupinambo (bras.), planta da família das compostas também chamada tupinambor e tupinamba.

Topíno, adj. ratinheiro, de rato / da cor do rato / (s. m.) (dim.) ratinho.

Tòpo, s. m. rato, mamífero roedor, ratazana / ——— **muschiato**: rato algalioso (**rat musqué**) / (mar.) embarcação a remos, na laguna Veneta, menor que a gôndola / (fig.) ——— **di biblioteca**: rato de livraria / **casa in cui ballano i topi**: diz-se de casa ampla e arruinada / ——— **d'albergo**: rato, ladrão de hotel / (dim.) **topino, topolíno, topêtto**, (aum.) **topône**.

Topografia, s. f. topografia.

Topograficamènte, adv. topograficamente.

Topogràfico, adj. topográfico / (pl.) **topogràfici**.

Topógrafo, s. m. topógrafo.

Topolíno, s. m. (dim.) camundongo, ratinho / (s. f. e m.) pequeno automóvel Fiat.

Topología, s. f. (gram.) topologia.

Toponimía, s. f. toponímia.

Topònimo, s. m. topônimo, nome de lugar.

Toponomàstica, s. f. toponomástica.

Toponomàstico, (pl. -ici), adj. toponímico.

Toporàgno, s. m. musaranho, pequeno mamífero insetívoro noturno.

Topotesía, s. f. (lit.) topotesia, descrição de lugar imaginário.

Tòppa, s. f. fechadura / remendo, conserto de coisa rasgada / (fig.) **mettere una** ———: por um remédio precário / jogo de cartas / (dim.) **toppètta, toppettina**.

Toppàre, v. (tr.) remendar, deitar remendos em, pôr remendos.

Toppàto, p. p. e adj. remendado, consertado / malhado (cavalo).

Toppè, s. m. (hist.) topete de cabelos de moda no século XVIII / tufo alto de cabelos que usavam as mulheres do século passado.

Toppíno, s. m. chinó, cabeleira postiça que cobre somente a metade da cabeça.

Tòppo, s. m. toro, segmento de tronco de árvore, cepo; toco, pedaço de madeira / braço do torno.

Toppône, s. m. (raro) contraforte de calçado / colcha de retalhos que se põe debaixo das crianças ou dos doentes.

Toràce, s. m. (anat.) tórax.

Toracèntesi, s. f. toracêntese ou toracocêntese, extração de líquido da cavidade pleural.

Toràcico, adj. torácico / (pl.) **toracici**.

Toracoplàstica, s. f. (cir.) toracoplastia.

Toracotomía, s. f. (cir.) toracotomia.

Tôrba, s. f. turfa, carvão fóssil.

Torbíccio, adj. um tanto turvo.

Torbidamènte, adv. turvamente / (fig.) confusamente.

Torbidàre, (ant.) (tr.) turvar.

Torbidàto (ant.) p. p. e adj. turvado, nublado.

Torbidêzza, s. f. turvação, turvamento, perturbação.

Torbidíccio, adj. um tanto turvo.

Tôrbido, adj. turvo, escuro, tosco, turvado, agitado, perturbado / agastado, irado / **uomo** ———: homem turvo, de intenções pouco claras / **tempi torbidi**: tempos difíceis, agitados; **pensieri torbidi**: pensamentos pouco honestos / (s. m.) perturbação / coisa pouca limpa e duvidosa: **c'è del** ——— / (pl.) **i torbidi**: desordens públicas / **pescare nel** ———: pescar, procurar vantagem nas ocasiões de confusão, nos contrastes, etc.; pescar em águas turvas.

Torbidúme, s. m. conjunto de coisas turvas; turvação, turvamento.

Torbièra, s. f. turfeira, jazigo de turfa.

Tôrbo, adj. (dial. tosc.) turvo, escuro.

Torbôso, adj. turfoso, em que há turfa.

Tòrcere, v. (tr.) torcer, fazer girar sobre si / deslocar, desviar do sentido natural / dobrar, encurvar, inclinar / envolver, enroscar, encaracolar / sujeitar, fazer ceder, corromper / ——— **alcuno dal retto cammino**: desviar alguém do caminho honesto / **le ragioni**: torcer as razões, tergiversar / ——— **un ramo, un ferro**: torcer um galho, um ferro / **non** ——— **un capello a nessuno**: não fazer o menor dano a ninguém / ——— **il naso**: torcer o nariz / (pr.) **torco, torci, tòrcono**; (p. p.) **tòrto**.

Torcètto, s. m. conjunto de quatro tocheiras ou círios.

Torchiàre, v. (tr.) prensar, comprimir com a prensa / ——— **l'uva**: espremer a uva.

Torchiatúra, s. f. prensagem.

Torchiêtto, s. m. (dim.) tórculo, pequena prensa / guilhotina pequena para aparar livros / (fot.) utensílio para executar provas fotográficas positivas.

Tòrchio, s. m. prelo, primitiva máquina de imprimir, hoje usada para trabalhos acessórios / **essere sotto i torchi**: estar no prelo / prensa para uva, azeite, etc. / (ant.) tocha, vela grande e grossa, círio, archote, facho, tocheira / (pl.) **tòrce**.

Torciàre, (ant.) v. (tr.) torcer, retorcer.

Torcibudèllo, s. m. volvo, obstrução intestinal com cólica, provocada por torção ou nó no intestino / (pop.) nó nas tripas.

Torcicòllo, s. m. torcicolo / (fig.) beatão / (zool.) picanço, pássaro trepador, peto, papa-formigas.

Torcièra, s. f. tocheira, castiçal grande, candelabro para lâmpada elétrica.

Torcimènto, s. m. torcimento, torcidela, torcedura.

Torcímetro, s. m. aparelho para medir a torção dos fios.

Tocinàso, s. m. aziar, espécie de torniquete para apertar o focinho das bestas e tê-las seguras.

Torciône, s. m. pano grosso de cozinha; toalha grosseira.

Torcitóio, s. m. torcedoura, aparelho de torcer.

Torcitôre, adj. e s. m. torcedor, que, ou aquele que torce, especialmente o fiador, nas fábricas de fiação.

Torcitúra, s. f. retorcedura, ato ou efeito de retorcer os fios; torsão.

Torcolêtto, s. m. (dim.) tórculo, pequena prensa munida de lâmina cortante, com que os encadernadores aparam as folhas dos livros.

Torcolière, s. m. (ant.) (tip.) impressor.

Tòrcolo (ant.), s. m. prelo / prensa, tórculo / fogaça, bolo.

Tordàio, s. m. viveiro para os tordos / (pl.) **tordai**.

Tordèla, ou **tordèlla**, s. f. tordeia ou tordeira, pássaro da espécie do tordo.

Tòrdo, s. m. tordo, pássaro da família turdidae: tordeiro, torda, ruiva / (ict.) —— **di mare**: tordo-de-mar / **cavallo tordo** (ou **storno**): tordilho / (fig.) grosseiro, tardo, bobalhão.

Toreadôre, s. m. (toreador, esp.) toureador, toureiro.

Torèo, s. m. (esp.) ato de tourear, toureio; corrida; tauromaquia.

Torèllo, s. m. (dim.) tourinho, novilho / **corsa di torelli**: novilhada, corrida de novilhos.

Torèro, s. m. (esp.) toureiro.

Torèutica, s. f. torêutica, arte de cinzelar ou esculpir.

Tories (v. ingl.) (pol.) tories, partido conservador inglês.

Torinêse, adj. turinnese ou turinês, de Turim (ital. **Torino**) no Piemonte.

Tòrio, s. m. tório, elemento radioativo (do nouequês Thor).

Tôrio, (pop.) s. m. gema de ovo.

Torite, s. f. torite, mineral radioativo.

Tôrma, s. f. turma, bando, esquadrão, magote, multidão, comitiva / rebanho, manada / (hist. rom.) esquadrão de cavalaria.

Tormalína, s. f. (miner.) turmalina.

Tormênta, s. f. tormenta, temporal, tempestade de neve.

Tormentàre, v. (tr.) atormentar, tormentar, torturar / (fig.) mortificar, afligir, importunar, aborrecer, vexar / (hist.) torturar.

Tormentàto, p. p. e adj. atormentado, angustiado, aflito, arreliado, torturado / (s. m.) **nuovi tormenti e nuovi tormentati** (Dante).

Tormentatôre, adj. e s. m. atormentador, que ou aquele que atormenta; torturador, importuno / (fem.) **tormentatrice**.

Tormênto, s. m. tormento, sofrimento doloroso; tormento, dor física violenta, inquietação, suplício, tributação / (mit. ant.) instrumento de tortura.

Tormentosamênte, adv. tormentosamente, angustiosamente.

Tormentóso, adj. tormentoso, angustiado, apoquentado, molesto, importuno.

Tornacônto, s. m. utilidade, vantagem, proveito, lucro, interesse.

Tornàdo, s. m. (esp.) tornado, ciclone violento, freqüente nas costas americanas.

Tornagústo, s. m. (raro) alimento ou bebida que desperta o apetite; aperiente, aperitivo / usado também em sentido figurado.

Tornàio, s. m. (raro) torneiro.

Tornalètto, s. m. rodapé em volta da cama, para ornato ou para vedar o que está em baixo dela.

Tornànte, p. pr. e adj. que retorna, que volta, que regressa / (s. m.) sucessão de cotovelo, de voltas da estrada.

Tornàre, v. (intr.) tornar, retornar, voltar, regressar / volver, repetir, recomeçar, renovar, / quadrar, redundar, resultar exato, conferir / revogar / relembrar / mudar, transformar-se / —— **in possesso**: reaver o que se possuía / —— **in sé**: voltar a si / —— **a galla**: volver a flutuar / (fig.) repor-se, refazer-se / **non mi torna**: não me convém / —— **indietro**: voltar atrás / (fig.) revogar uma decisão / —— **a casa**: regressar / —— **in noia**: enfadar, aborrecer / **tornar conto**: dar lucro, proveito / restituir, reconduzir, voltar ao estado de antes / **non mi torna**: não me convém / (ant.) devolver / girar.

Tornasôle, s. m. tornassol, matéria corante extraída de uma espécie de líquem: **tintura di** ——.

Tornàta, s. f. tornada, retorno, volta, regresso / reunião de academia, de parlamento, etc., sessão / (lit.) despedida da canção.

Tornàto, p. p. e adj. regressado, voltado, retornado / (fig.) **dare in ben** —— —— : dar as boas-vindas.

Tornatúra, s. f. espécie de antiga medida agrária de superfície.

Torneamênto, s. m. torneamento / torneio, justa / (ant.) circunferência, círculo.

Torneàre, v. (intr.) tornear, no sentido de lutar em torneio ou justa / (ant.) circundar, cingir, rodear, mover-se, girar, mover-se ao redor de / (tr.) cercar, sitiar.

Tornèllo, s. m. instrumento usado pelos tecelões para fazer a urdidura.

Tornèo, s. m. (hist.) torneio, jogos de cavaleiros na Idade Média, justa / (esp.) torneio de esgrima ou de outros exercícios.

Tôrnese, s. m. (do fr. **tournois**, de **Tours**) tornês, pequena moeda antiga de prata / —— **di Napoli**: moeda de cobre de 2 centésimos.

Torniàio, s. m. (raro) torneador, torneiro, o que torneia.

Torniàre, (ant.), v. (tr.) tornear, modelar no torno / rodear, circundar, cingir.

Torniàto, adj. torneado, feito ao torno, roliço.

Tornimênto, s. m. torneamento, ato ou efeito de tornear.

Tôrnio, s. m. torno, engenho para tornear / (pl.) **torni**.

Tornìre, v. (tr.) tornear, lavrar ou modelar no torno / (fig.) polir, brunir, aperfeiçoar: —— **i versi, i periodi** / (pr.) **tornisco, tornisci**.

Torníto, p. p. e adj. torneado, feito ao torno; redigido com elegância: **verso** —— **bene**.

Tornitóre, s. m. torneiro / **tornitríce** (fem.) máquina para tornear.
Tornitúra, s. f. torneamento, trabalho de torno.
Tôrno, s. m. torno / espaço aproximado: **in quel** ———: mais ou menos / (adv.) **torno** ———: ao redor, em volta / **di** ———: ao redor / **togliersi di** ——— **alcuno**: livrar-se, afastar de si um importuno.
Tòro, s. m. touro / (fig.) pessoa robusta / **tagliàre, la testa al** ———: usar meios radicais para superar dificuldades / (dim.) **torèllo, torellíno**.
Tòro, (lat. **thorum**), s. m. touro / (poét.) leito conjugal / (fig.) matrimônio / (arquit.) toro, moldura circular que orna a base das colunas / (geom.) sólido gerado pela rotação de um círculo em torno de uma reta do mesmo plano que com o mesmo não tem ponto de contato / (astr.) tauro.
Toròso, adj. toroso, taurino, vigoroso: **braccia torose e nerborute**.
Torpedinàre, v. (tr.) torpedear, atingir com torpedo / (pr.) **torpèdino**.
Torpèdine, s. f. torpedo, peixe cartilaginoso / (mar.) arma submarina contendo uma carga de alvo explosivo para meter a pique um navio.
Torpediniéra, s. f. torpedeira ou torpedeiro, barco com torpedo para uso de guerra.
Torpediniére, s. m. torpedeiro, soldado de marinha que trabalha no serviço dos torpedos.
Torpèdo, s. f. automóvel de corrida que pela forma se assemelha a um torpedo.
Torpedône, s. m. ônibus, veículo para transporte de passageiros de uma cidade à outra, usado especialmente pelas Cias. de Turismo.
Torpènte, adj. torpente, que entorpece, entorpecedor.
Tòrpere (ant.), v. (intr.) torpecer, entorpecer.
Torpidamènte, adv. torpidamente, entorpecidamente.
Torpidèzza, s. f. torpor, entorpecimento.
Torpidità, s. f. entorpecimento.
Tòrpido, adj. entorpecido, intumescido / tardo, preguiçoso, lerdo.
Torpíglia, s. f. (raro) torpedo.
Torpòre, s. m. torpor, entorpecimento / (fig.) preguiça, frouxidão, negligência: ——— **di mente, d'animo**.
Torquato (Manlio), (hist. rom.) Manlio Torquato, cônsul Romano (ano 235 a. C.).
Torracchiône, s. m. (aum.) torre grande e tosca, torreão.
Torraiuòlo, adj. de torre, diz-se de uma espécie de pombo que habita as torres ou edifícios altos.
Torràzzo, s. m. torreão / torre arruinada.
Tòrre, (lit.), v. tr. tolher, tirar, subtrair, extrair.
Tôrre, s. f. torre, edifício alto / ——— **corazzata**: torre de couraçado / peça do jogo de xadrez / ——— **di Babele**: confusão / ——— **d'avorio**: torre de marfim; retiro.
Torrefàre, v. (tr.) torrificar, torrar, tostar, torrefazer.

Torrefàtto, p. p. e adj. tostado, torrefeito.
Torrefattôre, adj. e s. m. torrefator, que ou aquele que torrefaz.
Torrefaziône, s. f. torrefação, ato ou efeito de torrificar ou tostar.
Torreggiàre, v. (intr.) torreiar, torrear, elevar-se, sobrepujar como torre; sobressair, dominar pela altura.
Torrènte, s. m. torrente / (fig.) coisas que fluem abundantemente: **un** ——— **di lava, di lagrime, di fuoco / a torrenti**: abundantemente, impetuosamente / (dim.) **torrentèllo, torrentúccio**; (pej.) **torrentáccio**.
Torrentízio, adj. torrentoso, torrencial, de torrente.
Torétta, s. f. (dim.) torrezinha / (mar.) torreta do submarino.
Torricèlla, s. f. (dim.) torrezinha.
Torricelli Evangelista, físico italiano, inventor do barômetro (1606-1647).
Tòrrido, adj. tórrido, muito quente, ardente / **zona torrida, clima tórrido**.
Torrière, (lit.) s. m. morador ou guarda de torre.
Torrigiàno, s. m. (raro) guarda da torre, sentinela.
Torriône, s. m. torreão, torre larga e com ameias.
Torríto, v. **turrito**.
Torrône, (esp. **turron**), s. m. torrão, doce branco e duro, feito de amêndoas tostadas, de mel e outros ingredientes / (dim.) **torroncíno**.
Torsèllo, s. m. almofada para alfinetes / espécie de cunho para marcar moedas / pequeno fardo / pedaço de pano / rodouça, rosca de trapos que se põe na cabeça, para atenuar o incômodo do peso.
Torsiône, s. f. torção, ação de torcer, torcedura.
Tòrso, s. m. torso, tronco, parte do corpo humano ou de estátua; busto.
Torsolàta, s. f. pancada de talo de couve.
Tôrsolo, s. m. troncho, talo de couve / sabugo de milho / caroço, bagaço de certas frutas / (fig.) bobo, tolo.
Tôrta, s. f. torta, bolo composto de vários ingredientes cozidos / (fig.) **mangiar la** ——— **in capo a alcuno**: superar em estatura, sobrepujar.
Tòrta, s. f. ação ou efeito de torcer / torcedela, torcedura.
Tortàio, s. m. (raro) aquele que vende ou faz tortas.
Tortamènte, adv. tortamente, de maneira torta.
Tortellàio, s. m. pasteleiro; o que vende tortas, pastéis, tortilhas / (pl.) **tortellai**.
Tortellíno, s. m. tortinha, tortilha / (pl.) **tortellini**, massa para sopa.
Tortèllo, s. m. tortinha / (pl.) rodelas de massa com recheio, para sopa; espécie de ravióli.
Tortèzza, s. f. (raro) qualidade do que é torto: tortura, tortuosidade.
Tortíccio, s. m. (mar.) corda feita de cânhamo ou de outra fibra, que se usa para amarrar ou rebocar uma embarcação: **Trecce strette come i torticci dei marinai** (D'Annunzio) / cabo, amarra.

Tortièra, s. f. torteira, espécie de frigideira própria para fazer tortas.
Tortiglióne, s. m. torcilhão, coisa torcida sem regularidade; peça torcida em aspirais / espingarda estriada / antiga dança aldeã.
Tortiglióso, adj. (raro) torto, tortuoso, torcido.
Tòrtile, adj. (lit.) torcido, tortuoso, sinuoso.
Tortíno, s. m. tortilha, fritada / pequena torta.
Tòrto, p. p. e adj. torcido, torto, dobrado; entortado; oblíquo; tortuoso; **azione torta:** ação injuriosa / (s. m.) torto, errado, que não é conforme o direito ou à razão: **ha —— lui:** não tem razão ele / ofensa, injúria, injustiça: **vendicare i torti ricevuti / a ——:** injustamente.
Tortôio, s. m. arrocho.
Tortône, s. m. (aum.) torta, pastel grande.
Tortonêse, adj. tortonês, de Tortona, cidade do Piemonte.
Tòrtora, s. f. rola, ave da família columbidae.
Tortoràta, s. f. golpe, pancada com arrocho ou bastão.
Tortôre, s. m. arrocho; bastão; cacete / (hist.) ministro da tortura, carrasco, algoz.
Tortoreggiàre, v. (intr.) arrulhar, gemer como a rola / (fig.) namorar com grande ternura.
Tortorèlla, s. f. rolinha doméstica / (fig.) moça ingênua e inocente.
Tortuosamênte, adv. tortuosamente.
Tortuosità, s. f. tortuosidade; sinuosidade: **la —— della strada, del fiume** etc.
Tortuóso, adj. tortuoso, que descreve curvas; sinuoso; torto / oblíquo; subdolo, injusto; desleal, hipócrita: **maniere tortuose.**
Tortúra, s. f. tortura; tortura que se aplicava a um acusado; suplício / (fig.) sofrimento, aflição, angústia; dor, tormento.
Torturàre, v. (tr.) torturar; atormentar / (fig.) afligir; angustiar.
Torvamente, adv. torvamente; obliquamente; sinistramente.
Tòrvo, adv. torvo, oblíquo, torto / **occhio ——:** olho vesgo, torto / feio, iracundo, pavoroso.
Torzône, s. m. frade leigo converso e, geralmente, rude e ignorante.
Tôsa, s. f. (dial. ven.) menina, moçoila, moça.
Tosamênto, s. m. (raro) tosquia, ato de tosquiar; tosadura.
Tosàre, v. (tr.) tosar, tosquiar animais lanígeros / (fig.) cortar rente os cabelos; esfolar com impostos excessivos, explorar, extorquir / aparar, desbastar, cortar.
Tosàto, p. p. e adj. tosado, tosquiado; rapado; pelado.
Tosatôre, adj. e s. m. tosador; tosquiador.
Tosatríce, s. f. tesoura de tosquiar; tosquiadeira.
Tosatúra, s. f. operação de tosar; tosa, tosquia; tosadura.
Toscàna, (ant. **Etruria**) (geogr.) Toscana, região da Itália Central.

Toscanamênte, adv. toscanamente; à maneira toscana.
Toscaneggiànte, p. pr. e adj. tendente ao toscano.
Toscaneggiàre, v. (intr.) falar ou escrever ao modo toscano.
Toscanêsimo ou **toscanísmo,** s. m. toscanismo, maneira própria dos toscanos; idiotismo do dialeto toscano.
Toscànico, adj. (arquit.) de ordens toscana ou etrusca, a primeira das cinco ordens de arquitetura.
Toscanità, s. f. condição, natureza de toscano / (lit.) casticidade toscana.
Toscanizzàre, v. (tr.) dar caráter toscano à fala / (intr.) falar com sotaque toscano; imitar os toscanos.
Toscàno, adj. toscano, da Toscana / **sigaro ——:** charuto fermentado / (s. m.) **i toscani:** os toscanos.
Tôsco, s. m. (poét.) toscano.
Tòsco, s. m. (poét.) tóxico / (pl.) **tòschi.**
Tôso, adj. (raro) tosado, tosquiado.
Tosòn D'oro (ordine del) (hist.) ordem do Tosão de Ouro (1430).
Tosolàre, v. (tr.) aparar as moedas para vender os resíduos / (pr.) **tôsolo.**
Tosône, s. m. (raro) pelo ou lanugem de carneiro / **toson d'oro:** tosão de ouro, ordem cavalheiresca.
Tôsse, s. f. tosse convulsa, coqueluche; (brasil.) tosse comprida.
Tossicchiàre, v. (intr.) tossir fracamente, mas com freqüência; tossicar.
Tossicemía, s. f. (med.) toxicemia.
Tossicità, s. f. toxidade, toxicidade.
Tòssico, adj. tóxico; venenoso.
Tossicología, s. f. toxicologia.
Tossicològico, adj. toxicológico / (pl.) **tossicològici.**
Tossicòlogo, s. m. toxicólogo / (pl.) **tossicòlogi.**
Tossicolôso, adj. tossegoso, tossiquento, atacado de tosse.
Tossicòmane, s. m. e f. toxicômano.
Tossicomanía, s. f. toxicomania.
Tossína, s. f. toxina, substância que atua como o veneno.
Tossíre, v. (intr.) tossir, ter tosse / fingir a tosse: **tosse per avvertirlo;** tosse para adverti-lo / (pr.) **tosso e tossisco.**
Tostamênte, adv. (raro) já, depressa, prontamente, rapidamente, em seguida.
Tostàno (ant.), adj. subitâneo, repentino.
Tostàre, v. (tr.) tostar, torrar.
Tostatúra, s. f. tostadura, ação e efeito de tostar.
Tosti (Francesco Paolo) (biogr.) poeta e músico dos Abruzzos, autor de melodiosas canções.
Tostíno, s. m. torrador, aparelho de torrar café.
Tòsto, adj. rápido, veloz, breve: **quella ne insegnerà la via piú tosta** (Dante); rápido; pronto: **e tu cortese che ubbidisti —— / tostado, torrado / duro, hirto, rijo / desabrido, descarado / **carne tosta:** carne dura / (adv.) subitamente, prontamente, cedo, no fim de pouco tempo / **usci ——:** saiu logo / **—— che:** logo que, apenas.
Tòsto, (ingl. **toast**), s. m. fatia de pão torrado com queijo, presunto, etc.

Tòt, adj. (lat.) tantos; usa-se para indicar um número indeterminado de coisas: **con la spesa di —— lire** / (s. m.) total: **il tot delle spese**.

Totàle, adj. total, completo, inteiro / (s. m.) o resultado da adição, soma.

Totalità, s. f. totalidade, o conjunto das partes que formam um todo / todos: **la —— della popolazione**.

Totalitàrio, adj. totalitário, total, absoluto / (pol.) regime totalitário: **stato ——**.

Totalitarismo, s. m. totalitarismo, governo totalitário.

Totalizzàre, v. (tr.) totalizar; avaliar, calcular um todo; realizar totalmente.

Totalizzatóre, s. m. totalizador / adicionador mecânico.

Totalizzazióne, s. f. totalização.

Totalménte, adv. totalmente, completamente; inteiramente.

Tòtano, s. m. lula, calamar, nome vulgar de uns moluscos cefalópodes.

Tòtem, s. m. totem, ídolo.

Totemismo, s. m. totemismo, culto do totem.

Totocàlcio, (neol.) s. m. totalizador para as apostas nas partidas de futebol da Itália.

Tòto còrde, (loc. adv. lat.) de todo o coração, com todo o coração; usado às vezes nalgumas frases italianas: **accetto —— la tua suggestione**.

Toupet, (v. fr.) s. m. topete, tufo de pelos / (fig.) ousadia, descaramento / (ital.) **ciuffo** / **facciatosta**.

Touring Club Italiano, associação turística italiana.

Tournée, (v. fr.) excursão / (ital.) giro artístico: **giro artistico**.

Tovàglia, s. f. toalha; (dim.) **tovaglina**, **tovaglietta** / (aum.) **tovagliona**, **tovaglione** / (pej.) **tovagliaccia**.

Tovagliòlo, **tovagliuòlo**, s. m. guardanapo / (dim.) **tovagliolino**.

Tòzzo, adj. baixo, grosso, maciço, gordo, diz-se de pessoa ou coisa muito espessa, com respeito à altura / cheio, encorpado; tosco / (s. m.) troço, pedaço / **—— di pane**: pedaço de pão.

Tozzòtto, adj. (dim.) gordote, baixote, gordanchudo / (s. m.) tijolo grosso.

Tra, prep. entre; no meio de; com; em companhia de; juntos, unidamente / **passa la vita —— la famiglia e il lavoro**: passa a vida entre a família e o trabalho / **—— amici**: entre amigos / **—— pocchi giorni**: dentro de poucos dias / **—— di loro**: entre eles / **—— la folla**: entre a multidão.

Tra, pref. **tra**, **tras**, **trans**, (tra) / **trascegliere**, **tramescolare**; **tracotante**, **tramutare**, **trascendere**.

Trabàcca, s. f. (raro) barraca, tenda para reparo; toldo, cobertura.

Trabàccolo, s. m. pequeno navio de pesca ou transporte.

Trabaldare, e **tribaldàre**, (ant.) v. (tr.) furtar, surrupiar, rapinar.

Trabaldería, (ant.), s. f. surrupiação, ladroeira, rapina.

Traballaménto, s. m. cambaleamento, bambaleadura.

Traballànte, p. pr. e adj. cambaleante; bamboleante; vacilante.

Traballàre, v. (intr.) cambalear, bambolear, pender alternativamente para ambos os lados, estar mal firme, oscilar; vacilar.

Traballío, s. m. sacudida, cambaleio contínuo ou freqüente / (pl.) **traballii**.

Traballóne, s. m. cambaleio violento; cambalhota, sacudimento.

Trabaltàre, v. (intr.) solavancar de veículos; pular, cabriolar, sacudir.

Trabalzàre, v. arremessar; atirar; derrubar, tombar, fazer ir aos pulos de um lugar a outro; solavancar, sacudir.

Trabàlzo, s. m. sacudida, solavanco; tombo, salto, pulo.

Trabalzóne, s. m. sacudida violenta; solavanco forte de coisa ou pessoa / (adv.) **a trabalzoni**: aos solavancos.

Trabànte, (ant.), s. m. alabardeiro germânico, do corpo das guardas do soberano / (fig.) satélite; beleguim, esbirro.

Trabastàre, v. (intr.) mais que bastar; superabundar.

Tràbea, s. f. trábea, espécie de toga entre os romanos, ornada de listras de diferentes cores.

Trabeazióne, s. f. (arquit.) entablamento, cornijamento; arquitrave, ornato, cornija.

Trabiccolàio, s. m. aquele que faz ou vende objetos de madeira que permitem a colocação de braseiros nas camas.

Trabíccolo, s. m. armação de madeira na qual se coloca um braseiro para aquecer a cama / (fig.) móvel ou veículo pouco perfeito ou desconjuntado.

Traboccaménto, s. m. transbordamento; derramamento.

Traboccànte, p. pr. e adj. transbordante: **con l'animo —— di allegria** / regurgitante.

Traboccàre, v. (intr.) transbordar, diz-se espec. de recipiente, mas também em sentido figurado, **l'ira è traboccata**, a ira extravasou: derramar, extravasar, verter, sair por fora / (fig.) ter em abundância / **il lago trabocca**: o lago transborda / (lit.) cair precipitando, cair de bruços / (tr.) atirar à terra com ímpeto / **lo traboccò di sella**: atirou-o da sela (do assento).

Trabocchètto, (s. m.) armadilha: alçapão / (fig.) cilada, emboscada, ardil; laço.

Trabocchévole, adj. transbordante; desmesurado, grandíssimo, excessivo, enorme.

Trabocchevolménte, adv. transbordantemente; desmesuradamente.

Trabôcco, s. m. transbordamento; derrame; extravasação / (hist.) máquina militar antiga; catapulta, morteiro.

Trabúcco, s. m. (hist.) trabuco, antiga máquina de guerra / apetrecho para pesca; rede grande de pesca.

Trabùco, (esp.) s. m. trabuco, charuto grosso e curto (desusado).

Tracagnòtto, adj. e s. m. baixo e gordo; rechonchudo, encorpado.

Tracannàre, v. (tr.) tragar, sorver, beber avidamente, a grandes sorvos: **troppi bicchier ne ho tracannati** (Cav. Rusticana); engolir; devorar.

Traccagnòtto, v. tracagnotto.
Traccheggiàre, v. (intr. e tr.) demorar, temporizar, contemporizar; ter em suspensão, tergiversar, diferir.
Tracchêggio, s. m. (esgr.) rodeio da arma; é uma ação defensiva e ofensiva.
Traccheggío, s. m. titubeio, vacilação / (pl.) **tracchegii**.
Tràccia, s. f. traço, sinal, vestígio deixado por pessoa, animal ou coisa: **le tracce del cane, del carro, del bambino** / indício, vestígio, rasto / **andare in** ——: ir à procura / (fig.) esquema de um trabalho, esboço de uma obra / (pl.) **tràcce** / (quím.) **tracce d'arsenico**, etc., partículas, resíduos de arsênico.
Tracciamênto, s. m. traçamento, ato ou efeito de tracar; traço, risco; plano.
Tracciànte, p. pr. e adj. **proiettile** ——: projétil que deixa atrás de si, no ar, um rasto luminoso.
Tracciàre, v. (tr.) traçar, delinear por meio de traços: —— **una strada, un disegno**; riscar, projetar, descrever, esboçar / (mar.) —— **la rotta**: demarcar no mapa a rota do navio / (lit.) seguir a pista, o rastro, ir no encalço.
Tracciàto, p. p. e adj. traçado, delineado, projetado / (s. m.) traçado, esboço, plano, projeto, planta: forma dada ao que se traça.
Tracciatóio, s. m. objeto de ferro pontudo que os jardineiros usam para marcar as divisões dos canteiros / utensílio de várias artes, e especialmente do seleiro para traçar sinais etc.; traçador.
Tracciatôre, s. m. traçador, que ou aquele que traça / (mar.) aparelho automático que registra no mapa a rota do navio.
Tracciatúra, s. f. traçamento, ação e efeito de traçar / o desenho que se calcou no pano e que serve para executar um bordado.
Trácia / (hist.) gladiador que combatia com as armas trácias.
Trachèa, s. f. (anat.) traquéia.
Tracheàle, adj. traqueal, da traquéia.
Tracheati, s. m. (pl.) traqueanos, subtipo de artrópedes que respiram mediante a traquéia.
Tracheíte, s. f. traqueíte, inflamação da traquéia.
Tracheotomía, s. f. (cir.) traqueotomia.
Trachíte, s. f. traquite, rocha eruptiva vulcânica, de diferente composição.
Tràcia, (geogr.), região ao norte da antiga Grécia, de que uma parte forma hoje o sul da Bulgária.
Tràcio, adj. e s. m. trácio, da Trácia. / (hist.) gladiador que combatia com armas trácias.
Tracòlla, s. f. tiracolo; talabarte; boldrié / **a tracolla**: a tricalo.
Tracollàre, v. (intr.) cambalear, perder o equilíbrio; cair, solavancar: vacilar; **far** —— **la bilància**: fazer cair, fazer pender a balança e (fig.) dar o último impulso.
Tracòllo, s. m. queda, tombo, baque, despenho / (fig.) ruína, fracasso, dano grave; **dare il** ——: dar o golpe de graça, arruinar.
Tracòma, s. m. tracoma / (pl.) **tracomi**.
Tracomatôso, adj. tracomatoso.
Tracotànte, adj. arrogante, propotente; insolente, petulante, jactancioso; descarado; atrevido.
Tracotànza, s. f. (lit.) arrogância, prepotência, insolência, atrevimento, petulância, presunção.
Tracutàggine (ant.), s. f. descuido, desleixo, desídia.
Tracutàto (anti.) descuidado, desleivado.
Tràdere (ant.), v. (intr.) atraiçoar / ensinar; **onde di lor ti trado** (Dante).
Tradescànzia, s. f. (bot.) tradescântia, gênero de plantas herbáceas vivazes.
Tradigiône (ant.), s. f. traição.
Tradimênto, s. m. traição / **mangiare il pape a** ——: viver às custas de outros / deslealdade, infidelidade, fraude.
Tradíre, v. (tr.) trair, atraiçoar; falsear; faltar ao cumprimento de; ser infiel a; descobrir um segredo; denunciar; não corresponder a; manifestar involuntariamente o próprio ânimo / **tradire i patti** / —— **un segreto** / —— **un amico** / **se la memoria no mi tradisce**: se a memória não me engana / (pr.) **tradisco**.
Tradíto, p. p. e adj. traído; enganado.
Traditôre, adj. e s. m. traidor, traiçoeiro; infiel / (fem.) **traditora, traditrice**.
Traditorêsco, adj. (raro) de traidor, traiçoeiro / proditório.
Tradizionàle, adj. tradicional; **feste tradizionali**.
Tradizionalísmo, s. m. tradicionalismo.
Tradizionalísta, s. m. tradicionalista; conservador dos usos antigos.
Tradizionalmênte, adv. tradicionalmente.
Tradiziône, s. f. tradição; recordação, uso, hábito, costume transmitido, de memórias, de acontecimento, etc. / (jur.) transmissão, entrega transferência: **la** —— **del podere**.
Tradòtta, s. f. (mil.) trem para transporte exclusivo de soldados.
Tradòtto, p. p. e adj. traduzido: **opera ben tradotta** / conduzido, levado.
Traducíbile, adj. traduzível, que se pode traduzir.
Tradúrre, v. (tr.) traduzir, trasladar de uma para outra língua, verter / explicar, exprimir, interpretar, decifrar / mal empregado por **condurre** (levar, conduzir) / **tradurre in prigione**: levar à prisão.
Traduttôre, s. m. tradutor / intérprete.
Traduziône, s. f. tradução, versão / (dim.) **traduzioncína**; (pej.) **traduzionàccia**.
Traènte, p. pr. e s. m. que tira, que atrai / sacador (de letra de câmbio) / (s. f.) cabo metálico de funicular.
Tràere, (ant.) v. (tr.) trazer.
Trafelamênto, s. m. ofegação, canseira.
Trafelàre, v. (intr.) ofegar, arquejar, arfar; resfolegar; soprar afanosamente.
Trafelàto, p. p. e adj. ofegante, arquejante, anelante.
Traferro, s. m. (eletr.) entreferro, o espaço que fica entre o rotor e o estator duma máquina elétrica.

Trafficàbile, p. pr. e s. m. traficante, negociante; comerciante / (fig.) especulador; tratante: **trafficanti della politica**.

Trafficàre, v. (tr.) traficar: negociar; comerciar / (fig.) dar-se o que fazer, estar atarefado / (depr.) fazer negócios, coisas desonestas; **i soliti trafficanti della politica** / (pr.) **tràffico, tràffichi**.

Trafficatôre, s. m. traficante; negociante / (fem.) **traficatríce**.

Tràffico, s. m. tráfico, ato de mercadejar; troca de mercadorias; comércio, negócio / movimento, trânsito: **strada di gran** —— / (rad.) troca de mensagens entre uma estação radiofônica e um navio ou um aparelho de aeronáutica / **lanciare il** ——: lançar o sinal de chamada.

Trafière, s. m. (hist.) punhal agudo com o qual andavam armados os cavaleiros: **io ti daró col brando e col** —— (Pulci).

Trafiggere, v. (tr.) traspassar, ferir com punhal, lança, espada, etc., varar de lado a lado com arma; furar; ferir profundamente / (fig.) afligir, magoar; **quella disgrazia mi trafisse il cuore** / (refl.) **trafiggersi**, ferir-se; matar-se.

Trafiggimênto, s. m. trespasse (com arma).

Trafiggitôre, adj. e s. m. feridor; traspassador.

Trafíla, s. f. fieira, aparelho para converter os metais em fio / (fig.) meio de prova / exames, obstáculos, etc. através dos quais se deve passar para alcançar um fio / **passare per la** ——: correr os trâmites.

Trafilàre, v. (tr.) passar (os metais) pela fieira.

Trafilêtto, (fr. **entrefilet**), s. m. artigo curto de jornal / (sin.) **stelloncino** / asterisco, sinal.

Trafítta, s. f. ferimento de ponta, pontada, traspasse / ferida / dor cruciante; aflição, mágoa: **una** —— **al cuore**.

Trafítto, p. p. e adj. trapassado, ferido; furado de lado a lado / (fig.) aflito, magoado.

Trafittúra, s. f. transpassação (por arma), ferimento; puntura, traspasse; pontada.

Traforamênto, (raro) s. m. perfuração / abertura, cala.

Traforàre, v. traspassar, passar através de; varar; furar; perfurar; penetrar; tradear / bordar (panos).

Traforàto, p. p. e adj. perfurado, furado; traspassado; tradeado / trabalhado, bordado a furos: **maglia, ricamo** ——.

Traforatôre, adj. e s. m. perfurador.

Traforatríce, s. f. perfuradora; máquina para perfurar; máquina para tradear.

Traforaziône, s. f. perfuração.

Traforèllo, s. m. (ant.) ladrãozinho.

Trafôro, s. m. perfuração; ato de perfurar / abertura, túnel; galeria / furo, orifício feito por meio de perfuração / **acciaio lavorato a trafori**: trabalhos de bordados de ourivesaria, etc., feitos a furos e entalhes: **ricamo a** ——.

Trafugamênto, s. m. subtração fraudulenta; furto; roubo, rapina.

Trafugàre, v. (tr.) subtrair ocultamente, furtar / (refl.) fugir, esconder-se sorrateiramente.

Trafugatamênte, adv. subtraidamente, escondidamente; sorrateiramente.

Trafugàto, p. p. e adj. subtraído, surrupiado, roubado.

Trafúgo, s. m. furto / (loc. adv.) **di** ——: sorrateiramente, ocultamente.

Trafuràre, (ant.) v. furtar, roubar.

Trafurèllo, (ant.), s. m. ladrãozinho; larápio; maroto.

Trafúsola, s. f. meada de seda.

Trafúsolo, s. m. tíbia, canela da perna.

Tragèda, s. m. (v. **trágedo**).

Tragèdia, s. f. tragédia / (dim.) **tragediúccia**, (pej.) **tragediàccia** / (fig.) acontecimento sangrento / escândalo, tumulto, alvoroço.

Tragediàbile, adj. adaptável à tragédia (fato ou argumento apto para sujeito de tragédia / teatrável.

Tragediànte, s. m. (raro) tragediógrafo, que escreve ou representa tragédias / (fig.) que assume atitudes trágicas, por ninharias.

Tragediógrafo, s. m. tragediógrafo, autor (escritor) de tragédias / (lit.) trágico.

Tragèdo, s. m. tragediógrafo.

Tragètto (ant.), s. m. trajeto, caminho.

Tràggere (ant.) v. (tr.) trazer.

Traghettàre, v. (tr.) transportar (ou fazer-se transportar) de uma à outra margem; cruzar rio, canal, etc.; transportar de uma à outra margem.

Traghettatôre, s. m. barqueiro que faz o transporte de viajantes.

Traghètto, s. m. trajeto, passagem, transporte de uma margem à outra; balsa, bote para cruzar rios, etc. / o lugar pelo qual se faz o trajeto / (fig.) cilada, intriga, subterfúgio / (ant.) atalho, vereda.

Tragicamênte, adv. tragicamente.

Tràgico, adj. trágico, de tragédia ou a ela relativo / (fig.) funesto, sinistro, horrível, sangrento, severo / **avvenimento** ——: acontecimento trágico, funesto / (s. m.) autor de tragédias.

Tragicòmico, adj. tragicômico / (pl.) **tragicòmici**.

Tragicommèdia, s. f. tragicomédia.

Tragittàre, v. (tr.) transportar ou ser transportado de uma margem à outra; cruzar, atravessar; transbordar: —— **i passeggeri**.

Tragittatôre, (raro) adj. e s. m. que ou aquele que transporta ou transborda; barqueiro, balseiro.

Tragítto, s. m. trajeto, caminho ou espaço que se percorre para ir de um ponto a outro; passagem; percurso; travessia.

Tràglia, s. f. (mar.) cabo, corda da roldana.

Tràgo, s. m. trago, (anat.) saliência do pavilhão auricular, que protege o meato auditivo / (pl.) **traghi**.

Traguardàre, v. (tr.) vislumbrar / olhar fazendo passar o raio visivo entre duas miras / olhar por meio da alidade (instrum.) / olhar além, muito longe / (fig.) mirar ao futuro, prever / olhar de fugida, de esguelha.

Traguàrdo, s. m. mira, ato de mirar / alidada, parte de instr. com que se determina a direção dos objetos / meta, barreira; ponto de chegada numa competição esportiva; **tagliare il taguardo**: cortar a raia.

Traiettàre, v. (tr.) atravessar, cruzar o espaço (um corpo lançado ao mar) / (ant.) transportar, ser transportado; atravessar.

Traiettòria, s. f. trajetória; trajeto / percurso, via, órbita; parábola; ramo ascendente, ramo descendente.

Tràina, s. f. galope irregular do cavalo / (mar.) alla ——: a remolque, diz-se de navio quando está amarrado a uma corda que o arrasta.

Trainàre, v. (tr.) (fr. **trainer**) puxar, arrastar / transportar em trenó / (mar.) rebocar.

Tràino, s. m. espécie de trenó ou carro sem rodas para o transporte em lugares íngremes; a mercadoria que se transporta nos mesmos: un —— di legname / a parte inferior de um carro sobre a qual está a caixa / trem, o conjunto dos carros e vagões puxados pela locomotiva.

Tralasciamènto, s. m. descontinuação; interrupção, cessação / omissão.

Tralaciàre, v. (tr.) deixar, suspender, interromper / —— **il lavoro**: omitir; desistir; descontinuar; fazer pausa / omitir, olvidar: —— **di spègnere la luce** / abster-se: —— **di rispondere**.

Tralatàre, (ant.) v. (tr.) trasladar.

Tràlcio, s. m. sarmento, ramo novo de videira, e, por ext. também de outras plantas / (anat.) parte do cordão umbilical do feto / (pl.) **tràlci**.

Tralíccio, s. m. tecido grosso, aniagem / (pl.) **tralicci**.

Tralíce, (in) (loc. adv.) obliquamente, de viés, de través: **in** ——; **di** —— ——: de esguelha.

Tralignamènto, s. m. degenerescência, perversão.

Tralignàre, v. (intr.) degenerar; perverter-se, desviar-se, abastardar-se, perder as boas qualidades da própria espécie: **ha tralignato dagli avi**.

Tralucènte, p. pr. e adj. transluzente, transparente; diáfano / brilhante: **stella** ——.

Tralúcere, (def. intr.) transluzir, transparecer / (fig.) resplandecer, reluzir, brilhar: **la gioia gli traluceva dagli occhi**.

Tram, s. m. (pop.) tranvia, carro elétrico; (bras.) bonde.

Tràma, s. f. trama, fio que a lançadeira atravessa na urdidura; tecido; textura / (fig.) enredo, ardil, intriga, conspiração, maquinação, cabala / (lit.) trama, enredo de conto, romance, etc.

Tramàglio, s. m. (lat. med. **trimàculum**) tresmalho, rede de pesca formada de três panos sobrepostos / (dim.) **tramagliètto**, **tramaglíno**.

Tramagnino, (do nome dos irmãos Tramagnini) s. m. nome que se dá, na linguagem teatral, aos comparsas e figurantes.

Tramandamènto, s. m. (raro) transmissão, propagação.

Tramandàre, v. (tr.) transmitir, passar, propagar de idade, de geração em geração: —— **ai posteri** / exalar.

Tramàre, v. (tr.) tramar, fazer a trama, tecer / (fig.) maquinar, armar, promover, traçar, enredar.

Trambasciàre, v. (intr.) angustiar, oprimir, desolar, penalizar.

Trambasciàto, p. p. e adj. augustiado, desolado, aflito, amargurado: **essere col cuore trambasciato**.

Trambustàre (ant.), v. tumultuar, fazer tumulto, confusão / (refl.) agitar-se, afanar-se.

Trambustío, s. m. tumulto; desordem, agitação continuada e freqüente.

Trambústo, s. m. confusão, desordem; tumulto, alvoroço, barafunda; agitação / (pl.) **trambustii**.

Tramenàre, v. (tr.) barafustar, remexer, remover / (intr.) afanar-se, azafamar-se, agitar-se, cansar-se.

Tramendúe (ant.) pron. os dois; ambos.

Tramenío, s. m. confusão, balbúrdia contínua e freqüente / (pl.) **tramenii**.

Tramescolamènto, s. m. misturança, remeximento.

Tramescolàre, v. (tr.) remexer, misturar, revolver, mesclar, atrapalhar misturando.

Tramêsso (ant.) s. m. iguaria, comida servida entre um prato e outro.

Tramestàre, v. (tr. e intr.) confundir, remexer, baralhar, misturar; maquinar, entremear.

Tramestío, s. m. agitação, confusão, misturada, embrulhada, revolvimento.

Tramêttere, v. (tr. raro) intrometer, imiscuir, entremeter; intercalar.

Tramèzza, s. f. tabique, tábua divisória / entressola do calçado.

Tramezzàbile, adj. separável, divisível.

Tramezzamènto, s. m. (raro) separação, divisão, interposição.

Tramezzàre, v. (tr.) entremear, pôr de permeio; misturar; dividir; separar; fraccionar / dividir com tabique.

Tramezzíno, s. m. (dim.) tabique, anteparo, pára-vento; divisão, separação / pessoa que anda pelas ruas com cartazes de propaganda.

Tramèzzo, s. m. tabique, repartição, anteparo, muro divisório / entremeio, tira de vestido feminino / (prep.) entre: **non bever acqua** —— **ai pasti** / —— **a voi**: entre vós.

Tramischiàre, (v. **frammischiàre**) v. (tr.) misturar, mesclar.

Tràmite, s. m. trâmite, caminho com direção determinada; via; senda / curso, trânsito; via legal, ordinária.

Tramòggia, s. f. tremonha (peça do moinho), canoura / moega; janela de grade, geralmente nos conventos / barcaça para transportar o entulho extraído dos portos.

Tramoggiàio, s. m. pessoa que trabalha na tremonha.

Tramontamènto, s. m. ocaso.

Tramontàna, s. f. tramontana, vento frio, do Norte / setentrião, norte / **perdere la** —— · perder a tramontana / (fig.) perder o rumo, o tino, desnortear-se / (dim.) **tramontanína**.

Tramontanàta, s. f. vento forte de tramontana.

Tramontàno, adj. trasmontano, ultramontano / (s. m.) aquilão, vento frio do norte.
Tramontànte, p. pr. e adj. trasmontante, que passa para além dos montes / que se oculta, que desaparece: **gloria** ———.
Tramontàre, v. (intr.) tramontar, trasmontar / (fig.) acabar, desaparecer, estar no fim: **è una bellezza che sta per** ———.
Tramontàto, p. p. e adj. transmontado, tramontado / (fig.) desaparecido, apagado, cessado, sumido: **sogno** ———.
Tramônto, s. m. ocaso, poente, o desaparecimento do sol ou de qualquer astro; a hora do pôr do sol / (fig.) decadência, fim.
Tramortiménto, s. m. desfalecimento, desmaio.
Tramortíre, v. (intr.) desfalecer, desmaiar; perder as forças e os sentimentos; amortecer / (pres.) **tramortisco, tramortisci.**
Tramortíto, p. p. e adj. desfalecido, desmaiado.
Trampolàre, v. (intr.) andar com andas (pernas de pau); usado também em sentido fig. / (pr.) **tràmpolo.**
Trampolière, s. m. ave pernalta.
Trampolíno, s. m. trampolim.
Tràmpolo, s. m. andas, pernas de pau / (fig.) **reggersi sui trampoli:** suster-se com dificuldade.
Tramúta, s. f. (pop.) transmudação, transmutação.
Tramutaménto, s. m. transmutação; transformação, trepasse; mudança, transferência.
Tramutàre, v. (tr.) transmutar, transmudar; transformar, alterar; transferir; mudar; converter / ——— **piante:** transplantar / mudar-se de casa; fazer ou estar de mudança / transferir-se de residência ou de emprego.
Tramutazióne, s. f. transmutação.
Tramutío, s. m. transmutação contínua ou freqüente.
Tramvai, s. m. v. **tranvai** (forma correta) tranvia / bonde.
Tramvía, Tramvìario, (v. tranvia, tranviario).
Tranàre (ant.) v. (tr.) transportar / (fig.) conduzir / arrastar.
Trància, s. f. máquina para cortar em fatias / cortadeira, guilhotina para papel, tábuas, etc.
Tranèllo, s. m. tramóia, ardil, cilada; **tendere, ordire un** ——— / (ant.) (adj.) enganador, traídor: **spiriti tranelli** (Buonarrotti).
Tranghiottíre, v. (tr.) tragar, engolir avidamente; devorar; ingurgitar / (pres.) **inghiottisco, inghiottisci.**
Trangosciàre, v. (intr.) amargurar-se, atormentar-se, afligir-se.
Trangosciàto, p. p. e adj. amargurado; atormentado; aflito.
Trangosciôso, adj. angustiado, amargurado.
Tranguagiaménto, s. m. (raro) ingurgitação; engolimento.
Tranguagiàre, v. (tr.) ingurgitar, engolir com sofreguidão; tornar repleto; enfartar / ——— **bocconi amari:** tragar amarguras.
Tranguagiàto, p. p. e adj. ingurgitado, engolido, tragado.
Tranguagiatôre, s. m. (raro) tragador, devorador, engolidor / (s. f.) **tranguagiatríce.**
Trànne, prep. exceto, menos, fora, salvo / **tutti** ——— **lui:** todos exceto ele.
Tranquillaménte, adv. tranqüilamente; placidamente; pacificamente.
Tranquillaménto, s. m. (raro) tranqüilização, quietação, sossego.
Tranquillànte, p. pr. e adj. tranqüilizante, que tranqüiliza, calmante; pacificador.
Tranquillàre, v. (tr.) tranqüilizar; sossegar; apaziguar; acalmar; aquietar.
Tranquillàto, p. p. e adj. tranqüilizado; calmo; tranqüilo; sossegado.
Tranquillità, s. f. tranqüilidade; quietação; paz, calma, sossego, quietude.
Tranquillizzàre, v. tranqüilizar.
Tranquíllo, n. pr. Tranqüilo.
Tranquíllo, adj. tranqüilo; quieto; sossegado; calmo; sereno; descansado; pacífico / (com.) **affare** ———: negócio certo, seguro.
Trans, prep. lat. trans; através, por, além de; elemento usado como prefixo na composição de várias palavras: **transalpino, transazione;** transalpino, transação / às vezes muda-se em **tra: tradire** (trair), **traviare** (transviar) etc.
Transafricàna (fer.) estrada de ferro transafricana.
Transalpíno, adj. transalpino, que está para lá dos Alpes / (geogr.) **Gallia transalpina,** Gália Transalpina (a França).
Transàre, v. (tr. ant.) transigir.
Transatlântico, adj. transatlântico, que está do outro lado do Atlântico / (s. m.) navio que faz a travessia do Atlântico.
Transàtto, p. p. e adj. transigido / ajustado, composto, regulado / **lite transatta:** questão acertada, regularizada.
Transazióne, s. f. transação; contrato; combinação; ajuste; acordo; compromisso, pacto / **venire a** ———: pactuar, chegar a um acordo.
Transbaicàlia (geogr.) Transbaicália, antiga província da Rússia Asiática.
Transcèndere (v. trascendere).
Transcôrrere (v. trascorrere).
Transdanubiàno, adj. transdanubiano.
Trànseat, (voz lat. usada em certas locuções italianas), passe, seja, transeat / **per questa volta** ———: por esta vez passe.
Transègna (ant.), s. f. sobreveste.
Transènna, s. f. (arquit.) transena.
Transètto, s. m. transepto, corpo transversal de uma igreja que se estende para um e outro lado da nave, formando com ela uma cruz.
Transeúnte, adj. transeunte; que passa, que não dura, que não permanece; passageiro; fugaz, transitório.
Trànsfuga, s. m. trânsfuga, desertor; aquele que abandona o seu partido ou seita / apóstata / (pl.) **trànsfughi.**
Transiberiàno, adj. transiberiano / **ferrovia transiberiana:** ferrovia transiberiana.
Transigènte, p. pr. e adj. transigente, tolerante, indulgente, condescendente.

Transígere, v. (tr.) transigir; chegar a acordo; contemporizar; condescender; ceder.
Transilluminatôre, s. m. (med.) diafanoscópio.
Transilluminazióne, s. f. (med.) transiluminação; diafanoscopia.
Transíre (ant.), v. (tr.) transir, passar através de / (por ext.) morrer.
Transístore, s. m. (radiotéc.) transistor, aparelho fundado sobre as propriedades semicondutoras do germânio, que, sob um volume extremamente reduzido, pode preencher, em radiotécnica, as diferentes funções dos tubos eletrônicos.
Transitàbile, adj. transitável.
Transitabilità, s. f. (galic.) transitabilidade; viabilidade.
Transitàre, v. (intr.) transitar, passar, andar, circular, percorrer / (sin.) **passare**.
Transitivamênte, adv. transitivamente; como transitivo (gram.).
Transitívo, adj. transitivo (gram.): verbo ———.
Trànsito, s. m. trânsito, passagem, trajeto, circulação / (ecles.) morte, passamento / (com.) **merce di** ———: mercadoria em trânsito.
Transitoriamênte, adv. transitoriamente; provisoriamente.
Transitorietà, s. f. transitoriedade.
Transitòrio, adj. transitório, que passa rapidamente: passageiro; breve, fugaz, efêmero / (for.) **disposizioni transitorie**: disposições transitórias.
Transizióne, s. f. transição, passagem de um estado de coisas para outro; mudança / período de transição / (for.) transmissão de propriedade.
Translúcido, adj. translúcido.
Transònico, adj. supersônico, velocidade que é superior à do som / ultrassônico, hipersônico.
Transpadàno, adj. transpadano, do outro lado do Rio Pó / (hist.) **República Transpadana**.
Transpirenàico, (pl. -ci), adj. transpirenaico.
Transtiberíno, adj. (lit.) transtiberino, para além do Tibre (rio de Roma).
Transumanàre (v. **trasumanare**), v. (intr.) transcender, passar do humano.
Transumànte, adj. transumante, diz-se do rebanho que transuma.
Transumànza, s. f. transumância, mudança periódica dos rebanhos de uma região à outra.
Transúmere (ant.), v. (tr.) transumir; tomar ou receber de outra coisa; permutar.
Transúnto, s. m. (raro) transunto; resumo, compêndio.
Transustanziàre, v. (tr. e refl.) (ecles.) transubstanciar, fazer mudar de substâncias.
Transustanziatívo, adj. transubstanciativo, transubstancial.
Transustanziazióne, s. f. (ecles.) transubstanciação.
Transvaaliàno, adj. transvaliano, do Transval (prov. da União Sul Africana).
Transvolàre, v. (tr.) transvoar, atravessar voando.

Trantràn, s. m. (fam.) voz onomatopaica imitativa de andamento lento, monótono de carruagem, etc. / (fig.) (s. m.) rotina, andamento de vida igual e ordinária: **è il solito** ———.
Tranvài, s. m. (do ingl.) tranvia; trâmuei; (bras.) bonde elétrico.
Tranvía, s. f. tranvia; bonde (bras.); sistema de tração com viaturas sobre trilhos.
Tranviàrio, adj. tranviário / (pl.) **tranviari**.
Transviàrie, s. m. empregado do serviço tranviário; condutor, motorneiro de tranvia ou bonde.
Trapa (castagna d'acqua) (bot.) planta ciperácea, delgada, que se cria em lagunas e sítios pantanosos.
Trapanamênto, s. m. trepanação; brocagem.
Trapanàre, v. (tr.) (cir.) furar, broquear, trepanar, executar a operação de trepanação.
Trapanàto, p. p. e adj. broqueado, furado / trepanado.
Trapanatôre, adj. e s. m. que ou aquele que broca, que trepana / trepanador / (fem.) **trapanatríce,** máquina de perfurar.
Trapanatúra, trapanazióne, s. f. brocagem / trepanação, operação cirúrgica: ——— **del crânio**.
Trapanêse, adj. trapanês ou trapanense, de Trápani / (ant.) Drépane, cidade da Sicília.
Tràpano, s. m. (cir.) broca; furador; trado; furador mecânico / verruma grande / trépano.
Trapassàbile, adj. transpassável, que se pode transpassar, transpor.
Trapassamênto, s. m. (raro) transpassamento, traspasse, ação de traspassar, de transpor / (ant.) falecimento; morte.
Trapassàre, v. (tr.) traspassar, transpor, passar além de; passar através de, cruzar: ——— **il fiume** / furar, varar de parte a parte / (fig.) ——— **il cuore**: afligir profundamente / omitir, deixar de fazer / terminar, morrer: **tutto traspassa nel mondo** / passar de um a outro: **il podere trapassa di padre in figlio** / ——— **il tempo**: transcorrer, passar o tempo.
Trapassàto, p. p. e adj. transpassado; passado, atravessado; ultrapassado; passado de lado a lado, varado, ferido / (s. m.) defunto / (gram.) tempo do verbo que indica uma ação anterior a uma outra expressa no tempo passado: ——— **prossimo** (pretérito mais que perfeito) / ——— **remoto**, não existe em português; é constituído pelo pretérito perfeito do verbo auxiliar, mais o particípio passado do verbo que se conjuga.
Trapàsso, s. m. traspasse, ato de traspassar; ato de transpor: **trapassammo il confine** / o lugar que se traspassa: passagem, passo / transmissão de coisa ou pessoa de um a outro / passamento, morte / (hip.) andadura imperfeita.
Trapelàre, v. (intr.) resumar, ressumbrar, filtrar, transudar, gotejar, esten-

der-se (líquido) / (fig.) transparecer, manifestar-se, revelar-se por indícios: —— la verità / (tr.) vislumbrar: —— trapolare un mistero un segreto.

Trapèlo, s. m. (mar.) cabo com ganchos, para puxar pesos / (hip.) animal de carga, que se junta a um carro para reforço em cargas pesadas ou difíceis.

Trapestío, s. m. (pop.) tropel / (fig.) ruído.

Trapèto, s. m. (dial.) prensa, lagar para olivas.

Trapèzio, s. m. (geom.) trapézio / (anat.) osso do corpo; músculo entre a nuca e a cabeça / aparelho de ginástica.

Trapezísta, s. m. e f. trapezista, ginasta de trapézio.

Trapezoidàle, adj. trapezoidal.

Trapezòide, s. m. trapezóide.

Trapiantamênto, s. m. transplantação.

Trapiantàre, v. (tr.) transplantar, mudar as plantas de um para outro lugar / (refl.) mudar, sair de um lugar para ir a outro: un suo figlio si trapiantò in Brasile.

Trapiantatôio, s. m. transplantador, instr. para transplantar.

Trapiantatríce, s. f. máquina transplantadora para o transplante do arroz.

Trapiantazióne, s. f. transplantação.

Trapiànto, s. m. (neol.) transplante, transplantação.

Trapòrre (ant.), v. (tr. e refl.) interpor, interpor-se / transpor.

Traportàre, v. (tr. ant.) transportar.

Tràppa, s. f. trapa, ordem religiosa de Trapa, na França.

Trappísta, adj. e s. m. trapista, da ordem da Trapa / (fig.) solitário.

Tràppola, s. f. trápola, armadilha para apanhar pássaros e outros animais; alçapão, ratoeira / (fig.) ardil, laço, cilada. engano / mentira, balela.

Trappolàre, v. (tr. raro) pegar, apanhar com alçapão ou ratoeira / (fig.) enganar / (refl.) entrar na ratoeira / (ant.) roubar / (pr.) tráppolo.

Trappolàto, p. p. e adj. apanhado na armadilha ou ratoeira / enganado.

Trappolatôre, adj. e s. m. trápola, trapaceiro, enganador, velhaco / (fem.) trappolatora, trappolatrice.

Trappolería, s. f. trapaça, trapaçaria; engano, fraude; insídia.

Trappolíno, s. m. trampolim / (mar.) laço automático para agarrar matérias do fundo / personagem furbo e ridículo da antiga Commedia dell'Arte.

Trappolône, s. m. trapaceiro, embusteiro, velhaco, trampolineiro / (fem.) trappolona.

Trapúngere, v. (tr.) transpassar furando / bordar, pespontar.

Trapúnta, s. f. espécie de veste acolchoada que os cavaleiros usavam debaixo da couraça / cobertor embutido

Trapuntàre, v. (tr.) pespontar / bordar a pesponto.

Trapúnto, p. p. e adj. pespontado; bordado / (fig.) chupado, seco, magro: e questa faccia piú ch'altre trapunta / (s. m.) bordado embutido / pesponto.

Traripàre (ant.), v. passar de uma margem à outra / transbordar.

Trarômpere, v. (tr.) interromper.

Tràrre, v. (tr.) tirar, cavar, extrair / lançar, arrojar: —— il dardo / tirar: —— la sorte / puxar, arrastar / atrair: l'amor che qui mi trasse; (refl.) sair, afastar-se, livrar-se, subtrair-se / (pr.) traggo, trai, trae; tragghiava, tragghiàmo, traete, traggono.

Trasalíre, v. (intr.) estremecer, sobressaltar-se, assustar-se / (pr.) trasalisco, trasalisci.

Trasaltàre, v. (intr.) mover-se, saltar, descompostamente.

Trasandamênto, s. m. descuramento, negligência, desleixo, descuido.

Trasandàre, v. (tr.) descurar, negligenciar, desleixar; abandonar, deixar ir, deixar correr: —— la salute, la famiglia, gli affari / (intr. ant.) exceder-se, descomedir-se.

Trasandàto, p. p. e adj. descuidado, desleixado, descurado / desalinhado, desmazelado / perdulário / negligente.

Trasbordàre, v. (tr. mar.) trasbordar, passar de um navio ou de um comboio para outro (pessoas ou mercadorias).

Trasbôrdo, s. m. (do fr.) trasbordo, ação de trasbordar, de baldear.

Trascègliere, v. (tr.) escolher com apuro, com o maior cuidado: ne trascelse gli oggetti piú preziosi.

Trasceglimênto, s. m. escolha apurada.

Trascèlta, s. f. escolha, ato de escolher, de selecionar.

Trascèlto, p. p. e adj. escolhido, eleito.

Trascendentàle, adj. transcendental.

Trascendentalísmo, s. m. transcendentalismo; apriorismo.

Trascendènte, p. pr. e adj. transcendente; transcendental.

Trascendènza, s. f. transcendência.

Trascèndere, v. (tr.) transcender / exceder; sobrepujar, superar: colui che col saper tutto trascende (Dante) / passar além de; ultrapassar / (intr.) descomedir-se; exorbitar.

Trascendimênto, s. m. (lit.) transcendência; excedência; excesso, desmando.

Trascêso, p. p. transcendido / excedido, exorbitado, descomedido.

Trascìa, s. f. (ant.) vento noroeste.

Trascicàre, v. (tr. raro) arrastar.

Trascinamênto, s. m. arrastamento, arrastadura.

Trascinàre, v. (tr.) arrastar, puxar, levar de rastos; conduzir à força, impelir: trascinò il ragazzo dinanzi al padre / (fig.) —— la vita: arrastar a vida, viver com dificuldades / (fig.) atrair, prender, persuadir / (refl.) trascinarsi, arrastar-se.

Trascinàto, p. p. e adj. arrastado, levado, conduzido / —— dalle passioni: levado pelas paixões.

Trascinío, s. m. arrastamento continuado e freqüente; ruído prolongado de coisas arrastadas / (pl.) trascinií.

Trascoloramênto, s. m. descoramento, empalidecimento; mudança de cor.

Trascoloràre, v. (intr. e refl.) descorar; mudar de cor; empalidecer; vedrai trascolorar tutti costoro (Dante) / desbotar; empalidecer.

Trascorrènte, p. pr. e adj. fluente, transcorrente; que transcorre, que decorre; que flui: **acqua** ——— / que transcorre: **vita** ———.

Trascórrere, v. (tr.) transcorrer; decorrer; perpassar; ultrapassar, passar rapidamente; **gli anni trascorrono rápidi** / passar os limites, exceder / deixar correr, passar por cima: **é conveniente** ——— **su certe cose**.

Trascorrévole, adj. veloz, rápido.

Trascorrimènto, s. m. (raro) transcurso. decurso, volver do tempo: **il** ——— **dei sècoli**.

Trascórso, p. p. e adj. transcurso; transcorrido; passado / (s. m.) falta, culpa leve / ——— **di tempo**: lapso de tempo / falha, lapso: **sono trascorsi di ragazzi**.

Trascrítto, p. p. e adj. transcrito, copiado, que se transcreveu, que se copiou.

Trascrittôre, adj. e s. m. transcritor / copiador, amanuense / (fem.) **trascrittrice**.

Trascrívere, v. (tr.) transcrever, copiar; (jur.) trasladar, transladar.

Trascrizióne, s. f. transcrição; registro; transladação / cópia.

Trascuràbile, adj. transcurável; descurável; preterível / irrisório, insignificante.

Trascuràggine, s. f. incúria, negligência, desleixo, esquecimento, desinteresse, desídia.

Trascurànza, s. f. descuido, incúria, desmazelo, indiligência.

Trascuràre, v. (tr.) transcurar, descurar, preterir, esquecer; negligenciar; abandonar; transgredir; ——— **gli affari**, etc. / passar por alto, não levar em conta: ——— **le bagatelle, le piccolezze**.

Trascurataggine, s. f. incúria, desleixo, desmazelo, esquecimento, relaxamento.

Trascuratamènte, adv. transcuradamente, descuradamente, desleixadamente.

Trascuratêzza, s. f. descuido, incúria, desleixo, esquecimento.

Trascuràto, p. p. e adj. desleixado, esquecido, descuidado; negligente; indiferente, frio: ——— **con i compagni, con gli amici**.

Trascuratôre, adj. e s. m. (raro) descuidado, desleixado, negligente.

Trascutàggine, s. f. (ant.) descuido.

Trascutànza, (ant.) s. f. desleixo, desmazelo.

Trascutàto, (ant.) adj. desleixado, esquecido.

Trasecolamênto, s. m. pasmo, espanto, arrebatamento, assombro.

Trasecolàre, v. (intr.) pasmar, assombrar; ficar fora de si por maravilha; deslumbrar-se, espantar-se, assombrar-se / (pr.) **trasécolo**.

Trasecolàto, p. p. e adj. pasmado, assombrado, maravilhado.

Trasentíre, v. (tr.) escutar, perceber vagamente, de fugida / entender ao contrário.

Trasperíbile, adj. transferível.

Trasferimènto, s. m. transferência; transferência de bens ou créditos / mudança de residência, etc.

Trasferíre, v. (tr.) transferir; mudar, deslocar, (refl.) mudar-se, transferir-se / (pres.) **trasferisco, trasferisci**.

Trasfèrta, s. m. ida, transferência de funcionário de sua residência para outro lugar / indenização ou compensação que cabe em tal caso: **indennità di** ——— / **andare in** ———: ir em comissão.

Trasfiguramènto, s. m. transfiguramento; transfiguração; disfarce.

Trasfiguràre, v. (tr.) transfigurar; transformar, mudar a figura, a forma, o aspecto; disfarçar, falsificar.

Trasfiguràto, p. p. e adj. transfigurado; transformado; alterado.

Trasfigurazióne, s. f. transfiguração; mudança de uma figura noutra / (relig.) estado em que Jesus Cristo apareceu no monte Tabor: **la** ——— **di Gesù**.

Trasfiguríre, v. (tr.) transfigurar, transformar para pior / (pres.) **trasfigurisco**.

Trasfòndere, v. (tr.) transfundir, fazer passar de um vaso para outro / (fig.) infundir, transmitir, inculcar / comunicar, transferir: ——— **pensieri, idee, sentimenti**.

Trasfondíbile, adj. transfundível; transmissível / transferível.

Trasformàbile, adj. transformável; convertível / conversível, automóvel a que se pode abaixar ou tirar a capota.

Trasformabilità, s. f. transformabilidade.

Trasformàre, v. (tr.) transformar, dar forma nova a; metamorfosear: transfigurar; alterar; variar; desfigurar / converter; renovar; mudar / (refl.) mudar de forma / disfarçar-se.

Trasformatívo, adj. transformativo.

Trasformàto, p. p. e adj. transformado; mudado; desfigurado.

Trasformatôre, adj. e s. m. transformador, que, aquele ou aquilo que transforma / (eletr.) transformador, aparelho elétrico.

Trasformazióne, s. f. transformação; alteração; reforma.

Trasformísmo, s. f. (biol.) transformismo.

Trasformísta, s. m. transformista / ator que dá espetáculo transformando-se.

Tràsfuga, v. **transfuga**.

Trasfusióne, s. f. transfusão: ——— **del sangue**.

Trasfùso, p. p. e adj. transfuso, transfundido.

Trasgredimènto, s. m. transgressão; infração; violação.

Trasgredíre, v. (tr. e intr.) transgredir; infringir, quebrantar, violar; postergar / profanar, subverter, ultrapassar / (pres.) **trasgredisco**.

Trasgredíto, p. p. e adj. transgredido; infringido; violado; quebrantado.

Trasgreditôre, (raro) (s. m.) transgressor / infrator / (fem.) **trasgreditrice**.

Trasgressióne, s. f. transgressão, infração, violação / desobediência, contravenção: ——— **alla legge, alle autorità**.

Trasgressôre, s. m. transgressor, infrator, violador, desobediente.

Traslàre, v. (tr.) (neol. p. us.) trasladar.

Traslatàre, (ant.) v. tr. transladar, trasladar; transferir / traduzir.
Traslativo, adj. traslativo, que translada, que transfere: **contratto** ——— **di proprietà / senso** ———: sentido translato das palavras.
Traslàto, adj. transladado, transferido / (s. m.) (lit.) metáfora, tropo, traslado.
Traslatôre, adj. e s. m. traslador, transportador / aparelho que serve para intensificar a corrente elétrica.
Traslatòrio, adj. translativo; que translada, que transfere / (pl.) **traslatori**.
Traslazióne, s. f. translação; trasladação; transferência / (astr.) movimento do sol e do sistema solar / (for.) transferência de propriedade.
Traslitterazióne, s. f. (lit.) transliteração.
Traslocamênto, s. m. transferência, mudança, deslocação, deslocamento.
Traslocàre, v. (tr.) trasladar; transferir, deslocar, mudar / (intr.) mudar de casa.
Traslòco, s. m. mudança; transferência; deslocamento.
Traslucidità, s. m. translucidez.
Traslúcido, adj. translúcido; transparente; límpido; diáfano.
Trasmaríno, adj. (lit.) transmarino; ultramarino (diz-se das regiões situadas além-mar).
Trasmêsso, p. p. e adj. transmitido; comunicado; expedido, enviado / transferido / (rad.) irradiado.
Trasmêttere, v. (tr.) transmitir expedir, enviar / comunicar, participar / ——— **un'infezióne**: transmitir uma infecção.
Trasmettitôre, adj. e s. m. transmissor / transmissor, aparelho telefônico ou telegráfico.
Transmigramênto, s. m. (raro) transmigração.
Trasmigràre, v. (intr.) transmigrar / (fig.) passar, transmitir: **le qualità degli avi trasmigrarono in lui** / reencarnar das almas nos corpos, segundo certas religiões: operar-se a metempsicose.
Trasmigrazióne, s. f. transmigração / emigração, migração.
Trasmissíbile, adj. transmissível / transferível.
Trasmissibilità, s. f. transmissibilidade; transferibilidade.
Trasmissióne, s. f. transmissão / transferência / envio, expedição, despacho / (mec.) **cinghia di** ———: correia de transmissão radiofônica.
Trasmissívo, adj. transmissivo, transmissor.
Trasmissôre, adj. e s. m. transmissor / (fem.) **trasmettitrice**.
Trasmittènte, p. pr. e adj. transmissor; transmitente / aparelho transmissor / (rad.) **stazione** ———: estação transmissora.
Trasmodamênto, s. m. descomedimento; imoderação, excesso.
Trasmodàre, v. (intr.) descomedir, ultrapassar as medidas, exceder-se.
Trasmodatamênte, adv. descomedidamente.

Trasmodàto, p. p. e adj. descomedido imoderado, desregrado, intemperante excessivo.
Trasmutàbile, adj. transmutável; transformável.
Trasmutànza, (ant.) s. f. transmudação; transformação.
Trasmutàre, v. (tr.) transmudar; transformar transfigurar / alterar / (ant.) trasladar, traduzir / (refl.) transformar-se.
Trasmutatôre, adj. e s. m. transmudador, transformador / (fem.) **trasmutatrice**.
Trasmutazióne, s. f. transmutação, transformação.
Trasmutêvole, transmutável.
Trasnaturàre, v. (intr. e refl.) desnaturar, mudar a natureza, desnaturalizar-se, bastardear, abastardar.
Trasognamênto, s. m. alucinação, desvairamento, visão, ilusão.
Trasognàre, v. (intr.) delirar, desvairar; fantasiar, sonhar de olhos abertos / maravilhar-se, alucinar-se, entontear--se.
Trasognàto, p. p. e adj. alucinado, estonteado, desvairado, estupefato, aturdido / **occhi trasognati**, olhos pasmados.
Traspadàno, v. **transpadano**.
Trasparènte, p. pr. e adj. transparente; / cristalino, diáfano; limpido / (s. m.) transparente de papel, tela, etc. / forro, sombra de cor debaixo de tela transparente, etc.
Trasparènza, s. f. transparência.
Trasparire, v. (intr.) transparecer, transluzir / (fig.) revelar-se, manifestar--se: ——— **la bontà, l'astuzia** / vislumbrar-se, entrever-se: ——— **il sole fra le nuvole**.
Traspiràbile, adj. (raro) transpirável; que pode ser eliminado por transpiração.
Traspiràre, v. (intr.) transpirar, suar / evaporar, exalar / (fig.) transparecer, constar, chegar ao conhecimento; ter indicio de alguma coisa secreta / ——— **un segreto**: transpirar um segredo.
Traspiràto, p. p. e adj. transpirado; exalado.
Traspirazióne, s. f. transpiração / exalação.
Trasponimênto, s. m. transposição.
Traspôrre, v. (intr.) transpor; transportar, levar, pôr em outro lugar; transferir, mudar de posição / (mús.) fazer transportes ou variações ao tocar ou cantar / (refl.) transferir-se, transportar-se / transladar-se.
Trasportàbile, adj. transportável.
Trasportamênto, s. m. transporte; transportamento.
Trasportàre, v. transportar / transladar / levar / reenviar; transferir (festa, cerimônia, etc.) / mudar, deslocar / arrebatar, enlevar, entusiasmar / (p. us.) traduzir / (mús.) trasladar peças de um tom a outro.
Trasportàto, p. p. e adj. transportado; levado, conduzido.
Trasportatôre, s. m. transportador / portador / (fem.) **trasportatrice**.
Trasportazióne, s. f. (raro) transportação, transporte.

Traspòrto, s. m. transporte, ato de transportar; condução; mudança; **prezzo dei** ———: porte / (mús.) traslado de tom, transposição / ——— **funebre:** enterro / (esgr.) transferência / decalque de um desenho / (galic.) ímpeto, efusão, transporte, arrebato, êxtase, enlevo, paixão; nesse significado, (sin.) **effusione, affetto, zelo, passione, impeto,** etc.

Trasposiziône, s. f. transposição / (gram.) transposição, alteração da ordem habitual das palavras.

Traspôsto, p. p. e adj. transposto, transferido; transportado; que mudou de lugar.

Trassàto, s. m. sacado / (banc.) devedor de uma letra de câmbio.

Trassinàre, v. (tr.) maltratar, molestar, amarfanhar.

Trastèvere, (geogr.) Trastévere, bairro de Roma à direita do rio Tibre.

Trasteverino, adj. transverino ou transtiberino, situado além da Tibre (rio de Roma).

Tràsto, s. m. tabuão, prancha com que se forma o plano inclinado para subir e carregar om veículos coisas de grande peso / tábua interposta entre outras ou entre mármores para separação / (mar.) banco do barco.

Trastravàto, adj. transtravado, diz-se do cavalo que tem brancos o pé direito e a mão esquerda ou vice-versa.

Trastùlla, adj. (joc.) usado na loc. **dare a uno erba** ——— (e outras semelhantes): fazer vãs promessas, entreter com lisonjas.

Trastullamênto, s. m. passatempo, entretenimento, distração, diversão, brincadeira.

Trastullàre, v. (tr.) entreter, distrair, divertir, brincar / (refl.) divertir-se: (fig.) **trastullarsi di uno:** burlar, zombar de alguém / **trastullare la fame:** entreter, enganar a fome.

Trastullatôre, adj. e s. m. brincador, brincalhão, divertido; que entretém.

Trastullévole, adj. (raro) divertido, recreativo, alegre.

Trastullino, s. m. (dim.) brinquedo, jogo para brincar / menino brincalhão / (dial. tosc.) semente de abóbora salgada e torrada.

Trastùllo, s. m. divertimento, folguedo, brincadeira, passatempo; distração / brinquedo, jogo, coisa com que alguém se diverte / (ant.) deleite, alegria, consolo.

Trastullône, adj. e s. m. brincalhão, folgazão / pessoa grande que brinca como criança.

Trasudamênto, s. m. transudação, transpiração.

Trasudàre, v. transudar; ressudar / exudar / verter, derramar / transparecer.

Trasudàto, p. p. e adj. transudado / transpirado; exudado; ressumado; penetrado.

Trasudaziône, s. f. transudação.

Trasumanàre, v. (tr. litr.) transumanar; transcender, superar a natureza humana; espiritualizar, divinizar.

Trasumanàto, p. p. e adj. transumanado, espiritualizado.

Trasumanaziône, s. f. transumanação; espiritualização; sublimidade.

Trasversàle, adj. transversal; colocado obliquamente; colateral / (s. f.) rua transversal, travessa.

Trasversalmênte, adv. transversalmente; obliquamente.

Trasvèrso, adj. transverso; transversal; oblíquo.

Trasviàre, v. (tr. raro), transviar, desviar; desencaminhar.

Trasvolànte, p. pr., adj. e s. m. que ou aquele que transvoa.

Trasvolàre, v. transvoar, cruzar, atravessar voando / (fig.) acenar fugazmente, omitir ou aludir de leve sobre um assunto, passar por alto, etc.

Trasvolàta, s. f. transvôo, ação de transvoar, travessia a vôo.

Trasvolatôre, adj. e s. m. transvoador, que atravessa em vôo / (fem.) **trasvolatríce.**

Tràtta, s. f. puxão, puxada, tirada; puxadela; **con una** ——— **di fune:** com um puxão de corda / ——— **di tempo** / intervalo, período / séquito, multidão: ——— **di gente** / tráfico de negros: ——— **dei negri** / (com.) saque, letra com vencimento fixo / rede de pescar / a fiação da seda / (técn. tecel.) trilho da lançadeira / distância entre dois pontos fixos da linha férrea ou tranviária / (ant.) sorteio.

Trattàbile, adj. tratável / afável, lhano, sociável; benigno; complacente.

Trattabilità, s. f. tratabilidade, lhaneza, afabilidade.

Trattamento, s. m. tratamento, trato, acolhimento; modo de proceder, maneiras, modo de cumprimentar / alimentação, passadio / (med.) modo de tratar, processo de cura / (quím.) tratamento dos metais / **buon** ———: amabilidade, cortesia / título de cortesia / ——— **di Eccellenza:** tratamento de Excelência.

Trattàre, v. (tr.) tratar, discorrer acerca de, combinar, cultivar / manejar, manusear, usar / trabalhar, submeter à ação química; ——— **le pelli** / discutir para chegar a um acordo; ocupar-se de; proceder para com / obsequiar / dar tratamento a, alimentar / conversar, negociar / tramitar, diligenciar: ——— **una prática** / **trattarsi,** ser objeto ou matéria / **si tratta della tua salute,** ——— **un'alleanza** / combinar uma aliança / (refl.) manter-se, alimentar-se bem.

Trattàrio, s. m. (jur.) devedor que recebe ordem de pagar por meio de uma letra; sacado / (pl.) **trattari.**

Trattatista, s. m. tratadista / (pl.) **trattatisti.**

Trattativa, s. f. negociação; ajuste / conversação diplomática para ajustar um tratado.

Trattato, p. p. e adj. tratado, negociado, discutido, examinado, cuidado / (s. m.) tratado, estudo ou obra escrita que desenvolve com ordem e amplamente um argumento: ——— **di filosofia** / ajuste, contrato, aliança, convenção / (dim.) **trattatéllo.**

Trattatôre, s. m. **trattatríce,** s. f. tratador, negociador, contratador.

Trattaziône, s. f. desenvolvimento, compilação de um escrito; ação de tra-

tar, de expôr um argumento e a maneira de desenvolvê-lo: **é una —— breve, ma chiara**.
Tratteggiamènto, s. m. traçamento, tracejamento.
Tratteggiàre, v. (tr.) traçar, tracejar, delinear; descrever, representar a largos traços: **tratteggiò l'opera di Manzoni**.
Tratteggiàto, p. p. e adj. traçado, tracejado, delineado; descrito.
Tratteggiatúra, s. f. tracejamento, ato ou efeito de tracejar; bosquejo.
Trattêggio, s. m. esboço, bosquejo, traçado, plano; tracejamento; as linhas e os traços no seu conjunto: **ha eseguito un perfetto ——**.
Trattenère, v. (tr.) deter, entreter, demorar / **mi sono trattenuto al club**: demorei-me no clube / **bisogna —— gli ospiti**: é preciso entreter os hóspedes / reter / ter para si, não dar / (refl.) deter-se, entreter-se, abster-se, refrear-se, demorar-se / **trattenersi dal ridere**: conter o riso.
Trattenimènto, s. m. detença, demora, retenção / entretenimento, divertimento, passatempo, festa.
Trattenúta, s. f. (neol.) retenção de ordenado ou de parte do mesmo para fim de reembolso, etc.
Trattenúto, p. p. e adj. entretido; detido, impedido, mantido.
Trattíno, s. m. (dim.) pequeno traço, traçozinho.
Tràtto, p. p. e adj. tirado, levado, conduzido, puxado, extraído; subtraído; derivado / (s. m.) ato de tirar, de puxar, de estirar / tiro / trecho: **era distante un —— d'arco** / traço, risco / **un —— di penna**: um traço de pena / **dipingere a larghi tratti**: pintar em poucos e largos traços / **un —— di tempo**: um lapso de tempo / espaço de lugar ou de tempo; **un gran —— di paese** / **un breve —— di tempo** / maneira, modo de comportar-se / **dal —— si vede che é un signore**: pelos modos percebe-se que é uma pessoa distinta / ato espontâneo, improviso / **ha avuto un —— di generosità**: teve um rasgo de generosidade / parte, trecho de um livro, etc. **ho letto un bel —— del tuo libro**: li um lindo trecho do teu livro / diferença / **ci corre un gran —— fra quel due**: há uma boa diferença entre os dois / (adv.) **a un ——**: de repente / **a tratti**: de vez em quando, a intervalos / **d'unione**: traço de união / **dare il —— alla bilancia**: fazer pender a balança / (fig.) encher a medida / **—— di sprito**: mote, dito espirituoso / **al primo ——**: desde o começo.
Trattôre, s. m. trator (mec.) / fiadeiro, fiandeiro de seda.
Trattôre, s. m. (neol.) (do fr. **trateur**) dono de hospedaria ou casa de pasto; hospedeiro.
Trattoría, s. f. restaurante; taberna / fiação de seda.
Trattorísta, s. f. tratorista, motorista de trator.
Trattríce, s. f. trator; máquina agrícola ou industrial para tração.

Trattúra, s. f. fiação; ação de fiar a seda; fábrica ou lugar onde se fia; setifício.
Trattúro, s. m. (dial.) cominho, atalho natural formado pela passagem do gado / atalho, pista, vereda, senda.
Traudíre, v. (tr. e intr.) ouvir indistintamente, não perceber bem, enganar ao ouvir; entreouvir.
Tràuma, s. m. trauma, lesão no organismo, traumatismo / (pl.) **traumi**.
Traumàtico, adj. traumático.
Traumatología, s. f. traumatologia.
Travagliamènto, s. m. pena, aflição, tormento, fadiga, afã.
Travagliàre, v. (tr.) fadigar, afligir, preocupar, molestar, oprimir, atormentar / (abs. e refl.) **travagliarsi**, v. fadigar-se, esforçar-se.
Travagliataménte, adv. afanadamente, atribuladamente.
Travagliàto, p. p. e adj. afanado, atribulado, atormentado, preocupado / penoso / **vita travagliata**: vida angustiosa, atribulada.
Travagliatôre, adj. e s. m. (raro) / (fem. **travagliatrice**), atormentador, afligidor, fadigador, que causa afã, pena, fadiga.
Travàglio, s. m. trabalho penoso e difícil, afã, atribuição, pena, sofrimento / náusea de estômago / contrariedade, tormento / recinto no qual o ferrador faz entrar, para própria segurança, os animais para ferrar.
Travagliosaménte, adv. trabalhosamente, penosamente.
Travagliôso, adj. trabalhoso, penoso.
Travalicamènto, s. m. passo, cruzamento de montanha, etc. / passagem, transposição, ação de transpor, de passar além.
Travalicàre, v. (tr.) cruzar, transpor, atravessar, passar além / (pr.) **travàlico, tralichi**.
Travalicàto, p. p. e adj. transposto, atravessado, ultrapassado.
Travalicatôre, adj. e s. m. (f. **-trice**) que transpõe.
Travamènto, s. m. travamento, madeiramento.
Travasamènto, s. m. transvasamento.
Travasàre, v. (tr.) transvasar, passar (vertendo) de um vaso para outro, trasfegar.
Travàso, s. m. transvase, transvasamento / (med.) saída de humor orgânico dos próprios vasos / **—— di bile**: extravasão de bílis.
Travàta, s. f. travamento, vigamento, madeiramento.
Travatúra, s. f. vigamento, madeiramento, conjunto de todo o travejamento de uma obra; madeiramento, armação.
Tràve, s. f. trave, peça grossa de madeira, falquejada, viga / **trave maestra, orizzontale, inclinata** / **—— di ferro**: viga de ferro / **fare d'ogni fuscello una trave**: exagerar as dificuldades / **vedere il bruscolo nell'occhio altrui e non la —— nel proprio**: enxergar a palha nos olhos dos outros e não a trave no próprio / (dim.) **travètta, travètto, travettíno**.
Travedère, v. entrever, ver confusamente, ver imperfeitamente.

Travèggola, s. f. belida (névoa nos olhos) / doença da vista, escotoma / (fig.) **aver le traveggole**: ver uma coisa por outra; ver mal ou erradamente.

Travellers checks, (v. ingl.) letra de crédito para viagem.

Travèrsa, s. f. vereda, travessa, caminho / lençol dobrado que se põe debaixo das crianças ou dos doentes.

Traversàle, adj. transversal.

Traversalmènte, adv. transversalmente.

Traversàre, v. (tr.) atravessar, passar através de, passar de um lado a outro; cruzar / (mar.) —— **l'ancora**: atravessar a âncora, levá-la ao longo do costado do navio, a fim de repô-la no seu lugar.

Traversària, s. f. tresmalho, rede de pesca.

Traversàta, s. f. travessia, ato de atravessar, diz-se especialmente da passagem através de mar, rio, geleira, etc. / la —— **delle Alpi.**

Traversía, s. f. vento impetuoso que agita violentamente as águas / (fig.) desgraça, infortúnio, adversidade, contratempo.

Traversína, s. f. (dim.) travessinha, pequena travessa / dormente de estrada de ferro.

Traversíno, s. m. travessão de madeira posto de través em certas partes do navio / amarra do costado do navio

Travèrso, adj. atravessado, de través, transversal, oblíquo / (fig.) ambigüidade, falsidade / (s. m.) largura, extensão de um corpo considerado na sua largura / costado, flanco do barco / travessa, travessão / (adv.) **di** ——; **per** ——: de través, torcidamente, de soslaio, de esguelha / pancada, sopapo, bofetão, tapa.

Traversône, s. m. golpe oblíquo, na esgrima / travessão, vento impetuoso do levante / (mil.) elemento transversal de uma trincheira / (ant.) (adv.) de través.

Travertíno, (do lat. tiburtinus, de Tivoli) s. m. travertino, pedra cálcida leve e porosa, ótima para construções.

Travestimènto, s. m. disfarce / (fig.) simulação.

Travestíre, v. (tr. e refl.) disfarçar, vestir alguém de roupas não suas ou de outra condição; mascarar / (fig.) transformar, simular, dissimular, disfarçar, falsear, desfigurar / parodiar.

Travestíto, p. p. e adj. disfarçado, mascarado.

Travestitúra, s. f. disfarce / roupa de disfarce.

Travètto, s. m. (dim. de **trave**) trave pequena, vigazinha / empregado ínfimo; (le **travèt,** dial. piemontês), protagonista de famosa comédia de V. Bersezio.

Traviamènto, s. m. transviamento, extraviamento, desencaminhamento; desvio, perversão.

Traviàre, v. (tr.) transviar, extraviar / desencaminhar; desviar, fazer sair do reto caminho / corromper, perverter / (pr.) travíio, travii.

Traviàto, p. p. e adj. transviado, extraviado; desencaminhado.

Traviatôre, adj. e s. m. transviador, pervertedor / (fem.) **traviatrice.**

Travicèllo, s. m. (dim.) vigotazinha / (fig.) (burl.) re ——: rei pelo nome, porém sem autoridade ou conceito; título de uma sátira de Giusti.

Travisamènto, s. m. disfarce; transformação, alteração, desfiguração, falsificação.

Travisàre, v. (tr.) disfarçar; transformar / deformar, alterar, deturpar, desfigurar, deslustrar, torcer, falsear, mentir.

Travolgènte, p. pr. e adj. arrastador; arrebatador, irrompente: **slancio, impeto** ——.

Travòlgere, v. (tr.) arrastar, revolver, atropelar; impelir; subverter / levar, arrastar com fúria: **la piena travolge tutto**: a enchente carrega tudo / abater, destruir, demolir / desbaratar, derrotar, pôr em fuga: **le schiere nemiche furono travolte** / (fig.) implicar, envolver, arrastar consigo: —— **nella rovina, nella vergogna.**

Travolgimènto, s. m. arrasto, arrastamento; envolvimento; subvertimento, soçobro; transtorno.

Travoltàre, v. (tr. raro) arrastar (v. **travòlgere**).

Travòlto, p. p. e adj. revolto; arrastado, abatido, impelido; derrotado, desbaratado / alternado, transtornado: **occhi travolti, coscienza travolta** / (fig.) implicado, envolvido, arruinado: —— **nel fallimento.**

Trazióne, s. f. tração / —— **animale, a vapore, elettrica.**

Trê, adj. num. três: **voglio darti —— libri**: quero dar-te três livros / (s. m.) o número ou a cifra três / **il —— per cento**: os três por cento / poucos, alguns, na locução **due o tre, due o tre volte,** etc. (fig.) **tre volte buono** / simples, ingênuo.

Trèalberi, s. m. navio a vela de três mastros verticais.

Trèbbia, s. f. trilho, utensílio com que se debulham os cereais / debulha / (hist.) instrumento de tortura pontiagudo.

Trebbiàna, s. f. uva branca; **trebbiano**, (s. m.) vinho dessa uva.

Trebbiàre, v. (tr.) trilhar, debulhar cereais: —— **il grano.**

Trebbiatôio, s. m. trilha, trilho, trilhador, qualquer aparelho que serve para trilhar ou debulhar cereais.

Trebbiatôre, s. f. trilhadora, máquina a vapor ou elétrica para debulha.

Trebbiatúra, s. f. trilhadura, debulha, pisadura (de cereais).

Trèbbio, s. m. (ant.) encruzilhada / (pl.) **trebbi.**

Trebelliàna, s. f. (do nome do cônsul romano Trebélio), trebeliana, a quarta parte da herança que o fideicomissário podia reter para si.

Trêcca, s. f. verdureira, vendedora de verduras e de frutas; tem sentido depreciativo; (aum.) **treccóna.**

Treccàre (ant.), v. (tr.) revender, mercar / (fig.) enganar, embair.

Trèccia, s. m. trança, porção de fios entrelaçados; madeixa de cabelos entrelaçados / (pl.) **trecce.**

Trecciaiuòla, s. f. mulher que faz tranças de palha para chapéus.
Treccièra, (ant.), s. f. ornamento feminino para trança.
Treccíno, s. m. **trecciolína** (f), **trecciuòla** (f. dim.) trancinha.
Treccône, s. m. (f. **treccôna**) revendedor de frutas, legume e similares, revendão, tratante.
Trecentêsco, adj. que se refere ao século XIV / (pl.) **trecenteschi**.
Trecentèsimo, adj. e s. m. trecentésimo: il ―― **giorno** / **un** ――: 1/300.
Trecentísta, s. m. trecentista (de trecento), escritor, artista do século XIV / (pl.) **trecentisti**.
Trecentístico, adj. trecentista, relativo aos trecentistas / (pl.) **trecentisti**.
Trecènto, adj. numeral trezentos / (s. m.) il **Trecento**: o século XIV.
Trecentocínque, s. m. (mil.) canhão do calibre de 305 milímetros.
Tredicènne, adj. de treze anos: que está na idade de treze anos.
Tredicèsimo, adj. num. ord. tredécimo, décimo terceiro.
Trèdici, adj. num. treze / (s. m.) o número ou a cifra treze.
Tredicimíla, adj. e s. m. treze mil.
Tredicína, s. f. trezena, conjunto de treze coisas ou pessoas / **una** ――: uns (ou umas) treze.
Trèfolo, s. m. filástica / porção de fios emaranhados; toro de corda; reunião de fios ou cordéis formando um cabo / cada fio que forma uma corda: **carda di nove trefoli**: (tosc.) menino vivo, esperto.
Tregènda, s. f. ajuntamento de diabos, bruxos e bruxas que confabulam à noite, segundo a fantasia popular / (fig.) pandemônio, confusão.
Treggèa, (ant.), s. f. confeito, confeitura.
Trèggia, s. f. carro rústico sem rodas, espécie de zorra ou trenó, usado para transporte em lugares íngremes.
Teggiàta, s. f. carga, conteúdo de uma zorra.
Treggiatôre, s. m. condutor de zorra.
Trègua, s. f. trégua / (fig.) descanso; cessação temporária de luta, de trabalho, de dor, etc. / **spirare la** ――: terminar a trégua.
Tremacuòre, s. m. palpitação, pulsação do coração; susto, temor, receio, medo.
Tremànte, p. pr. e adj. tremente, que treme; tremebundo, trêmulo, trepidamente, vacilante; medroso, receoso.
Tremàre, v. (intr.) tremer; estremecer / oscilar; vacilar; trepidar / tremular / recear / fremir, estremecer.
Tremarèlla, s. f. tremedura, tremelique, susto, medo; tremedeira.
Trematòdi, s. m. (pl.) trematodes, platelmintas parasitas.
Tremebôndo, adj. (lit.) tremebundo, que treme; timorato; assustado.
Tremefàtto, adj. (raro) tremebundo, tremeliquento; aterrorizado pelo medo, assustado.
Tremendamênte, adv. tremendamente, pavorosamente.
Tremèndo, adj. tremendo, horrível / grande, excessivo; espantoso / extraordinário: **un freddo** ――: um frio horrível.
Trementína, s. f. terebintina.
Tremíla, adj. num. três mil.
Tremillèsimo, adj. e s. m. três milésimos.
Tremitío, s. m. trêmito, frêmito contínuo; tremulamento / (pl.) **tremitii**.
Trèmito, s. m. trêmito, frêmito; tremor, calafrio, estremecimento / trepidação.
Trèmo, (ant.), s. m. tremor.
Tremolamênto, s. m. tremulamento, tremulação.
Tremolànte, p. pr. e adj. tremulante.
Tremolàre, v. (intr.) tremular; tremer levemente; agitar; mover-se com agitação.
Tremolíno, s. m. (bot.) álamo (choupo) tremedor.
Tremolío, s. m. tremulação contínua ou freqüente.
Trèmolo, adj. trêmulo, indeciso; hesitante / (s. m.) (mús.) trêmulo, trêmolo / (bot.) tremedeira, planta gramínea.
Tremôre, s. m. tremor; temor; tremura; pavor, susto / calafrio: il ―― **della febbre**.
Tremotío, s. m. rumor, ruído grande, como de terremoto / barulho, confusão / estrondo.
Tremòto, s. m. (pop.) terremoto.
Trempellàre, (v. **trimpellare**).
Trèmula, s. f. (bot.) álamo tremúleo.
Trèmulo, adj. (lit.) trêmulo, que treme, que estremece / bruxuleante.
Trenàggio, s. m. treinamento, adextramento / (sin.) **allenamento**.
Trenàre, (glic. por **alleneare**), v. (tr.) treinar / (sin.) **allenare**.
Trèno, s. m. comboio de via férrea; trem / acompanhamento, escolta, séquito, cortejo / ―― **stradale**: auto-carro / caminhão com reboque / ―― **diretto**: trem expresso / (fig.) maneira de viver: il ―― **di vita** / (dim.) **trenino**, trenzinho.
Trèno, s. m. (ecles.) treno, canto lamentoso, lúgubre: lamēntação.
Trenodía, s. f. trenodia, composição triste, canto lúgubre ou fúnebre.
Trènta, adj. e s. m. trinta / **trenta e quaranta**, 30 e 40 (jogo).
Trentadúe, adj. e s. m. trinta e dois.
Trentaduèsimo, adj. num. trigésimo segundo / (s. m.) (tip.) folha de impressão dobrada para formar 32 páginas / **un** ――: livro nesse formato.
Trentamíla, adj. num. trinta mil.
Trentatrè, adj. num. trinta e três.
Trentatrèesimo, adj. num. trgésimo terceiro.
Trentennàle, adj. trintenal, que dura trinta anos; que ocorre cada trinta anos.
Trentènne, adj. trintão, de trinta anos.
Trentènnio, s. m. espaço de trinta anos / (s. m.) trintena, a trigésima parte.
Trentína, s. f. trintena.
Trentíno, (geogr.) Trentino, região que com o Alto Ádige forma a Veneza Tridentina.
Trènto, (geogr.) Trento, cidade da alta Itália.
Trentunèsimo, adj. num. trigésimo primeiro.
Trentúno, adj. e s. m. trinta e um / **prendere o battere il** ――: ir-se embora; partir, fugir.

Trèpana, s. m. (mar.) carangueja, diz-se da verga da vela grande, latina ou de mezena.
Trepestío, s. m. estrépito confuso / (pl.) **trepestii.**
Trepidànte, p. pr. e adj. trepidante; receoso, temeroso, assustado.
Trepidànza, s. f. trepidação; tremura, tremor, abalo; estremecimento.
Trepidàre, v. (intr.) trepidar, tremer; estremecer; hesitar; vacilar; viver em ânsias e receios: —— **per la vita di uno.**
Trepidazióne, s. f. trepidação, tremura; estremecimento; ansiedade.
Trepidézza, s. f. trepidez, tremura / inquietação, temor, receio.
Trepidità, s. f. (raro) trepidez; temor, intranqüilidade.
Trèpido, adj. (lit.) trépido; trêmulo, inquieto, timorato, assustado; **il** —— **occidente** (Manzoni) / temeroso, receoso.
Treppiède, treppièdi, s. m. tripeça, tripé, trípode; (por ext.) qualquer suporte de três pernas articuladas.
Treppónti, s. m. navio (de guerra) que possui três baterias cobertas, em três pontes sobrepostas.
Treppúnte, s. m. trado; verruma, broca de três pontas.
Trequàrti, s. m. sonda cirúrgica / jaqueta ou sobreveste de mulher que chega quase à altura do joelho.
Trèsca, s. f. manejo, artimanha / relação, intriga amorosa / (ant.) dança rústica, com agitada mímica de mãos e pés / (fig.) agitação, gesticulação: **la tresca delle misere mani** (Dante).
Trescàre, v. (intr.) manejar, intrigar, traficar / ter relação amorosa ilegal ou secreta / dançar a tresca.
Trescóne, s. m. dança camponesa.
Tresètte, v. **tressette.**
Trèspolo, s. m. tripé, trípode; cavalete / (fig.) veículo desconjuntado.
Tressètte, s. m. três-setes, jogo de naipes.
Tretticàre, v. (intr. ant.) cambalear; vacilar.
Trevière, s. m. (mar.) mestre das velas; marinheiro que corta ou costura as velas.
Trevisàno, adj. e s. m. trevisano (de Treviso, cidade do Vêneto).
Trèvo, s. m. (mar.) nos veleiros de velas quadradas, nome genérico das velas maiores e mais baixas.
Trèzza, (ant.), s. f. trança.
Tri, pref. tri, tris, elemento de composição de palavras para exprimir a idéia de três.
Triàca, s. f. triaga ou teriaga, medicamento antigo que se supunha eficaz contra vários males.
Tríade, s. f. tríade, tríada, conjunto de três coisas ou pessoas.
Triandría, s. f. (bot.) triandeira, qualidade de triandro / (mús.) acorde de três notas.
Triangolàre, adj. triangular / (anat.) músculo intercostal / (mar.) vela triangular latina / v. (tr.) dividir em triângulos; fazer a triangulação de.
Triangolarità, s. f. triangularidade.
Triangolazióne, s. f. triangulação.

Triàngolo, s. m. triângulo / (mús.) triângulo, instrumento de percussão / lima triangular.
Triarchía, s. f. triarquia, triunvirato.
Triàrio, s. m. triário, soldado romano de terceira linha / (pl.) **triari.**
Trias, s. m. (geol.) trias.
Triàssico, adj. triássico, triádico, que se refere ao trias.
Tríbade, s. f. (lit.) tríbade; safista; lesbiana.
Tribàsico, adj. (quím.) tribásico.
Tríbbia, s. f. (raro) debulha.
Tribbiàre, o. m. q. **trebbiàre,** v. (tr.) trilhar, moer / quebrar, destroçar; espedaçar, triturar.
Tríbbio, s. m. (agr.) cilindro denteado para abrir ou trincar a terra / (pl.) **tribbi.**
Tribolamênto, s. m. tribulação, atribulação.
Tribolàre, v. (tr. e intr.) atribular, afligir, maltratar / **tribolàrsi,** v. atribular-se, sofrer, afligir-se / **finir di** —— ——: terminar de sofrer, morrer / (pr.) **tríbolo.**
Tribolàto, p. p. e adj. atribulado; atormentado; aflito; magoado / (s. m.) mísero, pobre, infeliz, triste.
Tribolatôre, adj. e s. m. atribulador; aflitivo, atormentador.
Tribolazióne, s. f. tribulação, atribulação; mágoa, sofrimento, inquietação, aflição / **le tribolazioni aguzzano l'ingegno** (Manzoni).
Tríbolo, s. m. tríbulo, abrolho (planta espinhosa) / (fig.) tribulação, tormento, dificuldades; pesar, dor, pena / (mil.) pontas de ferro espalhadas contra a cavalaria.
Tribòmetro, s. m. tribômetro, instrumento para medir a força do atrito.
Tribórdo, s. m. (ant.) estibordo.
Tríbraco, s. m. tribraco, pé de verso grego ou latino, formado de três sílabas breves / (pl.) **tribrachi.**
Tribù, s. f. tribo, cada uma das divisões de um povo, em certas nações antigas / (por ext.) todo aglomerado social cujos membros estejam vinculados pelo sangue / (fam.) diz-se de família numerosa / gente, clã; grupo, conjunto.
Tribuíre, v. (tr. ant.) retribuir, doar / atribuir.
Tribúna, s. f. tribuna, lugar donde falam os oradores / tribuna, lugar alto reservado a certas pessoas nos espetáculos públicos, etc. / púlpito, varanda, cátedra.
Tribunàle, s. m. tribunal: —— **civile, penale, militare, maritimo,** etc. / —— **della coscienza,** etc.
Tribunalêsco, adj. (depr.) de tribuna, própria de tribunal; forense / **giudízi** ——: juízo forense.
Tribunàto, s. m. tribunato, tribunado.
Tribunêsco, adj. (depr.) de tribuno, próprio de tribuno / (pl.) **tribuneschi.**
Tribunízio, adj. tribunício / (pl.) **tribunizi.**
Tribúno, s. m. tribuno; originariamente, em Roma, chefe de tribo; depois magistrado / orador público / orador político.
Tributàre, v. (tr.) tributar, lançar tributo sobre, coletar / (fig.) prestar, render honras, etc.: —— **onori, applausi.**

Tributàrio, adj. e s. m. tributário, que paga tributo, contribuinte / afluente: que leva as suas águas a outro rio: **fiume ——— dell'Adige**.

Tribúto, s. m. tributo, imposto, contribuição, taxa / (fig.) aquilo que se presta ou rende por obrigação: **render ——— di stima, d'affetto, di gratitudine**.

Tricalcíte, s. f. (min.) tricalcito.

Trichèco, s. m. triqueco, cavalo-marinho, que vive no Oceano Glacial Ártico.

Trichíasi, s. f. (med.) triquíase.

Trichína, s. f. triquina, verme nematelminta.

Trichinòsi, s. f. (med.) triquinose.

Tricíclo, s. m. triciclo.

Tricípite, adj. (anat.) tricípite.

Triclínio, s. m. (arqueol.) triclínio / (pl.) **triclini**.

Triclínico, adj. triclínico, sistema cristalográfico de forma assimétrica.

Triclino, adj. de cristal, triclínico.

Tricocéfalo, s. m. tricocéfalo, vermes dos nematelmintas.

Tricofitiàsi, s. f. tricofitíase, tricofitia.

Tricologia, s. f. tricologia, tratado acerca dos cabelos ou dos pelos.

Tricolôre, adj. tricolor / diz-se da bandeira da Itália, que tem três cores: **la tricolore / (s. m.) il ———, a bandeira italiana**.

Tricòma, s. m. (med.) tricoma, empastamento dos cabelos devido a sujidade / (bot.) um dos tipos fundamentais dos membros vegetais / (pl.) **tricomi**.

Tricomanía, s. f. tricomania, tique nervoso que consiste no arrancar os cabelos e os pelos da barba.

Tricoptilòsi, s. f. tricoptilose.

Tricòrde, adj. tricorde, de três cordas.

Tricòrno, s. m. tricorne, que tem três cornos, três pontas ou três bicos; **cappello a ———**.

Tricòsi, s. f. (med.) tricose.

Tricòt, (fr.) s. m. tricô, tecido de malhas entrelaçadas; trabalho de ponto / (ital.) **maglia**.

Tricoísmo, s. m. tricoísmo.

Tricòma, s. f. (mús.) tricroma, biscroma.

Tricromía, s. f. tricromia.

Trictràc, s. m. jogo feito sobre tabuleiro e com dados.

Tricuspidàle, adj. tricuspidal.

Tricúspide, adj. tricúspide / (anat.) **valvola ———**.

Trídace, s. m. tridácio, substância medicamentosa que se prepara com suco de alface.

Tridácna, s. f. tridacna (molusco).

Tridàttilo, adj. tridáctilo, tridigitado.

Tridentàto, adj. tridentado.

Tridènte, s. m. tridente, forquilha com 3 pontas / cetro que termina por 3 pontas e que os poetas atribuem a Netuno.

Tridentíno, adj. tridentino, de Trento.

Tridimensionàle, adj. tridimensional / (cin.) produção cinematográfica em relevo.

Triduàno, adj. (lit.) triduano, de três dias.

Tríduo, s. m. tríduo / (ecles.) função religiosa que se repete três dias seguidos.

Trièdro, adj. (geom.) triedro / (s. m.) ângulo triedro.

Triennàle, adj. trienal / (s. f.) **la triennale**: exposição trienal.

Triènne, adj. de três anos: **bambino ———**.

Triènnio, s. m. triênio, trienado; espaço de três anos / (pl.) **trienni**.

Trièra, s. f. (lit.) triera ou trirreme, embarcação antiga.

Trieràrca, s. m. trierarca, proprietário ou comandante de uma triera ou trirreme / (pl.) **trierarchi**.

Trierarchía, s. f. (hist.) trierarquia.

Trieste, (geogr.) Trieste, cidade da Itália.

Triestíno, adj. triestino, relativo à cidade de Trieste.

Trièva, (ant.), s. f. trégua, pacto; convênio.

Trifàlco, (hist.) máquina de artilharia usada no século XVI / (pl.) **trifalchi**: três faces; atributo de cérbero.

Trifàse, adj. e s. m. trifásico, sistema trifásico.

Trifásico, adj. trifásico.

Trifàuce, adj. trifauce / (poét.) que tem três fauces; atributo de cérbero.

Trífido, adj. trífido, dividido em três; tríplice, trigêmino.

Trifogliàio, s. m. campo cultivado a trifólio ou trevo.

Trifogliàto, adj. trifoliado, que tem três folhas ou três folíolos.

Trifòglio (pl. **trifogli**), s. m. (bot.) trevo, planta da família das leguminosas / **——— giallo delle sabbie**: vulnerária.

Trifola, s. f. (dial. piem.) trufa.

Trifolàto, adj. trufado; condimentado com trufas.

Trífora, s. f. trífora; (arquit.) janela dividida por colunas em três diferentes aberturas.

Triforcàre, v. (tr.) trifurcar; dividir em três partes; tripartir.

Triforcàto, p. p. e adj. trifurcado, dividido em três ramos ou partes.

Triforcúto, adj. trifurcado.

Trifòrio, s. m. (arquit.) trifório, galeria estreita sobre as naves laterais das igrejas.

Trifôrme, adj. triforme, que tem 3 formas.

Triga, (ant.), triga, carro puxado por três cavalos / (lat. **triga**).

Trigamia, s. f. trigamia, casamento com 3 mulheres.

Trígamo, s. m. trígamo, que tem três mulheres, que se casou pela terceira vez.

Trigèmino, adj. trigêmio; cada um dos três indivíduos que nasceram num só parto / (anat.) nervo trifacial.

Trigèsima, s. f. ofício religioso no trigésimo dia do falecimento de uma pessoa: trintário: **messa di ———**.

Trigèsimo, adj. num. ord. trigésimo / (s. m.) cada uma das 30 partes em que se divide um todo.

Triglia, s. f. salmonete, peixe marinho dos teleósteos; **far l'occhio di ———**: olhar languidamente, como enamorado / (dim.) **triglièlla, triglina, trigliettina**.

Tríglifo, s. m. tríglifo, ornato arquitetônico (num friso de ordem dórica) constituído por 3 sulcos verticais.
Trigonàle, adj. triangular.
Trigonèlla, s. f. (bot.) alforva, planta leguminosa forrageira, de cheiro forte e desagradável.
Trígono, adj. trígono, triangular / (s. m.) (mar.) vela latina / (mús.) espécie de lira de forma triangular, usada pelos Gregos, Egípcios e Persas.
Trigonometría, s. f. trigonometria.
Trigonometricaménte, adv. trigonometricamente.
Trigonomètrico, adj. trigonométrico / (pl.) **trigonometrici.**
Trilateràle, adj. trilateral.
Trilàtero, adj. trilátero, que tem três lados.
Trilineàre, (adj.) trilinear, de 3 linhas.
Trilingàggio, s. m. (mar.) trinca, trincafio, cabo náutico para fixar algumas peças do navio ou para atar as pontas.
Trilíngue, adj. trilíngüe, o mesmo que triglota.
Triliòne, s. m. (mat.) trilião, mil biliões.
Trilíte, s. f. trilita (explosivo).
Trillànte, p. pr. e adj. trinador, que trina, que gorjeia.
Trillàre, v. (intr.) trinar, cantar (com trilos); gorjear; trilar / (tr.) fazer vibrar, estremecer; sacudir, mover: **non far ——— la sedia.**
Trillàto, p. p. e adj. gorjeado, trilado, trinado / (s. m.) trilo, gorjeio, trinado.
Trilleggiàre, v. (intr.) trinar, trilar, gorjear.
Trillo, s. m. trilo, trinado, gorjeio / (dim.) **trillêtto, trillettíno.**
Trilobàto, (bot.) adj. trilobado, que tem três lóbulos.
Trilobìte, s. f. trilobite, crustáceo fóssil, marinho, da era primária.
Trilòbo, adj. e s. m. (arquit.) trilobado, de três lóbulos; abertura triangular ou circular dividida em três lóbulos; **arco ———:** arco trilobado.
Trilogía, s. f. trilogia.
Trilussa, (biogr.) Trilussa, pseudônimo de Carlo Alberto Salustri, famoso poeta e fabulista (Roma 1873-1952).
Trilústre, adj. de três lustros.
Trimèmbre, adj. trimembre, que consta de três membros.
Trimestràle, adj. trimestral.
Trimestralménte, adv. trimestralmente.
Trimèstre, s. m. trimestre.
Trimètrico, adj. trimétrico / (pl.) **trimètrici.**
Trímetro, s. m. (lit.) trímetro, verso de três pés.
Trimotôre, adj. e s. m. trimotor; avião de 3 motores.
Trimpellàre, v. (intr.) vacilar, cambalear / tocar (um instrumento) desafinadamente, arranhar / (fig.) hesitar, titubear.
Trimpellío, s. m. desafinação (de instumento) contínuo e freqüente / (pl.) **trimpellii.**
Trimúrti, (relig.) s. f. trimurti, trindade dos Hindus.
Trìna, s. f. renda de bicos; espigueta, espiguilha.

Trinàcrio, adj. (lit. e poét.) trinácrio, da Trinácria, nome clássico da Sicília.
Trinàia, s. f. rendeira ou rendilheira, mulher que faz ou vende rendas.
Trinàme, s. m. rendaria, quantidade de rendas.
Trinaménte, adv. trinitariamente.
Trinàre, v. (tr.) rendar, guarnecer de rendas.
Trinàto, p. p. e adj. rendado.
Trínca, s. f. (mar.) trinca, ligadura de cabo para amarrar alguma peça do navio / dispositivo que permite a interrupção do tear mecânico / (fig.) **nuovo di ———:** novo flamante.
Trincàre, v. (tr.) trincar, amarrar com trinca / beber muito, beber avidamente.
Trincarèllo, s. m. bastidor, caixilho com tela à guisa de peneira, usado nas fábricas de papel.
Trincaríno, s. m. (mar.) trincaniz, peça de madeira ou de ferro, que corre ao longo do navio, servindo para escoamento das águas.
Trincàta, s. f. (mar.) trinca, ligadura, amarradura, amarração com trinca / bebedura, ato de beber, de sorver.
Trincàto, p. p. e adj. (mar.) fixado, amarrado com trinca / bebido, sorvido avidamente / (fig.) **furbo ———:** astuto, finório.
Trincatôre, adj. e s. m. (mar.) que ou aquele que amarra com trinca / bebedor, borracho, beberrão.
Trincatúra, s. f. (mar.) trinca, ligadura, amarração.
Trincèa, s. f. trincheira / fosso; parapeito.
Trincèra (ant.), s. f. trincheira.
Trinceraménto, s. m. trincheiramento.
Trinceràre, v. (tr. e refl.) trincheirar; entrincheirar; **——— il campo** / (fig.) escudar-se, abrigar-se, defender-se.
Trinceràto, p. p. e adj. entrincheirado; trincheirado.
Trincerísta, s. m. soldado que está na trincheira / (pl.) **trinceristi.**
Trincerône, s. m. trincheira grande.
Trincettàta, s. f. trinchetada, golpe de trinchete.
Trincétto, s. m. trinchete, faca de sapateiro e de correeiro.
Trinchettína, s. f. (mar.) traquetina, pequena vela.
Trinchêtto, s. m. (mar.) traquete, a vela maior do mastro da proa.
Trinciaforàggi, s. m. trinchador de forragem, aparelho para trincha, para cortar ou triturar forragem.
Trinciaménto, s. m. trincho, ato, operação de trinchar; corte, cortadura.
Trinciànte, p. pr. (de **trianciare**) cortante, trinchante / (s. m.) trinchante, faca grande com que se trincham as peças da carne / (ant.) (adj.) cortante.
Trinciapàglia, s. m. instrumento rural para cortar feno, palha, etc.
Trinciàre, v. (tr.) trinchar; cortar em pedaços; repartir em fatias; picar; retalhar / (fig.) comer demais: **vedesi come trincia quello li!** / **——— i panni addosso:** bisbilhotar, falar mal de alguém, tesourar / **——— sentenze:** repartir sentenças.
Trinciàta, s. f. ato de trinchar, trinchado; corte, talho.

Trinciàto, p. p. e adj. trinchado; cortado, despedaçado, retalhado; esmiuçado / (s. m.) tabaco de cachimbo, etc. que se vende picado.
Trinciatôre, adj. e s. m. trinchador; trinchante.
Trinciatrice, s. f. máquina para trinchar forragem.
Trinciatúra, s. f. ato de trinchar / os restos daquilo que se trinchou.
Trincio, s. m. rasgão no vestido.
Trincône, s. m. beberrão; borracho, chupão; pau-d'água / (fem.) **trincona**.
Trinèlla, s. f. (mar.) corda trançada.
Trinellatôre, s. m. dispositivo da máquina de costura que serve para aplicar rendas, fitas, etc.
Trinità, s. f. trindade; **la SS. Trinità**: a SS. Trindade.
Trinitàrio, adj. trinitário / (s. m.) religioso da Ordem da Trindade / (pl.) **trinitári**.
Trinitrofenòlo, s. m. (quím.) trinitrofenol.
Trinitrotoluène, s. m. (quím.) trinitrolueno, violento explosivo.
Trino, adj. trino, que consta de três / **Dio uno e trino**, Deus uno e trino.
Trinomiàle, adj. (alg.) trinomial, trinominal.
Trinòmio, s. m. (fig.) trinômio; polinômio / (pl.) **trinomi**.
Trinúzia, s. f. (raro), três vezes esposa / (lit.) título de uma comédia de Firenzuola.
Trio, s. m. trio, trecho de música para ser executado por três vozes ou três instrumentos; terceto de vozes, de músicos, etc.
Triodo, s. m. tríodo, válvula termiônica de três elétrodos.
Trionfàle, adj. triunfal.
Trionfalmênte, adv. triunfalmente.
Trionfànte, p. pr. e adj. triunfante, vitorioso, glorioso; radiante; alegre / vencedor / **riuscire** ———: sair vencedor.
Trionfàre, v. (intr.) triunfar; alcançar triunfo; vencer gloriosamente / (fig.) exultar / (ant.) gozar comendo e bebendo.
Trionfatôre, adj. e s. m. triunfador; vitorioso / (fem.) **trionfatrice**.
Triônfo, s. m. triunfo; vitória; êxito feliz / (por ext.) ovação estrondosa, recepção solene / aprovação, exaltação / **i trionfi della scena**: os triunfos do palco / copa, taça da mesa.
Trióni, s. m. (pl.) triões, nome antigo das duas constelações da Ursa (a Ursa Maior e a Ursa Menor).
Tripàla, adj. hélice de três pás.
Tripanomicida, adj. (med.) tripanomicida.
Tripanosòma, s. m. tripanossoma, tripanossomo (parasita patogênico).
Tripanosomíasi, s. f. (med.) tripanossomíase, tripanossomose.
Tripartíre, v. (tr.) tripartir, partir em três partes / (pr.) **tripatisco**.
Tripartíto, p. p. e adj. tripartido, partido em três partes / trindenteado, trifurcado.
Tripartizióne, s. f. tripartição.
Trípla, s. f. (mús.) compasso em três tempos.

Triplàno, s. m. triplano, aeroplano em três superfícies de sustentação.
Triplètta, s. f. tripleta, bicicleta de três assentos.
Triplicàre, v. (tr.) triplicar, multiplicar por três; tresdobrar / (pr.) **triplico, -chi**.
Triplicàto, p. p. e adj. triplicado / replicado três vezes.
Triplicatôre, adj. e s. m. triplicador; que triplica / (fem.) **triplicatrice**.
Triplicazióne, s. f. triplicação.
Tríplice, adj. tríplice; triplo; triple / ——— **alleanza**: tríplice aliança.
Triplicista, s. m. triplicista, dizia-se dos partidários da aliança entre a Itália, Áustria e Alemanha.
Triplicità, s. f. triplicidade.
Tríplo, adj. triplo; três vezes maior / (s. m.) três vezes outro tanto; triplo, tresdobro.
Trípode, s. m. trípode, assento sem respaldo, de três pés; tripeça / (ant.) ânfora antiga com três pés em que se sentavam as pitonisas.
Tripodía, s. f. (lit.) tripodia, verso formado de três pés.
Trípoli (v. **tripolo**).
Trípoli, (geogr.) Trípoli.
Tripolino, adj. tripolino ou tripolitano, relativo ou pertencente a Trípoli.
Trípolo, s. m. trípoli, mistura formada por anidrido silícico amorfo: farinha fóssil.
Trippa, s. f. tripa, o estômago dos ruminantes, e especialmente dos bovinos, que, cortado em listras, se cozinha para alimento / (burl. e vulg.) pança, ventre, barriga / (dim.) **trippètta, trippettína** / (fig.) **mettere su** ———: criar barriga, engordar.
Trippàio, s. m. tripeiro, vendedor de tripas / (pl.) **trippai**.
Trippaiuòlo, s. m. tripeiro, vendedor de tripas.
Trippàre, v. (tr.) cozinhar uma comida como se cozinha a tripa.
Tripperia, s. f. triparia, lugar onde se vendem tripas.
Trippètta, s. f. (dim.) barriga, pança / (fam.) pançudo.
Trippône, s. m. barrigudo, barrigana; pançudo.
Tripsína, s. f. (anat.) tripsina, enzima protoelítica segregada pelo pâncreas.
Tripudiamênto, s. m. tripudiamento; tripúdio.
Tripudiàre, v. (intr.) tripudiar; folgar ruidosamente; exultar.
Tripúdio, s. m. tripúdio: alegria, festa, algazarra / (hist.) dança rítmica dos sacerdotes Sálios.
Triquetra, s. f. triquedra / antigo emblema da cidade de Siracusa.
Trirêgno, s. m. trirregno, tiara do Papa.
Trirème, s. f. trirreme, antiga embarcação romana.
Trisàglio, adj. e s. m. triságio, hino religioso / triságio, três vezes santo.
Trisarcàvolo, s. m. trisbisavô / (fig.) antepassado distante.
Trisàvolo, s. m. trisavô.
Trisezióne, s. f. (geom.) trissecção.
Trissillàbico, adj. trissilábico / (pl.) **trisillàbici**.
Trisíllabo, adj. trissílabo.

Trofèo, s. m. troféu / (fig.) vitória, símbolos e frutos da vitória; despojos do inimigo vencido / adorno de bandeiras cruzadas.
Tròfico, adj. trófico; relativo à nutrição ou alimentação / (pl.) **tròfici**.
Trofismo, s. m. trofismo / estado dinâmico da nutrição.
Trofologia, s. f. trofologia, ciência da alimentação.
Trofònio, (mit.) trofônio, hábil arquiteto, construtor do templo de Delfos.
Trofotropismo, s. m. trofotropismo.
Trogliàre (ant.), v. balbuciar, tartamudear.
Tròglio (ant.), adj. balbuciante, gago, tartamudo.
Troglodita, s. f. troglodita; que vive debaixo da terra; habitante das cavernas / (fig.) pessoa rude; insociável.
Trogloditico, adj. troglodítico / (pl.) **trogloditici**.
Tròfolo, s. m. (v. **truogolo**, forma mais correta) gamela ou pia, vaso de madeira ou pedra para dar de comer aos porcos e outros usos.
Trogolône, s. m. porqueirão, sujo, porcalhão, desasseado.
Tròia, ou **Ilio**, (geogr.) Tróia, Ilion ou Pérgamo, cidade da Ásia Menor, sitiada pelos gregos.
Tròia, s. f. porca, fêmea do porco / (sin.) **scrofa**.
Troiàio, s. m. lugar onde se criam porcas: pocilga / (fig.) lugar sujo e cheio de imundície.
Troiàta, s. f. (vulg.) sujeira, sujidade; ação baixa, suja.
Tròica, s. f. (do russo) troica, carro russo em forma de trenó, puxado por cavalos.
Trolley (v. ingl.) s. m. ferrovia elétrica; trólei (bras.) / (ital.) **asta di presa**.
Trômba, s. f. trompa, tromba, trombeta, instrumento de sopro / (anat.) trompa (de Falópio, de Eustáquio) / cano da bota, bomba de água, bomba hidráulica, bomba de incêndio / tromba d'água / (fig.) **la** ———— **èpica**: a poesia épica / (fam.) **sonare la** ————: roncar, ou assoar o nariz ruidosamente / (s. m.) (mil.) **il tromba**: trombeta, trombeteiro, aquele que toca trombeta / (dim.) **trombètta**, **trombettìna**.
Trômba, s. m. trombeteiro, corneteiro; tocador de trombeta.
Trombàio, s. m. trombeteiro, o que fabrica ou vende trombetas / o que trabalha em bombas de água, encanamentos, e similares; bombeiro, encanador.
Trombàre, v. (tr.) zonchar, tocar à bomba; transvasar o vinho com o sifão / (fig. fam.) rechaçar um candidato nas eleições / bombear / (bras.) reprovar um estudante nos exames, etc.
Trombàto, p. p. e adj. trasfegado, transvasado, zonchado, bombado / derrotado / bombeado / (bras.) reprovado nos exames.
Trombatôre (ant.), s. m. trombeteiro, tocador de trombeta.
Trombatú, s. f. transvasamento, zonchadura / derrota / reprovação; fracasso nas eleições ou nos exames.

Trombeggiàre, v. (intr.) ressoar à moda de trombeta; trombetear, tocar trombeta.
Trombêtta, s. f. (dim.) trombeta, corneta / (s. m.) trombeteiro, corneteiro.
Trombettàta, s. f. saída de tom / pancada de trombeta.
Trombìna, s. f. (med.) trombina.
Trombino, s. m. (mar.) nos navios a vapor, tubo de descarga do vapor das caldeiras.
Trômbo, s. m. (med.) trombo, coágulo; pequeno tumor duro.
Tromonàta, s. f. pancada com o bacamarte; musical; som forte da trombeta ou de qualquer instrumento análogo.
Tromboncíno, s. m. (dim.) bacamarte pequeno / (mil.) tubo lança-bombas aplicado ao cano do mosquete, etc. / (mús.) pequeno trombone, trombone de tenor ou contralto.
Trombône, s. m. trombone, instrumento de sopro / bota de postilhão, correio, cocheiro, etc. / (hist.) espécie de bacamarte / (dim.) **tromboncíno**.
Trombòsi, s. f. (med.) trombosse, embolia.
Tròna, s. f. (min.) trona, carbonato hidratado natural de sódio.
Tronàre (ant.), v. (intr.) troar, estrondear, trovejar / (ant.) tonar / (sin.) **tonare**.
Troncàbile, adj. truncável; cortável; decepável.
Troncamênto, s. m. ato ou efeito de truncar; truncamento / (gram.) supressão, apócope.
Troncàre, v. (tr.) truncar, cortar, decepar / mutilar / dividir, romper, quebrar; impedir; interromper / (gram.) elidir, suprimir: ———— **una parola**.
Troncatívo, adj. que trunca.
Troncàto, p. p. e adj. truncado, cortado, mutilado / interrompido / omitido, incompleto; impedido / elidido, suprimido.
Troncatôio, s. m. instrumento para fazer furos em lâminas de ferro.
Troncatúra, s. f. truncamento, truncatura; corte de ramos, etc. / estado daquilo que está truncado.
Tronchesíno, s. m. alicate de aço para cortar arames, etc.
Tronchêtto, s. m. bota de cano curto / alicate, torquês.
Trônco, adj. truncado, mutilado, cortado / **ha le gambe tronche**: tem as pernas mutiladas / **parola tronca**: palavras que tem o acento sobre a última sílaba / **verso** ————: verso que termina com uma palavra elidida, suprimida / **lasciò il lavoro in** ————: deixou o trabalho interrompido / (s. m.) tronco, fuste das árvores / (fig.) estirpe, raça, cepo / **gente di un medesino** ————: gente do mesmo cepo / (anat.) tronco, parte do corpo humano / (arquit.) fragmento da coluna / parte, pedaço, trecho de coisa não considerada por inteiro / **di strada**: ferroviário / (geom.) parte de um sólido geométrico que foi cortado perpendicular ao seu eixo.

Trisma, e mais raro **trismo**, (s. m.) trismo, contração espasmódica dos músculos da mandíbula / (pl.) **trismi**.

Trissino, Giorgio, (lit.) Giorgio Trissino, lingüista e poeta, o primeiro a usar o verso livre na sua obra L'Itália liberata dai Goti (1547-1548).

Trísono, adj. de três sons.

Trissottino, s. m. (fig.) tipo de literatúculo ou poetastro tolo e vaidoso.

Tristáccio, adj. mau, miserável, malvado.

Tristàno, (lit.) Tristão, herói, com Isolda (ital. **Isotta**) de uma lenda da Idade Média, que é uma das mais belas epopéias de amor.

Tristamènte, adv. tristemente; malignamente, perversamente, malvadamente.

Tristanzuòlo, tristerèllo, adj. malvadinho / diabrete, traquinas.

Triste, adj. triste; melancólico; pesaroso; penalizado; desolado; aflito; esquálido; infeliz / doloroso infausto; penoso / obscuro, sombrio: casa ——— / funesto; lúgubre; ebbe un triste fine.

Tristemènte, adv. tristemente; tristonhamente.

Tristêzza, s. f. tristeza, melancolia, mágoa, aflição; pena; angústia.

Tristízia, s. f. malvadez, malignidade, perversidade / (ant.) tristeza.

Trísto, adj. malvado, mau / torpe / mesquinho, infeliz; desventurado / (ant.) triste, tristonho, melancólico.

Tristúccio, adj. (pej.) um tanto mau, um tanto malvado.

Trisúlco, adj. trissulco, que apresenta três sulcos / (pl.) **trisulchi**.

Trita, s. f. (dial.) / (agr.) tritura, trituração.

Tritàbile, s. f. triturável; que se pode triturar, moer.

Tritacàrne, s. m. máquina de picar, de triturar carne.

Tritame, (ant.), s. m. miuçalha, miudeza, restos.

Tritamènto, s. m. trituração / (ant.) atrito.

Tritàre, v. (tr.) triturar, moer; esmiuçar; esmagar; pisar / (fig.) esmiuçar, observar, analisar / (ant.) bater o trigo / l'altro che apresso a me la rena trita (Dante).

Tritatartúfo, s. m. utensílio de cozinha para cortar trufas.

Tritàto, p. p. e adj. triturado; moído.

Tritatúra, s. f. trituração.

Tritatútto, s. m. máquina trituradora, moedora que se usa para moer carne, pão, frutas, etc.

Tritàvo, tritàvolo, s. m. tataravô, tetravô.

Triteísmo, s. m. (hist.) triteísmo, doutrina herética.

Triteísta, s. m. triteísta, sectário do triteísmo.

Tritèllo, s. m. rolão, a parte mais grosseira da farinha.

Trito, adj. triturado, moído, reduzido a migalhas / (fig.) usado, roto, gasto: veste trita / (por ext.) vulgar, conhecidíssimo, dito e redito: concetto ——— e ritrito.

Tritolàre, v. (tr.) triturar, moer / esmigalhar.

Trítolo, s. m. migalha, pedacinho, partícula.

Tritòlo, s. m. (quím.) trinitrotolueno.

Tritône, s. m. (mit.) Tritão / (zool.) tritão, espécie de salamandra / gênero de moluscos gasterópodes.

Tritôno, s. m. (mús.) tritono, intervalo de 3 tons.

Tríttico, s. m. tríptico / (neol.) documento em três partes para exportação temporária de um automóvel.

Trittòngo, s. m. tritongo / (pl.) **trittonghi**.

Tritúme, s. m. miuçalha de coisa triturada / (fig.) excesso de detalhes, de particulares ínfimos, em obra de arte.

Tritúra, (ant.), s. f. tritura; trituração / (fig.) aflição, tristeza.

Trituràto, p. p. e adj. triturado; moído.

Triturazióne, s. f. trituração.

Triumviràle, adj. triunviral.

Triunviràto, s. m. triunvirato.

Triúnviro, s. m. (hist.) triúnviro.

Trivalènte, adj. (quím.) trivalente.

Trivalenza, s. f. (quím.) trivalência.

Trivèlla, s. f. trado, instrumento para perfurar; broca, verruma, trado.

Trivellamènto, s. m. tradeação, perfuração; sondagem.

Trivellàre, v. (tr.) verrumar, brocar, sondar, tradear, brocar / (fig.) preocupar, molestar, roer.

Trivellatôre, adj. e s. m. tradeador, perfurador; sondador.

Trivellatrice, s. f. máquina perfuradora.

Trivellatúra, s. f. tradeação; perfuração: sondagem / serradura, serragem.

Trivèllo, s. m. verruma, broca.

Trívia, s. m. (poét.) trívia; Hécate, Lua.

Triviàle, adj. trivial / (fig.) vulgaríssimo, vulgar, grosseiro / (pej.) **triviáccio**.

Trivialità, s. f. trivialidade; banalidade; grosseria, vulgaridade / dito soez.

Trivialmènte, adv. trivialmente, grosseiramente.

Trivialône, adj. (aum.) trivialão.

Trívio, s. m. trívio. lugar onde se cruzam ou convergem três caminhos / (fig.) gente da ———: gente comum, vulgar / (hist.) arti del ———: o estudo da gramática, da retórica e da dialética, na Idade Média / (pl.) **trivi**.

Tròade, (geogr.) Tròade, antiga região da Ásia Menor.

Trocàico, adj. trocaico, que é composto de troqueus (verso) / (pl.) **trocaici**.

Trocantère, s. m. (anat.) trocânter, cada um dos dois relevos do fêmur, onde se ligam os músculos.

Trochèo, s. m. troqueu, pé de verso grego ou latino.

Tròchilo, s. m. tróquilo, moldura côncava, em forma de meia cana.

Trocísco, s. m. trocisco, troquisco, medicamento sólido composto de substâncias secas reduzidas a pó / (pl.) **trocisci**.

Tròclea, s. f. (anat.) tróclea, eminência de um osso na sua articulação com outro.

Trocleàre, adj. (anat.) troclear.

Trofealmènte, adv. triunfalmente.

Troncône, s. m. (aum.) tronco / a parte maior de coisa truncada / a parte que sobra de uma coisa, depois de ter cortado um pedaço grande; **il ——— di una gamba**: o toco de uma perna.

Troneggiàre, v. (intr.) sobressair, exceder, dominar, sobrepujar, avantajar em altura, dignidade, etc.: **l'attrice, troneggiava nella scena**.

Tronfiàre, v. (intr.) bufar, arfar, assoprar / bazofiar, bravatear, blasonar, arrotar grandeza.

Tronfièzza, s. f. bazófia, soberba, ufania, quixotada.

Trônfio, adj. cheio, inchado de soberba; bazófio, gabador, soberbo, presumido, enfatuado, arrogante / (pl.) **tronfi**.

Tronfiône, s. m. inchado, orgulhoso, arrogante, presunçoso / (fem.) **tronfiona**.

Tronièra, s. f. troneira, bombardeira / (sin.) **feritoia**.

Trònito (ant.), s. m. estrondo, trovão / o rumor prolongado do trovão.

Trôno, s. m. trono, sólio / autoridade e dignidade soberana, o poder soberano / (pl.) os nove coros dos anjos: **tronos**.

Tropèa, s. f. (mar. dial.) temporal de breve duração.

Tropèdolo, s. m. (bot.) capuchinha, planta das tropeláceas / **nasturcio** (planta) da índia.

Tropicàle, adj. tropical: **zona ———**: zona tropical.

Tròpico, s. m. trópico / (pl.) **tropici**.

Tropìsmo, s. m. tropismo.

Tròpo, s. m. tropo, emprego de palavra em sentido figurado; metáfora.

Tropologia, s. f. tropologia, discurso figurado, alegórico; alegoria.

Tropologicaménte, adv. tropologicamente / metaforicamente, alegoricamente.

Tropològico, adj. tropológico, figurado, alegórico: **linguàggio ———** / (pl.) **tropológici**.

Tropopàusa, s. f. zona da atmosfera que divide a troposfera da estratosfera.

Troposfèra, s. f. troposfera.

Tròppo, adj. det. demasiado, muito, o que excede, o que é mais que o devido / **——— caldo**: quente demais / **c'è troppa gente**: há gente de sobra / (s. m.) demasia, excesso / **chiede ———**: pede, exige muito / (adv.) demasiadamente, excessivamente / **dormire ———**: dormir demasiadamente / **——— bella**: bonita demais.

Tròscia, s. f. charco, canal, rego / tanque de curtume.

Tròta, s. f. truta (peixe).

Trotíno, adj. pelame de cavalo cinzento com manchas vermelhas.

Trottàbile, adj. de estrada: que se pode percorrer a trote.

Trottàre, v. (intr.) trotar (o cavalo, etc.) andar a cavalo, a trote / (fig.) ir ou caminhar muito depressa: **andando con lui, bisogna trottare**.

Trottàta, s. f. trotada, cavalgada a trote / (dim.) **trottatina**.

Trottatòia, s. f. listra de pedra posta como guia ou trilho no meio de uma estrada, para que sobre a mesma possa correr mais velozmente a roda dos veículos.

Trottatôio, s. m. pista para corridas de trote.

Trottatôre, (**trottatrice**, f.), s. e adj. trotador, que, ou o animal que trota / trotão.

Trotterellàre, v. (intr.) trotear a trote acurtado / (fig.) caminhar a passos rápidos e apressados: **il bimbo trotterella dietro al padre**.

Tròtto, s. m. trote, andadura do cavalo e de certos quadrúpedes entre o passo e o galope / (fig.) passo rápido, apressado (pessoa) / (fig.) **——— dell' asino**: pressa passageira, vontade que dura pouco.

Tròttola, s. f. pião.

Trottolàre, v. girar, virar de um e outro lado, dar voltas, rodopiar.

Trottolíno, s. m. (**trottolina**, f.) pequeno pião: piorra / criança viva, travessa, irrequieta.

Troupe (v. fr.), s. f. companhia de atores / (ital.) **compagnia**.

Trovàbile, adj. encontrável, possível de encontrar / reperível, achadiço.

Trovadòrico, adj. (lit.) trovadoresco: **poesia trovadorica** / (pl.) **trovadorici**.

Trovaménto, s. m. (raro) achado, encontro / invenção, invento, descoberta.

Trovàre, v. (tr.) achar, encontrar, deparar, descobrir, topar / surpreender / atinar / conseguir, obter / experimentar, provar, verificar / ver, visitar: **vado a ——— mio fratello / ——— il reo**: encontrar o réu / **uno con le mani nel sacco**: surpreender alguém com a boca na botija / inventar: **Marconi trovò la radio** / (fig.) **cosa che lascia il tempo che trova**: diz-se de coisa que não conclui nada;; (refl.) **trovàrsi**: achar-se, encontrar-no / reunir-se, estar juntos: **trovarsi al caffé** / julgar, apreciar, reputar: **come trovi il nuovo maestro?** que tal o novo professor?

Trovaròbe, s. m. (teatr.) guarda-roupa, pessoa encarregada de guardar roupas e alfaias numa casa de espetáculos.

Trovàta, s. f. achado, descoberta / recurso, expediente: **se la cavò con una bella ———**.

Trovatèllo, s. m. exposto, enjeitado / bastardozinho, inocente.

Trovàto, p. p. e adj. achado, encontrado, descoberto, alcançado / (s. m.) invento, descoberta: **un nuovo ——— della scienza**.

Trovatôre, s. m. (f. **trovatrice**) achador, descobridor, inventor / (lit.) trovador, poeta lírico provençal.

Trovièro, s. m. (lit.) troveiro / poeta lírico medieval francês.

Tròvo, p. p. (dial. flor.) achado, encontrado.

Tròzza, s. f. troça / (mar.) cabo ou corrente que prende as antenas no mastro.

Truccàre, v. (tr.) transformar, disfarçar, mascarar, alterar (o semblante) (fig.) enganar, iludir, embair / falsificar a realidade / em certos jogos, expedir a bola do adversário / (refl. teatr.) caracterizar-se, arrumar-se para a cena, maquilar.

Truccàto, p. p. e adj. transformado, disfarçado / falseado, alterado, enganado.

Truccatúra, s. f. transformação, disfarce, alteração / (teatr.) caracterização / (fr.) "maquillage".

Trúcco, s. m. truque, jogo de bolas de madeira / engano, ardil, tramóia / (teatr.) caracterização, disfarce / "maquillage" / (pl.) **trucchi**.

Truccone, s. m. embusteiro, embrulhão, trapaceiro, enredador / (fem.) **truccona**.

Truce, adj. truculento, cruel, feroz, brutal, atroz, sinistro / **sguardo** ———: olhar torvo.

Trucemènte, adv. truculentamente, cruelmente, brutalmente, ferozmente.

Trúcia, s. f. (tosc. pop.) miséria extrema, pobreza andrajosa.

Truciànte, adj. farrapento.

Trucidàre, v. (tr.) trucidar, matar com crueldade, matar ferozmente / (pr.) **trúcido**.

Trucidatôre, adj. e s. m. trucidador / assassino, degolador.

Truciolàre, v. (tr. e intr.) reduzir a cavacos, a aparas / (pr.) **trúciolo**.

Trúciolo, s. m. apara, maravalha, cavaco; pedacinho, naco, migalha; tira, listra fina, retalho de papel, etc.

Trucolènto e truculènto, adj. truculento, torvo, mau, feroz.

Trúffa, s. f. trapaça, fraude, logro, engano, falcatrua.

Truffaldíno, s. m. trapaceiro, logrador, embrulhão, larápio, embusteiro / (teatr.) máscara da antiga Commedia dell'Arte, que representa um simplório ridículo / (adj.) **imprese truffaldine**: conto do vigário, fraude.

Truffàre, v. (tr.) surrupiar, roubar, lapariar, embrulhar, enganar, ilaquear bifar / (refl.) **truffarsi di uno**: burlar-se de alguém.

Truffatôre, s. m. larápio, milhafre, embusteiro, ratoneiro, escamoteador; (fem.) **truffatrice**.

Trufferìa, s. f. ladroíce, embuste, escamoteação, trapaça, logro.

Trufolàre, v. (intr.) mexer, vascolejar / (refl.) **trufolarsi nella mota**, rebolcar-se na lama / (pr.) **trúfolo**.

Trúglio (ant.), s. m. astuto, esperto / (hist.) forma de procedimento sumário, que consistia em negociar com os detentos o gênero da pena.

Truísmo, (ingl. truism), s. m. truísmo, verdade evidente, indiscutível; verdade banal.

Trúlla (ant.), s. f. colher de pedreiro / recipiente para vinho.

Trullàggine, s. f. asnidade, parvoíce, tontice, tontaria.

Trullàre (ant.), v. (intr.) peidar.

Trullerìa, s. f. bobice, asneira; bobagem.

Trúllo, adj. (dial. tosc.) pateta, asno, bobo / (s. m.) construção cônica, da região das Apúlias / (hist.) espécie de máquina de guerra para atirar pedras / (ant.) peido.

Truògo, (ant. poét.) s. m. lugar baixo, baixada: **nell'infernal** ———: Dante.

Truògolo, s. m. tanque, recipiente para lavar panos ou para outro uso / gamela: comedouro para porcos / (dim.) **trogolètto, trogolíno**.

Truppa, s. f. tropa / agrupamento de gente / milícia, pelotão de soldados; (pl.) **le truppe**, as tropas, o exército / p. us. manada: **una** ——— **di muli** / **in** ———: em tropel.

Truppèllo (ant.), s. m. pelotão (de soldados).

Trustificazióne, s. f. (do ingl.) monopolização.

Trutína (ant.), s. f. fulcro da balança romana.

Tsè-Tsè, s. f. tsé-tsé, mosca africana.

Tu, pron. pes. de seg. pes. tu; usa-se na função de sujeito / **tu piangi**: tu choras / nas preposições implícitas, pode-se usar indiferentemente a forma subjetiva tu ou a objetiva te; **contento** ——— **contenti tutti**: estando tu satisfeito, todos também o estão / com valor de subs. **darsi del tu**: tratar-se por tu (bras.); nunca se elide.

Túba (hist.), s. f. tuba, espécie de trombeta usada pelos romanos / (fam.) chapéu alto, duro, cilindro; cartola / (dim.) **tubíno**, cartola pequena.

Tubàre, v. (intr.) tocar a tuba (trombeta) / arrulhar, gemer como o pombo ou a rola / (fig.) sussurrar palavras de amor.

Tubatúra, s. f. tubulação, tubagem.

Tubazióne, s. f. tubulação.

Tubercolàre, adj. (med.) tubercular.

Tubercolína, s. f. (med.) tuberculina.

Tubèrcolo, s. m. tubérculo, tumor pequeno característico da tuberculose / (bot.) tubérculo, excrescência feculenta.

Tubercolosàrio, s. m. casa de cura, sanatório para tuberculosos / (pl.) **tubercolasari**.

Tubercolòsi, s. f. tuberculose.

Tubercolôso, s. m. e adj. tuberculoso.

Tubercolòtico, adj. e s. m. tuberculoso.

Tubercolúto, adj. que tem tubérculos: tuberculado: **rodice tuberculuta**.

Túbero, s. m. (bot.) túberculo.

Tuberosa, s. f. tuberosa da família das liliáceas.

Tuberosità, s. f. tuberosidade.

Tuberôso, adj. tuberoso, que apresenta tuberosidades.

Tubièra, s. f. tubulação, conjunto de tubos de uma caldeira cilíndrica; tubagem.

Tubíno, s. m. (dim. fam.) chapéu duro de homem / pequeno tubo, tubinho.

Túbo, s. m. tubo, canal cilíndrico para condução; canal ou conduto natural / objeto tubular / canudo / sifão, serpentina / cano / ——— **di làncio**: tubo lança-torpedos / ——— **di scarica**: tubo de descarga.

Tubolàre, adj. tubular / tubulado, tubiforme.

Tubulàto, adj. tubulado, tubuloso / tubular.

Tubulatúra, s. f. tubulação / tubulagem do barco.

Túbulo, s. m. túbulo, pequeno tubo / (anat.) formação histológica que se encontra no rim.

Tucàno, s. m. (zool.) tucano, ave trepadora, freqüente no Brasil.

Tucídide, (hist.) Tucídides, o mais ilustre dos historiadores gregos (460-395 a. C.).
Tucúl, (do abiss.), s. m. cabana de forma cônica, da Abissínia.
Tuèllo, s. m. cando, a parte cartilaginosa no casco do cavalo.
Tufàceo, adj. de tufo, que é da natureza do tufo, que é semelhante ao tufo; poroso / **roccia tufacea**.
Tuffàre, tuffàrsi, (intr. e refl.) esconchar-se, encaramujar-se, ficar encolhido e coberto, para sentir mais calor: **si tuffa sotto le lenzuola**.
Tuffamènto, s. m. (raro) mergulho, ato de mergulhar.
Tuffàre, (germ. **taufan**) v. (tr.) mergulhar, imergir, afundar / (intr.) meter-se debaixo d'água / (fig.) engolfar-se, entranhar-se, entregar-se / **tuffarsi nello studio**, etc.
Tuffàta, s. f. mergulho, mergulhão.
Tuffàto, p. p. e adj. mergulhado, imerso / (mús.) apagado: **note tuffate**.
Tuffatôre, adj. e s. m. mergulhador.
Tuffatúra, s. f. mergulho, imersão.
Tuffètto, s. m. mergulhão ou alcaçu, ave palmípede / (dim.) pequeno mergulho.
Tùffo, s. m. mergulho, imersão / tombo; baque / choque, sobressalto.
Túffolo, s. f. (zool.) mergulhão / (bras.) ipequi, corvo marinho, ave que mergulha para caçar os peixes.
Túfo, s. m. tufo, pedra porosa produzida por erupção vulcânica.
Tufôso, adj. tufoso, de tufo.
Túga, s. f. pequeno quarto situado na popa ou na ponte de comando do navio.
Tugúrio, s. m. tugúrio / choupana, casebre, choça / abrigo / covil / (pl.) **tuguri**.
Túia, s. f. tuia, árvore conífera, afim dos ciprestes.
Túlio, s. m. túlio, elemento químico.
Tulipàno, (turco **tulbent**) s. m. tulipa ou túlipa, planta das liliáceas.
Túlle, (fr. **tulle**), s. m. tule, tecido fino e transparente, de seda ou algodão.
Túllio, n. pr. Túlio / s. m. (quím.) túlio, elemento quase metálico, de terras raras.
Tullo Ostílio, (hist.) Túlio Hostílio, 3º Rei de Roma, reinou de 670 a 630 a. C.
Tumefàre, v. (tr. e refl.) tumefazer, tornar túmido, tumeficar.
Tumefàtto, p. p. e adj. tumefato, intumescido, entumecido, inchado, túrgido.
Tumefazióne, s. f. tumefação, intumescência, inchaço.
Tumidêzza, s. f. tumidez, intumescência.
Tumidità, s. f. tumidez.
Túmido, adj. túmido, inchado / (fig.) orgulhoso; empoado: **stile** ———: estilo farfalhudo, pretensioso.
Túmolo, (v. **tumulo**).
Tumôre, s. m. (med.) tumor / (ant. fig.) soberba.
Tumorosità, (ant.), s. f. tumidez; inchaço.
Tumorôso, (ant.) adj. tumoroso, intumescido, inchado, túrgido.

Tumulàre, adj. tumular (de túmulos).
Tumulàre, v. (tr.) tumular, colocar no túmulo, sepultar.
Tumulazióne, s. f. ação de tumulizar, de sepultar em túmulo / sepultura / enterro.
Túmulo, s. m. túmulo, tumba, sepulcro / montão de terra ou de pedras.
Tumúlto, s. m. tumulto, alvoroço, desordem, motim sedição, revolta / agitação de espírito: **l'animo in** ———.
Tumultuànte, p. pr. e adj. tumultuante.
Tumultuàre, v. (intr.) tumultuar, amotinar, agitar, desordenar; excitar / (pr.) **tumultuo**.
Tumultuariamènte, adv. tumultuariamente.
Tumultuàrio, adj. (lit.) tumultuário, desordenado; ruidoso; confuso.
Tumultuosamènte, adv. tumultuosamente.
Tumultuôso, adj. tumultuoso, tumultuário.
Túndra, (da Lapônia) s. f. tundra, planície das regiões polares árticas, semelhante à estepe russa.
Tungstêno, s. m. (quím.) tungsteno, tungstênio, volfrâmio.
Tugusi, (etn.) Tunguses, povo da Sibéria, que ocupa um espaço grande entre o mar do Okhotsk, o Janissei e os montes Jablonói.
Túnica, s. f. túnica, vestuário usado pelos antigos, dalmática / casaco, manto de militar, comprido até o joelho / cobertura de encadernação: ——— **di pergamena** / (anat.) membrana / (bot.) invólucro de um bolbo.
Tunicàto, adj. vestido com túnica / (bot.) diz-se de bolbo revestido de membrana concêntrica / (s. m.) (pl.) (zool.) tunicados, classe de animais marinhos.
Tunicèlla (ant.), (v. **tonacella**).
Túnisi, (geogr.) Tunes, (ou Túnis), capital da Tunísia (África).
Tunisíno, adj. e s. m. tunisino, de Túnis / trabalho de malha, em que as malhas formam um desenho a quadrados regulares.
Tunnel (v. ingl.) túnel, galeria / (ital.) **traforo, galleria**.
Tunstêno, v. **tungsteno**.
Túo, adj. poss. teu / **tua** (fem.), tua; / (pl.) **tuoi, teus**; **tue** (fem.), **tuas** / (poét.) **tui**, por **tuoi**: **chi fu li maggior tui?** (Dante).
Tuonàre, v. **tonare**, que é a forma correta.
Tuòno, s. m. trovão / estrondo, estampido / ribombo das artilharias.
Tuòrlo, s. m. gema de ovo.
Tuppè, s. m. (fr. **toupet**) topete, penteado feminino dos cabelos / (fig.) topete, cara-dura, descaro, audácia.
Túra, s. f. máquina para consertar a seco o casco do navio / (dial. tosc.) tapagem com terra, pedras, etc. para deter um curso de água, dique, açude.
Turabúchi (trad. literal: tapa-buracos), s. m. empregado substituto, suplente.
Turàcciolo, s. m. rolha, peça de cortiça para tapar garrafas, frascos, etc.; tudo o que serve para tapar vidros de boca estreita; batoque / (dim.) **turacciolètto, turacciolíno**.

Turafàlle, (mar.), s. m. peça, utensílio que se usa nos navios para tapar falhas, fendas, etc.
Turamènto, s. m. rolhagem, rolhadura, operação de rolhar, tapamento, obturação.
Turàre, v. (tr.) rolhar, tapar com rolha, fechar, tapar, obturar, entupir / (fig.) —— un buco: tapar um buraco / (fig.) pagar uma dívida / obstruir, tampar / (refl.) turarsi il naso: tapar o nariz / turarsi in casa: encerrar-se em casa.
Turàto, p. p. e adj. arrolhado, tapado, fechado, obstruído.
Tùrba, s. f. turba, magote de gente, multidão (quase sempre com sentido depreciativo): una —— di vagabondi.
Tùrba (do fr. trouble), s. f. (med.) turbação, perturbação: —— nervosa.
Turbàbile, adj. turbável, perturbável, alterável.
Turbamènto, s. m. turbamento, perturbação / alteração, agitação, desordem, inquietação.
Turbànte (do persa), s. m. turbante.
Turbànza (ant.), s. f. turbação, inquietação.
Turbàre, v. (tr.) turvar, tornar turvo, escurecer, toldar / turbar, perturbar, alterar, inquietar, desassossegar / (refl.) turbar-se, agitar-se.
Turbativa, s. f. (jur.) ação turbativa.
Turbatívo, adj. turbativo, que produz turbação.
Turbàto, p. p. e adj. turbado, perturbado, inquieto, desassossegado, agitado, alterado.
Turbatóre, (turbatríce, f.), adj. e s. m. turbador que, ou aquele que turba; perturbador, agitador, turbulento.
Turbazióne, s. f. turbação, perturbação.
Turbína, s. f. turbina: —— idraulica, a vapore / mulino a ——: moinho de cubo.
Turbinàre, v. (intr.) turbilhoar, turbilhonar, formar redomoinho, redomoinhar / (pr.) túrbino.
Tùrbine, s. m. turbilhão, redemoinho, pé de vento impetuoso; vórtice, vorajão, tufão / (fig.) il —— delle passioni: o vendaval das paixões.
Turbinío, s. m. torvelinho, redemoinho contínuo e freqüente / (fig.) un —— di gente / il —— delle danze: o redemoinho das danças.
Turbinosamènte, adv. turbinosamente, agitadamente, vertiginosamente, arrebatadamente.
Turbinòso, adj. turbinoso, vorticoso, turbíneo, impetuoso, vertiginoso.
Turbítto, s. m. (bot.) turbito.
Tùrbo, s. m. (ant. e poét.) turbilhão, torvelinho: vé come il turbo spira e va polve qual paleo rotando (Manzoni) / (mec.) —— motore: turbina / turbação / (adj. túrbido, turvo.
Turbocompressóre, s. m. turbo-compressor.
Turboèlica, s. f. (aér.) turbo-hélice.
Turbolènto, adj. túrbido, turbulento, tumultuoso, perturbador: ragazzo —— / tempi turbolenti: tempos agitados, borrascosos.
Turbolènza, s. f. turbulência, perturbação, agitação, indisciplina.

Turbomotóre, s. m. turbomotor, máquina a turbina.
Turbonàve, s. f. navio movido a turbina.
Turboreattóre, s. m. turbo-reator.
Túrca (ant.), s. f. vestimenta à moda turca.
Turcàsso, s. m. faretra, custódia das flechas.
Turcheggiàre, v. (intr.) imitar os costumes turcos, proceder à turca.
Turchescamènte, adv. turquescamente, à maneira dos turcos.
Turchêsco, adj. turquesco, relativo aos turcos / (pl.) turcheschi.
Turchêse, s. f. turquesa, pedra de cor azul e opaca.
Turchia, (geogr.) Turquia, Estado da península dos Balcãs e da Ásia anterior.
Turchína, s. f. (raro) turquina, turquesa (pedra).
Turchineggiàre, v. (intr.) tender à cor azul, azular, azulejar.
Turchinêtto, adj. (dim.) um tanto azul, turquesado (cor).
Turchiníccio, adj. azulado, meio azul / (s. m.) anil.
Turchíno, adj. turquesado, azul turqui (cor).
Turcimàno, s. m. turgimão, intérprete oficial nos países do Levante.
Túrco, adj. e s. m. turco / parlare ——: falar turco / (fig.) falar de modo inintiligível.
Turcomanni, s. m. (etn.) turcomanos.
Turf, (v. ingl.), s. m. turfe, pista, campo de corridas de cavalos.
Túrgere (ant.), v. (intr.) turgescer, intumescer, inchar.
Turgidèzza, e **turgidità**, s. f. turgidez, turgência, tumefação.
Túrgido, adj. (lit.) túrgido, túmido, inchado / engrossado.
Turgóre, s. m. (lit.) turgidez, turgência.
Turíbolo, s. m. turíbulo, incensório.
Turiddu, n. pr. (dial. sic.) Salvador.
Turiferàrio, s. m. turiferário, clérigo que leva o turíbulo nas procissões / (fig.) adulador.
Turíngia, (geogr.) Turíngia, país da Alemanha Central.
Turióne, s. m. vergôntea do espargo.
Turísta, s. m. turista / (pl.) turisti.
Turístico, adj. turístico / (pl.) turistici.
Turlupin, (lit.) Turlupin, nome adotado para o teatro por um ator francês do século XVII, Henri Le Grand / bufão, truão.
Turlupinàre, v. (tr.) enganar, lograr, embrulhar, embair, embromar / (fr.) turlupiner.
Turlupinatóre, adj. e s. m. tapeador, embuidor, embromador, ludibriador / (fem.) turlupinatrice.
Turlupinatúra, s. f. ludíbrio, engano, impostura, intrujice, tapeação.
Turlupíni, s. m. (pl.) hereges do século XIV, excomungados em 1372.
Tùrno, s. m. (do fr.) turno, cada um dos grupos que se revezam / ordem, vez / turma: —— di operai.
Túro, s. m. (raro) rolha, tampo, coisa que serve para tampar.
Túrpe, adj. torpe, indecoroso, desonesto, impudico, nojento, ignóbil.

Turpemênte, adv. torpemente, nojentamente, ignobilmente, soezmente.
Turpilòquio, s. m. turpilóquio, expressão torpe, linguagem reles, ordinária / (pl.) **turpiloqui**.
Turpino, (hist.) Turpin, arcebispo de Reims, célebre nos antigos romances de cavalaria.
Turpità, s. f. turpitude, torpeza.
Turpitúdine, s. f. turpitude, torpeza, infâmia / dito soez.
Turríbolo, v. turibolo.
Turríto, adj. (lit.) turrígero, que possui torres: **la turrita Bologna**.
Túscia, (geogr.), antigo nome da Toscana.
Túta, s. f. macacão, vestimenta usada pelos operários, especialmente mecânicos.
Tutèla, s. f. tutela, tutoria / (fig.) defesa, amparo, proteção / sujeição / (fig.) —— **dell'onore, della libertà**, etc. / (for.) **tutela incolpata**: legítima defesa.
Tutelàre, v. (tr.) tutelar / proteger, defender, amparar / (adj.) tutelar, protetor, que tutela, que protege, que defende. **divinità** ——: divindade tutelar.
Tutelàto, p. p. e adj. tutelado, protegido.
Túto (ant.), adj. (do lat. **tútus**) defendido, seguro: **dall'odio proprio son le cose tute** (Dante).
Tútolo, s. m. sabugo da espiga de milho.
Tutòre, s. m. (**tutríce**, f.) tutor / (fig.) (lit.) protetor, defensor.
Tutoría, s. f. (ant.) tutela, tutoria.
Tutòrio, adj. tutório, de tutor / (pl.) **tutori**.
Tuttafiàta, (ant.), e **tuttavòlta** (ant.) todavia, contudo, entretanto / ainda, sempre.
Tuttasànta, adj. e s. f. a Virgem Maria.
Tuttavía, adv. e conj. todavia, ainda assim, mas, contudo, entretanto, porém / sempre, continuamente, ainda: **lo stimava e lo stima** ——.
Tútto, adj. det. todo, inteiro, completo, universal, íntegro, total / —— **il mondo**, —— **il giorno** / mesmo rejeitando o artigo, o requer sempre diante do nome que o acompanha, sempre que não seja nome de cidade: **tutta l'Umanità** / pode ser seguido do artigo definido ou indefinido: **tutta la vita**: toda a vida; **tutta una vita**: uma vida inteira; às vezes nas locuções formadas mediante a partícula **con**, significa não obstante, apesar de: **con tutti i malanni che aveva, lavorava come un eroe**: apesar das doenças que tinha, trabalhava como um herói / **con** ——: malgrado / acompanhado de um outro adjetivo, dá a este valor de superlativo: —— **solo** / —— **allegro** / (hiperb.) **è** —— **naso**: é só nariz / —— **lingua**: linguarudo / **a** —— **andare**: a toda velocidade / **a** —— **spiano**: (s. m.) interrupção / **di** —— **punto**: inteiramente / **a tutt'uomo**: com todo o empenho / pronome no singular tem valor neutro e significa tudo, toda coisa, qualquer coisa: —— **cambia**: tudo muda / —— **passa**: tudo passa / **sa far di** ——: sabe fazer de tudo / (pl.) **tutti**, todos / (adv.) inteiramente, exclusivamente, em toda parte / (s. m.) conjunto, soma, universalidade, o total: **il** —— **vi sarà spedito fra un mese** / (fam.) (adv.) tem também o superl. **tuttissimo**.
Tuttochè, conj. não obstante, embora.
Tuttodì, adv. de contínuo, sempre, continuadamente: **là ove Cristo** —— **si merca**.
Tuttòra, adv. sempre, todavia, ainda, se bem que.
Túzia, (ár. persa: **tutia**), s. f. tutia, óxido de zinco impuro que se deposita nas chaminés dos fornos: **cadmia**.
Tuziorísmo, s. m. (fil.) tuciorismo.
Tuziorista, adj. tuciorista, o que, entre várias doutrinas ou opiniões, segue a mais segura.
Tzar, s. m. tzar, título do imperador da Rússia.
Tze-Tzzè, v. tse-tsé.
Tzigàno, adj. e s. m. tzigano, relativo aos ciganos / cigano, especialmente músico, que toca músicas ciganas.

U

U, s. f. ou m. u, décima nona letra do alfabeto italiano e última das vogais; emprega-se quase sempre no fem.: **una u, la lettera u**; sendo átona, forma ditongo com as demais vogais.

U' (ant.) conj. (do lat. "**ubi**") onde; **u' che s'aggira** (Dante).

Uàdi, s. m. (geogr.) torrente, leito de rio / rio nos desertos, quase seco.

Ubbía, s. f. prejuízo, superstição; opinião infundada; aversão injustificada: **avere ubbie per il capo**: ter idéias estrambólicas.

Ubbidiènte, p. pr. e adj. obediente / disciplinado, devoto, obsequioso, dócil, submisso, respeitoso, deferente: remissivo.

Ubbidiènza, s. f. obediência / devoção, disciplina, obséquio, submissão, docilidade, subordinação; diferença / —— cieca, passiva.

Ubbidíre, v. (tr. e intr.) obedecer / executar, cumprir; conseguir; anuir; ceder / sujeitar-se, conformar-se, dobrar-se / secundar, observar / (pr.) **ubbidisco, ubbidisci.**

Ubbidíto, p. p. e adj. obedecido: **leggi ubbidite**, leis obedecidas; cumprido, observado.

Ubbióso, adj. (raro) supersticioso, medroso.

Ubbligàre, ubbrigàre, (ant.) v. (tr.) obrigar, (v. **obbligare**).

Ubbriàco (ant.), embriagado; (v. **ubriàco**).

úbere, adj. (lit.) úbere; ubertoso; farto; fértil; abundante.

Ubèro e ubièro, adj. e s. m. ruão, diz-se do, ou o cavalo cujo pelo é mesclado de branco e pardo, ou branco com malhas escuras e redondas.

Ubèrrimo, adj. (sup.) ubérrimo; fertilíssimo.

Ubertà, s. f. (lit.) uberdade, abundância, fertilidade; fecundidade.

Uberti, (hist.) Farinata degli Uberti, chefe dos Gibelinos de Florença.

Ubertosamènte, adv. ubertosamente, fecundamente.

Ubertosità, s. f. uberdade, fertilidade; fecundidade; abundância.

Ubertôso, adj. ubertoso; abundante; fecundo; fértil; úbere.

úbi, adv. (lat.) usado na loc. **úbi consístam**; (como substantivo) fundamento, ponto de apoio, razão, sustentáculo.

Ubicàre, v. (tr.) pôr, situar.

Ubicàto, p. p. e adj. posto, situado, colocado.

Ubicaziòne, s. f. situação, posição, lugar onde está situado um edifício, uma propriedade, etc.

Ubidènzia, ubidiènza, (ant.), s. f. obediência / v. **ubbidiènza**.

Ubiquità, s. f. ubiqüidade.

Ubiquitàri, ubiquisti, s. m. pl. (relig.) ubiqüitários, membros de uma seita hereje luterana.

Ubriacamênto, s. m. (raro) embriaguez, ação e efeito de embriagar-se.

Ubriacàre, v. (tr.) embriagar, embebedar / (refl.) embriagar-se / (fig.) enfatuar-se, envaidecer: —— con le lusinghe, con le lodi.

Ubriacatôre, (f. -ra, -trice) adj. e s. m. embriagador; embriagante.

Ubriacatúra, s. f. bebedeira, pileque, esbórnia (bras.); embriaguez / (fig.) entusiasmo, fanatismo; exaltação.

Ubriacatêzza, s. f. embriaguez, ebriedade.

Ubriàco, adj. bêbado, ébrio, borracho / (fig.) exaltado, alegre; extasiado: —— d'odio; di gelosia, etc. / (pl.) **ubriàchi**.

Ubriacône, s. m. (f. **ubriacona**) beberrão, que bebe muito; beberraz, beberrote; esponja, pipa, chupista, gambá.

Ucàse, s. m. ucase, decreto do czar / (fig.) ordem peremptória, tirânica.

Uccellàbile, adj. (raro) que se pode caçar ou pegar facilmente / caçável / enganável facilmente.

Uccellagiòne, s. f. passarinhagem; caça de pássaros.

Uccellàia, s. f. passarada, passarinho / lugar para passarinhar / (ant.) rodeio ardil, engano.

Uccellàio, s. m. passarinheiro, vendedor de pássaros.

Uccellàme, s. m. passarada, caçada.

Uccellamènto, s. m. passarinhagem (caça) / (fig.) burla, ardil, engano, troça.
Uccellànda, s. f. lugar para passarinhar.
Uccellàre, v. (intr.) passarinhar, andar à caça de pássaros / (fig.) —— a una cosa: cobiçar algo / (tr.) —— alcuno: enganar, embair.
Uccellàto, p. p. e adj. burlado, enganado.
Uccellatòio, (pl. -oi) s. m. lugar disposto para passarinhar.
Uccellatôre, s. m. (f. **uccellatríce**) passarinheiro, aquele que caça pássaros / (fig.) pessoa que procura ou deseja alguma coisa.
Uccellatúra, s. f. (raro) passarinhagem; o tempo, a arte e o ato de passarinhar.
Uccellètto, s. m. (dim.) passarinho, pequeno pássaro.
Uccellièra, s. f. viveiro de pássaros; aviário.
Uccèllo, s. m. pássaro: ave / (fig.) uccel di bosco: foragido / —— di malaugurio: ave de mau agouro / vedere a volo d' ——: ver de fugida, rapidamente / (dim.) **uccellíno**, **uccellètto**, **uccellúccio** / (aum.) **uccellóne**; (pej.) **uccellàccio**.
Uccidimènto, (ant.), s. m. matança, ação de matar.
Uccìdere, v. (tr.) matar / (refl.) uccídersi; matar-se, suicidar-se / (p. p.) **ucciso**.
Ucciditôre, s. m. (raro) matador / (fem.) **ucciditríce**.
Úccio, desinência das palavras que exprimem carinho ou ternura, mas que assumem, às vezes, valor depreciativo / (fam.) usa-se para denotar qualidade ou condição inferior; esamúccio, exame medíocre: vinuccio, vinho fraco.
Uccisiône, s. f. matança; morticínio, assassínio, extermínio, massacre; homicídio, carnificina.
Ucciso, p. p. e adj. matado, assassinado; morto; vítima / (for.) assassinado, morto violentamente.
Uccisôre, adj. e s. m. matador; assassino, homicida.
Ucraína, (geogr.) Ucrânia / (adj.) **ucraíno**, **ucraniano**.
Udènte, **udiènte**, p. p. ouvinte.
Udíbile, adj. audível, que se pode ouvir.
Udiènza, s. f. audiência, ato de ouvir, de dar atenção / audiência, sessão de um magistrado / **sala delle** ——: sala das sessões do tribunal / reunião, sessão.
Údine, (geogr.) Udine, capital da província do Friul / (adj.) **udinêse**, udinense.
Udíre, v. (tr.) ouvir, escutar / advertir, entender, perceber, notar; prestar atenção; atender, dar atenção, notar; prestar atenção; atender, dar atenção / (s. m.) l'**udire**, o ouvido, o ouvir, o sentido do ouvido / (pr.) **odo**, udiano, udite.
Udíta, s. f. ouvida, ato de ouvir / sapere una cosa per —— dire: estar a par de uma coisa por tê-la escutado de outrem.
Udítivo, adj. auditivo; **organo** —— / (des.) auditório.

Udíto, p. p e adj. ouvido, escutado, percebido pelo ouvido / (s. m.) ouvido, sentido pelo qual se percebem os sons / orelha.
Uditoràto, s. m. auditoria.
Uditôre, s. m. (f. **auditríce**) ouvinte / (jur.) auditor; (na Itália, o primeiro grau na carreira de magistrado) / **Radiouditori**, radiouvintes.
Uditòrio, s. m. auditório / (adj. (raro) auditivo.
Udiziône, s. f. (raro) audição.
Udometría, s. f. (meteor.) udometria.
Udômetro, s. m. udômetro, pluviômetro.
Udôre, s. m. umidade.
Uff, exclam. de aborrecimento, impaciência, etc.; ufa!
Ufficiàle, adj. oficial, que procede da autoridade pública; autorizado, autêntico / (s. m.) aquele que exerce um cargo público / (mil.) oficial, membro do exército / (dim.) **ufficialètto**, **ufficialíno**, **ufficialúccio**.
Ufficialèssa, s. f. (raro) mulher de oficial / —— **postale**: mulher que empreita uma agência do correio e telégrafo.
Ufficialità, s. f. oficialidade / oficiosidade: l' —— **della notízia**.
Ufficialmènte, adv. oficialmente.
Ufficiànte, p. pr. e adj. e s. m. oficiante; aquele que oficia; celebrante.
Ufficiàre, v. (tr. e intr.) oficiar, celebrar o ofício divino; celebrar uma função sacra / fazer ato de obséquio ou de convite a alguém; convidar, solicitar, pedir, rogar.
Ufficiàto, p. p. e adj. oficiado; funcionado, solicitado / **chiesa officiata**: igreja em função.
Ufficiatôre, adj. e s. m. oficiante, celebrante.
Ufficiatúra, s. f. ação de oficiar uma igreja / celebração de ofício divino.
Ufficio, s. m. ofício, obrigação natural, dever: l' —— **di madre** / função; cargo, emprego, profissão / o conjunto dos empregados que trabalham num lugar / lugar onde os empregados trabalham: escritório / **avvocato d'** ——: advogado escolhido pelo juiz para defender um réu indigente.
Ufficiosamènte, adv. oficiosamente.
Ufficiosità, s. f. oficiosidade.
Ufficiôso, adj. oficioso / confidencial / obsequioso, urbano, cortês.
Uffiziàle, e deriv. v. **ufficiale**.
Uffízio, s. m. lugar, gabinete de trabalho; escritório; lugar onde funciona uma repartição pública ou particular: l' —— **postale** / função sacra: l' —— **dei defunti** / breviário: as rezas do breviário / **il Sant'Uffizio**: a Santa Inquisição.
Uffiziuòlo, s. m. o matutino e outras rezas de N. S.; o livro das horas; ofício parvo.
Úfo, voz us. na loc. adv. **a ufo**, grátis, de graça, sem despesas / **mangiare a**
Ugèllo, s. m. resfolegadouro; respiradouro; dispositivo pelo qual entra o ar necessário para mover certos mecanismos.

Úggia, s. f. sombra, escassez de luz / (fig.) tédio, aborrecimento; nojo, aversão / prendere in —— una persona: não suportar alguém.
Uggiàre, v. (tr.) (ant.) aborrecer.
Uggiolamènto, s. m. ganido.
Uggiolàre, v. (intr.) ganir (do cão); latir / (pr.) úggiolo.
Uggiolio, s. m. ganideira, sucessão contínua ou freqüente de ganidos / (pl.) uggiolii.
Uggiosamènte, adv. aborrecidamente, tediosamente.
Uggiosità, s. f. enfado, fastio; tédio.
Uggiôso, adj. fastidioso, tedioso, aborrecido; tempo ——.
Uggíre, v. (tr.) murchar, obscurecer, fazer sombra a: l'ombra di questo muro uggisce le piante / entristecer; oprimir; aborrecer.
Úgna, s. f. (pop. ou poét.) unha; garra.
Ugnàre, v. (tr.) unhar / cortar obliquamente, de revés, a madeira ou outra coisa.
Ugnatùra, s. f. unhamento / (técn.) corte oblíquo para formar uma juntura angular / borda da encadernação.
Ugnèlla, s. f. cinzel de ourives para entalhar no aço / excrescência que aparece nas pernas dos cavalos, etc.
Ugnèllo, s. m. (dim. raro) unhazinha.
Úgnere, (ant.) v. ungir.
Ugnètto, s. m. cinzel achatado na ponta para fazer acanaladuras.
Ugnuòlo, s. m. unhazinha, garrazinha, especialmente de pássaros.
Ugo, n. pr. Hugo.
Úgola, s. f. (anat.) évula, saliência da parte posterior do véu palatino! / (fig.) voz, canto: che ugola! que voz! peito de grande cantor.
Ugonottísmo, s. m. hugonotismo; calvinismo francês.
Ugonòtto, s. m. huguenote, nome dado em França aos protestantes calvinistas.
Uguagliamènto, s. m. igualamento, ato de igualar; igualação.
Uguagliànza, s. f. igualdade, identidade; conformidade; exatidão; nivelamento, uniformidade / precisão / equação.
Uguagliàre, v. (tr.) igualar, tornar igual, nivelar; equiparar; equivaler / (refl.) uguagliarsi, comparar-se; fazer-se igual, igualar-se; por-se no mesmo nível de outro.
Uguagliatôre, adj. e s. m. igualador / (fem.) ugguagliatríce.
Uguàle, adj. igual, semelhante, idêntico, uniforme / (s. m.) pessoa da mesma condição social; igual; a mesma coisa / sinal aritmético de igualdade.
Ugualità, s. f. (raro) igualdade.
Ugualitàrio, adj. e s. m. (fr. "égalitaire") igualitário.
Igualmènte, adv. igualmente / o mesmo.
Uguàno, adv. (ant.) este ano.
Uh! interj. ai, ui, exclamação de dor ou de maravilha.
Uhm, interj. hum., expressão de dúvida ou de incerteza.
Ukase (v. russo), s. m. ukase, decreto do Czar.

Ulàno, s. m. ulano, soldado a cavalo armado de lança.
Úlcera, s. f. úlcera / (pl.) úlcere, úlceri.
Ulceramènto, s. m. ulceração.
Ulceràre, v. (tr. e refl.) ulcerar / alterar; gangrenar / (pr.) úlcero.
Ulcerativo, adj. ulcerativo.
Ulceràto, p. p. e adj. ulcerado / (fig.) magoado, pesaroso.
Ulceraziône, s. f. ulceração.
Ulcerôso, adj. ulceroso.
Ulèma, s. m. ulemá, doutor teólogo, entre os árabes e os turcos.
Ulígine, s. f. (lit. do lat. ulígo) umidade natural da terra.
Uliginôso, adj. (lit.) uliginoso, úmido (terreno).
Ulimènto, (ant.) s. m. odor, olor.
Ulimíre, (ant. intr.) v. exalar odor ou cheiro; ter aroma; odorar.
Ulimôso, (ant.) adj. odorífero, odoroso, odorífico, cheiroso.
Ulíre, (ant.) v. (intr.) odorar.
Ulisse, (mit.) Ulisses, personagem grega, rei lendário da Itaca.
Ulíte, s. f. (med.) ulite, inflamação da membrana mucosa das gengivas.
Ulíva e deriv. v. oliva e deriv. oliva, azeitona.
Ulivàle, adj. em forma de azeitona.
Ulivàstro, adj. oliváceo, azeitonado / (s. m.) (bot.) oleastro, azambujeiro, oliveira silvestre.
Ulivàto, adj. oliveiro, abundante em oliveiras: terreno ——.
Ulivígno, adj. oliváceo, azeitonado (cor).
Ulívo, s. m. (bot.) oliveira, azeitona / —— selvatico: azambujeiro / —— benedetto: ramo pascal / domenica degli ulivi: domingo de ramos / (fig.) ramoscello d'ulivo: ramo de oliveira, símbolo de paz.
Úllo, (ant.), adj. ninguém; alguém.
Ulmàcee, s. f. (bot.) ulmáceas.
Úlmico, (quím.) adj. úlmico / (pl.) úlmici.
Ulmína, (quím.) ulmina.
Úlna, s. f. (anat.) ulna; cúbito (um dos ossos do antebraço).
Ulpiàno, (biogr.) Ulpiano, jurisconsulto romano, conselheiro de Alexandre Severo.
Ulteriôre, adj. ulterior / (burl.) sucessivo, novo, outro: —— avviso.
Ulteriormènte, adv. ulteriormente.
Ultimamènte, adv. ultimamente / recentemente.
Ultimàre, v. (tr.) ultimar, terminar, concluir, acabar / aperfeiçoar, dar a última demão.
Ultimàto, p. p. e adj. ultimado, terminado, concluído.
Ultimàtum, s. m. (neol.) ultimato; "ultimatum" / determinação definitiva.
Ultimaziône, s. f. (raro) ultimação, conclusão; remate, acabamento.
Último, adj. último, que está ou vem no fim de todos; derradeiro; o mais recente; extremo / pior / que está em vigor; atual / máximo, supremo / ínfimo, mínimo / ultima parola: a última decisão / l'ultimo della classe: o pior da classe / l'ultima perfezione: suprema perfeição / —— prezzo:

último preço / **ultima ratio**: (lat.) o último recurso (a violência, a guerra, etc. / (s. m.) último: **essere agli ultimi**: estar para morrer.
Ultimogènito, adj. e s. m. o filho mais novo: **ultimogênito**.
Últo, adj. (poét.) ulto; vingado, punido / (contr.) **inulto**, impune.
Ultôre, adj. e s. m. (f. **ultríce**) ultor, vingador.
Últra, adv. lat. que significa além de, usado na loc. **non plus ultra**: o limite extremo; e também como (s. m.): **il non plus ultra della ricchezza**; e ainda como prefixo para exprimir a idéia de: excessivamente, extremamente: **ultrareazionàrio, ultrasensibile**.
Ultracondensatôre, s. m. ultracondensador, aparelho luminoso que se adapta ao microscópio.
Ultracôrte, adj. (pl.) ultracurtas, ondas eletromagnéticas inferiores aos dez metros.
Ultragassôso, adj. ultragasoso.
Ultraísmo, s. m. ultraísmo.
Ultramaríno, adj. e s. m ultramarino.
Ultramicroscòpico, adj. ultramicroscópico / (pl.) **ultramicroscòpici**.
Ultramicroscòpio, s. m. ultramicroscópio.
Ultramondàno, adj. ultramundano, sobrenatural.
Ultramontanísmo, s. m. ultramontanismo / clericalismo.
Ultramontàno, adj. e s. m. ultramontano, transmontano.
Ultrapotènte, adj. ultrapotente: potentíssimo.
Ultraràpido, adj. ultra-rápido: rapidíssimo.
Ultrarealísmo, s. m. ultra-realismo.
Ultrarealísta, adj. e s. m. ultra-realista.
Ultrarôsso, adj. infravermelho.
Ultrasensíbile, adj. ultra-sensível, extremamente sensível.
Ultrasolàre, adj. ultra-solar.
Ultrasònico, adj. ultra-sônico.
Ultrasuòno, s. m. ultra-som; vibração sonora, supersensível.
Ultratemporàle, adj. supratemporal.
Ultraviolètto, adj. (fís.) ultravioleta.
Ultravôlo, s. m. ultravôo, vôo a grandíssima velocidade de projéteis teleguiados.
Ultroneamênte, adv. (raro) voluntariamente, expontaneamente.
Ultròneo, adj. (lit.) ultrôneo, voluntário, espontâneo.
Ululànte, p. pr. e adj. ululante.
Ululàre, v. (intr.) ulular; uivar; ganir (particularmente do lobo) / (fig.) **ulula il mare, il vento, il cane** / (pr.) **úlulo**.
Ululàto, p. p. e s. m. ululato; ululação / queixa, grito, alarido, ululato, clamor.
Úlulo, s. m. ululo.
Úlva, s. f. ulva, alga marinha da família das ulváceas.
Ulvàceo, adj. ulváceo, de ulva / (s. f.) (pl.) **ulvàceas**.
Umanamênte, adv. humanamente / benignamente; piedosamente.
Umanàre, v. (tr.) humanar, humanizar / (refl.) humanar-se; humanizar-se o Verbo Divino.

Umanazióne, s. f. humanação, ação de humanar; humanização.
Umanèsimo e **umanísmo**, s. m. humanismo, cultura das humanidades / (hist. e lit.) o renascimento dos estudos clássicos iniciado na Itália na Renascença / Renascença.
Umanísta, s. m. humanista / literato, cultor das belas letras.
Umanità, s. f. humanidade; natureza humana; o gênero humano / clemência, compaixão, bondade / (lit.) o estudo das letras clássicas, humanidades.
Umanitàrio, adj. humanitário / humano / benigno, compassivo.
Umanizzàre, v. (tr. neol.) humanizar; tornar humano; humanar.
Umàno, adj. humano / afável, benéfico, benigno, cortês, gentil, piedoso, bondoso, clemente / (s. m.) humanidade: **un atto profondamente** ——— / (pl.) **gli umani**, os homens.
Umazióne, s. f. inumação / sepultura; enterro.
Umbèlla, s. f. (bot.) umbela.
Umbellàto, adj. (bot.) umbelado, que possui umbela.
Umbellífero, adj. umbelífero; umbelado.
Umberto, n. pr. Humberto / Humberto 2º, o último rei (de Savóia) da Itália, destronado em 1946.
Umbilicàle, adj. umbilical: **cordone** ———.
Umbilicàto, adj. umbilicado; semelhante ao umbigo.
Umbilíco, s. m. umbigo / (pl.) **umbilichi**, o centro / (bot.) ——— **di Venere**.
Úmbo, s. m. parte central do escudo.
Umbonàto, adj. diz-se de escudo munido de choupa / relevo ou ponta que ressalta do centro dos antigos escudos militares, e que servia como arma contundente.
Umbône, s. m. choupa dos escudos militares antigos.
Umbràtile, adj. (lit.) umbrátil, umbrático, relativo à sombra / (fig.) obscuro / imaginário, falso, sem fundamento.
Úmbro, adj. e s. m. umbro, úmbrico, habitante da Úmbria; dialeto úmbrico / (pl.) **úmbri**.
Umeràle, adj. umeral, referente ao úmero / (ecles.) manto de seda branca ou vermelha que o sacerdote põe sobre os ombros.
Umettàbile, adj. umectável, umedecível.
Umettamênto, s. m. umectação, umedecimento.
Umettàre, v. (tr.) umectar, banhar levemente, umedecer.
Umettatívo, adj. umectativo.
Umettazióne, s. f. umectação, ação de umectar, de umedecer.
Umidêzza, s. f. umidade.
Umidíccio, adj. um tanto úmido.
Umidíre, v. (tr.) umedecer.
Umidità, s. f. umidade.
Úmido, adj. úmido; áqueo; molhado / (s. m.) umidade / guisado: **un** ——— **di capretto**.
Umidôre, s. m. (lit.) umidade.

Umífero, adj. humífero, que contém humo, rico de humo.
Úmile, adj. humilde; modesto, simples, obscuro; pobre / medíocre / (ant.) quieto, pacífico, doce / (s. m.) **gli umili:** os humildes, os pobres.
Umiliamênto, s. m. (raro) humilhação.
Umiliànte, p. pr. e adj. humilhante / vexatório; degradante: **offerta** ———.
Umiliàre, v. (tr.) humilhar; rebaixar, vexar; tratar com soberba / (refl.) humilhar-se, rebaixar-se, submeter-se.
Umiliatívo, adj. humilhante, humiliante, humilhoso.
Umiliàto, p. p. e adj. humilhado / (hist. ecles.) (pl.) **umiliàti:** ordem religiosa fundada em Milão no século XII e suprimida no século XVI.
Umiliatôre, s. m. (**umiliatríce,** s. f.) humilhador, que humilha; humilhante.
Umiliazône, s. f. humilhação, humiliação.
Umilíssimo, (p. us.) adj. sup. humilíssimo.
Umílimo, adj. humílimo, muito humilde, humilíssimo.
Umilmênte, adv. humildemente, humildosamente.
Umiltà, s. f. humildade / modéstia, simplicidade; pobreza, inferioridade.
Úmo, s. m. humo, humus.
Umoràccio, adj. depr. mau humor.
Umôre, s. m. (lat. **"húmor"**) humor, substância fluida de um corpo organizado; humildade; líquido / (anat.) humor aquoso / disposição de ânimo, temperamento, índole; caráter / (neol. do ingl. **humour**) veia cômica sem o menor elemento depreciativo / (dim.) **umorêtto, umorino** / **umoráccio** / (pej.) / (fig.) **un bell umore:** um tipo extravagante, burlesco.
Umorismo, s. m. (med. ant.) humorismo, sistema de medicina antiga, fundado sobre a doutrina da influência dos humores / humorismo, boa disposição do espírito, veia cômica / (pop.) comicidade, argúcia, espírito, alegria.
Umorísta, s. m. humorista; homem jovial, alegre / (lit.) humorista, escritor cômico.
Umorístico, adj. humorístico / (pl.) **umoristici.**
Umorosità, (ant.), s. f. (med.) humorosidade.
Umorôso, s. m. (med. ant.) humoroso, que tem humor ou umidade.
Umpìre, (v. ingl.) árbitro / (lit.) **árbitro.**
Un, art. ind. apócope de uno, um; ——— **pane,** ——— **libro,** ——— **ragazzo.**
Una, art. ind. e adj. num. (fem. de uno), uma.
Unànime, adj. unânime, concorde; geral: **applausi unanimi.**
Unanimemênte, adv. unanimemente.
Unanimísmo, s. m. (filos.) unanimismo.
Unanimità, s. f. unanimidade.
Una tantum, loc. lat. (med. e burl.) uma só vez.
Unciàle, ou **onciàle,** adj. uncial (caracteres com que se escreviam certos textos antigos).

Uncinàre, v. (tr.) enganchar, prender com gancho / dobrar em forma de gancho / (fig.) agarrar, roubar.
Uncinàto, p. p. e adj. enganchado; ganchado / uncinado, unciforme / **croce uncinata:** cruz gamada / **mani uncinate** (fig.): as mãos dos ladrões, rapaces, como as das aves de rapina.
Uncinèllo, s. m. (dim.) ganchinho, gancho pequeno / colchete; gancho para fechar vestido feminino.
Uncinêtto, s. m. (dim.) ganchinho / agulha de crochê para trabalhos de malha / trabalho feito com tal agulha.
Uncíno, s. m. gancho / garavato; croque / (fig.) **attaccarsi a tutti gli uncini:** procurar todas as cavilações, agarrar-se a qualquer argumento.
Uncinúto, adj. (raro) uncinado, que tem forma de unha ou gancho; unciforme / (ant.) **rapace.**
Únde, (ant.), adv. portanto, pois.
Undécimo, adj. num. undécimo; décimo primeiro.
Undicenne, adj. de onze anos de idade.
Undicèsimo, adj. ord. décimo primeiro / (s. m.) uma das onze partes em que se divide um todo.
Úndici, adj. num. onze / (s. f.) onze (horas): **sono le undici:** são onze horas.
Undicimíla, adj. num. onze mil.
Undicimilèsimo, adj. ord. onze mil avos.
Unêsco, Unesco, organização das Nações Unidas para a Educação, Ciência e Cultura.
Ungàrico, adj. húngaro, da Hungria / (pl.) **ungárici.**
Úngaro, adj. húngaro / (s. m.) moeda de ouro.
Úngere, v. (tr.) ungir, untar / (fig.) adular, bajular / ——— **le ruote:** pagar para obter alguma coisa: corromper / (hist.) consagrar rei, sacerdote, etc. / dar a Extrema-unção / (refl.) untar-se, besuntar-se / (pr.) **ungo, ungi** / (p. p.) unto.
Ungherêse, adj. e s. m. húngaro / hungarês (bras.).
Únghero, adj. húngaro / ponto de bordado executado em segmentos verticais.
Únghia, s. f. unha / garra / casco / a dobra em ângulo reto da capa de um livro / (fig.) **avere le unghie lunghe:** ter as unhas compridas, ser ladrão / **avere uno tra le unghie:** ter alguém à própria mercê / (fig.) espessura, distância mínima: **grosso quanto un'unghia:** da grossura de uma unha / **tra l'uno e l'altro corre un'unghia** / (dim.) **unghietta, unghína, unghièllo, unghiuòlo** / (pej.) **unghiáccia.**
Unghiàta, s. f. unhada, traço, ferida, rasgão feito com a unha; unhaço.
Unghiàto, adj. unguífero, que possui unha ou unhas; ungulado.
Unghiatúra, s. f. unhamento / (técn.) borda saliente dos cartões que protegem o corte de um livro encadernado.
Unghièllo, s. m. (dim.) unhazinha, unha forte e aguda, como as garras do gato.

Unghiètto, v. **ugnetto.**
Unghióne, s. m. (aum.) unhão, unha grande / garra.
Unghiuòlo, s. m. unha aguda; garra.
Unghiúto, adj. unguífero, ungulado, que tem unhas.
Ungimênto, s. m. untadura, untura.
Unguànno, (ant.), s. m. este ano; voz ainda usada em certos lugares da Toscana.
Únghe, voz lat. na loc. adv. **"ex úngue leònem:** pela unha reconhecemos o leão.
Unguentário, s. m. ungüentário, indivíduo que faz ou vende ungüentos / (pl.) **unguentai.**
Unguentàre, v. ungüentar, untar com ungüento.
Unguentàrio, adj. e s. m. ungüentário, ungüentáceo / indivíduo que faz ungüentos / perfumista.
Unguentàto, p. p. e adj. ungüentado; untado com ungüento.
Unguentière, s. m. ungüentário.
Unguentífero, s. m. ungüentífero, que tem, que produz ungüento, substância untuosa que contém algum medicamento, pomada.
Ungulàto, adj. ungulado: **il bue è un'animale** ———.
Uniàti, s. m. (pl.) uniatos, católicos do Oriente.
Uníbile, adj. unível, suscetível de se unir.
Unibilità, s. f. unibilidade.
Unicamènte, adv. unicamente; somente, simplesmente.
Unicellulàre, adj. unicelular: **organismo** ———.
Unicità, s. f. (raro) qualidade do que é único: unicidade.
Único, adj. único; só, exclusivo; singular / (raro), extraordinário, incomparável, precioso.
Unicòrno, adj. unicorne ou unicórneo; que tem um só corno / (s. m.) o unicórnio.
Unificàbile, adj. unificável, possível de unificar.
Unificàre, v. (tr.) unificar, tornar uno ou unido / neol.) reduzir a um tipo único a fabricação de qualquer artigo.
Unificatívo, adj. unificativo.
Unificàto, p. p. e adj. unificado.
Unificatôre, s. m. e adj. (f. **unificatríce**), unificador.
Unificazióne, s. f. unificação.
Uniflàmme, adj. de uma chama: **lampada** ———: lâmpada simbólica da união das Igrejas na tumba de São Nicolau de Bari.
Uniformàre, v. (tr. e refl.) uniformar, uniformizar, conformar, adaptar / (refl.) conformar-se.
Uniformazióne, s. f. (raro) uniformização; uniformação; adaptação.
Uniforme, adj. uniforme, igual / monótono / (s. f.) vestuário, uniforme usado por aqueles que pertencem a um corpo, a uma milícia, a um colégio, etc.: farda; fardamento.
Uniformemènte, adv. uniformemente.
Uniformità, s. f. uniformidade, igualdade / monotonia.
Unigènito, adj. unigênito, único: **figlio** ——— / (relig.) **l'unigenito,** Jesus.
Unígeno (ant.), adj. unigênito.

Unilabiàto, adj. (bot.) unilabiado.
Unilateràle, adj. unilateral.
Uniloculàre, adj. (bot.) unilocular.
Unimènto (ant.), s. m. união.
Uninèrvia, adj. (bot.) uninervado ou uninérveo.
Uninominale, adj. uninominal / (pol.) de um só candidato: **elezione** ———.
Unióne, s. f. união; ato de unir; contato, ajuntamento; ligação / confederação / associação; adesão; aliança, pacto; acordo; coligação / **l'unione fa la forza:** a união faz a força.
Unióne Soviètica, (geogr.) União Soviética: URSS.
Unionista, adj. e s. m. unionista / (pl.) **unionisti.**
Uníparo, adj. (zool.) uníparo.
Unipersonàle, adj. unipessoal, que consta de uma só pessoa.
Unipètalo, adj. (bot.) unipétalo, monopétalo, gamopétalo.
Unipolàre, adj. (fís.) unipolar, que tem um só polo.
Unipolarità, s. f. unipolaridade.
Uníre, v. (tr.) unir, formar um; unificar; reunir, congregar; ligar / casar / conciliar / (refl.) acordar-se, combinar-se, juntar-se, unir-se.
Unissessuàle, adj. bot. unissexual.
Unisillàbico, adj. monossilábico / (pl.) **unisillabici.**
Unisillàbo, adj. e s. m. monossílabo.
Unissonànza, s. f. unissonância; uniformidade de sons, consonância.
Unísono, adj. uníssono, / (s. m.) a consonância de duas ou mais vozes ou instrumentos.
Uníta, s. f. (ant.) união.
Unità, s. f. unidade / unicidade / grandeza arbitrária que se toma para termo de comparação / o número um / a base de numeração; qualidade do que é um; objeto único; coordenação das diversas partes de um todo / (fig.) conformidade de opiniões, de sentimento, etc. / corpo de exército / uniformidade / (mil.) ——— **tàttica:** unidade tática, companhia, batalhão, regimento, etc. / (mar.) barco de guerra duma frota.
Unitamènte, adv. unidamente; conjuntamente.
Unitàrio, adj. unitário / (ecles.) / (s. m.) sectário, que não aceita o dogma da SS. Trindade.
Unitarismo, s. m. (ecles.) unitarismo, doutrina dos unitários.
Unitêzza, s. f. unidade, uniformidade, igualdade: ——— **della tinta.**
Unitívo, adj. unitivo, conexivo, conetivo.
Uníto, p. p. e adj. unido; reunido com outro; pegado; uniforme; concorde, ligado.
Unitóre, adj. e s. m. unidor, que ou aquele que une / **principio** ———: princípio unitivo / (fem.) **unitrice.**
Univàle, adj. univale (concha dos moluscos formados por uma só valva).
Universàle, adj universal / geral / (s. m.) o que é universal.
Universaleggiàre, universalizzàre, v. (tr.) universalizar; generalizar; estender: ——— **l' arte, la scienza.**
Universalità, s. f. universalidade.

Universalmènte, adv. universalmente.
Università, s. f. universidade, instituto escolar superior; Faculdade / associação geral / (ant.) universalidade.
Universitàrio, adj. universitário, da Universidade ou a ela relativo: **studente, professore** ——— / (pl.) **universitàri**.
Univèrso, adj. e s. m. universo; universal / (adv.) **l'universo mondo**, o mundo inteiro.
Univocità, s. f. univocidade.
Univoco, adj. unívoco; inequívoco; característico.
Ùnni, s. m. (pl.) hunos.
Ùnnico, adj. de Hunos, e, por extenso bárbaro não-civilizado.
Ùno, adj. num. um (f. **una**, uma); o 1º da numeração; e significa que contém uma unidade; elide-se diante de nomes masculinos que começam por vogal ou consoante que não seja S impuro, x, z, **gn** e se apostrofa diante de nomes femininos que começam por vogal: **uno uomo** (un uomo) / **uno cane** (un cane); **uno psichiatra, uno zibaldone, uno sceicco; un'anima, un'eco, un'aquila** / unido, a uma dezena, forma o adj. num. composto **undici** (onze); e unido às outras dezenas pospõe-se formando os adjs. numerais **VENTUNO, TRENTUNO**, etc.; note-se que com os números compostos com uno, como ventuno, trentuno, etc. o nome, quando segue o numeral ou não está acompanhado de artigo ou de outro adjetivo, deve ir sempre no singular: **ventun cavallo, cinquantuna lira, le mile e una notte**: dir-se à porém: **i ventun cavalli, i ventun bel libri; cappelli ottantuno** / para indicar as horas, note-se que o nome **ore** vai sempre no plural e deve sempre preceder ao numeral, ex. **le ore una**, e não **le una ore**; / usa-se às vezes em função de substantivo e significa o número um; e nesse caso tem também o plural **uni, una** / outras vezes significa o dia um: **l'uno di marzo**: o dia 1º de março; ou a hora primeira: **si parte all'una**; às vezes toma o significado de único; **Dio è** ——— : Deus é uno / (pron. ind.) **uno**: um / (fem.) **una** (uma) / (pl.) **uni** (uns) / (fem.) **une** (umas) referem-se geralmente a pessoas / **m'incontrai con** ——— : encontrei-me com um fulano / ——— **dice uma cosa ne dice un ultra**: um diz uma coisa, outro diz outra / usa-se freqüentemente em correlação com **altro** e tem sentido recíproco / **si salutarono l'un l'altro**: saudaram-se um ao outro / (prov.) **un pó per** ——— **non fa male a nessuno**: um pouco a cada um não prejudica a ninguém.
Ùnqua, únquano, ùnque, adv. nunca, jamais.
UNRRA, United Nations Relief and Rehabilitation Administration.
Untàre, v. (tr.) untar, ungir; (v. **únge(re)**.
Untatúra, (dial.) s. f. untadura, untura / (dim.) **untatina**, untadela / (pej.) **untatàccia**.
Untíccio, adj. um tanto untuoso / (pl.) **untícci**, e (fem.) **untícce**.

Únto, p. p. e adj. untado, besuntado, espalmado ou sujo de unto ou gordura / (s. m.) unto, banha de porco; substância oleosa / (fig.) adulação / bajulação / (fam:) sova, tunda: **darò lor l'unto come si conviene** (Giusti).
Untôre, s. m. (f. **ungitrice**) untador, que ou aquele que unta / (hist.) pessoa acusada de propagar contágio, como peste, etc., por meio de unturas.
Untuàrio, adj. ungüentário / (s. m) (hist.) untório, recinto onde os banhistas se untavam com perfumes.
Untúme, s. m. (depr.) unto, óleo, gordura, banha; graxa; sujidade.
Untuosamènte, adv. untuosamente / servilmente.
Untuosità, s. f. untuosidade / melifluidade; afetação / hipocrista, servilismo.
Untuôso, adj. untuoso, gorduroso; oleoso / melífluo; afetado / fingido, enganoso, simulado, hipócrita: **modi untuosi**.
Unzióne, s. f. unção, ação de ungir; untura / (med.) composto medicamentoso, ungüento / (ecles.) unção com o óleo santo / (fig.) melifluidade; afetação; insinuação súbdola / (dim.) **unzioncèlla, unzioncína**.
Uòmo, homem; **un grande** ——— : homem de grandes méritos / **un grande**: homem de estatura grande / ——— **di cuore**: homem generoso / **pezzo d'uomo**: homem robusto, forte / (fig.) marido, soldado, pessoa masculina adulta / criatura, macho, mortal, cristão, etc. / (dim.) **omètto, omíno** / (pej.) **omàccio** / (aum.) **omône, omaccióne**, / (depr.) **omiciàttolo, omicciuòlo**.
Uòpo, s. m. (lit.) precisão, necessidade, imprescindibilidade; **essere, avere, fare uopo** ou **d'uopo**: ser mister, ser necessário, precisar / **all'uopo**: no caso.
Uòsa, s. f. (al. **hosa**) polaina.
Uòvo, e **òvo**, s. m. ovo / **cercare il pelo nell'uovo**: ser pedante, querer achar defeitos nas coisas mais perfeitas / **rompere le uova nel paniere**: confundir, embaraçar alguém no justo momento / no plural usa-se no masculino (**gli uòvi**) e no feminino (**le uòva**) / (dim.) **ovètto, ovíno** / (aum.) **ovône** / (deprec.) **ovàccio, ovúccio**.
Uòvolo, e **òvolo**, s. m. óvulo.
Upas, s. f. upas (m.) veneno para as frechas usado em Java, etc.
Up to Date (loc. ingl.) de última moda / (ital.) **all' ultima moda**.
Úpupa, s. f. poupa, pássaro tenuirrostro da família "Upudidae", caracterizado pela poupa que apresenta na cabeça.
Upúpidi, s. m. (pl.) família de pássaros cujo tipo é a poupa.
Uragàno, s. m. (de **Huracan**, deus das tempestades entre os indígenas da América Central) tufão, ciclone, furacão / (fig.) **un** ——— **d'applausi**: apalusos estrondosos.
Uraganôso, adj. de tufão; tempestuoso, borrascoso, proceloso.
Uranàto, s. m. (quím.) uranato.
Uràngo, Oràngo, s. m. (zool.) orangotango.
Urània, (mit.) Urânia, musa da astronomia e da geometria.

Uraniàno, adj. uraniano, do planeta Urano.
Urànio, s. m. (quím.) urânio.
Uraníte, s. f. (quím.) uranite.
Uràno, (mit.) Urano, pai de Saturno, do Oceano, dos Titãs, dos Ciclopes, etc.
Uranografía, s. f. uranografia, cosmografia.
Uranogràfico, adj. uranográfico; (pl.) **uranogràfici**.
Uranògrafo, s. m. uranógrafo, cosmógrafo.
Uranolito, s. m. (astr.) uranolito, aerólito.
Uranometría, s. f. uranometria.
Uranoplàstica, s. f. uranoplastia, operação cirúrgica feita na cavidade bucal, para restaurar a abóbada e véu palatinos.
Uranoscopia, s. f. uranoscopia, observação astronômica do céu.
Uràto, s. m. urato, sal do ácido úrico combinado com uma base.
Uratolítico, adj. uratolítico, medicamento que elimina o ácido úrico.
Urbanamènte, adv. urbanamente, educadamente, cortesmente.
Urbanèsimo, e **urbanísmo**, s. m. urbanismo.
Urbanísta, s. m. urbanista, especialista na construção de cidades.
Urbaníste, s. f. (pl.) (relig.) franciscanos da regra fundada por Urbano VI.
Urbanística, s. f. urbanística, o mesmo que urbanismo.
Urbanità, s. f. urbanidade, boa educação, cortesia, civilidade, delicadeza.
Urbanizzàre, v. (tr.) urbanizar, aplicar os preceitos do urbanismo à cidade / (fig.) civilizar, polir.
Urbàno, n. pr. **Urbano**.
Urbàno, adj. urbano, que pertence à cidade / educado, civilizado, cortês, polido / **modi urbani**: modos corteses.
Úrbe, s. f. urbe, cidade; **l'urbe Eterna**: Roma.
Úrbi, na loc. lat. **úrbi et órbi**, à cidade de Roma e ao mundo, usado pelos Papas nas suas mensagens / (por ext.) **noto urbi et orbi**: bastante conhecido.
Urbíno, (geogr.) Urbino, cidade da Itália Central, pátria do famoso pintor Rafael Sanzio.
Urèa, s. f. uréia.
Urèdine, s. f. uredo, fungo parasita das plantas.
Uredinèe, s. f. (pl.) uredíneas, ordem de fungos basidiomicetes que parasitam muitas plantas.
Urèico, (pl. **urèici**), adj. da uréia.
Uremía, s. f. (med.) uremia.
Urèmico, (pl. **urèmici**) adj. urêmico.
Urènte, adj. (lit.) urente, que queima; ardente (lat. **urente**).
Ureòmetro, s. m. ureômetro (instrumento médico).
Uretère, s. m. (anat.) ureter ou uréter.
Ureteríte, s. f. (med.) ureterite.
Uretra e **urètra**, sendo esta a forma preferível, (s. f.) (anat.) uretra.
Uretràle, adj. uretral; urétrico.
Uretríte, s. f. (med.) ureterite.
Uretroscopía, s. f. urestroscopia.
Uretroscòpico, s. m. uretroscópico.
Urgènte, p. pr. e adj. urge, urgente; iminente; indispensável; **affari urgenti**: negócios urgentes.

Urgentemènte, adv. urgentemente.
Urgènza, s. f. urgência; necessidade imediata; pressa; aperto.
Urgenzàre, v. (intr. e neol.) usado na linguagem comercial; solicitar resposta urgente.
Úrgere, v. (tr. defec. e intr.) urgir, ser urgente, requerer pressa / instar, apertar; estar iminente / (fig.) incitar, excitar, açular / usam-se às vezes **urge, úrgono; urgeva, urgévano; urgeràurgeranno; urgesse, urgéssero; urgente, urgendo**.
Úri, s. f. huri / (fig.) mulher de grande beleza.
Uricemía, s. f. (med.) uricemia.
Uricèmico, (pl. **uricèmici**), adj. uricêmico.
Úrico, (pl. **úrici**), adj. úrico: **ácido** ——
Uriele, n. pr. Uriel (em hebraico significa **Luz de Deus**).
Urína e deriv. v. **orina**.
Urinàrio, adj. urinário / (pl. **urinàri**).
Urlamènto, s. m. berro; urro; grito, ululo.
Urlànte, p. p. e adj. urrante, berrante, ululante.
Urlàre, v. (intr. e tr.) berrar, dar berros; gritar, bramir; urrar / (fig.) cantar ou falar muito alto.
Urlàta, s. f. ululação, berraria, gritaria / vaia.
Urlàto, p. p. e adj. berrado, urrado, gritado, ululado.
Urlatòre, adj. e s. m. berrador, urrador, gritador; bramidor, ululador.
Urlío, s. m. berreiro, gritaria, berraria; uivo, ululo prolongado: **l'urlio del vento**.
Úrlo, s. m. berro, urro, grito alto e áspero; brado; rugido; ululo / (pl.) **urli**; quando porém se refere à voz humana, o plural vai no feminino **le urla della folia**.
Urlône, s. m. vozeador, gritalhão / (fem.) **urlona**.
Úrna, s. f. (arquit.) urna cinerária / urna para loterias ou votação / **il responso delle urne**: o resultado de uma votação / (poét.) tumba: **a egregie cose il forte animo accendono** ——, **l'urne dei forti** (Fóscolo) / (dim.) **urnetta, urnettina**.
Úro, s. m. (lat. **urus**) uru, espécie de boi selvagem, hoje extinto.
Urobilína, s. f. (quím.) urobilina.
Urocròmo, s. m. urocromo, substância corante da urina.
Urodèlo, s. m. urodelo, batráquio de corpo alongado que conserva a cauda durante toda a vida.
Urodínia, s. f. (med.) urodenia, dor causada pela excreção da urina.
Urogàllo, s. m. urogalo, gênero de mamíferos insetívoros da família dos tupilídeos.
Urolitíasi, s. f. urolitíase, cálculos urinários.
Urólito, s. m. urólito, cálculo urinário.
Urología, s. f. (med.) urologia.
Urològico, (pl. **urològici**), urológico.
Uròlogo, (pl. **uròlogi**) urólogo, urologista.
Uròmetro, s. m. (med.) urômetro, instrumento para determinar o peso específico da urina.

Uroniano, adj. huroniano, período da era arcaica / **terreno** ——: terreno huroniano.
Uropígio, s. m. urupígio, apêndice triangular das aves; sobrecu.
Uroscopía, s. f. (med.) uroscopia.
Urotropína, s. f. (quím.) urotropina.
Urrà, excl. de alegria ou de aplauso; hurra! viva!
URSS, (geogr.) URSS, Rússia.
Úrta, s. f. antipatia, inimizade: **essere in** —— **con uno**: estar desavindo com; **avere, prendere in** —— **alcuno**: ter aversão, antipatia por alguém.
Urtacchiàre, v. (tr.) chocar, bater, ir de encontro levemente.
Urtaménto, s. m. (raro) choque, embate, encontrão.
Urtànte, p. pr. e adj. que choca, que abalroa, que vai de encontro / (fig.) irritante, chocante, ofensivo, antipático / (s. m.) (pl.) (mar.) travão de navios em estaleiros.
Úrtàre, v. (tr.) bater; chocar, abalroar, ir de encontro, embater / (fig.) ofender, desagradar, irritar: **non mi i nervi** / (refl.) irritar-se, ofender-se / (recipr.) chocar um com outro / tropeçar: —— **in ostacoli**.
Urtàta, s. f. encontro, choque, embate, empurradela / (dim.) **urtatína** / (aum.) **urtatóna, urtatóne**.
Urtàto, p. p. e adj. batido, abalroado, empurrado / irritado, amolado, aborrecido; ofendido, melindrado.
Urtatóre, adj. e s. m. (**urtatríce**, f.) que bate, que choca, que abalroa, que empurra; empurrador; chocante; abalroador.
Urtatúra, s. f. (raro) encontro, choque, empurradela.
Urticàcee, s. f. (pl. bot.) urticáceas.
Urticànte, adj. urticante, que produz sensação análoga à das urtigas sobre a pele.
Urticchiàre, v. (tr.) bater, chocar ou empurrar levemente.
Úrto, s. m. choque; encontro violento de dois corpos; embate; empurrão; abalroamento / reencontro de forças armadas / (fig.) **essere in** —— **con uno**: estar antipatizado com alguém / —— **di nervi**: irritação / —— **d'interessi**: choque de interesses.
Urtóne, (aum.), s. m. empurrão, encontrão; choque.
Uruguai, (geogr.) Uruguai, país da América do Sul.
Uruguaiàno, adj. e s. m. uruguaiano.
USA, USA, Estados Unidos da América do Norte.
Usàbile, adj. usável; utilizável, aproveitável.
Usànte, p. pr. e adj. (raro) usante, que usa.
Usànza, s. f. uso, usança; costume, costumeira, hábito inveterado; **ha l'usanza di dormire fino alle dieci**.
Usàre, v. (intr. e tr.) usar, utilizar, empregar, servir-se de / usar, pôr em uso ou em prática, fazer uso de: ter por hábito, costumar / desfrutar, aproveitar: —— **un diritto** / outorgar, conceder: —— **a uno la cortesia di** ——: fazer a alguém o obséquio de.
Usàto, p. p. e adj. usado, acostumado, habituado, afeito; que está em uso,
que é habitual / gasto pelo uso, velho; dilacerado; safado / (s. m.) **l'usato**: o usado, o ordinário, o costumeiro / **fuori dell'usato**: insólito.
Usàtto, s. m. espécie de calçado antigo; bota alta ou polainas.
Usbèrgo (pl. **usbèrghi**), s. m. (lit.) couraça de ferro que usavam os antigos cavaleiros para defesa do peito e do pescoço / (fig.) proteção, defesa.
Uscènte, p. pr. e adj. saliente / cessante, próximo a concluir seu curso ou cargo: **il mese** —— / **il sindaco** —— / (gram.) terminado, acabado: **verbi uscenti ia- are**: verbos terminados em are.
Usciàle, s. m. (raro) porta ou janela envidraçada / boca de fornalha para introduzir e extrair material.
Usciàta, s. f. batida de porta fechada com força.
Uscière, s. m. contínuo, servente / (ant.) porteiro / oficial de judiciário.
Usciménto, s. m. (raro) saimento, saída.
Úscio, s. m. (lat. **òstium**) porta / (prov.) **essere tra l'uscio e il muro**: estar atrapalhado, em má situação: (dim.) **uscettíno, uscíno, usciúolo, usciolíno** / (pl.) **usci**.
Usciolàre, v. (intr.) escutar por detrás da porta / (pr.) **úsciolo**.
Uscíre, v. (intr.) sair; ir fora ou para fora; mover-se; afastar-se; ultrapassar os limites / deixar de exercer, terminar: —— **dall'impiego**, —— **di minorità** —— **di sè**: sair fora de si, enlouquecer / desembocar (rua, largo) / aparecer, surgir, sair à luz, **il libro** / cair em sorte / ter origem: **esce da buona famiglia** / —— **dai gangheri**: perder as estribeiras, desnortear-se / terminar, acabar: —— **in vocale una parola** / brotar as plantas ou as fontes —— **di strada**: extraviar-se / (pr.) **esco, esci, usciamo, uscite, éscono**.
Uscìta, s. f. saída, ação de sair; lugar por onde se sai: **aspettatemi all'uscita della chiesa** / despesa, gasto: **le uscite superano le spese** / dito inesperado, disparate: **ha certe uscite bizzarre** / lance inicial de um jogo / **non trovare un'uscita**: não encontrar um remédio, um recurso para sair de uma situação difícil; ter fácil venda: **è merce di grande** ——; / (gram.) desinência.
Uscíto, p. p. e adj. saído: —— **fuor del pelago alla riva** (Dante) / sorteado / (fig.) —— **dall'infanzia** / (p. us.) extraviado, prófugo.
Usciuòlo, s. m. (dim.) portazinha, pequena porta.
Usignuòlo, s. m. rouxinol / (fam.) —— **di maggio**: burro / (sin. tosc.) rosignòlo.
Usitataménte, adv. usualmente, comumente.
Usitàto, adj. usual; usado freqüentemente; costumeiro: **all'ora usitata**.
Úso, adj. (lat. **úsus**) usado, acostumado, afeito, habituado: **era** —— **allo studio**.
Úso, s. m. uso, ato e efeito de usar; modo de usar; usança, costume, hábito, prática; ação de se servir de al-

guma coisa; aplicação, emprego / **all' uso**: segundo o uso ou a moda / **fuori** ———: desusado / **usi civici**: usos cívicos.
Usofrútto, o m. q. **usufrutto**, s. m. usufruto.
Usolàre, v. (intr.) escutar por detrás da porta; espreitar, espiar / (pr.) **úsolo**.
Usolièri, s. m. pl. cintos para suster calças, etc. / (burl.) corda para enforcar.
Ússaro, s. m. hússar, hussardo, soldado de cavalaria de certos exércitos.
Ussíti, s. m. (pl.) hussitas, partidários da doutrina de João Huss.
Ussoricída, v. **uxoricida**.
Ústa, s. f. trauta, o cheiro, o rastro que deixa a caça (lat. **tractus**).
Ustionàto, adj. queimado; escaldado; que sofreu ustão.
Ustionàre, v. (tr.) queimar, escaldar.
Ustiône, s. f. (lit.) ustão, ação e efeito de queimar; queimadura.
Ústo, adj. (lit.) queimado; combusto; adusto / calcinado / (ant.) (s. m.) amarra da âncora nos navios.
Ustolàre, v. (intr.) uivar o cão perseguindo a caça ou farejando a trauta (rasto) / (fig.) olhar avidamente o alimento, como a pedi-lo com os olhos / (pr.) **ústolo**.
Ustòrio, adj. ustório, que serve para queimar / **specchio** ———: espelho ustório.
Ustrína, s. f. ustrina, entre os antigos, lugar onde se queimavam os cadáveres.
Usuàle, adj. usual, habitual; comum, ordinário, costumeiro, corrente.
Usualità, (raro) s. f. usualidade, carácter de usual.
Usualmente, adv. usualmente; comumente.
Usuário, s. m. (jur.) usuário; aquele que tem a posse, o gozo de alguma coisa / (pl.) **usuari**.
Usucapiône, s. f. (jur.) usucapião.
Usucapíre, v. (tr.) usucapir, adquirir por usucapião / (pr.) **usocapisco** / (p. p.) **usucatto**.
Usucàtto, p. p. e adj. usucapto, adquirido por usucapião.
Usufruíre, v. (intr.) usufruir; aproveitar, gozar, desfrutar um direito, uma renda / (pr.) **usufruisco, -sci**.
Usufruttàre, usufruttuàre, v. (intr.) usufruir, usufrutar.
Usufrútto, s. m. (jur.) usufruto.
Usufruttàrio, adj. e s. m. usufrutuário / (pl.) **usufruttuari**.
Úsum, voz lat. nas loc. **ad usum delphini, in** ——— **delphini**: que se imprimiam no frontispício das edições para uso do Delfim (príncipe herdeiro da França.
Usúra, s. f. usura, juro ou interesse, excessivo / (mec.) desgaste de máquina por efeito de longo uso.
Usuràio, s. m. usurário, o que empresta com usura / (pl.) **usurai**.
Usurário, adj. usurário, usureiro, que tem caráter de usura: **prestito** ———.
Usuregiàre, v. (intr.) usurar; emprestar com usura.
Usurière, (ant.) s. m. usureiro, usurário.

Usurpamênto, (p. us.) s. m. usurpação.
Usurpàre, v. (tr.) usurpar: ——— **il tronọ, un'ereditá**, etc.
Usurpativamênte, adv. usurpativamente, usurpadamente, injustamente.
Usurpatívo, adj. usurpativo; usurpatório.
Usurpàto, p. p. e adj. usurpado.
Usurpatôre, s. m. (**usurpatríce**, f.) usurpador / ladrão.
Usurpaziône, s. f. usurpação.
Ut, s. m. **ut**, nome que Guido D'Arezzo deu à nota musical que hoje é chamada "dó".
Utèllo, (ant.) s. m. pequeno recipiente de terracota, para o azeite, etc.
Utensíle, s. m. utensil, utensílio, ferramenta, instrumento de trabalho / (adj.) **macchine** ——— (ou **utènsile**) máquina industrial.
Utensilería, s. f. (neol.) utensilagem, (gal.) apetrechamento; a loja que vende utensílios.
Utènte, adj. e s. m. utente; que faz uso; usuário: **gli utenti del gas**.
Utènza, s. f. uso, direito de usufruir de algo / o conjunto dos utentes ou usuários.
Uteríno, adj. uterino / **fratelli uterini**: irmãos uterinos.
Útero, s. m. (anat.) útero, matriz.
Uticênse, adj. uticense, de Utica, antiga cidade da África (perto de Cartago) onde se matou Catão de Utica.
Útile, adj. útil; vantajoso, conveniente / (s. m.) proveito, vantagem, ganho; **gli utili**: os lucros de um negócio ou estabelecimento.
Utilità, s. f. utilidade; / vantagem, lucro, ganho, proveito, benefício.
Utilitàre, v. (intr. raro) aproveitar-se.
Utilitàrio, adj. utilitário / **vettura utilitária**: automóvel de preço baixo e de pouco consumo de combustível / utilitário, interesseiro, utilitarista.
Utilitarísmo, s. m. utilitarismo.
Utilitarísta, s. m. (filos.) utilitarista / (pl.) **utilitaristi**.
Utilizzàbile, adj. utilizável; aproveitável.
Utilizzàre, v. (tr.) utilizar; aproveitar; tirar utilidade de; empregar com vantagem.
Utilizzaziône, s. f. utilização, aproveitamento.
Utilmênte, adv. utilmente.
Utopía, s. f. utopia / fantasia, sonho, quimera.
Utopísta, (pl. **utopísti**) s. m. utopista.
Utopístico, adj. utópico; utopístico / fantasista.
Utroque, voz lat. us. na loc. **dottore in** ——— **jure**: doutor nos dois direitos, o civil e o canônico.
Uva, s. f. uva: / ——— **passa**: uva seca ou passada / **conserva d'uva**: uvada, conserva de uvas / **furca**, uva tinta / ——— **sultanina**: uva de Corinto / ——— **orsina**: uva de urso (planta) / (dim.) **uvetta, uvina**.
Uvàceo, adj. uval, relativo à uva.
Uvàggio, s. m. (dial. piem.) mistura de várias uvas e o vinho das mesmas.
Úvea, s. f. (anat.) úvea, diz-se da parte posterior e pigmentada da íris.

Úveo, adj. uval, pertencente ou relativo às uvas.
Uvífero, adj. uvífero: que produz uva.
Úvola, (ant.) s. f. úvula, apêndice cônico do véu palatino, situado na parte posterior da boca.
Uvôso, adj. uvífero; fértil em uvas.
Uxoricida, (pl. uxoricídi) s. m. uxoricida.
Uxoricídio, s. m. uxoricídio / (pl.) uxoricídi.

Uxòrio, adj. uxórico, uxoriano, relativo à esposa.
Úzza, s. f. aragem picante; brisa, vento brando.
Úzza, s. f. curva, saliência, bojo de pipa, tonel, etc.
Uzzolíre, (raro) (tr. e intr.) induzir; excitar / (pr.) ísco, ísci.
Úzzolo, s. m. vontade súbita, capricho; fantasia desejo: gli è venuto l'uzzolo di uscire.
Úzzo, s. m. o corpo do tonel.

V

(V), (pron. ital. **vu**), s. f. **v**, vigésima letra do alfabeto italiano; consoante sonora, labial / antigamente confundia-se com **u**; substitui o **w** de várias palavras inglesas e alemãs.
Va' e **vah**, excl.: fam. olha! **va' chi si vede**: olha só quem se vê!
Vaabiti, s. m. (pl.) vahabitas, seita muçulmana.
Vacàbile, adj. que pode ficar vago, vacante, não-ocupado.
Vacànte, p. pr. e adj. vacante, que está em vacância ou vacatura; **sede vacante** / livre, desocupado.
Vacànza, s. f. vacância, vagatura, estado de um lugar, de um cargo que não estão ocupados / **occupare una ———**: ocupar uma vacância / descanso, férias / **vacanze scolastiche**: férias escolares.
Vacàre, v. (intr.) vacar, estar vago, desocupado / ocupar ou empregar o tempo, dar atenção, dedicar-se: **——— agli studi** / (ant.) acabar, findar, vacar, carecer / (pr.) **vaco, vachi**.
Vacazione, s. f. vacação, suspensão ou interrupção do trabalho / período de trabalho de um profissional / descanso; férias / (ant.) falta, fim.
Vàcca, (pl. **vàcche**), s. f. vaca, a fêmea do boi / a carne da vaca: **ho mangiato la ———** / **vacche** (pl.) bichos-da-seda que não produzem o casulo / (fig.) pessoa ociosa, vagabunda / **vacchetta, vaqueta, couro** / (dim.) **vaccherèlla, vacchína, vaccúccia**; (aum.) **vaccôna**; (pej.) **vaccàccia**.
Vaccàio, (pl. **vaccài** e **vaccàri**), s. m. vaqueiro, guardador de vacas.
Vaccarèlla, v. **vaccherèlla**.
Vaccheria, s. f. vacaria, lugar onde ficam as vacas, franqueado ao público para a venda do leite; leiteria.
Vaccherèlla, s. f. (dim.) vacazinha, pequena vaca.
Vacchètta, s. f. vaqueta, pele curtida de vaca, para diversos usos / livro das contas dos negociantes, o qual noutros tempos se encadernava com vaqueta / (mar.) nos navios mercantes, livro de conta corrente individual da tripulação.

Vaccína, s. f. vaca / **carne di ———**: carne de vaca.
Vaccinàbile, adj. vacinável, que se pode vacinar, suscetível de se vacinar.
Vaccinàre, v. (tr.) vacinar.
Vaccinàto, p. p. e adj. vacinado.
Vaccinatôre, adj. e s. m. vacinador.
Vaccinazione, s. f. vacinação.
Vaccínico, (pl. **vaccínici**), adj. vacínico, próprio de vacina.
Vaccíno, adj. relativo ou pertencente à vaca ou ou gado vacum / (ant.) vacaril.
Vaccíno, s. m. vacina / **——— antirábica**.
Vaccinoterapía, s. f. vacinoterapia.
Vacillamènto, s. m. oscilação, ação ou efeito de oscilar, de vacilar, de tremer, de abalar-se: vacilação / perplexidade, irresolução, incerteza, dúvida.
Vacillànte, p. pr. e adj. vacilante, que não está firme; mal seguro / trêmulo, que oscila / instável.
Vacillàre, v. (intr.) vacilar; abalar-se, cambalear / balancear, oscilar, tremer, enfraquecer, afrouxar / estar indeciso, perplexo: **——— nella scelta**.
Vacillazione, s. f. vacilação / (fig.) irresolução, hesitação.
Vacuàre, (ant.) v. (tr. e intr.) esvaziar / evacuar, desocupar.
Vacuità, s. f. vacuidade; inanidade / (fig.) necedade.
Vàcuo, adj. (lit.) vácuo, vazio, especificamente no figurado: **testa vacua** / (s. m.) (raro) espaço vazio: vácuo.
Vacuòlo, s. m. vacúolo, cavidade do protoplasma.
Vàde, na loc. lat. **vade retro**, que significa vai para trás, arreda-te, retirate: **Vade retro!** some-te! abrenúncio / arreda-te!
Vademècum, (lat. **vade-mècum**), s. m. vade-mécum / manual; prontuário, ementário.
Vadimònio, (ant.), s. m. promessa.
Vàdo, (ant.) s. m. vado, vau / ajuda, auxílio.
Vae, (pr. **vè**) us. em loc. lat. **vae sòli**: ai de quem está só; **val víctis**: ai dos vencidos.

Vagabondàggio, s. f. vagabundagem, vadiagem, vida de vagabundo.
Vagabondàre, v. (intr.) vagabundar, vadiar/ peregrinar; vagamundear, andar errante; andar de terra em terra ao acaso.
Vagabóndo, adj. vagabundo, vadio / vágamundo, errante, que vagueia.
Vagaménte, adv. vagamente, de modo vago, indeterminadamente / formosamente.
Vagaménto, s. m. vagueação / peregrinação.
Vagànte, p. pr. e adj. vagante, que vagueia, errante.
Vagàre, v. (intr.) vaguear, errar, andar vagando, sem destino nem objetivo fixo.
Vagellaménto, s. m. devaneio, divagação / delírio, desvario.
Vagellàre, v. (intr.) devanear, fantasiar, sonhar / delirar.
Vagèllo, s. m. caldeira grande em forma de tina, usada pelos tintureiros / tinta composta de anil / (ant.) vaso.
Vagheggiaménto, s. m. enleio, enlevo, êxtase, admiração.
Vagheggiàre, v. (tr.) admirar, olhar uma coisa com enlevo e agrado; acariciar, sonhar, mirar / adorar / pensar com desejo e deleite / (refl.) contemplar-se, admirar-se.
Vagheggiàto, p. p. e adj. desejado, acariciado, cobiçado.
Vagheggiatóre, s. m. que deseja, que almeja, que admira / galanteador / cobiçador.
Vagheggíno, s. m. namorador, galanteador / casquilho, janota.
Vaghèzza, s. f. beleza, formosura, gentileza, graça, agrado, encanto / vontade / **gli venne** ———: nasceu-lhe o desejo / curiosidade, desejo, capricho / **venire** ——— / cobiçar, desejar.
Vagína, s. f. vagina, bainha de couro da espada / (bot.) vagina, corpo membranoso que cerca a base dos pedúnculos dos musgos / (anat.) vagina.
Vaginàle, adj. vaginal.
Vaginíte, s. f. (med.) vaginite, inflamação da vagina.
Vagíre, v. (tr.) vagir, dar vagidos, gritar, chorar (as crianças) / (fig.) diz-se de coisa que está nos primórdios: **la storia vagiva nella culla**.
Vagíto, s. m. vagido, choro, grito de criança recém-nascida / (fig.) as primeiras manifestações de uma arte, etc.
Vàglia, s. f. mérito, valor, valia, especialmente de mente e caráter: **scrittore di gran** ———.
Vàglia, s. m. vale, nome que se dá a certos títulos de crédito: ——— **postale, cambiário, bancário, telegráfico**.
Vagliàre, v. (tr.) joeirar, peneirar; crivar; mondar, limpar / (fig.) discutir amiudadamente uma questão; considerar.
Vagliàta, s. f. joeiramento, peneiração: **dare una** ———.
Vagliatóre, s. m. joeirador, peneirador / (fem.) **vagliatrice**.
Vagliatúra, s. f. joeiramento, peneiração / mondadura, monda / alimpas, resíduos do trigo, etc.

Vàglio, (pl. **vàgli**), peneira, crivo, joeira; ciranda / (fig.) exame atento, minucioso: **è merce che non resiste al** ———; **passare al** ———: submeter a exame minucioso.
Vàgo, (pl. **vàghi**), vago, errático, móvel, **instável, indeterminado / incerto /** versátil, volúvel / (lit.) desejoso / gracioso, formoso, bonito, gentil, lindo: **vaghe bambine, vaghi fiori /** (s. m.) graça, beleza, elegância, encanto / namorado (só no masc.) / (anat.) vago, nervo pneumogástrico.
Vagolànte, p. pr. e adj. que vagueia aqui e ali, errante / ambulante.
Vagolàre, v. (intr.) vaguear, vaguejar / (p. us.) ambular / (pr.) **vàgolo**.
Vagóne, (ingl. "waggon"), s. m. vagão, carruagem usada nas vias férreas; (dim.) **vagoncíno: vagoneta, vagonete** / (sin.) **carozza, vettura, carro**.
Vaiàio, (ant.), s. m. curtidor ou vendedor de pele de gris.
Vaiàre, v. (intr.) enegrecer, diz-se de uva quando fica preta por amadurecimento.
Vaiàto, adj. manchado, pintado, enegrecido / (equit.) diz-se de cavalo que tem olhos com um círculo esbranquiçado ao redor da pupila / **uva vaiata:** uva amadurecida.
Vainíglia, s. f. baunilha.
Vàio, (pl. **vài**), adj. vaio (ant.), baio; branco salpicado de preto / (s. m.) gris, peliça parda, muito apreciada / marta; (fr. **petit-gris**).
Vaiolàre, v. (intr.) pretejar, enegrecer, manchar-se (uva, azeitona).
Vaiolàto, adj. variegado, pintalgado.
Vaiolíte, s. f. (med.) variolóide.
Vaiolòide, s. f. variolóide, forma benigna da varíola.
Vaiolóso, adj. e s. m. varioloso, variólico.
Vaiuòlo, s. m. (med.) varíola.
Vaisiàni, (ou **Baniani**), s. m. (pl.) baniais, povo negro, na margem direita do Zambeze.
Vaivòda, ou **voivòda**, s. m. voivoda (título em vigor antigamente em alguns países eslavos).
Valàcchia, (geogr.) Valáquia / (adj.) **valàcco, valáquio**.
Valànga, s. f. alude, avalanche, avalancha / (fig.) quantidade, abundância: **una** ——— **di giornali, di applausi**.
Valchíria, s. f. (al. **Walküre**) valquíria.
Vàlco, (ant.), s. m. passo, passagem estreita.
Valdése, adj. e s. m. valdense, membro de uma seita religiosa do século XII / (geogr.) do cantão de Vaud, Suíça.
Valdemàro, n. pr. (germ.) Valdemar.
Vàle, s. m. vale, voz latina usada como saudação de despedida / **l'estremo** ———: o último adeus.
Valente, n. pr. Valente / (hist. rom.) Valente, imperador romano do Oriente, irmão de Valentiniano.
Valènte, p. pr. e adj. que vale na sua arte, profissão, etc.: **scrittore, poeta** ——— / hábil, bravo, douto, excelente / intrépido, corajoso, denodado / (quím.) **monovalente,** monovalente, univalente.

Valentemènte, adv. valentemente, bravamente, excelentemente.
Valentía, s. f. valentia, valor, competência / arrojo, intrepidez.
Valentiniano, s. m. valentiniano, partidário das doutrinas gnósticas do heresiarca Valentim.
Valentuòmo, s. m. homem de valia, de real mérito na sua conduta, arte ou profissão.
Valènza, s. f. (quím.) valência / (ant.) valentia, valor, preço.
Valenziàno, adj. valenciano, de Valença (Espanha).
Valère, v. (intr.) valer, ter força, poder, autoridade; ter mérito, ser de certo preço, ser igual em valor ou preço / equivaler, merecer, ser digno de servir, ser de utilidade, de vantagem; dar proveito / (refl.) servir-se, aproveitar-se, valer-se, prevalecer-se / **valersi dei servizi di uno:** aproveitar-se dos serviços de alguém / (pr.) valgo, vali, vale, valiamo, valete, válgono.
Valeriàna, s. f. valeriana, planta da família das valerianáceas.
Valerianàto, s. m. (quím.) valerianato, sal do ácido valeriânico
Valèrio, n. pr. Valério.
Valetudinàrio, adj. (lit.) valetudinário, sujeito a enfermidade, pouco sadio, enfermiço / (pl.) valetudinari.
Valetúdine, s. f. compleição, temperamento.
Valèvole, adj. valioso, que tem valia, que tem valor / eficaz / poderoso / útil / válido / —— **per un anno:** válido por um ano.
Valevolmènte, adv. valiosamente, eficazmente, utilmente.
Vàlgo, (pl. "vàlghi"), adj. (med.) valgo, diz-se de um membro ou segmento voltado para fora / (lat. "valgus"); torcido, saliente.
Valí, s. m. vali, governador árabe; governador de província otomana.
Valicàbile, adj. transponível / vadeável.
Valicàre, v. (tr.) transpor, atravessar, vadear, saltar, superar / (pr.) vàlico, vàlichi.
Valicatóio, s. m. passadeira, tábua, prancha para atravessar córrego, torrente, etc. / (pl.) valicatoi.
Valicatôre, adj. e s. m. que atravessa, que transpõe, que vadeia, que passa de um lado a outro; escalador (de montanhas, e símiles).
Vàlico (pl. vàlichi), s. m. passo, passagem; vau; lugar para fiar e torcer a seda.
Validamènte, adv. validamente.
Validità, s. f. validade, legitimidade / validez, eficácia, força, solidez.
Vàlido, adj. válido; forte, galhardo, vigoroso; eficaz / legal, que tem validade; que tem valor / **argomento** ——, **contratto** ——.
Valigería, s. f. fábrica ou loja onde se fabricam ou se vendem malas e símiles.
Valígia, (pl. valígie) s. f. mala de viagem; —— **diplomatica:** bagagem dos diplomatas / **far le valíglie:** partir, sair de viagem / (dim.) valighètta, valigiotta; (aum.) valigiôna, valigiône.

Valigiàio (pl. valigiài), s. m. maleiro, o que faz ou vende malas e outros artigos de viagem.
Vallàre, adj. (lit.) valar, relativo a vala / (hist.) coroa que os Romanos davam aos que primeiro penetravam no valo inimigo.
Vallàre, (ant.), v. (tr.) valar, circundar, fortificar com valos ou valas; murar com valados.
Vallàta, s. f. vale extenso, amplo e aberto: **la —— del Pó** / (geogr.) vale.
Vàlle, s. f. vale, depressão, planície entre montes ou no sopé de um monte / (por ext.) vasta extensão de pântanos ou paludes / **a ——:** embaixo; (dim.) vallètta, vallicèlla, vallettina; (aum.) vallône, valloncèllo.
Vallèa, s. f. (poét.) valada, vale.
Vallètto, s. m. (do ant. fr. "vallet") pajem, camareiro / (poét.) cestinho.
Vallicoltúra, s. f. criação artificial de peixes nos vales (no sentido de extensão de paludes ou lagunas).
Valligiàno, adj. e s. m. de vale, habitante do vale.
Vallívo, adj. de vale / diz-se de terreno transportado pelas águas para os vales c, por essa razão, pouco firme: **terra valliva.**
Vàllo (lat. **vallum**), s. m. valo, paliçada, cerca que circundava o acampamento romano / muro, trincheira, parapeito de defesa; fosso; valado / (anat.) cavidade sulco.
Vàllo, (lit. raro), s. m. cesto para uso dos agricultores.
Vallôna, (geogr.), Valônia, cidade da Albânia.
Vallonèa, s. f. (de Valona nome de cidade), variedade de carvalho, cuja bolota é abundante de tanino.
Vallôni, s. m. (pl.) valões, povo belga.
Valôre, s. m. valor, preço, valia, estimação: —— **di una casa / è un poeta di ——** / valentia, coragem, intrepidez / merecimento, préstimo / significado: **il —— delle parole** / —— **stimativo:** valor de estimação / **mettere in ——:** valorizar (uma coisa) / (com.) (pl.) valores (dinheiro, títulos, jóias, etc.).
Valorem, adj. (loc. lat.) segundo o valor usado na aplicação dos direitos alfandegários.
Valorizzàre, v. (tr.) valorizar / (sin. avvalorare).
Valorizzazióne, s. f. valorização.
Valorosamènte, adv. valorosamente, animosamente, denodadamente.
Valorosità, s. f. (ant.) valorosidade; valor.
Valorôso, adj. valoroso, dotado de valor; animoso; esforçado / (ant.) custoso, eficaz.
Valpolicèlla, s. m. vinho tinto, de pasto, produzido nos vales de Valpolicella, na província de Verona.
Valsènte, s. m. (p. us.) valor, preço, custo, valor comercial / valor equivalente.
Vàlso, p. p. de valere, válido.
Valtellina (geogr.), Valtelina, província da Lombardia / (adj.) valtellinêse, valtelinês, valtelino.
Valúta, s. f. valor, preço, valia / moeda; papel-moeda / **in —— d'oro:** di-

visa em ouro / ——— della cambiale: valor da letra / (banc.) data da entrada em valor / ——— a 3 mesi data: valor a 3 meses da data.

Valutàre, v. (tr.) avaliar / calcular / apreciar, estimar / (pr.) **valúto**.

Valutàrio, adj. (banc.) referente aos valores estrangeiros.

Valutàto, p. p. e adj. avaliado, estimado, calculado, apreciado.

Valutativo, adj. referente à avaliação.

Valutazióne, s. f. avaliação, cálculo.

Valúto, p. p. e adj. válido.

Valva, s. f. (bot.) valva / (zool.) cada uma das peças ou a peça de que consta a concha dos mariscos; concha / (ant.) porta.

Valvassino (hist.), s. m. vassalo.

Valvassóre, s. m. aquele que na constituição feudal tinha em feudo do vassalo parte do domínio deste.

Vàlvola, s. f. válvula / (anat.) válvula: ——— **mitrale**: válvula mitral / (dim.) **valvolètta, valvolina**.

Valvolàre, adj. valvular; valvulado.

Vàlzer (al. **walzer**), s. m. valsa (dança ou música).

Vàmpa, s. f. chama, labareda / calor / rubor na face / paixão, ardor.

Vampàta, s. m. ímpeto da chama; labareda.

Vampeggiàre, v. (intr.) chamear, arder, abrasar.

Vampíro, s. m. vampiro, entidade fantástica da superstição eslava / (zool.) espécie de morcego / (fig.) usurário, explorador, agiota.

Vàmpo, s. m. chama; esplendor do sol, de labareda e de coisas ardentes.

Vanàdio, s. m. (quím.) vanádio.

Vanaglòria, s. f. vanglória, vaidade, jactância, presunção; bazófia / desvanecimento.

Vanagloriàrsi, v. (refl.) vangloriar-se, jactar-se.

Vanagloriôso, adj. vanglorioso, vaidoso, presunçoso, desvanecido.

Vanamènte, adv. vãmente, debalde, em vão; inutilmente.

Vàndali, s. m. (pl.) (etn.) vândalo, antigo povo da Germânia.

Vandalicamènte, adv. vandalicamente, brutalmente, cruelmente.

Vandàlico, adj. (pl. **vandàlici**) vandálico / feroz, brutal, destruidor.

Vandalísmo, s. m. vandalismo.

Vàndalo, adj. e s. m. vândalo / (fig.) bárbaro, selvagem, que não tem cultura.

Vandeano, adj. Vandeano, da Vandèia, (região da França) / (hist.) reacionário francês contra a revolução.

Vaneggiamènto, s. m. desvario, delírio / extravagância, fantasia, desatino, disparate.

Vaneggiàre (pr. **èggio**), v. (intr.) delirar, desvairar, endoidecer; desatinar, sonhar: ——— **per la febbre, per il dolore** / (ant.) de vão, abrir-se / (refl.) vangloriar-se: **uomo che si vaneggia**.

Vaneggiatóre, adj. e s. m. que delira, que desatina, que desvaira: desatinado, delirante, visionário, fantasiador / (fem.) **vaneggiatrice**.

Vanèllo, s. m. ave pernalta de pouca altura.

Vanerèllo, adj. (dim.) presunçoso, vaidosinho, presumido.

Vanescènte, adj. (lit.) que se esvaece, evanescente.

Vanesiàta, s. f. jactanciosidade.

Vanèsio (pl. **vanèsi**), adj. fátuo, vaidoso, vão, frívolo.

Vanèssa, s. f. vanessa, gênero de insetos lepidópteros, que são borboletas diurnas da Europa.

Vanêzza, s. f. (raro) vaidade.

Vànga, s. f. pá, enxada; alvião / (dim.) **vanghètta**.

Vangaiuòla, s. f. pequena rede de pesca.

Vangàre (pr. **vàngo**), v. (tr.) cavar, lavrar a terra com a pá.

Vangàta, s. f. ação de lavrar a terra com a pá; golpe com a pá, pazada.

Vangatóre, s. m. (f. **trice**) aquele que trabalha a terra com a pá ou enxada; cavador, trabalhador de enxada.

Vangatúra, s. f. ação de cavar ou lavrar a terra, lavra, lavrada.

Vangelísta, s. f. (pl. **-ísti**) evangelista, autor de evangelho.

Vangelizzàre, v. (tr.) evangelizar (v. **evangelizzàre**).

Vangèlo, evangèlo, s. m. evangelho / (fig.) verdade absoluta / doutrina, princípio de um partido, religião, etc.

Vanghettàre, v. sachar a terra superficialmente, com pequena enxada.

Vanghêtto, s. m. pequena pá ou enxada para cavar a terra.

Vangíle, s. m. travessa horizontal da pá, que serve para se apoiar o pé.

Vanguàrdia, (raro), v. **avanguardia**.

Vaniàre, (ant.), v. (intr.) desvairar.

Vaníglia, s. f. (pop., por **vaniglia**) baunilha.

Vanigliàto, adj. perfumado com baunilha: **zucchero** ———.

Vanillína, s. f. vanilina, composto químico que tem o perfume da baunilha.

Vanilòquio (pl. **-òqui**), s. m. vanilóquio.

Vaníre (poét. por **svaníre**), intr. desvanecer, vanecer, desvanecer-se / (pr.) svanísco.

Vanità, s. f. vaidade / aparência, ilusão / vanglória, ostentação / presunção, fatuidade; frivolidade / **le** ——— **del mondo**.

Vanitôso, adj. vaidoso, vanglorioso, presumido, presunçoso.

Vanna, (abr.) de **Giovanna**, Joana.

Vànni, (abr.) de **Giovanni**, João.

Vànni, s. m. (lit. pl.) as penas das asas das aves / (poét.) asas.

Vàno, adj. vácuo, vão, ôco, vazio / caduco, frágil, infundado, inútil, fátuo, frívolo / **vana superbia** / (s. m.) espaço, vão, vácuo, vazio / aposento, cômodo, sala, quarto, etc.: **appartamento di sei vani**.

Vantaggiàre, v. (tr.) (p. us.) avantajar, vantajar, levar vantagem; exceder, superar, sobressair.

Vantaggiatamènte, adv. vantajosamente.

Vantaggino, s. m. (dim.) vantagenzinha / pedaço de couro que se põe nos sapatos para reforço / bom peso ou boa medida.

Vantàggio (pl. **-aggi**), s. m. vantagem, primazia, superioridade, excelência / dianteira / utilidade, proveito, lucro, melhoria / prerrogativa / benefício, conveniência / (tip.) galé, peso quadrangular sobre o qual se assenta a composição tipográfica a imprimir.

Vantaggiosamênte, adv. vantajosamente.
Vantaggiôso, adj. vantajoso, benéfico, proveitoso, útil, profícuo.
Vantamênto, s. m. (raro) ato de gabar: gabação, gabamento; jactância, ostentação.
Vantàre, v. (tr.), (pr. -vànto), gabar, elogiar, louvar / exaltar, ostentar / ufanar-se / **me ne vanto**: ufano-me disso.
Vantatôre, s. m. (f. -trice) gabão, gabador, louvaminheiro, bazofiador, gabarola.
Vantaziône, s. f. (raro) gabação, ostentação.
Vantería, s. f. jactância, gabamento, bazófia, vanglória.
Vànto, s. m. alarde, gabo, gabamento: **darsi ——— di una cosa**: gabar-se de uma coisa / glória, honra / (ant.) vantagem, superioridade.
Vanúme, s. m. (agr.) a parte oca do trigo que seca sem amadurecer / conjunto de coisas vãs, frivolidades.
Vànvera, us. na loc. adv. **a vanvera**, ao acaso, sem ponderar, sem ordem, sem razão alguma / **parlare a ———, agire a ———**.
Vaporàbile, adj. vaporável.
Vaporabilità, s. f. evaporabilidade, condição de vaporável.
Vaporànte, p. pr. que evapora.
Vaporàre, (pr. -ôro), v. (intr.) lançar ou exalar vapor; vaporar / esvaecer, desaparecer.
Vaporatívo, adj. que produz evaporação, evaporativo.
Vapôre, s. m. vapor (fís.), exalação; fluido; eflúvio, emanação / **máquina de vapor / caldeira a vapor / barco movido por máquina de vapor**: **il ——— è in partenza** / (mec.) **cavallo vapore**: cavalo-vapor / (pl.) nebulosidade / (ant.) (med.) desmaio, acesso histérico / (fig.) **fare una cosa a vapore**: fazer alguma coisa às pressas.
Vaporétto, s. m. (dim.) vaporzinho, pequeno barco a vapor.
Vaporièra, s. f. locomotiva.
Vaporizzàre, (pr. -izzo), v. (tr.) reduzir a vapor, vaporizar / expor ao vapor / reduzir o líquido em partículas diminutas / (intr.) evaporar-se, desvanecer-se, volatizar-se.
Vaporizzatôre, s. m. (f. -trice) vaporizador, pulverizador.
Vaporizzaziône, s. f. vaporização: evaporação / pulverização.
Vaporosità, s. f. vaporosidade.
Vaporôso, adj. vaporoso / aeriforme / leve, sutil, tênue, extremamente delicado / transparente, diáfano / vago, indeterminado.
Vàppa (ant.), s. f. coisa insossa.
Varamênto (raro), s. f. ação de lançar ao mar um navio novo.
Varàre, v. (tr.) (mar.) botar, lançar à água navio novo, apenas construído; (fig.) terminar, publicar, representar: **——— un nuovo romanzo** / lançar: **——— un romanzo, un progetto**.
Varàto, p. p. e adj. lançado à água (navio) etc. / lançado, publicado, representado.
Varcàbile, adj. transponível, vadeável.
Varcàre, v. (tr.) transpor, atravessar, superar, vadear / ultrapassar, exceder, saltar: **ha varcato i limiti della pazienza** / **——— la sessantina**: passar dos sessenta.
Vàrco, (pl. vàrchi), s. m. abertura, passagem, passo, vau: caminho: **aprendoci il ——— a gomitate** (C. Malaparte) / (sin.) **valico**.
Varea, s. f. (mar.) penol, ponta ou extremo das vergas.
Varechína, s. f. lixívia que se extrai de uma alga marinha chamada vareque.
Varesíno, adj. e s. m. de Varese, cidade da Lombardia.
Variàbile, adj. variável, mudável, inconstante, volúvel, / instável, vário.
Variabilità, s. f. variabilidade / volubilidade, inconstância.
Variamênte, adv. variamente.
Variamênto, s. m. (raro) variação, mudança.
Variànte, p. pr. adj. e s. m. variante, que varia; inconstante, mudável, diferente / (s. f.) variante; diferença, diversidade, modificação; cada uma das diversas lições de um texto.
Varianza (raro), s. f. variação / variância.
Variàre, (pr. vàrio), v. (tr.) variar, mudar, alterar, diferenciar; alternar; matizar; variegar.
Variatôre, adj. e s. m. (f. -trice) que, ou aquele que varia / (radiof.) **——— di sensibilità**: dispositivo dos aparelhos radiofônicos para sensibilizar ao máximo a recepção: sensibilizador.
Variaziône, s. f. ação ou efeito de variar: variação / mudança, diversidade, modificação, oscilação.
Varice, s. f. (med.) variz.
Varicèlla, s. f. varicela / (pop.) catapora.
Varicôso, adj. varicoso: **vena varicosa**.
Variegàto, adj. variegado, diferente, matizado, vário, policromo.
Varietà, s. f. variedade, diversidade, diferença / **teatro di ———**: teatro de espetáculos variados e de gênero leve.
Vàrio (pl. vàri), adj. vário, diferente, diverso / múltiplo, numeroso, multiforme / inconstante, volúvel, mudável, caprichoso, versátil / (s. m) (pl.) várias pessoas: **vari spàrlamo di loro** / **vari giorni**, vários dias.
Variolàto, adj. variegado, salpicado / pintalgado, mosqueado: **marmo ———**.
Variòmetro, s. m. (eletr.) variômetro.
Variopínto, adj. variegado, matizado, mosqueado / policromo, multicor.
Vàro, s. m. ação de lançar ao mar (ou a uma via de comunicação fluvial) um navio acabado de construir / (adj.) (ant.) vário / torcido, cambaio: **gambe vare**.
Vàro (ant.), adj. vário, diverso.
Varrône, (hist. rom.), Varrão (Terêncio), poeta e polígrafo latino.
Vasàio, (pl. -ài), operário que faz ou vende vasos de terracota: oleiro, louceiro / (pl.) **vasai**.
Vasàme, s. m. (raro) louça, serviço de mesa, baixela.
Vasari Giorgio (biogr.), pintor, escultor e historiador da arte italiana; autor da célebre obra: **Delle vite dei piú eccellenti pittori ed architettori** (1550 e 1568).

Vàsca, s. f. tanque; reservatório de água; concha para recolher a água de uma fonte / banheira, bacia / piscina / (dim.) **vaschêtta, vaschettina** / (aum.) **vascôna, vascône**.

Vascèllo, s. m. embarcação, antigamente o maior navio de frota de guerra; hoje o nome se usa somente para algumas denominações: **capitano, tenente di** ————.

Vascolàre, adj. (anat.) vascular, vasculoso / (bot.) **fascio** ————: fascículo vascular.

Vàscolo, s. m. (raro bot.) espécie de lata que o botânico usa para herbanar.

Vascòni, s. m. (pl.) (etn.) vasconços.

Vaselína, e **vasellína**, s. f. vaselina.

Vasellàme, s. m. louça, baixela de porcelana, prata, etc.; conjunto dos objetos de louça necessários ao serviço de mesa.

Vasèllo (ant.), s. m. baixel; (poét.) embarcação pequena.

Vaseria, s. f. quantidade de vasos de jardim.

Vasíli, n. pr. russo, Basílio.

Vàso, s. m. nome genérico de toda e qualquer peça côncava que pode conter líquido: vaso; recipiente / vaso para flores / ———— **da notte**: urinol, bispote / (anat.) vasos linfáticos, sanguíneos; artérias, veias / (arquit.) vaso de capitel / vasos sagrados, destinados ao culto / (dim.) **vasêtto, vasettino, vasellíno, vasúccio**; (aum.) **vasône**.

Vasomotôre, adj. (anat.) vasomotor / vasomotriz (fem.) / (pl.) **vasomotori**.

Vasomotòrio, adj. vasomotor.

Vassalàggio (pl. **àggi**), s. m. vassalagem, estado ou condição de vassalo; servidão, submissão.

Vassallàta, s. f. (dial. rom.) vilania.

Vassallàtico (pl. **-àtici**), adj. de vassalagem.

Vassallêsco (pl. **-êschi**), adj. de vassalo, atinente a vassalo.

Vassàllo, s. m. vassalo / (por ext.) súdito / (deprec.) servo / (ant.) dependente.

Vassoiàta, s. f. o conteúdo de uma bandeja; o que pode conter de uma só vez uma bandeja.

Vassôio (pl. **ôi**), s. m. bandeja / espécie de balde no qual os serventes carregam o material para os pedreiros / (dim.) **vassoiêtto, vassoino**.

Vastamênte, vastamente, largamente, amplamente, extensamente.

Vastêzza, s. f. (raro) vasteza, vastidão.

Vastità, s. f. vastidão, amplidão, extensão.

Vàsto, adj. vasto, amplo, largo, dilatado / grande, grandioso, espaçoso, imenso.

Vàte, s. m. (poét.) vate, profeta, indivíduo que vaticina / (por ext.) poeta.

Vaticàno, s. m. Vaticano, nome de uma das sete colinas de Roma; o palácio do Papa em Roma / (fig.) o Papa, a Santa Sé, a corte pontifícia / **città del Vaticano**: Estado ou cidade do Vaticano.

Vaticàno, adj. vaticano, do Vaticano.

Vaticinazióne, s. f. vaticinação, profecia, predição.

Vaticinànte, p. pr. e adj. vaticinante.

Vaticinàre, v. (tr.) vaticinar, profetizar, predizer, prenunciar, advinhar, prognosticar, prever, antever.

Vaticinàto, p. p. e adj. vaticinado, profetizado, prenunciado.

Vaticinatôre, s. m. (f. **-trice**) vaticinador; profeta; (f.) profetisa.

Vaticínio, (pl. **-íni**), s. m. vaticínio, predição, prognóstico, profecia.

Vaucheria, s. f. espécie de alga que viça em terreno úmido e na água doce.

Vaudeville (v. fr.), comédia entremeada de coplas / (ital.) **farsa musicale**.

Ve, pronome de 2ª pessoa / (pl.) vós; usa-se por vi precedendo outra partícula / **ve lo prometo**: vo-lo prometo / **ve li daró**: dar-vo-lo-ei / **ve ne prego**: peço-vos / (adv.) aqui, aí, ali, usado antes de pronome (nos outros casos, usa-se analogamente em função de advérbio): **ve la portarono**: ali a levaram.

Ve', apócope de **vedi** (olha, veja, vê) verbo imperativo, usado às vezes à maneira de interjeição, com o significado de advertência ou ameaça: **bada, vê**: vê o que fazes! cuidado!

Vecchiàccio, adj. (pej.) e s. m. velho, feio, mau.

Vecchiáia, s. m. velhice; senectude, anciania.

Veghiàrdo, s. m. (lit.) homem velho, velhote, (pop.) velhustro / velho feio e ruim.

Vecchíccio, adj velho, avelhantado, um tanto velho.

Vecchierellíno, adj. (dim.) e s. m. velhinho pobre e quase em ruína.

Vechierèllo, vecchiettíno, vecchiètto, adj. (dim.) velhinho, velhote, velhusco.

Vecchiêzza, s. f. velhice / antiguidade das coisas: **la** ———— **d'una chiesa**.

Vecchíno, adj. (dim.) velhinho.

Vècchio, adj. e s. m. velho, idoso / antigo, que está fora de uso; passado, desusado, obsoleto / **i nostri vecchi**: nossos antepassados.

Vecchiône, s. m. (f. **-iôna**) muito velho, venerando; velhão.

Vecchiòtto, s. m. (f. **-iòtta**), velhote, homem velho mas bem conservado.

Vecchiúccio, adj. (dim.) velhinho, velhote, velhusco.

Vecchiúme, s. m. velharia, quantidade de coisas velhas, fora de uso / uso ou costume antiquado / (bot.) fronde e ramagem quase secas.

Vèccia, s. f. (bot.) ervilhaca, leguminosa que cresce espontânea; cultivada também como forragem / **veccia sativa, almorta**: espécie de ervilha.

Vecciàto, adj. misturado com ervilhaca (trigo, aveia).

Vecciòla, vecciuòla, s. f. (bot.) ervilhaca selvática.

Vecciolína, s. f. (bot.) polígala, planta poligalácea medicinal.

Vecciône, s. m. (bot.) planta herbácea brava, semelhante à parda / (pl.) chumbo (de caça) grosso.

Vecciôso, adj. misturado com ervilhaca.

Vecciúle, s. m. (bot.) caule seco da ervilhaca.

Vèce, s. f. vez / vicissitude, alternativa; turno, mudança, substituição num encargo; incumbência / **in ——— di**: em lugar de; em vez de / alternação: **cosi con vece alterna ——— l'anima si governa** (Parini).

Vèda, s. m. (pl.) vedas, os quatros livros sagrados da religião bramânica.

Vedêre, v. (tr.) ver; perceber por meio da vista; olhar para contemplar: **——— un quadro** / presenciar, assistir a / advertir, compreender, entender / notar, advertir / julgar, considerar / examinar, investigar, indagar, procurar a maneira / **far ———**: fazer ver, mostrar / visitar: **vado a ——— mio fratello / ——— bene o male una cosa**: ver ou julgar boa ou má uma coisa / **essere ben visto**: ser benquisto / **lo (ou la) vedremo**: vamos ver, veremos / (intr.) **veder bene**: ver bem / (fig.) ser cuidadoso / **vedi bene ciò che fai**: vê bem o que fazes / **star a vedere**: esperar o resultado.

Vedêrsi (refl.), ver-se / visitar-se / contemplar-se; encontrar-se ou achar-se / julgar-se, sentir-se / **——— in pericolo**: achar-se em perigo / (pr.) **veggo** ou **vedo**, **vediamo** ou **veggiamo**, **vèdono** ou **vèggono**.

Vedètta, s. f. vedeta, lugar alto de onde se faz guarda para avistar quem chega / vigia, sentinela / (mar.) marinheiro que está de sentinela / navio ligeiro de exploração costeira ou de escolta.

Vedette, v. (fr.), s. f. (teatr.) vedeta, estrela, artista principal / (ital.) stella, diva.

Vedíbile, adj. que pode ser visto, visível, perceptível.

Vèdico, adj. védico, relativo aos Vedas / (pl.) **védici**.

Veditôre, (f. -itríce) (raro), s. m. e adj. que vê; vedor / que vê; que inspeciona / verificador / (ant.) empregado aduaneiro que verifica as mercadorias.

Vèdova, s. f. viúva / **Luisa Francesca ved**, Gagliardi, Luísa F., viúva de Gagliardi / (bot.) viúva, planta de flores roxas.

Vedovàccia, s. f. (pej.) viúva feia, de maus costumes.

Vedovànza, s. f. viuvez.

Vedováre, v. (tr. lit.) enviuvar / (fig.) privar, despojar (espec. uma igreja de seu chefe), viuvar / (pr.) **vêdovo**.

Vedovàto, adj. e p. p. enviuvado, tornado viúvo / privado, desapossado, espoliado.

Vedovèlla, s. f. (dim. e carinhoso) viuvinha / (zool.) macaquinho da América do Sul / viúva, ave tiranídea / **——— celeste**: globulária, planta dicotiledônea.

Vedovèllo, s. m. (dim. e carinhoso) viuvinho, viúvo jovem.

Vedovètta, s. f. (dim.) viuvinha.

Vedovèzza, s. f. (raro) viuvez.

Vedovíle, adj. viuval, vidual, relativo ao viúvo ou à viúva.

Vêdovo, adj. e s. m. viúvo / (fig.) privado de algum bem ou gozo: **il ——— cuore** / (zool.) pássaro africano, de cauda comprida.

Vedovôna, s. f. (aum.) viúva corpulenta.

Vedovòtta, s. f. (aum.) viúva gorducha e de aspecto agradável.

Vedrètta, s. f. (geogr.) pequena geleira.

Vedúta, s. f. vista, aquilo que se vê; panorama, estampa, aspecto / quadro, desenho, figura, etc. / (fig.) alcance / **la mia ——— non arriva a tanto**: minha mente não alcança tanto / idéia, maneira de ver ou de encarar uma questão / **uomo di larghe vedute**: pessoa de visão ampla / (dim.) **vedutína**.

Vedutísta, s. m. (neol.) pintor especializado em paisagens, paisagista.

Vedúto, p. p. e adj. visto, enxergado / (s. m.) aquilo que se viu: **il fatto e il veduto**.

Veemènte, adj. veemente, impetuoso, violento, intenso, forte, enérgico, vigoroso, pronunciado, significativo / caloroso, entusiástico.

Veementeménte, adv. veementemente, impetuosamente.

Veemènza, s. f. veemência / impetuosidade, ardor; energia; intensidade.

Vegetàbile, adj. vegetável / (pl.) **vegetábili**.

Vegetabilità, s. f. vegetabilidade.

Vegetàle, adj. vegetal / (s. m.) vegetal, planta, erva, etc. / **i vegetali**: os vegetais, as plantas.

Vegetàre, v. (intr.) vegetar, crescer, desenvolver-se, viver (as plantas) / (fig.) viver sem interesse, apagadamente; viver materialmente / (pr.) **vègeto**.

Vegetarianísmo, s. m. (neol.) sistema alimentício dos vegetaristas: vegetarismo.

Vegetariáno, adj. e s. m. vegetariano, vegetarista.

Vegetatíva, s. f. vegetativa, poder de vegetar.

Vegetatívo, adj. vegetativo.

Vegetazióne, s. f. vegetação / os vegetais, as plantas / a flora de determinada região: **la ——— tropicale**.

Vègeto, adj. végeto, vivo, robusto, vigoroso / (fig.) **vecchio ———**: velho de aspecto forte, saudável.

Vegetominerále, adj. (farm.) vegetomineral.

Veggènte, adj. e s. m. que vê: vidente / profeta.

Veggenteménte, adv. com olhos videntes.

Veggènza, s. f. vidência, clarividência.

Vèggio, s. m. (pop. tosc.) pequeno braseiro de terracota; braseirinho, estufazinha.

Vèggo, 1ª pes. do ind. pres. do verbo **vedere** (ver), vejo.

Vêglia, s. f. vela, ação de velar, vigília / parte da noite em que se diverte ou se trabalha / (mar.) primeira guarda noturna na navegação / **——— danzante**: baile familiar.

Vegliaménto, s. m. (raro) vela, vigília, ato de velar.

Vegliànte, p. pr. e adj. que vela, que faz vigília, vigilador.

Vegliàrdo, s. m. (lit. e poét.) velho; velho, venerando / velhustro.

Vegliàre, v. (intr.) velar, passar em vigília / vigiar, estar de vigia, de guarda ou de sentinela / (tr.) custodiar, assistir (um doente, um defunto, etc.),

Vegliatóre (ant.), s. m. (f. -atríce) que vela, que faz vigília, vigilador, vigilante.

Vèglio, adj. e s. m. (poét.) velho, ancião / (pl.) **vegli**.

Veglioncíno, s. m. (dim.) pequeno baile de máscaras.

Vegliône, s. m. grande baile público de máscaras que se costuma dar durante o carnaval.

Vegnènte, p. pr. e adj. (poét. raro) seguinte, imediato, subseqüente / il di ———: o dia seguinte.

Veh! (interj.) veja; vê lá!

Veícolo, s. m. veículo, carro, viatura / meio de condução ou de propagação / conduto, canal, tubo / o que auxilia ou promove: ——— **di propaganda**, d'**infezione**.

Vèla, s. f. (náut.) vela / (fig.) navio, nau, embarcação / ——— **latina**: vela triangular, usada atualmente nos pequenos veleiros.

Velàbile, adj. (raro) que se pode velar, cobrir com véu; velável, ocultável.

Velàcci, s. m. (pl.) (mar.) joanetes.

Velàccio, s. f. (náut.) vela inferior, ordinária.

Velàccio, s. m. (náut.) joanete, vela superior à gávea / vela trapezoidal.

Velaccíno, s. m. (mar.) sobrejoanete.

Velacciône, s. m. (aum.) (náut.) vela grande.

Velàio, s. m. pessoa que faz velas para navios: veleiro / (pl.) **velai**.

Velàme, s. m. (mar.) velame / (fig.) cobertura / invólucro, véu, disfarce.

Velàme, s. m. velame, conjunto das velas de um navio / quantidade de velas.

Velamênto, s. m. velamento, ação ou efeito de velar / véu, cobertura / (pint.) veladura / (relig.) imposição do véu.

Veláre, v. (tr.) velar, cobrir com véu / encobrir, esconder, ocultar / (pint.) velar a pintura / tomar o véu, fazer-se freira / ofuscar·se, nublar-se: ——— ——— **il cielo** / empanar-se: **velarsi la voce**.

Velàre, adj. (mar.) das velas / velar, gutural, palatino: **consonante** ———: consoante velar.

Velàrio, s. m. velário, grande toldo que os antigos romanos armavam por cima dos teatros ou anfiteatros, para resguardar os espectadores do sol ou da chuva / pano de boca de teatro.

Velàrsi, v. (refl.) cobrir-se com véu / toldar-se, escurecer, anuviar-se.

Velàta, s. f. (náut.) breve navegação a velas desfraldadas.

Velatamènte, adv. veladamente, ocultamente, encobertamente, solapadamente.

Velàto, p. p. e adj. velado / coberto com véu / escondido / náut.) provido de velas / (fig.) encoberto, atenuado, pouco claro (som, voz, etc.) / hermético: **linguaggio** ———

Velatúra, s. f. ação e efeito de velar, velamento, cobertura / (pint.) velatura / (náut.) velame, conjunto das velas de um navio / (fot.) ofuscação de uma fotografia.

Veleggiamênto, s. m. (náut.) velejo, ação de velejar, navegação à vela.

Veleggiàre, v. (intr.) velejar, navegar com vela / (tr. lit.) **veleggiò quel mar** (Fóscolo).

Veleggiàta, s. f. passeio ou corrida em veleiro.

Veleggiàto, p. p. e adj. (mar.) velejado, navegado à vela / provido de velas.

Veleggiatôre, s. m. (f. -tríce) que veleja / (adj.) que veleja bem (navio) / aviador de planador.

Velèggio, s. m. velejo, ação de velejar.

Velenífero, adj. venenífero, que traz ou produz veneno, venenoso, tóxico.

Velêno, s. m. veneno / tóxico / (fig.) ódio, raiva, rancor, malignidade / coisa amarga, de péssimo sabor / **nella coda il veleno** (in cauda venenum): na cauda o veneno.

Velenosamènte, adv. venenosamente / (fig.) raivosamente.

Velenosêtto, adj. (dim.) um tanto venenoso; nocivo, maligno.

Velenosità, s. f. venenosidade / (fig.) perfídia, ódio, raiva.

Velenôso, adj. venenoso / (fig.) raivoso, maligno; malévolo, caluniador / prejudicial: **propaganda velenosa**.

Velenosúccio, adj. (dim.) um tanto venenoso, maligno.

Velenúccio, s. m. (depr.) veneno sutil, agudo / (fig.) uma certa malignidade, raiva, malvadez.

Veleria, s. f. lugar, nos arsenais, onde se fabricam velas (de navio), porção de velas (de navio) ou de véus.

Velètta, s. f. véu que as senhoras usam sobre o chapéu e que cobre parte do rosto / pequena vela (de navio).

Velettàio, s. m. o que fabrica ou vende véus.

Vèlia, s. f. (zool.) vélia, gênero de insetos hemípteros heterômeros da família dos hidrometrídeos.

Vèlico (pl. **vèlici**), adj. de vela (de navio): **periodo** ———: em que se navegava somente à vela.

Velièro, s. m. veleiro (navio veleiro); barca veleira, barca que navega à vela.

Velíno, adj. semelhante a véu; **carta velina**: papel velino, papel de superfície lisa e macia, compacta e resistente.

Vèlite, s. m. vélite, soldado de infantaria provido de armas leves entre os antigos romanos.

Velívolo, adj. velívolo (poét.) diz-se de navio que veleja tão rápido que parece voar / (s. m.) (aer.) nome genérico de todos os aparelhos aéreos mais pesados que o ar; hoje com esse nome se designa quase que exclusivamente o planador ou aeroplano sem motor / como substantivo foi empregado pela primeira vez por D'Annunzio (1915).

Vèlle, s. m. (lit.) querença, desejo, vontade.

Velleità, s. f. veleidade / fantasia, capricho, pretensão / inconstância, ligeireza.

Velleitàrio, adj. que tem veleidade: veleidoso.

Vèllere (ant. raro), v. (tr.) extirpar, arrancar.

Vellicamênto, s. m. velicação; prurido, cócegas, titilamento / (fig.) estímulo.

Vellicàre (pr. vèllico), v. (tr.) velicar, beliscar levemente; fazer cócegas, titilar / (fig.) excitar, estimular / (pr.) vèllico, vèllichi.

Vellicazióne, s. f. velicação (v. vellicamento).

Vèllo, s. m. velo, pelo ou lã dos cordeiros, dos carneiros, das ovelhas; a pele de tais animais / tosão / velocino: il —— d'oro.

Vellóso, adj. veloso, que tem velo, felpudo, cabeludo, lanoso.

Vellutàto, adj. aveludado, veludado, macio como veludo, veludoso.

Vellutière, s. m. o que fabrica ou vende veludos.

Vellutína, (neol.) s. f. velutina, pó de arroz.

Vellutíno, s. m. veludilho, tecido semelhante ao veludo, mas menos encorpado / pequena fita de veludo.

Vellúto, adj. veludo, veloso, coberto de velo / (s. m.) veludo, tecido de seda ou algodão com pelo extremamente macio / liso, suave: **guance di velluto** / **giocare sul** ——: jogar com o dinheiro ganho antes.

Vèlma, s. f. (dial. ven.) diz-se da margem friável dos baixos-fundos paludosos, nas lagunas: **non fondare il mulino sulle velma** (D'Annunzio).

Vélo, s. m. véu, tecido ou estofo fino e transparente, para vários usos / **prendere il** ——: tomar o véu / **un** —— **di nebbia**: um véu de névoa (ou neblina) / **stendere un** —— **su una cosa**: deitar um véu sobre alguma coisa, não falar nela / **il mortal** —— : o corpo: película tênue que reveste o bulbo de certas plantas / (anat.) —— **palatino**: véu do paladar / (bot.) película de certos bulbos.

Velóce, adj. veloz, (p. us.) veloce; rápido, célere, solícito / fugidio.

Velocemènte, adv. velozmente.

Velocífero, s. m. velocífero, velocípede antigo / diligência puxada por cavalos.

Velocipedàstro, s. m. (pej.) velocipedista pouco hábil.

Velocípede, s. m. velocípede / (ant.) (adj.) que tem pés velozes, que corre muito, corredor.

Velocipedísta (pl. -isti), s. m. velocipedista.

Velocipedístico (pl. -ístici) adj. velocipedístico.

Velocísta, (neol.) (pl. -sti), s. m. (esport.) corredor em corridas de velocidade de esquadrilha aérea de grande velocidade.

Velocità, s. f. velocidade / movimento rápido rapidez / (ferr.) **spedire a grande** ——: remeter, expedir em grande velocidade.

Velocitàre, (raro) v. (tr. e refl.) acelerar, aumentar a velocidade.

Velocitazióne, s. f. ato de aumentar a velocidade / (hidr.) aceleração de velocidade nas correntes de água.

Velocrèspo, (neol.) s. m. véu de seda, transparente e muito leve.

Velòdromo, s. m. velódromo, terreno ou pista para corrida de bicicletas.

Vèltro, s. m. (zol.) galgo, cão pernalta e esguio, próprio para a caça de lebres; lebréu/ (fem.) **vèltra** / (lit.) **il veltro dantesco**: personagem até hoje não identificado pelos críticos.

Véna, s. f. (anat.) veia; qualquer vaso sangüíneo / (min.) veia de água, corrente, filão, fonte / (fig.) **vena d'ingegno**: veia de talento / **essere in** ——: estar de veia ou com veia para alguma coisa, estar de maré, com disposição / (ant.) sangue / (dim.) **venètta, venettína, venolíno, venerèlla**.

Venagióne (ant.), s. f. venatura / (des.) caçada.

Venàle, adj. venal, que se vende, vendível / (fig.) que se deixa corromper, peitar / **prezzo** ——: o valor normal que qualquer artigo obtém no mercado.

Venalità, s. f. venalidade.

Venalmènte, adv. venalmente, de modo venal.

Venamènto, s. m. ato de sulcar de veios.

Venànzio, n. pr. Venâncio.

Venàre, v. (tr. e refl.) veiar, formar veios em / betar, listrar de cor diferente.

Venàto, p. p. e adj. venado, que tem veios, raios ou filetes: **marmo** ——: mármore venado / filetado, listrado, betado.

Venatòrio, (pl. -òri), adj. venatório, pertencente ou relativo à caça.

Venatúra, s. f. diz-se de pedra, madeira, etc. que tem veios ou veias / veia, / beta.

Vendèmmia, s. f. vindima; colheita das uvas; colheita, granjeio.

Vendemmiàbile, adj. que se pode colher, vindimar (falando-se da uva).

Vendemmiàio, (pl. -ái) s. m. vendemiário, primeiro mês do calendário republicano francês (22 de setembro a 21 de outubro).

Vendemmiàle, adj. vindimal, de vindima / outonal.

Vendemmiànte, p. pr., adj. e s. m. vindimador, vindimadeiro.

Vendemmiàre, (pr. èmmio), v. (tr. e abs.) vindimar, fazer a vindima.

Vendemmiàto, p. p. e adj. vindimado, apanhado, colhido / **vigneto** ——: vinha vindimada, de que já se colheram as uvas.

Vendemmiatóre, adj. e s. m. (f. -tríce) vindimador, vindimeiro.

Vèndere, (pr. vèndo) v. (tr.) vender / alienar, liquidar, mercadejar, mercar; oferecer à venda / (refl.) **vendersi**: vender-se / **giornalista che si vende**: jornalista venal.

Venderéccio, (pl. -écci), adj. vendável, que se vende facilmente / venal.

Vendétta, s. f. vindita, vingança / castigo / represália.

Vendévole, adj. vendível.

Vendíbile, adj. vendável / negociável, comerciável / venal, alienável.

Vendicàbile, adj. vingável.

Vendicàre, v. (tr. e refl.) (pr. vèndico) vingar, tirar desforra de / punir, castigar.

Vendicatívo, adj. vingativo / implacável, inexorável, vingador.

Vendicatóre, adj. e s. m. vingador, vingativo.

Vendicchiàre (pr. -ícchio), v. (tr.) vender pouco; vender com dificuldade.

Vendifròttole, s. m. patranheiro, mentiroso, embrulhão.

Vèndita, s. f. venda, ação de vender / lugar, loja onde se vende: **aprire una —— di legna** / (hist.) na gíria da carbonaria, lugar de reunião dos filiados.
Venditôre, s. m. (f. -tríce) vendedor / (adj.) mercante.
Venducchiàre, v. **vendicchiare**.
Vendúto, p. p. vendido / adj. vendido, corrompido, subornado / (s. m.) traidor.
Venefício, (pl. -íci), s. m. venefício, envenenamento criminoso.
Venèfico, (pl. èfici) adj. venéfico, venenoso, tóxico / insalubre: **aria —— / prejudicial**.
Veneràbile, adj. venerável / s. título maçônico do chefe de uma loja.
Venerabilità, s. f. venerabilidade.
Veneràndo, n. pr. Veneranda.
Veneràndo, adj. venerando, respeitável, venerável.
Veneràre, (pr. **vènero**), v. (tr.) venerar, reverenciar, tratar com grande respeito, honrar: —— **Dio, i vecchi, la madre**, etc. / (pr.) **vènero**.
Veneratôre, adj. e s. m. (f. **trice**) que venera, venerador, respeitoso.
Veneràto, p. pr. venerado / (adj.) reverenciado, venerado, acatado.
Venerazióne, s. f. veneração / adoração, obséquio, respeito, devoção, reverência / (refl.) culto de dulia.
Venerdí, s. m. sexta-feira / —— **santo**: sexta-feira santa / **mancare a uno un venerdi**: ser alguém um amalucado.
Vènere, s. f. vênus (do nome da deusa da beleza), mulher muito formosa / (astr.) Vênus, planeta que gira entre a Terra e Mercúrio / obra de pintura ou de escultura que apresenta Vênus / está por **venerdi**, no provérbio **né di venere, né di marte, non si sposa e non si parte**.
Venereamênte, adv. venereamente, sensualmente.
Venèreo, adj. venéreo.
Vèneto, adj. vêneto, veneziano, do Vêneto, região ao Norte da Itália.
Venètta, venettína, venolína, s. f. (dim.) veiazinha.
Veneziàna, s. f. (dial.) pãozinho de massa mole e doce / **vogare alla ——**: vogar ou remar à veneziana (de pé na popa).
Veneziàno, adj. e s. m. veneziano, de Veneza natural de Veneza.
Venezolàno, adj. e s. m. venezuelano.
Vènia, s. f. (lit.) vênia, perdão / remissão do pecado / **chieder, conceder ——**: pedir, outorgar vênia, licença.
Veniàle, adj. venial, leve, perdoável / **peccato ——**: pecado venial.
Venialità, s. f. venialidade, falta perdoável, culpa leve.
Venialmênte, adv. venialmente.
Veniènte, p. pr. e adj. vindouro, que há de vir, que está para suceder; futuro.
Veníre, (pr. **vèngo**) v. (intr.) vir, chegar, aparecer / regressar, tornar, voltar / chegar (falando do tempo, da ocasião): **è venuto l'inverno** / nascer, aparecer no mundo, gerar-se: **viene da illustre famiglia** / manifestar-se: **verrà una gran miseria** / —— **a un'accordo**: chegar a um acordo, concordar / **venir fuori**: sair do lugar onde está; e, de livros, publicar-se, sair à luz / —— **a ballo**: vir à baila, vir à conversa / —— **alla luce**: nascer / —— **alle mani**: vir às mãos, brigar / —— **a capo**: vir a cabo, conseguir, concluir / —— **bene o male**: conseguir ou não conseguir / —— **su**: crescer, desenvolver-se (crianças, plantas, etc.) / —— **a noia**: aborrecer / —— **a taglio**: vir no momento oportuno / —— **in mente**: vir acudir à memória / proceder: **il caffè viene dall'Asia** / ocasionar: **far —— la febbre** / **non —— a capo di nulla**: não lograr nada / (pr.) **vengo, vieni, viene, veniano, venite, vèngono**.
Venôso, adj. venoso, cheio de veias.
Venôsa (ant.), Venusium / (geogr.) Venúsia (Lucânia), pátria de Horácio / (adj.) venosino, venusino.
Ventàccio, s. m. (pej.) vento forte que aborrece.
Ventàglia, s. f. (hist.) parte inferior da viseira do elmo.
Ventagliàio, s. m. fabricante ou vendedor de leques etc.
Ventagliàrsi, v. (refl.) abanar-se com o leque.
Ventàglio (pl. **àgli**), s. m. leque / ventarola / (dim.) **ventagliêtto, ventaglíno**; (aum.) **ventagliône**.
Ventàre, v. (intr.) ventar, soprar (vento).
Ventaruòla, s. f. (pop.) ventarola, cata-vento; ventoinha.
Ventàta, s. f. rajada de vento.
Ventennàle, adj. e s. m. vintaneiro, que existe há vinte anos / que se renova cada vinte anos / que tem 20 anos.
Ventènne, adj. (lit.) de vinte anos, vintaneiro.
Ventènnio (pl. -**ènni**), s. m. espaço de vinte anos.
Ventèsimo, adj. num. ord. de vinte: vigésimo / (s. m.) vigésima parte.
Vènti, adj. num. card. vinte / (s. m.) o número vinte.
Venticínque, adj. num. card. vinte e cinco.
Venticinquènne, adj. de vinte e cinco anos.
Venticinquèsimo, adj. num. ord. vigésimo quinto.
Venticinquína, s. f. quantidade de 25 (coisas ou pessoas) mais ou menos, uns (ou umas) 25.
Ventidúe, adj. num. vinte e dois.
Ventiduèsimo, adj. num. vigésimo segundo.
Ventièra, (ant.), s. f. ventilador, abertura nas casas para ventilar o ambiente / (mil.) reparo móvel de madeira que se colocava entre os merlões das fortalezas para impedir a vista ao inimigo.
Ventilàbro, s. m. ventilabro, pá ou joeira de limpar e espalhar o trigo / (mús.) válvula do órgão.
Ventilamênto, s. m. ventilação.
Ventilàre (pr. **vèntilo**), v. (tr.) ventilar, arejar, refrescar / espalhar ao vento (o trigo e similares), para separar a parte inútil / (fig.) examinar, discutir, agitar, debater (uma questão).
Ventilatôre, s. m. ventilador.

Ventilazióne, s. f. ventilação.
Ventímila, adj. num. vinte mil.
Ventimillèsimo, adj. num. vigésimo mil.
Ventína, s. f. vintena, grupo de vinte ou cerca de vinte: **una ——— di soldati.**
Ventíno, s. m. (pop.) vintém, moeda de vinte cêntimos.
Ventinòve, adj. num. vinte e nove.
Ventinovèsimo, adj. num. vigésimo nono.
Ventiquattrèsimo, adj. num. vigésimo quarto.
Ventiquàttro, adj. e s. f. vinte e quatro, 24 / **ventiquattr'ore,** o dia cabal.
Ventiseènne, adj., s. m. e f. de vinte e seis anos.
Ventiseèsimo, adj. num. vigésimo sexto.
Ventisèi, adj. e s. m. vinte e seis (26).
Ventesètte, adj. e s. m. vinte e sete.
Ventisettèsimo, adj. num. vigésimo sétimo.
Ventitrè, adj. num. vinte e três / **portare il cappello sulle ———:** usar o chapéu abaixado de um lado / (ant.) uma hora antes da oração da tarde; atualmente uma hora antes da meia-noite.
Ventitreèsimo, adj. num. vigésimo terceiro.
Vènto, s. m. vento, corrente de ar atmosférico, ar / ímpeto, ventosidade / falha ou defeito em obra fundida, proveniente de algum ar que se introduziu no metal / (fig.) **nodo di ———:** turbilhão / **gettàre al ———:** gastar sem resultado / **uomo pieno di ———:** pessoa vaidosa, porém vazia de méritos / **——— di fronda:** espírito de revolta / (dim.) **venticèllo, ventarèllo, ventolíno;** (pej.) **ventàccio.**
Vèntola, s. f. ventarola para avivar o fogo / quebra-luz / objeto de forma esférica para suster velas, que se pendura na parede / (agr.) ventilabro / (técn.) **muro a ———:** muro inteiramente igual, sem saliência, nos vãos e não unido a nenhum outro muro; tabique.
Ventolàna, s. f. (bot.) gramínea espontânea ou cultivada, ótima para pastagem.
Ventolàre, v. (tr.) ventilar, refrescar, arejar com o vento; ventar / (fig.) abater.
Ventóso, s. f. ventosa (cir.) / ventosa (hist. nat.).
Ventosità, s. f. ventosidade / flatulência.
Ventôso, adj. ventoso / exposto ao vento / cheio de vento / que produz ventosidade (alimento) / (fig.) vão, frívolo, fútil, vaidoso / (hist.) (s. m.) sexto mês do calendário republicano francês.
Ventottèsimo, adj. num. vigésimo oitavo.
Ventòtto, adj. num. vinte e oito.
Ventràccio, p. s. m. (pej.) ventre feio, grosso / comilão.
Ventràia, s. f. (pej.) barriga, ventre / o estômago dos ruminantes, de que se faz a tripa / o conjunto das vísceras abdominais de um animal, extraídas de sua cavidade.

Ventràle, adj. ventral, respectivo ao ventre / **pagina ———:** a parte inferior da folha, oposta à página de dorso.
Ventralismo, s. m. (med.) avultamento, engrossamento do ventre.
Ventràta, s. f. pançada, pancada com o ventre / comilança, fartadela.
Vèntre, s. m. ventre, barriga, (pop.) pança / seio, regaço / intestinos, abdome / parte interna e côncava de qualquer coisa: **il ——— della bottiglia.**
Ventrèsca, s. f. ventrisca, ventrecha / pança de atum / pança de porco com recheio / toucinho de pança.
Ventricolàre, adj. (anat.) ventricular.
Ventrícolo, s. m. (anat.) ventrículo / estômago / cavidade do cérebro.
Ventrièra, s. f. bolsa de pele ou de pano que se cinge à cintura / reparo de madeira para evitar danos à quilha do navio.
Ventríglio (pl. -ígli), s. m. estômago dos pássaros / **avere l'asso nel ———:** ser jogador ferrenho.
Ventriloquio (pl. òqui), s. m. ventriloquio, ventriloquismo.
Ventríloquo, adj. e s. m. ventríloquo.
Ventrino, s. m. (dim.) ventrezinho (das crianças) / (náut.) dispositivo de tela ou de cordas que serve para apertar a vela ao mastro.
Ventrôso, adj. ventrudo, barrigudo, pançudo.
Ventrúccio, s. m. (dim. ou pej.) ventrículo de vitelo, cordeiro, etc. que contém o coalho; coalheira.
Ventunèsimo, adj. num. ord. vigésimo primeiro.
Ventúno, adj. num. vinte e um.
Ventúra, s. f. ventura, sorte, fortuna boa ou má; dita, felicidade / acaso / **alla ———:** ao acaso, à sorte, sem escolha.
Venturière, s. m. (hist.) aventureiro, soldado mercenário / soldado voluntário.
Venturièro, adj. aventureiro / que vive vida precária, incerta / (s. m.) aventureiro.
Venturína ou **avventurína,** s. f. aventurina, venturina, quartzo com inclusões de mica, hematita ou outros minerais.
Ventúro, adj. vindouro, que há de vir / próximo, futuro: **l'anno, il mese ———.**
Venturosamente, adv. (lit.) venturosamente, ditosamente.
Venturôso, adj. venturoso, feliz, afortunado, ditoso.
Venustà, s. f. (lit.) venustade, venustidade, formosura, graça.
Venústo, adj. venusto, lindo, muito formoso, gracioso, elegante.
Venúta, s. f. ação ou efeito de vir, vinda, chegada / aparecimento / **la ——— del Messia:** a vinda do Messias / visita: **aspetto la tua ———.**
Venúto, p. p. e adj. vindo, chegado / procedente, proveniente / surgido / **ben ———;** (modo de saudar quem chega), bem-vindo / (s. m.) **i nuovi venuti:** os recém-chegados.
Vepràio (pl. -ài), s. m. sarçal, silvado / (fig.) emaranhado, confusão.

Vèpre, e vèpro, s. m. nome genérico de plantas espinhosas; sarça, espinheiro, silva, viburno.

Vèr (ant.), prep. apocop. de **verso,** em direção a / **sen venne** ——— **me**: veio em minha direção.

Vèr (ant.), apócope de **vero,** verdadeiro.

Vèra, s. f. bocal, puteal, parapeito circular do poço / (dial. lomb.) anel matrimonial.

Vera (do russo), n. pr. Vera.

Veràce, adj. veraz, verídico, verdadeiro, leal / sincero / (contr.) falso, fallace.

Veracemênte, adv. de modo vero, verdadeiro: deveras, veramente, verdadeiramente, sinceramente.

Veracità, s. f. veracidade / verdade, exatidão, fidelidade.

Veramênte, adv. verdadeiramente, veramente, deveras, realmente.

Verànda, (neol.), s. f. varanda, balcão, sacada / eirado, terraço.

Veràno, (campo) s. m. o cemitério de Roma desde 1837.

Veratrína, s. f. veratrina, substância venenosa extraída do veratro.

Veràtro, s. m. (bot.) veratro, gênero de plantas da família das melantáceas.

Vèrba, voz lat. que ocorre em certas locuções: **giurare in** ——— **magistri:** sem prova alguma, servilmente, à autoridade de alguém / ——— **volant et script manent:** as palavras voam, os escritos ficam.

Verbàle, adj. verbal, que é derivado de verbo / que é formado de verbo / verbal, que é de viva voz: oral / (s. m.) ata, relatório, registro de sessão: **fare il** ——— **della seduta.**

Verbalizzàre, (neol.), v. (tr.) lançar em ata, fazer uma ata, um relatório.

Verbalmênte, adv. verbalmente, de viva voz, oralmente.

Verbàsco (pl. -àschi), s. m. (bot.) verbasco.

Verbèna, s. f. verbena, planta da família das verbenáceas / (bras.) jurujuba.

Verberàre (ant.), v. (tr.) percutir, espancar / (pr.) **vèrbero.**

Verbigerazióne, s. f. (med.) loquacidade veloz e incoerente, característica de certas doenças mentais.

Vèrbigràzia, loc. lat. verbi gratia, a saber, por exemplo.

Vèrbo, s. m. verbo, a parte principal da oração / palavra / substância verdadeira / a parte principal: o essencial / eloqüência, expressão / **Verbo Divino:** a palavra de Deus / **il** ——— **incarnàto:** o Verbo encarnado, Jesus Cristo.

Verbosamênte, adv. verbosamente, prolixamente.

Verbosità, s. f. verbosidade, loquacidade, prolixidade, verborréia, verborragia.

Verbôso, adj. e s. m. verboso, abundante de palavras, prolixo, palavroso, loquaz: **oratore** ———.

Verdàcchio, adj. verdusco, verdeal, tirante a verde-escuro / (s. m.) (bot.) variedade de ameixeira de frutas de cor esverdeada.

Verdàccia, adj. (pej.) verde apagado (cor) / (s. m.) verdacho, tinta verde mineral, tirante a cor de cana.

Verdàstro, adj. esverdeado, verde apagado / ——— **azzurro:** verde-azul, cor entre a do ar e a da marinha.

Vêrde, adj. verde, da cor da erva e das folhas frescas / (fig.) jovem, juvenil; vigoroso, forte, lesto; vivo, esperançoso / tenro, delicado / (s. m.) cor verde, verdor / (fig.) **con le tasche al** ———: com os bolsos vazios / **ridere** ———: rir forçadamente.

Verdèa, s. f. (agr.) verdeia, variedade de uva branca cuja cor é um pouco tirante a verde / o vinho dessa uva: ——— **della Toscana:** verdeia de Toscana.

Verdebrúno, adj. e s. m. verde-escuro.

Verdecchiàro, adj. e s. m. verde-alvo, verde-claro.

Verdecúpo, adj. e s. m. verde-escuro, que participa da cor verde e preta.

Verdeggiamênto, s. m. ação de verdecer: verdecência; verdor primaveril.

Verdeggiànte, p. pr. e adj. verdejante: luxuriante: **plante verdeggianti.**

Verdeggiàre, v. (intr.) verdejar, fazer-se verde / brotar as plantas.

Verdegiàllo, adj. e s. m. verde-flavo, verde-amarelo.

Verdegíglio, adj. e s. m. verde-lírio / tinta que se extrai das folhas dos lírios de cor arroxeada e que se prepara com uma mistura de cal.

Verdemàre, adj. e s. m. verde-mar, de cor verde-claro.

Verdeporro, adj. e s. m. verde-esmeralda.

Verderàme, s. m. (pop.) verdete, acetato de cobre, o mesmo que azebre.

Verderògnolo, adj. verdusco.

Verdésca, s. f. (zool.) esqualo grande e perigoso, espécie de tubarão, de cor azulada na parte de cima e esbranquiçada na parte de baixo.

Verdescúro, adj. e s. m. verde-escuro.

Verdetèrra, s. m. terra de cor verde semitransparente, usada pelos antigos.

Verdètto, s. m. verdacho, tinta verde mineral usada pelos pintores / (jur.) veredicto.

Verdèzza, s. f. verdor, verdura, qualidade de verde / (ant.) verdidão.

Verdiàno, adj. relativo a Verdi, compositor italiano: **música verdiana.**

Verdícchio, s. m. espécie de vinho de cor esverdeada.

Verdicàre, v. (intr.) (ant.) verdejar, verdecer.

Verdíccio, adj. esverdeado, verdacho.

Verdígno, adj. esverdeado, verdoengo, verdolengo, verdusco.

Verdíno, adj. (dim.) verde claro / (bot.) variedade de figo pequeno: **fico** ———: figo verdeal.

Verdíre, v. (intr.) (ant.) verdejar.

Verdôccio, adj. verde escuro.

Verdôgnuolo, adj. que tem uma cor tirante a verde: verdoengo, esverdeado, verdusco.

Verdolíno, adj. levemente esverdeado; verde alvo.

Verdône, adj. verde carregado / (zool.) verdelhão, verdelha ou verdizelo (pássaro).

Verdóre, (ant.) s. m. verdor.

Verdúco, (ant.) verdugo, espada sem gume, muito comprida, delgada e flexível / bastão de estoque.

Verdugàle, (ant.) s. m. verdugada, verdugadim (ant.), merinaque, espécie de crinolina que entufava as saias das mulheres.

Verdúme, s. m. verdor, verdura, cor verdejante das plant_as_ / quantidade de coisas verdes.

Verdúra, s. f. verdor, propriedade, estado daquilo que é verde / os vegetais, as plant_a_s; hortaliça / **minestra di** ———: sopa de verdura.

Vere, s. m. (ant.) primavera.

Verecondaménte, adv. verecundamente, pudicamente, modestamente.

Verecòndia, s. f. verecúndia, pudor modéstia / acanhamento, vergonha.

Verecòndo, adj. verecundo, acanhado, vergonhoso, tímido / modesto, pudico.

Veredàrio, s. m. (hist.) correio do governo.

Verga, (Giovanni), (biogr.) famoso escritor siciliano (1840-1922).

Vèrga, s. f. verga; vara flexível e dobradiça / barra de metal delgada e maleável / látego, azorrague / bastão de pastor / varinha / ramo (de planta) / símbolo de autoridade: cetro / ——— mágica: vara de condão / (fig.) **tremare come una** ———: tremer como vara / (dim.) **verghètta, verghettína, vergolína, vergúccia**; (aum.) **vergòne**.

Vergàio, s. m. pastor da campanha romana.

Vergàre, (pr. vèrgo), v. (tr.) vergastar, zurzir; açoitar / listrar, marcar com listras (tecidos, etc.) / riscar (o papel) / escrever: ——— **una lettera**.

Vergàta, s. f. vergastada / (dim.) **vergatína**.

Vergatíno, s. m. tecido com listras; riscado.

Vergàto, adj. escrito / listrado, riscado / (s. m.) tecido listrado; riscado.

Vergèlla, s. f. fio de metal fino usado para a filigrana do papel feito a mão / haste de ferro para remexer o ferro fundido / (ant.) vergazinha, vareta.

Vergèllo, s. m. varinha com visgo usada para passarinhar.

Vèrgere (pr. vèrgo) v. (intr.) (poét.) volver, voltar, inclinar / dobrar-se de um lado.

Vergheggiàre, (pr. vergo), v. (tr.) vergastar, bater com vergôntea, zurzir.

Vergheggiàto, p. p. e adj. vergastado / listrado.

Verghettàto, adj. listrado / (heráld.) escudo atravessado por riscas.

Verginàle, adj. virginal, virgíneo, casto, puro, imaculado.

Verginalménte, adv. virginalmente, virgineamente.

Vèrgine, s. m. e f. virgem, donzela / **la** ———: a Mãe de Jesus Cristo / (astr.) Virgem, const. do Zodíaco / (adj.) intacto, virgem; imaculado, íntegro, puro, casto / inocente, ingênuo / isento, livre, não-contaminado / (dim.) **verginòllo, verginèlla, verginêtta, verginína**.

Vèrgine (acqua) (hist.), água da fonte de Trevi (Roma).

Vergíneo, adj. (lit.) virgíneo.

Verginità, s. f. virgindade / (fig.) pureza, singeleza, sinceridade, etc.

Verginôna, s. m. (aum. e burl.) solteirona.

Verglas, v. (fr.), s. m. (alp.) capa de gelo / (ital.) **vetrato**.

Vergôgne, s. f. vergonha, pejo; pudor; timidez, acanhamento / modéstia / rubor das faces causada pelo pejo: **e di triste** ——— **si dipinse** (Dante) / opróbrio, desonra: **quel ragazzo é la** ——— **della scuola** / (dim.) **vergognúccia**; (pej.) **vergognàccia, vergogna marcia**.

Vergognàre, (pr. -ogno), v. envergonhar / **vergognarsi**: envergonhar-se, ter vergonha, pudor, receio.

Vergognòsa, s. f. (bot.) vergonhosa, o mesmo que sensitiva ou mimosa.

Vergognosaménte, adv. vergonhosamente.

Vergognôso, adj. vergonhoso, que tem vergonha ou pejo, pudico / tímido, acanhado / vergonhoso, indecoroso, indigno, desonroso / (dim.) **vergognosètto**.

Vèrgola, s. f. fio de retrós para casear / torçal de seda, ouro e similares que se tece nos panos.

Vergolàre, v. (tr.) guarnecer com torçal / (pr.) **vèrgolo**.

Vergolàto, adj. listrado, ornado com torçal.

Vergône, s. m. (aum.) verga, vara grande, varejão / vara para passarinhar.

Veridicaménte, adv. veridicamente.

Veridicità, s. f. veridicidade: veracidade.

Verídico, (pl. **-idici**) adj. verídico, autêntico, vero, verdadeiro, veraz.

Verífica, (neol.) s. f. verificação, averiguação, comprovação; inspeção, registro, exame.

Verificàbile, adj. verificável, averiguável.

Verificàre, (pr. **ifico**), v. (tr.) verificar, indagar, averiguar / demonstrar ou fazer ver a verdade de / (refl. **-rsi**) realizar-se, averiguar-se, resultar verdadeiro.

Verificatôre, s. m. verificador / (fem.) **verificatrice**.

Verificaziône, s. m. verificação, ação ou efeito de verificar, averiguação.

Verisímile, e derivados v. **verosimile**.

Verísmo, s. m. verismo / descrição das coisas na sua mais crua realidade, realismo.

Verísta, adj. e s. m. verista / (pl.) **veristi**.

Verità, (mitol.), verdade, mãe da justiça e da virtude.

Verità, s. f. verdade, realidade, exatidão, coisa certa e verdadeira / princípio certo / axioma / **in** ———: em verdade / (ecles.) ——— **rivelata**: verdade revelada, revelação.

Veritièro, adj. verídico, verdadeiro.

Vèrla, s. f. ave da espécie dos pássaros / (dim.) **verlètta, verlòtto**.

Vèrme, s. m. verme; lombriga, minhoca / parasito intestinal; helminto / (pop.) traça / ——— **solitário**: a tênia / (fig.) toda paixão que rói: **il** ——— **dell'invidia** / (dim.) **vermiciòlo, vermicèllo, vermiciàttolo**.

Vermèna, s. f. (lit.) verbena / ramo tenro / vergôntea.

Vermentíno, s. m. (agr.) uva branca da região de Gênova da qual se faz um vinho espumante.

Vermêto, s. m. (zool.) molusco gasterópode marinho da família dos vermetídeos.

Vermicàio, (pl. -ài), s. m. vermineira, lugar cheio de vermes.

Vermicèllo, s. m. (dim. de **verme**) pequeno verme, vermículo / macarrão de fios finos e compridos, semelhante ao espaguete (**spaghetti**).

Vermicolàre, adj. vermicular / **polso** ——: pulso acelerado.

Vermicolària, s. f. (bot.) vermiculária.

Vermicolàto, adj. (arquit.) vermiculado, que tem lavores ou ornatos à semelhança de verme; vermiculoso.

Vermiculíte, (neol.), s. f. material isolante, produto alterado da mica, usado nas construções, especialmente no revestimento de paredes e na pavimentação de edifícios.

Vermifôrme, adj. vermiforme.

Vermifugo, (pl. **-ifughi**), adj. e s. m. vermífugo, anti-helmíntico, vermicida.

Vermíglio, (pl. **-ígli**), s. m. cochonilha / (adj.) vermelho, encarnado.

Vermiglióne, s. m. vermelhão, tinta que se tira do mínio ou do cinabre; mínio, cinabre.

Vermilíngui, s. m. (pl.) vermilíngues, família de mamíferos desdentados que se alimentam de formigas e vermes.

Verminàre, v. (intr.) verminar, produzir ou produzir-se vérmina, bicharia.

Verminazióne, s. f. (pat.) verminação.

Vèrmine, (ant.) s. m. verme dos intestinos.

Verminôso, adj. verminoso, cheio de vermes.

Vermocàne (ant.), s. m. nome antigo duma doença não perfeitamente determinada, conhecida somente pela imprecação clássica: **che ti venga il** ——: o diabo que te carregue!

Vermòcchio, s. m. (agr.) crisálida do bicho-da-seda.

Vèrmut, s. m. vermute (na Toscana a pronúncia usual é **vermútte** / —— liscio: vermute seco.

Vèrna, s. m. verna, escravo de nascença, escravo nascido na casa do seu senhor.

Verna, (la) (geogr.) monte nas cercanias de Assis, onde S. Francisco costumava retirar-se para meditação.

Vernàccia, (pl. **-acce**), garnacha, uva vermelha delicada e doce, com a qual se faz um vinho especial, que tem o mesmo nome.

Vernàcolo, adj. vernáculo, dialetal, nativo, paisano; língua, **poesia** —— / (s. m.) dialeto, fala vernácula.

Vernaiòlo, adj. e s. m. que passa o inverno em sua terra, em vez de invernar na marisma com o gado.

Vernàle, (ant.), adj. de inverno, invernal: **l'aura vernal** (Carducci) / (ant.) vernal, primaveril.

Vernàre, (pr. **vèrno**), v. (intr.) invernar, passar o inverno / (ant.) sofrer frio / haver ou fazer inverno.

Vernàta, s. f. (raro) invernada.

Vernazióne, s. f. (bot.) vernação.

Vernerêccio, adj. invernal, inverniço, próprio para o inverno.

Verníce, s. f. verniz / (fig.) tintura, conhecimento superficial.

Verniciàre, (pr. **-ício**), v. (tr.) envernizar, vernizar.

Verniciatôre, s. m. envernizador / (fem.) **verniciatrice**.

Verniciatúra, s. f. ação de lustrar com verniz, envernizadura, envernizamento.

Vernièro, s. m. instrumento que serve para medir as frações das divisões de uma escala graduada: **nônio**.

Verníno, adj. (raro) invernico; que cresce no inverno; que se come no inverno: **frutta vernina**.

Vèrno, s. m. (poét.) inverno / tormenta invernal / (adj.) vernal, primaveril.

Vêro, adj. vero, verdadeiro, exato, real: **è un fatto** —— / certo, indubitável / principal, essencial / conveniente, preferível a qualquer outro / genuíno, natural, puro, veraz, verídico / (s. m.) verdade, o que é verdade / **ditemi il** ——: dizei-me a verdade / **il santo vero mai non tradir** (Manzoni).

Veronàl, (neol.) s. m. veronal, medicamento hipnótico.

Veronalísmo, (neol.), s. m. envenenamento crônico produzido por veronal.

Verône, s. m. (lit.) varanda, terraço, sacada / (dim.) **veroncèllo, veroncíno**.

Veronêse, adj. e s. m. veronês, que diz respeito à cidade de Verona, no Vêneto (alta Itália); habitante de Verona / (hist.) **Paolo Caliari, detto il Veronese**, célebre pintor da escola veneziana / (1530-1583).

Verònica, s. f. (bot.) verônica, planta da família das escrofulariáceas / **a Verônica**, a imagem do rosto de Cristo impressa no Sudário; Verônica, mulher que limpou o rosto de Jesus quando este subia ao Calvário.

Verosimigliànte, adv. verossímil, verossimilhante.

Verosimigliànza, s. f. verossimilhança.

Verosímile, adj. verossímil, verissímil / plausível.

Verosimilmènte, adv verossimilmente.

Verre, (Caio Licínio) (hist.) Verres, procônsul romano na Sicilia, contra o qual Cícero pronunciou as célebres verrinas (**Verrine**, ital.).

Verrêtta, s. f. espécie de dardo ou de venábulo, que os antigos usavam / (aum.) (s. m.) **verrettône**.

Verricèllo, s. m. guindaste, cabrestante.

Verrína, s. f. verruma, broca, trado, berbequim.

Verrinare, v. (t.) verrumar, furar com verruma, broca, etc. furar, traspassar.

Vèrro, s. m. porco apto para a reprodução da raça.

Verró, voz do v. **venire**, virei, irei.

Verrúca, s. f. (lit.) verruga, excrescência cutânea.

Verrucària, s. f. (bot.) verrucária.

Verrucôso, adj. verrugoso, cheio de verrugas, verruguento.

Verruto, (ant.), s. m. espeto.

Versàccio, s. m. (pej.) verso sem arte, inferior, mau / trejeito do rosto, esgar, momice, careta.

Versaiuòlo, s. m. versejador, poetastro, poetaço.
Versamênto, s. m. ação de verter, derramar, vazar, despejar, entregar; derramamento, entornadura, derrame / (med.) derrame, extravasamento de humores / (com.) ——— **di denaro**: entrega de dinheiro, pagamento.
Versànte, (geogr.) s. m. vertente, declive, encosta / (p. p.) (adj.) vertente, que verte / (banc.) depositante (que deposita no banco).
Versàre, (pr. vèrso), v. (tr.) fazer correr um líquido fora do vaso: verter; entornar, fazer transbordar, derramar / desaguar: **il Po versa le sue acque nell'Adriatico** / versar, tratar: **il discorso versò sulla pace** / (fig.) espalhar, difundir / estar, achar-se (num dado momento): **egli versa nella maggior miseria** / (refl.) espalhar-se, derramar-se; **s'è versato il vino dal bicchiere** / (obs.) uso no sentido de pagar, depositar quantia, é condenado pelos puristas.
Versàtile, adj. versátil, mudável, variável, vário, inconstante / ágil, eclético: **ingegno** ———.
Versatilità, s. f. versatilidade, volubilidade, habilidade, agilidade.
Versàto, p. p. e adj. vertido, que se verteu; derramado, despejado / versado, prático, exercitado, experimentado, perito.
Verseggiàbile, adj. versejável, poetizável, apto para ser posto em verso. etc.
Verseggiamênto, s. m. (burl.) versejatura, versejadura.
Verseggiàre, v. (intr.) versejar, poetizar, fazer versos / (tr.) pôr em verso.
Verseggiatôre, s. m. (f. -trice) versejador, que verseja.
Verseggiatúra, s. f. versejadura, ação de versejar.
Versêtto, s. m. (dim.) versinho, pequeno verso / verseto, versículo (mais usado), trecho bíblico de duas ou três linhas e que formam sentido completo.
Versícolo, (ant.), s. m. versinho, verso pequeno, curto / versículo.
Versicolôre, adj. versicolor, que tem variadas cores.
Versièra, s. f. mulher do diabo; espírito infernal do gênero feminino / (fig.) pessoa (espec. mulher) feia e ruim.
Versificàre (pr. -ífico), v. (tr.) versificar, versejar.
Versificatôre, s. m. versificador, versejador.
Versificaziône, s. f. versificação.
Versiliberísta (neol.), s. m. versiliberista, poeta que segue o versiliberismo, que emprega a versificação livre, poeta futurista.
Versiliberísmo, s. m. (neol.) versiliberismo, escola moderna que se liberta das regras tradicionais da versificação.
Versiône, s. f. versão, tradução de uma língua para outra / versão, variante: **di questa storia troviamo un'altra versione** / (cir.) manobras operatórias com que se promove a mudança de posição do feto quando este não tem no útero a posição correta.

Versipèlle, adj. e s. m. esperto, malandro, astuto, embrulhão / malicioso, dissimulador, embusteiro.
Vèrso, s. m. verso, metro, reunião de palavras sujeitas a uma determinada medida e cadência; **un** ——— **latino, italiano, portoghese** / composição em versos / **mettere in versi**: poetizar / **versi liberi**: versos de diferentes medidas, que não estão sujeitos a correspondências regulares / (por ext.) modulação particular de um som, de uma voz de certas línguas e dialetos no linguajar: **il** ——— **dei napoletani** / ato, gesto, maneira, tique / **rifare il** ——— **a uno**: imitar alguém, arremedando os seus atos, a sua vez, a cadência / (dim.) **versêtto, versettíno, versolíno, yerserèllo, versicciolo, versúcolo**: / (pej. **versáccio**.
Vèrso, s. m. verso, face posterior de uma página, de uma medalha, de uma moeda e símiles. / a face oposta à frente, a traseira / parte, lado, motivo / **rispondere a** ———: responder no mesmo tom / **pigliar uno per il suo** ———: compreender alguém e tratá-lo de acordo com a sua índole / **per ogni** ———: por qualquer motivo / direção: **prendi per questo** ——— **e sarai in piazza** / **mutare** ———: mudar de modo, de sistema de estilo.
Vèrso, prep. para, no lado de, na direção de: **andò** ——— **la stazione** / pouco mais ou menos / ——— **mezzogiorno**: pelo meio-dia / contra / **non ho odio** ——— **nessuno**: não tenho ódio por ninguém / em confronto / ——— **di lui mi sento un gigante**: ao seu confronto sinto-me um gigante / proximidade / ——— **l'alba**: pela madrugada / ——— **sera**: ao anoitecer.
Versôio, s. m. (agr.) orelha do arado / (pl.) versoi.
Vèrsta, s. f. (russo) versta, medida itinerária russa.
Versúcolo, s. m. (depr.) verso mau.
Vèrta, s. f. parte inferior do covo ou nassa onde os peixes ficam presos.
Vèrtebra, s. f. (anat.) vértebra.
Vertebràle, adj. vertebral / **colonna** ———: coluna vertebral.
Vertebràto, adj. e s. m. (zool.) vertebrado.
Vertènte, p. pr. e adj. vertente / pendente (diz-se de questão (em juízo) que ainda não foi julgada: **lite** ———.
Vertènza, s. f. pendência, controvérsia que é causa de discussão, briga, contenda, questão, contraste.
Vèrtere (lit.) v. (intr.) (usado somente na 3ª pes. sing. dos tempos simples e no p. pr.) versar, assentar, recair, consistir, ter por objeto: **la lite verte tra fratelli** / formas usadas, **verte, verteva, vertè, verterà, vertente**.
Verticàle, adj. vertical, que está perpendicular ao plano do horizonte / (s. f.) vertical, linha perpendicular ao horizonte.
Verticalmènte, adv. verticalmente.
Vèrtice, s. m. vértice / sumidade, ápice, cume, pináculo; o ponto culminante: **è quinto al** ——— **della glória**: atingiu o vértice de glória.
Verticcillàto, adj. (bot.) verticelado, verticilado.

Verticillo, s. m. (bot.) verticilo ou verticelo.
Verticità, s. f. verticidade.
Vertígine, s. f. vertigem, tontura de cabeça / delíquio, desmaio.
Vertiginosaménte, adv. vertiginosamente, verticosamente.
Vertiginôso, adj. vertiginoso, sujeito a vertigens / que causa vertigens, que gira com rapidez / rápido, impetuoso, velocíssimo, extremado: **altezza vertiginosa.**
Vertudiôso (ant.), adj. virtuoso.
Verúcolo, s. m. espécie de punção que os pintores usam na pintura à encáustica.
Verúno, adj. e pron. (lit.) nenhum.
Verve, (v. fr.), s. f. estro, veia, inspiração / (ital.) **brio.**
Vèrza, s. f. fragmento de madeira, lasca / (bot. dial.) espécie de couve repolhuda.
Verzèlla, s. f. (pop.) (v. **vergella**), vareta, varinha.
Verzellíno, s. m. pássaro da família dos conirrostros, verdizelo, verdelha, verdelhão.
Verzicànte, p. pr. e adj. (poét.) verdejante, que começa a brotar: **alberi verzicanti.**
Verzicàre (pr. vèrzico), v. (intr.) verdejar, fazer-se verde, verdecer, germinar, brotar (as plantas) / (pr.) **vèrsico, vèrsichi.**
Verzícola, s. m. seqüência de três naipes.
Verzière, s. m. (lit.) vergel, jardim, pomar.
Verzíno, s. m. pau-brasil / tinta extraída do pau-brasil.
Verzòtto, s. m. verça, espécie de couve de cor verde, também chamada couve-galega.
Verzúra, s. f. quantidade de ervas verdes e plantas verdejantes: verdura.
Vèscia (pl. -vèsce), s. f. cogumelo comestível, do formato de uma bola / (fig.) peta, mentira, lorota.
Vescíca, s. f. (anat.) bexiga / vesícula / (zool.) bexiga natatória / bolha, empola, bola / (fig.) —— **di vento:** pessoa tola e afetada.
Vescicànte, s. m. vesicante, substância que produz vesicação / (fig.) pessoa amolante.
Vescicària, s. f. (bot.) vescicária, gênero de crucíferos das regiões temperadas.
Vescicatòrio (pl. -òri), adj. vescicatório, que produz a vesicação; vesicante.
Vescicazióne, s. f. vesicação, ação de produzir vesículas ou flictenas.
Vescichétta, s. f. (dim.) pequena bexiga / bola / bolhazinha.
Vescícola, s. f. (dim.) vesícula / (aum.) **vescicôna** (f.), **vescicône** (m.).
Vescicolàre, adj. vesicular.
Vescicôso, adj. vesiculoso.
Vescovàdo, s. m. palácio episcopal; cúria.
Vescovàto, s. m. episcopado / dignidade bispal / diocese.
Vescovile, adj. bispal, episcopal.
Vèscovo, s. m. bispo, prelado que governa uma diocese / pastor / —— **castrense:** chefe dos capelães militares.

Vèspa, s. f. vespa (inseto) / (dim.) **vespétta, vespina;** (aum.) **vespòna;** (pej.) **vespáccia** / (neol.) vespa, espécie de motocicleta de tipo leve, fabricada na Itália; motoneta (Brasil.).
Vespàio (pl. -ài), s. m. ajuntamento de vespas: vespeiro / (med.) antraz, aglomerado de furúnculos / (arquit.) compartimento subterrâneo nos alicerces de um edifício.
Vespasiàno, s. m. mijadouro público, (bras.) mictório / (adj.) vespasiano, do imperador Vespasiano.
Vesperàle, adj. (lit.) vesperal, vespertino, relativo ou pertencente à tarde ou ao véspero.
Vèspero, s. m. véspero, o planeta Vênus quando aparece à tarde / (pop.) estrela da tarde / (fig.) o ocaso, o poente / (poét. e dial.) "**vespro**".
Vespertílio, e vespertíllo, s. m. (lit.) vespertílio, morcego da Europa, Ásia Central e África do Norte.
Vespertíno, adj. vespertino, pertencente à tarde ou ao véspero.
Vespêto, s. m. vespeiro, ajuntamento de vespas.
Vèspro, s. m. a tarde; véspera / (lit.) horas do ofício divino que se dizem de tarde / (hist.) **Vespri Siciliani:** insurreição popular contra os franceses, em Palermo e na Sicília (1282).
Vespucci (Amérigo) (hist.) Américo Vespucci, navegador florentino (1454-1512) em homenagem ao qual se deu o nome de América ao novo continente.
Vessàre, (pr. vèsso), v. (tr.) vexar, molestar gravemente, oprimir, atormentar / envergonhar.
Vessàto, p. p. e adj. vexado, maltratado, humilhado / afligido, corrido.
Vessatóre, adj. e s. m. (f. -tríce) vexador, que vexa, vexatório, opressivo.
Vessatòrio (pl. -òri), adj. vexatório, vexativo.
Vessazióne, s. f. vexame, vexação / opressão, aflição, tribulação, mau trato, tormento.
Vessillàrio (pl. -àri), s. m. vexilário (ant.) porta-estandarte, alferes.
Vessillífero, s. m. (raro) vexilário.
Vessíllo, s. m. **Vexilo** (ant.), bandeira, estandarte.
Vèsta, s. f. (ant. poét. e pop.) veste, vestido, vestimento.
Vèsta, (mitol. rom.), Vesta, deusa do fogo e do lar.
Vestàglia, s. f. roupão, chambre.
Vestàle, s. f. vestal (hist. rom.) sacerdotisa de Vesta / (fig. iron.) guarda, defensor intransigente de um princípio, de uma instituição, etc.
Veste, s. f. veste, vestido, hábito, vestimenta, vestuário, fato, roupa / —— **da camera:** roupão, chambre, pijama / cobertura, invólucro, revestimento, camada de uma coisa / (fig.) forma, aspecto, aparência / escrito: **in —— toscano** / (dim.) **vestina, vesticína, vesticciòla.**
Vestiário (pl. -àri), s. m. vestuário, o conjunto dos objetos precisos para uma pessoa se vestir; traje, roupa completa, fato; vestidura / **capo di**

———: uma só peça de roupa / (ant.) vestiário, lugar onde se guardam as vestes.
Vestiarísta (pl. -ísti), s. m. pessoa que faz, vende ou aluga vestes para artistas de teatro.
Vestíbulo, s. m. vestíbulo, portal, entrada de um edifício; pátio da entrada / (anat.) uma das cavidades do ouvido interno / (hist. rom.), vestíbulo de casa romana consagrado a Vesta.
Vestigio, (pl. m. **vestígi**, e f. **vestigia**, **vestíge**), s. m. vestígio, pegada, sinal que o homem ou animal faz com os pés por onde passa; rastro / (fig.) indício, sinal / restos, resquícios, relíquias, ruínas: ——— **di un'acquedotto romano** / lembrança, memória.
Vestiménto (pl. m. -í e f. -a), s. m. vestimenta, objeto que se veste, vestidura, fato, roupa, vestuário.
Vestíre, v. (tr.) vestir, cobrir com roupa, com fato, envolver em roupas, em vestes / resguardar, defender / adornar, enfeitar / (fig.) cobrir, revestir, atapetar, alcatifar, forrar / munir / (fig.) exprimir as próprias idéias com uma forma mais ou menos artística / (refl.) **vestírsi**, vestir-se, cobrir-se, adornar-se / (intr.) **vestire bene o male**: vestir bem ou mal.
Vestíto, p. p. e adj. vestido, coberto com fato ou com roupa / ataviado / revestido / (s. m.) veste, vestuário, vestidura / terno, fato / **vestito da uomo, da sera, di cerimonia, da passeggio** / (dim.) **vestitíno**; (aum.) **vestitóne**.
Vestitúra, s. f. vestidura, ato de vestir / maneira, modo de vestir-se / ação de cobrir, de revestir um objeto / vestimenta, cobertura, invólucro.
Vestizióne, s. f. ação de vestir / vestidura, cerimônia em que se toma o hábito religioso.
Vesúvio, (geogr.), Vesúvio, vulcão a S. E. de Nápoles, cuja 1ª erupção em 79 a. C., deixou Herculano e Pompéia soterradas.
Veteráno, s. m. veterano / ancião / (fig.) antigo, experimentado numa arte ou ciência.
Veterinária, s. f. veterinária.
Veterinário, adj. e s. m. veterinário / (pl.) **veterinari**.
Vèto, s. m. veto, proibição, oposição, interdição, suspensão / anulação / inibição / **mettere il** ———: pôr o veto, vetar, proibir.
Vetráccio, s. m. (pej.) vidro de ruim qualidade, de pouca transparência.
Vetráia (ant.), s. f. vidraria, fábrica de vidros.
Vetráio, s. m. vidraceiro, operário que trabalha na colocação de vidros / pessoa que vende objetos de vidro.
Vetraiòlo, s. m. vidreiro, operário que trabalha em fábrica de vidros.
Vetráme, s. m. quantidade de vidros / sortimento de objetos de vidro / cristaleria.
Vetrário, adj. relativo a vidro: vidreiro / arte vetraria / (pl.) **vetrari**.
Vetráta, s. f. vidral, caixilho com vidros / vitral, vidraça de cores, vidraça com pinturas sobre o vidro.

Vetráto, adj. vidrado, que contém vidro / coberto com substância vitrificável / **carta vetrata**: lixa.
Vetrería, s. f. fábrica de vidros: vidraria / loja onde se vendem vidros / cristaleria.
Vetriáta, s. f. vidraça; janela envidraçada / caixilho.
Vetriáto, adj. que tem vidraça ou caixilho envidraçado / envernizado. esmaltado.
Vètrice, s. f. (bot.) salgueiro.
Vetriciáia, (s. f.) ou **vetriciáio** (s. m.) salgueiral.
Vetrièra ou **vetrièra**, s. f. vitral de entrada / vitral.
Vetrificábile, adj. vitrificável.
Vetrificáre, v. (tr.) vitrificar / (intr. e refl.) vetrificar-se / (pr.) **vetrífico**.
Vetrificáto, p. p. e adj. vitrificado, transformado em vidro.
Vetrificazióne, s. f. vitrificação.
Vetrígno, adj. que é como vidro, semelhante a vidro; vidrento, vidrado, vidroso.
Vetrína, s. f. vitrina, mostruário de uma loja / armário envidraçado onde se guardam objetos de vidro ou de valor / (técn.) verniz vítreo, vidrento.
Vetrinísta (neol.), s. f. vitrinista / (neol.) pessoa perita em arrumar com arte os objetos expostos na vitrina / fabricante de vitrinas.
Vetríno, adj. vítreo, vidrino, vidrento / quebradiço / **occhio vetrino**: olho que tem um círculo esbranquiçado / (s. m.) (dim.) vidro pequeno, vidrinho / cristal para exames microscópicos.
Vetriòla, s. f. (bot.) tiritana ou parietária, gênero de plantas da família das urticáceas.
Vetrioleggiáre, v. (tr.) vitriolar, vitriolizar, atacar alguém atirando-lhe vitríolo.
Vetrioleggiáto, adj. deformado pelo vitríolo, vitriolado.
Vetriòlico, adj. vitriólico, que tem a natureza do vitríolo.
Vetríolo, s. m. (quím.) vitríolo / ——— **azzurro**: sulfato de cobre / ——— **verde**: sulfato de ferro / ——— **bianco**: sulfato de zinco / **òlio di** ———: ácido sulfúrico.
Vètro, s. m. (pl. **vetri**) vidro / **oggètti di** ———: vidros, cristais / ——— **stampato**: vidro estampado / ——— **arrotato**: cristal biselado ou chanfrado.
Vetrocemènto (neol.), s. m. material artificial de construção, semitransparente, para cúpulas, paredes, etc.
Vetrocromía, s. f. pintura sobre vidro.
Vetrofanía (neol.), s. f. papel gomado transparente, com desenhos e figuras coloridas, que se aplica aos vidros das janelas.
Vetróso, adj. vidrento, que contém vidro, vidroso / semelhante a vidro.
Vètta, s. f. cume, vértice sumidade / cabo do mangual / ramozinho arrancado da árvore.
Vettaiuòlo, adj. diz-se de fruto que nasce nos ramos mais altos: **fichi vettaioli**.
Vètterli, s. m. fuzil militar italiano adotado em 1871.

Vettína (ant.), s. f. vasilha para azeite.
Vettône, s. m. (bot.) renovo, vergôntea.
Vettôre, s. m. (geom. e astr.) vetor / (neol. com.) o que transporta passageiros ou mercadorias / **vettore di emigrante**: organizador de grupos de emigrantes.
Vettoriàle, adj. vetorial, de vetor / (jur.) relativo aos transportes.
Vettovàglia (pl. -àglie), s. f. vitualha, víveres, comestíveis, provisões de boca, mantimentos.
Vettovagliamênto, s. m. avitualhamento.
Vettovagliàre (pr. -àglio), v. (tr.) vitualhar, avitualhar, prover, abastecer de víveres.
Vettúra, s. f. viatura, veículo, carro, trem para transporte de pessoas ou da coisas / ——— **di piazza**: veículo que presta serviço público / carro de passageiros na estradas de ferro / a besta ou o veículo que se alugam para transporte / (jur.) **lettera di** ———: documento comprobatório de um contrato de transporte / (dim.) **vetturetta, vetturina, vetturúccia**; (aum.) **vetturôna**; (pej.) **vetturáccia**.
Vetturàle, s. m. pessoa que transporta mercadoria, por conta de outrem, com bestas ou carro / almocreve, carroceiro, carregador.
Vetturalêsco (pl. -êschi), adj. (depr.) próprio de arrieiro ou carroceiro.
Vettureggiàre, v. (tr. e intr.) carrear, transportar em carro.
Vetturíno, s. m. cocheiro de praça.
Vetúria, (hist. rom.) Vetúria, mãe de Coriolano.
Vetustà, s. f. (lit.) vetustade, vetustez, antiguidade.
Vetústo, adj. (lit.) vetusto, velho, antigo.
Vezzeggiamênto, s. m. ação de acariciar, afagar, mimar, lisonjear, ameigar / mimo, afago, carícia.
Vezzeggiàre (pr. -êggio), v. (tr.) amimar, acariciar, afagar, fazer agrados.
Vezzeggiativo, adj. carinhoso, afetuoso, mimoso / (gram.) alteração do nome ou do adjetivo que denota carinho ou exprime afeto; forma-se juntando à raiz do nome os sufixos **uccio, uccia, ino, uzzo**: bambino — **bambinuccio; caro; carino, Santuzza**.
Vêzzo, s. m. carinho, carícia, mimo, afago / denguice, afetação / vezo, costume, hábito / graça, encanto, simpatia, ornamento de pérolas ou de jóia que as mulheres usam no pescoço: adereço, cadeia, colar: **un** ——— **di perle**, etc.
Vezzozamênte, adv. carinhosamente, afetuosamente, afavelmente.
Vezzôso, adj. gracioso, airoso, lindo / afetado, amaneirado, dengoso / (ant.) viciado; delambido / (sin.) **leggiadro**.
Vi, pr. pessoal de 2ª pessoa, vós: **vi stimo**: estimo-vos; **vi dico**: digo-vos; **essi vi amano**: eles vos amam / junta-se com os verbos no imper. infin. e gerúndio: **arrendetevi** (rendei-vos), **darvi** (dar-vos), **dicendovi**: dizendo-vos / e com **ecco: èccovi**: ei-vos aqui / muda-se em **ve** antes dos pron. **lo, la, li, le, il, gli** / **ve lo disse**: vo-lo disse / (adv.) aqui, ali, lá: **andiamo là: vi troveremo molti conoscenti**.

Vía, s. f. via, caminho ou estrada que conduz de um lugar para outro; via, meio de transporte, de transmissão / rumo, direção, derrota ∠ via, meio, modo para alcançar um fim: **ha tentato tutte le** ——— / intermédio, intervenção / carreira / rua de cidade: **via Garibaldi**, rua Garibaldi / **aprire la** ———: abrir, dar passagem / (fig.) **vie traverse**: meios desonestos / (astr.) ——— **láttea** / (ecles.) ——— **Crucis** / **foglio di** ———: documento de viagem entregue pelas autoridades / (adv.) que, unido a certos verbos, lhes empresta maior força de expressão: **andar** ———: partir, ir embora, e (falando de mercadoria) ter saída, vender-se / **mandar** ———: mandar embora, enxotar / **via!** (excl.) intimação de quem manda embora / **va via**, (excl.) de incredulidade / **e** ——— **dicendo**: etcétera / **per** ——— **di**: por causa de / (s. f.) vez, indicado para multiplicar um número por outro: **te via tre, nove** (três vezes três, nove) / (s. m.) partida, sinal de saída: **dare il** ——— **ai corridori** / **dar** ———: vender ou presentear, desfazer-se de algo / **portar** ———: seguir, ir para a frente / **passare a vie di fatto**: vir às mãos / **in** ——— **giudiziària**: por trâmite judicial / (dim.) **viuzza; viuzza cieca**: beco sem saída.
Viabilità, s. f. viabilidade.
Viadôtto, s. m. viaduto.
Viaggiànte, p. pr. e adj. que viaja, viajante / (ferr.) **personale** ———: empregados de estrada de ferro que trabalham no trem durante a viagem / **redattore** ———: redator de jornal que envia reportagens dos lugares que percorre ou visita.
Viaggiàre (pr. -àggio). v. (intr.) viajar, fazer viagem / transitar.
Viaggiatôre, adj. e s. m. (f. –trice) viajante, que viaja/ pessoa que viaja / peregrino, viajante, viageiro, viajor, passageiro / excursionista / **commesso** ———: viajante de firma comercial.
Viàggio (pl. -àggi), s. m. viagem / **l'ultimo** ———: a morte / (ant.) via, caminho: **a te convien tener altro** ——— (Dante) / (dim.) **viaggètto**.
Viàle, s. m. rua ou avenida orlada de árvores: alameda.
Viandànte, s. m. viandante, caminhante, viajor.
Viàtico (pl. –àtici), s. m. viático, provisão para a viagem ou jornada / (fig.) viático, Sacramento da Eucaristia que se administra aos moribundos / (fig.) conforto, consolo.
Viatôre, s. m. (f. -trice) viandante, viajor, viajante.
Viatòrio, (pl. -òri) adj. (raro) viatório, relativo ao viajor, à via, ao caminho.
Viavài, s. m. ato de ir e vir de muitas pessoas: vaivém: **era un** ——— **incessante di popolo**: era um vaivém contínuo de povo.
Víbice, s. f. (med.) víbice, efusão sanguínea subcutânea linear: vergão.
Vibramênto, s. m. (raro) vibração.
Vibrànte, p. pr. e adj. vibrante, que vibra: **corde, voci vibranti** / (galic.) (fig.) palpitante: ——— **d'entusiasmo**

/ **parole vibranti:** palavras fortes, sonoras.
Vibràre, v. (tr.) vibrar, brandir, agitar, mover / ferir, tanger, dedilhar, / golpear com força: **gli vibrò un pugno** / arrojar, arremessar, despedir da mão, atirar / (intr.) oscilar, vibrar, ressoar, estremecer, comover.
Vibratêzza, s. f. ação de vibrar, brandir, arremessar com energia / (fig.) força e concisão nas palavras e no estilo.
Vibràtile, adj. vibrátil, vibratório.
Vibràto, p. p. e adj. vibrado, lançado, arrojado, arremessado / forte, galhardo, conciso, vigoroso, veemente (falando-se de estilo, discurso, etc.).
Vibratôre, adj. e s. m. (f. -tríce) vibrador, que vibra; vibrante.
Vibratòrio, (pl. -òri), adj. vibratório; que tem vibrações: **movimento** ——.
Vibraziône, s. f. vibração, ação ou efeito de vibrar.
Vibriône, s. m. (bot.) vibrião / espécie de bacilo; bacilo curvo, com um, dois ou três cílios polares.
Vibrísse, s. f. (pl.) vibríssas, pelos dos focinhos de certos mamíferos, como o gato, o tigre, etc.
Vibríte, s. f. substância de grande poder explosivo.
Vibrògrafo ou **vibroscòpio,** s. m. vibroscópio, aparelho destinado a estudar as vibrações de um corpo.
Vibúrno, s. m. (bot.) viburno.
Vicaría, s. f. vicaria (ant.), o mesmo que vicariato.
Vicariàle, adj. vicarial, relativo ao vigário ou ao vicariato.
Vicariàto, s. m. vicariato.
Vicàrio, (pl. -àri), adj. vicário, que faz as vezes de outro / suplente, sucessor, vice, substituto / (s. m.) vigário, vicário / —— **diocesano:** provisor, juiz eclesiástico, deleg. do bispo / —— **di Dio:** o Papa.
Více, s. f. prefixo que designa a substituição de um cargo ou uma categoria imediatamente inferior à outra / —— **presidente,** —— **segretário:** vice-pres., vice (ou 2º) secretário.
Viceammiràglio, s. m. vice-almirante.
Vicebibliotecàrio, s. m. vice-bibliotecário.
Vicecancellière,, s. m. vice-chanceler.
Vicecommissàrio, s. m. vice-comissário.
Vicecônsole, s. m. vice-cônsul.
Vicedecàno, s. m. vice-decano.
Vicedelegàto, s. m. sub-delegado.
Vicedío, s. m. (raro) vice-Deus, o Papa.
Vicedirettôre, s. m. vice-diretor / (fem.) **vicedirettrice.**
Vicedòmino, s. m. (hist.) vicedômino (ant.), o que representava o senhor ou dele fazia as vezes.
Vicegerènte, s. m. vice-gerente, sub-gerente.
Vicegovernatôre, s. m. vice-governador.
Viceispettôre, s. m. vice-inspetor.
Vicelegàto, s. m. (eclcs.) vice legado.
Vicemàdre, s. f. pessoa que faz as vezes de mãe.
Vicènda, s. f. ocorrência, acontecimento, fato, sucesso, vicissitude, sucessão de coisas, evento: **la vita è un'alterna**

—— **di cose buone e cattíve** / a ——: sucessivamente, reciprocamente.
Vicendêvole, adj. recíproco, mútuo, correspondente.
Vicendevolèzza, s. f. (raro) correlação, reciprocação, reciprocidade.
Vicendevolmènte, adv. reciprocamente, alternadamente, mutuamente.
Vicennàle, adj. (lit.) vicenal, que se renova todos os vicênios, que se faz de vinte em vinte anos.
Vicènnio, s. m. (lit.) vicênio, período de vinte anos.
Vicentino, adj. da cidade de Vicenza (no Vêneto), ou a ela referente.
Vicepàdre, s. m. aquele que faz as vezes de pai.
Vicepodestà, s. m. ajudante de prefeito.
Vicepresidènte, s. m. vice-presidente.
Vicepretôre, s. m. vice-pretor.
Vicequestôre, s. m. vice-questor.
Vicerê, s. m. vice-rei / (fem.) **vice-regina,** vice-rainha.
Vicereàle, adj. vice-real.
Vicereàme, s. m. vice-reinado.
Vicerettôre, (f. -tríce), s. m. vice-reitor.
Vicesegretàrio, s. m. vice-secretário, segundo secretário.
Vicevèrsa, adv. vice-versa, em sentido inverso / mutuamente / **viaggio Roma-Napoli e** ——: viagem Roma-Napoles ida e volta.
Vicinàle, adj. vicinal, vizinho, próximo: **strada** ——: estrada que serve de comunicação entre propriedades agrícolas e habitações rurais vizinhas.
Vicinàme, s. m. (depr.) vizinhança, os vizinhos; vizinhada (bras.).
Vicinànte, adj. e s. m. e f. que ou o que mora vizinho a um outro; vizinho.
Vicinànza, s. f. vizinhança / qualidade do que é vizinho ou próximo / (fig.) afinidade, analogia / (pl.) **vicinanze:** lugares vizinhos, arredores / **le vicinanze di Genova:** os arredores de Gênova.
Vicinàre, v. (intr.) vizinhar, habitar próximo de / ser limítrofe ou contíguo a, confinar.
Vicinàto, s. m. vizinhança; as pessoas vizinhos: **un** —— **pericoloso** /casas residenciais vizinhas.
Viciniôre, adj. (jur.) que é mais próximo, mais perto: **il medico** ——.
Vicíno, adj. vizinho, que mora perto, próximo / confinante, adjacente, limítrofe / semelhante, parecido: **colore** —— **al giallo** / (adv. e prep.) **abitare** —— **a:** morar perto de / **da** ——: de perto.
Vicissitúdine, s. f. (lit.) vicissitude, alternativa, variação, eventualidade, sucesso, acaso / revés: **le vicissitudini della vita.**
Vicitàre, (ant.), v. visitar.
Vico, n. própr. abrev. de **Lodovico.**
Vico (**Giambattista**) (lit.), João Batista Vico, filósofo napolitano, fundador da filosofia da história (1668-1744).
Vico (pl. **-víchi**), s. m. lugarejo, aldeia, vila, burgo, vico (p. us.).
Vicolo, s. m. rua estreita e curta, beco, viela / —— **cieco:** beco sem saída / (dim.) **vicolètto, vicolíno;** (pej.) **vicolàccio.**

Vídeo (neol.), s. m. vídeo, voz que indica, na televisão, o que se refere aos sinais de imagem, em contraposição aos sonoros.
Vidimàre, (neol.) (do fr.) (pr. **vídimo**), v. (tr.) autenticar com firma, pôr o visto, visar, autorizar.
Vidimazióne (neol.), s. f. ação de autenticar um documento, legalização de papéis, etc.
Vidrigildo, s. m. (hist.) indenização.
Vie, viepiù, adv. muito, muito mais, além, sempre mais; prepõe-se aos adjetivos comparativos (de uso muito raro).
Vièra (ant.), s. f. flecha / ponteira.
Vietàbile, adj. que se pode vedar: vedável.
Vietaménto, s. m. veda, vedação, proibição.
Vietànte, p. pr. e adj. que se proíbe; proibitório.
Vietatívo, adj. (raro) que serve para vedar, vedador, proibitivo, proibitório.
Vietàto, p. p. e adj. vetado, proibido, impedido: **il frutto** ———.
Vietatôre, adj. e s. m. (f. **-trice**) vedador, que veda; proibidor, proibitivo.
Vièto, adj. velho / rançoso, rancido (falando-se especialmente de coisas comestíveis gordurosas / (fig.) antiquado, desusado, obsoleto / desvigorado, doentio.
Viètta, s. f. (dim.) ruazinha, rua estreita.
Vietúme, s. m. coisa velha, inservível, antiqualha, ranço.
Vigènte, p. pr. e adj. vigente, que vigora, que tem vigor, que está em vigor: **legge, regolamento** ———.
Vígere, v. (intr., defect. e lit.) viger, vigorar, ter vigor, estar em vigor, ter vigência / usado nas terceiras pessoas do pres. imp. e fut.; falta o p. p.
Vigesimanòna, s. f. (mús.) registro do órgão que dá a oitava quadruplicada.
Vigèsimo, adj. num. ord. vigésimo / ——— **primo**: vigésimo primeiro.
Vigilambulísmo, s. m. (med.) vigilambulismo.
Vigilànte, p. pr. e adj. vigilante, cuidadoso, atento, solícito.
Vigilanteménte, adv. vigilantemente, atenciosamente.
Vigilànza, s. f. vigilância, cuidado, atenção, circunspecção / cautela, precaução / (jur.) ——— **speciale della Publica Sicurezza**.
Vigilàre, v. (tr. e intr.) vigiar, vigiar, observar, atender a, observar com desvelo; velar, estar desperto, estar atento / (pr.) **vígilo**.
Vigilàto, p. p. e adj. vigiado, observado, espreitado / (s. m.) pessoa que está sob vigilância policial.
Vigilatôre, s. m. (f. **-trice**) vigilador, o que faz vigilia, que vela; vigilante.
Vigilazióne, s. f. vigilância.
Vigile, adj. vigil, vigilante / (s. m.) ——— **urbano**, ou simplesmente ———: guarda municipal, polícia urbana / ——— **notturno**: guarda noturno / (pl.) **vígili**, bombeiros.
Vigília, s. f. véspera de festa, de acontecimento, vigilia (ant.) / jejum no dia que precede a festa de algum santo / vela / (hist.) hora de guarda noturna dos soldados romanos / os homens dessa guarda.
Víglia, s. f. alimpaduras, resíduos / (bot.) vassoura.
Vigliaccaménte, adv. cobardemente, covardemente / traiçoeiramente.
Vigliacchería, s. f. cobardia, covardia, acobardamento, pusilanimidade.
Vigliàccio, s. m. (agr.) espiga ou parte de espiga que não chegou a ser debulhada.
Vigliàcco, adj. e s. m. cobarde, covarde, pusilânime, poltrão / infame, vil.
Vigliàre, v. (tr. agr.) limpar, varrer, separar, fazer a escolha; crivar; mondar (cereais).
Vigliàto, p. p. e adj. (agr.) limpo, separado, descascado, escolhido.
Vigliatúra, s. f. limpa, escolha (falando de cereais) / alimpaduras de cereais joeirados.
Vigliétto, v. **biglietto**.
Vigliuòlo, s. m. espiga separada do trigo depois da limpa / (pl.) alimpaduras de cereais.
Vígna, s. f. vinha, terreno plantado de videiras / (fig.) **la** ——— **del Signore**: a vinha do Senhor / pechincha, grande lucro, ocupação rendosa, mina: **l'hai trovata la** ———.
Vignàccia, s. f. (pej.) vinha ruim, que não dá uva.
Vignàio (ant.), s. m. vinhateiro.
Vignaiuòlo, s. m. vinhateiro, pessoa que cultiva vinhas.
Vignàre (raro), v. (tr.) reduzir um terreno a vinhal / cultivar a vinha.
Vignàto, p. p. e adj. plantado à vinha.
Vignéto, s. m. vinhedo, vinhal, vinhar.
Vignètta (neol.), s. f. vinheta, pequena estampa ou figura / desenho, figura, ilustração.
Vignòlo, s. m. (ant.) gavinha, apêndice da videira.
Vignuòla, s. f. (dim.) pequena vinha.
Vigogna, s. f. vicunha, quadrúpede ruminante dos Andes, vigondo / a lã da vicunha / tecido dessa lã.
Vigoràre, e **vigorire** (ant.), v. (tr. e refl. **-rsi**), vigorizar, tornar vigoroso.
Vigôre, s. m. vigor, força, robustez / energia, atividade / esforço enérgico da alma ou do corpo: **il** ——— **della mente** / eficácia / validez, valor, valia / **essere, entrare in** ———: entrar em vigor, em vigência.
Vigoreggiànte, p. pr. florescente; (adj.) luxuriante, viçoso, louçâo.
Vigoreggiàre, (pr. **-éggio**), v. (intr.) vigorizar, dar vigor; fortalecer, robustecer, remoçar, rejuvenescer, florescer.
Vigoría, s. f. vigor, força, espec. em sentido figurado: ——— **d'animo, di stile, di sentimento, d'espressione**.
Vigorosaménte, adv. vigorosamente, com energia, com veemência.
Vigorosità, s. f. (raro) vigor, robustez, qualidade do que é vigoroso.
Vigorôso, adj. vigoroso, cheio de vigor, robusto, enérgico / galhardo / flórido / veemente.
Vile, adj. vil, tímido, medroso / ignóbil, obscuro, plebeu / vil, pouco valioso, de pouco preço: **vendere a vil prezzo**

/ baixo, mesquinho, miserável / pusilânime, covarde / sórdido, desprezível / abjeto, poltrão, canalha, ínfimo / vileza: **in lui c'è del vile**.

Vilificàre, (pr. -ífico), v. (tr.) vilificar, tornar vil, envilecer, aviltar, desprezar, humilhar, desonrar.

Vilipèndere, v. (tr.) vilipendiar, tratar com vilipêndio, com desprezo, tratar como vil e desprezível / (p. p.) **vilipêso**.

Vilipèndio (pl. -èndi), s. m. vilipêndio, desprezo, menoscabo.

Vilipensiône (ant.), s. f. vilipêndio.

Vilipêso, p. p. e adj. vilipendiado, menosprezado, desprezado, aviltado, ultrajado, escarnecido.

Villa, s. f. vila, casa senhoril de campo; casa de habitação com jardim, dentro da cidade, palacete / (ant.) cidade, vila, aldeia / (dim.) **villètta, villína, villettína, villúccia**.

Villàggio, (pl. -àggi), s. m. vila, aldeia, povoação rural, povoado; burgo, lugarejo; povo (em Portugal).

Villanamènte, adv. vilmente, com vilania, grosseiramente.

Villanàta, s. f. ação de vilão: vilanagem / indelicadeza, grosseria.

Villaneggiàre (pr. -éggio), v. (intr.) proceder de modo vilanesco, vilmente, fazer vilanias, insultar.

Villanèlla, s. f. (lit.) camponesinha / (mús.) vilanela, antiga dança ou canto pastoril / cançoneta da antiga poesia italiana, semelhante ao madrigal ou ao vilancico: **comporre ——— e madrigale** (D'Annunzio).

Villanescamènte, adv. vilmente, com vilania; vilanescamente.

Villanèsco (pl. -éschi), adj. vilanesco, rústico e grosseiro, próprio de vilão.

Villanía, s. f. vilania, qualidade do que é vilão / ação grosseira, baixa, vil / vilanagem / insulto, injúria, vileza.

Villàno, adj. vilão, rústico; tosco, de costumes grosseiros, descortês / (ant.) vilão, habitante de vila ou aldeia / (s. m.) labrego, aldeão, camponês, colono, trabalhador do campo: **vidi due villani che zappavano**.

Villanzône, s. m. (f. -óna), vilanaço.

Villàta (ant.), s. f. aldeia, burgo, vila.

Villeggiànte, p. pr. adj e s. m. aquele que faz vilegiatura: vilegiaturista, veranista.

Villeggiàre (pr. -èggio), v. (intr.) vilegiaturar, andar em vilegiatura, veranear.

Villeggiatúra, s. f. vilegiatura, temporada que se passa nos campos ou nas praias; veraneio.

Villerêccio, (pl. -êcci), adj. campestre campesino, rural / (poét.) geórgico, bucólico.

Villêsco (pl. -éschi), adj. (lit.) relativo a campo, vila; campestre, campesino, rural.

Villi, s. f. (pl.) (mitol. esl.) espécie de bacantes noturnas ou bruxas / **Le villi**, ópera de Puccini.

Víllico (pl. víllici), s. m. (lit.) camponês, campônio, habitante de uma vila, aldeia, povoação.

Villíno, s. m. (dim. de villa), casa senhoril de campo ou de cidade, de construção elegante e com jardim ao redor; palacete, chalé.

Víllo, s. m. (ant.) pequena saliência ou prolongamento filiforme; vilosidade, rugosidade.

Villosità, s. f. vilosidade, estado ou qualidade do que é viloso, lanugem vegetal.

Villôso, adj. viloso, cabeludo, coberto de pelos.

Villòtta, s. f. (voz friulana), o mesmo que **villanella** (v. n/ voz), dança friulana, vilanela.

Vilmènte, adv. vilmente, de modo vil.

Viltà, s. f. vileza, ação vil, baixeza / ruindade.

Vilúcchio (pl. -úcchi), s. m. convólvulo, planta trepadeira das convolvuláceas.

Vilúme, s. m. misturada de coisas de escasso valor / populacho, gentalha, punhado de gente vil: **lezzo del ——— agglomerato** (D'Annunzio).

Vilúppo, s. m. emaranhado confuso de cabelos, de fios, etc. / maranha, embrulho / (fig.) confusão, trapalhada, enredo, mistifório.

Viluppôso, adj. embaraçado, emaranhado, enleado, atrapalhado, intrincado.

Viminàle (geogr.), **Viminal**, uma das sete colinas de Roma / Palácio do Ministério do Exterior.

Viminàta, s. f. trabalho ou reparo feito de vimes entrelaçados.

Vímine, s. m. vime, vara ou haste de vimeiro.

Vimíneo, adj. (raro) vimíneo, que é feito de vime: viminoso.

Vinàccia (pl. -àcce), s. f. vinhaço, restos da pisa de uvas, depois de saído o mosto; bagaço de uva.

Vinacciuòlo, s. m. bagulho, semente da uva contida no bago.

Vinàio, (pl. -ài), s. m. vendedor de vinho / taberneiro, vendedor de vinho em taberna.

Vinàrio (pl. -àri), relativo ou pertencente ao vinho: **vinário, vináceo**, vinhateiro, vinháceo: vineo (poét.).

Vinàto, adj. vináceo, víneo, que tem a cor do vinho.

Vinattière, s. m. (raro) pessoa que vende vinho; vinhateiro.

Vin brulé (v. fr.), vinho quente / (ital.) vino caldo.

Vincàia, s. f. lugar plantado de vimes; vimal, vimial, vimeiro.

Vincàstro, s. m. vara, verga, bastão de vime, especialmente o usado pelos pastores.

Vincènte, p. pr., adj. e s. m. que vence, triunfante, vencedor, vitorioso.

Vincènzo, n. pr. Vicente / (fem.) **Vincenza** / (dim.) **Vincenzino, Vincenzina**.

Víncere (pr. vinco), v. (tr. e intr) vencer, alcançar vitória sobre, triunfar de, subjugar / superar, dominar, domar / ultrapassar, superar / ——— **la lite**: obter ganho de causa / ——— **al lotto**: ganhar na loteria / (refl.) **vincersi**, vencer-se a si próprio, conter-se, dominar-se / (ant.) ficar amarrado, sujeito / **chi la dura la vince**: água mole em pedra dura tanto bate até que fura.

Vinchêto, s. m. lugar plantado de vimes: vimial, vimeiro.

Vinci (Leonardo da), célebre artista da escola florentina; nasceu em Vinci; perto de Florença; rival, nas artes, de Miguel Angelo e Rafael; foi além de pintor e escultor, músico, matemático, arquiteto, físico e escritor; tido como um dos maiores gênios da humanidade.

Vincíbile, adj. vencível / superável; dominável.

Víncido, adj. (lit.) flexível, balofo, mole, frouxo (diz-se de certas coisas, como a castanha, o pão, etc. que, pela umidade, perdem a consistência).

Vincíglio (pl. -ígli), s. m. vincilho, atilho, baraço de palha, de junco ou de verga, para atar parreiras, molhos ou feixes / liame, ligação.

Vincipèrdi, s. m. ganha-perde, jogo em que ganha o que o primeiro perde, o que faz menos pontos; perde-ganha (bras.).

Vincíre (ant.), v. (tr.) circundar, rodear / vincular.

Víncita, s. f. ação de ganhar, de vencer (falando geralmente de jogos, disputas esportivas, loterias, etc.) / ganho, vitória, prêmio, triunfo.

Vincitôre, adj. e s. m. (f. -trice) vencedor, triunfador, vitorioso.

Vínco, (pl. **vinchi**) s. m. espécie de vimeiro, de cujas hastes se fazem cestos e outros objetos.

Vincolàre, v. (tr. e refl. -rsi) vincular, ligar, prender com vínculos / ligar, prender moralmente / impor obrigação a / sujeitar, obrigar / obstaculizar / (pr.) víncolo.

Vincolatívo, adj. vinculativo, que vincula.

Vincolístico (pl. -ci), adj. vinculado, sujeito a obrigação legal.

Víncolo, s. m. vínculo, laço, liame; atilho, vincilho, nó; laço moral / —— conjugale: vínculo conjugal.

Víndice, adj. e s. m. (lit.) víndice, vingador.

Vindobona, (geogr.) Vindobona, antigo nome de Viena.

Vínea, s. f. (ant. mil.) mantelete.

Vinèllo, s. m. (dim.) vinho muito fraco, vinhete.

Vinêtto, vinettíno, s. m. (dim.) vinhete.

Vínico, adj. (quím.) relativo ao vinho: vínico / álcool vínico, álcool de vinho.

Vinícolo, adj. vinícolo / **industria vinicola**.

Vinicolorímetro, s. m. vinicolorímetro ou enocronômetro), aparelho, para a comparação e classificação da cor do vinho.

Vinífero, adj. vinífero, que produz uvas ou vinha: **regione vinifera**.

Vinificazióne, s. f. vinificação, arte de fabricar vinho ou de tratar os vinhos.

Vinismo, s. m. (med.) alcoolismo.

Víno, s. m. vinho / —— santo: vinho generoso / —— **da pasto**: vinho de pasto, que se costuma beber nas refeições / —— **dolce, da dessert**: vinho doce, de sobremesa / (loc.) **in vino vèritas**.

Vinolènto, adj. (lit.) vinolento, que é dado ao vinho, que está tomado de vinho; ébrio, bêbedo, bêbado.

Vinolènza, s. f. vinolência, embriaguez.

Vinolína, s. f. substância química corante para colorir o vinho.

Vinomèle, s. m. vinho com infusão de mel, usado pelos antigos gregos.

Vinosità, s. f. vinosidade.

Vinôso, adj. vinoso.

Vínto, p. p. e adj. vencido, que sofreu derrota, batido, subjugado / enfraquecido, cansado / superado, ultrapassado / (loc. fig.) **darla vinta**: considerar-se vencido, entregar os pontos / (s. m.) **guai ai vinti! ai dos vencidos!**

Vinúccio, vinúcolo, s. m. (depr.) vinho de cor clara e fraco; vinhete.

Viofòrmio, s. m. (farm.) nome de um pó antisséptico.

Viòla, s. f. (bot.) violeta, planta da família das violáceas; a flor dessa planta / (mús.) viola, instrumento de música análogo à guitarra.

Viòla, adj. e s. m. violeta, que tem a cor da violeta: **un abito viola** / cor violeta.

Violàbile, adj. que se pode violar: violável.

Violacciòcca, s. f. (bot.) goivo, planta da família das cruciferas.

Violàcee, s. f. (pl. bot.) violáceas, família de plantas dicotiledôneas.

Violàceo, adj. violáceo, que tem a cor da violeta; roxo, arroxeado, arroxado.

Violàio, s. m. campo plantado ou semeado de violas (ou violetas), violal / (pl.) violai.

Violamênto, s. m. (lit.) ato ou efeito de violar: violação.

Violàna, s. f. tintura violácea.

Violànte, n. pr. Violante.

Violàre, v. (tr.) violar, quebramar, infringir, transgredir / forçar, contaminar, violentar / estuprar / profanar, poluir / descobrir: —— **un segreto** / (pr.) **vìolo**.

Violàto, p. p. e adj. violado, quebrado, quebrantado, infringido / forçado, violentado / profanado / (adj.) violáceo, de cor da violeta.

Violatôre, adj. e s. m. (f. atrice) que violou: violador, transgressor, infrator / profanador.

Violaziône, s. f. ato ou efeito de violar: violação / ofensa, profanação / —— **della consegna**: desacato / —— **del regolamento**: infração do regulamento.

Violentamênto, s. m. ato ou efeito de violentar, de exercer violência; violência; forçamento / violação.

Violentàre, v. (tr.) violentar, exercer violência contra; coagir, constrangir, obrigar / forçar, arrombar / violar.

Violentàto, p. p. e adj. violentado, constrangido, forçado, coato, obrigado / violado.

Violentatôre, adj. e s. m. (f. -atríce) que violenta: violentador.

Violentamènte, adv. de modo violento: violentamente.

Violènto, adj. violento, que atua com força; impetuoso / agitado, tumultuoso / arrebatado, fogoso, colérico; iracundo / veemente, forte.

Violènza, s. f. violência, coação / (fig.) paixão, furor, ímpeto, impetuosidade; força; irascibilidade.

Violètta, s. f. (bot.) violeta.
Violetta (e também **Viola**), n. pr. Violeta.
Violètto, adj. violáceo, da cor da violeta, arroxeado / (s. m.) violeta, a cor dessa flor.
Violicêmbalo, s. m. violicêmbalo, espécie de pequeno piano de cauda, inventado por Haydn que era acionado mediante um arco.
Violina, s. f. (dim.) violetinha, pequena violeta.
Violináccio, s. m. (pej.) violino ruim, feio, estragado.
Violinàio, s. m. fabricante de violinos.
Violinàta, s. f. (mús.) sonata de violino ou de violinos / (fig.) tirada exageradamente laudatória de alguém.
Violinista, s. m. violinista, pessoa que toca violino: rabequista.
Violinístico, adj. violinístico.
Violino, s. m. violino, instrumento de corda, rabeca / violinista de orquestra.
Violista, s. m. violista, tocador de viola; violeiro.
Violoncellista, s. m. violoncelista.
Violoncèllo, s. m. violoncelo.
Violône, s. m. rabeca, contrabaixo antigo / tocador de rabeca em orquestra.
Viòttola, s. f. caminho estreito de campo: atalho, vereda, senda / (dim.) **viottolina**.
Viòttolo, s. m. senda, caminho através de campos e bosques; vereda, atalho / (dim.) **viottolíno**; (aum.) **viottolône**.
Vipera, s. f. (zool.) víbora / (fig.) pessoa de mau gênio, perigosa como a víbora / (dim.) **viperetta**, **viperina**.
Viperàio, s. m. lugar onde há muitas víboras / caçador, buscador de víboras / guarda de víboras.
Viperàto, adj. (ant.) de infusão com víboras, alimento ou bebida que antigamente se usava na medicina.
Viperèlla, viperètta, viperina, s. f. (dim.) viborazinha.
Vipèreo, adj. vipéreo.
Vipèrdi, s. m. (pl.) viperídeos, família de répteis ofídios venenosos.
Viperino, adj. viperino / (fig.) mordaz, venenoso, mau, peçonhento, maléfico, zinco / (s. m.) filhote de víbora.
Vipistrèllo, s. m. (raro) morcego.
Viradôre, s. m. (náut.) virador, cabo no qual se ata o peso que se quer mover com o cabrestante e que se vai envolvendo no cilindro.
Viràggio (neol. pl. **àggi**), s. m. (fot.) viragem, primeiro banho das provas fotográficas / (fr.) **virage**.
Viràgine, s. f. (lit.) virago.
Viràgo (pl. -**àgini**), s. f. virago, mulher que tem estatura, voz, aspecto de homem.
Viràre, v. (tr. mar. e aér.) virar, mudar de um lado para outro (um aeroplano, navio, etc.) / **virar di bordo** / virar de bordo, mudar de rumo / (fot.) executar, a viragem numa prova fotográfica.
Viràta, s. f. virada, viramento, volta do navio, aeroplano, etc. / —— **del vento**: viração, salto brusco do vento.

Virènte, adj. verde, que verdeja, verdejante, viridente, virente / **non corre un fremito fra le virenti cime** (Carducci).
Virescènza, s. f. (bot.) virescência; produção de clorofila das folhas.
Virgiliàno, adj. virgiliano, que diz respeito ao poeta latino Públio Virgílio Varo.
Virgilio, n. pr. Virgílio.
Virginàle, v. **verginale**, adj. virginal.
Virgínia, s. m. virgínia, variedades de tabaco / charuto originário da Virgínia (E.U.).
Virginio, n. pr. Virgínio / (fem.) **Virgínia**, Virgínia.
Virgola, s. f. vírgula / (med.) **bacillo** ——: bacilo transmissor da cólera-morbo.
Virgolàre, adj. relativo à vírgula.
Virgolàre, v. (tr.) virgular, pôr vírgulas; fazer a pontuação conforme as regras / (pr.) **virgolo**.
Virgolàto (neol.), s. m. trecho de um escrito posto entre aspas.
Virgolatúra, s. f. (raro) virgulação, colocação de vírgulas, pontuação.
Virgolegglàre, v. (tr.) pontuar, marcar com pontuação.
Virgolètta, s. f. (usa-se quase sempre no plural) aspas, vírgulas dobradas; sinais com que se abre e fecha uma citação ou palavra.
Virgolettàre, (pr. -**êtto**), v. (tr.) pôr entre aspas: aspar.
Virgúlo, s. m. virgulta, haste tenra; vergôntea, rebento.
Viridàrio, s. m. (lit.); (pl. -**àri**) viridário / (p. us.) jardim.
Viridína, s. f. (quím.) viridina; clorofila.
Virifobía, s. f. (med.) estado de padecimento em que certas mulheres caem na presença de um homem.
Virile, adj. viril, próprio do homem, próprio do varão, varonil, masculino / (fig.) forte, másculo, valoroso, corajoso, vigoroso / **sentimenti varonili**.
Virilità, s. f. virilidade, idade viril / (fig.) esforço, vigor, energia.
Virilmènte, adv. virilmente, varonilmente.
Viripotènte, adj. viripotente, núbil, que pode casar.
Viriva, s. m. (zool.) pássaro africano de topete cinzento.
Viro, (ant.) s. m. varão, homem.
Virofissàggio, (neol. fot.), s. m. viragem e fixação cambinadas em positivos fotográficos.
Viròla, s. f. virola, aro de metal que serve para reforço.
Virtú, s. f. virtude; excelência moral, probidade, retidão / boa qualidade moral / força moral, valor valentia, coragem / vigor, força, energia / dotes, merecimentos / castidade, pudicícia / **non profferir mai verbo che plauda al vizio e la virtú derida** (Cantú) / **fior di** ——: flor de virtude / pessoa virtuosa: **virtú viva sprezziam, lodiamo estinta** (Leopardi) / aptidão, condição, habilidade; avere molte —— / (ant.) força, valor militar / **far di necessità virtú**: fazer

das tripas coração / **in** ——— **di**: em virtude de / **la** ——— **dell' esempio**: o valor, a virtude do exemplo.

Virtuàle, adj. virtual; potencial, não efetivo: **facoltà** ———.

Virtualmênte, adv. virtualmente, potencialmente, eficazmente.

Virtuosamênte, adv. virtuosamente.

Virtuosismo, (neol.) s. m. virtuosismo, qualidade, caráter de virtuoso (espec. com referência a coisas artísticas): **un** ——— **del violino**.

Virtuosità, s. f. virtuosidade, virtude / (mús.) domínio da técnica.

Virtuôso, adj. virtuoso / s. m. virtuoso, músico ou artista de grande talento ou capacidade técnica.

Virulênto, adj. virulento, rancoroso, acrimonioso, cheio de fel / venenoso, mordaz; **satira virulenta** / (pat.) que tem natureza de vírus: venenoso, virulento, purulento.

Virulênza, s. f. virulência / (fig.) mordacidade, malignidade: ——— **di linguaggio**.

Virus, (neol.) s. m. vírus, germe patogênico / toxina.

Vis, (voz latina), s. f. força: ——— **còmica**: comicidade irresistível, eficácia na argúcia / (ind.) **Vis, vetro italiano di sicurezza**.

Visàggio, (ant.) s. m. rosto, fisionomia, cara / **far visaggi**: fazer trejeitos.

Vis-à-vis, (v. fr.), (loc. e s. m.) defronte, em face / carruagem de dois assentos / (adv.) frente à frente / (ital.) **faccia a faccia**.

Visceràle, adj. visceral (anat.) / (fig.) profundo, intenso, entranhado.

Visceràre, (ant.) v. (tr.) tirar as vísceras, buscar nas vísceras, nas entranhas, desentranhar.

Víscere (pl. m. **i visceri**, f. **viscere**), (s. m.) víscera / (fig.) âmago, a parte interior de qualquer coisa: **le** ——— **della terra** / o mais íntimo: **le viscere materne** / (pl.) os intestinos.

Víschio, (pl. **víschi**) s. m. visco, planta lenhosa parasita / agárico / visgo, suco glutinoso para apanhar pássaros / (fig.) engodo, atrativo.

Vischiosimetro, s. m. viscosímetro, aparelho para determinar a viscosidade dos óleos.

Vischiosità, s. f. viscosidade.

Vischiôso, adj. viscoso, pegajoso / que adere facilmente à outra substância.

Viscidità, s. f. viscosidade, viscidez.

Víscido, adj. viscoso, víscido, glutinoso, resvaladiço, escorregadio.

Viscidúme, s. m. viscidez, viscosidade.

Vísciola, s. f. (bot.) ginja, fruto da ginjeira (variedade de cereja).

Visciolàto, adj. de ginjeira / (s. m.) licor fabricado com ginja.

Vísciolo, adj. de ginjeira / (s. m.) ginjeira, variedade de cerejeira.

Vísco, v. **vischio**.

Viscontàdo, s. m. (hist.) viscondado.

Viscónte, s. m. (f. **-éssa**) visconde.

Viscontèa, s. f. viscondado.

Viscontèssa, s. f. viscondessa / **viscontessina**, filha de visconde.

Visconti (hist.), família que teve a senhoria de Milão de 1277 a 1477.

Viscontíno, s. m. (dim.) título que se dá ao filho de visconde.

Viscosêtto, adj. (dim.) um tanto viscoso.

Viscosímetro, s. m. viscosímetro, aparelho para determinar a viscosidade dos óleos, especialmente os empregados em aeronáutica.

Viscosità, s. f. viscosidade.

Viscôso, adj. viscoso, pegajoso, que pega como o visgo / resvaladiço.

Visdominàto, s. m. (hist.) dignidade e cargo de vigário do bispo.

Visdòmine, s. m. (hist.) vigário do bispo.

Visíbile, adj. visível / perceptível / manifesto, evidente, claro, patente.

Visibílio (pl. **-íli**), s. m. grande quantidade de pessoas ou coisas: **di donne ce n'era un** ——— / **andare in** ———: arrebatar-se, extasiar-se, pasmar-se.

Visibilità, s. f. visibilidade.

Visibilmênte, adv. visivelmente.

Visièra ou **visiêra**, s. f. (hist.) viseira, parte do capacete das antigas armaduras que cobria o rosto / capuz das confrarias / máscara de esgrimista / (neol.) pequena aba de frente dos bonés militares.

Visigòti, s. m. (pl.) (hist.) visigodos.

Visionàrio (pl. **-àri**), adj. e s. m. visionário / sonhador, alucinado / utopista / (med.) paranóico com alucinações visuais.

Visiône, s. f. visão, ato ou efeito de ver / imagem que se julga ver em sonhos / aparição fantástica / ilusão do espírito / vista, aspecto / coisa que Deus permite ver aos seus eleitos / anelo imagem, devaneio, ilusão, quimera / **prima** ———: primeira exibição de um filme numa cidade.

Visír, s. m. vizir, oficial do conselho do Sultão de Turquia / **gran** ———: grão-vizir, primeiro ministro da Sublime Porta (antigo Império Otomano).

Visiràto, s. m. vizirado ou viziriato, cargo ou dignidade de vizir.

Vísita, s. f. visita, ato ou efeito de visitar / pessoa que visita / **sono arrivate le visite**: chegaram as visitas / (mil.) inspeção médica ao doente / inspeção / (dim.) **visitina, visitúccia**; (aum.) **visitône, visitôna**.

Visitamênto, s. m. (raro) visitação, ato de visitar.

Visitandina, s. f. visitandina, religiosa da ordem da visitação.

Visitàre, (pr. **visito**), v. (tr.) visitar / passar revista a / inspecionar; examinar, reconhecer / rezar: ——— **le chiese** / **visitarsi** (refl.) fazer visitas.

Visitatôre, adj. e s. m. visitador, que ou aquele que visita / visitante / (ecles.) ——— **apostólico**, v. s. apostólico / (fem.) **visitatrice**.

Visitaziône, s. f. visitação, ato de visitar: visita / (ecles.) visita da Virgem Maria a Santa Isabel.

Visitína, s. f. (dim.) visita rápida: visitinha / (aum.) **visitôna**, visita longa.

Visivo, adj. visivo, visível, visual / **organi visivi** / campo visivo.

Víso, s. m. rosto, cara, semblante, face / (fig.) fisionomia, presença, aparência, aspecto / **a** ——— **aperto**: francamente / **fare buon** ———: fazer boa acolhida, fazer boa cara a coisa desagradável / fare il ―― rosso: ruborizar-se / non guardare in ―― a nessuno: não usar de parcialidade com ninguém / ―― nuovo: pessoa desconhecida / ―― arcigno: cara zangada, de poucos amigos / (ant.) vista, olhos / (dim.) visetto, visino, visettino, visúccio; (aum.) visone.

Víso (ant.), p. p. e adj. visto / cose non mai udite né vise.

Visône, s. m. (zool.) espécie de marta da América e da Europa / a pele desse animal (fr. vison).

Visòrio (pl. -òri), adj. visório, visual, visivo, ótico.

Vispêzza, s. f. viveza, vivacidade, agilidade, atividade.

Víspo, adj. vivo, pronto, rápido, ágil, vivaz, esperto.

Vissúto, p. p. e adj. vivido; libro, romanzo ―― / uomo ――: homem que viveu, que gozou, que experimentou a vida.

Vista, s. f. vista, ato ou efeito de ver; visão / aparelho visual / os olhos / o olhar / aspecto do que se vê: panorama, estampa, quadro / aspecto, aparência / (fig.) maneira de ver ou de encarar uma questão / mira, desígnio, intenção / giudicare a prima ――: julgar à primeira vista / aver lunga ――: enxergar longe, ter visão, ser previdente / (far ―― ou le viste: fingir, simular / (com.) cambiale a ――: letra a vista / seconda ――: adivinhação / in vista di, em consideração de / essere in ――: ser famoso / (galic.) dal mio punto di ――: a meu modo de ver / (ant.) mirada, olhadela / pegada, vestígio.

Vistàre (neol.), v. (tr.) visar, no sentido de pôr o visto em algum documento; firmar, assinar (v. vidimare).

Vísto, p. p. e adj. visto / considerado, visado, observado, examinado / ―― che: considerando que, etc. fórmula comum em certos atos legais / (s. m.) (neol.) visto, firma ou fórmula que se põe em certos documentos e que lhes dá validade / visto si stampi: imprima-se.

Vistosamènte, adv. vistosamente, aparatosamente / garbosamente.

Vistosètto, adj. (dim.) um tanto vistoso.

Vistosità, s. f. vistosidade.

Vistôso, adj. vistoso, que dá na vista, garboso, aparatoso, formoso.

Visuàle, adj. visual, referente à vista ou à visão, visivo / (s. f.) vista, perspectiva, panorama.

Visualmènte, adv. por meio da vista, visualmente.

Visúccio, s. m. (dim. e depr.) rostinho / rosto magrela, mirrado.

Víta, s. f. vida, existência / força vital / modo de viver / o tempo que se vive / vida, biografia de uma pessoa: ―― di Dante, di Carlo Gomes / comportamento: conduce una ―― esemplare / (fig.) animação, causa, origem, essência / a melhor afeição de alguém: quella donna è la mia ―― / ―― cintura (parte do corpo) / ―― eterna: vida eterna, a bem-aventurança / fare vita da caní: levar vida cheia de preocupações e trabalhos / l'altra ――: a outra vida, a vida eterna / ―― snella: cintura elegante / passare a miglior ――: morrer / non dar segno di ――: não dar sinais de vida / não dar notícias de si / a vita: por toda a vida / per la ――: a todo transe / ―― allegra: vida airada / (dim.) vitina / vitino, talhe delgado e esbelto.

Vitabilità, s. f. (neol. med.) que tem a qualidade de vital (diz-se de recém-nascido).

Vitacee, s. f. (pl.) (bot.) vitáceas; ampelídeas (denominação antiga).

Vitàccia, s. f. (pej.) vida trabalhosa e miserável: vida de cão.

Vitàio, adj. de terreno plantado de vinha: terreno ――.

Vitaiòlo, s. m. (palavra proposta por Ferdinando Martini, para substituir a palavra francesa viveur, folgazão, gozador de vida, vivedor.

Vitalba, s. f. (bot.) clematite, planta da família das ranunculáceas.

Vitalbáio, s. m. lugar cheio de clematites / (fig.) coisa complicada, intricada.

Vitalbíno, s. m. variedade de clematite dos bosques de montanha.

Vitàle, adj. vital, que pertence à vida, que serve para conservar a vida / essencial, fundamental, constitucional / importante, decisivo; questione ――.

Vitàle, n. pr. Vital.

Vitaliano, n. pr. Vitaliano.

Vitalismo, s. m. (med.) vitalismo.

Vitalista, s. f. vitalista.

Vitalità, s. f. vitalidade / força de vida.

Vitalizàre, v. (jur.) constituir em vitalício.

Vitalízio, adj. vitalício, que dura ou é destinado a durar toda a vida: rendita, pensione ――.

Vitalmènte, adv. vitalmente, de modo vital; com vida / durante a vida.

Vitáme, s. m. quantidade de parafusos, geralmente diferentes.

Vitamína, s. f. vitamina.

Vitamínico (pl. -ínici), adj. vitamínico.

Vitaminología, s. f. vitaminologia.

Vitàndo, adj. vitando, abominável, odioso, execrável.

Víte, s. f. (bot.) videira, cepa, parreira, vide.

Víte, s. f. (mec.) parafuso, rosca, tarraxa / ―― perpetua: rosca sem fim / pane della vita: rosca / a vite: a parafuso, parafusado / (dim.) vitina, viterella, viterellina.

Vitèlla, s. f. vitela, bezerra, novilha.

Vitellàio, s. m. pessoa que negocia com vitelos, etc. / (ant.) curtidor de peles de vitelo.

Vitellàme, s. m. manada de bezerros: bezerrada.

Vitéllio (Aulo) (hist. rom.), Vitélio, imperador romano.

Vitèllo, s. m. vitelo, novilho até um ano de idade; bezerro / carne de vitelo sacrificado / couro de vitelo, curtido / ―― marino: foca / (dim.) vitellétto, vitellíno; (aum.) vitellône.

Vitellône, s. m. (aum.) vitelo, novilho de mais de um ano de idade / couro de vitelo: bezerro / (neol.) rapaz que vive à custa da família, esperando eternamente um emprego: bezerrão, vitelão.
Viticchio, s. m. (ant.) campânula.
Vitíccio, (pl. -ícci), s. m. órgão vegetal filiforme que serve para fixar certas plantas (como por exemplo a vide): elo, abraço, gavião, gavinha / motivo ornamental nas artes decorativas / espécie de gancho que se pendura à parede, para suster velas, etc.
Viticolo, adj. vitícola, concernente à viticultura.
Viticoltôre, e **viticultôre**, adj. viticultor.
Vitifero, adj. vitífero: **terreno** ———.
Vitígno, s. m. videira, qualquer qualidade ou variedade de videira; vidonha, vide / a videira considerada em relação à variedade a que pertence.
Vitína, s. f. (dim.) parafusinho.
Vitína, (e também **vitino**, s. m.), s. f. cintura fina, elegante: **ha un vitino di vespa**.
Vito, n. pr. Vito.
Víto, s. m. na loc. **ballo di San Vito**: dança de S. Vito, doença nervosa.
Vitôna, s. f. (dim.) cintura grossa.
Vitône, s. m. bloco metálico que se parafusa na culatra do canhão.
Vítreo, adj. vítreo, relativo a vidro / (anat.) **umore** ———: humor vítreo.
Vitrescènte, adj. vitrescível, que pode ser transformado em vidro, que se reduz a vidro.
Vitriolàre, vitrioleggiàre, v. vitrolar, vitriolizar.
Vitriolàto, adj. vitriolado.
Vitriòlico, adj. vitriólico.
Vitriòlo, e **vetriòlo**, s. m. vitríolo, ácido sulfúrico comercial.
Vitrúvio, (Marco Pollione) (hist.), Vitrúvio, arquiteto romano do 1º século antes de Cristo.
Vitta (ant.), s. f. faixa, venda.
Víttima, s. f. vítima: ——— **del dovere, del lavoro, del sacrifizio.**
Vittimàrio (pl. -àri), s. m. vitimário, sacerdote que sacrifica as vítimas; imolador, sacrificador.
Vittimísmo (neol.), s. m. tendência de mostrar-se continuamente como vítima.
Vítto, s. m. tudo o que serve para alimentar: alimento, comida, sustento, nutrimento, pasto / **mezzo** ———: meia ração / alimento reduzido que se dá aos doentes.
Vittore, n. pr Vítor; Victor.
Vittòria, s. f. vitória, triunfo / vitória, carro de quatro rodas, descoberto, puxado por cavalos.
Vittoriàle adj. (lit.) de vitória / (s. m.) **"il Vittoriale"**, vila que pertenceu a D'Annunzio, na localidade de Gardone Riviera, atualmente monumento nacional.
Vittoriàno, n. pr. Vitoriano / (hist.) mon. a Vítor Manuel II em Roma e túmulo do **Milite Ignoto** (soldado desconhecido).
Vittorìno, n. pr. Vitorino.
Vittoriosamènte, adv. vitoriosamente, triunfantemente.

Vittòrio, n. pr. Vitório.
Vittoriôso, adj. vitorioso, vencedor.
Víttrice, adj. (lit. e poét.) vencedora: **la santa** ——— **bandiera** (Manzoni).
Vittuàglia (ant.), s. f. vitualha; víveres, provisões.
Vitula, (mit. rom.) Vitúlia ou Vitélia, deusa da alegria.
Vituperàbile, adj. vituperável.
Vituperàndo, adj. que merece vitupério, vituperável.
Vituperàre (pr. -úpero), v. (tr.) vituperar, injuriar, dizer vitupérios / desprezar, cobrir de ignomínia / desestimar, evitar / menoscabar, censurar.
Vituperativo, adj. vituperativo, vituperador, infamante.
Vituperatôre, adj. e s. m. (f. **-tríce**) vituperador.
Vituperaziône, s. f. (raro) vitupério, vituperação, desonra, vergonha.
Vituperevôle, adj. vituperável, ignominioso, desonroso, vergonhoso.
Vitupèrio (pl. -èri), s. m. vitupério / desprezo, ignomínia / ultraje, insulto, afronta, agravo, ofensa / vergonha / (ant.) **sostenere vituperio**: ser desonrado.
Vituperosamènte, adv. vituperosamente, ignominiosamente.
Vituperôso, adj. vituperoso / ignominioso.
Viúzza, s. f. ruazinha / beco, viela.
Víva, excl. viva! que exprime aplauso e alegria.
Vivacchiàre, (pr. -àcchio), v. (intr.) ir vivendo, viver com dificuldades; viver pobremente / vegetar.
Vivàce, adj. vivo, vivaz, vivedouro, vigoroso, forte / vivaz, que tem vivacidade; caloroso, ardente, vivo, ágil, ativo.
Vivacemènte, adv. vivazmente, com vivacidade; animadamente.
Vivacità, s. f. vivacidade, animação, esperteza, finura / solércia / viveza, vigor, energia.
Vivaddío, interj. para confirmar, para dar eficácia ao discurso: **ma**, ———, **non vinceranno**: mas, por Deus! não triunfarão.
Vivàgno, s. m. ourela, fímbria, dobradura / (fig.) margem, beira, riba, orla.
Vivàio (pl. -ài), s. m. viveiro, recinto próprio para a criação e reprodução de animais e plantas / (fig.) sítio onde se conserva alguma coisa e donde se propaga / grande quantidade: **un** ——— **di artisti, di guai**.
Vivamènte, adv. vivamente / eficazmente.
Vivànda, s. f. comida, alimento; manjar, iguaria, vianda, qualquer gênero de alimento preparado para ser comido: comida, iguaria, prato, alimento / (poét.) **la mistica** ———: a hóstia consagrada / (dim.) **vivandètta, vivandina** / (pej.) **vivandàccia**.
Vivandière, s. m. (f. **-èra**) vivandeiro.
Vive, expr. tip. para indicar que a correção feita nas provas deve ser anulada.
Vivènte, p. pr. adj. e s. m. vivente, que, ou aquilo que vive; criatura viva / **i viventi**: os seres humanos.

Vívere (pr. **vívo, vívi**), v. (intr.) viver, ter vida, existir / residir, habitar; **vive in via Mazzini** / alimentar-se / subsistir um instinto, uma nação, etc. portar-se, proceder: **vive santamente** / ter relações com: **vive con la madre** / durar: **la sua fama vivrà nei secoli** / conservar-se / gozar a vida: **questo si chiama vivere!** / (tr.) viver, passar a vida / —— **lunghi anni**: viver muitos anos / (s. m.) vida, comportamento: **il quieto** ——:a vida tranqüila.

Viveri, s. m. (pl.) víveres, mantimentos, provisões de boca, vitualhas, comestíveis necessários para a alimentação / **il caro** ——: a carestia da vida.

Vivèrra, s. f. (zool.) mamífero da família dos vivérridas ou viverrídeos, a que pertencem as genetas, o mangusto, o furão, o almiscareiro ou zibeta, etc.

Vivèzza, s. f. viveza, animação natural, vivacidade / colorido.

Vívido, adj. (lit.) vívido, dotado de viveza / vivaz, vigoroso / vivo, ardente.

Vivificàre, (pr. **ífico ífichi**), v. (tr.) vivificar, inocular vitalidade; animar, dar vigor a, reanimar, alentar, fecundar.

Vivificatívo, adj. vivificativo.

Vivificatôre, adj. e s. m. (f. **-trice**) vivificador / avigorador, animador.

Vivificazïône, s. f. vivificação.

Vivífico (pl. **-ifici**), adj. (lit.) vivífico, vivificante.

Vivíparo, adj. e s. m. vivíparo.

Vivisezïône, s. f. vivisecção; dissecação.

Vivismo, s. m. vivismo, sistema filosófico de Luís Vives (século XVI).

Vívo, adj. vivo, que vive / (fig.) cheio de vivacidade, vigoroso, ativo, esperto / diligente / apressado / forte; agudo / animado / sugestivo / atual: **lingua viva** / **argento vivo**: mercúrio / **a viva forza**: violentamente / **a viva voce**, oralmente / (s. m.) pessoa viva / **i vivi e morti rappresentare al** ——: representar ao natural / **toccare sul** ——: ferir no mais vivo ou sensível / **a parte viva duma planta** (art.) abertura da boca do canhão, etc. / (arquit.) maciço de muro.

Vivucchiàre, v. **vivacchiare**.

Vívule, s. f. (pl. vet.) vívula, inflamação que afeta a pele e os tendões da quartela das cavalgaduras.

Vivuòla (ant.), s. f. viola, violeta (flor) / viola, instrumento musical de corda.

Viziàre, (pr. **vízio, vizi**), v. (tr.) viciar, comunicar vício ou vícios a / depravar, corromper / acostumar a certos vezos, defeitos: **vizia i fligi con troppe carezze** / (jur.) tornar nulo, invalidar: **questa omissione vizia il documento** / alterar.

Viziatamènte, adv. viciadamente / (ant.) fraudulentamente.

Viziàto, p. p. e adj. viciado, corrupto, depravado / falsificado, danificado / invalidado / defeituoso / adulterado / anulado / (dim.) **viziatèllo**.

Viziatúra, s. f. (raro) vício, defeito; viciação, viciamento.

Vízio (pl. **vizi**), s. m. vício, mau hábito, costumeira; defeito, imperfeição; defeito orgânico / erro / libertinagem; desmoralização / (jur.) vício, falta; —— **redibitorio**: defeito oculto da coisa vendida, capaz de anular a venda / (dim.) **viziètto viziúccio, viziarèllo** / (pej.) **viziàccio**.

Viziosamènte, adv. viciosamente.

Viziosità, s. f. viciosidade.

Viziôso, adj. vicioso, que tem vícios ou defeitos; imperfeito, corrupto, desmoralizado; oposto a certas regras; incorreto, defeituoso / **pronunzia viziosa** / (dim.) **viziosètto** / (pej.) **viziosàccio** / (s. m.) **i viziosi**, os viciosos.

Vizzàto, s. m. mergulhão (agr.), bacelo.

Vízzo, adj. murcho, seco, emurchecido, ressequido (diz-se de pessoas, frutos e similares).

Vladimiro, n. pr. (germ.) Vladimir.

Vladislao, n. pr. Ladislau.

Vocabolàrio, (pl. **-àri**), s. m. vocabulário / (dim.) **vocabolariètto, vocabolarino** / (aum.) **vocabolariône**; (pej.) **vocabolariàccio** / (sin.) **dizionario**, dicionário.

Vocabolarista (pl. **-ísti**), s. m. vocabularista, dicionarista, lexicógrafo.

Vocabolísta (ant.), s. m. vocabulário / vocabulário, lexicólogo / (ant.) vocabulário.

Vocàbolo, s. m. vocábulo, palavra, termo, voz.

Vocàle, adj. vocal, da voz ou a ela referente; que se exprime falando; oral, verbal / **musica** ——: música que se canta / **corde vocali**: cordas vocais / (s. f.) (gram.) vogal, fonema produzido pela laringe, cujas letras, na língua italiana, são cinco: a, e, i, o, u.

Vocàlico (pl. **-ci**), adj. vocálico: **suono** ——.

Vocalizzàre (pr. **-ízzo**), v. (intr.) vocalizar, reduzir, transformar em vogal / (mús.) vocalizar.

Vocalizzazïône, s. f. vocalização.

Vocalizzo, s. m. (mús.) vocalizo, exercício de canto sobre uma vogal, solfejo.

Vocàre (ant.), v. (tr.) chamar.

Vocatívo, adj. vocativo, que serve para chamar / (s. m.) vocativo (gram.): **caso** ——.

Vocazïône, s. f. vocação, tendência, propensão, inclinação / disposição natural do espírito: índole.

Vôce, s. f. voz: **una** —— **che canta** / (fig.) **la** —— **del cuore** / o som de certos instrumentos: **quel violino ha una bella** —— / voz modulada / a expressão da voz: —— **di pianto** / termo, vocábulo, palavra: **questa** —— **non si usa più** / notícia, fama, reputação: **è una** —— **senza alcun eco** / **dar sulla** ——: contradizer, repreender / **alzar la** ——: levantar a voz, gritar, protestar / **a** ——: oralmente / **aver** —— **in capitolo**: ter influência / —— **pubblica**: opinião pública / **a una** ——: concordemente / (dim.) **vocètta, vocina, vocino, vociúccia, vocciuòla, vocerèlia, vociolína** / (aum.) **vociône, vociòna** / (pej.) **vociàccia**.

Vociàre (pr. -vócio, vóci), v. (intr.) vozear, falar com voz estrepitosa; gritar, proferir em voz alta, clamar.

Vociatôre, adj. e s. m. (f. -tríce) vozeador, que ou aquele que vozeia.

Vociferànte, p. pr. e adj. vociferante, que vocifera.

Vociferàre (pr. -ífero), v. (intr.) vociferar, proferir em voz alta: exclamar / **vociferarsi** (refl.) correr voz, correr fama.

Vociferàto, p. p. e adj. vociferado; apregoado.

Vociferatôre, adj. e s. m. (f. -tríce) vociferador, vociferante, apregoador.

Vociferazióne, s. f. vociferação / voz pública, rumor / divulgação, pregão.

Vocìo (pl. -ii), s. m. vozeada, vozeio, vozearia, ruído continuado de vozes.

Vòdca (Vodka), s. f. vodca, licor russo, distilado de cereais.

Vóga, s. f. (mar.) voga, ato de vogar; movimento dos remos / (fig.) ímpeto, ardor: **mettersi con** —— **in un'impresa** / moda, uso / **mettere in** ——: pôr em uso / **essere in** ——: estar em moda.

Vogànte, p. pr. adj. e s. m. que voga, vogante, remador.

Vogàre (pr. -vôgo, vôghi), v. (intr.) vogar, mover-se flutuando por impulso dos remos; remar.

Vogàta, s. f. ato e maneira de vogar: **una buona** ——: remada.

Vogatôre, adj. e s. m. (f. -tríce) vogador, que voga, remador.

Vogatúra, s. f. modo de remar.

Vogavànti, s. m. (náut.) voga-avante; remeiro, remador.

Vòglia (pl. vòglie), s. f. desejo, vontade / disposição física e moral / apetite / desejo efêmero, capricho: **avrei** —— **di mangiare una bistecca** / capricho, desejo de mulher grávida / marca, sinal na pele que alguém acredita seja causada pelo desejo não satisfeito de certa coisa ou alimento, que a mãe teve durante gravidez: **ha una** —— **di mela sul petto** / (dim.) **vogliètta, vogliolína, voglierèlla, vogliúccia** / (pej.) **vogliàccia**.

Vogliolôso, adj. desejoso, que tem muitos desejos.

Vogliosamènte, adv. voluntariosamente / cobiçosamente / voluntariamente.

Vogliosità, s. f. vontade, desejo, capricho.

Vogliôso, adj. desejoso, que tem desejos, vontades; cobiçoso.

Vòi, pr. pl. de 2ª pessoa vós / **dar del** ——: usar, falando com alguém ou escrevendo-lhe, a segunda pessoa plural.

Voivòda, s. m. voivoda, título que tinham outrora os soberanos ou governadores de certos países eslavos; voivode.

Volà (neol.), s. m. folho, guarnição de vestido, de saia, etc.

Volànda, s. f. pó, polvilho de farinha / (mec.) volante.

Volàno, s. m. volante, bola de cortiça ou de outra matéria leve, guarnecida de pedras, com que jogam as crianças / (mec.) volante, peça que regula a rapidez de um movimento circular.

Volànte, p. pr. e adj. voador, que voa: **pallone, collana** —— / **squadra** ——: corpo de polícia rápido / **cervo** ——: papagaio, brinquedo que os meninos soltam ao vento, preso a um cordel / **fóglio** ——: folha solta / (mec.) (s. m.) roda de máquina que transmite ou regula o movimento: volante / **stare al** ——: guiar o automóvel.

Volantino, s. m. (dim. de **volante**) folha impressa que se distribui para fim de propaganda / (mec.) manivela em forma de roda / barra de direção nos aviões pesados.

Volapúk (neol.) s. m. volapuque, nome de um idioma destinado a ser, segundo o seu inventor (1879), a língua universal.

Volàre (pr. vólo), v. (intr.) voar, sustentar-se e mover-se no ar com o auxílio das asas ou membros análogos / —— **d'aeroplano**: voar de avião / (por ext.) voar, correr com grande velocidade, ir a toda pressa / passar, transcorrer rapidamente: **gli anni volano** / —— **in aria**: voar para o ar, arrebentar, estourar / superar, sobrepujar, ultrapassar: —— **che sovra gli altri com'aquila vola** (Dante).

Volàstro, adj. (dial.) voador, apto a voar bem.

Volàta, s. f. ato ou efeito de voar; voadura, vôo: **ho fato una** —— **in aeroplano** / corrida rápida: **fa una** —— **ala scuola e torna subito** / **volata di passeri**: revoada de aves / (mús.) volata, seqüência de tons rapidamente executados / (esp.) arrancada final nas corridas de bicicletas, cavalos, etc. / (dim.) **volatína**.

Volàtica, s. f. erupção na pele; líquen, escrófulo, fogagem.

Volàtile, adj. volátil / voador / (quím.) volátil, que pode reduzir-se a gás ou a vapor / (s. m.) (pl.) **i volatili**: as aves, os pássaros.

Volatilità, s. f. volatilidade: **la** —— **dell'ètere**.

Volatilizzàre, (pr. -ízzo), v. (tr.) volatizar / (refl.) **volatilizzarsi** volatilizar-se (reduzir-se a gás ou a vapor) / (fig.) desaparecer, sumir-se, desfazer-se em nada.

Volatilizzazióne, s. f. volatilização.

Volatívo (neol.), adj. diz-se de tempo em que as condições permitem voar de aeroplano: **tempo** ——: tempo bom para o vôo.

Volatôre, adj. e s. m. (f. -tríce) voador, que voa / aviador.

Volàzzo, s. m. (raro) voejo, adejo / rubrica da firma.

Volènte, p. pr. do verbo **volere**, querer / (adj.) querente, que quer ou deseja / —— **o nolente**: queira ou não queira, de boa ou má vontade.

Volenterosamènte, adv. de boa vontade, de bom grado, de boa mente, com muito gosto.

Volenterôso, adj. que tem boa vontade; solícito, zeloso; diligente, atencioso.

Volentièri, adv. de boa vontade, de bom grado, com muito prazer / **spesso e volentieri**: freqüentemente e de boa vontade.

Volère (pr. -vòglio, vuòi, vuòle), v. (tr.) querer, ter desejo, intenção ou vontade de / querer, mandar, ordenar, exigir: la legge vuole così / querer, pretender, intentar / permitir, onsentir; andrò alla festa se mio padre lo vuole / querer, pedir, fixar como preço: vuole mille lire, di un ritratto / chamar: la madre ti vuole / voler bone o male: querer bem ou mal a alguém / voler dire: significar, querer dizer / voglio dire, isto é / importar, interessar / questo non vuol dir nulla: isto não importa / o —— o volare: ou por bem ou por mal / maneira de desculpar-se: che vuoi? non potevo far più di quanto ho fatto / pensa-se, diz-se: è ricco e si vuole che sia povero / parecer iminente / vuol piovere: quer chover / si vuole che: diz-se que / qui ti voglio: aqui está o buzilis / ciò non vuol dir nulla: isso não tem importância / chi troppo vuole, nulla ha: quem muito quer nada alcança.

Volfàngo, n. pr. (germ.) Volfango.
Volère, s. m. vontade, o querer, o ato da vontade / —— è potere: querer é poder / il —— di Dio: a vontade de Deus.
Volfrâmio, s. m. (quím.) volfrâmio, tungstênio.
Volframite, s. f. volframina.
Volgàre, adj. vulgar / comum, ordinário, não raro, freqüente, trivial, / ruim, grosseiro, fosco / (lit.) lingua volgare, a língua italiana, como no começo era usada pelo povo, enquanto o latim era a língua dos doutos; diz-se também como substantivo masculino: il volgare; (pl.) i volgari italiani: os dialetos italianos.
Volgarità, s. f. vulgaridade, incultura / grosseria / banalidade / committere delle ——: cometer grosserias, indelicadezas.
Volgarizzamênto, s. f. vulgarização, especialmente no sentido de tradução / tradução, versão.
Volgarizzàre (pr. -ízzo), v. vulgarizar, traduzir em vulgar (diz-se excl. do traduzir do latim e do grego) / divulgar, propagar, tornar notório ou conhecido / tornar acessível.
Volgarizzàto, p. p. e adj. vulgarizado, tornado vulgar ou comum; generalizado.
Volgarizzatôre, adj. e s. m. (f. -trice) vulgarizador / tradutor, divulgador.
Volgarizzazióne, s. f. vulgarização, ação de vulgarizar, difundir; divulgação.
Volgarmênte, adv. vulgarmente / comumente, ordinariamente.
Volgàta, s. f. vulgata, a tradução latina da Bíblia aprovada pela Igreja.
Volgàto, (ant.), adj. divulgado.
Volgènte, p. pr. e adj. tendente, tirante: colore —— al verde: cor tendente ao verde / corrente, que está em curso / settimana, anno ——: semana, ano corrente.
Vòlgere (pr. vòlgo, vòlgi, vòlge), v. (tr.) virar, voltar, mudar de um lado para outro: —— la faccia / dirigir, volgere lo sguardo alla strada / —— una cosa in mente; ruminar uma coisa na memória / voltear, dobrar / **volger le spalle**: virar as costas, fugir / mudar: l'allegria volse in tristezza / (refl.) dar-se, entregar-se, dedicar-se: volgersi alla letteratura / (intr.) volver-se, dobrar: qui la strada volge al sud; (referindo-se ao tempo) transcorrer, cumprir-se, terminar; **volge il trentesimo giorno** / (de astros) —— al tramonto: estar próximo ao oceano / (fig.) aproximar-se a morte / (p. p.) volto / (s. m.) curso / il —— degli anni: o curso dos anos.
Volgíbile, adj. virável, que vira, que volta, que muda / volúvel, mudável, transformável.
Volgimênto, s. m. (raro) volta, viramento; curso.
Vòlgo (pl. vôlghi), s. m. vulgo, plebe, a classe popular; povinho / (raro) multidão, turba.
Vòlgolo, s. m. (tosc.) pequeno pacote, embrulho / rolo de algodão, lã, etc.
Volicchiàre, (pr. -ícchio), v. (intr.) volitar / voejar, esvoaçar.
Volitànte, p. pr. e adj. volitante, que volita.
Volitívo, adj. volitivo / que emana da vontade; **forza** —— (filos.).
Volizióne, s. f. (filos.) volição, velocidade.
Vòlo, s. m. vôo, ato de voar / faculdade de voar; **la natura ha dato il** —— **agli uccelli** / grande velocidade (também em sentido fig.) / **prendere il** ——: fugir, desaparecer / (fig.) fuga do pensamento; êxtase, arroubo, fantasia / **capire a** ——: num vôo / a —— **di uccello**: a vôo de pássaro / **di volo**: depressa / (fig.) lirico: vôo lírico.
Volontà, s. f. vontade, faculdade de querer; **la** —— **è libera** / desejo, intenção, determinação / arbítrio / gosto / empenho, interesse / necessidade física ou moral / vocação / apetite / mando / capricho / veleidade, fantasia / **ultime** ——: ato de última vontade, testamento / **libri a volontà**: livros à vontade.
Volontariamênte, adv. voluntariamente.
Volontariàto, s. m. (mil.) voluntariado.
Volontàrio (pl. -àri), adj. voluntário, espontâneo, instintivo / (s. m.) voluntário.
Volontarismo, s. m. voluntarismo, doutrina que sustenta o primado da vontade sobre a verdade.
Volonterosamênte, adv. voluntariamente, de boa vontade, sem constrangimento, espontaneamente.
Volonterôso, v. volenteroso, adj. solícito.
Volontièri, v. volentieri.
Volpacchiòtto, s. m. raposa pequena: raposinho / (fig.) pessoa astuta, esperta, manhosa.
Volpàccia (pl. -àcce), s. f. (pej.) raposa velha / (fig.) pessoa astuta e maligna.
Volpàia, s. f. cova, covil de raposa / (fig.) lugar miserável, deserto.
Volpàre, v. (intr. agr.) criar ferrugem ou alforra (as searas).
Volpàto, adj. de raposa / diz-se de seara infectada por alforra ou ferrugem.

Vólpe, s. f. raposa / (fig.) pessoa de grande astúcia e manha / pele de raposa preparada para agasalho / —— volante: morcego da Austrália / (agr.) alforra, ferrugem do trigo / (med.) doença dos cabelos, alopécia / (dim.) volpína, volpétta, volpicèlla, volpicina, volpacchiòtto; (aum.) volpóne, volpóna.

Volpeggiàre, (pr. -èggio), v. (intr.) raposinhar, usar de malícia; ser manhoso como a raposa.

Volpígno, adj. vulpino, raposinho / (s. m.) cão vulpino, de luxo.

Volpinaménte, adv. materialmente, manhosamente, astutamente.

Volpiníte, s. f. vulpinista, variedade de mármore, que é uma anidrita compacta sacaróide, assim chamada porque provém de Volpino, localidade na província de Bérgamo (Alta Itália).

Volpíno, adj. vulpino, de raposa, raposino / (fig.) manhoso, astuto, pérfido.

Volpòca, s. f. (zool.) pato bravo.

Volpóne, s. m., zorra, zorro / raposa velha e matreira; astuto, matreiro, finório.

Vòlsci, s. m. (pl.) volscos, povo antigo do Lácio.

Vòlt ou **vòlta**, s. f. (elétr.) volt.

Vòlta, s. f. giro, volta, movimento circular: diede una —— alla chiave / volta, sinuosidade: la strada fece una —— / dar ——: virar, derramar / dar di —— il cervello: endoidecer / andare alla —— di uno: ir ao encontro de / a —— di corriere: pelo correio / volta a ——: alternativamente / (lit.) a segunda parte da estância na canção e na balada / (arquit.) cobertura arqueada de um edifício, arco, abóbada / la —— celeste: o céu / la —— della bocca: o céu da boca / turno, vez: dovrà arrivare la mia ——: há-de chegar a minha vez; quando vernà la tua ——: quando te tocar a vez / uno per ——: um de cada vez / tempo: c'èna una ——: era uma vez / in una ——: ao mesmo tempo / a volte: às vezes / rare volte: raramente / (dim.) volticèlla, volticina; (aum.) voltóne.

Volta, Alessandro (biogr.), físico italiano, inventor da pilha elétrica.

Voltàbile, adj. virável / mudável / (fig.) inconstante, volúvel.

Voltacasàcca, s. m. vira-casaca (bras.), aquele que muda de partido ou de idéia conforme os seus próprios interesses.

Voltafàccia, s. m. volta-face, ação de se virar alguém, apresentando a face para onde antes dava as costas / viravolta, reviravolta / (fig.) súbita mudança de opinião.

Voltafièno, s. m. (agr.) máquina para espalhar o feno.

Voltagabbàna, s. f. vira-casaca.

Voltàggio (pl. àggi), s. m. (elétr.) voltagem.

Voltàico (pl. -àico), adj. voltaico, diz-se da pilha elétrica de Volta.

Voltamàschio, s. m. (técn.) chave inglesa.

Voltàmetro, s. m. (eletr.) voltâmetro, voltímetro, voltômetro.

Voltàre (pr. vòlto), v. (tr.) virar, volver, voltar, dirigir para outro lado / —— la faccia: virar a cara / traduzir: volta questo scritto in latino / fazer mudar de opinião, de idéia / (refl.) virar-se, mover-se / voltarsi contro uno: rebelar-se / transformar-se: il leone si voltò in pecora / mudar de idéia, de opinião: l'arbitro si è voltato / (intr.) dobrar / —— a sinistra: dobrar à esquerda.

Voltaríso, s. m. utensílio para revolver o arroz sobre a eira durante secagem.

Voltastòmaco (pl. -òmachi), s. m. diz-se de coisa que repugna ao estômago, que estimula o vômito / (fig.) que estomaga, que ofende, que repugna.

Voltàta, s. f. virada, viramento, viragem, o ponto onde a estrada faz uma curva: attenti alla ——! cuidado com a curva / esquina, canto, ângulo.

Voltàtile, adj. (raro) virável / volúvel, mudável.

Voltàto, p. p. e adj. voltado, virado / (arquit.) arqueado, abobadado.

Voltteggiaménto, s. m. volteadura, volteação, volteamento.

Volteggiàre, (pr. èggio, èggi), v. (intr.) voltear, dar voltas: rodar, girar / (hist.) subir a cavalo sem estribos ou correndo.

Volteggiatóre, adj. e s. m. volteador, voltejador / volatim, voador, equilibrista / (hist.) soldado napoleônico de infantaria ligeira.

Voltêggio (pl. -èggi), s. m. volteio, volteadura / (equit.) scuola di ——: escola de volteio.

Volterràna, s. f. (arquit.) abóbada, cobertura feita ao uso de Volterra (antiga cidade da Toscana) / ladrilho oco para abóbadas.

Volterriàno, adj. voltariano, que diz respeito a Voltaire / (fig.) cântico irônico.

Voltimetria, s. f. voltametria, voltimetria.

Voltímetro, s. m. (eletr.) voltâmetro, voltímerto.

Vôlto, s. m. (lit.) rosto, semblante, face, aspecto / cara.

Vòlto, p. p. e adj. virado / dedicado, dirigido, disposto, mudado / —— a fare in bene: dedicado a fazer o bem / transcorrido / (s. m.) abóbada, cobertura arqueada.

Voltóio, s. m. barbela, parte do freio onde se prendem as rédeas.

Voltolaménto, s. m. movimento daquilo que rola: o rolar, o rodar; viramento, rolamento.

Voltolàre (pr. vòltolo), v. (tr.) rolar, fazer andar girando / (refl. -rsi) revolver-se, rolar-se / despenhar-se.

Voltolòni, adv. rolando, rodando, rebolando, dando voltas.

Voltòmetro, s. m. voltâmetro, voltímetro.

Voltóne, s. m. (aum.) rosto (cara) grande / abóbada grande; grandiosi voltoni.

Voltúra, s. f. (jur.) transcrição, no registro cadastral, da transmissão de propriedade.

Volturàre, v. (tr.) inscrever no cadastro uma propriedade.

Volturno, s. m. vento de levante / (hist.) **battaglia del Volturno** (rio), batalha vencida por Garibaldi contra os borbônicos.
Volúbile, adv. volúvel / inconstante, instável, variável / (poét.) que muda facilmente: **la ——— ruota della fortuna.**
Volubilità, s. f. volubilidade, versatilidade.
Volubilmênte, adv. voluvelmente, inconstantemente.
Volúme, s. f. volume / massa, quantidade / corpulência / tamanho / grandeza, grau de desenvolvimento físico / o espaço que um corpo ocupa / livro, tomo: **opera in quattro volumi** / (arquit.) rolo de papiro / (dim.) **volumetto;** (aum.) **volumône.**
Volumetría, s. f. volumetria.
Volumenòmetro, s. m. volumenímetro, densímetro.
Volúmetro, s. m. volúmetro, aerômetro que faz conhecer a densidade dos líquidos pelos volumes deslocados.
Voluminosità, s. f. quantidade de voluminoso: ——— **di un corpo.**
Voluminôso, adj. voluminoso, volumoso, avultado.
Voluntàde (ant.), s. f. vontade.
Volúta, s. f. voluta (arquit.) / (lit.) espiral, rosca.
Volutàbro, s. m. (lit.) volutabro, lamaçal, lameiro / lugar em que os porcos se espojam.
Volúto, p. p. querido, desejado.
Voluttà, s. f. voluptuosidade, volutuosidade; volúpia; sensualidade, deleite, prazer dos sentidos / **la ——— dell'arla fresca.**
Voluttuàrio (pl. -ri), voluptuoso, sensual / supérfluo, de luxo: **spese voluttuarie.**
Voluttuosamênte, adv. voluptuosamente, sensualmente.
Voluttuôso, adj. voluptuoso ou volutuoso, sensual / deleitoso / delicioso.
Vòlva, s. f. (bot.) volva, membrana, que envolve os cogumelos, no primeiro período do seu desenvolvimento.
Volvènte, p. pr. rodando.
Vòlvere, (poét.), v. (tr.) volver, virar, girar, rodar / (sin.) **vòlgere.**
Vòlvolo ou **vòlvulo,** s. m. volvo, obstrução intestinal; vólvulo; (pop.) nó nas tripas.
Vombàto, s. m. (zool.) teixugo ou texugo, mamífero mustelídeo, do feitio da raposa.
Vomeráia, s. f. parte externa da relha do arado; dente do arado, dental.
Vòmere (poét.), **vòmero,** s. m. relha do arado ou da charrua que abre os sulcos na terra / (anat.) vômer, pequeno osso chato que separa posteriormente as fossas nasais e cuja configuração faz lembrar a orelha de um arado / (mar.) draga para as minas / (ant.) vomitar.
Vòmica, s. f. (med.) vômica, depósito purulento e fétido que se forma no parênquima pulmonar.
Vomicina, s. f. (quím.) vomicina, princípio da noz-vômica que brucina.
Vòmico, adj. vômico, vomífico, que faz vomitar / (bot.) **noce ———:** noz-vomica (árvore e fruto).

Vomíre, vomicàre, v. (tr., ant. ou poét.) vomitar.
Vomitamênto, s. m. (raro) ação de vomitar: vômito.
Vomitàre, v. (tr. e intr.) vomitar, lançar, lançar fora de si, expelir pela boca / verter, jorrar / ——— **ingiurie:** vomitar insultos / **far venire da ——— : causar nojo, asco.
Vomitatívo, adj. vomitativo, que faz vomitar, vomitorio.
Vomitàto, p. p. e adj. vomitado, lançado; espelido da boca.
Vomitatôre, s. m. (f. -trice), vomitador.
Vomitatòrio, adj. vomitatório, vomitativo / (s. m.) medicamento que provoca o vômito.
Vòmito, s. m. vômito, ato de vomitar / vomição.
Vomitòrio, adj. e s. m. vomitório, vomitivo / (hist.) (pl.) **vomitòri,** ádito, entrada, abertura pelas quais o povo, dos pórticos e das escadas internas dos teatros ou circos, entrava para tomar lugar na fileiras dos assentos.
Vomiturazióne, s. f. (med.) vomituração, regurgitação, engulho.
Vôngola, s. f. (dial. nap.) pequeno marisco comestível, comum no golfo de Nápoles; **spaghetti con le vongole:** macarrão com mariscos.
Voràce, adj. voraz, que devora; que come com avidez / (fig.) destruidor, consumidor; que gasta, que arruina, que aniquila / **fuoco ———:** fogo devorador.
Voracemênte, adv. vorazmente.
Voracità, s. f. voracidade / (fig.) avidez.
Voràgine, s. f. voragem / sorvedouro, remoinho / abismo.
Voraginôso, adj. voraginoso, que encerra ou contém voragem.
Voràgo, s. f. (poét.) voragem.
Voratôre, s. m. (f. -trice), devorador, que devora; destruidor, mortífero: **peste voratrice.**
Vòrtice, s. m. vórtice, remoinho, turbilhão / (fig.) confusão, desordem.
Vorticèlla, s. f. (zool.) vorticela, gênero de infusórios.
Vorticosamênte, adv. vorticosamente.
Vorticôso, adj. vorticoso, vertiginoso.
Vòsco (ant. poét.), pron. convosco / (ant.) vosco.
Vossignoría (ant.), s. f. (des.) vossoria; vossa senhoria.
Vòstro, adj. vosso / ——— **compagno** / (fig.) querido, estimado: **il ——— paese** / (s. m.) o que é vosso, vossa propriedade.
Votabôrse, adj. e s. m. que esvazia o bolso; que faz gastar muito, que exige demais; que custa muito caro.
Votacáse, adj. e s. m. que leva tudo quanto há na casa, que não deixa ficar mais nada.
Votacassètte, s. m. empregado do correio que retira a correspondência das caixas situadas fora da sede central.
Votacèssi, s. m. latrineiro, indivíduo encarregado de esvaziar e limpar as latrinas não-providas de conduto.
Votàggine, s. f. (pej.) qualidade de vazio, oco (especialmente de idéias); ausência, vacuidade, privação.

Votamádia, s. m. glutão, comilão.
Votamênte, adv. (raro) vaziamente, frivolamente, insulsamente.
Votaménto, s. m. e **votatúra**, s. f. esvaziamento, vaziamento, ato de esvaziar.
Votànte, p. pr. e s. m. votante, que vota ou que tem a faculdade de votar.
Votapôzzi, s. m. limpa-poços, pessoa encarregada de esvaziar ou limpar os poços.
Votàre, v. (intr.) votar, dar o voto / deliberar, aprovar por meio de voto: / **fu votata la legge** / (tr.) consagrar, fazer voto: ——— **l'anima a Dio** / (refl.) **votarsi**, votar-se, consagrar-se, dedicar-se / sacrificar-se / aventurar-se.
Votascodèlle, s. m. glutão, comilão; limpa-pratos.
Votatína, s. f. votação feita às pressas.
Votàto, p. p. e adj. esvaziado / votado / aprovado por meio de voto; consagrado por voto.
Votatôio, s. m. cano de escoamento de uma pipa e símiles.
Votatôre, s. m. (f. -atôra e atríce), esvaziador, que esvazia, que despeja; que vota, votante.
Votatúra, s. f. ato de esvaziar: esvaziamento.
Votazióne, s. f. votação, ação ou efeito de votar: **prender parte alla votazione**: participar da votação.
Votàzza, s. f. colher de lata (folha de flandres) para o arroz, o macarrão miúdo, etc. / gamote (vasilha) de madeira para esgotar a água das pequenas embarcações, das pipas, etc.
Votêzza, s. f. vácuo, vazio, vacuidade.
Votívo, adj. votivo, de voto, prometido ou ofertado em voto: **lampada votiva**.
Vòto, vuòto, adj. e s. m. vazio, oco.
Vôto, s. m. voto, promessa solene (feita a si mesmo ou a outrem) / oferenda feita em cumprimento de promessa anterior ou por gratidão de graça recebida / ex-voto / desejo ardente / obrigação contraída por promessa feita solenemente / sufrágio, votação.
Vox Populi, Vox Dei, loc. lat. voz do povo, voz de Deus.
Vui, pron. (ant.) vós.
Vulcànico, adj. vulcânico / (fig.) ardente como um vulcão, impetuoso, dinâmico.
Vulcanísmo, s. m. (lit.) vulcanismo / teoria que atribui ao fogo a formação da crosta do globo; plutonismo.
Vulcaníte, s. f. vulcanite, ebonite.
Vulcanizzàre (neol.), v. (tr.) vulcanizar, calcinar / submeter (a borracha) à vulcanização / consertar (objetos de borracha) mediante a vulcanização.
Vulcanizzàto, p. p. e adj. vulcanizado.

Vulcanizzazióne, s. f. (quím.) vulcanização.
Vulcàno, s. m. (geogr.) vulcão / (mit. rom.) Vulcano, deus do fogo.
Vulcanologia, s. f. vulcanologia.
Vulcanològico, adj. vulcanológico.
Vulgàta, s. f. (relig.) Vulgata, tradução latina da Bíblia sobre a grega de São Jerônimo.
Vùlgo, adv. (lat. **vulgo**), vulgarmente segundo o uso comum / (s. m.) (poét.) vulgo, a maior parte da gente; o comum dos homens, a plebe.
Vulneràbile, adj. vulnerável.
Vulnerabilità, s. f. vulnerabilidade.
Vulneràre, v. (tr. lit.)) vulnerar / ferir / prejudicar: ——— **un'idea, una dottrina**.
Vulneràrla, s. f. (bot.) vulnerária, planta leguminosa.
Vulnerário, adj. (med.) vulnerário, próprio para curar úlceras e feridas: **unguento** ———.
Vulneràto, p. p. e adj. vulnerado; ferido.
Vúlture, s. m. (ant.) abutre.
Vúlva, s. f. (anat.) vulva.
Vulvária, s. f. (bot.) vulvária, planta da família das quenopodiáceas (também conhecida por fedegosa).
Vulvário, (adj.) (ant.) vulvário, vulvar.
Vulvíte, s. f. (med.) vulvite, inflamação na vulva.
Vulvovaginàle, adj. (anat.) vulvovaginal.
Vulvovaginíte, s. f. (med.) vulvovaginite.
Vuotàre, v. (tr.) esvaziar, despejar / ——— **una bottiglia**: beber uma garrafa / ——— **il sacco**: dizer tudo, desembuchar / ——— **la sella**: cair do cavalo / (pr.) **vuoto** / (p. p.) **vuotato**.
Vuotêzza, s. f. vazio, vácuo, vacuidade / ——— **cavernosa** ——— (Carducci).
Vuòto, adj. vazio, / **ha le tasche vuote**: tem os bolsos vazios / desocupado / despovoado / (fig.) falho de inteligência, frívolo, fútil / **testa vuota**: cabeça oca / (s. m.) vazio, vácuo, espaço vazio / (fig.) superfluidade, vaidade / **a** ———: em vão, sem efeito / **mandare a** ——— **un'opera**: fazer fracassar uma obra / **emettere un assegno a** ———: emitir uma ordem de pagamento (ou cheque) sem que no banco se disponha de quantia correspondente / (neol.) ——— **di cassa**: falta de dinheiro, esbanjado ou surrupiado pelo caixa / **fare il** ——— **intorno a sé**: agastar-se com todos, afastar-se, isolar-se / (mar.) **vuoto per pieno**: frete do barco completo / **a** ———: sem efeito, em vão / (aer.) ——— **d'aria**: corrente de ar vertical, que arrasta o avião.

W

W, s. m. ou s. f., letra que não pertence ao alfabeto italiano, e que em italiano se chama vu **doppia** (dábliu, vê dobrado), e que se pronuncia como a letra vê; usa-se na língua italiana para indicar a exclamação viva! nesse caso emprega-se a forma maiúscula: **W la scuola!** / fora de tal uso, emprega-se em italiano como inicial de algumas palavras científicas de origem estrangeira ou em palavras estrangeiras; note-se que em muitas palavras, junto à forma com W encontra-se também a forma italiana com a letra v simples: **wagneriano, vagneriano, wodca, watt, vatt, wolfrâmio, volfrâmio**.

Walk over (ingl.), s. m. (hip.) corrida de um só cavalo / (ital.) **corsa a uno**.

Walhalla, s. m. (mit. nórd.) valhala, mansão dos heróis mortos nas batalhas / Panteão germânico, consagrado aos grandes homens da Alemanha, em Donastauf.

Walter, n. pr. alem. / (ital.) **Gualtiero, Valter**.

Warrant (ingl.), s. m. recibo de depósito nas docas / (ital.) **ricevuta di pegno**.

Water-polo (ingl.), s. m. polo aquático / (ital.) **palla nuoto**.

Watt, s. m. watt, unidade de potência mecânica; unidade prática de potência elétrica; a forma aportuguesada (mas não usada) é vátio.

Wattòmetro, s. m. wattômetro, wattímetro.

Wattôra, s. m. watt-hora.

Wavellite, s. f. (miner.) mineral que é um fosfato de alumínio.

Wèstinghouse, s. m. (ingl.) freio automático a ar comprimido.

Whisky, s. m. (ingl.) uísque (adaptação do inglês), licor inglês e americano.

Whist, s. m. (ingl.) uíste (adaptado do ingl.), certo jogo de cartas em que entra habilidade e sorte, jogado por dois contra dois / (ital.) **gioco di carte a due**.

X

X (em ital. pronuncia-se **ics**) x, letra do alfabeto grego e latino, que ainda se usa em certas palavras italianas derivadas dessas línguas; **uxoricida, xilógrafo** / na forma maiúscula, X é também número romano, e vale dez, décimo; **Leone X**, Leão décimo / unida à palavra **raggi** (raios) sempre na forma maiúscula, indica os raios Roentgen ou X / na forma minúscula em matemática, indica quantidade desconhecida / significa também pessoa ou coisa ignorada: **si recò dal signor X**. Note-se ainda que, sendo consoante de som contrário à suavidade da língua italiana, tende a desaparecer e vai sendo freqüentemente substituída pela letra s: **xenófobo, senófobo**.

Xantal, s. m. bronze de alumínio.
Xantofílla, s. f. xantofila, substância amarela complexa localizada em certos pontos do tegumento.
Xantòma (pl. -òmi), s. m. (med.) xantoma.
Xantopsía, s. f. (med.) xantopsia.
Xeina, s. f. proteína do milho.
Xèno, s. m. (quím.) xênon, xenônio, elemento químico, um dos gases inertes da atmosfera.
Xenodòchio, s. m. (lit.) xenodoquia, estabelecimento, casa de hóspedes para forasteiros.
Xenòfilo, adj. e s. m. xenófilo, amigo dos estrangeiros.
Xenofobia, s. f. xenofobia, xenofobismo.
Xenòfobo, s. m. xenófobo, inimigo dos estrangeiros.
Xenofagía, s. f. xenofagia, uso de antigamente de alimentar-se, por jejum, somente de coisas secas sem tempero.
Xeres, s. m. xeres, vinho fino branco, que se fabrica em Jeres de la Frontera, na Andaluzia.
Xerofòrmio, s. m. (quím.) xerofórmio, derivado bismútico do tribromofenol.
Xifòide, s. f. xifóide (anat.) prolongamento inferior do esterno.
Xilèma, s. m. (bot.) xilema, conjunto dos elementos da madeira primária; substância lenhosa.
Xilòcopo, s. m. (zool.) xilócopo.
Xilòfago, (pl. -òfagi), adj. e s. m. xilófago, inseto que vive nos interstícios da madeira e a rói.
Xilofonísta, (pl. -ísti) s. f. xilofonista, o que toca xilofone.
Xilòfono, s. m. (mús.) xilofone.
Xilografía, s. f. xilografia.
Xilogràfico, (pl. -àfici), adj. xilográfico.
Xilògrafo, s. m. xilógrafo, o que grava em madeira.
Xilòide, adj. xilóide, relativo à madeira; proveniente de um corpo lenhoso.
Xilolíte, (neol.), s. f. espécie de madeira artificial preparada com serragem de madeira, pó de cortiça, resinas, etc.
Xilología, s. f. xilologia, tratado das madeiras que servem para as artes e construções.
Xiloma, (pl. -mi), xiloma, corpo esporítero, lenhificado, de alguns cogumelos.
Xílon, s. m. xilon, celulose de madeira ou da casca dos frutos duros.

Y

(Y), (pronúncia ital. **ipsilon** ou **ipsilònne**,) s. y, antiga letra do alfabeto italiano, atualmente substituída pela letra i; emprega-se somente em alguns vocábulos estrangeiros que penetraram no uso italiano e, em matemática como símbolo da segunda quantidade incógnita.

Yacht, s. m. (ingl.) iate, navio de luxo, a vela ou a vapor / (ital.) **pánfilo, panfilio**.

Yachting, s. m. (ingl.) yachting, navegação em iate, esporte náutico / (ital.) **sport del pánfilo**.

Yankee, s. m. (ingl.) ianque, pessoa nascida nos Estados Unidos / (ital.) **statunitense, nordamericano**.

Yard, s. f. (ingl.) jarda, medida linear que equivale a noventa e um centímetros e quatro milímetros / (ital.) **iarda**.

Yatagàn, s. m. iatagã, espécie de grande punhal usado por alguns povos orientais / (ital.) **iatagán**.

Yearling, s. m. (ingl.) yearling, animal (cavalo) com mais de um ano e menos de dois.

Yen, s. m. iene, unidade do sistema monetário japonês.

Yoghurt, (búlg.) s. m. iogurte, leite azedo búlgaro; coalhada / (ital.) **latte fermentato**.

Yole, s. f. (ingl.) iole, canoa estreita, leve e rápida, usada nos esportes náuticos.

Yuta, s. f. juta (planta) / a fibra fornecida por essa planta.

Z

Z, s. z (zê), vigésima primeira e última letra do alfabeto italiano / quando acompanhada por duas vogais ou precedida por uma consoante, usa-se sempre simples: raíza, prezioso, profezia; e dupla quando acompanhada por uma só vogal, conservando porém a dupla também nas palavras derivadas de palavras que tinham dois Z embora sigam duas vogais; ex.: **pazzo pazzia, mazza, mazziere, ammazzo, ammazziamo** / (pr. ital. **zeta**).

Za, Zaf, zàffe, zàffete, voz onom. imitativa de golpe, pancada, etc., zás.

Zazaíòne, s. m. gemada (licor de ovo) feita com gemas de ovos batidos com açúcar e em seguida, cozidas em vinho generoso.

Zàbro, s. m. zabro, espécie de besouro nocivo aos cereais.

Zaccàgno, s. m. (gíria) faca, navalha.

Zaccaría, n. pr. hebr. Zacarias.

Zàccaro, s. m. salpico de lama / bonicos, excremento de certos animais.

Zàcchera, s. f. mancha; salpicadura de lama aderente à roupa; sujeira / bonicos, que às vezes ficam presos na lã das partes posteriores das cabras e das ovelhas / (ant.) bagatela, insignificância / (dim.) **zaccherèlla, zaccherètta**.

Zaccherône, adj. e s. m. (f. -ôna) enlameado, besuntado; desmazelado, relaxado.

Zaccherôso, adj. enlameado, enodado, maculado / besuntado.

Zafardàre, inzafardàre, v. (tr.) enlamear, sujar, manchar, enodoar, macular, engordurar, besuntar.

Zafardàta, s. f. golpe com objeto besuntado.

Zaffàre, v. tampar, rolhar / (mar.) obturar provisoriamente uma fenda.

Zaffàta, s. f. golfada de mau cheiro / baforada, sopro / esguicho, jato de líquido ou de gás, vapor aquoso.

Zaffàto, p. p. e adj. tampado; obturado, arrolhado, fechado, obstruído.

Zaffatúra, s. f. tapadura, tapagem / obturação.

Zàffe e Zàffete, voz onomatopaica para indicar o ato de quem engole com avidez um alimento ou o ato de dar um golpe ou pancada rápida: záz! zás-trás.

Zàffera (ant.), s. f. espécie de mistura, à base de cobalto e alçafrão usada para tingir o vidro de turqui ou violeta.

Zafferanàto, adj. açafroado, que contém alçafrão / da cor do alçafrão.

Zafferàno, s. m. (bot.) açafrão (planta) (zool.) gaivota grande, da região ártica ocidental / **avere il colore del zafferano**: ter a cor do açafrão.

Zafferanône, s. m. (bot.) açafrão bastardo, cártamo.

Zaffètica, s. f. (ant.) suco fétido que flui de certas plantas umbelíferas.

Zaffirìno, adj. safirino, de safira, semelhante à safira / (s. m.) pequena safira.

Zaffirìno, s. m. (min.) safira, pedra preciosa de cor azul / (dim.) **zaffiretto, zaffirìno**.

Zàffo, s. m. tampão ou rolha grande para tampar pipas, tonéis, etc., batoque, tarugo / rolha, tampa, qualquer objeto que serve para tampar / mecha de gaze esterilizada que se introduz nas feridas para estancar as hemorragias.

Zagàglia, s. f. azagaia, lança curta, usada antigamente como arma / zagaia, pequena lança usada pelos pretos de certas paragens da África / (dim.) **zagagliètta**.

Zagagliàta, s. f. azagaiada, golpe ou ferimento causado com azagaia.

Zaganàto, adj. diz-se de marta (mamífero carnívoro) que tem o pelo branco ou prateado com mistura de escuro.

Zaganèlla, (ant.), s. f. espécie de corda / orla listrada com fios de ouro e prata.

Zàgara, s. f. (bot.) flor de laranjeira / **il paese della ———: a Sicília**.

Zàino, s. m. mochila / (dim.) **zainetto** / (zool.) zaino, cavalo todo da mesma cor.

Zaíra, n. pr. ár. **Zaíra** / (geogr.) antigo nome do Congo.

Zàma, s. f. liga de zinco, alumínio, cobre e magnésio.

Zamberlúcco, s. m. (do turco), albornoz, veste larga e longa, usada antigamente pelos turcos e por outros povos do Oriente, e hoje também em outros países: (pl.) **zamberlucchi**.

Zàmbra, (ant.), s. f. pequeno quarto ou aposento.

Zambràcca, (ant.) s. f. criada suja, criada ruim, ordinária / meretriz.

Zàmpa, s. f. pata, pé, perna ou membro do animal irracional / (loc. fam.) **zampe di gallina**: garatujas, gatafunhos numa escrita / rugas na extremidade do olho / (burl.) mão, pé, perna / **zampa di porco**: espécie de alavanca; pé de cabra / (pej.) **zampaccia**; (dim.) **zampetta, zampina, zampino**; (aum.) **zampona, zampone**.

Zampàre, v. (intr.) patear, bater com as patas ou os pés no chão (espec. os cavalos).

Zampàta, s. f. patada, pancada com a pata ou com o pé (animal) / sinal, marca de pata / (fig.) descortesia, indelicadeza / (dim.) **zampatina**; (pej.) **zampatàccia**.

Zampeggiàre, v. (intr.) patear, bater com as patas / agitar as pernas no ar, espernear.

Zampettàre, v. (intr.) patear, pernejar, espernear; saltitar, pular (as crianças).

Zampétto, s. m. (dim.) patinha, pezinho de porco, de carneiro, etc. cozido ou não.

Zampicàre, v. (intr.) (p. us.) caminhar rapidamente, arrastando os pés / tropeçar, tropicar.

Zampillaménto, s. m. jorro, esguicho, repucho (falando de água ou outro líquido): **acqua zampillante**.

Zampillànte, p. pr. e adj. que esguicha, que sai, que brota, que repuxa.

Zampillàre, v. (intr.) esguichar, sair com força, brotar, repuxar (falando de líquido).

Zampillío, s. m. jorro, esguichadela continuada ou insistente.

Zampíllo, s. m. jorro, saída impetuosa de um líquido, fluência, esguicho, repuxo.

Zampíno, s. m. (dim.) pequena pata / (fig.) **metter lo ————**: imiscuir-se, intrometer-se / **tanto va la gatta al lardo, che ci lascia lo zampino**: tanto vai o cântaro à fonte até que um dia quebra / **metterci lo ———— il diavolo**: pôr a perder, fracassar um negócio.

Zampógna, s. f. (mús.) instrumento musical pastoril; **cornamusa**: gaita de fole / charamela / tubo ou canudo de palha ou de cana que serve para dirigir o sopro / (dim.) **zampognétta**.

Zampognàre, v. (tr.) tocar a cornamusa, tocar a gaita de fole.

Zampognàro, s. m. gaiteiro, tocador de gaita de fole, tocador de cornamusa.

Zampognàta, s. f. sonata com a gaita de foles / música que imita a toada da cornamusa.

Zampône, s. m. (aum. de **zampa**) grande pata / pata de porco esvaziada e recheada de carne, com tempero e sal; cozida, corta-se em fatias e come-se fria ou quente.

Zàna, (ant.) s. f. cesto ovalado, para a roupa / berço de madeira ou de vime com as extremidades convexas para se poder baloiçar com o pé / (arquit.) cavidade para a colocação de estátua, quadro, etc. nicho / (agr.) depressão de terreno nos campos em que a água estagna / (ant.) padiola / engano: **applicare zane**: enganar.

Zanàio, (pl. -nai), s. m. cesteiro.

Zanaiuòlo, (ant.) s. m. cesteiro, pessoa que fazia entregas com o cesto.

Zanàta, s. f. o conteúdo de um cesto ou canastra: canastrada, cestada.

Zànca, (ant.) perna / parte dobrada na extremidade de uma alavanca, lâmina, haste, etc.

Zanella, (biogr.) Giacomo Zanella, abade e poeta romântico (1820-1888).

Zanèlla, zanellétta, zanellína, s. f. (dim.) bercinho / cestinho, canastrinha.

Zanêtto, n. pr. (dim.) (dial. venez.) Joãozinho.

Zanfône, s. m. (técn.) recipiente ou tanque para trabalhar o alúmen.

Zàngola, s. f. batedeira para fazer manteiga.

Zangône, s. m. (mar.) parte mais avançada da proa: beque.

Zànna, s. f. (do al.) colmilho, dente longo e curvo que ressalta fora da boca de certos animais, como elefantes, javalis, queixadas, etc. / (por ext.) presa; os caninos dos grandes carnívoros, como o lobo, o leão, o tigre, etc. / (deprec. ou burl.) dentes compridos de pessoa / (fig.) **mostrar le zanne**: mostrar os dentes, em atitude de desafio / (técn.) instrumento para brunir: brunidor / objeto que se dá às crianças para chupar ou morder quando nascem os dentes.

Zannàre, v. (tr.) ferrar os dentes: adentar / polir, brunir com dente (de animal) verdadeiro ou artificial.

Zannàta, s. f. dentada, golpe, mordedura.

Zannàto, p. p. e adj. brunido, polido, alisado.

Zannêsco, (pl. -êschi) adj. burlesco; zombeteiro (de **Zanni**).

Zànni, s. m. arlequim, bufão; na origem, um criado tolo introduzido nas comédias populares / (o vocábulo provém do nome do bergamasco **Zanni** (dial.), corrutela de **Gianni**).

Zannúto, adj. munido de presas, de colmilhos, colmilhado / (ant.) **sannuto**: **Ciriatto sannuto** (Dante).

Zanzàra, s. f. mosquito picador, da ordem dos dípteros, transmissor de doenças, especialmente a malária.

Zanzarièra, s. f. cortinado ou rede que resguarda dos mosquitos: mosquiteiro.

Zanzaveràta, (ant.) s. f. molho.

Zànze, (dial. venez.) dim. de Ângela.

Zanzeràre, v. (intr.) zumbir (o mosquito) / (pr.) **zànzero**.

Zànzero, (ant.) s. m. companheiro de pândegas.

Zàppa, s. f. enxada, utensílio para cavar a terra / **darsi la ———— sui piedi**: prejudicar-se a si mesmo; cair em contradição / (dim.) **zappétta, zappettina, zappíno**; (aum.) **zappóna, zappóne**.

Zappaménto, s. m. cava, trabalho de enxada.

Zappàre, v. (tr.) cavar, revolver a terra com enxada.
Zappàta, s. f. cava ligeira: **dài una zappata al giardino** / cavadeira / enxada / **padre Zappata**, nome de frade imaginário que fazia o contrário daquilo que pregava.
Zappatèrra, s. m. (depr.) cavador, trabalhador de enxada.
Zappàto, p. p. e adj. cavado, revolvido, lavrado com a enxada / horto, **terreno** ———.
Zappatôre, s. m. (f. **trice**) cavador, aquele que cava; trabalhador de enxada; camponês / (mil.) sapador, soldado empregado dos trabalhos de sapa..
Zappatúra, s. . cava, lavra.
Zappêtta, s. f. (dim.) enxada pequena: sachola, sacho.
Zappettàre, v. (t.) cavar levemente, sachar (o terreno).
Zappettatúra, s. f. (agr.) sachadura, lavra.
Zappiàno, adj. relativo às teorias de Gino Zappa.
Zappísmo, s. m. (contab.) concepção contabilística que se baseia nos lucros ou créditos, teoria do professor italiano Gino Zappa.
Zappísta, adj. e s. m. partidário do "zappismo".
Zapponàre, v. (tr.) cavar, lavrar, revolver profundamente a terra com enxada ou enxadão.
Zappône, s. m. (f. **-ôna**) enxada grande, enxadão, alvião.
Zaptiè, s. m. (do turco) soldado policial indígena, da Eritréia (antiga possessão italiana).
Zar (ou **tzar**), s. m. czar ou tzar, título que se dava ao imperador da Rússia.
Zàra, s. f. jogo antigo que se fazia com três dados / (fig.) risco, perigo, azar / (dial. venez.) talha, vasilha.
Zaratíno, adj. de Zara, cidade da Dalmácia.
Zarèvic, s. m. czaréviche, filho do czar.
Zarína, s. f. czarina, título que se dava à imperatriz da Rússia.
Zarôso, (ant.) adj. arriscado, perigoso.
Zarzuèla, (neol. do esp.) s. f. (teatr.) zarzuela, peça teatral parecida com a opereta, em que se alternam diálogos falados, dança e música.
Zàtta, s. f. melão fino / (mar.) barcaça, chata.
Zattera, s. f. barcaça, chata, pontão / balsa / jangada / (dim.) **zatterèlla**, **zatterina**: (aum.) **zatterône**.
Zatteríno, s. m. (dim.) (mar.) pequena barca de fundo chato que se usa para lavar e envernizar o casco dos navios.
Zavòrra, s. f. lastro, peso para dar estabilidade ao navio / **essere in** ———: diz-se de navio sem carga / (fig.) pessoa ou coisa que estorva; coisa sem valor algum: **in quel discorso c'è più** ——— **che sostanza**.
Zavorràre, v. (tr.) lastrar, carregar com lastro.
Zazzeàre (ant.), v. (tr.) andar ao léu sem direção certa; vagabundear.
Zàzzera, s. f. cabeleira desgrenhada e comprida como se usava antigamente / madeixa, guedelha, melena / barba nas extremidades da folha de papel / (fig.) coisa antiquada.
Zazzerône, s. m. (aum.) cabeludo, guedelhudo, que tem cabelos compridos.
Zazzerúto, adj. guedelhudo, gadelhudo.
Zazzeràre, v. (intr., ant.) vagabundear, vagamundear.
Zêa, s. f. (ant. bot.) milho.
Zèba (ant.), s. f. cabra.
Zebbàre (tosc.), v. pôr calço ou cunha.
Zèbra, s. f. (zool.) zebra.
Zebràto, adj. zebrado, listrado, raiado, que tem riscos semelhantes às da pele da zebra.
Zebú, s. m. zebu ruminante bovino, próprio da África e da Ásia, geralmente corpulento, provido de uma bossa ou giba.
Zècca, s. f. lugar onde se cunham as moedas: casa da moeda **nuova di** ———: moeda nova, e (fig.) qualquer outra coisa nova.
Zêcca, s. f. carrapato que chupa o sangue dos animais, especialmente de cães e carneiros.
Zeccaiuòla, s. f. (zool.) grilo-toupeira, grilo que escava galerias debaixo da terra e prejudica as plantações.
Zeccàre (ant.), v. (tr.) cunhar moedas.
Zecchière, s. m. pessoa que trabalha na casa da moeda / pessoa que dirige a casa da moeda.
Zecchinêtta, s. f. lansquené ou lansquenete, antigo jogo de azar com três naipes.
Zecchíno, s. m. cequim, antiga moeda de ouro de Veneza e de outros estados italianos que circulou até o século passado / **oro di** ———: ouro puríssimo, e (fig.) verdade sacrossanta.
Zècola, s. f. bardana, bardâna ordinária, pega massa, planta que se agarra à pele do animal / (fig.) ninharia, bagatela.
Zèffiro, s. m. zéfiro, vento brando e agradável; brisa, viração.
Zeffíro (neol.), s. m. tecido leve de algodão ou de lã, usado especialmente para camisas.
Zeína, s. f. zeína, extrato aquoso da farinha de milho, reduzido a pó feito em grânulos alimentícios; proteínas do milho.
Zelamína, ou (**calomína**), s. f. calamina, carbonato de zinco natural.
Zelànte, adj. zelador, zelante / ativo, solícito, diligente.
Zelantemènte, adv. com zelo, zelosamente, cuidadosamente, diligentemente.
Zelantería (neol.), s. f. excesso de zelo, pedantismo.
Zelantône, adj. e s. m. (aum. e depr.) zelote, zelota, que tem ou finge zelos excessivos.
Zelàre, v. (intr.) zelar, ter zelo por, cuidar com desvelo, diligência, esmero / (tr.) propugnar, difundir, sustentar: ——— **la causa della libertà**.
Zelatôre, s. m. (f. **-trice**) zelador, aquele que zela, que cuida zelosamente / sustentador, defensor / pessoa que recolhe ofertas para igrejas, obras beneficentes, etc.
Zelíndo, n. pr. Zelindo.

Zèlo, s. m. zelo / afeição viva e ardente: cuidado, interesse, desvelo pelos interesses de qualquer pessoa ou coisa / atividade, entusiasmo, paixão.
Zêna (geogr.), nome dialetal de Gênova.
Zenaide, n. pr. (fem.) Zenaide.
Zenàide, s. f. (zool.) pássaro americano semelhante à rola.
Zendadíno, zendadúccio, s. m. (dim.) cendal de qualidade inferior.
Zendàdo e zendàle, (ant. e dial.), cendal, tecido fino, geralmente de seda / véu transparente.
Zendavèsta, s. m. (hist.) zenda-avesta, conjunto dos antigos livros sagrados dos persas atribuídos a Zoroastro.
Zêndico ou **zêndo**, s. m. zenda, zende, língua dos antigos persas.
Zènit, s. m. zênite / (fig.) o ponto mais elevado; ápice, fastígio, cúmulo.
Zenitàle, adj. relativo ao zênite; zenital.
Zèno, s. m. (zool.) inseto lepidóptero parasita.
Zenòbio, n. pr. Zenóbio.
Zenône, n. pr. Zenon.
Zènzero, zenzàvero, Zenzòvero, s. m. gengibre, planta herbácea, da família das zingiberáceas, cultivadas em certas regiões tropicais.
Zenzevaràta (ant.), s. f. composto de medicinais com gengibre / (fig.) mistura.
Zeolite, s. f. (miner.) zeólito.
Zeoscòpio, s. m. (quím.) zeoscópio, aparelho com que se determina a quantidade de álcool contida num líquido.
Zèppa, s. f. calço, cunha, pedaço de madeira que se põe por debaixo de um objeto para o fixar na posição desejada; trafulho / (lit.) rípio, palavra inútil e viciosa que se junta a um verso ou período que se quer melhorar / **mettere una** ———: remediar mais ou menos, consertar / desculpa, justificação / (dim.) **zeppetta, zeppollina**.
Zeppamènto, s. m. enchimento, abarrotamento, atulhamento; ação de encher.
Zeppàre, v. (tr.) atulhar, abarrotar, encher comprimindo, atulhar, empachar / (fig.) ——— **un libro d'inutile erudizione**: atulhar uma obra de erudição inútil.
Zeppàto, p. p. e adj. abarrotado, atulhado, cheio.
Zeppelin, s. m. zepelin, balão dirigível inventado pelo conde alemão Zeppelin.
Zèppo, adj. cheio, atulhado, abarrotado / **un libro** ——— **di error i pieno** ———: inteiramente cheio, repleto, apinhado.
Zeppolína, s. f. (dim.) pequeno calço / pequeno tafulho.
Zeppolíno, adj. (agr.) diz-se de uma variedade de uva preta da região do Chianti (Toscana).
Zerbineria, s. f. (raro) janotice, casquilharia, tafulice / conjunto de janotas.
Zerbinescamente, adv. à maneira dos janotas, dos petimetres, dos casquilhos.
Zerbinèsco (pl. **-èschi**), adj. de taful, de janota / afetadamente galanteador.

Zerbíno, s. m. (do nome de um personagem do "**Orlando Furioso**") jovem, galante, elegante; casquilho, taful, janota, almofadinha, pelintra / (dim.) **zerbinòtto**.
Zerene, s. f. (zool.) borboleta noturna parasita das plantas da família das ribesiáceas.
Zeriba, s. f. (do ár.) recinto de sebe robusta, com que se cercam e defendem habitações e campos na África.
Zèrla, s. f. antiga medida de vinho na Lombardia.
Zèro, s. f. (arit., do árabe) zero, cifra, algarismo em forma de O / (fig.) nada / pessoa ou coisa sem valor: **non vale uno** ———: não tem valor algum / (zool.) peixe de mar semelhante à sardinha, que se põe em conserva.
Zerolit, s. m. sistema de esterilização da água.
Zeròlo, s. m. lampuga, peixe marinho acantopterígio.
Zèta, s. f. ze (a letra zê) nome da última letra do alfabeto italiano / **dall'a alla** ———: do começo ao fim.
Zetàno, zetàni (ant.), s. m. tecido de seda grossa; tafetá.
Zetètico (pl. **-ètici**), adj. zetético (mat. e filos.), relativo ou concernente aos processos de investigação: investigativo.
Zèugma (pl. **-zèugmi**), s. m. (gram.) zeugma.
Zeugmàtico, adj. zeugmático, referente a zeugma.
Zeus (mit.), nome grego de Júpiter.
Zevedèra (ant., náut.), s. f. espécie de vela no espigão de certos navios.
Zèzzio, s. m. vibração do ar; assobio, sibilo de vento / repreenda.
Zía, s. f. tia / ——— **paterna**: tia paterna / ——— **materna**: tia materna / (dim.) **ziètta, ziúccia** (pej.) **ziàccia**.
Zibaldóne, s. m. mistura confusa de coisas diversas; mixórdia, mistifório / caderno em que se anotam sem muita ordem coisas diferentes, conforme vão acontecendo: calhamaço, cartapácio; borrador / (lit.) **Lo Zibaldone di G. Leopardi**, obra postuma.
Zibellíno, s. m. zibelina ou marta-zibelina, mamífero carnívoro / a pele desse animal.
Zibettàto, adj. perfumado de almíscar.
Zibètto ou **zibêto** (zool.), s. zibeta, mamífero da família dos viverrídeos, chamado também gato-de-algalia / almíscar; secreção odorífera de certas glândulas da zibeta / almiscareiro.
Zibíbbo, s. m. uva de grãos bastante grossos e muito doce, peculiar aos países orientais e à Sicília; come-se fresca e também se prepara como uva-passa / passa-uva.
Zièsco, adj. fest. de tio.
Zigàno, (do húng.) adj. e s. m. cigano.
Ziètta, ziína, s. f. **ziètto, ziíno**, s. m. (dim.) afetuoso de **zia** (tia) e **zio** (tio), tiazinha, tiozinho.
Zigàre, v. (intr., raro) chiar (o coelho).
Zigèna, zighèna, s. f. (zool.), zigena, pequena borboleta diurna.
Zigodàttili, s. m. (pl. zool.) **zigodáctilos**, o mesmo que trepadores.

Zigofillèe, s. f. pl. (bot.) zigofiláceas ou zigofíleas, família de plantas dicotiledôneas.

Zígolo, zívolo, s. m. (zool.) hortelão, pássaro da família "Fringilidae", também conhecido por nil, hortulana, etc.

Zígoma e pop. **zigomo**, s. m. (anat.) zigoma, o osso malar, pômulo, maçã do rosto.

Zigomàtico, adj. (anat.) zigomático / (pl.) **zigomátici**.

Zigrinàre, v. (tr.) granular peles ou papel como a lixa (esqualo).

Zigrinàto, adj. granulado como chagrém.

Zigrinatúra, s. f. granulação de couro ou papel.

Zigríno, s. m. chagrém, pele granulada, que se prepara, ordinariamente, com a pele de certos peixes do gênero esqualo, particularmente da lixa (espécie de gato marinho).

Zigzàg ou **zig-zàg**, s. m. ziguezague / andare a ———: andar aos ziguezagues, tortuosamente.

Zigzagheggiàre, v. (intr.) ziguezaguear.

Zillàre, v. (intr. raro) dar som áspero e forte (falando) à letra zê.

Zillo, s. m. (raro) voz de inseto.

Zimàllo, s. m. liga de alumínio com magnésio e zinco.

Zimargòlo, s. m. (med.) fermento metálico de prata coloidal, usado contra as infecções.

Zimàrra, s. f. samarra, espécie de veste sem gola que usavam os padres e certos professores e magistrados / sobreveste longa, sobretudo / **la romanza della vecchia** ———: (na Bohème de Puccini) / (dim.) **zimarrêtta, zimarrína**.

Zimási, s. f. zímase, diástese produzida pelo fermento da cerveja / zimose, fermento solúvel, como a pepsina, a pancreína.

Zímbalon, s. m. timbal ou tímbale, espécie de tambor de metal.

Zimbellàre, v. (tr.) atrair os pássaros por meio de chamariz / (fig.) enganar com promessas vãs; engodar, iludir.

Zimbellàta, s. f. engodo, isca, chamariz / sacudida do chamariz.

Zimbellatôre, s. m. (f. -tríce e -tôra) engodador, que, ou aquele que engoda / (fig.) enganador, burlador; zombador.

Zimbellatùra, s. f. burla, mofa, engano, motejo.

Zimbellièra, s. f. bastãozinho a que se amarra a ave que serve de chamariz.

Zimbèllo, s. m. chamariz, qualquer ave que serve de negaça / (fig.) engodo, expediente para iludir / (pop.) objeto de mofa, de escárnio ou zombaria: é lo ——— **dei compagni**.

Zimíno, s. m. espécie de molho que se faz de carne, e, mais especialmente, de peixe e bacalhau, preparado com diversos ingredientes / escabeche.

Zimmòca, s. f. esponja das costas africanas.

Zimògeni, s. m. pl. zimógenos, micróbios que determinam a fermentação dos corpos.

Zimología, s. f. zimologia, parte da química que trata da fermentação.

Zimòma, s. m. (quím.) zimoma, um dos princípios constituintes do glúten.

Zimòsi, s. f. zimose, fermentação.

Zimosímetro, s. m. zimozímetro, instrumento para apreciar o grau de fermentação de um líquido.

Zimotecnía, s. f. (quím.) zimotecnia.

Zimoterapía, s. f. zimoterapia, método terapêutico que consiste na ministração de fermentos sólidos.

Zimòtico, adj. zimótico, próprio de fermentação.

Zinàle, s. m. avental comprido.

Zincàio (pl. **-cài**), s. m. operário que trabalha em zinco.

Zincàre, v. (tr.) zincar, cobrir, galvanizar com zinco.

Zincàto, p. p. e adj. zincado, coberto ou revestido de zinco.

Zincatúra, s. f. zincagem, galvanização.

Zinchíte, s. f. (min.) zincita, óxido natural de zinco.

Zinco (pl. **zinchi**), s. m. zinco.

Zincografía, s. f. zincografia.

Zincogràfico (pl. **-àfici**), adj. zincográfico.

Zincògrafo, s. m. zincógrafo.

Zincotipía, s. f. zincogravura, zincografia.

Zincotipísta (pl. **-ísti**), s. m. zincógrafo.

Zíngara, s. f. cigana.

Zingarêsca, s. f. tzigana, sonata no gênero musical usado pelos ciganos.

Zingarêsco (pl. **-êschi**), adj. ciganesco, de cigano, de gitano.

Zíngaro, s. m. cigano / errante / adivinho, quiromante / gitano / tzigano, zíngaro, cigano músico.

Zínna, s. f. (dial. rom.) mama, teta.

Zinnàre, (dial. rom.) v. (tr.) mamar.

Zínnia, s. f. (bot.) zínia, gênero de compostas oriundas do México.

Zinziberàcee, s. f. pl. (bot.) gingiberáceas, família de plantas monocotiledôneas tropicais.

Zinzilo, s. m. (ant.) (bot.) gengibre.

Zinzinàre (ant.), v. (tr.) sorver, beber aos sorvos.

Zinzíno, s. m. um pouquinho, uma migalha; pedacinho, naco, bocado, fatia / sorvo, gole / **un** ——— **di tempo**: um nonada de tempo / (dim.) **zinzolíno**, nacozinho, poucochinho.

Zío (pl. **zii**), s. m. tio / (dim.) **zietto, ziuccio, titio**.

Zip (v. ingl.), s. m. fecho rápido, zipe (bras.) / (ital.) **chiusura lampo**.

Zipolàre, v. (tr.) tapar ou fechar a torneira do tonel.

Zípolo, s. m. tarugo, espicho, pau aguçado para tapar um buraco numa vasilha / (prov.) **fare di una lancia uno** ———: reduzir o muito a pouco.

Zirconàto, s. m. (quím.) zirconita, silicato de zircônio.

Zircône, s. m. (quím.) zircônio.

Zirlàre, v. (intr.) silvar, trucilar, assobiar (o tordo ou outros animais).

Zirlatôre, adj. e s. m. (f. **-tríce**) silvador, truciladror / chamariz (pássaro).

Zirlo, s. m. trilo, assobio breve e agudo do tordo.

Zíro, s. m. (voz tosc.) vaso de **terracota**, envernizado por dentro, usado geralmente para guardar o azeite.

Zíta, s. f. (p. us.) a letra Zê / moça solteira / donzela.
Zita (Santa), n. pr. Santa Zita (da cidade da Lucca) padroeira das criadas.
Zitèlla, s. f. moça solteira.
Zitellôna, s. f. (aum.) solteirona.
Zitèllo, s. m. (ant.) rapaz.
Zitellône, s. m. (burl.) solteirão.
Zitellonísmo, s. m. gênio, humor de solteirona.
Zíti, s. m. macarrão grosso e curto.
Zíto (ant.), s. m. criança / jovem.
Zito, s. m. bebida feita com cevada fermentada, semelhante à cerveja.
Zitotecnía, s. f. (técn., raro) a técnica do fabrico da cerveja.
Zittàre, v. (tr., dial.) calar, guardar silêncio.
Zittíre, (pr. -isco) v. (tr. e intr.) fazer psiu para impôr silêncio ou em sinal de desaprovação / **il pubblico cominciò a** ────: calar, guardar silêncio.
Zittíto, p. p. e adj. calado / obrigado a ficar calado por mostras de desaprovação.
Zítto, adj. calado, silencioso / **a tavola bisogna stare zitti / stare** ────: guardar silêncio / **alla zitta**: caladamente, de mansinho / (excl.) **zitto! zitti!** modo imperativo para intimar silêncio: silêncio! / (s. m.) **non si udiva uno zitto**: todo o mundo estava calado.
Zizzània, s. f. cizânia (ou zuzânia), joio (planta) / (fig.) discórdia: **spargere la** ────: semear a discórdia, a inimizade.
Zizzaniôso, adj. e s. m. cizanista, que semeia cizânia.
Zízzola, s. f. jujuba, fruto da jujubeira / (fig. e burl.) cáspite! caramba! / (fig.) pancada, surra.
Zízzolo, s. m. (zool.) zoanto, gênero de pólipos actinianos.
Zoantropía, s. f. zoantropia, monomania em que o doente se julga convertido nalgum animal.
Zoàrco, s. m. (hist.) chefe de soldados montados em elefantes.
Zòbi, n. pr. abrev. de Zenóbio.
Zòca, s. f. forma larval do caranguejo.
Zòccola, s. f. (zool.) rato-dos-esgotos / ratazana.
Zoccolàio, s. m. tamanqueiro, pessoa que faz tamancos.
Zoccolànte, adj. e s. m. que anda de tamancos / frade recoleto, da ordem dos reformados de S. Francisco.
Zoccolàre, v. tamanquear, fazer ruído com os tamancos, ao andar.
Zoccolàta, s. f. tamancada.
Zòcco (pl. **zòcchi**), s. m. tamanco / (arquit.) soco, parte inferior da base do pedestral.
Zòccolo, s. m. tamanco (calçado) / (zool.) casco, unha dos eqüinos, dos ruminantes e de outros quadrúpedes / (arquit.) parte inferior da base do pedestal / rodapé / parte mais baixa e saliente de um muro / soco, peanha / alicerce de um muro / base; arrimo, apoio / torrão (de terra) extirpado com toda a erva, céspede / planta do pé / (culin.) **fritatta con gli zoccoli**, fritada com presunto, salame / (dim.) **zoccolètto**, **zoccolíno**.
Zoccolône, s. m. grosseiro, bruto, rude.

Zodiacàle, adj. zodiacal, relativo ao Zodíaco.
Zodíaco (pl. **-íachi**), (astr.) Zodíaco.
Zoèpica, s. f. zooépica, epopéia em que tomam parte os animais: **la Batracomiomachia**.
Zòilo, s. m. (fig.) zoilo, crítico parcial, apaixonado e invejoso / detrator (de Zoilo, crítico parcial e invejoso de Homero).
Zolfàia, **solfàra**, **zolfatàra**, **solfatàra**, s. f. solfatara, enxofreira.
Zolfàio, s. m. pessoa que extrai e depura o enxofre.
Zolfanèllo, **solfanèllo**, s. m. fósforo de pau.
Zolfàre, **solfàre**, v. (tr.) enxofrar, polvilhar de enxofre; misturar enxofre a alguma coisa.
Zolfàta, **solfatúra**, s. f. enxofra, enxofração, enxoframento, ato de enxofrar.
Zolfatôre, adj. e s. m. (f. **-tríce**) que, ou aquele que enxofra: enxofrador.
Zolfatríce, s. f. enxofradeira, máquina para enxofrar.
Zolfatúra, s. f. enxofra, enxoframento, enxofração.
Zolfígno, adj. enxofronto, que encerra enxofre / que é da cor do enxofre; que tem aspecto de enxofre.
Zolfíno, adj. enxofrado / (s. m.) zolfino ou solfino, fósforo de pau.
Zôlfo, s. m. enxofre / ──── **nativo**: enxofre nativo ou vivo.
Zoliàno, adj. zoliano, referente ao escritor francês Emílio Zola.
Zòlla, s. f. torrão, terrão / porção pequena de terreno: **queste zolle di terra mi costano molto sudore** / (por ext.) a terra; território, pátria.
Zollàta, s. f. torroada, arremesso ou pancada de torrão.
Zollôso, adj. de terreno cheio, coberto de torrões: **terreno** ────.
Zombamênto, s. m. zombatúra, s. f. (tosc.) ação de bater zabumbando.
Zombàre, v. (tr. e intr. tosc.) bater fazendo atoada / surrar, bater / zabumbar.
Zombàta, s. f. surra, tunda, sova.
Zompàre, v. (intr., dial. rom.) saltar, saltitar / brincar.
Zompàta, s. f. (rom. e nap.) salto, pulo / duelo rusticano a facas.
Zompo, s. m. (dial. rom.) pulo, salto.
Zòna, s. f. faixa, banda, tira, cinta / (geogr.) zona, região / superfície esférica terrestre / zona (celeste, de guerra, montanhosa, crepuscular, etc.) / (telegr.) tira de papel.
Zonàle, adj. zonal, relativo à zona.
Zonàre, (ant.), v. (tr.) enfaixar.
Zonàto, adj. dividido em zonas / zonado, marcado, com listras, listrado.
Zônzo, s. m. usado com. na locução "**andare a** ────: andar sem objetivo, vaguear, perambular.
Zòo, (neol.) s. m. zôo, abr. de jardim zoológico.
Zoochímica, s. f. zooquímica.
Zoofagi, s. f. pl. zoófagos, animais que se alimentam de outros.
Zoofagía, s. f. zoofagia.
Zoofilía, s. f. zoofilia.
Zoofilo, adj. s. m. zoófilo.
Zoofisiología, s. f. zoofisiologia.

Zoofobia, s. f. zoofobia.
Zoogeografía, s. f. zoogeografia.
Zoografía, s. f. zoografia.
Zooiàtra, s. f. (pl. -àtri) zooiatro, veterinário.
Zooiatría, s. f. zooiatria, medicina veterinária.
Zooiàtrico, adj. zooiátrico, veterinário.
Zoolatría, s. f. zoolatria, culto religioso dos animais.
Zoolíto, s. m. zoólito, animal fóssil ou petrificado.
Zoología, s. f. zoologia.
Zoològico (pl. -ologi), adj. zoológico.
Zoòlogo (pl. -òlogi), adj. zoólogo, zoologista.
Zoomorfismo, s. m. zoomorfismo.
Zoonomía, s. f. zoonomia.
Zoonòsi, s. f. (med.) zoonose (hidrofobia, etc.).
Zoopedía, s. f. zoopedia, regras que ensinam a criar e a domar animais.
Zoopsía, s. f. zoopsia, alucinação em que os doentes julgam ver animais.
Zoòspora, s. f. zoósporo.
Zootecnia, s. f. zootecnia.
Zootècnico, (pl. ènici), adj. zootécnico.
Zootomía, s. f. zootomia, anatomia comparada dos animais.
Zootòmico, adj. zootômico.
Zootomísta (pl. -ísti), zootomista.
Zootròfico, adj. zootrófico, referente à nutrição dos animais.
Zootròpico (pl. -ci), s. m. zootrópio, aparelho que dá a ilusão do movimento pela persistência das sensações óticas.
Zoppàggine, s. f. manqueira, defeito do que é manco.
Zoppàre, v. (tr.) manquejar, coxear.
Zoppeggiàre, v. intr. manquejar um pouco, caminhar coxeando.
Zoppieamènto, s. m. manquejamento, manqueira.
Zoppicànte, p. pr. e adj. manquejante, que manqueja / **ragionamento** ——: raciocínio defeituoso, claudicante, vacilante.
Zoppicàre (pr. zòppico, zòppichi), v. (intr.) manquejar, coxear / (fig.) claudicar, vacilar, ser defeituoso.
Zoppicatúra, s. f. (raro) manqueira, coxeadura.
Zoppicóne, zoppicóni, adv. manquejando, coxeando; claudicando, vacilando.
Zoppína, s. f. doença contagiosa no casco dos bovinos e dos ovinos, que os impede de andar com regularidade.
Zòppo, adj. coxo, que coxeia; manco, aleijado / (fig.) errado, incompleto, defeituoso, vacilante, claudicante / (s. m.) pessoa coxa / (prov.) **chi pratica lo** —— **impara a zoppicare**: quem anda com manco aprende a manquejar / (ant.) **tornare a piè zoppo**: voltar de mãos vazias / (dim.) **zoppetto, zoppino, zoppettíno**, manquitolinha, mancozinho, capenguinha.
Zorílla, s. m. zorilha, mamífero da família dos mustelídeos.
Zoroastro, n. pr. Zoroastres ou Zaratustra, reformador da religião iraniana antiga.
Zòstera, s. f. zostera, planta da família das zosteráceas, marítima.
Zostère, s. m. (med.) zoster, erupção herpética cutânea / (arqueol.) zona, faixa, cinta / (mar.) vigamento de madeira ou de ferro, de proa a popa.

Zotèca, s. f. (hist.) zoteca, gabinete nas antigas habitações romanas, para o estudo, descanso ou sesta.
Zoticàggine, zotichêzza, s. f. rusticidade, rudeza, grosseria, incivilidade / **dire zoticaggini**: dizer grosserias.
Zoticamènte, adv. grosseiramente, incivilmente, rusticamente.
Zòtico (pl. zòtici), adj. grosseiro, rude, rústico; incivil, impolido, descortês / **maniere zotiche**: modos grosseiros / (dim.) **zotichíno, zotichètto**, um tanto incivil, um tanto grosseiro; (aum.) **zoticône**, grosseirão.
Zovílla, s. f. (zool.) espécie de doninha (gambá) africana e asiática.
Zòzza, s. f. bebida que é uma mistura de aguardente, mais rum e similares, que usam especialmente os povos nórdicos / cachaça.
Zuàva, s. f. casaquinho de mulher à zuava, curto e com a orla mais ou menos arredondada.
Zuàvo, s. m. (hist.) zuavo, soldado colonial francês / soldado pontifício, de uniforme semelhante ao dos zuavos.
Zúcca, s. f. abóbora, fruto da aboboreira / aboboreira (a planta) / cabaça, abóbora esvaziada e usada como vasilha para líquidos / (fig.) cabeça, cachola / **uomo di** —— **vuota**: homem de cachola (cabeça) vazia / (dim.) **zucchètta, zucchina, zucchettina**, aboborazinha, cacholazinha / (aum.) **zuccône**, abóbora grande / (depr.) **zuccàccia**.
Zuccàia, s. f. aboboral, plantação de abóboras.
Zuccaiuòla, s. f. nome vulgar toscano do grilo-toupeira / (ital.) **grillotalpa**.
Zuccàta, s. f. pancada com a cabeça: cabeçada.
Zuccheràccio, s. m. (pej.) açúcar mascavo.
Zuccheràggio, s. m. operação de adicionar açúcar aos mostos pobres de substâncias açucaradas.
Zuccheràre, v. (tr.) açucarar, adoçar com açúcar / (pr.) **zúcchero**.
Zuccheràto, p. p. e adj. açucarado, que levou açúcar / (fig.) **paroline zuccherate**: palavras melosas, adocicadas.
Zuccherièra, zuccherièra, s. f. açucareiro, vaso em que se serve o açúcar.
Zuccherière, s. m. açucareiro, fabricante de açúcar / operário que trabalha em fábrica de açúcar.
Zuccherífero, adj. que contém açúcar; sacarino.
Zuccherifício, s. m. estabelecimento onde se fabrica o açúcar; engenho (bras.).
Zuccherino, adj. açucarado, que contém açúcar, sacarino; doce como açúcar / (s. m.) qualquer doce ou outra coisa feita de açúcar; bala; rebuçado / (fig.) coisa agradável.
Zùcchero, s. m. açúcar —— **di canna**: açúcar de cana / —— **di barbabietola**: açúcar de beterraba / (fig.) doçura, maneiras doces, suaves / **essere una pasta di** ——: ser amável, gentil, bondoso / **pane di** ——: pão de forma piramidal.
Zuccheróso, adj. açucarado, que contém açúcar, que abunda de açúcar; sacarino.

Zucchètta, s. f. (dim.) abóbora pequena / cabacinha; aboborazinha; abobrinha (bras.).
Zucchettína, s. f., **zucchettíno**, s. m. aboborazinha ainda não crescida.
Zucchètto (ant.), s. m. (ecles.) barrete, cobertura quadrangular para cabeça de clérigo: solidéu.
Zucconàggine, s. f. burrice, burriquice, escassez de inteligência / asneira, disparate.
Zucconàre, v. (tr.) rapar, cortar o cabelo rente ao couro cabeludo.
Zuccône, s. m. testudo, testarudo, que tem cabeça grande / (fig.) cabeçudo, teimoso, duro de inteligência; burro.
Zuccòtto, s. m. abóbora oca, para recipiente / (ant.) peça da armadura que defendia a cabeça / espécie de peruca.
Zúffa, s. f. briga, contenda / (mil.) combate encarniçado corpo a corpo / (dim.) **zuffètta, zuffettína**, rixinha, briguinha.
Zufolamento, s. m. silvo, assobio.
Zufolàre, v. intr. tocar pífaro / silvar, assobiar / (tr.) murmurar, assoprar alguma coisa ao ouvido de alguém / (ant.) cravar, plantar palafitar / (pr.) zúfalo.
Zufolàto, p. p. e adj. assobiado / sussurrado, murmurado.
Zufolatôre, s. m. (f. -tríce) assobiador / (fig.) murmurador, assoprador.
Zufolío (pl. -lii), s. m. assobio prolongado / zumbido; zunzum (bras.).
Zúfolo, s. m. pífaro / silvo, assobio / (fig.) espião / (dim.) **zufolêtto, zufolíno**.
Zúgo (pl. zúghi), s. m. bolinho frito / (fig.) tolo, simplório.
Zulú, s. m. (pl.) zulu, zulo, povo africano que habita a Zululândia / (fig.) pessoa inculta, selvagem.
Zúm, zúnnene, voz imitativa do som do bombo ou dos pratos na banda de música: bumbum.
Zupàno, s. m. nome dos antigos governadores dos reinos de Sérvia e Croácia.
Zúppa, s. f. sopa de pão / ——— **di brodo, di carne, di latte**, etc. sopa de caldo, de carne, de leite, etc. / **chi vuol far l'altrui mestiere fa la zuppa nel paniere**: quem se mete em coisas que não entende, perde seu tempo e trabalho / (fig.) confusão, misturada / (dim.) **zuppètta, zuppína, zuppettína** / (aum.) **zuppôna, zuppône**.
Zuppàre, v. (tr.) fazer a sopa, fazer em sopa; ensopar, molhar, empapar num líquido.
Zuppàto, p. p. e adj. ensopado.
Zuppièra, s. f. sopeira.
Zúppo, adj. ensopado, molhado, banhado.
Zurlàre, v. (intr.) tripudiar, correr, saltar, brincar (diz-se especialmente de crianças).
Zúrlo, s. m. alegria, alvoroço / (ant.) desejo veemente, cobiça; exaltação.
Zuzzurellône, zuzzurullône, s. m. (f. -ôna) criançãn, folgazão, brincalhão.
Zuzzurlône, s. m. (pop. tosc.) bobalhão.

SIGLAS E ABREVIATURAS

A

A, (arqueol.) **Augusto, Augustali**, e nas votações diante dos tribunais romanos, **absòlvo** / na numeração romana indica o número 500; e com um traço por cima vale 5.000 / (mús.) contralto / **Ampére**, unidade de medida elétrica / (jogo), ás / (heráld.) **Altezza**, (Alteza), título / (geogr.) **Austral** / (corr.) **assicurata, carta registrada** / (aut.) **Aústria**, nas placas automobilísticas estrangeiras.

aa (farm.) nas receitas, aná, para indicar que de um determinado remédio tem que ser distribuída uma parte igual em cada comprimido ou pastilha.

A.A.M.S. Amministrazione Autonoma dei Monopoli di Stato.

A.A.R.N. (mil.) Arma Aerea, Ruolo Naviganti.

A.A.R. Spec. (mil.) Arma Aerea Ruolo Speciale.

A.A.S.S. Azienda Autonoma Statale della Strada.

ab. Abitanti.

ac. (quím.) símbolo do actínio.

a. c. ano corrente.

A. C. (com.) assegno circolare / (ecles.) Camera Apostolica.

acc. e accel. (mús.) accelerando.

Acc. Accademia, Accademico.

A. C. I. Azione Cattolica Italiana / Aviazione Civile Italiana / Automobile Club italiano.

A. C. I. S. Alto Comissario per l'ígiene e la Sanità.

A. C. L. I. Associazione Cristiana Lavoratori Italiani.

ad (mús.) **adagio**.

A. D. Anno Domini (no ano da vinda de Cristo).

ad lib., (mús.) à vontade (a piacere).

A. E. I. O. U. Austria est Imperare orbi universo (à Áustria compete dominar o mundo) mote da casa de Absburgo.

a. f. (eletr.) alta frequencia.

Aff (mús.) **affrettando** / no fecho das cartas **affezionatissimo**.

AG., Agrigento, nas placas automobilísticas.

A. G. I. P. Azienda Generale Italiana dei Petroli.

AGIS, Associazione Generale Italiana dello Spettacolo.

agit. (mús.) **agitato**.

A. I. Aeronautica Italiana.

A. I. E. Associazone Italiana degli Editori.

AI (quím.) símbolo do alumínio.

AL. (aut.) **Alessandria**, nas placas automobilísticas / **Albania**, nas placas automobilísticas estrangeiras.

alb., albergo.

alg. algebra.

ALI, Aviolinee (linhas aéreas) Italiane.

all. (mús.) **allegro**.

all. to, (mús.) **allegretto.**

alt. altezza, altitudine (altura, altitude).

a. m. antimeridiano (antemeridiano).

A. M. Aeronautica Militare, nas placas automobilísticas.

A. M. D. G., (ecles.) **Ad Maiòrem Dèi Giòriam** (à maior glória de Deus).

AMGOT, Allied Military Government Occupied Territory — Governo militare alleato per i territori occupati.

AMIG, Associazione Mutilati e Invalidi di Guerra.

Amm, Ammiraglio (almirante).

AN., (aut.) **Ancona**, nas placas automobilísticas.

ANAS, Azienda Nacionale Autonoma della Strada.

A. N. C., Associazione Nazionale dei Combattenti.

and., (mús.) **andatino**.

ANIC, Azienda Nazionale Idrogenazione Carburanti.

anim. (mús.) **animato**.

A. N. L., Accademia Nazionale dei Lincei.

anniv., anniversario.

A. N. P. I., Associazione Nazionale dei Partigiani Italiani.

A. N. S. A., Agenzia Nazionale Stampa Associata.

ant., antimeridiano.

A. N. Z. U. S., Pacto do Pacífico, entre a Austrália, Nova Zelândia e os Estados Unidos da América do Norte.

AO, (aut.) **Aosta**, nas placas automobilísticas.

AP., (aut.) **Ascoli Piceno**, nas placas automobilísticas / **Albo Professionale** / **Alto Patronato**.

approv., approvato.

A. P. R. M., nas lápides, ad perpetuam rei memoriam.

AQ., (aut.) **Aquilla**, nas placas automobilísticas.

Ar. (quím.) **Argo** ou **Argon**, símbolo químico.

AR., (aut.) **Arezzo**, nas placas automobilísticas.

A. R., **Altezza Reale** / (no pl.) **AA. RR.** / (ferr.) **andata e ritorno** (ida e volta).
ARC, (ecles.) **Arcivescovo**.
arch. **architetto**.
ARMA, I. R., **Armata Italiana in Russia**.
arp., (mús.) **arpeggio**.
As., (quím.) símbolo do arsênico.
AT., (aut.) **Asti**, nas placas automobilísticas.
a T., (mús.) **a tempo**.
Au. (quím.) símbolo do ouro (do latim àurum).
a. U. C. (arqueol.) **ab Urbe còndita**, da fundação de Roma.
a. v. (abr. lat.) **ad-vocem, (alla voce)** à voz, veja-se no vocábulo tal.
AV., (aut.) **Avellino**, nas placas automobilísticas.
A. V. I. S., **Associazione Volontari Italiani del Sangue**.
avv., **avvocato**.

B

B (arit.) entre os romanos significava a número 300, e com um traço em cima 3.000 / (geogr.) **boreal** / (mús.) **basso** / (quím.) símbolo do boro / (aut.) **Belgio** (Bélgica) nas placas automobilísticas estrangeiras.
Ba., (quím.) símbolo do bário.
BA., (aut.) **Bari**, nas placas automobilísticas.
B.A. **Belle Arti** / **Brigata Aerea**.
banch., **banchiere**.
Bar., **barone** (heráld.).
B. B. C., **British Broadcasting Corporation** (Società Radiofonica Britannica).
B.C., (mús.) **basso continuo**.
Be, (quím.) símbolo do glicínio.
B. E. A. **British European Airways**, impresa di Trasporti Aeri della Gran Bretagna.
b. f. (eletr.) **bassa frequenza** (baixa freqüência).
BG., (aut.) **Bergamo**, nas placas automobilísticas / **Bulgaria**, nas placas automobilísticas estrangeiras.
Bi, (quím.) símbolo do bismuto.
BI., **Indie Britanniche**, nas placas automobilísticas estrangeiras.
bibl. **bibliografia, biblioteca**.
B. I. T., **Bureau International du Travail, Ufficio Internazionale del Lavoro**, com sede em Genebra.
BL., (aut.) **Belluno**, nas placas automobilísticas.
B. M., **Buona Memoria** (falando de pessoa felecida.
BO., (aut.) **Bologna**, nas placas automobilísticas.
B. P., (ecles.) **Basílica Pontificia**.
B. Q. **bène quièscat** (nas incrições lapidárias) — descanse em paz.
BR., (aut.) **Brindisi**, nas placas automobilísticas.
Br., (quím.) símbolo do brômio.
brev. **brevetto**.
brill., (mús.) **brillante**.
bross., **brossura** (brochura, livro em brochura).
BS., (aut.) **Brescia**, nas placas automobilísticas.
btg., **battaglione** (mil.).
btr., **batteria** (mil.).
B. U. **Bollettino Ufficiale**.
B.V. (ecles.) **Beata Vergine**.
B. V. M. (ecles.) **Beata Vergine Maria**.
BZ., (aut.) **Bolzano**, nas placas automobilísticas.

C

C, (arqueol.) **Caio, Cesare, conscriptus** (inscrito, e era o título que se dava a uma parte dos Senadores Romanos); **cònsul** (console), **cènsor** (censore), **càlendas** (calende, o 1º dia do mês), **civis** (cittadino), **civitas** (la cittadinanza, a cidadania) / nas votações dos Romanos, diante dos tribunais, **condèmno** (condanno) / **capovolto** (invertido) nas inscrições / na numeração romana 100, e com um traço em cima 1.000 / (heráld.) **conte** (conde) / (quím.) símbolo do carbono / (mús.) **battuta** / (ecles.) congregação; ao lado de um nome de santo, Confessor / (aut.) **Cuba**, nas placas de automóveis estrangeiros.
c. (com.) **conto**.
Ca., (quím.) símbolo do cálcio.
CA., (aut.) **Cagliari**, nas placas automobilísticas.
Ca. A., **Camera Aulica**.
cab., **cablogramma**.
cad., **cadauno**.
caf., (com.) **cost and freigt** (costo e nolo), senza assicurazione.
C. A. I. **Club Alpino Italiano**.
cal., (mús.) **calando**.
can. co, (ecles.) **canònico**.
cant., (mús.) **cantàbile**.
cap., **caporale** / **Cap. magg. caporal maggiore**.
Cap., **capitolo** / (mil.) **capitano**.
carr., (mil.) **carrista**.
cat., **catálogo**.
cav., **cavaliere**.
Cav. d. lav., **Cavaliere del Lavoro**.
Cav. Gr. Cr., **Cavaliere di Gran Croce**.
Cav. Uff. **Cavaliere Ufficiale**.
CB., (aut.) **Campobasso**, nas placas automobilísticas / **Congo Belga**, nas placas de automóveis estrangeiros.
C. B., (mús.) **contrabasso**.
C. C., nas inscrições **Caesàribus**, aos Césares ou **carissimae cònuigi à** querida mulher / **Carabinieri**, especialmente nas placas automobilísticas.
c. c., **conto corrente**.
C. C. **Commissione Centrale** / (jur.) **Corte Costituzionale; Codice Civile** / (eletr.) **corrente contínua** / (mús.) **col canto** / (aut.) **Corpo Consolare**.
C. Co., (for.) **Codice di Commercio**.
C. C. V. V., (arqueol.) nas inscrições **chiarissimi viri**, homens ilustres.
Cd., (quím.) símbolo do cádmio.
C. D., **Comitato Direttivo** / **Consigliere delegato** / **Corpo Diplomatico**, nas placas automobilísticas.
C. D. A., (mil.) **Corpo D'Armata**.
C. d. C., (jur.) **Codice di Commercio**.
c. d. d. (mat.) **como dovevasi dimostrare**.
C. D. G., **Compagnia di Gesú**, ordine religioso dei Gesuiti.
C. d. L., **Camera del Lavoro**.

C. d. R., Cassa di Risparmio (Caixa Econômica).
Ce., (quím.) símbolo do cério.
CE., (ant.) Caserta, nas placas automobilísticas.
CE., Consiglio Esecutivo / (polit.) Consiglio Europeo.
C. E. C. A., Comunità Europea per il Carbone e per L'Acciaio.
ced., (banc.) cedola.
Ce. kà, antiga polícia de Estado na Rússia Soviética, substituída depois pela GHE, pe. u.
CEN., (arqueol.) centurione (nas inscrições).
C. E. R. N., Centro Europeo per le Ricerche Nucleari.
C. F., (mús.) canto fermo.
cfr., confronta.
C. G., Console Generale.
C. G. I. L., Confederazione Generale Italiana del Lavoro.
C. G. S., sistema de medição científica baseado nas três unidades fundamentais, o centímetro, o grama e o segundo.
CH., Chieti, nas placas automobilísticas / Confederazione Svizzera (Suíça) nas placas automobilísticas estrangeiras.
C. I., (jur.) Consigliere istruttore.
C. ia., Compagnia.
C. I. C., (hist. rom.) Caio Giulio Cesare.
cif., (com.) cost insurance freigt, o custo incluindo o frete e o seguro (il nolo e l'assicurazione).
C. I. M., Centro Italiano della Moda.
C. I. O., Comitato Internazionale Olimpico.
C. I. P., Comitato Interministeriale dei Prezzi.
C. I. R., Comitato Interministeriale de la Ricostruzione.
C. I. S. A. C., Confederazione Internazionale Delle Società d'Autori e Compositori (com sede em Paris).
C. I. S. L., Confederazione Italiana Sindacati Lavoratori.
C. I. T., Compagnia Italiana Turismo.
Cl., (quím.) símbolo do cloro.
CL., Caltanissetta, nas placas automobilísticas.
C. L., Commissione Legislativa.
clar., (mús.) clarinetto.
C. L. N., Comitato di Liberazione Nazionale.
C. L. N. A. L., Comitato di Liberazione Nazionale dell' Alta Italia.
CL. V., (arqueol.) clarissimu vir (nas inscrições), homem ilustre.
c. m., corrente mese.
C. M., Circolo Ministeriale.
cmc., centímetro cúbico.
CN., Cúneo, nas placas automobilísticas.
C. N. R., Consiglio Nazionale delle Ricerche.
Co., (quím.) símbolo do cobalto.
Co., Como, nas placas automobilísticas / Columbia, nas placas de automóveis estrangeiros.
cod., codice / cod. cart. codice cartáceo / cod. perg. codice pergamenaceo.
Col., (mil.) Colonnello.
com., (mar.) comandante.
comm., commendatore.
C. O. N. I. Comitato Olimpico Nazionale Italiano.
cons. Consigliere.

COR., (arqueol.) Cornelio.
cos., (mat.) coseno.
Cos., (arqueol.) Console; no pl. i consoli.
cosec., (mat.) cosecante.
COSS. (arqueol.) consoli.
cot., (mat.) cotangente.
Cp., (quím.) símbolo do lutécio (cassiopeo o lutezio).
c. p., cartolina postale.
C. P., casella (caixa postal) / (jur.) Codice Penale / (mar.) Capitaneria di Porto / Consiglio Provinciale.
C. P. C., Codice Procedure Civile.
C. P.M., Codice Procedura Militare.
c. p. r., con preghiera di restituzione.
cpv., capoverso.
Cr., (quím.) símbolo do cromo.
CR., (arqueol.) Civis Romànus, cittadino romano / (ecles.) clérigo regular / Cremona, nas placas automobilísticas.
C. R. A. L., Circolo Ricreativo Assistenza Lavoratori.
cresc., (mús.) crescendo.
C. R. I., Croce Rossa Italiana, nas placas automobilísticas.
C. R. L., (ecles.) Canonico Regolare Lateranense.
Cs. (quím.) símbolo do césio.
CS. Cosenza, nas placas automobilísticas / Cecoslovacchia, nas placas de automóveis estrangeiros.
c. s. come sopra.
C. S., Collegio Sindicale / Comando Supremo / Consiglio Superiore.
C. S. C., Centro Sperimentale di Cinematografia, Roma.
C. S. D., Commissione Suprema di Difesa.
Cs. IP., César Imperàtor, Cesare Imperatore.
C. sq., capo squadra.
c. ssa., contessa.
CT., Catania, nas placas automobilísticas.
C. T. I., Consociazione Turistica Italiana.
c. to., c. te conto corrente.
Cu., (quím.) símbolo do cobre (do latim cúprum).
c. v. (mús.) con la voce.
C. V., cavallo vapore.
c. v. d. come volevasi dimostrare.
C. V. L. Corpo Volontari della Libertá.
C. X., (hist.) Consiglio dei Dieci (Conselho dos Dez) di Venezia.
CZ., Catanzaro, nas placas automobilísticas.

D

D, (arqueol.) Décius, Decimus, decuria, decurione, dedicavit (dedico), décit (diede), dies (giorno), (Dio) Deus, divus (divino), dòminus (signore) / D, número romano 500; com um traço por cima 5.000 / Domenica (domingo) / Don, diante de nome de pessoa nobre ou sacerdote / Germania, nas placas de automóveis estrangeiros.
D. A., (arqueol.) divus Augustus, o divino Augusto.
D. A., (aut.) Danzica (Danzigue) / D. A. Cos. difesa area costiera.

dag., decagrammo (decagrama).
dal., decalitro.
dam., decâmetro.
dan., danese.
D. B. I., (arqueol.) Diis bène iuvàntibus (com a ajuda dos deuses).
D. B. S., (arqueol.) de bònis súis, às suas custas.
d. c., (mús.) da capo.
D. C., Democrazia Cristiana (partido político Italiano).
D. C. d. G., della Compagnia di Gesú.
D. C. G., Decreto del Capo del Governo.
D. cr., (mil.) divisione corazzata.
D. C. S., Decreto del Capo della Stato.
DCT., (arqueol.) detráctum (tolto, tirado, tomado).
D. D., (ferr.) direttissimo.
D. D., (arqueol.) dònum dèdit, diede in dono / Direzione delle Dogane (Alfândegas).
D. D. D., nas inscrições: dà, dona e dedica / Direzione delle Dogane (alfândegas).
D. D. D. D., (arqueol.) dígnum dèo dònum dicàvit (consagrou a Deus um presente digno).
DD. NN. (arqueol.) dòmini nòstri, os nossos senhores.
D. D. T., (quím.) Detefon (inseticida).
dec., (med.) nas receitas decotto, decozione (decocto, decocção).
decr., (mús.) decrescendo.
dev., devoto, no final das cartas.
D. F., Diritto Finanziario.
dg., decigrammo (decigrama).
D. G., Direzione Generale.
D. G. V., Direzione Geneanle Valute.
didasc., didascalia, didascalico.
dil., nas receitas; diluito (diluído).
dim., (mús.) diminuendo.
dipl., diploma.
dir., diritto / (ferr.) diretto (trem rápido).
dis., disposizione / Disegno.
Distr., (mil.) Distretto.
dl., decilitro.
D. L., Decreto Legge.
dm., decímetro.
doc., documenti.
dol., (mús.) dolce.
D. O. M., Dèo òptimo màximo (a Deus ótimo e máximo).
dott., Dottore.
D. P., (ecles.) De Profundis / Decreto Penale / Decreto Presidenziale.
D. S., dal segno.
d. u. j., dòctor utriúsque júris (doutor em ambos os direitos).
Dy, (quím.) símbolo do disprósio.

E

E, (arqueol.) Énnius (Ennio, Ênio; èrexit (erese, erigui; edile età, edil idade) / entre os romanos indicava o número 250; e, com um traço por cima 250.000 / a(ut.) Spagna (Espanha) nas placas de automóveis estrangeiros.
E. A., Ente Autônomo.
E. A. C., Ente Autonomo Consumi.
E. C. A., Ente Comunale di Assistenza.
Ecc., Eccellenza.
ecc., eccetera (etcetera).
eccl., eclesiástico.
Ed., (arqueol.) editto, edicto, édito, edital.
EE., (aut.) Escursionisti Esteri, nas placas de automóveis estrangeiros matriculados provisóriamente na Itália.
eff., effetti / effettivo.
Egr., Egregio.
E. I. Esercito Italiano, nas placas automobilísticas.
EIST., Ente Italiano Scambi Teatrali.
Em., (quím.) símbolo da emanação / (ecles.) Eminência (Eminenza).
Em. mo, Eminentissimo.
EN., Enna, nas placas automobilísticas.
ENAL., Ente Nazionale Assistenza ai Lavoratori.
E. N. B. P. S., Ente Nazionale per le Biblioteche Popolari e Scolastiche.
ENE., (geogr.) Est-Nord-Est (este-norte), este (ou leste).
E. N. I., Ente Nazionale Idrocarburi.
E. N. I. C. Ente Nazionale Industrie Cinematografiche, Roma.
ENIT., Ente Nazionale Industrie Turistische.
E. N. M., Ente Nazionale della Moda, Torino.
E. N. P. A., Ente Nazionale per la Protezione degli animali.
eq., (mat.) equação (equazione).
EQ., Equador, nas placas de automóveis estrangeiros.
EQ. M., (arqueol.) èquitum magister, comandante da cavalaria.
EQ. O. (arqueol.) equèster òrdo, a ordem dos cavaleiros.
Er., (quím.) símbolo do érbio (metal).
E. R. P., Programma di Ricostruzione Europea (European Recovery Program).
escl., esclamativo.
ESE., (geogr.) Est-Sud-Est (leste-sul-leste).
espres., (mús.) expressivo.
est., estensore (extensor.).
ET., Egitto (Egipto) nas placas de automóveis estrangeiros.
etc., etcetera.
E. U. V. N. V. U. E., (arqueol.) nas salas de jantar èda ut vivas, ne vivas ut èdas (coma para viver, não viva para comer).
E. V., (cron.) Era volgare / Eccellenza Vostra.
EW., Estonia, nas placas de automóveis estrangeiros.
exèmpli càusa, por exemplo.

F

F, (arqueol.) Fabio / fecit (fece, fez) / família / fastus (giorno fasto), dia fausto / febbraio, fevereiro / felicemente (felizmente); filius ou filia, figlio o figlia, filho ou filha / flamen (sacerdote); forum (praça) ≮ num. rom. 40, e com um traço sobreposto 40.000 / (quím.) fluoro, flúor / (mús.) forte / (aut.) França, nas placas de automóveis estrangeiros / (farm.) flant, avie, faça-se.
fam., familiar, família.
farm., farmacia, farmacista.
fatt., (com.) fattura, fatura.
F. B., (arqueol.) fòrum boàrium, mercado dos bois.
F. C., (arqueol.) faciènndum curàvit, fez executar.

F. co., franco, franco porto.
Fe., (quím.) símbolo do ferro.
FE., Ferrara, nas placas de automóveis.
fem., (com.) femminile, feminino.
F. e. m. força eletro-magnética.
ferr., ferrovia.
F. E. R. T., no emblema da Casa Savóia e no Colar da Annunziata, Fortitudo éius Rhodúm Tènuit (a sua força deu-lhe a ilha de Rodes).
ff., facente funzione.
FF., (mús.) fortíssimo / (ecles.) fratelli, irmãos, de congregações, etc.
F. F., (arqueol.) filius familias, filho de família.
FFF., (mús.) extremamente forte. (mais forte que a fortuna e o destino).
F. F. F., (arqueol.) fártior fortúna fàto.
FFQ., (arqueol.) fíliis filiabúsque (aos filhos e às filhas).
F. F. S. S., Ferrovie dello Stato.
FG., Foggia, nas placas automobilísticas.
FI., Firenze, nas placas automobilísticas.
F. I. NE. BE. L., União Econômica entre a França, a Itália, a Holanda, (Neederland), a Bélgica e o Luxemburgo.
FIOM, Federazione Impiegati e Operai Metallurgici.
FL., (quím.) símbolo do flúor.
FL., (aut.) Liechtenstein, nas placas dos automóveis estrangeiros.
F. l. a., nas receitas médicas, fiat lège àrtis (a execução da receita seja feita segundo as regras da arte).
f. m. fine mese.
FO., Forlí, nas placas automobilísticas.
fob., (com. free of board) franca a bordo (entrega a bordo livre de gastos) (mercadorias).
fp., (mús.) prima forte e poi piano.
F. Q., (mil.) fuori quadro.
fr., (ecles.) frate, fratello frade, irmão.
Fr. F., franco francês, moeda da França.
FR., Frosinone, nas placas automobilísticas.
Fr. s., franco suíço (svizzero) moeda da Suíça.
F. S., Ferrovie dello Stato.
F. s. a., nas receitas, fiat secúndum àrtem, seja feita com todas as regras.
F. U. C. I., Federazione Universitaria Cattolica Italiana.

G

G, (arqueol.) Gallia, Germania, Gàius, Gellius / Giovanni, Giuseppe / (com.) entre os Romanos indicava o número 400 e, com um traço sobreposto, 400.000 / Guatemala, nas placas de automóveis estrangeiros.
g., giorno (dia) / nas receitas médicas: grani, grãos.
Ga., (quím.) símbolo do gálio.
G. A. Giunta Amministrativa / Gênio Aeronáutico / como abreviação de nome, Giuseppe Antonio ou Giovanni Antonio.
G. A. D., Gruppo Arte Drammatica.
G. A. P., Gruppo d'Azione Partigiana.
G. B., Gran Bretagna, nas placas de automóveis estrangeiros / como abreviaturas de nome, Giovanni Battista.
G. B. A., Isola D'Aurigny, nas placas de automóveis estrangeiros.
G. B. J., Jersey, nas placas de automóveis estrangeiros.
G. B. Y., Malta, nas placas de automóveis estrangeiros.
G. B. Z., Gibilterra (Gibraltar), nas placas de automóveis estrangeiros.
G. C., (ecles) Gesú Cristo / Gran Croce (ordem cavalheiresca) / Genio Civile / Giulio Cesare.
Gd., (quím.) símbolo do gadolínio.
G.D., como abreviatura de nome, Gian Domenico / (heráld.) Granduca.
G. d. F., Guardia di Finanza, nas placas automobilísticas.
Ge., (quím.) símbolo do germânio (metal raro).
GE., Genova, nas placas automobilísticas.
G. E., Giovani Esploratori (escoteiros).
Gen., (mil.) generale.
Ge. sta. po., Geheime Staatliche Polizei, polícia secreta política, na Alemanha nazista; Ghestapo, pronúncia italiana.
G. G., Gian Giacomo.
G. G. FF., Guardie Forestali.
G. G. FF., Guardie Nobili.
Ghe. Pe. U., polícia secreta russa.
G. I., Giudice Istruttore.
giur., giurisprudenza, giurista.
GL., (quím.) símbolo do glucínio.
G. L., (arqueol.) gènio lòci, ao gênio (divindade) do lugar.
gliss, (mús.) fr. glisser, deslizar.
G. M., (mil.) Genio Militare / Gran Maestro ou Gran Magistero, de ordem cavalheiresca / Guardia Marina / Guardia Medica / como abreviatura de nome; Giovanni Maria, Giuseppe Maria.
G. N., (mil.) Genio Navale.
GO., Gorizia, nas placas automobilísticas.
G. P., Giunta Provinciale / Gratuito Patrocinio / Guardia Platina / nas abreviaturas de nomes, Gian Pietro, Gian Paolo.
G. P. A., Giunta Provinciale Amministrativa.
G. Q. G., (mil.) de um exército em guerra, Gran Quartiere Generale.
gr., grama.
GR., Grosseto, nas placas de automóveis / Grecia (Grécia), nas placas de automóveis estrangeiros.
graz., (mús.) gazioso.
Gr. Cord. Gran Cordone (ordem cavalheiresca).
Gr. Uff., Grande Ufficiale (ordem cavalheiresca).
G. U., Gazzetta Ufficiale (Diário Oficial) / (mil.) Grande Unità.
G. V., (ferr.) Grande Velocità.

H

H, (quím.) hidrogênio / (mús. ant.) si / (arqueol.) hàbet, ha (tem) / hic, qui (aqui) / entre os romanos indica o número 200, e com um traço sobreposto 200.000 / bomba H., bomba de hidrogênio / nas placas de automóveis estrangeiros, Ungheria (Hungria).
h., (cron.) ora, hora.
Ha., (arqueol.) Adriano.
He., (med.) hemoglobina.
He., (quím.) símbolo do hélio.

H. E., (arqueol.) hoc est, cioè, isto é, a saber.
Her., (arqueol.) haerèditas, eredità, (herança).
HERCH, (arqueol.) Ercole; Hércules, consagrado a Hércules.
Hf., (quím.) símbolo do háfnio (metal raro).
Hg. (quím.) símbolo do mercúrio (do lat. hidrargirium).
H. M. AD. H. N. T., nas tumbas romanas: hoc monumèntum ad haeredes non transit, este sepulcro não passa aos herdeiros.
Ho., (quím.) símbolo do hôlmio.
HOS., (arqueol.) hòspes, ospite: hóspede.
H. P., (horse power) cavallo vapore: cavalo-vapor.
H. S., serterzio, sestércio, moeda romana de prata.

I

I, (arqueol.) Iunius, Iulius, Iupiter (Giove); imperàtor (general-chefe e imperador / (quím.) iôdo / na numeração romana vale 1 (um) ou primeiro / (aut.) Itália, nas placas automobilísticas.
IAN., Januàrius, gennaio (janeiro).
I. A. T. A., Associação Internacianl para o Tráfego Aéreo.
I. A. U., Internacional Astronomical Union, União Astronômica Internacional; Copenhaga.
ibid., ibídem, no mesmo lugar, na obra já antes citada.
IC., (arqueol.) iurisconsúltus, jurisconsulto.
ICS., Istituto Centrale di Statistica / Italia che scrive, jornal de bibliografia.
ID., (arqueol.) Gli Idi, os idos.
id., idem, como acima; o mesmo.
I. D. I., Istituto del Dramma Italiano.
I. d. L., Ispettorato del Lavoro.
I. G. E., Imposta Generale sull'Entrata.
I. G. M., Istituto Geográfico Militare.
I. H. S., lèsus hòminum salvàtor, Jesus salvador dos homens.
I. I. A., Istituto Internazionale di Agricoltura.
IM., Imperia, nas placas automobilísticas.
I. M. I., Istituto Mobiliare Italiano.
imp., imperfetto, imperfeito (tempo) / modo imperativo.
I. M. S., (arqueol.) impènsa súa (às suas custas).
in., (quím.) índio (metal branco).
IN., Indie Olandesi, Índias Holandesas, nas placas de automóveis estrangeiros.
INA., Istituto Nazionale delle Assicurazioni.
ind., indennità; indenização / (gram.) indicativo.
incalz., (mús.) incalzando.
IN. CO. M., ou INCOM, Industria Corti Metraggi, jornal cinematográfico.
I. N. D., In nòmine Dòmini.
IN. D., (arqueol.) inferis díis, aos deuses infernais.
I. N. D. A., Istituto Nazionale del Dramma Antico.
indip., independente, independência.
INE., Instituto Nacional para a exportação.
in-fol., in folio.
I. N. G. I. C., Istituto Nazionale per la Gestione Imposte di Consumo.
ing., ingegnere; engenheiro.
Ill. mo, Illustrissimo.
I.N.P.S. Istituto Nazionale Providenza Sociale.
INRI., (ecles.) Jesus Nazarènus Rex Judeorum, Jesus Nazareno rei dos Judeus, inscrição que Pilatos mandou pôr sobre a Cruz de Jesus.
INS., (arqueol.) inscrípsit (colocou esta inscrição).
int. (com.) interessi, (interesse, juros).
INTER. POL., Polizia Internazionale.
I. O. M., (arqueol.) Jòvi òptimo máximo, a Júpiter ótimo máximo.
Ir., (quím.) irídio, metal branco.
I. R., Imperial Regio.
I. R. I., Istituto per la Ricostruzione Industriale.
IRQ., Iraq. (Iraque), nas placas de automóveis estrangeiros.

K

K, (arqueol.) Kalèndae, Calendas, o 1º do mês entre os romanos / na numeração romana indicava o número 500 / (mar.) perigo / (quím.) potàssio.
KA., (arqueol.) caríssima.
Kg., quilograma.
K. K. K., Ku-Klux-Klan, seita secreta protestante, nos Estados Unidos.
K. L. M., Linhas Aéreas Holandesas, a mais antiga linha aérea civil para o transporte de pessoas.
Km., quilômetro.
Kmq., quilômetro quadrado.
K. o., (esp.) knok out (pr. nocàut.).
Kr., (quím.) crípton, gás raro, encontrado por Ramsay na atmosfera terrestre.

L

L, (arqueol) Lucio, Lelio, Lari (lares) / legavit, (legou por testamento) / legge (lei) / lustro (período de 5 anos); número romano 50; e com um traço por cima 50.000 / Lussemburgo, nas placas de automóveis estrangeiros.
La., (quím.) símbolo do lantânio.
L. A. C., (arqueol.) latíni colòni.
L. A. D. Q., (arqueol.) lòcus adquisítus (lugar adquirido).
L. A. G., Lei agrária.
L. A. I., Linee Aere Italiane.
L. A. P., (arqueol.) lúdi Apollinàres.
Lat., (geogr.) latitude.
LAT. P., (arqueol.) làtum pèdes.
l. c., nas citações, lugar citado.
Id., (com.) limited (soc. anônima).
L. E., Lecce, nas placas automobilísticas.
leg., (mús.) legato.
legg., (mús.) leggero.
lett., lettera, letterale, létteratura.
lev. levante
Li., (quím.) lítio.
Ll., Livorno, nas placas automobilísticas.
libr., libreria, libraio (livreiro).

LICT., (arqueol.) líctor, littore (lictor)..
L. I. R., Librerie Italiane Riunite.
L. it., lire italiane.
LL. AA., Le Loro Altezze.
LL. EE. Le Loro Eccellenze.
LL. EEm., Le Loro Eminenze.
LL. MM., Le Loro Maestà.
LL. PP., Lavoro Publici.
Lmd., (com.,) limited (soc. anônima).
LN., (astr.) lua nova, novilúnio.
L. N. I., Lega Navale Italiana.
loc. cit., nas citações, lugar citado.
log., (mat.) logaritmo.
Long. longitude.
LONG. P., (arqueol.) lòngum pèdes.
L. S. A., Sìria e Libano, nas placas automobilísticas estrangeiras.
L. st., (com.) lira sterlina (libra, moeda inglesa).
LT., Latínia, nas placas automobilísticas.
Lu., (quím.) lutécio.
LU., Lucca, nas placas automobilísticas.
LUD. SAEC., (arqueol.) lúdi saeculàres, jogos seculares.
LU. P. F., (arqueol.) lúdus públicos fècit, (deu jogos públicos).

M

M, (arqueol.) Marco, Marzio, Muzio, Manlio; magistrado, massimo / número romano 1.000, e com um traço por cima, um milhão; (franc.) monsieur / Palestina, nas placas de automóveis estrangeiros.
m., (com.) mio (meu).
m., metro, metros.
Ma., (quím.) masúrio.
M. A., Marco Antônio, Marco Aurélio.
MAE., Marrocos, nas placas de automóveis estrangeiros.
MAG. EQ., (arqueol.) magíster èquitum, comandante da cavalaria.
Maggi., (mil.) maggiore (major.).
marc., (mús.) marcato.
March., marchese.
Mas., lancha (a motor anti-submersível); G'abriele D'Annunzio formou o mote: mèmento audère sèmper: lembra-te que deves sempre ousar.
masch., (gram.) maschile (masculino).
mat., matemática, matemático.
M. A. V., Magistrado delle Acque, Venezia.
MAX. PONT., (arqueol.) màximus pòntifex, Pontífice máximo.
MC., Macerata, nas placas automobilísticas / Principado de Monaco, nas placas de automóveis estrangeiros.
m. c., mês corrente.
M. C. (ecles.) Minore Conventuale, uma das famílias das ordens dos franciscanos / (hist.) Maggior Consiglio.
M. C. D., Máximo Divisor Comum.
m. c. c., mínimo múltiplo comum.
M. D., (mús.) mano destra.
M. D. A., Ministério da Defesa da Aeronáutica.
M. D. E., Ministério da Defesa do Exército.
M. D. M., Ministério da Defesa da Marinha.
ME., Messina, nas placas automobilísticas.
M. E., Membro Efetivo / Movimento Europeu / (hist.) Médio Evo (Idade Média).
mecc., mecanico, mecanica.
med., medaglia.
Mess. Ita., Messaggerie Italiane (sociedade livreira).
metr., métrica, métrico.
MEX., México, nas placas de automóveis estrangeiros.
mf., (mús.) mezzo forte.
M. F. E., Movimento Federalista Europeu.
Mg., (quím.) magnésio.
MI., Milano, nas placas automobilísticas.
MIFED., Mercado Internacional do Filme, do Telefilme e do Documentário (Milão).
MIL. COH., (arqueol.) míles cohòrtis, soldado de uma corte.
mit., mitologia; mitológico.
M. L., Maria Luísa.
MM., messieurs (senhores).
M. M., Marinha Militar, nas placas automobilísticas.
M. M. M., Ministério da Marinha Mercante.
Mn., (quím.) manganês.
Mn., (mar.) motonave, navio-motor.
MN., Mantova, nas placas automobilísticas.
MNM., (arqueol.) manumíssus, libertado, emancipado.
Mo., (quím.) molibdênio.
MO., Modena, nas placas automobilísticas.
M. O., Minore Osservante, uma das famílias franciscanas.
MOC., Moçambique, nas placas de automóveis estrangeiros.
mod., (mús.) moderato.
mons., monsenhor.
mor., (mús.) morendo.
mp., (mús.) mezzo piano.
M. P., mànu pròpria, de próprio punho / mòtu próprio / Military Police, polícia militar inglesa e dos Estados Unidos.
mq., metro quadrado.
Mr., diante dos nomes masculinos ingleses, mister (senhor).
M. R., muito reverendo.
Mrs., diante dos nomes femininos ingleses, mistress (senhoras).
ms., ou MS., manuscrito.
M. S., Socorro Mútuo / (mar.) motosilurante (moto-torpedeiro).
MS., Massa, nas placas de automóveis / (mús.) mano sinistra.
M. S. I., Movimento Sociale Italiano (partido político).
MT., Matera, nas placas automobilísticas.
Mv., motoveliero, veleiro a motor.
m. v., (mús.) mezza voce.
M. V., (ecles.) Maria Vergine.
Mz., (mar.) motozattera, balsa a motor.

N

N, na numeração Romana 900, e, com um traço por cima 900.000 / (com.) número / (quím.) símbolo do azoto (do latim nitrògenum) / (aut.) Noruega, nas placas automobilísticas estrangeiras / (geogr.) Norte / Napoleone l, nato, nobile, nominale, nominativo, neutro, nipote.

n., (com.) **nostro,** nosso / (com.) **netto,** neto.
Na., (quím.) símbolo do sódio.
NA., Napoli, nas placas de automóveis / **Nostro Autore,** nosso autor.
N. A., Nastro Azurro, associação dos decorados ao valor militar.
N. A. T. O., North-Atlantic Treaty Organization (Organização do Tratado do Atlântico Norte) / Aliança militar defensiva das Nações Ocidentais, européias e americanas dos dois lados do Atlântico.
naut., náutico, náutica.
nav., (mar.) naval.
NAV., (arqueol.) **Nave,** (navio).
naz., nazionale.
Nb., (quím.) nióbio, colômbio.
N. B., nota bene.
Nd., (quím.) **neodímio.**
N. D., Nobil Donna / (ecles.) **Nostra Donna,** N. Senhora, a Virgem.
N. d. A., nota do autor.
N. d. D., nota da Direção (ou Diretoria).
N. d. E., nota do Editor.
N. d. R., nota da redação.
N. d. T., nota do tradutor.
NE., (quím.) símbolo do néon.
NE., (geogr.) Norte-Este.
neol., neologismo.
NEP. S., (arqueol.) **Neptúno sàcrum,** sacro ou consagrado a Netuno.
N. F. N., (arqueol.) **nòbili família nàtus,** nascido de família nobre.
N. G. I., Navigazione Generale Italiana. (Cia. Italiana de Navegação).
N. H., (heráld.) **Nobil Uomo,** nobre; fidalgo.
Ni., (quím.) símbolo do níquel.
NL., Olanda (Holanda), nas placas de automóveis estrangeiros.
N. L., (arqueol.) **non licet** (não é lícito; não é permitido).
N. M., (mar.) navio a motor.
N. N., quando se desconhece o nome, **nèscio nòmen** (não sei o nome).
NNE., (geogr.) Norte-norte-este.
N. N. O., (geogr.) Norte-norte-oeste.
NO., (geogr.) Norte-oeste / **Novara,** nas placas automobilísticas.
nob., nobile, nobre.
NOBR., (arqueol.) novembro.
nocch. nocchiero, piloto.
nom., nominativo.
N. P. A., Nave Portaerei, porta-aviões.
ns., (com.) **nostro,** (nosso.)
N. S., (ecles.) Nosso Senhor.
N. S. G. C., Nostro Signore Gesú Cristo, (Nosso Senhor Jesus Cristo).
N. T., (ecles.) Novo Testamento.
NU., Nuoro, nas placas de automóveis.
N.U., Nettezza Urbana, Limpeza Urbana / **Nazione Unite,** Nações Unidas.
num., número, numeral.
NUP., (arqueol.) **núptiae,** núpcias.
N. V. N. P. N. P. Q., (arqueol.) **nèque vendètur nèque pignori obligàbitur** (não será vendido, nem presenteado, nem dado em penhor).

O

O, (arqueol.) **officium,** cargo; **omnis,** tudo / **optimus,** ótimo; **òrdo,** ordem; **optio,** opção / (geogr.) oeste / (quím.) oxigênio / na numeração romana indica o número 11; e com um traço acima 11.000.

O. A. C. I., Organização da Aviação Civil Internacional, Seção da ONU.
O. A. S. I., Opera per l'Assistenza degli Scarcerati Italiani.
OB., (arqueol.) **òbit,** morreu.
obb., mo., obbligatissimo, no fecho das cartas.
OB. C. S., (arqueol.) **ob cives servàtos,** por ter salvo seus próprios concidadãos.
Occ. e occ., ocidente, ocidental.
OCT., (arqueol.) **Octaviànus,** Otaviano.
O. D. C., nas inscrições; oferece, dedica, consagra.
O. d. G., ordine del giorno; ordem do dia.
O. E. B. Q. Q. C., (arqueol.) **òssa èius bène quei queièscant còndita:** os seus ossos aqui sepultados descansem em paz.
O. E. C. E., Organização Européia de Cooperação Econômica.
O. E. S. S. G., Ordem Eqüestre do Santo Sepulcro de Jerusalém.
O. F. M., Ordine Frati Minori, família franciscana.
O. H. F., (arqueol.) **òmnibus honòribus fúnctus,** tendo passado por todos os cargos públicos.
O. I. L., Organizzazione Internazionale del Lavoro, Ginevra.
O. K., okey (expressão americana), muito bem, tudo certo.
O. M. R., Ordine Cavalleresco al Merito della Repubblica.
O. N. A. S., Ordine Nazionale Autori e Scrittori; Milano.
O. N. I. G., Opera Nazionale per gli Invalidi di Guerra.
O. N. I. L., Opera Nazionale por gli Invalidi del Lavoro.
O. N. M. I., Opera Nazionale della Maternità e Infanzia.
ONO., (geogr.) Oeste-norte-oeste.
on., onorevole / **onorario.**
O. N. U., Organizzazione delle Nazione Unite.
O. O. P. P., opere pubbliche.
OP., (arqueol.) **òppidum; fortaleza,** força, fortaleza, vigor.
O. P., (arqueol.) **ottimo Principe** / (ecles.) **Ordine dei Predicatori** (predicadores).
op. cit., ópera (obra) citada.
opp., oposto, oposição / **oppure:** ou, ou também, ou melhor, ou seja.
Os., (quím.) ósmio.
O. S. B., òrdini Sàncti Benedicti, pertencente à ordem de São Benedito ou dos Beneditinos.
OSO., (geogr.) Oeste-sul-oeste.
O. SS. M. L., Ordine Cavalleresco dei Santi Maurizio e Lazzaro.
Ott., (mús.) ottava.
O. V., (arqueol.) **òptimus vir,** homem excelente.
O. V. R. A., Opera Volontaria per la Repressione dell" Antifascismo, polícia secreta do fascismo; espionagem política.

P

P, (arqueol.) **Publio, popolo; pontifex, pontifice; possuit, pòs; praeses,** governador; **praetor, pretor,** magistrado romano / na numeração roman , 400, e com um traço por cima 400.000 / pecunia, dinheiro / **pedes,** pés (medida) / (ecles.) **papa, padre** / nas inscrições lapidárias modernas **pose** (pôs), e, no plural (p. p.) puseram / (quím.) fósforo / **Portugal,** nas placas de automóveis estrangeiros.

p., (mús.) **piano.**

pa., (quím.) **protoatínio.**

PA., Palermo, nas placas automobilísticas / **Panamá,** nas placas de automóveis estrangeiros.

P. A., (mil.) posição auxiliar / porta-aviões / posta (correio) area / **Patto Atlantico.**

p. a., **per auguri** (para augúrios).

pag., página; plural, **pagg.** páginas.

par., parágrafo.

parr., pároco, paróquia.

pass., nas citações; **pàssim,** em diversos lugares.

PAT. PATR., (arqueol.) **pàter patràtus,** membros dos Feciais, munidos de plenos poderes (hist. rom.).

PAU., Angola, nas placas automobilísticas estrangeiras.

Pb., (quím.) **piombo,** chumbo.

p. c., nos cartões de visita, **per congedo** (despedida), **per congratulazioni,** (parabéns), **per condoglianze** (pêsames) / por conhecimento.

PC., Piacenza, nas placas automobilísticas.

P. C., (arqueol.) **pàtres conscripti,** padri coscritti, senadores.

p. c. c., **per copia,** conforme.

P. C. I., Partito Comunista Italiano.

Pd., (quím.) **paládio.**

PD., Padova, nas placas de automóveis.

P. d. A., Partito d'Azione (partido político).

P. D. C., Partito Democratico Cristiano.

P. D. O., (ecles.) (padre) **dell'Oratorio.**

PE., Pescara, nas placas automobilísticas / **Peru,** nas placas de automóveis estrangeiros.

ped., (mús.) **abbassare il pedale.**

pegg., peggiorativo.

pen., penale (penal).

pers., personale (pessoal).

p. es., por exemplo.

p. est., por extensão.

P. EX. R., (arqueol.) **post exáctos règes, dopo là cacciata dei re:** depois da expulsão dos reis.

p. f., (com.) próximo futuro / **per favore,** por favor.

PG., Perugia, nas placas de automóveis.

P. G., Procuratore Generale / (ecles.) **Padre Generale.**

P. G. R., nas inscrições, **per grazia ricevuta,** por graça recebida.

Ph., (quím.) símbolo do fósforo (usa-se mais comumente P.).

Pl., Pisa, nas placas automobilísticas.

pizz., (mús.) **pizzicato.**

Pl., piazzale (praça, largo) / (gram.) plural.

PL., Polônia, nas placas de automóveis estrangeiros / (astron.) **plenilúnio.**

P. L., Pier Luigi.

P. L. I., Partito Liberale Italiano.

p. m., **pomeridiano.**

P. M., Pubblico Ministero / Posta Militare / Polizia Militare / (arqueol.) **Pontefice Massimo.**

P. M. P., Partito Monarchico Popolare.

PN., Porta Nuova / lugar, localidade assim chamada.

P. N., (arqueol.) **prídie nònas,** primeira das nonas (calendário romano).

P. N. M., Partito Nazionale Monarchico.

Po., (quím.) símbolo do polônio.

pom., pomeridiano.

poss., (gram.) **possessivo.**

p. p., **per procura,** por procuração / **pacco postale** (encomenda postal) / próximo passado.

P. P., (com.) **porto pagato,** porte pago / (ecles.) **Padri,** (pl.) de **padre** / depois do nome de um Papa, **Páter Pátrum,** (pai dos pais) / (mús.) **pianissimo.**

P. P., Primo Presidente / em caixas e similares, **posa piano,** pousar devagar.

PPP., (mús.) **piú che piano, pianissimo,** estremamente piano.

P. P. P. C., (arqueol.) **pròpria pecúnica ponèndum curàvit:** fez colocar às próprias custas.

P. P. I., Partito Popolare Italiano.

P. PRT., (arqueol.) **praefèctus praetòrii,** prefeito do pretório.

P. P. T. T., Poste e Telecomunicazluni, Correios e telecomunicações.

PQ., (astr.) primeiro quarto de lua.

P. Q. M., per questi (estes) **motivi.**

Pr., (quím.) **praseodímio.**

PR., Parma, nas placas de automóveis / **Persia,** nas placas de automóveis estrangeiros.

P. R. A., pubblico registro automobilístico.

P. R. C., (arqueol.) **post Ròman cònditam.:** da fundação de Roma.

p. r., **per ringraziamento,** por agradecimento.

Prsa., principessa (princesa).

pref., prefetto (prefeito) / (gram.) prefixo.

preg., pregiatíssimo, muito estimado, prezadíssimo.

prep., preposição.

P. R. I., Partito Repubblicano Italiano.

prof., professor.

Ps., (ecles.) salmo.

PS., (arqueol.) plebiscito / **post scriptum** / **Pesaro,** nas placas de automóveis.

P. S., Pubblica Sicurezza (segurança pública) / nas cartas e similares **post. scriptum.**

P. S. D. I., Partito Socialista Democratico Italiano.

P. S. I., Partito Socialista Italiano.

Pt., (quím.) **platina.**

PT., Pistoia, nas placas automobilísticas.

P. T., Poste e Telegrafi / Polizia de Traffico / Polizia Tributária.

P. T. T., Poste Telegrafi e Telefoni.

p. v., **prossimo venturo,** próximo futuro.

PV., Pavia, nas placas automobilísticas / **Paraguai,** nas placas de automóveis estrangeiros.

P. V., (ferr.) **piccola velocità.** pequena velocidade.

PZ., Potenza, nas placas automobilísticas.

Q

Q., (arqueol.) **Quinto, Quinzio, Quintiliano** / **Questore**, questor / quintal métrico / na numeração romana 500, e com um traço sobreposto 500.000.
q., quadro / quadrado / quota, cota.
Q. B. F. F. S., (arqueol.) fórmula augural latina, **quad bònum (faustum fèlix fortunatúnque sit.**
q. e d., (mat.) **quod èrat demontrandum.** como se devia demonstrar.
Q. E. F., **quod èrat faciènduin**, como se devia fazer.
Q. G., (mil.) **Quartiere Generale.**
Q. M. P., nas inscrições **Questa Memoria Pose**, esta lembrança colocou.
Q. Q. V., (arqueol.) **quoque versum**, de qualquer parte se volva.
Q. R. P., nas inscrições,**Questo Ricordo Pose**, esta recordação colocou.
Q. S., (med.) **quantum satis**, ou **sufficit**, quanto basta.
quest., questionário.
QUIR., (arqueol.) **Quirinatia**, festas em honra de Rômulo.
quot., quotazione, cotação.
Q. V. F., (arqueol.) **qui vixit felíciter**, que viveu venturosamente.

R

R, (arqueol.) **Romanus**, romano; **Roma**, re, rei; **rostra**, tribuna dos oradores / **regno**, reino / **reale, regio**, real, régio (ferr.) rápido / (pl.) **R. R. reais, régios** / (correio) **raccomandata**, registrada / (com.) recibo / na numeração romana, 80, e com uma linha soreposta 80.000 / (ecles.) Reverendo; **recessit, requievit, requies; responsório** / (jogo) / **Re**, rei.
r., nas receitas médicas **récipe**, toma / (numism.) raro / **rr**, raríssimo / (bibl.) **rècto**, a superfície anterior (de livro ou manuscrito / (geom.) raio.
Ra., (quím.) símbolo do rádio / **Ra** (mit. egípcia), deus do Sol.
RA., **Ravenna**, nas placas automobilísticas / **Rep. Argentina**, nas placas de automóveis estrangeiros.
Racc., raccomandata, registrada.
rad. mess., radiomessaggio, rádio-mensagem.
rag., ragioniere, contabilista, contador.
R. A. I., **Radio Audizioni Italiana per le trasmissioni radiofoniche**).
rall., (mús.) rallentando.
rappr., rappresentante; rappresentanza; rappresentazione.
RAV., **Rimessa Assegui e Vaglia.**
Rb., (quím.) símbolo do rubídeo.
Rc., (mat.) raiz cúbica.
RC., (arqueol.) **rescríptum**, rescrito / **Reggio Calabria**, nas placas automobilísticas / **China**, nas placas de automóveis estrangeiros.
R. C., **Rotary Club** / (mil.) **Ruolo Comando.**
R. C. A., (ecles.) Reverenda Câmara Apostólica.
RCH., **Chile**, nas placas de automóveis estrangeiros.
Re., (quím.) renio.
RE., **Reggio Emilia**, nas placas de automóveis.
REF., (arqueol.) **rificèndium curàvit:** fez restaurar.
reg. to., regulamento.
rel., relativo.
relig., religioso; **religione.**
REP., república.
REQ., (arqueol.) **requièscat**, descansa.
Rev., e **rev.**, Reverendo.
rett., retórica: retórico.
rf., (mús.) **rinforzando.**
RG., **Regusa**, nas placas automobilísticas.
Rh., (quím.) símbolo do ródio (do lat. **rhòdium).**
RH., **Haiti**, nas placas de automóveis estrangeiros.
RI., **Rieti**, nas placas de automóveis.
R. I. N. A., **Registro taliano Navale e Aeronautico.**
rip., (mús.) **ripresa.**
R. I. P., nas inscrições lapidárias e similares, **requièscat in pace**, descansa em paz.
rit., (mús.) **ritardando.**
r. j., **res judicàta**, coisa julgada.
R. M., **Ricchezza Mobile.**
R. mo., reverendíssimo.
RN., **Romènia**, nas placas de automóveis estrangeiros.
rn., (mar.) **ruolo naviganti.**
R. N., (mar.) **riserva navale.**
RQ., **Rovigo**, nas placas de automóveis.
rog., (jur.) **rogito**, outorga.
R. P., (ecles.) Reverendo Padre / **Riservata Personale.**
Rq., (mat.) raiz quadrada.
r. rad., rede de radar.
RS., (arqueol.) **respònsum**, responso, resposta, etc.
RSM., República de San Marino, nas placas de automóveis estrangeiros.
R. T., Radiotelegrafia.
Ru., (quím.) símbolo do rutênio.
R. U., **Rete Urbana dei Telèfoni.**
rur., rural.

S

S, (arqueol.) **sacello** (oratório), sacro, Senato, Servio, sepolto, silenzio, sòlvit (pagou) / (ecles.) santo / (geogr.) Sul / (quím.) enxofre / (mús.) solo / **Svezia** (Suécia), nas placas de automóveis estrangeiros.
Sa., (quím.) símbolo do samário.
SA., **Salerno**, nas placas de automóveis.
S. A., **Società Anonima** / **Sua Altezza** / **Salvation Army**, exército da saúde / **Servizio Attivo.**
S. Acc., **Società in Accomandita.**
SAF., **Servizi Acessori Ferrovièri.**
S. a. g. l., **Società, a garanzia limitata.**
S. A. R., **Sua Altezza Reale.**
Sb., (quím.) símbolo do antimônio (do lat. **stíbium**).
s. b. f., com.) salvo buon fine.
Sc., (quím.) símbolo do escândio / (com.) sconto (desconto).
s. c., **secondo consumo** / **salvo complicazioni** / **sopra citato.**
S. C., (arqueol.) **senatusconsúltum** (senato consulto, deliberação do Senado Romano) / **Supremo Collegio** / **Sede Centrale** / (ecles.) **Scuole Cristiane.**
sched., schedario, schedato (fichário, fichado).

scherz., (mús.) scherzando.
scient., scientifico.
scol., scolastico.
scritt., scrittura, scrittore.
scult., scultore, scultura.
S. C. V., Stato della Cità del Vaticano, nas placas de automóveis estrangeiros.
s. d., senza data.
S. D., (arqueol.) salútem dat ou dicit, saúda, envia saudações.
S. d. S., Scretario di Stato.
Se., (quím.) símbolo do selênio.
SE., Stato Libero D'Irlanda, nas placas de automóveis estrangeiros / (geogr.) Sud-Est. sudoeste.
S. E., Sua Eccellenza.
S. E. A. T. O., Stath East Atlantis Treaty Organization, Organização do Tratado relativo ao Sudoeste do Atlântico.
sec., (mat.) secante.
S. E. D. I., Società Editrice Documentari Italiani.
S. E. e O., (com.) Salvo Errori ed Omissioni.
seg., (pl. segg.), seguente, seguinte.
SEI., Società Editrice Internazionale.
segr., segretário.
S. Em., Sua Eminenza.
sen., senatore / (mat.) seno.
seq., sequenza (seqüência).
Serg., (mil.) sergente / serg. magg, sergenté maggioré.
S. E. T. L., (arqueol.) ist et tèrra lèvis, a terra te seja leve.
SEXT., (arqueol.) Sestio, Sesto.
sez., sezione, seção, secção.
s. f., (gram.) sostantivo femminile.
Sf., (mús.) sforzando.
SFINGE., Società fra i iniziati nei giochi enimmistici.
SF., Finlandia, nas placas de automóveis estrangeiros.
sfr., sottofascia raccomandato (encomenda postal registrada).
sfs., sottofascia semplice (encomenda postal simples).
s. g., secondo grandezza.
S. G., Sua Grazia.
S. H. S., Jugoslavia, nas placas de automóveis estrangeiros.
Si., (quím.) símbolo do silício.
SI., Siena, nas placas de automóveis.
S. I., (arqueol.) sàcrum lòvi, consagrado a Júpiter.
S. I. A. D., Società Italiana Autori Drammatici.
S. I. A. E., Società Italiana Autori ed Editori (Roma).
Sig., signore.
sig. a., signora.
sig. na., signorina.
sim., símile, similmente.
S. I. M., Servizio Informazioni Militari.
sing., (gram.) singolare.
SIPE, nome de uma bomba explosiva, de mão; Società Italiana Prodotti Esplosivi.
S. I. R. E., Società d'incoraggimento per le Razze Equine.
sist., sistema.
S. I. T. A., Società Italiana Trasporti Automobilistici.
S. J., Societàtis Jèsus; pertencente à ordem religiosa dos Jesuítas.

S. I. m., sul livello del mare.
Sm., (quím.) semário / (mús.) smorzando.
SM., Sião (ital. Siam.) nas placas de automóveis estrangeiros.
S. M., (arqueol.) sàcrum Mánibus (sacro aos Manes) / Sua Maestà / Sue Mani / (mil.) Stato Maggiore.
S. M. O. M., Sovrano Militare Ordine di Malta, nas placas automobilísticas.
Sn., (quím.) símbolo do estanho.
s. n., senza numero; senza nome.
S. N. A. D., Sindicato Nazionale degli Autori Drammatici, Roma.
S. N. A. M., Società Nazionale Amministrazione del metano.
S. N. C. F., Societé National Chemins de Ferr, Soc. Nacional das Ferrovias do Estado da França.
S. N. D. A., Società Nazionale Dante Alighieri.
S. N. S., Società Nazionale Degli Scrittori, Roma.
SO., Sóndrio, nas placas de automóveis / sudovest, sudoeste.
sod., (mús.) mettere la sordina.
somm., sommario, sommergibile.
S. O. M. M., (heráld.) Sovrano Ordine Militare di Malta.
SOS., e S. O. S., sinal internacional radiotelegráfico de perigo: Save Our Souls, salvai as nossas almas.
S. O. SS. A., (heráld.) Supremo Ordine della Santissima Annunziata.
sost., (mús.) sostenuto / (gram.) sostantivo / sostituto.
sp., spese (despesas, gastos).
SP., Santo Padre / Scuole Pie / (mil.) Servizio Permanente.
S. p. A., Società per Azioni.
Spett., Spettábile.
S. P. M., Sue Proprie Mani.
S. P. Q. R., (arqueol.) Senàtus populúsque Romànus, o Senado e o Povo Romano.
Sr., (quím.) símbolo do estrôncio.
SR., Siracusa, nas placas de automóveis.
S. R., Sacra Ruota / Sezioni Riunite.
S. R. C., Sacra Romana Chiesa.
S. R. I., Sacro Romano Imperio.
SS., pl. de santo, Santi, Santos / Superlativo de santo, Santissimo / Sàssari, nas placas de automóveis.
S. S., Sua Santità / Santa Sede.
S/S., (mar.) Piróscafo.
S. S. E., Sul-sudeste.
SS. MM., Santissimi Martiri.
S. S. O., Sul-sudoeste.
S. S. P.P., (ecles.) Santi Padri (os Santos Padres da Igreja).
st., storia, storico.
s. t., (mús.) senza tempo.
stacc., (mús.) staccato.
stat., statistica, statistico.
S. Ten., (mil.) sottotenente.
STIPEL, Società Telefonica Inter-regionale Piemonte e Lombardia.
str. ferr., strade ferrate.
S. T. V., Società di Tiro al Volo.
SU., Russia, nas placas de automóveis estrangeiros.
suff., (gram.) suffisso.
sup., (gram.) superlativo.
supp., supplente.
SV., Savona, nas placas de automóveis.

s. v., (mús.) sotto voce.
S. V., Signoria Vostra.
S. V. B. E. E. Q. V., (arqueol.) si vàles bène est, ègo quòque vàleo, se estás bem, muito bem, eu também estou bem.
SVISS. AIR., Linhas Aéreas Suíças.
S. V. P., S'il vous plait (se assim lhe agrada, etc., fórmula francesa de cortesia).
SW., (geogr.) Sudoeste.

T

T, (arqueol.) Tito, tizio, Tulio, tibi (a ti), tèrminus, triario, tribuno, tutore / termine (têrmo, vocábulo), tonnellata / (aer.) terra, sinal traçado nos campos indicando a possibilidade de aterragem / na numeração romana indicava o número 160, e com um traço por cima 160.000 / (mús.) tutti, (todos).
Ta., (quím.) tantálio, tântalo.
TA., Taranto, nas placas automobilísticas.
T. A., Traffico Aereo.
tab., tabella.
TAB., (arqueol.) tàbula.
tang., (mat.) tangente.
Tb., (quím.) símbolo do térbio.
T. B. C. ou t. b. c., tuberculose, tuberculoso.
T. C., Camerum, nas placas de automóveis estrangeiros.
T. C., (aer.) torre de controle.
T. C. I., Touring Club Italiano.
Te., (quím.) símbolo do telúrio.
TE., Teramo, nas placas de automóveis.
T. E., trazione (tração) elétrica.
teatr., teatrale.
tecn., tecnica, tecnico, tecnologia.
telegr., telegrafo, telegrafia, telegramma.
telescriv., telescrivente.
TEL. VE., telefoni delle Venezie.
temp., temperatura.
ten., (mús.) tenuto.
Ten., (mil.) tenente / Ten. col. tenente colonnello.
teol., teologia, teólogo.
term., térmico, termômetro.
TE. TI., Telefoni del Tirreno.
th., (quím.) símbolo de tório.
Ti., (quím.) símbolo do titânio.
TIB., (arqueol.) Tibério.
TIMBO., Società Telefoni Italiani Medio-Orientali.
tip., tipografia, tipógrafo, tipográfico.
tit., titolare / titolo.
TI., (quím.) símbolo do tálio.
TN., Trento, nas placas de automóveis.
TO., Torino, nas placas de automóveis.
Tom., tomo, volume.
top., topografia, topógrafo.
torp., torpediniera.
TOT. IP., Totalizzatore Ippico.
TOTO. CALCIO, Totalizzatore Calcistico (loteria futebolística).
TP., Trapani, nas placas de automóveis.
T. pr., (mús.) tempo primo.
tr., (mús.) trillo.
Tr., (com.) tratta, saque, letra de câmbio.
trad., traduzione, traduttore.
trans., (mar.) transatlântico / (jur.) transação / (ferr.) trânsito.
tratt., trattato.
trib., tribunale.
trim., trimestre, trimestrale.
TS., Trieste, nas placas de automóveis.
T. S. F., telegrafo senza fili / telefono senza fili.
TT. Togo, nas placas de automóveis estrangeiros.
Tu., (quím.) símbolo do túlio.
T. U., (jur.) testo único / (pol.) Trade Unions, Sindicato britânico dos trabalhadores.
TV., Treviso, nas placas de automóveis.
TV., Televisione / Turismo Veloce.
T. W. A., Trans Word Airlines, Cia. Americana de Transportes Aéreos.

U

U., (arqueol.) urbis (cidade); uxor, esposa / (quím.) urânio / Ur, Uruguay, nas placas de automóveis estrangeiros.
U. A. I., Unione Astronomica Internazionale, Copenhaga.
UC., (mil.) ufficiale di complemento, (oficial auxiliar).
U. C., (arqueol.) Urbis còndítae, da fundação de Roma, nas datas.
U. C. S. C., Università Cattolica del Sacro Cuore.
UD., Udine, nas placas de automóveis.
U. D. A. C., Unione Donne di Azione Cattolica.
U. D. I., Unione Donne Italiane.
uff., ufficiale.
U. I. L. Unione Italiana dei Lavoratori. um dos principais sindicatos de trabalhadores da Itália.
ULPS., (arqueol.) Ulpiano.
ult., último.
U. M., Unione Militare.
un., unità, único.
UNESCO, "United Nations Educational Scientific and Cultural Organization; Organização educativa, científica e cultural das Nações Unidas.
UNI. TEL., Telecomunicazioni unificate, rede televisa mundial.
univ., universo, universale; università, universidário.
U. N. O., "United Nation Organization" Organização das Nações Unidas.
U. N. R. R. A., "United Relief and Rehabilitation Administration", socorro para os territórios europeus danificados pela guerra.
UNUCI., Unione Nazionale Ufficiali in Congedo d'Itália.
U. O., unidade de penicilina.
U. P. I., Ufficio propaganda Igienica.
UPIM., Unico Prezzo Italiano, Milano; bazar, loja popular.
U. P. T., Ufficio Provinciale del Tesoro.
U. P. U., Unione Postale Universale.
UQ., último quarto da lua.
U. R., (arqueol.) úti rògas, como mandas; como queres.
U. R. S. S., União das Repúblicas Socialistas Soviéticas (Rússia).
US., Estados Unidos da América, nas placas de automóveis estrangeiros.
u. s., ultimo scorso, próximo passado.
U. S. A., Estados Unidos da América (United States of America).
U. S. I., Ufficio Serico Italiano.

U. S. I. S., "United States Information Service", departamento de informações para os Estados Unidos da América.
UTEM., Unione Tipografica Editrice Milanese.
U. V., ultravioleta.
U. V. I., Unione Velocipedista Italiana.
V, (gram.) / **v. a.** verbo ativo; **v. n.** verbo neutro ou intransitivo; **v. r.** verbo reflexivo.

V

V., Vitelio, vàle, vestale, vir (homem), veterano, vinci, vivit / nas citações, Vedi, ver, veja-se / Volume / (ecles.) vescovo, venerabile, vergine / (quím.) vanádio / numer. romana 5, e com traço sobreposto 5.000.
v., (com.) vostro, vosso.
VA., Varese, nas placas de automóveis.
val., (com.) valuta (divisa, moeda).
vap., vapore.
var., varietà, variabile, variante.
Vat., Vaticano.
v. brig., vice brigadiere.
VC., Vercelli, nas placas de automóveis.
VC., Vice Console / (arqueol.) vir consulàris / valor civile.
V. D. L., (arqueol.) vidèlicet, isto é, a saber.
VE., Venezia, nas placas de automóveis.
V. E., Vostra Eccellenza.
V. Em., Vostra Eminenza.
VEN., venerabile.
vers., versamento.
Vesc., Vescovo (bispo).
VESP., (arqueol.) Vespasiano.
V. F. ou **V. d .F.**, Vigili del Fuoco (bombeiros), nas placas automobilísticas.
V. G., Vostra Grandezza, Vostra Grazia.
VI., Vicenza, nas placas de automóveis.
vill., villeggio (vila, povoação, aldeia, lugar).
VIS., Vetro (vidro) Italiano di Sicurezza.
viv., (mús.) vivace.
V. L., Voce latina.
v. le., viale (avenida, rua arborizada, alameda, passeio).
V. M., Valore militare.
voc., vocabolo / (gram.) vocativo.
VR., Verona, nas placas de automóveis.
vr., vedi retro (veja, vide atrás).
vs., (com.) vostro.
VS., (mús.) volta subito.
vs., vedi sopra.
V. S., (arqueol.) vòtum sòlvit / Vostra Santità / Vostra Signoria.
V. Ill., Vostra Segnoria Illustrissima.
VT., Viterbo, nas placas automobilísticas.
V. T., Vecchio Testamento.
V. U., Vigile Urbano.
V. V. U. U., Vigili Urbani.

W

W, Viva, Evviva /West, ovest, occidente (Oeste) / (quím.) volfrámio.
W. D., War Departament, Ministério da Guerra dos Estados Unidos.
W. H. F., Women's Auxiliary Force, corpo militar auxiliador feminino, nos Estados Unidos.
W. L., Wagons-lits. carrozze letto. (carros-leito).
X, (mat.) quantidade incógnita pessoa desconhecida.

X

x, (arqueol.) na numeração romana vale 10, e com um traço sobreposto 10.000 / (ecles.) Christus, J. Cristo / Raggi X, raios X / (quím.) símbolo do xenônio.
X. P., Cristo.
x, (mat.) em álgebra indica uma quantidade incógnita / (por ext.) pessoa desconhecida.

Y

Y, (arqueol.) 150, na numeração romana, e com uma linha sobreposta 150.000 / (quím.) símbolo do ítrio (do lat. yttrium).
Yb., (quím.) símbolo do itérbio.
yd., yard, medida inglesa.
Y. M. C. A., Associazione dei Giovani Cristiani (fundada em 1844 por Williams).

Z

Z, na numeração romana indicava o número 2.000, e com uma linha sobreposta 2 milhões / símbolo internacional da torção dos fios segundo a marcha do relógio.
Z. d. G., zona di guerra.
Zn., símbolo do zinco.
Zoo., Giardino Zoologico.
Zr., (quím.) símbolo do zircômio.

Este livro DICIONÁRIO ITALIANO-PORTUGUÊS de João Amendola é o volume número 5 da Coleção Dicionários. Capa Cláudio Martins. Impresso Editora Gráfica Prol Av. Papaiz, 581 - Diadema - SP, para Livraria Garnier, à Rua São Geraldo, 53 - Belo Horizonte -MG. No catálogo geral leva o número 3110/0B.

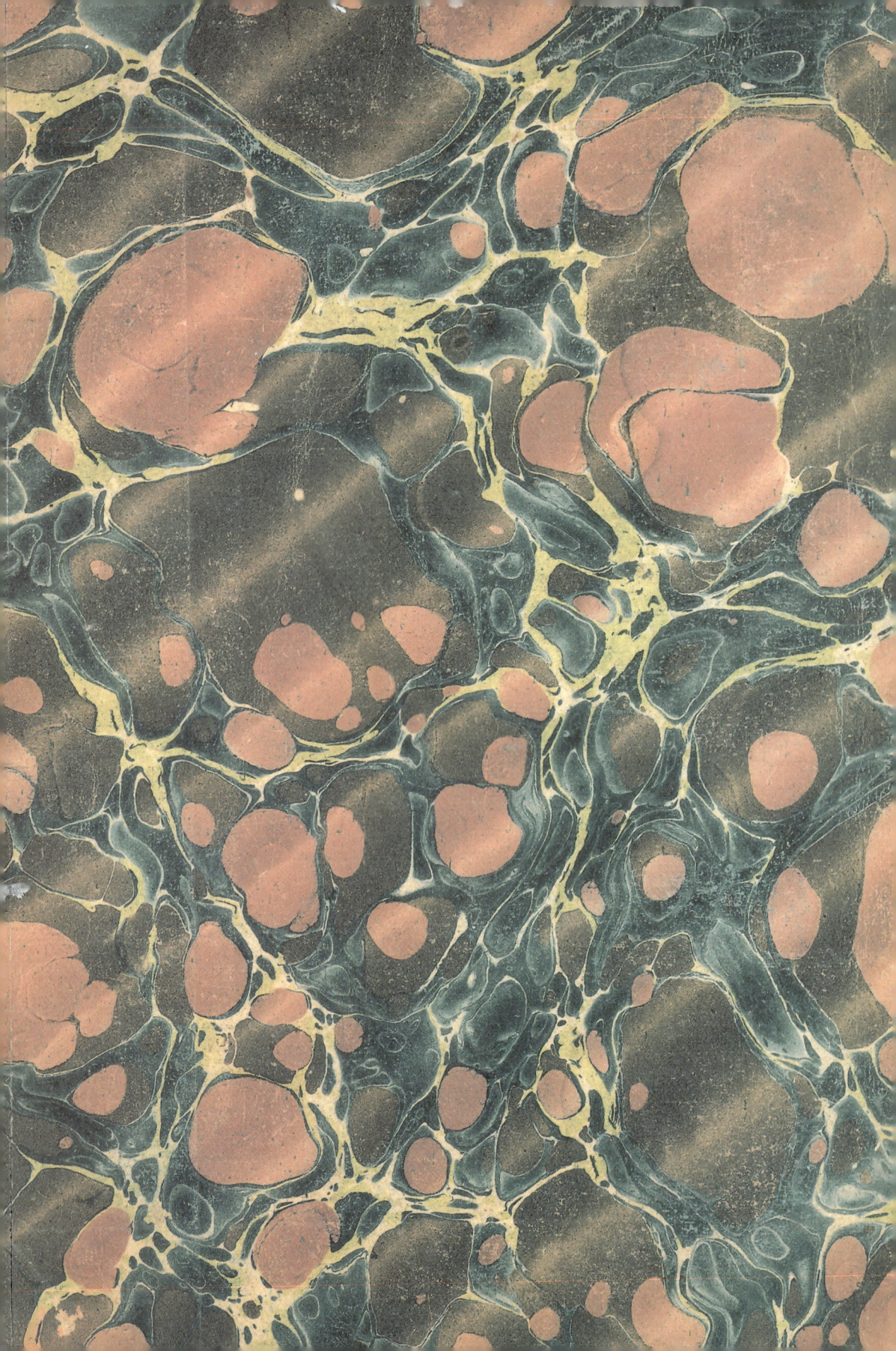